「十三五」国家重点图书出版规划项目
「中国近代日记文献叙录、整理与研究」
（项目编号：18ZDA259）阶段性研究成果

中国近现代稀见史料丛刊【第七辑】

张剑 徐雁平 彭国忠 主编

# 徐乃昌日记（一）

徐乃昌 著

南江涛 整理

本辑执行主编 张剑

凤凰出版社

图书在版编目（CIP）数据

徐乃昌日记 / 徐乃昌著 ; 南江涛整理. -- 南京 : 凤凰出版社, 2020.9
（中国近现代稀见史料丛刊. 第七辑）
ISBN 978-7-5506-3236-3

Ⅰ. ①徐… Ⅱ. ①徐… ②南… Ⅲ. ①日记－作品集－中国－近代 Ⅳ. ①I265

中国版本图书馆CIP数据核字(2020)第150047号

| | |
|---|---|
| 书　　名 | 徐乃昌日记 |
| 著　　者 | 徐乃昌 著　南江涛 整理 |
| 责任编辑 | 徐珊珊 |
| 装帧设计 | 姜　嵩 |
| 出版发行 | 凤凰出版社(原江苏古籍出版社)<br>发行部电话025-83223462 |
| 出版社地址 | 江苏省南京市中央路165号,邮编:210009 |
| 出版社网址 | http://www.fhcbs.com |
| 照　　排 | 南京凯建文化发展有限公司 |
| 印　　刷 | 苏州市越洋印刷有限公司<br>江苏省苏州市吴中区南官渡路20号,邮编:215104 |
| 开　　本 | 880毫米×1230毫米　1/32 |
| 印　　张 | 57.625 |
| 字　　数 | 1497千字 |
| 版　　次 | 2020年9月第1版 |
| 印　　次 | 2020年9月第1次印刷 |
| 标准书号 | ISBN 978-7-5506-3236-3 |
| 定　　价 | 420.00元(全四册) |

(本书凡印装错误可向承印厂调换,电话:0512-68180788)

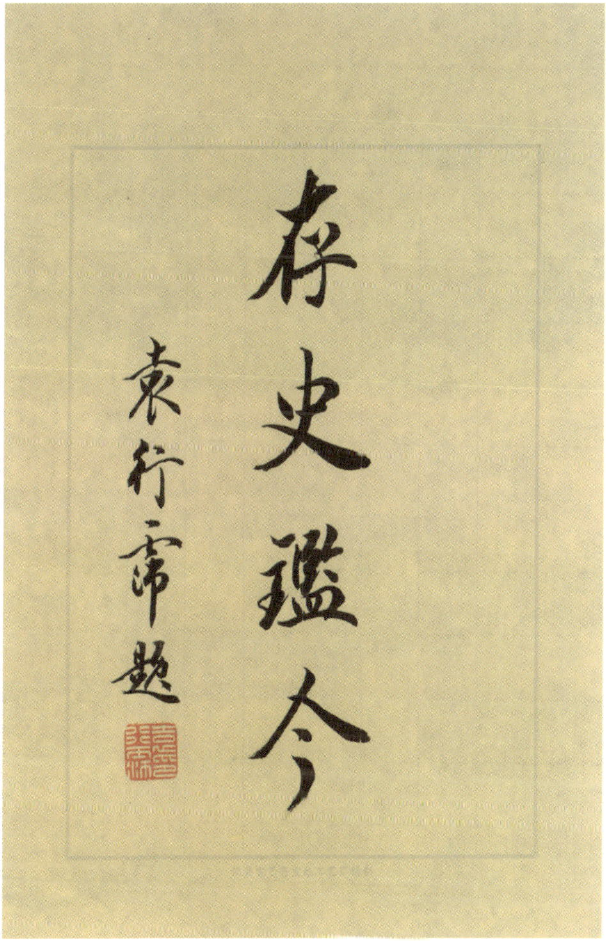


袁行霈先生题辞

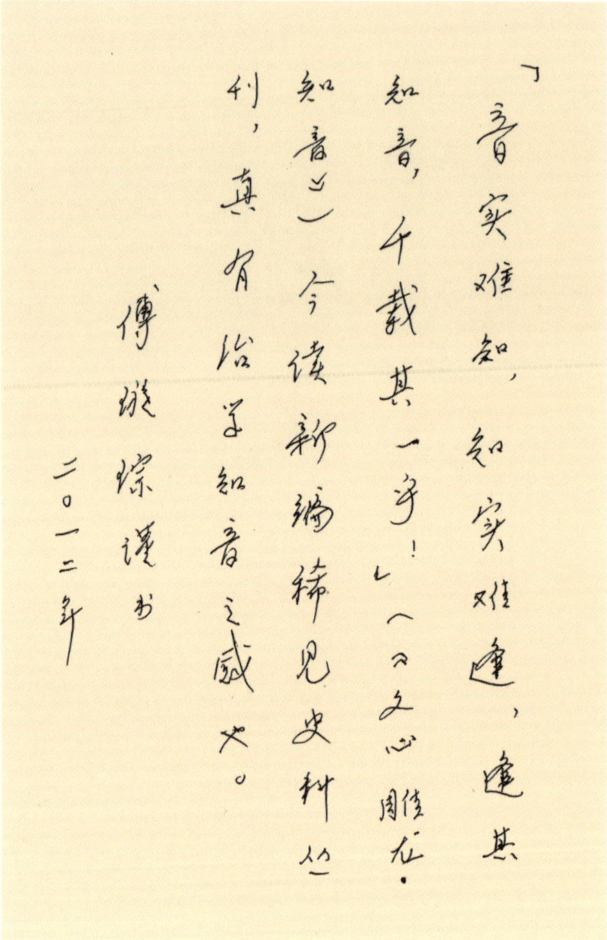

「音实难知，知实难逢，逢其知音，千载其一乎！」（《文心雕龙·知音》）今读新编稀见史料丛刊，真有治学知音之感也。

傅璇琮谨书

二〇一二年

傅璇琮先生题辞

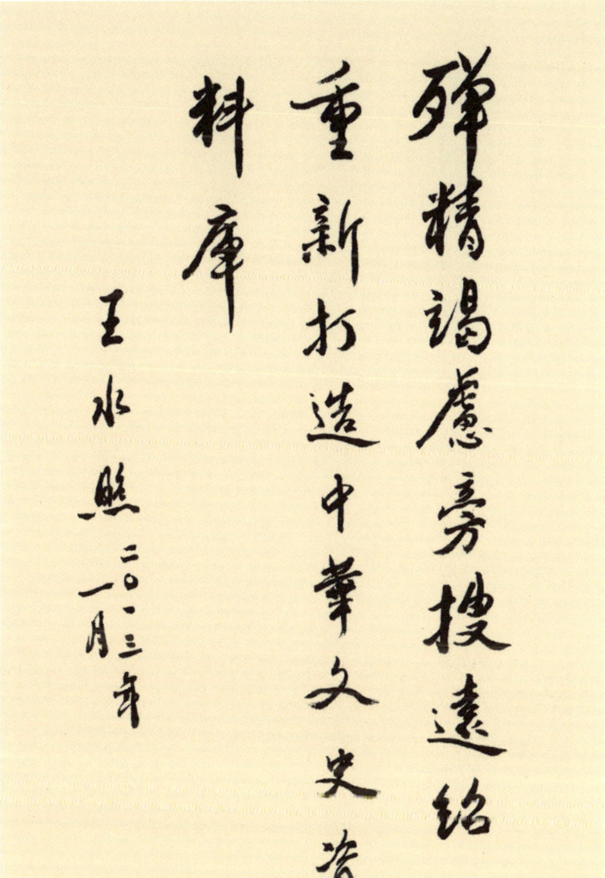


王水照先生题辞

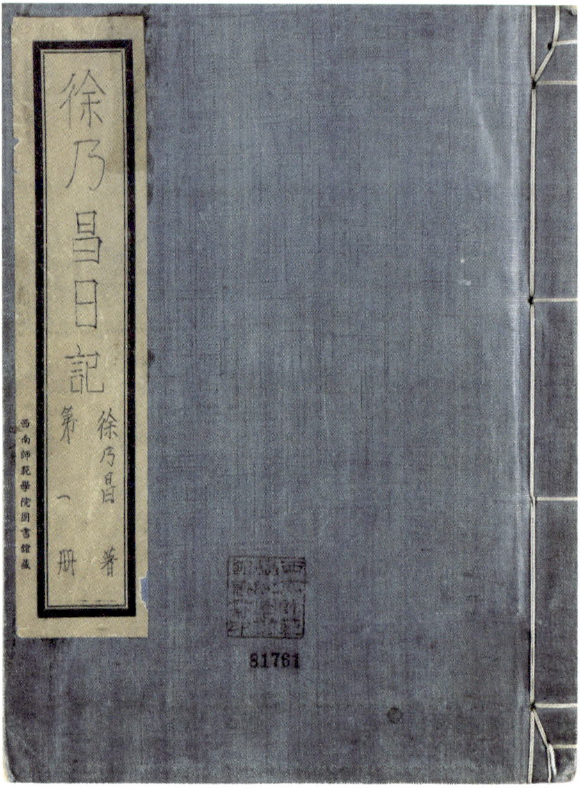


《徐乃昌日记》封面

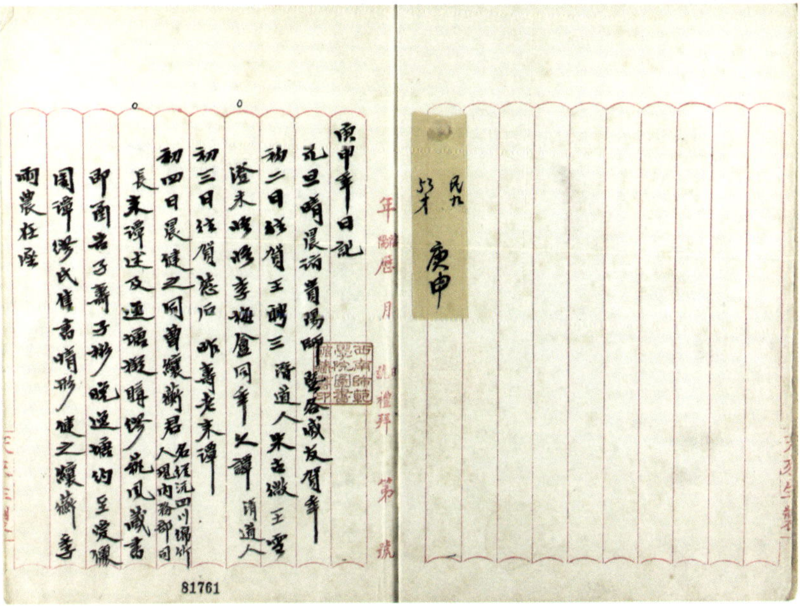


《徐乃昌日记》庚申年首页

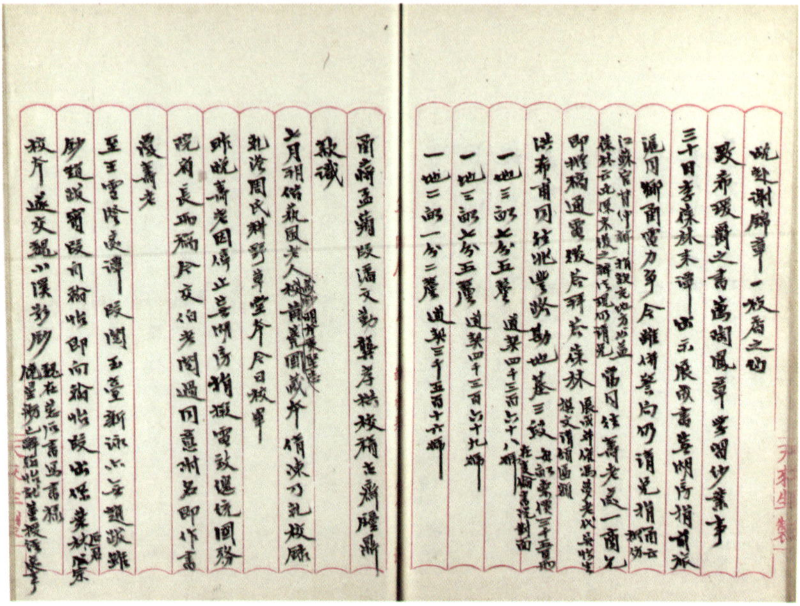

《徐乃昌日记》内文页

# 《中国近现代稀见史料丛刊》总序

在世界所有的文明中，中华文明也许可说是“唯一从古代存留至今的文明”（罗素《中国问题》）。她绵延不绝、永葆生机的秘诀何在？袁行霈先生做过很好的总结：“和平、和谐、包容、开明、革新、开放，就是回顾中华文明史所得到的主要启示。凡是大体上处于这种状况的时候，文明就繁荣发展，而当与之背离的时候，文明就会减慢发展的速度甚至停滞不前。”（《中华文明的历史启示》，《北京大学学报》2007年第1期）

但我们也要清醒看到，数千年的中华文明带给我们的并不全是积极遗产，其长时段积累而成的生活方式与价值观具有强大的稳定性，使她在应对挑战时所做的必要革新与转变，相比他者往往显得迟缓和沉重。即使是面对佛教这种柔性的文化进入，也是历经数百年之久才使之彻底完成中国化，成为中华文明的一部分；更不用说遭逢“数千年来未有之变局”、“数千年未有之强敌”（李鸿章《筹议海防折》），“数千年未有之巨劫奇变”（陈寅恪《王观堂先生挽词序》）的中国近现代。晚清至今虽历一百六十余年，但是，足以应对当今世界全方位挑战的新型中华文明还没能最终形成，变动和融合仍在进行。1998年6月17日，美国三位前总统（布什、卡特、福特）和二十四位前国务卿、前财政部长、前国防部长、前国家安全顾问致信国会称：“中国注定要在21世纪中成为一个伟大的经济和政治强国。”（徐中约著《中国近代史》上册第六版英文版序，香港中文大学2002年版）即便如此，我们也不能盲目乐观，认为中华文明已经转型成功，相反，中华文明今天面对的挑战更为复杂和严峻。新型的中华文明到底会怎样呈现，又怎样具体表现或作用于政治、经济、文化等层面，人们还在不断探索。这个问题，我们这一代恐怕无法给出答案。但我们坚信，在历史上曾经灿烂辉煌的中华文明必将凤凰浴火，涅槃重生。这既是数千年已经存在的中华文明发展史告诉我们的经验事实，也是所有为中国文化所化之人应有的信念和责任。

不过，对于近现代这一涉及当代中国合法性的重要历史阶段，我们了解得还过于粗线条。她所遗存下来的史料范围广阔，内容复杂，且有数量庞大且富有价值的稀见史料未被发掘和利用，这不仅会影响到我们对这段历史的全面了解和规律性认识，也会影响到今天中国新型文明和现代化建设对它的科学借鉴。有一则印度谚语如是说："骑在树枝上锯树枝的时候，千万不要锯自己骑着的那一根。"那么，就让我们用自己的专业知识与能力，为承载和养育我们的中华文明做一点有益的事情——这是我们编纂这套《中国近现代稀见史料丛刊》的初衷。

书名中的"近现代"，主要指1840—1949年这一时段，但上限并非以一标志性的事件一刀切割，可以适当向前延展，然与所指较为宽泛的包含整个清朝的"近代中国"、"晚期中华帝国"又有所区分。将近现代连为一体，并有意淡化起始的界限，是想表达一种历史的整体观。我们观看社会发展变革的波澜，当然要回看波澜如何生，风从何处来；也要看波澜如何扩散，或为涟漪，或为浪涛。个人的生活记录，与大历史相比，更多地显现出生活的连续。变局中的个体，经历的可能是渐变。《丛刊》期望通过整合多种稀见史料，以个体陈述的方式，从生活、文化、风习、人情等多个层面，重现具有连续性的近现代中国社会。

书名中的"稀见"，只是相对而言。因为随着时代与科技的进步，越来越多的珍本秘籍经影印或数字化方式处理后，真身虽仍"稀见"，化身却成为"可见"。但是，高昂的定价、难辨的字迹、未经标点的文本，仍使其处于专业研究的小众阅读状态。况且尚有大量未被影印或数字化的文献，或流传较少，或未被整合，也造成阅读和利用的不便。因此，《丛刊》侧重选择未被纳入电子数据库的文献，尤欢迎整理那些辨识困难、断句费力、裒合不易或是其他具有难度和挑战性的文献，也欢迎整理那些确有价值但被人们习见思维与眼光所遮蔽的文献，在我们看来，这些文献都可属于"稀见"。

书名中的"史料"，不局限于严格意义上的历史学范畴，举凡日记、书信、奏牍、笔记、诗文集、诗话、词话乃至序跋汇编等，只要是某方面能够反映时代政治、经济、文化特色以及人物生平、思想、性情的文献，都在考虑之列。我们的目的，是想以切实的工作，促进处于秘藏、边缘、零散等状态的史料转化为新型的文献，通过一辑、二辑、三辑……这样的累积性整理，自然地呈现出一种规模与气象，与其他已经整理出版的文献相互关联，形成一个丰茂的文献群，从而揭示在宏大的中国近现代叙事背后，还有很多未被打量过的局部、日常与细节；在主流周边或更远处，还有富于变化的细小溪流；甚至在主流中，还有漩涡，在边缘，还有静止之水。近现代中国是大变革、大痛苦的时代，身处变局中的个体接物处事的伸屈、所思所想的起落，藉纸墨得以留存，这是一个时代的个人记录。此中有文学、文化、生活；也时有动乱、战争、革命。我们整理史料，是提供一种俯首细看的方式，或者一种贴近近现代社会和文化的文本。当然，对这些个人印记明显的史料，也要客观地看待其价值，需要与其他史料联系和比照阅读，减少因个人视角、立场或叙述体裁带来的偏差。

知识皆有其价值和魅力，知识分子也应具有价值关怀和理想追求。清人舒位诗云"名士十年无赖贼"（《金谷园故址》），我们警惕袖手空谈，傲慢指点江山；鲁迅先生诗云"我以我血荐轩辕"（《自题小像》），我们愿意埋头苦干，逐步趋近理想。我们没有奢望这套《丛刊》产生宏大的效果，只是盼望所做的一切，能融合于前贤时彦所做的贡献之中，共同为中华文明的成功转型，适当"缩短和减轻分娩的痛苦"（马克思《资本论》第一卷第一版序言）。

《丛刊》的编纂，得到了诸多前辈、时贤和出版社的大力扶植。袁行霈先生、傅璇琮先生、王水照先生题辞勖勉，周勋初先生来信鼓励，凤凰出版社姜小青总编辑赋予信任，刘跃进先生还慷慨同意将其列入"中华文学史史料学会"重大规划项目，学界其他友好也多有不同形式的帮助……这些，都增添了我们做好这套《丛刊》的信心。必须一提的是，《丛刊》原拟主编四人（张剑、张晖、徐雁平、彭国忠），每位主编负责一辑，周而复始，滚动发展，原计划由张晖负责第四辑，但他尚未正式投入工作即于2013年3月15日赍志而殁，令人抱恨终天，我们将以兢兢业业的工作表达对他的怀念。

《丛刊》的基本整理方式为简体横排和标点（鼓励必要的校释），以期更广泛地传播知识、更好地服务社会。希望我们的工作，得到更多朋友的理解和支持。

2013年4月15日

# 目　录

# 前　言

第一次看到《徐乃昌日记》(以下简称《日记》),是2008年的10月底。那年我与同事一起去重庆图书馆参加中国图书馆学会2008年年会。会后我们去了西南大学图书馆,主要目的就是去看《日记》。据古籍部老师说,就在我们之前一小会儿,陈力副馆长一行刚刚看过,他就不再拿出库了,直接领我们到善本库翻看这部多达三十多本的日记。当时,我仅匆匆记录了一些重要数据。回到社里,趁热打铁,写了一个简单的情况汇报交给了编辑老师,希望能够予以出版。然而西南大学图书馆当时未能同意影印,事情就此搁浅。转机出现在2014年,彼时结识了殷梦霞老师,她毕业于西南大学,常年关注西南大学图书馆的重要藏品及动态,通过她终于得到了西南大学图书馆的同意,我们与其签订了《中国古籍珍本丛刊·西南大学图书馆卷》与《日记》的出版合同。次年,《日记》影印出版。

我在读大学时,曾见过徐乃昌的刻书,惊叹其版刻之精美。后来到国家图书馆工作,正赶上国家珍贵古籍展,里面有不少徐氏旧藏,我开始格外注意徐乃昌。2010年,李万健、邓咏秋编《清代私家藏书目录题跋丛刊》出版,最后一册收录了西谛旧藏的徐乃昌《积学斋藏书记》四卷。我将其复制了一部,进行点读录入,并把国家图书馆所藏徐氏旧藏古籍一一调出翻阅,与《藏书记》著录相同者一一核对标注。同时,写了一篇简单的文字,发在《古籍整理出版情况简报》2011年第7期。这是我对徐乃昌及其藏书情况初步的学习和梳理。《日记》全部影印出版后,我近水楼台,向责任编辑要了全部纸样,一册册背回家,开始对徐氏《日记》阅读和整理。再后来读到《续藏书纪事诗》，方知这部日记正是当年经吴则虞收藏入西南师院（今西南大学）图书馆的[①]。

## 一、徐乃昌生平事迹

徐乃昌（1869—1943）[②]，字积余，号随庵，室号“积学斋”，安徽南陵人。清光绪十九年（1893）至南京乡试中举人，援例候补知府，分发江苏。后至北京考进士未中，受业于大学士翁同龢门下，与缪荃孙、康有为等人相往还。戊戌变法失败，徐乃昌南下上海。光绪二十七年任淮安知府。光绪二十九年春，两江总督端方奏准派他为清廷特使，赴日考察学务。回国后，他鼓吹教育、实业救国、兴办学堂。辛亥革命后，他寓居上海、苏州等地，直到去世。

徐乃昌是近现代藏书大家。吴则虞《续藏书纪事诗》卷八有诗云：“秋江如练月如霜，水驿灯初送夜航。记得朦胧树影里，估人为指读书堂。”[③]他藏书极丰，多达数万卷，搜集的宋元版本、明清精善版本、稿本、抄本闻名海内。但是，在抗战期间，徐氏藏书开始流散。著名学者郑振铎先生在1940年2月16日致张寿镛的信中说：“徐积余先生现在仍藏有批校本书数十箱，正在设法商购（此事甚秘，恐为平贾所知）。……已托中国书店郭君办此事。俟有消息，当即奉告。”[④]在《求书日录》中，郑振铎先生又提到：“徐积余先生的数十箱清人文集，其间罕见本不少，为平贾扫数购去，打包寄走。”[⑤]数年过后，积学斋藏书便片纸无存，其中佳本多归天津李嗣香、藏书家黄裳及复旦大

---

① 吴则虞《续藏书纪事诗》，国家图书馆出版社2016年，第340页。

② 考证详杨成凯《南陵徐乃昌的墓表和墓志铭》（《文献》2006年第3期）、《徐乃昌卒年补说》（《文献》2004年第1期）和陈福康《徐乃昌卒年再补说》（《文献》2004年第3期）。

③ 吴则虞《续藏书纪事诗》，第339页。

④ 刘哲民《郑振铎先生书信集》，上海古籍出版社1988年，第11页。

⑤ 郑振铎《郑振铎全集》（第17册），花山文艺出版社1998年，第136页。

学图书馆；金石碑刻拓本万余张于解放初辗转归于华东师范大学图书馆。据笔者考察，国家图书馆也收有一定数量的积学斋旧藏，包括数十种著录于《藏书记》的善本。另外，"台北'中央图书馆'内，偶尔可看到积学斋的一鳞半爪"[①]。

徐乃昌更是一位刻书大家。他独立校刻古书 250 种 560 余卷，是近代以来以一己之力校刻图书最多的出版家之一。其中校刻丛书 9 部 185 种，即《积学斋丛书》《小檀栾室汇刻闺秀词》《鄦斋丛书》《随庵徐氏丛书》《随庵丛书续编》《怀豳杂俎》《随庵所著书》《宋元科举三录》《南陵先哲遗书》。徐乃昌认真校勘、辑轶，采诸说，辨真伪，并附例言札记。不少善本乃至海内孤本赖徐藏刻而免于泯灭。他单刊的《玉台新咏》和《徐公文集》更是近代佳椠，在当今古籍拍场备受追捧。徐乃昌藏书室名有"积学斋""积余斋""随庵""小檀栾室""镜影楼"等；藏印有"积学斋""徐乃昌印""南陵徐氏""积学斋镇库""徐乃昌曝书记""南陵徐乃昌审定善本""积余秘籍识者宝之""徐乃昌马韵芬夫妇印""南陵徐乃昌校勘经籍记"等。

徐乃昌藏书富美，刻书用心，著书也是毫不逊色。他于民国三年主修《南陵县志》，后又参与编纂《安徽通志》《上海通志》等。他著有《南陵建制沿革表》《金石古物考》《续方言又补》《汉书儒林传补遗》等，均已刊行。在目录学方面，徐氏编有《积学斋藏书记》《随庵吉金图录》《小檀栾室镜影》《镜影楼钩影》《积余斋金石拓片目录》等，虽然这些著作均未刊行，但是从存世的稿抄本来看，均极具文献价值。所以，徐乃昌也是近现代较有成就的目录学家。此外，徐氏尚有别集《锦瑟集》《夊弦词》等。

## 二、《日记》的主要内容及价值

《日记》存 32 册，从庚申年(1920)一月至戊寅年(1938)年五月。

① 苏精《近代藏书三十家(增订本)》，中华书局 2009 年，第 82 页。

其中第31册之部分和32册是用无行格的毛边纸钢笔或毛笔书写，字迹较为潦草，其余均为楷书直写。

从现有资料看，较早揭示《日记》内容的是吴则虞先生。他在《续藏书纪事诗》卷八中记载："《积学斋日记》三十余册。……近于上海温知书店得之。日记以账册书写，每年一册，极似流水账也，中无议论，无文字，惟记买书印书事极备，复多乡邦掌故，若吴紫庵晏县令乞振诸事。积余家距寒舍百余里，幼年往来鸠兹，夜行船必经其地，灯火舻声，连江白苇，行旅之况，如在目前。"[①]吴则虞与徐乃昌是安徽同乡，从上海温知书店得到《日记》等稿本，后又让于西南师院。他认为日记近似流水账，并无精彩内容，最大的优点是记录买书、印书、乡邦掌故非常详细，有一定史料价值。诚如他所说，徐氏在日记中较少记录所作诗词文章，着眼点放在商务往来、赈济乡里、藏书刻书、燕集交游等方面，故而其价值主要在史料性，而并非文学性。2003年，李弘毅《稿本〈徐乃昌日记〉的文献价值》一文比较详细地介绍了《日记》中关于徐氏藏书和刻书的情况。随后的相关研究中虽然对《日记》内容有所涉及，但都较为零碎。影印本的出版，让我们能够得见全貌，方便了进一步整理和深入研究。

《日记》的主要内容，涵盖徐氏日常生活、商务经济账目往来、交游燕集、书信往复、购书目录、刊刻细节、地方文献编纂、慈善活动等多个方面，史料非常丰富，对我们研究徐乃昌个人和家族，乃至近代士绅生活、文人交往、藏书细节、刻书经过、地方文化建设和慈善事业发展史，都有很好的参考意义。此处略择几个侧面，窥其一斑。

首先，《日记》翔实记录了徐乃昌及家人的主要收入来源和支出，是研究二十世纪二三十年代上海及江南地区经济史的重要材料。徐乃昌首要经济来源，是在南陵的地租。如1920年3月12日(一月廿二日)记："吴舜臣十九日来书，云售稻二百石，每石二元六角。上年

---

① 吴则虞《续藏书纪事诗》，第340页。

收稻共四千〇五十六石五十五斤，又洋一百廿七元，售出三千一百六十石。淑记收稻六百五十石〇五十七斤，上年售出四百石。”日记中 1920—1938 年间，吴舜臣是帮助徐氏管理南陵事务的具体负责人，二人书信往还密切，在日记中出现了 700 余次。此处可以看出 1920 年初，南陵稻价每石二元六角，其最低跌到过二元左右，最高涨到四元二角，均可作为当时粮价的实证。又“上年收稻共四千〇五十六石五十五斤，又洋一百廿七元”，说出了 1919 年徐乃昌在南陵的地租收成，而实际上售出 3160 石左右，实际变现 8000 多元。这些收入，是不包括他夫人马韵芬(字淑畹)名下的(从《日记》行文中，我们可以看到，徐乃昌的各个女儿也有自己的户头，以此推断，马氏的地或是陪嫁，有单独的核算)。这方面的记录在《日记》中俯拾皆是，对我们研究近代家庭财产的构成和分配，很有帮助。当然，徐氏家族内外的矛盾状况、茔地纠纷等琐事，徐乃昌虽然远在上海，也无法逃脱其家族核心的责任，而在具体处理这些问题的记录中，也不难看出近代乡绅的生活智慧。

徐乃昌的另一重要收入是投资分红。《日记》中，徐氏不仅在南陵参与了众多投资，在上海、苏州、南京、扬州等地，也有着广泛的投资范围。从原始的规模化农田经营，到新兴的工商业，无不涉足。例如他是大生纱厂的重要股东，如 1920 年 5 月 14 日(三月廿六日)记载：“至大生纱厂沪账房，寄尘外出，同樊叙卿略谭，纱厂股本发官息八厘，余利五分，账房拟四月朔日迁至二马路新宅。”大生纱厂是张謇于清末创办的一所私营棉纺织企业。1898 年，纱厂在南通唐家闸动工兴建，1899 年建成投产。这就是《日记》中的大生一厂。1903 年增纱锭开设大生二厂，1907 年投产。1915 年增设布厂，同时在海门筹设第三厂。徐氏与张謇是生意伙伴，又是儿女亲家，两个家族之间的关系往来资料，在《日记》中也有细致的笔墨。他还有来自大照电灯公司的收入，如 1920 年 5 月 16 日(三月廿八日)：“收大照电灯公司股息元壹千二百六十四两。”1921 年 6 月 9 日(五月初四日)：“大照电灯公司汇来董事费捌拾两。”镇江大照电灯公司创办人是郭礼征，安徽亳县人。他于1895年春就读南京文正书院，是张謇的门生。受张謇“实业救国”的思想影响，他走上创办实业的道路。清光绪三十年(1904)公司厂房建成，光绪三十一年(1905)正式发电，成立了董事会。张謇任董事长，郭礼征任总经理。同年清政府商务部发给执照，成为江苏省华商第一家公用发电厂，是全国民营电业的先驱。此外，徐乃昌还有少量来自刻书销售回款，但这个款项在收入中所占比重较小，远远不能抵销他买书的费用。

徐乃昌的主要支出，是家人生活用度、买书刻书、应酬往还、聚餐娱乐、佛事慈善等。生活用度、应酬往还自不必言，买书刻书也是藏书家、出版家的当行本色，可以直接看出当时的物价、书价之变化。他用于聚餐娱乐的费用也记载比较详细，当时一些知名餐馆如一枝香的菜价，电影、戏曲的票价，一目了然。由此细细排比徐氏的燕游范围、娱乐场所和方式，也有很多有趣的地方。

其次，作为近代著名藏书家，《日记》中保存了大量的购买、交换古籍的细节，无须赘言。目前，学界关注较多的，是他在图书收藏和刻印方面的成就。其实，徐乃昌的拓片收藏也蔚为大观。比较全面关注徐氏藏拓情况的是韩续先生，其硕士论文即为《华东师范大学图书馆藏徐乃昌藏金石拓片研究》。他在《华东师范大学图书馆藏徐乃昌旧藏金石拓片述略》一文引述程演生在为其所作的行状道：“所蓄三代彝器、甲骨及秦汉以来古镜带钩极富，皆世间殊绝之品。而金文石刻拓片达三万余通，多足资经学、史学之抉择。”①徐氏收藏碑帖之富，于此可见一斑。韩文继而讲到：“目前看来，徐乃昌旧藏金石拓片除华东师范大学图书馆现藏4500余通以外，其余大多已经亡散不存。此批拓片是建校之初由徐乃昌之女公子徐姮先生捐赠。”②这指

---

① 程演生《徐乃昌行状》，民国三十二年刻本。

② 韩续《华东师范大学图书馆藏徐乃昌旧藏金石拓片述略》，《图书馆研究与工作》2017年第7期，第82页。

出了华东师范大学所存徐氏旧藏拓片的数量及其来源。在整理《日记》过程中，我们发现了大量徐氏购藏、题跋、受赠交换、装裱、访碑踏勘等与金石拓片收藏相关的记载，如：

**庚申年(1920)**

一月廿五日(3月15日)函黄吉园，催速裱去秋所交南宋拓本《怀仁集圣教序》，此序道州何氏旧藏，并约二月中旬去苏。同时交裱尚有《天玺纪功碑》，去冬已先裱成交来，未付价。出旧得广东古专拓本七十四叶，付小段装池。

一月廿八日(3月18日)潘兰史以《张迁碑》属题，为作跋语一通："东汉经师类能通经致用，迁治《京氏易》，《后汉书·儒林传》未及叙录。乃昌昔年续田季华先生《后汉儒林传补逸》，于汉碑中搜辑，得三十人，编为一卷，迁其一也。兰史先生以此碑命题，因再表而出之。"

六月初五日(7月20日)顾鼎梅寄沁阳各碑，价八元零。又寄履樛托购龙门全份一千九百卅七种，价廿二元、邮费四角。

**辛酉年(1921)**

一月十一日(2月18日)致舜臣书，并致孙子彬书，拓南陵各碑。

一月三十日(3月9日)刘慧之自京回，贻广武将军碑并阴侧。阙碑额。

**癸酉年(1933)**

五月十四日(6月6日)访关伯益谭，赠以所刻各书七种，报伯益前赠开封博物馆藏石全分拓本，酬以预约价六十元，亦不受也。

在现存的十九年《日记》中，此类文字俯拾皆是，徐氏收藏金石拓片历经数十年、多渠道辛苦搜罗，足见其用力之勤。

第三，作为知名出版家，《日记》中包含了非常丰富的近现代出版史料，具有很高的研究价值。仅举其影刻《玉台新咏》为例。徐乃昌影刻明崇祯赵氏小宛堂本《玉台新咏》自从面世，近百年来被藏书家公认为民国时期第一流刻本，其写刻精良，版风雅致，是近现代影刻古籍的代表之作。这样一部精品之作，是如何打造出来的呢？在《日记》中，我们可以看到非常多的细节。徐乃昌对《玉台新咏》一书版本流转情况有广泛的调查和充分的研究，于1920年4月14日（二月廿六日）和1921年6月18日（五月十三日）先后两次购买"寒山堂"本《玉台新咏》，并通过向友朋借阅善本，补钞赵跋并且走过了一段"描润"弯路后，彻底更换底本。他影刻《玉台新咏》不但对原书有惟妙惟肖的版刻风格追随，而且有着更高远的在文献价值上后出转精的追求。既然要最大限度反映赵刻本的面貌，自然要避免在刊刻时进行干涉和改动，因此撰写校勘记附于书后是一种最为科学的做法，既保留底本风貌，又集合众本之长。通过对《日记》中两万多字相关记载的梳理，我们大致可以得出结论：一是徐氏以"宗贤"为目的，通过广泛调查比较，严谨审慎地选择出一个比较好的底本，并且以之影刻，并非众所周知的"覆刻"，当代研究证明，他选择的底本远比其自藏本要好得多。最好的写手、最优秀的刊刻团队、负责的印书人，加上徐氏与陈乃乾广罗众本做出的《札记》和面面俱到的材料配备，都是这部书成功的必备因素。二是《日记》对刻印《玉台新咏》细节和精确数字的记载，提供了鲜活而翔实的出版史料，值得深入发掘相关资料，进而对民国刻书史有更为全面和细致的了解。作为民国时期古籍出版的五股主要力量之一的藏书家传统私家刻书[1]，其独特风格值得深入研究。三是作为礼品性质大于"商品"性质的《玉台新咏》，为徐乃昌的交游提供了些许资料，也能够为今天鉴定徐氏影刻本和确定

---

① 吴永贵《民国出版史》，福建人民出版社2011年，第482页。

收藏者提供有益参考[①]。

《日记》的整理，得到张剑、徐雁平二位老师的鼓励与指导，并将其列入《中国近代稀见史料丛刊》，对二位老师的厚爱，深表谢意。王维兄帮助辨认甲骨、金石文字；“古籍研究青年同仁联谊群”多位朋友帮忙辨认个别行草，解惑良多；责任编辑徐珊珊老师对全稿认真审读，改正了不少问题，在此一并表示感谢！由于个人学识有限，整理错误在所难免，责任全在自己，尚祈读者不吝赐教，以期日臻完善。

① 南江涛《徐乃昌影刻〈玉台新咏〉考》，《文献》2020 年第 4 期。

# 整理凡例

一、本书据国家图书馆出版社影印本《徐乃昌日记》整理而成，原书稿本 32 册，今藏西南大学图书馆。

二、《日记》起自 1920 年(民国庚申)元月，止于 1938 年五月，其中 1936 年三月到六月原缺。

三、《日记》正文用宋体，行文中有徐氏双行小注，本书皆排作一行，用比正文小一号宋体区别；其下又有说明文字，则以(　)注出。

四、徐氏日记影印本原无标点，本书标点以简洁明了为宗旨，主要标记句读和书名号等。

五、日记稿中基本为楷书，间有行草。其后期当为身体原因，字迹歪斜，稿本且经虫蛀损坏，多有缺漏处。此外一些日期、卷数、人名，原稿即空白。这两类情况均用□表示(若原稿即是□，则加以说明)。

六、全书尽量遵照底本原貌整理，一般字改为当下通用正体字，个别有特殊含义的如钱款往来保留原稿大写字；若有明显误字径改，不出校记；文中有少量甲骨文、金文，尽量以隶定文字标识，暂无对应者，以原稿字形图片排入。

# 庚申年(1920)

## 一月

**元旦(1920年2月20日)** 晴。晨,访贵阳师暨各戚友贺年。

**初二日(2月21日)** 往贺王聘三、潜道人。朱古微、王云澄,未晤。晤李梅盦同年,久谭。清道人。

**初三日(2月22日)** 往贺葱石。昨,寿老来谭。

**初四日(2月23日)** 晨,健之同曹纕蘅君名经沅,四川绵竹人,现内务部司长。来谭,述及逸塘拟购缪艺风藏书,即函告子寿、子彬。晚,逸塘约至爱俪园,谭缪氏售书情形,健之、纕蘅、季雨农在座。

午后,往贺李拔可,适晚间同张菊生、夏剑丞公宴俞寿丞,祝五十生辰,初三日生辰。坚约陪座。苏厂李一琴、袁伯夔、谭大武、叶揆初诸人。

**初五日(2月24日)** 缪子寿来,交《艺风藏书记》五册,中有宋元精本,皆陆续于生前售出,今仍索价八万余元。

晚间,姚文敷招饮,汪筱岩、汪子实、程龄孙同座。散后,同筱岩、子实竹戏,负洋七元。

六舟僧达受。俗家为海宁姚氏,文敷族人,上年文敷欲得其书画、拓墨,今以旧得所篆王子吴鼎铭立幅赠之。

**初六日(2月25日)** 函逸塘,将缪氏书目附去,并送旧刻《怀邠杂俎》,《枳学斋》《郋斋》两丛书。去年已送《随盦丛书》正续编、《小檀栾室汇刻闺秀词》两匣。逸塘昨送所著《上海租界问题》,函中亦答谢也。

函纕蘅,缪书目已送逸塘,并赠旧刻《怀邠杂俎》。

前日闻揆初言,艺风所藏吴渔山、傅青主为尤西堂画鹤栖堂图,恽南田、杨子鹤为余澹心合作巾箱图两卷，王石谷、禹上吉合写安麓村小象轴，翁文恭师题王石谷山水轴为蒋孟蘋所得，价三千六百元。昨询子寿，果然。此皆艺风堂精品，以鹤栖堂图为至精。鹤栖堂图卷、巾箱图卷归安陆氏藏，《穰梨馆》著录；安麓村象又与巾箱图为李文石凫道人。《旧学盦》所笔记也。先是，子寿、子彬来函，述其先公遗命托售（又成容若象）。次日往晤子寿，云系子彬售出，以了私债，而不使缪夫人知之。此四件虽在余处，游小溪出至三千四百元，后可增至四千元。又闻孟蘋托夏炳泉运动得此，故决不闻问，将画件交还矣。子彬所欢，为小花周蕙勤（杭州土娼）。

定君三十二岁是日子时。生辰，晚同至大舞台观剧，新排《洛阳桥》。并挈绮女、崇儿同观。

**初七日（2 月 26 日）** 陈介庵来谭。

**初八日（2 月 27 日）** 恽季申、乾。胡蕙生坤。为其儿女文定，恽宅请作冰人，胡宅请叶英齐。前在安徽服官。恽陪客有史文甫、白也诗，胡陪客有李荃、驹仲，广东梅县，安徽烟酒局副局长。徐。叔平弟。

是日，徽宁会馆行团拜典礼，不克往。

翟展成昨来书，询会中振券四万元如何支配，复以并未定议。

曹木如自浏阳烟酒公卖分局来书，云总局长窦子敬为张督军更换伊侄，希文接办，属为函托希文。复以窦氏家庭革命前办安徽彩票为同乡会攻击案呈皖省及公廨情形，如须函托，即代致函希文，看其如何。

李从龙来书，为吴荣辉力荐南京中国银行为额外练习生，已得行长许福昞函托，二月到行，作书谢之。此事去年曾托陶兰泉转托交通扬州李耆卿，虽应允，终延宕也。

**初九日（2 月 28 日）** 到仁济堂，筹办安徽义振事务所。

余寿老午刻招饮，李伯老、方玉山、陈卓甫、刘畏之、刘慧之同席。

得王逸塘、曹纕蘅复书。

**初十日（2 月 29 日）** 齐俊卿约一枝香午膳，汪筱岩、方玉山、阚鹤雏、唐养吾、周梦兰、杜江清诸君，筱岩属为其女公子相攸。年廿岁。

到仁济堂。晚,同淑畹挈绮女、崇儿丹桂弟一台观剧。新排《普陀山》。

游邑庙内周,得海马葡萄方镜、六狮镜、水银浸。八卦宝鉴镜、炉式,有三足。菱花镜、铭曰:“月样团圆水样清,好将香阁伴闲身。青鸾不用羞孤影,开箧当如见故人。”廿八字,旧藏一镜同,铭不清晰,今全录之。准提咒佛像镜,一面佛像准提咒,正书;一面准提咒梵文。共十七元。购山茶四株,一元五角。

定君为购慈善救济副券五条,计一元,廿七日开彩,约以得彩洋充作善举。此券系上年七月卢子嘉督军慨允以慈善正券款拨皖振五万元,后因无款,请加副券四期,内务部朱深拟驳,经王逸塘总代表南北和议来沪,商允电部核准。号码:三四四四一计二条,〇三三七七计二条,〇二一六三计一条。廿七日开彩,未中。

适庐除夕送拓本数种,以旧藏金文、四。研铭、十二。袁简斋墨、一。益延寿瓦、一。兵器二。报之。昨又贻拓片廿七种,佳品甚少。函告今春为子完婚需款,拟售器得善价也。史兽鼎留藏,非卖品。

周湘云来谭,以张让三所贻《续甬上耆旧诗》转贻,并劝刻周隐君容,《春酒堂集》。集,让三所谆属也。诗价售六元。

上年岁杪,陶兰泉属为代校任振采之先德钧台先生《尚书内外篇》新刻样,今朱文海已将样本寄来。朱文海住高昌广公济堂弄朱文记。

**十一日(3月1日)** 恽、胡两家婚期,今作冰人,导舆。

石庆由扬来函,荐刘慧之中国实业银行为茶房。

**十二日(3月2日)** 崇儿生辰。是日子时,年十二岁。刘镜清约兴华午饭,不赴。

徽宁会馆拟公宴王揖唐,属同汪汉溪、汪允辉代表欢迎并订日期,旋定十七日。

午刻,陪坐汪筱岩、江汉珊、季雨农、赵组璇、唐养吾、史介民、阚鹤雏,赴筱岩午饭之约,并晤雨农、养吾、介民、纕蘅。

大雪,爱俪园中雪景极佳。到仁济堂。

晚，至大舞台观剧。新排《济度群生》。

函送章一山售《续甬上耆旧诗》，价六元。

**十三日(3月3日)** 殷侣樵约往小林黛玉家双叙，不赴，函送和洋三元。程龄孙以藏器拓本二百卅四种相贻。

校任钓台先生《尚书内外篇》刻样一卷。

**十四日(3月4日)** 缪子彬来，属其将善本外各书理一目录，逸塘拟购也。

午刻，赴严孟蕃之约。散后，至陈介庵、吕皋俞、李仲驹处晤谭。介庵座中晤吕宋廷，知为筱岩、汉珊荐往新河南省长王印川，皋俞愿去北京税务事来办皖振。

函陈立炎，索取汪刻《汉魏廿二名家集》，捌十四元，卅八本。《墨庄遗书》，泾胡承珙著，五十元，卅二本。影宋《仪礼疏》。汪士钟刻，卅二元，六本。已将全书送来。去年除日取来《铁桥漫稿》原刻本，索价廿八元，未付价。又日前送来孙渊如《仓颉篇》一本，是在西安初刻本，精善，然不及岱南阁本美备也。廿五日将《仪礼疏》退还。

**十五日(3月5日)** 感冒。晚赴周扶老小有天、朱瑞堂小林黛玉之约，均未入席，稍谭即归。小林黛玉家给和洋三元。雪茄烟未吸。

同李伯行、刘畏之、慧之、陈卓甫公送余寿老得曾孙贺礼，收鞋、帽二事。又为陈劭老代送，亦收鞋、帽。劭老询《感应篇集传》价目，系每部五角四分，今送八部。分贻同好。劭老退回，去年曾送一部。

**十六日(3月6日)** 午刻，约张菊生、姚文敷、蒋孟蘋、吴寄尘、杨咏秋、李拔可、沈燕谋于兴华川菜馆酒叙，周扶九、倪远甫、徐静仁、樊叙卿未到，共菜价十五元。

刘畏之、十枝、慧之昆仲同时亦招饮于兴华。

函辞洪希甫晚约恒记茶栈酒叙，作函辞之。

酉刻，逸塘招饮于严俊叔家，寿老、伯老、介庵、鹤雏、汉珊、韫石、雨农、俊叔主宾十人，召高翠玉、紫娟侑觞。

**十七日(3月7日)** 午刻,徽宁会馆公宴王揖唐先生,并约汪筱岩、江汉珊、季雨农、唐养吾陪坐,散后撮影。

晚,宴余寿平、李伯行、方玉山、余鲁卿、洪希甫、夏玉峰于都益处,金伯屏、程龄孙、樊稼田未到,共菜洋十五元。

日来风伏肺热,鼻塞不利,头眩脉数,就承良诊方,以清热清解之剂。

**十八日(3月8日)** 贞元会,值会,招集陶乐春,恽季申、瑾叔、眉卿、陶拙存、李梅庵、李伯贞与会。季申约杜大令来,杜工绘事。另约王子仲、白也诗、朱稷丞。适甘卿自苏来,亦约同入席,共菜洋十三元,收会员分洋七元。

晚七时,赴更生同年之约,坐中甘卿、与九、邓百川诸公出示江桃红印色盒,与九评价值万元外,款大清康熙年制,外无蓝圈。惜绿点不密耳。又示梵夹大字藏经,卷末有元至元刻记,与旧藏大字梵夹本同。相传宋本。更生云经卷全者约二千余卷,残者三千余卷,索价三千五百元,更生已出二千八百元,遂同甘卿力劝加价购之。

**十九日(3月9日)** 延承良诊,两日服前方,未大奏效也。

是晚消寒七集,昌硕、兰史、一山、拙存、芷晴、静盦、景叔、礼堂、公迈来,梦坡、狷叟、顺穆、子戴、翰怡、醉愚不在沪,出《空山听雨图》传观。又检《桃源春泛图》《燕九寻诗图》卷示之。

**二十日(3月10日)** 收还苏路十三期本息北京票。二百卅元〇四分。外祝秋存十二期五元四角四分六厘,又十三期五元五角四分七厘,两共十元〇九角九分三厘。

午,赴子仲都益处之约。散后,至仁济堂。又至怡园。晚,朱幼鸿同兴楼酒叙,作函辞之。

**廿一日(3月11日)** 昨余峻、德民。辛大宗太湖。来,交湖南督军张参谋、勋臣。张敬汤铭臣。两函,今答拜辛,未晤。上年筹办全省会馆,辛正捣乱,几至用武。张督军、张参谋两函面书周友梅交。

甘卿三时来谭,明日回苏。

仁济善堂四时开十次董事会，议决皖省接办春振。得从龙复书，附致为荣辉荐宁行函。

复展成书，告以接办春振情形，并浚宣河事。

晚十时，夏辅宜由宁来。

**廿二日(3月12日)**　感冒未愈，延许松如诊方。松如云，其尊人狷叟二月初可由杭来申。

倪昆甫先生由江阴来。辅宜十时来谭，匆匆回宁。

朱文海交来任钓台《尚书内篇》刻样一本。连初十日寄来六本，已交全。

吴舜臣十九日来书，云售稻二百石，每石二元六角。上年收稻共四千〇五十六石五十五斤，又洋一百廿七元，售出三千一百六十石。淑记收稻六百五十石〇五十七斤，上年售出四百石。

向西泠印社取书五种：《古泉山馆金石文编残稿》，嘉定瞿中溶撰，四卷，二元一角。《籀经堂钟鼎考释》，晋江陈庆镛颂南著，一卷，西泠印社聚珍本，六角三分。《关陇舆中偶忆编》，华亭张祥河诗舲著，二角八分。《南唐二主词笺》，无锡刘继增校笺，无锡图书馆活字本，二角八分。《匋雅》二卷。江浦寂园叟，石印本，即陈亮伯浏所撰，一元四角。

**廿三日(3月13日)**　感冒仍未愈，复延松如诊方。

读桐城方小东朔。《枕经堂全集》，骈文中有《观嘉麦记》一篇，记道光廿二年四月望前三日，南陵县东清弋江之民，有以嘉麦一茎两穗。为邑长饶明府献者。此记可备新修《南陵志》之资料。

余德民、辛大宗来，以病谢，未接见。

关于《南陵志》备采各条，记忆所及，拉杂书之：

汉南陵钟；端忠敏公藏，见《匋斋吉金录》，今归上虞罗氏。高一尺九寸五分，深一尺七寸五分，口径八寸二分，腹径一尺六寸三分。文曰：南陵大泉第五十八。乘舆御水铜钟，容一石，重卌四斤半，建平四年十一月长安制造。

唐前行宣州南陵县尉柱国张师孺墓志；广明元年，随盦藏拓本。

元加封孔子制诏碑，两截刻，上诏、下衔名，正书。延祐三年。见《金石分地编目》。九月，亲至圣庙访此碑。碑侧建碑亭记；正书，至治二年。

韦瓘南陵修大农陂记；佚。见宋王象之《舆地碑记目》宁国府碑记。

桐城项章箇亭。辑《风雅联珠》；乾隆壬午刻本。内得南陵二诗人；许尧祖裕香，号肯堂，有诗二首；许瀛丹舒号澥尌，有诗二首。

南陵旧志艺文志：《读史记十表》十卷，汪越著。按：是书为汪越辑，越字师退，康熙己酉举人。徐克范补，克范字尧民，查系繁昌人。皆南陵人，雍正间刻本。首有康熙同郡。梅文鼎序，又雍正当涂徐文靖序。旧志未注尧民先生校补，故记之；

又《重刻经史证类大全本草》三十一卷，有三十卷，同此本。明万历覆元大德本，三十卷本有万历丁丑王大献后序，无庚子牌子；三十一卷本有万历庚子岁重锲于籍山书院牌子。半叶十二行，行廿三字，白口单边。卷一首题知南陵县事楚武昌后学朱朝望重梓，春谷南陵在汉为春谷县。义民王秋原刊，庠生王大献引礼，程文绣同校。卷二题春谷王秋捐资，命男大献、大成同校录。以下均无题字。三十卷本微异，其艾晟序后有"大德壬寅孟春宗文书院刊行"牌子，又卷末牌子有"嘉靖丁酉孟春月吉楚府崇本书院重刊"十六字。旧志艺文志云：《大观本草》王秋重刊，不无简略。

**廿四日(3月14日)**　李萼仙为其尊人仲谦先生领帖，送华丝葛挽幛一轴。

周湘云之先妣水太夫人七十诞辰，送果品三事。

吴剑泉来。

感冒未减，延鲍承良诊方。羚羊片五分、淡黄芩三钱、连翘三钱，桑叶、竹茹各三钱，芦根一两，茅根四钱。

**廿五日(3月15日)**　复延承良诊，用前方，加元参二钱。

恽季申索《随盦丛书续编》，以连史印本贻之。

以费屺怀题汉灵公嗾獒残石拓本付适庐，景印入《艺术丛编》。

舜臣来书，云又售稻二百石，内淑记一百石，一价二元六角五分，一价二元七角，通扯每石合二元六角七分五厘。

覆吴舜臣书，催稻款汇申。

函黄吉园，催速裱去秋所交南宋拓本《怀仁集圣教序》，此序道州何氏旧藏，并约二月中旬去苏。同时交裱尚有《天玺纪功碑》，去冬已先裱成交来，未付价。

出旧得广东古专拓本七十四叶，付小段装池。

函陈立炎，退回艺芸书舍刻《仪礼疏》六册，并索取沈归愚纂评《国朝诗别裁》十八册，虽系初印，而风霜过甚。

读《国朝诗别裁》卷十八，陈苌有《发南陵》一律，为录之，备南陵新志采录。《江苏诗征》廿六亦收入。陈苌字玉文，江南吴江人，康熙丁丑进士，官桐庐知县，著有《雪川诗稿》。《发南陵》：

一路寒泉送客程，离亭回首隔山城。秋从黄叶声中老，人向青山缺处行。几片闲云供画本，一林落日待诗成。来时记得留题处，尚有残尊慰客情。

刘龙慧书来，附李仲老书，云苏城滚绣坊巷八十号邓宅出售，索价八千元急成，略为推让。邓君名际昌，号朴君，曾任山东财政厅，如皋人。此宅上房两路六间，另有洋房、洋楼、大厅、花厅、书房，均甚齐整，价廉屋好，潘经耜、费仲深二绅可为介绍。如只欲租，俟有人买而即与之议租。又邓宅后门醋库巷亦有一宅出售，住家合宜。当复龙慧，不愿置产，日来病亦未愈，俟两星期后病如愈再至苏诣教，并向仲老代致谢忱。二月二日此宅出售，登《新闻报》告白栏。

**廿六日（3月16日）** 延承良诊方。元参、贝母、竹茹、茯苓、桑叶各三钱，茅根四钱，橘皮一钱二，鲜生地一两，生黄芩、苦杏仁、连翘各二钱，芦根二两去节。

读方小东朔。《枕经堂题跋》，录各家藏器目：镜、印、泉、刀不录。吴晓亭大令；雀形宝彝爵、亚形父丁斝、立戈形父癸觚、析木形父已觯、周南宫中鼎（铭五十七字）、周宰辟父敦、商琱戈、汉严氏吉祥洗、汉黄龙元年鐎斗、唐西平郡王造象铜座。王子梅大令。商立戈尊、周鲁伯将父簠（铭十六字）。

以重修《安徽通志·艺文志》校宗能征《南陵小志》，补书目三种，校异二条：一《读史记十表》十卷，汪越著，徐克范补；一陈效《东江集》，陈效作丁镃。《四书便解》，王赐炡，南陵人，《通志·艺文志》经部卷三百卅七四书类。《自镜录》，何燕，南陵人，《通志·艺文志》子部卷三百四十儒家类。《刘永麟诗赋文集》。《通志·艺文志》集部卷三百四十三别集，南陵人。

读王述庵《湖海诗传》卷四十五，有陶凫芗梁。《西溪秋雪庵诗》，庵为周梦坡所赁，拟供宋以来词人栗主，犹交芦庵供樊榭老人、月上姬人两主故事也。陶诗云："延缘渚中去，依棹趁朝暾。秋水白无岸，远山青到门。鸟声喧佛顶，藓字蚀墙根。弹指空兴废，闲从老衲论。庵有弹指楼。"

**廿七日(3月17日)** 服承良昨诊方。

沙荣生春余，吴县。以古玉镇圭、古玉环《说文》："环，璧也，肉好若一谓之环。"来售，以四十五元得之。

午刻，朱挹芬约陶乐春；酉刻，樊稼田约惠中旅馆，均辞。

得黄吉园复书，云《圣教序》已裱成，约二月初来申面交。

接丁和甫讣书，正月初一日子时卒。送呢幛；李叔云生母孙太夫人讣书，正月初一日午时卒。送华丝葛幛。

旧得两玉笏、浏金牛、浏金兽、玉鱼、玉刃、匕首。张翰印、石家侍儿印，制影木合成，付装潢工价六元。

函胡小石，将陈叔通影印晋邦盦铭及全形本，又刍鼎铭未剔本附去，并乞其刻石章二方，一南陵徐氏、一随盦。

**廿八日(3月18日)** 淑畹早车去宁。

读张诗舲祥河。《关陇舆中偶忆编》，录三条：

嵩山百合，生食之可愈肺疾，虽经季患咳者，食之立效。其质甚脆，不能隔宿，故不行远，非亲至山中无缘求得也。陕州鹰痰可愈嗝。济源安罗子可愈胃。是谓中州三宝。

戏曲二黄调始自湖北，谓黄冈、黄陂二县，犹小曲之岭调始自段家岭也。

余藏宋坑鹅池砚，为吴趋顾二娘所制，山水浑朴，双鹅戏池，富春相公所赠铭曰："琢者谁，顾二娘；宝者谁，董富阳。"卌载随值军机房，甲戌冬赠华亭张祥河归铭墨池旁。

樊榭山人《论词绝句》："欲呼南渡诸公起，韵本重雕菉斐轩。"注云："曾见绍兴二年刻《菉斐轩词林要韵》，记余辛丑秋守淮安，以母忧去官，邱于蕃崧生。以宋本《菉斐轩词林要韵》赠别，后景刻《随盦丛书》中，迄今已廿年，于蕃亦墓有宿草，为之怃然。"

复谢李从龙为吴荣辉绍介宁行许行长收为练习生。

李伯老书来，当涂矿产汉冶萍公司已与矿主签订合同，属梅生来申同经理夏君接洽。当作书复谢，并函淑畹转告梅生。

感冒未愈，延余伯陶、鲍承良诊，服余拟方。余方。桑白皮三钱(水炙)、黑山栀二钱、竹二青三钱(水一分)、茅花炭一钱五分、金石斛三钱、白蔷薇瓣一钱五分、象贝母三钱、金沸草一钱五分(包)、鲜芦根尺许。鲍方。桑叶、苦杏仁、生蒲黄各二钱，元参、大贝母、竹茹、茯苓各三钱，鲜生地一两五钱，橘白、橘络各一钱，天、麦冬各二钱五分，连翘二钱，生黄芩一钱五分，活水芦根二两，白茅根四钱。

潘兰史以《张迁碑》属题，为作跋语一通："东汉经师类能通经致用，迁治《京氏易》，《后汉书·儒林传》未及叙录。乃昌昔年续田季华先生《后汉儒林传补逸》，于汉碑中搜辑，得三十人，编为一卷，迁其一也。兰史先生以此碑命题，因再表而出之。"

午刻，陶乐春贞元会，恽眉卿毓良。值会；酉刻，都益处唐养吾理淇。约，均辞不赴。

函健之，购吴挚甫评本《史记》。

**廿九日(3月19日)**　感冒渐愈，仍服余伯陶昨拟方。

阅《新闻报》，南京日本领事为岩村成允君，忆癸卯春同高等学堂教员缪艺风总教赴日考察学务，甲辰冬送留学生赴日留学时，岩村为日外务省译官，迄今十八年矣。

阚鹤雏为逸塘编《合肥诗钞》，日来搜采各书，得诗人廿一家、闺秀四家、释子一家，录目函告鹤雏：霍初。诗人姓氏，龚鼎孳、李天馥、李孚青、许孙荃、徐青、史台懋、李澹然、赵葑澂、郭承缙、王家槐、程梦元、霍裕让、王嵩阳、郭家禧、徐如竹、范延昆、蔡淮英、张桂、郭凤池、王志孝、阚濬鼎。闺媛，吴彩、许燕珍（省志作无为人）、赵景淑、阚寿坤。释子。野蚕。

得舜臣廿五日来书，米价大涨，县知事昨由省回，今日禁米出口，民心稍定。租稻又售出四百石，内淑记一百石。三百石二元六角五分，一百石二元七角。今年正月先后共售八百石，内淑记二百石，通扯每石二元六角五分。上年除售出外，存稻八百九十六石五十五斤。又淑记上年除售出外，存稻二百五十石〇五十七斤。

## 二月

**朔日(3月20日)** 感冒已愈。宋研涛约淞社同人一枝香宴集，辞。

阅丁绍仪《词综补》卷五十一，有赵锡璜《南陵道中》点绛唇词一解，录之。赵锡璜字子鹤，合肥人，官知县。有《倚笛词》。

**点绛唇**南陵道中。

落叶萧萧，马号杂沓陵县驿。盾磨矛折，有客新投笔。
仗剑从戎，不怕关山隔。峰烟逼，几声笙篥，搀入离亭笛。

得淑畹书，昨八时到宝华山扫墓。

五时，鹤雏来谭，昨寄合肥诗人姓氏目已收，拟钞录，并示府志中钞出别集类合肥各家诗目，商请转劝逸塘编辑《安徽诗征》。

函索周湘云师酉敦各器拓本，即送来。

**初二日(3月21日)** 九时，附铁道至松江西门外马路桥西大街，观竞适园兰花会，梅瓣、绿荷，种类均佳。晤招待员程丽寰君。名文骏，金山人，云岑弟。雷君彦、程云岑尚未至，六时回沪。

圩栈请书何国富，为其子长龄求事，辞不获已，姑令其来寓钞书。

阅《新闻报》，告白栏有新宅一所，正、偏六进，内有洋楼廿四间，又八大披厢，装修俱全，井三口，门外临河。另有空院一方，坐落苏州葑门滚绣坊，门牌八十号。请赴抛球场恒乐里魏广兴缎庄夏宜之接洽。

**初三日(3月22日)** 函霍初，已觅胥人录合肥各家诗，并赠《百家闺秀词附词钞》《随盦所著书》四种。

戒安书来，为潘君之瑞。索《敬孚类稿》《怀豳杂俎》。覆以《敬孚类稿》当年集资所刻，板存萧家，今以《怀邠杂俎》《皖词纪胜》贻之。

赵阅川由京回，约往看携来古物，购画象方砖，廿元；元明间积翠堆花磁碗一对，十元；浏金五铢钱一枚，十元。初七日付洋四十元。

**初四日(3月23日)** 收浙路弟十期证券洋八十四元零。北京钞票。

周鹤岭、友梅，霍邱。辛大宗大宗，太湖。来。

**初五日(3月24日)** 晚赴李伯行一品香、王逸塘爱俪园西酌之约。

选陆梅谷烜。侍儿沈虹屏彩，平湖人。《采香词》六阕，并附选其大妇彭氏羡门先生女孙。三阕入《闺秀词钞补遗》。此词昔年假自艺风移录，艺风向平湖葛荫梧假钞全集，名《春雨楼集》十四卷，内赋一卷、诗六卷、词二卷、文二卷、题跋三卷，刻本为虹屏自书，卷一末有“乾隆辛丑又五月廿一日书于荷香竹色亭”一行，又卷四末“七月巧日薄病初起菱芡既登秋海棠盈盈索笑香韵清绝御砑绫单衣写于奇晋之东轩”一行。艺风云彭氏字玉嵌，盐官人，有诗词稿，亦为虹屏手书未刻，现藏平湖莫毓山家。

《东湖丛记》：梅谷刻《奇晋斋丛书》，收藏甚富。尝见书估携来中统本《史记》，后有梅谷跋，侍儿虹屏书，有“梅谷掌书画史沈彩虹屏”印记。又《晏公类要》后有虹屏跋云：晁氏《郡斋读书志》谓六十五卷，焦氏《经籍志》谓八十卷，而此仅三十七卷，然其中有公四世孙袤补阙至历代杂录止，盖已为足本矣。曾南丰集有此序，爰录冠首。时乾隆辛丑四月十二立夏日。是岁闰五月,春事未阑,海棠、绣球、木笔、紫荆、蔷薇花尚繁盛。新妆初毕,御砑绫夹衣,晏坐花南水北亭,啜镜溪新茗书。真藏书家韵事也。《梅谷十种》内《梦影词》三卷,卷下末题"乾隆丁亥浴佛前后日庆云侍史手写于春雨楼,重付剞刻,计增七阕,校正十一字"。庆云当亦梅谷侍儿,《采香词·念奴娇·为飘香妹催妆》,是飘香又为梅谷侍儿也。

爱俪园晤舒冰如、吴浩如、王觉三。

答拜周友梅、湖南督军副官,霍邱人。辛大宗。

一品香晤汉冶萍公司经理夏地山、偕复。运输所所长潘毓初。国英。顾鼎梅、陈正友来谭。

逸塘拟重印《四库全书》,并编《四库未收书目》,由霍初、纕蘅记录所议办法,定明日一时决议。

吴舜臣汇来稻洋壹仟元。第一次。

淑畹来书,初二日由宝华到宁,初八日回沪。

**初六日(3月25日)** 到爱俪园复议重印《四库全书》并编未收目,章一山、王觉三、湖北人,现众议员。阚霍初、曹纕蘅、姬觉弥与议,请觉三到图书馆查明卷数、页数估价,至编书目拟仿收稿给价之通行办法,以节经费。

同一山访翰怡,假其寓中公宴逸塘,允于初十日外为公宴期。

晤劭吾,顺答拜正友,今晚返皖。后赴承良之约。

向姬觉弥索《周金文存》三卷。七册。

商务印书馆任心白君绳祖。函送新印活字本《般若二经》《净土四经》,并募捐款,印《法华三经》。

梅生由宁来,即谒汉冶萍公司董事长李伯行、经理夏地山,拟派往繁昌、当涂。矿局庶务,不日行。

汪蟾清十三日为季男煜授室,送花缎红幛、喜烛。吴浩如来,未晤。

**初七日(3月26日)** 先荣旅公忌辰。

到仁济堂。翟展成同年来讯，询春振，约初十先来申。辛大宗、周友梅来谭。

菊生约往兴华酒叙，雪岑、沅叔、古微、聘三、孟蘋、翰怡同座，孟蘋有北宋本《化书》，大字本，得于湖南，价四百元。沅叔借校于《宝颜堂秘笈》本。沅叔云《道藏》本北京白云观本《北藏》。已胜于《秘笈》，《北藏》出于宋本，《南藏》则非，南京瓦官寺本系《南藏》，今已遭粤乱散失。今北宋本又胜于《道藏》矣。

《道藏》据近考查所知者有三本：北京白云观、上海白云观皆有《北藏》本，河南南阳元妙观亦有一本，《南藏》《北藏》未之知也。

《释藏》明支那本如皋定慧寺有全帙，他日当往观之。《释藏》亦有南、北藏，梵夹本，《南藏》半页六行，《北藏》半页五行。许灵隐有支那本《释藏》，稍有残缺，戊辰年为来青阁收得，遂劝李季皋以一千八百元购之。庚午十月记。

黄吉园由苏来，交新裱成南宋精拓本《怀仁集圣教序》。此本旧为杨大瓢藏，有跋，后归道州何氏，子毅。亦有题款。裱工价六元，又去冬裱成《天玺纪功碑》屏价十四元，均付清。

答拜顾鼎梅，座中晤丁辅之，后同至怡园。

**初八日(3月27日)** 晨同沅叔、孟蘋至涵芬楼观善本书：《周易经传》九卷，宋刊宋印本，单注，王弼注。补钞七、八、九共三卷。半叶十行，行大十六字、小廿四字，白口，四周双线，板心上记字数，板心下记刊工人名，鱼尾有壬戌刊、壬申重刊、癸丑重刊，卷一弟十六叶鱼尾下有“开禧乙丑换”五字。《礼书》一百五十卷，宋刻宋印，皮纸。《周易要义》，宋刊宋印，皮纸。存一上、一中、一下、二上、二下、七上、七下、八、九、十，共十卷；阙三上、三下、四上、四下、五上、五下、六上、六下，共八卷。半叶九行，行十八字，白口单边，板心上记字数，板心下记刊工人名。《礼记要义》卅三卷，宋刊宋印，皮纸。板式同《周易要义》，阙首二卷。汪启淑、郁松年、丁日昌旧藏，有金锡寿(嘉兴人)跋。《汉书》一百廿卷，宋景祐本，元大德、明正统补，棉纸印。半叶十行，行大十九字、小廿六字，白口单边，板心下有刊工人名。张芙川藏书，李兆洛、钱天树有跋。黄荛圃手记景祐本叶数、补配大德、正统修板叶数。《史记集解》一百卅卷，宋刊元明修补本，黑口，四周双线。补板至弘治止。弘治板心上有“监生孙蕙”四字。半叶十行,行十九字,板心上记字数,板心下记刊工人名。《资治通鉴考异》卅卷,建本,宋刊宋印。半叶□行,行大廿字、小廿三字。《通鉴纪事本末》,残本,存廿二卷,宋刊宋印,棉纸。半叶十一行,行十九字,白口,板心上记字数,板心下记刊工人名。《通鉴续编》,残本,元刻元印,黑线口,半叶九行,行廿二字。《宋史全文续资治通鉴》,元刻元印,残本。黑线口,半叶十六行,行廿六字。存十二、十六、十七、十八、十九、廿七、廿八、廿九、卅、卅四,共十卷。《资治通鉴》,宋刊元修本。半叶十一行,行廿一字,每叶有小耳,白口,上记字数,下记刻工人名。《古史》、宋刻明印本。半叶十一行,行廿二字。《新刊黄帝内经素问》廿四卷附《亡篇》,宋刊宋印,巾箱本。半叶十行,行十八字,黑线口。目录后有牌子“读书堂刊”四字。板心上记字数。前宋应元年王冰序后有题名一行:将仕郎守殿中丞孙兆重改误。又林亿等校正序后有题名三行:朝奉郎守国子博士同校正医书上骑都尉赐绯鱼袋高保衡、朝奉郎守尚书屯田郎中同校正医书骑都尉赐绯鱼袋孙奇、朝散大夫守光禄卿直秘阁判登闻检院上护军林亿。每卷有启玄子次注、林亿、孙奇、高保衡奉敕校正,孙兆重改误。《本草衍义》,宋刻宋印,残本,存卷六至卷二十,阙卷一至卷五。半叶十一行,行廿一字,白口,上记字数,下记刻工人名。每卷首有通直郎添差充收买药材所辨验药材寇宗奭编撰,卷末有庆元乙卯秋八月癸丑识。结衔、题名四行:段杲、徐宇、曾亨、江涔;又一行:朝奉郎权江南西路转运判官吴猎。《历世真仙体道通鉴》,元刊元印本,存卅四、卅六共二卷。半叶十二行,行廿三字,黑口。《论衡》三十卷,三朝本。半叶十行,行廿字,板心上记字数,明补本改年号,下记刻工人名,亦有不记。《续世说》十二卷,影宋钞本。半叶十行,行十八字,目录后有黑牌子:临安府陈道人书铺刊行。《静修先生文集》廿二卷,元刻元印本,黄丕烈旧藏。半叶十三行,行廿一字,黑线口。《清容居士集》五十卷。元刊元印本。半叶十行,行十六字,白口单边。

游半淞园。

午刻,赴李伯贞兴华贞元会。酉刻,洪希甫倚虹园之约。

阚霍初、陈知白名榆荫,戒安子。来,未晤。

向古书流通处取《齐山岩洞志》廿四卷,青阳陈蔚撰,嘉庆十年刻。码洋八元,《元和郡县补志》,江宁严观撰,乾隆四十年刻本。岱南阁本《元和郡县志》附严观《拾遗》二卷。码洋八元。岱南阁本初印不附《补志》，后印本有之，即严观刻本。《书目答问》云《拾遗》二卷，误也。

夜九时，淑畹由宁回。

**初九日(3月28日)**　答拜霍初，出示印行《四库全书》缘起，并编《四库未收书目》略例。

答拜陈知白，谭望江振务。到仁济堂，晤戒安，拟拨望江春振五千元。

晚，赴王雪澄都益处，傅沅叔、张菊生、蒋孟苹、曹缫蘅、刘翰怡同席。席少卿兴华葛经庵、荫楼昆仲、蒋椵堂、沙少堂同席。之约。

查敬吾来谭。

**初十日(3月29日)**　昨，商务印书馆任心白送《般若二经》《净土四经》活字印本四册，拟募续印《法华三经》，捐助五元。

访丁仲祜，索阅徐固卿书目。又访王静庵，告阚霍初为王逸塘请商订编纂《四库未收书目提要》。

到仁济堂、怡园。访章一山，不遇。答拜敬吾。

午刻，宴汪筱岩、周鹤岭、辛大宗、刘慧之、余德民于一枝香，顾鼎梅辞，吴浩如未到，菜洋八元七角。

筱岩拟购殿本《十三经注疏》粤刻本，同往古书流通处购成，洋卅六元。

向蟫隐庐取《元和郡县志》，附严观《补志》原刻本，岱南阁本。实价九元八角。

**十一日(3月30日)**　校任钧台先生《尚书内篇》卷一之二，计廿五叶。

五时，赴兰史杏花天之约，召紫娟侑觞。

访傅沅叔，出新得各书相示。

南京土街口住宅售出，得价二千八百元，除扣押租一百五十元，兑交二千四百元，余二百五十元俟房客将房出空再行兑付。此款拨还淑畹二千元，余四百留作家用。

**十二日(3月31日)**　到大生纱厂沪账房。

晚,赴逸塘、翰怡之约。沅叔、一山同席。

观翰怡藏书:宋本《范文正公集》,两部。残《施注苏诗》《通鉴总类》、元本《资治通鉴》胡注,元印本,全无补板。中统本《史记》。四周双边,半叶十四行,行廿四字,板心上记字数,下记刻工人名,白口。前有中统董浦序。

观丁仲祜所押袁氏书:残北宋本《群经音辨》、毛钞《酒边词》、明活字本《唐人诗集》四十一册。

陈介庵、王静盦先后来谭。答拜介庵。介庵又索《怀郊杂俎》《皖词纪胜》各一。

**十三日(4月1日)**　校任钓台《尚书内篇》卷三之一、二、三、四、五,四之一、二。

汪蟾清为其子煜授室,往贺。

购沙荣生云龙镜,洋六元。

舜臣来书,寄来己未收支总簿、田房租簿、漕米串根房捐收据、房客修理单,又淑记置戴富昌廿八都三四图七甲土名注塘渹田四分契一纸,价洋十二元。八年十二月十五日成契(己未),九年二月□日税契(庚申)。

到仁济堂,晤陈知白,并接介庵函,谈望江振款,拟拨六千元。西圩春振四千元,知事请平粜拨二千元。

到味古精舍、博远斋、宝彝斋闲话。

晚,赴李木公一品香之约,闻稼田二时无疾而亡。

**十四日(4月2日)**　午刻,赴哈同爱俪园之约,同坐者王逸塘、何丰林、护军使。徐容光、钮元白、张菊生、李拔可、傅筱庵诸人。到仁济堂。

晚,校《尚书内篇》卷四之三、四,五之二。

前恙以余热未尽,昨木公席上晤承良,请其诊方:鲜生地五钱,元参二钱,炙元武版五钱,鲜枇杷叶三片,刷毛包。大贝母、杏仁泥、天麦冬、茯苓各三钱，连翘、银花各一钱五，甘草五分。

**十五日(4月3日)** 向丁仲祜同年购得徐固卿书七种，码洋七十二元，三折扣二十一元六角：《授经图》，旧钞，廿卷，明朱谋玮撰，码十六元，折四元八角。《金壶记》，旧钞，三卷，释适之撰，码六元，折一元八角。《志雅堂杂钞》，旧钞，宋周密，码六元，折一元八角。《急救良方》，明嘉靖张时彻刻本，二卷，码十六元，折四元八角。《陶靖节集》，汲古阁绿君亭本，码八元，折二元四角。《埤雅》廿卷《广雅》十卷《释名》八卷，明毕效钦刻本，码十元，折三元。《李义山诗集笺注》三卷。朱鹤龄元本，程梦星删补，附《外集笺注》一卷，《诗话》《年谱》各一卷。码十元，折三元。

曹缫蘅来，同至仲祜处，观徐固卿书。

袁抱存押仲祜处书宋本《群经音辨》，存三、四两卷。毛钞《酒边词》，明活字本《唐人诗集》极佳。

到仁济堂，同戒安、知白乔梓、吴士达君商办皖中春振。吴舜臣汇来陆百元。第二次。

**十六日(4月4日)** 郭品翰来，交阅去年大照电灯公司营业收支十四届账略。

同一山公宴逸塘、觉三、菊生、觉弥、霍初、缫蘅、雨农、翰怡，即假翰怡家观所藏宋本《魏鹤山集》《窦氏联珠集》《史记》、蜀大字本。《三国志》、两《汉书》、《唐书》、残本《施注苏诗》《东坡后集》《吕东莱集》《范文正集》《诸葛武侯传》《琬琰集》《白氏文集》、赣州大字本《文选》《永乐大典》，皆善本之至善也。

美权约晚间兴华川菜馆酒叙，函辞。

至沈乙盦尚书处，略谈。

**十七日(4月5日)** 九时，附沪宁车至南翔，游古猗园，甚荒废，已属公园。又游葛氏园，结构尚新，布置亦不俗。挈崇、佑两儿行，十二时回沪。王浩如来。

晚，翟展成同年由芜来，谭皖南振务。

**十八日(4月6日)** 答拜展成、品翰，均未晤。晤展成婿郭志谟君，旌德人。

访让三,谭前晤周湘云,属刻其乡先生《周容诗集》。

康更生同年约一时赏花,置酒,沈乙盦、王雪澄、王聘三、胡晴初、陈仁先、章一山、杨芷晴、杨小川、朱稷丞同座。

午刻,恽瑾叔清闲别墅贞元会,值会;申刻,刘翰怡淞社四十四集,均未入座。

到仁济堂,晤展成、戒安、陈少舟、宗甘泉、名承露,请其到当涂查劣绅私扣赈款。张贤清,商办振务,晚贤清约在都益处酒叙。

接丁秉衡、费徐夫人屺怀夫人。讣书,均送呢幛。

**十九日(4月7日)** 向仲祐购梵夹本《释藏》五种、《道藏》一种:此种退回。码洋廿五元,三折,共七元五角。释《金光明最胜王经》十卷,唐三藏法师义净奉制译,明嘉靖三十六年正月上元日重刊,十卷末有明僧手书题名:奉佛比丘信僧承慧诚心募化十方檀越缁素,僧俗人等各施贿资印造金光明经,祈保施财人等春安夏泰,秋吉冬亨,隆庆六年四月吉日。八元。释《慈悲道场忏法》十卷,前有元后至元杭城妙觉智松柏庭校正重刻序,每卷有"昭庆寺仙桥东首大字经房慧空印造"一行。八元。释《华严宝忏法》三卷,罽宝国三藏般若奉诏译,三元。释《佛母大孔雀明王经》三卷,特进试鸿胪卿开府仪同三司肃国公食邑三千户赠司空谥大辩正广智大兴善寺三藏沙门不空法师奉诏译。每卷末有僧录司左善世兼管大护国慈寿寺住持本在印。卷下末有二行:大明慈圣宣文明肃皇太后,大明万历十六年正月初一日造。三元。释《销释金刚科仪》一卷,末有题名四行:天启三年四月吉日,御马监太监郝进发心印造,大金刚科仪十部十方讽诵以此功德,上报四恩下济三有普愿众生同游华藏。三元。道《高上玉皇本行集经》三卷。此种退回。

续缴宁兴矿股五百元,七折,收三百五十元,除划扣董事夫马费二百元,净缴壹百五十元,收宁字第二册一百七十号股票。先后共附四千元股本。

向老北门大街天益纸号购福建彭济昌松字号赛连四刀,共四元六角,每件十二刀,每刀二百数。二马路天来生号购双裱书面纸一百张,共三元二角。

向精益眼镜公司配吒力克镜片，四元；夹金架，五元；又平面镜片、铜边架三元。陈器之来。

过蟫隐庐，晤旌德吕木末，并。号白纻山人。

庸盦尚书师约七时都益处酒叙，胡海帆、胡晴初、朱晓南、鲍承良、谢惠塘同席。

**廿日(4月8日)** 游邑庙。到仁济堂。晚间，小有不适。

**廿一日(4月9日)** 仲祜同年之薛太夫人丧，送茧绸幛轴。

陈雨生讣书至，送呢幛。

缥蘅来，同至仲祜处，取固卿书，码洋二千七百五十三元，三折计，实洋八百廿五元九角。当给林福、王润泉各二元。

到仁济堂，戒安、树人已先行。

戒安昨同展成商定，先放南陵、芜湖赈，款照冬振数目，南陵五千元，芜湖四千元，来函相商。

昨，送徽宁会馆长生愿捐款十元，又淑畹、定君及儿女辈共十元。

昨，钱昌美荐吴伯年来修理旧书。

到《新闻报》馆，晤汉溪，略谈。

**廿二日(4月10日)** 午刻，汪蟾清约一枝香西酌。

晚，约陆维镛、翟展成、陈戒安、鲍承良、陈少舟、李木公一枝香，共菜洋九元五角四分，郭品翰、回镇江。张贤清、到无锡，未回。陈正有、回石埭，未来。鲍子丹、王浩如均未到。

邹适庐来，解释赵月川前搛。

缥蘅书来，述逸塘意，致谢购书事，并拟此后陆续搜集，主旨所在有裨实用，并拟购古书流通处所得嘉定廖氏书。余如府、厅、州、县各志，亦设法多购。商务印书馆《大清会典》属商菊生减价，酌购数部。

昨，梅盦来书，拟将其弟所藏严铁桥校明本《初学记》售于翰怡，雪澄估价三百元，意犹未足，属再加价。复以雪老所定尚属公允，此种书即增一二百元，不为过也。陈立炎有一本，过严批。

**廿三日(4月11日)** 赵阅川来道歉。

阅孙师郑同年《道咸同光四朝诗史一斑录》五编，许际唐太史《南陵道中》一首，录之：许承尧字际唐，歙县人，翰林（光绪□□①科），有《梦痕集》。《南陵道中》：

南陵亦作北天色，日如铜钲晕圆白。此时行役号苦寒，十里五里宿荒驿。荒村人少犬不肥，大风破裂吹茅衣。老翁饭我一盂饭，瓦器古如周鼎彝。横木作床荻作扉，架竹取水掘地炊。小姑掬儿语哑哑，大妇应客陈盐荠。东邻抱瓮言贳米，苦诉米贵愁将饥。无言舍去心悄悄，道旁麦脚青芽小。

访霍初，久谈。访雨农、纕蘅，不遇。

梦坡约精勤坊素娥楼酒叙，座有许狷叟、吴仓石、朱古微、潘兰史、恽季申、恽瑾叔、钱履樛、王莼农诸人，召高翠玉侑觞。

向阅川购宋磁兔豪盏四器，价四元。

**廿四日(4月12日)** 续辑合肥诗人，又得十八人，连前辑共得四十四家。何长龄自初三日钞起，今日钞毕。诗人姓氏。吴克俊、徐子苓、戴家麟、王尚辰、蒯光典、江云龙、阚凤楼、李濬然、李文安、李鸿章、李鹤章、李经世、许裔衡、徐汉苍、赵葑瀓、刘铭传、龚元哲、阮忠枢。闺媛：周夫人。

附芜湖裕中纱厂股本二千元，除去年付九八。元壹仟两，七二。合洋壹千三百八十八元八角八分八厘，收回用洋五十元，应找洋五百六十一元一角一分一厘，加庚申正月至二月廿四日息洋十元一角，共付五百七十一元二角一分一厘。函交展成同年，未给收据。

展成代印《劝戒九录》六十部，内自印十部，恽季申二十部，张让三、陶拙存、钱履樛各十部，先垫付洋捌拾四元。

访徐静仁，为陆维镛荐学生至溥益纱厂练习，允收二生，并定

---

① 原文如此。

学期。

访李拔可，为逸塘购《大清会典》数部，照廉价每部一百元，拔可转商菊生，应允。拔可云，新世界大鼓书钟姑娘唱工极佳，近太夷诸公颇眷恋之，为作《好事近》一词，拔可亦有诗纪之。后同戒安往听，江绍先亦同往。果佳。场中晤及朱骏甫、谭大武、钱冲甫、左台孙、贾璧云、蕙勤。已嫁缪子彬，素服。

到仁济堂，郎溪代表官派宁绍唐君绅名英煦，京兆人。举傅筑岩君乞赈，答以酌拟办法，一请广仁堂办春振，二补助广仁堂，如均难办到，由会照冬振数目筹拨七千元。

南陵五千元、芜湖四千元春振，今如数拨交展成。又巢县二千亦拨付。

望江春振六千元，由交通行汇安庆归，知白提取。

两复缫蘅书。致雨农书。

阅报，黄润之炎培。发起苏社，鲍芹士亦列名，昨与寄尘谈及云啬庵，亦赞同也。苏社原名觉社。

读吴毅父振棫。《杭郡诗续辑》卷卅四，许容孚先生有《南陵口号》三首，录之：

许懋堇字容孚，号梅隐，海宁人。吴毅甫曰：梅隐性和易，工鉴别，于瓷玉、雕漆尤精，以嗜酒故至倾其家。《南陵口号》三首：

漳水拖蓝南陵十景之一。清弋江名。清，工山削翠南陵十景之一。敬亭平。子明自昔称仙令，汉窦子明为南陵宰，后隐居山中仙去。杯渡浮杯破浪行。梁高僧无名常浮杯渡江于此。

朗陵侯庙工山旁，晋朗陵侯何琦，隐居山中仙去。谪仙子祠新酒坊。五松山下有新酒坊，建太白祠。游人指点鹅公凸，鹅公凸即箬帽之余，下临石潭，潭有蛰龙，腾跃祷雨最验。旧事犹传石碌场。唐废繁昌县为石碌场。按，石碌即日绿，详《本草》空青注。

香由寺内晚钟鸣，玉带桥前新月生。最爱人家多面水，凭阑时听棹歌声。

**廿五日(4月13日)** 访蕙风,略谭,遇赵叔雍。周缉之同年来,未晤,旋答拜,匆匆一叙。寓惠中旅馆。

至怡园,得铜镜二枚,一方镜,雕刻二龙二佛象;一员镜,上铸螭形。价洋四元。

**廿六日(4月14日)** 至信通股票公司,晤万荫楼,托售北京钞票,市价交票六八兑,中票六七兑,由胡绍轩君裕康,余姚。经售一千二百元交通六八。折,收上海票洋八百十六元。未取佣金。

宁绍唐、傅筑岩、翟展成先后来谭。

到仁济堂。

游大世界,听鼓娘李玉韰唱书。华容道。

付李紫东明寒山堂本《玉台新咏》、味经堂本《卫生歌》《后卫生歌》《修真秘要》《医家秘传随身备用加减十三方》,书价一百元。

到怡园,得遥集堂新编《马郎侠牟尼合记》二卷,题百子山樵撰,即石巢阮大铖所托名也。凡卅五出,书不经见。其《燕子笺》、昔藏此种已归李嗣香。《春灯谜》刘氏暖红室已重刻也。书价三元。《飞花扇传奇》序云"百子山樵传奇凡四种"。葱石云,董授经已将四种全行重印。

向李紫东忠厚书庄取书三种,议定价洋廿元:《禅宗颂古联珠通集》四十卷,元普惠续集,明净戒重校,万历丙申支那本。《淮海英灵集》,甲集、乙集、丁集、戊集各四卷,壬集一卷,癸集一卷,嘉庆三年仪征阮氏小琅嬛仙馆刻本。《程氏所见诗钞》廿四卷。休宁程鸿绪辑,嘉庆丁卯淙月斋本。

得缫蘅、雨农覆书。

**廿七日(4月15日)** 接舜臣来书,云陈海汇、牧子襄三月初来申,请主修《南陵县志》。

到仁济堂,接宿松电乞振,同戒安商拨三千元,以二千济四穷,一千办平粜。

展成来,谭夜车回芜。

王静安为题端忠敏公藏玉刀铭拓本。

**廿八日(4月16日)** 午刻,小有天贞元会,梅盦值会。

昨,展成临行,匆匆出示新在杭州购得钞本《保赤全书》,为管橓著,题宛陵人,《南陵县志》作南陵人,方技有传。知县沈尧中刻,明刻本。柯逊庵昔年曾云未经见也。

**廿九日(4月17日)** 阅徐心田《南陵志》卷十六杂志,纪闻。康熙中孝廉梁于淇知广西贵县,得桂林元祐党籍碑蔡京原书石刻,见宰臣、温国、潞国下所载曾任待制官苏东坡班内第三十九人,则南陵徐勣也。拓以遍遗同乡,盖京所立碑,因刘逵以星变请毁,自端礼门外至天下州县无复存者,而桂林以摩崖特免,故重定三百九人之姓名具在云。县志《人物志》,又《名臣传》徐勣有传。宋学士徐勣墓在县西三里内翰山。《一统志》五十九同。

校任钓台《尚书内编》卷五之一,计六十五叶。

兰泉书来,任振采不日来沪,复函寄北京交通银行。

**三十日(4月18日)** 拔可约四时酒叙,沈乙盦、王雪澄、聘三、菊生、社公翰怡、孟蘋同席。

到仁济堂,晤戒安。访余寿平,谈芜湖振务。

李振唐来谭。

舜臣汇淑畹稻洋五百元,又沈聘三拨还二百元。三次。

## 三月

**初一日(4月19日)** 夏润枝来谭。冯蒿盦丈来,未晤。

到仁济堂。怡园晤宗子戴。

**初二日(4月20日)** 答拜蒿丈、润枝。访梅盦、王病山,均略谭。

到仁济堂、怡园。

振唐约陶乐春酒叙。

**初三日(4月21日)** 午刻,梦坡约大东旅社修禊,到者廿三人。

到怡园。

夜,校任钓台《尚书内篇》卷五之三、四、五,共三卷廿八叶。

**初四日(4月22日)** 向丁仲祜同年购徐固卿书三种,计价廿四元九角:(五〇)《诗隽类函》一百五十卷,东吴俞安期汇纂,宣城梅鼎祚增定,侯官曹学佺订校,万历己酉刻本。有明善堂印。(三〇)《唐诗纪》一百七十卷,初唐六十卷、盛唐一百十卷,滁阳方一元编,万历乙酉刻本。继《历代诗纪》而作,中晚续刻。(三元)《宗门玄鉴图》。前有玄鉴五宗引,万历丁未少室后参觉虚一识。

仲祜同年贻我《国朝诗萃初集》十卷《二集》十三卷,为怀宁潘瑛、兰如。华亭高岑、映苔。同辑《初集》,怀宁潘瑛、兰如。青阳陈塈熟之。同辑《二集》,系继沈归愚宗伯《诗别裁》而作,嘉庆甲子刻本,所收安徽人诗甚多,现编《安徽诗征》,大有裨益也。

《诗萃初集》卷七有吴光璧《南陵道中》一首,录之:

吴光璧字苍玉,贵池人,岁贡生,官宁国县训导。《南陵道中》:

山到南陵骨更强,连朝细雨郁苍茫。云生壁上青天窄,江走林端白练长。晓露湿衣秋草碧,晚风吹鬓稻花香。笛舆镇日浑忘倦,不信人间有亢阳。

校钓台《尚书内篇》卷五之六、七、八,共三卷廿六叶。《内篇》校毕。

阅《谭复堂日记》,丹阳普宁寺有巨钟,深绿如玉,铭字甚多,唐中和二年王十四娘造,书体遒丽,亦钟绍京、王行满之亚。

褚礼堂著《金石学录续补》成,函索印本,粗读一过。

**初五日(4月23日)** 为逸塘购商务印书馆《大清会典》三部,每部减收一百元。今缫蘅已将款送来,并约午后二时涵芬楼观善本书,至期前往,即将《会典》价三百元交拔可。三时,逸塘、缫蘅、雨农同至,振唐亦先来,六时散。晚,拔可送来发票三分。

涵芬楼有《众香词》钞本，假归补钞乐集、御集、数集，以成完书。旧钞缪艺风刻本只礼、射、书三集。此词访求廿余年不可得，前年在杭州书肆书目有此，询之，已售诸海上，不能记忆某处矣。回申即函询乙盦、艺风、菊生、翰怡、石铭，均云未见。今忽得此，喜不自胜。菊生云此本得自京师。赵叔雍云杭州一本为其所购。

**初六日(4月24日)** 阅报，昨各学生罢课，后沿途演说到兵工厂，同军队冲突伤数人。西城一带罢市，今闻又伤数人，未得其详也。

到仁济堂。

校钧台先生《尚书外篇》上卷毕。

函纕蘅，将拔可寄来发票三分送请转交逸塘。

**初七日(4月25日)** 晨黄春帆灵輀至广肇山庄，执绋送之。春帆去秋查放皖中皖南振务，及至南陵，即患中风之症，英年好善，竟至不起，伤哉！

校钧台先生《尚书外篇》下卷毕。

同戒安、少舟、筑岩、绍唐至冯蒿盦丈处乞振，不遇，晤徐君，淮安人。述明来意。

钧台先生《尚书内外篇》现存卷数、叶数：

序、二页。集传序、三页。正义序、三页。旧序一、二、十六页、七页。音律说；九页。

卷一之二；《虞书》，《帝典》合《尧典》《舜典》，廿五页。

卷三之一、《商书》，《汤誓》二页。三之二、《盘庚》十六页。三之三、《高宗肜日》三页。三之四、《西伯戡黎》二页。三之五；《微子》五页。

卷四之一、《周书》，《牧誓》五页。四之二、《洪范》十九页。四之三、《金縢》八叶。四之四；《大诰》八页。

卷五之一、《君奭》九页、《无逸》七页、《立政》十页、《顾命》十六页、《吕刑》十三页、《文侯之命》三页、《费誓》四页、《秦誓》三页，共六十五页。卷五之二、《多方》九页。五之三、《康诰》十三页。五之四、《酒诰》九页。五之五、《梓材》六页。五之六、《召诰》八页。五之七、《洛诰》十一页。五之八，《多士》

七页。以上内篇；

又外篇，自序一页。卷上、六十一页。卷下。五十八页。

**初八日(4月26日)** 庞芝符贞元会值会，集兴华川菜馆。

哈同、姬觉弥、章一山招集爱俪园绾春第二集。

向李紫东购王刻本《史记》，价一百元。

到怡园。

葱石北京回，往访，畅谭。

**初九日(4月27日)** 吊樊稼田之丧，送绸幛、素烛。

顾伯言之夫人讣书至，送冲绸幛。

以《小檀栾室勘词图》卷乞狷叟题，《礼塔图》卷乞白也诗题。

购王锡生各书，共价卅三元：十五日价付清。《古文苑》廿一卷，有注，元刻明补本，廿八元。每叶十行，行十八字。《东武诗存》十卷，王赓言，嘉庆廿五年刻本。以下四种共五元。《即墨诗乘》十二卷，周锡璜，道光廿年刻本。《遵化诗存》十卷，丰润孙赞元编辑，遵化史恩培参订，光绪丁亥刻本。《鸳水联吟集》廿集。嘉兴岳鸿庆集订，道光戊戌刻本。

购沙荣生古玉笏，十七元。

**初十日(4月28日)** 汪书屏约观梅兰芳《黛玉葬花》剧。

**十一日(4月29日)** 购玉黄琮，四十元。王姓。

往贺邹适庐、鲍承良婚嫁之喜，送邹红呢幛、鲍大盛绸料票廿元。鲍未收。

到仁济堂。盛府捐一万两，又捐三千元，除认办宣、芜春振，内拨振郎溪六千元。

汪书屏又约观梅兰芳《麻姑献寿》剧，并约淑畹。

**十二日(4月30日)** 向商务印书馆预定浙江公会影印之《越缦堂日记》，先付廿元，俟阳历年底出书续缴十元，并取回预约券。又购《国朝诗铎》，张应昌选辑，共廿六卷，同治八年应宝时刻本。二元六角。

菊生书来，涵芬楼有汲古景宋本《挥麈录》，阙前录卷一、卷二计两卷，三录卷一、卷二、卷三计三卷，假向年影钞费氏藏宋本补钞。作函菊生，以全录假之，共八册。并转假书七种。十三日交还《挥麈录》六册。

游半淞园。晚，葱石来谭，共饭。

楚青来，不遇，贻我宋拓化等寺邕禅师塔铭，临川李氏藏，定价一元四角。宋拓《淳化阁帖》残本，临川李氏藏，定价十二元。珂罗板景印本，又《中国名画》第廿二集。定价一元五角。

**十三日(5月1日)** 翟展成来，交裕中第一纺织有限公司入股收据二纸，一裕字一百廿三号，十四股一千四百元，己未年十月初七日。一裕字一百十五号，六股六百元，己未十二月卅日。共二千元。

午刻，倪远甫、杨咏秋约往古香斋酒叙，蒿盦丈、黄伯雨、宗子戴、徐静仁、胡召南、高敦之同席。

到仁济堂。书屏来约观梅剧，却之。

答拜楚青，又赠《中国名画集》廿、廿一集二册，楚青商假六朝志铭景印。

怡园购阅川古玉镇圭，廿元。沙荣生说合。

**十四日(5月2日)** 吊沈玉珊丧于寿圣庵，送洋羽纱幛。

往张让三、余鲁卿处，略谭。

陆仲英、汪书屏昆仲来谭，书屏以其外舅黎芋生之夫人大照电灯公司股票被窃属函告公司，并约观梅剧，未往。淑畹、定君挈崇、佑两儿往，剧为《天女散花》。

**十五日(5月3日)** 李伯行约晚酌，余寿平、洪希甫、刘慧之同席。

**十六日(5月4日)** 以《尚书内外篇》原稿刻样请钱新之转寄陶兰泉。新之云任振采昨过沪回京，并函告兰泉。

复菊生讯，以前假各书交还：《诗风初集》，徐崧辑，卅八卷，未注爵里。《三台诗录》，戚学标辑，卅卷，词二卷续四卷。《瓣香集》。许英辑，十六卷，皆五言八韵近体。

昨，为潘兰史题造象拓本两幅：

魏史永明造象：文曰：武定元年二月七日，汉阳郡皇瓜县人史永明造观世音象一区。

皇瓜县，适庐释黄瓜县是也。《汉灵台碑》阴"守皇屋啬夫"，《隶释》云：以皇为黄，汉武氏石室《祥瑞图》"皇帝时南夷"，《宋书·符瑞志》作"黄帝"；《易·系辞》"黄帝"，《风俗通》引作"皇帝"，皇、黄为古通用字。按，黄瓜县故城在今甘肃巩昌府伏羌县西南四十里，本古冀戎地。秦置冀县，汉属天水郡，后汉永平十七年改郡曰汉阳，魏改郡曰天水，永嘉后省。后魏太平真君八年改置当亭县，属天水郡，又析置黄瓜县，为汉阳郡治。后周改为冀城，得省入黄瓜县，属天水郡，汉阳郡废。隋大业二年改黄瓜县为冀城县，唐武德三年改冀城为伏羌，宋升为城金，属秦州泰安县，元明仍置县，国朝因之，在巩昌府东南一百九十里。是汉阳郡黄瓜县殆无疑义。

后魏王永寿造象：文曰：大魏孝昌二年岁次丙午二月朔六日，王永寿敬造弥勒像一区，合家一心咸同斯福。

孝昌为孝明帝纪元，凡三年，乙巳六月改元，其二年岁次丙午，与《魏书》合。

函周湘云，索师、酉两敦全形拓本，即得复书，交来两幅。

昨，楚青来谭，派王秀仁来取元氏各种志计二十种，楚青影印《六朝墓志菁华》。预约券六元，计一百种。陶兰泉已先假印元氏志卅种也。

访周扶老，不遇。又访劬吾、展成、秋澄、玉山，略谭。江幹卿、王迪成亦未遇。

昨戒安来书，云霍初晚有老半斋之约。今答书云，归时甚晏，读来书已不及赴约矣，并向霍初代谢。

怡园得金粟山藏经笺九段，价二元。

陈一甫、惟壬。赵叔孺、时㭎。余阶升忠陛。来，未晤。

黟县吴发来、宗汉。发祥宗周。兄弟来，请为其尊人子青先生题主，择三月二十日。

**十七日(5月5日)** 芜湖裕中纺织公司开选举会，无结果而散。

王逸塘招饮于严隽叔家，召高翠玉侑觞。逸塘荐清和三花云娥，伶俐娟秀，后起翘楚也。

**十八日(5月6日)** 贞元会，履樛值会，假座陶乐春。

裕中纺织公司淮商老股召集会议，刘慧之到，协商办法。

张贤清已到南陵查放振，拟将冬春两振一万元和三千元办水利，告戒安、展成电阻。

本月廿七日，卢绍刘揖曹之母房夫人七十寿，书联祝之。

**十九日(5月7日)** 周扶老来谭。

到仁济堂，戒安、展成、秋澄、树人均来，金伯屏亦来。

议拨宣城西南乡振款七千元，北乡灾最重，广仁堂独放。请广仁堂代放。又拨芜湖万顷湖六区振款三千元。后改宣六千、芜四千。

接翁景之讣书，送缎幛；吴苏叟讣书，送呢幛，均付邮递。

**二十日(5月8日)** 未刻，至寿圣庵，为吴子青题主。

访阚霍初，不遇，将所编《合肥诗录》交其家人。

合肥诗人前记姓氏四十四家，今续得五家。夏云、程洪九、李春、蔡邦宁、程之琏。

访汪汉溪，述逸塘拟向徽宁会馆商拨款，补助新建全皖会馆。

**廿一日(5月9日)** 黄春帆领帖，振会同人公祭于报本堂。

访赵叔孺，略谭。

访洪希甫，谭芜湖裕中厂务。

夏辅宜为陈劭吾约来，拟举其接办裕中经理。

霍初、湘云、秋澄、展成、辅宜来，均不遇。

覆霍初书。

昨至怡园，购富贵常家镜，三元。

**廿二日(5月10日)** 约汪允辉来，商新建全皖会馆捐款。

答拜辅宜、展成、秋澄。

晚，赴萧衡才、许树滋、贾冰臣倚虹楼之约。

殷侣樵约小林黛玉家双叙，付和洋三元。

怡园购半瓦、画瓦四方,景叔云易州出土。残瓦片十四片,十三元。

天蟾舞台观梅兰芳《游园惊梦》剧。

接汪丽棠夫妇讣书,送天青缎五福盘寿团花挽幛。

**廿三日(5月11日)** 黟县吴逊庵翔渗。以为子青题主,贻礼六色,收绸料卅元,雪茄四合,红茶两箱,金腿两肘;璧官燕、彩蛋。

戒安书来,昨武进盛夫人以赤金酒器一百廿余两捐助芜湖春振。

**廿四日(5月12日)** 霍初、从叔、庶询、辅宜、秋澄、展成先后来谭。展成赠《泾县志》。沈守知来,未晤。

至沈乙盦、江社公、宗子戴处,略谭。

裕中纺织公司假劭老处开股东谈话会,幼鸿、衡才、颂平、慧之、展成、秋澄、希甫均到,议决旧股息十三万余元俟付官利后,余利尽先还息,议案众皆签字,余亦签允,并议定廿六日重开选举会。定董事七人、监察二人。

**廿五日(5月13日)** 陈伯严来谭。

答拜伯严、守知,均不晤。拜雨农,谭徽宁会馆募捐接洽情形。到仁济堂,晤戒安、树人。

六时,赴刘葱石楚园之约,杨翰西、刘襄孙、恽瑾叔、胡蕙生同席。

**廿六日(5月14日)** 裕中纺织公司重开股东会,函托刘晦之代表。选举董事七人:陈劭吾、刘晦之、甯松泉、翟展成、陈西甫、许树滋、萧衡才,备选三人:贾冰臣、陈一甫、余咏南。监察二人:贾颂平、濮秋澄。备选一人:臧雪楼。

拜沈守知、许从叔,均不遇。至大生纱厂沪账房,寄尘外出,同樊叙卿略谭,纱厂股本发官息八厘,余利五分,账房拟四月朔日迁至二马路新宅。

到仁济堂,知皖振副券第四期全数售清。

到忠厚书庄,取阅明正德本《青阳先生文集》六卷,余忠宣公阙著,合肥人。旧为意园师藏,索价六十元,拟影钞藏之。

晚,赴周扶老兴华川菜馆之约,张幼丹、陈新甫、许树滋、贾颂平、萧衡才、陈爵侯同席。

吴舜臣书来，南陵米价昂贵，拟办平粜，向振会乞补助，先后作书复之。

昨，王莼农为题《空山听雨图》，并赠《松陵女子诗征》、珂罗板《费子茗画册》，索所藏金石拓墨，今检金文六十种，造象、墓志八种，专文廿二种、瓦文卅种，以书贻之。

以张通妻陶志二拓本一赠李平书，一赠陈戒安。

**廿七日(5月15日)** 汪书屏约观天蟾舞台梅兰芳演《上元夫人》剧，淑畹挈绮女同行，并约倪昆甫。剧价每二元五角。

**廿八日(5月16日)** 陶子麟将《徐公文集》刻样修补工竣样本寄来。

昨戒安书来，述霍初意，觅一写官，派胡长龄持函往谒霍初。

梦坡迁新居，往贺，公分派三元八角，履樛承办。晚，招饮于晨风庐，高翠玉忆春侑觞。

贞元会，季申值会，假座陶乐春。

访陈一甫，不遇，同劭吾久谈。

晨，展成、秋澄两同年辞返芜湖。薄暮答拜，畅谭，慧之在座。访王迪成，已行。

袁述之、鲍子丹来，不晤。晚，章一山约会宾楼便酌，述之、子丹均在座。

到仁济堂，适张贤清报告查放南陵振务情形书至，述官绅方某。聚赌，不理赈务，盛称何聘臣、俞峻韵之贤，已放赈款九千八百余元，查而未放尚有数百元，赈会先后拨冬春两赈壹万元外，尚不敷四百余元，先向县署借拨，由赈会筹还。属照来书登报。当同戒安商定，将官绅情形删改。舜臣又有书来，询筹平粜款，即函告之。

昨，舜臣书来，详叙修志情形并及平粜，又卖租稻一百廿石，每石二元七角。

收大照电灯公司股息元壹千二百六十四两。

购沙荣生古玉璜，极佳，价十六元。

白也诗已题《礼塔图》卷交来。

**廿九日(5月17日)** 答拜述之、子丹，略谭。

到怡园，取沙荣生古玉琰圭，价十五元。

购画佛象轴雕漆，上有佛字，或云内府造办处呈进，嘉庆时制，价一元。

## 四月

**朔日(5月18日)** 三时，唐少川、潘明训、周湘云约同陈散原、朱沤尹、余寿平、胡揆甫、王雪澄、况夔笙、周梦坡、甘翰臣、赵竹君、赵叔雍，并邀梅畹华、王凤卿、姜妙香、姚玉芙在孝圃为园游会，就园中撮影。七时，同至雪盦周氏。西酌。九时，至天蟾舞台，观凤卿《捉放曹》，畹华、玉芙《天女散花》剧。

履樛来，久谈。

大生纺织公司、中国实业银行迁新居，往贺。

**初二日(5月19日)** 佑儿是日午时。六岁生辰。

贻王俶僲、钱履樛金文各五十种，周梦坡金文十种。又魏齐造象陆种，贻梅盦同年之弟旭君。名俶。

挈儿女至大世界，听鼓娘刘翠仙唱书。

**初三日(5月20日)** 女姮是日丑时，一时生。十一岁生辰。

汪佩臣文绶。来谭。

午后，拜佩臣、刘镜清、李拔可、张诜侪，兆桢。不遇。遇洪希甫，略谈。

到怡园，购汉竟一，文曰：湅冶铜善清而明，以之为镜，宜文章，延年益寿，辟不羊，与天母亟如日光，千秋万岁，长乐未央，可为君王。共四十字，价十元。又如冠九画轴，二元。

**初四日(5月21日)** 到仁济堂，知南陵县官绅昨有电乞平粜款四五千。已复由绅富借垫，事竣归还，振会实无款可拨，系戒庵主持。

到怡园，购齐剑，价十元。

晚，约袁述之、鲍子丹、汪易三夫妇观梅兰芳《嫦娥奔月》剧，绮女约定君同观。

**初五日(5月22日)** 接南陵方指高、陈海汇、秦良楷、黄子猷以地方财政局名义来书，向振会乞平粜款。当商请戒庵，议定拨款二千元，会中专函通知官绅，另函告舜臣，并复财政局绅。

观梅浣华《贩马记》剧。

吴寄尘来，约往南通。晚十时，上吴淞江轮，太古行。寿老、蒽石、莼生、竹书、寄尘同行。船票九元，寄尘付出。

**初六日(5月23日)** 十时抵芦泾港，寓有斐馆。同寿老往拜啬庵、退庵两老，退庵坚约同寿平、蒽石迁至城南街城南别业新居。

晚，江知源约在有斐馆便饭。

访章希瑗，不值。

**初七日(5月24日)** 拜梁缙卿、张地山、韩凤池、马肤武、陈保初、徐亮星、徐爵之、姚幹泉、束劭直、汪叔丹、徐静仁、张孝若、单少堂。

通、崇两厂董事联合会，议决海门第三厂每厂二十万股本给股票，照十四成支配，十成股东，四成办事人。又中比航业及贸易公司以余利尽数附股。

晚，退、啬两老约酒叙。

**初八日(5月25日)** 午刻，张作三、同寿。徐陶庵、广镕。秦亮夫、济。张范廉、谦。蒋雅初、汝莘。蒋嘏堂、德纯。束勖俨曰璐。约桃之华西酌。

通厂股东会，蒽石主席董事会议业通过。查账人盛竹书、高安九连任。

晚，盐垦同人廿余人约在地山家酒叙，召双凤堂花小芬、十二红侑觞，小芬嫣然丰致，翘楚也。

致舜臣函，复南陵财政局绅函。

冯光久昨来,未晤。今来,久谈。

**初九日(5月26日)** 午刻,退、啬两老约有斐馆西酌,崇厂股东会。查账李拔可、徐静仁连任。

晚,退、啬两老约城南别业酒叙,梅兰芳、浣华、畹华。王凤卿、姜妙香、慧波。姚玉芙冷红盦。同席,伴来者许伯明、齐如山两君。徐新六、陈光甫以中比航业及贸易事来通,亦与席。

孝若约至更俗剧场,观畹华、冷红、慧波《游园惊梦》剧,凤卿《取成都》剧。

《公园日刊》梅浣华号录啬翁二绝:

《梅郎到通示剧场》:九年一月。

第一佳人第一朝,千车争听郁轮袍。郊衢不碍西风恶,正要城南酒价高。

盈车掷果亦须钱,一语犹闻值一缣。方便与人增眼福,黄金土价不嫌廉。

《梅郎再至南通三日有迫即去伸意为诗祝而送之》:庚申四月十日。

忽看清瘦减容光,名为身魔亦可伤。北海鹏云千里绝,南山豹雾几时藏。

愁花况衾春无主,泣玉宁知璞已刓。我耳欲谋岩壑遁,不辞剪纸与温汤。

沙健庵、章希瑗、张地山、章静轩、韩凤池、韩竹轩、姚幹泉、张作三、徐亮星、徐爵之、朱钧望、龚伯厚、邹树镲、郝余庆来。

**初十日(5月27日)** 华成公司股东会,监察人张佩严、林味书连任。提议筹备经费案,议决以东南隅溢出之十一万亩另招新股五十五万元，先尽老股东摊认，以阴历六月十五日为限，逾期归南通大学承购，并以西北隅溢出之八万亩每亩作价四元，亦归老股东分任筹资经营。

旋接总理通告，壮宜堂等股东条陈办法六条，系由股东自行结合另组公司，向公司完全购买此项地亩，每亩地价四元，另工垦费四元，一次缴足，地亩期以六年，垦熟后签分投资，以六月十五日为限。

午刻，退、啬两老约中公园中嘉会堂西酌，畹华、凤卿、慧波、冷红同座。散后，观畹华、慧波《玉簪记》，凤卿《朱砂痣》剧。

中公园中王欣甫年丈歌《惨睹》一曲。

晚，王已劲、顾伯言、张佐虞约桃之华西馔，召十二红侍酒，花小芬为寿老、葱石恋爱，故未召。散后，观畹华、慧波、冷红《黛玉葬花》剧，凤卿《昭关》剧。

拜冯光久、周寀臣、周健甫、袁南生、李寿卿、桂厚之、江知源。

**十一日(5月28日)**　周寀臣、袁南生、李寿卿来。

观畹华、冷红《天女散花》剧，凤卿、慧波《双狮图》剧。

晚，孝若约在濠南别业西酌，畹华、凤卿、慧波、冷红同席。

**十二日(5月29日)**　梅、王、姜、姚、许、齐清晨来话别。

刘烈卿、梁缙卿、章希瑗、陈懋之、夏泽生、田春亭、杨瑞生来。

晚，赴烈卿桃之华之约，召十二红侑觞。

有提议以华成溢出地亩十一万余亩归南通大学购买，又以八万余亩展期一年，归股东摊认。寄尘交来议案，属为签名。

章淑淳希瑗三子。赠《张季子诗集》《翁文恭诗集》。

**十三日(5月30日)**　吕鹿笙、梁缙卿、王慕庄、方泽三、章希瑗、汪鲁门、许云浦、贾颂平来。

袁亦奇共午饭。袁海门三厂主任。

张镜湖、韩凤池、马肤武、汪叔丹公约凤池家酒叙，凤池指派双凤堂高桂花。席中遇姜堰妓小才宝，马积生眷。极佳；扬州妓十三红、徐静仁眷。小猫、张镜湖眷。陈小亭方泽山眷。亦皆可取也。通妓红楼亦佳。

函舜臣，振会来讯，泉款二千元已汇芜转交。

**十四日(5月31日)** 希瑗约午饭。

拜张镜湖、刘烈卿、顾伯言、汪鲁门、贾颂平、贾巢平、许云浦、陈懋之、杨瑞生、方泽三。

凤池约晚饭，召高桂花。

**十五日(6月1日)** 访寄尘、鲁门，略谈。又访吴蝶卿、诸贞壮。颜冠三来。购和记花树十五元、邱家花树二元。

观王蕙芳《华清池》剧，知源作主人。

**十六日(6月2日)** 晨为希瑗送其女公子庚帖，交厚之。

答拜颜冠三、田春亭。

退老约游狼山，先至观音岩啬老东屿山庄，在三元宫午饭。杭州辩利院大士象百余轴，悉供养观音岩寺楼。

大丰公司董事会，张退盦总理通知，王已劾总理改任坐办：(一)议分田每股一千元。分田一百亩；(二)借五十万元，每股摊二百五十元，五年还清。酬田廿五亩息一分，半年付息一次。

前大有晋董事会，议决上年借款廿五万元，特别酬报派田一万亩，每千元应得四十亩，静仁约同寿老、葱石具公函致退老，请静轩指派地段。前借宝经堂、福记各二千元。

**十七日(6月3日)** 张镜湖旅长约在署中午饭。

大丰股东会，监察人张地山、萧衡才改举刘葱石、韩凤池，董事会议业通过。

分田得三签，一签、二签系贝润生、邱渭卿，共九十七股；四签、五签系贾颂平、刘葱石。田在祥丰区，自三百八十九号起，自四百四十五号止，共五十六条，每条廿五亩。计一千四百亩。内已放垦卅四条。

晚，孝若约桃之华西酌，欧阳予倩、查天影、赵桐珊即芙蓉草。同席。散后，观予倩、天影、桐珊《宝蟾送酒》剧，又桐珊《铁弓缘》剧。

**十八日(6月4日)** 访健甫，询大丰田质高下情形。

晚，光久约在苏来舫酒叙，召雏妓某侍筵。

观予倩、天影、桐珊《馒头庵》，又桐珊《梅龙镇》剧，夏泽承赠券。

**十九日(6月5日)** 大纲股东会，通过昨董事会提议同幹卿至大纲公司查勘地亩并商进行事宜，监察人原曹秉仁、马肤武，改举江幹卿、曹秉仁。

晚，退、啬两老约有斐馆西酌并代表。散后，同葱石至寄尘处，久谭。以时晏，不克观予倩《黛玉葬花》剧。束劭直、韩凤池赠券。

大纲会场中晤马伯良镇守使、玉仁。马阴廷参谋。

**二十日(6月6日)** 晚，孝若、予倩约在濠南别业西酌。散后，观予倩、天影、桐珊《人面桃花》剧，演崔护故事。退、啬两老亦偕往。

十一时，同寿老、葱石至天生港，附大德轮回申。马伯良旅长、淮阳镇守使、江苏第一混成旅旅长。王欣甫年丈已先登舟。

**廿一日(6月7日)** 十二时抵沪返舍，知初八日陶拙存消闲别墅贞元会之约，十二日胡韫玉、吴俊卿、朱锟东亚酒楼之约，十五日王逸塘爱俪园之约，十八日都益处许狷叟贞元会之约均未及赴。

拔可贻石印《宋学士文集》，作书谢之，并寄陶子麟寄来先集写样原稿，于北京南府口老爷庙寓中。

复汪汉溪书，寿老愿题名于其太夫人寿屏中，九月十九日七十寿。具书文名，致夏辅宜函列名，告伯老愿列名。

**廿二日(6月8日)** 访夏玉峰，略谈。李伯老处亦晤谈。

至大生纱厂账房，晤沈燕谋，为希瑗托访桂世兄在路矿学校学业。

复曹木如书，玉峰当年亟查希文吞账有据，未便致书请托。

复陈墨迻书，并贻方砖拓本七种。

**廿三日(6月9日)** 复张菊生书，菊生拟刻家谱，属荐良工。以陶子麟告之，并还前假书三种，又贻《翁文恭集》：《群雅集》四十卷，丹徒王豫选。《怀旧集》，长洲吴翌凤辑，前集十二卷续集六卷又续集二卷女士诗录一卷。《印须集》。长洲吴翌凤辑，前集八卷续集六卷又续集六卷女士诗录一卷。

复展成同年书,请将《劝戒录》觅便寄沪。

制永受嘉福、长生无极两瓦座、合成,工价廿四元。又古玉影木合五枚,工价廿一元,价付清。

**廿四日(6月10日)** 结付古书流通处书价一百四十元:原开价一百七十二元四角,目列下。《铁桥漫稿》,二十八元。入廿元;《汉魏诸名家集》,百廿元。入八十四元;《墨庄遗书》,八十四元。入五十元;《国朝诗别裁》,十二元。入八元四角;《齐山岩洞志》,十元。入五元;《元和郡县补志》,八元。入五元。

结付李紫东书价一百廿八元:先付一百廿元。王本《史记》,一百元,震泽王氏刻本。《禅宗颂古联珠通集》四十卷,十二元,支那本。《淮海英灵集》甲、乙、丙、丁、戊集各四卷,壬、癸集各一卷,六元,阮元。《程氏所见诗钞》廿四卷,二元,程鸿绪。《嘤鸣集》六卷,一元,张节。《湖海诗传》四十六卷,三元,王昶。《金华诗录》六十卷《外集》六卷《别集》四卷,四元,朱琰。《陈氏联珠集》十卷。王肇奎录。

寿老、介老来,乞望江平粜款,陈少舟乞太平平籴款。三时,到振会,议各补助二千元。

晚,赴倪远甫古香斋酒叙,召紫娟侑觞。

古香斋购小崇宁通宝镜,索价十元。付十元,交远甫。

**廿五日(6月11日)** 答拜余寿老。

晚,赴梦坡晨风庐之约,观所藏《郎官石柱记》,海内孤本。较王子展藏本佳。王售归端忠敏六千元,端售诸程松卿三千六百元。此本先归沈匏庐,涛。后归沈旭庭,梧。末多题名廿一人,首多一唐字。又有镌工人名,石花寺王本不同,相传陕西、江苏各有一石。购价只一百五十元,廉极矣。雪澄、沤尹、梅盦、昌硕、兰史、履樛、醉愚同席。

又赴葱石静安寺路十号俱乐部之约,恽氏昆仲、杨翰西、倪远甫、刘襄孙、吴寄尘均在座,寄尘方自南通归也。

到怡园,携利敦归细考,未著录,与旧藏利鼎同为一人之器,铭文八行六十八字。议定价二百六十元。

**廿六日(6月12日)** 陆维镛太夫人遗象供西湖虎跑泉祠中，先设济生会同人公祭，亦与祭。

石铭惠所藏沇儿钟、邾公钊钟、楚公钟、兮中钟四全形拓本，作书谢之。

致希瑗书，厚之书来，姻事因合婚不利作罢，告之，并告沈燕谋。

致舜臣书，深溪硚除先捐十元，再捐四十元，转致花山徐子龄，不再作复。平粜派捐二百石米，暗中取消，似未便讨此便宜，拟提出留为正当慈善之用。五月间须有盐城之行，请海汇不必来沪。修志事查照旧章并新奉省令，又他县已成之书，参考办理。

**廿七日(6月13日)** 晚，同汪书屏、易三昆仲并挈崇儿至上海大戏院，观《宝莲德国大秘密》影戏。江幹卿来谭。

**廿八日(6月14日)** 都益处贞元会，周梦坡值会。

访劭吾，谭南通各公司情形。答拜江幹卿，不值。

到博远斋，晤筱溪，出示玉璇玑二，极佳，端忠敏旧藏。有璊瓣，俗铭牙骨汉。上涂朱。又大琮二，青玉满身，黑文水银浸。又大圭、璋各一，均三代宝物也。

到西泠印社，石潜外出。

舒咏芝来，未晤，拟同幹卿联姻，属作冰人也。

晚，幹卿来，约明日四时传庚帖。

**廿九日(6月15日)** 赵孺人五月初一日忌日，今午设祭。

四时，同汪笃斋至江舒雨家传庚。散后，幹卿约至一枝香西酌。

付赵阅川利敦价二百六十元，又购陈若木画、吴让之篆叠扇一，骨雕刻花鸟，新罗山人笔也，议价五元。

## 五月

**朔日(6月16日)** 书屏来谭。象甫自京来，亦久谭。

到大生沪账房，得悉吴寄尘昨得一子，记前年送崔府君象祀之，府君果示灵也。

到怡园,晤适庐、子戴。

**初二日(6月17日)** 楚青派王秀仁来,交还前假元氏各志廿种,续假晋宋魏志卅种,又《匋斋吉金续录》。

昨,展成寄来《劝戒九录》六十部,自留十部,计十五元,又收回季申、让三、拙存、履樛共五十部价七十五元。

送大生沪账房同人《劝戒录》一部,徐静仁《劝戒录》《感应篇集传》各一部,又送让三、拙存、季申、履樛《感应篇集传》各一部。

樊叔卿索崔府君象,今往送之。

昨,玉璜、玉琰圭影木合成,价七元。

谒贵阳师,不遇。答拜象甫,亦不遇。视李叔云疾,久谭。

晤寄尘,贺得子之喜。

覆展成、鼎梅书。

刘谦甫来谭。

**初三日(6月18日)** 顾鼎梅由新乡寄来魏唐各志廿二种、内有元顼、元绪、元譿三志。北齐《不灭经》琴专四种拓本,价七元二分五厘。

收大生厂董事夫马费二百元、大照公司捌拾两。

**初四日(6月19日)** 致退盦书,并送书画廿轴,又告初十日往盐城。

购日利大万镜,价三元。

周扶老之夫人谭夫人初九日领帖,送花缎幛、祭筵、香楮。

**初五日(6月20日)** 挈儿女辈游新世界。晚,绮女请观共舞台十三本《宏碧缘》剧,女伶张文艳演韦妃。邻座为徐警厅长、沈韫石、季宜昆仲。

**初六日(6月21日)** 访寿老、戒安、幹卿。

少舟来,云不日去鄂,汉口黄陂街义康隆号。交来皖振大照电灯公司存折,每年付二千六百两,尚有六年未付。又振余上年拨仁济堂二万元外之振余。七百两,即送大生账房存放大豫公司,先取收条。每月一分行息。又交暂存讯一通，复讯由邮递。七月十一日将收条换回存折。

送寄尘生子贺礼金饰、寿星一、罗汉十二、镯一付。玉锁、紫金冠、绸料，已收。给力洋六元。

寄尘先代付调查大纲川资二百元，即交幹卿收存。

**初七日（6月22日）** 淞社四十六集，恽季申、恽瑾叔、陶拙存、钱履樛约在都益处举行。

**初八日（6月23日）** 午刻，都益处贞元会，恽眉卿值会。

至沈乙盦处，畅谭，座中晤金殿臣、傅沅叔，时沅叔方游黄山回也。

答拜蒯佩实、陆仲英、汪书屏、汪易三、吴汉卿。

晚，仲英约新清和二弄情娥家酒叙，召紫娟花、雪娥侑觞，并付和洋三元。

购赵阅川大黄琮，价七十五元。

余寿老来，交致大纲公司总稽查张步衢君函并纸卷一束。

**初九日（6月24日）** 周扶九继配谭夫人领帖，约陪来宾。

午刻，王叔用约同兴楼午饭，郑太夷、王雪澄、王聘三、金殿臣、章一山同席。

章希瑗、张慰慈延武。来，随答拜。

晚，公宴慰慈、希瑗、张地山、马积生、徐亮星、徐爵之、龚伯厚于静安寺路十号俱乐部。

赠刘翰怡《劝戒九录》《感应篇集传》、吴让之书《感应篇》、惠注《阴骘文图证》各二部，又赠沈醉愚《劝戒九录》《感应篇集传》各一部。

**初十日（6月25日）** 函张菊生，附还前借《众香词》六册、《兰言集》甘泉谢堃。四十册。

函李拔可，询代购吴挚甫评本《史记》价，并附函陶子麟。

康更生同年、李拔可、马息深、炎文，嘉兴，南通商会。张地山、谦培，崇明。夏泽生敬履、新建。来，均未晤。

送周扶老夫人之丧并公祭。

答拜息深、地山、泽生，晤泽生，略谭。

晚，寿老约同张慰慈、希瑗、亮星、伯厚、幹卿、葱石酒叙。

途遇章一山，同至翰怡、醉愚处一谭。晚至陈介庵处，谈皖振，宣城来电乞粜款，拟拨二千。

陆文钊君维镛。来函，请将皖振余款移办湖南兵灾。

前托管复初购美参，昨席少卿交来，计廿五两零。价廿四圆，今作书归还。

**十一日(6月26日)** 假蟫隐庐欧阳厚均《岳麓诗钞》，辑得安徽诗人王仕云、歙县。汪晋征、休宁。江虬、繁昌。朱前诒无为。四家。

送幹卿、葱石《劝戒九录》《感应篇集传》各一部。

同慰慈、希瑗、燕谋、亮星、伯厚游爱俪园周围。一徐家汇路，一西摩路。

到仁济堂，拟电复宣城，拨补平粜二千元。又拟复陆维镛函，皖振存款只四千〇三元，除拨宣城余款，留备各灾区不足及调查员夫马等项之用。湘省兵灾自关重要，拟将皖振副券余一万一千余元移作湘振，请同皖振、义振两会同人商办。

张啬公抱孙之喜，致电往贺，并电贺孝若。

徐亮星、舒铣，南昌。徐爵之宗渥，南昌。来。

答拜更生同年。

**十二日(6月27日)** 七时，登沪宁铁道，二等车，价三元五角。五十五分开，一时零五分抵镇江。三时半，附戴生昌小轮房舱五百六十文。开驶扬州，六时半抵钞关，旋寓广陵旅馆。江幹卿、后浴蘅同行。

晚，陈清源、尹润生、朱翰臣来谭。

购汤伯和文枢堂翟大程《桃花潭文征》、岱南阁本《古文尚书马郑注》、汪鋆《十二砚斋随录》四卷，价八元。

鲍子丹先由沪来，亦寓斯馆。

**十三日(6月28日)** 拜贾冰臣、贾颂平、汪鲁门、方泽三、陈懋之、许树滋、许芸浦、朱幼滋、徐倬卿、李寿卿、杨瑞生、王觐文。

懋之座中晤谈觉农，礼成，海门。泽生座中晤瞿梅阁。世璟，武进。

三弟夫人约午饭，篆香、子丹陪席，侄男女、侄孙男女、侄外孙男女均来见，给仆人两元。

午刻，清源约酒叙，幹卿、浴蘅、润生、翰臣、颂平、鲍子丹、舒云亭同席。散后，润生雇湖船游小金山、湖上草堂、徐园。仅徐宝山像主。

暮归，过绿杨邨茶社，啜茗，小食数种亦佳。

《时报》盛称瘦西湖船娘，润生择其尤者小银告之，实一农家女耳！少年好事，亦殊可笑。

同幹卿、浴蘅、鲍子丹、润生、翰臣至重宁寺，访雨山、显伦。宝茎显山。老和尚，正廉密安。方丈留面，帝食之，给仆人两元。

尹润生、鲍子丹约天兴馆食烤鸭。

是日，朱右村、淇涝。许篆香、德馨。李寿卿、祚康。方泽三、尔咸。鲍敬山、家准。瞿梅阁、世璟。贾斌臣、铨。贾颂平、沅。陈懋之、弼。谈礼成、觉农。胡仲辛、师烈，江都。汪竹铭、勋，旌德。罗酒箴、衡。舒云亭、霈。石荪侄、陈清源、朱翰臣来。

鲁门贻我碧螺春茗两瓶、《金刚经集注》四卷、附《心经注》。《大悲咒注像》。板存清江普应寺。泽三贻吴董卿用威。《蒹葭里馆诗》。

为梅阁之世兄翰丞楙屏。托清源，为朱翰臣托颂平。

**十四日(6月29日)** 朱翰臣约迎春园早面。

拜陈粟卿、徐理安、罗酒箴、舒云亭、舒小亭、周瀫丞、周榖人、陈铁庵、朱又村、王蕊仙、胡仲辛、汪竹铭、宋金生、许篆香戚。杨少农师、许外舅母、洪筱芝、邓鸣谦，给许仆二元。

陈铁庵、镕。雨山、宝茎、正廉和尚、王蕊仙、虎榜。倪绍芳、祖培。宋子才、金生。徐理庵、兆裕。陈粟卿、重庆。洪筱芝、文奎。杨少农师、正钧。汪叔丹、铭恩。舒小亭、桢。杨瑞生、灿骐。周叔皋、昌谟。许树滋、德凝。周榖人、树年。韩奉持、尚智。顾赞卿、秉钧。许从叔、克铭。陈清源、朱翰臣、鲍敬山、子丹弟、石荪侄、罗酒箴衡。来。

午刻，胡仲辛、汪竹铭约在乙和祥酒叙，幹卿、李振清、曾麟，曾任齐省长秘书。浴蘅、罗酒箴同席。

少农师约公园茶叙,并贻香茗、诗笺、邮筒。

申刻,陈镕、贾铨、李祚康、方尔咸、许蓉楫、杨灿骐、陈弼、许克铭、汪国桢、张绍春、张藻文、吴东木、袁惠恒约在大豫公司酒叙。

清源来,交李养吾团长、莢星武营长、二团步队四营。刘焕章营长、二团水师三营。陈毅楚营长二团步队五营。四介绍书。

三弟夫人送路肴。马寿彭来送香茗两瓶。

购文富堂《素壶便录》二卷,歙江登云著。价一元。

鲍敬山就伍佑场馆乏川资赠洋五元。

**十五日(6月30日)** 清晨,清源来送行,翰臣亦来,遂同清源、翰臣、幹卿、浴蘅至富春茶社,茶点俱佳。散后,到东阁外大达公司马头,新兴场长丁幼兰先来,同赴盐城上冈。

九时,登舟。开行至邵伯镇、四十五里。仙女庙,十二时到,三十里。候镇江轮来。二时行过界沟,三十里。七时到泰州。三十里。浴蘅先派人来,将至东台小舟雇定,随将行李移至舟中。因今晚都天会观会者多人,告知缉私营陈排长曾在江平轮供差,清源族弟。派人照料,同人等暂住天然旅馆。设夜馔,招四伎,以吴小杏为最佳,吴小师次之。馆女东为黑翠上年以讼事至大理院,费至巨万,徐宝山旧眷。养女小巧。夜十二时登舟,一时开行。

**十六日(7月1日)** 晨六时抵玉溪口,计行廿五里。又卅五里至秦潼,卅里至时埝,八里至八大家,冒雨逆风,行至十时暂住。

**十七日(7月2日)** 晨五时行,九时抵东台,计行卅里。

拜恳务局吕鹿笙总办、道象。李仲胪科员,树声。大丰公司韩竹轩、祖翼,汾阳。沈铭竹,家勋,杭。通遂公司谈觉农,礼成。通济公司陈伯华、家宝,杭县人,寿庵堂叔。宫子高,柱。东台场知事王剑秋,大锟,当涂。营长陈毅楚,韬,合肥,清源弟。缉私二团步队五营。夏浒岑、寅官。陈寿庵、康,杭县。陈仲安。赐年。后至东兴盐恳公司,幹卿、浴蘅留午饭。饭后,同寿庵、幼兰沐浴。

晚，鹿笙、浒岑、寿庵、竹轩、铭竹、觉农约竹轩宅中酒叙，召金素琴，年十七，泰州人，住樊家巷。丰致尚佳。又毛秀云、新为王已劲诸人集资六百元，为其赎身。小鸭、夏，后亦旧识。如喜、丁。兰芬，江。亦不恶也。散后，同幼兰、幹卿、浴蘅至素琴、小鸭、如喜、兰芬家小坐。途遇孟小白，垦务会办华泰公司垦经理，东台人，与南通感情不善，浒岑门人。遂相约同游。游毕回船，已另雇安丰船矣。

**十八日(7月3日)** 九时，寿庵约在家早面，观所藏书画、扇面各四十叶，佳者尚多，又恽、王画两轴。并以画箑相贶，画老少年，并题一绝。当请仲安书之。寿庵爱胡小石诗书，允为代索。

午刻，幹卿、浴蘅；申刻，毅楚，均约在东兴公司酒叙，仍召金素琴。席间晤洪筱芝徽州。父子、商会钱宇澄、沛恩，东台。盐栈王君、徽州巴君。钱召一伎桃仙，亦佳。给素琴五元，东兴公司仆人二元。

夜十时开行，雨大风息，未及数里，遂泊岸。

**十九日(7月4日)** 晨五时开行，帆风尚顺，时见冻雨。八时至丁溪，东台至丁溪十八里。十时至草堰，七里。一时至白驹，卅里。二时半至刘庄，廿里。三时半至小园，十里。五时至大园，十五里。七时半至伍佑，廿五里。遂泊伍佑。浴蘅家在伍佑，即登岸。

**二十日(7月5日)** 晨五时行，风亦顺，八时抵盐城西城外。

同幼兰至德和盐栈，晤黄立三，即盐阜食岸，近年归张东甫。拜知事唐翊之、慎坊，江西人。缉私二团团长李养吾、祖培，巢县。缉私水师三营营长刘焕章、合肥。步队住上冈。四营营长荚星五，占奎，合肥。清源致团长、营长介绍书均交养吾，约其团部文牍科吴迪斋文启，绍兴。相见。

翊之、养吾、焕章、迪斋均来答拜。

在盐栈午饭，立生为召彭小三子，苗条娟秀，盐城翘楚也。父曾为庙湾营游击，有老母、二姐、一弟，缉私统领何丰林视察军队过盐时颇眷爱之。

薄暮，同幹卿至彭小三子、陈桂芳幹卿所招，亦佳。两家闲话。

晚，养吾、焕章、星吾约在团部园中酒叙。散后，同焕章、星五、幼兰、幹卿至陈小莲家,均仍召彭小三。

伍佑场徐场长、公池。阜宁季营长、九仙。郭。

李团长、刘营长派二连一号船护送上冈。船长宰少山名守智,合肥人。

**廿一日(7月6日)** 晨四时开行,六时半过新兴场,十八里。十一时抵上冈。廿七里。

住大纲公司,晤黄励生、垦经理。徐一白、垦副经理,名玮,海门。罗子余、盐经理,祁门。陈友篪、总账。孙惠春、稽查代理,南通。刘铭卿、垦务稽核,鼎勋,庐江。蔡梓青、盐务监重,云笙,江都。江蔼人,工程主任。又晤宋达庵。希上,嵊县。

至华成公司,视察射阳河工程过此。

拜丁幼兰场长。

**廿二日(7月7日)** 拜同乡宋勉旃、勖,歙县。宋镕青景镔。父子、黄少英、世杰,典经理,休宁人。荚星五。占奎,营长,合肥人。

朱钧望监副经理。自洋岸来。

晚,幼兰约在场署酒叙。

同陈少生场幕。至王宝珍、十三红、朱银红、宝莲家茶话。宝珍家养女有宝玉(即小篮子)、宝如;银红家有月仙。

**廿三日(7月8日)** 到包场垦务处。

晤李万里。

季九仙光藩,合肥。来。水师四营营长。

荚星五约在陈友篪家酒叙,召王宝珍、十三红侑觞。竹叙,负八元。

**廿四日(7月9日)** 同钧望、梓卿、惠春、幹卿恭谒圣庙,遂步行四五里,过周家灶至沙堆。

同幹卿至新建徽州会馆。

晚,黄少英约在陈友篪家酒叙,召王宝珍、十三红、王宝玉能歌舞。侑觞。竹叙,负二元。

**廿五日(7月10日)** 晨七时,同幹卿乘舟由上冈口至南津口西向东行,过大缺口、文武庙、学滩、大洋、西荡、黄沙堆、灶孔、黄沙港等处,计行三十里。此河直达射阳湖,由南津口去湖约八十里。

垦务处调查放垦地亩,一白、钧望、惠春、实业团团长邵心豫名曾豪。同行,先勘二区下黄沙。已垦地三千五百七十五亩,继勘一区上黄沙。已垦地一万五千亩,共招佃五百八十八户,两区内原有扛搭之高田一千五百十四亩零,一区计一千二百八十九亩,二区计二百廿五亩一分三。为公司自种,合共二万八十九亩一分三厘。此系上堎十七万亩有奇,议以三分之一划归公司之六万亩者,潮通港地因灶民要求,未能遽行收地。又下堎廿九万亩、戴家坍六万亩正在交涉,未能履勘。

询据黄经理面称,如照本年股东会议决案三分之二办理,八九月必可解决,渠可一力担任。似此情形,每股分地可几及二百亩,照章十二成半股东,十成慈善发起,办事二成半。地亩:每垅长八十丈,宽十八丈七尺五寸,合地廿五亩。

第一区:六百卅六垅。垦地一万五千亩,卅八排,共六百垅。零田四百九十六亩,卅六垅。熟地三黄墩、横港、老坍、新坍。七百九十三亩,公司自垦。共一万六千二百八十九亩;

第二区:六百廿五垅,十八排。垦地三千五百七十五亩,五排,一百四十三垅。零田七十三亩七分,二排。熟地大洼东。一百五十一亩四分三厘,共三千八百亩〇〇一分三厘。余田未放垦。

工程:大河宽四丈,深五尺,底二丈二尺,每方三百九十文。横河宽一丈六尺,深四尺,底八尺,每方二百七十文。界河宽二丈,深五尺,底六尺,每方三百卅文,一面上土。垅沟宽八尺,深三尺,底四尺。每方二百十文。

在垦务处晤总稽查张步衢、太湖人。沈藩臣、垦务主任。沈南屏。工程主任。

垦务障碍人物:刘障东、学生出身。刘少青、启佑,议员。吴彝伯、杨、马系董事。吴学厚。杨系董事。

晚，丁幼兰、季九仙来谭。

**廿六日(7 月 11 日)**　晨，励生将大纲地亩数同工垦情形节略交来。

往幼兰、星五、九仙处告辞。

午刻，公司同人励生、一白、子余、钧望、惠春、友篪饯别，并给仆从每名四元。

晚，九仙约在友篪家酒叙，召宝珍、宝玉、十三红竹叙，胜二元，给宝珍、宝玉十元，十三红四元。

十二时登舟，席间同人公送河干，励生、钧望、惠春送至盐城，随即开行。

**廿七日(7 月 12 日)**　晨九时，抵盐城。

同幹卿至大纲公司通讯处，晤周云巢，又大成钱庄执事赵幹生。

励生约在彭家午饭、晚酒，李团长、养吾。祁团长、子修，名以德，盐城人。淮海水上警察队队长。辛亥前曾任贵州总兵。戊子举人，武探花，侍卫。刘营长同席，召彭小三，给洋五元。竹叙，负八元。

盐城伎有小玉，亦佳。

**廿八日(7 月 13 日)**　晨七时乘原舟，附大达小轮拖行。

李养吾、祁子修、黄励生来话别，养吾并送白兰地酒(张裕公司)、皮酒、糟鱼、香菜，励生送荷兰水四，并五加皮酒二并。

八时，抵东台，同幹卿至东兴公司。陈仲安来谭，并交所书叠扇，遂同幹卿、浴蘅、仲安至小鸭、江春。素兰、陈眷。素琴家茶话。

**廿九日(7 月 14 日)**　在东兴公司早面、午饭。三时，雇小舟至海安。

东台至梁垛十八里，梁垛至安丰十四里，吴野人墓在安丰，野人名嘉纪，泰州人，托迹灶户，盖隐者也。有诗集。安丰至富安十八里，富安至拚家集十八里，拚家集至海安十二里。

**三十日(7 月 15 日)**　晨八时抵海安，至通小轮已开行，另雇三舱船至南通，十一时开行，风逆，晚宿东城。

海安至力发桥十五里，再至柴湾十五里，再至如皋十五里，再至东城廿里。

## 六月

**一日(7月16日)**　丑刻开行，风逆，七时抵通，寓有斐馆。

东城至丁堰廿里，至林梓十七里，至白蒲十三里，至平潮镇卅里，至唐家闸十五里，至南通十五里。

请光久转约徐莘荃书报告。

晤徐亮星、徐爵之、章叔纯。

拜希瑗，略谭。

吴华卿由宁中国行调通行，来。

**初二日(7月17日)**　谒退老，详述查勘大纲情形，并陈报告书。后谒啬老，略谈。拜吕鹿笙、章希瑗、张孝若、徐亮星、徐爵之、韩凤池、马肤武、王已劲、刘烈卿、梁缙卿、束劭直、张佐虞。

退老、希瑗、光久、劭直、佐虞、华卿来。

晚，退、啬两老约在城南别业酒叙。

午刻，徐亮星、舒铣。徐碧星、舒锵。徐爵之宗渥。约有斐馆西酌。

劭直、佐虞来传退老命交来川资，同幹卿各二百元，当婉辞谢，并商印报告。

晚，在烈卿家纳凉，幹卿、潘伟人在座，召花小芬、双凤堂。张小宝。悦来堂。

送退老得曾孙女贺礼，收鞋、帽。

送孝若得子贺礼：金罗汉寿星一堂、翠销珊瑚珠一副、绣花褂裤料、鞋、帽，全收。

**初三日(7月18日)**　晨八时，章叔纯以汽车约游黄泥山、西山村庐，十一时回。黄泥山文昌宫己未啬老改题“泥上精蓝”。

午刻，马肤武、文炳。吕鹿笙、刘烈卿、焕。马炎文、息深。张地山、谦培。韩凤池、尚智。夏泽生、敬履。周叔皋、昌谋。梁缙卿约在地山家酒叙，袁秋舫、万楚楼同席，召花小芬、红楼，又见陆桂芬、流丽夏。汪桂楼、美谧，徐觉之。月月红。娇小梁。

晚，希瑗、光久、劭直约在中公园南楼酒叙。散后，至通俗剧场，观《宝莲》影片。

**初四日(7月19日)**　丑时，腹痛甚，连泄三次，服仁丹。午时茶。晚，退老亲来视疾，并约余汝权医院主任。诊方。

希瑗、缙卿、叔皋、少堂、作三、烈卿、伟人、华卿均来视疾，光久来数次。

闻大德轮今晚过通，决乘该轮返沪。

十一时，到天生港大达公司，晤张向书，易照，广德。招待至趸船小憩。三时轮到，四时行。

**初五日(7月20日)**　午后一时抵沪寓。

晨，闻淑畹发寒热，延西医林诊。午后，延余伯陶诊案，云以不甚热为幸，服余方。

揖唐贻新印《合肥三家集》。

顾鼎梅寄沁阳各碑，价八元零。又寄履樛托购龙门全份一千九百卅七种，价廿二元、邮费四角。

**初六日(7月21日)**　淑畹病状未减，晨延余伯诊，服余方。午后，热度较重，延杨赤城诊。又延谭以礼，用清热针两次，热度渐减，效验亦速。又延张君诊方，晚八时服。

电南京，请鲍承良来诊。

约江幹卿、鲍子丹斟酌各家拟方。

余寿老来，林福以病辞未见。

周扶老来，询调查大纲情形，约略告之，并出示报告书。

牧子襄、陈海汇、方朗夫由南陵来，商修县志。

去年，淑畹因病许愿，捐振二百元，今送仁济堂陆维镛，捐助湘振。

**初七日(7月22日)**　淑畹病大减。晨延张君诊方。

幹卿来，同至寄尘处，报告大纲情形，并交报告书。

答拜牧子襄、陈海汇、方朗夫。

致翟展成书，覆收到借顾翰《泾川诗钞》廿卷。

复李拔可书，缴还代购吴挚甫评本《史记》，价洋七元二角。

**初八日(7 月 23 日)** 寄尘来，述得劭直书，退老拟约往南通为电汽公司主任，求同意。

吴蝶卿、江幹卿、李拔可、徐子丹来谭。

午刻，约子襄、海汇、贤清、朗夫、幹卿、鲍子丹、徐子丹一枝香西酌，共用十二元一角。

致李审言书、借书。陶子麟书、收《徐公文集》板片。曹木如书。述时事。

六时，承良由龙潭来诊方。又延张君书城诊方，未服。服鲍方。

晚，淑畹病无大增减，亦安眠，腹泄止。

昨晚，寿老约酒叙，贵阳师暨李伯老、左子异、朱小南、庄得之、杨寿彤同席，召清和二花、云娥侑觞。

**初九日(7 月 24 日)** 晨延承良为淑畹诊方，服之。午后五时，又延承良及张君书城拟方，服之。

淑畹病状：今日脉象数大，间有歇止，内烧未平，外热复起，颇为焦急。

朱稷丞叠来数次，以去盐城未晤。今来谭，述时事颇中肯棨，并云非皖直系之争，乃研究安福两系之争。

朱翰臣来书，书记已留改三等，作书方泽三，请其设法升置一等。

晚，夏辅宜由芜湖裕中纱厂来谭。

**初十日(7 月 25 日)** 淑畹病势已减。晨，承良来诊，拟方。午后，又延张君书城诊方，服之。

阚霍初来，谭以龙门造象全分函送履樛。

**十一日(7 月 26 日)** 收大丰公司己未年。盐草息五百九十五元七角五分六厘，又收华成公司己未年。盐草息五十二元五角八分六厘,两共洋陆佰四十八元三角四分六厘。

延鲍承良、张书城为淑畹诊方,服张方。

晚,赴李伯老酒叙之约。

答拜辅宜、寄尘。

**十二日(7月27日)** 延承良、书城为淑畹诊方,服承良方。晚,承良回龙谭,留拟各方。

答拜霍初、蝶卿。拔可来,不晤。致舜臣书。述修志。

晚,赴倪远甫古香斋酒叙之约,召小林黛玉。

**十三日(7月28日)** 牧子襄、陈海汇、方朗夫来,谭修县志事,婉辞总纂,拟令延纂修,以促进行。各分纂已定十人,每人每月卅元,期以一年。午后,答拜并贻牧、陈衣料、纸烟、饼干、油扇,价约各十元。另送海汇夫人衣料、生发水,约八元。

淑畹病转佳,服承良留拟方。第一方。

拔可来,述菊生意,请夔笙将借书交还。覆以告沤尹转商,较得济。致舜臣书。述修志。

**十四日(7月29日)** 淑畹病渐愈,服承良留拟方。第二方。

往李梅盦、旭君昆仲、胡小石处,略谭。旭君贻《金石蕃锦集》弟二集一册,以素笺乞小石为陈寿庵录近诗。

拜朱沤尹、缪子彬、萧浦郇、萧哲肤,不晤。晤陈劭吾,略谭。

晚,赴吴蝶卿倚虹楼西餐之约。散后,独游新世界,晤方玉山。

**十五日(7月30日)** 晨访沈乙盦、刘谦甫、朱稷丞,晚访牧子襄、陈海汇、方朗夫,均晤谭。

刘葱石、牧子襄、陈海汇、方朗夫来,均不晤。

晚,赴吴寄尘大东酒楼之约。

**十六日(7月31日)** 王子仲来谭。

陶拙存来书,贻其新印族祖明秀水陶元晖中丞朗光。遗集,并告鹡令之痛。

以元人钞本《简斋诗外集》借张菊生影印《四部丛刻》中。

拜菊生、拔可、陈叔通、孙心如、况夔笙，均略谭。叔通示新得宋单行本《魏志》十余叶。

淑畹病已愈，服承良留拟方。

**十七日(8月1日)** 复李审言书，所据《四部丛刊》各条，已将来函交菊生、拔可、心如，菊生颇以为可采，并属心如悉心议定。审言假汪容甫全书，今并寄之。公鲁前借《知不足斋丛书》中《山静居论画》，并请转交。

汪氏全书目。《述学》《广陵通典》《容甫先生年谱》《先君年表》《遗诗》《孤儿编》《汪氏学行记》。

读吴颢《杭郡诗辑》卷一，赵吉士有《冬日自南陵至新岭道中即事》一首，录备南陵新志采择。

赵吉士，字天羽，号恒夫，休宁人。官户科给事中。

冬日自南陵至新岭道中即事：

> 黯黯烟波接大荒，短蓑牛背笛声长。隔林溪响千山雨，近墅梅开十里霜。何处高原封马鬣，几人歧路泣羊肠。行逢故友迎谯郡，为道当年旧酒狂。

新修《南陵县志》局董：十四员。

张森、明德。方日升，指高。城内；

张燮梅、鼎和。潘崇基，德成。上东乡；

何英、聘丞。朱文伟，增荣。下东乡；

沈葆琪、静山。桂云阶，超群。南乡；

丁宝三、海秋。王日陛，延成。西乡；

刘元英、嘉琴。牧焜，子骧。上北乡；

秦芬、馨如。俞树柽，峻韵。下北乡。

县志编辑员：十员

陈景榕、夺声。王巨，锄姜。城内；

孙鹏，步云。西乡；

王廷斡，河清。南乡；

丁光烈，禾青。上东乡；

张树桢、植如，辛酉三月十二日作古。梅聘棠、笛青。王楷，槐乡。下东乡；

盛铭勋、彝斋。孙伯川，名泽鸿，现受春穀学堂聘。下北乡。

淑畹病愈。延张书城诊，开方调理。

到蟫隐庐、味古精舍、有余兴斋。致舜臣书。

**十八日(8月2日)**　午刻，赴陶拙存贞元会都益处之约。

到大新旅馆，为牧子骧、陈海汇、方朗夫送行。

至忠厚书庄，购严铁桥为继莲龛昌。校《抱朴子内外篇》，价五元。此书以严校本为最佳，去年购陈立炎一本，价廿四元。

致拔可书，商订《四部丛刊》三条，并贻碧螺春茗、酱菜。

一、商印《素问》用顾氏本，《灵枢》用赵府本，宜归一家景印，不能两用，俾成不完之本；

一、增印《花草粹编》；

一、宋僧集只收《石门文字》，而《镡津集》《参寥子集》未收，是否有所抉择。

日前，狄楚卿以新印《六朝墓志》第一集相贻，计四十份，酬假各志景印。

**十九日(8月3日)**　至陈介庵处，略谭。

函复拔可，并假明顾崇德本《素问》《灵枢》十四册、赵府居敬堂本《素问》《灵枢》十册。

付李紫东书价十三元。《湖海诗传》三元，《金华诗录》四元，《嘤鸣集》一元，《抱朴子》五元。

淑畹服张书城调理方。

**二十日(8月4日)**　拔可来书，交还顾刻、赵府刻《素问》《灵枢》廿四册，并拟借元至正本《楞严经会解》，旋即函送，共十册，取得复书。

连日阅《泾川诗钞》廿卷、顾翰。《桃花潭文征》六卷，翟大程。辑安徽人诗，先录一目。

晚，游大世界。淑畹仍服张书城拟方。

**廿一日(8月5日)**　午刻后至葱石处，略谭。

审言索《常丑奴志》印本，当函交。

淑畹服张书城方。

致章希瑗、李从龙书。

**廿二日(8月6日)**　晨访陈介盦，同访霍初、揖唐，均不遇。访章一山、广仓学校校长孙君，仲雅，贵州人。略谭。

读歙县张节《嘤鸣集》，卷首有歙张思教节曾祖。《南陵早发》一诗，录备新志采择。

张思教字孺修，号瓶城，歙县人。著有《瓶城诗集》《黄山纪游》《农里礼要》。

南陵早发：

野店虽投宿，嘈嘈夜不安。未明先起视，坐久勉加餐。霁月当前照，晨星背后看。山河烟雾露，曙色动秋寒。

淑畹服承良拟方。

辑《嘤鸣集》安徽人诗录目。

《正雅集》九十八释啸颠，盐城人，居合肥冶父山中。有诗，录送霍初，补前录未及。

**廿三日(8月7日)**　函索周梦坡金文拓本，得覆书，贻金文卅种。

得拔可书，将元至正《楞严经会解》付还。

淑畹仍服承良拟方。

**廿四日(8月8日)**　唐镜背有铭云："照日菱花出，昭池满月生。

官看巾帽整,妾映点妆成。”二十字,作回环文。相传柳如是镜查慎行《金陵杂咏》云:“宗伯夽清世不知,菱花初照月临池。点妆巾帽俱新样,不用喧传镜背诗。”

蜀镜背作宝相花、八盛捧双鱼、海螺之属,铭曰:“炼形神冶,莹质良工;当眉写翠,对脸傅红;如珠出匣,似月停空;绮窗绣幌,俱涵影中。”凡卅二字,回环文。按,张君房《丽情集》载蜀后主衍幸凤州,天雄军节度使王承休妻严氏,有绝色,衍爱幸之,赐以妆镜,其铭云云。

冒鹤亭由镇江关调淮安关,为赵幼南作书绍介。

到仁济堂,助施药洋四元,晤维镛、贤清、慎斋。

到怡园,购石章三方,价二元。一鱼脑冻石,镌“琅邪”二字;一白寿山石;一酱油青田石,镌“巽盦”二字,王继香故物也。见旧扇骨二柄,一江石如(介)画,郭频迦(麐)书;一黄小松(易)画,翁覃溪(方纲)书,为邹景叔所购,价十二元。

到古书流通处,取《积古斋钟鼎款识》连史纸初印本,码洋八元。

**廿五日(8月9日)** 狄楚青派王秀仁来,交还前假六朝各志卅种、《匋斋吉金续录》,续借六朝志四十种。

购小钱鼻烟四瓶,价洋壹百六十元。一金花烟,约五两,道光间制,七十元;一金花烟,约二两余,乾嘉间制,卅元;一金花烟,道光间制,稍干,约三两,卅元;一新金花烟,约十余两,卅元。

晚,赴龄孙遂吾庐之约。

萧蒲邨同年敷政。来谭。

**廿六日(8月10日)** 到怡园,购洪武宝钞两纸,价二元。

**廿七日(8月11日)** 至陈介庵处,略谭。又至吴寄尘处,晤梁慕韩、章静轩,寄尘遂约至兴华川菜馆午饭。散后,至仁济堂,候介庵未至而归。

作书陈寿庵,赠《怀邠杂俎》,并代乞胡小石书扇,一并函请幹卿转交。

幹卿、汉珊来,不遇。

**廿八日(8月12日)**　午刻，都益处贞元会，恽季申值会。

到蒋孟蘋、李拔可处，略谭，孟蘋赠姚文敷新印六舟僧《小绿天庵遗诗》。

余寿老来，不晤，交天津同乡致聂省长电稿，请停止一五加征，又聂省长复旅沪安徽同乡会原电。

周梦坡贻延熹三年、泰和五年镜铭拓本。

吴荣辉来函，在通中行已补练习生，现复调入会计股。

得梁公约廿七日书，云天热即返宁，不及访谭。午间，至鹿鸣旅馆往访，果于今晨行矣。

寄观音救急丹一百瓶、仁济丹二百瓶至南陵吴舜臣。

吴蝶卿来。

**廿九日(8月13日)**　复舜臣书。舜臣十九、廿一两次来函，将稻全行售出，每石三元。

复杨少农师书。前来函，为霁青谋中孚盐垦公司事。

致陈海汇书。前收茧样价已交朗夫，并告一五加征津沪同乡电省长停收。

函姚文敷，索新印六舟僧《小绿天盦遗诗》，当取回四册。

函邹景叔，索《艺术丛编》廿二、三、四期，由钱君交来廿二、三期二册。

至李伯老、余寿老、鲍子丹处，均略谭。

函荐吴伯年扬州人。至商务印书馆张菊生修理旧书，约七月初一日阴历。到馆。蜚英书局周杰臣担保。

接王春舫讣书，送呢幛。又夏辅宜之弟讣书，鉴堂。送团花宁绸马褂料。又陶拙存之弟惺存。讣书，同王叔雍公送团花宁绸套料。

以旧藏永和尹家砖函送尹润生，交鲍子丹转寄扬州。

## 七月

**朔(8月14日)**　至博古斋柳荣邨处，取吴素江潮。《谢琴诗钞》

八卷《联吟》一卷，索价四元，于辑《安徽诗征》大有增益，旧藏仅三卷，非足本也。八月十三日付四元。

**二日(8月15日)** 同淑畹挈儿女辈游大世界。

**三日(8月16日)** 游邑庙内园。

南陵筹备修志局来书，敦请纂修并附同人请书，束脩一千元。具名局董十四人，分修员九月朔进局。

潘振昌水木作经做书箱廿只、书架五只，计洋陆拾元，先付定洋拾元，议定八月底交箱。

**初四日(8月17日)** 到仁济堂，知七时中华慈善团合办湘陕闽浙筹振处，朱葆三、王一亭、徐乾麟约一品香先筹救济善法、临时募捐，当赴约并捐洋壹百元。初五日将洋交仁济堂戈丽生转维镛、贤清。

徐晓霞来谭。

昨顾鼎梅来，今答拜，均相左。鼎梅赠其尊人家相《五余读书廛随笔》。

菊生来书，沅叔附印《骑省集》，寄来官册纸一千二百十四叶，吴伯年留馆试用。

装潢古玉匣八件，工料九元六角。

到陈介庵处，略谭。

**初五日(8月18日)** 购赵公恺伯臧子。玉器、陶器、铜器、沙器、古墨、笔阁、锡器、古琴、古砖造象卅六叶、古砚卅二叶各拓本，价七十元。

邹景叔前得旧扇骨二柄，一江石如画，郭频伽书；一黄小松画，白覃溪书。价十二元。今以原价相让，遂付洋易归。

至陈劭吾、夏玉峰处，略谭。邵吾属为其孙婿程选公(瑞铨)请拔可关照。

到仁济堂、博远斋、怡园。

**初六日(8月19日)** 读《艺风堂新收书目》，即《再续藏书记》稿本。宋刻本八种、元刻本五种、明刻本廿种、旧钞本十六种、传钞本卌四种、校本六种、影写宋元本、毛钞稿本九种，数年年所收亦不少，其佳者已归诸他人矣。录小引一则、《宋太宗实录》提要一则：

予自国变蠖居海隅，佳椠旧钞往往易米。经此大难，无心收拾，然遇心喜之书相当之值，遂捐衣食之费而置之。虽旋收旋散，有若抟沙，然既暂为我有，则可入之书目，犹胜道咸以来之收藏家一字不泄于外者。

《宋太宗实录》二十卷：《宋太宗实录》八十卷，前只见八卷：廿六、廿七、廿八、廿九、卅、七十六、七十九、八十，李申耆先生写本，与《潜研堂集》跋语不符。后又得十二卷：卅一、卅二、卅三、卅四、卅五、四十一、四十二、四十三、四十四、四十五、七十五、七十八，合之有四分之一，可谓惊人秘笈！前代实录，只《唐顺宗实录》五卷及此两种。实录体例可以概见：每事必具首尾；大臣卒后必附传一篇，谓之小传；国史谓之大传。每帝不过数十卷，质实可为史料。《明实录》卷帙已繁，犹守此例，不似我朝动辄数百卷，专录上谕，重复舛错，事无首尾，大臣亦无小传，从来无此例也。

复菊生书，假《潜研堂诗文集》十二册，得复照收。又沅叔印《骑省集》三部，官册纸不敷，再补寄。

晚，约顾鼎梅、周梦坡、吴寄尘、徐晓霞、吴蝶卿、李拔可、刘葱石、程龄孙一枝香西酌，萧蒲邨、萧哲夫、李梅庵、夏剑丞、周湘云醉。共用十二元〇七分。

到静安寺十号俱乐部、忠厚书庄。

晤拔可，已将劭吾所属孙婿程选公面托其关照，随函告劭吾。

**初七日(8月20日)** 张石铭以所刻《适园丛书》十二集共一百九十二册。相贻。

以楚青景印《六朝墓志精华》第一集分赠李拔可、孙心如、吴寄尘。

拔可贻商务印书馆景印宋本《于湖集》四十卷、明五云溪馆活字本《玉台新咏》十卷。

读《于湖集》宋张孝祥著。卷二《月之四日至南陵大雨江边之圩已有没者入鄱阳境中山田乃以无雨为病偶成一章呈王龟龄》:“圩田雨多水拍拍,山田政作龟兆拆。两般种田一般苦,一处祈晴一祈雨。去年水大高田熟,低田不收一粒谷。只今万钱籴一斛,浙西排门煮稀粥。圣神天子如尧汤,曰雨而雨旸而旸。天公广大岂有意,尔自作孽非天殃。”

**初八日(8月21日)**　午刻,都益处贞元会,梦坡、芝符、瑾叔、眉卿、伯贞均莅会,另请吴仓硕亦到,谦六、梅庵、让三、子戴、醉愚、履樛、季申、拙存未莅会。菜洋除收分洋五元,付出七元三角。

拔可以新印《涛园诗集》相贶。

至葱石、审言处,略谭。陈介庵来。

**初九日(8月22日)**　复南陵修志馆同人书,牧子骧、陈海汇书,吴舜臣书,论修志事。辞纂修并束脩。

晚,同汪书屏游新世界。

张贤清交阅何聘丞书,诋南陵平粜事。

**初十日(8月23日)**　葱石来谭,亲送十二日申刻请帖、十五日纳采迎妆帖、十九日执柯帖。

希瑗有朝云之戚,覆书慰之。

**十一日(8月24日)**　昨函菊生,假涵芬楼藏黄荛圃校旧钞本《徐公文集》,即《四部丛刊》景印底本。今得复书,已将全书交来,共八册。

昨函心如,索《四部丛刻》景印《黄豫章集》、沈乙庵藏宋本。《周易》涵芬楼藏宋本。两种,亦得复书,将书十册相贶。

到孟蘋处,略谭,晤曹君直、邹紫东、朱古微、孙益庵。又至吴寄尘处一谭。

得许松如书，录示其尊人为题《小檀栾室勘词图》七言诗一章。

**十二日(8月25日)** 晚，赴葱石之约。

审言来书，交还前假《汪氏遗书》。公鲁亦还前假《知不足斋丛书》内《山静居论画》一本。

答拜王静庵，以岱南阁本《景定建康志》十册假之。

访刘谦甫先生，商延李元之君修《南陵县志》事。一束脩月四十元，期定一年；二协修名义，兼分纂人物志。

同孙益庵略谭，贻以金大定钟款识拓本。王捍郑旧藏。

**十三日(8月26日)** 以《六朝墓志精华》第一集赠孟蘋。

吴树人之屏。来书，云日前仁济善堂董事会提议约为堂董，经全体同意公决，不日由会董具名函请。

以商务印书馆活字本《般若二经》《净土四经》赠吴寄尘。

**十四日(8月27日)** 复菊生书，附还荛圃校《徐公文集》钞本八册，并签出校误四条。

函谢孙心如，赠宋本《周易》《黄豫章集》，并附赠《泾川丛书》。

函狄楚青，为校《六朝墓志精华》目误三条，并假影印崔頠、李富娘两志拓本，交王秀仁转送。十八日秀仁将崔、李两志交还。

函徐晓霞，荐王秀仁拓器，并赠明洪武宝钞，亦付秀仁转交。

杨翰西来，不晤，送花缎幛、喜烛，仅收款、字。

葱石之公子鲁十九日吉期，送缎幛、烛、爆、酒票。

仁济善堂公函来请为堂董。十三次董事常会全体议决，公推总董为朱佩珍、施则敬、王震。

《新申报》载皖事两条，备录之：

皖人谋设旅沪同乡会：安徽旅沪同乡年来为数不少，虽有安徽会馆及徽宁两属之思恭堂两大团体，惜其专以旅榇为事，其他尚鲜联络。兹有姚子衡、章安生、孙镜湖等组设全皖同乡会，以维持公益、谋旅沪皖人幸福为宗旨，刻已著手进行矣。七月十三日。

函请停止加征:皖省田赋一五加征,历经各巨绅反对停止。嗣经财政厅另筹方法,名为抵补,改为加征一三五,呈由省署咨经财政部勉强核准。不料皖绅余诚格等日前函致省长,仍请停免此款,经省长驳复。乃现又接李经羲函,务请将一五加征从速取消,措词极烈,大致谓如有游移,全省人士将大起攻击各语。聂省长只得复函照准,一面商诸倪督,再为实行云。七月十四日。

至寿老处,略谭,寿老出示为皖省一五加赋案津沪同乡来往争免电及省长复电,最后允即将全省财政通盘筹算,即行宣布停止。又示今日旅沪同乡会公电大总统、总理电稿,请停一五加赋摊派各县公债,废督裁兵,取消公益维持会。属将稿钞送《新闻报》馆登载。

至介庵处,商仁济堂董事,商定,请树人拟稿函覆。

至洪希甫恒记茶栈,略坐谭。江湾有地廿余亩出售,每亩五百两。

答拜朱研涛,不晤。

复舜臣书,云公债票现电总统、总理,请停摊派。八年公债票舜臣来讯前公议认一万,现省署仍定二万,并催速派。又一五加征省电允停。至稻价现零售一元八角零,各堂售二元。请酌夺情形,主持出售。随《时报》告修志另请李元之君为协纂,或协修。兼分纂人物志,月修四十元,如同意,拟约其八月杪同至南陵。至艺文志,拟自兼分纂,暂不宣布,回南再为定议。因分纂人多,门类较少,恐不敷分纂诸君分纂也。

**十五日(8月28日)** 刘葱石与杨翰西联姻,为作冰人,是日纳采之期。

**十六日(8月29日)** 李木公索金文拓本,检旧藏六十种,又师比六种,玉符、玉冠两种,作书贻之。

函寿老,将一五加赋来往电稿并电总统、总理,皖方策稿还之。旋得复书。托伯老、慧之售庐山地。

函汉溪，将津沪同乡电争取消一五加赋案钞送登载《新闻报》。复李从龙书。

读《新闻报》《新申报》，苏议员郑立三、华鼐亦电总统、总理，赞成皖绅废督电。

至大世界，观群婴会。场中晤吴树人。

**十七日(8月30日)**　王福田云，造象中佛弟子自称，汉曰清信士，唐曰近事男。缪艺风云，唐以前无造观音象，不尽可据。

楚青以影印《六朝墓志菁华》二集五十分、《匋斋吉金续录》廿分相赠，当作书谢之。

吴树人代拟复仁济堂稿，略改正，仍属其缮送。

**十八日(8月31日)**　杨翰西柬请送妆。

以《六朝墓志菁华》二集函赠李拔可、孙心如、吴寄尘、蒋孟蘋，《匋斋吉金续录》赠刘慧之。

王秀仁将崔頠、李富娘两志拓本交还。

辑《南陵县志》艺文志南陵人诗四十三家，参考人物各志。录目，待编《安徽诗征》。

丁辅之来，不遇，赠以《玉壶山房词选》原书假自积学斋。十册，《小槐簃联存》、丁立诚著。《王风笺题》、丁立诚著，徐珂笺。《昙见录》辅之悼其亡儿之作。各一册，又属书扇。

**十九日(9月1日)**　成翊清来，以先著《禹贡班义述》、成蓉镜撰。《漱泉词》成肇麟撰。相赠。翊清名静生。

刘、杨两家结婚吉期，为作冰人。

**二十日(9月2日)**　以《匋斋吉金续录》《小绿天盦诗》分贻李梅盦、胡小石、褚礼堂。

章沣芝、名尚兰，锡卿子。章初白名家驹，希瑗子。同来。

赴葱石申刻酒叙之约。

靳总理复安徽旅沪同乡会电寿老交来，另钞稿送汉溪登报。

**廿一日(9月3日)**　傅苐生来谭。

赴葱石酒叙之约。

**廿二日(9月4日)** 淑畹生辰,晚同至新半斋小酌,崇、佑两儿随侍。

黄子猷来书,叙平粜情形。

**廿三日(9月5日)** 昨接劭老书,因湾沚垦务,约往一谭。今特往访,现武仲平诸君老股公议推让,原定四万元,今拟加增,寿老酌定二千元,已应允,约冬月立推据。劭老纠合寿老、陈少舟诸公合组,拟定九股,每股五千元,仲平附入一股,据管理陈光旭君劭老所荐,月薪廿五元。报告,田约二千七百余亩,地约七百余亩,大约丰年可进八千元,歉收年六千元,每年支用须二千元,完粮在内。仲平云万元,不足据也。新公司成立,亦附一股。

**廿四日(9月6日)** 以《匋斋吉金续录》分贻王静庵、邹景叔、周梦坡。

至寄尘处,略谭,述及退老约电汽公司主任。

啬老拟改海门三厂,尚未商定。

至拔可、少卿处,略谭。

往视夏辅宜疾,久谭。

菊生来书,沅叔补寄印《徐公文集》官册纸四百廿三叶。

购《陈簠斋尺牍》预约券六元。八月廿三日取到全书。

**廿五日(9月7日)** 以旧藏殷虚书契骨甲拓本集册乞王静庵题。

孙心如毓修。来,不晤。

至忠厚书庄、古书流通处、怡园。

昨覆舜臣书。售稻及平粜,何聘臣同黄子猷争意见。

**廿六日(9月8日)** 以所藏赵开美本《周髀算经》四册假菊生景印《四部丛刊》。

刘谦甫先生来,云李元之不就南陵修志事。

致舜臣书。一五加赋停止,芜湖以上忙带征扣抵下忙。李元之不就修

《南陵县志》。

致东台陈寿龛书。询陈墨迻昆仲并陈祺寿君。

夏辅宜来谭。

**廿七日(9月9日)** 同洪希甫阅新置会馆基址。

王静庵来,不晤,留交新题殷虚书契拓册,并交前假《景定建康志》。余寿老来,谭湾沚田事。

**廿八日(9月10日)** 午刻,至都益处贞元会,梦坡值会。

至仁济堂,叶慎斋以闽陕浙慈善团捐款二万余元商存大生纱厂。旋商寄尘、叔卿,存三月期,纱厂八厘息,垦务公司九厘半息。

吕宋廷美璟,文节曾孙。以先著及自著各书相赠。

在寄尘处取宝山商港工程计画图:

河道由木渎港港外吴淞江。经虬江真如镇、桃树浦、走马塘、大场镇、西弥浦、蕴藻浜、泗塘、采淘港出海。约长卅余里。

送姚槐亭、筱亭之母葛太夫人呢幛。

王子仲、刘健之来,均不晤,健之贻影印《宋中兴群公吟稿》戊集;子仲存陶惺存奠礼分洋十元。

**廿九日(9月11日)** 顾鼎梅寄温县各碑、洛阳各志,价八元二角六分五厘。

晚,健之来谭。

## 八月

**朔(9月12日)** 淮海实业银行开幕,初六日。拔可为致颂词,列名公送。总经理张孝若,沪行经理杨瑞生,副徐赓起(肇钧)。

前函沙健庵,拟假钞补《撷芳集》。缺六十六卷至七十卷。昨接覆书,允代钞,六十六卷才媛、六十七卷至七十卷姬侍。并属代钞其阙卷,卷三、卷四、卷十七、卷十八、卷六十三、卷六十四、卷七十七、卷七十八,共八卷。今函复,请钞阙卷并亦代钞其阙卷,寄白纸一百廿叶。

覆陈清源书。

覆陈倬斋书,并寄还章福恤洋四元。

到商务书馆,晤拔可,略谭。

舜臣来书,云售稻捆百石,每石二元一角一分,先付定洋三百元,三四日内再交七百元,余八月初十日付清。

静庵书来,云龟甲拓本雪堂选余之半彼未收到,当是送陈墨迻,亦记忆不清也。并云雪堂近得一楚钟,形在句鑃与铎之间,铭半泐,可读者作四字韵语,颇为新出诸器中所仅见也。又属催索石铭藏器拓本。

精益眼镜公司配镜,晤李少穆。

**初二日(9月13日)** 到大场镇。距太阳宫十八里。

七时,应中国实业银行刘、体智。钮安廷。会宾楼之约。散后,同夏辅宜至十号俱乐部,晤吴寄尘、孙诚斋、姚文甫、张孝若、杨瑞生、徐静仁、魏筱圃、钱新之、黄延芳、田少瀛。

闻李梅庵同年昨夜因病作古。

**初三日(9月14日)** 拜李仲帅,未晤。拜余寿帅,略谭。

祝周扶老寿,晚约兴华川菜馆,辞。

访王雪澄,略谭。又访朱古微,不遇。

至商务书馆,晤菊生、拔可一谭。

吊梅庵同年之丧。用宣统九年学部侍郎礼服,戌刻成殓。予谥文洁。

晚,赴淮海、实业银行杨瑞生、徐赓起大东旅社之约。

**初四日(9月15日)** 访陈新甫、洪希甫、陈西甫。

谒李仲老,不遇。

再吊梅庵同年,晤胡小石,略谭。

至仁济堂、淮海实业银行。商存振款。

覆黄子猷书、吴舜臣书。

**初五日(9月16日)** 闻张退老、啬老来,往晤一谭。

到商务书馆,晨接拔可书,述初七日公请退、啬两老。未晤拔可;味古精舍,未晤少卿。蟫隐庐晤罗子经,略谭。

李仲老来，不遇。

鲍承良来，谈宁兴矿务情形。

**初六日(9月17日)** 淮海银行开幕，为之招待。

马敷五、文炳，江陵。朱筱竹言忠，六合。由南通来，不晤。

张退老、啬老来。

翟展成、洪希甫、罗子经来谭。

覆陈寿龛书，请代约陈星南就南陵协修县志并分纂人物志，月送束脩四十元，期以一年，川资酌送。又询敬逡课读兼一笔墨事，年送束脩三百元，系明年事。

**初七日(9月18日)** 六时，假徐静仁家公宴退、啬两老及南通同来诸君，退老病，未至。史良才约吴漫阳(德华，四川人)抚琴。

答拜展成、卢绍刘、马敷五、朱筱竹，均不遇。

视葱石疾。

**初八日(9月19日)** 寿老来，不遇。午后往访，出示致省长电稿，约署名。劾财厅陶镕。

至李仲帅处，久谭。

两视退老疾。晚，送啬老登舟回南通。同啬老晚膳。

午刻，赴都益处贞元会，钱履樛值会。

金颂清、罗子经来，谭河南灾振。

访黄朴臣、翟展成，均不晤。

**初九日(9月20日)** 视退老疾，已愈，略谭，并约往南通电厂、纸厂，尚未定议。

朴臣来，贻所画山水一幅、《滨虹杂著》一册。

展成来，告裕中厂辅宜已辞，改请陈西甫接办。

至半淞园一游。

《时报》新闻栏载《安徽加征出境米粮捐》，财政厅长陶镕在厅开会，以本省九年度预算除去中央专款，计军、政两费约短九十余万，拟援赣例加征出境米粮捐，议定每米一石加抽八分，杂粮照办，总计每年可多得四十万元。当即电呈军、民两长,转电财政部,已覆电,准暂行试办。

仲可书来,贻《麻周遗集》、谢煨枢。《灵素商兑》余岩。二种。

**初十日(9月21日)** 收大丰存银息二百十五元。

付还顾鼎梅购碑洋四十六元二角五分。内钱履樛龙门全分廿二元四角。

购古墨斋周云峰售刘玉墓志廿八元。原石藏海丰吴氏,已佚。

收西泠印社书价廿五元、扫叶山房书价廿元。

晚,赴孟蘋、季诚之约,曹君直、朱沤尹、王静盦、刘葱石同座,畅谭。

**十一日(9月22日)** 至法界吉祥街吉如里同和栈汪六吉家,购汪本生洁白料半拾八刀,约合洋四十五元。

劭吾先后以《治家格言绎义》、乌程戴翊清著。《读书杂述》山阳李铠著。各赠十册。

以《六朝墓志菁华》一、二集、《匋斋吉金续录》赠刘健之,又以《六朝志》一、二集赠陈劭吾。

收吴舜臣汇来稻洋壹仟元。初八期,今日始收到。

**十二日(9月23日)** 吊震在廷钧。之丧,辛亥更姓唐,字元素。赙十元。

访戒庵,不遇。舜臣书来,二次售稻一百石。先后共九百石,每石二元一角一分。

同寄尘、燕谋至大场镇,因车行路狭折回。

向丁仲祜同年取明巾箱本《五经》,价十五元;明朱谋玮[①]《水经注》,六元。

**十三日(9月24日)** 到仁济堂,同戒庵商结束皖振。余款约一千四百元,以一千元移助华洋义振会,二百元酬劳仁济堂同人,又余款送堂造征信

---

① 应为"朱谋㙔",但底本"㙔"均写作"玮"。

册等用。

到大方栈，答拜李光炯，德膏。晤其侄，云未来沪前光炯来，云寓大方栈，不知何故。

寿老书来，以电总统、总理稿相示，约签名。为裁兵减赋，免派债票、米捐。

到忠厚书庄，取元残本《金陵新志》，议价廿元。次日退还。

到博古斋，取《淮海同声集》廿卷，仁和汪之选辑。索价三元。付还《谢琴诗文钞》，价四元。

读《淮海同声集》十三周西笭先生有《南陵道中》诗，录之备南陵新志补录：

周庠字西笭，江苏东台人。

### 南陵道中

白云方出山，复被山围住。须臾化作烟，弥漫失前路。僧从何处来，满身染苍素。遥闻流水声，知有一重渡。

**十四日(9月25日)** 答拜沈冕士、朱稷臣、萧蒲村。

午刻，赴周扶老都益处酒叙。

三时，华洋义振会开成立大会，中西士女到者百余人，届时约同戒安赴会，公推朱葆三为干事长，又推名誉会长冯梦华、唐少川、钱幹臣、盛庄夫人。

收蟫隐庐书价洋四元六角。

收大照公司秋节董事夫马费九八。元捌拾两。

周杰臣以明刻《宋学士全集》共八集。押洋卅元。十月十五日收十元，十九日付头本、二本。后将全书付清。十二月十三日收廿元，又息二元，清讫。

付九华堂十二元。

付裱镜铭各拓本十九元七角。

**十五日(9月26日)** 至李伯老、李仲老、余寿老、陈劭老、周扶老、陈贵阳师贺秋节。

前属王秀仁在徐晓霞家拓所藏金贞祐、元至元两钞版十分，今由晓霞交来，并赠所藏一爵、一觯全形拓本。十八日给王秀仁拓工二元。

陈器之来拓器，赠洋二元。

绮女请观丹桂第一台新排《捣霜仙子》剧。

购先施公司雪茄烟，十一元六角。

**十六日(9月27日)** 购文盛隆记文祺连史拾件，每件(九八)元九两二钱，力二角。付九八元九十两洋三元。

购大盛号元色花缎七尺五寸，每尺一元九角。洋十四元四角。

又购先施公司元色花缎三尺五寸，每尺一元七角五。洋六元。

陈寿庵书来，陈星南、陈敬逡皆辞不就。

沙健庵书来，寄钞补《撷芳集》纸二百叶。缺卷叶单。卷三、卷四、卷十七、卷十八、卷六十三、卷六十四、卷七十七、卷七十八，卷八十弟廿叶后缺，又戴璐题词。

丁辅之属书合锦箑，为临武梁祠画象题字三段。

何长龄书来，阚鹤维为荐财部，派储蓄票偿换公债处办事员。阚住北京灵境八宝坑九号，何住北京西河沿中间路南(一八六)财政部储蓄票偿换公债处。

邹树镔书来，唐辅之局长调南通东门外巡官。四月县委唐闸警区巡官。

许世英来。俊人。

**十七日(9月28日)** 访王静庵、郑太夷、沈乙庵、沈醉愚、刘翰怡，略谭。赠静盦、太夷、乙庵《六朝志菁华》一、二集各一分，乞乙庵题《徐公文集》书衣，静庵题曹望憘造象，醉愚检翰怡新刻各书并《四部丛刊》影印宋本《尚书》单注十三卷、明正统本《叶水心先生文集》廿九卷相贻。临行，假翰怡藏书目三册归，就灯下阅一过。十八晨送还书目。

答拜许俊人、汪书屏、易三昆仲。

书联，寿许狷叟、金溎生八十大辰。又书联，贺华义银行开幕。

以金贞祐、元至元两钞拓本函赠李木公。

在静盦处出示孟蘋藏钞本《东朝崇养录》，刘燕庭藏。徐星伯松。记：慈宁太后万寿、高宗纯皇帝，除年例外每日恭进寿礼九九：

乾隆十六年六十、廿六年七十、卅六年八十。万寿，十一月廿五日廿一日、十一日、十月十三日。起。五、十一、卅三天。

静盦又云，前阅潘明训藏宋本十种，内《礼记注疏》、意园师旧藏。《孟子注疏》、存卷三、卷四，旧存内阁大库，君直取出。《春秋五礼例宗》十卷、传本只七卷。《公羊传》余仁仲本、《周礼》婺州本、《论语》大字本七行。极佳。

**十八日(9月29日)**　午刻，赴都益处贞元会，恽眉卿值会。

五时，仁济堂开第十四次董事会，赴会。

王秀仁来，以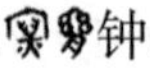钟出售，议价二百元。“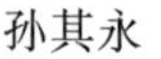龢钟子子孙孙其永享”铭文十二字，各家未著录。

到华义银行，贺许俊人、李瑞九开幕之喜。

到味古精舍、忠厚书庄。

到子丹弟处，晤三弟夫人，新自普陀礼佛归也。

**十九日(9月30日)**　王叔用即子仲。来谭。

访陈劭吾，略谭。湾沚田劭老拟推寿老经理。

捐华洋义振会洋壹百元，交仁济堂代收。

在古书流通书处取《籀经堂类稿》廿四卷、《齐侯罍铭通释》二卷，晋江陈庆镛著，光绪癸未刻本，码洋六元。《颍上县志》十三卷，康熙间刻本，码洋一元。《太湖县志》廿四卷。康熙廿七年知县王庭纂修，码洋四元。

购钱昌美售《茶史》二卷，刘源长著，男谦吉辑。《茶史补》一卷，余怀补，刘谦吉订。康熙刻本，价洋六元。钱赠海宁陈乃乾《启祯两朝遗诗考》。

至丁仲祜同年处，取《渔洋山人说部精华》十二卷，锡山刘坚类次。

《渔洋书籍跋尾》，新城王士祯，二卷。《说铃》一卷，长洲汪琬，共四册。价三元。

向赵阅川索姞氏敦、器盖全。齐天统二年赵剑邑议兄弟一百人等造玉石像两拓本。器石为李文卿购去。

**二十日(10月1日)** 收吴舜臣汇来稻洋壹仟元。十七期，今始收到。

至邑庙，购唐宝相花镜，三元；金元间双凫镜，四元；紫薇花一株，一元。金桂生八十寿，送寿联并寿诗。

游大世界。梅庵同年领帖，送绸幛、祭筵。

**廿一日(10月2日)** 古香斋送陈簠斋匋器拓本全形，下钤姚公符作图一印，姚技亦神矣。

鼎梅书来，述卫辉灾情，并鼎卿同年预备接待高敦之君。适古香斋人来，即以此书便交敦之一阅。

刘谦甫先生由扬州来，云十六日有函，乞其约李耕云君汝申。协修月四十元。《南陵志》，李元之君兆偁。课崇儿读月卅元。已转致，拟俟重阳节后再商定。

静盦已题曹望憘造象交来。新得一钟，亟拓一本送静盦。

到况夔笙处，久谭。

晚，同淑畹、定君挈绮女，崇、佑两儿至新半斋便酌。

马映亭甲东，盐城人，两江师范生。来。住惠中旅馆。晚答拜，均未晤。

**廿二日(10月3日)** 以洪武宝钞、金贞祐、元至元两钞铜版拓本赠沈葵孙。送汪汉溪之太夫人七十寿缎幛、寿联。

向姚文敷索六舟僧《小绿天庵遗诗》，承惠十册。

约陆仲英、汪书屏、汪易三夫妇至大东旅社西酌，共洋十二元。刘子鹤侄吉期，送喜联、烛。

赴刘葱石老民和里吟鸿家便酌之约。

王秀仁来拓钟、敦等器。付工价一元。

李木公来书，属约人拓器。廿三日函复，荐王秀仁往拓。

**廿三日（10月4日）**　购周原仙人镜，王秀仁来售，价四元。

付丁仲祜书价廿四元。明巾箱本《五经》十五元，明朱谋玮《水经注笺》六元，《渔洋说部精华》三元。

付装潢拓本册九元二角。

答拜冯蒿盦，谭及华洋义振会，蒿老决辞名誉会长，并不赴欢迎会。

**廿四日（10月5日）**　晨附沪宁车至宁，二时抵下关，住东台旅馆。旋至壮元境，购孙子彬广滂喜斋。金文专瓦拓本一册，价五元。又购朱殿卿明云栖寺本《翻译名义集》，价十元；《二南遗音》，三原。价三元；《清芬集》，宝应刘宝楠。价一元。又购天禄山房刘。《松陵见闻录》王。价一元。

**廿五日（10月6日）**　晨六时，江裕轮到宁，遂同绮女上船，八时开，四时过芜。舜臣派老方来接，当将带南各物交其先行送回南陵。夜二时，廿六日。到大通大士阁，普济寺已派人在趸船接待。旋乘小舟至寺，方丈妙珑出迎。妙珑赣州人，绮女师。俗姓王氏，后晤老和尚法幢。淑畹师，桐城人，俗姓王氏。

致书崇、佑两儿，并附致王叔用、汪楚生书。叔用因嘉兴合业电话公司龃龉，属请楚生秉公核断。

乘舟至大通镇，登岸游览。去大士阁约一里。

阅宁国周赟新编《九华山志》，俞荡南陵人，为金地藏写四部藏经，见费冠卿《化城寺记》。唐费冠卿《九华山化城寺记》云：素愿写四部经，遂下山至南陵，有俞荡等写献焉。如正旧志新罗非，暹罗是。

**廿七日（10月8日）**　昨校《骑省集》卷一，今校卷二、卷三、卷四，共三卷。以新刻景宋钞大字本校李农得刻本。李假自吾家钞本，刻成于辛卯季夏，距今庚申仲秋已卅年，刻于大通和悦洲，今校此书亦在大通，亦一奇也。

放小舟至和悦洲，一览街市，妙珑同行。

**廿八日(10月9日)** 八时,雇小舟至钱家泷,计行卅里,十二时抵岸。一时乘竹舆行,经低岭庵、十里内,有山路。老田村、吴、二圣殿、大桥庵、由庵至百岁宫十里,俗名十里好汉坡。甘露寺、龙池庵,夜九时至百岁宫下院,计行六十里。过二圣殿,天已昏黑,微雨。及至大桥庵,雨急路陡,舆夫甚艰于行,衣履尽湿。船二只,每一元二角。竹舆八乘,每乘二元五角,加给酒资一元(钱家扣行用,每乘一元),挑力每百斤二千二百文,共三元八百文。

寺僧住持月朗。俗姓沈,年四十一岁,苏州人,在光福元墓寺出家,今已廿年。

**廿九日(10月10日)** 晨在百岁宫下院。拈香。后乘舆至十王殿,下舆登神光岭石级,八十四级。礼地藏王菩萨月身宝塔,经理僧轨辄。法庸,桐城人,天然庵僧。

募塔北站台铺石。工程约一百余元,塔柱廿根石柱,刘芗林叔岳献石级八十一级,绍兴王君重修。

又至化成寺拈香,寺为芗林、叔岳重建,粤匪扰乱,藏经楼未毁,相传菩萨显圣。登楼敬观菩萨所遗毗卢帽顶及竹圈鞋底、锡杖、铜钵,国朝所颁梵夹本《藏经》。途经十王殿、拈香,助油资一元。灵官殿百子堂、均拈香。上禅堂、九子寺、正募修。宝积寺、天然庵、化成寺东院内。立庵放生池、长生庵、旃檀庵、阴骘堂、太白书堂、仅存废基,宋周必大记,今为张氏坟地。东崖下院。

闻土人传语,拉杂书之,皆《山志》所未载也:

九华山四大丛林为百岁宫、祇园寺、东崖精舍、地藏菩萨初至趺坐处初名东峰,后王阳明宴坐于此,改名东岩,所谓宴坐堂也。甘露寺;

地藏塔、化成寺为本山十八房僧寮公同管理;除香资、灯油由僧设柜题缘,至塔顶求签、寺楼请印之资,悉为青阳教育费。敬助地藏塔灯油洋二元、化成寺一元。

俗传礼塔烛取回有求必应,十王殿焚冥镪。

今午前大雾九华山云海、雾海皆为大观。兼雨霖,《九华岁时记》:雾淞弥漫，山泽冰道，里之可计也。午后大雨。

夜，校《骑省集》卷五。

**三十日(10月11日)** 晨，乘竹舆至天台峰，去百岁宫下院十五里。是峰为九华最高处。相传九十九峰。在天台寺拈香，经华云庵、吉祥寺、惠庆庵、翠云庵、朝阳庵、圆通庵、拜经台、在拜经台午饭，僧隆明扬州人，送云雾茶一大并，又二小并。百岁宫、回香阁、东岩精舍、初名东峰，为地藏初至趺坐，后王阳明宴坐于此，改今名。祇园寺，途经险仄，由回香阁而上越。下视潭涧，深不可测，履之悚然。舆人云，近年由慈善家砌以石路，较昔日已平坦，然亦危矣。《山志》游记只及东岩，惟吴光裕宽生，青阳人，崇祯进士。探奇一游耳。有《游天台记》，明叶元、邹守益、陈懋有诗。《九华纪胜》国朝潘耒、柯友桂、陈其名、洪亮吉皆有诗。祇园寺遇心莲和尚，号云水野衲，名法空，湖北沔阳人，崇儿师。为崇儿赠香仪二元。另助祇园寺、东崖精舍、翠云庵、天台、拜经台、百岁宫灯油六元。追荐三代宗亲并利孤施放焰口各一堂。

## 九月

**朔日(10月12日)** 大雨。心莲邀往祇园寺午饭，并贻山茶等物。同绮女赠其送礼四元、午饭十元、厨司二元、道人二元、舆夫一元。心莲赠莲池大师《放生文》四册，余亦赠西洋参二支。

晚霁，步化成寺前一游。

送百岁宫方丈香仪十五元、饭食八元、厨司、大小道人六元三角，经洋十二元，老和尚、知客师各一元。寺僧送大茶叶一并、小茶叶四并、糕二条、筷子二札。

**初二日(10月13日)** 晨天霁，乘舆回大士阁，经甘露寺、二圣殿、低岭庵，助灯油三元。二时至钱家泷，换船行，逆风，八时至大士阁，方丈妙珑已在寺门相迎。

晚，送大士阁法幢老和尚香仪五元、妙珑方丈十元、招待僧一元、饭食八元，厨房、道人各四元，又送上趸船三元。小道人一元五角、迎送道人三元。追荐三代宗亲焰口经六元，灯油二元。

送德清、德正洋四元。

此次上山，舆价；每乘二元五角，两乘人夫五元。及神光岭、天台峰；上岭一元，上天台三元。下山，两乘人夫。仆人舆共廿元五角；又挑夫四元壹角，钱家泷尖一千五百文，船价三元一角；上山一元二角，下山一元九角。拜经台午饭四元；沿途给乞儿钱、各庙香钱四元；焰口、纸钱二元；上海至大通船价、上海至南京车价，林福、章顺每人经用十元。

**初三日(10月14日)** 函覆陈墨迻，明年约其主于斋中，可尽谭艺之乐，旧稿亦可就正，为之厘定，年送三百元。如有他事优于此者，当随时绍介，并请其代约进宜就授读一席。

五时，上江口招商趸船，妙珑师送行，并贻黄山矶茶等物。十二时，江新轮到，遂登轮开行。

**初四日(10月15日)** 晨六时，抵芜湖，住长源泰栈。军警检查凶横，扰害商旅。十时，至裕中纱厂，晤陈密之，名世茂，石塘人。导观各厂毕。翟展成闻讯即来谈，共饭。饭毕，同至电灯公司，知秋澄晚间约在公司西餐。又至余咏南、濮秋澄两同年，吴怡生、涂丰亭、蒯洵衡等处。后至育婴堂、倚陶轩。晚，赴秋澄之约，同座关监督、浙江人。胡警厅长、直隶人，号漪园。薛代理审判厅长、四川人。邹商会长、汤善福、陆敬。后回寓，余咏南、翟展成、濮秋澄三同年来谈。陈渭祥显璜，器之子。来，吴怡生来，不遇。

**初五日(10月16日)** 八时，上昌明小轮至南陵，三时抵岸。

舜臣来船，约同登岸，即寓舜臣新宅。

大嫂夫人来谈，旋即同往大嫂家中。

马正音、胡镛坤、方子高、陈海汇来。

**初六日(10月17日)** 至县署，拜刘陆晓。又至修志局，拜局董并编。拜各亲友。

胡镛坤送菜点。

**初七日(10月18日)** 至湾村，祭荣禄公、秦太夫人墓。又祭先室许夫人、刘夫人墓。又祭伯母虞太夫人墓。

顺道至姨母陈氏家，又至叶家珀。

晚，赴修志局酒叙之约。

**初八日(10月19日)** 至千佛寺，祭先伯母虞太夫人。

晚，赴知事刘陆晓钦诰，山东人。酒叙之约。散后，至志局同俞峻韵、何聘臣、丁海秋、牧子骧、梅笛青，谈修志事并交商榷书。留《仪征县志》。

**初九日(10月20日)** 至汤村祭宗祠，赤岭祭高祖、曾祖、祖考妣伯母王太夫人；鳌官屋祭兴魁公、武显公、妣赵夫人、家倬四叔侧室赵孺人，云仙、茗仙两女；杨家山祭伯父光禄公、妣汪太夫人；一百五祭厚兄，三口冲祭孝弟各墓。

晚，赴方子高、德斋昆仲之约。

**初十日(10月21日)** 同子高、德斋至大工山，遇汤村兴和族祖，同行至荣廷家，略谈。因病，派其弟辉廷随往，过大家，田先生之子徐福兴。亦同往，计行三十里，至半山龙池庵。工山弟三山。步至龙井，潭水甚深，坐石小憩回庵。在山巅遥望，鸠江、巢湖，历历在目，采野百合三枚。百合苗上有果，一果为一年，计得四果、三果、二果各一枚。下山至田先生徐福兴。家便饭，鸡黍皆具。晚，赴圩务公所俞峻韵、何聘臣之约。

**十一日(10月22日)** 至志局，同各编辑员商认分门编辑，议定：舆地志、梅笛清、张直如、孙百川同辑。张直如辛酉三月十二日作古。学校志、梅笛清辑。武备志、丁禾青、汪河清同辑。营建志、张直如、孙百川同辑。食货志、陈夺声、王锄姜同辑。职官志、王锄姜辑。选举志、丁禾青、汪河清同辑。人物志、王槐卿、盛彝斋、孙步云同辑。艺文志、盛彝斋、王槐卿同辑。金石孙步云辑。杂志。陈夺声、丁禾青同辑。

刘紫荆送菜点。

晚，赴陈海汇酒叙之约。

**十二日(10月23日)** 至志局。

晚,赴牧子骧之约。

**十三日(10月24日)** 至刘陆晓志局告别。

谒绩公墓、清公墓、衡公墓、徐家桥宗祠,在祠午饭:首事徐道珠魁。花山分、炳章,西乡山口。新塘分、以锦,北乡张公渡李杨圩。大橱分、征庸,本城内蚕柔学堂。黉塘分、仁美,徐家桥,现住铜陵。路下分、国定,清弋江西街头;金鼎,东城外六号关口。堰塘分、时恺,东乡廿九都三图。衡公墓、去年同汪姓结讼。陵公墓。在繁昌,有祭田十七八亩。

晚,赴山林公所方德斋、黄子猷之约。

南陵往还诸君姓氏:刘钦诰、陆晓县知事。荆光晋、绪唐,山东桓台县承审员。俞树柽、峻韵。何英、聘丞。杨福葆。芷青。牧焜、子骧。丁宝三、海秋。刘元英、嘉琴。张夔梅、鼎和。张明德、朱文炜、燕融,杨芷青弟。潘崇基、德臣。沈葆祺、静山。孙泽鸿、百川。张树桢、直如。孙鹏、步云。秦芬、馨如。王巨、锄姜。陈景榕、夺声。朱焯、宪章,志局庶务。盛铭勋、彝斋。梅聘棠、笛清。陈保治、海汇。马廷扬、正音。方日升、子高。方新建、德斋。方尊荣、燮臣,均甫子。汪廷幹、河清。刘冠芳、达章,钦甫次子,佳。刘冠群、选章,钦甫三子。陈黻、燮卿,当涂,东来药号。陈绕云、谊轩,当涂,东来。王汝嘉、禹臣,启章子。王汝谐、舜卿,启章子。秦良楷、兰帆。刘锡鹏、朝卿。邓同馨、子初。张国英、竹卿。刘裕昆、孟斋。何肇焜、西庵。王毓槐、樾卿。王慰时、兆兴。张葆玉、厚甫。周、月樵。姚赓虞、宗谟。张鸿义、子明,子敬弟。刘汝嘉、紫荆。熊飞、月轩。盛兆恩、鉴初。朱寿云、瞻庭,秀峰子。叶宗祺、仁山,南乡,北京学堂毕业。张镇原、颂轩。徐征庸、芝秀。徐延年、金鼎。孙霁周、公辅。吴廷燮、佐臣。黄勳、子猷。黄劭、子高,南陵教育会。王镇祥、渠清。王学诗、鲤庭,太平。涂葆光、子京,无为。刘枢、奂吾,长沙。张宗忍、雪樵。胡承业、镛坤。李逢庚、笛楼。易经耐、稚九。周鍫、麓秋,长沙,云谷堂。朱锡圭、瓒臣,泾县,继范堂。潘振祜、少莲,泾县,吴维政堂。江世熙、庶咸,旌德,云卿子。三立堂。陈龙昌、成叔。吕能洲、少庭,旌德。陈在镕、绍堂。潘钟英、隽生。张乙林、汉藜,盐城。陶逸斋、昌明,小轮。缪品三、惟精。

南陵赠答：

赠大太太；女衣料、女帽、茶叶一箱、梨、西洋参四支、雪花膏二并。

赠吴舜臣；女衣帽、西洋参四支、茶叶一箱、《劝戒录》。

赠刘陆晓；砖茶二合、吉林参二支、《劝戒录》《感应篇集传》。

赠陈海汇；吉林参二支、茶叶一箱、雪花膏、女帽。

赠方子高、德斋；吉林参各二支、茶叶各一箱。

赠胡镛坤、马正音；吉林参各一支、茶叶各一箱。

赠杨芷青；茶叶一箱、瓦当屏、《怀豳杂俎》《感应篇集传》。

赠黄子猷；同。

赠牧子襄；吉林参一支、《格言》《阴骘文》《感应篇集传》。

赠张雪樵；茶叶一箱、《感应篇集传》。

赠陈夺声；同。

赠张仲仙；同。

赠俞峻韵；茶叶一箱、《感应篇集传》《格言》《读书杂识》。

赠秦馨如；同。

赠何聘臣；同。

赠丁海秋；同。

赠梅笛青；同。

赠沈静山；同。

赠张明德；《感应篇集传》《阴骘文图证》《共和平议》。

赠盛彝斋；方砖屏、《怀豳杂俎》《感应篇集传》《共和平议》。

赠王巨青；方砖屏、《感应篇集传》《读书杂述》《共和平议》。

赠刘嘉琴；吉林参一支、《共和平议》《阴骘文图证》《感应篇》。

赠李笛楼、易子久；小吉林参各二支、瓦当屏各二幅。

赠黄子高；吉林参、书三种。

赠王锄姜、张鼎和；《怀豳杂俎》《感应篇集传》。

赠孙步云、汪河清；同。

赠张直如、孙百川;同。
赠潘德成、张鼎和;同。
赠徐子秀、金鼎;同。
赠徐兴和;茶叶、参须,另赠洋卅元。
赠徐荣廷;茶叶、子鱼、善书。
赠陈姨母;衣料、女帽,另洋廿元。
赠周月樵;洋十元。
赠沈聘三夫人;衣料、女帽。
赠徐逢春;衣料、罗布。
黄子猷赠明心糖一小并、茶叶二小合;
牧子骧赠茶叶四篓、明心糖一箱;
大太太赠;茶叶二并、灰包蛋五十枚、麻烘糕二条、明心糖二包。
陈海汇赠;禾糖一并、明心糖一并、茶叶四篓、雪梨十六枚。
丁海秋赠;茶叶一包、蛋糕一包。
刘陆晓赠;月饼、蜜枣。
方子高、德斋赠;明心糖各一并,禾糖各一并,方糕各一条,茶叶各二篓。
盛彝斋赠;太平茶叶二包。
徐兴和赠;茶叶一包,芋子、玉带糕、明心糖各一包。
沈恭甫赠;茶叶二包,值二元。
黄奶奶赠;茶叶一包,值一元。
胡镛坤赠;茶叶二包。
马正音赠;茶叶一包、枣子一包。
徐世长妹赠;禾糖二包、糕二包、蛋卅枚,赠二元。
徐世丰赠;禾糖二包、糕二包、蛋廿枚,赠二元。
徐一鸣赠;糕二包,赠善书。
缪维经赠;茶叶、姜、笋、豆。
曹敬仪赠;陈米、毛栗。
徐炳宗赠;糯米、芋子,赠洋十元。

陈姨母赠；黑芝麻、芋子、粉子、陈米一斗、棉被胎二床。

吴舜臣赠；葛粉二合、冬笋一包、喜元一篓、锅巴皮一并、冰姜二包、禾糖二包、烘豆一并、葵花子一袋、茶叶一包、玉带糕二包。

由大通至芜之南陵：

支大通趸船票、轮船票、茶房共四元九角；初三夜。

支长源泰栈五元八角；初四日。

支赏纱厂车夫林福零用二元；又。

支小轮到南陵水脚三元；每人统舱九百廿文，饭一百六十文，初五日。

支给少奶奶孙、小姐、男女仆共十元；大房。

支祭席二桌四元六角；

支湾村看茔三人各二元，又佃九人九元；

支各山看茔九元；内鳌官屋二元。

支千佛庵、赤岭庙香资各一元；

支兴和家仆人二元；

支宗祠仆人一元；

支野百合一元；

支徐复兴家仆人一元；至工山，过大家，在其午饭。

支徐金波二元；本家兼佃而家贫。

支张文汤一元；住香由寺，孤贫者。

支轿十三千八百五十文，又轿头洋一元；

支礼力洋三元钱一千六百文；

支小轮由南到芜行李二元，水脚、午饭、酒洋共四元；

支给老方四元；

支米二石、十三元零；

支炭基二元零；

支丹云侄四元；

支渡江红船并灵泽祠香资一元四角；

支长源泰栈三元，又酒洋六角，又茶房上轮船二元；

支锥栗一元；

支轮船回沪船价、酒资七元；

支鸡鸭二元六角；

支火车及午、晚饭六元六角；

支局洋十元，竹负十四元。

**十四日(10月25日)**　晨附昌明轮至芜，荆绪唐同舟。峻韵、聘臣、笛青、彝斋、海秋、子猷、海汇、仲先、镛坤、子高、德斋、子骧、正音、舜臣诸公送别。舟中晤繁昌族人徐超凡，宣城蚕桑学堂学生。又晤黄兰如，钊奎，绩溪。在上海新闸开设梓大木号。午后三时抵芜，寓长源泰栈。随至育婴堂，晤展成。晚，赴陈绍唐、在镕。陈才宝宝宝，红喜。酒叙之约，绍唐为召春燕、新头排东五。花魁新头排巷口西一。侑觞。

**十五日(10月26日)**　八时过江，谒灵泽夫人祠、李文忠祠。

午刻，展成约往陶轩酒叙，李葆林、濮秋澄、吴怡生、翟孝先、同年。汤曾为南陵教官。同席。

同秋澄、孝先两同年谒萧尺木先生墓。

晚，南陵商会副会长吴鼎臣约三余里三号赵小宝家酒叙，召春燕、王小银。又竹叙，召春燕。

**十六日(10月27日)**　晨附联和轮至宁。午后二时廿分，附车至申，九时抵沪。车中遇杨蔚霞、戴孟瞻。夜八时，月食，至十二时。

**十七日(10月28日)**　午刻，行李由联和到申。

赠吴寄尘。明心糖、禾糖各二大并、葛粉二合、九华茶二并，大士阁赠品。

赠李伯行。明心糖、禾糖各一大并、茶叶二并、锥栗一盘，大太太赠品。

赠周扶九。徽梨十枚、香糖、毛栗各一盘、芝麻片二包。

至交通，取债票款计一百十三张。共一万一千九百四十四元零：本，一万一千三百元。官，三百九十五元五角。活。二百四十九元三角九分。当存大生纱厂，分存：所缺五十六元家中另凑。大丰四千元；荣记，九月十八，期半年，一分息。大豫四千元；佑记，又。大生四千元。徐积余，九月十八，期活存，八厘息。

至寿老处，略谈湾沚田九股分认，应得一股，每股五千元，十六日已签字，寿老将合同交出，属为补签。

又谈宣城平粜二千元，官绅隐匿，移作他用，应追还，拨济北省灾振。

晤寄尘。

**十八日(10月29日)** 至李仲帅处，略谈。又至李木公、陈少舟、江幹卿、洪希甫，谈芜湖裕中纱厂宁松泉舞弊售纱事。约损失二万元，计纱一千四百包。少舟云上海买印度花，每包损失二两。

购沙荣生穀圭，云是吴愙斋物，较以《古玉图考》，微不类。价廿五元。

**十九日(10月30日)** 先妣秦太夫人廿五周忌，净土庵讽经，陆仲英、汪书屏、汪易三夫妇均来礼祭。

**廿日(10月31日)** 刘慧之约往半淞园酒叙，重要客则李仲帅也，略谈宁松泉售纱舞弊事，慧之亦云电芜为涨价，为松泉芜庄厌置不交，纱厂同人公阅，是其舞弊实据，当同陈少舟请其取销。

**廿一日(11月1日)** 至寿老处，交还晋泰新合同加公记二字。公司推据、新合同七纸，另留存一纸，系寿老亲笔。洋五千元，十一月廿八日交寿老。

至沈乙庵处，略谈。乙庵为书《徐公文集》书衣已书就面交，并交向年安庆官纸局冰纹纸三百张，印《徐公文集》。

洪希甫、刘慧之来谈。致翟展成书。托购料半纸五十刀，并告宣城振款办法。

答谢陆仲英、汪书屏、汪易三。

**廿二日(11月2日)** 至仁济堂，晤介庵乔梓，介庵正草宣城隐匿平粜二千元振款通告省长、道尹电稿，商定交堂译发。

赠李木公纪元镜铭拓本十种，元明未拓送。又镜二种；柳如是藏镜一种，秘戏镜一种。褚礼堂齐残鼎、穌钟、利敦、伯矩尊、嘉泰镜拓本。

至中国实业银行，托慧之汇交展成代购料半纸价一百元。得吴舜臣书。

购沙荣生玉笏，廿元；汉永元铜合，十元，水银浸。

晚，至新世界，观八省急赈游艺大会。每券一元。

**廿三日(11月3日)** 展成来函，催电省长、道尹，惩儆宣城官绅。

晚，至共舞台，观余叔岩《骂曹》剧。券为北省急振协会保婴队所售，每券二元。

石升在扬汇洋叁百元。

**廿四日(11月4日)** 晨约梓大木号黄兰如来，同至洪希甫处，商太平等处松木运销完税，议向官厅减轻，酌认会馆捐款。

梅生回当涂矿山。

覆展成书。

吴舜臣汇来稻洋贰千五百元。以一千元活存大生，一千五百元留家用。

**廿五日(11月5日)** 赴金淞生、邹紫东都益处午餐之约。

至邱渭卿处，谈河南振务，并交阅河北道尹范鼎卿同年来书。邱请高春之放汤阴振。

至吴寄尘、李拔可、蒋孟蘋、罗子经、席少卿等处，略谭。

购古书流通处《对类》明本，残本。二元；明本《殿阁词林记》，残本。五角；《碎锦吟》，恭亲王集唐。一元六角。

购李紫东《洛阳伽蓝记》，绿君亭本。四元；《唐女才子诗》，四元。淮南刘云份编。

购商务印书馆张樗寮书《金刚经》，八角。

晚，赴陆仲英大东旅社西餐之约。散后，至十号俱乐部闲话。

以舜臣汇来稻洋拨壹千元活存大生，备拨宣城湾沚田价。

**廿六日(11月6日)** 缪书屏、章沣芝、陈巨川来谭。

答拜金淞生、邹紫东，不遇。

函范鼎卿、顾鼎梅、吴舜臣。

**廿七日(11月7日)** 访陈散原于俞寿丞家，不遇，至缪子寿、子彬处闲话。席少卿贻万历年造马言镜。

晚，赴大达公司，附大穌轮至南通。柳梓庭、徐振飞（星六）、施朴庵、张则民、许秋帆同舟。

**廿八日（11月8日）** 午刻，抵天生港，章叔纯以汽车相迎，遂至有斐馆。旋移居城南别业，公祝退老寿。晚设寿筵，陪坐。

送退老黄瘿瓢寿星立轴、长生未央瓦当砚、缎幛、画烛，收寿星、画、烛，另附屏分十二元。

晚，观余叔岩、生。王长林丑。演《庆顶珠》，孙化成、生。欧阳予倩《武家坡》，查天影、赵桐珊《红鸾禧》等剧。

**廿九日（11月9日）** 晨至千龄馆，祝退老七十寿。晤徐钟令（庶侯）、许克铭（从中）、陶祖典（盐城人，川辅字）。

午刻，在交通行张麟书、吴欣生处午饭。散后，观余叔岩、王长林《天堂州》剧（即卖马当锏）。

晚，退、啬二老约千龄馆西餐。啬老有寿诗八章。散后，同啬老乘汽车至通俗剧场，观余叔岩《琼林宴》，即问樵、闹府、打棍、出箱。欧阳予倩、查天影新编《南阳菊》，伶工学堂学生《快乐之儿童》等剧。

## 十月

**朔（11月10日）** 往访啬老一谈。随拜梁缙卿、张镜湖、黄丽生、章静轩、章希瑗、吕鹿笙、韩凤池、马肤武、束劭直、束勖俨、沙健庵、刁位思、冯光久、马息深、张地山、徐亮星、徐爵之、顾伯言、王已劲、陈葆初、张佐虞、张孝若、金文珊、马荫亭、李万里、徐止亩。联蓁。

午刻，刘烈卿招饮，召花小芬。

申刻，希瑗、亮星、爵滋约有斐馆西酌。散后，又赴退、啬二老城南别业酒叙。镜湖、劭直、佐虞、泽深、鹿笙、葆初、凤池、肤武、已劲、伯言、伯厚、烈卿、光久、地山又在地山宅中招饮，召高小芬。散后，观余叔岩、《盗宗》卷。程艳秋、《贵妃醉酒》。王长林。《巧连环》。

**初二日（11月11日）** 晨至江幹卿处谈话。午饭后同访希瑗、丽生、鹿笙、凤池、已劲、觉农、烈卿、伟人,仅晤凤池、已劲。又至劭直、亦齐处,回城南别业,向退老告别。给仆人十元。

晚,赴淮海银行张孝若、袁亦齐清河人。诸君十人。桃之华之约。

同柳梓亭观余叔岩《南阳关》、程艳秋《思凡》、王长林《打沙锅》、孙化成《托兆碰碑》。特别厅,二元二角。

同周薇阁、柳梓庭乘汽车至轮埠公司马头,上大稣轮回沪。晤沈堃和(应镛,吴兴人)、鲍子京(维瑚,宝山人,吴淞商会副会长)、张玉墀(曾阶)。

**初三日(11 月 12 日)** 午刻抵沪。午后,同仁济堂各董在同义善会公祭总董朱葆三之夫人。又至仁济堂,钞宣城平粜二千元一案近日来往各函电,省长派工振局查办宣城官绅捐北省灾振款三千元。函寄翟展成。

至沈乙盦处,晤章一山、郑太夷、王叔用、刘健之。又至振华旅馆,访杨云史伉俪,适来家中,不遇。

**初四日(11 月 13 日)** 至博远斋、味古精舍、有余兴斋、商务印书馆、古书流通处。

**初五日(11 月 14 日)** 午刻,赴半淞园主人沈志贤之约。李仲帅、沈冕士、刘慧之同席。

拔可来,不遇。访陈少舟,略谭。

**初六日(11 月 15 日)** 函展成,以曹裕源芜湖。所售料半纸五十刀,每刀二元。今日在关栈提到,拆视,乃系副牌,非原购之正牌,请其查询。又请代购《读书杂述》山阳李铠惺庵著。十册,寄南陵吴舜臣,因何聘臣向舜臣代索也。又春谷学堂长盛君亦索此书。

函复陶子麟,告以《徐公文集》刻工板价计七百四十五元零,除先后付过七百元,现将四十五元托汉口黄陂街义康隆号陈少舟转交。又《辛夷词》写样十元零,现拟发刻,连刻工统算。《徐公文集》十四万六千三百五十五字,(四八)合七百〇二元五角〇二厘,又板片四百卅二号,(一角)合四十三元二角。《辛夷楼词》字八千六百五十字,(一二)合十元〇三角八分。

函陈少舟并洋六十五元,以四十五元交陶子麟收,廿元托购银耳。

午后，赴宁兴矿务公司股东会。

晚五时，同刘健之约康更生、郑太夷、沈乙盦、杨留垞、章一山、刘翰怡、王静庵在乙盦家酒叙，陈散原、俞寿丞、汪晦园、吴剑隐、陶拙存、刘葱石未到。

**初七日(11月16日)**　至大生纱厂账房，晤吴寄尘，述啬老拟约办教养社并图书馆。

至味古精舍，观万氏所售宋本《宝祐登科录》，细案系明翻宋本，索价二百元。徐籀庄各拓本，一十八册，索三百元；一十二册，索价三百元。朱建卿各拓本十册，索价二百元。照索价九折，以价昂力不能得也。

至忠厚书庄。

晚，赴许狷叟都益处之约，召高翠玉、小林黛玉。又赴舒咏芝一枝香之约。

**初八日(11月17日)**　赴钱履樛都益处贞元会。晤史叔起悠颐，为文甫之尊人。

拜杨云史、江幹卿、朱稷臣。

至仁济堂，拟覆皖南筹振所快邮代电。

覆舜臣书，附覆杨芷青书。论其祖应列志中某类，请同编辑员商之。又催交《宁国府志》书价。又论聘协修颇难，其人即前援薪水数目亦难办到。

**初九日(11月18日)**　至文成隆记购连史纸文育盖加。十件，每件十二两二钱。以前购八月十六日。文祺每件九两二钱。九件掉换，找九八。元叁拾玖两二钱。

至味古精舍，阅宋《宝祐登科录》，系明覆宋本，非宋椠。随携至沈乙盦处，亦云明覆宋也。

晚，赴李拔可酒叙之约，观黄石斋书册，购价四百元。旧为闽人王壮愍、有龄。梁芷林章钜。藏，何蝯叟、张月斋均题记。拔可又赠新刻其尊人次玉先生《双辛夷楼词》，附刻其妹椎清《花影吹笙室词》。

康更生同年来书，以写近作《西湖丁家山营别业》诗立轴并菊花六盘又先妣劳太夫人墓表。相贻，又约明夕食鱼脍，兼邀健之。

**初十日(11月19日)** 以九华云雾茶赠更生、乙盦，并乞乙盦为书《徐公文集》书衣，题《随閣钟鼎款识》。金栗山藏经笺。

晚，赴更生食鱼脍之约。

**十一日(11月20日)** 附虬园在吴淞虬江桥购地五十四亩五分零，每亩四百元，用费在外。俱乐部股份，计洋贰千元。在大生活期五千元存款付出。午后二时，在泥城桥十号会公举吴寄尘、魏小辅筹备一切，杨瑞生经收股款、出立收据，当由杨瑞生亲书元号收据。俟经营有绪，不再增股，再行公订合同各一分，凭收条换领。规约内方单委托淮海银行代为保管。

认股人题名：徐积余、魏小辅、周扶老、周凌云、吴寄尘、刘柏森、马玉山、吴蕴斋、杨瑞志合。萧衡才、吴南浦、吴蝶卿、黄念劬、李旭堂、蒉延芳、田少瀛合。萨桐荪、金佐临、易次乾、徐申如、张麟书、刘厚生。

至杨云史处贺喜。

以新得钟铭函赠邹景叔、王俶僩。

复邓鸣谦书。同朱研涛租西票，商接租未允，复书并寄。

印新刻《徐公文集》今日开印，蓝印料半每千五百文，黑印料半每千四百文。先印料半、杭连各贰拾部。蓝印。

昨晚拔可来书，又赠《双辛夷馆词》并交写样工资十元，今复以祇收，并请将样校毕寄鄂刻之。

复汪甘卿书。甘卿约游天平看红叶。

**十二日(11月21日)** 邹紫东尚书来，未晤。徐新六振飞。来谭。

同扶老、静仁、薇阁、孟蘋、南浦、小辅、蕴斋、寄尘、蝶卿勘虬园地址。虬园在虬江桥左。勘毕，同静仁、蝶卿至吴淞海滨旅馆小憩，茶点给洋二元。

**十三日(11月22日)** 晨答拜徐振飞，新六。兼拜其尊人仲可先生。

至胡蕙生、喜联、喜烛。朱研涛、同徽宁会馆同人公分。杨云史送红裙等。家贺喜，云史留陪冰人。

至邹学东尚书、余寿平中丞处谭话。寿老约晚间广舞台观李云芳新排《菩提梦》剧。梁武帝故事。

葱石书来，贻《青山诗选》、桂超万编。《静观书屋诗集》。章鹤龄著。

**十四日(11月23日)** 午刻，在客利饭店二马路。公饯萁延芳、施伯安、徐振飞，徐未到。并约姚文敷、陈公侠、范季美、贝季美、史良才、杨瑞生、刘厚生、吴寄尘、柳梓庭、蒋孟蘋、黄念劬、林康侯、田少瀛、未到。贾巢孙诸人作陪。

主人。魏小辅、吴蝶卿、顾棣三、严惠宇(金星)、胡沁塘、许颂年、陈光甫、史良才、张则民、徐韶甫(溥益)、沈燕谋、李旭堂、袁左良、吴季农、方聪甫、徐。

晚，赴张东甫一枝香之约。王耕尧(寿民)、华伯(荣先)父子(耕尧，周子异之岳)、刘荃庄、李伟侯、江幹卿、汉珊同席。

陈器之送新拓龄孙彝器廿四片。

徐仲珂书来，属题衔杯春笑图册。

至有余兴斋、博远斋闲话。

**十五日(11月24日)** 萧子文来，随约至顺丰饭店西馔，并将张祝秋所存江苏铁路证券十四、五期，又十二、三期京钞十一元托其代交。计五十元(〇一四九〇〇)、十五元券(〇三七七五三)各一纸。

**十六日(11月25日)** 赵叔雍来，贻新印《梦窗词》、四印斋校本。《蓼园词选》，新译《罗京春梦影》《重臣倾国记》《玉楼惨语》，索借《花草粹编》，传钞本，十二本。当即假之。

吴寄尘贻吕四椒鸡、新化桂圆。

贻李仲老吕四椒鸡卅余枚。

购古书流通处《周易古文羽义》十二卷，明兰溪章品著，正德戊辰刻本。《考工记图解》二卷，宋林希逸图解，明张鼎思补图，屠本畯补释，施浚明句读。同治覆刻庄本《一切经音义》廿五卷《华严经音义》二卷，同治癸卯孙星华以武进臧氏、余姚邵氏校本过录。道光覆张氏泽存堂本《佩觿》《群经音辨》、遁翁传写何义门校本。《字鉴》三种合刻,杨霈刻于巴县。当付价洋十元。

**十七日(11月26日)** 冯蒿盦中丞来,未晤。

**十八日(11月27日)** 午刻,至都益处贞元会,梦坡值会。

三时,约陈乃乾至古书流通处晤叙。散后,至味古精舍席少卿闲话。

汤助侬、克镕。汪笃斋、培源。舒丽生、士杰。洪希甫冀昌。来。覆吴舜臣书。又覆翟展成书。书价二元,交汤助侬转交。

**十九日(11月28日)** 购王秀仁周鬲,三十元,临洮府镜,四元。

答拜冯蒿盦尚书。

**二十日(11月29日)** 致沙健庵书,并寄钞《撷芳集》八卷。

复谢孙心如,赠新印《大戴礼》《南雷文集》书。

江幹卿同舒韵芝联姻纳采,为作冰人。

闻阚霍初来,寓惠中旅馆,往访,不遇。

赠席少卿《匋斋古金续录》。

**廿一日(11月30日)** 至仁济堂,知宣城知事解来划还平粜二千元,前寄募振款两次,计三千五百元。晤叶慎斋。

至古书流通处,商约陈乃乾校书、授读事。

访缪子彬,不遇,晤子寿,略谭。

在忠厚书庄取明刻《五灯会元》、道光间刻《桐城马氏诗钞》。

**廿二日(12月1日)** 郭栋成来谭。先母生忌。

约阚霍初、郭栋成、陈介庵、刘焕章、江幹卿、江汉珊、张东甫、李木公、周美权、刘慧之酉刻小有天酒叙。

**廿三日(12月2日)** 先荣禄公生忌。

覆展成书。请购料半十刀,并告宣城汇振款数目。

**廿四日(12月3日)** 致江汉珊书,送商务书馆《四部丛刊》减价券。

致刘翰怡、蒋孟蘋书，索《四部丛刊》二次印所藏书。

赠李拔可、孙心如、吴寄尘、蒋孟蘋《六朝墓志》三集。

有正书局赠新印《六朝墓志三集》四十部。索回前多赠二集十部。

又致瞿良士书，索《四部丛刊》所印藏书。

致吴舜臣书，寄书大工山龙井题名。

**廿五日（12月4日）** 商务书馆前借《简斋外集》《潜研集》景印，将原书交还，并赠《简斋外集》十部、《潜研集》二部。黄、白纸各半。

赠李拔可、陈叔通《简斋外集》《潜研集》，又赠张菊生、孙心如《简斋外集》。

致缪子寿、子彬书，索《四部丛刊》二次印所藏书。

晚，观剧大舞台。

覆孙心如书。索《四部丛刊》中精本。

**廿六日（12月5日）** 吊吴剑泉之六弟怡泉之丧。答拜郭栋成。

赠沈乙盦尚书《六朝志菁华》三集。

同汪笃斋送江幹卿幛、烛，共六元八角。

**廿七日（12月6日）** 赠太夷《六朝志菁华》三集，附请书集金文等册八册首。

孟莼孙之夫人讣书至，送绸幛。

吴稼生同年讣书至，送绸幛，邮递天津。

晚，江幹卿、汉珊约酒叙。

送舒韵芝喜礼，不受。

**廿八日（12月7日）** 许狷叟约午刻都益处贞元会。

入城，购詹大有墨十斤。每斤一元。

李审言来书。

沙健庵来书，寄来钞《撷芳集》五卷，六十一卷至六十五卷。并拟甄录吾皖流寓如皋诗人诗集。

邹适庐赠信陵君戈吕不韦诏事戈、前赠周公戈、燕王戈为适庐所藏四名戈。吴越金涂塔前相传塔只“保”字、“人”字，此则“上”字、“全”字。拓本。

至商务印书馆，为江幹卿、汉珊、李木公、张东甫诸人商拔可，减价定购五部，九折。并荐叶顺。女仆王氏婿。

拔可赠《抱经堂集》新景印本。

**廿九日(12月8日)** 至云史寓送别。

至南通实业公司，晤寄尘、燕谋。查刘锡九同美昌洋行（王永昌，买办）订购新式八十匹马力十六支光二千五百盏发电机，开价美金一万四千七百元。

菊生书来，还前借钞《挥麈录》。

孙心如来书，赠商务书馆新印宋本《资治通鉴考异》、宋本《资治通鉴目录》、宋本明覆。《笺注陶渊明集》、嘉趣堂本《世说新语》、景写宋本《才调集》、明巾箱本《花间集》。

覆心如书，以原刻《尧峰文钞》假印《四部丛刊》中。菊生覆书，已购得原本初印，将书交还。

**三十日(12月9日)** 覆沙健庵书，答谢补钞《撷芳集》五卷，并谢为甄录吾皖流寓如皋诗人诗集。

至怡园。

晚，赴梦坡春宵楼之约。召高翠玉、小林黛玉。

至美昌洋行，爱多亚路一百十一号。晤王永昌，询刘锡九订电机事。又至吴南浦、洪希甫，随函告方德斋。

## 十一月

**初一日(12月10日)** 购沙荣生赤刀，有铭一行，伪品。宝物也，价卅元。

**初二日(12月11日)** 至赵月川家，观自北携来各彝器。一盉、一鬲，佳。

至吴季生处，略谭。

**初三日(12月12日)** 为江幹卿、舒韵芝两家结婚作冰人。

至李仲帅、沈乙盦处一谭，郑太夷、赵叔雍外出，未晤。乙盦病，座中晤罗叔蕴、王静盦。

吊孟莼孙之夫人周香谷女史之丧。

孟蘋书来，贻新景印元覆宋本《唐文粹》。《四部丛刊》本。

拔可来，不遇。

**初四日(12月13日)** 访罗叔蕴于民厚北里，四〇二。纵谭。随约其同范纬君、王静庵、陈乃乾至一枝香西酌。

晚，静庵约同叔蕴至佛陀街正兴馆便酌。散后，同叔蕴至济生会，晤李子尧；子申弟。华洋义振会，晤叶慎斋；慈善会，晤徐乾麟。

将景宋本《徐公文集》交陈乃乾校勘。

**初五日(12月14日)** 以《随盦丛书》正续编连合。贻孙心如。

覆李审言书，并假汲古本《剑南文集》五十卷十册，又贻《简斋外集》一册。

至华洋义振会、仁济堂。

晚，观剧大舞台。

送吴彬士、李子兰、汪龙门夫人呢幛，寄扬州。

至大生纱厂，为蒯淑记存款。一千七百五十两，期一年，月息八厘。

**初六日(12月15日)** 洪希甫来，交慎昌电机价单。

张祝秋来，送鸭两对、面筋一篓，随约至大世界西酌。途中晤罗叔蕴，知昨商陆维镛振务，尚满意。

赵月川子继昌耀廷。贷款，赠洋四元。

良士覆书来，赠常熟瞿氏忠贤遗像。心如亦赠一册。

**初七日(12月16日)** 午后，至李伯老，谭北京振济极贫会、旗民生计维持会，罗叔蕴来沪情形。后至叔蕴一谭。

**初八日(12月17日)** 午刻，至陶乐春贞元会，陶拙存值会。

金颂清来，示叔蕴乞振启稿并会员名单，随约同至陶乐春，邀周梦坡、陶拙存、庞芝符、恽季申、瑾叔、眉卿一同列名。

至太夷处，略谭。孟蘋、乙盦、葱石均不遇。晤李审言一谭。

晚，赴陶心如酒叙之约，座有李仲老，召小林黛玉、花云娥。

**初九日(12月18日)** 昨接大照公司汇来皖振会庚申年期振款二千六百两,九八元。今送南通实业公司,并入前存大豫公司七百两存折,仍每月息一分,并复函大照公司。

函翟展成,告沪上同人现组织北京救济极贫会,商请芜募捐余款拨济。

徐晓霞以元刻明万历重修本《玉海》附十三种。棉纸印本贬价相让,计价一百十元。缺叶借晓霞藏本钞补,十三日送还。

赵叔孺同林君冕之字,公度。洵来谭,观所藏周龢钟、周赤刀、吴越金涂塔,赠叔孺盂鼎拓本,并乞叔孺为镌"南陵徐氏"田黄印。

为倪铁庵荐张孝若吴淞商埠局。

晚,赴江幹卿一枝香之约。

**初十日(12月19日)** 昨函王俶傋,贻所藏建兴、建安四镜拓本。

函李木公,贻金文一种、钟铭。镜铭四种。至元、洪武、嘉靖、万历。

**十一日(12月20日)** 至博远斋、有余兴斋小坐。

覆陈劭吾书,并寄《六朝志菁华》三集、瞿氏忠贤遗像。瞿良士书、赠《简斋外集》一册。吴舜臣书。修志局事、选举事。

**十二日(12月21日)** 至邑庙内园。

贻赵月川《匋斋吉金续录》。

**十三日(12月22日,长至日)** 朱研涛招集潘兰史、杨芷姓、周梦坡、恽季申、恽瑾叔、陶拙存、童心庵、胡朴庵为消寒会,是日与会。

昨王俶傋寄两鬲、一甗拓本。今复书,贻龢钟、禄康两钟、周赤刀全形拓本。

至寄尘处,交倪伯高原号铁庵。名条,并换蒯淑记、崇记、佑记存折。蒯折交还蒯夫人。

昨,翰怡贻《四部丛刊》中明刻《吴越春秋》《越绝书》《华阳国志》《放翁诗集》四种。

**十四日(12月23日)** 至古书流通处、味古精舍、有余兴斋小坐。

至陈少舟处，交前存皖振会大照电灯公司存折，十月底，连本年收还七期，每期二千六百两。又振余五月初七期七百两、十一月初九期大照本年还款二千六百两，径放大豫公司每月一分息。存折，并取回前出收到信据。

晚，赴殷侣樵、小林黛玉家双叙，召小林黛玉、花云娥。

**十五日（12 月 24 日）** 访王雪澄、王俶僻、赵叔孺，不遇。赠金文拓本十种，又赠林公度金文四种。

访王病山，略谭。

至有余兴斋、商务书馆。

晚，赴朱瑞堂、小林黛玉双叙，召小黛玉、花云娥。

**十六日（12 月 25 日）** 题高韫甫家传，后寄仲均、涵叔。

题衔杯春笑图册，即送仲可。

金颂卿来谭，交新印北京拯济极贫会捐册十本并罗叔言函。沪字一百七十一号至一百八十号。

函寄陈羿卿捐启一本、一百七十一号。瞿展成二本。二百七十二、三号。

**十七日（12 月 26 日）** 面交刘子鹤、一百七十四号。鲍子丹、一百七十五号，廿四日捐五十元。陈少舟一百七十六号。北京拯济极贫会捐启各一本。

刘慧之来，交芜湖裕中纱厂股票二套，计二百七十六号十股、二百七十七号十股。即晚作书，缴还入股收据。

**十八日（12 月 27 日）** 缪子寿来谭，交藏书目定值。

午后，都益处贞元会，另约赵叔孺、李拔可，李未入座。共用十二元四角，收会费八元。

至有余兴斋、博远斋。

晚，赴童心庵兴华川菜馆消寒第二集。

金颂清来，交叔蕴弟二书，述京赈急盼万余元。

**二十日(12月29日)** 展成来函，先拨北京拯济极贫会二千元，当亲交蒿老阅过，并劝蒿老先垫拨万元，汇京散放。后至广仁堂，晤李朴成。又至介庵处，略谭，述及华洋义振会拨款叶慎斋有阻力，拟商仁济堂各董分拨。宣城汇来振款，随即至仁济堂，途经王家库，乘车为朱研涛汽车撞损，车轮不能行，遂雇人力车至一品香，赴刘子鹤之约，召小林黛玉侑觞。

晚，覆罗叔蕴、翟展成书。

**廿一日(12月30日)** 金颂清来谭。心如来书，索《郋斋书目》，随函赠丛书。

**廿二日(12月31日)** 颂清来，云昨晤朴成，广仁堂允汇京会一万元，并交北京来电。电云：老北门财神街廿二号金颂清转，冯、徐诸善长鉴，急振不敷甚巨，务恳速接济，至叩。劭文。

至仁济堂，告宣城二千元已议定，拨极贫会一千元，施省之散放一千元。随至颂清处，适外出，留言而归。

购胡三桥锡珪。画张道陵象，价四元，赵月川售。

致叔言书，述捐款情形。

**廿三日(1921年1月1日)** 余寿老由北京回，约为倪莱衫、刘畏之家结婚作冰人，述及京城贫民与叔言调查情形相同，商请以安徽振款振余项下三千三百两拨京拯济极贫会，寿老允之。安徽会馆建筑费不敷，通函各县劝募，晋泰公司湾沚田价约本月廿九日交款。

午后，同希甫至寿老处，谭会馆通函各县募款。

至介庵处，谈安徽振余寿老允拨极贫会。又至少舟处接洽，不遇。

金颂清来，告以仁济堂捐助极贫会一千元。

晚，赴杨芷姓小有天消寒第三集。

交希甫一百七十七号。捐册，请其代募。

**廿四日(1月2日)** 吊仁济堂董张云伯之丧于广西路报本堂。

晤叶慎斋，为极贫会求拯，慎斋允属余桂笙就近由天津往京调查，并设法拨助棉衣五百套，如在津购杂粮一千元，拨一千五百元之粮。

金颂清来，告拟商安徽同乡拨振余。

鲍子丹捐极贫会五十元。缴回一百七十五号捐册，当交颂清。

为刘子鹤家陪冰人。

舜臣来书，十九日。售稻捌百石，每石二元八角四分，尚拟续售三四百石。小盂鼎已派人探听。叶家垍地基叶姓公私未定，尚未购成。

**廿五日(1月3日)** 午刻，李凤池、韩贞伯约都益处酒叙，因感冒作书谢之。

金颂清来，谭极贫会募款，告以慎斋情形。

洪希甫来，商致各县募捐会馆函稿。

**廿六日(1月4日)** 吴蝶卿来函，捐助极贫会五十元。当交颂清。

南陵筹备修志局来书，催聘协修，薪金多寡属主持。又云约明春回里，又访碑三十三种。

舜臣来书，廿一日。又售稻一百石。又内子二百石，价均二元八角四。

洪希甫、吴树人来。

金颂清来，同至华洋义振会，晤一亭、锥镛、慎斋、乾麟，商请余桂笙查明筹放并拟函稿。

又同至陈少舟处，拟拨皖振余汇京极贫会。

寄刘雪樵年伯宁绸幛，九江梅太夫人宁绸幛，北京朱耀轩呢幛，余东包场镇。

**廿七日(1月5日)** 致罗叔言书。覆翟展成书。

颂清来，交叔言来书二通。

**廿八日(1月6日)** 庞芝符陶乐春贞元会；潘兰史都益处消寒会，均以感冒函谢。

以五千元交余寿老，兑湾沚田价。此款借淑畹荣记存单三千元、绮女绮记存单一千元拨用，以佑记存折四千元划抵，另在纱厂账房活存项下付一千元,共计五千元。

因手续未完备改期,价由寿老交陈少舟。

少舟来,商定振余银化洋,凑足四千八百元汇京,交柯凤荪、罗叔言稿,为介庵拟,具名寿老领衔,请刘晦之中国实业银行汇。寿老座中晤梦老,争此款交广仁堂。

树人来,云叶慎斋询罗售书画款拨入仁济堂,意以有此款方可函请余桂笙调查,函已签字,尚未付邮。答以罗款两万已施放,仍请将余函照递。又云仁济堂一千元已汇京。

刘子鹤昨晚来,商为其庐江开𠀍事,用同乡会公函致实业厅高文伯,停发探矿照。前有复函,已饬县查复。

寿老已允,今晚又将函书就交阅,当钤同乡会章。今午在寿老处取来。

《越缦堂日记》书已印成,将四月间所定预约券计廿元。找洋十元,向商务印书馆取书。书凡五十一册。

**廿九日(1月7日)** 复汪启我、顾鼎梅书。

以《六朝志》三集赠刘慧之。

颂清来,交叔言书。

余寿老回皖,交窦希文芜路股票三封,计六张六十一股,另函述接收湾沚田办法。又李德膏初八日在沪为芜路款开会,希文股票作皖会捐出。

恽季申来书,已托英斋疏通慎斋。华洋义振会此议案,阅生计、宗旨各异,愿于仁济济生设法。

树人书来,余桂笙函慎斋,允照发。

筹振事务事所拨助振余四千八百元,今午少舟交晦之汇京。

朱沤尹侍郎来,谭壬聘老为极贫会募南洋烟草公司二百元。

郑太夷来,交所书集古各册首八叶,谈及季皋于旗民生计注重移垦,于叔言拟明年至海东辽沈一行计划亦合。

致舜臣书,拟于藏抄办善举,给南陵贫户米洋壹百元。

**三十日(1月8日)** 罗叔言来书,随答复。

## 十二月

**朔(1月9日)** 金颂清来。

陈乃乾来谭,赠新印《简斋外集》,又赠王培孙一本。

吴舜臣汇来稻洋叁千元。内淑畹五百元,以一千元活存大生,五百元存源和,一千元留家用。

**初二日(1月10日)** 展成、秋澄来函,允拨北京拯济极贫会振款洋贰千元,准初五日由中国实业银行先交广仁堂梦老核收。

**初三日(1月11日)** 至梦老处,以展成、秋成来书告之,梦老即拟电致谢。

访菊生,述陈乃乾意,就编辑事访静庵,观所编孟蘋藏书记史部。

至忠厚书庄,晤叶焕彬,向紫东假其近著《书林清话》十卷。

晚,赴陶拙存陶乐春消寒五集。

**初四日(1月12日)** 王叔用同谢家子无量。联姻,浼作冰人。

函展成、秋澄。函陈乃乾。函刘慧之。梦老属将芜振二千元径交彼处。

颂清来,不遇。

**初五日(1月13日)** 颂清来。

覆南陵县筹备修志局书。

**初六日(1月14日)** 赵叔孺来,为刻"南陵徐氏"印成。

武仲平、陈少舟来,湾沚田付价。

叶焕彬来谭。

购泰生永号恒元荣记赛连五件,计六十二元五角。每件一二五。

**初七日(1月15日)** 李审言来谭,约往佛陀街老正兴馆午饭。

九华月身殿僧轨辙募缘,捐二十元。

至来青阁,购《汉书西域传补注》、徐松。《水经释地》,孔继涵。价洋五角,皆艺风老人旧藏也。

缪子寿书来，赠商务印书馆新印《诚斋集》、宋刻本。《柳待制集》。元刻本。

**初八日(1月16日)** 谢无量、刘慧之、金颂清来谭。

冯蒿庵丈来，未遇。午后往谒，略谭，交季申昆仲募捐三百五十元，邹紫老募五百三十元。蒿丈云又汇京一万五千元。芜湖二千元已收到并汇在内。

午刻，都益处贞元会，季申值会。

答拜叶焕彬。拜左逸叟，久谭。焕彬出示唐人写经册，晋唐小楷何蝯叟藏。帖，内有笔阵图、告墓文。李南涧致周书昌商刻《贷园丛书》书札卷，沈南蘋画百兽图卷。

晚，赴葱石、楚园之约，观宋本《荀子》，首有孙子潇题，末有黄荛圃数跋，张芙川旧藏。述古堂钞《广卓异记》。

汪子实之太夫人讣书至，送缎幛。吴怡泉讣书亦至，送呢幛。

丁辅之嫁女，至振华旅馆贺之，送烛、酒。

**初九日(1月17日)** 倪远甫六十寿，附屏分捌元。

朱光谱之太夫人五十寿，送联、烛。

晚，赴恽季申都益处消寒六集。瑾叔误书季申。

陈尧斋讣书至，邮寄江宁绸幛。李平书之弟子顺讣至，送呢幛。樊序卿之太夫人讣至，送绮霞缎幛。

晚，罗子经来谭。

**初十日(1月18日)** 至朱光谱家，祝其太夫人寿。

至程龄孙家，不晤。

颂清、子经先后来。

昨覆顾鼎梅书。购各碑计十二元〇九分五。

昨致展成书，托购料半纸五十刀。

叔蕴来书，述极贫会、维持会情形。

晚，至天蟾舞台观剧。

**十一日(1月19日)** 五十三岁生辰。葱石暨其夫人、子公鲁、子妇均来贺。刘健之夫妇、蒯夫人、慕邢、冠英两侄亦来贺。

至龄孙处，久谭，座中晤周孝怀、谢无量。又至味古精舍闲话。

**十二日(1月20日)** 购泰州徐君所售曼生壶、奚冈字轴，价五十元。

至健之处闲话。

至味古精舍。又至怡园，给前购胡三桥画张道陵象，价四元。又向赵月川索归夆敦拓本。晤木公，约往同兴楼便酌。散后，同至博远斋闲话，购屈估大宣年制小钱镜，价一元。大宣纪元未考。

收扫叶山房售书洋十七元。

**十三日(1月21日)** 刘健之来谭。

收千顷堂售书洋十四元。

付古书流通处书价十五元。

晚，约兰史、芷姓、季申、瑾叔、拙存、梦坡、心庵、朴安消寒七集，研涛病，不克到。

**十四日(1月22日)** 李光炯德膏。两次来，均未晤。答拜，亦未值。

贻潘兰史拓本。魏程荣、唐张玄彻造象、正始魏昌县铜造象、吴越金涂塔、画象砖二、画象瓦四，共十种。

贻吕宋廷拓本。程荣造象、隋张通妻陶志、方砖四、汉洗四种、瓦当廿种，又朱拓瓦文二种。

贺谢惠塘嫁女，贺礼绸料、绣货全收。

答谢葱石来贺生辰。

晚，赴朱光谱一品香之约，朱谢母寿也。

为木公向蟫隐庐购明嘉靖卅四年。刻《包孝肃奏议》，价五十元。丰城雷达刻本，雷又刻有《青阳集》。

韩云清娶子妇，送缎幛。

送朱宝瑜君字瑾甫。笔润捌元。

**十五日(1月23日)** 童心安消寒七集，咏诗一篇，以十二辰为韵。

至永安、先施两公司。

大丰公司送庚申年董事费三百元。

石升扬州汇来稻价壹百元。

覆罗叔言、翟展成、马寿彭书。

**十六日(1月24日)** 颂清来。倪昆甫回江阴度岁。

寄陶子麟写《双辛夷馆词》样拾元。付邮。

换取金融短期公债票三百九十五元。中交京钞换。

至南通实业公司、有余兴斋、来青阁。

晤陈乃乾于来青阁,略谭。

购汪本生料半卅刀,每刀二元五角。本生罗纹八刀,每刀二元五角。汪六吉棉连二刀,每刀三元。又本生料半十二刀,每刀二元五角。共一百卅一元。

**十七日(1月25日)** 以宣纸印《骑省集》六部,赠张石铭、张菊生、李拔可、刘葱石、李木公、陈乃乾,以连史印本二部赠刘翰怡、沈醉愚。皆蓝印。

赠刘健之《六朝志菁华》三集。

木公交来《包奏议》价五十元,函送子经,得回条邮寄木公。

倪远甫二十一日六十寿,送缎幛、烛。前附屏分八元。

**十八日(1月26日)** 访余寿老,得悉昨由皖回沪,交阅劭吾来函,述湾沚田事。寿老云前陈经理人不可靠,言不可信,公司屋已于初五日修理动工,五百余元,价不苛刻。现接收各佃租,约旧佃所存只八户,先后所收各佃押款将及千元。已照寿老所谭函复劭吾。芜路股票面交寿老收回。

至仁济堂,晤戈丽生,告以二十二日本堂小学校行年假礼,不克到堂,复函叶慎斋,闻并约陈戒庵,当另加函,转请介庵以襄盛举。

至戒庵处,略谭。至寄尘处,不遇。

晚,赴兴华川菜馆胡朴庵消寒八集。

晤季申，知甘卿来申，寓大东旅社，即往访，久谭，座中晤梁克刚、名创，广东人，永安公司。林紫垣、先施公司。邓。

**十九日(1月27日)**　以幽栖居士书《璇玑图》卷乞潘兰史题，并贻连史蓝印《骑省集》。辛酉正月十五日题就交来。

昨，以明万历本《缙绅》乞陶拙存题。

刘十枝同倪莱衫家联姻，令同余寿老作冰人。

至有余兴斋，同汪甘卿闲话。

**二十日(1月28日)**　辰刻至苏，晤黄吉园，适健之约吉园准午间到，遂留午饭。健之购古铜罍，郴罍。四百元；郴公钟及汉壶匜，一千六百元。罍字文疑伪作，钟器文皆伪也。饭后，至陆仲英家，不晤。又至李仲老家，畅叙，并导观新宅。因念赵渭老卸运篆后余资悉付斯宅，辛亥以后贫病而殁，感伤故友，曷能自已！屋价仅三万三千元，仲老复修理一切，又增万元。同仲老至倪远甫家预祝，仲老先行。远甫邀各友至小双珠家酒叙，座中皆商业中人，豪于博，去而回寓。惠中旅馆。仲英送礼四色，即同来仆复至仲英家，留膳，其夫人及新姬人均出见，夜十一时还。

**廿一日(1月29日)**　八时，祝远甫六十寿。九时返寓，雇车至车站，附常州来车，十二时半抵沪寓。适拔可来，午刻同菊生约往消闲别墅酒叙，匆匆即赴约。散后，至商务书馆、蟫隐庐、博古斋、有余兴斋。

购来青阁别下斋本《金石录补》廿七卷，昆山叶奕苞。《石门碑释》一卷，诸城王森文。《得全居士词》一卷，闻喜赵鼎。《澹庵长短句》一卷，庐陵胡铨。《茗斋诗余》二卷，淮南彭孙贻。《荣祭酒遗文》一卷，元盐官荣肇。叁拾捌元；又《襄阳金石略》十二卷《艺文略》六卷《沿革略》《兵事略》六卷，光绪间吴庆焘宽仲述。价二元令，付肆拾元，两讫。

赠叶焕彬连史蓝印《徐公文集》，由黄吉园交。

**廿二日(1月30日)**　至沈乙盦处，略谭，并赠宣纸蓝印《徐公文集》。

至蟫隐庐、忠厚书庄、博古斋，购博古岱南阁本《古文苑》，价八元。

同倪伯高访吴寄尘，不遇。

晚，赴恽季申小有天消寒九集，胡朴安作消寒七集诗相贶，恽瑾叔亦咏赵飞燕金釭石家侍儿印柳妆镜诗。

大照公司昨汇董事费捌拾两。

**廿三日(1月31日)** 同倪伯高访吴寄尘、陈简文君，略谭，并晤周扶老、夏辅宜。

至蟫隐庐、有余兴斋。

购王锡生明棉纸印世德堂本《六子》，价一百廿元。又朱存理《铁网珊瑚》，年希尧刻本。价廿元。廿五日将书取来，付一百四十元。

送陈乃乾十一月、十二月薪资四十元。

夏辅宜不晤。

吊钱履樛之丧。

阅《诗萃》《经川诗钞》，备南陵志艺文采录：

袁琛；《诗萃》二集卷七第廿四叶《梅根冶》诗。徐凤喈；《诗萃》二集卷十一弟廿一叶《夜泊梅根冶》。胡承珙；《泾川诗钞》卷九六叶《晚泊清弋江》。朱修；《泾川诗钞》卷八弟七叶《青弋江棹歌》。吴学洙；《泾川诗钞》卷十四三叶《晚抵弋江》。潘江；《泾川诗钞》卷十弟十八叶《舟次青弋江》。吴文炳；《泾川诗钞》卷十四八叶《弋江舟中》。胡世琦。《泾川诗钞》卷十三弟四叶又六叶《过清弋江口号》《清弋江舟中书怀》。

吴石潜赠《知白斋墨谱》，郭恩嘉藏，价三元六角。《窸斋砖瓦录》，价一元六角。《六朝志铭丛录》，吴隐纂辑，顾燮光编目，价七元二角，《初集》。又印泥一匣。

**廿四日(2月1日)** 覆舜臣函。修志事志局董事会议用前函弟一条，不另聘协修，稿成寄沪，如在沪请人，薪水亦归志局。叶家珀地基购定，廿六元。

至余寿老处、刘健之处，均叙谭。

昨赠陈乃乾四十元，今函交还。

**廿五日(2月2日)** 吊史叔起之丧。健之、颂清来。

贻童心安魏程荣、唐张玄彻两造象拓本。

覆顾鼎梅书。碑价十二元零,昨交逸农,取来收条附寄。

**廿六日(2月3日)** 至刘健之处,晤黄吉园。

舜臣来书,南陵蘧园王姓。售出约二千四百元。

展成来书,叙梦老属募振款不易,并转交致梦老一书。

赠缪子寿连史蓝印《徐公文集》。

晚,赴周梦坡晨风庐消寒十集。

赠康更生同年连史蓝印《徐公文集》。

**廿七日(2月4日)** 复展成书,附周佩宜印《劝戒录》,请其附印丁仲祜编分类本。

致陈劭吾书,寄周佩宜印《劝戒录》,请其附印丁仲祜编分类本。又寄北京拯济极贫会捐册,请捐募。一百七十八号。

向陶拙存索周佩宜住宝山路颐福里。积萱印《劝戒近录》《续录》九部,拙存又赠朱福清仙槎,嘉兴。《鸳湖求旧录》。

以《感应篇集传》《感应篇惠注》《阴骘文图证》各二部分赠拙存、佩宜。

吊李叔云之丧。至邱渭卿、刘慧之处,略谭。

付李紫东书价四十二元。内明本《五灯会元》廿四元,守山阁本《内经》十元,绿君亭本《伽蓝记》《唐女才子诗》八元。

付订书人吴伯平拾元。

张菊生赠新景印南北宋刊合璧《南华真经》十卷,极佳,并假毛钞《唐宋诸贤绝妙词选》。辛酉正月六日交还,毛钞疑书估作伪,即《花庵词选》宋本十卷,此三卷,盖明节本。

缪子寿假《群雅集》四十卷二集十卷,序云四十卷未足。王豫编;又《七十二峰足征录》八十八卷,存七十七卷。吴定璋搜录,陈祖范等编订。

**廿八日(2月5日)** 至邑庙内园、怡园、来青阁。

**廿九日(2月6日)** 梦坡贻《晨风庐唱和续集》三卷共二部,其二卷录《重阳小集许狷叟出示先德珊林先生和陈浣江九日山斋诗册索题和韵》一首。

邹适庐贻《簠斋藏古册目并题记》一册。

收大生来往折息捌拾玖元。

周杰臣借洋拾元。

结蟫隐庐来往账,找洋五元〇六分。

购:《春秋金锁匙》二元,《尔雅补郭》五角,《滇诗嗣音》一六角,《唐折冲府考》一六角,《孙子十家注》四元,《中和集》一元,《仪礼管见》二四角,《匡庐集》四角,《朐海诗存》二元,《翻译名义》四五角,《扁舟载酒词》六角,《古器物议》八分,元寿妃志,共洋廿一元六角八分。

售。《闺秀词》六元,《五代史》四元,《泾川丛书》五元,《皖词纪胜》(三)六三分,《云起轩词》(三)九九分,共十六元六角二分。

黄吉园赠周公钟全形拓本。钟为健之所购。

**岁除日(2月7日)** 梦坡以消寒七集咏赵飞燕金钉、梁绿珠印、柳如是妆镜三截句,与瑾叔三七古,均佳。

叶焕彬由苏寄来所著《书林清话》十卷,京本。

《通俗小说》弟廿一卷记金主亮荒淫事。艺风老人曾刻《碾玉观音》《冯玉梅团圆》等七种。

# 辛酉年(1921)

## 一月

**元日(2月8日)** 天朗气清,贺亲友新年。

午后,挈崇、佑两儿游新世界一周。

**二日(2月9日)** 贺亲友新年。

**三日(2月10日)** 贺亲友新年。

晚,朱念陶约春酒。

**四日(2月11日)** 午刻,赴余寿平酒叙。晚,赴潘兰史杏花楼之约。

张啬老自通莅沪,往南通实业公司匆匆一晤。

**五日(2月12日)** 同拔可至吴淞,贺张啬老督办开埠局礼。

晚,至丹桂第一台观剧。

**六日(2月13日)** 定君生辰。

午刻,严孟繁约酒叙。

晚,公宴啬老于苏州路三十号。

**八日(2月15日)** 徽宁会馆行新年团拜礼。

附印刘葱石刻《李翰林集》成,拔可亦附印,旋即送去。覆书,再附印《杜陵诗史》、百衲本《史记》预付纸料价拾元。函葱石,附印《史记》三部、《杜诗》二部,并料半捌刀。

答拜陈乃乾。南陵志局复书来。

**九日(2月16日)** 刘健之夫人五十寿,送缎幛、桃、面等四色。

**十日(2月17日)** 祝刘夫人寿。

午刻，赴沈冕士同年酒叙之约。

仁济堂开董事会。

佑儿跌伤额角，约西医郑仆湜、林东生医治。

**十一日(2月18日)** 贺陈少舟娶子妇之喜。送礼票四色。

刘畏之、十枝、慧之约兴华川菜酒叙，函辞。

东生来视佑儿伤。

至商务书馆，晤菊生、拔可、叔通、心白、心如，略谭。

沅叔附印《徐公文集》三部，交菊生。

至溥益，晤李旭堂。

致舜臣书，并致孙子彬书，拓南陵各碑。

**十二日(2月19日)** 崇儿生辰。晚，赴武仲平、夏玉峰酒叙。

附上海水泥公司五十股，计股票。收据五纸，〇一五〇九、〇一五一〇、〇一五一一、〇一五一二、〇一五一三。付九八。元玖百两，淮海银行折付，先交四分之一。淮海银行代收，发起人为朱葆三、刘鸿生，来邀附股者李拔可也。每股一百元，合收银七十二两，卅股有监察资格，五十股董事资格。

淮海银行交来往折一扣，当付水泥公司股本五十股四分之一玖百两，合一千二百五十元(七二合银)。介绍者樊序卿，签字者李申甫也。李申甫名钟岳，丹徒人。

**十三日(2月20日)** 上海水泥股份公司开股东临时会，为增加股本廿万元，添董事二人、监察一人。原董事九人：朱葆三、谢仲笙、杜家坤、李翼敬、即李峄琴。李拔可、原韩芸根，后为总经理改补。张效良、刘鸿生、刘吉生、吴寄尘，原刘宝余，后为经理改补。现添举张退庵、张啬庵；原监察二人：杨奎侯、赵文焕，现添举周扶九；原股本一百万元，现增廿万元。议将来如须添股，再扩充卅万元。

昨罗子经函告，傅沅叔为销《骑省集》预定券廿份，作书谢之，并贻宣纸蓝印本一部，托菊生寄。又孟蘋可销数分，亦拟将来送书。

至冯蒿丈处，交陈劭吾捐拯济极贫会壹百元，又自捐壹百元。

至承良、木公、逊甫处，略谭。

金颂清来谭。

**十四日(2月21日)** 至大生纱厂，付来往折存洋壹仟伍佰元，七一九五。合元壹仟〇七十九两二钱五分，拨淮海银行来往折壹仟两，拨吴寄尘樊叙卿手。戊午年经借大丰等股押款己未陆续付还，至又三月止。尾欠壹佰壹拾六两一钱一分五厘，冲抵不敷卅七两以家中存银补足。寄尘云尾欠不足为准，当再覆算。

晤淮海银行正经理杨瑞生、副经理朱进之。名进，无锡人。

午后，至生源，晤张贤清、朱芑臣、叶慎斋，同贤清往访徐静仁，谭振务。

晚，洪希甫约酒叙。

**十五日(2月22日)** 接展成函，芜振所劝募春酒，助北京拯济极贫会壹千元。又吴怡生之太夫人高氏遗命捐振壹千元，请蒿老由广仁堂电请“乐善好施”匾额；涂譻亭之祖朗轩制军请蒿老呈请奏准予谥，当商蒿老，并将所商情形函覆展成。

至沈乙蕃、郑苏龛、陈介庵处，略谭，交乙蕃前代印《徐公文集》，乙蕃交书成朱笺楹联。

苏龛病渐愈，劝其勿外出，静养。同介庵商覆仁济堂来函停付吴树人车费，即由介老作书公同具名覆之。

顾鼎梅来书，并寄各碑。价四元二角八分五。

潘兰史征君来，为题朱淑真《璇玑图》卷。

**十六日(2月23日)** 金颂清来谭，为向日本购刻用雁皮纸十一搭，每搭四十九张。计日金合十四元四角，日金十三元二角，邮费五十五铢。系东京日本桥区通壹丁目壹番地榛原商店售品。

晚，朱芑臣、张贤清约都益处酒叙，李凤池亦约都益处，均赴约。

**十七日(2月24日)** 刘健之、江幹卿、刘公鲁来谭。

菊生贻《涵芬楼秘笈》弟九集，即复书答谢。

覆顾鼎梅书。

致孙心如书,商印宋本《通鉴》《文选》,得覆书云,《文选》可印,《通鉴》有百衲本,不再印,现函商印宋本《文选》、宋本《名臣言行录》、宋本《说文解字》、如印宋本《系传》,亦拟附印。《于湖集》《黄豫章集》《老子》《列子》《简斋集》《皇元风雅》《松雪集》。

前日,函商缪子受让明本《青阳集》《永清县志》、章学诚。《登封志》、洪亮吉。《咸宁县志》、陆耀遹、董佑诚。《宝丰县志》、武亿。《郿县志》、张埙。《武陟县志》、方履篯。《汾州府志》、戴震。《关中金石记》,焦兴儒刻,并辑附记、目录各一卷。得覆相让,并不定值。今函送壹百元,附还《汾州府志》。仅下半部。

答拜沈守知。

挈崇儿至商务书馆、中华书局、蟫隐庐、西泠印社。

覆陈劭吾书、罗叔言书。

函约陈乃乾、宋松如廿一日崇儿开学。

郑苏龛、刘谦甫来。

借给钱昌美弍拾元。

**十九日(2月26日)** 贞元会,梦坡值会,座设兴华川菜馆,与会者邹紫东、王雪澄、张让三、恽季申、恽瑾叔、恽眉卿、陶拙存、朱峻夫、李凤池、李伯贞、庞芝符。

答拜江幹卿。

至博古斋、古书流通处、来青阁、蜚英书局。

至有余兴斋,适甘卿同年由苏来,畅谭。

**廿日(2月27日)** 甘卿来谭。

午后,挈崇儿游半淞园。

周坦约兴华川菜馆,却之。

**廿一日(2月28日)** 至蒿老处,不遇。

午后,崇儿开学,陈乃乾授中文,宋松如授西文。

范鼎卿来,谭河南振务,现官河北道尹,癸巳同年。

晚,约陈乃乾、宋松如、缪子受、缪子彬、陈立炎、罗子经一枝香西酌。

康更生同年约晚膳，却之。刘健之约一枝香，散后方赴席。

函武仲平，并送合同盖章。复函须同寿老商明思想，离奇可怪，合同未还。廿五日已加章，亲自文还。

李拔可、孙心如来书，已商明菊生，搭印书可照办，心如并查明各书叶数。约六千余叶，书凡十一种。

闻沅叔来，往晤，沅叔匆匆去杭。

**廿二日(3月1日)** 答拜范鼎卿、陈荔庄。拜汪子实、赠车照。余寿老、允向仲平向商合同盖章。武仲平、不允盖章，合同未取回。冯蒿丈。未晤。

至溥益纱厂批发所，交上海纱布交易所股份弍拾股，每股五十元，先缴四分之一，计二百五十元。

致顾鼎梅书。询元遥志真伪。覆张让三书。让三来书，考徐琛事实，复以书未印订毕工，故未送请大教。覆李拔可书。谢搭印四开书。

**廿三日(3月2日)** 范鼎卿来，同往拜刘柏生商工振协会议办豫西，分款筹办豫北，因章静轩已查勘，即往施工，难以分拨。后商寄尘，云静轩未行。晚间同至静轩处，商明振教约四十余万，已放急振十六万，大约豫西工振廿余万两，可余三五万，可分豫北工振。

大雪，午刻至申刻。

晚，赴叶揆初都益处之约。

前接李旭堂书，纱布交易所已派定廿股。每股五十元，计一千元，先交四分之一，计二百五十元。昨交四分之一洋二百五十元，今填交认股书计积记十股、余记十股。廿五日交来收据二纸（五三二、五三三），五月十九日又收二期收条（五〇五、五〇六）。

孙心如来书，搭印四开书不日开印，罗纸须即交去。即作函送罗纹纸五刀，得复书有六千余叶，来纸五刀计四百七十张，内坏卅九张。每张作书十叶，印书约六千叶。尚不敷一刀有奇，现可不交，大约明年方印毕也。

至寄尘处，谈同汪子实接谈吴淞商埠事。

寄尘函来，交倪景琛二月薪津拾元，覆书却之。旋晤寄尘，力请代收，只得暂存，并代签收条。

**廿四日(3月3日)** 午刻，一枝香约范鼎卿、周扶九、沈冕士、袁述之、汪子实、叶揆初、杨瑞生、刘柏生、吴寄尘、沈燕谋、柳梓庭、朱芑臣、张贤清、李旭堂、陈荔生、鲍子丹、吴纯甫，均入席。沈韫石、徐静仁、樊序卿未至。

晨，谒蒿老，复至介庵处谭。仁济堂缘起。

至蟫隐庐、有余兴斋。

**廿五日(3月4日)** 取大生、源和各五百元，购德国聚康庄。马克一万五千个，计票拾五张，每张一千马克。每马克合洋六分四厘六，洋厘七钱二分三厘〇。共洋九百六十九元。余洋留家用。

武仲平来，将接顶晋泰公司合同加章，亲自交还。

李旭堂送来纱布交易所收据二纸。积记五三二，余记五三三。

至培老处，观宋元集本各书五册：宋本《龙龛手鉴》、徐兴公藏。《陆放翁集》三册、《黄豫章集》二册。

座中晤孟蘋、静庵、孟劬，并观孟蘋新得宋梵夹小字本《莲花经》七卷，此经曾在王雷夏处，索价千元，今孟蘋以三百五十元得之。

晚，刘伯生约一家春西酌。

汪颂阁贻其兄穰卿遗集。

童心庵贻新镌印章、"徐乃昌积余鉴定印"八字。七巧益智图。

**廿六日(3月5日)** 答拜袁述之，旋赴述之午刻悦宾楼之约。

至蒿老处，不遇，交郭履征答复苏振款啬老拨江淮水利局已付款七年来书。

答拜朱稷丞。

李叔云领帖，送花缎幛。

送李紫东父丧奠分十元。

陈善余来书，赠新刻《横山草堂丛书》。只十二种七本，未足。

刘翰怡赠新刻书十种。

·宋本《文选》、·宋本《于湖居士集》；

·宋本《名臣言行录》、·宋本《黄豫章集》；

·宋本《说文解字》、·元本《皇元风雅》；

·宋本《李群玉诗集》、·宋本《笺注简斋集》；又《简斋外集》。

·宋本《碧云集》、·元本《松雪斋集》；

·宋本《披沙集》、·金本《李贺歌诗篇》；

·宋本《甲乙集》、·宋本《老子道德经》；

·宋本《皇甫持正集》、·宋本《冲虚至德真经》。

晚，赴邱渭卿、刘翰怡两家酒叙。

**廿八日(3月7日)** 至曹素功家购墨五元，又购墨屑十元。计十三斤，印书。

至古书流通处、来青阁、蟫隐庐、怡园。晤狄楚青。

孙心如来书，为题《随龠勘书图》卷，并属题先德《志伊先生遗墨》。恂儒哲嗣蔚深游学英吉利，已得文学硕士、教育学士两学位。四月六日，未题先交还。

昨舜臣南陵来书，孙子彬派拓碑人盛姓于廿二日到南，因大雪天寒，稍迟两日施工。

**廿九日(3月8日)** 午刻，约王雪澄、邹紫东、刘健之、周梦坡、李伯贞、恽瑾叔、恽眉卿、李凤池都益处贞元会，张让三、恽季申、朱峻夫、庞芝符未到，收会洋七元，付菜洋十六元七角。

至博古斋、来青阁小坐。

晚，赴葛词蔚大东之约，同座百余人。召小林黛玉，未到先散。

**三十日(3月9日)** 至蟫隐庐，晤况夔笙。

刘慧之自京回，贻广武将军碑并阴侧。阙碑额。

晚，赴陈少舟太和园之约，召翠凤福致二。侑觞。翠凤即花云娥更名。

向吴石潜假瞿木夫《官印考证》。

## 二月

**朔日(3月10日)** 傅沅叔、缪子受来谭,沅叔借阅明成化本《贾长沙集》。

午刻,约余寿老、刘健之、程龄孙、李木公、洪希甫、陈少舟、李凤池、朱韵笙一枝香西酌,李伯行、余鲁卿、夏玉峰未到。

至李仲帅、陈少舟处,略谭。

五时,仁济堂开十六次董事会,讨论劝募急振大会进行,拨皖振余一千元。

仁济堂董竹卿为其先人百岁冥寿助春振二千元,来函通知,如送香楮,亦即移振送楮敬一元,交堂汇解灾区散放。

**初二日(3月11日)** 吊史叔起于清凉寺下院,申刻题主,邹学东题主。为襄题,送花缎幛、烛。

至李木公处,不晤。至博远斋闲话。

晚,赴蒋孟蘋都益处之约。

昨子受来函,交来书目,属为说合。

**初三日(3月12日)** 史叔起发引,执佛。李瑞九生母故,候殓。

午刻,刘健之招饮于小有天。

至王静盦、邹景叔家,不遇。

张静生为七子一志行结婚礼,送贺敬二元。

张庶询之婶母丧,送冲宁幛。由子丹转托寄。徐戟门之母俞太夫人丧,送呢幛。孙惠春之母胡太恭人丧,送呢幛。吴荣辉带通。徐理庵丧,送呢幛。

购四马路书摊《许氏贻谋四则》,凡《家则》《学则》《祠则》《墓则》,嘉靖许相卿伯台父撰。《卜时大意》,闽陈殷荐侯光著。《西泠酬唱集》五卷《二集》五卷,光绪方鼎锐序刻。《三朱遗编》,嘉兴朱广川《政和堂诗》、朱嘉金《臞仙吟馆诗词》、朱光炽《清芬馆词》。《澼余集诗词钞》,梁溪女史周佩荪著。《惠山听松石床题字》,同治五年二百兰亭斋吴氏刻。共洋三元。

购印书烟煤福建产。五桶，每桶五角五分。

晚，约傅沅叔、张菊生、李拔可、葛词蔚、蒋孟𬞟、孙心如、刘翰怡、武仲平、刘慧之一枝香西酌，章一山、潘兰史、朱砚涛、刘葱石未到。共菜洋十四元一角，又小账一元五角。散后，赴倪远甫、杨咏秋兴华川菜馆之约。

**初四日(3月13日)**　范鼎卿回卫辉，答拜，不遇，赠祁门红茶、黄山葛精，鼎卿亦赠柿霜、野潞党参。

午刻，赴张菊生都益处之约，同沅叔商菊生购缪书已增二万七千元。

沅叔为题明本《贾长沙集》。

**初五日(3月14日)**　访子彬，告菊生购书情形。

陈少舟来，谭晋泰公司事，并示劭吾来书。

访孙心如，谭子受、子彬接洽情形。

晚，赴周扶九、小有天。刘子鹤之约。

**初六日(3月15日)**　约子受来，谭接洽心如情形。

李仲帅、罗子经来谭。

晚，赴左子异都益处之约。

吴舜臣来书，附寄各件：一、庚申年上下忙粮串票；一、东西城租簿二册；一、钱银总簿一册；一、叶家垍叶姚氏卖四都一图九甲土名、高塘叶房基契；此基因旧有房基，堪舆家云吉地，故添置。一、湾村徐体华、徐体东卖四都二图二甲湾村田二丘，计差一亩玖分。一丘一亩五分，在村西南，此田专为筑河道防山水冲刷先茔西首；一丘四分，在村东北沟，毗连旧有各田。

**初七日(3月16日)**　先荣禄公忌日。

席少卿祖道生君领帖，送赙敬十元，并在报本堂吊之。

函子受，借桂未谷校《隶释》，并商让书一单。

史季超名悠瑞，武进人。因为其兄叔起襄题神主，送悦宾楼席票。计十元。

覆顾鼎梅书。朔日收到晋冯恭题字,价一元一角,并托购元遥志。元遥志顾云吴谲人藏石,刘健之云东海藏石。

覆翟展成书。

**初八日(3月17日)** 吊徐戟门同年之太夫人丧。

至沈乙盦、陈戒安处谭。

仁济堂来书,拟将皖振余拨助育婴堂一千元,余存五百余元。覆书同意。

覆陈劭吾、吴舜臣书。

李木公前贻所藏造象拓本廿四种,作书谢之,并索彝器、镜铭拓本。

邹景叔来,赠汉鼎、汉兵器拓本二种。

缪子寿来谭。

陈立炎今至子寿处,拟购各书,价亦增至二万七千元,唯款分期付,倩陈乃乾来商。

**初九日(3月18日)** 午刻,王培孙、陈乃乾约一枝香西酌。散后,菊生邀同沅叔商购缪书事。晚,约子受来告之。

贞元会,李伯贞值会,未赴。

康更生新得愚园路所出古镜相示,盖宋元间物也,覆书交还。

裁红笺两幅,乞乙盦书福、寿字。

**初十日(3月19日)** 午刻,罗子经约都益处酒叙。

陈介庵来谭。

**十一日(3月20日)** 夏辅宜来公函,寿老、介老上衔。商假拨振余大照存款。二千元交冯蒿丈。薄暮,介老来,出示辅宜致蒿丈书,与公函同,即将公函交介老通知节高,并云同意。

吴寄尘来书,交倪景琛三月分薪津十元,当复暂行代收。

**十二日(3月21日)** 范鼎卿来电,属转请广仁堂邱渭卿拨钱振四五万元。

至蒿老处,商拨皖振余二千元。鼎卿来电,乞广仁堂邱渭卿钱振四五万元。又至陈少舟处，商拨皖振余，少舟当交大照公司存折。又至邱渭卿，告以鼎卿来电乞振四五万元，托词推却。

至王锡生处，取李南涧校钞本《隶续》，缺第一卷。索价十二元。价付讫。

至丁仲祜处，交前假《小学钩沈续编》四册，并取回钱昌美所押仲祜处明本《百川学海》，缺十余种。押价五十元。四月十一日还仲祜。

陶拙存交还明本《缙绅》。

至忠厚书庄、蟫隐庐、有余兴斋。

途遇缪子受。

晚，赴朱幼鸿同兴楼之约。

**十三日(3月22日)**　至盐业银行，晤杨咏秋，倪远甫游孔林未回。商将大照公司所存振款折押借洋弍千元，振济北京极贫会，议定每月息八厘，自阳历三月卅一号即阴二月廿二日。起，至十一月卅一号即阴十一月初一日。止，八个月，皖振会出名，自作保人签字，随取票洋交介庵，同至蒿老处面交，当付收条，即交陈少舟，并钞押据稿，付少舟备查。

昨，方揖赵来书，索介绍丁少南书，覆书婉辞，并缴还所赠茶、腿二事。

蒿老来，不晤。

**十四日(3月23日)**　甘卿同年由苏来，同邓百川家联姻。以长女妻其子。十六日行聘礼，约陪冰人，具柬，并示亚洲学术研究会简章。

**十五日(3月24日)**　孙心如来谭。缪新交书目二册，较前交一册阙明本、钞校本约二百种，前一百四箱，今阙四箱。

假缪子受汪本《隶释》，刘燕庭、桂未谷校本。已倩倪昆甫过毕《隶续》另过李南涧校钞曹楝亭藏本。并《尹河南集》，作书还之。

复范鼎卿、夏辅宜书。

**十六日(3月25日)**　至邓百川、汪甘卿处，贺联姻之喜。

午刻,在沈乙盦家为甘卿陪冰人。邓请康长素同年,汪请沈乙盦尚书。康约朱稷丞代,沈命慈护代。酉刻,在都益处为百川陪冰人。

晚,赴金伯屏、李拔可之约。又赴李木公兴华川菜馆之约。

南京吴华卿之母于夫人去世,淑畹接电后随即附午车至南京。晚,派袁栋材送洋四百元并各物,交淑畹应用。

函任心白,捐刻经洋五元。

函孙心如,假印林佶写本《尧峰文钞》首册。彭印、宋惠两序。

**十七日(3月26日)** 至兴业银行,换浙路证券。

向大生取洋五百元家用。

孙心如来,谭缪书。

同寄尘、静轩勘江湾地三十八亩零。

至洪希甫处谭。

晚,赴刘翰怡之约。

程云岑为子祝颐授室,送红呢幛。徐理庵来讣,送黄呢幛。交子丹带扬州。

**十八日(3月27日)** 郭品翰、礼征昆仲来,交阅大照公司庚申年账略。

至徽宁会馆会,议工巡局扩充马路函属拆让房基。

缪子受来。

答拜甘卿同年,同至怡园,购印章三方、程君房墨,共六元。晚,约甘卿、月川至教门馆便酌。

以蓝印宣纸《徐公文集》贻蒋孟蘋。

顾鼎梅来书,寄来代购元遥志一种。

**十九日(3月28日)** 午刻,贞元会都益处,陶拙存值会。同时,又赴张午岑之约。

至苏路清算处,以苏路十四期证券换整理金融短期债票二百十五元已,中票十五元、京钞二元、现洋三元。

致范鼎卿书。告章静轩允办河北工振。覆顾鼎梅书。

**二十日(3月29日)**　陈少舟、洪希甫来。

答拜郭履真昆仲,已先回镇江。

**廿一日(3月30日)**　午刻,亚洲学术研究会汪甘卿同年约都益处酒叙。淑畹由宁回沪。

访吕宋廷,吴淞地基事。午后,宋廷至淞,查得泗塘河地廿五亩,随告寄尘,约明早柳梓庭同往查勘,即函知宋廷。

**廿二日(3月31日)**　同宋廷、梓庭同至淞勘地,在萃华楼便酌。至商埠局,晤秘书长陈简文、秘书陶慧斧、元镛,嘉兴。交涉科长某君、科员邵君、会计科员林君。兰荪侄。勘地三处。

函子丹弟,交公送毕太夫人花缎幛,陈太夫人十二圩警局长之庶母。花缎幛半幅。

史文甫同朱稷臣来,余节高来,均未晤。

**廿三日(4月1日)**　晨,约邓百村、汪甘卿、朱稷丞至新半斋早面。散后,至史文甫处谭。

洪希甫函送吴淞地图,一泗塘河、泗塘路廿余亩,每亩八百两;一泗塘河卅余亩,每亩一千两;一西泗塘路三十余亩,每亩六百两,又四十余亩,每亩五百两。当送寄尘查阅,拟以半价购之,随约至大东酒楼西酌。散后,又至甘卿处谭,朱稷丞、邓百村、史文甫、梁克刚。

李瑞九之太夫人丧,送花缎幛。

缪子受来函,交阅宋小坡托售宋本《六臣注文选》第八一卷,索价五十元。半叶十行,行大十八字,小廿三字,细宋元覆宋茶陵本,非宋本。

**廿四日(4月2日)**　答拜余节高、潘伟人。

至希甫处,告淞地寄尘愿以半价购之。

至子丹弟处闲话。

丁仲祜、李紫东来,商购缪书。

**廿五日(4月3日)**　至李紫东处,取残元本《金陵新志》,价廿元。

陈乃乾告陈立炎已购定缪书,价二万六千元,先付定洋五百元。

**廿六日(4月4日)** 以残本《六臣注文选》还子受。陈乃乾同孙心如云陈叔通所藏。

购来青阁陈宗彝刻《汉石经》《蜀石经》,价六元。

任心白来函,闻王饶生同裴伯谦各出所藏,在沪开一书画展览会,拟偕刘烈卿来谭。

**廿七日(4月5日)** 清明节。昨宋廷函寄淞地图,随转寄尘。

以杭连纸印《闺秀词》、朱拓益延寿瓦祝恽瑾叔五十寿。

以杭连纸蓝印《徐骑省集》赠李紫东。

**廿八日(4月6日)** 刘谦甫、诚甫侄孙次羽葆儒。完姻,送红绸幛。收款字,璧幛。

钱履樛初二日领帖,送绸幛。

至怡园,购王某五岳真形图冠玉,拾元。又古镜,文曰"河中府马家白铜照"八字。三元。

晚,赴谢无量都益处之约。座有徐佛苏。

**廿九日(4月7日)** 贺沈乙盦尚书寿。吊李瑞九生母陈太夫人丧。

赴恽季申都益处贞元会。

假游小溪,明厨子勘牌,文分四行,凡遇直宿者悬带此牌,出皇城四门不用厨子。背面双鱼形,一阳文,一阴文。边有字,半面。丑不可识。

怡园观何星叔藏玉璏,极佳,玉镜次之;邹景叔藏古玉,形似璺,上有虎文。又古玉二,形似瑱,如蚁臭钱。合之为一,景叔谓玉符,待考。

## 三月

**朔(4月8日)** 欧司爱、哈同、姬觉弥约午刻爱俪园绾春弟三集。

购古香斋汉长宜子孙镜、金大定通宝镜,价十元;田白瓷乾隆窑。印泥,合洋六元。初四日付讫。

陈乃乾代向王培孙假《龙眠风雅》六十四卷。

顾鼎梅由洛阳寄来各志，晋石鲜、石定，魏元廞、胡昭仪，隋赵朗，又唐志六种。价五元二角八分五厘。

**初二日(4月9日)** 赠陈贵阳师、姚文敷、有盒。曹木如、刘慧之《徐公文集》，均连史纸墨印。罗子经、料半纸蓝印。周梦坡、宗子戴连史纸蓝印。《徐公文集》。

吊钱履樛之丧。

吕宋廷来谭。

晚，赴刘镜清一枝香之约。

贵阳师赠《花近楼逸社诗存》、《花近楼诗存》四编。

**初三日(4月10日)** 上巳。翰怡约三时淞社五十集修禊。并赠刻书。

晚，赴席少卿兴华川菜馆之约。

**初四日(4月11日)** 昨邓鸣谦来，商研涛接租西岸引票，晚在翰怡座中即为言之，已有允意。今答拜告之。

至缪子受处一谭。

购王锡生旧钞本《隶续》，缺首卷。为李南涧校本，付价洋十二元。

李紫东赠《百川学海》华刻本、《梅谱》《四六谈麈》《海岳名言》各一卷。十一月间交还。

至博古斋、古书流通处。柳梓庭来。

吴舜臣汇来稻洋五百元。向纱厂以庄票易钞票，留家用。

**初五日(4月12日)** 吕宋廷来，同至柳梓庭，议购淞地事。

以连史墨印本《徐公文集》连合。贻沈冕士同年。

**初六日(4月13日)** 至余寿老处，谭安徽加八分米厘，拟即公电力争。

覆李仲帅书，致军长电稿已交汉溪，登今日《新闻报》，并商寿老，亦即拟电。

陈卓甫来谭。

吕宋廷来,不晤,淞地闻已与梓庭议定,每亩玖百元。

晚,赴监业银行杨瑞生、朱进之一枝香之约。

罗子经赠新印郎注《苏文》。有匣。又料半《徐集》五部书价并套四十七元。

石升来,交扬州去年租款壹百捌拾元。

**初七日(4 月 14 日)** 晚约沈季宣、史文甫、陈卓甫、邱渭卿、邓鸣谦、刘镜清、刘子鹤、朱稷丞一枝香西酌,朱研涛、朱幼鸿、倪远甫、杨咏秋、谢无量、刘葱石未到。共用十一元四角五分。

吕宋廷来,告以淞地中资支配情形,应允,即转答梓庭。

至怡园、古书流通处、来青阁、洪永宝、味古精舍。

付蟫隐庐墨印宣纸《徐集》五部,连前日送样书一部,共六部,又木箱六只。

王文敏题益延寿瓦拓本:"汉孝武甘泉中所作观瓦,见《史记·封禅书》《孝武本纪》、《汉书·郊祀志》,得此可证小颜注说之失,宋黄伯思《东观余论》已辩之。"此文敏题赠艺风先生者,昨托子受钞来。

**初八日(4 月 15 日)** 覆舜臣书,寄回赎刘传绪当契。

怡园购玉璲,下溪土即浙江下溪地方,新出地近禹陵。价九元;又古兵器,有铭,价五元。

邓鸣谦赠西饼干两箱,牛奶、鲍鱼各四罐,鸡蓉面四合。

覆陈倬斋书,属转商陈式如关照,并送鼻烟两瓶。

**初九日(4 月 16 日)** 翟展成、陈西甫由芜来谭,同至梦老处,为吴怡生母太夫人请撰志文。又同至萧衡才处谭。

陈乃乾约一枝香,述崇儿荒嬉。

午刻,赴都益处贞元会,恽眉卿值会。

至古书流通处,购廉价零书七元三角。

缪子受来函,赠书八种:明刻《花间集》、陆刻《姜白石集》、曹刻《隶续》、沈刻《梅花喜神谱》、《南斋集》《沙河逸老集》、杨刻《桂氏说文》、《艺海珠尘》全集。

**初十日(4月17日)** 朱研涛之祖父母百岁冥寿,往行礼。

午刻,夏玉峰约惠中酒叙。

晚,刘慧之约都益处酒叙。余寿老亦约是处,邀武仲平、陈西甫、陈少舟,因湾沚各佃旧公司所收押板洋七百七十三元四角,旧公司已将田价洋如数领去,无从摊扣,仲平不能独任,公议决变通办法,仲平暨新公司各任还一半,以清手续。其洋现由新公司垫借,俟秋收后再行归垫,列入议案。公推临时主席武仲平,未允签字。

至缪子受处,辞赠书,未允,只允暂存,并商代附淞地产股分以报之。

罗子经来书,交来四十五元,取料半《徐集》五部。

晚,同寿老、展成、西甫至高翠玉、小林黛家小坐。

**十一日(4月18日)** 午刻,约翟展成、陈西甫、宁松泉、贾颂平、刘慧之、夏玉峰、周美权、吴兴洲芜湖电灯公司。一枝香西酌,萧衡才未到,共用十二元七角。

至大生,晤柳芝庭,淞地定名淞园俱乐部。初九日已议定,准十六日成契,收股二万五千元,虬园附股一万元。地价约二万二千余元,每亩九百之外,中用共廿四亩。寄尘、一股。吴心斋、四股。王亮先、二股。李旭重、二股。柳芝庭、一股。柳、一股。杨瑞生一股。诸人入股,仅留一股归我处。此去本为缪子受商附一股,今不能入,反照原议减去一股,允到十六付价期交款,不属其代借,至作中一节,当商明请倪昆甫。十五请樊叔卿拨一千元交寄尘,壬戌年正月十四日售出,一千五百〇八元四分八厘。

覆吴舜臣书,钞寄峨岭潘胜友、黄昆山田契。因山界同刘姓交涉。又前函大照旧发电机可合股,因周美权反对请作罢论。

前借展成《泾川文载》《泾川诗钞》,函还展成。

送吴怡生之太夫人旧素缎幛,交展成代送。

**十二日(4月19日)** 绮女晚由宁回。

薄暮,游邑庙内园。

邓百村、朱稷丞来谭。

昨,宗子戴来,赠其先德湘文先生《颐情馆诗集》、覆刻长垣本华山碑。

**十三日(4月20日)** 同李紫东游半淞园,晤楚青、古微、孟蘋、辅之。

**十四日(4月21日)** 赠陶拙存《徐公文集》、益延寿瓦拓本,祝其六十寿。又赠冯蒿老《徐公文集》。

至蒿老、乙老处谭。又至古书流通处,晤立炎、孙心如;有余兴斋,晤子戴,约四月公祝蒿老寿;商务书馆,晤拔可。

罗子敬来书,交《徐集》价四十一元四角。料半三部、连史二部。

**十五(4月22日)** 向大生付来往折洋壹千元,交吴寄尘附淞地股。定名淞园俱乐部。

赠余寿平、李审言《徐公文集》。连史纸印本。

审言来谭,赠虾末二斤,当留午饭,谈少年事:读书以《左传》《文选》为本,建安时短文及《徐孝穆集》《庾开府集》、《哀江南赋》。《江文通集》《恨赋》《别赋》。少年均不可不读。

收浙路十一期换回短期金融债票七十九元。外收现十元。

康更生同年介绍小门人南海罗原觉恽。来,不晤。

**十六日(4月23日)** 余寿老来谭。

罗原觉来,出示所藏宋拓《云麾碑》、《李思训碑》,有"并序"二字,残于宋末元初,吴荷屋旧藏。祖本《绛帖》。岳雪楼孔氏藏第三册六页,方氏藏第四册十页,李书楼藏第五、弟六零帙八页,后来第六凡十一页。又黄山谷书东坡马券。后赠李方叔真迹卷。

午刻,周湘云约学圃西酌。散后,至程龄孙家,观新得两壶,极佳,价八千两。效卣、貉子卣亦佳。

**十七日(4月24日)** 答拜罗原觉,名恽南海。题《李思训碑》《绛帖》、黄誊,罗赠《宁质碑》旧拓本。留存禹中,一品香。并赠刹鼎、程棠造象拓本。

至古香斋、有余兴斋、味古精舍、古书流通处、蟫隐庐。

假刘翰怡藏元刻明修本《金陵新志》《国朝诗的》、长沙陶煊、张璨选辑。《苔岑集》《友声正续集》。廿日先还《友声》《苔岑》二集，六月十五日又还《诗的》。

**十八日(4月25日)** 吕宋廷来谭。

赠陈乃乾唐宋妇人集四种。

晚，赴李振唐都益处、座中晤徐行可恕，武昌人，雅好古书。史文甫一枝香之约。

前赠陈乃乾刘氏刻《通义堂集》，今乃乾赠新阳赵氏诒琛《峭帆楼丛书》。

**十九日(4月26日)** 赴恽瑾叔都益处贞元会。

购古书流通处明刻本《孔丛子》，廿日付价讫。二元；章学诚《纪元韵览》；一元四角。《琅环仙庐诗集》。婺源董桂山撰，二角五分。

赠李振唐《徐公文集》，答拜，未晤。

吴寄尘来书，送倪景琛吴淞商埠局四月分薪津洋拾元。

金颂清来，交罗叔言函，并叔言书篆联，集殷虚文字。天津博爱工厂出品四种。又致葱石书并《枕雷图》卷篆首。

**二十日(4月27日)** 罗原觉来，赠父乙卣全形拓本、兰亭图砚二种拓本。

函沈醉愚，先还《友声》《苔岑》二集。

**廿一日(4月28日)** 贺蒿老得曾孙之喜，蒿老为崇儿书福寿字成。商及叔蕴乞助博爱工厂经费，尚游移。后告以津厂自是叔蕴经理，京厂当亦次弟设立，遂允拨五千元。芜振所三千元，皖振会二千元。沪京旗生计维持会拟由广仁堂移至义振协会，蒿老尚拟派人至京调查，即请其豫、直放振毕各员中可约一二人去京，将来振余亦可移拨，蒿老颇韪其说。蒿老有电，辞会长。

覆罗叔言书。

贻朱古微、王聘三、王雪岑、狄楚青《徐公文集》。连史墨印。

以朱淑真《璇玑图》卷乞恽瑾叔题词，赠以《怀豳杂俎》。已题词取回。

覆陈善余书，并邮寄《徐公文集》。连史墨印。

致李从龙书，并邮寄《徐公文集》。宣纸墨印并套。

赠吴寄尘《徐公文集》、连史墨印并木匣。吴石潜《徐公文集》。连史蓝印。

覆吴舜臣书，并代黄子高购《辞源》，甲种，廿元，通例七折，十四元。特别照同人例再九折，计十二元六角，外加邮费六角。

郭礼征来书，寄还大照息折并蒯息折，息银交庄汇申，作书覆之。

**廿二日(4月29日)** 答拜罗原觉，并交题商子荷戈形父乙卣，又赠藏砚拓本八种。

访郑太夷，乞题顾鹤逸画《随庵读碑图》轴，赠《徐公文集》。连史墨印。

张退庵来申，往访，不遇。访赵叔雍，略谭。

购料半八刀，汪本生，每刀二元五角。夹宣汪本生，每刀廿五张，每刀一元一角。三刀，共廿三元三角。

蟫隐庐交来四十一元四角，付料半《徐集》三部、连史《徐集》二部。并匣五只。

晚，赴刘葱石楚园之约，便访李审言，不遇。

朱砚涛约倚虹楼西酌，却之。

**廿三日(4月30日)** 昨左子廙以新印《文襄公家书》两册见贻，今以《徐公文集》报之。连史墨印。

赠张退庵《徐公文集》、连史墨印并匣。祁门茶两匣。茶未收。

赠郑太夷祁门茶一匣。

广仓主人为罗友兰、友山行结婚礼，以红花缎幛相贺。

覆郑润生书，并寄挽其尊人容尧蓝江宁绸幛轴。交日清公司转寄安庆。

购古香斋唐宝相花镜、水银浸。双绶带鸟镜，水银古。价式拾元。

在游小溪博远斋取秋声馆蟋蟀水盆，索价三元。

至有余兴斋、古书流通处。

**廿四日(5月1日)** 宋松如吉期，命崇儿贺喜。

爱俪园为罗氏行冠昏礼，贺喜。

晚，赴余寿老之约。

顾鼎梅西安省城土地什字五十二号。来书，云广武将军精拓每分约洋四元，覆书代购二分。

**廿五日(5月2日)** 同蒋孟蘋公宴张退盦。给蒋仆四元。

至汲修斋陈炳泉，观新购曾子口之行簠，齐器也，微损，购价三百元。又隋开皇造天尊象，云沈耦园藏，索价三百元。

**廿六日(5月3日)** 至大生纺织公司，晤柳芝庭。倪景琛到局办公，允报张督办。

至有余兴斋、味古精舍、古书流通处、忠厚书庄。

晚，赴朱凤林振元。大观楼之约。

至唐子英处，不遇。周扶老来谭。

**廿七日(5月4日)** 以剩鼎、㝣背钟送广仓学宭古物研究会陈列。午后，至宭浏览，晤适庐。又至怡园。

至仲祜处，告《劝戒录类编》已集有附印诸人。

至周扶老，告昨属询裕中股票已询宁松泉，云有售者。

至刘慧之实业银行，晤叙，告余寿老拟接洽十枝喜事。

蟫隐庐来函，交来洋四十三元二角，付《徐集》料半四部、连史一部。

吴蝶卿自徽来谭，赠屯溪茶二瓶。

张菊生来书，交还借印明赵开美本《周髀算经》，并赠新印黄、白纸各五部。

**廿八日(5月5日)** 复菊生书，赠李拔可、陈叔通《周髀算经》新印本各一部。李白纸，陈黄纸。

尹润生来谭，匆匆回扬，赠祁门茶一匣、《感应篇集传》。

**廿九日(5月6日)** 昨收到大照汇来息银壹千二百六十四两，向源和化洋七二五。壹千七百四十三元四角四分，以壹千元付收淮海银行来往折，取支票簿一本，付徐积余横圆印样。又以五百元付收大生来往折，余付家用。另代蒯收息银三百卅二两，随即将票交蒯夫人。

午刻，赴监业银行之约，王雪岑都益处贞元会，作书辞之。

袁述之来，未晤，答拜，畅谭。晚，鲍子丹约陶乐春便酌。

答拜朱凤林、吴蝶卿。

世凤侄廿二日由南陵抵沪，今日来，未晤。拟售《春秋胡传》，系明刻，非宋本也。颍上本朱拓《黄庭经》《兰亭叙》，为瞿木夫藏，有校语及诗跋。

**三十日(5月7日)** 寄罗叔言《徐公文集》。宣纸印本。

金颂清来，交罗叔言书，属向蒿老乞振余移助工厂。赠蒿老得曾孙贺礼，不受。

洪希甫来，谭新建安徽会馆定四月十五日兴工。

晚，吴发来、发祥昆仲约一枝香西酌。

罗子经来书，云经管北京大学堂图书馆马君代销《徐集》料半四部、连史六部，先付书，后付价，由伊负责。当即如数付之。

## 四月

**朔(5月8日)** 金颂清来，云蒿老只允汇四千元至津，内有广仁堂收一千五百元。属再向蒿老言之。

午后，至余寿老谭刘丨枝姻事。又至袁述之、黎夫人处，为说姻事。又至恽季申、瑾叔家，均不遇。为朱凤子说胡家姻事。

至李木公处，观藏各件，如铜器、一爵、一姞氏敦、一觯(有盖)。铜浏舍造象、约四十座，以韩谦为最。铜浏各金银兽、以浏银鱼符、又浏银牛为最。象牙器、明牙牌，又裸体美人极佳。古玉、玉剑柄，铭文有四十余。磁器、定窑极多。宋刻丝画。吴荷屋旧藏。

购古香斋金凤钗、六朝时物，浏金极佳。古剑，字不可识，疑楚文。价十四元。初四日价付讫。

郑太夷已将旧《题隋常丑奴志》诗录于顾鹤逸所画《随庵读碑图》轴中。

**初二日(5月9日)** 佑儿生辰。

叶焕彬德辉。同侄启勋、定侯。坚崟砺父。来谭,旋答拜定侯、砺父,不遇。

午刻,约袁述之、鲍子丹、陈小庵至悦宾楼便酌。

贻吴寄尘祁门茶两匣。

四时,大生、通崇两厂开董事会,议决官利、余利共五分,阴历廿日付息公积,拨航业公司股本,定每百两派拾五两,外加六厘息。又拨海门三厂股,每百两派廿五两。外加六厘息。

至怡园。

**初三日(5月10日)** 答拜叶焕彬,同左子廙略谭。

左子廙午刻约都益处酒叙。

至余寿老、刘慧之处,谭姻事。

至李伯老处,交阅芜湖公函,同乡会云省议员崔翔青建议倡办芜湖房牙杂粮税捐局,即为其子崔秉实谋充局长,请电中央政府暨省公署,立饬停办,商定伯老具名公电。又合肥公函,省立第二中学校长王仁峰今春发现过激言论,名曰自由魂,经杨营长询明供词情形。

至怡园,购风花雪月秘戏钱。

在游小溪处取银兔符来阅,此符河南出土,共三符,一售西人,一售李木公,一为小溪所购,价洋九十元,皆邓秋枚售出也。四月十一日还小溪。

**初四日(5月11日)** 至蒿老处,谭京旗生计维持会,工厂颇不满意叔言,昨改汇四千元,以后颇难补助。

至余寿老处,交还芜湖、合肥公函,并述伯老意。寿老又出示芜湖派代表宋栋材公函。

至恽季申处,谭朱凤林意,请向胡幼佳女公子联姻,季申应允。

随至凤林处,不遇。

芜湖代表宋栋材名绍祁,前代理郎溪县。来,未遇。

狄楚青赠新印《宣和临古十七家册》《宋宣和六鹤图册》,均内府藏本。《中国名画》廿一、二集,《平等阁笔记》。复书谢之,并缴《名画集》二册。

**初五日(5月12日)** 以顾西津画《随盦读碑图》轴乞沈乙盦尚书题。

至缪子彬处,观剩余各书。平水本《尔雅》等,明刻《箧中集》《搜玉小集》《中兴闲气集》(黄跋)。

至怡园。又至福州路书摊,得残本厉樊榭撰《云林寺志》,原八卷,存六卷。又碑四种,共价一元五角。

午刻,赴恽季申都益处之约。

晚,罗子经来谭。

取罗子经钞本《宝祐四年会天历》,旧为意园师藏,寒云题意师手钞,非也。价廿四元,付讫。

俞寿臣贻其兄恪士《觚庵诗存》。

**初六日(5月13日)** 辑《安徽诗征》,得《龙眠风雅》孙不害大年。《得尔止书喜赋》句:“贫向故交须自爱,乱逢当路漫开言。”

晚,赴汪芎甫、杨咏秋、萧衡才小林黛玉之约。

**初七日(5月14日)** 拜荣贯卿旅长、道一,宿州。汪幼农参谋长,庆辰,黟县。辞明午酒叙之约。

至徽宁会馆,议组织兴业房产公司。

同寿老至大世界,听晚香玉唱书并西酌。

邓百村来,不晤。

答拜芜湖代表宋栋材。

李紫东认销宣纸印《徐公文集》五部并布套,照预定券价九折,实洋共四十七元五角。

善余来书,《徐集》已收,又索《随盦丛书续编》。

罗子经来函，付傅沅叔代销料半《徐公文集》式拾部，又木箱七只，未付价。

**初八日(5月15日)** 约冯梦老、邹紫老、潘兰老、俞寿丞、李振唐、恽季申、吴蝶卿、刘慧之、朱凤林悦宾楼酒叙。

至程龄孙家，属陈器之拓兔符，浏银。并取所拓禾肇彝、父丁角。晚，器之来，交拓成兔符五纸。

古书流通处函来，前拟购书五种、借书四种，已送来。购书；明嘉靖本胥文相刻《宋宝祐四年登科录》、明支那本智升《开元释教录》廿卷，又《略出》四卷，附《古今译经图记》四卷，靖迈撰《续记》一卷，智升撰，明隆庆本《佛祖历代统载》廿二卷，十一日交还。明崇祯本曹学佺撰《大明舆地名胜志》，又，日本重刻支那本《至元法宝勘同总录》十卷，初九日先交还。借书。旧抄《宋宝祐四年丙辰岁会天万年具注历》，影抄明嘉靖本《绍兴十八年同年小录》，影抄元本《元统元年进士录》，传抄明建文《京闱小录》。

覆翟展成讯，属请冯梦老为吴怡生先世撰文，余咏南哲嗣请奖荐任职，梦老均应允。裕中十二日开会，请其代表，发起人花红请代领，《宛雅》第四编请借阅。

覆吴舜臣讯，前卖稻二百石，每二元六角六分。今卖稻二百石，每二元八角八分。吴瑞廷田六十亩，每四十元，价昂，请磋商，如成交，只得将已售未售稻价九百九十余石抵用，惟家用须挪借，至迟秋收即售稻，并告丹云到申后情形。

大太太来信，属付丹云五十元，令其回家。十二日覆讯。

**初九日(5月16日)** 午刻，赴邹紫来尚书都益处贞元会。

至洪希甫处，谭新建会馆开工集款。

**初十日(5月17日)** 昨晤俞琢吾，谈及张退老拟将通茧运沪，存大储栈，分别销路，完免税厘，当托陈卓甫说合，并晤李凤池，亦允设法变通。今卓甫来，昨告王贤卿，令又同琢吾说妥，时作书告寄尘，转陈退老派人接洽。

王叔雍、袁述之、洪希甫来谭。

志赞希由京来,畅谭。答拜,未晤。

答拜袁述之、邓百村,均不遇。

购古香斋浏金铜盘,菱花式。卅元;唐镜,黑漆古,花纹剥涩。八元;象鼻、龙头二铜饰,四元。十一日付四十二元。

**十一日(5月18日)** 答拜张祝秋,已行,不遇。

邓百村来谭。颜冠三来,谭王已劲事。

初九罗子经来书,结算各报告白费四十五元五角四分,属付料半纸《徐集》五部抵销报费,今特送书五部。

以罗纹纸印《徐集》赠孙心如。

安徽森林学会会长、实业杂志编辑所所长、省立女子职业学校长。李寅恭来。

晚,赴柳芝庭消闲别墅、李凤池倚虹楼之约。

至丁仲祜、古香斋、博远斋。丁处退《百川学海》,古香还洋四十二元,博远退兔符。

**十二日(5月19日)** 林贻书来,不遇。

颜冠三又来,查王已劲在大丰公司种种不合情形,约沪股东公函总理,寿老已签名,遂亦签名。

至陈立炎处,取别下斋刻《琼花集》《七颂堂词绎》《金粟词话》《初月楼古文绪论》《论书随笔》五种,配旧藏本之缺。仍缺《礼记异文释》八卷、《汉魏六朝墓铭纂例》四卷、《瓯香馆集》十二卷。

购博古斋柳荣邨书,共洋弍拾元:先付十元,十二日又付十元,清讫。《汾州府志》卅四卷,乾隆卅六年辛卯知府孙和桐延休宁戴震撰。《二林居集》廿四卷,彭绍升。《说文古籀补》,吴大澂,美浓纸精印。《香奁诗草》二卷,万历嘉禾女史桑贞白著,茅坤选。《重修元遗山先生墓记略》,乾隆五十九年忻州知州歙汪本直编,附刻《翁方纲年谱》后。《诵艺阁诗录》八卷,姚椿。《鹤缘词》,吕耀斗。《红蕉词》,江标,光绪十四年元和江氏刻本。《陕西南山谷口考》,甘泉毛凤枝,同治间刻本。《明州岳林寺志》六卷,康熙丁卯戴明琮纂。《广卓异记》廿卷,道光丁未黄秩模活字本。《月在轩琴趣》二卷，乾隆张奕枢。《侍儿小名录拾遗》宋张邦几。《补侍儿小名录》宋王铚。《续补侍儿小名录》，宋温豫，明本。《诗章句考》《诗乐存亡谱》《诗经集传校勘记》，当涂夏炘。《诗古韵表廿二部集说》二卷。均夏炘撰。

函缪子受为陈乃乾借明刻《箧中集》《搜玉集》《中兴闲气集》。十四日乃乾校毕，作书交还，林福送去。

接厉为章讣书，寄绸幛扬州。

**十三日(5月20日)**　缪子受一字石渠。来谭，出示剩余书目。陈少舟来，谭会馆开工情形。

至林贻书处，不遇。至朱稷臣处谭，同至沈乙盦处，畅谭。溲慈出见。

至古书流通处，拟购各书：共码洋卅四元五角，七折，廿日付讫。郑氏杰。注韩居七种，凡《尔雅郑注》《孝经衍义》《说文字原》《隶书正讹》《晋文春秋》《唐石塔碑刻记》《唐陈观察墓志》七种，计十册，码洋式拾元。汪喜荀《从政录》，码洋六元。《越风》三十卷，王大治编，商盘选，码洋五元。冯桂芬《显志堂稿》十二卷，码洋壹元。张品鼒校刻《遗山先生新乐府》五卷附《补遗订误》，码洋五角。瞿中溶《古泉山馆诗集》八卷。码洋二元。

**十四日(5月21日)**　至古书流通处，续取各书：共码洋廿七元八角。徐用锡《圭美堂集》廿六卷，码洋八元。邹炳泰《午风堂丛谈》八卷，码洋五元。毛岳生《休复居文集》六卷附一卷《诗集》六卷，码洋四元，旧藏无诗集。余集《秋室学古录》六卷，码洋二元八角。于源《镫窗琐话》八卷，码洋二元。祁寯藻《马首农言》一卷，码洋八角。钱泳《古虞石室记》五卷，码洋八角。沈文伟刻改琦《玉壶山房词选》二卷，码洋一元六角。袁钧《四明近体乐府》十三卷附录一卷袁钧。附卷一卷，周世绪，码洋一元五角。黄百家原名百学，姚江人。《学箕初稿》二卷，码洋五角。《瞿树镐诗集》中溶子。五卷。码洋八角，即《吉羊镫室诗集》。

古书流通处赠书：董士锡晋卿。《存审轩词》，周青木君。《柳下词》，董思诚子远。《蜕学斋词》二卷，管绳莱孝逸。《凤孙楼填词》二卷，于源惺伯。《语儿村篷》一卷《题红阁词钞》一卷，黄宪清韵珊。《拙宜园词》二卷，韩闻南薰来。《雪鸿吟馆词》一卷，潘祖荫伯寅。《芬院利室词》一卷，吕采芝寿华女史。《幽竹斋小草》二卷《秋笳词》一卷。

午刻，约志赞、希林、贻书、左子廙、金伯屏、周湘云、李拔可于倚虹楼西酌，共用洋拾元。姬觉弥、庄得之未到。

余寿老、朱凤林先后来谭。

至怡园，借赵阅川燕将渠玺拓本册。

**十五日(5月22日)** 八时，至中兴路，新建会馆兴工。

刘实之同倪莱衫联姻，同寿老作冰人。

**十六日(5月23日)** 袁述之同黎芋生为作冰人。

至古书流通处，拟购各书：共码洋十一元五角，七折，廿日付讫。刘淇《助字辨略》五卷，海源阁本，码洋五元。沈涛铜《熨斗斋随笔》八卷，咸丰七年刻本，码洋二元。冯敏昌《小罗浮草堂诗钞》四卷，嘉庆刻本，码洋一元。全祖望《鲒埼亭诗集》十卷，道光十四年郑尔龄刻，码洋七角。果亲王《西藏志》，和宁，乾隆五十七年刻本，码洋一元四角。《董文敏公画禅随笔》，康熙汪汝禄编本，四卷，码洋一元。《司马温公稽古录》廿卷。明天一阁本，码洋四角。

孙心如来书，寄示《徐公文集》跋。吴寄尘由通复书。

**十七日(5月24日)** 陈乃乾赠《瘗鹤铭考》、汪士鋐。《焦山鼎铭考》，翁方纲。皆苏斋本。又前赠《栖霞小稿》，翁方纲。可并入丛书中也。又吴骞《蜀石经·毛诗考异》二卷。

购来青阁黄承吉《梦陔堂诗集》卅五卷，艺风堂藏书，价一元六角。

至古书流通处，拟购各书：计实洋十四元四角，码洋廿五元六角，七折，均付讫(廿日)。《渔洋古诗钞五言》十七卷《七言》十五卷，苏斋本，实洋八元四角，可配旧藏《苏斋丛书》。《蔡中郎集》十卷，海源阁本，实洋六元。《金山志》十卷，码洋三元六角，旧藏曾燠《续金山志》，可配入。《焦山志》十二卷，码洋八元，卢见曾撰。姜宸英《湛园杂记》四卷，叶元墀鹤麓山房本，码洋一元六角。王昶《春融堂杂记八种》，嘉庆戊辰刻本，码洋三元。《麟后山房唐人集》，王遐春刻，嘉庆年，码洋六元：欧阳詹、徐寅、林蕴、王棨、黄滔、韩偓。《澹静斋文钞》六卷《外篇》二卷《诗钞》六卷《邶风说》二卷《说裸》二卷《祭仪考》四卷《离骚笺》二卷。龚景瀚，码洋三元六角。

送刘实之喜缎幛、洋六元。倪莱衫喜绸幛。洋四元。

昨接缪子受书，交来艺老校旧钞明本《夷坚志》、明本《曹子建集》，又《说文篆韵谱》，五卷本。云系宋本，请翰怡评价，此书实明本也。艺老所著《琉璃厂书肆后记》附录曾记，此书得之文友堂魏氏。

**十八日(5月25日)**　胡瘦唐同年自江西来，畅谭。答拜，不遇。

陈乃乾赠吴骞《蜀石经・毛诗考异》二卷，乃乾以陈雪峰摹刻蜀石经校拜经楼本。童钰《二树山人写梅歌》，叠韵百首之多。郑如溱评点本翁方纲《咏物七言律诗偶记》。《苏斋丛书》本，可配旧藏之阙。

翟展成来书，芜湖裕中纺织公司本届股东会除改选臧雪楼为监察人外，余均照旧，发起人每分应得花红九十四元一角四分，股息八厘、余利二厘，共一分。

**十九日(5月26日)**　倪府今日过妆，约往送妆。

蟫隐庐函送洋七十七元四角，当付料半《徐集》七部、连史二部。

至古书流通处，拟购各书：共码洋廿一元，七折付讫(廿日)。《石洲诗话》八卷，翁方纲《苏斋丛书》本，可配旧藏《苏斋丛书》之阙，码洋四元。《两当轩集》廿二卷《考异》二卷附录六卷，黄景仁，咸丰八年刻本，码洋五元。《道古堂外集》廿六卷，杭世骏，凡九种，乾隆戊申刻本，码洋八元。《泾渠志》，王太岳，乾隆卅二年刻本，码洋二元。《闽中沿革表》五卷。王捷南，道光十九年刻本，码洋二元。

颜冠三来，不晤。倪远甫来，亦不晤。

**二十日(5月27日)**　至南通实业公司。后至大达公司，晤鲍星斋，同至税务公所，晤王贤清，商定通如海茧定过统税，到沪不再加征，惟护照查验后暂存大储栈，俟货出清再缴。随函寄尘，转陈退老。

晚，约胡瘦唐、王雪澄、朱古微、郑苏堪、王病山、刘翰怡、沈醉愚、王叔雍都益处酒叙,章一山因病来函辞谢。共用十四元三角。

结算古书流通处书价,付洋九十八元八角。

昨假古书流通处朱述之续曾。过录钱广伯馥。校《字鉴》,属李振球照录杨霈重刻泽存堂本上,泽存误字亦有改正数处也。今录毕,即交还。

送余寿老洞庭碧螺、九华云雾茶两瓶。

送陈立炎宣纸印《徐公文集》一部,钱昌美二部,均墨印。

**廿一日(5月28日)** 倪、刘两家婚期,同余寿老作冰人。

晚,同淑畹至天蟾舞台,观《七擒孟获》剧。

颜冠三来,谭大丰公司事。

**廿二日(5月29日)** 同李伯老、余寿老、洪希甫在霞飞路七百号伯老别墅公宴荣贯卿、汪幼农、谢邦清、温幹臣。

购古书流通处各书:共码洋九十九元,七折,付洋六十九元三角。《三国演义》,明末刻本,与通行不同,前有《宗寮姓氏》一卷、二百四十图,一百廿回,缪尊素太质序、戴易南枝序,码洋四十元。姜埰《敬亭集》十卷又补遗、附录,念祖堂本,码十二元。陈维崧选《荆溪词初集》七卷,康熙刻本,码八元。左辅《念宛斋全集》,文集六卷补一卷,诗集十卷,词钞、词曲各一卷,书牍五卷,官书八卷,码洋十六元。《程侍郎遗集》十卷,程恩泽,道光廿五年张穆刻本,码洋六元。黄任《秋江集注》六卷,王元麟注,道光刻本,码洋三元。严可均校《抱朴子内外篇》,继昌刻本,附校记、佚文,码洋十元。陶梁《词综补遗》廿卷。道光甲午刻本,码洋四元。又借校本《一切经音义》、钞本《千家诗选》、《昆山志》《玉峰志》《仙游志》。留《一切经音义》,计九元八角,余均退回。

晚,赴刘翰怡酒叙。

**廿三日(5月30日)** 陈乃乾自宁波回,童家书未购成。

陈乃乾代售料半纸印《徐公文集》两部,交价十八元。廿四日付书。

**廿四日(5月31日)** 同崇儿至虹口大花园,观远东运动会。

柳芝庭来函，已准啬老批回局函，令倪景琛到局为办事员，月薪廿二元，扣火食四元。现支津贴十元，阳历八月始支全薪。

鲍承良来。

**廿五日(6月1日)** 王聘老来谭，拟补钞明王秋本《大观本草》。

承良来，拟押住宅于邱渭卿，约作中人。

晚，赴王叔用同兴楼酒叙。

陈立炎送来各书，薄暮去告，再定去留。《士礼居丛书》等，实价四百廿元，廿九日付价。

**廿六日(6月2日)** 周梦坡夫人六十生辰，设续放生会于西溪，倩陈乃乾作二诗寿之，并赠花缎幛、烛，均璧。

何诗孙八十寿辰，送呢幛、烛，只收烛、款字。

**廿七日(6月3日)** 游邑庙内园，书摊上得《休复居诗集》六卷，毛岳生。《读史偶得》二卷《练香诗草》二卷。均上海杨钟宝著，杨道光间人也。

**廿八日(6月4日)** 贺何诗孙八十寿。

至南通实业公司，晤张孝若，略谭，吴淞乡董俞葆郇君约至消闲别墅酒叙。

接扬州许篆香电，告今日太夫人去世。晚，派刘仆送奠敬壹百元、缎幛一轴、往生钱三万六千张、锡箔十二块、唁函一通。

郭履真、品翰昆仲来，不晤。收大生董事费二百元。

**廿九日(6月5日)** 答拜郭履真、品翰，并晤筱亭。

贺周梦坡德配张夫人六十寿。

至都益处贞元会，李凤池值会。

六时，赴一品香大照公司董事会，议决添置新锅炉，约二万两，调款通州，公债认销一千元，明年派息，酌提余利分派未发息，前经董事会议决。又往来各欠上届只一百余两，今届四百余两，由美权拟稿致经理，一律清还。

至古书流通处，付购《士礼居丛书》价洋四百廿元。

王聘三来书，交《大观本草》廿一册，属补钞首册，并交来钞费十元。

至大东书局，定《名胜古迹大观》，付二元。

## 五月

**朔日(6月6日)** 至王雪澄、朱古微、王聘三处，略谭。

吴舜臣汇来稻洋壹千元。内淑畹四百元。

向古书流通拟购各书：《凤书》八卷，即《凤阳县志》，明天启元年修本，知县袁文新、友人柯仲炯同编，实洋六元(十九日付讫)。《江山县志》十卷，明刻本，无序跋，不详撰人名氏，实洋一元(十九日付讫)。《滁州志》卅卷，康熙十二年刻本，知州余国构、中书潘运皞纂修，实洋二元(十九日付讫)。《武夷山志》廿八卷，康熙庚寅晋江倪炜撰本，实洋六元(十九日付讫)。朱批《武经七书》十卷，明闵昭明刻本，码洋廿四元(七折，十九日付讫)。《苍玉洞宋人题名》，刘喜海刻本，码洋十二元(七折，十九日付讫)。唐张元度《九经字样》，赵信刻本，码洋三元(七折，十九日付讫)。《学古集》四卷《牧牛村舍外集》四卷《诗论》一卷，宋大樽，码洋三元(七折，十九日付讫)。《国山碑考》，道光洛廷铨撰本，即《石林》，码洋六元(七折，十九日付讫)。《金石一隅录》，段嘉谟编，即《武功县金石志》，码洋三元(七折，十九日付讫)。《陆稼书先生年谱定本》二卷。吴光酉重辑，乾隆六年刻本，码洋二元(七折，十九日付讫)。

又拟退还各书：明嘉靖覆岳本《周礼》十二卷，码洋十二元(七折，十九日付讫)。《郏县金石志》，武亿、毛师沆纂县志本，初二日退回。码洋十二元。《历城金石考》，李文藻、周永年撰县志本，初二日退回。码洋十二元。《徐州金石考》，县志本，初二日退回。码洋四元。《英德金石略》，县志本，初二日退回。码洋四元。《诸城金石考》，县志本，码洋一元(七折，十七日付讫)。蜀王锴写《法华经》零叶卷。初二日退回。码洋一百元。十八日又取来，七月十二日付价卅元。

送俞琢吾同年寿璋，上虞。太平茶四篓。

**五月二日(6月7日)** 子丹弟由扬回,来谭。

午刻,赴冯蒿老、邹紫东都益处之约。

郑泽民来谢孝,送茶叶二瓶、豆酱二罐。

交尹耕云代王聘三钞明王秋本《大观本草》。

交张遁叟住闸北恒丰路南亭里六十八号。钞《仙游志》。十三日钞成上册,付二元;十八日钞成下册,付二元四角。

恽原觉寄石印父乙卣拓本。收有正《六朝志》四集。四十部。

**初三日(6月8日)** 祝贵阳师寿。

收西泠印书社书价四十元,又收《徐集》料半、连史各一部,料半印本有合。计洋十六元八角,照预定券九折。又付《徐集》料半印本一部寄售,登来往折。十六元,八折。

收扫叶山房书价十五元,付《徐集》料半印本一部并木合。寄售,登来往折。计十三元四角。

收千顷堂书价十五元。

送郑苏堪、沈子培、李拔可、孙心如、吴寄尘、蒋孟蘋、刘慧之《六朝四集》各一部。

张静生来函,云其八世兄议定李庚余女公子结婚,请作冰人,约初六日面谭。

**初四日(6月9日)** 昨接汪甘卿同年书,寄来《从古堂款识学》稿本、石印本,缺十三、十四,计二卷。今往仓老乔梓处面商,允照来函同前途说合。稿本未交去。随作书告甘卿。

至大生,访寄尘,不遇,同燕谋、梓庭闲谭。

至蟫隐庐,晤罗子经,购意园师钞《宝祐四年会天历》,当付洋廿四元。

至古书流通处,取:向年欠《寒瘦集》《汪水云遗稿》未付价。《重论文斋笔录》十二卷,萧山王端履,王宗炎子。码六元,七折,十九日付讫。《夷坚志》十集。乾隆戊辰周氏刻本,泾县洪氏修补。退还。

还古书流通处《昆山志》《玉峰志》《千家诗选》。

赠陈立炎刻书白纸正续《随盦丛书》、廿二元。《积学斋》《鄦斋》两丛书、十六元。《小檀栾室闺秀词》、十二元。《怀邠杂俎》,四元。计码洋五十四元,原定寄售六折,立折。

陈善余寄赠新刻《嘉定镇江志》。

淞园公司前购地廿四亩,每亩九百元,加七厘五以上用费,每亩约七十元,定为廿五股,每股一千元,除地价用费外,余款存淮海银行,至契据、方单存淮海银行代为保管,收据推杨瑞生为收款人。今来函,柳芝庭、杨瑞生具名,交来附股地价一千元徐积记。并简章、股东姓名、股数单、地图各件。

大照电灯公司汇来董事费捌拾两。

收德律风四股息廿四两。去年每股只四两。

李审言来书,托修补《亦有生斋全集》,卷五下有脱叶,抄补。约两月补成。七月下旬带回,并交来拾元。又办高、宝、兴、泰、东五县通志稿,借《江南通志》、或淮、扬、海、通四属。《扬州图经稿》,赠新印《板桥集》。

付做建安画象砖、过氏瓴等几合洋卅元。

付裱镜铭拓本九元。

四月初八日,五月初四。拟护鎏金小洗,又凤钗,已量尺寸。做:

建安画象砖,座每只四元,又合子每二元,皆红木;

过氏瓴,附件;

田黄印合,座五角,又合一元,共一元五角,付件;

镜合,影木二合,每合三元,共六元;

银定合,影木;

铜印合,影木,共三合,每合一元五角,共四元五角;

洪武象合,影木;

曼生壶,影木合,三元五角;

吴倩卿壶,红木合,三元五角;

统共卅元,五月四日付讫。

**初五日(6月10日)** 端阳节。至贵阳师、冯蒿丈、周扶老、余寿老、李伯老贺。

答拜胡瘦唐同年,略谭,云初七日行。

复吴舜臣书。吴瑞廷田事。志局编成书日期。

**初六日(6月11日)** 张静生来,近为其八世兄同李庚余女公子议婚,属作冰人,并约初八接洽。

**初七日(6月12日)** 徽宁会馆公宴荣贯卿、汪幼农、谢锦章午刻西酌,并举幼农为董事。

同余寿老至半淞园。

陈乃乾代售宣纸《徐公文集》一部,交洋拾元。

至怡园,购古镜一枚,价一元五角。桂树一株、玉兔、蟾、素娥,唐镜也。

晚,同淑畹、绮女至丹桂弟一台,观《雷峰塔》剧。

**初八日(6月13日)** 至大生纱厂,访吴寄尘谈。

附海门大生纱厂股壹千两,户名宝经堂,股票一三〇七二号至一三〇八一号,计十股一套。计拨淮海银行来往折六百〇六两,德律风息廿四两,淑记四百元(以大生折冲抵),合二百九十两,大照夫马费八十两。合壹千两。

收蟫隐庐书价四十三元二角,付宣纸《徐公文集》四部、连史一部。来函结算预定券销去八十部。

又托蟫隐庐代售旧钞《授经图》,五本,实廿四元。严可均校《抱朴子内外篇》,十本,缪藏,实廿元。未登来往折。

又为傅沅叔代印官册纸《鬼遗方》,乞其带京。

购虎美牌雪茄十箱、飞马牌雪茄二箱,共廿六元六角。三角小菜场泰兴恒记。又购延年牌小雪茄一元、二元各一合。复和。

送马息深之太夫人七十寿屏分四元。大生收。

送沈淇泉六十寿呢幛、烛券。

至张静生、李庚余两家,议婚。

静生赠其尊人刻《榕园丛书》全帙六十册。

吴昌老来谭,日人已去沪,甘卿售《从古堂款识学》无可接洽,将石印样本交还。

**初九日(6月14日)** 祝沈淇泉六十寿。

午刻,赴都益处贞元会,俞寿丞值会。

晚,吴寄尘、杨瑞生、柳芝庭、沈燕谋约十号便酌,适张退老由通来,同席。

蟫隐庐函送傅沅叔交来《徐集》书价壹百元。

覆李审言书。鼎梅来书,寄来各碑。

订书人。

**初十日(6月15日)** 至南通实业公司,晤张退老,略谭。

交蟫隐庐宣纸《徐集》五部,转寄傅沅叔代销。先后寄去廿五部宣纸印本,收到书价壹百元。

午后,李庚余来,谭张家姻事接洽情形。

马敷五来,谭垦务四公司大有晋、大豫、大丰、大赉。银行团借款五百万情形。股东组织各公司董事联合会,由会公推吴寄尘、徐静仁代表向银团接洽。

汪甘卿同年来书,附瘦唐同年函,属转交。

安庆童挹芳、方守彝、黄书霖、刘朝望、方守敦、孙发绪、方履中、马伯瑶等寒日阴历五月初九日。快邮代电,以学生为教育预算案向议会请愿一事函沪同乡李仲老、余寿老、陈介老、陈邵老、李伯老、徐积余、孙少侯、李木公,并转同乡诸公,扶植正义,发抒谠论,并趁此时机邀集各地绅耆,谋一根本解决。

昨顾鼎梅来函,交邮寄来砖拓、造象、墓志四十余种,合洋八元四角,又属将前寄各碑价交科馆会计处代收。鼎梅住西安省城土地什字。

广武将军碑在白水县,现驻军队,不易拓。初拓色淡,无额。

**十一日(6月16日)** 购汉新有善铜竟,黑漆古,廿元。千秋万岁长乐镜,较旧藏省数字。水银浸,价十元。小高官镜,黑漆古,二元。小日光镜,水银浸,三元。画象半瓦带筩,十元。共四十五元,皆赵月川售。

至沈乙盦、刘葱石、李审言、谈丹崖处谭。

李审言借《江都县志》《东台县志》《高邮州志》。

邓百村假纯庙《御制四库全书诗册》、燕将渠玉玺、白庸都萃车马铜玺玉玺吴倩卿旧藏，铜玺王文敏旧藏，后归端忠敏。影印《亚洲学报》。

晚，同刘葱石、吴蝶卿约章静轩、马肤武、王已劲、袁南生、徐静仁、吴寄尘、柳芝庭、周季咸、吴蕴斋、张地山诸人燕饮于老民和吟鸿家。杨瑞生、张作三、蒋孟蘋未到。竹叙，负六元。小林黛玉应南生征，遂转征。

沈乙盦座中晤日人诸桥辙次、仲苏。孙隘庵、王静盦、邓百村。

王已劲来。

答拜王已劲、马肤武。

为蒯夫人存淮海银行壹千四百元，户名蒯仲记。立来往折。月息六厘。

**十二日(6月17日)** 金颂清来谭。

午后，至南通实业公司，晤张退老，同吴寄尘、柳梓庭、季鸣石、陈简池、施朴庵、吴蝶卿、朱子樵至吴淞海滨旅馆候。退老乘水上轮艇来，久久未至，遂回公司，知退老驾艇将至淞，即折回沪，准今晚返南通。本拟同葱石诸人约其一饭，具帖后已辞却矣。

**十三日(6月18日)** 复甘卿书，寄来残本石印《从古堂款识学》已转送王雪老。去年雪老借去旧藏本，亦取还。

王病山来谭，借去徐七来校刻《苏学士集》。

至古书流通处，取寒山堂本《玉台新咏》，码洋壹百元。八月初七日付七十元。

至忠厚书庄，取书二种，言定价洋八元：《同文千字文》二卷，浙田子艺先生著，婺源汪以成辑注，明万历壬午刻本。《鲁班经》三卷。题“工师雕斲正式鲁班木经匠家镜附秘诀仙机”，北京提督工部御匠司司正午荣汇编，局匠所把总章严仝集，南京递匠司司承周言校正。

蟫隐庐来书，交来票洋五十二元二角，当付宣纸印本《徐公文集》

四部、连史一部。来书云存一部宣纸未付价,此次多付冲算,容再查明(查账不误)。查四月十一日日记,付出五部样书未扣除,应多付一部价。又中南银行秦曼青前曾口定料半二部,未付价,近向罗子经情商,照预定券价购一部,当即应允。

致陈劭吾书,寄赠《徐公文集》、连史印本。《六朝志四集》。

致瞿良士书,寄赠《徐公文集》。宣纸印本。

**十四日(6月19日)** 致李审言书,钞送先伯父史传及附祀淮军昭忠祠、清淮建专祠奏稿,备修《江苏通志》稿采择。

赠陈乃乾《随庵丛书》正续编。连史印本并箧。

赠王培孙《积学斋》《郋斋》两丛书、《怀豳杂俎》。

**十五日(6月20日)** 致顾鼎梅书,寄来各碑未收到。砖塔、造象、墓志四十余种,合八元四角。

至怡园,购赵月川藕心钱九种,价十元。六月四日付讫。

**十六日(6月21日)** 假葱石述古堂钞《广卓异记》,属陈乃乾校道光间黄氏活字本。

以元诊志、张通妻陶志向赵月川易端忠敏题燕将渠玉玺拓本册。玺旧为南浔顾子嘉藏,后归吴窸斋,为端忠敏所得。

沈乙盦为题《随盦读碑图》轴五律一首。

为乙盦印《吕氏乡约》《酒经》,先后交去。

为傅沅叔印《吕氏乡约》《酒经》《鬼遗方》三种,交罗子经去京转交。

顾鼎梅寄来各碑收到,当覆书告之。

购古香斋唐宝相花镜、十五元。唐双鸾镜、十二元。泉镜,狮纽旁泉字四,三元。共卅元。十八日付价。

胡瘦唐来谭,明日去沪至宁、至浔,约月杪回新昌。托售梅庵同年藏画五件,价为王雪澄所拟:刘文清行书轴、八十元。八大山人行书轴、七十元。陈玉几梅兰轴、一百卅元。曹文恪画人物轴、一百元。钱竹汀隶书轴、一百廿元。外宋拓石门颂。五百元,十八日收到。又存西泠印社四件：何子贞隶书横幅、八十元。草书轴、五十五元。行书七言联，廿元。伊墨卿七言联。四十五元。

晚，倪远甫、杨咏秋约古香斋酒叙，召小林黛玉侑觞。

薄暮，在蟫隐庐畏风，夜间热作，不能熟寐。

**十七日(6月22日)** 公鲁来谭。

审言来函，取《亦有生斋集》，当覆书，将书并前来洋十元托公鲁带交。

昨接舜臣来书，志稿尚须迟一二月方可脱稿。各碑拓有八九十种，芷青云天霁寄沪。租稻零售壹百石，每石二元九角四分。连日大雨，山水大发，长塘坝埂冲毁，现盼雨霁，否则有破圩之患。

陈器之交来拓程龄孙各器拓本。

留古墨斋《先茔记》《三坟记》。

**十八日(6月23日)** 付古香斋铜镜价叁拾元。

顾鼎梅购碑，共廿元〇三角七分，当交科学仪器馆廿元〇四角。

晚，葱石约福祥二琴楼家酒叙，以病辞。

**十九日(6月24日)** 昨李庚余来谭，属询张静生家聘期，当函询。今得覆，已择定六月初十日，随告庚余。

李仲帅来书，拟电军长并全国，为吾皖学潮事。属将稿交汉溪，尽一日登载，并交各报馆，一律照登。随同汉溪接洽，汉溪赠仲帅寿言，另九部属分赠陈贵阳师、李伯老、陈劭吾诸公，当即函覆仲帅。

结算古书流通处书帐，付洋七十五元：校《一切经音义》廿五卷。码洋十四元，十九日付讫。退回钞《皇朝事实类苑》、钞《仙溪志》二种。

取古书流通处书四种：顾贞观成德《今词初集》二卷，码洋四元，八月初七日付讫。李兆洛《小山嗣音》四卷，皆凤台人诗，码洋四元，八月初七付讫。陈聂恒《栩园词弃稿》四卷，码洋二元，八月初七日付讫。彭兆荪《南北朝文钞》二卷。码洋四角，八月初七日付讫。

交华商纱布交易所二期股款二百五十元，七二。合银一百八十两，取收条二纸：金城银行代收。一积记一百廿五元，五百〇五号十股。

一余记一百廿五元。五百〇六号十股。

覆瞿良士书。寄书目一本,告费景韩新得《龙龛手鉴》残本辽刻,为宋刻之祖,今为孟蘋购去,价二百余元。六月卅日记。

王培孙来书,谢赠《积学斋》《鄦斋》两丛书、《怀邠杂俎》。

新钞《仙溪志》四卷,志为宋黄岩孙编,元黄真仲重订,据宝祐五年刘克庄序十五卷,此则重订本也。仙溪即仙游,仙游与莆田其始一县也。旧为艺风堂缪氏传钞本,今重过录,尽一夕校毕。

**廿日(6月25日)** 接仲帅两次来书,寄旅苏同乡会为皖学潮通电稿属登《新闻》各报。

晚,附武昌轮至通,寄尘、静仁同行,船价寄尘付。伶人绿牡丹姓黄,名玉麟,字端生,号欧碧馆主,贵州人。亦去通,相遇。

**廿一日(6月26日)** 午后二时,抵芦泾港,大雨,至永朝夕小住。复吊陈葆初之夫人施氏丧,随乘汽车至有斐馆。

拜张退庵,城南别业。因病未晤。访孝若,略谭。

晚,韩凤池招饮,召爱月侑觞。

**廿二日(6月27日)** 拜张啬老,叙谭。濠阳小筑。访吕鹿笙、章希瑗、刘烈卿、袁南生、徐亮星、徐觉之、束劭直、黄荔生、梁缙卿,束勖俨约午饭。

晚,马敷五约酒叙,召爱月竹叙,负四十二元。

送退、啬两公礼。退公茶点,啬公《徐集》(宣纸)、长生瓦、烟、茶。

又送希瑗、亮久茶、酒。

**廿三日(6月28日)** 晨,退老来谭。沙健庵来,不晤。

吊马息深母夫人之丧。

拜张镜湖镇守使、唐辅之警察长、沙健庵。

午刻,希瑗、亮星、觉之、郭招饮崇明厂分销所;同时,刘烈卿、梁缙卿、韩凤池亦约酒叙,召爱月,烈卿、缙卿邀绿牡丹同席,竹叙,负六十五元。

晚,张作三、章静轩、张镜湖、束劭直约至凤池家酒叙,适丁幼兰自上冈来。散后，至通俗剧场，观小翠花《醉酒》、时慧宝《洪洋洞》二剧。

**廿四日(6月29日)** 附啬老寿分廿元。

拜卢汉屏、锡藩，如皋，中国行。张麟书、宗成，交通行。冯光久、周季诚、汪叔丹、韩、刘鸿父。

午刻，镜湖、瞿莘畬、鸿宝，武昌县知事。唐辅之、慎培，警察。田春霆、宝荣，税务。吕鹿笙、韩凤池、袁南生、袁亦齐、其俊，淮阴。张地山、卢汉屏、张麟书、周叔皋、徐觉之十四人一人名记不清。约俱乐部西餐。

晚四时，至濠南别业，预祝啬老寿，并陪宴饮。俱乐部中餐。

观欧阳予倩、薛兰芬《五花洞》，即《真假金莲》。小翠花、金景萍《天女散花》，时慧宝《上天台》，绿牡丹《纺棉花》剧。

**廿五日(6月30日)** 至濠南别业千龄观，祝啬老寿。

日剧观金景萍《打花鼓》，欧阳予倩《献寿》《九世同居》，伶工学生《絮阁》《岳家庄》，小翠花、李桂芳《得意缘》，时慧宝《探母》，绿牡丹《春香闹学》。

夜剧观薛兰芬《探寒窑》、金景萍《梅龙镇》、小翠花《挂帅印》，时慧宝《戏迷传》二本、绿牡丹《嫦娥奔月》。

晚，在俱乐部西餐。

**廿六日(7月1日)** 啬老约俱乐部午餐。中菜。

周季诚亦约俱乐部西餐。

三时，大有晋、大豫、大赉、大丰、华成五公司董事联合会，议决代表徐静仁、吴寄尘同银团签定草合同，大致第一期公债三百万元，二期两百万元，发行二期前召集股东议决。息八厘先付，公司得百分之九十二。给手续料百分之五，给红地每千元得十二亩，各公司向华成购地，约每亩三元。五年还清，债券签名。公推各公司董事一人，议案各董事均签。

晚，退老约城南别业酒叙。

张作三、高孟启、安九。蒋汝萍、椵堂。徐广镕、陶庵。蒋德纯约俱乐部中餐。另加入数人作主人,名不能记。

至剧场,观予倩《长生殿》剧。

连日在通,各友往还者:徐钟令、庶侯,淮阴,安徽知事。唐慎培、辅之。韩尚智、凤持,汾阳。张同寿、作三,吴兴。瞿鸿宝、莘畲,武昌,县知事。袁国钧、南生,湘潭。张仁奎、锦湖,滕县,通海镇守使。吕道象、鹿生,九江。季新益、铭又。梁登仕、缙卿,休宁。章邦直、希瑗,铜陵。袁其俊、亦齐,淮阴。束曰琯、劭直。束曰璐、勖俨。朱、子桥。严端、直方,马玉山公司。庐锡藩、汉屏,如皋。周昌谟、叔皋,吴县。张孝若、郭鸿诒、礼征,亳县。郭文彻、肖霆,亳县。夏敬履、泽生,新建。姚崇义、希斋。江慕洵、孝楼,旌德。邹澍锳、镜吾,巢县,警察一区。陈弼、懋之,怀宁。刘贻炘、鸿夫,贵池。郭杰文、梅斋,合肥。郑秉清、前卅四标,统现在华成。杜□□[①]、亦在华成,军人,操守佳。徐舒铣、亮星,南昌。沙元炳、健庵,如皋。马文炳。敷五,江陵。相遇投刺者:刘钟璘、玲生,江苏省长署。武同举、霞峰,灌云,前师范教习。萧晃麟、楚南,广东香山兴华制面公司。徐桂。公溥。

晚十二时,同子桥、寄尘自有斐馆乘汽车登大庆轮回沪。栈费、车费均由筹备处给。

请朱钧望交四十二元、竹叙,负款。四元,爱月。托凤池分送。

**廿七日(7月2日)** 十一时抵沪。

六时,汪庆辰护军使署参谋长。约一枝香西酌,未赴。

陈乃乾以述古堂钞本《广卓异记》钱曾《读书敏求记》著录。校道光丁未黄秩模宣黄北山黄氏仙屏书屋活字本毕。

南陵修志局来书,云志馆编辑脱稿尚无定期,其已成之门类现正由司书生誊写,并寄来新拓各碑九十种。

啬老十九日来书,询陶子麟能否刻石,其徒能有人传其刀法否,属举其人姓名、艺术及工资价格以告,因有数碑待刻也。

---

① 原文如此。

致黄吉园书。

致吴舜臣书。

**廿八日(7月3日)**　郭礼征、肖霆昆仲来谭。旋答拜,不晤。

至沈乙盦处谭,以蜀韩文范、秦诏版两拓本假印《亚洲学术报》。

至刘葱石处谭,交还述古堂钞《广卓异记》。

访余寿老,不遇。

致朱研涛书,将宁兴公司股票两份计廿股二千元填朱经远堂。一并送交。

致缪子受书,淞地附股,即将股款交来。

**廿九日(7月4日)**　至大生账房,付旧存陆百元,又付淑存壹千元,共一千六百元。以一千二百四十五元七二三。合九八元。玖百两拨淮海银行。收水泥二期股款。又还吴寄尘在通借六十五元。又取回二百九十元,归家用。

至淮海银行,结等来往折本息廿六两零。

前张让三来书,赠阿育王寺唐、宋碑两种。今覆书,赠连史印《徐骑省集》、剢鼎全形、汉洗四种拓本。

函邓百村,索回《御书四库全书诗小册》、燕将渠玉玺册、白庸都萃车马铜玺拓本。

朱研涛交来宁兴公司股本二千元,随即函送鲍承良经收。

六时,在都益处贞元会,赴会者王雪澄、邹紫东、俞绥丞、陈葆初、陶拙存、沈醉愚、李伯贞、李凤池、恽眉卿、恽瑾叔、朱峻甫,又约刘键之,未与会者张让三、周梦坡、恽季申,收分洋十一元,共菜洋十四元四角。又许子颂、宗子戴不在申,未约。

吴蝶卿来书,捐购哈园藏经,请商减价。今询丁福保,愿将自藏减售二百元,即作书告之。

孙心如来书,赠以《四部丛刊》影印《嘉祐集》十五卷,景宋巾箱本。《中兴以来绝妙词选》明覆宋本。十卷两书,皆小绿天藏本也。

## 六月

**朔(7月5日)** 覆张啬庵书，寄赠李申耆《凤台志》，洪稚存、凌次仲《宁国府志》，黄吉园覆刻碑价目书，又刻样五种，一并附寄。

吴蝶卿来，拟购丁仲祜大藏经，当即致书仲祜，付款取书。

托陈乃乾代钞《元丰官志》，付钞资四元，又代购《夷坚志》，付价六元。初五日交来《夷坚志》，系乾隆刻本，初印。

赠陈乃乾臧拜经刻雪窗本《尔雅》。

致冯光九书，询南通学堂情形。张明德托询南陵高等小学毕业生数人，拟至南通中学堂肄业。

刘键之来谭，并谢昨赠《六朝志四集》。

覆孙心如书，谢赠《嘉祐集》《中兴以来绝妙词选》二书印本。《四部丛刊》本。

致李拔可书。

**二日(7月6日)** 至静生、庚余两家，接洽纳采事，并拜张仲昭，未晤。

至寿老处，不遇。

至丁仲祜处，借新押于右任明钞本《宦游纪闻》，唐子畏勘，黄荛圃跋。宋本《说文五音韵谱》。系明刻，非宋本。

**初三日(7月7日)** 函仲祜，将《宦游纪闻》《说文五音韵谱》交还。

函葱石，昨心如言，日人藏残宋本《杜陵诗史》二册，已属心如谋之。

函公鲁，赠金文拓本一百十二种。

函审言，乞代拟《安徽诗征》征诗启，附赠润资廿元。得覆，代拟润资退还。

**初四日(7月8日)** 函审言，寄钞安徽选诗总集目、各县名人单。

覆公鲁，询昨送师遽敦盖拓本是否攀古楼祠敦，查款识，祠敦有目无器，铭仲公。鲁未及深考耳。

葱石书来，索残宋本《杜陵诗史》，覆以心如尚未有覆书。

拔可书来，陈玉几画梅轴叔通索观，今往商务书馆交之。瘦唐函并价目亦交去。

致李仲老书，寄还皖学潮通电手稿。

挈崇、佑两儿至商务书馆，拔可赠玩具二事。

张啬老来书，《凤台志》《宁国府志》已收存馆库，刻石黄吉园刀法尚优，俟石磨竣，当罗致之。

至怡园，付赵月川藕心钱价十元，又取八风寿存当瓦，当索洋弍元。

朱枚勋讣至，送蓝纱幛。挈世凤侄附名。

沈子封讣至，邮寄蓝纱幛。

梁文忠之叔母余太夫人讣至，送绛纱幛，邮寄北京阜成门内宫门口东廊下。

**五日(7月9日)** 至大生纱厂，为寄尘代啬老购鸿宝斋印《佩文韵府》、著易堂印胡刻《文选》，价卅元。

闻希瑗今午由通抵沪。

钱昌美购《积学斋》《鄦斋》两丛书，缴价洋捌元。

陈龙昌来。涤叟。

昨，丁仲祜介绍顾君铁生来，未晤。

叔通来书，交还玉几画梅轴。

仲帅来书，寄来靳翼青覆电稿登报，即交《新闻报》馆。

啬庵托购《毛诗古音考》《屈宋古音义》。

**初六日(7月10日)** 章希瑗、吴寄尘为张退老之公子名立祖，字敬礼。作冰人，当口报馥女生辰，希瑗出示张公子八字：辛亥、辛卯、甲午、乙亥。

答拜希瑗，并贺生辰。

祝李伯老寿。

函李仲老,靳电稿已交《新闻报》馆,今登载。

致陶子麟书,询刻《玉台新咏》工资,并托购《毛诗古音考》《屈宋古音义》,另交瑞阳丸带去赠子麟宣纸《徐公文集》,连合。又明本《玉台新咏》。

至葱石处,略谭,贻《周易本义》《幼科铁镜》。十部。

答拜陈龙昌,略谭。

晚,寄尘约消闲别墅酒叙。散后,又约至丹桂第一台,观《雷峰塔》剧。

**初七日(7月11日)** 希瑗、寄尘来谭,随至王乔松处,评命合婚。

至刘健之处,略谭。

章介眉来,不晤,往晤,亦不遇。

昨访审言,适外出,留马息深为其尊人节略,请代拟寿文,送笔润八十元。今得来书,久未作骈文,拟作散文,商赠笔润廿元。晚晤寄尘告之,归作书覆审言。

至子丹处谭。

至有余兴斋、味古精舍。

陈乃乾贻《尚书大传考纂》。吴兴董丰垣。

至古书流通处,取书三种:董丰垣《尚书大传考纂》三卷,码洋三元,八月初七日退回。吴大澂《说文古籀补》,原刻,码洋三元六角,八月初七付讫。余秋室集。写《十禄字书》。码洋六元,八月初七日付讫。

贻王培孙、陈乃乾《幼科铁镜》。

缪子受夫人交来兴业银行票二千元并函,拟附购淞地股。初八日函复,并还壹千元,附股壹千元,缪石渠名。

晚,同葱石公宴章希瑗、张作三、余寿平、柳芝庭、李拔可、吴寄尘、沈燕谋于都益处,杨瑞生因未接得请帖未到,计用廿一元。

购汪本生四尺料半十六刀,计洋四十元。

**初八日(7月12日)**　吴寄尘、季铭又约午刻十号酒叙。

至希瑗处,谭馥女八字不合,商请姮女八字。

观濮家古钱,方地山、宣古愚为定价值二千元。

致审言书,商寄尘寿文润资照增廿元,又假去符南樵《正雅集》,并告采录江浙各省皖籍诗人,不仅扬州人也。

函覆缪子受,交还洋壹仟元。

南陵吴舜臣汇来壹千元。内淑记三百元。

**初九日(7月13日)**　至希瑗处,告姮女八字。

交柳芝庭附淞地股单。缪石渠壹千元,泰记壹千元。

致瞿良士书。

覆李审言书。

张仲昭来谭。

覆任心白书,假《大悲咒注像》。

**初十日(7月14日)**　希瑗、寄尘来,交王乔松合姮女同张公子八字工婚帖。晚,至希瑗处谭,寄尘未晤。

同张仲昭为张静生之公子、李庚余之女公子作冰人,行聘礼。

至大生,为席少卿附海门三厂股壹千两。户名亦政堂。

交王锡生装订新印《续随盦丛书》。每万纸四元。

冯光久来书,述南陵学生入通州中学堂。校长史介人,阳历八月一日考,膳宿费四十余元。

孙心如来书,述《杜陵诗史》只存四五卷,意甚珍重,似是贵池旧物,收回甚难启齿,容再图之。即作书,将原函告葱石。

希瑗交地山、古愚所定濮氏古泉价值单,属代销售。西人白士曾阅过。申报馆杨老圃出价二千二百元,龚子英介绍。

致吴舜臣书,告光久来函述南通第七中学招考新生情形,原函亦附寄。

修书工人卜泽元五月初九日来,至六月初九,计一月。订工一月,付洋六圆。

**十一日(7月15日)** 至余寿老、陈介老处谭。为皖振会作书致慈善会拨款函内具名人。

赠希园龙狮牌、延年牌雪茄各二匣。

王秀仁来,赠李木公金文拓本十种。

函子受,先还《说文韵谱》《曹集》二种。

**十二日(7月16日)** 约章介眉、张斡卿、子丹弟至一枝香西酌。用洋六元。散后,乘汽车借淮海银行汽车,给车夫二元。同游半淞园。晚,赴海银行杨瑞生一枝香之约。

至有余兴斋、味古精舍、集粹阁、来青阁、古书流通处。

付购有余兴斋八风寿存当瓦当式元。沙手。

**十三日(7月17日)** 午刻,至都益处,张斡卿约。四师安团长同席,召小林黛玉侑觞。

晚,赴李伯行霞飞路七百号西酌。

至古书流通处,取书三种:沈炳震《廿一史四谱》五十四卷,实洋六元,八月初七付讫,同治辛未吴氏清来堂校补本。戴大昌婺源。《驳毛西河四书改错》廿一卷,实洋一元,八月初七付讫。笪蟾光《茅山志》十四卷。实洋四元。十七日退还。康熙八年原刻本。

取周杰臣《宋韩蕲王碑记》。《绥德州志·艺文志》卷七,码洋一元五角。

闻福宁里小林黛玉年廿,相见已三年矣。家大阿媛已嫁泗泾路某姓,记四月拾七日以小影相赠,盖有留别意也,为之黯然。生平所恋爱者,张二宝、素娟、大阿媛三人,仅张二宝有一夕缘耳。

**十四日(7月18日)** 希瑗来书,十二午后抵通,十三晨晤退老。

将王乔松所评两造交退老阅过,甚为欣喜,拟即诹吉行聘礼,属将相片交寄尘转寄,退老亦备相片寄来。

**十五日(7月19日)** 函刘翰怡,前假《金陵新志》《诗的》二书,今先缴还《诗的》廿本。

李审言来书,马息深尊人寿文撰成,将稿交来。旋作覆,请将前交函件发还，转交寄尘。

甘肃地震，叔蕴刻启幕款，亦列鄙名。颂清交捐启一本，淑畹捐廿元，宝经堂。将启交还颂清，明日带津。

覆曹穆如书。为其子颂彬入银行练习生事。

晚，同淑畹挈崇、佑两儿至亦舞台，观王佑宸、绿牡丹演《诸葛亮招亲》剧。

**十六日(7月20日)** 覆希瑗书。姮女姻事。

世翔侄约章介眉大观楼西酌，往陪。俞六谭四合里赌案。

至寄尘处，交阅审言所拟马寿文，惟息深非商会长，须删改，当付笔资壹百元，随送交李审言，并请将文删改，前交各件取回。

晤葱石，谭家务。

蒯若木来，不晤，住大东旅社。北京寓二龙坑郑王府西夹道一号。

**十七日(7月21日)** 至兆芳，取姮女相片，交寄尘寄通。

答拜若木，已行。

缪子受来，不晤，贻新印《烟画东堂小品》两部。

以胡瘦唐托售书画五种交游筱溪代售。

倪昆甫回江阴。

晚，至新世界纳凉。

**十八日(7月22日)** 昨夜接仲帅来书，寄来安徽覆选代表各学校公电，属转各报登载。今送《新闻报》馆，交营业部石瑞清。

至缪子受处谭。

以翰苑拓楷八十四片交周雪峰装册。

覆舜臣书，并致冯光久，介绍南陵高等小学毕业生刘焕文、张振铎、戴庆云、刘义庆、吴卿保五人考入南通第七中学书。

函仲老，安庆公电由《新闻报》排样，四时分送各报馆，明日可一律登载。

致介庵书，仲老为如夫人久病累危，颇为痛苦，属转告，并附公电样张。

致子受书，属向商务书馆照预约券情让《越缦堂日记》，已说妥，候覆当为缴洋取书。

**十九日(7月23日)** 审言来书，已将马寿文改正，随交寄尘。

闻罗叔蕴来，往访，已行。

子彬托购《越缦堂日记》，函送卅五元，今向商务书馆取书，付洋卅元，净存五元。

购商务书馆廉价部百衲本《史记》，价六元。

访章一山，略谭。

顾鼎梅西安书来，寄赠瓦印二种，文曰汲郡守印、相州之印，其瓦印已赠范鼎卿同年，并告科学仪器馆股东会公举总经理。

阅李申耆录《小山嗣音》，辑寿州诗人卅家入《安徽诗征》。

晚，赴都益处贞元会，恽季申值会。

**二十日(7月24日)** 函缪子受，赠其尊人所录段若膺、王怅祖校《一切经音义》，并交代购《越缦堂日记》，又余洋五元。

铜陵王亮臣号灏渠。来谭。希瑗约商铜陵矿事。

挈崇、佑两儿游大世界。

取古书流通处书：宋本《周易本义》。康熙五十年曹寅属门人歙巴锦重刻本，码洋八元，八月初七付讫。

**二十一日(7月25日)** 寄尘来，交阅希瑗来电，即来沪，退老择廿三日文定。

午后，希瑗来，交张公子相片。

答拜希瑗、寄尘，座中晤王灏渠，遂留大生事务所晚膳。散后，同希瑗、灏渠游新世界。

**二十二日(7月26日)** 余寿老来谭。

至希瑗、寄尘处，亲交执柯全帖，并请灏渠、寿老、聚卿、单少堂作陪。

午刻，赴十号俱乐部，应希瑗之约。

晚，赴寄尘大东旅社西酌之约。散后，至灏如寓所谭。灏渠本寓孟渊旅社，今大陆公司为迁至大东旅社七十七号房间，甚为华丽，每日房价八元。

至新旅社，访单少堂，略谭。少堂来调查交易所簿记。

赠荣贯卿旅长、汪幼农参谋长百合。

**廿三日(7月27日)** 为姮女受聘，章希瑗、吴寄尘执柯，余寿平、王灏渠、刘健之、单少堂、刘聚卿作陪。

乾造：辛亥、辛卯、甲午、乙亥；

坤造：庚戌、辛巳、丙子、戊子。

聘礼；金玉如意、喜糕、喜茶、红绿湖绉、喜饼、喜果。

答聘礼。《尚书》、笔、墨、靴帽、枣子、苹果、糕、诗笺、砚、玉代、袍、褂、桂元、百合、粽。

晚，刘聚卿约一枝香西酌。

**廿四日(7月28日)** 薄暮，至希瑗、寄尘、梓庭、燕谋、瑞生答谢，即在纱厂事务所晚饭。随至一枝香，余寿老宴客，遂入座，召福致二翠凤。散后，同游大世界。

公鲁交阅孙伯渊过录何义门批《三国志》。

昨，李木公函赠新得造象各拓本廿三种，连前赠造象各拓都四十五种，又纪元镜拓本五种，建安、中平、宝鼎、承安、洪武。又古玉剑珌拓本。铭文四十四字。

前向葱石附印百衲本《史记》二部，又拔可一部。今印成，二部已取来。

**廿五日(7月29日)** 李光炯德膏。来两次，均未晤，交李仲老来函。午后，答拜晤谭，学潮由法庭解决，此来系推翻各县初选选举。有公团公电。

希瑗来谭，同访刘健之、刘惠之、陈敬斋。又至王灏渠，同游半淞园。

舜臣来函廿一日。云南陵望雨甚殷，稻价大跌。二元三角。议员覆选，方德斋有望。学生同志会反对，两次禀揭。陈夺声连任亦不可必。

省学潮返对。夏令病人堂药颇多，属寄仁济急救济生丹、正气丸。又自购上阿胶四五两，如价不昂，或半斤。晚，作书覆之。并告选举省公团通电。

陈韫山借读画斋本《南宋群贤小集》影印，出售预约券。原书四十本，十二月交还。

陈立炎借《楝亭十二种》影印。原书八册。

劭吾十八日来书，寄赠新印朱子删节本《吕氏乡约》在全书中抽印。十册，并以一册交汪汉溪。今作书复之，又告汉溪。

致杨云史书，告姮女许字张公子。

**廿六日(7月30日)** 陶子麟交瑞阳丸带来明刻《玉台新咏》二本，云是书约五万四千字左右，翻刻连板约二百十元，若影写付刻，酌给写价，能以原本翻刻，较写刻为佳，可以不走样也。赠刘刻百衲本《史记》、宋本《巨鹿东观集》，又托购《毛诗古音考》《屈宋古音义》仅购得《毛诗古音义》，因此板为张廉卿刻，辛亥已遭火劫，又杨刻《留真谱》无宣纸印本。

吴舜臣汇来稻洋壹千元，内淑畹一百元，当付还淑畹。五百元，五月廿九日借淑畹一千元。登大生来往折，余四百元付家用。此五百元拨家用，登大生折五百元，归绮女存。至前借淑畹一千元，未还。

以《毛诗古音考》交寄尘寄啬庵。

午刻，子丹弟宴王灏渠于倚虹楼，约往作陪。

昨谢继先来函，云患病危险，回淮就医，求以其二儿显礼代理其事，年廿二岁。并索茄楠香一二分。今商鲍子丹，允函陈、田、牛三经理，照办。

晨间，至介老处，商仲老函选举事。后即至寿老处，出示仲老来函，适李光炯先在座中，已与寿老言之，当即会谈。寿老意选举为省长专责，不能诿诸乡人。沪电政府不得不归咎于监督调查各员，且以后手续未必一无弊窦，亦非展期三月可毕，最好由各县自行澄清，轻而易举沪会未便发电。光炯一再商请，复以从长计议，以致无结果而散。当覆书告仲帅，并告舜臣转致方德斋。

向缪子受索《益都金石记》《凤台县志》，今交来《凤台志》。同旧藏，亦只十卷。

又交来《艺风堂金石目》八册，即送王锡生，托其销售。

向王锡生取敦煌唐人写经卷：索价卅元，卷长二丈二尺，以廿五元购成。《大般涅槃经》卷第廿六，比丘庆遵供奉。

李从龙寄《陀罗尼经》。由鲍季笙转交。

向周云峰取毛公鼎、元公姬氏两志拓本，云购价一百四十元。廿九日先后交还。毛公鼎伪，元公志损两字。

**廿七日(7月31日)** 李从龙来书，赣州中行长鲍寄笙星斋弟。带呈藏文《佛说精详刊定经》一卷，此经系西藏旧板，只雍和宫有全部，为乾隆时所颁给者，此外绝无，今赠本得自曾任驻藏办事大臣之散佚原本。满、蒙汉文经典多从藏文译出，故经典以藏文为有征，且此经装潢精工，纸质据云系大白麻纸。从龙现仍留有数卷。

覆李木公书，谢赠造像、镜铭、玉剑珌拓本廿九种，今以藏器拓本卅种答谢：金涂塔、景泰铳匙、(二)正始造像、五铢范、虎符、(二)元祐爵、斗检封、(五)袁箅钩、汉洗、(四)金大定镜、古兵器、(十)万历马氏镜。

缪景福已削发为僧，过沪礼普陀，赠川资十元。法名演慧，字智灯，南京古林寺受戒。

陈敬斋答拜。静斋号，炳镛名，淞江绍兴。

陆维镛同陈少舟来，凤台水灾，向济生会乞振。维镛商办义振，遂同至余寿老、陈介庵处会商，议定七月四日午刻约同乡在一枝香开谈话会。

至王灏渠寓，不遇。

又至大生事务所，晤章希瑗、王灏渠、刘厚生、蒋孟蘋、徐静仁、吴寄尘，遂同至十号俱乐部徐静仁酒叙之约，余寿老、刘葱石亦先后至。

严直方书来，附送国民制糖公司章程、认股书，如附股，可入李伯老所认发起股内,以免减折。

冯光久之女公子书来,云南陵考南通中学学生五人已到通,光久已向该校绍介。

**廿八日(8月1日)** 致吴舜臣书。告南陵学生到通,缪景福为僧。

覆陶子麟书。《玉台新咏》决定翻刻。

覆谢李从龙惠藏文《佛说精详刊定经书》。

希瑗回通,赠牙柄小团扇二柄、雕竹长方盘、茶二瓶、果二罐。希瑗前赠大布二匹、卫生香八罐。

同希瑗公函柳翼谋,为王同荣铜陵人,安徽省立第七中学校毕业生,又法政专门学校预科肄业一年。入东南大学,请其介绍。王同荣为灏渠之子。

在十号俱乐部午饭,大陆公司同灏渠磋商铜矿条件,并致实业厅高文伯函。寿老、聚卿、静仁。晚,赴孟蘋酒叙之约,双方将条件盖章。

晚,大雨约三小时。

希瑗回南通,灏渠回安庆,同厚生送至沪宁车站。

观孟蘋架上书,有《积古斋钟鼎款识》潘文勤批本、龚孝拱批本,又二徐《说文》丁俭卿、二种。陈仲鱼各家校本五种。

**廿九日(8月2日)** 致仲帅书,将寿老对于皖省澄清选举团意见书附寄。

晚,赴谢锦章一枝香之约。

致希瑗、爵之书,荐陶风章学习纱业事。

**三十日(8月3日)** 李葆林来谭,出示展成书,芜湖房捐前旅沪同乡函电力争,今虽并警局,仍请免捐。函云拟仿江苏官督绅办,捐款充地方公益。葆林云此系末后之办法,现仍请免。当同往寿老处一商,允即拟稿通电。后答拜答葆林。展成并催冯梦老代吴怡生撰文,请颁匾额。

洪希甫同往兆丰路勘地基三段:每亩索价三千五百两,在麦伦书院对面。一地三亩七分五厘,道契四千三百六十八号。一地三亩七分五厘,道契四千三百六十九号。一地二亩一分二厘。道契三千五百十六号。

函蒋孟蘋，假潘文勤、龚孝拱校《积古斋钟鼎款识》。

## 七月

**朔(8月4日)** 借艺风老人藏钞明本《夷坚志》校黄荛圃藏本，倩陈乃乾校录乾隆周氏耕野草堂本，今日校毕。

昨晚，寿老因停止芜湖房捐，拟电致总统国务院、省长两稿。今交伯老阅过，同意附名，即作书覆寿老。

至王雪澄处谭，假阅《玉台新咏》，亦无赵跋，虽钞赵跋，实假自翰怡，即向翰怡假出，系叶林宗石君。校本，遂交魏小溪影钞。魏在葱石书写书样。饶星舫已辞翰怡，就董授经处事。

翰怡赠新刻黄岩王棻《台学统》一百卷，又赠杨岘《迟鸿轩诗弃》四卷《文弃》二卷诗文续各一卷《年谱》一卷自撰。续一卷。汪煦撰。

沈醉愚以影宋本《李商隐诗集》三卷相示，云得自夏炳泉者，旧影宋本为翰怡藏，此艺风老人新影本，倩炳泉装，炳泉所说，醉愚疑其私自影钞，劝余取归覆刻，给其钞资，而翰怡亦赞成之，遂携回，以待炳泉接洽。十五日，周杰臣来，付价十元。劝酌给资，以留此本付刻。

至葱石处，贺其抱孙之喜，晤公鲁，以贺敬十元付之。

晤审言，知其有书来，并寄《安徽诗征》征诗启稿，遂检其底本先行交阅，当商改一二处。同至沈乙庵处谭，乙老对于审言大怒，因前为蒋苏庵求书，未交作书，催索措词失当也。有大卖艺之语。审言年来以交接老名宿颇为狂妄，文笔亦退化，受此痛创，或可稍敛，当即为之调解。

审言告我，五月初有鹏鸟降于园中，颇忧之。未数日，葱石之童姬逸去。

覆展成书，并钞电二通，借《保赤全书》。梦老回宝应，吴怡生请匾撰文，俟梦老秋节后来再催。赠宣纸《徐骑省集》，代印《吕氏乡约》五十本，每本一角二分，共六元。均交李葆林带交。凤台等处水灾，同人等拟初四日筹办振务，仍在仁济堂。

接吴舜臣廿八日南陵来书，南陵无雨，各佃均报灾，知事祷雨无灵，大约日内得雨尚有希望也。

**初二日(8月5日)** 同定君、绮女游半淞园。

晚，寿老约李葆林、李启人、黄伯雨至禅悦斋素酌。

张幹卿来，不遇。名安泰，折江曹娥烟类专局局长、实业厅咨议。

寿老交来昨致总统、省长公电，又略删改，属交《新闻报》馆登载。

安庆聂省长台鉴：

顷接芜湖绅商学农工各界公函，称芜埠前设房牙杂税捐局不成，今又令(薛)警察局加收房捐，民力不胜，汹汹滋惧，请代达前来，查芜埠已有店铺捐(由警局代收)，为警务经费。至民间住房向无捐税，即店铺市房亦只收警捐一次，不得重叠，各处皆然。即云曾列外销，预算，我公一年之中，津贴议员、党会，共耗外销者(若干)甚多，能抵预算者何限。且以补抽比例既列预算，并经报部，尚因呼吁立予取销外，间架苛捐更不宜因循此政务。乞我公始终采纳，立即电饬薛芜警厅。于店铺警捐外，不得胜收房捐，致援地方而重民困，是所盼祷。

安徽旅沪同乡会

(余　　等)呈江　滕

《新闻报》交涉类(上海公共会审公廨为已故刘蘧六遗产事公告)。案据刘受甫由其代表古沃律师禀称，刘蘧六于西历一千九百十九年之初身故，并无遗嘱，只遗亲生子刘受甫一人，请为给谕准刘受甫执管已故刘蘧六之遗产等语，前来为此公告。如有反对刘受甫管理遗产者，限十四天内来廨声诉，逾限即由本公廨给谕准该刘受甫执管该项遗产。特此公告。中华民国十年七月三十日。

**初三日(8月6日)** 覆陈善余书，谢新刻《嘉定镇江志》，据包刻本重刻。并赠《随盦丛书续编》，竹纸印本。交石升转送。

取古书流通处龚定庵、孝拱父子校《段注说文》，段书成于嘉庆二十年乙亥五月，龚自珍于丙子冬十月读起，至辛巳春二月止，凡三过，以朱、墨、紫三笔识。有所可则加朱圈，有所否则恭注于下，其子橙则墨批纵横满纸。橙手跋云，咸丰三年十二月邻火，缺十二篇、乙不至系。十四篇金幵至亥。两册。艺风堂藏书，见《续记》一。码洋五十元。八月初七日付讫。

**初四日（8月7日）** 接舜臣六月卅日书，廿八晚得雨一寸多，真好雨也。早稻缺雨一次，此时无须要水。迟稻秋间前再大雨一次，亦可丰收。佃户总须藉口普通受灾，实则山边山冲田受旱无救，幸而不多。雨中带雹，东北乡甚大，有茶杯口大小。将稻损坏不少；西南乡较轻也。即作书覆之。

午刻，在一枝香同乡商办皖北治淮十八县水灾义振，到者余寿平、李伯行、荣贯卿、谢锦章、孙景西、中孚银行。刘健之、刘惠之、陈少舟、洪希甫、吴树人。未到者徐静仁、汪汉溪、孙履平、李凤池、汪子实、夏玉峰、李木公。议决一办义振奖券，一请部拨给邮电路振捐附税，一印捐启劝募，由树人起草。

散后，同少舟至仁济堂，晤陆维镛，略谭。

答拜张幹卿，晤谭。

晨，魏小溪来，将《玉台新咏》刘本取回，另将缪本交其，字之残缺及模糊者一一描摹，又以旧藏本付之，以便查勘。付车费一元。

审言书来，将征诗启修改，仍未惬当。培老已同审言修好。

**初五日（8月8日）** 金颂清来谭，交来罗叔言书，叔言并赠韵香女道士重摹河东君小象册，松下清斋故物也。

吕宋廷来谭。

缪景福由普陀回，赠桂圆、蜜枣，留之，转赠李葆林。

函子受，交还前借钞明本《夷坚志》，并再借钞本陈思《小名录》。

陈乃乾过潘校《积古斋钟鼎款识》成。

函邓百村，索回借印秦诏版、蜀玮文范两拓本。

**初六日(8月9日)** 同淑畹、定君、绮女，崇、佑两儿至四川精记饭馆小食。散后，挈绮女，崇、佑两儿游新世界。

赠缪景福回九华川资十元。

**初七日(8月10日)** 顾鼎梅由西安寄阎甘园藏造象十九种、砖瓦十五种、各志十三种拓本，价四元四角三分五厘。当作书告之。

拟刻《徐侍郎集》，唐徐安贞，原名楚璧。瞿良士有旧钞本，为脉望馆旧藏，后归述古堂，《读书敏求记》所著录者。函倩胥人精钞，价所不惜。

拟刻《钓矶文集》，唐徐寅。函询刘翰怡、蒋孟蘋，有旧椠精钞，假刻。

还翰怡《玉台新咏》，赵刻本。并赠影印《周髀算经》、刘刻《幼科铁镜》。

还孟蘋潘校《积古斋钟鼎款识》一书。尚存龚校一种。

赠沈醉愚《周髀算经》《幼科铁镜》。

赠刘谦甫《周髀算经》。

至古书流通处，取书四种：《类编历法通书大全》九卷，明刻本，码洋十六元，八月初七日付讫。《神机制敌太白阴经》十卷，钞本，码洋八元，八月初七日付讫。《说文校议》卅篇，姚文田、严可均同撰，孙星衍商订，嘉庆戊寅原刻本，码洋十二元，八月初七付讫。《石经补考》十二卷。冯登府，原刻本，码洋八元，八月初七付讫。

昨吴树人来，不晤。今来谭，交阅拟为振会电省长请办奖券及拨附税，又致仁济堂函，又通约仁济堂董暨同乡于初九日六时在一枝香会商进行，稿寿老已阅过，介老改正。

舜臣初三日来书，初二日晚间又得小雨。荣廷之母去世，初一去世，初二安葬。送分洋四元。省议员覆选定初八日，票价须万元。所寄阿胶、济急丹、正气丸已照收。

覆曹穆如、陈劭吾书。

**初八日(8月11日)** 覆罗叔言书，函赐韵香摹河东君象册留玩数月再由颂清缴还，并告华洋义振会改名保灾会，振余津会约存四十万。又告皖省水灾，同人组织义振会。

翰怡覆书来，并假《钓矶集》，旧钞本，丰顺丁氏藏书，末有顾沅跋，云是为山阴沈霞西精钞本。并有旧钞《始丰集》可以假刻，拟即先行假阅。

覆李拔可书，前交百衲本《史记》二部缺页已补全，至敝处一部能为代装甚好，当为备价。又赠罗纹纸印《骑省集》，并催附印《四部丛刊》中数种罗纹纸印本是否印就。

薄暮，拔可来谭，遂同至商务书馆发行所，略坐，邀往惠中西饭店晚餐。每客二元五角。饭罢，至屋顶花园纳凉。后同往十号俱乐部，晤吴寄尘、柳梓庭、史良才、林康侯、钱新之、杨咏秋、施朴庵、胡碧江、卢、徐静仁、魏小圃。

邓百村、朱稷丞来，不晤，留《与海内外华侨论华事实相书》印本二册。

**初九日(8月12日)**　购王锡生敦煌唐人写《大般涅槃经》第二十六卷，袁寒云藏。比丘庆遵供奉，价廿五元，与前劳吉六甘肃寄赠《大般若波罗蜜多经》一卷并同藏弆。

晚，安徽义振同人约仁济堂、济生会同人聚餐于一枝香，会议振务进行，并核定请拨附加税办奖券、通告初十日本会成立各电稿。

**初十日(8月13日)**　取华成公司盐垦息五十六元〇五分二厘，为淑记将崇明分厂宝经堂股票息折。零股五套计五十两并为一套，先取沪账房收条。

至丁仲祜同年处，假严九能批全谢山《鲒埼亭集》卅八卷，为于右任藏书，尚有《外集》五十卷，当在续假也。

至古书流通处，取《猃园》一书，索价十元：《猃园》十六卷。明钱希言撰，知不足斋重订万历海虞钱氏翠幄草堂本，八月初七日付讫。

至仁济堂，阅定振会成立通电并请拨附税办奖券电稿，又致夏辅宜代电吕皋俞、吕宋廷函，吴树人、陈少舟均到。

**十一日(8月14日)**　以真意堂本《洛阳伽蓝记》过录张学安先

生绍仁校本。张校本借至古书流通处，艺风堂藏书。

**十二日(8月15日)** 购古书流通处蜀王锴写《法华经》零叶，每半叶五行，行十六字，共廿三行。有沈清任题词并记。缪艺风藏，梁溪谈氏旧藏。见《藏书续记》二，价洋卅元，付讫。

取古书流通处书二种：《双藤书屋诗集》十二卷，何道生，码洋五元，八月初七日付讫，附《试帖》二卷，又何熙绩《月波舫遗稿》一卷。《稻香楼诗集》十卷。程际盛，实洋二元四角，八月初七日付讫。

向利安售德律风股票四股，得价每股一百零五两，除佣金，净四百十七两九钱。化洋五百七十六元，奏廿四元共六百元，上大生来往折还淑记，净欠四百元(十三日记)。

至牛惠生医院，视蒯若木足疾。

至仁济堂安徽义振会，吕皋俞、吕宋廷、陈少舟、吴树人先后来。

陈乃乾来书，足疾不能履地，曹君钞《小字录》一二日可成，再将《钓矶集》付钞，钞价普通一角千字，景钞、旧纸钞酌加。新得《宏治九年登科录》一册，当作书覆之，并告印书人谢若安昨已来。

缪子受来，不晤。旋得来书，云自游莫干山方归。

王锡生经售各碑，一万二千元犹有未足，宋元本在京已售去矣。

昨，王秀仁寄赠金文拓本四种。宰辟父敦，魏太和荥阳太守朱宁鎏金造象，疑伪。秀仁求荐刻碑并销印泥。

**十三日(8月16日)** 至仁济堂，皋俞、宋廷、少舟、树人先后到，并晤慎斋、维镛，商振务。辅宜复书，因覆选，不克来。

至忠厚书庄，取《鲒埼亭全集》，价六元。

江汉珊、王饶生、刘烈卿来，不遇。

希瑗来书，退老赴常乐避暑，初九日回通。喜礼同爵之送去，退老有谦词。陶生凤章派至振兴纱庄练习，秋节后到庄。

王灏渠来书，回省后将矿事协商情形陈述，均赞同，俟全部定局再来磋商进行方针。至前次手续，实业厅已分呈部署。

舜臣来书，望雨甚急，日内无雨，稻受大伤。又徐立孝体荣将四房公荒田地硬行出售，春间要开塘。大约公值只数十元之谱。省议员初八日覆选，南陵初选当选人全售票，得价每票七百元，现有人反对此举。到南通考中学学生九人，取入堂者六人。稻价预售新稻每石二元二角。

**十四日(8月17日)** 接展成十一日芜湖书，新由扬州回芜，本日风狂大雨。

辰刻，中兴路新建安徽会馆上梁，前往观礼。

答拜江汉珊畅谭，择廿日同刘烈卿家联姻，属作冰人。

答拜王饶生、刘烈卿，适先来，均不遇。

购古香斋象牙裸体仕女，价五元。

至仁济堂，吕宋廷先至。

大丰盐垦公司登报，分发股息、部照、田单，通告庚申股息定夏历八月初一日分发，各区垦地部照田单已领印齐备，照弟二届议案及抽定签次按股填发，每股计一、二两期，合并分田一百亩，至南通事务所账房，依照原抽签次将各股数暨应分田亩之前后次序开明，携同股票息折至通账房验明，按股填发收执，以重产权。

寄盐城义井街金文珊白纱幛轴，挽莲溪年丈也。

许篆香书来，定七月廿三日扶其母太夫人柩回里，并云山向不利，合定须待来春。

**十五日(8月18日)** 魏小溪来交《玉台新咏》缪本，已将旧藏本比对缪本，字模糊者一一加墨，费工十二日，连前给一元，再给九元，共十元。

曹绣君绩溪人。交钞成《小字录》，共一万一千八百卅字，当先付钞资三元，候书钞竣，由乃乾结算，影钞从丰。并另付《钓矶文集》续钞。

夏炳泉得风疾，周杰臣来询《李商隐诗集》钞价，给其十元。

复许篆香书，灵輀过苏请专告，当挈眷属至苏祭奠。

瞿良士来书，允代钞《徐侍郎集》，即作书复之。

覆舜臣书。

至仁济堂，宋廷、少舟已先来。

答拜饶生、烈卿，座中晤张地山、周叔皋、潘伟人。

**十六日(8月19日)** 至仁济堂，少舟、宋廷先后来。

张督军复电，奖券事已于元日会同聂省长电达院部，继续皖省工振奖券，原来开办一年余利留充振济皖北水灾，英、霍兵灾善后及归垫新军饷项，不得移作他用。尚未奉复。

冯梦帅覆电，请速商盛庄夫人，弟亦出函往恳。

寿老新得弟二曾孙，晚约喜觞。

至博古斋，购书两种，议定价五元：十九日付讫。《姜白石集》十卷，华亭姜熙辑，道光癸卯宗祠刻本，价二元。盛百二《问水漫录》四卷。乾隆甲辰刻本，价三元。

李葆林来谭，明晚回芜。

**十七日(8月20日)** 答拜李葆林，不晤。

至仁济堂。

**十八日(8月21日)** 江汉珊、刘烈卿拟于廿日联姻，先期邀集午刻酒叙。

**十九日(8月22日)** 翟展成、陈西甫由芜湖来谭，此次为裕中纱厂添购五千纱锭。

展成假吾邑管橓《保赤全书》二卷，沈尧中梓行，管橘重行。又交还代印《吕氏乡约》五十本价六元。

昨翰怡书来，假《始丰稿》六卷、明徐一夔撰，《四库》作十四卷。《一老庵文钞》一卷，明徐柯撰，柯为徐枋弟，陈仲鱼钞本。因系明人，函覆先缴还，俟刻时再假也。

恽瑾叔午刻有都益处贞元会之约，不赴。

午刻，同淑畹、定君并挈儿女五人至一枝香，定君作东，为淑畹庆生辰也。

至仁济堂，展成、皋俞、宋廷、树人先后至。

答拜翟展成、陈西甫，略谭，寿老在座。

至古书流通处，取书八种：《诗考异字笺余》十四卷，周邵莲，嘉庆六年刻本，码洋五元，八月初七日付讫。《仪礼正讹》十七卷，金日追，咸丰四年郁熙灏重刻本，码洋四元，八月初七日付讫。《孟子四考》四卷，周广业，乾隆刻本，码洋二元八角，八月初七日付讫。《读书证疑》六卷，陈诗庭，码洋一元五角，八月初七日付讫。《柳南随笔》六卷，虞山王应奎，乾隆庚申顾士荣刻本，码洋四元，八月初七日付讫。《字触》六卷，周亮工，康熙六年刻本，码洋二元，八月初七日付讫。《国朝谥法考》，仁和赵钺，道光辛卯刻本，码洋二元，八月初七日付讫。《三水县志》。孙星衍撰，十二卷，乾隆五十年刻本，码洋一元四角，八月初七日付讫。

**二十日(8月23日)** 江汉珊、刘烈卿两家联姻，为作冰人。

晚，刘烈卿约至大东酒楼西酌，召小林黛玉、翠凤侑觞。

陈乃乾病，将过录龚孝拱校《积古斋钟鼎款识》校本毕交来。

**廿一日(8月24日)** 视陈乃乾疾。

至仁济堂。

访翟展成、陈西甫，不遇，赠剩鼎、唐张玄御造天尊象、汉单于和亲方专四种拓本，《幼科铁镜》《劝戒录类编》。

程少周来，谭阜阳水灾情形。

展成、西甫来，交阅余咏南电告芜湖散水圩溃决。

丁仲祜将新印《劝戒录类编》交来五十部，每部合价洋五角。

**廿二日(8月25日)** 约淑畹挈儿女辈至悦宾楼晚酌。

晚，至丹桂第一台观剧。

罗子经由京回，来函结算各赈，交九十七元：十九日来函。收马君经售《徐集》十部洋七十九元，尚存傅沅叔书价一百廿五元。收《徐集》箱套洋十一元，尚存木箱四只、套一只。收午节来往帐七元五角二分。内售出《抱朴子》廿元，《授经图》退回。

付古书流通处书价壹百元。

孙心如交来代装新印百衲本《史记》。

至仁济堂。访丁仲祜,不遇。

访展成、西甫。贺子丹生日。鲍承良来。

**廿三日(8月26日)** 至仁济堂。

覆吴舜臣书。南陵风雨,稻歉收。公民团反对初选人贿卖。县志稿秋节后可成。湾村水程寄还。

覆方德斋书。论选举失败。

覆刘翰怡书。八月朔公祭劳玉初尚书于报本堂。

覆王叔用书。公送劳尚书素幛。

晚,赴缪子受消闲别墅酒叙。

**廿四日(8月27日)** 巳时,定君生女。

曹绣君来,交钞成《钓矶文集》,计三万四千一百零三字,先付洋三元,随后结算,十五日付三元。并交《保赤全书》八册接钞。

覆丁仲祜书。论《劝戒录》书价。

昨假吕宋廷《警世桴鼓》四卷,六安陈虞铎振春著。今阅毕。纪近事,劝戒体例,仿自梁晋叔恭辰。书,长沙章剑侯、恭樾。合肥孙仲修序学。校正,毕树干校字,毕树生孟林。集资,付商务书馆印行。

罗子经来谭,并出示沅叔售书四种:明初钞《刘随州集》,宋麻纸,叶文庄藏,意园师题。旧钞《龙州集》,知不足斋藏,鲍录饮跋。明弘治本《萨天锡集》,棉纸。明嘉靖本《曹子建集》。棉纸,寒云假大字本宋本校此刻,当在未归汪士贤前印。

葱石生孙,送贺礼。

**廿五日(8月28日)** 汪甘卿由苏来谭,匆匆即返,送至车站而别。

至吴寄尘处,略谭古微书马寿文,即请其径送。

至忠厚书庄,购贵阳汤陈氏田。著《明诗纪事》,价十二元。

至来青阁,晤陈乃乾,病新愈,尚须调理。询印书人何时至,已有函来,月杪来申。取书二种:《东观汉记》廿四卷,乾隆乙卯扫叶山房本,价三元。次日退回。《鲒埼亭集外编》五十卷。全祖望,初印本,嘉庆辛未刻，价四元，次日付讫。

**廿六日（8月29日）** 陈乃乾来，出示过顾涧薲校《列子》。

至陈介庵处，略谭。

至仁济堂，宋廷、少舟、绍周先后到。

以新印《劝戒录类编》分送王一亭、朱葆三、施子英、叶慎斋、陆维镛、朱芑臣、张贤清、叶鸿英、陈少舟、程绍周、吕宋廷、戈丽生，共十二部。

**廿七日（8月30日）** 南陵张家铭君雅宇。来谋事，张向不识其人，云系陈海汇门人，询子丹，亦不识，惟知其家世家道人尚谨慎。子丹拟公荐芜湖裕中纱厂，陈西甫允之。

邹适庐来书，赠祖丁瞿永宫、鬲两拓本，《积古》七著录。并索玉件拓片，兹转赠双龙佩、小琮、松璧、五岳真形、冠、珌、璲等七种。

至仁济堂，陈少舟、程绍周、吕皋俞先后到。树人患目疾，乞假。

至古书流通处，取书六种：《昭陵碑考》十二卷，当湖孙三锡，咸丰八年刻本，码洋十六元，八月七日付讫。《具区志》十六卷，吴县翁澍，康熙己巳刻本，码洋七元，八月三日退还。《东观汉记》廿四卷，乾隆乙卯扫叶山房本，码洋三元，八月七日付讫。《吴越备史》四卷，道光壬午扫叶山房本，码洋二元，八月三日还。《朱子年谱》四卷，王懋竑，乾隆壬申刻本，码洋八角，八月七日付讫。《养一斋文集》廿卷《诗集》四卷。李兆洛，光绪戊寅重刻本，码洋二元，八月七日付讫。

**廿八日（8月31日）** 刘健之来谭。

将缪书目交王锡生。

俞峻韵来，不晤。

宗子戴赠《瓶庐诗补》《校异》《词》各一卷，张兰思辑。《金陵词钞》八卷附一卷。陈作霖编。

至仁济堂，绍舟、少舟、宋廷先后至。六时，苏浙皖三省义振委员会，徐静仁皖代表，慎斋、维镛邀同入席。致函盛庄夫人，定八月初三日午后四时同人等赴盛府，乞皖振。

陈倬斋书来，寄《净土切要》。秦志骏贤炳。已调第二校主任。于雪沤之弟三妾已募佽助，月六七元，入清节堂，次妾有不规则之行为，亦拟迫令入善堂，因有子女，于嗣续有关也。

**廿九日(9月1日)** 俞峻韵树柽。来谭，拟为其子入南洋医学，并赠茶叶两瓶。

答拜峻韵，并同访贤清，不遇。

至寄尘处，为叶慎斋询西门子通州订购电汽价，据云系退、啬两老委托德人高某经订，彼未与闻，随覆慎斋。

至仁济堂，接张星吾督军通电，在蚌浦设振务处，派淮泗道尹李维源为督办，王承祜、史久绍为会办。天津安徽义振会来电，已请派许俊人为振务督办。本日各报登载旅沪安徽各界同人发起安徽水灾急赈会，九月四日即八月三日。二时在迎春坊皖商公会开筹备会，筹备大会进行事宜。昨开谈话会，推宁隽元为临时主席。

午刻，赴都益处贞元会，邹紫东值会。

舜臣廿六日来书，南陵日夜风雨，已割及在田之稻皆发芽，各佃纷纷来报请勘。稻价二元四五角之谱。选举事仍定廿八日开公民大会，召集初选当选人质问。俞峻韵云是方德斋勾结游民行动。

徐庶侯覆书至，云前寄先光禄公史传案牍已照录寄县志局，其关涉淮事别送省志局，节略再钞稿寄阅。由扬州督办江苏运河工程局来。

李拔可交来新印罗纹纸四开宋本《于湖集》《黄山谷集》、元本《松雪斋集》，当作书复谢。

向古书流通处取书三种：元刻《诗传通释》，半页十二行，行大廿一字，小廿三字。存卷一，又卷四至卷十一，又卷十九至卷廿，共十一卷，即陆氏所著录之书。卷一末有“至正壬辰仲春日新书堂刻梓”木记。码洋卅元，八月初七日付讫。《毛诗异义》四卷附《诗谱》一卷，歙汪龙述，道光乙酉鲍方榘刻，码洋八元，八月初七付讫。《经义未详说》四十卷。休宁徐卓，码洋十二元，八月三日退还。《书目答问》四五卷，此少五卷，据自序云十二卷。

覆舜臣报灾书。

## 八月

**朔(9月2日)** 同人等公祭劳玉初尚书于报本堂,并同王叔用公送挽幛。

晚,赴甘翰臣塘山路非园之约,食广西鲵鱼,俗名狗鱼,能缘木,蹄声如小儿,大者为鲸,小者为鲵。观新得厉樊榭手写《姜白石词集》。

**初二日(9月3日)** 约王培孙、陈乃乾、俞峻韵、俞昌时、张稚宇至一枝香西酌。散后,同峻韵父子至永安、先施两公司。

至仁济堂,皋俞、少舟先后至。

孙心如来书,交洋十元,购罗纹纸印《杜陵诗史》。覆以《诗史》早印成大半,补印匪易,俟后印何书代购罗纹纸印成再算,今将来洋十元先缴还至装订《史记》二元,余及装《于湖》等集,日内面交拔可也。

**初三日(9月4日)** 至余寿老处,同至盛府乞振。散后,又至寿老处商振务。

至蒋孟蘋处,略谭,并交前假龚孝拱批《积古斋钟鼎款识》。

陈乃乾函荐印书人苏州人。荣金大来,即令其先印《怀豳杂俎》。连泗廿五部。

致吴舜臣书。南陵赴通考取中学校六学生姓氏事。缪绍先回南陵事。南陵报灾事。

覆陈倬斋书。谢调秦志骏为第二校主任。处置于氏两妾甚当。寄《劝戒录类编》《感应篇集传》《感应篇注阴骘文图证》,谢寄《静土切要》。

还古书流通处《经义未详说》《具区志》《吴越备史》书三种。

**初四日(9月5日)** 刘慧之来,为刘式甫询宜陵田价,告以净到一万零五百元。

俞峻韵来告别,午后送礼四色,以张雅宇所赠转送。并送别,略谭南陵灾振。

赠俞峻韵、吴舜臣《劝戒录类编》。

至仁济堂,程绍周、陈少舟、姚仰南、吕皋俞、吕宋廷先后至。

分宁各处订《劝戒录》价单：每千部四百八十八元四角九，每百部四十八元八角五，每十部四元八角八分五。朱砚俦壹百元，刘子鹤壹百元，蒋孟蘋壹百元，刘葱石壹百元，周薇阁壹百元，周芝珊壹百元，恽季申壹百部，陶拙存廿部，邹紫东四十部，恽眉卿四十部，朱峻夫四十部，恽瑾叔四十部，宗子戴四十部，陈少舟五十部。

**初五日(9月6日)** 刘逊甫、吴蝶卿来谭。

答拜逊甫，不遇。

至仁济堂，绍周、少舟、皋俞、宋廷、仰南先后至。浙江安徽会馆来电，已设义振会，当场认捐二千余元，又范悯黔、高懿辰先垫三千元。

**初六日(9月7日)** 收大丰公司庚申盐草花息，每股廿三元一角四分七厘，计十四股，共三百廿四元〇五分八厘。付家用。

交大生沪账房大丰公司股票三件，宝经堂十股、徐积余四股。当取收条，约期迟卅日换取分田证。九月廿五日收财政部执照十四张、公司凭单三张。

至大生，晤寿老，交浙江振款三千元，玉峰交寿老。当付大生，立往来折，每月八厘息，即交仁济堂。

至仁济堂，皋俞、宋廷、少舟、绍周先后至，并晤王一亭、叶慎斋。

**初七日(9月8日)** 结算古书流通处各书价，计码洋三百十九元五角，七折计，实洋弍百廿三元三角六分五厘，又实得九元四角，除七月廿三日付壹百元，净找洋壹百卅二元九角两讫。

函翰怡，将前假《钓矶文集》交还。

函孟蘋，假陈仲鱼校《说文系传通释》、丁俭卿校汲古阁《说文解字》、平津馆《说文解字》。

函王静庵，送《六朝志菁华》第二、四集。

邓百村书来，惠赠《亚洲学术杂志》十册。昨已赠二册，分一册转赠陈乃乾。前朱稷丞亦赠《与海内外华侨论华事实相书》二册。

至仁济堂，绍周、少舟、宋廷、皋俞先后至。

为程绍周向古书流通处定购《知不足斋丛书》《楝亭十二种》预约券，价五十元趸，付讫。

李木公来答拜，不遇，留赠江潜之师《二明斋遗稿》，子孝潜辑印。拟再将诗词增选入《安徽诗词征》。木公又赠新得魏延昌二年造象拓本，连前赠各造象共四十六种。

余寿老十三日嫁女，送礼，璧。奚萼衔十六日嫁女，礼全收。

**初八日(9月9日)** 夏辅宜由宁来，留午饭。饭罢，同至商务书馆，晤李拔可、任心白。又至陈介庵、余寿平处，谭余、王姻事。

同辅宜至仁济堂，绍周、少舟、宋廷先后至。

寄马息深素呢幛，交大生转。金淮生素呢幛，车站转。林孟骧素呢幛，夏辅宜转。章心培素呢幛，邮递滁县。章文镛赙敬二元。邮寄陈倬斋转交。

姚文敷来答拜，赵叔雍来，均不遇。

盛彝斋来书，盛分任儒林、文苑、孝义、懿行、流寓、方技等门暨《艺文志》。商李勇恪公事实持示局内诸人，佥以为其人不可没，暂照芜湖志列入流寓，于例不符，于义亦觉未当。请酌。稿俟中秋后寄。

收千顷堂书价十五元、扫叶山房书价十元。

**初九日(9月10日)** 赴都益处贞元会，王雪澄值会。

吊汪子实之丧。

至仁济堂，陈少舟、夏辅宜、赵幼南先后至。

访程绍周，不遇，交代订《知不足斋丛书》《楝亭十二种》预约券。

舜臣初五日来书，南陵初三日始晴，昨、今至洋塘湖、四都汪、长塘坝、官塘冲等处查勘，系皆通芽稻，好坏略有不同。各佃报称十去六七，虽无如是之甚，大约通扯十去三四。湾村、峨岭俟查后再告，附寄芽稻样。受干之稻芽十亩只三四亩，照样受干只小冲。现稻价二元七角左右，择十三日开秤收租。

**初十日(9月11日)** 余寿平同王饶生联姻，均约往陪冰人。

向大生取息三百廿元，一折银四千两，三个月息合一百六十元；一折洋四千元,四个月息合一百六十元。凑家存八十元共四百元,还淑记借款,清讫。五月廿九日借淑记壹千元,凑付水泥公司第二次付股款,七月十三日售出德律风四股,化洋五百七十六元,凑家存廿四元,先还六百元。八月初六日又付息十六元。今还四百元,两讫。

**十一日(9月12日)** 余寿老家今日送妆,赴乾坤两宅筵宴。

至仁济堂,绍周、少舟、宋廷、树人、幼南先后至。

覆汪甘卿同年书。索定大敦拓本。

**十二日(9月13日)** 至仁济堂,辅宜、宋廷、绍周、少舟、幼南先后至。

送王饶生红花缎喜轴。

付丁仲祜代印《劝戒录类编》五十部洋廿四元四角二分五。

代程绍周购《劝戒录类编》廿部洋十元。余二角三分。

访柳芝庭,略谭。

晚,王饶生约赴喜筵。

至古书流通,取书:《史通通释》卅卷,浦起龙,乾隆十七年刻本,码洋十二元,十月廿九日付讫。《五灯会元》廿卷,明万历年径山寂业庵本。十四日退还。《四十五经同函》,明万历径山寺本。十四日退还。《禅林宝训合注》,康熙甲戌灵隐经房本。十四日退还。《楚石西斋净土诗》三卷。明万历己卯支那本。十四日退还。

昨,华洋义振会举代表张竞成君,坚同西人某至京津争拨附加税。

**十三日(9月14日)** 至王、余两家贺喜。

至仁济堂,宋廷先至。

覆舜臣报灾书。

覆邓百村书。

曹绣君交来钞成管槲《保赤全书》上卷,计三万三千四百九十字,连前钞《小字录》《钓矶文集》共七万九千四百廿三字。前两次付过洋六元,今再付洋六元,清讫。绣君另选新茶四瓶。

**十四日(9月15日)** 致李拔可书,交《杜陵诗史》新印本两部,又付订书工价十元。拔可覆书,《史记》装工不收价。廿八日,拔可将《杜陵诗史》装订一部交来。

致任心白书,送《劝戒录类编》。

覆吴舜臣书。十一日来书,初八日大雨,昼夜未止。寄《亚洲学术杂志》《吕氏乡约》。

覆盛彝斋书。论李勇恪公应入县志流寓传,寄《亚洲学术杂志》。

覆杨芷青书。论南陵水灾乞振情形,寄芷青、峻韵、聘臣《吕氏乡约》。

致王巨清书。寄《亚洲学术杂志》。

覆孙星如书。论印葱石刻书。

取古书流通处《大悲咒集成》,光绪四年周达权本。退还《五灯会元》《四十五经同函》《禅林宝训合注》《楚石西斋净土诗四种》,取《周礼补注》六卷、吕飞鹏,码四元八角。《介庵经说》十二卷,雷学淇,码四元八角。十月廿九日付讫。

**十五日(9月16日)** 至李伯老、周扶老、吴仓老、况葵生等处贺中秋,并持帖至陈贵阳师、余寿老处贺。

晚,挈绮女、崇儿至丹桂第一台观戏剧。

杨云史由常熟来谭。

赠况葵生宣纸印本《徐公文集》并匣。

**十六日(9月17日)** 至奚萼衔家,贺嫁女南浔邢氏。

至仁济堂,宋廷、皋俞、介庵、绍周、幼南先后至,给茶房、门役各一元。

赵月川由京回,购造像佛座七尊、浏金师比一支,价七十元:旧藏有齐天保三年僧道建造象长坐(极佳)、北周天和二年张法墟造弥勒象方坐、隋大业四年王士通造象长方坐共三种。齐武平四年逢迁造观世音像方坐,三面刻,极佳。西魏大统四年刘成造白玉双观音象长方坐,三面刻。东魏兴和二年张普造观世音象长方坐,二面刻。东魏武定六年比丘惠广造象,一面刻,长方坐。齐天统四年杜元妃造白玉观世音像长方坐,三面刻。隋大业三年杨长修造□[①]玉像长方坐,二面刻。隋大业四年高宣政造象长方坐。二面刻。

答拜杨云史,不遇,赠菜点各二。

**十七日(9月18日)** 刘健之来谭。

至忠厚书庄,取书三种,共洋十二元:《吞松阁集》四十卷,秀水郑虎文,嘉庆己巳刻本。《蕉声馆诗集》廿卷《补遗》四卷,平湖朱为弼,咸丰六年刻本。《方雪斋诗集》十二卷。灵石何道生,嘉庆十二年刻本,道光重刻改名《双藤书屋诗集》十二卷。

游邑庙内周。

赠李邓太夫人、夏辅宜《劝戒录类编》各一部。

**十八日(9月19日)** 至济仁堂,介庵、少舟、宋廷、皋俞、幼南先后至。五时,苏浙皖三省水灾义振会成立,举朱葆三会长,史良量。才、徐静仁副会长,叶慎斋坐办,另举干事、董事。皖人只徐静仁一人,余皆苏、浙人也。

大生分厂函送五月至八月薪水洋弍百元。

以大照电灯公司秋节夫马费捌拾两,八月十四日汇来。化洋壹百十元四角。

**十九日(9月20日)** 赴都益处贞元会,刘健之值会。

陈乃乾假钱玷《集古款识》《镜铭集录》、影宋本《啸堂集古录》影印。

王雪澄假龚氏父子校段氏《说文》。

至仁济堂,介庵、皋俞、少舟先后至。

续购赵阅川残造象六座,叁拾元,连前购造象等七十元,共壹百元,今付讫:齐天保□年□道安造象,二面刻。隋开皇十八年毛永造双观世音玉象,一面刻。隋仁寿元年姿容造观世音象,三面刻。隋仁寿元年李娘子造玉象,一面刻。隋大业二年王罗造象,二面刻。隋大

① 原文如此。

业□年耿兴□造玉象[1]。二面刻。

曹绣君来，交钞成《保赤全书》下卷，计字三万三千三百廿八字，一五。付洋五元。

葛荫吾、邓百村、朱稷丞来，均不遇。

**二十日(9月21日)**　至仁济堂，介庵、少舟、绍周、宋廷、皋俞、幼南先后至。

答拜邓百村，略谭。葛荫吾不遇，访杨云史谭。

王静庵来谭。章希瑗来，不遇。

李拔可来谭，约明晚酒叙，以同时公祝许狷叟寿辞。索观顾亭林《肇域志》稿，出以相示，并相约付印。

刘澄如京卿廿七日六十寿，醉愚代制诗屏征诗，屏价一元交沈。送缎幛、烛，璧，只收款字、诗屏。

沈醉愚述葛荫梧意，商让《昭陵碑考》十二卷。当湖孙三锡桂珊撰，咸丰八年刻本。是书咸丰乙卯秋韩小亭约编，冬间何子贞、沈仲复冒雪谒昭陵，摩挲碑下。土人疑有清地之举，将虞、薛诸碑椎毁数十百字，亟出谕止之，已不及矣。桂珊有庚子年拓昭陵全碑二十九种，较今本尚多百余字，洎数十字不等，因录全文，补其阙泐，以暨镌碑之姓名、额之题衔、阴之题名、两侧之题识，胥详载而不敢遗。碑制之长短广狭，取宋三司布帛尺度其分寸，并志其行字全数，泐者无考，则阙疑之耳。证诸经史、小学及山经、地志、丛书、别集，益以已意，各为按语，总成十二卷。桂珊能识古器，辨其真赝。

祝许狷叟八十晋一寿辰，晚约都益处酒叙，召小林黛玉侑觞。

**廿一日(9月22日)**　至大生，答拜章希瑗。

以《劝戒录类编》三部分赠大生纱厂、淮海银行同人。

至仁济堂，介庵、少舟、皋俞、宋廷、幼南先后至。

晚，在都益处公祝许狷叟寿，召小林黛玉侑觞。

南陵知事刘陆晓来函乞振，并致皖义振会函，即交。

---

① 此段中“□”均原文如此。

**廿二日(9月23日)**　至仁济堂,介庵、少舟、皋俞、希甫、节高、幼南先后至。

晚,赴温幹臣一枝香之约。散后,沈冕士同年约往共舞台,观《赵云招亲》剧。张文绩饰樊氏。

**廿三日(9月24日)**　舜臣十九日来书,年成通扯约在八成,现稻价每石约三元。所寄《吕氏乡约》《亚洲杂志》《劝戒录》等均收到,盛、杨等函亦转交。

俞峻韵已至南陵,通知各公团将圩乡灾况报告上海各振会,来书相告。

至大生,将昨交安徽实业厅高文伯公函皖绅争执蒋汝藻所办铜陵县叶山冲铁矿一案双方协议草约呈准备案,饬速依法更正矿区,并将进行计画报部候核文一件交吴寄尘收存。

昨覆胡瘦唐同年书。字画无受主,加重连泗须重改良,原样三十元一担者,可销四担。

至仁济堂,介庵、少舟、宋廷、皋俞、幼南先后至。

以新得残造象十一座付石工修整,价四元。

**廿四日(9月25日)**　至仁济堂,皋俞、幼南先至。

至朱稷丞、王静庵处,均不遇。又至培老处视疾,未晤,遇稷丞纵谭。

周梦坡函送新拓灵岩山韩蕲王庙碑、价十元。广武将军碑。价四元。随覆函附缴洋十四元,又交公祝许狷叟寿筵分资二元六角。

至博远斋游筱溪处谭,知于下月携古物至美国出售,中有金阙,为前人所未见,著录只有汉石阙。无题字,分拆共十六段,出岐山。木公考为周太王阙。褚礼堂云门,非阙也。

**廿五日(9月26日)**　张我华、李少穆来,持安徽急振函,接洽工振盐捐一款,未晤。午后四时,少穆至仁济堂,晤谭,当复一书,并钞初八日致府院都署电一通。

至仁济堂,介庵、皋俞、宋廷、少舟、幼南、树人、江绍先先后至。

朱古微来,不遇,留字,假元乔梦符、张小山两家词。

翟良士来书,代钞《徐侍郎集》二卷,唐徐安贞,原名楚璧,旧钞本。并手校一过。钞资上年有余,可不寄还。

江浙皖水灾义振会通知十九日开成立会,推为发起人,列名捐启。又函通知九月廿八日即八月廿七日。四时开第一次董事会,并附送成立会议案一件。

赠陈乃乾《集古虎符鱼符考》,翟中溶著。又假苍玉洞题名。

**廿六日(9月27日)** 贺朱筱南娶子妇,并同李凤池送绸幛。

拜李仲帅、鲍承良。答拜张我华、李少穆,均不遇。

至仁济堂,少舟、介庵、皋俞、幼南先后至。安徽水灾急振会,甯、张、王葆斋、张我华、李少穆来接洽,拟附仁济堂筹办,由少舟、少穆向慎斋协商后,一同会商议定。

**廿七日(9月28日)** 覆刘陆晓、俞峻韵书,述南陵水灾乞振情形。函请舜臣转交。

至仁济堂,介庵、少舟、皋俞、树人、幼南、仰南先后至。

贤清同曹君来。

四时,江浙皖义振会第一次常会,经费每月约三百廿元,由发起人三十二人担任,每人一百元。组织振务委员会,举王一亭主任。募捐分自认、认捐两项,当同介庵、少舟各认捐二千元。

振务委员会分调查、筹募、散放三股。

拟定调查灾况简明表。

覆翟良士书。收《徐侍郎集》。

至古书流通处,取《两浙金石志》,码洋式十元:九月二日退还。《两浙金石志》十八卷《补遗》一卷。阮元编,山阴李沄刻,临海洪瞻墉校,道光四年刻。

至忠厚书庄,取书三种,实洋陆元:《观斋集》十六卷,芜湖王泽,道光六年刻本。《红藕山庄诗遗》十卷,凤台王熙纲,道光己酉刻本,附《听篁轩诗余》一卷。《紫阳家塾诗钞》廿四卷。泾朱琦编,光绪十八年重刻。

陈乃乾假王复斋《钟鼎款识》《蜀石经》《汉石经》《焦山鼎铭考》《瘗鹤铭考》影印。

还乃乾前赠《栖霞小稿》。翁方纲。

送江蓉舫之夫人呢布挽幛。

**廿八日(9月29日)** 答拜朱沤尹,略谭。

至仁济堂,介庵、皋俞、宋廷、幼南先后。

致陆仲英、奚萼衔乞皖振函,各附捐册一本,八十一号、八十二号。并赠《劝戒录类编》《阴骘文图证》。奚萼衔信、捐启书均未收。

晚,赴倪远甫、杨云秋古香斋酒叙,陪李仲老,召小林黛玉、冰玉侑觞。

购古香斋唐双凫双雁镜,洋十元。九月初十日价付讫。

古书流通处代购维昌有光纸卅四令,每令一两五钱五分。合二十。元五十弍两七钱,将纸付条交石竹山房陈韫山印《玉历钞传》三千部。每部十一石,一千部合十一令纸,九七扣数,每石一元四角,十一石三千部计四十二元,装订面、线每万一元四角。

昨葛荫梧来,交《昭陵碑考》书价十一元二角。今日派人将书取去。

**廿九日(9月30日)** 赴都益处贞元会,李凤池值会。

至刘谦甫先生谭。

朱古微假影元钞本《张小山北曲联乐府》一本。

寄虞迪人之母林太夫人花缎幛。邮递。

寄田少白夫人黄呢幛。来青阁转。

付古书流通处代购纯记维昌有光纸卅四令,一两五钱五分。计之五十二两七钱,七二四。合洋七十二元七角九分,又力四角。收陈少舟卅元,珠女、绮女各十元。

恽季申印《玉历钞传》一千部;收洋五十四元二角,十月廿四日。

陈少舟印《玉历钞传》六百部;收洋卅元,找二元五角二分四,十一月十八日收。

恽眉卿印《玉历钞传》二百部；收十元八角四分，十月廿四日。

恽瑾叔印《玉历钞传》二百部；收十元八角四分，十月廿四日。

朱峻夫印《玉历钞传》二百部；收十元八角四分，十月廿九日。

李伯贞印《玉历钞传》二百部；收十元〇八角四分，十月廿五日。

大女蕊珠印《玉历钞传》二百部；收洋十元，合壹百八十五部。

三女绮印《玉历钞传》二百部。收洋十元，合壹百八十五部。

积记印。

至仁济堂，介庵、少舟、皋俞、宋廷、少先、幼南先后至。

晤安徽急振会澹台君。

陈少舟交石埭桥工处洋四千三百卅三元三角三分中国实业银行廿六号。存单，阳历四月十二日，半年期，拟至十月十二月止。息常年七厘。因未签字，随退还。九月二日函交。

## 九月

**朔日(10月1日)** 吴蝶卿来，交捐皖振洋式百元并捐册。

晚，至爰伦影戏园观《阎瑞生》剧。

**初二日(10月2日)** 汤漱风名松年，颍上人，芜湖榷运局长。来，乞颍上水灾振，不遇。答拜晤谭，出示翟展成绍介书。

李仲帅来，不遇。

缪子寿来，属转商陈立炎书款，请初五日付即期票，欠书无可检交，当劝其以家刻相贻。随告立炎。

公鲁托查《长物编》，在古书流通处检《续知不足斋》卅一、卅二集，无之。

陆仲英覆书来，助皖振二百元，由仁济堂出代出收据。并交还捐册。

将吴蝶卿捐皖振洋二百元交仁济堂，当取收据寄蝶卿。

函李拔可，前交十元代印《杜陵诗史》、百衲本《史记》，除购料半及工价两元，不敷二角二分五，毋庸归还。

傅申甫先生八十寿,润源,沅淑尊人。附屏分捌元。商务书馆经收。

至仁济堂,介庵、皋俞、幼南先后至。

取古书流通处各书:计码洋六十九元六角,十月廿九日付讫。《屈原赋注》七卷《通释》二卷戴震。《音义》三卷,汪梧凤,乾隆庚辰刻,码洋五元。《癖谈》六卷,蔡云,嘉庆庚午刻本,附《清白士集校补》,码洋五元。《佛尔雅》八卷,周春,乾隆辛亥刻本,码洋三元。《庙制图考》四卷,万斯同季野,乾隆辛酉从孙万福刻本,码洋三元。《杨子法言》十三卷《考异》一卷卢文弨。《附考》一卷,徐养原,嘉庆十二年李赓芸刻,码洋二元四角。《古易音训》二卷,宋咸熙,嘉庆七年刻本,码洋一元五角。《穀梁释例》四卷,许桂林,道光甲辰刻本,码洋二元。《淮海先生年谱》,廿八世孙秦瀛重编,嘉庆二年刻本,码洋一元五角。《全唐文姓氏韵编》,原刻本,码洋三元。《三续千字文注》一卷,海源阁本,码洋八角。《欧阳文忠公近体乐府》三卷,明刻全集本,码洋一元四角。《龚礼部己亥杂诗》一卷,龚自珍,道光庚子原刻本,码洋一元四角。《忆云词》甲乙丁稿四卷,项鸿祚,原刻本,码洋二元六角。《菰中随笔》一卷,顾炎武,阙里孔昭薰玉虹楼刻本,码洋一元。《金粟逸人逸事》一卷,乾隆戊子朱琰撰本,码洋二元四角。《看蚕词》一卷,方观承,乾隆己巳刻本,码洋一元二角。《夏小正疏义》四卷,洪震煊,嘉庆二十年刻本,码洋一元二角。《红栏书屋诗集》四卷《杂礼文稿》七卷《斫冰词》三卷,孔继涵,原刻本,码洋六元。《通天台》《临春阁》传奇两种,灌隐主人,原刻本,码洋二元五角,即吴梅村。《论语孔注辨伪》二卷,沈涛,道光壬寅刻本,码洋一元五角。《首楞严神咒灌顶疏》,月容轩刻本,码洋二元。《姑苏名贤小纪》二卷续一卷,文震孟,明万历甲寅刻本,码洋六元。《东京梦华录》十卷,缪艺风校胡震亨毛晋刻本,码洋七元。《三十六湖渔唱》,王敬之,戈载批本,码洋十六元。初三日退回。《小谷口著述》,郑元庆,雍正甲辰刻本。《湖录》各序、《今水学略例》《湖州府志》。码洋六元。《焦山古鼎图诗·秦淮杂诗入吴集》。王士祯,原刻本,码洋二元。初三日退回。

**初三日(10月3日)** 至仁济堂,介庵、少舟、皋俞、幼南先后至。

至古书流通处,还钞《钓矶集》。又《花间集》汲古本。

读《黉塘徐氏宗谱》：创修于万历庚子，继修于顺治庚子，继修于康熙壬申，继修于乾隆壬辰、道光乙巳。

一、新旧序。宣统元年廿七世孙仁祥主修，廿八世孙以人监修。丁宝三序、仁祥、焕章序；道光乙巳年廿五世孙泰清主修，有序；廿五年张荣芝序；乾隆壬辰年廿一世孙芳主修，有序；桂溪知县刘琦序；万历庚子徐元桢主修，进士管橘序。

一、祖像：大学士徐勣公象，字元功，号黉塘。宋熙宁六年榜眼及第，历官至显谟阁大学士。葬内辅山丙向。长兴教授徐清公象，字行万，一字永洁。任长兴教授。葬黉塘冲口丙向。吏部尚书徐陵公象，行绍三，字乔之，号北塘。绍兴四年进士，历官至吏部尚书。葬繁昌马塘冲。仪宾徐衡公象。行真一，字廷弼。宋荣府仪宾，富阳郡主夫人，合葬赵道冲。

一、世系：第一世小三公，讳勋，字廷点，由歙路口迁南陵黉塘。精明公子。第二世五四公，讳广，又讳沂，字志弘。小三公子。第三世勣公，字元功，号黉塘。卒赠资政殿大学士。五四公子。资公。第四世清公，字永洁，任长兴教授。勣公子。澄源淀公。第五世陵公，字乔之，号北塘。清公子。阳升陆公。第六世衡公。字廷弼。宋郡马。陵公子。衢衔衍公。

一、行派：忠可维泰运，仁以增长寿，德怀原有福，嗣兴奕世昌。廿一世芳《行派引》曰：自于祖廷点公，递至忠字，已二十有二世矣。今由忠字编列二十字，镌载于谱。

**初四日（10 月 4 日）** 晨九时，淑畹至金陵。绮女因韩云卿病危，昨夜去宁。

江浙皖水灾义振会函送募捐册二本，计义字卅九号、四十号。送江浙皖水灾义振会发起人，捐助开办费壹百元，当收仁济堂代收据。

至仁济堂，介庵、皋俞、宋廷先后至。

交石竹山房《玉历钞传》样本付印。

李仲帅来，未遇。

假陈乃乾《淳化阁帖祖本考》付印，交还《集古款识》《镜铭集录》。次日又假《镜铭集录》一册。

吾邑明庠生管橓著《保赤全书》二卷，为进士知南陵县事嘉禾沈尧中梓行，进士知长泰县事宛陵即南陵。管橘重梓，医生李时中增补，施文举校正，书极难得。昔年柯逊庵中丞精于医，苦求是书未见。翟展成同年得于杭州书肆，亟假钞一本，今甫校毕。字六万六千八百余字，费钞资十元零。

顾鼎梅寄赠《关中金石文存逸考》十二卷，甘泉毛凤枝撰。光绪辛丑鼎梅尊人家相校刻于萍乡县署本，并代购魏乐安哀王元悦妃冯季华两志，连邮共一元八角一分。

取占书流通处各书：十月廿九日付价讫，计码洋十四元五角。《李长吉歌诗》四卷《外集》一卷，唐李贺，王琦汇解，乾隆廿五年刻本，码洋四元。《惜抱尺牍》八卷，咸丰五年海源阁本，码洋三元五角。《林间录》二卷《后集》一卷，宋释惠洪，日本宽永庚辰书舍次兵卫刊本，码洋三元。《般若波罗蜜多心经略疏小钞》二卷。钱谦益，弟子毛晋订正锓板，码洋四元。

**初五日(10月5日)** 至丁仲祜同年处，谭佛学，赠李生甫赓芸。《稻香吟馆诗集》六卷《文集》一卷，并购佛经：价四十七元二角，九月廿五日付讫。《大乘妙法莲华经》七卷，鸠摩罗什译，明内宦监太监弟子常惟庆刊梵夹本。卷末题名五行：信宦常明仝妻李氏捐资诚造/妙法莲华尊经壹部承此功德惟愿/男者官星朗耀禄位高增福寿绵长身心康泰/女者舍此弱质具丈夫形积因培善当入龙华/更冀子孙昌茂眷属和宁持诵见闻咸登觉岸。《大佛顶如来密因修证了义诸菩萨万行首楞严经》十卷，般刺密谛译，明梵夹本。弥伽释迦译语，房融笔受。《摄大乘论释》十卷，世亲菩萨造，玄奘译，明梵夹本。《慈悲道场忏法》十卷，即《梁皇忏》，明万历壬寅刻梵夹本。卷末又有万历癸卯衍法寺重刻。《销释金刚科仪》一卷，鸠摩罗什译，梵夹本。末有"翟尚儒、王应山、杜月等发心施财重刻"一行。卷末题名五行：诚请经者系陕西巩昌府秦州人武门李民因/自身疾病每日看诵此经愿祈灾消病散/寿命延长合家安泰家道兴隆官星显/达保位高迁凡居一切全仗全经/顺治次岁甲午年正月天旦日请诵。《诸佛世尊如来菩萨尊者名称歌曲》，明永乐刻本。《目连救母劝善戏文》三卷，新安高石山人郑元珍编，明万历壬午刻本。《六祖大师法宝坛经》一卷，明正统四年刻本。《六祖大师法宝坛经》一卷，明嘉靖本。销释金刚科仪会要注解十卷，鸠摩罗什译，宗镜禅师述，觉连重集，明万历七年刻本。《神僧传》九卷，明永乐御制，崇祯支那本。《居士分灯录》二卷，明朱时恩，《续大藏经》，崇祯支那本。《禅林僧宝传》三十卷，释惠洪，《续大藏经》，《补》一卷《临济宗旨》一卷，明刻本。《禅林宝训合注》，四卷，附《拈颂》一卷，释竹盛，张文嘉较定，康熙七年刻本支那本《续大藏经》。《入楞伽经》十卷。元魏天竺三藏法师菩提留支译，明万历径山寂照庵本，《大藏经》。

假丁仲祜《净土津梁》：乾隆乙巳比丘了慰募刻。《佛说阿弥陀经》一卷、《佛说无量寿经》二卷、《佛说观无量寿佛经》一卷、《净土十疑论》一卷、《念佛三昧宝王论》三卷、《净土生无生论》一卷、《龙舒净土文》二卷、《净土指归集》二卷、《净土或问》一卷、《净土法语》一卷、《云栖西方愿文略释》、《云栖戒杀文放生文》、自注，附《普劝戒杀放生文》《示沈少宗伯》（荐夭求子）、钓弋说。《莲花世界诗》一卷。

祝刘葱石寿，晤其公子公鲁谭。

答拜李仲老，云今晨回苏，晚或来。

至仁济堂，介庵、皋俞、树人、幼南先后至，谢锦章未到会。

五时，赴江浙皖水灾义振会，开第二次董事会，晤蚌浦塘工处总稽查麦健之，名兴，广东香山。述水灾情形，并示地图照片。又晤颍上代表乞振许静涵、星槎。李少觳。传经。

郭肖霆来，拟在皖北办火柴公司，商由同乡会函致军长备案。

**初六日（10月6日）**　至吴舜臣书。来书已收租稻一千五百石，收成通扯不止八折，稻价三元一角。告以先售芽稻三百石，接济家用，如至三元二角，售一千石，并寄黉塘徐族人公函。

覆顾鼎梅书。谢赠《关中金石存佚考》，并收代购元悦夫妇两志，又寄造像拓本十四种二分，一赠鼎梅，一赠阎君甘园。

覆陆仲英书。谢助皖水灾二百元。

冯梦华年丈来，未晤，答拜，谈皖振。李松圃道尹名维源，现振务处总办。与督军张星五约至南京筹商振务，以凤阳、五河、怀远、灵璧、宿五县灾区最重,请梦丈查放冬振,需款廿万,商由皖省筹款,仍请丈代募。

答拜李仲帅,谈皖旅沪同乡会事,京津反对选举,沪宜一致。

至仁济堂,戒安、希甫、皋俞、少舟、树人、幼南先后至。

至振华旅馆,视云史叔丈及大妹,已先出。

至惠中旅馆,答拜郭肖霆,不遇,遇姜少廷、志彬,芜湖总商会代表。吴兴洲,芜湖电灯公司。略谈。

**初七日(10月7日)** 李拔可来谭。

至仁济堂,介庵、皋俞、幼南先后至。

吊徐戟门同年之丧。

至周梦坡、吴寄尘处谭。又至杨云史处,不遇。

至丁仲祜处,取佛经四种,价洋十九元:九月廿五日付讫。《楞严经》十卷,唐般刺密帝译,弥伽释伽译语,明杨起元测,凌毓枬校本,房融笔授,洋七元。《楞伽阿跋多罗宝经》四卷,宋天竺三藏求那跋陀罗译,明万历郑照服刻本,洋三元。《佛说大阿弥陀经浅注》二卷《科文》一卷,明释明觉述,明万历刻本梵夹本,洋三元。卷末有"信心弟子卢图空发心别施,内府信官李宦引进监造"。《三论同函》:明正统五年梵夹本,大藏编号性一至性十,洋六元。《决定藏论》三卷,梁真谛译。《究竟一乘宝性论》五卷,元魏勤那摩提译。《大乘掌珍论》二卷。清辩菩萨造,唐玄奘奉诏译。

送杨漱桐通。之太夫人濮太淑人呢幛。初九日领帖。

同子丹弟公送毕畏三白绉纱挽幛。

覆曹穆如书。论选举并大女债务。

覆翟展成书。论汤漱风乞振介绍,又详告上海善团筹振情形。

覆裕中纱厂书。答旧股廿股,应交新股五股,函交展成转送。

托子丹带《黉塘徐氏宗谱》交吴舜臣,又《保赤全书》带芜湖交翟展成。

**初八日(10月8日)** 拔可书来,代刘君购《徐公文集》,宣纸,十元。《随庵丛书》正续编,十三元一角,连史纸。《闺秀词》,八元八角,连史纸。《积学斋丛书》，四元四角，赛连纸。《怀郊杂俎》，二元二角，赛连纸。又木箱三只，二元六角。共四十元零一角，当交来四十元，两讫。

赠拔可《随盦丛书》正续编，连史印本，有箧。又《怀郊杂俎》。连史印本。

至仁济堂，介庵、皋俞、树人先后至。江浙皖义振会开组织振务委员会，因定五时，至六时尚未开会，先散。赴朱研涛酒叙之约。

在仁济堂晤孙品骖。

刘谦甫先生来谭。

**初九日(10月9日)** 《时报》馆新屋落成纪念，贺喜并观陈列所藏古画。

吊杨漱桐之濮太夫人丧。

舜臣初六日来书，租稻已收二千四百余石，稻价三元一角，拟稍缓出售若干。

扬州三弟夫人来书，朱翰臣初六日去世，代求资助。

在古书流通处取《苏诗补注》，邵二云藏本，连史印本。码洋八元。十月廿九日付价讫。又以旧藏连史印本易赛连史印本，配《苏斋丛书》。

挈两儿、两女游大世界。

午刻，赴都益处贞元会，朱峻夫值会。

王雪澄假龚校《段说文》、弟三、弟四册。《桂说文》。弟一、弟二、弟三、弟四共四册。

安徽水灾急振会丁君、云骧，晓侯。张君丹，桂珊。来谭。

**初十日(10月10日)** 至仁济堂，介庵、幼南先到。

至古香斋，付双凫双雁镜价十元。

五时，赴许狷叟春宵楼之约。

至丁仲祜同年处，谭佛学，并购各书，价十六元：九月廿五日付讫，又新印各经一元九角五分。《翻译名义集》廿卷，宋释法云编，明万历径山寺支那本，价二元。《妙法莲华经句解》七卷《观世音菩萨普门品》一卷，姚秦三藏法师鸠摩罗什译，宋释闻达句解，日本宽文七年刻本，价二元。《妙法莲华经玄义》十卷,天台智者大师说,明刻本,收入《大藏经》,价四元。《六度集经》八卷,吴天竺三藏法师唐僧会译,收入《大藏经》,明万历本,价一元。《南岳单传记》一卷,释弘储撰,收入《续大藏经》,明支那本,价五角。《和天台三圣诗集》一卷,释梵琦首和,福慧重和,康熙支那本,价五角。《六道集》五卷,释弘赞辑,陈恭尹题,康熙支那本,梁佩兰等助资刻,收入《续藏》,价一元。《吴郡名贤图传赞石刻》。苏州沧浪亭本,价五元。

**十一日(10月11日)** 赠李拔可、孙心如《怀豳杂俎》。均连史印本。

函王聘三,交前代钞补《大观本草》二本,又原书廿一本。又假旧藏二本校字,再交洋十元,计钞费八元、纸价一元、净存一元,随函附交。

函潘兰史,乞代请黄君画虞山访碑图扇叶,并交润资二元。又请兰老录旧作虞山游诗。十月初十日交来。

寄陈倬斋《观世音经笺注》《观音四种》。

覆吴舜臣书。鲍拟肺露方。

寄陶子麟《玉台新咏》,属其影刻。

**十二日(10月12日)** 以《天玺纪功碑》函托吴石潜转请吴仓石题字,并赠《徐公文集》。宣纸印本,有箧。

函覆王雷夏,赠《感应篇集传》。

至古书流通处,晤宗子戴、邓孝先,略谭,取佛经各种:十月廿九日附价讫。《金刚新眼疏经偈合释》二卷,释通理述,附会本一卷,了慧刻,码洋六元。乾隆卅年本。十月五日退回。《妙法莲华经》七卷,康熙九年灵隐经房本,码洋四元。《楚石西斋净土诗》四卷,释梵琦、袾弘阅,明万历支那本,码洋四元。《无量寿经》二卷《观无量寿经》《阿弥陀经》各一卷。日本刻本,码洋三元。

劳君絅来,述南海意,约往题主,却之。

季君闳概,准平。来谭。铜君子,在农商部农学士。

至仁济堂,介庵、少舟、皋俞、宋廷、幼南先后至。

江浙皖水灾义振会第三次董事会，公推振务委员会会员。

王饶生来书，同刘烈卿各捐皖振壹百元。

汪幼农来书，慈善副券皖振余款屡与徐乾麟磋商，确切承允准自十月起月拨三四千元，总数约万元以上、一万五千元以下云云。属为转致诸同乡。

翟展成书来，谈皖南水灾情形。繁昌最重最苦，堤破甚多，宣城南山蛟水四百卌七处。

**十三日(10月13日)** 覆王饶生书。

覆汪幼农书。

至李伯老处谭。

赠吴寄尘连史印《怀郊杂俎》。

至丁仲祜同年处，购佛经，价廿四元：又新印各经二元〇五分，九月廿五日付讫。《大宝积经》一百廿卷，唐菩提流志译，明万历径山寺支那本，十二元。《大乘理趣六波罗蜜多经》十卷，唐般若译，明万历清凉山妙德庵支那本，一元。《大方广佛华严经》八十卷，唐宝叉难陀译，同治刻本，附《普贤行愿品论赞、忏仪》各一卷，七元。《御录经海一滴》六卷。雍正十三年刻本，四元。

至古书流通处，取佛经三种：十月廿九日付价讫，计码洋五角。《护法论》一卷，宋张商英，同顺八年重刻支那本。《修习止观坐禅法要》一曰《童蒙止观》，亦名《小止观》。《六妙门》，均智顗述，咸丰刻本。《念佛四大要诀》。古昆采集，光绪七年朱福诜刻本。

至仁济堂，介庵、绍周、少舟、皋俞、宋廷、树人、幼南先后至。

华洋保灾会集各振会联席会议合并，仍定名华洋义振会。

绍周组织医药团赴皖，同西医吕哲夫旌德人。来会，假去沪宁津浦乘车证一分。

**十四日(10月14日)** 至缪子受处谭，辞倪昆甫明年馆事，子受赠《宋元书影》二本。

至仁济堂，介庵、少舟、皋俞、宋廷、幼南先后至。

贺张贤清淦杨。廿二日为子乾生结婚,附同乡会公分洋一元。

至李仲帅处,不遇。

**十五日(10月15日)** 康更生同年来谭。

至石竹山房、忠厚书庄、蟫隐庐。

覆徐芝秀等函。修墓禁山捐一百元,鱼利既有河批租约红谕,足为徐氏世叶之证,即请就近向各乡局董商办,《宗谱》已交子丹带缴。函请舜臣转交。壬戌正月十六日来函收到。

覆舜臣书。来函拟售一千五百石,现云谷堂售价三元三角,彼意年内多售。租稻已收二千八百余石。

**十六日(10月16日)** 以所藏组琮玉元押、唐比丘庆遵供奉涅槃经卷、蜀王锴书妙法莲华经卷、鎏金藻洗、鎏金凤钗、建安画象砖、霸陵过氏瓴送爱俪园古物陈列部陈列。十九日取回。

印刘璞生《义振刍言》壹仟部,价十元,先付六元。未印成,洋取回。

至仁济堂,戒安、幼南先到。

夏辅宜来书,述宁筹振情形并许镜人过宁问答。

任心白来谭,并销《劝戒录类编》廿部。

淑畹挈绮女回沪。

**十七日(10月17日)** 答拜康长素同年。

至爱俪园,观古物陈列会、女校恳亲会。

赴刘慧之六时一品香之约。

复刘葱石书。葱石托瞿良士影钞宋本《传灯》廿、廿一、廿二、廿三、廿四,共五卷。

**十八日(10月18日)** 将绮女所执裕中纱厂股七股收条、原鄂义记,今改绮记。又蒯带耕堂六股收条交夏玉峰寄厂换股票息折,并付九年弟一次息。廿四日玉峰交还,另交刘慧之在扬代取。十月十九日将股票换来,并交息一百卅元。

至仁济堂,介庵、皋俞、树人、幼南先后到。

孙心如来书,《杜陵诗史》阙卷日人酒藤意可相让,唯闻购价四百元须速交，以防变卦，即将来书寄告葱石。

朱曜东、延昱。徐梦兰子仁，日本大学农科毕业，农商部佥事，上任事庐江。来，未晤。

访蒯若木，不遇。

覆翟展成书。吴怡生请匾额事。

覆夏辅宜书。振务。

覆汪甘卿书。柳荣村印《从古堂款识学》。

致瞿良士书。代葱石影钞《传灯录》缺卷。

致吕皋俞书。江浙皖十九日四次董事会，请其到会。

周梦坡书来，词人祠堂在杭州西溪秋雪庵左。落成，于廿四日公祭奉祀并赠《词人姓氏录、社约、祭仪》《西溪秋雪庵志》各一册，另具柬约请襄礼。

**十九日（10 月 19 日）** 先妣秦太夫人忌日。

蒯若木、徐子仁来。

读《六祖坛经》。

金湝生先生《寄怀》一诗指《闺秀词》旧刻也，并索《闺秀词钞》，又钞陆祁生《咏大小忽雷》诗，属交葱石。

**二十日（10 月 20 日）** 答拜朱曜东，晤谭。

至仁济堂，戒安、皋俞、宋廷、树人、幼南先后至。

皋俞明日赴皖北查振。

购泰生永号周大盛荣。赛连两件，计洋廿四元。

**廿一日（10 月 21 日）** 至仁济堂，戒安、宋廷、幼南、树人先后至。

邓百村来谭。

至蒯若木处谭。

覆孙心如书。

覆吴舜臣书。寄缪智灯公书，托买吴瑞廷田。卖稻，来函卖四百石，又淑记一百石，每石三元三角。

至陶子麟询《玉台新咏》已否收到。书。

**廿二日(10月22日)** 至张贤清家贺喜,并送联、烛。

答拜陈西甫,不遇。

至盐业银行,交振会致大照电灯公司函,提取本年还款。

至仁济堂,戒安、宋廷、幼南先后至。

安徽水灾急振会澹台君交徽州旅沪学界同乡会游艺会券廿张,戒安留十张,两人分销,每券一元。

晚,赴李凤池都益处酒叙。

装潢金石拓本等工价九元六角。

徐戟门讣至,送呢幛。

**廿三日(10月23日)** 戴润甫由宁来,为吴纯甫家股票更名事。遂同至南通实业公司,晤寄尘、瑞生商办。崇明分厂二千四百两,淮海银行五千□百元,广生油厂二千□百两①。

至仁济堂,戒安、少舟、绍周、幼南先后至。

至子丹,访陈西甫。

晚,约西甫、绍周、少舟、子丹大世界西餐,共用六元二角。

**廿四日(10月24日)** 昨,葱石交来四百元,请孙心如向日人须磨让《杜陵诗》阙卷,今至商务书馆,面交心如。

以蒯家裕中纱厂收条鄂义记七股,蒯带耕堂四股。交刘实之转交。

刘慧之代向扬州运商四岸公所换股单。十月十九日收回。

吴舜臣汇来稻洋壹千三百元,又淑畹三百元。

附裕中纱厂新股五百元,积记户名。又绮女附三百元。绮记户名。

至仁济堂,绍周、戒安、幼南先后至。

白村前索秦度蜀韩文范拓本覆印,今作书送去。十月收回。

**廿五日(10月25日)** 孙心如来交《杜陵诗史》十七、十八、十九、二十共四卷,并云须磨索新印《杜陵诗史》并《五灯会元》各一部。

---

① 此句中“□”均原文如此。

至南通实业公司，将大有晋宝经堂福记。分田证交公司换部照。计分田一百六十亩，十一月廿三日添购十五亩，每亩十二元，共缴一百八十元。十二月廿二日收回部照、推据七张，租单一张，户名宝经堂。

取大丰盐垦公司分田证，每股一、二两期，分田壹百亩，计十四股，共应分田一千四百亩，除畸零十六亩四分，找价三百廿八元，每亩作廿元。收到财政部。部照十四张，垦字，七万二千〇一号至七万二千至十四号。又公司凭单三张。丰字元号至三号。

付丁仲祜佛经各书价壹百十元〇二角。前账全清。

收泰生永周大盛荣记赛连三件，计价卅六元。款未付，十月十七日付讫。

姚文敷来，不遇。答拜，晤谭，为周少朴索《随庵丛书》，以赛连印本正续编赠之。

至仁济堂，戒安、绍周、宋廷、幼南先后至。又赴华洋义振会。

晚，赴张东甫、江幹卿都益处酒叙。

赠朱曜东宣纸印《徐公文集》。

送韩云清花缎幛，托戴润甫带宁。

刘谦甫先生来谭，李元之明年不在韩家馆，现请代邀课崇儿读，月送修金廿元，外办笔墨加送十元，当将关书交谦甫先生转寄。

留函葱石，交宋本《杜陵诗史》残四卷，附瞿良士来书钞《五灯会元》缺卷。

留函倪远甫，附古书流通处书单。

**廿六日(10月26日)**　闻周玉帅薨逝之耗，约同子丹弟、刘十枝赴津往吊。购津沪通车票，来回二等。九时半上车，三时五十五分到宁轮渡，浦口车五时开，九时廿九分到蚌埠。

**廿七日(10月27日)**　上午一时零六分到徐州，九时廿八分到济南，六时廿五分到天津东站，寓德义饭店。饭后，至启新洋灰公司，访陈一甫。

**廿八日(10月28日)**　晨，移寓法界四号路大安栈。十时，至一甫处谭。同至孟庄吊唁，送绸幛、十四元。祭筵、十二元。经忏、十四元。香烛，一元，同丹弟公送。即在周宅午饭。

访龚仙舟，谭振务。龚住特别二区。访袁述之，不遇。

又至一甫处，同访李嗣香，寓东马路冰窖胡同。略谭，游其别墅，占地十顷。并观其藏书，上年所购随闇善本亦插其架上，不无宿桑之感。晚，嗣香约至南市景阳楼便酌。

赠李嗣香、陈一甫《徐公文集》。宣纸印本并套。

**廿九日(10月29日)** 至周宅，又至洋灰公司。午刻，同十枝、丹弟至西市大街竹林楼便饭。

二时廿分，乘车至京，六时卅八分到，住杨梅竹斜街鸿升店。

同十枝游城南游艺场，观陈列菊花，佳品极多，尤以梅姓售品为最。每株五元。又观女伶金少梅《花田错》剧。

**三十日(10月30日)** 访李从龙，其夫人及子女均出相见，并雇汽车约游中央公园长美轩午饭。四川菜，甚佳。饭罢，游园，同系社稷坛旧址。后游太和殿、中和殿、保和殿。太和殿陈列御题董邦达山水屏，佳。又游文华殿，古物陈列所门券一元。观郎世宁绘《香妃初入中原戎装行乐图》《猎犬图册》、苏轼书《赤壁赋》、丁观鹏《双兔图》、王翚山水册、王原祁山水册、董邦达大牡丹轴、高其佩山水轴，袁瑛屏、钱载、王原祁、钱维城、邹一桂、方琮、徐扬、汪承儒画轴、御题宋刻丝罗汉轴，均佳；御题文、沈、唐、仇轴，佳。

太和殿偏殿一体仁阁，一弘义阁。后避讳改称东阁。

至劝业场，晤傅希仲并其子。

晚，希仲约骡马市通商饭店酒叙，同座现印刷局长杨公雨，润。昔年高等学堂学生。

## 十月

**朔(10月31日)** 晨，苏逵九琳。来谭，现公府收支员。约游三海。先至延古阁，晤陈仰泉，昨晚赵鹤舫所介绍也。后同至公府收支处，见其子苏崇镜。号剑泉，石埭人。先游中海，过金鳌玉蝀至北海，守卫张君派人先导至永光寺、画舫斋、快雪堂、华藏界、极乐世界，其静心斋、三希堂等处未及一游。

至四时新饭店午饭，饭罢，入新华门，游瀛台、流水音等处，回至收支处小憩。遂同往辟才胡同六条二号逵九宅中，略坐。往访新余、仲方，时仲方由交通部归，坐中晤汪筱岩，略谭，即约至便宜坊便酌，并约从龙、逵九、十枝、新余、仲方、丹弟同酌。过骡马市冰炭。

胡同，访杨公雨，不遇。

**初二日(11月1日)** 晨访吴联笙，不晤。晚答拜，畅谭，殷挚为马梅生内弟请其推荐一事。

游武英殿，古物陈列所磁、铜、玉等。观唐宋元明磁器、国朝郎窖等磁器，铜镜，三代秦汉彝器，《西清古鉴》著录。雕漆器，景泰蓝器，玉佛。

晚五时，大雪，至花园大院汪筱岩处谈，遂邀至撷华西酌。

**初三日(11月2日)** 访傅苪生春旸，住小羊仪宾胡同。谭，同访傅尧生，不值。住史家胡同九号。又至兵部洼中街三十六号钱伯愚处，不晤。

午后一时，从龙约游颐和园，即万寿山。游毕，应新余、仲方酒叙之约，请谒师母，以外出未得接见。同汉珊、筱岩、丹弟竹叙，负廿五元。

汉珊来，不遇，留字，约明晚骡马市瑞记饭庄酒叙。

**初四日(11月3日)** 从龙贷洋壹百元，派其族人光辅送来。

至弘兴皮店珠市口。购皮货，共二百廿五元，先付一百零五元。掌柜刘蔚臣名炳瀛，山东武城人。

傅氏昆仲来答拜，约至郎房二条胡同杏花邨午饭，菜甚佳，价亦廉。

至海王村公园，购金大定有柄镜，价二元。又至式古斋，孙秋帆回家，未值。购汉日光镜，十元；元权二枚，价五元；又购洪武宝钞、富贵万岁瓦，共三元。

晚，答拜汉珊，并赴瑞记饭庄之约。

从龙来,赠写本《华严经》五册、藏香一枚。雍和宫用,内有金屑。

逵九赠菜一篓,鹤舫赠菜二篓,均来送别。

**初五日(11月4日)** 上午十时十五分,附津浦通车至津,从龙、仲方送至车站而别,从龙并赠慈悲兰盆目连忏法道场卷三册。一时卅五分抵津,仍住大安栈。

临行至海王邨,购福德润号乾隆磁斋戒牌二件,价四元。又购各坊经卷、道经卷:《金刚般若波罗密经》,鸠摩罗什译,梵夹本。《华严宝忏法》三卷,般若译,梵夹本。《佛说金轮佛顶大威德炽盛光如来陀罗尼经》,附《佛说消灾吉祥陀罗尼经》,大明慈圣宣文明肃皇太后万历庚寅年正月吉日发心刊板印施,梵夹本。《大方广佛华严经》十卷,实叉难陁译,明万历癸巳梵夹本。卷末朱笔题名四行:菩萨戒比丘性满发心印造/华严尊经壹拾贰部以此功德/普愿法界有情同缘种智/崇祯拾年捌月朔旦记。《教乘法数》十二卷,沙门圆瀞集,明崇祯昭庆贝叶斋印本。《佛说阿弥陀经·心经》,清汉文。《金刚新眼疏经偈合释》;沙门通理述,乾隆三十年刻本。经,姚秦鸠摩罗什译;偈,元魏菩提留支译。以上释。《道孔雀明王经》二卷,梵夹本,缺卷中一卷。《太上玄灵北斗本命延生真经》,梵夹本。《除魔悟道万源总一救苦归真金玉经》,梵夹本。《太上三元赐福赦罪解厄妙经》。梵夹本。以上道。

又购宣统二年、三年、四年《搢绅》,荣禄堂、荣宝斋两家凑集。

又购王凤洲《吊谱》原本,旧抄本,康熙廿九年王枢识。石拓《无量寿佛经》。无年月。

又购王文敏书《集易林八言联》。红绢本,洋七元。至津为陈一甫让去。

抵津,至栈小憩后,即往北大关天津国货售品所购布匹,卅八元三角三分。晚,至南市大街华园沐浴。

**初六日(11月5日)** 至孟庄玉帅灵位辞叩,同缉之昆仲灵帏中略谭,知已蒙恩予谥悫慎,拟十一月廿二、廿三、廿四日领帖,廿五日题主,廿七日扶灵輀由津浦车回里。

谒张安帅、戈登路一号。张少帅，松寿里对过。均畅谭。

吊吴阆生之丧，并晤润生及其六弟，嵚，英界菜市西。索仲饴年丈诗集十卷、词一卷。

索玉帅《易理汇参臆言》二卷、《负暄闲语》十二卷、《玉山诗集》四卷，又遗诗一律。

访陈一甫，同至安徽会馆，并瞻拜昭忠祠、文忠祠，索会馆印旅律安徽同乡录、会馆章程、义园义地章程、昭忠祠神主题名。

陈一甫赠先德序宾公墓志铭，洪良品文，赵声骏书，罗振玉篆盖。又墓碑。吴汝纶文，张謇书。

顺道访叶文樵，崇质。略谭。

安帅来答拜，吴嵚、王崇焕汉章。来，均不遇。

晚，一甫约大来泰西餐。

留吴渔山山水轴交一甫代售，并贻洪武钞。

**初七日(11月6日)** 晨，文樵、一甫来，同一甫至秋山街忠记书庄，拟访罗叔蕴，不果。

午后二时卅五分，附津浦车回沪。

**初八日(11月7日)** 晚十时，抵沪。

**初九日(11月8日)** 赴都益处贞元会，宗子戴值会。病未至，由瑾叔代。

访余寿老、林贻书、刘健之。

至仁济堂，晤介庵、宋廷、幼南。

戴润甫、刘健之来谭。

检各处来函，拉杂记之：

陶子麟来书，明本《玉台新咏》收到照办；九月十七日发，廿六日到。

陈重光名直，寓东台祥发旅馆巷。来书，寄所著《金石制》一卷，并索藏器拓本；十月初一日到。

吴舜臣九月廿四日来书；售稻一千石，每石三元二角三，先汇三千元(卅日收到)，汇费十八元。吴瑞廷田缓办。

吴舜臣十月初一日来书；售稻五百石，又淑畹二百石，每石三元二角三。

吴舜臣十月初五日来书；已收三千四百余石，淑记五百九十石租未收清。吴夫人病日见沉重。

大太太九月廿八日来书；属代办送玉帅祭幛，并云月初来申。

四姨太太九月廿五日来书。世凤行为忤逆，已售租稻，又要售田，属函托亲族拨派田亩赡养，契据粮串留存。

**初十日(11月9日)** 沙楷堂来，交阅画轴，均赝品。

朱沤尹来，交还假阅影元本《张小山北曲联乐府》。

潘兰史来，交书画箑。黄克明俊《虞山访碑图》，兰史录旧作《破山寺》诗。

王雪澄来书，先交龚校《段氏说文》第一、第二两册。

午刻，赴李伯贞都益处之约。

昨，承良、子丹交来袁述之告其许字黎家女公子去世，属转黎府一书，并拟覆书稿。今答拜，仅晤子丹，商定即照拟稿缮覆述之。

访周湘云谭。

贺刘健之女公子受聘之喜。

林贻书、刘健之两家结婚礼，属作冰人。贻书来，未晤，昨答拜，亦不遇。

昨，至盐业银行，结算皖振会押款弍千元，并取到大照公司本年摊二千六百两，除还押款付息，外存洋壹千四百余元，连同存折交陈少舟收执。

同陈乃乾至吉祥街某栈西估，购支那本藏经，价洋五元：《肇论》三卷，释僧肇，明万历周祝校梓。《百愚禅师蔓堂集》四卷，方拱乾选，康熙刻本。《妙法莲华经通义》七卷，明憨山释德清述，续藏本。《妙法莲华经》八卷，隋天竺阇那崛多共达摩笈多添品译，支那本。《分别缘起初胜法门经》二卷，唐玄奘译，支那本。《佛说盂兰盆经》，西晋三藏法师竺法护译，支那本。《缘生初胜分法本经》二卷，唐玄奘译，支那本。《瑜伽焰口》。

支那本。

**十一日(11月10日)** 至丁仲祜同年处,取佛经,价二元:《传法正宗论》二卷,宋释契嵩,支那本。《大明高僧传》八卷,明释如惺,支那本。《佛说大乘无量寿庄严经》三卷,宋法贤,支那本。以下共一册。《佛说四无所畏经》一卷,宋施护。《增慧陀罗尼经》一卷,宋施护。《圣六字增寿大明陀罗尼经》一卷,宋施护。《佛说大乘戒经》一卷,宋施护。《佛说圣最胜陀罗尼经》一卷,宋施护。《佛说五十颂圣般若波罗蜜经》一卷,宋施护。《大乘八大曼拏罗经》一卷,宋法贤。《佛说较量一切佛刹功德经》一卷,宋法贤。《啰嚩拏说救疗小儿疾病经》一卷,宋法贤。《迦叶仙人说医女人经》一卷,宋法贤。《佛说解夏经》一卷,宋法贤。《佛说帝释所问经》一卷,宋法贤。《兜率龟镜集》三卷。释弘赞辑,支那本,一册。

午刻,赴刘畏之、述之、慧之会宾楼之约。

访朱曜东,同观新闸路地基。沈乙莽宅后,约一亩零,索价五千两。同曜东访李伯贞谭。

至石竹山房、忠厚书庄、博古斋、古书流通处。

至仁济堂,绍周、宋廷、幼南、树人至。

朱沤尹来书,询周玉帅蒙恩予谥情形,并假《常州先哲遗书续编》。邹学老作古,拟仿办《常州先哲遗书》,十二月交还。

覆陈清源书。於鸿先求季申荐张小松委烟酒差。

周梦坡嫁女,送花红缎幛、喜烛。

林贻书纳子妇,送洋缎红幛、喜烛。

刘健之嫁女,送喜礼。

汪易三来,代陆仲英索《劝戒录类编》,以家中所存两部赠之。

日前,惠工银行开幕,李瑞九董事长。送金笺联。

潘榜贤为其母作生辰,送糕、桃、烛、筵。

**十二日(11月11日)** 答拜朱古微。

贺周梦坡嫁女。

吊吴季农之丧。

贺陶希泉任喜。

视葱石疾，畅谭。

至仁济堂，幼南、皋俞先后至。

同子丹约朱曜东、云海秋、李伯贞、刘畏之、刘述之、刘慧之、张幹卿、鲍承良大雅楼酒叙，共用十九元。

姚子梁、子让太夫人丧，送呢幛。

何少圻元瀚。寄其祖子永先生、父颂圻传略、行述两稿，备县志采择。

**十三日(11月12日)** 余寿老来谭。陈西甫来，索阅斋戒牌。

为林贻书、刘健之两家作冰人。

函谢陈一甫，并赠《李文忠公尺牍》，托刘慧之转交。

**十四日(11月13日)** 函覆王雪澄，假龚校《段说文》弟五、六册。

函朱古微，假《常州先哲遗书续编》四十本，并为云史求书楹联，自求书箑。

付泰生永承记号周大盛赛连三件，价卅六元。

刘烈卿来谭，交助指振凤阳灾壹百元，又王饶生指振霍邱灾壹百元，当送江浙皖水灾义振会掣取收条。

陈一甫来书，吴渔山画轴前途由五百元约可再加一二百元，覆以八百元与七百元之比较，所差无几，请执中解决。

吴树人来，商华洋义振会成立会，安徽振会代表出席事，并交个人请帖。

夏辅宜来谭，即附夜车回宁。

**十五日(11月14日)** 函李从龙，汇还借洋壹百元，又交傅苇生还宏兴皮局壹百元式拾元，并赠从龙《六朝志菁华》四集十六册，商务书馆印百衲本《史记》廿四册。汇费二元六角四分。

褚德勤之弟德纯新婚，送贺礼洋式元。

以书七种交来青阁寄售：明本《花间集》，四本，卅元。冬月廿五日收洋卅元。旧钞《授经图》，五本，廿元。十二月廿六日收洋廿元。《微波榭遗书续刻》，六本，十元。十二月十四日收回。明支那本《神僧传》，四本，十六元。又收回。明支那本《明高僧传》，二本，四元。又收回。《抱朴子内外篇》，严可均校，五本，廿元。又收回。《记红集》。二本，十元。又收回。

至余伯陶处诊方。

至蒋孟蘋处，交还前假陈鳣、丁晏校《说文》二种，另存胡瘦唐寄售李梅庵书画五件。

答拜刘烈卿，交皖振二百元收条。

晚，赴张幹卿酒叙之约。

**十六日(11月15日)** 余寿平、刘健之来谭。

再服余伯陶诊方。

**十七日(11月16日)** 余寿平来谭。

覆翟良士书并寄太古笺百叶，为葱石影钞宋本《传灯录》阙卷。

至忠厚书庄、古书流通处，取书二种：廿九日付价讫。《潜虚集》，嘉靖辛亥陈暹刻本，宋司马光撰，附张敦宝《潜虚发微论》，码洋十四元。《解注比红儿诗集》。唐罗虬著，宋黄预集，方懿法，明蓝格钞本，码洋五元。

至余伯陶处再诊方。

李拔可来，为孙心如来索刘葱石《五灯会元》《杜陵诗史》，当即作书催葱石，并属再送心如一分。

刘谦甫覆书，已得李元之回函，将聘书留存，允明岁到馆。

华洋义振会今晚七时开成立大会，因感冒不克莅会，以名刺通知。

**十八日(11月17日)** 舜臣来书，其夫人于十三日病故。

覆陈重光书，名直，住东台祥发旅馆巷。寄金文拓本五十种，内三代金文卅二种。并缴还所著《金石制》一卷。

冯梦老来函，吴怡生之母吴高氏匾额“乐善好施”四字。已由江苏省长领到，特送来转寄怡生。

购元板《金刚经》一册，价廿四元。陈乃乾绍介，当付讫。前有牌子：兹得金刚经一部东坡居士所书字画朗明/便于老眼欲再翻刻恐有异同遂赍香信恭礼/天泉讲师泽公云屋讲师住公白云禅师闲公/三复校正乃成善本庶使读诵者此心无惑矣/时至元后纪之五年岁在己卯仲春谨白。卷末一行：京都务公街东高家经铺印行。

荣贯卿、汪幼农公约六时在新康里惜余公寓酒叙，因感冒未全愈，作书却之。

致翟展成书。吴怡生母高太夫人匾额。

**十九日(11月18日)** 覆吴舜臣书。赙吴夫人奠分五十元。

再请余伯陶诊方。

至怡园，托沙春余修理斋戒牌。

购金承安四年镜、旧藏一镜同。日本藤原英政镜，各价洋五角。

至蟫隐庐，取《经律异相》七卷，日本宽文刻本，小卷五十卷，洋一元二角。又《诗沈》廿卷。会稽范家相乾隆甲午刻，洋二元四角。两书全退还。

李木公来，交北京安徽水灾义振协会募捐启一册，协字一百十六号。发起人段祺瑞、李经羲、张广建、吴炳湘等八人。会所暂设北京宣内浸水河十二号李宅。

昨函木公，缪氏有《青阳集》，商让可允，今木公愿购，可照忠厚书庄前售意园师藏本价六十元。

以吴怡生之母太夫人匾额托陈西甫交吴，陈以回芜期未定，改交夏玉峰托友带芜。随作函告展成。代付冯仆车力洋一元，又做铁桶四角。

刘慧之交来蒯府鄂义记七股，绮记股分。又蒯带耕堂六股、裕中纱厂股票全分，又息洋一百卅元。

覆陈介庵书。慈善副券款。

刘葱石来书，赠日人须藤、孙心如《五灯会元》《杜陵诗史》每人各一分，即作书心如、拔可，并告现印元贞本《论语》，当送罗纹纸代附印。

**二十日(11月19日)** 函葱石，送罗纹纸一百六十三叶。印《论语》一部，孙心如印。又宣纸两部。积同拔可各一，用上存宣纸。

至仁济堂，戒安、幼南亦到，各善团公约各省代表在大东聚餐。

向王培孙假《诗观初集》十二卷《二集》十四卷、郑汉仪评选。《扶轮集》十四卷《新集》十四卷、无锡黄传祖、陆胡瑛仝选。《过江诗略》十二卷、吴德操、钱秉灯仝选。《幽光初集》四卷、甘泉汪坤、释胜恬选辑。《及见诗选》四卷。释含辙辑。

培孙来假《校礼堂全集》，交陈乃[1]转交。

晚，赴李伯老霞飞路新宅西餐之约。

公鲁二十二日二十生辰，以绣海燕双栖画、仁寿镜铭、澄泥砚寿之。

**廿一日(11月20日)** 歙人汪作云、德沛。程定远立功。持余榖民洵。来函，为纸料事与宝源纸厂交涉，属为调楚。

午后，访刘柏森，不遇。

至古书流通处、古香斋闲话。

晚，赴汪撷荀酒叙。

刘翰怡来函，顷接青岛恭邸电，闻家母溘逝，哀此讣告降，溥伟泣血稽颡，诸友处乞转知等，因谨代奉闻。

华洋义振会来函，十月十七日即十一月十六号。开正式成立大会，公推为本会干事。

**廿二日(11月21日)** 覆何少圻函。十二日少圻寄其祖若父行状传略，备县志采择。

致李从龙书。询汇款曾否收到。

至刘柏森处，为汪作云、程定远事交涉。

华洋义振会五时半假仁济堂开各善团联席会议，晤皖督军代表张汝钧、省长代表马振宪。季平。

林诒书约五时一枝香西餐，并邀麒麟童、王灵珠同酌，同座有任

---

[1] 当为陈乃乾。

子木、刘健之、郑苏龛、金伯屏。

昨付曹绣君钞书五元。《说文》一万四千九百九十八字,又钞《鲒埼亭集》七千一百十字,《诗征》二千五百八十二字。

**廿三日(11月22日)** 覆大太太书。

覆徐子仁书。梦兰。

致吴舜臣书。送朱菊尊呢幛。

至仁济堂,戒安、宋廷、幼南先到,并晤陈西甫、刘慧之。

赴江浙皖义振会第七次董事会。认销《西湖新志》十部,计洋十五元,廿四日付讫。

**廿四日(11月23日)** 洪希甫来谭。

汪作云、程定远又来。

至仁济堂,戒安、宋廷、幼南、树人先后至。

五时半,华洋义振会开第一次干事会。会长宗旨:(一)振粮可平粜;(二)工振。将来防灾有款,可兴水利。孙仲英云:振款十成,皖四成五,苏四成,浙宁波一成(路工),余五厘再行支配。

**廿五日(11月24日)** 刘健之来谭。

汪作云、程定远来,商让价运申共一元六角一石,退货每石四角。随恳刘柏森允,转商孟莼生,约五日答覆后将情形告作云、定远。

舜臣来书,二十日。南陵已奉省公署令禁米出口,租稻现售成康壹仟石,内淑记一百石。价洋三元二角。租稻已收至三千六百石,志稿月初派人送沪。

至仁济堂,戒安、宋廷、幼南先后至。

同戒安商将红十字会捐助棉衣一千套移助旅京安徽义振协会,交方颂如查放。随同戒安至蒿老处,请其预备运往灾区。

捐助安徽义振会壹佰元。

扬州石升汇来五百元,田事难成,已函其回矿山,矿出大槽煤,能炼焦炭。交徐云卿接洽,并另函云卿。

**廿六日(11月25日)** 夏辅宜、王星白来,述盛庄夫人可备款两万放皖振一二县，商义振会，备函女界义振会请求。补助五河。

鲍子丹来，袁述之接黎府答覆情形，属询黎前室葬某所。

至丁仲枯处，不遇，交还前假严九能校《鲒埼亭集》八册《外集》十二册。

以前购缪氏艺风堂藏明正德刻本《青阳先生文集》六卷价陆拾元转归李木公。

至怡园，购锦地蝴蝶镜，价一元；东泉镜，价三角。

至古书流通处，取书五种，共四元二角码洋：廿九日付讫。《李文襄公之芳。年谱》，程光祖编，康熙刻本，码洋一元。《窦存》四卷，胡式钰，道光刻本，码洋五角。《禁书总目》，码洋一元六角。《畴人传三编》七卷，诸可宝，码洋六角。《国史贤良循吏儒林文苑传》。码洋五角。

**廿七日(11月26日)** 夏玉峰来，商范悯黔拟将其母高夫人灵榇寄存徽宁会馆，当告以碍于旧章，会议未易通过。

至刘慧之处，以绮女芜湖裕中纱厂股份七股股名鄂义记，计七百元，股票八八八号，填庚申年正月初一日给。更名绮记。未给收条，十月初四日收新股票一一七三号。

答拜刘畏之、述之、鲍承良，不遇。汪易三、夏辅宜晤谭。

至仁济堂，戒安先行，晤程绍周、赵幼南。

函陈一甫，寄同乡会公函，乞津会捐助上海全皖会馆建筑费。

覆汪启我书。

覆余寿平书。霍邱朱君川资。

吴舜臣来书，廿三日。叶家珀坂田要价每亩五十元，当即覆书，相机办理，万勿错过，并告南陵振务乞振华洋义振会情形。

**廿八日(11月27日)** 傅沅叔来谭，答拜，不遇。

访沈乙盦尚书谭，王聘三在座。

至仁济堂，戒安、幼南先至。

至怡园，购紫檀木嵌银丝印章匣并小鸡血昌化石章，共五元。十一月初二日付讫。

**廿九日(11月28日)** 刘恭人忌日。

至刘健之处，略谭。

结算古书流通处各书价。一码洋廿一元六角，一九十二元一角，一十二元五角，一十九元，一四元二角，共一百四十八元二角，七折实洋壹百〇三元六角，当付讫。

又购钟文蒸子勤。校书二种：码洋三元，价付二元一角讫。《竹书纪年》二卷，张宗泰著校补。《竹书穆天子传》六卷。洪颐煊校，嘉庆甲子鄂不馆本。

又购旧书箱捌只，价四元八角。十月廿九日付讫。

午刻，赴陶希泉一枝香之约。又赴都益处贞元会，恽季申值会。

## 十一月

**朔(11月29日)** 在南京路即大马路。口字二号萃和利记烟公司购一白支金□[1]郎大利雪茄烟荷兰产。拾箱，计洋弍拾五元。又代汪书屏购雪茄烟四十元。

至仁济堂，戒安、宋廷、幼南、树人先至，朱光璧养晦，一字藻澄。亦到会乞助，当交幼南转赠四元。

至古书流通处，晤王静庵谭，检得《帝王经世图谱》十六卷清吟阁本，为静庵取去。孟蘋有宋本。

王静庵言张勋伯广建。有凤翔新出秦公敦，铭文一百余字，盖、器文连属成文，铭大致同《考古图》著录秦盄钟。

晚，淞社同人公祝陶拙存六旬，恽瑾叔、沈醉愚、张石铭均五旬，刘翰怡四旬寿，假座都益处设筵，召高翠玉、小林黛玉侑觞。

代世凤侄送周恪慎公挽幛，托鲍子丹寄津。

翟展成来书，芜湖振会捐款已收，未收约一万五千元，开会集议支配，南一、北二。余咏南咸电为芜湖散水圩、尖坝等处工振乞款，并

① 原文如此。

为繁昌、当涂告灾，属向皖振会、华洋义振会设法。

覆李从龙书。告上海中国银行未接到京行退回汇款号讯。

**初二日（11月30日）** 至商务书馆，访孙莘如，述葱石意，前购《杜陵诗史》第七册有签条，向日本人查取，并云莘如印书必为先印报之。

访拔可，不遇，晤任心白一谭，旋拔可来。

访刘柏森，纸料事无意解决，遂告汪作灵、程定远，仍要求再商柏森。

以书画卷册十二件函傅沅叔代售。

刘畏之、述之来谭。

至仁济堂，戒安先至，拟明日去杭游西湖，约五日回沪。

至丁仲诂处谭，仲祜贻《佛学大辞典》十六册，前编《小辞典》二册已有之。

至古香斋，购长生未央瓦当，价四元。廿四日付讫。

至古书流通处，取书四种：《赤翰宝珠编》十卷，王稚登评选，万历庚子徐应瑞刻本，实洋二元。《汉艺文志考证》十卷，王应麟，元刻明修《玉海》附刻本，码洋二元。《读韩记疑》十卷，王元启，嘉庆五年男尚珏刻本，码洋捌元。《人寿金鉴》廿二卷。程得龄，光绪湖北崇文书局本，码洋二元。

**初三日（12月1日）** 杜绥臣逢时，侯官人，海军司令署参谋。来，谭海军筹款。

夏玉峰来。

至仁济堂，树人、幼南亦至，汪允辉来，交振款一千三百八十五元，连前余阶平交二百十五元，共一千六百元。泗县来代表乞振。

至刘柏森处谭，孟君在龙游县反诉程德全，随告程定远、汪作云无调解余地。

至通海实业公司，晤沈燕谋，知啬庵来沪，退庵亦不日来。

**初四日（12月2日）** 以汉长生未央瓦、研人寿全鉴祝陈戒安六十寿。

函章一山，赠《怀邠杂俎》。

覆陈重光直。书，并寄单于利亲等专、泉范、丘斋匋器、延寿瓦共三十种。享誓师比，所释甚确。

刘谦甫来谭。

贺陈戒安寿。

至丁仲祜处谭。

至葱石处，未晤，晤公鲁谭。

至张啬老处，即在静仁家晚膳。

至周扶老处谭，告以明晚公约啬老晚膳。

孙莘如来函，假五云溪馆活字本《玉台新咏》四册。《杜陵诗史》书签已询日人，买时已无，并索前赠《诗史》札记，又属向缪子受购明刻本《元文类》一书，当作书覆之。

**初五日(12月3日)** 以《六朝墓志菁华》四集《常丑奴墓志》赠张啬庵。

傅沅叔来谭，假去张学安绍仁。校真意堂活字本《洛阳伽蓝记》。随庵过录本，十五日交还。

刘翰怡约福裕里如玉家六时酒叙，作书谢之。

至仁济堂，晤宋廷、幼南。送安徽义振协会棉衣旧壹千件(红十字会助)，交董亭衢、方颂如散放。

至古书流通处，取汲古阁《典雅词》影钞本四册。初八日退还。码洋四十八元。

晚，同劳敬修、马玉山、严直方、周扶老公宴张啬老丁芳宅。散后，啬老返通。初六日送份资廿元，未收。

昨，石升来交账并洋三百元：本年共收洋壹千三百四十元，陆续交上。本年麦租、稻租售价壹千二百〇四元一角一分。江邑东乡顾家圩仓房出即宜陵田。共壹百九十九亩五分，宣统元年置。甘邑延寿乡蒋庄田玖拾亩〇二分，宣统二年置。甘邑堡城北门外招吕桥田壹百叁拾七亩二分。宣统二年置。

**初六日(12月4日)** 俞峻韵、杨芷青来，交新编《南陵县志》稿四十四册、地图两张，当交还。又经费弍千元。初八日存大生来往折，初七日又交旧志七本(残一本)，又采访册。

张石铭贻所藏彝器全形拓本八种。内钟全形四种。

陈立炎将前假《楝亭十二种》原刻本交还，并赠新印本四部。

购曹信义罗纹纸两刀，共五元，送刘葱石处，为孙莘如附印书，并云以后印书，每种印罗纹一部、料半两部。前交罗纹纸小叶一百六十三叶取回。

**初七日(12月5日)** 为王叔用、谢无量两家联姻，同王聘三作冰人。

晚，子丹约倚虹楼陪俞峻韵、杨芷青西馔。散后，邀同观影戏。

**初八日(12月6日)** 至商务书馆，晤孙心如，答谢昨赠《两汉纪》《四部丛刊》本。

为南陵志局商印地图，请商务书馆估值，地图三色印壹千张，价弍百元；城厢图三色印壹千张，价壹百拾元，外加封套，每千套价弍拾元。

赠李拔可、孙心如《楝亭十二种》各一部，又赠张菊生《六朝墓志菁华》四集。

至大生，晤寄尘，交淞厂纺织集股章程，属招股分并假汽车。

李拔可来函，交还前送装订各书，费拾元。

淞园公司来函，交来本年五月购置第二批田地附股收据、章程、草图、用账、股东名单：一缪石渠壹千圆，十年十月五日立收据，杨瑞生弟二十号收条。一泰记壹千圆。十年十月五日立收据，杨瑞竹第三十八号收条。

以南陵修志经费弍千元暂存大生来往折。

至仁济堂，晤宋廷、幼南。

晚，赴陶拙存、沈醉愚、刘翰怡、张石铭、恽瑾叔都益处酒叙。

庞莱臣京卿为子仲纯十八日南浔授室，送花缎幛。

谢无量嫁妹,送喜礼。

况夔笙来函,为作方宣甫寿诗二章。

朱彊邨为书叠扇,并为云史书联。

覆刘葱石书,假《泾川丛书续》三本。假料半两刀,初九日收回。

致吴舜臣书,告俞峻韵交修志经费二千元。

刘慧之来,商振无为水灾。

**初九日(12月7日)** 至仁济堂,江浙皖水灾义振会开八次董事会,提议会期延长,并史量才担任查放苏省五县,徐静仁任当涂,自任南陵。

午刻,都益处贞元会,收会洋十二元,共用十四元。

晚,约俞峻韵、杨芷青、张幹卿、李凤池、子丹弟、慕邢侄会宾楼酒叙,吴蝶卿未到,请帖漏,未书会宾楼。共用十一元。

送王叔用红花缎喜幛。

送吴寄农素花缎挽幛。

葱石来书假书,当覆书,假《四书是训》四册。交还。

前江浙皖振会派销《西湖新志》十部,共十五元,收俞寿丞、陶拙存、恽瑾叔、恽眉卿各一部,周梦坡、恽季申各二部。书价。又冯蒿老一部。

**初十日(12月8日)** 俞峻韵、杨芷青来,辞回南陵,赠新刻《徐骑省集》、连史印本并篋。《六朝墓志菁华》各一部,水果两色。

狄楚青来谭。

方朗夫由南陵来,今晚即回。

陈乃乾赠新刻《屈宋古音义》,转赠张啬庵。

同俞峻韵、杨芷青游邑庙内园并送别。

至仁济堂,晤戒安、宋廷、幼南。

至报本堂,吊吴寄农。

**十一日(12月9日)** 吊吴寄农并招待来宾。

至仁济堂,晤戒庵、宋廷、幼南。

潘伯举来,不晤。收吴舜臣汇来二千二百元。内淑记六百元。

致陈西甫函，寄《金仙证论》。

函展成，述华洋义振会同省会放振情形，并拟设法在皖振会拨济芜湖、繁昌。约一千元。

**十二日（12月10日）** 为谢无量家送妆。

访冯蒿老、荣贯卿，答拜潘伯矩，不晤。

至谢锦章、陈介庵处谭。

陈介庵约午刻一枝香西酌，辞之。

致吴舜臣函，详告在江浙皖振会为南陵乞振情形，并请俞峻韵报告，舜臣初六日来函，黄子猷义振协会会长初九日来函以后振务，函告黄子猷免生枝节。另函催陈敏勋、敏扬交租。

**十三日（12月11日）** 为王叔用、谢无量家作冰人。

至汪幼农家，不遇。

吴石潜来，不晤，交仓石题《天玺纪功碑》。

**十四日（12月12日）** 许范远来，交阅上海储材善会征信录。

为方宣甫七十寿书诗屏，并送寿联。

函刘翰怡，交还前假元刻明修本《金陵新志》，并商让湖州图书馆售书目中书十一种。

至仁济堂，晤戒安、宋廷、幼南、刘慧之。

至怡和余，同傅沅叔谭，出示新得钱氏述古堂钞《吊代录》、席玉照影宋钞《东家杂记》，极佳，价四百元。又残宋本《分类杜诗》三册、《通鉴纲目》三册，宋本宋印，亦佳。

覆刘葱石书。论贵池振务。

覆李从龙书。汇洋弍百弍拾元中行，已交到。

覆汪甘卿书。

**十五日（12月13日）** 潘伯矩来，拟附大生淞厂纺织公司股分壹百股，计银壹万两。

至仁济堂，晤戒安、宋廷、少舟。

约傅沅叔、甘翰臣、劳敬修、潘明训、金伯屏、李拔可、刘翰怡、沈醉愚、陈乃乾六时一枝香西酌,张菊生、张石铭、蒋孟蘋、孙莘如未至,共用十四元六角。

五时,华洋义振会开劝募股第一次会议,未赴会。

**十六日(12月14日)** 至江湾,访荣贯卿,谈宿州振务。

至大生,晤寄尘。

午刻,赴陈乃乾一品香之约。

至仁济堂,晤戒安、宋廷。

致缪子受书,寄还书目并大生淞厂集股章程。

**十七日(12月15日)** 同余寿平、温幹臣、李拔可、金伯屏、吕宋廷、赵幼南、陈少舟、胡锡之公祝陈戒安六十寿于半淞园,并约陈知白。

至仁济堂开会。又赴江浙皖义振会。又至安徽义振会。

傅弗生来函,收到宏兴皮局货洋壹百廿元。

晚,赴周梦坡一江春西餐之约。

**十八日(12月16日)** 昨潘伯矩来,不晤,交庄票辛酉十一月十八日朔。九八。元弍千五百两,附大生淞厂第一期四分之一股份,整股壹百股,计(九八)元一万两。今交吴寄尘。特送淮海银行代收付四十四号收条十年十二月十六日即辛十一月十八日。咨照该厂筹备处注册,注明徐积余先生经手交来。随由淑畹交付李五老太夫人转交。

至仁济堂,晤戒安、宋廷、幼南、知白。

至味古精舍、有余兴斋。

**十九日(12月17日)** 至蒿老处,已于今晨去金坛,由金坛回宝应度岁。晤魏梅孙,谭振务。

至仁济堂,晤戒安、少舟、宋廷、幼南,支配振款。

午刻,都益处贞元会,王叔用值会。

晚,章一山约都益处酒叙。

张幼麟六十双寿,送花缎幛,金笺联,桃、面票。

李伟侯嫁女,送喜礼。

**二十日(12月18日)**　至定海会馆，吊钱达三。

至仁济堂，戒安、宋廷、幼南先后至。

午刻，蒋孟蘋约都益处酒叙。

为葱石假古书流通处《尚书义考》。廿一日交还。

**廿一日(12月19日)**　至张麟家祝六十寿。

至一品香贺李伟侯嫁女。

午刻，康更生同年约在沈乙盦家酒叙。

至仁济堂，晤戒安、宋廷、幼南。

袁述之、鲍子丹、李拔可不遇。

晚，述之约悦宾楼便酌，商结束黎家婚事。散后，遂同子丹至黎家接谭，复答复述之。

述之拟助皖振壹万元。

覆吴舜臣书。南陵振务并寄俞峻韵书。

俞峻韵、杨芷青来书并灾民户口册。

**廿二日(12月20日)**　读龚定庵《己亥杂诗》注，明紫柏大师刻大藏板在径山，康熙中由径山迁嘉兴之楞严寺，今什百存四矣。求天台宗各书印本，亦无所得。

至广仁堂，晤魏梅荪，谭宿县振务。

访姚文敷，商宿县振务。

至新康里二弄惜余公寓，访汪幼农、陆达权，守经。谭宿县振务。

至仁济堂，晤戒安。

赴华洋义振会劝募公布。股第二次会议。

**廿三日(12月21日)**　至大生，为蒯和记、刘健记交大生淞厂股分各五千两，先缴四分之一各一千二百五十两，取淮海银行收条两纸，随交蒯、刘二夫人。

大有晋特别调款酬地，应得地一百六十亩，照每条地计廿五亩，添购十五亩，可得地七条。昨寄尘来函，公司有信已购到十五亩，公司定价每亩进出均十二元，今交寄尘未给收条。一百八十元，并委托书转寄公司分田证前已寄公司。掉换部照。

至仁济堂,晤宋廷、幼南。

至陆维镛、姚文敷,商办宿县振务,陆允筹款,姚任查放。

晚,同袁述之、鲍子丹至济生会,晤王一亭、陆维镛、姚文敷、王骏生、伊峻斋、陈少舟、丁甘仁,商宿县振务。文敷已电王雷夏,至宿县访查灾情。述之允拨振款壹万元。

陈贻重来谭。

晚,章一山约同兴楼酒叙,述之、贻重、翰怡、子丹、徐见堠同座。

覆陈劭吾书。安徽振务及筹办宿县振,又寄大生淞厂集股章程。

**廿四日(12月22日)** 冬至。访荣贯卿道一,谭宿县振务。

至仁济堂,支配协济振款,五河二千元,怀远、凤阳、灵璧、泗各一千元。又棉衣五河三百套,怀远、凤阳、灵璧各二百套,泗县一百套。又望江、繁昌各二千元,芜湖一千元。

王亮臣灏渠。由皖来,赠茶叶四瓶、贡枣两匣。

函寄尘,赠新印《楝亭十二种》。

至古香斋,取商父戊爵、叔觯,索价一百八十元,再品定之。十二月初二日议定价一百卅元,初六日还叔觯,作价卅元,初七日付价壹百元。

晚,赴刘翰怡酒叙,索商务书馆印送《尚书》《华阳国志》《精选陆放翁诗集》《水心文集》。十二月四日因前已送过,仍缴还。

许狷叟赠诗二绝句,先覆书谢之。

覆余咏南、翟展成同年两书。拨振款繁昌二千元、芜湖一千元。

收拾乾隆斋戒牌两函,价二元。付讫。

**廿五日(12月23日)** 章希瑗、王灏渠来,谭铜陵矿事,随同至程龄孙家,不遇。

午刻鲍子丹、西刻袁述之均约同兴楼便酌。

至大生,答拜章希瑗。

至仁济堂,晤戒安、宋廷、幼南。

函孙莘如,还五云溪馆活字本《玉台新咏》。

函陶子麟，询《玉台新咏》已否刻竣。

晚，至泥城桥十号俱乐部，付刘厚生约，已散席。

同袁述之商，吴寄尘拟将慈善基本金十万购盐垦公司债票。

至有余兴斋，取浏金鱼，索价廿元。伪造，退还。

送吴寄尘茶叶两箱、合肥。挂面两篓。

覆魏梅荪书。拨振款六千元、棉衣一千套。

夏玉峰来。

**廿六日（12月24日）** 希瑗、灏渠来，约同至余寿老处，谭铜陵矿务。至程龄孙家，谭铜陵矿务，并晤李次山、六安人，联合通信社主任，执行宁沪律师职务，住南成都路重庆里。李少穆。

至夏玉峰处，来访，为王逸塘求赦。

为黎家题主。

午刻，赴张菊生、金伯屏一枝香西酌。

晚，赴王灏渠大东旅社酒叙。

夏玉峰又来。

李木公来，催募振款。

**廿七日（12月25日）** 至愚园路卅四号游存庐康宅，贺新居。

访陈贻重、姚文敷，不晤。又答拜吴季白，不遇。又答拜李木公，谭募振款。

至仁济堂，晤戒安、宋廷、幼南，适吕皋俞自灾区调查归。济生会函告，宿县王雷夏来电。

晚，希瑗、灏渠约同乡至一品香，报告叶山冲铁矿收回合办情形。

亥刻，至周扶九家候殓。扶老于廿六日亥刻去世。

潘以贞守幹，歙县。持汪作云、程定远书，请向宝源纸厂磋商结束，告以昨晤刘柏森，并未解决。

朱幼鸿来答拜，不晤。晚晤，询邓鸣谦事。

**廿八日（12月26日）** 贺张幹青五十寿，并送喜筵、喜烛、喜桃、寿面四种。

捐安徽水灾义振协会洋壹百元,函送李木公并缴捐册一本。

全国道路建设协会安徽队李次山、李少穆函请为名誉队长,并送会章、捐启、愿书各廿分。

方颂如、燕毅。董亨衢嘉会。来,不遇。

约陈贻重、袁述之、章一山、高敉之、鲍子丹午刻同兴楼便酌,共九元。

访章希瑗,略谭。

倪远甫、杨咏秋约北京路十号盐业银行酒叙。

至袁述之处,述之约同鲍子丹将黎府聘礼并奁资叁千元、金城银行存折一年期,九厘息。丧费一千元兴业银行存折。送至黎府,交黎夫人。

孙荪如函送《涵芬楼秘笈》第十集,并告《文选》《皇元风雅》不印,闻书可改《毛诗》《通鉴释文》《广韵》三种,当作书即改附印。

**廿九日(12月27日)** 次女云仙十周忌,在净土庵讽经。

覆邓鸣谦书。询朱幼鸿谋盐商会事。

覆陈墨迻书。附钟鬲二拓本、镜铭十一种。又覆陈重光本字进宜。书。附师比拓本十八种,又史颂敦、象唐钟二拓本。

[illegible][illegible]钟:[illegible],墨迻疑为尞字,有火蒸之义;[illegible],墨迻云[illegible]上从二丝,当为[illegible]字省文,古丝本作[illegible](龟甲作[illegible],象其束),复其义作丝,义仍不变,增月即为[illegible]尔。重光云疑鄮字省文,与将讵玺、宗妇敦可证。

郑[illegible][illegible]父鬲。墨迻云:[illegible]疑释眉,[illegible]释友。重光云:郑下当为眉字省文,第二字不可识。

中元银定。上有考工室、考工名室,此定文作所,盖武帝建元未改前制度。重光云。

卫骑将军师比。历代无卫骑将军号,金索亦有卫骑将军印,印文稍大,恐非汉制,盖魏晋间佚官也。

享誓师比。释享誓甚确。皆重光释。

《六朝志考略》。重光云:李谋为元护之子,张满即张熠,穆胤即杨胤,崔颇为士和之子，李超为李延寔之族，司马显姿为悦女。

覆吴舜臣书。年终贫民米照上年办法，南陵振务。

魏梅荪来，谭振务。

章希瑗、王灏渠来，谭矿务，约至实业公司会议。

晚，潘兰史在净土庵为其夫人六十冥寿讽经，约梦坡诸人蔬酌，并示所藏佛经。

函陈倬斋，寄土地祠塑罗汉、修崔府君像各洋十元。

函缪子受，寄淞园公司吉记第二批购地。壹千元收据。

**三十日(12月28日)** 陈戒安来，商安徽工振济安奖券，电军长，催速开办。

午刻，徐静仁约会宾楼。

至大生，刘厚生约同寿老、章希瑗、王灏渠会商叶山冲矿事。

至仁济堂，晤戒安、宋廷、幼南。

访李少穆，因病未晤。

董亨衢来，不遇。

收南陵租稻洋二千八百八十元。又淑记三百廿元。

付入大生淞厂股分，先缴四分之一计壹千二百五十两，壬戌七月十四日收回，又息六十八两七钱六分七厘。七二八。化洋壹千七百十七元〇三分三厘。宝经堂户，十年十二月廿八日淮海银行沪字四十七号收条。

付存大生来往折壹仟元。绮记入淞厂股转账余三百十三元二角，找出(七二八)合(二七)五百两，化洋六百八十六元八角一斗。壬戌七月十四日收回股本，息五百廿七两五钱〇四。

## 十二月

**朔(12月29日)** 至大生，议铜陵叶山冲矿事。

函孙心如，将昨在葱石处取来新印《陶渊明集》《论语》三部送往检查。心如罗纹纸印，拔可同随盦料半纸印。

至来青阁，取《续宿州志》钞本。退还。

晚,吴寄尘约消闲别墅便酌。

姚文敷来函,宿县尚无义振,灾区甚广,官振仅发三千元及粮五百十包,不敷支配,尚未散放。能协助二万五千元,合之官款,约得四五万串,亦可放冬振一次。该县县长与美国教士协力办振,有款即于年内迅速散放。

**初二日(12月30日)** 午刻,刘厚生约大雅楼便酌。

晚,陈卓甫约一枝香西酌。

在大生签定铜陵叶山冲矿协议书。

至济生会,同陆维镛商宿县放振。又至十号俱乐部商徐静仁,可拨三千元。

至古香斋,议定父戊爵、叔觯价一百卅元。

曾虞民来,赠藏石各拓本。

赠希瑗延年牌小雪茄两匣。又赠王灏渠新会橙、板鸭。

希瑗、灏渠今晚回。

**初三日(12月31日)** 宁兴矿务公司开股东会,赴会,议案一购山地;二调款,将来窑透将余存三百余股填发股票;三加股本八十万,俟窑透再开股东会议;四购山地价约一千元,年内开支月薪材料四千元,明年二月二千元,共七千元,除总协理九百股,总协理已负债五万余元。以各股东七百余股每股借给十元,月息一分。维持现状。交款期定本月初十日内。壬戌正月十七日付讫。

以宣统元年所购扬州宜陵五里庙田一百玖拾玖亩五分又庄房、仓房。售于陈荫泽堂,陈钟镇、钟顺,广东人,现住镇江木行业原中王炳南。价洋壹万壹千元,今日成交。初五日存大生来往折。

覆陈一甫书。

覆姚文敷书。宿振。

覆谢孙莘如函。缴还《百川学海》残本九册,又赠《茶经》《煎茶水记》两种一本。

**初四日(1922年1月1日)** 阳历元日。

王静盦函索《梡鞠录》，随答复赠之。

同定君挈崇儿游大世界。

晚，消闲别墅消寒二集，恽瑾叔值会，赋《瑞龙吟》一解，用美成韵。

送周扶老花缎挽幛、经忏、焰口、冥镪、素烛。

送邹紫东绸挽幛。

送翟展成夫人花缎素幛。

**初五日(1月2日)** 至徽宁会馆，吊程龄孙母太夫人。

至仁济堂。

至广仁堂，晤魏梅荪。

**初六日(1月3日)** 访曾虞民，不晤，赠金石拓本一百卅五种。瓦九十种、单于和亲等专六种、造象六种、砖画象三种、镜铭廿二种、研铭四种、瓦瓴一种、墓志一种，剁鼎、大林钟各一种。

购洪稚存总修《泾县志》三十二卷，原刻本，价洋式拾。元汪树人经售。

访李仲仙，略谭。访汪撷荀，不晤。

缪子受来书，并汇来一千五十元，化七二。银七百五十两，余十五元五角计石记，附廿股闰记、十股大生淞厂股本之一，掣取收条两纸。计石记四十九号、闰记五十号收条。

覆陈劭吾书。淞厂认股二千两。

覆陈一甫书。慧之交来吴渔山画。

覆缪子受书。寄淞厂收条。

赠黎周柏相夫人《闺秀词》《锦瑟集》。

**初七日(1月4日)** 付古香斋父戊爵价壹百元。

任心白来书，送新印《法华》三经八部。前捐洋五元。

李审言来书，到沪馆仍蝉联，赠醉蟹、虾米。

**初八日(1月5日)** 覆任心白书，捐印《安士全书》洋五元，并送《玉历钞传》十本。

瞿良士来书,收到葱石钞《传灯录》钞资洋弍拾元。

昨,康更生同年来,交阅徐宝山铜器七件。

函缪子彬,寄汪撷荀绍介书。

周薇阁讣至,吊之。

朱幼鸿以其姬人四十生辰邀宴并观剧。

**初九日(1月6日)** 吊薇阁。

至都益处贞元会,陶拙存值会。

晚,绮女请消闲别墅。

**初十日(1月7日)** 陶子麟来书,寄《玉台新咏》刻样。陶移居平湖门正街十八号。

缪子彬来谈《鱼元机集》张丹斧已向寒云易得。访罗子经,属其作缘。

至李紫东处,将前赠《梅谱》《四六谈麈》《海岳名言》三种仍归之,因具得钱昌美残本也。

晚,陆维镛约至出口公会便酌。

舜臣来书,南陵益智义务学校募捐。议振协会开会,王迪成到会,担任调查领款,黄子猷报告。

**十一日(1月8日)** 生辰,年五十四。

挈崇、佑两儿至先施乐园。

晚,至新半斋。

**十二日(1月9日)** 答谢刘公鲁,并晤葱石、李审言。

晚,吴蝶卿约陶乐春酒叙。

至丹桂第一台,观王灵珠《游园惊梦》剧。

**十三日(1月10日)** 至惠中,贺汪撷荀娶子妇,并送缎幛。

昨晤审言,托购古书流通处李静姎女史娴,泰兴季振宜嫂,维章室。《雨泉龛诗选》《闺秀集》,今取之,乃卢氏抱经楼钞顺治刻本,码洋十二元。

昨,陈重光寄示所著《南北朝墓志考略》二卷,并索纪元镜铭拓本。

王秀仁送阅中[illegible]父尊、[illegible]壶、子子孙孙永宝用享壶，索价八百元，拓一本留之。底可疑。

张丹斧获白玉严卯一，《求古精舍金石图》刚卯有二，其二即袭严卯之文。寒云欲以《鱼元机集》易之。昨告子经代谋，云向丹斧商之，得覆，尚未谐也。晚，子经来谭。

函王雪澄，假龚校《段说文》七、八、九，共三册。

**十四日(1月11日)** 晤子经，商《鱼集》事。

子彬来谭。

至仁济堂，晤戒安、宋廷、皋俞、幼南。

晚，消寒三集晨风庐，周梦坡值会。

致李审言书，并送仁济堂题名记撰润廿元，又代取李静姎女史集，实九元六角，复书买藏价亦交来，又题名记、明正稿脱后寄沪，润廿元缴还。

收西泠印社销书洋陆拾壹元九角零。

收千顷堂销书洋弍拾七元五角。

购泰生永立盛元赛连三件，十一月卅日。又壹件，十二月初三日。共四十八元。

购汪本生料半廿九刀，七十二元七角。又代陈乃乾买二刀，五元。

**十五日(1月12日)** 至仁济堂，晤戒安、宋廷、少舟、幼南。

至有余兴斋，交赵飞燕玉印代售。

孙莘如巳时将刘刻《陶集》《论语》装成交来。

覆吴舜臣书。益智学校补助卅元，年终贫民米捐照旧散放。

覆陶子麟书。《玉台》刻样收到，尚欠精神，须选好手精刻。

王叔儛来，不晤。

**十六日(1月13日)** 曾虞民赠汉小子碑并阴、魏杨胤志、陕西出土。唐段师志并盖。洛阳。

刘泰生、永涛。宏度永济。来。

昨晚,子经来,谭《鱼集》,索价二千元。

**十七(1月14日)** 答拜刘泰生、宏度,不晤。

访蒋孟蘋,不遇,交还丁俭卿校汲古阁本《说文》。

访狄楚卿,去京未归。

访余寿老、鲍子丹,略谭。

至仁济堂,晤宋廷、皋俞、幼南,并同皋俞至石竹山房,印调查皖北十八县水灾报告书。

昨晚,子经来,告《鱼集》事已同宣古愚接洽。

**十八日(1月15日)** 洪希甫来,谭安徽会馆建筑并草拟章程。

曾虞民来,交阅《埤雅》、明刻。《东都事略》《徐节孝集》,皆国朝刻本,非宋椠也。

黄吉园来,谭叶焕彬藏金文拓本,佳。内有散盘文。

至仁济堂,正俗社成立会,推为名誉董事社长。

施子英安徽义振会晤王阶平,谭奖券事。

至蟫隐庐,晤罗子经。

至怡园,购小造象塔砖二方。

**十九日(1月16日)** 至仁济堂,江浙皖开十次董事会,请拨南陵振款,议决拨一千元。

函舜臣,江浙皖振会、安徽义振会各拨南陵振洋一千元。

至济生会,商宿县振务。

至都益处贞元会,恽瑾叔值会。

陈乃乾过录叶东卿、翁覃溪校《积古斋钟鼎款识》毕。

陆纯伯娶子妇,送联、烛。健之来谭。

**二十日(1月17日)** 拔可来,不晤。晤吴渔荃谭。

收大丰马淑记息二百十八元,又崇记息一百六十元。四千两,四千元。

赠周湘云镜铭拓本廿种,内纪元十六种。

华洋义振会五次劝募公布股会议,报告安徽支配振款:凤台二万，宿县、阜阳各一万，颍州、涡阳各一万五千，蒙城一万六千。

蒯若木、蒯景参来谭。答拜不遇。

**廿一日(1月18日)** 以旧藏《碑传集》《常州先哲遗书》《杜陵诗史》、百衲本《史记》同陈立炎易《耆献类征》。李桓编刻，计三百册。

江孝潜来书，索《积学斋丛书》，覆书允之，交李木公转寄。

函木公，赠金元明纪元镜铭拓本七种。

函王俶僔，交还前假《积古斋款识》校本。

函朱峻夫，交代购《徐公文集》。宣纸印本。

晚，约蒯若木、洪竹生、盛竹书、蒋孟蘋、蒯景参一枝香西酌，共用八元七角五分。

至仁济堂，晤戒安、宋廷、皋俞、幼南。

结算古书流通处书价廿元〇二角：又书箱八只，四元八角，付讫。《读韩记疑》十卷，王元启，码洋八元。《周髀算经》，钟文蒸批津逮本，码洋二元。《汉书艺文志考证》十卷，元刻明修《玉海》附刻本，码洋二元。《赤翰宝珠编》十卷，王稚登选，实洋二元。《人寿金鉴》廿二卷，湖北局本，码洋二元，赠陈介庵。《雨泉龛诗选》。女女李静娱，旧钞本，码洋十二元，代李审言。

大生分厂送董事夫马费二百元。

收金融公债中签廿元并息，又四年公债本息、五年公债息共五十七元八角。十年九月期。

**廿二日(1月19日)** 收大有晋酬劳红地宝经堂名下壹百柒拾五亩部照、推据各柒张，租单壹张。内十五亩，以每亩十二元购之。

罗子经来函，赠新印《征声集附初日楼稿》，又结算《徐公文集》账欠一百廿五元，今缴五十五元，当作覆。

收镇江大照公司董事夫马费拐拾两，当作覆。

覆胡瘦唐同年书。论造纸销售情形，并附陈乃乾函。

覆孙莘如书。向缪子寿询艺老校《敏求记》。

付高翠玉、改小花周绍凤第。小林黛玉改民和总弄东三家凌娟娟素娟。各年节洋拾元,冰玉民和总弄东一家。洋二元。

**廿三日(1月20日)** 拔可来谭。

访姚文敷、鲍子丹,不晤。

至仁济堂,晤戒安、宋廷、皋俞。取棉衣十九套。

致缪子受书。询《读书敏求记》校本。

孙莘如交来商务书馆代印罗纹纸四开《简斋诗外集》一册。

函莘如,以陈仲鱼校《读书敏求记》过录本假之。

**廿四日(1月21日)** 函陈乃乾,交还假王培孙《蜕翁所见诗录》十卷、《忠义集》十卷。

江幹卿来谭,属通知刘烈卿,明年四月廿一、四日为汉珊之公子行婚礼。

函王饶生,通知刘烈卿江家婚期。

至怡园,购□[①]宜高官镜,四元。

至子丹弟处谭。

周必祥来,交阅宋本《佩觿》、元本《袖珍方》。

晚,赴杨子勤大雅楼消寒四集。季申交淞厂股。

**廿五日(1月22日)** 刘健之来,出示河东君砚,伪造也。

至沈乙盦处谭,赠《王旭庄诗稿》,借《玉台新咏》。

至大生,晤柳梓庭谭,又交淞厂股本,季申附一千二百五十两。

至古书流通处,询《大观本草》,实价卅六元。

**廿六日(1月23日)** 至大生,为恽季申附淞厂四分之一股本壹千二百五十两,户名敦吉堂,当取到淮海银行收据。沪字五十三号。

函季申,附送淞厂收据。

至徐静仁、朱幼鸿、刘慧之、陈介庵,商拨两淮场运,商捐皖振款。

魏梅荪来,不晤。

至盐业银行,询烟捐局借款情形。

---

① 原文如此。

拔可来书，代销《随庵丛书》正续编赛连纸印本，收回价洋十元。代胡适之。

**廿七日(1月24日)** 至大生，结来往账，收息洋壹百玖拾叁元八角，存洋壹万柒仟元。宜陵田价壹万壹千元，南陵稻价四千元，南陵修志馆存弍千元。用随盦长方牙章。

柳梓庭代换交易纱布所股票，并付息陆拾元。合四十三两二钱，存淮海行。

购文盛隆记文育盖加连泗三件，每件十二两二钱。合卅六两六钱。又文祺加乾连泗一刀，合六钱，付银卅五两，又洋叁元。文成隆记住江西路五福里四弄。

陈立炎赠新印《百一庐金石丛书》两函，并交还原书十种。

付吴伯连修书一年工洋拾元。

至仁济堂，晤戒安、宋廷、皋俞，拟函运商，商会场盐公所，商拨皖振捐款，并另函徐静仁。

答拜魏梅孙谭。

蒋孟蘋来函，交还胡瘦唐寄售书画五件，并拟购曹地山画轴，商减价。

晚，至净土庵。

**廿八日(1月25日)** 先荣禄公九十冥寿，在净土庵讽经。

以新拓广武将军碑贻沈乙盦尚书，覆书贻《大乘入道次第章》，唐沙门智周撰，北京刻经处本。并云万玉堂本《佩觿》、麻沙本《袖珍方》如不可得，须记其崖略。

丁辅之母魏恭人讣至，送呢幛。

购古书流通处知南陵县事武昌朱朝望重刊《经史证类大全本草》卅一卷，明刻本，付价卅六元。白棉纸印本。

陈立炎赠翁氏方纲。《春秋分年系传表》、十五叶。《通志堂经解目录》、廿二叶。《庙堂碑唐本存字》、六叶。《栖霞小稿》、六叶。《岚漪小草》、十八叶。《青原小草》，十一叶。均《苏斋丛书》本，以配旧藏各种,仅阙《十三经注疏姓氏》一卷,尚增《焦山鼎铭考》《庙堂碑唐本存字》二种耳。

沈乙盦藏康熙丁亥古吴孟璟刻《玉台新咏》袖珍本,每半叶八行,行十六字。据孟跋云得自松陵赵氏,为万历丁丑张嗣修钞本,以家藏宋本为正,有诸本互见处间为考注,并云华亭杨本迥异宋刻,吾吴赵本不无讹脱,日来鲜暇,明正一校赵本,即知其异同也。

邓百村贻新印《亚洲学术杂志》第二期十册。

余咏南来书,附寄安徽义振会函交繁昌县振洋弍千元印收。廿九日交振会。

**廿九日(1月26日)** 刘慧之来,谭淮运,商捐款不能交振会,语近冲突。

至仁济堂,晤皋俞、宋廷,场商捐款徐静仁允照会函作为已付一万元,请会交收据寄扬,并电谢场商。皋俞皖北灾情报告书印成,取四册。

至陈少舟处,云去鄂。

寿老交阅辛酉湾沚公记用帐各单,阅后签字送武仲平,并覆书谢之。

覆余咏南同年书。

收蟫隐庐售零书价四元三角,又《徐集》卅元。仍欠四十元。

周必祥质书、碑二百五十元:

《佩觿》三卷;每半叶八行,行大十七字,小廿四五六字不等,后传行十六字,共五十五叶。每叶中缝鱼尾下有"佩"字,下有"万玉堂雕"四字,卷上末叶中缝下有"周潮缮写"四字,首叶有"虞山钱曾遵王臧书"朱文长方印。《莫氏书目》云:宋万玉堂本。万玉堂《太玄经》末页亦有"海虞周潮书"五字,盖出一手。《太玄经》十卷(附《论音》,又《玄图》。同《莫录》记梅复斋藏万玉堂宋本,全与铁樵所记同:明万玉堂本,每半页八行,每行十七字。《太玄经释音》末叶第十二页有"海虞周潮书"五字。每叶白口,有"万玉堂"三字)。《佩觽》(每半页八行,每行十七字(大)又大小不等。白口单边,下有"万玉堂雕"四字,卷上末页第十四页中缝下有"周潮缮写"四字)。

《袖珍方》四卷；每半页十六行，行廿六字。丁氏《善本书室藏书志》有《新刊袖珍方大全》四卷，为明宏治翻洪武本，有洪武周、王两序。缪艺风《藏书续记》有《新刻袖珍方》四卷，明刻，小字本。按此本字体酷似《阳春白雪》，同为建阳麻沙本式，洪武去元未久(周、王序为洪武廿四年)，书体、刻工风气相沿故也。书经张芙川藏定为元刻，又有稽璜曾观、陈延恩观、李宗瀚印、春湖等印，又杜琼白文方印，又“蓉镜”“芙川”二白文小方印、芙川鉴定朱文小方印，又“得者须爱护、在处有神物护持”一朱文方印，亦芙川所钤。荛圃朱文椭圆朱文、丕烈白文长方两印疑伪造。四卷末题“元椠佳本，平江黄氏士礼居藏书”，皆芙川笔也。又有芙川张蓉镜心赏白文长方印、虞山张氏朱文方印。《千顷堂书目》：李恒《袖珍方》四卷，恒字伯常，合肥人。洪武初周府良医，奉宪王命集，恒永乐间致仕，王亲赋诗以饯，命长史瞿佑序其事。

《汉学堂丛书》；原印本，较近年新印本多卅五种，少四种，当再详考之。有李星沅序、阮文藻序、朱琦序、黄爵滋序跋，新印无。荀爽《易言》，三页，虞翻《易经》，又，干宝，又，姚仆，又，崔璟《易探玄》四页，庐氏《易注》，又，徐邈《易音注》，又，庄氏《音义》，又，陆苇声《易传》，又，《易杂家注》，又，刘向《汉范五行传》，又，谯周《五经然否论》五页，雷次宗《五经要义》，又，《河图挺左辅》十三页，《又握矩记》，又，又《圣洽符》，又，又《玉版》，十四页，《龙鱼河图》，又，《河图禄运法》，又，《河图》，又，《遁甲开山图》，又，《易稽览图》，十页，《易辨终备》，又，《易通卦验》，又，《尚书考灵曜》，十一页，《尚书中候》，又，《尚书纬》，又，《礼斗威仪》，又，《乐动声仪》，十二页，《乐稽耀嘉》，又，《春秋》，十三页，《论语比考谶》，又，《论经谶》，又，《孝经雌雄图》，又，《孝经中契》，又，汉卫宏《汉旧仪》，七页，刘道荟《晋起居注》，又，余知古《渚宫旧事》，又，虞翻《国语注》，十页，《京房易杂占条例法》，又，许慎《淮南子注》，九页，较新印本多卅五种。李彤《字指》，五页，阳休之《韵略》，六页，汤播《易集解》，一页，《论语摘衰盛》，九页，新印本多四种，少卅五种。

《范石湖诗集》廿卷；婺源黄昌衢参订，宣城袁启旭校阅，康熙戊辰刻本。顾氏秀野草堂本卅卷亦康熙戊辰刻，再检校之。

嵩岳三阙，有黄易印，七张。子产庙碑，有鲍昌熙印。五凤刻石，有翁方纲、阮颐性印。伏生授经画象，高颐碑，武班碑，古柏行，张叔未题，鲍少筠藏。吴琚书《心经》残石，在焦山。王僧志，田稚存藏。华山碑。巴慰祖覆本。

**岁除日(1月27日)** 函覆莘如,假阮刻《读书敏求记》,因莘如藏本有阙叶,须钞补也。

覆李拔可书,谢胡先生适函示《随庵丛书》中《阳春白雪》卷二三一四。与《后集》卷五三一四。叶数装订互倒。

致陈乃乾书,约明正二十日到馆。

至西泠印社,访吴石潜。

舜臣来书,湾村徐立孝等荒田一丘买成价卅元,另送徐立孝五元。圩灾册调查未齐。大房售三元楼市房,价一千六百元。是日先致书舜臣,询南陵调查灾民户口册。

《徐公文集》:

蟫隐庐销料半、连泗。书七十一、十四。部,又合子廿三只、布套八只。收洋六百〇九元六角,又收四十五元四角五分,冲抵告白费。又收箱、套十三元,仍欠四十元;

李紫东销料半书五部,又布套五只,应收四十五元,又布套二元五角;收入来往折。

西泠印社销料半、连泗。书一、一。部,又合子一只。收洋十六元八角;

陈乃乾销料半四部,收洋三十七元;

李拔可销料半一部,收洋十元;

朱峻夫销料半一部,收洋九元;

辛酉年共销料半、连泗。书八十三、十五。部。

《徐公文集》:

蓝印本宣纸二十部,辛酉赠李拔可、札。张菊生、札。刘葱石、札。陈乃乾、札。蒋孟蘋、札。沈子培、札。张石铭、札。李木公、札。傅沅叔、札。罗子经;札。

蓝印本连泗纸二十部,辛酉赠刘翰怡、札。潘兰史、札。康长素、札。缪子受、札。宗子戴、札。沈醉愚、札。叶焕彬、周梦坡、札。吴石潜、札。李紫东;札。

墨印宣纸，初印廿部。辛酉赠李从龙、套、札。陈一甫、套。祝葵生、合。朱曜东、翟展成、李嗣香、套。吴仓石、札、合。张啬庵、合。瞿良士、陈立炎、札。罗叔言、札。钱昌美；两部。壬戌赠童心安、札。刘健之、札。江汉珊、札。杨云史、札、合。马兰生、札。王静盦、丁仲祜、札。余尧衢、札、合。朱象甫；合。

墨印连泗纸，初印廿部。辛酉赠陈贵阳师、札、合。张退庵、合。余寿平、札。曹木如、吴寄尘、合、札。姚文敷、札、合。沈冕士、札、合。李审言、札。刘慧之、札。陶拙存、札。冯蒿庵、札。陈劭吾、札。陈善余、李振唐、札。王雪岑、札。郑太夷、札。左子异、札。张让三、狄楚青、札。朱古微、札。王聘三、札。张子武；壬戌三月初二日。

墨印罗纹纸三部，辛酉赠李拔可、札。自存、札。孙星如；

墨印夹宣纸一部，辛酉自存。札。

辛酉湾沚公记用帐开后请辛酉十二月廿九日交阅通知单。鉴核书阅，俟来年开会再呈细账原簿：

一、上下忙钱漕、夏令抢险共用洋五百六十元七角九分；

一、代还前手收过押板，共用洋七百七十六元五角；收回原收条及还款收条，存账房。

一、庄用薪水、工食，共用洋一千〇九十四元八角；火食三百卅六元，薪水四百十元，杂支三百卅七元。

一、年终各友酬红共用洋二百卅元；经理一百元，账房、庶务各五十元，帮收租人卅元。

一、仓房庄屋工料共用洋一千〇十七元二角六分二厘七毛；前年冬闻原估五百八十余元，拟以六百元作成，不意春雨大，各物涨价，又倒塌东厢房，厨房后墙并院墙全行修砌，故多用四百十七元。

以上五宗共用洋三千六百七十九元三角五分二厘七毛。

辛酉公记收入：

一、入春季地租洋五百八十七元六角八分；

一、入秋季地租洋九百八十四元三角一分;

一、入收田租,折稻价洋二千二百五十元一角五分;

一、入山地租洋九元四角;来年拟不收山地租,以山地为义地。

一、入屋地租洋一元五角;

以上五宗共入洋三千八百卅三元〇四分,寄存裕中厂洋一千五百元。

存稻拟作三元一石价计,可入洋六千四百八十三元,连上五宗共可入一万〇三百十六元〇四分。

现拟所入存洋三千元作石闸用。上年专记存闸费一千,付作庄屋仓房用讫,又寿记存庄用费一千,均交帐房。用讫有长。

现存裕中一千五百元,稻价内提去石闸费,余洋三千元俟来正二月稻卖后按九股均分,下余四百八十三元作来年庄用,当否?请公决。寿平

武仲平先生

徐积余先生

陈少舟先生

陈劭吾先生

陈希甫先生

壬戌三月廿一日收辛酉年租息五百元。

# 壬戌年(1922)

## 正月

**元日(1月28日)**　阴，微雨雪。贺亲友新年。

**初二日(1月29日)**　贺亲友新年。

晚，游新世界、西餐。

**初三日(1月30日)**　贺亲友新年。

李仲帅来谭，不遇。

缪子受来书，拟请转商孙星如，将前售《刘后村大全集》以原价一百六十元赎回，并赠先校《读书敏求记》。旋函告星如，得覆，前有此说，已却之矣。仍恳婉复，并云《后村集》曾以宋刻五十卷本及艺海楼《大全集》钞本校之，补正不少。又云，《敏求记》校本尚少张默斋跋一首，已为录入卷尾，陈校亦间有漏去者，已一一补入。阮刻本系初印，尚缺补遗数叶，亦为补写，以当一鸥。

**初四日(1月31日)**　余寿老来谭。

往各亲友贺年。

游新世界。

晚，童心庵约杏花楼消寒五集。

**初五日(2月1日)**　贺各友新年。

访姚文敷、鲍子丹，谭宿县振务，并拟商拨袁述之捐款一万元。

至仁济堂。

昨，王静庵来，赠新景印临写巴黎国民图书馆藏唐写本《切韵》残卷三种，陆法言撰。又五代晋曹元忠天王象雕板景印本。象藏曹君直家,君直与之同名。

孙星如来书,交还《敏求记》校本,张默斋时宜。跋尾已钞补,答书谢之。

汪甘卿书来,约二月梅开游邓尉,并告去腊得罗两峰《煨芋图》轴,又曾文正书屏、彭雪琴画梅屏。亦报书晦园梅放,再当奉访。

函沪北工巡捐局许剑青,人俊。更换本年车照。

**初六日(2月2日)** 函潘兰史,赠承子久《大小雅堂诗词集》、边袖石《健修堂诗词集》。

覆陈倬斋书。

大丰公司送辛酉年董事费三百元。

鲍子丹来书,拟电袁述之,请拨皖振一万元,先向银行筹借,息由会认。当函济生会,照来电译发。

赠童心安《徐公文集》、宣纸印本。《随盦所著书》。

**初七日(2月3日)** 函王静盦,赠《徐公文集》、宣纸印本。《随盦所著书》,并索天王象景印本。得覆,又赠《切韵》一册,赠刘公鲁。天王象三纸:

大圣毗沙门天王:

| | |
|---|---|
| 北方大圣毗沙门天王 | 主领天下一切杂类鬼 |
| 神若能发意求愿 | 悉得称心虔敬之徒 |
| 尽获福祐弟子归义 | 军节度使特进检校 |
| 太傅谯郡曹元忠 | 请匠人雕此印板 |
| 惟愿国安人泰社 | 稷恒昌道路和平 |
| 普天安乐 | 于时大晋开运四 |
| 年丁未岁七月 | 十五日纪 |

林贻书六十寿,寄红绸幛祝之。邮寄。

至济生会,译发鲍子丹致袁述之电。姚、鲍均有函来。

访李仲帅，畅谭。

午刻，余寿帅约酒叙。

晚，潘兰史约都益处消寒弟六集。录近作诗词相赠。

至古书流通处，购取书三种：当付一元六角。《吴氏遗箸》五卷附录一卷，吴夌云，码洋七角，当付讫，道光廿五年陈其幹较本。《清凉山志辑要》二卷，码洋一元六角，当付讫，山西绛州州判汪本直辑。《回文类聚续编》七卷。朱象贤集，二月二日退还。前六卷选万红友《璇玑碎锦》四十八种，后一卷朱象贤撰。

**初八日(2 月 4 日)** 覆工巡局许剑青函，交还人力车免捐车照，请更换马车照。随即换来，先后犒来人洋式元。

覆王雪澄书，送龚校段氏《说文注》三册过录。二十日交还，全书假校毕。

十时，徽宁会馆行团拜礼，未往。

魏梅孙、陶拙存来小坐，未接见。

检书四箱，付崇儿。

舜臣来书，南陵振务俞峻韵已将调查册送县，王迪成尚未到城，现请黄子猷函催。

**初九日(2 月 5 日)** 函陶子麟，寄《菉斐轩词韵》弟卅九叶重翻刻。

购博古斋书，付书价十四元：柳估，商假《荒言》影印。《梁昭明太子文集》五卷，明辽府重刻宋池阳本，每半叶八行，行十六字，嘉靖乙卯杨慎、周满、周复俊、皇甫汸校刊本，价十二元。《诒安堂诗余》三种，王庆勋，咸丰五年刻本。以下四种共二元。《南唐杂事诗》一卷，顾宗泰著，施鸣勋辑，浦翔春注，原刻本。《蜀迹辨》一卷，丹阳陆炳，自刻本。《忏摩录》一卷。彭兆荪，柳树芳校刊，道光丙申刻本。

至都益处贞元会第一集，莅会者十四人。

至仁济堂，阅王傅炯仲遴。交存省长公函。

六时，夏玉峰约惠中旅馆酒叙。

晚,至共舞台观剧。

**初十日(2月6日)** 同陶拙存送余尧衢肇康夫人、左夫人花缎寿幛。

晚,倪远甫约往陶星如宅中酒叙,召冰玉凤第即高翠玉。侑觞。

鲍子丹来,谭袁述之捐皖振款壹万元允筹垫借。

**十一日(2月7日)** 贺余尧衢夫人寿。

拜姚文敷,告袁捐款万元今向盐业银行借拨,送济生会。

王傅炯仲遴。来谭,拟组织游艺会筹皖振。

翟展成同年由芜来谭。

**十二日(2月8日)** 崇儿生辰。

致刘谦甫书。询李元之何日来沪。

覆吴舜臣书。

答拜展成。至子丹弟处,略谭。

至商务书馆,访拔可,不遇。

今日气体不适,早睡。

**十三日(2月9日)** 陈乃乾来谭。

约翟展成、刘健之、刘畏之、刘实之、刘晦之、洪希甫、夏玉峰一枝香西馔,余寿平、李伯行、余鲁卿未至,共用十元〇八角。

余寿平来书,今日其母忌日,敬谢并交来王灏渠函,正月初六日自铜陵北乡寄。催印招股章程,邮寄皖实业厅七百份、灏渠一百份、寿积二百份,陈卓甫允代寄汉口并转达本埠,其苏宁等处请转寄。又交公启二百份。

鲍子丹函告,袁助皖振一万元已向盐业预借,于十二日交济生会,随取收条。

至蟫隐庐,取书:五月初四日价付讫。《吴兴诗话》十六卷,乌程戴璐,嘉庆刻本,价一元二角。《秋室学古录》六卷,余集,新印本,价七角。附《梁园归棹录》《忆漫庵剩稿》各一卷。《大乘大方等日藏经》十卷《大方等大集月藏经》十卷,隋那达提耶舍译,方等部、今合部《大集经》卷内卷卅四至五十六，《日藏经》有一至有十；《月藏》虞一至虞十，价二元。《徐州志》十卷，光绪廿二年知州熊祖诒纂，价二元八角。《泗虹合志》十九卷。光绪十三年知州方瑞兰监修，价二元四角。正月十六日退还。

鲍承良来，不晤。

**十四日(2月10日)** 至余伯陶处诊方。

淞园公司来函，吴淞第一批地已售出，除收回股本壹千元，应分余利五百〇八元八角四分八厘。当函覆柳芝庭、杨瑞生，交还前次股本收条，并将款收入淮海银行来往折。(七二三八七五)合(七二)银壹千〇九十二两二钱一分七厘，上存六十八两四钱六分。

徐仲可来函，以唐人写经卷属题。

傅苐生来函，不日由京汉路赴浔，并到沪一游。

致姚文敷函。覆鲍子丹函。袁述之捐宿振一万元已拨。

**十五日(2月11日)** 袁述之、鲍子丹来谭。吴荣辉、邹树镆由通来。

函左逸叟、十六日午刻。洪希甫、十六日申刻。沈韫石、十人公约，十六日申刻。陈卓甫。十五日申刻。

辞春酒。鲍承良来诊方。

农商银行十七日开幕，送祝辞。

函中国济生会，将述之来函并致京盐业银行电查明淮北盐票花名引数以便收回票价划还沪盐业借款电，请会译发。

孙星如函来，交还阮刻《敏求记》并钞补遗二叶。

赠任心白《感应篇注》《阴骘文图证》各二册。

购周必祥志书两种，洋四元：当付讫。《泗虹合志》十九卷，光绪十三年知州方瑞兰监修。《盱眙县志》十七卷。王锡元稿，光绪癸卯重校本。善本。

仁济堂午后三时开第十八次董事会，报告辛酉年经过情形及收支帐略，因病未与会。

覆刘葱石书。询《荀子》善本。

**十六日(2月12日)** 徐征庸、芝秀。徐金鼎馨斋。来书，住东门外六号关口徐振泰砻坊。收到捐学士山修墓洋壹百元，今春运石开工修墓，后接续修祠，量力募捐，将来另函报。闻徐氏河路地方以旧志未登，极力抵拒禁山，俟春季丁祭徐议进行。

复陈戒安书。盐捐款请寿老同静仁接洽。

函朱研涛、幼鸿，辞春酒。

昨函葱石，索所印《劝戒录》《感应篇》《阴骘文》，今得来书，并交每种式拾部。

昨函公鲁，索研铭、秦量拓本。今覆书，贻研铭十三种、有多可疑之处。秦量二分，又钞沈乙盦题天王像一则，并收到前赠王静庵过录唐写本《切韵》。当作书覆之。

函王雪澄，以《云仙散录》贻甘汉臣。

**十七日(2月13日)** 函鲍承良，交宁兴矿务公司借款四百元，辛酉年十二月初三日董事会议案。当取收条。承良来诊方。病已愈。

蒯若木由宁来谭，交新印《一行居集》五部。彭绍升著，即彭际清。

劳吉六由通来谭。

吴树人来谭。

**十八日(2月14日)** 沈冕士来函，荐吴增鼎于汪撷荀，吴为莼甫之子。询其踪迹。答以向未往还，可询夏辅宜之世兄。

刘公鲁函假《集古印谱》，并赠研铭拓本二种，一阮文达公象研，一汉专研。又以所书、所画扇、近作汉印诗、汉平山神祠碑释文相示。当覆书谢之，并假《集古印谱》。

去冬，吕皋俞由灾区调查回，以定远周漱泉尔润。《颐生诗文摘存》属为选录《安徽诗征》，匆匆一阅，诗文无可取，且历署太平教谕、宁国府教授，宣统辛亥摄宁津县篆，至癸丑始交卸也，故不录。

**十九日(2月15日)** 鲍承良来诊方，病又作。

覆陈重光书，寄还《南北朝墓志考略》二卷，并赠纪元镜铭十五种、天宁镜前已寄赠。汉唐镜十种，又柳如是镜、秘戏镜二种，金文六种。师奎父鼎、剌鼎、宗妇鼎、杜白簋、父戊爵、右口中鬲。

正俗社晚八时假一大银公司开职董常会，以病不克赴。大马路抛球场西廿号。

读《后汉书》。班彪（子固）、班超、马融、蔡邕、卢植等传。

**二十日（2月16日）**　淑畹挈绮女至苏，游虎邱。

鲍承良来诊方。

徽宁会馆、江浙皖水灾义振会开会，以病辞。

劳吉六来。赵幼南来。陈乃乾来。

**二十一日（2月17日）**　函汪幼农、聂榕卿、刘賡之、实之、慧之，辞春酒。

章一山来谭。

函陈乃乾，还前假《皇清诗选》三十卷，云间孙鋐辑评，黄朱芾编校。《国朝诗选》十四卷，楚攸彭廷梅湘南选，舍山张大法鉴亭、湘乡易祖愉天有同辑。《观始集》十二卷，柏乡魏裔介石生选评。《今诗粹》十五卷。甬东魏耕雪窦、吴兴钱价人瞻百同选。

昨函余寿老，询大陵招股章程寄尘是否分寄。

书联，赠净土庵慧海和尚。

请余伯陶诊方，服之。病渐愈。

同劳吉六游大世界。吉六赠准提像。

**二十二日（2月18日）**　鲍承良来诊方。

子丹弟来。假阅《南陵志》。劳吉六去宁。

陈乃乾来，赠支那本《大隋众经目录》七卷，隋法经等撰。《众经目录》五卷，唐静泰撰。《大周刊定众经目录》十四卷附《伪经目录》一卷，唐明佺等撰。又《绿溪语》二卷，黎城靳荣藩。乾隆四十二年刻本，《绿溪词》一卷，靳荣藩。旧钞本。

函李拔可、孙星如，假新印万玉堂本《太元经》阅毕，即缴还。每半页八行，行十七字。《佩觿》同。白口，单边，中缝有“万玉堂”三字，末页弟十二页中缝下有“海虞周潮书”五字。

至古书流通处、古香斋。

访丁仲祜谭。

服余伯陶方。

**廿三日(2月19日)** 昨况夔笙函告,以二月朔为其母李太恭人营葬期近,去腊十八日函请集资。乞资特赗敬四十元,函缶庐、沤尹代收汇交,并覆夔笙。

函谢恽季申、廿四日消寒七集。刘健之。廿五日酒叙。

沈乙盦、余尧衢约廿四日午刻酒叙,座有吴子修、袁珏生,以病辞。

周必祥以《苏老泉苏洵先生。全集》质洋十元,书凡十六卷,又《谥法》四卷附录二卷,疑系康熙中蔡士英刻本。凡例云:《谥法》三卷久未刊行,今依宋本分为四卷。凡例云老苏先生集向名"嘉祐",今依宋本称为《苏老泉先生集》。凡例又云:宋儒多称文集有二十卷,而成弘刻本只十五卷,后启祯本十六卷,其原本二十卷,余尝购求其本而未能得也。丁丑冬始获于其清陆丈家,乃知行本十六卷即古本约之者也。因雕已成半,未便重依宋本为式。凡例又云:附录二卷成于绍兴十七年左奉议郎充婺州学教授沈斐,今并附雕于后。又存赵府居敬堂刻王氏《脉经》残本一册。存卷四至卷六。

覆汪启我书。致李从龙书。

**廿四日(2月20日)** 函张贤清,辞春酒。

至商务书馆,代吴舜臣买丙种四姨太太托。《辞源》一部,码洋十四元,八五扣十一元九角,又同人九扣合十元〇七角一分,外邮费八角,共十一元五角一分。

至大陆公司,晤余君,大陵招股章程已分寄皖实业厅长王灏渠各二百分,余寿老、章希瑗、陈卓甫转汉口同乡会。各一百分,徐静仁、刘聚卿各五十分。

至大生,知吴寄尘前日至通,静仁今日行。

刘健之、陈戒安来,不遇。倪昆甫来。

刘逊甫来,谭持名。静坐默想,卍字在眉心上作卐,先想光大,久久光小。并每日持诵准提咒，赠新印《法华三经》。

逊甫婿、木公子号骏孙。

佛教居士林王与哲讲相宗。《成唯识论》。

三太太来。服余伯陶诊方。

宋玉书来，又号梦菊，江苏人。述朱幼鸿意，拟将其女许字崇儿。

**廿五日(2月21日)** 陈劭吾来函，寄大有晋存券息折三千元，拟附纱厂股分式千两。覆以寄尘去通，二月初回沪商定，以吴淞何厂为宜再告。

刘健之来谭。

王中遴傅炯。来，谭振务。

罗叔言来，不遇，答拜，亦不晤。

鲍承良来诊方。

函刘葱石，附印《五代史》《家语》《大戴礼记》《周易本义》《渠阳诗》料半纸二部、罗纹纸一部。当交宣纸两刀。

同洪希甫勘昆明路地，希甫不赞成。

**廿六日(2月22日)** 答拜宋玉书。

至古书流通处，取书二种：四月廿七日七折付讫。《龙龛手鉴》四卷，辽释行均撰，张丹鸣刻，码洋十四元。《文始真经》三卷。即《关尹子》，明刻本，《艺风堂藏书记》著录，码洋六元。

冯蒿盦年丈来，未晤。

晚至一品香，赴李伯老之约。

**廿七日(2月23日)** 以万玉堂本《佩觿》校泽存堂本，尽一日校毕。

至冯蒿老、陈戒老处谭。又至江幹卿处谭。

覆汪甘卿同年书。

吕宋廷来谭。

商务印书馆罗品洁来，商寄售书登《图书杂志》，系拔可嘱托也。

**廿八日(2月24日)** 王仲遴来谭。

同洪希甫至通和行，晤应子云，商办昆明路地基情形。

至来青阁，购书两种：《怀宁县志》卅五卷，乙卯朱之英等纂，六元付讫。《大观亭志》六卷。合肥李国模纂，宣统辛亥排行，八角付讫。

王饶生来书，刘、江姻事刘宅复选吉期四月廿四日，大吉大利。烈卿不日到沪。

袁述之来书，捐宿县春振以已有小六堡应领发还，票价计四千〇五十三元六角九分，请济生会电催盐署，速交北京盐业银行收汇。另电京盐业，持票领取归垫。

复陈戒安书。望江春振。

**廿九日(2月25日)** 函江幹卿，告知刘府已允吉期。

周宷臣来，属函余寿老，请为其尊人及四兄题画象赞。

黎泽人晚约同兴楼酒叙，以病辞。

至济生会，晤伊峻斋，商致电盐务署，请拨还小六堡票价，并电京盐业银行稿，候王一亭、陆维镛、单仲范核定缮发。

**三十日(2月26日)** 吴舜臣来函，寄来收支总簿、租簿契未税。二纸。一李国本卖二十八都三四图王家塘田一丘计二分五厘(民国□年十二月，计价八元五角)，一湾村(即汪村)徐四房公裔体荣、体木、体华、宏本等卖基地、荒田、树木契。凭族恤财体东，中夏立功何止甫，代笔徐梦桃(辛酉年十二月廿二日)。又水桯徐四房裔孙立孝、体荣、玉木、体华、体东出名，计价卅五元，又代笔中一元。

辛酉年共收租稻三千七百七十四石四十九斤，又洋二百十二元，各佃有欠。又淑记陆百五十陆石〇四斤；计收租田二千九百七十四亩四分二厘一毫(内除水冲房基十亩〇六分)，外当田十五亩；又淑记四百六十九亩七分五厘二毫(内除水冲基地一亩七分七厘)。

辛酉年共收房租九百六十元〇五角，内支房捐六十元五角五分二厘，支修理一百七十二元五角六分八厘，净七百廿七元三角八分。又淑记四十四元五角。内支修理六元八角七分，房捐三元三角六分，净卅四元二角七分。

辛酉年共完上下忙漕米七百六十八元五角九分，上下忙五百廿九元三角五分，漕米二百卅九元二角四分。又淑记壹百廿四元五角。上下忙八十五元七角四分，漕米卅八元七角六分。

结算存稻玖百七十四石四十九斤，去年售去二千八百石。又淑记二百五十六石〇四斤，去年售去四百石。欠洋一千〇六十二元五角二分五厘，又钱二千〇廿文。又淑记壹百卅九元五角九分三厘。

刘谦甫先生来，谭李元之先生因手肿，须二月初间到馆。谦甫侄孙名葆儒，字次雨。字子乔。

寄吴絅斋呢幛，吴石潜转。冒鹤亭呢幛。余起隆转。

致余寿老函，寄翟展成转。

覆袁述之函。济生会接洽情形。

俞琢吾、寿璋。沈韫石宝昌。约二月朔午刻消闲别墅酒叙，辞。

致萧子文函。询祝秋寄书地点。

## 二月

**朔(2月27日)** 致陈乃乾函，以张嗣修本《玉台新咏》校寒山堂本，又假《怀米山房吉金图》二册，又附月修三十元。当接覆书，并带回附印宣纸《百一庐金石丛书》两部。初九日由古书流通处退还十元。

至大生，付来往折壹万七千元，七二五二五。合七二。银壹万弍千三百廿九两二钱五分，存淮海银行来往折，大生存款付清，淮海净存壹万三千四百八十九两九钱二分七厘。连上存结。

付来往折绮记。壹千元，拨家用。绮记存八千元，现存七千元。

至公平经租汪蟾清处，商询购地手续。又至洪希甫处谭。晚，至丹桂第一台观剧。

陶拙存来，不遇。

寄南京、苏州、浙江安徽会馆、同乡会大陵铁矿公司招股章程、公启各二十分，又上海同乡廿分。李伯行、王幼农、谢锦章、余鲁卿、汪希甫、陈少舟、汪撷荀、李木公、刘晦之、金伯屏、夏玉峰、李凤池、聂榕卿、朱幼鸿、刘子鹤、程龄孙、朱砚涛、张东甫、陈介庵、周美权。

覆吴舜臣书。催灾民册。催陈敏勋、敏杨租。

**初二日(2月28日)** 至汪蟾卿处,同至公平洋行,商昆明路地事。

徽宁会馆祀福德神并各先董位入祠,未往。

晚,席少卿约大雅楼酒叙。

刘葱石来函,以新刻《茾声馆诗文集》并原刻属陈乃乾校。朱象甫刻。

陈重光来书,寄去镜铭、金文已收,并谢以诗,另索益延寿瓦、晋咸宁青龙专、杜伯簋拓本。

陈墨迻来书,索专、瓦、泉范、元权、镜铭各拓本,并惠泰州高氏藏城旦专两种端忠敏所藏外。拓本。

**初三日(3月1日)** 李元之同刘谦甫先生来,留午饭,即请元之先生开学授崇儿读。

至冯蒿庵年丈处,不遇。午后,又往略谭方颂如寓,蒿丈处,适外出。

至魏梅荪、陈戒安处谭,两公皆病。

至汪蟾卿处,谭昆明路地事。

至济生会,访伊峻斋,未至,检查盐务署、盐业银行两电,已于正月卅日译发,尚未得复。留《劝戒录类编》《阴骘文图证》、吴书《感应篇》、王刻《感应篇》赠伊峻斋。

李审言来书,寄撰仁济堂缘起、碑记,意以去年所送润资廿元,不足索新印《知不足斋丛书》《楝亭十二种》之酬报计五十元,盖所撰系万年台题名记,非缘起、碑记也。戒安病,约略言之。

至丁仲祜同年处,赠新印《一行居集》,仲祜亦赠《佛遗教经笺注》《四十二章笺注》《南无阿弥陀佛解三归依解五学处解合刊》《观普贤菩萨行法经笺注》《佛说无常经静坐法精义》。共码洋一元一角一分。

**初四日(3月2日)** 请李元之、刘谦甫、宋松如、刘子乔午饭。

致刘逊甫书。附致丁仲祜购《佛学大辞典》函。

致刘葱石书。假《存素堂集》。

致李拔可书。寄售书目登杂志。

致吕宋廷书。覆因病请休息。

送秦子龢呢幛。

至仁济堂,晤幼南,适姚仰南来会,略谭。

至鲍子丹处谭,袁述之去杭州,不晤。

至古书流通处,取书二种,码洋十元:四月廿七日七折付讫。《韵石斋笔谈》二卷,姜绍书,乾隆十二年汪道谦重刻本,码洋二元。《天官书》。吴门周菽俨则注,钞本,码洋八元。

方颂如来,谭振务。

李振唐来谭。

方玉山来,不遇。

晚至消闲别墅,胡朴庵约消寒八集。

寄庐江徐梦兰母夫人呢幛。

**初五日(3 月 3 日)** 汪蟾卿来,谭昆明路地事。午后答拜,复谭。

王叔用午刻约同兴楼酒叙。

答拜方玉山,不遇。

覆吴舜臣书。南陵振务,知事拟缓辞,振款恐支配有困难。代购甲种《辞源》,连邮共十六元,已寄。又黄换之书亦查。

至子丹处,商振款,约马祖武查放,向张幹卿请假。

晚,韩伯雯、蒯景参约会宾楼酒叙。

**初六日(3 月 4 日)** 江少先宗瀚。来,属向舒咏芝派安徽济安奖券局事。

六时,汪幼农约惜余公寓,告筹办安徽游艺会情形,并慈善救济奖券已拨皖会馆经费一万元,以后停收。

至汪蟾清,略谭。

晚,赴陶乐春张幹卿之约。

至忠厚书庄,晤李紫东谭,并取书三种,价七元:《鄞县志》三十卷,承修知县钱维乔,总修钱大昕,乾隆五十二年刻本,丁未。《京口山水志》廿卷,丹徒杨棨撰,道光廿七年丁未刻本。《雅雨堂文集》四卷《诗集》二卷《出塞集》一卷。卢见曾著,金在恒编次,道光庚子清雅堂本。

**初七日(3月5日)** 先荣禄公忌日。

朱钧望来谭。复泰。

**初八日(3月6日)** 覆陶拙存书,十四日消寒九集改由鄙人值会,并通约在会诸君。

至舒咏芝处,老北门城内季家弄安徽济安奖券局。为江少先绍介,当即应允,随函告少先同江耀南接洽。

答拜朱钧望,并拜张幹卿。

至大生,为绮女购德记黄光益辉远手。海门三厂股五百两,并认上年息四十两,拨来往折壹千元,付七百四十六元三角四分零,化银。余交淑畹收绮女帐。收大生事务所收据,约迟廿天取股票。廿五日收到海(一八二七一)至(一八二七五)号票折。

闻吴寄尘今日由通回沪。

至忠厚书庄,取杨氏海源阁本《六艺纲目》,配《海源阁丛书》,此书道光廿八年刘燕庭方伯刻本,咸丰三年杨致堂河帅重复刻之。子东外出,未得议价。

至商务印书馆,查黄子猷之弟寄回甲种《辞源》已查出,准明日邮递南陵,当付邮费六角。

陶拙存传一简易治血方,无论新旧病,皆有效:鲜藕、二斤,去节。白茅根、一两,去心。鲜荷叶、一张,去蒂,干者可多用。柿饼、一个,去蒂。生梨,一只,去心。用河水煎服,重则五六剂即愈,愈后每逢四节气前服两剂,可不复发。平时亦可代茶。

吴江徐灵胎医书中有《慎疾刍言》一卷,极论血症,忌服温补。

**初九日(3月7日)** 刘健之来谭。傅尧生、茀生昆仲、陈少舟来，均不遇。

午刻，都益处贞元会，朱峻夫值会。

至古书流通处。交还陈乃乾正月修十元。

至汪蟾清处谭。哈弗索中用三百廿五两、律师费五十两、损失费五百两。

**初十日(3月8日)** 覆吴舜臣书。振务拟请马祖武查放，城乡绅情形请随时函告。

覆陈戒安书。李审言书并拟《仁济堂缘起碑记》稿又《缘起》一本。

蒋孟蘋嫁女，送红花缎幛。

张静生娶媳，送红呢幛，璧。

答拜傅尧生、茀生，不遇。

昨，葱石交阅残宋本《荀子》，假自李嗣香，李得自积学斋。今交还。

晚，约傅尧生、傅茀生、李振唐、刘逊甫、陈乃乾于一枝香西酌，共菜洋九元三角。

至来青阁，取《本朝名媛诗钞》六卷，平江胡孝思、抱一。朱珖友倩。评辑，康熙五十五年刻本，价洋三元。三月朔付讫。

刘逊甫云，持准提咒先默想嚂字梵文在顶上放光，除一切秽恶。再诵唵嚂。廿一遍、唵齿临。廿一遍，又六字大明王咒唵么尼钵讷铭吽、。一百〇八遍。准提咒，一百〇八遍。南无飒哆喃三藐三菩驮俱胝喃怛侄他唵折隶主隶准提娑。婆。诃唵部林，。大指掐在四指三寸上作金刚拳，又一佛二菩萨：

娑婆世界：五浊世界。释迦如来佛，文殊、普贤二菩萨；

极乐世界：西方。阿弥陀佛，观世音、大势至二菩萨。

午刻，约九华山大士阁普济寺住持。妙珑素斋。

**十一日(3月9日)** 妙珑来谭，陪往邑庙一游，准提镜近为伶人购，至增价，一索四元，一索十五元。

购矾石菖蒲小方盆,价二元五角。

至曹信义,购信通牌料半八刀,计廿四元,每刀叁元。又罗纹一刀,计二元五角。正月购两刀,已交刘葱石处(一刀),代孙莘如附印各书,现家存共两刀。

汪蟾清来谭。胡振发诳报,允许购地。

致陶子麟函,催覆刻《菉斐轩词韵》三十九叶并《玉台新咏》。十七日在魏小溪处取到补刻《词韵》一叶。

护军使署参谋处来函,通告皖灾筹振,商借乾坤大剧场二月十七、十八、十九日演义务戏,已列入发起人。

陆仲英来函,接济马梅生三十元代寄,并询其生母住处,拟分赠若干或另寄。

劳吉六来函,为其子正祥在南通模范纱厂学习,寄来徐孝德所书《十八罗汉长寿真经》,又寄还,假洋十元。

陈戒安来函,审言拟稿可存处甚多,拟于中间及结尾处稍换口气,复函时以此意告知。

**十二日(3月10日)** 李紫东来,谭袁寒云弃妾有书数种出售,须七八百元,元本《元混一方舆胜览》、明本《陆宣公集》、持静斋旧藏元本《书集传》。并借《苏斋丛书》,拟同泰东影印。闰五月廿四日交还。

售《元妙观志》十三卷,长洲顾沅辑,道光壬辰刻本,索价二元。

汪蟾清来,谭昆明路地高易有函致公平行,云有人出一万五千两,询要否,公平已覆不要,另售一万五千两之人。蟾清云此事易解决。

至李伯老处,告幼农转致慈善券一万元游艺会情形。

胡蕙生约明日六时都益处酒叙,辞之。陪傅尧生、苐生昆仲。

至大生,访寄尘,不遇,晤沈燕谋,略谭通州实业情形。孝若已来,同厚生、知源、静仁、寄尘商组织总管理处,退、啬二老俟议有头绪,亦即来。

至仁济堂,晤戒安、宋廷、幼南。

至丹弟处，未晤，是日生辰。弟妇。

汪幼农来函，皖振借乾坤大剧场三月十五、六、七日即二月十七、八、九日演义务戏三天，送券五十张销售，每券一元，细数多三张。

复陈重光书，寄杜伯篪砖文九种、瓴瓦三种、印文二种拓本。

复陈墨迻书，寄砖文十七种、瓦二种、泉范一种、镜铭六种、铜印二种拓本。

**十三日(3月11日)** 郭礼征、品翰昆仲由镇江来，交上年大照公司营业报告。

陈乃乾来，交假王培孙南洋中学藏《国朝诗》十卷十七日先还。《外编》一卷《补》六卷，吴翌凤选。《桐城方氏诗辑》六十七卷。方于穀辑，道光刻本。

至陈少舟处谭，留乾坤大剧场券十张，付十元。

至忠厚书庄，晤李紫东，取书四种：《宗镜录》一百卷，宋智觉禅师延寿集，雍正十二年殿本，价九元。《大岳太和山纪略》八卷，王概总修，乾隆九年刻本，价二元。《冬青馆甲集》六卷《乙集》八卷，张鉴，道光刻本，价四元。《全书正宗》十六卷。即《吕祖全书》，嘉庆刻本。廿二日退回。

陈乃乾假《国山碑考》、即《石林》，路廷铨撰。《石鼓文纂释》，赵烈文撰。备印《金石丛书续编》。已还《国山碑考》。

假刘翰怡《苏斋丛书》，阙，《元遗山先生年谱》《岚游小草》《通志堂经解目录》《岚游小草》《青原小草》《焦山鼎铭考》《瘗鹤铭考》《十三经注疏姓氏》。随作书还之。

罗子经来书，假《景定建康志》，随函送葱石。子经云，《韦苏州集》宋本已售出，一千五百五十元；《鱼元机集》丹斧尚未得也。

晚，赴邓百村酒叙，是日百村五十寿。

赠刘健之宣纸印《徐公文集》。

赠丁仲祜宣纸印《徐公文集》，仲祜复赠各经：《法华经句解》八卷，宋释闻达，一元二角。《六祖坛经笺注》，唐释门人法海录，一元。《盂兰盆经笺注》，西晋竺法护译，丁福保笺注，一角。《佛教精华录笺注》，丁福保编注,三角六分。《学佛实验谭》,丁福保编纂,三角。《佛学之基础》,丁福保编纂,五角。《佛学初谐》。丁福保编纂,二角。

接杨芰青讣书,学圃、寄清。惊悉少农师于正月十三日巳时寿终,距生于道光十八年四月初四日戌时,耄寿八十五岁。

**十四日(3月12日)** 函潘兰史,附《和黄仲则自寿诗》。兰史赠西泠印社巾箱本吴氏词。

覆孙星如书,假笺经室本《鲒埼亭诗集》十卷。

送周薇阁缎幛、经忏、香楮。

晚,约潘兰史、恽孝申、杨芷姓、童心庵、胡朴庵、恽瑾叔、朱研涛、刘健之消闲别墅消寒九集,陶拙存去苏,周梦坡去浙,未赴会,共用菜洋式拾元。

购来青阁书五种,洋二元:当付讫。《昏礼通考》廿四卷,嘉善曹廷栋,乾隆十九年刻本。《松源经说》四卷,仁和孙之騄,乾隆丙戌年刻本。《洪范正论》五卷,德清胡渭,乾隆己未年刻本。《陆清献公日记》十卷,道光廿四年甲辰柳树芳刻本。《莲漪文钞》八卷。汪日桢辑,南浔近时十家,未刻文,咸丰戊午刻本。

至忠厚书庄,取书五种:《听帆楼书画记》五卷,番禺潘正炜(季彤),道光癸卯刻本,价六元。《辛丑销夏记》五卷,南海吴荣光,道光辛丑刻本,价六元。《东坡先生遗事》十二卷,明句吴顾道洪编辑,价八元。十六日退还。《东莱先生古文关键》二卷,昆山徐树屏考异本,价二元。《王氏脉经》十卷。明赵府居敬堂本,价五十元。

**十五日(3月13日)** 覆俞寿丞书,假《太白阴经》,张子武所托也。

取古书流通处各书,码洋一百廿六元五角:四月廿七日七折付讫。《佛祖通载》廿二卷,万历四年王明义刻本,码洋四十元。《林泉老人虚堂习听录》三卷,元刻本,半叶十一行,行廿字,码洋六十元。《金刚三昧经通宗记》十二卷,康熙刻本,附《题谈修习金刚三昧行法》,码洋共二元五角。《两浙金石志》十八卷《补遗》一卷,阮元,临海洪氏藏板,道光四年刻,码洋十六元。《筠青馆金文》五卷。吴荣光，原刻本，码洋八元。

午刻，余尧衢约陶乐春酒叙。

晚，郭礼征约一品香西酌，商大照公司议案添机，取销官息外发余利二厘。同座有其侄郭绛侯(世绾)，现在苏杭甬路局。

汪蟾清来谭，旋答拜，先付代银四百两。

取大丰公司存银四千两，又六十二两六钱六分六厘息，除四百两付汪蟾清，余银七二五。化洋五千〇四十八元四角七分。划大生来往折绮记存洋五千元，又息五十六元，不敷八元由家用账拨付。截至是日止，绮记来往折只存二千元，积记存四千元。

至仁济堂，戒安、少舟、幼南先后至，南陵知事义振协会致安徽义振会函交至会中，随由少舟签付振洋二千元。

至子丹弟处，告以南陵有函来乞振，马祖武可不去南陵，振款拟交子丹带陵。

昨陈器之来，画镜图四种、元权二种。今日画毕。

覆陆仲英书。仲英寄马梅生三十元。

覆劳吉六书。吉六寄徐孝德奉《十八罗汉长寿真经》。

《新闻报》载，今上定荣源之女为后，十月行大婚礼。

**十六日(3月14日)** 章希瑗由通来谭，随同至通海实业公司午饭。

汪蟾清来，不遇。随答拜，晤谭，昆明路地事已了结，付西人哈非其妻粤妇并粤人雷姓，甚刁狡。偿损失银二百卅两，并取具哈非收字，又收回还价条。另付酬掮客二百两，胡振发。共四百卅两，除付过四百两，应找还卅两。十七日付讫。

至大生，晤吴寄尘，交陈劭吾致寄尘函，并大有晋存券二千两，又息折。商定淞厂皆停顿，大中华可不附股息，先收存券，函劭吾，或收回或转期，径函商办。

又交阅王灏渠函，矿章补寄皖实业厅三百分，已先告大陆公司照寄。

覆汪幼农书，送皖振戏券五十张，价五十元，又交还多券三张，当取收条。除售出票价十四元，净付卅六元，陈少舟售十元，子丹弟售四元。

送恽季申、恽瑾叔、鲍子丹、鲍承良、席少卿、李紫东、子丹弟、慕邢侄各戏券二张。

至仁济堂，戒安、宋廷、少舟、幼南先后至，当拟就覆南陵知事刘陆晓、义振协会黄子猷书，仁济堂亦将振款弍千元交来。江浙皖义振会、安徽义振会捐振南陵各壹千元。

送陈戒安、吕宋廷、赵幼南皖振戏券共四张。

子丹弟来函，已接张幹青信，调办九区烟酒公卖局。幹青明午三时至曹娥清理交代，属马祖武随同前往，此局分局较多，未见较优耳。

寄尘云大生分厂股分现每百两，值价二百两。恽季申托询。

大丰公司股分每百元，无市价。古香斋托询。

吴二姑太太今日周忌，蒯姨太太五十冥寿。

晚，杨瑞生约一枝香西酌。

为绮女至汇丰存洋五千元；一年期，五厘息，用徐绮方印。又至花旗，存银二千两，一年期，五厘半息，亦用徐绮方印。虽立徐绮记户，不以此为凭也。重在印章。

**十七日(3月15日)** 覆翟展成书，寄《阴骘文图证》二本，交子丹弟带芜。展成拟附印《劝戒录》壹百部。

致陈劭吾书，大有晋二千两存券已交寄尘。淞厂停顿，大中华办理不得人，商定两厂均不附股，券息及转期由寄尘径自商办。

陈劭吾来书，意附大中华股，请催寄尘将大丰股票换田单。晚在会宾楼已催寄尘，云已动，办事甚迟缓，须查花名再催。

覆王灏渠书。

至盐业银行，以江浙皖义振会、安徽义振会捐助南陵振款二千元，请其汇至芜湖元康庄兑交。

希瑗来谭，随约其至半淞园一游。

至汪蟾清处，付前垫叁拾两。给仆役十元，不收。

至古书流通处，取书二种：四月廿七日七折付讫。《梁溪遗稿诗钞文钞》，宋尤袤，码洋一元二角，道光元年廿三世孙兴诗重刻本。《疏影楼词》四卷。姚燮，王咏霓藏本，码洋八角。

陶子麟已将《蓑斐轩词韵》第卅九叶补刻成，寄至魏小溪处。在葱石处写书。今派人取来。

陈乃乾来，已查阅南陵艺文志载籍稿。

赠乃乾《六朝志菁华》四集。

晚，柳梓庭约会宾楼便酌。

**十八日（3月16日）**　至盐业银行，食鲫鱼面。

同希瑗至沈乙盦、郑苏龛处谭，为张啬庵七十寿请撰书寿文也。

至子丹弟处，交南陵振款二千元盐业银行汇票。子丹本拟拾九启行，现又改期廿一日也。

至申报馆，为曹穆如定寄报三月，计洋三元二角，邮寄陕西南郑汉中道尹公署，阳历三月十七日起，即二月十九日六月十六日止。随函覆穆如。

至古香斋，取元权、石寿星，议定价十二元：廿七日付讫，顾手。元权，癸卯大德柒年庆元路总管府。七元；石寿星，五元。

晚，吴寄尘约十号俱乐部便酌。

童心庵来函，赠乾隆御制十二辰诗墨，以附旧藏宸翰，并赠其兄叔平晏。所作《七十二候印谱》。

妙珑已返谱济寺，寄本寺刻《大准提持诵法》二本。

晚，刘子鹤约一枝香，辞。

致吴舜臣书，附寄致刘陆晓、黄子猷、俞峻韵函并安徽义振会覆县署义振协会公函。

**十九日（3月17日）**　覆曹穆如书。

余寿老来书，寄题周扶老遗象，随至周宅送交冢臣。

至张贤清，贺嫁女之喜，入门始知系昨日吉期，送奁敬二元，璧。

至西泠印社，取《梡鞠录》新印本二部，送张啬庵、吴寄尘。每部五角。

至徐静仁处，取场食商捐皖振一万元，另息洋一百十二元，交陈戒安收。收条补寄扬州场盐商会，拟拨方颂如办春振一万元。

刘澄如相遇于徐晓霞宅。

钱铭伯来谭，答拜，未遇。

午刻，都益处贞元会，李凤池值会。

张啬庵由通来，晚约在大生便酌，并约希瑗、孝若、拔可、静仁、寄尘、燕谋作陪。菜都益处备，给厂仆五元、会菜一元。

昨，在十号俱乐部希瑗约同竹叙，负廿八元，应派十四元。今缴还。

至蟫隐，晤罗子经，取书：随退回《九水山房文存》《焦山鼎铭考》《豫章闺秀诗钞》，不录目。五月初四日价付讫。《亳州志》廿卷，光绪廿年知州钟泰、陈晋、王懋勋、宗能征纂修，泰州袁登庸协修，十四册，价洋四元二角。《六安州志》六十卷，同治十一年知州李蔚、王峻总修，训导泾县吴康霖总纂，廿八册，价洋十元。《凤台县志》廿五卷，光绪十八年知县李师沆、石成之纂修，寿州葛荫南、定远周尔仪纂辑，十册，价洋四元。《颍上县志》十二卷，同治九年知县都宠锡主修，十二册，价三元四角。《五河县志》廿卷，光绪十九年知县赖同晏、孙玉铭主修，教谕含山俞宗诚总纂，七册，缺一册。《祁门县志》卅六卷，同治十一年知县周溶主修，十二册，价一元八角。《婺源县志》十二卷，康熙八年知县刘光宿修，八册，价七元。《簠斋尺牍》五册，续石印本，码洋五元，七折。《黄石斋先生年谱》一卷，洪思撰，道光甲辰林广获刻本，二册，价一元六角。《罗文恪公惇衍。年谱》一卷，价二角。坡公《石铫图题咏》一卷，尤水村藏器征题，价二元。《亲属记》二卷，郑珍，陈榘原刻本，价六角。《说文声系》十四卷。姚文田，嘉庆甲子原刻本，价二元八角。

**二十日(3月18日)** 覆孙星如书，笺经室本《鲒埼亭诗集》祗收，托售明刻《旧唐书》，前、后《汉纪》拟请王雪澄转商甘翰臣。

覆谢童心庵赠御制十二辰墨、童叔平临何雪渔《七十二候印谱》，并赠汪讱庵《秦汉印丛》四卷，又《小绿天庵遗诗》。六舟著。

午后二时，大生两厂开董事联席会，议决一厂添新股一百五十万,并八厂机锭,并议设纺织总管理处,徐静仁为主任。

附上海水泥公司股本第三期一千二百五十元,合七二。银玖百两,当取收条。付淮海银行来往折九百两,〇四二九八号。

寄尘传退老意,约至通办内河航业,婉辞谢。

啬老、希瑗今晚回通。

李振唐约五时甘园酒叙,辞。

**廿一日(3月19日)** 刘葱石交阅常熟周幼韶丙卿婿。家藏宋本《礼部韵略》增修互注。五卷,毛子晋、席玉照、张芙川、黄荛圃、方若衡旧藏。每半叶十一行,行。序大十四字,韵小廿八字。又有朱竹垞、红豆山庄等印。《瞿目》有元至正辛丑妃仙兴庆书堂翻刻宋宝祐四年蜀中刻本,题衢州免解进士毛晃增注,男进士居士校勘重增,前有绍兴三十二年晃进书表,无序跋,即出于此本。元刻卷一后有黑牌,此本无之,为宋刻之证。廿三日送还。曹楝亭刻本为景定甲子郭守正重修本,此虽同在理宗时,却先八年。

游邑庙内园。

至忠厚书庄。

**廿二日(3月20日)** 至汪本生,购夹宣五刀,印《随庵丛书》,每刀一元(每刀廿五张)。洋五元;又棉连四刀,每刀二元二角五分。洋九元。廿三日借到公鲁一刀。

至来青阁杨寿祺家购书,十五元:三月朔付讫。《大般若波罗蜜多经》一百三十二卷,宋圆觉藏司白纸板。《大般若波罗蜜多经》一百三十六卷,末附绍兴二年四月日王永从等开镂大藏经题名,又雕经作头、掌经幹雕经对经沙门题名,又都对证宗鉴劝缘净梵,都劝缘怀深题名三行。有三圣寺藏印。四月廿五日又得第一百四十卷。《乐府诗集》,元残本,存卷十八至廿三,又五十一至五十六,共十二卷。《明正德十四年山东乡试录》一卷,考试官胡希铨前序,袁达后序。《抱朴子》,明鲁藩务本嘉靖乙丑承训书院本,存卷一至卷九《内篇》。《白鹭书院志》明残本,存卷五。《规谕》《纪述》,《楞严经会解》,元沙门维则,残本,存卷九、卷十两卷。《袁氏簪缨录》一卷,明嘉靖元年十八世孙廷声拜书,明刻本,王华(守仁父)叙,许宗鲁书后。《杨升庵诗》,明残本,行书,存卷四、卷五。《草书集韵》,明残本,存去声一卷。《清凉散》,四明范木公填《黄莺儿》三十阕,顺治丙申刻本。《周易举正》三卷。唐郭京撰,明范钦订本。

蟫隐庐送来书:五月初四日价付讫。《墨庄文钞》一卷《诗钞》二卷《词余》一卷,西泠女士钱林以宁著,价二元八角。《吴文节公文镕。年谱》、价二角。当退还。吴承校藤花榭本《说文解字》。并录汪南士校本,廿四日退还。价八元。

吴舜臣来函,十九日售出稻五百石,又淑记一百石,每石三元三角,现由德源汇洋一千九百八十元,月底兑交。寄去《辞源》均收到。

**廿三日(3月21日)** 作书唁杨芰青,送缎幛、祭筵、经忏、锡箔,交石升在扬送奠。

函劭吾,大丰股换田单寄尘须请寄花名再查。

函葱石,还《礼部韵略》宋本。

葱石印书已附印《孔子家语》成,取来,即函送拔可、星如。

公鲁来函,托买棉连纸,随借汪本生棉连一刀。

曾虞民来,交阅翁覃溪《易、左、公、穀附记稿》四本,为于晦老家托售,索价一千五百元。

**廿四日(3月22日)** 午刻,刘镜清约消闲别墅酒叙。

晚,陶拙存约消闲别墅消寒第十集。

贺蒋孟蘋嫁女之喜。

李拔可赠新印《唐黄先生滔。文集》八卷。《四部丛刊》本。

至古书流通处,取零本、残本书:《翁氏家事略记》,翁方纲原稿,英和校订本。《五代史记》残本,汪文盛本,存卷一至卷三。《群书考索》残本,慎独斋本,存卷三十至卷三十三。《中鉴录》残本,明本,存卷三、卷四。《广韵》残本,明本,存卷一。《书学正韵》残本,杨桓,存卷一至卷四、卷十八、卷十九、卷廿一。《六家文选》残本。明本,存卷五、卷六。

至忠厚书庄,取残本书:《文选》残本,金台汪谅本,存卷十一至卷十三。《艺文类聚》残本。明本，存卷四十八，计十三叶。

**廿五日(3月23日)** 至淮海银行，付九八。元壹万两。

至大生，付来往折五百元，交绮记。绮记本存二千元，除付，净存一千五百元。为绮记取回海门三厂五百两股票。海一八二七一至一八二七五号。

覆葱石书。评宋本《礼部韵略》价值四百元。《建康志》罗四先生改售五十元。

覆孙星如书。拟售书于甘翰臣。

吴寄尘来谭，退、啬两老约为总管理处实业轮步栈四项主任，附交聘书：并交阅啬老函、孝若函电，大意约长住通，寄尘电复孝若云，电悉，特致徐、尊二老诚意，允三五日来面洽。敬启者，今以实业求钩稽考核之精详一枢纽纲维之统系，设总管理处，中贩纺织、盐垦各工厂及实业轮步栈四项，除纺织管理处经董事会议决先行成立，特延主任外实业轮步栈，目前亟待有人清厘察核。合先延聘主任兼综其事，徐君积余冲静廉悫，见信于友朋；文理密察，足敷于匡直。兹特聘为实业轮步栈管理处主任，管理处设备未完以前，先就实业原办事处办事，佐愚兄弟，考虑所不及，待董事会报告而非迟。所有章程随后拟订，唯祈鉴诺，以副殷忱。月致公费一百元，并希察及。敬致徐积余先生。张謇、张詧。三月廿二日。(即阴历二月廿五日)。

晚，至十号俱乐部。

**廿六日(3月24日)** 陈乃乾来，《玉台新咏》校毕。《徐正字集》过校，《南陵艺文志》。

刘畏之、十枝来，交其尊人文庄公遗诗并行述，编入《安徽诗征》。

昨至淮海银行，付九八。元壹万两，分存汇丰、花旗各五千两：一汇丰银行五千两；阴历八月初六日收回，改存盐业，半年期，四厘息，宝经堂用元印并住址。阳历三月廿四日(即阴二月廿六日)，至阳历九月廿四日(即阴八月初四日)到期。一花旗银行五千两。又收息壹百两。壹年期，五厘半息，宝经堂用圆印并住址。阳历三月廿四(即阴二月廿六日)。

接希瑗廿五日书，内述退、啬两老之言，与昨寄尘来谭相同。

晚，李木公约一品香西酌。

尹润生来函，杨师母相继下世，霁青乞佽助。

取来青阁《隋书经籍志考证》，章宗源。价九角。三月朔付讫。

**廿七日(3月25日)** 付古香斋元权、石寿星价十二元。廿四日螺甸书架寄售。

孙星如来函，售书，交样本十二种、单二纸。三月朔付还。

至徐静仁处谭。

陈墨迻覆书，谢金石拓墨并诗二绝，又索霸陵过氏瓴。

为蒯若木、刘公鲁书扇。

**廿八日(3月26日)** 王雪澄、叔彝父子来谭，阅所藏金文，并付阅孙星如售书函，又书十二本。

至博古斋，取秋室百衲琴，价三元。三月朔价付讫。

至蟫隐庐、答询葱石购《建康志》价目。古书流通处、购《金石丛书》木箱，八角。古香斋。存螺甸多宝橱售价情形。

聘李元之协修《南陵志》，廿五日下聘书。致送修金三百元，今晚先交南陵旧志钞本。八册，《宁国府志》卅二册，又新编：盛彝斋编；儒林、文范、孝义、懿行、助赈、隐逸、流寓、方技、方外，附寿民五世同堂。孙步云编。名臣忠节、宦业、武烈、乡献。

**廿九日(3月27日)** 致陈戒安书。仁济堂立案呈文稿。

吴舜臣汇来洋壹千九百八十元。内淑畹三百卅元。

都益处贞元会，俞寿丞值会。

李伯贞初二日六十生辰，同人公送筵席，派分洋三元。

若木来谭，今晚去皖，旬日回沪。

李婿叔岩今晚来，久谭，明日去杭游西湖，约三二日即来。

晚，潘永龄约一品香西酌。送木公《大准提持诵法》，托转交。

覆尹润生函，送杨师母奠敬四十元，并函石升。

覆陈墨迻书，赠霸陵过氏瓴、五铢半两小钱、直一石范四拓本。

覆吴舜臣书，汇来洋一千九百八十元如数收到。前来函云大房临泰祥市房找价八百元，十六日成契。大太太分租事兴和族长候子丹到陵再议。

## 三月

**朔(3月28日)** 至大生，存来往折壹千元。以南陵汇款划存，余九百八十元。付三百卅元淑记，其余留用。

刘十枝假《桐旧集》四十二卷。桐城徐璈撰，咸丰元年刻本，内缺卷七、卷十九、卷廿，共三卷。

购古香斋王锡畴画第四十二尊观音像，价十元。款署："第四十二尊。乙未小春月王锡畴敬写。"彭蕴璨《画史汇传》《墨香居画识》：王锡畴字心耕，松江人，兼山水人物而指墨尤佳，大幅神像胆力雄壮，有武洞清、童仁益之风。每逢朔、望，绘大士宝相，施送立愿。写一藏乾隆丙午，已一千七百余矣。乙未距丙午十一年。

付小段装潢李石湖画《松鹤延年》轴价六元。又交装潢李晴江、王竹里、蒋铁琴三轴，每轴工价三元五角。

向大生付希瑗函取沈培老做啬老寿文洋二百元，至培老处面交，培老云题须更易，成堂斋记文。润资不收，或在日本做铜观音。随即将洋交还。

购汪本生料半捌刀、罗纹拾捌刀，每刀弍元六角。又车力二角，共陆拾柒元捌角。付讫，又一刀料半，二元六角。

购曹信义夹宣六刀，每刀一元三角五分，共八元一角。付讫。

付忠厚书庄洋壹佰元。辛酉二月廿五起，至壬戌二月，共付书一百五十二元，又《六艺纲目》无价。另售料半《徐公文集》五部，连套计四十七元。

付来青阁书价十八元九角。截至二月止。

张子武其煌。来书，交还《太白阴经》并校补弟九卷，拟假《武经总要》。

为孙星如售书。一售《艺文类聚》七十元，恽季申购款已交；一售《国语补音》卅元，宗子戴购款未交。翰臣购王刻《史记》，只出价壹佰元，将书首本取回，函交星如。

李拔可来,询去通何事,并交新装刘刻《家语》。

**初二日(3月29日)** 至大生,访吴寄尘,略谭。

答拜刘畏之、实之、晦之昆仲,缴还《文庄公遗诗、行状》。

贺伯贞六十寿。

赠丁仲祜《太上感应篇》王雷夏刻本。

覆张子武其煌。书,并赠《徐公文集》。连史,有匣。

至溥益,晤徐静仁谭。静仁已函通州,辞璧聘书,中有借途伐虢之语。

晚十时,附江永轮至南通,买办李朴丞未到。晤账房张浩如。

**初三日(3月30日)** 午后三时,江永轮抵南通芦泾港登岸,随往访希瑗,谭退、啬两老相约情形。退老至长乐镇未回,即访孝若略谭。同至啬老处,久谭,主整顿实业轮步栈,并属觅一通算人帮助。

赠啬老孙渊如《三水县志》、盛秦川《问水漫录》、盛自批本。杨和甫墨迹、吴受福《集篆四种》。

赠希瑗延年牌雪茄烟二合、九华茶二瓶。

赠冯光久荔支二罐、九华茶二瓶。

啬老、希瑗均有电,促退老返通。

晚,约光久、吉六来谭。

**初四日(3月31日)** 希瑗、光久、吉六、华卿来。

退老四时抵通,同希瑗往谒。

赠退老《百一庐金石丛书》、士礼居《黄氏丛书》。

至二厂分销所,晤徐亮星、徐爵之、希瑗,留饭。

**初五日(4月1日)** 退、啬二老暨孝若兄约在城南别业酒叙,并令敬礼婿行谒见礼。名立祖。赠敬礼婿朱浣岳《吉庆图》《吴郡名贤图》。敬礼婿兄名豫祖,号敬安。

知事瞿新莘。畲、警局唐辅之约俱乐部西餐。

访王饶生,观所藏书画并瓦当,以刘松年、钱舜举、王居正画幅为最佳:刘松年《双柏》轴,绢本;陆剑南、赵松雪、谢太初、宋牧仲、宋兰挥题,王文敏题签。钱舜举《梅花》轴,纸本;危素(洪武)、杨溥、商辂、阮葵生、翁方纲题。元王居正《松竹梅三友图》横幅，绢本。至正四年。

拜刘烈卿、梁缙卿、韩凤池、马肤武、陈葆初、黄励生、广介。张地三、劳吉六。

**初六日(4月2日)** 至狼山，瞻礼大势至菩萨。

拜瞿莘畬、唐辅之、单少堂、韩凤池、张镜湖、镇守使。冯光久，均未晤。

刘烈卿、马肤武、张地山来谭。张退老、瞿莘畬、唐辅之、韩凤池、黄励生、单少堂、章希瑗、陈保之、陈杏南子。陈石庐劭吾子。来，均不遇。

昨陈保之赠诗，索金文打本，作书谢之。

刘烈卿、王饶生、张地山、韩凤池、因病未到。马肤武约晚间酒叙。

**初七日(4月3日)** 至退老处谭。欲归，商退老，转啬老意留通。

访束劭直，未晤，去如皋。晤盐垦文牍魏邑周，樾。在二厂午饭。

退老送肴点，约希瑗、爵之、光久、吉六、少堂、华卿共酌。

扬州重宁寺雨山、显纶。观音山摘星寺至岸、中持。天宁寺某等来，未遇，遇诸途。

**初八日(4月4日)** 王饶生、刘烈卿、刘鸿甫、单少堂来谭。

晚，至烈卿家闲话。

**初九日(4月5日)** 清明节。退老约至狼山云海楼素斋，散后观八厂。机一万五千定，地址灰堆坝。

希瑗约在二厂晚饭。

张镜湖约俱乐部西餐。

沈燕谋、卢子衡新调高邮。同寓有斐馆，均晤谭。

**初十日(4月6日)** 退老约在北五山福田寺素斋，住持捷传。捐洋五十元。即钟秀山。

晚，光久约法轮寺素斋，捐洋二十元。同坐有蒋荃生訾佐。

退老交阅沈君诏。下河航路说略。

至图书馆，访陈星南、陈保之乔梓，并观馆中藏书。杏南时编馆中书目。

扬州万寿寺退院印真、寂山。法轮寺住持密照德林。来,陈树森樾。来,均不遇。

**十一日(4月7日)** 昨闻希瑗同啬老闲话,可先回沪。今先后至退、啬两老处,均商定可回。

陈星南父子、德本和尚、八十二岁。刘守吾锡荣,南昌人,召民族人,亮星戚。来谭。

至王饶生家,观所藏凤翔砖、赫连氏时物,黄县丁氏藏,《王文敏日记》曾言之。魏灵光寺塔铭,黄县丁氏藏。均极佳。又观泉币,亦佳。

访韩凤池,未晤。

张孝若、陈石庐、章希瑗、劳吉六、吴华卿送行。

晚,徐亮星、徐爵之约酒叙。同坐有董涤青,海门人,老垦牧办事。

希瑗赠茶叶二瓶、莲子二合。吉六赠饼干二合、糖果四瓶。华卿赠饼干二合、莲子二合。邹树镔赠鸡蛋卷、麻糕。少堂赠麻糕,璧鸡。

晚十时,至芦泾港,登大庆轮回沪,同行者唐辅之、蒋孟蘋、张作三、蒋椴堂。

**十二日(4月8日)** 十二时抵沪。

检查家中各事,拉杂记之。

吴舜臣来函。志馆开会,闻催收捐款三四千元。

俞峻韵来函。谢振款二千元,并告知上控刘知事。

子丹弟来函。振款二千元已交南陵刘陆晓知事,取到印领。

陈劭吾来函。寄尘已将大丰田单、大有晋券折寄到。

皖南镇守使马函代电。行皖南各县局,提税款抵饷。

周梦坡函。上巳修禊用四十元〇三角五分,九人公派,每分四元四角八分五。

陈重光来函,寄题益延寿瓦、过氏瓴二诗。

徐子仁来函。谢前寄挽幛,并告许省长实业厅拟将第一农场并森林局俾其管理,住安庆百花亭铁佛寺。

周绢之来拜。

**十三日(4月9日)** 至大生，晤寄尘，告啬老诚意。

访周缉之，已行。访蒯若木，久谭。访洪竹生、方玉山、徐静仁，不遇。

至仁济堂，戒安、宋廷诸人均未至，留存夏辅宜来函并南陵县振款二千元印领。振会又向江浙皖会拨到三千元，分拨南陵、望江、繁昌，各平籴千元。

午刻，汪蟾清约大东旅社西餐。

申刻，潘明训约大观楼，吴发来、吴发祥约一枝香西餐。

至李紫东忠厚书庄，取书三种，价七元：《元始说先天道德经注解》五卷，宋息斋道人李嘉谋解，明万历乙亥李栻本。《新刻万天官四世孙家傅平学洞微宝镜》四卷，明万历戊子刻本。《神课金口诀》七卷。适适子，明刻本，万历廿四年。

至来青阁，取书一种，价十四元：廿一日付讫。《西庄始存稿》卅九卷。嘉定王鸣盛，乾隆卅一年刻本。原目有卷四十（家传六十首），卷附（长短句四十七首），均注嗣刻二字。吴氏《测海楼书目》只卅卷附一卷。

至曹素功，购印书墨三元。

**十四日(4月10日)** 至仁济堂，商夏辅宜函请借振余三千元，拨付梦老办春振。戒老云可缓借，公函覆辅宜。

覆辅宜书。宁兴借款每千元一百元。

覆丹弟书。振会拨南陵平粜一千元。

覆舜臣书。振会拨南陵平粜一千元。

致周梦坡书。上巳修禊分洋四元四角八分五厘缴还。

覆罗子经书。各志留存，照付帐。

覆陈劭吾书。来函云大丰田单、大有晋券折已收到。

购明万历日月镜，付价十八元。有“明万历癸未冬济南王子庞甫识”十四字，又有“元始祖神先天地精妙合丹成与道含真”十六字。

淑畹自九华山回，为交百岁宫志海和尚人山，太平。修理月身殿前石砌功德洋捌拾元。

至大生，晤寄尘、燕谋，知啬老明日到沪，静仁今日去杭。

**十五日(4月11日)** 张作三、蒋蝦堂来谭。

闻啬老昨夜到沪，午后至大生，略谭。

晚，李凤池约大观楼西餐。

**十六日(4月12日)** 蒯若木来，同至蒋孟蘋家，有日人善相，邀与相之，云运以后甚佳，寿至八十岁，两子能克家。

至大生，晤寄尘，闻啬老今日回通。

赵鲁瞻之夫人讣书至，送团龙宁绸幛。

**十七日(4月13日)** 朱曜东来谭。

前日十四日。在淮海银行付规银二千二百两，七二五二五。合洋三千〇三十三元四角三分，提出三千元存家用，帐余留零用。廿二日存汇丰分行，半年期，四厘息，阴历八月廿八日到期。

晚，绮女请丹桂第一台观剧。

**十八日(4月14日)** 沙楷堂来谭，属向《新闻报》馆绍介书记一席，适汪汉溪函约面商，遂定议。

至仁济堂，晤戒庵、幼南。假沪宁车票。

赠潘兰史《疏影楼词》《玉壶山房词》，又小仓山房刻《过云精舍》等词五种。

覆陈重光书，寄赠兵器拓本十种、过氏瓴一种。

又赠陈墨迻万历王子庞镜一种、大德七年庆元路权一种。

**十九日(4月15日)** 午刻，都益处贞元会，梦坡值会。

晚，汪幼农约一枝香西餐，会议皖振戏资八千元拨交冯梦老放春振，并拟电告许省长，又慈善会特别补助皖振壹万元交李伯老，由同乡会出收条。

至古书流通处、忠厚书庄、来青阁、占香斋。

至丁仲祜同年处，观所押袁寒云藏宋书棚本《鱼元机集》，并取佛经六种，共十七元五角：廿八日付讫。《观楞伽阿跋多罗宝经记》四卷，明释德清，万历已亥刻本，《续大藏经》，六元。《佛法金汤编》十六卷，明释心泰编，明万历廿八年天台释如惺重刻本，《续大藏经》，四元。《天台四教仪注略》二卷，明沙门文石略注，吴继勋校，万历戊子刻本，三元。《法界安立图》三卷，明沙门仁潮集，万历丁未刻本，《续大藏经》，二元。《颂古合响集》一卷，明张有誉，明支那本，《续大藏经》，五角。《日课便蒙旁注略解正、附编》。沙门海宽，雍正壬子刻本，《续大藏经》，《心经略解》，世鲜传本，二元。

**二十日(4月16日)** 购董焕成《潜山县志》三十卷，价四元。民国九年刘延凤纂。

捐徽宁会馆长生愿辛酉年十元。又淑畹、定君暨儿女等十元。

取大照公司息壹千五百八十两，七三。化洋式千壹百六十四元四角零。代蒯府收息四百十五两，(七三)化洋五百五十八元五角又七十文，取存家用。

单少堂来谭。

昨，余寿老来，未晤。今答拜，匆匆一叙。

**廿一日(4月17日)** 访章希瑗，拜单少堂，均不遇。

余寿老来函，交湾沚公记田辛酉年租息五百元。取存家用。

俞峻韵来函，自安庆宁广学舍。月初为各法团公民代表上控县知事刘钦诰，属再电请省长。

子丹弟、吴舜臣来函，平粜壹千元已告刘陆晓到芜向翟展成接洽。

晚，周宷臣家约宴，招待来宾酒。

至来青阁、忠厚书庄、蟫隐庐。陈乃乾同杨寿祺购定宁波冯氏书，约二千七百元，乃乾分拆三成，廿五日可由甬归。

覆翟展成书。南陵平粜一千元刘陆晓知事到芜接洽。

覆吴舜臣书。告俞峻韵函请电省长，一致进行。

覆郭品翰、礼征书。乾隆三年蔡必达纂修本不借。

致陶子麟书，催刻《玉台新咏》。

**廿二日(4月18日)** 至汇丰分行，存洋淮海银行提规元二千二百两化。叁仟元,半年,息四厘,阴历三月廿二日,阳历四月十八日。至阴历八月廿八日,阳历十月十八日。到期,户名徐随盦,用随盦圆印。存单一〇七二号。

游邑庙内园。

至大生,希瑗在苏未回,孝若去通,晤寄尘,知静仁于南通拒绝意已转。

**廿三日(4月19日)** 吊周扶老、周薇阁之丧。

希瑗来谭,随答拜。

至仁济堂,晤戒安、宋廷、少舟、少先、幼南。

皋俞之太夫人廿七日七十寿,派分洋二元。

**廿四日(4月20日)** 为绮记付大生往来折五百元。绮记净存壹千弍百元,内有积记二百元。

同大生、溥益公祭周扶老、周薇阁。

**廿五日(4月21日)** 王仲遴来,谭剧券事,颇怒汪幼农。

至大生,访希瑗。又访余寿老。又拜王仲遴。

至仁济堂,晤介庵、幼南。

陈劭吾由如皋交其世兄汝闳赠卫生香十筒、蜜馂香橼四罐。付来仆一元,汝闳住恺自迩路二六八号。

李从龙来函,因前垫赵孤一郎一百元,今代附中国银行新股一百元,又纸两幅求书。

**廿七日(4月23日)** 至陈戒老处谭,交还许省长覆振会同乡截留剧八十元一电,函告汪幼农。

至吕皋俞家,贺其母孙太夫人七十寿,留午面。同江汉珊诸人竹叙,胜廿二元。

同杨瑞生公宴徐阶平、陈懋之、韩凤池、汪叔丹、邓吉频、徐静仁、龚伯厚、张地山、吴寄尘、柳梓庭诸君,李仰彭,寿饯,丹徒。约费洋廿八元零。

**廿八日(4月24日)** 为徐仲可题鸣沙石室唐人写《摩诃般若波

罗蜜经》第八卷、第十八卷：

幽深石室启鸣沙，秘笈惊人富五车。福地嫏嬛行处有，俊游只惜少张华。

周易谁知出佛脐，难将呵护青阇黎。名山宝气腾虹玉，光映安西到海西。

般若经从贝叶摹，硬黄纸渍墨华腴。千年文字精灵在，香火因缘证得无。

答拜刘葱石、徐阶平。

至来青阁，购书五种，价壹元：当付讫。《瀛山笔记》二卷，休宁黄士埙，乾隆乙酉从孙煜刻本。《寒泉子石苞》一卷，《天童远和尚东谷集》一卷，康熙甲辰刻本。《行脚草》一卷，鄞释菊窗、恩璇。《宁波太白山天童寺赋》一卷。会稽陶寅龄。

赠陈倬斋《法华三经》，交秦贤炳转。

**廿九日（4月25日）** 王仲遴来谭。

午刻，贞元会，都益处值会。

晚，刘畏之、实之、慧之约会宾楼酒叙。

至乾坤大剧场，观金少梅《荷花三娘子》剧。

**三十日（4月26日）** 覆吴舜臣书。先三舅父葬事费三四十元，秦启才表兄来信。

函谢陈劭吾惠卫生香、蜜饯、香橼。

昨，附印刘葱石刻《五代史》三部成，今函送星如、拔可。

覆李从龙书。中行股分一百元仍寄缴。

函陈乃乾，交还前借《桐城方氏诗辑》，并附送三月薪廿元。

至余寿老、陈卓甫处谭。

至仁济堂，晤戒安、宋廷、幼南。

至蟫隐庐，取《楹联集锦》八卷。永康胡凤丹辑，价洋九角。

至来青阁，购《静存斋诗集》八卷。钱唐钱师曾，道光辛卯刻本，价五角付讫。

晚十时，同余寿老附大德轮去通，舟中晤包静安、杜志远。志远谭华成事，颇诋毁张佩严刚愎。

## 四月

**朔(4月27日)** 午后三时，船泊天生港，至有斐馆小憩。退老属希瑗邀至城南别业，晤退老，略谭，旋即谒啬老。

访王饶生、王灏渠，由铜陵来。即同退老陪晚膳。孝若亦于上月卅日至申。

**初二日(4月28日)** 希瑗约至二厂酒叙。午刻。

闻寄尘、静仁、家臣来通，同寿老往谭。在有斐馆晤周孝怅、朱子樵、华成拟添新股。江知源、章静轩、杜志远、李寿卿、江幹卿。又至刘烈卿家闲话，召三和堂金素琴。东台伎。

晚，退、啬二老约城南别业酒叙，吴达泉、胡碧江同席。

**初三日(4月29日)** 同寿老观其所筑新居。复至有斐馆，晤寄尘。

十一时，开六盐垦公司董事联合会，六时散会。

王灏渠因刘厚生未来通，遂去沪接洽。

王饶生晚约俱乐部酒叙，召金素琴。

**初四日(4月30日)** 华卿来言，上海有印刷品警告孝若。即南通伤心史。

大有晋股东会议决售地三万一千余亩，每亩十六元至二十元，又增新股三十万元。

晚，刘烈卿、张亚威约至丁古角酒叙，召金素琴。

**初五日(5月1日)** 午后，同寿老至饶生家，观所藏书画并贻瓦当拓本卅余种；饶生瓦当尚有佳者未拓。

高南阜右手画弄孙八珠册；附《出痘琐记》，时孙攀鳞六岁。末题乾隆元年丙辰冬腊月朔日画，为鳞孙出痘喜后，以代含饴之弄。第一册佛手，第二册桃，第三册石榴，第四册荔支，第五册菱藕，第六册芋水仙，第七册柿荸、荠栗，第八册苹果。

杭堇浦松吹《读书图》册；有樊榭老人题。

陈玉芳联；立上等愿结中等缘享下等福，从高处看就平处坐向宽处行。

郑板桥联；

宋张节之樗寮。书《大学》册；佳。

宋陈所翁画墨龙卷；白斑题，高江村藏，未著录。

明仇十洲《梅花书屋图》轴卷；仿松雪，次之。唐子畏《梅谷图》亦仿松雪。

明仇十洲支硎春色卷。又次之。

晚，全烈卿家便酌，召金素琴，同座亚威、幹卿、饶生、寿老，后徐静仁、陈懋之来度曲。

闻奉直已开战，阅初四日各报，纪载甚详。

**初六日(5月2日)** 啬老约至东奥山庄午饭，出示千龄观自寿诗八章：

花萼楼高溯李唐，红牙玉笛按霓裳。何如西塞渔兄弟，不觉人间有帝王。

观北风澜夹小湖，观南山霭落平芜。行都不得无南北，坐倚危栏听鹧鸪。

去年洚水欲响天，无数饥愁到眼前。便对亲朋倾满酒，还虞农舍未炊烟。

有姊有兄开八十，龙钟有嫂百龄几。吾亲傥在应欢笑，小子胞今亦古稀。

次第诸孙画解行，今年早晚又添丁。扶翁他日频来戏，下看群流上列星。

好山不见异僧庐，名辈多归宿草墟。但得傅家犹出世，若寻良友读忘书。

世间尽有百年身，不数彭殇过去人。欲种万花当一局，四时无限烂柯晨。

市有鱼虾足馔宾，放教鸡鹜闹比邻。牛羊何择翁其吝，一笑闻嘲未敢嗔。

晚，韩凤池、马肤武、张地山、汪叔丹、龚伯厚约至烈卿家酒叙，召金素琴。

**初七日(5月3日)** 吴华卿、劳吉六、冯光久、邹树镔来，华卿钞阅南通伤心史。

午后，访韩凤池、梁缙卿、汪叔丹，均不遇。

晚，江知源约有斐馆便酌。散后，同寿老至通俗剧场观剧。

**初八日(5月4日)** 啬老约至西山村庐素斋。是日，黄泥山、马鞍山庙宇新修落成，行礼。黄泥原祀文昌，今改弥陀佛。马鞍山颠新建牟尼阁。

**初九日(5月5日)** 招张镜湖、瞿新畬、田春亭、唐辅之、吕鹿笙、章希瑗。

午刻，镜湖、新畬、春亭、辅之约俱乐部西餐。

大丰公司二时开董事会，赴会，王已劲提议，前议决售田二十五万亩如一时未能售出，拟将地亩填照，借一百万为抵押品。

晚，阅崇、佑两儿来禀，知淑畹病，匆匆向退老告别回沪。过有斐馆，晤寄尘、粟臣、劭直、知源，并向粟臣、寄尘辞分厂董事，勿选留，遂登大庆轮。

**初十日(5月6日)** 十二时，大庆轮抵沪。

淑畹服谭以礼药，病有起色，心始安。午后，谭来复诊，另配药水调理。

阅报，得悉初八日奉军败，张已出关。

在通吕鹿笙告吴佩孚、齐燮元八字：吴：甲戌、戊辰、己酉、丁卯；

齐:乙亥、庚辰、甲寅、庚午。

大太太来信,家务由丹弟处分,俟凤侄回南定议。又丹弟于三月廿二日鼻血流不止,并由口呕出血冻。廿五晚昏厥二十分钟,势甚危险。

孙星如来书,交来新装成《五代史》。

陈重光书来,前寄兵器十种、过瓴拓本已收,寄来《藏器考略》一卷,皆随闇所藏金石文字也。

闻石叔在龙潭得病回扬州,初八日病故。

阅吴舜臣初二、初五两日来书。高等小学停课,反对刘知事甚烈。黄子猷被船户污辱。平粜一千元已收到。秦府事查明再办。丹弟病渐愈。丹弟夫人初五到南陵。

**十一日(5月7日)** 至来青阁,购零本书,码洋三元三角,七折,付洋二元三角一分:《苏文定公文钞》廿卷,明茅坤批评本,码洋九角。《南华经》四卷,会稽徐廷槐钞阅,乾隆六年刻本,码洋四角。《四明近体乐府》十四卷,鄞袁钧,嘉庆五年刻本,码洋六角。《皇朝武功纪盛》四卷,赵翼,乾隆五十七年刻本,码洋二角。《御制大云轮请雨经》一卷,工部尚书金简刻本,乾隆癸卯刻本,码洋一角。《漕河祷冰图诗录》四卷,陶澍辑,道光三年刻本,码洋一角。《曾文正公荣哀录》,同治壬申刻本,码洋一角。《诸葛武侯心书》,光绪甲午活字本,附《白猿经风雨占图说》,码洋二角。《岭南纪事诗荔支名》,如皋袁勋,道光嘉庆间刻本,码洋一角。《文莫书屋詹詹言》二卷,鄞陈仅,道光乙巳刻本,码洋一角。《剔灯外录》一卷,释智照,道光四年刻本,码洋一角。吕氏坤,叔简。《四礼翼》四卷,高安朱可亭(轼)评本,码洋一角。《宋于庭五种》。《石渠礼议》《五经通义》《五经要义》《卦气解》《石鼓然疑》《四书释地辨证》,码洋三角。

又至陈乃乾家,取宁波新购书十二种:十三付廿三元一角讫,交来青阁。《杨氏易传》廿卷,宋杨简,明刘日升等刻本,码四元,四折。《大慧禅师语录》卅卷,宋经山僧宗杲,明万历乙酉刻本,码六元,四折。《元史本证》五十卷,汪辉祖,嘉庆七年刻本,码六元,四折。《天童寺志》十卷,仇兆鳌序,原刻本,码四元,四折。《全浙诗话》五十四卷,陶元藻,嘉庆丙辰刻本,码十八元,四折。《甬上耆旧诗》卅卷,胡文学辑选,康熙十三年刻本,码十元,四折。《皇朝骈文类苑》十五卷,姚燮,光绪九年镇海张寿荣刻本,码三元,七折。《听松庐诗钞》六卷,张维屏,嘉庆十八年刻本,码一元六角,四折。《松溪文集》一卷,新安汪梧凤,男灼编次本,郑诚斋、刘海峰鉴定,码一元六角,四折。《类编唐人绝句》三卷,清江敖英,扬州诒恕堂本,码六角,四折。《红杏词》二卷,仁和李方湛,嘉庆甲子刻本,码七角,四折。《阿育王山志略》二卷。明万历憨山沙门释德清撰本。

前在通赠陈保之金文拓本五十种、单于和亲等砖四种、过氏瓴拓本。又赠王饶生单于和亲等砖四种、建安画象砖、金涂塔、崔承宗造象、程荣象、齐僧道建象、齐逢迁象、夫马砖、张通妻陶志、高霞寓志、过氏瓴各拓本。又赠冯光久《梡鞠录》二种。

**十二日(5月8日)** 致吴舜臣书,覆大太太、子丹弟、冠英侄书。

读袁又恺廷梼。母韩夫人贞节堂钱竹汀先生作铭,称箧室曰次配。

**十三日(5月9日)** 函陈乃乾,赠《积学斋》《鄦斋》两丛书,连史纸印,有木箧。并还前假《霜哺遗音集》,袁廷梼母韩孺人节母题诗。《承恩寺诗存》,释定志等辑。《登岱图题诗集》,陶澍辑。又付书价廿三元一角,交来青阁转交。

至仁济堂,晤介庵、幼南,交翟展成寄来繁昌、南陵两县收到安徽义振会平粜各壹千元印收。

致吴舜臣书。询时疫药水用何种。郑宝年(河南人,梦柏)。何时署南陵知事,声名何如。

复陈倬斋书,并赠新印《安士全书》。

**十四日(5月10日)** 访江汉珊。晤刘烈卿。

**十五日(5月11日)** 翟展成、陈西甫自芜湖来谭,随约至禅悦斋素餐,并邀丁仲祜同坐。

南陵县刘陆晓已同繁昌徐磊生名传友,秋浦人。对调,磊生曾留学日本，充县议员并教员，周实之办天津华新纱厂委任书记，颇讲佛学。徐德虹侄。

钱铭伯十九日七十双寿，送祝数十元，移充善举。

函刘翰怡，转交。

刘逊甫来函，为友购《佛学大辞典》，援预约例属函丁仲祜，当作书与之。

致吴舜臣书。徐磊生调任南陵。

覆俞峻韵书。徐磊生调任南陵。

至来青阁，取《千叟宴诗》四卷，码洋二元五角。七折，五月朔付讫。

**十六日(5月12日)** 答拜翟展成、陈西甫、刘烈卿。

至大生，晤吴寄尘，约今晚去通。

至仁济堂，晤戒安、幼南。访刘烈卿谭。

为展成函仲祜，购《佛学大辞典》。

罗子经昨晚来谭，今来函交《徐公文集》尾价四十元，旧账清讫，作书复之。

覆陈乃乾书，告赠书、还书、付书价由来青阁转交，并请留《陆次云杂著》。

退老来书，绍介俞汝权君国钧。诊病。送礼四色，收茶叶、饼干。

覆蒯若木、李从龙书。

收裕中纱厂辛酉年官余利叁百廿元。又绮记壹百十二元，本七百元，股本旧式千元，官余利合一分六厘。

晚，同吴寄尘附大庆轮再至南通，舟中晤王雷夏、胡克之、前署东台。杨瑞生。

**十七日(5月13日)** 午刻，抵任港登岸，寓有斐馆。

三时，开一、二厂董事会，接开股东会，仍推举二厂董事。赠退老荔支、花旗橘、九华茶、饼干。

**十八日(5月14日)** 晨至城南别业，退老邀广东邓君望气。退老亦属邓君观之，云后运甚舒服，虽有劫，财无碍，交友宜慎，遇事可自宽勿闷。五十九岁有灾，寿至六十七岁。

同退老至大生、海门三厂开股东会。散后，约至海门老老院，观成立礼。此院为退老所立，捐助二百元。徐静仁垫付，廿二日在沪交李旭堂收。

寿老今日回沪，退老属仆在有斐馆迁至城南别业。赠啬老汪退谷九言长联石印本。

**十九日(5月15日)** 午后，开纱厂、盐垦各公司联合会，组织总管理处，推啬老为处长，静仁为纱厂主任，知源为盐垦主任，啬老为一、二厂董事长，退老为三厂董事长。

晚，赴淮海银行徐赓起、陈心铭俱乐部之约。

**二十日(5月16日)** 吕鹿笙、江幹卿、知源、希瑗、光久来谭。

**廿一日(5月17日)** 至淮海银行王饶生、袁亦齐处，饶生谭佛学。

昨，退老仍约经理内河轮埠事，辞之。今又坚辞，退老属江知源商啬老，无结果。

晚九时，附大穌轮返沪，退老赠咸鸭蛋二百五十枚，吉六、华卿亦分赠各物。付张仆廿元，又汽车夫四元，又张仆送行李一元，船茶房、栈茶房各一元。

**廿二日(5月18日)** 午刻抵沪，至公司，同鲍星斋谭。船价廿角。

至溥益，交李旭堂二百元，还静仁老老院垫款。

至大生，寄尘未来，其子病有转机。

刘十枝来谭，答拜，亦晤谭。

裕中厂发起人红利一百九十七元四角零，十八日刘慧之交来，收家用账。

送江汉珊、刘烈卿红花缎幛。

送狄楚青夫人汪蓝花缎幛。

夏辅宜娶子妇，寄花缎幛江宁。

**廿三日(5月19日)** 为刘烈卿家送奁至江汉珊家。

晤李希白，知谢学霖号泽同，芜湖人，前两江师范生。现在江苏省公署任总议厅长。

孙心如赠商务书馆新印金华《黄先生文集》，黄缙，影元写本，四十三卷。《阳明先生集要》，《年谱集》一卷、《理学集》四卷、《经济集》七卷、《文章集四》卷，王守仁著，施邦曜重编，明崇祯间施忠愍刻本。《权载之文集》五十卷。大兴朱氏刻本。

**廿四日(5月20日)**　为刘烈卿、江汉珊家作冰人。同作冰人为王树□[1]、曹让之、吕皋俞，证婚人钱崇威。

捐助南通第三养老院弍百元，交吴寄尘转送。

晚，至张东甫处谭。

汉珊座中晤花旗银行袁永康。恒之子。

**廿五日(5月21日)**　至来青阁，取书八种：正月朔日价付讫。《大般若波罗蜜多经》第一百四十卷，宋圆觉藏司白纸板，实洋三元。《推春秋日食法》，施彦士，嘉庆己卯修梅山馆本。以下七种码洋十五角。《周官参证》二卷，王宝仁，同治甲戌重刻旧香居本。《鹤麓山房诗稿》六卷，慈溪华炜，嘉庆庚辰刻本。《甦园小稿三编》，甬上周崇仁，嘉庆十四年己巳刻本。《眠云出岫集》，诗、词、骈文各一卷，江都孙宗礼，道光廿六年刻本。《寿樟书屋诗钞》，鉴湖沈宸桂，道光七年丁亥刻本。《勾江诗绪》。即《施氏家集》，康熙施氏刻本。凡施国鉴《栖竹轩集》、施锽一《粹楼集》、施淞涛《饮香亭集》、施沧涛《石云楼诗词集》、施洮麟《澹周集》。

洪希甫来谭。

**廿六日(5月22日)**　赠江汉珊《徐公文集》，宣纸印本并匣。《随庵四种》。

赠缪书屏九畴。《闺秀百家词》附《词钞》。

舜臣来函，廿三日售出稻壹百五十石，每石三元六角。又售芽稻壹百石，每石三元三角五分。又淑记壹百石。每石三元六角。

---

①　原文如此。

**廿七日(5月23日)** 至大东旅馆,贺丁价侯女公子于归之喜,送礼,璧。

周黼卿生子,全收礼。

至仁济堂,交绮女捐江浙皖义振会廿元,又交儿女等捐育婴堂十元,又回济生丹五元,寄南陵。

至古书流通处,付还书洋壹百十一元七角。前账全清。

至刘烈卿、恽瑾叔处,晤谭。

**廿八日(5月24日)** 复张仲照书。大生发息事。访陈介庵谈。

**廿九日(5月25日)** 至余寿老处,交袁永康求书各件。

至仁济堂,晤陈介庵、吕宋廷。

至大生,寄尘托往商中国实业银行存款转期,慧之未允。

午刻,都益处贞元会,恽眉卿值会。

晚,至大世界剧场,观金少梅《打花鼓》《武家坡》剧。

**三十日(5月26日)** 赵孺人忌日。

子丹弟由南陵回,视其病尚未全愈。交洋五十元助振。又交大房分析字,属签字。初四日签字后交子丹。

立分执家产字徐本李:缘余精力就衰,家务繁重,势难兼顾。余子世凤正值壮年,亦当经营事业以图自立,爰特邀请房族亲友,暂将所有祖遗及夫子自置田产共计柒百六十二亩三分整,酌量分配,各自经理,收租完税,其分执田亩数目并坐落佃户开列于后,再各处祖茔附近田亩酌提祭田,以作春秋祭扫及外间酬应之资。一赤岭提田弍十亩,一杨家山与一百五上地点各提田十五亩,共计祭田十五亩,另田余子世凤收租完税,其春秋祭扫及房族亲友婚丧庆吊各酬应亦应由余子世凤担承。惟此项田亩原系暂行分执,只许管业,毋论何人不得变售。所有该项田亩契据暂存余处担任保管,兹特凭房族亲友书立分执字一样三纸,一给余子世凤遵守,一给世凤生母收执,一留余处存照。此据。计开:

姚家湖田一百卅八亩九分正,又石塘田五十二亩二分正,又汪庵庙田一百廿二亩六分正，以上三处共田三百十六亩七分，归余经理收租完税；

一百五十地点张礼顺佃田五十四亩四分正，巫继太佃田四拾七亩八分正，以上共计田一百〇二亩二分正，归世凤生母经理收租完税；

赤岭田四十七亩正，内提祭田廿亩。又郎公潭田九十一亩九分正，又杨家山田五十五亩四分正，内提祭田十五亩正。又一百五上地点田、周邦典佃田伍十九亩八分，内提祭田十五亩正。鳌冠屋田九十二亩三分正，以上四处共计田三百四十六亩四分正，归世凤经理收租完税。

中华民国十一年阴历四月吉日立分执家产字，徐木李。

沪　叔　积余　子丹　稚丹

族　兴和　荣廷　世丰

亲　李菊畦　方子皋　陈海汇　方德斋　陈夺声　张芳锡

代笔　张颂轩

函陈乃乾，送四月修廿元。

## 五月

**朔(5月27日)**　陈乃乾来谭。

收西泠印社书价廿四元。

收扫叶山房书价十五元。

收千顷堂书价十五元。

收公债票息廿五元。

收大丰公司崇记息一百六十元。拨家用。

至义振协会，交淑畹捐皖振洋二百元。

至仁济堂，交江浙皖义振会捐册二本，卅九号、四十号。并交子丹弟捐江浙皖振洋五十元。

至来青阁购书，连前共付洋十壹元四角四分：《吕祖全书》卅二卷，义陵刘体怒汇辑，附《禅宗正指》，乾隆刻本，码七元，四折。《大明三藏法数》五十卷，上天竺前住持沙门一如等奉敕集注，光绪庚辰重刻支那本，实二元。《清宁合撰》二卷，乾隆御制，原刻本，码洋二角，七折。《读史纪略》四卷，皖萧濬，灵石杨尚文刻本，码洋一角，七折。《楚游草》二卷，余姚周乔林，嘉庆戊寅刻本，码洋二角，七折。《两汉循吏诗》一卷，潘世恩，即《藤花厅偶吟草》，道光辛卯刻本，码洋一角，七折。《盟云山馆初稿》，钱唐殳嵋生，道光六年刻本，码洋一角，七折。《西湖赋》一卷。仁和柴绍炳，从元孙杰笺，乾隆三十八年刻本，码洋五角，七折。

至忠厚书庄取书目，共十二元：《楚风补》四十九卷《皋清百家楚诗纪》廿二卷，长沙廖元度辑，乾隆十八年刻本，实洋六元。《渝水诗观》卅二卷，黄之晋缉，渝水即江西临江府新喻县，道光廿九年刻本，实洋三元。《潞安诗钞前编》四卷《后编》十二卷，前编程之珝辑，后编常煜纂，道光己亥刻本，实洋三元。《曲目新编》涧州支丰宣辑，泾县胡泽浩校。辛壬集、癸申集。钱泳稿，道光廿三年刻本，实洋一元。

**初二日(5月28日)**　同陈乃乾商定《玉台新咏》校记。

晚，至上海大戏院，观《赖婚》影戏。徐世昌午后出走天津。

**初三日(5月29日)**　大照公司汇来董事费捌拾两。存淮海行。

蟫隐庐罗子经来函，结算午节账目，找洋廿八元二角：初四日付讫。代售各书共廿元〇四角，付书共四十八元六角。

收公债票本。金融公债一百五十六元，去息一元；四年公债三十五元，内绮女十七元五角。

同陈乃乾商定《玉台新咏》校记毕。

**初四日(5月30日)**　收大生来往折活息三百四十八元一角，内付绮记一百廿元，余归家用。折存。积记四千八百元，绮记一千二百元。

淮海银行来往折结存九八。元四百四十四两九角二分七厘阳五月卅，阴五月初四。止。由阳一月廿五日起，未结息。

送吴寄尘五十寿分式百元。交包静庵。

孙星如来函，又赠新印《皇明文衡》九十八卷，程敏政选编，明嘉靖卢焕刻本。《鲒埼亭诗集》十卷，全祖望著，抱经楼钞本。当复书谢之，并附交新印刘氏刻《周易本义》《巨鹿东观集》两种。

至蟫隐庐，取经两种：《敕修百丈清规》八卷，大智寿圣寺僧德辉奉敕重编，明支那本。百丈山在江西南昌府奉新县。实洋一元四角，付讫。《诸佛世尊如来菩萨尊者神僧名经》。明支那本，卅卷，廿一卷至三十卷皆曲，缺十卷，初八日退回。实洋三元。

覆陈劭吾书。

**端阳节(5月31日)** 沈乙盦尚书去腊廿八日假孟璟刻袖珍本《玉台新咏》，已校毕入札记并跋卷后，今送还。

至李伯老、子丹弟处，贺节。

游半淞园。

至来青阁，晤陈乃乾、费景韩。

晚，至丹桂弟一台，观《白蛇传》剧全本。

**初六日(6月1日)** 同陈乃乾商定《徐公文集》校记。

覆吴舜臣书。稻价初十内可汇申。南陵得雨，可以栽秧。秦府事查明再告。大太太要留稻廿石，秋间再还，复以可付七八十元。催完上忙甚急，必须先完。郑宝年前在知事任内，为缪继先摂告去任，前开照相馆，近开旅馆。

覆曹穆如书。阳历五月一日来书，代理留坝县，属陕西，四月廿八号任事。

覆汪启我书。

**初七日(6月2日)** 至汪六吉号，购汪本生料半七刀，每刀二元六角。共十八元二角。又至曹信义号，购罗纹一刀，计二元五角。印葱石刻书。

致李从龙书，寄还中国银行股票，壹百元。并书“爻中精舍”横额。又录屠纬真《娑罗园清语》直幅，又题东台周子番编《南庄辑略》诗一律。十壹日来函，已收到。

送汪本生料半七刀、曹信义罗纹二刀，印葱石刻书并给印书人二元。初七日结存本生料半四刀又六十四张、罗纹二刀又十六张。

午后,陈乃乾来,商定《徐公文集》校记。

覆缪子受书。淞地股本一千元拟转售,覆有人承售,认息每月捌厘,自六月初七日交款之日起息。

函李从龙,寄赠《周安士全书》。

**初八日(6月3日)** 同陈乃乾商定《徐公文集》校记毕。

吊西泠印社吴石潜之丧。

至来青阁,售《随盦丛书续编》,白纸。收价六元。

以严校《抱朴子》付来青阁代售,实价廿元。

购来青阁书四种,洋七角:付讫。《郑氏藏笏记》,嘉庆元年十二世孙勋辑,附明勉斋先生遗象题词。陈慧娵女士《沈珠集》,嘉庆间陈辰基悼亡女慧娵征诗。《在璞堂续稿》,女史方芳佩,乾隆甲申刻本。旧藏有《在璞堂吟稿》,可合成全书。《鼓山纪游集》。杨庆琛等,咸丰乙卯刻本。

**初九日(6月4日)** 函陈乃乾,谢赠《曲苑》二部、《苏学士集》,《四部丛刊》本。退回《陆云士杂著》《金文最》《贞观政要》三种。购钮匪石《说文校录》、二元五角。《扬州画舫录》、九角。《严州诗录》、一角五分。《疏影楼词》,未定价。十二月廿五日付洋三元。

购古书流通处影印《知不足斋丛书》,实价卅五元二角,又布套二元。当付讫,取收条。

又购《槐江诗钞》四卷。休宁程瑞祊,乾隆刻本,码洋三元,八月十三日付讫。

陈立炎赠《古书丛刊》第一辑。甲集、乙集。

午刻,都益处贞元会,恽瑾叔值会。

恽季申交通海实业公司股票息折九分,计股本四千四百十两光绪卅年十月初一日给每股五两。托售,议定价一成:

介记九二四九四至九二六一九,骞记九二六二〇至九二七四五,静记九二七四六至九二八七一,仪记九二九九八至九三一二三,华记九三一二四至九三二四九;每记计一百廿六股,共股本规银六百卅两,共六百卅股,计(九八)元三千一百五十两。

成记九二三一八至九二四三〇，荫记九二九三五至九二九九七，履记九二八七二至九二九三六，久记九二四三一至九二四九三。每记六十三股，共股本三百十五两，共三百五十二股，计一千二百六十两。

至仁济堂。

正俗社函送《养生保命录》《养真集》各五册，触目惊心布告卅份。

**初十日(6月5日)**　化洋六百十二元五角，七二五。合九八。元四百四十一两，购季申通海实业公司股票八百八十二股，计九八。元四千四百十两，当作书送季申，并附推据二纸。得复，将推据签字交来。

陈乃乾来，撰藏书提要。《说文》三种。

晚，同吴蝶卿公宴束劭直、刘烈卿、江知源、柳梓庭于陶乐春。共用十七元，派分八元。

**十一日(6月6日)**　至忠厚书庄，购书三种，价二元：庾开府《哀江南赋注》，昆山徐树穀、徐炯纂辑，乾隆戊寅刻本。《咏古诗》，新安汪薇，康熙丙申刻本。《定川草堂诗集》。古歙张文诠，嘉道间刻本。

陈乃乾来。拟编《南陵艺文志》：《读史记十表》《大观本草》《保赤全书》。

江知源来谭。

三太太由扬来。

恽瑾叔来函，送来通海实业公司股票息折二分，又恽眉卿股票息折一分，托售：

瑾叔：求仁堂一千二百六十股，计股本六千三百两：九三二五〇至九四五〇九，又敬爱堂四百弍十六股，计股本二千一百卅两：九四五一〇至九四九三五；眉卿：厚余堂一千二百六十股，计股本六千三百两：八九四五七至九〇七一六，统共二千九百四十六股，每股五两。计一万四千七百卅两，应付一成，计九八。元壹千四百柒拾叁两。

**十二日(6月7日)**　付淮海银行九八。元四百两，付大生来往折洋五百元。

借丁家洋五百元，又付家存洋肆百九十一元三角一分，七一九〇。

合一千〇七十三两，两共一千四百七十三两。函送恽瑾叔，请求仁堂、敬爱堂、厚余堂一成价银通海实业公司股票价，并附推据三纸请签字。求仁、敬爱两堂自签，厚余堂瑾叔代眉卿签。

刘公鲁交阅新编《东坡先生诗集》十九卷，目录每卷皆记若干首。卷后附《乐府》，二十四首。每半页十一行，行廿一字，疑元末明初刻本。证以元延祐云间本《东坡乐府·西江月》一词，“隐隐”作“暖暖”，“层”作“微”，“风”作“明”，“一声”作“数声”，此本同，或亦元刻本也。

昨拔可书来，交孙星如附印玉海堂刻书价十元。今函覆，先缴还，随后结算。

阅吴福茨方伯引孙。《测海楼藏书目录》十二卷，凡八千零二十种，计廿四万七千七百五十九卷，虽乏宋元旧椠精钞，亦云富矣。惟编次失当，未经簿录家排比耳，录书数种，以备访：《歙县志》廿卷、《黄山志》二卷，刘大櫆，乾隆辛卯刻本。《建德县志》廿一卷，严可均等纂，道光戊子刻本。《余姚县志》四十卷，邵晋涵等纂，乾隆己亥刻本。《石鼓读》七种。吴东发，一册。凡释文、考异、章句、辩、鉴、或问、尔雅、叙鼓各一卷。

**十三日(6月8日)** 函陈乃乾，交还前假王培孙《玉台新咏考异》，又佛书十五册，暂留《释迦如来成道记》拟影印，并赠《闺秀词钞》。

至魏梅孙，已回宁。至李仲老，因午睡未晤。顺道访李木公，略谭。

至古香斋、味古精舍、怡园、长乐斋、来青阁、忠厚书庄。

至味古斋，沈菊存请千手观音像，价四十元。十四付价讫。

寄吴舜臣《周安士全书》。

任心白假《净土津梁》《净土晨钟》两书。

函拔可、星如，索新印《四部丛刊》本黄校《徐公文集》。旋得拔可覆书，慨允见惠，当作书谢之。

在古香斋取长乐未央见日之光一镜，索价十二元。旧藏有长毋相忘见日之光，又有天下大阳天下大明三镜。

**十四日(6月9日)** 至鲍子丹家,贺弄璋之喜。

**十五日(6月10日)** 至大生,晤江知源、吴蝶卿,吴约今晚至天蟾舞台,观梅兰芳《天女散花》剧。

至商务书馆,晤李拔可,商汇洋至京,交缪子受转售淞地价。当作书,并洋一千〇九十元,又上存淞厂余洋。十五元。

覆大太太书。分析字签字。先伯父、先兄事实。

覆吴舜臣书。秦府葬事,地一百元、费七八十元。收稻洋一千元,内淑记三百元。

覆李从龙书。初十日李收到中股票及书件。

覆尹润生书。寄赠剢鼎拓本四纸、陶贵志五纸。

覆缪子受书。缪子受寄来缪石渠淞园公司二批吉记购地股壹千元收据。又上年十二月六日淞厂股洋化银行十五元五角,并还五角暂存。转售淑记(四百元)、绮记(四百元)、定记(二百元),另认息九十元,交商务书馆转送。

吴舜臣汇来稻洋七百元,又淑记三百元。

味古精舍席少卿送来准提像,价二十元。当付讫。

**十七日(6月12日)** 重宁寺雨山来谭。

李木公派其司账人万茂之,名龄,合肥人。来,商绮女姚步圩田并售事。

至刘健之处,略谭。

至来青阁,晤陈乃乾,知乃乾来交还《南陵县志》稿。

至忠厚书庄,取书五种,价八元:《兰皋明词汇选》八卷,顾璟芳等撰,康熙壬寅刻本。《堪舆经》二卷,明萧克,雍正己酉钟之芳重修明万历辛亥本。《红鹤山庄近体诗》二卷,山阴女史胡慎容著,乾隆丙子刻本。《拜石山房诗钞》八卷《词钞》二卷,顾翰,嘉庆庚午刻本。《西湖柳枝词》五卷。周心维等。

**十八日(6月13日)** 袁琢斋、万茂之等来,谭绮女姚埠圩田事,随电张益三来沪。

刘硕父由京来。

至兆芳，同淑畹摄影。

至大生，晤江知源。

章希瑗来书，退老交寄大达内河轮船公司上下河各线行驶小轮概况，附各表。又辛酉帐略报告、历年经过营业情形、历年盈亏表、历年派得官余利数目表、壬戌正月至三月收支帐略、依法改组董事制案、增加公司股额案、测量另辟市河计画预算表、测量上下河浅段工程计画预算表、航道图，并告蒋嘏堂留办，促即往通。

晚八时，周湘云约至天蟾舞台，观梅兰芳、饰虞姬。杨小楼、饰项羽。王凤卿饰韩信。《霸王别姬》剧。

**十九日(6月14日)** 至古书流通处、来青阁、忠厚书庄。

拜余寿老、阮公槐、沈培老谭。

午刻，赴都益处贞元会，李伯贞值会。又赴余寿老之约，晤阮公槐。

晚，陈卓甫约一品香。散后，同游新世界，并送阮公槐至沪宁车站，乘车去皖，赴财厅任。

购美大公司喜缎幛两轴，送张石铭母夫人，又沈子林。

**二十日(6月15日)** 张一山、万茂之先后来，谭姚埠圩田事。

至大生晤寄尘，忠厚书庄李紫东。

王锡生装订宣纸印《随庵丛书》正续编、《徐公文集》各十部，《随盦四种》八部，连史印《积学》《鄦斋》两丛书各十二部，工价洋十八元五角，付讫。

杨云史北京来电，托代送张啬老寿幛。廿一日送，收款字。

顾鼎梅来书，秋间来沪，任科学仪器馆事，并商请邱、高诸人为范鼎卿陈说振务情形。

**廿一日(6月16日)** 午刻，约袁琢斋、万茂之、张一山一枝香西酌，议绮女姚埠圩田事。

寿老交来送啬老寿礼，梁山舟寿字轴、戴文节山水册。又老老院二百元，又阮公槐送啬老鹿茸，又为袁永康书联、屏扇，当送花旗银行。

**廿二日(6月17日)** 至李拔可商务书馆,拔可托带交啬老寿诗。旋函请惠《通鉴释文》,并函任心白,并《警世桴鼓》。

覆杨云史书。

覆吴舜臣书。平粜借二百元。马镇守使办军米一千石。经知事代买六百石,在芜交姚副官,已允。马未覆,款由县筹。同善分社入社人甚多。附寄志局、盛彝斋、牧子襄三函。洋龙番布管托子丹买。

致志书局、盛彝斋、牧子襄书。

晚十时,登大顺轮至通。

**廿三日(6月18日)** 午刻,大顺泊天生港,登岸至公司,晤鲍星斋,匆匆一谭。旋乘人力车至有斐馆,途遇刘烈卿,邀往田春亭税所午饭。饭毕,先访章希老,不遇。即往有斐馆,晤龚伯厚,知退老派人将行李移至城南别业。因往城南小坐,退老适至天生港公宴毕,来谭。劳吉六来。

拜啬老,不遇。

送啬老寿礼。王锡畴绘观音像、《御制千叟宴诗》、何溱书《无量寿佛经》、寿星。

代寿老送礼。梁山舟寿字轴、戴文节山水册。代阮公槐送鹿茸。

又寿老捐弟三养老院二百元,亦代送。

**廿四日(6月19日)** 拜瞿莘畲、张镜湖、马肤武、韩凤池、刘烈卿、唐辅之、陈劭吾、张孝若。

江筱楼、陈劭吾、刘鸿夫、邹树镓、吴华卿来谭。

交五侄女照片、庚条于刘烈卿。

预祝啬老寿于濠南别业。

晚,公宴啬老于城南别业。散后,同至通俗剧场,观梅畹华《天女散花》、杨小楼《落马湖》、王凤卿《朱砂志》等剧。

**廿五日(6月20日)** 晨至濠南别业千龄观,祝啬老寿。

游南通商会。

在城南别业午面、晚酒,坐中晤云海秋、吴心国。海秋并示新得唐人写经册,筠青馆故物也。已刻入《法帖》。

拜黄伯雨、马隽卿、吴心国、江筱楼、刘鸿夫、丁幼兰、胡伯宣、梁公约、江幹卿、江汉珊、刘烈卿,并交烈卿洋十元,转送金素琴。

杨永贵在海门水警供差,祝啬老寿,来见。

龚伯厚送晚剧票,转赠袁亦齐。

**廿六日(6月21日)** 啬老约在濠南别业酒叙,陪陈劭吾,坐中略谭大达内河轮船公司,蒋嘏堂无亏欠。

至图书馆晤陈保之,翰墨林晤李小扶,小指病新愈也。

晚,吕鹿笙、田春亭、刘烈卿公约酒叙。

**廿七日(6月22日)** 晚,退、啬两老在城南别业宴黎元洪代表罗春士,泽畴,四川。邀同陪座。散后,至商会,赴冯光久酒叙。

访束劭直、江知源、吴蝶卿,不遇。

邹树镁送礼二种。吴华卿送礼四种。

**廿八日(6月23日)** 劭吾回如皋,留扇,托代沪收拾。

丁幼兰、章希瑗、张贤清、单少堂、吴华卿来谭。

答拜袁亦齐、张贤清、杨薇生、陈保之,均不遇,交还保之假阅图书馆书目四册。

晚,张镜湖、瞿莘畲、唐辅之、吕鹿笙、田春亭、韩凤池、张亚威、章静轩、周季咸、某团长公宴罗春士于俱乐部西餐,约往作陪。散后,至通俗剧场,观欧阳予倩《馒头庵》、伶工学堂学生《春香闹学》剧。

**廿九日(6月24日)** 希瑗午刻约至姚港坝五松别业新宅酒叙。

吴蝶卿、张孝若来。

访张贤清,谭生源售油情形。

## 闰五月

**朔日(6月25日)** 同退老闲话。

希瑗、劭直来谭。

晚,赴王饶生酒叙之约。

**初二日(6月26日)** 午后闲步,绕南城根至西门而回。

晚,周季咸约酒叙,退老同座。

退、啬两老公函:实业内外轮步栈、电、冶铁各公司管理处正式成立尚须时日,而各公司可先事调查,考虑请徐积余先生先驻资生铁厂楼上,将来管理处即设该所也。各公司自闰月一日起,以后每月报告送处。

退、啬两老又致蒋骃堂函:大达内河轮局蒋经理,前曾令知解职。兹经查明,尚无亏宕,不清情事,仍行复职。随同总管理处徐先生调查,务须精白,乃心谨慎从事,以赎前愆。

作家书,附复孙心如书、询印《大唐西域记》。致柳芝庭书。

**初三日(6月27日)** 蒋骃堂、大达内河轮船公司暨实业公司经理。宋仲刚煜,资生铁厂通明公司总会计。来见,退老所谕也。

午后,至盐垦管理处,见啬老,接洽昨函,啬老谈资生厂拟停办。

晚,吕鹿笙约至刘烈卿家酒叙。

龚伯厚、劳吉六、章希瑗来谭。

**初四日(6月28日)** 啬老来,同退老商作三事。

周季咸来。

**初五日(6月29日)** 陈石庐汝炘。属书扇面,费范九属书"南通"二字。退老至唐闸。

希瑗、光久来。

**初六日(6月30日)** 蒋骃堂备汽车,邀同至唐闸,先至资生厂骃堂、仲刚主人约张作三、张范廉、宋善卿陪。午饭。饭罢,至大达公司、大生纱厂。又至作三、骃堂家小坐,留片柬劭直、勖俨、徐陶庵、秦亮夫。

交韩风池上月二十四公祝啬老筵资五元五角,又代付劭吾分五元五角。

作家书,附寄曹穆如、李从龙书。

晚,同退老谭至唐闸情形。

**初七日(7月1日)** 退老书联二付相赠。午刻,回海门。联云。诸事随时若流水,此怀无日不春风。文章故渊雅,风节自高骞。

午刻,退、啬两老约俱乐部酒叙,陪代理如皋沈知事。

约吉六来谭。

至希瑗处,请其转交退老,犒其仆从廿元、舆人四元。

三时,乘汽车移居唐家闸资生厂。车价大生付,酒资资生付二元。

拜资生冶厂许聘三、抡元。童廷玉休征。及铁厂同人。

晚,观通明公司电机。

**初八日(7月2日)** 童廷玉、束勖俨、秦亮夫、蒋椵堂、张作三来谭,通明电灯公司张范廉亦来谭。

薄暮,同宋仲刚闲步至公园,过大达、大储晤胡某。小憩。

**初九日(7月3日)** 退老午刻来谈,陪同视察电、铁两厂。陈铁厂欠款四项。

作家书,并附寄翟展成函。请钞赵青藜、徐燕《石室诗钞》序。

孙星如函。《大唐西域记》印四开书。

覆丁仲祜函。《一切经音义》汇编序。

覆章希瑗函。退老只收门敬四元,辞廿元。

致陈劭吾书。告寿分已代付,折扇回申交工人整理。

田献臣、国,江都人,南通、东台、海门电灯公司主任。胡朝选、文楼,金山,大储三栈。李子馨、锡香,江宁。徐陶庵、广镕,丹徒,复兴面厂经理。蒋椵堂来谭。

吴荣辉来。

徐陶庵约至复兴面厂午刻酒叙,同座有油厂广生。高云汉、源,武进。王荣卿、煦。束勖俨。散后,勖俨邀至伊宅闲话。张范廉同坐(掘港人)。

**初十日(7月4日)** 中国银行开幕,送四字金笺贺之。

椵堂来谭,各小轮昨已开班,同往大达公司。

同仲刚闲步,拜俞汝权、李子馨,并至仲刚宅中小坐。

作家书。缪夫人售实业公司股本三千两。

**十一日(7月5日)** 昨闻退老来闸,住大生厂,今晨起谭。

吴荣辉来,接沪讯询何康喧礼,当作家书告之。

龚耀宗、号涤亚,泗县人,商埠二区警察署长。房杰、冠南,江都人,江苏陆军警察二区署巡官。陈兰亭、合肥,圩栈旧警员,二区署差遣。沈宝森、号叔翘,海门人,通泰海实业盐垦警卫团长。张鉴、号清鉴,警卫团步兵一营营长。汤天爵、号受卿,警卫团书记。宗渭川、名之瑜,泽生水利公司、达通航业公司主任。吴寅、云轩,南昌,泽生唐家闸司账。郭绍仪、申全,吉安,泽生天生港司账。金趱、炳炎,东台,泽生天生港闸务。程瑞、景云,九江,达通司账。王承恩庆阶,南昌,达通工料。均来见。

答拜龚涤亚、房冠南、沈叔、张清鉴、汤受卿、宗渭川、吴云轩、郭申全。

至广生油厂,拜主任高云翰,导观各厂。拜干荣卿,未遇。

龚涤亚派排长葛君通州人。来差警士守卫,却之。

啬老交阅江苏义务教育期成会来函,准盐城支会长徐炳章请代征小轮搭客捐,照票价征一成,扣十分之一,为公司代收手数料。当将原函送退老阅过,交蒋嘏堂,再商退老拟覆。

**十二日(7月6日)** 蒋嘏堂来,交阅覆啬老函,已经退公核定,即照缮,另函告啬公。

退公来谭,即回城南别业。

张孝若、高云汉、冯光久来谭。

**十三日(7月7日)** 作家书,并覆陈戒老函。皖振收支册请同少舟核定,幼南事商荐附奖券局。

致费范九书,附书“南通”报题名二字。

嘏堂来,交阅盐城局报告,有陈少山冒公司密查名义,诈收水脚,骗窃财物等情,已通告各局,遇事须凭公司正式函信,勿受欺骗。

同仲刚闲步大达内河公司,观掣电轮。

**十四日(7月8日)** 南陵县知事徐传友字磊生。快邮代电冬电即闰五月八日。上游泾县蛟洪猝发,冲破柿树坝、澄清坝、清河圩等处,田庐漂没,淹毙人口数百名,乞转各同乡会、各义振团体乞振。当商退老,回沪商办,退老允之。舜臣来函,亦云水灾,大略相同。随作书告舜臣,明日回办,同寿老诸公筹商若何情形。再覆,请先转致县署。

同仲刚至天生港,答拜泽生水利公司诸同人,宗渭川备茶面款待。顺道观电厂、已停工。通燧火柴公司。已停办。游果园,购玫瑰蟠桃、五香桃二种三元。

晨,蒋蝦堂来谭,并通海实业公司说略。

**十五日(7月9日)** 退老来谭。

午刻,广生油厂高云汉约酒叙。散后,至南通濠阳小筑谒啬老,已至盐垦管理处。即往处晤啬老,告以回沪商筹南陵水灾振务,并告资生厂情形。复至冯光久、劳吉六、刘烈卿谭,烈卿留晚膳,并邀王饶生、张亚威竹叙,十二时散,负洋十五元。乘汽车至天生港大达轮公司,蔡鲁屿赞谟,南昌。因病未来,李亦新建鼎,贵溪,称姻世侄。在轮埠相候,伴至轮船,略叙即别。汽车三元、船票十七角、茶房酒资二元。

蝦堂钞送实业公司历届账略。

宗渭川送蟠桃。劳吉六送金肘。

**十六日(7月10日)** 午刻抵沪,登岸至公司,晤鲍心斋,略谭。又至大生午饭,晤寄尘、序卿、芝庭、知源、静轩、张孝若、周孝怀。

四时,访寿老,不遇。闻袁述之来,随往贾汪公司晤谭。又至仁济堂,晤戒安、树人、幼南,商办宣、南振务。

舜臣十三日来书,述水灾至重至惨。

检查去通后家中各事,记之:

闰五月初一日,付大生洋五百元,济家用。内有绮女二百元。

闰五月初九日,付大生九八。元玖百两,六一五五。化洋壹千二百五十七元八角六分一厘,交淮海银行收水泥公司五十股四分之一第四期股本,当取收条六四〇八。号。

孙星如函交商务书馆附印罗纹四开本《增广笺注简斋诗集》卅卷《无住词》一卷,宋刻本。《冲虚至德真经》八卷,北宋刻本,善本以此第一,蒋香生曾覆刻之。《老子道德经》二卷。宋建安虞氏家塾本。

张菊生函赠《王荆文公诗李雁湖笺注》五十卷。影印元刻本，定价十二元。

闰五月十一日，朱幼鸿约观梅兰芳剧。

闰五月五日六时，周梦坡约精勤坊倚翠酒叙。

闰五月六日，淞社五十三集，刘承幹约。

闰五月八日六时，北京路长康里功德林蔬酌，潘兰史约。

闰五月九日午刻，功德林贞元会，朱峻夫值会。

闰五月十四日五时西餐，周湘云约。

闰五月朔晚，汪甘卿、邓百村来。

闰五月十五日，陈海汇、易稚九来，并赠百合、茶叶、葛粉。

鲍子丹生子弥月，送鞋袜、帽围。

**十七日(7月11日)** 付大生二百四十二元一角四分，家用。

翟展成来函，筹办宣、南蛟灾急振。

至余寿老处，商办振务。

至仁济堂，同戒安、宋廷、树人、幼南商办振，发出告灾各函，通知各报馆、各善堂、各会，少舟亦来。

至大新旅馆，答拜陈海汇、易稚九，随约往一枝香西餐，共用三元八角五分。

九时，至济生会，晤陆维镛、张贤清、单仲范、少舟，商办振务。

朱象甫送新刻《蕉声馆文集》八卷《诗集》廿卷《补遗》四卷《续补》一卷。平湖朱为弼撰。

补初六日覆舜臣书。售稻五十石，三元六角五分；又芽稻五十石，三元三角五分，借办平粜二百元，由维持民食会出收据。又四都二图毕家湖赐福桥重修，估价三百六十七元，除募捐外，不敷约一百四五十元，请同朱广记分认。

**十八日(7月12日)** 陈海汇、易稚九来告别，送牛肉、瓜子、饼干、棉油四色。

子丹弟来谭，告以赤岭祖茔不能动土。

至徐静仁处，商拨江浙皖振余济宣、南水灾。

至仁济堂,晤戒安、宋廷、幼南,议定廿一日在一枝香公宴同乡筹振,并拟自捐壹千元,散放急振。

函覆徐磊生知事,并由振会代电情形,稿为宋廷拟。

南陵农会会长、陶树勋、刘冠芳。教育会会长、张和声、潘稼阡。劝学所所长盛兆恩、商会会长、黄勤、吴懋勋。地方财政局局长孙奎、朱文炜。快邮代电冬电,报灾乞振,由沪转通,今由通转沪。冬日即闰五月初八日。

陈乃乾来,商办现定经籍、艺文志。并交原本县志艺文二册,又碑碣拓本至明止,又新编金石志稿一册。

陈立炎假明刻《授经图》二册、秦刻《鬼谷子》一册,交陈乃乾转送。八月廿六日交还。

**十九日(7月13日)** 函覆拔可,《通鉴释文》附印四开本有阙叶尚未交来,前赠六开本今仍缴还。

函覆莘如,《通鉴释文》阙叶或补印,或以料半纸补之,均无不可。《大唐西域记》附印甚感,交来新印《老》《列》《简斋》三种,均收到。

函覆张菊生,贻新印元本《王荆文公诗注》。函云:先六世祖于乾隆初年覆刻元大德本,世称清绮斋本,缺魏序、年谱及卷三十、卷五十两末叶,令一一补全,并补入刘、毋二序。

答拜刘健之。

访李伯行,谭宣、南振务。

午刻,赴都益处贞元会,李凤池值会。

至仁济堂,晤宋廷、幼南。

覆南陵县知事徐磊生函,捐助壹千元办急振,并附安徽义振会代元电告筹振情形,寄吴舜臣转交,请代筹借壹千元。

**二十日(7月14日)** 覆义振协会、农会、教育会、劝学所、商会、地方财政局代元电告,自捐壹千元交县署办急振,并振会连日筹办情形,寄吴舜臣转交。

南陵义振协会报告成立,电请提倡劝募会长县知事徐传友,副会长黄勷、盛铭勋。

**廿一日(7月15日)**　至仁济堂。

同乡会邀集旅沪乡人在一枝香筹办振务，陈少舟捐壹千元，舒咏芝捐五百元，张东甫捐四百元，王骏生捐二百元，陈介庵、汪幼农、聂榕卿各捐壹百元。李伯行、李仲仙、李季皋、朱砚涛、朱幼鸿、程龄孙、刘慧之、陈卓甫未到。

**廿二日(7月16日)**　致陈重光书，并寄金文拓本卅四种：前寄十四种，并剌鼎等全形。

鱼父乙鼎、叔彝父鼎、剌鼎、白矩尊、尊形鼎、戈叔朕鼎、师遽敦盖、中祖父敦、父辛尊、举父乙斝、子孙父辛斝、举丙卣、亚形卣、举乙觚、父辛彝、叔男父匜、举丁解、立戈解、杜白簋、白春盉、且庚寿、冈吒父乙寿、父丁举寿、丙午寿、父已系寿、父庚寿、子寿、叔父辛寿、举父辛寿、父庚宝彝寿、女庚子孙寿、尊形父癸寿、勾兵寿、元延祐寿；前寄。虢叔钟、剌鼎全形，又宗归鼎、右戏仲鬲、魏程荣造象、齐道达造象、逢遇造象、张元彻造象、高霞寓、陶贵志。

购小钱鼻烟大金花，约十五两。价二百元；小金花，二瓶，每瓶约四两。价一百七十元。

付大生五百元。付鼻烟价三百七十元，余留家用。

覆展成书。振务沪会情形，并告捐洋一千元。

致王迪成书。振务沪会情形，并告捐洋一千元。

至仁济堂，晤戒安、皋俞、幼南，商定截留济安奖券款壹万五千元，致电振抚处督办，并函致舒韵芝，请吕皋俞提款。

至忠厚书庄，取释藏廿八册，议价廿元：《释迦谱》十卷，萧齐释僧祐撰，明崇祯径山化城寺支那本。《释迦氏谱》二卷，唐释道宣撰。《释迦方志》三卷，唐释道宣撰。《集古今佛道论衡实录》四卷，唐释道宣撰。《续集古今佛道论衡》一卷，唐沙门智升撰。《阿育王传》五卷，西晋安息国三藏安法钦译。《佛吉祥德赞》三卷，尊者寂友造，宋施护译。《马鸣菩萨传》一卷，鸠摩罗什译。《龙树菩萨传》一卷，鸠摩罗什译。《提婆菩萨传》一卷,鸠摩罗什译。《婆薮槃豆传》一卷,陈真谛译。《龙树菩萨为禅陀迦王说法要偈》一卷,宋求那跋摩译。《撰集三藏及杂藏传》一卷,失译人名。《大阿罗汉难提蜜多罗所说法住记》一卷,唐玄奘译。《瑜伽集要焰口施食起教阿难陀缘由》一卷,唐不空译。《大唐内典录》十卷《续赞》一卷,唐释道宣撰,顺治十八年径山支那本。《集神州塔寺三宝盛通录》三卷,唐释道宣撰。《肇论新疏》三卷《游刃》三卷,沙门文才述,径山传衣庵本。《成唯识论》十卷,护法等菩萨造,唐玄奘译,吴江沈令名等刻本。《大乘起信论疏》四卷,西太原寺沙门法藏述,明万历支那本。《继摩诘所说经注》十卷,姚秦鸠摩罗什译,长安沙门僧肇注,明万历径山寂照庵支那本。《菩萨瓔珞经》廿卷,姚秦沙门竺佛念译,一名《现在报经》。《大佛顶如来密因修证了义诸菩萨万行首楞严经》十卷。唐般剌密帝译,弥伽释迦译语,房融笔受,明万历径山寂照庵本。

至古香斋,晤高养之,商顾鼎梅来函,请渭卿、贤清诸君为范鼎卿电冯督军。取古镜。长生未央见日之光,七月初十付八元。

倪远甫邀黎少屏澍,黄陂。古香斋酒叙,约往作陪,并召民和总弄凌娟娟侑觞。

南陵知事徐磊生来函,叙世谊,述灾状。主张以工代振。

**廿三日(7月17日)** 舜臣来函,芜湖、宣南蛟灾,急振会派凤、朱二君携洋壹千元查放急振,省长义款二千元,本城募集约三千元,助振各户均主放急振,不愿工振。知事来函,以工代振。义振协会放振课员陶德辉不符众望,旧例圩堤应田东按亩收费,此次淹毙人口、冲坏房屋佃户全多数也,俞、何、盛诸公圩未损害。协会副会长盛彝斋、黄子猷、募集课员陈夺声、工振课员俞峻韵。

盛彝斋来函,答复询志书各条,并寄盛此公《休庵影语》、可倖娘沈孺人墓碑、柔娘墓碑、刘乙亭《多憾集序》、盛玉衡《多憾集序》、秦晋《卖懒集序》、何菱亭《西溪偶录》,并告水灾状况。

至仁济堂,晤皋俞、宋廷、幼南。至十号俱乐部,晤静仁。

江浙皖水灾义振会议决振余拨皖振二千元。

同高敦之访邱渭卿，恒汇。贺生子之喜。谈及宣南水灾，并示代表告灾书，渭卿拟筹一万元，请敦之查放急振，并商顾鼎梅函称乞冯、邱、高、张函冯督军为范鼎卿揄扬，渭卿应允。

汪树人送阅宋本《圣宋名贤五百家播芳大全文粹》，存卷第廿八、十五页。廿九、十六页。卅、十三页。卅一、十三页。卅二、十页。卅三，十四页。计六卷。每半页十四行，行廿五字。惊、完不缺笔。廿七日闻李紫东购得，价廿六元。

拟稿电府院，举陈介庵为省长，寿老已签名。

**廿四日(7月18日)** 晨往谒伯老，商电府院稿签名伯老，旋转商季皋，均未签。

至盐业银行，商倪远甫、杨咏秋，请高敦之放振。

以旧藏支那本《释迦谱》、码洋卅元，八折。《神僧传》、码卅元，八折。《大唐内典录》、码洋卅元，八折。《明高僧传》码洋五元，八折。函送古书流通处寄售。

向古书流通处取回新印《知不足斋丛书》。预约券付讫。

取古书流通处书二种，码洋五元二角：八月十三日付讫。《春秋新义》十二卷，海昌朱兆熊，码洋一元二角，附《岁星超辰表》《日食星度表》《经传日表》。《宫闺文选》廿六卷。周寿昌，道光廿六年刻本，码洋四元。

奉

示敬悉，并寄售书四种照收，兹交原手笔上《春秋新义》三本、《宫闺文选》十本、《知不足斋丛书》全部，至希

检收，专此报请

徐大人钧鉴并颂

大安

上海古书流通处拜启

闰五月廿四日

覆吴舜臣书。告邱渭卿捐一万元,江浙皖拨二千元。徐磊生不可主持工振,婉劝之。

致翟展成、王迪成书。同吴书。

至仁济堂,晤介庵、皋俞、幼南。

至寿老处,告举陈介庵省长电已译发。

昨,陶子麟寄新刻《玉台新咏》样本廿三叶。

**廿五日(7月19日)** 同高敦之访邱渭卿,不遇。又至仁济堂,晤介庵。

至来青阁、蟫隐庐。

**廿六日(7月20日)** 陈乃乾来,编藏书提要。

交陈乃乾赵刻《玉台新咏》二册,又新刻廿余叶,又新撰札记,又《徐骑省集》札记。又交《休宁影语》《西溪偶录》、秦晋《卖懒集序》、刘乙亭《多憾集序》、盛玉衡《多憾集序》。

至仁济堂、古香斋、德昶。

晚,刘健之来谭。吴伯连来修书。

收商务印书馆售书价阳历正月至六月止(闰五月六日止)。六十三元〇八分。

**廿七日(7月21日)** 购杭估书二种,洋八元:付讫。《峨眉山志》八卷,古戎宋肆樟,康熙间本,洋七元。丁晏旧藏。《佐元真指图解》九卷。题刘伯温著,洋一元。

至仁济堂,晤介庵、皋俞、宋廷、幼南,分发芜湖蛟灾急振会调查报告书并《新申报》载美教士报告。

至古香斋,晤高敦之、倪远甫、杨咏秋,敦之已晤渭卿,约定六月朔日赴皖。

覆翟展成书。寄调查报告五十张、捐册一本收到。

覆吴舜臣书。捐款一千元于廿五日交去,划汇李五老太太一百元。绮女捐雷公救疫丹、仁济丹各五百瓶。高养之定五月朔赴芜。寄芜湖美教士纪南陵水灾。寄刘楷青弋江筑堤记、皖省中游治江会成立报纸。

覆章希瑗书。

覆孙星如书。《授经图》已借陈立炎。

**廿八日(7月22日)** 覆任心白书并洋五元,附印朱文正公、宋文宪公《心经注解》。

梁墨卿瀚,江都。来谭。邱渭卿帐房,商饼筵助振告白。

覆南陵县徐磊生书。告高养之初三日抵芜,请协会同人至芜欢迎。

覆翟展成书。告高养之初三日抵芜,请欢迎。邱另派卢少泉管理账目。芜湖分号店名德新,管事盛君。

致吴舜臣书。同上。

王迪成来书,云二三日内去京,出席国会。

至忠厚书庄,商让《圣宋名贤五百家播芳大全文粹》一卷,李紫东索价每卷廿元。又阅《黄山志》《新安氏族志》。

至济生会,晤维镛、仲范、少舟。

至余寿老处,商邱渭卿饼筵助振告白皖人列名,寿老出示黎宋卿覆同乡会、义振会效电公举介庵事,云效电悉阅,怀桑梓至为钦佩,已交国务院核议矣。

至仁济堂,商定邱渭卿饼筵助振告白稿,随送寿老阅。晤戒安、皋俞、宋廷、幼南。

访高养之、陈戒安,均不遇。访吕皋俞,请为邱渭卿饼筵助振告白起草。

晚,陈乃乾约至一枝香西餐,坐有宁波倪春如君,倪藏有嘉靖大字本《玉台新咏》也。

**廿九日(7月23日)** 致陈乃乾书,赠《六朝墓志菁华》《匋斋吉金续录》。乃乾云前已赠过,拟退还。

覆李审言书,谢惠虾米、虾子,赠《六朝墓志菁华》《匋斋吉金续录》。覆函索《玉台新咏》精印两部,又附印十部。

致吴寄尘书,赠百合、葛精。

至仁济堂,晤戒安、少舟,邱渭卿饼资助振启不肯署名,另拟一稿,作皖人谢词,亦名不首列。

至朱砚涛、朱幼鸿处,商邱君饼资助振公启列名,均应允。砚涛系朱云卿代表。复访《新闻报》馆汪汉溪,亦愿列名,并认捐、认募各一百元,随告陈少舟。又访邱渭卿,不遇。

晚,至都益处贞元会,刘健之值会。甫坐,忽来一枪父向王雪澄握手,厉声云:予为李庆云,广东革命党也!合座为之惊异。茶房云,此人四川人。

陶拙存出示闰五月四日各报载废止皇室优待条件一则,由郑苏龛、陶拙存、陈重威、庞莱臣、许汝棻、罗子经、刘翰怡、金颂清具名公启通函商榷,专候函覆,以便列名,庶可事至立应,免致迟误,并赠劳玉初正续共和正解君主民主平议、大清皇帝辞退后优待条件:

第一款　大清皇帝辞退之后,尊号仍存不废,中华民国以待各外国之礼相待;

第二款　大清皇帝辞位之后,岁用四百万两,俟改铸新币后改为四百万元,此款由中华民国拨用;

第三款　大清皇帝辞位之后,暂居宫禁,日后移居颐和园,侍卫人等照常留用;

第四款　大清皇帝辞位之后,其宗庙陵寝永远奉祀,由中华民国酌设卫兵妥慎保护;

第五款　德宗崇陵未完工程,如制妥修,其奉安典礼仍如旧制,所有实用经费均由中华民国支出;

第六款　以前宫内所用各项执事人员,可照常留用,惟以后不得再招阉人;

第七款　大清皇帝辞位之后,其原有之私产,中华民国特别保护;

第八款　原有之禁卫军,归中华民国陆军部编制,额数、俸饷悉如其旧;

以上条件列于正式公文,由两方代表照会各国驻北京公使,转达各该政府。

## 六月

**朔(7月24日)** 访高养之,交宣南泾调查报告,并刘楷青弋江筑长堤记。高随带放振员十人,邱派管账一人,今晚江顺轮行。另带药品三百余元,邱先付川资等项一千元。

至仁济堂,晤戒安、皋俞,译发芜湖振会电,告高养之初三日江顺轮抵芜,请欢迎。邱渭翁捐振款一万元,本会亦凑集一万元,协同散放,此次以宣、南、泾三县为范围,俟续募有款,再行推广。

晚,约邱渭卿、高养之、梁墨卿、倪远甫、杨咏秋、汪汉溪、陈少舟在一枝香西餐,商放振情形,并商饼资移振公启,阅定后即交汉溪登报。日期以两星期。又交振会致许省长请饬县照料电、芜湖振会欢迎电两稿。

为范鼎卿请邱、高诸人电冯督军主持公道,电稿均签名。

**初二日(7月25日)** 函顾鼎梅,已为范鼎卿向邱、高、张拟电冯督军稿,寄鼎卿核定再发。西安省城土地什子。

函范鼎卿,寄拟邱、高、张电冯稿,请阅定寄沪译发。开封省城袋场公胡同河南通志局提调,初八日鼎卿在南京武定桥吉升旅馆来函辞谢。

覆南陵县徐磊生书。闰五月廿七日来书,于办振方法分散放平粜圩工三种,收到捐款覆书,叙高养之放振。

致吴舜臣书。叙高养之放振,如有咨询委托,请竭诚相待。

致翟展成书。叙高养之放振,商支配振款。

至仁济堂,高养之来告辞,晤戒安、树人、幼南。

至子丹弟处,商覆陈海汇乞函许省长书。

至集粹阁。

留忠厚书庄李子东书四种,索廿五元,议价廿元:《新安名族志》上卷下卷,元陈氏定宇旧本,嘉靖辛亥程尚宽增补本,前有王讽、程光显二序。《泉志》十五卷,宋洪遵,照旷阁本。《退滋堂诗钞》八卷《补遗》一卷,祁门谢登隽,道光辛卯刻本。《奕园诗集》六卷。巢湖汤懋纲,原刻本。

晚,送高养之至宣、南、泾查放灾振。

**初三日(7月26日)** 至仁济堂。

两致舜臣书。询二十四告邱请高放振函是否收到。告冯梦老有皖振余二万元,济生会已募一千元。红十字会允代登报劝募。华洋义振会虽为皖分会散放,如灾区教士报告沪会,亦可转北京总会核办。

舜臣来书,前寄刘楷青弋江筑长堤记往询梅笛青,已两次勘灾。确同是情形。治江会举俞先生,因事未赴会。县长云图董请看圩工有一万多、土方二万多,工实则只一千一百十一方、二千余工。省长又拨到振款二千元。前一次拨二千元,系皖省华洋义振会款。江三立堂田被灾有二千余亩,未肯捐款。刘烈卿闰月初三买田一百九十余亩,每亩约卅元内,初六日即遭水灾。南陵望大雨。廿七日得小雨二分。捐壹千元收条寄来。县长请共放振。

至精益公司,配眼镜。价十二元。

至永泰栈,购吕宋烟十一元。一百宋叔益次开(四十五角)、一百旗叔役多厘(六十五角)各一合。

至九华堂。取回旧浅雕扇骨,印《南陵县志》格一千张,陈绍清水冷金笺(六尺,三元)。

**初四日(7月27日)** 至城内曹素功家,购墨十八元。

购来青阁书二种,价七角:《白华集合刻》,天都吴菘,康熙刻本,附《四明集》《黄山唱和集》(吴菘)《四明集》(吴瞻泰)、《山阴集》(顾嗣立)。《南溪不文》。慈溪郑性,康熙刻本。

访吴寄尘,不遇。

至仁济堂,晤戒安、皋俞、宋廷、幼南,皋俞出示代寿老拟电府院稿,以皖人争省长大放厥词。

郎溪县倪知事四川人。派代表县人张潮澄、文海,劝业所所长、义振协会会长。纪星舫支第,吴兴人。乞振。

致吴舜臣书,告接芜电,高养之于初三日二时抵芜,徐知事暨宣泾代表登舟迎迓，拟从清弋江轻重次第查放，并将电稿录寄。

**初五日(7月28日)**　至大生，晤寄尘、知源。

至《新闻报》馆，晤汪汉溪。至复和，晤陈少舟。

至仁济堂，晤皋俞、少舟。

覆李从龙书。泰属王总场长、南通卢行长两事。山西中国银行襄理，山西太原。

覆李审言书。送《玉台新咏》二，附印十。

晚，至济生会，商请张贤清查放郎溪、旌德、太平三县水灾急振，并邀郎溪代表张潮澄、纪星舫谈水灾情形，受灾田约占全县三分之一，计九万亩。郎溪知事倪焕奎，号功伟。

**初六日(7月29日)**　祝李伯老寿。

至李拔可处，晤谭，并晤孙星如、任星白。英文教习、《英语周刊》主任周由廑担任，每日教授一时至一时半，先试一月，每月酬报六十元。

至精益眼镜公司配镜，连架十一元八角。

至兆芳，添印六寸照片二张，付价一元二角，以一张送江浙皖水灾义振会，备编入征信录。

至《新闻报》馆，晤汪汉溪，商马兰生事，汉溪意在推荐，不愿留馆办事。

陈乃乾前赠《陆云士杂著》，久无以报，今以新印宣纸《随盦丛书》正续编相赠。

陈乃乾来谭，交还盛于斯《休庵影语》、何彤文《西溪偶录》，又缴代校朱为弼《茮声馆文集》八卷。

以拟编《安徽诗征》征诗启付乃乾，交中华书局排印一千册。又以新印《南陵县志》格纸三百叶交乃乾，倩人录《南陵经籍》《金石》两志稿。

至仁济堂，晤戒安、宋廷、皋俞、幼南，拟电芜振会，请张贤清放郎溪、旌德、太平三县水灾急振，沪、芜两会各筹五千元。又函翟展成，汇中国实业银行。宣、南、泾水灾高养之查放沪会协助一万元，请其转交,并附致芜会及高养之两函。

游大世界,同淑畹、兰生并挈崇儿、绮女、馥女。初十日为馥女十岁生辰,绮女购菜票。

**初七日(7月30日)** 覆翟展成书。初二、初五两日来书,议放郎、旌、太振一万元,沪、芜会合办,沪会协助宣、南、泾振款一万元今日汇。

覆蒙城易稚九书。寄观音救急丹、雷公救疫丹各廿瓶。

至仁济堂,晤少舟、幼南,请少舟拨宣、南、泾振款壹万汇芜。邱渭卿上月十五日得子,送饼资廿元。

至功德林北京路七五四号。佛经流通处,请小梵夹本《法华经》,一元九角。又《阿弥陀经》《心经》《往生咒》《大悲咒》。二角一分。

至功德林蔬食处,约兰生、弥臣、范予子。淑畹,挈崇儿,绮、馥两女便餐,共洋四元三角。

**初八日(7月31日)** 覆章希瑗书。

覆陈重光书。重光索西王母镜二拓本,未寄。高霞寓志已于职官人名颇有考索。

覆任心白书。崇儿英文教授梦旦荐《英语周刊》主任周由廑君,月修六十元,函复辞之。

致李伯行书。辞十二日六时宴集。

致翟展成书。告沪会一万元今日已汇。省长放各县振款。又附戒安函,云梅荪覆信颂如,养病清凉山。

覆吴舜臣书。振务、拓碑、访碑,告沪会一万元今日已汇。省长放振各款。

覆盛彝斋书。一振务,一志书金石。

省长放各县振款:华洋义振会六千一百元,余七千五百元,系振余及各县垫款,以奖券归还。宣城、二千五百元,又一千五百元。泾县、五百元。郎溪、一千元。南陵、二千元,又二千元。芜湖、五百元。宿松、一千元。宁国、一千元。贵池、一千元。繁昌。六百元。

刘受甫贻祐。来,谭明日考南洋公学附设中学,为作函托陈乃乾，并函复葱石。乃乾暂居外日晖桥南洋中学补习科。

晚十时，附大稣轮至通。买办陈吉甫，名顺祥，宁波人。

**初九日（8月1日）**　晨十时抵天生港，即至资生厂。退老来谭，邀至大生厂午饭。退老闻江知源由沪回，匆匆回城南别业。

蒋嘏堂来谭。龚涤亚来谭。

田献臣、宋仲刚、张范廉商通明、皋明两电灯公司借款，并议发息，官、余利二分。订十六日开股东会。

送束太夫人九华茶、西瓜。送宗渭川茶叶、白合。

送宋仲刚茶叶、糟鱼。

送退老小金花鼻烟一瓶、茶叶四瓶、腐乳四包、白合一包。

**初十日（8月2日）**　束勖俨、张范廉、李了馨、吴荣辫来谭，荣辉赠小雪茄烟两匣。

至城，晤希瑗，适其夫人寿辰，留午面，子叔纯侍坐。

又访袁南生、刘烈卿。

至盐垦事务所，谒啬老，略谭通明借款、发息、开会。

通遂盐垦公司开股东会，列席，己酉附股二千元，吴寄尘名下。议外债约八万元，由沈铭竹售地五千亩清还。拟借大咸一千元顾现开支，交盐抵款，通遂契约簿据存盐垦管理处查明保管。晤江知源、张镜湖、瞿莘畬。

赠刘烈卿《曲苑》。赠王饶生《妙法连华经》小梵夹本。

闻欧阳予倩携伶工学生去汉。

**十一日（8月3日）**　发家书。送邱渭卿生子弥月分洋弍拾元。

覆吴舜臣书。积记所存仓内芽稻全售出，价三元五角五分，淑记存稻售三元六角五分。

覆陈劭吾书。寄收拾折扇三柄，十四日由江知源交。函询，江并未收到。

蒋嘏堂、胡文楼均来谭。

**十二日（8月4日）**　宋仲刚、田献臣约午刻酒叙，同座有于香谷、薛郢生、费范九、王捷三、凌质人、于伯周。

退老来,不晤,留《对于责备者之感言》印刷品。

劳吉六来谭。

**十三日(8月5日)** 致陈戒安书。沪会覆电,拟放郎溪、旌德、太平振务。展成来信,旌、太无水灾,郎亦灾轻,特商戒安改办法,并钞芜会同省公署来往两电,请拨北京振务、皖振二万元。

退老派汽车来约至城南别业午饭,啬老、孝若亦同坐。散后,至通俗剧场,观伶工学社评议会,伶工学生欧阳予倩将挈至汉皋,为临别纪念也。是日戏剧顾树华、生。李金章旦,佳。《折柳阳关》,张国维旦。《女起解》,金钟声须生,佳。《捉放曹》,葛淮饰褚彪。《虮蜡庙》,另有《舞盘》、《长生殿》之一节。《盘丝洞》舞之一节。二出,皆伶工学生所合演,《舞盘》八人、《盘丝洞》七人。表情极佳,为予倩编授。退、啬两老阅至剧终而去,余先行,实不觉为之感触也。

至烈卿处,邀饶生闲话并留饭。饭罢,乘车回唐闸。

**十四日(8月6日)** 冶厂许聘三来谭,名抡元,海门人。聘三为廿年前旧识也。

徐磊生、吴舜臣均函告,初七、初八两日南陵得雨一寸。

覆翟展成书。旌、太、芜灾,郎亦不如往年之重,已商戒老,酌改办法。

退老又派汽车迎往午饭,并同至通俗剧场,观剧:戴衍万旦,饰黛玉。《摔玉请罪》、金钟声生。《武家坡》、葛淮饰黄忠。《定军山》、李金章旦,饰杜宜春。《人面桃花》。散后,啬老邀至俱乐部,评议该生等之优劣,并为予倩饯别。仍乘退老车回唐闸。

**十五日(8月7日)** 广生油厂王棠卿煦。来,未晤。田献臣、蒋嘏堂来谭。大风。二女婉三十生忌。

答拜许聘三,导观冶厂。

覆徐磊生书。磊生书来,主沪款办急振,官款办工振,并寄照片四张、灾区图一纸、募捐启廿本。

覆高养之书。振款不敷,速请沪、芜两会接济,并告邱先生另商冬振办法。

覆吴舜臣书。徐、高两函附寄，并告磊生主工振，城邹闹意见，宜避入漩涡。

**十六日(8月8日)** 通明电灯公司开股东会，丙辰丁巳间组织试办。原股六万两，现加新股九万两，议决行董事制，定董事五人、监察二人，董事长月支夫马四十元，总务董事月支三十元，董事月支十元。公推张退老、张啬老、周宋臣、吕鹿笙及余，张幼记股七千两，为其代表。另由董事会推退老为董事长，余为总务董事，又监察人公推刘烈卿、马肤武。大风。

孝若之太夫人廿二日五十寿，希瑗代备礼八色，收桃、面，约值洋二元。廿二日希瑗收洋一元。

**十七日(8月9日)** 致李拔可书，廿一日水泥公司开股东会，请代表并附致该公司函。

覆任心白书。心白荐英文教师宋明德君，钟点在七八时，报酬数目听之。索刻善书底本，告以《廿二史感应录》、朱柏庐《治家格言释义》卷帙无多，可备采。

覆陈乃乾书。乃乾荐英文教师王逸农，名朝栋，南洋中学毕业，现充沪宁路局通译员，月修廿元。覆函回沪面商。

致刘葱石书。受甫考南洋公学附设中学非关说可取，可先向他处中学毕业，或预备一二年，考取较易。

薄暮，至三新池沐浴，蒋蝦堂来会账，另给酒资。蝦堂今夜去沪祝吴寄尘五十寿，二十日生辰。在大达内河轮船公司晚膳。

**十八日(8月10日)** 晨张范廉来，商借复新厂应付实业公司息三万余元于通明电灯公司。

宗渭川、龚涤亚约午饭，在仲刚宅中。

闻退老来闸，即诣谭，并告范廉为通明商借复新付实业公司息款。

宋仲刚至如皋，催皋明电灯公司还资生铁厂借款。

昨、今两晚，唐闸电汽不敷，今始查明，为大达公记所窃，至五十盎派之多。

张范廉乞假,回马塘掘港。

**十九日(8月11日)** 晨讽《观世音经》、即《普门品》。《心经》《大悲心陀罗尼经》《白衣大士咒》。

覆陈劭吾书。啬老寿筵公分五元五角,催江知源办各事。

覆翟展成书。南陵徐磊生论工振情形。

覆吴舜臣书。拓碑事。

发家书。收到十五日寄水泥公司股东会各件。

致李拔可书。寄水泥公司委托书、选举票。

**二十日(8月12日)** 田献臣来。

李子馨送肴馔。

发家书。寄善书、施药,寄回崇儿文稿。

**廿一日(8月13日)** 宋仲刚自如皋回,带沙健庵复退老函。

大风。

袁祝三来。前十二圩内河缉私船板哨弁,今在复新面厂作工。

**廿二日(8月14日)** 退老派汽车来邀至俱乐部西餐,顺道答拜田献臣。又至孝若之太夫人祝五十寿,西餐,坐中啬老、静仁、希瑗、知源、和卿,暨海门县。散后,至退老城南别业。又至有斐馆沐浴。希瑗会账。晚,退老约素餐,餐毕,派汽车送回闸,给汽车夫二元。

**廿三日(8月15日)** 覆孙莘如书。莘如来函,印续藏列名发起人,又约啬老列入发起人。今函告啬老,允附名。

致缪子受书。寄还垦牧公司息折一扣、淮海银行股票两张,实业公司股份俟得到息折再为代售。

再致缪子受书。代收垦牧息三百廿五元,又小洋九角,淮海息廿三元。函托李拔可汇京北京兵马司前街十七号。

致李拔可书。附致缪子受讯并洋三百四十九元,又孙莘如信。

发家书。附寄李拔可、缪子受、孙莘如书。刘贻善、吴孝白两家夫人讣书,送幛。

覆吴舜臣书。上海南洋甲种商业学校情形。(山海关□)查明再复。请义振协会寄吾白收捐执照。顾鼎梅捐五十元。冯梦老向盛府代宣、南乞振,先告敕之。大陵铁矿公司情形。拟售新稻情形。六月十五日南陵早米每元廿二三斤、陈米十八斤。

覆陈戒安书。覆郎溪等县振务已告少舟同贤清妥为接洽。

覆赵幼南书。幼南两次报告振务。

致翟展成书。戒安覆书情形。

覆陈劭吾书。劭吾寄啬老寿筵分及修扇费六元。

阅廿一日《新申报》,载北京振务处拨款二万元,现省振抚处张、许二督办已据灾情轻重分配各县,电告芜蛟灾急振会。南陵四千元,宁国二千五百元,郎溪二千元,宣城三千元,泾县二千四百元,繁昌一千元,贵池一千五百元,芜湖二千元,宿松一千四百元。

**廿四日(8月16日)** 上海华商纱布交易所二十八日开二届股东会,函请柳芝庭代表。

仲刚尊人宋蔚亭金森,住石港,年七十七岁。来谭。

晚,袁南生约俱乐部西餐。袁住松树路。

阜生蚕桑染织公司开债权会,议决还债办法,查公司动产约八万余元,不动产公司房产、驳船、茧行、登录凭、茧灶、租典房、田价各项生财。约值三万柒仟余元,原本六万三千余元,外典价产租付洋一千五百卅二元,另各户存产租九百五十元。议定五成还债实业公司,存五万五千余元,公司帐略(九八)元三万九千一百九十二两二钱六分六厘。另付现洋壹万元,收抵不动产,当收取产业存根簿册一本。

**廿五日(8月17日)** 陶受之熙臣。来。

同宋蔚亭闲话,赠嵌银丝杖、《阴骘文图证》。

交通行吴欣生来谭,邀同至汪叔丹酒叙。汽车、人力车皆其供应。顺道至刘烈卿家,晤张亚威、张佐虞,夜半回闸。雇汽车二元五角。

**廿六日(8月18日)** 午刻,约许聘三、束劭直、秦亮夫、高云汉、徐陶庵、宗渭川、王荣卿、宋仲刚、陶受之酒叙。

蒋嘏堂由沪回，交阜生公司产业存根簿，请其派人接收。嘏堂奉退、啬两老谕交五月、闰五月、六月薪六百元。当交还收实业管理处存款。

覆吴舜臣书。南陵望雨。俞、何两先生来城。盛先生下乡。询高养之查振如何。鲍子丹捐振一百元补收条，款后汇。

发家书。收到善书、药品。告鲍、顾捐款一百五十元寄南陵。告七月初二三回申。

渭川云李子馨、陶受之向系稽核员，退老属转告，当复以先仲刚亦谭及请退老主持。仲刚云，稽核薪水各机关凑集，共廿八元，除周君四元，李、陶各分十二元。

**廿七日(8月19日)** 午刻，约沈叔翘、龚涤亚、房冠南、李子馨、宋善卿、宋仲刚、安颂平、陶受之酒叙。张清鉴、蒋嘏堂、束勖俨未到。

赠费范九、徐贯恂《闺秀词钞》《我信录》。

先后赠许聘三、宋仲刚、张范廉、蒋嘏堂、秦亮夫、高云汉、徐陶庵、宗渭川、沈叔翘、龚涤亚《劝戒录》《阴骘文图证》并施药。

昨，马肤武开大豫公司田价单：中附区古。熟田，二千余亩。实价每亩卅元；南二区熟田，三千九百。亩。实价每亩廿六元；另草田约七万亩，工程完备。价分四等。甲廿元，乙十五元，丙十元，丁六元。

昨，赵子芙约晚酌，谢之。

**廿八日(8月20日)** 视蒋嘏堂疾，以成记、久记、介记、骞记、静记、履记、阴记、仪记、华记、求仁堂、敬爱堂一万二千八百四十两，九二三六八至九四九三五号。改宝经堂品节详明德性坚定事理通达十二记各一千两；积记八百四十两，厚余堂六千三百两，八九四五七至九〇七一六号。改宝经堂心气和平淑慧六记各一千两；余记三百两实业公司股票及推据更换名户。七月初三日收新折据廿付。

闻沙健庵来，诣谭并请书扇。

**廿九日(8月21日)** 接田献臣由沪两次来函，通明电汽公司借款情形难以就绪，属至沪另行筹借。覆以退老现三厂，七月二日回通，俟晤商后，即来沪接洽。

同仲刚至农会，访于香谷谭，并交马肤武所开大豫出售田价单调查，香谷云徐磊生之世兄徐复考入南通学校事，于敬之已应允。农业中等班不成则入师范。

至翰墨林，同李小芙略谭。

刘烈卿约往晚膳，散后，同沙健庵乘汽车回闸。

**三十日(8月22日)** 沙健庵来谭，留午饭。

覆徐磊生书。寄省振抚处覆芜会支配北京振务处两万元电稿。江浙皖二千元系拨助皖振会。其世兄入南通学校同敬之接洽。

覆吴舜臣书。玉带桥香炉徐衡公碑补拓。世兄暨友人可入上海南洋中学。

覆翟展成书。梦老募到万元，电芜商办芜请振，宁国、贵池、南陵灾民共合大口一万二千余，大口每壹元，小口每五角。

覆陈戒安书。寄展成来函并梦老芜会来往电稿，钞省振拟分支配北京二万元单。

## 七月

**初一日(8月23日)** 晨，退老由三厂回城，邀同秦亮夫至城南别业，知静仁已商请啬老派李寿卿、贾延芳为一、二厂经理，退老怒甚。知源请啬老同退老面商，亦难融洽，知源复请电约寄尘来，退、啬两老允之。

晚，至广生油厂，同沙健庵商皋明电气公司所欠资生铁厂一款本息约六万余两。现拟拨实业公司，种种窒碍，拟商仲刚，由资生认股三万元，余由皋明筹还。

**初二日(8月24日)** 晨，同仲刚至退、啬两老处，啬老坐中晤蒋筱纯。商皋明同资生欠款拟以资生附皋明股三万元。

二时，皋明公司在资生厂开股东谈话会，退、啬两老、健庵均列席，议决资生以三万元附皋明股份，年息八厘，余欠二万九千余元作借款,月息八厘,资生所结拆息相差一万三千余元,结至辛酉。三万元股本差息开除借款差息,皋明认还资生三分之一。晚,健庵来谭,至夜分而散。

**初三日(8月25日)** 至松树路,晤希瑗,途遇烈卿。又至盐垦管理处,晤啬老,辞去沪。同田献臣商皋明借款。至退老处,意留候寄尘。

寄尘五时到通,寓盐垦管理处,遂同晚膳,寄尘即至退老处晤谈。

十时,至有斐馆,晤周宊臣,即雇汽车回唐闸。

**初四日(8月26日)** 晨同仲刚至阜生公司,查勘房产及所出品。

至退老处,告寄尘拟商静仁道歉,并以纺织营业董事属退老其一、二厂经理禀承办理。

至盐垦管理处,晤寄尘、劭直、知源。晚,同寄尘来唐闸三新池沐浴,并邀徐陶庵、蒋蝦堂。寄尘同陶庵商大储栈事。

**初五日(8月27日)** 午刻,退老派汽车邀至城南别业酒叙,坐有寄尘。散后,至盐垦管理处,同寄尘商通明借款。寄尘云至沪同献臣接洽。至烈卿处,晤鹿笙、春霆、亚威。烈卿、鹿笙均催皋明发息。又至交通银行,同吴寄尘、吴寄衡至天生港大达公司,晤蔡鲁屿、李亦新,鲁屿陪同寄尘观大储栈,栈储打包机未装。陶庵亦来,同在公司晚膳。十时,大穌船到,即登船回沪,同船吴寄尘、吴寄衡、吴欣生。汽车三元八角,船价六十三角。

**初六日(8月28日)** 十二时,大穌船到沪,寄尘借乘汽车返寓。田献臣谭在沪为通明电气公司借款经过情形。

六时,至功德林,同寄尘、献臣、寄衡、欣生、芝庭、瑞生素餐。菜洋六元六角。散后,同献臣行。

哈同、迦陵夫妇明日一百卅岁双寿,赠寿联并诗二律。联云:合寿得百龄有卅岁,维时逢七夕祝双星。

赠邱渭卿颐生酒、广生油各四瓶。

**初七日(8月29日)**　晨至爱俪园，祝哈同、迦陵夫妇寿，园中晤志赞希。

寄尘约至十号俱乐部午饭。晚，吴蕴斋约福祥二弄一树金家酒叙，却之。吴欣生生日。

至古香斋，取古镜。唐代制，上花纹石榴，索价十六元，初十付洋十二元。

**初八日(8月30日)**　高敘之来，谭南陵放振情形。敘之昨晚返沪。

覆吴舜臣书。各处田只姚山冲、官塘冲、内小冲田受旱，俟查勘收成时再定。初三日来函，稻价每石二元三四角，无大宗买卖，买主观大局，卖主因跌一元一石，不启售。拓碑事函托杨芷青。工振事同敘之私议，圩工必须切实调查，某圩计田若干、土方若干、需工若干，按照田亩均派(此旧例)，酌定二三十亩以上之户必须自出，以下之户振会代出。磊生现亦知工振不易办，所余五千余元恐不敷支配。敘之同贤清放振情形不同，杜绝人情，颇有反对。张荃(四姨太太)来信，分据到南后邀亲族宣布。世风近来无悔过之心，恐其明索暗攫，将稻交存舜臣等语，函舜臣我处难以代管，请婉致。访问许梦熊先生，明碑数种在圩乡。寄仁济丹、正气丸各三元，又寄送观音救急丹一百瓶徐磊生。三太太敬备赤岭葬地，在老坟边。

致徐磊生书。徐世兄入南通农校，又托陈石庐。

致杨芷青书。访碑、拓碑。

致陈乃乾书。询南洋甲种商业学校情形(卡德路山海关路二号)。

致余寿平书。鲍承良报告宁兴矿山徐矿师兴瑞浮报工款，并殴伤司事苏奎武、鲍善智。

致李木公书。送魏炳荣印送《警世桴鼓》十部，并劝重印《净土晨钟》。

致吴寄尘书。送广益书局魏炳荣印送《警世桴鼓》十部，并商集资重印《净土晨钟》，此书取销。

再致吴寄尘书。送新印连史《积学》《鄦斋》两丛书两匣。

送刘贻善之夫人白花纱挽幛。北京西砖胡同四号。

送吴季白之夫人蓝呢挽幛。安庆姚家口东街。

至商务印书馆,同李拔可谭。

访田献臣谭。田住三马路石路惠商旅馆。寄尘尚未同郁均侯商通明借款。

**初九日(8月31日)** 覆沈醉愚书,并缴附印《烟画东堂小品》五部价洋式拾元。

覆李审言书,并假《汪氏学行记》二册、《传砚斋丛书》八册。

致刘葱石书,交陈乃乾校《蕉声馆文集》新刻、原刻各四册。

赠李伯行、刘葱石广生油、颐生酒各四瓶。

以纱布交易所股票廿股函柳芝庭代售,并交随龕长方牙印。初十日来函,先交还牙印并股息十四两四钱,股票留存代售。十三日将息存淮海银行。八月廿九日由殷侣樵售出,净三百九十两。

刘健之来谭。

**初十日(9月1日)** 陈乃乾来谭,商请英文报教习王逸农,名朝栋,月薪念元,南洋中学补习科钱福渠绍介。并赠陆次云《澄江集》。前赠《陆次云杂著》无此种,现旧藏有之,仍交还。又交校新刻《玉台新咏》样本。原刻寒山堂本未还。

至古香斋,付先后所取铜镜两枚价廿元。闰五月廿三日、七月七日各一枚。

至古书流通处,取书二种,码洋十二元一角:八月十二日付讫。《归元直指集》二卷,延庆一元本禅师集,码洋九元六角,隆庆癸丑刻本,巴陵方氏旧藏。《广生篇》二卷。明董晔辑,万历刻本,码洋二元五角,抱经楼卢氏旧藏。

访高敉之,谭青弋江募修河勘并冬振情形。

访吴寄尘,商请同慎昌郁均侯通明借款,并询明实业公司之复新股票实系四月间由大生沪帐房借与淮海银行抵押,在沪大生取有淮海收据。寄尘云孝若现始将股票取去。瑞生云淮海只六万余元,通淮海孝若取二万元,绣织局孝若取五万元。

至仁济堂,晤幼南。

至济生会，晤维镛，交请啬老书件、收据。润资约一百五十余元。又谭浙江水灾筹振及仁济堂碑记稿。

朱砚涛招饮都益处，为淞社四十七集。

结大生来往折，闰五月廿三日。付五百元，积记家用。六月初八日。付五百元，积记三百元，绮记二百元。七月初二日。付四百元，积记家用，在绮记取用，应由大生来往扣除。七月初三日。绮记存一千二百元，统结积记存壹千叁百元、绮记存弎千四百元。

**十一日(9月2日)** 至刘健之处，略谭。

田献臣来谭，晤吴寄尘，慎昌只允将电机欠款分期归还，不能另加款抵押。旋访寄尘，亦如是说，即往告献臣。

至邱谓卿处，贺弥月之喜。

赴庄得之酒叙之约，坐有贵阳师、李伯行、郑苏堪、志赞希、刘葱石、刘翰怡。散后，商九月廿四日皇上大婚备贡献礼。八月七日《新申报》：九月二日行纳采礼，廿四日行大征礼，十二月朔寅正行册立礼。

**十二日(9月3日)** 李拔可、任心白先后来谭。

沙春余送万氏藏郑子产庙碑砚拓本册，有叔未自题诗长篇呈吴兔床者，索价六十元；又集瓦当册四十二叶，中有王惕安题多叶，陈簠斋只一叶。索价四十元。

至李紫东处，适新购缪氏艺风堂剩余书，遂选数种而归：《河内县志》卅六卷，道光五年知县袁通纂修，方履篯、吴育编辑，三元，十册。《道光鄢陵县志》十八卷，洪符孙编辑，二元四角，八册。《澄城县志》廿卷，洪亮吉、孙星衍同撰，乾隆甲辰秋刻，八元，四册。《宝鸡县志》十六卷，浮梁邓梦琴纂修，乾隆乙巳年刻，一元二角，四册。《口北三厅志》，乾隆廿三年宣化县令黄可润撰，凡张家口、独石口及多伦诺尔三厅，共十六卷。六元，十九日退回。《冷庐杂识》八卷，桐乡陆以湉，八本，一元。《樗亭文钞》四卷，桐城徐璈，道光壬寅刻本，二本，诗、文共一元。《樗亭诗草》五卷，桐城徐璈，一本。《支那古德遗书》初集四种。隋天台智者大师《童蒙止观》二卷，又《觉意三昧》一卷，又《重辑隋智者大师六妙门》一卷，又《唐帝心大师法界观》一卷，龚自珍羽琌山馆刻本。

送书:《长安县志》卅六卷,知县桐城张聪贤总纂(嘉庆乙丑进士),阳湖董曾臣编辑,六本,十元。《嘉庆安阳县志》十四卷,武亿、赵希璜同纂,嘉庆四年刻本,六本,十二元。《朝邑县志》十一卷,钱坫撰次,乾隆四十三年刻本,十六元,六本。十九日退回。《韩城县志》十六卷,陆耀遹续修,嘉庆年;钱坫等编次,乾隆年,七本,二元一角。《盂县志》十卷,冯敏昌纂修,乾隆五十五年刻本,十本,十六元。十九日退回。《醴泉县志》十四卷。蒋骐昌、孙星衍同撰,乾隆癸卯刻本,四本,一元二角。

**十三日(9月4日)** 张仲照来谭,出示丁闇公书,附韵香小传。并观清微道人《空山听雨图》册。丁得有清微道人兰花册子。

晨,李紫东来谭,拟借弎百元,付书价壹百元。

至忠厚书庄,取宋刻《圣宋五百家播芳大全文粹》卷卅二、十叶。卅三,十四叶。计二卷,索价四十元。

田献臣来,谭通明借款银行团未成,林康侯允押若干,数亦未定,须纱厂、垦牧股票作抵,慎昌欠款须每月筹还三千两。今晚回通,商退、啬两老。

覆张范廉、宋仲刚书。

至大生,晤寄尘、静仁,寄尘邀至十号素餐。遂同寄尘、瑞生商还淞厂退股事,均赞成。

付大生来往折五百元,内积记三百元、绮记二百元。

取来青阁《午梦堂集》,乾隆覆刻本,实洋廿元。阅后亲交还。

**十四日(9月5日)** 覆翟展成书。六月廿七日来函,云梦老为皖募振款万元,翟拟留备宣南宁冬振。咏南、秋澄主先放宁国、贵池两县急振,并钞来往电稿。

致褚礼堂书,赠永受嘉福等瓦文十二种。

致孙星如书。附印《大戴礼记》《渠阳诗》已交拔可转致,并催补《通鉴释文》四开本印本。十七日收回自印一部。

覆顾鼎梅书。寄捐助南陵水灾五十元义振协会六百七十七号收条,日期十一年八月廿三日(即阴七月一日),收款阴六月十九日。

覆陈乃乾书。乃乾赠陆次云《澄江集》,以书小不足配,仍送还。前假《释迦如来成道记注解》亦交还。

至鲍子丹处谭。子丹以汤饼筵资指振南陵壹百元,今面交义振协会六百七十八号收条,日期十一年八月廿三日(即阴七月一日),收款阴六月十九日。

至志赞希处谭,旋答拜,未晤。

至章一山处,未晤。

仁济堂来函,商碑记稿至堂晤叶慎斋交阅。卫君文熙芝山。所陈节略,因创始系慈溪陈君友璋、凝峰。张君雪堂漏,未登载也。张雪堂系卫芝山之伯父。

收回大生淞厂纺织公司股分壹千二百五十两,又息六十八两七钱六分七厘,化洋一千八百廿三元〇。另收回绮记股本并息五百廿七两五钱〇七厘。化洋七百廿玖元〇。

陈乃乾来函,英文教师培孙荐郑翰生君,郑曾任中学英文教员十一年,指导学生之法至为谙练,人品端方,中西文并佳。乃乾交还前赠《六朝志菁华》,因系重送。

结淮海来往折,存九八。元壹百廿一两四钱七分一厘。

**十五日(9月6日)** 以淞厂本息元一千三百一十八元七钱六分七厘,七二三二五。合洋壹千八百廿三元三角九分付存大生来往折壹千三百元,绮记转账,付绮记存贾汪。又付廿三元〇积用,又付五百元家用。绮记以淞厂本息化洋七百元,并转账大生积记一千三百元,合二千元,存贾汪公司(月息八厘)。

至鲍子丹处,商定绮记存贾汪公司二千元月息八厘。

贺子丹弟得子之喜。

至兆芳,取放光照片,价十元。

晚,约恽季申、章一山、刘葱石一枝香西酌,共洋六元〇五分。志赞希、郑苏堪、朱砚涛、朱幼鸿、刘翰怡、姬觉弥、庄得之。

结大生来往折存三千二百元。积存二千三百元,绮存九百元。

**十六日(9月7日)** 至农商银行,晤陈卓甫。

晚,赴叶柏皋提学、叶尔恺。刘翰怡京卿酒叙,坐中溥西园将军、溥侗,厚斋。郑苏堪、杨芷殅、章一山、刘葱石、狄楚卿。

翰怡交备办大婚典礼贡物公启廿分。

**十七日(9月8日)** 南陵县徐磊生快函来告,南陵又遭初九、初十等日大风雨,圩坝溃决,拟请省借拨堤工经费。又属另请省借拨水利经费。

高敦之来,放宣、南、泾振款邱渭卿捐一万元,安徽义振会一万元,镇江某君一千元,南陵义绅捐二千八百十六元六角七分六厘,除收尚欠九百元,渭卿拟请安徽义振会拨还。敦之放振办法。派员分三路调查,按照南陵义振协会调查原册挨户覆查,剔去被灾较轻各户,极贫加口,次贫减口,共得大口一万一千一百八十一名,小口三千五百十三名,折合共大口一万二千九百卅七名,每名散给一元,加地方募捐二千八百元附带散放每名二角,共散放一万五千五百廿五元。另倪远甫附放五百元。

至仁济堂,交《仁济堂碑记》,略改原稿,重次题名。闻戒安不豫,约十日未至振会。

王培孙荐英文教师郑翰生君,今至来青阁晤商陈乃乾议定期,先邀酒叙。

至古香斋闲话。

吴华卿由南通来,交绮记存南通中国银行叁千元,月息八厘,地址上海图南里,姓氏蒯绮记,印记知足长乐。存折弟卅五号,支票号码四六二二六号至四六三五〇号止。壬戌阴历七月初十日,阳历九月一日,活存。

致蒯若木书。若木寄赠淑畹及绮女宁夏滩皮女袄各一件。

覆吴舜臣书。告徐磊生来函,报告敦之放振情形并收支款目。今又来快函,南陵大风雨,圩坝溃决,又成水灾,请函省长,借拨水利经费。裁兵借款,我处不愿摊派,婉言拒绝。振捐吾白收条十张收到。水龙袋买成即寄。稻价二元四角左右(子丹云芜湖二元七角,南陵相同),青弋江商会长翟礼堂快邮代电,请募款修河堋,请转告,俟办冬振时再同放振员商办。吴世兄拟入农工商医等校。

接荣贯卿旅长道一,宿州。讣书,送花缎幛。荣连年于皖事振务、会馆颇具热心，可佩也，惜无子嗣。廿五日领帖，当往江湾吊之。贯卿卒于六月二十日申时，其侧室张氏即于次日午时殉节。

吴淞纱厂停办，昨已告潘、刘、蒯等处，取回弟一期股款。十九日又告恽取股款。

致陆仲英书，募南陵水灾振。附捐启一本，又《警世桴鼓》二本。

**十八日(9月9日)** 晚，游大世界。

**十九日(9月10日)** 罗子经来谭。大婚庆典拟函致淮商备贡，并商朱幼鸿，告以不可行。

午刻，都益处贞元会值会，与会者十一人。

至仁济堂。

许狷叟贻新刻《狷叟诗删存》四卷。戊午岁暮怀人诗有诗一绝，又题《小檀栾室勘词图》七古一章。

至怡园。

任心白来谭。

朱砚涛得曾孙，赠礼四色。

**二十日(9月11日)** 徐静仁约同公宴刘厚生、吴寄尘、柳芝庭、黄延芳诸君宴集，祝生日。

至楚园刘葱石闲话，并访李审言，审言赠戴东原《汾州志》。

晚，归来稍有不适。

**二十一日(9月12日)** 覆缪子受书。取淞厂股石记五百两，另息廿七两五钱〇七厘(七二二五)，化洋七百卌元〇一角一分三，闰记二百五十两，另息十三两七钱五分三(七二二五)，化洋三百六十五元〇五分六，交商务书馆李拔可汇一千〇九十五元，存一角六分九厘，并寄水单。

致李拔可书。托汇缪子受一千〇九十五元，取有覆函。八月初一日缪子受来函，于廿七日收到。

覆吴舜臣书。售稻壹百五十石，每石二元六角。省令募债六千元，公议改先完上下忙。东乡张有才售田三亩五分，约每亩卅五六元。拓碑水退后再拓，杨芷青来函同。青弋江灾民一千余人抢米。

覆王雪澄书。雪澄托觅新繁费滋衡(锡璜)著《贯道堂文集》《掣鲸堂诗集》。

**二十二日(9月13日)**

**二十三日(9月14日)** 覆徐磊生书。磊生拟办冬间工振，其老弱妇孺不能工作者，筹发冬米，并勘宋家桥小河水势险要，另谋抵御之方。《和普济诸贫苦》五言四章。

电许俊人省长。请丁内务圩工以及水利局堤工两处经费项下拨补南陵数千元工振。

致书吴舜臣。徐磊生函附交，寄像片。

覆陈进宧。重光，直。书作高霞寓玄堂铭、程荣逢迁记、元彻造象考释，赠[illegible][illegible]钟(全形)、散白敦、父戊匜、召夫铎、舍敦，又镜铭五种。

覆陈墨迻书。作汉三公九卿竟、唐支干八卦竟考释，赠[illegible][illegible]钟全形、散白敦、白矩尊、虢叔钟、父戊匜、叔旁父鼎，镜铭三种：一长乐未央，一茅坤，一唐月宫，宗妇敦。

刘葱石来谭。晨送溥西园将军回京。

**廿四日(9月15日)** 请余伯陶诊方。感冒已十愈七八。

陈乃乾来，交编《南陵经籍志》稿，又《玉台新咏校记》稿，寒山堂本亦交还。赠乃乾《烟画东堂小品》。

吴华卿今晚回通。

章叔纯来谭。叔纯奉啬公命查绣织局事，并拟接办沪淮海银行副行长。

刘达章冠芳，茀增子，南陵农会。由南陵来，赠茶叶、蜜枣。

**廿五日(9月16日)** 安颂平由通来，献臣到通，商啬老顺昌洋行电机价连同掘港及大电厂机价分期偿还，每月三千两，共十八期，计五万四千两。通明出期票告以款到期，范廉、仲刚有无预备，已否转达，退老并告啬老函，似以每期三千两通明每月电费可分还，宜将电费能月拨若干拟定，陈明退、啬两老，俾知通明内容。颂平定今晚回通商办。

函舜臣，寄代购水龙番布弍拾码，计洋弍拾玖元，又铁箱一元。淑畹赠舜臣褂料、金肘，统交刘达章带回南陵。

赠刘达章南阳梨四罐、饼干两罐。

沙健庵来书，为书扇赠诗，并寄还《撷芳集》全书。书十四日寄通，今由安颂平带来。

**廿六日(9月17日)** 午刻，约郑翰生、陈乃乾、刘达章一枝香西餐。约郑翰生八月初一日到寓，授崇、佑两儿英文。王培孙函辞西餐，并荐翰生。

至大生，答拜章叔纯，未值，晤寄尘、瑞生、芝庭。

晚，至刘健之处闲话。

函严孟繁，荐马梅生。

邀陈乃乾来，商订《玉台新咏校记》。

南陵县徐磊生寒电九月十四日阳历，七月廿三日阴历。告灾，并转冯梦帅、余寿帅、李仲老、陈介老、陈少老乞振。

**廿七日(9月18日)** 以南陵县乞振电分送振会暨陈戒老、陈少舟、冯梦帅，梦帅秋节后来沪。另函戒老。旋得戒老书，拟拨叁千元，商拨救济之函。宋廷、幼南亦来谭。现拟感冒，稍愈到会，再商办法。振电今已登各报，并送济生会。

**廿八日(9月19日)** 至余伯陶诊方。

至忠厚书庄，取书：《苍岩山房遗稿》十六卷，叶忠节公映榴，索价八元。《西园诗集》八卷，盱眙李枝芃，索价四元。以上言定洋十元。《地藏菩萨本愿经》，万历戊申径山寂照庵本。《法华三昧忏仪》十三种，康熙六年支那本。《山左访碑录》十三卷。胶州法伟堂，宣统己酉山东提学署排印本。

**廿九日(9月20日)** 覆丁闇公书。闇公书来询清微道人事实。

致张仲昭书。闇公书请转寄。收大生来往折五百元。家用。

同恽季申公送姚文敷、徐冠南两家花缎喜幛。八月初二日吉期。

## 八月

**朔(9月21日)** 《神州报》馆余榖民洵。转许俊人省长覆电并报纸二分，当覆书谢之。

致许省长寒。电稿并覆电，号。又《神州报》二纸，一许号电，一徐磊生寒电。函寄徐磊生。

至仁济堂，晤戒安、皋俞，商定拨振南陵老弱二千元，径电县知事徐磊生。由会公名。

覆南陵农会、财政局、教育会、义振会公函。前二事。

覆吴舜臣函。前二事。

访高敉之、陈少舟，谭南陵振务，不遇。

至商务印书馆，晤李拔可并购书：码十八元七角，九扣十六元八角三分。《十钟山房印举》预约券，售十二元。宋本《李群玉诗集》《碧云集》《披沙集》，售四元，四开本，邓氏群碧楼藏。元本《朝野新声太平乐府》九卷，六开本，售一元，黄跋，乌程蒋氏密韵楼藏。毛斧季校宋本《鲍照集》十卷，六开本，售一元，涵芬楼藏本。宋本《甲乙集》十卷，六开本，售四角，黄跋，常熟瞿氏藏本。影宋钞本《丁卯集》二卷。六开本，售三角，黄跋，常熟归止庵藏本。

假刘健之熹平四年鱼鹭洗拓数纸。

郑翰生午后三时同陈乃乾来，教授崇、佑两儿英文。

**初二日(9月22日)** 陆仲英来函，捐助南陵水灾振洋壹百元。当付南字六百七十九号收条。

许从叔来，不遇。

至九纶绸缎局，购幕本蓝袍料一丈六尺五寸，每尺一元九角五分。共洋叁拾弍元二角。

**初三日(9月23日)** 沈守知来谭。

覆沙健盦书。健盦托觅石沆《白云居士集》、李之椿《霞起楼集》，皆如皋人撰。

函孙星如，假工部营造尺，得覆，用硬纸仿制一枚相赠。

覆陆仲英书。谢捐南陵振洋壹百元。

**初四日(9月24日)** 检泗、虹志，编《安徽诗征》。

**初五日(9月25日)** 检徐宗亮《善思斋诗钞》，选《安徽诗征》。

**初六日(9月26日)** 至盐业银行,晤倪远甫,以取回汇丰存九八。元五千两,收回厘息壹百两。改存盐业半年期,七厘息。癸亥阳历三月廿六日到期,户名马淑记,宝经堂圆印。

大照公司郭礼征昆仲来谭,商添购电机,并拟于明日六时一品香会叙。

庄得之来,不晤,遇诸途,谭志赞希函告皇上大婚贡礼事,属转翰怡郑重出之。

收扫叶山房售价洋拾元。秋节。

收千顷堂书价捌元。秋节。

至余伯陶诊方。

至忠厚书庄,取书四种,议价十元:《鼓山志》十二卷,释元贤纂修,原刻本。《阙里志》廿四卷,六十五代孔胤植,原刻本。《永新诗征》卅三卷附录九卷,尹继隆辑,同治六年刻本。《竹崦盦金石目录》。赵魏集,吴士鉴校,五卷,宣统元年己酉刻本。

任心白函送《续藏目录》十册。

陈乃乾来谭,交孙星如代制工部营造尺,乃乾云《南陵金石志》九月望可将文录成。

**初七日(9月27日)** 致徐磊生函。寄顾鼎梅振款五十元、鲍子丹壹百元、陆仲英壹百元。

覆吴舜臣书。接七月廿六、廿九、八月三日三次来函,已收租稻二千一百石。张有才田每亩卅六元五角,契税成即寄。托汇交县知事振洋二百五十元。乡先生反对急振,各怀私见。寄还义振协会收据七张,又存根三张。稻价二元九角。

致章希瑗书。送城南别业仆从、车夫节赏廿四元,托转交。十四日覆书,退老未收,并寄退老讯。

致张范廉、宋仲刚书。电机借款献臣在沪历经会商,颂平来沪,商及付款,匆匆回通,想均陈清听。阜生公司定织湖绉两匹织成留存,到通付价。给铁厂茶房、厨房、车夫节赏各四元。十五日覆讯转交。

致吴华卿书。寄章、张宋两书并洋卅六元,托转交。十五日汇还廿四元。

覆顾鼎梅书。鼎梅廿五日西安来书,云范鼎卿入韩紫石幕。

延鲍承良诊方。

郭礼征约六时一品香议大照添机事,因病却之。

**初八日(9月28日)** 代绮女收倪祖培租鄂票、隆兴蒯带耕堂。合同,庚戌,春纲。租价玖百卅两,外中用廿两,除韩云清经手各捐叁百三两〇三分四厘,余九百五十六元三角四分五。合元六百五十五两五钱六分五厘。宝康代垫,辛(元月十七)付栈,亏卅两,又(一二)息六两九钱四分六;壬(七月廿七)付华北赈捐洋一百元,又(一三)息十元〇一角八分四。应扣各捐代缴,交出蒯仲手代缴。筹备积盐一百元,劝业股票五十元,固本费七十两,总会费十五两,计洋二百六十元〇一角八分四,(六九六)化洋一百八十一元〇八分八,明年癸亥开纲办运时再缴,计一百廿一两九钱四分六,共合三百〇三两〇三分四。

收西泠印社书价洋弍拾元。

孙星如函交代印四开本《大唐西域记》。罗纹纸印。

游永安公司天韵楼。

晚刘子鹤来,请作冰人,子鹤同砚涛结儿女姻亲,择八月十九日纳采,廿七日吉期。

**初九日(9月29日)** 刘厚生约至十号俱乐部酒叙,陪高文伯、王灏渠。散后,寿老、厚生、寄尘谭维持南通情形。

覆刘葱石书。贵池乞振电。

收崇记息洋壹百陆拾元。家用。

寄陶子麟《玉台新咏校记》。

**初十日(9月30日)** 吴寄尘约高文伯、王灏渠至功德林素餐,作陪。

缪子受来函,遗失缪耕云堂大生新股四丨股计二千两五百六十八号至六百〇七号。股票一张,自乙卯至庚申官余利均领过,附致大生沪事务所函挂失,今面交寄尘。

沙健庵来函,托购《续古逸丛书》《王荆公诗注》,又托访购李泰

《续通鉴长编》浙江局刻本、后有补遗,初刻本无之。杨仲良《通鉴长编纪事本末》广东刻本二书。

至蟫隐庐,取《簠室殷契类纂》,正编十八附编一存疑十四待考一勘误一。天津王襄纶阁。撰,实洋八元。

取金融公债、中签票未付。五年公债未换新票。息十八元七角零。

收大生来往折息七月底止。洋壹百廿元〇二角二分。内绮女存息卅六元三角。

**十一日(10月1日)** 大照电灯公司函告初七日一品香董事会,刘聚卿云议案所云与事实不符,已告美权更正。议添购新机,又云借款系借中国实业银行。均主张购六百克罗瓦次以上之电机,廿日晤美权,议案是其手订,并无不合。该价约四五万两之谱。议决补收股本廿万两(因股本尚未足额),再由董事会设法调汇长期庄款二三万两,作定购新机之用,俟各行家报价后,择价值相宜者定购,并议定此后以公司余利为归还调款之抵项,清还之前不得分派余利,惟余利如为数较多或以维持股票价值起见,略分余利,至多不得超过二厘以上。晚,游大世界。

**十二日(10月2日)** 覆缪子受书。补给大生股票。

覆王雪澄书。讯病。

李拔可来谭,交阅鼻烟两瓶。小钱估三百元,雪老估六百元。

南陵县覆代电,拟照前查灾册覆查,择极贫之老弱妇孺不能工作者分段设所,散给月米,其成年以上始衰以下悉令赴堤修筑,每工平均日给银洋一角,以工代振,不日开办。预计工振两项至少须三万余元,振款如何汇寄,并祈赐示云云。当钞稿送安徽义振会。

刘厚生约六时消闲别墅便酌。

**十三日(10月3日)** 余寿老约都益处午饭。

晚,同刘葱石约高文伯、王灏渠、沈联芳、吴寄尘、陈乃乾同兴楼酒叙。刘厚生、徐静仁、余寿平未至,共用十三元。

至仁济堂,拟覆南陵县汇振款二千元代电稿,给堂中门役节赏一元。十七日又给茶房一元。

至忠厚书庄,付书价六十元。

至蟫隐庐,取《戬寿堂殷墟文字》,价二元;又《殷墟文字楹联集》,七角。十四日付价讫。

至古书流通处,付书价十四元五角零。又代沙健庵购李焘《续通鉴长编拾补》五元。十四日茅友仁交还。

至来青阁,购原刻《明诗别裁》十二卷,价四元五角,当付讫。又代沙健庵购《通鉴长编纪事本末》粤刻本,价捌元。十四日茅友仁交还。

郑苏龛前索《六朝志青华》两部,今作书送之。

至《新闻报》馆,晤汪汉溪,催马兰生事。

商务书馆,送来沙健庵定《续古逸丛书》预约券,夹贡八十六元。《王荆公诗注》。价十二元,十四日送还九十八元,当收回条。

王揖唐赠转译日美浓部博士所译《欧洲诸国战后之新宪法》。

**十四日(10月4日)** 覆沙健庵如皋书。告代购各书交茅友仁即寄,附寄续藏各样本。

致茅友仁书,并送《续古逸丛书》预约券、《王荆公诗注》《续通鉴长编拾补》《通鉴长编纪事本末》,寄沙健庵。各庄发票附入。当得覆书,并交还书价一百十一元。

函李拔可,交还代沙购《续古逸丛书》《王荆公诗注》九十八元。

罗子经结算蟫隐庐售书账,净存九元六角三分:售;《积学斋丛书》四元,《陆宣公集》五元,《夏小正考》五角,《上江县志》五元,《世说新语》四元,《中州金石目》一元二角(二部),《云起轩诗》三角二分,《角元机诗》三角,共洋二十元三角三分。购。《殷墟类纂》八元,《戬寿堂殷墟文字》二元,《殷墟联帖》七角,共十元〇七角。

昨,大照公司汇来董事费五月共壹百两,今送淮海银行,登入来往折。

张作三、蒋嘏堂来谭。

**十五日(10月5日)** 午后,挈崇、佑两儿至福州路书坊观书。

晚至共舞台，观《昭君》剧。

**十六日(10月6日)** 至集成书坊，购元刻本《元元棋经》，价洋七元。

朱砚涛、刘子鹤来约作冰人，并具请柬。

晚，刘健之来闲话。

阅报，闽省乱象已现，徐树铮有宣言书，自任总领建国军政制置府，尊奉段祺瑞、孙文为领导国家根本人。

**十七日(10月7日)** 刘子鹤来谭。陈乃乾来。商订《南陵经籍志》。

至仁济堂，晤戒安、宋廷，南陵振款弍千元已由中国实业银行汇芜湖裕中纱厂转交，另函告徐知事磊生。

安庆省振抚处致沪义振会江电，八月十三日。分振各县振款数目：

| | |
|---|---|
| 振余项下：三万四千六百元。 | 省华洋义振会七千五百元。 |
| 南陵七千元 | 二千元 |
| 宣城六千五百元 | 一千五百元 |
| 宁国三千元 | 一千元 |
| 泾县三千元 | |
| 贵池二千七百元 | 一千元 |
| 芜湖二千五百元 | |
| 繁昌一千五百元 | |
| 宿松一千四百元 | 一千元 |
| 歙县二千元 | |
| 绩溪一千元 | |
| 当涂一千元 | |
| 郎溪三千元 | 一千元 |

覆徐磊生书。磊生初八日寄华洋义振分会捐册十本，廿一号至卅号。

告振会补助二千元,已由中国实业银行汇芜裕中纱厂。

覆吴舜臣书。转交徐磊生讯。稻价二元九角外。南陵多雨,只收到稻二千二百余石。

**十八日(10月8日)** 郭品翰来谭,交阅大照同中国实业往来据,以三万两为度,息照存款加三厘,以阳历十二月底止。董事均须签字为保证人,当签名交品翰。

午后,挈定君、佑儿游半淞园。

**十九日(10月9日)** 为刘子鹤、朱研涛两家作冰人。

**二十日(10月10日)** 访郑太夷、刘翰怡、座中晤许博明。沈醉愚、询大婚贺品。刘葱石、子鹤孙女婚事不合。周美权。大照董事议案是其手订,无误。

访沈乙盦,始知日来病势甚险,未得晤叙。

**二十一日(10月11日)** 覆翟展成书。赠《玉历钞传》廿本,寄《安徽诗征》征诗启十本,托钞赵青藜《徐燕石室诗钞》序。振务情形。刘谦甫泾县翟烈妇行。

至大生,取来往折洋五百元。积记三百元,绮记二百元,家用。净存积一千五百元,绮七百元,共二千二百元。

购《霍邱县志》十六本,洋三元五角。缺卷六《武备志》。

余寿老、洪希甫来,均不遇。

**二十二日(10月12日)** 访余寿老谭,约廿七日赴通。

访蒋孟蘋,观沅叔藏宋巾箱本《名臣言行录》卷三、卷四,共二册,每卷约廿余叶。又有《琬琰集》宋本全集,索价甚昂,孟蘋尚未购得也。

十二日拔可交来鼻烟两瓶,金花、芽花。今送还,并出价金光二百元。旋拔可覆书,允售金花一种二百元。将烟送来托售。

大太太八月十九日来讯,于七月廿八日举行分爨,九月间来沪。

覆章希瑗书。寿老由海宁观潮回,当即往商。赴董事会,并述退老意已应允,并约结伴偕行。闻聚卿、孟蘋、厚生不来,贞壮可自浙来,拔可未定,如决行,准廿九晚同竹书来,请先告退老。

**廿三日(10月13日)** 答拜吴怡生,不晤。

答拜洪希甫,谭新建会馆落成,拟开同乡会,商接收办法。

致杨芷青书。查南陵户口并各家诗集、节妇及地名,访碑、拓碑。

覆吴舜臣书。金库券南陵六千元,县自认一千元。稻价每石三元,出售千余石。

送朱研涛嫁女喜礼,收四色。

送刘子鹤娶媳红缎喜幛、喜烛。

同陈戒安公送吕皋俞之夫人挽幛。花缎幛。

以拟编《安徽诗征》征诗启分送戒安、研涛、皋俞、子鹤。

**廿四日(10月14日)** 洪希甫来谭。

许苓西由广东来沪,赠胡桃糖、西瓜糕。

函任心白,辞明午功德林之约,并谢江、杜。黄、士复。朱元善。三主人。同坐程雪楼、高鹤年、欧阳石芝、王一亭、关䌹之、狄楚青、王雷夏、李木公、黄溯初、沈悝叔、丁桂樵、丁桂苓、尤惜阴、赵叔雍、孙星如、徐彦如、徐轶如、赵云韶。

**廿五日(10月15日)** 请刘谦甫先生编《南陵县舆地志》。

吊吕皋俞夫人陈氏之丧。

徐静仁约陪高文伯酒叙。散后,同寿老访刘葱石。

寄尘十八去通,廿三日回。寿老去通又改期,盐垦九月初一、纺织初二开董事会。

同刘谦甫、李元之两先生游新世界。

**廿六日(10月16日)** 读《交翠轩笔记》“磁州崔府君庙条”,卷一。引《三朝北盟会编》《中兴小记》,楼攻媿《中兴显应观记》,证明府君为唐人贞观中为相州滏阳令,再迁蒲州刺史,失其名。在滏阳有爱惠民,为立祠云云。以费衮《梁溪漫志》、明人《崔府君实录》以其神为崔子玉,讳珏。以汉人之字加于唐人之名,误也。

又汉长毋相忘镜歌,铭曰:见日之光长毋相忘(卷二)。旧藏有此镜,编镜录时宜采入录。

又《魏程荣造象考》,同所纂《常山贞石志》。

冯蒿老来,午后答拜,述南陵灾状乞振,并请电约方松如办振。蒿老云,松如现为安徽防灾会副会长,许省长正会长。当即电商振务。邱渭卿处当再劝捐。

访高敉之,不遇。

午刻,章一山、陶拙存、沈醉愚约都益处酒叙。

至古书流通处,取书五种,码洋十七元五角:《元包经传》五卷,卫元嵩述,苏元明传,李江注,明仿宋本,抱经楼藏书。《元包数总义》二卷,张行成述,明仿宋本。以上两种合刻,码洋十二元。《小学集注》十卷,海虞陈察集订,码洋一元,明隆庆二年刻本。《鹊亭乐府》四卷,当湖陆楙,曲,码洋三元,康熙刻本,抱经楼藏书。《释名》八卷。璜川吴氏志忠校定本,码洋一元五角,艺风堂藏书。

**廿七日(10月17日)** 为刘子鹤、朱研涛两家作冰人。

拜许苓西。

至大生,晤寄尘。

函郑太夷,乞书联、扁。

覆吴舜臣书。同梦老商请方颂如放振,邱渭卿筹款,陆维镛商沪会附入华洋义振会。

刘谦甫先生来谭。交《南陵舆地志》新、旧稿。

致陈乃乾书。寄金石拓本四十九种,备编《金石志》,请代购《灵隐志》《清凉山志》。

晚,附吉和轮至通。

**廿八日(10月18日)** 晨五时,吉和开行。一时抵芦泾港,至城谒退、啬两老谭,退老留晚膳,派汽车送回唐闸。

**廿九日(10月19日)** 退老到厂往谭,云寿老今日至通,约同进城。晚,退、啬两老邀至城南别业酒叙。散后,周孝怀、余寿老、江知源诸人协商维持盐垦公司办法。议各董协筹款还债票第一期,并进行第二次二百万借款。

夜十时，退老派汽车送回闸。

蒋孝纯去如皋结算皋明账目。退老有电致健庵。

## 九月

**朔(10月20日)** 发家书。武显公忌日。

冯光久、吴荣辉来谭。荣辉交绮女二千元存折。

至田献臣处，商慎昌还款。通明每月还三千两，董事会签字。

至城南别业，同余寿老闲话。午后，至烈卿处略谭，遂回闸。

**初二日(10月21日)** 徐陶庵来，告以寿老建筑通宅收款不符，请查明。陶庵云，寿老由何处拨来，开明方可查。

至城南别业。城南别业开大丰公司董事会，处分王已劲。寄尘由沪来，晚即回沪。

晚，刘烈卿约至通俗剧场，观沈小香《小放牛》剧。

大丰公司议商各股东筹款。

寄尘云一厂由中南、金城、盐业、大陆等银行，二厂由中国银行、中央信托公司办理营业，三厂未议妥，请退、啬两老函静仁至通，仍就纺织管理主任。李寿卿一厂经理。

**初三日(10月22日)** 大生三厂开董事联席会议，一议借外债每厂推董事二人为代表，一厂盛竹书、徐静仁，二厂沙健庵、徐积余，三厂吴蝶卿、吴南浦。审查条件；一议由董事会公函请徐静仁速就纺织管理处主任；一议一、二厂办事同人欠款悉由管理处分别轻重办理。闻三厂归交通银行办理营业。闻盐垦五公司亦推各董事五代表。大丰吴寄尘，华成周孝怀，大豫余寿平，大有晋，大赉。

晚，张镜湖约俱乐部西餐。

余寿老回沪，退老送别后，余亦辞回闸。

**初四日(10月23日)** 通明电灯公司开董事会，议慎昌机价每月二千五百两，分十八期还清，耀玭每月五百两在外。由管理处签字，以厂机为抵押品。原议董事会签字，马肤武主持管理处签字。上年官余利改为新股。

**初五日(10月24日)** 在闸。

**初六日(10月25日)** 至退、啬两老处,辞管理处主任。

拜张镜湖、瞿新畬、唐辅之、刘烈卿、冯光久、单少堂。

晚,蒋嘏堂、张范廉约酒叙。

张作三、秦亮夫约明午酒叙,辞之。

覆吴舜臣书。八月廿九函秦府,择定本月廿七日安葬,费五十元。丹云卖田八十亩之讯。九月二日徐磊生拟荐其叔办笔墨,每月四五十元。芜湖稻价三元一角上下,南陵三元〇五分。辞南通事附告舜臣,并告徐磊生九月底同俞峻韶、盛彝斋到申乞振。

**初七日(10月26日)** 晨赴芦泾港,留辞职书并赠礼四色,贺退老得重孙之喜。邀吴荣辉在港会话,宋仲刚、张范廉、陶受之、李子馨、宋。送别。

十二时,大利轮到,上轮至镇,夜一时抵埠,寓大观楼。致家书。

**初八日(10月27日)** 于叔文来谭,在朱家。知其在朱家授读,遂同至街市。午后,又同游金山江天寺。

至大照公司,访郭礼征、品翰昆仲,随即答拜。

晚,观剧天蟾舞台。

**初九日(10月28日)** 重九。晨,郭氏昆仲邀至华阳楼肴点。散后,礼征、品翰、小亭约同游焦山定慧寺,登高观放翁题名,即宣统元年同王孝禹诸人题名亦刻石焉,回首前游,恍如隔世。过三诏洞、观音岩、海西庵、诗征阁、枕江楼,小憩。在寺观周鼎、唐幢、《瘗鹤铭》,询吴琚《心经》残石,知向在松寥阁,于光绪三十三年火灾,即吴琚题名,询山僧亦不知之。拓售者为吴琚诗。购周鼎、唐《道德经》幢拓本。鼎一元,幢二角。自然庵素斋,遇王惠轩、睢宁。夏季实、光翰,睢宁。曹翼民,良辅,铜山。皆省议会议员。回舟,过北固甘露寺,以游倦,徘徊山下久之。

晚,礼征约至大照公司酒叙。坐中晤盱眙王星伯之弟,王办招商局。

**初十日(10月29日)** 十时至车站,附栖霞山铁道抵站,步行二里许至栖霞寺。观明征君碑,住持僧若舜名惟临,泰州人。出迎茶话,道观千佛岩、舍利塔二徐题名,留素斋。再导游千佛岭、有宋题名。白鹿泉、珍珠泉、桃花涧。白乳泉、试茶亭、天开岩、一线天,遥观叠浪崖、西冠峰,俗称纱帽峰。并以新访得保大十五年左街本业寺僧令安造象拓本相贻。茶资八元,道人、舆夫各一元。

五时,附车回镇,礼征来约美丽西餐,并观影剧。顺道拜王星北、逊。王季达。逋。

**十一日(10月30日)** 拟游茅山,附车至丹阳抵站,舆价甚昂,且不能上山。遂入城,游公园,观梁阙二,文曰"太祖文皇帝之神道"正书。一反文左行。同治八年莫友芝访得,刻记石中,《经眼录》亦附录。丹阳《通俗旬报》云,该碑为梁武帝父文帝之墓碑,墓在县东北廿五里东城村。碑二,一正书,一反书。反书为梁孔敬通所创。欧阳《集古录》误梁为宋,嗣碑为雷火焚击,截成两段分堕两处。甲寅胡克之知丹阳县,移入公园。又观王十四娘送钟题记。正书阴文:唐中和二年缪录在崇普宁寺。唐经幢公园主任孙君赠宋绍兴十六年黄尚文题殿撰张公书"登览之胜遥碧远明"八字刻石,在吴季子祠中。并向前管理员王澍生君承泽。购梁阙、唐钟拓本,付价洋二元。午后,回镇江旅社休息。

**十二日(10月31日)** 晨附车至无锡,住惠中旅馆。约陈子坚来,共午饭。至城市,购王述庵行书立轴、张皋文篆书横幅,另残书数册,价七元。游公园、新世界。晚,在大新楼便酌。散后,至剧场,观王亚银剧。

**十三日(11月1日)** 晨,雇舟游梅园。陈子坚约卢润之君煦,江都人,正源煤号。陪往,即在园午餐。园中种梅甚多,春游,梅开极佳,眺太湖外湖里湖,宛然在目,石室布置亦雅致。回舟已晏,不及顺道一游惠麓。七时半,附车回沪。十时抵寓。

检查去通后家中各事,拉杂记之:

一提汇丰分行三千元,拨绮记存一年,息八厘。存中南银行绮记,以大生存三千元折据户名蒯娟记。转抵;阴历八月廿八日,汇丰息六十元,留家用。

一售纱布交易股票原价五百元。叁百九十三两,化洋五百四十三元九角八月廿九日。留存家用;

一付大生来往折五百元。积记三百元,绮记二百元,九月初四日。

一付淮海银行来往折一百廿两。廿两电灯费,一百两存家用,九月十一日。

一收刘明达扬州租稻洋二百廿元;存家用。

一收吴舜臣南陵租稻壹千元;淑记借三百元,余存家用。

一闸北中兴路全皖会馆工竣,订九月十一日三时验工交账;

一甘翰臣约九月八日午刻塘山路非园雅集,四时茶话,五时酒叙;

一罗瘿公来访,致书索《阳春白雪》,并代许守白索一册,由崇儿检送;

一吴寄尘来书,因蒯娟记存款三千,请通融迟至月杪来付;九月六日。

一郑苏龛为题宝经堂扁,又隶书长联。八月廿九日。

**十四日(11 月 2 日)** 资生厂转南陵吴舜臣书。稻已收回千石,湾村徐体华售草屋,价五十元上下,可买。

晚,同李元之闲话,并订明年课崇儿。

**十五日(11 月 3 日)** 访余寿老,不遇。访冯梦老,略谭振务。

至仁济堂,晤皋俞、幼南。

至大生,晤樊序卿。晚至十号,晤寄尘、芝庭。

至振华旅馆,访郭品翰。

至一品香,访罗瘿公,不遇。

晚,赴周美权一品香之约,同坐施朴庵、郭品翰。

至古书流通处,取书一种,绥安朱霞辑《闽海风雅》唐宋元十卷、明三卷,只存洪武、建文两朝。码洋弍元。

**十六日(11月4日)** 恽与九、郭品翰来谭。

午刻,约恽与九、郭品翰、周美权至一枝香西餐,共用五元六角。

至福州路书摊,购厉太鸿《云林寺志》乾隆九年刻本。八卷,价三元。十七日付讫。

至来青阁,取书二种,共二元五角:十七日付讫。《毗尼关要》十六卷,宝华山律学沙门德基辑,二元,附《事义》一卷,康熙戊辰刻本。《法华大成悬谈音义》九卷。净升集,五角,康熙甲申刻本。

昨视沈乙盦疾,不得见,见慈护,询病状。今朱稷丞来,不遇,留字告乙盦久病,精神日瘥,且脚肿便血已四日,乙盦殆不起矣。

晚,过健之闲话,出示新得唐石经,赵味辛、赵惠父旧藏。黄杨华搁王弇州题句。

来青阁晤陈乃乾,闲步。

覆翟展成书。振务情形。

覆吴舜臣书。卖稻六百石,每石三元一角三,还前息,借捐振六百元。又代付振款二百五十元(顾、鲍、陆三君),汇申一千元。南通农中校当留意。秦府做碑,再送十元。目连戏原十元,加五元。湾村徐体华草屋在来龙,后收买,约五十元。徐县长要照片。县长徐传友通告地方财政局,本年预算不敷甚巨,定九月十四日开会,并附带议办冬防、积谷及水利、河防各事宜。

**十七日(11月5日)** 余寿平来,交阅新建安徽会馆馆章十则、临时董事名单,并属阅后交洪希甫。又交阅工程帐略、捐款名单,洋六千余元、债票千元。

张海岩振鳞,南陵人,张培之长孙,张葆华之子。由南陵来,为母王氏请旌丧事,托函请京友代领交部收六元一纸,节略县知照稿,惟家境甚苦,赠川资十元。

杨锡侯、觐圭。朱稷丞来,不遇。

至安徽义振会。

来青阁晤陈劭吾,略谭。

晚,恽与九约一枝香西餐,郭品翰、刘葱石同席,周美权未至。

覆徐磊生书。振务情形。张勋臣、盛庄夫人、简照南三函未送。赠照片。告同梦老接洽情形。

覆吴舜臣书。告张海岩来沪情形。

**十八日(11月6日)** 访洪希甫,交新拟馆章并临时董事名单。

访陈劭吾,不遇,遇诸途,遂同至希甫处一谭,并约往功德林素餐。

访李仲仙一谈,潘子振、李木公在座。

晚,章一山约至会宾楼酒叙,因甘卿由苏来须一叙。散后,同胡晴初、陈仁先至振泰栈甘卿寓中闲话。

陈劭吾来,不遇,留石埭县新建南门石桥募捐册。第廿三号。

**十九日(11月7日)** 先母秦太夫人忌辰。

洪希甫来谭。陈劭甫亦来谭。

覆汪启我书。为张王氏请代领褒扬匾额证书。吴联笙现任盐务秘书兼总务处总办,未便以秦君琐事相谈。

送刘子鹤之弟夫人呢挽幛。

覆东台陈进宦书。并东王公、西王母镜二片,蜀当眉镜、六花镜、天地成镜、大吉镜各一片,陈冶镜二片,日本镜四片,共十二片。

覆丁闇公书。

晚,刘健之、朱稷丞来谭。

**二十日(11月8日)** 汪甘卿来谭,留午饭。

拜李伯行、张虎臣,不遇。拜刘畏之、陈劭吾谭。

至安徽义振会,晤陈戒安,同往同仁医院,视张仲仙疾。

晚,约汪甘卿、梁克刚、章一山、邓百村、刘翰怡、朱稷丞功德林素餐。

**廿一日(11月9日)** 致汪甘卿书,缴还《从古堂款识学》稿本。

访刘翰怡,略谭,交大婚经费二百元,当给收据。

晚,大妹约至倚虹楼西餐。

访姚文敷,不遇。

**廿二日(11月10日)**　致甘卿书。告志赞希住北京东安门内马神庙老胡同路北电话东局一〇六六。

致刘翰怡书。送衔名条。

致杨喆甫锡侯、觐尘。书。告崇明纱厂情形。

子丹弟交阅南陵方指高书，徐磊生以地方财政支绌，集城乡士绅，提议增加田亩附加税，每亩一分三厘。查财政部定例，附加税不得过漕粮十分之十，今南陵附加税已超过百分之十五，此次增加附税系地方无恒产者二三私人之鼓惑，徐知事其行为颇诡谲也。再破圩堘口及冬防各费，公议随漕带征。

至大生，付来往折五百元。积三百元、绮二百元。

**廿三日(11月11日)**　余寿平、陈戒安、赵叔雍来谭。

昨约大妹至大雅楼晚酌，用洋十五元。今午后回常熟。

陈进宧书来，以近著《金石纪闻》二卷相示，原书四卷。并属以屑闻琐事逐条寄之：

《天玺纪功碑》：嘉庆十年毁于火，旧藏一本上有北平翁方纲来观，又嘉庆五年八月阳湖孙星衍、元和顾广圻、嘉定瞿中溶同观，是嘉庆五年以后敦脱。本，距十年之灾仅五年耳。

积古斋藏器每于器底凿"阮元宝用"四字。

吴愙斋《十六金符斋印存》光绪十一年编集金、银、铜、铝、铁、泥、玉各印五百八十九品，传本甚稀。后编《千玺斋印谱》，殆有过之。书甫成数帙，愙斋遂病不起，散叶未装，展转流入苏肆，识者争购之，余亦得其一帙。西泠印社所编《十六金符斋印存》非原书也。

唐阿弥陀经铜钟字极精，似小麻姑仙坛记，相传同大中铜罄一名罄口心经。均为天台国清寺物。铜罄后归毕秋帆，赴粤时，与贞观造象、铜碑失于海。旧藏拓本有徐渭仁题记，钟则罕见传拓。前闻苏肆出售，为汪柳门所藏，后褚礼堂作缘，归于张弁群。

当涂县学太白脱靴图、山谷返棹图、牟子才赞，上元祈泽寺、仁寿县君苏氏墓志均经劫火。丙申访碑，尚能凑集，施诸毡蜡。后复访拓,则石已佚,前拓已成孤本矣。

旧藏古铜一器如环,背隆然,嵌银片夔文,古翠欲滴,琅环仙馆故物也。阮文达证以《汉书·外戚传》、班固、何晏赋,定为金釭,郭祥伯为赋月华清词。

刘葱石藏马湘兰熏炉,黄铜质,王凤江造,极佳。篆铭:"熏透鸳衾,香添龙饼,一点春犀。管领马湘兰制。"底有凤江二字篆文方印,庚戌秋在都门假观,倩褚礼堂摹拓全形。辛亥炉忽失去,葱石深自惋惜,以拓本仿制,不能乱真也。

徐晓霞藏金贞祐三年壹拾贯、元至元通行贰佰文两铜钞版,矜贵之至。同时,江宁博物馆亦得有明洪武宝钞铜版。金、元、明三朝钞版一时发现,可宝也。

蒋孟蘋藏《积古斋钟鼎款识》二本,一潘文勤校,一龚孝拱校,曾假归过录之。潘校本附录叶东卿、翁宜泉校语。

周梦坡藏郎官石柱记,较王子展藏本佳。王售诸端忠敏六千元,端转售程松卿三千六百元。王本有可疑之处,此本历经沈匏庐、沈旭庭藏,多一唐字,末多题名二十一人,又有镌工人名,石花与王本不同。相传陕西、江苏各有一石,购价只一百五十元,廉极矣。

张午樵藏唐志十余通,扬州出土者八九,宣统元年归匋斋,编入《藏石记》。读志文葬地,即知之缪艺风编《江苏通志·金石志》悉索旧藏拓本入录。冯蒿庵丈以卷帙较多,拟只编目,及艺老病笃,为之展转说合,始将全稿交付蒿老收存。此稿收罗极富,不仅有关江苏文献,抑艺老致力于此志亦二十年,散弃可惜,亟宜刊刻别行。

晋咸宁青龙砖,皆凤台县北乡顾家桥出土。

赵月川无虞司寇壶,海丰吴氏两壶,毁于火。其所得者为杞伯敏父壶,售诸刘慧之。未久,又归程龄孙。

园令赵君碑两本,一庞芝阁藏,后归周梦坡;一黄再同藏,皆有翁覃溪题字,然终疑明覆本也。

陈簠斋匋器拓全形者为姚公符,每幅钤"姚公符作图"一印。

大盂鼎文二百九十一，磨灭者五，嘉定周广盛令岐山得之，今藏潘文勤家。小盂鼎文约三百九十余，可辨者二百十三，宣城李文瀚云生。亦令岐山得之二鼎均出岐山礼村。李家道光间曾撰《紫荆花传奇》二卷。宣城三义阁，同治间其子李伯盂尚宝是器。昔年曾访鼎于其家，始知家道式微，后裔零落，宅已易主，鼎亦不可踪迹矣。叔言有拓本，曾影印，见于王静庵所。

广武将军碑向年拓本至难得，杨惺吾石印本系合缪艺风所藏付印，现碑已出土，传拓甚多，实则原碑未佚，仍在陕西白水县。盖以孙氏《访碑录》误载宜君县，故遍访不得也。

往游虎邱，徘徊弥陀塔下，砖有四种，一弥陀塔，一塔记，一己未建，一武邱山，虎改武，避唐讳也。旧藏塔铃铜版有武丘乡字，亦唐物。

金文左行，只见叔莽父一鼎，齐太宰归父一盘。

王惕安殁于福州，藏器悉归赵叔孺，周叔氏宝林钟、魏景初帐构铜皆著名之器也。王赵本金石交。中五父敦、史口彝、作宝彝尊、作宝彝卣、昆彝、郑井叔鬲、中邑父敦、亚形卣、父癸口。

常熟曾辛盦令洛阳得志三十余石，以魏元诊、元倪两志公、魏丘长钦鹿霍君、广平曲梁苏君两神道为最佳，筑吹万楼藏之。

范鼎卿藏吕超志丁巳山阴兰上乡出土，鼎卿定为南齐永明时刻石，盖乡邦文献也。

南浔顾子嘉藏器，顾器散出，都公锰未见。得之清仪阁金瘦仙黼廷藏器。为多，徐籀庄先生子士燕绍介，所传拓本皆出李锦鸿女士手。器中均刻“金黼廷藏”四字。

焦山鄦惠鼎，寺僧甚知宝爱。不轻施墨售诸游客者，皆覆本也。

六舟僧善拓金石，同时尚有黄山澹盦僧、弥本。吴门六根僧顿达。旧藏澹盦拓金文三种呈阮文达者，署丁丑十一月望澹盦顶礼。六根拓隃麋陶陵鼎全形，署道光甲辰仲秋，吴门六根顿达手拓。今则推焦山鹤舟僧矣。

那铁斋珊双箎斋藏弃至精，其师龢父敦、史颂敦、叡尊等归江阴奚萼铭;师趛鼎等归四明周湘云。闻历鼎尚存,鼎旧藏吴县曹氏、吴兴沈氏。

程云岑藏古泉铜范三十余品,绝精,皆一一寓目,近藏泉家不及也,惜拓本不轻示人。

记刘健之得《蜀石经》:

《周礼》卷九、卷十,计一册,七十五叶有半,略阙首尾;陈贻重作缘(辛亥春)。《春秋左氏传》卷十五,计一册,五十三叶有半;陶榘林作缘(庚戌冬)。《穀梁》二叶。瞿止庵作缘,辛亥秋。旧为杨幼云继振。藏,后归张叔宪,度。庚子归湘乡李亦元。希圣。

《周礼》卷十二,计一册,二十二叶;壬子向何诗孙商让。《公羊》卷二,计一册,十九叶。同上。旧为陈颂南庆镛。藏,后归何蝯叟。绍基。以上缪艺风为作校记。

《左传》卷二十,计一册,六叶。陈弢庵作缘,戊午冬。旧为陈芳林藏,后归梁茝林。以上六册,都经注四万七千言。

又有《毛诗》卷一、卷二,旧为黄松石广仁义学所藏,后归赵谷林,厉樊榭有诗,全谢山有跋,皆举輖饥为异。后又归黄荛圃,已失去《周南》及《召南》序,仅存《召南》及《邶风》,陈云峰曾影刻之,无《周南》。并从车秋舲以陈芳林藏《左传》六叶刻入册中。《毛诗》后归程南村,□①荣。咸丰间官苏捕通判,调署江宁北捕通判,殉粤匪难。

《周礼·夏官》三叶,计三十六行。旧为赵晋斋魏。藏,有手自双钩本。以上《毛诗》《周礼》,久见著录。

《穀梁》六叶半。近彦德字明久,旂籍。为教育部官,在内阁大库搜得《穀梁》半叶。近归罗叔言,壬戌春罗同金息侯梁。以一万余元购内阁大库废籍八千袋,于其中检得者。

齐侯两罍阮文达得其一,其中罍为曹秋舫所藏,后均归吴平斋,筑两罍轩藏之。平翁殁,分遗两房。辛亥春,中罍为刘健之购得,价

① 原文如此。

捌千元。阮罍仍存吴氏。

北宋二体石经初为丁俭卿晏。藏并作记,另有重叶。俭老故后,遂归路山夫。伾。山老以贫病终,梁慕韩菼。作缘,售诸刘葱石。其重叶未收,不知属诸何人。又见有十余叶为冯柳东藏本于沪市,或云刘慧之物,赵月川以他物易之,值百元。赵携至京津,售诸谁氏,不欲明言也。

**廿四日(11月12日)** 吴华卿由南通来,邀至亦舞台观剧。程艳秋演《六月雪》、王又宸《辕门斩子》、刘汉臣《长板坡》、荣蝶仙《穆柯寨》。晤余寿平、陈叔通、俞寿臣,谭大武文公达、胡夔府、樊序卿诸人。

晚,华卿回通。

刘谦甫由扬来,商请转致李元之,明年课祟、佑两儿,束脩月致四十元。

翟展成、陈西甫由芜湖来,展成假阅翟湘《菜根书味斋诗钞》十卷,翟湘字子沅,泾县人,号柳村。又赵绍祖编《赵氏渊源录》八卷。原十卷,缺卷九、卷十。

读翟柳村诗《张学仁题辞》注云:柳村欲选《安徽诗征》,力未能就,翟柳村同王柳村为诗友。王选《江苏诗征》,翟亦有《安徽诗征》之约。诗注云:余有《安徽诗征》之选,将欲遍游江左,查梧冈、凤鸣。吕石卿。应麒,多为筹画。

**廿五日(11月13日)** 拜余寿平、李仲仙、宋玉书、刘翰怡谭。

至惠中,答拜西甫、展成,不遇。

拜赵叔雍,不遇,留函,交《词汇》初、二、三编,假之。

覆章希瑗书。希瑗托售绍堂家大豫田二百亩,又自田卅八亩。

致李木公书。告晤翰怡,贡洋二千元,用二次所开名单。

刘慧之来,交阅安徽同乡会致许省长电请撤换庐江知事邹斯岱迅,简贤员急待电复,属具名签字。

续记金石琐事:

双虞壶斋烬余之器尚存颂敦盖、丧史宾钘鉼、拍尊盖、者女匜、杞伯敏父匜、於方鼎、父癸方鼎、〇中鼎、安父彝、[illegible]彝、辛子彝、癸父乙卣、宝尊,向年向阒生假拓一过,伊敦存稼生京寓,未经劫火也。

番生敦盖铭文多至一百三十八字,匋斋每以拓本粘诸团扇以赠知好。

匋斋昔年购郛休碑,山高道远,转运维艰,估人乃截为两段,送至京师。

西岳华山碑海内只三本,均藏匋斋,一得自沈研傅,沈仲复藏。一得自宗子戴,宋湘文藏。一得自景朴孙。

刘慧之藏器,以所得费西蠡氏邵钟、刘铁云氏大敦盖为最佳。孙伯渊亦藏大敦盖,与刘藏异。

吴平斋两师酉敦,辛酉春归四明周湘云,价四千金。

匋斋王孙钟为吉金之冠,庚申年在京出售,索值四千金。同时,两师酉敦在苏售如其值。程龄孙拟得其一,不能决,往复相商。余告之曰:宁舍敦而取钟也,遂定议。

王文敏藏玺以白庯都萃车马一玺为最佳,未见之,奇品也。大如隋唐间官印,光绪壬辰淮县出土,后归端忠敏,同燕将渠玉玺并珍。玉玺道光季年出易州,为南浔顾子嘉所得,吴愙斋以三代彝器易之者。两玺真惊心动魄,各藏玺家无与抗手也。

李木公藏鎏金铜造象将及五十躯,中以元嘉韩谦造象为最,匋斋旧藏也。

两卯敦盖孙伯渊、曹秋舫各得其一,曹敦尚有传拓,孙敦绝无仅有。旧得杨石卿藏拓以贻刘慧之,两敦盖则久散失。

黄仲五所藏祇爵觚数事,昔年曾属为寀定。

宗周钟为山阴陈默斋藏,《积古斋钟鼎款识》著录,拓本流传至鲜,戊午见于沪市,索价万金,亟假拓一本以归。

宣古愚藏刀币,方地山藏圜钱。

记藏纪元镜各家:

端忠敏公;汉元兴元年镜二,藏拓本。

瞿木夫;中溶。汉元兴元年镜,藏拓本,杨龙石手拓。

沈塘;汉元兴元年镜,神州国光集影本。

陈簠斋;汉元兴元年镜、吴太平元年镜、晋太康二年三月三日镜、齐建武五年镜,以上见罗氏《古镜图录》。

襄阳钱氏;熹平三年正月丙午镜,罗氏《古镜图录》。

冒鹤亭;新莽始建国二年镜,罗氏《古镜图录》。

宝瑞臣;吴黄武六年五月壬子镜、吴赤乌元年镜,以上罗氏《古镜图录》。

丹徒刘氏;吴黄武六年五月壬子镜,罗氏《古镜图录》。

天津王氏;晋太康二年中秋镜,罗氏《古镜图录》。

罗叔言;汉建安朱氏镜,罗氏《古镜图录》。

日本桑名氏;汉建安十年五月五日镜,罗氏《古镜图录》。

日本内藤氏;汉建安廿四年六月辛巳朔二十五日镜,罗氏《古镜图录》。

日本富冈氏;汉建安十年镜,福山王氏旧藏;晋泰始九年张氏镜,淮县陈氏旧藏;晋永康元年正月丙午镜,同上;金承安三年镜,以上罗氏《古镜图录》。

某氏;汉建安十年朱氏镜,罗氏《古镜图录》。

某氏;汉建安十年朱氏镜,罗氏《古镜图录》。

某氏;汉建安廿四年四月丙午朔廿九日,罗氏《古镜图录》印随盦藏瞿木夫拓本。

某氏;吴赤乌元年镜,罗氏《古镜图录》印随盦藏瞿木夫拓本。

某氏;吴永安二年七月三十日,罗氏《古镜图录》印随盦藏杨龙石拓本。

某氏;晋太康元年镜,罗氏《古镜图录》。

某氏;金承安二年镜,随盦藏拓本。

程云岑;金承安三年镜,随盦藏拓本。

某氏;晋元康元年镜,随盦藏拓本。

某氏;晋太康元年镜,随盦藏拓本。

周琴松;汉建宁二年正月廿七丙午镜,随盦藏拓本,至精。

童心庵;吴永安元年镜,今归朱研涛,随盦藏拓本。

赵伯常;汉元兴元年镜,先归童心庵,后归朱研涛;天纪二年七月七日镜,今归吴石潜,随盦藏拓本。

吴石潜;宋政和丙申镜,今归刘葱石,随盦藏拓本。

周梦坡;汉延熹三年镜、金泰和五年镜,随盦均藏拓本。

席少卿;吴永安四年镜,今归刘慧之,随盦藏拓本。

刘慧之;汉熹平二年正月丙午镜、汉中平六年正月丙午日镜、汉建安十年镜、宋大观通宝镜、金大定通宝镜(二)、金皇祐壬辰五铃镜、明天启通宝镜,随盦均藏拓本。

李木公;汉中平三年四月十二日镜、汉建安十年镜、吴宝鼎元年镜、金承安三年镜。

随盦。汉建安元年镜、建安十年镜、汉建安廿四年一月申寅朔十四日丁卯镜(金山程云岑藏)、建兴二年九月镜(当是蜀汉)、建兴二年镜、吴凤皇元年镜、唐开元通宝镜书、宋感平三年庚子东京铸钱(铁)监铸造镜(程云岑旧藏)、宋乾道八年湖州造鉴局镜(程云岑旧藏)、宋大观通宝镜、宋元祐癸酉孟秋鲍公浩造大阿罗汉镜(宣古愚赠)、宋嘉泰通宝镜、宋重宁通宝镜(正书)、宋崇宁通宝镜(隶书,三)、唐天宝镜(二,一梅蕴生旧藏,一太仓徐秋士(元润藏),秋士著《铜仙传》皆录所藏各镜,极佳,顺德梁廷楠《滕花亭镜谱》不及也)、元至元四年镜(二)、金大定通宝镜(二,有柄一)、金壬寅耿秉忠镜(《济南金石志》《济宁金石志》《十二研斋过眼录》均著录)、金承安四年镜(一宣古愚赠,二)、金泰和通宝镜(篆书)、明洪武二十二年四月镜、明嘉靖南浦周造镜、明万历丁亥大明酒客鄣郡诗狂程士元铭镜、明万历癸未王子庞镜、明万历年造马记镜、郑城功昭武通宝镜。

缪氏艺风堂藏《泰山二十九字》为孙伯渊赠严铁桥之本,孙要严每字一揖以谢之,可见先辈风趣。艺风老人宴集酒酣,每出示座客,引为谈助。今艺风往矣,回首昔时谭艺燕游之乐,为之怃然。

宋泗州军事判官邵君墓铭并象盖二石,又一石,为宋故邵府君王氏之象,旁立二侍女,志云:邵君讳公辅,初娶丁氏,次娶王夫人,为履常朝奉王公第三女。志石有画象,不仅金石家所未见,抑可补《金石例》所未及也。

南通城乡暨各港旧废巨炮百余尊,上有天祐年制,张士诚所铸也。省署派员估价，悉数镕化出售，博物馆仅留一二，前商沙健庵，觅工椎拓之。

**廿六日(11月14日)**　茅友仁、沙幼门来，交阅沙健庵书，属荐其侄幼门于鲍星斋在大吉新轮一小位置。

访翟展成、陈西甫谭，邀至同兴楼午饭，并约刘慧之作陪。假书两种，当交还。

同展成、西甫访高敦之，谭振务。又同访冯蒿老，谭宣、南冬振，蒿老允助五千元。又同访邱渭卿，请其接办冬振，仅允捐助，未结果而散。

同展成、西甫至义振会，约九时在济生会乞拨款振宣、南，陆维镛、单仲范、王骏生、张贤清允拨二千元。

晚，绮女请蒯毅伯夫妇一枝香西餐。

高敦之绍介姚墨村彦，淮安人。画《雪景山水》立幅，笔润每尺二元，幅三尺，六元。墨村今夏敦之约往宣、南查放急振也。

**廿七日(11月15日)**　访展成、西甫，同观古玩市场，购乾隆磁斋戒牌，二元五角，又唐造象塔砖，二元。

晚，挈定君、绮女、佑儿至亦舞台，观王又宸《朱砂痣》《提放曹》，刘汉臣《越虎城》《落马湖》，程艳秋《能仁寺》《弓砚缘》。

覆吴舜臣。南陵附加捐托翟展成、陈西甫函劝中止，并寄原稿。访碑，大工山各碑。告募梦老助五千元，济生会二千元，芜湖振会二千元。邱渭翁认助款无定数，办宣、南冬振。

**廿八日(11月16日)**　王秀仁来，赠张弁群藏且已爵、良敦、方鼎铭在腹内边，又亚形在腹内中。二拓本，器最精，弁群于今年六月下世。弁群藏三代古玉极佳，闻只拓过二分，不能得也。又送阅易叔簋、雁姜鬲二器，即刘慧之云周梅谷伪造以欺黄吉园者。簋伪造，甚佳。秀仁云，石潜幼时到沪，在三马路学刻木字不成，回杭天竺设耍物摊。遇张曜，为其刻碑，每字钩刻，碑成而业已进。后累为他处刻石，稍有积蓄后，至沪三马路开小饭铺。未久，又设裱褙铺，适严小舫刻小长芦馆《快雪堂法帖》,邻裱褙铺周某以石潜荐,遂入严氏门。石潜刻法帖每字二角四分,给工人仅四分。后识徐子静,其子秉丞不喜古物,悉以旧藏汉印、彝器、书籍、印章赵次闲、赵扮叔、吴让之、胡冀山。等售价廿四元,益以丁氏藏西泠八家印编印谱。严又同徐各出资千元刻楹联。辛亥后,又搜集各家精刻各书代售,榜其居曰"西泠印社",西湖有西泠印社。繇是营业日上,并结纳吴仓石、刻其印谱及书画。况夔笙,代编书籍,代撰诗序。遂以市侩附庸风雅,凡印谱、砖录、镜录、瓦录等皆有考证,序跋殆师曹葛民,籀。然相去远矣。

至古香斋,约同高敫之往邱渭卿,募宣、南冬振,说至再三,请其筹助五千元。

晚,张贤清约功德林素餐。

安颂平由南通来,不遇。

**廿九日(11月17日)** 广德警佐俞守珍调省,改委陈天裁,全县人民反对,公举傅寿慈、筑岩,前甘泉县。刘敬、梓声,自治评议员。童修清、宪民,县视学。陈言觉民,省议员教育会长。到同乡会主持公论,电达当道,撤消陈天裁并报告书,先到寓接洽,未晤。

晨,安颂平来谭,交阅通明电气公司还慎昌洋行机款每期三千元,除已交田献臣还第一期外,另书期票十七纸。每纸每月三千元。又交张范廉、宋仲刚来书。保人退、啬两公,此后通明耀玭即照期解款。

午刻,赴功德林吴寄尘之约。

辞都益处贞元会朱峻夫之约。

佛经流通处晤江易园谭。

同展成至仁济堂,戒安到会后即行,晤皋俞、宋廷、幼南。又至丁仲祜处谭。

晚,赴高敫之一枝香之约。

同展成至来青阁,晤李筱崖、丹崖子。陈乃乾、张伯岩之铭,棋盘街实业通艺馆。略谭。

购集成、来青阁各书,二元二角:《五子近思录》,新安汪佑合编,康熙癸酉刻本，十四卷。《清异编珠》二卷，长白福申辑，龙岩魏茂林参，皖江杨文楷注。《公孙子注解》，牛毛道人华杰，乾隆卅八年刻本。《禹贡今释》二卷，当涂芮曰松辑，道光八年刻本。《雪眉诗钞词钞》。黟胡成浚，喜庆廿二年刻本。

刘硕父同朱菊坪黄，硕父师，江都人。来，不遇。

覆杨云史书。寄仙桃草一瓶。

**三十日(11月18日)** 广德代表傅筑岩、陈觉民来谭，已将报告书先送寿老阅过，允由会转省。

田献臣、安颂平来，辞一枝香、亦舞台之约。

约李元之、翟展成、陈西甫至亦舞台，观王又宸、程艳秋《四郎探母》，坐宫盗令、出关见娘、见四夫人、代回令止。刘汉臣《葭萌关》收马起。剧。

覆沙健庵书。沙幼门谋大吉船事。

覆顾鼎梅书。告范鼎卿病故金陵，并拟售其书画碑帖。

覆孙星如书。告搭印四开书《毛诗》漏印，尚余《广韵》等四种，已托拔可再向厂中重托。

覆杨云史电。云史附大婚贡品分，覆以经办人已至京，不及附分。洛阳西宫两湖巡阅使署秘书厅。

覆通明电气公司张范廉、宋仲刚书。

## 十月

**朔日(11月19日)** 婉女忌日。馥女生辰。

午刻，至仁济堂，晤戒安、展成、西甫，商配振款，查会中存四千六百余元。宣城二千元，歙一千元，绩溪五百元，宁国、郎溪各一千元，泾五百元。

崇宁寺退院雨山和尚来募水陆道场，认助二百元。

雨山冬月五十法腊，拟制匾祝之。跋：壬戌冬密安传戒为其师雨山寿。

刘谦甫来，已商定李元之明年课崇、佑两儿读，并代办笔墨事件，月送修金四十元。

晚，展成、西甫约至佛陀街正兴馆便饭。

检书簏，马氏《绎史》、《太平寰宇记》为蚁所损，殿本《佩文韵府》为鼠啮伤数十叶。

**二日(11月20日)** 李伟侯之母侯夫人十月二十日六十生日，介庵函告，约为同乡发起人制屏祝之，附福份八元，当交来人。

购来青阁书，价十元零八角：当付讫。《伊川击壤集》廿卷，明刻本，文靖书院藏板，书口疑支那本，未刻字。《字典考证》，奕绘、阿尔邦、阿那清安、土引之等，爰日堂原本。《医案存真》三卷，叶天士，元孙万青校刻本，附《马氏医案》并《祁案》《王案》。《良方集腋》二卷。谢元庆编集，道光刻本。

马兰生暨其侄忠元先后由宁来。

李凤池来谭。

**初三日(11月21日)** 子丹弟来谭。

送任子木东缎喜幛。子木娶媳。

至鲍子丹处谭。兴仁田步祥认销贾汪煤长江年十一万墩，每墩六两八钱；庄认销无锡年四万墩，上海年约销一万五千墩。袁述之现办蒙藏银行。

至惠中旅馆，晤展成、西甫，留晚膳。散后，同展成至来青阁，晤陈乃乾，观新得《金陵图说》。又晤徐贯恂。通州人，施子英婿。施住新闸路大德里二九号。

购来青阁上谷陈上年仿宋刻《广韵》五卷，为张弨写本，顾炎武、李因笃正字，符山堂藏板，价洋一元。

**初四日(11月22日)** 赵太大人忌日。

沈乙盦尚书初三日丑时去世，今日申时大殓，吊之。

云海秋嫁女，同子丹弟、鲍承良公送绸幛。

十三日余寿老娶子妇，送花缎幛、烛。

贺任子木喜，晚留喜酒，陪冰人。

晨，率马忠元访邓白村，至永安公司，学商业。又访梁克刚，不遇。

午刻，访张辅臣并其子仲仙。

至仁济堂。

至大生，晤寄尘，出示覆二厂书，并晤美权。

李拔可来，不晤。后晤于沈宅，谭二厂章希瑗、吴和卿暨同人来书，拒绝九十万两不动产之押款进行四十万两之活贷往来，冀救眼前，得免后患，颇韪其说，拟商各董并召集股东会，一致反对沪事务事所押据。以厂基房屋契据并纺织布机栈房花名清单均交受押者保存，期订六个月，如到期无款赎取，任凭受押人将上项抵品管业出租或拍卖归偿，事前犹须二厂自向官厅过入银行抵押户下云云。

资生厂转来崇明、大生二厂驻通批发所来函，报告押款情形。

白村回粤省亲，赠板鸭两只、九华山茶两瓶。

子木座中晤伯行、季皋，将劭吾讯交阅，劝募石埭桥捐，季皋允助五百元，并约伯行亦捐五百元。

覆陈劭吾书。告伯行、季皋捐石埭桥各五百元。

**初五日（11月23日）** 沙健庵来书，续藏经拟购一部，藏诸定惠寺经楼。更分劝各刹，大约如皋可购四部，商特别优待，照预约价九折，随商拔可，未晤。晤心白、星如，留书交拔可，得覆允许，并先付健庵优待券。分次交款，亦以优待办理。

晨，展成、西甫来，遂同至商务书馆。又至全皖会馆。

午后，至古香斋，购四骏猊镜，价十三元。初七日请高敦翁转交。

古香斋晤高敦之，谭振务。展成、西甫来，同至冯梦老处，未晤，传达所荐贾汪公司之友请开名条转致，于沂字菽生，山东文登人，前安徽县丞。并请公电袁述之捐助宣、南冬振。

至同升公栈，晤陈韫山，取汉洗，索价甚昂，不可得，拟拓数本。一洗文曰：富贵昌宜侯王，初七日交还；一洗文曰：富贵昌宜侯王，两旁双五铢泉形，双鱼形。

昨韫山交来各碑，亦以价昂不易收，姑志其目：初十日购成，计廿二元。

唐柏梯寺碑;徐彦伯文,胡辅之录,隶书,篆首,初七日交还。开元六年十月。《访碑》系仁和赵氏藏本,《缪目》在山西虞乡。此碑有阳城张氏考藏长方印,又顾千里□□□[1]长方印,顾千里《思适斋集》卷十六:柏梯寺当在山西省蒲州府虞乡县。

元乾明寺钟铭;至治二年。

宋铸像记;绍兴丁卯,在江宁秣陵镇,象高三尺余,字在胸背,《江宁金石记》未载。

唐宝室寺钟铭;贞观三年五月,大钟主张神安等。

元夜天池壶铭;至治壬戌四月,奉化州达鲁花赤等置,掌壶王性初造匠董成。

元台州临海县天宁寺千佛塔记;大德三年二月,六舟题记。

唐临海梁氏家庙题名残碑;郭即山(翰)藏石,六舟题记。唐梁武(南陵县尹)、梁耀(广州刺史)、梁朴(翰林承旨),右梁氏家庙题名残碑,□□三年新出于□□,嘉靖临海志[2]。梁氏世居于此,名曰儒林坊,地以人重也。今邑志三人俱未载,据此可补其缺。后学郭翰识。临海郭石斋茂才得有万岁登封元年砖,上端文曰梁氏冢,据云即此梁氏葬砖也。此石为郭君即山所藏,案是唐刻无疑。六舟记。

唐昭女端墓志;开元十二年,原石。

宋故会阇梨塔。鄞县戒香庵女尼塔铭,《金石志》未载,云伯案定印。塔后面:唵摩呢哒哩吽嚩吒。初七日交还。

蒯授堂女夫三十阴寿,往江宁公所祭之。

晚,刘慧之约酒叙。

函敫之,赠建初延熹君宜了孙大吉吕金钕中等四洗,单于和亲等四砖,隋张通妻陶志,唐高霞寓元堂铭、益延寿瓦、金涂塔,魏魏昌县造象,魏程荣造象,唐张元御造象,齐逄迁造象、道建造象,隋王士通造象、建安画象砖、五铢泉范二十种拓本。

又请姚墨郁画扇,摄山访二徐题名。连前所赠《雪景》画幅,送洋捌

---

①② 本句中"□"均原文如此。

元。画扇廿五日交来。

**初六日(11月24日)** 函李凤池,请严敬舆转请其尊人孟繁速为梅生推荐税所。

晨,梁克刚同邓刚仲毅。来。马忠元出见。

昨,刘明达来信,堡城租折收陆十九元八角,杂支洋十一元一角零,汇来洋陆拾元。

朱象甫来谭,赠其祖善张所刻《朱氏家集》。旋答拜,未晤。

拜李庚余,交阅张静生告明年三月廿七日为其子廞结婚吉期。三月廿三日午时纳采行聘,请新人衣裙尺寸单。

拜鲍子丹,交梦老所荐于沂名条。

汪蟾清来,交僧法空募建黄山狮子峰清凉顶古寺捐册,请程龄孙捐助。随于午后四时往访,候至六时,未至而归。蟾清自助三百元,塑佛像金座;又助门窗上玻璃。全堂题名为汪遗德堂。

至仁济堂,晤戒安、皋俞、宋廷、树人、幼南。

覆沙健庵书。告续藏经商务书馆允特别优待并券及来书。又南通博物馆铁炮、银木鱼(南通城南某寺出万历二年苏温造银木鱼),请陈保之拓(又明盐桶二,有字)。

义振协会公电袁述之募款,冯熙、李经方、余诚格、徐乃昌具名。梦老钞示电稿。

晚朱稷丞来谭,假洋二十元。

**初七日(11月25日)** 江苏通崇海泰总商会于十一月廿一日十月初三日选举会,改选第四届职员,推特别会董,寄来通知书,十一月廿四日即阴十月初六日。会长。阳历十一月廿八日(十月初十)互选周坦正、马文炳副,阳十二月十二日(十月廿四)改选江导岷正、高湘(楚秋)副。

覆南陵吴舜臣书。拟售成康一千二三百石租稻,价约三元一角一厘,已收四千一百石,询年内是否再买。复以稻价可交裕中翟展成划汇交通行,每千元费四元。告宣、南冬振已募到数目。高敦翁至迟月杪到灾区,住青弋江。

至古香斋,晤敦之并焦乐山。

又至程龄孙家，未晤。至汪蟾清家，略谭。

徐贯恂来，未会。

阅陈进宧《金石纪闻》，摘录五条：

王许阁名绪祖，藏石大都为匋斋物，颜其室曰“汉碑西汉降命刻石。秦表吕宪墓表。梁阑天监井阑。隋经宝梁经。之室”，藏诏版五枚。陈簠斋赠所藏四十石，售价五十元，均侍姬孙婉如手拓。

沈乙盦藏晋何氏墓砖，反文甚精，善业泥像极大。

蒯成侯钩，滨虹旧藏。

范鼎卿藏南齐吕超志、唐松籁琴，颜斋曰“齐志唐琴之室”。又藏尔朱氏志，石两面刻。

白马寺题名当是汉魏人手笔。

王汉辅云：黄县丁氏三体石经绝系伪作，文敏当日不争取。

三纪金石琐事：

魏司马绍、司马炳、司马景和妻墓志乾隆二年同时出土，绍、炳两志即为韩姓所买，转入孙姓，石已久佚，拓本只见艺风堂藏绍志、匋斋藏炳志各一本耳。

游栖霞寺，住持僧若舜以新访得造象相告，急往观之，盖保大十五年造也。文曰：左街本业寺主僧令安收赎释迦石佛一尊，所申意者奉为亡考吴世二郎、亡苏氏三娘，追荐冥寞生界。保大十五年十二月廿八日忏讫。钟廓刻造南唐石刻，传世极鲜，且未经著录，得此为山灵生色。

合肥龚景张所藏商鞅量为秦量中之王，虽匋斋诏版、权量有三十余品之富，亦望尘不及也。

**初八日(11 月 26 日)** 致高敦之书。送焦乐山梁墨卿善书，又南陵募捐启六本。

函孙星如，假《盛氏图书馆善本书目》。

**初九日(11 月 27 日)** 赴李凤池都益处贞元会之约。梅生事敬舆已作家书。

至仁济堂，晤戒安、宋廷、皋俞、树人、幼南。

访程龄孙，谭募黄山清凉寺捐助洋式百元，又歙县灾无办法，故未捐款。

至古书流通处，取书二种：《风雅遗闻》四卷，太平戚学标，乾隆刻本，价码一元。《净土随学》二卷。玉峰古昆自编，价码三角。

致翟展成、陈西甫书。访小盂鼎，助振。

覆汪启我书。张节妇褒扬事。

致吴舜臣书。张节妇褒扬京信已由汪心余代领，转告张振鳞。

覆陈墨迻书。墨迻赠御马监牌。索日本竟四种，柳如是藏竟（次者）、乐无事竟、十二辰竟、真子龙霜竟、无铭双凫双雁竟、云龙竟、大吉竟、万历程士元竟八种。又武丘乡助塔铃、厨子直宿牌拓本。

四纪金石琐事：

王饶生官登州关监督，适黄县丁氏砖瓦、造象、塔铭出售，饶生所得撷其菁华，中以凤翔专、赫连氏时物，《王文敏日记》曾言之。魏灵光寺塔铭最佳。

秋枚向得有银免符两枚，奇品也。李木公、游筱溪各分得其一，每枚价百番。

吴越金涂铜舍利塔，一见《表忠谱》，一见程嘉燧《破山寺志》，一见《曝书亭集·蒋尔龄所施白莲寺》之一版，又吴门毛子文人字编号之版，今皆不存，一朱文正公所得之保字号。一塔已进内府，即叔未所藏铁塔，亦不可踪迹。人间真同景星庆云矣。寒斋所藏为先为屈竹田所得，孙子啸有诗纪之，后归两罍轩，为撰图释。颇自珍秘，涂金处光彩夺目。顾鹤逸藏一塔，无涂金，与此同，相较亦自疑其伪，若近年所传灵隐山中所出四塔，曾见适庐所得之一，铜质不类旧制，即阅拓片，亦可断其为也。

盂爵铭四行，文多至二十一字，在爵腹内，甚难拓。惟盂爵耳。旧藏毛叔美家，后售于王沅芗，得洋一百二十元，今在淮县陈氏。簠斋考为成王时器，《吉金录》已著录。

覆陈进宧书，交还《金石纪闻》二卷，小泉直一、半两五铢范四，赠西王母镜二、真子龙霜一、万历程士元一、塔铃题名一、塔砖一、夫马砖一。附撰寄《金石琐事》。

**初十日(11月28日)** 洪希甫来谭。

陈韫山来，议定金石拓本七种价廿二元。付讫。

午后二时，至香港路四号银行公会，开大丰盐垦公司临时股东会，议决成立股东联合会，举冯、邱渭卿、王一亭、吴韫斋、贾颂平、刘子鹤、柳梓庭赵竹君辞，改推柳。为干事。议公司红田五万亩，又尘办四千亩。每亩售十元，由股东摊认，无力由他股东代认，否则另招外股，脱离公司范围重行组织，先行由股东会派员调查清理帐目。共四人。至红田中有公司同人二万亩，先行借售给每亩十五元单据，将来垦务毕归还，如公司发达，量予给息。杨薇生云，同人中如工务、帐务同人皆王已劲私人，每人分八百亩，皆可取销。至公司存款，无解决方法。

通州束劭直来。

**十一日(11月29日)** 存九八。元弍千弍百两于永安公司。周六厘，半年期，户宝经堂，契字一〇七号，存单癸亥阳历五月廿九日到期。原汇丰分行存三千元(八月廿八到期)，同绮记转大生三千元拨抵，今由大生取出，收存永安公司，(七二八五)合(三千〇一十九元九角)弍千弍百两。

购斋戒牌，三元，不及前购三牌之佳。

至大生沪事务所，晤江知源、束劭直。

至汪蟾清处，交黄山清凉寺募捐册，告龄孙捐二百元。

至味古精舍、来青阁。

阅《华严经音义》，臧拜经云释藏本，西藏舛误，北藏为善。

**十二日(11月30日)** 至苏州来青阁，晤杨寿祺，留午饭，购书：十四日付价廿七元。残元本《论语通》卷六、卷七，朱子集注，胡炳文通，十五元。明本残本。赵宧光篆书《金刚经》，红印云第四百十三号奉佛弟子顾嘉舜虔请，受持读诵十九字，一元。明《雪韵堂批点燕子笺记》二卷，百子山樵，五元。《说文字原考略》六卷，南城吴照，乾隆五十七年刻本，五元。

《御制盛京赋》，鄂尔泰等敬注，巡抚陈大受镌，一元。《兰亭志》十卷，吴高增刻。以下五种赠。《带星草堂诗钞》二卷，天都曹文埴。《两间书屋集唐诗》，张思闳。《碧桃馆词》，赵我佩。《稽神录》六卷。徐铉，汲古阁刻。

至黄吉园处谭，吉园送至车站而别。七时抵寓。

寄尘来函，交啬老来书，促至通辞甚恳切，仍拟以病辞。

東劭直来，不遇，云晚间即回通。

**十三日(12月1日)** 至余寿老贺喜。

闻刘烈卿来，往访，不晤，并拜江幹卿昆仲。

答拜徐贯恂，赠《怀郊杂俎》《随庵所著书》。前赠《闺秀词钞》《戒信录》，贯恂曾以诗答谢。

游筱溪迁居长浜路三德里九六六号。所设博远斋古玩铺，今日开幕，邀晚膳，购隋大业四年马郭奴造象，五十元。十四日付讫。

**十四日(12月2日)** 劭直、知源留函，昨晚回通。促往南通。

至大生，晤寄尘。

至仁济堂，晤戒安、皋俞，拟函梦老，允助宣、南冬振五千元，催其交会。李五老太太捐助棉衣四十套。

敉之来告，梦老允助宣、南冬振五千元拟减至叁千元，又云十九日回宝应。

至博远斋，付马郭双造象价五十元。

至来青阁，付书价廿七元，晤孙星如，略谭。

晚，李拔可来谭。大生二厂章邦直、吴志仁函告董事会事，拔可两次电章，调簿据查核，均未得，当以复。

送郝达夫呢幛。

送范纬君之太夫人呢幛。

致翟展成书。告《劝戒录》印成，每部二角六分。

丁巳年得《常丑奴志》，为陶心云故物，陶自龚定庵子孝拱得来。价五百元，吴石潜绍介，酬以《赵凡夫印谱》。价值百元。乞顾西津先生麟士。绘《随盦读碑图》，沈乙盦尚书题诗曰：秋馆读碑图，秋心炯自如。尚方真子镜，骑省当家书。仙思籀王母，兵家感将渠。随奁随石墨，随相即山居。末题余斋居士七十二岁书，盖辛酉秋所作。

**十五日(12月3日)**　至来青阁，购书三种，价三元：当付讫。《注坡词》十二卷，宋傅幹，旧钞本。《苏文忠公表启》，明丁宁孝汇次，明刻本。《石林词》。叶廷琯校录，道光己卯刻本。

吴荣辉来，晚即回通。

**十六日(12月4日)**　刘烈卿来谭。

至李拔可处，略谭，商拟覆啬公函。

拔可交来鼻烟八瓶托售，皆经雪岑、湘岑评定价值。

至仁济堂，晤戒安、宋廷。

**十七日(12月5日)**　高敦之来，告梦老助皖振五千元改三千，渭卿五千元改一千五百元。随同往盐业银行，商请倪远甫劝梦老、杨咏秋劝渭卿，仍照前数，已允前往商劝。晚间振会交来梦老书，已送三千元至会，如再有所得，必为补足前议。如有见商，请与坐办成翊清接洽。

覆张退公、张啬公、束劭直书，以病辞，函请吴寄尘转寄。

覆杨芷青书。收到碑九种，刘皋言、曹海仙诗三册，又曹履历一纸。又荐吴仆步云，当为相机推荐。略告冯、邱助振今又减少情形。又告王迪成向北京振务处恽公孚请得交通附税二万元，交芜会。

覆吴舜臣书。新购湾村徐体华屋并基，又体荣屋基三间，计洋五十元，已成契，请税契，税契尾须一元五角。卖稻一千三百石，每石三元一角三分，内淑记二百石。言明二十日芜湖成康交四千元，由翟展成代收汇申。又告南陵地方情形。东乡十六图本年附加每亩五分，协济圩工。县知事覆翟信云，除被灾缓征外，每亩认协济捐五分，即以此款募工修筑为圩坝。

致陈乃乾书。交南陵新拓明碑七种。

覆翟展成书。告冯、邱振款减少，同敦之商倪远甫、杨咏秋，转劝倪、邱。

纪星舫来，交郎溪知事胡寅旭乞振书。告以振会议拟一千元。

**十八日(12月6日)**　覆陈劭吾书。伯、季两公桥捐一千元，函告径交慧之汇芜。

覆张无尘书。张由青阳调任东流，九月接界。假《青阳》《东流》两志。

覆徐磊生书。函告工振之外尚须专办河工、兼办冬振两项，拟办法两种，至省请取进止，并拟面陈梗概，至地方公事亦敬述告，以定施政方针。

致吴舜臣书。钞徐磊生函，并告江汉珊函告，房道尹阻止附加税。

午刻，约江汉珊、李凤池、吴蝶卿一枝香西餐，适缪子受由北京来，亦约其共餐，又约许苓西至南京，刘烈卿因病，均未到。

江汉珊不以南陵附加税为然，拟约同公函许俊人省长，并以通过省议会为抵制。后商定由汉珊函告房道尹，宗岳。向徐磊生阻止。

昨接冯蒿老函，交来振款三千元，并云不日回宝应。今往谢并送别。

敫之来，告杨咏秋已劝邱渭卿募到吴梅生九八。元柒百两，江洲振余、承志堂各壹千元，款由盐业银行代收代汇，先由仁济堂出收据。

致丹弟函，交水陆忏资式百元，本月廿一日起忏。又送雨山寿扁先后十六元，查孝弟在沪办工巡局、在粤查办某厂案牍，又告橡皮股分涨价至三两。

**十九日(12月7日)** 致吴联笙书、汪启我书，荐马兰生。

午刻，贞元会，俞绥臣值会，为刘健之预祝五十寿。

至永安公司，挈马忠元见梁克刚、邓刚仲，梁又领忠元见马总理。

至仁济堂，晤皋俞、宋廷，向仁济堂先给邱渭卿经募承志堂、江洲振余各一千元，吴梅生九八。元七百两收据，振款由渭卿交盐业汇交敫之，散放冬振，俟振毕造册报销，先行转账，当付公函代签字，随将收据三纸面交渭卿。汇昶庄张荫甫在渭卿处。

访张静生，交阅李庚余函并衣裙尺寸单，庚余亦索鞋样及床门尺寸。

倪远甫不遇。

吴舜臣来函，徐磊生至省，劝办储谷及社仓，照会各大堂子、各大族公堂及各业户执业粮田，每亩储谷二升，次年筹设仓廒，赓续增储。

李拔可托售鼻烟七瓶，付价六百元，留小金花两瓶，极佳。大金花一瓶，同前购一瓶成对，亦佳。余四瓶分售钱、贾，收回叁百捌拾元。

计牙花一瓶,中等;金花一瓶(约存五两),小天宝素两瓶。

昨,李仰明家亮。游学日本过沪,未来。大女胞侄。

**二十日(12月8日)** 祝李伟侯太夫人六十寿。送屏分八元。

至复和,晤陈少舟。

至盐业银行,晤倪远甫,梦老少拨皖振二千元未允补拨,远甫有设法之意,并决以大照公司折押款。

晤鲍子丹,商荐吴华卿至沪蒙藏银行。

至裕中事务所,告展成代吴怡生购《劝戒录》陆百部,计洋一百五十六元,垫付价。又至医学书局,属将《劝戒录》即送裕中,并取回原价。

至味古精舍,商席少卿,为马尔熙忠元。担保入永安公司,当应允签字。遂至永安交梁克刚,约明日至公司。

至仁济堂,晤宋廷,拟函致大照公司,速还本年应还振会二千六百两。

访高敉之,交阅展成函,迪成请到北京振务处二万元,径交芜会支配,续请三万尚在蹉商中,催高敉翁早日来芜云云。敉翁约月杪启行。

观敉翁藏王石谷仿巨然《夏山图》长卷,长五丈,木公云赝本。康熙甲子石谷时年五十二岁。为龚蘅圃复画,先画一图赠梅溪。用澄心堂柜连纸,玉玲珑山馆故物也。有杭堇浦、世骏。蔡申甫、之定。罗六湖、天池。程、廷璜,歙人。何子贞绍基。题跋。旧藏定远方氏、《梦园书画录》著录。仪征张氏。

昔年为李木公购临川李氏藏价一千二百五十元。王石谷为黄尊古画《载竹图》卷,亦石谷至精之品,视此尚不及也。《载竹图》已有人出价五千元,《夏山图》有人云赝本。

覆翟展成书。告敉之月杪赴芜,《劝戒录》由丁仲祜交裕中事务所转芜。

访江汉珊,不遇。汉珊明日生辰。

为姮女镌牙印四方,美术图书社。价四元六角。一徐姮之印,一筱晚女史，一盈盈，一徐姮画蝶小印。

至来青阁，观明刻《慧山记》，索价三十元。傅沅叔、孙星如、蒋孟蘋均出价廿元。

**廿一日(12月9日)** 致陶子麟书。催写《玉台新咏札记》样。

途遇刘慧之，交振会致大照公司函，付本年还振款二千六百两。

至仁济堂，晤戒安、少舟。

至江汉珊，祝其生日，取回展成致磊生来往函稿。

晚，同淑畹至共舞台观剧，未终，淑畹自觉不适，遂归。

**廿二日(12月10日)** 先伯父光禄公阴寿。

夏玉峰来，交展成来函，舜臣稻洋四千元已收，商在汇芜振款内扣拨。

午后，访玉峰，不遇，留函。

至商务书馆、来青阁、忠厚书庄、蟫隐庐、古玩市场、文明书局。

覆王迪成书。迪成初十日由京来书，秦贤炳事同丁铭礼公函许省长，请于烟酒税局等差酌予位置。又向宁属同人以私人感情请赈务处恽功孚诸公聚餐，恳拨交通附加振款，恽已允拨两万元，径拨芜湖蛟灾急振会，就近散放。

购《劝戒录类编》壹百部，价廿六元。

**廿三日(12月11日)** 先母太夫人阴寿，设祭。

永安公司冯君润生、刘君养照、许君梦麟来观藏画。

至仁济堂，晤戒安、皋俞、宋廷，拟稿致盐业银行，拨济生会助二千元、义振协会三千元，交高敦之查放宣、南冬振。又拟稿敦请高敦之放振。又拟稿致芜湖蛟灾急振会，拨郎溪、宁国振洋各壹千元，泾县五百元，请其转发。款交裕中沪事务所夏玉峰，汇交翟展成转送芜会。

至夏玉峰处，告拨振洋二千五百元汇芜。

晨接徐磊生函，告在省三日衙参毕，廿二日乘轮换车，今日抵申。又接许省长蒸电云，南陵县本年洪水为灾情形惨重，善后办法筹募俱穷，兹派该县知事徐传友持函前赴贵会，请求协助。到时敬乞俯赐接洽为祷,特先电闻。

晚,刘健之来谭。江易园来,不晤。

**廿四日(12月12日)** 缪子受来谭。

徐磊生来,其胞妹德虹曾派师范学堂委员,磊生大约第一届省议员。谭振务,交阅奖券,拟章经省议驳作罢,又圩坝掼口土方清折,土八万九千一百七十一方,每方补助银元八分,合洋七千一百卅三元六角八分。督修沿河险要堤工及特别补助工振折,洋一万五千〇六十七元。收到官振、义振数目折,官款一万四千元,外埠募捐二千五百五十元,本埠募捐八千九百四十元一角七分六厘,除散放急振等项四千四百四十二元三角,余存二万一千〇四十七元八角七分六厘,悉数拨充工振。又修筑万年坝议案。每亩带征上东乡协济捐每亩银元五分。续谈及地方附税拨补财政,告以虽属本县人,与家乡情形隔膜,向不与闻公事,且城乡主客均有意见,碍难代表。即年来办理南陵振务,对内对外颇受困难。磊生并云舜臣是否函告,答以函中言及,亦甚简略,磊生遂不言,即捐积谷事亦不言。大约已先回明省长,用强迫手段相待各大堂子。雇车送其拜余寿老、李伯老、陈戒老,均未见。

午刻,约至一枝香西餐,并邀高敫翁作陪。散后,同访周美权,不遇。遂同至邱渭卿、余寿老处,在寿老处晤朱研涛。谭振务。又同至仁济堂,晤戒老、宋廷、皋俞。六时,约至都益处晚餐,邀敫之、戒老、健之、玉峰、少舟、皋俞、宋廷作陪。席散,同磊生、少舟至济生会,晤维镛、贤清、仲范。后约俞君为磊生医目疾。孙仲英亦来,谭华洋义振会议导淮案,省长以讨论置诸不复等情。时已十二时,送磊生同沪江第一台旅馆,略谭,遂告辞。磊生送《繁昌振务纪略》廿册。闲话及振务募款不敢向皖人劝募,因出钱事无人愿意(暗示不可苛派各捐)。磊生云南陵魁星楼将倾圮,峻韵云及我亦有意修理,并商磊生将志书钱款抵用,答以须同志局同人会议。

吴舜臣交展成划汇稻款四千元,今收到玉峰交来弍千五百元。

朱稷臣来,不遇。

覆翟展成书，收到玉峰交二千五百元，余请由庄汇申并出收据，并告敩翁十一月朔日出发。

**廿五日（12 月 13 日）**　送徐磊生《佛学大辞典》《随盦丛书》，磊生来时亦送茶叶、板鸭、磊生偶谈及俞峻韵。张和声系欢迎者，颇不满方德斋。于黄子猷亦有微辞。张某即仲仙。

午刻，至沪江第一台，访徐磊生，未晤，闻先至永安公司，遂往约至功德林磊生交阅和梅笛清诗二章。素餐，并邀敩之、美权作陪。餐毕，美权约至美医生柯师阅书画古玩，门票每券一元。中以画象方砖、七二二号。齐造观音象七五三号。尚佳，拟星期二十一月初二日。在鲁意斯摩拍卖。后游周氏纯园，布置如入黄鹤山樵图画中，盖日人所构造也。又同访李拔可，主人在商务书馆未归，入室小座。时已六时，遂同磊生赴余寿平酒叙之约，美权自回家。席中晤吴寄尘，谭及前复函啬老已面交，啬老约俟病愈后来通，退老患气痛，未晤，致函由劭直传致云云。汉珊亦在座，绍介磊生略谭。席散，同磊生回旅馆，又谭及附税，仍答以久不回里，地方各业户均可，即云谷堂亦无话说，只朱继范堂颇反对。又云陈夺声调停，只加一次，改百分之十，补时局之亏。又云明年学堂无款，要停办。亦不问乡事，且闻城乡土客意见至今未洽，交阅附税议案，到会者俞峻韵诸人，大约圩乡人多，城中只认得陈夺声、张厚甫。我本乡人，未便有所表示，即舜臣有时未能开会出席，并求原谅，须请自向各方疏通。近闻上海同乡亦不甚以附加为可有，须提交省议会通过之说，设或进行太骤致有反对者，到上海同乡会请愿，会员中亦有不满意于许省长。则事难措手。我如入此漩涡，亦难居于调处地位，请并告乡人，我并无意见可以表示。随又商及魁星阁，问于地方，如要修理，须借志局余款。告以志局各事，由城乡所举各董主持，我只主纂修，当日亦由局董推举，且局中有无余款及收支各款，均未弥悉，应请转商各局董会议。未能干预。磊生又托为其叔谋事，告以舜臣前曾函告因南通正在裁员，碍难设法。磊生托寄皮衣至南通交其公子，遂取回觅妥寄。至积谷事仍未言及，时已九时半，即告辞回寓休息。

半时至车站,候磊生到,同往车中,闲谈半时而别。

答拜缪子受,顺拜子彬,均未晤。

**廿六日(12月14日)** 至仁济堂,为淑畹捐洋十元,回棉衣五套。

至古香斋,晤敉之,告放振员坐招商船免票,已请仁济堂函局请发。官舱二人、房舱十四人,来回免票,十一月初一日出发。

访江汉珊,不遇。

致吴舜臣书。告徐磊生到沪情形。又告张王氏匾额等已领到,交高敉之带南。附加税开会,列席之人全本均未签名签字。积谷事磊生始终未言及。展成四千元收条已收到。

孙星如送来附印四开罗纹纸《资治通鉴释文》宋本。

刘健之五十生日,送缎幛、烛、铜镜、王云柏鹿画轴,收画轴,余璧回。

徐吉甫家谦,淮安。钞系袁述之覆电,前电劝募,辞以来春量力再行设法,旋将电稿缴还。

覆汪启我书。张王氏匾额(节砺松筠),银质褒章、执照由心余领出,收据、履历亦交还,交汪曙霞带沪。并云陶紫绶事未定,秦君事筱岩、心余、仲方均留意。

**廿七日(12月15日)** 致舜臣书,交张王氏褒章、匾额、部照、收据,托高敉之带往南陵。

刘健之五十生辰,往祝,留午酒叙,并赠张幼樵《涧于集奏议》六卷。

江汉珊来,不晤,约午后三时至仁济堂,谈徐磊生到沪情形及附加税积谷事。

高敉之查放宣、南冬振,拟请招商局免票,官舱二人、房舱十四人来回票。先由仁济堂函该局会办,谢君未允,适在健之处晤李伟侯,商准再由会函致伟侯,饬局照办。

至仁济堂,戒安先行,晤皋俞、宋廷。

购来青阁书，洋六十二元：收售《抱朴子》价廿元冲入，净欠四十二元。十一月初五日付讫。《稗海》十套，商濬校刻本初印，洋五十元。本书目全，查朱氏《汇目》不同，编次亦异，又缺《齐东野语》廿卷。《新镌批评出相韩湘子》三十回，钱塘雉衡山人编次，武林泰和仙客评阅，天启癸亥刻本，洋六元。《集千家注杜工部诗集》廿卷，明长洲许自昌校刻本，洋三元，附《文集》二卷。《六经图定本》。六安王皜校录，乾隆五年向山堂校刻本，洋三元。

**廿八日（12 月 16 日）**　陈一甫来谭。

朱君来，购定通海实业公司股分壹万柒千三百五十两，计宝经堂品记、节记、详记、明记、德记、性记、坚记、定记、事记、理记、通记、达记、心记、气记、和记、平记各壹千两，又宝经堂积记八百四十两，余记三百两，又宝经堂二百十两，计壹千三百五十两，议价一八折，实交银九八。元叁千壹百廿叁两。十一月初二日源顺期票。

高敹之来，谭振务，定十月初一日起行，赴宣、南查放冬振。

陈乃乾来，交阅《南陵金石志》稿，尚有数种未录成。又取去《南陵志》原刻五本。志原缺一本，前取二本，今已全交。又新编南陵来稿《艺文志》五本。又交元刻《金刚经》梵夹本商覆影印。乃乾交还前假《吉金图》、严元照批《弹指词》，又属题新印金属板。《邓析子》书衣。乃乾廿九日生辰，拟明日起茹素，时年廿七岁。

至来青阁小坐。答拜陈一甫，邀同至大新楼晚餐，顺约陈乃乾、杨寿祺作陪。

购集成书局杨估志书两种，付洋十八元：《顺天府志》一百卅卷，张之洞、缪荃孙总纂，光绪十一年刻本。《武进阳湖县志》卅一卷。汤成烈总纂，光绪己卯重修本。

**廿九日（12 月 17 日）**　刘夫人忌日，设祭。

李紫东来谭。

子丹弟来谭，商公请一甫。

函复孙星如，假明刻《授经图》两册。十一月初四日交还。星如拟编《永乐大典录出书考》《书目考》《雕板纪事诗》三种。

致吴舜臣书。告江汉珊接洽附加税、积谷情形，汉珊主反对联合聂伟臣，我意大众同意，磊生能减轻条件，可以转圜，即为调停。如大众不同意，徐磊生用强迫手段，即力为抵制汉珊，管事不日回南，当协商。又告续售稻款由庄汇申。

至仁济堂，晤戒安，告李伟侯已告招商局给高敉翁船票，并告仁济堂向局接洽。又致电羌会，请敉翁放振。又电复许省长。

至高敉之处送行，遇于古香斋，告船票已允照给，并晤倪远甫、杨咏秋。

答拜朱稷丞，不遇。

取来青阁《粤雅堂丛书》廿六集至三十集，议价三十元。十一月初五日付讫。

## 十一月

**初一日(12月18日)** 陈一甫、范有乔梓、子丹弟先后来，陪同游六三花园并观新建全皖会馆，后邀功德林素餐。

午刻，都益处贞元会，公祝王雪澄寿。

至古书流通处，一甫来，遇陈子砺学使、邓刚仲，略谈。即同一甫游永安公司、新世界，观古香斋书画，一甫购陈若木花卉轴、十六元。郭琦联。八元。同访李仲仙，略谭，各散。

晚，赴李拔可、张菊生功德林素餐之约，菊生因病未至。晤寄尘，谈及徐静仁有款可充善举，请其酌拨皖振。又谈经手盐垦公司存款索还，寄尘云设法，并告拔可令晤陈一甫谈水泥公司刘鸿生困难，拟同唐山合并情形。

函谢李伟侯给放振免费船票。

**初二日(12月19日)** 晨至孟渊，访陈一甫，陪同至美大购绸料、永安购皮包。午刻，同丹弟其父子新半斋午膳。散后，至柯师医院观拍卖古物，晤袁永康、陈渭泉。

晨至花旗银行，以售出通海实业公司股票三千四百七十股，每股五两，计一万七千三百五十两，实售一八折，收九八。元叁千壹百廿三两，除叁千两存放花旗银行一年期，五厘息，存期十一年十二月廿日，至十二年十二月廿日到期。户名宝经堂，印用宝经堂圆印，住图南里徐积余。余一百廿三两化洋一百六十八元零，付淑记洋六十元，内有淑记四十二股票价。又付定君壹百元，净存八元零用。

至仁济堂。

晚，赴李仲帅一枝香西餐之约。坐有章拱北、陈一甫、汪汉溪、丁石怀、张星垣（启藩，泗洲人）。

丁石怀方毂，南陵。来，不晤。五等嘉禾章、五等金质单鹤章，前署山东莱阳知事督军署法官。

**初三日（12 月 20 日）**　午前，蒯景参来，谭其六弟佩实。夫妇离婚，在新衙门控告被拘，商店铺取保，后商杨寿祺，先允复来函，辞保。

至仁济堂，晤皋俞。函静仁，募皖振。

至花旗银行，取存单，始知袁永康带至柯师拍卖场。随至场，晤永康，当即收回。银行凭条亦交还永康。

收翟展成汇划南陵稻款壹千五百元。先后四千元，均收讫。

存宝成德记银楼二千两。以芜湖翟展成汇一千五百元，又以家存一千二百四十五元（七二八六），合银二千两，活期，月息六厘。

李紫东来，交阅寒云藏书三种，拟出售三百元：明本大字《应用碎金》二卷，《圣朝混一方舆胜览》三卷，有后一卷黑牌阴文，疑元刻《事文类聚》《翰墨大全》。《善本排字增广释文礼部玉篇》二卷，目录“善本排字”改“文场备用”。牌子。篇韵盖文章士常用之书韵乃群经之祖篇/为众字之基故有声无体者随韵而准知有/体无声者体篇而的见先有礼部玉篇虽巨/别偏旁而释文蔑然不载今再行编集增入/九经所有者三千余字及补缀音义释文一/皆详悉仍各偏傍下分为四卷比之旧本诚为/加。计牌子七行，半叶十三行，行十八字，亦元刻本。

顾鼎梅寄来元珽夫妇两志、二元六角。元寿安志、九角。元海志、八角。吐谷浑氏志、八角。荀岳志，一元二角。共六元四角二分。由新乡十月廿六日寄。

**初四日(12月21日)** 附冯蒿老八十寿份十元。

两至农商银行，商陈卓甫转俞琢吾为蒯景参之六弟拟押万顷湖田叁千元。

昨同乡公电省长，阻止拆城，当即签名，今询卓甫，是其主动。

蒯景参来，商取保事已筹一千四百元，尚阙六百元，当同往请味古精舍席少卿担保，已应允。

函复陈乃乾，印《金刚经》苏书二百本：原本每页大小适合四尺料半纸八分之一。

《金刚经》八十一叶。宣纸金属版印一百部，外宣纸十一刀卅张，照相费廿元，印工五十六元七角(每页七厘)，共洋七十六元七角。宣纸金属版印二百部，外宣纸廿二刀半，照相费廿元，印工九十七元二角，每页六厘，共洋一百十七元二角。

送范鼎卿呢挽幛。

曾虞民自常熟塔弄寄赠周樊畔仁造象、保定五年，虞氏藏石。石柱题名隶书，石在邓州文庙，嘉庆间出土。两拓本，今函赠马郭奴造象拓本。

高敫之临行时交来梅笛清聘棠。《蛟灾行》一篇。今读之，尚不恶劣也。

昨午后，淑畹忽觉不适。今经谭医、鲍医中西并治，乃喉症。昨林东生诊未对症。

余寿老交阅吕皋俞拟全皖会馆及同乡会章程，属转李伯老、洪希甫阅定。

覆陈星南书。前赠星南宣纸印《徐公文集》，来函校误，又纠正《皖词纪胜》误引南徐。赠虢叔钟、叔旁父鼎、散伯敦、马郭奴造象、丁亥残鼎。

覆陈进宜书。告龚景张、赵叔孺、刘健之、刘慧之、李木公、周湘云住址，赠黄仲五觚、马郭奴造象，又赠墨逡造象，又赠陈寿安单于和亲砖、柳如是镜。

**初五日(12月22日)** 冬至节。答拜江亦源谭，赠《看破世界》。

陈卓甫来，不晤，函告蒯家万顷湖田事已商俞琢吾应允，须以地契抵押，并完全负责担保，定期一年，月息一分二厘。

购来青阁十月廿七日、廿九日两次。书价七十二元，今付讫。

至李伯老、洪希甫处谭，交会章、馆章。

至仁济堂，晤皋俞，阅其拟覆广东安徽同乡会通电变售会馆义庄电稿。具名龚振鹏、方兆椽等。

至余寿老处谭。

至丹弟处谭。

雨山寄《五十述怀》诗四章。

扬州寄来孝弟事略。

**初六日（12月23日）** 严孟繁五十寿，昨送幛、烛，未收。今差片祝之。

午后，大丰公司股东会，三时赴会。黄念劬调查回。

覆徐磊生书。磊生告至芜，商配振款，南陵、宣城支配各一万五千元，以五千办工振，一万办冬振，宣城五千办弋江河堤工振。辞振务酬答名誉。

覆吴舜臣书。告辞振务名誉及芜支配沪、京芜振款情形。

蒯景参来，后又以押万顷湖田函认完全担负责任。

**初七日（12月24日）** 邀邓刚仲，谭大丰公司红田五万亩出售。

丁仲祜约午刻功德林素餐。

至仁济堂。

至古书流通处，取书一种，未定价：《西汉儒林传经表》二卷。新安周廷寀辑次，乾隆辛亥刻本。

至来青阁购书，洋七角：《可作集》八卷，上海王庆勋辑，道光廿九年刻本。《西方公据》。乾隆三十年广州海幢寺重刻本。

前函冯光久，寄徐磊生致函其世兄并羊皮袍，转南通大学农科。今接光久覆书，已于初三日交去，取有收条，并询其兄冯澂冯澂，戊戌征士，丁未再征，戊申三征。所著《春秋日食集证》十卷是否可录。光绪戊戌慈溪林颐山序，端忠敏奏保送考博学鸿词，光绪卅三年学部议准。

李仲仙索《时报纪念录》，令检出送去。

**初八日（12月25日）** 购钱昌美书三种，洋十二元：当付讫。《亳州志》十二卷,知州郑交泰、无锡王云万纂,洋八元。学政朱筠鉴定,乾隆卅九年刻本。《艺文》上缺前五十页,《艺文》下全缺。《榼山大云寺志》二卷,里人张鋡辑,洋三元,在陕西沁县,康熙丁未刻本。《大佛顶首楞严经》十卷。道光壬辰刻本,洋一元。

余寿老来,询大丰公司股东会议情形。

蒯景参来,交万顷湖植本公司蒯礼师。股票,股本四百元,合地一百亩,光绪丙午正月廿五日第二号。又江宁植本公司。将军执照,王西捞田八百亩,每亩先缴押租本洋三元,光绪卅三年六月初八日屯字八十二号。又财政部执照蒯带耕堂。熟田八百卅五亩六分四毛三丝捌忽,熟地六亩九毛二丝五忽,荒田十亩三分三厘五四五,共八顷五十一亩九分四厘九毛八忽,每亩缴一元,共八百五十一元九角四分九厘,民国七年徽字六百廿号。共三纸。

李庚余来答拜,在刘健之家谭。

购曹信义家料半纸,价捌十八元八角,计(三十一角)加加重十四刀,(三元)加重十五刀,又力洋四角。备印元板《金刚经》。

覆展成书。先后收到吴舜臣稻洋四千元,将致吴舜臣收据缴还。

**初九日(12月26日)** 至俞琢吾处,为蒯佩实。押万顷湖田事先交阅植本公司股票、将军执照、财部执照三纸,旋留存琢吾处。

蒯景参来,未晤。

朱古微、况夔笙、赵叔雍来,不遇。

访陈乃乾,不遇,遇于来青阁,催速编《南陵金石志》。

至仁济堂。结查仁济堂振余存洋九百四十五元,又旧存实业银行六百六十九元八角三厘,又本年大照还款二千六百两,除还押借春振三千元本息,净余三百七十九元八角,共存一千九百九十四元六角三厘。

访陈少舟,商拨振款,宣城二千元。适少舟至济南访仙,约明后日回沪。

午刻,至都益处贞元会。朱骏夫有女二人,一十二岁,一十六岁,孙女一人,曜东生,年十七岁。

至集成书局,晤宣古愚,谭购福建书估《杨太真外传》二卷,为乐莲裳钧。嘉庆乙丑刻本，系吴小匏手钞影宋本、江郑堂校正者，诚秘笈也，价一元，廉矣！

**初十日(12月27日)** 邓刚仲来，询大丰公司售地情形，当开一简明节略，转致梁克刚。

覆吴舜臣书。钞寄宣统二年买汪伯川、查光荣腰山冲田老契六张。因与叶姓发生纠葛，并询明叶姓坟地如何存留。南门地藏庵修造，捐四十元，照云谷堂数目，至多再捐十元。附加税事知事仍须实行，北京学生及继范堂均反对。每年年终做善举壹百元，今年照旧，并拟明年提稻洋一千元，作慈善基本金。初八日函告，又售稻八百石(内淑记二百石)，每石三元一角五分。初十交芜交通行汇沪二千四百元(内淑记六百元)。高敫翁到芜，即由清弋江商会欢迎而去。张府匾额、褒章已转交。徐磊生寄其子皮袍，收条寄南转送。

至大生，晤寄尘、知源。告邓刚仲同梁克刚商人丰售地情形。

俞琢吾派其税务公所韩君珪，步南。来，商蒯府佩实。万春湖押据，商定借三千元，息一分二厘，期一年，本利还清。交押股票执照共三纸。借款蒯，徐某某。景参代签管理，保人蒯景参，中保人陈卓甫。

李凤池来，谭马梅生事已催严孟繁，允即转荐。

送游筱溪喜幛。价六元。

为安徽义振会送冯梦老红华丝葛寿幛。价八元，金字五角，收代茶一元。十一日收振会还七元五角。

晚至况夔笙处谭，并示新得傅子立幹。《注坡词》十二卷，云未见，诚秘笈也。疑永嘉人，检《永嘉县志》，不可得。

同夔笙访仓石，略谭，观近作诗数篇，为绮女乞画，并赠改玉壶书写翠楼楹帖。

**十一日(12月28日)** 函仓石，赠改玉壶书写翠楼楹帖，裁笺为绮女乞画：杨柳栖台春风人面，兰苔翡翠秋水夫容。道光四年嘉平月醉司命之夕，余自淮浦风雪归舟小留城，曲承梦芗友兄，以写翠楼楹帖属书，弱腕冻蝇，辞不获已，灯窗拈笔，聊博玉台双笑何如。书乐园扫花人改琦并识。

答拜朱古微，交阅《注坡词》。

至仁济堂，晤戒安、皋俞。

晚,赴吴寄尘功德林之约。谈大丰红田五万亩集股购买。

至来青阁,购残本《华严经》。道光乙未师林寺刻本,晋译六十卷,缺六、七两卷,价二元七角,十八日付讫。寿祺赠残明本《草堂诗余》卷下前集后集,《中兴以来绝妙词选》卷六至卷十,康熙金阊天禄阁校正《类编草堂诗余》原四卷续二卷,武陵顾从敬编次,高阳韩俞臣校正,今存卷一,前有明嘉靖何良俊序,毛先舒《词韵括略》,沈谦《韵谱》《词学论略》。各一本。

钱昌美赠残明本《大方广圆觉修多罗了义经略疏》卷下之二,缮写于隆庆,刻成于万历。《大方广佛华严经合论》卷第四十六、七、八隆庆六年壬申刻本。各一本。

覆陈劭吾书。劭吾购《正谊堂全书》缺《道南原委》三、四两卷,已索得寄去。至《近思录》十三、四两卷则不可得,容留意。李仲老桥捐可助数百元,云明春以物变价缴捐。我处因南陵水灾捐款已多勉力,捐一百元,不日交陈少舟代收。

覆况夔笙书。《坡词注》、陶《词综》祇收。《幽兰草》遍觅不得,检出《诗余广选》,中缺卷十,以卷十一挖改,分为二卷欺人,书十六本奉阅。

姚文敷来,不遇。江知源、江亦园来,亦不遇。

**十二日(12 月 29 日)** 章希瑗来谭。

答拜姚文敷,云孟蘋藏《连华经》宋小字梵夹本已假到,商用金属板影印。

访郑太夷谭。又访葱石,不遇。公鲁来,亦未相值。

晚至游筱溪,赴喜宴。

**十三日(12 月 30 日)** 购杭估《清凉山新志》十卷。督理五台山番汉大喇嘛老藏丹巴述,康熙四十年御制序,洋十元。

昨吴舜臣汇来交通银行。洋二千四百元,内淑记六百元。今送大生纱厂,收入来往折。

至大生,取吴慧记存大豫公司二千元,暂借付宣城冬振二千元,交夏玉峰汇芜蛟灾会。十八日由振会交还。

访陈少舟数次,不遇。

至仁济堂，晤皋俞、宋廷，拟电复高敦之。敦之函告冬振灾情较夏间急振微有不同，因勘灾即定，分别轻重，完粮在五成以上者即可不振，约计灾庄不如夏间之多，户口即减少也，十二日方能开查。又为振会电敦之，芜会告宣城冬振二千已由夏玉峰汇交展成转致。

寿老告伯老、希甫约十五日上午十时至其宅，会商全皖会馆事宜。

至新旅社，贺游筱溪喜。

覆沙健庵书。定续藏经优待券三份（菩提社僧松乔）、（四方寺僧范成）、（管佩珊君），已交茅友仁候示尊办。

覆李从龙书。胞侄李家骥高小毕业，求实业上之生活，相机留意。

覆三弟妇书。孝弟事实重在粤查办堤工事及沪创工巡局。

昨稷臣来，未晤，留函，告乙盦遗折初七日上，初八日即奉旨，照一品例赐恤，御赐匾额一方，“硕学孤忠”四字，隐寓文忠之谥。赏给陀罗经被，赏银二千元治丧，优礼非常，谥法事成否，全在内务府。今作书答之。稷丞假《元史译文证补》。

覆单少堂书。

致张静生书。催询答复李庚余函询各节。

**十四日（12 月 31 日）**　陈韫山来，谭宋世彩堂《柳河东集》系绍兴吴氏藏本，潘明训以四千三百元得之，另酬劳绍介人三百元。罗子经说合纯粹义务，只假印为酬报耳。唐柏梯寺碑，开元六年。《寰宇访碑录》云仁和赵氏拓本，赵晋斋魏。顾思适斋有跋。此本有顾千里、张古余印，韫山云孤本。据艺风堂目，徐彦伯文，胡辅之分书，额篆书。碑在山西虞乡，并未佚。前虽出价卅元，今仍还之。又取汉介壶来阅：铭腹侧一字，腹一字，双钩。，徐籀庄《从古堂款识学》所著录，秀水徐云巢携视，器释介宝，介举作见商周器。

至仁济堂。

游大世界。

至中华书局，购廉价部《清室外记》，濮兰德白克好司原著。持论正当。又马戛尔尼《乾隆英使觐见记》。

陈少舟来谭,告已将宣城冬振二千元垫交夏玉峰汇芜。

昨,闻王月希之子紫来先生世藏读书堂印苏文忠印。并题咏一册出售,当是金山已售于估客矣。又云宗周钟现在美国,待价而沽。

昨晤张希伯,南京道署街经古舍碑帖书画文玩铺主人。言有高植志存游筱溪博远斋,拟往观之,一辨真赝也。

蒯若木书来,寄赠张勋帛藏秦敦全形拓本,并商拨杨述堂遗产,划归皖省建祠兴学之十万元,芜湖工业专门学校开办费铸生在沪面商,设法照拨。

**十五日(阳历一月一日,1923年1月1日)** 余寿老约会,议会馆募捐事宜。

**十六日(1月2日)** 购张希伯唐刘智墓志、首行序下有进士张遘文,系原石,若有武功苏灵芝书,系覆本。北齐朱岱林志,乾隆拓本,第一行下角"扶风于郏"四字完好,嘉道拓本扶风全泐,于郏捐其右半。戊午七月李一山赠本亦系乾隆拓本。价洋十五元。

购泰州管君禹慎斋之鼎。斗方屏四幅,价廿四元。付廿元。

访陶兰泉、希泉,仅晤希泉谭。

**十七日(1月3日)** 汪仲方由京来谭,翰文斋韩滋源林蔚。未晤。

购张希伯梁大同井阑朱拓校官碑,价三元五角。又阅魏高植志原石拓本,同《校碑随笔》。索价二百元,不可得也。

阅《安徽通志·艺文志》可备《安徽诗征》搜采者,录目:《枞阳诗选》,汪灼编。《古桐诗选》,文汉光、戴钧衡编,十二卷。《桐山名媛诗钞》,吴希庸、方林昌编,十一卷。《古歙诗钞》,吴珏编。《濡须诗志》,无为吴元桂编。《昭代诗针》,吴元桂编。《历阳诗囿》。含山陈廷桂编。

致李庚余书。接张静生覆书议婚事,转致。

覆赵叔雍书。收还《词汇》八本。

晚至况夔笙,观所编《词人考略》。北宋人,廿余册。又答拜江易园，谭易园明日迁至海宁路。

**十八日(1月4日)** 答拜汪仲方，邀至一枝香午餐，并约韩滋源。

陪仲方至来青阁、蟫隐庐购书。又同至仁济堂，晤戒安、皋俞。

昨，李伯老交阅仲帅裁兵节饷书，属列名公电。覆以此举关系吾皖安危大计，公与仲帅高瞻远瞩，为桑梓谋幸福，自当赞同也。兵不宜裁之太骤，恐致内乱，辛亥前裁巡防营，以致不可收拾，可引以为鉴也。仲帅感于李光炯之言，实则李有野心，寿帅护焉，不同意见不及此。

晚，约汪仲方、姚文敷、陶希泉、王雷夏、刘逊甫、李木公、陈乃乾功德林素餐。陶兰泉、宣古愚未至，共用十二元。

马梅生来函，电告其生母病危，并盼孙尔熙同。晚派林福送尔熙去宁。带去一百四十元，又来往川资十二元。

**十九日(1月5日)** 陶兰泉来谭，同至都益处贞元会。又至韩滋源处观书。宋元书籍散叶三十余叶，又明本数叶，共四十四叶，中以《咸淳临安志》为佳。来青阁购《劝戒录九编》两部，价一元，当付讫。

恽季申云治脑漏用石首鱼顶上一石并牙生研粉，以鼻嗅之自愈。

覆蒯若木书。谢赠张勋帛藏秦敦拓本。杨氏建祠兴学十万元助芜工业学校开办费，铸生未来接洽。杨亦助上海全皖会馆三万，尚未交出。

覆吴舜臣书。告交通芜湖汇来二千元已于十二日收到。存稻酌售，不必多留。商其世兄或商(芜交通行)或学(南洋中学易于照应，胜南通)，或在家读书习字。

给钱昌美拾元。

昨余寿老来函，托转商周宷臣售角斜大豫。地四百余亩。今往访，不晤，留函交阅。

夏玉峰来，交芜湖振会收沪会拨宣城二千元收条。

**二十日(1月6日)** 覆缪子受书。崇厂老股四千两，有人可购二千两，三折。藏碑现劝陶兰泉购。

覆任心白书。送《救荒辑要》印本，价十元。

致王静庵书。送张勋伯藏敦拓本请题。

致庞莱臣书。请绘《摄山访碑图》卷。

李拔可来书。售书款壹百柒拾二元三角。

陈乃乾来,商订《南陵金石志》。付大生来往折六百元。家用。

张希伯寄洪武钞尚方镜拓本。

覆吴舜臣书。南陵徐磊生调芜湖,新任南陵雷贫湖南人。查询金石志中碑八种,速寄。

昨李紫东来,赠新印《王氏书画苑》。

**廿一日(1月7日)** 周家臣派账友来告,寿老售地以力不足为辞。

南京来信,马梅生之生母昨晨去世,速寄一百五十元。

陈乃乾来,商订《南陵金石志》。

函重宁寺雨山,劝请续藏经。

检新印宣纸《徐公文集》、十元,二。《续随庵丛书》、六六角,白纸一。《闺秀词》、六六角,竹纸二。《积学斋》、四四角。《鄦斋》四四角。两丛书、竹纸各二。《山阳县志》,三二角,一。合洋六十元〇角,同来青阁换志书、《五百名贤像》:《续纂庐州府志》一百〇二卷,光绪十一年林之望、黄彭年、汪宗沂总纂,十六元。《同治重修苏州府志》一百五十卷,冯桂芬总纂,十八元。《常昭合志稿》五十卷,光绪甲辰庞鸿文纂修,七元。《徐州府志》廿五卷,同治徐州道吴世熊、知府朱炘修,四元五角。《青浦县志》卅二卷,光绪三年熊其英、邱式金纂修,三元。《丹阳县志》卅六卷,光绪乙酉知县凌焯修,三元。《靖江县志》十六卷,光绪知县叶滋森修,二元。《五百名贤像册》。七元。

购来青阁《古方选注》。初印本,价二元,十二月初四日付讫。

夜十一时半,蒯佩实行凶,殴伤刘仆,肆口谩骂,招呼印捕不拘,催其兄来,亦不敢理。男女仆从驾起看守,至廿二日晨九时报捕,来印捕二人,拘至捕房。蒯佩实始则恐吓刘仆,继则以钱求和,终则乞怜顾全颜面。刘仆遂商捕房,令其以后不再入门滋闹,签字存案释放。

汪仲方、刘公鲁来谭。

访余寿老，告宋臣派友来，现无力购地。又访李凤池，略谭。答拜刘逊甫、李木公，不遇。

姚文敷来函，交阅秀州惠云院《妙法莲华经》宋小字梵夹本，为淳熙藏经。一百十七叶，半叶十二行，行廿七字，版心高工部尺五寸二分，纸高六寸一分。广二寸七分，纸广同。七卷末旁有陈韬图书、龙岩草堂金石图书两方印，朱文。题：比丘德求受持。字后有绍兴己卯德求请愿，乾道九年德求谨愿，徒弟比丘祖英、文学、文表、师白同记。又费廿五娘愿，又德求重发愿。题字四段，六叶半。有二叶半吴廷康钩。又道光己酉。吴廷康题识，隶书，半叶。经系龙岩居士消夏桐乡惠云寺，寺昉于北周广顺间，而靡碑板文可考证。浮屠乃力请居士补之，遂出观淳熙藏经，居士乞其中为膏笔，德求手书题字后二叶半，类谢太傅椟背成题，卒就靡灭，属为双钩，附于夹尾。又淳熙六年德求谨愿二叶半，又"比丘德求"四字半叶，角钤释印达受(白文)、大觉国师八世子孙二方印(朱文)。又道光二十九年魏滋伯谦升。记一叶，辛酉张尔田题半叶，又道光己酉六舟达受篆书题额一叶，仿《天发神谶碑》。统共经卷连象额计一百廿八叶半。又附宋刻尊胜等云异神咒二十通十九叶，半叶六行，行十五字，板心及纸高广同《法华经》。末有乾道九年德求谨愿题字一叶，又魏滋伯跋、道光二十九年。张尔田辛酉春。跋各一叶。前有达受篆额一叶，统共经卷连象额、跋尾计廿二叶。此经四年前王雷夏为友人张君代售，宣古愚评价壹千元，不可得，遂劝刘葱石请此经，约李审言绍介，后不果行。经由文敷商诸蒋孟蘋，议价三百五十元，于去夏归于蒋氏。昨同文敷、冠南议重付影印，属其转假，今交来付印。

**廿三日(1月9日)** 汪仲方约至功德林午餐。

陈乃乾商编《南陵金石志》。

柏烈武之尊人执卿先生暨母朱太君讣书至，送华丝葛祭幛、香楮、素烛。

俞琢吾同年娶子妇，送红花缎喜幛、红烛。

覆余寿老书，划芜款七千元敦翁已收四千，余款不日到。

**廿四日(1月10日)** 吊柏烈武之尊人执卿母朱太君之丧。

祝武仲平八十寿。送屏分四元。

访王静庵，谭秦公敦须裱褙成再题，遂携归。至武仲平宅门遗失，为之懊恼不已。十二月廿日绮女向若木又索到一分。

陈乃乾来编《南陵金石志》。

晚，刘慧之约亦舞台观余叔岩《盗宗》卷《八蜡庙》剧。

**廿五日(1月11日)** 徽宁会馆同人公祭柏执卿、朱太君。

贺俞琢吾。

答拜吴仓老、公迈乔梓，陈西甫、汪仲方不遇。

至仁济堂，晤戒安。辞江浙皖振会请奖匾额。

仓老、公迈、西甫来，不晤。

吴寄尘来谭，昨至通回，述退、啬两老意，邀往南通，并赠鸭绒。

刘惠之来谭，赠晋邦盦拓本，拓分五段全分，又赠第一段、第三段拓本，合昔年所赠第四、第五段，尚阙第二段也。又赠第五段重分，拟仍缴还。

**廿六日(1月12日)** 陈乃乾来，编《南陵金石志》。

汪仲方、颜冠三来谭。午后，往访仲方，未晤。闻明日回京。昨函赠张元彻、程荣造象。

陈西甫来谭，告翟展成购《劝戒录》，商定交夏玉峰寄芜。午后答拜，略谭，西甫明日去如皋。

吴仓石来谭，别后将画幅送来，所画甚佳，梅兰松芝。可宝也。昨函公迈，赠张元彻造象。

朱稷丞来，不晤，留函绍介程君交麟，绍兴人，前知府，现保准简任职本樊孔税所长，今调办吴淞税所长。拟得军使署咨议，属向汪参谋长进言。

购集成书局皖志两种，价洋陆元：廿八日付讫。《太和县志》八卷，乾隆十七年修。《凤阳县志》十六卷。光绪十三年知县谢永泰重修。

**廿七日(1月13日)** 南陵王邦模谟,住簧塘桥。来,商购水龙,并送茶叶、蜜枣,请书楹帖。

午后,陈乃乾编志毕,同至新昌印书局,晤沈骏声、绍兴人,通讯处四马路中大东书局。朱清泉,濂,绍兴人。交宋梵夹本《莲华经》三叶半影印样本。随估价,分本十开,每开一元,梵夹原样,九折。

答拜王邦模,未晤。访夏玉峰谭。

晚至丹桂第一台,观《狸猫换太子》剧。四本。

**廿八日(1月14日)** 拜王邦模,同至夏玉峰处,到三洋泾桥王□[①]记看水龙,约午后二时试验。

午刻,赴王培孙、陈乃乾功德林素餐之约,同坐晤谭廉逊。廉,武进。

至忠厚书庄、蟫隐庐、来青阁、集成书局。付《凤阳》《太和志》六元。

购福建书估等书,价五元六角:十二月初四日付讫。《丹徒县志》六十卷,吕耀斗总纂,价五元,光绪五年刻。《金山姚氏二先生集》。姚前枢《红林禽馆诗》《词》各一卷,姚前机《井眉居诗录》二卷,咸丰七年刻,价六角。

同子丹弟在会宾楼公宴南陵胡子贵、子珩弟。杨文卿、兴禄,长沙人,方指高母舅。李□□、湖南,喻莘臣戚。刘□□、李戚,在阜丰公司。张湘□、张明德侄。王邦模、夏玉峰,共菜洋十一元。

王邦模出示张明德、森。盛彝斋铭勋。函西城外购新式水龙,属为绍介。

胡子贵、杨文卿来沪,交舜臣函,西区二三四号因火警公捐三百元,赴沪购办新洋龙,属为绍介,款如不敷,在百元以内暂行借垫。黄子猷负责另带交振务账契三纸:

徐体华等汪村基地四都二图二甲。一块、草屋六间,周围砖墙契;卖价五十元,已税契,民国十一年九月廿六日。

---

① 本页所有“□”原文即如此。

张明财上东乡廿九都一图八甲上里店村田二丘，计三亩四分契；卖价八十元，淑记，已税契，民国十一年八月。

刘裕华四都一图墩上汪阴地契。卖价五元，未税契，民国十一年又五月。

任心白函送《救荒辑要》壹百本。价洋十元，付讫。

陈进宧函谢前赠随马郭奴造象并媵一诗："大业残年却可哀，不图造象脱尘埃。随庵自重杨家物，领袖庐江一辈才。皖中治金石者随老允推祭酒，庐江龚、李、两刘，瞠乎后矣。"又寄宋龙家自造镜拓，属考。

吴淞税所所长岑靖恂郊麟，绍兴人，简任成存记分苏任用。来，不遇。

**廿九日(1月15日)** 陈乃乾来，校《艺文志》钞目。

午刻，赴王叔雍都益处贞元会。

答拜胡子贵、杨文卿、李□□，不遇。

至夏玉峰处，略谭。

晚，刘健之来闲话。

午何星叔来，观中元二年银定。

丁闇公来函，钞寄王岳莲《清芬精舍小集》。

昨，陶子麟寄新刻《玉台新咏》样本全。

**三十日(1月16日)** 岑靖恂来谭。

送沈子培素华丝葛幛并联。

送梁缙卿素洋缎幛。

送章希瑗红华丝葛喜幛。

送刘烈卿红花缎喜幛。

刘公鲁来，假阅禹鸿胪画屏四幅。

至惠中旅馆，观赵阅川所售器，中有霝文矦簠，佳，未著录。刘慧之有一簠。[illegible]彝次之，取其拓本并取静敦、敦归罗叔言。师麻父簠、丙午鼎、子成矦钟、罗叔言藏。吴王姛鼎、叔向父敦器盖全与《窸斋集古录》异。各拓本，未议价。

访韩滋源谭，拟将书托罗子经售。

至蟫隐庐、来青阁。

## 十二月

**朔(1月17日)** 覆翟展成书。两次函告,宣城工振五千元拨弋江,宣人反对。廿五日芜会仍议决照前议。购《劝戒录》六百部,已交裕中转芜,款亦付出。《玉历钞传》购一千部,未印成。寄赠《救荒辑要》廿部。《泾县志》钱昌美未交来。

拜王邦模、胡子贵,知水龙已各购成。王购价三百卅余元,胡购价。

购李紫东志书,议价陆元:《宜兴荆溪分志》各四卷嘉庆二年。《续合志》十二卷道光廿年。《新志》十二卷,光绪八年。《溧水县志》廿二卷首卷一卷。丁维诚纂,光绪八年刻。

付大生来往折五百元。家用,净存二千二百元,又绮记三百元。陈乃乾来。

**初二日(1月18日)** 王邦模、鲍丞良来谭。邦模属书对联,昨晚送去。

陈乃乾来,荐钞书许衡甫。之权,上虞人。

晚,至来青阁。杨寿祺来。

购李紫东书二种,价柒拾元,付讫:《吕氏春秋》廿六卷,明嘉靖许宗鲁本(许本半页十行,行十八字,元本半页十行,行廿字),卅元。唐鹪安(翰题)以元嘉兴路儒学教授陈泰至正七年本校。《横云山人集诗》廿六卷《文》五卷。云间王鸿绪,四十元,卖出卅五元。康熙刻本。此集罕见,文集尤罕。

收金融债票卅六元,四年债票十六元。

徽宁会馆托销徽州水灾大舞台初四日戏。戏券五张、五元,价付讫,遂转送南陵来五人。

**初三日(1月19日)** 余寿老来谭。会馆章程。

胡子贵、杨少卿来谭,水龙购成,将存洋三百元取回。

陈乃乾来,交阅《横云山人诗集》有多第廿七卷,计十八页。文集五卷后多四页,计十六、十七、十八、十九共四页。盖蟫隐庐书也。

任心白函送附印四开本罗纹纸印《东坡文集事略》十六本,即郎注苏文也。

**初四日(1月20日)** 送汪汉溪子妇奠分二元。

江云卿来,南陵附加税徐磊生交卸后详省试办一年,业户会商,举云卿代表,请旅沪同乡会电省取销。昨舜臣来函亦言。我处名系徐修养。

陈乃乾来,晚同至来青阁杨寿祺闲话。

《金刚经》金属板不能印,改珂罗版,价增。

**初五日(1月21日)** 任心白来谭。

午后,至江云卿处,商定反对南陵再加附加税百分之五,原有百分之十,每年一万余元。各业户公举云卿至沪会,函请电告省长取销稿。

任子木告,李伟侯询皖振情形,大约有款捐助。今往询陈戒安,未遇,遇诸振会,告之,拟明日访伟侯接洽。

昨,赠王邦模、胡子贵礼四色。又赠张明德、盛彝斋《劝戒录》《警世桴鼓》。

又寄赠吴舜臣哔叽袍料、汤壶。

送吴寄尘冬笋、挂面、风鸡、咸鱼。

**初六日(1月22日)** 王邦模、胡子贵告辞。王购水龙三百卅余元,报关、水脚在外;胡购四百四十余元,报关、水脚亦在外。

陈进宜寄售铜镜十三枚,皆明以后制,索价亦昂,寄费原只五角,今又补交四元一角。

访李伟侯,谭及母寿余壹千,拟助皖振,询皖振情形。

访姚文敷,商印宋本《法华经》预算,每部二元五角,拟同徐冠南三人分印,各一百部。

至仁济堂。

鲍子丹助皖振壹百元。今往访之,已去津,一星期回申。

绮女请会宾楼晚餐。

**初七日(1月23日)** 吊沈乙盦尚书之丧,晤罗叔蕴、汪甘卿。

邓百村母古太夫人讣书至，送华丝葛素幛。

**初八日（1月24日）** 陈乃乾来，编《南陵金石志》。

汪甘卿来，谭京中近事，即回苏。

刘公鲁来，交还禹尚功画屏。上款学渊，公鲁考为无锡高士杨学渊，先生性刚直好施与，布袍草履，与渔樵伍。膂力绝人，尝诛太湖巨盗。有巨铁鞭，家中尚世守之。祠墓在五里湖滨，题梁溪风景。又管社山麓有杨园，乃学渊读书隐居处。款题乙亥，盖康熙三十四年，为鸿胪四十九岁作。

覆吴舜臣书。契三纸收到。各堂反对附税，江云卿已接洽。新任雷知事（号季和）。

覆李审言书。谢惠虾米。

致翟展成书。代购《泾县志》十二卷，钱人麟纂修，乾隆癸酉刻本。每叶皆钤县印，价十二元，钱昌美出售，托夏玉峰寄。

**初九日（1月25日）** 午刻，赴都益处贞元会，并补祝梦坡生日。

高敉之、罗叔蕴来，不遇。

闻敉之放宣、南冬振回沪，约至盐业银行晤叙。旋即往晤，除已拨冬振二万元，尚不敷约五百元。南陵拨工振五千，冬振约五千三百余元。

拜叔蕴，不晤，留赠汪蛟门《少壮三好图》卷，并请篆《玉台新咏》书衣。晤王静盦谭。

拜江云卿，不遇。

南陵业户公函反对，再附加百分之五附税，云卿已送寿老批电省财取销。戒老将原函送阅，征同意。

**初十日（1月26日）** 覆缪子受书。子受寄大生一厂缪耕云堂二千两（五百六十八至六百〇七，四年，阴正月初一日）息折，请补给股票，并附北京祥顺益银号证书。覆以颇有碍难，允俟明年设法。至另股四千，已谱成买主，全照三折，寄推据纸填写。售碑事俟翰怡收回即设法。实业股票未售出。

陈伯严来，不遇。

江云卿来谭，约至振会晤戒老，商南陵再加附税事。戒老未至，遂同至戒老寓中，商定请皋俞起草电省取销。寿老批：古今理财之道，只有量入为出,一再加征,徒苦小民,仁者为政,谅不出此。请拟电省财取销为幸。寿老印。

答拜高敫之,在古香斋相晤,同至振会。

陈器之赠刘慧之藏器拓片八种,中有[illegible]儿鼎、[illegible]叔敦、妅鼎匜、[illegible]匜、[illegible]敦,佳;[illegible]白簋、[illegible]戊鼎,次之;[illegible]父鼎疑伪刻也。器之有拓本三百卅片托售周梦坡,昨已告梦坡欲购之。今付片,令其自行往售,索价八十元。

**十一日(1 月 27 日)** 五十五岁生辰。

陈乃乾、郑翰生、希云。赵幼南、刘公鲁暨冠英侄来贺。

午刻,赴周湘云酒叙,观彝器书画,师趁鼎陈列楼中,形制极佳。又药地头陀画山水轴,亦佳。坐中罗叔言、王雪岑、王聘三、朱古微、王静庵、赵叔孺。

答拜陈伯严,不遇。

游大世界,晚西餐,观大舞台《狸猫换太子》第五本剧。

吴舜臣汇来稻价一千三百元。

**十二日(1 月 28 日)** 余寿老函送湾址公记租洋一千一百元,并告南陵再加附税已拟电挈名致省取消。函云:南陵令遗爱加赋,甚为芜虑,已拟电同大名告矮子,聊费心耳。覆函云:南陵加赋,我公为民请命,功德无量。

江云卿来,出示同乡会公电稿寿老签名,并批明徐某南陵人,当须领衔,否则亦必署名。当告云卿,只须余某等,请将名删去,勿告寿老。

覆吴舜臣书。收稻洋一千三百元。告云卿代表南陵业户暨寿老致电情形。

覆陈进宜书。寄还铜镜十三枚。

晚约罗叔言、王静盦、周湘云、罗子经、刘慧之、陈乃乾功德林素餐。郑太夷、张菊生、章一山、李拔可未至。

吴华卿昨日来,今晚回通。

致陈一甫书。索张勋伯秦公敦拓本。

致刘慧之书。赠张石铭藏邾公钊、楚公、沇儿、兮仲四钟全形拓本，并缴还晋邦盦末尾拓本一片。

**十三日（1月29日）** 吴华卿因江轮机损，行至吴淞折回，晚又去通。

陈乃乾来，编《南陵金石志》。

**十四日（1月30日）** 视刘葱石疾，同公鲁谭。

至仁济堂，晤戒安，告高敦之昨来报告振款不敷四百余元，戒安已签字付仁济堂照拨。又询幼南昨江云卿到会何事，始知送电稿译发。名未译，报费卅余元。

覆丁闇公书。丁钞寄《清芬精舍小集》，索《空山听雨图》影印一叶。覆以拟付影印，印成续印小集，寄赠《闺词》全部。

覆雨山师书。续藏分期缴价亦优待，九扣券信附寄。

覆徐磊生书。徐磊生函告振务，并初八日接芜篆。

陈乃乾来，编《南陵金石志》。

刘公鲁来。

**十五日（1月31日）** 陈乃乾来，编《南陵金石志》。

钞胥许衡甫只来四日，商乃乾函凌文之君辞退，送洋四元。

**十六日（2月1日）** 贺刘健之娶子妇之喜。

购车马，价二百元。车价一百十元、马八十元，归马夫，代付价，按月八元扣还，余十元由马夫认。

函复罗子经，谢叔言留赠《永丰乡人杂著八种》甲乙丙丁稿，又辑滋源宋元明本书样四十一种，重三种，共四十四叶，索价一百廿元，九折。暂存，俟函商定价值。

函赠李木公《大方广佛华严经》，道光乙未师林寺本，缺六、七两卷。木公缺卷五十九、六十两卷，可配成完书也。

**十七日（2月2日）** 李拔可来索诗。廿一日函送。

陈乃乾来，编《南陵金石志》。

晚，挈崇儿至来青阁，晤李振唐。

**十八日(2月3日)** 陈乃乾来，编《南陵金石志》。晚，挈崇儿同至来青阁，购书三种，价五元：十九日付讫。《昆山新阳合志》四十卷，编修王峻总裁，乾隆十五年刻本。《尚书既见》一卷乾隆癸丑刻。《周官记》六卷，嘉庆癸亥刻，庄存与撰。《拜竹诗龛诗存》二卷《钓船笛谱》一卷。冯登府，道光九年刻。

郑翰生教授英文，今放年假，明正十七日开学。

李元之先生明日放假回扬，今送明年聘书，课崇、佑两儿读，月送束脩四十元，并理笔墨事件。

元之编《南陵志》，原订送三百元，今先送二百元。

刘谦甫先生协修《南陵舆地志》，今送五十元。

送赵阅川赙洋四元，又前取金文拓本，送四元。

西泠印社今年代售书籍除午、秋两节收四十八元，找洋四十六元零八分。

绍介陈器之售周梦坡拓片，程龄孙藏三百卅片。价洋捌拾元。

陈乃乾代售《横云山人集》，收回价洋卅五元。

**十九日(2月4日)** 东坡生日，周梦坡招集同人为寿。

翰怡、醉愚已回沪，交来皇上大婚庆典赐福、寿字，恩礼有加，曷胜荣幸。

覆南陵修志馆书。收三次拓碑九种。

覆吴舜臣书。舜臣告南陵财政情形。新任雷知事禁米出境。

刘谦甫、李元之晚车回扬。翰怡并未请，谦甫不到馆。

覆缪子受书。昨寄来大生二厂股份四千两，子受意将来发达，今年利息照收。覆以股票买卖无此办法，推据未签字盖章寄还，候定议再办。又前寄一厂二千两息折补票，交来证明书，不能负保证赔偿之责，容设法从长计议，将来须登上海各报。

**二十日(2月5日)** 午刻，贞元会，同人补祝生辰。

访翰怡、醉愚谭，敬观御容。

陈乃乾来，交还宋本《法华经》、元本《金刚经》。

致李拔可书。交诗稿，又蒯礼卿先生诗。

覆翟展成书。朱注《心经》姚文敷刻印时当代附印廿本，《劝孝白话文》已告任心白附印五十本，丁藏御书《大悲咒》不易覆印。

致刘谦甫书。附沈醉愚述翰怡言馆事书。

收扫叶山房书价廿六元，千顷堂书价十四元五角。

至博远斋，晤游筱溪，始知昨王静庵云得师□[①]敦盖拓本，一百余字。盖陈渭泉物也。索价甚昂，游云购价八百，亦不确，器伪。

至丹弟处，取孝弟办自来水、堤工各公牍，备采择入志传。

**廿一日(2月6日)** 六时，赴汪幼农一枝香之约，幼农提议旅沪同乡维持皖省事。

岑靖恂前请转商幼农在军署得名誉咨议，今告幼农，允同沈韫石接洽，履历亦面交。

至来青阁，晤陈乃乾，赠新印《邓析子》两册。又晤李筱崖，允假《桐旧集》，约廿三日午后来谭。

函朱稷丞，告岑靖恂求咨议已得汪幼农允可，并同韫石接洽。

大照公司汇来董事费捌拾两。

**廿二日(2月7日)** 陈戒安、陶拙存、刘公鲁来谭。

晚，同人公宴刘翰怡、沈醉愚于都益处。

**廿三日(2月8日)** 函陈少舟，托汇陶子麟洋弍百元，又捐石埭桥捐一百元。

致陶子麟书。告由汉口黄陂街财神庙下首对门义康隆陆德泽先生转交刻资二百元。又催《玉台新咏校记》写样。

致陈劭吾书。告捐石埭桥工一百元，交少舟经收。

拔可来书，交印四开本《五朝名臣言行录》十卷，《说文解字》《广韵》三种。前次已收《于湖集》《黄豫章集》《简斋集注》《简斋外集》《东坡文事

---

① 原文如此。

略》《通鉴释文》《松雪斋集》《道德经》《至德真经》《大唐西域记》。

姚文敷函交合资影印《法华经》同徐冠南二百部，先交洋五百元，当即作覆。

覆顾鼎梅书。函寄碑价六元四角，交科学馆王惠生收。

昨、今两日，延鲍承良诊方。

许苓西来，未晤。

**廿四日(2月9日)**　六时，同吴昌硕、恽季申、恽瑾叔、陶拙存集淞社同人都益处酒叙。淞社五十四集。

至味古精舍，晤席少卿，索陈渭泉师显敦盖拓本。一百十二字，廿七日游筱溪又赠一拓本。

王秀仁来，为寒云商让中元银定，并赠戈朩朕鼎拓本。㐺悚二字反文，与旧藏及刘慧之旧藏异。

陈器之赠刘慧之藏器六种拓本，以陈侯因资敦簠斋藏。最佳，徐王鼎、父丁彝、父□[1]彝、孟姜彝、部史硕父次之。

为陈乃乾购陈器之拓本三百十片，价柒拾元。

赠陈乃乾旧藏彝器拓本七十片。

**廿五日(2月10日)**　至华商上海水泥股分有限公司，以股洋五千元四期淮海银行收条换给公司收据十二年二月十日，壬戌年十二月廿五日。刘芹泗经办：股东印鉴式，股票户名宝经堂，股东姓名徐积余，图章式样，籍贯安徽，住址图南里五四六。号。股票填五张，分宝经堂仁、义、礼、智、信五记。

李伟侯函送皖振洋壹千元，系太夫人捐助，当作书覆谢，并至仁济堂换取收据。

朱稷丞、岑靖恂来谭，靖恂已接到军使咨议公牍，今已去谢幼农，遂留午饭。

至来青阁，付书价三元。《扬州画舫录》《说文校录》《严州诗录》《疏景

---

① 原文如此。

楼词》五月九日付。

至忠厚书庄取书，共卅三元：另会通馆本《宋诸臣奏议》散叶等在内，廿八日先付卅元。《经史证类大全本草》卅一卷，朱朝堂重刻本，价廿元。《佛本行集经》第廿四卷，宋梵夹本，价五元。《摄山志》八卷，乾隆刻本，价三元。《群雅集》四十卷《二集》九卷，王豫，嘉庆刻本，价四元。序云《二集》四十卷，缪藏只十卷，此九卷。《影梅庵传奇》二卷。彭剑南填词，孙如金正谱，价一元。

陈乃乾来。

晚，朱研涛约六时酒叙。

**廿六日(2月11日)** 付大生来往折五百元，家用。又收息洋八十元〇，内积记五十九元，淑记三元六角，绮记壹元六角四。净存折洋弍千元。内淑记、绮记各三百元。

以彝器全形拓本屏四幅请王静盦题，并赠单于和亲等专五种、霸陵过氏瓴造象等五种拓本。

至李筱岩处，未晤，留赠《安徽诗征》征诗启。

访陶拙存，略谭，留《万历搢绅》乞题。

访余尧衢谭，留《定林访碑图》卷乞题，并赠宣纸《徐公文集》。又木匣，癸亥三月廿六日题成交还。

答拜许苓西，不遇。

访李伟侯，未晤，留其太夫人捐皖振壹千元仁济堂收据。

昨缪子受覆书，售大生二厂股四千两，今以九八。元壹千二百两购之。(七二〇二五)合洋壹千六百六十六元，以南陵湾址两处稻价二千四百元拨出，余六百元拨家用，又一百卅四元存源和。

晚六时，汪幼农邀至一枝香商皖事，李仲仙、李伯行、柏烈武、汪撷荀、汪汉溪、王龙文、温幹臣、李伟侯、孙元方，关建藩、号云龙。宣、传误。李乾玉，号次山。诸君同席，议决通电排马留许，当一一签名。余寿老未至，幼农拟亲往商之。陈戒安伯仲两公代签陈劭吾，洪希甫仲帅代签。

至古香斋,购徐春泉沂。《岁兆图》轴,洋十元,汉长宜子孙镜,洋六元。廿九日付洋十六元。

覆缪子受书。告电汇一千六百六十六元,电费汇十四元六角由买主承认。碑事。一厂、三厂情形。

**廿七日(2月12日)** 至盐业银行,汇缪款。

覆罗子经书。宋元本散叶韩嗣源索价一百廿元,今拟以八折复之,实则已商子经,作价一百元。

岑靖恂送烟酒、板鸭、金肘,收烟、鸭。

至来青阁,取书二种,价卅四元:廿九日付讫。《诗观初集》十二卷《二集》十四卷《三集》十四卷,南洋中学无《三集》。邓汉仪,价廿四元,乾隆仲之琮重修康熙原刻本。《梁昭明太子集》五卷。大明辽国宝训堂重梓,价十元。

昨集成送阅《范文正集》残宋本四卷,今购价卅二元。每叶廿四行,行廿字,板心有刻工而无字数,与各家所记不同。

托大生转寄资生厂宋仲刚素绸幛。

致陈劭吾书。告来青阁有《正谊堂全书》(附续刻六种),价卅五元。

付吴柏年修书工洋弍拾元。

**廿八日(2月13日)** 陈乃乾来,交《徐公文集校记》稿本、钞本覆校,又《蕉声吟馆诗钞》新、旧刻本覆校。又赠汉以后金文拓本五十种,并黄仲五金文拓本三种、鱼符一种。

至蟫隐庐,赠《烟画东堂小品》,又寄售两部,每部洋十元。拟划抵宋元本散叶价。

付李紫东书价三十元。

通明电气公司张范廉、宋仲刚函送七月职员薪资二百元,由大庆船交来暂存,拟函覆照原议,系代表敬如股分月薪归其后人。覆以收到月薪致谢,另启将洋寄请代储,俟到通拨用。

覆吴舜臣书。交通学生事。告皖、直系及上海同乡情形。

覆姚文敷书。文敷函告,孟蘋加印《法华经》一百部。

送岑靖恂礼四色，收茶叶、饼干。

购忠厚书庄旧伙友书两种，价捌元，当付讫：《放鸭亭小稿》一卷《环溪词》一卷，江都陆钟辉，原籍新安，乾隆廿六年刻本。《琴士文钞》六卷《诗钞》十二卷。泾县赵绍祖，道光壬辰刻本。

**廿九日(2月14日)** 至仁济堂。

覆马金涛书。托购《黟县志》《怀远志》《和州志》，又《五河志》十六、十七共两卷。

康更生同年惠土菱鱼、金山苹果，答以鸡鸭鱼糕。

**除日(2月15日)** 拜许岑西，谈粤东情形。陈介庵谈一枝香同乡宴会情形。

# 癸亥年(1923)

## 元月

**元日(2月16日)**　晴。贺亲友新年。

**初二日(2月17日)**　晴。

**初三日(2月18日)**　阴。

**初四日(2月19日)**　阴。

覆吴舜臣书。送邱渭卿匾，收洋五十元。许省长覆同乡会，附加税电土查办。雷县长电振会乞振。

覆盛彝斋书。收邱匾洋五十元，铜匾价昂，改做金漆。

覆李审言书。汪叔弗调盐城税所长，请为张友三求留。覆以未便函求，并寄吴修老书联二付。

覆张范廉、宋仲刚书。寄通明公司七月薪二百十元收到，致谢。再发寄请代为存储，候到通拨用。

康更生同年来。

《新闻报》三十年纪念，柬邀一品香，未赴。

**初五日(2月20日)**　刘健之来谭。

王静盦来，交题金文拓本屏。

甘卿同年函告，内务府照会，奉派崇陵树工会办。

访余伯陶，请其诊方。

**初六日(2月21日)**　定君生辰。

陈戒庵、陈乃乾来谭。

同定君挈儿女至共舞台，观王克琴、张文艳剧。

**初七日(2月22日)**　吴仓石来谭。朱研涛晚约淞社同人弟五十五集。酒叙,辞。

至来青阁,取书两种:《类编笺释国朝诗余》五卷《续选草堂诗余》二卷,明钱允治编,退还《草堂诗余》,缺一至四卷。《三台诗录》卅二卷《诗余》二卷。戚学标辑,码洋四元,续录四卷,《风雅遗闻》四卷。

贺陈乃乾新年,同访杨寿祺,取书两种,付洋拾元:《百尺梧桐阁集诗》十六卷《词》一卷《文》无卷数,汪懋麟,康熙刻本。《顾华阳集》三卷唐顾况。《补遗》一卷。卅三世孙履成纂辑,道光己亥黄鹤山庄本。

**初八日(2月23日)**　徽宁会馆举行团拜典礼。

陈乃乾来。

杨永贵自海门来,送咸鱼、肘。

**初九日(2月24日)**　昨接退老书,并附致大生纺织公司董事函,请假六月。又医校、农校月支约四千圆,拟售纱略资弥补。今将来书往商寿老,拟覆请其维持厂务,致董事函缴还,俟晤各董,当述来意。

至大生,知寄尘于初二晨去通未回,遂以通明电汽公司所赠薪水二百十元并覆函托寄公司,又以缪耕云堂大生、崇明纺织分厂股本四千两一千五百五十八至九十七号,光绪卅一年正月一日。更名吉记、祥记、福记、慧记各一千两。二月二日收回新折据四付。

午刻,都益处贞元会。

至仁济堂。

晚,夏玉峰约惠中旅馆酒叙。

许俊人同胡朴庵来。

**初十日(2月25日)**　送刘子鹤之侄支六喜联、喜烛。

送章静轩尊人也泉蓝花缎幛,交大生事务所转南通三余镇。

覆汪甘卿同年书。甘卿奉旨会办崇陵树工。

致胡伯宣书。伯宣任高邮知事,荐徐并立德。

**十一日(2月26日)**　贺程、刘两家喜。

刘贻佑来，为南洋公学入学志愿书，请作保证人。

沈骏声君来，商定领印《法华经》。

答拜王静庵，未晤。静庵回海宁，约望日返沪。

**十二日(2月27日)** 崇儿生辰。

陈乃乾来，留午饭，同至新昌美术馆，交《法华经》，并付定洋壹百元。

蒋遐堂初六日来书，云奉退公命由庄汇解薪水一千八百元。

**十三日(2月28日)** 午刻，恭祝皇上万寿。

李仲老函约，谭安徽事。

陈一甫覆书，寄赠秦公敦拓本。

答拜陈叔伊，不晤。

陶子麟寄来《玉台新咏札记》写本。

**十四日(3月1日)** 拜胡朴庵、刘锡之、刘葱石、张仲昭、吕皋俞，不遇。又拜陈戒庵、徐静仁、江幹卿，略谭。

晚，赴余寿老酒叙之约。

**十五日(3月2日)** 访吴仓石，未晤。

至大生，晤沈燕谋。

覆张退老书。覆以商诸寿老，拟请曲予维持，取销退志。医、农两慈善机关月杪开董事会，提议取决。月薪一千八百元已汇还。致董事会函附缴。

覆蒋遐堂书。蒋由源通庄汇上海益康庄一千八百元，十三日期，今仍由原庄缴还。

**十六日(3月3日)** 江易园乔梓来谭，交阅汀慎修先生著《爱物现报录》并年谱，又《文昌帝君功德会序帖例》。又赠《袁了凡先生四训》。新闸路陈家浜太平寺送书，又送自撰《八识行政颂》。

午后二时，全皖会馆落成，行团拜礼，恭祀先贤。礼毕，旅沪各公团反对余寿老为会长，要求辞职，改选推举为临时会长，洪希甫副，另推筹备员办选举内幕。许、吕省长之争，引起余、李意气之争，实则关建藩挑拨。别有作用，安徽大乱矣。

全皖会馆募捐，捐洋五百元。闻同乡商界以捐会馆为联络感情，今则伤感情，皆不愿捐款。

李淑梅庵同年侄。来，为东南大学募所刻各书。

童心安来，未晤。

沈冕士同年昆仲邀午饭，却之。

购频伽精舍校刊《大藏经》，价洋壹百五拾四元，共一百四十四本。

张仲昭来，谭张、李两家改婚期。

仁济堂订三时开廿次董事会，筹议一切善举事宜，并报告壬戌年经过情形及收支帐略。因同时全皖馆行团拜礼，未赴会。

**十七日(3月4日)** 童心安来，以新得汉金釭相示。

刘健之来谭。吴树人亦来谭。

陈乃乾来，校定《徐公文集札记》并《补遗》。

**十八日(3月5日)** 余寿老、刘慧之、吕皋俞先后来谭。

拜余寿老、陈少舟谭。至大生，付来往折六百元。积记四百元，淑、绮各百元。

至仁济堂，晤陈戒安、陈少舟、吕皋俞、吕宋廷、吴树人、赵幼南，会商振务，结束未解决，先行。

**十九日(3月6日)** 李少穆、汪禹丞来，知会柏烈武明午来谭。

拜洪希甫、李少穆、汪禹丞，不晤。又访李伯老，亦不晤。

洪希甫、李少穆来谭。

至李仲帅处谭。

张仲昭函告，李、张两家婚期拟改四月十五日后五月节前。李伯耆云俟过廿八日解决定后再告。

**二十日(3月7日)** 旅沪各公团函约午刻一枝香欢迎许隽人。

昨因柏烈武来谭，今晨九时，同李少穆先往访谭，并述己意。

三时，赴许苓西酒叙。

函陶子麟，寄《玉台新咏札记》写样，又《徐公文集校记》《补遗》稿本，请饶星舫写样并行格样。

覆吴舜臣书。附税交财、教两厅核议，地方拟补禀两厅，告十六日会馆情形。

覆任心白书。《大悲陀罗尼经》印价四十二元，书成缴价。经签摹魏碑，借《诗铎》。

至来青阁取书：廿七日价付讫。《昆山新阳合志》五十四卷，光绪七年汪堃等纂修，码洋十二元，实五元，以去年所购旧志冲还，作四元，找一元。《疏影楼词》，姚燮，洋七角。《周氏词辨》，周济，洋二角。《寒松阁诗》八卷《词》四卷《骈体文》二卷《说文佚字考》四卷《疑年赓录》二卷，张鸣珂，洋六角。《花笺录》廿卷。孙兆溎，洋一元。退还。

送吕幼舲娶子妇分洋四元。

送张砚云奠分洋四元。送李耕余花缎素幛。

李君淑梅庵侄。来，请募书助东南大学，令送《积学》《鄦斋》两丛书、《随庵四种》《闺秀词钞》。

任心白借《诗铎》，令送去。

**廿一日(3月8日)** 答拜江易园，交还慎修先生《爱物现报录》。

答拜吴寄尘，知其向周采臣劝募扬州各丛林藏经楼各续藏一部，芝珊劝自捐一部，采臣先向汪鲁门劝淮商捐助，属查明各寺有经楼者几寺。

午刻，附沪宁车至苏，淑畹、绮女同行，寓惠中旅馆四、六两号。

游元妙观，购二林堂杨氏屏对峰，一元。

晚，全春仙观，女伶演《刺巴杰》《汾河湾》《新斗牛宫》。

**廿二日(3月9日)** 午前，游留园并戒幢寺西园。留园陈列盆梅，极佳。购《苏州指南》。

午后，游虎邱，检得武丘山残砖。

三时，游护龙街来青阁，检书廿八本，侯寿祺议价。征赏斋同吉园小叙，知刘健之亦来苏，即去扬州。吉园以示陈哲甫旧藏唐人写《行集经》第二卷卷子，云进价捌拾元。

购《辅元度物天尊元元道妙真经法忏》嘉庆庚辰年刻本，板存明州府归安县东林山回仙观。

淑畹挈绮女至中由吉巷陆府，未归。

**廿三日(3月10日)** 雨。午后入城，途中晤刘厚生、唐翼之。过道前街书坊，购《犍为县志》，价七角。雨急，匆匆至来青阁。见有明藩重刻元张伯颜《文选》，成国公怀远朱纯臣序。大约后板归金台汪谅。又见一残本，缺五卷。金台汪谅本，目录后有嘉靖汪谅所刻宋元古本书目，无藩序。寿祺游光福未回，雨止回寓。询陆仲英，甫由上海归，约明日午后三时晤叙。

**廿四日(3月11日)** 晨入城，过黄吉园、伯谦父子谭。十时，访汪甘卿同年，畅叙，留午饭，并赠吴印臣刻《大清帝系后妃皇子皇女四考附年表》一卷、《顾祠小志》，又赠食物四色，给其仆从三元。三时，访陆仲英，留晚膳，赠先德陆文中顺治间人。《传家集》四卷、同治裔孙乃普刻。《啬庵随笔》六卷、光绪丁酉裔孙同寿校刻。《陆氏先德录》，己未四月鼎奎续刻本。给其仆从二元。

同淑畹约定明晨返沪。

发家书。

致扬州重宁寺雨山和尚书。告寄尘为扬州各丛林募续藏经。

致汪启我书。询前函吴联笙为马兰生谋事。

覆李希白书。希白谢江浙皖振捐，请奖。办江、句、浦、六、沙、田分局，住铁作坊。

**廿五日(3月12日)** 十时，附沪宁车回沪。检家中各事，拉杂记之：

汪禹丞先来，昨又来，持柏烈武函，并邀许静仁、洪希甫、汪撷荀、汪幼农、陈少舟、关云农、汪禹丞廿七日三时至李仲帅处单；

王子仲约廿三日午酌；岑靖恂约廿四日六时倚虹楼西餐；洪希甫约廿五日六时春茗；哈同、姬觉弥约廿六日十二时酒叙。均辞谢，去南通。

蒋㟭堂来。

**廿六日(3月13日)** 吴柏连送宋本《三因极一病证方论》十八卷来阅,半叶十三行,行廿三字,青田鹤溪陈言无择编,丰顺丁氏旧藏。

取来青阁各书:廿七日价付讫。明成国公朱纯臣本《李善注文选》,即金台汪谅本,洋廿四元。《樊绍述集》二卷,孙之騄注,洋一元五角。按邹漪《明季遗闻》卷三:(南都)吏部尚书张捷题,准恤成国公朱纯臣,照张辅例赠王,纯臣固率先劝进,为贼所诛者也。《金陵杂咏》,王友亮,洋一元五角。《一瓢斋诗存》六卷,薛雪,洋三元。《翻译名义集》十四卷,同云栖寺本,洋六元。退还。《董文友文选、诗集、蓉渡词》,董以宁,洋十二元。退还。《鼎雕陈氏家传如宜妙济回生捷录》二卷,影钞万历黄廉斋刻,洋八元。退还。《胡绳集诗钞》三卷,华亭女史范壶贞,洋五元。退还。乾隆三十年刻本。《持世经》四卷一名《佛说法印品经》。《大乘心地观经》四卷《翻译名义集选》,殿本,洋三元。退还。《华窗梦影图》六卷,陈端本,洋一元。《百孝图》四卷,俞葆真编,洋一元。《临池心解》。吴县朱和羹著。

又前取书:廿七日价付讫。《三台诗录》卅二卷《诗余》二卷,戚学标,附《风雅遗闻》四卷,洋一元八角。《骈字类编》,同文书局印本,洋七元。《多宝塔》《圣教序》帖,每种廿本,洋六元。《竹烟兰雪斋诗钞》,歙女史何佩珠。洋一元。退还。

**廿七日(3月14日)** 函余尧衢,催题《定林访碑图》。

函陈西甫,属吴怡生印《劝戒录》一千三百部已附印,并告此次印后纸板已坏,不可再印,可趁此时多印也。

致瞿展书。《白话劝孝文》任心白寄百本,原少十本,留十本,余八十本交裕中沪事务所待寄。

购陈韫山汉五铢铜洗,价洋卅二元。

付来青阁书价四十九元三角。前账清。

昨购曹信义信通加加重廿二刀,三十一角。又加重四十四刀三元。料半纸,共洋二百元〇二角,又力洋四角。印《法华经》。

丁仲祜函告,《净土津梁》《二十八经同函》可以出售,当复,如价不昂,可留,随将《廿八经同函》交来。

绮女存汇丰五千元、年息五厘。花旗二千两年息五厘。今日到期,再转一年。阳历三月十四日。

罗子经来书,交来《烟画东堂小品》书二部,价洋廿元,并属韩子元宋之明本琉璃厂翰文斋书坊。书叶价九十六元,径寄子元。当作书,复以托商务书馆李拔可转交。

**廿八日(3月15日)** 宋仲刚来,请书"砥山堂""石粹庐"两匾额,未晤。

阅报,载廿六日旅沪皖人集商皖事,与会者李仲帅、柏烈武、许隽人、汪撷荀、关建藩、汪幼农、洪希甫等。一马联甲将督理公署移置省城蚌埠,有让苏省驻兵之说,议决公电反对,由隽人起草;二近传新安武军残部十二营将改警备队,议决否认;三省城近有一种不知谁何之个人及团体署名发电,诬蔑京、沪公团,议由同乡会领衔电省署,查究其团体,发电函询省教育界,推李次山及同乡会干事起草。嗣又商定旧历二月初一日午后六时邀集同乡会筹备员在一枝香集餐,会商筹备事项云。

送余穀民之太夫人素宁绸挽幛。

**廿九日(3月16日)** 致陈一甫书。谢赠秦公敦拓本,并赠虢叔大林钟、师奎父鼎全形拓本。

## 二月

**朔(3月17日)** 陈邵吾来函,附致吴寄尘函并存大有晋洋三千元折券,今交林福送寄尘。

康更生、范纬君来,均未晤。

任心自来书,赠黄涵之编《净业指南》四册,又赠展成四册,并告《大悲心陀罗尼经》附印百部,价四十六元,俟出书付价。

**初二日(3月18日)** 付大生来往折五百元。积记三百元,淑、绮各一百元。

前购缪子受崇明二厂股份四千两,今更换吉记、一五五八至一五六七。祥记、一五七八至一五八二。福记、一五六八至一五七七。慧记一五八八至一五九七。股票并息折。

酉时,徽宁会馆议事,未往。

刘健之来,以新得鲍紫来家藏苏文忠读书堂记铜印并题册,价洋四百元。

昨,来青阁送来代陈劭甫购《正谊堂丛书》两箱,计二百本。楠木箱。十二日劭吾寄来洋卅五元,十九日付洋卅四元。

昨、今两日,陈乃乾来,编《南陵金石志》。

**初三日(3月19日)** 致韩滋源书,北京琉璃厂翰文斋。并宋元明残本书叶价玖拾六元,另函李拔可先生,请转寄。

致任心白书。告寄尘、宋臣为扬州各寺募款请续藏。

致丁仲祜书。芜湖附印《劝戒录》一千四百部,内吴怡生一千二百部、李葆龄、何幼冕各一百部。

覆陶子麟书。寄《徐公文集》跋语稿写样。

函刘翰怡,假赵刻《玉台新咏》、日本印《法华经》。

函况夔笙,索还《诗余广选》卷三、四、五,共三卷,并徐卓晤歌。

函李拔可,假《赖古堂集》《宣城县志》。

刘谦甫来谭。

陈乃乾来,编《南陵艺文志》。

**初四日(3月20日)** 舜臣来书,寄来上年收支簿、粮串、捐票、租簿,计收稻四千一百卅三石廿五斤,又折价二百〇八元,辛酉年只收三千七百七十四石四十九斤,又折价二百十二元。外淑记收稻六百六十二石四十五斤。辛酉年收六百五十六石〇四斤,又折价廿六元。上年售出二千八百五十石,又淑记售出四百石。

**初五日(3月21日)** 陈一甫由芜来,未晤。

宋仲刚来,不晤,云退老有话,须面谭,今晚行。

刘健之来。陈乃乾来，编《南陵金石志》。

李元之先生晚十时由扬来。

**初六日(3月22日)** 晨送崇、佑两儿入学。李先生束脩月支四十元。

刘健之来谭。康更生同年约六时酒叙，以出游辞。

崇宁寺雨山和尚来。

陈乃乾来，赠过录黄荛圃校《西溪丛语》。先以鵜鸣馆本校，再以钱尊王校旧钞本校，三以吴枚庵校本校。荛圃用津逮中刻本汇校，今乃乾亦仍用津逮本也。

乃乾为约大东书局总编辑张萼荪廷华，湖州南浔。纂《南陵志》，先以风俗一门并他志六种上海旧志、上海新志、青浦志、句容志、五河志、芜湖志。交其分纂。

覆陈劭吾书。寄来大有晋存款折据并寄尘书已转交，另由寄尘函复。《正谊堂全书》卅五元，正月十二日购成付价。

冯光久之女公子回通，请其将伊伯父所著《春秋日食集证》稿本带交。又为宋仲刚书两匾额，亦转交。

劳吉六十二日五十寿，送分洋廿元并贺函，并托转致。未收。

**初七日(3月23日)** 先荣禄公忌日。

雨山和尚来谭。

致吴舜臣书。稻价三元四角，可酌售三四百石，寄千元来济用。己未、辛酉两次沪振报告册两分分送图书馆、振会存考。邱渭卿扁尚未做，做成再通知派人来送，转致盛彝斋。

余尧衢、刘健之来谭。刘逊甫来，未晤。

陈乃乾来，交翰怡假《玉台新咏》，校新刻。

刘翰怡假《玉台新咏》赵氏本，并赠周中孚《郑堂读书记》七十一卷、章学诚《章氏遗书》卅卷《外编》十八卷、宋牟巘《陵阳先生文集》廿四卷、陈铭海《句余土音补注》六卷、梦麟《大谷山堂集》六卷、李锴《睫巢集》六卷、长海《雷溪草堂诗》一卷。

函王静庵,赠旧藏殷墟书契拓本三百廿四片,并以秦公敦、大良鞅量两拓装轴乞题,又附前题飞燕角拓本补跋。二十日取回。

**初八日(3月24日)** 沈淇泉子季图完姻,送分洋二元。

左逸叟约六时都益处酒叙,以出游辞。

至余伯陶诊方。翟展成来,未晤。

至忠厚书庄,取《泰州志》卅六卷,光绪戊申重刻道光间知州陈道坦本。价洋二元。十一日价付讫。退回《姚江逸诗》《诗观三集》残本。

存花旗银行五千两,马淑记户。今到期,付息二百七十五两,再转期一年,年息减至五厘。阳历三月廿四日(阴历二月初八日)到期。

**初九日(3月25日)** 陈乃乾来,赠新印《曹氏吉金图》四部,复以假曹信义料半纸十五刀,印《三妇人集》。还洋四十五元。每刀三元。

晚,至天蟾舞台,观新排《梁武帝》剧。

假读李元之祖宾嵎先生祖望,江都,增贡生。《锲不舍斋文集》四卷。

**初十日(3月26日)** 盐业银行存银五千两半年期到期,七厘息,收息壹百七十五两,再转期半年。阳历九月廿六日(阴历八月十六日)到期。

向水泥公司将公司所收淮海银行五千元股本收据单壬戌十二月廿五日。换回正式股票,宝经堂仁义礼智信五记。自一〇六八九号至一〇七三八号,民国十一年十二月卅一日。

晚,至来青阁,购《甘泉县志》廿四卷。光绪十一年增修,洋六元,十九日付讫。

假蟫隐庐李醒斋《群雅集》,钞和州陈鋕陈齐荀《横山怀古诗》,编入《安徽诗征》。十一日交还。

夏玉峰之大人讣至,送华丝葛挽幛。

**十一日(3月27日)** 吴华卿由通来沪。

陈乃乾来。昨,沈慈护来,未晤。

三时,同淑畹挈绮女至宁波阿育王寺,礼释迦佛舍利塔,附新江天轮，四时行。官舱每人一元六角五分，统舱五角五分。

**十二日(3月28日)** 夜大雾，泊镇海，九时行，一时抵宁波。平时五时到。随乘朱舆至鄮山阿育王寺，计程五十里。途经五乡碶、距寺十五里。宝幢街，距寺五里。遇雨，五时抵山，行李由船运山，六时到。轿每乘二元八角，驳船三元。扬州万寿寺退隐方丈寂三印真。先一日至，绍介见本寺方丈宗亮监院、源巄，苏州西园戒幢寺方丈广慧、丹阳人。监院果明，盐城人。约入江苏涅槃供会，会费十元。在寺住食由会供给。两年一供会，由广慧住持，广慧年长六十余。宜兴海会寺退院方丈妙恭如皋人，俗姓洪。年亦长，时天已昏暮，先行谒塔礼。

**十三日(3月29日)** 晨行谒殿、谒塔礼，同涅槃会行供献礼。会设承恩堂。

午后，至灵鳗井，遥望东塔佛迹亭、西塔玉几山人。晋松，已枯。

同寂三至灵峰寺行礼，寺为蕅益大师行修说法场也。蕅师台宗净土宗莲池大师弟子，寺距阿育王寺十五里。

扬州隆兴寺方丈诚安来，告灵峰寺葛仙翁甚灵异。每年售符箓得数千元。

**十四日(3月30日)** 晨至天童寺，距阿育王寺廿五里，距宁波六十里。行谒殿礼。寺为明崇祯八年密云大师始建佛殿、天王殿，既而法堂、先觉堂、藏阁以次落成。其东谷古天童及玲珑岩以在高山未至，殿后倚山建罗汉堂，像为竹禅僧绘刻石。途经小白岭镇蟒塔，新修未完工，盖天童寺僧募修也。观舍利塔，初见白珠一粒，久之见舍利黄金色。又见珠一串，白灰相间，舍利见红色。

明日为佛涅槃日，晚间士女宿于舍利殿，无隙地，行谒塔礼。扬州重宁寺退院方丈雨山来。

**十五日(3月31日)** 晨行谒塔礼。购龟、鱼、螺鳗放生池中。

午后，江苏涅槃会行礼。观舍利塔陈列珍宝。香灯师赠《瑞应集录》。

五时，集众僧殿中，诵普佛。每堂十六元。

晚,涅槃会施放焰口三堂。附焚三代宗亲冥箔。

**十六日(4月1日)** 晨七时下山,至宝幢乘汽船至大河桥,桥距宁波约五里,船价六元,酒资二元。换轿至宁波,寓甬安旅馆。本拟寓轮埠东亚旅馆,无空屋。

至锦江春素食。

午后,入城至县前街竞新书局新店,晤韦桂林,购《溪上诗辑》十四卷。道光廿八年尹元炜、冯本怀辑,慈溪列朝人诗,价六角。

韦桂林同至又新街竞新书局老店,购《初月楼文钞》十卷活字本。《诗钞》四卷刻本,吴德旋著,周家楣定,价一元四角。《蕉心阁词》一卷。泰和周继煦著,价五角。

又至汲绠斋,购《圜天图说》三卷《续编》二卷,李明彻述,嘉庆己卯刻本,有阮元、刘彬华序。明彻番禺人,道士。价二元。《茜云楼诗集》十四卷《文存》一卷,海宁蔡逸,道光廿三年刻本,有张问陶、姚文田、董士锡序跋,价一元。《周易郑氏爻辰》。钱唐谢家禾著,价五角。

又至大酉山房观书,无善本,索价甚昂,主人林昌清亦狡狯。宁波旧书向以大酉为最多,今未见也。

倪君春如能藏书,住江北岸董家河嘴。张让三先生为老友,以时迫促未往访也。

**十七日(4月2日)** 午刻,觅定宁绍公司甬兴轮大餐间舱位,每人六元六角。遂至锦江春素餐。餐毕,至观宗寺缔闲,为本寺退院方丈天王殿建筑未成。

三时,至甬兴轮。四时半启碇。

**十八日(4月3日)** 晨五时抵沪,七时返寓,此行共用洋五十六元,又购书六元六角。

刘健之来谭。

大先兄之四姨奶奶来。

检阅家中各事,拉杂记之:

陈劭吾来书,汇来《正谊堂全书》价卅五元,属将全书带芜湖长街管驿巷上首广裕茶号陈希文收。又《四部丛刊》六期请拔可交大达公司寄如皋。廿八日带芜。

刘翰怡来书，假《妙法莲华经台宗会义》十六卷。蕅益智旭述。

李审言来书，谋盐城大达公司总局总经理。

张静生来书，婚期改选四月廿一日。

朱凤林约十四日大观楼酒叙。

武仲平约十五日都益处酒叙。

刘翰怡、李振唐约十七日六时酒叙。

郭礼征约十七日七时一品香酒叙。

章一山约十八日龙华看桃花。

鲍承良来告，宁兴产煤，现佳象。十三日。

武仲平来谢寿。十三日。

郭刚仲毅。来。十三日。

郭礼征、郭品翰来。十五日。

**十九日(4月4日)** 午刻，赴都益处贞元会，周梦坡值会。

晤宗子戴，商附印《玉台新咏》棉料纸四部。

访余尧衢、陈戒安谭。又访王静庵、吕皋俞，不遇。

至仁济堂，晤戒安、宋廷、树人、幼南，商支配振余，拟拨望江工振壹千元，南陵各圩灾重之区拨平粜壹千元。

至古香斋，晤高敦之，商请代办南陵送邱渭卿匾额，并由会请奖。

购古香斋铜镜四枚：一唐八卦十二辰镜，一汉君宜高官镜，一汉位至三公镜，一唐仙人跨凤镜，共议定洋三十四元。又取佛珠一串，廿二日付洋卅四元。

至来青阁，付《正谊堂全书》《甘泉县志》价洋四十元。又购书三种，实洋四元八角六分：又假王定安《湘军记》、王晫《兰言集》，廿日付讫。《怀宁县志》卅卷，道光甲申重修，码洋五元，折实二元二角五分。《宿州志》四十二卷，道光五年乙酉重修，码洋四元八角，折实二元一角六分。《淮军平捻记》十二卷。周世澄著，码洋一元，折实四角五分。

**二十日(4月5日)** 函刘翰怡,还蔼师《法华台宗会义》。

重宁寺雨山和尚来。

**廿一日(4月6日)** 清明节。函王静庵征君,取回题秦公敦、大良鞅量拓本及补题飞燕角拓本。

覆任心白书。《大悲心陀罗尼经》签字魏碑中字不可集。

致李拔可书。劭吾所定《四部丛刊》六期书仍交大达转寄如皋。

**廿二日(4月7日)** 阅嘉兴张公束鸣珂,字玉珊。《寒松阁集》,知罗两峰《鬼趣图》为叶兰台藏,司马长卿、文君二印册为徐子静藏。

覆陈劭吾书。收到《工谊堂》书价卅五元。《四部丛刊》六期书大有晋存款付息已转致拔可、寄尘。

覆冯光久书。冯涵初征君(澂)年五十九岁,拟谋印书馆成私塾事,函复除历算外是否作文,束脩至少每月几何。

陈乃乾来,交阅《徐鼎臣诗集》并附《三徐事实》及楚金数诗,为宜春袁宁珍席山辑,寻根书屋藏板。据袁席山序,尚刻有《稽神录》,今已残阙。乃乾赠过校《西溪丛语》。黄荛圃以钱遵王校抄本、吴枚庵校鶇鸣馆本、手校津康本。

至古香斋,付铜镜价洋卅四元。

晚,赴李木公一品香西餐之约。

**廿三日(4月8日)** 购陈韫山汉介壶,腹侧一介字,腹中一ゞ字,皆双钩,即徐籀庄《从古堂款识学》所录秀水徐云巢携视器也,价卅四元。

徽宁旅沪同乡会午后一时假宁波同乡会开成立会,函约并送女宾入场券,未赴会。

**廿四日(4月9日)** 中孚银行新屋落成,送金笺四字匾。

阅报,载昨徽宁同乡会成立,为路文彬、余縠民发起,徐季龙主席,李振亚宣读开会词,曹痴公报告经过情形,李振亚宣布草章,郑鹧鸪介诚。报告职员名单,定名为执行委员会,职员卅人:曹志功、黄兰荪、谭维洋、路文彬、余縠民、许伯龙、李振亚、汪醒斋、胡佩如、汪维英、毕立信、邵亦群、黄怜生、孙镜湖、汪立之、吴仲谋、余鲁卿、郑介诚、徐季龙、胡朴庵、汪鉴堂、许御良、汪禹丞、余时、曹维明、唐吉生、吕篙渔、徐积余、洪希甫等，次来宾李仲仙、柏烈武等演说，会员孙镜湖、邵德基、俞去尘、胡苇之均有意见发表。旋由郑鹧鸪介诚。致勉词，词毕余兴，散会已六时矣。

**廿五日(4月10日)** 阅周中孚《郑堂读书记》所载《说铃》，有《冥报录》《果报闻见录》《信征录》，另有《现果随录》，郑堂未著录。检读之，皆劝善金科也。又奇晋斋《快雪堂漫录》，冯梦桢著，生平耽慕禅悦，故所录果报居多，他如铸镜法、造糊法、造色纸、造印色法、藏茶法，皆可传也。又《矩学杂记》二卷，为施闰章著，检《愚山全集》，不可得也。

**廿六日(4月11日)** 刘宝生来假款，婉言覆之。

午刻，赴吴达泉、倪远甫、杨咏秋酒叙之约。

至丁仲祜谭，仲祜赠《法华经句解》。

至仁济堂，晤吕皋俞、赵幼南。

至古香斋，晤高敩之。

至集成书局，取乾隆廿五年修《崇明县志》廿卷，知县赵廷健纂修，价二元。三月三日付讫。

至蟫隐庐，取光绪四年《重修金山县志》卅卷，知县龚宝琦、崔廷镛纂修，价三元五角。

至来青阁，绶祺赠《明诗综目录》，可配旧藏阙叶。

昨梦帅来，未晤。今晤于吴达泉席上，耳已重听矣，梦老今年年八十一岁。

大女蕊珠自合肥来电，云无事生争，冲打物件，已撞伤，欠人首尾未清，请速来，并托健甫帮助。当覆电去，询为何人冲打致受伤，速覆，即来肥。

**廿七日(4月12日)** 姚子梁夫人讣至，送呢布幛。

曹夔一讣书至，送呢幛。

孙星如讣书至，送哔叽幛。

邹树镲廿九日娶媳，送分洋捌元。

购小钱银晶烟壶，洋十二元。

复江易园书，为淮安湖心寺住持慧之范文。题诗三绝。

家源覆电，云父叔颜滋事，将母殴伤，并为欠款伯企颜不偿，请速莅肥。

王雷夏来，不晤。

**廿八日(4月13日)** 答拜冯梦老，未晤。

李健人来谭，先致书企颜。

徽宁旅沪同乡会函请推举委员执行事务，由汪维英、信民，婺源人，民生实业公司。胡佩如绩溪人，精武学校主任。代表接见。答以今晚回皖，汪、胡坚请派代表明日五时岭南楼餐会。

陈乃乾来，匆匆即去，未晤，其夫人病危。

至新昌美术馆，观印《法华经》。

取大生来往折洋五百元。内淑记、绮记各一百元，净存积四百元。

收回周必祥押书洋本二百五十元、息卅七元，书帖及押据均交还。辛酉年十二月廿九日押，计十五个月，中南银行陈公雨、杨霈来，原一分二息，今照一分。

晚，汪撷荀、鲍子丹各约酒叙，辞以返皖。

刘公鲁来，假《艺术丛编》。

马兰生由宁来。

陈劭吾所购《正谊堂全书》今带芜湖交广裕茶号陈希文。

晚十时，淑畹挈绮女附隆和轮至肥，并电家源初一日雇轿在巢县接。水小轮船只通至巢县，另由旱道二日程，第一日八十里至柘皋，第二日七十里至肥。

**廿九日(4月14日)** 命崇儿至陈乃乾家，询其夫人疾，陈乃乾交所校《玉台新咏》新刻样并明赵氏刻本二部。一自藏本，一刘翰怡藏本。又以新得曹楝亭氏刻《隶续》见示，盖江干九、恂。秋史德量。父子手校也。

刘公鲁函假《艺术丛编》九期至廿四期共十六册，约三日还书，兹将书检出假之。

致吴舜臣书。省将徐县长加附税禀及同乡会电交地方会议。售稻一百七十石，每石三元五角。

覆盛彝斋书。扁托敖之书并代制，扁语钞稿。振会助平粜一千元。梦老来商，未有办法。

致翟展成书。询去年寄乾隆《泾县志今正》《白话劝孝文》是否收到。托购宣城等县志及太平茶二斤。

致陶子麟书。催写《玉台新咏札记》稿样、《徐公文集校记》稿。

**三十日(4月15日)** 高敖之来，未晤。

## 三月

**初一日(4月16日)** 杨咏秋、陈西甫来，未晤。

陈乃乾来函，云其夫人病略痊。

接虬园俱乐部报告书并账略，虬江桥地价已账一倍，半淞园地价亦涨十分之五，虬园地五十四亩，计二万一千八百元。淞园附股七千元，又大中华厂后地约八亩，每亩一千三百元。此公司曾附股二千元，收款人杨瑞生，管理人柳芝庭。

朱稷丞来，不晤，留函，告有梁晋之游，东游长白亦未可知，并为慈护属向啬翁先容。

旅沪同乡会筹备处三时开会，未赴会，莅会者李仲轩、汪撷荀、柏烈武、窦价人、洪希甫、许隽人、白杰三、汪汉溪等二十余人，柏烈武主席筹备临时经费，由到会委员认捐一千五百八十元。推余鲁卿、洪希甫保管金库，李少穆、吴仲谋龄孙，账房。为会计委员，黄晦庵、王竹如为书记、庶务，常会每星期六三时至五时。公推徐季龙、张已振为筹备员，征求会员分若干组，每组干事长一人、干事员十人，由本会名义捐助安庆炸伤工人家属一百元。

**初二日(4月17日)** 吴舜臣来书，稻价减至三元四角二三分。

附加税已在县署公议。结算每年收入壹万三千余元之外,学田、房租约三千余元,每年支壹万一千五百元,约余二千元。前支款浮滥,欠三千七百元。又欠财政局数千元。初众议以欠抵欠,后公议决下忙带收每亩一分,水、旱灾不分。并将徐任禀案取消。

合肥张一山来信,告大女受伤情形。大女亦有信来。上月廿八日寄。

**初三日(4月18日)** 接吴联笙覆书,允为马寿同转荐,并询前荐是否一人。当覆谢,前荐寿光辛亥曾办益阳分销局,今荐寿同现患病,可否改荐寿光,荐函由沪转交赍投。

致汪启我书,告函覆联笙情形。

覆大妹常熟书。前荐厨司不妥,道歉。

覆陈乃乾书。其夫人病渐痊,慰之。

致陈劭吾书。告《正谊堂全书》已寄芜湖陈希文。

至来青阁,见桃花纸《康熙字典》《分类字锦》两书,陶兰泉曾议价二百廿元,今商杨绶祺,照价由我处购藏。此两书绶祺购之宜兴任氏,尚有明翻岳板《左传》及宣纸印湖北局本《百子全书》,进价二百十五元,廉极矣。

昨吴剑泉来,未晤。

**初四日(4月19日)** 余寿老来,未晤。

至来青阁,同寿祺议定购成《康熙字典》《分类字锦》,随即《字典》取回,《字锦》略受虫蛀,付绶祺重装。四月五日将书取回,初五日付二百廿元。

至忠厚书庄,紫东外出,见新收日本印活字本《文选》,为陈仁子补注,即宋茶陵陈氏本。内日本人补钞卷七、全。卷八,数叶。明本《骆丞集注》。

**初五日(4月20日)** 淑畹自巢县来书,初一抵巢,天雨不能起程。大女上月廿九日来书,已将情形通告仲仙、健甫。

答拜余寿老谭,寿老示仲帅致津同乡书,甚诋毁寿老,一一批驳,中云致祭文忠事徐某所言。询寿老南通开会,向系四月,今提前。寿老请退老代表。

访蒋孟蘋，假《绍兴十八年同年录》，嘉靖甲午裔孙鐨镐铭重刻弘治辛亥会稽王鉴之本，同旧藏影钞本。《宝祐四年登科录》。无刊刻年月，半叶四人，无文天祥廷对策，（字多漫漶）较旧藏嘉靖元年壬午汀州知府胥文桐刻本不及也。

**初六日（4月21日）** 访洪希甫、陈少舟、杨咏秋、咏秋托宋德宜在通州追账。吴寄尘、寄尘初九日至通，莅董事会。江知源由通来，今日回。谭。又访高敉之，不遇。希甫告我沪同乡另组商业会。

三时，至安徽同乡筹备会，牯岭路十六号。晤许隽人、李次山、许伯龙、张已振、桐城人。黄晦庵、舒省三、吕皋俞、汪禹丞、李少穆、陈少舟诸君，仲帅去无锡，烈武有事，均未到。

刘健之赠《南丰刘先生文集》、刘孚京。《悦云山房骈体文存、诗存、词存》、桐城刘敦元。《南宋制抚年表》。吴廷燮。

收四年公债四十元。内绮女廿元，全清。

**初七日（4月22日）** 杨咏秋来谭，交宋德宜讯。

洪希甫来谭。

三时，答拜希甫，同至徽宁同乡会，郑介诚鹏鸪。主席议取销干事，设征求会员队长一人、副队长二人至四人，分二十队，队员十人以上。以上一队五千分。每分一角，计五百元。推洪希甫保管金库，又路文彬、毕立信二员。又推余为队长，辞，吕篙渔、李振亚愿为之副，遂定议。座中换片者为郑鹏鸪、介诚，歙。汪醒斋、伟歙。邵亦群，寓三马路三七二号。晤许伯龙、胡佩如、曹志功。

希甫坐中晤刘子鹤，其世兄襄亭，湾址厘局改委。

送陈乃乾影宋钞《曹子建集》。

挈崇儿至来青阁。吴寄尘、李拔可来，均不遇。

**初八日（4月23日）** 王秀仁为田仲云名礽祺，一字孤云，上虞人。请题其尊人挹珊君《机丝夜月图》。

周梦坡以癸亥元日书怀诗四章属和。

今日八时留下须，取辰月辰日辰时。

捐徽宁会馆长生愿十元，又为淑畹、定君暨儿女辈共捐十元。

阅《新闻报》五日开封电，上午十时太阳弦瓦，双环呈红绿色，历时始灭。

周美权来函，联合各股东，函请退、啬两老将大生纱厂股东会在沪开会送稿，答知，当往晤谭。知此稿系赵竹君主稿，郑苏龛领首，周美权邀集。

访蒋孟蘋，赠王揖唐印《合肥县志》。

访李拔可，约明晚至通，告美权拟大生在沪开会。

访吴寄尘，告去通，寄尘亦告美权、竹君对大生开会情形，并邀功德林素餐。

刘葱石来，不遇。

**初九日(4月24日)** 午刻，赴都益处贞元会，恽眉卿值会。

访李仲帅、李木公，不晤。

访陈戒安，商定拨南陵、望江振洋各壹千元，并交邱高保、嘉禾章履历。

至古香斋，晤高敦之，南陵送邱匾额已议定，价洋四十元，先付洋弍拾元。约月底交。

至仁济堂。

答拜刘葱石，谭南通纺织情形，主在沪开股东会。

至古书流通处，取《天中记》，索价卅六元。拟配二卷，李紫东有之，书已寄津，留函，将书送还立炎。

王雪岑谭定远方子听濬益。著《缀遗斋彝器款识》甚精核，惜仅存十九册，书在雪澄处。

宗子戴贻唐大中经幢、在金华县南钱林寺旧址。咸通经幢，在金华县东孝顺镇。又赠陈乃乾唐李阳冰“天清地宁”四字、金华县学署。元泰定钟题字，婺州路兰溪州。当复书致谢。

函陈乃乾，告朱峻夫、宗子戴购《吉金图》商廉价，并告峻夫可借

《货币文字考》,子戴赠娶拓两种,留存儿子。崇转呈。

朱葆三十四日娶子妇,函陈少舟附分送幛。

晚十时,附大稣轮去通,同行者吴寄尘、李拔可、蒋孟蘋、周渭滨。

**初十日(4月25日)** 十二时抵通,寓有斐馆。午饭后,同寄尘、拔可先访沙健庵,适李耆卿在座,谭今日纱厂董事会,系各盐垦负债一百廿万,内大豫四十万。拟将地偿还。

先后访退、啬两老暨孝若兄,略谭。旋赴纱厂董事会,议无结果,作为提议向各盐垦公司索债。

知源、作三、孟蘋、拔可共晚膳、闲话。

九时,退老来谭,公劝两老宣言书勿提出,并以上海纱厂股东要求在沪开会相告,大豫股东前有要求在沪之讯,啬老答复,不满意。退老云本拟在沪,又劝先至沪同苏龛、竹君接洽,免致隔阂,惟各方别有意旨,姑随众言之耳。

寄尘六时往大豫公司。

张孝若来。

**十一日(4月26日)** 晨九时,退、啬两老至大豫。

同拔可至翰墨林,访李晓夫谭。桢,绍兴。又访张孝若、卢汉蘋,不遇。访吴欣生谭,遇孝若、耆卿。荐吴舜臣之世兄于芜湖交通行陈习生,谆托至再,始允许,并属孝若再为一言。

作三约午刻至唐闸酒叙,留片交嘏堂,转致实业各公司同人。

晚,孝若约俱乐部西餐。

单少堂来,乞书屏联。李晓夫来答拜。

拔可、孟蘋十一时至,附大稣回沪。

**十二日(4月27日)** 十时,至狼山,礼大势至菩萨。

**十三日(4月28日)** 同贾巢孙拜袁南生、束劭直、江知源。

五时,由大豫回,受感冒。

啬老晚约许隽人俱乐部西餐,招往作陪。先拜隽人,晤谭。金慰侬、骆梧森通,湖南人,留学日本。同来,座中晤高楚秋、湘,贵池。姚仲勋、姚仲拔、王文伯。征,天津交通副经理。

途遇钱新之,晚亦共饭,复以吴事相托。

蒋雅初、徐陶庵、蒋嘏堂、刘鸿甫、邹澍镔来。

晚,至通俗剧场,观九、十本《红蝴蝶》。剧中人以刘四立、沙美玉为佳。同周渭滨夜话。

**十四日(4月29日)** 访陈石庐谭,交联、扇,请其代索啬老一书。

视退老疾,未愈。

宗渭川来,未遇,留实业各公司同人函,请核账略。

同冯光久访周季诚、徐贯恂、高楚秋,并游萃园。

陈懋之、周健甫、龚伯厚、汪叔丹、袁南生、袁亦斋其俊。来。

晚,赴高楚秋俱乐部之约,又赴韩凤池、田献臣之约。

**十五日(4月30日)** 拜张镜湖、瞿莘畬、唐辅之、刘烈卿、马肤武、单少堂、姚仲勋、宋德宜、陈葆初、陈星南、袁亦斋、田献臣、邹澍镔。

退老病初愈,晤谭,告前函拟请假及纱厂筹垫慈善经费情形并股东要求在沪开会意见,劭直在坐,作三后至。

至盐垦事务所,同知源闲话,交陶子春名条,转致税务所长。

晚,汪叔丹、袁南生、马肤武约酒叙。

徐贯恂来谭。

晚,同周渭滨观头本《狸猫换太子》剧。

**十六日(5月1日)** 午刻,贯恂约俱乐部西餐。

二时,大丰公司股东会,列席,议决售地十二万五千亩还债,又特别调款五十一万余元,十元一亩。加二百五十元,一千元有酬劳,田廿五亩,作价每亩十元。一律填新股票,监察吴欣生、贾巢孙连任。面请啬老书联。

冯光久、束劭直、宋仲刚、蒋嘏堂、田献臣、马肤武、陈星南、唐辅之、张范廉来谭。

晚，周渭滨约观《杨乃武》剧。

**十七日(5月2日)** 晨冯涵初澂。来，未晤。

至盐垦事务所，同劭直、知源闲话，钱策安亦在坐。

至退老处谭，告实业同人函请，实因病未能就，如有碍难，当为于各簿记中签字，并以至诚恳之词揭告。

答拜冯涵初。

晚，赴啬老俱乐部之约，又赴光久商会之约。散后，回沪，光久、华卿相送。

至天生港，船因雾未应期至。

**十八日(5月3日)** 九时，大吉轮至，同寄尘登舟，冯晓青、伍渭英、夏联甫亦同行。

五时抵寓，知淑畹先派林福回沪。晚，接十四日快讯，叔岩无礼，次岩亦不认为大女偿债。拟十五日挈大女暨外孙家源来沪，商筹办法。

**十九日(5月4日)** 陶琳书来，菊俦，原籍寿县，寄居怀宁。送礼四色。

约陈乃乾来，交陶子担保书，请商陈立炎担保，并另函立炎完全负责。陶麟章，填单十二年五月五日，廿日乃乾已请立炎盖章。

立炎假《抱经堂文集》卷十四、卷卅九。两册丛书本。廿二日还。

杨云史来函，告马兰生已函托象甫，又由殷参事加函，殷系朱戚，与有关系。将来山东、河南尚有机会可寻。又函寄吴孚盛谢启登《新闻报》，今命崇儿送至该新闻馆登三日，计费廿九元四角。

**二十日(5月5日)** 覆杨云史书。

致陶子麟书，寄《玉台新咏札记》《徐公文集校记》写样，并告蒋孟苹刻书，为之绍介。

付商务印书馆《闺秀词》白纸六部、每九元。竹纸四部。每六元。

至余寿老处，谭地检厅有文致同乡会，寿老送由希甫交余核办。晚，赴希甫都益处之约，知希甫已送同乡会筹备处矣。至文内何事，寿老云并未拆阅，希甫亦未阅也。

至敦裕里伍渭英家，赴大丰公司谈话会，公推发起人，集股一百五十万，除纱厂六十万，净九十万。余亦列十七人之一。

前日，淑畹合肥来讯，大女事无办法，拟回沪。今来讯，十四日午后，李大太太、张老太太、张二姑太太、曹先生等面议还款止利，由账房出票，分二年还清，须迟数日料理清楚，再定期回。

吴舜臣汇来稻洋壹千元。宝丰庄。

舜臣讯寄其子名条，吴元松，年十八岁，歙县人。又函告荣廷于初十日病故。县知事偫卜忙，云财政会议每月解省八千元。

覆孙悔庵书。孙名承荣，讯由西门斜桥步一团二连周逊伯交，询《警世桴鼓》，广益书局魏炳荣印。

**廿一日(5月6日)** 将南陵稻洋壹千元送存大生，登来往折。寄尘又将去年寿分二百元退回，亦登折。

覆江易园书，附印江慎修《爱物戕物现报录》一百本，计洋五元五角。尤惜阴代理，尤住杨树浦兰路穆公正花行。

吕皋俞之母孙太夫人七十寿征诗，书七律寿之。

傅升至镇江，取大照公司官余利一千五百捌拾两、又蒯带耕堂四百十五两回。官八厘，余二厘。礼征赠焦山鄦惠鼎拓本、绘万年青草，松泉绘，廿八日，一千五百八十两，七二四六二五。化洋二千一百八十元四角三分。

游邑庙内园，观兰花会。

**廿二日(5月7日)** 购泰生永赛连十一件，每件十一元六角，共一百廿七元六角，又力二角。计恒升松九件、乾元松二件。

覆吴舜臣书。告元松名条寄李耆卿。祠扁用余名(科甲)。商送荣廷奠分。徐公祠乞振、乞修理费原讯寄商。

送篙渔太夫人缎幛公份四元。

吕宋廷假《昆新合志》。

致南京交通行李耆卿。寄吴元松名条，为芜交通行为练习生。

致陈石庐书。请将联、扇送啬老，书已面同啬老言之，啬老托觅《争坐位帖》，必报命，或托孝若交。

致杨云史书。寄朱古微、何诗孙书联。

致朱峻夫书。峻夫代友购《徐公文集》，照预约价。

陶琳书菊畴。来见。刘健之来，未遇。

张莼荪廷华。来，不晤。二月六日来，请编《南陵风俗志》。

访丁仲祜谭，座中晤江易园乔梓，以陈倬斋函询十二圩义冢枯骨焚化入塔一事，请上海净业居士讨论，仲祜主上说易园议，拜地藏经诵名号七日，或扶乩，或拈阄，请菩萨临坛示谕。后仲祜赞同，实则不负责也。余意宁募资推广购地耳。陈西甫代吴怡生购《劝戒录类编》一千四百部。书夏玉峰函交仲祜，并书送夏检收付款。仲祜赠《佛教感应篇》《死后之审判》《素食主义》各十本。

至忠厚书庄购书，言明价洋九十元：附赠残元本《汉书艺文志考证》。元刻本《韵府群玉》廿卷，元统甲戌春梅溪书院刊本，内配卷十三、四共两卷，非一本也。《经学五种》，藤花榭本。此书罕见：《元九经三传沿革例》《六经奥论》《七经小传》《礼经会元》《太平经国之书》。《礼经释例》十三卷凌廷堪。《述学》二卷。汪中，均文选楼本。

访刘葱石，告大女事十四日午后可有结束之望。

晚，赴刘翰怡家酒叙，翰怡赠新刻蜀大字本《史记》，可与葱石刻百衲本并峙也。

**廿三日(5月8日)**　至惠中旅馆，访周立之，适子丹弟亦至，遂邀立之至都益处午饭，并约刘畏之、实之、慧之昆仲、周美权作陪。

函刘慧之，赠《两京遗编》本《盐铁论》十卷。

杨芷姓奉命南书房行走，今来告别。

至健之处谭。

葱石女十周岁，给洋十元。

张莼孙来，交编成《南陵风俗志》。

吴蝶卿来谭。

沈慈护来谭。

访李木公谭，十九日已接李次岩十五日来书，大女债务本拟偿还，愈还愈多，据云一万五六千元，现徐姻伯母来商止利，分年还本，委曲求全，将来不知如何了局也。

晚，赴美权酒叙之约。

**廿四日(5月9日)** 淑畹挈绮女回沪。

大女债务。去年一万二千二百八十元，又利洋二千九百七十元。去年收洋二千七百元，作一千元还利，余又他用。现拟停利还本，分二年清。次岩十四日先还，十五日交账，十八日交欠据五十六扣。去年定月费、节费一千五百元，先生修金一千元。

午刻，赴刘畏之、实之都益处之约。

拜杨芷舛、王静庵谭。答拜吴蝶卿、高敉之，未遇。

为陶琳书致函阮公槐、方玉山，并送川资十元。廿七日来，退川资。

函陈西甫、翟展成，寄赠《死后之鬼判》《佛教感应篇》《素食主义》。

《魏三体石经》旧出一石，刘健之据孙渊如考魏石在西安，至洛阳所出，乃宋重刻本，极有理。黄县丁氏藏，今归建德周氏。今洛阳又出一石，周出洋六千元，与丁藏一石连。归吴子玉，静庵、慧之均得有拓本，价廿元。此石又碎为两段，另一段未见石两面刻。

**廿五日(5月10日)** 访周立之谭。

访任心白，商陈倬斋函询十二圩义冢焚化，不以为然。晤李拔可，略谭。

以《礼塔图》卷请赵叔雍题，揽镜图册请周美权题。初二日先后题还。

午刻，赴刘健之大雅楼之约，座有杨芷舛、余尧衢、章一山。

装潢莲溪画天赐福禄图、紫薇星轴、李某生财喜临门、张浦山山水、沈狮峰山水五轴，价廿元。

陈乃乾来。

晚，同乃乾至来青阁，取《文选楼丛书》残本，原买卅元，现须加价。又购书面纸一刀，洋三元。五月四日付讫，共卅三元。付卅元，另贴《定香亭》《小沧浪笔谈》。

文选楼丛书。现配旧藏《雕菰楼集》《密梅花馆集》《历代帝王年表》，又新购李子东《礼经释例》《述学》，仍缺《孝经义疏》九卷、《诂经精舍文集》十四卷、《石经仪礼校勘记》四卷、《曾子注释》五卷、《恒言录》四卷、《揅经室诗录》五卷、《淮海英灵集》廿四卷、《列女传》八卷，共捌种。书目外尚有《诗书古训》《浙士解经录》《瀛洲笔谈》《四史疑年录》可配入。

**廿六日(5月11日)** 函刘翰怡，乞题《勘书图》，并函沈醉愚。

函杨芷姓，为儿子崇乞书楹帖。

致吴舜臣书。李耆卿覆函，云稍缓安置吴元松，名条收到。

余尧衢题《定林访碑图》卷成。

李振唐、陈乃乾来谭，随答拜振唐。

晚，赴余尧衢、吴蝶卿酒叙之约。

送朱智仁七十寿联、烛。

**廿七日(5月12日)** 祝吕皋俞母孙太夫人七十寿。

访鲍子丹，商十二圩义冢捐资购地劝募，自认二百元，子丹认一百元。

陆维镛父母灵榇至苏石湖安葬，仁济堂同人在招商内河轮局马头公祭。

至博古斋。

晚，陈子言约会宾楼酒叙。

徽宁同乡会函送会章五十分、徽求队入会名单五本、临时收据辰字元号至一百五十号。五本。

刘慧之赠金文拓本四十四种，作函谢之，内有重分，亦缴还。

**廿八日(5月13日)** 华实公司开发起会，函请寄尘代表。

覆胡朴安书，定《国学周刊》一分。

晚，约李元之、张萼孙、丁仲祜、郑翰生、沈骏生、邵刚仲、任心白、陈乃乾酒叙。

**廿九日(5月14日)** 陈子言来。

午，赴陶拙存都益处贞元会。

晚，约杨芷姓、王静盦、余尧衢、章一山、刘翰怡、陈子言、沈醉愚、沈慈护、刘健之大雅楼酒叙，用洋廿四元二角。

至仁济堂，商拨宣城、望江振款各一千元，振款不敷，拟由陈少舟向实业银行暂行商借。

答拜陈子言，并拜李审言。

至博古斋，购书九种，价五十六元五角，减价，五十元：当付十元，卅日又付四十元。《衔蝉小录》八卷，孙荪意，嘉庆刻本，六元，清溪程秉钊手校补本。《玉句草堂词》三卷，郑沄，嘉庆八年刻本，一元。《焚香录》一卷，孟超然，嘉庆刻本，一元。《陶说》六卷，朱琰，乾隆甲午鲍廷博刻本，六元。《化书》一卷，明成化十三年刻本，十二元。《卜居秘髓》三卷，明周继类辑，书林近山叶贵刻本，八元。《瓯香馆集》十二卷，恽格，别下斋本，十六元，附补遗、附录。《遗睡杂言》八卷，黄凯钧，嘉庆刻本，六元。《识小编》二卷。董丰垣，乾隆癸未刻本，五角。

**三十日(5月15日)** 又至博古斋取书三种：四月朔日付讫。《梦影词》三卷，陆烜，二元。《东山寓声乐府》二卷，朱和羲校录本，二元。《历代纪元部表》二卷。江永，乾隆间刻本，二元。

陈乃乾约午刻一校香西酌。

陈戒安来谭。赠陈子言《怀邠杂俎》。

访陈希甫谭，廿八日徽会馆商界同乡开会，余、李未到，有工人三百余人至馆冲散。

## 四月

**朔日(5月16日)** 至先施、永安两公司，购幛料。又至大盛，购绸料。

至博古斋，付书价六元。

至集成书局购书，洋五元：初九日付讫。《琵琶亭诗》，唐英辑，乾隆十一年刻本。《说文引经异字》三卷，歙吴云蒸，道光五年刻本。《马吊谱》，片玉居主人编辑。《龙舒净土文》十二卷，王日休，乾隆徐遴照刻本。《彻悟禅师语录·无隐禅师略录》。嘉庆丁丑平江善庆庵本。

至来青阁，同杨寿祺闲话。

晚，淞社同人公饯杨芷姓太守、王静安学部入直南斋，于晋隆西餐。

**初二日(5月17日)** 方宜府由津来。

陈乃乾、沈骏声来。

晚，阅黄退庵《醒醉杂言》毕。

**初三日(5月18日)** 答拜方宣甫谭。王静盦来。

拜孟蘋，不遇，向稚初借《绍兴十八年同年录》蓝印本。

拜恽眉卿，谭缪子受售藏石拓本。

余启龙纪棠。来，请为殷侣樵十六日题主。

晚，吴蝶卿约功德林素餐。

周必祥来，求售明万玉堂本《佩觿》，索价六千元。初四日留书付价。

晚八时，同江易园乔梓、吴蝶卿、方宣甫、李凤池至南园听谛闲法师讲《大乘止观》。谛师四月朔日起开讲。

**初四日(5月19日)** 午刻，宣甫约功德林素餐。

至忠厚书庄，同李紫东闲话。

途遇章静轩、吴寄尘，谭。

刘翰怡赠书十种，又《荆园小语》五册，代刘慧之索取。复函谢之，敬使一元。并贻《焚香录》。翰怡有此书，退还。

访叶柏皋谭。

晚，赴刘葱石酒叙之约。

**初五日(5月20日)** 倪远甫为宋德宜追南通欠款。

吕皋俞来，交徽宁同乡会章五十分，又入会名单两本，又征求队临时收据二本。辰字九十一号至一百五十号,净存元号至九十号,共三本。

午刻,赴李振唐一枝香之约,又赴蒋孟蘋酒叙。罗原觉同坐。

至来青阁,取回《分类字锦》。

陈乃乾来,赠《珂雪词》二卷曹贞吉。原刻本。

**初六日(5月21日)** 束劭直娶子妇蒋氏,送红华丝葛幛并烛。

蒋孟蘋嫁侄女,赋荪女。送红华丝葛幛。

丁莞荪树健。之太夫人七十寿,送红花缎幛并烛。

定君将宝成存银壹千五百两、息四十两提存永安公司壹千两,存一年,息七厘。余银化洋,凑洋八百元,存大生积记往来折。

叶柏皋尔恺。来答拜。

马兰生来函,象甫允位置,急切无法可想,资斧罄,假洋卅元。淑畹覆书,并将洋如数汇郑。

**初七日(5月22日)** 至朱静安家,祝其尊人智仁先生七十寿。又至净土庵,祝丁莞荪之母太夫人七十寿。

杨芷姓来辞行,十日至京。为崇儿书联已交来。

束劭直来,未遇,留退老书。

陈西甫来,亦不遇。

李紫馨锡香。由通来,不晤,交泽生公司闸、港两处销折,并属书扁。

**初八日(5月23日)** 贺束、蒋两家喜。

赠陈乃乾《茜云楼集》《青楼小名录》,报《珂雪词》之惠也。恽眉卿来,谭艺风堂售碑。

罗原觉赠影印所藏宋拓唐云麾将军碑。

陈西甫来,旋答拜,均未晤。

闻孟蘋新得婺源所售梵夹木藏经六千卷,宋元明本价四千二百元。浙估经售,婺源人,家只收得七十元。

**初九日(5月24日)** 《时报》载吴佩孚电府院内务部,反对改拆三殿为议院,谓倡议无非冀遂中饱,丧此巨工,摧残古物,腾笑万国。

请保存。

未刻，余寿老之配倪夫人病故，候殓。

至博古斋，购书二种，价十元：十二日付讫。《唐骆先生集》四卷，凌毓枏校集评点本，四元，缺五、六共二卷。八月廿五日退还冲账。《左传杜解补正》三卷。顾炎武，真意堂本，六元。

至集成书局，取书一种：《具区志》十六卷。吴县翁澍，价八元。初十日退回。具区即太湖，缺卷八，共六叶。

又购杨估书一种，价一元，付讫：《庶谱诗谱》十七卷。会稽董楷。

至蟫隐庐，购书四元二角：初十日退还。《凤台县志》廿六卷。光绪十八年修。

至振华旅馆，同劭直谭，并见其子剑南及新妇，送觌仪八元。

至泰安栈，答拜罗原觉。

晚，至新裕海轮，送王静庵北上入值南斋。

晚，任心白同潘君雄万来，字同曾。订约钞书。

陈乃乾来。岑郊麟、靖恂。蒋德纯椵堂。来。

**初十日(5月25日)**　九时，至沪宁车，送杨芷姓北上入值南斋。

晤李拔可，谭大生股东印刷品事。

三时，至寿老处，谭大生股东印刷品，寄尘、劭直同座。寿老邀美权来，适外出旅，往访，亦未晤。

退老来书并印宣言书演说词，交寿老阅看。

束劭直、勖严、李子馨来。

至来青阁，购书二元，当付讫：《莆风清籁集》六十卷，郑王臣辑，二元，乾隆壬辰刻本。《春秋辞命》三卷，明王守溪定本，嘉庆八年渊雅堂补版，送。《运河全图》，送。《临文便览》。同治甲戌刻本，送。

潘同曾今日起钞书。五月初五日来书告退，初四日送洋十元。

冯涵初征君澂。来，不晤。午后请其来寓，云俟晤后来。

覆吴舜臣书。荣廷去世，送奠分六元。徐芝秀等公函拟不复。交通学生事，拟函催李耆卿。

至李耆卿书。催学生吴元松，派候补练习生。

覆陶子麟书。告孟蘋刻书价，疑翰怡处昂贵。询沈子培刻书板片。

覆缪子受书。艺风藏碑出售，同梦坡、眉卿接洽情形。

**十一日(5月26日)** 冯涵初来谭，不日回通。

心白交来新印《大悲心陀罗尼经咒像》一百〇五部，计价洋四十七元，除先付五元，仍应找四十二元。

晚，挈崇儿至来青阁，同乃乾、寿祺闲话。

王振宇道，南陵。来。复旦学生。

**十二日(5月27日)** 答拜冯涵初，赠程敬十元，又带交光久张通妻陶志两张。涵初留赠《瞻云阁外史》《种菰新书》《光学述墨》。

至博古斋，又取《越咏》二卷，山阴周调梅，咸丰四年刻。连前取《骆宾王集》《左传杜解补正》，共付十元。又取《礼经会元》弟二卷二册。莫氏《经眼录》云：至正潘元明从叶广居得宋本重刻，索价十四元。廿二日退还。

至来青阁，取李姓《国朝文类》第六十九卷，元翻翠岩精舍本。计九叶，又《魏书》十二叶，宋监本，未取。

晚，赴殷家请题主之宴。又至美丽，赴张静生请证婚人、冰人之宴。

束劭直来，未晤，昨有函来。

**十三日(5月28日)** 二时，贼至，窃去牙印约十方，绸料四段，旧衫褂、夹褂三件，桌谈票洋廿五元、现洋五元又十二角。报知捕房，派中西探查询。收回洋廿四元。

劭直来谭，即回通。旋至振华，已登舟。

为李子馨隶书楹联立轴，并还泽生公司壬戌年账略、癸亥元月报折。为宋仲刚书扁。

购李估元刻《国朝文类》一卷九叶，付价四元。

**十四日(5月29日)** 以存永安公司二千二百两收半年息六十六两，化洋九十一元，归家用。改存先施公司，半年期，七厘息，户名宝经堂，存折三七二三号。又绮女三千两，亦改存先施公司。一年期，八厘息，户名蒯菊记，存折三七二二号。

晚，赴岑靖恂美丽之约。

捕房来告，窃案人赃并获，林福往认，始知张顺之子小微生作贼也。

收公债票息洋十七元。

**十五日(5月30日)** 晨林福至会审公廨，将失物取回，并犒刘姓侦探卅元、林福二元。

陈少舟来，交裕中纱厂账略。并交展成代购石井茶二斤。

李子馨来谭。

致江易园书，赠《大悲心陀罗尼经》《心经注解》《我信录》《劝戒录类编》《警世桴鼓》《太上感应篇注》《阴骘文图证》。

函吴仓石，赠九华山茶。

覆翟展成书。收到石井茶。寄《大悲心陀罗尼经》。前垫《泾县志》洋十二元万勿介意。

覆冯光久书。告冯涵初不就沪馆，临行赠程敬十元，又寄张通妻陶志二拓本。

送妙珑师《大悲陀罗尼经》《法华三经》《心经注解》《周安士全书》。

覆杨云史书。南海赠云史联"涕泪悲中国心肝捧至尊"一联。朱沤尹联当再代求。缶老联再促之。兰生事开封有可设法，请径函前往，否则亦请令其回车。象甫十一日来书云，一时无位置。

致陶子麟书。《徐公文集校记》写样寄还修改，二次上板。

致任心白书。附印《大悲心陀罗尼经》一百〇四部，价四十七元，除先付五元，今再找付四十二元。

**十六日(5月31日)** 吊殷侣樵之丧，并题木主。

晚，李伯齐约至会宾楼酒叙。俗称齐媒酒。

至文明书局，购珂罗板《争坐位帖》。跋云北宋拓本，以旧藏明初本校之，与之同。

至古香斋,同敦之闲话。送张静生家红绸幛。

**十七日(6月1日)** 为张、李两家行纳采礼作冰人。

刘葱石来谭,大女债务已商木公函次岩。

**十八日(6月2日)** 华实垦务公司开谈话会。

陈乃乾来。

刘健之来谭。

**十九日(6月3日)** 以《礼塔图》卷请李木公题。

寄吕宋恪呢幛。

送韩贞伯呢幛。

送李伯齐家嫁礼。

午刻,赴王子仲都益处贞元会。

**二十日(6月4日)** 午刻,虬园俱乐部会议售地,议决出售即淞园亦售。虬园地可赢余一倍,淞园亦可得七成。

访朱古微,为云史乞书联,为崇儿乞书扇,赠茶叶一瓶、梁建陵东西二阙。

访郑太夷,为崇儿乞书屏、扇,赠九华茶一瓶、荀岳志、金文拓本十种。五月二日收回。

访蒋孟蘋谭。又访罗子敬,不遇。

太夷告,前电曹、吴以三殿事请从缓议,又函未能以法国比例,太夷领衔。七十余人。商询云史,吴先电阻后又应允,是何情形,仍请照电设法从缓。

至博远斋、古香斋闲话。

晚,赴张静生家喜筵之请。

盛彝斋来,送笔、墨、茶,并为舜臣带送茶、蛋。

吴舜臣汇来稻洋壹千元。内淑畹三百元。

**廿一日(6月5日)** 盛彝斋来谭,答拜,未晤。

为张、李两家作冰人。

覆张退庵书。宣言演说词已交寿老、拔可阅过,详情请劭直面陈。通明常会请订期。

覆张范廉、宋仲刚书。通明上年盈余一万六千四百两，常会请退公订期。

致杨云史书。三殿保存沪上公函，孚威主从缓议，并详叙不能援法故宫为依据，苏堪甚盼维持其间。谢为兰生函致开封李彪臣参谋长、赵伯纯秘书长，兰生已到开封，赵先接洽。李函亦投，尚未见也。

购汪六吉家。五尺藏经笺五十张，每张一角。又五尺煮锤贡单宣纸十张，每张一角。四尺三层煮锤宣六张，共一元。共洋七元。

程云岑来，不晤，留函，告有凤凰元年镜可绍介看。

挽顾咏秋女士诗，寄慰沙健庵先生。

**廿二日(6月6日)** 约盛彝斋、高敫之、子丹弟一枝香西餐。

答拜云岑，观吴凤皇元年镜，系陶伯铭托售，索价二百元，还价一百元。又观宋崇宁通宝、崇宁重宝二钱镜，一正书，一隶书。

至博古斋，取书二种：《妙法莲华经》，宋梵夹本，五月六日交蒋孟蘋。《龙虎山志》三卷。元元明善辑，明张国祥续修本，目次与卷次均错误，大约天启后刻。五月六日退还。五月廿九日取回，议定十二元。

至来青阁，取书二种，价一元三角，付讫：《饤饾吟》十二卷，石赞清集唐，黄丙森注释，咸丰八年刻本，洋一元。《闽南唐赋》六卷。杨雪沧舍人著，光绪丙子重刻，洋三角。

陈乃乾来。

昨，冯涵初来书，寄所著《春秋日食集证》稿、《南菁书院课艺》卷。

**廿三日(6月7日)** 程云岑来谭，留崇宁通宝、正书。崇宁重宝隶书。二钱镜。

访啬老谭，赠旧藏明拓《争坐位帖》，又文明书局玻璃版印本，啬老交所书联、扇。

答拜岑靖恂、张振声。

覆沈慈护书。先向啬老先容假宋本《法华经》。常培为崇儿书福寿字。

致刘葱石书。为毕儒臣题象赞。告陈乃乾校《茅声馆集》月内校毕。

晚，至赵竹君家素餐，坐中张啬庵、盛竹书、周美权、吴寄尘。

栖霞寺僧若舜赠碑：二徐题名、卅七分。隋舍利塔柱、二分。经幢、二分。功德碑、四分。石香炉、四分。释迦佛座、八分，保大十五年。栖霞寺碑。一分，辛亥九月十五日。

**廿四日(6月8日)** 沈慈护来，假阅宋景定梵夹本《法华经》七卷，半叶五行，行十七字，有句读、附音，建安范尘刊，毛子晋斧季印、又有汲古主人朱文方印。末有郑盦珍赏方印。“毛晋私印”“子晋”“毛扆之印”“斧季”，均朱文方印。又有“宋本”“开卷一乐”朱文印。前有画象，末有“戈亭施百二娘舍财刊”九字。

张啬公来答拜。

**廿五日(6月9日)** 盛彝斋来谭，同赴高敦之会宾楼之约。三时送邱渭卿扁额。

二时，大生纺织公司董事会。

晚，赴沈堃和酒叙，沙健庵同席。

张退公同沈慈谋、龚伯厚来，不晤。

**廿六日(6月10日)** 晨答拜退公，不晤。

至大生事务所，晤退公，略谭。

至交通银行，续开董事会。

二时，赴大生一厂本十八权，代一百〇一权。股东会。监察留盛举张东甫，揭晓乃余多数当选。散后，又至大吉轮，晤退公。同德堂何定安。

访盛彝斋谭，送礼四色。

姚文敷、田献臣、张茀廉来，未晤。

慈护来，交其尊人为崇儿所书寿字立幅。慈护名颎。

**廿七日(6月11日)** 彝斋辞行，假洋廿元。

访退老，不遇。又访健庵、耆卿、西甫。

至振华旅馆，拜南通各友。

陈乃乾来，不晤，留交校《茶声馆诗集》。

晚，杨瑞生、陈简文、柳梓庭、吴寄尘、金佑临、宋希尚、邵树华约至大雅楼酒叙。

二时,李拔可来,同赴二厂股东会,改选监察人留,拔可举张东甫。

程云岑来书,凤皇元年镜减至一百八十元。

**廿八日(6月12日)** 覆云岑书,凤皇镜至多以一百四十元购之。旋接答覆,有人出一百六十元,前途可售。覆以即照百六十元。

陈乃乾来,交宋梵夹本《法华经》,请其过校。

午刻,同周宷臣、吴蝶卿、刘聚卿、吴引之公请张退庵、张啬庵、盛竹书、李耆卿、沙健庵酒叙,退庵以齿疾辞。

至大庆轮,访退公略谭。

二时,赴三厂股东会,退公发言反对,总管理处静仁亦出言抵制。改选监察,留吴南浦,举刘聚卿。

晚,赴张菊生、李拔可酒叙,观藏宋本《山谷琴趣》。又同周宷臣、刘聚卿、吴蝶卿公请南通各友七十余人于倚虹楼。

李萼楼送都益处十元喜筵票。

陈立炎送影印毛钞《宋六十家集》、鲍钞《宋八家集》。

**廿九日(6月13日)** 午刻,都益处贞元会,值会。

送退公十元翅席。

陈立炎假《抱经堂文集》八册,又前假《解春文钞》四册。

访陈乃乾,不遇。

四时,赴华实公司发起会,接洽伍渭英查勘地亩情形。

八时,至大庆轮,送退公回通。

送黄励生呢幛,交碬堂转送。

## 五月

**朔(6月14日)** 赵孺人忌日。

函葱石,交陈乃乾校《茗声馆诗集》。

陈乃乾来。

送周芝山新印《大悲心陀罗尼经》三册，芝山复赠《金刚经》四部。

二时，赴大生一、二、三厂董事联合会。股东联合会周美权来会，议委员会。

报载，昨晨，黎元洪尚讨论挽救时局，无去意。午刻，忽冯玉祥表示如不退位，即率兵入城。黎知形式紧急，遂匆匆率卫兵于一时二十五分分乘汽车六辆赴车站，乘专车赴津。

陈乃乾代购书四部，价洋四十元：初五日全书交来。《庐州府志》五十四卷，嘉庆八年孙星衍纂修。《合肥县志》三十六卷，知县左辅修，石印李木公藏本，缺熊枚序三叶，一初印本无序，一后印本有序，共二部。《皇朝藩部表》。道光丙午刻本，祁韵士纂，宋景昌增辑，徐松重订，张穆覆校。表四卷、要略十八卷，祁韵士纂，毛岳生编次，张穆覆审。

周必祥来，交阅张海鹏刻《太平御览》一千卷，一百〇二本。于右任得之如皋祝氏，索价一百四十元。嘉庆九年刻本，初四日付五十元，初五日付四十元，初六日付五十元。

**初二日(6月15日)** 张啬公、吴寄尘来谭。

访郑太夷，交阅云史函三殿保留情形，太夷适为儿子崇书屏、扇成，携归。

同古微侍郎至孟蘋处闲话。

至来青阁，购《海峰文集》桐城刘大櫆。初印本，无卷数，目分论著、书、序、记，价一元，当付讫。

收西泠印社书价十二元七角。

收扫叶山房书价廿元。收千顷堂书价捌元。

翰怡来函，送还题《随庵勘书图》卷。醉愚亦题就。

送寄尘《大悲心陀罗尼经》二册。

晚，送啬公返通。

昨，大照电灯公司汇来夫马费捌拾两。

**初三日(6月16日)** 郑太夷来谭。交云史函。

访刘翰怡、沈醉愚，不值。翰怡询李国泰家世。

罗子经赠新影印宋世彩堂本《柳河东集》，并托销博爱工厂印《新疆图志》预约券。每部四十五元，先付廿五元，无图。

假博古斋柳荣邨宋梵夹本《妙法莲华经》，半页六行，行十七字。校天童寺新刻本，光绪二年重刻。此本佳处甚多，未能确定宋椠也。柳索价八十元。

中孚银行孙元方、谢永淇约六时大东旅社西餐。

覆徐磊生书，辞撰《南陵振务纪略》小引。

**初四日(6月17日)** 覆李从龙书。寄赠《大悲陀罗尼经》，又《素食主义》等三种。

覆陈倬斋书。义冢事办法同人未敢妄断，有人主张拈乩拈阄。赠《大悲经》，又《净业指南》等四种。

覆罗子经书。谢赠《柳河东集》。假傅幹《注坡词》钞本四册，又寄售《烟画东堂小品》两部。

送余寿平夫人素华丝葛幛、烛。

送陈介庵《大悲心陀罗尼经》。

沈骏声来，交阅《法华经》样本，旋函送印价洋弍佰元。连前共付三百元。

付来青阁残本《文选楼丛书》价卅元，另贴《定香亭笔谈》《小沧浪亭笔谈》。又付书面纸三元。

覆吴舜臣书。寄李耆卿二次复讯。谢送灰包蛋、茶叶，赠藕粉、饼干。寄济生丹二元、救急丹五元。

覆劳吉六书。吉六在石港分销马玉山公司。

**初五日(6月18日)** 贺贵阳师、冯蒿盦、李伯行诸公午节。

吴仓石来，为书楹联成，乞画无量寿佛纸退还，送洋五十元亦璧还，改送禹鸿胪画屏。

凤皇元年历镜历经函商，程云岑由二百元减至一百六十元，今云岑将镜交来。午后，答拜，如数付价，并以旧藏五铢沙范吴清卿题。小泉直一沙范、半两沙范二酬报，暨换崇、宁通宝二钱镜。

陈乃乾来,交《庐州府志》《合肥志》《皇朝藩部要略》。

挈崇、佑两儿游半淞园。

大嫂南陵来书,世凤侄四月廿二日生子。

覆淮安湖心寺慧之方丈范文,婺源。书,并题《湖上留题录四编》签,又代请余寿老题书衣。

**初六日(6月19日)** 罗子经覆书,《注坡词》见陈振孙《直斋书录解题》。查《解题》云:《注坡词》二卷,仙溪傅幹撰。卷廿一"歌词类"。《注坡词》序为叔傅共撰。宋黄岩孙编,元黄真仲重订。《仙溪志》进士题名:宋绍兴二年张九成榜,特奏名傅共权子。

题冯漱桐《世珍楼图》。楼藏蒿盦中丞所锓版籍及所著各书。

函张菊生,代收《皖志》,并赠石印《合肥志》。

答拜岑靖恂,不晤。拜刘翰怡谭,访李国泰家事,又谭杨云史函复保留三殿情形。

同孙隘堪访孟蘋,交阅影印《法华经》样本。又留博古斋宋梵夹本《法华经》。半页六行,行十七字。又留姚文敷跋影印《法华经》写样。

至博古斋,告《法华经》孟蘋拟留,径自前往议价。又《龙虎山志》十二元不售,将书交还。借吴征君廷香。遗集,编入《安徽诗征》。

至集成书局,购《耐寒斋诗钞》,阜阳,程溶。《七峰诗稿》,怀宁,江尔维。洋五角。

送义振协会《救荒辑要》三十册。

潘同曾来书辞职。初四日送洋十元,四月初十日来。

**初七日(6月20日)** 刘子鹤尊人献夫先生九十阴寿,送四元素席,并往行礼。

至大生,寄尘外出。又至万济典,晤吴蝶卿。又往晤周芝珊谈。

慈护两次来函,催交《法华经》。今覆书,匆匆去通,月望左右返沪,专人送还,并函告乃乾。

覆王静庵书。静庵上月廿四日书来,十三抵津,十六入都,廿日谢恩到差。洛阳出魏石经甚多,除三大块尚有小块无数。又出一字石经一小块《论语》，尚有相似者数小块，亦似汉石经。此近来一最快意事也。

江汉珊生孙，送弥月礼，收花帽、绣围、鞋袜。

复任心白书。心白假《归元镜》，告以只有明本《归元直指》。托销《警世桴鼓》，每本四分。谛闲师月杪赴芜讲《法华经》。

致吕宋廷书。劝销《警世桴鼓》。

致刘翰怡书。告李木公有四女，皆庶出，大十一岁，次九岁，再次七岁，小二岁。

致恽季申书。托销《新疆图志》。

复张菊生书。志单当留意。

复陈劭吾书。石埭桥工聘定美国人裴特森为总工程师，并工科大学毕业生二人辅之，八月一日开工，明年二月竣工。仲帅、伯老两公捐款当为催促。大生股东拟组联合委员会，先查账起草，会场通过。

复陈石庐书。属书之件已裁纸，稍迟必书成就正。

寄许静仁之太夫人素华丝葛幛。付邮局。

晚十时，登大吉轮至南通，遇张作三、江幹卿。

**初八日(6月21日)**　十时抵天生港，遂寓有斐馆。

谒退翁，留午饭，交阅致董事会函，甚不满意管理处。再谒啬翁，谈及子妇性情傲慢，约略劝慰，先是孝若来城南，匆匆相告。并将退翁函付阅。退翁意付啬翁阅。

二时，通明电汽公司董事会，主席，一议资生、实业两存款改股票；一本届正息余利共二分，以一分给款，一分给股票；一董事长、常务董事分红。

同佐虞、幹卿在寓夜饭。散后，同幹卿至刘烈卿家闲话。

章希瑗、宋仲刚、张范廉、陈懋之、韩奉持、张佐虞、张慰慈延武。来。

**初九日(6月22日)**　十时，至城西别业，刘一山家。开通明公司股东会，主席，提昨董事会议处分正息余利案通过。在公司同退翁、光久午饭。

访章希瑗、束劭直、马肤武谭。

刘烈卿约夜膳。

冯光久、陈心铭、端。陈石庐、汝炘。李子馨、锡香。保沄生、思毓。周渭滨、毓文。周紫珊、毓英。许铸江、体镜。沙健庵元炳。来。

**初十日(6月23日)** 十时,退老来邀,同至唐闸,赴大达内河轮船公司股东会。散后,至城南别业,赴退老午刻酒叙之约,肴馔极佳。

拜张镜湖、瞿莘畬、唐辅之、陈心铭、单少堂、刁位思、张地山。

单少堂来,述孝若意,设法慰劝啬翁。

马肤武、束劭直、章静轩、徐贯恂、冯光久、周健甫、尔炘。邹树锳来谭。

晚,凤池、肤武、劭直、沄生、静轩、地山、心铭、叔丹公约酒叙,坐中晤徐聘耕、乐尧,浙江。陈味余,浙江。皆静轩日本同学友。聘耕交阅正月十七日方声涛家扶乩,湖南刘建藩上乩诗,近颇有应者。

**十一日(6月24日)** 午后,沙静庵来谭。晚,又谭至深夜,静轩、蝶卿亦在座。

二时,大纲公司股东会,王慕庄、江幹卿主停办,遂议决,然实际上办不到,当另有变更也。

慕庄晚回山东,临行接临城电,钱策安平安出险。

晚,张镜湖约俱乐部西餐,又大生三厂费善本、寿祺,经理。袁亦齐、考工。金会计。亦约俱乐部,均往赴约。至书坊,购《槿花郇吟存诗》《樵唱词》二册,《经天该步天歌》一册。

**十二日(6月25日)** 晨,冯涵初征君来谭并邀酒叙,辞之。徐贯恂具柬相邀,亦谢之。

二时,华成公司股东会,提议还债办法,议决售地。周孝怀拟西北隅地分散难售,须增五乡区,并售阜宁学滩,代表陈伯盟为争论久之,谢君四川人,孝怀同来。亦往复答辩,定议出售价格最低至每亩七元。西北隅两处前定价扯四元,此处河闸工费用至十余万元。议增董事二人,因阜宁履行旧约,应得董事一人,选举票决岑云阶、陈伯盟。

宋仲刚以通明公司会议案来签押。

周孝诚坦。来，不晤。夏辅宜由宁来。

晚，陈石庐约素食，章希瑗、梁毓藻缙卿子。约俱乐部西餐。

退公来送别，劭直亦来。

十时，乘汽车退公派送。至天生港，在公司候船，同刘君闲话。刘泰兴人，其父癸已同年。

**十三日(6月26日)** 三时半，大穌船抵港，遂登舟，风狂雨骤，匆匆和衣而卧。十二时到沪，雇包车回寓。约川资费用廿五元。

检去通后家中所有事，略记之：

陈乃乾校宋景定《法华经》毕。

陈倬斋两次来书。汪鲁门《人身关切要书》序印板字体照《净业指南》。掩埋地陆续收，前地筑堤防水。

盛彝斋来书。马正英处前拟请其查免征及赋税各则，现已代致。

顾鼎梅、吴东迈迈。来。汪甘卿、蒋孟蘋亦来。王振汉雄洲南陵人，安徽省公署差遣员。来，意在借款。

华实公司十二日开会。

募建黄檗山万福禅寺启。山在福清县城西廿余里，今住持学真大师。壬戌仲冬陈宝琛启。

《法华经》校记：以沈氏藏宋嘉定本、柳氏宋本校康熙九年灵隐经房本，十三日起校，廿一日校毕，宋景定二年陆道源刻本。

卷一；二页复有明月天子，沈、柳本明均作名；十一叶香华伎乐，沈本伎作伎，柳本作技，下同；廿八叶佛已曾世世，柳本世世作出世；纯有贞实，柳本贞作真。卅三叶唯有诸真实沈本真作贞。

卷二；四十一叶于佛智慧无所吝惜，沈本、柳本吝均作吝，下同，十九叶由是群狗至恶心转炽廿句，沈本在其咽如针句后；廿二页耽湎嬉戏，沈本耽作妉；鸠槃荼鬼，沈本荼作荼。廿一二页、廿页不同。六卷四十六页，七卷廿一页、廿三页。

卷三；廿九叶而彼众中，沈本、柳本而均作时；四十一叶此城未实，沈本、柳本均未作非。

卷四;卅九叶委政太子,沈本政作正。

卷六。九叶迦陵频伽声,沈本频伽作频迦(三卷廿七叶作频伽);十三叶及诸众生者,沈本诸作知;卅三、四页悭吝,沈本作悭吝;卅八页舍所爱之身句下,沈本多"供养于世尊,为求无上慧"二句。

**十四日(6月27日)** 陈乃乾来,谭黄蘗山万福寺住持学真拟来募捐。现翰怡捐四百元,莱臣捐二百元,文敷捐一百元,学真拟为松鹤龄将军(寿)建祠。交《元包经》,请校罗子经藏宋大字本。

刘健之来谭,假《茮声馆集》。

晚,至来青阁。

覆王雪澄书。光氏《龙眠丛书》无此书,缴还日本《文求堂书目》二本。

**十五日(6月28日)** 函俞寿丞并洋四元,附余尧衢六月七日七十双寿屏分。

函潘兰史,交徐贯恂题图四叶并函。

访郑太夷、刘翰怡、蒋孟蘋谭,交阅云史寄车庆云北京宪兵司令部,讯存翰怡。覆书保留三殿事。翰怡赠《诸葛武侯传》《窦氏联珠集》,商务书馆《续古逸丛书》本。并邀晚至功德林素餐,陪黄檗山万福寺学真大师。

阅报载,十四日午前一时紫禁城内西北角大火,系宫内德日新藏书处起火,三时火熄。计延烧临日新殿、延春阁、静宜轩、广盛楼、中正殿、后佛楼、香云亭等大小房屋一百廿余间。静宜轩为皇室宝物精华所聚。皇上所处养心殿、皇后所处储秀宫均保全。同时,西城太平湖旧醇王府亦起火,计烧银安殿、东西银殿、东银房十八间。

**十六日(6月29日)** 罗子经来谭,钞《注坡词》序傅共事实。《仙溪志》傅共为权子,卷四人物志权传后附共传。共三荐奏名,文词秀拔。有《东坡和陶诗解》。

**十七日(6月30日)** 学真大师来谭,赠吉林参四支、蘑菇、杏仁、果脯。

将宝成存银二千两,又息七十六两二钱零,七一九七五。化洋式千捌百捌拾四元，凑洋一百十六元，共三千元，改存汇丰分行，三月息三厘，印记随盦圆印。

取大生洋五百元。凑一百十六元存汇丰分行，余留家用，大生净存一千四百元。

李木公来书，交阅次岩复讯，变产还债，转致徐文。

覆李拔可书。告大纲开会情形。《六朝志》有正书局印。

致杨云史书。寄苏堪讯，刘建藩乩语，三体石经，兰生事，三殿保存事。

覆吴舜臣书。询马正英编志书免量及赋税科则，送修金四五十元及志书列名。寄刘乩语。

拜李木公，交还次岩复书，并赠《大悲心陀罗尼经》。

拜余寿平，略谭，甚不满意退翁，并属转商伯老在芜借用小轮。

七时，同蒋孟蘋公请学真和尚、叶伯皋、朱古微、章一山、罗子经、刘翰怡。郑苏堪、李拔可、林诒书未到。

**十八日(7月1日)**　岑靖恂来谭，商函汪幼农留办税所。

午刻，赴功德林丁仲祜之约。

拜学真和尚，略谭。拜李伯行，未遇。

贺江汉珊生孙弥月之喜。

至古香斋，同高敦之谭。

至忠厚书庄，取宋元本书样卅六种，每种索洋三元，趸售九十元，董授经物也。议定每种二元，共七十二元。

晚，王叔用约学真和尚功德林素餐，邀往陪坐。

李凤池六时约倚虹楼西餐，忘未赴约。

**十九日(7月2日)**　午刻，潘兰史约同陶拙存、沈醉愚公宴许狷叟，狷叟赠《诗续存》一卷，又属题《柳堂补读图肖像》。八十三岁。

访李审言谭。

拜李伯行、余寿平。

至孟蘋家，晤沈叔瞻谈相，黎、四月凶，十月尤凶。段、张、吴、后年乙丑凶。徐。明年甲子凶。

至紫东忠厚书庄，取《亚谷丛书》甲乙丙丁四卷，为梦崦居士漫笔，序为自序，题云中鲍鈐，索价六元。

潘兰史征君属题《虎邱赏梅图》卷，图为辛酉元月十二日征君偕月子姜夫人泛舟山塘，登虎邱，啜茗冷香阁时，红梅盛开，颇多吟唱，归属黄宾虹作图。并示寿黄仲则。《雅集唱龢诗册》、《翦淞阁同人诗礼》第十三册。

**二十日(7月3日)** 张退盦同鲍星斋来谭。

午刻，余寿平约陪退公素餐。

五时，至大吉轮，答拜退公，适吴寄尘在座，邀陪退公至新卡尔登西餐。

七时，孟蘋约陪董授经，辞之。

至来青阁，购《奉贤县志》，洋一元四角：付讫。《奉贤县志》廿二卷。光绪二年重修，南汇张文虎总纂。

**廿一日(7月4日)** 一时，刘健之宴林诒书于大雅楼，约往陪坐。

以净土庵素筵一席送张退庵。

陈乃乾来。

送韩式权、凤池昆仲素呢幛。

九时，至大吉轮，送退公行。

合肥张晓帆树棻，香伯。以张子务孝存。《随定诗草》二册、《张云帆宗瀚，舒城，原籍合肥。诗稿》乞选《安徽诗征》，为录子务诗四首。

**廿二日(7月5日)** 至余寿老处午宴。

沈醉愚以许狷叟《寓斋诗》见示。

**廿三日(7月6日)** 吊余倪夫人。

午刻，邓百村宴温毅夫肃。于会宾楼，约往作陪。毅夫奉召入值南斋，时过沪也。石伯原(炳诠，番禺)同坐。

覆李从龙书。从龙寄《无量度劫保真圣经》十册，又吕祖《金刚经直解》。今寄赠嘉庆戊辰会稽蜕黯居士采辑历代名家注解，壬戌仲春周紫珊、任伯轩、任卓人石印本。

覆陈倬斋书。倬斋寄汪鲁门序。寄《金刚经注解》。又《无量度劫保真圣经》二本。

覆宋仲刚书。赠《劝戒录》《救荒辑要》各二部。

**廿四日(7月7日)** 倪幼霞来谭。

李振亚来谭。晚,吴蝶卿来谭。

陈乃乾来,出示瞿木夫《官印考证》。

沈慈护假《法华经》七卷,今专人送嘉兴。

朱幼鸿约七时一枝香陪王志襄,达。以病辞。

**廿五日(7月8日)** 刘翰怡约林贻书、陈弢庵太保之公子。晚宴,作陪。

**廿六日(7月9日)** 刘公鲁来,出示大玉玺,金质文字,徐子静旧藏,曾经愙斋审定。

为陈石庐书屏四幅。《曹全碑》。又为单少堂书屏、联,并寄石庐转交。淮海银行徐叔良(绍智)代转。

函潘兰史,赠黄仲则《两当轩集》廿二卷。咸丰八年家刻本,诗十六卷、词三卷、遗文补遗三卷、考异二卷,附录六卷,孙志祖刻本。为题《虎邱赏梅图》卷,元之代作。并缴《诗札》两本,又《碧桃馆词》并赠。

**廿七日(7月10日)** 读朱椒堂《蕉声馆集》,有咏镜诗,录目记之:《以周仲镜赠刘吉甫系之以诗》《题吴云海所藏上元镜》《六朝斩蛟镜歌》。

朱访彝朴,湖南。来,交吴怡生函,托售周冀鼎。铭文六十八字,真。刘惠之云,至少可值千元。

晚,至集成书局,购书五元:《人元脉影归指图说》二卷晋王叔和著,明缪希雍刻。《脉经》十卷同上。附《汪氏痘书》一卷,汪若源著,明天癸甲子刻本,秋实堂藏板。《神农本草经百种录》,徐灵胎解,乾隆元年刻本。《广群辅录》六卷,前二卷晋陶潜,后四卷徐汾著。康熙刻本。《周官辨丧礼或问》。方苞著,乾隆七年顾琮刻本。

**廿八日(7月11日)** 南陵王振汉居上北乡晓岭王村春穀高等小学。来函,告贷,住法界菜市街新大兴旅社廿四号。赠洋四元。

旅沪安徽公学李振亚旌德籍,世居南陵。约六时一品香,以病辞。

收商务印书馆癸亥上半年售书洋壹百〇壹元五角。

**廿九日(7月12日)** 访陈戒庵、张仲照,不遇。

午刻,赴都益处贞元会,李凤池值会。

至招商局,访李伟侯,不遇。又访张仲照谭,出示元刻本至顺年序。《贞观政要集论》,元戈直撰,吴澄序。索价千元。又为寿老托运余倪夫人灵榇至芜事,适局长谢仲笙来取报关单,交寿老,盖徽会馆图章。填写送局。

覆吴怡生书,周冀鼎暂存,设法转商好古而有慈善心怂恿购之。惠翁估价千元,故未易售出。赠《大悲心陀罗尼经》《警世桴鼓》。

为许狷叟题《柳堂补读图》。八十三岁小象。

至余寿老处谭,交招商局报关单。又朱润生托寿老为吴霈生、刘敏斋书屏条各一幅。

至博古斋,取明刻本《龙虎山志》,元元明善辑,明张显庸修。议定价洋十二元。八月初六日付讫。

至蟫隐庐,晤罗子经谭,学真和尚已返山。

晚,赴刘子鹤同兴楼之约。

希瑗来书,为劭老女公子事公函,劭老属为签名,交少堂转致,并附退老来书。

**三十日(7月13日)** 至新昌美术馆,取回宋秀州桐乡县。惠云院梵夹小字本《法华经》。先后付料半纸七十二刀、夹宣十三刀,(初二日)又付十张。

晚,刘慧之来谭,赠新出三体石经拓本二纸。一石两面刻。

至忠厚书庄,付书价一百〇一元五角。商务书馆支票。

## 六月

**朔日(7月14日)** 陈乃乾来,以罗子经藏宋刻本之《元包经传》五卷、《元包数总义》二卷大字本,半叶八行,行十六字,避讳至慎字止,玄作元,恒作常,霆字避顺祖妇名作霆。校家藏明刻本宋本讹字明本悉为改正。毕。宋本子经索价千元。

邓鸣谦讣书至,送呢幛。

覆章希瑗书,公函劭老签名并还退老来函。

昨重宁寺退院玉山和尚来谭,送寿幛等,随赠新印《大悲心陀罗尼经》二册。一册赠寂山。

**初二日(7月15日)** 方玉山五十双寿,邮寄寿联。

至将孟蘋家闲话。

吴舜臣来书,售稻二百四十石,又淑记八十石,每石三元一角五分。初六日汇洋壹千元。内淑记三百元。

**初三日(7月16日)** 陈乃乾来。晚,率崇儿至来青阁。

**初四日(7月17日)** 张玉山来谭。

送梁克刚寿联、寿烛。梁初六日六十寿。

送李伯行幛、烛、爆、面,收款、字。李初六日六十九岁。

张晓帆来,未晤,交来先德诗稿,缴还。

查宗谱,摘钞名字,备编县志。

单少堂来,询同希瑗公致劭吾书已否签字,稿系啬老所拟。

**初五日(7月18日)** 书贾送来书籍、拓本,记其佳者:《援韩野记》七册,扪虱轩纂,为王君景常撰,稿本。始光绪廿年甲午三月晦日,迄廿一年乙未四月廿九日止,有光绪丙申沈维贤序,光绪廿一年王仁俊序,光绪廿二年王韬序,光绪廿二年华亭顾董序,自序。泉拓两册。内有政和通宝、开元通宝、大观通宝三钱镜,南无阿弥陀佛钱,龙门子长方印。

晚,至新世界卡尔登。

陈乃乾来。

**初六日(7月19日)** 祝李伯行、梁克刚寿。

吊余倪夫人。

寿老书件昨交来。

致马正英书。请续补《南陵志》并钞单。

覆盛彝斋书。叶耀卿先生是否县志懿行,叶鸿纶之子。马正英请书已发。赠联。薄海文章。欧永叔中原儒雅斛斯征。修志捐款情形。

覆吴舜臣书。收稻洋壹千元,售出稻三百廿石,内淑记八十石。托买牡丹,赠联。亩捐一分,地方又议永捐,反对,请来沪一避。

覆刘公鲁书。寄道光刻《茉声馆诗集》高三祝序。

覆淮安湖心寺慧之方文书。隶书"觉悟迷途""发菩提心"四字两书衣。

覆翟展成书。收到石井茶一瓶,出泾县东乡。询《大悲经》芜湖定印数目。

致姜文卿书。催写《闺秀词钞续补遗》样。

致罗子经书。寄售《兰皋明词汇选》八本,实十元;又《璜川吴氏经学丛书》四十八本,实四十元。

致陶子麟书。寄《宝祐登科录》明刻一本、粤雅堂本二本,《绍兴同年录》写本一本写样。

**初七日(7月20日)** 致朱润生书。寄余寿老书吴濡生、刘敏斋屏二幅,托重宁寺玉山交。

贺余尧衢七十双寿。

吊周寀臣。

答拜李季重,不晤。

蒯景参昨今两日来,未晤。

收来青阁代售连史正续《随庵丛书》两部价洋廿六元四角。

陈乃乾来,晚同至来青阁、蟫隐庐。

**初八日(7月21日)** 蒯景参来谭。万顷湖田押款转期事。

江幹卿来谭,赠新印《大悲心陀罗尼经》十六册。又回经四部,交洋二元,找回二角。

致丁仲祜书。还石本《法华经》十六册。

陈乃乾来，写东洋纸新印《法华经》书旁号数照宋本影。两部，以一部赠乃乾，并以《大悲心陀罗尼经》分赠乃乾暨王培孙。张无尘来。

函赵叔雍，催题沤波舫书卷。

**初九日(7月22日)** 任心白来谭，赠《劝戒九录》。

李子馨、赵幼南来。陈菊人锺麟，上海人。今日来钞志书。每千字二角五分。

访顾鼎梅，不遇。

至味古精舍、古香斋。

挈崇儿游新世界。

**初十日(7月23日)** 第八女馥十一岁生辰。

覆陈倬斋书。寄还《人身关切书》并汪序。又捐幽冥钟十元。又寄江易园《赞净土书》《看破世界》《救荒辑要》《警世桴鼓》《劝孝文》。

付新昌美术社印《法华经》洋一百元。先后付四百元。

致王一亭书。捐孤儿院洋十元，赠《大悲心陀罗尼经》。

致陶子麟书。寄《玉台新咏》卷十第七十四叶刻样，补末一行。约期瑞阳丸船取书版。快信。

张莼孙廷华，吴兴人。来，交编成《南陵志》大事记、山川志。并交还参考各书。

蒋孟蘋来谭。交《法华经》跋尾，又姚文敷跋。

**十一日(7月24日)** 陈乃乾来，交送张莼孙洋壹百元。

覆单少堂书。函询退公来函，述劭老女公子事一函是否寄还希老。

至来青阁、集成书局。

购《大悲心陀罗尼经》。乾隆刻本，洋一元五角。

付购曹协吉汪六吉。宣纸庄藏经笺、虎皮笺书面纸四百张洋叁拾六元。泾县萧谷芬手。

**十二日(7月25日)** 午刻，赴倪远甫、杨咏秋功德林之约。

致吴舜臣书。查户口。《古今法制表》有全国调查户口总数单，内开嘉庆十七年、道光、同治、光绪廿年、廿八年南陵有无根册,请马正英查案。汤村徐姓分住各村,各属某乡某都某图,请查示。

付陈姓李紫东荐。钞书洋五元。《县志》九千二百〇九字,《诗征》一万四千八百七十二字。

致赵椒圃书。荐赵幼南。椒圃现办芜湖米厘。

答拜张无尘,拜齐俊卿。

购明宣德癸丑福坚金书磁青纸。小字梵夹本经六种,共九十〇半叶。廿五元:前有佛图。《佛顶心观世音菩萨》,《大陀罗尼经》上卷、《佛顶心观世音菩萨療病救产方》中卷、《救难神验经》下卷。(十九叶半,内佛图存一页,末附秘字印)。《佛说全轮顶大威德炽盛光如来陀罗尼经》,十八叶半,首佛图一叶半。《摩利支天经》,附陀罗尼,八叶半,首佛图一叶半。《大佛顶万行首楞严神咒》,廿九叶,首佛图一叶半。《佛说消灾吉祥陀罗尼经》,十叶,内前后佛图四叶,题名半叶。《妙法莲华经观世音谱门品》。十五叶,缺首半叶。

致赵叔雍书。催题沤波舫书卷子。

覆罗子经书。购书请取出随时交来。钞书已有人,随后添人,再请代约。

晚,至来青阁。

十时,绮女由宁回沪。上月廿四日去宁。

**十三日(7月26日)** 马尔熙回宁。

陈乃乾来,影钩《法华经》、尊胜等咒书签。集唐《尊胜陀罗尼经》字。

刘健之来谭,假吴槎客《蜀石经毛诗考异》。

黄寿垣、孔光,广东梅县,在商务印书馆。黄延凯公度之次孙,圣约翰大学。来,未晤。

晚,潘兰史约杏花楼酒叙,李露园、许奏云、徐建侯同席,兰史录示赠涓叟诗。

至来青阁。

**十四日(7月27日)** 晚至来青阁,晤王雪澄、陈乃乾。

**十五日(7月28日)** 刘健之同聂云左联姻,往陪冰人。

至来青阁，杨寿祺赠江建霞《古泉精选》拓本。神州国光社，售洋二元。

**十六日(7月29日)** 至新昌美术馆，交姚、蒋《法华经》跋，又书签。并元刻、明刻《金刚经》两本。次日取回。

致冯涵初征君书。请编《南陵志·晷度表》，并寄小志、《徐州府志》《北极高度表》《舆地经纬度里表》《时宪书》。

王志襄达，泾县，督办皖北。来，未晤。

游大世界，晚西餐。

**十七日(7月30日)** 答拜王志襄、姚文敷、王雷夏，不遇。

至忠厚书庄、古书流通处、新昌美术馆。

覆翟展成书。寄《大悲经》廿本，售九元。又托销《法华经》。

顾鼎梅、陈乃乾来谭。

晚至来青阁，观明拓《礼器碑》。周云峰出价一百四十元。又至集成书局、博古斋、蟫隐庐，同陈乃乾并挈崇、佑两儿。

**十八日(7月31日)** 致陶子麟书。交瑞阳丸取书板。今日板由瑞阳丸带来信，遂不发。

致蒋孟蘋书。南陵丫山等处产丹皮，七八元一石，花系单瓣。宁国产牡丹约五六十元一百本。陶子麟写书样六种。

致李振唐书。交《秋林勘书图》题跋。

丹弟次子周岁，贺之，遂邀往大世界西餐。

**十九日(8月1日)** 拜姚文敷，交还宋梵夹本《妙法莲华经》。

方德斋来谭。

至蒋孟蘋家，略谭。

晚，至都益处贞元会，并预祝朱峻夫生日。

**二十日(8月2日)** 李少穆来答拜，均未晤。

答拜方德斋。扬州刘沂生汇来田房租洋三百元。

晚，程龄孙约酒叙，王志襄、陶星如、姚文敷同席。龄孙商调停同乡意见解决，全皖会馆周孝怀授静尘法。

吴舜臣覆书，查工山坊、大工山、杨毛竹园、王家冲、荣廷家。汤村，均系上北乡十都一图。徐一鸣系上北乡三都。又查燕窝、石塘(即石荡)、亭子、徐家冲、大家、鳌官屋、范家桥(疑万安桥)、回龙墩，均十都一图。

马正音覆书，志馆事因馆派朱棹商询，以名利二字致生意见。今接书，当照单逐条详陈。惟卷宗辛亥后缴存县署东花厅楼上，翻乱散失在所不免，溽暑调取为艰，钞胥临时雇倩，相当人员尚难其选，钞资请毋介意云云。

**廿一日(8月3日)** 李少穆来谭。新昌又取元刻《金刚经》。

致杨云史书。询赴洛日期。

覆丁仲祜书。请《廿八经同函》《净土津梁》，送洋五十元。

游邑庙内园。

**廿二日(8月4日)** 陈乃乾来。重校《玉台新咏》新刻毕。

晚，游大世界。

**廿三日(8月5日)** 陈西甫来潭。

晚，游大世界。

至来青阁，购《寿州志》，洋四元。

**廿四日(8月6日)** 访刘慧之，将吴怡生所售冀鼎交其转送席少卿代售，并赠镜铭拓本十二片。

致刘公鲁书，赠冀鼎、介壶两拓本。

陈乃乾来，赠冀鼎、介壶两拓本。

沈骏声来。

答拜陈西甫谭。又访方德斋，已回南陵。

至来青阁、集成书局。

**廿五日(8月7日)** 晚至天蟾舞台，观《归元镜》剧。

**廿六日(8月8日)** 李次山之尊人崧生名材。七十寿，崧生，英山人。送红绉幛。征文启叙李次山事甚详。

**廿七日(8月9日)** 为周宷丞作象赞。为黄光益书扇。昨舜臣书来，售稻二百石。每石三元一角五分。

至邑庙内园，并至新胜街佛座镀金。

晚，至荣德均拔牙。

**廿八日(8月10日)** 罗子经来函，送来书十五种，退回二种：八月十三日价付讫。《寿州志》《璚笙馆词》。《徽州府志》十八卷，赵吉士纂修，康熙卅八年刻本，洋廿元。《怀旧集》前集十二卷、续六卷，又续二卷、《女士诗录》一卷。《印须集》，前集八卷、续六卷，又续六卷、《女士诗录》一卷。长洲吴翌凤辑，《印须》缺又续卷一至卷四，嘉庆刻本，洋廿八元。七月五日退还。《粤西诗载》廿四卷《词》一卷，汪森编辑，洋四元。《双仙小志》，谢祖芳悼亡女静华、静薇，光绪戊戌刻本，洋三角五分。《寄庐词存》二卷，江都钱国珍，咸丰庚申刻本，洋二元四角，元和金文梁手校。《天香阁词》，环峰金式如，洋五角。《种玉堂词汇》，常熟张尔旦，洋三角。《吴天残唱》，汤湖吴蔚元，光绪戊戌刻本，洋三角。《莲漪词》，歙郑由熙，二卷，光绪乙丑刻本，洋五角。《蕉心词》，阳湖周腾虎，洋二角。《长溪草堂词钞》，宜兴潘允喆，洋二角。《清芬馆词草》，嘉兴朱光炽，光绪十五年刻本，洋二角。《守梅仙馆词钞》。桐乡程莲，洋三角。

至蟫隐庐，又取书三种：八月十三日价付讫。《圆津禅院小志》六卷，王昶，院在青浦县，洋二元。《罗浮山志会编》廿卷，长洲宋广业，康熙丙申刻本，洋四元五角。《九烟先生遗集》六卷。黄星，道光己酉湘潭七世族孙周诒朴刻本。先生本姓周，育于黄氏。洋二元四角。

至忠厚书庄，取书一种，价洋一元：《松翠小菟裘文集》四卷。婺源王佩兰，嘉庆刻本。

陈乃乾来。留存够曹协吉宣纸五刀，洋十五元。

至古书流通处，观沅叔存宋元本书叶一百片。

拜刘子鹤，不遇。

罗叔言寄来东方学会简章，并列为发起人。研究东方三千年之文化，而约以哲学、历史、文艺、美术四纲。先于北京、天津设总会。经费分两期募集，第一期先募一百万元。

**廿九日(8月11日)** 刘健之来谭，约为任五先生襄题。

沈骏声来。

校新刻《徐公文集》，札记补遗毕。

蒋春槐。九月廿二日来。每千页五角，宣纸。蓝印《玉台新咏》料半、罗文各廿部；又墨印净皮卅部；夹宣一部；美浓二部；六吉棉连一百廿部；料半五十部；官册五部；旧纸一部。九月廿二日付一元，十月初八日付一元，廿一日付一元，卅日付八元〇二角九分三厘，存一元作扎蓝帚。十月卅日止，共刷靛墨二百十九部，九三，加书面，九四页，计二万〇五百八十六张，统计十元〇二角九分三厘。十一月十四日先付八元，找付二元，两讫。共印二百四十九部，每部连书面共九十四页。同日付来青阁荐印书人烟煤五元。

癸亥七月廿五日，收新印《法华经》壹百部。又夹板廿八付，又木合十，另夹宣十部。

廿六日，付吴舜尘廿部。又夹板廿付。付江幹卿四部。廿七日收九元八角。付刘健之一部。

廿八日，送丁仲祜、罗子经、陈立炎，共三部。有夹板。送李紫东一部。

三十日，寄赠瞿良士一部。有夹板。

八月三日，送杨寿祺一部。

五日，送淮安湖心寺慧之方丈范文。一部。

七日，付恽季申十部。收洋廿四元三角。

九日，送余寿平、朱峻夫共二部。

十三日，送吴联笙一部。有夹板。

十六日，送张石铭 部。

廿日，寄送李从龙一部。

九月二日，赠狄楚青一部。

六日，赠冯蒿老、刘公鲁各一部。

八日，赠印光法师一部。有合，另《大悲陀罗尼经》。

十月廿一日，赠傅沅叔一部。

十一月十四日，赠吴蝶卿一部。有合，另《大悲陀罗尼经》。

十二月初四日，赠李木公一部。有合。

初九日，大女一部。有合。

## 七月

**朔(8月12日)** 陈乃乾来。

**初二日(8月13日)** 李寅恭、王迪成来谭。

同陈乃乾商订《南陵志》大事记。

新昌美术馆沈骏声来，交阅珂罗版印《法华经》工价单：

一印宣纸四百部；计一百五十八叶，合洋六百卅二元，又制版费卅元，又锌版签二条二元二角，签印工四元，共六百六十八元二角，每叶一分。初六日付讫。外曹信义料半加加重卅四刀，百〇五元四角，又加重卅七刀，百十一元，又车力一元，又料举二元，又夹宣廿张一元一角，共二百廿元〇五角。

一印夹宣廿部、东洋纸两部。每叶一分，计一百五十八页，合洋卅四元七角六分，初六日付讫。外夹宣三百卅五张，合十三刀〇十张，每百五元四角，共十六元七角四分。又附嵌叶卅二张，一元七角二分，又东洋纸约三元，又藏经纸面十六张，洋一元五角四分，又订工(八分每部)一元七角六分，共五十六元五角二分八厘。

晚至集成书局，购原刻《书目答问·辅轩语》，洋一元五角。

赵叔雍题《沤波舫书》卷一词。

**初三日(8月14日)** 覆冯涵初征君书，征君撰《晷度表》，须检邻县分界确数，故寄《安徽舆图表说》。并附还所撰《晷度表》覆核。

答拜王迪成，赠《随庵丛书》正续编、《徐公文集》，均赛连印本。并约午刻一枝香西餐。

闻云史来，往谭，赠洛阳新出《魏三体石经》三段。石两面刻，共六纸。同访郑太夷、刘翰怡谭。

陈乃乾来，未晤。

取大生来往折洋五百元。积净存一百元，定君存八百元。

罗子经来书，送书七种，当覆书：八月十三日价付讫。《金陵图考》，明陈沂，天启甲子朱之藩刻本，五元。《江东白苎》二卷，明梁辰鱼，明刻本，五元四角（初五日退还）。《金丹正理大全周易参同契通真义》三卷，彭晓注，明本，六元。初五日退还。《听奕轩词》三卷，歙方成峼，乾隆刻本，一元二角。《研柭斋文集》二卷《笔记》一卷，赵希璜，家刻本，二元。《平津馆文稿》二卷，孙星衍，岱南阁本，一元六角。《唐石经校文》七卷。严可均，归安吴云印本，四元。退还。

覆陶子麟书。收到《玉台新咏》板片，寄《徐公文集补遗》第二叶刻样，商重刻。又寄珂罗板《法华经》，商重刻。

覆吴舜臣书。修志捐款不过问．张振鳞母讣，酌送四、六元。牡丹再询实价。

**初四日(8月15日)** 云史来，同至朱古微侍郎处谭，云史请题《江山万里楼词稿》并书衣。又访王聘三侍郎，不值。

晚，同云史至大世界。

郑太夷来，答拜云史。

沈骏声、陈乃乾来。沈送《金刚经》样，原书未还。

**初五日(8月16日)** 罗子经书来，附书随答覆并退书：八月十三日付讫。明本《太上感应编经传》，明正统刻本，洋八元。《东莱集注古文观澜甲乙丙集》七十卷，光绪甲申方功惠仿宋本，洋八元。退还。《禅林僧宝传·林间录·智证传》，明刻本，洋廿四元。《悉昙字记》。日本刻本，洋一元。退还。

王聘三来，答拜云史。

云史同大妹来晚膳。

**初六日(8月17日)** 致姜文卿书。寄《闺秀词》写样。

沈骏声来，付洋三百〇三元。《法华经》印工先后共付七百〇三元余四分，全清讫。

朱古微来谭。

昨晚，周必祥送来初印《曝书亭集》二册，目录至卷七。首有许滇翁跋，并批廿一卷内《白杜鹃花应东宫教》、廿三卷内《东宫再建喜而有作》等诗俱存,自是康熙年刷印之本。又题曰:咸丰元年辛亥春戚小蓉观察持赠,越岁壬子正月四日,坐堪喜斋题记。滇翁时年六十六。有结一庐藏书朱文方印。现归仁和王氏。拟为张仲照购之,先付洋十元。初七日续交八册,初八日又交二册,共十二册全。

陈乃乾来。

晚约朱古微、顾鼎梅、邓百村、杨云史、赵叔雍、陈乃乾一枝香西酌,郑太夷、刘翰怡未至。

至蟫隐庐,购书一种,同子经闲话:八月十三日付讫。《类编草堂诗余》四卷。翰林院荆川唐顺之解注,钟台田一隽精选,明万历甲申书林张东川刻本,洋十六元。

赵叔雍交阅明词目托访,今缴还,并以南洋中学图书馆目付阅。目中叶小鸾词未收。

**初七日(8月18日)** 午刻,李伯行约酒叙,酬祝寿宾客也。

付夏装订书人订《法华经》洋二十元。

六时,至荣德均处镶牙。

康更生同年来,未晤。

朱古微致云史书,缴还《江山万里楼词稿》,缓作序言,先题书签。

**初八日(8月19日)** 至荣德均处镶牙。

吴舜臣由南陵来。

二时,至水泥公司厂中参观并摄影。

周必祥来,将《曝书亭集》交全,共十二册,索价一百元,还价四十元。

苏州图书馆函索刻书。主任彭清鹏、汪国庠。

兴和族祖寄来族居单,为全录之,俾子孙知之:

查南陵上北乡,十都一图,大工山东,汤村徐大家宅,系徐胜一公始迁。《家谱》:公由歙县路口见南陵工峰山清水秀,遂卜居于此。公卒,葬上宅。青山样氏卒,葬老屋基大家土地。样公生三子:曰奇一,曰奇二,曰奇三。宅南龙泉桥头,有徐氏始祖母汤太君墓,兼徐海三公嫡嗣之墓。一房分宅回龙墩、鳌官屋、牛屋冲、玑官冲，二房分宅亭子、王家冲、徐家冲、万安桥、石荡、燕窝、朗公潭、石荡，建有徐氏宗祠先伯父出资重建。及闺阁祠，三房分宅毛竹园，故居详明。西乡五都一图，上宅冲、粉店，即上宅冲。原系祖宅，兼有老祠，本邑出宅本乡。三都官塘冲及麻桥。西乡五都一图，塌里徐。十三四都二图，六亩田。又铜陵北乡，白三耆、官仗圩、即淳丰圩。哀家上地、横埂头、丁家洲。又繁昌西乡孙村镇、东菱角塘，又荻港、破墺口、石龙桥。

本日，徽宁同乡在会馆开弭兵大会，推举委员南陵二人，王振汉亦预选。

**初九日(8月20日)** 午刻，为任毓华襄题，林诒书为题主官。

张仲照来谭。

覆丁仲祜书，假《说文群经正字》、邵煐。《说文引经异字》、歙吴云蒸。《说文字通》高翀麟。三种，计十五册，当函交。

康更生同年约天游堂酒叙，坐有余尧衢、李季皋、杨云史、章一山。

吕皋俞来，商皖人举代表附入江浙弭兵会。

**初十日(8月21日)** 至复兴园，补祝李崧生次山尊人。七十寿。

至鲍丞良处，约王君推拿。因宁兴矿务新股访许秋帆谈，遂回丞良家午饭。

至刘健之家、子丹弟处谭。

至西泠印社，购书五种，码洋九元六角，八折。实洋七元六角八分：过付来往折。《扬升庵长短句》四卷《杨夫人词余》五卷，明刻本，码四元八角。《同岑诗选》十二卷，青浦王述庵、古杭顾涑园同选，嘉庆刻本，码一元。《李跃门百蝶图》，南海李国龙，附《六友堂诗钞》，道光刻本，码二元。《桂留山房诗集》十二卷《词集》一卷，宝山沈学渊，道光刻本，码六角。《射谱》五卷。顾煜，光绪戊子玉峰杨朝梁重刻明崇祯本，码一元二角。

晚，至荣德均镶牙。

**十一日(8月22日)** 周必祥来，议定《曝书亭集》价洋五十五元,除前已付洋十元,找洋四十五元。当将书函送仲照,得覆,价洋缴还,并询开送刘德名条。

陈乃乾来。

晚,同舜臣至丹桂第一台观剧。

**十二日(8月23日)** 黄吉园来,旋答拜。

将孝弟事实各公牍函送丹弟,转寄三弟夫人扬州。

云史今日返洛阳。

同刘健之五时赴季皋西餐之约,坐有康更生,季皋谭辛亥国变,更生谭戊戌政变各情形。

陈乃乾来。

**十三日(8月24日)** 至王君处推拿。

访江幹卿昆仲,不晤。

至丁仲祜处,取《佛学大辞典》两部并木箱。每部八元,每箱八角。

还古书流通处《牌统孚玉》四卷、钟离栖筠子著,海阳胡正言较。《列女传》八卷。阮氏刻本。

购汉溪《书法通解》八卷,戈守智,乾隆陆声钟编次本。价二元。

送周宋丞华丝葛素幛、烛。

送任毓华黄呢幛。

送贺荣之太夫人八十寿红呢幛。

至荣德均镶牙。

送周湘云之弟夫人东绸素幛。

**十四日(8月25日)** 舜臣划交稻洋壹千元。

午后,同舜臣游半淞园,适普益习艺所开书画展览会,遂顺道往观。

至荣德均镶牙。

张退老以内子淑畹六十生辰,送绣寿星麻姑缎幛、寿联、拥百城而居读画论书夫妇偕老,正双星在户耀河炳汉福寿承天。彩烛、四元。寿面、四元。绍酒、两坛。寿桃、两元。寿糕、两元。绣画,两幅。先收联、幛,后复坚请全收,只好留存。给茶力十四元。

汪铭恩、束曰琯、龚培基、鲍承培送红花缎幛、烛。又江导岷、韩尚智、马文炳亦送红花缎幛、烛,均留存。每分给茶力一元二角。

章希老邮寄红华丝葛寿幛。

**十五日(8月26日)** 致罗叔言书,请题《玉台新咏》书衣,并赠镜铭廿种。内凤皇纪元竟十种。

李少穆来。

晚,同舜臣游新世界。

晚七时至八时月食。

**十六日(8月27日)** 吊任毓华。

祝贺太夫人八十寿。

岑靖恂来谭,已卸吴淞税务所差。八月一号。

拜袁述之、鲍子丹、钱新之、盛竹书,并为吴元松托竹书、新之转荐芜湖交通行张麟书。

鲍承良为淑畹珍方。

鲍子丹约七时会宾楼同述之晚膳。

至荣德均镶牙。

致陶子麟书。告《徐集补遗》第二叶尚有讹误,不重刻。

**十七日(8月28日)** 报载教育部次长陈宝泉拟向日本借款五十万,以《四库全书》作抵押品。

吴寄尘送绣桃全幅,收,另织屏四幅,璧。

吴缶庐画无量寿佛相,托东迈交来。

覆姜文卿书。《词钞补遗》写样覆校毕,寄还。

《法华经》印订成一百部,先送蒋孟蘋。廿六日交来价二百六十二元八角讫。

陈乃乾赠新印唐宋妇人集两部。以一部付崇儿。

**十八日(8月29日)** 陈西甫、沈慈护来谭。

宋德宜滋修。来,旋答拜晤谭。

答拜李少穆。

视刘葱石疾。

晚，同舜臣挈华卿、崇儿至维多利亚影戏园，观《三文钱》剧。

**十九日(8月30日)** 答拜陈西甫、沈慈护。

午刻，都益处贞元会，补祝恽季申、瑾叔昆仲生日。

晚，吴舜臣回南陵。大女挈家源外孙由肥来。

**二十日(8月31日)** 二时，任子木约观毓华藏烟及书画、磁器、烟壶，估值。

展成属裕中沪事物所交来《大悲心经》廿本，价玖元，祇收。又代购《泾县志》十二元，缴还。

**二十一日(9月1日)** 劳吉六、秦贤炳、马梅生夫妇、邹树镦、马兰生夫人先后来。

晚，各亲友为淑畹预祝生日。

**二十二日(9月2日)** 淑畹六十生辰，各戚友来贺。

**二十三日(9月3日)** 宋仲刚、劳吉六、吴华卿、邹健吾回南通。

答谢吴寄尘、柳芝庭、杨瑞生、鲍星斋、鲍子丹、张幹卿、鲍承良、沈果成、时复。宋仲刚、李子馨、张作三、束勖俨、邹健吾、劳吉六。

七时，宴吴寄尘、柳芝庭、杨瑞生、鲍子丹、鲍承良、宋仲刚、李子馨、张作三、束勖俨、蒋雅初、许梦麟于一枝香，主宾十二人，共用洋廿四元。约而未至者邱渭卿、蒋孟蘋、张幹卿、鲍星斋、邹健吾、劳吉六。

张菊生来函，为瞿良士属转送新印书《宋元书影》、元刻《中原音韵》两书。

**廿四日(9月4日)** 娴女第十女。三岁生辰。

覆罗子经书，付《璜川吴氏经学丛书》首二本，又退回《吴骚合编》、只三卷。《霜哺遗音》，留抱一子、上阳子《参同契》。价一元四角，八月十三日付讫。

覆张退庵书。谢送寿礼。

覆展成书。收到《大悲心经》价洋九元，退回《泾县志》十二元。

覆张菊生书。收到瞿良士赠《宋元书影》《中原音韵》。

吊周寀丞。

**廿五日(9月5日)** 李振亚来，交安徽旅沪公学章程。

余寿老来，答拜，均未晤。晚，赴大雅楼酒叙之约。

答拜刘翰怡，谭张绍先十月七十寿，拟制屏公祝。

谢蒋孟蘋、刘谦甫来祝寿。

以新做成《法华经》夹板壹百付送蒋孟蘋，七十二付送姚文敷，并帐单：

姚文敷、徐冠南印《法华经》五百圆。纸、印工二百廿二元一角七五一，订工廿元另五角〇七厘，壹百部，共二百部，加夹板七十二付，合洋五百元。

蒋孟蘋印《法华经》壹百部。订工二百廿二元一角七分五，订工廿元〇五角〇七厘，夹板一百付洋廿元。

马正英来书，钞来南陵杂税单，并祝淑畹寿。

仁济堂来书，七月廿九日下午二时，济生会发起各善团追悼美哈定总统大会，知照届时莅临。拟作书辞之。廿六日函辞。

至蟫隐庐，取重刻《四家录》：隆庆三年刻本，洋廿四元，八月十三日价付讫。《林泉老人虚堂听习录》三卷，慧泉编。《碧岩录》十卷，《青州百问通玄百问》各一百卷，辩和尚问，觉和尚答，林泉老人颂。《林泉老人空谷传声集》三卷。义聪。

李木公来书，交阅新刻《妇人良方补遗大全》廿四卷。半页十二行，行廿二字，见《读书从录》。宋刻本，嘉熙元年八月良日建康府明道书院医□[1]临川陈自明良父编集。

**廿六日(9月6日)** 答谢吴蝶卿、江汉珊。

交汉珊代购《佛学大辞典》，八元，又木箱八角。又附印《法华经》四部。九元八角。

至蟫隐庐，为汉珊商让《柳河东集》，十六元二角，箱七角。并将书

---

① 原文如此。

取回。

以新印《法华经》廿部又夹板廿付。送吴寄尘。

又以新印《法华经》一部送刘健之。

蒋孟蘋来书，交来《法华经》印价并夹板洋二百六十二元八角。

吊周冢臣。

覆冯涵初征君书，谢赠寿联，并以撰《南陵晷度表》馈洋四十元。《晷度表》十九日覆核稿寄到，前赠程敬十元。

覆冯光久书。谢撰寿诗并丝绣寿字缎轴。

覆习位思书。谢撰寿诗并赠联语，又为邹健吾绍介。

覆章希瑗书。谢赠华丝葛红幛。

覆陈清源书。谢赠缎幛，并为袁栋材说项。

覆陆仲英书。谢赠缎幛。

覆尹润生书。谢赠幛洋六元。

**廿七日(9月7日)** 函贺张退庵八月初三日文孙仁甫吉席之喜，并送顾绣和合轴、湘绣屏四幅，花雕四坛，金华四肘。

送龚伯厚喜敬四元。

函鲍心斋，托代送张、龚礼分。

覆江汉珊书，又付《佛学大辞典》《柳河东集》收到各书价洋四十四元三角。《佛学大辞典》两部、十七元六角，《柳集》十六元九角，《法华经》四部、九元八角。

覆李木公书，缴还《妇人良方》。

李振亚来谭，交徽宁同乡会费弍拾元并捐册等六本。吕皋俞处有两本。

答谢刘葱石、吕皋俞，顺访陈戒庵。

访李木公，略谭。

为来青阁补印《闺秀词》九、十两集并《词钞》。

晚，同淑畹挈崇儿观丹桂第一台剧。

**廿八日(9月8日)** 函丁仲祜，缴前取《佛学大辞典》两部价十七元六角，又赠《法华经》四本。

函罗子经，缴代购《柳河东集》十六元九角，又赠《法华经》四本。

函赠陈立炎《法华经》四本。

赠李紫东《法华经》四本，紫东复赠宋福唐本《前汉传》十卷弟二十叶。半页十行，行二十字。

张和声、陈光谱来，不晤。

晚，刘健之来谭。

**廿九日(9月9日)** 答谢吕宋廷。

函谢扬州汪书屏、汪易三昆仲。

函谢十二圩陈倬斋、陈式如、陆芷舲、杨海门、鼎侯。唐垣、屏翰。章文镛、润生。贾祥霖，公航。寄秦贤炳子俊。转交。

函谢南通徐陶庵、秦亮夫、张范廉、田献臣、宗渭川、蒋蝦堂、龚涤亚、束劭直、江知源、韩凤池、马肤武、龚伯厚、汪叔丹，寄吴荣辉转送。

函谢吴舜臣来贺，寄还马正英信。马托送寿礼，务在廿元。又买急救时行痧疫神应酒，三元，长翅二斤，西洋参一两，兜安氏膏券一张。又买高丽参一元(约八九钱)，龙眼白屑(大破碎)，三元。又尹润生一信，附覆马正英信转交。

函覆马正英，收到南陵杂税单，内烟酒税新志稿云光绪卅年以筹办练兵经费征税，今单云光绪廿四年奉文起征，请覆核，并请地丁户口各项查案录示。又谢祝寿。正英托舜臣送礼，今逾期，告舜臣勿代送。

杨云史由洛来电，云兰事详函拙稿，望邮寄常熟，至盼圻俭云云。随快函复，以大稿专人送常，以昭郑重，并谢兰生说项及生日送礼，并致大妹书，同意附送礼四色。又告来人川资已给，勿再付。准明日派林福至常。

答拜张和声、陈光谱。

**三十日(9月10日)** 函谢瞿良士赠新印《宋元本书影》、元本《中原音韵》，并寄赠珂罗版《法华经》一函。

晚，约张和声、陈耀远、光谱。李振亚、陈乃乾一枝香西餐，吕皋俞未到，用洋五元九角五分。和声住安庆杨家塘昭忠祠，八月十三日来函致谢，并为谢泽园、范乐山致念。

陈乃乾来。

## 八月

**朔(9月11日)** 吴缶庐八十生日，午后往祝，并以华丝葛幛、烛、耄耋图、料壶、明煨磁透油印合为寿。

周扶九初三日九十阴寿，送十元翅席票、烛。

刘健之来，约至任子木家，购任毓华牙花烟一瓶，约烟八两。价壹百元。覆罗叔言弭兵书。

**初二日(9月12日)** 陈石庐、徐叔良来谭，旋答拜，并晤杨瑞生。

拜张啬庵、张孝若、陈保初、程龄孙，均未晤。

盛竹书函告，李老耆卿覆书，吴元松芜行学业俟年底设法安插。

至古香斋，取碑帖、书札：除退外约洋十三元，八月十一日付洋十元。徐坛长用锡。行书立幅，退回。江郑堂、二通。姚秋农、一通。臧镛堂、一通。秦敦夫、一通。李尚之、一通。汪孟慈一通。致焦里堂书札，退回。梁释慧影造象，梁中大同元年杨铎藏本，三元。汉刘曜残碑，二角。汉王稚子左阙，一角。魏杨大眼造象，稍旧拓本，五角。唐高丽国须弥山广照寺碑，清泰四年，二元。高丽圣德大王神钟铭，阳文，无年月，一元。唐颍州开元寺钟铭，阴文，长兴三祀，八角。《佛说摩利支天经阴符经》，三截刻，李奉珪画象，袁正己正书，唐乾德六年，陕西长安(缪目)，一元。宋皇子节度使魏王诏书，宋乾道七年，二角。宋李滋篆书联句，淳熙乙巳十二年，二角。宋胡师文等游焦山题名，崇宁元年，丹徒焦山，一角。唐弘觉禅师碑铭，残碑，缺年月，当在高丽，五角。唐延庆化城寺裴相公诗，长兴四年，一角。唐孟再荣题记，元和三年即造象铭，陕西长安(缪目)，二角。杜少陵象，康熙皖相王邦镜题，四角。唐特赐寺庄山林地土四至记，长庆三年(缪目)，二角。后晋李彦宾石香炉记，天福八年九月，二角。北宋二体石经,存《中庸》一段,石莲闇吴氏拓本,三角。大唐济南郡□[1]公志铭盖,正书,二角。宋米芾书且看山三大字,行书,无年月,一角。在广西。大宝广博楼阁善住秘密陀罗尼,二角,张丙炎为亡女淑仪书石幢。薛稷书七启帖,五角。张樗寮书《金刚经》帖,四角。郑板桥书城隍庙碑,二角。伊墨卿书虞仲翔祠碑,一角。包世臣书《阴骘文》,二角。包世臣书梅蕴生传。

**初三日(9月13日)** 至周扶九家行礼。晚,赴倚虹楼西餐。

函刘健之并牙花烟价一百元,又任子木函请转交。

昨张退公退回喜礼。和合绣屏。今覆书,仍交星斋寄呈。

致鲍星斋书,附退公书并礼二色,又伯厚喜分四元,请仍寄通。八月十一日均复,退回。

覆姜文卿书,寄词样四卷校毕,速改正上板。

覆吴舜臣书,寄盛竹书函。徐氏宗祠总名在汤村,实在石荡老祠,在西乡五都一图(五都一图当属西乡)粉店(即上宅冲),今存祠基。廿六日收到淑畹稻价一百五十元,又还借款五十元。

至来青阁,晤杨寿祺,赠《法华经》。又晤北京观音寺青云阁内富晋书社王富晋。浩廷,直隶冀县人。

**初四日(9月14日)** 为淮安湖心寺书护法殿扁等。又为广生油厂施进之书联及半舫扁。

晚,周梦坡约至晨风庐酒叙,坐有吴联笙。住庆安坊三号。

购荷兰花妹牌平头烟七箱,每箱二元六角。共十八元二角。又先施公司荷兰五十支烟一箱,一元六角五分。

购先施公司华丝葛长衫料,每尺一元一角。共一丈四尺。又备送素幛四丈。每尺六角五分。

徽宁同乡会明日选举,投余鲁卿、汪汉溪、汪禹丞、胡佩如、曹志功、朱砚涛、江汉珊、陈少舟、李振亚、吕篙渔十人票。程龄孙、汪幼农、

---

① 原文如此。

余縠民、路文彬、郑介诚、许伯龙不及选举。

北京世界宗教大同会发行火劫普通人救济法单，近官厅出示禁止。

**初五日(9月15日)** 覆淮安湖心寺慧之方丈范文。书，赠《法华经》《大悲心陀罗尼经》，并为书护法殿扁及小额。

晚，游永安花园。

中国协济日灾义振会会长朱佩珍、盛炳纪、王震函请担任为董事。

**初六日(9月16日)** 午后二时，大生一、二、三厂董事联合会。

结西泠印社书账，付书洋七元六角八分，付洋八元八角四分。

至博古斋，还《龙虎山志》价洋十二元，又取书两种：《郑司农年谱》，孙星衍，小琅環仙馆阮氏刻本，洋二元，九月廿五日付讫。《葬书》。南汇朱毓厚集注，乾隆五十六年刻本，洋一元，九月廿五日付讫。

至古香斋，取姚仲海为汪研山临水拓《瘗鹤铭》屏。洋五元，十一日付洋四元。

昨江幹卿来谭，未晤。

余寿老云，段芝泉有电，托其募日灾捐，属为劝募。

覆陶子麟书。寄新重刻《徐集补遗》第二叶修改，又寄前刻弟三、四、五共三叶重改样再刻，并催前寄《登科录》《绍兴同年录》速写样。《法华经》刻样收到，俟募有捐款，再行商办。

覆陈西甫书。残本《一切经音义》已售丁仲祜。

**初七日(9月17日)** 函恽季申，送《法华经》拾部，收回工料洋廿四元三角。

函丁仲祜，借御书《大悲心陀罗尼经》，并还自购《佛学大辞典》价八元八角。

收扫叶山房书价十二元，千顷堂十元。

张孝若来，辞赴欧洲考察实业。午刻二时，至江干送别。

至中华书局，为杨云史取回诗匣插片、小照壹袋。

寄赠马兰生宣纸印《徐公文集》。

**初八日(9月18日)** 张啬老来,未晤。

访姚文敷。文敷询庐顺兴木匠住处及《法华经》夹版价。

访余寿平,交日灾捐款壹百元,属转送刘慧之收。归来,接来函并捐册,又属向周、程两家募捐。

函周巘卿及紫珊、芝田、渭滨,附寿老函并捐册,劝募日灾捐。复书捐洋壹百元。

访郑太夷,谭入京情形。

函罗经之,附送捐助学真和尚募建黄檗山万福禅寺洋四十元。初十日题名缘簿,十一日送还。

覆杨云史书。中华书局照片、书箱已取到。函询大妹有无便人来取。

覆杨氏大妹书。询取回照片书箱,常熟有无便人来取。

覆任心白书。放生池、慈幼院列名,《劝戒九录》集五百元,即开印。

函刘慧之,送捐洋二百元,自捐及周捐各一百元。又捐册一本。

函余寿平,附周、刘两覆函。

**初九日(9月19日)** 午刻,都益处贞元会,并祝陶拙存生辰。初四日生日。

恽季申赠《诗源辨体》卅六卷《后集纂要》二卷《许伯清遗诗》一卷《辑补》一卷。明崇祯五年江阴许学夷著,壬戌季申以活字本印行三百部,价六百元。

送朱峻夫、余寿平《法华经》各一部。

函陈乃乾,贺生女,并送分洋十元。又新印夹宣《法华经》十部,并剩余单宣一刀余,连史数张印费氏刻书《松雪集》剩纸。附还。

覆吴舜臣书。稻价现三元二角外,可售数百石,如涨三元三四角,即售一千余石。济生丹五元交邮寄上。

购钱昌美《颍州府志》十卷,乾隆十七年知府王敛福修。价洋五元。

**初十日(9月20日)** 收大生来往活息共六十六元七角,内淑记、绮记各二元九角,又慧记卅元〇八角。又佑记大丰息一百廿元。

付大生来往折壹百元。拨家用,净存八百元,全慧君存。

函慰陈伯严,并寄华丝葛幛。交蒯景参转送。

函谢宋仲刚,告所书联、扁已寄。

覆冯涵初书。赠四十元,勿寄还。

致顾鼎梅书。索颜碑及三体石经等,并还碑价三元九角。

鼎梅函送《非儒非侠斋文集》并代购碑,洋三元九角:魏元道墓志,永安二年,洛阳,三角。魏王文爱墓记,熙平元年,两种,砖志,四角。唐泉男生墓志铭,调露元年,欧阳通书,佳。河阴、洛阳,一元二角。唐夔州都督府长史颜勤礼碑,曾孙颜真卿撰书,宋伯鲁跋,铭阙,西安,一元。晋荀岳墓志。元康五年,一元。

致刘葱石书,为陈君乃乾索校象甫先集之资。

覆陈乃乾书,乃乾璧昨送分洋十元。并以种种困难将女寄育于人,作书慰之。

**十一日(9月21日)** 余寿老来谭。

送洪希甫华丝葛素幛并烛。

周梦坡函交徐贯恂《梅花山馆读书图》卷。

付古香斋碑帖十元,又姚仲海临鹤铭屏四元。

付九华堂廿五元。

还蟫隐庐交来万福寺捐册,又取书一种:《声韵考》四卷戴震。《释拜》一卷。段玉裁,张敦仁刻本,三元。十三日退还。

至子丹弟暨游筱溪处闲话。

**十二日(9月22日)** 昨,姜文卿之子交来《闺秀词钞补遗》续四卷写样覆校毕。今还其带宁发刻,并先付洋叁拾元。每千字三元。

收镇江大照电气公司夫马费捌拾两。存淮海银行折。

函游筱溪,交孙枝居节钱维城画三幅,售实洋弍仟壹佰元:十三日收回。

明孙叔达枝。山水轴;乙亥仲春孙枝写。有孙枝朱文、叔达父朱文二方印,又有马仲安朱文、南楼珍藏神物朱文长方印,新建裘氏珍藏白文、𦱿芹白文二方印,又乾隆御览之宝椭圆朱文印,石渠宝笈朱文、三希堂精鉴玺朱文长方印,乾隆鉴赏白文圆印,宜子孙白文方印。丁亥初夏御题。下有会心不远、德充符朱文二方印。高人无一事,箕据坐匿曮。瀑水云外滋,流泉石下披。情真契道笺,声可叶清丝。童子抱琴至,恐防欲谱之。

钱文恭维城,稼轩。《寒窗对话》轴;臣钱维城恭画。下有臣钱维城白文、笔池春雨朱文二方印。甲戌春日御题。下有乾隆宝翰白文、得象外言朱文二方印。万玉声敲飒沓风,茅堂对坐地炉红。高谈不涉人间世,疏仡无怀商榷中。

明居士贞节。《松壑高闲》轴。详《梦园书画录》。

中国协济日灾义振会来函,阳历九月十八日,即阴八月初八日。前推本会董事,九月十七日,八月初七日。复公推为办事董事。

刘葱石复函,送陈乃乾廿元,并请理碑目人。

约陈乃乾来谭,交刘葱石赠洋廿元。

晚,吴联笙约至孙履安家法界巨籁达路三百十四号。酒叙,坐有沈季宣、徐国梁、辅洲。周梦坡、江汉珊诸君。

访江幹卿、江汉珊谭。

吴联笙来谭。

**十三日(9月23日)** 答拜吴联笙,不晤,赠宣纸印末次。《徐公文集》、有匣。珂罗版《法华经》。有夹版。

罗子经来书,赠《黄檗山万福禅寺志》八卷。重兴隆琦隐元祖师原本。又结算往来书账,收寄售书洋四十三元四角八分,共付书洋一百廿八元二角五分,除去《声韵考》《释拜》三元,加《徐鼎臣集》二元。找洋捌拾三元七角七分。

赵太夫人十五日八十阴寿,蕊珠、绮两女在净土庵延僧诵瑜伽焰口。

读庞莱臣《虚斋名画录》,王圆照七帖图册后有王异公撰。题署款:甲申六月望前三日,太原八十二叟随庵撰题于萧云阁。钤印有随闇朱文方印,是异公晚年亦号随闇也。

淑畹代缪耕云堂售出通海实业公司三百四十一股，六万二千四百卅七号至六万二千七百七十七号。又石记廿五股，六万二千八百十五号至六万二千八百卅九号。共股本元一千八百卅两，均缪子彬盖隶书章，儿子崇签保证人，日期民国十二年九月后批。息折于辛亥年十月遭乱遗失，以后出现无效，票价一八折，实收三百廿九两四钱，七二四五。化洋四百五十四元六角六分。

**十四日(9月24日)** 为赵太夫人在净土庵讽经。子丹弟送分四元，来行礼。

覆贺陈清源、张祝秋、吕宋廷。

中国协济日灾义振会函送第四百七十六号捐册一本。

程艳秋同萧鉴冰来。

**十五日(9月25日)** 至贵阳师、蒿庵丈、余寿平、李伯行、刘健之昆仲、鲍丞良、鲍子丹家贺秋节。

午刻，淞社同人在一江春公祝吴缶庐寿。份洋二元五角。

晚，挈女蕊珠、姮暨崇、佑两儿、家源外孙至丹桂第一台，观新排《方玉娘》剧。小杨月楼饰方玉娘。

**十六日(9月26日)** 邮寄十二圩叶阴甫呢幛，交大生。寄南通盐商会朱韵琴呢幛。

昨陈乃乾来，还附印夹宣《法华经》十部价洋叁拾元。廿一日找还三元三角一分。

送张石铭《法华经》。

昨刘翰怡来书，约同人十二人冯煦、康有为、王秉恩、郑孝胥、王乃澂、胡嗣瑗、陈曾寿、章梫、徐、汪钟霖、刘承幹、李之鼎。公启，订于二十二日午刻在报本堂公祭张少轩制军。前署两江总督，予谥忠武，八月初二日薨，享年七十。

收盐业银行五千两周七厘，半年息。息银一百七十五两，化洋三百四十一元零，本银转期半年，明年阳历三月廿六号到期。

晚，同淑畹挈绮女、崇儿等至大东旅社西餐，餐毕，游园。

**十七日(9月27日)** 为周梦坡补辑《两浙词人姓氏录》，得四百余人，原书约千人。校误四条，将草稿函送梦坡。

淞社祝吴缶庐寿分屏一幅，今书成，亦交梦坡，并缴屏价一元二角。

晚至来青阁，购书两种，价洋三元，当付讫：《太元经集注》十卷，嘉庆戊午五柳居陶氏刻本，宋司马光集注，顾广圻校。《大方广圆觉修多罗了义经略疏》二卷。唐沙门宗密述，康熙刻本。

**十八日(9月28日)** 午刻，洪希甫神主请余寿平题，余为襄题。

覆陈乃乾书。慰乃乾丧长女。

覆汪启我书。启我新得盐务署总务三科科长。

覆李从龙书。赠《法华经》，约印《金刚经》。

李少穆来，未晤。

晚至来青阁，购《骆先生集》，价六元：《唐义务骆先生集》六卷。虞九章、陆弘祚、童昌祚订释，明万历辛卯刻本。

**十九日(9月29日)** 李少穆来，谭组织同乡会。

午刻，赴余寿平、李伯行、余鲁卿、金甸丞、蓉镜。沈田莘、泽春。陈蔼士其采。联华总会，议皖浙弭兵事，浙代表祝星吾、省议会副议长，名绍箕，杭县。金润泉，百顺，杭商会长。徽宁同乡会代表吕皋俞、王文藻、程永言、嘉咏，祁门。李振亚。未到。议定请余寿平、吕、王代表赴蚌订约，寿平命子节高代，同乡余鲁卿、李伟侯、江汉珊、余节高到。浙人盛竹书、王一亭、方椒伯诸人。

黄延凯、圣约翰大学。黄扎光寿坦，广东梅县。来，未见。

吊洪希甫之丧。

陈乃乾来。

许仰孙讣至，送蓝纱团龙幛，交重宁寺雨山带扬。

**二十日(9月30日)** 挈崇儿至古玩市场，购唐菱花镜，洋叁元。

晚游新世界，西餐。

**二十一日(10月1日)** 至汇丰分行，取存洋三千元，又息二十二元五角，化银凑成元式千式百两，七二〇五。合洋，三千〇五十三元四角三厘。存先施公司，半年息七厘，至甲子年二月廿一日到期。

挽刘襄孙之副室吴淑人联。

同刘健之公送汪汉溪续娶子妇幛。

**二十二日(10月2日)** 午刻，报本堂公祭张忠武公，挽之以联：张万福著威名声望崇隆旌旗倘忆故将军盖代英灵忍看山峙皖公江流扬子；岳鹏举谥忠武后先辉映简册若传良史氏孤臣心事尚冀天生申甫日返鲁阳。

晚，柏烈武约至平济利路鸣和里本宅酒叙，座有余鲁卿、程龄孙、陈少舟、夏玉峰、李少穆，商同乡会并全皖会馆进行。许静仁去九江，吕皋俞去蚌埠，未至。

陈乃乾来书，交还《南陵金石、经籍、艺文》三志稿。

**二十三日(10月3日)** 陈少舟、夏玉峰来谭。

晚至博古斋，购书两种，详定价洋陆元：廿六日还前购《骆宾王集》，作四元冲账。《贵池县志》四十四卷，道光八年知县漆日榛修，二十六年重修本，洋五元，九月廿五日付讫。《粤西笔述》。张祥河辑，道光廿五年刻本，洋壹元，九月廿五日付讫。

阅艺风老人手批《竹汀日记钞》，录四条：

元板《玉海》；此板在南监，正德元年修补无多，二年修补有五六百叶，不知一年之隔，何以缺坏若是。

《三历撮要》；曾见金刻本。《宋拓钟鼎款识》；阮相国刻之，叶东卿又翻刻。

《通鉴纲目大全》。宋本止有《纲目》正书，《集览》洪武本无《纲目》，原文摘句加注均大字，有一部前《纲目》后《集览》，加墨线护围，则后刻矣。《发明》洪武本无目，《发明》低一格，书法元刻亦单行。

《道藏》。苏州元妙观、杭州吴山、江宁朝天宫、陕西华岳庙均毁矣。京师长春观有《北藏》，葭州。

再录潘文勤批本五条：

《钓矶文集》;朱修伯有影宋钞本。

中统本《史记》;行款与蔡本同,惜刻工、纸墨均逊耳。

《玉台新咏》宋本;明翻小字本与宋刻无异。

《宋文鉴》;以天顺张刻为最,晋藩本不足取。

《三国志》。子清有南宋本,行款与蔡梦弼本《史记》仿佛。

**二十四日(10月4日)** 覆周梦坡书。梦坡赠《两浙词人小传》,并约续编小传。

陈少舟、夏玉峰来,同至李伯行处,商会馆事,伯行主先解决会馆、同乡会分两事。旋同访余鲁卿,未晤,约明晨十时再往谭。

至蟫隐庐,取书四种:《草窗词》,朱古微刻本,元和金文梁手校,洋二元。《感山云卧纪谈》二卷,日本刻本,宋释皖莹撰。皖莹又有《罗湖野录》二卷。洋二元。《金刚经旁解讲义》云峰大师乩释,谷口子真乩订。《心经旁解合参》,均王无功纂,洋七角。《句容金石记》十卷。句容杨士沅辑,光绪戊申活字本,洋三元。九月朔退还。

同鲍承良暨子丹弟公送云海秋绸幛。派分两元七角。

同子丹弟公送重宁寺宝荃和尚绸幛。派分四元〇三分。

**廿五日(10月5日)** 至余鲁卿处,会同陈少舟、夏玉峰,同往柏烈武,述李伯行昨谈情形、结果,商令先将占住会馆诸人撤退,并会馆、同乡会截分两事商定后,再同伯行接洽。午后二时,又往伯行处,告知接谭情形。

至仁济堂,为淑畹交日灾急振壹百元,又为定君交式拾元。

淑畹函缪大人,告售通海实业公司股分。

李振唐函赠新刻《宋人集丙编》十六册,随答书谢之。北京总统选举会选曹锟为总统。出席五百九十人,曹锟得四百八十票。

购翁朗书两种,洋一元六角,当付讫:《师山诗存》十卷,茅炳文辑,咸丰十年刻本。师山即海门厅。《题照集》。湖州潘朗斋辑,刻投赠之作。

是晚北京六点十分,地微震,仅三四秒钟。廿七日《新闻报》。

**廿六日(10月6日)** 昨何季彬汝森。来,未晤。何在南京电话局材料处。今晨又来谭,述祖茔被人盗卖。

李振唐、刘翰怡公约酒叙,陪康更生同年。散后,至丹桂第一台,观程艳秋新排《鸳鸯冢》剧。

昨陆仲英由苏来谭,今答拜,不遇。

**廿七日(10月7日)** 余阶升来函,为吴发来弟九月十二日一品香结婚请证婚,又吴子云先生九月廿六日寿圣庵成主,请题主,覆书应允。

午后,同李元之暨家人至丹桂第一台,观程艳秋《游龙戏凤》剧。

晚,同陆仲英又观《红鬃烈马》。艳秋演《武家坡》《算粮》《登殿》。

**廿八日(10月8日)** 午刻,都益处贞元会,公祝陈抱初生日。

函姜文卿,补闺秀词二人。

**廿九日(10月9日)** 胡朴安韫玉,泾县。赠所著《朴学斋丛刊》:《包慎伯年谱》《周秦诸子学略》《周秦诸子书目》《笔志》《纸说》《奇石记》《律数说》《读汉文记》《历代文章论略》《论文杂记》《余墨》各一卷。凡十一种。

昨南陵秦维润来函,前在唐山大学三年,今夏改习电机科,转学上海南洋大学本科二年级,请为保证人,填入学证书。覆函应允,约明日十时来。兄维祺号祝三,内部警务学校,品行平平。

晚至来青阁,见书两种:九月初六日购成,洋一元五角,当付讫。《红豆词》,嘉兴李日华,嘉庆间序,道光刻本。《评花仙馆词》。钱唐金绳武、汪淑娟,咸丰丁丙刻本。

跋缪艺风先生手批并过录潘文勤评刘燕庭批《竹汀日记钞》:刘燕庭评《竹汀日记钞》潘文勤刻本,后编刻《滂喜斋丛书》成,即不附印,刘评故传本甚鲜。此艺风先生过录文勤三色评本,时在戊申为光绪三十四年。逮乙卯七夕,再以近年所见识于上方。乙卯为宣统纪元后六年,先生年已七十有二,距殁前四年耳。余与先生订交垂三十年,饫闻绪论,获益良多。己未十月杪病革时,亟往视之,先生亦自知不起,凄然诀别。今阅斯编,益增腹痛。

## 九月

**朔日(10月10日)** 函祝沙健庵六十生日,寄花缎幛、汲金联,托茅友仁带如皋。联云:司马引年入雒阳会,姜夔介寿谱石湖仙。

祝吴昌硕八十寿本八月朔日,改九月朔日。见刘葱石赠联,佳。联云:老而多艺陶宏景,聩善谈时徐仲车。

洪敬斋简文,希甫子。送礼四色,收官燕、蒋腿。

王叔雍来,请作书诸贞壮,疏通嘉兴电话事。

秦维润来,请填保证入学书,遂填与之。维润年廿二岁,东乡(八甲,上东乡浮桥)人,住东城,维祺弟。

任心白来谈,交阅南京法云寺启,寺为印光法师、冯梦华、魏梅荪、王幼农发起,建有念佛堂、放生池,占地百八十亩。印师、梦老拟增佛教慈幼院等,收苦儿教养。提倡列名发起,余先已附名。

覆吴舜臣书。询稻价,或先售若干。询秦维润家世。

函谢胡朴安赠《朴学斋丛刊》。

读《胡稚威先生年谱》,记所修各志目:《宁武府志》,乾隆十三年,山西。《榆次县志》,乾隆十四年,山西。《河间县志》,乾隆十八年,直隶,乙丑购得。《蒲州府志》,乾隆十九年,山西。《阳城县志》。乾隆二十年,山西。

又读《洪稚存年谱》,录所修志目:《延安府志》,乾隆四十六年,代、庄州判炘,陕西。《淳化县志》,乾隆四十七年,陕西,三十卷。《长武县志》,乾隆四十七年,陕西。《澄城县志》,乾隆四十八年,二十卷。积学斋有藏本。《固始县志》,乾隆五十年,河南,知县谢聘。《登封县志》,乾隆五十一年,河南,知县陆继萼。积学斋有藏本。《怀庆府志》,乾隆五十一年,河南,为友人改纂。《常州府志》,乾隆五十四年,知府李廷敬。《泾县志》,嘉庆十年,三十二卷,知县李德淦。积学斋有藏本。《宁国府志》。嘉庆十一年,五十卷,知府鲁铨。

读《更生斋诗集》七,知程吏部振甲、程待诏洪溥系父子,近人记木庵藏器误为一人,或两记其名,不知为父子也。

函狄楚青,赠《法华经》。

晚至来青阁,晤胡朴安闲话。两儿、外孙均侍。

**初二日(10月11日)** 致顾鼎梅书,索《魏三体石经》一分。价约三元,未定。

**初三日(10月12日)** 陈海汇来谭,晚约至大世界西餐。

访陆仲英,不晤。

至新昌美术馆,取回苏书《金刚经》元刻本。

王饶生、祝启元丧偶,送王蓝纱团龙幛、祝黄呢幛,托大生纱厂转交。十六日祝有覆讯。

**初四日(10月13日)** 覆程云岑书,司法部秘书厅。拟购开元唐。大观宋。泰和金。昭武吴逆郑成功。四钱竟,价四十元。云岑赠崇宁二竟,查此竟五月已赠。

罗叔言覆书至,为再篆《玉台新咏》书衣。

罗瘿公来,未晤。午后往访,略谭,同访程玉霜,艳秋。赠照片,并晤郭仲衡、吴梦琴。后狄楚青至,遂将元刻苏书《金刚经》借印,当交楚青。

晚至来青阁。

**初五日(10月14日)** 晨狄楚青来,赠新印三希堂藏售价廿元。晋王羲之《快雪时晴帖》、王献之《中秋帖》、王珣《伯远帖》,又《中国名画集》第二十、二十一、二十三。集共三册。缺十九集、二十二集。十三日楚青来,赠十九、廿二、廿四集三册。狄楚青假文瑞楼刻本《高青邱全集》。假印字,非印书也。

二时,佛教慈幼院开成立会,拟筹备会章、募金简章,推印光法师、冯梦帅为正会长,魏梅荪、王一亭及余为副会长,余固辞,印老、梦老、一亭、心白力劝。修改会章通过后,摄影而散。

至戈登路,祝刘葱石寿,晤李木公,观葱石藏戴文节画扇四柄,真者三,亦富矣。时葱石去宁未归也。

晚,观程玉霜《红拂传》剧。

**初六日(10月15日)** 函诸贞壮,为王叔用说合嘉兴电话公司,并陶拙存致姚慕莲函稿,随函覆叔用,附诸函请径寄。

致陈乃乾函,送八月修二十元。

冯梦老索《法华经》,刘公鲁亦索,今分送之。

收吴舜臣汇来稻洋售稻五百石,每石三元三角一分。壹千五百元,宝丰庄壹千元,芜交通五百元。当提存大生捌百元,大生来往折前有淑记四百元、慧记八百元。余留家用。

覆吴舜臣书,收到稻洋壹千五百元。售稻五百石,每石三元三角一分,稚丹向子丹讹索已了结一千三百元,海汇云一千二百元。交秋后至今无大雨,天旱甚。八月廿八日止,共收稻三千七百余石。

覆尹润生书。润生代舜臣汇五百元。

覆李从龙书。苏书《金刚经》狄楚青借印,将来印成赠本再为转赠。南京法云寺增设慈幼院事(十六覆书,捐洋一百元)。

晚,同楚青公宴罗瘿公、郑苏堪、庞莱臣、费梓怡、费叔迁、周美权、袁伯夔父子、李云书、余伯陶、张謬子、陈蔼士、赵叔雍、伍渭英、孙询刍、赵、陈、赵竹君、甘翰臣未入席。萧鉴冰暨程玉霜、郭仲衡、吴梦琴至功德林素餐,共用四十二元七角零,又小账二元。计三席。

晚至来青阁,同杨寿祺、陈乃乾闲话,购《红豆词》《评花仙馆词》,一元五角,当付讫。

**初七日(10月16日)** 陈西甫由芜来谭。

致湖心寺慧之方丈书,询前寄《法华经》《大悲陀罗尼经》及书护法殿扁已否收到。十月四日覆书收到。

刘公鲁来谢寿。

函狄楚青,缴功德林公宴份资廿五元。覆书璧还,并赠印三希堂原本法帖,卅二册,售廿元。又续帖。五册,售二元。

**初八日(10月17日)** 午刻,都益处贞元会,值会。

至太平寺,谒印光法师谈,赠《法华经》《大悲陀罗尼经》。

至邑庙内园，购建安十年镜、汉大吉镜、唐六花镜，共二十二元。

晚，至功德林素餐。绮女请三弟妇诸家人。

至古书流通处，取书三种，皆残本也：《重刻诗林广记》前集后集各十卷，缺前六卷至十卷，明汪谅本，价廿元。十四日退回。《太平三书》十二卷，济南张万选编辑，当涂、芜湖、繁昌诗文，缺卷一图画，余悉全，价六元。《婺源县志》十二卷。康熙卅二年后修，缺卷一、二，共二卷。蒋灿小序，当是总纂，赠。甲子七月二日退回，壬戌五月购全部，系康熙八年刘光宿修。

答拜陈西甫，不晤。

倪远甫、杨咏秋约重九持螯，谢之。

再函狄楚青，附缴功德林份资廿五元。初十日亲来，交还。

**重阳日(10 月 18 日)** 余寿平、刘健之来谭。

午刻，约李元之、郑瀚生、刘谦甫午饭。

倪远甫、杨咏秋约持螯小集，辞。

观上海总商会商品陈列所陈列商品。

晚，周梦坡约清河坊一弄倚翠家即春宵楼。酒叙，坐有许狷叟、八十三。吴仓硕、八十。宋子鹤、八十。许、七十九。潘兰史六十七。诸君子，召小林黛玉法界东自来大街仁昌里一弄三六号。侑觞。兰史钞婺源俞文诏诗，备录《安徽诗征》。

购苏登保售《东林十八高贤传》，明万历庚申姑苏毗耶室管览仙刻本，价三元，当付讫。

**初十日(10 月 19 日)** 至任心白处，略谭，交佛教慈幼院捐款壹百元。初五日到会人：印光法师、真达和尚、太平寺。叶柏皋、汪聿丞、周守良、朱赤萌、欧阳石芝、马冀平、陈柏生、冯梦华、志圆和尚、郁豪彦、周尹卿、任心白、韦傅卿、余峙莲、汪蟾清、关䌹之、徐蔚如、姚文敷、徐积余、汪撷荀、赵云韶、功德林。包笑饮、朱少沂、朱夑臣、王一亭、罗济周、许剑青、王巡局。王铁珊。公推印光法师为名誉会长，冯梦老为正会长，王一亭、魏梅荪、徐积余为副会长，其余发起诸君为评议员。又公推王幼农、庞性存、赵云韶、黄幼希、丁桂樵、丁桂岑、徐铁如、叶柏皋、汪聿丞、王雷夏、朱赤萌、任心白、余峙莲、罗济同、韦傅卿十五人为事务员，并由会长指定王幼农为总务科主任，叶柏皋为文牍科主任，韦傅卿为会计科主任。

中华书局交来尤惜阴代印《放生杀生现报录》壹百拾本，江慎修著，附《年谱》。当付洋十一元。

吴天赐侄孙发来字宗汉。授室，十二日午刻请一品香证婚，送红华丝葛幛、烛二斤。

午刻，李季皋约海格路本宅酒叙，坐有林贻书、余寿平。

印光法师来，不遇，赠龙井茶四瓶。

狄楚青来，不晤，留赠《中国名画集》十九期、廿二期、廿四期。共三册，并退还份洋廿五元。

晚，武仲平约一枝香西餐。

**十一日(10月20日)** 子时，定君生男，不育。

晨同健之、子木至余鲁卿处，商减房租。

李少穆、余阶升、吴宗汉发来。来，未晤。

午刻，周芝珊约新卡尔登西餐。

贺徐晓霞嫁女。

晚，吴宗汉柬请喜筵，辞。

约任心白来，谭慈幼院事，并赠《放生杀生现报录》十本。

诸贞壮覆书至，属转王叔用去浙接洽，当送叔用阅过。覆准望后就道。

**十二日(10月21日)** 午刻，至一品香，为吴发来、余蕙英作证婚人。

慈幼院开会，梦老回宝应，印光法师、王一亭、马冀平、关炯之、叶柏皋、王雷夏均到。

费叔迁来谭。

廿一日午刻会祭历代两浙词人，襄礼，值祭张鉴、王体仁、张书年、黄善从。祠在杭州西溪秋雪庵。

致陶子麟书。催刻《徐集补遗》三、四、五，共三页，又催写《登科录》二种写样。

致姜文卿书。催上月廿八日寄补闺秀词二人稿速写样，务于年内刻成。又催印书人。

晤余鲁卿，云柏烈武因李伯行索同乡会书，收会馆烈武有书不预闻此事，书中已生意见。

**十三日(10月22日)** 购汪六吉棉连廿刀，洋六十元，又购净皮五刀，廿三元。

送吴寄尘《放生杀生现报录》十册。

**十四日(10月23日)** 至农商银行，晤陈卓甫，告蒯家万顷湖田出售，请询俞琢吾。

假新昌印书居汪葑、鲍楷、朱鹤年山水册影印。

赠程艳秋五世祖母书黄绢洒金联，文曰：小窗虚幌相妩媚，横云却月争清奇。印文一萨可达氏、白文。介文朱文。二方印。

萧鉴冰函约六时一枝香秋声社欢迎俞振飞、程艳秋聚餐会，以病辞。

覆杨云史书。电稿以报馆人素不接洽，为兰生请郭秘书函到，财长谋毒品处分局。

致谢泽同道尹学霖。书。为陶琳书谋事。

覆陶琳书书。附谢道尹书。廿二日接覆信，已谒谢，应允。

覆任心白书。佛教慈幼院增设会计主任，推庞仲雅，信盖章。以后会中函牍，请将王一亭名列前。

**十五日(10月24日)** 李从龙覆书，捐洋壹百元，入慈幼院筹备会为发起人。

晚至丹桂第一台，观程艳秋、俞振飞《游园惊梦》剧。

**十六日(10月25日)** 答拜费叔迁、方晓沧，洪希甫妹婿。均晤谭。

访吴缶庐谭，约明日观艳秋《孔雀屏》剧。

访任心白谭，交阅从龙书捐慈幼院一百元并函，告当列为发起人。心白函告，丁少函亦为发起人。

致狄楚青书。楚青退回份资廿五元，并赠《名画家》三册。

昨日，《神州报》载，徽宁同乡会前日开会，由理事部提交评议部之会董名单计六十三人，经评议部审查毕，当选者共八人，为汪撷荀、徐季龙、徐积余、吴蝶卿、朱智仁、胡祥钧、汪礼斋、谢淮卿等，又推定程永言、黄温如、胡芾之、黄怜生等四人为评议部书记云。

**十七日(10 月 26 日)** 陈卓甫来，云俞琢吾不愿受蒯府万顷湖田。

吕宋廷来，为文节公祠在舒城为人盗卖，请列名雷省长查禁。宋廷云，五马路郑福兰堂嵥峒丸治筋络痛最有效，服丸三粒，分三日服，并敷痛处。

李从龙汇来洋壹百元捐慈幼院，当送交任心白收。

心白来函，送阅正式慈幼院筹备会收据式样，复以请将王一亭名列前，会计韦、庞亦列名。

赠吴仓石大牙花烟一壶。

延鲍承良，为定君诊脉拟方。

吴宗汉发来。因证婚送礼八色，收绸料、大盛券四十元、雪茄烟两匣。

致陶子麟快讯。告瑞阳丸到，幹泉廿日到汉，廿二日回申，刻件交其带回。

闻马兰生在汴已由财厅委第九区毒品查禁襄办员。

晚，约仓硕乔梓观玉霜演《孔雀屏》剧。

蒯绍芳祖培。函复，绮女鄂票辛亥春纲租与永昌福盐号扬平，二十。银壹千壹百两，扣除固本捐七十两，总汇费十五两，积盐捐一百元，耀扬十五元，余银化九八。元壹千〇〇一两一钱六分二厘，由德余庄汇申，并合同十八日兑款。九月十日函，十八日收到款。

**十八日(10 月 27 日)** 程云岑覆书至，寄来代购开元通宝镜、分书。大观通宝镜、正书。泰和重宝镜、篆书。昭武通宝镜，篆书。并赠崇宁重宝二镜，分书，同范。四镜价四十元，汇北京南河沿大纯公寓。廿三日覆书收到。

李拔可来，谭商馆铸活字改良。

刘健之来，询万顷湖田事，当以琢吾不愿留告之。

致陈倬斋书。义地捐款五十元照捐，不足或具名函劝场运两商。印师主骨焚化，男女分清。

覆李从龙书。收到慈幼院捐款一百元。

延鲍承良，为定君诊方，并告上海水泥公司拔可云无意购宁兴石料。

晚至来青阁，购书二种，价廿八元：廿五日付清。《牧斋初学集注》廿卷《有学集注》十四卷，钱曾注，玉诏堂本。《宋名臣言行录》。前十卷后十四卷续八卷别廿六卷外十七卷，道光壬寅包良训重修，洪莹仿宋刻本。

**十九日(10月28日)**　先母秦太夫人忌日，设祭。

任心白来谭。

佛教净业社金滙、沈辉、罗天泽、沈烊、关炯。来柬，十九日恭逢观世音菩萨圣诞，订十八、九晚六时备如意斋供后普佛课诵，十九晚八时请印光老法师莅社说法，并备念珠及面食结缘。另红柬。

鲍承良来，为定君诊方。

**二十日(10月29日)**　覆程云岑书。寄开元、大观、泰和、昭武四镜价四十元，程为司法部秘书，寓北京南河沿大纯公寓。

致瞿良士书。良士侄旭初兄廿七日合卺，送贺份四元，寄常熟大东门内醉尉街本宅。旭初名耀邦。

致姜文卿书。寄闺秀倪素玉稿补入卷三末，快讯。催印书人，迟则不候。

陈乃乾来。赠雍正间闺秀倪素玉《冰壶小草》一册，乾隆刻本，又新印《白氏讽谏》《中兴闲气集》《松雪斋集》。

张菊生来书，代购安徽县志一种。覆书谢之，附缴价四元：《续修舒城县志》五十卷。光绪丁未仲冬修本。

吴仓老为程艳秋书联，子茹兄送来：艳锦安天鹿，庾信《春赋》。秋风动桂林。唐太宗《秋日诗》。

江幹卿添孙,送贺礼,收四色。

晚,购翁朗书两种,洋七元:廿一日还。《和州志》四十卷,光绪廿七年郡人高照修本。《金陵名胜诗钞》四卷《秦淮诗钞》二卷。江宁李鳌辑。

又至来青阁取残本书,洋一元:廿五日付讫。《类选笺释草堂诗余》六卷,存卷五、卷六,顾从敬类选,陈继儒重校,钱允治参订。《类编笺释续选草堂诗余》二卷,钱允治笺释,陈仁锡校阅,宋元词。《类编笺释国朝诗余》五卷。钱允治编,陈仁锡释,明词。

宋著作王先生蘋。集、孙王观编、钞本见于来青阁:《王德文注魏鹤山先生渠阳诗》一卷,宋本,一常熟瞿氏藏,一贵池刘氏藏。刘氏所藏被家人窃去,展转售于刘翰怡,价三百元。王德文福建福清人。官承信郎,宋端平二年监南陵酒税务,王蘋孙。秘书省正字著作郎、通判。今采其注《渠阳诗》编入《南陵经籍、艺文志》官师著述中。

**廿一日(10月30日)** 致夏辅宜书。告蕲府万顷湖田八百余亩出售,索价每亩卅二元。

傅尧生娶子妇,送花缎幛、烛,未收。

倪远甫嫁女,送花缎幛、烛券,全收。

以昌硕书赠程玉霜联交玉霜。

昌硕为书行书联句,杨柳楼台春风人面,兰苕翡翠秋水夫容。子茹送来。

晚购朱瑞祥名遂翔,绍县人,杭州城站抱经堂书局。书三种,价五元:杨寿祺代付,廿五日还。《齐乘》六卷,元于钦,乾隆周氏刻本。《一木堂诗》十一卷《诗余》一卷,歙黄生,康熙刻本。《词律》廿卷。堆絮阁,康熙刻本后印。

**廿二日(10月31日)** 覆姜文卿书。廿八日寄闺词二人未收到,今补寄。现寄倪素玉稿照收。印书无人。

吊汪撷荀之太夫人丧。

吊江云卿。

访萧鉴冰谭，请转致鉴秋赠吴仓硕照片。

云史来讯，马兰生已得河北毒品处某局会办，月薪四十元，尚有余味，此永久之机关也。南海十七日赴观音堂，为关陇之游，当有一月之久。

中国协助日灾华侨慈善会会长余鲁卿。函约廿三日五时新世界北部西餐。假定新世界全部，大开游艺筹款。

印书人蒋春槐来，先印蓝色《玉台新咏》廿部，料半纸。董焕成荐。

覆缪子受书。子受寄来实业公司股票一千九百九十两无息折托售并写好推据。

覆任心白书。庞钟璘辞慈幼院会计函并王一亭片均缴。

**廿三日(11月1日)**　马兰生来函，洛阳郭秘书长函荐财厅，昨已委查禁毒品处第九区襄办员，九区即旧河南府属十县。每月薪金五十元，办事处设于洛阳。

扬州刘沂生汇来豆稻等价陆百五十元。另有收售账单并瓦工单，连前六月廿日汇来三百元，今年共收九百五十元。中国银行汇来，取作家用。东乡稻每石三元，北乡稻每石三元〇五分，黄豆每石五元八角。

冠英侄三十生日，挈崇儿往贺子丹弟。

以中国协济日灾义振会四七六号捐册至仁济堂，交戈先生转送会中。填前募宝经堂淑记捐一百元、慧记廿元。

马正音来书，寄查明南陵田赋额征清册，由冠英侄交来。来函九月十六日。

晚至丹桂第一台，观程艳秋《风流棒》剧。

**廿四日(11月2日)**　贺倪远甫、傅尧生喜。

罗瘿公来讯，赠玉霜帐眉洋十九元七角。

送陶子麟之侄修补《玉台新咏》板片洋十元。

**廿五日(11月3日)**　席少卿之室人病故，吊之。

周湘云函约观金石，索新得小毛公鼎拓本。

访夏玉峰谭。

余阶升同吴依德润身。来,请明日二时为吴子云胡宜人题主。

函褚礼堂,赠镜铭拓本廿种、内纪元十种。金文四种、研墨铭四种。

至蟫隐庐,晤罗子经,购金颂清藏罗叔蕴铜器拓本二百四十四种,三代一百〇三种,秦权十三种,符牌十五种,汉四十九种,兵器六十三种,元钞一种。议价五十元。十月四日付讫。

至来青阁,付还书价卅四元。内代垫付杭估朱瑞祥五元。

至博古斋,找还书价五元。计取《贵池志》《郑司农年谱》《葬书》《粤西笔述》,共玖元,冲还《骆宾王集》四元,两讫。

晚,三弟夫人邀至会宾楼便餐。

购曹信义罗纹纸八刀,共洋廿元。又力洋五角。

顾鼎梅函送《魏三体石经》一分,连前两份。价每分二元五角,又颜真卿书曾祖《颜勤礼碑》二分,连前三分。价每分一元,共欠八元。右侧宋时已磨泐。廿六日覆,价当统缴。

**廿六日(11月4日)** 午刻,为吴子云暨胡宜人题主。

安徽同乡会开成立大会,赴会。

潘建侯、树屏,阜阳。傅尧生来,均不晤。

李木公来,将吴怡生寄售翼鼎取去定。旋退回。

至来青阁,晤陈乃乾谭。

晚,至晋隆西餐。

覆杨云史书。谢兰生事。

**廿七日(11月5日)** 寄北京北芦草园梅畹华三十寿联:缀玉阁主。松柏冈陵寿者相,榛苓山隰硕人思。

鲍子丹来,告袁述之之太夫人高氏。九月五日殁于天津,述之意安徽义振会曾捐助一万元,交济生会姚文敷放宿州振,请会赠扁。

南陵汪道余、觉非,北京中国大学学员。徐兆熊悟空,北京中国大学预科毕业,转本科修业。来,持方德斋函,汪、徐创办西南、上北三乡第四高小学堂,开办经费概由地方士绅捐助,请提倡,并云徐、汪家道殷实，于该校甚热心。

答拜潘建侯，不遇。

四时，赴傅尧生酒叙之约。

六时，赴伍渭英酒叙，坐有程艳秋、余叔岩、杨吾山、许秋帆、陶希泉、赵叔雍、袁伯夔、孙履安、狄楚青、郭仲衡。

吴润身因题主送礼，收官燕二匣、雪茄四匣。

**廿八日(11月6日)** 覆陶子麟书。寄新刻弟二页，明刻三、四、五页，重刻徐补遗，快讯。

致李从龙捐慈幼院壹百元收据。

午刻，约汪觉非、徐悟空在晋隆西餐。傅尧生、刘公鲁、潘建侯、林洞省未到。

拜陈介庵、江幹卿、江汉珊谭，并告介庵袁述之之母高太夫人去世，安徽义振会赠扁，请寿老具名。

答拜鲍子丹，商追悼袁母事，并约姚文敷为发起人。

拜鲍承良，不晤，约至子丹处，告许秋帆述汪君在豫当印刷局局长魏君。小事，后同韩姓在汴开银行，勾结日人收买制钱，案发收押，罚韩姓两万余始释放。

拜吕皋俞，不晤。

至古香斋，购汉四神镜，黑漆古。洋十六元，又蜀当局镜，水银浸。洋十元。十月廿一日付价讫。

陈西甫由子丹弟交来芜湖反对十五末卡加抽八分米捐之宣言印刷品。

绮女明日三十生辰，今移居大东旅社，晚请家人欢宴，十时回。

送倪远甫《颜勤礼碑》。

**廿九日(11月7日)** 绮女三十生辰，绮女拨先施二千元，存南通中国银行。十月初二日期。

覆吴舜臣书。廿六日来书售稻壹千石，又淑记二百石，每石三元三角五分。

刘葱石前夫人五十阴寿，往行礼。

晚,赴倪远甫酒叙之约。

覆李木公书。《礼塔图》卷题成,退回吴怡生藏鼎,代售《吉金图》。

顾鼎梅覆书,送来《颜勤礼碑》五分,又河南巩县石窟寺拓本全分,二元二角。前欠各碑(廿五日)计八元,十月十五日鼎梅寄毛俊臣《颜勤礼碑》考五纸。

## 十月

**朔日(11月8日)** 华女十周忌日,净土庵讽经,淑畹哭之恸。

媟女五岁生辰。

中国协济日灾义振会函送戏券三元十张、二元十张,收二元四张,缴洋八元。

函覆李木公,为陈乃乾代售《吉金图》,收价五元四角。

刘季若初六日续娶朱氏,送贺礼四元。交傅尧生转送。

致李从龙书,并大红团寿字宁绸寿幛、泥金六尺寿联。另函蒋蝦堂,托转东台茶城巷口,祝张太夫人八十寿,十月十三日生日。

倪远甫赠老白兰地酒二瓶。

任心白来函,赠黄涵之《劝世白话文》二册,并约劝人刷印流通。

刘葱石、陈新甫先后惠治足疾膏药。

覆姜文卿书。姜上月廿三日寄来新刻样二张,寄去钱、周两《闺秀词》收到。

**初二日(11月9日)** 昨余鲁卿来函,允让房租,原加二成,减至一五成。今同健之、子木至万昌典,未晤,晤收租人钟君。

至西泠印社,取书二种,码洋七元二角,八折五元七角六分:已登来往折。《月日纪古》十二卷,龙城萧智汉纂,乾隆甲寅刻本,码洋四元八角。《国朝上虞诗集》十二卷。邑人谢聘辑,道光工寅刻本,码洋二元四角。

杭州抱经堂住城站。朱瑞祥寄来《龙虎山志》,议定价四元:初五复,十一月初五付讫。《龙虎山志》十六卷。妙正真人娄近垣重辑,从惠远谟校,乾隆庚申刻本。

昨请吕宋廷为皖振会书赠袁母高太夫人扁额，文曰“慈云在望”。今函送鲍子丹。附慈幼院成立议事录、发起人名。

拜姚文敷，不晤。答拜武仲平，亦不晤。

陈乃乾来。交代售《吉金图》五元四角，赠镜铭拓本。

赠张萼孙《怀豳杂俎》。

至集成书局，购书二种，价洋玖元：初四日付讫。《陋轩诗》十二卷续二卷，泰州吴嘉纪，道光庚子夏荃印本。《汉书评林》一百卷。日本刻本。

**初三日(11月10日)** 经租账房潘先生来，鲁卿云房租原加廿二元，已减六元，特别今再减二元，任、刘每月减四两，特别再减一两。只收加租十四元，房票填十六元，因各家加租二成，均减四分之一，实收十四元，以免他家藉。连原租一百十元，自十月起，每月付租一百廿四元。

陈乃乾来，商编县志目，备撰叙录。

晚六时，赴周湘云西餐之约，坐有程玉霜、吴富琴，并观新得米友仁元晖。《潇湘白云图》卷，引首董文敏，跋后有自题十四行，又三十五行，又关汪、谢伋、韩浒、钱端礼、洪适、曾惇、曹筠等题，后又洪迈、尤袤、袁说友、钱闻诗、朱敦儒、朱熹、曾惇、钱端礼、曹筠、温华、林仰处和父、洪迈、朱熹、尤袤等题，又袁说友隶书及钱闻诗时佐隶书等跋。末有齐郡张绅小楷书一行，后有王彝、常宗楷书考，又沈启南跋。曾经纯庙御题，见《清河书画舫》《墨缘汇观》。王雪岑作缘，购价四千五百元。

陶兰泉约六时在孟蘋家酒叙，辞。有昌硕、古微、冕士、文敷、欣木、季申、授经。

**初四日(11月11日)** 余起龙送阅华刻本《百川学海》。

孙仲华乔年。交阅同治御窑磁瓶。

至蟫隐庐，付罗叔言藏器拓本，价五十元。

至集成书局，付《陋轩诗》《汉书评林》，价玖元。

至来青阁，购某估佛经，一元五角：《大乘百法明门论解》二卷。天亲菩萨造，明正德普泰修本，唐玄奘译，窥基注解，日本续藏收。

**初五日(11月12日)** 鲍子丹来，谭袁述之拟请苏浙皖直鲁豫绅商联名呈请史馆立传。

兴和族祖来函，工山坊工山殿重修，属为劝募经费。当函商舜臣，或捐五十元，募捐册启亦出名。

致吴舜臣书。商工山殿重修募捐。又冠英侄云修家谱，兴和来商，可设法阻止。

致夏辅宜书。催询万顷湖田事。

致蒯景参书。昨来，未晤，告万顷湖田俞琢吾不受，函询夏辅宜，亦未复。

函陈戒安、陈少舟，告袁太夫人追悼会已代列名发起人。

**初六日(11月13日)** 函夏辅宜，请赞助佛教慈幼院。附成立会纪录四纸。

函吴怡生、濮秋澄、翟展成、陈西甫为佛教慈幼院赞助人，并邀约李葆舲赞助。附成立会纪录四纸。

覆姜文卿书。寄来添写闺词样校毕，附还。

拜陶兰泉、蒋孟蘋谭。

至大世界西餐。

晚至共舞台，观程艳秋《法门寺》、余叔岩《珠帘寨》剧。

**初七日(11月14日)** 至李拔可处谭，留张刻《玉篇》《广韵》，观雕刻仿宋铭字。

覆任心白书，附还慈幼院筹备会各函稿。

**初八日(11月15日)** 沈慈护来谭，赠其尊人子培先生刻《澉水志》二卷、宋常棠。《至元嘉禾志》卅二卷。徐硕。

覆夏辅宜书。前函托售万顷湖田未收到，今再告之。

唁吴联笙书。寄华丝葛挽幛，尊人采臣先生作古。

晚至商务书馆，购陈石遗编《近代诗钞》廿四册，价七元。

**初九日(11月16日)** 午刻，都益处贞元会，刘健之值会。

至古书流通处，晤傅沅叔。

至鲍子丹处谭。王灏渠亮臣。来，赠茶叶。

**初十日(11月17日)** 至冯梦老、江汉珊处谭。

拜姚文敷、刘翰怡,不晤。又答拜王亮臣、沈慈护,亦不遇。

访陈少舟,商安徽义振会送袁太夫人祭礼。

过来青阁,晤陈乃乾谭。

房租议定自十月起加租十四元,房票写十六元。连原租共一百廿四元。合祥公司。

米襄阳《多景楼诗册》丁未年在扬州廖氏可亭。见之,今阅《近代诗钞》中为徐寿蘅尚书故物,有诗咏之,并记典琴购之,友人借观,旋物故,无从追取,今亦不知所在矣,感和原韵一首。

**十一日(11月18日)** 傅沅叔来谭,答拜,未晤。

上海水泥公司开股东会,赴会。当选为候补监察人,十七日来函通知。

至陈少舟处,同访吕宋廷,商皖振会送袁太夫人祭文用李元之先生撰稿,即由宋廷书文,各送润资廿元。遂同至九华堂,用屏四幅界格。列名人。余诚格、李经方、陈树屏、刘世珩、江绍杰、汪庆辰、温朝诒、谢邦清、汪龙标、陈仁梅、吕美璟、吕陶、余之芹、李国松、夏毓璜、吴之屏、王士俊、赵德权、李鋆、崔炳照、陈德星、谭大本、刘体乾、徐。

晚,独至正兴馆便饭。

至来青阁。

**十二日(11月19日)** 鲍子丹、任心白先后来谭。

重宁寺住持僧正廉名密安,一字木禅。来谢,并送礼四色。

购文成隆记连史,祥兴仁加魁,每件十二两。共六件,九八。元七十二两,付讫。

蒯景参来,谭万顷湖田出售,随同观爱文义路地二亩,每亩七千两。南洋路五亩,每亩八九千两。极司菲而路。一十亩,每亩五千两;一四亩,每亩四千两。

至古玩市场,购松烟墨二斤,洋二元四角。

晚刘次羽来,请其编《南陵舆地志》。计疆域、山川、圩坝、古迹各稿钞旧志,又府志各二册。

**十三日(11月20日)** 汪甘卿、邓百村来谭。

晚,贾汪公司鲍子丹为袁太夫人追悼会,约至同兴楼酒叙。

拜陈少舟、吕宋廷,不遇。

至来青阁闲话。

**十四日(11月21日)** 函刘翰怡,交还《玉台新咏》赵刻本。

为徐贯恂题《梅花山馆读书图》卷,交施宅新闸路大德里廿九号。带通,其夫人归宁,望后即返通也。

为高母乔太夫人赋挽诗二章,并重录向年读高韫甫先生家传二章,寄无锡税务前。仲均、涵叔两兄。

答拜汪甘卿、邓百村,并约至新半斋午饭。

游古玩市场、邑庙市场。

**十五日(11月22日)** 送钱德郊之夫人六十寿东缎幛。十九日寿辰。

送袁母高太夫人挽诗、华丝葛幛。

送江云卿华丝葛挽幛。

送沈守知之夫人元缎挽幛。交鲍子丹转。

为湖心寺僧慧之书寺前照壁佛号并联,寄之。

晚,江幹卿为其弟云卿发引请宴,赴之。

覆徐贯恂书。告《梅花山馆读书图》已交其夫人带通。

至李仲帅处,略谭同乡会情形。

假刘健之《近代诗钞》。

**十六日(11月23日)** 午刻,至伯老处,告皖振会送袁太夫人祭文、祭筵。

为皖振会送祭文、祭筵。

江云卿出丧江宁公所,往送之。

购陈墨约六斤余,洋十元。

夏辅宜覆书至,慈幼院不愿列名发起,蒯府万顷湖田亦难承受。

**十七日(11月24日)** 致陶子麟书。催速重刻《徐集补遗》及速写《宝祐登科录》《绍兴同年录》刻样。

赠倪远甫、杨咏秋《颜勤礼碑》各一分。

吴缶庐孙女子茹女。十九日嫁期,送红花缎幛。

至臧伯庸医院医足痛,特别诊金二元,挂号二角。

上海水泥公司函告第二届股东会改选监察人,当选为候补监察人。

佛教慈幼会函送捐册十本、廿一至三十。临时收条二千五十一号至二千一百号。一本。

昨晚,江筱楼来谭。现充江苏省公署秘书。

蒯景参来谭。万顷湖田到期不能取赎,十一月初十日到期。

**十八日(11月25日)** 答拜江筱楼,不晤。

袁太夫人追悼会。

李木公、张子开、刘仲樵、张琴襄来,不遇。

陈乃乾来,亦不遇。

覆顾鼎梅书,请添购《颜勤礼碑》廿份。

致张东甫书,请募慈幼院捐款,并付第廿一号捐册一本。

覆陈戒安书。告袁太夫人追悼会同乡与祭情形。

覆程云岑书。大定钱五枚镜,索价廿五元,出价十元以内。赠建安十年镜拓本。

**十九日(11月26日)** 钱簪桐之母六十寿,吴子茹嫁女,以足不良于行,去片贺之。

周实之来谭,留午饭。

陈成叔龙昌。赠书画二幅,所作甚劣,不足存也。意为其尊人求南陵新志立传。龙昌性健讼好斗,惑于风水,诗亦劣,品愈卑。

胡幼腴来函,云瘦唐同年所存字画交其侄女检收。

**二十日(11月27日)** 大女债务昨晚仲帅已允函次岩,今往谢之,已外出,未遇。拜木公,兼答张子开、刘泮桥谭。

至伯庸医院就医。

访陈少舟,谭皖振款大照应十月底还二千六百两,适蒯府押俞琢吾万顷湖田三千元到期。十一月初十日。商转押皖振会,每月息一分二厘。求同意,少舟应允。遂告刘健之,转致蒯夫人。

傅沅叔来,未晤,留字并官册三本,拟印《玉台新咏》四部,纸仅二百七十页,印三部尚不敷,以前存者勉可凑印,如印坏即难成矣。所惠《道藏目录》祗收,索《法华经》奉赠,当作书答之。

**廿一日(11月28日)** 送简照南份洋弍元,交赵云韶。

印光法师寄赠新刻文钞四册,又《阴骘文注证》。

刘慧之昆仲邀午饭,以足疾辞。

付古香斋铜镜价廿六元。

付夏订书人修元本《韵府群玉》、明本《吕氏春秋》许宗鲁刻。工价拾元。

许狷叟约春宵楼,陈卓甫约陶乐春,均明晚六时,以足疾辞。

徽宁思恭堂为闵行慈善堂,今已附属思恭堂,为分所请县立案。

**廿二日(11月29日)** 晚八时,刘翰怡约新卡尔登西餐,以足疾辞。

吴舜臣汇稻洋肆仟元。内淑记六百元。

函狄楚青,退回《中国名画集》第十九集至廿二集,共四册。

**廿三日(11月30日)** 先母秦太夫人八十冥寿,在净土庵讽经。

刘葱石送筵烛,至庵行礼。

昨李、蒯两女送经,在净土庵。

胡瘦唐同年之女公子李文洁公子妇。持胡幼腴函来,取回前存辛酉五月。寄售书画五件、《石门颂》一本,今亲往曾农髯家面交,并交还瘦唐原讯、账单、蒋孟蘋讯。

覆王灏书。托程龄孙位置,覆以前曾为亲友说项,已拒绝,今未便启口,容后留意。寄荻港佽德昌号转交。

覆傅沅叔书。沅叔索先印官册纸《玉台新咏》一部,今送呈,另印赵跋一叶。

覆马正音书。催查光绪元年至宣统三年水旱灾奉旨免征缓征税案。

覆方德斋书。上北乡第四高等小学开办，赞成。

覆兴和族祖书。工山坊何公祠重修，敬当竭诚赞助，请由本镇绅耆商请城绅藉明伦堂开会筹办。

致吴舜臣书。何公祠拟捐五十元，第四高小亦捐五十元并送扁。大工山龙王庙募捐，不足由家人分认一二十元。龙井派人刻石并拓碑。

陈成叔，涤叟。龙昌来，未晤。

以舜臣汇来洋四千元存贾汪公司三千元，立折据，八厘息。提四百元家用，六百元交淑记。十二月十六日改存先施二千二百元、大生八百元。

**廿四日(12月1日)** 同子丹弟公宴周实之、刘畏之、十枝、慧之昆仲晋隆西餐。

视大妹疾，明日回常熟。

汤女士按摩。

陈乃乾来，未晤。

鲍承良诊方。医足疾并齿根泡。

至荣德均视牙。齿将落并齿根泡。

**廿五日(12月2日)** 朱古微来谭，为唐元素稿存刘公鲁处，其家索回，托宋诚之函请梦老、古微、苏堪代索。

购洛阳郭金山、友丽。王发印子廉。碑帖，贾价卅七元：六朝墓志廿四种，洋廿元。唐墓志三十二种，洋七元。各碑：洋拾元。汉黄承产碑，并篆额，四川，佳。汉残碑阴，知县京兆王评记。魏经州刺史孟显达碑，象额，大通三年，佳。敕赐嵩显禅寺碑记，象额，甘肃，佳。魏石窟寺碑，象额，永平三年，甘肃，佳。魏杜文雍造象，武定八年，山西，八面刻，佳。魏樊奴士造象，太昌元年，陕西，四面刻。魏左冯翊太守陈□□[①]六世孙

---

① 原文如此。

合宗等造象,无年月,四面刻,山西,佳。魏孙霣憘造象,神龟元年。魏於迁等八人造释迦象,神龟元年。唐安国寺寂照和上碑铭。段成式文,太和七年,象额。

收先施公司息洋壹百零六元五角。七十七两化,付家用壹百元。

**廿六日(12月3日)** 李审言来,未晤,留赠虾子两瓶,作书谢之。

覆潘健侯书。南京评事街千章巷。

覆陈乃乾书。告足疾。

刘健之假阅《永丰乡人全稿》八本。

覆胡幼腴书。瘦唐所存书画已交其女公子。

覆褚稼先书。大生二厂股票无受主。

**廿七日(12月4日)** 任心白来谭。

**廿八日(12月5日)** 程永言嘉咏,祁门,上海大学。来,以病足未晤,由傅接洽。程云徽宁同乡会拟举为会董,并约往上海大学演说,以病辞。

午后,至张伯庸医院,以针治之。

陈乃乾来,交阅正统梵夹本《弘明集》《广弘明集》,以旧藏有支那本,不再收。杨寿祺索价一百元,计四十八本。

晚刘次羽来,交《南陵舆地志》疆域、乡图、街巷、坊保、号市镇、自治区域。一册、圩坝。一册、陂堰、湖井、塘潭、沟溪、古迹、茔墓。一册、山川。一册,随商订疆域等一册。

陈劭吾来谭。

**廿九日(12月6日)** 陈西甫来谭。

晚刘次羽来,商订疆域等志一册成,另交学校、武备、营建等志稿四册。

购韩顺兴洋椅、洋镜箱价四十二元。又力洋一元二角六分。

**三十日(12月7日)** 缪子受来谭。

李少穆来,未晤。

覆吴舜臣书。世兄吴元松芜行练习已函盛竹书，得复再奉告。张竹溪事实已采入志。张芳韩某科举人，查示。

覆顾鼎梅书。谢代购颜碑。

致盛竹书书。为吴元松函请转托李者卿、张麟书。

覆吴润身书。辞初二日岭南楼西餐。

贞元会午刻在都益处，补祝雪老、健翁生日，送分洋二元。

陈劭吾来，未晤，留赠饼饵、先墓志、盘香。约劭吾明日午饭，辞。

李仲帅来，未晤。

付古书流通处宋人小集箱价二元。

晚至荣德均拔牙。

## 十一月

**朔日（12 月 8 日）** 覆陈成叔书。尊公事实已立传编入新志，所赐书画甚佩，足疾稍愈再诣教。

致陈劭吾书。送礼四色，并附江慎修《现报录》、张竹溪《家训》各四本。

覆张瑞曾书。收到《印光法师文钞》《阴骘文注证》，附赠《劝戒录类编》《警世桴鼓》《现报录》《感应篇注》《阴骘文图证》《心经注解》。

致李审言书。送礼四色。

致陈成叔书。重记。

梅畹华兰芳。同张、季鸾，炽章。赵叔雍尊岳。来，辞以足病，未晤。

至伯庸医院，针治足疾。佑儿亦同往。

翟展成来函，慈幼院赞成列名，捐款无把握，附寄督办安徽全省官矿事宜办公处公函、劝募债券并文电报告摘要一册、劝字四十二号。章程募册二本。劝字十六、十七两号，夏玉峰交来。

晚，蒯六之离婚西妇函致绮女云，蒯六前不愿以其子为继，商之蒯夫人，拟由绮女请律师。覆之彼未能干预。

**初二日（12 月 9 日）** 午约刘健之来商，主和平。午后，淑畹挈绮女至蒯夫人处,商约景参面议办法。

送李仲帅肴四簋。

**初三日(12月10日)** 阅昨日,《新申报》载。皖同乡会开评议会成立大会,并举正、副评议长及理事,到评议员八十人:唱票王次宾、胡佩如,写票金长江、吴新九、程永言。正评议长;柏烈武,王龙庭候补。副评议长;许伯龙、张已振。理事。李仲轩、许静仁、汪幼农、徐积余、程霖生、李少穆、王龙庭、李图南、夏玉峰、常藩侯、陈少舟、汪撷荀、关芸农、余鲁卿、路文彬。

致吴舜臣书。寄王志襄劝募皖矿债票、章程稿,已由沪代募,南陵不再认募。

覆程云岑书。谢代购大定钱镜,价十元,另元至元廿六年王氏造镜不购(云松润物,实六十元)。

致傅沅叔书。托销《玉台新咏》等书,以书价抵充《道藏》预约甲种券,并照代销章程扣费。

晚,蒯景参来。

**初四日(12月11日)** 缪子受、丁皖生来。陈乃乾来谭。

昨函张仲照,询荐江轮茶房。今皖生来告,修船时荐之。检所藏古镜,只三百六十五枚,佳者半,至佳者四分之一,以生平四十年得仅此数,诚不易易。思撰一《镜录》,亦十余年未成,今已衰老。近崇儿读书有进境,吾甚喜之,或可望续父书也。亲友古物商及日人累欲谋取,以四十年精力所聚,积衣缩食,且荒摊大肆,遍为物色,备极艰辛,著书未就,不忍弃也。记初得梅蕴生天宝镜,矜贵之至,今所得更贵于此者。

昨,倪远甫来视足疾,随送药六包。

蒯景参来,商借振款二千元,约陈少舟接洽,留借字,明日签字。借字照上年致俞琢吾式,唯蒯佩实换名蒯世美,不用中保人,以半年为期,息一分二厘,抬头安徽义振会。十一月十日。

晚陈少舟来,告蒯借款,将借字先交。

珠女回,交阅李仲帅致次岩函,甚恳切。

晚至荣德均拔牙。

莫楚生悼亡,送呢幛。托陈乃乾交杨寿祺转。

**初五日(12月12日)**　杭州城站抱经堂朱瑞祥来，购书十元：又付上月初五日购《龙虎山志》四元。《梁昭明太子集》，缪录只云首行大明辽国宝训当重梓，各目亦不知何刻，余见李紫东《汉魏廿一家集》有《昭明集》无《白玉蟾集》，前有总目。家中藏本有《白集》无《昭明集》，前总序每集皆叙入序中。《晋二俊文集》，陆士衡、陆士龙，明汪世贤本。《峡山寺留题诗》二卷，歙何青编，乾隆刻本。峡山在广东清远县。残本《休宁县志》。存人物志(中缺列女十五卷至十八卷)，又存氏族志、艺文志、杂志。

约李少穆来谭，安徽同乡会理事会因病足明日不能到会。

李振亚来谭，徽宁同乡会已举会董，特先通告，至安徽公学亦拟举校董，并告少穆属其将公学移全皖会馆，彼未能决也。又云柏烈武不日去粤。

三时，至永年里，就昆山白塔港闵采臣医腿伤，贴膏药三片，不受药。金因云王培孙所介绍耳。

蒯景参来，请其向陈少舟接洽。

覆李审言书。

昨为缪子受售通海实业公司股票一千八百九十两原票，先去息折，故推据中保命崇儿签字，一八折，收三百四十两〇二钱。仍朱姓经售。

同乡会来函，十一月二日开成立会，投票选举，以五十九票当选第一届理事。

**初六日(12月13日)**　约夏玉峰来谭。梦老来，以足疾辞。

致谢印光法师惠文集书。

覆任心白书。印师函请其转寄，赠梅荪《现报录》十本。

**初七日(12月14日)**　吴蝶卿、任心白来谭。

延鲍承良，为崇儿诊方。

陈乃乾来，代向培孙索到夏月润治伤末药。

刘公鲁来，已将古微侍郎代唐元素索遗稿，告之。

覆罗子经书。告有伤科针治最有效，太夷曾治臂痛。

覆王雪澄书。初九日贞元会,以足疾辞。

昨覆沈醉愚书,桥捐当为捐募。淞社公祝梦坡届期初九日六时。晋隆西餐,不克到,列名发起。所收分资不敷,应摊认并约来谭。十九日交来捐册。

晚至荣德均家镶牙。

河南郭碑估送阅各碑,留七种:留六种,付四元。魏吴欁等造象,无年月,侄吴道子。四围皆有图画,佳,洋二元,十二日付讫。晋故沛相张朗碑,分书,两面刻,元康八年十二月,戊午洛阳出土,现归日本,拓本劣。以下六种二元。唐戴令言墓志,八分书,开元二年,佳。唐金松墓志,天授二年。唐三原县尉郑淮墓志,□[①]元十六年。唐郑温球墓志,开元十五年。唐刘穆墓志,先天二年。梁杨公则墓志。无年月,云系江苏新出土。十二日退回。

**初八日(12月15日)** 购明梵夹本崇祯二年姑苏北禅寺人昱募刻。《华严经》实叉难陀译本,计八十卷。附《普贤行愿品》般若译。《复庵和尚纶贯》,共八十二册,疑阙忏仪、品会两册。价洋四十元,另送正续《随庵丛书》。竹纸印本。甲子三月又请嘉靖本,亦八十二册。

致陶子麟书。催重刻《徐集补遗》并写《登科录》样。

覆李审言书。《字诂义府》为黄生著,族从孙承吉刻加按语,统名之《字诂义府合按》。

初九日,灵学会广告,本日晚十一时至初十日上午一时,合之现行阳历,周人建子为正之法,恰成四甲比四午,尤为难逢,较双丁更,应致祭。四甲相聚,毕世难逢。

**初九日(12月16日)** 晚,淞社同人公祝周梦坡六十寿,在晋隆西餐。分四元,十九日交醉愚。

晚七时,李季皋约大雅春和楼酒叙,季皋拟聘程龄孙侄女为子妇,请作冰人。

---

① 原文如此。

购东洋美浓纸五百张，价洋玖元。备印《玉台新咏》十部，文路永田商店。

**初十日(12月17日)** 昨接上海水泥公司函，六厘股息改作股本，共应得息五百四十七元七角五分，改给股分五股，找出洋四十七元七角五分。今签字盖章，加股五百元收据，又洋四十七元七角五分。甲子二月十日换股票五张，七六五号至七六九号。

致吴舜臣书。丹云盗卖赤岭树木，附呈请县署示禁稿。卖稻五百石，又淑记一百石，每石三元三角五分。丹云卖鳌官田五十余亩，又售他田，共一百余亩。

致兴和族祖书。丹云在赤岭卖树，约子丹弟商公同出名。

致大太太书。丹云盗卖赤岭树木。

致丹云侄书。盗卖赤岭树木。

至周孝怀处，说陈、李姻事，未晤，约明日接洽。又至李季皋处，告之。

刘次羽来，交《南陵县志》稿。学校、武备、营建，共四册。

晚至荣德均镶牙。

购钱昌美宋蜀本沈约《宋书》、元本《宋史》各一叶，价洋二元。

周湘云以新拓藏器金文相赠，凡廿二种。次日作函谢。

任心白函送魏梅荪赠莲池大师《戒杀放生汇录》。次日复。

**十一日(12月18日)** 至周孝怀处，谭李、程姻事，一聘礼用如意匹头，二婚期在两年后。允即转致程府，约明日接洽，随覆季皋。季皋赠家蔬。

至刘镜清处，劝募慈幼院捐款，镜清允捐助，未定数目。

答拜冯蒿丈，告晤镜清募捐情形。

狄楚青来，未晤，函告足痛出外就医。

函倪远甫、杨咏秋，辞酒叙之约，并赠远甫所藏造象拓本二种。

至闵采臣处医足痛，闵给膏药五片。同前式。

**十二日(12月19日)** 余寿老由皖回，来谭，交退老上月廿六日来函,约赴盐垦董事会。余自上年已无董事职务,云蝶卿条议颇有见地。

孝怀来,云昨往见程大太太,允照季皋所请两事,随告季皋,已择定十二月二日文定,本月十四日拜请冰人、下请帖。又至孝怀处言之,请转致程府。

季皋来,不遇。

刘健之来谭。

购洛阳碑估王发印碑,价洋六元:通讯处洛阳城内商场对门祥瑞斋钟表店交王子廉(名发印)。刘华仁志,正光二年,洛阳,价二元,开封关氏藏石。元颢志,太昌元年,洛阳,值六元,石归颍州某氏,壬戌匪乱经火毁。寇峤妻薛夫人志,北周宣政二年正月,洛阳。马神威墓志。久视元年,石佳,拓劣,洛阳。

大太太来快讯,告世凰卖祖茔树,请函县出示禁止。

覆罗子敬书。为萧尺木《离骚图》配十一叶事。

购苏登保宋本《魏书》,九行十七字。明本《大学衍义》十一行廿一字。共二叶,洋二元五角。

覆陶子麟书。昨寄来《徐集补遗》重刻样四张。

寄吴华卿书。为缪石记通海垦牧公司一千两股本取息,寄息折。

晚至荣德均,将上牙镶成,价洋玖拾元。

**十三日(12月20日)** 至花旗银行,存九八。元,叁千两到期,改存先施公司活期,每月息五厘。收花旗息一百五十两,付家用。

约子丹弟来,商公函方子皋,请其代递禀县请禁盗卖赤岭祖茔树木公牍,今晚刘瑞回南,由其代交。

致吴舜臣书。附大太太来函及方子皋致丹弟函,又公致方子皋函稿三件,由刘瑞带交。

覆吴舜臣书。来函云,此事有外出主意,何人阻止,即拌与何人。此函未付丹弟阅。又迟丹、辉廷、丹云、世丰等列名,丹弟不同意。

朱瑞堂来,刘镜清答拜,均未晤。

晚至荣德均修牙。

**十四日(12月21日)**　函吴蝶卿，募捐十二圩义园迁费，附赠《妙法莲华经》、有匣。《大悲心陀罗尼经》。旋得覆书，捐洋五十元。

李季皋来谭，亲交冰人请帖。

周孝怀来告，程府聘礼须增珠饰四件，商定，俟霖生回沪再为计议。晚来书，孝怀明早拜季皋。已晤霖生，仍持六礼之说。霖生午后三四时来拜。

朱研涛函约消寒会，覆以足疾未愈，俟愈再临时加入。

覆张退公书。退公约赴初一日盐垦董会以愆期并足疾复之。大纲公司吴蝶卿建议董会认甲乙两条为可行，亦极端赞成。

致鲍子丹书。催前认捐募圩冢一百元，请照缴。

覆陈倬斋书。义冢前认捐募二百元，并子丹一百元，仍照缴。

覆汪甘卿同年书。甘卿托售《从古堂款识学》。

覆李婿叔岩书。

旅沪安徽公学校长李振亚来，送校董敦请书。校董敦请书：积余先生热心教育，望重枌榆，谨敦请为本校校董。旅沪安徽公学校长李振亚，中华民国十二年 月 日。

安徽同乡会来函，阳历十二月廿三日，阴历十一月十六日。午后三时开第一次理事会。

陈介庵昨日酉时作古，十五日子时入殓。

程云岑函寄代购金大定钱镜，价洋拾元。

付来青阁荐印书人售烟煤五元。

**十五日(12月22日)**　覆程云岑书，汇金大定钱镜价洋拾元。邮寄。

覆马石臣书。石臣询大纲公司付息，告以情形并寄董会通告吴蝶卿建议进行方法。

致缪子受书。实业股票一千八百九十两，(一八折)售出一百五十一两二钱，(七二一五)化洋二百〇七元，交北京商务书馆转交。垦牧息托通友代取。

致李拔可书。寄缪子受洋二百〇七元。索《四部丛刊书录》一本。

徽宁旅沪同乡会函举会董。敬启者：本会自筹备以来，转瞬一载，其间经过屡见报端。度蒙洞鉴，近者理事、评议两部均已正式成立，按章尚须公举会董，以维会务。素仰先生热心公益，望重乡邦，兹由本会公举为会董，即希慨先，共襄会务，本会前途，有厚望焉。肃此敬奉积余先生钧鉴。理事长余鲁卿。

程霖生来谭，请其商劝乃嫂，不必定增珠饰作聘。

**十六日(12月23日)**　长至日。闻周孝怀昨往晤季皋，未见，又约今午前十时商聘礼增珠饰。季皋夫人有允意。

夏玉峰来，已晤高彝丞，商先开肥田水程。

刘慧之来，谭芜湖纱厂情形。朱瑞堂来，未晤。

鲍子丹覆函，加认十二圩掩埋费壹百元，随作书商汇寄捐款，并函告倬斋，所差一百元就近在圩劝募。

昨江汉珊来，属代购《九宫大成》预约券三部。今函商陈立炎，照券价廿元八折缴价，随将券交来。另作函送汉珊。十八日收四十八元，十九日交陈立炎。

任心白来谭，将商务书馆寄售书折请其揭算。

**十七日(12月24日)**　任叔丹廿六日娶弟妇，送红呢幛，交大生转。又陶受之讣书至，送黄呢幛，亦交大生转资生。

拜梅畹华、张季鸾，未遇。

答拜程霖生谭，下聘增首饰辞意不坚决，并云李府约两三日内答复。

吴舜臣十五日来书，前寄兴和族祖公函已交致县公禀风水二字改遗迹二字。亦于昨日书就送至县署，惟丹云倅垄南公潭田一百十余亩，在毛竹园下、鳌官屋上。每亩约五十元，兴和经手。已有成议，赤岭卖树事可以取销。又闻鳌官屋茔地先武显将军本有廿余亩田契，究未知实在情形。

晚约刘次羽来，交《南陵食货志》稿。

赠李元之、刘次羽《玉台新咏》各一部。

**十八日(12月25日)**　函李审言，赠《玉台新咏》十部。

函胡朴安，赠《玉台新咏》并送《国学周刊》费二元。

函童心庵、江汉珊、李振唐，各赠《玉台新咏》。

致陶子麟书，收到《宝祐登科录》明本一本、粤雅二本、新写样一本。四本，并赠《玉台新咏》四部。

函杨云史，赠《玉台新咏》。

覆湖心寺慧之方丈书。告江易园住婺源江湾。

致夏玉峰书。抄送合肥北乡陆小影地方田七十三丘、旱地四丘，实秧二石三斗，私塘四口，私河一口，公塘三口，每年额大变租四石，秋租稻七十石，庄房一所，水程。

朱稷丞来，未晤。

**十九日（12月26日）**　送江少先东绸素幛。

佛经称地藏、普贤、文殊、观音诸佛道场曰地、水、火、风，为四大结聚，九华地也，峨眉火也，五台风也，普陀水也。

李少穆来谭，同乡会拟筹款，理事每人每年认捐三百元，评议员一百元，三年可成七万余元。

顾鼎梅来函，交来《颜勤礼碑》八分，并赠《袁州石刻记》《永感录》，又询陈石遗住址。当覆书告之，顺赠新刻《玉台新咏》。

崇儿索《玉台新咏》三部，分赠张宗炎、陈含光、何昉孙。

覆李审言书。审言示治足疾用大活络丹，黄酒调服，或用开元钱将此丸用炭火锻之，淬入镇江醋中，如此五六次，然后碎，亦用黄酒和服。

沈醉愚来谭，请其向刘澄老为崇儿说姻事。

刘健之来谭。陈立炎六十生日，送礼券四色。

**二十日（12月27日）**　周孝怀来谭，程府聘礼增首饰事已不提议，霖生力阻止。属询李公子号某某并聘礼单，当请任子木开来。

覆任心白书。赠梅老江慎修《杀生放生现报录》十本，又借明董霁野《广生篇》四本。

覆李拔可书。商务书馆今日交来《大清会典》全部八十二套，又图二本。另续藏发票一纸，六百廿元，九折五百五十八元。赠蓝印《玉台新咏》，又赠陈石遗墨印本,请转致。

致张菊生书。赠蓝印《玉台新咏》。

致倪远甫书。送《颜勤礼碑》八分,得复交价洋十六元。次日作书退还。

五时,访季皋,告孝怀来云程府已不提增聘礼,并询定侯号及聘礼单。

答拜孝怀,交聘礼单并定侯号,另赠《玉台新咏》。

潘兰史约六时祝梦坡寿在消闲别墅,以足疾辞。

徽宁同乡会约倚虹楼西餐,辞。

兴和族祖覆书至,拼伐赤岭树木已有人打销,兼有县示,更可消灭无形。钞稿函告丹弟。

三太太来函,告赤岭卖树并石荪在南索款情形。

**廿一日(12月28日)** 覆倪远甫书,退回《颜碑》价洋十六元。倪又退还,函复收八元。

函李维强,振亚。辞六时倚虹楼西餐之约。

覆陶子麟书。陶寄来《徐集补遗》重刻板四片。

覆三太太书。钞兴和族祖覆书。

至袁述之处,略谭。

俞峻韵之大世兄俞昌权由南陵来,送礼二色,茶食、板鸭。云其弟昌时在南洋医学校反对校长,顾立群。为代表,经地方检厅拘押,商设法释放。

**廿二日(12月29日)** 购文路永田商店美浓纸五百张,洋玖元。

吴舜臣汇来稻洋弍千元。内淑记二百元,留五百元家用,存先施一千二百元。十二月一日付四百元家用,十日付六百元,十四日付二百元。

刘健之赠《畿辅先哲传》四十卷《畿辅书征》四十一卷,均徐世昌撰。《悦云山房诗》八卷《词》四卷附存一卷。桐城刘敦元撰,徐世昌刻。

覆潘兰史书,赠《玉台新咏》。兰史交消寒日期单。

覆吴舜臣书。寄兴和族祖来函稿,并告俞峻韵长子(名昌权,号秉衡)来,为次子昌时在南洋医学滋事。收到稻洋二千元。

**廿三日(12月30日)** 接吴舜臣快信,禁山告示今晚可发出六张,丹云侄卖田壹百拾亩,明每亩四十一二元,实则受主四十八元。兴和族祖又卖公堂田六十亩,炳宗、稚丹恐在内。虑丁巳年捐助刘冲涝田廿三亩七分八厘在内。当覆以此田同周家湖田廿亩六分六厘八毫捐送徐敬爱堂宗祠,备充学费,初由我处收租付款,于丁巳年祠堂添建闺阁祠,荣廷等浪用过多,未经承认,将田契索去,闻当时即以周家湖田售出,仅存此田,不但不足供学费,照此不肖子孙恐宗祠祭祀亦不能举行,请其设法劝阻。倘一意卖出,亦无可如何耳:

一张瑞廷田契;廿亩〇六分六厘六毛,十都一二图周家湖田即周塘坊,宣统元年。

一王懋忠田契。廿三亩七分八厘,十都一图三甲,土名刘冲涝,宣统三年。丁巳年底将两契捐送敬爱堂宗祠。

覆李从龙书。赠《放生杀生现报录》二本,又印光师《放生池疏》一本。

覆吴昌硕书。今晚消寒二集,昌硕值会,以足疾辞。

函沈醉愚,捐助震泽县白溪御龙桥捐四十元,并赠罗纹纸蓝印本《玉台新咏》。

函刘翰怡,赠罗纹纸蓝印本《玉台新咏》。

**廿四日(12月31日)** 余鲁卿、吕皋俞、程永言、郑介诚来,募集徽宁同乡会基本金,捐洋壹百元。

旅沪安徽公学李维强振亚。函送游艺会券二元十张、一元廿张,赠券二元。二张。

函陈倬斋,告捐款捐募二百元,积记一百元,吴蝶卿五十元,李五老太太廿元,马淑畹廿元,吴定君四元,筱淑四元,潘伯举二元。又拾元,李家善。均交鲍子丹转汇,并先后将洋函交子丹。

陈乃乾来谭,交赵氏又满楼赠新刻词。唐祖命《殢花词》,张思孝《莺边词》,沈蓥留《沤吟馆词》,江标《红蕉词》。

赠刘葱石、周梦坡、陈乃乾、罗子经蓝印罗纹纸本《玉台新咏》。

赠陈卓甫、章一山、刘健之、刘公鲁墨印本棉连纸《玉台新咏》。

购苏登保释典四种,洋廿七元:《五灯会元》廿卷,万历壬子径山寂照庵支那本,洋廿元。《妙法莲华经》七卷,崇祯戊寅昭庆寺贝叶斋本。以下三种共七元。《金刚决疑解》,憨山大师撰,附《心经直说》,顺治甲午牛岭后三教堂刻本。《太上感应篇会解》二卷。闻于廷辑,崇祯壬申陆之遇刻本。

**廿五日(阳历一月一日,1924年1月1日)** 任心白来谭,交淑畹、绮女各捐助慈幼院壹百元。

刘翰怡覆书,赠新刻《王文敏公集》八卷。

**廿六日(1月2日)** 函覆李维强,收旅沪安徽公学游艺券赠券二张,交券价四十元,还券卅张。

李子馨来,赠印度红花油。

**廿七日(1月3日)** 为梦坡六十生日赠寿诗,醉愚制屏,分得一幅,今交醉愚汇送,并屏资一元。

函李木公,赠造象二种、魏、唐释道二象。《玉台新咏》。墨印本。

覆缪子受书。售实业股票二百〇七元已收到,至邮局寄函未收,今详告之。

覆任心白书。还魏梅荪信。

送汪撷荀之太夫人洋缎素幛、素烛。

送周梦坡六十寿红花缎幛、红烛。

函谢伍渭英、狄楚青、左静山、冯振轩、赵灼臣、余伯陶,约五时在倚虹楼酒叙,坐有畹华。并另函谢楚青。

致吴舜臣。告江浙有战事,俞世兄次日未来,又移居他处。询赤岭、杨家山。

慈幼院会计余峙莲杨华,婺源。来,院存银行善款印鉴盖章。

刘次羽来,交田赋、漕运、户口等志。

**廿八日(1月4日)** 拜李季皋,告廿 日接孝怀书,商霖生惟聘礼一切听命,至请期之日,所望互为容纳,以慰乃嫂。辞至婉挚,季皋意须先期单示,俾易措办。当覆孝怀,以外出未晤。

蒯景参来,万顷湖田押款三千元,已于初十日转押义振会,田契、押据交陈少舟，至息洋由景参自筹，付陈卓甫交俞清结。

俞昌权来书，其弟昌时已脱离医校关系，二三日回里，住俞家弄卅八号。当覆书，赠茶食、罐诘各四，又赠峻韵《玉台新咏》。

李子馨来两次，未晤。赠印度红花油今擦患处，竟能止痛，覆书谢之，并赠《玉台新咏》。

**廿九日（1月5日）** 送鲍心斋之太夫人东缎素幛、烛。婉女忌日。

送陈贵阳师《玉台新咏》，师覆赠《花近楼诗存》五编。

赠冯蒿丈《玉台新咏》。

赠恽季申、瑾叔《玉台新咏》，并乞题《礼塔图》卷。

## 十二月

**朔（1月6日）** 付先施四百元家用。净存八百元，付清。

魏梅荪来谭。

顾鼎梅来，未晤。

**初二日（1月7日）** 同周孝怀为李季皋、程龄孙两家联姻作冰人。晚归，即寒热大作，延林洞省西医治之。

**初三日（1月8日）** 延鲍承良诊方。

昨晚消寒会，刘翰怡值会，辞不赴。

**初四日（1月9日）** 昨接商务书馆寄售股交书、售书洋八十八元一角六分，今凑十一元八角四分，函致李拔可，付还代购《大清会典》书价壹百元。附赠《徐集校记》。罗纹纸印本。

覆傅沅叔书。快讯。另寄蓝印本赠《玉台新咏》一部（单挂号），墨印廿部（寄售，每包三部，共装七包。书价一百六十元，甲子二月廿四日收一百元），附印官册纸三部（另一包）。

延鲍承良诊方。

陶子麟来书，只收到《玉台新咏》二部，并询《登科录》四本是否收到，始知前函遗失，书亦只收二部。今覆书告之，并由邮局追查。用邮票五分,十三日接来书,收到《玉台新咏》四部,误书二部。

徽宁同乡会毕秀峰培钰,歙县。来,收捐款壹百元,未晤,覆以再行送会。余寿老来,未晤。

覆吴舜臣书。后山余徐丁公田事设法阻止丹云等图卖。赤岭树木廿九日函县,示谕已出。快讯。

**初五日(1月10日)** 致文公达书。赠《玉台新咏》,另赠梅畹华,又《阳春白雪》。

致杨云史书。请告兰生,如无危险即令南归,并借给川资廿元,快讯。另致兰生快讯。

致陶子麟书。告前函所云《玉台新咏》刻工账开来,又《绍兴同年录》于年内将样写成。

致魏梅荪书。赠《大悲陀罗尼经》《心经注》等八本。

致李拔可书。明日大生三厂董事会,请代表。

致胡朴安书。朴安询《玉台新咏》书价,答以君友即吾友,未能遍赠为愧,如爱购,酌给价值,决不计较也。

昨李木公函告,次岩覆仲帅电,允年内为大女还初期债款,并赠沈石翁书《禊帖》《书谱》印本。当覆函谢之,亦赠《妙法莲华经》并匣。

至余伯陶诊方。

覆陈劭吾书。劭吾询《北溪字义》,陈立炎有残本,索六元,还四元未售。

**初六日(1月11日)** 函盛竹书,催吴元松芜交行练习生事。

函吴寄尘,大生一、二、三厂董事会因病未得与会,已函请李拔可代表。

函张啬公,因病未克诣谭,赠《玉台新咏》。

赠蒋孟蘋、陈立炎《玉台新咏》蓝印本。

赠狄楚青、吴寄尘、柳芝庭、赵叔雍《玉台新咏》。

龚怀西、初七。萧哲肤十一日。娶子妇,各送镜屏贺之。

昨陶拙存来,适出外就医,未晤,留函约初八日消寒四集,初九日贞元会,作书谢之。

拔可书来，大生董事会已为代表，议案颇多，通过大半，但均非救急之策耳。

朱稷丞来，未晤。

覆吴舜臣书。舜臣函告，存仓售出之稻，须负责任。告俞昌权后来书情形。

**初七日(1月12日)** 杭州书估抱经堂朱瑞祥来，购书十四元：《婺源县志》四十卷，乾隆丙午丁未知县彭家桂续修，八元。《绛跗阁诗稿》十一卷。秀水诸锦，康熙五十八年刻本，六元。

蒋孟蘋来书，谢昨赠蓝印本《玉台新咏》，并云沅叔所印官册纸有其一部，今复赠墨印本棉连纸一部。孟蘋赠新印王静庵《观堂集林》。

沈慈护来，未晤，留赠新印其尊人《海日楼遗墨》二本。

陈乃乾来谭，将十一、十二两月薪资四十元交付。

赠王培孙、杨寿祺蓝印本《玉台新咏》。又赠赵诒琛墨印本，报词刻之赠也。

乃乾出示元椠本《韩诗外传》，伟侯藏书。有黄荛圃、顾涧蘋、瞿木夫跋。又云杨寿祺新得宋书棚本《张司业集》三卷，缺上卷。明本席刻均以下卷为一卷，其卷中未见，未免疏陋。盖孤本也。松江韩氏有陆敕先借遵王南宋本钞补本。乃乾绍介董授经，价买三百廿元。又云授经刻书，每字工价一分八厘。又云《徐公文集》宋本系定府旧藏，后归徐梧生。徐殁，为董授经所得，售于日本大仓氏，非内府藏本。内府藏本当无缺叶，当年编《全唐文》多出二篇，因知无缺。此乃乾据授经之言，不足据，盖所缺者诗，而《全唐诗》并未多出只字也。

崇儿旧业师朱右村淇滂，旌德。来，未晤，留赠茶叶二瓶、书一部、粉四瓶、粉扑六枚。十七日送洋十元，交刘谦甫先生转致。

**初八日(1月13日)** 至仲帅暨木公处，为大女致谢电次岩。

晚，刘健之谭。

函姜文卿，寄《闺秀词钞续补遗姓氏韵编》稿四叶。快讯。

**初九日(1月14日)** 函余鲁卿，交捐助徽宁同乡会基本金壹百元。

李紫东来谭,送蓝印本《玉台新咏》。

郑太夷初一日奉诏入觐,因谕清理皇室财产,旋授内务府大臣、太子少保。

覆李从龙书。从龙以余足痛为礼佛,诵《大悲咒》百遍。赠彭二林《一行居集》。

盛竹书覆函,吴元松芜交行练习生李耆卿仍婉言从缓,是耆卿决不设法也。

覆吴舜臣书。丹云侄卖徐丁公田在南乡廿六七都、丁家冲约十九亩。盛竹翁覆信,耆卿延宕,拟改蒙藏银行。公堂卖田,兴和出笔,初七成事,云以私田换刘冲涝公田。

致罗叔蕴书。寄蓝印本《玉台新咏》,询徐照、徐玑二集。

以《玉台新咏》墨印本。同李紫东换《海州志》,值洋拾元:《嘉庆海州直隶州志》卅三卷。唐仲冕总修,汪梅鼎、凌廷堪等编。

**初十日(1月15日)** 章一山书联相赠,作书谢之。

晚,挈大女蕊珠、三女绮、大儿祟、外孙李家源至共舞台,观梅兰芳《洛神》剧。

**十一日(1月16日)** 葱石弟暨其夫人来,丹弟亦来。

是日五十六岁生辰。

沈醉愚来,谈祟儿姻事。

**十二日(1月17日)** 张啬老来谭,未晤。旋答拜,久谭。啬老今晚返通。

淘拙存、王叔雍来,不遇。

至蟫隐庐,同罗子经闲话。

至忠厚书庄,李子东先外出未遇,取书一种:十五日面商以旧纸印《玉台新咏》易之。《太元经》十一卷。明王偀翻刻万玉堂本,无王涯说元及音义。

罗子经藏宋本《元包数总义》《元包经传》,陈乃乾曾校明本。已归张石铭,价千元,费景韩绍介也。

覆吴华卿书。大豫沪中行营业主任,中央信托公司欲购大丰,报载裕华公司欲购,属催还款。缪取垦牧息。

致罗子经书。附印《离骚图》中《九歌》五叶,有图。

覆俞寿丞书。送谭大武《玉台新咏》。

**十三日(1月18日)** 阅报载,众议员李燮阳因张少轩予谥忠武,郑太夷特授内务府大臣、太子少保,赏紫禁城骑马,主张取销优待条件。

吕皋俞来,拟在六安创办旌德小学,以明年夏间五十生日贺礼移助,并将通启稿属具名。

大女挈外孙李家源今晚回肥。

**十四日(1月19日)** 顾鼎梅来函,交来各碑价:石经二分,四元五角;颜碑廿五分,廿五元;石窟寺全分,二元五角;吴、姚二造象,一元六角,共卅二元六角。《颜勤礼碑》,十分,十元。魏吴欉等造象,一元,侄吴道子。姚伯多造象。六角。

覆顾鼎梅书。交还碑价卅二元六角。

致倪远甫书。送《颜勤礼碑》十分,覆书交碑价十元。

覆陈倬斋书。收到捐款收据。

送陈介庵华丝葛幛并联。

方玉山来,未晤。

狄楚青来谭,赠珂罗版《庙堂碑》。临川四宝之一。

覆姜文卿书。《闺秀词姓氏韵编》写样四叶校毕,寄刻。快讯。

晚,至集成书局购书,洋六角:《律吕剩言》三卷,吴超、蒋文勋,琴学,道光十三年刻本。《径中径又径》二卷。道光五年江苏巡抚张师诚刻本,净土。

**十五日(1月20日)** 购汉镜,而日而月等铭,水银浸,郭斌售。洋六元。

函狄楚青,考查方士廉、洪梧、阮亨、徐午、丁以诚事实,并赠《徐文公集校记》。

覆陈劭吾书,告湘刻《惜阴轩丛书》沪市现无,市价白纸约卅元上下,竹纸约廿元上下,并赠《徐公文集校记》。

函恽季申,辞消寒五集之约。

函方玉山,辞一枝香之约。

**十六日(1月21日)** 函余寿平、姚文敷、沈冕士,赠《玉台新咏》并《徐公文集校记》。

又函吴昌硕、况葵生、刘慧之,赠《玉台新咏》并《徐公文集校记》。

赠刘1枝《玉台新咏》。□卷三、四、五,收回三四两卷。癸亥十二月十七日。

外舅马汉卿公八十阴寿,净土庵讽经。

**十七日(1月22日)** 函汪雪澄、朱古微、王聘三,赠《玉台新咏》并《徐公文集校记》。

函朱研涛,赠《玉台新咏》。

捐送安徽同乡会一、二、三共三个月,临时捐十五元。

送任子木之太夫人洋缎幛、烛。

覆任心白书。汪立群润格列名。慈幼院已收捐款八千余元。《大清会典》已更换前书。《玉台新咏》列入每月出板界。

昨晚至来青阁,取书一种,价一元六角:十九日付一元六角。《稗贩》八卷。仁和曹斯栋辑,钱唐黄子渊校,乾隆甲寅刻本。

**十八日(1月23日)** 王雪澄来,未晤。

绮女南京湖墅房屋出售,今汇来一千四百廿元。

江浙皖水灾义振会函送扁额一方。文曰:拯溺为怀。民国十二年六月大总统题颁。当日振会请奖时,曾同介庵商请仁济堂同人将奖册亲自删除,不意如何有此扁额也,可耻孰甚焉。

至鲍子丹处,商函袁述之为舜臣子谋蒙藏银行练习生。

至蟫隐庐,晤罗子经谭,交寄售书折核算。

至李子东处,不遇。昨来交北京托印《玉台新咏》顶上开花纸三部、次五部，可敷印七部。又子东印夹连一部、皮纸三部。

昨刘谦甫来，告别回扬，略谭。

**十九日（1月24日）**　午刻，贞元会，陈抱初值会，未赴会。

吊陈介庵之丧。

镇江大照电灯公司汇来董事夫马费捌拾两。化洋一百十一元，归家用。

收西冷印社售书价洋四十九元五角六分。

付泰生永赛连广隆光字。三件价三十四元五角。

函陈少舟，并洋壹百零二元汇交陶子麟。当取收条。

覆陶子麟书，告交陈少舟汇刻工价一百〇二元。《玉台新咏》二百廿元，《札记》六千七百廿六字，《徐集札记、补遗》一万〇七百卅三字，内重刻二千八百四十字，（四五）合洋七十八元五角六分五，板四十一号（八分），三元二角八分，统共三百〇一元八角四分五，收过二百元，净找一百〇二元。

丁仲祜函送《三藏法数》，并索《玉台新咏》，当复书赠之。

致袁述之函。为吴元松请派蒙藏沪行练习生，赠《玉台新咏》。

覆吴舜臣书。吴元松蒙藏银练习已同子丹商酌，快函请袁述之派入沪行。义务学校卅元。贫民米一百元照付。志局人题名。

丁仲祜又赠活字本《永嘉四灵诗》。丁巳年印本。

付先施公司二百元、大生壹百元。先施净存二千元，大生净存七百元。

晚至来青阁、集成书局，晤陈乃乾，交赵月南贻琛。赠《林外野言》。元昆山郭翼撰。

**二十日（1月25日）**　刘健之来谭。

姜文卿父子来，刻《闺秀词续补遗》四卷，三万三千七百六十一字。目录，七五。双等，一五〇二。加尾，四百。共字，一千九百〇二字。《姓氏韵编》，一千一百七十二字。共三万六千八百卅五字，卅元。计工洋壹百十元〇五分。又添删割补工每工六角，计三天半。洋二元一角，总共壹百十二元一角五分。除中秋节付叁拾元，净找洋八十二元。

收千顷堂书价四十一元。欠付五角。

付来青阁经售北京富晋书庄《玉台新咏》棉连、料半。共拾部，定价每部拾元，实收捌元。

晚至来青阁，观《野客丛书》嘉靖壬戌王穀祥以宋钞本刻，极佳。三十卷，《稗海》《秘笈》均十二卷，不全。定价二百元。孟蘋欲购，乃乾云《稗海》本卷数同。

至集成书局，观《兰台秘藏》，每半页十行，行十七字，孙氏《平津馆记》以为元黑口巾箱本。

至锦文斋翁朗店，观《神仙通鉴》，索价十二元。今将原书携归：廿二日付价十二元，初刻为《三教同源录》，甲子二月购，十五元。甲子二月赠子丹弟。《神仙通鉴》二十二卷。徐道述，李理赞，张继宗真人序。张序云四十卷，今外间所传新本亦廿二卷，此康熙五十一年原刻。

**廿一日(1月26日)** 致宗子戴书。告《玉台新咏》《徐集校记》。

致陈乃乾书。《徐集校记》，又钞刘燕庭杂著。

覆李木公书。刘泮桥致木公书，已商次岩，将大女债务准还首批，余批亦续付本年利息，同债主妥商办理。又每年照付二千五百元房用。

致大女快讯。钞木讯并刘泮桥讯。

余寿平函送湾址癸亥田租捌百元，无账。当覆书谢之，并给来仆车力壹元。活存先施公司，连上存共二千八百元。

覆褚稼先书。借洋一百元，却之。

覆李从龙书。赠《徐集校记》。

覆岁叔缊书。赠《徐集校记》。

收罗子经年节书账三十元〇二角二分。并更立新折。

**廿二日(1月27日)** 午刻，为任子木之太夫人襄题神主。

沈慈护来谭，赠《玉台新咏》《徐集校记》。

任心白来，未晤。

收大丰公司息洋二百元。家用一百元，李元之修志一百元。

送刘次羽修志五十元。

送席少卿之夫人黄华丝葛幛。

为李子东印《玉台新咏》十二部，上开花三部、次开花六部、料半一部、薄东洋皮二部。议定洋壹百元，今将书交子东。子东为北京代印，甲子二月收洋一百元。

购锦文斋翁估《神仙鉴》，十二元。

晚，赴余寿平酒叙之约。

**廿三日(1月28日)** 送李元之先生修志洋壹百元。壬戌送二百元，共三百元。

函徐静仁，赠《玉台新咏》。

函刘葱石，再赠墨印《玉台新咏》，葱石函复，赠覆宋《五灯会元》。

函姜文卿，寄《闺词补遗续》卷一、卷二刻样校本。

送陈少石世伯暨俞夫人七十双寿红花缎幛。

**廿四日(1月29日)** 钱昌美送书数种，留下各种，购价十五元：廿五日付讫。《庐山通志》十二卷，桑乔集，释定嵩、闻极编辑，洋十元，顺治庚子刻本。《佛说佛名经》十二卷，元魏菩提留支译，支那本，共三册已。以下六册共五元。《过去庄严劫千佛名经》宋畺良耶舍译《出观药王药上经》。《现在贤劫千佛名经》《开元拾遗附梁录》，一名《集诸佛大功德山》。《未来星宿劫千佛名经》，同上，共一册，长上。《金刚波若波罗蜜经三译》，一鸠摩罗什，一留支，一真谛，共一册，羽下。《佛说阿弥陀经》二卷吴支谦译。《佛说无量寿经》。曹魏康僧铠译，二卷共一册，乃下。

**廿五日(1月30日)** 覆刘公鲁书。借《齐鲁封泥集存》，又商承祚《殷虚文字类编》《待问编》《书契考释》，答复无此书。

致傅沅叔书。前初四日寄《玉台新咏》廿四部，未答复。今寄《徐公文集校记》蓝印宣纸本。

致李审言书。寄《徐公文集校记》墨印连史本。

覆张子俊敬。书。子俊因其祖竹溪公家训入志，函谢。赠《玉台新咏》。

致姜文卿书。寄《闺词钞续补遗》卷三、卷四校刻样修补。

送钱昌美《玉台新咏》，并付书价十五元。

**廿六日(1月31日)** 覆大太太书。谢惠冬笋,前呈县署只批准给示禁止,未谕乡保查禁,后请李君说通始允。凤侄卖田朗宫潭百亩零。

覆吴舜臣书。覆家嫂信转送,来信附阅。商马玉英附名志书。袁述之未回信。快信。

覆杨云史书。云史为兰生荐课吏馆事,并另兼一事,月可百元。寄《徐集校记》二本,一赠云史,一赠兰生。

廿六日,赠西泠印社蓝印本《玉台新咏》。

至古玩市场,购陶仓一对,上有仓字阳文,温州出土。汉富贵万岁瓦,洋五元。

至古香斋,购书画铜器七十元:廿八日付讫。唐天马蹄镜,卅二元。元至正二十年彰德路权,六元。江于九恂。隶书轴,六元。黄山寿仕女轴,五元。陈洪绶画东方朔象,二元。曾墨琴书《幽兰赋》,五元。顾绣东方朔象,六元。文信国公遗琴轴。吴廷康拓本并题,款署左卿,八元。又吴安业题(赐麒孙),款署龙岩草堂主人。

覆姜文卿书。《姓氏韵编》刻样寄来,稿未寄,现查明已寄来。

刘健之先后假阅《经韵楼集》《观堂集林》。

**廿七日(2月1日)** 宗子戴来函,索《玉台新咏》四部、《吉金图》《邓析子》《徐公文集校记》,随交来使带虞。

陶子麟将《绍兴同年小录》写样并原样本寄来。

晚挈崇儿至来青阁、集成书局、锦文堂。锦文有明康海《武功志》,还价十元未售。

**廿八日(2月2日)** 至古香斋,取赵次闲之琛。六言篆书联,集石鼓文。索价十四元。廿九日议定十二元,三十日付讫。联下缺一字,实七言句也。甲子退回,换取他件。

晚,赴周梦坡消寒七集之约,晤恽季申,允助十二圩善举一百元,又大源公司捐一百元。

购《儒行集传》二卷,黄道周辑,陈奕铨刻,康熙庚申辰刻本。价洋二元。

**廿九日(2月3日)**　覆姜文卿书。寄校新刻《闺秀词姓氏韵编》样。

致陶子麟书。收到《绍兴同年小录》写样、原稿各一本。

至古香斋，购汉新有善同镜，黑漆古，疑破损。价洋廿四元。三十日付讫。

至古玩市场，购陈松烟墨约斤，价洋捌元，当付讫。

薄暮，游三马路花市，晤于右任。

覆陈劭吾书。《北溪字义》已向古书流通处商减四元购成，钞出于宋，因年内邮件较多，恐有舛误，未便速寄。

覆任心白书。慈幼院捐款实收九千余元，认捐亦有五千元。放生会原址一百八十亩，现值二三万，原价五千五百元。现又购地五千元，数同放生会，廿六日成契。

**岁除日(2月4日)**　至棋盘街永泰栈，购亨白二五支。烟一匣，洋二元四角。又至静安寺路，购花二盆，洋二元八角。

付古香斋汉镜、赵联价卅六元。刘临送交，并退任阜长画钟馗象。

陶子麟来书，汇《玉台新咏》刻价一百零二元收到，并赠新刻《梁文忠节庵先生遗诗》沔阳卢弼刻本，首二卷龙氏旧刻。六卷《熊襄愍廷弼。》十卷。湖北通志局用东洋钞本重刻。文忠诗搜集未完，当约翰怡兄重刻之。

中国近现代稀见史料丛刊【第七辑】

# 徐乃昌日记（二）

张剑 徐雁平 彭国忠 主编

徐乃昌 著

南江涛 整理

本辑执行主编 张剑

凤凰出版社

# 甲子年(1924)

（年五十七岁，第七十八甲子，今年荧惑入南斗）

## 元月

**元日(2月5日)**　巳初二刻十二分立春，即俗所谓岁朝春也。阴雨。

刘葱石内弟来贺新岁，至先人影堂，并其姊刘夫人影前行礼，笃守先辈矩镬。子丹弟、慕邢、冠英两侄均先后来，未至影堂行礼也。命大儿崇往子丹弟、慕邢、冠英两侄处贺之。

各亲友来贺年。

**初二日(2月6日)**　阴雨大雾。各亲友来贺。

命崇、佑两儿至李元之先生贺喜。

**初三日(2月7日)**　刘公鲁、陈乃乾先后来贺。

**初四日(2月8日)**　王叔用、鲍承良来贺。

**初五日(2月9日)**　出行贺亲友新年。李元之先生来。

徐善伯良，三水。来，未晤，留梁文忠病中致康更生同年书卷属题，敬署观款。书云：康太夫人葬茅山，病不克会。己未七月二十日。

**初六日(2月10日)**　定君三十六岁生辰。

拜康长素、郑苏堪，不遇，留赠《玉台新咏》《徐公文集校记》。又答拜徐善伯，将梁文忠书卷留交。

答贺亲友。

长素、善伯来，不晤。

校《宝祐登科录》写样，四日而毕。

**初七日(2月11日)**　刘健之来谭，知齐侯壶去冬已售于周湘云，得价一万二千元。健之得此壶七千六百元。

午刻，冯蒿庵年丈约慈幼院同人商募款方法，在功德林聚餐。

晚，潘兰史约功德林消寒八集，兰史录示《甲子元日述怀》诗索和。

至古香斋、忠厚书庄。

**初八日(2月12日)**　校《绍兴十八年同年小录》。

**初九日(2月13日)**　午刻，赴都益处贞元会。

游大世界。

**初十日(2月14日)**　吴寄尘来谭，闻张啬翁来沪，往谭，观为梅畹华撰《后洛神赋》。晤赵竹君、叔雍父子，约十三日午饭。陪啬翁游邑庙灯市，过王永保古玩店，又见建安十年镜，同前购之镜一范。闻木公得古香斋一镜，范亦同，疑苏赝造，然铜质亦不类新制也。晤童心庵，亦患足疾，服某医方有效。

昨邓刚仲名毅，邓百村先生哲嗣，汪甘卿同年快婿，此次随南海至陕。来，未晤，留赠康南海先生《长安演说集》、魏宕昌公晖福寺碑、陕西澄城。豆庐恩碑、唐《颜勤礼碑》、《圣教序》记，又郑州新出土铜片、汉文帝灞陵瓦。今以新刻《玉台新咏》报之。

罗子经书来，赠新印《颜鲁公墨迹》四种。

余寿老函送湾址癸亥年收支清单。经收三年，此初次阅收支单。提存公积一千元，又存甲子圩工费五百元，又存甲子庄用、火食、杂支四百六十六元一角三分。

杨芷青书来，寄南陵志局各职员清单。

陈乃乾书来，校《野客丛书》，得《徐公文集补遗》异文二条，须检《会稽志》校之。查《嘉泰会稽志》，延庆院在函东南五里二百二十六步，唐大中十二年台州刺史罗昭权舍宅建(卷七寺院)。

祖先生墓志序。《嘉泰志》其志云：通和先生祖君名贯，字子元，范阳人。卷十九杂记。

延庆院；《野客丛书》作延寿院。祖先生墓铭。《野客丛书》作通和祖先生碑。《嘉泰会稽志》:善法院,绍兴初院中掊地,得金涂铜塔。

**十一日(2月15日)** 周梦坡以新纂《南浔志》六十卷见贻。

张啬公来,未晤。

晚至来青阁,晤陈乃乾谭,罗子经得费景韩藏沈虹屏彩。自书《采香词》二卷。按虹屏《春雨楼全集》十四卷,计赋一卷、诗六卷、词二卷、文二卷、题跋三卷,刻本,藏平湖莫觥山家。彭玉嵌有诗词稿,亦虹屏手书未刻,并藏莫氏。

吴华卿汇来缪石记通海垦牧公司股息十股,本一千两。壹百七十两另三钱九分,七二。合银三百卅六元六角五分三厘,又代管第一堤中圩甲区委托股份壬戌年租,共三百廿二股。十股派洋四百十四元三角五分,统共六百五十一元〇〇三厘。

**十二日(2月16日)** 晚余寿平约酒叙,啬公同座。散后,全将孟蘋处,观董授经代刻各书。仁济堂董事会,未赴会。

**十三日(2月17日)** 午刻,赵竹君约陪啬公酒叙,座有黄任之、史量才,赠竹君《居仁日览》二册。

晚,在都益处消寒九集,吴缶庐、恽季申、潘兰史、陶拙存、周梦坡、恽瑾叔、胡朴庵、刘翰怡、吴东迈九人,朱念陶未至。菜洋十八元四角。

至来青阁,晤杨寿祺,购蒋氏《游艺秘录》,乾隆甲寅刻本。价洋十二元:乌程潘浚秋水录本,写刻俱精,二月三日付十二元。卷上:书法论、蒋衡,续书法论、九宫新式、读画纪闻、传神秘要,以上蒋骥。卷下。说文字原表(附表说)、汉碑隶体举要、学书杂论、学画杂论,以上蒋和。

**十四日(2月18日)** 淞沪护军使何丰林。约十七日午刻酒叙,作书汪参谋幼农。代辞,足疾不克赴宴。

昨安徽同乡会开临时理事会,解决公学借用会馆一案,并印送商定条件六项。

李维强、李少穆先后来,未晤。

蒋孟蘋函告,约定十六日七时公宴啬翁。

以金文拓本二百八十四种交来青阁金君带常熟代售，价捌拾元，实收六十四元。二月廿一日晤金少舲，已售出洋四十五元：钟三、鼎十一、彝五、敦九、觚六、爵十三、卣四、匜二、簠一、盉一、斝一、铎一、鬲三、壶一、甗一、觯四、尊二；洗四、钩十、弩二、戈矛剑八、权三、符三、像一、塔一、斗检封四、银定一、介壶一、镜一百六十八(内纪元廿六)。

**十五日(2月19日)** 安徽公学李振亚来书，借用全皖会馆为临时校舍，同乡会请理事部主持，属为签名赞同。

李少穆来，意不满意振亚已通告各理事不赞成，属无庸签名。

午后，同乡会送来通知单，未签名：余鲁卿批：安徽会馆余屋作安徽公学，极应赞成；路文彬批：安徽会馆之余屋为公学校所，赞成；陈少舟批：兹事体大，诸多碍难，仍请审慎为要；王龙廷批：仍请开会；常藩侯批：应候开会决定；李小南批：开会公决，方合手续。

挈崇、佑两儿至古玩市场、商务书馆、来青阁。

**十六日(2月20日)** 姜文卿刻《闺词》板片交傅升带沪，板五十六块。另补刻板洋壹元五角四分八厘。

昨胡朴庵来书，赠《国学汇编》，另前送《周刊》价二元，作为《汇编》二部代价并交来。

以《颜勤礼碑》鲁公所属墨迹四种赠啬公。

周季诚赠新印其尊人彦升先生《寿恺堂集》。

蒋孟蘋约同公宴啬老、寿老、拔可、新之、静仁、寄尘，孟蘋坐中晤董授经，略谭。

姚文敷约午宴，周湘云约晚宴，均辞。

何护军使丰林。约十七日午宴，函汪幼农参谋代辞。

答拜吴剑泉，不晤。

**十七日(2月21日)** 子时，月全食。《时报》载十六日十时十八分初亏，至一时五十八分复圆。

覆姜文卿书。收到词板。

覆汪甘卿同年书。甘卿叙入京情形，为人所谗。

**十八日(2月22日)** 覆陈劭吾书。寄《北溪字义》,十九日付陈立炎书价四元。

覆陶子麟书。寄《宝祐登科录》《绍兴同年录》写样,又《元统元年进士录》原稿。收到熊襄愍、梁文忠两集,廿四日来函收到。

覆任心白书。附印《印光法师文钞》廿元。

致周梦坡书。昨商拔可已拟定尊处所购《会典》价一百元。

致李拔可书。商汇款缪子受,复书欢迎。

**十九日(2月23日)** 致缪子受书。收到垦牧公司股息六百五十一元,扣通友川资、汇水十元,余六百四十　元,交李拔可汇交。寄还缪石记息折,又租单一纸、账略一本,并告股分价值四千两,只售田不售股。快讯。

致李拔可书。交洋六百四十一元,汇京交缪子受,附致子受信。

覆常熟杨氏大妹书。大妹旧病复发,属雇女仆伺应,今雇定汤妈前往,先付工价一月三元,川资　元,又物六色。

午刻,至都益处贞元会,并祝俞寿丞生日。

至忠厚书庄,取《川沙厅志》十二卷,同知何士祁纂修,姚椿、周墉纂辑。道光十六年刻本。

昨狄楚青来谭,交阅新印张岱杉藏宋元本书散叶。今向陈立炎查对傅沅叔寄售各散叶,始知去冬已收回矣。付代劭吾购《北溪字义》四元。

**二十日(2月24日)** 函张退盦亲家,廿五日大纲公司股东会,请代表会议。

覆吴舜臣书。告袁述之覆函,练习生允为设法,月底到沪面定,原函附寄。杨芷青已将志局人名单开来。

致李拔可书。告王雪澄、恽季申、李伯贞各购《会典》一部。

函蒋孟蘋,附还公宴耆老分资廿元。二月朔日退还。

午刻,赴鲍子丹酒叙之约。

晚,赴胡朴庵消闲别墅消寒会。

**二十一日(2月25日)** 晚至来青阁、锦文堂。

**二十二日(2月26日)** 分函王雪澄、周梦坡、恽季申、李伯贞，附商务书馆《会典》特价一百元凭信。

康更甡同年赠汉千秋万岁瓦、唐昭陵砖。

**二十四日(2月28日)** 康更甡同年来，未晤。

覆罗子经书。索萧尺木画《离骚图》二十二叶，又《九歌》五叶。

赠陈乃乾《国学汇编》。

晚，周黻卿约倚虹楼西餐，辞。

**廿五日(2月29日)** 刘健之约午刻都益处酒叙。

李维强来，未晤。任心白来谈。丁辅之娶子妇，送分二元。

售古香斋书画，洋七十五元。款已收清。

**廿六日(3月1日)** 陈劭吾覆书至，已收到《北溪字义》，寄来书价洋四元。

**廿七日(3月2日)** 李维强、刘健之来谭。

晚，赴朱砚涛消寒酒叙。

售古香斋书画，洋二百叁拾元。款收清。

**廿八日(3月3日)** 顾鼎梅来，未晤，留函赠宋显达大师塔铭。

康更甡同年来函，以在秦新得《止斋先生文集》托为觅良工装治。更甡以为宋本。

晚，挈崇儿至来青阁，取书三种：共洋一元八角，二月三日付讫。《国朝全闽诗录初集》廿一卷续十一卷，郑杰辑，嘉庆辛酉刻本，码洋二元八角。《运合乾坤》，含香女史金明伦撰，皆回文诗，道光壬午刻本，码洋一元二角。《妙香诗草》。释汉兆著，《梅花百咏》，和中峰禅师，道光五年刻本，码洋四角。

以江慎修《放生杀生现报录》廿册交心白，转送梅荪。

**廿九日(3月4日)** 余鲁卿约初一日六时在鸿运楼酒叙，单中皆徽宁同乡，以足疾辞。

## 二月

**朔日(3月5日)** 合肥张一山来谭。

孟蘋覆书,还前送公宴啬老分资廿元。

晚,赴刘畏之、十枝、慧之昆仲酒叙之约。

**初二日(3月6日)** 至古玩市场,购唐菱花镜,洋二元。

至味古精舍,席少卿以潘莲巢画、王禹卿题册十二叶极佳,价三百元。又张夕庵山水轴。价二百元。

覆陈劭吾书。收《北溪字义》价四元。

覆陈倬斋书。询大源公司经理王华圃接洽情形。

访顾鼎梅谭。

赠陶拙存、金甸丞《玉台新咏》。

**初三日(3月7日)** 吴舜臣来书,云杨芷青商让南陵城内二号市房一所。现租夏顺发木所,每年租洋廿二元零。

又函寄上年租簿及收支总簿。

晚挈崇儿至来青阁,还前购蒋氏《游艺秘录》等书十三元八角。又购书二种,议定价洋六十元:二月廿一日付讫。《琵琶记》四卷,明凌延喜评本,洋五十元,图十叶甚精。《颐道堂文钞》十三卷。陈文述,道光刻本,洋十元。旧藏只四卷,不足贴换。

**初五日(3月9日)** 致唁夏辅宜书。

**初六日(3月10日)** 闻袁述之来,即往谭,并托吴元松事,允派练习。袁欲先见,答以即函皖属来,袁尚有半月留也。

访章一山,商公宴述之。

致吴舜臣书。告同袁述之接洽情形,请元松兄速来。夏顺发木作所租二号正街市房,因为先君所置,未便出售。陈敏勋欠租须追。寄来租簿、串票、捐条等,均照收。志书三月内可成。稻价三元三角。

**初七日(3月11日)** 先荣禄公忌日。

**初八日(3月12日)** 沈韫石季宣约明晚大东旅社酒叙,作书辞之，赠《玉台新咏》。

晚至来青阁，购书三种，价四十元：二月廿一日付讫。《韩诗外传》十卷，明芙蓉泉书屋本，价二十六元。有怡亲王宝、怡府世宝、安乐堂藏书记、明善堂览书画印记、宣城李氏瞿硎石室图书印记、宛陵李之郇藏书印、毋自欺室藏本各印。《秦汉瓦图记》四卷，朱枫，乾隆刻本，价十元。可配旧藏《雍州金石记》《古金待问录》《排山小集、续集》。《樗园消夏录》三卷。郭麟，价四元。可配旧藏《灵芬馆全集》，旧藏仍缺《杂著续》四卷《爨余丛话》四卷。

借翁朗《藕颐类稿》二十卷，潜山熊宝泰。辑诗入《安徽诗征》。词已收《词征》，不再录。又于外集，《畹香诗钞》张淑著，熊象阶母，熊宝泰室，前已收《正始集》。又《西园遗稿》熊良巩著，前已收《诗别裁》。不录外，另录熊文泰《四十贤人集》、熊象黼《补亭遗诗》之二人，皆藕颐兄也。

**初九日(3月13日)** 李元之先生由扬来，明日到馆。

夏玉峰来谭，高彝丞拟购蒯家白大塘田，其陆小影田不愿购也。两处皆统称双墩集。

沈醉愚来，谭姻事，不谐。

古香斋顾君来，又购沙花盆六只，议价五十元。三月廿七日收。

送马敷五呢幛，交大生转。王菊存呢幛，邮寄北京太仆寺街新建胡同六号。张丹母李太夫人呢幛。邮寄大通转土桥警察所后。

送张兴之生儿喜礼。

晚至来青阁，取《二百兰亭斋金石记》四册。吴让之手书，洋四十元，三月廿七日付。

**初十日(3月14日)** 至上海水泥公司，换息股五百元，股票五纸，宝经堂。仁记七六五，义记七六六，礼记七六七，智记七六八，信记七六九，十三年一月三十日。十二年九月一日起息。

**十一日(3月15日)** 晚至来青阁。以《二百兰亭斋金石记》借印。

左子异来，未晤。

**十二日(3月16日)** 郭礼征、品翰昆仲来，未晤。

覆刘谦甫、朱实之书。

晚至维多利亚影戏园,观商务书馆演《大义灭亲》片。

**十三日(3月17日)** 郭礼征、品翰来,谭大照公司上年营业情形,付官利八厘、余利二厘。

丁莞荪树健。来,交阅江天买办致张仲照函,顺托转请丁价侯捐助慈幼院,并交廿三号捐册。

潘兰史来谭,交来题《礼塔图》卷,并以《桃叶渡填词图》《山塘听雨图》两卷属题。

晚至集成书局,购书五元:十四日付讫。《武林灵隐寺志》八卷,孙治宇辑,康熙二年刻本,洋三元。《王宁朔集》四卷齐王融。《刘秘书集》二卷梁刘孝绰。《刘豫章集》二卷。梁刘潜,均明张燮刻本,洋二元。

向翁朗借阅《书目答问笺补》四卷。汉川江人度著,光绪三十年刻本。次日还。

接吴舜臣初十日书,昨、今售稻七百石,每石三元四角,并拟送元松至沪,并云南陵近出抢案多起,沈家亭火烧事主南陵新代理知事华维岳,字仲西,颍上人,昨已履任。

**十四日(3月18日)** 晚,至忠厚书庄闲话。

**十五日(3月19日)** 吴舜臣函告,元松兄十二日由陵起程,今日抵沪,派人至舟相迓,并告为淑畹售稻弍百石,每石三元四角。

函蒋孟蘋,赠陈墨一百廿定。

答拜郭礼征、品翰昆仲谭。拜吴寄尘,不遇。

至蟫隐庐、忠厚书庄、博古斋小坐。

晚赴一品香西餐,大照公司董事会。

购董焕成管军总管府方印,铜质,右刻"管军总管府印",左刻"中书九部龙凤七年二月",侧刻"金字五十二号"。龙凤为韩林儿纪元,至正十五年。价洋十元。次日退还。

刘健之来谭,约作冰人。

**十六日(3月20日)** 陈子言来函,赠李郊云经达。《滋树堂遗集》二卷,赵筠湄景淑。女史《延秋阁剩稿》一卷。

至博古斋，购书三种，洋四十八元：十九日付讫。《元本出相南琵琶记》三卷，明刻本，附图。《新刻赵状元三错认红梨记》二卷，四明田水月编，海阳范律之校，明刻本，附图。《北溪字义》二卷。乾隆八年江源刻本。

晚，约李元之、郑翰生、陈乃乾、吴元松并挈崇、佑两儿至一枝香西餐。

**十七日（3月21日）** 江知源、吴寄尘来谭。留杨瑞生属题高且园画轴。

复陈子言书。赠《玉台新咏》，并以云史《天山曲》代索和诗。

致周梦坡书。为云史索和《天山曲》。

晚至蟫隐庐，借陈洪绶画《楚辞》付印。

晤金颂清，赠《玉台新咏》，颂清覆赠影印书二种：汲古毛氏景宋本《东京梦华录》十卷，景元本《锦囊集》四卷《外集》一卷。

至来青阁，交《红梨记》寄售。

**十八日（3月22日）** 昨大达轮船公司函送癸亥年夫马费六百元。今作书谢之，并将洋亲往交还，适心斋外出，不遇，留函、洋而回。

答拜知源、寄尘，不遇。又访傅沅叔，亦不遇。晤拔可闲话。又访张东甫，劝募慈幼院捐款。又访周湘云，不晤。

**十九日（3月23日）** 午刻，赴鲍心斋一家春西餐之约。

晤傅沅叔，告前寄《玉台新咏》廿部已全售出。

晤李紫东，将附印《玉台新咏》全交清，去年交桃花纸三部、次桃花纸六部、棉纸一部、东洋皮纸二部，今交次桃花纸一部，先后共十三部。

至博古斋，付书价四十元，又赠《玉台新咏》一部，作价八元。

**二十日（3月24日）** 函刘葱石，告顾鼎梅来书，商定孔君为编碑目，月薪廿元、川资五十元。

**廿一日（3月25日）** 晚，赴武仲平都益处酒叙。

至来青阁，晤杨寿祺，收王富晋代售《玉台新咏》价捌拾元。只十部，另十部未算。又收金少舲代售常熟沈氏金文拓本价四十五元，沈赠陈卫和墓志拓本二张,太建二年,常熟出土,价四百元。除付杨寿祺书价壹百元,净存廿五元。计《琵琶记》五十元、《颐道堂文钞》十元、《韩诗外传》廿六元、《秦汉瓦图记》十元、《樗园消夏录》四元。又购寿祺初印《三教同原录》,康熙刻本,后更名《神仙鉴》。价洋十五元,当付讫。寿祺赠砖文拓本。

金少舲交沈氏师米斋。赠新得陈太建二年卫和志。伪刻。

昨,将花旗银行存五千两转期一年。宝经堂印,息五厘。今将先施公司存二千二百两;提二千两改存中南银行,一年,息九厘;余二百两并息七十七两,半年,息七厘。又花旗息二百七十五两,一年,五厘半息。共五百五十二两,统活存先施公司,并入前存三千两折。

**廿二日(3月26日)** 至盐业银行,存五千两,转期半年,宝经堂印,周息八厘。付回息银一百廿七两。

答拜陈西甫。

晚至新半斋,同家人便饭。

赠丹弟《神仙鉴》康熙原刻本。

陈乃乾借阅《雕菰楼集》。

**廿三日(3月27日)** 鲍子丹、韩滋源先后来谭。

任心白送来新印成《净土津要续编》十六部。前助印资五元。

**廿四日(3月28日)** 同吴元松拜袁述之,见,允不日派行练习。

覆吴舜臣书。告元松见袁情形。

拜陈西甫,未晤,一甫未到。

至忠厚书庄,晤李子东。

答拜韩滋源,昨夜还京。

至蟫隐庐,取书二种:《灵芬馆词》,原刻本,三种,退回。《梅里诗钞》廿一卷。李光潜,康熙壬戌刻本,四月十六日函送张菊生,复书愿留,俟自议价。

购洛阳郭估金山碑,价十五元:当付讫。汉中平二年残碑,山东,以方砖拓本换。汉建宁五年残碑,山东,又。《魏三体石经》残字,六小段,一元。魏冀州刺史元昭志,正光五年,五元。魏定州刺史陶超铭,太和十四年,一元。魏冀州刺史司空穆绍志,普泰元年,一元。魏元定志,景明元年,一元。周大督阳林伯长孙夫人罗氏志,天和四年,五角。魏元悌志象盖,五角。唐特进泉男生志并盖,一元。唐志,二十四种,四元。鬼灶。以建安专、舍利塔专换。

**廿五日(3月29日)** 子丹弟约至新半斋午饭。

王慕庄来谭。陈一甫来,未遇。

答拜王慕庄、陈一甫,不晤。同陈西甫、陈密之略谭。

拜顾鼎梅,谭孔君为葱石编藏碑目事。

晚,赴朱凤林大观楼西餐之约。

至蟫隐庐,晤金颂清,赠新印《大鹤山人宫词纪事》。凡北都五十首、南都五十首,东吴鹤樵钱位坤自注。

**廿六日(3月30日)** 陈一甫来谭,赠《玉台新咏》《徐集札记》。《劝戒录》两部、《放生杀生录》。

送王小午之太夫人、刘贻善之太夫人各东缎素幛。

晚,至博古斋购书,洋七元:廿八日付讫。《歙县志》十卷,道光八年劳逢源主修。《三晋见闻录》一卷,婺源齐翀,道光戊戌刻本。《管测》二卷,李学璜,道光十八年刻本。《游戏三昧》六卷。曾廷枚,嘉庆五年刻本。

**廿七日(3月31日)** 午刻,同刘畏之、刘实之、刘慧之及子丹弟在功德林公请陈西甫、陈一甫、王慕庄、陈密之素酌。并约拔可谭。

至西泠印社,取书碑拓三种:《殷虚文字类编》十四卷《检字》一卷《待问编》十三卷,均商承祚类次。《殷虚书契考释》一卷,罗振玉,癸亥刻本,洋九元。金大定炉款,大定十七年,朱拓本,二元一角,七折。宋处元法师塔铭。宋宣和己亥,瑞安仙岩吕勤撰并正书,七角,七折。

游邑庙内园、古玩市场。

同一甫至启新公司,晤金伯平。

**廿八日(4月1日)** 拜俞瑑吾谭,交王慕庄代请都俞画屏四幅。

至陈立炎处,立炎赠新印《九宫大成南北宫词谱》八十二卷目录三卷，分宫商角徵羽五函，计五十本。乾隆十一年爱月居士庄亲王编。又购书，码洋十二元：苑马寺藏板《安骥良方》四册，佳。《增广大全司牧马经》，《痊骥通玄论注解》六卷，半页十二行，行廿八九字不等，东原兽医卞管勾集注，明正德元年车霆序。《新刻校正安骥集》。《增广监本补阙注解安骥集》八卷（古唐洞羊贾诚重校），末卷《蕃牧纂验方》二卷（合并为八卷），奉议郎提举京西路给地马牧马工愈编集，半页十三行，行廿四字，明弘治十七年车霆序。前有序，即尚书兵部阜昌五年冯长宁等札子。

至博古斋，付书价七元。廿六日购。又以赛连纸印《随庵丛书》正续编各二部换新志书，抵实洋廿七元八角：《江阴县志》卅一卷，光绪四年修，洋八元。《嘉定县志》卅三卷，光绪六年修，洋八元。《华亭县志》廿六卷，光绪四年修，总纂有张文虎，洋六元。《娄县续志》廿卷，光绪四年修，洋三元。《太仓州志》十卷明桑悦。《中吴纪闻》六卷宋龚明之。《玉峰志》三卷宋凌万顷、边实。《玉峰续志》一卷，宋边实。《昆山郡志》六卷，元杨譓。总题《汇刻太仓旧志五种》。宣统元年缪朝荃刻本，二元八角。

**廿九日(4月2日)** 晨同淑畹至南翔，游大德万寿寺、元僧良琦建，今存正殿。猗园、通判闵士籍筑，位置、树石出朱三松手，后归李宜之，更陆、李、叶三家，今为城隍行祠。中有丰乐亭，同治七年合祀，檀园、淄仲、子石三先生园，荒废。葛园、陈园。皆近人所辟。访翔云寺，梁天监间僧德齐建。已改小学校矣。檀园改为桑园。

午刻，至都益处贞元会，值会，用洋六元。

访傅沅叔谭，晚约至功德林素餐，邀蒋孟蘋、陈乃乾、罗子经作陪，用洋七元零。后至孟蘋处闲话。

至来青阁，取书：《启隽类函》一百卷，东吴俞安期汇编，洋二十元，明万历本，无一百〇一、〇二募缘部，三月十二日付讫。《娄县志》三十卷。陆锡熊，乾隆五十三年修本，洋十一元，三月十二日付讫。

孟蘋有《大统历注》，钞本，三册，约二百叶。系阮文达旧藏，似《协纪辨方》。许为假刻，当再考有无著录。丁氏书目有之，现存江宁图书馆。沅叔有顺治历本，在雪澄处。

**三十日(4月3日)** 郭估金山来，购古剑一枚，文曰：七賁里貳車，价洋八元。又购碑，洋二元：另赠汉洗拓本七种。齐比丘僧诞等造象，皇建二年二月，四面刻。隋张元象造象，开皇十六年，潍县陈寿卿藏石，旧拓本。检《簠斋金石目》，无此象。汉画象，无题字。六朝画象，无题字，四幅，疑佛座画象。唐泉男产志并盖。

康更生同年在秦得《止斋先生文集》五十二卷附录一卷，曹叔远前序、嘉定戊辰。后序，嘉定癸酉。永嘉郡博士徐凤刻本。徐建安人，进士。后序末刻有“嘉定壬申郡文学徐/凤锓板于永嘉郡斋”两行，每半页十三行，行廿三字，黑口，下有刻工人名。云为宋刻，当再考之。前交来修整，今修成，付工洋四元。

送傅沅叔蓝印《玉台新咏》。前已赠蓝印本。

覆刘谦甫书。李丹崖事遇机报命，借《明时宪书》。

覆翟展成书。张贤清贷款允设法。万顷湖田俞琢吾不受。

覆陈倬斋书。恽季申捐掩埋善举一百元，大源一百元，不日交到，即由鲍子丹转汇。

致杨云史书。收《天山曲》，分请诗人和诗。

## 三月

**朔日(4月4日)** 王迪成娶子妇，邮局红绉纱幛。北京西城安福胡同八十八号。

程雨亭夫人八十寿，寄红呢幛。

晚至忠厚书庄，晤李紫东，取书二种：《参同契》三卷东汉魏伯阳。《笺注》三卷，东汉徐景休。为尧衢老人定本；康熙刻本，太平老人朱启昆刻。《东坡先生禅喜集》四卷。徐长孺编，唐文献刻，李登校，明刻本。

吴元松今日至蒙藏银行。

**初二日(4月5日)** 洛阳郭碑估来，留金石拓本：初四日付洋六元。汉永建三年刻石，四十种，内有阳嘉年号。魏元显魏墓志盖，曾汉民藏石。丰乐七帝二寺邑义人等造像，魏武定五年，端藏。莽量款识，端藏,二分。汉武梁祠画象题字。

晚,校《宝祐登科录》《绍兴同年录》写样。

**初三日(4月6日)** 刘健之借《越缦日记》。

挈崇、佑两儿游新世界。

古香斋顾姓购书画三百元。四月廿七日收一百元,四月廿九日收二百元。

致吴舜臣书。告吴元松到蒙藏行并居行中。

**初四日(4月7日)** 致蒋孟蘋书。送《怀豳杂俎》连史纸印。

致朱峻夫书。送《感应篇》《阴骘文》,又《会典》特价函。

致陶子麟书。寄《宝祐》《绍兴》二录写样。

致沙健庵书。寄赠《玉台新咏》,并刘健之请题宋拓蜀石经。

购郭估金石拓本,付洋六元。

拜聂云台、俞寿丞,不遇。

访王雪岑、朱古微谭,观沅叔藏《顺治三年时宪书》,汤若望布等。测北极最高度。

**初五日(4月8日)** 至兴业银行,晤陈叔通、叶揆初。

访康更甡同年谈,还装订《止斋先生文集》五十二卷附录一卷,有曹叔远嘉定、戊辰前序,又嘉定癸酉后序。末有"嘉定壬申郡文学徐/凤锓板于永嘉郡斋"题字二行,半页十三行,行廿三字,黑口,下有刻工人名,阴文。按徐凤建安人,永嘉郡博士。又观在山西、洛阳所得造象,金玉二象。又佛像,又铜器,一鬲、一尊,疑宋仿,鬲无字。汉器数事,瓦当、唐志八石,拓本已得自郭估。石像,似孔庙府门之本,尚佳。坐有萧女史,工篆隶。

访蒋孟蘋谭,还前假《宝祐登科录》《绍兴同年录》明刻本三册,留晚饭。

访张贤清,告朱古微已晤,郎溪田事可商。

**初六日(4月9日)** 赠叶揆初、蒋抱卮、陈叔通《玉台新咏》。

购《国朝诗萃》十二卷,江宁朱豫选评,康熙壬寅刻本。价五元。

付讫。

拟购汤怀芝梵夹本藏经，每册洋四角，先付壹百元。

朱古微、朱瑞堂来，均未晤。

**初七日(4月10日)**　至上海银行，晤陈光甫，为绮女存银壹千两，年息八厘。

二时，康更甡同年约游存庐酒叙。

答拜朱瑞堂，观汉阳叶氏藏画。

拜左子异。

晚至亦舞台，观《宝莲灯》一二本剧。

**初八日(4月11日)**　阅《安徽通志》教职中：凌廷堪有《校礼堂集》。为宁国府教授，顾夔有《城北草堂诗钞》。为宣城县教谕，周仪玮、《夫椒山馆集》。顾翃为宣城县训导，宋翔凤有《朴学斋集》。为旌德县训导，沈钦韩《幼学堂集》。为宁国县训导，皆绩学之士，宜宣城、旌德人文尤盛也。钱熙辅亦为芜湖教谕。

朱瑞堂来，交阅叶氏平安馆藏画，托售估值：朱昆田月波吹笛图卷，禹之鼎画，题跋甚多，极佳。万年少西湖图卷，孙星衍篆云巢于卷首。钱箨石墨兰长卷，吴白庵照。临王石谷图卷，翁方纲题。邓定白篆长联，姚公绶乔松图轴，绢本。童二树墨梅轴，郑板桥字轴，绢本。董文敏字册。此外黄石斋画松卷、王孟津墨笔折枝花卉卷、周东村渔家乐册、无款。易元吉鹌鹑卷可疑也。

**初九日(4月12日)**　淑畹七时至宁，往九华山礼地藏王菩萨。

午刻，赴都益处贞元会。

购广东益和堂棋盘街。八宝圣灵油。

王揖唐寄赠新译川上俊彦《新俄罗斯》。

至来青阁，取书一种，洋弍十元：十二日付讫。《国朝文征》四十卷。吴翌凤选辑，沈懋德校刻，咸丰元年本。沈翠岭序云，朱兰坡辑《国朝古文汇钞》二百七十卷同时付刻，今未见传本。四月廿五日见李紫东有此书，索价四十元。

为吴寄尘题秋窗课读图卷，杨瑞生题高恪勤其佩。福寿图轴。

吴舜臣汇来稻洋二千元，存先施公司。

**初十日(4月13日)**　函潘兰史征君，为题山塘听雨图卷，又有桃叶渡填词图卷，题者亦多。并赠《闺秀词钞》正续十册。

覆吴舜臣书。收到稻洋二千元，并询夏顺发木作市房值价几何，其地址在何处。

函鲍子丹，送恽季申大源公司捐助十二圩掩埋善举二百元，转寄陈倬斋。

送赵竹君夫人洪氏华丝葛挽幛。

晚，李仲帅约同乡会各干事一枝香聚餐会，以足疾辞。

向汤怀芝所请各经，皆山西省。智积寺藏本也。今录其目：《华严经》八十卷，明嘉靖梵夹本，附《普贤行愿品》《复庵和尚纶贯》各一卷。《大般涅槃经》四十卷，北凉昙无谶译，明嘉靖三十五年刻梵夹本，附唐若那跋陀罗译，后分二卷。末有嘉靖丁巳年洞刚佛宝三经对证重刻，又有"东四牌楼往北学房胡同穆铺印行"牌子。《妙法莲华经》七卷，后秦鸠摩罗什译，明崇祯六年梵夹本。卷末有"板存姑苏北禅寺印行"。《楞严经》十卷，唐般刺蜜帝译，明天启四年梵夹本。末有"姑苏阊门内中街路东经坊陆瑞芝印行"，又有"杭州昭庆寺仙桥东经房贝叶斋"。《慈悲道场千佛忏》十卷，性德，明万历四十六年梵夹本。《千佛名经》三卷，明梵夹本，末有"大名府内黄县城西迁民屯西来庵募刻"，《过去庄严劫千佛名经》一卷，《现在贤劫千佛名经》一卷，《未来星宿千佛名经》一卷。《镡津文集》十九卷，宋契嵩，明梵夹本，凡二十册。末有"永乐八年浙江杭州府径山禅寺住持沙门文琇"。《释迦谱》十卷，明梵夹本，支那本作五卷，梁僧祐。末有"南京聚宝门外雨花台经房孟洪年印行"。《释迦氏谱》一卷，同上，唐道宣。《释迦方志》二卷，同上，唐道宣。《法显传》一卷，同上，东晋法显自撰。《大唐西域记》十二卷，唐玄奘记，辩机撰，同上。《大唐西域求法高僧传》二卷，唐义净撰，同上。《集古今佛道论衡》四卷唐道宣。续一卷，唐智升，同上。《集神州三宝咸通录》，唐道宣，三卷，同上。《大唐内典录》十卷续一卷，唐道宣，同上。《古今译经图记》四卷唐靖迈。续一卷，唐智升，同上。《大藏圣教法宝标目》十卷，元王古，同上。《至元法宝勘同总录》十卷，元庆吉祥等集，同上。以上梵夹本，共二百四十六册。加《楞严经》《法华经》各一部，共十七册。《禅宗永嘉集》一卷，唐玄觉撰，魏静辑，一册，明万历癸巳本。《金刚经十七家解注》四卷，明戚继光《禅家六籍》本，二册。《重订藏板画一附流通小板》，径山藏板，经肆在嘉兴郡郭楞严寺，有冯梦祯、吴用先白，万历本，一册。以上方册，四册。

**十一日(4月14日)** 送美商信孚水火保险公司开幕镜屏。文曰：利用厚生。

汤怀芝来，结算所请各经，梵夹本二百六十三册，又方册四册，每册洋四角，内《金刚经》二册另结，除付洋壹百元，应找洋六元。后贴算付《随庵丛书》止续编，两讫。十二日书交吴柏连。

致陈倬斋书。告恽季申大源公司捐洋二百元，已交鲍子丹汇上。

函陶拙存，借阅《啬庵随笔》二册。

晚，挈崇、佑两儿至来青阁，将二月三日所购明凌延喜评本《琵琶记》装成取回。

**十二日(4月15日)** 鲍心斋来，述退公意，仍将大达公司赠洋六百元交来，仍婉辞谢。

曾虞民来，赠魏金城郡君元华光志铭拓本，洛阳新出，现归杨氏。

余尧衢来谭。

晚至来青阁，取书二种：拟以前购《甘泉志》六元掉换，十三日将志送去，并付《陶斋吉金续录》，两讫。《洞庭湖志》十四卷，陶澍修，道光五年刻本，六安州丞署藏板，码洋十元。《南岳志》廿六卷。平江李元度重修，光绪流年刻本。又取古泉拓本三册，约四百余种，价十八元，顾若波沄。集册也。四月十三日付价讫。又付《启隽类函》《娄县志》《国朝文征》书价五十一元。

**十三日(4月16日)** 汪甘卿、邓刚仲来谭，留午饭。

吴舜臣汇来稻洋壹千元，当存先施公司半年。九月十三日到期，提存来往折。

周梦坡以展上巳日约昌硕、古微、兰史、拙存在倚翠家禊饮,以足疾辞。

**十四日(4月17日)** 为聂云台、刘健之两家联姻作冰人。

子丹弟来谭,拟不日回南陵。

徽宁会馆来单,约明日会议事件,并派王云卿、王旭人来请。当作书,请陈少舟代表。

**十五日(4月18日)** 送徽宁会馆长生愿,共捐洋二十元。

小钱来,送阅元刻本《四书》,半叶十行,行十五字。即潘氏《滂喜斋》著录之本,又《仪礼》,无注,半叶十行,行二十字。板心有字数、刻工人名,《通志》,半页九行,行二十一字,版心记字数,大德福州刻本。均元本。又《晦庵先生文集、别集》,宋本已归南雍,修补后印本。又《欧阳文忠公集》《人天眼目》,均明本。徐固卿藏书。

函汪甘卿,代请《楞严经》《法华经》《千佛忏》廿七卷,送交邓刚仲转寄,并附赠《玉台新咏》。

**十六日(4月19日)** 陈成叔来,未晤。寄南陵姚节妇诗屏。

送聂云台红线绸幛、喜烛。

同李凤池公送刘子鹤红线绸喜幛、喜烛。

至古香斋,取古玩二事,洋七元:四月廿九日付讫。飞鸿长生未央瓦,四元。大吉宜牛马铃。三元。

**十七日(4月20日)** 函安徽同乡会,足疾未克到会。

函徽宁同乡会,附送照片。江干卿、干馀生、吴蝶卿来。

晚,赴李拔可之宴。刘龙慧来谭。今更名堪,字龙堪。

**十八日(4月21日)** 午刻,赴俞寿丞酒叙之约。

至古书流通处,取书:十二月廿六日算清付讫。《钦定钱录》十六卷,殿本,桃花纸印单行本,码洋卅元。廿日退回。《书记洞诠》一百十六卷,明梅鼎祚编,码洋卅六元,万历丁酉刻本。依目当一百廿卷,合目一百卅卷。《朱修能印品》,明朱简,明刻本,码洋四元。《哀江南赋注》一卷,昆山徐树穀、徐炯纂，康熙刻本，码洋二元。《三白宝海钓玄》三卷，元沙门法心校本，明尚白斋本，码洋一元。《历引》，罗雅谷撰，龙华民、汤若望订，影钞崇祯李天经督修本，码洋二元。《编集奇罗燥火十二星合图秘诀》，旧钞本，码洋二元。《崆峒志》，明许登彦，天启本，影钞，码洋六元。《平江纪事》一卷，高德基编，旧钞本，有翰林院印，码洋五元。《金太史文集》九卷，金声，明崇祯刻本，码洋六元。十九日退回。《巢阳十议穀冈八议》，马如麟，明刻本，码洋一元。《宋义士唐公传》，明刻本，码洋一元五角。《释拜》一卷，段玉裁，嘉庆张敦仁刻本，码洋一元。《仪礼石经校勘记》四卷，阮元，乾隆乙卯刻本，码洋二元。《律吕通今图说》，芜湖缪阗，附《律易》，咸丰辛酉本，码洋三元。《杜诗琐证》二卷，溧阳史炳，道光五年刻本，码洋二元。《曲江集考证》二卷，顺德温汝适，附年谱，嘉庆丁丑本，码洋二元。《砚山斋集》一卷，孙承泽，即《藤阴杂记》，雍正癸丑刻本，码洋二元。《乙丙纪事》一卷，孙奇逢，原刻本，码洋五角。《东西铭注》一卷，会稽章贞，康熙刻本，东、西两铭为横渠张子著，码洋五角。《金梁梦月词》二卷，周之琦，附《怀梦词》，码洋一元五角。《纪古滇说集》，宋咸淳元年滇民张道宗录，明嘉靖沐朝弼刻本，码洋四元。《密娱斋稿》，甬东王嗣奭，明刻本，即《雁山纪游》《游雁山记》，码洋八角。《南岳纪略》，衡山知县谢仲玩，乾隆刻本，码洋一元。《南漳子》二卷，孙之騄，原刻本，码洋一元。《芯题上方二山纪游集》，宛平查礼，乾隆丁卯刻本，码洋五元。《元赵待制遗稿》，元赵雍，吴焯书，道光十二年振绮堂本，码洋二元四角。《茶山老人遗集》二卷，鲍鈖录订，乾隆刻本。老人生于元末，入明不仕。码洋二元。《潍阳陈氏宝簠斋藏金石目》，钞本，码洋五元。廿七日退回。《元洗冤集录》五卷，岱南阁本，码洋一元。十九日退回。《山左碑目》四卷，段赤亭(松苓)辑，嘉庆元年著，光绪武进李氏刻，码洋八角。《盛京典制备考》八卷，崇厚，光绪四年刻本，码洋二元。《公余随录》二卷。光山王德茂，道光刻本，码洋一元五角。十九日退回。

**十九日(4月22日)** 至古书流通处，取书：十二月廿六日算清付讫。《乡党图考》十卷，江永，乾隆刻本，码洋一元三角。《汗简笺正》七卷，郑珍，黎庶昌以美浓纸景印广雅局本，码洋八元。《叶氏平安馆抚刻五种》，翁覃溪书虞恭公碑、日本残碑、娄寿碑、建初铜尺、泰山残石，码洋十元。《陆宫保全集》，《适园杂著》《禅林余藻》《耄余杂识》、《题跋》二卷、《汲古丛语》《清暑笔谈》《长水日钞》《善俗裨议》《乡会公约》《陆氏家训》，均陆树声著，明万历刻本，码洋廿四元。廿日退回。《南藏目录略记》六卷，西蜀沙门释佛闲，明法云室行者悟一募资刻本，码洋卅元。《华严经音义》二卷，道光十七年陈家彝刻本，码洋廿四元。《净土真宗教典志》三卷，日本天明二年本，廿日退回。码洋十元。《莲门类聚经籍录》二卷，了莲寺文雄，日本文久壬戌刻本。廿日退回。码洋十二元。《诸宗章疏录》三卷，日本谦顺，日本宝政二年本，廿日退回。码洋十元。《传教大师将来目录》一卷。日本文政辛巳刻本，廿日退回。码洋七元。

昨函龙慧，请题《礼塔图》卷，并赠影宋本《法华经》《大悲心经》《净土津要续编》《杀生放生现报录》。

函姚文敷、李木公，辞明日招饮之约。

购山东曲阜孔繁德各碑：廿二日付洋八元，又购各种，洋二元。武梁祠画象全分，庚辰间拓本。佛说六门陀罗尼经幢，唐开元十六年，八面刻。大儒管夫子碑，魏正始二年，分书，即管宁，山东新出。泰山十字残石，沂州普耀寺铜钟石柱题字，焦之序记，天禧年镌。魏马鸣寺根法师碑，正光四年。隋灵裕法师传序。绍圣元年释德殊叙习唯识论，小童师庆书。

又购郭金山各碑：廿二日付洋四元。魏元子直志，正光五年。董永和等造象，□□①二年乙卯，董大丑。唐李善智志，垂拱四年。北周本姓吕造象。建德三年，杭州吴氏藏石。

**二十日(4月23日)** 至秦鹤岐家治足疾，鹤岐子梅舫出诊，云以伤丸治之，每料一百卅余元，商配四分之一，索洋卅四元。午后将洋送交。

送葛词蔚之嫂朱太淑人挽联。

**二十一日(4月24日)** 为聂云台、刘健之两家作冰人。

---

① 原文如此。

吴寄尘、沈燕谋来谭。

郭礼征来谭，未晤。品翰来。

昨，答拜李振唐、江幹卿谭。

安徽同乡会来函，第二次征求会员费用，约一千元内外，由理事信望交孚者垫借，并附李仲帅函。已书垫款者：李仲帅三百元，余鲁卿、关芸农各五十元。

**二十二日(4月25日)** 购孔繁德各拓本，二元：付讫。晋振威将军杨光远碑，天福二年。汉张寿碑，吴葛祚碑额，唐上大将军张神安等铜钟铭，贞观三年，宝室寺。南汉冯进举钟铭，乾和辛亥。隋郭达志。大业八年，洛阳。

江幹卿来谭，赠神水膏并膏方。

送夏辅宜之尊人白华丝葛挽幛，送马祖武转交。

安徽同乡会送征求会费借垫簿来，认书壹百元。

晚至大照公司约一品香谈话会。

**廿三日(4月26日)** 函李振唐，辞晚大东旅社西餐之约。

又函辞吴发来、发祥大东西餐晚叙。

振唐代友购白纸《随庵丛书》，今送去。四月朔日送来洋十二元二角。

黄子猷来，未晤。

送陈抱初嫁侄女喜礼。

昨午后，淑畹自九华山回沪。

**廿四日(4月27日)** 任心白来谭。

答黄子猷谭，子猷晚即回南。

二时，大照公司开股东会，仍举刘葱石、周美权及余为董事，丁价侯、苏文卿为监察。

晚，大照公司约一枝香西餐。

仁济堂万年台二时行落成礼，以足疾辞，未往。

至蟫隐庐，慰子经丧明之戚。

至来青阁,借阅《海昌备志》。

**廿五日(4月28日)** 送吴子修华丝葛夹纱挽幛。

潘建侯父子昨、今两日来,今久谭。

取古书流通处各书:十二月廿六日算清付讫。《兰室秘藏》三卷,东垣老人李杲,半页十行,行十七字,码洋十元。《妇人良方》廿四卷,陈自明编,书林唐富春梓,明嘉靖本,明太医院薛已校注,码洋十六元。廿七日退回。《大云山房文稿》,刘遵燮、汪日桢、华廷琯、雷浚、冯桂芬、潘钟瑞、俞樾各家校,码洋十二元。廿七日退回。《剡川诗钞》十二卷,彭祖训选定,舒顺方编,董彦琦辑,康熙刻本,码洋八元。廿七日退回。《力园诗草》十卷。新安吕法曾,乾隆五年刻本,码洋六元。廿二七日退回。

**廿六日(4月29日)** 郭肖霆来谭。

二时,刘健之约陪新亲聂云台。

答拜潘健侯,不遇。

晚,大照公司开董事会,周美权、刘聚卿、丁价侯、吴星垣光斗,歙县人,苏文卿代表。均到。美权提议主任懂事,后推美权。美权私议去刘聚卿、举袁伯夔未成,愤而辞职。

顾鼎梅函送《颜勤礼碑》十分,每分壹元。

张东甫来函,捐助慈幼院壹百元。随机函送任心白代交。廿七日函交任心白,捐册未还。

汪甘卿、邓百村来谭,留午饭。交来经价,午后即付汤怀芝,计十元八角。

覆吴舜臣书。夏顺发市房侯谢邻做好我处省事办理。十三日收到稻洋一千元,询有无淑记之款。

**廿七日(4月30日)** 收古香斋沙盆价五十元。

付来青阁《二百兰亭斋金石记》原本价四十元,又石印本四部价十元。寿祺赠新石印本一部。

晚接刘葱石书,转周美权公函,当持交丁价侯一阅。葱石只知反对余、未知反对彼也。

**廿八日(5月1日)**　致葱石函。并拟复美权函稿。

程霖生来谭，出蚌埠兴业股份有限公司章程，属作发起人。

致吴舜臣书。方指高之侄光宇喜期。

覆翟展成书。怡生托售之鼎霖生不收，请觅便来取。《纪氏嘉言集》未见其书。闻人倓《古诗笺》，无此书。

覆陈一甫书。谢赠张氏藏金拓本。

罗子敬来谭，《罗湖野录》为如皋祝芝农购去，现托子敬代借，并赠《玉台新咏》。

闻杨云史妹丈同大妹来沪，晚往一谭。

任心白来书，交来张东甫捐款收据，并赠新编《感化录》。

**廿九日(5月2日)**　函覆张东甫，谢慈幼院捐款，并缴收据。

送叶焕彬之太夫人马氏挽联。

覆顾鼎梅书。收到《颜碑》十分。

鲍子丹来，请其函告，已为袁述之绍介程霖生。

**三十日(5月3日)**　晚，同淑畹挈佑儿至大舞台，观《狸猫换太子》十一、十二两本剧，绮女请。

## 四月

**朔日(5月4日)**　吴华卿由南通来。印光法师来。

**初二日(5月5日)**　佑儿十岁生辰，约李元之先生、吴元松、吴华卿并挈崇、佑两儿至大东旅社西餐。

挈佑儿往拜云史夫妇。

云史夫妇来，留晚膳。

龚涤亚来，未晤，留赠鲥鱼、雪茄。

**初三日(5月6日)**　姮女十五岁生辰。

涤亚来谭，商函啬老谋刘海沙巡警。

函陈乃乾，将假阅南洋中学图书馆《北藏目录》四卷，日本刻本，函号以南藏本校，无者注阙，其首安一字者，日本东睿山刊行经本经函之名，若名同者不记。《通志堂集》廿卷，此极难得，昔年礼卿藏一本，曾钞之，为杨芷晴借去，辛亥散失。后阅刘翰怡书目有之，未知即礼卿书否。今阅南洋中学所藏，又一本也。《林下雅音集》光绪甲申如不及斋刻本。凡王采薇《长离阁集》、汪端《自然好学斋诗钞》、吴藻《花帘词》《香南雪北词》、庄盘珠《秋水轩集》。三种缴还，并赠《闺秀词钞》十册，以补南洋中学藏百家闺词之缺。

晚至天蟾舞台，观新编《汉光武复国》《走南阳》剧。此剧编者有复国之浰意焉。

**初四日(5月7日)** 购孔繁德各碑，洋五元：乐陵太守李文还造天宫象，无年月。魏张僧安造象，天平四年。隋皇泰元年造象，齐张思文造无量寿象，承光元年。齐标异乡义义慈惠石柱颂，大宁二年。唐彭城刘府君讳公制。志，开成二年，壬戌徐州出土。汉瓦十二种，汉大吉利刻石，《金刚经》塔，董其昌书，明万历己亥陆树声等施刻。吕祖象，元赵雍写，道光丁亥毗陵毛渐远刻。先师孔子行教象，吴道子笔。张仙象。明万历甲午王象乾刻施。

**初五日(5月8日)** 刘健之来谭。

周美权来函，附大照公司郭礼征函答复市政会函稿，稿签名函盖董事会章。广告新股票式。规元一千两，改银币一千四百元，股票签名只用董事主任、总经理。当函葱石，请主稿覆美权，除覆市政会稿签名，其广告新股票详叙，银股改洋股二十七万元，加新股八万元，共三十五万元，对外界及将来分股办法有无抵触，请酌夺。

答拜印光法师并真达和尚谭。

拜李仲帅、刘逊甫谭。

吕皋俞五十寿，送寿联并祝敬十元。

余雨东之尊人子才先生重游泮水、重谐花烛暨德配李太夫人八十寿，邮寄贺联。

付《徐公文集》《玉台新咏》《续随庵丛书》板架十二架价洋五十元，又《华严经》《涅槃经》箱三只洋九元。

真达和尚赠《观世音菩萨灵感录》十部。

吴荣辉回南通。

**初六日(5月9日)** 午刻，蒿老约印光法师、真达师、高鹤年居士、王一亭、朱赤萌、任心白、余峙莲功德林素食，并约作陪。

至秦梅舫家诊，随将方持商鲍承良，去桂枝八分。

访刘翰怡、蒋孟蘋，未晤。

至博古斋，取《授经图》廿卷。议定价八元。五月朔日退回。

至忠厚书庄，取《黄山志续集》八卷，均艺文增图，歙汪士鋐、吴菘、吴瞻泰纂，此《续黄山志》定本，价八元。《一行居集》八卷附一卷。彭绍升，道光五年从子祝华刻本。

至来青阁，交《玉台新咏》料半印本。做布套廿付。

**初七日(5月10日)** 余寿平、潘健侯、翟展成、夏玉峰先后来谭。

答拜潘健侯，晤谭。又拜翟展成，未晤。

昨沙健庵覆书至，并为刘健之题《蜀石经》。

**初八日(5月11日)** 释迦文佛圣诞，持斋。

约徐叔眉鸿寿。钞志书。

丁筦荪树健。来，交张仲照捐助佛教慈幼院二百元并致院公函。

赠真达师释体范，南海普陀山三圣堂，上海成都路太平寺。《法华经》《大悲心经》。为吴元松蒙藏银行练习生作保证书。十二日来函询明。

晚，挈崇儿至来青阁。

**初九日(5月12日)** 函任心白，交仲照致慈幼院函并捐洋二百元。

午刻，赴都益处贞元会，补祝李凤池生日。

访展成，略谭，赠《法华经》《续净土津要》《杀生放生现报录》《观世音菩萨灵感录》。

余节高来谭，明日去京。

徐敬爱堂公函，兴和、炳宗、荣才、一鸣、国履、辉廷。续修宗谱，一切照旧例，生齿嫁娶顶立。由各支各房理订。志中公下各房在城，请清匣草谱并印板,以何者为显明。

**初十日(5月13日)** 曾虞民来谭,近金锡侯梁。在内府拓散氏盘四十分,并以全形及铭文照片相视,校吴炯斋藏本,邹景叔石印。同有赵秉冲释文。赠马叔平藏元龛志,魏永安二年。魏懿志,齐武平五年。公讳直志隋大业十二年。拓本,覆赠《玉台新咏》。

寄胡晴初之母汪太夫人、又室人许夫人挽联。

覆宗子戴书,并赠《玉台新咏》四部。昨子戴来并留函及洋四十元,以三十六元作前寄《玉台新咏》四部之价,又四元交陈乃乾《吉金图》价。今补送四部,乃乾书价交寿祺。

翟展成、刘十枝先后来,十枝还代借古书流通处《抑快轩集》八册,高澍然。随即交还。

赠刘逊甫、李木公《观世音菩萨灵感录》。

晚,赴顾鼎梅雅叙周之约,座有阎甘园,名培棠。陕西人。

**十一日(5月14日)** 送邓白村娶子妇花缎红幛、喜烛。

函恽季申,交圩地善举二百元收据。

晚,章一山、刘翰怡约云史酒叙,作陪。

翰怡藏宋本《祖庭事苑》,疑日本覆刻。又元本《搜神广记前后集》,疑明初刻本。较《三教搜神大全》先刻。至《政经》《心经》两种,真宋刻佳椠也。

**十二日(5月15日)** 致陶子麟书。询三月四日寄《宝祐》《绍兴》二录样收到,又催写《元统进士录》样。

致岁叔缊书。商让散盘拓本。

覆蒙藏银行来函,询明吴元松练习保证书。

**十三日(5月16日)** 至来青阁,付古泉拓本价洋十八元。

**十四日(5月17日)** 展成来字,购得《古诗笺》,千顷堂,价十四元。交洋二元,代装。当交夏姓修治,议价三元。

存先施公司二千两二百两今到期付息,转半年。

**十五日(5月18日)** 复吴舜臣书。告修谱事不能承认,清理草谱志中公支派。

晚至来青阁，晤陈乃乾，赠新印《魏三体石经》二部。

购集成书局书二种，共一元五角：翁覃溪书《金刚经》、《花间楹帖》十卷。

**十六日(5月19日)** 访杨云史谭，赠《魏三体石经》印本。

送慕邢侄《玉台新咏》。

子丹弟由南陵回，晤谭。

拜阎甘园，未晤。

至刘慧之处谭，吴怡生铜鼎决意不受。又访席少卿，谭铜鼎售程龄孙，又谭朱瑞堂托售汉阳叶氏书画。

**十七日(5月20日)** 将吴怡生铜鼎交席少卿代售。

晚至蟫隐庐，晤罗子经，交代向祝芝农借《罗湖野录》一本。支那本。

**十八日(5月21日)** 沈冕士来谭。

提先施存九八。元壹千两，存永安公司一年，息八厘。宝经堂户。又定君存永安公司壹千两，户名吴荣记。转期一年，息八厘。又提存先施活期。壹千两，改一年期，息八厘。户名吴慧记。

函张仲照、丁筦荪，将慈幼院捐洋二百元收据及谢函附交，并赠《玉台新咏》各一部。

任心白来谭，交赠余峙莲《怀豳杂俎》。

张菊生来书，《梅里诗钞》愿留，径与罗子经议价。

覆陈倬斋书。收到恽捐款收据，并赠《观世音菩萨感应录》。

晚，至蒋孟苹处闲话。

**十九日(5月22日)** 程伯容际春，淮阴。来谭，伯容昔栈委也。

答拜余寿平，交夏玉峰《古诗笺》，寄展成。

刘慧之来，告吴怡生鼎少卿已同龄孙商定购价五百元，另捐慈幼院二百元。

**二十日(5月23日)** 致胡海帆书，为程伯容绍介。

致翟展成书。告铜鼎霖生已议价五百元,另捐二百元。《古诗笺》修好,交玉峰寄芜。

昨拜曾虞民谭,赠洛阳残碑,□初二年十二月,篆书,新出土。云系汉刻,而篆文不类,或唐石,而□初又非唐纪元,载初为武周纪元。然则是伪刻而篆文甚佳,似非伪也①。

大纲、大丰两公司股东午后在伍渭英家开预备会,函吴寄尘代表。

程霖生约五时酒叙,辞。

杨云史赠上年新郑出土王子簠周末器。铭文拓本。文五字。新郑所出二百余件,仅此簠有文字也。褚礼堂释下二字旅卢。

校《元统元年进士录》二万八千五百九十四字。写样毕,得程益父、程恭为承务郎、南陵县尹,山东济南路人。当补入《南陵志》槁。

至李伯老处谭。

阅《洪武四年登科录》、《艺海珠尘》本。《建文元年京闱小录》。方孝孺序,艺风堂缪氏传钞本。

**廿一日(5月24日)** 宋仲刚来谭,答拜,未晤。

昨王慕庄来。今答拜,已去通。

函张退公,请代表大丰、大纲股东会,并赠《玉台新咏》、料半纸印。《二百兰亭斋金石记》。

朱古微来,未晤。

褚礼堂来谭,假《隋书》。

**廿二日(5月25日)** 聂云台来谭。

覆汤村宗祠公函。两次来书属编志中公支下在城各房草谱,并约回南。复函辞。

覆吴辨岜书。覆汤村公函附交。

晚至来青阁,购书二种,洋十六元:五月朔日付讫。《道腴堂诗编》

① 本段中"□"均原文如此。

三十卷，云中鲍鋐冠亭，八元。《泉布统志》九卷。会稽孟麟，新印道光刻本，八元。

**廿三日(5月26日)** 宋仲刚来，辞回南通。

晚至来青阁，取吾邑刘开兆肇启，一字静观。所著《芸庵诗集》八卷。洋三元，五月朔日付讫，嘉庆廿三年刻本。

又至博古斋，取书二种：五月朔日付洋四元。《甲子纪元集成》九卷，吴兴吴晋德，道光十四年刻本，码洋八元。《珠神真经》二卷。浮梁李德鸿，堪舆家言。光绪辛巳婺源从裔鹏瑞刻本，码洋一元。

舜臣来函，售稻一百十石，每石三元一角。

昨杨芷青来函，附寄俞氏谱序，云峻韵属作新谱序言。

**廿四日(5月27日)** 答拜古微侍郎，未晤，晤雪岑提法谭。

安徽同乡会来取垫借征求费一百元，当付讫并交来收据。

阚霍初、铎。吕寿生铸，云南人，沈季宣威。来，旋答拜，均未晤。

拜沈冕士同年，略谭。又拜刘翰怡，未晤。晤沈醉愚谭。

至博远斋，晤游筱溪，赠郑板桥题画跋，以宋大观、崇宁、大定、承安、至元五镜寄售。

**廿五日(5月28日)** 阚霍初来谭，赠《玉台新咏》。另赠王逸塘一部。

访张菊生谭，述王逸塘著书将纸版赠馆印行，菊生拟稍缓答复。

为沈醉愚印旧纸《玉台新咏》，今送去。

晚，杨云史约一枝香西餐。

**廿六日(5月29日)** 朱古微来谭，同访张贤清，不晤。

杨云史来辞赴洛，留赠翁常熟师书联，旋走，送未值，亦赠俞曲园联、薛尚功钟鼎款识。

晚，李伯贞约都益处酒叙，陪朱曜东。

昨蒯绍芳来谭，今又来。

昨刘子鹤使其子来以古香斋铜鼎、周器，字伪。铜卣宋仿。属辨真伪并估值。

扬州花园巷同福祥已迁出，刘光昌来讯，退押租四百元、押灶四元。函覆。

**廿七日(5月30日)** 至古玩市场，购小菱花回文镜，洋三元。黑漆古。

阎甘园父子来谭，并观藏镜。

李审言自兴化来谭，送虾子、虾米。

刘健之来。

**廿八日(5月31日)** 吕皋俞来谭。

函陶子麟，寄还校改《元统元年进士录》写样。

仁济堂董事会，函少舟代表。

晚，赴李凤池都益处酒叙。坐有朱企辉、朱曜东昆仲、严敬舆(孟繁之子)。

至古书流通处，付洋壹百元。二月廿八日付书码洋十二元，四月十八日付书码洋玖十四元，四月十九日付书码洋七十三元三角，四月廿五日付书码洋十元，除上年取书外，共码洋一百八十九元三角。又取书五种，共码洋壹元九角：十二月廿六日算清付讫。《壶园杂著》一卷，歙徐宝善，附《过庭录》，原刻本，码洋三角五分。《王文肃公遗文》一卷，道光廿一年刻本，附王念孙《丁亥诗钞》，码洋五角。《攝山纪游集》一卷，厉鹗等，乾隆癸亥刻本，码洋六角。《广经室文钞》一卷，刘恭冕，家刻本，码洋二角五分。《红豆树馆遗稿》一卷。陶梁，光绪六年刻本，码洋二角。

**廿九日(6月1日)** 至都益处贞元会，并祝李凤池生日。

至丁仲祜处谭，仲祜赠《无量寿经笺注》。

访顾鼎梅，阎甘园、阎履初乔梓，未晤。

古香斋先后归还书画价洋三百元。

付古香斋嵌螺蛔屏十六元，长生未央飞鸿瓦砚四元，宜牛马小铃三元。

## 五月

**朔日(6月2日)** 李审言来谭，以乾隆《御制耕织图》墨托售。

劳吉六来，属转托茅友仁在大通轮船公司谋事，随访友仁托之。

宋仲刚来，持退公函来约往南通就医，并索得十里坊江医膏药，当复函谢退公。

访鲍子丹谭，交李五老太太捐助十二圩善举经费五十元，汇陈倬斋。

为李老太太在医学书局购善书，十七元二角。《放生杀生现报录》一百本，洋十六元；《大悲咒笺注》二百本，五元四角；《劝戒录类编》十部，洋一元八角，存三十二元八角。

淑畹为李五老太太在居士林放生洋二十元，存洋卅元。又在道院交子丹送施药五十元。

至博古斋，还书账洋八元。

晚，在一枝香约宋仲刚、劳吉六西餐。

至来青阁，付书价洋廿二元，又书套卅付六元八角。《泉布通志》洋八元，《刘云莽诗集》洋三元，《道腴堂诗集》八元，《双梅景闇丛书》三元。

李从龙山西来函，寄赠五台山参云系晋北天产品。

大照公司汇来夫马费九八。元捌拾两。

盛彝斋来书，为黄子猷征寿文。

至永泰栈，购雪茄烟，洋廿八元。

**初二日(6月3日)**　阎履初来，送阅唐双凤狮马镜，元系购价三十元。初四日交甘园洋卅元。

罗子经来，交阅《绍兴同年录》《宝祐登科录》活字本，索价六十元。交还前假陈章侯《楚辞》。

致陈倬斋书。李五老太太捐助掩埋善举五十元，已交鲍子丹汇圩。

致任心白书。送李五老太太捐助法云寺放生会卅元。

徐行可交王锡生带来批校本《玉台新咏》两部。一程际盛本，一纪容舒本。六月五日交王锡生寄还。行可住武昌府署后街十四号，五月三十日答复。

丁仲祜交还前假《说文群经正字》，尚有《说文引经异字》《说文字通》

二种。皆癸亥七月初九日假也。

送丁价侯泥金寿联，璧烛。十三日六十双寿，冯梦老书。梁孟清修庑中举案，刘樊洪算海上添筹。

吴舜臣汇来稻洋壹千弍百元。

**初三日(6月4日)** 答拜朱曜东，未晤，留赠《玉台新咏》。

答拜李审言谭，赠薛氏《钟鼎款识》，古书流通处印本。审言还前假高邮、江都两志。

午刻，在太平寺供养印光老法师，并请真达和尚、冯蒿帅、姚文敷、王一亭、丁仲祜、余峙莲、朱赤萌、任心白作陪。

西泠印社交售书价洋四十七元。

覆翟展成书。寄《法华经》，交玉峰便交。怡生古鼎价充善举，慈幼院三百元、放生二百元。

覆李从龙书。谢赠五台山参，系晋北天产品，附寄《观世音菩萨灵感录》。五台山参即野党参，性甘平，主治补气血，生津液，安神魄，除烦渴。

覆吴舜臣书。修谱实有挂线为难之处，三房最难。夏顺发租屋谢姓既一意收回，可公平估价，将契退回。

**初四日(6月5日)** 陈少舟来谭，催蒯景参押款。

访阎甘园谭，交铜镜价洋卅元。甘园出示晓园河督任绍兴府时正癸丑续兰亭修禊绘图，图中人有袁简斋、时游天台，过山阴。钱梅溪，并以指书指画扇相示，索其一署款以赠。

罗子经书来，交午节售书账洋十八元，又洋十角。复为购定乾隆谢衮活字本《绍兴同年录》《宝祐登科录》，卅六元，当覆书将价付之。

**端阳节(6月6日)** 昨送徐叔眉钞书洋十六元，今来贺谢。

陈乃乾来，交北京大学函，并赠出版品拓片：又国学门募集经费及章程，又征书简章。国立北京大学研究所国学门报告，调查河南新郑、孟津出土古物纪事，《国学季刊》，第一卷第一、二、三号。歌谣增刊，穆绍志，魏普泰元年，洛。郭休志，隋仁寿二年，象盖。潘卿志，唐永徽二年，洛。王素志，唐永徽五年，洛。杨逸志，唐永徽四年，洛。桓彦志，唐永徽六年，洛。皇甫相贵志，唐龙朔三年，洛。王素妻姜氏志，唐永徽五年。张守素志，唐久视元年，洛。泉男产志，唐长安二年，象盖，洛。李詥志，唐天宝十二载，洛。弓君并郭夫人志，唐元初十五年，象盖。赵日诚妻京兆宗氏志，唐元和十三年，李实撰文，洛。吴君杜氏志。宋元祐三年，洛。

致阚霍初书。附菊生函，允收捐，唐赠《上海租界问题》。

致夏辅宜书。询盱眙吴氏售书。

致吴舜臣书。告交通部南洋大学学生秦维润病故。又三太太为石荪侄家务来申。

**初六日(6月7日)** 古香斋顾姓来，购画六轴，议定洋一百四十元：收一百元，又贷四十元。顾南雅梅花，洋卅元。童二树梅花，洋卅元。蒋南沙瓶花，洋廿五元。翟琴峰牡丹，洋十五元。吴榖人诗，洋十五元。蒋子延画汤忠愍象。洋廿五元。

晚，至集成书局购书，洋十四元：初七日付讫。《山海经》十八卷，明王崇庆释义，明刻本，四元。《黟县志》十二卷，乾隆丙戌知县孙维龙修，五元。《青囊经天玉经直解》，松陵王岳，乾隆二十九年刻本，五角。《跫音集》，程庭编集友朋投赠诗词，乾隆刻本，五角。《藜床艺语》六卷。程瑞祊，康熙己亥仲子世绥录本，二元。《明斋小识》十二卷。青浦诸联，道光甲午刻本，二元。

**初七日(6月8日)** 访刘健之，告初四日陈少舟来，属知照蒯景参所押皖振会洋三千元初十日到期，请转致景参，同少舟接洽。景参来信询问，随覆请其接洽。

顾绣印章有虎头二字圆印，又有顾韩希孟一印。

至来青阁，晤陈乃乾谭。又至蟫隐庐，晤罗子经谭。又至商务书馆。

至丹弟处，谭三房家务。

狄楚青来谭，赠新印苏书《金刚经》、《宋元书影》。张岱杉藏。

吕宋廷来，未晤。

**初八日(6月9日)** 金甸丞来谭。

致吴舜臣书。修谱事。

午刻，刘健之约都益处酒叙。

晚，约阎甘园、阎履初、顾鼎梅一枝香西餐。用洋五元七角。

付顾鼎梅代购《颜勤礼碑》十分价洋十元。

**初九日(6月10日)**　王振宇道。来，告秦维润之家长葆芳号樾乔。已到沪。随派林福同王振宇至其寓接洽，并将秦维润存柩凭单交付。午后，维润兄维祺来。号烛桑，安徽军署参议。

午刻，都益处贞元会，雪澄值会。

昨至文成隆记，购文华京庄连史四件，每件十二两四钱。备印翁覃溪书《金刚经》壹仟部。

至古香斋，取书画、拓本：晋孙登铁琴拓本屏，索洋六元。程蘅衫荃。七言篆联，索洋三元。梁芷邻章钜。八言隶联，索洋八元。徐东园、吴让之、王小某合作花卉扇面，索洋三元。顾千里一云散人。书近作题画秋柳扇面。索洋　元五角。

**初十日(6月11日)**　晨觉体不适，卧数小时稍愈。午后，承良来，请其诊方。

秦烛桑维祺。来，由崇儿接谭。

函志赞希，寄大红花缎寿幛，祝他塔喇太姻世母赵太夫人七十寿。邮寄，五月十七日生日。

致胡朴庵书。赠《积学》《鄦斋》两丛书，并交《国学周刊》印资二元。函复退回二元，并给伎一元。

致丁仲祜书。借支那本《五灯会元》十二册。

覆陈珠泉书。询杨芷姓北京住址。

为儿女辈送捐助孤儿院经费洋十元。交王一亭。

**十一日(6月12日)**　孔繁德来，购瓦二方，洋九元：万岁常兴延寿天下长九字瓦，都司空瓦。

汪甘卿同年来谭，赠所藏造象拓本。

李仲轩来，未晤。

慈幼院来函，十四日三时在功德林开恳亲会，送来函、请与会诸人稿并名单。

任心白函送法云寺经过情形及筹拟进行之概略三十册。

晚至来青阁，晤胡朴庵、陈乃乾谭。

**十二日(6月13日)**　沈醉愚来谭。

答拜甘卿谭，赠顾二娘砚等拓本七种。

拜秦烛桑谭。

送潘季儒之生母郑太夫人八十寿红皱幛、烛。廿一日生辰。

晚，赴鲍子丹都益处之约，坐有余东屏，建侯。旧识也。

至古书流通处，取书一种：《廿二史言行略》四十二卷。长洲过元旻辑，嘉庆刻本，码洋十二元。

**十三日(6月14日)**　至丁价侯，贺六十生日。

致朱瑞棠书。询叶氏书画。

致刘翰怡书。为陈劭吾附印《荆园小语》一百本。

覆章一山书。告《元统元年进士录》，又拟刻《建文京闱小录》。苏堪未通音讯。

覆陈劭吾书。告已函翰怡附印《荆园小语》。

前恒愧和尚名勤息，号须摩提宗陋子，如皋人。来，未见，留赠茶叶、杭菊。今派人查询，已离沪。

**十四日(6月15日)**　三时，佛教慈幼院开恳会，认捐常年经费洋每年二百元。到会者共认捐三千三百余元，梦老认三百元，一亭认一百元、代募一百元。

叶柏皋云，上海公函摄政王，论内务府事，梦老领衔。又上月公函府院等处，论查皇室财产事，各处为之动容，皆附列名。

关絅之云，日人河口治病甚神，寓四川路二马路角。购票十八元票六纸，诊六次。

去年五月十五日在功德林陪学真大师，伤足。今日又至功德林，为慈幼院开恳亲会，计期已一年矣。

晚，至丁价侯处酒叙。

**十五日(6月16日)** 拜余寿老，商李伯老七十生日为振会前同人，制屏祝之。皋俞文已撰成，约其列名，并增改数处。随往访皋俞，请其酌改。后访吴蝶卿、刘畏之、实之、慧之昆仲谭。

覆刘翰怡书。申凫盟所著《荆园小语》外，尚有《进语》，请其并印。

致陈劭吾书。告已请翰怡并印《荆园进语》。又告李伯老七十生日制屏公祝，并列劭翁名书文。

**十六日(6月17日)** 至汇丰分行，存银一千两。存一年，五厘息，随庵元印。提先施活存之款。

覆北京国立北京大学研究所国学门书。谢赠出板品并拓本，寄赠正续《随庵丛书》《闺秀词》《积学》《鄦斋》两丛书。

覆吴舜臣书。修谱，志中公分草谱已向兴和族祖疏通，石生侄已有信来。

石生侄来禀，求分晰家产。

覆陈墨逐书。赠纪元镜铭七种，自著《语佘》一书宜保存，扇画病愈再书。

晚至来青阁，交翁书《金刚经》，托鸿宝斋石印。

又至子丹弟处谭，观石生所寄各信，真人伦之变也，徐氏败象见矣。

**十七日(6月18日)** 徐氏宗祠来讯，仍持前议，修谱主稿及志中公分草稿，措词要挟，意在起衅，黑幕中大有人在焉。

舜臣来书，杨芷青、方指高、陈夺声又为谢姓谈夏顺发房屋，允其收回，作价四百元，或抵田，或付价。

南陵望雨。

朱研涛、朱幼鸿各送李伯老寿分洋十元。

至吕宋廷处，商书李伯老寿屏，适皋俞在座，斟酌用安徽义振会名义。后至寿老处婉言之，无异议，并允附分洋十元。

王饶生来谭，旋答拜，未晤。

曹梅舫、陈少舟来谭。

拜刘子鹤，告伯老生日寿分，允附分洋十元。

至丹弟处谭。

至刘健之处谭，并交阅送伯老寿文。

陶菊畴来。

朱古微赠新撰《宋词三百首》刻本，况夔生序。

**十八日(6月19日)**　夏玉峰来谭。

安徽同乡会拟通电北京、天津同乡会通缉倪道煦稿签名。

致安徽财政厅胡幼腴书。为陶琳书谋事，并赠《玉台新咏》。

致安庆道尹谢泽同书。请为陶琳书向胡幼腴嘘植，并赠《玉台新咏》。

致吴舜臣书。寄覆谱局，辞主稿及志中公分单谱书。叙谱局来函荒谬。谢家赎回房产即照芷青、指高、夺声公定价四百元，一律现洋，契纸批明回赎。此洋充善举，商修桥修塔，有窒碍即留作他项善举。如一二年无相当用处，再改拨他方也。

赠陶菊俦琳书。川资六元。

**十九日(6月20日)**　三太太来谭，商请函致石生侄，来沪解决析产事。随约子丹弟来，并招募邢侄，不至。

至都益处贞元会，恽季申值会。

**二十日(6月21日)**　至三太太处，询是否函招石生侄来沪，答以照昨议出示函稿，无异辞。慕邢托病不到，将函送阅，询同意否。后慕邢来，阅稿，意不怿，并云无责备之言，自行改稿，后不欢，不辞而去。函去亦无效用。询之，另约人去，促其回沪，告以既有人去，俟后看如何再定，遂中止。

购钱昌美《太平府志》，洋十六元：《太平府志》四十四卷。知府朱肇基修，乾隆廿三年刻本。

**廿一日(6月22日)**　刘健之来谭，交蒯和记大照公司股票四千一百五十两换新票。

至集成书局购书，洋十元：廿二日付讫。《玉台新咏》十卷，明海虞陈垣芳子师订正本，即汲古阁本。《文心雕龙》十卷，长洲张松孙辑注本，乾隆五十六年刻。《南华经》十六卷，墨评，不及五色评本。《重刻张来仪静居集》四卷，陈邦瞻订，汪汝淳校，明万历刻本。《吴氏心法正义》宋廖瑀。

《吴氏解义》宋吴作霖。《谭氏一粒粟》元谭宽。《平地玄言正义》元无著。《心旨赋正义》元无著。《郁离子书正义》明刘基。六种。华亭张受祺辑注本。

**廿二日(6月23日)** 汪易三夫妇来。

访吕宋廷谭。

覆陈劭吾书。劭吾托购千顷堂《朱子语类》。

覆杨云史书。

致缪子受书。告垦牧公司发息。

《泰晤士报》披露三K党内容,今神州《新申报》已译登。

**廿三日(6月24日)** 任心白来。

覆夏辅宜书。伯老寿分代附,分资若干候定。

覆汪甘卿书。《华严经》纸质不及《法华经》之佳,候示再请。来青阁张二水研购成,十二元。

覆丁价侯书。收伯老寿分洋十元。

致翟展成书、陈西甫书。告代附李伯老寿分。

覆阚霍初书。钞续收合肥人诗目。

覆李从龙书。赠《法华经句解》三本、《印光法师文钞》二本、《阴骘文注证》一本。

**廿四日(6月25日)** 晚,阅乾隆间饭颗山人曹斯栋《稗贩》八卷。

**廿五日(6月26日)** 敬编本房谱稿。

梁任公来书,为松坡图书馆征求家刻各种。

**廿六日(6月27日)** 答拜李仲帅,未晤,晤李木公,谭大女债务累托人向次岩催付,并代筹款。又荐针灸宝应王君。

拜汪易三谭。答拜许苓西,未晤。

至古玩市场,购碎陈墨,二元。

至商务书馆,晤菊生、拔可,谭购赵㧑叔《六朝别字记》。

至来青阁,晤陈乃乾。

鲍子丹来，为余东屏建侯。之女公子说婚。

致阚霍初书。寄菊生询揖唐印《上海租界问题》，订印是否五百部，并告已商菊生，价照前书列。

覆张菊生书。附霍初五月九日函，同京馆孙伯恒交纸版。

致吴舜臣书。告三太太到沪，婉劝和平解决，由我处函招石生侄来，并由石生请大太太来商办。后闻慕邢侄有请赵君（三先生）到南，约石生侄到沪自行解决之消息，故我处未便作书，婉谢三太太。如石生侄赵君约不来，再为出信，遂止前议。

**廿七日（6 月 28 日）** 李木公绍介针科王言才治全，江苏安宜。针灸。

吴舜臣来书。丸药收到。谱局公函已送。先兄廿五日十周忌，已同三太太、子丹送经箔等。大房草稿由其自选。石生侄欲卖期稻二百石，兴和未允作中，一时不离南陵。丹云侄亦卖期稻。有收书客买书三百余元，说部甚多。

覆吴舜臣书。寄《弋江潮》，并商联络感情，捐助第四高小。

晚至集成书局，购书五种，洋壹元：《岩下放言》三卷，叶梦得，道光癸卯叶廷琯刻本。《东山寓声乐府》二卷，贺方回，朱和义校录，道光戊申刻本。《万竹楼词》三卷，朱和义，道光刻本。《海叶阁文钞》三卷，吴县陆鼎，嘉庆刻本。《夜雪集》一卷。王闿运，光绪癸未胡延录刻。

**廿八日（6 月 29 日）** 翟展成同陈少舟来谭。交《法华经》洋六元，又订《古诗笺》工洋一元。

王言才来，以灸治足疾。

李木公、吴蝶卿来谭。

**廿九日（6 月 30 日）** 午刻，至都益处贞元会，为恽眉卿作生日。

席少卿来交来七百元，吴怡生以古鼎变价洋五百元，捐慈幼院三百元、放生池二百元。程霖生捐慈幼院三百元。并以扇面乞冯蒿老书。六月一日余峙莲交来收条三纸。

约任心白来，交捐款七百元，并交少卿乞书扇面。

翟展成来，未晤，留翟湘《菜根书味斋诗钞续集》稿。

至丁仲祜处谭，交还支那本《五灯会元》。

覆缪子受书。寄来垦牧一千两息折,并告厂肆有宋本《通鉴总类》(海源阁旧藏)原廿册,今改四十册,索价二千四百元。

前徐行可寄示纪文达评本过评。《玉台新咏》,吴注,程删补本。属为仿海盐张氏刻《查初日诗评》例写刻。阅后罗子经跋语,己未季冬。始知纪批原本仅存九、十两卷,手批钞本。与行可藏本同。仅缺文达手跋。复假徐藏,亦过录吴注本,他日再向了经索纪手批九、十两卷一阅也。

丁仲祜告我,无锡秦䌹孙新得宋本《玉台新咏》,亟往访之,云回无锡,未见其书。越日子经已见此书,仍寒山堂本也,成邸跋伪造。

儿子崇闻其师李元之先生云,何昉孙有宋本《玉台新咏》,昔年为一友人赠其祖廉昉先生栻者。

李木斋之幼子告我,常熟有残宋本《玉台新咏》,行款字大小不等,索价过昂,匆匆未及一校也。《钱竹汀先生日记》:每叶卅行,行卅字,潘文勤批明翻小字本,与宋本无异。

汲古阁本疑即陈垣芳订本,其序末句宋本赵本同。作无或讥焉,此作丽矣。香奁于义未惬,尚非佳本也。

刘翰怡藏赵刻《玉台新咏》有赵跋,今为影刻,其上方有二冯评点,未暇过录,仅录其徐釚、冯舒、李维桢、道人法顶、毂道人、钱大昕、潘祖荫跋语于旧藏赵寒山刻本后,亦补印赵跋一页于卷末。

赵刻本初刻翰怡藏是初刻,棉纸印。卷四弟廿一页无误字,此本缪氏藏本,后归余,以此上板重刻。后刻此本今藏于家,为振绮堂汪氏旧藏。有误十五字,七十四页花间作花笛,初刻作花间。纪容舒曰:此一板宋刻讹舛特甚,乃出补刻,疑纪当日所见非真宋本也。安得见一真本以校之?

旧藏一赵刻本有二冯评点,竹纸印本。已售于天津李嗣香阁学。

丁仲祜云,梵夹本藏经南藏半页六行,北藏半页五行。南京雨花台藏本即南藏,半页六行。

**三十日(7月1日)** 李伯老七十寿,送红华丝葛幛、寿桃、一元。

寿糕、一元。寿烛，二斤。全收。

为旅沪安徽义振会送寿屏八幅、寿联、华丝葛红幛、寿筵：收款；陈劭吾、朱研涛、朱幼鸿、丁价侯、刘子鹤各十元，徐积余廿二元二角，夏辅宜八元，陈西甫、翟展成、陈少舟、夏玉峰、李凤池各四元，吕陶、美璟各十元。支款。吕皋俞撰文，吕宋廷书文，各卅元，屏廿九元二角，对七元三角，绸幛十三元六角，酒席十元。

覆陈劭吾书。代购《朱子语类》十三元，代付伯老寿分十元，附寄千顷堂书目。

致陶子麟书。询四月廿八日寄《元统元年进士录》写样是否收到，又告刻样陆续寄。

致李拔可书。为吴柏年请假一星期。

覆徐行可书。答论《玉台新咏校记》。

致汪甘卿同年书。《华严经》八十册，购成每册三角。

汪易三夫妇来。

## 六月

**朔日(7月2日)** 付文成隆记文华京庄连史。四件之四十九两六钱。

翟展成来谭，为代请梵夹本经二十册，付洋八元。《梁皇忏》十册，《地藏菩萨本愿经》三册，《法华经》七册。

商务印书馆结本年上半年售出寄售书共壹百捌拾捌元弍角，并交支票一纸。初二日收洋另存。

慈幼院筹备会余峙莲扬华。函送吴怡生捐慈幼院三百元、放生会二百元、程霖生捐慈幼院二百元收照三纸，当将怡生捐照交展成，霖生捐照交少卿。

致大照公司郭礼征函，并交老股分一万五千八百两股票息折十六扣，更换新股票。又代蒯和记交老股四千一百五十两，更换新股票折。专刘德送至公司，当取回条三纸。蒯和记一纸随即送交。

晚，挈崇儿至来青阁、蟫隐庐小坐。

**初二日(7月3日)** 以文华京庄连史三件又十刀五十张交来青阁，送鸿宝斋印翁覃溪书《金刚经》壹千本。

**初三日(7月4日)** 刘十枝来，为陈一甫托印《荆园小语》五十本。

茅友仁来谭，已为劳吉六位置口岸小轮局。

劳吉六今已到沪，来谭。

晚，许苓西约酒叙。

昨舜臣来书。售稻六百石，又淑记五十石，每石三元一角。石生侄售稻三百石。丹云侄售书三百余元。谢姓房屋赎价四百元，陈夺声交来，未收杨芷青处。

**初四日(7月5日)** 覆夏辅宜。收到李伯行寿分八元。

致陈少舟书。陈经收展成、西甫、玉峰及本人李寿分共十六元，今再送廿四元，凑成四十元，分送皋俞、宋廷。

覆程云岑书。闽开元通宝钱镜索廿元，今出价十元。

覆郭礼征书。大照本届息适有他项用途，请查照前函挂号。

致张菊生书。附霍初函，告《租界问题》先印四百部。

晚，挈崇儿至福州路书摊，购蒋子潇《先后西征述》一册。子潇为蒋湘南，刻者为胡小碧大令，蓝田县。时道光十九年也。蒋先生撰《蓝田县志》《先后西征》，两入陕西也。

**初五日(7月6日)** 将徐行可藏《玉台新咏》笺注本、考异本交王锡生禧延。转寄。

刘健之来谭。

**初六日(7月7日)** 祝李伯行七十寿。

翟展成、陈少舟来谭。

展成今晚回芜，晚往送之，已先行。

至忠厚书庄，观陈仲鱼《简庄集》《对策》两种原刻本，索价十余元，以价昂未之购也。

**初七日(7月8日)**　三太太由扬来。

覆陈劭吾书。寄来支票廿三元。《朱子语类》十三元，李伯行分洋十元。

致吴舜臣书。谢府赎回房价四百元，陈夺声交来，存杨芷青处。现函询老契如何批法。

覆阚霍初书。《上海租界问题》逸老印四百部，已告菊生，即付印。合肥人诗拟觅胥人钞寄。

覆沙健庵书。谢为刘健之题《蜀石经》。

覆尹润生书。张、包租花园巷住宅，复以上海先有友人议租，不及留待。

覆张诒孙、包玉墀书。

至大生，晤吴寄尘、柳梓庭谭。赠寄尘苏书《金刚经》影印本。

**初八日(7月9日)**　至闵伤科购膏药十张，洋五元。

答拜曹梅舫谭，赠唐元始天尊造象拓本。

至罗子经蟫隐庐谭。

**初九日(7月10日)**　许苓西赠《戊申考查美洲商务记》。

杨甥昆仲四人来见。

晚，都益处贞元会，朱骏夫值会。

**初十日(7月11日)**　陈乃乾来谭。交赵氏赠新刻万斯同《新乐府》。

刘健之赠张弢楼辑《元和篇》。

至许鸣韶医生诊，干血诊断，细验银十五两，合二十一元。又挂号洋一元。许北洋医学生，美国毕业，吴淞海军医学校员，楚材兵舰员。福建人。

**十一日(7月12日)**　晚挈崇儿至弟一台，观头本《海刚峰》剧。

**十二日(7月13日)**　昨函乃乾，请代向沈氏藏经三种作缘。今来函交到：原价十六元，皆梵夹本，蒋孟蘋重分。《华严经音义》二卷，京兆静法寺沙门慧苑。《大明重刻三藏圣教目录》三卷，浙江杭州报先寺比丘明觉于万历二十五年佛诞日重刊。《集沙门不应拜俗等事》六卷。弘福寺沙门释彦悰。

任心白来谭。

**十三日(7月14日)**　收公债票息十七元六角。

**十四日(7月15日)** 函陈乃乾,付沈氏经价十六元。

吴舜臣汇来稻洋弍千元。内溆记一百五十元,连前溆存稻洋六百元,一并付清。

晚至来青阁,请《国清百录》四卷。梵夹本,付洋一元六角。

致陈劭吾书。《朱子语类》四十八本交茅友仁寄如皋,廿五日来函收到。

**十五日(7月16日)** 守德侄孙来,周芝珊相攸,彼此先交庚帖,其夫人复约至新世界。乾造:丙午二月十九寅时;坤造:甲辰三月廿一子时。三十日退回。

致吴舜臣书。收到稻洋二千元,询谢契是否谢荣之批,契由芷青拟定。秦、管二生追悼会,从众送礼。

覆罗子经书:收书十八种,退五种,八月节帐结讫。《研溪先生诗集》,惠周惕,小门生王薛岐录本,洋十元。凡《北征集》《峥嵘集》《东中集》《红豆集》《呓语集》《谪居集》。《盘隐山樵诗集》八卷,合肥李孚青,原刻本,洋三元六角。《冬花盦烬余稿》三卷,奚冈,嘉庆十年本,洋三元二角。《补刻摘句图诗》《二树诗集》,童钰,乾隆己卯本,洋三元二角。《借庵诗》,童钰,乾隆刻本,洋一元二角。《依旧草堂遗稿》,费丹旭,汪鉽编,同治戊辰本,洋五角。《黄海赋》,即《云舫继述轩文钞》,黄山僧一智,雍正刻本,洋一元五角。《释迦如来成道记》,王勃,释道诚注,康、雍间本,洋一元五角。《随息居饮食谱》,王士雄,同治刻本,洋四角。《濂洛关闽六先生传》,罗惇衍,道光廿七年本,洋三角五分。《蕴兰吟馆诗余》,恩锡,光绪乙亥本,洋五角。《从善先资》,江皋居士辑本,徐渭仁、张廷济题书衣,洋三角。《佛国记》。即《法显传》,《津逮秘书》本,洋二元。十六日退还。

致大女合肥书。

**十六日(7月17日)** 至荣德均镶牙。

吴树人来函,交伯老寿分并孙镜蓉附分各四元,当函覆送还。

《法显传》即《佛国记》。三月十日已请明梵夹本,今将蟫隐《佛国记》送还。

刘翰怡赠《章氏遗书》卅二册,连史印本,去春曾赠赛连印本。《海东金石苑》，竹纸，八册。又还前假《纪年纪纬考》二册。

程雪岑寄来代购闽开元通宝镜洋十元。

《海东金石苑》原稿八卷，张松坪刻前四卷，今翰怡得刘氏初稿本刻之，又借罗叔言由汉逮明七十二通朝鲜故王李氏博物馆所藏，少半为日本公私家所蓄。移录，成《补遗》六卷附录二卷。附录未见，据刘稿七，据叶氏录八，此序所言而附录上下二卷，每卷八碑，有玄化寺碑阴，分入一目也。

**十七日(7月18日)** 函谢刘翰怡赠书。

潘子振来谭，为张玉书楚宝六弟。之女公子子振甥女。属向潘健侯之公子作伐。

晚，挈崇、佑两儿游大世界。

鸿宝书局印翁覃溪书《金刚经》壹千部，计四十页，四开合十石，价洋式拾元。又车力八角，十八日付讫。

购来青阁七月九日付洋三十元。《新镌出相乐府吴骚合编》四卷。骉隐居士选辑，半隐道人删订，明白雪斋点定本，有图，价洋三十元。

**十八日(7月19日)** 在净土庵还受生经。

晚至功德林，周芝珊约素餐，询守德侄孙家世，坐有贺济苍、文霞浦、颜仲华、任瀛士、周命之、萧报琼。

芝珊择廿八日行聘礼，并拟请任瀛士执柯，并商我处，请吴寄尘。

慕邗侄来。

**十九日(7月20日)** 朱曜东函寄百效膏廿片。东安堂开设北京东安门内光禄寺西边单冲天招牌彭家老铺，正名普救万全膏，每年四月廿八日售。

**二十日(7月21日)** 致潘健侯书。询张家联姻事。

**二十一日(7月22日)** 文霞浦、任瀛士来，坚持赘婚并改聘期。六时，三太太由扬来。

昨，挈佑儿至新世界。

子丹弟来，南陵人主谋，拟劫三房并其家租稻。

夜接吴舜臣书。赵君到南情形。谢姓契纸核对无讹。租稻全卖出，价三元一角。

**廿二日(7月23日)** 拜周芝珊、文霞浦、任瀛士,晤瀛士谭。

**廿三日(7月24日)** 拜舒敏之,树基,奉化。请作冰人,并赠朱拓汉洗八种,又《魏三体石经》。

又拜颜仲华,请作冰人。

函陈乃乾,赠顾千里书扇,题画《秋柳绝句》,一云《山人千里》。又《百家闺秀词》附《词钞》卅册、竹纸印本。《徐集札记》。

刘沂生交扬州本年麦租、房租帐存洋一百五十六元,除抵花园巷半月房租廿元。今找出二百廿十八元,凑洋四百〇四元,付花园巷租房押租四百元,又押灶四元。共四百〇四元。

**廿四日(7月25日)** 文霞浦、任瀛士来,为周芝珊悔婚。

陈乃乾交罗子经借徐行可藏宋登科录二种,又校《经考》,乃乾过录:《绍兴十八年同年小录》。一明刻本,一乾隆己酉钞本。

王揖唐赠新刻《大慈恩寺三藏法师传》,三次校勘,支那内学院,捐八百四十九元七角二分七厘。《马鸣菩萨传》,捐十六元三角三分二厘。《龙树菩萨传》。捐三十七元七角一分八厘。

阚霍初赠新著《阚氏故实》。分姓篡、家光、清芬。

陈倬斋寄简明单、佛图各五十张。

**廿五日(7月26日)** 覆吴舜臣书,并寄谢荣之房契。赵君十四日到南,二十日行。石生不来。族中兴和族祖并挈一人来。表面修谱。七月十一日来信谢契收到,已交洋四百元收回。

晚,至宋德均处镶牙成。

**廿六日(7月27日)** 午刻,李伯行约本宅酒叙。

拜程龄孙,未晤。

报载,合肥已将土匪击散。

接合肥外孙家源禀,人女已迁至临河集,次岩在城维持治安。

**廿七日(7月28日)** 九时,李季皋来,交吉期帖。乙丑年八月廿二日戌时。三时,送至程府,龄孙陪回允帖,送交季皋。商亲迎礼,亦允，复至程府，晤其戚曹君告之。

罗子经函送黄檗万福禅寺住持觉路上人学真。赠荔支、紫菜。

昨，任心白来，拟致魏梅孙诸公函稿。慈幼院工程定归合肥张君承办，计一万二千元。工竣由下关盐业银行拨付，先由盐业出认付书。一亭已先签字，余亦签名。

覆陈倬斋书。寄《白衣咒》一百本。

**廿八日(7月29日)** 向南通垦牧公司代缪子受收癸亥租息六百六十九元，随送李拔可转寄子受。

致缪子受书。附寄垦牧息折一扣、癸亥帐略、帐单。息洋六百六十九元交拔可转汇，七月一日收到。

晚，赴都益处贞元会，祝朱峻夫生日。

**廿九日(7月30日)** 族人兴和、锡祥。兴邦、镇华。辉廷、佐藩，荣廷弟。世珍朝璋。由南陵来，商修谱并三房家务。

颜仲华德清，广东连平人，沪海道尹公署秘书。来，辞未见。

覆任心白。庞性存荐合肥张胜祥包工，梅荪、幼农均云张能作事人，择七月十六日开工。

崇儿致大女快讯。

致刘逊甫书，催题《礼塔图》。

**三十日(7月31日)** 答拜族人住新群旅馆。兴和、兴邦、辉廷、世珍，适为赵德成约至新半斋，坐有左斌。未晤。先后遇子丹弟夫妇及三弟妇并两侄孙。

邓刚仲来，未晤。昨甘卿来函，托沈昆山为刚仲荐高梦旦、李拔可，属再向拔可进言。

午刻，兴和、兴邦、辉廷、世珍来，留午饭。五时，属淑畹挈崇儿约游大世界。

覆朱曜东书。谢赠百效膏。

覆萧子文书。述近年踪迹，现在圩栈编照一差，为冯骥才绍介丁少兰所派。

## 七月

**朔日(8月1日)** 刚仲来，交阅沈昆山致高凤旦、李拔可两书。随陪同至商务书馆，适开会，高、李均未晤。仅晤任心白，告以情形，高、李两书亦由其转交。

晚，挈崇、佑两儿游大世界。

《南陵县志》稿近日编成。

昨南陵汇来稻洋捌百元，即存先施公司。

**初二日(8月2日)** 李健人娶子妇，送刻丝和合轴、烛、酒、爆券。

取来青阁书三种，共洋廿四元：十三日付旧纸印《玉台新咏》二部，作洋廿元，找洋四元，两讫。《初学记》三十卷，明晋府重刻本，十六元。《湖海集》十三卷，孔尚任，介安堂弟五刻本，二元。《观古堂书目从刻》。叶德辉，己未重编本，六元。

**初三日(8月3日)** 吴舜臣汇来洋五百元。付淑记三百元，余二百元家用。

陈少舟来，商陆维镛捐助石埭桥工，以股票向徐静仁代售，辞以未便，商改寿老转托静仁。

覆吴舜臣书。先后收到稻洋一千三百元。告兴和族祖到申情形。癸亥年稻售清。

**初四日(8月4日)** 昨晚派刘德持致大照公司函并老股票收据二纸、又蒯和记收据一纸换新票，取癸亥官红利。今日回申，得覆函云，新票尚未填齐，随后寄来收据带回，当付息金壹千五百廿二两八钱六分。存先施积记全息一千五百八十两，扣八十元入新股，(一四)合五十七两一钱四分。蒯和记全息四百十五两，扣一百十元入新股，(一四)合七十八两五钱七分。

访罗子经，不遇，取书一种：《鹿门词》。王曦，金文梁校本，洋一元二角。

**初五日(8月5日)** 三弟生母虞太夫人七十阴寿,在净土庵讽经,前往行礼。

丁价侯来谭,拟捐款交梦老放宁乡振,并拟捐慈幼院常年经费三百元,又拟商拨助万顷湖田约一千八百亩收回半价。

约任心白来,告丁介侯来谭情形,并交来善书十余册。

**初六日(8月6日)** 翟展成来谭,赠《玉台新咏》。

绮女借九八。元五百两。先施折付,付造屋用,凑付一千两。

罗子敬来,谭博古斋登报捉拿偷书贼告白。子敬曾偷购书数种,内《研溪诗集》已归余斋。恐起交涉,已函书业公会,并交祝稚农所赠《豫章先生遗文》十二卷。此书为乾隆庚子婺源汪雪礓所刻,依影宋本瞿氏藏本半页八行,行十五字,此本九行,行十八字。后归黄锡庆,黄避乱如皋李堡,板已残缺,祝购得其板,又得原书,命工补刻印行。

族人兴和、兴邦、世珍、辉廷来,辞回南陵。

赠兴和太夫人;吉林参二支、杖一枝。兴和;洋三十元,哔叽袍料,热水壶,饼干,儿女书画扇,回天再造丸(周制,二粒),《阴骘文图证》《感应篇》《吴书》《放生杀生录》《劝世白话文》《劝戒录》。兴邦;洋二十元,哔叽袍料,草帽,饼干,鸭肫,善书同上。世珍;洋十元,哔叽袍料,饼干,善书同上。辉廷。同上。

送谱局诸人。《放生杀生录》六本、《劝戒录》六部、《劝孝文》二本、《劝世白话文》二本、《死后之审判》二本。

至城内四马路,为炳宗买书买物。

**初七日(8月7日)** 致炳宗书,并寄书十一种、旱烟筒一枚。辞谱局纂修。三房家务世麟侄年少无知,尚望教之以孝。送《袁了凡纲鉴》《板桥全集》《正续古文词类纂》《近思录》《十七帖》《劝戒录》《阴骘文注证》《感应篇汇编》《劝世白话文》《放生杀生录》《随庵四种》,图章二方刻成再寄。

致大太太书。三房家务请责以大义,曲为调解。送华丝葛料丝袜二双,参糖一合,鸭肫二罐。

邓百村来告,刚仲事商务书馆可位置,编百科全书史地理类,月薪约廿余元,劝其屈就。

覆汪甘卿书。告刚仲往商务书馆及派事情形。

任心白来,未晤。

陈乃乾来,留徐行可藏潍县辨蟫居高氏翰生,多蓄异书。写本《戴东原经考》五卷,又以李南涧原本校过,李本在北京翰文斋韩子元铺。又校拙刻《鄦斋丛书》一本,另还前假《雕菰楼集》。

覆丁仲祜书。仲祜托印《说文新补新附考证》二部。

**初八日(8月8日)** 蒯婿授堂六周忌日,净土庵讽经。

任心白来,留晚饭。同至丁价侯处,谭梦老振务,请方颂如查放宁乡急振,价侯捐洋壹千元,备临时散放急振。随拟电稿致颂如,询款汇何处。心白复至广仁堂,同余峙莲接洽。颂如在宁即出发。

心白言,盛府捐万元,散放醴陵、衡阳急振。

**初九日(8月9日)** 心白函告颂如电已译发,随送价侯一阅。

付来青阁《吴骚合编》价三十元。

晚,赴都益处贞元会,补祝恽季申生日。

**初十日(8月10日)** 仁济堂董公祭王一亭之太夫人,十时半。以足疾未往。

阅海昌周耕崖广业。《冬集纪程》,附诗。盖入都纪行之作也。冬集者,用《宋史选举志》秋取解冬集礼部春考试之云也。

昨、今两日取博古斋各书,为录其目,并记其价码洋:十九日付洋讫。《注心赋》,智觉禅师延寿述,口有"徽国正宗重刊"六字,题卷第一,计八十四叶,《续藏经目》作四卷。廿八元。十一日退。《权衡度量实验考》,吴大澂,光绪甲午长沙刻本,廿四元。《谢礼仪节》,华容严永濬,明刻本,四元。《历世名医姓氏考》,佚名,道光戊申,蘅香馆主人钞,四元。《浣雪词钞》二卷,毛际可,陈琰校刻本,四元。《盛湖诗萃》十二卷王鲲。《续编》四卷,王致望,咸丰甲寅刻本,四元。《芝霞阁学吟》,女史熊象慧,附《哀猿吟》,嘉庆刻本,六角。《凤氏经说》二卷,江阴凤韶,嘉庆刻本,二元。《礼经会元》第二卷,元刻本,十六元。十四日退。《僧无可诗集》二卷贞树,有缺笔。《唐贯休诗集》《唐齐已诗集》,均不避讳,均首叶二行题"菏泽李龚和父编",半页十行,行十八字。卅二元。十一日退。《方壶集》四卷,雍正汪栋重订刻本。初十退。《冬集纪程》,海昌周光业,附诗,八元。初十退。《韵谱》二卷,朱睦㮮,有休宁汪季青家藏书籍印,嘉靖乙巳刻本,十二元。十四日退。《三辅黄图》六卷,明吴琯校刻本,廿元。十一日退。《玉台新咏》,明袁宏道批,沈逢春订本,天启刻本,四十八元。十一日退。《简易复古罗经辩谬图解》。新安知虚子汪坦,顺治刻本,十二元。十一日退。

检陈立炎印知不足斋影写《南宋八家集》,有《梅花衲》《翦绡集》二种,皆李龏集句也。《梅花衲》末有自记,题淳祐二年。前题"宝庆丁亥余留句曲"云云。

**十一日(8月11日)** 鲍承良之夫人十周忌日,送素筵、烛,命儿子崇前往行礼。

晚挈两儿至来青阁,晤陈乃乾。

徐照、徐玑二集《四灵》本不足,皕宋楼影宋本已归海外,阅冒广生跋,瑞安孙氏有影钞宋本,假而未得,照诗多一百四十二首,玑诗多五十九首。彼盖未知陆氏已刻入《群书校补》也。疑仲容钞自存斋。

**十二日(8月12日)** 余峙莲来,交拨盐业银行慈幼院建筑费洋壹万二千元支单签章。汇南京高冈里十二号魏梅荪收,存大陆银行,年息八厘。

致吴舜臣书。询上月廿五日快信寄谢荣之房契,送兴和等洋、礼,并告三太太初七日回里,有信托大太太调解。

向博古斋取书:十九日付洋讫。《乐府传声》,吴江徐大椿,附《洄溪道情》,乾隆刻本,六元。《四书备考》二卷,凤韶,嘉庆十三年刻本,二元。《余园诗稿》四卷《词稿》四卷,宝山陆文键,光绪戊子刻本,一元。《揅经室诗稿》四卷,阮元,十六元。退回。《翠薇雅词》。戈载,一元。

**十三日(8月13日)** 《南陵志》稿成,函拔可,令吴柏连回馆办事,当付工洋二十元。

晚至来青阁,找还书价四元。前帐清。

**十四日(8月14日)** 舜臣来书,兴和族祖诸人十一日到南陵,三太太约十二日到南陵。半月来大风无雨,将成旱灾。三太太东乡周村、李村约三百余亩已倒禾,如得雨,亦只半成收数。谢姓房契已交,房价四百元亦收回。

任心白来谭,并函送附印《印光法师文钞》洋二十元。共四十四部。

附印刘葱石刻《五灯会元》。料半二部、罗纹一部。

取蟫隐庐书一种,洋二元四角:八月节帐结讫。《菊花词》一卷。徐釚,况氏钞本,洋五角。

**十五日(8月15日)** 上午二时,月食,至六时。邑庙火灾。

致陈乃乾书。告吴氏覆书并未有售书之事。徐玑、徐业二集瑞安孙氏有影宋本。

阚霍初来书,以所编《阚氏故实》有疏漏,属访《滦州志》《泗州志》,今检《泗虹合志》:阚应麟;乾隆甲午武举,志卷十。阚启邦;道光岁贡,志卷十。阚世务妻宋氏;节孝,志十三。庠生许汝鼒妾刘氏大故,氏年二十九,生遗腹子象益,嫡室阚氏共励冰节,教子成立;节孝,志十三。阚文珍妻李氏,节孝,志十五。阚文峰妻朱氏。节孝,志十五。

**十六日(8月16日)** 函张菊生,假《滦州志》,嘉庆、光绪两志。阅毕随送还。菊生赠志目。

函任心白,附送《印光法师文钞》价洋廿元,又二部分赠魏梅荪、张瑞臣。又告屠琴坞辑《潜园集录》魏炳荣可印。

覆阚霍初书。抄《滦州》《泗虹》二志阚姓事实备采。

复陈劭吾书。《朱子语类》缺页太多,已向千顷堂商定退换。

检《滦州志》:嘉庆庚午知州吴士鸿修本,以光绪二十四年署知州杨文鼎修本校。阚瑗;乾隆己亥恩科副贡,戊申举人,嘉庆己未钦赐国子监学正。阚埙;乾隆癸酉选贡,平山教谕。以上《选举志》,杨志《选举表》。阚瑗,乾隆戊申举人,年近九十读书不辍,嘉庆己未钦赐国子监学正;杨志读书不辍作犹赴公车,学正下有衔字。《人物志·耆寿》,杨志同。阚氏,茨榆坨杨志无此三字。欧阳保妻,年三十夫亡,守节,家贫无子,纺绩自给。七十一岁卒；杨志无家贫以下八字。寇氏：庠生阙文选妻，年二十六夫亡，守节，继侄为嗣，未几殁，又抚二孙成立。现年八十六岁；杨志无“继侄”以下十九字。熊氏：惇本屯杨志无此三字。阙信妻，年三十夫亡，守节。现今七十一岁；杨志无“现今七十一岁”。阙氏：惇本屯杨志无此三字。宋守醇妻，年二十六夫亡，守节抚孤。后三十六年子又亡，抚孙成立。现今八十一岁；杨志无“抚孤”以下二十一字。以上《人物志·苦节》，杨志《列女传·节妇》。阙玺。吴志无，杨志列《选举表》恩岁贡。

晚，挈崇儿至蟫隐庐、来青阁，留来青阁书一种：《广成子解》。苏轼解，明范钦订本，廿三日付洋六角。

**十七日(8月17日)** 任心白来谭。舒敏之来，未晤。

余峙莲函告，方颂如已到宁乡，价侯附振小票一千元，汇省公署转交。随将函电送价侯阅看。晚价侯来，交来振洋，即亲交峙莲汇湘，允即交盐业银行电汇，并电颂如接洽。后至价侯处详告之。

陈乃乾函告，瑞安孙氏后起有人，方校刻仲容遗著，与蟫隐时通函札。访子经，商假《永嘉四灵集》，未遇。

**十八日(8月18日)** 潘叔玑其璇。来，未晤，留南海藏《陈止斋集》属题。

覆秦兰帆、章斐然书。查询志稿半泺陂。

覆吴舜臣书。询三太太到南陵否。附寄秦、章函。

晚至蟫隐庐，晤罗子经，托借瑞安孙氏藏影宋钞《永嘉四灵集》。

又至古香斋，取画两幅：无量寿佛像，磁青纸金书真言神咒，画像一百八尊贴上，廿四元。章锡画福寿图。十六元。十九日退。

**十九日(8月19日)** 答拜舒敏之，未晤。

晚，赴都益处贞元会，补祝恽瑾叔生日。

至博古斋，付书价廿五元，照帐码洋五十二元六角五折，应付廿六元三角。前帐结清，又取书一种：《梦园丛说内篇》八卷《外篇》八卷。方濬颐，码洋六元。退回。

昨至蟫隐庐，取书四种：八月节帐结讫。《续百家姓印谱》，吴大澂编，二元八角。古写本《史记》残卷，二元五角。《两浙佚金佚石集存》，四元五角。《秦泰山残字》，明拓本。二元。

送沈时复之太夫人夹纱丝葛寿幛。

昨望江萧国梁为丰乐堤公函乞振，今访陈少舟商之，拟探余寿老意旨，再定办法。

附送刘幼云同年之太夫人挽幛洋二元。交季中办。

夜接马梅生芜电，其夫人病危，请假款派人。随派刘德至芜，并带洋三十元。又函翟展成，如需款，请暂挪以百元为度。

**二十日(8月20日)** 吕宋廷来告，赵幼南十时。病故，无以为殓。当赙洋五十元，淑畹亦赙十元。

合肥沈佩之、龚来，持张一山函。沈聘三购绮女蒋小影田事。每元四升，约二千八百余，加青一百余元，净售洋三千元。

晚游大世界。

佑儿八字缺水，拟更名徐永，字子久。

**二十一日(8月21日)** 沈佩之来，因上海市面银根甚紧，改八月十日期票，未允。

慕邢侄由芜回。三太太十七日至南陵。

晚，同叔畹挈儿女等游大世界。

**二十二日(8月22日)** 淑畹生辰，慕邢侄等来祝。丹弟亦于是日生，令崇儿等亦往祝之。

晚，同叔畹、定君挈儿女等西餐，用洋十元。

舜臣十九日来书。皖北土匪恐有南窜，省令南陵、宣城、铜陵、繁昌速办民团防匪。县署开紧急会，议诀请商会先办商团。峨岭各佃纷纷来报旱灾。今年南陵亢旱之图已有五十余图呈报灾况，县未必准。上忙要扫数定清，下忙十六日已开征。三太太十九日午前到南，江派二人。芜派兵二人。

兴和族祖十九日来书。谢在沪招待、赠物。

前函鲍子丹，索《袁氏家集》捐送图书馆，昨已送来。今作书谢之。

**二十三日(8月23日)** 覆阚霍初书。赠《雪宧绣谱》,检萧智汉《氏姓谱》录元阚文兴并妻王氏传,较原采详。

余峙莲来,出示梦老来电,颂如只能办两县,有大慈善家能加办一县,陈伯容足可担任,不负所托,并交盐业银行汇丁价侯助振洋一千元收条。

覆萧子文书。子文以圩栈会同查验一事,急欲量调,为致沈守知、许从叔书托之。

致陈倬斋书。请叙昔年任圩栈事略。

晚访价侯,交盐业汇条,并以梦老电相示,议定梦老加办一县即认募二千元,随告峙莲电商梦老。

调查盛、冯放湘振情形:

盛:醴陵,按户约口分七等,一千文至七千文。衡阳;查株州灾重同醴陵。

冯:宁乡,已放。沅江,灾重。湘阴。正查。

至来青阁,取书二种:《江苏诗征》一百八十三卷,王豫,嘉庆刻本,洋十六元。《新刻古今名贤草堂诗余》六卷。李谨辑,歙曾丙校,刘时济刻,明嘉靖丁酉刻本,洋十三元。廿五日退。

购韦估书三种,共洋五元七角:廿六日交来青阁转还。《武夷山志》廿四卷,道光己丑罗良嵩重刻乾隆董天工本,洋三元。《九华山志》十二卷,光绪庚子周赟订本,洋二元四角。《重修宝应县志辨》一卷。刘赞勋,咸丰元年刻本,洋三角。

**廿四日(8月24日)** 娴女四岁生日。

潘叔玑其璇,南海人,更甡同年婿。来,未晤。

为康更甡同年题宋版《止斋先生文集》五十二卷本,函送叔玑转交。

晚,至大世界西餐。

**廿五日(8月25日)** 晚至来青阁闲话,晤乃乾。

**廿六日(8月26日)** 前任公来书,为松坡图书馆索家刻全分书,为叶揆初交来。梁、蔡非善类,迟疑未答。近思斯世未可显分泾渭,遂检全刻以赠,并作覆书,而于松坡图书馆一字不言。书交揆初转寄。

阅渔洋《居易录》,王与邹程村撰《倚声集》,起万历末,迄顺治初。以继卓珂月、徐野君《词统》之后,蒋景祁编《瑶华集》凡二十卷,又起顺治,迄于今。以继《倚声》之后,合观三集,三百二十年间,作者略备矣。

闻震泽某君云,有谭姓拟以所藏宋本《梅花喜神谱》出售,细询之,即芝云方伯启瑞。藏书,方伯于辛亥后在江南为厘局员,新自震泽局交代乏资,以变价也。书非沈俔园覆刻黄荛圃所藏宋本,或钱遵王藏本欤?

覆吴舜臣书。志书已成,现无人送,南陵人来取最好,请询示。江浙皖恐有兵事,租收仓,得价即卖,随卖随出。三太太传语到南平安,石生夫妇只见面一次。南陵后雨无大劲。马正英托买仁济丹二元,雷允上眼药一元四瓶。黄子猷夫人周氏非原配,系继配。

《无双谱》查系南陵金氏射望。所著,当编入艺文。

《休庵集》二卷,盛于斯。扬州吴氏测海楼有之,托李元之先生代借,吴氏未允。

兰仙女明日阴年三十岁,八岁亡。今日在净土庵讽经。

陈乃乾告我,裕丰庄倒款百余万,孟蘋亏三十万。裕丰为孟蘋开设,石铭、翰怡亦有股分,将来必有纠葛也。

晚至来青阁,付书估书价洋五元七角,又至新世界纳凉。

**廿七日(8月27日)**　接济赵晟洋三元。

致吴舜臣书。告上海情形。

覆陈劭吾书。带来《朱子语类》已向千顷堂换过,交广华庄原人带回,并告上海情形。

访盐业杨咏秋、大生黄、淮海杨瑞生、复和陈少舟,询上海今日情形。战事不免,并虑延长日期。

晚至丁价侯处，为绮女出租鄂票事，商询扬号：

蒯带耕堂，花名宝康，的名李元泰：庚戌春纲；十一年七月，隆兴租办，租价扬曹平九百卅两。辛亥春纲。十二年九月，永昌福租办，租价杨曹平一千一百两。景参鄂岸新堤王明甫扬州华隆庄。租价二千五百两。甲子五月。

**廿八日(8月28日)** 晚至新闻报询江浙战事。

**廿九日(8月29日)** 付先施一千五百两，存汇丰分行，三月期，用冰弦印。阳历十一月廿八日到期。先施净存银二百两○，洋一千七百零五十元，外息。

水泥公司八月初九日开股东会，函请李拔可代表。

晚赴都益处贞元会，募印《潜园集录》，雪老先行借阅并请代募印资。季申认印壹百元，峻夫认印五十元，抱初认印十元。

至蟫隐庐，取书五种，共洋十二元六角：八月节帐结讫。《史料丛刊初编》，皆内阁典籍厅大库文书，十册，六元八角。《魏书宗室传注》十二卷，罗振玉，附《世系表》，四册，三元五角。《敦煌零拾》，罗振玉印，一册，九角。《雪堂藏古器物目录》，罗振玉，一册，八角。《江邨书画目》。东方学会印，一册，六角。

## 八月

**朔日(8月30日)** 收装订翁书《金刚经》壹千册。连史纸(九八)元四十九两六钱，计四件存纸，印工二十元，装订十七元五角，印封面三元。

致莫楚生书。为陶福事求留，付先施来往折五十元。

致冯光久书。为陶福事求留。

晚，挈崇儿至来青阁、蟫隐庐。

**初二日(8月31日)** 致吴舜臣书。七月廿二日后无信来。

致汪甘卿书。询苏城惊惶，是否迁申。

晚至蒋孟蘋、游筱溪、席少卿处，均未晤。顺至来青阁闲话，晤陈乃乾，借元本《张小山北曲联乐府》。

孙隘堪德谦。赠新著二种:《刘向校雠学纂微》《六朝丽指》。

**初三日(9月1日)** 余峙莲来,交阅梦老来函,加放一县须五千元,价侯二千元外,商加一千,梦老筹二千,请程伯容查放。随商告峙莲,由我处认募五百元,凑成二千五百元。晚告价侯,仍照前议,后告峙莲即告梦老。

赠孙隘庵《玉台新咏》。

吴寄尘来,商出售虬园地址,并劝其结束淞园公司。

罗子经函告,瑞安孙氏藏景宋《永嘉四灵集》,陈君与其戚邻,只可就地钞录,并愿代借代钞代校,不受值。当函商子经,函请陈君代钞代校,钞费不吝,将来以家刻全分相酬。并取书一种:《粤西得碑记》。北平杨翰。

**初四日(9月2日)** 苏浙战事自上月廿三日起,风声日紧,运兵运械。江宁、扬、镇、苏、锡等处拉夫,人心恐惶。廿七日晨,沪宁车停开二次,上海亦惊慌。今晨五时,两军已接触,在昆山。沪宁车断绝交通。今日《时事新报》号外,实初五日十时十五分,安亭、黄渡并宜兴、长兴均战。

《史记·齐太公世家》:太公子丁公,丁公子乙公,乙公子癸公,犹用商人之称,前藏乙公觚,盖齐器也。

吴舜臣初一日来书,南陵禾苗受旱者已无救,近来每日必雨一二次,未旱者正在收割,又有芽稻之患。现查受旱之田,计姚山冲、灾重。红家冲、朱家冲、官塘冲、赵家珀、蚂蟥沟、灾重。石板塘、灾重。龙塘湖、山珀周等处约一百五十余亩,只一半收成;稍次约一百七十余亩,无收者约一百二三十亩,峨岭尚未查勘也。

又云志书各董均在乡区农忙,俟节后我处无人送,南陵再派人来取。

付大生来往折洋弍百元。折净存三百元,初十日借杨云史。

付先施公司来往折洋三百元。折净一千〇五十元,外息。

以绮记大生纱厂第三厂股本五百两更名过户宝经堂。票折交厂,取有收条。

**初五日(9月3日)** 《时事新报》号外。上午十时十五分,安亭、黄渡间,宜兴、长兴间均同时开战。

向汤怀芝请梵夹本明南藏经卷:每册三角,价付讫。《佛祖统纪》五十四卷,宋志磐,传记部,四十五册。《辩伪录》五卷,元祥迈奉敕撰,护教部。《护法论》一卷,宋张商英述,护教部。《大慈恩寺三藏法师传》十卷。唐慧立述,彦悰笺补,法相宗。

又碑二种,洋一元:汉逍遥山会仙友题字,汉安元年,四川简州。宋元祐党籍碑。嘉定辛未沈玮重刻,广西融县真仙岩。

又《庐山莲宗宝鉴》十卷。元普度编集,七册,付二元。

**初六日(9月4日)** 午刻,至十号俱乐部会,议虬园、淞园两公司清帐,保管合同、售价、办法,淞园尢结束。

今日苏军由浏河进攻,占优势,浙军退罗甸。

**初七日(9月5日)** 晚,至来青阁。又至蟫隐庐,晤子经,并晤宣古愚,赠古愚《玉台新咏》《金刚经》。

江斡卿来谭,赠《金刚经》二十本、《白衣咒》一百本,斡卿拟助孤儿院十元、慈幼院二百元、湖南急振二百元。

今日浙军攻苏军进浏河。

**初八日(9月6日)** 刘健之来谭。

至臧伯庸医院。

至鲍子丹处,告湘急振筹付五百元。

刘德去通,今午回。

覆吴舜臣书。告上海战事情形,并寄战争地图。舜臣托购济生丹五元,雷允上眼药一元,六神丸一元。初五日开秤,稻价二元五角。峨岭受灾之田最重有廿一二亩,半收有四五十亩,稍次六七十亩。淑记西乡灾重田廿二三亩,东乡灾重有十七八亩,半收有廿余亩。东乡离城十里,出抢案,现招商团廿名。

**初九日(9月7日)** 午刻,至都益处贞元会。

晚至九华堂、蟫隐庐。

昨送成节母刘太夫人七十寿联。

昨浙军攻苏军，进安亭。

杨云史来电，假洋弍百元，为其四公子瑞年。付学费。

购《太初见性语录》，洋二元：《开元太师直指见性语录》。明正德元年刻本，中有残缺。

**初十日(9月8日)** 杨瑞年甥来，付洋弍百元，当覆快讯杨云史，并告战事情形。苏军攻嘉定，后南翔西激战甚烈。

覆杨云史书。付瑞甥洋二百元。

晚至蟫隐庐，晤子经谭。

**十一日(9月9日)** 魏梅荪来谭，午后答拜，并顺至徐静仁处避雨。陈濯江乃润。来，商本弄置铁栏。

昨函任心白，并洋四十元捐孤儿院。鲍子丹廿元、江幹卿十元，自捐十元。

**十二日(9月10日)** 为江幹卿垫付孤儿院助洋十元，今将收据送交。

诵《阿弥陀经》《往生咒》《心经》，四月十三日起。《大悲咒》四月十七日起。各一百卷，今日圆满。

**十三日(9月11日)** 舜臣初八日来书，稻价每石二元七八角之谱，无受主。

江幹卿来谭，交捐孤儿院洋十元。

收千顷堂书价廿元。

收西泠印社书价十三元零。

晚至九华堂，付帐洋四十三元。又至蟫隐庐罗子敬。

闻今日《新闻报》《申报》《时事新报》为浙军扣发。

杨瑞年来，告今日进复旦公学。

**十四日(9月12日)** 守德侄孙来，持慕邢侄禀贷款，当筹一百元，交淑畹付之。

覆吴舜臣书。询初八日快讯是否收到。稻价二元七八角，商有三元或先售若干。

淑畹、绮女南通中国银行存款已汇到，当分存淑记二千元。汇丰分行，绮记三千元，另一千元暂存。汇丰银行，由崇儿函覆吴荣辉。

**中秋日(9月13日)** 慕邢、冠英侄来贺节。

致吴舜臣书。告张雅宇信事，告其家禁止勿再来信。

罗子敬来函，结算来往书帐，存洋三元八角一分。

周湘云赠齐侯中罍全形拓本。罍藏刘健之家，癸亥十二月为湘云以一万二千元购之。又历肇方鼎拓本。旧藏那铁珊家。

**十六日(9月14日)** 任心白来谭，交来梦老为席少卿书扇，随即送少卿。吴佩孚今日至京。郑太夷前日至洛，亦回。

覆李从龙书。寄《金刚经》二本。

**十七日(9月15日)** 中国实业银行送来大照夫马费八十两。化洋一百〇九元八角九分，入家用。

晚，至蟫隐庐、来青阁。

**十八日(9月16日)** 访朱古微、王雪澄、王聘三、俞寿丞、刘健之谭。

又访陈伯严，不遇。

余峙莲交来梦老电，加放沅江一县，仍由方颂如担任，须急振六千元，属我处凑三千元，否则即以二千五百元交盐业银行收协会折，以便统汇云。晚告丁价侯允明日拨洋二千元。

**十九日(9月17日)** 访江幹卿，交振沅江洋二百元。

致莫楚生书。谢留陶子春。

余峙莲来谭。

**二十日(9月18日)** 江幹卿来，交宁松泉捐沅振洋五十元。

丁价侯来函，送沅江振洋二千二百元。

陈伯严、俞寿丞、袁伯夔来谭。

覆吴舜臣书。寄黄子猷寿屏两幅。吴元松学英文，付洋廿元。三太太同兴和族祖意见不合。

覆盛彝斋书。告已送黄子猷寿文。

覆黄子猷书。祝九月三日七十生日,送寿文一篇。又儿子崇亦送寿文。

**廿一日(9月19日)** 浙军第一师。潘国纲败退龙游,警厅夏超主中立,卢永祥于昨晚来沪,除发行军用票五十万元,共印刷二百二十万元。另索浙商会三十五万元。署务由夏超代理督办,关防交王锡荣士绅。接收,运使杜纯辞职,委沙灶地垦局王锡荣接充,张载扬夏超暂摄。辞职陆军二师师长,委警备队总参议周凤岐代理,政务厅长徐鼎年辞职,委秘书钱显曾代理,财政厅长张寿镛辞职,委前烟酒局长萧鉴代理,吴兴人。烟酒局长陈长毂辞职,议会副长祝绍基代理,印花税处长委沈铭代理。

上海县知事沈宝昌由何丰林委机要处主任委警佐熊烈代理,上海知事职今日交代。

卢永祥眷属十九晚到沪,寓李同清路廿二号。《新闻报》。廿二日《新闻报》:住同孚路十七八号。

报载,联军新成立之军团,将校义勇团,罗觉,泰县人,支队长向海潜、陈海钦、廖守忠,司令部在海昌公所。水上游击队,何嘉禄,冷遹。别动队,方振武,皖人,办事在全皖旅馆。义勇军。陈耀远。

覆吴舜臣书。十八日来信,现收稻三百石。

余峙莲来,交振洋二千五百元,丁价侯二千二百元、江幹卿二百元、李老太太五十元、宁松泉五十元。又交慈幼院七号支票一百元签印。峙莲云报费。又交阅方颂如《燕报》。八月十三日湘阴来函,据颂如云,湘阴放振六千。宁乡较湘阴、沅江灾轻,拟就一人一家而论,被祸独重,将价侯捐一千元、魏梅荪弟。捐一千元合之,更请梦老拨助一千元,查放淹毙丁壮仅存老弱,或冲废零亩不可挑复者,择振之。

**廿二日(9月20日)** 江幹卿来,交张东甫捐湘振一百元。

至广仁堂,交湘振洋五百元,自捐二百元(善男子),淑畹捐二百元(善女人),张东甫一百元。计先后三千元,专放沅江。

至子丹弟处,略谭。

晚，阅《容斋五笔·随笔》卷四孟蜀避唐讳条云，蜀本石九经渊、世、民三字皆缺画，盖为唐高祖、太宗讳也。

**廿三日(9月21日)** 至商务书馆，晤张菊生、李拔可。又至科学仪器馆，晤顾鼎梅，出示范鼎卿同年《河朔古迹风景册》，皆鼎梅访碑时摄影，鼎卿一一题志，现拟用珂罗板印行。又交新出墓志二种：周邵州刺史寇峤妻襄城君薛夫人志，北周宣政二年，此志癸亥十一月已购，今退还。隋卞鉴志。大业十二年。

至蟫隐庐、来青阁，晤子经、寿祺。沪海军北附。海筹舰。

**廿四日(9月22日)** 刘健之来谭。苏、陈调元、白宝山。皖王普。军晚入湖州。

晚至刘翰怡处闲话，晤叶柏皋、况夔生、沈慈护，慈护并以旧藏北宋梵夹本半页五行，末有捐刻湖州人姓氏。《华严经》实叉难陀译本八十卷。内缺一卷。

**廿五日(9月23日)** 覆章一山书。一山为陈子埙五十生日索寿诗。

覆阚霍初书。寄赠翁书《金刚经》，并赠逸唐、缨蘅。

致褚理堂书。赠《玉台新咏》、翁书《金刚经》。

**廿六日(9月24日)** 寄汪希古募本缎挽幛，原字铁生，子名陶，字淑如，孙名彭年。希古卒年六十有一。同治三年八月廿八日生，甲子七月三日巳时卒。

昨，嘉兴与嘉善间铁道七八七一。号桥梁上午十时被人炸毁。

报载，孙传芳午后三时抵杭州。

**廿七日(9月25日)** 朱古微来谭。

定君病，延鲍承良诊方。

**廿八日(9月26日)** 吊恽季申夫人张氏之丧。

至刘翰怡处闲话。

覆汪甘卿书。寄《金刚经》。

覆莫楚生书。寄《太上感应篇》。

**廿九日(9月27日)** 罗瘿公于廿四日在北京医院病故。

《时报》载，廿七日先师圣诞，皇上在懋勤殿虔诚奉祀。

雷峰塔于廿五日下午二时全部崩塌，声震山谷，近邻净慈寺、圆通庵皆受激烈之震动。塔有《陀罗尼经》，乙亥为开宝八年，砖有壬申(反阳文)上一“四”字，又有“吴甲”二字及“天子万年”四字。壬申盖宋开宝五年也，又有塔图，开宝九年。

昨，孙传芳已克嘉兴，进攻嘉善。《时报》廿六日北京电。

午刻，至都益处贞元会。西湖岳祠殿梁摧折。

族侄世珍至南陵来，持交阖邑公函并世麟侄函，均请予回南调解三房家务，辞以足疾，世珍坚请派代表，亦辞。复请函致舜臣疏通，容商酌。

致吴舜臣书。舜臣廿三、廿四、廿五等日三次来书，石生廿一日请客，兴和准石生呈拟封仓，三太太属函告主持公论，并函石生到沪分析。石生坚不来沪。廿三讯，收稻一千一百余石。告世珍接谈情形，并拟止封仓函。黄子猷寿文及函，又盛彝斋函均收。

慕邢、冠英两侄来谭。慕邢以其母家讯交阅。

**三十日(9月28日)** 昨夜细想，函舜臣疏通三房家务颇不妥，定函大太太就近设法调解。今将函稿先交子丹阅过。午刻，世珍来，告以舜臣未便向三太太进言。大太太亲房，较为有效，今已将函书就，大意以足疾未能行动，请就近劝导，早日解决。据世珍云，三弟夫人可俯允世麟侄之请在沪分析，而世麟侄亦未始不可来沪，并可由母支配云云，是否请接洽。又覆合族公函，云足疾不良于行道，属函请家嫂就近劝导。两函亲交世世珍，并赠川资十元，随由淑畹挈崇儿往送，并交舜臣托购济生丹、三元。六神丸、一元。眼约，一元。又炳宗托刻图章二方，内附致舜臣函，附钞覆阖族公函并致大太太函两稿。石生函未覆。

覆吴舜臣书。八月廿七日来函，世珍侄来，请回来。三太太请勿回，石生欠款及售稻均勿允还。三太太决定不在南分析，请我函大太太就近请人调处。此时如不管三房家务，伊等定有恶劣手段。石生有主使人，不肯就范围。已放稻二千四百石之谱。钞族函、石生函及致大太太函、覆族公函稿。石生函未复。

告同世珍接洽情形，送川资十元。世珍来，骗致舜臣函，疏通三房家务。七月兴和族祖劝购鳌官屋田，如以后谈及，请告近况尚亏二万，余无力，婉言谢之。团防公推参事，似可不辞。将来应酬各费，请开支。

南陵县团防。分七区，共一百八十人。团防费议定每亩二分。

城区团总方德斋，团副刘瑞章，钦甫子。教练徐稚丹。

## 九月

**朔日(9月29日)** 函杨芷青，附为俞峻韵作《俞氏宗谱序》，并附还四月寄来《旧谱序》一册。

致吴舜臣书。附芷青函。

**初二日(9月30日)** 刘十枝来谭。询劭吾印书成否。

刘葱石初五日五十生辰，送汉长生无极瓦、顾绣曼倩偷桃图、花缎幛、桃、面、烛、糕、酒八色，全收。

**初三日(即十月一号,10月1日)** 至道胜银行，租一百二号保险抽屉，租价一年二十两，押柜二十五两，当取执照并钥匙、户名，马淑记，马字元押。乙丑八月转期一年。

晚，访罗子经谭。

昨舜臣来书，上月廿八于德斋仲先商三房家务，拟请三太太先拨田数百亩交石生，只准收租，不准出售。初六日属淑畹覆之。

**初四日(10月2日)** 午刻假寐，忽目眩头晕心闷，病势甚剧。急延林洞省诊视，服药饼药水，呕吐三次，渐平。申刻，余伯陶来诊方，服之。

陈乃乾来借影元钞《张小山北曲联乐府》。

**初五日(10月3日)** 是日刘葱石五十生辰，因病后体弱，未往贺。葱石闻讯，即来视，略谭。

服余伯陶昨诊方。

**初六日(10月4日)** 前日李拔可来，约同祝葱石生日。闻余疾，今晨来视。

延余伯陶复诊。

狄楚卿赠新印仿宋诗笺八匣。

徽宁同乡会明日二届选举，今填被选名寄会：余鲁卿、李振亚、程永言、曹志功、陈少舟、吕篙渔、胡佩如、汪禹丞、郑介诚、毕立信。

**初七日(10月5日)** 延林洞省治眼角下碰伤。

沈慈护、刘硕甫先后来视余疾。慈护未晤，由崇儿招待之。

**初八日(10月6日)** 刘公鲁来。

陶子麟寄新刻《绍兴十八年同年小录》刻样。

**初九日(10月7日)** 翟展臣来谭，为汪耘郭畸。索所刻书，为赠《玉台新咏》，并索翁书《金刚经》，检廿部赠之。耘郭，旌德人。

王志骞、达。李仲絜、经架。汪次和澂。书来，十一月五日吴怡生六十生日，制屏公祝，附分二元，交展臣。

午后，同淑畹挈崇儿游先施乐园。

**初十日(10月8日)** 函复顾鼎梅。收到宣纸拓《颜勤礼碑》五份，每分二元。又《泉男生志》一份，一元五角。《元寿安志盖》，二角。《卞鉴志》，四角。并询价值。

覆章一山书。一山寄字仿四叶，属招徕书件。

覆狄楚青书。楚青赠仿宋诗笺，答谢。复索《苏书金刚经》。

覆阚霍初书。寄翁书《金刚经》十册。

致陶子麟书。收到《绍兴同年录》刻样，请再印样本二部，并拟由鄂商务印书馆划汇一百元。

致汪启我书。赠翁书《金刚经》，并筱岩新、余仲方、江汉珊、朱曜东、朱幼平、何少圻、何次衡、傅苇生。又告少圻伊祖及父均在新志列传。

晚挈崇儿至集成书局购书，洋二元：价付讫。《汉杂事秘辛》《飞燕外传》，明程荣本，赵能静藏书；明胡震亨本。《四明近体乐府》。袁钧，原刻本，十四卷。

**十一日(10月9日)** 丁仲祜书来，借阅龚定庵父子批《段注说文》，并赠新著《说文目录存目附说文解字诂林序纂例》。

刘健之、刘葱石先后来谭。

**十二日(10月10日)** 至丁仲祜处闲话,以龚定庵孝拱父子批《段氏说文》假阅。孙传芳攻克松江。上午四时。

仲祜赠《黄山谷七祖山题诗》。文明书局印本。

**十三日(10月11日)** 至商务书馆,晤李拔可,交洋壹百元,汇陶子麟刻书价。廿一日覆书,十八日收到。汉口商务书馆火灾。

许苓西来,未晤。

**十四日(10月12日)** 任心白来谭。

章一山、谢蘅窗属为陈子埙鄞人。五十寿诗。

致陶子麟书。寄商务书馆一百元副收条。

致陈劭吾书。寄翁书《金刚经》。

致陈一甫书。寄翁书《金刚经》,并询《建德县志》出售处。

致陈倬斋、萧子文书。寄翁书《金刚经》。

晚挈崇儿至来青阁、忠厚书庄小坐。又至蟫隐庐购书,洋十元:《国朝松陵诗征》廿卷,袁景辂编次,乾隆丁亥刻本。《松陵诗征前编》十二卷。殷增编次,嘉庆丙子刻本。李廷芳序只前编,自序有前后编,吴锡麒序同,例言续编嗣出,又有补遗一卷,今无之。

三太太十一日南陵来书,属函召石荪侄来沪。

**十五日(10月13日)** 上午二时,卢永祥召集军事会议。杨化昭、陈乐山均主停战,各报无杨化昭。臧致平反对无效。各报有杨化昭。卢以大势已去,遂同何丰林出走。嗣臧、杨公推徐树铮主持军务,徐不就。租界戒严。

访刘健之谭。

华界人民迁租界者纷纷不绝。

淑畹致吴舜臣书。告三太太请函召石荪来沪。

**十六日(10月14日)** 吴寄尘来,属签虬国公司约据十四纸。

约慕邢侄来,告函致石荪侄来沪。

淑畹覆三太太函,并寄致石荪函,统寄吴舜臣转交。

四师师长由旅长夏兆麟继任,原陈乐山。十师师长由旅长朱声广继任。原卢永祥。上海防守司令刘永胜、护理军使卢永祥十五日八时乘日轮上海丸。去沪,今晨十一时抵长崎。同行何丰林、臧致平、孙科、卢小嘉、陆荣篯、许人俊、汪庆辰。苏军中之湖北,第五混成旅旅长张允明率军一千五百人。至沪。杨化昭仍拟继续作战,推徐树铮为总司令,自为副司令,整理残部,归队改编。李思浩任财政,曾毓隽任军需总监。阁议派王瑚、李厚基赴沪宣慰。

**十七日(10月15日)** 同淑畹至余伯陶处,为淑畹诊方。赠伯陶《刘涓之鬼遗方》《玉函经》。

租界特别戒严,华界发生抢劫。

午后二时半,徐树铮偕同陈乐山、朱声广、尹同愈、孙翰章、葛云龙、董云飞、高景文、谢品须、李南山、张赋涛、马启生、杜月笙、张华甫小林。一报有马懋勋、夏兆麟,光云锦,是何人化名。十四人在第四师司令部会议毕,乘汽车经北河南路界路,为捕头麦根泉抄获地图多卷,带入海宁路捕房询问。旋将徐树铮、陈乐山二人带至英领事署。英领询明释放,一说某要人请求保释。后捕房亦将朱声广等十二人于六时半全行释放。

**十八日(10月16日)** 报载孙传芳至沪,白宝山淞沪防守司令。

晚,接三太太十四日快讯,云族中十二日已封仓,并禀县署备案,世麟侄亦进诉词,三太太请李菊畦办报,告将各稿寄阅。随约慕邢侄来,告之适慕邢去芜,将稿取去。

**十九日(10月17日)** 先母秦太夫人忌日。

致吴舜臣书。为三房家务双方至沪解决。

检舜臣九日来书,丹云侄于初七日拟当鳌官屋田与高姓,方德斋经手。后经舜臣争执批明,契内山基与受当人无涉,以后如有变动,必须二房领界云云。最后又不当只当一百五田。又名工山坊,六十余亩;鳌官屋田五十余亩,一百五田。

**二十日(10月18日)** 淑畹外出,车中倾跌。

舜臣书来，三房家务华仲西县长拟请余调解。

兴和族长请县封仓，未准批示。

**二十一日(10月19日)** 同淑畹至牛惠生处就医，因星期停诊，顺至亚西亚摄影。

答谢刘慈石，略谭。顺晤傅苕生。

晚，赴倪远甫、杨咏秋酒叙。

王逸塘之夫人蔡氏讣至，今日领帖，送冲华丝葛幛。

况夔笙之副室去世，送香楮。

淞沪败兵，已议定收编、驻防及遣散办法。

**廿二日(10月20日)** 送林洞省五十寿幛联。

购茂和金帽牌吕宋烟五十支。廿一箱，洋三十元。

延牛惠生为淑畹诊伤。诊金七元。

汪仲方来，未晤，留赠《抱润轩文集》廿二卷、桐城马其昶著，癸亥刻本。铜墨盒一只。

至集成书局购书四种，洋十一元：廿四日付讫。《唐文吕选》，韩昌黎文五卷、柳柳州文三卷、杜樊川文三卷、李习之文二卷，吕晚村选，董采评，康熙四十三年刻。《习是编》二卷，古虞屈成霖编辑，乾隆戊辰刻本。《诗识名解》十四卷，钱唐姚炳，康熙时姚际恒从子，嘉庆丁丑校修本。《西沚居士集》廿四卷。东吴王鸣盛，道光癸未自怡山房本，均诗集。

晚，倪远甫宴傅苕生，约往作陪。

败兵改编：四师师长由夏兆麟代理，七旅旅长夏自兼。编入孙军，开赴嘉善、枫经、松江。十师由白宝山改编，入齐军，开赴江湾。二十旅旅长朱声广无权，权在十九旅郑旅长。臧致平部由鄂军张允明收编为鄂军，皆编第一旅及第二旅，杨化昭部一部分由齐收编入六师，一部分缴械劝散。

**廿三日(10月21日)** 晨，祝林洞省寿。

张兴之来谭。

康更甡同年来，未晤。

晚,任心白约至功德林,陪魏梅荪素餐。坐有黄涵之、王一亭。购经、香,洋五元:《阅藏知津》四十四卷,释智旭编次,二元七角。《等不等观杂录》,石埭杨文会,八卷,七角九分。《刻藏缘起》,一角八分。《莲社备览》,一角三分。《杨仁山先生礼拜入观法》,四分。《金刚般若波罗蜜经》,小梵夹本,三角七分。二三号香,三角五分。二五号香,三角二分。拜经纪数图。每张一分,十二张,一角二分。

午前六时,捕房驱逐徐树铮,趁轮直放英国伦敦,眷属未行,亲友亦未知悉,途中及抵英国口岸,当有人监视行动。

午后一时,孙传芳回浙。

今沪宁通车。

**廿四日(10月22日)** 报载,廿二日瑾太妃薨。

致倪远甫书。赠精拓《颜勤礼碑》四分、《泉男生志》一分,托吴荣辉升通行办事员。

覆顾鼎梅书。交《颜碑》五份,十元,《泉志》,一元五角,《卞鉴志》,四角,《元寿志盖》,二角,共十二元一角。

答拜康更甡同年,并请书屏扇。

访袁述之,略谭。

**廿五日(10月23日)** 郭履真来函,交来大照新股票廿一份,计股本二万二千二百元,股票号数,一一六五号至一三八六号止。正票号数,正字五八号至正字七八号止。户名廿一户,品记、节记、详记、明记、德记、性记、坚记、定记、事记、理记、通记、达记、心记、气记、和记、平记、淑记、慧记、崇记、佑记,各一千元,又宝经堂二千二百元。又蒯和记一份,六千元,一三八七号至一四四六号,正字七十九号。当覆书致谢,并缴还换票收据二纸,又蒯和记一纸。

《新闻报》载,别动队队长方振武部下兵士至闸北保卫团滋闹,经劝谕,给资遣散,约廿余人,声称五十余人。约洋四千元,方住全皖会馆,孙景西云拆毁门窗器具。

答拜汪仲方,畅谭。仲方寓汪寿丞家,福兴路一二一号。

陈立炎赠新印珂罗版《刘子》十卷，播州录事参军袁孝政注。为古合字本，黄荛圃藏书，有跋。有惠栋印、璜川吴氏印、潘志万印，原本今归吴兴许博明厚基家。

傅苕生来，未晤。

**廿六日（10月24日）** 报载，昨日京津电线断，火车停。

狄楚卿赠《苏书金刚经》元刻影印本五册。

慕邢侄到芜后来禀，询处置家务情形。今命崇儿函覆钞示致舜臣函稿。

晚，至蟫隐庐，见《东南晚报》，知冯玉祥偕王承斌、胡景翼率队由古北口回京。廿五日晨。

今日京津电话、火车已通。晚七时。

**廿七日（10月25日）** 报载冯玉祥、孙岳、米振标、胡景翼等联名发主和停战通电，派黄郛向外团接洽，向曹锟提三要求：（一）下令停战，（二）收拾前方队伍，（三）不分党系，开全国会议，解决国是。又载，昨日下午府院联席会议下令停战，各守原防，听候中央筹议，结束讨伐军总副司令等职，撤消山海关一带军队，责成王成斌、彭寿莘维持，吴佩孚免本兼各职，派办青海垦务。

致吴舜臣书。稻价三元即出售。

昨，延鲍承良为淑畹诊方。

今同淑畹至牛惠生医室就诊。

汪仲方来谭。

刘健之来，交阅李季皋书，约十月朔日陪康更甡同年午饭。

晚至蟫隐庐，取书一种：《新刊校正王叔和脉诀》四卷。熊宗立注解，刘廷佩校正，嘉靖周一朋编录，万历戊寅富春堂唐氏梓本。

**廿八日（10月26日）** 顾鼎梅来谭，赠《宝箧陀罗尼经》。

杭州抱经堂寄来新刻雷峰塔《宝箧印陁罗尼经》二分，每分壹元。

**廿九日（10月27日）** 报载，冯玉祥军入京后，时组国民军。

吴佩孚廿七日由秦皇岛通电反对冯玉祥，一面激励将士东讨外叛,一面分领大军清除内奸。

三太太由南陵来信,世麟侄不愿来沪。舜臣昨亦函告。

覆鲍敬山家准。书。寄《端虚室诗稿》二本,并告助刻资二十元。十月十八日覆书收到。

覆陈倬斋书。请纪任圩栈时,借芦东盐创办巡警学堂,设立义渡各事实。

康更甡同年午刻约陪陈散原游存庐酒叙,并赠藏石拓本五种。志四种、造象一种。

覆陈西甫书。西甫现在奉天小西关大什字街北路,东启新洋灰公司东部总批发所经理。

昨收先施公司来往息银一百〇二两九钱四分,七三。化洋一百四十一元,又洋七十四元一角三分,付家用。

## 十月

**朔日(10月28日)** 李季皋约康更甡午饭,属往作陪。

余寿平函请为陈戒庵公函赵次帅国史馆立传。列名冯煦、陈夔龙、郑孝胥、李经方、李经羲、岑春蓂、余诚格。

报载,上月廿七日,王怀庆、胡景翼等三十六将领通电,抗拒冯玉祥。

南陵县华仲西县长代理知事名维岳,颍上人。函告三房家务,属为调停,以免讼累而全骨肉。

**初二日(10月29日)** 慕邢侄函告,王慕怡调停家务,石生侄初一日至芜,请余前往主持。晚以呈辞电覆。

齐燮元、孙传芳等沁电,萧耀南等宥电,均反对冯玉祥。

**初三日(10月30日)** 致三太太书、慕邢侄书,以世麟侄不愿来沪,余无法处之。钞华函,交冠英侄转慕邢侄。

致吴舜臣书。商华知事属调停三房家务。

胡朴庵赠《国学汇编》第二集两部。

潘复初娶子妇,送红花缎幛、喜烛。

**初四日(10月31日)** 致适杨大妹北京书。

胡朴庵赠《国学汇编》第二集二部，以旧刻《随庵丛书》正续编报之。赛连纸印本。

访吴絅斋，略谭。

前乞康更甡同年书扇，并为崇儿求书小屏，今书成交来。

**初五日(11月1日)** 邓百村来谭，赠新印《孙文与共产党》五册。大女来禀，九月廿五日，已由刘泮桥盛笠亭向次岩说定，还二期债款并息金。

昨接瑞安陈君准住杨衙衖。书，托钞《永嘉四灵集》。允向孙仲容家检查。

慕邢侄初三日由芜来禀，云石生侄忽谢绝王慕沂调停，复请省署秘书王克刚持慕沂函往劝至芜，并函华县长，促其速来。

三太太于初一日至芜。

**初六日(11月2日)** 报载齐燮元通缉马良、李思浩、曾毓嶲、李乾玉、关建藩、卢辉。《时事新报》。

挈崇、永两儿至集成书局，购真雷峰塔所出细校系翻本。《一切如来心秘密全身舍利宝箧印陀罗尼经》一卷，价洋十四元。前有佛图并文曰："天下兵马大元帅吴越国王钱俶造此经八万四千卷，舍入西关砖塔，永充供养。乙亥八月日纪。"乙亥距今甲子计九百五十年。虽经劫火，而经卷文字尚属完整，可宝也。

昨为杨烈山甥书扇，并函大妹询安。

**初七日(11月3日)** 邓刚仲来谭，云其尊人函借款济急，今已无需。

汪甘卿、邓百村来谭，留午饭。

晚至来青阁，晤秦曼卿。云袁伯夔得《宝箧印陀罗尼经》，剥蚀过甚，价洋百元，在墨古斋装潢。特往视之，与昨得经一卷同。

**初八日(11月4日)** 晨约甘卿、百村在新半斋茶点。

覆冯光九书。陶福事系退老代荐留办，附赠翁书《金刚经》并《玉台新咏》。

致李从龙书。询太原平安。

致张祝秋书。初十日接陈倬斋书,江浙兵事起后即回宁。

**初九日(11月5日)** 午刻赴都益处贞元会,祝陈抱初生日。

覆阚霍初书。询新修志书佳者,告陈小庵为戒庵公函赵次帅史馆立传。

覆陈绳大准。书。托钞《永嘉四灵集》,赠《玉台新咏》。寓瑞安杨衙街三号。

**初十日(11月6日)** 报载,昨日午后,皇上为冯逆玉祥逼移醇王府,所有神武门及景山守卫队两营亦被逆军缴械,府之四周派兵驻守,禁止出入。

舜臣函告,石生侄六日由南陵至芜。

寄罗瘿公挽联。

**十一日(11月7日)** 汪汉溪作古,送香楮。

访刘健之谭,云昨翰怡处议电段、张,南海改稿,措辞愤激。晚访翰怡,未遇。晤沈醉愚谭,略述健之意,主慎重。

**十二日(11月8日)** 汪仲方来谭,拟十四日附新裕船回京。

施子英领帖,送奠敬四元。

戈丽生娶子妇,送喜分二元。

王雪澄八十寿,函李伯贞,附寿分十元。

访李仲帅,略谭,并谢调解归还债务,遂同至刘葱石家酒叙。散后,访刘翰怡,得悉胡晴初、陈仁先均到申,在筱石帅处。议发两电,稿未见。列名廿八人。张雨亭有复电,段芝泉未复。

丹弟夫人由芜湖回。

**十三日(11月9日)** 邓百村函述冯逆筹办法。午后往访,不晤。晤刚仲谭。

答拜汪仲方,赠《玉台新咏》并《薛氏钟鼎款识》。

覆汪新余书。赠《玉台新咏》。

致汪筱岩、启我书。各赠《玉台新咏》。

缪景福来，赠洋十六元。

致李拔可书。告汪撷荀购鼻烟。

覆任心白书。为魏梅孙借《廿二史言行录》。

覆刘公鲁书。赠翻本《雷峰塔经》（此本不佳）。

刘健之来谭，赠翻本《雷峰塔经》。此抱经堂本。告李季皋拟购缪氏藏碑，属函询子受，先出价一万一千元。又拟购李振唐藏书。

**十四日（11月10日）** 邓百村来谭。

购孙月亭汝隽，文宝斋古玩书画铺，住杭州上珠宝巷五十号。真雷峰塔经卷，价洋四十元。外佣金三元五角。卷原装，归其揭裱，工五元。先付定洋十元，又佣金一元。十一月十八日交阅，已换翻本，当取销前议。加洋二元，购朱为弼联。昨至古玩市场购翻本《雷峰塔经》此翻本不佳。八卷，洋二元二角。

曹缥蘅寄赠新刻沈惜甫初名培本，后名英。《慈心宝鉴》四卷。阚霍初函赠《西夏纪》廿九卷，为开县戴锡章海珊著。京华印书局刷印，售价五元。

陈一甫覆书至，寄来代向周缉之借到《建德县志》廿一卷。周孚铭总修，宣统二年排印本。

覆吴舜臣书。华县长属调停家务事，商接洽双方，候王慕沂解决后再覆。

至子丹弟处谭。

**十五日（11月11日）** 魏梅荪来谭，假阅《廿二史言行录》《行鉴录》二种。吴树人来，为汪伯奇请下月初襄题其尊人汉溪神主。

至锦文堂购书，洋十六元：十六日付讫。《研溪先生全集》。诗集、文集、诗说。

**十六日（11月12日）** 答拜魏梅荪，不遇。闻冯梦老昨晚到沪。访徐静仁谭。吴荣辉同卓小梅有世谊，请先容。又访陈少舟，催蒯景参借款。又访顾鼎梅，略谭。鼎梅赠其尊人遗著二种：《勴堂文集》八卷、《顾家相诗集联语》附。《五余读书廛随笔》二卷。

覆阚霍初书。谢惠《西夏纪》，复赠《雷峰塔经》一卷，另赠王逸塘一卷。

覆陈一甫书。收到代向缉之借《建德县志》,附赠《雷峰塔经》,另赠周缉之一卷。

致曹缫蘅书。谢寄《慈心宝鉴》,复赠《雷峰塔经》《印光法师文钞》《放生杀生现报录》。

赠刘翰怡白纸《随盦丛书》。

杨云史妹丈廿九日五十生辰,作书祝之,并寄红花缎幛、银杯。

购朱瑞祥杭州抱经堂。真《雷峰塔经》二卷,内一卷约缺四分之一,作价五十元,一卷残损太甚,作价二十元。两卷非一刻,其残损甚者字迹较瘦,计所见经卷,袁伯夔、沈慈护、周云峰三卷字迹同前卷,今付洋二十元,另以旧纸印《玉台新咏》四部、料半纸印一部,作价五十元抵之,又以料半纸印一部,换翻印《雷峰塔经》已裱初印本三卷、未裱初印二卷、后印五卷,又以洋一元购后印未裱廿卷。

赠李元之先生《雷峰塔经》一卷。朱瑞祥印本。

覆翟展成书。赠朱刻《雷峰塔经》。

覆汪耘郭书。汪谢赠《玉台新咏》《金刚经》。

致缪子受书。告李季皋拟购藏碑,可出一万一千元。

覆陈倬斋书。赠《雷峰塔经》。询张祝秋南京住址,并愿就教读一席否。

**十七日(11月13日)** 寄岑靖恂之尊人盛之先生白纱华丝葛挽幛。余姚东门外清福弄。

仙桃草,四五月时蔓生麦田中,叶绿茎红,实大如椒,形如桃,中有小虫。宜在小暑节十五日内取之,先期则无虫,后时则虫就出。趁未坼采之,烘干研末,藏以待用。一切跌打損伤,服一二钱立愈。或采鲜者,以陈酒浸于瓦瓶,凡患劳伤者服之。或云其茎叶煎水,浴之亦妙。金湛生《粟香三笔》卷四亦载之。邝露《赤雅》:“忽雷,鳄鱼也,居溪渚中,以尾钩人而食之,其枯骨齿生用作乐器,故古乐有大忽雷、小忽雷。”

至蟫隐庐,购罗叔言印书三种:《周秦两汉名人印考》、吴大澂,洋一元五角。《制钱通考》三卷、山阴唐与昆,洋一元六角。唐有《泉币汇考》十六卷，亦有刻本。《净土三部经音义集》四卷。沙门信瑞，洋一元八角。十八日退回。

陆仲英汇来赠马梅生洋二十元。

**十八日(11月14日)** 孙乔年来谭。

谒冯蒿帅，略谭。又至朱峻夫处，以新得《雷峰塔经》二卷相校。

贵阳师命为王雪丞廉访八十寿诗屏，今书成交之。

访丁仲祜，不晤，取新印《太上感应篇注证》。香山感化院编，北京感化学校印行。

**十九日(11月15日)** 丹弟得次孙弥月，约晚福兴园酒叙。

兰生内弟在洛，需川资卅元，今往商任心白，向开封商务分馆函致洛阳，特约所询交。十一月二日交心白洋三十元。

复吴舜臣书。稻已卖，五百石，每石二元八角五分。

昨沪上遗老遗民四百余人公电，谢驻京各国公使保护皇室。

**二十日(11月16日)** 冯梦帅来，未晤。马联甲宣布辞职，交王普代行。吊王一亭母蒋太夫人之丧。

左子异廉访作古，送香楮。十九日去世。

报载，吴佩孚于十八日晨六时乘华兴轮由吴淞上驶，十九日晨二时抵江宁。

致兰生书。告汇洛洋三十元。

**廿一日(11月17日)** 晚至李紫东处闲话。

闻三太太由芜回沪。孙文今日到沪。

**廿二日(11月18日)** 覆潘健侯书。

凌植之之尊人筱洲先生七十双寿，赠寿联并寿诗。函公鲁转北京。

汪道余、今名若愚，字觉非。徐兆熊字非命。来函，请题《弋江潮》杂志书衣。北京中国大学。

致徐行可书。寄还旧钞、新校《经考》各二本，又旧钞《绍兴同年录》二册，留假明刻《绍兴同年录》，以校新刻。附赠影宋《法华经》四册，又《六朝墓志菁华》十六册。交罗子经,寄武昌府署后街十四号。

致罗子经书。寄徐行可书,又祝枝农《罗湖野录》交还,附邮费一元。

晚赴周梦坡、刘翰怡约,陪王雪丞廉访酒叙。

梦坡假阅《雷峰塔经》卷,以校所得朱瑞祥经卷,同出一本。

翰怡以新出板《辛壬春秋》相示。

陈绳夫寄赠书二种:《墨香簃丛编》、《籀庼诗词》《二黄先生诗葺》《辅行记校注》《参绥阁鸺本书目》《曝书随笔》《鞭鄦楼遗稿》,瑞安孙贻让著,邑后学杨嘉辑。《湫漻斋吟草》。陈粟庵著。

**廿三日(11月19日)** 报载,吴佩孚廿一日抵汉口,廿二日七时赴洛,以南京会议决设护宪军政府于武昌,订组织大纲十条,苏齐领衔通电,由鄂译发。

瑾太妃梓宫暂厝广化寺,俟大局定后,再葬西陵。瑜、瑨两太妃出宫时,有由北大女生检查说。

吴舜臣汇来稻洋壹千元。

南陵吴紫庵、庆璠商会会长、电灯公司总经理,泾县人。王邦模、谟。方德斋新建。来谭。送板鸭、白果豆、冬笋、豆腐干。

東劭直母曹太夫人九十寿,送红幕本缎幛。交大生寄。

周美权嫁女,送红华丝葛幛。

袁伯夔娶侄媳,送红华丝葛幛。

**廿四日(11月20日)** 至周美权、袁伯夔两家贺喜。

答拜吴紫庵、王邦模、方德斋。

慕邢侄约紫庵、邦模、德斋新利查西餐。

复陈劭吾书。劭吾十九日来信,托购桐城周氏选本《朱子古文读本》。

吴树人之祖母杨太夫人八十寿,送华丝葛大红寿幛。

购钱昌美元刻《唐书车服志》一叶,洋一元。俗名邋遢本,半叶十行,行廿二字。

**廿五日(11月21日)** 同子丹弟约吴紫庵、王邦模、方德斋一时在会宾楼酒叙。紫庵今晚去芜,坐有江幹廷,送沙丁鱼饼干、花糖波罗各四瓶。

陈乃乾来书，云雷峰塔砖内藏有《宝箧印陀罗尼经》及金涂塔四面形图卷，经为开宝八年钱俶造，塔图为开宝九年王承益造，所出完善之卷，实仅三四，杭人已售价一千二百元，现存者索价二千元。下端题字八行，共五十字。

昨至博古斋，取诗选及《传经堂诗钞》，今还之，又取《历数考》正集闰集。朱彝教，钞本，码洋十二元，康熙间。十一月拾九日以旧纸印《玉台新咏》冲帐。

昨闻杨云史由京来沪，住惠中旅馆。今率崇儿往访，略谭。

瑜、瑨二太妃今日下午二时出宫。

收回绮记大生纱厂第三厂股分五百两，今日已更名过户宝经堂。过户费银一两。

**廿六日(11月22日)** 至来青阁，晤陈乃乾。杨云史来。

晚，杨二小姐、四小姐约至一品香，陪其尊人云史妹丈西餐。访柳芝庭，告淞园公司缪石记过泰记户。昨刘楚之来告，陈器之同其西席龃龉，今招其来，劝其息事宁人。

**廿七日(11月23日)** 答拜刘慧之，不遇，作书告同器之接洽情形。吴舜臣汇来稻洋壹千元。

至鸿运楼，祝吴树人祖母杨太夫人八十寿。

致汪甘卿书。告《华严经》有佳刻本，已出价每册四角。

挈崇、永两儿往见云史，并送礼四种。

晚，江幹廷约悦宾楼酒叙。

金少舲拟代售金文拓本，检存二百九十二种，计三百张，索价五十元，今至来青阁交之。正月十四日售二百八十四种，收洋四十五元。钟三、鼎十二、彝六、敦九(凡十一片)、觚五、爵十四、卣四(凡五片)、匜二(凡三片)、簋一、盉一、斝二、铎一、鬲二、壶一(凡二片)、甗一、觯二、尊二、洗八、钩廿二、弩二、兵器九、虎符二、像二、塔一(五片)、虎邱塔铃一(二片)、钱范一、斗检封五、牛马铃一、银定一、镜铭一百六十八(内纪元廿六)。

报载,昨段祺瑞至京执政,行大总统职权。使团询问,段来是否循法律轨道,抑采革命方式,外交上对此颇注意。又加拉亨以段先孙文来京,似颇失望。

**廿八日(11月24日)** 报载,段定廿四日系阳历十一月,即阴历十月廿八日。上午十时就临时执政,职下临时政府制度及权限令对内外声明,一切法律条约与临时政府制度不抵触者皆有效。总执政印铸二颗,小印银质,大印铜质,双钮嘉禾柄,文为"中华民国临时执政"。段通电政见,主持制定国宪,促成省宪,改订军制,屯兵实边,整理财政,发展教育,振兴实业,开拓交通。

函许苓西,将代修理《金石图》《薛氏钟鼎款识》两书交还。许适去杭。

李从龙寄其母张太夫人寿言集。

李振唐来,未晤。

覆吴舜臣书。德斋带来各件收到,先后收到新稻价洋二千元,三房家务在芜议有眉目,今连日协议,仍在芜定约。

晚同子丹弟、三太太公祝杨云史于倚虹楼西餐,共用洋廿六元。

午刻,慕邢侄联名公请王德邻于陶乐春,约用洋十六元零。

慕邢侄陪王德邻来谭。

**廿九日(11月25日)** 亡室刘夫人忌日。

祝王雪岑廉访八十寿。

答拜王德邻、李振唐,均不遇。

访周梦坡,未晤,留前假《雷峰塔经》卷,又姚虞琴一卷,索洋五百元,交其阍人转呈。

任心白来,未晤,留函云,拟同朱峻夫联姻事已由魏梅老请冯蒿老转达,云极满意,可径向梅老面商进行。

晚,云史之儿女在余家为父预祝。

**三十日(11月26日)** 云史五十生日,亲友均在余家祝寿。

方颂如、余峙莲来,谭湘振。

## 十一月

**朔日(11 月 27 日)** 翰怡函告海上同人争持皇室优待条件,定午后二时至五时茶话,具名咨照者为梦华中丞。雪岑廉访、伯皋提学、一山左丞、叔用观察及余名翰怡以值此乱局,同人苦劝不着痕迹为宜云云。余意先未会商,盖彼等此举意在沽名,不顾危及皇室,故届时未往。

报载,段谕军警解除醇王府守卫,优待条件有重加讨论另订办法之讯。

杨云史今晚去洛,往送之。

余阶升、吴树人来,请初十日三时为汪汉溪神主襄题官。

阅苏州朱氏书目,乙丑五月购自苏州欣赏斋,价洋五元六角。有王岳莲《清芬精舍小集》,岳莲即韵香女冠也。《空山听雨图》今藏余家,王雪岑廉访绍介购得之,凡四册,价四百五十两。

**初二日(11 月 28 日)** 访任心白,略谭,交汇洛阳马兰生洋三十元。

拜冯梦老、魏梅孙,谢为崇儿向朱峻夫说姻事。

答拜方颂如,未晤。

缪子受来,交艺风堂碑目,陪往刘健之处,议定价洋壹万壹千元。

晚约方颂如、任心白至丁价侯处,谭放湖南振务情形。

**初三日(11 月 29 日)** 三时,同乡会因柏烈武由粤返沪,开全体职员欢迎大会。

致陈一甫书,寄还《建德县志》十册。初五日寄。

覆汪甘卿书,寄《华严经》八十二册。交邓刚仲。

覆陈绳夫书,寄赠纪元镜拓本廿八种。

覆大太太书。告送唱勒并电光幕本袄料,略说三房家务方德斋调解情形。

覆吴舜臣书。告送哔叽绣袍料、《金刚经》,又毛袜二双,又送大太太物件,又吴元松刻印,均交王邦模、方德斋带南。

王叔雍之夫人初七日六十生辰,送红花缎幛、烛。

至来青阁,取书一种:《唐诗三百首注释》,价洋四角,付讫。畀永儿读之。

至忠厚书庄,赠料半纸印《闺秀词钞续补遗》二部,子东昔年曾代售料半印全刻。又借《亦有生斋文集》卷一、二。共一本。

**初四日(11月30日)** 宗子戴来,未晤。报载,初二日王揖唐任安徽省长。

至王邦模、方德斋处,谭交致舜臣函并各件。又赠德斋呢哔叽袍料、热水壶及其夫人各件。

刘健之来,告李季皋定购缪氏所藏各碑,价一万一千元,分两期付。成交付六千,明年三月付五千。

至徐静仁处,未遇,留吴荣辉致卓小梅函。

访魏梅孙,未遇。

**初五日(12月1日)** 冯梦帅函劝募苏省兵灾振抚,并交捐册五本。八十六号至九十号。

王邦模、方德斋来谭,旋同访陈少舟,请向西门子行磋商电灯机价值。

李振唐来,商售书事,书价减至一万二千元,当告刘健之,电话李季皋,得覆满意。

刘翰怡函告,为皇室优待条件公函致段执政,相皋主稿。又电稿梦帅主稿。钞阅。尚拟致奉张、英、荷、日三公使,由梦帅主稿也。晚至翰怡处谭。

报载,初三日皇上驾临东交民巷,初入德医院,旋徙居日使馆,住大楼西屋。郑孝胥函段谓当此过激思潮澎湃之时,为避危险计,并无他意。段命梁鸿志传语暂避亦好,未函覆。又载绍英等函段,故宫珍物价值甚钜,虽有冯军守护,但如日久发生意外,何人负责。涛贝勒、陈宝琛、罗振玉、柯劭忞、庄士敦随行。

**初六日(12月2日)**　上海华商水泥公司十八日开股东会，函请李拔可代表。

昨，庞性存同任心白来谭慈幼院工程。旋答拜，未晤。

刘逊甫嫁女，送红花缎喜幛。

拜李振唐、宗子戴，未遇。

至医学书局丁仲祜、古书流通处陈立炎，略谭。

王润泉兜销元刻本《楚辞》朱注，价四十元。缺辩证、后语。

至来阁取书：《江苏诗征》一百八十三卷，王豫，嘉庆康辰刻本，洋十六元。十九日付。《宣城县志》四十卷。光绪十四年吴潮主修。洋四元。十九日付。

报载，今晨三时半张作霖出京。

**初七日(12月3日)**　王叔用之夫人六十生日，贺之。

**初八日(12月4日)**　访李振唐，取《宜秋馆书目》七册，随函刘健之，将书目附交。

陈乃乾来谭，无锡朱氏书目昨已交还。

报载，吴佩孚初六日午后离洛到郑州，初七日午前二时离郑南下，暂驻鸡公山。

**初九日(12月5日)**　刘健之来，退回李振唐书目，旋还振唐。

昨取李振唐岱南阁本《仓颉篇》《问字堂》《岱南阁集》共四册，今函送洋十元，复书交还。

陈乃乾来，交罗子经托售明钞本《建文二年登科录》四册，索价二百元，婉辞谢之。

覆吴舜臣书。初二日来书，售稻七百石，每石二元八角。初五日来书，大太太借洋二三百元，请婉致送洋一百元。汪道余、徐兆熊来书，请写弋江潮，书面有过激文字，并约捐学堂经费数十元。

请余伯陶诊方，函送《雷峰塔经》。

覆李从龙书。赠《雷峰塔经》。

**初十日(12月6日)**　汪叔芾之夫人于夫人讣至，寄华丝葛幛。

汪汉溪领帖吊之,并为襄题神主。题主余寿平,左襄题何伯梁。

翟展成由芜来谭。方玉山来,未晤。

童心庵来,不遇,留赠《雷峰塔经》残石拓本。

晚游新世界。

**十一日(12月7日)** 缪子受来,交洋壹千元,托商务书馆汇寄北京寓中。十二日,亲交李拔可、任心白汇京。

覆汪叔芾书。谢钞示《咫闻录》三李半仙赤脚大仙化身运动四肢一条。

王邦模、方德斋辞,回南陵。

狄楚青、聂云台来谭,各赠《雷峰塔经》一卷。

陈立炎、陈乃乾来,交售剩余书目。

童心庵假《咸淳临安志》廿四册。

吴昌硕来,未晤,留赠新刻《缶庐诗》四卷。

**十二日(12月8日)** 至商务书馆晤任心白、李拔可,交汇缪洋壹千元。

贡芷滨十元。来,未晤。

**十三日(12月9日)** 贡芷滨来谭。王逸塘今在蚌埠任事。

翟展成、陈少舟来谭,陈劭吾函商将振余拨石埭桥工二千元,已同寿老商定照拨。

缪子受来谭,将壬戌十二月所存大生一厂缪耕云堂股分二千两息折交还。股票遗失。

致王逸塘书。附赠《法华经》《二百兰亭金石记》。

致李雨农书。

致慕邢侄书。附王季两函。

同子受至健之处谭,晤林贻书。

陈乃乾来。

**十四日(12月10日)** 前钱昌美来,以新印行唐尚秉和节之。纂辑《辛壬春秋》王树楠、吴闿生审定,张鼎彝评点。四十八卷出售,以新印旧纸《玉台新咏》二部易之。

覆陈劭吾书。劭吾函商拨大照公司振余二千元充石埭大桥工费，寿老、少舟均议定照拨。

覆陈倬斋书。倬斋为纪昔年任盐栈事实，致谢白衣咒圩上持诵灵异。

覆潘建侯书。华仲西因与程府相连姻娅，潘住颍州北城。

致慕邢侄书。附寄五侄女来禀。

拜翟展成、夏玉峰谭。

至信通访万荫楼，售公债票。

至大生，催还绮女大有晋存款二千元。

至来青阁，取书：《广德州志》六十二卷。光绪七年修，知州胡有诚，洋四元。十九日付。

晚，杨咏秋来谭。

**十五日(12 月 11 日)** 余寿老来谭。武仲平、贡芷滨因万顷湖田结讼事。

吴舜臣汇来稻洋壹千元。当活期存永安公司，用无闷图印。

购李振唐书二种，价廿七元付讫：《江西诗征》九十四卷，曾燠，新印本，洋廿六元，附补遗。《吴中平寇记》八卷。无锡钱勖，洋壹元。

昨罗子经赠沈虹屏自书词稿、萧尺木绘《离骚图》景印本，今作书谢之。又交来书目，亦交健翁。

以古书流通处、蟫隐庐两家书目交健翁，随来谭。

**十六日(12 月 12 日)** 贡芷滨、陈乃乾来谭。乃乾借《释迦方志》氏志一本，又托钞合肥人诗卅二人。

魏梅荪来为崇儿执柯，口传朱峻夫女公子坤造，当请王乔松合婚大吉：庚戌年七月二十一日申时。

刘葱石之夫人生日，往祝。

赠刘公鲁《玉台新咏》二部。

**十七日(12 月 13 日)** 拜冯蒿老、任心白，告朱府年庚合配，择十二月初六日文定，并酌行聘礼，请转商。

拜魏梅荪、余寿平、贡芷滨、方玉山，晤寿平、芷滨谭。

覆罗子经书。录送沈虹屏《春雨楼集》两跋,又《梦影词》一跋。

购孔繁德碑,洋七元:《泉男生志》,宣纸、连史纸双拓边各一分,草拓边三分。《泉男产志》,连史草拓边二分。各造象、各志九种。

明日华商上海水泥公司三届股东会,前函请李拔可代表,今因遗失,属补送一函,缮就,交任心白转致。

晚约任心白来谭。

**十八日(12月14日)** 刘健之来,交还古书流通处、蟫隐庐书目,当分别转交。

金颂清、陈乃乾来,商购李振唐书,担任分期付款。颂清并赠书三种。凡《盛京书画录》八册(金梁);《古今杂剧》三十种(景元刻本);《端溪研坑考》一册(计楠)。

孙月亭来,阅《雷峰塔经》卷已换翻本,当取销原议,另购朱苿堂篆书五言联,加洋二元。连佣金共十三元。

覆张祝秋书。祝秋仍在两浙运署。

覆陈倬斋书。寄《白衣咒》五十本。

晚,任心白来谭,朱府姻事梦老已询过,商缓再定。

**十九日(12月15日)** 汤怀之来,付汪甘卿请《华严经》,价三十二元八角,又杨二小姐请《慈悲道场法经》,价三元,又自请《千佛名经》过去庄严劫、现在贤劫、未来星宿劫。共三卷,明梵夹本。价三元。

邓刚仲来谭。《华严经》已检查,卷数无缺。

覆吴舜臣书。收到稻洋壹千元。

覆汪甘卿书。收到洋三十二元八角,已交汤书估。

至博古斋,以旧纸印《玉台新咏》作价十五元,抵换各书,尚存三元:《历数考正集闰集》,朱彝教钞本,四元。《篁村集》十二卷,陆锡熊,嘉庆刻本,四元。《南汇县志》廿二卷。张文虎纂,光绪五年修,四元。

至来青阁,付书价廿四元。前帐清。

至蟫隐庐取书,共五元八角:廿六日退还。《邺下冢墓遗文》二卷,罗振玉,二元六角。《广陵冢墓遗文》一卷,罗振玉,八角。《襄阳冢墓遗文》一卷，罗振玉，八角。《唐三家碑录》一卷，罗振玉，一元。《石室泓龙洞题名》二卷。罗振玉，六角。

**二十日(12 月 16 日)** 晚，史蝶卿约酒叙。

**廿一日(12 月 17 日)** 拜郑太夷，恭请皇上圣安，并询北京变乱情形。

覆陈绳夫书。谢赠钞本永嘉王毓《槐荫集》、端木百禄《寄巢诗》二种，又古砖拓二纸，覆贻藏专廿二种，内有"舍利塔铭""单于和亲"等方专四种。

慕邢侄来，禀在芜已呈南陵县答辩书。

华商上海水泥公司来函，十八日三届股东会当选为本届监察人。得票七千三百廿六权，董事未选，监察留二人，新选一人。

**廿二日(12 月 18 日)** 昨李拔可来函，商请就监察，今往访辞谢，未遇。薄暮复来劝驾，姑应之。

至博古斋取书二种，作价三元，前存销讫：《金石学录》四卷，李遇孙，原刻本，洋二元。《揅经室外集》五卷。阮元，原刻本，洋一元。

晚，挈崇儿游大世界。

**廿三日(12 月 19 日)** 以旧藏阮刻《列女传》向来青阁易之，彼书品阔大，可配《文选楼丛书》也。

刘健之来谭。

至大生帐房，略谭。

恽季申之夫人张氏十一月初一日领帖，送绸幛、烛。

**廿四日(12 月 20 日)** 吊程友兴之丧。

朱瑞祥来，请《雷峰塔经》二卷，以洋十二元，又以《徐公文集》一部、《闺秀词》二部易之，又购西湖风景墨卅二定，洋八元。

吴舜臣来书。售稻一千石，内淑记二百石，每石二元八角，芜湖成康买，月底在申兑交二千八百元，内淑记五百元，大太太处送洋壹百元，石生侄廿二日在南请客。

**廿五日(12 月 21 日)** 晚至博古斋，取书二种：廿七日将《文选》退还，十二月六日以《徐公集》寄售，连箱实洋十二元。张伯颜本《文选》，半叶十行，行大十七字，小同，明本，非元刻也。《天禄目》之池州路张伯颜本半叶十行，行廿一字，各家藏目未著录，亦有将金台汪谅本误以为元池州路本，即汪谅本后版又归成国公朱纯臣，余所藏汪谅本有朱序也。明新城杨澄本《说苑》廿卷。严可均序后录卢抱经辑佚文，又补录宋刻本刘向叙，又校语一条。

朱瑞祥留交翻刻雷峰塔经廿卷，价壹元。

**廿六日(12月22日)** 冬至。刘健之午刻约至都益处酒叙。

送黄光益鼻烟老利国。约一两。

**廿七日(12月23日)** 邓刚仲来，赠《共产祸国》廿册，并借款。

函刚仲，借洋五十元。

覆汪叔芾书。

覆张祝秋书。

送张东甫庶母欧阳氏冲华丝葛幛。

金湝生讣至，寄呢幛。

午后四时，华商水泥公司开董事会，赴会。

**廿八日(12月24日)** 余尧衢索《玉台新咏》二部，今送之，并以扇面二叶乞书。

致黄朴存书。赠《玉台新咏》、覆刻《雷峰塔经》、清绘塔图，又翁书《金刚经》。

致宣古愚书。赠覆本《雷峰塔经》、清绘塔图。

致朱瑞祥书。收到初印《雷峰塔经》廿分，再寄后印廿分，又残本《南陵志》亦寄。

致陈绳夫书。陈有函致罗子经，《永嘉四灵集》已检得，系影宋本，属寄东洋皮纸，今交子经一百张，寄瑞安。

晚至螾隐庐，晤子经谭。

**廿九日(12月25日)** 答拜吴缶庐，未晤，晤公迈，留赠有正书局新印仿宋诗笺四合。

拜魏梅荪，略谭。夏剑丞来，未遇。

至金颂清新设中国书店，晤乃乾谭。新购古书流通处旧书一万元。

顾鼎梅补送魏石经全份，随将一份前购残缺者还之。

赠刘健之魏三体石经全份。

次女云仙婉怡怡。忌日。

## 十二月

**朔日（12月26日）** 吊恽季申之夫人张氏丧。

覆吴舜臣书。大太太来函，已收到洋壹百元并礼物。德斋为三房借稻，因有种种纠葛请婉谢。成康稻价二千八百元，到月底未解。商覆华县长信，年终贫民米义务学校经费长生孤请照旧办。元松兄拟请同芷青回南。

至中国书店、古香斋。余峙莲来谭。

**初二日（12月27日）** 祝冯梦帅八十有二寿，并附寿份八元。

徐行可来书，前函收到，今寄旧钞《云仙散记》一册假校。

张一山汇来绮女田价二千元零，随电覆合肥。

李维强振亚。来，未晤。

马兰生来书，于上月初九到汴，十一月廿七开徐通车，廿九抵宁。齐燮元今晨去宁。

**初三日（12月28日）** 杨芷青、福葆。桂云阶超群。由南陵来，取新修县志薄。暮答拜，邀至新世界西餐。

郑苏龛、刘慧之、刘公鲁来谭。

李振亚来，商拨浙江省安徽会馆振余罚款二千元。振亚为两江师范学生，曾署福建泉州安海县。

至中国书店。

**初四日（12月29日）** 刘健之来谭。林诒书来，未晤。

至商务印书馆，候芷青、云阶询铸志书板价，约洋每板九角。又至吉庆坊国光印书局询价，大致相同。同丹弟至芷青、云阶旅馆。

晚，丹弟公宴芷青、云阶于会宾楼，派分洋四元。

**初五日（12月30日）** 约芷青、云阶午饭，交新修县志稿五十卷、廿四册。来稿、卅八册。旧志、十二册。各家集稿、五册。采访册、一百四册。民国志稿、一册，又振务节略、田赋漕粮清册。又收支清单。收洋二千元，支洋一千三百十七元，两冲存洋六百八十三元。又致舜臣函，拨还洋六百八十三元，另收息洋一百四十七元六角，支伙食酒水等杂用一百八十二元三角，不敷洋垫付，无须交还。又致梅笛清函，风俗稿限于篇幅未能悉载，深抱歉忱，另赠书联及随盦四种。又致南陵图书馆书，赠书一百四十八种，共四百四十四册，又目录一册。

赠芷青、云阶书联、书二部、初次印料半《玉台新咏》有套，又《随庵所著书》。酒四瓶、沙丁鱼四罐、饼干、陈皮梅各四瓶。每人一份。

致吴舜臣书。成康稻价未收到，交芷青一函，请付志书用费余洋。元松可请年假，拟请在寿期前回。交芷青带回翁书《金刚经》十本、白衣咒廿本。租稻请随时酌售若干。

至芷青、云阶寓送行，未遇。

答拜余节高谭次，不满意皖派。

答拜夏剑丞，不遇，留赠《玉台新咏》。罗纹新印。又拜林贻书，亦不遇。

晨，杨翰西来，即回锡，未晤。

**初六日(12 月 31 日)** 收吴舜臣汇来稻洋二千八百元。内淑记五百元。

覆吴舜臣书。今日收到稻洋二千八百元，南陵第四高等小学捐洋四十元，同王德中接洽。

购集成书局书，洋六元：《庚子消夏记》八卷，孙承泽撰，余集书，乾隆乙亥鲍廷博刻本。《闲者轩帖考》 卷。同上。

以《徐公文集》交博古斋寄售，连箱实洋十二元。

**初七日(1925 年 1 月 1 日)** 为民国十四年一月一日。

周梦坡赠新得汉画象专，拓本。上层陷中朱书景公宣神位，下层朱书益州太守墓。补释汉北海相景君铭即景宣也，欧洪均未考及。作书谢之，并以所藏方砖、归化城出。晋画象砖、凤台出。建安画象砖、永康砖八种拓本报之。

至中国书店，晤陈乃乾，告我有北京之行。

报载，初五于九时至十二时南京兵变，焚劫承恩寺一带，街市损失甚巨，叛兵只一连人，警察防堵得力，兰生函告平安。

覆陈绳夫书。再寄藏专拓本五种，初九日寄。

**初八日(1月2日)** 赠鲍承良《闺秀词钞》十册。

至中国书店，留赠金颂清《徐公文集》、甲子印本，有合。《随盦四种》。

晚约丹弟暨三弟夫人功德林素餐，共用席票十二元，又洋壹元。丹弟暨三弟夫人初六晚约至新半斋酒叙，用洋十四元。

覆汪叔芾书。阅南京叛兵焚劫事。

汪伯奇送礼十色，收席票、十六元。金腿、二肘。苹果、蜜橘。

**初九日(1月3日)** 至中国书店，晤陈乃乾，请辞郑瀚生授崇、永两儿英文。

马兰生由宁来。

**初十日(1月4日)** 至中国书店来青阁。晚观《水火鸳鸯》影片。蒋怀仁来，绍介荣德均治牙。

**十一日(1月5日)** 为余五十七岁生日。

晚，刘葱石来贺，留宴。

**十二日(1月6日)** 刘健之来。

徐行可寄旧钞《云仙杂记》十卷，出自明新安黄正位校刻本，为翰林院藏书也，次序与宋本不类，《艺海珠尘》本虽一卷，次弟大致相同。黄本卷六全缺，而以卷十接续之，各卷中黄本亦多出若干条，今以《珠尘》本校记于左：

卷一；多梦裁锦一条。

卷二；多烟姿玉骨、日精、火箸如两仪、羔羊挥泪。

卷五；多待阙鸳鸯社。

卷六；《珠尘》本全缺，误以卷十接续之，今录黄本全目：读书数真珠以记、竹粉汤、蜀中厚朴、碎锦坊、百年歌、梦青龙吐棋经、白眼蜂、安石榴、嗜鸭腊壬癸席、敛诸妓钗钿以记意、沈秘景符、沙上玩味成诗、吟诗落齿、绿牝鞍、凤眼、巨栗壳为杯、眉分九聚、洞天瓶、赐成象殿茶果、冰雪至夏价等金璧、蛙台、弃官求道、携琴就松风涧响之间、出游必携围棋短具、墨难减者万金不换、收茶三等、笏囊笏架、徐峰善棋、瞬碧侯、钱龙宴、王武子好马、鸾手校尉、剪刀面月儿羹、玄禄、大雅之文、二仪饼、槐胶弹子、酒神、九芒珠、石绿镜台、自课庵、渊明拜火、笔封九锡、墨封九锡、纸封九锡、砚封九锡、为花树洗疮止痛。

卷七;多藏盘筵于水底。

卷九;多鹳蚌、厘扫、螳螂搏轮、金矶玉阶、通神钱、副急泪。

卷十。多冰山、粲花。

宋开禧本郭应祥刻,一卷,名"散录"。三百六十七条,稽古堂本、刻十卷,名"杂记"。《珠尘》本刻一卷,名"散录"。均四百十六条。稽古本次弟同开禧本。前八卷同,后二卷引用《五代史补》《北梦琐言》《南部新书》,皆唐以后书,似后人所续,误并为一耳。《珠尘》本次序颠倒,大致同于黄正位本,佚其第六卷,而以弟十卷接续第五卷末也。《珠尘》云冯贽仕履无考,旧本标为唐人,并有《南部烟花记》,亦称贽著成,以为宋王铚所伪托。

向年所覆宋本,系以稽古堂本订正讹字作札记耳。黄朴存来,未晤,留函并画雷峰塔图卷。

**十三日(1月7日)** 答谢刘健之、蒯景参。

答拜黄朴存,亦不晤。

至商务书馆,晤李拔可、任心白,交汇陶子麟刻书洋壹百元。今年共付二百元,收到刻成《绍兴同年录》《宝祐登科录》。

致陶子麟书。告汇洋壹百元,并收《宝祐登科录》刻样。

致朱瑞祥书。催寄《南陵志》。

至中国书店,交寄售所刻书。十四日收到计数折。

覆徐行可书。寄还瓶花斋藏旧钞《云仙杂记》十卷一册,赠《随庵丛书》正续编,竹纸印本。

**十四日(1月8日)** 冯小姐出休宁女校回,过沪返通。

致章一山书。送诗笺八匣。

覆郭品翰书。今届蒯带耕堂所认新股少扣息金八十元,应在明年付息时照扣。

覆何少圻书。少圻谢为其五世祖、祖父新《南陵志》作传,告集资印《南陵先哲遗书》。

覆汪仲方书。

覆黄滨虹书。谢画雷峰塔图,并钤新得玺印。

**十五日(1月9日)** 梦坡书来,赠张逞斋常州人。所藏画象专,画山水,匋彝拓本,以所藏专文十六纸报之。

访梦坡,不遇。

闻适杨氏大妹由京来,遂往视之,杨甥先来见。更甡同年来书,约明晚酒叙,并告恭邸到沪,曾询及余,属往谭。

方德斋由南陵来,云三房家务可议和平结束,此来为订购西门子行电机。

**十六日(1月10日)** 至冯梦老处,未晤,留捐江苏兵灾义振洋壹百元,并交还捐册五本。

访郑太夷谭。访章一山,未遇。访方德斋谭。

四时,至康更甡同年处酒叙,并先谒恭邸,略谭。恭邸英明沈毅,瞻之起肃,明晨十时乘西京丸返大连,此行无一随从也。席间晤更甡门人陈明侯(幹),山东人,军界。坐中陈伯严、林贻书、叶柏皋、章一山、况夔笙、王叔用。

任心白来书,代拟慈幼院联语:此庐由募集而成功德如许报称实难愿诸君惜财惜福,吾辈以责任为重人生几何担当不了须大家耐苦耐劳。

魏梅荪赠王幼农新刻高忠宪公《周易孔义》。

**十七日(1月11日)** 郑瀚生来函,索本月修金二十元。查本月已付,今已解散,只得函覆照送。

覆吴舜臣书。丹云侄卖鳌官屋田,须留山地,并告方指高,此山四先叔墓,在三先弟谱载,承继四先叔也。杨芷青不收志款洋六百八十三元,只好算私存我处,总交代清楚,明年开会。如要经手校对排印,实精力不继,万难承认。

大寿送寿联、幕本、袍褂料、席敬四十元，另送葡萄干四合、宁波年糕一包、带鱼八条、洋胰一包、月份牌一只。又适蒯小女送北京果脯二合。交还镇江陈庚伯所评八字。

覆黄子猷书。子猷由德斋带赠黑墨一合、寿碗十个，茶叶、蜜枣各一罐，今赠《徐公文集》(竹纸)，《玉台新咏》(连史纸)。

收扫叶山房年节书价洋八元。

付蟫隐庐年节书价洋十二元七角六分。

齐燮元、孙传芳组织江浙联军，总司令齐任第一路，孙任第二路，对付奉军。驱逐张允明后，进驻苏州。今晨二时，张允明部与苏六师、十九师在徐家汇附近接战，午后二时，张允明逃。

**十八日(1月12日)** 余寿平十九为子鲁士结婚，送幛、烛，仅收款、字。

沈淇泉之夫人王氏讣至，送呢幛。

吴元松今晚回南。蒙藏银行杨汉汀(宝铭，杭)、邹颂丹(呈桂，无锡)来片知照。

至盐业银行，晤倪远甫。北京有变化，上海西城北城均有败兵抢劫伤人，徐家汇一带尤甚。

至大生纱厂，晤吴寄尘。大丰卖地。

至中国书店，晤金颂清。至来青阁，晤杨寿祺。

答拜刘健之谭。

报载，十七日卢永祥抵宁，晨就宣抚使职，张作霖二时专车回奉，苏州秦洸军一二两团十七日混战于西门外密渡桥，十八日上午二团拒秦派。战败一团。

**十九日(1月13日)** 至一品香，为余寿平贺喜。

至都益处贞元会，公祝王云澄八十、宗子戴六十寿。

收千顷堂年节书帐，洋廿七元六角。

**二十日(1月14日)** 至刘晦之处，劝募达善堂妇孺收容所捐款。又至徐静仁、恽季申、刘翰怡、程霖生处，刘晦之捐壹百元，当交子丹弟收。廿一日将捐启交冠英侄,归带交丹弟。廿二日将收据交晦之。

南陵电灯公司吴庆璠、陈景榕、朱家荫、陈虞廷、戴霖周、王谟、方新建、吴懋勋、刘耀廷、刘世琨。等来函,属认股本陆拾股,计洋三千元。

晤陈少舟,催蒯景参借款。

**二十一日(1月15日)** 刘夫人明年正月五日六十阴寿,预于今日在净土庵讽经。刘聚卿率同公鲁夫妇暨鸿夫来行礼。送席票十元、锭箱、水果、糖、茶。三太太来。送洋四元。丹弟未来。送洋二元。大姑太太同瑞年甥来。送洋四元。绮女来。送焰口素菜十元。

**廿二日(1月16日)** 至陈少舟,晤谭南陵电灯公司情形。

镇江大照公司汇来夫马费捌拾两。

周梦坡赠金玉印痕甲子年印。十册、陶器拓本四张。给使力一元。

刘翰怡来函,捐助达善堂小慈舫妇孺收容所经费洋壹百元,适子丹弟来,当属其转交。

刘翰怡函告,代陈劭吾印《荆园小语》一百部成,并交来扬州周楚江刻书处发票洋十四元,当将洋如数先还,书由大达公司寄,尚未到。

致刘十枝书。垫付劭吾印《荆园小语》十四元并发票一纸,廿三日函送还洋十四元。

函覆徽宁医院筹备处,并捐洋拾元。

李元之先生今日放年假送节敬,程敬十元。

致吴舜臣书。鳌官屋田廿余亩出售,草谱送来,要押红契二百余元。

再致吴舜臣书。南陵电灯公司请认股三千两钞函,并详告经过情形。

**廿三日(1月17日)** 约方德斋来谭。电灯股不能附,亦不复函。

致吴舜臣书。告同方德斋接洽情形。

刘健之来谭。

**廿四日(1月18日)** 挈崇、永两儿至慈石谢。

**廿五日(1月19日)** 昨三太太来借款,今由淑畹交洋一百元。

给吴柏年今年订书洋十二元。

同淑畹至余伯陶诊方,赠伯陶《阳春白雪》。

鲍承良来，为绮女诊方。收大丰息四百捌拾元。

**廿六日(1月20日)** 刘晦之、李振亚来，均未晤。

函周梦坡，赠让《翁书二百兰亭斋金石记》，又窸斋旧藏汲泉范四种、霸陵过氏瓴拓本。

至丁仲祜处谭，赠新印《说文谐声孳生述》《说文新补新附考证》各二部，仲祜复赠《道藏精华录》凡一百种。

至古书流通处，结算书帐，除已付壹百元，另找洋三十元，两讫。又取书十一种：《越绝书》十五卷，明吴琯刻本。《粤剑编》四卷，吴郡王临亨，明刻本。《王石臞引之父，名念孙。行状》，《铁桥诗悔》一卷，严可均。《琴楼道合稿》一卷，钱唐胡文漪女士，张吴抱经楼钞本。《娄寿碑附石经残字》，叶志诜刻本。《焦山古鼎图诗》《秦淮杂诗》《入吴集》，王士祯。《清娱阁吟稿》，原六卷，存前三卷，鲍之蕙女史。廿七日退。《陈素庵先生浮云集》，原十二卷，存前六卷，陈之遴。廿七日送陈乃乾。《黄荛圃先生年谱》二卷，江标，红印本。《曼生壶谱》。双钩影钞本，杨石卿题赠孙澄之本。

收西泠印书社年节书，价七元零。

送杨翰西喜红绸幛、烛，收款字。

**廿七日(1月21日)** 午刻，祀祖悬影。

覆陈绳夫书。《徐照、徐玑集》影钞。

至中国书店。

**廿八日(1月22日)** 刘沂生由扬州来，交秋租洋弍百四十二元，除付太平庵二元并刘沂生本年薪水四十元，净存弍百元，留存家用。

**除夕日(1月23日)** 陈少舟来，出公函致江汉珊，举吕宋廷任太平县，具名者余寿平、胡锡之、吕皋俞、陈少舟、吴树人及余，六人当即盖章交少舟。

余寿平为余书邵康节四喜诗成，送来。

镜听。乙丑四月八日编。徐铉常得一镜，照面只见一眼。（陶谷）《春秋拾遗》、袁宁珍《三徐事实》引。

# 乙丑年(1925)

## 一月

**元日(1月24日)** 晴和。贺亲友新年。

**初二日(1月25日)** 贺新友新年。

**初三日(1月26日)** 贺新友新年。

**初四日(1月27日)** 盐业银行新屋落成,书联贺之:圜法载汉书食货志,禺筴重管子海王篇。

覆杨云史书。寄鸡公山感怀诗一百韵,询兰生踪迹。

覆冯光九书。为邹树镲谢退老。

致陈清源书。为袁栋材求派船长、连长。

覆吴舜臣书。电灯招股可拒绝,丹云侄售鳌官屋田。

**初五日(1月28日)** 贺盐业银行新屋落成之喜。

贺各友新年。

魏梅荪来谭。

覆马兰生书。钞寄云史来函。

齐燮元自去腊再集弟六师、弟十九师,为联军第一司令,拒卢永祥。经奉军张宗昌,于廿三日攻克镇江丹阳,进军常州,正月初三日再克无锡。同日克江阴。初四日齐逃,沪苏昆驻兵亦纷散,劫掠不能成军,溃兵退沪约七千人,沪南北居民迁徙者众。奉军先锋队到沪,有俄兵。齐燮元于上午十时乘日光丸赴日本,据孙传芳通电,系命杨邦藩往劝。参谋刘玉珂等偕行。晚租界各界路时别戒严,宫邦铎出任收抚溃兵。

齐之败在无锡,因十九师于局势紧急时不奉命令。齐之阴谋家为孙发绪、陶家瑶、温世珍、吴梦兰、刘玉珂,军官则吴恒瓒、王凯庆、李樾、田祖荫、马宝琛、高保恒也。

无锡城外各工厂、苏州四乡遭乱兵焚掠甚惨,沿沪宁路昆山、常熟、浏河、吴淞均被劫夺。

刘夫人今日六十阴寿,至影堂行礼。

**初六日(1月29日)** 至中国书店、来青阁、蟫隐庐。

定君三十七岁生辰。

**初七日(1月30日)** 阅李金澜《金石学录》,云朱筠督学安徽时搜所部金石遗文,得三百余通,成《安徽金石志》三卷。

至中国书店,赠陈乃乾原刻本李遇孙《金石学录》。

至锦文堂,购书一种,洋一元:《金陵卧游六十咏》。顾起元,乾隆庚辰重刻本。

至来青阁,晤杨寿祺。

丹弟同余电致周缉之,为子世俊求荐王慕庄未先相商,电文措辞失当。

**初十日(2月2日)** 昨,恽季申、瑾叔昆仲、宗子戴来谭。

大妹今日移新居。

赴贞元会。

至来青阁。

吴光新至沪,约孙传芳自浙来,同张宗昌议定。上海双方撤兵,制造局交商会先行接收。

**十一日(2月3日)** 晚,赴沈冕士、韵石、季宣同年酒叙之约。

报载,汪新余知宣城县事,寿老云优缺,年可三四万。

本日,司法部通令各省区共产党依内乱罪办理。十四日《新申报》。

**十二日(2月4日)** 立春。崇儿十七岁生日。

晚,赴倪远甫、杨咏秋盐业银行酒叙。

**十三日(2月5日)** 昨李振亚来,未晤。

视葱石疾，略谭。

晤刘伯远谭，十年不见，始知新任福建运使，过沪履新也。伯远名镐，江西人。

至中国书店。

**十四日(2月6日)**　拜刘伯远、吴寄尘，未遇。

至忠厚书庄。

购钱长美书一种，价洋九元：《徽州府志》十六卷。道光七年修，三十册。

**十五日(2月7日)**　康更甡来，未晤。

李维强振亚。来，商公函浙江安徽会馆，请补助上海安徽公学省公署每年三千六百元。经费，并持公函由校董具名，当即签名。

方德斋来，交阅吴紫庵书，电机款先汇二千元，交余转交，另续汇一千元。

午后三时，仁济堂开弟廿四次董事会，报告甲子年经过情形并收支帐，略提议建造仁济里房屋，由各董认集十万两，堂中出债票，每月息九厘零，约四年还清。当场认六万五千两余，亦勉认一千两，章程由债团另订。

**十六日(2月8日)**　安徽同乡会彭养吾桐城人。来，未晤。

至蟫隐庐、中国书店。

致陈绳夫书。赠《随庵丛书》正续编、《闺秀词》《积学斋》《鄦斋》两丛书、《随庵所著书》《至圣林庙碑目》。

大女弟三期债款上年十二月廿五日次岩已还，有谢禀至仲帅，今为送交。

**十七日(2月9日)**　彭养吾来，未晤。

南陵电灯公司由芜交通银行汇来二千元，只云收电灯公帐，未云交何人，当至行暂存。

覆吴舜臣书。告南陵电灯公司汇款二千元情形并商办法，三房家务如何了结。

夏辅宜来谭,旋答拜。

昨江幹卿来谭。

晚赴余寿平酒叙之约。

至博远斋,取元权、古玉珌。

黄辉远送大布二匹。

月食。

**十八日(2月10日)** 安徽同乡会来函,会费维持每月认捐若干,暂以六个月为期。又彭养吾来函,亦同。

午刻,赴许苓西酒叙之约。

晤杜枚叔,为张祝秋进言先位置,又商绍介朱幼鸿,同意随访幼鸿,未晤,晤斗文,告以情形,允转陈其尊人。

至葱石处,未晤,晤公鲁,告丁甘仁云其尊人病须服小金丹,研末,陈酒冲服。紫金锭敷患处。

致张祝秋书。告杜梅叔情形。

晚至丹桂第一台,观王灵珠《临江驿》剧。

**十九日(2月11日)** 覆翟展成书,寄还贡芷滨万顷湖田事钞案。

方德斋来,告南陵汇来洋式千元,未云转交款仍存交通银行,请函南陵接洽。

午刻,贞元会。

拜杜枚叔谭。

慕邢侄请至彼处商家务,后告方德斋说可解决,遂邀德斋来,同大妹会议,余以梦坡有约,未及在场,亦未晚膳。

晚赴周梦坡酒叙。

**二十日(2月12日)** 张祝秋由宁来谭,前函未收到,告以同枚叔接洽情形。

致吴舜臣书。告三房家务杨姑太太同德斋接洽情形、电灯汇款二千元未收情形。

答拜祝秋，赠《徐公文集》、竹纸印。《玉台新咏》。罗纹纸印。

约张祝秋、陈乃乾至晋隆西餐。

函刘十枝，附交劭吾印《荆园小语》一百本。

购博远斋元权一枚，洋四元。

**廿一日(2月13日)**　程友兴讣至，送冲华丝葛幛、烛。

吴元松由南陵来。

张祝秋来谭，杜梅叔未见，拟明日至浙。

张兴之来，为崇儿入青年会，晚读英文。

**廿二日(2月14日)**　杜梅叔来答拜，定廿四日莅两淮运司新任。

傅沅叔之尊人申甫封翁讣至，寄冲华丝葛幛。

覆安徽同乡会书。送补助六个月会费六十元，当掣收条。

覆彭养吾书。送补助同乡会六个月会费六十元，廿五日又有书来。

致张祝秋书。告梅叔已为位置。

致许从叔书。告梅叔已定延请入幕，并请倾心相助。

至交通银行，晤盛竹书谭。

访鲍子丹略谭，询袁述之已往嘉兴，约月杪返沪。

吴元松来，交到南陵甲子年收支总帐并租簿粮串各收条内。第四高等小学捐四十元，益智义务小学捐三十元。

收金少舲金文拓本三百种，价洋四十五元。

至来青阁，购康熙四十七年浙江海宁查升进呈皇太后八旬万寿曲本。

至集成书局购书，价洋八元二角：《汉隶分韵》七卷，明田汝耔，四明万讷庵临子绵前，乾隆壬辰刻。《青芝山馆诗集》廿二卷《骈体文》二卷《断水词》三卷，乐钧，嘉庆刻本。《桃坞百咏》，凌泗。《五亩园志》《五亩园题咏》。谢家福。

**廿三日(2月15日)**　午刻，李凤池约一枝香西餐。

晚，周紫珊、芝田昆仲约功德林素餐。

**廿四日(2月16日)** 拜李凤池,略谭。

缪子受来函,藏碑由沅叔绍介北京大学购成一万二千元,必须索回艺风堂续目,方将价付清,并附傅沅叔函致歉忱,亦索钞本续目二册。

**廿五日(2月17日)** 至商务书馆,晤张菊生,观新得何骈憙藏书,购洋三万元计七十九大箱。以宋淳熙本《盘洲集》为最,元本《断肠集注》只前十卷,陈仲鱼藏书。次之,若宋本《玉台新咏》,虽郭频迦等题款甚多,实明寒山堂本也。

至中国书店,取书一种,价七元二角:五月初七日付讫。《折狱龟鉴》八卷。道光廿二年杭州许梿刻本。

陈乃乾赠雍正丙午修《南陵县志》,宋廷佐主修,汪越、沈廷璐、陶性编纂。凡十六卷。缺卷六公署、学校、祠祀、古迹,卷七名宦、貤封、孝义,卷十五艺文五诗载籍附,卷十六附记、跋。

张祝秋由杭州来谭。

前以足痛未愈,询丁甘仁,略告一方:鲍承良云生山漆可用,再加西当归四钱,此方分两次饮。生黄芪、一两。红枣、十枚。嫩桑枝,一两,以上煎服。生山漆。三份吞服,张素臣云此味过重,宜服一份。

**廿六日(2月18日)** 崇、永两儿入学。晚,约李元之先生大东旅社西餐。

覆缪子受书。函告刘健之索回艺风堂续碑目。

致刘健之书。附缪、傅两函索续目。

覆吴舜臣书。收甲子年收支租簿据,寄翁书《金刚经》十本,约赠杨芷青数本,余另赠奉行者。

覆罗子经书。为陈绳夫云尊人栗庵先生所著医书求序,栗庵著有《白喉条辨》,医家宗之。

昨约大妹、三弟妇、子丹弟至新半斋酒叙。

至博古斋,取书九种:二月三日付洋三元。《鹿邨诗集》,歙方士瑄,乾隆刻本,码洋四元。《听雨楼诗》,休宁汪沄。《广陵咏古诗》,叶沄、梅庚、蒋瑛等，康熙刻本，码洋壹元。《息舫园题咏》，乾隆甲午徐桂荣刻本，码洋六角。《省斋诗钞》六卷，泾县赵雷生，嘉庆刻本，码洋二元。二月三日退回。《枕江堂集新编》，闽中魏宪，康熙刻本，码洋六角。《松风文集》，芗婴居士宗室文昭子晋著，仅存卷一甲集，码洋八角。二月三日退回。《也是园诗钞》五卷，合肥吴毓芬，光绪戊戌刻本，码洋二元。二月三日退。《唐林邵州遗集》。林蕴，福鼎王遐春刻，码洋一元。嘉庆麟后山房本，家中王刻唐人集有此。二月三日退回。

**廿七日（2月19日）** 徐静仁来书，索《玉台新咏》，检罗纹纸印本付之。

晚至汉文渊，购能静居士赵惠父烈文。书集刘向《列女传》季姜孟母语联，价洋四元：朝受业书讲隶夕习复，精五饭羃酒浆缝衣裳。静叟五十一岁，时光绪壬午正月望后。

**廿八日（2月20日）** 晨，方德斋来。交阅吴紫庵、王邦模公函，属将十七日汇来洋二千元交德斋定电机合同，当同德斋至交通银行取洋签字盖章，随交德斋，并取德斋收条。

昨刘健之由皖回，商取还缪氏金石续目。今健之来，已向季皋取到，转交健之去皖。王揖唐电许镜人，请段祺瑞聘善后会议委员，已准日内由海道至京。

至谦吉栈，购徽州程估书一种，洋二元二角：《景德镇陶录》十卷。蓝浦，嘉庆廿年刻。旧有此书，为况葵生久假不归。

晚，赴朱研涛一枝香西餐之约。

**廿九日（2月21日）** 拜袁述之，未晤。

拜鲍子丹，略谭永儿姻事。

至都益处贞元会。

**三十日（2月22日）** 绩溪章估住谦吉栈。持书籍来售，购宋刻《李太白集杜工甫集合刻》，一百廿元，又赵㧑叔书刻竹扇骨，十一根。洋四元，价付讫：《李翰林集》三十卷，半叶十行，行二十字，前有咸淳江万里序。丁、陆二家著录，刘聚卿覆刻，刘健之有藏本。《杜工部集》文二卷诗五十卷外集一卷。建安蔡梦弼,集前有年谱,赵子栎撰,行款同上。各家未著录。张石铭《适园藏书志》有李集,注明宋本,杜集注明行款(无外集),尺寸同李集,疑同时刻本。

挈崇儿至鲍承良诊方。

至中国书店,陈乃乾购定来青阁《花阵绮言》,明刻。当将价洋廿元,属为转交。又至来青阁,未晤杨寿祺,洋交其店友收存。

至刘健之处,以《李翰林集》校其所藏宋咸淳本。刻版同,刘藏本中有数叶另有一刻本,字体较方,疑最初宋椠也。均半页十行,行廿字。

## 二月

**初一日(2月23日)** 至古香斋,晤高敬之。崇儿今至青年会夜读。

至杨庆和,购银瓶、银杯各一对,价五十元。送李次岩四十生辰。

**初二日(2月24日)** 绩溪章估月甫来,购胡甘伯澍。篆书屏对,价十二元。

致缪子受书。告碑目已商健翁取回,续目今交邮寄。初四日寄。

覆尹润生书。寄《玉台新咏》。

覆汪甘卿书。甘卿新得陈鸣远沙壶,以诗咏之,钞示为索拓本。均著录戴咸弼《东瓯金石志》。

覆陈绳夫书。绳夫寄专文十种,函谢。又《金石文字辨异补编》罗子经未交到。催借《永嘉四灵集》宋本。

覆南陵电灯公司吴紫庵、王邦模书,汇洋二千元已交方德斋取,有收字寄缴。

致吴舜臣书。附寄吴紫庵、王邦模书。

昨袁述之来谭,命崇、永两儿出见。鲍子丹同来。

晚,潘兰史杏花楼酒叙之约,赠兰史《青芝山馆诗集》廿二卷。同坐有陈翊周(名兆焘)、陈南屏(广大轮船买办)。

购亨白烟三箱、每箱五十支,价四元。旗妹亨白十六箱、每箱廿五支,价一元一角。平头美女烟,每箱五十支,价二元六角。共洋叁拾弍元。初三日又购廿五支烟四合,洋三元。

**初三日(2月25日)** 报载,初二日晨四时,皇上幸天津大和旅馆。十二日金颂清相告,罗叔言扈从次日移幸张园。法部制定取缔共产党暂行法:

(一)图鼓吹共产主义破坏规定者;处五年以上十年以下之徒刑。

(二)扰乱治安煽动鼓吹者;同上。

(三)宣传共产主义有暴动行为者;处十年以上十五年以下之徒刑。

(四)利用共产主义者;处三年以上五年以下之徒刑。

(五)悔过自首者,得免予处分;

(六)用金钱煽动且鼓吹共产主义者。处三年以上五年以下之徒刑。

致刘逊甫书。催题《礼塔图》卷。

致陶子麟书。催刻《元统元年进士录》。

致张祝秋书。催书书签。初八日报载,淮运使委淮南泰属缉私营务处。

至博古斋,付书价三元,又取书一种:去年欠严批《说苑》码洋四十八元,存《徐公文集》,连箱实洋十二元。《静惕堂词》。曹溶,外孙朱丕戭朱酝刊本,码洋十二元。

至古香斋,购古玉璩,洋一元,道光窑无双谱笠式碗,洋三元。

**初四日(2月26日)** 覆朱实之书,赠《玉台新咏》。

晚,赴程龄孙酒叙之约。

**初五日(2月27日)** 视陆仲英疾,略谭。

至博古斋,寄售《百家闺秀词附词钞》、实洋十元。《积学斋丛书》《鄦斋丛书》。各实洋六元。

至中国书店。

晚赴李季皋酒叙之约,坐有尚小云。散后,邀同余寿平至亦舞台,观尚小云、朱素云、李寿山《奇双会》剧、《九阵风》《蟠桃会》《小翠花》《乌龙院》剧。

送李季皋《玉台新咏》、宣纸有套。《随庵丛书》正续编。连史,有箱。

贺李次岩四十双寿书。送绣寿星麻姑缎幛湘绣画屏四幅，银杯、银瓶各一对，另由肥添配糕、桃、面、烛。

**初六日(2月28日)** 鲍子丹来，送袁述之女公子年庚。十二岁，三月初四日卯时。当请王乔松评，不合，次日交还。

潘兰史书来，赠大竹笔海，雕刻兰亭修禊图，极工致，文房佳品也。作书覆谢，并赠周稚圭中丞《金梁梦月词》。

陈子言书来，赠新印《鹤柴诗存》，卷三至卷五，陈诗著，前二卷未赠。又《浮槎山馆诗集》三卷，合肥史台懋著，前辑《安徽诗征》仅据《正雅》《群雅》二集，采录《群雅集》，子言未见。又《友古堂诗集》二卷，合肥李经钰著，子国瑰印行。为庚余同年撰，即选七律七绝十五首入《安徽诗征》稿中。诗宗渔洋，间有全录整句者，殆熟读误以为己作耳，集中无古体，亦非完作。其弟郊云经达。亦能诗，年仅三十有五，有《滋树堂遗集》。

**初七日(3月1日)** 先光禄公四十周年忌日，在净土庵讽经。

吊左子异布政之丧。

沈醉愚来，未晤。留曹倦圃《倦圃图册》，为周之恒画并题隶书。及序，朱彝尊题并序，曹洁躬自题，皆每页题由，图凡二十页，末有乾隆五十四年汪铵跋。册今归醉愚，复请金蓉镜跋。

假刘翰怡《徐节孝集》三十卷。康熙间覆宋本，半叶九行，行十八字，遇宋讳缺笔。己巳十月十九日还。

至鲍子丹处谭。

阅歙县方士琯《鹿村诗集》，金农书封面，魏禧、李果序。有雷雨行南陵道中五律一首，已选入《安徽诗征》稿，拟再补入《南陵县志·艺文稿》。

**初八日(3月2日)** 昨晨挈崇儿至张兴之处，商青年会退学，另延师授课。今请定徐迪万君，少年巢县人，上海青年会学校文科主任。每星期五小时，授课英文四小时、算学一小时，月修洋三十元。以阳历计修。午后四时来谭。明日授课，修金三月一日起致送。即阴历二月七日。

林朗庵熊光公湾。同古香斋顾君来观古物，拟购丁南羽画佛像、文彭隶书心经砚。

晚至蟫隐庐，晤罗子经，交陈绳夫所赠书：《金石文字辨异补编》五卷。瑞安杨绍康，甲子石印本。

又以绳夫尊人栗庵先生葆善。所著乞序：《湫漻斋医书》。《燥气总论》一卷、《燥气验案》二卷、《内外伤医案》(已佚)、《白喉条辨》一卷、《本草时义》二卷，杂著二卷未刊。

**初九日(3月3日)**　至中国书店，交陈乃乾所假各书：《江都汪氏丛书》，初十日又借汪孟慈《从政录》四册，(又)一部凡十册。《巢经巢遗文》五卷，高氏刻本，三月十日交还。《巢经巢诗钞》九卷后集四卷，黎氏刻本，三月十日交还。《巢经巢经说》，家刻本，三月十日还。《亲属记》，家刻本，三月十日还。《说文逸字》，家刻本，三月十日还。《樗茧谱》，光绪壬午重刻本，三月十日还。《轮舆私笺》。莫氏刻本，三月十日还。

林朗庵议定购文彭书心经砚，并交价。

午刻，赴贞元会。昨夜，吴佩孚由黄州乘决川舰赴岳州。

覆陈子言书。谢赠书并答赠《玉壶山房词》《小绿天盦遗诗》《张家口至乌里雅苏台诗》《绣桥诗词》。

覆沈醉愚书。《徐节孝集》暂留阅。《倦圃图》已访友人，未谐，俟金颂清回，再设法。图暂存。

徐行可寄赠书三种：《云仙杂记》十卷，唐冯贽，瓶花斋吴氏钞明黄正位校本，有翰林院印。《古韵通说》廿卷，龙启瑞，钞本。《刘向新序》十卷。日本长沼武井骥纂注，日本刻本。

**初十日(3月4日)**　胡蕙生来三次，未晤。答拜，亦未遇。

至中国书店，假端忠敏旧藏今归上虞罗氏。秦八斤铜权摹拓。十三日交还。

闻金颂清已由津返沪。

**十一日(3月5日)**　拜胡蕙生谭。杜梅叔在扬，属其向余函告，许从叔竭诚相助。

致杜梅叔书。

覆许从叔书。

视子丹疾。

陈子言来,未晤。留书索钞庐江无为人诗,留赠《庐江诗隽》二卷、《尊匏室诗》一、二。卷、《陈蒔池大化先生年谱》。皆陈诗著。

晚,观《月宫宝盒》电影剧。

**十二日(3月6日)** 周梦坡、刘翰怡邀集周氏学圃,作淞社第五十七集。

至中国书店,取书一种,实洋十元零八角:五月七日付讫。《国朝松江诗钞》六十四卷。乡人姜兆翀录,嘉庆戊辰刻本。

昨翟展成来谭。今答拜,未晤。

拜袁述之,晤谭。

叶庶陶自皖来,未晤。许苓西来,亦未遇。

程云岑北京书来,告尊古斋有唐光宅元年镜,索价四百元,并寄拓本,文曰:光宅元年京兆验□①官武兴,十三字正书阴文。中双鱼形,边刻款字。覆以力不能致,谢之。

**十三日(3月7日)** 至商务书馆,访张菊生。以旧藏赵刻《玉台新咏》校其新得何秋辇藏宋本,实系赵氏初印,即前得缪氏藏本同时所印,以之上板者也。又以元刻《朱淑真断肠集注》相校何藏,元刻本,前归道古堂马氏,后归硖石蒋君梦华,陈仲鱼、黄荛圃皆经眼,荛圃并为之跋,推许甚至。惜缺后七卷,遂告菊生:蒋孟蘋向年曾得袁寒云藏本,只后七卷,寒云曾为余校过,余藏本缺叶,彼为完善。当可合并。惟前十卷中弟三十六、三十七共两叶弟八卷中。余藏本阙,此则完全,遂假归补钞。复假何氏书目二册,细阅其善本,不及余斋所储之半,价已售至洋三万元,然视余斋藏本尚不觉陋,颇足自豪,除售天津李氏书外而

---

① 原文如此。

言之。以示崇儿，告以聚此费尽辛苦，善为保守耳。

至中国书店，将沈醉愚《倦圃图册》托金颂清代售，时陈乃乾他出，未晤。

晚，赴刘畏之、十枝、慧之昆仲酒叙之约，时余尧衢、李季皋同座也。

**十四日(3月8日)**　晨赴张鹤隐午餐之约。观所藏书画，取回：朱德润山水轴，洋四百元，祁寯藻题。石涛山水轴，洋一百六十元。石涛设色山水轴，洋二百五十元。新罗山人花鸟轴，洋二百元。尤求山水轴，洋一百廿元。蓝瑛芝兰轴，洋一百廿元。毛西河花卉轴，洋一百五十元。董东山山水轴，洋一百四十元。汪巢林梅花轴，洋一百元。焦里堂山水轴，为阮芸台画访碑图，洋一百廿元。蔡女罗花卉轴，金晓珠题，洋一百廿元。孙星衍篆联。洋五十元。

至味古精舍，晤席少卿，交石涛山水二幅、新罗山人花鸟一幅托代售。十六日退回。

**十五日(3月9日)**　答拜许苓西、叶庶陶，谭。许谭同黄朴存合资开设古香斋古玩铺，叶谭其孙女传英赴南洋就学校教习。

至蟫隐庐、来青阁。

至中国书店，同乃乾商印《镜谱》。又向颂清取：荣启奇镜、洋四十元，十八日两镜作价四十元，付讫。位至三公镜，洋五元。唐总章造弥勒像方座。洋五十元，十六日退还。

以宋本《李杜合刻》付夏姓重装。

云史初九夕由嘉鱼赤壁舟中来书，云第二司令许建廷率海筹等舰来黄州逮捕吴佩孚，于初八夜偷渡汉阳至岳阳。

**十六日(3月10日)**　杨寿彤索陶贵志，今检送。

覆陈子言书。检《安徽诗征》，庐江十五家稿十八页，无为州十四家稿二十页、另单二纸。

覆吴舜臣书。毕家湖赐福桥又来八桥捐款请酌认，鳌官屋田能推托只受屋基更好，租稻请酌看情形做主出售。修谱事属我处转，催各房未必有效。

修志事总算交代清楚，现志局存洋约一千元，未收五千元，三月二十日开局收款，志定价每部三元，款尚易收。电灯公司二千元交德斋取收条，上海人说我瞧不起德斋，真等播弄是非。南陵民国志，知事华仲西认修。

晚，至古香斋、来青阁。借林朗庵魏李次明造象拓四纸，十七日将原送还。

**十七日(3月11日)** 苏州集宝斋孙伯渊国栋。来，约观碑帖。随至沪江第一台，观泰山二十九字，翦裱，无明人跋。索二百元，还一百元，未售，又明拓孔宙碑佳，索二百元。明拓尹宙碑，索数十元。朱酉生像图册，图有钱松壶、王椒畦、费筱楼、程序伯诸名人各绘一纸，题者知名者少，索价二百元。砖塔铭，索四百元。未还价。

林朗庵来观古物。

购汪六吉纸，价洋壹百十元。六吉净皮棉连六刀，内扦伤四刀，洋十四元，本生罗纹五刀，内扦伤二刀，洋十二元，又本生棉连一件，计四十刀，洋八十四，外送力六角。

刘葱石赠新刻仿宋椠《梦溪笔谈》二部，连史印本。原本为余庚戌在苏购赠，黄吉园绍介白金百两。今跋云亦记之，附刻王雪岑提法校记。

晚至来青阁，购《瓯香馆集帖》二册，帖为嘉庆丙辰耐田居士金棻石刻，题曰清啸阁藏帖，价洋三元。

**十八日(3月12日)** 兴和族祖来函，修谱事阖族公议请余主修，不日即寄公函。

陈瑶葡侍郎讣至，送冲华丝葛幛。

许承尧之尊人雅初先生讣至，送呢幛。

致张菊生书。附缴元板《朱淑真诗集》《何氏书目》。

至集成书局，购书一种，洋一元：《白虎通德论》二卷。明新都俞元符校本。

至中国书店，赠陈乃乾刘刻《梦溪笔谈》。游古玩市场。

**十九日(3月13日)** 阅报载，孙文以肝癌病于昨晨九时半死。六十一岁。

覆刘葱石书。谢赠《梦溪笔谈》，托荐理碑人，容缓图之。

覆刘公鲁书。送陶贵、高霞寓两志拓本。

致张鹤隐书。送还画十一幅、联一付。

午刻，赴贞元会。赠杨寿彤、刘公鲁隋唐两志拓本。

**二十日(3月14日)** 吴舜臣来书，丹云侄出售鳌官屋田，经兴和、稚丹介绍，售与张姓，已由舜臣同指高暨世珍有塌二块，已开成田。勘界，武显公茔下首已勘定至田，前后面亦至田，惟上首舜臣要以后小路并沟前为界，而张姓只允齐埂。拟俟到城后再议。

又云弟四高等小学去年捐洋四十元，今又送扁，敬敷五教。约费十余元。

张鹤隐来。

**二十一日(3月15日)** 至古玩市场，购洪武元年小权一元，又八仙上寿竟、神字竟、家常富贵小竟二元五角，小泉直一竟一元，古络钱竟二元。

至汉文渊书店，购书一种，洋一元八角：《赵子常选杜律五言注》三卷。查弘道、金集补注，原刻本。

至古香斋，交吴清卿画山水轴寄售。

至中国书店，交焦里堂周易等稿廿册寄售。

晚，鲍承良约酒叙，陪耆子鹤观察康。

**廿二日(3月16日)** 昨梅斐漪来，今答拜，均未晤。

晚至来青阁，取书一种，洋六元四角：三月七日付洋六元。《唐宋八大家文分体读本》共三集。汪份选，康熙五十九年刻本，二十五册。

**廿三日(3月17日)** 徐仲可来书，赠自著《天苏阁丛刊》六册，又以其女新华书画遗墨索题。

南陵修志馆来书，初十日开会，志稿余洋均照收，并开议案十一条。

任子木来谭，约往李伟侯家定藏书价值。

杨咏秋来，请为邱渭卿题像赞。

覆陈倬斋书。为萧子文事,附从叔函收到,世人不可错过,三十册。

致许从叔书。为萧子文事。

**廿四日(3月18日)** 午刻,吴寄尘约至功德林素餐,坐有如幻、杭州。荫屏、金山寺方丈。闻光、高旻寺方丈。妙树、鹤林寺方丈。可成。玉佛寺方丈。

至中国书店,取元官印三方借拓。廿七日送还。

购杭州赛连纸五件,洋六十五元。又车力一元七角五分。

晚约梅斐漪、许苓西、周紫珊、吴寄尘、柳芝庭、杨瑞生、李凤池、任心白功德林素餐,共用洋十五元六角九分。

**廿五日(3月19日)** 同任子木十时至李伟侯、渭侯昆仲家观藏书,渭侯出见,六时归。

顾鼎梅来书,赠铅印仿宋体字所著《石言》六卷。

**廿六日(3月20日)** 同任子木观李氏藏书,并拓所藏史颂鼎、歙程木庵旧藏。象形钟。《窓斋集古录》有一象形钟,不类。

**廿七日(3月21日)** 昨接秦烛桑书,寄洋三十元,属代运其弟维润柩至芜。今邀徽宁会馆曹长生来专办,运至码头洋廿元。护照三元、麻绳九元、扛力六元,另送曹长生二元。又同长生至庐阳公记报关运芜卅元。运费廿七元、小工一元,另给派人照料二元。准廿九日装江顺船上水。提单、护照另寄翟展成转交。

覆秦烛桑书。告运柩情形并钞帐单,不敷洋廿元(陶四月廿八日来讯,缴还廿元)。

致秦樾乔书。同上,附翟书。

致翟展成书。请秦氏家属接洽,取提单、护照。

覆吴舜臣书。附致秦樾乔书,速交。

送姚仰南之太夫人冲华丝葛幛。

晚,赴李李皋枕流别业酒叙。

**廿八日(3月22日)** 送徽宁会馆长生愿洋二十元。

致周梦坡书。录送花朝淞社同人燕集学圃诗。

覆顾鼎梅书。谢赠精印《石言》三册。

题邱渭卿画象。

午后，挈崇、永两儿至中国书店，观林朗庵寄售书画。有康熙皇太子书联供奉诸公书画集册，张得天字，董诰、钱维城、徐扬等画。吴宜男女史兰竹卷，吴为钟伯敬副室。改七芗梅花集册，王惕甫、曹墨琴夫妇合璧字册。取楹联四副归寓：退回。

马士英联。偶然谈笑作狂耳，甚欲读书如懒何。丙子菊月，马士英。方印二：马瑶州白文、士英朱文。有与石居方印，与石朱文、居白文。另有朱氏九丹审定白文长方一印，又湛泉曹炽珍赏朱文长方印，又朗庵所藏朱文方印。

江沅篆联。洞天一品元章石，明月三人太白桮。江沅。方印二：江沅白文、子兰朱文。

吴育篆联。左员右方帅兹道，一日六时申以康。道光癸巳心陔三兄属书以诒，柳东先生正。山子吴育。

许瀚篆联。几百年人家无如积德，第一样好事还是读书。玉民先生属书此句，即求正篆。道光己亥冬至前日，日照许瀚。

**廿九日(3月23日)** 午刻，赴贞元会。

游邑庙市场。

致翟展成书。寄秦维润提单、护照。

覆张祝秋书。收到书签三种。另请书雷峰塔经卷引首，又陈江总断碑砚题字。

致朱遂翔书。索寄安徽人诗集。

吴舜臣今日汇来稻价洋三千元。内淑畹洋三百元。

## 三月

**初一日(3月24日)** 同任子木观李氏书。前后三日阅毕，约值一万二千元。

宋本：《春秋经传集解》，半页十行，行十五字。宋淳熙本。《吕氏家塾读诗记》，半页十四行，行十九字(张石铭明本，半页十四行十九字)，《天禄琳琅后目》:宋本,(《群书拾补》记载颇详)。《通鉴总类》,半页十一行,行廿三字,板心注字数。宋本。《范忠宣公集》,半页十二行,行二十字。宋嘉定永州椠本。《仪顾堂续跋》即此书。《古文苑》,廿一卷,半页十行,行大、小十八字,黑线口。汲古阁印二方。《留真谱》九著录宋本,《瞿目》有。《文章正宗》,半页十行,行廿一字,大小字同,口有刻工姓名。《留真谱》九:南宋本。安乐堂、怡府印、明善堂印共三方。《说文解字五音韵谱》。半页七行,行十四字。《天禄后目》:宋本。

元本:《二程文集》,半页十行,行二十字,大黑口。《莫氏书目》:元刻。张石铭亦有。《楞严经会解》。

明本:《通典》,半页十一行,行二十字。结衔三行分:杜佑,王文豹校刻,李緦同校。《晦庵先生朱文公诗集》,半页十行,行廿字,白口。题新安后学履斋程据叔玉校辑。《文选》,袁氏刻本。《二礼》,徐氏刻本。《白孔六帖》,《大学衍义》,半页十行,行廿字。《元史》。洪武本。

此外尚有朱丝界格《全唐文》进呈本,一千〇四本,写本。又刻本,五百〇四本。《学津讨原》,《太平御览》,张刻。渭侯赠《文忠公全集》一部、《尺牍》二部。

萧子文由宁来谭。

**初二日(3月25日)** 任子木、任心白先后来谭。

晚,至中国书店,晤金颂清,还前取楹联四付。陈乃乾外出,赠《研溪先生集》二册。购《蟫隐庐》,洋十元。又取书三种:五月七日付讫。惠士奇《南中集》《采莼集》《红豆斋时术录》各一卷,书衣题《半农先生集》。洋八元。江藩《汉学师承记》.所著有《红豆斋小草》《咏史乐府》及《南中集》《采莼集》《归耕集》各一卷、《人海集》四卷、《时术录》一卷。《世说新语》三卷,明刻本。洋十二元。疑覆袁氏刻本。《武功县志》四卷。明万历四十五年许国秀重刻止德本。洋十八元。初三日退回。

至古香斋,同黄宾虹闲话。购铃、竟二事,洋三元:古铜铃,文曰"日进千香宝,时招万里财"十字。人物画象竟。王质观奕。

**初三日(3月26日)** 大妹今晚至岳州,往送,并交致云史一书。

吉孚甥移寓余所。

至中国书店，晤乃乾谭，取书一种，洋廿四元：《分类东坡先生诗集注》卅二卷。王十朋集，明茅维芟阅本。初六日退回。

至博古斋，取书：《仪礼私笺》，郑珍，同治五年唐氏刻本，八卷。码洋一元。《明宫杂咏》，毛遇顺，道光己亥刻本，本四卷，今存二卷。码洋二元。初四日退回。《红心词》，沈起凤。码洋一元。《知儒编》。空空子周梦秀次。码洋一元。

晚赴周芝珊功德林素餐之约。

阁族公函请担任主修宗谱。

**初四日（3月27日）**　购朱遂翔书，洋十二元：《家礼集说》一卷，锡山冯善编集，明万历吴勉学刻本。洋二元。《续箧中集》六卷，孙冯翼编，问经堂本。洋一元二角。《稽古堂诗集》一卷，歙许全治，乾隆十一年刻本。洋四元。《秋圃诗钞》四卷，婺源黄辉，嘉庆辛未刻本。洋二元。《息园吟草》二卷，婺源詹考祥，道光十年刻本。《春江诗稿》二卷，婺源董潮青，嘉庆甲戌刻本。《万言阁诗钞》一卷，休宁吴本和。《素园闲咏》一卷，陈江汪应魁，康熙己酉刻本。《望岳楼诗草》一卷，黟朱荣朝。《守一斋诗词》三卷，黟胡文镐，光绪元年刻本。《染学斋诗集》十卷，婺源余元遴，同治三年刻本。《存存山馆诗草》二卷，贵池桂载万，道光廿七年刻本。《映剑集》十卷。广德濮阳模，乾隆刻本。

午刻，约徐迪万、何昉孙、刘次羽、吴元松至大东旅社西餐，共用洋九元。

梁任公来书，谢赠松坡图书馆书籍，并寄赠书联：吟未了放船回白石《蓦山溪》。可惜一溪明月，东坡《西江月》。剪不断理还乱重光《相见欢》。知他多少秋声。玉田《清平乐》。

童心庵赠雷峰塔《华严经》残石全形册石印本。

舜臣书来，鳌官屋田张姓不愿分售，兴和稚丹，内容分数百元。只留茔前五丘，计四亩。

覆徐行可书。赠宣纸印《徐公文集》、六吉棉连《玉台新咏》。借杨镗本

《说苑》,严铁桥藏本,五册,刘葱石刻书价目。谢赠书。行可有黄省曾山水二经,缺十八叶,觅钞补。钞示徐氏先德所著书目及诗文联语,采《四库书目》《古诗纪》《唐宋明诗纪事》《严氏八代文》。巴县向宗鲁(承周)、江北陈季皋(模)分治《说苑》《新序》为斠证证事,取资他书,寻检略遍斠文,不睹善本,研核未周。寄还购《徐公文集》《玉台新咏》书价十元。

至中国书店,约新昌美术馆沈骏声,商印《镜谱》,价值每页约合洋三分。照相一百叶,每叶二元,印工每叶二分,计二百部,约四百元,套铅板约八十元,合六百八十元。先议减八十元。纸用某种未定。汪本生六尺夹贡每百张十元,每张可作十小叶。

至丁仲祜同年,略谭。

**初五日(3月28日)** 至中国书店,赠金颂清钱陈群所书九峰园记册。陈乃乾假《颜氏学记》《蛰园丛书》。

晚,至庄得之家酒叙。

余尧衢约晚酒叙,作书谢之。

**初六日(3月29日)** 夏剑丞午刻蔬酌,座有康更甡同年。

至长乐斋,购唐乾卦镜,洋八元。

至味古精舍席少卿处谭。

至西泠印社,借赵绍祖琴士。《安徽金石略》十卷原刻本。此书为蒯礼卿京卿藏,后为刘葱石参议久假不归,不知何以又落吴石潜手也。其子小潜列入书橱中。

观剑丞新得《欧阳居士集》,有危素序,疑元刻本。

陈炳泉告我,新得后梁小石幢甚佳,未及询价。

**初七日(3月30日)** 沈骏声同徐来,商印《镜谱》。

覆吴舜臣书。稻洋收到三千元。鳌官屋茔地前田四亩留存修谱,主修默许,总纂不承认,或不复信,或缓覆。

至中国书店。

至来青阁,取书三种:《事类赋》三十卷,宋博士渤海吴淑撰注,元学士广平王磐校勘。半叶十二行,行廿字。洋四十元。《皕宋楼志》云元刻本。廿一日付讫。《青囊杂纂》九编,明天顺邵以正刻本,洋四十元,廿一日退。据前序为长春刘真人于洪武间刻，八卷，后天顺邵以正益以亲验，曰《秘传经验方》。朱目云胡文焕编，殆胡后得此板更名欤？《钱氏四种》。钱玷，乾隆丁酉刻本。洋十二元，廿一日付。

晚，赴周黼卿倚虹楼西餐之约。

**初八日(3月31日)** 新昌美术馆徐同日人来摄镜影。

至商务书馆，定清仪阁古器物文，洋九元九角。

至味古精舍。

扬州万寿寺寂三印真。和尚来谭，旋答拜，未遇。

游徐园。

视刘葱石疾。

昨覆徐仲可书谢赠《天苏阁丛刊》二集，以家刻《玉台新咏》答之，并题其女新华书画遗册。

**初九日(4月1日)** 午刻贞元会，祝李伯贞生日。

至陈炳程秉。泉家，购汉镜二，价洋五十元。炳泉赠残剑：有五字阳文。汉长宜子孙竟，黑漆古。汉四灵神。竟。篆文剥蚀水银浸，即尚方竟。初十日付洋五十元。

覆萧子文书。

**初十日(4月2日)** 至陈炳程秉。泉家，付镜价五十元。炳泉赠拓本：兮田盘，陈簠斋藏。取虘二子帝眉寿金皿盘，陈簠斋藏。秦廿六年量，秦元年量，光和四年左尚方造银定，正光五年郭定周浏金铜造象，元像九年郭周浏金铜造象，孝昌二年浏金铜造象，子象形爵。

至中国书店，取五月七日价付讫。《大明三藏圣教目录》四卷。《北藏》目录，明支那本，价五元。

**十一日(4月3日)** 阅《水浒后传》四十回，为宋遗民著，明万历戊申雁宕山樵评，其三十八回武行者叙旧六和塔，真伤心人别有怀抱也。

覆刘健之书。康更甡、张啬庵催题蜀石经。

覆朱瑞堂书。叶氏托售书画。

任心白函告,上海水泥公司重要人刘鸿生、李峄琴、李直士。

吴舜臣来信,鳌官田四亩买定,已成契,茔地亦写在契内,价洋一百卅二元。稚丹代笔,中资代笔,均不肯受丹云卖契。石笙、兴和、兴邦、族人世丰。中人:张维藩(即买丹云侄之田人)、杨芷青、方德斋、徐辉廷、世长、余子襄、陈夺声、张颂轩、方指高、陈海汇、吴舜臣、世妹。

世风侄来书。祖置房产十二所,云先兄同三弟权各分二所,另八所留虞祖母,今欲重立分关。

**十二日(4月4日)** 任子丹来,为李季皋商约人理书。

覆吴舜臣书。山田契内山田界址写清,契内另钞卖张维藩田契稿备查。中资代笔照送。世凤侄信现不复。

覆华仲西县长书。告世翔、世麟侄已释误会,分析均平,敬谢。

至来青阁,取书二种,洋一元八角:廿一日付清。《苏庵诗余》五卷,秀水唐埙,同治刻本。《诗韵合璧》。淞隐阁活字本。

至翁朗书店,取书二种:十三日退。四月十三日购成,十四元。《国朝湖州诗录》卅四卷陈焯原编,郑佶参订,沈惇彝校勘。《续录》十六卷郑佶编次,沈惇彝校勘。《补编》二卷,郑祖琛编次。《墨林今话》十八卷蒋宝龄。《续编》一卷。蒋茝生,咸丰刻本。次日退回。

陈曼生制茗具,创式制铭,世称曼壶。壶为杨彭年制,印有阿曼陀室。侍女红桃所制尤佳,不易见也。余先后所得曼壶三,庚戌冬樊山索其一,遂赠之。

**十三日(4月5日)** 清明节。章一山、释光照约往龙华看桃花,午备素餐。未往。

致陈绳夫书。告为其尊人栗庵先生作《湫漻斋医书序》,所著《燥气总论》《燥气验案稿》三册,亦交子经转寄。

送邱渭卿冲华丝葛幛。

送许子颂冲华丝葛幛。

送沈泽春母丁太夫人冲华丝葛幛。

陈一甫自津来谭,旋答拜。

至蟫隐庐，晤子经谭。

至中国书店、商务印书馆、古玩市场。

**十四日(4月6日)** 午刻，约陈一甫、刘鸿生、金伯屏、李拔可、李直士、刘畏之、刘实之、刘慧之酒叙。子丹弟来，李峄琴辞。

致冯光九书。为陶福事。

致习位思书。为陶福事。

致南通税务所长陶绍甫书。为陶福求留盐仓坝事。廿五日来信，昨接事，仍留办。

**十五日(4月7日)** 大照公司郭礼征、郭品翰谭去年公司营业情形及帐略。午后答拜，晤礼征。陈少舟来谭。

拜瞿良士谭。住爱文义路一百四十四号。

至蒋孟蘋处谭。

覆陈倬斋书。从叔来书情形。

致萧子文书。同。

**十六日(4月8日)** 至中国书店。

晚，王鲁青约至陶乐春酒叙。鲁青为礼薇之子，实业银行营业主任。

朱润生乃庚。由扬来，未晤。

顾鼎梅来谭。

**十七日(4月9日)** 晨至汇通洋行，询西门浦情形。汇通代理，广东路十号。

答拜朱润生谭。

午刻，约郭礼征、品翰昆仲、朱润生、王鲁青大东旅社西餐。

约王秀仁来，商印《镜谱》，拟先拓一分。

至博远斋，取门矛，索价二十元。廿四日退回。

至古香斋，取唐镜二枚，价二十元：十九日付讫。唐花蝶竟、唐如意竟。

晚，大照公司在一品香开会事会。

**十八日(4月10日)** 宣古愚来谭，交画雷峰塔图。答拜，不晤。

沈守知来谭,答拜,未晤。

购沈菊存唐双鸾衔绶镜,洋三十元。味古斋。

至集粹阁,取:十九日退还。毛公鼎全形拓本,覆刻本。汉镜。破损,尚方竟多铭,留拓三纸。

致陈清源书。扬州刘汉民旅长租花园巷住宅,月租五十元,押租五百元,能否出租,请设法主持。

**十九日(4月11日)** 至上海银行。

吊邱渭卿之丧。

吊沈田莘母丁太夫人之丧。

赴都益处贞元会。

晚,至古香斋,晤黄朴存。

**二十日(4月12日)** 西人购冥器廿五件,价洋六十五元。

瞿良士率子来谭。

吊许子颂之丧。

至古香斋,晤黄朴存、胡朴安、李健。

覆陈墨迻书。陈有寄怀诗并赠小珍(珍文或释金天氏,或释金天丑)。赠刺鼎、师奎父鼎、师酉敦、史颂敦、师遽敦、敔敦、静卣、中祖父敦、剌鼎、叔旁父鼎、叔男父匜、剩敦、翼鼎、宗妇鼎、宗妇敦、郑伯荀父甗、庚姬彝、遂启中觚、白矩尊、戏伯鬲,共廿种。又赠建安十年、凤皇元年二竟。

覆张祝来书。祝秋寄书塔经引首、江总残碑砚题字。

覆汪甘卿书。甘卿寄诗三章。

覆许从叔书。子义事已陈明,府主见即为设法。

购古香斋陈邦彦所书福字刻丝轴,洋廿五元。付讫。上题"云气多寿",下题"君明臣良国大福,父慈子孝家之福",此十四字到处有吉祥云护之。庚申四月三日,陈邦彦。

**廿一日(4月13日)** 刘克昌来信,扬州花园巷住宅已租刘汉民旅长十九日。在旅部立约,商会长戴静山代表,敝。处由陈清源代表,外有施德林、刘之至契也。月租五十元,押租五百元,先汇四百五十元至沪，留一百元在扬各用，并租家具。廿三日，又续寄五十元。

覆周梦坡书。赠霸陵过氏瓴高霞寓志拓本。

覆张谌斋景逊。书。谢赠襄阳唐志全分。覆赠归化城砖四种、霸陵过氏瓴一种拓本。

同淑畹至余伯陶诊方。

晚至来青阁，付杨寿祺书价五十三元。

观《元文类》，元至正初浙省元刻大字本。即西湖书院本。首行题"国朝文类"，半叶十行，行十九字，黑线口，双鱼尾。上口记字数，下口有刻工姓。施刊二字。此书初刻于元统二年，坊本自增考亭书院记、建阳县江源复一堂记及高昌偰氏家传三篇，此本无之。缺陈旅序，亦缺目录。董授经以三百三十元得之，书盖沈仲复年丈旧藏也。《宋元书同行格表》目录后有"儒士叶岳点□[①]（《仪顾堂续跋》云'儒士叶森点对'）"一行，此书有大字、小字两本，小字为建安刘氏翠岩精舍刊，大字本则西湖书院官刊本也。海源阁、皕宋楼有之。《甘泉乡人稿》著录题《苏氏文类》（元至元本）行格同。

**廿二日（4 月 14 日）**　覆萧子文书。从叔函告司长已委咨议。

丁仲祜廿七日娶媳，送冲红华丝葛幛。

送周季诚母吴太夫人冲华丝葛素幛。

晚至忠厚书庄，同李紫东闲话。晤江西熊君，曾印《旧五代史》，内府本也。夹签四千余条，售价四十元。

**廿三日（4 月 15 日）**　昨周业勤名行广，中兴煤矿公司上海经理，合肥人。来谭，今答拜，亦晤叙。马祖武为夏辅宜荐至公司。

答拜李峄琴，未晤。

至中国书店，取书一种，价一元六角：五月七日付讫。《国语翼解》。嘉定陈瑑辑，钞本。

覆陈清源书。月租五十元交刘克昌，小修租折已交克昌，押租五百元及

---

① 原文如此。

契约请寄沪寓。

覆汪甘卿书。询汉师比有无嵌金银丝。

覆许从叔书。谢为萧子文谋咨议,并告子文不愿回原差。

**廿四日(4月16日)** 陈保之来,未晤,留赠《殷虚书契考释小笺》。

陈一甫由如皋回,晚来谭。

日人川濑佐一来阅古玩。住长崎市今鱼町三五。

扬州刘克昌汇来花园巷押租洋五百元,又寄来租约一分。押租留家用。

**廿五日(4月17日)** 答拜陈保之谭。又拜陈一甫,未遇。

答拜孟莼孙,未晤,留赠《徐公文集》。竹纸印本。

至味古精舍,同席少卿闲话,取铜竟二枚,索洋捌拾元:五月十一日付讫。唐晓月镜、《铜仙传》著录。唐龙镜。

慕邢侄由芜来禀,分析事大致议定,惟田所分未公允,因黄渡田三百七十余亩最坏,平均每值三十元,又周村田三百余亩,价亦在四十元内,共田几及八百亩,应分一千〇八十亩,请同丹弟秉公议决。

瞿良士来书,寄来宋元明本各书目,当交任子木送李季皋阅,得覆,同子木往观定价。

任子木有叔状敦盖,检《窸斋集古录》有此器。器潘文勤藏。

陈劭吾十七日七十生辰,寄幛祝之。今接书覆谢,并退回缎幛。

**廿六日(4月18日)** 午刻,约陈一甫午饭。饭罢,同一甫至古香斋、来青阁、忠厚书庄、集成书局、汉文渊。又至李仲帅处谭。余寿帅处未遇。五时,赴刘鸿生、李拔可之约,商启新洋灰公司、上海华商水源公司订约。一甫可允华商年销四十万桶,伯屏仍坚持未允。

赠陈保之、沈燕谋罗纹纸印《玉台新咏》各一部。

陶福来禀,新任南通税局陶绍甫廿四日任事,已留办盐仓坝分所主任。

**廿七日(4月19日)** 游邑庙市场。

访瞿良士谭，观古书《政经》《心经》宋本三册，较翰怡藏本印在后。《春秋经传集解》，宋本，竹纸印，牌款已补钞，不及缪艺风、李季皋所藏皆白棉纸印本之佳。《毛诗注疏》，宋本，十行本，中无补版，缺叶以刻本后印者补之。《分类补注李太白集》，元本，余氏勤有堂本，半页十二行，大廿字，小廿六字。《永嘉四灵集》，存二徐。影钞宋本，有黄荛圃跋，系重摹，未定价目，拟借重刻或购之。《青阳集》，明本，非正统、正德二本。《齐民要术》，明本。有校宋本，未定价。后董授经来，将《政经》《心经》取去，云傅沅叔所购。瞿开价六百元，傅还价三百元。

贺丁仲祜娶子妇之喜。黄涵之女。

覆吴舜臣书。请将丹云卖田契稿钞示，并询买田张维藩何人。修谱子丹可出稿，无大宗捐款，三太太因家中人上谱为难，告以设法变通，候慕邢定议为族人不多事稿，可望成就是款目。我现不如承认主修，恐族人滥用，又种种为难之事发生，只得不覆作为默许。慕邢侄来信，分田不公允，请主持。三太太亦来言过，今闻方指高到申，商议分田好坏，大三房分析字，三太太已交阅过，大宅公留大房分三处，三房分八处，豪无纠葛。

**廿八日(4 月 20 日)** 陈一甫来辞回津，赠镜铭拓本十六片、二徐题名并题字。

赠栖霞寺若舜方丈《徐公文集》、并题字。《摄山志》旧本，香资二十元。交一甫转致。

方指高来，赠哔叽衣料、七元三角。洋皂。一元。晚约至倚虹楼西餐，丹弟同坐，共用五元六角。

同任子木至良士处观书。子木取去元本《分类李太白集》、明本《王荆公集》《玉台新咏》《余青阳集》，又宋本残《通鉴》，俗称龙爪本二册。余亦借影宋钞本《永嘉四灵集》一册。

李直士来，未晤。拔可亦来。

再覆吴舜臣书。舜臣来信，集稻五百石，又淑记一百五十石，月底汇洋二千元，内淑畹四百八十元。商鳌官屋茔地，载明丈尺。卖树事请预防。

**廿九日(4 月 21 日)** 吴舜臣汇来稻洋壹千元。三十日存先施半年,内淑畹四百八十元,找还前借银三百两又洋,两讫。

付来青阁代做《玉台新咏》书衣廿套洋五元。

至中国书店,取:四月十六日还。《三子江楼合选》。海宁查容《浒翁集》、平湖沈皞日《柘西精舍集》、歙鲍夔生《镈斋集》,皆词集,有朱竹垞印二方。

赴都益处贞元会。

李拔可、李直士来谭,直士交华商水泥公司同启新洋灰公司协商条件稿,属转寄一甫。

致陈清源书。告收到押租五百元、新租约一纸。

**三十日(4月22日)** 访宗子戴谭,瞿良士、丁芝孙在座。

同良士至其寓,交还任子木取书五种。以明本《王临川集》、二百元。赵刻《玉台新咏》、二百五十元。嘉靖本《青阳集》有附录。出半价二百七十五元,加钞本《永嘉四灵集》,共三百元,良士未允,减价七成,另赠宋淳熙小字本《春秋集解》十行,行十八字。五叶配其缺叶。尺寸板心略小,疑家藏明覆本。

李拔可来书,绍介孙伯恒、商务书馆北京经理。陈淮生。农商部司长。

周少勋明午后三时来寓,观所藏碑版,当覆书。

顾鼎梅来,荐其世兄为葱石编碑目,年廿四岁,月薪十六元。当函告葱石。

吴舜臣汇来稻洋壹千元。活存杨庆和。

覆吴舜臣书。告今、昨两日收洋二千元。

购郭斌之子汉碑等,洋十元:《汉校官碑》、无阴,有张廷济跋。《汉耿勋碑》、汉印、有张廷济跋。唐志十二种。旧拓本,《庞德威志》,未断,文全,《刘感志》,唐故未泐,多字。

## 四月

**朔日(4月23日)** 致胡朴安书。借龙启瑞《古韵通说》钞本三册。

孙伯恒、壮。陈淮生承修,福建。来观,以《常丑奴志》、葱石旧藏,为淮生所得，价一千余元。《宋拓圣教序》《杨绍买地莂》、大中铜罄、银龙简各本、金涂塔、古镜十七枚、宋本《菉斐轩词林韵释》、元本《断肠集注》示之。淮生、伯恒皆收藏三代彝器也。

**初二日(4月24日)** 至来青阁，以钞本《永嘉四灵集》交鸿宝斋石印。书凡八十四叶，合二十一石，每石一元五角。照打样价每石一元四角，只印十部，今印二十部，加一角。付来青阁拆装书工洋一元。初三日付连史二百卅张，印十九部，美浓纸廿八张，印一部。

至中国书店，取曼倩铜酒牌，拟给价三元。又借拓西夏铜印二方。

至丁仲祜处，取十月十六日付洋四十元。《楚辞集注》八卷。元刊本，价四十元，缺辨正二卷后语六卷，盱眙吴氏望三益斋藏本。仲祜赠《新世纪家庭教育》《励志集》各一册，皆吕鹏溥译本。

瞿良士赠其先德子雍先生所编《集古印谱》八册。

林朗庵购李申耆、方小东二研，价洋九十五元。

永儿今日生辰。

**初三日(4月25日)** 姮女生日。

致陈一甫书。寄上海华商水泥公司同启新洋灰公司协议书草案，并云刘鸿生前交金伯屏一份转呈，恐有隔阂，另属寄一分察核。李拔可云此为华商最后之让步，非此不能自存，具详说明书中，请双方兼顾。

覆陈劭吾书。询病情形。

覆杨云史书。

**初四日(4月26日)** 晚约瞿良士、丁芝孙、张菊生、宗子戴、赵叔孺、顾鼎梅、褚礼堂、刘公鲁酒叙，以所藏宋菉斐轩本《词林韵释》、元本朱淑真《断肠诗集注》、《杨绍买地莂》、大中铜罄、银龙简、虞冰壶夫人桃源春泛图卷、董姝红梅卷，王惕甫、曹墨琴夫妇合璧卷，韵音藏柳如是初访半野堂像、《明万历缙绅册》出观，并题观款。

**初五日(4月27日)** 阅瞿氏书目，有元刻本徐锴《说文解字五音韵谱》五卷，可备覆刻。又《铜壶漏箭制度》一卷、《准斋心制几漏图式》一卷，均影钞宋本。

至中国书店,取张师信印、师比,索价十四元。初六日付。

至汉文渊,购书三种,洋三元:《松壶画赞》二卷,钱杜,嘉庆刻本,程序伯廷鹭朱笔跋尾并隶书题签。《松壶画忆》二卷,钱杜,道光刻本,程序伯题书衣。《元遗山先生年谱》。翁方纲编,原刻本。

昨送沈时复奠分洋十元。

**初六日(4月28日)** 至葱石处谭。

送江幹卿挽幛。白绸。

送李季重红绸喜幛。

**初七日(4月29日)** 小病,延余伯陶诊方。

**初八日(4月30日)** 致刘逊甫书。荐马兰生。

寄贾斌臣素呢幛扬州。

寄梁众异之母林太夫人素呢幛北京。

**初九日(5月1日)** 贺李季重娶子妇之喜。

至中国书店、蟫隐庐、来青阁。

至余伯陶诊方。

大生一、二、三厂开董事会,议决添机五千锭,一厂认购,如可押款,亦出重息,开会日期约在闰四月,由南通酌定。至重订股票,须将各厂款目查清,其支销各款先由股东联合会审查,交董事会核定后报告股东会。又南通慈善用款五十余万,可暗筹款备抵。

张亲家三太太今日到沪。

函赵叔孺,赠《玉台新咏》并魏唐释道二造象拓本,请书《雷峰塔经》卷引首及《朱淑真集》书衣。

函梁公约,赠《玉台新咏》。

张noting斋函赠砖文拓本六种。

致徐行可书。告瞿目有《新序》《说苑》校宋本,杨录有黄跋校语。

**初十日(5月2日)** 送张亲家太太,杨果卿。席一桌、酒二瓶。

鲍承良来谭,便为淑畹、定君诊方。

子丹弟来。

昨石笙侄来禀，询分田事是否有余支配。

阖族公函拟将新谱送余经印。

致张退庵书。谢荐陶子春，并告大生董事会议情形。

致李从龙书。询山西银行行长有无更调及贺膺简任职分发山西。

复冯光九书。陶绍甫名达，为光甫所长之兄，现总持税务，曾供差余处，请代改谢绍甫。

**十一日(5月3日)** 至中国书店，以汪中《国语校文》、汪喜孙《丧服答问纪实》借印入《江都汪氏丛书》。又取镜一枚，洋十四元：十三日付讫。五千钱镜。背列二鼍龙，金错刀一刀，平五千，平，衡也，准也。程云岑曰，吴有大泉五千钱，新出土，前未发现。

至汉文渊、古香斋。汉文渊新得《宋史》残本，半叶十行，行廿字，元刻本。

**十二日(5月4日)** 吊江幹卿之丧。

答拜程云岑，谭。观新得古玉。佩、璜、觽、剑勒。

**十三日(5月5日)** 访郑太夷，不遇。

至翁朗，购书一种，洋十四元：付讫。《湖州诗录》卅四卷陈焯。《续录》十六卷郑佶。《补编》二卷。郑祖琛，均沈惇彝道光庚寅校刻本。

至来青阁，取书一种，码洋廿四元：作价七元，闰四月朔日付。《复社姓氏传略》十卷震泽吴山嘉。《复社姓氏录》一卷。吴江吴翻附，均道光吴山嘉刻。

至中国书店，取书五种：五月七日价付讫。《青溪遗稿》廿八卷，孝感程正揆，康熙刻本，洋卅六元。定价极昂，如此佳集，安得不忍痛受之。《闾邱诗集钞》十卷，顾嗣立，曾孙达尊编，传钞本，洋廿元。《香草居集》五卷，嘉兴李符，原刻本，洋四元。《姜白石诗词合集》，随月读书楼江春乾隆刻本，初刻于淳川陆氏，版归江氏，洋十二元。《唐四家集》。天都汪西亭(立名)订刻，凡《王右丞集》《孟襄阳集》《韦苏州集》《柳河东集》，康熙乙亥刻，洋十元。

金颂清来取汉浏金洗、洋一千五百元。钟、洋一千二百元。爵二百五十元。三件代售。

至余伯陶诊方。

**十四日(5月6日)** 汪陶来。

陈绳夫书来，赠新茶二瓶。

至邑庙市场。

**十五日(5月7日)** 覆秦樾乔书。

覆徐氏宗祠书。主修宗谱，愧不敢当。排印及纸价，先将南陵估价开示，在沪比较。

覆吴舜臣书。慕邢、石生两侄所分之田并未支配，石生函询，未便答复。修谱照来意函复公堂，先将南陵估价开来比较。来信附钞阅：捐款连前捐一百元，共捐四百元。淑记甲子租簿今收到。大、三房分析字，北城八号市房归大房，自应照分字办理。稻卖完，请来申。

仁济堂来函，今午后开建筑借款会议，请各借款人出席，讨论债券章程及收款还款一切办法，公同议订。又约十七日三时董事会，报告建筑事宜。未入席，广仁堂余峙莲来，报告南京慈幼院工程，验收付款毕。原估一万二千，续加二千。

晚，赴吴蝶卿酒叙之约。

程艳秋同袁伯夔来。

购古香斋各件，洋廿五元：十六日付讫。张曜孙绘武昌县瑞麦图，弍元。书札，江藩二通、臧镛堂一通、秦恩复一通、李锐一通、姚文田一通、汪喜孙一通。八元，汉长宜子孙镜，洋八元。唐人物画象镜，洋二元。似梁廷枏杂佩赠嫁竟，李元之考为鸡鸣戒旦竟。明宜兴沙均方水盂。洋五元。

**十六日(5月8日)** 午刻赴张菊生 品香西餐之约。云南周惺甫(钟岳)同坐，周办云南图书馆。

购陈炳泉古镜二枚，议价洋五十元：十九日付讫。汉上大山竟，黑漆古，卅元。唐双凤竟。尺寸大，廿元。

至来青阁，取书一种，索洋四元：金少舲公账，作价三元，闰四月朔日付。《岩镇志》。分元、亨、利、贞四集，余华瑞撰，程佶校，雍正乙卯刻本。岩镇在徽州歙县，鲍子年观古阁藏书，赠程龄孙。

**十七日(5月9日)**　晚至忠厚书庄,取燉煌唐人写经十五卷,索价洋壹百元。廿二日以十二卷归金颂清,收洋七十元。

**十八日(5月10日)**　昨,九华山大士阁妙珑方丈来。

至来青阁,取薛生白雪。诗集三种,价十二元:闰四月朔日付。《一瓢斋诗存》六卷,甲寅乾隆刻。《斫桂山房诗存》六卷,雍正乙卯刻。《抱珠轩诗存》六卷。乾隆庚申刻。

至中国书店,取书一种,洋三元:五月七日付讫。《禘祫辨误》二卷。上元程廷祚,道光乙酉刻本。

**十九日(5月11日)**　寄芜湖枣树园王志襄达,矿务督办。母凤夫人白冲华丝葛幛。邮递。

陈一甫来函,已于三十号四月初八日。到津,华商同启新协商草案收到,请约鸿生来津面商,并电示行期,当持函交鸿生阅过。覆电一甫,约廿三四号抵津,闰四月初二三日。鸿生拟廿一日先开董事会,廿二日起行,先至青岛。

至盐业银行,晤杨咏秋。大生纱厂晤吴寄尘,复和栈晤陈少舟。

答拜袁伯夔,谭。坐中晤程玉霜。观所藏太师小子白鬻父鼎。

拜刘俊卿、鲍承良,未遇。

至陈炳泉,交镜价五十元。炳泉云有梁天监镜,索价百余元,约取到往观。镜长方式,廿一日退回。

午刻贞元会,值会除收分资,找洋五元六角。

**二十日(5月12日)**　徽宁会馆约二时董事会,议举人接洽清丈地亩,未赴会。

**二十一日(5月13日)**　送刘子鹤六十双寿红绸幛。

送周美权娶子妇红绸幛。

三时,华商上海水泥公司开董事会,协商同启新联合条件,议决推举刘鸿生、李拔可赴津。

至来青阁,取回石印《永嘉四灵集》弍拾部,连史十九部、美浓一部。共廿一石,八十四页。每石一元五角,合洋三十一元五角。廿二日付讫。

至汉文渊，取拓本金文一册，卅二片。索洋廿元。又杨濠叟象《说文部首》一本，十九页，光绪四年象付钧龢者。索洋廿元。廿二日退《说文部首》。廿八日付洋廿元。

取邓秋枚藏董美人志拓本，一原石，一覆本。以校庞芝阁藏本，有正书局有石印。邓本疑枣木覆刻也。或陕西纸薄，为裱工所坏。

至李紫东处，议定燉煌经卷七十元，并议《撷芳集》所钞十三卷易其刻本。

**廿二日(5月14日)** 贺刘子鹤夫妇六十生辰。

访瞿良士，不遇，交还前借钞本《永嘉四灵集》。

闻傅沅叔来，往访，未遇。

至味古精舍，同席少卿闲话。

南陵县旅沪同乡会员夏藩、王振宇、俞鼎传、胡大观、牧文农等来函，十九召集在沪各界廿余人，假上海大学开成立大会，请莅会指导，主持进行，并派代表面陈。

**廿三日(5月15日)** 访傅沅叔、褚礼堂谭。

购陈寿卿楹帖，洋廿元。千亩苍烟秋放鹤，一帘凉月夜横琴。

购古香斋镜帖，洋四十元：廿七日付讫。唐八卦镜，卅四元。汉口郡太守残碑，考为初平之年，匋斋藏石记。魏西乡侯兄张君残碑，无年月，匋斋藏石记。汉口君残字，唐韦利器等造象铭，开元三年。吴琚心经残石，此石已毁。陆务观等题名，隆兴二年。金开化寺经幢并僧文海塔铭，贞元元年直隶元氏。辽悯忠等经幢，寿昌五年，直隶大兴。法源寺经幢，佛顶尊胜陀罗尼经幢□□□[①]年二月廿七日。唐佛顶尊胜陀罗尼经幢，会昌四年十二月。金赐福胜院谍，年月泐。金赐广济寺牒，大定三年。元义廪记，曾钢撰，赵孟頫行书，大德八年，浙江会稽。宋乳母任氏墓志，苏轼撰书，元丰三年十月。唐陈护墓志。垂拱四年。

又取禹之鼎绘西溪图，卷首录康熙御制诗一题西溪山庄，以竹窗二

---

① 原文如此。

字赐高士奇，一题西溪。篆书，次陈廷敬花源草堂记行书，后高士奇康熙二十八年二月初十日扈从圣驾由昭庆寺至木桥头泛舟赐幸西溪山庄纪恩诗卷，末莫绳孙跋，同治元年说斋主人述，绳孙皖口军次书。盖莫仲武故物也，索价八十元。闰四月初六日交还。

**廿四日(5月16日)** 郭礼征、品翰昆仲来谭。

贺周美权娶子妇之喜。

访郑太夷，未晤。

访刘翰怡谭，翰怡赠《章实斋遗书》。

**廿五日(5月17日)** 任心白来谭。

郑太夷来，未晤。

午后，至邓秋枚、邹景叔处谭，景叔赠严卯刚卯拓本。何星叔、邓秋枚云刚卯每行廿字真，其行八字者伪作，待考。

答拜郭品翰谭，礼征先返镇江。

李从龙由太原之京至沪，赠《华严经》血书一卷，又留郎世宁画西洋士女轴。非郎的笔，廿六日退回。

**廿六日(5月18日)** 订《永嘉四灵集》成。订四十本，每四本一角，共一元。

访宋汉章，谭李从龙事。

访李拔可，以新刻《宋元科举三录》《绍兴十八年同年小录》《宝祐四年登科录》《元统元年进士录》书衣请陈弢庵太保题，又楹联一付，另赠《徐公文集》一匣。

答拜李从龙，邀至功德林素餐。

至中国书店，晤蒋孟蘋之世兄谷孙，借元椠本《断肠后集》八卷。

至汉文渊，取书一种，索洋一元：廿八日付讫。《释迦文佛世系祖师授受法源纪略》。通晟辑，咸丰刻本。

晚，至李从龙处，谭宋汉章兄，俟张公权来，为之转托，邀至大东旅馆西餐。后同往共舞台观程玉霜、郭仲衡四郎探母剧，并赠有正书局影印元刻本《苏书金刚经》。

**廿七日(5月19日)** 狄楚卿绍介时报馆主笔戈公振来谭考古学,未晤。

晚至古香斋,付镜碑价四十元。又观陈弢庵藏三代彝器拓本四十八种钟一、鼎八、爵五、甗一、簋一、簠一、斝一、匜一、觚二、觯一、鬲二、敦、彝、尊、盂一、壶二。及汉器兵器、三。钱范吴天祐狮炉浏金,有款识。各拓本,钤澄秋馆印,闽县陈宝琛嗣守,索价十二万元,估约三万元。

**廿八日(5月20日)** 沈醉愚来谭,交还曹倦圃《倦圃图册》。

答拜戈公振,东台人。谭《官报》历史及活字本、最初时代之考古学。

至汉文渊,付金文拓本价廿元,书价一元:《百宋一廛赋注》。士礼居本,价付讫。

至翁朗店,购书四种,洋十六元:付讫。《玉峰诗纂》六卷,明周复俊编,孟绍曾刻,隆庆壬申刻本,六元。《竹汀先生日记钞》三卷,何之锡编次,嘉庆何氏梦华馆刻本,二元。《两般秋雨盦随笔》八卷,梁绍壬,道光十七年汪氏振绮堂刻本,六元。《月壶题画诗》一卷。瞿应绍,道光三十年刻本,二元。

至陈炳程秉。泉处,取古镜一枚,云是梁天监镜,索价五百元。文曰"天监闻工张永",六字篆书,检《南史》,张永在宋元徽二年卒,有传,《佩文斋书画谱》亦引《南史》。距梁天监元年廿八年,非一人也。镜制作甚佳,方长式,亦厚重两鼻。疑唐以后物。四边列花朵云,似海马,葡萄竟边。

致陈清源书,托花园巷住宅出租事,并送雪茄烟两匣、九华山茶二瓶。

慕邢侄及冠英侄由芜湖回,云石生侄又生异议,未允签分析字。

**廿九日(5月21日)** 刘俊镜。卿来谭。

覆吴舜臣书。告慕邢侄回申,石生侄以分析字措词不同意,修谱事已劝慕邢侄理稿。拟闰四月十三日到通,尊处早来,可多谈数日,迟则午节后来,南陵夏藩、王振宇等在沪组织同乡会。

至中国书店，晤汪瘦岑、吕木末。

至来青阁，晤杨寿祺。寿祺新得《灵芬馆杂著稿》二三编，十月十六日索价十元。

晚，余寿平约陶乐春酒叙，并交湾址甲子年晋康公司收支总账及付甲子年股东红分壹千元。

## 闰四月

**朔日(5月22日)**　刘慧之来谭，商送程玉霜绸扇。

至程秉泉，退还天监闻工张永镜，取碑二种，索价八元，初九日付讫：《汉韩仁铭》，稍旧拓本，四行末为字、五行牢字、七行君字未损，谓京二字间未损。《魏曹真残碑》。陕西长安初出土拓本，诸葛亮三字本，八行贼字、十一行蜀字原损。

至中国书店，以蒋穀孙所借元椠本《朱淑真断肠集注后集》八卷请陈乃乾交还。

至来青阁，付《薛生白集》、十二元。《岩镇志》、三元。《复社姓氏录及传略》七元。共三种，洋廿二元。

至忠厚书庄、古香斋。在忠厚书庄晤北京宝华堂书坊周锡五，冀县人。

访傅沅叔，未晤。

陈一甫来函，已接电告刘鸿生闰四月初二三到津，又电华商董事会公议，请李拔可、刘鸿生赴津接洽，俟到后公同洽商，再行奉告。

覆陈绳夫书。谢赠新茶二瓶、瓦拓本，子经未交来(已取到)。寄新印《永嘉四灵集》二本。

**初二日(5月23日)**　傅沅叔来，未晤。

至浙江兴业银行，晤陈叔通、蒋翼之。

至华商水泥公司，告陈一甫有书来，已接前两电。

购泰生永彭济昌赛连两件，每件十三元，纸料极佳。又白关一刀、一元。毛边一刀，二元。共廿九元。

致李拔可书。请催陈太保书件，并索孙伯恒、陈准生藏器拓本。

**初三日(5月24日)** 刘逊甫来书，云委通如税所索函张季直绍介，当即作书，并另函张退庵亲家及冯光九，覆书交刘干泉带宁。荐马兰生、又仆人刘德、又陶子春留办盐仓坝。逊甫拟初六日由宁至通。

购泰生永彭济昌赛连纸十一件，又贴换一件，付洋壹百四十三元，又力十角。

晚六时，约傅沅叔、沈冕士、沈韫石、沈季宣、金甸丞、周梦坡、张石铭、周湘云、刘翰怡、徐晓霞、沈醉愚、陈乃乾一枝香西餐，共用廿四元一角，又小账二元。

送中国兴业银行焦乐山协理。开幕镜扁。

**初四日(5月25日)** 晨至苏州，至护龙街，购：梵字镜，洋一元。《写韵楼诗集》五卷。女史吴琼仙，乌程庞氏重印原刻本，洋一元。

又至来青阁，取书：初十日付洋七元，清讫。《红叶村稿》二卷，昆山梁逸即梁辰鱼，码洋六元。《听秋馆诗集》四卷《赠言》三卷，女史骆绮兰，乾隆六十年刻本。《装潢志》一卷，淮海周嘉胄，乾隆丁卯汪氏求是斋刻本，码洋五元。《校正朝邑志》一卷，王元启，乾隆三十九年胡德琳刻，码洋三元。《罗丽琳琅考》一卷，李祖默，道光甲申刻本。《形景庵三汉碑執》一卷，高心夔。《须静斋云烟过眼录》，吴县潘氏刻本。《菊寿盦词》，姚辉第，四卷，咸丰二年刻本。《金丹真传》。孙汝忠。

至汪甘卿同年处谭，午饭，子、婿均出见。后同至黄吉园家，购各件，付洋七十元：《沈塘集三代汉唐金石拓本》一百七十种，洋四十元。《吴平斋篆所藏彝器文字》十几叶，洋十五元。《张叔未题子孙作妇姑鬻彝鼎册班作父乙宝尊彝尊拓片》二种，洋五元，附十八种。沈存周锡桃酒壶。洋十元。

晚八时，由苏附车回沪，十时半抵寓。来往车资约七元。

**初五日(5月26日)** 昨瞿良士、丁芝孙来，未晤，芝孙留赠《虞阳说苑甲编》八册。今来书借河东君象册，拟裒辑题词也，并询苏。

刘德今晚去通。

江浙皖义振会送来《征信录》二册。

**初六日(5月27日)**　答拜丁芝孙，留借柳如是小象册卷二种。

拜沈守知，未晤。

至古香斋，取：《布泉铜范》，背有“好哉”二字，索价廿元，五月二日购定，付洋十五元。《孔宙碑》，明拓本，六月廿七日连同《孔彪碑》购定，付洋柒拾元，直二百元。《孔元上碑》，明拓本，即《孔彪碑》，直二百元。《等慈寺碑》。五月初十日退回。

习位思函请转荐刘逊甫两人：唐庆祥、原办任家港千查。郑洪年。原办唐闸千查。

**初七日(5月28日)**　吴舜臣由南陵来。

访王逸塘省长，未晤，晤张子范。

晚六时，约余寿平、李伯行、倪远甫、庄得之、刘镜清、吴蝶卿、杨咏秋、陈少舟一枝香西餐。朱砚涛、夏玉峰未到。

为方逋庵题三家彝全形拓本轴：逋庵为莲卿后人，壶云阁为莲卿藏器之所。

壶云阁藏器有五：一师趛鼎，一季日乙彝，一颂敦，姚六榆旧藏。一鲁侯角，郭止亭旧藏。一即此器，亦郭止亭旧藏。道光壬辰三月，莲卿先生分属张叔未解元赋诗、徐籀庄明经释文。器初名三家彝，海丰吴阁学作追叔彝云，阳下一字不可识，旁注方字，籀庄明经释作阳丙。明经识古文奇字，时陈簠斋、陈属张受之(辛)。刘燕亭刘属张石匏(开福)。诸藏弆家每得一器，丐求考释。子縠孙能世其学。咸丰间，金瘦仙鰲廷。先以所藏三代金文十七种乞縠孙释文，馈以笔润饼银八枚，嗣商得张氏清仪阁藏器，遂连及于壶云阁，皆縠孙作缘也。光宣间，瘦仙所藏先后散出，此器归江阴奚萼铭，师趛鼎初归武进费西蠡，矜贵之至。名所居曰趛斋，继归长白那铁珊，今在四明周湘云处，季日乙彝已先归曹氏怀米山房，在吉金图成之后，见《攈古录》及藏拓钤印。鲁侯角亦归陆氏潜园，其颂敦后归顾容斋二甗斋，今尚待贾而沽也。逋庵先生属题，爰详记之。乙丑闰四月。

阳下佚一字之器有二，各不同范：一为吴退楼斋藏，即阮氏积古斋所著录者，一为刘铁云藏，今均在歙县程龄孙家，余皆见之。

**初八日(5月29日)** 王揖唐省长来，未晤。

晚约吴舜臣、沈守知、鲍子丹在大东旅社西餐。

徐行可来书，缴还严铁桥校《说苑》五册。

李拔可书来，华商水泥公司同启新洋灰公司协议，已与周缉之接洽，互有让步，约明日签字。鸿生先回，拔可入都，十日后由奉返沪，书件已呈弢老。

徽宁会馆因营借用地基，电请卢子嘉交还，稿经余寿老核定，具名三人：寿老、程霖生及余，当即签字。

**初九日(5月30日)** 李从龙来谭，旋答拜。留函代表大纲股东会。

午后，赴都益处贞元会，同梦坡至安乐宫，观近人书画。

至陈炳泉处，付曹真碑、韩仁铭，价洋八元，又取汉作佳竟，索价三百元。廿四日退回，五月十一日购成，作价二百四十元。

**初十日(5月31日)** 昨午后，各学生在马路演说打倒帝国主义滋事。

致赵叔孺书。赠张翰石家侍儿两印钤本。

致褚里堂书。赠张翰石家侍儿两印钤本。

覆邹景叔书。寄来带钩七种拓本。

覆习位思书。请函逊夫，为唐庆祥、郑洪年留办。

致刘逊甫书。为唐庆祥、郑洪年请留。

致刘慧之昆仲书。交沈醉愚致扬州旧城七巷大同戏园隔壁周楚江刻字店印《荆园小语》《进语》。

沈守知来，未晤，留函，张祝秋现任草堰场长，请为其弟润之办理文牍。司署饬委督代场长。

南陵旅沪同乡会夏藩牧文农来，未晤。

至翁朗处，取书：五月一日价付讫。《大悲咒》，支那本，码洋三元，十一日交修补，初四日取回。《玭山吟社联唱集》。码洋四元，十一日退。

昨吴蝶卿送阅元椠本《礼记集说》首本，《皕宋楼志》。当覆询价，并将全书交阅。半页十二行十八字，上记字数，下记刻工人名。廿九日取回。

至来青阁，付书价七元，观宋刻元明修本《五代史记》，索洋三百元。

晚七时，赴李凤池一枝香之约。

为崇儿请方逋庵画扇。

**十一日(6月1日)** 鲍子丹约七时一枝香西餐，面辞。

刘鸿生由津来，未晤。

**十二日(6月2日)** 答拜鸿生，云华商同启新已签字，三条已删改。上海销六十万桶以下华商六成，七十万桶以下启新五五成，七十万以上启新六成。订约五年，如三年有不适用者，可提议。

吴蝶卿来，未晤。旋答拜，询元刻《礼记集说》前途，索价二百四十元。

同刘慧之公赠程玉霜扁，清歌妙舞。交分洋八元。

致张祝秋书。贺任草堰场长，荐其润之为文牍。请书宋本李杜集簽签，宋咸淳本误书淳熙，再函更正。

覆杨云史书。告子午廿三四去岳，已告吉孚甥往谒接洽。上海学生为捕房干涉事。

覆陈清源书。谢为花园巷住宅清理房租、修理及借用物件。

覆程云岑书。荐苏州护龙街大井巷口金石山房碑帖，黄鼎，字慰萱，无锡人。

**十三日(6月3日)** 六时附大穌轮至南通。今日商店罢市。

**十四日(6月4日)** 午刻抵天生港，退老沠宗、渭川相迓随入城，寓有斐馆。访退老，留饭。饭罢，访啬老。吕鹿笙、章希瑗、刘烈卿谭。张孝若、陈石庐、袁南生、韩凤池未晤。

晚大丰公司约至俱乐部，辞。

束勖俨约在有斐馆晚餐。

沙健庵、夏辅宜、钱策安、束劭直来谭。

**十五日(6月5日)** 退、啬二公约至城南别业酒叙。

至盐垦公司管理处,访束劭直、江知源、束勖俨、周健甫,托劭直通遂股分二千元收条更名。

大丰公司股东会,议决股东特别调款五十余万,大生借款约四十万,或认股,或售地,增新股一百万元,订入股截止期六月,后展至年底。

晚,赴刘烈卿酒叙之约,坐有啬翁,并邀女伶马秀英来。秀英为马连良之堂妹。

**十六日(6月6日)** 拜镇守使张镜湖、知事卢、冯光九、刁位思、单少堂、唐辅之、梁绶珊、毓藻。周季诚、张慰慈。

午刻,张镇守使、卢知事约俱乐部西餐。

晚,章希瑗、袁南生、梁绶珊约俱乐部中餐。

赠吕鹿笙、刘烈卿《玉台新咏》。观马秀英《梅龙镇》剧。

鹿笙之公子传元来谭,后起之秀也。

**十七日(6月7日)** 拜冯涵初、陈星南、陈树森、陶绍甫、徐贯恂。

午刻,吕鹿笙约俱乐部西餐。陈石庐约本宅素餐。

晚,张范廉、秦亮夫、蒋嘏堂、吴芳生、束勖俨、徐陶庵、刘立培、宗渭川公请俱乐部中餐。冯光九约商会酒叙。

**十八日(6月8日)** 晨至唐闸,拜张作三、蒋嘏堂、宋仲刚、许聘三、吴芳生、秦亮夫、徐陶庵、宗渭川、刘立培、张范廉、龚涤亚、李子馨。

午刻,冯涵初约南公园酒叙。

华成公司股东会。

昨大纲公司股东会,议决戴家滩地六万亩归旧股,每亩五十亩,所有债权及余地另立新公司。

为崇儿请退老书联,啬老书、屏、扇,沙健翁书扇。

晚,江知源、韩凤池约酒叙。

**十九日(6月9日)** 晨，至狼山礼佛。

午刻，闻刘逊夫到通，往贺。

访李晓夫名祯。闲话，赠《玉台新咏》，请画扇。

至啬老、刘烈卿处谭。答拜崔聘臣，未遇。

晚，束劭直约至韩风池家酒叙。

退老邀观筱凤英《红梅阁》、马秀英《玉堂春》剧。

**二十日(6月10日)** 逊夫来谭。税所书记胡少香来见。

唐辅之来谭，为邹树镲缓颊。

李晓夫来，交画扇。

游中公园，访章希瑗、莫楚生。

晚，退老约城南别业酒叙。

**廿一日(6月11日)** 访袁亦齐。

贺逊夫莅新税所任。马兰生派稽核，刘德才派任港。

啬老约午刻南公园酒叙，有诗《寿平积余并以计垦来通因得兼旬之会合人事稍暇风日清美小饮南楼欢然有赋便约二君与陈吕莫刘诸友同作》："青春大去宁无日，白首相逢且尽欢。天气正容衣袂薄，濠波渐照酒杯宽。呼龙出海耕求偶，抱犊诬山盗弄官。八表风烟消不得，商量何处寄儒冠。"

啬老约至伶工学校，观伶工学生演剧。

晚，唐辅之约至烈卿家酒叙。寿老召伎小金宛，似廿年前金红，丰致绝佳。

**廿二日(6月12日)** 孝若来谭。访刘逊夫，商补派稽征员。

通遂公司股东会。首由经理沈铭竹报告去年概况，次推于香谷主席。公司欠债十三万元应即设法清理，定廿六日开创立会，由张退庵指定于伯周、张佐虞、程星甫、董涤青、谈觉农五人草拟办法，届时交各股东协商。

向退、啬二公为逊夫疏通隔阂。

晚，退、啬二公约至更俗剧场，观伶生演《贩马记》。

退公赠布四匹。

束劭直、刘逊夫、冯光九先后来送别。

在通先后晤陈懋之、贾巢孙、夏辅宜、刘蓬仙、张佐虞、陈保之、刘敏斋、徐益吾、谦芳。汪叔丹、倪俊夫、世杰。李准平、闳概。陈正有、丁宇文、步周。周渭滨、祝申甫、龚伯厚、习位思、沈铭竹、家勋。苏石坚、蒋芗秋、喻勋淮。天生,港警察署长。

崔聘臣以新著《权衡度量考》相示,今缴还。

访莫楚生,观乾隆刻金冬心书《金刚经》,又戴文节山水、钱玉鱼设色牡丹二卷。

十一时,附大和轮返沪。

**廿三日(6月13日)** 晨十时抵寓。检家中各事,极杂,记之。

李拔可由京津回,交来:陈弢庵太保题书衣四叶,孙伯恒壮。赠金石拓本八种,吴董卿赠新刻。吴焯《药园古今体诗》一卷、陆渚《鸿飞集》一卷《玲珑帘词》一卷、符曾赏《两茆屋小稿》一卷、符之恒《秋声馆吟槁》一卷。

周绢之来,赠:《悫慎公天津祠堂碑》、一徐世昌文、华世奎书,一严修文、李士鉁书。悫慎公书扇、《建德县志》二十卷。周学铭总修,宣统二年印本。

陈绳夫函告,孙仲容藏影宋本《永嘉四灵集》已假得影钞,字数、行数同瞿钞本同。有何焯及孙仲容跋。

阚霍初寄赠新著《红楼梦抉微》。无冰阁校印。

陶子麟寄新刻《元统元年进士录》红样本。

杨云史鱼电,请禁瑞吉外出,保身慰亲至祷。

劳古六函托为子正祥荐通州税所。

吴剑泉来,为刘锡之女公子年十九岁。说崇儿姻事。

夏辅宜在通交致农商银行董玉农成。一函,内附洋式十元,今送交取回片。

徐贯恂属交梦坡书亦送往。

**廿四日(6月14日)** 至陈秉泉家,还汉佳镜。先议价二百元。

至中国书店,取:五月七日付价讫。《广卓异记》廿卷,宋乐史,洋廿四元。《遥掷集》廿卷，冯武，洋廿四元。《古均阁遗著》，许梿，洋一元。《苏书金刚经》，有吴宽跋，洋三元。《隰西草堂诗文词》，万寿祺，道光孙云锦刻。廿七日退。《栖霞寺志》二卷，光绪八年重刻本。廿七日退。《银简图》。钱泳，嘉庆甲戌刻本。廿七日退。

**廿五日(6月15日)**　拜李拔可，未晤，晤张菊生，告大纲公司开会情形并帐略。

拜吴剑泉谭。

舜臣晚七时附江顺轮回南陵，挈崇儿送之。

**廿六日(6月16日)**　安徽同乡会书记王毓孙竹如。来函，以同乡余茂怀、张惠章、朱国亮三人受伤，请理事会议办理，且经济极感困难。

覆杨云史书。来电请禁瑞吉二甥外出，保身慰亲。

覆陈绳夫书。孙仲容《四灵集》已检出影钞，再寄美浓纸廿张，何义门、孙仲容二跋难影写。

覆李从龙书。寄通济开会议书、帐略四册，又通遂、遂济各一册。

致夏辅宜书。交董玉峰(成)讯，又洋廿元已转交，附收到名片。

致刘逊夫书。告已向啬老请关照，欣然应允，请勿疑虑。

覆张祝秋书。附致沈守知信。退、啬二公处已面托，不另信。沈铭竹大丰公司经理，亦告之。

致沈守知书。告其弟润之、祝秋复函借重，请推诚相助。

覆陈一甫书。谢缉翁赠《建德县志》，并刘鸿生感谢之意。

至惠中旅馆，访周缉之，已于今晨七时由普陀山回沪。缉之在中国实业银行未回，当至商务书馆电话李拔可。又至水泥公司，告刘鸿生，即同鸿生往晤金伯屏，复同往缉翁处，候其返寓晤谈。拔可亦来，遂约定同至功德林素餐，拔可商合作主人。

**廿七日(6月17日)**　刘健之由京回，来谭，赠书。《诗史阁壬癸诗存》《净土释疑》《菰里瞿氏画卷题词》《文学社题名录》。

午刻，都益处贞元会，兼为王叔用作生日。

至中国书店、汉文渊、忠厚书庄、蟫隐庐、来青阁。又至锦文堂，取《晋书》一卷，索价七元：五月一日付讫。《晋书》。列传第廿八、《晋书》五十八，疑宋刻本。各家未著录，存一卷，半页九行，行十六字，敦、徵、敬、广、匡、让缺笔，桓、恒不缺。

在中国书店观元大德本《考古图》，存四卷。忠厚书庄观元本《六书统》全帙。

罗子经赠新印《刘龙洲词》足本。附《怀贤录》。

**廿八日(6月18日)** 晨访周缉之，同至龙华上海水泥公司，鸿生留午饭。散后，又同缉公至惠中旅馆闲话。六时，王慕庄、李拔可约缉公消闲别墅，并往作陪，赠缉公《大悲陀罗及经》、翁书《金刚经》《杀牛放生现报录》《印光法师文钞》《感应汇编》《放振辑要》六种。缉公明晨附日本轮往大通。

王慕庄商为冠英侄荐至上海税所，覆以俟询丹弟意再复。

致刘逊夫妇。告王慕庄允定他调。

**廿九日(6月19日)** 吴蝶卿来谭，交洋十五元，托印《白衣大士咒》一千二百卷，并索回元刻《礼记集说》首本。

至刘葱石处谭。

**三十日(6月20日)** 五月一日，副室赵孺人二十周忌日，今于净土庵设位讽经。

至商务书馆，晤任心白。至水泥公司，访刘鸿生，未遇。

至中国书店，取《栋亭词钞》一卷《别集》一卷。曹寅，康熙刻本，王朝瓛校，洋四元。

至来青阁，取书：五月二日付洋廿四元，清讫。《金石续录》四卷，襄城刘青藜，张燕昌藏书，疑康雍间人，洋二元。《纬略》十二卷，宋高似孙，百鹿山房校印明沈士龙活字本，洋二元。残元椠本《考古图》。默斋罗更翁考订，洋二十元，存前四卷，后缺六卷。文学山房江杏清售。

致张祝秋书。告沈铭竹非大丰经理。

致陈清源书。寄刘克昌两次信，工帐四纸，请理结。

## 五月

**朔日(6月21日)**　至来青阁、忠厚书庄。

致陈墨迻书。题《著书易米图》,寄[illegible]钟、丁亥残鼎。

覆陈进迻书。寄剁鼎、叔蒡鼎拓本。

致冯涵初书。寄题《种菜图》。

覆姚啸亭书。姚拟来沪。

覆汪启我书。汪询是否迁居。

覆劳吉六书。劳请以其子正祥荐通税所。

至锦文堂,付前书价八元,又贴送《匋斋吉金续录》,又取《晋书》一种,付洋二元:《晋书》。存五十二、三、四、五共四卷,宋刻元明递修本,半页十行,行二十字。

致杨云史书。告吉孚甥廿九日回常,三十日平安抵寓。

**初二日(6月22日)**　至子丹弟处,告王慕庄拟为冠英侄荐税所。

致孙伯恒书。谢赠金石拓本八种,转赠叔蒡父鼎、[illegible]钟、通录钟、父戊爵、父癸爵、伯矩尊、敔敦、中祖父敦、师遽敦、史颂敦,共十种。

致吴董卿书。谢赠新刻六册,覆赠《玉台新咏》。

致李拔可书。交孙、吴两信转寄。

至刘鸿生处,谭周缉之谈话情形。

至古香斋,付货泉、铜范价十五元。

至来青阁,付书价二十四元。

至中国书店,晤陈乃乾。

**初三日(6月23日)**　苏州欣赏斋书店李慰生寄来书七种,留四种,码洋三十元,七折实洋廿一元。当覆书,另将洋并书三种交来青阁转寄:《清芬精舍小集》三卷,锡山韵香王岳莲,原刻本,码洋八元。《历代寿考名臣录》,洪梧,传钞本,码洋十二元。《阮大铖本末小纪》,附《钦定逆案滇溶小记》钞本,码洋六元。《通鉴大感应录》。秦镜纂,刘维岳补注,三卷，咸丰七年赵庭椿刻本，码洋四元。

至中国书店，观昶中鼎、昶中盘、昶中鬲，二。共四器，索价四千元。

刘次羽交来汪容甫照片，交陈乃乾影印入《汪氏丛书》。

任心白来书，附来商务书馆自取预约五种凭单，计价连史七十二元，照九折减七元二角，共六十四元八角：《别下斋丛书》，连《涉闻梓旧》，连史。《佚存丛书》，连史。《清仪阁所藏古器物文》，夹贡。《翁文恭公日记》，连史。《集成曲谱》。连史。

晚，余寿平约　枝香西餐。

王秀仁拓镜十九日，三月十八日到工，至月底共十一天；闰四月初三日到工，至初十日共八天。共拓三百四十余枚，今付工价洋三十元。

**初四日(6月24日)**　《时事新报》时论有《高调与责任》一篇，为丁文江撰，确有见地。分载昨、今两报。

访李拔可、刘健之谭。

付吴柏连订书洋四元。前付订宋本《李杜合集》洋六元。

送谭奎仙之夫人呢幛。

寄陈巽卿观察八十寿联。

**端阳日(6月25日)**　命崇儿往各亲友贺节。

昨闻工学界今日游行，今公共租界特别戒严。

法玛使照会初三日广东游行示威群众及军士向沙面法英租界开枪，法商巴士规被中国流弹击死。

**初六日(6月26日)**　三时，华商水泥公司开董事会，赴会，通过同启新洋灰公司订立联合营业条件。

至大生纱厂，晤寄尘谭。

公共租界商店一律开市。

覆吴舜臣书。售稻一百石，洋三百四十元，定上下忙。华县长信已交慕邢侄，分析字送大太太先签字，大太太来信云，见过当日分析字再定办法。讼费、律师费分任情形。讼费免，两人分任律师费；讼费不免，由石孙侄认，并收回各处诉词。

大照电灯公司汇来午节夫马费壹百两。

**初七日(6月27日)** 李拔可五十生辰，往祝，赠以福禄寿画象镜、石印《盛明杂剧》。

至李季皋处，未遇。

至中国书店，付书价洋壹百四十元〇壹角四分。截至闰四月三十日止，共付书洋一百七十六元五角四分，除收代售书洋三十六元四角，净找一百四十元〇一角四分。

至古香斋，购乾隆御制罗汉墨二定，付洋二元。

晚，赴武仲平一枝香西餐之约。

**初八日(6月28日)** 拜李仲仙、李木公乔梓，未晤。

至中国书店，交借《从政录》。又一本。另寄一书刘十枝访书事，并拟开寄书目名单。

致刘慧之书。赠明刻《周礼》六册。

晚，赴李拔可消闲别墅酒叙。

至博古斋，取书二种，码洋十二元：《乌衣香牒》四卷，陈邦彦，乾隆三年刻本，码洋八元。《春驹小谱》二卷。陈邦彦，乾隆三年刻本，码洋四元。

**初九日(6月29日)** 午刻，至都益处贞元会。

至中国书店。赠恽季申古玉璩。

**初十日(6月30日)** 刘健之、刘慧之、李木公来谭。

晚至古香斋，取斑竹笔筒，索价四元。五月廿七日退。

**十一日(7月1日)** 至李拔可处谭。

至味古精舍，晤席少卿，除付镜价三枚计洋壹百元，净收永肇彝价洋五百元。汉徐氏竟。破损，作洋二十元(孙渊如藏)。边有五朱钱文(铭：徐氏亡竟大毋伤〇有天禄在中央四方具各顺行〇人富贵〇侯王)。

至陈炳程秉。泉处，取竟、幢，议定洋三百二十元：十四日付讫。汉佳竟，作洋二百四十元。后梁开平石幢。作洋八十元，李莜全同弟莜晖造象，开平二年十月。

收西泠印社书价廿四元六角二分。

收千顷堂书价十元。

收江左书林书价七元。

刘健之来谭。

**十二日(7月2日)** 刘健之来谭,拟为季皋购元椠本《山居四要》四卷。

覆杨云史书。谢惠浏阳夏布并君山柳毅井畔茶。寄神功济众水五百瓶,交永青里二七号谢复初寄。

致程霖生书。索神功济众水一千瓶,共两箱。

致邹景叔书。还带钩七件价一百元。

覆郭礼征书。收汇来夫马费一百两。

晚,同刘健之至来青阁、味古精舍。又至古香斋,取宗正官富瓦。议价四元,十九日付。

取集成书局书二种,码洋二元四角:十四日付二元。《蓼花词》,率山余光耿,康熙刻本,码洋二元。《寄青斋词稿》。上虞徐虔复,光绪刻本,码洋四角,附程芙亭女史《绿云馆吟草》。

**十三日(7月3日)** 李拔可约至忆定盘路看地,因雨不果。

**十四日(7月4日)** 谒冯蒿庵年丈,为冯涵初求题《种菜图》。

至陈炳程秉。泉处,付镜、幢价三百二十元。

至中国书店,取书二种:宋雪窗本《尔雅》三卷,臧氏拜经堂刻本,洋四元。《五续疑年录》五卷附录二卷。江都闵尔昌,新刻本,洋二元四角。

至集成书局,购书八种,价洋十八元,付讫。《余姚县志》四十卷,邵晋涵、施毓晖协纂,乾隆四十三年知县唐若瀛纂本。《萧县志》十八卷,沈学渊、金凤藻、顾翰同纂,嘉庆十九年知县潘镕纂本。《王山遗响》六卷,庐陵张贞生,康熙刻本,王山即匡山。《北溪先生字义》二卷,仁和江源原刻,北平许祖武重刻,嘉庆十年本。《南车草》一卷,朱彝尊,嘉庆廿三年刻本。《传经堂诗钞》十二卷,芜湖韦谦恒,乾隆庚戌刻本。《种芸仙馆词》,冯登府,道光甲午刻本。《花塾琴雅》二卷,《月湖秋瑟》二卷,另《钓船笛谱》附诗存后。

《倚阁吟》二卷。女史李璚，李富孙从姊，嘉庆十三年刻本。

刘晦之赠《毛公鼎》全形拓本，赵月川故物也，作书谢之，并赠宋崇宁重宝分书。钱镜、元至元四年官镜。晦之系报我所赠明本《周礼》。晦之又赠《散氏盘》拓本，检吴炯斋所藏石印本校之，不合。内府原器新拓者与吴本同。系翻本也。

**十五日(7月5日)**　至李拔可处，观忆定盘路地，后同至刘鸿生处谭。

至冯蒿庵、刘翰怡处，留冯涵初《种菜图》请题。

刘健之、任子木来谭，同往来青阁，约往季皋处理书。

交陈弢庵太保所书《宋元科举三录》书衣，托来青阁代付石印。

戴孟瞻来，为汪鲁门索翁书《金刚经》，检四本分赠戴、汪。

致杨云史书。交谢复初又寄神功济众水五箱。张子午昨日去岳，瑞年甥后日回常熟。

程霖生送来神功济众水八箱，给力一元。

致吴舜臣书。交冠英侄媳带芜神功济众水一箱。

**十六日(7月6日)**　鲍承良来，为崇儿诊方。

覆夏辅宜书。翟展成生一女。

覆邹景叔书。景叔索钩价一百五十元，覆书允之。

覆周梦坡书。梦坡托售通海垦牧股本二千两。

送陈卓甫之母王太夫人七十寿幛。冲华丝葛。

**十七日(7月7日)**　以永安公司存银元壹千元改活存中国实业银行，月息七厘，付收款折，一七一号。支票薄，○二○六二六至八○。印鉴随奁。户名徐随庵。

赠刘慧之《钱氏四种》。

至水泥公司，监察去年结算、阳历今年三月三十一日止报告，签字。

至古香斋，取各件，共十八元：十九日付。吴飞卿女史画扇；二元。包畹生女史画扇；一元。雕竹笔筒；三元。雕竹笔阁；二元一对。金石拓本:拾元。高丽奉仙寺钟铭,姜希孟撰文,郑兰宗书,明成化五年。昭光寺钟铭,汉兖州刺史雒阳王稚子阙,元兴元年,四川新都。汉大吉买山地记,建初六年,浙江会稽。汉吹角坝摩崖,建安六年,四川綦江,即蹇允颂德碑。汉涿州□□□君,待考。吴衡阳太守葛祚碑额,唐故国师太平观王法主师之神道,唐虞恭公温彦博碑,岑文本撰,欧阳询书额,篆书,贞观十一年六月,陕西醴泉。唐吏部尚书高元裕碑,萧邺撰,柳公权正书,额篆书,大中六年十一月十日,洛阳。唐金仙长公主碑,徐峤之撰,明皇御书,行书,开元□□□年,陕西蒲城。唐姜行本纪功碑,正书,类正书,贞观十四年六月廿五日,新疆哈密。唐窊尊铭,元结撰,瞿令问象书,湖南道州报恩寺西□□二年十二月廿日,瞿中溶考为永泰。唐房公碑,李百药文,欧阳询书,□□五年三月二日树,待考。唐慈溪口孝子残碣,行书,末有大历十二年篆书一行,又宋建炎三年跋。唐邓弥勒像记,行书,景龙三年五月廿二日,山东益都。碑阴金郝讲明重建题字(明昌五年三月)。唐洛州清漳令秦献造弥勒象并石浮图记,正书,开元十五年正月五日。唐临高寺重修瞀碑,常允之撰,常演之行书,开元廿五年四月廿六日,河南阌乡。唐韩昌黎书千岩表,无年月,萧丙堃重摹,广东阳山。宋同中书门下平章事魏公成信神道碑,正书,洛阳,大圣六年九月。宋重修北岳安天王庙碑,王禹偁撰,黄仲英行书,葛湍象额,淳化二年八月,直隶曲阳。宋少保威定公王德神道碑,傅雱撰,杨畴正书,额正书,绍兴廿五年九月,上元钟山。唐刺史柳造尊胜陀罗尼经幢,八面刻,曹诉正书,《两浙志》考为柳韬,咸通十年,鄞县阿育王寺。唐僧文鉴等造陀罗尼经幢,僧契元正书,吴县包山,会昌二年九月八日。唐元澄卢恒裴信等题记,行书,大历八年十二月三日。宋题永州淡山岩诗,黄庭坚,政和六年九月,湖南零陵。宋颜鲁公仙真记,米黼正书,刻在祠堂记碑阴,洛阳。宋泷冈隆阡表,欧阳修撰,额正书,熙宁三年四月,江西庐陵。碑阴世次图。宋李英公碑阴记,游师雄撰,元祐四年二月六日,陕西醴泉。宋郑会龙题蒋诗翁故居诗,行书,咸淳。宋劝农事□□提刑屯田员外郎李劝农文,龙隐岩沙门□□上石,嘉祐六年六月一日。宋南山顺济龙王庙记,黄庭坚撰并行书,元丰癸亥,淳熙己亥立,浙江钱塘。宋□□谢表,正书,开庆元年。宋净土寺宝月大师惠深札子，正书，河南巩县，元丰七年二月。宋曾公岩华阴杨捐题名，正书，广西临桂，宣和七年六月十日。宋常恭题名，正书，广西临桂，淳熙元年。宋延平邓公衔等题名，行书，广西临桂，建炎戊申二年。宋张仲宇桂林盛事记，梁材正书，额分书，广西临桂，绍兴廿九年七月。宋吕愿忠访颜氏读书岩诗，分书，广西临桂，绍兴甲戌即廿四年。宋中隐佛子岩福缘寺修造记，沙门祖华记，行者惠通书，乾道九年，广西临桂。元蔚州杨氏先茔碑铭，赵孟頫文并正书，至治元年十一月廿七日，直隶蔚州。元长兴州修建东岳行宫记，孟淳撰，赵孟頫书，元祐元年四月，浙江长兴。元理公岩记，周伯琦撰篆书，浙江钱塘，至治十八年二月，后有明人叶彬跋。元王妇殉节记，李孝光记，秦不华篆书，四明王永仁刻，至元十四年。元卢挚玩鞭亭诗，行书，周于镇跋，大德丙午即十年，芜湖学宫。唐诗圣杜拾遗象。韩瑜抚南薰殿本①。

**十八日(7月8日)**　覆汪筱岩书，并寄六十生日寿诗。

覆徐行可书。谢赠影钞明本《山窗余稿》(余干甘复)，钞本《新坂土风》(海宁陈鳣)，覆赠《闺秀词》《怀邠杂俎》。

**十九日(7月9日)**　余峙莲来谭，交慈幼院公函，请魏梅荪为院长，沪会加推妙莲、心净二师王幼农、庞性存、钟叔进、夏辅宜、邓璞君、方峻生为会董，并遴派任心白君充事务主任，当即盖章。

峙莲以屯冒汽车路公司宣言书并股份章程请商程霖生附股。

至大生纱厂，询垦牧公司股票价值。

覆缪子受书。拟代售垦牧股票。

至商务书馆，送任心白行。

至商务书馆发行所，付五种预约券价六十四元八角，收商务书馆代售书价壹百零七元五角。

至古香斋，付瓦、扇、笔筒、笔阁、金石拓本价廿二元。又取：唐玉璺。索洋八元，付讫。伪。

---

①　本段中所有“□”均原文如此。

晚,至都益处贞元会。

俞寿丞告我,岳阳北港茶较君山茶味佳。

至中国书店,取《田间集》十卷。钱澄之,康熙刻本,洋十二元。

河南估客有"广武将军任千秋印"八字玉印,鹰钮。

**二十日(7月10日)** 以商务书馆新印《佚存丛书》赠刘慧之。

同淑畹、定君观忆定盘路地址。

**廿一日(7月11日)** 中华图书馆协会来函,以会章第三条第四项推举为名誉会员。凡于图书馆学术或事业上著有特别成绩。执行部长戴志骞,副部长杜定友、何日章。总事务所北京石虎胡同七号,分事务所上海。

覆吴舜臣书。函告另送兴和族祖奠分廿元。志书款预备汇七八千元存沪。附覆志馆函。请转告芷青经理,银钱及收发稿件请举人负责。

覆南陵县修志馆书。询时局不靖,志书能否付印,覆沪市已开,可请人来经理接洽印局议价。

覆陈清源书。函告已同刘旅长、戴会长商定修理账单,刘认油漆等五十二元〇,余木瓦等工六十余元由我处认。房租按月付。

覆许苓西书。约九时到徐家,辞不赴。

**廿二日(7月12日)** 至中国书店,赠陈乃乾伊墨卿所书《汪容甫墓碑》,又赠秦曼青、伊墨卿书《隋炀帝陵》《汪容甫墓》二碑拓本,又为恽季申定《汪氏丛书》预约券。洋八元一角,廿七日付讫。

至翁朗店,购:付洋十元。《新编东游记》。荥阳清溪道人著,凡一百回,康熙己酉世裕堂主人题序。大旨南印度国有不如密多尊者,继达摩老祖发愿普度众生,阐扬宗教,自南而东,化及有情,一归善道。

覆周梦坡书。梦坡赠新著《浔溪文征》、新刻史忠正答摄政王书并杨节愍画象石墨,又昭庆寺各家书《金刚经》拓本。杨为史忠正委署运司,同时殉难,史书、杨象,梦坡拟将刻石送扬州史公祠,嵌诸壁间。

覆陈劭吾书。劭吾托购无锡秦刻《醴泉铭》十分。

致恽季申书。附代定中国书店《汪氏丛书》预约券,券价八元一角,廿七日收交陈乃乾。

覆世珍族侄书。欧阳少白定中华图书馆印《司法法令判解分类汇要》预约券,托查出板误期。

覆盛彝斋书。刘耀廷名冠瀛,南陵商会会长,请书楹联。

致吴舜臣书。附盛彝斋、世珍侄两覆信。

**廿三日(7月13日)** 访周梦坡谭。

至古香斋,晤黄朴存。

至大生纱厂,晤寄尘。

至蟫隐庐,借陈寿卿铜竟拓本十二种。

**廿四日(7月14日)** 潘兰史来谭,留集册索题,赠古竟拓本十种、顾二娘砚、虎邱塔铃、铜版曼倩酒牌、张翰之印、石家侍儿两铜印铃拓本。

覆邹景叔书。瓦当廿二种,一百卌一元认购。

为刘耀廷书联,寄舜臣转交。

朱警辞索书隶屏一幅。

王耄生索书诗屏一幅。耄生名家棨。

晚,至来青阁。

**廿五日(7月15日)** 访余寿平,因病未晤。

访李仲帅、鲍子丹、鲍承良,亦未晤。

晤李木公,观所藏古玉。

邹景叔来书,并带钩七枚,当覆书,交洋壹百五十元,送中国实业银行营业潘如秋转寄杭州:军曲钩,嵌银丝纯绿,四十元。君宜高官钩,红绿,袁寒云旧藏,三十元。司马君钩,驺虞形,红绿水银里,赵疏庵旧藏,三十元。簠敀钩,纯绿,二十元。五月五日钩,刻文,二十元。卯长钩,五元。印钩。五元。

至中国书店,取带钩二枚,索洋廿元:付讫。丙午钩,嵌银丝。丙午保身钩。刻文。

胡朴安来书,赠《国学汇编》两部。

致缪子受书。垦牧股分。

至古香斋,观五朱小铜熨斗。

**廿六日(7月16日)** 覆胡朴庵书。谢校龙氏《古韵通说》并赠《国学汇编》二部，覆赠《怀邠杂俎》《天游阁诗集》。

寄陈绳夫《徐公文集》。甲子印本。

**廿七日(7月17日)** 至古香斋，取《校官碑释文》。

晚，至都益处贞元会，祝恽眉卿生日。

同刘健之至来青阁。

**廿八日(7月18日)** 刘次羽来，交阅校《绍兴同年录》。

购李振唐书十九种，付洋廿二元四角：《感逝集》四册，叶廷琯，光绪六年潘祖荫刻本，三元二角。《保甓斋文录》二卷，仁和赵坦，嘉庆庚午刻本，八角。《谈艺录》一卷，吴郡徐祯卿，孙馨祖重刻本，八角。《顾曲录》四卷，山阴谢嘉玉，嘉庆十五年刻本，一元。《遂启諆鼎考》，叶志诜，平安馆刻本，四角。《赐书堂诗稿》四卷，海阳翁照，康熙乙酉刻本，四角。《花南吟榭遗草》女史叶令仪。《绘声阁初稿》，女史陈长生，四角。《肖轩稿略》二卷，经川赵善政，道光刻本，八角。《游笈集》七卷，歙江兰，乾隆庚辰刻本，五角。《荔园词》二卷，德清徐本立，同治十年刻本，五角。《玫瑰香馆词钞》，桐城许维翰，附《陶诗集律》《古衔楼梅花律白》，光绪辛巳刻，三角。《华阳金仙证论》，乾隆刻本，七角。《校汉书八表》八卷，夏燮，光绪庚寅刻本，三元。《纪元通考》十二卷，秀水叶维庚，同治辛未重刻本，二元八角。《桃源洞天志》一卷，兰岩休辑，乾隆甲戌刻本，七角。《九疑山志》四卷，知宁远县吴绳祖编，嘉庆元年刻本，八角。《孤屿志》八卷，陈舜咨，嘉庆刻本，二元四角。《青原山志略》，施闰章补辑，十三卷。青原在庐陵。康熙刻本，七元六角。《西域记》七卷。长白七十一著，嘉庆十九年刻本，一元二角。

昨至大生，付大丰息洋二百元。

李季皋赠《畿辅通志》。

覆陈绳夫书。五月廿一日寄来影钞宋本《四灵集》。

覆缪子受书。收到缪石记通海垦牧公司股票十股息折、分田证，寄推据签字。

覆吴舜臣书。兴和族祖来信，谱事无一定办法，只好不复。卖稻一百石，又淑畹二百石，每石三元四角。托买《大悲咒》五本，五色线二元，《大悲咒》四元七角五分。

**廿九日(7月19日)** 购李振唐书七种，洋八元：三十日付讫。《微云仙馆词》二卷，梁溪秦裔章，咸丰十一年刻本，洋一元。《秋江集》六卷，董任，乾隆刻本，洋一元。《香雪文钞》六卷，天都曹学诗，乾隆十年刻本，二元四角。《直庐集》八卷，曹文植，乾隆六十年刻本，一元。《听雨斋诗集》十二卷，南城吴照，乾隆甲寅刻本。《麦浪园女弟子诗》，新安胡履春序，道光廿五年刻本，六角。《曼陀罗寱词》。沈曾植，商务书馆活字本，四角。

致陶子麟书。请再印《宝祐登科录》样本。

晚，刘葱石、章静轩、吴寄尘来谭，葱石拟组织大生三厂借银团。

**三十日(7月20日)** 昨王叔僩来交书目，拟向刘慧之在银行押洋四千元，今往商，不愿押，属婉致。随答拜叔僩，告之。

访朱古微谭，赠新刻《彊村语业》二卷。

至大生，晤黄光益，商售通海垦牧以司股票，并答拜章静轩。

至水泥公司，晤刘鸿生。

覆李振唐书，留书七种，付洋八元，退书四种。

吴舜臣汇来稻洋壹千元。内淑畹六百元。

函复水泥公司，召集股东会拟先期登报，如遇特别事故发生，再行改期，所议亟所赞同。

致吴舜臣书。收到汇来稻洋壹千元。寄五色线二元。寄商务书馆《大悲咒》四元四角五分发票。

至古香斋，观玉璧、碧玉。玉琮，佳。又观五铢铜范。

至锦文斋，取书二种，价洋十三元：初五日付讫。《李于鳞批评注释草堂诗余隽》四卷，吴从先汇编，袁宏道增订，何伟杰参校，临川毛伯丘兆麟序，师俭堂萧少衢依京板刻，明刻本，洋十元。《阳宅神搜经心传秘法·杨公来路玄空烟火活法·凿井图经》。唐李淳风，明吴勉学刻，洋三元。

## 六月

**初二日(7月22日)** 至法界吉祥街吉如里汪六吉，购汪本生料半次等。十八刀,每刀二元五角。共付洋四十五元。又力四角。

午刻,赴陈乃乾一枝香之约。

拜余节高、刘逊夫谭,戴孟瞻、李木公未晤。

陈乃乾赠新印《滂喜斋藏书记》。

秦曼青赠新印《汉石经残字》。

周梦坡来书,赠《天童山玲珑岩碑》,又属题严氏《三世耄耋图》。

购李振唐书三种,付洋四元八角:《汉唐事笺前集》十二卷《后集》八卷,元朱礼,咸丰四年商孙墀璜重刻,二元。《桐华吟馆诗稿》八卷《词稿》二卷,金匮杨揆,原刻本,二元。《清贻馆遗稿》二卷。宿松石葆元,道光己酉刻本,八角。附《朋旧诗文存》。

**初三日(7月23日)** 刘健之、李凤池来谭。

晚,刘健之约至一品香西餐。

同健之至来青阁、集粹阁、味古精舍。

**初四日(7月24日)** 昨接缪子受书,寄来推据,今日至大生,同黄光益、潘华封议定将垦牧十股股票分田证、息折、推据等交付,收银四千一百两。

接章希瑗书,询余寿平病,当往视节高告之。希瑗因前有函询张家喜期事也。

至忠厚书庄,知李紫东在宁新设书店,并取:《广会稽风俗赋》,陶元藻撰,翁元圻注,乾隆丁未刻本。《简庄集》十二卷。陈鳣,嘉庆十年士乡堂本,凡缀文六卷、对策六卷。

至中国书店、医学书局、古香斋。

覆陈劭吾书。中国书店《朱文公集》已售出,施刻《十三经》王丹揆主持,如要,中国书店可照预约价相让。

覆许从叔书书。寄翁书《金刚经》四册。

覆劳吉六书。同刘逊夫接洽荐税所事。

**初五日(7月25日)** 张瑞生来谭。

覆邹景叔书。续寄残瓦拓四种,增价四元。寄来二鼎、一镫、二玉拓本。

购李振唐书，付洋二元四角：《金氏于喁集》三卷，王豫选，嘉庆癸酉刻本。《槐馆传经图》，瑞昌王氏言编刻，嘉庆间刻本。《心经·阿弥陀经》，南城邓暄辑注，嘉庆丁卯刻本。《永嘉四灵诗钞》。吴之振选，日本文化乙亥刻本。

周梦坡初十娶孙妇，送红绸幛、烛。

晚，至来青阁、校经山房。

至大中烟公司，购亨白五十支平头。二元五角，老美女牌一百支长枝。四元，冲蜜腊烟嘴，六角五分。

**初六日（7月26日）**　答拜张瑞生。

贺李伯行生日。任心白来，未晤。

**初七日（7月27日）**　访李拔可、任心白谭。

至盐业银行，汇缪子受洋五千三百元。扣汇水十六元。

覆缪子受书。

覆章希瑗书。告余寿老病状。

覆罗子经书。沈姓有四尺加重料半十三刀，每刀三元，五尺料半十一刀，每刀四元三角，托销。

覆任心白书。以程霖生神功济泉水一箱代助江苏监狱感化会。

刘沂生交帐来阅，缴洋壹百陆拾五元。入家用。

**初八日（7月28日）**　购茂和雪茄烟五十一元五角。

覆王雪岑书。借夏燮《校汉书八表》六册。

刘健之来谭。

**初九日（7月29日）**　巴西人来购泥人一对，净收洋一百八十元。十一日收。

晚，李季皋约一品香西餐，赠陈邦彦所书福字刻丝幛，答前赠《畿辅通志》也。

刘慧之来，未晤，答拜，亦未遇

**初十日（7月30日）**　拜刘慧之谭。

拜李振唐，取书一种，价洋四元：《考工记通》二卷。明宣城徐昭庆辑注,梅鼎祚校阅,明刻本。

至汉文渊,取程鸿诏《有恒心斋诗文集》,选诗入《安徽诗征》。

贺胡朴安嫁女,赠洋拾元。

贺周梦坡娶孙妇。

陈绳庵来书,寄赠孙琴西《逊学斋文钞》。

安徽驻沪劳工总会来函,总务主任洪本夷,文书主任梅国桢,经济主任高福全。请接济工人,并推代表唐品三、刘醒吾来见。附代电。住辣斐德路停云里四一号。

**十一日(7月31日)** 仟子木来谭,王云轩家琴池内有,□武元年苏国□斫[①]。当系明琴,价四百元。取余家韩文公琴去阅。

刘翰怡来书,赠新刻邵二云《旧五代史》,并索题《崇陵种树图》。又以《前汉书》,查系宋福唐郡庠刻明修本,丁氏《善本书室藏书志》著录。《后汉书》,宋刻本,莫子偲据湘乡曾氏藏前书定为元刻本,瞿氏《铁琴铜剑楼》著录即此本,口有淳祐、乾道等字挖补。《通鉴地理通释》嘉庆丙寅江宁藩库重刻《玉海》附后十三种本。相示,属为考定,当作书复之。

覆缪子受书。属寄南通公债票。

购古香斋明铜熏炉,洋三十二元。付讫。

刘逊夫之庶母傅氏殁于同善堂,往吊之。

王叔用、王竹斋昆仲晚约鸿运楼酒叙。首坐王伯宣,许静仁之婿。

李紫东来谈,北京琉璃厂述文堂张秋山买书,可径寄,当付白纸正续《随盦丛书》二部,每部十三元,共廿六元。宣纸《玉台新咏》二部,每部八元,共十六元,外套二付,洋五角。竹纸《郋斋丛书》二部,每部五元,共十元。交来青阁邮寄。邮费八包计一元六角,又纸、绳、车力四角。

**十二日(8月1日)** 晚,挈崇、永两儿游大世界。

**十三日(8月2日)** 王聘三来谭。询印书、购纸情形。

致北京述文堂张秋山书。寄书三种,实洋并邮费共五十三元一角。

---

① 本句中"□"均原文如此。

购古香斋各碑，洋六元：付讫。唐峿台铭，元结撰，瞿令问书，篆书，末有山谷老人题字，大历二年，湖南祁阳。唐樊兴碑，正书，道光间拓本，永徽元年，陕西三原。北周光州刺史宇文公碑，正书，无年月，山东掖县。元英济王碑，冯子振撰，赵子昂书，俗名三绝碑，江苏甘泉三元巷关帝庙内。宋吴琚观焦山瘗鹤铭诗，淳熙甲辰，丹徒焦山，各家未著录。宋吴琚心经残石，今石毁于火，丹徒焦山松寥阁。汉仓颉庙碑，八分书，延熹五年，陕西白水。宋重修唐李太尉祠堂记，王晢撰，张大中正书，皇祐元年，陕西富平。唐八关斋会功德记，颜真卿撰正书，大中五年，河南商邱。唐王审知德政碑，于兢撰，王倜正书，天祐三年，福建闽县。唐状嵩高灵胜诗，尉迟汾撰，正书，附宋王绅题名，熙宁丁巳、大和三年，河南登封。宋龙井山方圆庵记，僧守一撰，米芾行书，元丰癸亥，明万历重刻，浙江钱塘。唐王剬造陁罗尼幢，刘镛正书，咸通四年，福建龙溪开元寺。唐李家村金刚经幢，蒋图撰序，张贲行书，天宝七载，陕西西安。唐王用为妣沈氏造楞严经幢，凌渭正书，大中十一年，浙江归安。唐福先寺西律院陁罗尼幢，正书，咸通七年，河南洛阳。唐李朝等造陁罗尼幢，正书，贞元元年。唐殿中丞郑惟几造观世音大悲陀罗尼经幢，无年月。金善妙造先师和尚石塔幢，正书，正隆二载。辽云居寺前管内都纲遗行记幢，正书，天庆二年。唐石灯台颂幢，张尹文，男希雅正书，天宝十一载，直隶元氏。唐永泰寺西陀罗尼幢，正书，无年月。唐尊胜陀罗尼幢，正书，无年月。北齐文殊般若经，有象，象左右有"文殊般若"四字，无年月。金刚经偈，孤子吕邦卿书，年月泐（当在唐），后有宋熙宁四年题名。唐王永明造陀罗尼幢，正书，开元十九年，河南巩县。道德经残石，广明元年十一月，宋南诏段素英纪元。灵符二十四道残石，无年月。唐张对墓志，乾封三年。元赵孟頫书碑，末有"大普照寺□□①禅师臣僧福清"一行。汉侍御史李公之阙，八分书，即李业阙，无年月，在四川梓橦李公祠。汉武梁祠画象二残石，何馈一石，比目鱼一石，皆光绪庚辰出土未刻字前拓本。秦泰山二十九字，孙星衍属，严可均摹刻，德州学高贞碑阴。

---

① 原文如此。

杜拾遗象。重抚,南薰殿本。

至中国书店,取书:《河间府志》二十卷,胡天游等编辑,乾隆廿五年知府杜甲修本,八元。《象山县志》二十二卷附《文类》二卷,冯登府总纂,道光甲午知县童立成吴锡畴修本,十二元。《订讹杂录》十卷,胡鸣玉,康熙五十八年查如埙校刻本,四元。《诗存》四卷《观剧绝句》一卷,金德瑛,乾隆三十二年刻本,五元。《恩福堂笔记》二卷,英和,道光丁酉刻本,洋八角。《竹书纪年考证》,湘潭张九镡,洋一元。《无悔斋集》十五卷。钱塘周京,乾隆壬申刻本,洋二元四角。

至程龄孙处,告李府喜期系八月廿三日,因历本去年所刻有误。

十三日晚,唐耕余、蒋穀孙约一枝香西餐。唐名家庆,蒋孟蘋戚。

至文成隆记,取连史纸样。文育盖加十二两五钱,文育京庄十三两五钱。

**十四日(8月3日)** 答拜王聘三,未晤。

沙庆余取溜金犬镇纸。收回。

致李振唐书。拟购售书。

至褚礼堂处谭,并以藏钩请其鉴别。

刘健之、任心白来谭,拟为李季皋商购唐韩文公琴。

晚,同健之至席少卿处谭,将汉元兴镜携回。检旧藏瞿木夫、端忠敏所藏详校,即《匋斋吉金录》著录之第一镜也。当是吴兴陆氏所藏,匋斋借以入录。

又至陈炳泉家,晤李木公。

**十五日(8月4日)** 王聘三先生来谭,同至文成隆记,订购文育盖加连史三十二件,每件十二两四钱。聘老先付定洋壹百元。

谒梦华年丈,谭四川振务。

至陈炳泉处,观新得纪元镜三枚:一太康镜,最佳;一永安镜,次之;微损。一黄□①。武,次之。未知是建武,抑章武、黄武也(旧题"建武")。

---

① 原文如此。

炳泉原购陆叔同八百元，索价一千五百元，当还价一千二百元。廿三日取回。

至中国书店，晤朱骏夫、胡朴安，当取书一种：《牡丹亭还魂记》二卷。明万历歙朱之镇较，玉海堂朱衙藏板，清远道人序，图精。洋四十元。

至味古精舍，还元兴镜，告以即《匋斋吉金录》著录之弟一镜。

晚，至丁价侯处谭，梦老办川赈，价侯愿助三千元办三县，如办六县，加助三千。

月食。

覆邹景叔书。天帝使者玉印，褚礼堂云伪刻。

覆陈劭吾书。秦刻《醴泉铭》已向苏州代觅。附王聘三重印《格言汇编》书目。

覆顾鼎梅书。鼎梅赠其尊人《勴堂先生日记类钞》，并告其世兄不能就葱石编碑目事。

致刘葱石书。附鼎梅讯。

**十六日(8月5日)**　沙春余、汪先后来。

覆周梦坡书。谢赠天童玲珑岩甲寿经碑记，并为严载如题《三世耄耋图》。

覆安徽同乡会书。题汪莲石象赞。

覆任子木书。送来琴价四百元。

**十七日(8月6日)**　晨访俞寿丞，未晤。访李拔可、任心白谭。

购李振唐书，洋四元七角：十八日覆书送洋，并退还他书。《敬堂遗书》，万载辛绍业，嘉庆丙子刻本，二元，《冬官旁求》二卷，《易图存是》二卷，《律吕考》《九歌解》各一卷，《诗稿》二卷。《金刚经注·心经浅说》，正定王定柱，道光廿六年徐佩荣重刻本，一元。《云左山房诗钞》八卷，林则徐，光绪丙戌刻本，附《诗余》《试帖》，一元。《池上姚氏诗钞》四卷。贵池姚瀚辑，同治刻本，七角。

拜冯梦老、刘翰怡、丁价侯谭。拜梦坡，因病未晤。

赵叔孺来，未晤，留书元椠《断肠集》书衣、《吴越西关砖塔藏经》

卷引首。

程龄孙来，未晤。

至味古精舍、博远斋。

**十八日(8月7日)** 同丁价侯至梦老处，谭放川振。

覆吴舜臣书。子丹并未函复兴和族祖，草谱交至我处，并在沪刷印，附寄来字。

**十九日(8月8日)** 至李拔可处谭。拔可函告刘鸿生忆定盘路地基让价每亩四千六百两，今请拔可告鸿生即照此价。

覆章希瑗书。余、张喜期提前，节高不允，主持。

覆劳吉六书。附致逊夫书，荐其子正祥。

致刘逊夫书。荐劳正祥。

致夏辅宜书。询桂仲庚住址。

余节高来，以希瑗书商提前喜期，节高未允。

**二十日(8月9日)** 昨晤程霖生，谈李府喜期改后一日，已允，今往告季皋。赠程霖生《岩镇志》。

访郑苏堪谈，日内赴行在，进讲《通鉴纪事本末》。

连日报载，清室善后委员会反对阁议，通过警厅保管清室各产，发表七月三十一日下午弟一组点查。养心殿点至吕字五六五号时，发现秘发文件内有康有为、江亢虎、金梁等亲笔函折及升允、陈夔龙等奏折，皆系去年旧历正月至五月时事，中有密谋复辟之种种计画：若何游说军阀，若何招揽人才，若何联络外国，若何筹集款项，若何避人耳目。由组长司法部员吴承仕提存委员室拍照传写。

海门税所倪子乔育万。来，未晤。

冯蒿丈来，亦未晤。

晚，李伯老约酒叙，坐有汪幼农、许剑屏。同时，刘镜清亦约陪陈贵阳师酒叙，辞不赴。

**廿一日(8月10日)** 刘逊夫请致沙健庵书，为之绍介，当作书复之。

致沙健庵书。绍介刘逊夫。

淑畹视李五老太太疾，伤足归，急延寿颐室闵君伤科，又延牛惠生、林洞省医治。

**廿二日(8月11日)**　答拜倪子乔谭。

刘逊夫自南通来谭。

杨云史来书，托备幛、筵、烛，代送李伟侯母朱侯太夫人，当为备绸幛、六元，外款、字。筵、八元。烛二斤。送之。

寄志赞希母他塔拉氏。赵太夫人绸挽幛。

送李伟侯母朱侯太夫人绸幛、烛。

**廿三日(8月12日)**　刘健之赠四川碑，又襄阳唐志全分：后出。唐万州报善寺主觉公纪德碑，宇文鐬述，正书，元和十二年，四川万县。宋南浦黄廷坚题名行书，四川万县鲁池(孙录在忠州，误)，建中靖国元年二月。碧落大天帝符，无年月，四川。宋花蕊夫人费氏宫词残石，嘉庆周石兰摹本，四川涪陵。唐襄阳出土墓志十七种。

访蒿老，交川振洋四百十七元。内自捐及淑畹各二百元，绮女十元，定君暨儿女辈共七元。

覆陈绳夫书。谢赠孙琴西《游学斋集》，请勿钞宋刻《客亭类稿》，并勿用乾片影印，能钞《玉海楼书目》即幸。尊说当留意。

覆张祝秋书。请题《永嘉四灵集》刻板篆文一行，又请题《断肠集》盒。附沈守知回书。

覆杨云史书。托备礼送伟侯太夫人，已代备送，附缴谢帖存，使力二元、幛六元、款字六角、筵席八元、烛六角零。

至陈炳泉家，购纪元竟三枚，今取归。廿四日付价一千二百元。

**廿四日(8月13日)**　昨李拔可来，并送致刘鸿生书云，忆定盘路地基出价每亩四千六百两，拟先付银若干，余款俟图成结算，并给准许建筑字，今日付快邮寄至九江，并作书覆拔可。七月十四日拔可交来鸿生覆电，积老事遵办，电在汉口发上海，时拔可又去京未回，故展转至今。

致陈一甫书。询印《格言汇编》事。

致刘十枝书。询印《格言汇编》,覆书附印十部。

覆陈劭吾书。附印《格言汇编》十五部,寄中国书店临时书目。

南京经古舍张估希伯。寄唐、金二志拓本:唐逸人乌善智墓志,天宝十载。金田仲元先考讳裕灵榇记。大定二十年。

至陈炳泉处,付镜价一千二百元并释文:

吴黄武竟;黄武六年五月壬子四日癸丑造作,三(令)之宜壬且(癸),服竟之人□寿□,子孙众多,(悉)为公卿,□□□□□□□□□□□□□□①。宝瑞臣、刘铁云均有此竟,陆存斋以为建武,误。

吴永安竟;永安元年造作,明镜百湅正铜,服者老寿,作者长生,家有五马。

晋太康竟。太康元年八月七日丁卯拜作,此竟服之者寿,百世子孙相保,天下太平,竟当万年也。

**廿五日(8月14日)** 王聘三来谭,询订工。

吴寄尘来谭,交阅退老来信,询余府吉期提前事,并借《御选唐诗》三册。

答拜潘兰史,交题金石拓本册。

答拜许苓西谭。

致桂仲庚书。询戈登路地价。

致刘葱石书。组织三厂退老致书,寄尘甚愿。

致刘健之书。赠《虞阳说苑》。

**廿六日(8月15日)** 刘葱石来谭。

吴寄尘、李同来谭。

拜俞寿丞、王聘三、李凤池谭。凤池拟与寿丞联姻,王聘三系购纸印书。

至中国书店,交影宋残本《永嘉四灵集》并石印本,请陈乃乾转托董授经处胥人影钞。

---

① 本段中"□"均原文如此。

刘健之来谭，并钞示宋嘉祐二体石经，为其所藏，以与丁俭卿藏相校，丁藏归刘葱石三十年矣。丁存字三万余，多《周礼》《孟子》。此亦有二万四千余字也，《周礼》四十八页一册，《尚书》五十六页半一册，《毛诗》五十三页一册，《春秋》十一页、《礼记》卅二页半共一册。现拟出售，并有宋高宗御书石经，共八十五册，缺《诗》一册。稍旧拓。石在杭州。

致刘葱石书。董授经所钞《西厢记考》三叶附寄，并告寄尘来谭，向渭滨证明借款。

**廿七日(8月16日)** 吊李伟侯母朱侯太夫人。

至中国书店，晤胡朴安谭，朴安为南方大学教授，时教职员否认江亢虎为校长，组织校务维持会也。

至大生，晤吴寄尘谭。

闻李振唐殁于医院。

至古香斋，付明拓孔宙、孔彪二碑均何蝯叟藏。价洋柒拾元。刘健之云值洋孔宙约二百元、孔彪约一百元。

晚，赴都益处贞元会，祝朱峻夫生日。

同刘健之至味古精舍、博远斋。

**廿八日(8月17日)** 邮政局今日罢工。

昨接丁价侯函，交来川振实业银行支票洋三千元，属转交冯蒿丈，并云振款不敷，如需筹垫，俟函到再行遵办，今将洋票并蒿丈及到时筹垫情形。

至中国书店，晤陈乃乾。

至古香斋，取汉鱼盘，议定价洋十五元：七月朔日付讫。双鱼盘。文曰“富贵昌宜侯王”。

至棋盘街商务印书馆。

吴荣辉今由宁回，晚返通。廖家巷宅已售出，二千五百元。

马兰生昨由通来视其姊，今晚亦回。

晚，至丁价侯处谭，交义振协会三千元捐款收据。

## 七月

**朔日(8月19日)** 访王聘三,告附印《格言汇编》数目。陈一甫一百三十部,陈劭吾十五部,恽季申三十部,李伯贞、刘健之、刘十枝各十部。

访葱石谭,寄尘所说周渭滨三厂认十万,俟各款齐再面接洽。《西厢记》陈乃乾转假董绶经,非卖品,售书预约登报,可出公鲁径向乃乾商办。

包君纯一持桂仲庚覆书来,戈登路地基张咏霓出为转圜,同时又接桂旺之、夏辅宜来书,云与市价较廉,即可推让,亦不便过于吃亏。咏翁力任帮忙,再得居中斡旋,必可解决。当将来函交价侯一阅,价侯云从缓再说。

至古香斋,付汉双鱼盘价洋十五元。

访任心白,知李拔可去京,即请心白函拔可,催陈弢老书联,又告《天游阁》售价不能减缘由。

昨,约马金涛至镇江大照公司取股息。今日已取回,并代取蒯和记息,随交绮女送蒯夫人。

**初二日(8月20日)** 前日约马金涛至镇将款取来,今分存实业银行、先施公司各一千元,余二百廿元取回。

覆陈一甫书。附印《格言汇编》一百卅部,一甫拟再印《荆园小语》五十部。

覆桂仲庚书。

覆夏辅宜、桂旺之书。

至古香斋,取五铢范,十四日议定价洋三十元,十五日付。疑伪。玉龟。初四日议定价,付洋廿四元。

**初三日(8月21日)** 张希伯来,购碑,洋二十元:水前拓五石本梁《瘗鹤铭》,沈韵初、刘铁云旧藏,皇字、华字未损。魏中书博士子真卢公夫人太原李氏圹志,神麚五年,按无五年,是年改元延和。张行密志,贞观十六年,扬州出土。唐高进臣买地记,元和九年九月廿七日。齐张起墓志，天统元年，《校碑随笔》云石不知所在。唐本愿寺三门之碑。北崇福寺沙门邈文，缺年。

晚至程秉泉家闲话。李木公、席少卿在坐。

致任心白书。商务书馆寄售书事。

**初四日(8月22日)**　电合肥李叔岩，告大女伊母足伤已痊。

覆程云岑书。寄天启竟拓本，索价一百元，辞之。

覆陈绳夫书。拟购美浓纸。

晚至古香斋，付玉龟价洋廿四元。

又至博古斋，柳元龙赠新印《金刚经》《大悲经》。

又至锦文堂，观明万历本《唐伯虎集》四卷，嘉靖本只二卷。有《外集》《纪事》，议价十六元，未谐。

**初五日(8月23日)**　挈崇儿至古香斋、中国书店、古玩市场。

送潘伯矩母何夫人呢幛。

吴蝶卿为子娶妇，送红冲华丝葛幛。

刘次羽来谭，校《宝祐登科录》《绍兴十八年同年小录》毕，交还各本。

**初六日(8月24日)**　校《元统元年进士录》刻样毕。

晚，同刘健之至陈秉泉家小坐，李木公亦来。

**初七日(8月25日)**　章希瑗、单少堂先后来，旋答拜谭。

覆吴舜臣书。子丹答复祠堂修谱事纠葛。

覆大太太书。询内子伤足情形。

覆郭品翰、礼征书。收到息折息款。

函胡朴安，以戴氏《尔雅郭注补正》假之。

晚至古香斋，观一方鼎、字疑伪。二爵。同文。至来青阁，观《近思录》，寿祺云宋本，实明初刻也；又取阅王椒畦学浩。诗集八卷，道光刻本。因价昂退还。

**初八日(8月26日)**　大女汇来洋捌百元，为存中国实业银行往来折。

约章布瑗、单少堂、刘健之、余节高、沈燕谋一枝香午餐，共用十二元四角。

李元之今日回扬州。

至中国书店。

晚，余节高约酒叙，寿老扶病出谭，神志尚清，希缓商张府喜期，可圆满解决。

**初九日(8月27日)**　赵叔雍来书，赠新刻况蕙风《词话》五卷《词》二卷。

晚赴都益处贞元会，补祝恽季申生日。

周梦坡赠浙江文润阁癸亥钞补《四库全书》本《金石经眼录》一卷。褚峻摹图，牛运震补说。

至来青阁，购八月初三日付价讫。《易画轩诗录》八卷。昆山王学浩，道光甲午刻本，实洋八元。

同健之至陈秉泉家闲话，木公亦来。

至古香斋，见有持岳忠武印钤本，题跋甚多，索价一百二十元。

**初十日(8月28日)**　覆赵叔雍书，赠《闺秀词》并《词钞》三十册。

寄陶子麟书。寄校《元统元年进士录》刻样书衣一叶。

上海水泥公司三时董事会。刘鸿生已由九江回。

贺吴蝶卿娶子妇之喜。

约牛惠生来为淑畹治足伤。已诊四次。

马兰生书来，逊甫已派丰利坝税务分所。七月初二日到分所。如皋三大卡之一，共派三司二扦。

覆赵叔雍书。赠《闺秀词》三十册。

覆张祝秋书。告冯嘉锡常务董事，如须绍介，当托吴寄尘转致。

致李拔可书。询内子伤足，弢老书联。

**十一日(8月29日)**　郭礼征书来，汇董事花红甲子年余利提半成，计一千五百九十六元，十股派。洋壹百五十九元六角。创办人张季直，恽禹九、郭品翰、郭礼征、郭肖霆董事，监察人刘葱石、周梅泉、徐积余、丁价侯、苏文卿。

陈一甫书来，汇洋壹百元印《格言汇编》，又为陈西甫加印十部。书成交金伯屏由便船带津。

至古香斋，购万岁富贵瓦。洋四元，十四日付讫。

至中国书店，取《清皇室四谱》。壬戌丹阳唐邦治辑，癸亥活字本。丁巳年吴昌绶著有《四考》较简，附《年表》一卷，吴、唐均清吏协修。

致刘逊甫书。荐刘文魁。

覆刘葱石书。三厂组织督行停顿。经幢留意。《西厢记》稍迟设法商借。

覆郭礼征书。收到甲子花红一百五十九元六角。

覆陈一甫书。收到《格言汇编》书价一百元。

**十二日(8月30日)**　访王聘老，付印《格言汇编》洋二百元，又以《定林访碑图》卷乞题。初一日题成。

二时，华商水泥公司股东会，改选董事、监察人，顾丽江报告营业情形。余以杨奎侯报告帐略(截至十四年三月卅一日止)。监察改董事。董事十一人：刘鸿生、朱葆三、李翼敬、李拔可、张效良、刘吉生、谢仲笙、张退庵、杜家坤、韩芸根、徐积余；监察三人：夏剑丞、杨奎侯、赵文焕。董事任期二年，监察一年，每年夫马费二百元，分花红。

今日段执政令冯玉祥督甘、孙岳督陕、姜登选督皖、杨宇霆督苏。

**十三日(8月31日)**　闻蒯若木得子，作书贺之。贺礼续寄。

致杨云史书。瑞年、吉孚两甥电告大妹病愈。

致缪子受书。请向李一山索赵飞燕玉印钤本。

覆刘葱石书。石幢、书箧、《西厢记》。大生三厂。

**十四日(9月1日)**　至先施公司。

至古香斋，取：退还。明张震之金描应真相卷。万历丙午大梁张成龙画(隶书款)。张成龙《画史汇传》有传。

至来青阁，取：八月三日付三元。《朔方备乘》八十卷。何秋涛纂，李鸿章序刻。

鸿生接拔可六月廿四日函，适由九江至汉口，当先电后函，复电云积老事即忆定盘路地基。遵办,时拔可去京,电由沪寄京,交回水泥公司送阅。

致兴和族祖书。寄本房草谱。

致吴舜臣书。附兴和族祖讯并草谱。

致刘聘卿书。贺任界靖税务荐劳吉六。

致劳吉六书。附刘聘卿讯。

覆陈绳夫书。寄美浓纸一百大张。

**十五日(9月2日)** 陈清源由扬来沪,赠茶叶、雪茄。

古香斋滕姓来,送阅焦里堂为阮芸台画《三榴图》轴。伪作,退还。

**十六日(9月3日)** 昨晨访陈清源,未晤,午后,清源来谭。今午约至一枝香西餐,复邀周业勤、李征甫、鲍子丹作陪。

晚,周业勤、鲍子丹约天蟾舞台观剧。

赠清源沙丁鱼、花旗橘、麦麸饼干。

昨,周业勤来谭。

**十七日(9月4日)** 昨至丁价侯处,商梦老函请筹募川振七千元,并钞川振主任郝绩甫、徐吉甫、彭烈夫三君由重庆十三日来电,择最远最重之剑州、昭化查放,十四日启行,旬日可达剑州,云价侯主前议垫款,今婉告梦老。

昨,至中国书店,借《清诗初集》,选八人诗入《安徽诗征》,今将原书缴还。

致刘翰怡书。题《崇陵补树图》。

致陈子言书。钞《清诗初集》庐江周必勃诗一首。

致刘葱石书。告《西厢记》毛批为授经续借,陈图已为授经购成。

至锦文堂,购书二种:二十日付洋十五元。《两当轩诗集》十六卷,武进黄景仁撰,海盐吴修编次,海昌蒋光煦别下斋本,洋十元。杨丌庵批点《文心雕龙》十卷。明梅庆生音注,天启刻本,洋五元。

至集成书局,购书二种,付洋六元:《西江诗话》三卷,南城曾廷枚述,侄燠编次,精刻。《东坡事类》廿二卷。顺德梁廷枏,道光庚寅刻本。

致阚霍初书。霍初赠所著《阚氏故实》五本，拟分贻南洋中学、涵芬楼、南陵图书馆，又赠《红楼梦抉微》，覆寄合肥人诗稿卅九家。

覆李拔可书。鸿生所覆函电已先后收阅，定银俟回沪，请代收。弢老书联已补缮，请代谢，先书者可踪迹否。

致张菊生书。附《阚氏故实》。

**十八日（9月5日）**　仁济堂来函，仁济里翻造房屋付造价债团会，议分期认定交款，我处认壹千两，在第五期，阴历十一月廿日。共债十二万两，十二月初一日交银。

致李元之书。商借《休庵集》。

覆陈乃乾书。千甓亭古砖拓本约千种，索八十元，还半价。

致王培孙书。赠《阚氏故实》。

**十九日（9月6日）**　晚，赴都益处贞元会，补祝恽瑾叔生日。

同刘健之至古香斋暨陈秉泉家，晤木公谭。

**二十日（9月7日）**　陈绳夫寄赠《温州经籍志》卅三卷《外编》二卷《辨误》一卷，瑞安孙诒让编。民国十年浙江公立图书馆刻本。

访罗子经谭，商陈绳夫事。

至锦文堂，付书价洋十五元，晤丁仲祜谭。

马兰生、吴华卿由南通来。

校新刻《绍兴十八年同年小录》毕。

**廿一日（9月8日）**　函陈绳夫，谢赠《温州经籍志》。

致陶子麟书。寄《绍兴十八年同年小录》新刻校样，又封面。

**廿二日（9月9日）**　兰生、华卿晚回通。

至中国书店、古香斋、忠厚书庄。

致张退庵书。赠小金花鼻烟一瓶。大纲公司廿六日临时股东会，请代表。

龚涤亚之父母生日，送分洋十元。

**廿三日（9月10日）**　函复任心白，赠唐嘉兴精严寺佛顶尊胜陀罗尼经幢，咸通七年四月朱及等造，行书，八面刻。因魏梅荪摹刻圆满佛菩萨像及经幢也。

覆李婿叔岩书。询淑畹伤足。

**廿四日(9月11日)** 娴女五岁生辰。

牛惠生带爱克司光镜复为淑畹治足伤。

至蟫隐庐,取《宋人集丁编》。

至来青阁,取书三种,价二元,又代做《徐公文集》套廿只:八月三日付讫,五元六角。《易确》二十卷,许桂林,道光刻本。《说文经典异字释》一卷,高翔麟,道光十五年刻本。《皖省志略》四卷附录一卷。永清朱云锦,道光元年刻本。

李他山来,请为其故兄振唐书墓碑并志盖。

晚,至丁价侯处,告晤梦老商垫放川振。

**廿五日(9月12日)** 同定君至道胜银行。定君签徐吴慧印。

邹景叔由杭来沪,函送瓦当大小廿四方,计价一百二十四元,遂往访之。约明日午餐交价。各瓦中以凤瓦、羽阳临渭卫字瓦、十二字残瓦、佐弋为佳。

至中国书店,取《濬县志》廿二卷。熊象阶纂,武穆淳分纂,《金石录》二卷别行,以旧藏补足,二元四角。

闻李仲仙病危,往视之,中西医束手,殆不起矣。子木、公斐君均侍疾。

**廿六日(9月13日)** 访景叔,交瓦价一百卅四元,取玉牌二:廿七日付洋二十元。福禄玉牌,灰质。八卦玉牌。灰质。

约景叔一枝香西餐,散后,同至陈秉泉处小坐。

访余节高,询寿老疾,日见痊可。

过李仲帅,问疾。

景叔赠雷峰塔砖拓本四种。

晚,倪远甫、杨咏秋约酒叙。

王逸唐寄赠《今传是楼诗话》一册。

**廿七日(9月14日)** 午刻,赴都益处贞元会。

函覆周梦坡，谢为冯涵初题《种菜图》。

同刘健之往视李仲帅疾，较前日略减。

至中国实业银行。

覆李从龙书。从龙任多伦（在察哈尔区）西北银行行长，总行在张家口，陈锦涛为西北银行总理（由冯玉祥聘任）。

覆阚霍初书。合肥赵彦伦诗即钞寄。朱桂莘拟索《广仓学窘丛书》，可函姬觉弥索之。

覆陈清源书。花园巷房租折刘明达已交到。

覆陈劭吾书。劭吾以所著《彊本堂家训》二册相赠。

致邹景叔书。送两玉牌价洋二十元，赠《玉台新咏》并天帝使者师比拓本。

姚啸亭来，未晤，赠其尊人《丽山诗集》，又礼四色，收茶叶、秋石。

昨在古香斋见有建安十年镜，取归，细案之，即罗叔言《古镜图录》所录建安弟三镜，注云福山王氏旧藏，今归日本富冈氏，富冈为帝国大学教授，昔年叔言绍介来观余所藏各镜，并赠晋永康元年正月丙午日镜影印本，回国未久即下世。有徐籀庄考释，有鹿宾上款，不知何人拓本，上有“蔡戴福”“陈印□[①]镃”二方印。颇疑之，且索价甚昂，未克议价。今日急须索回，遂付还。

**廿八日（9月15日）** 姚啸亭来谭，答拜，未晤，赠食物四色。

刘健之约陪啸亭一品香西餐。

至陈秉泉处小坐。

覆陈子言书。子言以新作咏先德葑池公濬常镇河道诗相示，属采入《安徽诗征》。

覆吴舜臣书。改致兴和族祖函，并商修谱事办法，拟先告捐款三百元，已付一百元，草谱缓交。

**廿九日（9月16日）** 送李振唐华丝葛挽幛、香楮。

---

① 原文如此。

**三十日(9月17日)** 吊振唐。

视李仲仙疾。近极司拉尔(即血热针)注射有效。

宗子戴来,未晤,留赠《虞山丛刻》第三集。龚本立《松窗快笔》十卷补一卷,又《烟艇永怀》三卷,毛晋《虞乡杂记》一卷。

缪子受覆书,前属向李一山索赵飞燕玉印拓本,据一山覆缓图,子受云伊有旧藏钤本,允检出寄赠。

魏梅孙来书,唐胜陀罗尼幢八轴已收,俟刻碑友郭少生来商,可摹则摹之。幢赠法灵寺。

致汪允辉书。附送汪莲石公分。

致赵伯恒书。赵为商务书馆寄售股通知书,于十五年一月加价三种。

刘健之来谭。

## 八月

**朔日(9月18日)** 王聘三布政来,未晤,留题《定林访碑图》卷。

至古香斋,选择各碑,并观唐长相思镜,同汉镜,文十二字,四旁花鸟。议价三十元,未售,晤何星叔、辛仲卿。

至锦文堂,观乾隆刻本《雪月梅传小说》,索价十二元,欲携归阅之,未果。后借阅一过。

**初二日(9月19日)** 李仲帅于昨日子时作古,今巳时入殓,往吊之。

汪允辉来,请为汪莲石题主,婉辞。

晚,至来青阁、古香斋。

陈乃乾来函,代购吴兴陆氏《千甓亭藏砖》拓本全分,议定价洋四十元。

答拜宗子戴。

**初三日(9月20日)** 李季皋来,具请帖,作冰人。

至中国书店,陈乃乾未晤,乃乾为购吴兴陆氏《千甓亭砖文》拓本,遂付价四十元。

至来青阁，付书价并《徐公文集》书衣价。

至兆芳摄影。

至老周虎臣，购净纯羊毫小楷四支。

晚，张兴之来，商留苏公隽授崇儿西文，并请九月八日为李、张两家证婚。

**初四日(9月21日)** 陈清源汇来扬州房租洋一百元。

**初五日(9月22日)** 张祝秋来，赠雪茄、金肘各二，后陪同往见吴寄尘，并约张作三、柳芝庭至功德林午餐。

冯梦老来书，云川振定十万，前一批已汇五万五千，今汇二批五万五千，请商价侯筹垫七千元。随商价侯，允认向盐业银行担任垫用，募款归还。

价侯以大纲股三千元收据换给股票。丁德荫堂纲字四十五号，六年阴历七月廿六日。陈劭吾是日寅时在如皋作古。

**初六日(9月23日)** 函复陶子麟，现托商务书馆汇交刻工洋壹百元。

覆陈清源书。收到六七月房租一百元，汇费请扣除，刘旅长号房索费，或于年节下约给数元。

致张退庵书。询病状，介绍张祝秋。

张祝秋来谭，今晚去通。

至大生，为价侯换大纲公司股票先掣收条。约一月换。

至商务书馆，晤任心白，交洋一百元汇陶子麟。

至冯梦老处，谭川振垫款，梦老意在募款，后至丁价侯处告之，并交换大纲股分收据。

至来青阁，取书：十三日付《西游真诠》价四十元。《西游真诠》，山阴悟一子陈士斌允生诠解，康熙丙子刻本。书一百回，图一百回，尤侗序。《闲亭诗稿》四卷，天都鲍卫思名淇。《在璞堂吟稿》一卷女史方芳佩。《删余吟》一卷。昆山女史沈珠，乾隆刻本。退回。

晚，吴寄尘约功德林素餐。

昨,李婿国芬由合肥来谭,送礼四色。

水泥公司寄来第四届股东会,议事报告。

**初七日(9月24日)** 朱幼鸿讣至,送印度缎挽幛、香楮。

汪莲石讣至,送白华丝葛幛、香楮。

访汪蟾清谭。

**初八日(9月25日)** 送倪远甫《徐公文集》《玉台新咏》。

致张祝秋书。

牛惠生来。晚,挈崇儿至来青阁、古香斋。

**初九日(9月26日)** 李紫东来,托售元刻《集千家注代分类杜工部诗》,徐居仁编次,黄鹤补注。《学海类编》。

至中国实业银行,晤刘晦之,商请购《学海类编》,出价二百二十元。晚,告紫东已允售,并取杜诗归。

至盐业银行。

李伯贞作古,送香楮。

午刻,赴都益处贞元会,补祝陶拙存生日。

至中国书店。

昨、今两日李婿来。

晚,赴杨瑞生功德林素餐之约。

至古香斋,取汉碑六种,留二种:道州何子贞旧藏。退回。汉西狭颂。甘肃成县,旧拓本,创字口尚可认,建宁二字未泐。

汉白石神君碑。元氏县,旧拓本。高等(六二),焯(九二),清(十一二),匪俭之匪(十三二)尚未泐。

**初十日(9月27日)** 同李婿叔岩、杨甥吉孚游新世界,西餐。

**十一日(9月28日)** 至大生纱厂沪帐房。

覆缪子受书。谢允赠张飞燕玉印钤本,附致张秋山书。

覆刘翰怡书。索印《荆园小语》《进语》二种特许书。

覆陈劭吾书。通遂加股赞成,上海股东盼于香谷任常务董事。

覆陈石庐书。赠镜拓廿种,钱范四种,瓦拓二种,砖拓三种,陶志一种。

致张秋山书。划书价五十三元一角。

答拜李伯奇，未晤。

程龄孙来，未晤。晚答拜谭，周孝怀在京，改请张东甫代作冰人。

访余节高，寿老晤谭，病渐痊。

晚，周梦坡约酒叙。

**十二日(9月29日)** 晨至张东甫处，约同往李季皋、程龄孙两家作冰人、行聘礼。

晚，李伯奇约至都益处酒叙，为其弟九月八日结婚，请作证婚人。

梅撷芸来，未晤。牛惠生来。

覆魏梅孙书。寄大宝广博楼阁善住秘密陀罗尼幢拓本。

覆任心白书。交来陈太傅书联，附梅老讯转寄。

**十三日(9月30日)** 至道胜银行。

至汪蟾清处。

收校经山房书价十七元、西泠印社书价十六元三角五分、扫叶山房十元、千顷堂书价十元。

大照电气公司汇来秋节夫马费捌拾两。

陈绳夫来函，寄赠书二种，又寄阅方成珪校《字鉴》钞本：仅平声下一册。《辛白论文》一卷，陈怀，颍川书舍刻本。《史记订补》八卷。李笠，李氏横经室本。

答拜梅撷芸谭。

曹木如来，未晤。旋答拜，略谭，时黄惕三建寅，合肥。同寓，遂邀同至功德林素餐。

晚，至古香斋。

**十四日(10月1日)** 晨，至任心白处，交杨寿祺还李季皋书价一百十元。

午刻，约梅撷芸、沈惺叔、任子木、刘健之、周紫珊、周渭滨、任心白功德林素馔，周黼卿、周芝田、朱赤萌未到。

拜李次岩谭。

拜汪蟾卿，请为绮女所造南洋路四十三号洋房向公平洋行保险，每千三两，计保八千两。

至中国书店、来青阁、古香斋。

付古香斋岳武穆官印钤本题者六十余人。价三十三元。

付来青阁《西游真诠》价四十元。

至锦文堂，取书一种《晚村先生八家古文精选》。十九日付十元。

至忠厚书庄，取：《元刻千家注分类杜工部诗》，九月一日退回。《元元棋经》。元刻本，有残缺。九月一日退。

黄毅侯立猷。来，未晤。

王秀仁来，交《玉台新咏》书价八元，并交周氏藏金文拓本一种。

晚，沈惺叔、朱赤萌约功德林素餐。

章希瑗、吴寄尘来，未遇，至功德林晤叙，希瑗今晚回通。

晤王一亭，为冯光久之女公子镇。绍介作女弟子。

影印《四库全书》用文津阁本，现存京师图书馆，运去后拟以文渊阁本移入该馆。

**十五日(10月2日)** 至古香斋。

覆吴舜臣书。来书已收稻一千八百石，拟售二千石，约每石三元四五角之价。覆请随时作主，不必再商。附寄新照片。

覆陈子言书。子言两次来书，告为其孙同蒋冠群之幼女联姻，廿六日吉期。

致朱遂翔书。请寄《程嘉燧诗稿三种》(行书写本)，唐伯虎汇集(二本三元)，《碧城仙馆诗》(四本二元)，《苎萝志》(明本四本，十六元)。

覆周梦坡书。附赠温州图书馆《徐公文集》(竹纸)、《玉台新咏》(白纸)、《随庵所著书》(白纸)。

覆陈清源、萧子文、邹镜吾秋节贺柬。

致王富晋书。寄书实洋九十一元二角，又邮费二元。

答拜黄毅侯，未晤。

至中国书店，晤金颂清，结算书帐，收付净找八元六角五分。

至来青阁，晤杨寿祺，交李季皋退书价一百十元，又将寄王富晋书函转送交，邮费二元。

李次岩来，未晤。

**十六日(10月3日)**　黄毅侯来谭，拟编碑目。

晚，约苏公隽、曹木如、吴蝶卿、李凤池、夏玉峰一枝香西餐，李次岩、李伯奇、李瑞九、黄惕三未至。

至古香斋。

昨，在来青阁取《读史方舆纪要》《天下郡国利病书》，议价八元，赠任子木。

**十七日(10月4日)**　同定君至杨庆和购银器，四十八元。时新昌购衣料，三十二元八角。送张退庵嫁女。三十日覆书，收银器、妆镜。

李次岩、曹木如来谭，购《华严经》《无量寿佛》，二百元。

**十八日(10月5日)**　昨马兰生由通过沪至宁，交啬老时腕痛新愈。为崇儿书屏、扇。

覆张秋山书。书价五十三元已交缪子受。

昨，缪子受寄赠赵飞燕玉印"婕妤妾赵"四字。铃本、明内府送往谨字壹佰贰拾捌号。牙牌拓本合装横幅，系何夙明方毅。题赠翁叔均大年。者。

昨，张贵辞归，改派余郁司阍。江都人，吴柏年荐。

晨，至汪蟾清处，商经租绮女南洋路住宅，约明日定议

至大生，晤寄尘，同至丁榕处，未晤。回至大生，晤郁芑生，谭经租情形。郁经租泰利洋行。

曹木如来辞回肥，送包世臣联、吴熙载屏、翁书《金刚经》二册，并将次岩所购《华严经》《无量寿佛》交之。

为曹木如购《吕晚村八家文》、锦文堂，十九日付讫。吴让之行书轴，古香斋。收价洋二十元。

晚，赴周孳田巴利饭店素餐之约。

致李元之书。陈劭吾像赞。

送余寿平八公子号旭士。喜幛、红花缎。喜烛。

送李次岩《随庵丛书》正续编、白纸。《玉台新咏》。本生棉连。

送李仲帅华丝葛绸幛、十二元。祭筵、八元。经忏、十二元。素烛。二斤。

**十九日(10月6日)** 晨至公平洋行,同汪茂生及西人接洽经收绮女房租,租三年,每月一百四十两,自来水、电灯由房客自理,每百两扣经租费五两。并取回保险单。保捌千两,每千三两,共廿四两,阳历九月廿八日起(阴八月十一日),保一年蒯绮记。二十日付银廿四两。

吊朱幼鸿之丧。

答拜黄毅侯,赠藏石拓本十种。造象八、志二。

送李季皋万里石双喜图烛、酒、爆券。

送程霖生红花缎喜幛、喜爆。

覆罗子敬书。收书价十一元六角。陈绳夫谋事,须四十元一月。

覆朱遂翔书。《唐伯虎集》《苧萝志》尚未收到,《程嘉燧诗集》望寄并开实价。

覆缪子受书。告张秋山来信,交书价五十三元,请以此款代购黑羊皮袍二件。谢赠赵印牙牌拓本。

覆陈绳夫书。谢赠《史记订补》《辛白论文》,退回方校《字鉴》钞本。

覆晴陈正有、石庐书。属作劭吾象赞。

**二十日(10月7日)** 晨,至公平洋行,晤汪蟾清,付保险费廿四两,并悉南洋路蒯造三宅出租,中西报费五十五元九角。同茂生至赫德路、愚园路、忆定盘路看地基。

三时,致祭李仲仙。刘海屏(藻彬)为招待,留英大学工学士,浦口商埠三科科长。

访李凤池谭。

至中国书店。又至来青阁,取杭州抱经堂寄书《苧萝志》八卷,张夬纂,崇祯刻本,十六元。廿五日寄。袁中郎批《唐伯虎汇集》四卷。唐寅著,袁宏道评,三元,缺外集一卷。廿五日退。

晚，程霖生请喜筵，观妆奁。

**廿一日(10月8日)**　至公平洋行。保险单补书某路某号，晤建筑部周运法乐三。

午刻，至程龄孙家午饭。一时，同周孝怀领妆至李季皋家，妆到即辞回。

至蒯亲家夫人，贺新迁居。

陈绳夫寄赠书三种：《瑞安孙氏玉海楼书目》，钞本。《历代钟鼎彝器款识法帖》，校文瑞楼石印阮刻本，孙仲容校。《屈宋方言考》。李翘，芬熏馆新刻本。

**廿二日(10月9日)**　午刻，李季皋约至都益处酒叙。

至公平洋行。

寄韩竹轩呢挽幛。送戈丽生奠份二元。

覆邹景叔书。立义从事钩疑伪刻，不留。

致王慕庄书。为李凤池说项。

致李凤池书。附王慕庄讯。

至道胜银行，转期保险箱一年，付银二十两，十月壹号起。即阴历八月十四日，期迟九天转。

**廿三日(10月10日)**　送陈子言、孙虞仲以衡。喜联并贺分八元。浙江有长兴秋操之讯。

为李季皋、子定侯。程龄孙贻泽妹。两家结婚作冰人。

昨，周业勤来。今又来，午后答拜，均未晤。

在龄孙家晤曹叔琴、龄孙姊丈。汪叔迁。歙人，国民党议员。

**廿四日(10月11日)**　周业勤、任心白先后来谭，业勤拟将中兴、贾汪两公司捐下关习艺所之款改助佛教慈幼院。

至大生，将致退公贺函并送银器二色、花瓶一对、妆镜一架。衣料二端托寄尘转交。三十日覆书，收银镜，敬使六元。

至商务书馆，收售清仪古器物文书价十元，购《说文古籀补补》。丁佛言，四元。

访周梦坡谭。

至中国书店。

至汪蟾清处,取回蒯绮记保险单。填房号数。

扬州重宁寺雨山和尚来,募化藏经功德。

覆陈绳夫书。谢赠书三种。

覆吴舜臣书。售稻一千五百石,内淑记二百石,每石三元五角,如价涨,再售二千石。

覆杨云史书。询大妹病状。

致朱遂翔书。寄《苧萝志》书价十六元,退回《唐伯虎集》。廿八日覆书,收到《苧萝志》实洋十二元八角。

覆束劭直书。通遂公司于香谷为常务董事,徐止亩驻通理事,经收款项换给股票,议加价,每千元加二百元。

覆李从龙书。从龙可望由多伦分行调京可。

**廿五日(10月12日)** 李伯行来谭,文忠祠为复旦公学霸占,结讼,交阅租约。

刘健之来。浙江有军事行动消息。

晚,至程霖生家酒叙,观剧。

**廿六日(10月13日)** 答拜夏剑臣,未晤。

至福兴园,贺陈子言娶孙妇之喜。

覆吴舜臣书。浙兵调动。售稻汇款。寄还盛彝斋《休庵影语》。

同任心白拜周业勤谭。

朱峻夫约至都益处酒叙,归后即觉不适。

**廿七日(10月14日)** 延余伯陶诊方。

今午贞元会,补祝陈抱初生日,未往,送分洋二元。

陈器之来,赠程霖生藏器拓本四十种,钟五、鼎廿一、彝八、敦五、鬲一。有一钟[illegible]公之孙,[illegible]叔之子。文二百六十字,器之云伪作,然实能乱真也。

**廿八日(10月15日)** 李季皋约五时至一枝香,陪新亲程龄孙,剧为共舞台演，徐碧云、马连良演《街碑亭》，另设一席接待涛贝勒，晚十时散。

闻苏军在龙华、吴淞者退苏常。

印光法师今晨到沪。

**廿九日(10月16日)**　至鲍子丹处，谭中兴、贾汪两公司捐款改移佛教慈幼院，并约往忆定盘路视察地基。

致张祝秋书。告退老来书所晤情形。

致曹木如书。寄海梅书画匣三只。初二日收到夏玉峰交来价洋廿二元。

致李元之书。请作盛太夫人寿诗，并李结婚颂词。

昨，致陈正有、石庐昆仲书，寄劭吾先生象赞。

午刻，浙军到沪。

**三十日(10月17日)**　至太平寺，同蒿老邀印光法师、真达师、周业勤、鲍子丹、王一亭、任心白、余峙莲、朱赤萌素餐，商中兴、贾汪两公司捐款移助慈幼院。

张退庵覆书，喜礼收银镜、璧、绸料、银花瓶。

中国书店来书，赠江都《汪氏丛书》四部，宣纸一、连史纸一、洋纸二。《清代学术丛书》初、二集二部。

致吴舜臣书。邮寄本日《时报》。

安徽旅沪同乡会九月一日选举评议员，今日投票：余鲁卿、张己振、常藩侯、陈少舟、汪瘦岑、李振亚、汪禹丞、夏玉峰、吕皋俞、彭养吾。

孙传芳通电，就浙、闽、苏、皖、赣总司令职。昨弟二军占领上海，弟四军占领宜兴，敌军望风先遁，现正追击中。晨至沪，旋返之苏。

赠关䌹之明梵夹本《法华经》七卷。

## 九月

**初一日(10月18日)**　午刻，庄得之招饮，陪冯梦华年丈、王雪澄提法、陈少石世丈、陈筱石尚书师、朱古微侍郎、黄伯雨方伯。

赠鲍子丹《印光法师文钞》。

前在来青阁取石印《读史方舆纪要》《天下郡国利病书》送任子木，今还书价八元。

巳刻、酉刻，先后接杨云史岳州来电，惊悉大妹于八月三十日未时去世，老年兄妹，伤痛曷已。妹今年三月二十四日五十岁。至丹弟处，未晤。慕邢侄来，拟去岳州。

**初二日(10月19日)** 子丹弟来谭。丹弟、慕邢侄致云史电，接噩耗，悲痛万分。翔病热退，即来岳。

覆杨云史电。文曰：奉电，惊悉舍妹去世，阖家恸极，即派袁弁栋材来岳。

昨晚致陈清源电，商借袁栋材去岳州。

**初三日(10月20日)** 袁栋材由扬来沪。

午刻，周业勤、鲍子丹请印光法师于太平寺，约往作陪，邀任心白同往。

陈子言招饮于陶乐春，作书谢之。

刘健之来。

至古香斋，取碑一卷。十二月廿七日付讫。

陈绳夫来书，寄赠《尚书骈枝》一卷。瑞安孙诒让。

覆缪子受书。黑羊皮统价，不欲再购，洋五十三元存放彼处，南归时交来。

**初四日(10月21日)** 晨，至道胜银行。

致陈正有、石庐书。寄挽劭吾白华丝葛幛、代祭筵洋十元。

覆陶子麟书。收到八月寄一百元。今寄《宝祐登科录》初次校刻样，又总封面及《宝祐录》封面。

覆陈绳夫书。谢赠孙仲容《尚书骈枝》。

覆李次岩书。书画箱早交玉峰转寄，工料洋廿二元亦收到。

致杨云史书。送大妹华丝葛幛、经忏、祭筵洋壹百元，派袁栋材至岳州，今晚行。

至四行保管库，取虬园公司、淞园公司换合同议据，杨瑞生随将收字涂销，又将中南银行洋票壹百元换汉口票，并作书致汉库，商兑岳州通用交袁栋材。戴孟瞻来，云法鲁门拟出售刘注《五代史》板片。

丹云侄到沪廿余日，住一品香，今始来见，商借洋一百元，并售《春秋四传》明刻本。

**初五日（10月22日）** 为黄光益代二厂友人孙君。书屏。

吴舜臣汇来稻洋柒千元。内淑畹七百元。

覆舜臣书。收到洋七千元，内有伪钞票十五元。丹云侄来，借洋一百元。

祝刘葱石生日。

访周业勤，定购书三种价值。

杨云史来电，云大妹柩即回苏，万勿派人。

张贤清嫁女，送红华丝葛喜幛。

覆刘翰怡书。谢为冯涵初题《种菜图》，并代印《荆园小语》暨《进语》一百部。

致陈清源书。谢借袁栋材，袁弁川资六元及前房租汇费请在八月分房租内扣除。

致陈一甫书。《格言汇编》因印工人罢工月余，致书迟出；《荆园小语》《进语》翰怡已代印。

覆张祝秋书。收到代书李振唐志盖。

致汪甘卿书。询苏州安否。

致夏辅宜书。询江宁平安。

覆朱遂翔书。《苧萝志》十二元八角，尚存三元二角。

致王富晋书。请寄《金文编》。

致正金银行、汇丰分行。

**初六日（10月23日）** 闻冠英、慕邢两侄昨日去岳。

致李他山书，附书其兄振唐遗诗并志盖。

程龄孙送谢冰人礼，先收乌参、金肘；后再送永安公司礼券四十元，收之。

安徽旅沪同乡会来函，通知第二届改选照旧章初选评议员，当选人八十人，次多数四十人，审查终结得一千〇八十六票，当选名次列第七。

晚，至古香斋。

**初七日(10月24日)** 李元之先生由扬来。

送古香斋开幕喜联，午后致贺。

送李少庚冲华丝葛喜幛、喜烛。

送周黼卿嫁女冲华丝葛喜幛、喜烛。

购古香斋唐镜，洋三十元。

丹云侄来，送洋五十元。

晚，龚景张约至功德林，陪周缉之素餐。

**初八日(10月25日)** 至周黼卿、张贤清、余寿平家贺喜。

午后，至大东旅社，为李少庚庚余同年子。结婚作证婚人。

拜周缉之谭，旋缉之来，未晤。

晚，刘葱石约陪周缉之便酌，并观汤杰即俗称汤裱褙。装《唐褚河南临兰亭真迹》卷，宋元明题跋均真，末有“万历□□[1]吴郡汤杰装”一行，天籁阁故物，今在无锡杨翰西家。吴修《论画绝句》马湘兰墨兰卷后有“万历丙子中伏日吴门汤时新装于半偈庵”行楷二行，疑为汤裱背。

吴蝶卿来，未晤。

**初九日(10月26日)** 午刻，请李元之先生午饭，约刘次羽、吴元松陪，并送李元之丙寅年间书，月送修金五十元。

陪周缉之游半淞园学圃。

晚，约周缉之、龚景张、杨翰西、刘鸿生、金伯屏、刘晦之、刘葱石、周梅泉功德林素餐。共用洋十七元。

周业勤来两次，未晤。

周梦坡约午饭，辞。

徐仲可赠新印《心园丛刻》一集。

---

① 原文如此。

徐行可书来，以逐斠宋咸淳本《说苑》相贻，原书姚觐元校。云向君宗鲁近为《说苑斠证》，尚未见经厂本仅见南城李氏残帙。暨楚藩何良俊二本也。

至来清阁，取传钞王南陔中丞绍兰。校《绍兴、宝祐登科》二录，索价四元。十四日付。

**初十日（10月27日）** 答拜周业勤谭。

李伯奇、刘葱石先后来。

至周缉之处，同游江湾叶家花园，张晋峰君鄞人。招待，叶氏主人与刘鸿生有戚谊也。

午刻，都益处贞元会。

晚，刘鸿生约陪周缉之素酌，缉之明晨去大连。

**十一日（10月28日）** 拜冯蒿丈，为周业勤请书联三付。

至公平洋行。

致朱遂翔书。开单七种，将书寄申。

为盛母庄太夫人书六十寿诗屏。

为周业勤书隶书条。

**十二日（10月29日）** 李振唐之世兄来，未晤。

覆夏辅宜书。询撷荀电约来申何事。

**十三日（10月30日）** 至道胜银行。

程云岑书来，约观西汉元康镜，文曰：元康三年五月造大毋伤，左龙右虎，辟不祥，长保二亲乐富昌寿，敝金石如。文字极精，尺寸亦大，陈秉泉云潍县仿造。索价八百元，许以二百元上下，请云岑商之售主。其文非晋元康年物。

至中国书店，请陈乃乾代向王培孙借《休宁名族志》，补钞旧藏缺叶。

李少庚送谢证婚席票十元并小礼。

**十四日（10月31日）** 刘健之来谭。

致陶子麟书。寄《绍兴同年录》《元统进士录》二次校本。

覆徐仲可书。谢赠《心园丛刻》,覆赠《徐公文集》竹纸印本。

汤村徐氏敬爱堂谱局来函,属催子丹、慕邢、丹云房分草稿。

至古香斋小坐,晤袁伯夔谭。

至来青阁,购书二种,付洋八元:《淮南鸿烈解》廿一卷,明汪一鸾订,吴郡张维城甲午秋九月家塾本,附录一卷,洋四元。《绍兴同年录》《宝祐登科录》。过录王绍兰校钞本,洋四元。

**十五日(11月1日)** 任子木来谭。

至蟫隐庐、中国书店。

至陈炳程秉。泉处,购宜金陵钩,价洋八元,并取□中甗拓本。文曰:□中乍甗□□用,行子子孙孙永宝用①。

集成书局代购书一种,付洋八元:《昭陵碑考》十二卷。当湖孙三锡,咸丰八年刻本。

取汉文渊书一种:十六日付洋二元。《听雨丛谈》四卷。长白福格编,钞本,纪国朝掌故。

杭州朱遂翔寄书四种,当作书覆之,退《明贤遗翰》,留:廿一日汇洋结清。《愚谷文存》十四卷,吴骞,嘉庆刻本,码洋廿五元。李振唐书目有续编二卷,博古石印本无。《宫词荟录》,吴县蒋如洵,道光刻本,码洋三元。凡十六国宫词、五代宫词、十国宫词。《贻砚斋诗稿》四卷《衍波词》一卷。女史孙荪意,嘉庆刻本,码洋三元。

访程云岑,不遇,作书请为元康镜说合。

送盛杏荪夫人寿联、烛。

**十六日(11月2日)** 曹麟伯今日领帖,附徽宁同乡会馆公份。

覆徐行可书。谢赠校咸淳本《说苑》,赠江都《汪氏丛书》。

覆陈乃乾书。收江都《汪氏从书》原刻十二册,阮圆海书只有《牟尼合记》《燕子笺》《咏怀堂集》。

覆程云岑书。询元康镜至少价值。

---

① 本句中“□”均原文如此。

致缪子受书。询散盘拓本价，购李阳冰篆六种：谦卦爻词、怡亭铭、先茔记、三坟记、缙云城隍记、般若台题记。

晚，至来青阁、博古斋、汉文渊、集成书局、锦文堂。

致罗子经书。以《汪氏丛书》托寄徐行可，并询《绍兴同年录》明本是否愿售。

**十七日(11月3日)** 拜李拔可谭。

覆徐仲可书。赠所著《阿弥陀经注释》，覆赠翁覃溪书《金刚经》。

覆陈乃乾书。乃乾借张刻《文馆词林》四册。

取锦文堂书一种，洋十二元：廿九日付洋十二元。《秋水庵花影集》五卷。华亭施绍莘著，明刻初印。

致李拔可书。承陈弢庵太傅书联，今赠陈公子(名懋复，号几士，住福建乡螺洲)《玉台新咏》，弢老胞弟宝瑄为癸巳同年。

子丹弟来，允钞本房草谱。

报载，同乡会十五复选，李伟侯评议长，吕篙渔、何世桢副评议长，程霖生、汪瘦岑、俞朗溪、孙镜蓉、詹铭珊、常藩侯、吴仲谋、陈丽春、朱幼岑、洪明度、夏玉峰、胡朴安、汪禹丞、林春于、许筱辅等为理事。

**十八日(11月4日)** 贺盛太夫人六十寿。

至大生纱厂、蟫隐庐、古香斋。

至盐业银行，远甫留午饭，劝银行家办清淮救济。

罗子经来，为刘健叔商假壹百元，允之。后又来函，将陈寿卿拓镜铭片壹百张暂押，当函覆送洋壹一百元。十二月初一日将拓片交还子经，丙寅正月廿四日壹百元先后收回。

陈少舟来，催蒯景参借款，告以请济生会办清淮救济。

函覆程云岑，汉元康镜拟出价四百元，约观泉范。三时，云岑来，注意五铢一范，估值六七十元。许以元康镜购成，以作报酬之品。

健之来函，季皋约明午会宾楼小酌，覆函谢之。

致吴舜臣书。钞宗谱局来函，给丹云侄五十元，请售租稻。

覆朱遂翔书。寄还《西安志》、归元镜，书价找洋廿二元，另由中国银行兑(廿一日兑)。

王聘老来谭，交来《格言汇编》新印本一部。

**十九日(11 月 5 日)** 先母忌日。

周业勤来，捐助慈幼院壹万元，中兴公司之款。附有致慈幼院公函，请径交冯蒿丈，给收据。函内贾汪公司先交三千元。

罗子经来，同济生会接洽，组织淮安分会。

李季皋约午刻会宾楼酒叙，辞之，改酉刻，仍辞。

古香斋顾、滕二人邀西人巴君来看古玉，选八件，索洋一万六千元。

致任心白书。告周业勤移助慈幼院捐款公函并中兴一万元先交梦老。

**二十日(11 月 6 日)** 至中国书店，取:《红豆诗人集诗集》十八卷《诗余》一卷，阳湖董潮，道光庚子从子敏善校刻，码洋八元。《琉璃厂书肆记》，陈乃乾印本。《治国学门经》。汤济沧辑本，码洋四角。

王富晋来书，并寄各种:《营造法式》三十六卷，宋李诫奉旨编修，紫江朱启钤刻，乙丑四月陶湘刻印，码洋六十五元，实收五十元。《儒学警悟》七集四十卷，宋俞鼎孙、俞经编，甲子春陶湘刻本，码洋廿四元，实收廿一元六角。《松邻丛书》甲乙编，吴昌绶刻，码洋十五元，实收十二元。《影汲古阁钞宋金词七种》，码六元，实收五元。《金文编》十四卷附录二卷《通检》一卷。东莞容庚撰集，乙丑印本，码洋十元，实收七元。

晚，程龄孙约陪李季皋宴饮。

**廿一日(11 月 7 日)** 午刻，冯蒿丈约至太平寺素餐，坐有印光法师、真达和尚、黄涵之、沈惺叔、魏梅荪、邓璞君、任心白、余峙莲。

覆吴舜臣书。卖稻九百石，又淑记二百石，每石三元七角三分。工山殿重修，我处至少捐一百元，多则二百元，连修大工山庙，并劝云谷堂等多捐余款移修工山庙，尊意主城捐不主乡捐，极是。

**廿二日(11 月 8 日)** 至中兴公司，晤周业勤。蟫隐庐晤罗子经谭。

至中国书店，陈乃乾借《补疑年录》。

晚，赴古香斋晋隆西餐之约，袁仲颐、蒋穀孙作主人。

**廿三日(11月9日)**　李拔可、刘健之来谭。

南陵李金标、李金玉在广东吴团长部失职，来沪求给船票，给洋六元。

午刻，周业勤约至太平寺素斋。

访魏梅荪、邓璞君谭。鲍承良未遇。

吊刘子鹤之夫人之丧。

覆王富晋书。收到各书，另寄《怀邠杂俎》四部。

覆张祝秋书。托鲍子丹函沈守知关照。

致鲍承良书。刘明达收租。黄坑旧房料出售。

晚，至来青阁，购《合肥学舍札记》十二卷。阳湖陆继辂，道光刻本，付洋八角。

**廿四日(11月10日)**　魏梅荪来谭。慕邢侄来。

午刻，任心白约至太平寺，陪印光法师素斋。

李季皋送来田黄玛瑙如意请鉴别，作书覆之。

访鲍子丹，请函沈守知，为张祝秋关照。

**廿五日(11月11日)**　至上海水泥公司开董事会，议向四明银行借款一百十万两，息周年一分，期一年，息每三月一付，以公司机器、厂屋、基地、码头全部财产为抵押品，并借联记公司董家渡义泰兴北栈码头基地为担保品。又总经理提议，增襄理一职，派会计主任华润泉兼任，秉承总经理行使一切职权，其责任仍由刘鸿生负责。

王培孙借《休宁名族志》，送由陈乃乾转交。

王病山送来新印《格言汇编》二百三十二部。

致刘健之书。附印《格言汇编》十部，工料大洋八元小洋八角，廿六日交洋。

致刘实之书。附印《格言汇编》十部，工料大洋八元小洋八角，廿六日交洋。

致恽季申书。附印《格言汇编》卅部，工料廿五元八角，廿八日收洋廿五元。

致陈一甫书。附印《格言汇编》一百四十部，工料一百廿元〇四角，前收一百元，早交聘老，今将书交伯屏转寄。

致金伯屏书。附《格言汇编》一百四十部，请转寄陈一甫。

**廿六日(11月12日)** 陶拙存书来，为冯涵初题《种菜图》五古二首。

程云岑来，汉元康镜议定价洋五百元，并以五铢铜范酬报。随往访，交洋取镜，付陈秉泉品定，秉泉云系潍县所仿，可疑。复至云岑处退镜，收回原洋，惟五铢范已赠在先，不便取回耳。

大女二十日由合肥起程，今日到沪。

袁栋材今由岳州回，云史给使力十八元。

**廿七日(11月13日)** 午刻，赴都益处贞元会。

覆夏辅宜书。桂仲庚戈登路地基。

致刘葱石书。代冯涵初求题《种菜图》。

致周梅泉书。代冯涵初求题《种菜图》。

购陶正元华洋五元，又购李鼎和华洋五角六分，购曹素功印书墨四元。

至味古精舍。许从叔来谭，张祝秋缺已更动。

晚，至林洞省处。

**廿八日(11月14日)** 政府派陆宗舆祭李仲帅，柬邀二时往陪。

**廿九日(11月15日)** 至谭以礼处诊。爱文义路一百〇一号。

覆吴舜臣书。收汇洋四千元，内淑记七百元。子丹弟本房草谱理成，慕邢侄未言谱事。

覆罗子经书。印书现不添人。

监狱感化会，辞以疾，未赴。

购陈程。秉泉金贞祐宝券拓本，阮文达有此券铜版。有洪桐生、梧。凌晓楼、曙。梁茝邻章钜。题，董晋卿世锡。印，付洋五元。

## 十月

**朔日(11月16日)**　致任心白书。以洋五十元汇汉口商务分馆，交汉口福昌旅馆帐房席少渔转交徐冠英。至谭以礼处诊。晚，林洞省来。

许从叔今晚回扬，赠翁书《金刚经》八册。

周来勤来谭，赠《印光法师文钞》、翁书《金刚经》二册。

刘葱石来书，询元刻史书某路刻某史有可考否，今答复之：

按，元大德间丙午。九路。《元史·地理志》载：江东建康道所隶省为宁国、徽州、饶州、集庆、太平、池州、信州、广德八路，铅山一州，铅山无路之名，岂统称之为路耶？分刻《十七史》。半页十行，行廿二字。今所见者，太平路刻《汉书》，跋云：大德乙巳刻，可考。宁国路刻《后汉书》，池州路刻《三国志》，大德丙午。瑞州路即饶州路。刻《隋书》，至顺间刻，又云大德。建康路即集庆路。刻《新唐书》，大德九年。而《南史》、大德丙午。《五代史》大德。明修本无序跋，未能定为何路，黄佐南《雍志》所载均称集庆路儒学梓，无从考证也。余史未见传本。

外《辽史》、元至正三年刻。《金史》元至正杭州路本。均十行，行廿二字；《宋史》元至正江浙行中书省官本。十行，行廿字。缪云杭州路本。

附记宋刻：

闽刻《十七史》。十行十九字，大小字同，南宋本。《唐书》(缪艺风藏)，《后汉书》《五代史》(王文敏藏)，《晋书》(华亭韩于陛藏)。

蜀刻《十七史》。眉山，大字，宋刻，归明南监，补板至万历：《宋书》《南齐书》《北齐书》《梁书》《陈书》《魏书》《周书》。

**初二日(11月17日)**　《时报》本埠天学研究会报告，民国十四年十一月二十日即旧历十月初五戊申日，为月掩岁星之期，推得上海天文台所见之时刻如下：岁星切月下偏右四十度，在平时下午一时四十二分，岁星离月下偏右十五度，在平时下午二时零分。

覆张祝秋书。草堰场改任沈文修，附沈守知、鲍子丹函。

致翟展成书。寄《格言汇编》、监狱感化会进行纲要。

至华英药房,请谭以礼诊。

至叶伯皋处谭,孙惠甫亦至。

访刘翰怡谭,借陆增祥嘉定,钱亦轩外孙。《八琼室金石札记》四卷《金石祛伪》一卷《元金石偶存》一卷新刻本,携归一阅:校《札记》误字五条。

利鼎。文字脱落,疑所见拓本不完。汉阳叶氏故物。陆云东老藏器最富,一散于粤左,再散于汉阳,其存置京寓者,甲戌四月复毁于火劫。烬所余尽鬻诸市,荡然一空矣(十年前得此鼎于丹徒刘氏,今阅陆氏《札记》,始知流传有自矣)。

**初三日(11月18日)** 送牛惠生诊金八十元、规元五十两,又银盾一枚。

覆汪筱岩书。赠《格言汇编》。筱岩寄《游北戴河诗》。

致刘翰怡书。还新刻陆增祥《金石札记》。

致周叔弢书。赠《闺秀词钞续补遗》连史印本。

**初四日(11月19日)** 赵太夫人二十周忌,净土庵讽经。

徐行可书来,赠汉吴郡周禄镜、徐籀庄铭臂阁二拓本。

**初五日(11月20日)** 阅张瘦铜埙。《竹叶庵文集》,集凡三十三卷、诗廿四卷、词九卷,无文集,乾隆五十一年刻本。有《访常丑奴墓志不得》诗一首,注云:赵嵫谓在崇宁寺,今寺亦不存。诗曰:"春草残碑尽,东风野寺无。人无金石寿,金石亦能枯。"

至谭以礼处,请诊。

至汪蟾清处,请为绮女南洋路新宅向租户催订合同。

访陈乃乾谭。

至博古斋,取:《江氏韵书三种》,咸丰元年沔阳陆建瀛木犀香馆刻本,江永著。初六退回。凡《古韵标准》《四声切韵表》《音学辨微》,码洋四十元。《拜经楼诗话》四卷,吴骞,嘉庆三年刻本,码洋六元。《小海自定诗·黟山纪游》。桐乡汪□[①],码洋十二元。初六退回。

**初六日(11月21日)** 致任心白书。告翟展成允将监狱感化会推广,在芜劝化,向孙冠杰厅长筹商办法再复。

覆翟展成书。收到《格言汇编》价十七元二角,书廿部即交玉峰转寄。

覆王君九书。寄《阳春白雪》一本。《二波轩词》容留意。又函托《忘庵诗稿》(王武勤中著)。

刘健之来谭,商印北宋二体石、蜀石经。

顾鼎梅来,未晤,留赠月份牌,并留:初八日付价洋四元。魏元怀志,熙平二年八月。魏元乂志,孝昌二年七月。元彬志,太和廿三年十一月。元腾志。神龟二年十一月。

李元之赠扬州小金山新出土杨吴天祐残石幢拓本:杨吴天祐法海院残幢。法海院主僧惠恩建造,幢子会主僧仁□,粥主僧师宪,供养主僧守因,典座僧智圆,院主僧宗袁正殿书,主僧□卫[②]。八面刻,疑残上截佛象,天祐五年正月中旬。庚申程青岳、刘长炘访得。

至中国书店、来青阁。

至蟫隐庐,取书二种:《陕西古迹志》,通志抽印本。《禅苑蒙求》二卷。志明撰,无净注,日本覆刻金正大三年(乙酉)本,日本续藏经三卷,此缺中卷。初八日退回。

陈乃乾以福建《兴化府志》相示,前有陈效序。题曰:宏治十六年三月,赐进士出身中顺大夫知兴化府事前南京户部郎中南陵陈效序。

**初八日(11月23日)** 访丁辅之谭,赠明建文朝参官员方孝友牙牌拓本。

答拜顾鼎梅,未遇,留赠《格言汇编》,并付元氏四志拓本价洋四元。

送周渭滨之夫人朱氏华丝葛挽幛、素烛。

---

① 原文如此。

② 本段中“□”均原文如此。

覆陈绳夫书。寄《清代学术丛书》。

**初九日(11月24日)** 俞峻韵、杨芷青、刘达章由南陵来，各送礼三色，随往访，略谭。此来系专请印县志，当辞谢帮忙，须另举人负责。午后，约至商务书馆，看印成书样，佥以新印《淮南鸿烈集解》为佳。又至著易堂，看《金陵丛书》样，字模已旧。询价，每页排工约六角，印工在外。又至中国书店，晤陈乃乾，约大东书局沈君来商，据云二号字缺，迟两月可成。同至晋隆西餐，共用七元六角。

致丁辅之书，赠《玉台新咏》，辅之赠新印《八千卷楼书目》。

午刻，赴都益处贞元会。

**初十日(11月25日)** 周渭滨毓文。请午刻为其室朱夫人题主。

邓璞君来谭。

赠任心白《格言汇编》二部。

覆徐仲可书。杨毓瓒前室顾翊徽伯彤《熙春阁词》前刻《闺秀词钞续补遗》误刻顾翊，今赠二册。

俞峻韵、杨芷青、刘达章来，交《南陵县志》稿。同至商务书馆，商询排印工价，估每页排工实洋一元。未结果，晤拔可、心白，邀交通员导观各厂。

汪蟾清来，交南洋路新宅孙仲诒已同公平洋行签定三年合同。

**十一日(11月26日)** 吊周渭滨室人之丧。

李拔可书来，印志书派人到馆校对赶办，两年后可竣，排工每页一元，实已从廉估计。当覆书，年限稍多，乡人未能合意，余亦以精力衰颓、不胜校勘之任相谢矣。

又为子丹弟函拔可，汇洋五十元交汉口徐冠英。

致刘葱石书：答《荀子》宋元刻本。

宋熙宁吕夏卿本；半页八行，行大十六字，小廿字，廿卷，《百宋一廛赋注》《访古志》。宋唐仲友台州本同。《古逸丛书》覆台州本。

宋本。八页八行，行十八字，廿卷，《楹书隅录》。

宋纂图互注本；半页十一行，行廿一字，廿卷，黑口板，巾箱本，《平津馆记》《仪顾堂续跋》。又一本同，每页格阑外有篇名。又半页十二行，行大廿、小廿三字，《郘批简明目》。又一本杨序后有欹器大路龙旗九游三图（《天禄琳琅》《适园书志》）。

元纂图互注本；半页十一行，行大廿一字，小廿五字，廿卷，《拜经楼记》。又一本半页十一行，大廿一字，小字不等，廿卷，黑口、单边，杨序后有图，《适园藏书志》疑四子本。又一本半页十二行，行廿八字，《郘批简明目录》。

葱石新刻所据底本。宋本，半页十一行，行大廿一字，小廿五字，廿卷，杨序后有图，格阑外有篇名，缺第八卷至十一卷，为常熟张爕（子和）藏，后归黄荛圃，以元刻补足缺卷，为子和子张芙川蓉镜赎回，葱石重刻，将元刻缺卷改刻余旧藏残宋本归诸李嗣香者，向其假刻也。

覆王富晋书。寄《怀豳杂俎》六部。

俞峻韵、杨芷青、刘达章来。

沈骏声来谈，拟印《南陵县志》，略阅稿本。

同峻韵、芷青、达章至大东印书局，商印志书价值及期限。印大字二号字、小字四号字，初拟排工六角、印工二角一板，期三月，现难定，约明早估价。

送峻韵、芷青、达章大饼干、各二匣。沙丁鱼、各四罐。麦麸、各二罐。葡萄干。各四包。

**十二日（11 月 27 日）**　覆李拔可书，志书取销排印，托汇冠英五十元。

覆吴舜臣书。俞峻韵等来，商印志书情形。周少伯先生看地。伪钞票三张批明。

午刻，子丹弟约陪峻韵、芷青、达章倚虹楼西餐。

沈骏声估印志书。

峻韵、芷青、达章七时。邀同乃乾、骏声至晋隆西餐，商印志书价。普通每板排工六角、印工二角，纸板一角，共九角。双行夹注表每板排印工、纸板一元四角，约七百页。《金石志》新刻字每字一分半。纸板改字，每字二分。图、订工未议价。定期十月，明年八月印齐。先付六百元，印成一半再付六百元，余印毕结清。

峻韵晚回陵，至寓送行。

为刘子鹤夫人程氏题遗象。

**十三日(11月28日)**　同芷青至文成隆记，看连史纸样。文育盖加每件十二两二钱，先付十一两八钱；文成本号十两零八钱；文成本庄十两零三钱，大约用文育盖加，约用二百件。

晚，陈乃乾约芷青、达章、骏声至晋隆西餐，看合同草稿，阅毕，请乃乾修正，明晚签字。

缪子受来函，即赴常。廿一二回沪，交来代购李阳冰篆碑三种，并送食物。

哈同、姬觉弥约七时在爱俪园举行迎寒小集，备茗点，赏天演界霓咏，辞未赴。

昨至罗子经处，商购徐行可藏《绍兴十八年同年录》明刻本，子经审其刻工，为正德本。估价五十元，即请函告仲可。十一月议定七十元。

**十四日(11月29日)**　为刘达章书联。

至杨芷青寓，交带陵吴舜臣托购龙芽片半斤，洋十三元。

晚，至中国书店，同大东书局沈骏声签印县志合同，随骏声约至晋隆西餐。县志局代表俞峻韵、杨芷青、刘达章及余四人签字。

取中国书店《校汉书八表》八卷。当涂夏燮，同治刻本，洋六元。

至来青阁，取：议价一百二十元，廿六日付一百元，十二月初一日找付廿元。《说文解字韵谱》五卷；半页七行，行大十字、小二十字。同《天禄琳琅》宋本、《铁琴铜剑楼》元本。

《天禄琳琅续目》三；宋本，五卷：先铉序《骑省集》尚有，此书后序未载。末有丙辰菖节种德堂刻，有万历乙未张诚父记。匡缺笔，敬、贞、恒不缺。

《铁琴铜剑楼目》；元本，五卷：卷一后有墨图记二行云“丙辰菖节，种德堂刊”，当是元祐三年椠，其佳处有正明李显刻本之误，后有陆俨山记。检元刻本，种善堂误作种德堂，《天禄琳琅》亦误。

《海源阁目》；钞本，五卷：佳处同《天禄琳琅》《铁琴铜剑楼》本。采录《四库书目》，证明寒部五字、豪部五字、麻部十字不错乱。

《适园书志》；钞本：一五卷本，每行五字，有毛晋印、稽瑞楼印，钞本，精；一十卷本，每行五六字不等，康熙陆湛摹，朱卧庵藏。

《皕宋楼志》十三；元本，半页七行，行大九字，小字双行，每行约十八字。按，行款疑误。前有徐锴述，后有徐铉序，陆云以潘氏新刻本校之，无一合者。

《四库书目》；五卷，两江总督采进，为明巡抚李显刻本。寒部五字、豪部五字、麻部十字前后错乱，详提要。徐行可有之，丙寅二月假校。

冯桂芬刻本；十卷，行款缩摹：莫子偲云：冯刻影宋钞本，无新附字，无后序，无羼入蕆、揀等俗字。冯云：此本漏许氏正文九十余字，内六十余字《函海》本不漏。又云：通行者《函海》本别有四库馆本，据提要所指两条，则行款、字数相同，疑出一本。洎在扬州见之，果然。按，冯力言此本胜于《函海》本。

《函海》本。五卷，乾隆李调元刻。同治《古经解》《小学汇函》本用《函海》本，以冯本校。按，行款悉同元本，前有御题诗，《丁氏书志》有之，咸丰辛酉散，先莫云行款同明李显刻本。按，李本误处《函海》无之，其行款佳处，同《天禄琳琅》《铁琴铁剑楼》本及《海源阁》本。《小学汇函》本用《函海》本，以冯桂芬本校。

统考此本，确为元刻，同《铁琴铜剑楼》之本，审其字体。而以卷一末有"丙辰菖节种德堂刊"牌子此本两行为妄人剜去。证之。宋本《春秋经传集解》有牌子，末云"淳熙柔兆涒滩中夏初吉闽山阮仲猷种德堂刊"，是种德堂为宋阮仲猷。森立之《经籍访古志》有杨氏家藏方二十卷宋椠本，枫山秘府藏，末有淳熙乙巳延玺跋。又秘府有元板，序后有"阮仲猷刊于种德堂"。《天禄琳琅》列为宋本，《天禄琳琅》未叙出。较《铁琴铜剑楼目》，当是元祐三年刻本，以丙辰推之。为有据，然细审刻字，其为元刻无疑，或元覆宋也。阮仲猷本《春秋》审其字体，系明覆宋本。是书传本甚稀，《天禄琳琅》、宋本。《四库总目》明李显刻本。所著二本，《铁琴铜剑楼》元本、咸丰兵燹散失。《皕宋楼》元本今归日本。亦著录二本。各家藏书志宋元明本只此四本。今天府储藏未知已为奸人窃取，而《铁琴铜剑楼》本散失，丁卯四月四日，借得瞿氏藏元刻本。《皕宋楼》本又归海外，是此本愈可宝贵矣。杨寿祺得此书于杭州书估，价廿四元。杭估因卷一末牌子割去，以为明刻。今寿祺定价一百二十元，如价收之。

**十五日(11月30日)**　午刻，任心白约功德林素餐，商慈幼院进行事宜。

送杨芷青、刘达章行,芷青钞同大东书局所订合同稿,并存洋三百八十元。

致吴舜臣书。告印志书价目并定合同,预计约八千元。寄燕窝片半斤,十三元。

至中国书店,取:《说文解字韵谱》五卷,《函海》本,洋二元。《淳熙荐士录》,宋杨万里,《函海》本,洋六角。《出行宝镜》。汉阙名撰,《函海》本,洋六角。

约刘次羽来,商校具志。送洋二百元。

**十六日(12月1日)** 至冯蒿丈处,催题冯征君《种菜图》,借《两江忠义录·南陵》一册,又为绮女捐淮北兵灾洋十元。

至丁仲祜同年处,未遇,留交残元本《楚辞集注》价洋四十元。

至中国书店,乃乾外出,留《论语戴氏注》一册。

至来青阁,请杨寿祺代购元椠本《礼记集说》,取:《灵芬馆杂著初编》二卷《续编》二卷《三编》八卷。足本郭麟撰,价洋十元,十二月初一日付讫。

王一亭赠《白龙山人小传》。

徐仲可来书,以冯君木室人俞季直因。《妇学斋词稿》请编入《闺秀词钞补遗再续编》。十二月公宴金甸丞,晤其兄俞炽卿(煜),鄞人。

**十七日(12月2日)** 同李凤池送李伯贞挽幛、烛。午后,贞元会同人公祭。

视余寿平疾。

至谦吉栈,购休宁汪佶墨如意,洋六元。又见胡佐记寄售元椠本《仪礼集说》,须售价二百元。

桂望之月华。由宁来,未晤。商桂仲庚戈登路地出售。

昨晚,刘次羽来,交雍正志,钞明邵烨序及凡例、小序。

今日,修改重校戴东原《经考》版。

**十八日(12月3日)** 桂望之来,谭戈登路地基,仲庚属其商办。

土名陈家桥之西南，实地二亩六分八厘四毫，东至徐姓地，南至公路，西至马路并经姓地，北至小路。

覆夏辅宜书。告同望之接洽。

覆徐行可书。谢赠镜臂闲拓本，覆赠建安画象砖、舍利塔砖、单于和亲砖、夫马砖拓本。

覆陈绳夫书。寄赠西王母竟、十二肖生竟、云龙竟、宋氏竟、吾作明竟、乐无事竟、明竟、天马蹄竟、开元竟、闽开元钱竟、嘉泰钱竟、大观钱竟、崇宁正书钱竟、崇宁分书钱竟、泰和钱竟、昭武钱竟，共十六种。

覆陈一甫书。收到《格言汇编》书尾款廿元四角。

致翟展成书。寄监狱感化会章并任心白讯。

至平安影戏院，观《可怜的闺女》剧。女角张织云、宣景琳。

访丁价侯，不调。

**十九日（12月4日）** 午刻，至都益处贞元会，祝刘健之生日。

答拜桂望之谭。

拜罗子经，谭李耆卿处碍难为范纬君说项情形。

至汪六吉，商本生料半每刀二元六角，本生罗纹亦每刀二元六角。

至中国书店，取：《尔雅郭注补正》九卷，戴蓥，光绪乙酉刻本，海阳韩光鼐重刻，洋三元六角。《蜀碑记》十卷宋王象之。《补》十卷。李调元，《函海》本，洋一元八角。

朱曜东、延昱。张黄楼来，未晤。

**二十日（12月5日）** 至来青阁，取：《押韵释疑》，影宋钞本（嘉熙己亥），存上平、下平、上、入四声。瞿氏有宋本五卷全，此钞自瞿氏，八元（廿四日退）。《干禄字书》，影刻宋宝祐丁巳陈兰孙本，《莫目》云马曰璐刻，四元（十二月初一日付）。《觚胜》八卷续四卷。钮琇，康熙庚辰刻本，六元四角（廿四日退）。

刘次羽来校志书。

**二十一日（12月6日）** 刘次羽来校志书。朱峻夫假《湖海诗传》。

刘慧之来，交阅旅沪同乡公电孙馨远，请转陈调元勿带兵至皖，并电王普稿，当即签名。

致吴舜臣书。寄红十字会章程通则，并告旅沪同乡有电致孙馨远，请陈勿带兵至皖，并电知王普。

致徐仲可书。为冯涵初请题《种菜图》。

送夏泽生之母呢素幛。

送徽宁会馆董事王旭人之母奠分。

晚，赴李伯齐大观楼西餐之约。

至来青阁。

**廿二日(12月7日)** 缪子受来，代购碑三种，计洋十元：付讫。先茔记、三坟记、缙云县城隍祠碑。

答拜朱曜东、缪子受，未晤。留片，候曜东兄企晖。

至利安洋行。

**廿三日(12月8日)** 先母秦太夫人生忌。

至利安洋行、道胜银行。

刘次羽来校志书。

缪子受来，辞回京，送礼四色，子受交洋壹千元，托商务书馆汇京。交代送傅雨农呢挽幛。

顾鼎梅来书，代购洛阳新出魏隋志十种，价六元四角，当作书覆并缴碑价：魏元周安志，建义元年。魏穆亮志，景明三年。魏穆妻尉太妃志，神龟三年。魏安定靖王第二子给事君夫人王氏志，永平二年。隋萧汎志，大业八年。隋伍恭公道进志，大业十一年。隋故宫人常泰夫人房氏志，大业十二年。隋韩叔鸾神柩，大业十年。隋牛弘第三女晖志，大业十年。隋房公苏威妻夫人宇文氏志。大业十二年。

**廿四日(12月9日)** 至安利洋行，售新闻浦。又至汇丰银行。

至商务书馆，交缪子受一千元汇京。

覆朱遂翔书。属寄书。

致缪子受告书。告洋已交商务书馆汇京。

晚，刘沂生来，交扬州蒋庄秋租稻洋三百四十九元，尹庄无收。又八月花园巷房租四十五元，袁栋材收支杂用五元。当付本年薪工四十元。

**廿五日(12月10日)** 访汪蟾卿。至杨庆和、正金银行。

致任心白书。告翟展成安徽监狱感化会候机缘组织，托张瑞曾为袁栋材之子在怀少堂关照。

魏梅荪、任心白同来谭。

刘次羽来校志书。

**廿六日(12月11日)** 拜张瑞曾谈，赠《格言汇编》、翁书《金刚经》。

至中国书店，晤陈乃乾，交《南陵县志》稿共六册：《艺文志》三卷、二册。《金石志》四卷。二册，又旧稿二册。

至来青阁，交《灵芬馆杂著》重装，并付书价壹百元。

致陈清源书。收到八月房租。为袁栋材子托张瑞曾怀少学堂提前入学。

致李从龙书。通讯平安，京津路阻。

致汪启我书。通讯平安。

覆杨芷青书。校印志书情形。钞俞政、俞达二条。廿九寄。

覆吴舜臣书。王普派兵一营到南陵。廿九寄。

**廿七日(12月12日)** 午刻贞元会，预祝王雪岑生日。

张瑞曾来谭。留朱亮臣片。

晚，任心白约功德林餐叙。

江汉珊省长来电，募捐皖省兵灾。晤陈少舟，略谭。

闻刘逊夫来，往访谭，即赴宁财政会议。

**廿八日(12月13日)** 章一山书草书屏相贻，今往访谭，覆赠《随庵丛书》。

访李伯老、冯梦老，商皖振事。

访余节高、陈少舟、罗子经，不遇。

杭州抱经堂寄书，留三种，计价五元七角六分，又邮二角：《诗词韵该》,薛雪辑,男不倚、去奢校本。《师竹轩词钞》,仁和许谨身,咸丰八年许梿刻本。《碧血录》二卷附录一卷。光绪丙申傅以礼刻本。

**廿九日(12月14日)** 刘夫人忌日。

访陈少舟,同至裕中纱厂董事室,晤李伯老,谭皖兵灾筹振事,夏玉峰在座。

访刘慧之、倪远甫谭。

罗子经来谭,商让徐行可藏明本《绍兴同年录》,作价七十元。罗先作五十元,徐初意售百元,今定此数。子经云,字是正德间刻,余疑宏治本。十一月十八日付价讫。

覆朱遂翔书。寄书洋六元,退回《孝经义疏》《两当轩集》新刻二种。

章希瑗来谭,旋回通,答拜。

晚,关絅之约功德林素餐。

访丁价侯,谭振务。

**三十日(12月15日)** 致胡朴安书,赠光绪十一年海阳韩光鼐重刻戴鎣《尔雅郭注补正》六册。

访李季皋,募皖振。又访伯行,告季皋所谈情形。

晚,至新舞台,观《新西游记》。

## 十一月

**朔日(12月16日)** 至来青阁小坐。得铜板千百年眼,故友王惕斋在日本缩刻也。

覆汪筱岩书。筱岩寄建议金佛郎案辞参政书,并告其子孙情形。

致陶子麟书。催校改《宋元科举三录》刻样。

**初二日(12月17日)** 访李伯行,谭皖振。

致江汉珊省长书。捐募皖振情形。

致陈倬斋书。十一日为了儒尊授室,送红花缎喜幛。

答拜杨瑟君谭。

至古香斋。

晚，李季皋约至都益处酒叙。

至蟫隐庐。

**初三日(12月18日)** 夏辅宜、陈少舟来谭。

访李伯行、周业勤。

**初四日(12月19日)** 答拜夏辅宜，未遇。

至中国书店、大东书局。乃乾今将志稿交出。

晚，观《释迦摩尼佛》剧。

**初五日(12月20日)** 陈西甫来，未晤，往拜，亦不遇。刘慧之约陪西甫午饭，谢之。

康更甡同年约午刻蔬酌。

**初六日(12月21日)** 送何骈憙母蔡夫人绸挽幛。

覆丁闇公书。阳湖龚泾《耕余琐闻》记：韵香卒年四十九岁，明正拟五十寿，于小除夕日死。送《玉台新咏》。

覆张仲照书。附闇公书并《玉台新咏》。

访刘慧之谭。又访夏辅宜，未遇。

余峙莲函送慈幼院董事证书，式当盖章，覆函邀还。

**初七日(12月22日)** 冬至，至盐业银行，辞午餐之约。

午刻，赴刘慧之会宾楼酒叙。

二时，大纲公司股东谈话会。

晚，吴寄尘约至功德林素餐。

同辅宜、少周至济生会，晤刘玲生、陆维镛、张贤清、王骏生诸君，面约明午功德林餐叙，商办皖振。

至丁价侯处，商办皖振。

周志和名明夔，缉之三子。来。

**初八日(12月23日)** 午刻，约王一亭、黄涵之、刘玲生、单仲范、张贤清、冯云仰。山、夏辅宜、陈西甫、陈密之、陈少舟、夏玉峰、刘畏之、刘实之、刘慧之在功德林素餐，商办皖振，共用洋廿二元。

同辅宜、少舟访孙镜蓉，募皖振。又访伯行，商振款，议定集款一万元。又访慧之,商募朱研涛、朱斗文振款。

严笃斋来拜。大豫公司。

晚至济生会,议定请刘玲生放皖振,夏辅宜会同办理。

**初九日(12月24日)** 倪远甫母太夫人九十冥寿,送水果、烛,行礼,并请转托马梅生荐许衡,复面托。又往拜,略谭。随作书仲衡,交梅生。

拜鲍子丹谭。又拜刘玲生,谭皖振。又拜吴引之,未遇。晚,访程霖生,未晤。访丁价侯谭。

**初十日(12月25日)** 谒冯蒿丈,谭皖振,丈拟补助玲生五千元,又拟查放亳州、滁州兵灾振。

至程霖生处乞振。

至吴引之处乞振,并借季熙堂放振。

晚,李木公约都益处知宾酒。

至中国书店,取:十四日付卅六元。牙牌,甲字号,夜间出入(内右门、神武门)门牌,奉派差务;乙字号、丙字号、丁字号同上文。每方六元,共廿四元。端砚,十元。龙瓦。二元。

至来青阁,观残宋本《百川学海》。

送狄楚青之夫人花圈。

送汪撷荀之夫人绸幛、烛。

送刘子鹤之夫人绸幛、烛。

南陵修志馆汇来洋弍千元。

**十一日(12月26日)** 晨,至李伯老处,告向程霖生募捐情形。

吴引之来,允借季熙堂放振并捐款。

覆吴舜臣书。请告芷青,志馆二千元已收到,红十字会稍缓设分会,或先入会。兴邦二族祖去世。寄《三圣经浅释》《世人不可错过》各二十本。

覆夏辅宜书。苏同乡县振款一千元,如放亳灾,加一千元。梦老初意补助五千元,继意放亳、滁兵匪灾振。寄《救荒辑要》十本。告募程霖生振。晤吴引之,借季熙堂。周业勤回申,未晤。

致陈清源书。寄押租帖、装修帖，借用家具单，又刘克昌信。

**十二日(12月27日)** 吊李仲仙之丧。

吊夏泽生之太夫人。

大壹公司开股东谈话会。

李振亚来，未遇。

晚，任心白来谭，交魏梅荪所赠瓢儿菜，并还借书三种。

**十三日(12月28日)** 吊汪撷荀之夫人孙氏。

至中国实业银行，汇陈清源洋四百元，还花园巷押租。

存南陵修志馆洋式千元在中国实业银行。

刘健之来谭。

访鲍承良，不遇。

致江汉珊省长书。为陈海慧求县缺。

覆陈海慧书。附江汉珊书。

覆缪子受书。商务书馆款已兑京，内有伪票十元。

**十四日(12月29日)** 至中国书店，取：与天无极瓦，三元，付讫。延年益寿瓦。二元，付讫。

至汪蟾清处谈，赠礼四色。

至周业勤处，商借马金涛。

访魏梅荪谈，函送翁书《金刚经》二十册，又借《通鉴大感应录》三册、《潜园集录》六册。退回《潜园集录》。

致夏辅宜书。撷荀可捐款。业勤可捐，勿催。马金涛等十六至宁。孤儿入院，容商梅老。程霖生、李季皋反对皖振。鲍承良达善堂捐洋一千元、棉衣一百套。宁兴矿发现铜矿。

致吴舜臣书。张雅宇谋事，请婉谢之。

子丹弟来告，达善堂助皖振壹千元、棉衣一百套。

姚啸亭来，未晤。

阅《海潮音》，弟六年弟五期。日本新修《大藏经》《居士林林刊》同。特色，集古代一二三九年之宋藏、一二九〇年之元藏及一二五〇年之高丽藏。

定书。分五十五厚部,每一千页,每页折为八面,待四年出板,分日本式、欧美式,日式用日本纸。一次付:西式布面五百九十四元,纸面五百四十五元五角;日本式纸面七百九十二元。两次付:又三百十三元五角,又二百八十七元四角,又四百十八元。每册付:又十二元,又十一元,又十六元。均日金。

**十五日(12月30日)** 李振亚来,未晤。

致郭品翰、礼征书。论皖振及亳振事。

送沈醉愚为母悬"贞孝女宗"扁,十九日。贺洋十元。南浔马家港河西四百卅七号。

送况夔笙女公子于归陈氏贺洋十元。

覆夏辅宜书。交马金清带宁。

李次岩来谭,旋答拜。族兄斗枢名国箕,同来。

答拜姚啸亭,未遇。

拜周紫珊,亦不遇。

至蟫隐庐,晤罗子经谭。

**十六日(12月31日)** 未刻,至刘子鹤家襄题其夫人神主。陈贵阳师题主。

贺况夔笙嫁女之喜。

送联合通讯社余翼文之弟朗清结婚喜联。

李蕴曲、家衷。修原家齐。昆仲来,未晤。

刘子鹤送席,随转送李次岩。

倪远甫来函,附许仲衡委任马梅生咨议,月薪十六元,毋庸到造币厂。当往访远甫,辞谢。

至裕中纱厂,晤夏玉峰、洪敬哉。希甫子。又至复和,晤陈少舟谭。

至济生会,交子丹弟募达善堂助安徽兵灾振款六百元。

覆刘玲生书。告马金涛、季熙堂已到宁,丁价侯之振友因病未行。

**十七日(1926年1月1日)** 吊刘子鹤之室程夫人丧。

送李仲仙之丧。

黄毅侯来书，商汇编金石书，用石印木刻，并赠《唐佛说弥勒菩萨兜率天下生成佛经》，正书，齐仁会等，碑阴石经颂。两碑侧。直隶唐山。仪凤三年戊寅七月丁卯十五日己巳。汉画象砖四种。

**十八日(1月2日)** 至李伯老处，告振款情形。

覆李维强书。捐安徽公学壹百元，缴还捐册，取收条、回片，并有南陵张翼声(名鸣凤)名片。

购汪本生纸，洋二百〇三元二角，又力六角。本生料半卅六刀一件(每刀二元六)；本生罗纹卅六刀一件(每刀二元六)；本生棉连五刀，每刀二元一角；本生夹贡一百廿五张，计五元五角。

答拜李修原、蕴曲昆仲，未晤。访魏梅荪谭。赠《金刚经》二十本。

至来青阁，取《人寿金鉴》。湖北崇文书局本，实洋一元二角，十二月六日付讫。

至蟫隐庐，付《绍兴同年录》价洋七十元。又取：《道藏》本子书五种，双鉴楼石印，三元，凡《素书》《公孙龙子》《子华子》(《素书》张商英注)，《鹖冠子》《尹文子》。《货布文字考》四卷，马昂，罗福葆影印守山阁本，四元。《永嘉诗人祠堂丛刻》，冒广生刻本，二元。《碑帖纪证》一卷，明范大澈，罗振常活字本，七角。《虞山丛刻》丙集。一元六角。

张仲照来函，赠其尊人幼樵先生所著《管子学稿》、五十二册。《涧于集诗》四卷。

**十九日(1月3日)** 任心白来辞，赴宁办慈幼院。

李叔岩婿来。

**二十日(1月4日)** 俞峻韵由南陵来谭，同至大东书局印刷所，商印《南陵舆图》。又至中国书店，晤陈乃乾谭。又至文成隆记，定文育盖加连史纸二百件。每件十一两八钱。同至峻韵旅馆小坐，邀往一枝香西餐。

至蟫隐庐，晤罗子经谭。董授经所钞之《永嘉四灵集》范纬君欲钞。

覆况夔笙书。拟售书板，已向乃乾说合，仍由子经接洽。

**二十一日(1月5日)** 午刻贞元会，值会。

至中国实业银行，取修志馆一千两付纸价。

访峻韵，同至文成隆记，定立文育盖加二百，议单先付元一千两，当取定单并收据。又至大东书局，询印舆图。

访张仲照，谭印《管子学》价，并赠影宋小字梵夹本《法华经》、翁书《金刚经》。

宗子戴来，未晤，留赠其尊人湘文先生《颐情馆诗集》。宣纸印本。

蟫隐庐函送：鄮县令残志，齐天保元年，四角八分。唐三坟记，大历三年，六角四分。唐先茔记，六角四分。宋远公和尚塔铭，靖康元年，一元二角。唐刘严墓志，会昌二年，五角六分。唐刘巨川墓志，会昌三年，五角六分。唐刘巨川买地券，会昌三年，五角六分。元萧山大成殿记，大德三年，九角六分。唐永安山中胡禅院重定封疆碑，中和三年，三角二分。《圣宋九僧诗》一卷《补遗》一卷。丁仲祜活字本，五角。

送净土庵海慧和上四十寿联。

昨周业勤来，未晤。

晚约丁畹生来，为林福荐江轮茶房，将名条交张仲照。

**廿二日(1月6日)** 覆中国实业银行书。来往帐核对无讹。

覆夏辅宜书。苏州会馆交姚文甫送济生会一千元查尚未到，只黄涵之交一千元，指放亳振。推举公函暨呈孙总司令文济生会已寄宁会。陈西甫来函，正有仰体先人遗意，捐振数百元。

刘逊夫来书，交还《礼塔图》卷，即返通。随往访，未遇。

访袁述之、周业勤，亦未值。答拜宗子戴，又未晤。

至济生会，询皖振情形。

至文成隆记，购文育盖加连史十件，付元一百十八两。廿四日收育文盖加十件。

覆吴舜臣书。俞先生带来各物收到。稻四元一石，拟售四五百石。民智促进会宣言书，附王迪成罪状。商小红十字会情形，周地师修金供应从丰。陈德生、方指高、王迪成、俞峻韵不以为然。

覆黄毅侯书。询汇印金石书用木刻、影印何者为宜，答传世能久自宜木刻,若金文、古籀、石文别字,又宜石印。

覆李从龙书。政局大变,能返回京。

**廿三日(1月7日)** 午刻,章一山约陪袁述之酒叙。

晚至大东书局,估印舆图。

六时,约俞峻韵、任心白功德林素餐,峻韵今回南陵。

购孔繁德、尤鉴荣无锡人,汉石斋。碑三十一种,价五元。

**廿四日(1月8日)** 午刻,倪远甫、杨咏秋约陪袁述之酒叙。

致陶子麟书。前寄来《绍兴同年录》《宝祐登科录》修改样本,《绍兴录》已无误,《宝祐录》尚有错误,寄请修补。《元统进士录》如修好,请寄刻三种价,请开单结算。明年尚有书二种请代刻。

覆翟展成书。交夏玉峰寄陈西甫购《格言汇编》五部。

覆陈西甫书。寄《格言汇编》先五部,余十五部再设法相让。寿老七十生日上海无公分。催振款。

致翟展成书。劝募振款汇沪。

**廿五日(1月9日)** 午刻,约袁述之、章一山、刘健之、张仲照、杨咏秋、鲍子丹在贾汪公司酒叙。李丹荪、倪远甫未至。

六时,约李企颜、李伯齐、李斗枢、李叔岩、李瑞九、李征甫、李修原、李蕴曲一枝香西餐。

至古玩市场,购古镜一枚,洋二十元:唐十二肖生镜。铭曰“长命宜就光正随人”八字(“就”疑作“新”)。

陈少舟来,未晤,留夏辅宜函。

**廿六日(1月10日)** 拜鲍承良、陈少舟,未晤。

晚,慈幼院同人公钱任心白于功德林。

赴张仲照酒叙之约,借阅藏书目三册。

**廿七日(1月11日)** 午刻,都益处贞元会,公祝周梦坡。

郭履真、肖庭来募大照捐办亳县粥厂,午后答拜,未调。

访冯蒿丈,谈亳振。孙履安述陈总司令意,请振亳。

访陈少舟,谈亳振。

覆夏辅宜书。济生会二万元已汇，加拨棉衣一千套。孙履安述陈总司令补助一万，请蒿丈放亳振。

覆刘玲生书。孙履安已请蒿丈放亳振。

吕幼舲之侄完婚，送联、烛。

陈贵阳师属为余寿平七十寿诗。

**廿八日(1月12日)** 访郭履真、郭肖霆昆仲谈，周美权议拨大照捐亳县粥厂二千元。

至仁济堂，交北仁济里建筑债款壹千两，十二月初一期。当取收条。填宝经堂记，十二月初九日收仁字一百〇五号建筑债券。

至裕中纱厂董事部，晤陈少舟、夏玉峰谈，少舟告济生会昨已电约夏辅宜来沪。

至中国实业银行，晤刘慧之，绍介袁述之相见。

杨云史来谈，旋答拜，未晤。

李伯齐以刘原道《居巢诗征》及先集见贻，作书谢之，并赠《玉台新咏》。

覆瞿良士书。谢赠新刻宋钞《杨太后宫词》，询元刻《说文篆韵谱》今尚存否。

夜，夏辅宜由宁来。

**廿九日(1月13日)** 夏辅宜来，留午饭，答拜，未晤。

六时，康更甡同年约酒叙。

九时，至济生会，晤辅宜，晚车回宁。

## 十二月

**初一日(1月14日)** 刘健之来谭，昨去苏，新得白虓祖敦，以王复斋《钟鼎款识》证之，云是秦熺物也。

送周湘云嫁侄女红绸喜幛。

送叶明斋娶子妇红绸喜幛。

送济生会振安徽兵灾洋二百元。

朱估荣昌。送古书来阅，有《类选群英诗余》。总目题“类选群英诗余总目”，前集分春景、夏景、秋景、冬景四类，后集分节序、天文、地理、人物人事、饮馔器用、花禽七类。前集二卷题“增修笺注妙选群英草堂诗余卷上”（第一行），“乙未进士建阳县琼台海澄校正”（第二行）。后集二卷题“增修笺注妙选草堂诗余卷之上”，半页十三行，行大廿三字，小廿九字。有“黄淳耀”白文、“蕴生”白文两方印。

至罗子经处，交还镜铭拓片，借款壹百元未收。

至来青阁，付还书价洋三十四元，又取《过庭录》十六卷。宋翔凤，光绪七年会稽章氏刻本，洋二元，付讫。

购古玩商书一种，价三元：《艺菊录》二卷。叶天培，乾隆丙申刻本。

日食，上海自下午三时二十分起，至四时五十四分止。因雨未见。

**初二日(1月15日)**　贺冯蒿丈生日。

覆陈清源书。汇押租四百元，寄装修借用两单收到。

覆陈绳夫书。访《淮南子》善本，并陈硕父校宋本、顾千里校《道藏》本、谭仲修校庄本、明王蓥、范庆校本。

覆汪启我书。袁述之在沪已婉致辞教授国文，过署长派启我秘书。

致陶子麟书。寄来《元统进士录》校样无误。

**初三日(1月16日)**　贺周湘云侄女于归之喜。

贺叶明斋娶子妇之喜。

晚，同刘健之公宴康长素、余尧衢、叶柏皋、徐君勉、徐善伯、杨云史蔬酌。散后，云史来谭。

**初四日(1月17日)**　魏梅荪来谭，借《通鉴大感应录》《广生篇》。

挈崇儿至福州路各书坊、古玩市场。

晚，挈崇、永两儿观《新人之家庭》影剧。

**初五日(1月18日)**　晨至商务书馆，购《大清会典》、每部二元。《会典图》每部六元。各二部，计洋十六元。晤江东白，名宗珩，婺源人，安徽省地方自治协进会长。

至大生，交通遂公司股分二千元收条，换股票。二十日换回。

至裕中纱厂候李伯老,未至。同陈少舟至济生会,请拨汇皖人认振洋一万元。

覆夏辅宜书。告丁价侯、济生会各一万元已先汇,皖人认款一万元今亦汇。

至中国实业银行,晤刘慧之谭。晚,慧之来谭。

**初六日(1月19日)** 午刻,赴章一山、叶柏皋功德林蔬之约。

至裕中,伯老仍未至,同陈少闲话。

送余寿平七十寿花缎幛、糕、桃、烛券。

送李季皋五十寿缎幛、糕、桃、烛券,收款字、烛券。

**初七日(1月20日)** 答拜周健吾,未遇。

购朱荣昌书二种:《别下斋丛书》,洋五十元,付讫。缺《春秋三传异文释》《靖海纪略》《箕田考》《硖石山水志》。《曝书亭集外稿》八卷。冯登府编辑,二元。

购锦文堂书:付洋十六元。《成方切用》。

购汉文渊书:洋三元,付讫。灵峰藕益大师选定《净土十要》。歙成时评点节略,乾隆戊寅永宁寺化杰刻。

访张仲照,未遇,留书目三册。

至杨云史处,晤谈,后云史来告别。

晚,刘慧之约至银行俱乐部西餐。

更甡同年函送宋本《晋书》考订,帝纪弟二。半页九行十六字,遇宋讳有缺有不缺。刻不精湛,疑明万历中周氏翻宋刻也。当作书覆之。

**初八日(1月21日)** 祝余寿平七十寿,晚观剧。

午刻,同人集晨风庐,公宴金甸丞,祝七十生日。公分二元。

昨,陈乃乾交董授经代钞残宋本《永嘉四灵集》,约钞四分之一。今先付钞资洋十元。

杨云史今晚附轮回汉口,送礼四色。

送李斐君嫁女,收针黹四色。

**初九日(1月22日)** 收到南陵修志馆汇来二千元,当存实业银行。

覆缪子受书。来书云有宋本《楼攻愧集》《唐文粹》,《楼集》八十卷,大字,六十册。两书历经季沧苇、徐健庵、盛意园、徐梧生藏,须价一万五千元出售。寄还伪钞十元。

覆吴舜臣书。贫民年终未义务学校,照旧例办。初四日收稻洋一千六百元。

仁济堂送来建筑债券一百零五号一纸。收条退回。

访陈少舟谭。西甫函告,正有加振兵灾一千元,另西甫一百元、一甫二百元。

午刻,贞元会,周梦坡值会。曹东寅同年来谭。

送恽与九翁书《金刚经》十册。

致王病山书。送洋十七元二角,代陈西甫购《格言》廿部。

致甘翰臣书。索《新俄回想录》。

晚,余寿老生日,宴客、观剧。王饶生之子王慕云演《探母》《会审》,聂榕卿演《御碑亭》《汾河湾》。

**初十日(1月23日)** 贺李季皋五十生辰。

昨晤邹适庐,购管芷湘藏六舟金石拓本一百五十九种、潘文勤金文拓本十五种,又郤君征壂铎一种,议价八十元。今将洋函送其寓。

晚,袁述之约酒叙,坐有蒙藏银行郑庭树、周仲丹,当代吴逸知元松。请假。

覆吴舜臣书。赠黑羊皮马褂并衣料,又食物四色。周地师看得上港桥地。荣廷欠志馆约一百元。

覆夏辅宜书。告淮商场运食可捐一万元。

**十一日(1月24日)** 五十八岁生辰。

任子木以宋宝祐本《通鉴纪事本末》属为考定,半页十一行十九字,有元延祐序,中有补版,盖宋本元明间所印也。《瞿目》《陆志》有宋刻元印本,《拜经楼》有宋刻明嘉靖印本。

挈崇儿游新世界。

至李伯老,谭安徽兵灾收款约及八千元,伯老认助二千元,凑成一万元,以践前认款万元之约。

覆陈西甫书。先后寄购《格言汇编》廿部。

覆朱遂翔书。寄所刻书目并实价单。

**十二日(1月25日)** 昨马兰生、吴华卿来,今晚回通。

至荣德均处,修补牙。

**十三日(1月26日)** 访张仲照,谭印《管子》校本。

挈家源至谭以礼、牛惠生诊疾。

购张国卿古器物铭拓本八十种,议价廿四元。十四日付讫。

张菊生影印明万历本《张横浦先生集》廿卷门人郎晔编,后学吴维明校梓。相贻,覆书谢之。

晚,李斐君约陶乐春酒叙。李木公来谭。

**十四日(1月27日)** 刘慧之来,商场运食商捐皖振,支配捐款复请其酌定。

刘子鹤送礼六色,收新会橙、肉松。

覆任心白书。心白于初五日至南京佛教慈幼院。

致周芝珊、周渭滨书。寄捐重宁寺藏经功德各二十元收证。

李斐君、方玉山联姻,来请作冰人。柳廉石、余节高亦先后来。

访徐静仁,晤谭淮商捐款,属函汪鲁门,催汇上海。

至张国卿处,购金文拓本三十种,付价九元。

**十五日(1月28日)** 答拜柳廉石。

为方玉山、李斐君两家作冰人。

至中国实业银行,取南陵修志馆存洋付元一千两,续交文成隆记纸号定银。

覆重宁寺雨山和尚书。收到募化藏经启二张、收证四纸。

致汪鲁门书。催汇淮商振款。

**十六日(1月29日)** 答拜丁石怀谭。

覆康更甡同年书。以《晋书》托售,覆以潘明训既询过,上海无弟二人可购。

覆徐仲可书。赠谭仲修评《词辨》，索《闺词补遗》，赠之。

夏玉峰交陈西甫一百元、陈一甫二百元捐助安徽兵灾，随送济生会，掣取收条。

至古玩市场，晤狄楚青、陈乃乾。

**十七日(1月30日)** 送方玉山喜幛、烛。

覆刘翰怡书。李佩秋大令(洣，原名萃兰)索《随庵丛书》正续编，送赠全帙。李昔在樊樊山幕，讲金石学。

致叶伯皋书。请题《定林访碑图》卷，赠《格言汇编》。

至中国书店，取书二种：《建文逊国之际月表》二卷，刘廷銮，明崇祯十六年本，洋四元。《汉沙南侯获碑》。攀古楼双钩刻本，洋一元二角。

游古玩市场，晤刘健之、童心庵。

昨陈器之来，赠程霖生藏器拓本廿五种。尊六、盘三、壶五、匜五、甗三、斝三。

**十八日(1月31日)** 午刻，贞元会，同人为余补祝生日。

同柳廉石至李府，送奁至方府。

汪新余来，未晤。

陶子麟来函，刻《科举三录》帐单，共五百四十八元六角四分一厘。先后已付过三百元。《宝祐登科录》(一百卅三号)，计五万三千四百七十七字，(四五)合二百四十元〇六四六；《绍兴同年录》(七十二号)，计三万一千五百三十字，(四五)合一百四十一元八八五；《元统进士录》八十八号，计二万八千九百八十字，(四五)合一百卅元〇四一。板片共二百九十七号，(一角)合洋廿九元七角。封面四页，刻工六元。

永安公司冯闰生送糖果二匣。

覆王培孙书。附皮纸二百叶补钞《休宁名族志》，请乃乾交。

覆张瑞曾书。《格言汇编》已送罄，今寄翁书《金刚经》十册。

致黄涵之书。代张瑞曾请寄《身世准绳》《训俗遗规》二书。

致吴舜臣书。商上东蒲桥桥工局募捐公函，拟捐二百元，另在沪劝募，难以办到。此桥四十三年前修，养堂捐五百元。十五岁时，先君送考时经过此地认捐。元松兄十五日到南陵。上港桥地有六七亩,内分公私,种种牵掣,现拟分购。中闻为佃户吴家芦私业,先行买定,约一百元,周地师云为丁、财两旺之地。此地前有人看过,要价六百元,后说至二日,减去一百元。

**十九日(2月1日)** 为方玉山、李斐君两家作冰人。贺新人分五元。

晚,答拜汪新余,未晤。

**二十日(2月2日)** 至大生,晤寄尘,取大丰息二百元,又取回通遂股票五股,计二千五百元,内息五百元入一股,又息六十元给收据。户名徐积记。

购金颂清楹联二付:吴廷康双钩七言联,洋十元。方濬益楷书七言联。洋三元。

至商务书馆,晤拔可,交汇陶子麟刻书洋二百四十八元。又告刘鸿生道契已托人,可速办成。

晚,至柳廉石处谭,廉石赠《安徽财政清理特刊》三册。

酉刻,方玉山约酒叙。拜汪新余,未晤。

**廿一日(2月3日)** 先外舅刘中丞公九十九岁阴寿,备筵、烛券,挈崇、永两儿行礼。

汪新余来谭。

至刘慧之、徐静仁处,告汪鲁门覆书,场、食两商捐皖振四千元,运商捐款泾县,朱持异议,慧之云照前议,捐五千元,贾颂平拟提出一千余元,解王普省长。

晚,至济生会,查安徽振款,共上海放四万元、棉衣五千套。十一月廿九日放二万元,十二月初六日放一万元,十五日放洋一万元。刘玲生放亳县二万元、棉衣二千套;夏辅宜放灵璧、定远、全椒二万元、棉衣三千套。现刘玲生已放亳振毕。苏州捐红粮千袋、棉衣一千五百件,已不及放。

昨,大照公司汇来夫马费捌拾两。

送马隽卿之夫人呢挽幛。

送汪新余之太夫人华丝葛挽幛。

覆陶子麟书。商书板运沪。

覆张祝秋书。祝秋拟在沪谋事，因询张兴之，请聘书记愿否。

张兴之来，未遇，商为京友聘书记兼教读。

**廿二日(2月4日)** 至济生会，交场商、食商捐款各二千元。当取收据。

至徐静仁处，取场、食商捐洋四千元。

至刘慧之、陈少舟，告济生会垫款及场、食商捐款情形。

答拜张兴之，未晤。访汪新余，已回京。

至中国书店，交陈乃乾校县志修金壹百元。又取《小匏庐诗话》十卷。嘉兴吴仰贤，光绪八年刻本，洋二元。

至古玩市场，晤张国卿，取金文拓本一册。一百六十种，洋十元，廿三日付讫。

致杨云史书。寄康更甡挽诗。刘健之、蒯夫人各赙十元。马兰生绸幛。新俄书。

收西泠印社书价洋十三元零。

收扫叶山房书价廿三元零。

**廿三日(2月5日)** 晚，金伯屏约往素馨斋，陪陈西甫、陈一甫。

覆汪鲁门书。收到场、食捐洋四千元，寄济生会收据二纸。

致史文甫书。为陈海汇说项。

覆陈海汇书。附史文甫书。

收校经山房书价三十二元。

收千顷堂书价五元。

至来青阁，付磁青书衣三刀价十元五角。

上海水泥公司函送董事夫马费弍百元。十四年四月一日至十五年三月三十一日止。

**廿四日(2月6日)** 刘慧之约陪西甫、一甫午饭、晚饭。

陪西甫、一甫游江湾叶氏花园，赠糖果一匣。

李直士宣谏。来，未遇。

**廿五日(2月7日)** 张兴之来谭,为范其光延教师。

覆张祝秋书。范在哈尔滨中东路董事,束脩百元。

柳廉石来谭。还借翁常熟日记。

晚,李拔可来谭,交水泥公司监察夫马费二百元。

**廿六日(2月8日)** 刘健之来谭。

访刘慧之、陈世兄、柳廉石谭,赠廉石《玉台新咏》。

至来青阁,取:三十日付六元。《岭南群雅》初集三卷二集三卷补二卷,刘彬华,嘉庆癸酉刻,洋四元。《竹里诗萃》十六卷。李道悠编录,光绪乙未刻本。

致陈一甫书。寄《一切经音义》《说文古本考》《果报书四种》样本各二册。

致翟展成书。寄《一切经音义》《说文古本考》《果报书四种》样本各二册。

覆郭品翰书。收到夫马费八十两。

覆任心白费。院生已有报送二十名。

覆朱赤萌书。收到《果报四种》样本。

丁仲祜同年来谭,假《彊识编》二册。

**廿七日(2月9日)** 送刘次羽校书洋十元,又代送校《南陵县志》洋壹百元。原议校全书共二百元。

覆汪鲁门书。覆运商捐振情形。寄《法华经》一部、翁书《金刚经》十册。

覆李从龙书。从龙十二月初三日来信,兼财部泉币司帮办(托函许仲衡,为马梅生事)。

致刘十枝书。还《桐旧集》廿四册,赠《六朝志菁华》。

购古香斋各件,付洋四十元:张震之成龙明人。描金应真相卷,二十元。吴让之行书轴,十元,代曹木如。各碑。拾元。

**廿八日(2月10日)** 王鲁青锦。来告,扬州运商捐款已到。

至实业银行,晤慧之,取运商四千元送济生会,当收收据,随交慧之。

致张兴之书。告张祝秋不愿就哈尔滨馆。

覆宣古愚书。秦曼青补编阮氏《华山碑考》,属钞刘燕庭诗,附致曼青书。

**廿九日(2月11日)**　访刘健之谭。送王湘岑呢挽幛。

收中国书店售书洋四十元，付购书廿二元零，净存十七元六角六分二厘。

覆南陵蒲桥桥工局书。认捐二百元。

覆吴舜臣书。附覆蒲桥桥工局书。

代陈西甫、刘健之购商务书馆《会典》及《会典图》两种，每分八元。

**三十日(2月12日)**　张兆淮由武昌来，带回《宋元科举三录》板片。

致周梦坡书。赠广东德庆三洲北岩苏东坡题名、焦春画东坡戴笠象两拓本。

覆陶子麟书。收到《宋元科举三录》版片，催寄《宝祐登科录》二次校样修改本(丙寅正月三日收到)。

周梦坡来书，赠新刻《盛湖志》十六卷补四卷，为吴江仲支仙廷机。辑，其子啸生虎腾。补，孙冕臣刻也。

孙伯辰名奎。自南陵丫山来书，补绘县图及地名，备印全县地图。

付来青阁书价六元，取回重修元本《说文解字篆韵谱》。

拜刘雁峰，未晤，留忆定盘路地址单。地数一亩六分〇二厘，地点二十八保十二图，方单福字六百六十四、六百六十八共两纸。英册马海洋行挂号。

# 丙寅年(1926)

## 一月

**元日(2 月 13 日)**　贺新友新年。

刘葱石来贺。至先影堂行礼。

**初二日(2 月 14 日)**　贺新友。

挈崇、永两儿至大东旅社西餐,游新新公司花园神仙世界。

**初三日(2 月 15 日)**　贺亲友。

覆夏辅宜书。来书刘玲生放亳振一万五千元,辅宜放灵璧九千余元,全椒八千元,三共约三万三千元。上海共汇四万元,拟放定远四千元,大致可余三千元,拟补放宿县之濉溪。又宁地募三千元,天津三千元,汉口二千元,除开支各费作为二千元,可存六千元,拟电皖当道酌拨官款,合办灵全春振。宿县濉溪集冯晓青未放地方绅士筹五千元,请玲生乞济生会补助查放。

**初四日(2 月 16 日)**　贺亲友。

晚,方玉山约酒叙。

**初五日(2 月 17 日)**　贺亲友。

致张子午书。赠《随庵丛书》《玉台新咏》,交翔侄带鄂。

覆陈海汇书。寄史文甫久绍道尹覆讯。

致秦曼青书。告吴平斋双钩华山碑刻本已检得。

**初六日(2 月 18 日)**　定君三十八岁生日。

阅《翁文端公日记》。癸亥二月十二日。黄寿臣以纪晓岚手批《玉台新咏》见示,遂临于旧藏影钞宋本之上。

晚,挈儿女辈至丹桂弟一台观马连良、尚小云演《红鬃烈马》剧。

定君先往即回，剧散归，闻淑畹病，已邀林洞省治愈矣。

**初七日（2月19日）** 至福州路书肆，无所得。晤莫楚生，匆匆一谭而别。

**初八日（2月20日）** 挈崇儿邑庙观灯。

覆缪子受书。收邮汇洋十元。

吴华卿通州来，明晨去宁，售旧上元县前屋。

**初九日（2月21日）** 午刻，赴都益处贞元会。

同刘健之至陈秉泉处小坐。

芜湖安徽银行十九日开幕，李斐君董事长送贺联。云缦星辉春开凤纪，水衡山积业阜鸠兹。

旧藏宋十行本《十三经注疏》为高邮夏鹭门编修子锡。所得怡王府藏本，今阅翁文端丙寅六月廿一日日记，见夏鹭门于《十三经注疏》极熟，绩学之士也。

**初十日（2月22日）** 访罗子经，去天津。又访吴小潜，去杭州。

访丁仲祜，为朱峻夫购《一切经音义》预约券，又为陈西甫、陈一甫购《说文古本考》预约券。

访董授经谭，《永嘉四灵集》将次钞竣，范纬君钞资十五元零，字数一万九千零。当找洋十元，上年付洋十元。余洋给授经处写字人，补书中缝书名叶数。后潘明训来，同观刻印书作。

闻授经言蒋孟蘋藏书张菊生为商务书馆购成，银十六万两。

致吴舜臣书。

致朱峻夫书。附《一切经音义》预约券。

慕邢侄来辞，明日去鄂。

**十一日（2月23日）** 郭肖霆来，未晤。答拜，亦不遇。

晚，赴聂榕卿酒叙。

为陈西甫购集成书局《佩文韵府》连四印外板。并拾遗，付洋四十元。

**十二日（2月24日）** 崇儿十八岁生日。

刘健之来谭,请商汪伯奇为其长子谋新闻报馆翻译。

购张国卿砖瓦文拓本,五元。十八日付讫。

覆陈西甫书。将代购《会典》及《会典图》《佩文韵府》《说文古本考》预约券交惠之代存,附帐单,垫六十七元九角。

致刘惠之书。附致陈西甫书并代购书券。

致朱赤萌书。告《果报录》四种陈西甫、陈一甫各订一百部,翟展成十部。二月初二日西甫来信云共一百部,亦致函更正。

晚,陈乃乾约晋隆西餐,坐有赵月南、姚石子雷。

吴树人来谭。

刘雁峰来,未晤。

**十三日(2月25日)** 午刻,刘慧之招饮。

薄暮,李拔可来,交刘雁峰查忆定盘路道契系英册一万一千九百六十三号文,见实地一亩三分三厘五毫,文费七十二元,令送局,并属地保盛湘洲将盛元全串单送验。

刘葱石来谭。

午刻,陈贵阳师招饮谢之。

**十四日(2月26日)** 晚至新闻报馆晤汪伯奇,为刘健翁之世兄宝生荐翻译,允三月间新宅成设法导观工厂。

访王西神、文公达谭。又访刘健翁,告同伯奇接洽情形。

六时,黄朴存约一枝香西餐,坐有汪声远,铎,歙人,约三十岁。邀三女士来入席,一虞洽卿女公子,年长(三十岁内);二年尚稚(约十余龄),未知其姓。拟考究金石书画之学,又有华南印书社易大厂。粤人。

**十五日(2月27日)** 晨,刘玲生、钟璘。季熙堂钰。来告去冬查放亳灾情形,放洋一万五千元,棉衣二千套。并拟筹款放灵璧、全椒、盱眙春振,补放宿县濉溪集振。

**十六日(2月28日)** 答拜刘雁峰,未晤。诣鲍子丹谭。

午后三时,上海水泥公司董事会议,李云记因建筑契约同公司涉讼事。

午刻，刘鸿生约便饭。

晚，余寿平、俞琢吾约酒叙，辞。

仁善济堂团拜，并开第廿七次董事会，辞未赴。

阅张石州《月斋集》诗集三。《平津侯镜歌为吕西村世宜作》序云："西村，同安人。镜以建初尺度之，径七寸九分，厚二分有半，唇倍之，重今权廿八两九铢强。青龙纽铁环贯之，纽上有方印缪篆，不可识，纽下一凹圆如月而有光，有侧书'大汉平津侯'五字；左侧书'元朔五年造'五字，文杂分篆，公孙菑川故物也。班书《外戚恩泽侯表》载，宏封侯在元朔三年乙丑，镜铸其后二年，乃武帝即位之十七年，即宏请为博士置弟子之年，距今道光二十五年乙巳凡千九百七十六年矣。"诗不录。七古。注云：《博古图》所载古鉴无纪年者，翁氏《两汉金石志》收汉鉴有年号者二，一为哀帝元寿元年，一为桓帝永康元年，皆远在此后。

晚，至奥迪安戏园观影剧。

**十八日(3月2日)**　至中国书店，晤陈乃乾、金颂清。

访董授经，未晤。

覆汪鲁门书。寄翁书《金刚经》廿册，珂罗板影元本苏写《金刚经》一册，《我信录》《吕氏乡约》各一册。

致陈一甫书。告代购《会典》及图八元，书交金伯屏寄。又《说文古本考》预约二元七角券存，俟五月出书。

覆翟展成书。定《一切经音义》《说文古本考》二部，《说铃》中《果报四种》十部。

**十九日(3月3日)**　午刻贞元会，补祝俞寿丞生日。

晚，葱石约挈崇、永两儿酒叙，坐有濮伯忻、李木公。

以刘廷銮著《建文逊国之际月表》付葱石刻入《贵池先哲遗书》。

**二十日(3月4日)**　午刻，天晦冥。十一时起，约五分钟。道光、光绪(庚子)间亦经过如此昼晦，宣统辛亥湖北亦同。

吊王湘岑之丧。购红木书桌，四十四元，又力八角。

访俞琢吾同年谭，赠《玉台新咏》。

访吴树人，未遇，留书曹君建新婚屏幅。

赠王西神《玉台新咏》。

陈乃乾创议立中国图书刻传会，每股二百元，分四十个月缴，认两股，先交五个月五十元。

**廿一日(3月5日)** 狄楚青来谭。

校范纬君写影宋本《永嘉四灵集》甲乙丙丁四卷，存《徐照集》三卷，《徐玑集》上卷。

**廿二日(3月6日)** 晨挈崇、永两儿至苏州，晤黄吉园，购郘公𫔶钟与邹氏周金文存异。全形拓本，五十七字，在苏州元墓圣恩寺。价二元。郘公𫔶钟凡三：一五十七字，历藏吴县曹氏、归安吴氏、浭阳端忠敏公。一五十六字。仪征阮氏题为周公望钟。

游刘园，晚归。

**廿三日(3月7日)** 至蟫隐庐，晤罗子经，以范纬君书《永嘉四灵集》转请改字。

至来青阁，晤杨寿祺。

致程霖生书。辞明晚功德林之约。

覆李从龙书。去冬回京任财部泉币司帮办，月薪二百六十元，晋省仍送百元。

致张祝秋书。报载，皖财厅长刘委棕阳税所。

覆汪甘卿书。来书云臂痛复发，已愈，不日来沪。

覆顾鼎梅书。委作《河朔访古随笔》序言，此书记金石佚闻琐事，其考订各碑则在《金石志》也。

覆李佩秋洣。书。官宁海知事。赠先集(李登云孝笙甫)《万山草堂诗集》六卷，又刻郑方坤《国朝名家诗钞小传》。覆赠齐武平四年逢迁天保三年道建二造象拓本、郑衡山人曾官兰溪访唐志二种。

**廿四日(3月8日)** 罗子经来谭，还刘健叔借洋五十元，壹百元先后还清。并商劝陈乃乾仍主持中国书店事。随约同子经邀乃乾至晋隆西餐调解。

**廿五日(3月9日)** 鲍子丹来，约同往江岳峦为外孙家源商治痔疾。

覆徐行可书。行可寄襄阳钱氏藏熹平镜拓本，覆请商让此镜，价由行可评定。行可拟校《宋元科举三录》，覆以用明本、元本付刻，中有误字，已略改正，从黄、顾刻宋本例也。现拟《说文篆韵谱》元刻本覆刻，请作校记。

罗子经来谭，约晚至会宾楼，邀陈乃乾劝慰。后子经商金颂清议定，另租店屋，乃乾可打销辞意。

**廿六日(3月10日)** 金颂清来谭。

致陈清源书。十八日，曾致函告花园巷屋刘旅长来函退押租，当请其商，戴静山出收据，今袁栋材来信已理结，并由刘克昌寄来，戴代收据扣去一百廿元房租，净交三百八十元，克昌取去廿元，作打扫瓦木工用。为工叔请关照。

覆杨芷青书。收到刘钦甫《何聘臣传稿》，何事实在宣统三年后者，多于例未合，尚须商定。

覆吴舜臣书。附寄芷青书。

中国济生会来函，以去冬筹办皖振，奉佛谕特颁福寿字轴。

访罗子经谭，交元刻《说文篆韵谱》，请范缉君补书残损各字。

晚，倪远甫、杨咏秋约至陈贵阳师家酒叙。

**廿七日(3月11日)** 家源在医院，往视之。

晚，金颂清、郭寿丞约至金陵春酒叙，坐有罗子经、陈乃乾，商乃乾仍任中国书店事。

**廿八日(3月12日)** 二时，至江岳峦医院，视治家源痔疾平安。

访李拔可谭。

**廿九日(3月13日)** 购汉文渊书，洋壹元:《仓颉篇校证》三卷补遗一卷。梁章钜撰，男恭辰写刻，光绪五年刻。

撰《永嘉四灵集》甲乙丙丁四卷校记。

## 二月

**初一日(3月14日)** 午刻，赴庄得之酒叙之约，坐中陈贵阳师、陈少石丈、冯蒿庵丈、李伯行、王雪澄、余尧衢、龚景张、龚怀西、张仲照、刘慧之。

访叶柏皋谭,《定林访碑图》尚未题,先取回。

访吴小潜,商让吴天纪镜。出价四百元。

晚,至丹桂第一台观尚小云《林四娘》剧。

覆陈绳夫书。《籀庼》书衣属题,请吴缶庐书件。谢寄赠《平阳县志》。

**初二日(3月15日)** 翟展成由芜来谭。

至中国书店,购古墨三定,洋九元:仿金错刀制墨,程丽仲造,二定,共四元。程丽仲即程木庵,见六舟《小绿天庵遗诗》。御用淳化轩摹古宝墨。云汉为章,大清乾隆年制,一定五元。

覆蒯若木书。谢赠食物四匣。

吴元松昨咯血,今来告,随派人请假接其来寓医治。

**初三日(3月16日)** 汪甘卿由苏来谭。

约王秀仁来商印镜谱。

元松病未愈,函蒙藏银行请假一星期,并函鲍子丹。

武仲平之侧室丧,送银定烛。

沈次裳讣至,送冲华丝葛幛。

刘鸿生、吉生母沈夫人六十寿,二月七日在徐园彩觞庆祝,送贺分洋十六元。

覆陈西甫书。属定《一切经音义》《说文古本》各一部,又询去年拟购《一切经音义》二部已否代购。

覆任心白书。除日来书,梅老、璩生、颂如已陆续送到院生。

覆朱赤萌书。陈西甫一甫合定《果报录》一百部更正。

致丁仲祜书。陈西甫托购《一切经音义》三部、《说文古本考》一部,请登记。

致夏辅宜书。询病。

致黄吉园书。请寄造象拓本并价目。

**初四日(3月17日)** 晨,约汪甘卿、翟展成两同年至新半斋面叙，崇、永两儿俱。

至中国书店，晤陈乃乾，拟与金颂清决裂，并付阅登报稿。

至来青阁，为翟展成商印善书二种，并预算石工纸料装订费。

安徽银行总理朱晋侯、蕃，黟县。上海办事处主任万茂之龄，合肥。来，未晤。

致黄朴存书。送中国金石书画艺观学会特别会费十元。

晚，康更甡同年约游存庐酒叙，汪甘卿同年在坐。

**初五日(3月18日)** 翟展来谭，今晚回芜。

夏辅宜由宁来，谭振务。

覆吴舜臣书。来信稻价每石四元一角，请其斟酌出售。告吴元松初一日起患病，延中西医治情形。今年帐略报告，上年收稻四千一百五十九石〇六斤，又洋三百三十二元六角。陈敏勋应定租四十八石五十七斤，未缴。道生市房收歇，由德记承租，押租一百廿元(原一百元)，行租一百八十元(原一百卅二元)。舜臣现患脚湿气，各租账未誊清，稍迟再寄来云。

晚，答拜辅宜、展成。后至济生会议春振。

至罗子经处，取纬君钞《永嘉四灵集》回。

**初六日(3月19日)** 见报载陈乃乾声明已与中国书店脱离关系，各界往来交涉概不负责。

答拜朱晋侯、万懋之谭。

至江岳峦医院，视外孙李家源。

晚，请李伯行、倪远甫、聂榕卿、刘畏之、刘实之、刘慧之、刘雁峰、杨咏秋、夏玉峰、陈少舟一枝香西餐，未到者方玉山、张东甫、夏辅宜、翟展成、汪蟾清、余节高、汪伯奇、汪仲韦、李柳溪、吴树人。

至福州路书肆，翁朗新购各书中拟选九种：《孤臣泣血录》，明本，四册。《天台山全志》，八册。《安居金镜》，八册。《饮水诗词》，二册。《绮玉堂填词》，二册。《李长吉歌诗》，王琦注，三册。《西湖梦寻》，四册。《小波词钞》，二册。《研经室诗录》。一册。

**初七日(3月20日)** 先荣禄公忌日。

重宁寺雨山和尚来，以《睿川易义合编》正编十种、副编六种、续编二种。相赠，此书为泰州徐天璋演，睿川今年七十余矣。辛亥自序幼嗜学易，长益研求，自甲申各至今三十余年。雨山至育王寺赴涅槃会，今未能同往，以会费十元交之。去冬代募周芝珊、周渭滨请藏经捐款四十元，亦交之。

约王秀仁来，拓铜镜一日。拓黄武、永安、太康三镜各四张，又唐镜二张。

至四行准备库，晤钱新之、杨瑞生，为张仲照托荐张姓练习生。名谷，江宁人。昨晤倪远甫，已将履历交去。

刘鸿生母沈夫人在徐园作生日，命崇儿贺之。

**初八日(3月21日)** 至徐园祝刘鸿生母沈夫人寿，观剧。

拜张仲照，因病未晤，晤其公子并塾师张先生。

约王秀仁至古香斋，拓楚公钟并二鼎、一鬲、一爵、二印牌、一英州防御使印牌，一河内观察使印牌。一驾牌。又见宋宝祐牛符，索价二百元。

至西泠印社，晤吴小潜，商购天纪镜不成。

吊沈次裳之丧。

陈新铭君端，于香谷婿。赠南通名家宝墨两册，价洋六元。一汤文峰先生钧书《圣教序》四十帧，一孙墨原先生芳画人物十二帧。

黄吉园寄来郏公牼钟拓本。

宗子戴来，未晤，留残元本《考古图》弟三卷一册。初九日晤子戴，交还。翁文恭公题书面云："将氏青桐轩物，同龢二十岁得之京师。"首叶有"蒋扬孙读书记"朱文长方印。余旧藏元刻《考古图》即莫氏《经眼录》著录者，已归李嗣香阁要。去年得一残元本，存前四卷。

金颂清来，未晤，留赠千万钧刀墨二定、黄山图墨四定。

**初九日(3月22日)** 午刻，赴都益处贞元会。

至中国书店，晤金颂清、郭寿丞。

至蟫隐庐，子经未至，留《永嘉四灵集》写样并《二徐集》补阙稿，请子经交纬君书。

访鲍子丹，为吴元松续请病假，闻袁述之明日海道回津。

金香严赠新印明万历《秀水志》十卷。

周梦坡来书，附来丹徒叶菦渔玉森。赠新著《铁云藏龟拾遗附考释》一册。

覆慕邢侄书。

刘锡之赠所著《双井堂诗集》十卷。

**初十日（3月23日）**　午刻，李佩秋洣。招饮于同兴楼，蒿丈、一山、翰怡在座。

吴逸知回陵养病，今晚行，致书舜臣，告代请假并附鲍子丹来书。

徐行可来书，汉熹平镜钱氏宝若头回未能居间作合。寄来明李显刻《说文篆韵谱》五册，陈仲鱼藏本。又《小学汇函》本二册，假校行可。托购博古斋唐端甫仁寿。校本《后汉书》。定值五十元，拟以三十元得之。

访罗子经谭，交李显刻《说文篆韵谱》卷三，转付纬君补摹元刻缺叶。午刻，又续交四卷共五册，三月取回。

吴剑泉来，未晤。

拜袁述之，未晤。

晚，赴李季皋一品香之约，并观尚小云《玉堂春》、马连良《骂曹》剧。

**十一日（3月24日）**　余阶升来谭，请为其戚吴氏题主。

汪茂生来，交蒯宅丙寅二月房租壹百四十二两五钱，又交汽车闲画图样费钢骨样。三十五两收条。

答拜宗子戴，未晤。

至古香斋、博古斋、来青阁、锦文堂。

游古玩市场，购宋镜一枚，洋四元，蜡封印钩，一元，何芷舠等制墨大小十定，洋二元。

覆刘葱石书。询陈乃乾脱离中国书店情形。

覆徐行可书。收到明本《小学汇函》本《说文篆韵》本,将来请黄季刚校订。唐校《后汉》五十元,不能贬值,告曾编钱警石《两汉校本》,尚拟付刻。熹平镜他日可商乞作缘,不敢吝值。

覆黄吉园书。寄郏公ǎ钟拓本价二元。

**十二日(3月25日)** 丹弟夫人生日,往贺。

答拜吴鉴泉,未晤。

至济生会代淑畹送信阳兵灾振洋壹百元,又代大女振洋五十元。

至中国书店小坐,告葱石寄售书以后立折。

晚,赴安徽银行李斐君、朱晋侯、万茂之大东酒楼西餐之约。

至陈秉泉处,取:唐开元二年杨元□造天尊象,七十元,十三日退。明拓汉《曹全碑》,玉颛玉字有一小点,不作王字,乾字亦未穿,三十元,十六日付讫。明定窑印合。十四元,十三日退。

蒋穀孙赠金元钞版拓本三种、龟鱼符拓本五种、铜尺拓本五种。

**十三日(3月26日)** 至盐业银行,晤倪远甫谭。

约萧谷芬商定四尺夹宣纸。半皮,每帖约七斤,如每件廿刀,除皮净一百四十斤,如每件廿二刀,除皮净一百五十四斤,每刀化银三两。通讯处:新开河复昌恒内曹协吉宣纸号,普通半皮四尺夹贡每帖(廿五张),约一斤十三两。

覆蒋穀孙书。谢赠拓本。

致张仲照书。告倪远甫同钱新云接洽情形。

夏辅宜来书,告筹皖振情形。准十五日赴宿州濉溪放振。通讯处:津浦路南宿州濉溪镇保卫团转交济生会振务处。

陈一甫来书,由启新公司先拨来书价壹百元。

覆陈绳夫书。寄书《籀庼遗文》书衣。

李瑞九三十生日,送幛、烛、糕、桃,收款字。

**十四日(3月27日)** 至新新公司。

至汉文渊书店购书,洋十元:当付。《金文雅》十六卷,秀水庄仲方编,道光十七年活字本,洋五元。庄另著有《南宋文范》。《百一草堂集唐诗词》,钱唐柴才(次山)辑,凡初刻、二刻、三刻各二卷,乾隆庚辰刻本,洋二元。

《唐人五言长律清丽集》六卷，徐曰琏、沈士骏同辑，乾隆廿二年刻本，洋一元五角。《二波轩词选》二卷，王嘉福，道光十四年刻本，洋五角。《宋七家词选》七卷。戈载辑，杜文澜校注，光绪丁丑刻本，洋一元。

至锦文堂购书，洋十元：十六日付讫。《居士传》五十六卷，彭际清述，乾隆四十一年刻本，附《二林居唱和诗》一卷《体仁要术》一卷，八元。《和庵绘折枝百花图》。朱印本，付姮女，二元。

致刘玲生书。寄金光明法会捐洋二十元。

李元之今晚由扬来，到馆。

**十五日(3月28日)** 访陈少舟、丁价侯，谭安徽春振。济生会已汇二万元。

丁莞孙来谭。

覆夏辅宜书。济生会有面粉四千包，每包一元五角，电询用否。又汇二万元，价侯可望多捐，将来结束，或不至拨用旧款。

**十六日(3月29日)** 叶柏皋为子熊能士。授室，送幛烛，并往贺之。

覆陈一甫书。收到书价一百元，随后结算。

致王君九书。告《二波轩词选》已访得。

至大东书局、中国书店、锦文堂。付书价十元。

至陈秉泉处，付《曹全碑》价三十元。

晚，约李元之、苏公隽、汪蟾清、丁莞孙、刘次羽、张兴之会宾楼酒叙。

送吴发祥、宗周。吴发来宗汉。继母汪恭夫人华丝葛幛、烛。

**十七日(3月30日)** 陆仲英有朝云之戚，函寄忏仪六元。

贺李瑞九三十生日。

访瞿良士，已回常熟。又访周业勤谭。

雨山和尚来谭。张兴之亦来谭。

**十八日(3月31日)** 至来青阁，借聂晋人《百名家词钞》十六册。

函刘锡之,赠《玉台新咏》。

**十九日(4月1日)** 刘健之来谭,同至王秀仁家商印《蜀石经》。

致朱遂翔书。寄刻书洋价共卅七元五角,各书交来青阁转寄,书洋随后结算。

**二十日(4月2日)** 赴都益处贞元会,陶拙存值会。

**廿一日(4月3日)** 至周云峰处,取回裱成雷峰塔经卷,付工价八元,又交裱三月十三日裱成取回。汉《孔彪碑》,明拓本,何子贞藏并题签。汉《曹全碑》。明拓本,赵次侯藏并跋。

至汉文渊书店购书,陆元:廿三日付讫。《解脱集》四卷,袁宏道,明刻本,万历庚戌春旬吴袁氏书种堂校梓,三元。《颐志斋四谱》,丁晏,道光刻初印本,一元。《石湖词》、范成大。《和石湖词》,陈三聘,味菜庐集印本,二元。《茗斋百花诗》二卷,海盐彭孙贻,有残缺,未算价。《卫生集》二卷。华梧栖,嘉庆刻本,未算价。

**廿二日(4月4日)** 吕鹿笙之世兄传元寄所著《淮南》。

覆顾鼎梅书。附送代购魏隋墓志卅三种,价洋十五元四角。

致罗子经书。附送范纬君钞书洋四元。

致章一山书。谢龙华寺看桃花之约。

覆刘葱石书。寄来《贵池先哲遗书待访目》十册。

覆张祝秋书。催题书签。

致陶子麟书。寄《宋元科举三录》叙目写样付刻,约期三月半间,江顺轮至鄂,派张兆槐来取。

未刻,为吴发米、吴发祥母何宜人,继母江宜人题主。

晚,沈冕士、韫石、季宣昆仲约酒叙。

至古香斋,晤蒋穀孙。

至中国书店,取:廿四日议定洋八十元,五月六日付讫。《汉隶分韵》七卷。不著撰人名氏,明正德丙子田汝耔刻本。

**廿三日(4月5日)** 清明,挈崇、永两儿游半淞园。

至陈少舟处谭,交阅辅宜报告放振情形讯。辅宜拟商济生会垫借振款四万，又拟濉溪立济生分会。

覆陈绳夫书。《籀庼遗文》请惠一部。

覆夏辅宜书。济生会垫借振款恐难办到，濉溪拟办济生分会与会章合例，请径向总会接洽。

覆任心白书。附寄丁价侯讯，已转交，并告前同价侯接洽情形。

**廿四日(4月6日)**　至俞寿丞处谭，为慕邢侄请其恳函张子武关照。

覆慕邢侄书。来电托子武关照，告同寿丞接洽情形。

至大东书局，交《南陵县志》列女志稿三册六卷，又地图二张。附补画青阳等交界地名草图。

至中国书店，晤金颂清，商定《汉隶分韵》价八十元。

晚，赴汪蟾清消闲别墅酒叙之约。

至翁阆仙，购书六种，码洋壹百三十一元，七折计实洋，九十一元七角：廿五日付讫。《靖康孤臣泣血录》卷，丁特起，明万历丙午刻本。《建文逊国臣记》八卷，郑晓，明刻本。《西湖梦寻》五卷，张岱，康熙丁酉刻本。《安居金镜》八卷，吴永年，乾隆甲子刻本。《石如吟稿》一卷，江介，道光癸巳刻本。《青霞馆论画绝句一百首》。吴修，光绪二年葛氏啸园本。

送扬州万寿寺寂山老和尚六十寿联。

**廿五日(4月7日)**　晨九时，附沪杭车至杭州，四时抵城站，寓湖滨路湖滨旅馆。

晚，至城站抱经堂，访朱瑞祥，未晤。又至中书房。杨见心所设，书价昂而无一当意。顺过道古堂，为古怀堂郑长发之戚张氏所设。购书二种，洋二元四角：《道腴堂杂著》一卷，鲍鈖，康熙间刻本。《额粉盦集》六卷。萧山高第，嘉庆刻本。

**廿六日(4月8日)**　晨八时，乘舆至岳王寺、清涟寺、即玉泉鱼跃。灵峰寺、寺旁周梦坡筑有补梅庵。法镜寺、下天竺。法真寺、中天竺。法喜寺、上天竺。韬光庵、北高峰南。云林寺、旧名灵隐寺。过飞来峰、一名云鹫峰。龙泓洞、理公岩、射旭洞、玉乳洞、俗名一线天。冷泉亭、壑雷亭、双峰插云而归。

访吴䌹斋，不遇，留雷峰塔经卷请题，赠《玉台新咏》。

又访邹景叔，未晤。晚，景叔来谭。

**廿七日(4月9日)** 乘舆晨至净慈寺。在南屏山，寺门前为南屏晚钟亭，寺内济师有运木古井。

访雷峰塔遗址，净慈寺前。再至大慈定慧寺、俗名虎跑泉。宋道济祖师塔、定慧寺右。开化寺、有六和塔，凡七级，环壁刻经及菩萨像。云栖寺。在云栖坞，莲池大师墓在山下。稍憩，素斋后过九溪十八涧，至理安寺，明僧契灵卓锡此山，近周梦坡为其母董氏建经寺，傍全植楠树。购梁山舟书《楞严咒》墨拓本、啜法两泉水茶，甘冽在虎跑泉上。过九曜山，南屏山西。至净梵院清修寺、在烟霞洞，洞甚深邃。大仁禅寺在石屋洞，高敞虚明，壁刻佛象。归。

晚，访朱瑞祥谭，购书五元六角：《类选笺释草堂诗余》一卷，顾从敬选。《续选宋元草堂诗余》二卷，钱永治笺释。《类编笺释国朝诗余》五卷，钱永治编，陈仁锡释。明万历甲寅刻本。

**廿八日(4月10日)** 晨至吴山俗名城隍山。礼省城隍庙，又至月下老人祠为崇儿祈签，得，昧昧我思之，如有一个臣断断兮。又为家源外孙祈签，得，自郐以下无讥焉。过各庙一揖。

午后乘游艇至钱王祠，即表忠观，新修，极壮丽。访柳浪闻鹭遗迹，再至三潭印月、西湖十景之一，有退省庵记彭刚直公，潭上有亭，亭后石桥九曲以达迎翠轩、关帝庙、卍字亭。康山、又至汾阳别业，俗。旧名丁家山，康更甡同年筑石岩，天然极玲珑，题曰潜岩，望钱江、苏堤、杭城如掌，兼揽湖山全胜，登山由蕉石鸣琴而上，山古名一天山，今名一天园。湖心亭、均在外湖。苏堤春晓、曲院风荷、在苏公堤。西泠印社、就山布置，亭榭岩壑尤美，山顶荷池可消夏记，印人丁敬、丁仁、叶铭、吴隐、王寿祺创立。浙江图书馆、索保存书目二册。公园、行宫改建。平湖秋月。均在白堤。

邹景叔、童心盦来，未晤。

晚，至朱遂翔处，因沪汇洋五十元未至，先向假用。

吴絅斋来书，为题塔经卷，并赠其尊人子修先生《补松庐诗录》六卷。

拟访陈伯严，不得其地址未果。

**廿九日(4月11日)**　晨至东岳庙寻崔府君祠，知为保安军队驻兵，庙后寝殿神象均移殿庑。

过梅花碑，购嘉庆御制墨六十四定，洋二十元。

午后二时，附沪杭车回沪，九时抵家。此行计共用洋一百五十元。

定裱虎皮笺二百张，付洋十七元。

## 三月

**朔日(4月12日)**　刘健之来谭。

访陈立炎，未晤，留赠《徐公文集》。

至蟫隐庐，取范纬君钞《四灵集》逸诗并札记，付钞资六元。

答拜郭品翰、礼征昆仲，谭大照上午营业情形，酌定官余利一分二厘。

至校经山房、来青阁、中国书店。

访陈少舟，留辅宜公函，报告滩溪口振务已毕，面粉五千袋运临，准备振盱眙，又三千袋运符离集，同本地续募之款，俟春末夏初，仍在滩溪口等处加放春振一次。

贺李企颜生日。

视刘葱石疾谭。

王逸塘寄赠新印其尊人泽斋老人《童蒙养正诗选》一册。

杨寿祺新得宋本《黄氏补千家注杜工部诗史》三十六卷，半页十一行，行大十九字，宋本宋印，善本也。遇宋讳阙笔，《天禄琳琅书目》著录，各家藏书目均未载。近潘明训有此书，完善；蒋生沐有宋刻残本，见《东湖丛记》六。书为宋黄希字梦得，临川人。补注，未成而卒，子鹤续成之。前载宋吴元集录传序碑铭诗记，鹤自订《杜甫年谱辨疑》，并集注杜诗姓氏，有董居谊、吴文序，阙卷八至卷十二，共五卷。索价四百六十元。

刘健之绍介李季皋购之。季皋以残缺未收,健之以四百元得之。

**初二日(4月13日)** 刘健之同王秀仁来,商《蜀石经》印样。

至安徽银行办事处,万茂之未晤,晤江相民辅,合肥。接洽往来。

至蟫隐庐,取回纬君钞书。

答拜顾鼎梅,未遇。

**初三日(4月14日)** 至上海商业银行、浙江兴业银行。

约萧谷芬同至刘健之处,定夹宣二百卅刀。

覆吴舜臣书。寄来鳌官屋四亩田契,原价一百卅二元,又帐簿三本,粮串捐条等项,请补支一百元酬应费。周少伯地师已到陵,看峨岭有无佳地,至上港桥务请买成。汇稻款可交芜安徽银行朱晋侯收转上海办事处收,徐积记来往折不收汇水。

送陈新甫六十寿幛、烛,收款字。

吴缶庐女孙子茹名涵。次女于归,送冲华丝葛幛、烛,收。

覆朱遂翔书。索刻书寄售。

覆张祝秋书。寄《说文篆韵谱》《永嘉四灵集》篆签。

覆顾鼎梅书。附送代购各志六种,洋四元三角。

访罗子经谭,取回范纬君补钞元刻《说文解字篆韵谱》及明李显刻本、《函海》本。拟送五元六角。

刘健叔赠新印《簠斋藏镜》、二卷。汉刘熊碑各二分,并还前假簠斋镜拓十二种。

杨寿祺继母五十生日,送寿分四元。

**初四日(4月15日)** 送缪子彬夫人吴氏素绸挽幛、烛。

郭品翰、礼征来,谭大照添机并发股息事。随答拜,约同美权处相商,美权阻之。

至古玩市场,购古镜三枚:唐四骏花枝镜,一元(破损)。唐芙蓉花镜,九元。唐人物画象镜。一元。

**初五日(4月16日)** 汪蟾清四月二十日为五子盛生名观龄。娶妇,送缎幛、喜联,收。璧烛酒。

访罗子经，交元刻本《说文韵谱》，请范纬君补书阙字七叶，并找付钞资四元。《四灵集》札记补阙约七元〇，补写《说文韵谱》约五元〇，两共作十四元，已先后付讫。

晚，陈乃乾约金陵春酒叙。

购来青阁书，价洋四元：五月三日付讫。《诗集传音释》二十卷，咸丰五年蒋光焴刻本，蒋光照撰札记。《有恒心斋诗》七卷。黟程鸿诏。

曾太傅毅勇侯传略。黎庶昌撰刻本。

访周业勤谭。

**初六日(4月17日)** 先外舅刘光禄公百岁阴寿，在杭州海潮寺作水陆道场。

晨八时，同淑畹附车至杭，一时抵城站。陈镜清名澄，沈玉珊婿。邀至法院前长生路养和里五号寓中小住。午餐后，至海潮寺行礼。送经资一百元。

游湖滨路，购道古堂：《历代帝王纪要》十二卷。郑瑞梿重订，光绪辛巳刻本，洋一元。

又购中书房：《春秋氏族图考》二卷，沈澄本录，嘉庆十九年刻本，洋一元。《春秋七国统表》六卷。魏翼龙辑，道光十三年刻本，洋一元。

**初七日(4月18日)** 晨至学官巷访吴䌹斋谭。又访邹适庐，未晤。

午后，至昭庆寺，游孤山，过平湖秋月、俞楼，再游西泠印社，摄影，遇丁辅之，赠魏侯愔隋羊本两志打本。

陈镜清偕其兄哲庵名祖濬，官芦沥场大使。由沪回。

晚，至抱经堂朱遂翔处闲话。

**初八日(4月19日)** 晨访陈散原，未遇，留扇乞书近诗。

至海潮寺，遇濮伯炘。

游福绿路，购小琳琅馆：主人郑姓。《玉山草堂诗集》十二卷，仁和钱林，道光廿三年刻本，洋二元。《常州赋》一卷。褚邦庆编注，乾隆乙未刻本，洋一元。

又购文艺书局:《瑶草珠花阁诗钞》五卷,席慧文,道光辛巳刻本,附《镂冰词》一卷,二元五角。《琴语堂杂体文续》,李肇增,同治甲子刻本,洋四角。《非石日记钞》一卷。钮树玉,光绪八年彊学簃刻本,洋一角。

又购二酉山房:《霍山县志》十五卷。知县秦达章修,光绪卅一年刻本,洋三元。

又购雷峰塔砖拓本一册。百卅五种,洋四元。

过抱经堂,同朱遂翔至湖滨路西园啜茗。

**初九日(4月20日)** 晨至松木场,附汽车至余杭,过留下,西溪镇市,相传宋高宗欲都其地,后得凤凰山,乃云西溪且留下,因称留下。欲游天目山暨径山寺,须三日往返,未果,如由余杭乘汽车至临安,再乘舆去玲珑山,可观东坡题名也。未时回。

散原来,未遇。往访之,至康更甡同年处,未晤。又访喻志韶谭,赠《玉台新咏》,并以扇索书。

邹适庐昨、今两日来,未晤。是日,段祺瑞逃津。

**初十日(4月21日)** 访陈散原谭,约明午在王润兴便饭。杭人称王饭儿。

喻志韶来,未晤。

至海潮寺,诣先外舅光禄公位行礼。葱石已由沪来,留素斋。

同淑畹泛舟游钱王寺、三潭印月,摄影,薄暮归。

晚,同淑畹至王润兴便饭。

**十一日(4月22日)** 雨。陈散原来,邀至王润兴午饭,坐有汪颂年、赵叔雍,并为书扇二叶。内为崇儿书一扇。

六时,附车回沪,陈镜清夫妇送至城站而别,十一时抵寓。

**十二日(4月23日)** 刘健之来谭,已将宋本《补注千家注杜工部诗史》购成,价四百元。

**十三日(4月24日)** 朱古微来谭,借太清春《东海渔歌》,第二卷钞本,一、三、四卷西泠印社活字本,古微校过。拟撰《论词绝句》,索闺秀词,赠之。

访俞寿丞、朱古微，均未遇。

至安徽银行，晤江相民。劳吉六来。

访丁仲祜，询铅印书价值。每页排工约六角，纸板约一角，印工约廿八元，有光纸约四十二令，合八十七元，面底约四元八角，钉工约廿一元三角二分，印工约一元六角。系陈倬斋托询印价，书约八十页，计四十八元，照印二千部计。

至古玩市场，购铜镜二枚，洋三元。宋元闲制，一长风破浪，一人物画象。

至来青阁，取《胡绳集诗钞》三卷。华亭女史范壶贞，乾隆乙酉曾孙胡维钟刻本，洋二元，五月三日付讫。

访罗子经，未值，取回纬君补钞书。

**十四日(4月25日)**　午刻，赴张仲照酒叙之约。

答拜余尧衢谭。

访余节高，询晋泰公司上年收成情形。

视沈冕士疾。

至中国书店，取：五月六日付价讫。《常州府八邑艺文志》十卷，卢文弨纂，咸丰九年庄翊昆校活字本，洋八元。《京畿金石考》二卷，孙星衍，光绪间潘祖荫刻本，洋五角。《商周彝器释铭》六卷，成都吕调阳辑，新刻本，无爵觚觯，疑未完，廿三日退，洋五元。吕号竹庐，彭县人，举人。著有《观象庐丛书》，最精三礼。《觉世经图说》。同治癸酉元真坛刻本，廿三日退，洋八角。

送徽宁会馆长生愿洋十元。

袁栋材回扬州，给洋八元。送陈清源西湖画扇、龙井新茶。

蒿庵年丈来书，办淮、徐、海春振，属向丁价侯募捐。

**十五日(4月26日)**　劳吉六来谭。

覆陈一甫书。询余节高晋泰公司收成，不日报告，付租息。书价俟《说文古本考》出书后结算。

覆陈倬斋书。印《人身关切要书》情形。印二千部，约二百数，已捐一百余元，不足同子丹任之。

覆汪启我书。询北京情形。

致李从龙书。询北京情形。

覆王君九书。寄《二波轩词》。

郭品翰来书,前初七日大照公司董事会议决乙丑股息发官利八厘现金,余利四厘填股票。

安徽旅沪同乡会公函,推举会董。

覆鲍子丹书。告印《人身关切要书》不足五十元分任捐募。

覆翟展成书。询丁仲祜预约书出板期。

**十六日(4月27日)** 访冯梦丈,谭振务,赠新印《果报类编》。

赠博古斋、蟫隐庐、周芝田、夏玉峰《果报类编》。

朱赤萌送来《果报类编》一千二百部。合洋三百元,十七日复。

函翟展成,寄《果报类编》十二部。合洋三元。

函周业勤,附《果报类编》一百廿部。合洋三十元。

函陈一甫,寄《果报类编》一百部。合洋廿五元。

寄李从龙、汪启我《果报类编》。

**十七日(4月28日)** 至大东书局印刷所,晤沈骏声谭。

至商务印书馆、来青阁、味古精舍。

至仁济堂。

至锦文堂购书,洋三元:付讫。《王渔洋载书图诗》、《海曲词钞》四卷。冯金伯。

两致朱瑞祥书。寄《怀豳杂俎》《徐公文集》。《徐公集》改廿五日寄。

余峙莲来,交丁价侯、一号。程霖生、二号。张仲照、三号。李从龙四号。董事证书。

拜丁价侯,未晤。接覆书,分销《果报类编》壹百部,并价洋廿五元。

**十八日(4月29日)** 前日接马虽生函,云刘逊夫已定二十日交差,随函恳沙健庵转请王税所长留办。

致陶子麟书。派张兆槐取《宋元科举三录》序目。

覆吴舜臣书。周少伯看得峨岭张家冲佃户吴少廷住基极好,护砂朝案均佳，较上港桥地尤佳。又峨岭纸棚山壕埂下有地亦好，不如张家冲，惟上年十二月被俞廷贵四十元卖去。此地查老契地址下，虽上首有俞姓坟多冢，然所卖之处实我处之业，现同彼方交涉。寄《果报类编》十部。覆以张家冲地甚好，惟嫌路远，且阳基改阴基，不如上港桥，务请设法买成，好在吴家芦地已买，也多留一处，以备择用，纸棚山地盗卖，请交涉。去年十二月十八日来信，云上港桥极好。

拜张仲照，未遇。晤丁筅孙，留佛教慈幼院筹备会会董证书，又留明许自昌刻《杜工部集》批本。留《果报类编》二部。

拜余峙莲，未晤，留程霖生、李从龙会董证书，请由会分别寄送。

访刘慧之谭。赠《果报类编》三部。

至中国书店、来青阁、古玩市场。

**十九日(4月30日)** 午刻，都益处贞元会，王子仲值会。赠同人《果报类编》八册。

程云岑来谭，交还五铢铜范。

访罗子经，略谭。

**二十日(5月1日)** 至谭以礼医生处诊。

**二十一日(5月2日)** 商务印书馆创办东方图书馆，今日开幕。挈崇儿参观，晤菊生、拔可、梦旦、叔通、剑丞。

陈少舟来，交陈西甫、一甫来书，拟提议推陈少舟为晋泰公司主任董事，请赞成。

**二十二日(5月3日)** 至谭以礼医生处诊。

至忠厚书庄，晤李紫东谭。紫东代友购《玉台新咏》一部，宣纸《阳春白雪》三部。

至汉文渊、来青阁。收洋十四元。

刘晦之假张幼樵著《管子学》五十二册。交还。

**二十三日(5月4日)** 万懋之来谭。至余伯陶处诊方。

致陶子麟书。寄《永嘉四灵集》样本八十四页，补阙十五页，札记十页，共一百〇九页写样。

覆汪启我书。问讯平安。

陈少舟来谭，交《果报类编》八百部，价洋二百元。

陈子康世兄昌豫。来，为贵阳师七十寿征诗，并交诗屏。

**廿四日(5月5日)**　至臧伯庸处诊。

覆王迪成书。其尊人及本身事应入民国志，捐款定书径向志局接洽。

致杨芷青书。附致王迪成书。

函朱赤萌，附送《果报类编》壹千二百部，价洋叁百元。收大东书局新排《南陵志》卷四十二原稿及新本。

**廿五日(5月6日)**　再至臧伯庸处诊。

覆沈醉愚书。淞社公祭朱念陶，询称谓。

覆陈一甫书。请少舟为晋泰公司主任董事，恐遽难改任，应盼来沪会议解决。

覆陈绳夫书。谢赠《籀庼遗文》二册二卷，又《史记订补》序跋。

覆朱瑞祥书。寄《徐公文集》，白纸正续《随庵丛书》《怀豳杂俎》各二部，送杨寿祺交转运公司。

购书二种，洋十元：《浣花拜石轩镜铭集录》二卷，钱坫，嘉庆二年刻本，王述庵旧藏，有印。《茧园烟墨箸录》正编各一卷。徐坚，门人许兆熊集，嘉庆十九年石契斋本。

鲍承良来诊方。

褚礼堂来，未晤。

**廿六日(5月7日)**　陈新甫来视疾。

三至臧伯庸处诊。

王人东交《南陵志》卷四十二新样廿四叶。

辞武仲平六时品香楼西餐之约。晋泰公司。

致任心白书。告丁价侯允任慈幼院董，并代价侯寄《果报类编》二十部。

覆冯蒿丈书。为冯涵初题《种菜图》序。

致冯光九书。寄冯蒿丈、徐仲可题《种菜图》，并冯来书请转交涵初。

致茅友仁书。属为张母戴孺人题诗。赠《果报类编》，为劳吉六之世兄请代谋事。

致翟展成书。《果报类编》书价三元，玉峰因未接展成通知，未允拨付。

**廿七日(5月8日)**　晨就臧伯庸医院诊。

致郭品翰、礼征书。寄大照股票息单廿一张，计股本二万二千二百两，应得八厘正息一千七百七十六元，四厘余利八百八十八元，照议业改填新股票，今附积记一千元新股，不敷一百十二元在正息拨付，净找一千六百六十四元。

致朱古微书。赠《梡鞠录》四部。

赠曹梅舫同年名广桢，一字蔚叟。《隶通》二册。

**廿八日(5月9日)**　覆陶子麟书。收到《宋元科举三录》序目，询《永嘉四灵集》写样已否收到。

**廿九日(5月10日)**　至臧伯庸诊。

陈乃乾来谭。陈少舟来商徽宁会馆呈收营基游新新花园。贞元会未赴会，送分资一元。

**三十日(5月11日)**　至臧伯庸处诊。

阅报，载冯玉祥廿八日抵莫斯科。

郭品翰来，谭公司新机定购新通公司，又交乙丑息一千六百六十四元中国实业银行支票。初一期。

余时莲来谭，赠《果报录》二部。

## 四月

**朔日(5月12日)**　马金涛来，交刘玲生函，潍溪加振，商拨三四千元。又玲生致冯仰山(学棻，余姚人)。前津浦南段总局长三等嘉禾章一函，金涛亲至济生会面交。

济生会来函交阅，夏辅宜电乞潍溪加振。

访陈少舟，未遇。

至中国实业银行，晤刘慧之。取大照息款。

覆陈倬斋书。寄还《人身关切要书》原稿，捐印工二十元，又淑畹、定君及儿女辈共七元。

晚，约陈少舟来，商潍溪加振，并交捐款五百叁拾元，随庵四百元，韵芬一百元,定君十元,绮女二十元。又交子丹弟托汇汉口交冠英侄一百元。

**初二日(5月13日)** 永儿十二岁生日。

覆大照公司郭品翰书。寄还息单二十一张,又新股积记收条一张。

致王雪澄书。

至大东书局,交《南陵志》卷四十二。校定样一至卅六叶。

至中国书店,取《浯溪新志》十四卷。宋溶辑,乾隆三十五年刻本,洋八元。五月六日付。

至臧伯庸处诊。

济生会来函,濉溪加振募得洋四千元,面粉五千袋,约合万元,已电告辅宜、玲生。

送陈镜清夫妇四十寿礼。

晚,至来青阁。王饶生来,未晤。

**初三日(5月14日)** 姮女十七岁生日。

致朱古微书。还《东海渔歌》西泠印社印本校本,又卷二钞本。

致李拔可书。赠《宋元科举三录》蓝印本,又赠陈弢庵太保一部。

致张菊生书。赠《宋元科举三录》蓝印本。

致徐行可书。赠《宋元科举三录》蓝印本。

致陈绳夫书。赠《宋元科举三录》蓝印本。

致刘健之书。赠《宋元科举三录》蓝印本。

赠陈贵阳师、罗子经、陈乃乾《宋元科举三录》各印本一部。

答拜王饶生,未得住址。

刘逊夫赠物,访于新惠中旅社,未晤。

至蟫隐庐,晤子经,云叔言明日可抵沪。

**初四日(5月15日)** 旅沪安徽同乡会程霖生、理事长。陈少舟评议长。函,四时欢迎会董就职,以疾辞之。

刘健之来谭。

致沈骏声嘉金,绍兴。书。催印《南陵县志》。

以蓝印本《宋元科举三录》赠杨寿祺，覆赠《宋元旧本经眼录》三部。

致郭品翰、礼征书。寄蒯和记一千三百八十七至一千四百四十六号息单，填新股三百元，余洋付现。

晚，至来青阁闲话。

**初五日(5月16日)** 朱研涛讣至，送绸幛挽联。

致刘翰怡书。赠《宋元科举三录》蓝印本。

致蒋孟蘋书。赠《宋元科举三录》蓝印本。

致周梦坡书。叶菦渔赠《铁云藏龟拾遗》，覆赠《玉台新咏》，赠梦坡《宋元科举三录》蓝印本。

访金颂清，赠《宋元科举三录》蓝印本，并观罗叔言寄售碑帖：宋拓皇甫诞碑，价洋一千五百元，又明拓本，二百元。明拓九成宫醴泉铭，价洋三百元。晋唐小楷十种，越州石氏本。价洋一千五百元。

至古玩市场，购：汉千秋万世瓦，二元。许定生女史淑慧。画仕女轴，七元。唐如意镜。二元。

至余伯陶处诊方。

至陈秉泉家，无所见。

**初六日(5月17日)** 晨至臧伯庸处诊，云患已愈。

至来青阁，取：《河间府志》廿卷，乾隆庚辰修本，胡天游纂，三元。五月三日付。《金坛县志》十六卷。光绪十一年修本，汪国凤纂，四元。五月三日付。

至仁济堂。

至大生纱厂，晤寄尘谭，适章亮元自台州来，赠其尊人墓志。张季直书。

至安徽银行。吴舜臣汇洋芜湖行收到。

顾鼎梅、朱赤萌先后来谭。

覆郭品翰书。收到蒯和记息单、新股三百元收据，又洋四百廿元支票各一纸。

覆吴舜臣书。售稻三百石，每石四元五角，交芜湖安徽银行，初四日期收上海徐积记帐，现沪行已接芜行信如期收到，付有收条，须寄来转帐。上港桥地请再设法，峨岭张家冲地周少白先生已画图来。纸棚山地已向俞姓涉讼。周云此地在峨岭东南，名为盖天旗，卯山卯向，卯源水骤富，石崇比有人扦得葬，代代作紫衣。旗山鼓山，旺丁旺财，绵绵富贵，盖两县一十八代五圣贤。张家冲地系潘胜友、黄昆山出业。

覆李从龙书。来书去冬回京就财部职，即辞多伦银行行长。寄和杨敬斋《咏梅诗》四首稿。

周缉之同年来谭，刘慧之同来。

**初七日(5月18日)**　访刘慧之为蒯夫人取大照息款。

答拜周缉之，未晤。拜李拔可谭。

张菊生覆书，赠《涵芬楼书目》三册。

**初八日(5月19日)**　午刻，赴刘鸿生、李拔可之约。

游周氏纯庐。至古观市场书画展览会。

王培孙来书，钞《休宁名族志》成。

周缉之赠《悫慎公祀典录》。

晚，约周缉之、张仲照、刘鸿生、金伯屏、刘慧之、周美权、李哲士蔬酌。李拔可、郑让予、郑炎佐未至。

送卢涵章呢幛。

**初九日(5月20日)**　午刻，都益处贞元会，补祝李凤池生日。

覆叶柏皋书。送《定林访碑图》卷，请题。赠《我信录》三册。

覆王培孙书。谢代钞《休宁名族志》阙卷，附送钞资五元。

覆张菊生书。谢赠《涵芬楼书目》三册。

万懋之来谭。

报载，芜湖于五时半下午。忽降冰雹，大如鸡卵，玻璃亮瓦被毁无数，电话线损坏亦多。

**初十日(5月21日)**　周业勤来谭。陈知白来，未晤。

罗叔言自天津来沪，同子经来谭。

晚，至来青阁，取：《古文四声韵》五卷，夏竦，乾隆己亥汪启淑刻本，码洋十五元。五月三日付五元。《新斠注地理志》十六卷钱坫，嘉庆二年刻本，码洋十三元。五月三日付五元。北藏。《大明三藏圣教同录》四卷。南藏函号附，附续入藏经目录，日本宽文刻本，沈韵斋寄售，三元六角。

覆郭品翰书。乙丑花红一百九十五元五角，五月三日付讫。

覆许苓西书。询洪涤泉子寿祖住南京何处，苓西有地在中正街，为涤泉所设。

**十一日(5月22日)** 致商务书馆赵伯恒书。送《宋元科举三录》二十部销售。

致王富晋书。寄《宋元科举三录》蓝印黑印各二部。

致朱瑞祥书。寄售黑印《宋元科举三录》一部。

答拜岁叔言，未遇。

至中国书店，取钱吉生和气得福画轴。洋十六元，五月三日付讫。

**十二日(5月23日)** 徐丹甫识耜，歙县。来谭。丹甫在苏堪家西席。

徽宁会馆公函，宁郡董事公推余为总董，经董事会通过，一致赞成，请允为担任。又为会馆公地五十亩每亩租三千五百文。呈浙闽苏皖赣联军总司令兼淞沪商埠督办孙为营兵已撤，地应收回，请饬县迅将地上建筑物拆除，俾地主收回自用，以维产权，而免纠葛。又呈江苏淞沪警察厅长严为徽宁义园时，有聚众滋扰，有妨安宁，请查案示禁。两呈均盖章。

校《南陵志》卷四十二第卅七页至四十六页新样，共十页，送大东书局。

至兆芳撮影。

至福禄寿茶点。

覆顾鼎梅书。附交碑价二元二角。

**十三日(5月24日)** 刘健之来谭。

为贵阳师祝七十寿诗屏。

**十四日(5月25日)** 陈知白来谭。

覆任心白书。院生已收到五十七名,拟择期开幕。

覆聂云台书。聂赠《家言旬刊选刊》《家声选刊》等,覆赠《我信录》《果报录》。

**十五日(5月26日)** 未刻,朱砚涛成主,请朱古微侍郎题,并邀陶拙存及余襄题。

覆吴舜臣书。南陵办清乡,如何会议。安徽银行收条收到。张家冲系潘胜友、黄昆山出业。

晚,周芝珊约功德林素餐。五月十三日来讯,俞姓已于十一日堂审收押,未定案。

吴寄尘约同狄楚青访何芷舲、宾笙。陆春波炎,仪征。于惠中旅馆,观书画古玩,皆内府物也。郎世宁仿宋元花鸟两册、蒋南沙花鸟仿宋元两册、蒋南沙画扇两叶(方观承书)、钱稼轩画扇(方观承书)。明万历乌金笺金书《无量寿佛经》册、绿松石天然佛象、陈南楼进呈诗册、题名一品命妇。

杨采南、本名士钧,今名士鋆,字耐龛。郑让予垂,苏龛子。来,未晤。

**十六日(5月27日)** 至中国银行汇合肥款。又至商务书馆会计科、查《果报录》洋三百元已收到。寄售科。商寄《宋元科举三录》样书寄京馆。

答拜杨采南谭。

吴寄尘来谭。

午后,受热,头昏心闷,略卧一小时,适何宾笙、陆春波来,未能见。

报载,吴佩孚昨日由汉口北行,张作霖亦准备入关。

**十七日(5月28日)** 答拜吴寄尘,未晤。

覆陈乃乾书。刊传会刻书,研涛曾认四百元,朴庵拟印朱兰坡《说文假借义证》。乃乾为大东局借《四库提要》。

致陶子麟书。寄连史印《宋元科举三录》四部。

致陶拙存书。赠连史印《宋元科举三录》。

致叶柏皋书。赠连史印《宋元科举三录》。

致金甸丞书。赠连史印《宋元科举三录》。

致朱峻夫书。赠连史印《宋元科举三录》。

致吴仓石书。赠连史印《宋元科举三录》。

致冯蒿庵丈书。赠连史印《宋元科举三录》。

致张石铭书。赠连史印《宋元科举三录》。

赠李元之、李紫东连史印本《宋元科举三录》。

至中国书店,晤颂清。

至陈秉泉、席少卿处谭。

狄楚青来,未晤。包荃孙、周紫珊来,亦未遇。

**十八日(5月29日)** 答拜狄楚青,赠连史印本《宋元科举三录》。楚青覆赠《廿一史弹词注》。杨慎注,康熙四十九年刻本,张三异增,男张仲璜注。

同楚青访吴寄尘谭,赠寄尘连史印《宋元科举三录》。

致朱古微书。赠连史印《宋元科举三录》。借《拙政园诗词集》。

致王聘三书。赠连史印《宋元科举三录》。

致王雪澄书。赠连史印《宋元科举三录》。

致潘兰史书。赠连史印《宋元科举三录》。

致李拔可书。赠陈几士连史印《宋元科举三录》。

致刘葱石书。赠连史印《宋元科举三录》。

覆刘公鲁书。赠连史印《宋元科举三录》。

致章一山书。赠连史印《宋元科举三录》。

致庞莱臣书。赠连史印《宋元科举三录》。

致周湘云书。赠连史印《宋元科举三录》。

覆李从龙书。赠连史印《宋元科举三录》。李清通济垦务情形。谢赠光绪十三年《御膳房野味总销册》一本、傅青主书《妙法莲华经观世音普门品》石印本。北京法源寺释迦文佛二千九百五十年圣诞纪念大会会务概略。

覆陈绳夫书。谢赠孙仲容校《亭林集》,并请其补遗及印行。绳夫拟代售书,已辞。

瑞安宋墨庵。慈襃,又字炁补。寄所著《三国志乐府》、吴纲斋序、自序作于丙辰年二十二。《骈文甲集》。刘翰怡序。此人小有才,于乡评未洽。绳夫云,墨庵尚有二十以后古文,今未寄也,并云不及乐府。

覆陈一甫书。请寿老退交晋泰公司事,以请代表来沪会商为宜。赠连史印《宋元科举三录》。

读明董遐周斯张。《静啸斋遗文·书〈玉台新咏〉序后》云"徐孝穆倡为宫体,以艳语倾天下。其自叙书云优游俯仰,极素女之经文,若将终老温柔乡者,乃后身为鹤林威禅师,竟传懒融半杖佛法,岂此君根性素利,不负十二面观音记莂耶?抑天台为真归依处,愿力摄持,遂能汩而复出耶?纤熠可以燎原,滥觞可以漂山。六尘不恶,还同正觉,以此语起,秀铁面叩之,当不知赏罚何如也"云云。遐周耽情文史,晚年病足,栖心内典,生平纂述甚富,又自号瘦居士。

**十九日(5月30日)** 李审言、雨山和尚、寂山和尚来,均未晤。

覆刘翰怡书。谢赠新刻十二种。

致沈醉愚书。赠连史《宋元科举三录》。

致丁仲祜书。赠连史印《宋元科举三录》。

午刻,赴杨瑞生便酌之约。

覆陈一甫书。晋泰公司事。

晚,周湘云招饮,坐有罗叔言、金拱北、高野侯、秦䌹孙。又胡朴安、陈乃乾约美丽酒叙,未赴。

**二十日(5月31日)** 访金拱北谭,赠《宋元科举三录》,罗纹纸蓝印本。并请画扇。拱北复赠临董画册及其弟东溪、西崖刻竹拓本册,东溪外出,并晤西崖。

答拜李审言,未遇,留赠连史印《宋元科举三录》。

拜褚礼堂、顾鼎梅,均未晤,赠连史印《宋元科举三录》。

午刻,都益处贞元会,值会。

晚,刘公鲁约会宾楼酒叙,坐有李审言、宣古愚、褚理堂、蒋穀孙。

沈醉愚来，未晤。

答拜包荃孙、周紫珊，均不遇。

**廿一日(6月1日)** 赠金拱北绍城。《徐公文集》，又赠金仲廉、东溪，绍堂。季言绍坊，西崖。《玉台新咏》。是日上午十时，佛教慈幼院行开幕礼。

午刻，赴章一山、叶柏皋功德林蔬酌之约，坐有罗叔言、王雪澄、刘翰怡、高云麓诸公，又桐士蔡北仑，福建晋江人，一号昆云使者。

沈骏声赠仿古竹扇。

李审言来谭，赠汉武阳令孟璇碑分书，在云南昭通，光绪廿七年出土，缪续同作孟瑄。精拓本。

吴寄尘、狄楚青来谭，随往观何芷舲在扬州所收书画。中孙星衍、杨法两联佳。杨瑞生拟以二千五百元得之。后寄尘约至粤馆安乐馆晚餐，以肚痛辞归。

独延林洞省诊。

**廿二日(6月2日)** 病渐愈，热未清，就余伯陶诊方。

致李审言书。约廿五日六时晋隆西餐。

致罗叔言书。赠蓝印《宋元科举三录》，又纪元镜廿种，为崇儿求书联扇。约廿五日六时西餐。

赠宣古愚、陈抱初、周业勤各连史印《宋元科举三录》。

**廿三日(6月3日)** 周业勤来谭。

吊朱研涛之丧。

午刻，刘健之约功德林素餐。

**廿四日(6月4日)** 吴元松由南陵来，病已愈。

晚，刘翰怡约往酒叙，座有叔言、一山、柏皋。

**廿五日(6月5日)** 刘健之来谭。覆陈一甫书。十九日覆误记晋泰公司事。

晚，约罗叔言、李审言、叶柏皋、章一山、宣古愚、黄宾虹、罗子经、李木公、李斐君、刘健之、沈醉愚、金颂清、刘翰怡、刘公鲁晋隆西餐。

李审言假赵琴士《通鉴注商》,约三月还书。

覆王富晋书。寄墨印《宋元科举三录》五部。

程霖生约晚五时陪吕夔夫酒叙,辞之。

**廿六日(6月6日)** 访张菊生谭,潘明训有宋版《宝祐登科录》,约期往观。粤雅堂伍氏藏书。

至大东书局,催印《南陵县志》。

晚,周业勤、行广。吴德增。约便饭,朱古微、江孝潜同席。

覆朱遂翔书。收到由来青阁划付书价廿五元。

覆吴舜臣书。谢赠各物。元松兄廿五日到行,峨岭崙卖山事请县追提。上港桥地请留意。

九华山大士阁妙珑方丈来,未晤。

**廿七日(6月7日)** 午刻,都益处贞元会。

取先施公司一千两。化一千四百元,付中国实业银行一千元往来折,留家用四百元。

李木公约三时观彝器、纪元镜、兵器、造象、磁器、碑版、书画,叔言、玭虹同坐。六时酒叙,十时散。

许苓西来,未晤。

**廿八日(6月8日)** 访吴寄尘,因病未晤,留《营造法式》《汲古景宋七家词》。

同张菊生访潘明训,观《宝祐登科录》,系明嘉靖刻本,较吾家所藏印本略先耳,林吉人跋乾隆谢衮活字本已著录也。后至罗子经处略谭,昨晚明训先约子经阅过。此本后缺数叶,可校余藏模糊各字。

答拜许苓西谭。

覆刘健之书。假《翁文恭日记》。送周业勤定《蜀石经》预约券,价廿四元。

致周业勤书。附送《蜀石经》预约券。

覆周梦坡书。谢赠自制墨四定,附扇二叶,请金甸丞画。

致宣古愚书。请画扇。

覆张退庵书。谢赠书联，覆赠《隶通》《梡鞠录》。

晚，万茂之约都益处酒叙，前安徽警察厅程炳青炎勋，六安人。同席。

**廿九日(6 月 9 日)** 贵阳尚书师七十生日，送湘绣、寿桃、汉瓦、唐镜，璧；通绣福鹿轴收。

致王富晋书。收到来青阁寄来陶刻《宋元明词续集》上半部，请查明补寄。又《营造法式》《七家词》当代销。

汪甘卿来谭，旋回苏，赠连史印《宋元科举三录》。

吊沈乙盦之夫人丧。

访罗叔言，未遇，晤子经谭，交崇儿乞叔言所书联扇。

大照公司汇来董事费八十两。初三日化洋付家用。

收校经山房午节书价四十元。

至来青阁，取：《无锡金匮县志》四十卷，光绪七年，秦缃业纂，实六元。五月三日付。《箧斋藏古目》三册。收入王富晋来往折五元，外邮费。十二月十五日仍由来青阁结算，付洋五元。

晚，李伯行、李季重、陈抱初公宴贵阳尚书师，约往作陪。

覆张幼麟书。崇儿为书祝贵阳师七十寿诗十首。

## 五月

**朔日(6 月 10 日)** 顾鼎梅来谭。

夏辅宜办皖春振毕，来沪报告情形。

覆蒋榖孙书。属题汪醇卿画焦里堂雕菰楼图。醇卿成进士在里堂殁后廿三年，焦称汪太史，可疑。

覆陈一甫书。辞雅晋泰公司，派人接管，仍照前议，请少舟兄经理，辅宜请正有来商并主分田。

覆郭礼征书。收到午节夫马费八十两。

**初二日(6 月 11 日)** 答拜夏辅宜，未晤。

午刻，康更生同年约陪罗叔言酒叙。

罗叔言赠书四种：叔言去年得汉袁敞(字叔平，袁安子)残碑。《松翁近稿》，罗振玉。《高邮王氏遗书》，罗振玉辑本。《增订历代符牌图录》二卷，罗振玉辑。《玺印姓氏征》二卷。罗振玉辑。

晚，李季皋约陪张东甫酒叙，东甫初九日五十生辰。

赠康更生、李季皋连史印《宋元科举三录》。

收西泠印社午节书价洋廿元。

**初三日(6月12日)** 祝贵阳师七十寿。

访夏辅宜、吕尘笙、莫楚生，均不遇。

至来青阁，取《建文朝野汇编》廿卷。屠叔方，明万历戊戌刻本，实洋廿四元，当付讫。结付来青阁书价五十六元六角。收朱遂祥廿五元，又代售书廿五元四角，找六元二角。收来青阁代售书廿五元四角。

收售《李文忠公尺牍》廿四元。

余峙莲来，未晤。

覆蒋穀孙书。答焦里堂卒年，汪醇卿某年成进士。

致李木公书。赠蓝印《宋元科举三录》。

致刘慧之书。赠蓝印《宋元科举三录》。

致王君九书。托代购《叶鞠裳诗文集》。

覆张幼麟书。询崇儿字。

致王富晋书。收到陶刻《宋金元明词》下半部，又《簠斋藏古目》。

致黄吉园书。闻莫楚生云吴清卿有唐武后玉印出售，印归楚生，恐伪造。

致倪远甫书。赠蓝印《宋元科举三录》。

致伊峻斋书。赠连史印《宋元科举三录》，并请书联。

**初四日(6月13日)** 刘健之来，交阅元刻本《玉海》。后印，无补板，索价七百元，李紫东物。

刘慧之来谭，交还前假张幼樵《管子学》。

吕鹿笙挈其子传元来谭，赠《积学斋丛书》。

吴寄尘来谭，交代购《营造法式》五十二元，吴印臣刻《汲古阁影钞宋词》五元，又刘健之《蜀石经》预约券廿四元，随函健之取回，券据送寄尘。

余峙莲来谭。莫楚生来，未晤。

至古玩市场，购：唐照日菱花镜，洋十元，满身宝蓝色水银，浸佳。宋镜四。寿鉴、双龙、鸳鸯、八卦，洋六元二角。

覆朱瑞祥书。寄来残《古今词统》三册。

**五月五日(6月14日)**　挈崇儿游半淞园，并至卡尔登，观《上海三女子》影剧。

金拱北画扇成，交来。

**初六日(6月15日)**　访罗叔言谭，赠珂罗版印宋小字梵夹本《法华经》、石印《二百兰亭斋金石记》，又汉建宁镜拓本，此镜周琴松藏，今归日本。又金石拓本十种，残鼎片、秦虎符、汉河阳守符、永安元年镜、霸陵过氏瓴、建安画象专、银兔符、石家侍儿印、张翰印。并示两符，又为周业勤代请书联。

午刻，冯蒿丈约太平寺陪印光法师素餐，坐有王一亭、施省之、姚文甫、黄涵之、邓璞君，并募法云寺捐款。

**初七日(6月16日)**　周业勤、刘健之来谭。

覆吴舜臣书。寄济生丹三百瓶、纯阳正气丸五十包、雷允上痢疾散十包、达善堂药茶廿包。

致王富晋书。寄二元《忘忧清乐集》、二元《阳春白雪》、六角《鱼元机集》各五部。

覆金甸丞书。谢画两扇，覆赠《随庵丛书》正续编。

致赵叔雍书。谢惠《和小山词》《和珠玉词》，覆赠《宋元科举三录》。叔雍覆书在《申报》绍介。

至蟫隐庐、中国书店，购乾隆制纸拾二幅，洋廿元。

拜周业勤谭，交叔言书件，并取《营造法式》代销。

至刘慧之处谭，并至溥益纱厂。代周缉之购书一百册，洋廿三元。

晚，陈乃乾约金陵春酒叙，坐有罗叔言、金甸丞、胡朴安、秦曼青、吴寄尘、罗子经、金颂清。

**初八日(6月17日)** 将《营造法式》交吴寄尘,收回价四十五元,以廿元五角付罗叔言代周业勤书联,四元金甸丞画扇,余洋还业勤。

访刘健之,告王季欢修。言张叔宪家《蜀石经》尚存图八叶、跋数篇。

赠秦曼青秘戏镜钱拓本。曼青名更年,江都人。

午刻,顾鼎梅招饮雅叙园。坐有叔言昆仲、徐作梅(鼎)、王季欢(修)、张伯岸。

沈燕谋赠新印《啬翁年谱》。

覆伊峻斋书。谢书联语。

覆刘翰怡书。辞谢初十晚晋隆之约。

致王秀仁书。约来谭。

致萧谷芬书。约来谭。

致徐行可书。襄阳钱氏熹平镜出价一千元。

购缪子彬书:价由中国书店结算付讫。《王复斋钟鼎款识》,叶志诜覆刻文选楼本,洋四元。《积学斋丛书》。初印宣纸净皮,卅年前所送艺风老人者,洋八元。

汪鲁门赠钱塘吴氏旧藏名人书简、石印本。《四书集注》,清江漕署刻本。又以《七十述怀诗》四章相示。

张东甫明日五十生辰,送幛、烛,收款、烛。

**初九日(6月18日)** 祝张东甫五十寿。

在西泠印社晤高欣木,赠宣纸印《徐公文集》。

至福州路古玩市场,购:汉长宜子孙镜,文曰"长宜子孙",洋十二元。汉长毋相忘镜,文曰"见日之光,长毋相忘",洋十元。元至元二年大都路铜权。一面"至元二年大都路造",一面"二十五斤秤"(一行)。花押(一行)。一面刻十二。洋七元。

**初十日(6月19日)** 傅沅叔来,未晤。

约王秀仁来拓古镜一日。拓卅一张。

晚，刘畏之、十枝、慧之约酒叙。

刘翰怡约晋隆西餐，蒋穀孙约陶乐春酒叙，均作函辞谢。

**十一日(6月20日)** 赠印光法师九华山茶豆豉。

挽沈淇泉之弟三子仲朴呢幛。

约王秀仁拓镜半日。拓廿七张。

答拜傅沅叔谭。

至博远斋古玩市场陈秉泉处。购张国卿别下斋刻书三种，付洋五元：《靖海纪略》四卷，《箕田考》一卷，《峡石山水志》一卷。

炳宗族祖熙。自南陵来，未晤。

**十二日(6月21日)** 炳宗族祖来谭。

送罗叔言回津。

至锦文堂，购《会真记》。书衣题《南西厢》(闵家原本，文林阁藏)，附《钱塘梦》，洋二元二角。

覆顾鼎梅书。送魏冠敬观志底盖、齐君讳弘志拓本，收价一元。赠张通妻陶志拓本，作一元。

覆朱瑞祥书。收到《四声猿》一本，价五元。

覆徐卓卿书。来书拟以四千金赎四梁姓所典花园巷住宅，覆至少四千五百金。

覆恽季申书。谢赠张季易(惟骧)著《疑年录汇编》。

**十三日(6月22日)** 炳宗族祖来。

晚，张菊生招饮，坐有沅叔、翰怡、揆初、叔通、乃乾。

至中国书店，取八月十四日付价讫。《沧浪小志》二卷。宋荦编，康熙丙子刻本，洋三元(九折)。

**十四日(6月23日)** 赠炳宗族祖洋四十元。

至中国书店，取清室善后委员会《故宫丛刊》共十一册。《故宫物品点查报告》八册，《甲子清室密谋复辟文证》一册，《故宫摄影集》二册，共四元四角二分，八月十四日付讫。

**十五日(6月24日)** 刘健之来谭。

覆吴舜臣书。初八日来信,售稻四百石,又淑记一百石,每石四元六角。请拨送炳宗族祖四十元。

致万懋之书。告南陵有洋汇芜安徽银行划收,得覆已汇二千二百元。

至陈炳泉处,购镜、钩,共洋壹百廿元:十六日付讫。唐双鸳竟,水银浸,洋四十元。唐盘龙竟,水银浸,洋四十元。唐宝相花竟,黑漆古,洋十元。汉位至三公竟,水银浸,洋八元。汉君宜高官竟,水银浸,洋八元。汉长宜子孙竟,洋四元。汉蜡封印钩。洋十元。

至古玩市场,购唐宝相花竟。洋五元。

**十六日(6月25日)** 至安徽银行,晤万懋之。

至陈炳泉处,付镜钩价一百廿元。

至中国书店,取唐志廿七种,每种五角,共洋十三元五角。八月十四日付讫。

**十七日(6月26日)** 吴华卿来,旋回通。李维强振亚。来,未晤。

至蟫隐庐,晤罗子经,取叔言两虎符合题签。

**十八日(6月27日)** 刘健之来谭,购罗子经处萧尺木绘《离骚图》,价一百廿元。

覆吴舜臣书。收到划交芜埠安徽银行二千二百元收条。世珍号朝章,恭甫请书联。买济生丹六元。

致朱瑞祥书。代刘健翁买《牡丹亭还魂记》明刻本。

致王富眥书。属寄《历代艺术家传略》。

致陈一甫书。乙丑租息节高未交来。

旅沪安徽公学第三届中、小两部举行毕业典礼,柬邀校董,未赴。

**十九日(6月28日)** 午刻,都益处贞元会,俞寿丞值会。

至陈程。秉泉家,购碑帖,洋二十元:廿一日付讫。《唐西京千福寺多宝佛塔感应碑》,明拓王可托本。晋唐小楷。《丙舍帖》《告灵文》《十三行》《东方朔传》《兰亭序》,一白堂本。

丁海秋宝三。由南陵来，未晤，赠茶叶、葛粉、笋干、白果豆。

**二十日(6月29日)** 午后丁海秋来谭，同至大东书局，访沈骏声、陈乃乾，并参观排字、铸字、印字各机。又访丁石怀。六时约至晋隆西餐，邀骏声、乃乾作陪。用洋七元。散后同海秋至共舞台，观《莲花公主》连环剧。价三元四角。

**二十一日(6月30日)** 刘健之来，购定朱瑞祥《还魂记》，与旧藏本同板，乙丑六月十五日得自中国书店。而印本在先，其封面题《出像牡丹亭还魂记》，分两行。槐塘九我堂发行，价洋三十二元，交来转汇。

致朱瑞祥书。收到明本《牡丹亭还魂记》，价三十二元已收，来往帐随后结算。

至大东书局，交《南陵县志·舆地志》稿七卷。

至汉文渊，购付洋五元。后晋复溪州铜柱记，四面刻(缪目作八面刻，误)，正书，阴文，天福五年，在湖南，四元。《黄庭经》。一元。

覆刘葱石。葱石借《周礼重言》《九曜斋笔记》《杜陵诗史》。

寄吴舜臣仁济堂急救济生丹六元，又为沈恭甫、徐朝章世珍。书联，统交吴元松转。

**廿二日(7月1日)** 四时，子丹弟约陪丁海秋游大世界，九时返寓，即病。

覆李维强书。托销安徽公学游艺券四十张，每张二元。覆以补助四十元券退还。

**廿三日(7月2日)** 病，延余伯陶诊方。

李木公、江孝潜藻。来，未晤。

**廿四日(7月3日)** 病未愈，再延余伯陶诊方。

周业勤招饮于陶乐春，谢之。

丁海秋来，辞回南陵，未晤，命崇儿送之，并赠食物四种，又仁济堂急救丹二匣。

今日《时报》载，日来内地山洪暴发，宣城、南陵等县田圩皆被冲溃决，农田数十万亩悉成一片汪洋，淹毙人畜颇多，湾址等处以及芜邑之东南乡亦遭波及，损失不赀。据内地来人言，此次山洪系发自泾县河沥溪方面。

又载，皖岸盐斤于阳历七月一日阴历五月廿二日。实行加价，每石一元，内分产盐省洋四角，销盐省洋三角，场运商共洋三角。

**廿五日(7月4日)** 今日报载，五月二十日。南陵冲溃之圩为太丰圩田约八万亩，沈公圩田亦八万余亩，年官圩九千余亩，代麦上、中、下三圩田共十一万余亩，合和坝田亩不详。又繁昌保德圩田二万余亩，又宣城丁圩田约三千余亩，罗公圩田一万二千亩，另西河红杨树附近之小圩坝溃决尚多。又芜湖附近之陶辛圩、十连圩、倪家圩，宣城之定丰圩、永平、保定各圩均岌岌可危，以南陵损失最大。

约陈少舟来谭，商请济生会办南、宣、芜、繁急振，并往丁价侯处，请至济生会乞振。又约子丹弟来，向达善堂募振款。

**廿六日(7月5日)** 任心白来谭，交慈幼院开幕摄影。

覆陈一甫书。一甫来函请余经理晋泰公司，力辞之，并告租息不付。少舟云大股不理小股，亦无法，武意不同。

覆许苓西书。苓西在宁见栖霞石佛象。

蒋穀孙函赠拓本四种。建安廿四年竟、天纪二年镜、无字尺、神爵元年长安下领宫铜行镫。

秦曼青更年。函赠小压胜镜拓本。

丁价侯来谭，昨夜至济生会商办皖振，议决请夏辅宜先办南陵、宣城、宁国、泾县、芜湖、繁昌六县急振，洋一万元款汇芜湖翟展成转交，并电辅宜即至芜。

致夏辅宜书。请至灾区查放急振，覆廿九日至芜。

致翟展成书。告济生会请辅宜放振情形。

致吴舜臣书。告济生会请辅宜放振情形。

**廿七日(7月6日)** 副室赵孺人五十阴寿，在净土庵讽经。

章希瑗由南通来谭。

至余伯陶医室诊方。

致吴舜臣书。告前日同价侯、少舟商办急振情形，并拟捐洋一千元。又催汇志书洋二千元。

**廿八日(7月7日)**　答拜章希瑗，已于今晨至宁。

谒李伯老，请为马梅生荐宝兴铁矿公司。

至中国书店，取：八月十四日付价讫。《三教源流搜神大全》七卷，明本，缪荃孙艺风藏书以为元本，叶焕彬据以覆刻，洋六十元(九折)。《云笈七签》一百廿二卷，宋张君房辑，明张萱补，明清真馆本，王述庵、赵次侯、丁松生旧藏，洋卅六元(九折)。《语溪考》二卷。王士祯，康熙四十年刻本，洋一元(九折)。

**廿九日(7月8日)**　丁莞生赠素心兰两盆，今转赠李伯老。

昨夏辅宜来书，准今日去芜，同翟展翁商办振务。濮秋丞云南陵约捐田七八万亩。

昨吴舜臣廿四日南陵来书，廿三日又得大雨三寸多，十八日之雨南陵虽不甚大，闻泾太等县颇大，东河十九日陡发上洪，现成泽国，小轮停驶。宣、南、芜均有小圩坝冲破，积水于廿二日始退尽，如廿三日之雨移前两日，即成大灾。

**三十日(7月9日)**　刘健之来谭，房租已商定加租一成半。六月起加租十八元。

至江宁公所，就张素臣诊方。

周黻卿同芝珊、芝田、渭滨约倚虹楼西餐，辞之。

覆中国实业银行书。半年往来结数。

覆蒋穀孙书。谢赠镜镫尺拓本。

致郭品翰、履真书。询换大照新股票。

## 六月

**朔(7月10日)**　日食。上海初食在日出前三分钟，即上午四时五十七分，复完在六时十三分，计食一时十六分，食正时被食部份为〇.二三。

任心白来谭,辞回南京。

**初二日(7月11日)** 至大东书局、汉文渊。

又至来青阁,取《大佛顶首楞严经疏解蒙钞》十卷。钱谦益,原刻本,卷末佛顶五录。

昨闻子丹弟繁昌锦卫洲、保定圩水灾堤决,扶病往慰。

南陵杨芷青汇来修志经费壹千元,交吴元松存蒙藏银行半年。周息六厘,阳历七月十一日存,阴历十二月初八日到期。

覆蒋榖孙书。谢赠符牌拓本。

覆金甸丞书。论撰《石铭丛书》序。

**初三日(7月12日)** 潘强斋原名勖,怀宁人,子慎先生孙。持易次九绍介书来,未晤。留赠《慎息斋遗诗》。

商务印书馆结算上半年寄售书八十一元〇四分。

致汪鲁门书。谢赠书籍,读《七十述怀诗》,询悉十月七十正寿,当作文奉祝。覆书明年。

**初四日(7月13日)** 昨徐行可来书,赠古匋拓本五十一种。

致刘公鲁书。题张通妻陶志拓本。

覆郭品翰礼征书。收到积记、蒯和记新股票,寄缴收据。

覆吴舜臣书。廿四、三十两函收到。捐款拟在沪交济生会,志馆一千元收到。报告夏、翟放振情形。代荣廷还志馆五十元收条。

答拜潘强斋,未晤,晚来谭。

以明本《说文篆韵谱》请刘次羽校《函海》本。

南陵县华仲西告灾乞振。

**初五日(7月14日)** 至大东书局。

致李从龙书。寄《观世音菩萨本迹感应颂》。

覆陈清源书。寄《观世音感应颂》。

覆许从叔书。同上。

**初六日(7月15日)** 祝李伯老生日。

张退庵亲家来谭，随答拜晤叙，同谒妙善法师，诵佛号。晚至大生纱厂素餐。

**初七日(7月16日)**　送吴蝶卿嫡母陈太夫人挽幛。

**初八日(7月17日)**　约王秀仁拓镜一日。计廿九张。

晚，约张退老及张婿，并刘鸿生、刘子鹤、赵云韶、周紫珊、吴寄尘功德林蔬酌。刘葱石、李拔可未到。

昨晚至丁价侯处谭。

刘公鲁送宋本《说文五音韵谱》来阅，明补板，《天禄琳琅后目》箸录，半页七行，行十四字。于右任所藏也。

**初九日(7月18日)**　刘葱石来谭。

午刻，狄楚青、吴寄尘约至功德林素餐。

晚，赴都益处贞元会，王雪澄提法值会。

购金绍舲端砚二方，议价六元。廿六日付。

**初十日(7月19日)**　访退老谭。

午刻，贵阳陈师招饮，赠《花近楼诗》、甲子乙丑两年诗。七十像片。

**十一日(7月20日)**　蔡伯仑来，未晤。别署昆云使者。

刘镜清招陪聂榕卿，以疾辞。

覆罗子经书。王鲁山同年之子调生由丹徒税所交卸，拟租花园巷住宅，押租子经可担保，即函陈清源接洽，刘明达知照。午节书帐交洋十八元。叔言赠汉司空袁敞残碑。

致陈清源书。王调生租花园巷住宅，附致刘明达讯。

覆翟展成书。宣、南芜振务。

覆夏辅宜书。宣、南芜振务。

**十二日(7月21日)**　李家源外孙二十生辰。

吴其埙赠其尊人吴温叟涑，清河。温叟卒于庚申二月。《抑抑堂集》十五卷，文四卷、诗五卷、札记六卷。其埙住海阴县旧为清河，改今名。大兴庄。集为癸亥年刻。

至中国书店、汉文渊，无所得。又至锦文堂，取《曾子注释》四卷。

文选楼本,实洋七元付讫。

**十三日(7月22日)** 吴元松辞回南陵。

覆华仲西县长书。水灾振务。

覆俞峻韵诸君书。水灾振务。

覆杨芷青书。收到印志一千元,续汇二千元未到。刘钦甫、何聘臣两传稿寄阅。水灾放振情形。

覆吴舜臣书。华、俞、杨三函请转交,交钞华、俞来函。吴元松请假。覆周颂丹函钞稿。捐款一千元未便食言,俟夏振务结束以后能否续办,再定沪交、陵交。车水机须另筹办法,一佃户不爱惜,二各佃争要,此机费用成本亦巨。前寄《观音感应颂》二册,附赠各物。询峨岭及他处得雨后田禾情形。

覆刘葱石书。葱石拟借瞿氏宋巾箱本《书经》。

覆那铁珊书。赠崇儿画扇,询柳廉石近状。

致罗叔言书。谢赠汉司空袁敞残碑(篆书)并释文,覆赠嘉靖庚子竟、汉西王母竟、汉常乐富竟、宋氏竟、唐五月五日午时竟、唐八卦竟、唐十二肖生竟、唐天地成竟、汉盖作明竟、汉明竟。

覆王君九书。君九寄鞠常《奇觚室文集》三卷《外集》一卷《诗集》二卷(下卷未完)、《辛臼簃诗谶》三卷,约阅毕寄还。附钞寄鞠裳《常丑奴志跋》。

**十四日(7月23日)** 刘明达来函,扬州花园巷住宅已租王调生。名官鼎,押租四百元,月租五十元,由陈成朔、包展成、阮莲仲说合,本月十一日成交,汇来押租四百元。又北乡麦租一百元(十五日覆)。

昨、今两晚游新世界。

**十五日(7月24日)** 陈清源来书,告王调生租宅情形。十六日覆。

晚,倪远甫、杨咏秋约大华饭店西餐。

**十六日(7月25日)** 以珂罗版《法华经》《金刚经》赠张退庵亲家,又以蓝印本《宋元科举三录》《江都汪氏丛书》赠张敬礼婿。

**十七日(7月26日)** 晚,刘葱石约陪贵阳师酒叙。

昨大女率李家源外孙移居李木公家,就臧伯庸医。

**十八日(7月27日)** 五时,访退庵亲家谭,七时同赴金城银行吴蕴斋、在章。方巨川善济。李光迪。吴淞海滨旅馆之约。

李维强振亚。约倚虹楼西餐，辞。

徽宁同乡会夏令设临时医院，募捐助洋十元。

王秀仁来，拓铜竟廿三片。以晋唐小楷付装。

**十九日(7月28日)** 南陵修志馆汇来洋弍千元，当存中国实业银行。

覆翟展成书。来函并《皖江日报》交少舟阅。

晚，李拔可、刘鸿生约陪退庵西餐。

**二十日(7月29日)** 付曹协吉加重四尺夹贡，四千四百张(三〇)，计一百卅二两。又正号加重四尺夹贡，二千二百张(三〇)，计六十六两。共三件，计八九。元一百九十八两。先施公司支票。又正号棉连四十五刀一件另一刀，每刀二元一角。计洋九十六元六角。安徽银行支票。

杨咏秋来谭，为宋德宜请退老清结债款。

三时，赴大生三厂董事联合会。

晚，赴贞元会补祝王子仲生日。

**二十一日(7月30日)** 同大女挈外孙家源至臧伯庸家医痔疾，针治并用水银灯。

拜李木公谭。答拜江孝潜，未晤。

吊吴寄尘母林太夫人之丧。廿日午时卒，年八十八。

闻余寿平卒于安庆。廿日酉时卒，年七十一岁。廿二日，同刘畏之、十枝、慧之电唁余节高。

张退庵亲家今晚回通，往送之，为倪远甫、杨咏秋代宋德宜请清结债务，退老允之。

**廿二日(7月31日)** 启新洋灰公司约卡尔登西餐，辞。

至盐业银行，晤倪远甫、杨咏秋，告宋德宜追程债同退老接洽，并约德宜去通。

覆陈一甫书。告寿老殁于安庆。

古玩商滕姓送阅吴窓斋藏器拓本，约一百零五种，间有窓斋题识,每器均篆书某器,索五百番,值五十番。价昂不能得也。签题南海李氏藏,或李山农物也。李山农藏器亦精,已早散出矣。

昨夜外孙呕血,今晨又呕较多,延牛惠霖医,云不治。又延臧伯庸、曹子卿医,病状甚危。

**廿三日(8月1日)** 俞朗溪、李维强、曹志功来商振宣、南、泾水灾,当告济生会放急振情形。

延鲍承良、林洞省为定君诊方。服承良药。

**廿四日(8月2日)** 昨晚戌时,李家源外孙病殁,今晨巳刻殓,即殡于皖北公所,往视之。此病据谭以礼、鲍承良、林洞省均云不易治,亦不必治,或可缠绵数年。孰意一误于江岳峦,再误于臧伯庸,以致不起,而吾女仅此一子,苦痛不可忍矣。

函罗子经,购泉州线香,洋十元。

请鲍承良、林洞省为定君诊方。

李审言来书,拟办"晚学丛刻",征求名著入录,并寄赠刘融斋《艺概》,寄还《通鉴注商》,又附致雪老书。

**廿五日(8月3日)** 为周宷臣之夫人刘氏题主。刘子鹤、李仲连襄题。

**廿六日(8月4日)** 至来青阁,付书洋廿元,砚洋六元:《大佛顶首楞严经疏解蒙钞》十二卷。钱谦益,原刻本,洋廿元。

至济生会,捐宣、南急振洋五百元。

**廿七日(8月5日)** 昨余峙莲来谭,交慈幼院经常费洋五百元,盐业银行支票签字。

午刻,刘慧之招饮。

晚,赴贞元会。

前日暨今日,延余伯陶为定君诊方。

徐家汇天文台报告,今年夏季上海天气奇热,实为十数年来所未有。上月廿九日阴历六月二十日。热度至一百〇一度点二,今日更见增加,最高时竟升至一百〇一度点七,最低时七十八度点三,询为今岁热度最高之日。兹将上月廿九日起之最近八日间气候之变迁汇刊于左：

| | 热度最高 | 最低 |
|---|---|---|
| 七月廿九日(阴六月二十日) | 一〇一·二 | 七九·七 |
| 三十日(廿一日) | 一〇〇·四 | 八〇·五 |
| 三十一日(廿二日) | 九八·九 | 八〇·三 |
| 八月一日(廿三日) | 九六·五 | 七八·六 |
| 二日(廿四日) | 九五·九 | 七九 |
| 三日(廿五日) | 九八· | 七九 |
| 四日(廿六日) | 九九· | 七九·五 |
| 五日(廿七日) | 一〇一·七 | 七八·三 |

按本年之热最长一日夜，二十四小时只夜半四小时稍凉，外二十小时内热气不断。

**二十八日(8月6日)** 恽季申索翁书《金刚经》，送五十册。

覆吴舜臣书。存稻全售，每石四元七角。丹云侄拟卖杨家山树木。兴和族祖同上北乡董募修戴塘桥、文家桥、钟朗桥(在汤村门口)，捐三桥修费约二千余元。前为荣廷还志局五十元，至今未交收条。告济生会已捐五百元。杨芷青又汇志局款二千元。又云夏辅宜放南陵振四千余元。

覆李审言函。审言办《晚学丛刻》，索材料，借《帝里明代人文略》，邮寄八册。又寄《辛臼簃诗谳》三卷卅四页，又《嘉荫簃遗集》稿二册一百廿九页，另缪钞三页、宣钞一页、方讯一通。为儿子谢赠《艺概》。收来邮票一元，寄还《通鉴注商》。

徐家汇天文台报告，今日天热，最高竟达法伦表一百〇二度二。

覆余峙莲书。交还鼻烟二瓶。

挈崇、佑两儿至新新公司纳凉。

**二十九日(8月7日)** 约余伯陶为定君诊方。

记历年在沪办振：

壬子年即民国元年。 江苏安徽灾振。杨杏城、余寿平会长。

癸丑年 安徽振。柏烈武、李斐君劝募。代募上海同乡及盛杏孙。

丙辰年 查安徽冬振。

丁巳年 安徽春振。

己未年 皖南、宣、南、郎、芜。皖北振。在仁济堂。

庚申年 接办春振。北五省旱灾。

辛酉年 皖北水灾。

壬戌年 接办春振，又办宣、南、泾六月，急各。振。自捐一千元。

乙丑年接办丙寅春振。 皖北兵灾。济生会请刘玲生放亳县，夏辅宜放灵璧、全椒、定远、宿，自捐二百元。

丙寅年 接办兵灾春振。五月。办宣、南、芜振。宣四千元、南四千五百元、芜二千。自捐一千元。

丁卯年 振南陵水灾。自捐四百元。六月捐一千元。

戊辰年。积代募二千一百元，交济生会。又募一千一百元，由吴舜臣交南陵振会转翟展臣放。南陵春振。济生会捐五千元，垫五千元。陆维镛一千元，丁价侯二千元，又加四千元。南陵代表陈夺声、俞廷凯保证翟展成、徐积余。又工振借福顺公司。款三万元。内皖公一万元，陆维镛一万元，李寿山五千元，丁价侯三，千元，陈少舟二千元。

庚午年。滁州灾振，夏辅宜查放。振余七千元，助振又借一千元。济生会七千元，庚午年春还清。合肥粥厂拨振，余一千元。夏玉峰收。

辛未年。积自捐一千元，代募徽宁会馆六千元、徽宁同乡会三千元，零募二百余元，安徽同乡会一千元。以上南陵。

壬申年。南陵水灾。

甲戌年。南陵旱灾。自捐并募二千元，捐助族人一千元，募朱云谷堂稻一千四百石，江三立堂、朱继范堂各五百元，中国实业耕牛贷款五万元。

收墨印赛连《宋元科举三录》：

丙寅九月廿四日。陈保之、李苦李，丁卯三月十三日。王培孙。丁卯三月十六日。陈子言，六月初七。陈绳夫。寄售一部。戊辰十月十三日。曹东寅，又。曹梅舫。

收黑印连史《宋元科举三录》：七月廿八日，第二批四十部(丙)。

赠恽季申八月朔日
濮伯欣八月朔日
江知源八月三日
束劭直又
冯光久又
刘烈卿又
吴舜臣八月八日
盛彝斋又
杨芷青又
刘澄如九月二日
李佩秋九月十三日
瞿良士九月廿二日
王季玉九月廿二日
郑苏堪十月十九日
沈燕谋十一月十六日
曾农髯十一月三十日
王君九十二月廿六日
赵悔庵丁卯三月一日
张仲照丁卯三月廿九日
南陵图书馆八月八日
俞寿丞八月十二日
甘翰臣八月十二日
丁辅之八月十八日
李伯行八月廿五日
刘次羽八月廿五日
俞瑑吾八月廿五日
姚文敷八月廿六日
沈冕士八月廿七日
宗子戴九月二日
余尧衢九月廿二日
丁芝荪九月廿二日
莫楚生九月廿六日
陈散原十一月十二日
吴絅斋十一月十八日
袁伯夔十二月十日
夏剑丞丁卯正月十一日
宝瑞臣丁卯三月十四日
刘幼云丁卯六月廿一日

收黑印连史《宋元科举三录》：四月第一批四十部(丙)。

赠陶子麟四部　四月十七日
吴仓石四月十七日
张石铭四月十七日
叶柏皋四月十七日

陶拙存四月十七日　金甸丞四月十七日
朱峻夫四月十七日　李元之四月十七日
李紫东四月十七日　刘葱石四月十八日
刘公鲁四月十八日　陈一甫四月十八日
冯蒿叟四月十八日　庞莱臣四月十八日
周湘云四月十八日　吴寄尘四月十八日
李从龙四月十八日　王聘三四月十八日
王雪澄四月十八日　朱古微四月十八日
章一山四月十八日　潘兰史四月十八日
狄楚青四月十八日　陈几士四月十八日
丁仲祜四月十九日　褚礼堂四月十九日
沈醉愚四月十九日　顾鼎梅四月十九日
李审言四月二十日　陈抱初四月廿二日
宣古愚四月廿二日　周业勤四月廿二日
汪甘卿四月廿九日　李季皋五月二日
伊峻斋五月四日　赵叔雍五月七日
康更甡五月二日　程霖生戊辰九月
北京鸿文书局丁彬卿、侯兴山。二部每部五元，丁卯年三月廿二日。
高吹万六月十日

收蓝印罗纹纸《宋元科举三录》：四十部。
赠李拔可四月三日　张菊生四月三日
刘健之四月三日　陈弢庵四月三日
徐行可四月三日　罗子经四月三日
陈乃乾四月三日　陈绳大四月二日
陈贵阳师四月三日　刘翰怡四月五日
周梦坡四月五日　金颂清四月五日
杨寿祺四月五日　蒋孟蘋四月五日

金拱北四月五日　　李季皋五月二日
李木公五月三日　　刘慧之五月三日
倪远甫五月四日　　罗叔言四月廿日
张敬礼婿六月十六日
寄售北京王富晋书社二部。

收黑印罗纹料半。《宋元科举三录》:廿部,六十部。

寄售商务印书馆廿部;阳历五月廿二日,料半。丁卯五月□日付罗纹十部。

寄售北京王富晋书社料半七部;四月十一日二部,四月廿五日五部,十二月十三日四部。

寄售杭州朱遂翔料半一部;四月十一日。

寄售中国书店料半二部;四月十一日。八月十七日又付二部,寄日本。

寄售西泠印社料半二部;四月十三日。

寄售蟫隐庐料半二部;四月初十日。

寄售来青阁料半一部;四月十日。

寄售博古斋料半一部;四月十日。

寄售校经山房料半一部;四月二日。

售北京鸿文书局丁彬卿、侯兴山。料半一部。丁卯年三月廿二日。

## 七月

**朔日(8月8日)**　李叔岩婿自合肥来。

薄暮至古香斋,无所得。

**初二日(8月9日)**　定君病疟止,再延余伯陶诊方。

覆余峙莲书。以九十元购鼻烟二瓶。

覆汪仲方书。仲方为汤啸秋大令询王聘三方伯住址,并以校本《嵇中散集》赠崇儿。覆赠《感应类钞》《果报类编》各一部,又赠新、余各一部。

致胡朴庵书。假《墨庄文集》六卷骈体文二卷四册,以《礼塔图》卷乞题。

覆杨芷青书。刘、何两先生传照改稿入志付印。宣、南、芜振毕,夏辅宜来讯报告,钞附。宋石龙庵记在廿六七都请访碑拓文。宣城放四千元、南陵四千五百元、芜湖二千元。

覆盛彝斋书。告放振情形,补助圩工,或各春振办法未定,芜湖发起协振会。李瑞田,湖南人,南陵第二高小校长,请书联。告盛此公有《休庵集》在扬州,吴氏累借不与。

致吴舜臣书。附杨芷青、盛彝斋两讯。

**初三日(8月10日)** 夜子时定君又觉不适,晨延鲍承良诊方。

覆顾鼎梅书。谢赠书画扇叶。交《河朔访古随笔序》、缴碑志二种,价洋二元二角。

昨日天气又热,温度最高时一百〇一度七,最低时七十六度六。

致陈一甫书。寄《一切经音义》一部、《说文古本考》二部,附帐略,除收洋一百元,连西甫帐,应廿七元六角找。

覆夏辅宜书。辅宜报告放宣、南、芜振务情形。告二世兄十六日喜期,坤宅胡伯宣。

**初四日(8月11日)** 徐家汇天文台报告,昨日热度最高一百〇一度七。

致李审言书。寄《休庵影语》《焦里堂先生佚文补》《稽瑞楼文草》《汉魏碑刻纪存》《禁扁》。

答拜李婿叔岩。

访郑苏堪,已于今晨去津。

访陈少舟,适来寓,未晤。

致蒋穀孙书。为穀孙书扇,并为黄君寿芝题东魏乐龙等造弥勒象。

恽季申初六日七十生辰,送幛,烛、桃、面,收款字。

李婿同大女来。

延鲍承良为定君诊方,定君病渐愈。

今日热度最高一百〇二度二,最低七十七度四。

**初五日(8月12日)** 定君病较昨更减,再延鲍承良诊方。

天文台报告,今日热度最高一〇〇四,最低七六〇。

**初六日(8 月 13 日)**　祝恽季申七十生日。

午后四时,华商水泥公司弟廿八届董事会。

延鲍承良为定君诊方,晚林洞省,亦未视。

**初七日(8 月 14 日)**　天文台报告昨日热度。最高九十七度七,最低七十五度八。

覆李审言书。审言寄还《辛臼簃诗谶》《嘉荫簃遗集》《帝里明代人文略》,秋后交妥人带还。续寄郑本《大学中庸说》《四书典故考辨》《群经释地》《切韵考》《古今韵考》《二十一史表志列传表》《山海经汇说》《三晋闻见录》《西征述后西征述》《枕善居文》《闽游草》,共十种。寄《古镜录序》请教。赠《二洪遗稿》《竹书纪年校补》《推春秋日食法》,仅收《二洪遗稿》。

覆陈绳夫书。绳夫假阅《读书丛录》《腟录》二种,今付邮寄,廿二日收回。绍介北京璃璃厂九经阁书局同中国书店往来。瑞安刻书每字二厘,板片写样在内。

覆吴舜臣书。朱家荫在马仁渡办碾米厂,派代表曹作舟、王琢廷到沪办机器,请绍介西门子成慎昌。南陵自上月五日微雨,至七月二日无雨,有飓风,早、迟稻均受伤。鹅岭盗买山地,现求情将契作废,俞廷贵保出了案。

天文台报告,今日热度降低,上午十时、晚间八时且有微雨,最高九十一度一,最低七十一度三。

**初八日(8 月 15 日)**　瑞安何衡士炎。来,通易信托公司。带交陈绳夫所赠瑞安芽茶一瓶。刘慧之来谭。

夏辅宜第二公子号煦千,名育万。吉期,赠红华丝葛喜幛,交马金涛托便带宁。

报载,昨日午刻奉军攻下南口,又连破居庸关。同时占领虎峪村,赤军向延庆败退。

竟日阴云四合,微雨数次,七时半许,阵雨大作,逮九时半许,烈风迅雷,大雨如注。

延林洞省、鲍承良、黄琼仙为定君诊脉。

**初九日(8 月 16 日)**　子时,十二时廿五分。定君生子平安,命子名淞官。谱名世善,官名靖,字子安。刘健之来贺。

覆任心白书。赠慈幼院《随庵所著书》《随庵丛书》正续编、《徐公文集》《玉台新咏》。

覆王君九书。寄还叶鞠常《奇觚庼文集》《诗集》《辛臼簃诗谶》三种。

覆蒋榖孙书。谢赠宋绍兴漕司刻《汉书》残叶一片。

**初十日(8月17日)** 昨李亲母七十阴寿,在净土庵讽经,送素席行礼。

至伯庸医院,治皮肤微疾。

访吴东迈谭。

约鲍承良来。

至蟫隐庐,取:《雪庄西湖渔唱》七卷,海宁许承祖,乾隆十六年刻本,洋八元。《武林藏书录》三卷。丁申,光绪乙酉刻本。

至来青阁,取《最乐编》正集四卷续集二卷。高道淳辑,许宝善增订,洋八角。

报载,《文渊阁四库全书》六十二箱今日运往奉天文溯阁收藏。

报载,旅津直鲁皖苏人因盐款积案清理处澈查津浦四省公司,经理李士珍保管赎路盐斤加价缴出一百万元销案,拟通电四省法团征同意,请派代表来津会商,追查该公司余款,充四省公益事业费用。

**十一日(8月18日)** 贺李木公五十寿。送筵席票十六元,烛、糕、桃票。

访吴仓石谭,并致书赠《二百兰亭斋金石记》。

**十二日(8月19日)** 朱古微侍郎廿壹日七十生日,送幛,烛、桃、面、璧,收款字。

子丹弟之副室三十生辰,往贺之。

覆吴舜臣书。汇交芜湖安徽银行一千五百元收条寄到,今交上海办事处划帐。《休庵影语》一书,《小说世界》载明,南陵陈琴庐君从此公后人钞得。告初九日子时生子。

致陈绳夫书。谢惠瑞安芽茶,并告吴缶老可书楹联。

覆刘慧之书。谢赠陆存斋楚钟、盛意园师郘钟及未见著录之者泓钟、壬女钟、麋侯钟五拓本。

陈濯江来，交阅陈白沙书册二十四叶估值。

致李从龙书。附濮伯欣讯。

致濮伯欣书。荐从龙。

同俞寿丞约恽季申功德林蔬酌，补祝生日，季申辞谢。

安徽旅沪同乡会来函，征募基金附捐册，皖字五十三号。又报告一册。五六一至一五九〇号，第五十五本。

**十三日(8月20日)** 送方玉山之母程太夫人、嫂氏杨孺人华丝葛幛各一轴。

至大东书局，商速印《南陵志》。

至中国书店、蟫隐庐、商务印书馆、古玩市场。

**十四日(8月21日)** 至大生纱厂，晤沈燕谋，询啬翁病状。

电张孝若，询啬翁疾。十五日覆电，病渐有转机。

访汪蟾清谭，询公平洋行保险价值。

至大东书局，晤沈骏声，商定保《南陵县志稿》险五千两，一年期，在先施公司保，付保费二十五两。

覆那铁珊书。退还鼻烟壶五枚。

约林洞省为定君诊药。

**十五日(8月22日)** 报载，吴佩孚昨午赴保返汉，长辛店留齐燮元驻守，仍设留守总司令部。

至程秉泉处及中国书店、古香斋，无所得。

**十六日(8月23日)** 报载，华仲西调郎溪，曹濂溪署南陵县。

覆章季如书。季如为希瑗子，求书，寄隶联。

致聂云台书。送代印《我信录》一百部工料洋八元八角。

致吴舜臣书。寄楹联二付，一赠丁海秋，一盛彝斋代南陵第二高小校长李瑞田请书。《休庵影语》在《小说世界》十四卷二期，七月八号出板，编者胡寄尘。

致胡朴庵书。请询胡寄尘，陈雪庐是否南陵人，在沪是何职业，《休庵影语》是否全书(系当涂人,秀才,《影语》亦只下册)。

覆陈乃乾书。商印刻书目录。

覆聂云台书。收《我信录》工料洋,钞送《佛说摩利支天经》。

至中国济生会,续捐安徽水灾急振洋五百元。徐鄦斋户。

**十七日(8月24日)** 至大东书局,商印《佛说摩利支天经》。

覆张秋山书。寄《积学》《鄦斋》两丛书各二部,连邮费共廿元〇九角。

覆张幼麟书。为棣村绍介姬觉弥,在哈园画风景。

致姬觉弥书。绍介张棣村画哈园风景。

覆冯光久书。属代送王一亭之太夫人禫祭礼。

送吴寄尘之母林太夫人华丝葛挽幛、锡箔二合、大悲忏一堂、素席十元。

覆余阶升书。允为程源长之祖母汪太宜人廿九日未时题主。

覆任心白书。院生习书以翁覃溪书《金刚经》,既可讽诵,又便临摹,今寄六十册,连同前次各书,交峙莲呈上。

张啬庵午时病卒。报载,晨昏迷,医生打强心针无效,午刻逝世,择十八日申时大殓。

刘逊甫寅时殁于苏州。

**十八日(8月25日)** 报载,党军蒋。十四日占领岳州,联军吴。退守新堤。又载奉军十四日占领平地泉,又载粤党部定二十日开大会,欢迎冯玉祥率全军加入国民党,任冯为军事委员会会员。又载徐谦、李鸣钟抵粤,是日午后三时,吴佩孚抵汉口。

昨海关警告大风,夜间风起,今大雨。

况夔笙寅时卒。十九日午时殓,八月廿四日领帖。

电唁张孝若。南通张宅治丧处电报啬翁逝世。

**十九日(8月26日)** 晨雨止风息,天又炎热。

贺李季皋抱孙之喜,旋米答谢。

至中国书店。

晚,赴都益处贞元会,补祝恽季申生日。

延鲍承良为定君诊方。

前日，华兴银行经理吴伯生、藩。副经理夏玉峰毓璜。来谭。总董周学熙、协董陈光远、监理刘体智。

**二十日(8月27日)**　昨沈冕士来，未晤。今答拜谭。

答拜吴伯生、夏玉峰谭。

**二十一日(8月28日)**　祝朱古微侍郎七十寿。

晚，华兴银行约至大东酒楼西餐。

未时暴雨，申时止。

至中国书店取：八月十四日付价讫。《小松圆阁杂著》三卷，嘉定程定鹭，同治二年子祖庆刻，洋三元，九折。《说文二徐笺异稿》十四篇。荆州田吴照，宣统二年日本印，洋三元，九折。

马兰生、吴华卿自南通来。

吴仓石同子臧庵来谭，出示朱素人、朱野云两画册，仓老颇赏之，并假阅。

**二十二日(8月29日)**　贺子丹弟生日。杨永贵树勋。来。

吴藏庵来，交仓老画佛象一幅、书佛字一幅，又赠儿子崇篆联。

至中国书店，取：八月十四日付价讫，均照码九折。《千甓亭古砖图释》二十卷，陆心源，石印本，六元。《阙里孔氏诗钞》十四卷，孔宪彝纂辑，盛大士选订，道光十六年刻本，三元二角。赵文敏书《天冠山诗帖》，咸丰丁巳朱钧刻本，三元。《明贤蒙正录》二卷，彭定求辑，康熙丁丑刻本，一元二角。《南征图诗章》，乾隆四十三年刻本，二元。《固哉草亭文集》二卷《诗集》四卷，长白高斌，嘉庆十二年刻本，一元二角。《风雨闭门词》一卷，秀州顾列星，乾隆间刻本，一元。《东皋暮春偶吟》一卷，海星张瑚，乾隆壬午刻本，三角。《楹联集帖》。何绍基、吴云，同治二年二百兰亭斋刻本，一元。

覆李从龙书。附濮伯欣来函，伯欣以从龙资格较崇，免致简亵，相商。

**廿三日(8月30日)**　至盐业银行，晤倪远甫，询武汉兵事，不得真相。朱古微侍郎谢寿。吴华卿返通。

至文成隆记，查文育盖加连史到，有一百五十余件，属其堆存勿售。

拜吴藏庵,子茹。交仓老画佛、篆佛笔润壹百元,又续画狼山大圣像五十元,并为儿子赠仓老雷峰塔经、乾隆刻画佛像笺,另赠藏庵魏程荣造象、唐张元彻造元始天尊像两拓本。

覆李审言书。续寄《梅嵇庵诗文集》四本,《陕西南山谷口考》《拟元人梅花百咏》《归庐谭往录》各一本。来书论文言之文宜多,读《战国策》中有之,《左传》尤为大宗,萧《选》则文章之囿,《三苏策论》万不可读。

覆陈绳夫书。告《闺秀词》六元六角,《积学》《鄦斋》两丛书四元四角,均批发价。

大东书局来函,交来南陵修志局保志稿险五千两,在丰盛实业有限公司保一年,阳历八月廿七日起。保费六十二两五钱,折收八九。元廿五两,保大东书局内三六三号中间及右厢楼上下内《南陵县志稿》。保单、收条各一件,总理盛恩颐、协理厉汝然、主任洪国桢,第五四七七号保单。当作书覆之。

覆陈乃乾书。《三国志》前为友人假去,拟以二百元商让,因图绘极精,爱不能释,故未解决。

阅中国书店新收书籍,中有《榕村遗稿》,钤有秦淮汪氏图书记朱文方印,又《朱子礼纂》钤有樗亭真赏朱文方印,另两书均有楷书朱文木记:

我心未尝损万物好
书应卷留儿读天生
不肖书鬻人付与贤
才心亦足
吕生汪槐记

**廿四日(8月31日)** 娴女生日。
陶琢卿之孙陶邦兴来,云修宗谱,请作家传。
巳刻,在净土庵为外孙家源题主。
吊吴寄尘母林太夫人。

晚，至滕静记古玩号，购古铜铎、钲四字、末一字疑岁。鼓四字，不可识。两面刻，近篆文，疑唐宋间物，付价五元。

**廿五日(9月1日)** 陶邦兴名继尧，皖江专科师范学校毕业，现任本校体育教员，安徽全省体育总会干事。同俞世祯俞峻韵之族人，拟入吴淞某校。来谭，邦兴赠金肘、白兰地酒，余亦以食物用品四种答之。

马兰生今晨去宁。陆仲英亥时去世。

李叔岩婿明日回肥，来辞行。

吴舜臣函告南陵田灾约六百余亩，峨岭最重。峨岭约三百七十亩，湾村约四十六亩，姚山冲约六十八亩零，官塘冲、朱家冲约五十五亩零，长塘湖、流塘湖、河湾孙约六十七亩零。

又函告丹云侄于廿二日卯时病卒，廿三日子时殓。闻大太太在扬病尚未全愈，四姨太太已回南陵。

至中国书店，取：八月十四日付价讫，照码九折。《锡山秦氏诗钞》前集八卷今集十卷，秦殿楹、殿栋、殿模辑，道光己亥刻本，洋八元。《国朝两浙校官诗录》十八卷并补遗附编，许正绶，咸丰元年刻本，洋八元。《嗣雅堂诗存》五卷。王嘉禄，彭蕴章刻本，洋六角。

收述文堂张秋山交来书价洋二十元。来青阁划付。

晚，至共舞台，观《鹊桥会》剧。

**廿六日(9月2日)** 至大生，晤黄君谈。

送李叔岩婿行。

至蒙藏银行，晤邹呈桂、颂丹。郑良植。庭。昨函询吴元松，因父病旋里，为时已久，既未辞职，亦未续假。告以父病已愈，而元松病又复发，既旷日太久，应代辞职。邹、郑意病如属实，自不能辞退，属告舜臣，来与不来，候覆再定。

覆吴舜臣书。南陵田灾，峨岭为重，应如何收租体恤，请酌办。宣、南、芜急振，我处捐一千元，已交济生会，七月二十日登入新闻报。告同蒙藏银行商元松情形，附寄来函。

付曹协吉号加重元吉四尺夹贡三件，每件廿三刀，每刀三两。八九。

元弍百〇七两。先施取银支票付萧谷芬。

晚,访鲍子丹,未晤。

至博古斋,取《莳古斋辑著》。上海杨城书,道光癸巳刻本,码洋一元。《凡清鉴录》一卷、《读书杂志》二卷、《随笔》一卷、《吟稿》二卷《遗言》一卷。

**廿七日(9月3日)** 至丹弟处谭。

访陈少舟,询武汉情形。

至中国书店。

致吴舜臣书。接守富侄孙报世凤侄去世,送忏资四十元,并致函慰四姨太太。

晚,贞元会,公祝朱峻夫生日,未往,送份资二元。

程艳秋同袁法来,未晤。

晚,倪远甫约至盐业银行酒叙,坐有衡亮生、名永麟,见亭之孙,景朴孙之堂兄。章一山、黄伯雨、刘翰怡、王叔用、刘葱石。

**廿八日(9月4日)** 刘健之来谭。

濮秋丞、姚仰南来谭,旋答拜秋丞寓中,晤吴兴周、芜湖电灯公司。桂虞臣。名步骏,厚之胞侄,宣城水东矿务公司董事兼矿师。

访程玉霜略谭,又访袁法,未晤。

晚,李伯行约酒叙,坐有刘凤喈。名茂桐,直隶玉田人,山东商业银行经理。

吴子茹来,交来仓老画狼山大圣像,并还朱溉夫、朱野云两画册。

皇上电张作霖,照管奉天历代陵寝、建极皇宫。七月廿二日电。

**廿九日(9月5日)** 周业勤来谭,不满邓璞君在慈幼院演说。

未刻,为程源长之祖母汪太宜人题主,并送华丝葛挽幛、素烛。昨晚李伯行邀酒叙。

访胡朴庵、陈乃乾谭。

至忠厚书庄,晤李紫东。

**三十日(9月6日)** 午刻,约濮秋澄、吴兴周、朱晋侯、桂虞臣、刘慧之、姚仰南、夏玉峰、陈少舟、万懋之在晋隆西餐。

明日李仲仙周年之祭，送素筵、素烛。素筵票八元。

陈小雅之丧，送华丝葛幛、烛。

## 八月

**朔日(9月7日)** 李仲仙周忌，至玉佛寺行礼。

沈冕士夫妇六日六十双寿，送华丝葛幛，烛、桃、面。

华商水泥公司初三日召集第廿九次董事会，函刘鸿生代表。

大生一厂董事会，函告本公司董事余寿平、张啬庵两先生因病出缺，据壬戌年股东会议案，以次多数递补为一厂董事。

购张国卿金文拓本五种，洋二元。十一日付。

陈器之来，未晤，留赠程霖生藏拓本四十二种。钟一、罍二、垆一、敦一、鼎三、彝二、鬲一、尊一、卣十三、盉三、盂二、豆二、釜二、甗一、觯一、觚二、爵三、觞一。

覆李从龙书。从龙已由伯欣聘为印刷局顾问，附致谢伯欣函并书二种。

覆濮伯欣书。谢聘从龙为财政部印刷局顾问，并赠《玉台新咏》《宋元科举三录》。

覆张秋山书。收到来青阁交来书价二十元。

赠恽季申连史印《宋元科举三录》。

晚，附大德轮至通。

**初二日(9月8日)** 午后五时抵通，寓有斐馆，随往吊张啬庵，晤江知源、龚伯厚谭。稍坐，退庵亲家至，述啬翁病状，遂同往退翁处谭。七时，江知源、吴欣生招饮于中国银行，时盛竹书、蒋孟蘋今晚即回沪也。冯光九、吴华卿来。

**初三日(9月9日)** 晨访知源谭。又访束劭直，未晤。又访刘烈卿谭，各赠《宋元科举三录》。

拜吕鹿笙、莫楚生、袁南生、韩凤池。

姚君步瀛来，旋答拜，均未值。

蒋荃生炳熙，湖南人，镇署军法官。来，未晤。匆匆未答。

朱子樵同知源来谭。赠光九《宋元科举三录》。

邹树镲来。警察第七分所长，在姜兆港。

通如税务所长王凌霄鸿翱，吴县。同在大德船来通，今往还，均晤谭。

十一时，祭啬庵。送华丝葛幛，经忏廿四元，祭席廿元，锡箔、烛。

午刻，赴张退庵亲家俱乐部素餐。

五时，往退翁处谭，辞回沪。

答拜子樵，遂留盐垦事务所夜饭。

送退翁亨白烟四匣、红茶四瓶、罐诘八瓶。

退翁赠余宜兴沙器十三件。

十时，退翁挈敬礼婿来送行，光久送黄鱼干、月饼、酱菜、鸡卵，知源、伯厚、华卿均未送别，到天生港暂息，通靖趸船。公司蔡鲁屿。

**初四日(9月10日)** 晨，电话汀知源，请代电上海大生，今日到沪迟，不及与董事会，请沈燕谋代表。

午前八时，大德轮至，十时行，大风雨，舟颠播不适，晚七时抵沪，冒雨雇汽车回寓。

**初五日(9月11日)** 至大生，同吴寄尘谭。

昨大生厂董事会，推张退庵为董事长，余于一厂监察改补董事。余船到沪电迟，沈燕谋代表，否则不足人数散会。

覆刘翰怡书。谢贻新刻《八琼室金石补正》一百卅卷、《金石札记》四卷、《金石祛讹》《元金石偶存》各一卷，共六十四册。

覆恽堇叔书。告吴寄尘住贝勒路润安里四十八号。

刘健之来谭。

黄毅侯赠所著《石刻名汇》第一编志铭类、附墓砖地券。四册。

恽季申赠《历代帝王疑年录》。武进张惟骧编。

**初六日(9月12日)** 贺沈冕士同年六十生日。

午刻，陈乃乾约一枝香西餐。有胡朴庵在坐。

二时，华商上海水泥公司在宁波同乡会开股东会，改选监察，仍举杨奎侯、夏剑丞、赵文焕。

董事长朱葆三去世，初三日董会已公推李峄琴，今来函辞，公议再函坚请。

北京富晋书社寄来《中国艺术家征略》五卷，为义州李放朗逸。纂放，乃文石观察葆恂。子也。

至中国书店、来青阁，无所得，晤颂清、寿祺。

**初七日(9月13日)**　至大东书局，晤陈乃乾、沈骏声，乃乾借书:《经典集林》二册，《问经堂丛书》首册，吴次潇钞校孝绪《七录》一册。十一月还。

闻慕邢、冠英两侄、杨吉甫甥由鄂回，今往视之。适冠英侄、吉甫甥来，未见。

至中国书店，同颂清话。

晚，李木公约一枝香西餐。

郭肖霆来，未晤。

**初八日(9月14日)**　至中国实业、华新、台湾三银行、先施公司。

覆吴舜臣书。上月廿八日函告，新县长曹号景周同来幕友，查君扬州人，九月一日即阴七月廿五日任事。续看灾田，石板塘、蚂蚁沟共四十二亩八分，梅家山、龙塘湖、徐家桥、赵家珀、城塘湖等处共约五十余亩无收，今年西南乡通扯约五六成。寄南陵陈广生药号，陈琴庐来讯，请查复。宋石龙庵碑记在峨岭，请芷青访拓。新知县请绅借款，派南陵二万五千元。寄赠《宋元科举三录》四部，一赠南陵图书馆，余赠舜臣、芷青、彝斋。

昨，永儿进华童公学。

覆贺翟展成书。展成初四日丑时得子。

**初九日(9月15日)**　淞官弥月。李元之先生送弥月礼。

覆陈西甫书。属代购《一切经音义》，书交慧翁，款由一甫照办结算。询晋泰息，告少舟同仲平商本届息，拟沪再议。

致陈一甫书。询前寄书收到否。前单欠二十七元六角，今加新购《一切经音义》六元三角。

致刘慧之书。交《一切经音义》,并附陈西甫讯。

送李季皋生女孙礼,收永安公司糖糕、值十元。鞋帽。

**初十日(9月16日)** 昆仑使者蔡伯仑伯毅。善相,赠之以诗。

覆吴舜臣书。丹云侄八月廿三日安葬。预借漕米,洋二百元。稻价现四元一二角。支配田房产三份。元松辞职。

致陶子麟书。询武昌平安。

致徐行可书。问讯平安,附陶讯。

致蒙藏银行邹、郑。行长书。代吴元松辞职。邹号颂丹,郑号庭树。

覆郭礼征书。收大照董事夫马费八十两。询大生营业情形。

覆王富晋书。收《历代艺术家征略》一部,价三元,已入册。

至大东书局、中国书店。

在中国书店,晤李木公,同访程秉泉,观定武《兰亭》真本,已经火劫,旧为英煦斋藏,元人赵孟頫临本及十三跋。有柯九思跋,亦经火,四周均火。新跋翁方纲为英题。完好。英在劫火后收得。十年前在通运公司索价万金,近至减五千元,虽残损,亦可宝也。

**十一日(9月17日)** 访黄朴存谈,观所藏徽人书画。

购张国卿金石拓本十七种,付洋四元。

至大生,晤燕谋谭。取大丰息。

送程雨亭夫人呢挽幛。

送李耆卿夫人蒋氏呢挽幛。

**十二日(9月18日)** 刘慧之约至共舞台观剧。王又宸《收孤》《救孤》,程艳秋《鸳鸯冢》。

致甘翰臣书。赠《宋元科举三录》。

致俞寿丞书。赠《宋元科举三录》。

**十三日(9月19日)** 程云岑来书,赠嘉靖、万历二镜拓本,并可绍介,当作覆。此镜在福州路古玩市场,索价每镜一百元,又有天启镜,亦索价一百元。

黄吉园来谭,晚访之,约至新半斋便饭。

游福州路古玩市场，购唐十二肖生镜。洋七元。

黄吉园代购元妙观画象全份三十三种。付洋六元。

收校经山房书价三十元。

收千顷堂书价十元。

收西泠印社书价四十二元二角四分。

**十四日(9月20日)** 刘健之赠新印《蜀石经》捌册，致函谢之。

购刘健之《蜀石经》，预约二部，付四十八元。

结还中国书店秋节书帐，洋五十三元〇七分，收进各书及各唐志共一百四十五元二角七分，售出各书共九十二元二角，冲抵结欠上数。当付讫。

付泰生永号济隆改良放大赛连拾件，每件十四元六角。价一百四十六元。安徽银行支票。

晚，金颂清、方逋庵、郭寿丞、罗子经约至金陵春酒叙，盖饯陈乃乾厦门之行也。

付裱《晋唐小楷帖》，价三元。

同俞寿丞公约朱古微侍郎补祝七十生日，辞。

**十五日(9月21日)** 中秋节，挈崇、永两儿至陈贵阳师暨李苏中西文教师家往贺。

挈崇、永两儿至新新公司西餐，后往天蟾舞台，观《天胜娘》剧。

**十六日(9月22日)** 俞琢吾续娶子妇，送华丝葛喜幛并烛券。

至蟫隐庐、千顷堂、校经山房，代李元之寄售各书。

至文成隆记，查连史纸。文育盖加一百四十一件，又文育京庄十七件，本号四件。

至大东书局。

至周业勤处，未晤。

**十七日(9月23日)** 取实业银行县志存款三百元。

覆陈一甫书。寄《蜀石经》。《章氏遗书》十二元，候信再寄。又致西甫、一甫函，商晋泰十月初开会。

**十八日(9月24日)** 访丁辅之谭，赠连史印本《宋元科举三录》。

贺俞琢吾,坐中晤张咏霓。

姚啸亭来,未晤。

沈醉愚来,未晤。旋书至,因购宅向亲友集一葵邱,每会百元。

约王秀仁拓镜,连前共给洋十元。

送陈乃乾校《南陵志》洋一百元。连去年共二百元,校志只五百余叶。

晚,同胡朴庵邀陈乃乾晋隆西餐。用洋五元。廿二日朴庵送五元来,却之。

至中国书店,取《声远堂文钞》四卷《舍是集》十卷,王翼凤,文咸丰刻,诗道光刻,洋六元。《贞丰诗萃》五卷。元和陶煦,同治甲子刻本,洋二元。

**十九日(9月25日)** 答拜沈醉愚谭,姚啸亭未晤。

贺俞琢吾续娶子妇。

过鲍承良家,知其子以情死,慰之。

鲍子丹媳忽服毒,往视之,不知因何细故也。

访汪瘦岑,未遇。

**二十日(9月26日)** 访丁价侯谭,交《摩利支天经》二千卷,请济生会施送。

覆陈琴庐书。还《休庵影语》,赠《玉台新咏》。

覆吴舜臣书。寄《摩利支天经》二百卷。

覆李从龙书。赠伯炘书已代交。寄上《摩利支天经》二百卷。

致翟展成书。寄《摩利支天经》四百卷。

致任心白书。寄《摩利支天经》四百卷。

致汪鲁门书。寄《摩利支天经》二百卷。

致张瑞曾书。寄《摩利支天经》二百卷。

致陈一甫书。寄《摩利支天经》二百卷。

褚礼堂来,未晤。答拜,亦不遇。

周叶勤来谭,交《蜀石经》,并送《摩利支天经》百卷。

晚，李裴君邀大雅楼酒叙，斐君于台湾林氏联姻，请作冰人。

**二十一日(9月27日)** 至盐业银行。华俄道胜银行倒闭。

林、鹤寿，台湾。曾次骞，江西郛县。来请冰人，未晤，留约明日七时一品香西餐。

午刻，朱古微侍郎约都益处酒叙。

分送《佛摩利支天陀罗尼经》。济生会二千卷、功德林一千卷、净业社二百卷、佛光社一百卷、丁仲祜二百卷、达善堂二百卷、广仁堂一百卷、鲍子丹一百卷、陈少舟一百卷、夏玉峰一百卷、吴寄尘一百卷、仁济堂二百卷、居士林二百卷。

**二十二日(9月28日)** 刘健之来谭。

送况夔笙奠分洋十元。

曾绍裳勉济，江西长宁。来，未晤。

褚礼堂来谭。拜汪瘦岑，荐马兰生允之。

拜林鹤寿、曾绍裳、曾次骞，均未晤。

至中国书店，取：《古今词选》十二卷，吴江沈时栋，康熙乙未刻本，洋十元。《石琴室稿》，石琴道人，道光刻本，一元六角。廿三日退。《霍山县志》十五卷。光绪卅一年修，六元。廿三日退。

晚，林鹤寿邀一品香酒叙。

**廿三日(9月29日)** 至大东书局，晤沈骏声。

至盐业银行，晤杨咏秋，云芜湖久余、元康两庄可划款该行。

覆吴舜臣书。商南陵立红十字会。汇款可交安徽银行收帐，久余、元康两庄可收盐业银行帐(吉记)。中国实业银行钞票挤兑。

覆王富晋书。寄赛连纸印《鄦斋丛书》两部。

重宁寺雨山老和尚来谭，交还募捐藏经收据两张，又交《摩利支天经》二百卷。

覆陈绳夫书。寄书目五十张，又《摩利支天经》二十卷，赠《怀邠杂俎》。

**廿四日(9月30日)** 吊况夔笙。

为李斐君、林鹤寿联姻作冰人。

**廿五日(10月1日)** 送刘翰怡喜幛、红缎。喜酒、喜烛、喜爆。

送刘湘涵翰怡叔。《玉台新咏》。

赠李伯行、俞琢吾、刘次羽连史印《宋元科举三录》。

覆上海水泥公司董事部秘书处函,李翼敬坚辞董事长,转推李拔可继任,极端赞成。

至汉文渊,购书三种,付二元九角:《芜湖县志》廿四卷,嘉庆丁卯重修本,二元五角。《观泉诗钞》二卷,歙程文囿,嘉庆壬申刻本,洋二角。《第六弦溪诗钞》二卷。常熟黄廷鉴,道光刻本,附黄嘉芝《小西山房剩草》,洋二角。

取中国书店许印林篆联,几百年人家无如积德,第一样好事还是读书。索价六十元,因篆笔不匀,还之。

捐助佛教慈幼院丙寅年常年经费,洋二百元。

**廿六日(10月2日)** 汪甘卿来谭,答拜,未晤。

访罗叔言谭,王静庵在坐。时静庵有丧明之戚,慰之。叔言云周希丁之门人有精拓散盘全形拓本,索价六十余元,请其代购。又马叔平有散盘及等量拓本等,每种约三十五元。

陈抱初三十日七十寿,送幛、烛,收款字。

郑翰生母太夫人讣至,送冲华丝葛幛、烛。

送姚文敷连史印本《宋元科举三录》、《佛说摩利支天陀罗尼经》十卷。

送袁琢斋《摩利支天陀罗尼经》二百卷。

晚,刘翰怡柬请喜宴,赴之。

**廿七日(10月3日)** 贺刘翰怡娶子妇之喜。

午刻,都益处贞元会,预祝陈抱初七十生日。

购明沙均窑印泥合,洋二十元。

林鹤寿、李佩秋、洣,宁海县。袁琢斋来,均未晤。

赠沈冕士同年连史印《宋元科举三录》。

徽宁会馆公份,李智裕达孚。为长子信恩授室,派喜分一元。

**廿八日(10月4日)**　拜周业勤谭马金涛事。

答拜李佩秋，已回定海。

赠林鹤寿《怀邠杂俎》《闺秀词钞》《补遗》《续补遗》。

丁辅之九月十一日为子政平完姻，送幛、烛。

中国图书刊传会赠《说文假借义证》廿八卷。泾朱珔。

至中国书店，取《贲园书库目录辑略》。合州张森楷著，渭南严式诲刻。

**廿九日(10月5日)**　就余伯陶诊方。

至中国书店，取：《淮海英灵集》，甲、乙、丙、丁、戊、壬、癸集，文选楼本，洋十六元。《访粤集》一卷，戴熙，道光庚子广州刻本，洋二元。《读渔洋诗随笔》二卷，梁章钜，洋一元。《绣余续草》五卷。归懋仪，道光戊子刻本，洋一元六角。

晚，公贺刘翰怡，送喜份洋十元。

**三十日(10月6日)**　祝陈抱初七十寿。康更甡同年来，未晤。

## 九月

**初一日(10月7日)**　朱象甫来谭。

报载，南陵县知事曹濂溪日前电呈陈调元，谓县警佐囊从舜、巡官孙某有宣传赤化情事，拟处死刑，经覆电核准，遂于二日即上月廿六日。将囊警佐枪决，孙巡官斩决。

至博古斋，取：《问梅诗社诗钞》五卷，尤兴诗等，码洋二元。退回。《翦水山房诗钞初编》，女史徐庄焘，附编诗余，码洋二元。《说文提要》。光绪十年湖南经济书局刻本。退回。

吊郑瀚生母太夫人。

宗子戴、余峙莲先后来，未晤。

**初二日(10月8日)**　余峙莲来，交梦老募捐徐海振册。

拜刘澄如阁学，交题《皇上七龄典学时书仿诗》，并赠连史印《宋元科举三录》。

答拜宗子戴，未晤，留赠连史印《宋元科举三录》。

至中国书店，取翁覃溪零种：直隶书局寄售二十元。《孔子庙堂碑考》《庙堂碑唐本存字》《咏物七言律诗偶记》。

**初三日(10月9日)**　拜冯梦老谭。

陈西甫、一甫暨侄正有来函，晋泰公司上年应分租息及帐迄未交来，本年租息又届应发之期，亟应定期召集股东会议，将租事先行解决，所有公司应办事宜并应公同筹议，以便举行，先行通知，希查照接洽云云。另函晋泰公司余节高、武仲平、陈少舟均分别转致。

拜武仲老谭晋泰公司事。

至来青阁，取：《两罍轩印考漫存》九卷，初印本，吴云，实洋八元。十日退。《钱梅溪缩临汉碑》。实洋二元，十一月廿二日付讫。

刘葱石函赠刻书二种，当答谢：《草堂雅集》，顾瑛类编，影元刻本，十三卷。《贵池先哲遗书》。刘世珩编刻，正编三十种，续编一种，附刻二种。

**初四日(10月10日)**　答拜朱象甫谭。

许静仁、程霖生约六时新新酒楼餐叙，辞。为同乡会募捐。

晚，挈崇儿至共舞台，观程玉霜演《沈云英》剧。此剧取裁于毛奇龄《沈云英传》及蓬道人所著《麻滩驿传奇》，并穿插明末张献忠祸楚及湖南推官蔡道宪殉节事略。

**初五日(10月11日)**　祝刘葱石生日，并贺次孙弥月之喜。

**初六日(10月12日)**　晚赴沈冕士酒叙之约，坐有陈贵阳师，并邀程玉霜。

刘健之来谭。

**初七日(10月13日)**　沈醉愚来，交会洋壹百元，当付票一纸。订明庚午年夏历九月朔日期，第四届，付会洋一百零捌元。

至盐业银行、先施公司、大东书局、丽华公司。

刘谦甫先生十六日八十生辰并重游泮水之喜，送花缎幛、联。

泾县朱罗太夫人六十寿，送联、烛。

周湘舲嫁孙女，送幛、烛。

覆吴舜臣书。八月廿七日售稻一千五百石，每石四元七角。今日收久余交盐业二千元，又源丰汇一千元。红十字会无妥善之人领袖。昨有驻防兵到南陵地方安靖。代昆珊、达三、燮卿三君求书联。

致俞峻韵、杨芷青书。催寄捐款姓氏及商请县知事作序，并列鉴定名目于卷首。

覆陶邦兴书。为其祖琢卿先生作家传。寄芜湖内地西河镇凤宏大布庄转交。

**初八日(10月14日)**　先岳母谢太夫人八十阴寿，在净土庵讽经行礼。

就余伯陶诊方。

至实业银行，晤刘慧之谭。

至锦文堂，取：十一日付洋十元另八角。《研经室诗录》五卷，阮元，文选楼本，码洋十二元。《琵琶谱》三卷。光绪丙子无锡华氏刻本，码洋三元五角。

致展成书。寄贺生子礼鞋帽等四色。附寄佛经、善书，交南陵吴舜臣。商宣、南、芜各振。

覆刘葱石书。谢赠《四声猿》《还魂记》，交还代售《贵池先哲遗书》配足本，收原订全书一部代售。

**初九日(10月15日)**　二时，大生纱厂开董事会。

覆任心白书。商佛教慈幼院院生习刻书刻印事。

刘澄如学士来，留书，赠《皇朝续文献通考》。

晚，请李元之先生、刘次羽，并挈崇、永两儿大东旅社西餐。

**初十日(10月16日)**　午刻，同定君至共舞台，观程玉霜《虹霓关》《战蒲关》。

覆刘澄如学士书。谢赠《皇朝续文献通考》。

**十一日(10月17日)**　贺丁辅之娶子妇、周梦坡嫁孙女之喜。

祝朱罗夫人寿。

付锦文堂书价洋十元另八角。

付裱各志四十七叶。洋五元。

昨,浙江夏超宣布自主,沪杭车停。

至陈少舟处,谭晋泰公司事。

覆吴舜臣书。收久余解芜湖安徽银行收条二千元。兴和族祖取去工山殿捐款一百元。

致展成书。交舜臣取善书。

昨,舜臣交同裕庄解租洋二千元祗收。

覆陈一甫书。晋泰公司开会事。代购《章氏遗书》十二元,连前结欠四十五元九角。

**十二日(10月18日)** 报载,安徽全省屯垦局长汪彭年,现以南陵县大瑞公司代表李瑞九请领源荡滩开垦,特令该县知事查复核办。

吊陈抱初之丧。

至文成隆记,查存文育盖加一百四十一件,新配荣兴盖加四十四件,共一百八十五件。十二月查,荣兴盖加并未配。

致陶子麟书。子麟初六日来信,云家中被抢数次,什物亦完全抢尽,住宅亦被拆毁,《永嘉四灵集》板片未损,情实可怜。今交商务书馆洋二百元,汇汉口分馆,转交武昌芝麻岭六号。

**十三日(10月19日)** 至文成隆记,商定加配荣兴盖加只三十件,连前文育盖加一百四十一件,共一百七十一件。

至大东书局,付二次排印县志价陆百元。

陈乃乾新购《泉币图说》六卷,题古宣州泾县吴文炳鸾、柳门凤白纂辑。嘉庆间刻本。

覆李审言书。收还《帝里明代人文略》。

覆陈绳夫书。续寄书目二百张,赠新刻阳湖钱振锽《名山诗集》五卷二册。

覆李佩秋书。谢赠志铭拓本三种,又树根寿星藕粉,今邮寄《玉台新咏》《宋元科举三录》。

覆陈倬斋书。寄《准提咒持诵法》、《佛说摩利支天经》一百卷。

致王富晋书。属寄《殷虚书契征文考释》《内务部古物陈列所书画目录》。

寄吴舜臣请书昆珊、达三、燮卿三联。

覆汪甘卿书。

**十四日(10月20日)**　褚礼堂来谭，愿以旧藏万富钩相让，当另作书谢之，酬洋四十元。文曰万富，长宜君官，土至三公，分三行嵌银丝。

晚，李季皋约酒叙。闻云史来晤谭。

陶子麟寄来《永嘉四灵集》甲乙丙丁四卷刻样，其补遗、札记尚未刻竣也。

**十五日(10月21日)**　至大东书局，付文成隆记文育盖加连史一百件。分条五张，每张二十件。

送陆仲英白华丝葛挽幛、烛。仲英子曾培兼祧。

晚，至福州路。

**十六日(10月22日)**　汪甘卿同年六十寿，昨专送天然树根寿星、红缎寿幛，收款字、寿星。

大姑太太灵榇今日由江轮移至舟中，准四时回常熟。晨至丹弟处，同视云史，后往舟次，哭而祭之。

约鲍承良为淑畹诊方。

**十七日(10月23日)**　寄南通魏邑周呢幛。

至来青阁、锦文堂、汉文渊、中国书店。

晤周业勤谭，后至其公司，观新得碑帖。

晚，阅《翁文恭日记》甲申年四月，查户部库存八百廿五万八千五百廿三两，又盘出旧余银八万四百八十六两九钱，有明时祖宝。嘉靖万历年号，黑色不可辨，有记可查。

**十八日(10月24日)**　刘晦之来谭。

赠周业勤朱拓《裴岑纪功碑》、有甘肃镇西庞印，碑在新疆，拓在未分省之前。《姜行本纪功碑》。新疆哈密。

《申报》载，今晨谣言盛传民党约期举事，果于四时在斜桥放空炮三响，有着便服右臂缠半蓝半白布符号者，一队约六七十人，以汽车三部为前驱，自康悌路向东进，遇警队，队士施行攻击，发枪廿余响，即退去。

《时报》载，苏军昨日下午入杭垣，夏超于前日下午三时率保安队全部离杭，退往富阳、桐庐。孙传芳令陈仪为浙省长，并声讨罪魁夏超。

寄南京桂仲庚之夫人姚氏冲华丝葛幛。

送王月希呢幛。

四时，至宁波同乡会，追悼朱葆三。

晚，赴麦根路朱府谢寿西餐。

至中国书店、古香斋小坐。

**十九日(10月25日)** 先母秦太夫人忌日。

杨味云来，观《空山听雨图》册。

午刻，贞元会祝陶拙存生日，送分洋二元，辞未赴。

覆吴舜臣书。红十字分会事。议加附备用每亩二分。九月十三日寄来分甲乙田单。来信心神不定。

汪佩臣讣至，邮寄冲华丝葛幛。滁县省立十一中学校汪开崧。

**二十日(10月26日)** 答拜杨味云，未晤。

访丁仲祜谭，仲祜赠《一切经音义》，还《成均课士录》。

访罗子经谭。

余尧衢来谭。

向夏生记宝山路承德里。定裱毛边书面九十刀。每刀壹百张，洋二元八角。

至大东书局，商开印县志。每千张加五十张。

**二十一日(10月27日)** 拜程龄孙，未晤。

拜余尧衢谭，尧衢赠何研孙维栋。《十六观斋遗集》五卷。

王君九来，未晤。

午刻，张仲照招饮于古益轩。

**二十二日(10月28日)** 赠余尧衢《宋元科举三录》。

致宗子戴书。子戴借毛一亭《杂记》。

赠瞿良士、丁芝荪、王季玉连史印《宋元科举三录》。

覆陈一甫书。收到垫付书价四十六元。

覆陶子麟书。子麟收到商务书馆划交二百元。寄《摩利支天经》四十卷。

**二十三日(10月29日)**　同戴春记、束义记议定装订《南陵县志》,每万纸二元一角,苏线每本四厘。十一月廿六日退束义记,并戴春记装订。

汪甘卿、潘其璇来谭,随同赴更甡同年午餐之约。闲话至四时,送甘卿至车站而别。

上海水泥公司董事会秘书处函,约廿六日公司议订借款合同,召集三十届董事会,作函请刘鸿生代表,并函秘书处知照。

函周梦坡,辞廿五日酒叙之约。

送扬州陈式如呢挽幛。

送陆纯攺呢挽幛。

送舒陆夫人冲绸挽幛。

晚八时,附大德轮至南通。

**廿四日(10月30日)**　午后二时抵通,寓有斐馆。

拜张退老、章希老谭。至盐垦管理处拜江知源、章静轩谭。又访刘烈卿,未晤。

赠静轩殿本《尔雅注疏》。

龚涤亚、邹树镲来见。

**廿五日(10月31日)**　吊啬翁。晚九时,各实业董事公祭主祭。

至唐闸,吊束太夫人。

拜张镜湖、瞿莘畬、王凌霄、税所。丁吉甫、分关。莫楚生、吕鹿笙、冯光久、袁南生、韩凤池、周渭滨、周湘云、施幹人,在楚生处观新得唐武后凤阁之宝玉玺大礼银定。

陈保之、李苦李来谭,各赠《宋元科举三录》。赛连印。

周湘云、施幹人、子英子。徐贯恂来谭。

晚，啬翁家宴吊客，赴之。

吕鹿笙、袁南生、韩凤池、张镜湖、李万里、刘烈卿、赵子美、周渭滨招饮。

请徐静仁转托李耆卿，荐陶福长子于王凌霄税所长。

**廿六日(11月1日)** 晨六时，送啬翁葬。葬狼山区袁保耳圩。

拜李燮丞、炳荣。姚仲勋、刁位思、梁绶珊、陶慎甫、吴蝶卿、朱子乔。

荐杨永贵于警厅李万里。

赠莫楚生《宋元科举三录》，连史印。楚生亦赠大礼银定自拓本。

拜费范九谭，交还唐田颍《玉山堂诗文集》，《全唐文、诗》均未录。嘉庆丙寅石门朱芬刻本，请其录副，并附钞资，洋二元，另赠《玉台新咏》。

晚，先赴徐贯恂酒叙之约，又赴姚仲勋、梁绶珊酒叙之召。

至退老处，辞赴沪，未晤，旋邀留住一日。

赠徐贯恂、陈心铭、诸贞壮《玉台新咏》。

**廿七日(11月2日)** 晨，访退老谭。

闻希老失足伤，往视，其子初白出见，云无碍。

刘烈卿、梁绶珊、章初白先后来谭。

晚，退老招饮。

**廿八日(11月3日)** 往狼山礼泗州大圣，过剑山，至新建文殊院礼药师佛、文殊菩萨。

通遂公司股东会，董事长张退老、常务董事于香谷。因卢股东代表清查各项有争执，未决，约再集议。

冯光久、宋仲刚来。

张镜湖约俱乐部西餐。

至退老处，预祝生日，退老拟避之。

**廿九日(11月4日)** 祝退老寿。今日江知源六十生日，避至三余镇。

拜于香谷、陈心铭、章初白谭。

香谷、唐驼来谭。徐陶庵来，未晤。

晚，香谷约至有斐馆酒叙。

八时，至天生港趸船小憩。

## 十月

**朔(11月5日)** 晨二时，大吉轮至，遂附之沪，午一时抵寓。九江失守。孙传芳乘决川舰返宁。

检家中各事，拉杂记之。

夏辅宜、黄宾虹昨日先后来。

王富晋寄来九月十八日。《簠室殷契征文考释》，天津王襄，凡四册，十二元六角。《内务部古物陈列所书画目录》。凡十册，八元四角。

大东书局赠《四库全书总目提要》。附《未收书目》五卷《索引》四卷，凡四十册。

**初二日(11月6日)** 拜朱云青谭朱树斋家姻事。

拜夏辅宜、刘玲生谭。

冯蒿庵、刘玲生约至都益处酒叙。

至中国书店，取：《络纬吟》十一卷，徐媛，明万历刻本，疑文集有缺，码洋八元(初八日退)。《孝经》。吴大澂篆，光绪乙酉同文局本，码洋二元(初八日退)。

仁济善堂董事公祭朱葆三。

**初三日(11月7日)** 至来青阁。

覆吴舜臣书。舜臣上月廿四、廿九两次来书，售稻六百石，又售淑记四百石，每石四元八角，十月底交价。今年共收租稻二千五百石，余租设法催收。老方不妥。售稻尚有二百未运出。县知事曹景周来函，钞稿寄阅。南陵十月廿六日封，禁米出口。

覆王富晋书。收到寄来书二种。

覆陈绳夫书。寄书出售。

覆黄毅侯书。谢赠所著《石刻名汇》第一编《金石书目》。覆赠《玉台新咏》并藏砖拓十六种、泉范拓四种、开平小石幢、霸陵过氏瓴两拓。

覆陆和九书。谢赠《汉武氏石室画象题字补考》,覆赠《玉台新咏》。

孙传芳由九江抵。南京。

**初四日(11月8日)** 杨云史来。

送江幹庭之尊人福海先生八十寿幛、烛。

送张菊生娶子妇喜幛、烛。

**初五日(11月9日)** 刘健之来谭。

拜朱云卿,谭朱府坤造,约明日四时送来。

答拜杨云史,未晤。

答拜周业勤,询明交来五十二元系购《贵池先哲遗书》《牡丹亭》《四声猿》。

東义记、大东门城内天灯街十三号。戴春记闸北公兴路红兴坊四十号。先后来交承揽字据,当付字,同大东径自接洽。

**初六日(11月10日)** 朱云卿来送朱府坤造,当推合上婚:乾造己酉正月十二日子时,坤造庚戌十一月初二日未时。

**初七日(11月11日)** 祝江幹廷之尊人福海先生八十寿。

覆魏梅荪书。慈幼院生字课颇有可观。

覆任心白书。寄还慈幼院生字课。

覆李审言书。来借《平津馆丛书》《艺海珠尘》,婉言却之。

覆宋墨庵慈裒。书。赠《三国志》《乐府》《古文》及《骈文》并索书。覆赠《玉台新咏》。

寄東劭直勖俨之太夫人华丝葛挽幛。

寄蒋峄堂之尊翁九峰先生冲华丝葛挽幛。

**初八日(11月12日)** 晨,访刘慧之谭,交陈西甫,请其代表晋泰公司股东会。

昨晚武仲平之世兄少癯。来,未晤。留字,云余节高已来沪。

上年晋泰公司租息准一星期内交,今年租息未齐,约收一万七千元上下，出月初或可开会，已收租息存在沪上银行云云。今往访其乔梓，不遇。

答拜黄朴存，不值，留借《一木庵集》二册。天都黄生著。

覆刘葱石书。谢赠影元延祐湖州本《景德传灯录》三十卷。

至中国书店，取：《孔子家语》十卷，徐山民校，乾隆庚子钱唐李客刻本，洋二十元。《四忆堂诗集》六卷。侯方域，乾隆廿三年元孙必昌等重刻，洋二元。

覆李审言书。收到寄还前借各书。

致吴舜臣书。寄赠银耳二两。

致张祝秋书。通讯平安。

覆陈一甫书。交刘慧之晋泰公司代表，西甫讯告武仲平同余节高接洽情形。

覆刘葱石书。交周业勤购《贵池先哲遗书》《四声猿》《还魂记》价洋五十二元。

**初九日(11月13日)** 付夏生记做《南陵县志》毛边古书面七十刀，每刀一百张价洋二元八角。价洋一百九十六元。

**初十日(11月14日)** 至朱云青家，交合婚帖。

陶子麟之侄来，云月杪回鄂。

**十一日(11月15日)** 朱云青来谭，午后往拜，未晤。

致陶子麟书。寄《永嘉四灵集》初校刻样，又序写样一张。

覆黄宾虹书。以卫骑将军钩、享誓钩、六年丙午张师信钩相赠，附刻书目。

致胡朴庵书。催题《礼塔图》卷。

**十二日(11月16日)** 朱云青来，未晤。又来书，商大西洋西餐，约马金涛往拜，婉言谢之。

覆杨味云书。钞《空山听雨图》《韵香自题》二律，沈旭庭画赋，叶兰台题词。

致朱遂翔书。属寄《宋茗香集》《新仝椒志》。

覆曾绍裳书。题其尊人荷裳先生遗墨。

覆翟展成书。请冯老作文。

**十三日(11月17日)** 徐晓霞来书，假《惠研溪先生集》，当覆书假之。

至来青阁，取：《陈眉公杂著》，十九日还。《扶轮广集》。十五日还。

**十四日(11月18日)** 至公平洋行，同汪茂生、孙泉标观赫德路、昌平路地基，二亩九分，索价每亩七千五百两。马路未开通。

至大东书局，交戴春记礼和洋行保险单。廿七日还戴。

吴东迈来，未遇。

访吴昌硕暨东迈谭。又访吴藏堪谭。

程龄孙来谭，坚约组织皖省自治会。

覆南陵县曹景周书。告南陵放急振，现各振有难兼顾情形。县志印成再呈。

覆吴舜臣书。告同庄得之接洽立红十字会分会事，寄会章全分，来信云溃兵抢米船、土匪杀人放火，稻价跌至四元一二角。

访庄得之谭，南陵拟立红十字分会，随送来章程全分，共十一件。

梅畹华、文公达、赵叔雍来，未晤。

**十五日(11月19日)** 访吴昌硕，未晤，晤东迈，交梅道人秋林渔隐图画幅，朱素人、本。朱野云鹤年。画册借阅，另赠冰盘菊花一株。

魏梅孙来谭，假《卫生集》。

覆李拔可书。收还张刻《玉篇》《广韵》。

覆瞿良士书。谢影写《说文篆韵谱》牌子。

覆陈绳夫书。收到寄来书价十元。又寄《闺秀词》二部、《至圣林庙碑目》二部。

晚，至蟫隐庐、来青阁。

**十六日(11月20日)** 拜魏梅荪、文公达，未遇。

访梅畹华谭，并晤天台山农、狄楚青、黄秋岳、赵叔雍、文公达、萧鉴冰。

覆杨芷青、俞峻韵书。属寄凡例、序言，请余咏南作序，商用咏南鉴定名称。

覆李拔可书。谢赠新活字《唐五代词选》。

覆黄宾虹书。録钩释醇誓二字(醇纯誓悊)访歙大家集。附寄拟编《安徽诗征》征诗启。

覆张祝秋书。请书《南陵县志》书衣。

**十七日(11月21日)** 冯蒿老约午刻功德林素餐。

至大东书局，交束义记保单。

二时，虬园、淞园股东会议。

阅陈眉公继儒。《妮古录》，卷一。南陵水面漫悠悠，风紧云轻欲变秋。正是客心孤迥处，谁家红袖倚高楼。右樊川诗，宋顾大中曾于南陵巡补司舫，子卧屏上画此诗意，而人不知其名，未甚赏誉，后为人具眼者窃去，乃更叹息。新志已排成，不及列入杂志纪闻中，书此备后日编《南陵志》之余。

**十八日(11月22日)** 晨至萧、朱二家贺喜。

阅陈眉公《太平清话》，记之：

宋纸于明处望之，无帘痕。

洪觉范能画梅竹，每用皂子胶画梅于生绢扇上，灯月下映之，宛然影也。

活板自宋庆历间布衣毕升始。

贯休尝自梦得十五罗汉梵相尚缺一，有告者曰，师之相乃是也，遂为临水图以足之。

宋徐铉不喜释氏，而好神怪，布衣蒯亮尤夸诞，年逾九十，铉延门下，《稽神录》之事，多亮之言也。

安禄山冥籍中曾为回向寺胡僧，名魔灭王。见《神僧传》

顾况云，大抵文体十年一更。

何仙姑，衡州人，晚年黑瘦，一衰媪耳。

北魏延昌州郡佛法盛行,有一万三千余寺。正史。

右军年三十三书兰亭,三十七书黄庭。

宋恭帝云,佛教自杀者,不复得人身。见褚裕之传。

《晋书》皆为许敬宗写入小说。

颜鲁公书法有舅商仲容授之。

范文正公家古镜背具十二时,如博棋子,每至此时,则博棋中明如月,循环不休。

又阅《珍珠船》:

蜀葵点作火把,雨中不灭。

南中旱甚,即以虎骨投有龙处即雨,激龙之怒也。

江南徐铉善小篆,映日视之,书中心有一缕浓墨正当其中,至曲折处亦无偏侧。

宗寿建之族了得一古铁镜,下有篆文十二字,忽照见一青衣小儿坐酒楼上,令人访之,青衣随至,曰:此神物也,终当化去,不若还我。与之,剖腹纳镜而去。

徐积字仲车,古之独行如陈仲子,然其诗文则怪而放,如玉川子,此一反也。耳聩甚,画地为字,乃始通。终日面壁坐,不与人接,而四方事无不知,此二反也。

宋居士说掷骰子法咒云,伊帝弥帝弥揭罗帝,念满十万遍,彩随呼而成。

徐铉黜邠州,年七十,手不释卷,常亲隶书写许慎《说文》一秩。

徐铉得一镜,照面,只见一眼。

**十九日(11月23日)** 购曲阜碑估孙洞普泗海成宝堂。碑一种,五元:唐张怀寂志。长寿二年五月,新疆吐鲁番出土,黄毅侯(立猷)《石刻名汇》著录。

午刻,至都益处贞元会,祝刘健之生日。

拜郑海藏,未晤,留赠《宋元科举三录》。连史印本。

访汪蟾清,谭昌平路地基。

购游筱溪二师比，共洋六十五元：廿三日付讫。丙午神钩君高迁钩，身作神人鸟啄抱鱼食象，首作兽面嵌银丝，实洋三十元。丙午钩君宜官钩。嵌金银片，实洋三十五元。

**二十日(11月24日)** 丹弟之孙十岁生日，贺之。

昨重宁寺雨山老和尚来，交助请藏经一百元。

金颂清来，交吴渔山山水画轴，定价六百元。十一月卅日取回。

午刻，送书画廿四件、三代彝器四件交金颂清、游筱溪代售。十一月收回。

晚，同李季皋、刘健之、刘慧之、刘葱石、朱曜东诸人赴倪远甫、杨咏秋酒叙之约。

至余伯陶诊方。

**廿一日(11月25日)** 至红十字会，理事庄得之，篇坐办王芝卿(福昶，吴县人)。商南陵立分会，并交南陵分会筹备处公函、商会证书，约定明日交七百五十元会费，请其准，明日将证书、徽章、旗帜等径寄南陵。十一月九日收到。

覆吴舜臣书。告同庄得之接洽南陵分会情形，并垫费七百五十元。

覆黄子猷诸公书。告同红十字总会接洽情形。

覆陈一甫书。强本堂请。陈少舟代表晋泰公司开会。《四部丛刊》四百元(竹纸)，九折，书根卅二元。

访李拔可谭。

至品珍书画会，晤白坚、庞莱臣，白购蒋穀孙建安镜天纪镜、稍损。四鱼符，共二千二百元。

黄宾虹来谭，赠共字印钩，并还《一木堂集》。

**廿二日(11月26日)** 吴舜臣汇来交红十字会洋陆百元。欠壹百五十元。

覆丁芝荪书。询常熟图书馆书目。

覆王季玉书。补印《宝祐登科录》缺叶。

覆吴舜臣书。交红十字会会费七百五十元，安徽银行支票。

汪茂生来谭,后同看海格路地。

覆阙霍初书。录《黔诗纪略后编》杨剑县、傅青余小传。

**廿三日(11月27日)** 先府君阴寿,设祭。

覆朱遂翔书。寄取书价四十元,结欠六元八角七分五,抱经堂付去各书,净欠六十八元八角七分五。

寄平湖葛词蔚六十寿诗。

付游筱溪两师比价六十五元。

杨翰西之夫人恽氏讣至,送冲华丝葛幛。

晚,阅江宁邓文如之诚。辑《骨董琐记》八卷。

**廿四日(11月28日)** 午后二时,至大生一纱厂,同盛竹书签廿五届、癸亥。廿六届、甲子。廿七届、乙丑。廿八届上半年丙寅。帐,略查核二字。

覆陈进宧书。寄还补钱氏《后汉郡国令长考》《南朝墓志辑略稿》。赠凤皇元年竟、月宫竟、飞仙竟、天马蹄竟、双鸾竟、八角回文竟拓。

**廿五日(11月29日)** 寄镇江郭礼征娶子妇红华丝葛喜幛。

覆张祝秋书。收《南陵志》书衣。告为商务书馆谋事。

覆杨味云书。请书韵香遗事。

廿五日拜吴寄尘,谭丁芝瀛女公子联姻事。

至红十字会,晤庄得之,交南陵二次会员十六人会费二百元,截留半数,作基金。并呈文领字,又商一次会员周保贤改刘益三,准。今日将证书、徽章寄陵。十一月初九日收到。

覆吴舜臣书。收到廿日寄来第一次垫付会费一百五十元,又收到廿二日寄来二次会员十六人呈总会文,当代垫洋二百元,交庄得之,请将会员证书今日寄陵。又商第一次会员周保贤改刘益三,亦应允。寄来附呈十七人会员文,寄还。

拜武仲平谭。晋泰公司经理岂从心十月十五日故,侄岂世荣(武派)余叔良稽查(寿老侄)。

**廿六日(11月30日)** 函李木公,赠金大定通宝钱镜,并赠师比拓本十种。纯誓珍钩、卫骑将军钩、军曲钩、袁翼钩、司马君钩、六年五月张师钩、五月五日钩、天帝使者钩、安昌侯钩、蜡封印钩。

朱瑞祥来，购书，洋廿三元付讫：《新安学系录》十六卷，程曈编辑，程啓校刻，明正德戊辰刻本，十四元。《杜诗说》十二卷，天都黄生，康熙丙子一木堂刻本，三元。《揽茝轩诗存》一卷、新安郑泰。《重修宝应县志》廿八卷；邑人乔载繇、朱重同、刘金殿、朱士端、范士龄纂，道光庚子刻本，五元。蜥蜴鼊鼀砚。杨龙石为计小隅题，三十元，退回。

朱象甫赠其新刻先德书二种：《蕉声馆文集》八卷《诗集》廿卷《补遗》四卷，朱为弼。《常慊慊斋文集》二卷。朱之榛。

李木公来书，赠金承安三年官镜，簠斋旧藏，并两诏旬邑两权拓本，吴清卿中丞故物也。木公拟购匋斋藏大騩权以为璧合，当覆书谢之。

**廿七日(12月1日)** 都益处贞元会，祝王雪澄生日。

贺刘健之生日。

朱府小姐照片送来。

郑苏堪、刘稚樵先后来谭。

晚，刘畏之、实之、慧之约陪李伯行、季皋昆仲酒叙。

**廿八日(12月2日)** 访朱云青谭。曾绍裳来，未晤。

访陈敬原、俞寿丞谭，又答拜刘稚樵谭。

覆吴舜臣书。收到汇红十字会费二百元。

送陈抱初暨朱子樵夫人冲华丝葛挽幛。

**廿九日(12月3日)** 先室刘夫人忌日，设祭。

覆李从龙书。谢赠《陀罗尼经》被、《观音》《金刚》两灵异记。

购文渊山房书，洋一元六角：《檒花盦诗》二卷，叶廷琯。《青埵山人诗》十卷。洪饴孙。

缪子受来，未晤。朱曜东来，亦不遇。朱云青来谭，付《南陵县志》订作保险费十五两。付洋二十元。

**三十日(12月4日)** 答拜朱曜东、缪子受，未晤。

晚,郭寿丞约至金陵春酒叙。

## 十一月

**朔日(12月5日)** 拜冰人罗吟庵、朱云青,并送请执柯帖,晚约古益轩酒叙,邀缪子受、陈少舟、夏玉峰、万懋之作陪。

至来青阁,取:十一月廿二日付讫。《琴音记》二卷《续编》一卷,歙程瑶田,嘉庆戊辰刻本,实洋五元。《集虚斋古文》十二卷。方婺如,乾隆甲戌佩古堂刻本,实洋五元。

至博古斋,取:《海昌丽则》,凡四种,吴骞刻,码洋四十八元。《静庵剩稿》(明海宁朱妙端)、《拙谈园诗词》五卷(茂苑徐灿)、《玉窗遗稿》(东海葛宜)、《梅花园存稿》(仁和钟韫),乾隆甲寅拜经楼吴氏梓于小相溪。《湖南金石志》二十卷,嘉庆廿五年瞿中溶摘取通志印本,瞿中溶编辑,码洋卅二元。天玺纪功碑双钩木。道光廿三年仁和高学治刻本,码洋八元。

贞元会,同人公祭陈抱初。

**初二日(12月6日)** 覆任心白书,并寄所刻宋元书样及有正书局影印宋元书样。

晚,吴寄尘约功德林素餐。

**初三日(12月7日)** 为崇儿向朱树斋女公子联姻行纳征礼,罗凝庵、瀚,南昌。朱云青锦章,泾县。作冰人,陈少舟、万懋之、丁莞荪作陪。刘健之、任子木来贺。

汪鲁门同子汪幹廷来谭。李木公、缪子受来贺。

答拜汪鲁门及子幹廷,未晤。

**初四日(12月8日)** 答谢罗凝庵、朱云青、万茂之、陈少舟、李木公、刘健之、任子木。

拜恽季申谭。

送刘翰怡、罗凝庵、朱云青、李木公、李斐君、潘太太、刘健之、任子木、李伯行、刘畏之、刘实之、刘慧之、丁价侯、丁莞荪、鲍承良、鲍子丹、林洞省、陈少舟、夏玉峰、万茂之、王叔用、李征甫、周紫珊、蒯太太、蒯景参、吴寄尘、刘葱石、李瑞九、李元之、刘次陶、刘六太太侄硕父。喜礼。

夏辅宜、李拔可来，不遇。

视刘葱石疾，未晤，晤公鲁，询之。

**初五日(12月9日)** 答拜夏辅宜，谭南陵振务，晚辅宜来谭。

拜李拔可，交陈一甫定《四部丛刊》预约价三百九十二元。《丛刊》三百六十元，书根卅二元。

拜刘慧之，未晤。旋来谭，告晤恽季申谭话。

至红十字会，查寄陵各件，一上月廿二日寄，一上月廿五日寄。并商添举副会长、副议长各一人。十一月九日收到，在芜延搁。

吴舜臣来书，南陵红十字分会上月三十日选举陈夺声正会长、杨芷青副会长、方指高正议长、张颂轩副议长、吴舜臣理事长。黄子猷议员不愿就。

覆吴舜臣书。告商红十字会加选副会长、副议长各一人，商济生会拟南陵振款。

致俞峻韵、杨芷青书。催志序并捐款姓氏。

**初六日(12月10日)** 至文成隆记、大东书局、中国书店。

至大生纱厂，晤寄尘。

送王一亭六十寿幛、烛。

覆李拔可书。收到《四部丛刊》预约券。

覆陈一甫书。寄《四部丛刊》预约券，付书券。

晚，视刘葱石疾。

覆邱绍周书。谢赠《方望溪全集》，托印《春秋文耀钩》。

**初七日(12月11日)** 付大东书局文育盖加连史四十件、荣兴盖加连史二十件。连前付一百件，共付一百六十件。

大生纱厂开董事会。

视刘葱石疾。

吕鹿笙、刘烈卿来，未晤。

**初八日(12月12日)** 汪叔芾来,未晤。

覆吴舜臣书。昨至红十字会查询各件,南陵未收到。陈海汇嫁女送礼。黄子猷作古送礼。

答拜吕鹿笙、刘烈卿,不遇。

大生一厂股东会,代退老董事长报告廿五、六、七届及廿八上半届营业情形。

**初九日(12月13日)** 答拜汪叔芾谭。

贺王一亭六十寿。

送张仲照五十寿幛、烛。

吴蝶卿约午刻功德林素餐。

刘葱石今午去世,卒年五十二岁,同李木公分垫付寿具各四百两,即赴丧次,哭而吊之。十三日交还垫银四百两。

大生二厂股东会,请吴蝶卿代表。

大生一厂送一年监察夫马费,洋六百元。

昨函吴东迈,交洋二十元,请代陈绳夫书联,收回梅道人《秋林渔隐图》。

**初十日(12月14日)** 大生三厂股东会,未赴。

郭肖亭来谭。永野元彦晚翠轩,日本人。来,未遇。

至夏玉峰处谭。

就余伯陶诊方。

覆汪叔芾书。赠妙师菜饼,捐水陆道场十元。

**十一日(12月15日)** 祝张仲照五十寿。

吊刘葱石。付还束义记保险单。

潘其璇来,未晤。

报载,党军至浙。

致张祝秋书。寄商务印书馆圈点《抱朴子》《论衡》两书。

**十二日(12月16日)** 潘其璇又来。

答拜日人永野元彦,晚翠轩,住百禄坊(三十一四十)。谈及藤冢邻朝鲜大学教授。前借《舍是集》一书，道谢并赠玻璃版印《新全相三国志平话》，封面上层横书“建安虞氏新刊”六字，中层绘图，下层书“新全相三国志平话”八字，分两行，中缝上下有鱼尾，中书“至治新刊”。共上中下三卷，盖元刻本也。

访陈散原谭，赠《宋元科举三录》，连史印。并请题新刻残宋本《永嘉四灵集》甲乙丙丁四卷。

昨梁绶珊来，今答拜，均未晤。

至大东书局，交付文成隆记文育盖加四十件、荣兴盖加二十件，又为束义记、戴春记付大东书局连史各二十刀。

大东书局还《四库全书总目》，又赠新印一部。

覆兴和族祖书。告七月九日（子时）第三男生辰，及命谱名世善，世善官名靖，字子安。又长男于十一月三日定泾县朱树斋先生之女为室。

覆县长曹景周书。南陵工振。

致吴舜臣书。稻款未收到。今年收稻数目，租稻能否零售。咏南在南陵年月。邮政汇款途中四川、湖南已窃取。要件可运沪代存。

**十三日（12月17日）**　拜冯蒿庵年丈，交吴苏叟、涑。蒯公分巡淮扬海道事略，扬州、淮安、海州三属绅士公禀，请奏在清淮地方建立专祠，呈蒯孝先、受先、彦先、秀先哀启，盖蒿文拟为蒯礼翁亲家撰传志也。

访丁仲祜同年谭，顾惕生名实，中国国学研究社律师，武进人。在坐，商刘次羽印申叔《荀子》《周书》两书。

访武仲平，谭晋泰公司事。

任子木十七日四十生辰，送红绸寿幛烛、桃、面。

**十四日（12月18日）**　刘健之来谭，随同至古物书画会程秉泉家、古玩市场小坐。

覆李拔可书。谢请张祝秋点勘子书。

覆周美权书。来书以大照公司董事袁伯夔补刘葱石缺属，用私人名义欢迎，覆请用董事部全体。

俞峻韵、杨芷青覆书，余咏南撰志序。现潜山住宅被劫，又值军事，只可稍待，捐款题名亦正催欠户交清编次，又修志题名不必用余咏南鉴定名称。

大生纱厂来函，十一月初八日一厂开股东会，改选董事，以四千二百二十九权当选董事，函达查照。

大生一厂董事，徐积余、周퀀卿、张退庵、李耆卿、张孝若、盛竹书、赵叔雍。监察；恽季申、陈子勋。大生二厂董事，张退庵、张孝若、周紫珊、李耆卿、周美权、王丹揆、沈昆山。监察；张东甫、李拔可。大生三厂董事，张退庵、吴寄尘、周渭滨、张孝若、沈燕谋、陈子勋、吴廷范。监察。吴、胡克之。

**十五日(12月19日)** 吴䌹斋寄新刻:《悔余生诗集》五卷，钱唐吴庆坻。《含嘉室诗集》八卷。钱唐吴士鉴。

校南陵县舆图毕。刘次羽来。

**十六日(12月20日)** 大女今晚挈外孙家源柩回肥。

覆大生一厂董事部书。辞董事职。

致吴寄尘书。赠大东书局印《四库全书总目》。

致沈燕谋书。赠连史印《宋元科举三录》。

覆吴舜臣书。南陵红十字分会寄总会洋二百五十元，照收，函中所云更名各节，均照办，准今日寄芜，钧和钱庄代收。

至大东书局，交南陵舆图并县志书衣。

至红十字会，查南陵分会寄来函、洋，收到。

访任子木谭。

傅尧生来谭。

陈绳夫寄钞孙仲容贻让。《温州古甓记》。

**十七日(12月21日)** 祝任子木四十生辰。

吴寄尘来谭。周业勤来，交故宫博物院出售拓片价目。

覆陈绳夫书。寄还孙仲容书扇。寄赠《闺秀词》首册。谢赠《温州古甓记》。

致任心白书。寄旧印宋元本散叶，为院生作摹本。

致俞寿丞书。附黄公益来讯，代售通海垦牧公司股票。

**十八日(12月22日)**　冬至日，张菊生来，未晤，留赠新印《词林纪事》。

吴寄尘来谭，丁子盈愿以女妻次儿永，交坤造。当请王乔松选择吉，随覆书告寄尘，请其作伐：坤造十二岁，三月初七日卯时。

**十九日(12月23日)**　拜周业勤，未晤，赠鼎二，师奎父鼎、剢鼎。钟二虢叔大林钟、禄康钟。全形拓本，又汉砖四种拓本。单于和亲一、富乐未央一、宜子孙二。

答拜傅尧生谭。

赴李木公、斐君昆仲大加利酒叙之约。

午刻，贞元会。

晚，周梦坡招集消寒会第一集，同会者吴昌硕、金甸丞、潘兰史、恽瑾叔、刘翰怡、姚虞琴、李伯勤、吴东迈、陶拙存及余也。恽季申未至。

致吴䌹斋书。谢赠父子诗集。覆赠连史印《宋元科举三录》。

致吴蝶卿书。赠《果报类编》十部、翁书《金刚经》十部、《摩利支天经》五十卷。

**二十日(12月24日)**　胡朴庵题《礼塔图》成，并还《求是堂集》，当作书谢之，赠金涂铜舍利塔拓本及顾鼎梅《河朔访古随笔》二卷。朴庵又赠《古书校读法》。

顾鼎梅来谭，赠新著《河朔访古随笔》五册、先德《鹤巢老人遗墨》二册、日历二分。

沈燕谋来谭，交大生董事会议案，签主席名，借姚惜抱《汉书》评本。

丁仲祜函赠其门人无锡周云青著《四库全书提要叙》一册。

至古玩市场，购汉千秋万岁瓦，洋二元。

至来青阁，晤寿祺，闻新得明支那正续藏经、兰雪堂本《白氏长庆集》、元本《书史会要》《至大重修博古图》。

致周业勤书。昨业勤以故宫博物院所拓散盘相示,今缴还。

致张菊生书。谢赠新印《词林纪事》。

致陈绳夫书。寄吴仓石篆联,联寄快讯。

**廿一日(12月25日)** 以《大清会典》并图交博古斋寄售,五十元。又《匋斋吉金续录》二元。

覆丁仲祜书。谢周云青赠书,覆赠《随庵所著书》,另赠仲祜《安徽诗征》征诗启。

至中国书店、来青阁。

晚,赴倪远甫酒叙之约。

吴蝶卿来谭。

刘健之来谭,商购兰雪堂本《白氏文集》,价洋四百元。

**廿二日(12月26日)** 傅尧生来谭。葱石债务、交公鲁函。

南陵孙北澄.奎。孙尚宾达。来,请作家谱序,未晤。

至来青阁,取《玉台新咏》,价八元。付。购《钱梅溪临汉碑》二元、《琴音记》五元、《集虚斋古文》五元。

**廿三日(12月27日)** 租中孚银行保险箱阳历十二月廿七日一年,徐吴慧并印。费十六元。甲种七百九十四号。

至红十字会,晤王芝卿,请电谢文炳司令,粤军由绩溪、旌德来。保护南陵分会。张作霖十时入京。

覆吴舜臣书。来信收租三千一百四十余石(尾欠未收),又淑记五百五十石。告红十字会去函,电请谢文炳司令保护分会。

致李从龙书。托购故宫博物院散盘铭文,并汇廿五元。

致李拔可书。交洋廿五元,汇李从龙购散盘拓本。

覆苏逵九书。接济洋三十元。

覆周梅泉书。附覆苏讯并洋三十元。

刘澄如学士为第六子厚丞娶妇,送喜幛、烛。

周业勤来谭。

**廿四日(12月28日)** 至红十字会,晤王芝卿,坐办商南陵分会请助药品及截留会员费，允药品，酌给会费，汉口兵灾至重，只截留正会员五十员，他分会须减。

覆吴舜臣书。告同红十字会接洽情形。十七日寄来契据，未收到。

覆陈乃乾书。孔葓谷《杂体文稿》第四卷原装系同度记。

桂厚之同年讣至，邮寄素绸幛。

至大生晤沈燕谋，交俞寿丞托售垦牧公司股票单。陈四觉堂十股（地分在二堤），俞寿记五十股（地分在五堤），俞恪记二十股（地分在五堤）。

至古香斋小坐。

晚，赴余尧衢酒叙之约。

覆俞寿丞书。告托沈燕谋代售垦牧股票。

**廿五日（12 月 29 日）** 至大东书局、来青阁。

舜臣来书，谢文炳军陆旅长带兵数连至南陵，索款六万元。

晚，约傅尧生、倪远甫、丁子盈、杨咏秋、杨瑞生、李木公、刘季若、刘鸿夫、刘硕夫至晋隆西餐。李斐君、萧彦和未至。

**廿六日（12 月 30 日）** 贺刘澄如娶子妇之喜。

至大东书局、古香斋。

覆陈墨迻书。寄还殿中司马印。赠禄康钟、戏伯鬲、师酉敦、剢敦、敔敦、赤旁父敦、白矩尊残影。

覆吴舜臣书。寄来契据一包收到。南陵红十字会来函收到。稻款改汇一千二百元。

致陶子麟书。寄陈散原题《永嘉四灵集》书衣发刻。

昨，徽宁会馆汪允辉讣至，送奠分洋十元。

束义记不按批至大东书局取新印《南陵县志》，取销前定合同，改归戴春记一家装订。

晚，至受古书店，购廿七日付讫。《祁门县志》三十六卷。道光七年知县汪让修，实洋六元。

又购汪树人书三种，付洋五元：廿七日付讫。《万善花室文稿》六卷，方履篯，道光十一年刻本。《阁注文钞》四卷，江都江涟，道光十六年黄承吉刻本。《海上诗逸》六卷。康城宋莲编,道光丁亥刻本。

**廿七日(12月31日)** 午刻,贞元会,祝梦坡、芝符寿。

晚,赴刘澄如喜筵之约。

**廿八日(阳历一月一日,1927年1月1日)** 午刻,周梦坡招饮。

宗子戴来谭,还《一亭杂记》。

晚,吴昌硕、姚虞琴在晨风庐作消寒第二集。

访丁仲祜谭,商让《祖庭事苑》八卷。宋睦庵善卿编正,日本中村长卫重刻绍兴本,洋廿二元。

同李凤池送朱晓南绸挽幛。

至中国书店,取:徐朴村士修,歙县。《祭挽分编》十四卷,乾隆刻本,洋二元。《倚剑横经室诗抄》。合肥朱应江,光绪辛巳刻本,洋六角。三十日退。

徽宁同乡会三届职员任满改选,举朱云卿、吴蝶卿、李振亚、毕立信、洪明度、俞朗溪、曹志功、许筱甫、胡佩如。

**廿九日(1月2日)** 祝周梦坡寿。

答拜陈雪艇、凤翱。陈静之寿山。父子谭,寿山在虹口四行储蓄会营业科员,雪艇故为担保也。

晚,至新中央戏院,观梯爱姆兽戏。班主人洛可生,实则日人训练猴犬猫鼠之属。

**三十日(1月3日)** 收吴舜臣汇来洋六百元,又淑记洋六百元。

致曾农髯书。赠《玉台新咏》《宋元科举三录》。

访丁仲祜谭,交书价廿七元:《祖庭事苑》八卷,日本刻本,廿二元。《御书千手千眼观世音菩萨大悲心陀罗尼经》。五元。

至中国书店,取回吴渔山画轴,又取:《朴村诗集》十三卷,徐士修,乾隆刻本。初二日退回。《淡远轩诗钞》十二卷。泾川吴寅,道光十四年刻本。初二日退回。

至古香斋,付古物价三十元:董文敏题竹叶砚、十四元。无双谱茶碗、六元。哥窑笔洗、八元。古镜。二元。

至博古斋，付书价洋四十元，又取《江氏韵书三种》。《古韵标准》《四声切韵表》《音韵辨微》，咸丰元年陆建瀛刻本，洋二十元。

覆吴舜臣书。来函云谢文炳军勒捐现筹六万元，亩捐（每亩一角）约四万五千元，商界房捐约一万五千元，以五万元作饷，一万元作给养。收到稻洋六百元，又淑记六百元。

## 十二月

**朔（1月4日）**　晨起，拈香谢神，一年平安。日色赤。

购蜀珍银耳一斤，付八九。元五十五两。

致张祝秋书。荐胡圣余家授读，月薪六十元，川资贽敬另送。

赠刘山农天台山农。《玉台新咏》。

**初二日（1月5日）**　购汪树人《晚村先生八家古文精选》。康熙甲申吕葆中刻本，洋二元。

至来青阁，取：十五日付讫。《唐秘书省正字先辈徐公钓矶文集》十卷，徐賁钞本，原缺第五卷，洋十元。《广雅疏证》十卷。王念孙，原刻本，附《博雅音》十卷，洋十元。初三日退回。

至中国书店，取：万历三十一年癸卯科湖广乡试题纸，《类编草堂诗余》四卷。顾从敬编次，韩俞臣校正，洋三元。初三日退回。

至大东书局，取名片三纸，备县志列入题名，沈嘉金字骏声，徐志仁字荐初，胡基成字善庆，均绍兴人。又交县图重改。

晚，杨寿祺邀聚昌馆便饭。极大雾。

**初三日（1月6日）**　报载，廿九日起汉口义勇队武装戒备，初一日午，党部宣传队在江汉关演讲，围听民众千余人。义勇队武力干涉，民众被刺刀杀伤二人，义勇队亦伤二人。《申报》。又《新闻报》载，死某政治部宣传员一人，重伤码头工会员、市党部宣传部各一，均有性命危险，轻伤百余人。初一日，群众拥入英界，占领工部局及税关，封锁英人商店，驱逐英人，以中国警察维持秩序，党代表驻捕房办公。

二十八日，上海会审公廨收回，改组临时法院，昨日开庭。浙军初一日占领富阳,党军退守汤家埠。芜湖初一晚至次日晨,陈调元部劫掠街市,商民损失甚巨,死伤平民十余人,中外商店均罢市。

送刘葱石绸幛、绸联、经忏、三十八元四角。祭筵、十元。锡箔、七元二角。素烛。二斤。

覆陈绳夫书。谢赠孙仲容书扇。寄还《张说集》写本。

致任心白书。寄洋二元,请代送姜文卿奠分。

**初四日(1月7日)** 魏梅荪来谭,明日回宁,答拜,未晤。

借陈乃乾:明万历三十一年湖广乡试题纸,清爱堂家藏钟鼎彝器款识法帖。道光十八年刘喜海,光绪三年尹彭寿补刻。

傅尧生同。约老半斋午面。

至大东书局、中国书店。

**初五日(1月8日)** 购河南碑估王发印新出汉石经四段暨魏元𬶍太和十六年僧晕。等造象座、魏元腾志、唐志九种,洋四元。

至文成隆记、曹协吉、泰生永,查文成隆记前补荣兴盖加四十件并未照原议,现只得向各家配补也。荣兴本庄比盖加佳。专售连史者,永安街有恒通、怡大二家。

覆吴舜臣书。谢文炳军旅长陆姓,合肥人。捐款我处借四百元。又传陈调元调当涂,谈旅长移驻南陵。又传黄墓渡、西河均到兵数百人,或云变兵,人心恐惶。红十字会赠药四箱。南通大达公已换新总理,询稻款交何处汇,覆由南通汇申。

记李阳冰所书各碑:庾贲德政颂、山东宁阳。怡亭铭并序、湖北武昌。李氏先茔碑、陕西长安。李氏三坟记、陕西长安。船若台题记、福建侯官。缙云县城隍记、浙江缙云。谦卦爻辞。安徽芜湖。

**初六日(1月9日)** 报载,九江形势严重,遍处抢劫,中国当道无能控制,英人避入英舰。路透昨日电。

朱晓南今日领帖,命崇儿吊之。

晚,赴葛词蔚大东酒楼西餐之约,坐有百余人,谢寿也。

小林黛玉为刘襄孙招致侑觞,遂移坐焉。

**初七日(1月10日)** 晚,同家人至新半斋便饭。

覆任心白书。收到姜文卿奠分代送。询刻书梨板。

覆罗子经书。商戴春记付订工一百元。散盘价汇津。

覆陈乃乾书。商印《清爱堂款识》。

**初八日(1月11日)** 至刘慧之处,交洋六十五元,汇交罗叔言。

取回蒙藏银行所存《南陵志》局存一千元。

覆杨永贵书。附陈倬斋讯。

致陈倬斋书。绍介杨永贵。

覆张祝秋书。辞胡圣余馆。商务印书馆校书。

致罗叔言书。交刘慧之汇散盘拓本价六十五元。

宗子戴来谭,赠红豆山庄红豆二枚。闻福建红豆树极多,即鸡翅木。

**初九日(1月12日)** 至大东书局,交南陵县图修改。

午刻,赴金甸丞、陶拙存消寒三集之约。

晚,赴杨寿祺金陵春酒叙之约。

晤宗子戴,借《传经堂丛书》七册,赠张通妻陶贵志拓本。

王富晋北来,于来青阁晤之。

至中国书店,又取万历题纸。缺一段。

至来青阁,取:十五日付讫。《汉儒传经记》二卷,休宁赵继序编,嘉庆甲子刻本,送附《历朝崇经记》。《禹贡分笺》七卷,海盐方溶,嘉庆己卯刻本,四元。《賸賸斋书画记》四卷。会稽谢诚钧,道光戊戌刻本,二元。

周业勤赠虢叔大林钟寰盘全形拓本,阮文达旧藏。又祖己父辛卣铭文。器盖全。

收回刘次羽校明本《说文篆韵谱》,又《函海》本。次羽仅校至卷二第十叶,亦草率也。

吕宋廷来,未晤。

**初十日(1月13日)** 访沈燕谋谭俞寿丞售垦牧股分事,随晤寿丞告之。

午刻,都益处贞元会,公祝余生日。

同金颂清至徐园，观汪佛荪陈列书画古玩，晤汪鞠卣谭。刘健之后来，购乾隆御制白玉烟壶、那绎堂制白玉烟碟，价五十元。又观佛荪之兄楚生所售明潞藩琴，名曰中和，腹内有字，不可辨。有敬一主人题字合，盖端忠敏题赠袁世凯，楚生得之寒云者也，索价四百五十元。又见《周易订义》残本，宋刻宋印，王雪澄先购。得袁随园胡桃烟壶，洋三十元，乾隆御制白玉烟壶，洋五十元。

陈淮生承修。函告，古物陈列所近拓出颂壶、国差甗二种，价未悉。故宫博物馆所拓散盘、莽量，销者甚多也。

陶子麟寄来《四灵集》刻板，补札十二板未来。并属转交郑苏堪书板及讯，随送郑炎佐何。收。

赠袁伯夔连史印《宋元科举三录》。

晚，至新中央，观梦里英雄剧。

**十一日(1月14日)** 余五十九岁生辰，刘健之、礼四色。林洞省、礼券六元。陈乃乾、陈立炎、金颂清、杨寿祺、各礼券五元。子丹弟、礼券十元。三太太、礼券四元。二姑太太、礼券四元。陈锡仁、席票十二元。李木公收礼四色。来贺。杨瑞年、王富晋亦来贺，宗子戴来贺，万懋之亦来，均未晤。

汪佛荪来，未晤。陈龙昌来，亦未晤。

**十二日(1月15日)** 晨拜吴寄尘，交永儿庚帖照片。

至红十字会，商定代付空白正会员十人半费一百廿五元，又担负先付空白普通会员二十人半费一百元。

至文成隆记。

答谢李木公、万懋之、宗子戴、陈立炎、刘健之、林洞省、金颂清、鲍子丹、陈乃乾、子丹弟、三太太。

晚，约李元之、刘健之、陈立炎、张仲先、金颂清、陈乃乾、王富晋、杨寿祺、郭寿丞、金少舲、谢光甫暨子丹弟并崇儿及慕邢、冠英诸侄，共两席金陵春座，用洋廿五元。

彭养吾来，未晤。前在安徽同乡会，今在美商中国营业公司地产部。

昨,王富晋交书二种:影印宋巾箱本《八经》,无音释,较各家书同所载异,唯行格同。傅沅叔云昔人以为明靖江王府覆刻,此则决为建本。《唐明律合编》。薛允升撰,徐世昌刻。

**十三日(1月16日)** 郭礼征来谭。

答拜汪佛苏,访郭礼征,均未晤。

至来青阁,晤王富晋,交书二种寄售:《宋元科举三录》,宣纸印,四部。《玉台新咏》。宣纸印,四部。

至蟫隐庐,晤罗子经,取:共洋廿二元。《飨礼补亡》一卷,诸锦,乾隆十八年刻本,洋一元。《春秋钻燧》四卷,仁和曹金籀,同治七年刻本,洋六角。《续古篆韵》六卷,鲁郡吾衍编集,道光六年陈宗彝独抱庐刻本,洋八元。《东台县志》四十卷,知县钱塘周右纂,嘉庆廿二年刻本,洋十二元。《愚荃敝帚》二卷。合肥李文玕,道光廿九年刻本,凡《贯垣纪事诗》《村居杂景诗》各一卷,洋四角。

**十四日(1月17日)** 至大东书局,晤沈骏声,交南陵县全境图、南陵县城厢图商印。

至华兴银行,晤夏玉峰,商将红十字会徽章、证书托便人带芜湖,交钧和钱庄代收,转交南陵分会。

红十字会送来正会员徽章、证书十分,普通会员廿分,药品四箱,护照、药品单各一纸。

答拜王富晋,未晤。

至文成隆记。

至来青阁,取《遁庵古陶存》。洋实二元,十五日付讫。

彭养吾来,未晤,留书告贷。

舜臣来书,南陵前开会,筹商军用捐款,分三股调查评议收捐,德生、子敬、芷青、舜臣为评议:初十日,已奉公署照会。

一议调查房屋方法:

(甲)公共房屋估计其价值,有租金者附带调查。

(乙)私有房屋调查法与上同。

一议调查田亩方法:

(甲)田亩由各业主自行按粮串口报实数,倘有隐瞒,一经查出,加倍捐收。

(乙)田亩价值分山、圩,按该处时值价目估计。

一议调查商店方法:

(甲)调查商店营业与资本,以乙丑年钱总、红簿两项为根据,倘无钱总、红簿可查者,由调查员酌量估计。

一议关于无不动产暨无营业之居民而有现金者,调查名姓后,交评议会酌量劝募之。

提议者调查员全体。评议员有主张累进法者。

覆吴舜臣书。告垫付红十字会正会员十人会费一百廿五元,又代力二元,托夏玉峰带交芜湖钧和庄,计正会员十人、普通会员廿人徽章、证书,药品四箱,药品单、护照各一纸。我处之田按四户报告,催寄稻款。

覆陈乃乾书。还吴兔床校《汲冢周书》。

致宗子戴书。代陈乃乾售《问经堂丛书》、吴兔床校《汲冢周书》。

覆陶子麟书。寄《四灵诗札记》补阙校刻样,催刻封面并跋。

覆陈淮生书。淮生寄故宫博物院古器拓本价目,又告古物陈列所近拓颂壶、国差甔两器价目未知。散盘五十元、颂鼎廿四元、大鼎廿四元、杞卣八元、雒鼎六元、芮公敦八元、锡贝鼎五元、父庚盉七元、汉嘉量廿四元、汉钫卅二元、汉双鱼洗二元五角,以上全形。

**十五日(1月18日)** 至文成隆记、大东书局发行所。

致南陵红十字分会书。寄徽章、证书正会员十分、普通会员廿分,药品四箱,又药品单、护照交芜湖钧和庄代收。

致夏玉峰书。托寄南陵红十字会信件,并付代力二元。

致陶子麟书。请寄陈散原书面。

覆邹镜吾书。谢寿。

赠中国书店郭君《玉台新咏》,报受万历癸卯湖广乡试题纸之惠也。

晚，慕邢侄邀至新利查西餐，坐有袁寒云、王德邻、丁小兰。

至来青阁，付书价洋廿三元：《簠斋藏古目》，洋五元，王富晋书由来青阁转入，今又转回。《钓矶文集》，钞本，洋十元。《禹贡分笺》，洋四元。《赜赜斋书画记》，洋二元。《遁庵古陶存》。洋二元。

访武仲平，谭晋泰公司付租息事。

至蟫隐庐，取《贮素楼词》。女史苏穆，道光癸巳刻本，洋五角。

**十六(1月19日)** 收商务书价七十八元二角五分。

周业勤来谭。

李从龙寄来散盘拓本，收价洋二十元，退回五元。

**十七日(1月20日)** 周业勤来谭。

送汪禹丞之子英宾三十生日、长孙义中弥月之喜永安公司礼券四元。

覆彭养吾书。送川资八元，廿四日来取。

陈器之来，托售程龄孙拓本二分。每分五百二十张。

致陶子麟书。收到校样二本，又刻样三张校毕寄鄂。

吴树人来谭，请绍介哈同、姬觉弥。

至文成隆记、大东书局、中国书店。

晚，约袁寒云、丁小兰、王德邻、周业勤、慕邢侄在新利查西餐。共用十三元。

**十八日(1月21日)** 拜杨翰西，未晤。晚约至群玉坊宓妃家酒叙，函辞。

午刻，恽季申约古益轩酒叙。

晚，赴李伯勤消寒四集。

午后二时，大生一、二、三厂董事联合会举退老为二厂、三厂董事长，孝若一厂董事长。

至大东书局。

**十九日(1月22日)** 贺禹丞、英宾乔梓。晚赴王德邻酒叙。马连甲、许士英、王治襄在坐。

拜陈乃乾，未晤，留宗子戴来书。拜许苓西、周业勤。

覆张退庵书。告昨大生董事会代表。来书为聚卿筹赙二千元，自送同李若一千元。

覆章希瑗书。询聚卿寿老领帖情形，询银耳价值。

覆夏辅宜书。晤美权，询悉大照公司，品翰去世，明正开董事会。

覆李从龙书。托购散盘拓本，并退回洋五元，均先后收到。

**二十日(1月23日)** 午刻，贞元会。

**二十一日(1月24日)** 武世兄筱平。交来晋泰公司公记租息，丙寅年壹千二百元。

至中国书店，交陈乃乾前借明万历湖广乡试题纸、《清爱彝器款识》。

答拜武仲平谭，书收租息条。

陈龙昌成叔。来谭，拟借洋，婉辞谢之。

齐俊卿来谭。交许静仁讯，为王治襄办理水东馒头山两矿，提倡认股。

许苓西来，未晤。周业勤来，遇诸途。

许石荪夔。《石篴诗钞》二卷新刻成，其女适曹寄自扬州。蘅甫，其翁也，四十年前老友。

**二十二日(1月25日)** 答拜齐俊卿谭。

覆许静仁书。皖矿招股事。

拜陈乃乾谭。《明经堂丛书》已寄宗子戴。告万历题纸、《清爱堂款识》已交中国书店。

拜吴寄尘谭。取大丰息二百元。

至文成隆记，结算纸帐，找银壹百十六两一钱三分三厘，七三〇七五。合洋壹百五十八元九角二分。去九角二分。真纸价原件一百七十九件(去三刀)，印局退文成破碎内约十七刀尤着，加价纸并算件数一百七十九件五刀。

华商水泥公司送来董事夫马洋二百元。

吴怡生由芜湖来，未晤。

李拔可来，未晤。

付李元之先生校志书经费壹百五十元，连上年二百元。刘次羽校志书经费壹百元。连上年二百元。

**廿三日(1月26日)**　郭寿丞娶侄子妇，送永安公司礼券四元。

覆宗子戴书。陈乃乾售《问经堂丛书》价须壹百元。

致陈倬斋书。寄洋十元，交秦贤炳，如真贫病，请再垫给十元。

致李觐丞书。寄题其尊人传志后。

致姚虞琴书。寄题吴柳堂先生《罔极篇》。

答拜吴怡生，未晤，留片，拜李仲絜。

访许苓西谭，交《西湖归隐图》卷，索题。

大照电汽公司汇来年节夫马费捌拾两。

访刘公鲁谭。

晚，祀灶。

**廿四日(1月27日)**　贺丁少兰娶子妇。

吴寄尘来，送丁子盈传科，丹徒人，住润安里。之女公子照片。

访周业勤谭。访刘慧之，未晤。

视刘健之疾，晤李仲絜。

至大东书局，结付排印县志工价一千捌百七十八元五角三分，除两次付壹千弍百元，找洋六百七十八元五角三分，又付五十元，排字房酒钱廿元，印刷、做纸板两项十元，办事人十元，胡基成十元。融消入总帐，加夹注一百页五十元。外付茶房二元。

付大东印《摩利支天经》并书目洋弍拾元。

朱彊村侍郎来谭，交还《拙政园诗词集》，并书示所撰杂题我朝诸名家词集后望江南词二十四阕。屈翁山、王船山、毛大可、顾梁汾、陈其年、朱竹垞、纳兰容若、王贻上、曹叔六、李武曾李分虎、厉樊榭、张皋文、周保绪、周稚圭、项莲生、严九能、王壬秋陈伯弢、陈兰甫、庄中白谭仲修、蒋鹿谭、王右遐、郑叔问、文道希、徐湘苹。

**廿五日(1月28日)**　刘次羽校南陵舆图。晚，李木公来谭。

覆王君九书。谢赠叶鞠裳《诗谵》《寒山寺志》，覆赠《宋元科举三录》。

覆陈一甫书。告晋泰公司经理情形，乙丑租息节高未付。丙寅租息武仲平付，交刘慧翁转。

覆翟展成书。告南陵水灾，芜湖筹振千元至今未领，灾区代表云由农会主持，去函询问，亦未答复。

覆吴舜臣书。红十字会垫款一百廿五元，允觅便带芜汇还办事处。东白证书一百元，商明年归还。覆以如不允，当再垫付。南陵覆徽宁同乡会查询溃兵过境驻军给养情形，本将余名列首，经舜臣商改，另函，总司令可允驻兵，柴米两项每约三四百元。谢师长已到南陵。陈楚材谋商务书馆事，请婉覆，大局稍定再言。调查城区营业房产田共九百五十余元，我处所报田亩虽分，但前一亩捐一角，系图董收。前报田亩：实经堂田五百〇三亩四分、子记六百七十七亩、祜记六百六十四亩二分、善记六百四十二亩九分四厘、淑记二百五十四亩〇七厘，约值十三万元。

**廿六日(1月29日)** 昨冯蒿丈函示所撰蒯礼卿先生传，当钞留一稿，今往访谢之。是日，沙健庵在如皋病故。

宗子戴来书，汇《问经堂》书价壹百元，今至中国书店，请转交陈乃乾。

至大东书局，商荐赵光甫晟，开封。为校对，沈骏声应允。

至来青阁，取：共洋二十元，廿八日付讫。《十国春秋》一百十四卷，仁和吴任臣，康熙十一年汇贤斋刻本，十二元。《说文系传考异》四卷，汪宪，附录一卷，朱文藻编。瞿世瑛清吟阁刻本，四元。《说文解字韵谱》五卷，《小学汇函》本，绵州李氏《函海》本用吴县冯氏本校，一元。《易义无忘录》，姚江蒋珣，道光五年刻本，一元五角。《听雨楼词》二卷，钱塘女史孙云鹤，嘉庆十九年刻本，一元五角。《国朝海上诗钞》四卷。曹锡辰，乾隆戊子刻本，缺四卷又末一卷，一元(不付价)，廿八日退。

视刘健之疾。刘慧之来，未晤。

周业勤先后赠番禺陈氏藏虢叔大林钟寰盘、格伯簋双鱼洗、皆阮氏家庙藏器。冈父辛且己卣、陈簠斋藏器。师吴父敦陆存斋藏器。拓本，卣只铭文，余器全形。作书谢之。

索王秀仁旬邑权拓本。权为沈仲复年丈藏,吴愙斋以古黄琮易得,今归李木公。

**廿七日(1月30日)** 答拜朱沤尹侍郎,未晤。

至大生,晤吴寄尘,请转商丁子盈,拟明正十六日为次儿永行纳征礼。

访子丹弟,告为赵光甫荐大东书局校对事。

吴怡生、政修。刘默渊、镐。赵光甫晟。来,均未晤。

至大东书局,交南陵舆图原本暨新印本修改误字。

午后,祀先并至真容前行礼。

**廿八日(1月31日)** 至仁济堂。

覆王季玉书。寄补印《宝祐登科》第百十叶。

覆宗子岱书。收《问经堂丛书》价一百元,交中国书店转乃乾。

覆郭礼征书。收到夫马费八十两。

覆陈绳夫书。收到书价廿元,退回寄售书,先后共卅元。

至来青阁,付书价洋弍拾元。

**岁除日(2月1日)** 收中国书店书价壹百廿八元八角五分,除付书新购价六十一元六角六分,净找洋六十七元一角九分。

题赠倪远甫镜铭拓本屏。

为刘公鲁题唐高霞寓志。

武筱平兄来,交余节高付晋泰公司乙丑祖息壹千五百元,另收支帐单。

覆赵光甫书。告荐大东书局校对情形,送洋四元。

昨,刘健之借阅书三种。《中国艺术家传略》《一亭杂记》《须静斋过眼录》。

晚,祀神。接灶,并至真容前行礼。

来青阁上月在苏得钱唐许氏藏经山寺浙江临安。《支那本正续藏经》,计存二千余册,缺五十余册。目为龚孝拱手书。名橙,自珍子,宣纸,界红格,书约百叶零。

读定庵《己亥杂诗》注,明紫柏大师刻大藏板在径山,康熙中由径山迁嘉兴之楞严寺，今什不存四矣。求天台宗各书印本，亦无所得。后刻《支那古德遗书》初集四种，皆天台宗，藏明琈山馆。则《径山藏》之可宝贵矣。阅《刻藏缘起》一书，载募刻书册大藏经为明万历甲申陆光祖，万历丙戌冯梦祯、王世贞、管志道，比邱道开，傅光宅、陈瓒、曾乾亨、徐琰、张寿朋、于玉立、沈自邠，己丑。释真可，紫柏大师，真可。汪道昆，万历庚寅释德清，憨山大师，德清。万历辛卯虞淳熙、乐晋，万历甲午瞿汝稷序共十八篇，纪事甚详。又阅《径山藏板画一经直》因刻经日有增益，而请经者仍照旧价，故定此经直画一之目。冯梦祯序云：经肆在嘉兴郡郭楞严寺。又万历己酉吴用先白，正目计装一百零六套，续目题"径山新刻藏经续目"，万历四十八年(按，是年为明光宗泰昌元年庚申)三月初旬订。计三十七套，一百零七套起，至一百四十三套止。末有三行云：史帘按，目分绵纸、史帘两印本，价直。藏经一全单，该银三十九两七钱儿分；又所用绢套一百四十三个，该银四两二钱九分；又二项通共该纹银四十四两零八分。又阅朱氏槐庐《目睹书目》藏经下末云：以上正藏经典二百十套，遵依顺治十六年奉宪定价批示，每百页纹银八分算，共该纹银一百贰拾七两四钱五分，外套银十六两八钱，二项通共该纹银一百四十四两二钱五分。康熙三年奉兵宪上官批定，照前宪所定量行八折，实该纹银一百一十五两四钱。康熙十六年□月□日公订。又《续藏经目》末云：以上藏外经典并诸方语录杂集玖十四套，遵依顺治十六年奉宪定价批示，每佰页纹银八分算，共该银五十三两四钱九分二厘，外绫套银七两五钱八分，二项通共该纹银六十一两三钱四分二厘。正藏并续藏，前后通共该纹银二百零四两七钱一分九厘，康熙三年奉兵宪上官批定，照前宪所定量行八折算，实该纹银一百六十四两四钱八分九厘二毫。康熙十六年□月□日公订。前有《楞严经坊重订画一缘起》，顺治丁亥朱茂时、茂曝同合十和南。又朱大猷恳免赊请经典说，嘉兴府秀水县示。康熙三年。其工料价直，顺治间已较万历增加，然亦贱极矣。海内藏支那藏者，寥寥可数，今此本以一千八百元归于李季皋。

# 丁卯年(1927)

## 一月

**元日(2月2日)** 辰刻升香,告天祀神,诣真容前行礼。午后,贺陈贵阳师、冯蒿庵年丈暨亲友新年。

**初二日(2月3日)** 贺各亲友新年。鲍承良来。

午刻,地震,据徐家汇天文台管理员云,第一次在十一时五十四分;震三分钟。第二次在十二时五十五分,震一分钟。两次相距约一小时,至发动地点在安徽凤阳。又云距上海约二百英里之西北方面(霍山之东,南京之西)。

**初三日(2月4日)** 午后雪。

贺各亲友新年。

**初四日(2月5日)** 立春。寅时初刻八分。

贺各亲友新年。

新闻报载赣电,蒋介石特任柏烈武为第三十一军军长,已在武穴设司令部。

**初五日(2月6日)** 贺各亲友新年。

致陶子麟书。收到两次寄来《永嘉四灵集》校改刻样,商寄补阙札记板片。

晚,同淑畹、定君挈儿女辈至晋隆西餐。

**初六日(2月7日)** 定君三十九岁生日。

贺各友新年。晤夏剑丞,旋来,亦晤谭。

陶子麟交瑞阳丸轮带来《四灵集》补阙札记板片,当作书覆之。

吴寄尘来,传丁子盈先生意,商改聘期,允之。

**初七日(2月8日)** 至刘健之处贺年谭。

晚,许苓西约酒叙。

**初八日(2月9日)** 晨,挈崇、永两儿至外舅刘中丞公真容前行礼,并诣葱石灵前拜之。

李拔可来,告刘鸿生忆定盘路地基道契已取到意,故余照前议接受也。仁济堂团拜开会,未往。

**初九日(2月10日)** 丁似青、石怀昆仲来谭,似青服官江西,去冬回沪也。

游邑庙内园,得铜镜一,文曰"双湾镇李四郎自施镜十八面",计十二字,金元时所铸也。价洋二元。

许苓西属题《西湖归隐图》卷。

**初十日(2月11日)** 访徐静仁、吴寄尘、朱云青,未晤。

访周美权,商退老来函为郭礼征荐肖霆、道弥二人代品翰事。

午刻,赴都益处贞元会。

罗叔蕴寄来散盘全形拓本一幅。去冬寄价六十五元。

至汉文渊,购陆氏《南唐书注》十八卷《唐年世总释》《州军总音释》各一卷。青浦汤运泰,道光二年刻本,付洋五元。

翁氏书估赠钱唐龚之钥半帆所著《前出塞录》《后出塞录》各一卷。

覆陈倬斋书。倬斋以徐静仁议在圩办轻便铁道运盐,属挽回,主挑运河,今往商之,而静仁已先去扬矣。

吴华卿病危,约马金涛去通视之。

**十一日(2月12日)** 访潘兰史谭,商十六日消寒五集。

访赵叔孺谭。仁济堂开建筑债款团会议,未往。

访周梦坡、金甸丞谭,并以明万历缙绅题纸乞题。

致夏剑丞书。以《礼塔图》乞题,赠《宋元科举三录》。

覆张退庵书。郭礼征函请以肖霆、道弥二人接办品翰事。

晚，丁幼兰约至消闲别墅酒叙。

观大舞台《观世音得道》剧。

**十二日(2月13日)** 崇儿十九岁生日。

至中央影剧园，观《西游记》剧。

**十三日(2月14日)** 任心白由宁来，谭佛教慈幼院丙寅年经过情形。又出呼吁书，拟暂扩院生二百名，梅老首认十五名。现院生六十八名。建楼屋数幢，并立一养病室，为将来慈悲医院之雏形，约添建院舍及养病室需洋六千元。

《时报》载，新编直鲁联军第十三军谢文炳部陆学文旅，现张宗昌调往无为、庐江一带驻扎，陆旅奉令业已开去，查陆旅驻吾南陵，先派捐五万元，每日给养五百余元，民力竭矣。今得移调，亦幸事也。当致函南陵询之。

覆王君九书。覆刘翰怡去年十二月初一日病危，初八日转安。

覆陈一甫书。告除夕余节高已付乙丑年晋泰租息。

覆俞峻韵、杨芷青书。告县志月内可成，二月运南。

致吴舜臣书。附致俞杨书。

吴东迈来谭，交还缶老假阅朱素人、本。朱野云鹤年。两画册。

黄朴存来谭，观画册。朱野云、朱素人、高迈庵、郭琴才等册。

吴寄尘来，告丁子盈已允永儿聘期在二月十五日，丁府冰人请赵蜀琴君。宗抃，丹徒。

游福州路古玩市场，无所见。

晚，夏玉峰约杏花楼酒叙，肴馔极美。

**十四日(2月15日)** 陈淮生承修。来谭，属题所集金文册签。

**十五日(2月16日)** 三太太由扬来，往视之。

王叔用、褚礼堂先后来谭。

舜臣十一日南陵来讯，谢文炳师部、旅部于初九日一律开竣，第一旅陆。驻无为，第二旅倪。驻庐江，在南陵共用七万元，所收城乡捐款六万元，不敷一万元。前议筹款方法，乡欠亩捐约八千元，城区亦欠七千余元,公决追缴清还借款,现又谣传又有军队到陵,各业均未开市,县署开会,预借本年丁漕。

杨瑞生明日嫁女,送红绸幛、烛。

**十六日(2月17日)** 拜朱云青,商崇儿吉期。

贺杨瑞生嫁女。

答拜陈淮生谭。

晚,同潘兰史在晨风庐消寒五集,邀吴昌硕、吴东迈、刘澄如、金甸丞、曾农髯、恽季申、恽瑾叔、周梦坡、甘翰臣、褚礼堂、俞寿丞、夏剑臣、黄宾虹、戴鹤皋、姚虞琴,到会十五人,未到者陶拙存、陈散原、汪颂年、吴絅斋、徐仲可、刘健之、刘翰怡、许苓西、周湘云、李伯勤也。梦坡备肴馔,共洋卅九元,另给仆人四元。

**十七日(2月18日)** 孟昭月昨已退守松江,杭州至嘉兴电话、电报亦均于午后四时起阻断不通。

晚,倪远甫、杨咏秋约至贵阳师家酒叙。

**十八日(2月19日)** 访汪叔芾于开泰栈,谭请妙师作水陆道场,来沪募缘。

午刻,胡朴安、陈乃乾约至俭德储蓄会西餐。

童心安、黄蔼农、名葆戉,一号青山农,闽长乐人。陈乃乾来,观所藏师比并藏镜拓本。

上海二时总工会通知罢工。邮政局亦停。

昨十二圩同善堂刘寿亭来送食物,求为其子在济南七公司商办义渡局司事加薪,薪饭月仅五元。又带陈倬斋函,恳并《人身关切要书》二百册。

仁济堂三时开全体董事会,讨论重要事项;四时欢迎新推总董王一亭君、副总董翁寅初君、项如松君,董事夏应堂君、李寿山君、朱寿丞君、徐冠南君、顾吉生君未与会。

昨午后即觉不适,今未愈。

蒙藏银行退还吴元松逸之。保证书。

**十九日(2月20日)** 是日为燕九节。本埠罢工。

午刻,都益处贞元会,补祝俞寿丞生日。

相传孟昭月之退,系与周荫人不睦传闻不确。而惊变耳,今又去杭矣。沪杭路人民为败兵抢劫,痛苦可知也。

报载,汉案协定陈友仁、阿马利昨日酉刻签字。

朱云青来谭,朱府已允崇儿十月婚期。

**二十日(2月21日)** 送汪叔芾素菜四簋、素点一盘。

今日《申》《新报》停刊,仅见《时事新报》《晶报》,本埠罢工。

晚,叔芾邀功德林聚餐,辞之。

吴华卿病有转机,可喜。

**廿一日(2月22日)** 汪叔芾来谭。

覆吴舜臣书。告永儿二月十五日议订婚,丹徒丁子盈之女公子。

访徐静仁,未晤。

晚,袁仲颐约至陶乐春酒叙,仲颐为谭组安婿,新得一子。

**廿二日(2月23日)** 崇儿开学,请李元之先生至一枝香西餐。

送扬州周穀人之尊人挽幛。呢布。

以善书送汪叔芾分赠。覆书王一亭,已劝集二千七百元。作水陆道场。

昨晚六时,停泊浦江之建威、建康两舰开炮数响,弹落法界。

**廿三日(2月24日)** 刘健之来谭,有病容,病状似外孙李家源,可虑也。

游福州路书肆。邮政已通,总工会通知复工。

**廿四日(2月25日)** 阅《翁文恭日记》甲午三月十七日,奉谕同孙家鼐至昭仁殿,检点天禄琳琅藏书。昨已派南书房诸臣整比此地,曾侍穆庙读书,不胜感怆,南斋四君皆集,携刻本《书目》,见一部即于同上印一红圈以识别,大约正编书皆未见,见者续编耳。然多平生所未见,惜无繇详记耳。四月初五日记,昨武英殿将不全之本尽数交进,此端自余发之,今检阅,宋板不过三四部耳。五月初十日记,至清秘堂看明钞《四史》、不全。《永乐大典》,剩八百余本。又至宝善亭看藏书,较从前不过有十之三四耳。

**廿五日(2月26日)**　晨接南通来电,吴华卿病故,却未言何日何时也。廿四日午后三(未)时。

傅荊生春旸。来,未晤。答拜,久谭,并见其姊谭葱石题主。

拜叶伯皋,请为葱石襄题。

访徐静仁,请为刘寿亭之子在圩义渡局加薪。

拜周业勤略谭。又拜刘惠之、陈一甫信另送。夏玉峰,未晤。视刘健之疾。

覆陈倬斋书。静仁允为寿亭子函托,属将管理圩义渡之人开来,以便通函。鲍子丹近不如意,于子未便托。

仁济堂函知,本堂建筑债款前经议决办法,约今日一时集债款团会议,定期签定合同,并讨论一切应办手续,未往,亦未请代表列席。

读瞿木夫《古泉山馆诗集》,有《畷城道中与袁绶阶、戈小莲、方台山茂才燮。话别》,曩年蒯礼卿、京卿赠余虞冰壶夫人《桃源春泛图》卷,冰壶夫人为方壶台山室,今始知名燮,方、虞皆袁随园弟子也。《桃源春讯图》,《墨林今话》著录。

前见来青阁所收金尼阁撰《西儒耳目资》言音韵,有西文。一书,明崇正刻本。奇书也。今阅《古泉山馆诗集》,知为木夫旧藏本。

**廿六日(2月27日)**　谒陈贵阳师,为刘公鲁请题其尊人葱石神主,允之。师赠所著《花近楼诗存》。

访章一山谭,光绪三十年初见于上海时,余送留学生至日本,一山尚在澄衷学堂也。今病胃,饮食日减,形容消瘦,出《十九日病中口占》一诗相示,似已了然去来者。又云年六十七,与屈原卒年同。以好言慰之。公鲁属代请襄题,未能言及也。致刘公鲁书。告陈贵阳师允题主,恽季申、叶伯皋允襄题。

访恽季申,亦为公鲁代请襄题。

晚,至北京大戏院,观影剧。

**廿七日(2月28日)** 都益处贞元会。

覆吴舜臣书。南陵时有退兵过境,数十人不等,为子丹弟划交方子高七十元。预借丁漕五万元,曹县长到申,分五个月报解,现又加派六万元,限阴历正月归解。二十日开会。

覆陈一甫书。乙丑租息节高未交,据晦之云,年底款未凑齐。属交晦之信已转交。

致子丹弟书。告已函舜臣划交方指高七十元。

致刘子鹤书。代请为葱石题主迬襄。

致褚礼堂书。代请为葱石题主迬襄。

闻昨日孙传芳、张宗昌到沪后,即赴松江视察防线,午后返沪,在龙华司令部开军事会议。旋即回宁。列席孙传芳、张宗昌、毕庶澄、李宝章。

**廿八日(3月1日)** 朱云卿来谭,交朱府僚婿名单:

陆少芗二姑老爷　　张润吾三姑老爷

汪恕平五姑老爷　　饶伯润七姑老爷

吴仲蘅八姑老爷　　汪英宾九姑老爷

陈蔚亭十一姑老爷　　梅仲权大姑爷

昨约刘次羽覆校南陵县舆图,今交大东书局改正。

购汪六吉料半纸四刀,付洋十元另四角。印《永嘉四灵集》。

今日崇儿习英文,改习早班三小时,每月学费五十元。

**廿九日(3月2日)** 袁仲颐生子,思彦,伯夔弟。送鞋、帽等四色。

函夏剑丞,促题《礼塔图》,题就取回。

覆陈镜清书。告杭州平安讯,马兰生。

覆冯光九书。谢赠物。

潘兰史来谭,交还消寒公份,收洋二十元。

覆刘公鲁书。告刘子鹤、褚礼堂已允襄题。

**三十日(3月3日)** 午后五时,赴仁济堂签定向协济号,订立押款正式合同,缴销债券,另给议据收执。计十三万,债户十三分。律师吴树人、叶少英。

吴舜臣来函，廿五日。刘宝题军队昨午后陆续到陵，约三千人，借饷四万元，后减至三万元，另给养该军，柴草难得，因大雨。任意分住民房，红十字会亦驻一连。距城三里十里已有抢劫三处，系五十八团，团长刘姓，师长在宣城未到。云二三日到。公议明日回复，认二万元，未必应允。现乡间溃兵极多，前方军队有无续到及城内治安，甚难逆料也。陈少舟云兵过太平，奸淫、抢劫、放火种种，无恶不作。

## 二月

**初一日(3月4日)** 访吴絅斋、金香岩谭。香岩属书字条，亦交之。

顾鼎梅来书，赠其尊人《勴堂乐府》二册，并还前假《殷虚书契考释》。

狄楚青来谭。

昨吴树人来，未晤。

**初二日(3月5日)** 拜冰人赵蜀琴、吴寄尘，交请执柯帖二月十五日。并初八日功德林请宴帖，晤赵蜀琴谭。

狄楚青函，赠影印内府藏唐孙过庭《书谱》序墨迹、汉画、清代画史。

视刘健之疾。

晚，同李元之至新爱伦，观影剧。

送丁箎荪四十寿礼。寿联、新新礼券十元。

**初三日(3月6日)** 康更甡同年初五日七十寿，送缎幛、寿联。

函谢狄楚青赠书，覆赠苏州元妙观唐石画二十七种。

冰人赵蜀琴、吴寄尘来答拜，未晤。

顾敦夫羲，华新银行经理。为公度思义。之子，今来，未晤。

午后，至天蟾舞台，观马连良演剧。

刘健之交阅明刻《欧阳文忠公集》半叶十行，行二十字。百五十卷附录五卷，书未全见，是否天顺辛巳程宗刻，莫目。抑嘉靖丁酉詹治重修天顺本，缪目。又嘉靖庚申何迁刻本，丁目。疑不能定也。

报载，南军贺耀祖之部下两团已抵大通，其一部分于上月三十日阳历三月三日。抵南陵县，传言两三日中将侵入芜湖。

又载，陈调元辞职。均东方社芜湖电。

**初四日(3月7日)** 贺丁篪荪四十寿，晚邀东亚酒楼酒叙。

致张退庵书。为陶子春、陶麟章请荐通如税所新所长翁庚孙君。

覆顾鼎梅书。谢赠《勴堂乐府》。

覆周梦坡书。谢题明万历缙绅并题纸。

覆汪叔芾书。告水陆道场王一亭代募二千八百元。

覆汪启我书。告南陵水灾、冬间谢文炳军驻陵、今正刘宝题师驻陵情形。三十日，贺耀祖部进兵南陵。告崇、永两儿已纳聘。

**初五日(3月8日)** 贺康更甡同年七十寿，坐中晤汪甘卿同年谭。

拜吴寄尘，谭十五日订婚礼物。

访杨咏秋谭，赠合肥张氏刻《本草纲目》四十八册。

致李木公书。辞初八日申刻酒。

致郭寿丞书。辞初八日申刻酒。

覆安徽同乡会书。附汪禹丞德配王宜人哀辞。

蒯若木由津来沪，晤谭。

报载，芜湖初三日东方电，陈调元初二日发通电，报告就国民革命军第三十七军长，愿服从三民主义。王普亦有同样通电，通告就任第二十七军长之职。

吴树人送来仁济堂借款议据壹件。

**初六日(3月9日)** 送汪禹丞室人王宜人绸挽幛、挽联。子英宾为崇儿傧婿。

答拜蒯若木，未晤。

汪甘卿同年来，留午饭。饭后，同访文公达谭。

**初七日(3月10日)** 先公忌日，设奠。

赵叔雍赠新刻况夔笙著《证璧集》，覆书谢之。

汪启我北京来书,询近状,报书平安。

函潘兰史,请题明万历题纸。湖广乡试。

**初八日(3月11日)** 贺李木公为其子订婚唐氏,约陪冰人袁伯夔、周美权,谢之。

晚,宴冰人赵蜀琴、吴寄尘,约傅苇生、杨瑞生、杨咏秋、陈少舟、夏玉峰、丁筦荪陪,席设功德林。

报载,陈调元初一晚抵芜,就二十七军军长职,集众宣誓,力行三民主义。初三晚,江右总指挥第六军程潜部之第十九师杨杰之胡文斗团乘小轮到芜,国民党市党部及多数名众至江干欢迎。师长杨杰亦属率全队于夜间二时抵埠,欢迎时行经英界太古码头,忽停泊江中英舰水兵冲上,以致秩序大乱,又有人闯入海关,将门窗器具捣毁。又云,外人妇孺因乱退往上海。

**初九日(3月12日)** 朱沤尹侍郎来谭。拟借词十余种。

覆曹穆如书。请关照大女。寄《摩利支天经》一卷。

覆吴舜臣书。告刘伯余(显庆)借五十元未见,送川资四元。

覆李从龙书。收《观音灵异记》十册。告崇、永两儿已为订姻。

刘伯余显庆。前日两次来,未晤。昨来信云系皋言孙,益三、畏三、省三之侄,就学新龙华惠灵英文学校,今因校驻兵,移居卫生旅馆,函电家中汇款,邮局停,由舜臣函属暂贷五十元云云。今告伊去南通,家中人送川资四元,强而后受整装回陵矣。廿二日舜臣来信,伯余确系皋言之孙。

午刻,都益处贞元会,恽季申值会。

昨袁栋材、刘克昌来函,告扬州花园巷住宅已于初五日为联军第七师司令部占住。师长冯绍闵。

海军总司令杨树庄于午后一时宣布独立。

**初十日(3月13日)** 吴舜臣来书,初五日寄。为子丹弟付方指高之七十元,取有收条,并云刘宝题军到陵,毫无纪律。共用三万余元,陆续大队开往宣城。党军初五日贺耀祖部到兵数千,闻尚有续到万余人也。闻二六军亦过此。省委丁陈二员提款,闻党军来即他往,曹知事初二日回陵,初三夜亦即出走也。地方安宁,邮信通报未到。稻款收四百元,拨还捐款。

龚瑟人自珍。《金缕曲·癸酉秋出都述怀有赋》句云:"愿得黄金三百万,交尽美人名士。"亡友蒯礼卿尝诵之,是词系由顾梁汾贞观。《金缕曲·丙午生日自寿》"手散黄金歌舞就,购尽异书名士"二句脱胎而出也。

拜顾公度敦夫,未遇。

昨吴剑泉来,不遇。今答拜,亦未值。

访俞寿丞,适至医院视其子疾,留赠《小檀栾室汇刻闺秀词》。

晚,赴朱云青大西洋西餐之约,并告崇儿婚期,择于十一月初三日行聘通信过礼,十月廿四日云卿钞来朱府世兄名号:

(十)朱锡榜　蕊初,行三。　(十五)朱锡相　印六,行五。

(十六)朱锡柏　侣松,行六。　(十七)朱锡枢　斗垣,行七。

(廿)朱锡本　务仁,行八。　(廿一)朱锡桂　犀园,行九。

(廿五)朱锡枫　宸卿,行十。　(廿六)朱锡柄　道之,行十一。

朱铠　幹臣,行二,大行七。

至博古斋,取:《太上感应篇》八卷,西蜀李昌龄传,四明郑清之赞,明万历新安金秋刻本,码十元。《正韵纂》二卷,沈延铨,明天启壬戌刻本,附《学古编》二卷,元吾丘衍述,明何震续,码十六元。《禊湖诗拾》八卷,徐达源,嘉庆十年刻本,码六元。《百萼红词》二卷,吴鼒,道光元年刻本,码六元。退。《延露词》三卷。彭孙遹,年侄刘士铭、男景曾、孙戴奕刻本,码四元。

**十一日(3月14日)**　巳刻访蒯若木谭,午刻约至大华饭店西餐,邀孙镜蓉、多沅。蒯景参陪。每客二元,共八元,另给西仆一元,车饭一元。

子丹弟申时得一孙。

吴寄尘来,云丁府婚礼须增绸料二端,允之。

阅《翁文恭日记》,丁酉五月初七日记。醇贤亲王园寝有银杏一株,金元时物，似前月廿三事。懿旨锯去，使明堂开展。群蛇所窟。

**十二日(3月15日)** 贺子丹弟夫人六十生日，并贺生孙。

致徐静仁书。为十二圩同善堂刘恩冕之子刘兆魁在义渡司事，月薪七元，求加薪。义渡经理陈秀峰，李寿卿外甥。

覆陈绳夫书。收汇来书价八元四角。《四灵诗》印订成即寄。告上海尚平安，并无他适之意。

游邑庙内园。

覆顾鼎梅书，附购志二种，价洋二元四角：魏元焕志，一元七角。梁杨公则阙。七角。

**十三日(3月16日)** 至大东书局、中国书店、来青阁。

取中国书店《鉴撮》四卷。旷敏本，洋四元。

**十四日(3月17日)** 访朱古微侍郎谭，并假词。赵文哲《媕雅堂词》，琴画楼词钞本；《延露词》(彭孙遹)；《小山诗余》(王时翔)；《淮海秋笳集》《湘瑟词》(钱芳标)；《词综》(潘四农圈点)；《茗父词钞》(蔡赓堂)；《赋燕楼词》(陈珍瑶)；《兰当词》(陶方琦)；《伯定词集》(夏震川)；《是山词草》(谈九叙)；《幽兰草》(陈子龙、李雯、宋征舆)；《梦影楼词》(关锳)。

访潘兰史，不晤，取回明万历湖广乡试题纸题诗。

诸贞壮来，未晤。

**十五日(3月18日)** 永儿行聘丹徒丁氏，冰人吴寄尘、赵蜀琴。

杨咏秋、杨瑞生来贺，均送糕馒。倪远甫亦送糕馒，未来。

任子木、金颂清来贺。

李拔可来，未晤。

吴舜臣来书。初十日发，云地方安谧，近开始组织各会。

康更甡同年北行，来话别，意甚殷殷。

**十六日(3月19日)** 答谢赵蜀琴、吴寄尘。

送康更甡同年，已于今晨先行。

访狄楚青谭。

昨吴树人来，未晤。今答拜，晤谭。

报载，宜兴、吴江均于昨日失守。

闻周荫人军队在松江、闵行，先退高昌庙，运至扬州。

**十七日(3月20日)** 挈崇、永两儿往吊刘葱石。

闻毕庶澄在苏沪军队有倾向党军消息，常之英军队在苏锡军队退至下蜀白宝山，冯绍闵、郑俊彦军由宜兴退常州后，态度亦倾向党军。孙传芳十五日由宁至扬，李振亚由安庆至芜，国民革命军第三十三军暂编第六师长，所部军长为柏文蔚。通检该师部队，并定大通为该师集中地。本日《江南晚报》。

**十八日(3月21日)** 报载，夜间十一时十分，党军占领新龙华。又南京十六日各国领事令侨民妇孺避难。又吴光新、许沅、傅疆均辞职，警厅长刘嗣荣出走，各工厂总同盟罢工。

南市、闸北均有战事，而闸北巷战儿烈，党军方面约死二百余人，工人四十余人，学生四十余人，余皆商人组织之别动队及正式党军之别动队。其铁路两旁行人不及逃避中弹死者亦多。宝山路大火，损失甚巨。

**十九日(3月22日)** 今日上海举行市民会。昨夜苏州、无锡已为党军占领。闸北工商队同鲁军败兵激战。

宝山路大火，自昨日起，至今午止，蔓延一昼夜。

北站鲁军完全缴械。夜十时北站有地雷爆发，毁车辆一列，货栈及邻近市房均有损失。赖世璜抵无锡，白崇禧到上海，蒋介石赴前线督战，已到安庆。

汉口中央执行委员会议决，派陈友仁、外。宋子文、财。孙科、交。王部长来沪指导应付策略，并任命吴稚晖、钮永建、杨杏佛、侯绍裘、白崇禧、张曙时、汪寿华为上海政治分会委员。

**二十日(3月23日)** 昨送崇儿、绮女至丹弟处暂住，今又将永儿送往。

林洞省来谭。

夜十时，鼻流血甚涌，亟延林洞省医治，针治，药水塞鼻，遂止。

**廿一日(3月24日)** 延林洞省覆诊。用药水塞鼻。又延鲍承良诊方。案,云肝肺热极,上于清道鼻衄颇多,方以平肝清肺剂:镑羚羊角片(先煎四分)、元参(三钱)、生子芩(一钱五分)、鲜生地(八钱)、甘草(五分)、天麦冬(二钱)、粉丹皮(二钱)、淡竹叶(二钱)、赤、白芍(各一钱五分)、鲜白茅根(五钱)、活水芦根(一两)。

覆刘寿亭书。告徐静仁已函陈秀峰。

倪远甫招饮,以疾辞之。崇、永两儿回。

**廿二日(3月25日)** 报载,二十日褚玉璞于下午令部队退出南京,退时大肆劫掠,过下关,混乱发生火灾,同时浦口亦大火。晚党军入城,英、美、日领事馆被抢,侨民亦多伤害,英、美军舰炮击城中,日陆战队上岸救护,外侨相率乘轮来沪。租界防范骤严。

**廿三日(3月26日)** 访鲍承良、鲍子丹谭。

致鲍子丹书。寄存箱四只、衣三、古玩卷册砚等一。

午后二时,蒋介石总司令由安庆乘楚同军舰过芜、宁抵沪。租界防范更严。

**廿四日(3月27日)** 访林洞省谭。

任子木来谭。

致鲍承良书。寄存箱四只、志铭裱本一、元明善本古玩一、杂件古玩一、《士礼居丛书》、元本《通鉴》及徐籀庄拓本一。

今总工会八时开会,租界尤为防范,交通几至断绝。

蒋总司令下戒严令,严暴动,(一)禁止市民大会开会,(二)不准强迫工人罢工,(三)不准集众滋扰,(四)不准散布谣传。违者处以军法。

**廿五日(3月28日)** 晨挈儿辈步至老靶子路,转北四川路、绕海宁路而归。华租界交通仍断,英兵加防御工作,似以南京之变,美日同英一致用强硬手段也。

阅《翁文恭日记》,己亥八月。见重译《金刚经》钞本末偈作:如星翳灯幻,露泡梦电云,诸和合所为,应作如是观。

记文恭己亥所见:宋拓《隶韵》六册,沈均初物,徐翰卿托售,三百两。

首册有阮文达题，此册阮得之天一阁，又徐谓仁三跋。《二尹君阙》，徐紫珊旧藏孤本，赵君闳所携。《张迁碑》，"东里润色"四字全，较巴本有胜，苏斋本更不逮也。祝少英藏。苏书小楷《金刚经》，旧拓，迥非平日所见，后有丁龙泓长古一篇，小楷。费屺怀所携。宋拓《兰亭叙》，隔麻拓之极精者，从定武出，却非定武，无界线也。费屺怀所携。宋隔麻拓麻姑坛小字本，明人舒弘德题，真瑰宝，惟字则在有无间耳。赵次公藏。金寿门藏礼器碑，翁印若托售。周芝台虞庙堂，龚景张以所藏三种见示，皆尤物也。张叔未八关斋，颜书东方画象赞，明拓孔彪碑，姜实节藏本，贾人毕藻卿售，廿九元。膺、命等五字已损。宋拓旧馆坛碑，景剑泉物，徐子静寄来求题。宋刻《金刚经》，淳熙二年袁说友刊送，墨印有汲古阁及何义门名印。苏人吴俊卿(名先颐)携售，云彭某物，共三种。瓷青金书《普门品经》并画象，宣德四年。弘基白描《善才五十三参册》。印二教弟子弘基，幻子。

报载，廿四日晨，渤海舰队袭攻吴淞，互战一小时，共发炮四十余响。

**廿六日(3月29日)** 租界仍加防御物。

拜周益勤、蒯若木谭。视刘健之疾。访陈乃乾，不遇。

夏辅宜来谭，十九日在宁挈眷乘日本商轮来沪，途行四日，经象山、江阴炮台，均有枪遥击也。

报载，廿一日第一军长何应钦、第二军长鲁涤平、第六军长程潜及独立师长贺耀祖先后率部到宁。何留宁，担任筹画对鲁军事，程担任追击江北军。

明日童心庵嫁女于崇儿，内兄朱道之送红绸幛、烛。

朱蕊初之廿六弟道之完姻，送红缎幛、烛、收。筵、爆，璧。幛款挈崇儿名。

扬州刘克昌来信，报花园巷宅内被兵，失去器具各物。大理石桌、海梅大餐桌、海梅睡几、洋磁茶几、木茶几、门扇四对。

**廿七日(3月30日)** 报载，廿一日北伐军占领镇江，廿三日占领扬州，廿四日赖世璜抵宁，贺耀祖就任四十军军长。

蒋总司令委程潜兼南京卫戍司令。

贺朱蕊初喜、童心庵喜。

答拜夏辅宜谭。拜李仲絜,未晤,旋仲絜来,晤谈。

覆吴舜臣书。贺耀祖军过陵三万余,有纪律。刘宝题军将尊经阁器物、书籍损坏。

致吴树人书。附洪明度来书,斗文请张云搏,博渊请席裕昌。李伯老昆仲亦张云搏。

覆洪明度书。告朱斗文请张云搏,朱博渊请席裕昌常年顾问。

致沈骏声书。催补印南陵城厢图四五十分。

**廿八日(3月31日)** 至盐业,晤倪远甫、杨咏秋。

至商务书馆、来青阁、味古精舍、文成隆记。

闻大东书局印刷所发封,发行所同人加薪休业。查无发封事。

**廿九日(4月1日)** 访刘慧之谭。坐中晤褚礼堂。

报载,康更甡同席年于昨日午前五时半殁于青岛,记别时只二星期,可哀也。报载食海螺受毒。

陈乃乾来谭,赠书三种:《石鼓释文考异》《石鼓文章句》《石鼓辨》《石鼓鉴》《石鼓释文考异或问》《石鼓尔雅》《叙鼓》各一卷,总名《石鼓读》,吴东发,乾隆甲寅刻本影印。《历代同姓名录》廿三卷,崇川刘长华,同治庚午刻本。《历代名臣谥汇》十卷《皇朝谥汇考》五卷。崇川刘长华,光绪刻本。

## 三月

**朔日(4月2日)** 赠赵悔盦《玉台新咏》、料半纸印。《宋元科举三录》。连史纸印。

函覆聂云台,询印翁书《金刚经》价值,并赠《金刚经》四十册。

访吴寄尘,遇于门,立谭。

至中国书店、来青阁小坐。

送沙健庵冲丝葛挽幛。

刘健之假《越缦堂日记》。

谢光甫言党军令沪银行筹二百万，钱庄一百万，以二五附税作抵，银、钱两业已允。

今晚阅《翁文恭日记》四十册毕，咸丰八年戊午起，至光绪卅年甲辰五月十四日止。记阅此记于去年八月，时阅时辍，真费时日矣。

文恭所藏附记：《汉娄寿碑》，孤本；长江万里图；王翚。《阁帖》；《集韵》；宋本，怡府书，卅五两。《施注苏诗》；宋本，缺一、二、五、六、七、八、九、十、十九、廿，共十卷，廿两。己巳九月廿日记。《长短经》；宋本，静海励氏藏，乾隆中经进，首叶御题四绝句。半叶十一行，行大字廿五，小字廿五、六、七、八不等。十卷，缺末卷。后有洪武丁巳沈新民跋，宋刻之极佳者。索价三百五十两。丁酉九月初五日记。《前汉书》五十七册；宋本，戊戌九月廿八日记。《校正地理新书》；金刻本，戊戌十月十三日记。《韩集》。宋本，庚子四月廿六日记。

**初二日(4月3日)** 鲍子丹来谭。

东方社一日莫斯科电，全俄劳农工组合评议会因救济日前炮击南京时中国方面之牺牲者，特汇交十万卢布于上海总工会。

报载各国驻军地点：英陆战队自北车站起，至徐家汇止；意大利与西班牙海军集于杨树浦苏州河；日本军队集于虹口公园，并布防于北四川路一带；美国军队一部份守于新闸路，一部份则守于卡德路。

报又载，昨日上午十一时半，公共租界探捕搜查工部局，将外来之收账苦力来宾等押入警务部，详细询问。

报又载，闸北别动队前日缴械，凡太阳庙、钱江会馆。广东街、岐峰公学。新疆路更新舞台。共五百余人。经刘师长峙。布告，江天柱冒称第三十三军暂编第十二师师长，在闸北设立机关，招集流氓，妨害治安，业已拿获讯办。江天柱南通吕四场人，初四日报载，江天柱等已释放。

**初三日(4月4日)** 午记。

先访陈乃乾、胡朴安，不晤，留赠新刻《永嘉四灵诗》。宣纸印本。

访刘翰怡谭，翰怡赠新刻仿宋白鹭洲书院本《汉书》、一经堂本《后汉书》。连史纸印本。

赠刘健之新刻《永嘉四灵诗》。宣纸印本。

至中国书店小坐，晤乃乾谭时事，颇抱悲观。

报载，蒋介石通电专事军旅，拥护汪精卫负责党务及政治、财政、外交。又载，国共两党领袖汪精卫、陈独秀组合宣言辟谣，协商根本合作。蒋总司令委陈其采为上海市政府财政委员主席。李宝章在南通于初三日通电就十八军军长。毕庶澄于二月廿三日在徐州为张宗昌枪毙。初二日上午八时半，吴淞闻天鼓鸣。又报载，上海二日上午九时，空中忽有红光一条，状如火箭，尾有白烟，其细如线，长约丈余，自东南至西北，略远则全体变为白色，又有声如雷鸣，约历三分钟始息，或云天鼓鸣。

**初四日(4月5日)** 拜李凤池谭，又拜李木公、诸贞壮，均未遇。

报载，安徽省政府委员已指定李宗仁、况升、常恒芳、朱蕴山、麦焕章、沈天修、李光炯、高语罕、朱克靖九人，李为主席。又载，初二日汉口日水兵与中国黄包车夫互争日租界，发生暴动，日水兵登岸，用机关枪击散群众，闻华人死十二人，汉口人心大震，日侨均避上大福丸、大亨丸、武陵丸、御月丸诸轮。英美妇孺二百余人乘隆和轮回沪。

**初五日(4月6日)** 清明节，挈崇儿至来青阁小坐，晤刘十枝。

上海华商水泥公司董事会，工人罢工。以病辞。

陈茹虹汝闳。来，未晤。闻系劭吾兄之子。

晚，刘慧之来谭。

闻李伯行去大连。

报载，银、钱两公会认筹革军饷糈，计银行认筹二百万元，同中国、交通、通商三行各五十万元，余五十万元由各银行分垫。钱业认筹一百万元。南北钱庄八十四家分垫，每庄派洋一万一千有奇。

**初六日(4月7日)** 蒯若木来谭，辞回天津。童心安来谭。

视刘健之疾。

报载，北京昨日晨十一时内左一区派警赴俄使馆检查，将远东银行及中东路管理局驻京办公处包围，搜出宣传赤化证据：各种步枪三十二枝、手枪八枝、炸弹数十枚、盒子炮十二具、劳农旗帜三面，并逮捕俄馆赤卫军将校及俄人三十名，路透东方电云俄人十六名，又云又有四俄人逮捕。中国学生二十名，路透东方电云三十二名。女生四名，李大钊亦已被捕。俄代办车尔尼被监视，俄兵房为俄人纵火，旋即扑灭。又载，周凤岐部二十六军调防沪埠，一师伍崇仁部已到沪。

胡竹樵学贤，南通中国银行。来，崇儿接见，商吴华卿后事。

覆吴舜臣书。二月廿二日来函，南陵新人物为俞峻韵之二子及刘家数人。廿七日来信询沪报，二月十四日后即未阅过。

覆汪甘卿书。来书拟以住宅四楼四底为迁避之计，覆书谢之。

覆徐济人书。济人，原名国良，住南陵上北乡三都官塘，冲认同族。函请谋事，婉言谢之。函交舜臣转。

**初七日(4月8日)** 《江南晚报》载，昨午后五时工部局派警三十余名，初十日撤退。会同英军一小队赴黄浦滩白大桥堍，将俄领事馆监视，又检查道胜银行出入行人。

晨，丁篑荪来谭。

**初八日(4月9日)** 送朱亲家高如夫人四十寿礼，收缎幛、糕、桃、面，余璧谢。

丁篑荪来谭。

报载，蒋介石今晨至宁。白崇禧留守上海。蒋总司令封闭中央总政治部。国民政府监察委员三十三军柏文蔚驻沪代表，甘乃光昨总司令部以有嫌疑致被拘留。初十日报已更正，无此事。天津初六日警厅搜查法界苏俄机关，如远东银行、苏联驻华贸易处、东铁驻津商务处、苏俄大使曙商务办事处、蒙吉贸易公司，搜出莫斯科来往文件数十件，宣传品数种。

**初九日(4月10日)** 贺朱亲家如夫人高夫人四十寿。

慕邢侄由京回沪，来见。

昨晨五时，英兵及探捕百余人搜查大夏大学。又午后二时，市民锄奸团在贝勒路望德里国华公学开会,为法捕拘捕,旋即开释。

报载,总工会组织全沪儿童团将组青工俱乐部。银行业组织上海银行业联合会。

**初十日(4月11日)** 送徽宁恩恭堂丙寅年长生愿二十元,福泰庄经收。取有潘履新恒铭,歙人,会馆帐房。回片。陶拙存来谭。

致蒯若木书。寄钞冯梦老所撰蒯礼老传稿,又寄题龚夫人写经《现瑞图》。

覆宋墨庵书。谢赠诗,寄赠《鄦斋丛书》。

覆徐行可书。行可去年九月来书,寄赠《永嘉四灵集》连史印本。

覆陈绳夫书。谢赠书,覆赠《永嘉四灵集》宣纸一部、连史二部、赛连二部,又补印连史《积学斋丛书》首二册两分。

覆汪启我书。告上海情形,赠《永嘉四灵集》赛连印本,又赠筱岩新、余仲方各一部。

覆张祝秋书。告上海情形,赠《永嘉四灵集》连史印本。

致李从龙书。告上海情形,赠《永嘉四灵集》连史印本。

致王君九书。谢赠《奇觚庼诗集》三卷,内卷中缺第六十叶,请补。覆赠《永嘉四灵集》赛连印本。

**十一日(4月12日)** 吊汪禹丞室人王宜人。

赠陈贵阳师及李木公各连史印本《永嘉四灵集》。

访罗子经谭,赠宣纸印本《永嘉四灵集》。

晨四时许,南市电车工会、三山会馆总工会、闸北会文路总工会、商务印书馆总工会及同济路宝兴路广东街分会,又沪西、浦东、吴淞各纠察队被第廿六军缴械,第一师南市、第二师闸北。总工会报告,纠察队因抵抗而死者百余人,工友群众死者数百人。环龙路四十四号党机关总指挥以系西山会议派非法机关,由政治部查封。总工会解散。

**十二日(4月13日)** 上午十时,总工会召集罢工工人,于闸北青云路举行群众大会,下午一时游行示威,至第廿六军第二师司令部发生工兵冲突,枪声不绝,结果工人死伤百余人,兵士亦死伤数人。

同时宝通路第廿六军第二师政治部、天通庵路第廿六军军司令部亦发生同样之冲突，工人亦伤亡数人，工会长汪寿华被杀。

吴舜臣初四日来书，南陵党部早经成立，初一日该部招法团会议，改委员九人，盛彝斋行政，刘达章财政，杨芷青委员，内有二女员，一朱正味之媳，一谈德湘之妻，初三日正式成立。前县知事曹出走后，二科至今扣留，欠五千元。由查科长维持，后贺师政治部即委查为知事。廿九日，党部将县印取去，贺又委单君来，尚未接任。单向往芜湖。前日党部函县署，查封王迪成产，已照办。

**十三日(4月14日)** 黄金荣、张寅、啸林。杜镛月笙。通电，反对共产党。

晨访朱古微侍郎谭，赠新刻《永嘉四灵集》，连史印本。又借词七种，《萍绿词》《玉内草堂词》《秋莲子词》《翠薇雅词》《扁舟载酒词》《栖云山馆词》，两宋词人，时代先后录。同访陈散原谭，亦赠《永嘉四灵集》。连史印本。拟访俞寿丞，已外出，留赠《永嘉四灵集》。连史印本。

访徐静仁、吴寄尘谭，各赠《永嘉四灵集》。连史印本。

至蟫隐庐，晤罗子经谭。

至中国书店，晤金颂清，赠《永嘉四灵集》。连史印本。

王培孙赠《钓璜堂存稿》廿卷，《交行》《摘稿》《遗文》《年谱》各一卷，明徐孚远著，华亭人，为陈乃乾、陈洙纂辑，王植善、姚光参订。由陈乃乾函交，今覆赠《宋元科举三录》《永嘉四灵集》，均赛连印本。亦请乃乾转致。

致赵叔雍书。赠连史印《永嘉四灵集》。

赠顾鼎梅连史印《永嘉四灵集》。

**十四日(4月15日)** 杨云史来谭。

赠冯蒿丈、张菊生、夏剑丞、周梦坡、狄楚青、李元之、丁仲祜连史印《永嘉四灵集》各一部，陈子言、黄宾虹赛连印《永嘉四灵集》各一部。

函余尧衢，为蒯若木请题龚夫人写经《现瑞图》，并赠连史印《永嘉四灵集》。

致李从龙书。寄赠宝瑞丞同年连史印《宋元科举三录》《永嘉四灵集》,请书扇、对。

致王富晋书。寄宣纸印《永嘉四灵集》六部,每部售五元。索寄钱遵王《读书敏求记校证》夹连印本,每十六元。

上海特别市党部昨为临时政治委员会陈群、潘宜之、吴倚苍、加伦四君指导员接收。上海临时市政府昨被龙华总指挥派员查抄,各职逮捕。

送余星垣子名文在,新闻报馆编辑。呢挽幛。

曹志功来谭,同乡会拟欢迎杨虎、总司令特务长,宁国县人。吴忠信,警察厅长,合肥县人。并交徽宁同乡会公函,会中经常费用支绌,请会董垫付,以五十元至一百元为度。

赠李拔可、顾鼎梅连史印《永嘉四灵集》。

覆吴舜臣书。告十一、十二两日工兵冲突情形,并寄新闻报二纸。

报载,党军第一师长薛岳辞职未准。

**十五日(4月16日)** 至大东书局,晤沈骏声谭。

赠来青阁、博古斋连史印《永嘉四灵集》。

朱宸卿、朱道之昆仲为其生母谢寿,约大西洋西餐。

李凤池来,未晤。

**十六日(4月17日)** 报载,初十日叶焕彬德辉。被湖南特别法庭枪害。

拜郑太夷、周美权谭,各赠连史印《永嘉四灵集》。

拜陈子言、杨云史、丁幼兰,均未晤。拜周梦坡,晤谭。

覆刘翰怡书。赠《南陵县志》。

覆陈子言书。谢赠新著《庐州诗苑》,借《诗萃》十二册。覆赠竹纸印《宋元科举三录》,告编《安徽诗征》情形。

覆任心白书。略告上海情形。梅老住法云。峙莲未晤。

覆劳吉六书。略告上海情形。若木初六日回津,告洪铸生回京代校事。

芜湖工业专门学校。

致张退庵书。请来上海。

至忠厚书庄，晤李子东，赠连史印《永嘉四灵集》。

夏辅宜、刘十枝来，未晤。

昨张龙士、夔，简任。张超季、倬、简任。张薇鹿佑，均歙人，张云阶孙，张小云子，知事。来拜。

李元之留片致候。

**十七日(4月18日)**　访吴寄尘谭。

答拜夏辅宜谭，闻退庵亲家四月十六日娶胡伯宣之女公子为子妇，又闻姚仰南之子爵五禔昌。蒋介石派任安徽财政厅。

送李仲絜嫁女红绸喜幛。

**十八日(4月19日)**　丁仲祜同年函假吴云蒸《说文引经异字》。

赠沈冕士同年及赵悔庵君连史印《永嘉四灵集》。

过录严修能批《弹指词》于陈乃乾活字本，一日而毕。

至受古书店，取：《宛陵先生年谱》，元至元元年张师曾述，有至元二年刘性序，有拾遗、附录，明万历甲戌二十世孙梅一科重刻《二先公年谱》本。按此谱为卷二，其卷一当为梅询(字昌言)，是尧臣(字圣俞)之叔，今已佚，检各家书，同未载，徐七来刻《宛陵集》前亦无年谱也，容再考之。《金天德大钟款识》，丁晏，初刻本，道光廿四年，附元铸祭器录、南宋城砖记。《花影居古砖拓本》。有道光元年海盐凌辰(或杭州人)一诗。

报载，国民政府定都南京，于昨日九时行就职礼。到吴稚晖、蔡元培、蒋中正、邓泽如、胡汉民、张静江、蒋作宾、柏文蔚、李石曾、甘乃光、黄绍雄、陈铭枢。上海银行公会以武汉宣布一切交易专用中央钞票，不用现金及他银行钞票，通告沪行，议决同汉口暂行停止往来。台湾银行停止营业三星期。阳历四月十八日起，至五月八日止。蒋介石通电监视共产党。日本政友会总裁田中义一于十时谒见日皇奉命组阁。俄代理大使齐哀尔尼克于昨日八时返国。

**十九日(4月20日)**　《江南晚报》载汉口讯，汪精卫已于十六日发表反蒋之声明，据同日某日报载，将依中央会议去蒋介石之党籍，免总司令之职，逮捕蒋氏。

**二十日(4月21日)** 贺李仲絜嫁女之喜。

覆吴舜臣书。售稻四百石，每石三元九角，汇来一千五百元。时事变化不测。志书已成，招商轮开即运芜，另寄提单至陵。

致王富晋书。请寄周刻《寒山子集》。

致陈一甫书。寄赠连史印《永嘉四灵集》，另一部赠周叔弢，并询周刻《寒山子集》价。

至华新银行，晤夏玉峰谭。

镜铭专书只见钱十兰培。《镜铭集录》、徐秋士元润。《铜仙传》、梁章冉廷枏。《藤花亭镜谱》三书。陆刚父心源。《金石学录补》载，海宁陈敬安受笙。手拓汉唐古镜铭识及全形，辨识之，为《镜史》二卷，则未之见，记之待访。沔阳黄立猷《金石书目》卷一有之注钞本。

**廿一日(4月22日)** 送邹颂丹母大人丝葛幛。

送朱遂翔连史印《永嘉四灵集》。

武学书局丁彬卿彬，直隶束鹿，北京鸿文书局。来，拟购所刻书，当答复之。

至大东书局，取南陵著色地图。

**廿二日(4月23日)** 郑苏堪来答拜，未晤。

访吴寄尘、周业勤谭。

**廿三日(4月24日)** 至来青阁小坐。

丁彬卿、侯兴山来购书，洋二百五十四元，赠连史印《永嘉四灵集》《随庵所著书》。

昨吴蝶卿来，未晤，留赠佛光社社刊十册。

**廿四日(4月25日)** 罗子经来谭。

覆聂云台书。告代印翁书《金刚经》壹千部。

覆陈子言书。两次来书，愿助成《安徽诗征》，并商分地编次。

游法公园。

**廿五日(4月26日)**　访瞿良士谭，赠宣纸印《永嘉四灵诗》，良士覆赠玻璃版罗纹纸印宋本《周贺诗集》《朱庆余诗集》《李贺歌诗编》《注鹤山先生渠阳诗》，并观所藏《说文解字韵谱》，前有徐铉序，行书，余藏本缺。卷一末牌子。种善堂，《天禄琳琅》及《铁琴铜剑楼善》均作德误，余藏本缺。

闻张退庵亲家夫人来沪，寓余宅，致片候之，并访余节高谭。答吴蝶卿，未遇。

访宗子戴，未晤，留赠宣纸印《永嘉四灵诗》。

吊罗凝庵之丧。

赵悔庵宗抃。赠其先德《节足𨱎题画》一卷、《菑畬檏论文》二卷、江南赵氏《楹联丛话》二卷、悔庵自书《关圣帝君觉世经》四册。

**廿六日(4月27日)**　小病不适，不欲延医，家人邀林洞省来诊，属每饭后服白药饼二粒。

三时，大生纱厂董事会，勉力赴会主席。

**廿七日(4月28日)**　宗子戴来谭。

午刻，赴都益处贞元会，朱峻夫值会。

就余伯陶诊方。

晚，赴李拔可酒叙之约，坐有陈散原、朱沤尹、郑太夷、冒鹤亭、诸贞壮、夏剑丞、周美权、袁伯夔。

至中国书店小坐，晤颂清、寿丞，取罗雪堂影印《金石》二册。码洋二元五角，五月二日付。

周梦坡赠新刻《莫干山志》十二卷蓝印本四册。

昨沈冕士同年来，未晤。

**廿八日(4月29日)**　午刻，吴寄尘约至功德林午餐。

余旭士杲。来，未晤。旭士为退庵婿，寿平第八子。

覆陈绳夫书。叠接十一日、十七日、二十日三次来函，赠李笠《国学用书撰要》。借日本安井衡《管子纂诂》，无此书。戴子高《管子校正》内引丁士涵说，不知其人并所著书名。吾邑张友樵治《管子》，亦不知其人。

赠丁子盈《随庵丛书》正续编、连史印,有箱。《徐公文集》。连史蓝印,有匣。

倪远甫赠新碧萝春茶两瓶。

赠张石铭、王雪澄、王聘三、潘兰史、陶拙存、徐晓霞连史印《永嘉四灵诗》。

致瞿良士书。告授经寓爱文义路廿四号联珠里对过,又告《龙龛手鉴》已印就,连宋本去年交授经,《洪氏方》未印。

**廿九日(4月30日)** 刘烈卿来,未晤。

赠张仲照连史印《宋元科举三录》《永嘉四灵诗》。

赠姚文敷、倪远甫、朱峻夫、刘公鲁连史印《永嘉四灵诗》。

至新中央,观《梅花落》影剧。

## 四月

**朔日(5月1日)** 答拜沈冕士同年谭。拜瞿良士,不遇。

汪甘卿同年来谭,留午饭,旋回苏。

五时,同周美权约陈散原、朱古微、郑太夷、冒鹤亭、夏剑丞、李拔可、诸贞壮、袁伯夔在美权巢园鷦寄庐。酒叙。

朱灵卿来,商请为罗凝庵题主,允之。

刘健之来谭。

**初二日(5月2日)** 至大东书局,结印南陵县舆图帐单,持上年预算价,让洋壹百元。

答拜刘烈卿谭,赠连史印《永嘉四灵诗》。

拜胡伯宣、吕鹿笙,未遇。

访宗子戴谭,同访瞿良士,未值。又访刘翰怡,畅谭而散。永儿生辰。

冯蒿丈赠蒋苏庵新刻庚申年。《增广笺注简斋诗集》三十卷《无住词》一卷、宋刻本。《简斋诗外集》,元人写本。附录、校勘记各一卷,此集余为,向瞿良士假钞,属丁秉衡手校,余又影写外集贻之,蒿文复作校记，惜未依宋本、元钞影刻也。

**初三日(5月3日)** 姮女生辰。

挈姮女、绮女游法公园，晤散园、伯夔、剑丞、大武。

覆吴舜臣书。三月廿一日来书，覆徐济人信收到，交便转送。廿三日来信云，孙伯辰请作谱序，由杨芷青来函，并寄节略，此信并未收，请转询芷青，查明并补寄节略。王达三有米在沪，售洋一千余元，交代收。盛彝斋、杨芷青前已入国民党。

伯宣来谭。沈醉愚来，未晤。丁筦荪来谭。

曾农髯来书，赠画山水立幅，作书谢之，覆赠连史印《永嘉四灵诗》。

覆李从龙书。寄其大世兄骍血书"誓不如此"并玉照，骍生有夙慧，性尤至孝。

覆陈子言书。商编《安徽诗征》。

致翟展成书。询芜湖近状。

**初四日(5月4日)** 宗子戴来，留借良士元刻《篆韵谱》，并以石淙诗刻品价，覆书诗刻拓本尚旧。有杨惺吾题签。

致冒鹤亭书。赠宣纸《玉台新咏》、连史《永嘉四灵诗》。

致袁伯夔书。谢酒，赠连史印《永嘉四灵诗》。

赠恽季申、恽瑾叔、诸贞壮连史印《永嘉四灵诗》。

访杨瑞生谭，为丁筦荪事。

至大生，晤寄尘、燕谋，寄尘以退庵亲家书相示。

访冯蒿丈，告任心白来书，法云寺收容难民，请求接济蒿文，云已汇二千元，内一亭募一千元，济生会冯蒿丈共协济一千元，交魏缎号汇交。并商蒿文电心白，仍继续接济。晚余峙莲来告，洋今日交出，讯早寄，想未收到，后告丁价侯，请其援助允之。

**初五日(5月5日)** 送罗凝庵绸挽幛、素烛。

覆任心白书。告同蒿文、峙莲、价侯接洽法云收容难民情形，并筹款接济。

游福州路书肆，购：洋一元二角。唐抚州宝应寺铜钟铭，大顺元年。

张得天书《金刚经》。孔继涑《玉虹楼帖》,附《普门品》。

**初六日(5月6日)** 宗子戴、瞿良士来,不晤。

顾桴周、公亮。顾君长兼吉。持其尊人公度兄思义。片来答拜。

晚,赴李木公鷴寄庐酒叙,观美权所藏张尔唯学曾。山水册、八叶。浙江宏仁。写归去来辞图册,六叶。极佳。坐有散原、古微、太夷、剑丞、伯夔、剑泉、拔可、孝潜。

**初七日(5月7日)** 刘健之来谭,宋临安刻小字梵夹本《妙法莲华经》七卷有佛象。相示,李紫东经售,索价八百元。乃乾云授经出售,索二百五十元。

至福州路,购汪树人书二种:价付讫。钱可庐著述十种序目,钱大昭,得自怡斋家刻本,洋二元。《全椒县志》十六卷。知事张其濬监修,民国九年活字本,洋二元。

王富晋覆书,寄来钱遵王《读书敏求记校证》四卷。管廷芬原辑,章钰补辑,宣纸印,实洋十六元。

未刻,吊罗凝庵,为题神主。祝词:典型丕著灵爽常存,礼成升祔福裕后昆。

访宗子戴谭。访瞿良士,不遇。

至中国书店,晤金颂清谭。又至大东书局,访陈乃乾谭。

顾鼎梅来,未值。

**初八日(5月8日)** 午刻,张亲家约陪冰人夏辅宜、吕鹿笙。

至忠厚,晤李紫东,托售宋本《法华经》,梵夹本,半叶十二行,行廿八、廿九、三十字不等,前有佛象,二叶半。末有凌璋刀三字。经末有牌子。临安府众安桥南贾(此字上半损,不明)官人经书铺印,计十四字。贾家经籍铺所刻尚有《文殊指南图赞》,亦在日本,罗氏吉石盦影印。经中异字大都同宋惠云院梵夹本,即刘健之昨日所示者,亦陈乃乾所说董授经得之日本之本也。《咸淳临安志》卷廿一疆域六桥道门:众安桥在西河。《经籍访古志》五:求古楼藏模刻北宋小字本末有庆安□[①]年跋,亦半页十二行,行廿

---

① 原文如此。

九或卅字。

访刘健之谭。

覆王富晋书。寄《永嘉四灵诗》六部已收到，今接寄来《读书敏求记校证》，价十六元。

**初九日(5月9日)** 都益处贞元会，公祝李凤池生日。

至忠厚书庄，晤李紫东，商宋本《法华经》，议价洋三百元。十一日退还。

振兴穗润记。米厂交来洋六百四十五元一角六分二厘，属转吴舜臣，收王达三账。初十日存实业银行，划拨淑记(二月一日)。

访任子木，告锦文堂有桃花纸印《全唐诗》。

晚，赴冒鹤亭、严孟繁酒叙之约，孟繁赠沈思齐书《阿弥陀经要解》。

**初十日(5月10日)** 读《嵩洛访碑日记》，黄易。记得汉镜二段：

市间得汉镜，文曰“宜君乐，乐未央，大富昌”。

得汉镜，文曰“九子明镜世异，寡双服者卿公”，又长宜子孙镜一、位至三公镜二。

覆陈绳夫书。《四灵集》售价连史二元，赛连半价，石印《太平御览》当留意代购。

覆吴舜臣书。杨芷青已将孙谱节略寄来。告振兴穗米厂交王达三洋六百四十五元一角六分二。

至大东书局，晤沈遹声、陈乃乾。

送余寿平中丞绸幛、素烛。

送胡伯宣嫁女红绸幛、烛，收款、字。

送张退庵亲家娶子妇，送红缎幛、烛、酒、爆。

**十一日(5月11日)** 任子木来谭。

贺张府纳聘之喜，并答拜敬安豫祖。姻兄。

至鸿宝印书局，交元本《说文篆韵谱》序三叶、卷一末叶二叶，共五叶影印。十四日收回。

至中国书店，取：又为刘健之假张萱《疑耀》四册，次日还。《状元策》十卷，明成化十四年起，至国朝康熙四十五年，明刻修补，洋三元(九十四角)，五月二日付。《画溪逸语》七卷，桐城吴询，洋二元四角(九十四角)，五月二日付。《砀山县志》十四卷。乾隆卅二年知县刘王瑗重修，洋四元(九十四角)，五月二日付。

至来青阁，取：洋二元付讫。宋大字本《寒山诗集》、永和木《萨天锡逸诗》。岛田翰校，明治卅八年活字本。

答拜袁亦齐，未遇。丁价侯来，未值。

梁绶珊来，未晤。晚，丁笵荪来谭。

至忠厚书庄，还宋梵夹本《法华经》。

覆刘公鲁书。假粤雅堂本《嵩洛访碑记》一册。

**十二日(5月12日)**　约吕鹿笙、胡伯宣、夏辅宜、刘烈卿、梁绶珊、吴蝶卿、任子木、刘健之晚酌。

**十三日(5月13日)**　张祝秋由宁来，赴温州，留午饭，旋答拜，已行。

答拜梁绶珊，未晤。

张慰慈延武，退老孙。来，未遇。

阅《疑耀》上卷，明博罗张萱孟奇撰。录五条：

书籍板行：上古书籍，皆编竹为简，以韦贯之，用漆作书，简帙浩重，不便提挈。自有制纸、笔及墨者，乃易去竹简，诚为便易，然皆写本，亦未有刻板印行也。后唐明宗长兴二年，宰相冯道、李愚请令刊《九经》，国子监田敏校正。又毋昭裔贫时尝借《文选》于交游，其人有难色，昭裔发愤曰：“异日若贵，当板镂之，以遗学者。”后仕孟蜀，为宰相，遂践其言。又以石镂《九经》于成都，是印行书籍始之者后唐，继之者孟蜀也。叶梦得曰：书籍未印行之先，人以藏书为贵，书虽不多，而藏书者精于雠对，故往往皆有善本，学者以传录之难，故诵读亦精详。苏东坡作《李公择山房藏书记》亦谓，少时尝见前辈欲求《史记》《汉书》不可得，幸得之，皆手自书，日夜诵读，惟恐不及。近市人转相摹刻诸子百家之书，日传万纸，学者于书既多且易致如此，其文辞学术当倍蓰昔人，而今乃不然者，岂非多而难精耶！二公之言，诚中时弊。

北音无入声：周德清在元时自谓知音者，故尝著《中原音韵》，今所行《洪武正韵》多宗之。余故有侍儿工琵琶，尝谱《太和正音》，止有乎、上、去三声，而无入声，余窃疑之，不知其与周德清之《音韵》实暗合也。德清北人，其所著《音韵》皆北声，故以六为溜，以国为鬼，谓之《中原音韵》，可乎？至四声而阙入声，尤为谬妄。声之有乎、上、去、入，犹天之有元、亨、利、贞，地之有东、西、南、北也，阙一其可乎？故余所梓《太和正音谱》曰《北雅》，以此。

妇人裸扑为戏：宋嘉祐间，正月十八日上元节，上御宣德门召诸色艺人各进技艺，赐与银绢。内有妇人裸体相扑者，亦被赏赉。夫妇人相扑有何可乐？且上有天子，下有万民，后妃侍傍，臣僚纵观，而使妇人裸戏于前，何以隆礼法示四方乎？余初疑此或偶尔为之，后阅司马温公札子，有此一议，乃知此戏原置乐籍中，又民间街市亦以此聚众为戏，不知始于何时，有此不美之俗也。

石经：自有《九经》以来，镌于石者，有十四种，而始之者，东汉也。世鲜有能详者，故论列焉。汉建宁间，蔡邕以八分书书石经，而其文则谏议大夫马日磾，五官中郎将堂溪典，光禄大夫杨赐，议郎张驯、韩说，太史令单飏等奏求校定者也。《洛阳记》曰：石经五部，碑凡四十六板，三行分树于太学之前：西行《周易》《尚书》《公羊传》，共碑二十八板，时十六板存，十二板毁；南行《礼记》，碑共十五板，悉毁，然尚有可读者；东行《论语》，三碑，而二碑毁矣。是蔡邕所书四十六碑，此时毁者已十八板，而存者尚有二十八板也，然亦止《周易》《尚书》《论语》《礼记》《公羊传》五经而已。《隋志》乃云镌刻《七经》皆邕笔，岂建宁石经至隋时尚有七，而记洛阳者未及见耶？《七经》之外皆不书，岂其力有未及耶？方仁声《泊宅编》石经跋云：石经残碑在洛阳张景元家世传，蔡中郎书未知何所据，而邕所书石经乃八分，仁声误以为三体，不知三体者乃谢承书也。《东汉书·儒林传》注:熹平四年,又诏谢承书《五经》镌碑,乃古文、篆、隶三体,其碑高一丈许,广四尺,骈罗相列,与邕碑不同。《水经注》又云:汉光和六年刻石镂碑,载《五经》六于讲堂前。余按,建宁、熹平、光和皆献帝年号,建宁四年、熹平六年、光和六年,是十六年之中三书石经矣。然熹平石经虽知为谢承之笔,而不知所书为何经,书为何体,即书者亦不知其何人矣。岂邕既书七经,之外未书者熹平续书之,熹平未书者光和续书之耶?若然,则东汉石经盖十有七矣。夫邕之石经八分也,承之石经三体也,光和之石经不知其书为何体,然三石经想亦不出五与七之外,其间必有重书,而其文亦必有互异者。今三石经皆亡,无从考据,《唐经籍志》又有蔡邕《金字论语》二卷,而《隋经籍志》则《一字论语》二卷,即金字本不言作者姓名,后人遂以唐史为误,然其书久亡,亦穷经博古者之一憾也。魏陈留邯郸淳尝书三字石经于汉碑之西,亦即汉之三体也,然亦未详其为何经。正始中,又有一字石经,江式曰:魏尝立二字石经,其迹已亡,亦皆未详经为何经,笔为何人,一字、二字之为何体也。晋裴颀尝奏修国学,刻石写经。唐开成元年,郑覃奏言,宜准《汉书》事,镂石太学,示万世法。乃表周墀、崔球、张次宗、孔温业等是正之,凡《九经》,共一百六十卷,亦不知为何人书。大历中,司业张参又承诏校定《五经》镵石。太和七年,又敕唐元度覆定石经,并《孝经》《论语》《尔雅》,为《九经》,凡一百五十九卷,字样四十卷,则开成《九经》未收《孝经》《论语》《尔雅》外,其六经者,亦不知为何经也。但太和字体,大乘师法、名儒宿学多不窥焉,是唐有两石经也。李阳冰又愿刻石作篆,备书《六经》,后不果,其所称《六经》,岂即《周易》《尚书》《毛诗》《春秋传》《礼记》及《周礼》耶?今秘阁所藏有《孝经》二册,乃唐玄宗八分书,天宝四年国子祭酒李齐古摹勒上石者,完好如故,盖宋拓也。伪蜀相毋昭裔尝取唐太和本琢石于成都,而文异与唐本小异,《孝经》《论语》《尔雅》则广政甲辰张德钊书,《周易》辛亥杨钧、孙逢吉书,《尚书》周德政书,《周礼》孙朋吉书,《毛诗》《礼记》《仪礼》张绍文书,《公羊》《穀梁》二传则宋皇祐间，田元均补刻，《孟子》宋宣和间席叔献补刻，皆未著书者名氏。阅《统志》，宋绍兴间席益尝刻《礼殿圣贤图》于成都石经堂，岂益即叔献耶？《春秋传》亦未知为何人书，而于祥字皆阙其画，此必孟蜀时笔也。余幸承乏西省，校阅秘阁藏书，及见蜀本石经《周易》三册、《尚书》三册、《毛诗》八册、《左氏春秋》三十册、《公羊》七册、《穀梁》七册、《礼记》十四册、《周礼》八册、《仪礼》十册、《孝经》十册、《论语》三册、《孟子》三册、《尔雅》三册，完好如故，独《左氏春秋》未知为何人书。其纸墨之精，拓法之妙，当是宋物，真希世宝也。抚玩一月，不忍释手。宋至和元年，命皇侄右屯卫大将军克继书石经，又以上所书《论语》刻石国子监。仁宗又命以《易》《诗》《书》《周礼》《礼记》《春秋》《孝经》作篆体、隶二体刻石于太学两楹，杨南仲书，《周易》十、《书》十三、《诗》二十、《春秋》十二、《礼记》二十，时与南仲同书者，草泽章友直、殿中丞张次立也。国子王洙乃言，刻石经已十五年矣，止完一《孝经》耳。《尚书》《论语》见书镌未就，乞促限毕工，余经权罢从之。绍兴十三年，内出御书《左氏传》及《史记列传》《周易》，令临安知府张澄刊石；十四年又出御书《尚书》《毛诗》；十六年又出御书《论语》《孟子》，皆刻石，立于太学。然御书间有困倦，辄令宪圣吴后代书，与御书毫不可辨，是绍兴石经未必皆高宗笔也。然赵宗御笔，高宗最胜，而宪圣能乱其真，亦彤史中之希有乎？第自古镌石者惟经，而绍兴独镌《史记列传》，此亦腐史千载，特达之知也。

古装书法：今秘阁中所藏宋板诸书皆如今制乡会进呈试录，谓之蝴蝶装，其糊经数百年不脱落，不知其糊法何似。偶阅王古心《笔录》，有老僧永光相遇，古心问僧，前代藏经接缝如线，日久不脱，何也？光云：古法用楮树汁、飞面白、芨末三物调和如糊以粘纸，永不脱落，坚如胶漆。宋世装书，岂即此法耶？

又如陶保被诬、卷五。尧舜被诬、卷六。文天祥考，卷七。皆可补况夔笙《证璧集》之阙，当作书告赵叔雍。

**十四日(5月14日)** 至子丹弟处谭。吴寄尘来，未晤。

至鸿宝书局,交《说文篆韵谱》卷一共卅七叶付印。

**十五日(5月15日)** 吊余寿平中丞,并陪宾。

冯蒿庵中丞来,未晤。

瞿良士来谭。

**十六日(5月16日)** 二时为张敬安姻兄、胡漪如女士在一品香证婚。

**十七日(5月17日)** 刘健之来谭。

吕鹿笙之世兄传元来,未晤。

致赵叔雍书。告《疑耀》书中有陶侃被诬、尧舜被诬、文天祥考,可修《证璧集》续编之采。

致李拔可书。请设法推销《永嘉四灵诗》。

覆丁价侯书。价侯交来票洋二千元,捐助法云寺收容所。

赠金甸丞连史印《永嘉四灵诗》。

赠费梓怡《云起轩词钞》。

赠冒鹤亭、严孟繁翁书《金刚经》、《果报类编》。

至忠厚书庄,晤李紫东谭。

晚,赴周业勤大加利酒叙之约,坐有夏辅宜、关芸农、李木公、李斐君、李萼楼。

**十八日(5月18日)** 胡伯宣来谢,未遇。

覆章希瑗书。告张、胡两家请作证婚。

覆汪筱岩书。来讯谢赠《永嘉四灵诗》。

覆汪启我书。来讯谢赠《永嘉四灵诗》。

覆任心白书。告价侯捐助法灵寺收容所二千元交魏怡生汇划。

覆吴舜臣书。十二日接初三日讯,县党部被民众取销。公安推持会未成立,因特别捐争执,芷青、偏乡、乡城意见始终未能融洽。商民协会早经成立,农民协会有数乡成立,城区未成,会章有田一百亩即不能加入。

覆杨芷青书。前来函属为丫山孙氏作谱序,并寄伯辰所叙节略,今撰序成,寄请转交。

至魏广兴缎庄，交价侯捐款二千元，汇任心白。

访冯蒿丈、余峙莲，告价侯捐二千元。

访丁价侯，谭法云收容已办结束，价侯拟将捐洋收回，即已动用，请开收支帐略，当函告心白。将函送价侯阅后付邮。

至鸿宝斋，交元本《说文篆韵谱》卷二共卅四叶，又瞿本五叶，共卅九叶付印。

访夏辅宜，不遇。

王富晋来，未值，送罐诘四瓶，留书三种。往答，亦未遇：《寒山子诗集》，甲子建德周氏影刻宋本，洋十元。退回。《屈原赋戴氏注》，甲子建德周氏刻本，附《通释》《音义》各二卷。退回。《瑟谱》十卷。山阳酒狂仙客著，即郑世子载堉，影印毛钞本，有黄荛圃跋。退回。

至济生会，捐助南京收容所洋壹百元，又淑畹捐洋二十元。

**十九日(5月19日)**　午刻，都益处贞元会，陶拙存值会。

访王富晋谭。

送夏辅宜六十生日廿二日。绸幛、烛，收款、字。

送王叔用六十生日廿一日。红绸幛、烛，收款、字。

**二十日(5月20日)**　未刻，同吕鹿笙、胡伯宣、刘健之、张济洪、绍烈，合肥。任子木、吴蝶乡、梁绶珊、刘烈卿在徐园公祝夏辅宜六十生日，每分四元。

章中如心培。来，未晤。郭礼征、侄道弥来，谭大照丙寅营业情形。

以邓孝先《宋元本书目》交任子木。

罗府送礼，收金肘、鲍鱼。

**二十一日(5月21日)**　祝王叔用六十寿。

购永田商店美浓图引纸壹百张，共六元八角。

刘烈卿来谭。

**廿二日(5月22日)**　祝夏辅宜六十生日。

晚，赴姚文敷功德林之约。

任心白覆书，法云收容已结束，经费除王一老汇拨两千元，余由魏梅芸。老同大同面粉公司分担，价侯二千元已函魏怡生缴还，随将来书交价侯。晚，再往晤谭。

答拜郭礼征、郭道弥。世纶。

**廿三日(5月23日)** 朱峻夫来谭，梦老允将《江苏金石志》交出付印。至价侯处，交魏怡生还洋二千元。

覆蒯若木书。寄赠连史印《永嘉四灵集》，并余尧衢题龚居士写经《现瑞图》诗二绝。

晚，赴吴蝶卿酒叙之约。

**廿四日(5月24日)** 答拜朱峻夫谭，交《江苏金石志》廿七册。廿四卷补遗一卷，共一千二百廿四页，又《待访目》三册，共一百五十六页，统共一千三百八十页。

至鸿宝斋，交《说文篆韵谱》卷三，计卅八叶。

六时，大照公司董事会在一枝香聚餐。议定五月廿日开股东会。

余峙莲来谭。

购来青阁《金石萃编补略》二卷。王言，光绪八年刻本，洋二元，付讫。

**廿五日(5月25日)** 访刘晦云，谭及在津附通州轮遇险。

访夏玉峰，询合肥情形。陈新甫来，未晤。

送许仲衡室人倪夫人绸素幛、素烛。

送沈田莘嫁女红丝葛幛、烛。

送葛荫梧娶子妇红丝葛幛。

覆翟展成书。上年芜湖发起三县水灾义振会，因时局无法进行，于捐项拨熊宝圩工振一千二百元，和金坝工振三百元，由南陵农会长俞廷凯先后领去，芜振亦就此结束。询农民协会芜湖业主有无对待方法。

覆吴舜臣书。附俞、杨、刘讯，请垫付洋七百六十九元六角。六月三日付。农民协会事已托刘烈卿告江三立堂接洽。

致俞峻韵、杨芷青、刘达章书。升列经用县志帐单，收洋八千〇五十五元八角一分，支洋七千二百八十六元二角，净存七百六十九元六角，由吴舜臣交还。留存一百元，备运芜湖水脚之用。六月初四日，舜臣交芷青，十二日有覆讯。

**廿六日(5月26日)** 购来青阁《曝书亭集诗注》廿二卷。嘉兴杨谦,《补遗》二卷嗣出,洋六元,五月三日付。

为聂云台印翁书《金刚经》一千零八十册,用连史纸四件,每件十八元,共七十二元。印工廿一元六角,每石二元。订工廿一元六角。今送去洋亦收到,分别付清。

来青阁借《琵琶谱》影印。

访张敬安,询南通情形,晤鲍星斋。

访吕鹿笙谭。又访胡伯宣、刘烈卿,均未遇。

访陈叔通谭。

晚,郭礼征叔侄来谭,明日回镇江。

**廿七日(5月27日)** 午刻,贞元会,宗子戴值会。请恽季申、宗子戴书扇。

贺葛荫梧、沈田莘喜。

覆周梅泉书。来书选举大照董事,极力维持旧人,昨礼征、道弥来谭,已接洽,另拟选寄尘、肖廷,亦赞成。

**廿八日(5月28日)** 午刻,约刘艮之、刘实之。刘晦之、刘子诚艮之子。在大华饭店西餐,共用十一元。

夏辅宜来谭。

王竹如毓荪。来函,以吾皖旅沪同乡会为工商绅学之联合唯一机关,第二次征求大会暨筹募建筑基金两事尤当积极进行,会章组织提出修正。又会馆与同乡会精神上固当合作,事权上不妨划分,唯诸公其速图之。

**廿九日(5月29日)** 访姚文敷谭,并商函南京造币厂为马梅生求留。刘十枝来,不遇。

至张敬安处,并至大生,询南通情形。

至鸿宝书局,交《说文篆韵谱》卷三计三十八叶,又瞿本六叶。卷四三十五叶。

吴舜臣来函，新署南陵知事谭大临已任事。谭字希吕，江西南丰人，日本中央大学法学士，广州大学校授，国民革命军第三十三军参议。军长柏文蔚，党代表常恒芳。

**三十日(5月30日)** 刘健之来谭。

袁伯夔、周梅泉、夏剑丞晚约酒叙。

访蒋孟蘋谭，赠连史印《四灵集》。

葛词蔚来谢，未遇。

## 五月

**朔日(5月31日)** 张退庵亲家同敬礼婿立祖。来，未遇。旋答拜，谭至晚饭后散。

午刻，李拔可招至大华饭店，同座徐固卿、陈散原、吴剑泉、冒鹤亭。

购来青阁付二元。宋大字本《寒山诗集》、永和本《萨天锡逸诗》。岛田翰校，日本刻本。

至中国书店，购：初二日付讫。《吴郡西山访古记》，李根源，洋一元。《河南图书馆臧石目》。洋四角。

吴舜臣汇来稻洋壹千元。内淑记二百元。

**初二日(6月1日)** 前存承良、子丹两家箱件今取回。

覆吴舜臣书。志修十年前，恐不合时宜。告汇款付淑记二百元，又付淑记王达三收款。

结算中国书店来往帐，收寄售书价十九元，付购各书价三十三元九角。

**初三日(6月2日)** 午刻，赴金甸丞古益轩酒叙之约。

收西泠印社午节书价洋九元六角。

访张退庵谭。

访周业勤谭，交洋四元，乞金甸丞画扇。

**初四日(6月3日)** 张菊生午刻招饮，应之，坐有陈仁先、汪颂年、瞿良士、陈叔通、夏剑丞、葛词蔚、葛荫梧。

拜刘十枝谭。

致金甸丞书。为周业勤请画扇，附洋四元。

覆李从龙书。宝瑞臣书联扇，告东台平安。

覆陈一甫书。谢周叔弢赠《寒山子集》《孝经》。催晋泰公司息（乙丑年）。

**端阳日（6月4日）** 晨贺亲友。

晚，观《可怜的秋香》影剧。

**初六日（6月5日）** 刘晦之来谭。致姚文敷书。为马梅生请留造币厂事。

昨云史来，今挈永儿答拜，未遇。

**初七日（6月6日）** 报载，王静庵征君国维。于初三日投昆明湖。静庵年来为清华学校教授，去年到沪，丧其长子，在罗叔言处匆匆一晤，旋即北归，今忽求死，可哀也。十二日罗子敬接其兄叔言电，静庵有遗折，赐谥忠悫。

伦敦初四日电，英俄绝交，后双方使节均返国。

北京报载，吴使蓝溥生通告，沪宁路借款本息在西历六月卅日前不能履行，英国即自动遵照合同，实行管理沪宁铁路。

覆陈绳夫书。寄书代售。

午刻，赴胡伯宣徐园酒叙之约，坐有张退庵暨敬礼婿，及夏辅宜、吕鹿笙、陈卓甫诸君。

访王富晋谭。

至来青阁，晤杨寿祺，以《闺秀词》易明臧晋叔刻汤义仍《邯郸梦传奇》。有图廿八段，刻印均精，四梦传奇之一。

至中国书店取：八月十一日付。《汉建安弩机》，光绪六年吴云刻本，洋一元二角。《白鹄山房诗钞》三卷《风鸥集》一卷。武康徐熊飞，嘉庆间刻本，洋八角。

**初八日（6月7日）** 冯蒿丈约至太平寺蔬酌，届时往晤印光法师、真达师、魏梅荪、王幼农、余峙莲，辞未入席。

午刻,赴刘十枝大华饭店西餐之约。

昨,黄朴存以山水画幅相赠,朴存此作杰构也。

昨,大照公司汇来午节夫马费捌拾两。

仁济堂五时董事会议,未赴会。

晚,阅顾鼎梅《河朔访古随笔》。

滑县:《滑台新驿记》为唐李阳冰篆书,原石在滑县驿中,同知间为知县宋伟度宋翔凤之侄。携去,缪艺风云记早失去。今不知所在,拓本传世甚稀,仅见于孙氏《访碑录》,孙氏拓本归庐江刘慧之。

《沁阳县志》为袁通于道光四年令河内纂,三十六卷,内《金石志》二卷,为大兴方履篯辑录,迄元止,碑刻凡一百六十余种。

临漳县:邑境讲武城外,古冢森然高者如小山,凡七十二,布列至磁州止,即世所谓疑冢。以近年出土各魏、齐墓志证之,则固东魏北齐王公之墓,与曹瞒固无涉耳。

**初九日(6月8日)** 午刻,都益处贞元会,恽眉卿值会。

晚,黄朴存招饮于陶乐春,赴之,赠黄生《杜诗说》十二卷,康熙刻本,以酬其所画山水之惠。

**初十日(6月9日)** 访张退庵亲家,略谭。

访蒋榖孙谭,出示新得泰山廿九字、吴让之藏,后归高邕,售七百元。宋本《北山集》残本一册,乾道年官册纸印。均佳,并假得元刻《断肠诗注》后集八卷,袁寒云旧物也。

访褚礼堂,未晤,留赠连史印《永嘉四灵诗》。

至古香斋,观汉唐镜四枚,议价未谐。

覆吴舜臣书。初一日来信,前县党部榜示农佃租稻减百分之二十五。寄来丙寅帐册,丙寅共收三千三百四十八石八十七斤,又淑记五百八十一石八十一斤。商另立南陵农民协会,我处不土动。南陵无雨。初七日又来信云,新知事谭希吕服中山服,公署有女科长一人(教育)、科员二人,提倡党部,并劝地方筹款购枪三百枝。稚丹在三十三军(王天培)四师第三旅长陈春甫处教练主任。俞峻韵未入城,其世兄云气不佳。总工会近又活动。

**十一日(6月10日)** 访李拔可谭。晤商务书馆出板部丁英桂。

宗子戴、刘健之先后来谭。

访褚礼堂谭,请题《说文解字韵谱》书衣。

至来青阁小坐,晤杨秋浦。蔚光。

**十二日(6月11日)** 蒯景参来谭。

赠童心庵连史印《永嘉四灵诗》。

至中国书店,晤陈乃乾之友顾君,广东中山大学图书馆。亦赠连史印《永嘉四灵诗》。顾君颉刚,苏州人,北大毕业,广东中山学校教授。

答拜魏梅荪谭。

至来青阁,借阅《群碧楼书目》。

《时事新报》载,台湾中州彰化八卦山于四月廿九日有凤飞至。

**十三日(6月12日)** 约宗子戴、瞿良士、朱云青、洪明度、胡朴庵、童心安、宣古愚、黄朴存、陈乃乾六时晋隆西餐,张菊生、秦曼青未到,共用洋廿一元。

函刘慧之,赠静卣铜片。刘铁云旧藏。

童心安赠北魏比丘尼法光造象,普泰二年,文叔间旧藏,今归童心安。钩印,中臧府从事、赵王孙、天帝使者、之、长寿。印。中山靖王章,岳飞之印。

至中国书店,取:八月十一日付。《老子道德真经》,西吴闵齐伋校本,洋一元。《列子冲虚真经》,西吴闵齐伋校本,洋二元四角。《鹤洲诗词残稿》,秀水朱彝爵,乾隆十三年刻,洋八角。《怀岷精舍金石跋尾》,乌程李宗莲,丁卯东方学会印本,洋八角。《文昌帝君觉世鸿文图说》。乾隆卅一年沈维基等刻本,洋二元。

函瞿良士附还前假《说文韵谱》元种善堂本五册。

**十四日(6月13日)** 夏辅宜来谭,并函告退老捐皖振一百元,又为希瑗、鹿笙、辅宜及余各捐五十元。又云,济生会拟振津浦路兵灾,当场认捐五万元,内丁价侯一万元。推其主任。访张退庵亲家谭。久旱,竟日得雨,可喜也。

褚礼堂已将《说文解字韵谱》书衣题来。

**十五日(6月14日)** 吊许仲衡夫人倪夫人之丧。

拜徐仲可,未遇,留万历题纸乞题,并赠连史印《永嘉四灵诗》。

访瞿良士谭。竟日雨。

至鸿宝书局,交朱淑真《断肠诗集注》元刻本廿九叶付印。

报载,法司法总长拔都氏发见共产党破坏军队之阴谋,宣言严重惩治共产党。

又载,驻波兰之俄大使伏柯夫氏著名共产党员,曾执行前俄皇之死刑,为俄青年所刺死。

又载,荷兰政府发见共产党密谋,搜查东印度侨荷学生,没收其文件及枪械。

**十六日(6月15日)** 吕鹿笙、刘烈卿午刻约至大堤春酒叙。

至古香斋小坐,观唐乾封二年赵元方为亡父造脱身石像。

至中国书店,取:八月十一日付。《学诗津逮》,海盐朱琰辑,桐乡沈氏雪香书舍刻本,洋十元:《诗品》《诗式》《二十四诗品》《沧浪诗话》《白石道人诗说》《谈艺录》《艺圃撷余》《古夫子亭诗问》。《汉诗说》十卷。沈用济、费锡璜同述,毛奇龄、姚陶论正,原刻本,洋三元。

暴雨至,即在中国书店观书以避之。

**十七日(6月16日)** 刘健之来谭。

刘惠之来谭,代售钟鬲二件。

刘慧之函赠鎏金唐天宝九载造弥陀像铜碑一座,为数十年至交之记念。

访倪远甫,为刘葱石借款商延期三月,可允,随往告刘夫人。

**十八日(6月17日)** 郭礼征、郭道弥来谭。

覆陈绳夫书。寄赛连《四灵诗》八部。

覆杨云史书。约为南海所藏古物估值,覆以拟廿 日午后一时同往。

仁济堂改组委员制,约午后四时全体董事会议讨论,未赴席。送康更甡同年绸幛、素烛。

上海水泥公司开第三十二次董事会议,决补发开业前股息二厘,并本年度丙寅年。股息五厘，合并发给，满百元者填股票，不满者给现金。

李拔可来函，假印《断肠诗集》一册，元椠本。

**十九日(6月18日)** 答拜郭礼征、郭道弥。

拜倪远甫，谭刘葱石押款事，不得要领。至溥益告徐立樵，电话刘夫人。

访张退翁谭。

午刻，都益处贞元会，周梦坡值会。

晚，郭礼征约至一品香西餐。

补题机丝夜月图，寄王秀仁。

**二十日(6月19日)** 挈永儿至鲍承良处就诊。

覆瞿良士书。索志石拓本，并寄补印《说文韵谱》卷一第廿九叶。

黄宾虹来，未晤。

访罗子经，询王静庵死事，嗣李骏僧家煌，合肥。绍介徐中舒名道威，一字潮音，怀宁人，肄业北京清华学校，今在江湾，复旦教员。以为静庵作传状，求得其生平事实，当以所闻所知告之。

至蟫隐庐，取《度曲须知》二卷。沈宠绥著，明崇祯己卯刻本。

三时，大照电气公司股东会议，决股息上年一分四厘。八厘现金，六厘填股票。公积等项金派填股票，改选董事监察。董事五人；徐积余、周美权、吴寄尘、郭肖霆、袁伯夔，次多数李希白、朱。监察二人丁价侯、苏文卿，次多数李希白、张退庵。

**廿一日(6月20日)** 郭礼征、郭肖霆来谭。

李拔可来，商宴请张退庵，柬帖去，退庵以回南通辞。

访张镜潮谭，始知十六日大堤春同宴后即病，今已五日矣，以好言慰之。

访杨云史，同至康宅吊更生同年，观其所藏，以岳雪楼孔氏广陶。旧藏宋治平本《资治通鉴》、无注，半叶十行，行二十字。范中立《寒江钓雪图》、《黄山谷诗》卷极佳。明铁镜、铁瓦佳。六月二十日，晤王雪澄，云

《通鉴》明本,《钓雪图》是赝本,雪澄售一千二百元,见《岳雪楼书画录》。

函徐仲可,请题万历三十一年湖广乡试题纸,旋得书,题成送来,并赠孔教十年大事。

覆汪筱岩书。示近诗一章,颇合于养生之旨。询启我泰州损失,索其尊人诗编入《安徽诗征》。

竟日雨。

**廿二日(6月21日)** 闻退翁小极,往视之。

午刻,赴倪远甫酒叙之约,坐有陈公侠、孙纯斋、李耆卿、许秋帆、夏辅宜、宋德宜。

覆吴舜臣书。来函辞加薪请,仍照支。催交县志款。十五日,南陵得雨。筹备自治会七区,每区一人。城区举刘显章(达章之四弟),乡区举杨芷青,上东乡举丁炳扬(铜陵人,现有人反对)。

覆刘慧之书。代售古钟,交来三百元,作书谢之,附使敬四元。

致宣古愚书。约廿五日午后二时来寓,商订《江苏金石记》。

覆徐仲可书。谢题万历题纸,并赠《孔子大事记》。

晚,大照公司开董监成立会,推周美权为董事长,在一枝香聚餐。

**廿三日(6月22日)** 以元板《说文篆韵谱》付来青阁装订,又付宣纸印《玉台新咏》,寿祺代售。

函杨咏秋,告昨托荐船户运泰合成引盐事已商周美权,当即应允。

赠退翁雪茄烟四匣、红茶四匣,又赠敬礼婿《古桐书屋四种》《方望溪全集》《经典集林》《永嘉四灵诗》。

闻退翁返南通,至大生帐房送之。

**廿四日(6月23日)** 报载,徐家汇天文台报告,廿一日夜半至廿二日夜半止,所降之雨得一英寸〇五,廿二日夜半至廿三日午刻止,得英寸七七,合共二英寸八二。

邮寄志赞希华丝布挽幛。

送赵椒圃华丝布挽幛、烛。

送刘葱石祭筵、素烛。

恽眉卿六十生日，送幛、烛，收款、字。

吴树人来，未晤。刘聘卿来谭。

余峙莲来，未遇，留佛教慈幼院公函，江苏民政厅、钮。江宁县公署、南京公安局备案三分签字盖章。廿五日送还。六月廿五日，钮铁生有覆书。

二时，至康府鉴别书画。文衡山画玉兰题诗轴佳。

**廿五日(6月24日)** 吴树人来谭，属商刘慧之在中国实业银行聘为常年法律顾问，当即往商应允，随告树人径自接洽。

又告陈一甫来讯，附致武仲平书，催余节高付晋泰公司乙丑租息款，交慧之收帐，武书即由慧之转送。

答拜刘聘卿谭，坐中晤葛树森。国民革民军独立第一旅旅长，直隶人，号青山。

宣古愚来，谭印《江苏金石志》，并将志稿廿四册、《待访录》三册交其覆校，又以藏镜拓本乞其宷定，并赠连史印《永嘉四灵诗》。

仁济堂以建筑借款，议北仁济里新屋房租划归债权团协济号收取，作为偿本还息，定今日邀债团会议，请陈少舟代表列席。

**廿六日(6月25日)** 江知源、吴寄尘来，未晤。

祝恽眉卿六十寿。

挈永儿至鲍承良家就诊。

覆陈一甫书。晋泰租息前晤节高已函催，今接致武仲平函，亦会商慧之送交。

致宣古愚书。告朱子成书为黄瑞节附录书，凡十种，每种一卷，常熟瞿氏有元椠本。

至中国书店，晤刘渊默、镐。袁体明谭，并取：八月十一日付讫。《草堂诗余》十六卷，陈继儒评选，卓人月汇选，徐士俊参评，明刻本，附刻《徐卓晤歌》一卷，洋八元。按此书即《古今词统》，亦即《诗余广选》，先后更名。《古今词统》余有之，《诗余广选》为况夔生假去数卷，未能归还也。《诗考异补》二卷,严蔚,乾隆二酉斋刻本,过录李富孙校补,极佳,洋三元。《尚书大传》三卷,孙之騄,原刻本,洋四元。《三续千字文注》一卷。宋葛刚正,海源阁本,洋一元六角。

**廿七日(6月26日)** 吊赵椒圃之丧。

午刻,都益处贞元会,公祝恽眉卿。

答拜江知源,不遇。

晚,赴刘慧之一枝香西餐之约。

送刘谦甫之子妇呢素幛。

报载,浙江省务委员会民政厅长马叙伦提议,关于农民减轻佃农佃租百分之二十五,遇有重大灾歉更得酌量减轻,自七月十五日起一律实行。现在减轻佃租百分之二十五,系照原有额征数计算,若原纳实数已达于减轻百分之二十五定率,或超过之者,不在此例,假如定每亩纳租定额为二百斤,减去百分之二十五为百五十斤,二百斤以上递推,如原已折至百五十斤或不及百五十斤者,可毋庸减。除欠缴陈租,仍循旧例办理。本日《申报》。

**廿八日(6月27日)** 午刻,刘葱石灵輀附车去宁,挥泪送至车站。

三时,大丰公司开董监股东会议,列席。议散,送江知源回南通。

**廿九日(6月28日)** 姜毓麟来谭。南京党家巷刻书人,姜文卿之子。

至大东书局,商印《镜谱》,议价每叶扯洋一分,并付南陵舆图价、二百卅七元四角。舆图封套价、十七元。纸型铝皮箱价、二元四角。封条价,六角。全清讫,共洋二百五十七元四角。在古钟价三百元内付。

访夏玉峰,商志书运芜。陈新甫来谭。

致陈乃乾书。赠《南陵县志》。

致沈骏声书。赠《南陵县志》。

高吹万燮,金山县修志总纂,金山人,住松江张堰闲闲山庄。来书通问,赠《国学丛选》十六集、高燮编。《黄华集》、高燮。《天放楼文言》十一卷《天放楼诗集》九卷。吴江金天羽。

天文台报告，今晨二点零廿分正交南方子午圈，向西南方冉冉而行，约八点钟光芒始灭。

## 六月

**朔日(6月29日)** 函夏辅宜，以佛经善书一百五十四册，请皖北查振员分送灾区之善知识者。

函任心白，以《印光法师文钞》十部、《人身关切要书》四十部，交姜文卿之子带宁分送。

函丁仲祜，赠《人身关切要书》二十册。

函狄楚青，请画扇。

函覆精艺美术馆爱而近路七五八号。陈泽民君浙江路保康里四九七号。《镜谱》。三年前，同大东有成约，未便食言。周蓉宝制板课主任。技术甚精，昔年印《法华经》颇为满意，容于友人处有印件，当为绍介。

赠李元之《南陵县志》。

报载，是日天气阴云往复，时有阵雨。至下午六时半，空中发现长虹，呈红黄绿紫四色，地位在东南方约占九十角度，弱时细雨，虹下复有淡云自南向北，故虹不时被掩，已而复又鲜艳，同时西北方忽发光，若斜晖之映射，历三十分钟始渐微而渐没云。

**初二日(6月30日)** 拜朱云青，交崇儿婚期、聘期单，请转致朱府。

答拜章中如谭。

拜丁仲祜谭。

刘公畏娶子妇，子名霈，字云隐。子妇方爱云。送华丝布喜幛、喜烛。住法界西门路西成里一七五号。

**初三日(7月1日)** 差片贺刘公畏。

**初四日(7月2日)** 汪甘卿由苏来谭。

覆吴舜臣书。来函告售稻二百石，价四元二三，交款发稻。俞杨刘公函已送,志款二三日内交。寄浙江省政府通令减轻田租。志书一二日内天晴即运芜。安徽省党部改组,余咏南恐难留。

覆李从龙书。收到宝瑞臣书联扇。赠沈思齐《阿弥陀经要解》。

覆陈倬斋书。寄洋十四元,内十元请收回垫付秦志骏之款,余四元请加给志骏。

旅沪同乡会函李汝山报告。告锡会函称,惠山淮军昭忠祠被封,尚未收复,拟请沪、宁、苏会援助。定今日四时开董理评联席会议,讨论办法。

**初五日(7月3日)** 吊康更甡同年,并同汪甘卿同年公祭。

拜张菊生,未遇,留还前假朱淑真《断肠诗前集》十卷,卷一之五页、六页,卷三之十七页,卷四之十八页、十九页、二十页、二十一页、二十二页,卷十之四十三页、四十四页皆明补板,与家藏同。并赠《南陵县志》。

拜蒋榖孙谭,交还前假朱淑真《诗注后集》八卷。元板仅存卷一之四十五、四十六、五十共三页,卷二之五十一页,卷四之五十九、六十、六十一共三页,卷八之七十、七十一共两页,余皆明补刻。观其新得唐顺陵碑四册宋拓本,《石墨镌华》云明时已损。有朱卧庵藏印,何义门、翁覃溪跋,价洋二千元,旌德吕木末旧藏。

**初六日(7月4日)** 朱云青来谭,交朱府衣服尺寸单。

狄楚青来谭,交画扇。

访陈新甫谭。

函褚礼堂,赠新印元种善堂本《说文篆韵谱》。

覆徐行可书。寄赠新印《说文韵谱》,又《说文假借义证》廿四册。又缴还粤刻《说文韵谱》二册。谢赠万蔚庭先生(希槐)《十三经证异》七十九卷计卅二册。明李显刻《说文韵谱》及藏镜拓本,俟妥便送上。

**初七日(7月5日)** 至来青阁,取回装订元刻《说文篆韵谱》五册。

覆陈绳夫书。寄售各书十包。

赠陈乃乾新印《说文篆韵谱》。

送王静庵挽联,并奠分十元。

**初八日(7月6日)** 报载,陈独秀之子为杨虎所杀。陈延年。

**初九日(7月7日)** 都益处贞元会,轮值。

至康府宷定书画。

至鸿宝斋,先付《说文韵谱》《断肠集》印价一百元,收宗子岱认印《江苏金石志》洋五十元。

**初十日(7月8日)** 高吹万上月廿七日松江张堰。来书,赠《国学丛选》十六集、《万花集》《天放楼文言、诗集》,吴江金天羽著。今作书谢之,复赠连史印《宋元科举三录》《永嘉四灵诗》。

覆陈绳夫书。寄《怀豳杂俎》五部,并告新印《说文均谱》《断肠诗集注》。

覆张祝秋书。现在台州海门统捐局,谋周佩箴银行事,以素不相识覆之。

阅王紫诠《淞滨琐话·瑶台小咏中》春馥陆华云:华云小名喜儿,吴人。与锡庆陆小芬为昆弟。癸未武榜第三,蘼心小禅室主所定也。性情温厚,曲艺亦工,时誉颇以为重。今尚居弟子之班,正与偃蹇名场者同其郁结矣。赠以四绝句:"我曾龀岁识芳名,想见车前掷果迎。今日因君感憔悴,文章九命竟难更。樱桃花底坐缄愁,心事凭谁问蹇修?笑指寻常梁上燕,衔泥容易近朱楼。两字依人是网罗,蛾眉谣诼古来多。相如也有挥金愿,奈此成都四壁何?月子团圞自有时,莫因愁绪损芳姿。玲珑帘外看秋水,除却同心更孰知。"又《瑶台小咏下》复春主人陆华云:丙戌赋华云诗,颇以未脱樊笼为恨,今兹重见,已立家室,声誉亦鼎鼎,乃知蠖屈之士,毋甘自菲薄为也。赠以二绝:"竟有英雄自立时,当年深慨美人知。因君转悟穷通理,不向人间赋感知。豪饮狂歌得几人,相逢落落健儿身。却怜绮席难回避,犹自香车碾细尘。"

**十一日(7月9日)** 访吴寄尘,知去通已旬日矣。

游福州路书肆,在受古书店观新收叶焕彬藏书,为之伤感。

至中国书店,晤高吹万之侄君定兄。

覆胡伯宣书。告退老回通后住大有晋公司。

**十二日(7月10日)** 夏辅宜来谭。

王富晋来,索《徐公文集》二部代售,并以新印元种善堂本《说文篆韵谱》二部付之,又退还《寒山子集》。

**十三日(7月11日)** 吊李五老太太邓太夫人之丧。

访刘烈卿谭。晚八时白虹现。

夏玉峰来,未遇,留合肥兵灾善后募捐册。第廿三号。

**十四日(7月12日)** 宣古愚来谭,交还《江苏金石志》。

覆吴舜臣书。初四日来信,志局七百六十九元六角已交杨芷青。自治筹备处成立。省政府派南陵军米五千石,由丁漕抵价,我处认一百石,未允。八日来信,县党部改组成立。南陵大雨,圩乡可虑。百分之二十五减租,党部人云中山书未有此条,系根据二次会议。范络珊回陵。海汇赴六安任。覆书今年拟请早收、早售租稻。

覆傅苇生书。告葱石灵辆于五月廿八日运宁。

致李拔可书。赠《朱淑真诗注后集》八卷。

致蒋穀孙书。赠《朱淑真诗注前集》十卷。

访夏辅宜,不遇。又访吕鹿笙、陈乃乾、刘健之谭。

杨瑞生六十寿,送红绸幛、烛、糕、桃,全璧。

**十五日(7月13日)** 至华新银行,晤夏玉峰,交合肥兵灾善后捐册,余与淑畹各捐廿元。

至中国实业银行,为绮女汇蒯绍芳、杨曹平八百八十九两。

至兆芳撮影。

**十六日(7月14日)** 晨接吴舜臣讯,南陵初十日蛟洪暴发,灾状为数十年所未有。即往商夏辅宜,遂同至济生会乞振,并函覆舜臣先捐助壹千元,速办急振。

覆刘烈卿书。借《集成曲谱》卅二册。

晚,访丁价侯,谭南陵水灾状况,请向济生会放赈。

**十七日(7月15日)** 祝杨瑞生六十寿。

至永安街怡大纸号,经理曹承祖,号涵青,歙人。定连史荣兴盖加三十件，每件十六元，先付定洋廿元。又生春加魁每件十五元。

黄吉园来谭，以示沈雪庐塘。藏《天玺纪功碑》、稍有阙佚。《唐东林寺残碑》，非李北海书本，有朱卧庵印。皆沈韵初故物也。

访黄吉园谭，邀至晋隆晚餐。

杨芷青来函，收到志书余款，并告南陵水灾。

**十八日(7月16日)** 吉园来谭。

宗渭川送南通果园水蜜桃两篓。

访丁价侯，询济生会办南陵水灾振务。十六晚即电芜，请翟展翁调查灾情，商酌办法，并请张贤清查放急振。

覆杨芷青书。告余筹募一千元办急振，又告济生会办振情形。

舜臣十四日来函，南陵城内外水已退尽，各圩均破，只有泰丰一圩保存。红会急振，十四日停止，共用四百余元。红会用不足百元余，陈东来认捐。议组义振协会，委员制，七人。余处峨岭河傍田冲坏十余亩，庄屋十二处，内佃户周德明、周见夫农具、家具全冲失。长塘张村湾村各坝冲坏，湾村田数亩有沙石屋，倒两所。先墓未受损，峨岭桥冲毁。

覆吴舜臣书。先墓前后左右请扫除沙石，左近田修整以保墓道。峨岭各处灾佃应如何抚恤，请主持办理，告济生筹办振务情形。程霖生济众水乞得二千瓶。覆杨芷青讯请转交。

**十九日(7月17日)** 至济生会，见展成覆会电，准随贤翁调查，余函详云云。留南陵全境图二分。

致吴舜臣书。告展成覆济生会电。又告南陵谭县长大临十五日来函乞振。

致丁价侯书。告展成覆济生会电。

吴寄尘来谭。

至西泠印社，还乙丑三月六日借《安徽金石略》四册。

晚，至新中央，观《空谷兰》影剧。张织云主演。

**二十日(7月18日)** 黄吉园来，代售张子青文达公山水轴，三十元。至忠厚书庄，收藏经目十元。

吴寄尘母林太夫人周忌，送素席票十元、烛一对，并行礼。

至中国实业银行，晤刘慧之谭。

午刻，都益处贞元会，恽瑾叔值会。

重宁寺宇山老和尚来谭。

罗子经以王静庵所藏词曲书目相示，翻阅一过，去余藏本，仅十之一，作书还之。

以《岱南阁丛书》《艺海珠尘》交李紫东代售。

**二十一日(7月19日)** 昨朱峻夫借《毛一亭杂记》。

覆陈西甫、一甫书。晋泰公司乙丑租息请径函节高，交劭吾之子毅有(汝闳)去取。

致周叔弢书。谢赠影宋《孝经》《寒山诗》。覆赠罗纹纸蓝印《玉台新咏》，又赠季木张元瀓造象等四种拓本。

覆王君九书。询瞿良士住址，索瞿氏书目。

昨刘幼云同年来，未遇。今往访，略谭，并赠《玉台新咏》、料半纸印。《宋元科举三录》。连史纸印。

结算鸿宝斋印《说文韵谱》、四十六石。《朱淑真集注》，二十石。每石一元八角，共壹百十八元八角，除付壹百元，找十八元八角清讫。付王秀仁拓静卣、五十片。天宝造象碑、廿分。徐氏竟廿分。工价，洋六元。

赠黄颋士名孝纾，号匑厂，一字公渚，闽侯人。《玉台新咏》。料半纸印。

覆南陵知事谭希吕大临。书。十五日来书乞振，并属劝募。覆以筹募一千元，函舜臣先借款商诸振会查放急振。又告济生会议请张贤清调查，并电翟展成帮同办理。

覆吴舜臣书。十八日来信，江潮不大，水尚易退，灾田复种晚稻，可救十之三四。县党部每月经费七百元。教育费不敷，议加亩捐，附加三分。省来文，北伐捐收房租两月，省派各县二五券三百万。义振协会委员七人：谢继安(常务，桐城人，住蒲桥县党部)、陈夺声(总务)、盛彝斋(文书)、吴紫庵(募捐)、张子猷(子敬弟，放振)、俞廷凯(调查)、刘求谷(催修)。谭希吕(县长)附，覆谭知事函请转交。致翟展成书。南陵振务。

太白昼见。

**廿二日(7月20日)**　为大生纱厂同人书联。

**廿三日(7月21日)**　闻退庵亲家来沪,并挈敬礼婿来,往访略谭。

访陈乃乾谭。晚访丁价侯,谭南陵振务。

**廿四日(7月22日)**　张退老、汪叔芾、吴寄尘、江知源先后来,未晤。叔老索《人身关切要书》。送三十册。

答拜退老、叔老谭。

覆盛彝斋书。来书募捐,覆书大致同谭县长意。贤清因闻皖省恐发生战事,未能定期出发。

致吴舜臣书。附盛函,告闻芜湖戒严,芜商电沪停运各货。

**廿五日(7月23日)**　至永安街怡大纸号,找洋四百六十元,实业支票。购荣兴盖加连史三十件。十七日付定洋二十元。

访李拔可谭。

晚,至陈少舟复和栈。饭罢,同往济生会,晤张贤清,谭放南陵振务。

少舟之侄名一烈号少峰者,著有《黄山指南》,相见于复和栈。

**廿六日(7月24日)**　适庐江吴之二姊六十生日,往贺,并送永安公司礼券、陶乐春席券各十元。

上海水泥公司、大丰公司今日股东会,均赴会。水泥公司仍举董事。

**廿七日(7月25日)**　送朱亲家添孙礼,八色,收鞋帽。宸卿,行廿五,得子。

汪启我由京来沪,送水果二篮、吉林参一枝、川连、藏果各一匣。旋答拜谭,送其侄女嫁礼绣花帐、颜床围各一件,喜枕、镜幅各一对。陶拙存来谭。

汪筱岩来书,赠其尊人次岩先生六十小像,并卢崧亭先生题诗,又燉煌石室唐人写经卷。

晤姚石子于中国书店，赠连史纸印《钓璜堂存稿》二十卷附《交行摘稿》一卷。华亭徐孚远著。

取中国书店书：八月十一日付讫。《湖山百咏》一卷，明夏时以，旧钞本，洋一元。《桐园卧游录》一卷，金凤清，同治刻本，洋一元六角。《耨云轩词》二卷。嘉兴马汾，道光刻本，洋八角。

晚，都益处贞元会，补祝朱峻夫生日。

覆吴舜臣书。告翟展成来讯，主办工振并钞稿。

**廿八日(7月26日)** 赠李凤池赛连印《永嘉四灵诗》《云起轩词》。

晚，至新中央，观《红楼梦》影剧。

陈成叔龙昌。来，未晤，留赠敬中阁碑联集字十二种。

**廿九日(7月27日)** 售《李文忠公尺牍》，洋三十元。

覆陈绳夫书。寄售竹纸《徐公文集》《怀豳杂俎》。

致郭礼征书。大照公司付息，寄息单廿二纸，又蒯二纸。

致冯光九书。贺其夫人六十生日，赠华丝纱、衣料两端。

致姚石子书。赠连史印《宋元科举三录》《永嘉四灵诗》。

**三十日(7月28日)** 拜陈成叔，未晤。

访张退老，留午饭。又邀晚饭陪彭凌霄。程万，贵溪人。

武筱平来，未遇，约午饭。至余节高处，商晋泰公司来电，公司为人控，余寿老贪官逆产于湾址区党部，将经理余淑良逮捕事，设法援救。

昨晚至济生会，晤贤清，告梅笛清已至芜欢迎，并以南陵义振协会来函示之。

至商务书馆，取丁卯上届售书洋壹百柒拾玖元二角。阅搏沙拙老道光间人。《闲处光阴》，记十二则：

康熙十六年，内廷始设南书房，时简侍讲学士、张英中书、高士奇入直备顾问。内廷故事，凡供奉之员，不论官职崇卑，统称为南书房翰林。

孙真人《养生铭》曰:怒甚偏伤气,思多太损神。神疲心易役,气弱病相因。勿使悲欢急,当教饮食匀。再三防夜醉,第一戒晨嗔。亥寝鸣天鼓,寅兴漱玉津。妖邪难犯己,精气自全身。若要无诸病,常须节五辛。安神宜悦乐,惜气保和纯。寿夭休论命,修行本在人。倘能遵此理,平地可朝真。

治扑打骨损方:用未退胎毛小鸡一只,生捣如泥,入五加皮末和匀,敷患处,接骨如神。

生何首乌五钱、青皮三钱、陈皮二钱、酒一碗、河水一碗,共煎至一碗,温服,此治疟极妥之方,屡试屡验。

自天地开辟至获麟,凡三百二十六万七千年,自尧元年甲辰至明末甲申,四千一年。

五月忌翻盖屋,语见《风俗通》。

秘传一治金刃伤方:端午日取韭菜捣汁,和石灰杵熟,作饼,令自干。用时研为细末,骨破亦可合,奇效。

观音经:南无佛,南无法,南无僧,佛、法、僧,盖即所谓三宝也。

释典云三乘者,一声闻乘,二缘觉乘,三菩萨乘。注云:乘即车乘之乘,声闻为小乘,唯能载已阿罗汉之独了生死,不度众人也;缘觉为中乘,半为人,半为已,如车之中也;菩萨为大乘,运载无边,能普度一切众生,故又曰最上乘。

秽迹金刚咒,咒曰:唵咈咶啒嗶摩诃般啰狠那哷吻汁吻醯摩尼微吉微摩那栖唵斫急那乌深暮啒嗶吽吽吽泮泮泮泮泮莎诃。

梦神曰趾,杂呼之而寝梦,清而吉。

国朝御宝凡二十有五:

大清受命之宝以章皇序;白玉为之盘龙纽。

皇帝奉天之宝以章奉若;碧玉为之盘龙纽。

大清嗣天子宝以章继绳;黄金为之交龙纽。

皇帝之宝以布诏赦;青玉为之交龙纽。

皇帝之宝以肃治驾；旃檀为之盘龙纽。
天子之宝以祀百神；白玉为之交龙纽。
皇帝尊亲之宝以荐徽号；白玉为之盘龙纽。
皇帝亲亲之宝以展宗盟；白玉为之交龙纽。
皇帝行宝以颁锡赉；碧玉为之蹲龙纽。
皇帝信宝以征戎伍；白玉为之交龙纽。
天子行宝以册外蛮；碧玉为之蹲龙纽。
天子信宝以命殊方；青玉为之交龙纽。
敬天勤民之宝以敕觐吏；白玉为之交龙纽。
制诰之宝以谕臣僚；青玉为之交龙纽。
敕命之宝以钤诰敕；碧玉为之交龙纽。
垂训之宝以扬国宪；碧玉为之交龙纽。
命德之宝以奖忠良；青玉为之交龙纽。
钦文之玺以重文教；墨玉为之交龙纽。
表章经史之宝以崇古训；碧玉为之交龙纽。
巡狩天下之宝以从省方；青玉为之交龙纽。
讨罪安民之宝以张征伐；青玉为之交龙纽。
制御六师之宝以整戎行；墨玉为之交龙纽。
敕正万方之宝以诰外国；青玉为之盘龙纽。
敕正万民之宝以诰四方；青玉为之交龙纽。
广运之宝以谨封识。墨玉为之交龙纽。

宝藏交泰殿，《会典》先所载二十有九，嗣经高宗纯皇帝考正排次，彻去重复，乃得二十有五。御制记云，定为二十有五，以符天数。

## 七月

**朔日(7月29日)** 午刻，邀张退庵在大生沪帐房便饭，并约丁子盈、贾颂平、吴寄尘、余硕士、张敬礼婿陪。

张府择定戊辰年四月十二日行结婚礼。

三时，大生纱厂董事会。

覆翟展成书。告张贤清以时局未能克期出发。

覆南陵义振会书。告筹募洋一千元，并告济生会放振，张贤清未能定期出发。

覆吴舜臣书。来函买济生丹、九元纯阳正气丸，已办就。售稻三百石，每石四元一角。南陵房租捐两月。梅笛清廿六日由陵至芜，俞峻韵由省返芜，欢迎张贤清。覆南陵振会函请转交。

送毛海珊缎寿幛、寿筵、糕、桃，全璧。初四日六十生日，复送，全收。

**初二日（7月30日）** 吴东迈来谭，假《灵岩山人诗集》。

致张菊生书。赠新印《朱淑真诗注》。

致李拔可书。赠新印《朱淑真诗注》。

致罗子经书。赠影印元刻《说文韵谱》《朱淑真诗注》。

致金颂清书。赠影印元刻《说文韵谱》《朱淑真诗注》。

致陈乃乾书。赠考贝纸印《朱淑真诗注》。

致褚里堂书。赠《朱淑真诗注》。

致宗子戴书。赠影印《说文韵谱》《朱淑真诗注》。

致瞿良士书。同上。

晚，至受古书店，取《冬生草堂文录》四卷《诗录》八卷《词录》四卷，《山右金石录》并《跋尾》一卷。高邮夏宝晋，咸丰元年刻本，价洋四元。初四日付讫。

退庵亲家赠其子妇胡漪如敬。书画扇叶。伯宣女公子。

**初三日（7月31日）** 晚，驱车游福州路。

**初四日（8月1日）** 函约陈乃乾明晨来谭。

致王富晋书。寄《朱淑真诗注》二部。

致陈绳夫书。寄赠《说文篆韵谱》《朱淑真诗注》。

古香斋代售汉钵，洋三十元。

赠刘健之《说文篆韵谱》《朱淑真诗注》。

覆吴舜臣书。志书由八月俞峻韵来取。峻韵回陵放急振。南陵县致安徽义振会乞振函寄还。

**初五日(8月2日)** 约陈乃乾来谭。曹广桢梅舫。来，未晤。

**初六日(8月3日)** 赠刘慧之新印《说文篆韵谱》《朱淑真诗注》。

致陈乃乾书。送托售时务书一千九百廿册，中文译书洋装四百余册，东文洋装三百余册，拟每册洋五分。赠乃乾《袁氏家集》《穆勒名学》《六朝墓志精华》《日游汇编》。初十日收到书价一百四十元。

世界红卍会合肥分会寄捐册募捐，函张一山，兑付捐洋二十元。

覆郭礼征书。收到积记丙寅息款一千八百十三元，又蒯利记四百七十一元五角。外六厘填股票靖记一千四百元，计十四正股；又蒯和记填股票四百元，计四股。息单未来。

致翟展成书。寄神功济众水四箱，仁济丹，藿香正气丸一箱，转交南陵吴舜臣。

致吴舜臣书。附另致展成函，取药品。

**初七日(8月4日)** 陈成叔来谭。

答拜曹同年广桢，梅舫。谭。又拜吴昌硕，因病未晤，昌老次子字子茹，于六月初九日病卒。东迈亦外出。

冯蒿盦丈于初六日未时作古，今夜十一时大殓，往吊之。

**初八日(8月5日)** 蒯援堂婿十周忌日，在净土庵讽经。

覆丁芝荪书。芝荪请印《玉台新咏》赵跋。

覆王君九书。寄赠《写礼庼遗著》《奇觚庼诗文集》，于瞿良士已函致，并绍介及代索书目。《奇觚室诗》前集及补遗各一卷，梓怡未交来。《奇觚室文集》请代印一部。

致瞿良士书。(赠《说文篆韵谱》《朱淑真诗注》)，并附王君九两函及书九册，代索书目。

致狄楚青书。促其画扇。

赠李元之《说文篆韵谱》《朱淑真诗注》。

**初九日(8月6日)** 三儿靖周岁。

至武仲平处，谭晋泰公司事。

至余节高处，商晋泰公司善后，余叔文已释出到沪，保金二千四百元。拟约韩少贞璧。至湾址，节高并邀酒叙，辞未入席。

晚，约林洞省夫妇及其儿女至晋隆西餐，洋廿一元。

狄平子覆书，赠香妃竹骨书扇，又为画扇。

闻夏辅宜、陈劭舟言展成书来，芜湖兵多，济生会振务调查从缓。

徽宁会馆通知上海特别市政局黄布告，查核会馆公所办事人员产业征信录、慈善收支余存，限十日具覆等，因约初十日上午在会馆商酌答覆。

晚，贞元会，补祝恽季申生日，未往，送分洋二元。

**初十日(8月7日)**　晚，至林洞省、李紫东处谭。

姚石子来书，赠：《佛三身赞佛一百八名赞广大发愿颂》，弘一禅师写。《一树梅花老屋诗》二卷，娄县姚济(原名大本，族裔姚光校印)。《金山姚氏二先生集》，姚前枢《红林禽馆诗词》、姚前机《井眉居诗录》二卷。《盟梅馆诗初稿》，金山女史姚竹心，姚光妹。姚节母何太君墓志铭。高燮撰文，李息书丹，傅専篆盖，姚光祖母。

**十一日(8月8日)**　石声侄来信，六侄女已于上月三日受刘世锟之子聘。

覆吴舜臣书。询上月廿四日寄书，并附覆盛彝斋书是否收到。商捐振款一千元交振会并放，请径自约定，或交县署，或交振会。子丹弟夫人昨回陵，托带赠毛燕一合、果脯二合。展成有信至济生会，请张贤清缓行。南陵得雨。询刘世琨同皋言何辈分。第七军李宗仁军到，南陵平安。租稻二十日左右可收割。

致郭礼征书。收到息单廿二纸，又蒯府二纸。新股收据未寄来。

覆陈绳夫书。赠中山图书馆竹纸印《科举三录》《四灵诗》。

沈骏声来谭。

**十二日(8月9日)**　李谦六翊煟。来，未晤。

晚，毛海珊约酒叙。海珊为毛韵珂之父，贾璧云亦在坐。

**十三日(8月10日)**　答拜李谦六，不遇。

三时，上海华商水泥公司第三十三次董事会，推李拔可董事长，商九月一号征收出厂税。

赠丁仲祜新印《说文篆韵谱》《朱淑真诗注》。

至古香斋，观宋张斗南琴。池内款字两行，右行“江左张斗南制”，左行“娄水石室秘藏”，均正书。琴名“养和”篆书。周少白题曰：“斗南翁名枢，南宋词人，多名作，盖精于音律者。子重琴友得此，宜乎心手俱谐，不同凡响矣。甲子新秋，少白氏。”镌隶书，下有“山阴周氏”方印。又有“大兴刘子重珍藏”长方印。按，子重名铨福，为宽夫先生位坦之子，藏书甚富，有宋刻《婚礼修要月老新书》《紫云增修校正礼部韵略》，皆奇秘。家有叠书龛，在京师广济寺，得河间献王君子馆砖，名其居曰“君子馆砖馆”，又曰“砖祖斋”。贵筑黄子寿彭年，其妹婿也。

李谦六函告，有友自姑苏来售藏石三种，为绍介：齐天统法晕造象，孙氏《访碑录》著录，郑叔问藏。齐天统朱明造象，吴清卿旧藏。唐程皓墓志铭。砖质，志盖全，江西出土。

**十四日(8月11日)** 晨，至福利公司。

李谦六又来，仍未晤。

覆翟展成书。贤清奉佛谕，立秋后勘灾。梅笛清要药品甚急。

覆吴舜臣书。寄来捐款一千元收条。陵红会药品迟退总会，告药品无便人带芜，大约迟三五日可带出也。

覆李谦六书。请以造象等拓本见示，当为绍介同好。

**十五日(8月12日)** 李谦六来谭。

覆杨瑞生、魏小辅书。淞园税契股东自理泰记附股二千元，代缴税洋四十元，送交瑞生取，有回条。

致华商水泥公司代总经理华润泉书。以息单四百五十七元五角八分，换给四百元加股收据，余五十七元五角八分收回，付洋四十元，代泰记垫缴淞园股分税契之用。

刘春雷德文，南陵人，刘朗山之子，北大学生，中华平民教育促进会总会农民报社记者。来，未遇。余节高介绍。

购庞莱臣《虚斋名画续录》四卷，价洋一元三角。

赠杨寿祺影印《说文韵谱》《朱淑真诗注》。

答拜刘春雷，未晤，晤余节高谭。

假陈乃乾沈涛、张岧、钟褎、赵坦四家集六册。

**十六日(8月13日)** 访夏辅宜谭。

至中国书店、来青阁小坐。

致方立之书。赠连史印《永嘉四灵诗》。为阚霍初交《阚氏故实》《髹饰录》。

刘沂生来，交麦租帐，除支用，缴洋一百五十三元零。

丁子盈亲家赠雪茄烟、四匣。金针菜。

**十七日(8月14日)** 朱亲家添孙弥月，往贺。

张啬翁周忌，玉佛寺讽经。

闻蒋介石昨日由宁至沪，宣言下野，当即乘江大轮到镇海，即往奉化。李宗仁任国民革命军副司令，胡汉民、叶楚伧、蔡元培、吴稚晖、钮惕生、陈果夫等均纷纷去宁。

陈淮生来，未晤。

访刘慧之，未晤。晚晤子丹弟、丁价侯。

**十八日(8月15日)** 访刘慧之、夏玉峰、沈燕谋谭。

覆阚霍初书。霍初赠《阚氏故实》(四册)、《髹饰录》。又赠方立之《髹饰录》，加以《阚氏故实》。覆赠霍初《永嘉四灵诗》。叶玉甫编道希师诗，寄陈子言辑本。

覆郭礼征书。收到六厘股息收据，靖记、蒯和记各一纸。

覆瞿良士书。谢唐处士顾崇倩志并盖，又明志七种。

致吴舜臣书。振济药品十六日玉峰带芜。朱府振款公堂三百，本房三百，亲家太太五百元。

晚，访周业勤谭。

**十九日(8月16日)** 送顾公度华丝布挽幛。

送李五老太太华丝葛素幛、素烛。

陈淮生来，请题扇。

叶焕彬之侄砺甫、定侯来,未晤。

陶子麟赠《杜樊川文集》廿卷《外集》《别集》各一卷,光绪二十二年,杨寿昌,影宋本。《大隐楼集》十六卷《补遗》一卷《附录》二卷。明嘉鱼方逢时著,潜江甘鹏云刻。

至中国书店,取八月十一日付讫。《震泽县志》三十九卷。乾隆十一年修,光绪十九年刻,倪师孟、沈彤纂,洋四元六角。

晚,都益处贞元会,补祝王叔雍六十生日。

**二十日(8月17日)** 晨起不适,邀林洞省诊。

致陈绳夫书。陈母十一日去世,寄奠分十元。

覆李从龙书。宝瑞臣六月二十八日六十生日,寄来征文启,从龙代赠《随庵从书》前编为祝,今寄赠《随庵丛书》正续编连史印本,托询吉林参、高丽参价值。

致王君九书。寄《瞿氏书目》、四世画卷题词。

致李审言书。谢赠游杭绝句。覆赠《永嘉四灵诗》。告影印《江苏金石志稿》。

**廿一日(8月18日)** 陶拙存来,未晤。

覆石声侄书。函告六月三日为六侄女受聘东城刘世琨之子。

覆吴舜臣书。前托丹弟夫人带赠毛燕果脯已收。询刘春雷家世。谭县长喜事,捐振一百元,另以喜幛一并助振。

晚,至来青阁取书,价洋七元:八月十四日付。《新安徐氏宗谱》《黟南横冈徐氏宗谱》《休宁石林徐氏族谱》《休宁西南门徐氏族谱》,乾隆元年徐禋修本。《三辅黄图新校正》 卷,武进庄逵吉,乾隆五十年刻本。李斯等《仓颉篇》三卷。孙星衍,乾隆乙巳刻本。

杨寿祺赠新印丁佛言《说文古籀补补》四册。

购《陵苕馆续刻》,洋三元:《正刻》系重摹《小蓬莱阁金石文字》。夏承碑、以下均道光廿三年仁和高学治双钩刻本。娄寿碑、刘熊残碑、华山残碑、纪幼碑。

**廿二日(8月19日)** 林洞省、杨云史均来祝淑畹寿。

胡伯宣来，未晤。答拜，亦未遇。

访吴寄尘谭。

答拜叶砺甫、定侯昆仲，以其伯父焕彬年谱及所著读书记相示。又观藏书，以宋本《韵补》、宋刻明印《临川集》、影宋钞《三续千文》、海源阁本，篆文改正书。《陈后山诗注》《韦苏州集》，均佳。又瞿忠宣家书、十通。奏稿十二折。两册，有钱牧斋跋，为雷氏藏，索六百元。前有孙子潇书首、禹之鼎画象，钱跋非题瞿册。

至中国书店，取：八月十一日付讫。《春凫小稿》，钱唐符曾，洋六元。《黑蝶斋诗钞》四卷。平湖沈岸登，洋四元。

**廿三日(8月20日)** 答拜陈淮生谭。答杨云史，未遇。

**廿四日(8月21日)** 娴女生日。

送网珊阁古玩铺开幕喜联。内云清常品定铭心，录元敬书成寓意编。

**廿五日(8月22日)** 为李五老太太襄题神主，题主官朱古微侍郎。祖谋。

至网珊阁，参观开幕。顺道往博远斋游筱溪、味古精舍席少卿两家小坐，少卿新得娍娌母敦，陈簠斋故物也。

覆汪筱岩书。谢赠燉煌石室唐人写经卷，并其尊人次岩先生七十像图、二友图。覆筱岩论龙舒净土，不及杨仁山能会其通，鄙意仁老示人初学课本注，可得进修之法。其礼拜入观，亦得净土之旨也。二友图自题二百十言，当先编入《安徽诗征》中。覆赠董文敏山水卷，德砚香旧藏，辛亥三月王孝禹(瓘)曾题。

王富晋来辞，回北京。

**廿六日(8月23日)** 午刻，约王富晋至晋隆西餐。

至中国书店，取：八月十一日付讫。《雪堂所藏金石文字簿录》，实二元五角。《振绮堂书目》四卷，实二元五角。《秦书集存》，天津华学涑，实一元五角。《魏三体石经录》，潢川吴宝炜，实一元。《观堂外集》三卷，王国维，上卷《流沙访古记》，中卷《丙午以前诗》，下卷《人间词》，实八角。《筠轩清閟录》二卷。董其昌，钞本，陈眉公序，洋二元六角。

至邹云峰店，装潢明万历题纸。取《泰山廿九字》拓本，整幅中字有损蚀，议价洋二百四十元。

闻庞芝阁《信行禅师碑》，何子贞旧藏，同《罗池庙碑》并称孤本，惟《信行禅师》翁文端亦藏有一本，《罗池庙碑》初为刘健之所得，后归罗叔言。蒋縠孙以六千元得之，李木公、李萼楼说合也。

闻何星叔以家藏《张黑女志》售于秦䌹孙，议价六千元。方玉山来，未晤。

**廿七日(8月24日)** 曹梅舫、郭谷贻两同年，褚礼堂、余峙莲先后来谭。梅舫观屈宛仙小象，峙莲商法云寺筹办收容所经费也。

邹云峰《泰山廿九字》损字太多，还之。

杨寿祺赠新印《泉币图说》六卷，为泾县吴文炳，鸾。纂辑，嘉庆五年刻本。

晚，都益处贞元会，补祝恽瑾叔生日。

**廿八日(8月25日)** 访胡伯宣、吴寄尘谭，坐中有龙梓修。

答拜郭谷贻谭。又拜方玉山，未晤。

上海县县长江家瑂来，号眉仲，婺源人，国民革命军总司令部参议。未见。

**廿九日(8月26日)** 挈崇儿至鲍承良家就诊。

闻孙传芳军队已渡江至栖霞龙潭。

报载，安庆省政府迁至芜湖，何健军队移安庆，谭延闿、孙科至宁会议。

## 八月

**朔(8月27日)** 拜江家瑂，不遇。

访宗子戴谭，赠新印《说文篆韵谱》《朱淑真诗注》。

访刘翰怡，未晤，留赠《说文篆韵谱》《朱淑真诗注》。

访吴寄尘、胡伯宣谭。

闻孙军在扬一部渡江至镇江。

晚，同李紫东观影剧。

**初二日(8月28日)**　舜臣来信，石笙侄之六妹系受聘北门刘氏，非东门刘氏也。报灾田除峨岭约二百亩。

**初三日(8月29日)**　余峙莲来，以南京慈幼院建筑疗病室付洋五百元，盐业银行支票签字。

晚，至古香斋观新出土洛阳出。卣尊二器，文曰"作父□□□□"①。文同红绿斓斑，甚佳。

**初四日(8月30日)**　访刘翰怡，未晤，留董醞氏《纪元书》，证明《纪元韵览》确系章实斋所著。

访夏辅宜，未遇。

访瞿良士谭，良士赠《瞿忠宣遗像册》。

访吴寄尘谭，坐中晤李耆卿、吴蕴斋。

访周业勤谭。

至中国书店、来青阁小坐。

**初五日(8月31日)**　陶拙存、胡伯宣先后来谭。

晚，挈崇、永两儿至新中央，观影剧。

**初六日(9月1日)**　天气甚热，寒暑表升至九十一度。

覆王富晋书。寄售《说文韵谱》《朱淑真诗注》各五部。

**初七日(9月2日)**　送冯蒿丈华丝葛挽幛、挽联。

覆章一山书。为其友人书寿字小幅。

访胡伯宣谭，观所藏书画。

**初八日(9月3日)**　至永安、先施两公司物华厂。

陈乃乾来，未晤。代售《闺秀词》。

吴蝶卿来谭，以宋元明本书籍估值。

昨，蒯若木自大连来谭。

**初九日(9月4日)**　吊李母邓太夫人。

答拜蒯若木，不遇。

---

① 原文如此。

午刻,都益处贞元会,补祝陶拙存生日。

覆陈绳夫书。收书款洋二十元,又收退《玉台新咏》《随庵丛书》。

**初十日(9月5日)** 同宗子戴访叶砺甫。

覆吴舜臣书。租稻何日开秤,最好得价,零星出售,随时汇款,请临时作主。

访胡伯宣谭。

至中国书店、来青阁小坐。

**十一日(9月6日)** 贺吕宋廷嫁女,送华丝葛喜幛、烛。

至红十字会,捐掩埋费一百元,晤庄得之谭。

至大生,晤吴寄尘、胡伯宣谭。

结付中国书店秋节书款洋三十八元九角。

**十二日(9月7日)** 贺丁子盈亲家生孙之喜。

周业勤来谭。

**十三日(9月8日)** 午刻,冯漱桐请知宾酒。

**十四日(9月9日)** 刘慧之来谭。

至来青阁,付书洋七元,收售《玉台新咏》八元。

收大照公司董事费八十两。

叶砺甫来,未晤。

**十五日(9月10日)** 贺陈贵阳师暨鲍承良、鲍子丹节禧。

晚,挈儿女辈至新中央,观影剧。

**十六日(9月11日)** 吴蝶卿以内府藏宋本《列子》乞棻定,此明刻也,阅签题为徐固卿物。

**十七日(9月12日)** 同乡公祭冯梦帅,推余主祭。

访周业勤,谭柏烈武军队在合肥勒捐。

**十八日(9月13日)** 吊冯梦帅,并为知宾。

**十九日(9月14日)** 都益处贞元会。

刘十枝来谭。

**二十日(9月15日)** 刘健之来谭。袁体明来,未晤。

高吹万燮。约至中央西菜社西餐。

至中国书店，取十二月除日付讫。《噙椒词》一卷。江山刘毓盘，光绪己酉刻本，洋二角。

丁仲祜来书，交还前借《说文引经异字》，并赠新著《陶渊明诗笺注》四卷。

**廿一日(9月16日)**　昨仲祜赠所注陶诗，今作书谢之。

覆李从龙书。托购葆大号(三五)移山清水参五两，(一二)恒兴东记移山参五两，附致王富晋函，付洋三十元。

致王富晋书。请付李从龙洋三十元。

覆郭礼征书。收到董费、花红费。

覆吴舜臣书。初四日来信，南陵连雨数日，迟稻被灾，佃户请勘。十军军队初八过陵，卅六军十一日来陵一师。

覆吴元松书。十四日来信，云舜臣初七八日下乡勘灾，受暑回城，至今未愈。仓房初五日开秤。

致陈倬斋书。询平安。

覆王君九书。谢寄《奇觚室诗文》四册。

昨任心白来，今又来，均未晤。

**廿二日(9月17日)**　魏梅荪来谭。

袁体明、励宸。林渊叔之荪，怀远。来，均未晤。

体明以宋刻《仪礼》白文，半页十行，行二十字。元刻《玉海》元印本，未修补。相示，均善本也。

**廿三日(9月18日)**　昨夜接王迪成讯，借付伊子道一洋二百卅元。今来，未晤。遂送川资五十元。

**廿四日(9月19日)**　晨，冯梦帅灵榇寄厝平江公所，往送之。

**廿五日(9月20日)**　刘烈卿来谭。付陈器之拓画铜器洋四十元。

李木公之夫人廿二日五十生日，补送素筵票十元，另沙酒二瓶。

函木公，假散盘拓本，一阅即还。

朱亲家之母熊太夫人廿六日九旬冥寿，送陶乐春十元席票、烛券。

**廿六日(9月21日)**　至朱府行礼。

至大东书局，访沈骏声谭。

晚间小有不适。

**廿七日(9月22日)**　贞元会，梦坡值会，未赴，送份资一元。

致周梦坡书。荐徐立德护运事。

覆王迪成书。告给其子道一川资五十元。

致翟展成书。附王迪成讯。

覆金甸丞书。谢赠《梅里续志》。假阅《鹤洲残稿》二卷。

**廿八日(9月23日)**　至余伯陶处诊方。

至中国书店，取十二月除日付讫。胡甘伯书《说文部首》。同治丙寅溧阳王晋玉刻本，码洋二元四角。

至大生，闻张退庵亲家同敬礼婿来沪，遂往晤谭。

陈少舟同其侄少峰来，未遇。少峰先寄《西湖游记》。

阅《江宁府志》卷五十二《金石志·重修清源真君庙碑》，分书，碑在江宁雨花冈三茅行宫内。将仕佐郎宁国路南陵县主簿李桓撰，元至正二年岁在壬午三月十九日立。是李桓于元至正曾任南陵主簿，县志职官未列，书此备考。

**廿九日(9月24日)**　挈崇儿拜张退庵亲家。

答拜陈少舟暨侄少峰谭。

送丁子盈亲家生孙礼，收银器二匣、针黹、四色。

晚，李木公约晋隆西餐，木公因病未至。

**三十日(9月25日)**　吴元松来讯，舜臣病渐愈，谭大临县长去任，三十六军刘兴委曾泽芬味腴，湖南益阳人。于十九日任事。自四师暂编。来南，兑出中央券一万七千元，摊入亩捐，用累进法。地方平安。

## 九月

**朔日(9月26日)**　至子丹弟处谭。

晚,至太平寺,同印光法师、王一亭、魏梅荪宴慈幼院同人。

**初二日(9月27日)**　函余峙莲将佛教慈幼院经费壹千元、筹备会经费壹百元盐业银行支票签字盖章。又取新票簿条,亦盖章。

周业勤来谭。

王幼农、李耆卿来,商明万历本《闺范》有图。重印,耆卿认印五百部,又交张幼山认印一百六十五元。

退庵亲家来书,云及敬礼婿愿习英文,随挈崇儿往晤英文教长,并告退老邀同敬礼婿前晤英教长。

吴元松八月廿九日来讯,昨又到十三军一师,捐款不已,仓房增请二人收租,现收租约二千石左右。舜臣病渐愈,未能起坐。

**初三日(9月28日)**　至余伯陶处诊方。

**初四日(9月29日)**　至鲍承良处诊方。

宗子戴来谭。

**初五日(9月30日)**　刘健之来谭。

蒋毅孙祖诒。七时招饮于陶乐春,以病辞。

赠李耆卿翁书《金刚经》十册、《果报类编》二部、《格言汇编》《人身关切要书》各一部。

赠王幼农翁书《金刚经》、《果报类编》《格言汇编》《人身关切要书》各一部。

**初六日(10月1日)**　至鲍承良处诊方。

**初七日(10月2日)**　函覆李耆卿,商印《闺范》。

**初八日(10月3日)**　至鲍承良处诊方。

访夏辅宜,未值。

访倪远甫、杨咏秋,辞重九登高之约。

函吴仓石、周梦坡、诸贞壮、狄楚青、姚虞琴,辞重九日华安公司八楼登高之约。

**初九日(10月4日)** 李耆卿同周业勤来,商印《闺范》,并将全书交来。又交助资印光法师五十元,真达师三十元,焦乐山十元。

函业勤,赠金石拓本廿四种。

覆陈绳夫书。收书价十五元,并退寄售书八包。

**初十日(10月5日)** 大生纱厂董事联合会。

至鲍承良诊方。

至鸿宝书局,交《闺范》二叶影样。

答拜李耆卿谭。

**十一日(10月6日)** 晨,至林洞省处就诊。

致丁子盈书。辞功德林酒叙之约。

覆刘公鲁书。收回顾氏《印薮》。赠影印《朱淑真诗注》。还汉故颍川郡太守陆君之遂志拓本。

覆华商水泥公司书。询新加之四股填给何记,覆以统填积记一户。

覆吴元松书。八月廿七讯,谭县长出走,三十六军长刘兴委曾泽芬任事。廿九日讯,仓房加请二人照应。九月五日讯,地方筹饷田亩捐十分之七(百亩以上起,捐千亩田者加倍),商店捐十分之三,城乡一致照派。租收三千百余石。

致吴舜臣书。元松来讯,病已愈,惟体弱艰于行动。

致陶子麟书。子麟赠《杜樊川集》《大隐楼集》,谢之。寄赠连史印《永嘉四灵诗》四部。

**十二日(10月7日)** 陈乃乾来谭,赠康熙孟璟刻《玉台新咏》。

覆李从龙书。从龙欲得泰属总场长,告以丁少兰业已去淮运司任。

覆周叔弢书。谢叔弢赠《屈原赋注》。谢季木赠汉居巢刘君墓中镇石及石羊(寿州三人集出土)、井汉小子碑。今覆赠叔弢《阳春白雪》、季木《玉台新咏》,又张通妻陶志二本,分赠叔弢、季木。陶子麟刻书已绍介。瞿良士书目并函寄叔弢。

陈乃乾购得通州刘邦鼎字石臣,道光间任南陵知县。《遂初斋文集》板片,借阅书样,录文二篇,备补县志之遗:县志误顺天通州人。《南陵水利志序》《南陵泰丰圩堤埂告成碑记》。

**十三日(10月8日)**　至余伯陶家就诊。

覆丁芝孙书。芝孙寄所著《常昭金石志稿》。寄印《玉台新咏》跋四叶。赠连史印《永嘉四灵诗》。

至中国书店小坐，取《漱玉集》五卷。大兴李文裿辑本。

袁体明来，未晤，留阅明重校正《唐文粹》一百卷，卷末有“姑苏后学尤桂、朱整同校正”二行，又“嘉靖甲申岁太学生姑苏徐焴文明刻于家塾”一行。有明人朱笔记二行，嘉靖丙辰岁，青阳镇坐楼轩阅讫。又有袁简斋朱笔记二行，乾隆丁亥十二月袁枚阅讫于金陵之随园，盖去嘉靖丙辰者二百余年矣，呜呼。又有袁兰村朱笔记五行。嘉庆戊辰夏仲，袁通读□于小仓山房，盖去先君子所记时，又四十二年矣。先君子以戊午岁联捷，旋出宰江南，以戊辰岁乞养□不复仕，时春秋甫三十有三[①]。今通生三十四年，田园就芜，学业不进，干禄未遂，出处俱非，题此汗浃于背。书品宽大，棉纸初印，惜稍蠹蚀。中有朱笔圈点，审其朱色，殆随园笔也。

**十四日(10月9日)**　昨晚，淑畹忽寒热两次，延林洞省诊，热度一百零四度。又延余伯陶诊。

刘健之、任子木先后来谭。

任子木以宋人写经白麻纸。托售，盖蒋香生故物也，有初彭龄、沈肃庭、寿松堂藏印，又粘有又至元五年江孝忠书附片简，香生有跋，引《韵石斋笔谈》“斗书藏经”一则。

首叶前二行：

江宁府句容县崇明寺大藏□巨□一十八纸

大般若波罗蜜多经卷第五百二

(句容经藏禅寺斗书毗卢法宝)[②]

---

① 本句中“□”均原文如此。

② 此为印章。

末叶七行：

大宋元祐五年岁次庚午七月初六日起首写造，姑苏李訮书

刘　慷　比证

徒弟僧　法陆　法兴　景初　守象

勾当写造僧　　守明

阁　主　僧　永真

都劝缘兴教禅院住持传法沙门　清济

当县郭下延宾坊制置里奉佛弟子江舜臣谨舍粘片。中有“佛日增辉法轮常转”八字朱文长方印。

本县来苏乡西锁山咸和里信女孙秀七娘丁亇午十一月二十二日子时建生喜舍金妆经函一面恭入。

大藏装严法界祈保身安寿永福集灾消世世生生常亲佛会者，化士江孝忠书。

又至元五年己卯孟秋吉日劝缘高秀发寺住山永寿题

胡幼腴同年思义。来谭。

**十五日(10月10日)**　答拜胡幼腴、袁体明谭。

拜张退庵亲家谭，并晤吴寄尘。

至鸿宝斋，观印《闺范》样本。

约余伯陶、林洞省为淑畹诊方。

**十六日(10月11日)**　旧藏王小某绘桦冠子像，今阅同治《上江两县志》艺文类：纪青有《桦冠子集》，明崇祯间人。当即其人也。

昨天气极热，寒暑表升至九十度零，今忽骤寒，可御棉也。

晚，林洞省来视淑畹疾。

**十七日(10月12日)**　晨邀林洞省来，为淑畹视疾。午后，延余伯陶诊方。

南通通明电气公司送常务董事洋壹千三百元〇〇一角三分三厘。计壬戌六月至癸亥五月止，薪水三百六十元，又花红四百八十五元四角五分；又癸亥六月至十二月止，薪水二百十元，又癸亥花红二百四十四元七角三分三厘。

**十八日(10月13日)**　至大生，晤退庵亲家，述通明送款歉忱，并晤吴寄尘、章静轩、江知源、于香谷、高楚秋。又交寄尘《闺范》印样、怡大纸样，转李耆卿。

拜周业勤，未晤。后业勤来交《闺范》印样、怡大纸样，业勤垫付五百元。

张退庵亲家来，不遇。

至怡大纸号，议购乾泰茂京庄连史，每件十六元二角。

**十九日(10月14日)**　先母秦太夫人忌日，设祭。

夏辅宜来，告济生会诸善士捐助芜湖育婴堂经费一千元。内丁价侯四百元，陈少舟二百元，陆维镛二百元，张贤清一百元。

南通大达内河轮船公司汇洋一千五百元。

延余伯陶为淑畹诊方。

鲍承良病稍愈，来为淑畹诊方。

过福州路锦文堂书店，购：《春秋朔闰日食考》二卷，宋庆云著，光绪七年刻本。《读书做人谱》。龙炳垣辑。

**二十日(10月15日)**　庞性存来谭，交印光法师《闺范》序。又吴舲荪认印壹百部，关絅之认印二十部，又郭镇东十元，周守良二十元，王幼农、庞性存各十元。

访李耆卿，未晤。

午刻，赴都益处贞元会，李凤池值会。

**二十一日(10月16日)**　李耆卿来谭。

朱云卿来谭。

余峙莲来，未晤。签慈幼院付洋一千元支票。盐业银行。

冯氏送蒿盦中丞遗嘱影印本。

覆华商水泥公司书。寄填写印鉴二分。

致吴寄尘书。附通明电气公司、大达内河轮船公司汇款收据二纸。

致上海县江眉仲书。辞明晚六时一枝香西餐之约。

覆陶子麟书。谢赠黄陂萧氏仿宋嘉祐本《黄帝内经太素》三十卷。

蔡伯仑赠鹿港香,索书赠诗,于十六书成送之。

**廿二日(10月17日)** 昨午后忽发寒热,夜间遂大病,延林洞省、鲍承良、余伯陶诊。至兼旬始能坐卧,未能复原也。

琐事记忆不明,约略记之。

章一山、刘健之、吴寄尘、丁子盈、蒯若木、周业勤、张敬礼婿先后来视疾。

吴寄尘来函,属绍介苏州姚君小陶之子心源到沪行医,列名登报,覆书允之。

童心安赠新印玻璃版《王渔洋致林吉人书》。

覆书谢李拔可讯疾。廿六日。

上海水泥公司董监联席会议,函请拔可代表。廿七日。

覆刘宝生书。书来借款,婉言谢之。廿八日

换上海水泥公司加股四百元股票。

## 十月

**初三日(10月27日)** 李审言来书,赠虾子、虾米,并绍介曹晓墅树桐,盐城。来见,有阮文达据明黄正色本《太平御览》倩何梦华、严厚民依宋刻及影钞宋本用朱笔校改,钤有浙江巡抚关防,鲍刻未据阮校。又宋刻《通志》有元补板。出售,书旧藏歙人宋氏。

**初五日(10月29日)** 曹晓墅来,因病,命崇儿见之。

**初六日(10月30日)** 重宁寺雨山老和尚来谭,赠吕柟字册、绸幛、烛、爆,次年璧还。祝余六十生日。

为李耆卿诸君印《闺范》,购怡大纸号永安街。乾泰茂京庄七十件,每件十六元二角,共付壹千壹百卅四元,于初四日付讫。

**初十日(11月3日)**　覆王迪成书。书来借款，银二千两或三千元，婉言谢绝。

**十一日(11月4日)**　致大嫂书，请来沪。

覆翟展成书。书来乞募芜育婴堂捐款。

付南方电气公司装电灯费一百四十五元。

**十二日(11月5日)**　李木公纳子妇，送红缎喜幛、烛、酒、爆，又堂礼八元。

付戴春记订作廿五元。

**十三日(11月6日)**　朱云青来荐尹聚兴。

**十四日(11月7日)**　大嫂由扬来。

午后二时许，上海微雪，约三分钟，吴淞于一时许亦雨雹。

覆童心安书。谢赠《王渔洋致林吉人书》影印本。覆赠《说文篆韵谱》《朱淑真诗注》。

覆陈绳夫书。来书赠宋本《唐文粹》(卷廿七下至二十九)一本、残明本《经史海篇直音》一本、新印戴东原三种《墨子哲学》卷十一本，又来书为其友张君索《朱淑真诗注》。寄赠张君《朱淑真诗注》。

**十五日(11月8日)**　覆吴蝶卿书。前来书借《灵岩山人诗集》九册，今作覆寄借。

致吴舜臣书。石笙侄来书，为六侄女廿四日赘婚。今覆以不克回南主婚，函请转送并送奁资廿元。

覆石笙侄书。

再致王迪成书。书云覆函未到，仍持前说，再拒绝之。

夏辅宜来，未晤。

**十六日(11月9日)**　珊网阁请酒，谢之。

访李木公谭。

朱府送家具单来。

覆顾鼎梅书。鼎梅赠其祖手书《杜诗注解节钞》二部，谢之。询北齐天保六年乙亥八月碑一种，非高翻碑。

覆李从龙书。九月十四日来书，现为太原中国银行监理专员。告近两月病状，南陵不能接济情形。

**十七日(11月10日)** 顾鼎梅来，未晤，留交齐高藩碑。非高翻。

覆任心白书。书来告慈幼院进行情形。

覆刘公鲁书。初八日来书，还前借《扬州画舫录》，今赠之，又赠《嵩洛访碑日记》。

覆徐仲可、夏剑丞书。辞廿二日酒叙之约。

寄张虎臣素绸幛。

汪筱岩寄赠新编《旌德板桥汪三晖堂家乘》二册。

马梅生内弟来。

**十八日(11月11日)** 报载，蒋介石由日本至沪。

拜冰人张印渠、朱云青谭。

答拜夏辅宜谭。

拜岑靖恂，不遇。

至鸿宝斋印书局。

覆徐仲可书。仍谢廿二日招饮。

**十九日(11月12日)** 大生送来李耆卿印《闺范》洋二百元。

**二十日(11月13日)** 萧子文来谭。

午后，就余伯陶诊方。

**廿一日(11月14日)** 冰人张印渠来答拜。其濬，曾任安徽东流、全椒、涡阳、蒙城各县，绍兴人。

覆丁芝孙书。寄印《玉台新咏》陈玉父跋三纸。

致瞿良士书。附芝荪讯。

致刘十枝书。代补印《桐旧集》卷七、卷十九、卷廿，共三卷。

覆杨宝忠书。慰其子被盗劫受损失。

**廿二日(11月15日)** 萧子文来谭，留午饭。

冯漱桐同年圻。来，未晤，留赠所著《于湘诗草》。

**廿三日(11月16日)** 夏辅宜来谭。

覆王迪成书。书来减借壹千元，仍辞绝。

**廿四日(11月17日)** 为崇儿纳采，大冰张印渠、朱云青，陪冰刘健之、任子木、萧子文、丁筦荪。

李木公、舒敏芝来贺。

**廿五日(11月18日)** 拜朱云青，未遇。又拜张印渠，交大开门四百元、小开门八十元，请转送朱府。

拜舒敏芝、蒯景参、蒯若木谭。又答萧子文，不遇。

覆石荪侄书。杨家山树木。

倪远甫出险来谭。

岑靖恂来答拜，未晤。

付张秉生拓碑裱碑洋十元，交马祖武转。

送席少卿嫁女老九章礼券十元、烛一斤。

**廿六日(11月19日)** 答拜倪远甫、李木公、还喜事帐。丁子盈、吴寄尘，均未晤。

方立之九月杪来，因病未晤，今答拜，亦不遇。

拜顾鼎梅谭，鼎梅来书属序其尊人读书记，辞不获已，并交代购碑志洋七元七角。

访退庵亲家谭。

张印渠来，询回门日期。

刘慧之世兄子康兄喜期，送红华丝葛幛、江西花爆，收。

**廿七日(11月20日)** 送周紫珊红华丝葛幛、烛。

答拜周业勤、庞性存谭。

**廿八日(11月21日)** 朱府送妆。

**三十日(11月23日)** 吴舜臣之长子元佩、字显谟。次子元松字逸之。由南陵来。三子名元柏，字寿人。

## 十一月

**朔日(11月24日)** 丁筦荪、任子木先后来谭。

王富晋寄新印《天壤阁丛书》。连史纸印，十六元。

**初二日(11月25日)** 覆族人兴泰、国宝、世清、守本书。杨家山先伯父光禄公茔地树木为佃私伐，伊等藉端索款。石笙请客，辉廷不与问，世珍未到，系三房海三公支下诸人，炳宗同谋。

**初三日(11月26日)** 为崇儿授室，酉初合卺。

**初四日(11月27日)** 约丁笕荪来谭。

致族祖兴和书。请调解族人藉杨家山伐树事滋闹，函交吴逸之带回南陵。

**初五日(11月28日)** 崇儿同新妇归宁。

今晨，吴显谟、逸之昆仲返南陵。

**初七日(11月30日)** 任心白来，商南京佛教慈幼院筹备会改组，定名曰佛教慈幼院院董会，南京所在地设立分会。拜冰人，并谢来宾。

**初八日(12月1日)** 拜退庵亲家，并谢来宾。

致刘健之书。初九日贞元会，预祝刘锡之生日，不克赴，交洋二元。

致刘十枝书。送补印《耆旧集》三卷。

吊吴昌硕之丧。昌硕于初六日逝世。

朱鸿度三亲家明日八十冥诞，送绸幛、烛。

刘葱石内弟明日周忌，送筵票、八元。烛票。一斤。

**初九日(12月2日)** 至玉佛寺，庆鸿度亲家冥寿。

至葱石家中行礼，其子尚高卧也。时届午刻。

朱二十一兄名锡桂，字犀禅。迁入新居，贺之。

**初十日(12月3日)** 答谢来宾。

致张孝若、汪甘卿、刘翰怡、朱韵笙谢函。

覆李审言书。审言赠虾米、虾子，谢之。寄《江苏金石志》题词，七绝一首，不佳。

南陵张仲仙、陈夺声、胡镛坤、杨芷青、陈海汇公函，调解族人藉杨家山伐树索款事，拟以工山区灾募款移助，当函告舜臣，此家事未能捐募。后助二百元了之。

**十一日(12月4日)**　函谢章希瑗、陈清源、徐卓卿、郭礼征、郭肖廷、冯光久、陈懋之寄喜幛。

**十二日(12月5日)**　寄陈辅青之夫人素绸幛。进移、墨移之母。

覆曹靖陶书。靖陶名熙宇,徽州人。赠《玉台新咏》。

覆汪筱岩书。谢寄新印《汪氏家乘》。

致冯光九书。贺十九日六十寿,送红花缎幛、寿联。夫人周氏。

函谢张祝秋、尹润生、萧子文送喜幛。润生为其长子谋事。附赠润生连史印《永嘉四灵诗》。

**十三日(12月6日)**　送袁伯夔室人徐氏素绸幛。

**十四日(12月7日)**　答谢来宾。

朱砚涛六十冥诞,备果盘、烛往庆之。

吴东迈嫁女,送奁敬四元。

吴显谟、逸之昆仲函告,初八日安抵南陵。

鸿宝斋书局报告,工人因加资罢工。

**十五日(12月8日)**　小病。

刘健之来谭。

夜十一时,半月蚀。

南陵邮汇来洋一百元。

**十六日(12月9日)**　冒鹤亭由如皋来谭。

南陵又邮汇来洋一百元。

**十七日(12月10日)**　答谢来宾。

至来青阁,请杨寿祺代做染湖色书衣,连史纸面,京方纸底,十一刀,足数约每百张三元六角。又商让宣纸印《桐旧集》,一部约五元。

至受古书店,付书价洋五元:《湘烟小录》《香畹楼绮语》《梦玉词》,陈裴之孟楷,原刻本。《群芳小集》。麋月楼主撰,即山阴王诒寿眉子。

南陵来讯,第十军王天培部投归程潜在宣城兵变,有窜陵讯。

致曹木如书。为大女分析事。

**十八日(12月11日)** 答谢来宾。

余峙莲来,未晤。

覆陈镜清书。镜清为马兰生说助三百元,今汇五十元。

覆王富晋书。寄来连史印《天壤阁丛书》一部,售洋十六元,另收入来往册。

至中国书店,取:十二日除日付讫。《字鉴》五卷,元李文仲原本,许梿校正,朱传瑚参校,道光五年研经书塾本,洋十二元。《唐宋五家宫词》。春星草堂重校本,洋四元。

**十九日(12月12日)** 午刻,赴贞元会。

访退庵亲家,未晤。

至味古精舍,晤席少卿谭。

南陵又邮汇洋五十元。

余峙莲又来,仍未晤,留阅任心白十四日来函,索汇慈幼院增设医室建筑各费,并趸购米石洋一千五百元,又盐业银行支票三号。一百元、四号。一千四百元签字。

又交阅院董会章程草案,并江宁县民政厅覆备案稿。金陵组织院董分会,心白函云,晤梅老再为进行。

**二十日(12月13日)** 函余峙莲,签盐业支票一千五百元。

午刻,赴倪远甫、杨咏秋酒叙之约。

大女汇来喜寿分洋二百元,交淑畹收存。

**廿一日(12月14日)** 答谢来宾。

访刘健之谭。

**廿二日(12月15日)** 答谢来宾。

南陵又邮汇来洋五十元。先后共三百元。

**廿三日(12月16日)** 李耆卿来谭。

**廿四日(12月17日)** 至中国书店、来青阁、古香斋小坐。

**廿五日(12月18日)** 至新中央,观影剧。

**廿六日(12月19日)** 徽估张君来售明拓《李含光碑》,乾隆前石碎为四十八块。存字一千三百余，较原文仅阙百余字，生、门。门、人。人、中。子、韦。韦、渠。采接。等字均改刻，与李春湖藏宋拓本同，前有梁闻山巘。跋并题签。

访刘健之、褚礼堂，以《李含光碑》相示。归来复以缪艺风所编《江苏金石志》录乾隆拓本相较，此本字较多，然细审纸为白棉纸，明制也。

乾隆壬子石存二十二片，四面刻字。拓到六十纸，得字一千四十余，完全者七百六十六字，残缺者正面三百六十一字，右侧八十六字，背面三百三十三字，左侧五十九字，共残缺八百三十九字。节汪志伊记。

同治丙寅遵义赵崧于句容访获是碑，碎石大小十五石，通计全半字百九十七，今又逸去三小石，计十五字。壬申甘泉张肇岑又获二石，移入句容学宫，共二百七十九字，校乾隆汪稼门所获，犹不及半耳。《经眼录》莫绳孙注。

按今砌于学宫，并汪稼门补刻在内，复刻小字碑文石一𡉏，今亦折为三矣。《江苏金石志》缪荃孙注。

**廿七日(12月20日)**　张估来议《李元靖含光。碑》价，以四十五元得之。

覆李从龙书。请由沪回京，京寓需款，当为垫款。

覆汪启我书。告秋间病况并南陵秋租情形。

覆陈倬斋书。告秋间病况并崇儿授室，南陵秋租情形。

覆任心白书。谢赠飘儿菜。

覆张祝秋书。请重书《一亭考古杂记》书衣。

致魏梅荪书。请题《闺范》书衣。

**廿八日(12月21日)**　访张退庵亲家谭。

闻吴寄尘言，通海逆党有向退老诈款之谋。

四时，周梦坡招集消寒会于晨风庐，到者徐仲可、陶拙存、恽季申、恽瑾叔、陈匪石、王莼农，未至者金甸丞、夏剑丞、潘兰史、姚虞琴。

族人以余六十生日立扁于宗祠，文曰“德诏后昆”，邀吴舜臣、方指高往汤村参观。

**廿九日(12月22日)** 祝梦坡生日，午刻，留素餐。

访恽季申略谭，赠季申普洱茶。

至大生，访高楚秋谭。

贺蒋荃生炳熙。六十寿联寄南通寺街。

南陵汇来稻洋五百元，由通和丝栈王君交。

**三十日(12月23日)** 冬至，顾鼎梅来谭，属为其尊人勱堂先生读书记作序。

致余峙莲书。送丁卯年佛教慈幼院经费二百元。

刘畏之娶子妇，送华丝布幛、花烛。

鲍承良六十生日，送花缎寿幛、寿联、桃、面、烛、爆。

## 十二月

**朔日(12月24日)** 答拜顾鼎梅谭，鼎梅赠《襟堪藏扇初集》、玻璃版印。《魏郭显志》《魏元崇志》《魏元氏赵夫人志并盖》。金属版印。

访退庵亲家谭，赠玉烟壶。

覆徐行可书。谢赠《白苏斋集》《说文二徐笺异》，告熹平镜在沪出售，索值千元。

覆冯涵初书。谢赠木质寿星。

**初二日(12月25日)** 鲍子丹六十生日，送寿幛。

周渭滨嫁女，送绸幛、花烛。

**初三日(12月26日)** 刘健之送汉熹平洗绣画，贺余六十生日，收绣画。

蒯若木赠寿诗，其姬人智度另送份洋四十元，收二十元。

朱斗垣十七兄锡枢。来谭。

**初四日(12月27日)** 朱宸卿廿五兄、锡枫。道之、廿六兄锡柄。

来谭。

朱幼鸿之三侧室吕氏讣至，送素绸幛。

李仲絜嫁孙女，送绸幛、花烛。

覆王富晋书。富晋寄来《北山录》十卷（释神清撰，慧宝注）音义二卷（德珪撰），影宋熙宁刻本，洋十元。

覆陈一甫书。《四部丛刊》已函拔可，印齐运石埭。集资印《闺范》，询是否附印。晋泰公司武筱平去公司未回，俟四时再询情形。大有晋公司情形，寄尘已详覆西甫。

覆魏梅荪书。梅荪覆书商写书衣样。

覆张祝秋书。收到重题《一亭考古杂记》书衣。

覆曹靖陶书。赠曹学诗《香雪文钞》六卷，乾隆刻本。

覆曹靖陶书。靖陶赠曹文正手植红豆二枚，留其一。

覆周叔弢书。叔弢得宋本《简斋集》，属影钞外集。

覆褚礼堂书。礼堂索观《李含光碑》，覆以装池工竣请题。

致顾鼎梅书，附送鼎梅借书二种：《天下金石志》，于奕正，钞本。《山左访碑录》。胶州法伟堂容叔，宣统己酉山东提学署印，十二卷。

**初五日（12月28日）**　鲍承良六十生日，贺之。

**初六日（12月29日）**　李审言明正廿一日为子稚甫承祐。授室，邮寄红花缎幛。

访张退庵亲家谭。

**初七日（12月30日）**　潘叔玑来，未晤。以缎幛祝余生日，又为康世兄送磁三星糕、桃票相祝。

**初八日（12月31日）**　答拜潘叔玑谭。又拜朱斗垣、宸卿、道之，均未晤。

知交以文为寿，书以金屏十二幅，盖赵悔庵宗抃。作也，发起为张退庵、夏辅宜、吴寄尘、丁子盈。

福字份：张退庵、丁子盈、徐静仁、鲍心斋、柳芝庭、张孝若、刘健之、刘慧之、余节高、李木公、刘鸿生、杨瑞生、倪远甫、杨咏秋、吴寄尘、郭礼征，每份八元。

禄字份:方玉山、夏玉峰,每份六元。

寿字份:李耆卿、束劭直、章希瑗、江知源、章静轩、龚伯厚、吕鹿生、汪撷荀、桂仲庚、丁价侯、陈少舟、周业勤、陈卓甫、濮秋丞、余峙莲、庞性存、胡伯宣、翟展成、夏辅宜、赵蜀琴,每份四元。

喜字份。赵继椿、姚柳南、吴蕴斋、黄光益,每份二元。

**初九日(1928年1月1日)** 贞元会同人在都益处公祝余寿。

未刻,在大西洋欧菜馆余与朱府公请会亲。

兴和族祖、佩琼家银,炳宗子。族叔、珍三族弟、朝璋世珍。族侄、辉廷族孙由南陵来。

至中国书店,取:十二月除日付讫。《学古编》《闲居录》各一卷,元吾邱衍,乾隆丁酉吾氏竹素山房刻本,洋八元。《说文韵谱校》五卷,王筠,光绪十七年从孙甥刘家禾刻本,洋三元。《吕庐老人石鼓集联》,仁和王同伯集,双钩,癸亥印本,洋二元六角。《唐夫子庙堂碑》。宋王彦超覆刻本,丁俭卿、潘四农跋,洋十六元。

**初十日(1月2日)** 亲友族人为余预祝生日。

汪甘卿同年挈其世兄由苏来祝,赠诗四章、铜镜一座。

**十一日(1月3日)** 六十生日,亲友族人来祝,竟日款以素筵。

**十二日(1月4日)** 答谢退庵亲家谭。又答谢甘卿同年,未晤。

至新闻报馆,访福开森、汪伯奇谭。

**十三日(1月5日)** 兴和族祖、佩琼族叔、珍三族弟、朝璋族侄、辉廷族孙五时回南陵,午刻备筵饯别。

**十四日(1月6日)** 答谢贺客。

送吴昌硕幛烛。

至中国书店,取:十二月除日付讫。《宝书堂诗钞》八卷,上海褚华,嘉庆十六年刻本,附《水蜜桃谱》,洋四元。《朋簪雅聚》二卷。钱唐三然主人编,光绪甲午刻本,洋一元。

**十五日(1月7日)** 答谢贺客。

朱犀园之夫人梅氏十七日三十生日，送礼，收桃、面、款、字。

丁少生八兄乃澄。嫁女，送华丝葛幛。

吴树人之屏。嫁妹，送华丝葛幛、花烛。

昨，徐倬卿来，商扬州花园巷住宅梁杓君拟出售拆户，请其阻止，并请持平酌办。

**十六日(1月8日)** 刘沂生由扬来，交丁卯年尹庄蒋庄租帐，并租洋三百元零。

致徐倬卿书。交刘沂生持书往见。

致金甸丞书。甸丞假《经义考》卷一百卅六至一百卅九，共一册。

致顾鼎梅书。作《勴堂读书记》序，并缴读书记三册。

覆魏梅荪书。收到《闺范》书衣，已付印。

**十七日(1月9日)** 顾鼎梅来谭，鼎梅赠新印其祖郑乡先生手书《少陵诗钞》，又其叔父祖香先生《立懦斋外集》残稿。

南陵士绅赠寿序，文为张和声撰，尚不失桐城家法：撰文张和声，书文江宁杨大鈊。

| | | | | | | |
|---|---|---|---|---|---|---|
| 张　森 | 盛铭勋 | 俞树柽 | 杨福葆 | 方日升 | 梅聘棠 | 丁宝三 |
| 孙　鹏 | 陶藻华 | 汪河清 | 黄　劭 | 张燮梅 | 王镇祥 | 马正音 |
| 朱　焯 | 沈葆祺 | 张治礼 | 陈保治 | 陈景榕 | 刘承泽 | 桂云阶 |
| 牧鹏举 | 王雨霖 | 孙　奎 | 刘冠芳 | 余子襄 | 王得中 | 张镇原 |
| 陈一纶 | 王国煌 | 刘冠群 | 张维藩 | 姚国章 | 何西庵 | 牧树培 |
| 朱文炜 | 刘照芙 | 俞廷凯 | 刘裕昆 | 孙泽鸿 | | |

**十八日(1月10日)** 守侄孙聘卓小梅之女为室，冰人段、丁二君。

丁少生八兄嫁女，贺之。

贺许仲衡纳妾，送都益处十元席票。

朱蕊初十兄为子聘宜兴任氏女，令儿媳往贺。

陈子康世兄昌豫。送筱石尚书师七秩寿言。

至商务书馆，购《夷坚志》，预约价八元。又为恽季申购一部。

吴舜臣汇来稻洋壹千五百元。

**十九日(1月11日)** 张石铭于十七日作古，送香楮。

致金甸丞书。论明刻《尔雅翼》。

致恽季申书。代购《夷坚志》八元，退回四元。

致周梦坡书。公祝潘兰史七十生日，以病辞，送分洋五元，退回。

倪远甫生日，送绸幛、花烛，璧回。

李耆卿来谭，交《闺范》夹板，价一百五十元。计五百付，每付三角。

黄吉园由苏来，交明拓《李元靖碑》、乾隆拓《孔子庙堂碑》，付装池。

同戴春记议装订《闺范》，每部壹角六分；又加二分。《读史记十表》《一亭考古杂记》，每本壹分六厘。

**二十日(1月12日)** 贞元会，未赴会。

**二十一日(1月13日)** 答谢贺客。

访岑靖恂谭，赠马梅生一月分津贴十元。

贺倪远甫生日。

访慰徐静仁，丧子，未晤，送玉佛寺忏票十二元。

访庞性存谭。

狄楚青来谭，出示余四十生日王汉辅观察所赠八大山人画白描十六应真像、书《心经》卷子，此余于宣统元年浴佛日庋置焦山定慧寺者也。

王纪玉赠《常熟县图书馆藏书目录》。

致郑海藏书。为丁芝孙、王纪玉代请书联，又翼霄款一联，附笔润及磨墨费廿六元四角。

致吴舜臣书。寄分析田房产业单。

覆刘十枝书。十枝假歙人吴焜《鹤舫遗诗》，选入《安徽诗征》。

阅《夷坚支志》乙卷八，有徐南陵请大仙、南陵美妇人二条，当补钞，备采《南陵县志》补遗。

**廿二日(1月14日)** 刘健之来谭。

余峙莲来，以任心白函相示，慈悲医室竣工，签盐业支票一千元。

收西泠印社书价十一元四角。

**廿三日(1月15日)** 镇江大照电气公司送来靖记股票十四股，计一千四百元。当将前发收据退回，又蒯和记股票计四百元。代收。

覆徐仲可书。约廿五日消寒会，辞。王逸塘发起国风社，征诗，仲可代索。

致夏剑丞书。约廿五日消寒会，辞。

**廿四日(1月16日)** 上海水泥公司送丁卯年董事费二百元。

大照公司送年节董事费捌拾两。

李伯奇丧子，送挽联。

**廿五日(1月17日)** 至广和粮栈，访子盈亲家，未晤，留语索其家世，入吾家宗谱。

至大生沪帐房、中国实业银行。

致郭礼征书。寄蒯和记收据。

致朱峻夫书。退回印《江苏金石志》洋六十元。

致刘健之书。退回印《江苏金石志》洋七元。

致刘锡之书。退回印《江苏金石志》洋七元。

致李拔可书。询寄售书款。

覆陈一甫书。华成无办法寄乙丑议案。大赉情形，寄尘去通未能详悉。晋泰公司访武筱平，未晤。《闺范》已附印十部，现订十部，因书已印成，只得向他处商让，至一百部恐难分出，每部约一元三角以内，附寄认印书单。

覆刘十枝书。十枝借《咏怀堂集》影钞前后二序，余亦借十枝旧钞《阮大铖本末小记》报之。

**廿六日(1月18日)** 访武仲平、筱平乔梓，未晤。

访束劭直、江知源谭，坐中晤于香谷、高楚秋、夏辅宜。

致胡朴安书。赠《说文篆韵谱》《朱淑真诗注》。

覆陈乃乾书。赠王培孙《南陵县志》。

**廿七日(1月19日)** 至来青阁、蟫隐庐，晤谢光甫、宣古愚、秦曼青。

覆李拔可书。收到书款。

**廿八日(1月20日)** 收大丰公司二千二百四十元。

致鸿宝斋书。附《闺范》印价四百三十元。

致李耆卿书。附新装《闺范》六部。

覆顾鼎梅书。谢赠《少陵诗钞》《立懦斋外集》各二部,其尊人读书记系彰德解组时所著,于序中改数字以符事实。

**廿九日(1月21日)** 至忠厚书庄,收《艺海珠尘》价二十元。

至博古斋,结付书帐,洋十三元。

至中国书店,取《敬业堂集》五十卷《续集》六卷。查慎行,洋四十元。

致吴舜臣书。询送寿屏出名人某号。又写作笔资是否另送。每分派若干。辉廷来信借二百元,请设法劝阻。捐洋一百元是否城厢?抑系圩乡。原有每年散米一百元是否照放。附寄兴和屏联、辉廷楹联。前寄一鸣寿联,朝璋、品三各一联。

覆任心白书。扩充慈悲医室酌增院生名额,挑浚三汊河道,请商承梅老,报告董会,当无不通过。贱辰承院中同人公送绣品,累辞不获,只得拜领,将来拟备蔬肴,在院约诸同共酌。

覆陈绳夫书。共欠书价七十六元九角,邮费在外。今收洋廿元,先后收到共五十五元。

**三十日(1月22日)** 余节高来,告晋泰公司情形。

# 戊辰年(1928)

## 元月

**元日(1月23日)** 辰刻升香,告天祀神,诣真容前叩贺。

贺亲友新年。

**初二日(1月24日)** 贺亲友新年。

全新中央,观影剧。

阅罗浮酥醪洞主陈友珊先生名铭珪,东莞人,为陈子砺提学伯陶尊人。《长春道教源流》八卷,叙全真教传自王重阳真君。嚞。真者,诚也,屏去妄幻,独全其真也。其修持大略以识心见性、除情去欲、忍耻含垢、苦己利人为之宗,北宗。授七弟子丹阳子马钰、长真子谭处端、长生子刘处玄、玉阳子王处一、广宁子郝大通、清净散人孙不二、长春子邱处机,而七贤以邱、谭、刘、马为最。至邱长春子当金杀运方炽之时,以七十余岁之老翁行万数千里之绝域,断断然以止杀劝其主,使之回车,盖仁之大者也。《北游语录》:有人问道于长春师父,答曰:外修阴德,内固精神。

真大道教;始自金季刘德仁。

大一教;始自金天眷中萧抱珍。

正一教。始自汉张道陵。

**初三日(1月25日)** 贺亲友新年。

拜周业勤,未晤,留《闺范》明刻并新影印二本。

**初四日(1月26日)** 竟日天热,最高六十九度六,最低四十八度。

至大生，晤江知源、龚伯厚、束劭直，得退老消息。

周业勤来谭。

**初五日(1月27日)** 贺亲友新年。

吴寄尘、江知源来，商姮女嫁事。

昨，狄楚青来，未晤，留赠拙老人蒋衡分书。书联，补祝余六十生辰。联云：寿林荣晚节，菽水悦长年。

覆丁芝孙、王纪玉书。寄来联纸三副笔润廿六元四角，请郑海藏书，并赠《常熟图书馆书目》。

**初六日(1月28日)** 定君四十生辰。

李耆卿来谭。

夜九时，大雪，丰年之兆也。

**初七日(1月29日)** 贺亲友新年。

至中国书店，晤金颂清谭。

致狄楚青书。谢赠拙老人联，并为刘健之请画扇。

**初八日(1月30日)** 访吴寄尘，未晤。晤李升伯、沈燕谋。

阅董元宰《筠轩清閟录》云：兰亭一百十七刻，装褫作十册，乃宋理宗内府所藏，每板有内府图书钤缝玉池上。后归贾平章似道，元时相传数家，传世之宝也。按册分甲集州郡十二刻、乙集州郡十三刻、丙集州郡十刻、丁集州郡十刻、戊集内府十刻、己集杂集九刻、庚集故家十一刻、辛集故家十四刻、壬集故家十四刻、癸集故家十四刻，南陵所刻在乙集州郡册也。记此可补《南陵县志》之遗。《杂志纪闻》。

覆江甘卿书。覆贺新年。

**初九日(1月31日)** 阅震在廷钧。《天咫偶闻》。

检《丹阳县志》荆其淳，己丑进士，顺治四年官南陵教谕。著有《宛吟集》，当补《南陵县志》经籍志官师箸述之遗。

**初十日(2月1日)** 答刘健之，未晤。

访退庵亲家谭，婿敬礼出见。

过福州路，购林估书，四元：《大学说》一卷《中庸说》三卷，嘉定严衍永思著，乾隆己卯元孙宗衡刻。《秋声馆吟稿》一卷，符之恒，乾隆四年刻本。《怀旧集》二卷，冯舒，丁丑刻本。《南越游记》三卷。陈徽言，咸丰七年李濂刻本。

又购扬州卞估书，洋四元：《谢宣城集》六卷。梅庚校订，知宣城县郭威钊辑刻，康熙丁亥刻本，较明嘉靖郡守黎晨刻本多文一卷。

**十一日(2月2日)** 罗子经来，未晤。前有函，商印《江苏金石志》。

挈崇儿至西城，观灯市。

赠退庵亲家各经典。又给仆人《摩利支天经》四十卷、翁书《金刚经》(十卷)、《劝戒类编》《果报类编》、《金刚经》丁笺、翁书《金刚经》《观世音感应颂》《金刚经集注》《大悲心陀罗尼经》《印光法师文钞》。又菜四盆。

**十二日(2月3日)** 崇儿二十生辰。

**十三日(2月4日)** 夏剑丞为子叔庶授室，送华丝布幛。

葛词蔚之侄孙岵瞻之子耀飞飞成室，寄红绸幛。十六日。

王雪澄嫁女，送华丝布幛。十八日。

沈田莘为长子孟翼授室，送华丝布幛。二十一日。

周梦坡来书，赠新印《梦坡室获古丛编》十二册，又《晨风庐唱和诗存》十卷《续集》十二卷，当覆书谢之，并使力二元。

**十四日(2月5日)** 至蟫隐庐、中国书店。

六时，赴朱蕊初大西洋欧菜社之约。

**十五日(2月6日)** 五时，仁济堂开七次全体委员会，未赴席。

覆李从龙书。拟售《大清会典图》及古磁大瓶，《会典图》三百七十卷，进呈本。询宋本《法苑珠林》一卷价值，共三十九叶，有“鼓山大藏”朱文印(鼓山在彰德府武安县南)，前有题字：福州东禅等觉院住持传法慧空大师冲真等谨募众缘，恭为今上皇帝、太皇太后、皇太后、皇太妃祝延圣寿，国泰民安，开镂大藏经印板一副，总计五百函，各十卷，元丰八年乙丑岁五月□日谨题。《法苑珠林》卷第八十四(六度之五)，府大唐上都西明寺沙门释道世字玄恽撰，禅定部第五(此别五)。罗振玉《宋元释藏板本考》：日本河野氏藏《大乘显识经》卷下一卷，首题与此同。

覆汪甘卿书。甘卿寄示戊辰岁朝遣兴诗三章。

覆陈倬斋书。以余六十生日,愿余出广长舌,感化有情,俾人人得入如来大誓海中,同圆种智。

十六日(2月7日) 刘聘卿娶子妇,邮寄华丝布幛。

覆周业勤书。业勤前垫洋五百元印《闺范》,今来书索扣,自印一百部,吴仲炎五十部,书洋一百九十二元,净找三百〇八元。每部合洋一元二角八分,印工三角一分,纸料七角六分,纸面三分,装订并丝线一角八分。

覆吴舜臣书。拟募济生会办南陵春振,覆以桐、怀放振六万余元。现又开工振情形。商举代表至芜,求翟展成再至沪向会乞振。若仅致我处公函,于事无济。年底捐灾民一百元,南陵振圩乡灾民田三百亩以上,每亩借稻六斤,本年丰收,可望归还。南陵二五库券派一万二千六百元,议决二百亩以上,每亩派一角二分二厘,商界十分之一。验契南陵大户尚未呈验。胡镛坤鼻烟受瘴,无法收拾。辉廷被县押事,为十都一图礼书,十七年上下忙,舜臣说情。寿屏共用约百元,并未收私人份。舜臣意除谢帖外,写一公函致谢。泾县吴丽生寄示书画碑帖照片,择其佳者记之:《瘗鹤铭》有序,华阳真逸撰,上皇山樵书:鹤寿不知其纪也,壬辰岁得于华亭,甲午岁化于朱方。天其未遂,吾翔寥廓耶?奚夺余仙鹤之遽也。乃裹以玄黄之币,藏乎兹山之下,仙家有立石旌事,篆铭不朽词曰:相比胎禽,浮丘著经,余欲无言,尔也何明?雷门去鼓,华表留形,义唯仿佛,事亦微冥,尔将何之解化?厥土惟宁,后荡洪流,前固重扃,左取曹国,右割荆门,爽垲势掩华亭,爰集真侣,瘗尔作铭,江阴真宰,丹阳外仙尉夅岳。右铭共计一百六十二字,中有“何明雷鼓留形义左取曹国”十一字稍模糊。《萧尺木山水》卷,题曰:画山既无尽,画水流何之。胡为一片纸,眷然千里思。落笔贵遐想,天怀相与期。人生瞩意处,金石永不移。刻志效前烈,大痴虎头痴。暇日得纸一幅,而牵连为卷,因思黄一峰学顾凯之,遂为千古两痴,至其笔墨变幻,真有云蒸霞蔚之气,为不可及。余仿而图之,摹拟虽良,匠心苦矣。丁未秋日,钟山老人萧云从识。

十七日(2月8日) 周叔弢赠所藏魏三体石经拓本。

覆徐卓卿书。梁杓君赎产手续如接洽有办法,请示。

覆汪启我书。有来沪意,去冬廿七日覆书似未接到。

拜江小楼、陈子言、夏辅宜、瞿良士、朱峻夫、庞性存,均未晤。

访武筱平,谭晋泰公司上年经过情形。

访罗子经，告上年议集资影印《江苏金石志》。

**十八日(2月9日)**　贺王雪澄嫁女。

昨吴季白传绮。来，未晤。

**十九日(2月10日)**　午刻，赴都益处贞元会，补祝俞绶丞生日。

**二十日(2月11日)**　答拜吴季白谭，先见其门人许、陈二子，移时出见，云去腊至沪，就群志大学教员，校长湖南罗姓。以授《说文》课本相示，则于许注下注俗作某某，盖通俗字课也。住小楼，挈眷以居，今年七十一矣。似于在安庆有祸避而之沪者，楼下同住似武人数辈，不可解。

覆陈一甫书。晋泰公司租息，除夕晤余节高云，受种种损失，租息入款不敷支出，今正晤武仲平之世兄筱平，所言大略相同，而经过情形较详，已请筱平径行报告，当即应允。

覆周叔弢书。叔弢新得北宋本《文选》十九卷，通字缺笔，盖天圣明道间刻本。字体与日本高山寺藏《齐民要术》相似，可谓罕秘之籍。拟购瞿氏毛钞《酒经》。覆以良士去虞未回，《酒经》向未见，未知是否毛钞。美权送来洋支票六十元，当先缴还。瞿售书目以宋本明印《忠经》《政经》为佳。

覆周美权书。叔弢敬让元人写本《简斋外集》，告以良士，壬子拟以三百元赎回，未允，今又申前议。叔弢如要配新得宋本《简斋诗注》，自应如命，亦不计价值之多寡。交来《酒经》，价洋六十元，支票先缴，俟书购成再取款也。

**二十一日(2月12日)**　贺夏剑丞、沈田莘娶子妇之喜。

答拜许仲衡，未晤。

访刘烈卿谭，为在蟫隐访得《伏敔堂诗录》。

访退庵亲家谭。

**二十二日(2月13日)**　致徐行可书。寄还前借明刻《说文篆韵谱》五册，并赠镜铭拓本三十四种，内纪元三十种，名人三种，五月五日镜一种。

**二十三日(2月14日)**　侄婿沈易川来，旋答拜谭。沈海州人，雨岑尚书侄孙。

至中国书店，晤谢光甫、陈乃乾。

晚六时，刘健之、刘锡之约都益处酒叙。

**二十四日(2月15日)** 送洪瑞侯呢挽幛。

潘季儒丧母,送华丝布挽幛。

六时,约朱务仁、朱犀园、朱宸卿、朱道之、刘畏之、刘实之、夏玉峰、冯润生、谢光甫、陈乃乾晋隆西餐。

**廿五日(2月16日)** 装潢人年万富来。江都,住北成都路余庆里五百十一号。

朱十六兄侣松为子乙庵授室,送幛、烛。

**廿六日(2月17日)** 华商水泥公司三十五次董事会,赴会。

访冒鹤亭谈。

至蟫隐庐,晤罗子经谭,取《南唐杂咏》一卷。钱塘胡濙著,乾隆卅二年刻本,洋一元四角。

奚萼衔为子远曜授室,送华丝布幛。

郑良臣讣至,并请题主,送华丝葛幛、烛。

致刘翰怡书。索新刻冯登府《闽中金石志》、周在浚《南唐书注》、杨钟羲《雪桥余话》。

**廿七日(2月18日)** 吊洪锡侯之丧。南陵水灾协会来函乞振。另函济生会。

访张贤清、陈少舟,商振南陵水灾。

午刻,赴都益处贞元会,王雪澄值会。

致吴舜臣书。告同贤清、少舟商办南陵振务,商验契办法。

晚,访丁价侯,商办南陵春振。

**廿八日(2月19日)** 午刻,赴胡朴安、陈乃乾晋隆西餐之约。

未刻,吊郑良卿,并为题主。

访陆维镛,不遇。

晚,赴朱云卿大西洋餐叙之约。

八时,至济生会,为南陵乞振,适会办山东粥厂,张贤清主任遂致无人无力兼顾南陵。少舟力争,众议属函商翟展成,查放振款约万余元。

**廿九日(2月20日)** 以《吉金图稿》五十五叶，万历湖广乡试题纸，曾农髯、黄朴存所画山水，宝瑞臣书联交年万富装潢。

致翟展成书。请办南陵春振。

致吴舜臣书。告向济生会乞振情形，附钞致展成函稿。

送《闺范》新订成一百八十部至李耆卿处。

孙伯恒赠其叔祖孙春山手书《读雪斋金文目》印本一册。

## 二月

**朔日(2月21日)** 刘芹泗名崇年，定海人。交华商水泥公司注册呈文签字。

许苓西来，未晤。

至古玩市场，购张国卿隋唐宋元碑百种，价洋十五元。中多元氏县石拓。又购袁估《补寰宇访碑录》同治三年赵之谦原刻本。二部、《说文部首韵言字联合刊》，江夏王树之编，光绪甲申刻本。并购拓本，共六元：

元延祐铜壶款，正书，左行阴文“延祐三年十二月十六日”，在广东广州拱北楼。金陵灵应观铁像字，文曰“元狩甲子春造”，此初拓未改铸之本，有句容尚兆山题。宋仁寿县君苏氏墓志，今石佚，一旧拓本，一后拓本。宋乳母任氏墓志，苏轼，元丰三年。明处士梦联王公墓志，万历己亥茅坤、冯伟书。皇清黄其林墓志，子承吉撰，吴廷飏书并篆盖。清饶书麟墓志，杨守敬撰书。翁覃溪摹刻汉石经，南昌县学。何梦华摹刻汉魏晋文字十种。南昌县学。

李耆卿续娶，送幛、烛，璧。

**初二日(2月22日)** 贺奚萼衔纳子妇之喜。

答拜许苓西谭。

**初三日(2月23日)** 刘健之来，未晤，答拜晤谭。

顾鼎梅来谭。

**初四日(2月24日)** 贺李耆卿续娶。

贺朱十六兄侣松为子乙庵娶妇。

任子木来谭。

**初五日(2月25日)** 夏辅宜来谭。晚,访丁价侯,告展成允办春振。

致吴舜臣书。钞寄翟展成允担任查放南陵春振,并告农会长俞廷凯回南,约盛彝斋诸君至芜,同到沪乞振。田房契并舜臣契日内由邮局保险寄。近日,云谷堂向公署商议,谭任内稻款抵二五库券,我处有稻款三百三十元。志书运芜交何人代收,速商芷青示复。南陵沿河抢劫,且有绑票。

覆翟展成书。展成允放南陵春振,谢之,告另函南陵水灾协会,速举代表至芜,一同到沪。辅宜已由南通回。

覆张幼麟书。王葵园,光绪乙亥恩科江西乡试拟作未见,诗题《雨后有人耕绿野》,见《诗赋解题》。

覆陈西甫书。《闺范》当向秋澄诸人商让。寄《说文解字诂林提要》,又《江苏金石志》印样。

**初六日(2月26日)** 刘健之来书,假《越缦日记》。遂检出,覆书假之,计五十一册。并赠新印《读史记十表》《一亭考古杂记》。

致陈少舟书。告翟展成允担任放南陵春振。

相传唐生智为石达开转世,初唐友耕生子,梦石达开至其家,遂置之死,继梦达开来,适又生孙,家人秘不以告。丙寅、丁卯以来,两湖遭乱,赤党肆毒尤甚,赣皖苏浙闽相继沦陷,人民痛苦,敢怒不可言,其受祸不知,伊于胡底是生智之再世,实造成此浩劫也。查同治二年六月十四日邸钞,四川总督骆秉章奏,四月二十三日总兵唐友耕等牛擒伪翼王石达开于老鸦漩,解省,极刑处死。诏骆秉章,赏加太子太保衔。唐友耕著记名以提督简放,达开之必转生于唐氏,恐亦非福也。

李越缦曰:南宋人诗自《江湖小集》别开幽隽一派,至四灵而佳句益多,诚者斯言。

**初七日(2月27日)** 先光禄公忌日,设奠。

覆丁仲祜书。托销《说文解字诂林》。

覆姚虞琴书。徐行可托钞沈乙庵《澄清堂帖题跋》，又寄乙庵校《秦边纪略》，刘剑白过录《畿辅丛书》本，并赠吴坤修刻本，请假乙庵手览之本，出刘钞外者补之。行可前得宋拓《澄堂帖》四、五两卷，乙庵云施武子所作，别有考详言之。

**初八日（2月28日）** 李拔可来书，据姜殿扬报告，以商务书馆借瞿氏善本书影印，备《续古逸》及《四部丛刊》二编。菊生拟避免我处所刻重复，复以已刻《随庵续编》中能避则避之，影印待刻者则无庸避也。姜殿扬报告附还。

**初九日（2月29日）** 午刻，赴都益处贞元会，恽季申值会。

至中国书店，取释藏梵夹本，以《南藏目录》略记，校之，盖《南藏》也：《释迦谱》十卷，将字七卷、相字三卷，《北藏》在书字函，十一日送还。《释迦氏谱》一卷，相字号，《北藏》在壁字函。《释迦方志》二卷，相字号，《北藏》在壁字函。《大唐西域记》十二卷，千字十卷、兵字二卷，《北藏》在孰字函，涵芬楼《四部丛刊》本系宋本。《大唐西域求法高僧传》二卷，兵字号，《北藏》在尹字函，涵芬楼《丛刊》无之。《大唐内典录》十卷，拜、岳字号，《北藏》在侈、富字函。《续大唐内典录》一卷，岳字号，《北藏》在富字函。《古今译经图记》四卷，岳字号，《北藏》在轻字函。《续古今译经图纪》一卷，岳字号，《北藏》在轻字函。《历代三宝记》十五卷，主字十卷、云字五卷，《北藏》在营、桓字函。《一切经音义》廿五卷，云字五卷、亭字十卷、雁字十卷，《北藏》在郡、秦、拜字函，《南藏目录略纪》曰：今作廿六卷，段懋堂校庄刻云：宋本廿六卷，且郡、秦并字号，当仍是《北藏》本。《大藏圣教法宝标目》十卷，门字号，《北藏》在岱字函。《至元法宝勘同总录》十卷，紫字号，《北藏》在禅字函。《绍兴重雕大藏音》三卷，塞字号，《北藏》在百字函。《新谭大方广佛华严经音义》二卷。塞字号，《北藏》在拜字函。

**初十日（3月1日）** 崇儿今日又读西文。

至味古精舍，晤席少卿谭。

任心白来谭。

至邮政局，寄南陵吴舜臣契纸二包，内有吴舜臣契。邮费、保险费共四元柒角。一包二元四角一分，一包二元二角九分。

覆吴舜臣书。初四日来信，售稻二百石，每石三元。税契先交百元。振务华洋义振会一万元拟办工振协会，急振三千元可拨。契纸计一百六十一张，又舜臣一包分十二号小包，并装四大包，今寄出二包，保险。余二包明日再寄。兹附十二号契总数一张细帐十三张，请核对。现土地局又成立，清理一切可将各契照前寄分析单分户呈验，以免将来作为大户。闻验契甚速，验成即寄回。稻款能否同振款对划。契纸十四日收到，廿九日收回，已验第一、第二、第三、第十、第十二，共五号。闰三月廿二日收回第九号(已验)。三月九日收回六十一号(已验)。四月十三日收回未验契纸(四、五、七、八)共四包，全收回。又寄舜臣自契一包，托代收。八月复寄(四、五、七、八)四包，全验过。

章希瑗于初三日卯时作古。年七十三，无疾而终。子家驹、叔淳、季如。

**十一日(3月2日)** 送沈冕士同年素绸幛、烛。年六十，正月初三日故，二月十九日领帖。

至邮政局，寄南陵吴舜臣契纸二包，邮费、保险共二元七角。

致吴舜臣书。告今日寄契纸二包。催南陵振务代表来沪。

**十二日(3月3日)** 陈子言、刘烈卿、刘健之先后来谭，留午饭。

至中国书店，取：五月四日价付讫。《益都金石记》四卷，段松苓，光绪九年丁文田刻本，洋八元。《春草堂丛书》，《金石书画所见录》二卷、《金玉琐碎》二卷、《雨窗寄所记》四卷，甘泉谢堃，洋三元(闰二月朔日退)。《为学大指》一卷。倭仁，光绪戊子固始张氏重刻，洋二角。

**十三日(3月4日)** 刘翰怡来书，赠新刻书八种，当致书谢之，并赠新印《读史记十表》《一亭考古杂记》。

徐仲可于十一日申时去世，今日未时殓，送香楮。

翟展成同陈夺声、俞廷凯来，向济生会乞南陵振。

吴寄尘来谭。

答拜展成、夺声、廷凯谭，同展成至出口公会，访陆维镛，适少舟在座，商振款。后又同展成访价侯，未晤。遂至济生会，维镛、少舟、价侯先后至，李寿山亦来，初商振款甚支离，得价侯赞助会募五千元、皖同乡募五千元会中先垫，同乡捐款来归还。共万元，后价侯密谭，南陵振余二千余元，能再募七千余元，凑成二万元，似原议会垫同乡所募五千元不必归还也。展成提议工振借款三万元，少舟拟提辛亥前振余一万元可作借款，尚有二万无结果办法，至夜十一时各散。

**十四日(3月5日)**　访刘晦之、陈正有，商筹振款。晦之无办法，正有属分函劭吾之夫人暨西甫、一甫、缉之、实之乞振而已。

访展成、夺声、廷凯谭，留午饭。饭后，同至朱亲家。罗夫人送扁额、银盾、徽章、证书，稍坐。拜朱智仁、朱云青谭。拜朱斗文、朱博渊，未晤。又访夏辅宜、濮秋丞谭，秋丞印《闺范》，原定一百元，现商购《闺范》四十部，每部一元二角八分，共五十一元二角。余助南陵振款秋丞当付洋一百元〇一元二角。

**十五日(3月6日)**　访张退庵亲家谭。

朱亲家约展成、夺声、廷凯大西洋西餐，招往陪坐。

覆刘十枝书。十枝前假我《咏怀堂集》补钞序言，今钞毕缴还。余藏《阮大铖本末小记》十枝假钞，亦交还。

晚约展成、夺声、廷凯、云青、少舟、价侯、辅宜、秋丞、晦之酒叙，商南陵振务。价侯除济生会一万元，另捐万顷湖租，稻七百余石。

**十六日(3月7日)**　访徐磊生传友。谭。又访展成、夺声、廷凯，均未晤。

致陈任邕如夫人书。募南陵振款。

公致周缉之书。同夏辅宜、翟展成、刘晦之募南陵振款。

公致陈一甫书。同夏辅宜、翟展成、刘晦之募南陵振款。

访陈正有，交任邕如夫人函。又访刘晦之，交致周缉之、陈一甫两公函，阅后快邮天津。

访夏玉峰，询运县志至芜湖，现可运出。

陈夺声、俞廷凯来，送水灾义振会赠金质徽章、银盾、扁额、证书。

付年万富装潢书画洋十八元二角。

晚,赴济生会功德林之约,散后,同展成至寓与陈、俞谭。

**十七日(3月8日)** 访展成、夺声、廷凯,未晤,留赠酱菜、瓜子、饼干、苹果,并书送展成:《少陵诗钞》《立懦斋外集残稿》《格言汇编》《读史记十表》《一亭考古杂记》。送夺声、廷凯。《玉台新咏》《闺范图说》《读史记十表》《一亭杂记》。

午刻,夏辅宜约致美斋便酌。

覆吴舜臣书。振务济生会议定一万元(半捐半垫),陆维镛一千元今日交翟展成带芜。进行三万元借款钞章,交陈、俞带陵开会议决。送火腿、白糖,交马祖武带上。振款现不能兑稻款。徐家银报告世珍、辉廷拟股拌赤岭树木,辉廷等借款,钞两函,请酌示。验契陆续呈验,看时事分验,有展期一月之说。镛坤托售瘊鼻烟成,送钱。县志运存芜湖裕中纱厂。易次九、胡大观请书联语。契纸四包收到。

展成云,易云洲,湘阴人,精堪舆,住芜湖。大砻坊周玉帅仓房。

朱幹臣七兄铠。招饮于大西洋欧菜社,挈崇儿赴之。

昨,姜佐禹殿扬。持李拔可书来,商借印瞿氏藏书,互谋避免办法。

前至博古斋,取:《秋锦山房集》诗十卷康熙丙子刻。词二卷文十卷外集尺牍。三卷,乾隆廿四年己卯刻,李良年撰。《寻壑外言》五卷,诗四卷、文一卷,李绳远撰,乾隆己卯刻。《香草居诗词》七卷,诗五卷、词二卷,李符,乾隆己卯刻。《青莲馆集》诗四卷诗余二卷,乾隆壬辰刻,均李遇孙朱笔点校,码洋四十八元。《虚白堂词钞》,沈璧琏。《环翠阁诗词钞》各一卷,张介,码洋八角。《潜吉堂杂著》一卷。吴江杨秉桂,码洋八角。

**十八日(3月9日)** 吴寄尘来,谭七女喜事。

汪茂生来,交绮女房租。

访刘健之谭。又访朱云青谭。募朱斗文振款。又访余峙莲谭。印《闺范》交庞性存。又访吴蝶卿,不遇。

致刘晦之书,赠新印《读史记十表》《一亭考古杂记》。

购来青阁书:十九日付洋八元。《桐旧集》四十二卷,徐璈,宣纸石印本，洋五元。《孟庐杂记》八卷。嘉兴沈铭彝，道光八年刻本，洋三元。

晚，阅吴槎客骞。《扶风传信录》，记康熙二十一年宜兴扶风许生丹忱遇狐女胡淑贞事。

**十九日(3月10日)** 吊沈冕士同年之丧。

余峙莲来谭，签慈幼院经费壹千元，任心白、余峙莲丁卯全年薪水七百六十八元，盐业银行支票二纸。

至博古斋，取《梅边笛谱》二卷。李堂撰，冯登府批点，码洋六元。

赠狄楚青、朱骏夫新印《一亭考古杂记》。

同刘健之访狄楚青谭。

吴蝶卿来谭，赠新印《闺范图说》四册。

赠李元之《闺范图说》《读史记十表》《一亭考古杂记》。

覆吴剑泉书。送翟孚侯奠分六元，请其汇寄。

覆李拔可书。商姜佐禹避免互印瞿书办法，请询让予炎佐上年腊月廿一日代求海藏书联三付，并洋廿六元四角。

**二十日(3月11日)** 梦帅灵輀去宝应，前往公祭。

至大生，晤寄尘、知源、静轩、鹿笙。

送刘畏之世兄子楫挽幛、烛。

覆王培孙书。谢赠《南陵县志》，属访皖省各县志。

覆陈乃乾书。询刘怀民、司马景和司马升、杜秀四志，有张公束、刘铁云、罗叔蕴、金甸丞题。又费此怀夫是否号琴捐。

**廿一日(3月12日)** 午刻，为刘子楫题主。畏之子，送席票十六元、酒票四元，收。

唁章初白叔淳季如书。希瑗于二月三日卯时去世，年七十三岁，送绸幛，并代筵洋十元。

后浴蘅母萧恭人讣至，寄华丝布挽幛。盐城伍佑场本宅。

傅苕生讣至，寄华丝布挽幛。九江三马路三益里一号。

王履康、王履庆。母毕太夫人讣至，寄呢布幛。盐城和泰典蒋毓山代收，履康辛亥任安徽巡警道。

至蟫隐庐，晤罗子经谭，取书三种：《络纬吟》十二卷，徐媛小淑著，明刻本，洋十元。《紫泥日记》，黄彭年著，记光绪十五年乡试监临。《金刚经旁解》。

致翟展成书。寄价侯致和丰公司付稻七百余石函。借款仍进行。告李寿山失踪，附新闻。宋款、朱款无大希望，有交会。

致吴舜臣书。同上。

张亲家移居，送糕、馒、烛、爆，往贺。

访吴寄尘谭，交姮女衣裳尺寸单。

访知源谭。又访静轩谭，约廿三日六时蔬酌。

**廿二日(3月13日)** 为余阶升先生题其先大父国华先生暨继大母蔡太孺人传略七古一诗。

致于富晋书。告李从龙先生收到洋卅元。寄《读史记十表》《一亭杂记》代售。

覆陈绳夫书。寄售各书。

江知源、章静轩、吴寄尘来谭。

**廿三日(3月14日)** 吊林兰荪之夫人厉氏赙洋十元，林夫人为寄尘之岳母。之丧。又吊鲍子丹之夫人刘氏之丧。

吕皋俞陶，旌德。同吕仲素，美荪。女士瑞田文之女公子。来，未晤。仲素能诗，十七日以诗稿见寄，中《感咏》八首五律。最佳。寓法界巨泼来斯路一百九十六号。

至中国书店，取五月四日价付讫。《敬业堂集》五十卷《续集》六卷。查慎行，洋四十元。

至博古斋，取：《管子》廿四卷，刘绩、朱长春参补，明朱长春刻本，码洋四元八角。五月廿一日退。《粤西金石略》十五卷。谢启昆，嘉庆六年刻本，码洋十六元。廿八日退。

狄楚青来谭，赠八宝印泥。约二两，红木盒，价注明十六元。

晚，约丁子盈、江知源、章静轩、束劭直、夏辅宜、刘烈卿、吴寄尘、吴蝶卿、陈正有蔬酌。

刘晦之来谭，假《咏怀堂集》。闰二月八日交还。

朱云青来谭，募朱静庵、朱博渊南陵振款各一百元，又朱斗文三百元，迟三日交款。

吴蝶卿捐南陵振款一百元，又募洪源永五十元。

**廿四日(3月15日)** 姚虞琴来谭，交徐行可书，行可赠吴太平二年三月廿四日所作镜，中有伤损，亦可宝也。来书云压倒余藏二建安镜。行可索《读史记十表》、隋张通妻陶志。行可云熹平压倒余建安二镜，今细案之，盖吴太平镜也。

章中如心培。来谭。

刘晦之来谭，以书目属访。

访吕皋俞，不晤。晤吕仲素，询家世，始知瑞田凤岐。丈次女惠如妹今年四十七矣，赠《玉台新咏》，另以一帙赠皋俞。

至中国书店，托钞《咏怀堂外集》乙部第卅三、卅四共二叶，又取书：五月四日价付讫。《固始县志》廿六卷，洪亮吉分纂，乾隆五十一年刻本，洋十元。《禹州志》廿六卷，姚椿洪、符孙纂，道光十五年刻本，洋八元。《濬县志》廿二卷《金石录》二卷熊象阶，嘉庆修。续八卷，黄璟修，光绪刻，洋四元。《西泠怀古集》十卷，陈文述，道光庚寅刻。《西泠仙咏》三卷，陈文述，道光丁亥刻。《西泠闺咏》十六卷补遗二卷，陈文述，道光丁亥刻，洋十元，闰二月朔日退。《玉天仙梵》三卷。碧城外史，道光辛丑刻，洋三元。

访刘烈卿，未遇，留赠《怀豳杂俎》。

晚访丁价侯，谭南陵振务，并示展成来函，振款须两万元，借款办圩工须进行后交，募款四百元请交济生会。朱静安一百元，朱博渊一百元，吴蝶卿一百元，濮秋丞五十元，洪源永五十元。

**廿五日(3月16日)** 致王富晋书。寄《南陵县志》一部。

覆李拔可书。海藏书件让予，已交来。

覆李从龙书。富晋书社汇三十元购参，今由中国银行寄还，三十元已照收。

覆吴舜臣书。丁卯年收租三千七百四十一石。丁卯收南陵来洋四千六百元，来帐除售年终存二千四百卅三石六十四斤，透支洋二千八百卅四元六角九分五厘，今年售稻四百石，稻款无可划抵，可还尊处欠款。朱府之典三月可汇。上年函请加薪一百元，去年加二百元，请一并支付。验契请斟酌呈验。捐款开单，已交济生会四百元。

致周业勤书。借马金涛放南陵振。

致沈慈护书。为徐行可请钞其尊人寐叟题《澄清堂帖》跋。

**廿六日(3月17日)** 访吴蝶卿、朱云青，未遇，捐款收条留之。

致瞿良士书。附送郑海藏书联三付。

致李耆卿书。请还《文昌帝君觉士鸿文图说》。

覆汪启我书。告南陵士绅向济生会乞振，会请翟展成查放，并告江汉珊来沪。

致余峙莲书。送《闺范》三百部，转交庞性存。

致庞性存书。告送《闺范》三百部，交峙莲转，附帐单，应派三百九十六部。

至中国书店，取付价讫。《五代新乐府》。程春海批题，潘四农批注跋，歙徐帘峰先生撰，稿本，洋二元。

至千顷堂，取《骈文类纂》。王先谦，四十六卷，实洋九元八角，收来往折。

至汉文渊书局，购书二种：付洋五元。《四六法海评选》，蒋士铨删评，八卷。《骈体正宗》十二卷。曾燠编，原刻本。

至来青阁，取闰二月廿七日退还。《国朝贤媛类征初编》十二卷。李桓辑，洋三元。

访陈乃乾谭。

致丁价侯书。附翟展成来函。

致濮秋澄书。附寄慧澄居士捐振五十元收条。

**廿七日(3月18日)** 夏浒岑自东台来谭。

黄光益来谭，交喜床、门帘尺寸单。

至蟫隐庐，取八月付讫。《十家四六文钞》。王先谦，洋一元四角。

购扬州艾三唐四喜穿花镜，洋十四元。即艾少记。

晚，金甸丞、姚虞琴、周梦坡约至晨风庐酒叙。

**廿八日(3月19日)** 答拜夏浒岑谭。

陈乃乾来谭，索梁氏《吕子校补》、《清白士集》。郝氏《荀子补注》、郝氏全集。《邓析子》刘泖生刻本。三册假印。

覆翟展成书。来询价翁捐稻办法，价侯听展成自主。

覆徐行可书。谢赠太平二年镜。覆赠金石文拓本二百种、《读史记十表》《一亭考古杂记》。闰二月六日，覆书收到。

**廿九日(3月20日)** 访顾鼎梅谭。

朱云青来，交朱斗文捐南陵振洋三百元。

夏辅宜来，谭李寿山出险，并云募振款五百元，又云华洋义振会有皖振余数万元，现有人至北京乞放此款，领到吾南陵，可摊派也，请速告展成，并转南陵振会，电余咏南支配南陵。

致丁价侯书。附承德堂朱捐洋三百元。

覆吴舜臣书。收到契纸两包，计第一、第二、第三、第十、第十二，共五号。辉廷、镛坤酌借洋接济。李寿山昨夜出险。辅宜代募振洋五百元。朱斗文捐三百元，送价侯交济生会。北京华洋义振会有皖振余款。美丰银行宋君捐款未至价翁处接洽，便告德生。

覆陈一甫书。托购《四库提要序笺注》六册、《经学历史注疏》二册，《闺范》一百部日内交启新洋灰公司运津。晋泰公司上年经过情形，即函筱平催询。《江苏金石志》因承办无人，暂为停顿。

致武筱平书。催询晋泰公司情形，即报告一甫。

华商水泥公司注册呈文签字。

## 闰二月

**朔日(3月22日)** 刘健之来谭。昨，鲍子丹来谭。

访朱云青，不遇，留朱斗文朱承德堂。捐南陵振洋三百元收条。

访胡朴安，未遇，留赠《读史记十表》《一亭考古杂记》。

访陈乃乾谭，赠《读史记十表》《一亭考古杂记》。

至中国书店、来青阁小坐。

覆李审言书。李近撰骈文学借书，今赠《骈体正宗》《四六法海选》《十家四六文钞》三种。《校礼堂集》为日人藤冢借去。

**初二日(3月23日)** 朱蕊初十兄四旬庆九生辰，送礼六色，收桃、面、款字。

报载，张绍曾于二月三十晚八时在天津彩凤班花宝玉家被刺，中三弹及头胸肩，立死。死已晚矣。凶人郑德润。绍曾字敬舆，直隶大城人，日本士官学校炮兵科第一期毕业生。辛亥年任二十镇统制，驻滦州，电请正式立宪，禁用亲贵速开国会十九条，时在十月初六日。未几，又电请退位，遂居反正之功。至民国，屡任军职，又参预蒙其人间好学道信佛甚坚，微有觉悟，辄以利平立言，欲挽浩劫。一子，娶冯玉祥之女为妇；一女，嫁吴佩孚之子。年四十九。以上节录《时事新报》。

阅查悔余《敬业堂诗集》卷四十三。《余旧蓄古镜一枚形正方背有飞鱼二鳞鬣生动周遭一百八十乳水银遍裹上著血皴朱砂斑不知何代物也偶阅元裕之集马云汉家方镜背有飞鱼与此形模正合元有七律一首载集中疑即马氏故物而今为我有喜续一篇纪之》诗云："马家古镜形模异，人世皆圆尔独方。细乳流丹周四角，烂银磨鼻贯中央。出波鳞甲飞如活，透骨玻璃冷放光。知有廉隅难入俗，合归老子为收藏。

**初三日(3月24日)** 昨陈任邕如夫人函覆，捐南陵振洋四百元。

覆陈夺声书。振务稿存，覆俞廷凯同函。

覆盛彝斋书。收到捐启廿分、收条五十张(八百〇一号至八百五十号止)。稿另存。

覆南陵水灾协会书。济生会捐款、垫款经过情形，稿另存。具名俞廷凯、刘求毅、方指高、盛铭勋、丁曰常、吴庆璠、杨福葆、陈景榕、张鸣盛、张深智、俞树柽、谢继安。

致吴舜臣书。附上三信，请转交。

晚，赴吴蝶卿、朱名椿。酒叙。

**初四日(3月25日)** 都益处贞元会，周梦坡值会。

张石铭讣至，十七日领帖，送华丝布挽幛。

徐仲可讣至，十三日领帖，送华丝布挽幛。

晚至丁价侯处，谭振务。振款难加，借款再设法。印翁书《金刚经》一千卷，《觉世鸿文》一百部。

**初五日(3月26日)**　致书余峙莲，请代庞性存收《闺范》九十六部。

致庞性存书。前送《闺范》三百部，今又送九十六部，全数付清。

朱蕊初十兄四十庆九生辰，往贺之。

访夏辅宜，不遇。

覆陈任邕如夫人书。谢捐南陵振四百元，请陈正有转交。

访刘晦之谭，捐南陵振洋壹百元。晤陈正有，交覆谢其继母任邕如夫人函，并赠翁书《金刚经》四册、《果报类编》《人身关切要书》。晤翁修之，交南陵七十二号募振册，向贾颂平募捐。

陈一甫来函，募来振洋四百元。周记二百元，实记、恕记各一百元。

覆翟展成书。前募七百元已请价老送济生会。今收陈劭老之夫人捐四百元，又陈一甫四百元，又刘晦之一百元，拟汇南陵交公查放。王星老捐五百元，如在裕中拨付，请留存，不必汇沪。请济生会续拨四五千元，面商价老设法，已答复绝望。价老捐款七百石，请主持，只要价高，不必由庄头包售所捐之稻，非捐洋也。完粮六百余元，另行筹款济用。宋君募捐，请径函劝募。贾颂平处由翁修之述尊意往募，并交南陵第七十二号捐册。凤迪明来函附缴。南陵来函，放振员于二月三十日下乡，大约半月可查毕。

昨为鲍子丹之夫人刘题像赞，并送南陵第七十一号募捐启。

覆程云岑书。云岑告我有清微道人兰石小帧并题诗一绝，婉言谢之。

**初六日(3月27日)**　余峙莲来，交任心白函，龟池外墙培土，挑二千余方。约价千元，并出盐业银行壹千元支票签字。

函朱犀园二十一兄，为题读画图卷，适犀园来，遂以此卷交之，并出所藏书画鉴赏。

覆陈一甫书。公名谢募周记南陵振洋二百元，实记一百元，恕记一百元，并给南陵协会收条三纸。

致陈西甫书。公名募振。

致刘晦之书。谢捐南陵振洋一百元,并给收条,又给陈任邕如夫人捐南陵振洋四百元收条,请交陈正有转呈。

覆陈倬斋书。正月间淮盐栈长,为李问岷经江,请续寄《人身关切要书》。

**初七日(3月28日)** 郭礼征、郭道弥来,谭上年大照营业情形。

访陈少舟、陆维镛、丁价侯,商南陵工振借款,维镛意极慈善,允凑成三万元。

覆朱古微书。古微以曾农髯函云李谦六病重,送其回籍,贫不能行,助资二十元。谦六竟于初九日殁于芜湖舟次。

**初八日(3月29日)** 答拜郭礼征谭,又答拜章中如,未遇。

至来青阁,付《径山志》洋七元:《径山志》十四卷。朱奎光辑,天启甲子刻本。

游古玩市场,购古镜三枚,活字本《碧血录》,牙界丝笔搁,洋五元。

致翟展成书。告借款可募二万余元,文件写三万元,俟代表到沪,再请维镛凑足。又济生会如不加放振款,已商维镛将续收壹千四百元一面报会列收,一面汇请并放。王星北捐五百元,如在裕中拨款,即请自动截留散放。另存函稿。

覆陈夺声书。昨来函寄借款议案合同,今将昨日同陆丁陈协商情形告之。同翟函。稿另存。

覆吴舜臣书。附覆陈夺声函。

周缉之覆书,募振款五百元,计公记二百元,新记二百元,定铸记一百元,旋由实业银行刘晦之如数交来。

繁昌南乡圩务工程局来书,云永庆圩、大有圩、新兴圩等上年五月破圩,与南陵仅一河之隔,已函济生会呼吁,请矜恤维持。具名汪海秋、陈德明,通讯繁昌县城内邢公馆。

访刘晦之谭,交元人钞本《简斋诗外集》带津,函交周叔弢。

**初九日(3月30日)** 至来青阁,商购吴氏测海楼书籍。

至古香斋,购唐千秋万岁镜,洋二元。付讫。

李耆卿来，未晤，交印《闺范》洋一百四十元，欠三百元大生，未交。又付焦乐山书洋十二元八角。前已收十元，须覆等缴还。

覆周缉之书。谢募振款五百元，并附南陵水灾义振协会收条三纸。

定君今日将已验契纸南陵第一、第二、第三、第十、第十二，共五号。存中孚银行。

覆程云岑书。有唐仪凤三年镜，水银浸，极精。

**初十日(3月31日)** 访鲍承良谭，以扬州田契三纸、房契一纸转交刘明达送验。又洋十五元。

至中国书店，收回前印朱兰坡《说文》九部，洋十一元。

答拜李耆卿，未晤，交还焦乐山书价洋十二元八角，并送《闺范》二百十四部，连前共送五百部，全交清。

沈慈护来，未晤。送朱犀园魏唐造象二种。

庞性存先生来谭，交补焦乐山印《闺范》二部，连前共十部。

**十一日(4月1日)** 午刻，赴都益处贞元会，恽眉卿值会。

访张亲家、丁亲家，晤谭。

至中国书店，晤金颂清谭。颂清今来两次，未晤。取：五月四日付价。《情田词》三卷，大兴邵瑸，康熙间人，道光廿二年六世孙甲名刻，洋五角。《增补音释历代略》一卷。李兆洛，嘉定徐经刻、道光癸卯刻，洋四角。

六时，大照电汽公司在一枝香开董事会，议决股息八厘改填股票，四月一日起。又发公司债券。

昨刘芝兰、刘文泽。徐永秀、荣华。永灿、尔富。永焕金标。来，未晤，送糖果。又来，并来书云新塘派徐氏年荒借款。永秀并云见过。

**十二日(4月2日)** 访刘晦之谭。又访鲍承良，取回扬州契纸，暂缓送验。又访吴寄尘谭。

主夜神咒，见《华严经》，咒曰：婆珊婆演底，持之夜行，及寐，可却恐怖恶梦，《夷坚志》《酉阳杂俎》载之。

覆周叔弢书。告初八日将元人钞《简斋诗外集》请刘晦翁转交。

覆李耆卿书。开印《闺范图说》五百部价单，共六百四十元。

**十三日(4月3日)** 吊徐仲可之丧。武仲平来谭。

至中国书店，晤金颂清，交梅道人山水轴、柯九思竹石轴、吴渔山山水轴、董北苑山水卷、王圆照山水卷。十六日送还。

至忠厚书庄，取洋二元付讫。《太上选仙纯阳帝君祈嗣永命仁孝真经》。崇祯六年四月张元枋重刻万历本。明万历庚申关岑散人甄淑刻本。

晚，访刘晦之谭，送《闺范图说》一部。

**十四日(4月4日)** 钱铭伯嫁女，送红华丝葛喜幛。住古拔路吉祥里八号。

卢殿虎、绣虎丧母讣至，送华丝布挽幛。

访张亲家谭，慰之。

访宣古愚谭，同访程云岑，未晤。又至中国书店小坐，取中国书店书一种：五月四日付。《红树山房词集》四卷。沈振鹭，嘉庆三年刻，洋三元。

至古玩市场，晤程云岑，匆匆一叙。

至济生会，晤陆维镛、李寿山，云及南陵振款加放四千元，当即交振款壹千四百元取回收条。陈任邕如夫人四百元、刘晦之一百元、周记二百元、实记一百元、恕记一百元、公记二百元、新记二百元、定铸记一百元。

覆翟展成书。告经收捐款一千四百元交济生会。

致陈夺声书。告济生会加拨振款，并告经收捐款一千四百元交会列收。

覆吴舜臣书。告经收捐款交会，所有稻款请商朱赞臣划兑。南陵来刘文泽、徐永秀、徐永灿、徐永焕。

覆黄吉园书。《李元静碑》《孔子庙堂碑》裱成，夹板自做。

**十五日(4月5日)** 至忠厚书庄、中国书店小坐。

**十六日(4月6日)** 洪明度室人朱氏讣至，送华丝布幛。

致姚虞琴书。赠《玉台新咏》《一亭杂记》，另扇乞画。

晚，访丁价侯谭。价侯在济生会坛下弟子名明诚。

**十七日(4月7日)** 夏辅宜来谭。仕子木来谭。

宣古愚来谭，以《镜谱》六册请其采定。

访夏辅宜谭。又访沈慈护,未遇。

午刻,刘畏之、十枝昆仲约大华饭店西餐,吕仰南、宁松泉同座。

**十八日(4月8日)** 余峙莲来谭,交阅佛教慈幼院帐略签字,并交代印《闺范》余款三十三元二角。

访顾鼎梅,不遇。

覆姚虞琴书。谢画扇,并收徐行可讯及朱绪曾辑《曹子建集》钞本三册。

**十九日(4月9日)** 午刻,王雪澄招饮,傅沅叔、朱古微、王聘三同席。

致顾鼎梅书。寄存《南陵县志》二十箱。

致余峙莲书。寄存广仁堂《南陵县志》十箱,附魏、濮两讯。

致魏梅荪书。告《闺范》印成,张幼山附印壹百六十五元,今合付书一百卅部,尚欠一元四角,附帐单。

致濮秋丞书。告朱伯荫附印《闺范》五十部,合洋六十四元,书存广仁堂,请转致去取,附帐单。

张菊生借学古斋编《闲居录》,吾氏竹进山房刻本。交沅叔转交。廿一日还。

赠傅沅叔《永嘉四灵诗》。

在朱古微家小坐。

**二十日(4月10日)** 昨因雨,未将顾、余两处信及《南陵县志》分送,今天霁,始送去,未给收条。

**廿一日(4月11日)** 章叔淳来,希瑗子,刘婿。赴长春交通行答拜,未晤。

访张亲家谭。

至中国书店,晤金颂清谭。云《古周易订诂》日本最通行,有明崇祯初刻、乾隆再刻。

至大生沪事务所,晤黄光益,略谭。吴寄尘去宁。

菊生书来,还吾刻二种,又附沅叔书属书诗横幅。

**廿二日(4月12日)** 吊卢殿虎、卢绣虎母房太夫人之丧。

至鸿宝斋,交印《金刚经》一千卷;每石二元二角。又补印《闺范》五叶。洋四元。

访陈乃乾谭,交《闺秀词》一部。每七元二角。

贺鲍承良为子定姻。

至来青阁,取:付洋二元。《新镌增订评注批点便蒙通鉴》八卷,一卷至七卷宋南宫靖一纂述,八卷明庐陵晏彦文续著,明浙姚孙矿批阅,吴郡钱允治评注,明刻本。《说文五翼》八卷。上虞王煦,嘉庆戊辰刻本。

南陵代表陈夺声、俞廷凯来,谭借款。

答拜夺声、廷凯。

访陈少舟,告南陵代表来,请向维镛接洽。

晚,赴鲍承良家喜宴。

卞公弢彬孙,仪征。来,未晤。

购河南碑估王发印各碑砖瓦,洋十元。

**廿三日(4月13日)** 卞公弢耕岩子。来谭,以画幅相示托售,中以高澹游山水岁兆图、三百元。闵正斋墨笔二百元。梅花仕女、边寿民蒲艾图、一百元。陈曼生联八十元。为佳,丁南羽洗象图、六百元。张南羽天师象二百元。次之。

覆陈绳夫书。寄书,并邮费共十一元。

覆鲍子丹书。谢捐南陵振洋三十元。

致恽季申书。送附印《闺范》十部,收洋十二元八角,赠《一亭考古杂记》。

覆吴舜臣书。夺声、廷凯昨日到申,第九号房契夺声交来。陈燮卿兑洋一千五百元,交嘉广生药材行,届时借款如可扣出,即交该行。对联已写好,交夺声带陵。今日朱府已将汇洋三千元交到,内一千二百元亦转付淑畹。

致陈一甫书。寄《闺范》一百部,洋一百廿八元,《四库提要序笺注》六部,每五角四分,共洋三元二角四分,两共一百卅一元二角四分。大有晋公司股票正有兄传语托售,当托夏辅宜代售。晋泰公司上年情形,仲老云已有报告,今再补呈。

覆冯涵初书。冯著《奇门通考》一书搜集古书卅七种(内多钞本),成书五十二卷，拟售板权于世界书局，属向唐驼君说合，因向无往来，末由绍介。《春秋日食集证》商务书馆已印。

覆李审言书。审言赠《鬳斋老子口义》精钞本，璧谢，借《骈文类苑》首册。

覆夏辅宜书。交还南陵放振员邓良甫、洪步洲、马祖武来讯。

访陈少舟，邀同往访陆维镛，告南陵代表来借款，并交振务借款议约等件。

访丁价侯，告南陵代表来沪情形。

访陈夺声、俞廷凯，夺声未遇。

胡幼腴同年思义。来谭，赠新印其兄漱唐同年思敬。新昌胡氏《问影楼藏书目录》初编、续编各二册。

**廿四日(4月14日)** 约陈夺声、俞廷凯以病目辞。陈正有、陈少舟至大华饭店西餐。

同夺声、少舟至济生会，晤陆维镛、李寿山，约定廿六日午后订振款借款约。

同夏辅宜、陈夺声至裕中纱厂事务所，访周梦文，请付安徽义振会存洋壹万元。

**廿五日(4月15日)** 午刻，都益处贞元会，值会。

鲍子丹之夫人刘氏讣至，送绸幛、烛。

宣古愚来谭，交《镜谱》六册，借《闽中金石志》。

金子才、名保权，广东人，前署宣城、五河等知事。夏辅宜先后来谭。

致陶拙存书。请题万历题纸，赠《一亭杂记》。

致陈正有书。送捐册四本，赠《闺范》二部。

覆刘十枝书。十枝托购吴氏测海楼书两单。

**廿六日(4月16日)** 午后二时，访陈少舟，适夏辅宜来，同至福源庄，晤李寿山谭。当邀陈夺声、俞廷凯来，翟展成亦由芜湖来，遂立南陵工振借款三万元借约，陈、俞负责代表，余与展成为保证，一同签字，借方为福顺公司，借款于夏历三月初六日，代表先出收条。在芜湖中国银行兑交翟展成。内李寿山五千元、陆维镛一万元、丁价侯三千元、陈少舟二千元、皖公记一万元。

购孙洞普泗海，曲阜。碑估汉瓦四方，洋十二元。

**廿七日(4月17日)** 答拜金子才、卞公彀，未遇。

访宗子戴谭。

访翟展成谭，晤周梦文，约晚至都益处酒叙。

陈夺声、俞廷凯来辞，回南陵，送吕宋烟二匣，另沙酒二瓶、饼干二匣、糖二罐。

访陈夺声、俞廷凯谭，并送行。

**廿八日(4月18日)** 卞公彀来，未晤。

翟展成来谭，付代购《一切经音义》洋七元，留午饭。

贺任子木为其次子行聘礼，约陪冰人喜宴。

余峙莲来，交朱伯荫《闺范》五十部，洋六十四元；又王幼农、二元八角。庞性存、二元八角。张幼山、一元四角。郭镇东二角四分。尾洋，共七元二角四分；又交佛教慈幼院三个月经费约二千元。及土工收方挪垫五六百元。建工场趸购木料，盐业银行三千元支票，又用一百元支票签字。

陈倬斋交镇江永丰庄寄来《人身关切要书》壹百本，并白喇嘛传授《黄度母心咒》，咒曰：嗡姆二合念。巴尔色二合念。达耶惹二合念。呢阿莎二合念。哈。

致吴舜臣书。工振借款三万元，于廿六日签字，陈、俞廿七日回芜，陈至安庆，俞先至南陵，筹画放振办法，备洋三万元，三月初六日在芜中国银行兑取。陈东来一千五百元振款不能扣出，已同陈、俞在芜扣出，由东来自行汇芜。易次九、胡大观、徐家银三对联交夺声。

刘镐之尊人梦松先生讣至，送华丝布幛。

晚间，小有不适。

**廿九日(4月19日)** 卞公彀又来，辞以病，未晤。

捐徽宁会馆长生愿二十元。

捐上海孤儿院十元。

付戴春记装订《闺范》等书价九十七元讫。共洋二百五十四元七角。

## 三月

**朔日(4月20日)**　访翟展成谭。

甘卿同年来书，为陆炳然窃取田黄石印三方、寿山印石一方，登报赏格。当访汪伯奇谭，请登报，并付费三元七角八分。

覆汪甘卿书。告登报情形。

致丁仲祜书。换《一切经音义》，赠《一亭杂记》。又周云青一部。

致翟展成书。送《一切经音义》。

**初二日(4月21日)**　展成来谭，晚即回芜。

致宗子戴书。退印《江苏金石志》洋五十元，赠《一亭杂记》。

覆陈倬斋书。收到《人身关切要书》一百本、《黄度母心咒》。赠《闺范图说》。

致吴舜臣书。请拨南陵义振协会振洋壹千元，来信初十日交五百元，十六日交六百元。

覆陈正有书。收到南陵振款八百元。

访冯润生谭，赠《闺秀词》全部。

任子木娶子妇，送绸幛、联、烛、爆。

**初三日(4月22日)**　小病，就余伯陶诊方。

致金甸丞、潘兰史、姚虞琴书。辞中有天酒叙之约。

致宁松泉书。辞午刻酒叙之约。

致姚仰南书。仰南借阅《美术丛书》，今送阅。

致吴舜臣书。请加拨振洋一百元，连昨日共一千一百元。寄赠《闺范》。覆繁昌汪海秋、陈德明函，覆家银族叔函，请转交。

覆家银族叔书。写楹帖一付，赠《徐公文集》《永嘉四灵诗》。

覆汪海秋、陈德明书。繁昌永庆圩、大有圩、新兴圩等水灾，向济生会乞振，今商请展成、辅宜、少舟代求，蒙允筹振洋五千元，即请展翁查放。展成今晚回芜。

夏辅宜、翟展成五时来，展翁因繁昌振待商，未行。今同辅宜、少舟至济生会，商定筹振洋五千元，即请展翁查放。

姚仰南为子縠春娶妇，送华丝布幛、龙凤烛。

李渭渔为子亦龙娶妇，送华丝布幛。

陈乃乾借《浮溪精舍丛书》，十三种八册。交来青阁转交。

**初四日(4月23日)** 访张亲家谭。

访冯润生谭，润生交其夫人所作文属批评。

覆杨铁夫书。赠《闺秀词》，交冯润生转。

致陈一甫书。告《闺范》交沪启新转，据云大沽水浅，迟到津。大有晋股票钞区段交辅宜代售。裕中举董事。

公覆陈一甫书。谢募李希明、龚仙舟、周公记南陵振洋各一百元，共三百元，付收条三纸。刘、夏、翟、徐公名。

约褚礼堂，以所编《镜录》请其正误，并赠《一亭杂记》。

晚，至丁价侯处谭，以新印翁书《金刚经》样送阅。

**初五日(4月24日)** 送鲍刘氏捐南陵振洋三十元交济生会。

送郑海藏之夫人吴素绸挽幛并素烛。

覆朱瑞祥书。收到杨寿祺交书价廿一元，又收书不符，请查明不误改正。又售价不能九扣(允十足收帐)。

**初六日(4月25日)** 陈石庐讣至，寄华丝布素幛。

**初七日(4月26日)** 至余伯陶诊方。

刘慧之嫁女，送幛、烛、酒、爆，收款字、金字。

刘子鹤六十生日，送幛、烛，收款字。

覆杨铁夫书。辞受《闺秀词》，价七元二角。

覆冯润生书。退还《闺秀词》，价七元二角。

至中国书店，取：五月四日付价讫。《包孝肃公奏议》十卷，明嘉靖三十四年雷逵刻本，洋四十元。《邠州志》廿五卷，孙星衍撰，乾隆甲辰刻本，洋十六元。《理堂日记》，焦循，姚氏咫进斋钞本，退还。《查氏七烈编》。乾隆五年刻本，退还。

覆吴舜臣书。逸之娶妇,送贺分四十元。

致翟展成书。振洋一千一百元已函舜臣划兑。繁昌如灾重,可报告济生会,可望加振。

**初八日(4月27日)** 宗子戴来,不晤。

贺任子木娶子妇。

贺李渭渔娶子妇。

至中国书店,取:以洪氏藏书目交颂清,初十日还。《梅花喜神谱》二卷。咸丰六年叶志诜刻本,洋十二元,五月四日付。

评冯润生之夫人所撰《时玉先生诔》。

答拜胡幼腴谭,赠《永嘉四灵诗》。

**初九日(4月28日)** 函复张幼麟,赠《摩利支天经》四十卷、《黄度母心咒》一卷。

**初十日(4月29日)** 吊鲍子丹之夫人。

访顾鼎梅,不遇。

访张亲家谭。

覆顾鼎梅书。保《南陵县志》险二千两,计十四两四钱,付洋二十元。又甘肃新出魏君讳遐碑并阴(秦州天水县出土),付洋三元。

致褚礼堂书。借阅叶刻《梅花喜神谱》。

午刻,顾鼎梅约古益轩酒叙,出示其先德《滦水联吟图》卷,王椒畦画,陈曼生隶首,阮文达、陈云伯诸人题。又观葛卣尊书画,中有金五云绘观音像。绢本。

覆陈绳夫书。顾、黄合校《文心雕龙》无力承印。

覆冯涵初书。寄来《奇门通书》目录,催李审言题《种菜图》。

覆朱瑞祥书。售价十足已允收帐,收书帐不误。

覆汪甘卿书。候黄幼觉未至,今至交通路调查董汝霖竹林山房,十三日开市,问住。

覆陈霖生书。霖生借《两罍轩彝器图释》《攗古录》《金文目》,索齐太公田和区、陈猷区两拓本。

**十一日(4月30日)** 赠倪远甫、杨咏秋《摩利支天经》一百卷、《黄度母心咒》二卷。

广仁堂余峙莲同王梓乔名云路,江宁人,寓六合。来谭,峙莲辞回婺源,留佛教慈幼院盐业银行存折三,拟保存,并赠《感应篇直讲》四十册。

贺刘慧之嫁女王氏。

**十二日(5月1日)** 吊郑海藏之室吴夫人。

吊梦松刘先生。

刘慧之由北京回,出示各书:《育德堂外制》,存前五卷并目录,宋本宋印,各家未著录。《文公家礼》,存卷五,半页十四行,行十四字,注双行,行廿一字,有句读,宋本宋印,《简明目录》批注。《朱文公校昌黎先生外集》,存卷八,半页七行,行十五字,白口单边,宋本宋印,各家未著录。《新刊国朝二百家名贤文粹》,存卷二十,半页十四行,行廿四字,宋本宋印,《楹书隅录》著录。《景德传灯录》,存卷二十一,半页十五行,行廿八字,白口单边,宋本宋印,《瞿目》。《国朝诸臣奏议》,存卷四十二,半页十一行,行廿三字,白口单边,宋本宋印,《瞿目》。《五代史记》,存卷十三,半页十二行,行廿二字,白口单边,宋本宋印,贞字缺笔,《留真谱》。《后村居士集》,存卷四十五,半页十行,行廿一字,白口双边,宋本宋印,《仪顾堂续跋》。朱文公《诗集传》,存卷八,半页七行,行十五字,宋本宋印,《仪顾堂续跋》。《通鉴续编》。存卷三、卷四,半页九行,行廿二字,元刻本,《访古志》《仪顾堂续跋》。

答拜刘慧之谭,交还各书,并以顾鹤逸、邓群碧出售书目假阅。

访褚礼堂,未晤。

朱伯航澜。累来,未晤。今又来,不遇。

覆任心白书。姜瑞书来沪,正有刻件已接洽,峙莲回皖院事由王梓乔代办。

覆徐行可书。寄还写本朱述之《曹集考异》三册。

覆周叔弢书。收到《简斋诗外集》,代价三百元。

覆周美权书。收到叔弢讯并洋三百元。

**十三日(5 月 2 日)**　贺刘慧之嫁女吕氏。

三太太十一日六十生辰，今由苏来，往祝之。

**十四日(5 月 3 日)**　汪甘卿由苏来，同访味古精舍席少卿、竹林山房董汝霖，商询陆炳然偷逃田黄石印章事，告白费甘卿又属王寿臣带来洋八元。

**十五日(5 月 4 日)**　同甘卿访陈散原、俞寿丞谭。

约甘卿至晋隆午餐。

访顾鼎梅谭，鼎梅借《江苏金石志》廿六册、《陕西得碑目》一册。收大照公司洋三百五十八元八角七分。花红。

大丰公司股东会，未毕会，先散。

张和声、程演生前国立北京大学教授，巴黎中外贸易公司董事长。来，未晤，留两扇属书，并留安徽文献征存会简章。

覆李审言书。来信十六元，代购来青阁《骈文类纂》十元，邮还六元。

**十六日(5 月 5 日)**　郭道弥来，未晤。

答拜程演生、张和声，不遇。

至大生，知大丰昨日议案未解决，今又覆议。

**十七日(5 月 6 日)**　郭道弥来谭，交大照公司董事名册签字。

送徐冠南庶母钱恭人呢幛。

送江汉珊之三嫂呢挽幛。

汪蟾清续娶五子妇，送华丝葛喜幛、酒、烛、爆。

午刻，赴都益处贞元会。

视刘健之疾。

至中国书店，取：付讫。《梅花喜神谱》，古倪园沈氏刻本，洋十元。廿一日退。《新郑出土古器图志全编》，洋八元零，廿一日退。《明贡举考略》。黄崇兰，嘉庆九年刻本，洋二元零。

致陈少舟、夏辅宜书。附翟展成来函，乞加芜振五千元。

**十八日(5 月 7 日)**　午刻，约张和声、程演生至大华饭店西餐。

濮秋丞同年同赵寿人曾寿，太湖。来谭，寿人同程演生办文化宣传会，索观《宝祐、绍兴两登科录》《历代状元策》、万历湖广乡试题纸，并以所撰安徽诗词征草目示之。

姚仰南以《乐府留影集》属题。

赠张和声、程演生《徐公文集》、竹纸印。《读史记十表》夹板。各一部，又书扇二叶。

大生送来李耆卿印《闺范》洋三百元。

购来青阁书，洋三元：《登封县志》廿八卷。洪亮吉，乾隆丁未刻本。

**十九日(5月8日)** 昨晚，刘晦之来谭。出示北京坊售《四库全书》零种约二百册，每册索三五十元不等。

覆翟展成书。加放芜湖振款五千元。

覆汪甘卿书。代登告白费三元七角八分。

覆陈绳夫书。收到书价十元，又寄书三种。

致刘晦之书。附翟氏售书目并讯。

昨，为丁价侯印翁书《金刚经》成，随即送交，并收到价洋一百零八元一角七分五厘。

访顾鼎梅谭，取褒邑石门碑全分十三种，洋五元。又取葛卣専书画三事，洋九十二元：二十日付。金五云绘观世音尊像轴，洋五十元，有“金氏东桥”朱文方印，有“妙□观世音□□海潮音”十字朱文方印①。题“时嘉庆八年太岁癸亥观音成道日，皈依三宝，总持楞严圆法受菩萨戒，弟子昭明阁内史金氏恭绘观世音尊像”四十四字，有金氏五云阳文方印，又写经一段下有“礼”“嬴”二字朱文二小方印。姚梅伯画太液秋姿轴，洋十六元。张船山五言联。盆花来静女，檐树立将军。洋廿六元。

付鸿宝斋印《金刚经》石价廿二元，又补印《闺范》四元。

**二十日(5月9日)** 吴寄尘来谭，通知张府廿六日行聘礼。

刘慧之来，谭葱石押款。

李耆卿来谭，赠《闺范》。

---

① 本句中“□”均原文如此。

为穆藕初题《乐府留影集》，应姚仰南之属。

致顾鼎梅书。附交葛卣尊书画洋九十二元。

黄吉园来交裱成《李元靖碑》《孔子庙堂碑》，付裱工十三元五角，又以书画并铜器共十三件代售。

吴舜臣来讯，翟展成十三日在南陵明伦堂散放振款，请舜臣帮同照料。十六日午后放竣，计放南陵二万一千零，宣城二千二百，余不敷三千元，电济生会拨补。繁昌约定十八日往查，展成于十七日黎明回芜。十四夜黄墓渡抢烧绑票。十五日宋家桥绑十余人，内有图董四人，外毙。图董何姓一人，县公署三人。委员开会催款。寄来振款一千一百元收条。夏辅宜覆书展成请款，济生会认加三千元已汇，日前济生会振务处呈禀，奉佛祖训示，振务以皖为先，按照请求次序办理，吾皖灾民之幸福也。

**廿一日(5 月 10 日)** 昨、今两日，购河南碑估王发印各碑，洋十七元。

送吴子茹华丝布素幛。

致陶瑶青书。瑶青讣告其尊人陶子麟于三月初九日酉时去世，求题像赞，今寄去，并寄绸素幛。

致顾鼎梅书。索回《江苏金石志》，交还褒斜石门全分。

昨，郑海藏来，未晤。

重宁寺住持僧正廉密安。来，未遇。

访张、丁两亲家谭。

任心白今日快讯，放生池改归市有，教育局特派指导员蒋道南、课员罗玉麟接收。戊辰三月初十日《京报》。

覆吴舜臣书。南陵振款不敷三千元，济生会已汇还，拨付淑记五百元亦照拨。

致张仲照书。为陈一甫索其尊人书牍，并新印亲笔。

致李拔可书。请查《四部丛刊》缺叶，附钞陈一甫信。

致夏辅宜书。为陈一甫托大有晋事，附钞陈一甫信。

**廿二日(5月11日)** 约王梓乔来，以任心白来书请交王一亭阅核，一亭云迫不及待，先由其个人函致市政厅并财政处，商酌取销，如办不到，再具公函。

送吕幼舲七十生日红华丝布幛。

覆任心白书。据王梓乔同王一亭接洽情形告之。

黄光益来谭。

**廿三日(5月12日)** 吴寄尘来，未晤。

游半淞园，过新北门，购苍兰、白芍，读采兰、赠芍之诗，为之一笑。

覆翟展成书。振款实系五千元，又加三千元，于十八日汇芜。

**廿四日(5月13日)** 鲍星斋、黄光益来谭。

午刻，赴都益处贞元会。

**廿五日(5月14日)** 答拜朱伯航谭。

访朱峻夫，未遇。

访印光法师谭，留饭。

以《江苏金石志》稿交鸿宝斋石印。每石二元二角。

至中国书店，取：五月四日付价讫。《真诰》二十卷，明俞安期订本，二次改本，有惠栋印、字曰定宇印，三十元。《五百四峰堂诗钞》二十五卷，黎简，嘉庆刻本，四元六角。《雕月楼词》，张采，稿本，二元。《修武县志》十卷，知县冯继照纂修，道光己亥刻，五元。《涉县志》八卷，知县戚学标重修，嘉庆四年刻，三元。廿六日退。《关帝宝训像注》四卷，沈雨轩、顾湘舟重刻嘉庆庚辰刻本，五元。《孝弟图说》，同治甲戌刻，一元二角。《嵩阳石刻集记》，沔阳卢氏影印文津阁四库本，一元二角。《皇朝舆地略舆地韵编舆地图》。江阴六承如撰，六严绘图，道光辛卯刻本。

王梓乔来，未晤，留任心白覆书。

**廿六日(5月15日)** 至大生，晤寄尘谭。林贻书来，未晤。

至中国书店，颂清借《词苑丛谈》，付之。

贺汪蟾清续娶子妇。

覆陈一甫书。大有晋事(附钞夏函),《四部丛刊》(附钞李函),《闺范》等洋派收,仲照书未送来。

覆朱韵笙书。盐税事。

覆任心白书。放生池事,公函面交王一亭。

**廿七日(5月16日)** 宣古愚来谭,还《闽中金石志》。

宗子戴来谭,付印《江苏金石志》洋三百元。

送刘晋卿嫂张夫人华丝布挽幛。

读甘泉林少紫先生溥。《晖吉堂集》。

**廿八日(5月17日)** 访张、丁两亲家谭。

访吴寄尘谭。答拜林贻书谭。

收大有晋红田一百七十五亩丙寅、丁卯两年租息壹百八十九元八角七分五厘。

访席少卿谭。

覆汪甘卿书。商赎回田黄图章。

**廿九日(5月18日)** 收协济号本八九。元五十两、息八九。元三十四两。

朱峻夫来谭,交《江苏金石志》印费一百八十元,又赠我《一行居集》,复赠《闺范图说》《怀豳杂俎》《一亭杂记》。

送鸿宝斋连史三十五件。

## 四月

**朔日(5月19日)** 濮秋澄、程演生、赵寿人来谭。

汪甘卿同年由苏来。张仲照来。

购唐墓志一百十种,付洋二十元。

**初二日(5月20日)** 吊吴仓硕。

刘伯愚来谭。

黄光益来谭。

覆徐卓卿书。梁杓君赎扬州住宅减至四千五百元。

晚,甘卿约席少卿、程炳泉新半斋便酌。

**初三日(5月21日)** 送张府嫁妆。

汪甘卿同年回苏。

夏辅宜来谭。

答拜张仲照谭。

**初四日(5月22日)** 午刻,倪远甫、杨咏秋约至枕流小筑酒叙。

访贾颂平、李耆卿,未遇。

**初五日(5月23日)** 魏梅荪、任心白由宁来先后来谭。

吴寄尘来谭。

访朱蕊初谭。访夏辅宜、周业勤谭。

答拜濮秋澄、赵寿人,未遇。

昨,赵寿人未晤,留先德著书:《遂园诗钞》六卷,太湖赵昀,光绪七年刻本。《味镫听叶庐诗草》二卷。李振钧,光绪十五年刻本。

致李季皋书。告《毛诗要义》宋本刘健之已向汉文渊书店购成,共二千六百元,明日午后交书兑价。

覆翟展成书。振款不敷,辅宜已请少舟代募一千元,余可望济生会补助。洪氏书各书坊可以合收。

致郭礼征书。为刘聚卿夫人之股票傅淑记息单七张,上年付息给新股票,有人来取,请通知刘府接洽。

覆吴舜臣书。马祖武未来,承赐茶、笋款,先致谢。张葆玉及石笙侄来信借洋,只好置之不复,附钞信,请从速代分田产单寄来。呈验契纸如不验,寄回。代送方指高奠分十元。

**初六日(5月24日)** 至丁子盈、吕鹿笙处送请执柯帖。

访张亲家谭。

答拜魏梅孙,未遇。

赵寿人又来,未晤,留:《石柏山房诗存》八卷,赵文楷,咸丰丁巳刻本。《麻埠茶谣》一卷,赵曾槐。《网旧闻斋调刁集》二十卷,方守彝。《远寄斋诗存》、汉阳黄教镕。《艺华诗草》。

**初七日(5月25日)** 郭道弥来,未晤。

**初八日(5月26日)** 为七女姮行纳币礼,吕鹿笙、丁子盈作冰人,张府来聘金八百元、奁犒四百元、大开门一百二十元、小开门八十元。

郭道弥来,交大照公司股东名册签名,并送礼券洋十元。吕鹿笙送礼券六元。

倪远甫、杨咏秋送奁敬十元。

丁子盈、吴寄尘送绣屏四幅,银小照镜匡一对。

江知源、章静轩、束劭直、张佐虞、龚伯厚公送银屏一对。黄光益送礼券十元。

**初九日(5月27日)** 晨送妆。

程演生赠旧辑《太平天国史料》三册,法国橘酒一瓶。

三房七侄女同蒋府订婚,交换饰物,并在孟渊旅馆喜宴。

晚,访刘健之谭。

**初十日(5月28日)** 侄婿蒋来谒。

吴寄尘来,商大华结婚,随至大生,约同丁子盈往大华接洽。

覆安徽同乡会书。六周纪念征题,为集汉景君铭"乡党之光"四字说之。

**十一日(5月29日)** 程演生来,未晤。

拜证婚人赵悔庵,冰人吕鹿笙、丁子盈。

至鸿宝斋,看印《江苏金石志》稿样。

至中国书店,取《江苏金石志》稿、目录,函送鸿宝斋付印。

至华新银行,将陈一甫汇来南陵振款一百二十元交陈正有,前垫捐八百元。

冯光九送绣屏两幅、绣枕衣一对。

六时,丁子盈、吴寄尘来,商明日丑时行结婚礼,允之。

**十二日(5月30日)** 一时,冰人吕鹿笙、丁子盈,陪冰江知源、龚伯厚同来迎亲。二时,余与淑畹、定君挈八女送七女登舆,同至乾宅,行结婚礼。赵悔庵读证书,致祝词,主婚人、绍介人及新夫妇先后盖章，礼成而归，已四时矣。给投帖二分十六元，彩舆二分八元，冰舆、冰使各二分共十六元，至乾宅另给总函四十元。

五时，大华饭店宴客，定客菜七十分，乾宅备。命崇、永两儿前往招待。

冯光九来贺。林洞省来谭。

答谢倪远甫、杨咏秋。

**十三日(5月31日)** 答拜冯光九谭。

昨接冯仰山函，商借马金涛，放怀、潜两邑雹灾。辅宜亦据金涛函来告，随致函周业勤，得覆允许。

致夏辅宜书。告已向业勤代金涛乞假，附南陵义振协会谢函。

覆冯仰山书。已向业勤代金涛乞假，允准。

致陈正有书。捐募南陵振款六百捌拾元，给收条三十一纸。

覆陈一甫书。一甫续募南陵振款，计倪锄经堂一百元，金敦本堂二十元，还正有前垫。填给收据二纸。大有晋公司夏辅宜云，如收回自办，必须将股票寄来向公司缴销，并将应交之款于三月底付清，以便交割。后再与辅宜诸人合办，辅宜去通，约月底回沪。张仲照之尊公遗墨允由津友径送尊处。《江苏金石志》集资影印二百部，如附印若干，乞速示，每部约七元零。

覆汪甘卿书。管复初、陈散原两函已分送，管去北京。

吴舜臣寄回未验契纸，四、五、七、八。共四包，又托代存自契一包。

任子木来谭。吴季白又来，未晤。

**十四日(6月1日)** 约李元之、冯光九、刘健之、叶弥臣午刻酒叙，林洞省、林翼民、任子木、丁筦荪均辞。

拜张府看亲。

答谢赵悔庵、吕鹿笙、丁子盈。

徐倬卿覆书至，健翁交来。梁姓赎屋事，大致情形同前函。

**十五日(6月2日)** 厦门大学国学研究院李雁晴来书。附陈绳夫书价廿六元。

覆吴舜臣书。舜臣送七女奁敬二十元。寄来契纸四、五、七、八共四包，又舜臣契一包收到。南陵新知事王粹民，湖北人，初四日接印。石笙借稻三十石，未付。初九日午刻，泾县失守，闻股匪约三百余人。清弋江二次抢劫，绑票卅余家。寄白尊者《黄度母心咒》四纸，请持诵《摩利支天咒》。

覆李审言书。告印《江苏金石志》不用序跋，避免纠纷，故题词亦未便印。代冯涵初请题《种菜图》，附自著二种。

覆宗子岱书。《江苏金石志》审言题词事。

冯光九来谭。

答拜朱峻夫、吴蝶卿、周紫珊，均未遇。

至鸿宝斋、中国书店小坐。

**十六日(6月3日)** 姚仰南来谭，交安徽旅沪同乡会书，公推为征求队名誉总参谋。总队长许静仁，总参谋程霖生，队长江眉仲、孙景西、关芸农、洪明度、郑鉴源等；名誉总队长柏烈武，名誉总参谋徐积余，名誉队长、参谋李伟侯、臧和斋、王慈生、陈少舟等。

又函，六月七日即四月二十日。上午九时至下午五时，假共舞台，举行五周纪念大会，并第三届征求会员大会开幕典礼，公推为主席团体之一，当即辞之。许静仁、程霖生、徐积余、陈少舟、常藩侯、洪明度、汪禹丞。

拜贾颂平、余节高、许仲衡，未晤。

午刻，赴都益处贞元会。

致陈清源书。为绮女鄂票租价一千八百两，为蒯绍芳私用派安涛至扬，请追交。

致曹木如书。为大女分析以房产抵债，请速代售偿还。

送刘诚甫华丝布挽幛。

张作霖午前一时一刻去北京，六时卅五分抵津，旋于五十五分往奉天。

黎元洪于午刻死于天津。

月全蚀，初亏。下午六时十三分地平下，月出。下午六时五十八分，带食六分四左偏下，食既。下午七时二十六分，左偏下，食甚。下午八时五分,食十二分,五地影中,生光。下午八时四十三分,上偏左,复圆。下午九时五十七分,上偏右。

**十七日(6月4日)** 至受古书店,购:付洋五元四角。《孙文定公南游记》,嘉庆乙丑百龄刻本,三元六角。荆南石刻三种,光绪癸卯刘瀚双钩刻本,一元二角。《濬县金石录》二卷。熊象阶,县志本,六角。

至来青阁,购:廿八日价付讫。《渔洋先生评点赤嵌集》四卷,桐城孙元衡,康熙四十九年刻本,码洋八元。《江西考古录》四卷。王谟,乾隆丁亥刻本,码洋四元。

丁子盈亲家赠麻油、十斤。江醋、二瓶。绿笋、四篓。香椿芽,四斤。答书谢之,给来使二元。

至大生,晤江知源、龚伯厚、沈燕谋。

魏梅荪来谭。

拜丁亲家,未晤,送西藏鎏金准提佛象并持诵法,又翁书《金刚经》《人身关切要书》《摩利支天经》。

拜张亲家谭,并送敬礼婿行。

**十八日(6月5日)** 接七女姮归宁。

报载,昨日国民政府令特任阎锡山为京津卫戍总司令。北京治安由王士珍主持,孙传芳通电下野。

又,昨晨五时三十分张作霖专车过皇姑屯车站,在满铁交叉点老道口日内警备区内突遇炸弹狙击,铁桥爆裂,张之列车顿时炸成齑粉,张作霖受重伤,吴俊升伤重身死,莫德惠、于国翰等亦受重伤,传系日本人行刺。

拜张菊生、狄楚青,未遇。

至中国书店,取《藤花亭镜谱》八卷。梁廷枬,有图,旧藏一本无图,洋六十元。五月四日退。

至来青阁,取:廿八日价付讫。《历科状元策》,明焦竑编刻,旧藏一本自明初至康熙止,洋四元。《魏书官氏志疏证》,陈毅,光绪丁酉刻本。《魏书校勘记》,王先谦,光绪癸未刻本。《鹤茗堂百二词》,拌湖老人,同治十一年刻。《琴思楼词》。易顺豫，光绪甲寅六月石印本。

**十九日(6月6日)** 陈缉有讣至，送华丝布幛，交陈正有转。

吴舜臣书至，十四日芜湖来兵一营，晨十时急往泾，另有兵二连，由清弋江进，闻匪已在泾县城退出，绑去男女一百余人，死二百余人。泾太同乡募四百余元，陈夔卿愿捐四五百元，请其至泾救济。南陵人心已定，地方亦安。

报载，张作霖于昨晨八时半伤重身死，潘复、赵欣伯亦死，张景惠、阎泽溥亦重伤。齐燮元与直军联络组织第五集军团。孙传芳自言并未下野。

皇上、皇后于十七晚十二时行幸大连。贵阳师电津，得复同安，报纸真妄载矣。

晨，至花旗银行。

**二十日(6月7日)** 访张亲家谭。贾颂平未晤。

访张菊生，谭傅沅叔寄售宋椠书籍，菊生赠新印《涉园丛刻续编》，皆先集，并自辑两种也。

致李审言书。四月二日七十寿，送花缎幛、寿联，联云：著书老聃长生久视，劝学荀况美意延年。

致陈绳夫书。收到李雁晴寄来书价廿六元，已列收入册。

致朱瑞祥书。属寄新书目中《旌德县志》十六元，《徽州黄山图》二元四角。

致陈器之书。取齐太公田和区陈猷釜全形合拓本。

**廿一日(6月8日)** 刘慧之宴杨高百寿桐，无锡。于功德林，约往作陪。

刘公鲁来，交宋本书四种属题。

**廿二日(6月9日)** 沈燕谋属为张不厌书屏，书成交之。

贺刘子鹤六十生日。晚，访刘健之谭。

访顾鼎梅谭，赠其先德《滦水联吟图》卷新印本。

至来青阁，取《奇觚室吉金文述》十二卷。嘉鱼刘心源，石印，退还。

**廿三日(6月10日)** 姮女昨归,今日回。送敬礼婿竹纸《徐公文集》《怀豳杂俎》,白纸《四灵诗》。

《道路月刊》编辑、霞飞路。陆丹林向不识。来书,索书斗方,为临《曹全碑》覆书应之。

致顾鼎梅书。赠《闺范》《一亭杂记》。

致徐行可书。赠残瓦十二方、南京永康砖二方、武丘残砖一方。

**廿四日(6月11日)** 送张亲家行张留函,托印所书《金刚经》《阿弥陀经》。

至中国书店,取:《明僧弘秀集》十三卷,毛晋,崇祯十六年刻本,洋四十元。五月二日还。《文美斋诗笺谱》。张和庵画,宣统三年刻成,洋十元。五月二日还。

久旱,晚得雨,可喜。致张婿敬礼书。

舜臣来书,十九日由泾回南,泾城内外被匪乱,无一幸免,死三百余人,焚八九十家,尚有五六十票未赎回。每日匪有信至城催赎外,轿夫七八十人亦未释回,匪退三四十里,泾太山中约三百余人,仍在乡绑票,李营长军队驻城代知事职。

无雨,已成旱象。

**廿五日(6月12日)** 至新中央,观影剧。

覆石笙侄书。石笙借洋四五百元。

覆吴舜臣书。舜臣放泾振回,附覆石笙侄讯。

致曹木如书。赠《徐公文集》《怀邠杂俎》,哔吱袍料,元色花缎褂料。

**廿六日(6月13日)** 张和声安徽省政府财政厅第一科科长。来,未晤,留赠九华山茶、虾子腐乳。

覆曹靖陶书。为书素册,并为汪志杰书扇。

答拜张和声,未晤。

至来青阁、蟫隐庐,晤秦曼卿、鲍扶九、谢光甫、刘健之、刘实之谭,李徽生持黄荛圃题明钞《纬略》。

访席少卿,为汪甘卿催赎田黄印二方。

报载，蒋中正廿三日通电辞职。阎锡山廿四日午刻抵北京。

覆朱瑞祥书。寄还释天都、弘眉、紫石编辑《黄山志》十卷，康熙丁未刻本，另开书单属寄。

潘叔玑其璇。来，未晤。

**廿七日(6月14日)** 刘慧之来谭。

覆汪甘卿书。同席少卿接洽赎回田黄印二方。

**廿八日(6月15日)** 至中国书店，晤宜兴储南强，云经营善权张公洞，并搜集《宜兴先正遗书》。

至来青阁，付书价十元。

致刘慧之书。借《通艺录》廿四册收回。

**廿九日(6月16日)** 拜张和声、贾颂平，未晤。

拜夏辅宜谭。

约刘慧之家拓器人拓镜十九纸，送工洋二元。

送张和声美国葡萄汁四瓶、先施茶叶四罐。值十余元。

至中国书店，取：五月初四日付。《郎园读书志》十六卷叶德辉，戊辰初夏活字本。《书林余话》二卷，同上，共十二元，九扣。《江上小蓬莱吟舫诗存》十八卷《诗余》二卷。怀宁叶坤厚(原名法)，光绪九年刻本，五月二日还。

覆李雁晴书。雁晴名笠，瑞安人，厦门大学国学系主任。赠《玉台新咏》《读史记十表》。

覆狄楚青书。谢为刘健之画扇。

**三十日(6月17日)** 报载，廿六日由南陵开芜湖溪南小轮在马仁渡被匪拦劫，在繁昌五华山新岭铺等处绑去男女二十余人，全船被掠一空。舜臣来信，女票放回，枪毙男票二三十人，内有泾县绑来。

朱云卿来，拟救济泾县匪灾，约具名公启，开会募捐。

商静安，请济生会散放。同来有卫授经，泾人，曾在朱幼鸿家办事人，亦猥琐，近在徽宁同乡会活动。

## 五月

**朔(6月18日)** 至古玩市场,晤陈乃乾谭。

晚,至新中央,观《木兰从军》影剧。

**初二日(6月19日)** 午刻,刘伯远默渊。招饮。

致赵寿人书。赠《玉台新咏》,还诗集六种。

潘叔玑来谭。

覆宗子岱书。收到篆书《江苏金石志》书衣。

覆陈倬斋书。义冢坛判不主迁葬。

**初三日(6月20日)** 朱云青来谭。

致朱云青书。陈西甫捐南陵水灾五十元,今移助泾县匪灾。

**初四日(6月21日)** 宣愚公来,未晤。

购怡大纸号荣兴本庄连史八件,每十七元。为退老印《金刚经》,付洋壹百卅六元,又力六角。又购乾泰茂京庄连史壹件,装订《江苏金石志》,付洋十六元。共付壹百五十二元六角。

大照公司汇来夫马费一百两,今至实业银行化洋壹百卅八元。

访顾鼎梅谭。

至来青阁,取:廿五日价付讫。《登封县志》三十二卷,洪亮吉、陆继萼撰,乾隆丁未刻本。十一日退。《泰安县志》十四卷。知县徐宗幹裁定,道光八年刻本,洋三元。

收西泠印社书价洋九元二角六分。

结中国书店账,付洋六十七元八角。除代售书一百廿四元四角冲抵外。

付博古斋书洋二十元。

报载,初一日六安又被匪占。初二日,张学良接任奉天督办,阎锡山赴北海静心斋养疴。初三日,中央政治会议议决,直隶改名河北省,北京改名北平。

覆冯仰山书。再借马金涛,放太湖振。

**端阳日(是日夏至,6月22日)** 张和声来谭。退还葡萄汁四瓶,又送冠生园食物二种。

午后,至新中央,观《金缕恨》影剧。

**初六日(6月23日)** 朱峻夫招饮,坐中皆贞元会人。

易均室忠箓。暨其新夫人万灵蕤瑞药,瑞安人,能拓《金石铭》,黄仲弢甥女,解吟咏。赠拓藏印五十枚并倡和诗笺,索余镜铭拓本,因拓汉唐镜廿种报之。

覆徐行可书。寄赠易均室镜铭拓本廿种。

覆李审言书。冯涵初《种菜图》诗款署静涵,请重书。淞社群贤小传醉愚年余不见,晤梦坡,再询之。自寿诗已送散原,容促其和章,《四六丛话》中国书店已售出。

覆吴舜臣书。陈姨老太太来信,告苦钞原信寄阅。匪在东南乡,南陵惊惶,廿九日起三点半钟闭城。

覆陈绳夫书。请题新印《韩集笺正》书衣交中华书局广告部吴谷声。询磁青书面价值。

**初七日(6月24日)** 午刻,都益处贞元会。散后,至中国书店小坐,借《大明嘉靖三十九年岁次庚申大统历》。共十六页,前有官印,索价五十元,后以卅六元得之。

**初八日(6月25日)** 贺朱凤林六十生日。

拜张和声,未晤。

至大生,晤江知源、新自大连回。吕鹿笙、丁子盈、吴寄尘谭。

覆陈清源书。绮女鄂票事,花园巷房租事。

**初九日(6月26日)** 取阅中国书店《七侠五义传》。旧题石玉昆述,曲园居士重编,广百宋斋印本,洋三元。退还。

**初十日(6月27日)** 任心白来谭。

晚七时,朱凤林招饮于刘镜清家。

**十一日(6月28日)** 李紫东来,托售元刻《玉海》、日本覆刻明宏治本系活字本。《黄山谷集》。

覆翟展成书。来书告放南陵振二万一千〇七十八元，繁昌四千八百四十八元，芜湖二千九百〇九元，宣城二千一百八十五元，共放三万一千〇廿元，各项用费七百卅元。覆上海泾县匪灾救济会情形。

公覆陈西甫书。谢捐助南陵振款五十元，今移助泾县救济匪灾，附收条。

覆陈一甫书。附覆谢陈西甫函，并泾县匪灾义振会收条。

覆李从龙书。来书：四月廿四随阎到北京，现战地政务委员会委大批人员，阎以不干预政治标榜。

午后二时半，赴华商上海水泥公司晤文陵徐致一，绍兴人，善太极拳。三十六次董事会。议决上年不发股息，联合启新、中国、华商三公司营业草案股东会定八月五号即六月二十日。

至大生，晤章静轩谭，夏辅宜在坐。

**十二日(6月29日)** 佛教慈幼院在太平寺宴请慈善家，余与印老法师、王一亭、魏梅荪具名。

**十三日(6月30日)** 访朱云青，未晤。

拜张仲照，谭印书、订书价目。

贺张亲家生孙。

访赵悔庵谭，请题《金刚经》书衣。悔庵赠其尊人绍亭先生著《廿四史类聚》一册。

至鸿宝斋，交印《金刚经》《心经》《阿弥陀经》《冥报录》。

致张退庵书。告各经已影各六百部。

覆张敬礼婿书。如需应用书籍，望开单，当为邮寄。

致任心白书。告魏小溪君，可应慈幼院之召，约期接洽。

致陈清源书。托绮女售鄂票，送陈皮梅、沙丁鱼各四合。

安杏楼至扬，交田房契四张呈验。十九日验讫带回。

刘沂生前日来，商其父克昌擅租扬州花园巷住宅并擅支用押租行租二百五十元，今日去扬。

**十四日(7月1日)** 朱云青来，谭泾振。

王梓乔来，交阅慈幼院呈送备案稿，即签名，又拟付院费壹百元。

恽瑾叔来，拟商银行信用贷款，婉言覆之。

鲍承良绍介夏君顾君函托。托售孙虔礼《书谱》宋拓本一册，六舟僧旧藏，徐叔鸿名树钧。察使故物，索价二千元。前有张叔未题“孙虔礼书谱宋拓本”；分书，道光辛丑闰春为六舟禅友先生书，嘉兴弟张廷济。又伊念曾题“宋拓仅存”四字；戴熙题签、甲辰八月，分书。六舟自题签。分书，宋拓太清楼书谱。帖尾元至顺二年虞集跋。朱书，疑伪，每字亦旁注朱字。帖中六舟校记廿一条另签；道光廿三年五月，正书，又二条不知何人所签。

崇恩跋、丁未四月。殷寿彭跋、丁未四月。澄园铭徐树铭。跋。光绪二十五年七月二十八日。

**十五日(7月2日)** 李紫东来，出阅宋本《韩昌黎集》，半叶十二行，配本半叶十三行。天府所藏，有“乾隆御览之宝”等玺，今在蒋孟蘋处，拟押一千五百元。

任心白来，适魏小溪来，书写书样一张，并拟得薪三十元，随将原书交心白，同梅老商定。

印光法师今回普陀，送九华茶荔枝。

购汉文渊碑一种，洋一元：《李含光碑》。同治十一年五月夏至日扬州张肇岑访得二石，计二百七十九字，移至句容学廨。

大生一厂维持会送戊辰上半年董事夫马洋三百元。

以商务书馆寄售折送其结算。

**十六日(7月3日)** 昨小病，今至余伯陶诊方。

覆萧子文书。子文托荐陈卓甫，婉言覆之。

覆朱瑞祥书。交来青阁寄白纸正续《随庵》(十三元)、《永嘉四灵诗》竹纸一元，结清来往旧帐：收《吉金文述》十六元，《吴挚甫集》一元二角，《绣佛庵挽言》一元二角，收《元人百种曲选》十三元六角，《两浙金石志》(廿四元，缺补遗)，折合五十二元〇五分，换书清讫。

**十七日(7月4日)** 张豫祖二十生日，送礼券十元、席票十四元、烛、酒、桃、面。

覆顾鼎梅书。谢赠《勴堂读书记》五册,借丁祖荫《常昭金石志稿》,索洛阳造象目,附询礼寿造象地名。

致冯涵初书。寄李审言题《种菜图》先后二纸。

购怡大号乾泰茂京庄四件,付洋六十四元。

至来青阁,取:廿五日价付讫。《春秋三传异文释》十二卷,李富孙,别下斋本,洋四元。《历城县志》五十一卷,李文藻、周永年、盛百二、施养浩、丁湘锦、万福纂,乾隆三十八年刻本,洋八元。《青浦诗传》三十四卷,王昶,乾隆甲寅刻本,洋十二元八角。《查浦辑闻》二卷,海宁查嗣瑮,洋六元。十九日退。《北游日记》四卷《海右集》四卷,王初桐。《柳絮集》一卷,女史李湘芝,乾隆五十九年刻本,洋六元。《巏嵍山人杂著》,廿一日退。《新柳堂集》十五卷《历试卷部元卷臬司前》卷共一卷,宗元鼎,康熙十九年刻本,洋十八元。廿三日退。《浣花濯锦前编》九卷《后编》三卷。江陵朱云焕,嘉庆元年刻本,所辑自上古至清,皆蜀中闺秀,洋一元二角。

徐晓霞钧。函赠桐乡劳先生遗稿。卢氏新刻。

高君定名基,一字定堪,金山人,吹万侄。函赠书二种,并拟假阅钱刻《内经素问》《灵枢》:《覆瓿集》九种、张文虎。《武陵山人遗书》十二种。顾观光。

报载,蒋中正昨晨七时抵北京,径往西山碧云寺。

马兰生晚自浙江来沪。

**十八日(7月5日)** 刘慧之来谭。

徐行可来书,赠赵寒山字轴、王定甫楹联。

朱亲家太太钟太夫人七十冥诞,送糕点四盘、烛一对,命儿媳前往行礼。

安徽省政府主席陈调元。政务会议成立兵灾匪火善后筹振委员会,函聘为委员之一由各厅遴选本省士绅,提会公决聘任。并简章及委员名单。由济生会转来。

**十九日(7月6日)** 阅查德尹嗣瑮,海宁人。《查浦辑闻》,记:

南戏出于宣和之后，南渡时谓之温州杂剧，后渐转为余姚、海盐、弋阳、昆山诸腔矣；见《祝吏部猥谈》。

古人用椠板三尺，以铅刻画之，故名铅椠；或书于竹简，俱可修削，故称教削。

汉明帝听刘峻女出家，又听洛阳妇阿潘出家，此中国尼姑之始；何充舍宅安尼，此尼庵之始。以上见《群碎录》。

天宝中，无人及第；太平兴国中，一榜尽赐及第。

古画自唐初皆生绢，吴生、周昉、韩幹后，皆以热汤半熟入粉，捶如银版，故作人物精彩入笔。今人收唐画，见绢文粗便谓赝，非也。张僧繇、阎令画，世所存者皆生绢。南唐画皆粗绢，徐熙绢或如布。

鹤卵大于鹅，灰色而斑文。

明节慎库内图书，俱宋宣和物。金人入汴，归于燕。元之徐中山下燕，封府库图籍。甲申之变，李贼遁后，都人清宫。孙北海身入大内，见封识犹中山也。诸物则散佚无一存者。向分赐诸臣书画，北海得大观殿法帖，宋高宗所赐喻樗者，多钟王秘籍。又李贼焚六科廊，而先朝之疏抄尽矣。

梅村云：《五代史》颇略，《册府元龟》五代事杂见，汇之可补欧阳之阙。

《帝王世纪》：秦坑儒四百六十人。

《大清律》率依《明律》，如云依《大诰》减等，则明初有《大诰》，国朝未尝有《大诰》，宜改正。

梁武撰《金海》，王应麟撰《玉海》；周兴嗣撰《千字文》，隋潘徽撰《万字文》。

杨雄七十三岁拟经，平津六十三岁对策，高常侍五十外工诗，王右军五十三工字。

苎萝村土地为西施。

辽之正殿曰洪武，元之正殿曰大明，明末芦沟小城置永昌门、顺治门，亦兆李自成及国朝纪元之先也。

都中多不断《圣教叙》本，闽人王衍摹于东岳庙中，颇能乱真，惟“领袖也”之“也”字回笔不从上出。近来陕中马槽本亦多乱真。

任心白来谭，辞回院，赠《永嘉四灵诗》《皖词纪胜》。

送林仲希之尊人星北呢挽幛，交大生转南通。

覆徐辉廷书。赤岭里山有松树六株枯萎，故伐去盖板，覆书阻止。

覆吴舜臣书。附致辉廷信，请转交并阻止，另酌送三四十元。益智学校校长追悼会，请酌送扁、幛。

**二十日(7月7日)** 闻李伯行自大连归，往访略谭。

访刘健之谭。访陶拙存，未遇。

访夏辅宜，不遇，留赠《玉台新咏》。

张和声函属书纸一幅，又属为洪玉林书扇，遂匆匆书之。

阅嘉定王竹所《北游日记》，其援据今古，及史志抵牾，考核精审。《海右集》诗格以少陵为宗，而出入于眉山、剑南。《柳絮集》为其姬人李秀真名湘芝，济南人。著《闺词百首》，佳。

竹所所著《巏嵍山人杂著同》、嘉定王初桐。《东山祝嘏》九卷、《新乐府》一卷、《倚声权舆录》二十卷、《奁史》一百卷、《演雅》八十卷、《译雅》六卷、《宋词纪事》四十卷、《乐府指迷》、冠以张炎一卷、沈义父一卷。《猫乘》十卷、《蝶谱》十卷、《京邸校书录》六十卷、《西山纪游》一卷、《文薮》二卷、《水经注补正》一卷。

太仓王异公，撰。别号随庵。

**二十一日(7月8日)** 大太太六十三岁生辰。

杨铁夫玉衔，香山。来，未晤，留近作《西湖词》四阕，并赠羊颖四管。

陈镜清来谭。

覆张和声书。为书字幅，并为洪玉林书扇。

陈乃乾同俞凤宾、陆□□来，观顾亭林《肇域志稿》，拟印此书。

龙梓修同年曜枢。来谭。

**二十二日(7月9日)** 赠张敬礼婿：影宋本《周易本义》，贵池刘氏玉海堂本。《睿川易义合编》，泰州徐天章演，正编十种、副编六种、续编三种。《钱唐吴氏旧藏名人书简》，汪咏沂石印本。宋拓《李元靖碑》。文明书局印本。

崇儿亦赠：《三苏全集》，扫叶印本。《南园大楷帖》。震亚印本。

午刻，约张和声、陈镜清、顾鼎梅、马兰生功德林素餐。

覆陶拙存书。谢题明万历湖北乡试题纸。

王渔洋《游上元瓦官寺》记云：寺有唐幢，相传唐武后锦裙所制，锦作浅绀色，云龙隐起，四角缀十二铃，今羊车不可见，而此裙宛然。

王安节概。修《江南通志》，康熙时。其江南省山川形胜图共五十幅，皆安节所画。

**二十三日(7月10日)** 刘健之来谭。

王梓乔交慈幼院备案呈文签字，又付会用一百元，又收印光法师募无名氏捐洋二百元。

**二十四日(7月11日)** 报载，国府通缉王楫唐、曾毓隽、吴光新、姚震、汤漪、章士钊、曹汝霖、陆宗舆、章宗祥、顾维钧、汤芗铭、王印川十二人。又载，苏省党务指委会昨日议决，呈请通缉安福系、研究系、交通系中著名反革命份子段祺瑞、梁士诒、靳云鹏。

覆张敬礼婿书。谢赠各物，覆赠书帖四种。

拜陈镜清谭，夏辅宜、龙梓修未晤。

拜丁子盈亲家、濮秋澄同年谭。任子木来谭。

送张亲家太太行，晤柬劭直、张作三。

访刘翰怡谭，翰怡赠新刻书十种。

至来青阁，结算书帐，共洋廿八元。廿五日付讫。

**廿五日(7月12日)** 晨，至黄浦码头奉天丸轮，送姮女往大连，九时行。李伯行亦乘此轮行。

覆朱瑞祥书。寄来成容若《通志堂集》廿卷，作洋六十元换书，今交来青阁寄书入洋廿三元。八月找书面结清。

**廿六日(7月13日)** 任子木来，责问杨翰西悔婚。

刘子鹤来谭,商疏通皖财厅派销卷烟税库券五万事。

**廿七日(7月14日)** 午刻,赴贞元会。

夏辅宜来谭。

王梓乔来谭,因母病,辞回六合,交徐凤传经募慈幼院经费洋二百七十元,又盐业银行支票簿一册。

**二十八日(7月15日)** 至荣德均处拔牙。

覆陈清源书。绮女鄂票请商张瑞曾,酌增价值。

致宣古愚书。赠冯登府《闽中金石志》,此函未送,书画交。

致刘翰怡书。赠《闺范图说》。

覆高君定书。谢赠顾尚之、张啸山两先生遗书。覆赠连史印《随庵丛书》《永嘉四灵诗》。

**二十九日(7月16日)** 李拔可之太夫人八十寿,送绸料、九章十元。酒券、十斤。烛券、二斤。炮券,二斤。亲往祝之。

拜张镜湖,畅谭。

拜宣古愚,未晤,留赠《闽中金石志》。

至盐业银行,结算佛教慈幼院基金折一九八八号,戊辰阳历六月廿日止,存洋一万四千六百八十九元九角八分。经常捐款折一四六九号,戊辰阳历六月廿日止,存洋九百八十三元八角七分。来往折一三三七号。戊辰阳历六月廿日止,存洋六千九百九十九元三角七分。

## 六月

**朔日(7月17日)** 汪禹丞来,谭安徽同乡会请列席会议,婉言谢之。一请愿收回无锡昭忠祠,一民团,一振务,一建筑会场。

以《玉台新咏》十部捐助征求物品助振会。

至商务印书馆小坐。

**初二日(7月18日)** 刘公鲁来谭,以方兰士为秦小岘画《秋寺寻诗图》卷属题。图为乾隆乙卯秋日小岘同潘德园侍御暨王妙闻、鲍绿饮、陆古愚、陈华南、项秋子、邵右庵、戴松门泛舟西湖,过净慈寺访可成上人,题诗。

访吕鹿笙谭，晤程子大。

访丁子盈谭。至溥益纱厂，晤徐笠樵。

杨蔚章名景焕，无锡，翰西第三子。来，未晤。

报载，五月廿日，新疆总司令杨增新为交涉署长樊耀南枪伤身死。

覆任心白书。魏小溪事请径自催促。王梓乔昨回籍省亲。

覆徐行可书。谢赠赵凡夫篆书轴、王定甫书联。

覆李审言书。收到重书题《种菜图》诗，拟送《江苏金石志》。

致宣古愚书。告留赠《闽中金石志》。

**初三日(7 月 19 日)** 至总商会国货陈列所。

致刘十枝书。赠《�堂读书记》《立懦斋残稿》。

覆陈绳夫书。属题《韩集笺正》五卷附《年谱》一卷，书衣已交中华。

**初四日(7 月 20 日)** 吴寄尘来，以敬礼婿廿九日书，告其尊人病情已渐愈。

晚，张府女公子来，云寄尘将张府田产借大生，向金城银行作追加抵押品，条件拟酷，已无形抄没矣。

姮女廿七到大连，禀告其翁夜九时腹泻甚危，次晨渐愈，禀为晨七时所书寄也。

至福州路，购汉文渊碑数种，洋二元。

报载，五月廿九日东方社奉天电，孙传芳被任命为东三省军务总指挥。

覆李伯行书。谢姮女到大连知照关吏，俾免稽查留难。

致张敬礼婿书。姮女五月廿七午到连。退老晚九时患腹泻二小时，廿八日午后又二小时，廿九日又二小时，逐渐减轻。

致郭道弥书。请代售公积新股票。

**初五日(7 月 21 日)** 拜周业勤谭，晤胡六圣余。

至丁子盈、张敬安处谭，适吴寄尘亦在座，张三小姐将大有晋田契交付。计七千八百三亩零。

致顾鼎梅书。以碑廿八种请其理目。

征求物品助振会函请为评价委员。哈少甫、游小溪、席少卿、张葆荪、狄楚青、黄伯雨、严孟繁、刘晦之、韩正甫、倪远甫、朱峻夫、朱静川。

**初六日(7月22日)** 接姮女初一日讯,退老病稍愈,能食粥。

覆陈正有书。谢代请周叔迦考释准提镜。

覆夏辅宜书。王寻乐堂捐南陵振五百元,翟展成收条改填南陵义振协会收条。

至中国书店,取:《尚书异读考》六卷,赵佑,原刻本,三元(八月十二日付)。《盱眙县志》六卷,傅绍曾,同治十二年刻本,一元六角(八月十二日付)。《楹联钞集》。旧钞,六角(八月十二日付)。

至鸿宝斋,商印《金刚经塔》。余旭士杲。来谭。

**初七日(7月23日)** 在吕鹿笙处公祝杨瑞生六十寿,送分洋六元。

宣古愚来谭,送影印《江苏金石志》,价洋五十元,并借阅钱玷《集古款识》《镜铭集录》《山左访碑录》。

夏辅宜托销征求物品助振会福果券二张,〇一八三三号、〇一八三二号。每张洋五元。

**初八日(7月24日)** 至觉园,赴评价委员会。

**初九日(7月25日)** 敬礼婿初五日来书,尊人病渐愈。

致陈一甫书。寄《江苏金石志》一部,并估《闺范》印价。

致宣古愚书。《湖南金石志》十册附借。

致李拔可书。送《王荆公诗文注》十册。

**初十日(7月26日)** 至大生,晤江知源谭。

赴评价委员会。

拜周业勤谭。代陈一甫销《闺范》三十部,业勤随即送来。

访朱峻夫,未晤。潘苇涟来谭。

覆李拔可书。退还《荆公诗文注》。覆大纲缴洋五十元,分田二十亩缴三次,共一百五十元;分田三次,共田六十亩。

致朱峻夫书。交还《江苏金石志》稿十四册，并告省政府秘书处，叶楚伧派顾天熙接办江苏通志局。

致陈一甫书。告周业勤让出《闺范》三十部，照旧价，共卅八元四角，书交沪公司寄上。

覆徐晓霞书。谢赠新刻《劳玉初遗集》。

**十一日（7月27日）** 吴逸之来沪养疴。

**十二日（7月28日）** 李木公之母赵太夫人七十寿，往祝，送绸幛，璧。收席票、十四元。烛、爆、桃、面。

鲍扶九鼎，丹徒。来谭。

**十三日（7月29日）** 周业勤来谭。

同吴逸之至丁仲祜处，诊逸之肺病，到二期。

购《说文解字诂林》预约券，洋五十四元四角。即付两期书。

致吴舜臣书。告逸之来沪诊病情形。询陈姨老太太徐辉廷借贷办法。请售零碎田房产，催分析田房产。

致朱峻夫书。附送冯书，扣除转送李审言、宣古愚二部，净送八部。

致顾鼎梅书。附送《江苏金石志》五部。

致刘晦之书。附送《江苏金石志》十部，收价讫。

致丁仲祜书。附送《江苏金石志》十部，收价讫。

致陈一甫书。寄《闺范》三十部，交沪启新公司。

**十四日（7月30日）** 拜江汉珊、夏辅宜，未晤。

覆任心白书。邓璞君之子邓翰芬已到院，陈简青不久可到。梅老拟送邓夫马五十元，送陈四十元，请一老主持。致魏小溪函已转寄，闻不日可到院，院生一百名现扩至一百廿名，为贫儿谋生计，以工业为主体。

致张退庵书。劝病后颐养。

覆敬礼婿书。尊公病愈甚喜，属传交令三兄敬安，书十一日收到即送。

致夏辅宜书。送福果券洋十元。

访余旭士谭。又访丁子盈谭。

访张敬安谭，阅退老初六日致劭直书，叙得病之由，食果园桃。请谢医诊愈,函中意主回通,词亦伤感,并云转致余及诸至好。又敬礼电十一日。江知源,约南通陈医往诊。

昨晨,江知源、龚伯厚去大连。

**十五日(7月31日)** 至鸿宝斋,定印《金刚经塔》一千分,荣兴连史。又五尺料半一刀,言明每石三元,共三石。

至怡大,购荣兴连史一件,换同春。十七元,廿日加四元。汪六吉五尺料半一刀,洋四元。印《金刚经塔》。

覆陈墨移书。题《殷墟霾契考》书衣,赠唐天宝造象铜碑拓本。

付戴春记订作洋四十元。

**十六日(8月1日)** 为刘公鲁题:

北京胶泥活字本《刘随州集》十卷。曾见叶焕彬吏部藏有《韦苏州集》十卷,与此集行款纸墨无不相同,吏部据沈括《梦溪笔谈》审定为毕昇胶泥活字印本,珍贵之至,是北宋已有唐人诗集之印,不始于南宋书棚本也。玉海秘笈,公鲁其世守之,戊辰五月。

北宋官椠残本《隋书》一卷。是本半叶十行,行十九字,左线外纪篇目,恒字缺避,盖真宗时官本也。吴兴陆氏、常熟瞿氏皆藏有残本,行格都同。前有天圣二年敕,遇敬、慎、贞、恒、桓、构等字皆缺避,当是南宋覆本。此为有宋第一刻,未见各家著录,而楮墨精绝,触手如新,虽云残佚,实至宝也。

**十七日(8月2日)** 报载,皇上派洵贝子、俊贝子访商震、朱绶光,请保护东陵。

吴蝶卿来谭,以明刻小字白文《论》《孟》相示。

致盛彝斋书。缴还义振协会捐册收条附帐略。赠《读史记十表》。

覆吴舜臣书。验契有在南京呈验者,大约上海无机关代验,南陵如无他故,拟仍寄南陵。辉廷借去四十元,收条宜改借字。

吴逸之今日附江顺轮回南陵。

**十八日(8月3日)** 顾鼎梅赠其大父郑乡先生手写《宋诗选》三册,并交来《江苏金石志》五部价卅五元六角六分六厘,又为查明碑目三种,复以重分检齐理目奉盼。作书谢之。

阅元至元四年赵良弼为临潼邢得宁名道安。作《默庵记》，石在陕西咸宁。邢未冠弃家游方外，礼丹阳、顺化慈愿云云。余旧藏梅道人山水轴蒋伯生、张芙川旧藏瑛萝禅，李申耆题。有默庵题诗，当即邢得宁也。

报载，东陵掘坟案系褚玉璞部谭曙卿师所为，共掘半月之久，使用人数五千以上，计发掘裕陵之乾隆坟中十四棺，中汉玉金属甚多，其后妃十三棺中，有汉装女尸一口，汉玉最多。又掘普陀峪慈禧坟，棺中珍珠无数，随身珠已变光，棺前石匣一口，满装珍珠，均鲜明。谭之弟谭松亭日前到京，住某国饭店，向使团兜售珠玉，并带来货样。另一批向尊古斋黄百川售，黄不受，松亭送黄宝玉三块，黄允代销。日前某国书面告阎，阎派员侦察，在六国、德国各饭店侦查。谭松亭已事前得信逃走，昨派警探赴琉璃厂尊古斋，传黄百川及其伙友现卫戍部，商定东陵蓟州一带由商震派队守护，西陵梁格庄一带派张荫梧部守护。又遗老宝熙等与文物维持会商定严缉盗墓人犯。闻津租界已售出珍宝一批，价二十万元以上。十七日下午二时短波无线电。

**十九日(8月4日)** 接陈清源十三日来书，鄂票已同庆生长盐号张瑞曾说明，抵蒯绍芳吞没租价一千八百两，再找洋二百元清结。今覆书，请其代办，结束盐票，候信即寄。

**二十日(8月5日)** 午后二时，上海水泥公司第七次股东常会，主席。

付鸿宝斋印价洋六百元。

致秦曼青书。送《江苏金石志》五部，附帐略。

冯润生同杨铁夫来，铁夫赠花旗橘廿四枚、吕宋烟一箱，余答以《怀豳杂俎》《皖词纪胜》，并赠润生《闺范图说》。

**廿一日(8月6日)** 访吴寄尘，未晤。两访徐静仁，亦不晤。

访倪远甫谭。访夏辅宜谭。

潘叔玑来谭。

晚，张敬安来谭，以其尊人致吴寄尘书相示。江知源于十五日抵大连。

宣告愚来,还前借钱玷《集古款识》《镜铭集录》,当将拟赠《江苏金石志》交之,古愚以所著《金石考引用书目》留阅。

**廿二日(8月7日)** 送张镜湖葡萄汁四瓶、石井茶四瓶。

王梓乔来谭。

致刘健之书。赠《江苏金石志》。

**廿三日(8月8日)** 刘健之赠李太常昭庆。神道碑。王树枬文,陈宝琛书。

致李审言书。寄赠《江苏金石志》。

覆郭道弥书。寄大照股票。

**廿四日(8月9日)** 致书宣古愚,将合印《江苏金石志》五部附印,五部送交。

致张敬安书。送代印退老书《金刚经》二种各六百本,并帐单发票。旋覆书,交来工价二百四十六元六角。

**廿五日(8月10日)** 赴物品评价会。

余旭士来谭。

王梓乔来,收陈少舟捐慈幼院一百元上盐业折,并将前存支票簿交还。

**廿六日(8月11日)** 刘沂生来,交扬州麦租洋一百五十一元。家用。

致张退庵书。告《金刚经》印齐,已交敬安,纸料工价亦收。

覆萧子文书。子文现经习位思荐至财部会计司一等科员,乌衣巷地二百〇四方,蒯府拟每方售洋十元,有房三间。

**廿七日(8月12日)** 宣古愚来谭,交还前借《湖南金石志》《山左访碑录》,今又借明正德本《汉隶分韵》《书余》《元氏志录》《魏三体石经考》。

访刘健之谭。

晚,赴都益处贞元会,周梦坡值会。

**廿八日(8月13日)** 大太太今晨八时五十分附沪宁特别车至扬州，挈儿女辈送至车站而别。

致徐卓卿书。梁府以四千五百元赎花园巷住宅，派刘沂生接洽。

致陈清源书。告梁府赎花园巷住宅俟租户让清，再寄典价，请其收回典价。

覆吴舜臣书。吴逸之廿一日到南陵。分析田房单另改单寄，请支配。契拟陆续呈验，不日寄。

致郭道弥书。询大照股票已否收到。廿九日覆，收到。

**廿九日(8月14日)** 至大生，晤吴寄尘谭。

访徐静仁、谭静仁，赠画扇。

至鸿宝斋，付印书价弍百元。

晚六时，聂榕卿、关芸农、高梦弼约至功德林，募六安灾振，到者黄伯雨、庄得之、黄涵之、李云书、关䌹之、狄楚青、许俊人、陈少舟、夏辅宜、汪伯琦、汪禹丞诸君。

## 七月

**朔日(8月15日)** 杨寿祺交印《江苏金石志》价洋二百元。

致宗子戴书。告《江苏金石志》成书。

致陈西甫、一甫书。赠《金刚经塔》各十分。收到《闺范》卅部，价卅八元四角；《江苏金石志》七元一角四分。

致翟展成书。赠《金刚经塔》十分。

致李从龙书。赠《金刚经塔》十分。

致任心白书。赠《金刚经塔》十分。

覆朱实之书。谢赠寿联、书籍、毛笔。

覆淞社同人书。征辑淞社诗人小传，属录事实。

致周梦坡书。赠《说文篆韵谱》《朱淑真集》。

致周业勤书。送陈一甫购《闺范》三十部，价洋卅八元四角，别赠《金刚经塔》一分。

**初二日(8月16日)** 傅沅叔寄其德配凌夫人讣,邮寄白华丝布挽幛。

访陈乃乾,未晤。乃乾前函赠《周秦诸子斠注十种》《邓析子五种》《慎子三种》各二部,并还借书。又代姚石子借乃乾过严九能批《鲒埼亭全集》廿四册、《幼学堂诗文集》十二册,今留书交之,另赠乃乾《江苏金石志》。

至中国书店,以姚石子附印《江苏金石志》,请其转寄。

访赵悔庵谭,赠所藏金石拓本壹百种、《金刚经塔》,另以陈簠斋藏齐器拓本请题并书扇。

访张敬安,询退老病状。

访子盈亲家,谭赠《金刚经塔》。

吴寄尘来,未晤。

覆陈清源书。绮女鄂岸引票,找洋三百元抵讫,寄来推据、空白禀结均签押,附赠《金刚经塔》二分,鄂岸第二十号执照亦寄。

**初三日(8月17日)** 访丁仲祜谭,赠《金刚经塔》十分,仲祜赠益寿散。

至大生,晤寄尘谭,并晤龚伯厚、昨自大连回。束劭直今自南通来。谭。

访夏辅宜谭,赠振会同人《金刚经塔》十分,辅宜代成翊清借书,亦交辅宜:《朱子全书》。渊鉴斋本,廿五册,二十日还。

致敬礼婿、姮女书。询退老病,赠蒋腿二肘、红茶二瓶,又食物四罐。

拜周梦坡,未遇,作书荐江贵。葱石旧仆。

致姚石子书。告借严批《鲒埼亭集》《幼学堂集》,寄《江苏金石志》四部。

致黄吉园书。催画小照。

致陈倬斋书。寄赠《金刚经塔》十分。

**初四日(8月18日)** 访束劭直、龚伯厚,不遇。

至中国书店,取《雪堂四种》。凡《恒农专录》《楚州城砖录》《专志征存》《地券征存》各一卷,罗振玉,洋二元,八月十二日付。

至蟫隐庐，晤鲍扶九谭。

张佐虞纳侄妇，送红华丝布幛。

**初六日(8月20日)** 赴觉园四次评价振品会。

至大生，晤宗渭川谭，渭川明日往大连。

**初七日(8月21日)** 赴征求物品助振会五次评价会。

束劭直来书，敬安到连，电告退老病渐愈。

**初八日(8月22日)** 丁筦荪嫁女，送永安礼郑十元。烛券。

淑畹今在净土庵报库。

蒯授堂婿十周忌日，在净土庵讽经。

报载，吴佩孚近在绥定被刘存厚国防军杀死。误载。

**初九日(8月23日)** 靖儿三岁生日。

林洞省、乔梓来。

赠陈正有、夏玉峰《金刚经塔》十分、《金刚经鸠异》《冥报录》十册。正有来书属代印《金刚经塔》五百分，《金刚经鸠异》《冥报录》二千册。又赠《阿弥陀经疏钞》五册、《戒淫宝训》四册。

**初十日(8月24日)** 访顾鼎梅谭，赠宣纸《金刚经塔》《金刚经鸠异》《冥报录》。

赠聂云台《金刚经塔》十分、《金刚经鸠异》《冥报录》十册、《人身关切要书》二册。

致陆维镛书。赠东海吕廷方绘吕祖像、《金刚经塔》。

致任心白书。寄《金刚经鸠异》《冥报录》十册。

致陈倬斋书。同上。

致翟展成书。同上。

致吴舜臣书。明日寄四号、五号、七号、八号契，共四十张。今寄《金刚经塔》十分、《金刚经鸠异》《冥报录》十册。

覆周美权书。以丹徒县政府据公款公产处呈，查大照公司赁租船坞官地欠缴租金三万六千四百六十三两零，查该项官款乃属借款性质，所有本息已届历年积欠灯费项下拨抵清讫，且官厅尚倒欠本公司灯费甚巨，现董事会拟有复公司函据理力争,属为签字,即签复。

覆陈乃乾书。乃乾收到《鲒埼亭集》《幼学堂集》,已寄张堰姚石子,赠《金刚经塔》《金刚经鸠异》《冥报录》。

覆黄吉园书。告小照画法。

忻成义名承彝,鄞县人,大达轮船公司襄理。来,告退老病渐愈。附钞上月廿九日、本月朔所服药方。

**十一日(8月25日)** 刘晦之明日五十生日,送幛、烛、筵、酒,收款字。

万懋之来谭,属代招安徽银行股分。

访束劭直、龚伯厚谭,悉知源初七日来书,退老病渐愈,已能出行,迁居文化台。

田绍白讣至,送呢幛。

至蟫隐庐,取:价付讫。《隋唐石刻拾遗》二卷附《关中金石记原目》一卷,黄本骥,道光壬午刻,洋八元。《班马字类》五卷,宋娄机,别下斋刻本,洋七元。《制科小录》四卷,嘉庆间刻本,洋一元五角。《吴窻斋书孝经》,光绪十一年刻本,附诅楚文,洋二元。《稽神录》六卷,宋徐铉,照旷阁本,洋三元。《天瓶斋书画题跋》二卷,张照,乾隆曲阜孔氏刻本,洋四元。《洞箫楼诗纪》廿四卷。宋翔凤,道光中刻本,洋四元八角。

刘公鲁函促为题藏书,当题签还之。金大定丙午本《铜人针灸经》五卷、宋本《晋书详节》三十卷、宋咸淳本《李翰林集》三十卷、宋活字《王维集》六卷。

**十二日(8月26日)** 祝刘晦之五十寿。

覆吴舜臣书。函告南陵匪又蠢动,劫轮客,幸轮开回,未受害。告契纸邮局不收,故未能寄出。

**十三日(8月27日)** 丁五少生娶子妇,送华丝布幛。

聂榕卿嫁妹,送红绸幛、烛。

蟫隐庐送书来,退二种,留二种:价付讫。《小蓬莱阁金石文字》,道光廿二年陵苕馆覆刻。《陵苕馆续刻四种》,道光廿三年高学治刻本,洋十元。《道古楼诗选》二卷。马思赞，道光七年马锦校刻，洋二元四角。

**十四日(8月28日)**　至忠厚书庄，还叶焕彬吏部批校《书目答问》。

至中国书店，晤金颂清谭。

访罗子经、刘翰怡，询裕陵、定东陵被匪军发掘情形，并以上谕及皇族臣工两致阎总司令电稿相示。

送李国森红花缎喜幛。

晚，刘晦之来谭，日内北行，赠所藏陈簠斋藏器十四种拓片。余以程龄孙藏陈簠斋藏齐太公田和区、陈猷区二种报之，并赠明万历湖广乡试题纸一幅。

**十五日(8月29日)**　至物品振会展览会，观陈列振品。

蟫隐庐送书来，退四种，留二种：价付讫。《类编草堂诗余评林》六卷，唐顺之注，田一隽选，李廷机评，明万历戊子刻本，洋十六元。《有正味斋琴言》一卷。吴锡麒，洋一元四角。

至古香斋、蟫隐庐、来青阁小坐。

**十六日(8月30日)**　昨，陈清源汇来绮女鄂票找价三百元，其二五券七十元张瑞曾不还，作书覆之，并告花园巷房屋各租户迁让情形。

覆萧子文书。绮女乌衣巷地基每方四元不愿售。为张贵之子张祥顺谋书记。

**十七日(8月31日)**　刘十枝来谭。曹靖陶来，未晤。

至荣德均处拔牙。

**十八日(9月1日)**　宣古愚来，未晤，留还前假各书。

高君定借守山阁刻《素问灵枢》，昨送中国书店交之。

**十九日(9月2日)**　宣古愚来谭，又借瞿木夫《古玉图谱》《桂未谷碑跋》、赵宽夫《宝甓斋文集》。

丁箎荪嫁女，往贺。

访答刘十枝昆仲，未遇。

至振品展览会。

**二十日(9月3日)** 至新中央,观影剧。

致顾鼎梅书。鼎梅约文舟、虚君一家春西餐,属往作陪,以牙痛辞。舟虚研究金石、文字、版本、玄学,藏弃亦多。

覆余阶升书。属为其族人焕卿、曜卿兄弟之母邱太宜人于八月六日未刻在新北门沈香阁禅寺题主,宜人守节抚孤,人无闲言,当覆以届期前往襄礼。曜卿为徽宁会馆董事。

覆宋慈裒书。索《积学斋丛书》,赠之。

**二十一日(9月4日)** 预祝了丹弟生日。

覆王富晋书。收到《墨薮》三册,寄《江苏金石志》廿六册。

覆邓翰芬书。询任心白疾,并初次通讯。

覆李从龙书。告李木天充南京建设厅第四科长。

**二十二日(9月5日)** 贺丹弟六十生辰。

贺李荫轩娶妇。

贺聂榕卿嫁妹。

**二十三日(9月6日)** 至大生,晤包、黄两君。

至余伯陶处就诊。

至丁仲祜处,询吴逸之病服药有效,应再服何药。仲祜云,近日人发明治肺病,每日食薏苡仁,以好立克代乳粉和之,自有大效,实此方得之《本草》也。

覆黄吉园书。交来《李元靖碑》及六舟拓片一百〇二页,均收,所有工价十元六角,容再函交。

**廿四日(9月7日)** 罗子经来书,拟配元本《诗集传》,覆书亦缺此卷。

覆吴舜臣书。逸云病渐愈,往商丁仲祜,特效散可不服,以后每日食薏苡仁三次,加好立克代奶粉,因米有灰质也。

覆姚石子书。收到《江苏金石记》四部,价廿八元六角。

**廿五日(9月8日)** 访李木公谭。

至余伯陶处诊方。

覆李拔可书。来书直士同郑炎佐办华丰搪瓷公司招股，婉言谢之。

覆高吹万书。谢赠新印冯桂芬《说文段注考证》稿本。

读宋于庭翔凤。《洞箫楼诗纪》，记诗注四则：

题陈文学宗彝。《重摹汉石经残字诗》注。余随任黔中数年，壬申春旋里，已无长物，旧得陈芳林郡丞所藏蜀石经，亦不知落谁手。

《论词绝句二十首诗》注。扬州陆氏重刻宋本《白石词集》，旁注谱，近人罕解，后秦编修刻张叔夏《词源》足本。其说皆在，可以通白石之谱矣。今传元人《绿斐轩词韵》乃专明以入声配入三声之法，为论北曲者所必需，是曲韵，非词韵也。词不当别有韵，特其部分宜密，如元、魂、庚、耕之类，不可兼用，方能合律，故但用唐韵已得。

题周素夫世锦。《纪游图册诗》注。按，余常据琅邪石刻及欧阳《集古录》、赵氏《金石录》、《宋文鉴》、刘跂《秦篆谱序》断，泰山之无字碑即秦刻石之磨灭者，而玉女池之二十九字，则宋代重摹者，有文考之甚详。

阅冒鹤亭新刻丁卯年《小三吾亭诗》四卷，卷九至卷十二。其卷十一《龙游河棹歌》一百首，诗史也。鹤亭恃才傲物，动与人忤，近为其族人控为土豪劣绅，遂避而之沪。

**廿六日(9月9日)** 至物品助振会，观开奖。

龙梓修丧偶，送香楮。

**廿七日(9月10日)** 余焕卿、耀卿之母邱太宜人讣至，送华丝葛素幛、素烛。

印光法师来谭，赠《金刚经塔》《金刚经鸠异》《冥报录》各十分，印老借《廿二史言行略》《通鉴感应录》。

覆张退庵书。退老病已愈。告《金刚经》遵属交宗渭川一千本。

覆张敬礼书。谢赠磁器二事。

覆黄光益书。请将《金刚经》大本、小本两种各五百本交渭川。

致宗渭川书。退老属交自书《金刚经》一千本，分送实业诸君。

**廿八日(9月11日)** 潘兰史来谭。汪甘卿来，未晤。

访刘翰怡谭,交陵工洋式百元,请其进呈。

答拜宗子戴,未晤。

答拜印光法师谭,并预算影印《闺范》价值。

**廿九日(9月12日)** 答拜汪甘卿谭。

访印光法师谭,同至鸿宝斋,议印《闺范》每石二元二角,约九十三石,共三百〇六元九角,加印壹千部,每石加印工一元一角。又至怡大纸号,议定荣兴本庄连史六十九件,每件十七元,加送力每件五分,共一千一百七十三元,又送力三元四角五分。

午刻,约印光法师、汪甘卿、陈正有兄弟觉林素餐。

印光法师进呈陵工经费洋三十元。

张仲照来,未晤。

**三十日(9月13日)** 吴寄尘自大连回,来谭。

覆陈清源书。寄梁姓花园巷房屋典契、装修单、批废契、旧红契共四纸,请其交契,收典价。

覆吴舜臣书。寄契纸四、五、七、八共四号呈验。党部提议二五减租,未能实行。芷青云节后有人到沪运志书。

访张仲照谭,属宷定其先世藏书,适有书来,赠其新刻尊人《涧于文集》。

访周业勤谭,为印光法师借《闺范》影印,胡圣余在坐,明日去山东接收中兴公司。

访印光法师谭,同至鸿宝斋石印局,接洽印《闺范》事,并还前印《江苏金石》及《金刚经》等尾价洋五十六元捌角。先后已付八百元。

访刘翰怡谭,交印光法师报效陵工善后经费洋三十元。

答拜吴寄尘,赠《江苏金石志》一部、《金刚经鸠异》、《冥报录》十册。

访刘健之谭。

至中国书店,晤金颂清谭。取:《老子河上公注》二卷,王用之重校,茆泮林参阅,道光廿五年刻本,洋二元五角(八月十二日付)。《国朝山右诗存》廿四卷缺卷十五、卷十六二卷。附集八卷，李锡麟辑，嘉庆六年刻，洋六元。退还。《汉魏石经考》四卷，吴维孝撰，丁卯春刻，洋二元四角，八月十二日付。《禅寄笔谭》十卷。钱唐陈思，明万历癸巳刻本，洋二十元。退还。

理碑目，魏杜文雍造象颂碑阴有《高王经》一卷，为武定八年二月八日刻。在河南禹州○或云陕西咸宁。

## 八月

**朔日(9月14日)** 怡大纸号盛觐唐庆棠，休宁。来收印老所购荣兴本庄连史纸六十九件价并送力，共一千一百七十六元四角五分，当作书陈正有，请其照付。

**初二日(9月15日)** 大生一厂注册呈文送来签字。

致吴舜臣书。请即来沪。

**初三日(9月16日)** 送丁子盈亲家《江苏金石志》。

覆曹靖陶书。靖陶以玉华女伶(即新艳秋)《从游诗》见示，答以二绝。

覆孙松涛惠春书。属题《松庐校谱图》，为题一律。

覆任心白书。告中兴公司胡圣余已接收。

朱瑞祥来，购书一种，洋十六元：初四日付讫。《唐词纪》十六卷，董御辑，杨璠订，明刻本，卷首有词名征，略作解题。附《词原》二卷。杨璠增订，《四库全书总目提要》：是编成于万历甲午，以其虽以唐词为名，而所录时代漫无限制，且分十六门，割裂无绪，卷首词名征，略作解题，罕所考证。

**初四日(9月17日)** 访印光法师谭，将《闺范》原本交阅后送鸿宝斋。

致宗子戴书。送印《江苏金石志》四十部，又附印五部，收洋三百元，应找大洋四角二分六厘，付小洋六角。

致朱峻夫书。送印《江苏金石志》二十部，又附印十部，收洋一百八十元，应找大洋八元八角四分九厘，作小洋十角。

覆余峙莲书。峙莲来书，秋凉回沪。告以中兴公司前经理胡圣余已至，总公司收回。

至朱瑞祥处,交书价十六元,又将《通志堂集》价六十元以《随庵丛书》抵价讫,计白纸正续《随庵》一部、白纸《续随庵》一部、竹纸正续《随庵》二部、竹纸正《随庵》一部、竹纸《续随庵》二部、白纸《四灵诗》二部。并赠《金刚经塔》及《鸠异》《冥报录》。

蔡木孙来,未遇,交徐行可来书,并王君福厂为刻一印,文曰"鄦斋闲业",盖用陶诗语也,意在绍介篆刻,其约每字二元,牙章三元。附篆刻约五纸,另致张菊生一书,并一印,属转交。

过来青阁,匆匆晤宗子戴、陈乃乾谭。

覆高吹万书。寄夏味堂《诗疑笔记》三册。

**初五日(9月18日)** 恽瑾叔来,商调款。

致朱瑞祥书。寄来临时书目,索寄书四部。

覆宗子戴书。以刘燕庭诗文稿相示。

致姚仰南书。索回前借《美术丛书》。

至来青阁,取:十三日价付讫。《尔雅补注》四卷,周春,乾隆庚辰刻本,码洋四元(八折)。《秀野草堂集》六十六卷,顾嗣立,道光廿八年元孙元凯刻本,码洋廿五元(八折)。《庸行编》八卷,史典辑,牟允中参补,尚朝柱校梓,康熙三十年刻,码洋二元五角(八折)。《太上宝筏图说》。光绪壬辰施善昌影印乾隆刻本,原板聂仲芳捐送仁济善堂,码洋一元五角。

**初六日(9月19日)** 王梓乔来,未晤。

张仲照来谭,交来藏书,属宷定。

午后,为余焕卿、曜卿之母邱太宜人题主,汪蟾清、余阶升襄题。

**初七日(9月20日)** 王梓乔来,以任心白函相示,慈幼院扩充院屋支盐业银行三千元票签字。

**初八日(9月21日)** 访丁仲祜谭。

致任心白书。寄马府早西门牌楼大街笃庆堂领保甲局执照,又民国三年江苏省新契纸各一纸。

致徽宁同乡会书。缴施医剧券十纸,洋十元,又题陈丽春象赞。

赴大生纱厂三厂董事联合会。

**初九日(9月22日)** 吴舜臣八时到沪。

晚,赴子丹弟酒叙之约。

致丁仲祜书。为周业勤将《营造法式》易《说文解字诂林》。

至中国书店,取:《考工释车》一卷,张象津辑,嘉庆辛未刻,洋一元,十二日付。《玉琴斋词》,影印余怀稿本,洋二元,十二日付。《鞠傲轩集联新语》,吴县刘传福,光绪戊申刻本,洋六角,十二日付。双钩残宋拓《瘗鹤铭》四十七字,光绪丙申江标刻,洋三角,十二日付。《猫乘》八卷,王初桐,洋六元。双钩《崔敬邕碑》,任道镕刻,洋三角。《千首宋人绝句》十卷。严长明,乾隆毕沅校刻,洋六元。

王富晋寄书,连邮费五二五毛。计廿三元九角四分五厘:《吴挚甫点勘史记》,乙卯四月都门书局活字本,十四元。《集古官印考证》十七卷,瞿中溶,东方学会活字本,三八元,九折。《山左汉魏六朝贞石目》一卷续一卷再续一卷补一卷,高唐田士懿,癸亥二月刻本,三元,八折。《秦书八体原委》,华学涞,民国十一年印本,二五元,九折。《秦书集存》。华学涞,民国十一年印本,一五元,九折。

朱瑞祥寄书:计书洋十二元,又邮费二角,随即寄杭。《西陵词选》八卷,陆进、俞士彪同辑,洋八元。《十三经注疏校勘记识语》四卷,汪文台,光绪三年刻本,洋二元。《孔子年表》《七十子表》《孟子先见梁惠王考》《孟子编年略》。臧庸,嘉庆甲子自序,养心斋校刻本,洋二元。

**初十日(9月23日)** 午刻,约吴舜臣一枝香西餐。餐罢,至丹桂第一台,观蓉丽娟女伶。演《贩马记》。丽娟饰李桂枝。

晚十时,吴舜臣附沪宁夜车去宁,转轮回南陵。

**十一日(9月24日)** 夏玉峰来,交龚仙舟函,拟将北京皖同乡官员极困苦者资送回籍,属为到沪设法收容,转回原籍所需车船等费,应如何按照道路远近分别规定,先行酌定。

狄楚青来谭。

古香斋代售北京仿制古玉十二件,共洋六百元。

陈乃乾代售频伽精舍所印《大藏经》全帙,计洋二百六十元。

周业勤拟以《营造法式》向丁仲祜易《说文解字诂林》,昨议定将两书分别转交。

陈绳夫寄赠新印《韩集笺正》五卷。瑞安方成珪,附年谱一卷,售价二元四角。

覆王富晋书。收到各书,书单内无《吴批史记》,而帐单内多洋十二元,大约《史记》十四元漏开书名耳。

前在中国书店取明嘉靖三十九年庚申大统历计十六叶,索价洋五十元,今议定实洋三十六元。十二日付讫。

余豫生大樟,黟县。因为其叔母邱太宜人颢主送礼,收食物,璧大纶绸料券。

**十二日(9月25日)** 刘健之来谭。

访潘兰史、曹梅舫、谭兰史,赠番禺汪伯序兆镛。《两屋深镫词》一册,伯序为汪精卫之兄,兄弟异趣,可怪也。

访夏玉峰、陈正有、刘十枝、刘晦之,未晤。

金香严赠书:《滮湖遗老集》四卷,金蓉镜,戊辰刻本。《最乐亭三种》。嘉兴朱福清,凡《鸳湖求旧录》四卷续录四卷、《最乐亭诗草》二卷。

至中国书店,结算来往书帐,售出书三十五元二角,购进书五十元〇八角一分,又钞书七元一角,净找廿二元八角一分。又取《河岳英灵集》三卷。唐殷璠集,明黄之寀校订本,各家未著录,罕见,洋三元,付讫。

付戴春记订作洋一百元。

收西泠印社书价洋四元八角。

**十三日(9月26日)** 贺丁莞荪娶侄妇。

访刘晦之、夏玉峰、陈正有谭。

至蟫隐庐结算,乙丑年秋节后至戊辰秋节止,售出书一百二十三元九角二分,购进书一百五十三元六角八分,净找廿九元七角六分。

至来青阁,付书价廿七元七角,又付《泰安县志》洋三元六角,是书查五月廿五日付洋三元,此系重付,九月十八日收回。

收大照电气公司新股票廿六套,又秋节夫马费捌拾两。

**十四日(9月27日)** 赵蜀琴来谭,交所书扇及赵陈太公子和子区陈猷区全形拓本。

黄蔼农葆戊。来谭,借梁廷枏《书余》。

庄得之六十寿征诗,以诗祝之,来屏一幅。送绸幛,璧。

周美权五十寿九月十八日。送幛、烛,璧,收款字。

覆刘翰怡书。陈劭吾夫人去沪,恽季申报效陵工二百元。

覆李叔岩婿书。

**十五日(9月28日)** 中秋节。

**十六日(9月29日)** 李紫东来。议购《徐公文集》三部,照码七折。

至张仲照处谭,交还书一百余本,并编目,又取书编目。

至来青阁,取:廿二日付廿元〇六角。《赖古堂集》廿四卷,周亮工,康熙十四年子在浚等刻本,实洋十六元。《香禅精舍集》,潘钟瑞,实洋四元。《内阁汉票签中书舍人题名》正续编。末至光绪二十年,洋六角。

**十七日(9月30日)** 林洞省之夫人生日,往贺之。

莫楚生作古,送香楮。

阅张仲照藏书,有旧钞《广陵先生文集》,有谀闻斋主人木记,为顾敦复锡麒。藏书,记此以示儿辈:"昔司马温公藏书甚富,所读之书终身如新。今人读书恒随手抛置,非古人遗意也。夫佳书难得易失,稍一残缺,修补甚难。每见一书或有损坏,辄愤惋浩叹不已。数年以来搜罗略备,卷帙颇精。伏望观是书者,倍加珍护,即后之藏是书者亦当谅愚意之拳拳也。谀闻斋主人记。"

**十八日(10月1日)** 顾鼎梅来谭。鼎梅取附印《江苏金石记》二部,当付纸料、工价五元九角。

至荣德均处配牙。

覆陈清源书。梁姓房契收到。

覆陈绳夫书。赠《韩集笺正》,谢之。寄来书洋二十元,邮局尚未交来。

覆黄吉园书。小照画成,润资止缴。

覆罗子经书。收到书价四十四元二角二分。

晚,至丁价侯处,谭招待皖同乡旅京南归经费,价侯捐五百元。后未取。

**十九日(10月2日)** 至华新,晤夏玉峰,告价侯捐招待旅京同乡南归经费五百元。用德荫堂名。又晤陈正有,商定请王福厂禔。刻印。代购石四方,洋二元二角。

访丁子盈,未晤,晤其世兄略谈。

闻张敬安由大连回,访之,知其明日去通,旋来辞行。

至蟫隐庐,晤罗子经谈。

江仲方橥。来,未晤,留赠鼻烟并杏仁、口蘑。午后,答拜晤谭,始悉运交通部文卷到南京已一月,现为邮政司科员,月薪一百四十元。谢赠食物,璧鼻烟。

访汪蟾清,未晤,晤帐友张君,告以绮女南洋路住宅孙姓三年合同期满,明日请询是否续订合作。原租用阴历。

至古香斋。

至来青阁,取:共洋十二元,廿二日付讫。《黟县志》正续三编共十六卷,同治九年修本,三元五角。《李申耆五种》,同治九年合肥李氏重刻本,宣纸印本,又《纪元编》一部,四元五角。《括苍金石志》十二卷续四卷,同治甲戌重刻,一元。《人寿金鉴》廿二卷,程得龄,光绪元年湖北崇文书局重刻,一元。《孔孟事迹图谱》四卷,明季本考辨,嘉靖甲寅刻,王慎中订正童汉臣校刻,一元五角。《续幽怪录》四卷拾遗二卷校勘记一卷。胡珽活字本,一元。

印光法帅来谭,还《廿二史言行略》,并捐安徽旅京同乡回籍招待经费五元。

**二十日(10月3日)** 汪仲方来谭,又将鼻烟赠我,受之,烟不佳。遂约至大华饭店西餐。

顾君古香斋。来,交玉款。

覆徐行可书。谢王福厂为治"鄦斋闲业"四字印,闲业用陶诗语。张菊生书印已转送。代陈正有请王福厂治印四方,计十七字,垫付洋卅四元。

**二十一日(10月4日)**　至盐业银行、华新银行。

覆聂榕卿书。告济生会集议振六安情形，缴十二号捐册，自捐一百元，淑畹捐一百元，绮女捐十元。

至荣德均处。

同淑畹、定君、八女至新半斋茶点。

余旭士来，未晤。

陈器之来拓纪元镜。

**二十二日(10月5日)**　至古香斋、中国书店小坐。

至来青阁，付书洋卅二元六角，前帐结清。又取：《朱子年谱》四卷，王懋竑纂订，乾隆刻本，据序当有《考异》四卷附录二卷。退回。《历代舆地治华险要图》。杨守敬、饶敦秩同撰，光绪五年东湖饶氏刻本，洋一元，付讫。

刘沂生来，交蒋庄田押，议洋二百元，当取去佃租帖五分。

陈淮生、黄蔼农来谭，蔼农还梁廷枬《书余》。

任心白由慈幼院来谭。

晚，林洞省来谭。

致程霖生书。赠罗纹纸印《玉台新咏》、宣纸印《宋元科举三录》，索其所藏彝器铭文拓本。

定君小病，请鲍承良诊方。

**廿三日(10月6日)**　邮政复工。二十日起罢工。

鲍承良来，为定君复诊。

覆大嫂书。托售浦口地，告以已托任心白。

覆吴舜臣书。收到验契四、五、七、八号契纸四十张，志书询芷青如何运法。售稻，催租。

**廿四日(10月7日)**　至爱普庐，观法国锦鸡团鸡戏。

致吴舜臣书。告翟展成得大胜关帆运局副局长，志书运芜，恐展成未能接洽。

致陈绳夫书。收到售书洋廿元。

程伯埙之侧室讣至，送素华丝布幛。徽宁会馆董事。

**廿五日(10月8日)** 宋慈裒之尊人讣至，寄华丝布幛。

宣古愚来，还前假各书，又假王述庵《四库书目》及碑目。

庄得之赠《常州艺文志》《南华九老会唱和诗谱》。

**廿六日(10月9日)** 为张仲照编藏书目六十三种毕。

至来青阁，购《疏影楼词》，附《种玉词》。洋八角。付讫。杨寿祺赠《测字秘牒》。江阴程省著，休阳程芝云校订，道光甲申百二汉镜斋刻本。又取：《宣城右集》廿八卷，汤宾尹撰，明天启丙寅刻本，实洋十七元，九月七日付。《吴诗集览》廿卷。靳荣藩辑，乾隆间刻本，实洋十元，九月七日付。

**廿七日(10月10日)** 张仲照来，又交书四包，属编书目，并将前次编成书目六十三种收回。

**廿八日(10月11日)** 诸贞壮、李拔可来谭，拔可约至粤东菜馆午餐，坐有林贻书、吴董卿、冒鹤亭、夏剑丞。赠贞壮、拔可《读史记十表》《一亭杂记》。

覆吴舜臣。收到庚源致振兴穗汇票一纸。售稻一千石，又淑记二百石，每石二元九角。马仁渡又抢劫。

**廿九日(10月12日)** 雨山老和尚来谭，赠《金刚经塔》并《金刚经鸠异》《冥报录》各十分。

覆张仲照书。交还黄荛圃补钞影宋《管子》，顾千里校影宋《韩子》，均有跋，又《宋人小集》《回溪史韵》，共四种，计廿一册。

访印光法师谭，印师赠《阿弥陀经白话解释》十三册。

答拜雨山，听讲莲池大师《阿弥陀经疑钞》二唯识一节。

答拜陈淮生，观所藏金文，赠《金刚经塔》。

答拜黄蔼农，观陈句山旧集《兰亭叙》，赠《金刚经塔》。

答拜张仲照，未晤。

程玉霜同金仲荪兆棪。来，不遇。

## 九月

**朔日(10月13日)** 张仲照来谭。

王梓乔来，交江苏防灾会补助慈幼院丁卯年经费三百元，随至盐业银行，付交上折，并补记八月七日支洋三千元。

访刘晦之谭，晦之病已愈。

答拜余旭士谭。访夏辅宜，在通未回。

访吕鹿笙、丁子盈谭。访吴董卿，已去南京。

答拜程玉霜、金仲荪谭。

至中国书店，取代舜臣购，价付讫。《杜诗镜铨》二十卷。阳湖杨伦编辑，同治十一年望三益斋本，洋六元。

至博古斋，取《织云楼集》五卷。女史陈贞，同治己巳刻本，洋一元。

**初二日(10月14日)**　朱犀园同朱尊一来谭，尊一为刻“徐乃昌拜经记”印。

李斐君来。

访罗子经谭，晤邹景叔。

**初三日(10月15日)**　访邹景叔，不遇。

至古香斋，取：明拓《汉礼器碑》，二册，翻本，退回。唐镜，文曰：“玉匣初看镜，轻灰暂去尘。光如一片水，影照两边人。”议价四十元。果绿磁砚。十月廿六日退回。

**初四日(10月16日)**　柳翼谋来书，赠《玉琴斋词》，拟借顾亭林《肇域志》补钞。

陈墨移寄所著《殷虚藴契考》。

**初五日(10月17日)**　访夏玉峰，陈正有、陈少舟、刘晦之、谭玉峰旋来，约明日同访许俊人。

覆吴舜臣书。昨至振兴穗，将稻洋取来。米价看涨。志书请俞老先生来取。

昨，任心白交来代验马府南京旱西门牌楼大街地基执照。验契纸价二元二角五分，注册费一角，教育费二角，印花二分。

六女茗仙今日三十生忌，在净土庵讽经。

**初六日(10月18日)**　同夏玉峰拜许俊人，商询平津失业同乡回籍过沪招待，酌津帖五元一人，小口不计。议定收到周缉之捐募一千元，朱斗文昆仲二百元，陈少舟五百元，先交俊人。

昨，假刘晦之藏《汉礼器碑并阴》明拓本，碑阴上半拼配，尚可，下半已后拓矣。又乾隆间拓本，熹平云云三行隐约可见。又沈苹洲家珍。图卷：

观复招凉图。观复为汪已山敬斋名，毕仲伯(简)绘图，道光壬午道如题首，谷庵书。朱绶、周旭、沈维树、朱春生序，高桢书、汪敬、曹言纯、郭麟、李堂、谈友仁、秋门、沈彦曾、韩崧、韩简、孙麟趾、姚观、戈载、薛谨度、韩云第、钮树玉、沈廷照、沈起润、味外道人湝、黄丕烈、石韫玉、潘曾沂、黄寿生、黄美镐、董国琛、陈文述、沈惇彝、归懋仪、朱为燮、许玉年、吴藻、戴庚、悟云子、李如金。

萝阴邀篴图。改七芗(伯蕴)画，道光三年画于浦上观复斋中，万承纪篆首。缪传棻、汪敬、郭麟、李堂、许乃钊、江青、王嘉禄、朱绶、沈传桂、沈廷照、沈彦曾、董国华、春福、戴庚、曹楙坚、李如金、顾开增、林垛、徐楙。

阳关意外图。钱松壶(叔美)画，嘉庆戊寅七月四日并题诗，万廉山(承纪)篆首。郭麟诗并序，陈鸿寿、高垲、江青、倪同、彭兆荪、戈载、潘世荣、董国琛、周旭、朱熙、仇琳、改琦、李堂、许乃钊、高桢、朱成穀、戴长庚、石韫玉、顾承、沈照、朱春生、曹言纯、缪元秀、朱绶、沈沂曾、沈彦曾、沈维树、韩崧、马学易、江云龙。沈生号家珍，隶苏州集秀班，以歌喉倾一时，无与俪者。年老游袁江，汪已山优待之。

今覆书晦之，将碑、卷缴还。

翟展成自芜湖来，夏辅宜由南通回，同来谭，约往快活林午饭。

陈正有赠英文《佛学源流史》。

**初七日(10月19日)**　十二圩同善堂刘恩冕丧偶，讣至，寄奠分二元。

致吴舜臣书。大太太前存洋六百元现应用，请点付，并息洋十元。

致刘公鲁书。索吴九江男子宗浩买地券及明银定拓本。

至来青阁，付洋弍拾元，又售《闺秀词》列收七元二角，共二十七元二角。作付《宣城右集》十七元、《吴诗集览》十元，余二角，作留算《历代舆地沿革险要图》一册价。

晚，夏辅宜约至觉林素餐。

取来青阁十二月七日付讫。《千字文集篆》。六安沈炳皆，嘉庆十四年刻本，洋四元。

**初八日(10月20日)** 胡蕙生之太夫人去世，送香楮。

访翟展成谭，展成明日行。

覆柳翼谋书。谢赠《玉琴斋词》，告藏书十年前归天津李氏，剩余零星亦陆续散去，《肇域志》此其一也。

**初九日(10月21日)** 约李元之、何骈憙一枝香午餐，为崇儿订来年馆事也。

周梦坡、金甸丞、姚虞琴约午刻至华安八楼登高，辞之。

叶玉甫、郑韶觉、狄楚青、冒鹤亭、赵叔雍、甘翰臣约三时非园雅集，亦辞谢。

刘公鲁赠黄武四年九江男子浩宗买地券，此券相传已佚。昨闻陈淮生云在葱石戚人家，为其携归，故作书索之。券土质，字有损处，幸拓本尚佳耳。又交来卷子三件，属题。

宣古愚来谭，请其题天台国清寺《阿弥陁经》钟拓本。

江知源自大连来谭。

**初十日(10月22日)** 访张仲照谭，交代编书目书九十余种，又取回书廿六种待编。

访鲍承良，不遇，晤其长子谭。

答拜江知源谭，并晤章静轩。

售铜鼓，价洋四十元。

吴伯琴钫。讣至，送丝葛幛。

朱亲家太太罗太夫人六十二岁生日，送礼，收款字、桃、面。

晚杨寿祺来，交阅明宏治经厂本《三国志演义》，无图，有钞配，二册，购洋六百元。随商让余藏本《李卓吾评绘图绣像。三国志演义》，作价二百元。

**十一日(10月23日)** 鲍承良十八日娶子妇，送绸料券、老九章，二十元。花雕酒券、王宝和,十六元八角。红华丝葛幛一轴、烛券二斤,收。

**十二日(10月24日)** 印光法师来,商订《闺范图说》。

邓翰芬、兆桢,如皋人,璞君子,南京佛教慈幼院院长。任心白绳祖,绍兴人,驻院董事。来谭。

送丁子盈食物二事。

张仲照来,交还编书目书廿四种,留二种待考。

游兆丰花园。

**十三日(10月25日)** 杨寿祺来,交来《三国志演义》书价二百元。《演义》一百二十回,图二百四十片。

答拜印光法师、邓翰芬、任心白谭,印老赠《寿康宝鉴》四十册。

至来青阁,晤姚石子。

覆王富晋书。收到《左庵文集》,已入册,另开罗书一单属寄。

致刘沂生谕。寄蒋庄田契钞稿。

周美权五十生日,寄《述怀诗》八首。

**十四日(10月26日)** 马外舅二十周忌,在净土庵讽经。

张仲照来,取回北宋本《周礼疏》、前人未见著录,至宝也。明刻《陆士龙集》二种,《陆集》疑明陆元大仿刻宋本。又交书十二种待编目。

邓翰芬辞回慈幼院,未遇。

为福泰衣庄吴韵秋题像赞。

梅畹华之室王氏讣至,寄华丝葛幛。

萧鉴冰之尊人冠群先生讣至,送华丝布幛。

刘公鲁属题吴香轮画仕女、王梅卿自书诗稿合璧卷,为题四绝。

**十五日(10月27日)** 属刘晦之家拓器人拓镜五纸、钩四纸,又镜二纸。

覆吴舜臣书。志书请派人运。大太太存洋六百元,又息十元,付还,存单在沪取销,毋庸收条。催分析田、房产,催卖租稻。

致任心白书。请代售大太太浦口地产。代袁栋材之子在面厂学生意。

**十六日(10月28日)**　陈新甫来，未遇。

午后至大舞台，观程艳秋、饰公主。贯大元、饰杨延昭。探母周瑞安饰黄天霸。《落马湖》剧。

古香斋顾姓交玉款二百五十元。结欠洋四十元。

报载，河南又有殷虚古物发现，在彰德西北乡小屯村。光绪间所出龟板，在安阳城北三四里许。

**十七(10月29日)**　至华新，托夏玉峰代取续发二五库券五期息，共十五元六角。

午后，华商水泥公司三十七次董事会，续向四明银行订借七十万两合同，又三公司联合营业合同。

至古物书画流通处，晤沈仲芳，购书，付洋五十八元三角二分：《钓台集》二卷，明杨束、曾振宣、刘嵩、刘二典、孙榎，万历十三年刻本，廿八元八角。《双剑阁集地理人天眼目》八卷，明李迪编述，万历癸卯刻本，八元六角四分。《虞文靖公诗集》十卷，元虞集，嘉庆十一年曾燠刻本，附翁方纲撰《年谱》一卷，十一元五角二分。《白石诗集》一卷《词集》一卷，宋姜夔，曾时灿依陈玉几勘本付刻，康熙戊戌刻本，四元三角二分。玉几校本流传极鲜，郑叔问校《白石集》最精宷，甚以未见为憾。《洊斋诗余》一卷，查元偁，孙男承源加注句读，二元八角八分。《灵棋经》，晋颜幼明注，宋何承天注，元陈师凯解，明刘基解，旧钞明嘉靖三十九年樊献科校刻本，一元四角四分。《通鉴大感应录》三卷。秦镜纂集，刘维岳补注，乾隆丁酉刻本，七角二分。

覆北京开明书局书。索寄刻印书目价值。

**十八日(10月30日)**　吴怡生来，未晤。

贺周美权五十寿。

贺鲍承良娶五子妇。

**十九日(10月31日)**　先母秦太夫人周忌，设祭。

答拜印光法师，未遇，留连史纸，价十一元四角。

访郑太夷谭。

访冒鹤亭谭，赠《说文解字篆韵谱》《朱淑真断肠诗集注》，并请题诗,随约至贞元会聚餐,余未入座而归。送分资二元。

覆李木公书。木公函索《金刚经鸠异》《冥报录》,赠以二本,又赠翁书《金刚经》、《金刚经塔》《一亭杂记》《人身关切要书》二分,又赠斐君各一分,附书索其藏器拓本。

覆汪甘卿书。甘卿新得《七姬权厝志》,拟向刘公鲁藏贝氏第一本假校,覆以迁居未便言之,可先以文明印黄小松本校之。

覆邹适庐书。邹近为福州何叙甫编《古瓦当文存》,集有千数百品,索余藏瓦拓本。邹新得梁十九年鼎。

**二十日(11月1日)** 葛卣尊第春。来,未晤。附顾鼎梅绍介出售书画讯。

杨翰西来,未晤,旋答拜,已返无锡。

答拜陈莘夫谭。

冒鹤亭来谭。

购曹信义净皮信孚。四尺料半,一刀五元三角,十刀;头信通切头。一刀三元七角。又购汪六吉棉连一刀,三元三角。

为永儿在商务书馆购字典两种,三元九角。

覆费范九书。谢赠所撰南通、平潮市《曹公亭记》。

**二十一日(11月2日)** 李紫东来谭,交阅新得明活字本唐人诗十二种,盖莫楚生藏书也。《宋之问集》中缝下有"崦溪精舍"四字分书,行格同叶藏《韦苏州集》、刘藏《刘随州集》《王维集》,叶焕彬《藏书志》云北宋胶泥活字本,误也。

访陈乃乾谭。乃乾近与蔡孑民、胡朴安发起组织中国学会,约加入发起。又拟编辑《中国学术周刊》,定十一月一号附《时事新报》发行。

访郑太夷谭。赠信孚净皮料半、信通切头各一刀。

李紫东赠书一册:《青衫草》一卷。寒山陈函辉木叔甫著,明人。

王福厂刻印四方,由王寅一士炜,杭县。交来。

刘默渊来,未晤。刘健之来,亦未遇。

曹梅舫同年来,属为其兄东寅同年七十寿征诗。东寅子名典初,诰授资政大夫、东寅直学士,十月十三日;诰封夫人黄夫人,十一月廿一日。

**二十二日(11月3日)**　至华新银行，陈正有还王福厂刻印及石章价三十六元二角，夏玉峰缴续发二五库券息十五元六角。

至科学仪器馆，访顾鼎梅谭，取河南图书馆各碑全分、约二百四十余种。云峰山各碑全分，约四十余种。并收回前代编碑目各碑。

刘健之来，谭任、杨姻事情形。

**二十三日(11月4日)**　郑太夷来，未晤。

贺林洞省生日，晚赴宴。

至古玩市场，购：唐八卦十二肖生方镜，洋二十元，艾姓(少卿)，廿四日付。新算五铢泥钱范。洋五元，即付。

至邑庙内园，购：洋四元，即付。准提咒镜、龟鹤灵寿镜、元大德七年权。

覆蔡北仑书。代顾实借《老子河上公注》，王用之校刻本。

**二十四日(11月5日)**　陈莘夫来，未晤。

致汪甘卿书。为曹东寅同年求七十寿诗。

狄楚青来，未遇，留八大山人卷属题。

至中国书店，取：价付讫。《千首宋人绝句》十卷，江宁严长明录，洋六元。《崔敬邕志》双钩本，任道镕刻本，洋三角。阳山顾氏刻《古今注》三卷《集异记》二卷《幽闲鼓吹》一卷，嘉靖壬午三月顾元庆刻本，末行阳山顾氏十友斋宋本重刻，《古今注》末行长洲顾氏家藏宋本校行，书衣黄荛圃题，有"王惕甫借观"朱文方印，洋四元。《关中经籍考》六卷，阶州邢澍，秦汉三国止，洋三元六角。《伊川易传》三卷。元至正壬辰梅隐书堂新刊(阴文黑牌在首页序末)，半叶十行，行十七字，黑口，单边，洋六十六元。退还。书题"魁本大字详音句读周易卷上"(首行)，谨依陆德明音训，黑牌阴文次行，卷末朱笔"天顺戊寅九月十五日庚子记"(卷上第三十页下有缺页，卷中缺一至二十页)。

王培孙赠其尊人《昔梦词》新印本。上海王庆昌。

**廿五日(11月6日)**　刘十枝来谭。

吴韵秋讣至，送华丝布幛。

**廿六日(11月7日)**　答拜狄楚青，交题白描应真像、钤印"山中人"朱文方印。八大山人书《心经》卷,并赠秘阁罗纹纸拓《黄庭经》:前有右军像,甘泉邢子膺藏,有陈逸耘(序东)跋。"光绪三十四年戊申十二月十一日,余四十初度,王汉辅观察远致此卷为寿。次年四月,舍入焦山定慧寺,供奉迄今,已二十年。近以主僧怛化扃钥,遂疏展转流至海上,市贾居奇索重值,平子居士戒以梁皇忏语,贾闻而恐怖,生忏悔心,居士因仗吾佛之灵得以廉价取赎,发愿仍归定慧寺,畀寺僧守之。以余有夙因也,属为重证,遂欢喜赞叹,而说偈云:

我以物舍佛,佛不有其物,尔为佛赎物;
物自有其佛,得物仗说法,此是善知识;
还物结胜缘,此是大功德,稽首白佛言;
公案释胶葛,善哉狄平了,天人两解脱。

储南强来谭,宜兴人,寓南成都路圆教寺。以荆溪陈景辰名经,吴槎客游宜兴,与之往还。所著《墨庄书跋》三卷示之。

同淑畹、定君挈崇儿至快活林午餐。

致周季木书。闻藏石百余石,拟编入《安徽金石志》,或借拓本录文。

覆陈一甫书。告《金刚经塔》石已不存,此覆印。

**廿七日(11月8日)** 访葛卣尊,已返江西。鼎梅云移至望平街永和公栈。

至大生,晤寄尘、燕谋,告我退老财产可望收回。

午刻,赴贞元会,祝朱峻夫生日。

至中国书店,取《春蔼堂题跋》。芥亭子手录本,《陟闻梓旧》本,费景、韩云、陈奕禧撰,洋三元。

覆任心白书。慈幼院建筑费黄伯两兄拨防灾会一千元补助,又汪撷荀向庞莱臣请补助,属向两处催促。大太太浦口地基二亩九分七厘五毛,在江浦县第一段内,附凤门外荒地马府旱西门牌楼大街五十方三尺七寸五分。

覆顾鼎梅书。缴还河南图书馆碑价十五元,云峰山碑价七元。

至蟫隐庐，取《藏书绝句》三十二首。杨守敬撰，鲍扶九丁卯活字印本。

**廿八日(11月9日)**　再访葛卣尊，取议价洋二十元，付讫。许珊林集金文字书六言篆对。处事但寻著实，诵书当味道根。

郑太夷来谭。

陈莘夫来，谭公鲁债务，无力能助也。

覆李从龙书。收到代购吉林参十两，洋廿四元，汇还洋卅元到沪，加进口税四元五角。

致张退庵书。告产业可以收回。

**廿九日(11月10日)**　访顾鼎梅，未遇。

访张仲照谭，交编书二十种，三次编目未收回。复取《画继》各种七册编目。十月朔画交还。

访周梦坡、金甸丞谭，以《宝箧印经》卷请题，并赠《金刚经塔》《金刚经鸠异》《冥报录》《一亭杂记》《读史记十表》。

在梦坡坐中晤金籛孙，七月自北京回，现沪海关监督是其第三子，籛孙为甸丞弟也。

致沈燕谋书。赠《读史记十表》《金刚经塔》《金刚经鸠异》《冥报录》，代购《吴挚甫批评史记》，洋十四元。

覆吴舜臣书。廿三日寄来分析单收到。南陵振务借款三万元，现收三千元，展成要汇裕中亦可付，惟须同上海接洽。上海有雨。芜湖稻价已涨。《南陵县志》裕中恐不能存。

再致舜臣书。朱表嫂来函请接济，并挈次子瞻庭来沪，请其阻止，并请大太太劝阻，酌送二十元，分两次付。瞻庭不孝，多则又为其取去花费也。

仲照告我，在宁大雨大雷电，苏、沪有雨，无雷电也。

**三十日(11月11日)**　朱念陶母太夫人八十冥寿，送缎幛、烛，往庆之。

访陈淮生、顾鼎梅，均未遇。

致徐椿宇书。椿宇名咏绯，徐芙双子，徐清惠族曾孙，属钞《泰安县志》徐清惠序，赠其尊人《分绿轩诗集》。

致葛卣尊书。缴许珊林联,价洋二十元。

至蟫隐庐,晤罗子经,赠宣纸印《三苏文集事略》八十四卷:《老泉先生文集》十二卷,宋郎晔注,吕祖谦标点,附《考异》一卷,罗振常撰。《经进嘉祐文集事略》一卷,郎晔撰,附《考异》。《老泉先生文集补遗》二卷,罗振常撰。《经进东坡文集事略》六十卷,郎晔撰,附《考异》四卷《补遗》《续补》各一卷,罗振常撰。《郎氏事辑》一卷,罗振常撰。经进栾城文集事略一卷。郎晔撰罗振常辑附考异。

在蟫隐庐遇于右任。住戈登路五和里六百十五号。

## 十月

**朔(11月12日)** 九女媖十岁生辰。

赠程玉霜联并《玉台新咏》《阳春白雪》,又赠金仲荪《玉台新咏》《阳春白雪》,联句为何骈憙代撰:"玉玦五陵重见簪裾惊绝艳,霜华九月更调弦管动凉秋。"

张仲照来,交书十九种编目,并将《画继》等七册交还。

竟日雨。

**初二日(11月13日)** 刘畏之去世,吊之。

覆王富晋书。收到寄来书九种,共卅七元一角五分五厘。

覆任心白书。致价翁函已转交。再告家嫂浦口地基地点。

致汪甘卿书。代曹东寅催寿诗。

再致任心白书。晤汪撷荀,已催募莱臣、伯雨捐助慈幼经费。

至陆维记,取仁济堂息四十七两三钱八分七厘。

王富晋寄来各书:《唐写文选集注残本》十六卷,罗振玉印巾箱本。《楚州金石录》一卷,罗振玉巾箱本。《恒农冢墓遗文》一卷,罗振玉,灵宝县出土砖,匋斋所藏最多。《殷虚古器物图录》一卷,罗振玉,玻璃版印。《邺下冢墓遗文》二编一卷,罗振玉。《芒洛冢墓遗文》四编六卷《补遗》一卷,罗振玉。《石屋洞造象题名》一卷,罗振玉。《龙泓洞造象题名》一卷,罗振玉。《蒿里遗文目录》十卷补一卷。罗振玉。

访顾鼎梅谭，购汉中府碑全分，四元。

**初三日(11月14日)** 大生纱厂一、二厂董事会。

**初四日(11月15日)** 答拜储南强，未遇。

曹东寅直学士同年七十寿，送东缎幛并祝寿诗。

**初五日(11月16日)** 聂榕卿有赏菊曲会之约，作书谢之。

访陈正有，请募十二圩义团捐款。

至来青阁，购十二月七日付讫。《古玉图考》。吴大澂，此木刻本，非石印也，洋十六元。

晚，赴储南强觉林素餐之约。又赴周梦坡晨风庐西餐之约。

梅撷云来，未晤。印光法师赠《闺范》十部。

**初六日(11月17日)** 吕宋廷来谭，托售古玉，随商刘晦之，云孙履安可兜销，即告宋廷，请夏辅宜转托。

访刘健之谭。

**初七日(11月18日)** 濮一乘来，未晤。至来青阁小坐。

答拜梅撷芸，不遇。住福煦路成村二号。

覆李拔可书。荐吴伯连之子吴广荣为旧书部艺徒，部长江明训。

**初八日(11月19日)** 丁价侯来，询慈幼院及捐京同乡回籍情形。赠《闺范》二部。

陈雪轩调元。母杨太夫人八十寿，送绸幛、烛。

岳相如之尊人岳应图传球。及其子冠三等讣至，送绸幛。

覆陈清源书。谢清理扬州花园巷各租户迁让。

冒鹤亭近号疚斋。为题元本《说文解字篆韵谱》《朱淑真断肠诗注》两诗成。

**初九日(11月20日)** 张仲照来，交书廿三种编目。

杨翰西来，谭任子木家姻事。午后答拜，未遇。

贺陈雪轩母杨太夫人寿。

午刻贞元会，补祝恽季申生日。

吕宋廷来谭。

至中国书店,晤陈乃乾。

**初十日(11月21日)** 任子木来,请作冰人。

李勰丞为子昌烈纳妇,送喜联。集《易林》句,寄安庆道署街二号。

曹东寅同年广权。偕弟梅舫、提法及子俶甫典初。来谭。

至国货展览会。

刘晦之书来,属为其兄畏之廿九日题主,复书允之。

**十一日(11月22日)** 任子木来谭。

答拜曹东寅、曹梅舫、曹俶甫,未遇。

华商水泥公司三十七次董事会,追认三公司联合营业合同。

王梓乔来,送阅致认捐慈幼院常年经费同人稿签字。

**十二日(11月23日)** 扬州蒋庄田契成交,收价洋四千元。

刘澄如为子润乐、亮畴纳妇,送华丝布幛。

曹东寅、梅舫同年招饮于悦宾楼。

章叔淳自哈尔滨来谭,旋答拜,未遇。

送曹东寅、梅舫同年赛连印《徐公文集》《宋元科举三录》各二部。

致陈清源书。赠雪茄烟二匣,又烟嘴一支、饼干、陈皮梅各二合,又《闺范》一部。

**十三日(11月24日)** 贺曹东寅同年七十寿。

陈正有来谭。

王梓乔来,交慈幼院捐款登折。

覆任心白书。寄大嫂浦口地基执照二纸送验(地在浦镇金汤门外,距浦口八里),托浦口商会长许石泉及王逸甫君十五日心白来信收到。十七日心白、翰芬公函收到。

覆邓翰芬书。通问。

致大太太书。浦口地每亩约值千元,然急切不易脱手,执照已呈验。

覆吴舜臣书。朱表嫂处已先送十元,余俟年底再送。租稻约三元外售出,即请主持,不必函商。

**十四日(11月25日)** 丁价侯书来,捐慈幼院戊辰年经常捐三百元，特别捐二百元，当作书复之。

**十五日(11 月 26 日)** 李拔可来谭，赠法国司的克一枝。

至盐业，交丁价侯捐慈幼捐洋五百元登折。

至广仁堂，告王梓乔书，收丁价侯捐条。

访印光法师谭，晤王渡生，济，阜阳人。印光属捐慈幼院常年经费一百元，渡生为王慈生普。之兄。

至汉文渊书店，购：付讫。《鬼趣图题咏》，咸丰元年潘仕成海山仙馆刻本，二元。《康熙字典》，光绪十六年鸿宝斋石印，二元。吴友如绘《阴骘果报图》，一十册，共二元。《三圣经灵验图注》。十册，共六角。

致丁价侯书。告捐款新收据未刻成。

郭道弥来，未晤。

**十六日(11 月 27 日)** 程艳秋去沪之鄂，留赠《霜杰集》。

致印光法师书。赠吴友如绘《阴骘果报图》、《三圣灵验经图注》各五册。

答拜郭道弥，未晤。

访章叔淳谭。访陈正有，赠《阴骘果报》《三圣灵验图》。

李从龙自北京来，畅谭，留罗汉磁瓶，赠虾米、蛤蜊干，复赠法国司的克、元缎褂料、饼干、陈皮梅。

酉刻，月食，十七分十七秒。

**十七日(11 月 28 日)** 晨八时，至北车站，送李从龙回北京。

覆刘公鲁书。还题吴香轮、王梅卿诗画卷，某女史莲花卷，题听松拓本，以唐天宝造象碑易吴黄武地券拓本。

覆徐椿宇书。请将《泰安志》所存卷数、叶数钞示。

晚，在一枝香大照公司董事会。出售旧电机、锅炉，拟添购新锅炉。

**十八日(11 月 29 日)** 昨陶福回南通，结算印书人叶广盛帐。印书工廿元，偷印书纸六元。

覆任心白、邓翰芬书。告价侯捐款情形。又告王渡生捐年捐一百元。来函收到浦口地基执照。

覆柳翼谋书。补寄《三垣笔记》首册。

杭州经训堂城站羊市街百九十五号。朱菊人寄书来，退回康熙邱氏刻本《徐节孝先生集》，洋二十元。留五种，汇洋十元：书价九元七角二分五厘。《严太仆先生集》十二卷，常熟严虞惇，乾隆元年刻本，三元六角。《徐尚书集》一卷，明徐□，字用中，武进人，嘉靖俞宪刻本，一元六角。《徐迪功集》一卷，明徐祯卿，字昌谷，太仓州人，嘉靖癸亥俞宪删正本，一元六角。《南北朝文钞》二卷，彭兆荪辑，徐达源参校，光绪壬午重刻本，一元八角。《天官考异》一卷。宣城吴肃公晴岩原本，婺源余煌星川参订，稿本，八角。

晚，约储南强父子、章叔淳、夏玉峰、陈正有、刘公鲁觉林素餐。

**十九日(11月30日)** 午刻，聚丰园贞元会，公祝陶拙存生日。

至李紫东处，观宋本《后汉书》，半页十行，行十九字，爱日精庐有此书。缺廿五卷，盖袁漱六芳瑛。赠曾文正书，有袁跋。为叶砺甫所收，拟出售也。《前汉》为汪文盛刻本，亦有缺卷。

致朱菊人书。索寄吾邑明许以忠选车书楼汇辑各名公《四六争奇》万历刻二册，洋四元八角。

**二十日(12月1日)** 王梓乔来，商付慈幼院经费二千五百元，答以俟王一亭回沪再付。

张仲照来函，属其帐友顾君交书廿三种编目，又补送宋晁谦之本《花间集》三册、《史记》一册，随将已编成书三包交还。

**廿一日(12月2日)** 储南强两次来谭，借《石林》一册，赠《六舟诗》一册，南强让《江苏金石志》，交洋七元四角。

至古香斋小坐，取汉元兴镜。廿六日退回。

致吴舜臣书。代于丹弟划大太太洋二百元。

覆萧子文书。蒯府契纸收回，财部秘书许守之向未认识。

覆劳吉六书。为其世兄属张孝若谋实业事，婉言谢之。

**廿二日(12月3日)** 午后四时半，申时。长孙生，林洞省、林翼民父子来贺。

致大太太书。告知生孙。

致吴舜臣书。告知生孙。

**廿三日(12月4日)** 朱宸卿、一字秋之。朱道之来贺。刘健之来贺。

王梓乔来,收赵竹君、王渡生常年捐各一百元,支慈院经费二千五百元。金颂清娶子妇,送绸喜幛。

至古香斋,交翠葡萄。廿六日取回。

覆张敬礼婿书。告崇儿生子。

**廿四日(12月5日)** 朱府亲家太太及其世兄先后来贺。

丁子盈来贺。

张仲照函来,属其帐友顾君又送书来编目,随将宋晁谦之本《花间集》四册交还。

覆朱菊人书。《四六争奇》只存首二卷,今仍寄还。

**廿五日(12月6日)** 答谢朱蕊初、朱印六、朱侣松、原字良丞。朱斗垣、朱务仁、朱犀禅、朱宸卿、朱道之、丁子盈。

访夏辅宜,未遇。

至味古斋,同席少卿闲话。

午刻,李季皋约杏花楼酒叙。

余旭士来贺。

**廿六日(12月7日)** 访任子木谭,交莫氏书目。

余峙莲来谭,交慈幼院所存盐业银行折二扣。

杨咏秋来谭,商代售刘公鲁戈登路住宅,随告徐笠樵通知傅尧生,约明午后径商咏啾。

访刘健之谭。

朱犀禅赠孙壮藏器拓本全形四幅。周希丁拓。

**廿七日(12月8日)** 晨傅尧生来,商公鲁售宅事,邀同往商杨咏秋。又同至徐笠樵处接洽,余先行。

午刻赴贞元,公祝王雪澄生日。

**廿八日(12月9日)** 缪子寿来谭。章叔淳辞回长春谭。

答拜缪子寿,未晤。

谢林洞省、林翼民、乔梓。

拜张东甫谭,交慈幼院董事聘书。

大生纱厂一、二、三厂董事联合会,续订一、二、三厂借款合同。

覆任心白、邓翰芬书。告张东甫聘书已函交。

**廿九日(12月10日)** 刘畏之成主,请襄题,送丝葛幛、烛。

朱聘之娶侄妇,恽眉卿娶子妇,贺之。朱送绸幛,恽送丝葛幛。

答拜傅尧生谭。答谢余旭士。

覆徐咏绯书。寄《泰安县志》十三册,住南通东市大巷。

**三十日(12月11日)** 朱曜东来谭,托售陈老莲画幅、乾隆刻丝佛象轴。

访陈正有谭,赠古玉。

至古香斋,交古玉羊符、玉冠二件,宋定盘。

访印光法师谭。答拜朱曜东,未晤。访吴董卿,不遇。

拜峻夫谭。访丁仲祜,未遇,属其同人转致朱峻夫、恽季申购《说文诂林》,商照廉价。

至中国书店,晤金颂清及陈淮生、鲍扶九、方逋庵、郭寿臣。

张仲照来,未晤。

覆陈乃乾书。题《素问灵枢》书衣。

## 十一月

**朔日(12月12日)** 访刘健之谭。

答拜仲照,交编书两包,又交米一包待编。

覆刘公鲁书。还改七芗为黄荛圃画《芳林秋思图》卷,又李涪江画《樱桃》卷曹墨琴题诗,又十三行拓本卷,曹墨琴临一通。又交朱竹垞书《争坐位帖》卷代售款,接济傅尧生。

傅尧生来,未遇,留书借款,覆以正在窘乡,思得一策,请同公鲁接洽。

**初二日(12月13日)** 杨蔚章景焕,翰西子。来,请作冰人,并送请帖。初七日行聘礼。

任子木来，请作冰人，并送请帖。

拜子木，告杨蔚章来接洽情形。

答拜杨蔚章，未晤。访丁价侯，未晤。

陈乃乾来，未晤。夏玉峰来，商筹救济北京同乡捐款。

至中国书店、古香斋小坐。

**初三日(12 月 14 日)** 访任子木谭。又访刘慧之谭。

易均室赠王福厂、唐韭园、李钵斋三家印谱，覆书谢之，并赠古墨拓本八种，晋张翰石家侍儿二印钤本。

覆邓翰芬书。收到浦口契纸二张，覆询验费。

致汪撷荀书。告莱臣由日本返沪，颇得意，可募慈幼院款。

访夏玉峰谭，交加捐六安振洋壹百元。

至广仁堂，晤余峙莲、王梓乔，交佛教慈幼院戊辰年捐式百元。

至中国书店，交陈列金石书画十四件。

**初四日(12 月 15 日)** 陈淮生来谭，赠其拓本三十种。

吴寄尘来贺，赠余孙金钱一枚，约重三钱外。辞不获，已受之。

**初五日(12 月 16 日)** 访刘晦之谭。

至蟫隐庐，晤子经谭，取回售书存折。

至中国书店，取：共价廿二元五角，初十日付讫。孝堂山全分，七元。浯溪全分，十元。唐乾宁四年钱镠铁券拓本，二元，三纸。宋苏轼盐官县绝句残石拓本，五角。梁惠光和尚舍利塔铭，乾化三年，一元。宋方元亨造幡题字，德佑乙亥，一元。九霄环佩琴拓本、大雅琴拓本。一元。

至来青阁，取价洋一元五角。《泗州志》十八卷。康熙二十七年知州莫之翰纂。

黄吉园来，代画六十小象，送笔润十元，又付夏间裱六舟拓本拾元六角。

覆费范九书。挽其尊人鉴清先生《百字令》哀词。

**初六日(12 月 17 日)** 送中国书店陈列书画古玩十四件。

吊刘畏之。

同夏辅宜至华新银行、大生纱厂。

余旭士来谭。

杨翰西来谭。

吴董卿来，未晤。

**初七日(12月18日)** 为杨翰西、任子木两家作冰人。

皇史宬建于明嘉靖十三年，四周上下用石甃，中具二十台，藏列朝宝训、实录及御制文集处也。每岁六月六日，命取皇史宬诸大函晒曝一次。按，宬与盛同义，《说文》曰：宬，屋所容受也。见顾侠君《秀野草堂诗集·皇史宬诗》引。

**初八日(12月19日)** 同刘健之至蟫隐庐，晤罗子经，知莫楚生所藏宋大礼银定早为叔言购去，索打本，子经应允。又至中国书店，取汉画象砖，标价二十元。初十日付讫。

**初九日(12月20日)** 任子木来谢。杨翰西亦来谢。

李定侯来，以宝应刘氏藏宋本《通鉴纪事本末》二残本内阁大库物也，索价四千元，估一千元：一淳熙严州本，缺七卷半，每叶廿六行廿四字，《皕宋楼藏书志》。一宋本。存三十五卷，每叶廿八行，行廿四字，蝴蝶装，未著录。

王君九自大连来，未晤。

贞元会，公祝刘健之生日。

同健之、鹤亭至中国书店，知早间劝定侯购郭寿臣汉砖等，约四十余件。经其尊人李皋同意往看，悉数购定。约一千余元。后检查，门亭长两砖云已售出，颇起争执，健之劝阻而散。后寿臣云此二砖尚在，亦未覆看也。

送中国书店古玩七件陈列。

覆私立。东吴大学法律学院书。承认为学生林翼民担保，未留稿。

覆魏小溪书。托售大嫂江浦地基。

覆李从龙书。公运局俟徐局长返平即可发表。佛瓶已约数人看过，签云新造，现在存敝处。

**初十日(12月21日)** 访陈乃乾，交王静安题金文拓本，屏玉刀铭、殷虚书契各拓本，吉金图序，书札廿四通。

至中国书店，付汉画象砖价三十元、碑价廿三元。

李定侯商让汉砖，允之，收回价洋三十元。

送胡蕙生之太夫人华丝布挽幛。

送龙梓修之夫人华丝布挽幛。

致俞寿丞书。告《唐类函》汉文渊有一部，索洋廿八元八角。

**十一日(12月22日)** 三弟之七女今日午后三时在慕尔堂结婚，作主婚人。

晚七时，张菊生约至一枝香，陪徐行可西餐。

昨在中国书店晤徐行可，今往访之，未遇，留赠何雪渔刻印。

**十二日(12月23日)** 约徐行可、赵蜀琴、胡朴庵、褚礼堂酒叙，宣古愚、张菊生、丁仲祜、罗子经、陈乃乾、姚虞琴未至，适刘健之来，遂留坐。

张仲照来，交书二包编目，还前编书一单。

刘十枝、刘晦之来，未晤。晚，答拜，谭救济北平同乡，已付五百元。

购孔繁德广西碑八十种，付洋八元，退前购各碑，抵新购各碑六元。

刘谦甫先生于十月廿六日丑刻作古，嗣子刘师颖。送华丝布挽幛。

**十三日(12月24日)** 至中国书店，取：十二月廿五日付价。汉鸠杖头，洋十四元，鎏银。琴隐园主人小象砚。洋四十元，黄生士画，十四日退回。

薄暮，童心庵同陈淮生来谭，淮生名承修。赠手拓铜器八种。

覆吴舜臣书。谢送生孙礼券十元。告大太太浦口地基已由江浦县验过交来。邓翰芬转请黄姓代觅买主，代售古琴洋五十元先垫交。代子丹交二百元。安庆枪毙△△三人，南陵有俞则贤。峻韵来沪运志书，及印民国志，恐不能成事实。振务借款收到若干，运芜若干。

覆李从龙书。太原公运局在津鼓铸银币聘为稽核，月薪二百元，旧有太原总司令部，恭议照兼月薪二百元八折支领。

**十四日(12月25日)** 送书画古玩六件至中国书店陈列。

购孔繁德碑廿三种，价洋四元五角。

朱犀园来谭，赠自刻"随盦"一印，并赠孙伯恒藏器全形拓本四纸，随覆赠唐张元彻造元始天尊象、汉洗八种。

七侄婿蒋正廷柬请会亲。

**十五日(12月26日)** 葛词蔚来谭，赠其尊人毓珊先生小影题咏。

至中国书店，晤叶誉虎、冒鹤亭、陈淮生。

**十六日(12月27日)** 为胡蕙生之太夫人题主。

访夏辅宜谭。

致萧子文书。许守之君处已托夏辅宜绍介，代陶福求荐通知分关书。

**十七日(12月28日)** 蒯亲家太太六十寿，送寿绸幛、通绣小屏四幅、桃、面、烛、爆四色，酒席十元，酒券四元，金腿券六元，绸料券四十元。

覆陈倬斋书。捐义冢经费三十元，淑畹捐二十元，绮女捐十元，定君捐五元，共六十五元，寄还捐册。

覆周业勤书。交《说文诂林》末批书，交还《闺范》原本四册。

覆马金涛书。告夏辅宜已荐成翊青所，致丁价侯函可不送。

文公达嫁女，送华丝葛幛、喜烛券。

昨，在中国书店见魏延昌造象：四面刻，正面字完全，碑阴两侧字残损，不记。

延昌元年岁次庚寅朔五月壹日

元祖父南阳白水张孙张道明弟显和侍

为父母造明像一区高贰尺元母上生天上弥勒座会下

未著录，字文粗劣，索价三百元。

覆姚虞琴书。虞琴为题《宝箧印陀罗尼经》卷。覆赠中元银定、天宝造象、铜碑、晋张翰印、石家侍儿印。

致童心庵书。赠中元银定、天宝造象、铜碑、魏程荣造象、齐马郭奴造象、逢迁造象、后梁开平僧智明庆幢、隋张通妻陶志、唐高霞寓志、汉建安画象砖、单于和亲砖、晋张翰印、石家侍儿印、唐比丘僧道建造象共十四种拓本。

俞峻韵由南陵来谭，拟运回县志，赠茶叶、二包。黑芝麻、一袋。蜜枣、二包。板鸭，四支。又送孙守道洋十元、糕二条。谈次询悉，其弟三子则贤以△△案为党部刘贻告发，在安庆被枪毙。

**十八日(12月29日)**　访俞峻韵谭，同至萧谷芬处，商运志书。后邀至快活林午餐。薄暮，又访峻韵，商缓运。

至中国书店小坐，晤张菊生，商约任心白再至商务书馆。

六时，赴金甸丞、周梦坡、姚虞琴酒叙之约。

晚，访丁价侯谭。展成来函，以皖省匪灾南有泾县、郎溪，北有六安、霍山、霍邱、阜阳、太和等县，郎溪损失不大，泾县急振之后，又办冬振；六、霍承济生会推举冯仰山先生查放，阜、太两县至今向隅。阜阳比较六安更重。现函恳济生会一视同仁，准予查放，属就近商恳发起劝募云云。价侯云，仰山此行奉佛祖谕，两月期，今再放阜、太，万来不及，且放振员无人，此重要关键，到会自应一致恳求。来函系致价侯、少舟、辅宜、正有及余五人。

价侯允助十二圩掩埋经费一百元、北平同乡救济川资五百元。

刘公鲁借《吴志》二册。

**十九日(12月30日)**　济生会来函，云阜、太振务展成发愿担任查放，请提倡劝募振款。当访陈少舟商办，并将来函送价侯阅。

访张仲照谭。访陈乃乾，未晤。

俞峻韵来谭。陶兰泉来，未晤。

覆谢陈清源书。清源初十日来函前已收到，所送各物并《闺范》一书，并告花园巷典宅初八日成契，收回典价四千五百元，除扣代付押租二百十元，净找四千二百九十元，当交一千元，挽徐卓卿说项。一星期后，再找三千二百九十元,俟交清一并汇沪。

覆翟展成书。阜阳、太和振务接洽情形。

**二十日(12月31日)** 访陈少舟、陈正有,商阜阳、太和振务。又访李拔可,商任心白事,拔可拟仍请在总务处办事。

覆任心白书。告菊生,拔可请仍在总务处。

**二十一日(1929年1月1日)** 拜俞峻韵,送羊皮马褂通布二疋、挂面、陈皮梅、桂圆、热水壶。

同子丹弟约峻韵一枝香西餐。

童心安来谭。

陈乃乾同姚石子、高君定来谭,并以仲照藏书、公鲁藏黄荛翁《芳林秋思图》卷赏鉴。

乃乾假王静庵题《随庵读书图》卷《曹望憘造象》影印。

今午中国学会成立,通过章程,未列席。

胡朴安、陈乃乾约午刻百星中西菜社聚餐,作书辞谢。

昨贞元会,公祝刘锡之生日。

昨文公达赘婿,贺之。

覆魏梅荪书。任心白事。

覆徐咏绯书。售书可托中国书店销售,泰山十字检出寄上,属撰先德文字敬当奉题,《泰安志》收到。

**二十二日(1月2日)** 长孙弥月,命名森,谱名守道。亲友来贺。

俞峻韵辞回南陵。慕邢任自北京回。

宣愚公来,为题《阿弥陀经》一诗。

汪禹丞来贺,谭安徽会馆拟筹杨善德遗产捐。

**二十三日(1月3日)** 访王一亭,为刘鉴泉瑞阳丸管箱舱事。求留《一切经音义》,释、道两家均有之,释家如慧琳撰一百卷、日本元文二岁白莲社本。元应撰二十五卷,乾隆五十一年庄炘刻本。均有传本,惟道家唐史崇撰本未之见也。

午刻，宣愚公约陶乐春便酌。

童心安来，未晤，留拓本三种：乐安公主造象，魏太和二年岁次戊午三月廿三日，伪刻，四百元。比丘尼法根造象，魏普泰二年四月八日，七百元。乾封造象。乾封元年九月廿日，□□□为马生见□兄二良等造，一百六十元①。

**二十四日（1月4日）** 答谢鲍承良、鲍子丹、李骏僧。

访陶兰泉谭，愿各出所刻书相易。

吊陶希泉之室恽夫人，送华丝布挽幛。

昨，覆济生会书，阜阳、太和振务已会商丁价侯、陈少舟、夏辅宜、陈正有，竭力捐募。

丁价侯交来捐助十二圩义园经费一百元。

访宣愚公，未遇，留函，交《续古篆韵》《孔子庙堂碑考》。

访任子木，交童心安造象拓本，转致李定侯。

覆丁价侯书。收到德荫堂捐十二圩义园洋一百元。

覆陈倬斋书。告丁价侯捐一百元即汇上，又陈少舟捐五十元交来即汇。

**廿五日（1月5日）** 访李拔可，交任心白书。

访陈少舟、陈正有谭，冯仰山已回，六安振因匪乱停放，阜阳、太和振务当亦停止。

访王一亭，询悉刘鉴泉名条已交瑞阳船新买办李泳奎。约赵光甫钞《安徽诗征》，并给其赎画洋四元。

访任子木，询悉童心安造象拓本，已交李定侯。

至中国书店，晤方逋庵闲话，知旧藏吴渔山山水轴已有赝本，前年售于瞿良士，大约向存席少卿处，为小徐善画，掮客。所窃摹以作伪也。

覆萧子文书。谢荐陶子春在通如分关詹叔珂，并告詹、陶相见融洽情形。

**廿六日（1月6日）** 张仲照来交书二包卅八种。编，还已编目书

---

① 本句中“□”均原文如此。

二包。

补贺蒯亲家太太六十生日。

至三太太及丹弟处小坐。

刘鉴泉来，属其持王一亭名片见瑞阳丸李泳奎，已接见，允仍留管箱舱。

覆吴舜臣书。售稻二百石，每石二元九角五分，代付子丹弟还人太太二百元。又售古琴五十元。告俞峻韵运志书以受潮未能起运。寄赠俞峻韵医书、善书。圩乡振务借款收六千壹百元，汇芜五千五百元。

**廿七日(1月7日)** 聚丰园贞元会，同人为余预祝生辰。

至蟫隐庐，取《石庐金石书志》廿二卷。闽侯林钧撰，洋九元六角。十二月十六日退。

**廿八日(1月8日)** 吊陶希泉之室恽夫人。

晤陶兰泉谭，赠《徐公文集》、蓝印宣纸。《一亭杂记》《玉台新咏》、墨印罗纹纸。《至圣林庙碑目》《法华经》、珂罗版宣纸。《天游阁诗集》《四灵诗》、连史纸。翁覃溪书《金刚经》、《随庵所著书》、连史纸。翁覃溪书《金刚经塔》、《读史记十表》《金刚经鸠异》《冥报录》《闺范》、大本。《果报类编》。

访童心安。询造象价目。

覆童心安书。告造象价目，送田黄石章三方代售。

李定侯来，交童心安书，并造象、田黄石章三方价目，又子丹弟托售汉玉三件。

晚，任子木来谭。

**廿九日(1月9日)** 为谢蘅窗母王太夫人题诗。

覆李拔可书。借通志堂《经典释文》。

覆童心安书。收到石象三区。

同任子木至中国书店，取《云合奇踪》二十卷。徐渭编，玉茗堂评点，洋四十元。退还。

杨翰西为其子蔚章续娶丁氏，送红绸幛、喜烛。

**三十日(1月10日)** 李定侯来,看童心安造象,不注意,田黄章出三百元。

晚,心安来,九狮田黄章商加价,邀任子木来商,无结果。

## 十二月

**朔日(1月11日)** 李定侯、任子木来,九狮田黄章不能加价。酌送林君二十元,散后来书,遂转心安。

宗渭川来,告退公事,经通人吁请,取消前令,省政府议决照准,即作书告之。冯光九、宗渭川、陈光甫之力,此说不确。

任心白来谭。

余节高为弟质士娶妇,送贺礼,收绸幛、花烛。

方玉山为侄望隆续娶,送花缎幛。

晚,童心安来谭,九狮田黄章不愿售,赠款亦不受。

**初二日(1月12日)** 南陵方槐松来讯,湾村墓道西边河身崩塌约百余步,南边配坟相伸爪被水冲去一截,须专派人监修。

陈清源汇来花园巷房价四千二百九十元。

宣古愚来还《孔子庙堂碑考》《续古篆韵》二书。

童心安来,未遇,留古镜托售。

吕宋廷为子举州授室,送花缎幛。

访束劭直,谭退公事,李耆卿、孟莼生与有力也。

覆张菊生书。谢潘博山赠新印《滂喜斋藏书记》。

**初三日(1月13日)** 购王发印碑,价洋八元。加《泰山铭》一分。

余氏棨、槃、桌、聚、棻、杲、臬、概。昆仲八人分析签约,邀亲友作证人。

访刘晦之谭,询愿否购童镜。

**初四日(1月14日)** 购孔繁德碑,价洋六元。

函童心安,询镜价不得要领。

阅王韬《瀛壖杂志》:同治癸亥春,合肥爵相统军抵沪,驻节城南。

雇民夫掘堑为营，于土中得铜镜一，围径尺，土花半蚀，青绿荧荧。背铭十字，楷法严整，似唐刻石经体。文曰："寿比广成子，贵如郭令公。"掘得者怀之，往骨董肆求售。肆主以镜为元代物，不足贵却之。今豫抚钱公鼎铭，时转运在沪，闻而欲购献爵相，其人已不知所往。此镜沪人多见之，盖铭语适为爵相勋业佳谶云。今此镜于丁卯年得之，藏于家。

覆张敬礼婿书。告其家事。

**初五日(1月15日)** 张仲照来又交书二包编目。卅四种。

陈少舟来谭，交南陵稻款，并云翟展成拟借南陵振务借款，覆书拒绝。

覆吴舜臣书。收到租稻洋二千元初十期庄票，并告展成拟借南陵振务借款四五千元，为万顷湖田主作讼费，商办法。

覆陈清源书。收到花园巷房屋赎价四千二百九十元，又回赎帖一纸。

**初六日(1月16日)** 贺方玉山、吕宋廷、余质士喜。

许俊人函告，补助旅平皖人回籍川资共用二千四百〇八元，现已结束，前交华新银行存折及收据十四纸交还该行。

至中国书店，金颂清邀同陈淮生午饭。

昨函刘晦之，约观童心安藏镜。今覆书不欲观。

昨，刘健之以宋《吕东莱集》相示，宋宁宗时刻本，半叶十行，行二十字。属估价值。内有钞配，书只四十卷，未足。

**初七日(1月17日)** 沈焜赍到皇上赏赐御容御笔"福寿"字轴，瞻望行在，叩谢天恩。

访江知源谭，坐中晤刘烈卿。

至来青阁，结算书账，以自刻《闺秀词》《徐公文集》等售价作抵。存洋三元零。又取：《碎玉词》一卷《海角词》一卷《词径》一卷，孙麟趾。《以恬养智斋词录》一卷，程庭鹭。《紫藤花馆诗余》一卷。刘观藻，共二元五角，付讫。

至中国书店、蟫隐庐小坐。

**初八日(1月18日)** 晚,喜雪。

**初九日(1月19日)** 至聚丰园贞元会,预祝周梦坡生日。

答拜沈醉愚,未晤。

访陶兰泉谭,拟十一日回津,留赠宋左氏《百川学海》十集,影宋本,三十二册,连史印本,售价一百元。元《程雪楼全集》,影洪武本,十册,单宣印本,售价三十元。钱叔宝手钞《游志续编》,珂罗板印,二册,棉纸印,售价八元。《鸳鸯绦》二卷,阳羡海来道人著,影印崇祯刻本,一册,连史,售价六元。《秦楼月》,未送。《绣襦记》四卷,二册,连史印,售价六元。《幽闺记》四卷。二册,连史印,售价六元。

吴蝶卿来谭,拟望日回休宁。

**初十日(1月20日)** 童心安来谭。陈少舟来谭。

**十一日(1月21日)** 余六十一岁生辰。

午刻,至大光明观影剧。

**十二日(1月22日)** 至大生,晤寄尘、知源、劭直、燕谋、光益、莼孙、叔雍、咏秋、瑞生、尧生诸人,知寄尘今晚至宁,为退老事耽保。

**十三日(1月23日)** 访张仲照谭,交编目书二包,并宋本《五子全书》、元本《唐文粹》。

至蟫隐庐,取:二十五日价付讫。《周官参证》二卷,太仓王宝仁撰,道光刻本,洋八角,十六日退。《皖南军务纪略》一卷,青阳陈钟秀撰,光绪刻本,洋三角。《孔子年谱辑注》一卷附《考辨随笔》二卷,江永撰,黄定宜注,道光刻本,洋二元五角。《诸史提要》十二卷,康熙中张英奉敕编,至唐止,下缺,洋八元,十九日退。《金陵待征录》十卷,金鳌辑,光绪刻本,附《诗征》一卷,朱绪曾辑,洋一元四角。《道藏目录详注》四卷,辽左李杰注,旧刻本,检《四库目》,即明白云霁详注本,略有增减,洋十四元。《周秦石刻释音》一卷,元吾邱衍撰,旧刻本,洋一元。《王烟客年谱》四卷,裔孙宝仁编,道光刻本,洋一元六角。《历阳典录补》三卷,陈廷桂撰,道光刻本,洋五角,十六日退。《一沤吟馆选集》二卷,甘泉陈崇光撰,宣统刻本,洋七角。《唐李太白姑熟遗迹题咏类钞》六卷。九华曹笙南辑,洋一元。

**十四日(1月24日)** 大雪。

致张仲照书。代童心安售田黄石章,覆书只出价二百元。

致吴舜臣书。附陈成康祥(毓麟)未收汇水信。大太太浦口地基一时无买主。

覆蒯若木书。谢送生孙礼物。

中央大学国学图书馆寄赠第一年刊。

李季皋赠新得汉砖拓本。

覆邓翰芬书。马府地基缓售。大太太浦口地基须急售,或稍乏价值,先售一半。

**十五日(1月25日)** 至中国书店,晤金颂清谭,取《黄庭经》,褚遂良仿右军书升元三年帖,覆本,洋三元。覆本。《淮源庙碑》,一元;《上尊号碑》,一元。十六日退还。

昨致书张仲照,代童心安售田黄石章出洋二百元,随约心安面商许可。今有书来,并收到洋款。今致函仲照,告之将田黄石章送交。

晚,蒯府酬宾,在一品香西餐。

**十六日(1月26日)** 至公平洋行,为绮女南洋路房屋出租,同汪蟾清商登报招租。

至大生,晤寄尘、知源谭,退翁事又波折停顿。

致任心白书。交大太太浦口地基验契费十元。

致黄伯雨书。赠料半印《玉台新咏》、连史印《随庵四种》、赛连印《四灵诗》、《金刚经塔》《一亭杂记》《金刚经鸠异》《冥报录》。

人生一厂维持会沪事务所送来戊辰下届董事夫马费洋三百元。

约任心白谭。

覆张仲照书。送书一包编目,给仆人二元。

**十八日(1月28日)** 中孚保管箱接租一年,十七年十二月廿七日起,十八年十二月廿七日止,租洋十六元。

收上海水泥公司董事夫马费二百元。

收千顷堂书洋三十元。

收扫叶山房书洋十一元。

至华新,晤陈正有,交捐北平振洋壹百元。

至实业,晤刘晦之谭,淮商废票恐成事实。

至蟫隐庐,取《汪孟慈行述》。洋五元,廿五日付讫。

至汉文渊,购曹估《樊榭山房游仙三百首诗注》三卷。厉鹗撰,蒋坦注,洋二元,付讫。

覆姚佛生大令体羲。书。贺嫁女,寄奁敬二元。住扬州粉妆巷。

**十九日(1月29日)** 午刻,张仲照置酒,为余补祝六十生日,邀王雪澄、陈容民、朱古微、王聘三同座。

**二十日(1月30日)** 聚丰园贞元会。

覆徐行可书。徐行可母魏太夫人己巳人日六十寿,送绸幛、诗屏。寄还寐叟校《秦边纪略》。行可在沪得顾千里校《舆地广记》、孙伯渊辑《春秋长编》,欣喜来告。

**二十一日(1月31日)** 访丁子盈谭。

致吴舜臣书。来信云逸之病重。圩乡借款已汇裕中一万零七百元,收据系裕中纱厂,图记某某,交翟展成南陵借洋云云。年底施放贫民米洋一百元,请照旧给散。

**二十二日(2月1日)** 至蟫隐庐、中国书店。

致褚礼堂书。请题六十小象。

**二十三日(2月2日)** 祀灶神。

购孔繁德碑,洋八元。

购袁估碑,洋三元。

购汪树人《赣榆县志》,洋二元。

余峙莲来谭,签慈幼院会费支票二纸四百九十元。

杨瑞年来。

覆曹靖陶书。题《看云楼觅句图》。

覆陈一甫书。赠《赣榆县志》。

**廿四日(2月3日)** 竹青自大连来,张府平安。

马寿彭来，赠食物。

**廿五日(2月4日)** 约任心白来，谭王梓乔夫马事。

答拜马寿彭谭，送马褂料、洋袜、糖、莲子、葡萄干。

结算中国书店来往帐，售出书五十二元七角五分，买进书三十元九角八分，冲存二十一元七角七分，收讫。

至蟫隐庐，晤罗子经谭，赠新印《韩昌黎集》，又购《韩昌黎集》，特价十八元，木箱八角。结算新购各书，共付洋四十六元三角。

购中国书店价二元付讫。《钵山书影》。宋本第一辑。

恭阅新安《徐氏宗谱》，乾隆二年歙北皇呈族修。有章奭《徐氏分徙记》，至正十四年秋八月吉旦赐进士第任观察使邑人春生章奭顿首拜撰。钞自南陵花山族重刊《统宗谱》，云其间亦不无微讹，而留心谱牒者正不可缺篇首，文义误者，已僭笔改订云云。此记条分缕析，吾徐氏分徙赖有斯记，《工山宗谱》有至元丙子十一世孙新安教谕徐其寿撰序，只纪世系之详，其分徙未及章记之晰也。当钞出，寄南陵工山宗祠主修家谱者。

致张退庵书。通候贺年。

覆汪启我书。询南陵收租情形。

覆李从龙书。通候覆贺年喜。

**二十六日(2月5日)** 大照电气公司汇来年节夫马八十两。

致童心安书。附缴林君函。

覆李雁晴书。谢赠新撰《中国文学述评》，《厦大周刊》。覆赠《积学斋》《鄦斋》两丛书、《永嘉四灵诗》。

致陈绳夫书。附覆李雁晴书，赠书系绳夫所寄厦门图书馆者。

记前童心安托售古镜：未定价目，还之。吴永安□年镜，文浅字剥，蚀不可辨。隋大业元年余三□造象镜，三佛象，三莲花。金正隆钱镜，外围字剥蚀不可辨。金承安三年双鱼官镜，元至元□年官镜，外围字细，剥蚀不可辨。永通万国钱镜，宋宣和元年镜，金元间仿汉中平二年镜①。

---

① 本段中“□”均原文如此。

吴逸之元松。于十六夜去世。

致杨寿祺书。请代购莫楚生藏元刻明印《徐节孝集》。

**二十七日(2月6日)**　张仲照来,未晤。

覆张幼麟书。书来借洋二百元。

收西泠印社书价洋四元。

收仁济堂协济号廿二两九钱五分。

周缉之寄新刻《悫慎公全集》。

**二十八日(2月7日)**　至来青阁书摊,取:计洋十九角,前帐存三元零。《永嘉真觉大师证道歌》,法惠宏德禅师注颂,门人德弘编,胡跋云元僧永盛著,乙丑胡子晋影印复至元刻本,洋八角。《秦辖日记》一卷,潘祖荫,自刻本,洋四角。《沈阳纪程》一卷,潘祖荫,自刻本,洋四角。《咸丰元年中星表》,冯桂芬,咸丰六年刻本,洋二角。《宋金元词集见存卷目》。吴昌绶,光绪己未石印本,洋一角。

答拜张仲照,未晤,留编目书二包。编书已毕,仅存《进士履历便览》。

褚礼堂来,未晤,为题随盦六十小象,并还叶刻《梅花喜神谱》。

覆翟展成书。皖北振款沪同乡捐款寥寥,外埠函劝来者均送济生会。

狄楚青来谭,赠影印汉石经并金文拓本:周师寏父盘,全形。吕以敦、全形。隹叔匜、全形。秦廿年钟、全形。颂壶、器盖铭。国差甔。铭文。

鲍扶九鼎。来谭,赠新印《玉台新咏》,并述及刘葱石藏唐大、小忽雷、北宋二体石经、《天玺纪功碑》、宋元本书十余种,由来青阁杨寿祺质于某氏,洋壹万元,两年期,二分息,律师保证费五百元,详情俟询明再记之。

致吴舜臣书。赠逸之兄忏敬四十元。

覆萧子文书。詹叔珂信陶子春从缓位置,其间主要人为许炎卿,系吴静山至戚。子文在部科长为楼企任,名祖迪,杭人,江南高等学堂毕业;副科长宗书年,亦高等学堂学生,子岱之弟。

叶启倬、叶启慕寄其尊人《郎园四部书叙录》,为门人湘潭刘肇隅编。赵光甫来,交钞《安徽诗征》洋五元。

**二十九日(2月8日)** 记《节孝先生集》刻本源流：

宋景定甲子淮安州教授。翁蒙正刻本；《瞿录》明刻本有重行编次、校正二行，《皕宋楼志》同。《莫目》。

宋乾道己丑嘉禾教授许及之刻本，三十卷附语录一卷；《丁志》元刻本有许跋。《莫目》。

宋淳祐庚戌淮南东路判官王夬亨刻本，三十卷附语录一卷；瞿、陆明本、丁元本皆有王序。

宋绍兴戊辰刻本；有王萃跋，见康熙邱象随刻本签记，又见《皕宋楼藏书志》明刻本，又丁氏《善本书录》元刻本亦有王萃跋。

元刻本；有大德皇庆时人题象赞、皇庆癸丑王霄宾序（见邱象随本签记，《莫目》云或谓即修王夬亨本而附入之）。丁氏《善本书录》"节孝先生文集三十卷语录一卷"前有《事实》一卷，元刻本有王夬亨序、翁蒙正校正二行，绍兴戊辰王萃跋，许及之跋。

明嘉靖乙丑淮安兵备副使刘祐刊本；增补《祠堂记》，见邱象随本签记。《莫目》。张氏《适园藏书志》。

康熙丙子山阳邱象随刻本，三十卷事实一卷语录一卷附增元明后传赞碑记一卷。邱象随辑，敦本堂藏板，见杭州丁氏《八千卷楼目》，又见杭州经训堂书坊朱菊人集本。

按张仲照有宋刻元修本，朱目有嘉靖重刻宋本。同丁氏《善本书录》，诚如莫氏所云，修宋王夬亨本而附入之，即嘉靖本增补《祠堂记》亦当出王夬亨本也；张本半页十行，行廿字，白口，单边。己巳八月四日，见刘翰怡藏宋刻元修本，同。

又刘翰怡藏本，半页九行，行十八字，黑线口，单边，中缝上记字数。遇宋讳皆缺笔，未知何时刻本。当是康熙刊，未著录。余藏上半部，己巳正月得莫楚生藏本，缺首册，以旧藏配成全书。又见汪树人残本（缺下二卷），来青阁本仅缺语录也。

记《说文解字篆韵谱》刻本源流：

宋刻本；见《天禄琳琅续目》三，五卷，兄铉序《骑省集》尚有，此书后序未载，末有丙辰菖节种德堂刊牌子。按，种德堂系种善堂之误。

元刻本；见瞿氏《铁琴铜剑楼书目》，按即同《天禄琳琅》著录之宋本，五卷。卷一后有墨图记二行云：丙辰菖节种德堂刊，当是元祐三年。按，种德堂亦种善堂之误，丙寅年借来补印余藏本所缺后牌子。辛未正月六日，在中国书店见罗叔言藏本寄售，索价三百元。

元刻本；见陆氏《皕宋楼志》，前有徐钟述，后有徐铉序，半叶七行，行大九字，小字双行，每行约十八字。

明巡抚李显刻本；五卷，《四库》著录为两江总督采进本。徐行可（恕）有此本，丙寅借阅，似出于元本，惟寒部、豪部次序讹误耳。

旧钞本；一张适园五卷本，每行五字，有毛晋印、稽瑞楼印，钞本精；一张适园十卷本，每行五六字不等，康熙陆湛摹。朱卧庵藏书；一海源阁杨氏十卷本，寒部、豪部不误，云明人从宋椠钞出。

《函海》本；五卷，行款同元刻，惟卷三下分卷，寒部、豪部不误。

冯桂芬本；十卷，缩摹本，云影钞宋本，为朱卧庵旧藏，无新附字，无后序，无羼入菄、辣等俗字。

《小学汇函》本。

余家藏本即《天禄琳琅》所云宋本，铁琴铁剑楼所云元本，卷一后缺牌子，借瞿氏藏本补印知之，并知《天禄目》《瞿目》著录为种德堂系种善之误。此书传本甚稀，丙寅春余为影印二百部。卷二十六页前四行、五行、后一行匡缺，卷二十页后四行、五行贞不缺，卷二廿四页后四行恒不缺，卷四卅三页前三行敬不缺。

**三十日(2月9日)**　来青阁装潢吴清卿《古玉图》成，价十六元，已付帐矣。吴刻此书，外间流传有石印本，大本自印，小本坊印。不知尚有刻本也，卷末有“吴门毛□□摹刻”①七字。可宝。

又《权衡度量实验考》罗氏振玉影印云未刻，亦不知在湘抚任所已刻，余得有藏本也。

晚，谢天祀神，诣真容前行礼。

---

① 原文如此。

中国近现代稀见史料丛刊【第七辑】

张剑 徐雁平 彭国忠 主编

# 徐乃昌日记（三）

徐乃昌 著

南江涛 整理

本辑执行主编 张剑

凤凰出版社

# 己巳年(1929)

## 元月

**元日(2月10日)** 晨升香,告天祀神,诣真容前叩贺。

贺亲友新年。大女四十生辰。

**初二日(2月11日)** 贺亲友新年。

**初三日(2月12日)** 贺亲友新年。

至中央,观《骆驼工》影剧。

**初四日(2月13日)** 贺亲友新年。

**初五日(2月14日)** 至大生纱厂、中国实业银行、华新银行、中国书店贺喜。在中国书店晤暨南大学教员龙榆生,名沐勋,江西万载人。

至丹桂第一台,观二本《开天辟地》剧。按目洪生。

**初六日(2月15日)** 定君四十一岁生辰。

答贺各友新年。

至来青阁小坐,晤杨寿祺,知岁腊寿祺购莫楚生书三十余种,价三千六百元。遇李紫东、陈乃乾,紫东告我蒋孟蘋所藏宋本各书押于潘明训一万一千元。期满,归诸张叔驯。又告海宁孙铨伯凤钧。所藏宋本书为张菊生购得,价一万二千元,廉极矣。叶鞠裳《藏书纪事诗》有"珍重钱唐宋板孙"之句,盖咏铨伯二尹也。注云:藏单行本菊生云非单行本。《魏志》、抚州本《公羊》,皆世间绝无之本,簿录之学一时无比,人呼为宋板孙云。紫东又云,尚有宋本两《汉书》,前未之闻。菊生告我有宋本《世说新语》佳,又宋本《说苑》九行本,即吴槎客所著录者,王雪澄校过,不佳。

阅《梦坡室获古丛编》,择其佳者录目记之:者减钟;王文敏旧藏,后归刘铁云。虢仲鬲;曹秋舫旧藏。鲁伯厚父盘;曹秋舫旧藏。伯鄭父鬲;马秋药旧藏,后归乌程顾容斋。阮文达释伯躬父,端忠敏作伯鄭父。鬲,褚礼堂作“鼺”。秉仲丁卣;金鰤廷藏器。酉鼎;子孙觚;阳识。丁[illegible]爵;阳识,陈簠斋藏器。[illegible]工爵;[illegible]父癸爵;汉光和洗;《攈古录》著录。汉延熹西蜀刘氏镜;明建文元年建宁府权。

覆习位思书。位思来书属为崔聘臣荐馆,覆以随时留意,得当以报。为张贵求荐留江南造币厂稽查员事。

**初七日(2 月 16 日)** 南京佛教慈幼院院长邓翰芬兆馥,如皋。来,未晤。

杨甥瑞年、吉孚昆仲来。杨寿祺、李紫东来,均晤。

淑畹在丹弟家贺年伤足,牛惠生、林洞省医治。

覆张祝秋书。祝秋去春已辞詹叔珂之约,其世兄毕业于中央大学,仍助教务,现拟出游。

**初八日(2 月 17 日)** 至广仁堂,答拜邓翰芬,未晤,晤余峙莲、王梓乔谭。

访高君定、游筱溪、李紫东,未遇。

至子丹弟处,略谭。

方德斋自南陵来,未晤。

刘公鲁来谭。

**初九日(2 月 18 日)** 午刻,聚丰园贞元会。

龚伯厚来谭。

答拜方德斋、龚伯厚,均未晤。

**初十日(2 月 19 日)** 邓翰芬来谭。冯光九自南通来,未晤。

午刻,约邓翰芬、方德斋、任心白、余峙莲、王梓乔、蒋正廷一枝香,子丹弟、慕邢侄、崇儿一同西餐。

至来青阁、中国书店小坐。

**十一日(2 月 20 日)** 高吹万来书,还前假《诗疑笔记》,拟避匪乱之沪，作书覆之。

**十二日(2月21日)** 崇儿二十一岁生辰。

答拜吴剑泉，未晤。

叶柏皋来谭。

旧藏唐开元二年楷书，似柳诚悬笔。雷霄斲琴，为马氏玲珑山馆故物，宣统庚戌冬赠内弟刘葱石参议。今阅焦理堂循。《忆书》所记一则，录之：背刻“石上枯”篆文三字《忆书》未载。

马逊圃，秋玉征士孙也，家藏三琴，其二宋斲，背井中刻“慎斋朱远”；其一唐琴，背井中刻“唐开元二年雷霄斲”，满体朱殷，断纹若云，真宝物也。

又藏唐韩文公琴，背井中刻“南阳退之氏韩愈采桐于凤皇山，大唐兴元二年时在甲子三月朔”，分书，二行；背刻“宋元祐二年陈瓘藏款”篆书一行。潞王鉴赏之宝阳文方印，明杨继盛、李攀龙、董其昌、邢侗跋，又同治三年何绍基跋。甲子年归于李季皋侍郎。

晚赴方玉山酒叙之约，坐有许静仁、李斐君、王惕斋、潘伯和。

以散盘拓本请罗子经转罗叔言题字，并赠《江苏金石志》。二月题成。

**十三日(2月22日)** 午刻至苏州，寓惠中旅馆，永儿偕行。

五时入城，至征赏斋，晤黄吉园谭，购：洋二十元。《汉裴岑纪功碑》，徐星伯拓并题，吴荷屋题，杨季子(亮)题诗。《元至大重修宣和博古图录》，存卷十六(四十九叶)、卷廿三(十三叶)、卷廿四(三十一叶)。《白石道人歌曲》六卷《别集》一卷。乾隆己巳华亭张奕枢影宋刻本。按，张奕枢从云间楼敬思所藏元陶南村钞本影，宋墨板、行格、卷数仍旧，不似乾隆癸亥陆钟辉刻并四卷，《白石歌曲》莫善于此本矣。张奕枢跋为书贾抽出，将纸染色以充宋刻，此本罕见。记去年九月得陈玉几勘定白石诗词、曾二铭合刻于广陵书局者，今又得张奕枢刻本，《白石集》善本尽于此矣。

同吉园至集宝斋，晤孙氏昆仲，邀杨寿祺来，观新收莫氏楚生藏书，购：十五日付书价五十五元。《说文字原》一卷，周伯琦编注，半叶五行，行大字不计，小字双行，行廿字，白口，单边，元至正九年刻本，男宗义、同门人谢以信校正。《少室山房笔丛》三十二卷，明万历丙午刻本。《泊宅编》十卷，宋方勺，明重刻宋本，半叶十行，行十九字，白口，单边。《稗海》《读画斋》两本只三卷，此十卷本至佳。《徐节孝先生文集》三十卷《语录》一卷《事实》一卷《附载》一卷，宋徐积撰，序目及卷一补钞，旧藏残本可配，莫楚生签题明刻宋本，不可考。《虎邱语录》一卷《灵岩续录》四卷《退翁和尚升座语录》□卷，释弘储，国初支那本，有钱谦益序。《渔洋山人精华录》十卷，林佶写本。《长生殿传奇》二卷。洪昇，稗畦草堂原板，退回。

吉园邀至观前街晚膳，膳毕回寓。

**十四日(2月23日)**　晨至护龙街来青阁，晤杨寿祺，购集宝斋郑赤问之石芝，洋三十元。外运费二元，十五日付。又购黄碑估砖瓦造象拓本三册，艺风旧藏。元妙观画象拓本一分，共洋二十元。即付。

午刻，访汪甘卿同年谭，甘卿邀至青年会便饭。观昆剧传习所维持会演《绣襦记》，姚传芗演银珍，邵传镛演扬州阿二，尚可观。五时回寓，七时附车返沪。

**十五日(2月24日)**　章一山左丞赠宁海胡懿卿明经㧑谦。重刻明成化本《逊志斋集》三十卷拾遗十卷续一卷附录一卷，今覆书谢之。

答拜冯光九谭。

至中国书店、蟫隐庐、来青阁小坐。

以徐子静《观自得斋秦汉官私铜印集》五十册交中国书店寄售，价一百元。

**十六日(2月25日)**　福州林亚杰一字石庐，名钧，闽侯人。来书，通问赠所著《石庐金石书志》二十二卷。覆书谢之，并赠《玉台新咏》《中州金石目》《至圣林庙碑目》《随庵所著书》。

覆萧子文书。谢子文为陶子春函詹季蘅，催促其兄叔珂从速位置。楼科长为楼芷潡(汝增)之子，芷潡在吴剑泉处多年。

覆人太太书。告古琴售出，浦口地一时无受主。

吴树人来谭。

袁栋材来，今晚回宁，询悉陈清源公子四人，现存三人：长名泰培；字柏勋，烟台海军学堂毕业，年卅余岁，现海军司令楚有二副。次名泰权；字仲衡，北大毕业，年廿余岁。四名泰桂。字季丹，上海交通大学毕业，年廿二岁，现创办芜湖无线电局，阴历四月二日结婚。

**十七日(2月26日)** 至博古斋，取：《宣德鼎彝谱》八卷，明吕震等奉敕编，守山阁本，码洋六元。《隶有》六卷《隶通》一卷。赵曈编，光绪十五年印本，码洋二元。

安徽省振务会函聘为振会顾问。

余峙莲来，交慈幼院经费二千元盐业银行支票签字。

**十八日(2月27日)** 狄楚青来谭，赠新印《清宫藏宋元宝绘》三册，并以古玩相示，中以真子飞霜镜为佳。伪作。

至来青阁，取华篴秋为江建霞之舅父。华笛秋翼纶，光绪间人。钞《地理铃记》上册，价洋四元。

赵叔雍赠《吴游片羽》一册，盖叔雍偕叶玉虎、冒鹤亭游姑苏、虞山、京口、扬州，纪游之作也。

至中国书店，晤金颂清、陈淮生，观刘晦之寄售铜器，以父戊觚两器尚佳，手拓以归。

**十九日(2月28日)** 午刻，聚丰园贞元会，补祝俞寿丞生日。

报载，南京各城门名，现市政府改聚宝为中华、朝阳为中山、仪凤为兴中、丰润为玄武、神策为和平、海陵为挹江、洪武为光华。

至中央戏院，观《火烧九曲楼》影剧。

**二十日(3月1日)** 傅尧生来谭，赠《果报类偏》《金刚经鸠异》《冥报录》。

访杨翰西、倪远甫谭。

至中国学会、中国书店、博古斋小坐。

晚赴朱云青大西洋西餐之约。

取中国学会书：二月十日付讫。《宫中现行则例》四卷，奉敕编，起康熙迄光绪初，洋六元。《六九斋馔述稿》四卷，嘉定陈瑑，序文续刻，洋一元。

《阙特勤碑考》。盛昱,缺第七叶,洋五角。

**二十一日(3月2日)** 午刻,赴杨翰西一品香西餐之约。

访丁子盈亲家谭。

王德钧约翰大学,合肥人。来,未晤,留王揖唐赠《采风录》、国风社选,自五十一叶起,至一百一叶止。《今传是楼诗话》。五十一叶起,至一百四叶止。

**二十二日(3月3日)** 胡幼腴同年午刻约酒叙,坐有曾农髯、王雪澄、朱古微、龚景张、龚怀西、胡伯午、吴剑秋。

高吹万来,未晤。

教育部全国美术展览会来函,第八部参考品最关重要,征集历代书画、金石、雕刻等陈列。

晚,任子木约杨翰西酒叙,邀往作陪。

**二十三日(3月4日)** 答拜高吹万,未晤。

至中国学会、中国书店、来青阁小坐。

覆张敬礼婿书。告淑畹伤足,月内可全愈。

致吴舜臣书。舜臣长子显谟有咳嗽之疾,拟来沪就医。告淑畹伤足月内可全愈。询近日稻价。

覆李从龙书。谢赠光绪间陕甘总督崧蕃安折二扣。

戴子开观察启文,丹徒。《招隐山房诗钞》十二卷,潘兰史征君选定,其子振声,孙传曾、绍曾、式曾,曾孙公望、公荫校刻成,今交周梦坡转赠。

**廿四日(3月5日)** 晨,吴元沛由南陵来,曹世兄同来。拟往莫干山疗养,途受劳顿咯血,送其回寓。汇中。午后,挈定君至寓,邀往周君常。医诊治。诊金二元二角,针治费三元,药资七角。

大生纱厂董事会。

感冒,就余伯陶诊方。

**廿五日(3月6日)** 吴元沛、曹慈怡来。元沛至同德医院,用爱克司光镜。

午后，约鲍承良为定君诊方。

**廿六日(3月7日)** 至中国书店小坐，取：《义门小集》，翁方纲集，英和刻，道光刻本，三元。《汉魏六朝一百三家集题辞》二卷，明张溥撰，道光顾幹刻本，一元六角。《写心偶存》。含山张夔承撰，咸丰刻本，六角。

**廿七日(3月8日)** 午刻，聚丰园贞元会。

至惠中旅馆，视吴元沛疾。

曹慈怡来，拟今晚回南陵。元沛至同德疗养。

覆吴舜臣书。交曹慈怡带南陵。

至古香斋，取二月五日送还。汉位至三公镜。文曰"□[①]宜高官位至三公生如山石"。

覆张仲照书。《讲士履历便览》二三日内将邵跋钞毕，先缴。

覆瞿良士书。《闺秀词》只辛亥印过连史纸一次，书久不存。

**廿八日(3月9日)** 刘健之赠虎皮笺二刀，覆书谢之。

覆丁仲祜书。来书索假荆溪陈经所著《墨庄书跋》三卷。先交自刻各书，提要稍迟，亦略有贡献。

周美权之女公子四时在大华结婚，命崇儿往贺，送红华丝葛喜幛。

吴元沛今晨至同德医院疗养。住十四号房。午后，同定君视之。交保证书。

至中国学会，取：二月十日付讫。《水经注所载碑目》《舆地纪胜所载碑目》，明杨慎，魏稼孙校注，嘉靖丁酉朱方刻本，前五页破损，洋十元。《三百词谱》六卷。郑元庆选，卷六词韵，康熙己巳刻本(距今已四己巳)，洋十二元。

至余伯陶处就诊。

有陈寒香者，名刺署，中医妇科专家，兼精命相卜筮。向未之识，于廿六、廿七两日来见，未晤，留字云其亲有古镜二方，请鉴赏，婉言谢之。

---

① 原文如此。

晚,余节高来谭,为其八弟旭士殴伤,并伤及嫂,致朱用和诘责节高,意属余劝旭士向兄嫂服礼。昨日午后二时事。

**廿九日(3月10日)** 龚景张前约今日午饭,及至,始知其继室夫人端木氏于廿五日去世,遂具香楮吊之。

谢蘅窗之母王太夫人暨其配陈夫人讣至,送挽幛。

致陈进宧书。谢去腊赠所著《汉封瑬考略》及《瘗鹤铭考》,寄方砖拓本四种。

拜余旭士,未晤,留片,答节高。

至中国学会,取二月十日付讫。《水蜜桃谱》一卷。褚华撰,嘉庆十八年刻本,洋七角。

至博古斋,取:《憺园集》三十六卷,徐乾学撰,康熙丁丑刻本,码洋八十元(五折)。四皓石刻双钩本。道光戊戌杨龙石刻本,码洋八元(五折)。

狄楚青来,未遇。

以《徐节孝集》交杨寿祺装订。

遇高吹万于来青阁。遇高君定于中国学会,略谭,并约二月三日午刻一枝香西餐。

## 二月

**朔日(3月11日)** 游古玩市场,无所得。

至金才记肆中,购云蝶方镜,价洋五元。镜函刻花,异品也。

至汉文渊书肆,购付价洋一元。《虎邱胜集》一卷《倚园词略》三卷。朱万锦撰,康熙三十年刻本。

访顾鼎梅谭。

狄楚青、濮伯炘来谭,楚青出示:

《仪礼要义》五十卷;严九能手写(有元熙之印白文方印,又有张氏香修白文秋月之印朱文方印),乾隆辛亥得宋椠,壬子写此本(钤严字朱文方印),有跋嘉庆己巳正月廿八日又跋(钤蕙榜朱文长方印)。有文弨借观、广圻宷定、张敦仁读过三印。

《仪礼注》十七卷;明仿宋相台本。

汉石经、翁覆本。魏石经、新出土。蜀石经、双钩,朱文,梁处素手校,有张文鱼题并讯,又吴兔林讯、莫棠跋。北宋二体石经集册。

宋本《仪礼要义》九能以二十六万钱得于杭州,汪氏见《悔庵集·书手录〈仪礼要义〉宋本后》:嗣以朱提三百归阮文达,进之。天府郁泰峰亦藏一残本,阙首六卷,后归丰顺丁氏。严九能手写两部,一归莫楚生,完全无缺,首尾及五卷末皆有九能题识,并经卢抱经、顾千里校记,即此本也。一为杭州丁氏藏残本,仅存十二卷,末有卢抱经跋、徐养源校跋,又九能自记。后归江南图书馆。又顾千里曾借此壬子写本临摹一部,三年后归还。今顾本在常熟瞿氏。此《仪礼要义》宋本、一全部、一残本。写本严写本一全部、一残本,顾写本一全部。流传存佚之大略也。

**初二日(3月12日)** 答拜狄楚青谭,交还《仪礼》二书、石经集册。

至同德医院,视吴元沛,病情较好。

至中国书店,取《怀远县志》二十八卷。嘉庆廿三年知县孙让修,李兆洛、董士锡纂,洋十六元。

费范九来谭,赠冯善征《达庐诗录》四卷,询冯晏海《崇川金石志稿》。

童心安来谭。

覆曹穆如书。合肥汪啸崖县长扰民去职,地方人士组织委员会,公举为委员,处理县政。穆如子颂彬留学美国,得经济科硕士,去秋在宁审计院充协审官,月薪三百元。李家分析后,每房公私应得租约一千六百石,房租二千五六百元,如年岁丰收,可得洋五六千元。曹穆如正月二十一日嫁女,大小姐已代送礼四色。

覆吴舜臣书。致吴元沛讯朔日已函交。

**初三日(3月13日)** 吊谢蘅窗母王太夫人。

午刻,约阎甘园、高吹万、顾鼎梅、陈乃乾、高君定、吴树人一枝香西餐。共用十三元七角。

至四马路,购下估书,洋一元,小洋十六角:《憨山绪言》一卷《答问》一卷,释德清,明万历本。《博山大师宗教答响》一卷,刘若宰启请,明支那本。《环山诗钞》一卷,方士庶,有歙孙珍藏白文方印、汪氏问礼堂朱文方印,乾隆癸酉刻本,此书罕见。《红杏词》二卷,仁和李方湛,焦里堂题"辛酉午日李白楼赠"八字。《赵似昇所收书画录》一卷。周嵩尧,宣统三年刻本。

至古玩市场,购袁估碑帖,洋七元。有金陵灵应观铁象题字(尚仰止题),《清爱堂钟鼎彝器款识法帖》佳。

夏玉峰交来资送北平同乡每人五元。回籍征信录。收捐洋二千四百六十四元九角三分,收支两抵。

致鲍子丹书。为佛教慈幼院索照片,列入报告书。

**初四日(3月14日)** 黄伯雨来,未晤。

访阎甘园谭,观造象、古镜、书画。

取古香斋康熙仿明五彩花尊。索洋八十元,作价五十元,十三日以寄售沙盆作抵。旧藏一蕉叶尊,同康熙仿明彩也。

吴元沛来,拟回南陵。

《清爱堂家藏钟鼎彝器款识法帖》:刘燕庭任汀漳龙道时,选汀州工人年少而刻手之精者,镌之于木,陈簠斋光绪元年致王文敏书曾言及,是木刻至精,其汀工旋亦物故。外间绝少流传。向见陈乃乾有初拓本残缺,光绪初补刻,则拓墨模糊。余购袁估之本,虽未补刻前所拓,而拓不精致,然亦不易得也。乃乾所得当亦出诸袁氏。阅刘燕庭道光十八年跋,为吕孝廉世宜标目,林生墨香摹刻,陈氏说云汀工,误也。

**初五日(3月15日)** 朱蕊初十兄四十生日,挈崇儿往贺,送寿礼,收桃、面。

答拜黄伯雨,未晤。

访余节高、旭士昆仲,调解争执。

吊谢蘅窗夫人。

宁兴煤矿公司股东会改选董事监察,除旧董监照留,出缺董事改张幹青、徐子丹,监察夏辅宜。积欠矿区税即须筹缴四千余元,议临时借款。又议决增股二万元,加红股二万元。

罗子经自旅顺归,前请叔言题散盘题就交来。

覆任心白书。寄鲍子丹照片,附还邓翰芬讯。

覆夏辅宜书。宁兴公司开会报告情形,并代表选监察。

覆狄楚青书。《仪礼要义》莫家索价三百元以内,婉谢不留。

吴元沛今晨出同德医院,移居沪江第一台。

**初六日(3月16日)** 扬州重宁寺雨山老和尚来,余与淑畹、绮女交阿育王寺供会各洋十元,又沈香各洋一元。

吴元沛来,拟明日回南陵,午后邀同往游半淞园、大世界,并西餐。

龚景张继室端木恭人讣至,送华丝布幛。

致刘健之书。赠蟫隐庐影印世彩堂本《韩昌黎集》。

**初七日(3月17日)** 先光禄公忌日。

吴元沛今午附车回南陵,派林福送之芜湖。

元沛之岳翁王汝霖名达三,住黉塘桥开怡丰砻坊。

覆徽宁会馆书。为程伯埙总董题象赞。

至中国学会,购《银简考》一卷。钱泳辑,嘉庆甲戌刻本,付价洋一元。十三日赠宣古愚。

至古物书画流通处,购:扣实洋三十一元,初九日付讫。《七十二峰足征集》诗八十六卷词二卷赋三卷文十三卷,原阙文第三卷,吴定璋录,乾隆甲子刻本,码洋四十八元,六折。《西溪梵隐志》四卷。吴本泰辑,释智一编,道光庚戌吴彤文重刻,码洋三元六角,六折。

访林洞省谭,其夫人病重。

向藏刘燕庭金文拓本钤有"念庭手拓"印,今阅《簠斋尺牍》,十册致味琴书。始知为王念庭也。味琴为李竹朋之子。阅《校碑随笔》,王念庭名希祖,诸城人,曾藏北齐张思文造象。

**初八日(3月18日)** 购孔繁德碑十五种,洋六元,中有《汉张迁碑》乾隆拓本、《唐契苾明碑》，据《校碑随笔》考之，盖明拓本也。

宁兴公司董监成立会，推张幹青为董事长。

覆吴舜臣书。售稻四百石，每三元三角六分。告元沛兄一时不能到莫干山养疴，已出同德医院，初七回南陵，派林福送至芜湖。

覆冯光九书。退老事尚无消息。

**初九日(3月19日)**　午刻，聚丰园贞元会，恽季申值会。

顾鼎梅之兄华伯讣至，送华丝布幛。

购孔繁德碑，洋五元。

**初十日(3月20日)**　购孔繁德碑，洋四元。

送林德生之母程太恭人丝布挽幛。半幅。

送陈心铭之祖母张太夫人丝布挽幛。半幅。

送陈少石布政华丝葛挽幛。

至中国学会，付书洋三十七元二角。

高君定送《内经》《素问灵枢》新印本十二部。

覆吴舜臣书。续售稻七百石，又淑记三百石。去腊已托四都一图礼书将宝经堂之户改为高久安记，西城租簿丁卯年佃户钱宏印、张先发查过漏未入册，今开单请核。赠无量寿佛画一幅，如要绣画，候示再办。陈燮卿四十生日，拟送寿联。代陈燮卿买颜、柳碑四种，又有正书局四种，共八元七角六分。《李元靖碑》玻璃版印价十二元，八扣，如要再买。

**十一日(3月21日)**　访狄楚青谭，赠《江苏金石志》，取严九能手书《仪礼要义》交陈乃乾代售。又取莫子偲书屏六幅鉴赏。

至中国学会，晤陈乃乾、顾颉刚、蒋穀孙。

至中国书店，取《端溪研志》三卷。钱塘吴绳午，乾隆癸酉刻道光戊戌后印本，价洋五元。

至王秀仁家，取金文符牌拓本三十六种。未付价，十四日付十元。

郑太夷自天津回，来谭，赠画松小幅。

狄楚青赠手书楹帖。

王雪澄以所编《史学丛书》目属为校误补漏。

赵光甫来，交钞《安徽诗征》，付钞资洋五元。

覆朱象甫书。来书托售《古逸丛书》，并询价值。

致黄吉园书。询郑叔问所题石芝堪扁及所藏金纤纤琴。

致黄蔚萱书。吴湖帆藏金石拓本三百余种。

**十二日(3月22日)** 答拜郑海藏，未遇。

访张仲照谭，交《进士履历便览》廿八册。

至华新银行，晤陈正有，交汉口中交票二百元。

吴舜臣汇来稻款。

叶玉甫、狄楚青来谭，赠玉虎《玉台新咏》《宋元科举三录》，赛连印本。以许珊林象联借楚青影印。

蒯若木由大连来，以新得唐《阿弥陁经》罄拓本托装册。

函李拔可，赠影印守山阁本《黄帝内经》《素问灵枢》。

李季重讣至，送华丝布素幛。

晚，同狄楚青约叶玉甫、蒯若木、濮伯炘、陈彦通觉林素餐。

叶玉甫赠其新刻先德《海云阁诗钞》、叶衍兰。《瘿庵诗集》。罗惇曧。

狄楚青赠影印六祖慧能大师铜像。

**十三日(3月23日)** 宣古愚来谭，为撰《镜录》弁言，赠以钱梅溪《银简考》。

通遂公司股东会议，命崇儿代表，议公函沈铭竹查账。

陈乾来交《仪礼要义》价洋二百八十元。

访狄楚青，未遇，交《仪礼要义》价洋二百八十元。又还洪北江象联。

答拜叶玉甫、蒯若木，不晤。

至古香斋，以寄售紫沙花盆作价一百二十元，易乾隆结翠磁瓶、七十元，廿六日退回。康熙仿成化三彩磁瓶。五十元。

覆吴舜臣书。元沛初九日到南陵，汇款如数收到。

丁少兰六十生日，送红华丝葛幛。

**十四日(3月24日)**　丁亲家太太汪夫人于昨日申时逝世，今晨往唁之。

约郑海藏、王雪澄、朱沤尹、王病山、胡幼腴、刘健之、张仲照、李拔可、林洞省午刻酒叙。

以六十小象乞雪澄录寿诗于上，雪澄还昔年所假《读汉书八表》。

狄楚青来谭，还假印许珊林象联，并给代售《仪礼要义》仆人洋五元。楚青属作书叙明售价，俾便转致莫氏。

王秀仁来，交龚怀西藏淮南王金拓本二纸，连前取金文拓本卅六种，给洋十元。又以所藏唐天宝造象铜碑交拓二十纸。

近数日，天气骤热，寒暑表升至七十度左右。晨起，云雾满布，愈凝愈结。至十二时，相隔十步之外，亦不可辨。下午一时许，忽雨，而大雾始散。未几，雨止日出，晴暖如故。

**十五日(3月25日)**　丁箎生来，为张仲照索所编藏书目，婉言拒之。

晤陈正有，交预算影印《周悫慎公全集》价目。原书二千九百廿页，原订三十六册，六开石印，杭连每部约五元四角，加阔赛连每部约三元八角，夹板每部二角。木板重印，杭连每部约十元，加阔赛连每部约七元，夹板每付约三角。

丁亲家夫人汪夫人未时入敛，吊之。

至来青阁，观桂氏《说文义证》稿本出售，莫楚生遗书也。

**十六日(3月26日)**　校王雪澄《史学丛刻》目，校补五十三签，未留稿。

余峙莲来，以慈幼院支洋一千元支票签字。

答拜杨翰西，未晤。

在蟫隐庐晤张仲照、丁箎生谭。

李征甫来谭。

交邹云峰装潢蒯若木《阿弥陁经》拓本册，又自藏《清爱堂钟鼎彝器款识法帖》。光绪元年五月六日陈簠斋致王文敏书云，《清爱堂款识》乃木刻,至精,刘燕庭选汀州刻工年少者为之,惜已物故。《阿弥陀经》钟张弁群以六百元得于沈仲复年丈家,今《阿弥陁经》磬若木得之大连肆中,云日人亦购于沈氏也。磬口铸准提咒,非旧传大中铜磬,且磬亦较大中为大耳。

吴舜臣汇来稻款。

以丙寅年南陵所派汉口中交票二百元售现洋五十六元八角。

至华新银行,晤陈正有,交南陵来续发二五库券三百九十元,待价而沽。

致陈正有书。借钱吉生画和合轴,备影印芜湖纱厂商标。

**十七日(3月27日)** 午刻,李季重成主,请朱古微题,并请余与张仲照襄题。

至张仲照处,交余明覆宋吴革本《周易》二册。

至鲍承良处,交宁兴公司借款一百元。

至盐业银行,晤杨咏秋。

致吴舜臣书。收到汇洋,是何来款。

**十八日(3月28日)** 访王雪澄谭,交《史学丛刊》目,并以所藏《李元靖碑》乞王叔儛题。

访朱古微谭,赠向年过录严九能批本《弹指词》。

覆周业勤书。业勤拟向印光法师索《闺范》印本。

购邹云峰各碑,议价洋八元。内有《石台孝经》《九曜石题名》。

**十九日(3月29日)** 以所刻各书十六种每二部,值洋一百卅五元四角。送中国学会寄售。

覆林石庐书。索《吉金文释》《镜录》二书,覆未印成。《吉金》王静安序刻在集中,《镜录》宣愚公序容钞寄。

覆王富晋书。索《吉金图释》印本,覆未成书。

覆任心白书。佛教慈幼院修业证书训词已书就,交余峙莲:"学以致用,敏则有功;矢勤矢慎,尚实尚忠。"附录王一亭训词:"芝草无根,醴泉无源,人贵自立;流水不腐,户枢不蠹,民生在勤。"

覆吴舜臣书。来书云,十六日汇款系王达三之款先拨,售稻归还。南陵红十字分会如有事，可代接洽。

杨翰西来，未晤。

郑海藏约五时酒叙，坐有王雪澄、朱古微、王病山、王叔用、庄得之、袁伯夔、夏剑丞、余尧衢、周梅泉及其弟稚辛。

至中国学会，晤胡朴庵谭。

至邹云峰铺中，付碑价八元，晤朱用和谭。

至中国书店小坐。

**二十日(3月30日)** 午刻贞元会，朱峻夫值会。

至华新，晤陈正有，交还钱吉生画和合。又交《周悫慎集》，托鸿宝斋印样。

答拜杨翰西，不遇。

**二十一日(3月31日)** 至中国学会，晤陈乃乾。

至老三益，购魁字放大赛连五件。副牌，每件十二元。

至鸿宝斋，交《周悫慎公集》付印样。

至古香斋，交五彩康熙仿万历瓶配座。

**二十二日(4月1日)** 午刻，赴恽季申酒叙之约。收代购董刻《附释音周易》二册，洋六元。

晚，赴刘实之聚丰园酒叙之约。

至中国书店，晤金颂清谭，交鎏金洗价。又晤金甸丞谭，取《续修郯城县志》十卷，陆继辂撰，洋四元。《祁门县志》三十六卷。同治十一年知县周溶修本，洋六元，退。

昨，丁筦孙来谭，交《周易》重装。

至来青阁，取《蚁术词选》四卷。元邵亨贞，况夔笙刻本，洋八角。

撰《白石歌曲》《白石诗词》两跋：

《白石道人歌曲》六卷别集一卷，乾隆己巳华亭张奕枢从云间楼敬思所藏元至正十年陶南村写本校刻，前有宋赵菊坡序。吾友郑大鹤极称其善，若乾隆癸亥陆钟辉亦据陶本重刻，则以意改为四卷，已失宋本旧观。张跋为书贾抽去，复又染纸，伪充宋槧以欺世者。己巳正月十三日游苏州,得于黄吉园征赏斋。时距张刻是书已三易甲子矣。

《白石诗词》二卷,陈玉几勘定本,康熙戊戌曾二铭时灿。合刻于广陵书局。吾友郑大鹤以陆钟辉本校江炳炎钞南村旧本、洪陔华本、张奕枢本、用沈寐叟缩印本校。姜忠肃祠堂本,至为精宷,甚以毕生未见玉几校本为憾事。戊辰九月十七日得是本于沈仲芳肆中,欢喜赞叹,惜未能起大鹤而质之也。洪陔华本即以此板改跋印行。

**二十三日(4月2日)** 以《周悫慎集》鸿宝斋印样函送陈正有。

**二十四日(4月3日)** 黄慰萱苏州金石山房。来,购吴窸斋家剩余金石拓本三百五十六种,付洋六十元。商周金文一百〇三种,秦汉金文四十一种,砖瓦、志范、造象、经幢、墓志、泥封共二百十二种。

阅恽珍浦女史珠。撰《兰闺宝录》六卷,分孝行、贤德、慈范、节烈、智略、才华六类,昉刘向《列女传》作也。道光十一年刻本,向未之见,刘宝之借观。

黄慰萱云,苏州周仲芬君德馨。藏古泉、古镜甚富,名其斋曰"千镜万泉"。慰萱曾拓其镜二百余枚,精品无多,且未及千,盖自炫也。宣愚公向亦以其藏金元纪年镜易其古泉。

午后,至邹云峰肆中,购碑三十种,洋十元。内有南汉光孝寺东、西二铁塔铭拓本。廿六日付洋十元。

匪陷休宁县城,朱老五,东流人,最慓悍残忍。抢劫一空,县长程永言失踪。祁门县亦陷。

**二十五日(4月4日)** 朱用和来谭。

**二十六日(4月5日)** 至古香斋,退回结翠磁瓶,作价七十元。

付周云峰碑价十元。

丁筦孙来,交《周易》,告原购洋一百六十元。

至汉文渊,购书二种,洋一元:付讫。《吴江三节妇集》,咸丰丁巳古铜里范氏刻本。《涵清阁诗钞》,董云鹤;《素言集》,袁希谢;《怀清书屋吟稿》,顾佩芳;附《宪宧吟稿》,许珠。《三品汇刊》。光绪己卯刻本,《诗品》《画品》《书品》。

至中国学会，取：四月廿九日付价讫。《太平天国史料》第一集，怀宁程演生印本，洋一元二角。《奏折谱》。饶旬宣，光绪癸未刻本，洋四角。

晚，赴庄得之酒叙之约。

**廿七日（4月6日）**　阅《祁门县志·人物志·宦绩传》：张瑗字蘧若，父学说，性至孝，常辟佛老，崇祀乡贤。瑗中康熙辛未会试第一，由编修改御史。巡城，见香山碧云寺后有前明逆阉魏忠贤墓侈甚，奏毁之，朝野为快。题为《逆恶之罪，既已正典于前朝；私竖之碑，岂宜传留于后世，亟请乾纲敕毁，以儆奸邪，以垂鉴戒事》："窃惟建祠立庙，刊碑题额乃朝廷报功之盛典，恭惟我皇上前岁翠华南幸，敕修岳飞之墓，赐题于谦之碑，诚以此二臣者，忠贯日月，气挟山河，恐其岁月寖久，埋荒而没衰草也，故特表而扬之，以风示天下。凡天下之抱负志节者，无不感激涕零，共仰我皇上之彰善于前代，其如此崇隆也。夫善在所必彰者，则恶在所必瘅。臣奉命巡城，前往西山一带查阅，遥见香山碧云禅院，俗呼于公寺。寺后峻宇缭墙，覆压数里，郁葱绵亘，金碧辉煌。疑是前代王侯之宫寝，询之土人，知为故明罪恶滔天磔尸身后逆珰魏忠贤之墓。臣不胜骇异，迫而视之，见有穹碑二座，屹然并立，合书"钦差总督东厂官旗办事掌惜薪司内府供用库尚膳监印务司礼秉笔总督南海子提督保和等殿完吾魏公忠贤之墓"。臣观览之顷，辄为发指。夫魏忠贤者，在故明天启时窃操国柄，荼毒忠良，恶贯满盈，一时群小皆出其门，德碑生祠，几遍天下，神人共愤。直至崇贞初年，罪恶发露，潜行自尽后，乃磔其尸于河间，差快人心。迄今公论在人，尚憾戮尸不足以蔽辜，又何可于畿辅近地，留此秽恶之迹，僭越之制，以欺压山灵、玷污胜境，且使后世无知之奄寺夸诩歆羡，以为身虽遭显戮于生前，墓犹留壮观于奕世，何以儆巨慝、昭大法哉！尤可异者，碑后刻有孝官、孝孙等六七十人姓名，并不填写年号，使其造于故明之日，岂有显遭正法之逆珰，敢于僭横乃尔？若造于我朝定鼎之后，则不书昭代之年号，尤属狂悖不法。在竖碑者皆丧心无知之徒，不足深罪，其如骇远迩士庶之见闻。何况当奉旨敕修《明史》之时，凡明季忠良被祸诸臣，无不为之立传表扬，以彰公道，皦皦光天化日之下，岂容奸孽党羽，大胆泼天，目无三尺，一至于此。伏乞皇上天威乾断，即饬地方有司立仆其碑，划平其墓，俾天下后世晓然，知凶恶云徒，并不能保全坟茔于身后。其于圣明瘅恶之义，不啻炳如日星，严于斧钺矣。仰祈皇上睿鉴施行,为此具本谨题请旨。”康熙四十年五月十三日题,二十二日奉旨:魏忠贤碑墓着交与该城官员仆毁划平。该部知道。

至中国书店小坐。购邹云峰碑,洋二十二元。内有齐永明造象,二元,今在浙江。

**二十八日(4月7日)** 午刻,聚丰园贞元会,陶拙存值会。

至邹云峰店中选碑,无所得。

覆丁仲祜书。收回前假《墨庄书跋》。

南陵水灾堤工借款准三月望还清,地方财政局讯来,当先作书告丁价侯。

**二十九日(4月8日)** 送丁亲家夫人玉佛寺经忏、十四元。觉林素筵、十六元。闪花缎幛、十二元。绫对、二元二角。烛、二斤。箔。四合。

致福顺公司陆维镛诸君书。南陵地方财政管理处函告,堤工借款去冬汇芜一万二千二百元,大约夏历三月半前全数可以收清,特为转陈。

致赵悔盦书。赵渭舫索书,送《玉台新咏》,以唐《阿弥陁经》钟拓本请题字。

覆徽宁会馆书。长生愿廿一元交堂夫带回。

覆吴舜臣书。拨淑记稻洋一千元。元沛兄病渐佳。代陈君买玻璃板《李元靖碑》九元六角,又墨拓《李元靖碑》二元,又旧拓《八关斋会报德记》三元,共十四元六角(买此二种未寄)。

天气郁热,至下午五时后,天空忽有黑云,俄即雨下,未及数分钟,阳光遍照。未几,又有大雨,并杂冰雹,经三分钟始止。傍晚六时,又起狂风,旋即停止。

**三十日(4月9日)** 午刻,狄楚青约观樱花,并设蔬馔。

丁莞孙之夫人四十生日,贺之。

古墨斋邹云峰来,付碑价廿二元。

## 三月

**朔日(4月10日)** 昨童心庵来,述陈淮生意,为美术展览会征集出品全国美术展览会前来书，征集参考出品。今又来书，赠入览券。

至古香斋，取乾隆刻丝岁兆图立幅。三十元。

购袁估碑帖，洋二元。

**初二日(4月11日)**　顾鼎梅来谭。

访魏梅荪谭。

访印光法师谭，并晤真达和尚，赠《金刚经》，歙汪鸿藻书。附《功德颂》四册、《印光法师嘉言录》《华严普门品》各一册，《江慎修放生戒杀录》二十一册。

访朱用和谭，交莫子偲书陆氏《文赋》屏六幅。

覆狄平子书。赠石淙诗序。收到莫子偲书屏。

致李拔可书。辞初四酒叙之约。

**初三日(4月12日)**　魏梅荪来谭。

以周业勤藏《闺范》、自藏《阴骘文图证》送印光法师影印。

三时，赴上海水泥公司三十九次董事会。

赠郑韶觉《玉台新咏》《随庵所著书》。

狄平子书来，赠新印《宋拓九成宫醴泉铭》《王烟客仿大痴晴岚暖翠图》卷、《燕文贵秋山萧寺》卷、皆内府藏，御题。《中国名画》第三十集，当覆书谢之。

前观平子所藏书画《唐首贤大师书札》卷，元人跋极多。见《岳雪楼书画录》王叔明青卞山居图轴，董香光题为王画弟一。见《江村消夏录》，均至宝也。

**初四日(4月13日)**　陆仲英之弟夫人五十生日，送绸幛、烛，往贺。

狄楚青赠新印八大山人《写经画罗汉》卷，并送美术展览会出品人入览券。

覆南陵地方财政管理处书。堤工借款三月半还清，已转致辅宜、寿山、价侯、少舟、维镛。

覆中华图书馆协会书。国际图书馆在罗马举行展览会,征集出品,寄《玉台新咏》《忘忧清乐集》。

覆教育部全国美术展览会书。征集第八部参考品陈列,送汉介壶、汉双鱼富贵昌盘、乾隆珠绣祝寿图、乾隆缂丝岁兆图陈列,先后送来〇〇〇〇三号、〇〇一四三号入览券二纸。

至中国书店,取《程幼博墨苑》,有缺叶,序跋题记九卷、图六卷,明万历本,洋廿四元。廿二日退还。后增至三百元。《偃师金石记》四卷,武亿,乾隆五十三年刻本,洋二元。《独笑斋金石考略》四卷。郑业敩,光绪丙子刻本,洋二元。

至中国学会,晤陈乃乾、高吹万。

**初五日(4月14日)** 森孙有病,约鲍承良来诊。

**初六日(4月15日)** 约鲍承良、张书臣为森孙治疾。

曹梅舫同年来谭。

李耆卿招饮于功德林。

致狄楚青书,送还莫子偲书屏六幅。

曹志功、胡复华、张益哉来,持吴蝶卿讯,屯溪匪灾,拟向徽宁会馆垫款振济,连署具名。志功留书,明日徽宁会馆提议,如出席,属赞成。

**初七日(4月16日)** 访郑海藏,未遇,留唐八仙庆寿镜、唐《观无量寿佛经》为祝七十寿。又代朱斗垣请书分书楹联及屏条一幅,附笔资洋三十元。

访吴蝶卿谭,屯溪匪陷,朱老五。损失十余万元,全镇不下二千万。闻婺源亦陷,旋被浙军将匪击散,毙百余人。

至周君常医士诊室,代吴元沛取药,付洋九元七角五分。约张书臣为森孙复诊。

覆吴舜臣书。元沛兄药资九元七角五分,药稍迟交江顺带芜番船较交。大太太一百元在帐付浦口地基,另托浦口三洲公所董事代觅买主。覆南陵地方财政管理处函请转交。来书云售稻五百石,每石三元四角,款还王达三,预划至沪。又云其孙元沛生四岁，于初二日夭逝。南陵灾疫甚众，青阳与南陵交界尤甚。土匪亦多。天旱望雨。

**初八日(4月17日)**　约张书臣为森孙覆诊，书臣云病象转佳。

函印光法师，送森孙助振洋一百元。

**初九日(4月18日)**　午刻，聚丰园贞元会，王叔用值会。

约筦孙来，告仲照书目流传在外，菊生已钞。

至中国学会，取四月廿九日付价讫。张铭三《礼塔龛考古编》，洋一元。

至古墨斋，取裱《清爱堂彝器款识》，又《阿弥陁经》罄铭裱册，付工料洋七元。

森孙病危，先后约张书臣、林洞省、徐小圃、普通出诊八元八角，晚门加倍。马女医普通五元二角，晚诊十元四角。来诊。

**初十日(4月19日)**　吴寄尘约玉佛寺午馔，辞之。

夏辅宜、童心庵先后来谭。

西医徐乃礼为森孙诊。普通出诊七元，早门十四元。又延林洞省诊，洞省约杜君西医。复诊，马女医亦来诊。

昨，陈正有来，未晤，留周缉之书，商印《悫慎公集》。今致书正有，并逐条答复。

**十一日(4月20日)**　答拜夏辅宜，未遇。访吴寄尘，亦未晤。又访陈正有谭。

陈子言来，未晤，留函，现编刻《皖雅初集》乏资，借洋三十元。

吴蝶卿来谭，并赠明前新茶一瓶，当交余与淑畹捐助屯溪灾振洋各五十元。

森孙病危。

**十二日(4月21日)**　沈田莘嫁女，送红绸喜幛。

郑海藏七十生日，以名刺贺之。

周美权、袁伯夔晚约一枝香西餐，作书辞谢。

佛教慈幼院恳亲会在太平寺晚餐，致书任心白，未能到会。

森孙病危,林洞省专治。

**十三日(4月22日)** 以名刺贺沈田莘嫁女之喜。

报载,南陵城区附近匪众出没,时有白昼抢劫之事。地方人士开联席会,推代表戴鹏翥至芜,向新编第一师请愿,迅派劲旅,星夜赴南镇摄。一师已派三旅二、三两营前往。

大太太初十日来讯,亦云县城戒严,人心恐慌。

**十四日(4月23日)** 吴蝶卿、黄怜生、徽宁同乡会常务员,休宁人。张益斋、到屯溪办振。胡复华推代表至济生会。来,谭屯溪振务,持徽宁同乡会至济生会函,约余与胡复华为代表,议请济生会查放振款。当即同往。在济生会晤王君希曾,字莲友,杭县人,曾任河南信阳、罗山、沈邱等县知事。缘刘玲生已先到会先散,玲生为许静仁约放官振一万元。约三时半再往接洽。到期至济生会,晤李寿山、冯仰山、单仲范、刘玲生谭,云开会员谈话会后再决定。

购孔繁德碑估碑十种,洋三元。

付翰墨斋年万富装池洋三十五元。

**十五日(4月24日)** 报载,窜扰徽属之匪首朱富润即朱老五在安庆四号洲与自卫团激战,朱受伤被捕,昨日解安庆省。十六日行刑。

答拜陈子言,未遇,助其编刻《皖雅初集》先印第一册,怀宁一卷、桐城二卷。刻资三十元,并以自编《诗征》南陵县人诗借其采择也。子言拟选安徽全省诗,已得一千二百余人,分四十卷,又附名宦诗并今人诗。

午刻,赴朱用和之约。

郭礼征、郭道弥来,谭上年大照营业情形,派股息六厘。议改现四厘,余二厘为公积股,三年后给股票。又并镇江电灯租界一部份,价洋二万七千元。午后答拜,未晤。

**十六日(4月25日)** 森孙病危,昨晨送至工部局医院医治,夜间今日寅时。殇去,令函徽宁会馆在义地埋葬。

致吴舜臣书。告周医生为元沛兄配药水、药丸,交联益轮带芜湖。

报载,清弋江有匪,军警往剿。

**十七日(4月26日)**　至美术展览会，观赵叔孺藏太和熨斗、沈匏庐故物。颍阳井券。孤本，秦絧孙藏。

晚至徽宁同乡会，在觉林商屯溪振务，晤刘玲生、朱桐生、中，江宁。余裴山、昆，一字贞一，在安庆。余大雄、裴山为大雄弟。许伯龙、俞朗溪、吴蝶卿。

朱砚涛夫人六十寿，送花缎幛。

江子诚娶子妇，送华丝布幛。

李笠渔娶子妇，送华丝布幛。

暨南大学文学教授龙榆生名沐勋，万载人。持李笠介绍书来，云专治宋词，有所述作，并拟假阅外间罕见之词集，另赠其尊人蜕庵大令名赓言，辛亥前任桐城知县。诗存，有陈衍、谢凤孙序，金蓉镜跋。未遇。

**十八日(4月27日)**　吴寄尘来谭。

贺朱砚涛之夫人六十寿。

贺朱侣松嫁女。

贺李笠渔娶子妇。

同童心安至美术展览会，观陈列书画及田黄印章。

晚，大照公司董事会在一枝香聚餐。

**十九日(4月28日)**　午刻贞元会，在聚丰园，为余值会，李凤池、恽季申、均缴会费。俞寿丞、王叔用、周梦坡未缴会费。未至。

至汉文渊，购周季木藏石七种，洋三元。照季木售价四折。

丁筦孙来谭，张仲照并未将书目翻译西文。

**二十日(4月29日)**　至中国学会，晤陈乃乾，以王静庵所题两齐侯罍、秦公敦、商鞅量拓本假印，并取：四月廿九日付价讫。《唐骆宾王狐白》三卷，明万历余泰垣刻本，洋四元。《篔谷文钞》十二卷。海昌查揆，道光乙未年刻，洋六元。

至中国书店，取：《益都县图志》五十四卷，光绪三十四年李祖年修，胶州法伟堂纂，洋八元。四月廿七日退。《益都先正诗丛钞》八卷段松苓。补二卷，朱沅，光绪九年刻本，洋二元六角。《十万琳琅阁诗存》三卷《红牙吟馆诗余》三卷，方燕昭，洋一元。廿二日退。《三不妄室诗存》一卷，倪文英，光绪廿七年刻本，洋二角。廿二日退。《绣余吟草》一卷。女史桐城黄蕙臣，光绪十八年刻本，洋二角。廿二日退。

**二十一日(4月30日)** 至大生，晤吴寄尘谭。

**二十二日(5月1日)** 龙榆生来谭，拟借宋人词集旧本。

访刘晦之谭。

昨王秀仁来，拓成天宝造像碑二十分。又银定二种：一光和四年，一中元二年。又拓程秉泉方尊彝、即矢尊，器盖金铭文二百六字。方鼎，铭文四十一字。闻洛阳出土。又钟、鼎、敦三拓本相赠，并索旧藏五铢范两罍轩旧藏。代售，议价二百元。收回。

**二十三日(5月2日)** 挈崇儿至朱府，祝树齐亲家暨嫡配钟亲家夫人七十冥寿。送绸幛、糕、桃、烛。

**二十四日(5月3日)** 挈永儿至丁府，吊汪亲家夫人。送素筵、香、烛、宝。

至来青阁，购：共三十八元，付讫卅八元。《大方广佛华严经合论》一百二十卷，明隆庆径山传衣庵明得募刻本，十四元，半页十一行，行二十字，黑线口，单边。有彭印绍升白文方印、允初朱文方印、中峰后人朱文方印、江沅白文方印、子兰朱文方印、灵虚宝藏朱文方印。《大方广佛华严经》八十卷，唐实叉难陀译，道光师子林刻本，八元。《国清百录》四卷，明支那本，一元。《注肇论疏》六卷，宋沙门遵式述，明万历清凉山妙德禅院本，一元。《准提净业》三卷，唐地婆诃罗译，明崇祯嘉兴楞严寺本，五角。《止观义例》二卷，湛然述，明万历壬午徐球刻本，五角。《佛说盂兰盆经》二卷，西晋竺法护译，明崇祯支那本。《华严金师子章云间类解》一卷，宋沙门净源，明万历壬辰支那本，五角。《佛说阿弥陁经疏》一卷，唐新罗国沙门元晓述，明万历壬辰支那本。《历代三宝记》五卷，隋费长房，顺治八年支那本，五角。《绍兴重雕大藏音》三卷，宋精严寺沙门处观集，顺治十八年支那本，一元。《灵峰蕅益大师宗论》十卷，歙门人成时编，顺治刻本，三元。《全唐诗钞》八十卷《补遗》十六卷。元和吴成仪编次，乾隆己卯璜川书屋刻本，八元。

**二十五日(5月4日)** 贺江子诚为长子万平结婚之喜。

在来青阁见张船山手批《韩昌黎集》,已为高君定看定,未能购得也。

在中国书店见吴卓信《汉书地理志补注》一百零三卷,《书目答问》载一百卷,误。为泾县包氏道光廿八年刻本,亦罕见也。归姚石子。

**二十六日(5月5日)** 午刻,聚丰园贞元会,俞寿丞值会。寿丞以张子武藏书目属为估值,约值一万三四千元。

晚,慕邢侄约卓小梅酒叙,往陪。

**二十七日(5月6日)** 至中国学会,陈乃乾未至,以守山阁本《元史续编》留交姚石子,并覆书谢赠石刻《急就章》拓本,云为王观堂所称道者也。

**二十八日(5月7日)** 在中国书店遇姚石子、高君定及其尊人。在中国学会遇顾实君谭,晤金颂清,云及罗叔言约至大连合设书肆,拟初一日一行。

**二十九日(5月8日)** 朱用和来,商购直隶书局新购叶焕彬遗书,当告李紫东。

陈正有来,谭周缉之印《悫慎公遗集》。

至中国书店、来青阁小坐。

金颂清同罗叔言在大连纪伊町五十一番开设墨缘堂书店,明日颂清不及行,先派孙云士、袁云阶两人去连筹备。

高君定借阅张船山批本秀野草堂《昌黎诗集注》。

覆吴舜臣书。南陵夜行船被劫八只,伤男客一,毙女客一。现拟发筑路公债。各公团议扩充警备营,每亩加捐一角。又购枪事必成事实。寄来上年帐簿。望雨甚急。上午支购盒子炮一枝洋二百五十二元,公议自卫团用。上年续发二五库券派三百五十元,又淑记四十元,票去年交。又短期公债三百五十元,九六扣,另扣息七个月,共付三百十九元八角三分,未交(九月张子猷带来)。又淑记派四十元,折合三十六元五角七分四厘。

## 四月

**朔日(5月9日)** 报载,是日午后二时三刻日食,三时半食甚,四时二刻圆,尚验。

同陈正有至老三益纸号,为周缉之印悫慎公遗书购定宋赛一百件,每件连车力十六元七角。中和加乾连史四十件。每件连车力十六元七角,全书印宋赛八百部、连史二百部,加印《诗集》(一百七十六页)、《负暄闻语》(一百〇三页),共各二百部。又《易理汇参》(一千一百八十四页)、《治水述要》(八百十六页)各一百部。

至古香斋,取回明五彩瓶配座。前存花盆价一百廿元冲抵五彩瓶五十元,刻丝岁兆图卅元,净存四十元。

至来青阁,付书价洋四十元。

访李紫东,商购《碧山乐府》。宋王沂孙撰,明赵文淑写本,奏恩复补批,钱谦益藏本。

**初二日(5月10日)** 定君病,同至鲍承良处诊方。

四时,至华新银行,约陈正有至鸿宝斋,商印《悫慎公集》,议定每石二元二角.加印每石一元一角,印一百部一角一分,二百部二角二分。

**初三日(5月11日)** 约戴春记,议定装订《周悫慎公集》卅六本,每本二分。书函、单片连丝线每本二分,如用双片,加三厘,印书脚每部加五分。午后,告知陈正有。

**初四日(5月12日)** 任心白来谭。

晚,丁莞生来,谭仲照廷重讼事。

挈儿女辈至新中央,观影剧。

印书人王姓来,令其装订新请《华严经合论》。

**初五日(5月13日)** 至中国学会,取廿九日付价讫。《输廖馆集》八卷,明范允临,明刻本,禁书,在《违碍书目》,洋二十元。《余生录》一卷,边大绶,顺治间刻本,叶德辉跋,洋三元。《佛国记》一卷,宋释法显,《秘册汇函》本,洋一元。《德舆子》一卷,璇珠内史注,吴兴凌厚堂撰,其配安安人注,洋八角。《卦气表》一卷。固始蒋子潇撰,光绪戊子长白豫山重刻,洋四角。

至中国书店,取《西泠闺咏》、多补遗二卷。《西泠仙咏》、多补遗。《西泠怀古集》三种,拟以家藏本易之。

覆陈绳夫书。寄白纸正续《随庵丛书》一部、竹纸《怀邠杂俎》二部,计价十七元八角。上年书帐请其结算。

**初六日(5月14日)**　至李子东处,取书:共一百〇四元又四元,初十日付实业支票讫。《存心堂遗集》十二卷,元吴莱撰,明万历辛亥九世孙邦彦重刻,廿四元。《澹余诗集》四卷《南行日记》一卷曹申吉撰。《珂雪集》二卷《珂雪词》二卷曹贞吉撰。《黄山纪游词》一卷,曹霦撰,康熙间刻本,廿元。《味和堂诗集》六卷,高其倬撰,乾隆刻本,十元。《万善花室文稿》七卷《诗集》四卷《词集》一卷,方履篯撰,道光十一年刻本,三元。《辛壬韩江唱酬集》四卷,洪梧撰,六元。《交辉园遗稿》一卷,怡贤亲王,雍正十二年刻本,二元。《徐迪功集》六卷《谈艺录》一卷,明徐祯卿撰,正德庚辰刻乾隆庚辰印本,六元。《诗问》二卷,洪楠录,乾隆丁酉刻本,五元。《毛诗说》三卷,诸锦撰,乾隆戊寅刻本,十元。《吴中金石志》一卷,顾沅撰,即韩蕲王碑释文,六元。《南北史表》□卷,周家猷,乾隆癸卯刻本。初七退。《六莹堂二集》八卷,梁佩兰撰,康熙乙酉刻本。初七退。《历代山陵考》二卷。明王在晋撰,明刻本,十二元。

覆徐咏绯书。寄题其先德慕萱先生诗,又钞徐清惠泰山残字跋。

覆张敬礼婿书。寄七女《江苏金石志》及旧写篆文古文诗楹帖。

至中国书店、来青阁小坐。

**初七日(5月15日)**　取李子东书:初十日付讫。《九曲山房诗钞》十六卷。会稽宗圣垣,嘉庆五年刻本,洋四元。

丁子盈亲家约午刻蔬酌。

**初八日(5月16日)**　舜臣来书,解释驻城自卫团捐款上年每亩捐一角,共二百八十七元五角二分〇。今年议上年团勇六十名,今增至二百名,又先加收五分。今年七分。又收房租一月,上年认购盒子炮一支附皮带全副子弹七粒。二百五十二元。今年又议购枪,现已购成手提机关枪一架、盒子炮十二支,又拟购长枪一百五十支,尚未购定。又云岳军回芜,地方供给数千元。初三日,老村戴被匪绑,八人无下落。上月廿六七日,得雨约一寸半。售出稻四百石,又淑记一百石,每石三元四角五分。

**初九日(5月17日)** 吊丁亲家夫人汪夫人。

**初十日(5月18日)** 付宋星五、李紫东售书价一百八元。

余峙莲来,交阅佛教慈幼院报告书底稿:

院生:

金世钦;十二岁,吴县人,佛教净业会送,父经商失败而亡,此子有志气。

金世德;十一岁,吴县人,同,均十五年九月到院。

陈　志;十一岁,萧县人,蔡学三保送,十五年二月到院。

韦　端;十一岁,沛县人,韦兆麟保送,十五年二月到院。

章仁溥;院生表无。

甘　源;十岁,江宁人,晏爵臣保送,十六年三月到院。

以上作文已选;

刘鸿顺;十二岁,宝山人,顾鸿儒保送,十五年四月到院。已成材。

陈尚彬;十七岁,青阳人,院生表无。

潘景鸿;十四岁,南京人,院生表无。表有潘金鸿,丹徒人。

许满桢;十四岁,南京人,江鉴三保送,十六年十月到院。

陈仁溥;十六岁,兴化人,院生表无。

以上习古宋字。

此皆据十七年年岁册。

基本金:中兴公司煤业提存一万元,又贾汪公司二千元,息洋二千一百廿四元九角八分,又戊辰息洋一千一百〇八元五角四分。

收支册:癸亥九月至丁卯十二月止,收募款三万六千五百十九元六角四分一厘,又息四千四百十九元八角一分;

支二万九千二百廿六元三角九分,净存一万一千七百十三元〇六角一分。戊辰正月至己巳三月止,收募捐三千四百七十元,又息六百廿五元八角九分；

支一万一千一百六十六元二角一分七厘，净存四千六百四十三元二角八分三厘；另董会经收戊辰经常捐款二千一百卅元六角二分，内有旧管二百七十元九角二分。外院经收截止戊辰止，共收四千〇五十元〇五角，除支结存六百五十元〇二角四分一厘；又己巳正、二、三月经收二千九百四十九元，支款截至己巳三月止，结欠一百九十九元八角七分一厘。

四时，挈家人至飞霞小食。

**十一日(5月19日)** 丁亲家夫人发引，送至沪宁车站。

观新中央影剧。

**十二日(5月20日)** 送周梦坡娶孙妇喜缎幛。

送况又韩结婚花缎幛。

送吴幼潜续娶华丝布喜幛。

**十三日(5月21日)** 贺周梦坡、况又韩喜。

覆李从龙书。谢赠五台参二元。介绍柳汝祥君售塔经。宝瑞臣拟南游，不果行。

覆林石庐书。为题《石庐藏镜目》书衣。赠三代彝器拓本二十种，镜、铭拓本十种。

**十四日(5月22日)** 陈子言来谭，赠所撰《皖雅》第一册四本。

马寿彭率其子来，赠食物四种。此来拟为子谋事，并售字画。

**十五日(5月23日)** 昨访顾鼎梅、陈乃乾谭。

狄楚青来谭，以唐仿汉镜相示，并赠《中国名画集》第三十集。退回，补送廿五集至廿九集，共五册。

访马寿彭谭，选王石谷、莫云卿画二幅送交狄楚青代售。

大照电气公司汇来洋四百卅九元七角一分。

月食。亥时。

是日巳时为己巳年己巳月己巳日己巳时，越五百年始一转也。

**十六日(5月24日)** 三时，约朱用和至马寿彭寓观书画。

为苏州书估周清臣题遗象。

至中国书店小坐。

至华新银行。

南京于新历五月九日夏历四月初一日。北极阁附近山冈发现明刘诚意伯碑,其文曰:打倒打倒,打倒金陵塔,比户自相杀。红孩死,白首出,杀尽江南百万家。日出东,月出西,迷途不辨路高低。得逍遥,且逍遥,骑驴跨卫过朱硚。戊己庚,念佛经;廿八日,见清平。刘伯温建,蒋中正拆。

**十七日(5月25日)**　王秀仁来,赠周公子明方尊拓本约一百八十余字。及父乙敦彭史从尊拓本。

贺吴幼潜续娶之喜。

**十八日(5月26日)**　午刻,聚丰园贞元会,补祝王叔用生日。

冠英侄代售《廿四史》《图书集成》,破烂不全。绍介来青阁购成,计三百元。

**十九日(5月27日)**　朱沤尹侍郎来谭。

晚,访丁价侯谭,南陵县政府暨各公团来函,拟商福顺公司堤工借款未还一万六千余元,展期六个月,借办团防之用。商仍由振会代表函致公司,请求展期。

**二十日(5月28日)**　访狄楚青谭,叶玉虎拟赎回清微道人《空山听雨图》册子。

致吴舜臣书。收到朱府交来长济典汇款,附覆南陵县政府书。

覆南陵县政府暨各公团书。

访马寿彭谭,适小疾。

致朱用和书。代马询张赐宁山水轴,至少六十元。

**二十一日(5月29日)**　冯光九之夫人周氏讣至,送华丝葛幛,交大生转寄南通。绮女送奠分四元。

江汉珊之夫人陶氏讣至,邮寄白华丝布幛。

午刻,狄楚青约至觉林素餐。坐有白山夫(坚武)、叶柏皋、吴湖帆、叶云书、陈淮生、陈。

至来青阁，晤集宝斋孙估，有《司马昺志》，索价四百元。

闻邹云峰云，刘慧之购得《汉娄寿碑》，翁文恭师故物也。

至大生，晤吴寄尘。十五日，大丰公司股东会议决每股缴洋一千元，领回原分熟地每股一百亩，自行管理，永远脱离公司债务关系，如分得劣地者，另加北段草地，以资贴补。将来公司债务清结尚有剩余草地及其他财产，仍归各股东公有。

李征甫来，未晤。

报载，十四日午后二时，南京忽起狂风，紫金山飞来铜塔，高约十余丈，传云山东飞来，相距神策门有二十里，望之明晰。

**二十二日(5月30日)**　访马寿彭谭，前为大纲公司附股分一千元，今公司失败，不愿令其受累，以大照公司平记十股赠之。

访印光法师谭。

访陈乃乾谭。

华新银行晏樵孙振礽，又字吉人，仪征人。来，商《周悫慎公全集》印样，并告年谱误字须改。

**二十三日(5月31日)**　访马寿彭谭。

王秀仁来，交方尊全形拓本，以康更生同年所藏明万历镜属其手拓数纸。

至中国书店，购：付讫。金饼三枚，一百元，文曰郢爰。廿七日还。唐金质嵌宝阿弥陁佛象，四十元。唐黑漆古云龙镜。六十元。

致郭礼征书。收到戊辰董事花红四百卅九元七角一分。

至潘兰史书。辞廿五日净土庵之约。

**廿四日(6月1日)**　储南强率其公子来，赠竹根凋佛象并茶叶。

至老三益、泰生永、蟫隐庐、鸿宝斋，筹商印《周悫慎集》赛连仿宋纸折耗太巨，暂行停印，先查折耗确数，再定办法。

马寿彭之子来告，其父病危，随请林洞省诊视。

**廿五日(6月2日)**　马寿彭之子晨来，父病危，派林福往视，已于八时下世,需款应用,送洋一百元。

余节高子孟阳今在清凉寺设奠,送素绸幛吊之。

答拜储南强,赠其世兄《玉台新咏》,坐中晤蒋香谷。兆兰,宜兴人。南强赠《乐府补题后集》甲乙编,作者为徐致章、蒋兆兰、程适、储凤瀛、储蕴华、徐德辉、储南强、任援道、李丙荣、陈思、王朝阳、赵永年,凡十二家。

至中国书店,晤刘晦之谭,取《海外纪事》三卷。释大汕,洋八元。廿七日还。

至蟫隐庐,晤王叔儛谭。

致刘晦之书。赠康氏藏明万历镜拓本。

阅《海外纪事》,题岭南长寿石头陀大汕厂翁撰,记室弟子兴雒较订,随杖侍者界如培。编集,前有徐釚序、康熙己卯八月毛端士序、大越国王阮福周序。是书自纪赴越国王之召,所历山川形势、风土习俗及国王、国母受菩萨戒开示,赠偈并诗启。从乙亥春迄丙子夏,详哉言之。毛端士序曰:厂翁和上生而奇者也,童真入道,博览五明诸论及阴阳星算。《纪事》中云:预备四小旗,上书吾秉释迦无上法王慧命,下书曰大雨暂止、曰顺风相送、曰诸神拥护、曰龙王免朝。国王诞辰预祝熠口之夕,阴云四布,风雨不止,遂为祈祷,持秽迹金刚神咒一百八遍,化符两道。稍歇,再持咒四十八遍,风雨渐息,已而云罅顷之,斜阳返照,彻夜星光皎洁。此皆矜奇炫异有取祸之道,然首陈越王修贡中朝以正名号,设奇戍以固边陲,爱惜军士以作忠勇,设学宫以育人才四条,实足致杀身之祸也。

**廿六日(6月3日)** 马寿彭之友王君来告,其家属已到,丧费须用三四百元。是日,陈善余作古。

黄朴存同关寸草、藻新,南海。王秋湄广东。来谭,均金石家也。

张咏唐、明德先生孙,商会常务员。王晋卿镜清邦模子。由南陵来,赠南陵图,附寄舜臣二纸。随约一枝香西餐,挈崇儿行。王晋卿送茶叶。

刘烈卿来谭,为方立之商让南陵西乡官塘、冲独山塘田四十余亩。

**廿七日(6月4日)** 答拜黄朴存谭。

午刻,聚丰园贞元会。

至中国书店,取付讫。《离六堂集》诗集十卷杂言一卷词集一卷。释大汕撰,康熙刻本,洋十六元。

刘晦之覆书,赠上年所拓藏器四十余种,内全形四种。实则其拓工私拓,检查而得,其上年拓器未全也。作书谢之,覆赠余藏石拓本全分廿种,又曾辛庵藏造象七种拓本。

**廿八日(6月5日)** 六时,林洞省为长男翼民同郑云回女士订婚,在虹口大旅社宴宾。

**廿九日(6月6日)** 余峙莲来谭,交十九号支票二千元,慈幼院经常费。又二十号支票二百元,上海院董会支款。均盐业支票,当即签字。

至中国学会取书三种,计实洋五角四分,结算前取各书,共付书价三十八元七角一分。

蒋穀孙约六时陶乐春酒叙,作书谢之。

阎甘园来,未晤。

## 五月

**朔日(6月7日)** 陈子言来,交还《安徽诗征》南陵各家诗稿。

访周美权谭。访朱用和,不遇。

答拜刘烈卿谭。

访王秀仁,赠拓工洋拾元。拓周公子明方彝底盖全形,又尊全形,又公束方鼎二器、万历镜六纸,天宝造象碑廿纸,云蝶镜四纸。

至大生,晤江知源、吴寄尘,知源明晨至大连,约内留两月。

致张退庵书。通候。

致敬礼婿、七女书。送食物。

**初二日(6月8日)** 狄楚青来谭,购马寿彭之张桂岩山水画幅四十元,当送交王月湖宝凤。收。

访罗子经谭,约元昌印书局张大椿,询接印《周悫慎公全集》。

询陈正有,尚留滞金陵,未回沪。访陈乃乾略谭。

至来青阁,取:《六家诗选》四卷,明隆庆己巳刻本,即《唐人选唐诗》,卅六元(退)。《国秀集》三卷、《河岳英灵集》三卷、《中兴间气集》三卷、《极玄集》二卷、《搜玉小集》一卷、《箧中集》一卷。《寒山子诗集附拾得诗》,明万历己亥释普文刻本,十四元(退)。《张玉田词》。宋张炎,明蓝格钞本,钱侗藏书,十元(退)。

覆吴舜臣书。介绍张咏唐,告到沪后招待情形,南陵地图托咏唐带呈二分,另送咏唐及王晋卿各一分,又方立之商让官塘冲、独山冲田。

张咏唐、王晋卿由沪杭返沪,赠莼菜二瓶、藕粉二小合到寓,不求见,云即回南陵,亦未言所寓地址。

楚青告我,端本堂纸胜于澄清堂纸,内府只存一幅。纯庙命画院绘《冰嬉图》御题,今藏濮伯炘处。伯炘以二千元得之。楚青亦有端本堂纸一幅,至宝也。

**初三日(6月9日)** 至来青阁小坐,退还昨取书三种。

至鸿宝斋,商印《悫慎公集》印工须赛宋纸照八五折,每刀一百九十五张作一百七十张计算。能破碎有余则交还,酌给酬资。当取老三益本牌赛宋纸一件带回查考。

至博古斋,结算所购书欠洋五十六元八角,代销书洋五十七元冲帐,找洋二角讫。

覆吴舜臣书。钞管廷猷上首契三纸,新买章成乾等塘井车沟契二纸。覆因田内用水纠葛。又钞展成来信,催还堤上借款。舜臣来信,同夺声商酌,夺声云已挪用约七八千元,一时亦不能还。财政局桂云阶同党部反日会有意见。天旱,已成荒象,禁运米粮出口。皖省钱粮分两次完,已完粮五百余元。筑路公债派二百元,先交一百元。河水大涨。售稻七百石,内淑记一百五十石,扯价三元五角五分。

**初四日(6月10日)** 黄慰萱来,商附拓苏州各碑。

约林翼民来,写西文讯。

**初五日(6月11日)** 子丹弟挈侄单来贺。

至新中央观影剧。

**初六日(6月12日)** 至华新,晤陈正有,商定《周悫慎集》由鸿宝印,后告鸿宝照印。

中国实业银行钞票挤兑风潮。

访吴树人、陈乃乾,未晤。

覆张菊生书。赠菊生及汪憬吾《云起轩词钞》,汪名兆镛,字伯序,举人,著有《雨屋深镫词》。

覆任心白书。南京王吉源纸号王鉴屏为慈幼院生分批荐业,以明人血书手书明本《华严经》残本及各经送法云寺。

**初七日(6月13日)** 李征甫来谭。鲍扶九来,未晤。

覆同济建筑公司西文讯。

**初八日(6月14日)** 答拜鲍扶九谭,交其所著《春秋国名考释》《碑志年月日辰例》两书稿本,并为增《碑志年月日辰例》。

闻蒯若木由宁来沪,访之,交前代装潢唐《阿弥陁经》罄拓本一册。古墨斋工料价六元。

答拜杨翰西,已先反无锡。

至中国书店,晤金颂清。

**初九日(6月15日)** 午刻,聚丰园贞元会,刘锡之值会。

午后一时许,大雨。

**初十日(6月16日)** 六时,曾农髯约酒叙,坐有王雪澄、王聘三、周梦坡、冒鹤亭、甘汉丞、姚虞琴,出观所藏书画,以董文敏画山水册十六页为最,每页有高江村题,又何蝯叟跋,盖瞿颖山清吟阁藏,转赠蝯叟也。又吴子苾太年丈题。

**十一日(6月17日)** 蒯若木来谭。

**十二日(6月18日)** 游沪西公园。

**十三日(6月19日)** 游邑庙内园,购镜、权,洋廿四元:付讫。唐海兽蒲桃镜,有印文四字阳文方印,洋十六元。唐顺天元宝钱镜,唐肃宗时史思明铸,洋二元。宋重宁通宝钱镜,洋二元。明末郑成功昭武通宝钱镜,倪模《钱略》云吴逆三桂铸,洋二元。明洪武二年小铜权。一面刻"洪武二年",一面刻"南昌府"(均阳文铸款),洋二元。

覆张菊生书。谢赠徐炎东印《张献忠隐庐州记》,汪憬吾赠陈兰浦著《公孙龙子注》。

**十四日(6月20日)** 至子丹弟处小坐。

周业勤来谭。午后答拜。

至周君常,为元沛兄取药四瓶,付药资廿四元五角五分。

致夏玉峰书。以药四瓶请代邮寄吴舜臣,附邮费一元。

覆吴舜臣书。来信云南陵得雨二寸。告元沛兄药丸交夏玉峰邮寄。

至华新,晤陈正有、夏玉峰。

**十五日(6月21日)** 至北京大戏院,观《秘密图画室》影剧。

**十六日(6月22日)** 至华新,晤陈正有,向泰生永定宋赛五十件。每件十六元六角。

晤王鲁卿,托汇扬州马裕庆洋三百五十元,系大纲等股票四百元,还前借一百元,另赠奠分五十元,计三百五十元。

至实业,晤刘晦之略谭。

**十七日(6月23日)** 致马裕庆书,告汇洋并还前收一百元条。

午后,至精美小食。

**十八日(6月24日)** 任心白来谭。

答拜陈子言谭,交凤阳人诗一家。又拜李征甫,未晤。

至中国书店,晤金颂清谭。

购雪茄烟洋,十三元六角。

**十九日(6月25日)** 午刻,聚丰园贞元会,周梦坡值会。

晚,赴叶玉甫、周梦坡酒叙之约。

陈淮生来谭,赠藏器拓本廿七种。

**二十日(6月26日)** 缪子彬现更名缪圣叔。来,未晤,留函,属商金颂清租印《藏书记》及《文集》,已收洋三百元,拟加增一百廿元。又缺板四十二片，须颂清垫款，估价一百卅余元。一年后将板收回清款。当往商颂清，有难色。

金颂清拟购余藏新书一单，出价五百元，允之。

马裕庆十九日扬州来讯，收到汇洋三百五十元。

致朱古微侍郎书。代冯涵初乞题《种菜图》，并赠《春秋日食集证》。

**二十一日(6月27日)**　古香斋顾君来，以真子飞霜镜出售，议定价洋一百十元，午后交款。此镜前狄楚青曾以相示，今校阮氏所藏朱右甫拓本，右方凤鸟上二树明晰，边菱花亦少偏，与歌薰镜同式，稍大。惟“真子飞霜”四字笔法同，不似钱十兰《镜铭集录》“飛”作“飛”、“霜”作“霜”，误刻也。此镜赝作，庚午十月古香复收回，作价一百元。

陈子言来，未晤，还凤阳诗一家。

**二十二日(6月28日)**　朱长济典汇来稻洋壹千元，内拨淑记五百元。

**二十三日(6月29日)**　以家藏新书售与金颂清，作价五百元，年底交价。

慕邢侄今日四十生辰，往贺三弟夫人。晚，赴宴。

答拜缪子彬。

**二十四日(6月30日)**　缪子彬来谭，售《艺风藏书记》及《艺风堂文集》板片于中国书店。

大女由合肥汇来洋五千元。内还吴姓琬玉三千元、张姓贞慧二千元。

张退老电告，今日申时七女生子，大小平安，定君拟即往连当。即至大生，访劭直，未晤，询悉廿六日九时榊丸开大连，拟明日托大生代定舱位。敬礼来函，七女下午二时临盆，四时一刻生子，命名廉武。

**二十五日(7月1日)**　至大生，晤寄尘谭，随往大连汽船会社定购头等舱位、五十五元。三等舱位二人。每十五元。

束劭直来，未值，托致书辽隐老人。

余旭士来，未晤，留书致辽隐老人。

午刻，电退老，近号辽隐老人。贺添孙之喜，又为崇儿电贺张敬礼婿及姮女，并告定君挈永儿明日搭榊丸到连，请派人接。

至中国书店，交弟二次出售书目。

晤陈乃乾，告我俞凤宾拟购《肇域志》，约洋五百元。

古香斋顾君来，取嵌宝阿弥陁佛银质浏金及带钩五件出售。

至蟫隐庐，取：八月十四日付讫。《雷音》十二卷，大雷池长滇西师范辑，嘉庆丙寅刻本，五元。《峤西诗钞》二十一卷，上林张鹏展纂，道光二年刻本，四元。《徐州诗征》八卷，桂中行，光绪辛卯刻本，三元。《介存斋诗》六卷，周济，荆溪人，道光三年刻本，一元四角。《石例简钞》四卷，南海黄任恒，八角。《安东县志》十五卷，光绪元年知县金元烺修本，二元。《续纂山阳县志》十六卷，段朝端纂，辛酉刻本，二元四角。《绝妙好词》七卷，康熙柯氏刻本，四元八角。廿六日退。《仪礼读本》十七卷，乾隆刻本，盛柚堂批校，六元。廿六日退。《天台山志》十八卷，康熙张联元纂，四元八角。廿六日退。《然松阁存稿》二卷，顾櫰三，光绪丙申王泌活字本，一元八角。廿六日退。《恽逊庵先生遗集》一卷。恽日初，族女孙恽珠录存，道光戊子刻本，一元二角。

杨琦余钟庆。来，未遇，不知其人。

**二十六日(7月2日)** 还蟫隐庐书四种，又取：八月十四日付讫。《山阳志遗》四卷，吴玉搢，壬戌刻本，一元六角。《李氏遗书》，李锐，道光癸亥阮氏刻本，四元二角。《海州文献录》十六卷，许乔林，道光乙巳刻，五元四角(廿七日退)。《地形都邑图》，亦嚣嚣斋绘定本，一元(廿七日退)。《状元策》，嘉庆壬戌科起至同治辛未科，二元。《博学鸿词文选》一卷，临川李安民选，一元五角(廿七日退)。《江苏诗征》一百八十三卷，王豫，十五元(廿七日退)。《列仙传·神仙传》。明刻本，一元五角(廿七日退)。

晨，送定君挈永儿搭榊丸船往大连，九时开行。余旭士夫妇同送。船泊虹口黄浦码头。

**二十七日(7月3日)** 至蟫隐庐，退书五种。

午刻，赴聚丰园贞元会，李凤池值会。

覆陈南屏书。寄陈善余象赞，南屏为善余子，廿九日邮寄素绸幛。

**二十八日(7月4日)** 至华新、鸿宝,为印《周悫慎公集》。

南陵县政府来书,福顺公司堤工借款未还一万六千元,于本月十六日召集各公团会议,议决由本府根据会议函致陈、俞两代表具函,请求展期六月,息金照旧,属会同陈、俞两代表转向福顺公司切实商洽,以底于成。

新发公司通知,房租每月加租五十八元,连原租价共二百四元。

覆陈淮生书。谢赠金文拓本二种。

至来青阁,取价洋二十元。六月十七日退,七月朔又取来,价付讫。《沈氏砚林》四卷。研为常熟沈石友藏,子若怀于癸亥仲冬集拓为四册,共研一百五十六枚。研售于日人,价六千元。

**二十九日(7月5日)** 二时,至大生,赴董事三厂薛经理为厂同人反对。联合会。

敬礼婿艳电,定君昨同永儿安抵大连。

李拔可烈阁哲士之母生辰,送礼券四元,辞新新酒楼酒叙之约。

镇江攻击大照印刷品。梅泉意一函属道弥以强硬手段对付,而暗中为釜底抽薪之法,董事会须予以相机用款之权。

**三十日(7月6日)** 送席少卿继室吴氏素绸幛。

访狄楚青谭,楚青赠我新印吴县甪直镇保圣寺唐惠之与吴道子齐名,道子以画,惠之以塑。所塑《阿罗汉象册》,并假日本新印《唐宋元明名画大观》两册,定价日金四十元。中皆展览会陈列品,吾国人暨日人藏弆也。中以莱臣、楚青所藏为最佳,宋牧溪(法常)和尚画,日人甚重视之,价昂。

至中国书店,晤陈淮生,云陈几士索余镜铭打本,答以余甚愿澄秋馆金文拓本互易也。

以翁覃溪书《金刚经塔》付鸿宝石印。

## 六月

**朔日(7月7日)** 视子丹弟疾,已愈,未晤。

致郭礼征书。告寄大照息折初二日邮寄。

至北京大戏院，观《海滨女郎》影剧。

至来青阁，取：又取宋宝祐本《通鉴纪事本末》三函，缺首函，价付讫。《闲情偶寄》十六卷，李渔撰，康熙刻本，洋五元。《山海经广注》十八卷图五卷，吴任臣，乾隆五十一年刻本，二元。《书目答问·輶轩语》，张之洞，蜀刻本，二元。残宋本梅亭先生《四六标准》二卷。六元。

**初二日(7月8日)** 赠恽季申《恽逊庵先生遗集》。

赠周梦坡《虞山李氏琴谱》。丁丑吴绶申手录，民国六年春霭堂印。

前阅楚青所藏南田画《金笺山水册》八叶，为孙古云袭伯故物，有郭频伽、彭甘亭、陈曼生题，甚佳，补记之。

**初三日(7月9日)** 至华新行，晤陈正有，代戴春记收《周悫慎公集》装订先付工洋二百元。初四日付戴春记。

**初四日(7月10日)** 午刻，同里人至国华银行，商减房租，唐寿民未晤，晤吴礼门谭。

昨，宗渭川送水蜜桃。今往访，未晤，留赠《阿弥陁经疏钞》《闺范图说》。

覆吴舜臣书。方立之商让官塘冲、独山冲田四十余亩。今查刘宝明等卖契有独山冲并缪家冲田二十七亩五分〇九毛，而来函云朱家冲田二十一亩，查刘传全、明宝等卖契共一百十二亩七分，内有朱家冲并哪叭冲大小三十二丘，计册差二十一亩四分八厘一毛；又哪叭冲小塘一口，塘上有荒田三丘在内，当即是田，每亩六十元，系根据上年估价分给儿辈。方立之田为其堂弟经管，现南陵可就近商办。五月廿七日，接县政府公函，商埸工借款展期六月归还，属会同陈、俞二代表向福顺公司商洽。现陈、俞展期公函未来，未便进行，请询示。

余旭士、张敬安来谭。

**初五日(7月11日)** 王梓乔来谭，成翊青与黄伯雨不相能，伯雨拟将江苏防灾会取销。

覆敬礼婿书。

致永儿谕。

访陶兰泉,未晤。

答拜张敬安、余旭士,约六时晋隆西餐。

至中国书店,访金颂清,未遇。

**初六日(7月12日)** 洪□□来谭。

至来青阁,取:价付讫。《周易》。朱熹集录,覆宋咸淳吴革本,实洋十二元。

报载,皖南各县近因霪雨连绵,山洪暴发,致芜属白沙圩、宣城三合圩、南陵杨谷圩均于初三日夜先后溃决,淹没禾田数万余亩,各处人口壮畜被淹甚伙,地方尽成泽国,厥状甚惨。

**初八日(7月14日)** 吊席少卿继室吴。

午刻贞元会,王雪澄值会。

**初九日(7月15日)** 游邑庙古玩市,得蒙古钱一枚,张赤未故物也,翁宜泉有释文。价四角。

致孙伯恒书。谢上年赠其叔祖春山手书《金文目录》影本。今赠春山题藏魏太和石佛寺造象拓本。

覆陈镜清书。寄普济茶二十包。

致柯燕舲书。索晋正始碑、唐哥舒翰纪功碑,赠《玉台新咏》。

达善堂普济药茶治伤寒、时疫、头痛、壮热、霍乱、转筋、肢痛、腹痛痧症、烦闷心痛、湿热郁蒸、胸膈痞痛、温疟时邪、伏暑、红白痢疾、腹痛便短等症,每用五钱煎服,病重者加倍服之,不用引。时疟、壮热、恶寒加鳖甲三钱,常山酒炒。二煎,服即愈,甚有效,记之:

云茯苓、一斤。滑石、一斤。广藿香、十二两。槟榔、十二两。桑枝、十两。建曲、十两。黄菊花、十两。白芷、十两。紫厚朴、八两,姜制。茅苍术、十两,泔浸。广陈皮、十两。制香附、十两。苏叶、十两。桔梗、八两。羌活、八两。香薷、八两。广木香、八两,另研,勿见火。法半夏、八两。西砂仁、八两,盐水炒。北防风、八两。出香炭、八两。炙甘草、四两。宣木瓜。十二两。

右药二十三味,拣选道地,照方称足,共研粗末,加红茶叶十斤研末和匀,每剂应用五钱,病重加倍,孕妇不忌,小儿减半。

覆吴舜臣书。寄普济茶四十包。摘抄徐智德契七亩、刘家祥等契十亩〇一分(又柴山二号)。

覆朱瑞祥书。收到《舍是集》价式元八角一分,即交来青阁转帐。

余峙莲来谭。

**初十日(7月16日)** 报载,南陵至芜湖新升利小轮晨开行距南二十里马仁渡,两岸出匪百余,开枪迫令停轮。随轮护兵还击,旋各地自卫团围击,匪始散。伤老大一、护兵一、搭客男二、女一,轮稍受伤。

八女生日,挈游兆丰花园。

**十一日(7月17日)** 蒯若木来谭,明日附榊丸回大连。午后往送,未遇。

访丁子盈谭,子盈十五日去大连。

访阎甘园畅谭,甘园赠篆书毛公鼎屏、正书联,又赠《杨胤志》拓本。

至古香斋,退真子飞霜镜。

宣古愚来谭,以钱泳刻四种借其阅之。

**十二日(7月18日)** 张子猷来,云下轮船随带南陵财政保管处中央湖北六千七百四十二元五角、中国交通湖北二千五百十元钞票为虹口捕房检查收去,属为设法取回。子猷向未晤面,访潘伯和询之,云确是子猷。往商玉峰、少舟,觅铺保,均推辞,只好自保将票取回。共九千二百五十二元五角。

致吴舜臣书。告张子猷事。

**十三日(7月19日)** 张子猷来,同至江苏银行,换中央票六千六百四十元。又代至中国银行,换中国汉钞二千三百元。加一申债票二百三十元。

午刻,约张子猷一枝香西餐。

朱智仁来谭,商公函徽宁会馆,房租清理加租。

付泰生永纸价五十一元二角。中和盖加连史二件四十二元(印《金刚经塔》),毛太一件九元,力二角。

覆陈绳夫书。寄白纸正续《随庵从书》《鄦斋从书》二部、《怀邠杂俎》一部。

**十四日(7月20日)**　访印光法师谭,以洋十元请经,亟付。《弥陀经白话解释》卅六部、《杀生放生现报录》三部、《普门品图证》卅四部、《家庭宝鉴》九部、《阴骘文图证》十六部、《学佛浅说》二部、《嘉言录》廿二部、《护生画集》一部、《观世音感应颂》十四部、《纪文达笔记摘要》一部、《感应篇直讲》十七部。

**十五日(7月21日)**　余旭士来谭。

昨,分函叶遐庵、陈子言,录送题萍乡师遗诗。

至中国书店,取:八月十四日付讫。《宝盘铭释文》,陈介祺等,洋三元。《樗茧谱》一卷,郑珍纂,莫友芝注,光绪己丑刻,洋二元。《饮水词钞》二卷,性德著,袁通选,嘉庆间刻,洋二元。十七日退。《金石林时地考》二卷。旧钞,洋十元。十七日退。

午刻,张子猷辞回南陵,以金融公债九千一百七十元付之:

江苏银行;一千元票,〇〇二六六四一号至〇〇二六六四六号,六张;一百元票,〇〇七五一五九号至〇〇七五一六四号,六张;十元票,〇〇五七七四七号至〇〇五七七五〇号,四张。

中国银行。一百元票,〇〇三六八四〇号至〇〇三六八六四号,廿五张;十元票,〇〇四二〇一〇号至〇〇四二〇一二号,三张。

以《十六金符斋印存》交中国书店代售。七月廿七日收回。

**十六日(7月22日)**　国华银行经收房租人戴杏生裔庭,丹徒。来告,房租难以减让。

以《阿弥陀经白话解释》《普门品图证》各十册,《阴骘文图证》、印光法师《嘉言录》各一册寄大女合肥。

**十七日(7月23日)**　至来青阁,取:付洋三元讫。《宜麟策》《达生篇》《福幼编》《遂生编》,嘉庆丙子合刻本,码洋二元五角。《配命录》。同治己巳刻本,《阴骘文图说》《性天真境》《欲海慈航》,码洋一元三角。

**十八日(7月24日)**　寄印光法师《宜麟策》《配命录》。

朱峻夫七十寿,附屏分四元。

为余旭士书联、扇。

**十九日(7月25日)** 函朱犀园,阮氏家庙藏器拓本前年周业勤拓存一分,已属王秀仁商让,允可,拓价十元,希与秀仁径自接洽。

**二十日(7月26日)** 宣古愚来谭,还前借钱氏四宝,今又借《洛阳金石志》《铜仙传》《丰宫瓦当文考》。七月廿五日还。

杭州经训堂书店朱菊人寄来书七种,除退还《吕览纂》一本,共洋十五元九角四分五厘:内邮费三角四分五厘,中国银行汇十六元。《玉钩草堂诗集》四卷,郑沄,嘉庆戊辰刻本,三元六角。《千字文说文解字》一卷,林茎,光绪十三年刻本,一元八角。《古春轩诗钞》二卷,梁德绳,道光丙午刻本,附词文,一元二角。《今韵三辨》,仁和孙同元,道光己亥刻本,凡《训辨》二卷《诗辨》三卷《字辨》三卷附《正体字》一卷,五元。《板桥杂记》三卷余怀。续三卷,吴珠泉,嘉庆庚辰刻本,附《雪鸿小记》一卷,二元八角。《远色编》二卷。彭启丰,乾隆癸巳刻本,一元二角。

晚,聚丰园贞元会,公祝朱峻夫七十生辰。

至来青阁,取:付廿三元二角。《钦定国子监志》八十二卷,文庆等奏请续修,道光十四年本,码洋十八元(实八元)。《钦定宫中现行则例》四卷,起康熙迄同治,码洋五元(实二元)。《济宁直隶州志》十二卷徐宗幹纂修。续志四卷,卢朝安纂修,咸宁九年刻本,码洋二十元(实七元二角)。《存素堂续集录存》九卷,法式善,附《年谱》一卷,嘉庆二十一年刻本,码洋十四元。退。《诗古微》二卷,魏源,修吉堂原刻本,码洋七元五角(实三元)。《葆冲书屋集》四卷《外集》二卷《诗余》一卷。汪如洋,码洋七元五角(实三元)。

**二十一日(7月27日)** 约王秀仁拓镜、权等。

**二十二日(7月28日)** 定君率永儿自大连返沪。

**二十三日(7月29日)** 至中国书店、来青阁、古香斋。

致张退庵书。告定君安抵上海,并致谢忱。

**二十五日(7月31日)** 刘健之来谭。

**二十六日(8月1日)** 今日阳历八月一日，为共产党暴动纪念日，世界各国均预为防范，华租界亦特别戒严。

覆吴舜臣书。张子猷十九日到南陵，托买肺形草。吴元佩尚未全愈。

覆张敬礼书。

致江知源书。谢赠虾米、瑶柱，并招永儿饭。

覆朱菊人书。收到书价十六元，并退回《吕览纂》。托访《玉句草堂词》。

杨翰西来谭，属通知任府明年阴历正月十三日吉期，明日送帖。随即同刘健之往任府通知。

**二十七日(8月2日)** 华商上海水泥公司第四十次董事会，提议十七年营业盈余二十四万七千九百四十一元三角三分分配官利、红利派一分四厘，拟以八厘付现金，六厘给股票。又董事监察人报酬六千四百另九元三角三分，又职员花红一万九千二百二十八元，分配办法议付股东会议决。

至中国书店，取：八月十四日付讫。《章邱县志》十六卷，曹楙坚纂修，道光十三年本，洋八元。《扶风县志》十八卷。张埙纂，乾隆四十六年本，洋六元。

金颂清赠金文拓片五种，皆管复初售品也。

晚，聚丰园贞元会，恽季申值会。

贞元会同人以朱峻夫七十寿，公送《金刚经塔》一千卷，每分收四元。

**二十八日(8月3日)** 梅斐漪于四月二十七日寅时殁于北平，寄华丝布挽幛。

访席少卿谭，以周公子明方彝相示，前云尊，未见。盖字文蓝色、器字文绿色，有水银浸，生平所见古器形异色异，且铭文一百八十余字，似盂鼎。器、盖同铭，真宝物也。少卿云赠拓本。

致吴舜臣书。转济生会，催还堤工借款。

覆济生会书。已函南陵，催还堤工借款。

至来青阁，取付价讫。《通鉴纪事本末》四十二卷袁枢编，宋宝祐丁巳刻元延祐修本，明印，竹纸，半页十一行，行十九字。实洋二百五十元，七月朔议定二百十元。

**二十九日(8月4日)** 贺朱峻夫七十寿。

覆柯燕舲书。谢赠晋和国仁碣、唐哥舒翰纪功碑拓本。覆赠魏程荣，齐道建、逢迁，隋马郭奴四造象拓本。

覆孙伯恒书。谢赠金文及玉简拓本廿种。覆赠纪元镜，自汉建安至宋元祐，共十二品拓本。

覆宗子戴书。记购《沈氏研林》孔宙碑两侧有唐宋人题名，《山左金石志》著录。子戴来书询此，检家藏明拓、新拓，皆无两侧也。

龚景张来谭，为张姓租蒯家南洋路住宅。询及鞅量拓本，彼云前交夏玉峰转送，随致书景张，已检得，衰年健忘，可愧也。

致杨寿祺书。索寄元刻本《宋史》等四种。

## 七月

**朔日(8月5日)** 至来青阁，晤杨寿祺谭，取：价付讫。《杜韩诗句集韵》三卷，汪文柏辑，康熙三十五年古香楼本，宣纸印，洋十二元。《武当总真集》三卷元刘道明集。《武当纪胜集》一卷，元罗霆震撰，明钞本，有"聚星堂藏书"白文方印、"堇斋图书"朱文方印，盖长白敷槎氏也，洋四元。《鼎雕铜人腧穴针灸图经》三卷《都数》一卷。明徐三友校正，宗文堂刻本，上卷曹君直以元椠本用朱笔校，洋八元。

晚，访丁价侯，未遇。

**初二日(8月6日)** 朱长济典汇来稻洋五百元。拨淑畹。

任子木来书，李季皋拟得蟫隐庐售李文忠手批尺牍，答以转请刘健翁代购。

国华银行收租人戴杏生来商，所加房租四成只减半成。

陈散原嫁女，送华丝葛幛烛。

俞寿丞娶子妇，送华丝葛幛，收幛，璧烛。

晚，访丁价侯谭，捐陕西振洋五百元，又淑畹捐一百元，统请价侯交济生会，张贤清、朱寿丞正副主任，刘玲生亦同往陕西查放，发起请会散放陕振者谢光甫等卅人，认筹十万元，先交五万元。汇放陕振。

**初三日(8月7日)**　至来青阁、中国书店。

致吴舜臣书。寄肺形草，二元。

致费范九书。赠元至正《通州新城记》拓本，请题《狼山访碑图》卷。

覆冯涵初书。收到新印《春秋日食集证》，《种菜图》已请朱古微题，《崇川金石志》啬翁借去。

**初四日(8月8日)**　贺陈散原、俞寿丞婚嫁之喜。

万君默、南昌。江贡先家球，婺源人，眉仲之兄。来，为前上海市长张定璠租绮女南洋路住宅。

朱犀园赠齐簠。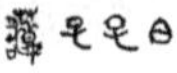。全形拓本、茶叶四瓶。

余峙莲来，交邓翰芬函属付慈幼院经费一千五百元支票二纸，一千元廿一号、五百元廿二号支票。又二百元廿三号支票。支票一纸，签字。

白普仁尊者于昨日戌时在北京方家胡同蒙汉佛教会内圆寂。

**初五日(8月9日)**　蒯若木自大连来，访之，同往狄楚青处谭。午后，若木答拜。

萧厔泉俊贤。来谭，赠印画册。

覆郭礼征书。收到大照息款支票。

**初六日(8月10日)**　朱犀园来，未晤，赠日本纸、扇、纱罩、酱菜四种。

游徐园。

**初八日(8月12日)**　访萧厔泉谭。

覆宗子戴书。《沈氏研林》卢君所售之本缺叶，不可补，价廿四元亦不减，覆书代购。

**初九日(8月13日)**　聚丰园贞元会，公祝恽季申生日。

致宁古愚书。赠宋徽宗投龙玉简拓本。

付杨寿祺书价洋二百元。

**十一日(8月15日)**　王叔僴来，未晤。

访周梦坡,未遇,留王叔俤履历。

访蒯若木谭。

大生送己巳上届夫马三百元。

**十二日(8月16日)** 大照寄来息折。

访王雪澄、叔俤父子,未晤。

访朱古微谭。

至程秉泉处,取十五日付价洋四十元。古月轩五彩胡卢壶、唐方诸镜、六朝铅器。

**十三日(8月17日)** 访蒯若木,未晤。

至古香斋、来青阁、鸿宝斋。以鸡血印章交古香代售。以方诸镜、六朝铅器交王秀仁拓。

覆王富晋书。收到《屏庐丛刻》。

**十四日(8月18日)** 视陈乃乾疾。

蒯若木来,辞回大连。

送陈蔚亭素华丝葛挽幛、素烛。

**十五日(8月19日)** 访程秉泉谭,赠纪元镜拓本十二种并题字。秉泉答赠周公子明方彝一方鼎一拓本。

访席少卿谭,赠纪元镜拓本十二种并题字。

姚石子来书,还前假《鲒埼亭集》正编十册,又《经史问答》二册,索书楹帖。

至中国书店,取:八月十四日付讫。《诸城县志》四十六卷李文藻等乾隆二十九年纂修。《续志》二十二卷,道光十四年知县刘光斗续修,有《金石志》二卷,洋六元。十六日退。《扬城殉难录》四卷,洋二元。《四生谱》。《促织经》《画眉解》《黄头志》《鹌鹑论》,洋十二元。

**十六日(8月20日)** 郭道弥来,为大照公司借款。旋答拜。

六时,道弥约至一枝香开董事会,美权、伯夔至。

**十七日(8月21日)** 洪□□来谭,住宅减租。

**十八日(8月22日)** 邮寄韩云卿弟四子喜红缎幛。

朱智仁来，交公函致徽宁会馆，审查房租加价，属签名盖章。

覆柯燕舲书。谢赠唐仪凤造象，唐宫如玉、郑恭楚二志，宋李筠、李升二志。覆赠金文拓本十二种，索由□[①]官罍拓本。

覆孙伯恒书。谢续赠宋徽宗投龙玉简四纸。覆赠魏正始造象、唐天宝造象碑二拓本。

覆冯涵初书。谢赠新印《范伯子文集》。

覆费范九书。谢题《狼山访碑图》卷子。

**十九日(8月23日)** 午刻，聚丰园贞元会，朱峻夫值会。

国华银行经租人戴杏生来，房租减收一成，遂同往刘健之、任子木商定。

刘健之商让《金刚经塔》八百分，收工料洋三十六元。

覆周梦坡书。谢赠《中国音乐考》。

致王雪澄书。告梦坡来书，其侄不愿就浙财厅职。

交秋后连日酷热，今日尤甚，天文台报告，热度九十六度六。

晚，游公园，遇雨归。

**二十二日(8月26日)** 张文襄督两江办师范学堂命名曰三江师范学堂，不知两江者为江南、江西两省，安徽、江苏统为江南省也。乡试亦曰江南省，凡安徽、江苏各府厅州县公文上均有“江南省”三字，沿国初旧制耳。阮文达编《两浙金石志》，亦不知两浙路之名起于北宋，至南宋又分为东、西二路，其时苏、常、镇三府属县皆隶两浙西路，松江惟华亭一县属嘉兴府亦隶焉，则名以“两浙”亦误。

**二十三日(8月27日)** 至来青阁，取：价付讫。《小谟觞馆诗集注》八卷《诗余附录注》一卷《诗续集注》二卷《续诗余附录注》一卷《文集注》四卷《续集注》二卷，钱唐孙元培同侄长熙辑，道光五年孙均刻本，实二元八角。《魏伯阳大丹铅汞真口诀》，明蓝格钞本，有毕沅藏印，码洋二元，八折。《六书通》五卷，海盐毕弘述篆订，康熙五十九年刻本，码洋四元五

---

① 原文如此。

角,八折。《内阁撰拟文字》二卷。鲍康,同治六年刻本,码洋五角,八折。

覆陈绳夫书。谢赠《尚书骈枝》《老子古注》二书,又温州净光塔砖拓本七十四种。覆赠石拓八种、砖拓二种。绳夫借《聚学轩从书》中胡绍英《文选笺疏》,覆以捐送南陵图书馆;又借《金石学录续补》,已由邮寄。绳夫拟赠净光塔,辞谢。又拟代钞孙仲容《温州古甓记》《六历甄微》二书,覆不必钞。寄来书价二十五元,照收。寄刻书一单,并邮费,共四十五元九角一分五厘。

**二十四日(8月28日)** 李斐君昨午时去世,今未时殓,吊之。

大生一、二、三厂董监联席会议,报告上届营业帐略,并议组织管理委员会。

**二十五日(8月29日)** 至实业银行,商刘晦之向永宁保险公司保装订《周悫慎公集》书险弍千两,议定保费七两,随往华新银行取银,函送永宁襄理罗季吕,收回保险单。

至泰生永,购中和加乾连史二件,共洋卅三元四角,又送力二角。

至汪六吉,购本生、罗纹、料半各二刀,共洋十一元。

覆吴舜臣书。来函田受风潮,收租减收七五成。方立之让田俟秋收后再议。方地邻近之山有无风水,请方策青一看。告堤工借款济生会询南陵有无覆信。

覆王富晋书。收到寄来《续泥封考略》《中国艺术家征略》二种,价十三元四角一分,已收入册。

徽宁会馆补送社会局办事规则,送来签名。

**二十六日(8月30日)** 答拜丁子盈谭。宣古愚来谭,借《干禄字书》。

**二十七日(8月31日)** 午刻贞元会,陶拙存值会。

至中国书店,取:八月十四日付讫。《江西诗征》九十四卷补一卷,曾燠,嘉庆赏雨茅屋刻本,洋二十元。《唐石经校文》十卷,严可均,嘉庆甲戌《四录堂类集》本,洋十六元。《六书通摭遗》,毕星海,嘉庆六年刻本,洋八元。《越中百咏》一卷,周晋镛,道光己酉刻本,洋二元。《山东金石志》六卷。《山东通志》活字抽印本,洋八元。

今日为阳历八月三十一日,付房租洋一百四十六元,加租四十三元。又付看衖人洋二元，共一百九十一元。

**二十八日(9月1日)** 感冒，就余伯陶诊方。

至中国书店，取八月十四日付讫。《浙江砖录》四卷。冯登府缉，道光癸巳刻本，据目四卷，末有题咏、拾遗二类，洋四元。

游邑庙内园，无所得。

舜臣来书，择于廿七日开秤收租，并云县知事聂醉仁种种违法，各公团控告，公推俞廷恺、张咏堂赴省。

**二十九日(9月2日)** 大照公司出售电机三万余元，先立草合同，梅泉送于寄尘转来，今函寄袁伯夔。

## 八月

**朔日(9月3日)** 访顾鼎梅谭，坐中晤阎甘园。

至蟫隐庐，取十二月廿七日付价讫。《文与可诗集》九卷。宋文同著，明潘是仁辑校本，洋四元。

西湖博览会来一二七三号聘函，聘为陈列品研究委员会艺术品研究部委员。会长张人杰，副会长程正钧(安徽人，浙江建设厅长)，由杭州忠清巷一〇一邹适庐寄。

**初二日(9月4日)** 晨，王艺甫来告，王雪澄提法于昨日酉时作古，述俶瀞意，拟将大铜鼓抵押实业银行。当商刘慧之，云于行章不合。又告刘健之，亦无法，随致艺甫书告之。

李木公之母赵太夫人子时去世，酉时殓，吊之。

**初三日(9月5日)** 访陈正有谭。

王雪澄今日酉时成殓，吊之。

至汉文渊书肆，取：初八日付洋十元。《题名碑录》，明洪武辛亥起，至国朝道光甲辰止，码洋十三元。《印人传》三卷周亮工。《续印人传》八卷汪启淑。《再续印人小传》叶铭。三卷《补遗》一卷，西泠印社活字本，码洋二元。《逆党祸蜀记》。同治丙寅不惧旡闷斋本，码洋六角。

**初四日(9月6日)** 上海水泥公司四十一次董事会。

刘翰怡约汞定所藏宋元椠本书籍影印，晚留宴，并赠新刻吴庆坻《蕉廊脞录》八卷。

**初五日(9月7日)** 游新世界。

覆张敬礼婿书。

覆姚石子书。寄还《鲒埼亭正集》十册，又《经史阁答》二册，为书楹帖。

致章初白、叔淳、季如书。母盛太夫人于六月十九日下世，唁之，送丝葛幛。

李晓芙讣至，寄丝布挽幛。

至中国书店，取：八月十四日付讫。《钜鹿宋器图录》，李详耆、张厚璜同辑，一元五角。《西陲石刻录》，罗振玉集录，一元五角。初六日退。《朗陵诗集》十二卷。凤台王士桓，道光庚子刻本，二元。初六日退。

**初六日(9月8日)** 晨，小有不适，就余伯陶诊方。

致刘翰怡书。赠《太平天国史料》三册。

致陈子言书。告王熙纲为陕西凤台人。

覆康修其书。告《板桥杂记》为余澹心著，其《续记》三卷《雪鸿小记》一卷均吴珠泉居士撰也。

覆狄楚青书。谢赠新印《赵子昂六体千字文》，告《张猛龙碑》全文《金石粹编》《山左金石志》均著录。

上海华商水泥公司股东会留董事四人签，留余暨刘吉生、谢仲笙、张效良，票选刘鸿生、李拔可、陈听涛、韩芸根、朱子衡、吴董卿、李稚梅，另票选监察三人：夏剑丞、杨奎侯、沈叔逵。

**初七日(9月9日)** 至荣德均处镶牙。

曹穆如由合肥来谭。

俞峻韵之侄孙来，未晤。俞鼎然住安徽公学。

闻居葆华有宋本《花间集》出售。居住老北门东首葆华斋。

**初八日(9月10日)** 至大生，晤寄尘谭。

答拜曹穆如，访李次岩谭，坐中晤戴膏吾。

至汉文渊书店，付书价十元。

宗子戴来谭，交代购《沈氏研林》四册，当付价廿四元。

覆余阶升书。阶升为其族人倬章纫兰季常之母胡太淑人于八月二十日午后二时立主，请题。

覆吴舜臣书。租稻售出一千石，每石四元二角。各公团控知事聂醉仁违法，公推俞廷恺、张咏唐赴省。

送李次岩、曹木如、李四姻兄。《阴骘文图证》《家庭宝鉴》《金刚经鸠异》《冥报录》《感应篇直讲》《江慎修放生杀身现报录》《金刚经塔》。另送曹木如《流贼张献忠陷庐州记》《摩利支天经》《黄度母心咒》。

**初九日(9月11日)**　晨七时，同定君至杭州。午后一时抵城站，寓湖滨路湖滨旅馆。

至昭庆寺，晤知客师融春和尚。

驾小艇游孤山，观博览会、博物馆、工业馆、三潭印月。

晚，至王润兴便饭。

**初八日[①](9月12日)**　晨八时，乘舆同定君游葛岭、保俶塔、紫云洞、清涟寺、龙泓洞、龙井、烟霞洞、水乐洞、石屋洞、礼云峰寺、即灵隐寺。韬光庵、北高峰南。法镜寺、下天竺。法真寺、中天竺。法喜寺、上天竺。净慈寺，过飞来峰、即灵鹫峰。理公岩、射旭洞、玉乳洞、俗名一线天。冷泉亭、壑雷亭而归。

访朱瑞祥，购《吴越钱氏志》。象赞、苏碑考，嘉庆戊午吴越三十一世孙泰阶刻本，洋四元。

购郑估铺中《影昙馆词》一卷。吴承勋，钞本，洋一元。

购六艺堂《崇雅堂文钞》二卷《删余诗》一卷《应制文稿》一卷。胡敬，道光二十四年刻本，洋三元。

购道古堂：《黄山游草》一卷，四明胡德迈，洋二元。《齐云山桃源洞天志》一卷。明崇祯丁丑刻本，洋一元。

购古欢堂《碧城摘句图》三卷。洋一元四角。

---

① 原书如此，应为“初十日”。

购周氏书店:书价共二元。《绛雪诗钞》,咸丰四年古均阁刻本,吴宗爱著,长安散人阅本。《灵棋经》二卷,庄肇麟重刻本。《宋四家词选》。同治十二年滂喜斋刻本。

约灵隐朱子坤演,杭县人。拓碑,拓成灵隐题名、造象、经幢廿余种,作廿四种,每种五角。付价十二元。住西湖灵隐大桥法云弄十八号铁云楼。

**十一日(9月13日)** 晨访邹景叔,未遇。复至博览会艺术馆访之,并晤叶叶舟谭,征求物品。

游岳鄂王祠。

**十二日(9月14日)** 晨七时,附车回沪,二时抵寓。

**十三日(9月15日)** 视丹弟疾,渐愈。

至江南大旅社,答拜曹穆如,并访叔岩婿,始悉穆如同次岩移居木公处,叔岩已来寓。旋返寓谭,留午饭,叔岩赠茶叶、白粉。

至来青阁,取价付讫。《娄县续志》二十卷。光绪五年修,实洋三元。

至中国学会,晤陈乃乾,赠新印《古佚小说丛刊初集》,又另购一部,付洋一元七角五分。《游仙窟》一卷、《三国志平话》三卷、《照世杯》四卷。

至蟫隐庐,取八月十四日付讫。《永乐大典》卷之七千五百四十三。周子美影印本,洋一元。《金刚般若波罗密经注解》一卷(明释宗如圮泐撰,收入《大藏》),《金刚证验赋一篇》(宋释延寿撰,《大藏》《续藏》均未收),《金刚感应事迹》三十九篇不著辑录人姓氏,宋太宗御制序在《永乐大典》卷七千五百四十三"十八阳·刚"。

章叔淳来,未晤。旋答拜,亦不遇,留赠食物二事,又托交姮女藤篮物件。

至汪蟾清,为绮女南洋路宅经租事。

恽瑾叔、康修其来,适至杭,未遇。

西泠印社送秋节书账廿六元零。

上海水泥公司送十七年度董事报酬洋四百廿七元二角九分。

大照电气公司送秋节夫马银捌拾两。

聂榕卿嫁妹，送华丝葛喜幛。

林洞省之夫人五十寿，送丝缎幛、礼券拾元。

**十四日(9月16日)** 结算中国书店帐，收回四十八元。代售新旧各书一百三十三元，付购各书八十五元。

结算蟫隐庐书帐，找付十九元七角。另付《文与可诗集》四元，未列帐。代售书八元九角，购书二十八元六角。

访陈正有谭，取先付代做《周悫慎公集》布套洋一百元。

李次岩、曹穆如来谭。

顾鼎梅来书，属销开封关伯益金石拓本：《石华》第一、第二两集，精拓龙门造象，每集八元，共十六元，九折。一集四十八种，二集四十八种。魏志八种，河南图书馆售品：元彬、元怀、元腾、元譓、元乂、元昉、元玮、元宝建，洋八元，七折。《方城币谱》，洋四元，七折。《义州盟刀谱》。洋四元，七折。

访鼎梅谭，赠关百益藏石拓本八种、刻书二种，并付百益寄售金石拓本价廿五元六角。程荣造象、逢迁造象、马郭奴造象、道建造象、李荿全幢、张玄彻造象、张通妻陶志、高霞寓志、《中州金石目》《金石例》。

先后付赵晟钞《雷音诗编》入《安徽诗钞》洋五元。

覆黄伯雨书。伯雨送还刘葱石《枕雷图》卷。

**十五日(9月17日)** 约李次岩、李叔岩、李蕴曲、曹穆如、章叔淳一枝香西餐，戴膏吾未至。

**十六日(9月18日)** 恽瑾叔来谭，商请刘鸿生水泥股分押款展期。

覆余阶升书。辞为其族胡太淑人题主。

覆李从龙书。从龙午节后得赵监察院长电，北平张市长委兼北平特别市证券交易登记所长，月薪一百二十元。寄《普门品图证》一本。

致刘容季书。容季名师颖，嗣刘谦甫先生，后寄谦甫先生墓志铭稿。

致束劭直书。附敬礼讯，请题《狼山访碑图》。附赠《玉台新咏》《永嘉四灵诗》。

覆贺吕宋廷书。假《旌德县志》。

至丹弟处,略谭。

答拜丁子盈谭。

访阎甘园谭,请其画扇。后见画成者,取其三扇,一题退庵款,余题余款及永儿款也。赠《玉台新咏》《宋元科举三录》。

**十七日(9月19日)** 贺林洞省之夫人五十寿。晚,赴新新酒楼宴。

覆林石庐书。藏镜侯觅得拓工,当悉拓呈鉴。

致邹景叔书。请约阎甘园,将所藏、所作陈列艺术馆。

访丁子盈谭。交洋.

至中国书店,取:十二月二十八日付价讫。《故宫善本书影初编》一册,洋五元。《钵山书影·元本》第二辑二册。洋五元。

**十八日(9月20日)** 访印光法师谭,印师以许止净所编《历史感应统纪》相示,属募印资。

访吴董卿谭,以《礼塔图》乞题,并为张退庵请书扇。赠《宋元科举三录》、罗纹纸印。《永嘉四灵诗》。连史印本。董卿赠我《张卿子遗集》,《白下编》二卷、《湖上编》二卷、《蓬宅编》二卷、《衰挽编》二卷。均西农张遂辰撰。

覆陈绳夫书。谢赠平阳出土秽迹金刚神变延命真言拓本。邮寄连史印《随庵丛书》二部代售。

答拜宗子岱,未晤。

答拜余峙莲谭。

覆吴舜臣书。收到稻款二数,每石四元五角.

致张葆灵世杓。书。葆灵为财厅派在大生监理,近与沈燕谋不合,约六时中央西菜社西餐,作书辞之。

**十九日(9月21日)** 俞鼎然来谭。前年在芜湖党部。

覆王富晋书。自乙丑年起付出书计洋四百七十四元七角二分五厘,附寄清单。

访丁子盈谭。

贺聂榕卿嫁妹之喜。

南陵又汇款。

**二十日(9月22日)** 游邑庙市场。

**二十一日(9月23日)** 至盐业,晤朱虞生、杨咏秋、萧彦和。

康修其来谭,交阅所辑《余澹心诗词集》,赠《方简肃公文集》。

上海水泥公司四时半开第四十二次董事会。

恽瑾叔来,未晤,留书商请刘鸿生押款展期。

覆陶兰泉书。寄连史印《积学斋》《鄦斋》两丛书。索兰泉藏碑拓本全分。

致吴舜臣书。收到稻款二数。

**二十二日(9月24日)** 答拜恽瑾叔,告同鸿生商,允展期押款。

大生纱厂董监联席会议。

以恭寿堂大纲公司一千两股票更换美记户。附推据并缴更名费一元。

晤束劭直谭。

**二十三日(9月25日)** 至古玩市场。

致余峙莲书。取寄存书十箱。

陈少舟来谭,出示济生会翟展成两讯,催还南陵堤工借款。

**二十四日(9月26日)** 访刘翰怡、陈乃乾,未晤。又访叶柏皋谭。

晚,访丁价侯谭。

**二十五日(9月27日)** 陈子言来谭,赠《皖雅》二期四册。

至上海水泥公司、盐业银行。

陈乃乾来谭。

潘叔玑来谭。交明万历镜,又元六花镜。

陈正有来谭。询汪素号功纯,现裕中副经理。

戴膏吾同李叔岩婿来谭。

覆吴舜臣书。十八日售稻二百石,每石四元八角。租稻难收。寄陈少舟交阅济生会翟展成两讯。

覆叶遐庵书。遐庵选《后箧中词》,借词集,属交藏词目,兹钞目二百三十二种备采。

覆丁仲祜书。寄还《四部总目书录》绪言。

**二十六日(9月28日)** 晨七时,同淑畹、八女馥至杭州,寓西湖昭庆律寺。淑畹为余作延生水陆道场。住持地安,号惠宗,曾主常熟兴福寺;知客融春,号永畅,龙井主持。

**二十七日(9月29日)** 游三潭印月,途遇吴静山同年。

六时,薰坛。

**二十八日(9月30日)** 游艺术馆,晤邹景叔谭。

晚,瑜珈焰口。

至城站,购各碑,二元。

购石渠阁书,洋十元:《金刚经注》,扬州石成金注,叶河庆龄刻,翁方纲序。成金,康熙人,乾隆四十九年刻本。印光法师有违词。《诂经精舍文集》十四卷,阮元订,嘉庆六年小琅环仙馆刻本。《淞阳豳篇》二卷,朱焘等集宝山知县毛循斋六十生日所祝诗文,道光十七年刻本。《静庐词》一卷。阳湖吕应靖,光绪壬寅刻本。

购古欢堂书,洋四元:《牛奇章集》二卷,隋牛弘,明张燮刻本。《李怀州集》二卷,隋德林,明张燮刻本。《魏时进集》三卷,齐魏收,明张燮刻本。《卜魁城赋》一卷,英和,道光十年刻本。《濠上倡酬诗》一卷。歙方侻,乾隆廿二年刻本。

**二十九日(10月1日)** 挈馥女游艺术馆,晤景叔,以所藏陈列乙部四种,景叔出研究委员徽章见赠:

晋太康瓦莂册、唐磬口心经册、吴越银龙简册、古履仁卿古器物铭册。

游博物馆。在孤山。晚,瑜珈焰口。

**三十日(10月2日)** 三时,内坛请神,八时升旗,均亲诣。十时打斋。

晚,瑜珈焰口,馥女诣。

同淑畹游黄龙洞、洞在山麓，未登临。工业馆、丝绸馆。

## 九月

**朔日(10月3日)** 三时内坛，馥女诣。八时内坛上堂，上堂供亲诣。

晚，瑜珈焰口，馥女诣。

**初二日(10月4日)** 三时内坛，馥女诣。午后三时内坛，亲诣。七时冥戒，亲诣。

至岳王寺前购碑六元。

晚九时，崇儿由沪来。

**初三日(10月5日)** 午后二时，下堂供，亲诣。晚，五方焰口，崇儿诣。

晨三时内坛，馥女诣。

至城站书坊，购书三元：《净土圣贤录》九卷。彭希涑，嘉庆庚午崇川陆允麒邗江张邦义重刻。

购顾立章复初斋书局城站四十四号。书一元：《同人倡和》一卷。赵信，乾隆二十四年刻本。

**初四日(10月6日)** 晨，内坛下堂供，亲诣。三时圆满，馥女诣。五时送神，崇儿诣。

**初五日(10月7日)** 晨七时，附车回沪，一时抵寓。

李紫东来，以元刘埙《水云村稿》手稿相示，真迹也。

去杭旬日，略记家中琐事：

陈器之赠程霖生金文拓本三百八十种；

吴董卿来，留题《礼塔图》卷，并为张退庵书扇；

秦贤秉子俊，芜湖。同其族人表侄秦胜源，为金銮公之孙。来，请作谱序及舅父金銮公讳天赐。传；

朱峻大丁上月三十日亥时作古，九月二日申时殓，送香楮；

余峙莲来；

任心白来。

**初六日(10月8日)** 黄伯雨来谭。

访印光法师谭。

答拜余峙莲,交阅慈幼院建筑用款八千余元册签阅。

覆吴舜臣书。寄来契纸代保存,汇来稻款照收。善后短期公债票,芜湖如平安,即寄沪。堤工借款先于初五日汇芜湖翟展成洋四千元,南陵县知事新任史直,陕西人。

李元之为题说文、金石统系两图。

前在来青阁取价付讫。《宋史》四百九十六卷。元脱脱奉敕修,明成化刻本,洋六十元。沈钦韩手校。

**初七日(10月9日)** 刘烈卿来,旋答拜,均不遇。

访陈少舟,告南陵堤工借款准初五日汇芜湖翟展成,先还洋四千元。

访子丹弟,询汪素情形,后即告陈止有。

接守德侄孙来电,云三弟夫人病危,即覆电询。

结算来青阁来往帐,收回洋一百四十二元:付来青阁书洋三百七十八元六角;去六角。

代售《常州先哲遗书》九十元、《耆献类征》八十元、《东坡七集》八十五元、和刻《礼记疏》六十五元。共三百廿元,付洋弍百元。

**初八日(10月10日)** 刘烈卿来谭。

慕邢侄电告其母于午刻下世,电覆惊悉,阖家哀痛迫切,即命崇儿趋扬叩奠。

函覆安徽旅沪同乡会,为题余鲁卿象赞。

致陈清源书。赠袍、褂料二端,食物二事。

**初九日(10月11日)** 崇儿今晨七时至扬叩奠三弟夫人,并带奠敬洋二百元。

函周梦坡、姚虞琴,辞华安八楼登高之约。

朱亲家夫人罗夫人六十有三生辰,送红绸幛、寿烛、桃、面,收桃、面、款字。

徐冠南于十一日为子琦仲授室，送红华丝布幛。

王丽薇于十六日六十生日，王鲁卿之尊人。送华丝葛幛。

**初十日(10月12日)** 贞元会，补祝陶拙存生日，未入席，送分资二元。

覆李从龙书。从龙赠御笔福、寿字二方。

覆仁济堂书。送籍贯、职业、履历。

晚，刘健之来谭。

**十一日(10月13日)** 子丹弟来谭。

崇儿由扬回沪。

**十二日(10月14日)** 李叔岩婿来谭。

覆王富晋书。寄《积学斋丛书》、正《随庵丛书》一部、续《随庵》二部、《怀豳杂俎》三部。

覆孙伯恒书。谢赠熹平《毛诗》《周易》二残石拓本，覆赠李季皋藏汉画象拓本。《毛诗》陶北溟藏，今归白坚甫；《周易》藏汴中张氏。

致柯燕舲书。赠李季皋藏经画象拓本。

致吕宋廷书。交还前借《旌德县志》。

致沈慈护书。索钞培老题跋。

覆任心白书。心白函告，卞筱卿捐助慈院建筑费一千元，刘晦之捐慈院五百元。孙月山经真达和尚劝化，拟在宁置田产二三千亩，由院代收租谷，暂定三年为期，收入除纳赋外，悉拨院用。陈乃乾刻书已函翰芬径行答复。

访黄伯雨、刘烈卿谭，烈卿坐中晤吕美荪。

见李元之，辞明年为崇儿课读。

为李元之隶联二付。

**十三日(10月15日)** 至中国书店，取：十二月二十八日付价讫。《一镫精舍诗集》十卷，何秋涛，旧钞本，洋十元。秋涛文集有《一镫精舍甲部稿》，刻于淮南书局，此本书衣题字为莫楚生少年时所书，系未刻之稿，当必有据。《研经室经进书录》四卷。光绪壬午傅以礼校刻本，洋四元。

晤傅沅叔,新自北平来,将至日本。以新刻所藏善本简明书目相示,遂邀同颂清至金陵春晚饭。

周湘云赠拓金文三种,皆簠斋故物也,作书谢之:仆儿钟,潍县陈氏旧藏,《积古斋钟鼎款识》题"楚良臣余义钟"。驭方鼎,潍县陈氏旧藏。池阳宫行镫。潍县陈氏旧藏。

**十四日(10月16日)** 陈正有为其长子订婚于龚景张之五女,约往陪冰人。

李叔岩婿来告,曹穆如于初八日殁于南京,为之伤感。

**十五日(10月17日)** 答拜戴膏吾,赠《玉台新咏》《怀豳杂俎》《随庵所著书》。

访刘晦之谭。又访陈正有谭。

**十六日(10月18日)** 陈卓甫为子庆绶授室,送华丝布幛,并贺喜。

答拜康修其,未晤。

访丁子盈,未晤,晤其世兄谭。

购王发印各碑,价洋二十元。

覆周梦坡书。谢赠新刻所著《琴操存目》四卷。

致刘晦之书。赠宋徽宗玉简拓本。

吴舜臣函告,南陵知事史直到任二十余日,又改委章世嘉莅任矣。章世嘉号啸斋,绍兴人。

傅沅叔属访《二百家名贤文粹》,约三百卷,不知撰人。此书如世有传本,非宋椠即旧钞也。

覆陈乃乾书。徐行可拟借印钱警石《两汉书》校本,助印资二百金。

覆刘晦之书。谢赠矢尊拓本,即前记周公子明尊。

**十七日(10月19日)** 游永安公司,至精美小食。

**十八日(10月20日)** 访印光法师谭,印老拟十月同真达师避世出游,赠游资壹百元。印老移印《历代感应统纪》。

北京开明书局杜子彬购所刻所印各书,共七十九元。

致刘烈卿书。附代大太太函请主持清理头条巷地基并出售。

致大太太书。附致刘烈卿函稿。

致吴舜臣书。善后短期公债票因芜湖兵变，如未寄，缓寄。

报载，芜湖十六日晨二时兵变，午后四时窜澛港。

**十九日(10月21日)** 先母秦太夫人忌日，设祭。

贺张退庵七十晋九寿书。送御笔福、寿斗方二幅、缎幛、汉瓦砚、彩料烟壶、茶二匣、蒋腿二肘、寿筵、寿酒二十元。

**二十日(10月22日)** 夏辅宜来谭，即回苏。

张子猷南陵来。

曹穆如讣书至，殁于南京，九月初九日酉时(阴历)。送绸幛、挽联。穆如子名颂彬，号轶华，北京大学毕业，美国士丹佛大学经济科硕士，现供职审计院。次颂琰，三颂楚。

韩奉持讣书至，送华丝布幛。

**二十一日(10月23日)** 至程秉泉处闲话，取古钩。

至金颂清处，取十二月二十八日付价讫。《书目长编》二卷。邵瑞彭等辑，洋八角。

**二十二日(10月24日)** 张子猷来谭，交舜臣赠烘豆、黑芝麻，又交善后公债券。当答拜，未遇，赠热水瓶、酱菜。

覆吴舜臣书。赠别直参二两、毛织背心一件、毛织袜二双、广东历本。杨芷青、朱扫臣、何西安被县政府拘留，大约控聂知事案。

叶遐庵来谭，并赠新印《文道希先生遗诗》四册。遐庵、叔雍拟辑清词，约廿五日午刻在觉林聚餐。

覆金甸丞书。甸丞拟刻《嘉禾郡丛书》。

《时报》载昨日芜湖电，新三旅第五团叛兵与四十五师刘乔两团已在南陵集合，二十日随鲍刚退泾县，新三旅仍在追击中。

《新闻报》载，鲍刚部乔、刘两团及新三旅五团叛兵在南陵索饷三万元，向泾县方面溃退，有窜徽属说。

李仲仙之夫人赵太夫人去世，送华丝葛幛、祭筵十元票、烛票、彩段四事。

李斐君去世,送华丝葛祭幛、素烛。

**二十三日(10月25日)** 《时报》载,新编第三旅第五团及该旅直属之独立营在芜叛变,后由该旅旅长韩德勤指各部队击退,叛兵窜踞南陵。中央派第五师胡祖玉旅及新三旅之第六团向南陵、繁昌追击,五团暨独立营均溃集南陵城内。四十五师乔明礼、刘子彬两团亦开抵南陵,现由鲍刚指挥分屯城内外各要隘,并调派一营驻扎北门外钱塘桥,准备抵抗追击之。胡旅先头部队已于十九日午后行抵南陵二十里之新林铺,三旅六团张忠颊部二十日亦由繁昌向南陵进迫,将与胡旅联合夹击。

慕邢侄由扬来,商三弟夫人葬上海公墓。

四时,上海水泥公司廾董事会。

林洞省生日,往贺。

**二十四日(10月26日)** 报载,鲍刚因中央军追击向南陵地方索款二万五千元,率同叛兵逃窜泾县。第五师之十三旅胡祖玉部及新三旅第六团张忠颊部二十日晨已进占南陵,当即抽调一部续向泾县方面追击矣。

童心庵、朱犀园来,未晤。

刘公鲁之夫人来,以代向黄伯雨收回《枕雷图》卷付之。

金颂清来,为罗子经商押款事,并以管道昇画轴、《石渠宝笈》著录。陈南楼画册、马湘兰画册相示。

访顾鼎梅,不遇。

康长素之世兄寿曼名同篯。廿八日一时与岑云阶之四女德静在徐园行结婚礼,送红华丝葛幛。

**二十五日(10月27日)** 答拜叶遐庵谭,赠《闺秀词》。遐庵同叔雍约至觉林素餐,议编清词,到者潘兰史、朱古微、易由甫、夏剑丞、易大厂、周梦坡、金甸丞、陈子言、黄公渚、况小宋、董授经,刘平山主,赵叔雍客,程子大、罗子经未至。遐庵议请黄公渚董理,又议约刘平山编词目。刘名纪泽，盐城人。

王秀仁来，赠兵器拓本二种。

覆狄楚青书。属题展会特刊，秦汉等各碑八种。

**二十六日(10月28日)** 午刻，聚丰园贞元会，金甸丞值会。

至中国书店，晤金颂清谭，适宋星五由扬州来，匆匆未及多询购吴氏测海楼书事。

至来青阁，知杨寿祺自湖南回，未遇，取新来书：十月十三日付价讫。《钦定选择历书》十卷，康熙八年刻本，实六元四角。《择吉会要》四卷，归安姚承舆，道光己酉刻本，实二元。《铜鼓书堂遗稿》三十二卷，查礼，乾隆庚寅刻本，实八元。《藕颐类稿》二十卷，潜山熊宝泰，附外集七种，又《畹香诗钞》，实六元四角。《洗桐轩文集》八卷《诗集》六卷，甘泉李周南，嘉庆廿五年刻本，实二元。《桃花扇传奇后序详注》四卷，花庭闲客编辑，嘉庆己卯刻本，实二元。《如园架上书钞目》五卷，益阳萧士恒，光绪廿四年刻本，实六角。《玉雨词》一卷，新建曹慎仪，嘉庆丙子刻本，实一元。《美人长寿庵词》六卷，程颂万，光绪廿六年刻本，实一元二角八分。《泪影词》一卷，成本璞，光绪己亥刻本，实三角二分。《步姜词》二卷。胡元仪，光绪二十年刻本，实八角。

至校经山房，代俞寿丞购石印《全唐诗》，计实洋十七元二角八分。

晚，赴朱府添曾孙弥月之宴。

**二十七日(10月29日)** 读沈云巢兆沄。《蓬窗附录》载治病良方，颇有简易可采者，另录之：

出行念仪方二字，可却蛇虫；念仪康二字，可避狼虎；念林兵二字，可避百邪。渡江河者，朱书“禹”字佩之，可免风涛。此皆古人身试之而效者。

欧阳文忠公为其考崇公及太夫人撰《泷冈阡表》成，勒诸石，遣使赍之归，并檄郡守董墓事。渡江风涛大作，有龙蜿蜒夹舟，舟欲覆。篙师呼曰：客有怀宝者乎？请投之，以禳此厄。客曰：无之，惟碑在焉。因共挤之,江龙乃冉冉去,波亦平,遂得竟渡。吏持檄以实告郡守,守讶之,令吏祭墓且以告,则碑已岿然植于其侧矣。守墓者曰:昨之夜震电发土,碑于是出也。薄视之,独以朱圈"祭而丰,不如养之薄"八字,滴水淋漓,自额及趺不绝,朱迹炳然,阅数百岁如新。嗟乎!椎牛而祭,不如鸡豚之逮存,昔贤著之矣,而发之自公,有甚痛于中者,故言之足以动鬼神、致灵异若此,夫非尽人之子欤?读是文者,其尚有感于斯。

二十七日,访朱古微谭。

访俞寿丞谭,交寿丞《全唐诗》,随付书价。

至中国书店小坐,晤龚怀义谭。

送王雪澄提法华丝葛挽幛、素烛。

覆陈倬斋书。倬斋为友人托售书籍,婉言谢之。

覆孙伯恒书。谢赠洛阳小屯所出史鼎拓本。告龚怀西已为其影印周公子明彝。

覆吴舜臣书。鲍刚兵十九日止集中南陵一万余人,设招待所,十九、二十终夜筹款应付,共提去二万五千元,外给养约万元。二十夜,鲍军退泾县。廿一日晨,熊军到南陵,午后派兵向泾县追剿矣。杨芷青等因鲍军到恢复自由。三太太拟俟开吊,代送绸幛。方立之让田事,刘烈翁说最好同其侄接洽,请留意。徐征庸之母八十生日,拟送寿联,请查明徐征庸是否同宗及行辈。

**二十八日(10月30日)** 贺康世兄结婚。

至中国书店,交金石书画等叁拾件陈列。

至大光明戏院,观《琴心泪影》有声影剧。

致慕邢侄书。代拟讣稿。

**二十九日(10月31日)** 至来青阁,晤寿祺,取:十月十三日付价讫。《花蕊夫人诗集》一卷,宋费氏撰,明潘是仁刻,叶氏《郎园藏书志》著录。《断肠诗集》四卷,宋朱氏淑贞撰,明潘是仁刻,叶氏《郎园藏书志》著录。《雪岩诗集》三卷,宋宋伯行撰,明潘是仁刻,叶氏《郎园藏书志》著录,以上三种十六元。《憺园文集》三十六卷,徐乾学撰,康熙丁丑刻本,洋二十元。《长武县志》十二卷。洪亮吉纂修，乾隆十八年刻本，长武属邠州，洋六元四角。

朱峻夫讣至，送华丝葛挽幛、素烛。

阅林昌彝《砚桂绪录》，摘记于后：

殿本《十三经注疏》末附考证半出齐次风召南手，多精确。

《说文后叙》曰：此十四篇五百四十部也，九千三百五十三文，重一千一百六十三，解说凡有三万三千四百四十一字。昌彝据各卷首计数，实九千四百三十一文，重一千二百七十九，后叙所计字数有误。

顾亭林《肇域志》二十四册未刊之本藏于李申耆家，仪征阮芸台相国钞有副本，谓为经世奇书。

明修《永乐大典》，以武进布衣陈济为总裁。

孙渊如所刻丛书初印本名《平漳馆丛书》，后改名"平津馆"，何所取意？

前明十三陵者，成祖永乐长陵、仁宗洪熙献陵、宣宗宣德景陵、英宗正统裕陵、宪宗成化茂陵、孝宗宏治泰陵、武宗正德唐陵、世宗嘉靖永陵、穆宗隆庆昭陵、神宗万历定陵、光宗泰昌庆陵、熹宗天启德陵，凡十二陵，合怀宗崇祯思陵为十三也。

释氏之《大云轮请雨经》乾隆御制序校对极善。祷雨虔诵最灵，是释氏回天之功可补儒教所不及。

王阮亭初印本《渔洋山人诗集》秋柳诗四首题下有"吊福王"三字，今本无之。

尝见明季《千家诗》古本，宏治时本系谢文节公叠山枋得。所选，今本无谢叠山名，惟末二首乃明季人所增。

凡男女为狐妖所惑，惟用真桐子油俗名虫油。涂阴物上，一交媾便杀之，奇方也，胜于天师符箓远矣。

蛇最畏小茴香，见之便软。凡蛇咬及中蛇毒，均可敷服，与观音藤同一功效。

陆德明《尔雅释文》云：江东人呼稻米为秫米，嚼稻米以治漆疮，此古方之见于《释文》者也。

豫知子吕翁所传即一枝梅，每粒大如豆，人有病者，取贴于两眉之间，一刻揭起，色红者生，色白者死。其配药须五月丙午日，避妇人、鸡、犬一切秽物，诵吕仙诰，配药完即止。所用之药，并无奇异，不过雄黄、丹砂、巴豆、麝香等味耳，而异常之验，则非人之所能测也。载《续肘后方》。

宋处士刘皋得仙去，尝言士大夫以嗜欲杀身，以财利杀子孙，以政事杀人，以学术杀天下。后世虽曰创论，实为至言。

士君子处权门要路，毋少随而近腥臊之党，毋过激而犯蜂虿之毒。洪应明语。

道书多出奇字，人多不识，如真阳之炁曰弫龙，弫字未知何音。《道藏·八景玉录》上清高圣太上大道君者，讳𠷎𠷑，字上开。𠷎，力欲切，音六。案，道书奇字甚多，不胜枚举。

邪怪鬼物依人为祟，惟用本处县官讯判案过朱墨，用银朱将患邪本人胸前写一正字，项上写一刀字，两手心写火字去矣。出明人杂记，袁氏《续齐谐》袭之，累教人，奇验不爽。

## 十月

**朔日(11月1日)** 龚怀希以所得鱼元机玉印钤于余刻集中，作书谢之，并赠张翰石家侍儿嬴国公玺飞燕印钤本。

至中国书店，晤金甸丞、陈淮生谭。

**初二日(11月2日)** 李凤池来谭。

**初三日(11月3日)** 陈正有约午刻功德林素餐。

至新世界，观小观园菊花。

中国书店金石书画会开幕，取十二月廿七日付价讫。唐玉带玉十一枚、洋十元。唐颍州开元寺铜钟铭。正书，长兴三祀岁次壬辰十一月己卯朔十日戊子铸。洋一元。

至中国书店，取十二月二十八日付价讫。《古石抱守录》二册。邹安辑，广仓学窘印本，洋三元六角。

至来青阁，取十三日付价讫。《声调前谱、后谱》《谈龙录》，赵执信，雅雨堂重刻本。《翠薇雅词》一卷。戈载，道光壬午重订本。

朱古微侍郎来，未晤，还前假《萍绿词》《玉勾草堂词》《秋莲子词》《扁舟载酒词》《栖云山馆词》《翠薇雅词》六种，惟陈伯弢《两宋词人时代先后录》钞本未还。各词为丁卯年三月十三日借。

陶拙存来，未晤，留函商初九日十一时公祭王雪澄，分资分二元。当覆书，并函刘健之。

刘翰怡来函，云昨奉天津办事处交来上年东陵报效补颁印光法师春条，属为转致。"孳敛吉祥"四字。

覆慕邢侄书。讣稿增改字来商。

覆吕美荪书。题蒋观云遗诗，美荪录示新诗，并赠蒋观云《居东集》《丰溪存稿》。覆赠《文道希师遗诗》《永嘉四灵诗》《皖词纪胜》。

**初四日(11月4日)** 钱铭伯之夫人讣至，送丝布挽幛。

至中国书店小坐。

覆陈绳夫书。绳夫索白纸《积学》《鄦斋》《怀豳杂俎》《闺秀词》四种，覆以陆续附印寄赠。代购永嘉石墨，价在寄售书价内扣除。属书楹联立幅，请示尺寸，当裁纸书寄。《镜录》年内未能成书，《吉金图释》尚未付印，拟不先行列目。寄竹纸《积学斋丛书》一部代售。

**初五日(11月5日)** 访丁子盈谭。

丁价侯之夫人邓夫人六十生日，送华丝葛幛烛贺之。晚，复赴宴。

**初七日(11月7日)** 大女由合肥来。

吕美荪仲素。同吕皋俞来谭。

吴东迈来，商十月十日在六三花园开会，追悼昌硕先生，并陈列书画，择无量寿佛、山茶菊花立幅三件送请陈列遗作展览会。

**初八日(11月8日)** 刘公鲁来。

答拜吕仲素谭，赠《闺秀词》，乞其书扇。皋俞先出游，未遇。

至来青阁，取：十三日付价讫。《补寰宇访碑录》五卷，赵之谦，二金蝶堂本,二元。《云间三子诗钞》九卷,一元。《海上诗钞》九卷。曹锡辰选,一元。

晨,大照公司送来致建设会公文签字。

**初九日(11月9日)** 公祭王雪澄提法。

覆柯燕舲书。收到晋和国仁碣二拓本,赠张石铭藏由口官罍拓本。

致徐行可书。寄沈慈护钞其尊人乙盦先生《澄清堂帖跋》。

致蒋穀孙书。穀孙新得汉魏刻石四种,索其打本。

覆刘翰怡书。收到上赏印老春条,文曰"揫敛吉祥"。索其新刻瞿木夫《汉武梁祠画象考》。

覆吴舜臣书。编遣库券南陵派二万六千元,商认二成,余二百亩田以上摊派,我处派五百五十元,又淑畹六十元。张子猷未回南陵。徐芝秀名征庸之母八十生日,送寿分洋十元。

**初十日(11月10日)** 至六三园,赴吴昌硕先生追悼会。

致徐咏绯书。录寄徐素人先生《鼓山纪游诗》跋。

致王补安书。补安名大隆,号欣夫,秀水人。近以所著《黄荛圃先生年谱补》寄示,属为搜集资料,今先钞《朱淑真诗集跋》。潘榕皋得次孙,志喜和诗寄之。并告:斋名可补者曰冬蕙山房(见缪荃孙《士礼居藏书题跋记书后》);刻书可补者有校栞宋藏本《大悲陁罗尼经》;题图可补者有沈芊洲《观复招凉图》卷题诗(卷藏刘晦之家,当为假录续寄)。

**十一日(11月11日)** 至中国书店,取:十二月二十八日付价讫。《历城金石志》二卷,夏曾德、金年同纂,丙寅活字本,洋一元。《潭柘山岫云寺志》二卷,正集乾隆四年刻,续集光绪九年刻,洋一元。潭柘山在京师正西七十里。《五莲山志》五卷,释海霆编集,康熙二十年刻本,洋一元二角。五莲山在山东。《怀玉山志》十卷。朱成煦编辑,乾隆三十三年刻本,洋二元。怀玉山在江西玉山。途遇陈乃乾,遂同至中国学会闲话。

**十二日(11月12日)** 朱幼鸿六十冥寿,前往行礼。

访印光法师谭,交上赐"揫敛吉祥"春条。

访吴寄尘谭,寄尘拟十九日去大连。

访席少卿谭,赠尊、彝、卣、三器同文。甗。拓本。

**十三日(11月13日)** 访陈正有谭。

至古香斋、西泠印社谭。

至来青阁,付前购各书洋七十五元讫。又取:十七日付价讫。《湖北金石存佚考》廿二卷,蕲州陈诗,嘉庆己卯年刻,洋十六元。《苏叟养疴闲记》四卷。长洲陆锦,洋三元。

陶兰泉之夫人恽氏讣至,送华丝布幛。

**十四日(11月14日)** 取来青阁十七日付价讫。《古愚老人消夏录》。汪汲,嘉庆间刻本,洋六元。

覆顾鼎梅书。谢赠《金石舆地丛书》二部。

致刘公鲁书。辨正汉颍川太守陆君遂志,尚仰止据《吴地记》为陆宏系陆闳之误,考《后汉书》《新唐书》,寀其拓本亦不确。前赠北魏崔承宗造象实系原石,历城金石保存所藏石,据丙寅新编《历城金石志》云,保存所藏非原石。

致褚理堂书。交还前假赵颐光内子陆卿子《考槃集》六卷一册,赠李放《中国艺术家征略正编》五卷二册。

致刘晦之书。赠《金石舆地丛书》,交还访书目。

**十五日(11月15日)** 恽季申约午刻觉林素餐。

覆张敬礼婿书。来信收到寿礼,告吴寄尘有十九日去通之讯。

覆宋慈裒书。谢撰《积学斋丛书》序,再寄赠《鄦斋丛书》《宋元科举三录》。

覆陈进宜书。进宜寄所著《周秦诸子述略》十册托销,今交邮附书价五元。

**十六日(11月16日)** 午刻,聚丰园贞元会,王叔用值会。

至中国书店,晤金颂清。

二时,大生纱厂董监联合会,胡克之建议似与吴寄尘有冲突。

大生纱厂沪事务所职员:

包静庵、总帐。潘华封、外帐。徐润周、清帐。余森卿、帮外帐。马曾荫、帮清帐。徐敬舆、营业。封廉甫、营业。王介公、管纱布。陶子青、物件。王清林、物料。林甲同、物料练习。徐仰南、物料。刘棨门、管董事部函件。沈彦儒、管各厂帐务厂信。吴复观、文书。汪文炳、文书练习。黄光益、庶务。王象五。庶务。

汪禹丞六十生辰,并于十七日为出嗣子英硕。完婚,送红缎幛。

**十七日(11月17日)** 大生纱厂续开董监联席会。

付来青阁书价二十五元。

**十八日(11月18日)** 至中国书店小坐。

至古香斋,见秦壶二。

阅李竹朋佐贤。《吾庐笔谈》云:宋张端义曰,真定大历寺有藏经殿,其经皆唐官人所书,内有涂金匣藏经一卷,字体尤婉丽,其后题云"善女人杨氏为大唐皇帝李三郎书",则是太真笔迹。然太真能书,鲜有知者。

阅韩小亭泰华。《无事为福斋随笔》:元诸后、太子诸陵皆在独石口北毡帽山。

**十九日(11月19日)** 至北京大戏院,观影剧。

刘健之来谭,约二十九日未刻为其侄子诚名润生。题主,覆书允之。

覆刘翰怡书。谢赠新刻瞿木夫《武梁祠画象考》,还前假《徐节孝先生集》十册。

**二十日(11月20日)** 访陈正有谭。结算代付书套价一百〇六元,连史纸廿刀,廿二元二角三分三厘,除收一百元,余欠款均付还。

访恽季申谭。

访丁仲祜谭,仲祜赠《丛书书目汇编》四册。

覆秦胜源书。表侄胜源九月初来沪,未遇。十五日接其来信,属作秦氏谱序,又属为其祖金銮三舅父(名天赐)作家传。今将两稿寄之。又属查访秦芝荣之子金宝下落,覆以事隔十余年,无从踪迹。通讯:寄安徽宣城县湾址镇王晋昌布号收转天井坝秦胜源。

在华新银行办文牍者为彭星台君。

**二十一日(11月21日)** 余旭士来谭。

狄楚青来谭，以南京明故宫新出土宋磁碗相示，云杨杏佛属转请案定，并云聂芸台拟印《五灯会元》。

**二十二日(11月22日)** 同乡詹悦庭讣至，送华丝布幛。前已作象赞。

冯光久来谭，旋答拜，并晤宗渭川。

答拜余旭士谭。

访黄伯雨、李凤池，均不遇。

**二十三日(11月23日)** 先妣秦太夫人冥寿，设祭行礼。

王渠清镇祥。同其长子由南陵来谭，因三子留学日本被拘留也。

至大生，晤寄尘谭，坐中并晤美权、子盈、耆卿、胡克之、章静轩。

**二十四日(11月24日)** 吊朱峻夫先生，并贞元会同人公祭。

**二十五日(11月25日)** 午刻，约王渠清、傅苐生、刘公鲁一枝香西餐。

渠清明日回南陵，赠毛毯、热水瓶，又赠佛经十种。《观世音菩萨本迹感应颂》《阿弥陀经白话解释》《金刚经》《功德颂》《普门品图证》《感应篇直讲》《寿康宝鉴》《印光法师嘉言录》《我信录》《金刚经塔》。

刘公鲁赠宜兴张公洞新出土宋元祐玉简残石拓本。

潘伯矩之室人邓氏讣至，送华丝布挽幛。

覆吴舜臣书。曹西岑属作《南陵虬川曹氏谱》序，王渠清来，已接洽。

**二十六日(11月26日)** 至中国书店小坐。

**二十七日(11月27日)** 至来青阁，晤杨寿祺，观宋椠《宋散子方》，常熟赵次侯旧山楼藏书。盖明刻也。

覆赵叔雍书。叔雍函假《四明近体乐府》，今检假二册。

覆孙伯恒书。伯恒赠《唐仵钦志》，矢彝访得，一友有打本，可假印而无板权。

覆柯燕舲书。燕舲赠画象砖，索矢彝打本，以晋石打本互易。

致束劭直书。催题《狼山访碑图》卷。

**二十八日(11月28日)** 刘子诚讣至，送华丝葛幛、烛，吊之。

至中国书店、来青阁。

至汉文渊书店，购碑二种，洋三元：三十日付讫。《宋梦瑛篆书千文》《宋苏唐卿篆书醉翁亭记》。又取《唐东方画象赞》。三十日退还。

购汪树人《崇川诗集》十二卷。孙朔编辑，乾隆三十七年刻本，洋三元，付讫。

覆吴舜臣书。来书云，兵队过境用费，省政府不允作正开支。翟展成派陶君至南陵，催还堤工借款。向方策青略谈让田事。托购官燕半斤，买新新公司龙芽，每斤五十六元，现减价九折，合洋廿五元二角。元佩兄病又发，有函致周君常改方，当配三种，计洋十一元，一吐时服，一不吐时服，一饭后服。另致一函，并官燕药丸交江顺轮船张兆槐转，存芜湖招商新趸船，看舱戚如。

大女今日皈依印光法师法，名慧脱。

**二十九日(11月29日)** 先室刘夫人忌日，设祭。

未刻，为刘子诚题主。

吊潘伯矩之室邓氏之丧。

访印光法师谭。

**三十日(11月30日)** 访丁子盈谭。

金颂清自日本归，赠竹内栖凤日本大画家。纸三张。

赠子丹弟银晶烟壶。

## 十一月

**朔日(12月1日)** 吊李仲仙之夫人赵太夫人暨其次子李斐君之丧。

汪撷荀为第五子娶妇，送红绸幛。

夏辅宜自苏州来，往访，略谭。

阅赵云崧翼。《陔余丛考》，节录之：

三姑六婆：《辍耕录》：三姑者，尼姑、道姑、卦姑也；六婆者，牙婆、媒婆、师婆、虔婆、药婆、稳婆也。

同年月日时生：《梁溪漫志》云：若生时无同者，则一时生一人，一日只生十二人，以一岁计之，不过四千三百六十人而已。

书家代笔：《韵石斋笔谈》谓：东坡时有丹阳人高述，能仿公书。赵松雪时有京口人郭天锡，仿松雪书逼肖。董思白有门下士吴楚侯，名翘，后改为易，能书，思白率令楚侯代之。

**初二日(12月2日)** 午刻，聚丰园贞元会，姚虞琴值会。

长子妇朱二十生日，朱犀园来谭，赠日本栖凤笺二纸。

**初三日(12月3日)** 贺汪撷荀纳五子妇之喜。

昨余峙莲来，未晤。今答拜，交佛教慈幼院己巳年常年经费洋二百元。

往慕邢侄处谭。

昨康修其来，未晤，修其留新印《徐正字集》，拟假余钞本作校记。

覆陈绳夫书。寄《温州古甓记》祇谢。请代拓永嘉唐宋元碑志全分，周梦坡、刘晦之亦可留一分。又拓平阳县晋朱曼妻买地莂十分。寄赠连史印《怀豳杂俎》一部，并赠书联。

覆宋慈裒书。赠新著《寥天庐诗钞》，并另赠刘翰怡、冒疚斋各一册。索《徐公文集》，以旧印赛连纸赠之。

覆陈西甫书。属交夏辅宜书，询湾址田收成，询濮秋澄何以居沪。

**初四日(12月4日)** 夏辅宜来谭，即回苏。

王欣夫来，未遇，后在中国书店晤谭。

至中国书店，取：十二月二十八日付价讫。《邠州石室录》三卷，高丽皮纸印本，洋八元。《退庵钱谱》八卷。泰州夏荃，《海陵丛刻》新排印本，洋一元六角。

交还刘公鲁：初五日又送来。改伯蕴《芳林秋思图》卷，曹墨琴《十三行樱桃》卷，二卷一匣。姜芳材女士花卉轴贞女，名桂，亦字柏舟。有宋茂漪(景卫)女史二绝句，题及致芳材女士为其姑母(适王文恪孙)，守节五十余年，值八十寿，索画札。原画六幅，只存一幅。又东陵女士陆佩琼(真)题云：此画并宋节母札为马二良表侄所得，复请节母题二绝句，真亦题七古一诗，时在乾隆壬寅夏六月三日。吴冰仙女士绡。画紫藤轴。王石谷题，时康熙丙申，年八十五。

王富晋来谭。

姚子梁讣至,寄挽联南翔。子梁名文栋。

刘光谦、刘光泰。为其母张太夫人七十寿征诗,送寿诗。

余旭士之母张夫人四十生日,送缎幛、桃、面、烛、爆。璧酒席。

黄利宾之室人沈氏讣至,送丝布挽幛。

致夏辅宜书。询大有晋红田一百七十五亩戊辰年有无租息,并托代售红田。

覆陈乃乾书。收还王静庵题金文拓本四幅,假康修其《钓矶集》。

致康修其书。以旧藏《钓矶集》钞本假修其校新印本。

**初五日(12月5日)** 结算印书工价九元、订书工价两月工资。三十元,另送二元。

至王富晋处,未遇。

**初六日(12月6日)** 晨送李木公之母赵太夫人暨李斐君之丧。

吊黄利宾之室沈夫人。

贺蒯夫人迁居。

晚,赴朱犀园生子弥月之宴。

**初七(12月7日)** 贺余旭士之生母张太夫人四十寿。

访潘兰史谭,以《粤东词钞》借之,兰史赠叶南雪衍兰。《海云阁诗钞》。

凌植支前日来,未遇,今往访之,畅谭。植支之弟在吴淞同济大学任教员。

覆储南强书。南强借《荆溪词选》,覆以现编《清词钞》俟开印,当为商明短期借印。请代拓善权、张公两洞石刻。

致姚石子书。请代补钞《幼学堂文集》卷二第十叶。

**初八日(12月8日)** 昨常州兵变,沪宁车停。今午后三时通车。

昨魏梅荪来谭,今答拜,未遇。

至中国书店小坐。

**初九日(12月9日)** 余旭士来。

午后,至慕邢侄处,未遇。

过来青阁,晤朱遂翔。

观汉竟宁元年铜雁足镫雨画全图,附六舟剔镫小景。镫雨画拓自题并考寺字正画,彩画六舟立象子雁足上;其铭文则拓成镫倒置形,彩画六舟坐象于铭侧,手剔铭字。巴德生跋曰:此器旧为扬州马氏玲珑山馆所藏,后归余家蟫藻阁。先君子持视木翁,木翁见而欲之,即割爱赠焉。今见此拓本,如理旧书、如晤故人,因乐志数言,以复六舟禅文。时在道光辛丑七月。按木翁为程木庵(洪溥),蟫藻阁当即巴予籍(慰祖)阁名,德生或予籍子也。

**初十日(12月10日)** 袁述之于丙寅年十一月十五日卒于杭州,今于十一月十七日在昭庆寺领帖,送华丝葛挽幛。

张幹卿之室人吴氏下世,送丝葛挽幛。

宣愚公、鲍扶九同来谭,愚公假《艺风堂金石文字续目》《梁杭叔藏碑目》《湖北金石存佚考》。愚公赠我《癖好堂金石书目》。

至同文书店,购书三元:付讫。《笠翁耐歌词》四卷,李渔,康熙戊午刻本。《中国绘画史》一卷。陈师曾,俞锟印本。

至翁朗书店,购:付洋十七元。《渊雅堂诗》原稿一册,《北墅抱瓮录》一卷,高士奇,三元。《夏小正注》四卷,海盐李聿求,三元。《帝舆合览》二卷,嘉兴何炳,道光二年刻本,三元。《意香阁词》二卷,梅里(即嘉兴)李澧,嘉庆庚申刻本,二元。《弥陀要解》一卷。沙门蕅益,八角。

**十一日(12月11日)** 至大生,途遇吴寄尘、王饶生谭,在账房取回绮记大生股票、美记大纲股票。均推据更名。

致周美权书。党部对于大照电费减价,坚持每度一角六分,公司坚守原价,数月未结。县政府、建设厅均受党部包围,前召集双方会议,决定减价,公司坚持以首都每度二角二分为标准,不料代理厅长姜君竟指令电表每度减为二角,现公司决不承认。今办呈文,准明日赴宁请愿云云。大照公函由美权转袁伯夔,再转余处,又送价侯阅过,致书附还美权。

**十二日(12月12日)** 慕邢侄来。子丹弟来。

覆张敬礼婿书。谢赠日本梨一箱。

覆王渠清书。渠清函谢馈宴,并告其第三子在日本平安,已释出。

覆吴舜臣书。秦贤炳在南陵催租。代办送三太太绸幛、款、字共三元七角。

访陈正有谭。

访魏梅荪谭,坐中遇蒋年侄苏盦。

访顾鼎梅谭。

**十三日(12月13日)** 魏梅荪、李耆卿来谭。

南陵县刘之驺函索县志。名片:安徽省任用县建设局长、南陵县建设委员。

南陵县张庆萱祖为余寄父葆慈之子。来函索县志。兼办自治筹备员。

罗子经来谭。见宋本《陆士龙集》。

**十四日(12月14日)** 访陈正有,略谭。

答拜罗子经谭。

约丁皖生闲话。

**十五日(12月15日)** 为刘公鲁题汉竟宁元年铜雁足镫雨画全图拓本附六舟僧剔镫小景。按《宝素堂金石书画编年录》:六舟四游新安初,为程木庵拓彝器千种,在道光二十年庚子、二十一年辛丑、二十二年壬寅三年,往还拓成四大卷。二十三年癸卯,木庵约游黄山,三月杪复至新安。木庵得小疾,不果行,出宋元明三朝古墨汇拓二千品之多。暇游市集,得薛素素兰竹小帧,巴君小石达生。见而欲之,以莲池大师机缘问答书墨迹易去。二十四年甲辰十月二十四日回海昌。此剔镫图巴小石题字在辛丑七月,是六舟再游新安时作,寺字考题为癸卯夏五十日,则作于四至新安之第一年,亦即巴小石以莲池大师机缘问答书易薛素素兰竹小帧之年也。

上午十时三十分,天空晦黑,雷电交作,同时大雨。

**十六日(12月16日)** 午刻贞元会,为余值会,约程子大、吴董卿、恽季申、恽瑾叔、姚虞琴、刘健之、刘锡之、李凤池、陶拙存入席,周梦坡、金甸丞、王叔用未至。

至大东书局,晤徐笃初。志仁。

三时,大生一、二厂董监会议,一厂债权将二厂抵押。并阅两厂欠发董监夫马费。二厂自壬戌至丙寅止,欠四年〇十个月董事夫马共二千九百元;一厂自癸亥四月至丙寅十月,三年〇六个月监察夫马;一厂自丙寅十月至己巳。

晚,贺刘公鲁之母傅太夫人六十寿。

晨五时,又雷雨。

**十七日(12月17日)** 魏梅荪来谭,交阅致防灾会黄伯雨公函,请拨余款数千元,属签名。

陈少舟于昨日未时去世,得风疾仅五小时。今日申时入殓,吊之。

狄楚青来,未晤,留赠《中国名画》第三十一集、第三十二集,并以龟甲石造象属定真膺。

叶遐庵来,未晤,留书假词集九十种。

至中国书店,取:十二月二十八日付价讫。《青楼集》一卷,元雪簑钓隐辑(黄姓,佚名),明青藜馆本,明嘉靖甲辰陆楫刻《古今说海》本,洋六元。十九日退。《入山十八观》一卷,明钱塘吴一骏笺,明刻本,洋二元。《载花舲传奇》二卷,若耶野老填词,曲波园原刻本,洋十元。《分隶偶存》二卷,万经,乾隆己丑刻本,孙绵前校,洋三元。《不自秘方》一卷,南野梅山逸叟传,明成化癸卯刻本,洋十元。《南皋山人诗集》七卷,胶州高凤翰,乾隆壬午刻本,洋八元。《邵子击壤集摘联》六卷,后裔同珩辑,光绪廿四年刻本,洋一元六角。《诸城县志》四十六卷,乾隆知县宫懋让修,李文藻等纂修,乾隆廿九年刻本,洋六元。十九日退。《亳州志》四十二卷。道光知县任寿世修,刘开纂修,道光五年刻本,洋二十元。十九日退。

**十八日(12月18日)** 答拜叶遐庵。访狄楚青谭。

**十九日(12月19日)** 叶遐庵书来,取所借词集九十余种,共九十九本,当复书交来人。附来《闺秀词》二家:萧道管、左又宜,刻本。又王真、张清扬、顾玉琳钞稿三家,属选。

至中国实业银行，代淑畹汇还刘得才洋二百元。

昨，丁价侯来书，属转交慈幼院年捐三百元，刻善书一百元。今至广仁堂，将慈幼院年捐交余峙莲，当付收条。又访印光法师，交刻善书洋一百元，印师拟即将《历史感应统纪》付之。三号字，不及列名。

印老以余前赠行之款移印《历史感应统纪》，并题任印功德名，又赠各书：《历史感应统纪》，四十八部，每四册，约工料五角四分。《地藏菩萨本愿经》，十二部。《地藏菩萨感应录》，九部。《印光法师文钞》，三部。《莲宗正传》，二十九部。《达生编》，二十五部。《德育嘉话》，九部。《德育宝鉴》，九部。《了凡四训》，廿三部。《王文成八则》，十八部。《江慎修放生杀生现报录》，廿一部。《到光明之路》。廿五部。

**二十日(12月20日)** 宣愚公来，未晤，留还《艺风堂金石续目》《湖北金石存佚考》。

报载，十九日电，海州山崩。东海大村塔北东山象鼻沟，四日午发现山崩，岩石崩坠，声如霹雳，约二十分钟，附近村落被埋压，为未有奇灾。

鲍扶九来谭，还《唐风楼金石文字跋尾》，赠罗叔言《夨彝考释》，并以自著《夨彝考释质疑》稿见示。又借《永丰乡人稿》。

赠李元之、鲍扶九、李从龙《历史感应统纪》，并给崇儿、永儿各一部。

昨，刘公鲁取回竟宁建昭雁足镫拓本。

致李从龙书。赠《历史感应统纪》。

覆姚石子书。收还《元史续编》。

覆张敬礼书。寄赠退庵亲家照片，并敬礼、七女、廉孙合照。

访印光法师谭，印老赠周业勤《闺范》三十部，内寄合肥二十部。《历史感应统纪》十部，又零本善书径寄。当收回《闺范》原本四册。业勤来书，存余处。

访吴董卿，未遇，留存董卿借阅《湘管斋寓赏编》六册。

访王富晋谭，富晋交来帐单，自乙丑八月十日起，至己巳八月廿九日止。共收书洋四百二十元〇二角八分，另代付李从龙洋三十元，又重付

《晨风阁丛书》一部廿四元除出不在帐。冲除自乙丑八月十日起，至己巳八月廿九日止。余处付出书洋四百七十四元七角二分五厘，净欠二十四元四角四分五厘。另己巳九月十日付书洋三十元〇二角五分未计。

**二十一日(12月21日)** 报载，南陵西乡股匪近骚扰日甚，县长章世嘉向芜湖五十二师张旅长请兵，张派兵一连赴剿。

致吴舜臣书。谢赠各物，附刘之驺、张庆萱两函。

覆刘之驺书。先寄地图。

覆张庆萱书。先寄地图。

吕美荪为书诗扇，作书谢之。

覆周业勤书。属向印光法师索《闺范》，现印老已寄合肥沈竹群二十部，附零本善书。又寄业勤十部，并新印《历史感应统纪》十部及零本善书。属存印老之《闺范》原本已取回，遵示再寄。

覆孙伯恒书。赠夨鼎拓本。

覆柯燕舲书。告夨彝、夨鼎现不影印，缘雪堂、淮生均有印本。寄来《仵钦志》至今未奉到。

**二十二日(12月22日)** 是日冬至。

三弟夫人今日在普益代办所领帖。

送余鲁卿挽幛。送陈少舟绸挽幛、挽联。

丁子盈亲家赠花生三十斤、黑枣十斤、瓜子十斤、酥糖一合。

**二十三日(12月23日)** 晚，余尧衢约酒叙。

致孙伯恒书。告前日寄夨鼎拓本。

覆赵叔雍书。叔雍来借《三百词谱》《白山词介》两书，今借之。况夔笙前借《诗余广选》未还，中缺三、四两卷，今况小宋赠叔雍，其所缺亦应允以家中藏残本补全赠之，并告卓人月、徐士俊有词名，《徐卓晤歌》附刻《诗余广选》后也。余藏总集词目随后钞送。《海曲词钞》未检出。

致朱瑞祥书。索寄新出书目内各书。

至中国书店，取：十二月二十八日付价讫。《论画脞说》一卷《梅隐草堂题画诗》一卷，仁和叶以照，嘉庆五年刻本，四元。《使粤集》一卷《使粤日记》一卷,白田乔莱,康熙刻本,四元。《月令七十二候赞》一卷,汉阳叶志诜,道光三十年刻本,二元。《审定风雅遗音》二卷,甬上史荣撰本,河间纪昀审定,乾隆八年刻本,二元。《花桥词钞》三卷,元和孙宗朴,嘉庆元年刻本,八角。《诸子詹詹录》二卷,西泠袁树,孙福海校刻本,光绪癸未济南卧雪堂,三元。退。《王石臞行状》。子引之、敬之状,一元。退。

**二十四日(12 月 24 日)** 濮秋澄同年六十寿,送幛、烛,收款、字。

至来青阁,取:十二月二十九日付讫。《四明尊者教行录》九卷,沙门宗晓编,日本宽文十年刻本,洋二元。《岑华居士兰鲸录诗》八卷《外集文》二卷《凤巢山樵求是录诗》六卷《求是二录诗》四卷《求是续录诗》一卷《求是外集文》二卷。东吴吴慈鹤,嘉道间刻本,洋二元。

是日辰时,金甸丞殁于嘉兴。甸丞,湖南永顺府知府,历任湖南靖州、郴州、直隶州,工部主事、军机章京。光绪己丑进士,戊子举人。寿七十四。

**二十五日(12 月 25 日)** 同李叔岩至新中央,观影剧。

晚,访丁价侯,谭翟展成来函商押万顷湖田事。

**二十六日(12 月 26 日)** 晨,往大东书局。交校样十九叶。

题蕫子易白簠。朱二十一兄犀园藏器,属题。

鲍扶九来谭,交还《夨彝考释质疑》稿。

覆翟展成。展成函属以万顷湖五百亩向丁价侯押洋三千元,昨往商价侯,未允。南陵堤工借款先后还过二万二千五百元。

覆夏辅宜。大有晋地辅宜已托人向公司查询,戊辰红息前已结出,为数无多,但不知此田曾否放垦,如已放垦,则作公司代管论恐入不敷出,因代管费每亩二角,兼以警备各费按亩摊派,每不敷抵也。至出售,须待来春。有人前往临田察勘,如何程度方可觅受主。

致王欣夫书。借《一经庐琴学》四本,托杨寿祺转交。庚午四月还。

**二十七日(12 月 27 日)** 章中如心培。由滁州来谭。

晚,约李元之、王富晋、丁箎生、李叔岩、丁缦云、子丹弟、慕邢侄酒叙。

**二十八日(12月28日)**　贺濮秋澄同年六十寿，并赠玻璃版印宋本《妙法莲华经》。

访周梦坡谭，以朱犀园嘉子易白簏请题，并代赠拓本。又交陈绳夫赠瑞安碑四种，明福寺修浮图记（唐宝历二年），宋岑崎山君举题名、宋薛良朋圹志、元容成太王洞天六字。又赠《历史感应统纪》。

致周梦坡书。翰怡编书，荐友可以胜任，余亦完负责也。为陈绳夫赠碑四种编目。

致刘晦之书。赠陈绳夫瑞安碑三种：一明福寺修浮图记，二宋君举题名，三宋薛良朋圹志。

赠刘十枝《历史感应统纪》。

覆姚石子书。《幼学堂文稿》缺叶已托寿祺代钞。附赠《随庵所著书》。

费范九郎寄《至日前夕大雪买白梅一盆得句五律》一首，又来，未晤。

致吴寄尘书。大照公司呈复江苏建设厅稿由美权转伯夔寄来。

**二十九日(12月29日)**　至古香斋，取：共作四十元，前古香斋欠沙盆价四十元备抵。古玉圈、作三十二元。古铜龙勺、作六元。明应天府铜权。作二元。

蒋穀孙有明宣德炉在古香斋寄售，索价壹百元，取归把玩。长方式，内有“天字伍号”四字，底有“宣德年制”四字，均横列阳文，高足蚰耳。

《新闻报》载，南京改正专制时代避讳字。案，业经内、教两部会衔呈复，行政院不日即将通令各省市教育行政机关转，饬各书坊一律改正。

访丁子盈亲家，未晤，留赠《历史感应统纪》。

赠吴寄尘、束劭直《历史感应统纪》。

致陈一甫书。赠《历史感应统纪》。

致汪启我书。同上。

致陈清源书。同上。

致陈倬斋书。同上。

**三十日(12月30日)** 至大东书局。

访魏梅荪,已先返宁。濮秋丞同年来,未遇。

朱瑞祥寄来书七种,留三种,计码洋廿五元,九折,廿二元五角,加邮费六角三分,共廿三元一角三分,交中国实业银行汇还洋廿三元,余退回书四种,由邮局寄还:《东流县志》三十卷,嘉庆二十三年吴篪修,李兆洛、张成孙、方履篯、李颎纂,码洋二十元。《历科状元事考三元鼎甲策论考官试题录》,黄崇兰辑,饶玉成续增,光绪丙子刻本,码洋四元。《虎口日记》一卷。於越遁安子述,码洋一元。

## 十二月

**朔日(12月31日)** 访陈正有,未晤。郭道弥来谭。

覆曹国章书。作虬川曹氏谱序,崇儿书。附崇儿覆西岑书。

致吴舜臣书。附覆曹国章书并谱序。

**初二日(阳历正月初一日,1930年1月1日)** 答拜章中如,未晤。

答拜郭道弥谭。

午刻,聚丰园贞元会,刘健之值会。

晚,大照公司董事会在一枝香西餐。

至中国书店小坐。

访王富晋谭,结算乙丑年起至己巳年七月廿四日止,付出自刻各书洋四百七十四元七角二分五厘。收富晋来书,自乙丑年起至己巳年八月廿四日止,共收书洋四百廿元〇二角八分,又戊辰正月划交李从龙洋三十元,两共四百五十元〇二角八分,冲存洋二十四元四角四分五厘,另加己巳年九月十日付书洋三十元〇二角五分,两共存五十四元六角九分五厘。

**初三日(1月2日)** 谭奎仙来,属题陈少舟象赞。

**初四日(1月3日)** 访印光法师谭。

答拜谭奎仙谭,交陈少舟象赞。

至王富晋处，议以所刻书易张宗昌刻《唐石经》，随将《唐石经》取回。

**初五日(1月4日)**　陈乃乾来谭，还王静庵书札廿四片。

致丁价侯书。附交印老法师印《阴骘文图证》八部、《闺范》二部、《感应篇直讲》十部、《感应统纪》二部、《了凡四训》二十部、《人生指津》十部。

**初六日(1月5日)**　陈乃乾约六时新利查西餐，作书谢之。

致赵叔雍书。赠《诗余广选》卷三、卷四共二册。检《南汇县志》，钞冯金伯事略。

覆陈绳夫书。绳夫赠温州碑志八种，内有明二种中重分，共十六纸，以重分四种代赠周梦坡，又以三种送刘晦之。平阳买地券如绳夫已得，能赐拓本，于愿已足，或为余代购。劝其勿收金石文字，如必欲之，可先收温郡为限。

赠金颂清、方逋庵、郭石麒《历史感应统纪》。

李叔岩婿暨大女今晚附江靖轮回合肥。

**初七日(1月6日)**　赠华新同人《历史感应统纪》四部。

晤夏玉峰，以夏辅宜函商振会存款请玉峰保管，并交李寿山函，南陵工振借款已可支派，属将原订合同向陈少舟之世兄查出，收回借款。

孙伯恒来书，前寄赠周公鼎拓本，只收答赠南宋会子铜版、佳。汉永元二年中尚方造银定疑伪。两拓本。又寄代购新出汉石经残石一百八十二块，价洋三十五元，并云前次所得残石拓本三十分，载入《汉石经残字正编》。每分四十元，今有胡君愿以所藏出让，拟售五十元。

**初八日(1月7日)**　赠恽季申、夏玉峰《历史感应统纪》。

致姚石子书。补钞《幼学堂文集》卷二第十叶。

至蟫隐庐，晤罗子经谭，取《汉熹平石经残字集录》一卷《补遗》一卷。罗振玉。退还。

至西泠印社，取《叶氏印谱存目》二卷。仁和叶铭辑。

至大东书局、来青阁。

昨标金价到四百九十一两，收盘为四百七十八两三钱。

**初九日(1月8日)** 至中国书店小坐，晤刘晦之。

报载，中国济生会接翟展成君函，称芜湖白沙圩七月杪溃决，宣城罗口圩等七圩、南陵杨口圩等五圩均同日溃决，现饿莩时见，恳量为佽助。该会允酌为募款接济，并委托翟展成君就近查放。

覆任心白书。昨以慈院经费支绌，宁董会拟将沪董会移至太平寺，商诸余峙莲，暂缓数月。又请真达师为名誉副会长，将覆邓翰芬暨梅老两函交阅后封发。

致李拔可书。托汇孙伯恒代购汉石经残石一百八十二块，价洋三十五元。

**初十日(1月9日)** 至来青阁、商务印书馆小坐。

购古物书画流通处书两种，实洋二十八元：王菊笙经售(名弼)。《六书正讹》五卷，周伯琦编注，元刻明印，半页五行，小字每行二十字双行。码洋三十元，四折。《新刻理气详辩纂要三台便览通书正宗》六卷。明柯佩编集，林绍周校正，男林维松补遗，余象斗绣梓，明刻本。旧藏一本只四卷。码洋四十元，四折。

龚伯厚为长孙桂馥完姻，送贺分四元。崇明北门内龚厚德堂。

洪次和澄。嫁女，送红丝葛幛。十一日一品香结婚。

致宗渭川书。赠退老书《金刚经》二种，每种八本，《历史感应统纪》一部，《家庭名人德育宝鉴》一部，《家庭名人德育嘉话》一部，《袁了凡四训》四部，《达生篇》十部。估计重印退老书《金刚经》小字一种，印四百八十部约九十六元，印九百六十部约一百四十二元。

**十一日(1月10日)** 余六十二岁生辰。

贺洪次和嫁女之喜。

贺鲍子丹寿。

林洞省、林冀民、蒯景参、刘公鲁来贺。

至新中央，观影剧。

**十二日(1月11日)** 答谢林洞省、林翼、蒯景参、子丹弟。

访黄公渚谭，交《清词钞》编纂处索词七种。处中助理为谢馨腴。

《莲子居词话》《佩蘅词》《寄龛词》《楞华室词钞》《函楼词钞》《兰当词》《瘦鹤轩词》。

报载，东陵裕妃墓、纯惠妃墓又被盗掘，察看地宫内，金棺劈毁，殉葬物全无，仅剩凌乱白骨，伤心惨目。民政厅已电遵化、易县两公安局派警驻防，免再波及他陵。楚溪春部十一日即开往东、西两陵接防。

**十三日(1月12日)** 吴念勤名彦觐，宜兴人。昨晚、今午后来，结算周缉翁印《周悫慎公全集》帐目。

覆孙伯恒书。收到汉石经残石拓本一百八十二块价洋三十五元，于初九日交李拔可汇缴。谢赠汉银定、宋会子铜板二拓本。前集拓石经残字三十分，胡君原价四十元能否相让。是否就原石集拓约有若干块，据罗雪堂《集录序》，伯恒成其事，得七十二石。

大生送来己巳下半届董事费三百元。

**十四日(1月13日)** 访陈正有，告《周悫慎公全集》账已结清，并交宋赛纸一件。

至大东书局、中国书店、来青阁。

至受古书店，交《焦氏丛书》序。

至济生会，晤冯仰山、李寿山谭，送余与淑畹捐振款各一百元。

覆夏辅宜书。南陵堤工借款已还二万四千余元，现尚可还二千元，前展成有信致济生会，请放芜湖、宣城、南陵冬振，经会认助五千元。沪皖振余款请夏玉峰保管，玉峰已应允至查账，俟辅宜来沪接洽。大有晋田租息如有覆信，及政府收地万余亩是何理由，统请函告。

覆吴舜臣书。南陵各乡匪风甚炽。方策青云，上海存银未到期，到期再商，田数、田价均未言及。

**十五日(1月14日)** 至蟫隐庐，晤罗子经谭，取十二月二十七日未付价，庚午十二月廿七日结付一元三角。《汉石经残字集录续编》一卷《补遗》一卷。罗振玉，洋二元。

至中国书店，取：十二月二十八日付价讫。《云台新志》十八卷，许乔林，道光丙辰刻本，洋六元。退。《浙江砖录》四卷。冯登府，道光刻本，洋四元。

报载,省政府将南通大有晋盐垦公司溢收田地十万亩改归省有,办理江苏省立棉作试验场。大女今日在芜湖附轮抵巢县。

束劭直来书,为题《狼山访碑图》卷,并交李晓芙书联。又代沈君索《历史感应统纪》,覆书谢之。

**十六日(1月15日)** 午刻,聚丰园贞元会,刘锡之值会。

至来青阁,取十二月二十九日付讫。《明州阿育王山志》十六卷。郭子章撰,祁承爜校,万历四十七年刻本,续六卷(即卷十一至卷十六)国朝释畹荃补遗,洋二元。

至大东书局、西泠印社。

**十七日(1月16日)** 访印老法师谭,为恽季申交洋二十九元,回《历史感应统纪》四十部。印老赠季申《地藏经》《嘉言录》文钞各一包,真达方丈赠《金刚经》《功德颂》一包。

印老赠余《历史感应统纪》五十部,洋装。真达师赠余《金刚经》《功德颂》一包。

访恽季申谭,交《历史感应统纪》并赠书。

访陈正有谭,交寄售中国书店、连史四部。西泠印社、连史二部。博古斋、连史二部。校经山房、赛连二部。来青阁、赛连二部。蟫隐庐、赛连二部。千顷堂赛连二部。共连史纸印《周悫慎公集》八部,又赛连纸八部,账单并寄,售折七扣。余连史、赛连各二部,退还正有。

周缉之赠连史印《周悫慎公全集》。

访吴寄尘谭。

至陆维记,收协济号息廿八两九钱。

致刘健之书。交恽季申退还俞绶丞分洋四元。

覆夏辅宜书。大有晋戊辰租息每亩一角五分,本年租息来春方可结出,将来戊、己两年凭息单领取。红田初未放垦,所收草租较胜,近年大都领去出售,故出息甚微。我辈红田均为公司放出,产量甚薄,因已招有佃户,公司得其顶首,出售亦难。

覆翟展成书。催南陵堤工借款速还，办宣城罗公等七圩三坝、芜湖白沙等圩水灾，划抵济生会拨助五千元（报载，南陵杨口圩等五圩亦在所请之列）。

覆徐行可书。十月来书，索钞钱警石先生《两汉书》校本，覆以明春屏绝诸务，从事整理，以成完书，就正陈季皋先生。

**十八日（1月17日）** 至华新，晤陈正有。

至大东书局。大女来电，昨晚安抵合肥。

访丁子盈，未晤。

访程子大谭，赠《闺秀词》《玉台新咏》，请书联、扇。子大复赠其兄《伯翰先生颂藩。遗集》十卷、《易实甫墓志铭》。

吊张幹卿之夫人丧。

王揖唐赠《采风录》一册。

覆任心白书。院董会公推真达、明道二师为名誉副会长，约二十一日亲送请书。

华商上海水泥公司送董事费洋二百元。十八年四月一日至十九年三月卅一日止。

覆陈绳夫书。《积学斋藏书记》因藏书大都散出，故一时无意印行，丁仲祜累次索稿，尚未付与，惟卷帙较多，印费亦巨，拟明春再事删定。请教所藏金石各书，昔年陈乃乾借刻《百一庐金石丛书》，近年顾鼎梅借印不少，箧中藏本单行零本甚鲜，另开一单，如以为可，再寄书也：《浙江砖录》《九曜石刻录》《说文古语考》《郑本大学中庸说》《考工释车》《二十一史表志列传表》。

阅慈溪沈药庵名德寿。《抱经楼藏书志》六十四卷，光绪三十三年自序，甲子仲冬活字本。择其善者录目：书已散出，善本甚鲜。

《元史续编》十六卷，明永乐癸未刻本。《通鉴纪事本末》四十二卷，宋宝祐刻本。《铜人腧穴针灸图经》三卷，宋刻本。《古玉图谱》三十二卷，元刻元印本。《合钞宋本太平御览残本》四百五十四卷，孙渊如旧钞。《松雪斋文集》十卷《外集》一卷《续集》一卷，元刻修补本。《静修先生文集》二十二卷，元刻本。《文选》六十卷。元张伯颜刻本。

覆汪淑子书。淑子名陶，泰州人，赠书画精品一册，送程敬十元。

**十九日（1月18日）** 刘烈卿来谭，以方立之商让官塘冲田大旨两办法,如买田一百十二亩,不能照情让承受,则照市价每亩五十元,并附属小柴山一处,否则割让廿一亩,照所索之价奉送,此所谓情让云云。当复以交情为重,决不计及价值,亦决不居奇,惟小柴山有阴地须留用,除此并无他问题俟查明,无论如何,两办法中必遵命有一办法耳。

赠刘烈卿、方立之《感应统纪》。洋装册子。

覆吴舜臣书。商方立之让田事,附开官塘冲田单。来信售稻五百五十石,又淑记二百石,每石四元五角。

致张退庵书。谢送寿礼,赠《历史感应统纪》。

**二十日(1月19日)** 吴舜臣汇款收到。

覆徐佩琼书。托荐王邦模之次子振宇在萧县谋事,婉言谢之。托写其戚林荣卿及其弟家祚楹联。赠书十种。拟送洋四元。

致吴舜臣书。赠《感应统纪》及《阳春白雪》,并赠盛彝斋、俞峻韵、曹西岑《感应统纪》各一部。

**二十一日(1月20日)** 宣古愚来谭,还梁于渭《秦汉碑目》稿。

余峙莲来,交慈幼院董会公请真达师为名誉副会长、明道师为名誉董事聘书,并交董会支款四百元支票,又交十月、十一月慈院收支册阅。

至太平寺,访印老法师谭,同拜真达师。函致请书明道师,未遇,印老赠《醒世千家诗》。

许止净官名业笏,江西彭泽人,光绪末翰林。

至中国书店、蟫隐庐,取新出书目。

周梦坡来书,交朱犀园请题楚嘉子昜白簠拓本,并赠新刻《息园旧雨尺牍存真》。又为徐贯恂请题《澹庐藏镜》。以藏镜先选印六十画,曰《澹庐藏镜》,属为文,弁其首。

致朱犀园书。交楚嘉子昜白簠拓本。

**二十二日(1月21日)** 访叶遐庵谭,交选《闺秀词》五家,赠孔耳石、叶道蕴题名。王真、李蓉仙、张清扬、林襄、顾玉琳。又交近人词八家。缪荃孙、叶昌炽、沈桐、王德楷、梁鼎芬、吴丙湘、志钧、汪钟霖。又还闺词二家，刻本。《戴平安室词》《缀玉阁词》。

至蟫隐庐，取：二十七日付价讫。《广西金石志》十四卷《待访目》一卷，通志抽印本，六元四角，九折。《泾川诗钞》二十卷，顾翰，道光十七年刻本，六元，九折。《昌黎先生诗集注》十一卷，顾嗣立，康熙刻本，三元，九折。《宛雅》初、二、三编四十卷。乾隆己巳刻本，四十八元。廿三日退。《初编》八卷（梅鼎祚），《二编》八卷（施闰章），《三编》二十卷（施念章、张汝霖同辑），《联句逸句》一卷，《诗话》三卷。

至中国书店，取：十二月二十八日付讫。《东坡尺牍》二卷《东坡小词》二卷《山谷尺牍》二卷《山谷小词》二卷，海阳黄嘉惠校，云间陈继儒定，四元。《旁注四六类函》十二卷。朱锦类选，宛陵许以忠编正，明刻本，三元，按许以忠为吾邑人，仕山东清吏司主事，县志文苑有传。吾邑人著述，明刻本大都题宛陵。《川沙厅志》十六卷。俞樾总纂，光绪五年刻本，三元。

朱犀园二十一兄来谭，赠日本红梅盆景。

覆张敬礼书。答谢贺讯并馈物。

覆朱实之书。寄来联、笔、花粉、扑四色。送炭敬六元，又赠《历史感应统纪》及《醒世千家诗》。

覆贺李从龙书。从龙贺片系重九日北海白塔摄影作贺柬。

覆贺李翘丞书。翘丞寄元旦二绝，以代贺柬。

**二十三日（1月22日）**　送洪仲煌、名维英，休宁人。洪味三名书文，祁门人。《历史感应统纪》《醒世千家诗》。

送陶拙存《历史感应统纪》《醒世千家诗》《金刚经塔》。

访武仲平、筱平乔梓，不晤，留赠《历史感应统纪》《醒世千家诗》。

赠鲍子丹《历史感应统纪》《醒世千家诗》。

至来青阁，取：二十九日付讫。《钱志新编》二十卷，张崇懿，道光六年刻本，九元六角。《庐陵诗存》十二卷。胡友梅，光绪十三年刻本，三元二角。

至蟫隐庐，取：二十七日付讫。《河岳英灵集》二卷，光绪戊寅高行笃据独山莫氏藏本手书,辽阳赖丰烈校刻,二元,九折。《国朝全蜀诗钞》六十三卷。孙桐生辑,光绪五年刻本,七元,九折。

**二十四日(1月23日)** 夏辅宜来谭。

王秀仁来,未遇,秀仁留印色二两彝器拓本十四种、古戈拓本二种。

**二十五日(1月24日)** 答拜夏辅宜谭,同至华新约夏玉峰,往晤陈少舟之夫人暨子俊世兄,询皖振会存款,交出中国实业银行存折,约存八千余元,南陵堤工借款内还洋约六千五百元。芜湖裕中纱厂存折,约存五百余两。南陵垫敕即堤工借款。合同,顺康收到回单,已收回六千五百元。当即出具收条签字,其折据交夏玉峰保管。

王秀仁来谭,又赠金文拓片三种,并印泥二两,每两六元。共赠洋二十元。印泥似不及西泠印社二元一两之佳。

毛海珊廿九日六十双寿,送绸幛、寿联、寿筵、烛、桃、面六色,收联、烛、桃、面并款字。

覆孙伯恒书。前寄石经拓本价卅五元李拔可已拨兑。第一次集拓系汉魏石经,约二百块,罗雪堂所指七十余块为熹平石经,均系原石精拓,内有公羊二石为陕友所藏,不易接洽,故从原拓制锌板拓成,与原石无异。

覆周梦坡书。谢赠新刻《息园旧雨尺牍存真》一册。又谢为朱犀园题蘼子昜白篚。徐贯恂以藏镜选印六十品书成,属题卷首,为题"澹庐藏镜"四字。

大照公司汇来夫马费捌拾两。

**二十六日(1月25日)** 感冒,就余伯陶诊方。

至中国书店,晤颂清谭。

陈绳夫寄书二种:《黄御史集》八卷附录一卷,唐黄滔,明崇正十一年廿二世孙鸣乔刻。《永嘉闻见录》二卷。仁和孙同元,光绪戊子刻本。

**二十七日(1月26日)** 收西泠印社书洋八元五角。

付蟫隐庐书洋二十五元九角六分。

至中国书店,将前陈列书画古玩收回。

**二十八日(1月27日)** 先光禄公阴寿。

刘健之来谭。

武筱平来谭，交晋泰公司己巳年租息五百元。

就余伯陶诊方。

结算中国书店本节售书一百四十九元，购书九十七元五角八分，找回洋五十一元四角二分。

赠恽季申风鸡野鸭各二，又《醒世千家诗》二册。

顾鼎梅昆仲燮光、遹光率侄培懋赠其先德四代诗文等集二部。

李佩秋来书，赠新刻《逊志斋集》。赛连纸印。

大女来禀，初六日自沪行，初八日抵芜。因内河结冰，在芜住七日，十五日由芜附小轮至巢县，十六日乘舆，于十七日晚安抵合肥。

**二十九日(1月28日)** 贺毛海珊六十生日。

至华新，晤夏玉峰、陈正有。玉峰以皖振会存实业银行折约一万元〇(内南陵垫款已还八千五百元)，又裕中纱厂约存银五百余两。

结算来青阁寄售书二十三元二角，购书十八元八角，冲除收回四元四角。

唁李从龙书。李母张太夫人于二十一日辰时去世，年八十六。子鸣治、鸣岐、鸣盛、鸣谦、鸣和，住东台东大街。

俞寿丞明年正月三日六十寿，送幛、烛、桃、面，收款、字。

**三十日(1月29日)** 至实业银行。

恒顺信托公司迁居送喜额。经理张紫绶，吴县人。

陈绳夫汇书价洋二十元，作书复之。

# 庚午年(1930)

## 元月

**元日(1 月 30 日)** 晨升香,告天祀神,诣真容前叩贺。

贺亲友新年。

**初二日(1 月 31 日)** 贺亲友新年。

**初三日(2 月 1 日)** 贺亲友新年。

祝俞寿丞六十生日。

杨翰西、任子木行聘礼,为作冰人。

**初四日(2 月 2 日)** 贺亲友新年。

任子木来谭。

**初五日(2 月 3 日)** 贺亲友新年,晤顾鼎梅、束劭直、金颂清。

**初六日(2 月 4 日)** 定君四十二岁生辰。

贺恒顺信托公司迁居。经理张紫绶。

**初七日(2 月 5 日)** 杨翰西来谭,辞往无锡执柯。旋答拜,并答拜任子木。

午刻,聚丰园贞元会,俞寿丞值会。

杨翰西第五子启乐景荣。十三日结婚,送红绸喜幛。

**初八日(2 月 6 日)** 晨七时,挈崇儿,馥、媖两女游苏州,寓观前街中央饭店。

访来青阁杨寿祺谭,购覆宋《孝经注疏》九卷,宋邢昺校,连序计六十二叶,附《孝经正义》四叶、《孝经今文音义》三叶。无序跋,寿祺云是黄荛圃刻本,据士礼居刻《三经音义》中之《孝经今文音义》,文同而非一刻本也,《孝经今文音义》凡四叶,此缺一叶,可补。码洋二十元,寿祺只收洋二元,见其二子,给以二元。

询顾鹤逸家书,未购成,同访集宝斋孙伯渊谭。

以新得造象座相阅,皆北齐造,只武平一座非伪制,索洋九十元,给五十元,未谐。

午后,游虎邱、留园、戒幢寺、西园、师子林。

晚,约杨寿祺闲话。

**初九日(2月7日)** 晨有雨雹,午刻附特别快车回沪。

晚六时,狄楚青约觉林素餐,坐有叶遐庵、濮伯昕、陈彦通、包天笑。遐庵赠新印《蛰庵诗存》。曾刚父习经手稿。余以钞词九家为遐庵补《箧中词》之资料,并假翁刻《题襟集》。龙继栋、何维朴、谢立年、周钺、沙元炳、黄遵宪、金武祥、余诚格、汪家棠。

**初十日(2月8日)** 拜丁子盈谭。

拜濮伯炘、刘硕甫、姚虞琴、鲍扶九、万懋之,未遇。

**十一日(2月9日)** 同淑畹、定君挈儿女辈至杭州饭庄小食。

覆尹润生书。来书借尹廷高《玉井樵唱》一书,此书昔年转借洪幼琴观察,幼翁早作古人,其世兄思伯曾在财厅供职,索《积学斋吉金录》,现未印行,寄赠竹纸《徐公文集》《宋元科举三录》、白纸《永嘉四灵诗》《朱淑真诗注》。

覆汪启我书。卢式经世兄索《历史感应统纪》,寄赠二部。

致陈绳夫书。寄书七种,备绳夫辑刻丛书。

覆孙伯恒书。收到集拓《汉魏石经残字》四册,价洋五十元,交李拔可汇还。北京大学研究所国学门二石计一百五十九字,吴兴徐氏九十八石计三百三十六字,鄞县马氏九十石计三百六十七字,潢川吴氏三石计十七字,胶州柯氏五石计二十字,闽县陈氏四石计十四字,江夏黄氏十石计五十三字,北平孙氏摹刻公羊二石计一百三十二字,此二石不知藏谁氏,共一千九十八字。孙伯恒建议集拓,由周希丁(康元)精拓三十分。

致李拔可书。汇孙伯恒碑价洋五十元。

致任心白书。邓翰芬两次来,未晤。

**十二日(2月10日)** 崇儿二十二岁生日。

访陈乃乾谭,国光印局在大沽路。排字每千约八角,印书每千约三角,纸板每叶一角五分。

至中国书店,取《夨彝考释质疑》一卷。丹徒鲍鼎扶九撰。

丁缦云侄婿同慕邢侄来。

**十三日(2月11日)** 李佩秋来谭。任心白亦来谭。

六时,赴大生纱厂之宴。

**十四日(2月12日)** 至商务印书馆,定《清代学者象传》甲种预约券,洋十八元。聂星波绍介。

吴剑泉之夫人李氏之丧,送香楮。

余旭士来,未遇。

**十五日(2月13日)** 王欣夫大隆,浙江嘉禾。来,未遇,留募刻张闻远先生《丧礼郑氏学》启。

至新中央,观影剧暨梅花少女团歌舞。

**十六日(2月14日)** 访叶遐庵谭,交钞词四家。刘中丞外舅、刘聚卿、志伯愚亲家、徐孝竹。

答拜李佩秋谭,赠《宋元科举三录》《永嘉四灵诗》。均竹纸印。

四时,华商水泥公司第四十四次董事会。

**十七日(2月15日)** 访王富晋、金颂清、杨寿祺谭。

报载,阎锡山有电致蒋中正,主礼让为国,相约下野。禁售《清史稿》。李石曾任平师大校长。核准国币新模。

**十八日(2月16日)** 晚,赴朱云青大西洋西餐之约。

覆吴舜臣书。炳宗族祖娶媳,送贺洋六元,前寄之书并书联已照收。南陵堤工借款又汇一千元,先后共二万六千六百元,尚欠本洋三千四百元、息洋四千余元。财政局改选,各区有所争执。党部组贫民冬振委员,舜臣亦被选入,共募一千七百元,内代余处捐五十元。旧例捐助贫民米粮一百元取销。方立之让田事,俟同方策青到田查明有无山在契内也。告石荪侄去腊由扬至芜度岁。

致王富晋书。送寄售《玉台新咏》五部。

致富晋书社书。索寄书六种。

至来青阁购，付价洋二元。又至汉文渊购：付价洋二元。《唐宋八家文读本》三十卷，沈德潜评点，乾隆十五年刻本。《廿二史感应录》二卷。彭希涑，嘉庆二十年张师印本，乾隆四十六年彭绍升序刻。

**十九日(2月17日)**　上海市银行开幕，送扁额。

午刻，聚丰园贞元会，恽瑾叔值会。

至博古斋，取：二月三十日付价讫。《粤西金石略》十五卷，谢启昆，嘉庆辛酉刻本，码洋十二元(四五扣)。《孟晋斋诗集》四卷，陈章，乾隆壬戌刻本，码洋五元(四五扣)。《国山碑考》一卷，吴骞，乾隆丁未刻本，码洋六元(四五扣)。《万花渔唱》一卷，吴骞，愚谷藏书原本，码洋三元(四五扣)。《古志石华》三十卷，黄本骥，三长物斋本，码洋八元(四五扣)。《仪礼疏》五十卷，道光庚寅艺芸书舍重刻宋本，码洋八十元。二十日退。《钦定钱录》十六卷，乾隆梁诗正等奉敕撰，码洋六十元(四五扣)。《竹波轩梅谱》一卷，郑小樵写，码洋八元。二十日退。《芥子园画传二集》。乾隆壬寅金阊书业堂重刻，存梅、兰、竹三谱，码洋六元。二十日退。

**二十日(2月18日)**　朱博渊昆仲约六时一枝香西餐，谢之。

南陵县政府章世嘉函索《南陵县志》。

**二十一日(2月19日)**　访印光法师谭。

至中国书店、忠厚书庄小坐。

覆陈绳夫书。寄来魏造象二种，退还。赠《达生篇》，覆赠《历史感应统纪》。

**二十二日(2月20日)**　子丹弟来谭，大太太病未全愈。

致吴舜臣书。送大太太洋四十元，钞章世嘉县知事索县志。

**二十三日(2月21日)**　潘兰史约午刻功德林素餐，坐中有谭觙庵，年十八，肇贵，广东人。兰史门人，学词，以地产致富四百万。

**二十四日(2月22日)**　杨奉莪大璋。为次子文卿宗奎。完婚，送红丝葛喜幛。

昨晚六时，赴朱幹臣、朱蕊初大西洋西餐之约。

午后三时半，同淑畹往见印光法师，癸亥淑畹在居士林皈依，法名契圆。定君暨。

八女皈依印师。定君法名宗远,八女法名宗导。

至恒顺信托公司,晤夏玉峰。

周业勤来,未晤,赠周六皆年丈家谦,合肥。《槃盦诗钞》二卷。

致赵叔雍书。叔雍借孙麟趾《绝妙近词》。

**二十五日(2月23日)** 鲍扶九来,未遇。

访丁子盈,不晤。

访赵蜀琴谭。

至中国书店,取:付价讫四月廿九日。《董公择要》,郑汴问批本,洋二元。《金刚经六译》,同治十一年金陵刻经处本,洋三角。《弥陀易解》,光绪五年刻本,洋二角。《谢家山人集》。当涂唐莹,六卷,同治七年刻本。廿六日退回。

费范九书来,以在南通新访得明天顺八年刻道缘等雕妆观音象拓本相赠,并以张啬庵《保坍文稿》属题。

**二十六日(2月24日)** 送印光法师行。

六时,赴毛海珊六合居之约。

姚仰南讣至,送华丝葛幛。

**二十七日(2月25日)** 访丁子盈谭。

李元之晚回扬州。

**二十八日(2月26日)** 覆费范九书,为啬翁《保坍文稿》署观款。庚午正月二十八日观,距啬翁丙寅七月十七日下世已五年矣,为之怃然。

陈西甫来,未晤。

至来青阁,取:二月二日付价讫。《玉台文苑》八卷醴陵江元禧编,天启壬戌黄光序。续四卷,江元祚编,崇祯壬申葛征奇序,洋十四元。《自怡轩词选》八卷。许宝善,嘉庆元年刻本,洋四元。

**二十九日(2月27日)** 答拜陈西甫谭,坐中晤吴寄尘、濮秋澄、刘十枝。

杨翰西约午刻素餐,致谢执柯,邀刘襄孙、恽季申、伍渭英来陪。

王佶赵月川旧同人。来，购昌字铜印、千百二字残匋器，付洋五元。

至来青阁，取价洋三十元，二月二日付讫。宋庆元本《五代史记》五十七卷。原书七十四卷，今缺卷四十二至五十八共十七卷，内有元明修补。题欧阳修撰，徐无党注，前有建安陈师锡序。每半叶十行，行十八字，板心上记大小字数，下记刻工人名，边栏记本记及列传人名。朗、匡等讳皆缺笔，第十八卷末题“庆元五年鲁郡曾三异校定”，第二十三卷、二十四卷、三十四卷末题“鲁郡曾三异校定、校正”等字。三异字无疑，从朱子学，改定纂修皆以属之，扁其读书堂曰“仰高”，魏鹤山为记。有“海虞朝栋庄仲宝藏”朱文长方印、“李庄仲图书记”朱文长方印、“云山一叶阁李氏藏书”朱文方印、“常熟赵氏旧山楼经籍记”朱文方印、“宗建私印”白文方印、“旧山楼朱”文方印。按宋庆元本丁丙《善本书室藏书志》著录，今在钵山图书馆，其《宋本书影》第一辑即是本也。

覆李佩秋书。佩秋赠《曾文正书杜诗楷帖》，金陵昭忠祠记新印本，索旧著随盦四种，寄之。

## 二月

**朔日(2 月 28 日)** 俞峻韵由南陵来谭。

午刻，刘晦之约银行公会西餐。

六时，吴寄尘约觉林素餐。

**初二日(3 月 1 日)** 至小西门蓬莱路瞿直甫医院，答拜俞峻韵。

吊姚仰南。

午刻，贞元会聚丰园，李凤池值会。

至中国书店，取：四月廿九日付价讫。《天章汇录》，培远堂活字本，无卷数，抱经楼卢氏藏书，洋四元。谨按乾隆间奉敕撰，国朝宫史书籍类较此为详。《内务府堂现行则例》四卷，同治九年奉敕撰，洋二元四角。《佩文韵篆》六卷，仁和张家庆集，陆尧春校，洋六元。《冠悔堂楹语》三卷，杨浚，光绪甲午刻本，洋一元六角。《梁皇忏随闻录》十卷。谛闲讲，中央刻经院印，洋一元。

至来青阁，付书价洋四十八元。

晚,同刘十枝约陈正有、陈西甫、俞峻韵、刘晦之、濮秋丞觉林素餐,分派洋六元。

昨夜,大雷电雨。

**初三日(3月2日)** 覆赵叔雍书。《兰畹二集》《今词初集》借自艺风,早还之。《玉琼集》系稿本,颇自珍祕,今检假。

致吴寄尘书。代恽季申附徐静仁六十寿分。

**初四日(3月3日)** 覆陈绳夫书。寄还书四种,只收回《浙江砖录》《考工释车》《郑本大学中庸说》三种,当是《二十一史表志列传表》在内,今未收到,各书中有《卓忠毅遗稿》,是否误入并寄。初七日已补寄来。绳夫留《九曜石刻考》《说文古语考》《续方言补》三种。

覆王富晋书。寄来《国朝宫史》《宣炉汇释》《山左冢墓遗文》三种,另配单开各书,照单寄入册。

覆陈淮生书。附拓热河行宫彝器铭文一册,凡六十二件,价二十二元。

覆李元之书。来书已到扬州。

**初五日(3月4日)** 至刘健之处,晤林贻书谭。

致恽季申书。寄尘覆讯,静仁屏分已书就,不及附入。

吴寄尘寄大生董事委员会陈述大生清理始末,请求辞职书。

覆罗子经书。刘健叔以簠斋拓镜本托销,索洋百元,婉言谢之。

**初六日(3月5日)** 俞峻韵来谭,其戚病未转机,拟先回南陵,约下月初来运县志,随邀往功德林午餐。餐毕,同访丁仲祜。

至中国书店,取四月廿九日付讫。《鸿远楼所藏台州书目》四卷。浙太平金嗣献编,甲寅活字本,洋二元。

至大东书局。

**初七日(3月6日)** 先光禄公忌日,设祭。

敬读《国朝宫史》,凡三十六卷,卷分子目,一至四训谕,五至十典礼,十一至十六宫殿,十七至十九经费,二十、二十一官制,二十二至三十六书籍。乾隆三十四年于敏中、王际华、裘日修等奉敕撰。书籍子目又分实录、圣训、御制、方略、典则、经学、史学、仪象、志乘、字学、类纂、总集、目录(附)、类书、校刊、石刻。

覆吴舜臣书。方策青因雨未能下乡看田。代购龙芽燕窝半斤，计二十八元，交冠英带芜寄南陵。

覆章啸斋县长书。县志向年由志局俞峻韵、杨芷青、刘达章到沪付印，今峻韵来运书回陵，已属其径呈。

陈绳夫昨将《二十一史表志列传表》寄来，今亦将《卓忠毅公集》寄还。

覆李从龙书。来书以平浦、平汉交通阻滞未能奔丧，讣闻缓至，秋冬安葬举行，今先寄联幛东台，届时再当诣奠。

覆卢式经书。式经名述古，崧亭师幼子，现在靖江县幕，曾任行政盐务、财政司法，前索《历史感应统纪》，通函致谢。

覆康修其书。修其属作《钓矶集》序，前假《钓矶集》钞本交陈乃乾，尚未送来。

**初八日(3月7日)** 安徽银行开幕，送扁额。总理朱晋侯，经理黄念劬，营业主任黄振声。

至中国书店、来青阁、医学书局。

**初九日(3月8日)** 俞峻韵来，拟回南陵，旋率崇儿答拜，赠物四色。

覆王富晋书。寄白纸续《随庵丛书》。

三太太灵柩昨晚到沪。

**初十日(3月9日)** 张静生之子妇缪夫人讣至，送丝布幛。

章一山之次女以京与刘海若学士结婚，送礼券八元。

至中国学会，晤乃乾，交康修其还前假钞本《钓矶集》。见其二女，给洋四元。

至中国书店，晤叶遐庵谭，借阅《秋灯丛话》十八卷。福山王槭撰，乾隆四十二年刻本，十八日还。

**十一日(3月10日)** 刘十枝来谭，商印所著各书。

俞峻韵来，辞回南陵，旋答拜，陪游半淞园。

王竹如毓荪。来，未遇。

**十二日(3月11日)**　刘十枝来谭,所著各书已与大东书局议定,每板约六百字,排工八角五分,纸板二角,印工每千三角四分。今日签约。

至大东书局,晤徐志仁,付印书价洋三十九元。

访刘鸿生,未遇,托查公鲁下关惠民桥地八亩,去冬已归盐业银行,约二万余两。当告华君转致。

至中国书店,取四月廿九日付价讫。《声调前谱》《后谱》《续谱》《谈龙录》各一卷。赵执信,即《饴山先生别集》原刻本,洋一元。

至博古斋,取:三十日付价讫。《同善录全书》十卷,钱塘李承福更生敬辑,道光甲辰武林同志重刻本,码洋二元(四五扣)。《中兴以来绝妙词选》,原十卷,今存四卷(一、二、三卷,六卷,有冯墨香校语,半叶十行,行二十字,同涵芬楼影明万历二年覆宋本,卷末有牌子)。退还。《苍霞山房诗意》二卷。叶映榴,康熙二十四年刻本(板心题杂钞一、二集),分一集、二集,此初刻本,其遗稿十六卷所收《诗意》之诗未足。退还。

覆吴舜臣书。元佩兄致周君常书配药,现周南京出诊,约明后日回沪,配成即寄,大太太病渐愈。方策青看田因雨多次未能践约,只好听之。圩工借款已筹还二千元应急。志书因俞峻韵送外甥病人回南,难以兼顾,现招商船不能装货,又以未带运费,且芜湖至南陵水浅,稍迟有船能装,即飞函峻韵,催其运回。

顾涧薲为汪阆源重刻《仪礼疏》,为张古余重刻《仪礼注疏》,今泾县洪氏有覆刻汪本,原刻亦间有见者。张刻本曾见艺风、楚生藏散叶未装者,颇为珍秘。艺风所藏不知归于谁氏,楚生藏本上年已为李季皋得矣。

午后五时三十分,地震,约半分钟。

**十三日(3月12日)**　连日阅王凝斋先生《秋灯丛话》,斯编所载忠孝节义可以兴人之善,邪辟奸淫可以惩人之恶,倘删减一二无益之记,重为印行,其有益于世道人心为不浅也。凝斋先生名槭,福山人,乾隆丙辰恩科举人,官玉阳知县。

中国学会前索寄售所刻各书,今悉交还。

**十四日(3月13日)**　至来青阁、博古斋、中国书店。

**十五日(3月14日)**　宗子戴来谭,以句容尚仰止题金陵灵应观铁象题字拓本赠之。文曰“元狩甲申春造”,光绪庚辰象剥蚀,为僧人以铅补之,“狩”误“守”,“春”误“年”。

**十六日(3月15日)**　三太太于未刻在万国公墓安葬,挈儿女辈往送。

致吴舜臣书。寄周君常配吴元佩药二种,计二瓶,药资八元。

以郑茗仙女史花卉册寄姮女大连。

**十七日(3月16日)**　访丁仲祜谭,询金甸丞藏书出售事,仲祜未悉。

代俞峻韵取《白衣咒》一千二百卷,付印价十四元。

吊陈少舟之丧。

贺章一山嫁女之喜。

至大西路底霍必兰路永安公墓。

杨奉莪大璋。由北平来谭。

**十八日(3月17日)**　至协济号,晤陆维镛谭。

至恒顺,晤夏玉峰,谭合肥粥厂捐款,晤陈正有谭。

至大生,晤包静庵谭,悉寄尘、子盈、贻书诸人陪同徐静仁避寿游杭。

送徐静仁六十生日绸幛、席券,收款、字。

北平富晋书社寄来:《双鉴楼善本书目》四卷,傅增湘,己巳八月刻本,洋三元五角。《居贞草堂汉晋石影》,秋浦周进季木辑,己巳仲夏石印,洋四元。《定远方氏古金彝器款识》。方氏名濬益,字子听,官江苏金山知县,著有《吉金录稿》,未印行。此为章硕卿旧藏,族子章琢其镜尘跋云,转贻琴石山房主人影印,由会文堂书局发行,洋二元八角。

陈绳夫寄还程炎《说文古语考》《续方言补》、周中孚《九曜石刻录》,并赠《古籀余论》三卷,孙诒让,张扬校刻本。《上善堂书目》一卷,孙从添,己巳冬陈准刻本。《卓忠毅公遗稿》三卷。林从炯编,陶社重印。

答拜宗子戴,不遇。

**十九日(3月18日)** 贺徐静仁六十寿。

贺胡朴安,访陈乃乾,均不遇。

至中国书店,遇陈乃乾、宗子戴谭,取:四月廿九日付价讫。《寄庵杂著》二卷,张应昌,洋四角。《金石学录续补》二卷《附录》《拾遗》各一卷。褚德彝,己未活字本,洋一元。

见《重刊经史证类大全本草》,题知南陵县事关东杨必达重梓,春谷义民王秋原刊,邑举人秦凤仪、许允成、何天骏,贡士刘笃生、刘弘基仝校,前有杨必达顺治丁酉孟夏序、秦凤仪顺治丙申序,又明万历戊戌彭端吾序、万历庚戌箕城金励序、万历丁丑梅守德序。县志据《郑堂读书记》,未见其书。

至王秀仁,取金石拓本五十二种:四月廿九日付。三代彝器、四十三种。左关鋘、全形。田文车缸、全形。龙丘祝公望琴、全形。陈鸣远沙器、二种。曼生壶、二种。元大德江宁府权、佛弟子解马良妻张造石象。

**二十日(3月19日)** 游邑庙、豫园。

致陈绳夫书。谢赠书三种,覆赠《金石学录续补》一册、《顾氏家集》六册。

**二十一日(3月20日)** 访宗子戴,不遇。

覆王富晋书。收寄来书三种。

覆夏辅宜书。夏玉峰募合肥粥厂一千元,在皖振余款拨。

访夏玉峰,告夏辅宜来函,允拨合肥粥厂一千元。

至来青阁,取:共价洋二十元,二十五日付讫。《周易正解》十卷,上元程廷祚,乾隆间道宁堂刻本,洋四元。《周易本义附录纂注》十五卷,日本文化十一年覆通志堂本,上有日本人批,洋二元。《广卓异记》二十卷,旧钞本,有"白堤钱听默经眼"朱文长方印、"汪上钟读书"朱文长方印、"曾藏王氏二十八宿砚斋"朱文长方印,洋八元。《晚村先生八家古文精选》,康熙甲申吕葆中刻本,葆中字御儿,亦字毋党。洋三元。《阐义》二十二卷,宣城吴肃公辑,南陵刘楷订,康熙丁亥慕园刻本。前有宣城沈廷璐序,雍正四年曾纂修《南陵县志》。洋四元。《端溪砚考》二卷，曾兴仁编，道光丁酉刻本，洋一元。《吴中女士诗钞》，任兆麟阅定，乾隆五十四年刻本，洋二元。《溧阳县志》十六卷知县李景峄、陈鸿寿等嘉庆年修。《续志》十六卷。知县朱畯等修，光绪丁酉刻本。嘉庆陈志为史炳撰。

陈子坚讣至，送赙洋四元。

蒋穀孙、陈乃乾来，未遇。

**二十二日(3月21日)** 林洞省来谭，赠雪茄烟一匣。

答拜蒋穀孙谭，以示在北平新得尊古斋出售《常丑奴志》《崔敬邕志》，上半为刘健之藏，下半为王孝禹藏。价二千五百元，皆端忠敏故物也。并赠所得曾辛庵旧藏汉司勋碑残石、魏关中侯广平曲、梁苏江神道隋君讳彻志三石拓本。

至程秉泉处闲话，索矢尊拓本，秉泉支吾其世兄，即取出相赠，并观新得一尊、商器，铭佳。一敦。器盖全。

至中国书店，取：四月廿九日付讫。《便于搜检》四卷，明衡藩纂，明刻本，洋十元，内缺卷二第十一叶、卷二第七十八至八十二共五叶、卷三第四十九、五十共二叶。《掌故丛编》，第二期至第十期，每期五角，故宫博物院文献馆编辑。《金石学之原始时代》。丹徒鲍鼎。

**二十三日(3月22日)** 夏玉峰来，振余拨款须签字给实业银行，方可拨付，旋商定辅宜、价侯、晦之、玉峰及余为代表签字。

午后，答拜夏玉峰谭。

宗子戴来谭，属向泰生永大东门外大街。代购全盛本庄连史九件，每件十七元二角。留洋一百六十元。三月二日付泰生永一百五十四元八角。

覆李元之书。属为何骈憙荐胡朴庵秘书，婉言谢之。

**二十四日(3月23日)** 贺夏剑丞之嫂程太夫人六十寿。

访刘烈卿，不遇。

王秀仁来，拓明万历二年信女李氏金保造镜十一纸，南海康氏藏。又赠刘晦之藏爵拓本二纸。爵铭文多，可与盂爵并峙。

覆吴舜臣书。来书已同方策青勘过刘宝明出业田、独山冲田二十七亩五分〇一毫,此田在方坟明堂及汪维荣屋有烟火煞关系,照交情让与方立之,其契中荒田亦情让,不再取价;惟刘家祥等出业山(山名铜鼓顶)田十亩〇一分(内松树一千余株,现虽不大,价值约一二百元),此山或可作茔地之用,且与方坟无甚关系,故不愿情让也。县署要志书,日内在书栈提出即寄,致俞峻韵函请转芷青专送。舜臣寄来方坟山图。

致俞峻韵书。请运回《南陵县志》。

林洞省为翼民娶妇,送绸幛礼券、十元。花、烛、爆。

**二十五日(3月24日)** 曹慰叟同年广桢。来谭。

访印光法师,已于日前去苏州。

至博古斋,取三十日付价讫。宋残本《类证普济本事方》五卷。宋许叔微撰,码洋六十元(四五扣)。是书原本十卷、后集十卷,今存一卷至五卷,每半叶十三行,行二十一字,目录每半叶十二行,黑线口,单边。《经籍访古志》枫山秘库藏宋残本行格同,其后集目录后有建安余唐卿宅刻梓,今无后集,不可考矣。士礼居藏宋大字残本六卷,每叶十六行,行十六字,板心有字数及刻工姓名。荛翁诗注云:宋刻方书都讳为丸作圆,此书开卷真珠圆是其证。前有长洲叶焘书许学士传,为独山莫氏藏书。

至来青阁,付书价三十元。

阅东坡《与李方叔书》:近获一铜镜,如漆色,光明冷彻。背有铭云:"汉有善铜出白阳,取为镜,清如明,左龙右虎辅之。"字体杂篆隶,真汉时字也。白阳不知所在,岂南阳白水阳乎?"如"字应作"而"字使耳。左月右日,皆未甚晓,更闲,为考之。按,《汉善铜镜铭》:汉有善铜出白阳,白旧释丹。取之东坡镜铭无"之"字。为镜,清如明,左龙右虎备三旁。三旁旧释四方。

**二十六日(3月25日)** 徐贯恂先生来谭,赠四十纪念画册。

三时,至北京戏院,观影剧。

**二十七日(3月26日)** 顾鼎梅来谭,赠金属版印《刘熊碑阴》。

黄吉园来,以玉押求售。吴平斋家所藏齐侯罍等器尚有十余器,钩三枚,宋拓碑尚有大小《麻姑仙坛记》《茅山李元靖碑》(行、楷二本皆张叔未物,张从申书,孤本)。

答拜曹梅舫同年谭,坐中晤余尧衢、汪颂年。

答拜徐贯恂,未遇,留赠镜铭拓本十六种,纪元镜十五种、徐氏镜一种。并以《狼山访碑图》卷属题。

至商务印书馆,购洋六元一角二分。《新郑古器图录》。开封关百益撰,商城何日章校。

**二十八日(3月27日)** 至盐业,晤陈蔗青、杨咏秋。

国立暨南大学教授龙榆生沐勋。来谭,赠新印《稼轩集钞存》四卷、《稼轩词》四卷、《补遗》一卷。辛启泰编。嘉庆十六年刻本。榆生假我常熟黄仪校汲古本《山谷词》《淮海词》。黄仪字子鸿,工词。有《纫兰别集》,见孙兆溎《花笺录》。

余旭士来谭。

恽季申嫁女,送红花缎幛、喜烛。

杨云史为次子烈山炎祚。授室,送花缎红喜幛。

覆汪甘卿书。来书约同曹梅舫听曲,辞以迟日订期赴约。

覆汪启我书。告心士兄任谦益永食,商姜埝经理。筱岩兄长子、次子在北平公安局,四子就律师。

覆李元之书。收来和周诗,寄黄涵之之太夫人九十寿征诗文启。

**二十九日(3月28日)** 刘烈卿来谭。

四时,至大东旅社,贺林洞省为子翼民授室之喜。

**三十日(3月29日)** 周梦坡以孙通彦名世达,西文。随使比国赋诗索和,次韵答贺,即行,以赠行。

午刻,赵叔雍约一枝香西餐。

至博古斋,付书洋七十元零二角。

访朱犀园谭。

## 三月

**朔日(3月30日)** 陈子言来谭,赠新印《皖雅》第三期四册。

答拜刘烈卿,不遇。

至中国书店书画会。

晚,赴任子木晋隆西餐之约。

**初二日(3月31日)** 刘烈卿来谭。

午刻,赴聚丰园贞元会,姚虞琴值会。

覆张菊生书。菊生赠《张献忠陷庐州记》《百衲本二十四史预约样本》,借《松江韩氏书目》还之。

覆吴舜臣书。方立翁情让田廿七亩五分〇七毫,已告刘烈卿转致立翁,并无异言。寄《南陵县志》五部,计赠县政府二部,张庆萱、刘之驺各一部,又舜臣一部,书由我处付价。送朱表嫂洋八元。烈卿云南陵稻价,我处存稻能否售出若干。元沛病须请静养。

**初三日(4月1日)** 寄镇江大照电气公司杨光荣之祖母寿联、寿诗。

吴剑泉之室李夫人讣至,送绸挽幛。

顾鼎梅、顾逸农来谭。

覆赵叔雍书。叔雍赠影宋本《淮海居士长短句》三卷一册,覆赠《怀邠杂俎》八册,假钞《傅幹注坡词》十二卷四册。初十日还。

至来青阁,取:初四日付洋十三元。《晋记》六十八卷,萧山郭伦撰,乾隆丙午刻,洋十元。《珊网一隅》四卷,陈日霁,道光辛酉重刻本,洋三元。《小岘山人文集》六卷《续文集》二卷,无锡秦瀛,洋五元。退。《湖阴诗征》三卷。徐有珂,光绪庚辰刻本。

覆朱瑞祥书。寄刻书五种,计洋廿九元二角。

覆汪甘卿书。约十二日同曹梅舫、林贻书至苏曲会,并代约刘烈卿、任子木。

访曹梅舫谭,并以《随庵勘书图》卷请题。

**初四日(4月2日)** 访夏玉峰谭,南京午后五时另五分地震三秒时。

至来青阁,付洋十三元。

**初五日(4月3日)** 章季如遇匪被害，讣至，送丝布幛。

贺恽季申嫁女之喜。

致王富晋书。寄《南陵县志》。

覆汪甘卿书。十一日至苏。

致曹梅舫书。汪甘卿覆书重申前约。

致刘烈卿书。同。

致林贻书书。同。

致王叔用书。同。

吴絅斋寄衡山陈伯商鼎。《黝曜室诗存》。

**初六日(4月4日)** 吊吴李夫人。

**初七日(4月5日)** 清明节。任子木来谭。

章中如来，未遇，留赠《琅琊山志》，并募滁振。

至中国书画金石会，同方逋庵闲话。

至中国书店，晤胡寄尘、乔梓谭，取四月廿四日付价讫。《梁溪诗钞》五十八卷。顾光旭集，乾隆六十年刻本，洋二十四元。

**初八日(4月6日)** 章中如来，谭滁振。

鲍扶九来，谭假支那本《宏明集》《广宏明集》，赠所著《夨彝考释质疑》《金石学之原始时代》二书。

恽瑾叔之夫人张氏讣至，送绸幛。

龙榆生来，未晤，留还《山谷词》《淮海词》校本。

五时，至万国殡仪馆，吊李拔可之继母祝太夫人，送花圈。

覆汪甘卿书。告曲会改十一日，贻书去杭，不克如约。

覆夏辅宜书。商振滁灾。

致刘烈卿书。告甘卿来讯，曲会改期。

**初九日(4月7日)** 刘公鲁来，赠《说文篆韵谱》。

覆李元之书。金孝达属题明金玉立画象。

覆宗子戴书。印《臧拜经集》书联，告中国书画会有陈宗彝隶书联。

**初十日(4月8日)** 俞鼎传昨、今两日来，未晤。

孟莼孙来谭,赠所著中央大学清史讲义。《清朝前纪》一册,并日本文求堂影宋《周易》十卷菰里徐氏臧书。二册。

致陈子言书。谢十一日午刻觉林之约。

沈淇泉之副室王许孺人丹君讣至,送楮敬二元淇泉以主丧名义其子,为期服众子,副室用王、许二氏,又以王康儒为服斩衰子。

覆恽季申书。谢赠大金花烟一大壶。

赵叔雍书来,还前假《注坡词》。

**十一日(4月9日)** 晨七时,至苏州,刘烈卿、任子木同车抵苏。至中央饭店小憩,即访甘卿,遂邀移寓其家。曹梅舫后至,共同午饭。未刻,道和俱乐部诸君陆续来奏曲,烈卿之姬人亦度一曲。曲高者陈冠三、潘君、汪鼎丞同年,汪棣卿、刘烈卿、王君,潘、王二女公子,甘卿暨二女公子,来宾吴荫芝,至夜十二时散。宗子戴闻余至,来谭,并约明晚酒叙。夏辅宜亦来。

**十二日(4月10日)** 访子戴,未晤。再访辅宜谭,同至中央饭店,访烈卿、子木,同往农场合作社午餐,并邀甘卿共饮。散后,游怡园,甘卿、烈卿、子木及烈卿姬人先后擫笛度曲,薄暮回。顺道过来青阁,晤杨寿祺,取架上《知圣道斋读书跋尾》。码洋四元。及近甘卿寓,中子戴已来,设筵相待,同坐曹梅舫、邓孝先、刘烈卿、任子木、夏辅宜、汪甘卿,散时已十时矣。

上海是日上午十二时十分许,雷电交作,大雨继即,冰雹纷下,逾五分钟,仍大雨。先时昼晦,在苏只阴雨,间有雷电。

**十三日(4月11日)** 晨九时,附车回,午后一时抵寓。

朱犀园赠楚嚣子易白簠全形拓本二纸。

**十四日(4月12日)** 访程子大谭,子大为余书画一扇,并赠《三程词钞》。程霖寿《湖天晓角词》、程颂芬《牧庄词》、程颂大《鹿川词》。

答孟莼生,未晤,留赠《江苏金石志》《玉台新咏》《永嘉四灵诗》。

访赵悔庵、夏辅宜、刘鸿生,不遇。

答顾鼎梅谭,鼎梅赠齐郡王妃《常氏志盖》石印本,其弟逸农去杭，留刺候之。

刘滋生来，为天津启新洋灰公司徐蔚如海盐人。询《玉台新咏》售价及出售书目，当赠其一部并翁覃溪书《金刚经塔》。蔚如学佛，印老弟子。

俞鼎传来，又未晤。

至中国书店，取：四月廿九日付讫。《阜阳县志》二十四卷，李复庆纂，道光九年重修，洋二十元。《颍上县志》十三卷，知县刘耀椿，道光六年修，洋十六元。十五日退。《凤台县志》四卷，知县亢愫撰，乾隆三十八年修本。雍正十一年以寿州境分设，此为第一次修。洋十六元。十五日退。《后汉书年表》十卷，宋熊方，旧影宋钞本有季振宜朱文长方印，洋三十元。《御制巡幸盛京诗》一卷，道光九年赐何汝霖本，洋一元。《蠹窗诗集》十二卷《诗余》一卷《古文杂述》一卷《二集》六卷。桐城女史张令仪著，雍正刻本，二集乾隆刻本，洋四元。

致朱遂翔书。属寄新出书目书。

致王富晋书。属寄书。

致汪甘卿书。谢在苏厚扰。

致姚石子书。询张堰匪乱。

覆蒋穀孙书。属题玉刀铭。

**十五日(4月13日)**　章中如来谭。

黄涵之之母朱太夫人九十寿，送华丝布幛、寿诗轴。

**十六日(4月14日)**　访刘鸿生谭，交刘公鲁来讯，并下关地图，计地八十八亩零。

访夏辅宜，不遇，约午后三时至济生会。辅宜已先至，与李寿山诸君商滁州振务，辅宜查放，用皖振余五千元、会助三千元。商定，辅宜约同告知刘晦之、夏玉峰签字拨款。后至辅宜寓中，晤章中如，筹商查放方法而散。

购汉角王巨虚镜，价洋二十元。

闻济生会放振主任冯仰山之太夫人陆氏之丧。

**十七日(4月15日)** 刘烈卿来,催售独山冲并缪家冲田廿七亩五分零一厘,成契。

同烈卿访夏辅宜,不遇。

至来青阁,取连在苏取《知圣道斋读书跋尾》,共作洋二元,四月十一日付讫。《闻川怀古诗》一卷明蒋石林著,王明福校。蒋石林名之翘。《闻川杂咏》一卷明蒋石林著,王明福校。《闻溪八景诗》一卷。王周著,雍正六年刻本。闻川,在浙江嘉兴。

**十八日(4月16日)** 林贻书来谭。

吊恽瑾叔之室人张夫人。

大生纱厂董监联合会。

俞琢吾娶杨蔚霞之五女为次子妇,送红华丝布幛。

送徽宁会馆长生愿洋二十元。司总程裕和经收。

**十九日(4月17日)** 叶弥臣娶妇,贺之。

覆朱瑞祥书。收到寄来《雪南草堂诗钞》四卷,归安吴兰庭撰,价洋连邮费共二元一角一分。

覆李元之书。泰县徐曦伯名天璋,前为慕邢侄教师,今以所著《睿川易义合编》《诗经集解辨正》两书属元之见惠。曦伯今年八十有一,湛深经术,无汉宋门户之见也。代致胡星垣道枢函,假盛于斯《休庵集》。

**二十日(4月18日)** 访刘烈卿谭,将方立之情让南陵上北乡四都一图八甲土名独山冲并缪家冲田五十丘计田二十七亩五分零一毫田契,交其转送立之,并上首刘宝明等红契,宣统元年闰二月买。契中用徐宝经堂山名,方继远堂抬头,每亩洋六十元,计价一千六百五十元零。

答拜林贻书,未晤。

午刻,聚丰园贞元会,恽季申值会。

**二十一日(4月19日)** 刘烈卿来,交方立之田契一千六百五十元。浙江兴业银行支票。

覆吴舜臣书。方继远堂契已交,田价亦收到,今年上忙当是方府完契

（廿四日来信，将来还），内旱地二丘，无四至亩数，将来有无纠葛，廿四日来信云，约一分二三厘。济生会堤工借款本可先还息，俟有款再缴。寄来县志收条。

至新中央，观影剧。

**二十二日（4月20日）** 贺黄涵之母朱太夫人九十寿。

方立之来谭，赠金肘、龙井茶、橘、苹果。

龙榆生来，未遇。

六时，约朱云青、朱幹臣、朱蕊初、朱犀园、朱宸卿、朱道之、陈乃乾、武筱平、刘烈卿、任子木、章中如、余旭士、马宗元至大西洋西餐，朱印六、朱侣松、朱斗垣、朱务仁、武仲平、童心安、余质士未至。

访宣愚公，不晤。

致郑诏觉书。为马兰生荐事。

致汪甘卿书。为曹东瀛同年女公子执柯，年庚乙卯十月十二日丑时，汪公子年庚丙辰正月初十日寅时。

曹梅舫同年来谭，属为东瀛女公子作伐。

**二十三日（4月21日）** 陈正有来谭，四月十二日为子在大华饭店结婚，请证婚。

覆龙榆生书。

覆陈绳夫书。寄《古玉图录鉴》《上水斋书目》《癖好堂藏金石书目》。

刘烈卿约午刻华安八楼西餐，餐罢，同方立之、任子木游兆丰花园。游毕，至烈卿家竹叙晚膳。

**二十四日（4月22日）** 昨郭道弥、志成。杨荫庭光荣，歙县。来，未遇。今往访两次，均未晤。

贺中国实业银行迁居之喜。

狄楚青来谭。

访吕鹿笙谭。

答拜方立之谭，赠连史纸印《随庵丛书》正续编，棉连印《徐公文集》并匣。

致富晋书社书。寄《鄦斋丛书》两部。

覆陈西甫书。晋泰公司己巳年租息,武筱平日内即交刘晦翁。

**二十五日(4月23日)** 访吴寄尘谭。访吴蝶卿,不遇。又至广仁堂,晤余峙莲。

济生会王莲友希曾,杭州人,曾任河南知事。来,商灵璧振款。

覆夏辅宜书。王莲友来商灵璧振款三千元,各半分认。

覆李元之书。《休庵集》现王君往扬,俟回沪,当函商借。

**二十六日(4月24日)** 七时,约方立之、吕鹿笙、任子木、刘烈卿、吴蝶卿、陈正有酒叙。

**二十七日(4月25日)** 贺俞琢吾之三子履之嘉礼。

拜曹梅舫同年,以汪甘卿同年覆书姻事交阅,梅舫甚韪其言,商将其书寄宝应东寅同年。

访吕鹿笙暨子贞伯谭,购人生一厂股本二百五十两,付价五十两。

覆汪甘卿书。同梅舫接洽联姻情形。

晚,大照公司在一枝香董监会,议决股分五十八万零,以公积金九万零填给股分共七十万,提六千七百五十元给同人。己巳股息半给现金四厘,半给公债四厘,五年偿还。董监花红五千元零。

至中国书店,晤金颂清谭,取四月廿九日付讫。《离垢集》五卷,新罗山人华嵒,道光十五年再侄孙时中刻本,洋六元。《海天秋色谱》九卷。闵廷楷,道光甲辰刻本,附《养菊法》,洋三元。

汪新余竹溪师长子,名檠。讣至,送丝葛幛。

杨霁清少农师长子。讣至,送丝葛幛。

程演生之母方太夫人讣至,寄丝葛幛。

**二十八日(4月26日)** 李佩秋沫。之母聂太恭人之丧,送丝葛幛。

蒋穀孙以端忠敏所藏古玉、刀铭拓本属录王忠悫国维。跋文,录成还之。

陈友琴楚材,南陵,原籍当涂。来,未晤。

至安徽银行，晤黄念劬谭。

朱一安侣松子。昨晨遭匪掳。

**二十九日（4月27日）** 龙榆生来谭，赠赛连纸印《闺秀词》，假郑大鹤校《东坡乐府》、金文梁校《草窗词》。

至古香斋、来青阁小坐，访王富晋、孙伯渊，未晤。

李耆卿来，不遇。

**三十日（4月28日）** 访答陈友琴，又字琴庐。未遇，旋来谭。

访狄楚青谭，坐中晤徐志摩。

答拜李耆卿，未晤，留字，附缴魏梅孙讯并《历史感应统纪》写样。

王富晋来谭。

## 四月

**朔日（4月29日）** 叶遐庵来谭，假校宋本《淮海词》。

叶遐庵函属，校萍乡师诗稿。

访郑海藏、姚石子，未遇。

至中国书店小坐。

**初二日（4月30日）** 曹梅舫同年来，交东寅同年函，属为其女公子作伐，随将原函寄汪甘卿同年。

答拜梅舫，交陶子春名条，转荐通州税关吴敬之。

午刻，聚丰园贞元会，王叔用值会。

吕鹿笙、刘烈卿来谭，留食憩虹庐粤点。

致吴舜臣书。收到己巳年租簿。寄南陵县知事章世嘉公函索（省立图书馆）县志四部。堤工借款又还二千元.张子猷所换湖北中交票之公债票三二折，共售三万〇六百元。南陵北城水关洞冲坏，重修工程浩大，县函舜臣为劝募员，吴紫庵负责保存。南陵城厢人民自卫区团推举经济委员审查本团一切经济问题，公推吴舜臣、吴熙庭、刘求谷、朱扫尘、胡大观、许锦章、李诚等七人为经济委员。

覆富晋书社书：收到寄书二种，覆寄《南陵县志》一部。《宋元学案》一百卷，黄宗羲撰，未成，其子来史暨全祖望后先修补，道光廿五年王梓材、冯云濠、何绍基重校刻本，洋四十元。《云在山房丛书》。侯疑始印本，十四种、续印一种。疑始名毅。杨味芸印，非侯印也。洋五元六角。《醉乡琐志》《云迈漫录》《外家纪闻》《春秋后妃本事诗》《明事杂咏》《扶桑百八吟》《檐醉杂记》《竹素园丛谈》《洪宪旧闻》《贯华丛录》《福慧双修庵小记》《云郎小史》《论文琐言》《八旗画录》《(续刻)吴郡通典》。

**初三日(5月1日)** 为五一纪念，华租两界戒严，防工人暴动。

晚，刘烈卿约便饭。

**初四日(5月2日)** 章一山嫁女，送礼券八元贺之。乾宅为张步衢之子善乐，亦送贺分二元。善乐与章以齐女士为法政大学同学。

覆徐贯恂书。收到题《狼山访碑图》卷。

捐中国学会十九年度年费洋二元，又特别捐洋十元。

韩昌黎《南山诗》凡一百二韵，杜工部《北征诗》凡七十韵，两大绝作，不免用韵重复。《品花宝鉴》五十四回中言之。

**初五日(5月3日)** 李佩秋之母聂太夫人之丧，送华丝布幛吊之。

至来青阁。

张之煌张子猷侄。来，交其叔子猷函，属为其叔明德先生八十寿辰征文，夫人谢氏，七十四岁。并赠金肘一支、罐诘四瓶。子猷寓苏州五卅路春谷张寓，之煌通讯处：苏州浒墅关大有蚕种制造场。

刘寿亭恩冕，十二圩同善堂。六十寿，送贺分二元。邮十二圩中新街。

**初六日(5月4日)** 游静安寺庙市。

七时，约叶遐庵、狄平子、顾鼎梅、文公达、濮伯炘、陈彦通、赵叔雍素餐。

遐庵赠《汉石经残石集》，盖白坚得陶祖光藏熹平石经残石十二石作也。

鼎梅赠新印先德郑乡先生与梅庵尚书同客戌时所书墨迹二册。

**初七日(5月5日)** 陈友琴楚材。前以所作日记三册交阅，又以近诗相示。今来谭，还之，并赠《怀邠杂俎》《阳春白雪》。

扬州重宁寺雨山和尚来谭。

**初八日(5月6日)** 昨至中国书店，取四月廿九日付洋三角。《容庵弟子记》四卷，为沈祖宪、吴闿生编纂。吾友章一山手批曰：戊午秋，北游琉璃厂旧书摊买得者，可与《袁氏盗国记》置一处，为作莽传时参考之用云云。记至辛亥八月止。

在汉文渊，购《南湖百咏》一卷。嘉兴吴萃恩撰，同治五年刻本，洋二角。

昨覆吴舜臣书。方策青送代笔(兰生)中用四十元，新契尚未寄南陵。陈敏扬之子为抢稻被捕。南陵米价每元十二斤半。

校萍乡师诗词手稿一册。计五十叶。

答拜叶遐庵，交还萍乡师诗词稿，遐庵出示师撰《枝语》稿，所录有《永乐大典》数种，今佚。不朽之作也。

赠叶遐庵《江苏金石志》。

至受古书店，取：初九日付价三十四元。《静惕堂诗集》四十四卷，槜李曹溶，李维钧刻，雍正己巳刻本，洋四十元。《北田诗臆》一卷，槜李江浩然，乾隆壬申刻本，洋三元。《唐求诗集》一卷，光绪甲午聊城杨氏海源阁本，洋一元。《乾坤凿度》二卷，明豫章蔡文范校，万历刻本，《五经翼》之一种，洋八元。退。《般若心经合释》一卷，沙门通理述，附《盂兰盆经摘要》，洋一元。《金刚经线说》。南宫无住老人陈柱，民国十年重印道光三十年刻本。

**初九日(5月7日)** 访曹梅舫谭。

高君定、姚石子来谭。

覆曹东寅书。甘卿同年允婚，先换庚帖，择期文定。

覆汪甘卿书。来书已商梅舫同年。

晚，赴陈正有酒叙之约。

**初十日(5月8日)** 送陈正有娶子妇红绸幛、喜烛。

午刻，赴狄楚青觉林午餐之约。

九华山大士阁妙珑方丈来谭。

**十一日(5月9日)** 余峙莲来谭,交阅佛教慈幼院正二、三月开支,又留第一次报告书十册。

汪甘卿来书,择于四月廿五日同曹宅先换庚帖,当告梅舫同年。

至来青阁,取《寄蜗残赘》十六卷。葵愚道人汪堃,同治壬申刻本,付洋一元。

覆李元之书。元之叔根云先生于初五日作古,请代撰张明德先生八十寿序。

致丁价侯书。送南京慈幼院第一次报告书并十二圩义地收支单。

覆汪甘卿书。来书已交梅舫阅过。

**十二日(5月10日)** 午刻,约大通大士阁普济寺方丈妙珑、扬州重宁寺退院雨山和尚至功德林素餐。

陈正有出嗣子克立同龚景张女安倩四时在大华饭店行结婚礼,前往证婚,并致颂词。

覆陈绳夫书。寄来《白喉条辨》《燥气总论、验案》相赠。寄还《古玉阁录》《鉴止水斋书目》,今再寄《径山藏经直画一》《塾南四库书目初编》。

购孔繁德碑,洋五元。

**十三日(5月11日)** 吊李拔可继母祝太夫人之丧。

昨李耆卿来,今答拜,均未相值。

至子丹弟处,略谭。

至王秀仁处,取刘晦之藏器拓本八种。

任子木约赴丝竹会酒叙,婺源汪昱亭奏琵琶三曲《十面埋伏》《夕阳箫鼓》《塞上曲》最为擅场。

**十四日(5月12日)** 访刘鸿生谭,取回刘公鲁下关地图,并商永儿入圣约翰学堂。

午刻,王富晋约新利查西餐,晤周谷人、吴庚鑫。中华自治学社常务委员主席。

晚,陈乃乾约晋隆西餐。

覆徐蔚如书。赠佛教慈幼院报告书。

送鲍子丹、妙珑和尚佛教慈幼院报告书。

赠任子木《历史感应统纪》《戒杀放生录》《醒世千家诗》。

**十五日(5月13日)**　宗子戴来谭。

**十六日(5月14日)**　答拜宗子戴，未遇。

午刻，聚丰园贞元会，值会，到程子大、恽季申、陶拙存、周梦坡、宗子戴、俞寿丞、吴董卿、王叔用、恽瑾叔、刘锡之、李凤池十一人，未到姚虞琴、刘健之二人。

王秀仁来，拓角王镜六纸。

至博古斋，取景写《明人尺牍》二册。刘泖生旧藏，码洋六元。

覆杨鹤龄书。寄金孝达属题金玉立高士自写梅花小象二诗，寄赠《白衣大士咒》《观音菩萨灵感录》《历史统纪》《江慎修戒杀放生录》、翁覃溪书《金刚经》《金刚经塔》。

致程子大书。花笺联纸二付，赠连史纸印正续《随庵丛书》《宋元科举三录》。

阅《陆清献公日记》，录八则：

汪钟如言，内阁书籍自明季来，散乱无查考，皇上至内阁，见其散乱，命中书清理，故诸中翰日至衙门翻阅，颇费查检。

陆翼王言，钱牧斋之文初宗六朝，继与嘉定四先生友，然后归于正。而四先生之文，则本于归震川，盖震川一脉独传于嘉定而及于虞山也。

徐果亭言，学问不在多积书，然书多可以备查考；书亦不必皆宋板，然宋板可以资校对。

黄虞部以《征刻秘本书目》见赠，又言，向时南国子监书板甚多，今惟《廿一史》完全，余皆不可稽考，但杂贮于旧府学而已。旧府学今改作两县学，国子监则改作府学。

黄虞部言，史馆有《文渊阁书目》，系宣德年间杨文贞等编，但不等卷数及撰人姓名，故今修艺文志《明史》。难以为据。总裁诸公议止载元明二代之书，亦不得已而然也。又言，《文渊阁书目》所载，不待今始散亡，当其盛时，馆阁诸公往往从掌者借书，诡以他书还之，而取其原本，故阁中书之精者，早已无有矣。

姜西溟言，徐健庵修《宋元通鉴》，甚觉掣肘，盖以南北朝为疑也。

朱锡鬯言，通志堂诸书，初刻时皆有跋，刻在成德名下，后因交不，终刊去，然每页板心通志堂之名犹在。

曹秋岳次子敬胜言，有宋板书一大橱，俱为成德取去，盖不敢不应也。

**十七日(5月15日)** 程子大来书，将集词楹帖书成送来，并赠新刻《石巢诗集》十二卷《十发居士全集》第二。《定巢词集》十卷，《十发居士全集》第五。覆书谢之：芳草无情更在斜阳外，范希文句。春风著意先上小桃枝。韩无咎句。盖冯君木集句也。

戌时，孙女生。

**十八日(5月16日)** 曹梅舫、乔梓来谈，交东寅同年覆书。

王叔用来谭。

访丁子盈谭。

至金才记古玩店，晤其子金从怡，议购八卦、十二辰镜、佛象镜，价洋五十元。

至来青阁，取《李深之文集》六卷，旧钞本，码洋十元。退。《台锥积演》一卷《演元九式》一卷《勾股容三事拾遗》三卷附例一卷。罗士琳，道光间刻本，即《观我生室汇稿》，码洋六元。退。

覆蒋正廷侄婿书。调宁波分关，住宁波江北岸颖川坊八十六师。

**十九日(5月17日)** 晨，挈永儿往访刘鸿生，允为向圣约翰中学送考报名。

叶遐庵来，未晤，崇儿招待遐庵，留赠萍乡师诗集八册、熹平石经后记拓本一分。

晚，赴吴蝶卿酒叙之约。

程子大、颂万。刘廉生肇隅。招饮，作书辞谢。

**二十日(5月18日)** 刘晦之来谭,询葱石藏书价值。

致叶遐庵书。谢赠文师诗集、汉石经后记。询《淮海词》何人所校,答以向年得之常熟黄氏,疑其先人黄仪手校。仪字子鸿,工词。有《纫兰别集》。

答拜刘晦之,未晤,晤刘十枝,赠《历史感应统纪》《江慎修戒杀放生录》。陈友琴楚材。来,未晤。

游古玩市场,购唐宝相花镜,洋五元。

游邑庙市场。

**二十一日(5月19日)** 郭道弥来谭,旋答拜。

至来青阁、中国书店小坐。

至博古斋,取码洋二元,付讫。《福省重刻武英殿聚珍版书目》。一百卅七种,原缺五种,同治七年刻本。

晚,一枝香大照公司董事会。

况又韩维琦。之弟小宋维璟。与汪侣梅女士结婚,送丝布喜幛。

**二十二日(5月20日)** 宗子戴来谭,交装订《臧拜经集》洋三十元。

贺况小宋结婚之喜。

三时,大照电汽公司开股东会,推余与周美权、袁伯夔、郭肖霆、陆小波为董事,丁价侯、李希白为监察。

晚,赴大照公司宴股东于大西洋之宴。

**二十三日(5月21日)** 晚,顾鼎梅、顾逸农招饮于古益轩,晤虞和钦。铭新,镇海。

致吴舜臣书。方立之送中用等五十元已代付,代笔中用二十元,余三十元请留存。

覆俞峻韵书。志书拟时局稍平来运。

覆盛彝斋书。为陈友琴托谋相当位置。寄赠《历史感应统纪》《江慎修放生杀生现报录》《袁了凡四训》《圣师录》《醒世千家诗》《达生篇》六种。

覆汪甘卿书。二十五日文定准亲,执柯。

至来青阁,晤杨寿祺,取廿八日代赵叔雍购,付洋八元。《白石道人诗集》二卷《集外诗》一卷附录一卷《诗说》一卷《歌曲》四卷《别集》一卷。乾隆癸亥江都陆钟辉刻本，封面题“姜白石诗词合集”，水云渔屋藏板，洋八元。

**二十四日(5月22日)** 章叔淳来谭。

覆叶遐庵书。答复黄仪确为道咸间人。

致吴蝶卿书。赠《永嘉四灵诗》。

致赵叔雍书。赠《容庵弟子记》，借《古今诗余醉》。

致章叔淳书。托带大连函件，赠金肘、杭菊、藕粉、鸡蓉面。

致张退庵书。谢惠照片。

覆张敬礼婿书。敬礼考入高等工业学校。

至太平寺，访真达师谭，印老在报国寺闭关，派德森师陪恒智师住寺。报国寺在护龙街穿心街中。

至四行准备库储蓄会，晤章小农，交致其叔叔淳书及赠礼四色，又托带大连函件。

晚，赴大西洋西餐社大照董监成立会。

至来青阁小坐，观书：《礼记纂言》三十六卷，元刻本，半叶十行，行廿二字，黑线口，单边，卷末吴尚跋，目首行题“小戴记篇目”，次行题“临川吴澄幼清叙次”，卷一首行题“礼字”，次行题“小戴记”，临川吴文正公纂言。《汉泉曹文贞公诗集》十卷附后录一卷。明淡生堂蓝格钞本，卷十为词集，半叶十行，行二十字，题文林郎江南诸道行御史台管勾(男)复亨类集，国子监生浚仪胡益编录，有“旷翁手识”白文方印、“山阴祁氏藏书之章”白文方印、“旷翁铭”朱文木记，铭曰：“澹生堂中诸经籍，主人手校无朝夕。读之欣然忘饮食，典衣市书恒不给。后人但念阿翁癖，子孙益之守弗失。旷翁铭。”又有“冀尧”朱文方印、“范印毓瑞”朱文方印。

**二十五日(5月23日)** 晨七时赴苏，九时到，寓中央饭店。随至汪甘卿家作冰人，吴敬之乃弟某号幹臣。亦来。同押庚帖、礼盘往曹府，稍坐，候回盘齐备，复至汪府。甘卿留宴，坐有曹止庵、曹叔彦父子、宗子戴、邹百耐、汪鼎丞、张仲清诸君子。散后，游护龙街。至集宝斋，先后晤宗子戴、邓孝先谭。晚，访黄吉园，畅谭。

**二十六日(5月24日)** 晨，汪甘卿来谢谭。拜张仲清谭，别二十年矣，赠《六一消夏词》。拜邓孝先，适宗子戴来，久谭。又拜朱曜东，略谭。拜汪鼎丞同年、宗子戴，均未遇。拜夏辅宜，已由滁放振回，正宴郭礼征、肖亭昆仲，遂留午饭。坐有王星白昆仲、苏昆三。饭罢，访印老法师，久谭，赠香资壹百元，淑畹、定君亦呈每四元，八女二元。并为王星白索《历史感应统纪》《嘉言录》《文钞》《醒世千家诗》转赠，劝其修净土也。印老留住报国寺，谢之。至护龙街，访答邹百耐，未晤，其新收各书一无可取。询集宝斋，孝先、子戴尚未至，遂访甘卿谭。甘卿约观前街老丹凤晚饭。饭罢，甘卿送至中央而别。夏辅宜已来，久谭，约明日亦至沪，缘商务印书馆开股东会也。

邓孝先、邦述。宗子戴、舜年。丁芝孙、初园。王欣夫大隆。来，未遇。

**二十七日(5月25日)** 答拜丁初园，未晤。王欣夫谭。

在护龙街集宝斋见崇化寺西塔记砖，极佳，吴越王长舅郑国公吴延禧等造，唐中兴戊午七月二十四日勾当结塔僧契庄劝缘延祝。索一拓本。晤朱斗文谭，始知其苏州亦置新宅，时来居住。

杨寿祺昨晚由沪来苏，往谭，赠《畿辅通志》残本：《艺文志》五卷、《金石志》十六卷。

护龙街荒摊得一古镜，价洋六角。

十二时，附常沪快车回沪，二时半抵寓。

检查寓中各事：

余峙莲、王梓乔来。

鲍扶九来，还前借《弘明集》《广弘明集》。

报载，南陵县县长章世嘉调省，遗缺以鲍公任试署，省政府阳历五月二十阴历四月廿二。日通过。

李希白云，前两江师范教员黎寿臣名承福，湖南长沙湘潭，历史教员。现充蒋介石秘书，邓俊民名承炜，广西人，舆地教员。现南京市政府教育局长，皆居谭延闿家。杨锡侯有戚谊。

**二十八日(5月26日)** 刘十枝来谭，以《历史感应统纪》《圣哲嘉言录》各二部赠之，十枝留洋十元，购善书。

曹梅舫同年来谭，交东寅同年覆书。

至中国书店，晤高吹万、高君定、陈乃乾、王富晋。

至来青阁，取二十九日付。《资治通鉴目录》三卷。元覆宋本，存卷四之卷六，洋八元。结衔密字分两行，凡书一事，下空一格，遇匡、恒字阙笔，征字有阙有不阙，疑元覆宋刻也。

覆赵叔雍书。《白石全集》价八元已代付来青阁。

**二十九日(5月27日)** 王欣夫来谭，还《一经庐经学》。

开明书店杜子彬购书，共洋一百二十元。

付王秀仁拓工洋二十元。

结算中国书店来往账，找洋四十三元二角，又金颂清代买墨洋二元四角。代售各书共七十元〇三角，买书洋一百十三元五角。

付来青阁《通鉴目录》洋八元。

访真达师谈，交刘十枝回《历史感应统纪》洋十元。

挈崇、永两儿至圣约翰学堂大学教务主任赵修鸿谭，交阅修鸿覆刘鸿生介绍永儿下学期投考高中二级，暂予记名入册书。修鸿导至中学办事处，晤鲁铁蓝君，蔚。扬州人，强步东君，宗汉。无锡人，略谭，付报名费二元。阳历六月三十日上午九时起，连试二日，插班一二三年级生，先觅本校相识之人备函介绍报名，录取后再具函保证入学。投考随带笔墨及本生最近四寸小照一张，并将最近肄业学校课绩单或证书呈验。膳学费全年二百三十元，又杂费十元，分两学期前缴。

至中国书店，取中秋节付讫。《故宫》，一期至四期，每期二元。《瓶山草堂集》六卷。仁和姚光晋，同治十年刻本，洋二元。五月朔日退。

覆王建训书。谢刘鸿生介绍永儿入约翰投考高中二年级。

## 五月

**朔日(5月28日)** 宗子戴赠虞山两经幢拓本。

覆李元之书。收到张明德八十寿序，王君九属题《胥江屏迹图》。

覆王振宇书。贺任淮安县长，赠洋装本《历史感应统纪》。

致赵叔雍书。钞秦伯虞、陈雨生事略。

访王富晋，未遇。

至中国书店，取中秋节付讫。《禹贡释诂》一卷。孙乔年，道光乙酉刻本，洋八角。

赠杨寿祺《玉台新咏》，以报《畿辅艺文、金石》两志之赠。

覆陈绳夫书。收邮汇书价三十元，覆以已列收历年来往账内，随后统结。新寄各书共卅一元三角四分。托印白纸《闺秀词》《积学》《鄦斋》两丛书。借刻五种已还《古玉图》《鉴止水斋书目》《癖好堂收藏金石书目》，未还尚有《塾南书库目》《经直画一》二种。《癖好堂目》中有误字，已代校。命作《古玉图录》及《书目丛刻》序，稍迟录稿呈教。山西图书馆藏，未见其目。平阳买地券请留意。《平阳县志》中之金石志可单印出售。

**初二日(5月29日)** 午刻，聚丰园贞元会，陶拙存值会。

送潘复初之生母石太夫人华丝葛挽幛。

送姚步瀛之母杨太夫人华丝葛挽幛。

**初三日(5月30日)** 购王估泥封四枝，洋三元。

收西泠印社午节寄售书洋二十二元四角零，外扣《叶氏印目》洋七角。

三时，观影剧归来，稍觉不适。

**初四日(5月31日)** 大照公司送来董事夫马费八十两。

购王估汉五行镜，洋二十元，汉泥封三枚，洋二元。铭曰：五行德令，镜之精光，象日月。普人请常保圣乐长生，风雨时节五谷成，家给人足天下平，子孙蘩世永安宁。

张忆娘，吴中名妓，顾侠君、惠半农眷之。蒋树存为作《簪花图》，其孙叔枝装潢成卷，编征题咏，今在武进费氏，屺怀以百金得之。江建霞京卿刻入《灵鹣阁丛书》。

费屺怀又藏有成容若玉印，一面镌绣佛楼，一面镌鸳鸯馆，见叶鞠裳《藏书纪事诗》注。

**初五日(6月1日)** 端阳节,命两儿往贺亲友。

各亲友来贺。

**初六日(6月2日)** 访刘晦之、陈正有谭。访丁子盈,不遇。

至中国书店,取:中秋节付讫。《桐溪诗述》二十四卷,仁和宋咸熙录,凡例有名宦一卷留题二卷,在卷廿二、三、四。桐溪即桐乡。洋十六元。《春秋君臣世系图考》。周曰午、章深编辑,嘉庆庚午重刻本,洋一元。

覆姚石子书。为书《顾千里年谱》书衣,以《礼塔图》乞题,并请高吹万题。

致李伟侯、程演生书。辞东方文化学会在梵王宫饭店之约。

覆李元之书。寄其叔根云先生家传,属附名。《胥江屏迹图》题诗。

**初七日(6月3日)** 访陈正有谭,收裕中厂息洋一百元,助陕振,淑畹亦助壹百元,绮女随助二十元,交陈正有寄。

吊潘复初之生母石太夫人。

拜姚文敷,未晤。

访黄公渚、鲍扶九谭。

**初八日(6月4日)** 小有不适,就余伯陶诊方。

**初九日(6月5日)** 任心白来谭。

为永儿在汉文渊购《子史精华》等书,洋四元。

覆徐咏绯书。为其兄修五书屏幅。

致刘晦之书。为陈西甫书屏。荐茶房门役为陈妈之子刘贵。

**初十日(6月6日)** 昨上海中国实业银行挤兑风潮,今已平息。

**十一日(6月7日)** 曹梅舫同年来谭,交还题成《随盦勘书图》卷。

陈绳夫赠《尚书骈枝》孙诒让撰。五册、《韩集笺正》方成珪撰。二部、《永嘉闻见录》孙同元撰。一部、《秦伯未诗》秦之济撰。一部、《深山读书图题咏集》钱季寅集印。一部。

报载,是日午后三吋,苏属各县冰雹成灾。

**十二日(6月8日)** 访章一山谭,三年不见,形容衰老,今亦七十矣,拟往天津就养。

至来青阁，观新从宁波范氏所收书，取：十九日付洋七元讫。《徐文长逸稿》二十四卷，张汝霖、王思任评选，张维城较辑。十三日退。《徐文长三集》二十九卷，明徐渭著，陶望龄、谢伯美、商濬、陈汝元校，附《文长杂记》二卷，商濬校。十三日退。《苔岑集》二十四卷，王鸣盛采录，乾隆刻本，洋五元付讫。《龙湫嗣音集》十二卷。盛垌辑录，道光乙已刻本。龙湫为浙江乍浦。洋二元，付讫。

阅《文长杂记》，摘录六则：

灭人之国曰胜国，出《左氏》，注曰："胜国者，绝其社稷，有其土地。"

剑器乃武舞之曲名，其舞用女伎而雄装之，其实空手舞也。见《文献通考·舞部》。杜诗《公孙大娘歌》亦并无一字涉剑，可知矣。

大行之"行"，去声，即幸字义，言去而不返，与"登"遐同。

《玉历经》云："男女两体，主国淫乱"，而《二十八宿真形图》所载，心房二星皆两形，与丈夫、妇女更为雌雄。又《异物志》云：灵狸一体自为阴阳，故能媚人。《褚氏遗民》曰：非男非女之身，精血分散。又曰：感以妇人则男脉应胗，动以男子则女脉顺指。皆天地不正之气也。事载周密《癸亥杂识》。

头陀，梵语也，元是"杜多"二字，转音为"头陀"耳，华言"抖擞"也。言三毒之尘坌于心胸，须振迅而落之也。

苏蕙《回文》本织用五色，以别三、四、五、七言之异，后流传不复施采，故迷其渎。见《东观余论》。

宗礼白惟恭。来谭。礼白为子戴之世兄。

傅苐生春旸。来，未遇。

**十三日(6月9日)** 至司徒博牙医修牙。

覆吴舜臣书。询洋米平粜。

覆陈绳夫书。钞寄《癖好堂金石目》自序。

安徽旅沪同乡会第三届复选，于六月三日即五月七日。举出监察委员十一人、候补监察委员五人、执行委员三十五人、候补执行委员十五人，来函通知余为当选监察人，并附名单。

刘贵今至中国实业银行，见庶务员。

**十四日(6月10日)** 答拜傅苐生、宗礼白，不遇。

答拜曹蔚叟谭，以《长春道教源流》假阅。

至来青阁，取：十九日付洋二十八元讫。《茶声余馆文集》九卷，朱为弼撰，咸丰二年刻本，码洋廿四元，七折。《完玉堂诗集》十卷。释元璟撰，码洋十六元，七折。

至中国书店，取《续三十五举》一卷。桂馥撰，嘉庆八年胡翔云刻本，洋二元。

**十五日(6月11日)** 叶遐庵集宋词书联：酒祓清愁花销英气，白石。眼空四海迹寄三椽。西麓。

午刻，曹梅舫同年招饮干都益处。

访吴寄尘谭。

刘烈卿来谭。

**十六日(6月12日)** 至博古斋，取码洋八角。《诗考》。元刻《玉海》本，修板至康熙，二十六本，元板存三叶，明板存十三叶，为龚孝拱藏书，有批，并补录外传半叶。

午刻，聚丰园贞元会，周梦坡值会。

**十七日(6月13日)** 大孙女弥月，朱、余两家来贺。

南陵县长鲍公任以字行，歙县人。已任事。

覆吴舜臣书。族人以年荒求贷(为一、二、三房致书)吴舜臣。

至古香斋小坐。

鲍扶九来，未晤，留赠新著《朱子金石学》五册。

覆赵叔雍书。以《玉琼集》借钞。

**十八日(6月14日)** 至中国书店，赠《三续千文》。

购茂和烟行烟，洋五十元：五十支。黄冠荷，二十箱，每箱一元八角。五十支。双妹物多。七箱，每箱二元。

又购复和烟二箱，洋七元。

致杨寿祺书。付书价卅五元，又书面纸五刀、二十元，共洋五十五元。

**二十日(6月16日)** 游邑庙商场。

朱犀园来谭，为朱専一索《怀豳杂俎》，赠之。

覆王君九书。属题其九世祖树道先生《胥江屏迹图》，君九赠新刻《忘庵诗辑》《诵芬拾遗》，覆赠《乌里鸦苏台竹枝词》、翁覃溪书《金刚经》《一亭考古杂记》《皖词纪胜》。

覆陈绳夫书。校成《癖好堂金石目》，寄还。书函仍请罗雪堂写。山西新出各碑，未见打本。《古玉图录》《书目》序、《金石书》序陆续撰寄。《铜仙传》可刻。

**二十一日(6月17日)** 郭榖贻名振墉，一字涵斋。同年同余峙莲来谭，榖贻赠：《云卧山庄尺牍》八卷，郭昆焘撰，丙辰九月刻本。《圣祖仁皇帝庭训格言类编》一卷，郭振墉恭纂，乙卯三月刻本。《湘军志平议》一卷，郭振镛校录，丙辰刻本。《郭府君讳家彪。暨张太安人墓志铭》，曾国藩篆文，并书篆盖。《历代遗民祠碑记》，郭振墉撰，赵启霖书。《曾文正公遗象》，郭振墉题，周铣诒书。《寿曾阁记》。王补撰，萧荣爵书。

夏辅宜之世兄来，在国货银行。云其尊人今日到沪，派人往站相迎，竟未来。

闻慕邢侄有疾，往视之。

**二十二日(6月18日)** 答拜郭榖贻、余峙莲谭。

访蒯若木，适来余处，未遇。

**二十三日(6月19日)** 夏辅宜来谭，留午饭。饭罢，同访夏玉峰、濮秋丞谭。

**二十四日(6月20日)** 视刘健之疾。

覆翟展成书。索《南陵县志》，并为陶子受索一部，今寄赠二部。附告《文昌帝君觉世鸿文图说》现拟石印。

致陈一甫书。告印《觉世鸿文图说》。

**二十五日(6月21日)** 约蒯若木、顾鼎梅、傅苐生、谢光甫、刘十枝、刘晦之、陈乃乾、蒯景参、王富晋大西洋西菜社晚餐，共用洋廿五元。

至来青阁,为永儿购应用书,洋四元。

**二十六日(6月22日)** 刘子树滋生。来谭,为徐蔚如购所刻各书,洋四十元。另赠《宋元科举三录》、连史纸印。《至圣林庙碑目》《随庵所著书》。

致刘子树书。交徐蔚如购书。覆吴舜臣书。寄南陵财政处县志两部。

覆徐蔚如书。谢赠《佛说八大人觉经疏》《西方合论》,覆赠翁书《金刚经》《毛一亭考古杂记》。

**二十七日(6月23日)** 陈友琴楚材。同刘求南南陵人,日本早稻田大学春季毕业,将在上海交通大学教员。来谭。

日本人仓石七桓名仓石武四郎,日本京都帝国大学助教授。持杨芷晴介绍书来谭,并示藏书四种,赠《宋元科举三录》。竹纸印本。

牧文农耕斋,南陵人。来,未晤,留南陵第六区户籍区长江济川公函,索南陵地图两份。地址江湾路法科大学寄宿舍六所四号。

覆汪甘卿书。通候,约秋间来沪。

覆曹梅舫书。寄来东寅同年捐助陕振五百元,当送济生会,取回收据,寄南京韩家巷梅舫家中。

李木公来书,赠所藏商周彝器拓本一百十四种、汉器古兵、古镜、权量、符牌、泉范等拓本一百六十六种,共二百八十种。又赠刘逊甫《龙慧堂诗集》重印本十部。当答书谢之,并给来使洋四元。

至济生会,交曹拙叟同年东寅新号。捐陕振洋五百元。晤朱屺臣、李寿山略谭,蒯若木辞回大连,未遇。

致牧耕斋书。附送汪济川南陵地图两份。

金天羽《龙慧堂诗序》曰:人各有其所苞之理智,理智又随年岁、境遇而异其趣,故自定之诗,往往是其当境,而非其前迹。然或不幸,先朝露至,属朋旧以定其稿,又不免于执吾心之矩矱,而强以绳人云云。是言颇有至理。

**二十八日(6月24日)** 杨云史自奉天挈其新姬人狄美南来谭。

送蒯若木行，不遇。

至鸿宝斋，刘子鹤作古，送香楮。

至来青阁，晤杨寿祺，观新收宁波书，取：六月七日付价讫。《无为州志》三十六卷，嘉庆癸亥吴元庆纂修，洋十二元。《来安县志》十二卷，雍正十三年项世荣纂修，洋十二元。《金石史》二卷，郭宗昌撰，康熙癸卯王宏撰刻本，洋三元。退。《新刻逸田叟女仙外史大奇书》。吕熊撰，凡一百回，康熙辛卯刻本，洋六元。

**二十九日(6月25日)**　同丹弟访杨云史谭。

至来青阁，取：六月七日付讫。《凤阳县志》十六卷，乾隆四十年于万培修本，洋五元。退。《太和县志》八卷，乾隆十六年成兆豫修本，洋五元。退。《休宁碎事》十二卷，徐卓，嘉庆庚午刻本，洋三元。《二楼小志》二卷，程元愈原辑，汪越、沈廷璐补辑，康熙己亥刻本。二楼为宣城南楼、北楼。洋五元。《天童寺志》十卷。释德介撰，原刻本，洋二元。退。

黄仲殷鼎勋，工商部驻沪办事处，涵之子、王君九婿。来谭。

## 六月

**朔日(6月26日)**　叶遐庵来谭，以《龙慧堂诗集》赠之。

致黄光益书。谢赠阅《小日报》。

六时，同子丹弟约杨云史素餐。

**初二日(6月27日)**　午刻，约刘求南、陈友琴一枝香西餐，友琴未到，为求南、友琴书联。

午刻，聚丰园贞元会，刘锡之值会。

前日，牧文农字耕斋，南陵人，江湾法科大学。来，持南陵六区户籍区长公函，索南陵地图两份。昨致书文农，予之。

致郭道弥书。寄大照息折先函通知。初三日寄。新填公积股附开户名收花红，覆之。附寄蒯和记息折。

**初三日(6月28日)**　前日，大生一厂维持会沪事务所送十九年二月至六月董事夫马费洋二百五十元。永中公司划滋丰庄票。

致陈一甫书。寄《觉世鸿文图说》样十张。

致翟展成书。同上。

致夏辅宜书。同上。

致李从龙书,通候。

**初四日(6月29日)** 报载,教部据中执会函通令各省,随时注意日本同文考察团行踪、举动,相机制止。同时请外部停发该团考察护照,以阻其行。

致吴舜臣书。寄南陵县党部、宣传部县志一部、全境图二张。又建设专员刘之驺全境图十张。族人兴和等又来函云,一百元每人只派四角,请另设法。答无法,只可再送一百元。

覆章叔淳书。谢赠哈士马油四盒。

至中国书店,晤金颂清谭,颂清赠罗叔言《本朝学术源流概略》,以《觉世鸿文图说》示之,颂清愿附印一百部。观洪亮吉《淳化县志》十六卷,乾隆修本,有《金石志》。定价三十元,价昂未购也。

金颂清付上年购书洋五百元。

**初五日(6月30日)** 永儿投考约翰中学。

覆陈绳夫书。寄还校毕《鉴止水斋书目》。又寄《函青阁金石记》借钞。谢赠山西新出此齐残碑一种、造象一种、唐志二种。《古玉图考》跋撰成即寄。

致宗子戴书。结算印《拜经集》,收支两抵,存洋八元七角五分五厘。又废片订成二部、帐单四纸,均交礼白转寄。

致宗礼白书。子戴讯托转。谢赠虞山两幢精拓本。又洋八元七角五分五厘、废片书二部。

**初六日(7月1日)** 余旭士来谭。吴蝶卿之太夫人去世,送香楮。

**初七日(7月2日)** 至来青阁小坐,晤谢光甫谭。

还来青阁书价洋三十八元。

**初八日(7月3日)** 朱晋侯、安徽银行总理,名蓄,黟县人。舒振庭上海安徽银行经理,黟县人。来谭,旋答拜,未遇。

至净业社，晤明道师，为翟展成购《阴骘文图证》一百部及《历史感应统纪》等付洋三十元。

覆翟展成书。告代购《阴骘文》等三十元，邮寄各书。《觉世经》印一百部。

覆吴舜臣书。陈燮卿预备一千元办慈善事，陕、甘或他项，来商，告以办振第一，济生会现办陕、甘等省振务，捐款可不用真姓名。朱表嫂再酌送四元，前已送八元。陈夺声母唐夫人去世，从丰酬应。佃户王助庆、俞茂盛之子因案被捕。助族人一百元世珍取去，据世珍云，族人尚不满意。县政府组防疫会推舜臣为总务股，计三人。寄财政局县志收到。

**初九日(7月4日)** 余峙莲来谭，以慈幼院一千五百元又董会二百元两支票签字，又以郭毅贻藏严永思《通鉴补》《周易》两种稿本、明《洪武正韵》，又薛素素画兰立轴、陈南楼花卉立轴见示。其薛素素画兰真迹也，画盆兰一丛，着色题字，款楷书。

款题：姑苏女子薛素素写。又题：右录元祐四年罗峙老兰堂记一则，时崇祯二年春花朝之后四日也。钤“素素”白文长方印，押角钤“家住姑苏字素卿”白文方印。

按《画史汇传》：明薛五字素卿，又字润卿，亦字素素，吴人，寓江宁。一作嘉兴人。工兰竹，下笔迅扫。又善白描大士。工诗，书法《黄庭》。又善驰马挟弹，颇称绝技。著有《南游草》《西湖晴泛六言诗》。

又按，《众香词·数集》：薛素素，吴郡人，能画兰竹，作诗词。善挟弹走马，以女侠自命。少游燕市，与武陵少年垂鞭连骑，日猎斗鸡之场，观者如堵，广陵陆弼为《挟弹歌》赠。白门蔡秉白复赘其《南游草》，名噪海内，为李征蛮所嬖。其画象传入蛮洞，酋长彭宣慰以千金购之不得。中年长斋绣佛，归富家翁为房老。太原王穉登序其诗集。

又按，素素为吴市名妓，亦为浪漫女子。据署款及钤印暨《众香词》皆云姑苏女子，《画史汇传》云一作嘉兴人，误也。

赠郭毅贻《我信录》二册、翁覃溪书《金刚经塔》二分。又赠余峙莲《我信录》二册。

至通商银行，晤谢光甫谭。至实业银行，访刘晦之，不晤。至裕中纱厂，访陈正有谭。

访陶拙存谭。

覆郭道弥书。收到大照上年股息并蒯和记股息。

覆狄平子书。谢赠新印《宋拓定武兰亭》一册。以魏陶器相示，盖新制也。

覆孙伯恒书。认购《集拓汉魏石经二编》一份，每份三百余种，计洋三十九元。

李元之今日下午由扬来。

**初十日(7月5日)** 报载，行政院七月四日令财部转饬各海关注意检查，禁止古本书籍流入外国。并规定出境书籍：(一)铅印，(二)石印。禁止出境书籍：(一)木印古本、墨刻古本。

周业勤同沈增迈来谭，交还业勤所借明本《闺范图说》。印光法师序，魏梅荪题书衣。沈索金文拓本，赠。师奎父鼎、黄公鼎、师酉敦、敔敦、利鼎、师遽敦、史颂敦、静卣。

金通尹来谭。

馥女今日生日，挈游兆丰花园。

阅《薪叟杨见山太守岘。自订年谱》，咸丰三年粤寇窜江南，江宁陷。上海小镜子应之、秀水诗人于秋淦源。聚众谋逆，事闻大府，促擒治。时李枝青知嘉兴县事，命岘解散始寝。秋淦，盖受小镜子之指也。小镜子何人，待考。刘翰怡曰：小镜子为粤匪刘丽川。周容《上海故事》曰：小刀会首领小金珠，为刘丽川绰号。

**十一日(7月6日)** 答拜叶遐庵，谭南北两方军费每月约五千万元，南三北二。

任心白来谭，宁董议取销余峙莲等开支。

刘烈卿来，不遇。

**十二日(7月7日)** 答拜余旭士谭。

致叶遐庵书。录张绿卿事略。

致张菊生书。录张绿卿事略。托印宋庆元本《五代史记》阙卷。

致赵叔雍书。录冯金伯事略。

覆陈乃乾书。以"殚见洽闻"四字题吴孝侯《东游考察记》。

《时报》载曲阜圣裔孔德成等电，晋阎请仿耶路撒冷例，将曲阜划出战线之外。霍山县又被△△攻陷，舒城、六安纷电告急。

访刘翰怡谭，翰怡赠《嘉业堂善本书影》五卷，己巳印本。《辞金记》，淮阴杨上林撰，嘉靖十九年立石，长洲文徵明正书并篆额。《两桥记》。淮阴杨上林撰，长洲文徵明行书并篆额。

答拜余峙莲谭，交还薛素素、陈南楼两画轴。

翰怡坐中，晤黄公渚谭。

**十三日(7月8日)** 覆张菊生书。寄附印《五代史记》纸样尺寸。收到傅沅叔赠叶《静嘉文库观书记》。

泰州徐曦伯先生名天璋，年八十二岁，慕邢侄受业师。寄赠自著《睿川易义正编》十种、副编六种、续编二种，《诗经集解辨正》《阙里讲经编》。

**十四日(7月9日)** 答拜刘烈卿，未遇。

致朱晋侯、舒振庭书。辞中央西菜社之约，未送。

覆赵叔雍书。借《绝妙近词》。

覆翟展成书。寄《佛教居士林书目》。《摩利支天经》现无印本。《白衣咒》丁仲祜代印一千二百卷，洋十四元。

晚，赴朱晋侯中央西菜社之约。

宗礼白来谭，为其尊人送新印《臧拜经集》五部。

**十六日(7月11日)** 晚，赴聚丰园贞元会，恽瑾叔值会。

覆张庆萱书。书楹联、立幅赠之。

覆沈果成书。来书还前借洋四十元，今仍由邮寄还。

致吴舜臣书。附覆张庆萱书并联轴。又赠陈夔卿联。

至来青阁，取闰六月廿七日付价讫。《孝谱类编》二卷补一卷《文昌孝经注》一卷。福山王德瑛撰，道光元年刻本，洋二元。

至九华堂，取先师姚凤生先生所书：《九成宫醴泉铭》，每册一元五角，一册。《道因碑》，每册二角五分，二册。《吴歈百绝》，每册三角，三册。《缩临皇甫君碑》，每册二角，三册。《千字文》，每册二角，三册。《字学臆参》，一册。《汉碑十二种》。每册四角，一册。

任子木来谭。患目疾。

**十七日(7月12日)** 文廷桄函索《云起轩词》，赠以四册。回片文彤，字霞浦。

覆黄仲殷书。询余尧衢、陈仁先住址。

蒯景参四十生辰，送礼，未收。

**十八日(7月13日)** 报载，景德镇浮梁县治设此。于阳历七月六日被赣东△△首方志敏攻陷，浮梁县长李厥德遇害。按，浮梁与祁门邻县。

至来青阁小坐。

**十九日(7月14日)** 太平银行经理万懋之来谭，并送往来折。

覆陈绳夫书。《古玉图谱》陈跋寄还，并寄后跋，又校误字一叶。又寄胡琨撰《刘燕庭藏金石目》二册、《九曜石刻录》一册。

**二十日(7月15日)** 访丁子盈谭。邓翰芬来，未晤。

陈夔卿捐陕振洋壹千元，用其夫人张保华名。今由养真参号在咸瓜街。汇来，当出收据，代送济生会，交李寿山顺康庄保证往取，随收济生会收条。〇一〇七四号。

覆吴舜臣书。陈夔卿捐陕振一千元交济生会，收条寄上。陈楚材谋事情形详细告之。前财政局要志书两部已早寄上，今鲍县长亦要县志，是否将此两部每处分送一部，请酌覆。南陵城内甚危险。续送族人一百元尚未付。陈夺声处送奠分十元。

送太平银行银盾。"水衡山积"四字。

至西泠印社，铸"随盦"铜印二方。

**二十一日(7月16日)** 贺太平银行开幕之喜。李木公董事长，总经理朱静安，经理万茂之，副理蔡达青。

至怡大纸号，购定建兴仁记加魁连史九六足数。四十八件，每件洋十五元七角，照十一两六钱折合(七三)。共七百五十三元六角。

覆陈一甫书。《觉世鸿文图说》周宝之认印二百部，自认一百部，每部约七角五分外。晋泰租息催筱平交晦之。前定《四部丛刊》预约券运至天津，并查有无污损缺叶。百衲本《廿四史》预约券可照八五折。

覆夏辅宜书。《觉世鸿文》募集认印二百部，告预算每部约大洋七角五分外，多还少补。

覆翟展成书。寄还净业社书价三十元。告募印《觉世鸿文》芜地认印五百部，复预算，每部约大洋七角五分上下。

**二十二日(7月17日)** 昨晚小有不适，今就余伯陶诊方。

致吴舜臣书。寄钞徐佩琼讯。

二侄孙守德为其外舅卓小梅约往宜昌，小梅办宜昌统税局。今晚行。

视慕邢侄，疾已愈。

访刘烈卿谭，晤陈树声。

前月至西泠印社，取价付讫。《印人画象》。凡二十八象，吴石潜于甲寅年刻石杭州西泠印社。

**二十三日(7月18日)** 宜愚公来谭。

覆夏辅宜书。为友人索《感应统纪》三部，又寄《圣哲嘉言》三部。

**二十四日(7月19日)** 至南京大戏院，观影剧。

覆沈果成书。收到寄还洋四十元。

**二十五日(7月20日)** 康修其来谭，名爵。辞回莆田，以前属书扇轴书成付之。

**二十六日(7月21日)** 刘烈卿来谭，赠刘逊夫《龙慧堂诗集》《阴骘文图证》。又赠吕鹿笙《龙慧堂诗集》。

购怡大建兴仁记加魁连史五十件，当付洋七百五十三元六角。合拟四十八件，尚有二件未付价。

洪仲煌继英。来谭。商吴蝶卿之太夫人讣稿。

游外白渡桥公园。

致康修其书。寄题徐伯文新印《钓矶文集》五卷跋。

**二十七日(7月22日)** 至鸿宝斋，付建兴仁记加魁连史四十件，印《觉世文图说》一千六百部。

致宗子戴书。谢赠《臧拜经集》五部，覆赠玻璃版印宋本《法华经》、石印守山阁本《素问灵枢》。

致宗礼白书。附致其尊人子戴函及赠书二种。

《时报》载，六月十三日起，津浦线正面晋军傅作义部与马鸿逵部相持于桃村兖州间，而尤以曲阜战事为激烈。孔庙大成殿西北、东北两角均被炮毁，夫人殿新修未久，亦被损坏，藏书楼竟中七炮，轰毁无算。近北城复圣颜子庙损坏最巨。又胶济路淄河之齐王冢春秋时齐王葬地，三冢相连。高大如山，今为战场。

**二十九日(7月24日)** 宗子戴书来，又赠《臧拜经集》五部。

昨，中国实业银行已令刘贵到行。

**三十日(7月25日)** 至蟫隐庐，取：十二月廿七日结清付讫。《石鼓文考释》，罗振玉，洋四元，代翟展成购，闰六月十二日汇款还。《辽居杂著》，罗振玉，洋四元：《矢彝考释》《玺印姓氏征补正》《汉两京以来镜铭集录》《镜话》；《蒿里遗文目录续编》《续编补遗》《和林金石录》(李文田撰，罗振玉校定)；《敦煌古写本毛诗校记》《帝范校补》《宋椠文苑英华残本校记》。《好古堂书目》。姚际恒撰，戊辰中社石印本。

覆夏辅宜书。影印《觉世文图说》认印用部数、不用捐资数。

致李拔可书。托汇还孙伯恒《汉魏石经残石集拓》一分洋三十八元。认购百衲本《廿四史》预约券。

覆孙伯恒书。寄来《汉魏石经集拓》两组，一分尚未收到，每分三百余纸(吴宜常等拓一百七十八纸，徐森玉等拓一百川五纸)，吴君序跋后寄(吴君序目闰六月十三日收到)。《拓续》川八元已交拔可代收。热河行宫藏器传拓尚未著手。伯恒新得鲍子年藏善业泥土。匋斋藏秦汉瓦当二百余块，正议价。

昨属崇儿至中国书店，取中秋节付讫。《古玉图考》。吴大澂，同文书局石印本,码洋十元,代翟展成购。闰六月十二日汇还九元。

为翟展成同年至望平街美芳馆刻晶椭圆印,议定价洋二元。取夏弢甫先生“易君子以录”意:䷨山泽损,君子以惩忿窒欲;正用。䷩风雷益,君子以见善则迁,有过则改。倒用。

## 闰六月

**朔日(7月26日)** 至太平银行,晤万茂之谭。

至商务印书馆发行所。

至中国书店,取:《万青阁自订诗》八卷词一卷,赵吉士撰,原刻本,洋六元。初二日退还装订,七月廿五日收回。《荐青集》,姚元之撰,无卷数,道光二十三年刻本,洋四元。《梁溪词选》,侯晰辑,无卷数,洋二元:《春水词》,华侗;《香眉亭词》,邹璘;《问石词》,邹祥兰;《惜轩词》,侯晰;《鹤间词》,侯文耀;《回雪词》,侯文灯;《栖香阁词》,顾氏。查旧藏钞本,有十八家。《竹帘馆词》一卷,秦邮王树藩,宣统元年刻本,洋四角。《守汴月志》,李光壂编,道光二十二年重刻本,侄昆孙开邺重刻,洋六角。《类联集锦》八卷,张宗涛辑,乾隆癸巳刻本,洋六角。《集古联句》。钟德祥,无卷数,光绪丙子刻本,洋三角。

赠孙伯恒师比拓本十五种。享誓钩、六年五月丙午张师信印钩、天帝使者钩、卫骑将军钩、安昌侯钩、君宜高官钩、簠敀钩、长宜子孙张师信印钩、军曲钩、宜金陵钩、永元钩、立至三公张师信印钩、昭系钩、五月丙午钩、[illegible]半钩。

覆翟展成书。展成来书,可认印《觉世文》一千部,今商现价增,可作八成计算,作八百部,余留余及辅宜、一甫支配。寄《古玉图考》(九元)、《石鼓文考释》(四元)。印章已刻晶章。

康修其来,辞回莆田。

**初二日(7月27日)** 鲍扶九来谭,赠翁覃溪书《金刚经》、《金刚经塔》各二分,《怀邠杂俎》一部,又假《静嘉堂观书记》。

覆陈绳夫书。前寄胡昆编《刘燕庭藏金石目》《九曜石刻录》已收到。

致郭道弥书。收到寄还息折廿八扣,当分别收转。

覆宗子戴书。谢再赠《拜经文集》五部。

覆宗礼白书。附致其尊公函。

晚,赴聚丰园贞元会,李凤池值会。

报载,财部发行公债,未满期公债数目尚有十五种。种类未偿票额截至六月底止,计三万七千三百六十八万八千六百六十三元。头次卷烟二百五十万元,津海关二五库券二百七十万元,续发卷烟一六四四万元,续发二五库券三千四百万元,善后公债二千四百万元,关税库券三二九四万八六六三元,十四年公债一千〇三十五万元,金融短期二千七百万元,编遣库券尚有六千三百万元,七年长期三三七五万元,赈灾公债九百万元,军需公债九百万元,裁兵公债四千五百万元,关税公债一千九百万元,金融长期四千五百万元。

**初三日(7月28日)** 《时报》载,五月三十日阳六月廿五日。黎明,突到股匪二百余人,焚劫黄墓渡镇。损失八九万,绑去廿余人。至午后一时,匪始向繁昌五华山去。

余峙莲来,交薛素素画轴,縠贻同年愿以五十元相让,并商印《我信录》二千本,又附印《觉世鸿文图说》洋三十元。

刘烈卿同王溯沂来谭,托代定百衲本连史纸《廿四史》二部,并交盐业支票五百十元。烈卿代宁松泉附印《觉世鸿文》五十部,吕鹿笙附印三十部。高潜子定《廿四史》一部,住西摩路锦文坊四号。王溯沂定《廿四史》一部,住福煦路明德里廿五号。

**初四日(7月29日)** 答拜刘烈卿,未晤。

过来青阁,晤杨寿祺,见新收王雪澄书廿九箱,价洋九百元。

**初五日(7月30日)** 小有不适,就余伯陶诊方。

致余峙莲书。附薛素素画幅洋五十元。

赠余伯陶魏程荣造象、唐韩元彻造天尊象。

**初六日(7月31日)** 张葆灵世杓。赠宁波玉露桃四匣。

致刘晦之书。赠玉露桃两匣、白合一包。

致宣愚公书。赠《拜经堂文集》,假阅《古镜图录》。

**初七日(8月1日)** 访刘翰怡谭,赠石印守山阁本《素问灵枢》、臧庸《拜经堂文集》,翰怡赠我《王章诗存合刻》:《默庵诗存》六卷,黄岩王舟瑶。《一山诗存》十一卷。宁海章梫，集中有题余《定林访碑图》及寿余五十生日两诗。

报载，长沙自初一日即阳历七月二十六日。△△暴动，△△彭德怀等损害状况，除各机关被焚外，富家被绑者有三百人，被杀者三十人。初六晚即阳历三十日。暗杀队入市杀戮市民，对商会要求七十万元，对市民宣布缴纳房租两个月。

**初八日(8月2日)**　访李拔可，不遇。晤任心白谭。旋拔可来。

报载北平艳电，驻平苏俄代表及最近由海参崴来华之第三国际东方要员安托里夫等七人携带行李五十余件，已于经日到平，行动极其诡秘，感夜安托里夫即与汪精卫会见，所谈极秘。湘鄂△△骚动确与此间有密切关系，对苏、浙亦有计划。

视刘健之疾，赠浓厚小金花半瓶。极佳之烟，系罗少耕所购，原价四十元。

北平国家银行今日开幕，发行五千万钞票，已将第一期之一千万即先发行。

覆徐蔚如书。寄来洋十元，除六元，寄白纸正《随庵丛书》。赠杨惺吾印北齐人书《左氏传》《双林善慧大士小录并心王论》。

龙榆生来谭，还《东坡乐府》、郑叔问校本。《草窗词》金文梁校本。两种，赠以《怀豳杂俎》。

游邑庙市场，无所得。

**初九日(8月3日)**　杭州城站经训堂书店朱菊人寄来词五种，书价并邮费共拾元零六角一分：《玉勾草堂词》三卷，郑沄，嘉庆九年刻本，洋二元。《蝶梦词》一卷，元和朱云翔，乾隆丙戌刻本，洋二元四角。《湘颂楼词》二卷《都昙别谱》一卷，溧阳史蟠，嘉庆戊辰刻本，洋三元。《蓉影词》一卷，张琦等撰，董基诚刻，嘉庆二十二年刻本，洋二元。《桐月修箫谱》一卷。王嘉禄，原刻本，洋一元。

访狄楚青谭，楚青赠我汉人物画象镜，又《中国名画集》三十一集至三十四集、《苦瓜和尚画册》。

访赵叔雍谭,为陈楚材荐申报馆事。

至卡尔登,观弃妇影剧。

覆方立之书。立之索《觉世鸿文图说》,覆以印成即送。

致朱菊人书。寄书价十元零六角。

致翟展成书。代刻损、益两卦晶章,二元,即以赠之。

致蒋穀孙书。索魏母邱俭《九都山纪功碑》拓本。

致周美权书。索造象拓本,编《安徽金石目》。

**初十日(8月4日)** 陈友琴楚材。来谭。

至古香斋、西泠印社小坐。

**十一日(8月5日)** 范纬君初八日作古,送奠分四元。

覆吴舜臣书。告为陈楚材谋申报馆事。兴和演戏聚赌,县政府罚洋五百元,其长子尚未来沪。

覆费苏九书。有古碑大帧四十通,托全数销售。

覆李拔可书。订购百衲本《廿四史》连史印本三部,附照八五折,三百元每部,合二百五十五元:高潜子、王溯沂、徐随盦,共付洋七百六十五元。

**十二日(8月6日)** 《时报》载东陵古迹委员会电,民政厅谓阳历六月三十日、七月三日及二十七日等日,昭西陵先后被匪一二百名盗掘,并开枪拒捕。

访刘烈卿谭,交高潜子、王溯沂订商务印书馆影印百衲本《廿四史》预约券。

商务印书馆送来高潜子、王溯沂及余所订影印百衲本《廿四史》预约券。余订券为甲[illegible]三号。

翟展成函寄洋二百十五元。印《文昌帝君觉世鸿文图说》二百元,代购《古玉图考》九元、《石鼓文考释》四元,代刻晶章二元。

至来青阁,取次日还,旧藏亦康熙本。《林蕙堂全集》二十六卷。吴绮著,男彤本校订,孙芑猷等编辑,康熙刻本,前有大汕序。

至鸿宝斋、功德林。

**十三日(8月7日)** 姚啸亭荣泽。来,未晤。

至南京大戏院，观影剧。

**十四日(8月8日)**　鸿宝斋送来影印《摩利支天经》四千卷。

覆朱菊人书。寄来《石濂和尚诗》，因残缺退还。寄还邮费一角四分半。

覆翟展成书。汇来二百十五元祇收，晶章系赠品，价二元已收印《觉世鸿文》价内，共二百〇二元，余十三元书价亦付还。寄新印《摩利支天经》二百卷。

覆李拔可书。收到百衲本《廿四史》预约券三分，致谢。

覆孙伯恒书。拔可石经款及师比拓本均收到。寄来石经吴君常(宝炜)序目祇收，寄赠许光誉新得石经四石表裹拓八面凡四纸。闻新出石经二百余块、后记二大块尚未运至北平，如传拓，当附拓一分。热河行宫藏器昨日着手拓传，已定铭文一分。端氏藏瓦制砚者，不佳已归尊古斋，佳者为伯恒所得。

答拜姚啸亭谭。

致刘烈卿书。约十六日六时赴贞元会。

**十五日(8月9日)**　覆吴舜臣书。收到汇来稻款。催去年缴五百五十元编遣公债债票寄沪。寄《摩利支天经》二百卷。兴和长子在芜湖为海汇所阻，不来沪。询租稻年成甚好，何日开秤。

致李木公书。索钞所赠金文目。

覆周梅泉书。索录北齐天和造象全文，为何蝯叟旧藏。

**十六日(8月10日)**　鲍扶九来谭，赠新著《张夕庵年谱》五册。

王秀仁来，赠程秉泉新得姞舀母方鼎、亚形父辛尊两拓本，并言秉泉又得矢盉，铭文五十余字。同矢彝、矢尊皆一人之器也。

三时，大生纱厂开董监联席会议，并接财厅公函，监理员张世杓撤回，并另派管际安胡克之代表官股出席董监联席会议。以《摩利支天经》一百卷送吴寄尘。

董授经、陈乃乾约七时皇宫西菜社西餐，坐有日本文学士神田、长泽二君暨张菊生、姚石子、康修其三君辞未赴。

七时，聚丰园贞会，恽季申值会，邀刘烈卿入会。

**十七日(8月11日)**　陈楚材来谭。

游外国公园，荷花盛开。

林洞省病愈，来谭。

装订《汉魏石经残字》徐森玉等集拓一百三十五纸、周宜常等集拓一百七十八纸各四册。

**十八日(8月12日)**　访姚啸亭谭，约一枝香午餐，并送《摩利支天经》一百卷。

访徐静仁谭，绍介陈楚材。

**十九日(8月13日)**　陈友琴来谭。

访恽季申谭，订百衲本《廿四史》，适季申先有讯来，附大陆银行二百五十五元支票。

至怡大纸号、商务印书馆、鸿宝斋。

至来青阁，晤杨寿祺，知明日去芜收书。取《百菊集谱》六卷宋山阴史铸著。《补遗》一卷《续集句诗》一卷。史铸撰，明新安程荣校刻本，洋十二元，廿七日付价讫。

黄公渚来谭，以所书画一扇相贻，并还前借词七种。

**二十日(8月14日)**　晨一时，后邻火警，惊扰。

同陈友琴访徐静仁谭。

访陈乃乾谭。访赵叔雍，因病未晤。

吊刘子鹤。

至鸿宝斋。

致李拔可书。为恽季申订百衲本《廿四史》预约券，附二百五十五元支票。

林翼民来。

**二十一日(8月15日)**　至大东书局印刷所，晤徐志仁谭。

至大东书局发行所，购《书舶庸谭》四卷。诵芬主人，即董授经康著，洋一元八角。

罗子经来书，借明凌氏刻本《琵琶记》，百宋一廛旧藏。今往晤交之，子经拟印行也。坐中晤鲍扶九。

覆当代名人传编辑所书。戴正和、虞安国、陈邦福、陈邦怀、周元、陈直。等具名云，先生姓字已在搜罗，索助枣梨之值，覆以助银饼十番，聊备写官之俸，幸予除名。

**二十二日(8月16日)** 阅《时事新报》载，内政部准沪市民罗邕之呈请，通咨各省市，以后凡记述太平天国之事实者，禁止沿用"粤贼""粤匪"诸称，而代以太平国或其他相当之名称。

二十二日，余旭士来谭。

访郭涵斋同年谭，赠《摩利支天经》一百卷。涵斋告我湖南易君已于今夏印送小册，即照余印行之本也。

致赵叔雍书。告徐静仁兄为陈楚材向史良材进言，请接洽。

**二十三日(8月17日)** 刘烈卿来谭，拟往莫干山养疴，约同访周梦坡询山中居住情形，适梦坡外出，未遇。

赠烈卿翁覃溪书《金刚经》并经塔、《金刚经鸠异》《冥报录》、另赠方立之一分。《白衣咒》《金刚经》、真达刻本。《印光嘉言录》。

访朱沤尹侍郎谭，请题《觉世鸿文图说》书衣。

至鸿宝斋。

朱犀园来谭。

致郭涵斋书。附旧刻《正信录》，校余刻《我信录》，多翁方纲序，又多"名言""戒杀"二条，少"怪"一条，又校改补《摩利支天经》。告戴春记住处并订工议定每本二分，又《我信录》全书只六十页，《正信录》一百〇四页，纸价印约增十分之四强。

**二十四日(8月18日)** 送黄光益《随庵丛书》正续编、赛连纸印。《怀豳杂俎》。毛太纸印。

送黄公渚《闺秀词》《怀豳杂俎》。

至富晋书社，知其所购测海楼吴氏书籍悉数运沪。

至蟫隐庐、来青阁。以《摩利支天经》四百卷交蟫隐寄各处。

至中国书店，取。中秋节付讫。《补汉兵志》，乾隆己巳般阳书院刻本，李南涧、高木欣校，一元。《蕡华屋蜕稿》。吴卿弼，光绪十六年刻本。嘉道间人。六角。

晚，赴刘翰怡酒叙之约。

**二十五日(8月19日)** 余峙莲来，交阅慈幼院拟致贾汪公司，捐款请股东会保留。

报载，南陵三里店地方、土塘石板荡等处前日由泾青方面窜到股匪数十名，经南陵泾县各处保卫团分途兜击，与匪激战，结果擒获受伤之匪二名，格杀伪营长张二一名，余匪向繁昌五华山窜去。

送吴蝶卿之生母张太夫人绸挽幛。

送姚觉五之母仰南之夫人。徐太夫人绸挽幛。

高吹万寄其母节孝李太夫人《哀思录》二册。

访高吹万谭，赠《摩利支天经》十卷，晤其次子君藩。

访高君定谭，知已同姚石子迁居福煦路鸿远里，谭及《韩绿卿藏书目》其家有印本，托君定索之。

周梦坡来，谭莫干山旅居情形，并云一星期内仍往访刘烈卿，未遇，据其姬人云，至周君常处。君常云非肺病，已绍介莫干山医院。当告以梦坡接洽，可到山晤叙也。

**二十六日(8月20日)** 刘烈卿来谭，明日往莫干山养疴。

致周梦坡书。绍介烈卿在莫干山，请指导并赁屋。

致刘烈卿书。附致梦坡绍介书，略告学佛养生法。

致李拔可书。周希丁拓热河行宫古器价廿二元，请拔兄划交孙伯恒。

覆周希丁书。希丁名康元，设古光阁于琉璃厂，精抚拓彝器。近以拓热河行宫彝器铭文六十余器告成，属寄工价。

致孙伯恒书。请收商务李拔可划收二十二元代付周希丁，并请将拓本寄沪。热河器为古物陈列所拓。

覆翟展成书。寄来集资题名已汇列，价已结出(每部七角三分)。商印《摩利支天经》寄四开小样。

至净业社，晤明道师谭，代大女请《普门品图证》《弥陀经白话解释》各一百部，付价洋三十二元。

至鸿宝斋、富晋书社。

**二十七日(8月21日)**　刘烈卿、乔梓来。

致徐行可书。赠《臧拜经集》《朱子金石学》《张夕庵年谱》,又《摩利支天经》十卷。

方重审名德琏,桐城人,守彝孙,孝充子。持姚啸亭书,以古书数种来定,并以其尊祖《网旧闻斋调刁集》二十卷相赠。《楚辞集注》(半页十一行,行大二十字,小二十四字,元天历本);《书蔡氏传》(半页十一行,行二十字,有句读);《音点春秋左传详节句解》(半页十一行,大廿一字,小字双行);《史记》(半页十行,行大十九字,小廿三字);《南齐书》(半页九行,行十八字,宋蜀刻七史本,明修补至嘉靖止)。

至有正书局,购《甲子清室密谋复辟文稿》,为故宫博物院印本,先印入《故宫丛刊》之二。以《摩利支天经》一百卷交有正分送。

至来青阁,付还书价十四元,又书箱四只,洋六元。

至受古书店,无所得。

**二十八日(8月22日)**　高吹万来,未遇。

访李拔可谭,代陈一甫、胡季樵订百衲本《廿四史》各一部,并在启新洋灰公司取五百十元实业银行支票,交拔可。又交一甫致拔可函,商前订《四部丛刊》检查有无缺叶,径寄天津商务分馆转交一甫,并收回运费。

同拔可、心白商印《摩利支天经》,仿宋小字,袖珍梵夹本。

拔可赠《黄太史精华录》六卷,天社任渊选,海内孤本(藏沈寐叟家)。影宋写本藏诸贞北处。此为商务印书馆用聚珍仿宋本。

致邹适庐书。附柯燕舲赠晋虎牙将军王君表。询长兴新出孙吴盛冲碑。

致顾鼎梅书。同上。

致刘健之书。附柯燕舲赠晋虎牙将军王君表。询汉熹平洗出售。

致刘慧之书。附柯燕舲赠晋虎牙将军王君表。告王富晋已将扬州吴氏书运来,约半月可以定价。

洪仲煌来,代吴蝶卿请七月十五日为其太夫人襄题神主。

**二十九日(8月23日)** 郭涵斋同年来谭,商印《正信录》,用九开石印。赠《金刚经鸠异》《冥报录》一册、《人身关切要书》二册。

购刘健之汉熹平四年鱼鹭洗,价洋五十元。

覆陈绳夫书。寄《鉴止水斋藏书目》跋。收还《函青阁金石记》《九曜石刻录》。金石书序请其径请周梦坡撰,丛书序请刘翰怡撰,书目序当为撰序,日内撰成印寄。

任心白来书,送来陈一甫、胡季樵两君百衲本《廿四史》预约券。陈一甫二百〇八号,胡季樵二百〇九号。

致吴舜臣书。张振名、张振余之母刘老太君去世,请代送奠敬八元。

覆陈一甫书。收到启新南所拨条二纸,共五百十元,已代购百衲本《廿四史》连史纸印二部。惟现在已出第一期《汉书》是否运津,如运津,须交邮费十六元,故凭单暂存,以便补收邮费及天津详细地址。《觉世鸿文》如何运法,候示遵办。拔可函已面交,《四部丛刊》运津,统照来函办法。

刘健之赠北宋二体《周礼》石经残碑三十叶一册,作书谢之。

至鸿宝斋。

晤陈乃乾、吴树人、余阶升谭。

覆任心白书。收到陈一甫、胡季樵二公百衲本《廿四史》预约券二份。已函询,如运寄天津,须补交每部邮费十六元,并开详细地址及第一期出售是否即寄,俟覆到再告。《摩利支天经》有脱误二字,请细心校对新样,并将样交来覆阅,再商有无空行或酌增跋语,并先做纸板及用某种纸印行。请对于以上情形先为研究,届时会商决定也。拔可拟用佳纸印,甚善,然价昂,分印若干卷。拔可同一甫通讯,及寄《四部丛刻》,可先在天津滦州矿公司。

致崔展成书。寄《觉世鸿文图说》封面及认印题名、各项帐目、小样,每部合大洋七角三分,照预算余二分,未知能敷运费。

## 七月

**朔日(8月24日)** 鲍扶九来谭。

张午岑来书,同吴蝶卿各捐洋五十元,印《觉世鸿文图说》。当覆以事先未接洽,故未列入集资题名,以后再印他书,自当附分。蝶卿仅附印二十部，合洋十四元六角，随后书成付价。兹将来洋先行缴还，附赠《摩利支天经》十卷。

至富晋书社、中国书店、来青阁。

朱犀园赠钟伯龢名元赞，原名家鼐，仁和人，壬午举人。《还读我书斋集》，为其二十兄锡本校刻。

**初二日（8月25日）**　游邑庙市场。

晚，赴聚丰园贞元会，陶拙存值会。

**初三日（8月26日）**　覆刘公鲁书。题件重九前交还。《枕雷图》难向王叔僩索还。《君直遗集》叔彦编刻。下关地一时无主。

访任子木，请向李定侯借阅支那本《摩利支天经》。

**初四日（8月27日）**　崇儿今付复旦学费洋七十元，认购复旦中学建筑债券洋五十元。

李木公之室刘夫人余内侄女。昨日去世，今戌时殓，吊之。

**初五日（8月28日）**　安徽旅沪同乡会公函，临时维持捐洋拾元，当付讫收临字拾柒号收据。收款人吕朴山。

取蟫隐庐各书：《永乐大典现存卷目表》，一角五分，袁同礼撰。《诸城王氏金石丛书提要》一卷，王维朴，庚午三月印本，洋五角。《汉熹平石经残字集录三编》，罗振玉，一卷，补遗一卷，洋七角。《西域尔雅》一卷，王初桐，钵山图书馆石印钞本，洋三角。《亿年堂金石记》，陈邦福，石印本，洋七角。《房山山房丛书》，江浦陈洙，洋一元：《读易杂说》一卷（怀宁陈世镕）、《康熙朝品级考》一卷、《大正博览会参观记》一卷（上海王维亮）、《汉魏碑考》一卷（鄞万经）、《拙存堂题跋》一卷（金坛蒋衡）、《石泉书屋题跋》一卷（利津李佐贤）、《跋南雷文定》一卷（桐城方东树）、《玉井攀莲集》一卷（江宁严长明）、《岱游集》一卷（钱塘陈文述）、《同文集》一卷（崇明黄超曾）。《竺国纪游》四卷，金山周蔼联，癸丑江安傅氏活字印本，洋一元二角。《桂考》一卷，郴州张光裕著，甲子南海黄任恒校印，洋二角。《丙寅稿》一卷，罗振玉，洋一元五角。《丁戊稿》一卷。罗振玉，洋一元五角。

宣古愚来谭。

任子木来谭,以明崇祯壬午孟秋华严阁本《摩利支天经》泰和信官萧士玮捐俸刻,东塔寺释道源、东湖信士毛晋同对。校唐乾德石刻本,疑未能尽也。明华严阁本即支那本,昔年出自杭州,许氏绍介归于合肥李氏。

覆柯燕舲书。谢赠晋虎牙将军、王君表二拓本,汉羽阳千秋方砖文一本,另赠顾鼎梅、邹景叔、刘健之、刘晦之晋王君表已分别转致。健之病危,未能答复,鼎梅、景叔、晦之均有覆书附阅。附赠旧藏建安元年、建兴二年、黄武六年、太康元年四镜拓本。

覆邹适庐书。适庐新得瓦当拓本。《盛冲碑》长兴有出售者,当备价请代购。

覆李从龙书。从龙任国家银行发行部长,寄《摩利支天经》一卷。

覆陈楚材书。楚材已就止园路建国中学初中部国文教员,月薪七十元,前谋申报馆事停止进行。

致赵叔雍书。楚材已就教员,前谋报馆事停止进行。

覆翟展成书。告印《摩利支天经》依藏本,经用海月笺印仿古活字,装梵夹小册,每千册约三十元。

覆吴舜臣书。告陈楚材已有教员事,月七十元,来函不能兼申报馆事,请停止进行。《摩利支天经》可免绑匪之灾。编遣库券前被袁厅长挪用,现已有着,惟券尚未到。前购枪枝仍不敷五千元,前开会令各堂(共五家)又认借三千元。卷烟库券南陵摊派六千元,现催缴甚急。佃户张荣忠被绑,前日方回家,匪索三千元。房客恒大布店伙友下乡收帐,二人均被绑,尚未放回,赎价已去八百元。

**初六日(8月29日)** 视刘健翁疾,危矣。

访任心白,未遇,旋来谭,交《摩利支天经》任子木校支那本,并还心白昨寄来商务书馆新排三号长体仿古活字梵夹样本及所撰跋语一则。

覆金孝达书。寄为其师季子和书联。寄《摩利支天经》十卷。告桂实之、桂厚之均作古人。

为杭州经训堂朱菊人书联,付邮寄之。

四时,赴华商上海水泥公司四十五次董事会。

曾农髯于初四日作古。

**初七日(8月30日)** 任子木来谭。

晤李定侯，借阅明支那本《摩利支天经》，匆匆翻阅即还之。

访吴寄尘，未遇。

至蟫隐庐，晤鲍扶九谭。

任心白来书，云明道师、黄幼希商定，《摩利支天经》用唐不空和尚译，为高丽藏本，惟唐译较梁译字数增多，拟改原样每半叶六行改为八行，既省篇幅，且密行细字，亦两相称，后跋即照来意，将丙寅跋删并为一跋，录稿请正，作书覆之。

**初八日(8月31日)** 刘健之于是日巳时作古，戌时殓，吊之。

五华山今为匪出没处，属繁昌，唐属南陵。又名崔家山，唐隐静寺在焉。

**初九日(9月1日)** 程演生来，未晤。

访郭涵斋同年谭。

至中国书店、来青阁、蟫隐庐。

**初十日(9月2日)** 答拜程演生，谭修《安徽通志》，拟先修《艺文志》。

覆翟展成书。寄《觉世鸿文图说》一部、商务书馆活字样本一册，告《摩利支天经》诸同仁拟印唐不空和尚译本。赠《阿弥陀经要解》。

致夏辅宜书。寄《觉世鸿文图说》一部，告现印《摩利支天经》情形。

阅《佛学大辞典》，记《摩利支天经》：摩利支，天名。又曰摩梨支、摩利支天、摩利支菩萨、摩利支提婆，译曰“阳焰”，以其形相不可见、不可取，故名。又曰华鬘，以天女之形相名之，常在日前行，有自在通力之天神也，若念之，则离一切之灾厄，特为武士之守护神，密家所传。此天之印咒，以隐形法为其至极。《本行集经》三十一曰：“摩梨支，隋云阳焰。”不空译之《摩利支天经》曰：“有天名摩利支，有大神通自在之法。常行日前，日不见彼，彼能见日。无人能见，无人能知，无人能害，无人欺诳，无人能缚，无人能债其财物，无人能罚，不畏怨家，而得其便。”天息灾译之《大摩利支菩萨经》一曰:“摩利支菩萨陀罗尼,能令有情在道路中隐身,非道路中隐身,众身中隐身,王难时隐身,水火盗贼一切诸难皆能隐身,不令得便。”

形像图像。阿地瞿多译之《摩利支天经》《陀罗尼集经》十。曰:“若人欲供养摩利支天者,应用金、若银、若赤铜、若白檀、若赤檀等,随力所办,作摩利支天像,其作像法似天女形,其像左手屈臂向上,手腕当左乳前作拳,拳中把天扇,扇如维摩诘前天女把扇,于扇当中作西国卐字,字如佛胸上卐字,字四曲内各作四个日形著之。其天扇上作焰光形,右手伸臂,并伸五指,指头垂下,身长大小一寸、二寸乃至一肘。其中最好者,一二寸好。中略。其像左右各作一侍者,其侍者作天女形,种种庄严,作此像已,若比丘,欲行远道,于袈裟中裹着彼像;若是优婆塞,头髻中藏着于像,大小行时离身放着,不得共身上厕大小行。”

天息灾之译之《大摩利支菩萨经》一曰:“今有成就法,用好彩帛及板木等,于其上画无忧树,于此树下画摩利支菩萨,身如黄金色,作童女相,挂青天衣,手执莲华,顶戴宝塔庄严。中略。别明成就法,令彼行人先作观想,想彼摩利支菩萨坐金色猪身之上,身着白衣,顶戴宝塔,左手执无忧相华枝,复有群猪围绕。”

《经轨》:经名。《摩利支提婆华鬘经》一卷,不空译;《摩利支天菩萨陀罗尼经》一卷,不空译;《摩利支天经》一卷,阿地瞿多译,摄于《陀罗尼集经》第十;《摩利支菩萨略念诵法》一卷,不空译;《摩利支天一印法》一卷,失译;《摩利支天陀罗尼咒经》一卷,失译;《大摩利支菩萨经》七卷,天息灾译。

谨按,唐乾德六年袁正已书经,与失译《摩利支天陀罗经》经文较简。李奉珪画像,较阿地瞿多译本微异。徐知舜建石京兆府国子监,今在陕西长安。题神王女抄多摩尼莫说,梁代失译。不知何据。明宣德癸丑福坚青笺金书《摩利支天经》为鸠摩罗什译,前有像,正续藏经未收。

致陈绳夫书。谢寄《癖好堂藏金石书目》,赠《摩利支天经》二十卷。

访陈乃乾，不遇，以杨升庵《词品》《词评》《曲话》明刻本借之。

**十一日（9月3日）**　访丁子盈，不遇。

覆高吹万书。吹万寄赠沈居士书《阿弥陁经要解》五部，覆赠翁覃溪书《金刚经塔》《金刚经》各二分。

致吕鹿笙书。告《觉世鸿文图说》已代印二十部，赠《摩利支天经》十卷。

致宣古愚书。赠《摩利支天经》十卷，又新刻《癖好堂藏金石目》。

至恒顺公司，赠《摩利支天经》十卷。

访刘晦之谭，赠《摩利支天经》十卷。

访任心白、李拔可谭，商印唐不空译《摩利支天经》。

**十二日（9月4日）**　任心白来谭，以明宣德福坚金书《陀罗尼经》内《摩利支天经》为鸠摩罗什译本参考，此藏本未见也。

**十三日（9月5日）**　以新印连史纸《云起轩词》赠叶遐庵，书来答谢，并赠《梁代陵墓考》。张璜著，李卓译，廖德珍覆勘，叶恭绰删订，上海土山湾印书馆印。

同淑畹至南京大戏院，观《蝶酣花醉》影剧。

在西泠印社刻"随盦"二铜印，一方印、一长方印。皆王福庵篆仿古钵也。

阅诸城王齐民维朴。《诸城王氏金石丛书提要》，祖戟门先生锡棨名。著有《泉苑萃珍》四卷、《都中收买装潢碑帖》二册、《选青阁日记钞》三卷。父绪祖先生字兰溪，一字禹卿，又字次庭、鄦阁。《王氏吉金释文》一卷、《古泉汇补缺订讹》二卷、《周句鑃斋藏石目录》一卷、《十布秘藏之室日记钞》四卷、《金石刻跋》一卷、《泉话》一卷、《种瓜亭题识》一卷。其曾祖藕堂先生玮庆。亦有《蕉叶山房书画碑帖目》三卷、《怀古杂咏》一卷、《书画楄识》一卷。族伯王文敏公懿荣，廉生。《寰宇访碑录补遗》一卷《补目》一卷。四世收藏金石书画，均有专书，齐民虽入青岛就学，犹能承其绪余，撰有《大斋家藏大敦为孙伯渊故物，即以名斋。所藏古器物文》十二卷、《天玺双碑馆藏金石文字录》四卷，并汇刻先集印行，王氏子孙可敬可佩。齐民有《商盉堂金石丛话》，登诸商务书馆《东方杂志·美术特刊》;《盉庵研古录》,黄宾虹介绍神州国光社印行。

**十四日(9月6日)** 访方立之,谭《摩利支天经灵感》。

访明道上人,索净业社流通佛经目。

访罗子经,坐中晤叶伯皋,谭《摩利支天经灵感》。

访刘十枝、刘晦之,不遇。

至富晋书社,取:八月初九日付讫。《灵璧志略》四卷,江阴贡震,乾隆廿五年自刻本,洋七元。《灵璧志》明万历杜君始创县志,莆田陈君修之,国朝康熙马君、吴君又修之,后八十余年汶上于君修而未成,前志无复印本。《休庵集》二卷。分前集一卷、后集一卷,后集附一卷,洋廿元。题南陵盛于斯此公著,豫章甘文奎大弢、浚仪周亮工元亮、武林洪秉铨、王衡订,前有顺治五年终国鼐序、戊寅陈周政原序、甘文奎原序,顺治五年周亮工序,丁亥里中同学梁一非后序。

黄公渚来书,索《永嘉四灵诗》,以连史纸印本赠。又为林子有同年借阅《词钞》四册,亦检付之。

刘翰怡来书,以汪社耆画《嘉业堂勘书图》、吴待秋画《希古楼图》二卷属题,并赠同吴䌹斋撰《晋书斠补》一百三十卷,覆书谢之。翰怡同章一山(梫)以所编《纶旅金鉴》七卷于丁巳二月进呈,奉谕留览,蒙赏御书"秇心希古"四大字、《劝善要言》诸书。翰怡辛酉五月四十寿。一山亦蒙赏御书"言炳丹青"四大字、《劝善要言》殿本、覆宋本《心经》《政经》。

子经言,王幼农拟印《摩利支天咒》数万张。即《禅门日诵》之一咒,亦即不空和尚译本第一咒。叶伯皋言其子在鄂,亦拟再印梁译唐石本。

**十五日(9月7日)** 《时事新报》载,繁昌县五华山匪首杨三保化名吴继先,吴宗凯化名谭冰孙,张善玉化名谭铁眉,在福州路新大中旅馆被获,并抄出△△书籍多本,解至特区法院,由芜湖公安局探员刘仲福证明,随交来探带回归案讯办。

未刻,吴蝶卿之太夫人成主,请贵阳尚书师题,余与方玉山襄题。

四时,大生一、二、三厂董监联合会,省派管民厅。程、财厅。金、沈省政府。为董事。陈光甫为监察,同莅会;胡克之、郭肖霆亦至。八时散会,至一枝香西餐。

访刘晦之谭。

**十六日(9月8日)** 吊吴蝶卿之母太夫人。

晤吕鹿笙，交代印《觉世鸿文》二十部。

访方立之谭，赠《觉世鸿文图说》《阴骘文图证》各一部，《摩利支天经》十卷。

罗子经来谭，赠《觉世鸿文图说》一部，子经还前假明凌氏刻本《琵琶记》。

午刻，在觉林贞元会，姚虞琴值会。

覆翟展成书。展成认印《摩利支天经》一千卷。

覆吴舜臣书。来函云九月一号开禁，新稻三元五角上下。寄来族中救济贫苦二百元兴和、兴焘、朝璋七月三十日收据。淑畹之佃户涂春和、秦自信、罗恒春、陈大行等七家均送票，不敢回家。东乡匪多，上北乡稍好。

**十七日(9月9日)** 童心安来谭，旋答拜，未遇，留赠《觉世鸿文图说》。

陈清源自扬州来，陈孟塘亦来，均未晤。答拜，晤孟塘谭，赠《觉世鸿文图说》。清源外出，留赠衣料、茶叶、银鱼、橄榄并《觉世鸿文图说》。清源先赠我雪茄烟两匣、茶叶两瓶、酱油、酱菜。

访程秉泉谭，秉泉出观河南新出土盉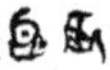，腹方而浑圆。盖有铭五十余字，鋬有铭五字：，并赠拓本，盖与夨彝、夨尊一家之器也。坐中晤裴伯谦之子，谈拟印其尊人所藏书画录稿并壮陶阁帖，约十九日午后四时在秉泉处再谭。

访郭毅贻谭，涵斋。交代印《觉世鸿文图说》二十部，当收回工料价洋十四元六角。

访吴蝶卿谭，交代印《觉世鸿文图说》二十部，蝶卿交我刻善书洋五十元，除去《觉世文》印价十四元六角，净存三十五元四角，另刻他种书。又代张午岑刻善书洋五十元。

访任心白谭，交陈一甫、胡季樵百衲本《廿四史》运费三十二元。

吴蝶卿为我代购元椠本《仪礼敖继公集说》十七卷，胡佐岐大令故物,付价洋一百元:惜虫蛀太甚,修补费工。《皕宋楼藏书志》著录。元椠《仪礼集说》十七卷。每半页十二行,行十八字,经文顶格,注低一格,版心有字数、刻工姓名,每卷后有正误。

郭寿丞约七时功德林素餐。

姚石子赠新印《顾千里先生年谱》,昆山赵学南诒琛所编辑也。

**十八日(9月10日)** 陈清源、陈孟塘来谭,约至一枝香午餐,并邀其四子季丹泰桂。同餐,时季丹交通大学毕业。为安徽省政府派往英国留学也。到英后入迈给斯特大学肄业。赠清源《摩利支天经》十卷。一枝香菜洋五元七角。

致恽季申书。送代印《觉世文图说》三十部,收回洋廿一元,又小洋十角。

致张午岑书。送代印《觉世文图说》二十部,计十四元六角,昨吴蝶卿代交午岑印善书洋五十元,随后结算。

致任心白书。商印《摩利支天经》。

致吴寄尘书。送大生一、二、三厂股东登记表,赠《觉世鸿文图说》四部。

访宁松泉谭,交代印《觉世鸿文图说》五十部,收回价三十六元五角,赠《摩利支天经》十卷。

覆刘烈卿书。烈卿来信,到莫干山病渐愈,并寄示新诗。寄赠《觉世文图说》。

覆陈一甫书。收到印《觉世文》三百部洋二百廿五元,除书价二百十九元,尚存六元,随后结算。启新南所寄书较转运公司为便,当面商之。又《廿四史》运费卅二元,亦交商务,批明前取凭单,兹将凭单二纸寄上。又先寄《觉世文》二部。告方立之拟集资印《阴骘文图证》,每部约洋三角。又上海印《摩尼支天经》一万册,每百册约四元上下,如附印,请先示。寄丙寅梁译本二纸。

季元之先生胞叔根云先生作古,送奠分洋拾元。

余尧衢作古,戌时殓,吊之。

**十九日(9月11日)** 陈楚材来谭,赠汪师退《读史记十表》。

至程秉泉家,晤裴伯谦之二世兄及金子才谭,裴世兄以伯谦所著《鉴藏书画记》四十卷稿本相商付印。

访汪圣瑞,不遇,留翟展成送其《觉世鸿文图说》。

吕幼舲讣至，送呢挽幛。

**二十日(9月12日)** 午刻，金子才、裴岱云约素餐，陪叶遐庵观伯谦所藏书画。

访王富晋谭，取八月初九日付讫。《车书楼汇辑各名公四六争奇》八卷。春谷许以忠君信甫选，金溪王世茂尔培甫校，明刻本，前有万历庚申孟夏程尧功序。春谷在南陵，为汉旧县。杭州经训堂书店有此书，只前二卷，未购。洋卅五元。

至鸿宝斋。

张和声、程演生来谭，和声由省来，请演生就文学院院长，演生出示江彤侯拟修安徽通志章程。

**二十一日(9月13日)** 答拜张和声，未遇。

至大生，访寄尘，未晤，晤燕谋、懋之。

二儿由圣学翰学校返寓，为母庆祝生日。

**二十二日(9月14日)** 淑畹六十七岁生辰。

林洞省、林翼民、叶弥臣、朱宸卿来贺。

汪圣瑞来，让翟展成认印《觉世鸿文图说》十部，交价洋七元三角。

金子才、保权，广东。裴岱云一字稚闇，霍邱人。来，商印《睫庵书画录》。

六时，约程演生、张和声、陈子言、黄滨虹、林翼民、陈楚材酒叙。

演生、和声同法国马古烈博士博士为伯希和博士弟子，研究中国历史、文学、考古学，年廿九岁，初次游中国，由北平过沪返法。来访，遂留饭，赠《宋元科举三录》《玉台新咏》。宣纸印本。

滨虹赠我新印《宾虹藏印二集》八册。

赠林翼民《闺秀词》《怀豳杂俎》。

**二十三日(9月15日)** 送张和声行，未遇，晤其世兄在吴淞同德医校。及姚培之。祖荫，贵池。

致翟展成书。告汪圣瑞回去《觉世文》十部，并收价洋七元三角。

覆吕美荪书。寄示游莫干山诗。寄《寅畏室笔录》十册。为范肯堂之夫人托其孙范增厚谋事。

**二十四日(9月16日)** 娴女十岁生日。

至蟫隐庐、来青阁、商务书馆、古香斋。

**二十五日(9月17日)** 访王富晋谭,赠《觉世鸿文图说》。

至中国书店。

午刻,陈子言约陶乐春陪程演生便酌。

**二十六日(9月18日)** 至启新洋灰公司,晤丁君雨庄,商运陈一甫、周实之所印《觉世文图说》三百部至天津。丁雨庄名其慰,河南永城人。

潘叔玑来,未遇。

吕鹿笙来谭,交洋二十元,除《觉世文图说》二十部价十四元六角,余印《摩利支天经》。

午刻,叶遐庵约素酌,观裴岱云所藏书画,坐有王一亭、狄楚青、陈雪佳、吴湖帆、冯超然、吴、冯工画。许修直诸人。岱云赠其尊人《睫庵集》。另赠陈子言一部。

阅金山周肖濂《竺国纪游》四卷,肖濂名蔼联,乾隆五十六年,廓尔喀军兴,随仁和孙文靖公总督四川,办理军务至西藏,所纪山川、风俗、草木、虫鱼之异,耳目所及,辄笔之,得百余条。原本于醴陵道中遗失,嘉庆六年,复追忆掇拾汇而纪之。此为癸丑仲冬江安傅氏活字板印行本。

藏纸似茧纸,而坚韧过之,有宽广至三四丈者,文理坚致,如高丽纸。前、后藏,达赖、班禅用以写经,有私造私售,均犯重辟。

藏佛铜质镀金,亦有范以黄金者,小者扶寸,大者高三四尺。土人云,以极小、极大者为贵,其高七八寸者不甚贵也。其佛中空,以座承之,喇嘛去其底,实以藏经,摇之簌簌有声。或谓佛之佳者,其腹自然作声,非也。予曾购十余尊,令番人别之,其佳者置诸额上,否则摇首置之而已,大约以数十年或百余年前所铸面目活脱、腰细而斜者为佳。

欢喜佛一名阴阳佛，红教所奉。红教本有妻室，今萨迦胡图克图即红教之首，与达赖喇嘛皆平行。十二年赴藏一次，番人信服过于黄教。盖喇嘛先有红教，如唐之鸠摩罗什、元之大圣法王，皆红教也。至明永乐年间，宗喀巴出，始倡黄教，不饮酒娶妻。后来，黄教转胜于红教，然红教尚法术，如今之止冰雹、禳病除邪，番人咸重之。黄教重戒律，崇经典。红教如萨迦圆寂，即以其子承袭；黄教则必须另寻呼毕尔罕，其经典亦微有异同云。

唐古忒子，横行，自右而左，有三十六字母，凡字皆从此生。

番人礼佛，状如偃卧，舒两臂据首之前，而以两掌贴地，其口鼻以至地而后止，真五体投地也。

鲃藏香以后藏入贡者为佳，有红、黄二色，其细者一种名盛安工卡最胜，香内以醃肥、吉吉诸香加藏红花为之，故香甜触鼻。前藏色拉寺香亦佳。其余馈送者料薄价省，皆不甚道地。其大如笔管者，每枝价值一金，不可多得。

西藏之有黄教、红教，犹中土之有南宗、北宗。黄教传自前藏之宗喀巴，红教传自后藏之多尔济，以方术名彼道中，已为外道至布鲁思。古以达尔巴为道场，以色丹巴为初祖，其诅咒之术曰札达克，杀戮之术曰奔布尔，所持之经曰达思拉。其毒恼尤甚，盖其红衣、红帽，固已异乎黄教之宗乘也。近云南边界尚有黑教喇嘛，另为一种，与黄教争上下，然只一隅之地，为数不繁。藏佛沿街摊卖，率以年代久远者为佳。又有小如粟米者，贮以铜龛，大如桃杏之仁，悬诸胸间，谓之护身佛。达赖喇嘛、班禅额尔德尼，皆统名也，如华人之称和尚云尔。别有一名，或四五字，或六七字，奏贡时用之。

**二十七日(9月19日)** 黄吉园来谭。

致陈一甫书。告交启新南所代运《觉世文》三部，今由邮寄三部，先后共寄三百〇五部，合洋二百二十二元六角五分。又木箱二只，共二元四角，统共二百廿五元〇五分，收洋二百廿五元两讫。

高吹万约六时新利查西餐，以疾辞，并以前赠董文敏书《金刚经塔》、吹万自书《观音堂记》、《顾尚之墓表》《石梁记》《顾夫人圹铭》《君明墓碣》《伤昙录》，作书谢之。

刘健之讣至，送挽幛、祭筵、烛箔。

**二十八日(9月20日)** 宣古愚来谭，赠《觉世鸿文图说》《刘龙慧诗集》，古愚附印《摩利支天经》洋十元。

致董子厚书。寄《觉世文》八十部。

致翟赞襄书。寄《觉世文》四十八部。

致翟展成书。告寄董子厚、翟赞襄及交朱晋侯《觉世文》。

致朱晋侯书。致舒振庭书，附交《觉世文》十六部，转朱晋侯另送舒振庭一部。

李耆卿来谭，以新刻《历史感应统纪》样张相示。

午后，同定君往约翰中学视永儿。

晚，赴程演生小有天酒叙之约。坐有章韫胎，字盈五，东流人，巴黎大学国家理科博士。

昨，高吹万约新利查西餐，谢之。今吹万来书，云即回张堰，约下次来沪再叙。

访王富晋谭。

**二十九日(9月21日)** 丁筦生来，谭张仲照讼事，赠筦生、仲照《觉世鸿文图说》《摩利支天经》。

覆翟展成书。展成原经手印八百部，今商减四十部，陈孝甫定印《摩利支天经》一千册。

覆吴舜臣书。舜臣来书云，摩利支"支"字读"卜"字，不知取义。钞《佛学小辞典》摩利支解。寄《觉世文图说》三部，一赠舜臣，余赠有善心者。来讯云，土匪在赤岭工山坊送绑票，卅余家未赎，工山坊王姓房屋被匪焚。

在富晋书社取：八月九日价付讫。《四库目略》，杨立诚编，分经史子集四部，码洋八元，七折。《中国藏书家考略》。杨立诚、金步瀛合编，首索引表，码洋二元，七折。

## 八月

**朔日(9月22日)**　覆夏辅宜书。收到《觉世文图说》价壹百元,来讯定印《摩利支天经》三百卷。

致翟展成书。交江顺轮船带芜《觉世文》二百九十六部。

**初二日(9月23日)**　午刻,聚丰园贞元会,到会者恽季申、程子大、恽瑾叔、姚虞琴、刘锡之、李凤池、吴董卿,另约刘十枝入席。

同十枝至富晋书社观书,取:价付讫。《太上感应篇经史考》八卷,道光十一年朱国荣重刻康熙朱溶本,洋六元,实三元六角。华亭朱溶编辑,钱塘朱辂辑注,辂子良治参,济南李涛批阅,仁和洪景融参,长洲钮龙三、韩佟国、瓒溶弟济较,丹山朱国荣重编次,男佩圭复三校,及门池开泰余大焕、黄清瑚、朱印川、柳茂森、黄孝仝、朱佩甲、朱佩圣、萧修森较录。《真诠》二卷,邛上玄同子,彭定求重刻明嘉靖本,康熙庚寅刻本。此书与《道藏辑要·金丹要诀》同。洋一元五角,实九角。《金刚经联语》一卷,王定安辑,光绪十二年江南书局刻本,洋二角,未算价。《金刚经》,叶衍兰书,光绪二十三年刻本,洋一元五角,实九角。《童歌养正》,常熟归继先辑,光绪九年凃宗瀛刻本,洋四角,实二角四分。《心田妙选》,关燮堂读本,光绪庚子上海善书社印本,洋一角,未算价。《掩埋备览集证》,乌程谈熊江辑,光绪十年重刻本,洋二角,未算价。《女二十四孝图》,吴友如画,石印本,洋五分,未算价。《二十四悌图》。吴友如画,石印本,洋五分,未算价。

姚虞琴以敦煌写经一卷相示,卷末有题识:白麻纸本。府主尚书曹公已躬永寿,继绍长年,合宅枝罗,常然庆吉。敬写大佛名藏经贰百八十卷,惟愿城阴安泰,百姓康宁。大梁贞明陆年,岁次庚辰五月十五日写记。枝罗,待考。

恽季申传治脾胃不和方,云极有效:

鸡内金、一两。焦麦芽、五钱。焦谷芽、五钱。陈佛手,五钱。共研为细末,午饭后服一匙。

程演生寄示域外行卷。

**初三日(9月24日)** 程演生来书,附送江彤侯晧。书,以筹修省志约与从事。中有领袖群伦,提纲挈领,非贤者莫属。敢缘众意特书,托秋浦许静老、怀宁程演生先生代陈悃款,仰丐贤者。

访任心白谭,商印《摩利支天经》,并晤李拔可闲话。

访丁子盈谭。

刘烈卿由莫干山回沪,来谭。

**初四日(9月25日)** 曾农髯讣至,送丝葛幛。

高君定之母张孺人讣至,送丝葛幛。

送李木公夫人刘氏祭筵、十元。经忏、十三元。银定、四合。素烛。

程子大来,未晤。

王秀仁来,未遇,留周湘云藏器三种拓本。汉金符(光和四年),魏僧昙瑞造象(武平元年),汉铜镫(甘露二年)。

答拜潘叔玑谭。

答拜刘烈卿谭。

昨程演生来函,附来红彤侯书,约修省志。今访演生,请其代辞。今舜臣来讯,闻陈夺声云陈海汇因省志事不日至沪。

致刘翰怡书。题还《希古楼藏书图》《嘉业堂勘书图》。以六十小象请书六十寿诗,赠《觉世文图说》。

致李拔可书。陈一甫以所订《廿四史》预约凭单天津门牌写错,请改正。又代徐养吾订《廿四史》预约。

阅《东游记》一百回,是记为康熙间荣阳清溪道人著,华山九九老人述。道人善谈禅,乐劝善,假托摩老祖东游,发明人伦,以酒色财气逞邪弄怪之谈。一魅恣则以一伦扫,扫魅还伦尽归实理,总皆描写人情、证明因果,诚学佛劝善之书也。

购曹怡大号建兴仁加魁连史拾件,每件十五元七角。计一百五十七元;又杆伤连史拾件,每件十元。计一百元,共二百五十七元。

**初五日(9月26日)** 访夏玉峰谭,运《觉世文》交翟展成。

吊曾农髯之丧。

访陆维镛，询妇孺救济会情形。

致翟展成书。开单收款付书帐略，共先后付书七百六十部，除收款，尚欠一百四十五元五角，书价共五百五十四元八角。

覆陈一甫书。一甫订百衲本《廿四史》津寓门牌凭单写错已改正，代徐养吾订《廿四史》拟照前价八五扣，拔可允照前价不扣。

覆张之煌书。覆以令叔祖明德先生八十寿文已撰成，并制屏四幅，命儿子书就，当觅妥便寄苏州令叔子猷先生代收。

覆周希丁书。热河行宫藏器加拓八种，增洋二元，每份廿四元，已寄廿二元，此欠二元当设法寄去。长白伦氏，大兴冯氏、张氏、袁氏，萧山陆氏，北平孙氏各家所藏千余器皆希丁所拓，询其有无副拓，能否让人。王维朴藏大敦拓本。来书拟集拓上海程氏、刘氏、张氏、周氏各器，前颂清已言之，因向各家说合未成，淮生、颂清约知其情形。

**初六日（9月27日）**　访杨咏秋、陈介卿。蔗青谭，赠杨咏秋、陈介卿、萧彦和名之钧。三君《觉世文图说》。

致夏玉峰书。托寄翟展成《觉世文》三百〇八部，另赠《觉世文》一部。

致魏刚长书。赠《觉世文图说》。

赠周梦坡、周湘云、李耆卿、丁仲祜、徐静仁各《觉世文图说》一部。

程演生来，未遇，留赠所著《圆明园考》并江彤侯函。

褚礼堂、姚啸亭来，均不遇。

同淑畹、定君至黄小松家，为永儿订明年婚期，择吉七月初三日。

**初七日（9月28日）**　姚啸亭来谭，以家藏朱子书册、尚真。宋元集册、伪。米南宫书卷、有姚伯昂题，伪。仇十洲画卷伪。相示，并属估值。赠《觉世文图说》。

致夏辅宜书。寄《觉世文图说》一百五十九部，连前寄一部，共一百六十部，全数交清，付寄费一元。

致张子猷书。寄张明德先生八十寿屏四幅。

至来青阁，晤杨寿祺，托寄夏辅宜所印《觉世文图说》，并赠《觉世文图说》。取《无声诗史》七卷。姜绍书辑，康熙五十九年李光暎刻本，洋五元,十三日付讫。

覆吴舜臣书。陈燮卿捐助妇孺救济会经费一千五百元,款到即送,并告该会改组情形。通志事决辞,海汇未来。冰冻堋修路公启募捐,列入发起人,事关善举,自未便辞。新稻请约售。鲍县长拟印南陵图三百分,覆以往年俞峻韵谈过全境图、城厢图每份售洋一元,现在印工亦要此价,不如在前印之图内提出一二百分应用缴价最好,请峻韵志、图一并运回。全境图约存四百七十分,城厢图约存四百九十分。

魏梅荪、王幼农公函,内开三汊河法云寺,久无住持,现奉印光、真达两师函谕,推举心净为方丈,订于旧历八月初九日上位。

**初八日(9月29日)** 吊刘健之之丧,并贞元会同人公祭。

吊易由甫,送呢幛,程子大代赠田甫所著《孟子年略》《发微》二书。

覆江彤侯书。辞修《安徽通志》。

访程演生,交覆江彤侯书,适彤侯来沪在座,晤谭修志筹款情形及聘请分纂,坚约就总纂一席,力辞。

访陈乃乾谭。

至富晋书社,结算所取书价,共洋七十四元六角四分:初九日付讫。《四六争奇》八卷,洋三十五元;《休庵集》二卷,洋二十元;《灵璧县志》四卷,洋七元;《四库目略》,洋五元六角;《中国藏书家考略》,洋一元四角;《感应篇经史考》八卷,洋三元六角;《金刚经》,叶衍兰书。洋九角;《真诠》二卷,洋九角;《童歌养正》,洋二角四分。富晋赠《西陵趖程录》。傅云龙撰,码洋二角。

李木公来,未晤,留所藏《含德堂彝器目》。

**初九日(9月30日)** 江彤侯来,坚约就省志总纂,仍力辞,彤侯将省政府聘书留下。

答拜江彤侯,未遇。

送刘健之之丧。

至鸿宝斋,付印《摩利支天经》九元七角。

至富晋书社，付书价七十四元六角。

**初十日(10月1日)** 访刘烈卿谭，坐中晤吕美荪。

访李拔可谭，荐马兰生之弟三子。

晤任心白，订印《摩利支天经》一万卷。价洋四百元。

午刻，程演生约梅园酒家酒叙，坐有江彤侯、洪泽臣、汝闿，歙县。李少川、国风，合肥。陈子言。

**十一日(10月2日)** 吊高君定之母张孺人。

拜江彤侯谭，坚辞《安徽通志》总纂，坐中晤黄朴存、关芸农，并托朴存代辞。

午刻，陈子言约江彤侯陶乐春酒叙，招往作陪。

洪泽臣赠所著《勺庐词》。

华商水泥公司第四十五次董事会。

覆王欣夫书。告金松岑今日到沪。

南陵修筑滨土墈公路，劝募委员会寄募捐启四纸。

**十二日(10月3日)** 访江彤侯谭，并以许静人致李木公转劝就通志总纂书相告，商加聘许为总纂，李为编纂。

彤侯坐中晤金松岑暨其弟金侣琴、国宝，现交通上海分行。王巨川，名铨济，上海人，土地局分局长。侣琴约陪彤侯至银行公会午餐。

覆李木公书。昨木公来书，转来许静仁、江彤侯两书，劝就通志总纂。覆以再加考虑，并谢钞《含德堂藏器目》。

晚，赴黄朴存陶乐春之约，陪江彤侯。

至蟫隐庐，取：十二月廿七日结清付讫。《汉石经残字集录四编》一卷补遗一卷罗振玉。《古玺文字征》十四卷附录一卷《汉印文字征》十四卷附录一卷《检字》一卷，上虞罗福颐，码洋八元，七折。《宋词三百首》。上彊村民编，洋九角，芜湖吴柚山(侑三)托购。

**十三日(10月4日)** 访金松岑谭。

午刻，约江彤侯、金松岑、高吹万、黄滨虹、程演生、洪泽丞、陈子言、李少川、金侣琴在聚丰园酒叙。

结算来青阁来往书帐，购书洋九元，(内书箱四只)石印书(计洋四元)，洋四元。售书洋廿一元四角，收回十二元四角。

三时，大生纱厂开董监联合会。

**十四日(10月5日)** 拜许静仁谭。

二时，华商上海水泥公司股东会改选监察人，揭票仍旧杨奎侯、夏剑丞、沈叔逵。

覆翟展成书。收到书价一百四十六元五角(存轮船搬力一元)。代吴侑三购《宋词三百首》，洋九角，《彊村语业》无此书。《摩利支天经》样本。附任心白、董子厚两讯。《翰苑分书感应篇》容代觅。

**十五日(10月6日)** 挈崇儿、馥女观中央戏院影剧。

覆杨云史书，商务印书馆代售其诗词集。

**十六日(10月7日)** 访潘叔玑，未遇，留更生同年铜镜三枚。

午刻，聚丰园贞元会，恽瑾叔值会。

同恽季申至富晋书社，取十月十九日付讫。《黄山纪胜》四卷桐城徐璈辑次，洋四元。

覆魏梅荪书。梅荪于闰六月望闭随意关，八月七日出关。前寄赠《觉世文》一部，梅荪函索再寄三部，今又寄赠。

致潘叔玑书。告王富晋可收古书。

俞朗溪、思源。汪维英来，未晤。

童心安来，未晤。吴瑞卿今晨五时病故。

**十七日(10月8日)** 郭涵斋同年来谭。

答拜心安，未遇。

林洞省之夫人生日，往贺。晚，洞省约至秀色酒家酒叙。

至富晋书社，取宋椠残本蔡傅卿《草堂诗笺》，存卷一至三、卷九至十四卷，共九卷，又赵子栎、鲁訔《诗年谱》各一卷《诗话》二卷，每半叶十二行，《年谱》每行十九字，《诗笺》《诗话》各二十字，小字双行，行廿六字。黑线口，单边。此书黎莼斋刻于《古逸丛书》，旧为胡贞樾藏书，后归真州吴氏。吴福茨名引孙，所藏之书每首叶者有购入之价，此云：六本一函，四元。

胡氏跋曰：蔡傅卿《草堂诗笺》久佚，此宋椠残本存卷一至三、卷九至十四，共九卷，又赵子栎、鲁訔《诗年谱》各一卷，《诗话》二卷，皆《四库》所著录者。前列碑铭传序一卷，傅卿自序离为五十卷，此仅五之一耳。《诗笺》悉依鲁訔编次，鲁訔作于绍兴癸酉。案，绍兴无癸酉，当是癸丑之讹，盖绍兴三年也。傅卿序所列各本与吴若《杜工部集》后记语相合，吴记作于绍兴三年六月，傅卿或取资于此，而讳所自来与。其笺钱氏目为泛滥，与《诗话》一律讥之，未可奉为定论。卷一末署云"衢俞成元德校正"，笺内有子俞子校语，殆著《萤雪丛话》者。第如"清夜沈沈动春酌""酌"误"兴"，"令弟草中来""令"误"今"，"一秋常苦雨""雨"误"酒"之类，犹沿建安坊本习气，然千家注杜，不得尽见。此虽非完帙，吉光片羽，庶存杜诗古本面目，亦南渡流传珍笈也。咸丰壬子秋八月，胡贞樾得自越州记。

又跋曰：吴门《汪氏宋本书目》内亦有《草堂诗笺》残本，此本所阙者多在，噫，延津剑合，浦珠神物，岂久湮没耶？俟求之。又识。

按，《古逸丛书》本是集前四十卷用南宋本，后十一卷用高丽本，两本俱多模糊，而高丽本刻尤粗率，然颇有校正宋本处，详见黎跋中。其原本余于光绪癸卯春同艺风老人往游日本，得之琳琅阁书肆。归国后，胡研孙粮储延见而爱之，遂举以赠焉。胡氏学有根柢，跋语亦出色当行，暇当一考其人之事实耳。

**十八日(10月9日)**　龙榆生来谭，商借词集。

潘岵瞻、其琯。潘叔玑其璇。昆仲来，以南海藏书目相示，并以万历二镜交售。

六时，张孝若、李耆卿、吴寄尘、沈燕谋约至吴蕴斋酒叙。

**十九日(10月10日)**　江彤侯来，未晤。旋答拜，亦未遇。

姚啸亭来谭，索《觉世文》二部，赠之。

永儿因约翰大学以双十节停课回家。

答拜俞朗溪，未晤。

至富晋书社，还残宋本《草堂诗笺》六册。

至杨寿祺家，观新收陈抱初家书，堆积盈屋，不能遍阅。

**二十日(10月11日)** 访杨咏秋，为余旭士之夫人贷款。

二时，赴大生第一纺织公司股东会。闻选董事次多数第一。

黄山新建中五台定慧和尚名宗教，徽州人。来，未遇，留送毛峰茶四小瓶，金天羽附片绍介。

**二十一日(10月12日)** 大生二厂开股东会，命崇儿到会，当场选余为董事。

江彤侯同张仲纯、金松岑来谭，彤侯今晚回皖。

送彤侯《玉台新咏》《宋元科举三录》《徐公文集》、约料半纸印。《闺秀词》《积学斋丛书》《鄦斋丛书》《怀豳杂俎》、均赛连纸印。《随庵丛书》正续编连史纸印。共八种。

江彤侯约午刻梵王宫花园饭店会议，重修《安徽通志》例目由金松岑起草，大众传阅后，商定先印底稿，再行审核。到金松岑、张仲纯、江彤侯、许静仁、陈子言、黄宾虹、胡朴安、吴镜天暨余九人，议案为吴镜天起草。

南陵侄孙守恕函报，大嫂于十八日寅时寿终，为之伤痛。

**二十二日(10月13日)** 至盐业，为余府以芜湖房地产押洋二千元，又以余出存单为第二担保品。杨咏秋经手，到期赎。

致陈子言书。辞会宾楼酒叙之约。

朱瑞祥寄书十一种，留五种入来往册登记，退六种，即付邮寄还：取书五种，共码洋二十元，九扣计十八元，又邮五角五分五厘。《新锲徽郡原板梦学全书》四卷，明书林熊建山梓行，码洋八元，九折。《新刻罗经解》三卷吴天洪批点。《新刻赖太素天星催官解》二卷吴天洪校定。附《破愚论》一卷，朱传著，明万历刻本，码洋五元，九折。《新安女行录》二十卷，程章堂先生著，乾隆刻本，码洋三元，九折。《篆友蛾术编》二卷，安邱王筠，咸丰九年刻本，码洋二元，九折。《红杏山房诗钞》五卷。嘉应宋湘，嘉庆刻本，码洋二元，九折。

赠张仲纯、金松岑《玉台新咏》《宋元科举三录》各一部。

覆夏辅宜书。收到寄还代印《觉世文》洋十六元八角。

覆翟展成书。托售柯逊庵遗书，书归其次子岳生。岳生内弟王焰生为小鲁之子，展成有函约其面商出售方法，至今未来。夏玉峰书寄到，少一部。镇江书未到，当为催促。翁书《金刚经》印二千册，估价二百卅元上下。《阴骘文》无形停顿，可向净业社购。

大生三厂开股东会，命崇儿到会。

晚，访丁价侯谭，劝捐放生池添筑围墙款。

**二十三日(10月14日)**　同丁价侯访牛惠生，商价侯夫人医治伤足事。

至大东书局，交徐君代书写《镜录》，晤沈骏声、胡基诚。

《时事新报》载，国民政府发行之公债库券总额，四个月中发行二十种，总额达六亿另八百万元。

至杨寿祺家，取新收陈抱初家各书内：罗价十二元六角，今作价四元，九月八日付讫。《邺下冢墓遗文》二卷，罗振玉校录。《芒洛冢墓遗文》三卷续编三卷续补一卷三编一卷。罗振玉校录。

致四姨太太书。大太太丧事。

**二十四日(10月15日)**　大生三厂来函，通知当选董事名单：

沈燕谋、王丹揆、徐静仁、张孝若、张东甫、徐积余、周紫珊，此七人董事；

周美权、沈昆三、胡克之、李拔可，此四人候补董事；

李拔可、沈昆三，此二人监察；

陈子埙、张东甫，此二人候补监察。

刘达章、冠芳。熊月先飞。自南陵来，未晤，留赠茶叶二包、蜜枣二包、酥糖一包，达章赠。茶叶二包、糖一罐。月先赠。

答拜刘达章、熊月先，晤达章谭。

访郭涵斋谭，涵斋还前假印《正信录》底本，并以新印本相赠。

同定君至太平寺，适真达师外出，未遇。

至来青阁小坐。

**二十五日(10月16日)** 午刻,约刘达章、熊月先一枝香西餐。

覆张振余书。振余党部事撤销,求荐胡朴安。

致胡朴安书。荐张振余,振余未投(辛亥正月来书)。

杨光荣大照公司。之尊人植之讣至,寄呢布挽幛。

杜梅叔之母张太夫人讣至,送丝葛幛。

孙隘堪九月二日娶子妇,送呢布幛。

汪易三星根。九月四日娶子妇,送红丝葛幛。

送洪泽丞《玉台新咏》、宣纸印本。《宋元科举三录》。赛连纸印。

致朱瑞祥书。索寄《新安大好纪丽》,洪榜著,乾隆刻本。

至汉文渊,购:共一元六角。《窸斋缩写石鼓文》,李准石印本。《吴攘之临帖精品》。有正书局印本。

送吴董卿之次子吴公肃丝葛挽幛。

**二十六日(10月17日)** 昨程演生来,未遇。今答拜谭,演生午后即去皖,交江苏省志拟目、印写两种。《皖志议略》。

章初白来谭。

上海水泥公司送来董事报酬洋四十六元八角四分。

前日,程演生送来金松岑安徽省志例杂议稿。

**二十七日(10月18日)** 王焰孙来谭,名炎贻,住上海浦东中学校。交翟展成来函并武昌《柯氏藏书目》二十册。至司徒博士镶牙。

六时,赴大东酒楼冯润生为其女锦涛订婚周席卿之三男昌荫德国留学生。喜宴。

**二十八日(10月19日)** 晚,赴朱幹臣添孙女之宴。

覆徽宁会馆书。题歙吴庸甫董事象赞。

**二十九日(10月20日)** 至司徒博士镶牙。

至太平寺,晤真达师、明道师、许止净居士。

覆潘叔玑书。附明镜二面,价壹百元。九月二日康同钱有收到回信。

致郭礼征书。公司通知书,属将公积股收据寄镇,掉换票折,覆以前未收到。

覆宗耿吾书。询陈龙岩事实,不可考,陈咸丰间曾守扬州。宋仁寿县君苏氏墓志拓本附赠耿吾。

访丁子盈谭。

至来青阁小坐,杨寿祺晚来,阅《柯逊庵藏书目》。

**三十日(10月21日)** 至司徒学之博士镶牙。

至圣约翰大学附属中学,视次儿。

访刘达章、熊月先,未遇,留赠物各四色,并以致吴舜臣书及所赠龙芽片半斤、毛袜两双带回南陵。

送朱砚涛之室人宋夫人丝葛幛。

致吴舜臣书。送龙芽片半斤、毛袜两双。

覆余节高书。覆以其八弟夫人因病未能回皖。

## 九月

**朔日(10月22日)** 武显公六十周忌,在太平寺讽经。

贺孙隘庵娶子妇。

覆吴舜臣书。县志存栈各费约欠二百余元,运芜费约一百元,川资约一百元,芜南运费未计,约共五百元。请陈燮卿捐慈幼院基金,附募启并印老函。租稻请作主出售,今年价恐不高。

大照电气公司寄来公积股票折八扣。附蒯和记一分。

至杨寿祺家,取:《春草堂全集》三十六卷,甘泉谢堃,道光庚子重刻巾箱本,洋十五元,初八日付讫。《篔谷文钞》十二卷《篔谷诗钞》二十卷海昌查揆著。《如是斋吟草》一卷,查端著,道光乙未年刻本,洋十元,初八日付讫。《诗畸》八卷外编二卷《谜拾》二卷《谜字》一卷。南注生,光绪十九年刻本,洋一元,初八日付讫。

报载,杨咏秋于初一日子时病故,今日申时殓,吊之。

至富晋书社小坐,晤陈乃乾。

六时,赴程子大贞元会酒叙。

**初三日(10月24日)**　至司徒学之博士处镶牙。价七十元。

刘翰怡来书,为题六十小象寿诗,答书谢之。

赠李拔可、任心白、罗品洁《觉世文图说》各一部。

午后二时,大生一、二、三厂新董监成立会。

**初四日(10月25日)**　江彤侯来谭,答拜,约往会宾楼晚餐,坐有光明、甫石、寅生、关芸农、孙希文。

吊杜太夫人。

至司徒博士镶牙。

送三太太周忌祭筵、十元。烛。一斤。

送吴瑞卿忏资洋十元。

覆陈绳夫书。收回《刘燕庭藏金石目》二册,谢赠《癖好堂书目》《古玉图录》《宋般若台诗石刻》《西域尔雅》《百夷传》《陈眉公订正剿奴议撮》。属校《管子》,以衰年多病,未能有所贡献,致负諈诿,张幼樵有《管子》校本在蟫隐出售,可购作参考之用。属撰所刻《书目丛书》序今撰成,令儿子录稿呈教。附上吴肃公《天官考异》、谢道承《汉魏碑刻纪存》二书,备钞刻之选。《古玉图考》请代印二十册。

覆郭礼征书。收到公积股票折八分,又蒯和记一分。

**初五日(10月26日)**　大生二厂董事会,举张孝若董事长,沈燕谋、张东甫常务董事。

覆魏梅荪书。心净师为法云寺住持,撰联致贺。放生池九面盗鱼者,每于深夜发见,建筑围墙防护,印师主持劝募工程经费,覆以认助一百元。

覆姚啸亭书。托售书于李木公。书十五种,阅其名,乃葱石故物,置诸刘子鹤家,子鹤故后,当系其子襄亭在外兜售,可叹!闻《汴石经》《天玺纪功碑》已售去,不知小忽雷尚在否。

至来青阁,取《说文古本考》十四卷。沈涛撰,潘祖荫刻,己巳潘承弼补刻印本,洋三元七角,十七日付讫。

**初六日(10月27日)**　访江彤侯,未晤,彤侯来,亦未遇,赠以白金龙纸烟十二罐、三星法国人抢白兰地酒四瓶。

至来青阁,取:《续古逸丛书》,商务书馆印本,凡二十二种,此初次所印夹宣纸，今重印料半纸尚售一百五十元，洋六十元，初八日付讫。《方于鲁墨谱》六卷，明万历刻本，洋四十元，十七日付讫。《散盘铭天发神谶碑三坟记集联》，艺苑真赏社本，洋二元四角，十七日付讫。《五经体注大全》。点石斋印本，洋二元，十七日付讫。

俞朗溪来，未晤。

今日忽接得公函，于初八日下午三时在普益代办公司开宣、南、宁、泾、旌、太六县同乡全体大会，具名者为旌德吕篙渔、泾县朱智仁、太平汪棣章、南陵为余。发函者朱智仁、吕篙渔，事前并未相商，竟列名启中，可怪也。十一日又接公函开筹备会，推举筹备主任。十二日智仁来谭，承认系其代具名。

**初七日(10月28日)** 送李木公、黄伯雨、黄蔼塘《觉世文图说》各一部。

送陶拙存之继母王太夫人丝葛挽幛。

送方宣甫丝葛挽幛。

覆华商上海水泥公函。十八年股息改发股票五百元，找回息余六十元五角，填宝经堂户名，其印鉴、股东姓名、籍贯、住址同前式。

致罗子经书。交书十种寄金州。

覆罗叔言书。叔言讲学辽东，为金州曹冠甲创办图书馆征求书籍，寄赠书十种，请题《南陵三先生集》书衣：《徐公文集》《宋元科举三录》《永嘉四灵诗》《至圣林庙碑目》《天游阁集》，以上赛连纸印，《玉台新咏》《随庵所著书》《文昌帝君觉世鸿文图说》、翁覃溪书《金刚经》，以上连史纸印，《怀豳杂俎》，毛太纸印。

赠华润泉《随庵丛书》正续编、《宋元科举三录》，均赛连纸印本。《玉台新咏》《随盦所著书》。均连史纸印。

午后四时，华商上海水泥公司开四十七次董事会，增资注册，呈文盖章。

阅谢佩禾堃。《金玉琐碎》，记一古镜，背铸三佛十六印真，共十九像，皆凸起，须眉衣纹比画尤工，靠边一圈有建安年月，即铸镜之由，书法铁线，遒峻可观。

**初八日(10月29日)** 报载,北平古物陈列所归并故宫故宫博物院。

三太太今日周忌,在圆教寺讽经,前往行礼。

王焰孙来,索《柯氏书目》。

覆丁价侯书。收到捐助慈幼院放生池筑墙经费洋壹百元。

杨寿祺来,阅《柯氏书目》,估价一万六百元。

付杨寿祺书价洋九十元。

**初九日(10月30日)** 熊文通七十生日,送丝葛幛。

王焰孙又来索《柯氏书目》。

至福州路,购同文书局书十三元:《两浙金石志》十八卷,阮元编录,道光四年山阴李云、钱塘章梃、仁和周兆蕙、钱塘何玉池、桐乡金锡丰、新昌梁钠刻本,附补遗一卷,阮福撰,均临海洪瞻墉校,洋十元。《柳隐丛谭》四卷,秀水于源,洋一元五角。《雁山游览记》一卷,天倪子述,洋一元。《云间韩氏藏书目》。庚午同文书局石印本,洋五角。

至司徒学之处镶牙。

覆张庆萱书。绍介胡朴安,未便去函,先容。

致丁价侯书。送绮记捐助豫振五十元。

谢蕴山启昆。《西魏书》为歙凌次仲廷堪。辑,《广西通志》及《广西金石略》为桐城胡雒君虔。撰也。雒君著述仅见《识小录》,号《叶轩杂记》。

**初十日(10月31日)** 陈夔卿汇来洋壹千元,当给收条。助善举用。

为朱侣松题映庵画双松扇。用放翁"东冈夭矫两苍龙"句。

至中国书店,取洋三十元,十一日还。《淳化县志》三十卷。洪亮吉撰,乾隆四十八年知县万廷树修。淳化属陕西邠州,《邠州志》为孙星衍撰。

晚六时,赴刘声木酒叙之约。

付还《柯氏书目》二十册。

**十一日(11月1日)** 贺朱亲家太太生日。

贺熊文通七十生日。

约任心白来，谭陈夔卿捐款分拨佛教慈幼院。

高养之之夫人讣至，送丝葛幛。

覆圣约翰大学附中那主任书。寄来永儿本学期第一次月试成绩单，另附家长保证书填写。

吴庸甫讣至，送奠分一元。

**十二日(11月2日)** 朱智仁来，谭宁国六县同乡会事，劝其中止，并赠《文昌帝君觉世鸿文图说》二部，又交南陵县修筑滨土塌公路募捐启三纸。

覆魏梅荪书。告陈夔卿捐助佛教慈幼院基金五百元，丁价侯捐助放生池筑墙经费一百元，余捐一百元、定君十元，统共七百十元，交中国实业银行汇上。请梅荪为陈夔卿书联。陈夔卿捐款用其夫人张保华名。

覆翟展成书。王焰生于八月廿七日来，并交来书及《柯氏书目》廿册。随交谢光甫托销，出价一万元，如以价少，须派人到鄂看书，可加则加之，而焰生云有他人要购，将书目取回。寄赠新刻《古玉图考》一本。

章曼仙同年讣至，寄丝布挽幛。

**十三日(11月3日)** 至大生，晤吴寄尘、沈燕谋。

至司徒学之博士处，未遇，付镶牙洋七十元，取收条。

至王一亭处，交陈夔卿捐助救济妇孺会洋五百元，随得一亭讯，附送该会捐款收据。

致魏梅荪书。又募放生池筑墙淑畹捐十元、大女、三女各捐五元，交各捐款七百三十元，托中国实业银行汇南京。

覆吴舜臣书。陈夔卿汇来一千元收到，当付收条。捐妇孺会五百元收条寄上，捐慈幼院五百元。南陵县建设专员办事处又来函催寄地图十分，查前寄十分内分二分送鲍县长，是否有误，请查明或补寄。浦口地契舜臣已收到。

宗子戴来，适外出，未晤。

**十四日(11月4日)** 送余谷民之尊人艇生丝葛幛。

送李小南丝布幛。

致刘子树书。附致魏梅荪书，并洋七百卅元汇南京。梅荪十六日来函收到。

朱砚涛之夫人宋氏成主，请襄题。

答拜朱智仁谭。

李瑞田、南陵地方财政管理处主计委员。张咏唐来，未晤，留赠茶叶四瓶。

**十五日(11月5日)** 答拜张咏唐、李瑞田谭，出示杨芷青来书，属将县志交其带回南陵，当即允之。所欠我处之款，由伊等负责归还。

午刻，约咏唐、瑞田晋隆西餐。

访夏玉峰，商运县志。

覆吴舜臣书。告咏唐、瑞田运回县志，附钞帐单并芷青讯。

**十六日(11月6日)** 答拜宗耿吾谭，赠其《古玉图录》一册。

赠李元之《古玉图录》。

至中国书店，取：十二月廿九日付价讫。《华阳散稿》二卷，史震林撰，乾隆丁亥刻本，洋十六元。十七日退。《掖诗采录》六卷，乌程张彤辑，嘉庆丁卯刻本，洋四元。《钱录》十二卷。云间张端木，新活字本，洋八角。

张咏唐、李瑞田来，未晤。答拜晤谭，云今日行，志书由我处运芜，留洋二百六十元，还前欠款并此次运费，再行结算。以长城牌纸烟二十罐、合锦茶点两串分赠咏唐、瑞田。

夏辅宜由苏来谭。

覆缪子彬书。来询淮海银行、大生航业公司股票情形。

**十七日(11月7日)** 答拜夏辅宜谭，辅宜即回苏，赠糖果两串。洋二元。

结算来青阁书帐付洋四十八元一角。

刘慧之于二十日为第三子子益娶妇，魏梅荪侄女。送绸幛、喜烛。

姚文敷来谭，赠《文昌帝君觉世文图说》并《摩利支天经》十卷。

赠徐冠南《文昌帝君觉世文图说》并《摩利支天经》十卷。

覆翟赞襄书。《觉世文》四十八部，致函丁若农世兄查交。

致丁若农书。请查《觉世文》四十八部，转交翟赞襄。若农为丁子盈之子。

鲍承良之如夫人去世，送经忏、烛。

商务印书馆承印叶兰台先生《清代学者象传》已出版，将前订预约取回全书。

**十八日(11月8日)** 黄山新建中五台释定慧宗教。来谭，赠自画墨荷一幅并黄海散人所著《黄山指南》一册，以募缘册相示，中有印光法师诸人题名，余亦题之，赠以翁书《金刚经》十册及《金刚经塔》十分，并助洋拾元随缘。

闻翟展成来沪，三次访之，最后晤谭。晚约同兴楼便酌，邀夏玉峰作陪。

吴寄尘来辞，明晨往大连，祝张退老八十寿。

翟展成来，未遇。

**十九日(11月9日)** 先母秦太夫人忌日，设祭。

鲍扶九来谭，赠所著《春秋国名考释》三卷并还《静嘉堂文库观书记》。

**二十日(11月10日)** 守恕侄孙函禀，先嫂择于九月二十四日成主，二十五日家奠，二十六日发引，二十七日安葬。

覆李从龙书。从龙于八月二日(阳历九月廿三日)到太原，八月十三日(阳历十月三日)银行照常营业，现住太原鼓楼底十六号。

贺刘慧之为第三子子益娶妇。子益名因生。

程演生来谭，交阅安徽通志馆时聘编纂条例、采辑员服务章则、先贤遗著访求表、名山寺观胜迹诸志调查表。

贵阳师赠《鸣原集》第二卷。己巳年诗。

吊余艇生。

晚，翟展成来谭。

《南陵县志》今交庐江公记，由江安轮运芜湖，共洋壹百六十七元〇一分。计志书四十八箱、地图两箱、纸模型一箱。水脚八十八两一钱三分，码头捐十一两九钱三分,平安险四千两合五两四钱,共一百〇五两四钱六分,申洋(七二五)一百四十五元七角一分。车力十五元三角,码头小工装费、堆栈小费共六元,总共一百六十七元〇一分。

**二十一日(11月11日)** 致李瑞田、张咏唐书。告志书等由江安轮运芜,附提单、庐阳公记帐单。又我处收支款目及县志部数、地图套数清单,结欠我处洋七十元五角一分。

覆杨芷青书。告志书已交咏唐代运芜湖,并钞各帐单。

致俞峻韵书。告志书运南陵,《白衣咒》一千二百卷请来取。

致吴舜臣书。告志书昨日运芜,运费欠七十元五角一分,请代收。钞致李、张信稿,附杨、俞两信转交。

覆圣约翰大学图书馆书。赠所刻所著十种计八十一册:《随庵丛书》正续编、《积学斋丛书》《鄦斋丛书》《徐公文集》《宋元科举三录》《至圣林庙碑目》《永嘉四灵诗》《怀豳杂俎》,以上竹纸,《玉台新咏》《随庵所著书》,以上白纸。

至约翰大学附属中学,视永儿。

访翟展成谭,约福州路菜馆晚餐,杨寿祺坚作主人。

在来青阁见新收薛应旂刻《六朝二十四家集》十二册,索价三百元。各家皆有诗无文,《鲍明远集》八卷。

**廿二日(11月12日)** 翟展成来谭,留午饭,赠丙寅年照片,并钞录儿辈名号单,留明翟震川先生《化洽湘南册》。题者皆湘贤。

覆李审言书。江彤侯约审言到通志馆编纂,审言愿就参校或总校,不能到馆。今闻程演生言已可照办,详情由李范之(大防)转达,大致任总校,月修二百元,设法筹送,因先未列预算也。

答拜程演生谭。

大照公司函汇秋季董事夫马费捌拾两。照旧例,闰月多送一月。

**廿三日(11月13日)** 余峙莲来,交慈幼院经费二千元支票签字,又催缴年捐函稿签名。

致陈清源书。寄花缎幛贺六十双寿。

覆陈绳夫书。钞稿本书无存,当为留意采访,题《临床医典》书衣。

拜叶遐庵,未晤。

至中国书店，取：十二月廿八日付价讫。《易经》，郑板桥背录，戊申吴县郑熙石印本，洋一元。《文献丛编》。第一辑、第二辑，接《掌故丛编》第十期，每辑五角。

至富晋书社，晤陈乃乾谭。

贺林洞省寿。

致张退庵书。贺八十双寿，送缎幛、边寿民菊花轴、银耳两匣（半斤）、寿筵（廿元）、寿桃（四瓶）、寿面（十匣）、红茶（四瓶）、蒋腿（二支），共八色。

覆张敬礼书。致退公函件，属其代陈。本拟亲来祝寿，因修省志会商条例，不克成行。

**二十四日(11月14日)**　至东南新旅社，购郑容孚书画，洋壹百元：徐籀庄临齐侯罍铭轴、张文鱼兰石画轴、蒋子延画屏。

前闻刘晦之言，葱石书为刘襄亭售于潘明训为《五代史》《春秋》《坡门酬唱集》《杜陵诗史》四种，洋二万元。今闻郑容孚言，售于张勤伯为《春秋》、八千元。《坡门酬唱集》《五代史》，五千元。共一万三千元。又晦之言，《天玺纪功碑》、嘉祐二体石经为李季皋所购，计五千元。

赠汪蟾清《文昌帝君觉世文图说》。

覆李述韵书。谢赠各物，覆赠礼六色。

七时，赴任子木酒叙之约。

**二十五日(11月15日)**　送杨咏秋素绸幛。

覆康修其书。寄示陈石遗所撰其尊人《荻坡先生墓志铭》征诗，赋赠二章。寄赠《朱文端公集》八册。

覆翟赞襄书。《觉世文图说》已收到。

覆郭礼征书。收到秋季董事夫马费八十两。

至汉文渊，购：二十六日付洋十三元讫。郑大鹤画佛象轴，洋六元。杨濠叟隶书联，洋四元。《安徽金石记》十卷。贵池刘氏刻本，洋三元。

至来青阁，取《冰壶词》六卷。张云骧，光绪丙戌刻本，洋八角。

付王添禄订工、廿四日十二元。印《科举三录》连史、竹纸各卅部，计小页一万八千，合洋六元。洋十八元。

**二十六日(11月16日)** 陈子言来谭。

李季皋来谭，以香港学海书楼藏书总目录交阅，云有人捐助建筑经费十万元，彼拟加赠书籍一万元。

至来青阁，取：《净土圣贤录》十卷，彭际清，乾隆四十八年刻本，以下价付讫。《宝廷阁书画录》四卷，陈夔麟。《苏斋题跋》，翁方纲著，何溱集录，西泠印社聚珍本。《碧声吟馆谈麈》四卷，许善长，西泠印社聚珍本。《古鉴阁藏碑》，艺苑真赏社印，连集拓共十二册，洋八元：《汉石门颂》《汉西狭颂》《汉封龙山颂》《魏石门铭》。《古鉴阁碑联集拓》。《秦绎山刻石》《汉礼器碑》《汉张迁碑》《汉华山碑》《汉夏承碑》《吴天发神谶文》《魏郑羲下碑》《唐麻姑仙坛记》。

送杨韵秋素丝挽幛。

**二十七日(11月17日)** 送冯润生之女锦涛结婚礼券洋六元。

覆聂云台书。云台托印《放翁家训》十页，并雪峰如幻和尚《瘦松集》三百卅八页，书经蠹损，且有缺页，不易修补。索《正信录》一百册，已交。

**二十八日(11月18日)** 三时，贺冯润生。婿名周昌荫。七时，赴大东酒楼喜筵。电大连，贺张退庵八十双寿。

**二十九日(11月19日)** 购泰生永号张锦盛柏顺太五件，付洋四十七元。

致任心白书。访雪峰如幻禅师《瘦松集》乾隆十九年法孙海印、重纶光绪十八年王受福修板印行本。

覆聂云台书。估印《瘦松集》《放翁家训》。

寄杨大璋母刘太夫人丝葛挽幛。

观新中央《桃花湖》影剧，胡蝶、郑小秋主演，杰作也。

程演生寄示安徽通志馆采辑各机关修志材料办法草案、二分。采辑概要。三分。

## 十月

**朔日(11月20日)** 九女瑛生日。

答拜李季皋，不遇，留还香港《学海书楼书目》二册。

访狄平子谭，平子赠其八世祖良瞻先生云鼎。《古照堂诗集》二卷。

致李季皋书。告学海楼书所阙应用之书尚多，计其购存之书，亦约费万余元。

覆方玉山书。杨韵秋初六日成主，请贵阳师题，约余同玉山襄题。

**初二日(11月21日)** 午刻贞元会，王叔用值会。

叶遐庵五十寿，送唐云龙镜、影印宋巾箱本《法华经》。

刘十枝来闲话。

至富晋书社，为恽季申付书箱廿四只价洋一百元，请其销帐，已允，即函告季申。

致狄平子书。还《中国名画集》卅一期、卅二期，赠《觉世文图说》。

**初三日(11月22日)** 访郑太夷谭。

至清凉寺，贺叶遐庵寿，招待为石文村，名蕴华，番禺人。在淮北公益盐运公司副理、大陆实业公司营业主任。文村代赠遐庵汇编券。券为寿字○○○○四七号。

永儿由校回寓。

覆魏梅荪书。催取慈幼院放生池捐款收据。

**初四日(11月23日)** 以旧藏龟甲文字大小八百九十九片当年购价约二百元。函赠刘晦之。

圣约翰大学教务主任沈嗣良来函，约十二月十二日(阴历即十月廿三日)八时举行国语辩论决赛，其辩题为“与吾国文化历史有关之古迹与建设事业有冲突时宜存宜废”，届时请评判。

**初五日(11月24日)** 至来青阁。

朱宸卿迁居，约晚饭。

**初六日(11月25日)** 杨韵秋未刻成主，请贵阳师鸿题，余与陈蔗青襄题。

至新中央，观影剧。

**初七日(11月26日)** 至来青阁,取:付讫。《国朝书画家笔录》四卷,无锡窦镇辑,宣统三年活字本,洋二元。《娟镜楼丛刻》甲、乙、丙、丁四帙。嘉善张祖廉辑,聚珍本,洋一元。甲帙:《敬庵文存》,沈璋宝著;《抱潜诗存》,陈元禄著。乙帙:《十五福堂笔记》,陈元禄著;《女世说》,严蘅,未竟稿,陈元禄室;《嫩想盦残稿》,严蘅;《红烛词》严蘅。丙帙:《定盦遗著》,张祖廉校录。丁帙:《定盦先生年谱外纪》,张祖廉纂,二卷。

至汉文渊,购《皖江武备考略》七卷。袁青绶著,同治十三年男爰存刻本,洋二角。

覆江彤侯书。寄来金松岑撰《安徽通志》凡例草案、续修长编目录草案。

汉文渊林君赠我俟庐居士今春印朱慈受叟怀深《拟寒山诗》。见《指月录》六祖下第十四世。

刘晦之来谭,谢所赠龟甲。

覆魏刚长书。寄来赠陈燮卿书联并捐慈幼院五百元收据。联云:智府朗悬仁寿镜,福田普现吉祥云。

覆吴舜臣书。来信售稻六百石,每石三元三角。寄魏刚长赠陈燮卿书联,又捐慈幼院五百元收据。

致朱瑞祥书。拟购《黄山志略》二册,洋五元。

**初八日(11月27日)** 郑太夷来,未晤。

至大东书局,取回《小檀栾室镜录》底本六卷。

覆江彤侯书。重记。

**初九日(11月28日)** 访陈乃乾,未遇。又访吴寄尘,在大连未回。

游邑庙市场。

覆沈嗣良书。辞二十三日评判国语辨论决赛。

至中国书店,取:价洋八元,十二月廿八日付讫。《月当楼诗稿》八卷,无为季孟莲,乾隆己巳裔孙世泽跋刻本,卷八为词,明末时人。《懒蚕居士遗稿》七卷。无为季步騧,乾隆己巳族孙重跋刻本,卷七为词,明末时人。

覆吴舜臣书。催售租稻。前售稻六百石买主不受,十三日来信照受。

致徐蔚如书。请访雪峰如幻禅师《瘦松集》。

覆任心白书。谢庄伯俞赠其先德大久先生有可所著《慕良杂纂》,邓璞君建塔拟献玻璃版印宋本《法华经》。

**初十日(11月29日)** 张孝若、夏辅宜来谭。

**十一日(11月30日)** 取中国书店十二月廿八日付价讫。《铁华馆丛书》。蒋凤藻光绪间刻本,宣纸印本,洋二十元:《冲虚至德真经》八卷、《通玄真经》十二卷、《新序》十卷、《字鉴》五卷、《佩觿》三卷、《群经音辨》七卷。

陈乃乾来,未遇。

傅苐生、春旸。陈莘夫方铭。来谭。

送民信商业储蓄银行盾。文曰"水衡山积"。

程演生午刻招饮于陶乐春,坐有冒鹤亭、张、沈敬仲、泾县人。黄朴存、陈子言、谢无量,演生以新编通志目相示。

答拜夏辅宜,未遇,晤成翊青谭。

至富晋书社小坐。

**十二日(12月1日)** 贺民信银行开幕。晨九时,见雪。

陈乃乾来谭。

方冠青来谭。

至来青阁小坐。

覆杜子彬书。北平开明书局索所刻书目。

**十三日(12月2日)** 刘烈卿自莫干山回,来谭。

余旭士由大连回,来谭。

陈乃乾来,同访刘晦之谭。

答拜张孝若,未晤。拜刘烈卿谭。

晚,刘翰怡、黄公渚约晋隆西餐,坐有郑太夷、王聘三、朱古微、陈容民、程子大、冒鹤亭、夏剑丞、李拔可、赵叔雍、叶蒲孙、沈醉愚、陈子言。

**十四日(12月3日)** 宗渭川来谭,赠《觉世文图说》。旋答拜,晤谭。

答拜方冠青，未晤。

答拜余旭士谭。

《时报》载，良乡泽公墓被盗掘，殉葬珠宝尽失。前在长辛店捕获郭大锤子已认盗墓，郭即包修墓内石漕等工程石匠。

**十五日(12 月 4 日)** 吴寄尘自大连回，往访，略谭。

致吴舜臣书。催售租稻。寄新历本二种。

覆魏梅荪书。收到放生池捐款收据。询《皖政辑要》底稿在何处。

阅彭希涑《净土圣贤录》九卷毕。

**十六日(12 月 5 日)** 朱犀园来谭。

张敬安、余旭士来，未晤。

午刻，聚丰园贞元会，周梦坡值会。同时，程演生约觉林素餐，坐有朱古微、王聘三、狄平子、夏剑丞、陈子言。

送余尧衢丝葛挽幛。

**十七日(12 月 6 日)** 至来青阁，结算前取各书洋十八元〇四分。

覆费范九书。以陈簠斋古泉拓本一百十九片托售，一百八十元。

覆任心白书。送邓璞君《法华经》已询邓翰芬。告《摩利支天经》不日印成。

覆翟展成书。谢赠照片。翟震川先生《化洽湘南册》因西泠印社营业不振，未便付印。《摩利支天经》二千卷如何分寄。

覆陈绳夫书。永嘉发现古墓，请保存。钞胡琨、杨铎事实。

致孙伯恒书。周希丁拓热河彝器加价二元，原价廿二元，交王富晋转交。

**十八日(12 月 7 日)** 吊杨韵秋于报本堂。

答拜张敬安，未晤。

沈醉愚来，未晤，旋答拜谭。

陶拙存来，亦未晤。

访刘翰怡谭，赠《周悫慎公全集》《摩利支天经》十卷。

至太平寺，晤真达师，定二十九日经忏，赠《觉世文图说》《摩利支天经》二卷。

赠倪远甫、周梦坡、黄□□、杨瑞生、萧彦和、徐静仁、万茂之、吴寄尘《摩利支天经》八卷。

**十九日(12月8日)** 冒鹤亭来谭。

致王富晋书。附托交孙伯恒转周希丁捐彝器洋二元。付《黄山纪胜》价洋四元。

致聂云台书。《瘦松集》遍访不得,北平仅有《雪峰禅师语录》附《义存、慧空两师语录》。《瘦松集》已付良工重装。

覆徐蔚如书。谢赠《金刚经疏记汇编》,覆赠《觉世文图说》。

**二十日(12月9日)** 答拜冒鹤亭谭。

午刻,约冒鹤亭、周梦坡、姚虞琴、张敬安、余旭士一枝香西餐。

致俞峻韵书。寄代印《白衣咒》一千二百本。又赠《觉世文》一部、《摩利支天经》四十卷。代付《白衣咒》印价十四元,邮费二元一角。

覆吴舜臣书。函告湖南、江西稻价现三元一二角,税在外另加,出口捐一元。方德斋以志书无其名,甚不满意。前留二十部志书,咏唐云不收价。现收稻四千〇四十余石,未收尚有六七十石,风漂让租数十石,陈敏扬、陈敏勋仍不交租。寄俞峻韵《白衣咒》并讯,托募芜湖育婴堂捐款。

覆北平开明书局书。寄洋十元〇七角,购《积学斋丛书》计十元,又邮费五角五分半,找还一角四分半。

致刘晦之书。送《摩利支天经》十册。

至来青阁,付前取书价十八元。今又取:洋五十元,三十日付讫,王雪澄提法藏书。《辽史》一百十六卷,嘉靖八年祭酒张邦奇、司业江汝璧依元本校刊,《丁氏善本藏书志》云最为精善,南监本。《金史》一百三十五卷,嘉靖八年祭酒张邦奇、司业江汝璧依元本校刊,《丁氏善本藏书》云最为精善,南监本。《元史》二百十卷。明洪武元年宋濂、王祎奉敕撰本,南监本。北监本《廿一史》自万历二十四年开雕,至三十四年竣事,只《三国志》精校,余史不如南监。

**二十一日(12月10日)** 马宗元电报,其母厉夫人昨夜去世。

周梦坡、姚虞琴约午刻晨风楼酒叙。为王聘三作七十生日,坐有朱古微、潘兰史、冒鹤亭、夏剑丞、刘翰怡、黄公渚。

赵叔雍同时亦约素餐。坐有叶遐庵、文公达、狄楚青、冒鹤亭、夏剑丞。

赠同席诸友《摩利支天经》二十卷。周梦坡五册、朱古微四册、姚虞琴一册、叶遐庵一册、冒鹤亭二册、狄楚青三册、夏剑丞一册、文公达一册、赵竹君一册、赵叔雍一册。

陶拙存来,未晤。

**二十二日(12月11日)** 朱智仁来谭,赠《摩利支天经》十卷,又赠朱斗文四卷。

答拜陶拙存谭,赠《摩利支天经》一卷。

访吕鹿笙,未遇,留函,交《摩利支天经》一百三十五卷。

访宣古愚,不遇,留函,交《摩利支天经》二百五十卷。

访程演生谭,交魏梅荪覆查《皖政辑要》函。附顾辑箴赐书覆刘玲生书。蒿老委陈仲简创办此书,当已告成,然蒿老于次年七月去位,当是未经刊刻,稿本当在司库。演生接彤侯讯,属去皖,今晚行,留交通志目录草案四册。

致恽季申书。完印《摩利支天经》五百卷,今先交一百卷。

致夏玉峰书。定印《摩利支天经》一千卷,今先交一百卷。

**二十三日(12月12日)** 先妣秦太夫人阴寿,设祭。

赠汪蟾清《摩利支天经》二卷。

覆沈醉愚书。醉愚寄示新诗,并为刘澄如第十子作伐。

覆魏梅荪书。来函查《皖政辑要》情形,附顾辑箴覆刘玲生书。寄赠《摩利支天经》十册,又刘玲生二册。

致李木公书。送《摩利支天经》十册。

致徐冠南书。送《摩利支天经》二册。

致周湘云书。送《摩利支天经》二册。

致甘翰臣书。送《摩利支天经》二册。

致谢光甫书。送《摩利支天经》二册。

致姚石子书。送《摩利支天经》一册,催题《礼塔图》卷。

**二十四日(12月13日)** 至大东书局,请孙君改写镜铭误字。

至太平寺,晤真达师。

至中国书店,取:十二月廿八日付价讫。《故宫》,五期至十期,每期二元。《文献丛编》,三期至五期,每期五角。《鞠部丛谭校补》,罗瘿公原编,李释戡校补,洋三元。《士礼居藏书题跋补录》。大兴李文裿辑,洋六角。

阅中国书店售书草目,有道光《繁昌县志》十八卷十六册,张星焕修,刘十枝以八十元得之。

晤郑振铎于中国书店。

沈醉愚来,谭姻事,辞之,赠《文昌帝君觉世文图说》《摩利支天经》二册。

晚,刘晦之、刘十枝来,谭陈乃乾经绍介购李伯行鹏程里地基四亩余,每亩银四万两,现伯行覆函允售,约定一星期。

**二十五日(12月14日)** 吊李木公之夫人。

访陈乃乾,不遇。

闻吴蝶卿来沪,往访,晤谭。蝶卿云,光绪间休宁金海山精于易学,庚子年故。以卦象推算运会,依《晋书·五行志》。六十年甲子为一卦,再以十年逢甲为一卦,推至甲午、甲辰为涣散之象,甲寅为混沌之象。此甲子如洪武时,后一甲子如康熙时,再后一甲子则又有大乱之象,并云自黄帝元年至光绪廿六年,金先生殁于是年。惟乾隆甲子最盛,盖六十年中卦象皆阳也,余甲子均有阴阳,其运会不无驳杂耳。

顾鼎梅来谭。

陈器之来,赠茶叶两瓶。

大生纱厂开一、二、三厂董事会,议联合办事处规程。二厂举余与张东甫二人为委员。董事夫马原定每月五十元,办事委员加五十元。一厂委员:程柏堂、李耆卿、赵叔雍;三厂委员:吴寄尘、管际安。

晚,狄平子约余与白坚武、兰石庵士俊,开封人。素餐。

蒋穀孙约余同龚怀西、白坚武、张修府、邓秋枚、徐懋哉陶乐春晚餐,穀孙出观元巾箱本《琵琶记》、赵次侯藏书,端忠敏赠翁文恭,后归董授经,售一千元。《崔敬邕墓志铭》。莫枚臣旧藏,后归刘健之。辛亥正月,余为健之代请梁文忠题。壬子,此志归罗叔言,后转陶兰泉,售一千五百元。

覆谢光甫书。再赠《摩利支天经》四册。

覆郑振铎书。借吴梅村《临春阁》《通天台》。

大生开会,赠同人《摩利支天经》十五卷。

赠白坚武、龚怀西、张修府、蒋縠孙《摩利支天经》四卷。

致陈乃乾书。告刘晦之来,言李伯行已允售地。

**二十六日(12 月 15 日)** 送金钱孙之室耿夫人绸幛、素烛。

致刘晦之书。告陈乃乾去镇江未回。

致徐晓霞书。赠《摩利支天经》二册。

大生纱厂董事会议,审定一副厂、二厂、三厂银团合同案。续开联合办事处成立会处,置经济组、业务组、工务组、产业组,推余产业组。

赠大生厂同人《摩利支天经》十三册,又余旭士、张敬安各一册。

古香斋顾君来,还前代售真子飞霜镜洋一百元,再以董北苑山水卷托售,洋二百元。赠《摩利支天经》一册。董卷收回。

韩剑霞晚来谭,即赴浙江,赠《摩利支天经》二册。

**二十七日(12 月 16 日)** 古香斋顾君来,议定购唐张元御造元始天尊象,价洋壹千八百元。未付价,复收回。

访李拔可谭,诸贞壮事,吴寄尘另行设法。拔可赠《黄太史精华录》六卷,宋任渊选。鲍鋍《亚谷丛书》载此录。《千首宋人绝句》十卷。严长明。

昨,任心白来书,云江味农认请《摩利支天经》三千卷,黄幼希认请一千卷。今以原印一万卷,不敷支配,特商李拔可、任心白,加印四千卷。

陈乃乾来谭,议李伯行地产事,准下星期一答复刘晦之。

邵伯褧章。寄赠所著《云淙琴趣》二卷。陈叔通交来。

**二十八日(12 月 17 日)** 访丁仲祜谭,交《积学斋藏书》记七册,备编《四部书目总录》,并赠《摩利支天经》二册。

吊余尧衢之丧。

至中国书店,晤金诵清谭。

至鸿宝斋,商印《小檀栾室镜录》。

致刘晦之书。附送陈乃乾请宽期接洽,准星期一解决李伯行地产事。

覆吴舜臣书。请先后卖稻一千六百石。

覆翟展成书。寄来《摩利支天经》二千册印价八十元,先以一千五百册交江顺下班带至芜湖,陈孝甫五百册候开示地址即寄。湘贤遗墨商夏剑丞售龙君情形。告拟印翁书《金刚经》。

**二十九日(12月18日)** 先室刘夫人四十周忌,在太平寺讽经。

致吴蝶卿书。交印《摩利支天经》一百卷。

致张午岑书。交印《摩利支天经》一百卷。

覆罗叔言书。寄来前捐所刻各书金州会简易图书馆收单。题成《南陵三先生集》书衣四叶,致谢。寄来金州讲义,告现印《古镜录》。

覆陈西甫书。来书询晋泰公司租息、竟成公司情形。

**三十日(夏历十二月二十一日,12月19日)** 倪远甫七十生日,附屏分八元。

致李拔可书。谢赠《岁朝唱和集》。

覆陈进宜书。寄《殷契剩义》《金文拾遗》价洋五元。

覆任心白书。来函现同黄幼希商,再印《摩利支天经》一万卷。

访子丹弟谭。

访程演生,在皖未回。访汪蟾清,未晤。

访鲍子丹,未遇,留赠《摩利支天经》二册。

至来青阁,付明刻《辽、金、元史》价洋五十元。又取:《大鹤山房全集》,郑文焯,洋三元(辛未四月廿七日付讫):《说文引群说故未成成杨雄说故》一卷、《高丽永乐好大王碑释文纂考》一卷、《医故》二卷、《词原斠律》二卷、《冷红词》二卷、《樵风乐府》九卷、《比竹余音》四卷、《苕雅余集》一卷、《绝妙好词校释》一卷、《瘦碧词》一卷。《历府钩圆》一卷。华亭宋安雅校辑,明天启癸亥刻本,洋一元(辛未四月廿七日付讫)。

## 十一月

**朔日(12月20日)** 至民信银行,晤陈正有、武筱平。

至恒顺公司、汪六吉、曹怡大。东人,曹竹林。

昨陈乃乾来,未遇。今又来谭。

永儿今午自圣约翰返家。

**初二日(12月21日)** 访狄平子谭。

询张菊生疾。

吊金筱孙之室耿夫人于静安寺。

徽宁小学校江振华六时约巴黎跳舞厅酒叙,作书辞之。

六时,张退庵亲家约功德林素餐,谢寿也。

马兰生内弟自浙江来,明日行,交致郑韶觉书。

致郑韶觉书。荐马兰生,并赠影宋本《法华经》《宋元科举三录》。

午刻,聚丰园贞元会,刘锡之值会。

圣约翰大学图书馆寄十九年所收赠书简目。

中国科学社举行中国书版展览会,来函请为征集,早日送会陈列。筹备委员蔡元培、柳贻徵、王云五、杨铨、周仁、王琎、路敏行、杨孝述。

午后一时三十五分,始见雪珠,约十分钟即止。

**初三日(冬至,12月22日)** 《时报》载,南陵县县长鲍公任调省,遗缺以杨冠英试署。

至中国书店,取.十二月廿八日付价讫。《东洲草堂文钞》二十卷何绍基,洋七元。附《眠琴阁遗文》一卷《遗诗》二卷,何庆涵。《浣月楼遗诗》二卷。湘阴女史李楣。

晤金颂清,赠《艺风藏书记》八卷《续记》八卷。缪荃孙。

晤罗子经,赠陈章侯绘《博古牌目》。

马兰生午后返宁,以《摩利支天经》五百册托交陈孝甫。

致陈孝甫书。翟展老属交《摩利支天经》五百册。

购汪六吉云记料半七十刀，每刀三元一角，计二件。又汪本生料半，一刀三元。共付二百二十元。

**初四日（12月23日）**　《新闻报·快活林》载，少林寺前年毁于火，佛殿内置藏经十二柜，大周、大齐碑二石，达摩面壁石亦均付之一炬，后殿尚存。

姚虞琴来谭，以刘健之臧《姜遐碑》、一百五十元。王孝禹旧藏《石鼓文》未定价。交其代售。

访聂云台谭，商印《瘦松集》《放翁家训》，云台又以《圣学宗传》十八卷东越周汝登编测，陶望龄订正，明刻本。估印。

**初五日（12月24日）**　朱蕊初为子逊安娶妇，送绸幛、烛、爆、酒。

覆姚虞琴书。来书为刘健之售《姜遐碑》，交来洋一百五十元。

覆聂云台书。属估印《圣学宗传》十八卷，分六开、九开石，一千部、一千五百部估价。《放翁家训》加句读。

覆刘晦之书。赠钩符大小九种，中有二种两片完全，系报前赠龟甲八百九十九片。千金钩符（两面全佳），千金半钩符（佳，阳文），日入千金半钩符（佳次，阳文），寿字残钩符（阳文），日益寿钩符（两面全，次佳），长寿半钩符（阴文），长寿千金半钩符（阴文），日益寿半钩符（阳文二枚）。

至鸿宝斋、来青阁、古香斋、曹怡大纸号。

覆翟展成书。交江顺船带芜《摩利支天经》一千五百册。湘贤遗墨拟售价三百元至千元。翁书《金刚经》附印五百卷，其卅七页第二行（即卅二分）发菩萨心者，遍查各本，“萨”字均作“提”字。马通老《金刚经注》明依南唐道颙法师石本，亦作“提”字，此次覆印须改正（魏译本、宗泐注本均作“萨”）。芜湖育婴经费迟速多寡必有捐助。李季皋不在沪。

**初六日（12月25日）**　报载，阎锡山昨抵大连。

购孔繁德碑，计洋十四元。

金钱孙来谭，集刻《嘉禾郡丛书》。

刘次羽来谭，商印《青溪旧屋文集》。昨交四十五元，托购建兴仁记加乾连史三件。

姚石子来谭,交题《礼塔图》卷,并借《松江韩氏书目》。

**初七日(12月26日)** 至中国书店,晤金诵清、郭寿臣、鲍扶九谭。

覆中国科学社中国书版展览会书。以所刻宣纸印本《随庵丛书》正续编、《徐公文集》《宋元科举三录》《玉台新咏》四种陈列。

覆金松岑书。答修省志。录沈士柱、沈士尊、沈寿民事实。

**初八日(12月27日)** 答拜金籛孙、姚石子,未晤。访高君定,亦未晤。

访恽季申谭,续交《摩利支天经》四百册,先后共交五百册。

访夏玉峰,未遇,留函,续交《摩利支天经》九百册,先后共交一千册。

访丁仲祜谭,以《南藏目录略记》示之,商再影印。

致任心白书。商赙邓璞君洋十元,作为如皋佛学会基金。

覆蒋穀孙书。答复刘健翁藏《姜遐碑》已先为姚虞琴购去。

致徐冠南书。询是否附印《摩利支天经》。

致李从龙书。托在杨梅竹斜街仁兴东记买上清水人参,约二元二角一两,共买三十元。

致王富晋书。托从龙交。

**初九日(12月28日)** 至来青阁、中国书店、博古斋。

购孔繁德碑,洋五元。

覆刘翰怡书。收到印《圣学真传》洋四百元。

致聂云台书。收翰怡四百元购纸之用,询九开、六开,一千部、一千五百部,确定方可订纸。

致李从龙书。交实业银行汇洋三十元。

致刘子树书。汇洋三十元致李从龙。另赠《摩利支天经》一卷。

**初十日(12月29日)** 贺朱蕊初娶子妇。

访姚虞琴谭。

访叶柏皋,谭印《圣学宗传》,商定将书中朱墨蓝笔圈点涂改,并赠《摩利支天经》二册。坐中晤郭涵斋同年谭，涵斋赠我《正信录》二十册。

曹梅舫同年挈其世兄吴婿，年廿余。来谭，赠以《文昌帝君觉世文图说》及旧印《摩利支天经》一百卷、《冥报录》《金刚经鸠异》。

曹纕蘅自北平来谭。

覆吴舜臣书。收稻款五百元。又售稻七百石，每三元二角。县长改委杨冠英。鲍公任请书楹帖。志书预约据会计云约有五百之谱，杨芷青云有六百五十部，又云簿券均遗失，存杨之款不肯交出，运回各款须售志书清给，每部定五元。土地局改新章，我处前分析儿子三份划开呈报。寄新印《摩利支天经》四十册。附覆贺张咏唐年片。

大生纱厂一厂七、八、九、十月份送来董事夫马二百元。

**十一日(12月30日)** 答拜曹纕蘅谭，坐中遇白山夫、曹靖陶。

访姚虞琴，交刘夫人送《蜀石经》一部，又托售十部。每部十六元。

访郭涵斋，未遇，留代印《摩利支天经》一千册。

答拜曹梅舫谭，以《中国音乐考》借东寅同年。

购曹怡大号签伤连史三件，洋三十元价付讫。

购皇宫牌雪茄二十匣，洋卅六元。又小号烟纸烟四元。茂和烟号。

覆陈友琴书。代雇刘姓女仆。

**十二日(12月31日)** 郭涵斋同年来谭，交印《摩利支天经》壹千卷洋四十元。

覆徐冠南书。交印《摩利支天经》五百卷洋二十元。

白山夫坚。来谭，赠《汉石经残石集》。

**十三日(二十年一月一日，1931年1月1日)** 胡朴安、陈乃乾约皇宫西菜社午餐。

至中国书店，取：十二月廿八日付价讫。《粤西得碑记》一卷，北平杨翰，光绪丙子八月刻本，洋一元。《灌香草堂初稿》一卷，常熟女史吴兰畹，同治丙寅刻本，洋八角。二十年古物彩图日历。洋一元七角。

徐蔚如自天津同刘子树来谭。蔚如弟号彦如，名文潞，海盐人。

**十四日(1月2日)** 至中国书店。

至广仁堂，晤郭涵斋、余峙莲谭。

至博古斋，以自刻各书易其所印：《津逮秘书》，明毛晋刻，博古斋石印本，洋九十元。《守山阁丛书》，金山钱熙祚刻，附《珠丛别录》，博古斋石印本，洋八十元。《借月山房汇钞》。昭文张海鹏刻，博古斋石印，洋四十八元。

报载江海关布告，出入内地子口税于民国二十年一月一日取消，停止征收所有运入内地之洋货，在五十里内常关照完常关税。又布告实行进口新税则。

晚，刘子树约功德林素餐。

**十五日(1月3日)** 答拜白山夫谭，赠《玉台新咏》、棉连纸印。《宋元科举三录》。连史纸印。

午刻，约胡朴安、童心庵、徐蔚如、曹梅舫、郭涵斋、恽李申、李耆卿、丁子盈、吴寄尘、沈燕谋、赵蜀琴、陈正有、刘子树、任心白、余峙莲、金颂清、陈乃乾、丁仲祜功德林素餐，叶柏皋、汪蟾清、汪茂生未到，共用四十一元。

至中国书店，晤谢光甫、黄宾虹。

童心安来，未晤。心安兄号旭沧，名昇。

李从龙寄赠故宫博物院古物彩图日历。

致吴舜臣书。收到十二日汇来稻款。请刘达章寄节略。寄书鲍公任对联。

致陈一甫书。寄《摩利支天经》一百五十册，价洋六元已代垫付，经交徐蔚如转津。告印《圣学宗传》十八卷，明周汝登撰，刻本，每部约九角以内。

致张敬礼婿书。告今日晤胡朴安、童心安，请取销通缉，发还财产。

**十六日(1月4日)** 答拜徐蔚如谭，并晤其弟轶如、彦如。

午刻，刘晦之约觉园素餐。

晚，吴寄尘、丁子盈、陈正有约觉林素餐。

**十七日(1月5日)** 访顾鼎梅谭，代刘府销《蜀石经》二部，并购洛阳新出汉石经二十石，付价洋四元。收《蜀经》价卅二元。赠鼎梅、逸农《摩利支天经》。

访黄宾虹谭，以所刻《宋元科举三录》、宣纸印本。所印宋梵夹本《法华经》赠之。又以《黄山纪胜》四卷、徐璈。《古歙山川图》、吴逸画。《齐云山在休宁桃源洞天志》明崇祯间知县鲁点编刻。借其录副。另赠宾虹及汪鞠卣《摩利支天经》。遇张善孖画家，略谭。

至曹怡大号，定建兴仁加乾连史六十件，代聂云台、曹梅舫。付定洋壹百元。

白坚武招饮，坐中有朱古微、王病山、谢敬虚、曹纕蘅、诸贞壮、蒋榖孙，因今日为阿弥陀佛圣诞持斋，就坐未下箸。

至中国书版展览会。

**十八日(1月6日)** 访李拔可谭，并晤任心白。

晤费范九，交还托售陈簠斋藏石拓本八十种。

顾鼎梅来，未遇。

西泠印社年节销书洋五元一角六分。

购孔繁德各碑，洋十四元。

以家刻各书同博古斋换书:《墨海金壶》《百川学海》《大观录》。

赠曹纕蘅《玉台新咏》、料半纸印。《宋元科举三录》。连史纸印。

晚，陈子言约陶乐春酒叙。

至鸿宝书局，交翁书《金刚经》《觉世文图说》原本。

**十九日(1月7日)** 陈子言来谭，赠《皖雅》卷十一、卷十二。三册。

徐丹甫识耜。来谭，以所著《芳躅心室集字文》相示，并索《摩利支天经》，以四册赠之。

至曹怡大纸号，代真达师定纸印《金刚经》。

至来青阁、古香斋小坐。

**二十日(1月8日)** 访顾鼎梅谭，赠《摩利支天经》五卷。

刘晦之来，辞晚间宴集。

覆陈绳夫书。寄罗子经讯,划兑洋三十元。寄《长安获古编》《函青阁金石记》托校,辞之,将原书寄还。

致罗子敬书。附陈绳夫讯。

覆李从龙书。代购上清水恒兴东记吉林参,每两二元一角〇,共七两七钱,计十六元。赠参糖、参须各二匣,又古物彩图日历。

覆开明书局书。告《江苏金石志》、白纸《积学斋》均每部十元。又《蜀石经》每部二十元。

晚,约金籛孙、白山夫、诸贞壮、夏剑丞、顾鼎梅、李拔可、蒋穀孙酒叙,并约曹纕蘅、去苏。黄公渚、去青岛。袁伯夔、刘晦之,未赴席。

白山夫赠所藏汉石经拓本十三段并《汉石经残石集》。

**二十一日(1月9日)** 访程演生,未遇,留交齐俊卿、章盈五属书各件。

覆周希丁书。收到所拓热河行宫彝器七十一种,中以颂壶为最,今藏武英殿。

致孙伯恒书。同上。

周希丁十年来所拓各家藏器,记之:冯恕;字公度,大兴人,玉敦斋。张允中;字致和,山阴人,补萝厂。袁励准;字珏生,恐高寒斋。孙壮;字伯恒,北平人,读雪斋。陆哀;字慎斋,萧山人。陈宝琛;字弢庵,闽县人,澄秋馆。罗振玉。字叔言,上虞人。

至来青阁,取辛未四月廿七日付讫。《邵位西遗文》一卷《礼经通论》上卷。同治四年吴棠刻本,价一元六角。

致罗叔言书。请题《镜影》书衣,寄《积学》《斋鄦》两丛书,交子经转金州图书馆。

致任心白书。翟展成来讯,商《金刚经》卅二分发菩萨心魏译本、宗泐注本同。《摩利支天经》音释"哆路"两字考正。印《小弥陀经》一千卷估价。

**二十二日(1月10日)** 任心白来,未晤。

**二十三日(1月11日)** 任心白来谭。

购王发印各碑,洋七元。

汪启我来谭，赠以《觉世文图说》《摩利支天经》二册。

**二十四日(1 月 12 日)**　答拜汪启我，未遇。又访程演生，亦不遇。

答拜徐丹甫，未晤，留交所集碑志诗文。

访陈乃乾于中国学会，未晤，留属书楹联二副，并胡寄尘属题《江村集》书衣。

江彤侯来书，《安徽通志》拟目，佥以程演生所拟，能沟通古今，体制亦颇明备，已议定采用之，其金石、古物考属为担任。

北平中国营造学社寄赠《汇刻》第一卷第二册，编纂者有阚霍初，当为其所赠也。

**二十五日(1 月 13 日)**　访顾鼎梅谭，以《狼山访碑图》乞题，并代刘府售《蜀石经》五部。

访吴寄尘谭，以《礼塔图》乞题，并交敬礼致书。

购王发印各碑，洋十元。

闻陈剑潭上月杪下世，程演生言。黄毅侯在湖北知事任内被匪惨杀，黄名立猷。王富晋言。曾虞民于七月殁于迁善里，王发印言。为之伤感。

致朱遂翔书。寄书条幅、楹帖。

覆翟展成书。《金刚经》三十二分发菩萨心，查大正本作“萨”，明本作“提”，当从“萨”。《摩利支天经》新印本音释“哆”系“跢”字之误，加印一万卷改正。《弥陀经》已估价，每册六分。湘贤遗墨夏剑丞已看过，俟龙君到沪言之。

覆杨吉孚甥书。告秉彝大侄孙已到青岛。

覆秉彝大侄孙书。来禀到青岛，适胡若愚市长去津。

西泠印社购《蜀石经》二部。

汪蟾清赠陈少峰《黄山指南》三部。

**二十六日(1 月 14 日)**　阅《新闻报》，有远观君中国书版展览会记蜀王锴写经。

致吴舜臣书。附俞峻韵讯。

致俞峻韵书。收到《白衣咒》并邮费洋十六元一角。

致吴寄尘书。赠《黄山指南》、云雾茶。

访叶柏皋谭,知其堂弟尔衎仁和监生。为癸巳同年,并交《圣学宗传》。

访鲍扶九谭。

访束劭直谭。

**二十七日(1月15日)** 潘叔玑同康道孺来谭。

访丁仲祜谭,以所藏《梁溪词选》钞本二册、全。刻本二册残。借其重印。仲祜购《蜀石经》一部,当付价十六元。

至程秉泉处闲话,赠《摩利支天经》二册。

至来青阁,取,廿八日付洋八十元。叠山先生批点文章轨范,元刻本,原七卷,残存五卷,半叶十行,行二十二字,《善本书室》《绘糯访古志》著录(傅沅叔《双鉴楼书目》亦有之),洋廿六元。《韩非子》二十卷,明万历赵用贤刻本,洋四元。《江南通志》七十六卷。邓汉仪等纂,康熙廿三年刻本,洋五十元。

在来青阁见宋刻《梅花喜神谱》,桑皮纸印。为秦曼青争购而去,寿祺疑系高丽本,误也。后阅沈刻本。

**二十八日(1月16日)** 至实业银行,晤刘晦之。

至怡大纸号,取建兴仁记加魁加乾连史样张。

至来青阁,付书价洋八十元。

购洛阳邓估魏三体石经未断本两张,洋壹百二十元,王发印绍介,给洋八元:此系石印本。《尚书》,刻在表面。《春秋》。刻在里面。

购汉文渊书店付洋十元。《四书章句集注》廿六卷附考四卷。嘉庆辛未璜川吴氏刻本。

南陵汇来稻款。

**二十九日(1月17日)** 以《千钵斋印选》八册、《十六金符斋印存》《印品》十二月廿七日收价洋四百元。交中国书店代售。徐懋斋购,计四百元,悉助振河南。十二月十二日交丁价侯转送济生会,十三日由会寄来收据，十四日将收据交郭石麒。

覆吴舜臣书。四姨太太、大小姐来沪，并未至我处。堤工借款先后还三万二千五百元，拟再还五百元结束。覆具公函恳求，并以续交五百元移助芜育婴经费。

致翟展成书。堤工借款请结束。五百元捐芜育婴经费。

南陵汇来稻款。

次女云仙名婉，字怡怡。今日忌日，距壬子年十一月二十九日卯时卒已十八年矣。婉女生于光绪十九年癸巳六月十五日午时，卒时年二十岁。

**三十日(1月18日)**　鲍扶九来谭，赠余新印罗叔言《汉熹平石经残字集录》三册，叔言前先后印有四编，今汇而录之，系扶九手书。余报以玻璃版宋梵夹小字《法华经》《宋元科举三录》。连史印本。

曹梅舫同年来谭。

至锦文堂，取：《谈艺璅录》六卷，嘉兴张鸣珂撰，杨志沂校印仿宋活字本，十二月廿九日付洋一元。《净土晨钟》十卷。周克复撰，同治三年钱塘积厚轩许重刻本，十二月初五日付洋一元。

至来青阁，取辛未四月廿七日付讫。《十竹斋画谱》八册。扫叶山房木刻套色本，洋五元。

## 十二月

**朔日(1月19日)**　余旭士来谭。

覆徐咏绯书。题林文忠、祁文端为徐清惠书联，又为其兄修五书条幅。

覆沪南平民医院书。捐洋四元，退回剧券十张。

聂含章光堃。来谭，交其尊人手书，并募集汪圣瑞、三十五。汪慧度、三十五。卢智润、十五。卢智睿十五。附印《圣学宗传》洋共壹百元。

至中国书店，取：十二月廿八日付价讫。《愿学斋文钞》十四卷，嘉兴李集，嘉庆己卯刻本，洋十元。《啖蔗词》四卷，嘉兴吴展成，乾隆己酉刻本，洋一元六角。《微尚斋文集》,代州冯志沂,一卷,同治十三年刻本,洋一元六角。《齐云山馆诗集》二卷,阳湖洪符孙,咸丰元年刻本,洋六角。《淮海秋笳集》张安保等,一卷,咸丰庚申迟云山馆本,洋一元。《清文论语》。

刘翰怡申刻约袁同礼、守和。汤中、爱礼。董授经、张勤伯诸君酒叙,邀往作陪。勤伯告我,葱石所藏宋版《春秋》、作价七千元。与内府藏本同。《坡门酬唱集》《五代史》三部先后为其向刘襄亭购去,计价一万一千元。掮客费在内。又汤君告我,大忽雷亦为襄亭售出。勤伯又云,沈乙庵藏《豫章黄先生文集》宋刻本,每叶十八行,行十八字至廿二字不等,商务书馆借印入《四部丛刊》者,今亦归其家。

**初二日(1月20日)** 午刻聚丰园贞元会,恽季申值会。

至富晋书社,取:辛未五月九日付洋十一元讫。《灵璧县河渠原委》三卷《河防录》一卷,江阴贡震,乾隆廿一年刻《河防原委》、廿年刻《河防录》,洋二十元。《金石书录目》十卷,东莞容媛辑,附录《方志中金石志目》一卷《金石丛书目》一卷,洋一元二角。

高望之、煌。高君定基。来,未遇,赠我杭州新碑茶叶二瓶、藕粉二盒、楂糕一盒。

吕皋俞来亦,未晤。

致白山夫书。赠师奎鼎、虢叔大林钟全形拓,代售《蜀石经》一部。

**初三日(1月21日)** 余寿平侧室安恭人讣至,送绸挽幛。子名臬。

陈保初继室王夫人讣至,送呢幛。

複江彤侯书。来书属撰《安徽通志·金石古物考》,答以书籍有图书馆、藏书家可以通假,惟前者物有转移,亦有散佚,今者地不爱宝,日有所增,必须实地调查,广为摹拓。旧撰《金石系属编年》,今依演生拟目分类,旧稿不适于用,当另同新得资料并以重编就正(《金石古物考》:忽雷,非金石),演生所拟新目来书云休例明备,并能沟通古今。

覆顾鼎梅书。逸农属题《董香光山水册》签条。代购志铭六种,价五元八角(留于纂、杨乾二志,缴洋二元五角)。鼎梅赠花鼎卿同年《循园古冢遗文跋尾》二册,全留,价付讫。

访答吕皋俞，未晤，晤孙宾南谭。

晚，林翼民来闲话。

**初四日(1月22日)** 答拜高望之谭，赠《摩利支天经》四册，又留赠姚石子一册。

访程演生，谭复江彤侯讯大意，彤侯认通志中宗教、外交两志。

冒鹤亭为三子孝鲁娶贺履之三女翘华为妇，寄红绸喜幛于北平东厂胡同。

访聂云台，谭《放翁家训》改用活字本决定，遂以云台圈点本并自序还之。

吴舜臣汇来稻款。

蒯景参来，未晤，留存新刻《蒯公子范历任治所崇祀录》《吴中判牍》、《带耕堂遗诗》五卷、蒯礼卿先生《金粟斋遗集》八卷。

**初五日(1月23日)** 吕皋俞来谭，赠《觉世文图说》《正信录》《摩利支天经》，又赠信大面粉公司孙宾南二册。宾南为孙镜蓉之子。

覆陈叔通书。题所藏高澹游《百梅书屋图》卷。

覆金孝达书。为其书联，并为其弟润侯书扇。

覆孙伯恒书。来书洛阳新出汉石经约二百石，现正集拓，请其代购一分，并转致周希丁。

至同文书店，购：付价洋四元五角。《野香亭集》，庚午至戊寅，系编年，无卷数。《盘隐山樵诗集》八卷。合肥李孚青，康熙刻本。

**初六日(1月24日)** 访曹梅舫谭，交印《觉世文》六开样，并付《摩利支天经》一百册。梅舫定印《摩利支天经》二千卷。

覆曹靖陶书。朱文公手卷询过友人，无人愿购。《新艳秋》剧俟天气和暖，当往一观。

致任心白书。代曹梅舫加印《摩利支天经》二千卷。

致鸿宝斋书。《文昌帝君觉世文图说》照来样全书先行照相，翁覃溪书《金刚经》亦照相上石。

致聂云台书。云台拟印其太夫人手书《金刚经》，商用上等连史纸石印、线装本，并约初九、十日上午派人来商定。

覆陈一甫书。《摩利支天经》印价六元随后算。湾址今年破圩，无租息。《圣学宗传》周实之认印五十部，一甫认二三十部。

赠鲍扶九《汉石经残字集录》。白山夹印本。

蔡廷南之母陈太宜人讣至，送绸挽幛。

陈保初之室王夫人讣至，送呢幛。

**初七日(1月25日)** 高吹万之太夫人告定，在清凉寺讽经，送花圈，行礼。

蒯景参来谭。

刘次羽来谭，赠新印《青溪旧屋集》。

王秀仁来，赠金文拓本三纸。

刘烈卿来，未晤。

大生纱厂开董事会，赴会。

昨、今两日小有不适，就余伯陶、林洞省诊。

致杨云史书。大妹于阴历十二月十二日奉安，送席洋二十元。

覆吴舜臣书。收到续汇稻款。

致诸贞壮书。赠《隶通》二册。

**初八日(1月26日)** 购孔繁德碑三种，付洋一元。

致罗子经书。交《积学》《鄦斋》两丛书，寄赠金州图书馆。

致叶柏皋书。辞今日功德林素餐之约，因病未往。印《圣学宗传》云台决计一千部，仍请作募印启。

江彤侯同程演生来谭，商送通志馆总纂薪水，原订三百四十元，现改减三百元。仍坚辞，彤侯意须致一函交志馆代存，允之，并商将来钞胥费每月或给四五十元。

彤侯告我，现拟印《安徽丛书》，现商定程霖生捐洋壹万元。

在汉文渊书目见有《潘木崖集》，已为刘实之先得。辛未八月潘季野赠我二部，始知潘寿培所印。

**初九日(1月27日)** 答拜江彤侯，不遇。

吊蔡廷南之母陈太宜人丧。

吊余安恭人之丧。

至中国书店，取：十二月廿八日付价讫。《佳句录》二十卷，海盐吴修，道光丁亥刻本，洋六元。《微尚斋诗集》四卷《续集》一卷。代州冯志沂，同治甲子刻本，洋一元六角。

致姚虞琴书。辞明晚大雅楼酒叙之约。

致黄伯雨，蔼塘。书。索新印《感应篇》，赠《摩利支天经》。

覆张敬礼书。告其事寄尘一力担任，并告沭阳陈家在土劣业内，已开释，发还财产。

覆胡寄尘书。请题《随庵勘书图》卷，赠《玉台新咏》《永嘉四灵诗》。

**初十日(1月28日)**　再访江彤侯，已去苏州。

余旭士来，为余预祝生日。

覆任心白书。附阅魏梅孙讯，梅孙以粥厂事冒雪访王一亭，受寒偎火，患鼻血三日。西医用药塞鼻，遂止。吴家捐慈幼院二千，峙莲拟以此款筑宿舍。又云黄愿款即汇。邓翰芬院长请留意继任人。拔可赠小本《会典》。

**十一日(1月29日)**　余六十三岁生辰。

江彤侯午刻招饮于新新酒楼，议印《安徽先哲遗书》，到者张燕昌、启后，泗州。程霖生、程演生、陈子言、黄宾虹、邓季宣、彤侯婿，绳侯子。吴镜天、汪孟邹，亚东图书馆。霖生捐助一万元。

至中国书店，取：十二月廿八日付价讫。《历代帝王纪年表》一卷，内乡王检心，道光廿三年刻本，洋一元。《花月偶联》一卷。李敷荣，嘉庆八年刻本，洋四角。

昨叶柏皋来谭，交《圣学宗传》全部。前陶望龄序缺首叶，陶有《歇庵集》，中国书店有《歇庵集选》，已为郑振铎购去。后至富晋书社，新得测海楼书有之，假归钞补。

赠江彤侯《觉世鸿文图说》、翁书《金刚经》、《摩利支天经》十册。

赠程霖生、程演生、邓季宣《觉世鸿文图说》、翁书《金刚经》、《摩利支天经》各一部。

赠张燕昌、陈子言、汪孟邹、吴镜天《摩尼支天经》各一册。

**十二日(1月30日)** 余峙莲来,交盐业支付慈幼院经费二千五百元、会费三百元支票签字。

上海水泥公司送董事夫马费二百元。

访丁价侯谭,交捐河南振洋四百元,《十六金符斋印谱》等所得之价。又淑畹捐一百元。

晚,约江彤侯、程霖生、张燕昌、程演生、陈子言、黄宾虹、汪孟邹、吴镜天、邓季宣酒叙,刘晦之来,未入席。

刘公鲁来谭,交还改七芗画《芳林秋思图》卷。

**十三日(1月31日)** 访徐行可,不遇,晤其子孟博孝宽,年十七。谭。在中国书店晤行可谭,告我新得文道希师所著《伊尹事录》、晚在刘翰怡坐中出以相示。《黄帝政教考》手稿各一册,未得者稿本百余册,中有《纯常子枝语》,又《口庵胼录》,中云拟为《三代会要》。行可亦未见也。索价二百余元。行可访明代《马文升奏议》或文集。

访顾鼎梅谭,鼎梅昨函托我向刘晦之言,拟同实业银行往来,缘科学仪器馆营业扩充,须透支一万元,由逸农担保。晦之应允,属营业员接洽,特往告之,并交代购唐志四十余种价洋五元。

至曹怡大纸号,购建兴仁记加魁连史四件,付洋五十二元八角,二十六日取出付鸿宝斋。行可言在南京见郦衡三藏有《六十家词》汲古本配钞本。校本,秦敦夫旧藏。又以宋巾箱本《东坡制诰集》相示,甚佳。又《王阳明诗》卷亦佳。

覆翟展成书。南陵堤工借款,杨芷青、陈德生意仍缴五百元,共三万三千元,取销合同,芜育婴堂明春二月内另筹募三五百元。李寿山、丁价侯诸人允取销合同,五百元充振,不另派分借款诸君。芜育婴堂余捐助五十元,将来在印《金刚经》价内扣还。

覆吴舜臣。方德斋募开浚市桥河,请酌助(或四十元)。告堤工借款结束情形。省政府电县,在税款项下拨解省防军饷一万元,派警备第二旅团胜军需永济到县坐提。我处同朱云谷堂、朱继范堂、江三立堂、吴维政堂派三千元。

至广仁堂，晤余峙莲，交慈幼院常年经费二百元。

晚六时，刘翰怡约酒叙，坐有徐行可、徐孟博、乔梓、王福庵、董授经、李勤伯、罗子经、费□□、李紫东。

**十四日(2月1日)** 徐行可来谭，出示《黄石斋行书》卷、得价二百四十元。叶东卿藏彝器拓本一百余种，得价三百元。均佳，留午饭。

覆陶拙存书。拙存为翰转之扉被碰，十六日贞元会拟请梦坡、叔用先值。

覆吕宋廷书。宋廷夏秋大病数月，病后复遭抢劫，索《摩利支天咒》，寄赠二卷。

取蟫隐庐书：十二月廿七日结清付讫。残元中统本《史记索隐》一卷，存《货殖列传》第六十九，半叶十四行，行二十五字，上记字数，下记刻工人名。洋十元。《徐昌谷全集》十六卷。明徐祯卿，万历己未长洲周文萃重刻本，洋十六元。

蟫隐庐有《姑孰三邑山水名胜全图》，为萧云从绘精刻本，已先由宣愚公购得，价洋八元。此即张万选《太平三书》卷一，顺治五年刻本，旧藏缺此卷。

**十五日(2月2日)** 至丹弟处，略谭。

访汪启我，未晤。

《新闻报》载，太原据石楼来人，谭初六日阳历一月二十四日。晨七时半至下午二时半，黄河澄清如水晶，沿岸居民莫不惊异。

六时，赴徐行可一枝香西餐之约，行可以新得汉明镜镜见示，密行细字亦清晰，内层有吴郡陆□[1]，亦异品也。

闻江彤侯今晚回皖。

徐行可藏有程易畴瑶田。《仪礼经注》，又《周礼经疑直》残稿二册。《疑直》原稿本十七卷，今存十二卷，汪钢《大戴礼识语》原刻本记此以备《安徽丛书》之选。现为歙人，吴检斋承仕借去。吴在北平中国大学教书。

**十六日(2月3日)** 晨至太平寺，晤真达师。

---

① 原文如此。

在中国书店晤郭寿臣谭，相传秦镜出土洛阳之金村、安徽之寿州，不及金村之多。销洋庄而价极昂，甚至有每枚售一二万元。其式底为细花纹，上层为龙凤形，或花纹。亦有山字斜形者。旧藏有其一。所出破碎者多，破者亦须一二百元。整者百不得一，缘质薄易碎也。向年出土之包金包银镜，近以多见，价致跌落，惟嵌金银丝镜，则未减价耳。曾见白山夫有一秦镜，上为龙凤形，底有细花纹。

致陈清源书。谢赠吕宋烟、茶叶、糕、桃、烛、爆。覆赠鳍鱼六札、东洋挂面十札，《摩利支天经》十册。

晚，约徐行可、徐孟博、乔梓、王福庵、姚虞琴、褚礼堂、宣愚公、鲍扶九、罗子经、刘十枝、陈乃乾、刘公鲁酒叙。

南京佛教慈幼院院长邓翰芬来谭，其尊人璞君契一居士。西归，不受赙，送如皋佛学会基金洋十元，请任心白转致。

刘公鲁以宋本《东莱吕太史文集》相示，半页十行，行二十字。沈寐叟藏书。

任心白覆书，以庄伯俞先生所印先德庄大可《慕良杂著》三卷相赠。

**十七日(2月4日)** 函告陶拙存，昨日贞元会改为梦坡值会。明年正月十日午刻第一会系公分，每分二元。

覆李从龙书。来函在天兴合(三五)清水原浆移山人参二两一钱，共柒元三毛；又在恒兴东记(四五)吉林清水人参一两五钱，合洋六元七毛五分。

覆张铁珊书。来函借一百八十元，覆送一百元。

覆余峙莲书。来函托售陈墨，每斤十一元二角。

覆朱实之书。来函赠佛象、篆联、笔、花粉扑，覆赠洋十元，交实业银行汇。

**十八日(2月5日)** 访徐行可，未晤，晤其公子孟博。

至蟫隐庐，取：十二月廿七日结清付讫。《两浙金石志》十八卷阮元编录。补遗一卷，阮福，道光四年原刻本，洋七元。《檀园集》十二卷，李流芳，康熙《嘉定四君集》本，内有缺叶，补钞非《四君集》本，洋十五元。十九日退。

《满汉合璧三字经注解》二卷。陶格译，乾隆六十年刻本，洋三元。

收千顷堂书价洋二十一元。

**十九日(2月6日)**　就余伯陶诊方。伯陶明年二月六十岁。

江啸麓名世煌，旌德人，云青子。来，命崇儿见之，啸麓赠傅鹤岑向荣，监利人。《倏游浪语》三卷，并拟印《倏游浪语摘要》《虞铎笔记》，陈虞铎字振春，六安人。索《摩利支天经》，赠以十册。

至中国书店，取：十二月廿八日付价讫。《随轩金石文字》四册，徐渭仁，道光间刻本，宣纸初印，徐行可藏书，洋二十六元。《京师五城坊巷衚衕集》一卷。明张爵，庚申刘承幹刻本。

**二十日(2月7日)**　黄公渚之室周孺人讣至，寄素绸幛。青岛湖南路廿四号。

付戴春记装订《科举三录》白纸、竹纸各三十部，《随庵丛书》白纸三十部，又《续编》白纸三十四部、竹纸一部，付洋三十二元。

慕邢侄之女订婚杨氏，无锡人。陈笠夫君、宁波人。丁曼云侄婿作冰人。

访李拔可谭，交洋八元，请划交孙伯恒续拓汉魏石经价。

晤任心白，请用仿宋活字排印《金刚经》后记。

覆孙伯恒书。请代购续拓汉魏石经二百五十余纸，其工料洋八元，今函交拔可汇上。

覆王梓乔书。梓乔托荐其世兄王梅衢从康。至扬子面粉公司，婉言未便向刘晦之绍介覆之。

**二十一日(2月8日)**　宣古愚来谭，赠我萧云从画《姑孰三邑山水名胜全图》刻本，却之，秦絅孙有印本。劝其所编《金石书提要》早日成书。古愚向我假蒋湘南《同州府志・金石志》，洪亮吉、陆继萼《登封县志・金石志》，武亿《宝丰县志・金石志》，陆耀遹、董祐诚《咸宁县志・金石志》，方履篯《武陟县志・金石志》，又《曲阜县金石志》《泰安县金石志》。

覆罗叔言书。谢题《小檀栾室镜影》书衣。告孙伯恒集拓汉魏石经二百五十余块，又见新出汉石经二十块拓本，闻关伯益已代购得，想大著《残字集录》当续有所作也。《水经注碑目》：汉顺帝阳嘉造《太学碑》在石经碑东，今石经已陆续出土，未知造《太学碑》近人曾否注意及之耳。

致魏梅荪书。闻其前患鼻血症已愈，讯之。

**二十二日(2月9日)** 先光禄公于二十八日九十九岁阴寿，先期念佛七日，今日在太平寺开经。晨七时往，晚五时归。

余旭士送功德林素筵全席，母子来行礼。

**二十三日(2月10日)** 晨七时至太平寺，五时归。

张亲家太太送大加利筵全席，十六元。同敬安暨四小姐行礼，明日回大连。

杨吉孚甥来谭。

付王添禄印《随盦丛书》、连史三十部、赛连一部。《续编》、连史三十四部。《闺秀词》全部、连史十部、毛太卅部。《词钞》，赛连三部。又修补旧书，十一天。共付洋五十四元。

覆郭礼征书。辞退程锡恩，月给洋十元。函募电气公司债票。寄来董事夫马八十两(截至二十年一月底止)。

覆胡寄尘书。题《随庵勘书图》已成二绝，请其自书。

覆任心白书。先光禄九十九冥庆，印《金刚经》千卷，后附功德题名，请其代排古宋字样已送来，致谢并询工价。

覆叶伯皋书。柏皋在陶望龄《歇庵集》中钞出《圣学宗传》序。

**二十四日(2月11日)** 晨至太平寺，午后五时归。

宗渭川赠野鸭、咸肉。

**二十五日(2月12日)** 晨至太平寺，午后五时归。

访吴寄尘，不遇，晤张敬安谭。

赠高望之《宋元科举三录》《永嘉四灵诗》、赛连纸印。《随盦所著书》、连史纸印。《怀豳杂俎》，毛太纸印。又大连苹果、南陵酥糖、方糕、雪枣。

致高吹万书。辞六时新利查西餐之约。

覆赵叔雍书。收还《玉琼集》六册。

覆任心白书。询排印《金刚经》附叶题名价值。

致曹梅舫书。请题《觉世文图说》书衣。

赠徐曦伯《宋元科举三录》、赛连纸印。《怀豳杂俎》。毛太纸印。

**二十六日(2月13日)**　晨七时至太平寺,五时回。

访姚虞琴谭,虞琴交《蜀石经》价一百六十元,随由淑畹付刘夫人。

至中国书店,取:十二月廿八日付价讫。《东望阁诗钞》,嘉善查奕照,分七集,洋四元。《趵突泉志》二卷,历下任弘远撰,乾隆七年刻本,洋二元。《华岳志》八卷。李榕纂辑,道光十一年刻本,光绪癸未杨昌濬补刻,洋三元。

李元之晚九时回扬州。

**二十七日(2月14日)**　晨至太平寺行礼,午刻回寓,记先悬影。复至太平寺,五时归。

包静庵之母张太君讣至,送素绸幛。

李佩秋赠海门酱油、玫瑰酒各二瓶。

覆罗子经书。结算来往帐单,寄售书销出洋九元八角,陈绳夫划收洋三十元,付出各书九折,减去三元六角,净欠十九元四角四分,今如数送上,请检收销帐。

致陈绳夫书。收到罗子经划来书价洋三十元。

**二十八日(2月15日)**　先光禄公九十晋九冥寿,至太平寺行礼,晚焰口三大师全堂,夜十一时归。

结算太平寺经资等共二百二十七元。佛七七天,每天十六众,每众一元;香司七天,每天五角,共一百十五元五角。三方焰口十六众,法师三位双分,香司三人一元二角,共十六元四角。焰口结缘,加念《金刚经》共五元四角。诸师点心八堂,共六元四角;香烛九堂,共洋九元;供菜一桌六元,饭菜七天十元,送真达师香资洋四十元,给菜厨房公十二元、私六元。

吴寄尘、丁子盈送功德林素席十二元上供,丁系席票十二元,又烛一对。均来行礼。

朱犀园、朱宸卿来行礼。

子丹弟送代供洋四元，大太太来行礼。

**二十九日(2月16日)** 晨答谢吴寄尘、丁子盈、余旭士、朱犀园、朱宸卿。

送王秀仁拓镜及送程秉泉拓本拓镜二十纸，送拓片五纸。洋六元。

余峙莲来谭，交阅佛教慈幼院庚午七月至十二月收支清册，又代交郭涵斋为易子骏、齐朴记各印《摩利支天经》各五百卷共洋四十元。

中国书店结算往来帐，找还九元二角五分。取书洋一百十七元八角，代售各书洋一百廿七元五分。

白山夫来谭，交购《蜀石经》价十六元。

覆李从龙书。寄东台县东大街《金刚经》二百卷。

覆孙伯恒书。寄来汉魏石经第四次集拓全部，目录编成续寄，计一百五十八块，此为许氏所藏。许氏，名光誉。

安徽图书馆寄来所出《学风》第一年第四期，载安人教授刘平山《宋本陆士龙集校记》，云为怀宁袁少珊其戚王某交刘阅。于二十年前得于白下，并以余所钤印为其子伪作。罗子经云为王姓售于潘明训，得价二千五百元。

大盂鼎出岐山礼村，嘉定周雪樵广盛。大令官岐山时得之，今藏吴县潘氏；小盂鼎亦出岐山，宣城李伯盂文瀚，四川嘉定府李云生太守之子，何子贞门人，住宣城县三义阁。作令岐山得之。今李氏式微，器亦无从踪迹矣。或云捐送庙中，文约三百九十余，可辨二百十三字，吴子苾太年丈有拓本，罗叔言曾借影印，《攈古录》著录。

# 辛未年(1931)

## 元月

**元日(阳历二月十七日,2月17日)** 晨升香,告天祀神,诣真容前叩贺新年。

亲友来贺。

**初二日(2月18日)** 晨往贺亲友。

亲友来贺。

晚七时,刘鸿生约在刘吉生新宅酒叙,在巨籁达路六七五号。坐中为日本商界、上海商界暨水泥公司董、监诸君,并招日本艺妓、沪妓十余人侑觞。日本小野田洋灰公司总经理笠井真三氏选派厂主任技师江本助员绳田来沪厂考察。

**初三日(2月19日)** 亲友来贺。

**初四日(2月20日)** 往贺亲友。

覆罗叔言书。叔言寄赠汉马姜志拓本,覆赠黄武、太平、永安、太康、天宝镜拓本五种。汉《周易》石经残字为南京训练总监部参事文素松藏石,陈淮生曾以拓本付印。孙伯恒《集拓汉石经残字》第一次集北大研究所徐氏、马氏、吴氏、柯氏、陈氏、黄氏诸家二百十四石;第二次集拓徐森玉为一组,内有尊藏四石,计一百卅七石;吴宝玮为一组,计一百七十八石;第三次集拓二百五十八石,只收工价八元。拓本于岁除日寄到,其目录尚未编成,不知为谁氏藏石也。许光誉氏藏。

贺狄平子谭,平子赠新印《中国名画集》第三十五集、三十六集二册。

**初五日(2月21日)**　往贺亲友。

亲友来贺。

周叔弢寄赠新印玻璃版宋书棚本《宣和宫词》附《三家宫词》,半叶十行,行十八字,未著录。

**初六日(2月22日)**　定君四十三岁生日。

亲友来贺。

往贺亲友。

至中国书店,取洋二十四元,五月二日付讫。《李南涧集》。汉阳叶润臣钞本,赵扮叔旧藏并题书衣。校潘氏滂喜斋刻本,多三十余篇。

**初七日(2月23日)**　亲友来贺。

访朱沤尹侍郎,适外出,王病山方伯回四川,均未遇。

访聂云台谭。

**初八日(2月24日)**　至怡大纸号,付中国实业银行支票三百元,取建兴仁加乾二十件印《文昌帝君觉世文图说》。代曹梅舫同年。

至鸿宝斋,交建兴仁加乾二十件,又交《休庵集》《芸庵诗集》《圣学宗传》样本。

午刻,陈子言招饮于会宾楼。

徐丹斧来,商印《瘗鹤铭》。

朱光谱母旌表节孝陈太夫人讣至,送丝葛幛。

**初九日(2月25日)**　朱用和午刻招饮于其新宅,极司非而路三十六号。陪陈贵阳师。

覆刘公鲁书。索回宋椠《东莱集》一册。

覆任心白书。来函告慈幼院募有七千余元,又以五千元内拨出二千元作活支,余作基金。

**初十日(2月26日)**　至中国书店,交金颂清《畞崖考古录》二卷,甘泉钟褢撰。借其重印。

午刻,聚丰园贞元会。

游邑庙内园及市场。

覆翟展成书。收到捐助育婴五十元收条。南陵堤工借款，舜臣来信商杨芷青、陈夺声，拟仍还照原约三万三千元，外筹三五百元捐芜育婴，须阴历二月间日内有公函来，现有一月之久，公函未到，未知有无变化。湘贤遗墨谭大武未能收受，龙来沪无期，来亦未可必其收受。翁书《金刚经》五百卷日内交江顺轮带芜。尊处出售书籍，已向杨寿祺言定，现伊往湖南，约阴历廿五日以后到芜。寄曹梅舫同年印《觉世文图说》样张。寄还芜育婴堂募捐册。寄赠黄蔼塘印《感应篇》。

覆曹靖陶书。录示赠曹缠蘅七古一诗。

**十一日(2月27日)** 吊朱光谱母陈太夫人。

访牛惠生谭。

覆沈醉愚书。醉愚录示辛未元旦诗，并拟谋《安徽通志》编校。

覆姚虞琴书。索《蜀石经》五部。

访聂云台谭，交其太夫人所书《心经》一叶，并《圣学宗传》印样。云台托购文盛盖加连史八件，每件十六元八角，先付洋一百元。

晚，刘慧之约酒叙。

**十二日(2月28日)** 崇儿二十三岁生辰。

寄李从龙翁覃溪书《金刚经》二百卷。

晨，送张亲家太太附奉天丸回大连。

拜汪撷荀谭。叶柏皋来谭。

至南京大戏院，观《普天同庆》影剧。齐格飞班埃第康泰演。

**十三日(3月1日)** 罗子经来谭，属代向曹怡大定文盛盖加连史每件十六元八角。五十件。

覆叶柏皋书。钞《圣学宗传》陶望龄序北京图书馆藏本。询定《圣学宗传》二十部。

致郭辅廷书。代定《圣学宗传》二十部，附《觉世鸿文图说》样张。

覆胡寄尘书。谢题《勘书图》卷，覆赠《怀邠杂俎》。

覆任心白书。魏梅老之弟芝老于初五日下午五时作古。

报载，陈清源于十一日下世，为之伤感。

**十四日(3月2日)** 至诚化普善堂,晤汪仲常君,启运。谭印《觉世文图说》。

至怡大纸号定纸。代聂云台定文盛盖加八件(一六八),付定洋六十元。代郭涵斋定建兴仁加乾十件(一五四),付定洋四十元。又自定祥福盖加十件。每件十四元六角。

至蟫隐庐,取洋二百元定纸。定单随即交还。

至科学仪器馆,晤顾鼎梅谭,鼎梅交代购新出魏墓志二十三种、隋墓志十一种。

**十五日(3月3日)** 访叶柏皋同年谭,以吴肃公《阐义》一书示之,商付景印,并转翰怡同阅,可否附印。

访丁仲祜同年谭,交《蜀石经》一部,当收价洋十六元,仲祜还前假《南藏目录略记》。

叶柏皋赠我郭辅庭新刻蓝印本《金刚经》《心经》、附《金刚证验赋》宋钱塘永明寺延寿智觉撰,四明观宗寺谛闲校正。《关圣帝君明圣经诵本》。

访余峙莲,交代郭涵斋同年定建兴仁加乾连史十件发票。

至怡大号,代罗子经订文盛盖加廿二件、元兴盖加十八件,每件十六元八角。先付洋二百元,随取定单送交子经。

至蟫隐庐,取十二月廿八日付讫。《辽居稿》一卷。罗振玉,己巳印本。

访姚虞琴,不遇,留《蜀石经》五部。

覆曾梅舫书。题《觉世文》书衣祇收。昨晤汪仲常,谭及集印之数已有六百,益以敝处代集二百,距千部尚缺二百也。

致罗叔言书。文舟虚现拟出售汉石经《周易》残石拓本预约,初拟百元,后顾鼎梅劝止,改为五十元,经售者得八折。

媖女咯血,延林洞省针治,并服药丸、药水。

昨吴寄尘来,交题《礼塔图》卷,并谭及退老财产经省府议决,以十分之六归省,十分之四归县,充作教育慈善用途,派委张丰胄、李晋至通会县实行标卖。在十七年估值六十三万三千六十元，除去有纠葛之款十万八千六百五元，实共五十二万四千四百五十五元，此次仍须重行估计。

**十六日(3月4日)** 媄女病稍愈，晨延鲍承良诊方，林洞省诊。

覆郭辅庭书。来函再定《圣学宗传》五部，认印六开本《觉世鸿文》五十部。拟赠我新印《金刚经》蓝印本，附赠《金刚经塔》《金刚经》各四分、《摩利支天经》二册。

郭辅庭覆书，赠料半纸蓝印《金刚经》五册。

**十七日(3月5日)** 媄女病未愈，林洞省诊。

顾鼎梅来谭。开封博物馆长关伯益拟来，午后先访之，因赴文虚舟之宴未归，不遇。

江彤侯来，未遇。

访程演生谭，同访彤侯，外出。候至暮返寓，约往聚丰园晚餐。

**十八日(3月6日)** 报载，胡汉民与蒋介石主张议及约法，发表国民会议不当议约法，于十二日辞立法院长职，后一日赴汤山即病。

报载，退老财产民政厅委员张丰胄等会县，自十四日起照省定省六成、县四成标准，十六日分竣：所有住宅及城南街濠南路市房与三余区垦田共值三十一万四千余元归省城；南新市场市房及垦牧田地实业股票共值二十二万余元归县，俟省方批准，即行分别标卖。

关伯益百益，开封。同金一啸骏，婺源。来，晤谭。伯益赠我魏造象墓志九种：伯益又名葆谦，一啸在科学仪器馆。刘根卌一人造象，正光五年五月卅日。元彬墓志，太和廿三年十一月廿日。元怀墓志，熙平二年八月廿日。元腾墓志，神龟二年十一月九日。元譿墓志，神龟三年十一月十四日。元乂墓志，孝昌二年七月廿四日。元昉墓志，建业义元年七月卅日。元炜墓志，武泰元年三月十六日。元宝建墓志。兴和三年八月二十一日。

致书陈子言，辞陶乐春酒叙之约。

请日本立川医士为媄女诊。诊金十元，药粉、药水各一元。

覆翟展成书。丁价侯、陆维镛、李寿山捐芜湖育婴堂一千元，内五百元以南陵堤工借款补息五百元划拨。又南陵前拟捐助芜育婴三五百元,属转催早日致谢福中公司,将合同取销。寄来西泠印社售《泾川丛书》洋四元帐单,划拨《金刚经》印费。

致吴舜臣书。转展成讯。

覆任心白书。心白索新印翁覃溪书《金刚经》。

**十九日(3月7日)** 南陵有不具名人来信,报告己巳、庚午两年收稻、售稻数目、价目,核与舜臣报销册均不符。当系老方所为,并告每亩正税并地方附加带征合五角三分四厘六毛,计差田二千七百十九亩三分二厘二毫。

舜臣来讯,去腊党部招集散放冬振,公举夺声、德斋、舜臣为常务委员,募款一千余元。近日,省令地方附税不得超过正税,连日开会统筹办法。

南陵县知事杨铮鸣冠英,湘潭。二月一日任事,庚午十二月十四日。在福建多年。

媄女病稍愈,仍延立川医生,今用针治并服药粉、药水。

吉川幸次郎日本神户人,字善之。来,谭戴东原之学,并及《经考》改定本,又谭仪征刘氏孟瞻。春秋著述未成。襄公十九年止。杨芷晴绍介。

覆徐蔚如书。收到刘静远洋三十元,购家刻书四种,计十九元三角五分五厘。印老所著《普陀山志》已排印,近又校补成时删节本《净土十要》。蔚如现校治《华严疏钞》,此书入《龙藏》者即非足本,幸北方有《嘉兴藏》本,差可依据。

致周叔弢书。谢赠珂罗版本宋书棚本《宣和宫词》附《三家宫词》,半叶十六行,行十八字。覆赠珂罗版宋梵夹本《法华经》。

赠约翰学校邱公达教会会长。《观世音菩萨感应颂》《历史感应统纪》、翁书《金刚经》、《我信录》。

**二十日(3月8日)** 晨,答拜吉川幸次郎谭,赠《宋元科举三录》《永嘉四灵诗》。均赛连印本。

至中国书店,晤关伯益谭。

至鸿宝斋。

覆郭辅庭书。赠《觉世经》十册，蓝、墨印各半。覆赠《觉世鸿文图说》四部、《冥报录》四册。

再覆郭辅庭书。代严载如认印《圣学宗传》三十部。

致严载如书。认印《圣学宗传》卅部，丁卯消寒会二集在功德林，作主人。

叶蒲孙玉麟，桐城。来，不晤。

晚七时，赴吴寄尘、束劭直在润安里饭叙，商为退老请律师事。

媖女病渐愈，仍延立川医生用针治，兼服药粉、药水。

**二十一日(3月9日)**　刘十枝来谭，赠新印纂录《直介堂丛刻》初编十二种：《清芬录》二卷、《桐城文学渊源考》十三卷《引用书目》一卷《名氏目录》一卷、《续补汇刻书目》三十卷、《续补寰宇访碑录》二十五卷、《寰宇访碑录校勘记》十一卷、《补寰宇访碑录校勘记》二卷、《再续寰宇访碑录校勘记》一卷、《苌楚斋随笔》十卷《续笔》十卷《三笔》十卷、《望溪文集再续补遗》四卷。

今仍延立川医生治媖女疾，用针治，兼服药粉、药水。

报载，省委李晋、张丰胄查悉退老财产尚有隐匿，并征租有吞蚀情事，呈民政厅举发，胡厅长令两委员会县澈查，此案牵涉甚多。

**二十二日(3月10日)**　为媖女再延立川医生用针治，服药粉、药水。

覆郭辅庭书。辅庭允赠墨印《金刚经》十册。

致郭毅贻书。附送《摩利支天经》一千册。

致徐冠南书。附送《摩利支天经》五百册。

致恽季申书。附送《摩利支天经》五百册。

晚，赴吴镜天聚丰园酒叙之约。

**二十三日(3月11日)**　任心白来，未晤。

访叶伯皋、高吹万，不遇。

覆任心白书。收到《摩利支天经》二千六百卷，内四十八卷错误，送回修改。附赠郭辅庭蓝印本《金刚经》。

致曹梅舫书。前定印《摩利支天经》五百卷，已缴一百卷，今再交四百卷，价洋二十元已代付讫。旋诚化善堂汪仲常交来二十元。

覆郭辅庭书。代广潮善堂及林可人、无名氏认印《觉世鸿文》各十部,赠《正信录》四册。

再覆郭辅庭书。来函又赠绸面《金经》一册。前拟《金经》十册仍改蓝印。再赠《正信录》六册。

访汪仲常,请将集资影印《觉世鸿文图说》认印题名交来付印,并赠梅舫仲常各《明圣经》一本。

至博古斋,取洋十二元,廿六日付。郑子尹书联。篆书,莫楚生藏,跋曰:此十字帖巢经先生为吾州蔡念皇、文继昭书,蔡亦世居遵义者也。乙卯二月海上装池。联句。独寝不愧衾,独行不愧景;昼坐当惜阴,夜坐当惜镫。同治壬戌五月作于谱荔庵。念皇座右。郑珍。又取:廿六日付价。《两京赋》二卷,明刻本,撰人待考,南京、北京,以洪武诏金陵为南京,大梁为北京。洋三元。考为黄佐,广东人。《太上感应篇图说》八卷。关中张锜宗郿氏重辑,咸丰元年刻本,洋二元。大兴刘位坦跋:"是书为顺治时许宫允鹤沙纂集,后介璞庵转贻张宗郿(锜),宗郿复有所损益。卷首宗郿之子慎仪(元淑)凡例,卷末许鹤沙原札可考也。近日翻刻之本甚多,其序文皆不言创自鹤沙,因特为表彰云。"道光庚子秋,栾城邓樵香别驾(湘霖)以此板赠刘位坦印行。

黄宾虹于六时约豫丰泰酒店酒叙,坐有意大利画家萨龙夫妇、一名萨龙利,其作品戊辰年阳历六月底程演生陈列于沧州饭店展览;夫人马丽,初次来中国,豪于饮,善鉴别古磁。程演生、谢无量、沈、敬仲,泾县人。钟□□、江彤侯、吴镜天诸君。萨龙、马丽夫妇痛饮,尽欢而散。

**二十四日(3月12日)** 访江彤侯,不遇。

访关伯益,今晨已返开封。

访叶遐庵,在医院未归。

访白山夫谭,以新得汉《春秋》残石拓本表里二纸相赠。

徐贯恂来,请撰《镜谱》序。

赠丁子盈蓝印本《明圣经》一册、《摩利支天经》十册。

媖女昨病愈,今仍延立川诊,服药粉、药水。

致李元之书。

覆金松岑书。告彤侯寓五凤里东昌旅馆。

**二十五日(3月13日)** 至来青阁，取二月八日付价讫。《金石史》二卷。关中郭宗昌著，康熙癸卯华山王宏撰刻本，码洋五元，实二元。

致罗叔言书。告关伯益石经残石已交子经。文虚舟《周易》拓本由颂清寄上。白山夫新得《春秋》一石，表里五十余字。

覆汪甘卿书。约来沪一游。

至中国书店，晤金颂清、陶兰泉、李佩秋。

访叶伯皋谭，交刘翰怡认印《阐义》捐洋五十元。

至邹云峰处，交雁足镫两拓本并程子大书联装池。云峰以新得隋董穆墓志拓本相赠，大业六年岁次庚午十一月戊午朔三日庚申，石旧藏京兆端氏。索石价一百元。原石为匋斋藏，此石伪。

至鸿宝斋，以《阐义》前九叶交印样张。

张菊生、潘叔玑来，未遇。

江彤侯来，亦未遇，留存安徽省通志凡例、目录二册。

周梅泉之六女叔蘅于二十七日四时在礼查于归会稽，送红绸幛。

致孙伯恒书。为罗叔言购四次集拓汉魏石经二百五十六块，寄赠《古玉图录》。

**二十六日(3月14日)** 访江彤侯谭。

至博古斋，付洋二十元书价八元、郑子尹联价十二元，前帐结清。

购泰生永号张锦盛、柏顺玉五件，付洋六十元。

至富晋书社，延立川为媄女诊，仍服药粉、药水。

阎甘园来，不晤，约明日午刻酒叙。

郭涵斋同年同余峙莲来谭，还前代定建兴仁加乾连史十件定洋四十元。

**二十七日(3月15日)** 午刻，阎甘园招饮，以所作书画展览。定画梅四幅，洋二十四元。

周美权之六女叔蘅同夏永彝之子四时在礼查结婚，往贺。

晤陈蔼士，为马兰生请派一事。

报载，樊樊山于廿六日申刻病故，年八十六，存诗稿三万余首。

又载，多尔衮墓被盗出金玉珠宝甚多，系其后裔中铨及骨董商孟鹤梅合办，全案已获二十二名。又东郊两贝子坟亦为孟中等盗掘金器五百余两。

**二十八日(3月16日)** 华商水泥公司四十八次董事会。

刘十枝来谭，赠以瞿木夫《古玉图录》。

媖女病已愈，延立川诊方调理。

为来青阁代王春成君请书条幅。

覆郭辅庭书。辅庭函告新刻《感应篇集传》《阴骘文图证》《格言联璧》，又拟刻《正信录》。

**二十九日(3月17日)** 至博古斋，以各书易其主人柳企云。《拜经楼丛书》，洋十六元，以《南陵县志》《宁国府志》易。《苏斋丛书》，洋三十八元，以《江苏金石志》三部、《怀豳杂俎》一部易。《式古堂书画汇考》，洋二十元，以《江苏金石志》一部、连史印《玉台新咏》三部易。梁普通元年砖砚。以《怀豳杂俎》易。

至中国书店，取五月二日付讫。《宋词集联》。丹徒赵祖望。祖望字苇佛，为悔庵之侄。洋一元二角。

汤爱礼中。来，未晤。

雨山老和尚自扬州重宁寺来，主持江苏育王舍利供会，随同淑畹、定君、绮女出供会会费十二元，公启具名者雨山、德峻、荫屏、慧轮、炬峰、可成。并交香速香三合，又《金刚经》一百卷、媖女一百卷。

付戴春记装订《金刚经》二千册洋四十三元。单片面一千册二十元，双片面一千册二十三元。

**三十日(3月18日)** 江彤侯、程霖生约七时半酒叙。《安徽丛书》编印处委员会成立，彤侯主任，霖生、经济。演生、交际。镜天、文牍。宾虹暨余编审。为常务委员，汪孟邹。会计。以霖生捐助洋一万元存通和银行，所有收款簿、支票簿悉交孟邹保管；新刻《安徽丛书》编印处图章由余保管。凡有支款，须经委员会议决，孟邹填写支票，再送余盖章。当场议决，暂支开办费二百元。

## 二月

**朔日(3月19日)**　访聂云台谭。任心白来，未遇。

致汪仲常书。付《摩利支天经》二千卷。覆书交来一千卷价四十元。送翁书《金刚经》一百卷，请代布施。

覆任心白书。收到《摩利支天经》三千四百四十卷。送新印翁覃溪书《金刚经》一百卷，请代布施。

致郭涵斋书。送翁书《金刚经》一百卷，请代布施。告郭辅庭现刻《正信录》，新印本有无误字。

致谢光甫书。付《摩利支天经》一百卷。

致陈一甫书。寄《阐义》《圣学宗传》样张。

覆徐蔚如书。收到刘静远购《积学斋丛书》《闺秀词》《断肠诗注》二部洋八元，附赠《宋元科举三录》(竹纸印)。寄翁书《金刚经》一百卷，请代布施。询《蜀石经》每部十六元是否愿购。

覆郭辅庭书。询《正信录》尚有一二误字在何处。

致张午岑书。送《摩利支天经》一百册、翁书《金刚经》一百册。

致周芝珊书。送《摩利支天经》二百册。

致姚文敷书。送代印《摩利支天经》一百册。

**初二日(3月20日)**　叶浦孙来谭，赠《摩利支天经》二册。

白山夫来谭，以新景真本东坡《颍州祷雨诗话》附考证。一册相赠。

黄蔼农葆戉。来谭，以散盘拓本属题。

意大利国萨龙画师同程演生来谭。

延立川医士为媄女诊，服药粉、药水。

午刻，聚丰园贞元会，姚虞琴值会。

至来青阁，取初八日付价讫。《娄东诗派》二十八卷。镇洋汪学金静崖氏录，嘉庆甲子刻本，洋三十元。

**初三日(3月21日)** 至中国书店,取五月二日付价讫。《历代石经考》第一编。蒲圻张国淦,庚午冬燕京大学国学研究所印本,洋四元。

至来青阁、汉文渊小坐。

南陵朱鼒成君孔阳。来,云是幼年同应学院考试,未知是否,赠以川资六元、茶点四匣。朱君云今年六十八岁,同杨芷青同学。

黄伯雨来书,赠《感应篇》三部,覆书谢之,给来使一元。

报载,北平有盗墓团孙华斋、宋起文,自称山东考古队,率二十余人到房山,发掘辽金古墓七座,得宝最多,尤以骚鞑子坟所获为巨。现已全案破获,二十一名昨已解到平法院。

**初四日(3月22日)** 冯仰山母陆太夫人讣至,送丝葛幛、烛,吊之。

朱子涵之夫人讣至,子中起、士振。送呢幛。朱夫人张氏。

王子衡讣至,叔用侄。送丝葛幛。

大生纱厂董监联合会。

王君九季烈。来,未遇。

吴舜臣来书,寄来十九年关税短期库券五十张。每张十元,余有四十四张,淑畹六张。又关税短期库券九张、二五附税国库券二张、善后短期公债一张,均每张十元,托代售。

至来青阁,适杨寿祺自湖南收书回沪,谭,取:初八日付价讫。《黄山诗留》十六卷,胶东法若真著,康熙间又敬堂刻本。若真字黄山,为其诗集,何绍基题书根。洋十六元。《松风余韵》五十卷卷末一卷,姚弘绪编次,乾隆元年刻本。辑松江人晋至明诗。洋十二元。《左庵诗余》,长白李佳继昌,光绪间刻本,无卷数,分八集。送。《画史别号》四卷。善化杨廷瑞,甲子刻本。送。

**初五日(3月23日)** 游邑庙,购明杨鳣堂镜,内轮文曰:为人反己镜。外轮文曰:三十五年秋七月望日,杨鳣堂识。按三十五年为嘉靖三十五年。洋十二元。日本藤原光长镜。洋二元。

至来青阁,取:初八日付价讫。《精选国朝诗余》首卷《精选古今诗余》十五卷，荆南潘游龙选，秣陵陈珽等订，首卷武林陈淏选，前序题“诗余醉”，书面题“诗醉，玉田斋梓”，乾隆壬午秋刻本，中缝下题“十竹斋”，洋十二元。《念宛斋文稿》八卷《书牍》五卷《诗集》九卷《词钞》一卷《词曲》一卷《官书》八卷。左辅，嘉庆三十三年刻本，洋六元。

覆叶柏皋书。收到题《圣学宗传》书衣。

覆汪甘卿书。属代办送王子衡香楮。

致恽季申书。黄伯雨购百衲本《廿四史》预约，须照三百六十元，价至多让到九扣。火柴公司与其无关，系拔可，未便荐人。

李审言寄来蒯礼卿观察《金粟斋遗集》书后印刷品二纸，文人无行，如同犬吠矣。

**初六日(3月24日)** 访江彤侯谭。

访程演生谭，以《四库著录江西先哲遗书钞目》借之。《豫章丛书》编刻局本。

覆任心白书。定印《摩利支天经》一万二千卷，先后收到一万一千九百卷，余一百卷送心白、拔可、江味融、黄妙悟、朱智卓三居士。

致翟展成书。南陵堤工借款续缴息款五百元，日内即汇芜，芜育婴捐未言及。杨寿祺约迟半月可来芜。

访夏玉峰，谭皖振余款，现存七千余元。

至来青阁，取：初八日付价讫。《海内奇观》十卷。明杨尔曾辑，夷白堂本，洋廿二元。

《渔洋诗话》三卷，王贻上，旧刻本，洋二元。《欧阳书考》十二卷，长沙袁继翰，光绪二十年刻本，洋二元。《汉律辑证》六卷。巴陵杜贵墀，光绪二十三年刻本。

**初七日(3月25日)** 先光禄公忌日，设祭。

吊赵竹君继室徐夫人，送绸幛、素烛，同竹君谭。

访鲍扶九谭，以左关鋘拓本乞题，扶九出视新著《九州释名稿》，流览一过。

至鸿宝斋，取回《休庵集》《芸庵诗集》底本，催印《圣学宗传》，并交《圣学宗传》叶柏皋题书衣、聂太夫人书《金刚经》《心经》。

覆聂云台书。收到聂太夫人书《金刚经》《心经》四十叶。

假姚石子藏韩氏《读有用书斋古籍目录》附藏书记十一篇,以校坊间私印《云间韩氏藏书目》,补正脱误,其曹君直十一篇题记未录。

安徽银行朱晋侯、舒振庭约六时大东旅社酒叙,覆书谢之。

**初八日(3月26日)** 鸿宝斋帐席徐寅生娶子妇,送贺分二元。

至来青阁,付购各书洋壹百零四元。

代吴舜臣售债票洋一百〇八元,又小洋六角钱一百八十文。

至曹怡大纸号,取建兴仁加乾连史三十件,付中国实业支票四百五十元。

至鸿宝斋,交乌仁甫建兴仁加乾连史三十件栈单,印《圣学宗传》。

访夏玉峰谭,赠郭辅庭蓝印《明圣经》一册。

吉川幸次郎来谭,辞回日本。吉川字善之,通讯处日本京都帝国大学文学部。

至济生会,交淑畹捐陕振一百元。

至中国书店,取:五月二日付价讫。《宝华山志》十五卷,刘名芳纂修,乾隆间刻本,洋六元。《南澳志》十二卷。同知婺源齐翀编,乾隆四十八年刻本,洋四元。

鲍扶九假《岳雪楼书画录》,托金颂清转交。十一日交还。

访罗子经谭,以翁书《金刚经》十册请其分赠。

访顾鼎梅谭,面交代购六朝墓志三十五种价洋二十六元,坐中晤顾逸农。

覆吴舜臣书。寄来十九年关税短期库券四十四张,又淑记六张,每票面十元,合五百元,均照收。现市面小票七七折。另十九年关税短期库券九张,江海关二五附税库券二张,善后短期公债一张,代售与谦德泰记,共洋一百〇八元六角二分,附原水单并另开清单,其洋已收入册。南陵新县长杨冠英,字铮鸣,湘潭人,在福建多年,于阴历二月一日到任。堤工借款约月初交息洋五百元结束，芜育婴款未提，展成亦派陶君去催。

**初九日(3月27日)** 任子木来，未晤。

答拜汤爱礼谭，赠《玉台新咏》。

至商务印书馆，晤李拔可谭，代郭涵斋借《续藏经》十一种。

至新中央，观影剧。

晚，腹痛腹泻。

**初十日(3月28日)** 徐鲁山即鲁道人。来谭。持吴东迈函，借《明诗综》及邢昉《石臼诗集》。

致唁陈季丹清源第四子。书。其尊甫清源作古，邮寄素绸幛，并唁其长子伯勋、次子仲衡，两子皆降服子。

覆李元之书。收到来序、诗，询其何日来申，并寄二月修五十元。

覆郭辅庭书。来书校出《正信录》祟字误刻祟，今代校，又一祟字(卷上十七页前二行)；禓字误刻裼(卷上二十页后七行)，并圈句脱误，附送校本。

《安徽丛书》编印处二时开处务、编审常会。

**十一日(3月29日)** 鲍扶九来谭。

致苏州弘化社明道师书。寄赠翁书《金刚经》三百本，又嫫女一百本。

覆郭辅庭书。前拟赠《金刚经》十册，今装订成，致函往取，附《阐义》样张。

致聂云台书。寄其太夫人所书《心经》印样，并询其连史可印一千六百部，是否加印宣纸，每百部约宣纸八刀，请付一百元。附《阐义》印样。

覆翟展成书。告捐《金刚经》一百本，又代印五百本，交下班江顺船带芜，帐存洋一元四角零。佛教净业社流通部移苏，改名弘化社，附明道寄来地址。寄新印《阐义》样张。洪府存芜书板议决出售大批书籍，准可介绍。展成自云藏书万余册，无甚可宝，须请特别帮忙，不可捺巧。

覆郭涵斋书。询戒杀、放生以前有无专书，覆以明人《广生篇》不无驳杂，乾隆华梧栖有《卫生集》二卷，最易警世。公拟抽印日本《续藏经》十一种，已向李拔可商借，李允商张菊生谈判，云三日归还，一切由余负责。

**十二日(3月30日)** 任心白来，又未遇。

以郭辅庭所刻蓝印《金刚经》《明圣经》寄赠辽隐老人大连。

至来青阁,取:四月廿七日付讫。《宣德彝器图谱》二十卷,戊辰涉园据旧钞本重印,实洋五元二角。《卫生要术》,光绪丙子重刻咸丰潘霨编订徐鸣峰本,洋四角。《堪舆十一种》。明李思聪辑,天启二年吴兴朱汝贤刻本,洋五元:《青岛经》《总索》《五星捉脉正变明图》《青囊奥旨控龙制水神经》《十二杖法》《十六葬法》《杨公金钢钻本形法葬图诀》《堪舆浸兴》《葬经真本》《博山篇》《堪舆杂著》。

覆吴东迈书。代徐鲁山(即鲁道人)借《明诗综》,特向来青阁借到送上。

覆孙伯恒书。许氏所藏汉魏石经二百五十八块,第一次仅拓卅分,业已售罄,容缓拓出补呈。文虚舟《周易》石经请商让价。告《蜀石经》可让价十六元,以答代让汉魏石经之绍介。

覆汪甘卿书。道和纪念会于清明前一日起,叙曲一天、彩串两天。缘是日祀先,未克践约,或于清明后来观彩串,并陪驾来沪畅叙。《觉世文》认印三四十部,用晦园居士名。

**十三日(3月31日)** 访任心白谭,赠郭辅庭二次印《金刚经》,此是再赠。坐中晤李拔可、王饶生。

访聂云台,谭印其太夫人书《金刚经》连史纸八件,尽纸尽印,约可印一千六百部。又宣纸八刀,印一百部,当付洋一百元。先后收洋二百元。又付代购玉版笺五十张洋三元七角五分,又付荣德生印《圣学宗传》洋五十元。

至来青阁,晤杨寿祺闲话,知昨阅《芥子园画传》初、二集康熙刻本,每集衬订四本,钱冲甫八年前购,洋九十元,今来青阁以一百五元收回。随即为郑振铎购去,洋一百六十元。陶兰泉藏有三集,在北平购,洋一百四十元。上年连同《十竹斋画谱》(只二册全)统售于刘晦之,由书肆经售,兰泉得洋五百元。

张菊生来书,交来傅沅叔赠书二种,覆书谢之:《龙川略志》六卷《别志》四卷,影宋刊本蓝印,宋苏辙撰,《双监楼善本书目》著录景写宋本,即是书。《双鉴楼藏书续记》二卷。此沅叔继《善本书目》而作。庚午东游日本,书去十有二三。

覆徐蔚如书。汇来五十元,寄《蜀石经》三部,计四十八元,又邮费一元二角六分，打包及送邮车力三角四分，存洋四角附函缴还。刘静远属访《明律疏义》，明张楷著，平津馆孙氏曾有藏本。检《孙祠书目内编》载：《明律条疏议》三十卷，明张式之撰，明初刻本。

**十四日(4月1日)** 至汪本生，代聂云台购料半三二。八刀，印其太夫人书《金刚经》。付洋二十五元六角；本生四尺夹玉版太夫人书《金刚经》。五十张，付洋三元七角五分。又自购六吉四尺净皮三层玉版夹廿五张，洋四元，每百张十七元；本生四尺夹玉版壹百张，洋七元五角；又本生四尺夹廿五张，洋一元五角。

覆叶遐庵书。裴伯谦《壮陶阁书画录稿》裴岱云现请遐庵印行，询上年介绍岱云之鸿宝斋印局及接洽之帐席徐寅生，属其到沪西卢别根路上海疗养院面商印刷事宜。

至王秀仁处，约十七日来拓件，并取刘晦之藏器拓本。鼎二、彝一、盉一、戈二、敦一、簠一、匜一(器盖)。

至鸿宝斋，交文盛盖加连史八件、印《金刚经》一千六百卷。本生料半八刀。印《金刚经》一百〇五本。

商务印书馆丁英桂君来，商代附印宋庆元本《新五代史》阙卷。卷四十二至五十八，共十七卷。

陈器之来谭，赠程霖生藏造象及砖拓本：北魏前华州刺史敬富库氏为生母山造象，神龟元年十二月八日，正书，有象，伪刻。北周好洸寺比丘尼惠深造皇王无量寿象，建德二年岁次癸巳七月乙丑朔八日，正书，有象。汉吴晋砖。吴兴出土。

**十五日(4月2日)** 昨任心白来书，述及王饶生对于编印《安徽丛书》意见，谓皖省理学、文学均较各省为盛，就婺源、桐城两邑言之，朱紫阳、戴东原、江慎修，方、姚诸公刊见之书，卷帙已不胜其烦，若以全省鸿著，巨细无遗、卷帙之多，恐驾《永乐》《四库》而上之，未免太不经济。深愿乡前辈创此伟大事业，嘉惠于东南文献者至巨，早日观成，以慰喁望。尤冀于阐幽抉微，多加注意，庶使怀瑾握瑜湮没不彰者，悉得一一表扬，功德宏伟，真不在大禹下矣。

覆王饶生书。来书询《安徽丛书》编印简章，江彤侯先生主持其事。覆以现正筹备，所拟简章尚未印出，心白传述尊旨，至为钦佩。鄙人前亦商得宾虹先生同意，然尚待编审会议定也。现正征求善本，公能以所藏先示一目否？闻公亦在聘请会员之列，稍迟当有函聘也。

**十六日(4月3日)** 访程演生，谭编印《安徽丛书》宗旨，并以王饶生、任心白并交编刻《嘉禾郡丛书》启、《贵池先哲遗书待访目》两函交阅，即存其处。演生以洪泽丞所拟致各会员函相示。

覆吴东迈书。交还《明诗综》，即还来青阁。

覆郭礼征书。劝集公司债票，覆以前奉函即分函竭力劝认，迄今无一答复。

至中国书店，取配《安徽通志》。一百廿九卷至一百卅卷刻本，一百卅六卷至一百卅八卷旧钞本。

至博古斋，商易《士礼居丛书》，柳企云赠元本《通志》一叶。九行廿一字，板心有字数及刻工姓名。

午刻，聚丰园贞元会，程子大值会。

覆郭涵斋书。《续藏》已向居士林借得，不必再向商务书馆商借，惟须鸿宝派人拍照，请即往商。即云余亦集资之人，鸿宝必设法迁就也。《卫生集》二册奉呈慈鉴。世宗有《牛戒汇钞》，从未见过，或托北京友人及书肆访之。

覆李拔可书。承代附印《新五代史》阙卷，至谢。丁英桂君已来，阅过卷四十二至五十八共十七卷原书。郭涵斋借印《续藏》，前已向居士林借得，属致谢忱。

覆任心白书。饶生所论编印《安徽丛书》极中肯綮，与鄙见相同，来书并饶生函已送交编审会参考。

覆郭辅庭书。广潮善堂定印《阐义》五十部，劝刻《太上感应篇图说》八卷、《关帝宝训像注》四卷、《文昌帝君觉世文图说》四卷，赠玻璃版印宋本《妙法莲华经》、连史印本《怀豳杂俎》。

再覆郭辅庭书。寄来《正信录》及校字，容覆阅再答。

**十七日(4月4日)** 汪颂年之夫人柳夫人讣至，送华丝布幛。

倪远甫寄来手书《麻姑仙坛记》、《黄庭经》印本，即以谢寿。

江彤侯、程演生来谭，陪同往拜刘十枝、狄楚青、赠赵声伯楷书汪观定志铭。李伟侯谭。拜张菊生、张勤伯、刘翰怡、龚怀西，未晤。又同至中国书店，彤侯为通志馆购《东流县志》，吴篪修、李兆洛等纂。洋八十元。余亦取《汉熹平周易石经残碑录》。文素松编，洋一元五角，五月二日付。

覆北平开明书局书。寄《积学斋》《鄦斋》两丛书，每部照旧价五元，共二十元，又邮费一元〇五分，请即寄沪。

**十八日(4月5日)**　访吴寄尘谭。

至松沪路上海公墓，送章希瑗夫妇葬。

至博古斋，以家刻各书。《随庵丛书》《鄦斋丛书》《四灵诗》《江苏金石志》、《怀豳杂俎》三部。易《士礼居丛书》。石印本，价洋三十八元。又取：三月廿五日付讫。《钦定本朝四书文》八册，桃花纸印本，码洋十六元。廿八日退。《圣贤遗像》，冯启祥，康熙庚申刻本，码洋十二元，四五扣。《居仁日览》。阮忠枢等，码洋八元。廿八日退。

覆翟展成书。《金刚经》六百卷准明日交江顺轮带沪。属告藏书已有售主，请杨寿祺不必来沪，当转致。

覆汪甘卿书。往苏州，请勿招待。

**十九日(清明节，4月6日)**　章叔淳来谭。

吊汪颂年之夫人柳夫人之丧。

至商务书馆，购书四种，洋一元八角：《佛教研究法》、吕澄编述。《昆仑及南海古代航行考》《法住记及所记阿罗汉考》《佛教问答》。

至鸿宝斋，商印各书。又致一书，告《圣学宗传》卅四石删去眉批。

郭辅庭来谭，借明正统本、正德本《六祖坛经》重刻。

送夏剑丞之嫂程夫人彩葛素幛。

南陵海三公支下裔孙公函，云古历十四日，恶族舆和督领金解匠粗工八名，到杨家山光禄公墓后山脊即海三公来龙正脉锯古树，一长四丈余，又尺围数株。

**二十日(4月7日)** 晨七时，率崇儿至苏，寓中央饭店。十时，访汪甘卿同年，已先往道和彩排场，遂由子婿陪同前去。甘卿欢迎，在社员席参观，汪鼎丞、王君九均晤谭。赠鼎丞连史印《玉台新咏》、赛连印《宋元科举三录》。

至护龙街百双楼，购书留片，候邹百耐：《董文友文集》一名《正谊堂文集》，宋漫堂选，无卷数。《董文友诗集》一名《正谊堂诗集》，汤斌、陆圻选。十九卷。常州董以宁，康熙刻本，洋三元二角。

至集宝斋，购长生未央瓦。有壬辰七月匋翁收藏题字，洋四元。

**二十一日(4月8日)** 晨，访黄吉园、夏辅宜、汪鼎丞同年谭，并约吉园在寓午饭。

访刘公鲁，不遇，交还题件。给其子十元、仆人二元，赠《文昌帝君觉世文图说》《摩利支天经》。

午后，至道和观剧，四时散即，以剧券三张转赠辅宜。

至护龙街文学山房，购：《慈云五十三现》，旧刻，罗纹纸新印，洋五元。《虎阜金石经眼录》，李根源，洋一元。《元中记》。茆泮林辑，《茆辑十种》之一。

至集宝斋，观汉鲁峻碑等明拓本，均佳。

荒摊得明形端表正镜，价洋四角。

汪鼎丞同年家玉，吴县人。赠所辑《华严字母音义》，为济阳张彤轩文炜。鉴定者，十册。又赠贝君晋眉所著《华严字母音谱》其序为鼎丞同年所撰。一册。

**二十二日(4月9日)** 访印光法师、明道师谭，印老赠其小象，明道赠新刻木本《观世音菩萨本迹感应颂》，余亦赠印老食物四种、茶叶、粉丝、草菇、盐笋。明道《摩利支天经》二十册。

访王君九，未遇。

午刻，汪甘卿同年约酒叙，坐有曹梅舫、乔梓、王君九、曹止庵、曹叔彦元弼。昆仲、朱象甫、吴瞿庵、邹百耐、夏辅宜。同朱象甫访曹止庵、叔彦昆仲，仅晤叔彦谭。又访刘公鲁，见其太夫人，留夜饭，允之。

及入坐，始知仍盛筵也，并招邓孝先、王君九、朱斗文来陪。又坐有何亚农，为君九妹婿。斗文以新得汪向叔藏项圣谟山水册相示，非真迹也，购自集宝，价一千九百元。十一时散归寓，辅宜候至二小时，谭。

题还公鲁所藏书画，除改七芗画《芳林秋思图》卷，于庚午十二月十二日面交公鲁。今记其目。又南京下关地图；王铁夫、曹墨琴十三行，涪江画樱桃双卷；戴文玑女士仙山楼阁图卷；吴冰绡女士画紫藤轴；姜芳垂女士画花卉轴；上方山题刻，印陆宏志(伪)；宋本《东莱吕太史文集》一册。

请王君九题《小檀栾室勘词图》卷。

请汪甘卿同年题六十小象，赠礼二种，粉丝、陈皮梅。又。《觉世文图说》《摩利支天经》。

王幼农来，未遇。幼农名典章。曹叔彦来，亦不遇。

**二十三日(4月10日)** 昨与辅宜约游虞山，今因天雨，往商辅宜中止。遂挈崇儿午车回沪。

检离沪数日家中琐事，约略记之：

上海市私立安徽工人子弟义务学校胡佩如等来函，公推为赞助人。

郜南孙怀鋆，五河。持夏辅宜书来，荐《安徽丛书》襄校。南孙为郜荻洲廉访之少公子。

王欣夫来书，金松岑欲为刘聚卿作传，属草一事略。又《安徽丛书》欣夫愿任校勘。

阎甘园来柬，于廿三、四、五日在宁波同乡会开个人书画展览会。

安徽同乡会委员兼干事朱润斌、庶务员李宇载来。

**二十四日(4月11日)** 至宁波同乡会，观甘园个人展览会，付前定画梅屏洋廿四元，甘园赠《晚照楼书画集》一册。

至太平寺，访真达师谭，慈幼院拟于四月八日开全体董事会，梅荪寄来公启，阅过盖章。真达赠新印宋景濂《心经文句》、朱石君《心经注解》合刻。

二时，赴《安徽丛书》编印处编审常会，议决支洋四百元，支票取回盖印，以书五种交同人审定，随即收回。《禹贡今释》二卷，当涂芮日松撰，道光戊子求是斋校刊本；《毛诗异义》四卷附《诗谱》一卷，歙汪龙撰，道光乙酉刻本；《西汉儒林传经表》二卷，新安周廷宷撰，乾隆辛亥营道堂本（周廷宷，绩溪人）；《五声反切正均》一卷，全椒吴烺撰，乾隆庚未刻本；《识学录》一卷，桐城胡虔撰。

访郭辅庭谭，还明正统本、正德本《六祖坛经》两书，又赠蓝印《金刚经》十册。

送李斐君子菊生红缎喜幛、红烛。

送林鹤寿女公子于归红绸喜幛、红烛。

覆罗叔言书。先来函借许氏藏汉魏石经全分，后来函已购得，无须再寄。新得《乡饮酒》第十一石，由沪寄来，已损数字，询余前得有无此拓，覆以孙伯恒云新得《乡饮酒》有二大块，上有第十、第十一，字样极佳，余所得并无此二石，倘以拓本见惠，真感谢不可言喻。于右任所得《周易》四百余字，可接文氏所得者，仅见影本，并不精也。《晋左贵嫔志》文字至精，远胜贾克妻郭槐志，此石已归徐森玉。新印《集古遗文》上年子经以沪上纸缺价昂，属为代定，差幸尚不辱命耳。

覆孙伯恒书。许氏汉魏石经允以自藏一分相让，《蜀石经》愿购价十六元，除石经八元，尚存四元。覆以先由我处代付，不必划还，将来如托购件，再行结算。文氏《周易》售四十元，经售一成回扣，如愿购候示，当请鼎梅兄转商之。定远方氏《缀遗斋吉金款识约》二十余册，考订详明，已议定由商务书馆承印。陈弢老《澄秋馆吉金图录》约订二册，售价几何。

**二十五日(4月12日)** 至汪六吉，购宣纸二十一元七角半。

致郭辅庭书。赠汪鼎丞《华严字母音义》。

至博古斋，取：三月廿五日付价讫。《穆天子传》六卷，道光十年妙道人吴志忠移录袁廷梼据景宋钞本校，志忠复录各书详校旧钞范氏天一阁刻本，码洋四十元，四五扣。《唐玄宗御注道德真经》四卷。旧钞《道藏》本，同治丁卯莫友芝以易州石幢唐刻校之，码洋四十元，上五扣。

至汪孟邹处，未遇，留交《安徽丛书》编印处四百元支票。

至来青阁、中国书店、富晋书社、科学仪器馆、锦文堂、同文书局。

吊夏剑丞之嫂程夫人。

访张菊生，在寓不见。又访狄平子，适外出，留赠郭刻本《金刚经》。又访任子木，不遇。访李渭渔谭。

晤李木公，赠郭刻本《金刚经》。

晤王欣甫，谭来书已悉，刘葱石事略另函，公鲁搜集寿文等资料，请金松岑作传。《安徽丛书》编印处已请松岑及欣甫为名誉会员。

**二十六日(4月13日)**　刘十枝来谭。

覆翟展成书。吴舜臣来信，允催缴堤工息款二百五十元，并前允捐助芜育婴经费，亦不食言。杨寿祺接到吕木末之世兄信，均往芜看书，并钞洪家各书板名目，大约旬日内外尚须至芜。《毛诗名物图考》坊肆无书，《尔雅图》来青阁有原板大本，已属其带芜。编印《安徽丛书》昨常会提议请为会员。寄西泠印社新目录。

覆刘公鲁书。先岳父中丞公集及史传。聚卿事略检录齐交金松岑作通志列传。索九江男子浩宗买地券。

覆李从龙书。索《金刚经》五十册，今以追荐先考、先妣之本分寄东台。另赠郭辅庭新刻蓝印《金刚经》，又《摩利支天经》四册。

至盐业银行，代余檀如收回押据并房契，交洋二千元，又息一百元，清讫。

拜郭道弥，未遇。昨送肴二方、醋二瓶。

昨罗子经来，未遇。今答拜，亦不遇。旋来，谭怡大定纸事，约明日同往并借《琵琶记》首册影印前图。

郭礼征、郭道弥来，未遇，留交大照债票壹千五百六十元，又息九十三元六角，又蒯和记债票四百廿元，息二十五元六角。

真达师、王幼农约晚六时至功德林素餐，议慈幼院开董事会。

**二十七日(4月14日)**　访吴寄尘，不遇。

同罗子经至怡大号定纸。

致吴寄尘书。张保华捐陕振一千元，三十日载入《申报》。陈燮卿用其夫人名。

致沈燕谋书。自捐陕振二百元,用善男子名,三十日载入《申报》。

至养真参号,取陈夔卿捐陕振洋一千元。

覆黄涵之书。陶遗拟印沈谷成书《阿弥陀经》,属估计价值,一每张八字、印一千部,约一千二百元;一每张四字、印一千部,约二千四百五十元。《阿弥陀经》一千八百字。

沈慈护来,未遇。

答拜章叔淳于东亚旅馆,无姓氏可寻。

访曹梅舫同年谈。

至中国书店,取:三月二日付四十七元。《史记法语》八卷,宋洪迈,萃古斋钞本,洋三十二元。卷末有"淳熙十二年二月刻于婺州"一行,《四库存目》著录卷数同。袁州本《郡斋读书志》第五上赵希弁附悉有洪迈《史记法语》十卷《前汉法语》二十卷《东汉精语》十六卷《三国志精语》六卷,他书未著录,萃古斋系白堤钱听默书贾斋名。《隐居通议》三十一卷。元南丰刘壎,康熙裔孙凝订,嘉庆辛卯十九世孙烒校刻,洋十五元。

至博古斋,取《吴兔床所藏书画古物分授帐目》。吴骞手笔,每目下有分授南房、分授虞房两木记,洋三十六元。二十八日退回。

郭石麒来,交代售殿本《一统志》洋二百元。捐助陕振。

**二十八日(4 月 15 日)** 答拜章叔淳、郭礼征、郭道弥,不遇。

曹梅舫来谭,华弼丞三十日可由杭至沪。

未刻,李木公之侄家骕,菊生。同林鹤寿之女公子曼空。结婚于新新旅社,前往介绍。

至中国书店,取三月二日退还。《祝氏泌钳》六卷。宋祝泌撰,旧钞本,巴陵方功惠藏书,即康节先生《观物篇解》,洋三十元。《读书敏求记》有《经世祝氏钤》一卷。

六时,大照公司在一枝香开董事会,议决上年股息六厘,半发公债,半发现洋。

**二十九日(4 月 16 日)** 昨覆聂云台书,收实业支票三百六十元。黄革秋印《圣学宗传》一百元,又印《瘦松集》二百六十元。印《瘦松集》假三百元,尚有四十元未来。又托估印文正书《李云书墓志》一千本。

致印光法师书。寄旧刻《我信录》、新印《觉世鸿文图说》，钞寄罗雨峰事略（《墨林今话》）。

致汪甘卿书。请汪鼎丞、吴瞿安题《小檀栾室勘词图》。赠鼎丞《阳春白雪》（宣纸）、《四灵诗》（竹纸）。又郭辅庭赠《金刚经》。赠吴瞿安《玉台新咏》《阳春白雪》（均棉连纸）。赠甘卿《阳春白雪》。

致汪鼎丞书。请题《勘词图》。

致刘公鲁书。请将《勘词图》交汪甘老同年。

覆吴舜臣书。陈夔卿捐陕振一千元，送陕灾临时急振会，收条寄舜臣转交。元松又病。

至鸿宝斋，预算《瘦松集》三百元可印七百五十部。

至曹梅舫同年处，告张仲照今日可由苏来沪。

访恽季申谭，赠郭辅庭刻《金刚经》。

访龙梓修谭，赠郭辅庭刻《金刚经》。

答拜沈慈护，不遇。

**三十日（4月17日）**　王富晋来，交从龙兄代购吉林参，富晋并赠牙枣。

致聂云台书。代估曾文正书季公志印二开连史一千部，约六十八元零。又《瘦松集》尽三百元印订，可得七百五十部。

闻华璧臣同年世奎。来沪，约同曹梅舫同年访之，晤谭。复同璧臣、梅舫又访张仲照谭，随邀往聚丰园酒叙。

李耆卿来，未晤，留《翰苑分书感应篇引经笺注》二部。

## 三月

**朔日（4月18日）**　付年万富装潢书画、志铭洋十九元。

覆刘烈卿书。烈卿寄示莫干山诗：《仲春适山庄》《小阁》《山居漫兴》《晨起》《十五夜对月简梦坡居士》五首。

致陈子言书。转烈卿寄书并诗。

致任心白书。《摩利支天经》一万二千卷收齐，送印价四百八十元。

覆郭辅庭书。李耆卿赠《感应篇笺注》二部,索《金刚经》数部。《六祖坛经》印老云,此经只可上等有根基之士阅之,若普通人读之,每易误会,譬如人参贵品,用之不当,足以杀人。辅庭拟刻《安士全书》,欲觅清初原板。《正信录》中"半三不界"句系引周海门说,海门集未见,其所著《圣学宗传》方在刷印,未能一检,昨与印老通讯,附以询之,尚未答复也。"行大王路"句汪鼎丞同年亦如是说。属送《金刚经》已寄苏。送王幼农《金刚经》亦面交。前晤真达,告以印老校《正信录》,如寄沪,彼此互校错误之字,以求尽善。杳光子论说《西方合论》有之,附送校勘,唯原书红样中有误字,未知有新刻本否。

张菊生来谭。

华璧臣、世奎。张仲照志潜。来,未遇。

至太平寺,晤真达师,交捐助印老陕西家乡振洋一百元。

访姚石子谭。

访鲍子丹谭。

访李耆卿谭,交郭辅庭赠《金刚经》四册。耆卿坐中晤黄伯雨,赠郭辅庭刻《金刚经》一册。

赠华璧臣《玉台新咏》、棉连纸印。《宋元科举三录》。连史纸印。

至鸿宝斋。

晚,曹梅舫同年约陪华璧臣中州梁园豫菜馆酒叙。

**初二日(4月19日)** 至中国书店,付书价四十七元,《史记法语》《隐居通议》。还《祝氏泌钳》。

晤徐行可谭,遂邀至贞元会午餐。王叔用值会。

致李木公书。辞初三日午后六时邓脱摩饭店之约。

覆郭涵斋书。《卫生集》昨商真达师,可以合印,请径自接洽。定纸如不印书,可让他人。

致李耆卿书。还昨借赠黄伯雨《金经》一册,附《阐义》样张。

访徐行可,未晤。

六时,张仲照约古益轩酒叙,陪华璧臣同年。

**初三日(4月20日)** 晨九时,至车站,送华璧臣行。

访王幼农、江彤侯、章初白,未遇。

至中国书店小坐。

至富晋书社，取五月九日付讫。《六铢词》二卷。平湖陈朗，乾隆己丑刻本，洋六元。

致陈友琴书。来书云易次九之子易克健来见，约初八、初九两日午前来。

汪启我来，未晤。

**初四日(4月21日)** 至商务印书馆发行所。

覆郭辅庭书。前送李耆卿《金刚经》四册已转交，今有谢讯，并赠《闺范》并以奉呈。

覆李耆卿书。耆卿认印《阐义》二百部。

致郭涵斋书。《正信录》中“半三不界”句印老改正为“未出三界”。

致聂云台书。寄《瘦松集》、文正书《季公志》样张。

徐行可来谭，赠湘潭罗正钧纂《船山师友记》十七卷四册，光绪丁未刊本。又以所校黄立猷《金石书目》假于宣愚公，并以文道希师《枝语》相示。

行可借余藏乾隆修《江南通志》十四册。一百四十卷至一百五十七卷，一百六十二卷至一百七十六卷。

午刻，约徐行可、汪启我、章叔淳一枝香西餐。用洋九元五角。

吴舜臣来书，其长子元松于二月廿四日下世，年廿九。

至来青阁，取初十日付讫。《白榆集》赋诗八卷文二十卷。屠隆撰，明万历庚子龚尧惠刻本，洋十二元。在《禁书》《抽毁》目内，此本未抽毁。

晚，同金颂清约徐行可、鲍扶九、王富晋、唐秉之、郭石麒金陵春酒叙。叶浩鑫、袁云阶未至。

**初五日(4月22日)** 访程演生谭，交《安徽丛书》编印处章程。

答拜汪启我，未遇，留赠《摩利支天经》十册。

叶遐庵来，未晤，留还旧校《准海词》。

游邑庙市场，无所得。

覆开明书局书。收到书价廿一元。

覆金颂清书。送还金陵春公分八元。

**初六日(4月23日)**　汪启我、陈友琴先后来谭。

阅阮亨《瀛洲笔谈》:

《散氏盘铭》三百五十七字,旧藏扬州徐氏,后归洪氏,贡入内府。云台兄炼铜仿铸二器,一存扬州府学,一存家祠,铭字古妙,并堪不朽。

汉金缸有阮孔璐华题诗、阮刘文如题诗。金缸今藏余斋。《来言镜铭》"来言"作"美言"。

黄小松所藏秦汉铜印四百余印,选其完善者二百纽,于己巳贡入内府。余印择其中姓名见于列史者,自汉至唐共得二十八纽,文达自为印记,命子常生释注之。

又阅《研经室集》,有《嘉靖缙绅跋》,见二集卷。今缙绅为余所藏,当录跋于原书后。

**初七日(4月24日)**　至鸿宝斋,结算印《圣学宗传》帐目。答拜叶蒲孙谭。

覆印光法师书。寄《我信录》原稿、《正信录》原刻、《西方合论》新刻红样。

致吴舜臣书。吴元松于二月廿四日去世,致书慰之,劝其学佛。

覆任心白书。黄蔼农属题散盘,请展期题缴。

覆郭涵斋书。捐百元印《卫生集》,已告印老。《正信录》现印老印一万,属转询,如欲利人,可在一万外加印若干。梅老来函,属转请为慈幼院董,来函附上。

覆汪甘卿书。劝其学佛,排遣拂逆。约其来沪。

访郑海藏谭,赠玉版笺五十张,请书篆联。

答拜叶遐庵谭,遐庵赠新印宋本《淮海长短句》。

至中国书店,取五月二日付价讫。《臣轨》二卷。唐太宗御撰,日本宽文八年刻本,洋四元。

**初八日(4月25日)**　《安徽丛书》编印处二时开处务编审常会。

覆陈绳夫书。寄《宋韩蕲王碑释文》二卷二册假刻。收到新刻《铁华馆书目》《长安获古编》《泥封印古录》。

覆狄楚青书。聂太夫人八十寿，分附福分六元。

致程演生书。方朔《秦阙考》，检《枕经堂集》未刻入。

覆周梅泉书。慨助精武体育会洋廿五元缴还。

致郭礼征书。收到二月廿六日交来债票及息洋，又蒯和记债票息洋。

致李从龙书。收到代购吉林参并所赠参糖、参须。

**初九日(4月26日)** 报载，皖省募米债一百万，在芜湖出口，米粮项下轮运每石抽收一角五分，帆运每石抽收四角。

陈友琴、易克健、次九子。刘显钧达章子，上海东南医科大学毕业。先后来谭，即邀至晋隆西餐，友琴赠新印《休庵影语》。

陈友琴、刘显钧均请为其祖作传。

龙梓修同年来，未晤。

刘烈卿赠我莫干山塔山尖明前新茶，由其世兄交来。

聂太夫人三月廿九日八十寿，送福字屏分洋六元。

赠陈友琴、易克健、刘显钧《阳春白雪》。

至中国书店小坐。

至鸿宝斋，交印《圣学宗传》帐略及集资题名。

至来青阁，取：共四十四元，初十日付讫。《虢季子白盘》，二百兰亭斋刻本，吴让之书，吴平斋题并钱泰吉、姚燮题，又勒方琦等题。二十七元。《二百兰亭斋金石记》，齐侯罍、庚罴卣、维摩经残字、老子道经、听松石刻，吴让之书，三元。《怀米山房吉金图》，曹秋舫原拓本，十四元。皆刘健之兄故物也，其《二百兰亭斋金石记》《吉金图》为余昔年所赠，阅之怃然。

苏州来青阁高人俊装潢古书极精致，今去蚌埠营业新书矣。

《红梨记》著者题名为田水月、郭石麒，中国书店告我是渭字分拆、徐天池化名也，石麒其白堤钱听默乎？

**初十日(4月27日)** 贺大东书局十五周纪念暨总店新址开幕之喜，并送横额。

至鸿宝斋，交乌仁甫怡大纸号连史十件，每件十四元六角。印《瘦松集》七百五十部。又文盛本庄一件，约十六元八角。印曾文正撰书《季公志》。未取收条。

至曹怡大号，付洋一百元，实业支票。未取收条，收连史十件，每件十四元六角。又文盛本庄一件。约十六元八角。

至来青阁，以王西庄《蛾术编》十六册借其补钞，又付书帐洋五十六元。

致徐蔚如书。寄赠《闺秀词钞》十册。

覆聂云台书。《瘦松集》云台不居鉴定之名，末页加黄苹秋集资重印等字，覆书商用封面即可，题于封面后。《圣学宗传》结帐共八百十元，聂崇德堂捐五十元〇六角，足矣。《瘦松集》集资题名请开示。文正书《季公碑》已买文盛本庄纸一件付印。

**十一日(4月28日)** 姚石子来谭，还《云间韩氏书目》并书影，并以《汪喜孙行述》借之。

江彤侯来谭，辞回安庆，旋送行，未遇。

安徽图书馆陈东原，合肥人。

郑海藏来，未晤。程演生来，亦未晤。

访程演生，不遇。又访刘翰怡，亦不遇。

访张燕昌、洪泽丞谭。

覆魏梅荪书。来函告四月八日慈幼院开董事会，约往赴会。覆以如体气尚健，当为一行，请郭涵斋任慈幼院董。

汲古斋碑帖装池铺曹友庆兆基，无锡。送来蒋穀孙卷册二件：《龚定庵自书己亥亵词》卷，旧为周印昆藏，有乙卯夏梁启超、乙卯七月林长民题，今在蒋穀孙处待售。自"豆蔻芳温启瓠犀"起，至"不似云屏梦里人"，共三十三首，以《己亥杂诗》校之，卷帘梳洗看黄河，"看"刻本作"望"；天花那用铃幡护，"那"刻本作"岂"；或是优昙示现身，"或"刻本作"恐"；众兴道中，刻本作"众兴驿"；温柔不住住何乡、注顺河集又题壁两首，刻本无；刻本有"客心今雨昵旧雨"一首，此未书；顺河道中再奉寄一首下，刻本有"仍敬谢之，自此不复为此人有诗矣"，此未书。后跋曰：作此诗之期月，实庚子九月也。偶游秣陵，小住青溪一曲萧寺中，荒寒特甚，客心无可比似。子坚以素纸来索书，书竟，忽觉春回肺腑，掷笔拿回吴门矣。仁和龚自珍并记。钤有“羽钤山房”白文方印，又“龙骧将军长史”白文方印。题曰：“此朱石梅所赠，晋印附记。”前序己亥九秋，刻本作“九月二十五日”；重过袁浦，刻本“过”作“到”；孟冬六日，刻本作“十月六日”；赋诗若干首，统名之曰“寱词”，刻本无“赋诗若干首”。《载书图册》。荫堂上款，匋斋旧藏，有缪荃孙题诗七绝三首。末有“陶北溟”朱文方印，又“金轮精舍”白文方印。乾隆庚戌九月八日黄易绘图，庚戌十二月望翁方纲题首（分书）。黄易题诗（七绝三首），庚戌腊月翁方纲题诗（五律二首），玉山题诗（七绝三首，依黄小松韵），王杰题诗（五古一首），乾隆庚戌嘉平廿四日冯应榴题诗（七古一首），宋鸣珂题诗（五古一首），宋鸣琦题诗（七律一首），王友亮题诗（七古一首），胡翔云题诗（五古一首），徐大椿题诗（七绝六首），庞凤翥题诗（七古一首），沈可培题诗（七绝二首）。

**十二日（4月29日）** 刘显钧来谭。

张燕昌启后。来，不晤。

覆陆丹林书。属题《红树室时贤书画集》，寄中华全国道路建设协会。

贺郑海藏寿。致曹梅舫书。送交新印《觉世文》五百〇二部。

慕邢侄约六时陪证昏人、介绍人。

访程演生谭。

至来青阁小坐。

至子丹弟处闲话。

**十三日（4月30日）** 《时事新报》载南京电，退老财产将发还苏省府，奉蒋△△谕，饬县暂缓处分。

致慕邢侄书。张啸林、杜月笙招饮，以腹疾辞。

覆罗叔言书。寄来新得《乡饮酒》第十石拓本，覆赠中州许氏藏石经残石全份，计二百六十八纸（内重分一纸），并索其新得残石全份。

覆聂云台书。来函改印《瘦松集》六百部，覆以已开印，不能更改，请照前议捐洋三百元尽款印书，并将未收之四十元捐款人名开来。卷末加印“辛未三月晋江黄谋烰集资影印”一行。

致鸿宝斋书。《瘦松集》仍照原议七百五十部印书。

**十四日（5月1日）** 洪泽丞来谭。

曹梅舫来谭。

程霖生来函,绍介罗君长铭来见,未晤。大旨罗君为其考释金文,拟借参考书籍,并请介见刘、蒋诸藏书家。

高吹万来谭,赠《国学丛选》弟十七、八集。

**十五日(5月2日)** 子丹弟为孙女定婚扬州钟氏,往贺。

慕邢侄次子守怡明日婚期,今日卓府过妆。

至中国书店,取:《楞严经纂笺》十卷,松龄撰,嘉庆十五年清柱捐资刻本,洋二十元。十六日退。《群碧楼善本书目》六卷《寒瘦山庄鬻存善本书目》七卷。江宁邓邦述撰刻,洋六元,五月二日付价讫。

购忠厚书庄《云栖纪事》一卷。明刻本,洋一元,付讫。

中国书店为余售《红梨记》,交洋六十元。

朱子桥、庆澜。查勉仲、良钊,华北慈善联合会常务委员干事长。吴寄尘来,未晤,子桥留字,约明晨准十时至觉园,商影印《藏经》。

印光法师覆书,校正《我信录》于家刻本寄来,并还《正信录》刻本、《我信》钞本。又赠《观世音菩萨本迹感应颂》四卷附《金刚经功德颂》一卷。

阅《寒瘦山庄鬻存善本书目》,卷四有方拱乾撰《何陋居集》一卷《苏庵集》一卷,钞本,均有拱乾自序,大题下有"男亨咸校"一行,又有方拱乾一印、亨咸、邵村二小印。旧为莫楚生藏书,记此备印《安徽丛书》之选。

**十六日(5月3日)** 至觉园,晤朱子桥、施省之、李云书、狄楚青、江味农、叶柏皋、吴寄尘、陈正有、查勉仲,商印长安宋椠本《藏经》,叶柏皋拟印泽宫次序。

守怡侄孙四时在一品香结婚,为作主婚人。

致丁价侯书。送交《觉世文》一百部。

致曹梅舫书。送交《觉世文》一百九十八部,先后共交七百部。

汤爱礼中。来,未晤。

**十七日(5月4日)** 李元之先生由扬州来。

致恽季申书。送交《觉世文》一百部，附印《阐义》样张。

致郭辅庭书。送交《觉世文》八十部，收价洋四十二元〇六分。

覆丁价侯书。收到《觉世文》价五十二元六角。

购孔繁德各碑，洋十一元二角。计二十二种。

**十八日(5月5日)** 付戴春记装订《觉世文》一千部洋八十八元。

赠聂榕卿《摩利支天经》十册。

赠杨瑞生《摩利支天经》十册。

赠费梓怡翁书《金刚经》二册、《摩利支天经》四册。

覆印光法师书。印师寄来手校《我信录》，寄赠《观音颂》，寄还《我信录》原稿、《正信录》刻本、《西方合论》。商印《卫生集》。

**十九日(5月6日)** 晚六时，朱子桥、狄楚青、吴寄尘、陈正有、江味农约至觉林，议影印西安宋梵夹本《藏经》，请担任发起人及代收股本。到者黄涵之、叶柏皋、史量才、蒋竹庄、丁仲祜、周美权、吴蕴斋、屈文六、孟心史、查勉仲、可成和尚，尚有未识者二三人。约而未到者施省之、李云书、叶遐庵、陈光甫、徐宝琪、李寿山，发柬具名未到者江味农。介绍蒋竹乔等三人与议。议先调查经卷及摄影某前后叶，以便估计印本，并审定是否宋藏。议决推举朱子桥、黄涵之、狄楚青、丁仲祜、周美权、蒋竹庄及余向商务印书馆接洽。

**二十日(5月7日)** 罗长铭来谭，为程霖生编金文，交假阅书单。

覆安徽通志馆江、徐馆长书。来函云开馆已阅冬春，而进行濡缓，拟订期于本月十日(阳历，即阴历三月廿三日)开特会，讨论省志进行事项，以期计日程功。覆以孱躯衰病，体力、精神两俱缺乏，舟车跋涉，委实难支，虽赴召有心，而趋前无术。又云与议诸公皆为硕学通材，又得先生挈领提纲，将来议案确定，必臻美善，敝处自无不遵从也。副馆长徐曦，字炎东，合肥人。

覆邓志华号翰丞。书。邓为通志馆事务股员，由中国银行汇来五百元及领款印鉴、各月薪俸清单，上年九月下半月起，至今年四月止，共二千三百十元。覆以敬以领悉,顷已函复江馆长,并请所余及续付之薪仍代保管。

致张仲纯书。请代表出席会议。

覆江彤侯书。奉书以谋馆事,进行开会讨论,孱躯衰病,不克首途,致书仲纯先生代表,是否仍请卓裁。汇来五百元,未便遽示,缴还敬暂另存,以省周折,此后务乞代为保管,幸勿再施。

晚六时,慕邢侄同卓府在杭州饭店会亲聚宴。

慕邢侄及二侄孙夫妇、三侄女婿、五侄女、七侄女婿先后来。

子丹弟来。

视林洞省疾。

**二十一日(5月8日)** 狄楚青、李拔可先后来,谭印宋《藏经》,意不相合。

访夏玉峰,赠郭刻蓝印《金刚经》。

函覆狄平子,将朱子桥属书集锦二册书成交还。

昨安徽通志馆汇来薪金五百元,中国银行汇来。今存恒顺信托公司。户名志公,印鉴志公,息长年八厘,活期。

王君九来,未遇。

至协济号,取仁济善堂建筑借款还本,半成息金,四月共七十五两五钱。廿五日在恒顺化洋一百〇三元七角。

罗子经拓赠《汉马姜志》十纸,今取回。

覆孙绮芬书。向未往还,属题浪墨。题十六字,寄之,住伯顿路五九号。

**二十二日(5月9日)** 答拜高望之、姚石子,已回张堰,晤高三世兄君实谭。

致慕邢侄书。送家刻各书全分一百十一册。

覆吴舜臣书。劝其学佛,请陈倬斋指引。

答拜王君九,未晤,留赠《峒雅堂诗集》《阳春白雪》《金刚经塔》、翁覃溪书《金刚经》、《摩利支天经》。

访黄涵之谭,赠翁书《金刚经》、《金刚经塔》《摩利支天经》,涵之覆赠《阳复斋诗偈集》十册。江谦撰。

余峙莲来谭，以院经费三千元、董会二百元盐业支票二纸签章。

陈友琴来谭。

访郑海藏，已返天津，将所书象联取归。

二时，《安徽丛书》编印处开编审会。送存编印处《豫章丛书》目录一册。

致汪甘卿书。告治目病方法，覆书为其世兄清源书。

致程演生书。钞《安徽丛书》编印委员地址，并告邓孝先有方拱乾集钞本。

致陈子言书。告邓孝先苏州地址。

**二十三日(5月10日)** 至鸿宝斋，结算印书各帐共洋四百四十五元六角。

至中国书店，晤金颂清、郭寿臣、鲍扶九谭。

致郭涵斋书。梅荪来函，请涵斋为佛教慈幼院驻院董事。

致姚虞琴书。催收《蜀石经》款。

覆包静安书。孙谨丞母曹太夫人懿行诗。

至来青阁，购沈韵斋钞书，洋十六元：付讫。《传书堂善本书目》十二卷。乌程蒋汝藻编，无撰书人名，有卷数。

**二十四日(5月11日)** 刘襄孙四月三日为子君实授室，送红丝布喜幛。

覆徐行可书。寄示《论收书方法书》。程易畴《礼经疑直》已函吴检斋写定付邮。松岑所著《元史纪事本末》，俟来沪再为商借。

覆任心白书。定《东方杂志·美术号》一年，付洋三元。

覆陈墨移书。寄来枕经堂小印，覆赠金文拓本八种：录康钟(全形)、剌鼎、师酉敦、敔敦、师奎父鼎、刺鼎、师遽敦盖、叔男父匜。

覆孙伯恒书。许氏石经续拓请再留一分。《澄秋馆吉金图》六元二册，请代购。文氏《周易》，俟鼎梅回沪，如价照预约再为减成，又系乾拓，即为代定。

覆程霖生书。霖生属罗长铭编彝器款识，介绍来见借书参考，今检《荔墙丛书》二十册、《白虎通德论》二册借之。覆以各书坊肆中大都有之，易于搜集,似无庸向藏书家乞借也。

致朱犀园书。赠汪六吉三层玉版笺二十张。

致张午岑书。送六开本《觉世文》二十部,又《摩利支天经》二百册并帐单,去年七月收洋五十元,今已一律付书结清。

**二十五日(5月12日)** 至恒顺公司,代取十九年关税短期库券息、本金。

致聂云台书。送代印其太夫人书《金刚经》宣纸一百部、连史一千六百部。

报载北平电,顺治生母遵化县昭西陵近被盗,共掘一昼夜,匪去,守者始敢入视,已棺破宝尽。旋在兴隆县获犯刘满算、刘进富、沈四三名,余在逃。于学忠已派兵往护陵。

访顾鼎梅谭,付购各碑五十二种计洋四十二元七角,又取罗叔言汉石经残石拓本二十种,又《乡饮酒》第十残石一种。

至博古斋,付书价洋四十一元四角。

致聂云台书。送还其太夫人手书《金刚经》四十叶,钞代印《金刚经》帐单并发票五纸,除收洋二百元,结欠一百〇四元九角〇四厘。送《圣学宗传》样书一部。旋得覆书,交还一百〇四元九角〇四厘。询《瘦松集》可否尽二百六十元尽印,所有印成废纸及多余之纸,由敝处接收。

聂太夫人廿九日八十寿,送红绸寿幛。

相传孙伯恒集拓《汉魏石经残字二编》,假有罗叔言汉五石,运回大连遗失一石。今取校罗氏新集拓《汉熹平石经残字》,《书序》一石,《鲁诗·邶风》五石、《鲁诗·秦风》一石、《鲁诗·小雅》六石、《鲁诗·大雅》三石、《鲁诗校记》三石,《仪礼·乡饮酒礼》二石,又《士虞礼》一石,《春秋·成公》一石、《襄公》一石,《公羊传·宣公》二石,《论语·先进》二石,不知何经三石,共三十一石并半字,计之总约五百言。其孙氏假拓之《鲁诗·小雅·正月》一石、《鲁诗·大雅·瞻仰、假乐、生民》一石、《鲁诗·大雅·韩奕、公刘》一石、不知何经尔乎一石、《仪礼·士虞礼》一石则固宛然在也,当再考之。

吴宜常名宝玮。集拓《汉魏石经残字》,序略云:编次之余,证以

《汉书》《经典释文》暨关于石经宋人著录本碑校记,得校明汉石经为《京氏易》《欧阳尚书》《鲁诗》《小戴仪礼》《严氏春秋经》《公羊传》《张侯论语》,七经之数与《隋志》同,今本讹处多可校正,《鲁诗》编次章句,且于今本颇有异处。

叔言书来,所藏《乡饮酒礼》二石一有弟十字,于是可知汉石经乃用大戴为次,甚有关。

任心白来,谭佛教慈幼院事。

李襄庭之侧室沈太夫人讣至,送丝葛幛。

**二十六日(5月13日)** 曹梅舫、汪启运仲常。来谭,交印《觉世文图说》洋壹百元。

宣愚公来谭,还前假各县金石志七种,并以徐行可校补黄立猷《金石书目》借之,又赠翁书《金刚经》、《金刚经塔》。

愚公告我,敦煌石室写经有《净名经关中疏》,中国久佚,凡十二品,存下七品,唐释道液撰,《唐大诏令》可考。愚公手钞一过,允假流通刻行。经中文字。菩萨作卄卄,芿芿即涅槃。

朱瑞轩朱遂翔之弟。寄来书目,阅之,无佳本也。住城金家棋杆多福里六号。

覆叶柏皋书。《圣学宗传》原书缴还,领取聂府碗箸。

罗叔言四月十二日为孙纳妇,送红绸喜幛,请子经转交。

覆朱菊人书。寄来书目阅过,另开书单属寄。

安徽旅沪同乡会来函捐款,当捐洋拾元。收据系填五月份月捐,将来又要每月需索。

魏梅荪之弟芝房去世,于廿七日在南京领帖,送丝葛幛。

**二十七日(5月14日)** 访郭辅庭谭。

至来青阁,取《江汉丛谈》二卷。环中迂叟陈士元,隆庆六年《归云外集》本,洋四元。廿八日还。

致黄涵之书。赠《觉世文图说》。

至鸿宝斋,交《小檀栾室镜影》六卷二百〇六叶。付印。俞君点收。

致印光法师书。钞寄吴锡麒撰《罗两峰墓志铭》。

**二十八日(5月15日)** 以熹平洗交王秀仁拓十张。

吊赵竹君之夫人周夫人于太平寺,竹君商将周夫人年捐慈幼院一百元,今总捐一千元,作基金。以息年得百元,作为永久经费。随邀同真达师接洽。

访陈淮生,未遇。

访陈子言谭,以《礼塔图》卷乞题。

覆魏梅荪书。来函请郭涵斋为慈幼院董,今涵斋婉辞。告赵竹君为周夫人捐慈幼院一千元基金。

覆罗子经书。托带大连,交张敬礼藤篮一只、钥匙一付,又力洋二元。或托陈先生带交。

丁子盈亲家赠鲥鱼一尾、椿芽一包。

袁伯夔赠新印陈散原《匡庐山居诗》。

**二十九日(5月16日)** 至公平洋行,晤汪茂生。

祝聂太夫人八十寿。

宗子戴来,未遇,旋答拜谭。

黄吉园来谭,赠我采芝斋食品八罐。

覆陈乃乾书。来书云去腊受十年老友之害,以致家破人亡,覆书慰之。

覆朱菊人书。来书属书经训堂书店函购处条,即书寄。

覆胡寄尘书。来书赠所著《江村集》三册,并属寄海藏。细阅诗集,未便寄海藏。

程演生来,不遇。

访刘翰怡,不晤。

徐籀庄《从古堂款识学》:汉丙午钩,丙午,铸钩日,取义与铸镜同。君高迁,即《诗·伐木》迁乔之意,乔、高,古通。身作神人鸟喙抱鱼食象,盖出金之地神形;首作瑞兽,尽师比形。带钩本名师比,见《国策》,《楚词》作"犀比",《汉书》作"犀毗",《史记》作"胥纰",《汉纪》作"鲜卑",声近相为通转。

## 四月

**朔日(5月17日)** 访程演生谭,请转江彤侯辞退《安徽通志》总纂,并《安徽丛书》编印名誉会员增请宗耿吾。

致鲍扶九书。赠藏器拓本六十五种,又借阅《山东金石志》一册。

覆印光法师书。《两峰志铭》文不缺。《正信录》天宫一条"明海王别驾"句可疑,曾否校过《西归纪实》一书。

覆郭辅庭书。印《正信录》已商真达师,请印老径函其尊人或函郭慧海转达。告叶遐庵住址,请赠魏刚长《金经》。

答拜黄吉园谭。访鲍九,未遇。

鲍扶九来,亦未遇,扶九赠陈淮生影印汉《周易》残石,为于右任藏,与文舟所虚所藏《周易》残石上下衔接。淮生前赠有印本。

陈淮生承修。来,未晤。

大生纱厂一、二、三厂董监联席会议。

覆丁仲祜书。来书以慈幼院开会,请余代表,函复改请任心白。

覆李从龙书。谢赠汾酒、陈醋、葡萄汁、竹叶青酒,邮局寄来,将汾酒、陈醋瓶破损。

致吴舜臣书。上月廿八日收到稻款。代懋才、少廷书联,正付邮时,接来信,云售五百石,每三元六角五分。

致萧子文书。托荐袁栋材于稽核所。

**初二日(5月18日)** 黄吉园来谭,赠其《征赏斋秦汉古铜印存》五册,叶德辉序。丙辰印本,售价十元。

访王一亭谈,佛教慈幼院开院董会,请其赴会,一亭无暇,惟明日去宁即回,随请其到宁同梅老接洽。

午刻,聚丰园贞元会,恽瑾叔值会。

致魏梅荪书。告同一亭接洽情形。

**初三日(5月19日)** 昨沈醉愚来谭,交刘翰怡五十寿五月八日生日。诗屏征诗。

致宗子戴书。送《摩利支天经》十册。

覆曹梅舫书。送来印《觉世文》洋一百元。

致陈一甫书。邮寄《圣学宗传》二部，顺利公司转运七十八部，附寄帐略代付七十四元八角。

宗子戴来，未晤。

贺刘襄孙为子君实纳妇之喜。

以书一篓装《圣学宗传》七十八部。交富晋书社王富山，号一峰。寄天津滦州矿务公司陈一甫。由五马路顺利公司转运，付运费四元。

至来青阁，取：《学则》二卷，华亭徐阶，明嘉靖癸巳刻本，卷一朱子、卷二陆子，半页十行，行十八字，初四日还。有“小玲珑山馆珍藏图记”朱文长方印、“平阳”朱文圆印、“阆源真赏”朱文、“汪印士钟”白文二方印。据书脚题字，有《心斋语录》，今佚。《老子》二卷。俞樾篆书，光绪丁未苏省刷印局印本，洋一元，四月廿七日付讫。

覆黄涵之书。慈幼院院董会请余代表，辞。告郭辅庭送《金刚经》十册。

**初四日(5月20日)** 答拜余旭士，未晤。

二时，宁兴煤矿公司开股东会，以矿区税积欠四千二百余元，限十日缴清，议决呈复农矿厅，分期缓缴。

至邹云峰处，付裱工洋十元，两雁足镫条、程子大书联。又取：《魏荡蔻将军浮亭侯李苞题记》，洋二十元付讫，景元四年十二月十日。《汉杨孟文石门颂》，分书，建和二年仲冬上旬。退。《魏石门铭》，王远撰，正书，永平二年正月卅日。退。古泉拓本。退。

至来青阁，取：《祁门县志》三十六卷，同治十一年周溶重修，码洋十二元。次日退。《九通目录》。光绪癸卯图书集成局印本，实洋一元，四月廿七日付讫。

鸿宝斋赠哈同新译印《古兰经》三十卷。

杜子彬来谭。

任心白、余峙莲先后来，未遇。

七时，赴王欣夫大隆。陶乐春之宴。又赴白山夫小有天之约。

夫赠汉镜拓本，铭曰：心与心亦诚，亲终不去，从他人所与，予言不可不信。洛阳出土。

至中国书店，晤金颂清谭。

**初五日(5月21日)** 余峙莲来，交阅慈幼院董事会帐略签字。

刘公鲁夫妇来。

致郭辅庭书。送《圣学宗传》五十五部，随收回四十四元五角五分。另赠《金刚经塔》二分。

致魏梅荪书。四月八日慈幼院开会，未能赴会，请代表。

任心白来谭。

**初六日(5月22日)** 李筱崖国模。赠所辑《合肥词钞》四卷。

访叶柏皋谭，赠扬州包氏覆刻安氏本《书谱》。

访刘翰怡，未晤，晤沈醉愚谭，交新印《圣学宗传》四部。

致黄蔼农书。题还散盘拓本。

致任心白书。同上。

致李拔可书。同上。

郭辅庭赠墨印《金刚经》六册。

贺鲍承良迁居。

刘公鲁来，交阅所编《汉司农刘夫人碑考》。

致陈乃乾书。借南洋中学《金刚经》《古今灵验集》(钱谦益)、《灵栖大师净土会语》明刻本。初八日覆函，无此书，当是误记。

**初七日(5月23日)** 任心白今午去宁，赴慈幼院院董会，约其来谭。

覆魏梅荪书。梅老以提议董会改组及移宁两案，覆附贱名。

报载，淮县高庆龄藏秦汉砖瓦约七八百方，售于日本。日人大田高著有《上陶室砖瓦文捃》，详记其事：共二十四大本，皆系拓片订本，长约二尺，宽约八寸。山东图书馆购得一部，价洋二百五十元。初八日报载，又碑碣二件，均运交山东省图书馆金石保存所。

黄蔼农葆戉。来谭。

杭州经训堂书店寄来书十四种，留九种，退五种：《南皋山人诗集类稿》七卷，高凤翰，乾隆乙丑刻本，洋一元二角。《鸣野山房汇刻帖目》四卷，沈复粲，钞本，洋十元。《周易学》三卷，乌程沈梦兰，道光元年刻本，洋四元。《孟子学》一卷，乌程沈梦兰，道光间所愿学斋书钞本，洋一元四角。《燕喜词》一卷，宋曹冠，别下斋本，洋八角。《荣祭酒遗文》一卷，元荣肇，别下斋本，洋一元。《崇化寺记》一卷，钞本，洋六角。《陈祖范诗集》四卷，乾隆壬申刻本，洋四元。《衔蝉小录》八卷。仁和孙荪薏辑，洋六元。

覆朱菊人书。留书九种，共价廿九元，又邮费一元，共交中国实业银行汇洋三十元。退回：《古铜瓷器考证》(廿四元，钞，一本)，《宋元板本印记备忘录》(廿元，稿本，杨序东，一本)，《绝妙好词》(七元，柯崇朴刻本)，《四书章句》(二元，局刻)，《正大光明》(钞，一本，三元二角)。

致金颂清书。考宋椠《苏老泉集》。

金颂清之太夫人郭太夫人八十晋九，送红花缎寿幛。

致江彤侯书。辞《安徽通志》总纂，再启荐程演生分纂，金石仍认纂。

马兰生来书，陈镜清荐至缉私局科员，月薪一百元。

**初八日(5月24日)** 祝金太夫人八十晋九寿。

访刘晦之谭，《安徽丛书》编印处同中国实业银行活存计息。

视林洞省疾，已脱险。

至来青阁，取：四月廿七日付讫。《广东新语》二十八卷，番禺屈大均，庚熙庚辰刻本，洋五元。《海语》三卷，明黄衷撰，道光元年吴兰修校刻江藩藏钞本，洋八角。《南海百咏》一卷。宋方信孺撰，道光元年吴兰修校刻江藩藏影钞元本，洋一元六角。

顾鼎梅来谭，交代购各碑价七元二角。初十日付讫。

顾逸农赠新印《董香光山水册》。

访亚东图书馆经理江孟邹，未遇，留话，约明日二时来寓同至中国实业银行。

鲍扶九来，未晤。

大通大士阁妙珑师来谭，赠扇、茶。

刘鸿生吉生母沈太夫人讣至，送绸幛、挽联、祭筵、十二元。素烛。

覆郑海藏书。荐叶蒲孙于皖通志馆。

覆周梅泉书。诋金松岑并附袁伯夔讯。

**初九日(5月25日)** 丑时喜得生孙。命名守经。

覆郭辅庭书。谢赠墨印《金刚经》六册。来书询及印本改用连史纸，答以赠普通居士及方外亦可。

王邦模模。之子枕雨振宇。于阳历六月二日结婚，寄来喜帖，送红绸喜幛。

陈子言来谭。

覆翟展成书。催南陵堤工借款息金二百五十元。展成就张庶询张多关监督之约。

覆狄楚青书。为蔡孑民访焦秉贞画《耕织图》木刻本。

童心安来，未晤，留赠镇江新出土：宋朱方新砌十字市街起初井记僧道澄正书，淳化三年岁在壬辰月当仲吕十六日。宋润州砌大市砖街会首施主题名记。行书，淳化三年太岁壬辰四月十六日己卯。

朱世五、朱世六两兄来贺。

同汪孟邹至中国实业银行，晤刘晦之，拨《安徽丛书》编印处存通和银行洋九千元，改存中国实业银行，月息七厘。

至南洋中学，访王培孙谭，《安徽丛书》名誉会员聘函已到，允将可印者钞目送审查。又向借《龙眠风雅》，无续集。

访陈乃乾，未遇。

覆陈东原书。东原为安徽省立图书馆长，寄赠所刻各书，来书属交王蔚霞。东原，合肥人。书目。《徐光禄公奏稿》《积学斋丛书》《鄦斋丛书》《随庵丛书》正续编、《怀邠杂俎》《小檀栾室闺秀词》《宋元科举三录》《随庵所著书》《徐公文集》《玉台新咏》《永嘉四灵诗》《至圣林庙碑目》。

上海精武会寄来精武会证。第一二九六号。

致吴舜臣书。告今日添孙。催汇堤工借款二百五十元至芜湖育婴堂，因二十日外展成去北平。酌量售稻。

覆陈乃乾书。前借佛书二种系他处所有误记。借《龙眠风雅》。来书云丛书编印处有文件欲发表者,可钞寄,当在《中国学会周刊》披露。

**初十日(5月26日)**　答拜顾鼎梅谭,交碑价七元。

游邑庙市场,无所得。

致孙伯恒书。文氏《周易》石经前拓不精,已商鼎梅,俟文舟虚返沪再为精拓。催寄《澄秋馆吉金图》。

覆江彤侯书。向王培孙钞补《龙眠风雅》。培孙、乃乾赞助编印《安徽丛书》,拨九千元,改存中国实业。志馆进行困难,演生小挫。

朱犀园、任心白、鲍承良先后来,未晤。

答拜童心安,未遇,赠其瞿木夫《古玉图录》。

覆叶柏皋书。重印《圣学宗传》封面,前误书二十二卷。

致聂云台书。催开《瘦松集》续捐四十元题名。

致刘翰怡书。送新印《圣学宗传》三百部。

再致刘翰怡书。告书衣卷数现重印,暂缓送人。

李审言于四月初三日申时作古,年七十三岁,其子李鸿祐、介甫。武祐、毅甫。承祐稚甫。讣告。住兴化范祠东师俭堂帐房。

**十一日(5月27日)**　昨任心白未晤,今答拜,晤谭。慈院改委员制,执行委员、监察委员若干员,推余为监察。

在商务印书馆晤李拔可、黄蔼农谭。

鲍扶九书来,寄题左关鋘稿,今答拜谢之。

陈子言来贺添孙之喜,未晤,留赠贺函,附贺四元。

至来青阁,取《切梦刀》二册,洋五角六分。又取四月廿七日付讫。《荆南萃古编》。钱塘周懋琦、山阴刘瀚同辑,光绪甲午刻本,洋六元。

再拜童心安,仍不遇。

至鸿宝斋,结算《瘦松集》征信帐略,并交《圣学宗传》书衣重印。

李木公来,未晤。

王欣夫来,未遇,遇于来青阁,略谭。

**十二日(5月28日)**　金颂清来谢寿。

汪颂年来谭。

答拜李木公，谭叶莆孙谋皖通志局事。

四时，华商水泥公司四十九次董事会。

李拔可赠《散原精舍诗别集》。

至怡大纸号，结算连史纸帐。

覆陈乃乾书。来书为姚石子询《安徽丛书》发起人字号、住址。

致郭辅庭书。附寄魏梅荪谢赠《金刚经》《明圣经》各二册函。

**十三日(5月29日)**　答拜陈子言，谢赠添孙贺仪洋四元。

答拜汪颂年谭。

视陈淮生疾，未晤。

访真达师，在宁未回。访胡朴安，已返镇江。

至西泠印社，取：洋六角七分，八月十四日付讫。曼庵壶卢铭，叶金寿著，郭传璞注。醉庵砚铭。王继香。

童心安来，未遇，明晨回镇江。

**十四日(5月30日)**　吊刘鸿生之母沈太夫人。

访刘烈卿谭。

至《安徽丛书》编印处，取缘起十册。

送丁子盈亲家九华新茶一瓶、苏州糖果四瓶。

覆魏梅荪书。寄来慈幼院院董大会议纪录，又寄还《历史感应统纪》刻样。

覆陈一甫书。收到印书洋九十元。寄《安徽丛书》缘起二册。周叔弢询元刻本《金石例》，告以让李嗣香。另开善本十四种，毛校《元史》、宋刻本《名臣言行录》。

致陈乃乾书。寄《安徽丛书》缘起一册。

覆陈子言书。寄来题《礼塔图》诗稿，请其自书。告小孙每日服犀牛黄二厘。

**十五日(5月31日)**　刘鸿生之母沈太夫人出丧，回定海原籍，送之。

至来青阁,取四月廿七日付讫。《竹里秦汉瓦当文存》一卷。嘉兴王福田编,咸丰壬子刻本,洋十六元。

至鸿宝斋,交乌仁甫印价洋四百四十五元六角。恒顺支票。翁书《金刚经》(二千,十石)卅五元,聂书《金刚经》(一千七百卷,二十石)七十元,《觉世文图说》(一千,五十五石)一百卅二元,《圣学宗传》(一千,八十一石)一百九十四元四角,又钞跋二元,《季公志铭》(一千,四石)九元六角,纸力二元六角,每石二元四角。

刘烈卿约华安公司八楼午餐,未往。

叶遐庵来,未遇,留还前假各词。

**十六日(6月1日)** 午刻,聚丰园贞元,为余值会,到者恽季申、萧厔泉、沈醉愚、俞绶丞、姚虞琴、刘锡之、王叔用、李凤池,共用菜用十五元。

昨,季申赠新印《阴骘文果报图说》廿五部,今取自留一百部价,廿二元。

至鸿宝斋,交《阐义》原本,请傅植夫补写空字。

付戴春记订《圣学宗传》洋八十元。

至中国书店,取洋三元,五月二日付讫。《说文解字篆韵谱》五卷。日本覆壬戌年卯月吉日卜御灵前柏屋谷冈七左卫门板行,覆元丙辰菖节种善堂刻本。

至来青阁,取:四月廿七日付讫。《律吕图说》一卷,古杭张紫芝著,新安吴滥参订,雍正五年刻本,洋三元。《画林新咏》三卷《补遗》三卷。颐道居士撰,西泠印社活字本,洋三元。

致叶遐庵书。借词尚缺十一种未还。

**十七日(6月2日)** 大孙女今日周岁。

访童心安,未晤。

邓孝先宗子戴来谭。

答拜邓孝先谭。

至来青阁小坐。

吴舜臣汇来稻款。

覆郭辅庭书。来询请伊峻斋隶书《阴骘文》，送润资三十元。送《圣学宗传》新印封面五十五叶。

十八日(6月3日) 送罗子经嫁女红花缎喜幛。

送刘翰怡五十寿诗。

程演生、范叔惆鹏，湖北。来谭，叔惆拟以自编《范氏诗钞》交大东书局印行，先由该局总编辑孟君四川人，子民弟子。说合，再属向骏声言之。

访任心白谭，慈院上海会存款悉拨南京，并示梅老来书。

吴寄尘自大连回，访之，得悉退老精神矍铄，并悉讼事已呈准军政府，取销通缉及发还财产，现行省政府知照。

晚，约邓孝先、宗耿吾、白山夫、王欣夫、程演生、刘晦之、陈子言、刘烈卿酒叙，陈乃乾、谢光甫到，未入席，俞绶丞辞谢。

十九日(6月4日) 贵阳师长孙女子康世兄女公子于归潘氏，送花缎幛、喜烛，并贺之。

王蔚霞君在镇江铁路工务处，合肥。持陈东原书来，遂将所赠图书馆书交之。

覆翟展成书。南陵堤工借款已将息洋二百五十元付清，另送陶君川资洋十五元。《阐义》日内寄洋三十元，六月前印成交育婴堂吴淞亭。芜育婴南陵稍迟亦捐款。

覆吴舜臣书。售稻四百石(三六八)，汇款收到。属书(懋才、少廷)联寄上。

致徐蔚如书。谢赠《同文韵统》三册，覆寄郭刻《金刚经》《明圣经》、汪鼎丞《华严字母音义》。

郑振铎赠新印《清人杂剧初编》二十种十册。

至中国书店，取五月二日付价讫。《说文籀文考证》一卷叶德辉，庚午刻本，洋一元。

蒋縠孙新得《顺治壬辰、乙未、戊戌三科进士履历》，中有范忠贞、汤文正、王西樵、王渔洋诸人，乾嘉名流题咏殆编。

致陈一甫书。寄《圣学宗传》书衣八十页。

覆魏梅荪书。寄示周业勤为慈院基金动用,请仍凑成前数。

覆慈幼院院董会书。寄来会议纪录及章程、通知,推为监察员,属开年龄、籍贯。

**二十日(6月5日)** 顾鼎梅来谭,赠新印:凡四册,售价三元。《河朔访古新录》十四卷,山阴范寿铭鼎卿主纂,会稽顾燮光鼎梅辑著。《河朔金石目》十卷,同上。《河朔金石待访目》一卷。同上。

余峙莲来谭,交已巳、庚午及辛未慈幼院收支帐略签字,又邓翰芬院长辞职书,一亭已批准予辞职。

覆江彤侯书。来书恳切慰留,覆以衰病多年,难胜任重,非敢有负相知之雅,今再乞演生转陈,幸赐鉴焉。邓志华又奉命汇来五百元,已同前款另存,俟驾莅沪,再为统呈。潘季野属钞补《龙眠风雅》已钞就附奉。陈东原书来,属将赠书交王蔚霞君,转寄安徽省立图书馆。

致张辽隐书。闻军政府取销前案,为之劝慰。

至大东书局,访沈骏声谭,范叔惆所著《范氏诗钞》前已刻过,今修改重印,骏声以一家撰述难销,不愿受印。

**二十一日(6月6日)** 钱铭伯讣至,寄丝葛幛。子泰、恒,住嘉善城内钱家汇。

寄李审言丝葛幛。子介甫、毅甫、稚甫。

阅李元之书,有新修《安徽通志》采访章程、目录,前有道光三年七月初一日安徽巡抚陶札文。

马长森君来,观古物,唐张元彻造象、大玉琮、玉戉、玉押、玉龟、小玉琮。议价六千五百元,拟给古香斋三百元。

二时,《安徽丛书》编印处开处务编审会议。程演生赠绩溪胡肇龄《存斋诗草》二卷。

致陈乃乾书。询光农,闻有《钝斋文选》(方孝标著)、《光启堂文集》(残阙),钞本,廿余万言,或云钞自南洋中学图书馆,是否,乞示复。

覆孙伯恒书。收到寄来《陈氏吉金图》。来函告刘晦之在北平新得十二编钟、曶壶盖。

**二十二日(6月7日)** 亚东图书馆周亚伊送来通和银行二百元支票签字。

鲍扶九来,题成左关鋘,谭久,借《方氏吉金款识》《陈氏吉金图》。同至中国书店,取:五月二日付价讫。《罗湖野录》四卷,宋释子晓莹,《宝颜堂秘笈》本,二元。《长松茹退》二卷。明紫柏憨头陀,《宝颜堂秘笈》本,一元。

古香斋顾君以周鼎来,云洛阳新出,文十四字:荣子旅作父庚宝尊彝,其孙子永宝。

**二十三日(6月8日)** 访夏玉峰谭,知徐炎东来,寓其婿夏永桢处。永祯为玉峰长子,现充律师。

拜徐炎东、夏永祯,不遇。

访高吹万谭,并晤其长子君介、四子君宾,赠九华山茶,并云浙平阳刘次饶君绍宽。曾新纂《平阳县志》,著有《厚庄文钞》,现来申,将印《敬乡楼丛书》二编。

至子丹弟、慕邢侄处,均未见。

**二十四日(6月9日)** 报载,中央银行有金条一百五十二箱,每箱重一百二十五磅,全体共值五百十万元,于二十二日下午交亚细亚皇后轮运往美国存储。

徐炎东、曦,合肥。夏永祯、程演生来谭。

六时,顾鼎梅招饮于古益轩,晤萍乡文素松,字舟虚,一字寅斋,道希师侄孙。赠《周易》石经残碑拓本二纸,又碑录一册。

又赴程演生功德林之约,陪徐炎东。

**二十五日(6月10日)** 午刻,陈子言约陪徐炎东陶乐春便酌。

拜文舟虚谭,赠以金文拓本,商周五十九、秦一、汉十二、晋一、魏一、唐三,约七十七片,内商周器五十余。棉连印《玉台新咏》、连史印《云起轩词》四册。舟虚又赠我《魏穆胤志》《唐房基志》《唐秦进仪志》《唐徐府君夫人蔡季立合祔志并篆盖》《寰宇访碑录校勘记》《补寰宇访碑录校勘记》。

六时，约徐炎东、高吹万、张燕昌、程演生、黄宾虹、夏玉峰酒叙，陈子言、吴镜天、夏永祯未至。吹万赠我碧罗春茶。

**二十六日(6月11日)**　江菊圃侄丙丞二十七日授室，送丝葛幛、烛。

覆黄涵之书。属代向郭辅庭谢赠《金刚经》十册。

致郭辅庭书。代黄涵之谢赠《金刚经》，附来函。

覆叶柏皋书。补送重印《圣学宗传》封二十叶。

致聂云台书。补寄《圣学宗传》封面一叶。

致聂云台书。应派《圣学》三百七十一部，除前送一部，今再送三百七十部。

致聂云台书。收洋二百五十元，净欠五十元〇五角一分。

覆李耆卿书。收到印《阐义》洋柒拾元，计二百部。大生二厂结欠夫马费，立折改存清江粥厂，极为赞成。

覆陈乃乾书。方孝标《钝斋文选》《光启堂文集》两书，光农处钞本系乃乾代向南洋中学图书馆钞出。《钝斋诗选》光农闻代乃乾钞。乃乾近得《大鄣风雅》二卷，钞本，释普枝辑(大鄣山须弥庵僧)，前有康熙五十五年理源余元英、婺城程弁两序(程序下尚有名印，疑此本为原稿)。寄《龙眠风雅》，潘季野疑有误字单。

昨闻江彤老病，来沪即至同德医院，今往视之，略谭。

访许际唐，承尧。谭印道光《歙县志》，印九开，石印连史千部，约一千六七百元。假我汪龙《毛诗异义》四册。

至鸿宝斋，交高官镜拓本，入《镜影》册。

至来青阁，取：四月廿七日付讫。《五代史补》五卷《五代春秋》二卷《五国故事》二卷，洋四元，应有《五代史阙文》。《乾隆七年登科录》，洋二元。《张叔未解元所藏金石文字》。四会严氏鹤缘斋石印本，洋三元。

叶柏皋来，未晤。

赠徐炎东刻书六种：《玉台新咏》、棉连。《宋元科举三录》、连史。《怀豳杂俎》、毛太。《积学斋》、加阔赛。《鄦斋》、加阔赛。《四灵诗》。加阔赛。

致刘翰怡书。收洋四百元，印《圣学宗传》，每部八角一分，应得四百九十三部零(加一部，欠一角四分)，前后送存三十二部，今再送四百五十部，尚存十一部零，拟代送怡大、鸿宝斋、富晋书社。钞陶序及描摹不明之字等处，以袁盛德又补，前三十二部封面，除柏皋取去廿部径送外，今送十二页。

**二十七日(6月12日)**　文舟虚来谭，赠以《汉马伏波女墓碑》。又《中州金石目录》《至圣林庙碑目》。

覆费范九书。谢赠拓戊戌九月余游狼山观天祚题名刻石。

致汪甘卿书。询目疾。

覆李从龙书。告千佛尊系新制。

覆陈墨移书。寄新著《古钵发微》，来索《中州金石目》《至圣林庙碑目》，寄之。

覆陈进宜书。寄还《皖中流寓诗》辑稿，索考工所银定拓本二纸，寄之。

送周梦坡之夫人七十双寿幛、烛，收款字。

至来青阁，结算书帐，收售寄售新书廿三元，再找付洋四十元。共六十三元，前帐全清，照价让去一元余。

至中国书店、富晋书社小坐。

郭石麒告我，昨向锦文堂购得《圣学宗传》，今售于北平隆福寺街修绠堂孙君，价洋十六元。

**二十八日(6月13日)**　访叶柏皋谭。

访真达师谭。

致叶柏皋书。告修绠堂孙估购得《圣学宗传》，覆书刘翰怡有此书。

六时，赴鲍承良酒叙之约，坐有张镜湖、高云麓。

**二十九日(6月14日)**　贺周梦坡之夫人张夫人七十寿。

午刻，高吹万约觉林素餐，往谭，辞未入席。坐有刘次饶、黄□□、黄宾虹、丁仲祜、顾鼎梅。

同时，约李元之、刘孝恂在寓午饭。

至蟫隐庐，取洋三元，十二月廿八日付讫。《人家冠昏丧祭考》四卷。番禺林伯桐撰，男世懋校刻，道光廿四年刻本。

赵悔庵来,未晤,赠我赵苇佛祖望。《宋词集联》,以所著《说文说举约》属题书签。

六时,赴吴镜天聚丰园酒叙之约。

七时,赴李拔可小有天酒叙之约。

龚景张讣至,送白丝葛幛。四月七日领帖,未往吊。

**三十日(6月15日)** 王富晋来。

覆潘季野书。询钞补《龙眠风雅》有可疑之字,覆以请陈乃乾校过,不误。

覆陈乃乾书。谢代校《龙眠风雅》疑字,借阅歙县汪灼《毛诗周韵读法》、释普枝《大鄣风雅》。

覆范叔惆书。《范氏诗集》大东书局不愿承印。

致许俊人书。辞五时一品香之约。五月四日晤程演生,云筹办平民学校。

致张燕昌书。辞六时功德林之约。

致张镜湖书。送佛经善书廿八册、经塔一分,内郭刻《金刚经》《明圣经》,又《文昌帝君觉世文》,又《摩利支天经》四册。

致王欣夫书。欣夫致《安徽丛书》编印处书,有汪南士先生校《说文》,拟请假阅。

覆徐行可书。程易畴《仪礼疑直》,行可意先由吴承仕编入杂志,后再为校勘。附钞送《安徽丛书》编印处十三种,请其按目审定去取。嘉业堂藏书中如遇有可刻者,幸为随时留意录目见告。

致刘十枝书。送《圣学宗传》。

致高吹万书。送《圣学宗传》。

致高望之书。送《圣学宗传》。

致高君定书。还前假张船山手批《昌黎诗集注》。

## 五月

**朔日(6月16日)** 马长生款收到,古香斋顾君来,当给其三百元。

覆夏永桢书。交来徐炎东给仆从四元。

覆叶柏皋书。刘翰怡拟送《圣学宗传》一百部。北京书估《圣学宗传》，前闻翰怡有此书，已回覆不收。

覆世珍侄书。盛自宽未来，楹联书就，未知上款，请其开来。来告去年捐助本族平粜二百元，除耗去八十余元，余十余元捐入公祠。又一百元亦归公祠，暂借兴和未还。

覆吴舜臣书。告海三公支下裔孙家银等来函，云兴和在杨家山光禄公墓后山脊即海三公来龙正脉锯古树一，计四丈余长，又尺围树数株，托名厚德堂修整叶家坝。

报载，北平样子雷所遗明清二代皇宫园囿等建筑模型全部，已由袁同礼以六千元收买。又载，东陵八仙陵即端慧皇太子之墓近又发觉被盗，查获盗犯李四增一名，供认盗去宝石镶嵌花篮、象牙玩物、金条、银锭。

**初二日(6月17日)**　贞元会，因晨间腹微痛，未往。

中国书店结算午节往来帐略，冲存七十八元八角八分。代售书价一百卅二元，买进各书码洋四十三元八角，实洋十三元七角。

覆刘翰怡书。收《圣学宗传》一百部，属代分送。

致陈乃乾书。赠《圣学宗传》一部，又赠王培孙一部。

致赵悔庵书。谢赠《宋词集联》，题悔庵著《说文说举约》签条。覆赠《圣学宗传》《正信录》《一亭杂记》。

致吴寄尘书。赠《圣学宗传》。

致李从龙书。寄赠《圣学宗传》。

致翟展成书。寄赠《圣学宗传》。

致魏梅荪书。寄《圣学宗传》一部，另送慈幼院一部。

覆曹梅舫书。收《觉世文》印价一百六十八元二角、《摩利支天经》四十元。赠《圣学宗传》二部。

致刘晦之书。赠《圣学宗传》。

致谢光甫书。赠《圣学宗传》。

致叶柏皋书。告翰怡送来《圣学宗传》一百部。

周业勤来谭,提取佛教慈幼院基金,赠以《圣学宗传》一部、《摩利支天经》四册。

刘公鲁来谭,赠瞿木夫《古玉图录》,交其尊人《汇刻传奇》序。

付戴春记装订《圣学宗传》价八十元。先后共付一百六十元,清讫。

购胡君售陈簠斋、李元之绍介秦瓦量拓片三十三种,价洋十六元。

购古墨斋邹云峰晋潘宗伯造桥题字,今佚。连裱工共付洋廿四元。

**初三日(6月18日)** 题休宁率溪程氏六烈妇合传一诗文,孙雄甫锡祥。征题。

金颂清同日本汇文堂书庄大岛五郎在西京寺町。来谭,东京文求堂是其兄所设之肆,今其兄已故,文求堂亦归大岛经理。赠以连史印本《宋元科举三录》。大岛云傅沅叔有宋本残《通典》三十册,索日币一万元,此书见《双鉴楼善本书目》二史部,此宋本一百七十三卷,缺二十七卷,半页十四行,行廿六七字,白口,双栏。

覆刘晦之书。晦之赠我新得沈子佗敦盖(文壹百五十六)、曶壶盖(文一百字)两拓本,来索录藏纪元镜目,予之。

覆张敬礼书。来函贺生小孙。

覆孙谨丞书。来函谢题其太夫人懿行诗,又赠自书临殷虚文字楹联。覆赠《圣学宗传》。

借阅南洋中学图书馆书二种:五月七日交还乃乾。《大鄣风雅》二卷,释普枝辑,钞本,有康熙五十五年余元英序,又丙申程弁序。《毛诗周韵诵法》十卷。歙汪灼,嘉庆甲戌十月不疏园本。

罗叔言赠汉熹平石经残字凡卅一石。拓本一册。

席少卿赠汉镜照片,覆赠《摩利支天经》二册。

中国书店赠《集杭谚诗》。外祖邵位西先生(懿辰)集,光绪二年葛元煦刻本。

至蟫隐庐,购三种预约,洋廿一元五角:九折。《贞松堂集古遗文》，洋十五元。《铁云藏龟》，洋四元。《金文著录表》。洋二元五角。

至来青阁小坐。

西泠印社送来寄售书洋十一元一角二分。

抱经堂朱瑞祥寄来书：码洋十六元五角，九折，实洋十四元八角五分，又邮费三角二分。吕帝及莲池大师注《金刚经》《心经》，洋六元。《毛诗补礼》六卷，歙朱濂，道光己亥刻本，洋三元。《二十二史引》八卷，桐城程坦，乾隆刻本，洋四元。《墨林今话》十八卷蒋宝龄。续编一卷，蒋茝生，咸丰二年刻本，洋三元。《多暇录》二卷。程廷鹭，观自得斋刻本，洋五角。

覆郭礼征书。收到十九年花红、本年午节夫马费。

**初四日(6月19日)** 访程演生谭。

至同德医院，视江彤侯疾。留花旗橘一打、肉松两罐。

覆陈乃乾书。借来《大鄣风雅》《毛诗周韵读法》。拟看李元之藏书，已商定初七、初八两日可看。

覆朱瑞祥书。寄书五种，照留。来函索寄《玉台新咏》二部，即寄之。

王厚斋讣至，王亚樵之父。送丝葛幛。

童心安之嫂徐夫人讣至，送丝葛幛。

答拜周业勤，未遇。

致程演生书。陈乃乾函告图书馆又有汪灼《毛诗周韵读法》十卷。又贵池姚均函云，先曾祖有诗集二部，住南通东门外恒昌纱庄。赠《圣学宗传》一部。

致恽季申书。赠《圣学宗传》。

致姚石子书。赠《圣学宗传》。

报载，绍兴平阳寺之古铜佛画像及弘觉禅师血书《华严经》等，该寺住持僧拟盗卖于日人。

刘公鲁来谭，即回苏。

覆陈绳夫书。寄臧镛堂《皇朝经解》一册借刻。

覆孙伯恒书。询《澄秋馆泥封拓本》出售价值。

覆汪甘卿书。函告扫墓在石湖口遇风，几致覆舟，惊扰心肝，因之目疾又剧，现医治渐愈，红退痛止，不致失明。又拟明冬为清源世兄完婚，当向梅舫同年言。属向席少卿代售田黄石，席云三方分量记不清楚，归于一人恐难办到，若分售，须视石之重量及质之优劣另定价目，则所原售六百元不能作准，彼处亦只可寄售。

致刘翰怡书。贺五十寿，赠李石湖松鹤延年画轴、天然树根八仙庆寿。次日，覆书璧回。

**初五日(6月20日)** 端阳节，亲友来贺。

在北山西路戏院观影剧。

**初六日(6月21日)** 任心白来谭。

歙县许际唐先生承尧。来谭，还前假《毛诗异义》，今赠其《觉世文图说》《圣学宗传》。

陈子言来，未晤，留题《礼塔图》卷，并赠《皖雅》歙县，卷十三四。四册。

昨晚，吴寄尘、束劭直来，交阅公呈为退老辨诬签名。具名者刘厚生、徐静仁、张镜湖，公呈由萧延芳交陈冷血代递。

沈淇泉初九日七十寿，送东缎寿幛。

哈同于初四日午后五时零五分逝世，今晨巳时大殓，送香楮。哈同卒年八十三，用犹太历算。

《安徽丛书》编印处开编审会。

至来青阁，取初十日付讫。《旧言集》初编、次编、广编。李兆洛编，道光元年刻本，洋十元。

丁子盈伤足，挈永儿视之，赠《圣学宗传》。

**初七日(6月22日)** 访叶柏皋，未遇。

访江汉珊，未遇。

访江啸麓谭，赠《倏游浪语》《虞铎笔记》，又《寅畏斋笔记》《地藏菩萨本愿经见闻利益品》。

视江彤侯疾。

金松岑来谭，旋回苏，赠《圣学宗传》。

宗子岱来谭，赠《圣学宗传》。

陈乃乾来，观李元之藏书，示其汪梅村士铎。《南北史补志未刻志稿》。照刻本目录，仍阙《艺文志》。

罗叔言来书，赠其长孙继祖所编《朱笥河先生年谱》。

覆罗子经书。收还《琵琶记》一册。又叔言来书云，子经由旅顺回沪，有一函转交，未收到。

**初八日(6月23日)** 送江啸麓《圣学宗传》《觉世文图说》、六开印。翁书《金刚经》、翁书《金刚经塔》、聂书《金刚经》、《阳复斋诗偈集》。

贺刘翰怡五十寿。

致程演生书。赠棉连纸印《五灯会元》，又《圣学宗传》二部。

**初九日(6月24日)** 小孙弥月，亲友来贺。

王富晋来，未遇，旋往晤，付还书价洋十七元。前帐清。

至怡大纸号，结算纸帐，找洋一百五十八元，清讫。

至鸿宝斋，交怡大建兴仁加乾十件，印《阐义》。又庆丰京庄四件此四件收回。栈单。

视彤侯疾，似稍愈，赠西洋参五元。

访余伯陶，谭彤侯疾如何，伯陶云瘘症难痊。

过慕邢侄处，外出，未入门。

访罗子经，告其怡大定纸须出清。

访黄宾虹，适许际唐在座，谭，交拟编印《安徽丛书》书十种审定。十四日送还，又还《黄山纪胜》并撰提要。六月四日收回者以○别之，余四种《安徽丛书》编印处留印：《禹贡今释》一册，○《西汉儒林传经表》二册，《通鉴注商》三册，《毛诗异义》四册，《五声反切正韵》一册，○《毛诗补礼》二册，○《禘祫辨误》二册，○《淬掌录》一册，○《识学录》一册，○《愚荃敝帚》一册。

报载，涿州城西胡凌村冯相国铨。墓被匪盗掘，葬物悉携去，尸毁坏状极惨。

**初十日(6月25日)** 至来青阁，付《旧言集》价洋十元。

余峙莲来，告今日已同王一亭、周业勤商定，将慈幼院存款九千四百四十四元〇二分交清，取有业勤收据。盐业旧折，三扣批销。基金存折七千九百元〇〇三角三分，特捐存折七百九十元三角五分，午捐存折七百五十三元三角四分。

阅《广陵诗事》，阮元撰。载鹾商徐氏藏有周太仆铜鬲，华秋岳绘之为图，杨已军摹其文书之，江秋史侍御为之释文。先是，山阳吴玉搢、绍兴俞楚江、曲阜孔广森俱有释文，以其文首称周太仆，故定为周器。近则甘泉江子屏藩。合诸家释文而考订之，然其文甚古，未能尽释也。元乙卯过里中，曾见之，今在程砚红家。

按，周太仆鬲当从阮元、《积古斋钟鼎款识》。王昶《金石粹编》。作"散氏槃"。又张廷济跋散槃云：康熙间广陵人徐约斋购自歙州程氏，徐继归洪氏，嘉庆十四年贡入天府。今据《广陵诗事》云乙卯当为乾隆六十年。过里中曾见之，今在程砚红家，是张说全误，不仅《研经室三集·金石十事记》岁丁卯鹾使献于朝，嘉庆十二年丁卯。误作十四年也。

**十一日(6月26日)** 至中国书店、来青阁小坐。

《新安大好纪丽》，洪榜著，乾隆刻《通志》著录。朱瑞祥之书，售于北平图书馆。赵万里。

覆朱瑞祥书。函询寄售书能否九折，覆以已有八折，不能再扣。

徐行可来谭，以七诵寿刘翰怡稿相示。

童心安来谭。

覆翟展成书。访得吴街南、沈孤山两先生集及梅雪坪画册，足备《安徽丛书》之选。索《正信录》，寄之。

覆李从龙书。佛瓶系新制，至古亦道光物，可值百元，如西人爱之，二百元可售得也，以后或售(其价充善举)，或作振品，遇有善缘，再再奉商。从龙皈依，名显岸。

**十二日(6月27日)** 张和声之夫人易孺人讣至，寄丝葛幛。

曹梅舫同年来谭，商印东寅同年所著《明伦通义录》，交阅中华书局排印仿宋样本，约八百叶，每叶排工约二元零，连史六张印，排工约二千元。估计价值、纸价，印订五百部，约二千元。

视江彤侯疾。

访程演生谭。

覆姚石子书。《汪孟慈行述》祇收，极愿印行，《集虚草堂丛书》未刻乙集，板亦为兵所毁，《木崖集》容询潘季野。《求是堂集》《援鹑堂文集》《且看山人集》，《安徽丛书》编印处亦正搜集，第一期印书正在编审，日内即可定目。《云起轩诗集》尚存一册奉赠。严九能批《鲒埼亭续集》马君拟过录（此托词），未知先生已过毕否。

**十三日（6月28日）**　胡寄尘、乔梓同陈楚材来谭，寄尘赠《研白斋论文集》《老庄新义》《江村集》《群贤遗响》，又泾县茶。

大生纱厂开董监联合会。

覆姬觉弥书。题哈同象赞。

在吴寄尘处取仁寿《纪游诗册》。

**十四日（6月29日）**　黄宾虹来书，还书十一种，二十册。并编成提要。

覆罗叔言书。谢赠汉石经拓本及其文孙所著《朱笥河年谱》。覆赠《圣学宗传》。

覆聂云台书。《瘦松集》缺匏上弟十四叶，书成送新永安街十六号绵源行伍泽俊君。

**十五日（6月30日）**　至南京大戏院，观影剧。

**十六日（7月1日）**　访黄宾虹谭，交书十一种审定。六月四日议定《安徽丛书》印行者以○别之，余收回：《周易正解》八册，《诗经广诂》八册，《郑本大学中庸说》一册，《尔雅古义》一册，○《汉儒传经记》一册，○《琴音记》二册，《瀛山笔记》一册，《珊网一隅》二册，《竹邻遗稿》一册，《环山诗钞》一册。

又交《灵璧志略》二册，代通志馆钞补三、四两卷。

午刻贞元会，李凤池值会。

**十七日（7月2日）**　聂云台赠笔二枝，属其世兄含章送来。

覆徐炎东书。赠《张献忠陷庐州记》十册、《赵响泉绿天红雪轩剩墨》一册。寄《灵璧志略》卷一、卷二上册，属补钞卷三、卷四下册，已请黄宾虹代觅钞胥,钞就寄上。又寄通志稿纸,询彤侯疾,覆赠《圣学宗传》《觉世文图说》。

陈友琴来谭。

至中国书店,晤金颂清谭,取价洋二十元,十八日以有水清还之。《云栖法汇》。嘉庆十九年甲戌仲冬佛弟子莲善重刻明崇祯支那本,凡《释经》十一册、《辑古》十册、《手著》十三册。旧藏自《释经》第一册起,至《手著》八册后缺《遗稿》五册,系明崇祯支那本(有乾隆补板)。按崇祯原本嘉庆壬申冬不戒于火,经板被焚,癸酉夏集资重刻,甲戌仲冬刻竣。

**十八日(7月3日)** 至鸿宝斋。

至来青阁,取王欣夫临莫子偲过录汪南士校《说文》三册,以校旧藏程伯敷临本,相同,间有脱误,或偲老使写官移录时偶不经意耳。

致王欣夫书。收到临莫子偲移录汪南士校《说文》三册。

致徐行可书。散原病愈,不来沪,已约寿丞去浔。

致刘公鲁书。告徐行可赠"公鲁审定"旧白寿山石印,又福厂笔润。

**十九日(7月4日)** 至来青阁。

覆郭礼征书。询大照是否七月一日发息。

覆吴舜臣书。海三公支下公函质问厚福堂伐杨家树木,四姨太太有覆信,所说当是实情,只好劝石荪了之。我处还是不覆信,刻碑封禁,如无人出钱,只好我出。附寄四姨太太来信。

覆顾立斋书。榆次县在山西省太原府。

留沈韵斋,钞《秦汉十印斋藏书目》四卷。蒋凤藻,洋十二元,二十一日付讫。

二时,赴《安徽丛书》编印处开处务会,交黄宾虹撰提要,并交。○《禹贡今释》,当涂芮日松;○《毛诗异义》四卷附《诗谱》一卷,歙汪龙;《西汉儒林传经表》二卷,绩溪周廷寀;○《五声反切正韵》一卷,全椒吴烺;《周易正解》十卷,歙程廷祚;○《通鉴注商》十八卷,泾赵绍祖;《识学录》一卷,桐城胡庆;《黄山纪胜》四卷,桐城徐璈;《毛诗补礼》六卷,歙朱濂;《禘祫辨误》二卷,歙程廷祚;《焠掌录》二卷,歙汪启淑;《愚荃敝帚》二卷,合肥李文玕。六月四日议定印行者,以○别之,余书收回。

汪孟邹赠:《文木山房集》四卷全椒吴敬梓(敏轩),亚东图书馆印本,

《儒林外史》即敏轩所作。附《春华小草》一卷《靓妆词钞》一卷全椒吴烺。《吴敬梓年谱》一卷。胡适。

陈子言赠《皖雅》初集卷十五至卷十八一册。

**二十日(7月5日)** 观恒娘影剧。

选吴敏轩诗词入《安徽诗词征》。

胡适《文木山房集》序间及作《西游记》为吴承恩,其诗散见于《山阳耆旧集》《明诗综》等,其文一部分刻在《楚州丛书》。

至中国书店,取:八月廿八日付讫。《文选楼诗存》四卷,阮元,原刻本,三元。戊辰前诗编《琅嬛仙馆》八卷,自戊辰至丁丑又十年之诗,交人代为删存四卷,题曰《文选楼诗存》以别而续之。《草窗词》二卷,宋周密,咸丰辛酉曼陀罗华阁刻本,一元六角。《玉井山馆词》一卷,上元许宗衡,咸丰辛酉刻本,五角。《艳史图》残本,《商周文拾遗》二卷。海盐吴东发释注,中国书店印本,送。

**二十一日(7月6日)** 至来青阁,付《秦汉十印斋藏书目》洋十二元。

至中国银行,取蒯若木贺生孙贺分洋二十元,又付一九关税债息十九元。

至通商银行,晤谢光甫谭。

至汪六吉,购汪本生夹煮锤笺一百五十张,价洋十一元。

至功德林请香,晤江味农、明道师谭。

**二十二日(7月7日)** 武仲平生孙,送礼六色,收。

覆郭礼征书。寄大照息折卅四扣,又蒯和记三扣,附帐单。索十八年、十九年帐略。

覆蒯若木书。谢送小孙弥月贺洋廿元,赠郭辅庭刻《金经》、刘翰怡印《圣学宗传》。请将新刻先集寄安徽通志馆,备撰列传资料。请寄《阿弥陀经》铜磬拓本等及张勋帛铜器拓本,备修《金石志》。

朱犀园来谭,赠新印《犀园画集》一册。

郭涵斋来谭,以《韩文公论佛骨表纠缪》样、《卫生集》印老改本见示，赠以《圣学宗传》二部、《儵游浪语》《虞铎笔记》《地藏菩萨本愿经见闻利益品》《华严字母音义》，又《阳复斋诗偈集》二册、《柳真人劝孝歌》。

涵斋又以前购怡大建兴仁加乾连史十件退让受之，每件十五元四角，当将纸条交鸿宝去取。此纸补印《阐义》，缺二件〇七刀，余拟印《南陵三先生遗集》。

至鸿宝斋，商印《小檀栾室镜影》，拟印夹宣三百部、料半一百部、玉版笺五部、考贝纸打小样数部，并付。又付建兴仁加乾十件，曹元吉四尺夹贡五件，共一万一千三百张，三件六千九百张（每件二千三百张足），二件四千四百张（每件二千二百张足）。云记料半一件，每件三十五刀，每刀九十四张。本生玉版笺三卷，每卷五十张。考贝纸一令。每令五百张。

视江彤侯疾，十愈七八。

**二十三日(7月8日)** 上海精武体育会送来证书并讯。

午后二时，附车至杭州，八时三刻抵站，寓西湖湖滨旅馆。

**二十四日(7月9日)** 晨，往灵隐山云林寺礼佛，并游灵鹫峰、龙泓洞、理公岩、射旭洞、玉乳洞、俗称一线天。冷泉亭、石门涧、壑雷亭、春淙亭，礼理公塔，至下天竺法镜寺、中天竺法真寺、上天竺法喜寺，礼观世音菩萨。

访邹适庐，不遇，遇其女公子，留赠《圣学宗传》《古玉图录》。

至抱经堂书店，晤朱瑞祥谭，六月四日交中国实业汇十二元六角，取：瑞祥赠我新印明朱谋玮撰《藩献记》四卷一册。《管子》二十四卷，唐房元龄注，明赵用贤刻本，洋十二元。《强恕斋诗钞》四卷。秀水张庚，乾隆壬申刻本，洋二元。

至复初斋书局，购《新刻注释故事白眉》十卷。洋一元八角。题贯日许以忠集，鼎所邓志谟校，书林崇文堂梓，前有邓志谟序。许以忠，字君信，为吾南陵人。

过经训堂，晤朱菊人谭。

**二十五日(7月10日)** 晨,访邹适庐谭,观其所藏古玉拓本,有百余件。有严卯一、刚卯十余。有安徽出土者一,文字刻划极细。旧藏古砖拓本,约百余。新得范鼎卿同年旧藏砖瓦百余,连筒者四。其梁天监中大通、南唐保大等,鼎卿又得诸王氏也,王君在江宁收得。中以梁大同砖瓦,瓦三连筒,砖未计,同为一人所作。天监砖最佳适庐。赠梁大同瓦拓本,商请相让,未见许也。

游西泠印社。

游黄龙洞,晤粤人黄颂三谭,知为其一人建筑,并未募缘,故至今兴工七年,尚未毕也。祀老子殿有康更生同年及张其淦联。颂三留茶点,间诋询之,已学道数年矣,并导观厅室。

**二十六日(7月11日)** 晨七时四十分,附车回沪,午后一时半抵寓。

高君定、王叔用、刘十枝先后来,未晤。

**二十七日(7月12日)** 鲍扶九来谭,还《山东金石志》一册,赠以《圣学宗传》,并以所藏金文集册示之。

宗渭川赠我南通水蜜桃。

至来青阁、富晋书社小坐。

至中国书店,取:八月廿八日付价讫。《兰因集》二卷,陈文述于孤山为菊香、小青修墓于智果寺,西为杨云友修墓,并建兰因馆,征诗成集。原刻本,洋三元。《淮海词钞》三卷。道光辛巳金长福刻本,洋四角。

刘翰怡书来,赠我果园桃一盘。

**二十八日(7月13日)** 昨致书郭礼征,付大照息,送去息折三十四扣,又蒯和记折三扣,收回债票积记五张、和记六张。

覆郭礼征书。收到息洋一千二百六十二元,又蒯和记息洋三百卅九元,中国实业支票。

覆刘翰怡书。谢惠玉露、蟠桃。

答拜胡寄尘谭,赠《圣学宗传》,又赠大世兄《宋元科举三录》,加阔赛连印本。并赠玉露、水蜜蟠桃。

答拜刘十枝谭。

访曹梅舫谭。

至鸿宝斋，询郭涵斋所定购怡大号建兴仁加乾十件，现无货可交。每件十五元四角。

至西泠印社，取：共洋十六元九角九分五厘，八月十四日付讫。《张子祥画谱》初、二集，郭氏铁如意室藏，三元二角二分。《封泥汇编》，山阴吴熊幼潜辑，特价四元八角。《义州李氏全集》，李葆恂，三元九角九分：《无益有益论画诗》二卷，《海王村所见书画录残稿》一卷，《旧学盦笔记》一卷，《红螺山馆诗钞》一卷《遗诗》一卷，《津步联吟集》一卷附词一卷，《三邕翠墨簃题跋》四卷。《商卜文集联》一卷，钱唐丁辅之，诗附，洋八角一分。《王福厂篆阮嗣宗咏怀诗》，洋二角八分。《金石家书画集小传》，西泠印社纂辑，洋四角九分。《竹人续录》一卷，褚德彝，附《竹尊宧竹刻脞语》，洋四角〇五厘。定君铜印。洋三元。

至来青阁，取：六月十五日付讫。《汉诗音注》十卷，频阳李因笃评，光绪庚辰今雨楼刻本，洋五元。《纪元编》三卷。李兆洛，道光辛卯辈学斋刻，洋二元。

朱幹承丧子，送香楮。

齐俊卿同哈同爱俪园治丧事务处金君江西人，醒亚。来，不遇，崇儿接见。据云议丧礼约明晨十时，先商。晚金君又同邵君如馨湖州南浔。来会，系会议立主仪节，六时酒叙。

**二十九日(7月14日)** 汪启我来，未晤。

晨至爱俪园，晤庄惕生。哈同义婿。

访明道师，未晤。

访郭涵斋谭，谢赠《五灯会元》，交还涵斋所著《韩文公论佛骨表纠缪》并印光法师所校《卫生集》两种，又收回怡大纸号建兴仁加乾连史十件，付洋一百五十四元。

访陈子言谭，谢赠《皖雅》三册，覆赠《圣学宗传》。

六时，赴爱俪园会议点主礼节，晚素筵，坐有张君树声、河北沧县江苏绥靖督办公署总参议。孔君剑秋。

## 六月

**朔日(7月15日)** 《时报》载,吴兴县北门外一百十七庄高夏村农民钱姓家有柳树多株,一一斫伐用尽,存有老树根一枝,为耆农唐阿琴所见,劈开忽分三片,中间现出"天地良心"四字。

付戴春记装订《闺秀词》连史十部、毛太卅部。工价洋四十元零七角。

至爱俪园。

覆罗叔言书。前寄《圣学宗传》已转赠金州图书馆,今再寄一部,请子经转呈。

覆姚石子书。寄赠《圣学宗传》及《云起轩诗》已承先后收入,寄还《鲒埼亭外编》四册照收。

覆王欣夫书。欣夫近由松岑荐,在通志馆特聘编纂任艺文、经部提要,请以余藏经部书目开示,覆以所藏无多,稍可观者已交《安徽丛书》编印处,公可先将所见、所藏编集,余俟访求,倘有闻见,再当贡献也。

**初二日(7月16日)** 午刻,聚丰园贞元会。

至蟫隐庐,取《增补故事白眉》十卷。贯日许以忠集,恭玉许国球校,吴门聚锦堂梓,前有邓志谟序、康熙八年许国球序。

至来青阁,取:十五日付讫。《十六家墨说》,仁和吴氏刻本,洋四元。《庐山复教集》二卷。修净业比丘果满编录,周叔弢影元刻本,洋一元。

送哈同绸挽幛、挽联。

**初三日(7月17日)** 至爱俪园。李木公来,未晤。

答拜汪启我,赠《圣学宗传》。

覆徐贯恂书。题《澹庐藏镜》序。寄还《镜影》一册,谢赠食品。

致程演生书。初四日《安徽丛书》编印处开会,请演生代表。

致夏剑丞、徐绍周、桢立。黄公渚书。辞初五日功德林之约。

覆冯光九书。谢贺生孙。

覆翟展成书。宣城人亦拟印乡先哲遗著。

至来青阁、蟫隐庐。

**初四日(7月18日)** 吴鉴泉讣至,邮寄丝葛幛。

致朱瑞祥书。前取《管子》《强恕斋诗》二种码洋十四元,九折十二元六角,今交中国实业银行汇还。

华商水泥公司午后二时开五十次董事会,议定发息四厘换发新股票,换刻公司铜印,八月三十日七月十七日。开股东会。

《安徽丛书》编印处开会,昨函请演生代表,议决初编印书八种,除《韩诗外传校注》《画偈》由宾虹借印外,余留书五种,《禹贡今释》四卷、《毛诗异义》四卷附《诗谱》、《五声反切正韵》一卷、《通鉴注商》十八卷、《汉儒传经记》二卷附《崇经记》(《琴音记》二卷续一卷)。余书十五种收回。《毛诗补礼》六卷、《禘祫辨误》二卷、《西汉儒林传经表》二卷、《焠掌录》二卷、《识学录》二卷、《愚荃敝帚》二卷、《黄山纪胜》四卷、《周易正解》十卷、《诗经广诂》三十卷、《尔雅古义》二卷、《珊网一隅》四卷、《郑木大学中庸说》一卷、《瀛山笔记》二卷、《竹邻遗稿》二卷、《环山诗钞》一卷。

黄宾虹代钞《灵璧志略》卷三、四两卷,计三万八千字。每千字四角。

访李木公谭。

至《安徽丛书》编印处会,议毕未散,复聚谭,张燕昌、陈子言、黄宾虹、吴镜天、程演生列席。

**初五日(7月19日)** 爱俪园请沈淇泉为哈同书主,柬邀作陪。

安徽同乡会六时在功德林欢迎会董,并组织第四届征求队具名者常务委员会许世英、程源铨、李国杰、汪禹丞、关建藩、许家栻、李次山、陆车五、刘祖望、李振亚、王竹如。等辞未赴。

陈淮生来,未晤,病虽愈,而记忆力不足。

鲍扶九来,钞补《金文著录表》竟日。

覆吴舜臣书。杨家山事请转致世珍、石荪了之。谣言又多,酌售存稻。初三日来函售出稻五百石,又淑记一百石,每三元六角五分。

覆陈绳夫书。寄《说文古语考》。敝处各书无纸可印,俟后印成再寄。新刻、新印书请寄阅。拙著《金石图》《藏书记》并未成书，他日书成，尊处能传钞幸甚。寄赠《圣学宗传》。

覆任心白书。伊墨卿书《汪中墓碣》甲寅年方地山索去，现仅有石刻《光孝寺虞仲翔祠碑》、墨迹《题看花怀人图诗》。

致黄蔼农书。张叔未散槃跋康熙间广陵人徐约斋购自歙州程氏，今阅阮元《广陵诗事》云：乙卯过里中曾见之，今在程砚红家，始知程氏即程砚红，乙卯当为乾隆六十年，张氏云康熙间殆误。

覆吕宋廷书。赠奕载堂《古玉图录》。

覆孙伯恒书。请再寄《澄秋馆吉金图》一部，前存《蜀石经》价洋四元。

**初六日(7月20日)** 曹志功、胡佩如来，未晤。

覆邹适庐书。适庐编《周金文补》书成。又新得一盉盖、一钟。

覆朱实之书。谢赠各物，六月四日实之七十寿，寄祝敬十元。

赠丁子盈南通水蜜桃。

**初七日(7月21日)** 晨至爱俪园，哈同成主，请刘春霖癸卯状元，润琴。为题主官，夏午诒、戊戌榜眼，寿田。郑叔进甲午探花，沅。为襄题官，余与许鹤岑为护主官。主成，设素筵五席，席散摄影。喇嘛、天师一同摄影。引余者为倪寄尘，引许者为杨韵琴，园中联扁二百余，皆杨一人书。

李拔可来，未晤。

鲍扶九午后来，钞彝器补《金文著录表》，晚留饭，九时去。寄刘逊夫之夫人绸挽幛。

**初八日(7月22日)** 拔可来谭。

覆李拔可书。借王子卿《看花怀人图》卷、《光孝寺虞仲翔碑》。另致任心白书请转交，当得覆书。

陈子言来谭，托售乾隆玉碗。

顾鼎梅来书，为余题《狼山访碑图》诗成，今往访之，出以相示，遂取以归。

访程演生，谭印《安徽丛书》。

访黄宾虹谭，交钞《灵璧县志》洋二十元，卷三、卷四字三万八千。

又交卷一、卷二一册钞补。

至怡大纸号,赠《瘦松集》一部、《季公志铭》二册。

视江彤侯疾,已渐愈。

至爱俪园。

覆徐炎东书。寄来钞《灵璧志略》钞费廿元、格纸一包。

**初九日(7月23日)** 吊哈同,附名公祭十人。沈淇泉、李汉园(汉园之子名明炎,号燧东,湖北人,现印度领事)、武向晨、齐俊卿、张幹青、许鹤丞、师兰亭(景云弟)、邵如馨、金醒亚。

晤郭辅廷之幕宾葛子亮君,请赠许静仁、许鹤丞、师兰亭、景山。武向晨、齐俊卿、张幹青、倪寄尘、金醒亚、李汉园、徐乾麟、杨韵琴诸君《金刚经》《明圣经》。

覆朱菊人书。寄书"经训堂号"扁。

李拔可赠新印陈伯弢同年锐。《褒碧斋集》。

覆萧子文书。子文函告,其次子于五月十七日去世。荐袁栋材于詹叔珂,未成。

致尹润生书。告新得尹洙《五代春秋》二卷。

覆李从龙书。来书拟以千佛专变价充善举或作振品,如售出,附印佛经最好。

晨七时许,宋子文由南京乘京沪夜车抵沪,出站时被人狙击,未受弹伤,同行之秘书唐腴庐击中要害而死。宋母在青岛避暑,于午后二时忽患喀血而亡。

**初十日(7月24日)** 陈知白来,未晤。

致李拔可书。谢赠陈伯弢《褒碧斋集》。以《昭代名人尺牍》借其印《伊墨卿书札》。

致聂云台书。送新印《瘦松集》一百部,并曾文正书《季公志铭》底本一册。

至康桥书画会,购夏剑丞集词联十四元、黄公渚集词联十元、徐绍周集词联八元、王西神篆联六元、叶蒲孙山水画扇六元,共洋四十四元。德宝斋装池店张栋臣(鑫铭,住白克路中派克路西三百九十五号)。

晚,赴刘翰怡酒叙之约,陪溥西园将军。侗。

至中国书店、来青阁小坐,遇丁仲祜。仲祜告我有《朱字绿集》,朱与戴南山同时人。

**十一日(7月25日)**　陈知白来,谭在华阳办义渡募捐,属转商丁价侯捐助。

昨,余节高来函,告分晰情形。

鲍扶九来,钞《金文目》,赠我新印《铁云藏龟》。

**十二日(7月26日)**　送《摩利支天经》十册于齐俊卿。

恽季申娶四子妇,送花缎幛、喜烛。

致聂云台书。代印《圣学宗传》《瘦松集》、曾文正书《季公志铭》,结该洋一百六十六元二角一分,附帐单。

致吴舜臣书。代购寄仁济堂、济生会各药,洋七元。

覆郭辅庭书。谢介绍,赠《金刚经》:许俊人二册、金醒亚二册、许鹤丞一册、倪寄尘一册、徐乾麟一册、齐俊卿一册、张幹青一册、师景山一册、杨韵琴一册。

鲍扶九来,钞《金文目》。六时,同至中国书店闲话。

武仲平、筱平、乔梓约晚晋隆西餐,忽改期,未通知。

张兴之来谭,交大陆分行来往折,商往来。

**十三日(7月27日)**　程演生来谭,借明刻《新安学系录》,备印《安徽丛书》。

至古香斋、味古精舍,以陈子言托售乾隆玉碗估值,均云值三百元。随至子言处还之。

访狄楚青,未晤,留《礼塔图》卷请题。

至鸿宝斋,催印《闱义》。

**十四日(7月28日)**　贺恽季申娶子妇之喜。

视子丹弟,闻繁昌圩田没水。

至来青阁,取:十五日付讫。《隶韵》十卷《考证》二卷,秦恩复刻本,原有《碑目》一卷《考证》一卷,洋十元。《史略》六卷,宋高似孙,钞本,洋一元。《湖北先正遗书》。沔阳卢氏慎始基斋印本,洋三十元。凡经部七种、史部十种、子部三十种、集部二十五种,共一百八十册。

覆明道师书。索《摩利支天经》,赠以廿册。

覆李拔可书。借墨拓伊墨卿书《汪容甫墓碣》。

鲍扶九来,钞《金文目》。

夏辅宜来,商拨振余振蚌埠五河水灾。

**十五日(7月29日)** 至来青阁,付书价洋五十三元。前帐付清。

至济生会、庐阳公记及天津路各旅馆,访夏辅宜,均不见。

阅朱沤尹侍郎壬戌十月三次校补印行本《彊村丛书》,凡唐、五代、宋、金、元词总集五种,二次印四家。唐词别集一家、宋词别集一百十二家,二次印七十五家。金词别集五家、元词别集五十家。二次印三十二家。

报载,收回沪法廨昨签字,改组为高三分院及特区二院。

报载,立法院通过发行盐务公债八千万。

报载,怀桐广济圩于十二日溃决。溃口三十余丈,百余里顿成泽国。

赵悔庵母冯太夫人之丧,送丝葛幛、烛。

至北京大戏院,观《一剪梅》影剧。

夏辅宜来,不晤。

**十六日(7月30日)** 晨夏辅宜来,商拨振款。晚又来,留饭,签付振五河急振二千五百元、又临淮关急振五百元中国实业银行支票,交辅宜收转,振余前存七千六百九十一元八角零。辅宜明日回苏。

午刻,聚丰园贞元会,萧厔泉值会。

鲍扶九来,钞《金文目》。

**十七日(7月31日)** 访周云卿,交还《四部书目总录·经部易书诗三类》一册,加签十余条。

致李拔可书。谢赠闽荔。钞陈少石丈、葛词蔚两家藏伊墨卿书画目。

覆任心白书。院长乔孟乾有退志,未便挽留。商向哈同遗产捐助。

覆徐贯恂书。《澹庐藏镜》序请王西神隶书，属钤名印。

覆陈乃乾书。谢赠《观堂遗墨》一部、《范氏杂著》二部（即范声山锴杂著）。

赠周云卿《圣学宗传》《瘦松集》。

游邑庙市场，购《春秋讲义衷一》二卷，仪征团维墉辑，嘉庆壬申刻本，洋二元。《浯溪题名》六十四段。洋二元。

**十八日(8月1日)**　贺丹弟次子十岁。

覆翟展成书。芜湖水灾，济生会已函覆商办。

覆陈绳夫书。谢赠富晋书社印《西厢记》。

覆尹润生书。寄尹洙《五代春秋》一册。

致徐行可书。收到寄还《江南通志》十四册。

覆陈友琴书。寄其祖墓志铭。

覆李拔可书。交徐行可送公鲁印章。

挈永儿访丁子盈谭。

吊赵悔庵母冯太夫人。

《安徽丛书》编印处开处务编审会。因连史纸缺乏，拟改用机器造纸。付通和银行支票二百元作会用。拟前定编印《琴音记》改印《新安学系录》。

**十九日(8月2日)**　观世音菩萨圣诞，持斋。

覆夏剑丞书。退回前在康桥书画会购词联十四元，又赠映庵、公渚、绍周暨寄叟（崇熙，不知何人）书词屏。

覆李拔可书。以徐行可赠刘公鲁印章交黄蔼农转致，记重。

致丁仲祜书。借宿松朱字绿（书）《杜溪先生集》七卷《游历记存》一卷（只《燕秦记》），道光辛卯黄修礽重刻康熙本。

鲍扶九尽日来钞《金文目》。

**二十日(8月3日)**　至中国实业银行。

至亚东图书馆，交通和支票。

至汉文渊书肆。

覆李季皋书。《毛诗要义》系汉文渊林秉伦（子厚）经售，赠《摩利支天经》

二册。

覆孙伯恒书。续寄《澄秋馆吉金图》,每部四元,前存《蜀石经》价讫。

覆吴舜臣书。收到汇来稻款。

覆黄宾虹书。询《灵璧志略》已否钞毕。

访聂云台谭。

小孙得惊风疾,延鲍承良诊。

**二十一日(8月4日)** 晨,日人桥川时雄来,未晤。桥川号子雍,住北平米市大街甘雨胡同卅二号。

致聂云台书。赠《大准提持诵法》一册、《摩利支天经》十册。收到印书洋一百六十六元二角。

致大通大士阁普济寺妙珑老和尚书,请寄《大准提持诵法》数册。

**二十二日(8月5日)** 付戴春记装订《瘦松集》《季公志铭》洋一百零六元六角。

世界红卍字会安庆分会傅顺生尔康,鄞县。持许鹤丞书来募振,未晤。

**二十三日(8月6日)** 傅顺生来,谭募皖振。

约吕宋廷来诊小孙疾,赠以《圣学宗传》。

**二十四日(8月7日)** 报载,十八日下午四时,海宁县属之斜桥镇风雨中间有雪花,约历二十分之久。又十九日上午十时,常熟南门外、小东门外均雨雪三分时间。

程演生来谭,述江彤侯商将程龄孙九月阳历。支票一千元调押现洋,当以前彤侯两次汇来一千元通志馆修金存恒顺公司折,交演生支付未允,随即自取。同演生至同德医院,往晤彤侯,由演生交之。彤侯当即转付孟邹。

至中国书店,取:八月廿八日付讫。《杜诗提要》十四卷,歙吴瞻泰评选,乾隆刻本,洋十二元。《国朝姚江诗存》十二卷,张廷枚辑,乾隆癸巳刻本,洋六元。《愿为明镜室词话》二卷,旌德江顺诒,钞本,洋二元。《汇刻词》十种。咸丰间雷葆廉刻本,洋一元。以下未结价:汤贻汾琴《隐园词残稿》、胡咸临《炙砚词》、陆豫《东虬草堂词》、李曾裕《枝安山房词草》、王庆勋《沿波舫词》、丁瀛《倚竹斋词草》、于源《题红阁词钞》、秦兆兰《听松涛馆稿》、《西湖舻唱词》薛时雨、孙瀜澼《月楼词稿》。

覆任心白书。拔可还伊书墨拓二种暨公鲁函及附件，均收。爱俪园对于各慈善团尚未有若何表示。

覆黄蔼农书。公鲁函件祗收。

约吕宋廷为小孙覆诊。

**二十五日(8月8日)** 南陵牧耕斋文农。来，未晤。

覆魏刚长书。请求爱俪园补助，哈少甫代表。

覆董子厚书。拟择办振方法之书翻印万册，附寄《救荒辑要初编》一册。询展成已否来申。附寄郑福兰堂塘栖痧药、仁济堂之急救济生丹、雷公救疫丹、达善堂之痢疾末药、雷示散、普济药茶。

覆狄平子书。谢题《礼塔图》。属考新出玉尺，录孔东塘考建初铜尺。

章初白、周渭滨、张密庵锡棣，淮阴人，启新南批发所。来谭。大纲重开股东会。黄宾虹来谭。交代钞《灵璧志略》。

李拔可、黄蔼农来谭。

万茂之来谭，属向刘慧之商附太平银行股份，请为行董。

挈永儿至精益眼镜公司，配克罗克镜九元，镜架八元。永儿亦配克罗克镜片九元，镜匡十六元，共洋四十二元。

至中国书店，取：以下未结价。《城北草堂诗余》一卷，华亭顾夔，附《词余》。《绿雪馆词二集》二卷，华亭张鸿卓。《吟碧山馆词钞》四卷。吴县王寿庭。

**二十六日(8月9日)** 约吕宋廷为小孙诊方。

访刘晦之，谭万茂之昨属情形，晦之属为婉辞。又询图南里是否为其银行购置，覆以集私人资四十余万购之。又询新购印刷厂，有无此事，覆以备印自著各书，六千元受之，并云拟开书店。后观其所编彝器各稿待印及印就印谱，并观在北京所得古钟十二，文同。至为可宝。又观新得古镜八，建安、黄武(大小二品)、太平、永安，均破；天纪、元兴二(一为愙斋故物，一为童心庵旧藏)。中以天纪镜为最，较西泠印社售于蒋榖孙后归白山夫转售日本者佳，尺寸亦大，水银浸绿。然视旧藏永安、熹平、中平三镜，尚不及也。三镜前年售于日本，价三千元。今天纪镜原购一千五百元，日人已出五千元。

覆吴舜臣书。来信报告南陵泰丰圩、下林都圩均破，约十八万亩(本处山田亦坏)，较十六年大水多三尺。近日灾区变为匪区，抢邮政局，芜湖派队追剿，杀死多人(兵匪双方有三百人)。现组织水灾筹募急振委员会，聘舜臣为委员，覆以尽心赞助则可，任委员名义则不可，并募款为难情形。

致程霖生书。索神功济众水寄南陵灾区，交来申公普济水大小二箱。

**二十七日(8月10日)** 游邑庙市场，无所得。

覆翟展成书。来信报告芜湖成立芜、宣、南、繁水灾协会。

覆徐炎东书。寄《灵璧县志》二册。

访许鹤丞，不遇。

答访万茂之，谭同刘晦之接洽情形。

刘沂生汇来扬州尹庄麦租洋九十元。

**二十八日(8月11日)** 至虹口大陆分行，晤张兴之谭。

访吴寄尘，不遇。

李平斋国洵。来，未晤。

**二十九日(8月12日)** 李平斋来，请为其子证婚。

刘沂生汇来尹庄麦租洋玖拾元。重记。

**三十日(8月13日)** 聂含章来，询大生纱厂股票价值。

致上海水泥公司书。股数并股。

致张兴之书。补送印鉴。

致陈乃乾书。为潘季野询《龙眠风雅》三序先后及脱字。

答拜李平斋，谭七月十八日证婚，恐届期未能前来，拟约子丹弟代之。

## 七月

**朔(8月14日)** 冠英侄来，为刘六桥托售乾隆古玉碗，随交顾立斋代售。取购古物，议价二十元：初九日付洋二十元。汉句兵，洋十元。六朝鎏金造象，七佛，洋三元。六朝残石造象，疑隋石，出房山，年月阙，洋六元。文曰：舒县人邓泽造玉象一躯，上为皇帝陛下，为边地众忘过父母。秋声馆蟋蟀水盆。青花，洋一元。

七时，沈淇泉约一品香西餐，坐有刘润琴、郑叔进、叶柏皋、喻子韶、刘翰怡、许鹤丞、黄公渚诸君。

**初二日(8月15日)** 访吴寄尘，未晤。

覆吴舜臣书。水灾甚惨，西南乡亦报灾，舜臣在振会募捐股。告翟展成芜义振协会初则芜、宣、南、繁，近又加入当涂。济生会放芜、宣、南、繁五千元，展成主缓放，因芜湖已有慈善家放振多起，宣城亦在筹办。王一亭、黄涵之约展成来沪商皖振。募程霖生神功济众水大小二箱，交江顺轮带芜。自认捐募南陵灾振一千元。

覆罗子经书。谢赠新印《琵琶记》二部。

覆鲍扶九书。扶九近小疾，已渐愈。

李平斋来，未晤。

送达善堂麟记药号开幕红花缎幛、红烛、糕、馒。

送金颂清之太夫人郭太夫人素丝葛幛。

至蟫隐庐、来青阁。

三时，赴《安徽丛书》编印处编审会，收回《琴音记》二册。

访丁子盈亲家谭。

七时，赴都益处贞元会，恽季申值会。

**初三日(8月16日)** 齐俊卿午刻约华安八楼西餐。

三时，大生纱厂董监联合会。

七时，吴寄尘约一枝香西餐。

爱俪园约午刻素宴，谢之。

赠丁子盈《摩利支天经》十册、《瘦松集》一部。

安徽同乡会转来南京同乡筹募急振会电，劝募皖振。

夏玉峰昨日亥时作古，今日酉时殓，送香楮。

**初四日(8月17日)** 吊夏玉峰。

翟展成晨七时自芜来，谭振务，随即往访于惠中旅馆，并昭同来者凤君名宗宪，字伯成。留午饭。同往各省水灾急振会，许俊人、王一亭、黄涵之未至，晤江宁金观甫，略谭。又同至济生会，晤李寿山、冯仰山谭，急振会今日开全体委员大会，展成拟同仰山赴会，余先归。

上海姚氏资政第濮太夫人九十寿诗今印送样本。

八时，翟展成自急振会来谭，留晚饭。

**初五日(8月18日)** 苏逵九讣至，夏历六月二日作古。寄丝葛幛于其子崇镜。

天津华新纱厂庶务课。

访翟展成谭，邀同凤伯成三山别墅便酌。

**初六日(8月19日)** 沈醉愚来，商陈子言同刘翰怡编诗交涉，劝其和平解决。翰怡覆子言书稿有争执。

覆吴蝶卿书。屯溪李氏有《汉华山碑》，议价二百元。校四明、华阴两本，各缺九十余字，此本同；又多缺十余字，共缺一百七字。袁府君肃恭明神起至末，较宝华庵所集三本，则此本明晰，末一字三本均难辨，此本尚有数笔清楚。

覆陈乃乾书。乃乾查覆《龙眠风雅》，答诸季墅所询各条。代赵斐云询李元之所售各稿本价值，兹据元之开单：《南北史补志》十四卷(四百廿元)、《三礼便蒙》(一百元)、《订讹类编正续》十二卷(四十元)、《江苏石刻文编》(四十元)。斐云名万里。

赠鲍扶九《观世音菩萨本迹感应颂》、附《金刚经功德颂》。《历史感应统纪》。

访翟展成谭，交还明翟震川先生化洽湘南册。

同展成访徐静仁，谭当涂灾振。静仁捐当涂急振四千元，交县知事散放。又访李凤池，晤于咸益里中，略谭，辞不捐助，亦不留坐，遂散。再至朱智仁、朱静安处，辞不见。朱尊一亦外出，展成将朱侣松致蕊初、幹臣，及斗文、博渊各函交尊一之子代收。又访汪圣瑞、丁价侯谭。

同展成公函李伯行，为芜、宣、南、繁、当五县乞振。

安徽振委会聘余谊密、陈一郎、翟凤翔、朱熙、鸾书、杨立瑳、吴兴周、何鉴堂为振务委员会委员。

振务委员会派委员严庄前往安徽，会同各该省府，就被灾最重县份赶办急振。

盐库券二百万，向沪银、钱两业暂抵现款一百万，分配鄂、皖、苏、湘、豫、赣、浙七省，先办急振。皖甲等，派十七万五千元。

安徽南陵县水灾筹募，赈济会公函乞振。杨冠英（知事）、章和、程本立、刘之驺、杨守茂、盛铭勋、吴庆璠、杨福葆、陈景榕、陈保治、吴舜臣、朱瓒成、张志伦、徐兆熊、张镇原、陈燮卿、丁炳阳、易次九、章甫吉、许文渊、张振余、孙霁周、黄彤宣、王迪成。

**初七日(8月20日)** 朱犀园来，谭翟展成募款。

至古香斋，取回刘六桥玉碗。次日定君送还冠英。

购古香斋汉宜侯王洗大、小二洗，旁有双鱼。价洋五十元。

至来青阁。

访展成，未遇，遇凤伯成，略谭。

致吴舜臣书。报告翟展成到沪募款乞振情形。望日来信受南陵县政府检查，至初四日方到，迟至二十日。

**初八日(8月21日)** 翟展成、朱晋侯来谭，留午饭。饭后，同访朱智仁，谭宣南水灾向徽宁会馆乞振四万元，请翟展成代表朱尊一草请愿书，余与智仁另函徽宁思恭堂，请开紧急董事会议。

同展成、晋侯访汪蟾清，因病未晤。又访许小辅，不遇。

鲍承良由扬回沪，视小孙病。

蒯婿授堂今日周忌，在太平寺讽经。

古香斋将昨购定二汉洗送来：初九日付洋五十元。宜侯王洗，左右双鱼,此洗大,宜下有十字,侯下有八角花纹。宜侯王洗。左右双鱼,此洗小,双鱼首尾有四泉幕。

**初九日(8月22日)** 靖儿六岁生日。

同朱智仁致徽宁会馆书。附宣南代表翟展成请思恭堂振济四万元,开董事紧急会。

致吴舜臣书。

覆南陵水灾筹募振济会书。认捐振一千元。此信舜臣寄回,改认捐募一千元,于十八日寄出。

覆徐炎东书。告贡震所著,《灵璧志略》外,尚有《河防原委》三卷、《河防录》一卷。汇来补送前钞《志略》十元,毋庸补给,或移作钞《河防》二书之资,全书虽未估计,大约不过廿余元耳。

访丁子盈谭。访翟展成,不遇,留董子厚书。

至旅沪安徽同乡会,晤李次山、李振亚、曹志功、顾磬滨,传泗,凤阳,前在爱俪园会过。谈安徽振务。

至古香斋,付购古物洋七十元。

扬州重宁寺请内政部颁给《大藏经》全部,詹于国历二十六,旧历十三日回山,由福运门起程,恭迎至寺。请柬署名为退院显纶率法徒密安暨法孙印心、印德。集云轩,坛谕八月,防护海潮。

**初十日(8月23日)** 鲍子丹来,商请转致刘鸿生彼自十八年起垫用贾汪公司数达四万九千余元按照议据拨付手续必俟各方代表到场公开办法,并附来节略。

翟展成来谭,留午饭,拟稿具名上海安徽银行代收振款。

致吴舜臣书。附申公普济水二百瓶、五滴痧药水四百八十瓶,交江顺轮带芜。

致汪孟邹书。附校《文木山房集》误字六条。

访陈子言谭,告前同沈醉愚商,翰怡之尊人选国朝诗,子言拟再续编,醉愚拟覆稿拒绝,余劝其两方并作,醉愚亦正编辑。期以一年,修仍照旧。近翰怡径照此相覆,醉愚亦来函,属告子言,以坚前议。

至中国书店、来青阁小坐。

至惠中旅馆访展成谭，适繁昌代表徐羊我来，晤谭，交芜商会佘策琴乞振书，又乞振启附灾图。印刷品。

晚七时，吴寄尘约功德餐叙，商印宋本《藏经》，座有朱子桥、查勉仲、范成师、如皋人，同至西安调查。狄平子、张贤清、邬志豪、宋达莽、希尚，浙江交通部扬子江水道整理委员会委员兼工务处处长。金观甫，振委会秘书。范成师以宋本《藏经》三种相示，一宋宝祐三年李安桧题刻《华严经》，极精；缺三卷。元至治刻《华严经》次之；稍缺。宋刻明印《藏经》。每半叶六行，每行十七字，每册多则廿五连，少则十七连（平均每约五十连，疑有误），每连二叶半。范师在西安、北平调查：卧龙寺西安。南宋版；明洪武二年印，现存四千五百四十五册，碛砂本。开元寺西安。宋版元印；现存三千八页八十九册，碛砂本。松坡图书馆宋版元印，现存四千八百三十九册，原藏杨惺吾处，思溪本。统计三处所藏相同外，已得五千六百余册，尚少《华严经》《大般若经》《大毗婆沙论》，共一百七十四册。宋宝祐本《华严经》前半叶有题记："襄阳府寄居荆湖北路江陵府先锋隘募缘重开《大方广佛华严正经》一部，恭为今上皇帝祝延圣寿，文武官僚同资禄位，国康民泰，时和岁丰，永息干戈，边疆宁静，舍财知识，福慧增崇，顿悟菩提心，同游华藏海。宝祐三年乙卯十月二十二日乙酉良日李安桧谨题。"

**十一日(8月24日)** 程演生来谭，以新印《安徽丛书》样张及程龄孙所设之厂纸样相示。

余峙莲来谭，交慈幼院本年上半年收支帐略签字。

至惠中旅馆，晤夏辅宜、刘玲生，匆匆一谭。遂同翟展成、朱智仁、朱尊一、朱晋侯往徽宁会馆，请求助振。俞朗溪初反对，汪维英始终反对，吴吴荫槐。代表主席巧滑，反覆争执，几至决裂，后允助洋壹万二千元，始散会。

至大生，商印宋版《藏经》，朱子桥诸人已散。吴寄尘晨间至厂帐房，汽车为他车相碰，致受微伤，未至。狄平子同范成师、孟心史未散。范古农居士古农有印全藏意见书。同佛学书局经理沈彬翰、京沪铁路车务主任调查员李经纬、宁波。朱石僧亦在座。估计印经价值约十五万元、五百部。并观范成师出示《释氏源流》，前缺十六叶，后亦缺，今存约一百八十叶。中引《神僧传》，盖明本也。上截图像，下截纪事，写刻，似宋元，非引《神僧传》，几疑为宋元人著。

翟展成明日行，随即往送而别。

各省水灾急振会聘请安徽查振员刘玲生、徐平轩、国治，石埭，中国佛教会执行委员、安徽佛教会常务委员。翟展成。

覆郑振铎书。来函约明日午后一时偕北平图书馆赵万里来谭，并携傅沅叔介绍信，观书。

**十二日(8月25日)** 赵斐云万里，北京大学副教授、北平图书馆编纂委员，浙江海宁人。持沅叔介绍书来，郑振铎、陈乃乾先后至，出观明《万历缙绅》、旧钞《汪坡词》、《史记法语》、宋巾箱本《九经纂》、斐轩《词林韵释》、元刻《说文韵谱》《朱淑真集注》。斐云属介绍刘晦之，当即往商，答以午后一时至二时又五时后均可接见。

刘晦之赠我新得十二钟拓本。

两访赵斐云，未遇，留字告晦之接见时间。

六时，李拔可招饮于小有天，坐有陈石遗、夏剑丞、高梦旦、林子有、黄公诸君。

覆吴舜臣书。告在徽宁会馆劝募宣、南振款一万二千元情形。宣、南各半，交展老放义振，展成今日回芜。来函告存稻悉数售出，每石四元一角。南陵水灾募捐，代捐一百元。十六年振款用账，至今未宣布。陈燮卿拟办耕牛收容所，如成准，即加入，并示需款若干。南陵振会舜臣列名签字，未见原信。昨交江顺轮带芜申公普济水一箱(二百并)、神效五滴痧药水一箱(四百八十并)。

王揖堂寄赠《采风集》。

**十三日(8月26日)** 晨至安徽银行，访朱晋侯，询悉徽宁会馆捐助宣、南振款一万二千元已由朱智仁交存该行。

访吴寄尘谭，受伤无碍，寄尘约张作三结算大生一厂欠余监察及董事夫马费，拨付助振。

访赵斐云于新惠中旅馆，水阻不得入。

午刻，祀祖先，率儿孙行礼。

赵斐云来，同访刘晦之，观藏书：宋本《文苑英华》十卷，北宋江西刻本宋印。《东坡别诰集》，徐行可藏，巾箱本，北宋本宋印。《陆宣公集》，元刻大字《孟子》、《礼部韵略》、《诗传通释》，宋残本《咸淳临安志》二册。海源阁旧藏。又观夨尊，已赠拓本。良辰盉，晦之尚未购成。程秉泉已赠拓本。又一卣器，盖全，极佳，未得拓本也。

访朱子桥，未遇，晤其次公子及范成师，请其将元至正梵夹本《华严经》覆阅，为《入法界品第三十九之十三下》，有"书市清修堂焚修官觉清谨志，《华严经》板计八十一卷，流通赞诵者，至正壬寅冬良日谨题"题记，每半叶六行，行十七字，后附释音。

访程演生谭，告怡大纸号日内有连史三百件运沪，又赵斐云允假《新安大好纪丽》刻入《安徽丛书》。

访狄平子谭，平子赠新印珂罗版本《唐拓十七帖》一册、《平等阁诗话》二册。

至鸿宝斋，观新印《镜影》。

吴䌹斋寄赠《九钟精舍跋尾乙编》。

**十四日(8月27日)**　至中国书店，赵斐云购《诗观》，拟一百八十元，允之。

午刻，夏剑丞约陪陈石遗午饭。

七时，李平斋约晋隆西餐。

访江彤侯谭，病已渐愈。

访赵斐云，未遇。

至徽宁同乡会组织水灾筹振委员会，推余主席，先筹开办费，余捐洋五十元。十六日付讫。晤曹志功、李维强、汪棣章、必煊、济之，太平。刘紫垣、大奎，休宁。汪维英、胡佩如。

张作三来，询一厂监察董事年份，查夫马费。

**十五日(8月28日)** 张作三来,查明一厂监察夫马费可发一千三百五十元,作三临时开有帐单:十二年癸亥八个月。洋四百元,十三年甲子全年。洋六百元,十四年乙丑七个月。洋三百五十元。以后尚未议定,照付。

覆佘策琴书。佘当涂人,来函乞振,现在芜湖商会。

覆叶柏皋书。钟钟山君现充之江大学教务长,深于理学,《圣学宗传》脱文脱字,钟已校补,柏老拟再补印。覆以稍迟诣商,且纸料现亦缺乏也。

致刘翰怡书。子言编诗再展一年。

四时,赴五十一次华商水泥公司董事会。

覆沈醉愚书。子言续编诗一年及搜集近代人诗已转致。

覆李从龙书。从龙近营会计师事务。

覆妙珑师书。收到《准提咒持诵法》十册。

前鲍子丹来,交来贾汪公司垫款四万九千余元,新公司还款照议约公开领取,节略,今面致刘鸿生。

中国书店交来代售《诗观》洋一百八十元。

赠赵斐云《玉台新咏》、棉连纸印。《宋元科举三录》,连史纸印。斐云亦赠我《永乐大典戏文三种校辑》、《宋金元人词》五册。

陈柱尊柱,北流。赠我《待焚诗稿》十卷二册。

**十六日(8月29日)** 午刻,约赵斐云、董绶经、鲍扶九、黄宾虹、陈乃乾、程演生、郑振铎素餐,约而未至者许际唐、汪鞠卣、刘悔之。

访刘晦之谭,辞晚间餐叙。

访朱晋侯谭。

鲍扶九借金石书,先检出《十六长乐堂古器款识》《攀古楼彝器款识》《恒轩吉金录》,至中国书店交之。已还。

四时,至一品香旅沪安徽水灾振济会徐静仁主席。张葆斋与余有龃龉。

赴聚丰园贞元会,本为瑾叔作六十寿,因瑾叔避寿往杭,改为常会,姚虞琴值会,辞未入坐。

赴董绶经觉林之约，坐有郭辅庭、张菊生、孟心史。

心史赠我《礼记正义校勘记》二卷，署名潘宗周，盖心史代撰也。心史明日去北平。

李平斋为子仰眉结婚，送红花缎幛烛。

陆仲英之夫人汪夫人六十寿，送花缎红幛。

**十七日(8月30日)** 大纲公司开会，命崇儿代表。

旅沪安徽水灾赈济会紧急会议，赴会，捐开办费五十元。十八日付讫。

二时，华商水泥公司股东会，改选董事、监察，余仍被董事。

截留董事四人；刘鸿生、谢仲笙、李拔可、朱子衡。

改选董事七人；刘吉生、张效良、韩芸根、李稚梅、吴董卿、恽季申、徐，落选旧董为陈听涛。

改选监察三人。杨奎侯、夏剑丞、沈叔逵。

**十八日(8月31日)** 申刻，为李平斋娶媳作证婚人。

昨，访恽季申谭，为安徽全省水灾募振，季申捐洋一百元，并告水泥公司选举董事情形。

方玉山之子方望隆祖光。来，持其父玉山函，辨大陆银行保管者，并非盐余系殖业银行股票，前由旅津同乡会议交该行保管，嗣经省政府议决，拨作北平安徽中学基金，业经基金保管会龚仙舟照案提拨。

子丹弟洲田在繁昌三山镇保定圩名陆植公司。

覆南陵筹募水灾振济会书。收捐册十一本、收据五十张，认捐募一千元。

覆吴舜臣书。商捐款陆续缴付，改复南陵振济会书。保卫团饷借三千元，今允借三百元，由二期附加扣除，我处约三百元。七月十三日秋租，约九折。十四日约一石一亩。振会会长章和号致中党部主席，副会长陈夺声、丁炳扬。

托陈孟塘募南陵水灾。交捐册五十六号。

**十九日(9月1日)** 汤中来谭，约二十一日晚七时在老鞍子路二百〇九号王家饭店西餐。

恽季申函送捐助安徽全省义振壹百元。大陆支票，签名履盦。

郎溪县乌惠南持傅筑岩书来乞振，未晤。旋往答拜，晤谭今年振务情形，并云展成因郎溪距芜遥隔，未能兼放。

至鸿宝斋。

访鲍子丹谭，属交刘鸿生节略，十五日已面交，应允，旋即托南陵水灾振款代募。交捐册五十五号。

七时，赴林子有同年晚餐之约。坐有陈石遗诗人。

**二十日(9月2日)** 至大生，晤沈燕谋谭。

访朱晋侯，昨已去芜，未遇。

访刘晦之谭，皖振余商拨安徽全省水灾振济会，晦之应允结查存款息截至阳历八月卅一日止。四千八百十三元八角八分。

访徐静仁谭，同静仁至安徽水灾振济会，报告皖振余请刘祖望提取。许隽人亦来，报告各省水灾急振会先后拨皖振八万元、面粉五千袋、米一千石：皖北；三万，面粉五千袋。皖中；一万，米五百石。皖南；三万，米五百石，内有妇孺收容收三千元，展老请。合肥。五千元，段祺瑞电请。

**二十一日(9月3日)** 同朱智仁致展翁书。徽宁会馆捐宣、南二县一万二千元，有移振繁昌五千元之说。

致翟展成书。振务情形。

致吴舜臣书。前认捐募一千元，决意交展老加放，将来尊处应付为难，尚可捐募五百元，请留意应付。

覆王迪成书。转张贤清乞振书。

覆程演生书。钞赵绍祖、芮日松、吴烺《通志》三传。

覆潘季野书。估计重印《龙眠风雅》价值，赠《圣学宗传》。

致汤爱礼书。爱礼名中，约七时王家饭店西餐，以病辞。

大生纺织公司沪事务所送来一厂监察夫马费洋一千三百五十元，癸亥五月分至乙丑六月分，计二十七个月。此款索来助振。

**二十二日(9月4日)** 淑畹生辰。

陆仲英之夫人六十寿，往祝，在苏未来沪。

贺子丹弟生日。

华商水泥公司五十二次董事会，赴会，请刘鸿生代表。

访徐静仁，谭振务。

仁济堂开慈善团联合会，议决先拨一月放急振，一月约三万八千元。商再捐一月放冬振，保存后议。晤王一亭、黄涵之、顾馨一、卫芝山、翁寅初、联义，善会。黄星阶。炳辰，上海。又晤普善山庄代表陶君佩。主任王骏生往高邵放振，前日振会函请宋民阜阳。掩埋加碑石，照允。

至新新公司，赴安徽振会茶话会，新闻记者宣传振务情形已散，结果交涉圆满。禹丞告会馆坍塌，修理需一千六百余元。告王惕斋华洋义振会中、西各董仍旧：王一亭、陆维镛、朱弃尘、张贤清、王骏生、顾吉生。

致夏辅宜书。告皖振余四千八百十三元拨交振会。

**二十三日(9月5日)** 舜臣函告新任南陵詹县长名善初，号树滋，桐城人，年二十四岁，为南京军参院参议旭初之弟。七月十九日即阳历九月一日。任事。

南陵县党部、南陵县政府公函，聘请余为安徽南陵县水灾筹募赈济会名誉委员。七月十八日即八月卅一日函。

覆翟展成书。安徽振会皖南放振员改吴松亭。

覆吴舜臣书。同上。

展老报告收款。李伯老捐协会一千元。济生会先收一万五千元，又加拨八千元。急振会一万二千元。面粉一千包，合洋三千元。徽宁会馆指放宣、南一万二千元。各处捐款不下万元。

访徐静仁，询安徽振会皖南放振忽变更议案，将展成改吴松亭，彼云有人反对，复询何人，则以许隽人对，恐系支吾其辞，实即静仁反对也。

**二十四日(9月6日)** 安徽振会鄂润之和县人。实业银行须凭振会存折拨放振款，当商刘晦之，请其向夏永桢处取回照付。

傅顺生尔康，鄞县。来，询皖中灾区安徽振会是否查放，答以已派吴品仙。顺生告我，安徽振会向华洋义振会索前振款十四万余元，华洋义振会云为导淮水利局用去，词甚愤激，停办安徽振务。闻之王一亭云。顺生为世界红卍字会安庆分会急振会主任、皖省从仁局常务委员主任、旅皖全浙宁绍同乡会执行委员。

访丁价侯，因病未晤。

至来青阁，晤杨寿祺谭，遇任心白，略谭。

**二十五日(9月7日)** 程演生来，告怡大纸到，约明日二时至怡大。

致郭涵斋书。询韩文公《佛骨表纠谬》《正信录》各二百本价值。赠《瘦松集》。

致妙珑师书。赠《佛骨表纠谬》《正信录》各十册。

访刘晦之谭，皖振会存折已向夏永桢取来，随同晦之并代辅宜签付支票手续已毕，允照付款，仍由刘祖望往收。访徐静仁于溥益批发所，知今日为其三侧室四七期，吊之，送功德林素筵洋十元，并告晦之已将皖振会存折取到，并由余与晦之及代辅宜签付支票，请祖望往收。杨寿祺捐南陵振洋二十元。廿六日交收据。

至安徽振会，告鄂润之，晦之将皖存折收回，允付款。

访丁子盈，不遇。

在振会晤王葆斋、霍邱。汪伯奇、在报馆，代安徽收捐款。江超丹诸人，葆斋告我同李次山向程霖生募捐情形。

致翟展成书。告陈一甫、周实之捐募芜湖义振协会一千元，计积记三百元，益记、广记、慈记各二百元，恕记一百元。实业银行捐振二万元，内拨五千元送济生会。贤清、玲生往高邵放振。

况又韩廿三、廿四、廿五日个人山水作品展览会片，请参观，未暇前往。

**二十六日(9月8日)** 访陈石遗，适游无锡，未晤。

至安徽银行，晤舒振庭，交天津陈一甫同周实之捐募芜湖义振协会洋壹千元，当取收据五纸。

杨寿祺又代募南陵刘涌森振洋十元。廿八日付收据。

至来青阁，取：廿八付洋廿七元。《双溪文集》十七卷，宋婺源王炎撰，明嘉靖十二年刻本，洋廿四元。《周易筮述》，华山王弘撰，三原员赓载学，八卷，康熙刻本，洋二十元。廿八日退。《姜白石集》《汪水云集》。知不足斋刻本，虫蛀，洋三元。

访黄宾虹，谭通志馆及安徽编印丛书情形。

至怡大纸号，同程演生、汪孟邹议购连史二百四十二件，价洋五千元。每件扯合二十元〇六角〇。

至鸿宝斋。

鲍扶九来，借阅《曹氏吉金图》二册及《热河行宫彝器拓本七十一种》一册。

昨在来青阁见黎崱《安南志略》二十卷，旧钞本，钱竹汀朱笔校并题记，后有黄荛圃跋。艺风所编《荛圃藏书题识》所著录者，为荛翁过录之本也。今过来青阁，已于晨间为广智书局粤东某君以洋四百元购得，正在装订，亟属沈韵斋钞钱记、庚戌七月。黄跋一嘉庆壬申四月二十有六日，一八月中秋后一日。付王欣夫。

至中国书店小坐，晤姚石子，略谭。

**二十七日(9月9日)**　吊金颂清之母郭太夫人之丧。

访陈杜尊，未晤，留赠《玉台新咏》、棉连纸印。《四灵诗》。赛连纸印。

访鲍承良，谭施药。

访程演生谭，《安徽丛书》以时事情形，改印五百部，改定纸一百十三件，后同演生访江彤侯，告之。

同演生谭《安徽丛书》，余对于彤侯前已力辞总纂，决意不受，修金汇来二次，洋一千元业已交还。演生告我张仲纯、张燕昌有意见，受徐炎东激利。向彤侯辞职，未允。近馆中经费亦支绌，编纂薪水未能支给,炎东函催彤侯回皖主持。彤侯拟不日去杭养疴。

**二十八日(9月10日)** 至来青阁,付书价廿七元,《王双溪集》廿四元,《姜白石集》《汪水云集》三元。退回《周易篮述》,并付刘涌森捐南陵振洋十元收据。

昨,陈一甫书来,周缉老捐助皖南振款一千元,德诚堂、谦益堂各五百元。今送交旅沪安徽水灾振济会,掣取收条二纸。

访徐静仁,不遇。在振会晤谭,知昨日常会议决,放皖中、皖南、皖北本会振洋各一万元,明日朱子桥去皖,托其散放。会中尚存洋四千元。

闻华洋义振会拨皖振五万元,以二万元交朱子桥带皖查放。覆陈一甫书。附寄芜湖义振协会及安徽义振会各一千元收据。

闻罗迦陵大人捐安徽振二万元,庄得之募。在各省水灾急振会,经朱子桥、许隽人议决,芜湖掩埋费一万元,张公衡放。郎溪、贵池、铜陵、东流、秋浦五县一万元。淮阴人胡士选放。

在振会见省政府虞电七月廿五日。盐库券十七万之支配,计怀宁、桐城、望江、东流、铜陵、芜湖、寿县、霍邱、五河各一万五千元;凤阳县属临淮关,五千元;拨省护城圩疑河字误。抢险三千元。振会覆电,请以余款散放皖中无为、皖南贵池、皖北凤台。

汪孟邹来,未遇,留字。演生购定怡大纸号祥和仁加乾连史一百十三件。每件十五两六钱,计一千七百六十二两八钱,让去每件五钱。计实一千七百〇六两三钱。七二五。合洋二千三百五十三元五角一分,交下实业银行二千三百五十三元支票,属盖章。

**二十九日(9月11日)** 鲍扶九来,交还《曹氏吉金图》《热河行宫彝器拓本》《敬吾心室识篆图》,余赠以《周悫慎公全集》。配未完全。

黄宾虹介绍日人桥川时雄子雍。来讲学,余赠以《宋元科举三录》《至圣林庙碑目》。

古香斋介绍通运公司来观古玉。

李叔岩婿自合肥来谭。

访答汪孟邹，不遇，留交实业银行支票。

挈崇儿访朱智仁谭。

南陵詹县长善初。同合肥县长张树声对调。号小峰，凤阳人，内政部次长张我华之弟。

覆吴舜臣书。捐募一千元交南陵振会。荣廷之子借款。

## 八月

**朔日(9月12日)** 至安徽赈济会，交捐振洋壹百元，写徐宝经堂名。缴还五十二号捐册，计徐宝经堂、恽季申各一百元，德诚堂、谦益堂各五百元。并助《日本百科全书》九十三册、《日本法规大全》八十一本。

访朱智仁谭，同往朱如山处，商租住宅。

至《安徽丛书》编印处，报告购纸印书。

功德林蔬食处因水灾助振，并建法华道场。阳历九月十三日，自廿二日止。

在安徽振会见刘笠僧函寄捐册，为巢县乞振。函册存会，李木公捐募皖振五千元、书画三百八十件，李季皋、李定侯各一千元。

**初二日(9月13日)** 金颂清来谢。

姚石子来谭，还严九能批《鲒埼亭集》二册。

刘十枝来谭。

约鲍承良为小孙诊疾。

约庞景周为瑛女诊疾。

朱如山移居，往贺，送糕、馒、烛、爆。

访朱智仁，晤朱云卿谭，交洋壹百元，托智老代付承德里房定洋。

聚丰园贞元会，俞绥丞值会。

覆徐炎东书。收洋二十元，连前存十元钞《灵璧河渠原委》及《河防录》。寄来《南洋中学书目》，属圈识皖人撰述。附送旌善余君国华暨蔡孺人合传(余阶升送)，休宁率溪程氏六烈妇合传(程锡祥送)。

覆汤爱礼书。访购各书，当为留意。《抱经文集》，《四部丛刊》当有印本单行。《王伯申尚书行状》,罗叔言汇印《高邮王氏遗书》中。

覆陈乃乾书。赵斐云借《注坡词》,日内将提要录出,交来青阁转呈。李元之《三礼便蒙》《江苏石刻文编》改让价一百廿元。借赵斐云《新安大好纪丽》。借乃乾《姚仲虞集》。

**初三日(9月14日)** 至上海水泥公司,商定新股票签名钤用橡章,随时签字。

至生源油厂,得悉张贤清母杨太夫人下世。阴历七月廿九日。贤清于上月廿六日在扬州放赈,先期回沪。留存王迪成为南陵乞振书。

至大东书局,访沈骏声,不遇。晤某戈。君,告王君九催印《叶缘督日记》,某云十月初有小样。

至威凤里观新宅,复邀黄小松往勘。

**初四日(9月15日)** 至哈同洋行,访姬觉弥,询有无住宅。觉弥派沈君陪看民厚北里及西摩路余屋,不合。

访恽季申谭,拟租威凤里住宅,商瑾叔能否减价。

至慕邢侄处,告徽宁振会系会中自请,慕邢代募捐洋五百元。

至安徽义振会,讨论分配振款,许俊人主席。特等五县,每二千元;一等灾十四县,每千五百元;二等十一县,每一千元;大通市一千元。南陵省政府列入四等,不给赈款。余报告灾情,改列二等。

俊老报告各省水灾急振会拨皖振九万元,内皖北四万元,皖中、皖南各二万五千元。

在振会晤洪振九。鼎,寿县人。寓贝勒路永庆坊十一号。

至鸿宝斋,付印《镜影》云记料半十刀、玉版笺一百张。计两卷。约庞景周再为瑛女诊方,瑛女病渐愈。

陈孟塘来,未晤,留下南陵捐册,五十六号。募洋一百十五元:李道绂绪。四十元、李家椿二十元、陈孟塘二十元、李宝德堂十元、吴宝俭堂十元、李寿荫堂五元。

**初五日(9月16日)** 访恽季申谭,拟不租威凤里宅,适恽瑾叔来亦,告之。访鲍子丹,已往扬州,未遇。答姚石子,亦不遇。

致陈孟塘书。谢代募南陵振洋一百十五元，付收条六纸。赠《摩利支天经》十册。

覆费范九书。询陈剑潭印《蔚云新语》(《乩语》)，向未之见。

覆印老法师书。前假《卫生集》，印老不欲寄回，听之。函告慈院被水淹坏，种植及围墙所费甚巨。

夏玉峰讣告，十六日领帖，送绸幛、素烛。

刘襄孙讣告，初九日其夫人领帖，送丝葛幛。

覆王君九书。托催大东书局速印《缘督日记》，已允新历十月初有小样寄潘博山校。

覆张敬礼书。告南陵水灾。房东限期让屋。

覆董子厚书。《泰山石经峪金刚经》壬子春为李梅庵借去，近年上海碑估闻有售者，每套约价三十元。

覆吴蝶卿书。蝶卿将《华山碑》《元祐党籍碑》、又铜炉购成，计二百元。

**初六日(9月17日)** 访舒振庭，接洽募振各团体联席会议。

至仁济堂，代表芜湖义赈协会驻沪劝募处出席募振各团体联席会议。议决彼此联络，组织上海筹振团体联席会议，公推李祖虞起草会议简章，到会团体共同加入发起，定下星期重行集议，讨论简章。

途遇李寿山，谭宣、南、芜灾况，并索施药。

安徽振会函约征求书画，关于价值、品类、展览共同讨论，以出席各团体联席会议，未往。

**初七日(9月18日)** 李叔岩婿辞回肥，送两外孙结婚贺分各四十元。一喜期九月五日，一喜期十月十一日。

汪蟾清之孙茂生之子葆良明日吉期，送红缎幛、烛。

汪维英为子振家娶妇，明日吉期，送红丝布喜幛。

致吕宋廷书。送影印守山阁本《素问灵枢》、自刻《怀郊杂俎》。

覆陈乃乾书。请付《南洋中学图书馆目》，并于皖人书以红圈志之。《姚仲虞集》，乃乾云并无此书。

致姚石子书。寄赠《潘木崖集》，索钞《通艺录目》。

访高吹万，已回张堰。

访舒振庭，告昨团体会议情形今《新闻报》已载。振庭晚间去沪，请其转致展成、晋侯，并请将经收振款钞单交来。第一次新历八月二十日起至九月三日止，共收二万〇三百七十四元，于新历九月六日登《新》《申》两报致谢。

访汪鞠卣，以病谢客。

吊张贤清之母杨太夫人，并送绸挽幛、烛。

访黄宾虹谭，以《灵璧县河渠原委》及《河防录》四册，请代觅钞胥。

至来青阁，交陈乃乾代赵斐云借《注坡词》四册。

访狄平子谭，赠我《汉晋西陲木简汇编》，张凤，有正书局印，售洋十六元。是编以法教授沙宛氏印本为初编，马伯禄教授未印本为二编。《宋元宝绘六集》。裴氏壮陶阁藏，有正书局，售洋三元八角。

至济生会，取李寿山所惠安徽施药。

**初八日(9月19日)**　贺汪维英娶媳，再送贺分移振四元。

贺汪蟾清娶孙妇。

各省水灾急振会在市商会茶话，代表芜湖义振协会劝募处出席。

至安徽振会，赠《正信录》五十册、《嘉言录》二十部。

陈贵阳尚书师赠《鸣原三集》。庚午一年诗。

安徽通志馆汇来洋五百元。

覆吴舜臣书。告振务情形。达善堂济生会药。

闻日本昨夜十时侵略奉天营口牛庄双城子。

媖女病仍未愈，再约庞景周诊。

至蟫隐庐，取预约《贞松堂集古遗文》十六卷。

**初九日(9月20日)**　吊刘襄孙之夫人。

访朱犀园谭。

赠夏剑丞四尺三层六吉宣纸五十条一卷。

三时，上海华商水泥公司二次临时股东会，决议修改章程。

铜陵盛自宽臣斌，徐世珍之长亲。来见，赠我九华山云雾茶、铜陵牡丹山野茶及葛粉。旋答拜，未遇，留赠善书十二种。

游邑庙市场，得崇宁分书钱镜，价洋三元。文曰“崇宁重宝”。

覆凤迪明书。徽宁会馆捐洋一万二千元，寄振宣、南，展老在振会再三声明，均无异议。各省水灾急振会召集筹振各团体集议联络办法，余为芜湖义振协会驻沪劝募处代表出席。

**初十日(9月21日)**　程演生来，交阅程霖生《安徽丛书》序同茂印局承印《安徽丛书》合同稿。延周君常为媖女诊方。

又交安徽通志馆第一次报告书十册。

前日，安徽通志馆汇来五百元，安庆通志馆卢伯荪汇。交恒顺信托公司代收，登志公存折。中国银行送来为星期六午后二时，次日星期，均未能收取。

汪孟邹交来，江彤侯前取志公折洋一千元，今仍付恒顺代收登折。亚东图书馆出上海银行支票。

吊丁价侯之丧。价侯初七日作古，昨夜亥时大殓。

访武筱平，询湾址晋泰公司水灾情形。经理韩璧同筱平于初七日来书报告。

陈子言寄赠《皖雅初集》卷二十三至卷二十五。共四册。

覆朱菊人书。为杭州玉皇山玉皇寺道院住持紫东炼师书联。寺中规模宏大，藏经阁储书购价达三万余元。

覆盛自宽书。来函谢赠各书，今书联赠之。

**十一日(9月22日)**　德宝斋张栋臣交来装潢对联四付，给工洋十元。

覆聂云台书。鸡血藤膏在咸瓜街久和药材行每斤四元，每块约重半斤。老太太意，媖女病服童便与白芨二物最佳。

致吴舜臣书。寄振济各药一箱。

覆任心白书。请印涵芬楼六行笺。

致李拔可书。询陈石遗游锡山已否回沪。

访鲍子丹,未晤。

访程演生谭,交还程霖生《安徽丛书》序同茂承印《安徽丛书》合同稿。

访叶柏皋谭。

访狄平子谭,平子属我向集宝斋孙伯渊购陈簠斋古匋拓本约三千种,并赠新印东坡《黄州寒食诗》墨迹、山谷松风阁墨迹、耕烟溪山无尽图卷。

夜间,忽觉脘部时作动悸,随约林洞省来诊,云系神经病,服安眠药饼。

**十二日(9月23日)** 病犹未止,就余伯陶诊方,拟息肝化痰。

延周君常为媄女覆诊,就便属君常为余诊,心脏无病,西医云神经,即中医云肝阳也。

鲍子丹助南陵振洋三十元。

王灏渠亮臣,铜陵。来,因病未晤,留赠叶山云雾茶一包,人约为水灾乞振也。

**十三日(9月24日)** 镇江私立大照职工子弟小学校民国十七年开办,本年春呈请教育局转教育厅立案,照章应设董事会,校长郭道弥世纶。来函,聘余为董事。

昨,江啸麓寄赠《至情录》一册,《青年丛书》之一。今覆赠《韩文公论佛骨表纠谬》十册。

赠叶柏皋本生夹贡玉版笺五十张一卷。

赠刘翰怡蒲萄、洋梨二篓。

覆李从龙书。寄赠《论佛骨表纠谬》《正信录》各二册。

**十四日(9月25日)** 就余伯陶诊方。

付西泠印社书价及铜印洋十七元六角六分五厘。

致孙伯渊书。询陈簠斋匋器拓本及价值实数。

致狄平子书。赠《论佛骨表纠谬》《正信录》各十册。簠斋藏匋拓本已询孙伯渊。

覆高吹万书。寄示所藏安徽先哲书目，先假阅《古郊诗义》。桐城许宗寅撰。寄赠新印《佛骨表纠缪》《正信录》。

覆姚石子书。钞来《通艺录目》与家藏本同，若据汇刻，尚缺《濠上吟》《莲饮集》《籐笈编》《非能编》各一卷。寄赠《佛骨表纠缪》《正信录》。

覆翟展成书。赠展成暨凤迪明新印《佛骨表纠缪》《正信录》各一册。

至来青阁、中国书店、富晋书社、古香斋。

至蟫隐庐，取预约《铁云藏龟》全部，预约四元。又取：《书目答问补正》五卷附二卷，淮阴范希曾，辛未国学图书馆印本，洋一元六角。《海源阁宋元秘本书目》四卷。聊城杨保彝编定，《山东省立图书馆丛刊》第二种，洋一元。

**十五日(9月26日)**　萧伯凯嫁女，送东缎幛。

丁子盈、朱犀园来贺谭。

晚月食。夜二时。

**十六日(9月27日)**　吊夏玉峰于清凉寺。

张东甫来谭，请为其十弟家证婚。

叶蒞渔来谭，假旧藏龟甲文字拓本。

大照公司汇来夫马八十两。秋节，十九日函覆。

**十七日(9月28日)**　晚，刘晦之来谭。

致吴舜臣书。寄还南陵捐册十一本收据，并交捐款一百七十五元。

覆徐炎东书。属将《南洋中学书目》皖人著述圈记，送寄松岑。今已圈记约二百种，并注明县名。

致金松岑书。寄《南洋中学书目》。

覆孙伯渊书。前询簠斋藏匋拓本，一份三千八百张，计洋三百元一份；一千九百五十张，计洋一百四十元。

致郭涵斋书。交《论佛骨表纠谬》二百册洋二十元〇二角，《正信录》二百册九元四角二分，共二十九元六角二分。

**十八日(9月29日)**　刘翰怡来，未晤。

覆刘翰怡书。升吉甫相国于七月二十三日骑箕，奉上谕特赠太子太保，予谥文忠。翰怡来书,约二十日在报本堂设位公祭。

送丁价侯丝葛挽幛挽联。

俞朗溪嫁女,送红绸喜幛。

至中国书店,取:二十八日付价讫。《梅庄围谱》一卷,胡廷献,康熙戊戌刻本,洋十二元。十九日退还。《淮南内篇》二十一卷,王念孙,杭州爱日轩刻本《读书杂志》本,洋八元。十九日退还。《酬红记》,野航填词,小鹤正谱,嘉庆刻本。小鹤为全椒王城,洋三元二角。《滁州续志》二卷,知州王赐魁等纂修,康熙甲子刻本,洋四元。《张氏吉金贞石录》五卷。张埙,燕京大学刻本,洋二元。

**十九日(9月30日)** 答拜刘翰怡,未晤。

至中国书店,取八月廿八日付讫。《古郃诗义》一卷。许宗寅,同治丁卯重刻道光十一年本,洋一元。

访丁仲祜谭,还前假《杜溪先生集》七卷附《游历记存》一卷,宿松朱书,字绿著,光绪癸巳黄修初重刻本。仲祜告我休宁陈兆麒字仰韩,著有《兰轩文集》十卷;含山王善橚著有《石壁山房文集》。

送升文忠公允。挽联。

覆万印楼书。蝶卿所购《华山碑》系翻本,《元祐党籍碑》亦庆元戊午重刻,将跋删去,以充原刻。

致吴蝶卿书。《华山碑》翻本,《党籍碑》重刻本。宣炉未见,如佳者亦可值二百元,尚可补牢也。

致李从龙书。询千佛尊,或交江苏振会各省水灾急振会助振。

**二十日(10月1日)** 追悼升文忠公于报本堂。

贺俞朗溪嫁女。

覆翟展成书。告上海旅沪安徽振会议决,南陵列入二等灾区。

覆程雄甫书。募得旧棉被一百条,捐助芜湖义振协会。

**二十一日(10月2日)** 雨山和尚来谭。

冠英侄辞往芜湖、南陵。

覆吴舜臣书。商零星振款二百八十元交芜湖义振协会,钱、吕、陶三君附带散放。铜陵族人向公堂乞振，我处未便过问。

前日，丁民山、岷，价侯胞侄。王聚芝价侯婿，合肥。来，请为价侯题主。昨晚筦生来，商襄题人。

陈淮生约六时觉林素餐，辞。

**二十二日(10月3日)** 徐次铧锟寿，嘉定。持其尊人鼎康名刺来，请证昏，并约六时在中国饭店喜筵，辞谢。

感冒，就余伯陶诊方。

二时，《安徽丛书》编审处开会。

至慕邢侄，取救济各省水灾大香宾票五张代销，每张洋十元。〇〇六九四四、〇〇六九四五、〇〇六九四六、〇〇六九四八、〇〇六九四九。

至来青阁，取二十六日付讫。《历代地理沿革表》四十七卷。常熟陈芳绩编辑，男钰铎校。芳绩字亮工，故明遗老，偕昆山顾炎武游。道光十三年癸巳张大镛万卷楼刻本，黄廷鉴校，价洋卅二元。

刘澄如学士七十寿，送联幛，璧幛。

朱斗文为次子运三授室，送红花缎幛、烛。

覆翟展成书。汇来洋二十元，属为刘君代购大香宾票，今寄〇〇六九四八、〇〇六九四九两号。

**二十四日(10月5日)** 张东甫为其十弟娶子妇证婚，送花篮。

朱斗文娶子妇，贺之。

净业社午餐，谭影印宋藏。

覆郭涵斋书。高吹万前与吴泽庵书痛论昌黎之无实而好名，见诸《国学丛选》，寄来二册，属为转呈。

覆高吹万书。《国学丛选》二册已转涵斋。《古郊诗义》新得一本，尊藏寄还。

访朱犀园谭，赠三层六吉宣五十条。

以翟展成讯交朱子桥将军阅。

**二十五日(10月6日)** 至来青阁小坐，晤陈乃乾谭。

访吴寄尘，谭退老讼事及朱子老影印宋藏。

致翟展成书。朱子老有函致展成，特转寄。

江彤侯来，未晤。

**二十六日(10月7日)** 访江彤侯谭。

访舒振庭谭。

三时，大生二厂董事会。

**二十七日(10月8日)** 至来青阁，付《历代地理沿革表》洋三十二元。

贺刘澄如七十寿。

昨狄平子来，观篚斋藏匋拓本，孙伯渊来讯三千八百种，检查只三千七百八十三种，内重分一千五百余种除去，净二千二百五十种。平子拟以每种八分，出洋一百八十元，当作书告伯渊、仲渊。

**二十八日(10月9日)** 中国书店结算秋节来往书帐，收十二元零。付书洋二十九元八角九分，代售书洋五十二元。

午刻，功德林讨论宋印大藏经，余与寄尘认定购书洋五十元，推朱子桥、叶遐庵为正副理事长，吴寄尘会计理事，余为印务理事。

**二十九日(10月10日)** 王竹如来谭。

恽瑾叔来谭。

致黄涵之书。万人水陆道场集得廿八人，送名单并洋十四元。赠《阐义》。

## 九月

**朔日(10月11日)** 大生纱厂董监联合会。

致翟展成书。许静人已晤，转致芜振情形。代协会募旧棉被一百条。《阐义》印成，容便寄卅部。

致郭辅庭书。送代印《阐义》一百部。

程演生约六时功德林素餐。

**初二日(10月12日)** 午刻，聚丰园贞元会，程子大值会。

至来青阁小坐。

致刘翰怡书。前认印《阐义》交来五十元，兹送一百卅八部，合洋五十元一角八分三厘八毫。

致刘十枝书。前认印《阐义》十元，兹送廿八部，合洋十元〇一角八分二厘二毫。

致孙伯恒书。代狄平子购伯恒藏匋器及砖瓦造象、印范等拓本全份，价洋四十五元。

覆孙伯渊书。来书二千二百五十种，要价二百二十五元。今函覆全购，照来价三百元减去二十元。

大生续开董监联席会。

上海华商水泥公司五十三次董事会。

郭辅庭函送《阐义》书价。

**初三日(10 月 13 日)** 至鸿宝斋。

姚虞琴来书，送洋五十元，购李从龙寄售千佛尊。

皖北水灾善后会京沪代表陈子衡、杨耀南、李竹溪约六时新新酒楼酒叙，未往。

**初四日(10 月 14 日)** 昨程演生来，未遇。

覆李从龙书。千佛尊已代售于姚虞琴，洋五十元即同来信交东台水灾临时救济会。赠我奏折四扣，覆赠《阐义》一部。

覆孙师郑书。师郑寄赠《旧京诗存》二部、《文存》二部、《诗史阁丛刊甲集》二部、《壬癸诗存》一部、《读经救国论》一部、《名人生日表》一部，又《酬唱集》《自寿诗》。赠印书费洋十元，又竹纸《宋元科举三录》《四灵诗》。

致恽季申书。送代印《阐义》一百三十部，共洋四十七元二角七分四厘五毫。

覆盛彝斋书。寄赠《阐义》《圣学宗传》。

答访程演生谭。

午刻，影印宋板藏经会第一次常务理事会。

缪仆来送阅明初刻本《淮海集》四十卷后集六卷，无长短句。半页十行，行廿一字，白口双边。宋刻而外，明刻有五本，此又在黄、张、胡、李四本刻本外也。

刘晦之来,未晤。旋答访谭,彼拟约鲍扶九编类殷虚书契也。

**初五日(10月15日)** 贺刘元之侄女出嫁张氏。

致程演生书。叶遐庵并未得有《药地炮庄》一书。赠《阐义》一部。

覆吴舜臣书。振会捐款一百七十五元,请同捐册、收据缴还。另振款二百八十元,俟展老放冬振再托附放。时势紧张,银根甚紧。租稻催送上仓,得价先行零售。南陵振会连稻米出口捐约存三万余元,芷青等拟购稻米放冬振。

覆华商上海水泥公司董事会秘书处书。股票二本盖章送还。

致徽宁会馆值年董事吴青�、余阶升书。会馆拨款振济宣城、南陵水灾洋一万二千元,须取得两县政府证明文件,今翟展成先生寄来两县政府印收暨两县振会谢函,送请备查。

至鸿宝斋,付《阐义》印价八十五元四角。

访朱智仁谭,交覆徽宁会馆书并赠《阐义》。

访丁子盈谭,并赠《阐义》。

刘十枝来,未晤。吕宋廷来亦,未晤。

丁筦孙来谭。

**初六日(10月16日)** 康寿曼之弟道孺世兄于初八日结婚,送绸喜幛。

致陈一甫书。告交刘子树转寄《阐义》四十二部。寄影印宋板藏经会章并样张,又《韩文公佛骨表纠谬》一册。

致狄平子书。前存簠斋藏匋拓本一千五百余片先行送上。赠新印《阐义》一部。狄给送力二元,却之。

致刘子树书。托寄陈一甫《阐义》四十二部。赠新印《阐义》一部。

致徐蔚如书。寄赠《论佛骨表纠谬》四册。

覆陈绳夫书。谢赠《古玉图录》九部、《函青阁金石记》十部、《癖好堂收藏金石书目》十五部。

覆叶柏皋书。谢赠《汉衡方碑》《唐碧落碑》《唐怀素千字文碑联集拓》三种,覆赠《阐义》二部。

覆陈柱尊书。柱尊先后赠《待焚诗稿》十卷、《清儒学术讨论第一集》《十万卷楼说诗文丛》《中庸通义》,覆赠《圣学宗传》。

覆郭涵斋书。属寄《论佛骨表纠谬》于徐蔚如，已寄四册，并告天津住址。

覆高吹万书。郭涵斋谢赠《国学丛选》二册。戚鹤泉，浙人，其文钞不拟覆印也。

**初七日(10月17日)** 报载，财部接山海关电，告自五日下午二时起，日军将大连湾实行封锁，出入港口须由日方发给护照，形势严重，人民极为恐慌。后大连人来，云谣言。

午刻，为丁价侯题主。

至《安徽丛书》编纂处开会，议付实业银行一千元。

访狄楚青谭，簠斋藏匋拓本集宝斋允以二百八十元出售。

访鲍扶九谭，刘晦之约编殷虚书契。

访刘晦之，适有晚宴，未遇。

至鸿宝斋，付《瘦松集》印工洋九十一元。

访朱子桥将军，未晤，留交翟展成覆书并查振员报告九件。

陈淮生来函，云及陈几士懋复。自闽来，匆匆去宁北上，留赠《澄秋馆印存》十册，茉莉香片茶、肉松各二瓶。

**初八日(10月18日)** 贺康道孺新婚。

鲍扶九、刘晦之先后来，会商编殷虚文字。

覆葛志亮书。赠《圣学宗传》四部。

覆吴蝶卿书。寄《阐义》八十七部，计洋卅一元六角三分七厘五毫五丝，交洪仲煌转寄。

送丁价侯之丧。

汪蟾清初七日寅时作古，四时候殓。

郭道弥来谭。

汪孟邹送来《安徽丛书》编印处支票一千元，加盖印记，当交来人章洪澍君。

至来青阁，取：付价讫。《祁忠惠公遗集》十卷，祁彪佳，杜煦、杜春生编辑，道光十五年刻本，洋五元。附《商夫人锦囊集》、《未焚集》(祁德琼)、《紫芝轩逸稿》(祁奕喜，附祁理孙诗)。《岁寒咏物词》一卷，梁溪王一元畹仙著，康熙壬午刻本,洋四元。《梵夹集》八卷。钱唐沈名荪、赵昱较编,康熙辛丑刻本,洋三元。

**初九日(10月19日)** 张敬安同于稚香代表徐,来请证婚。

答拜张敬安。

致李耆卿书。前收洋七十元附印《阐义》,今印送一百九十三部。

答拜郭道弥谭。

访恽季申,商租威凤里新宅。

至来青阁,交狄平子购集宝斋簠斋藏匋拓本洋二百八十元。

至富青书社,催取李元之书籍,并托代售《安徽丛书》预约券。

至中国书店,托代售《安徽丛书》预约券,并取:十二月廿一日付。《宋濂溪周元公先生集》十三卷,李嵊慈纂修,明天启四年刻本,洋十六元。序题濂溪周元公志,中缝上题濂溪志,中缝下有刻工人名,半叶十行,行廿一字,白口双边。《如兰集》二十卷。董柴选辑,乾隆庚辰刻本,洋六元。

王欣夫来,以所辑《黄荛圃诗集》属题,当还前欣夫寄阅过录汪南士校《说文》,并以旧藏程伯敷过录本借其覆校。又以汪仲方据丛书楼本《嵇中散集》校《四部丛刊》印本借之。内有荛圃跋语。又前钞《安南志略》钱竹汀校本黄荛圃跋并借其补辑。

覆孙伯渊书。寄有正二百八十元送条、来青阁收条。

**初十日(10月20日)** 曹梅舫同年来谭,托购《乐律全书》。

至大生,晤叶遐庵谭,留片,请狄平子代表出席影印宋板藏经会。访朱子桥,未晤,晤范成师。

覆翟展成书。附寄朱子桥覆信。展成寄来调查员报告七件、邮片二件,并寄还。

于迟男、张贵男四时结婚,前往证婚。送花篮二只。

**十一日(10月21日)** 富晋书社来取李元之所售各书,并交书价一千七百元。

晚,访刘晦之谭,商定约鲍扶九,月送修金五十元。

恽季申来谭,已同瑾叔租定威海卫路新宅,月租二百二十五两,阳历十一月一号起租。

致华润泉书。昨送来股票三本，今盖章送交。

**十二日(10月22日)**　陈石遗、李拔可来谭。

朱环春为子永贻授室，同朱犀园来，请证婚。

晚七时，李拔可约陪陈石遗酒叙。

**十三日(10月23日)**　访丁仲祜，谭印藏经。后至鸿宝斋，询其印样与原样不合，彼支吾其辞，盖不愿承办也。

访鲍扶九谭，同刘晦之接洽馆事，已定月致薪金五十元。

梁众异、沈昆三约陪陈石遗晚餐。

**十四日(10月24日)**　陈柱尊同冯振心振，广西北流，国立暨南大学教授，无锡国立专门学院主任兼教授。来，未晤，柱尊留赠自著《墨子刊误》《中国学术讨论》《老子通证》《荀子讲记》。

一时，影印宋板藏经会开会。

赠诸贞壮《说文解字韵谱》《圣学宗传》《论佛骨表纠谬》《正信录》。

赠张退庵、蒯若木《圣学宗传》《阐义》《论佛骨表纠谬》《正信录》各一部。又赠江知源《圣学宗传》。

刘翰怡赠《金忠节公语录》二十部。

访曹梅舫、刘晦之，不遇。

《安徽丛书》编印处金祖润来，未晤，留交阅装订作保单及订书草本，随即送还。祖润名润，无锡人。

白坚甫以新得于湖北王氏，价一万五千元。唐永泰元年不空法师译《仁王经》八卷装成二卷。原蓝地麻纸金书，白金书间行，衔名列后，首有御制序旧为罗少耕得于日本。出观。

叶遐庵以《法宝留影》册相示，为日大正十四年十月三十日印本，东京市小石川区关口台町五番地发卖。

**十五日(10月25日)**　午刻，约陈石遗、梁众异、林子有、高梦旦、夏剑丞、诸贞壮、沈昆三、黄蔼农、黄公渚、李拔可酒叙。

至贝勒路圣志路口三百八十一巷一号，观周冠九住宅。

致朱子桥书。告程雄甫募旧棉衣六七百件，捐国府水灾救济会，指放芜湖。义振协会请由常州车站运沪，免费。

覆程雄甫书。来书募旧棉衣六七百件，商由常州车站运沪免费，现商朱子桥，应允。

致刘翰怡书。谢赠新印《金忠节公集》二十，覆赠郑谷口分书楠木联，又《范声山杂著》四本。

至味古精舍、古香斋。

赠诸贞壮、陈彦通《说文解字篆韵谱》。

**十六日(10月26日)** 午刻，聚丰园贞元会。

四时，上海水泥公司董事会。

**十七日(10月27日)** 晨接魏梅荪书，实业部规画大机器厂，占厂基一千余亩，竟将法云寺慈幼院放生池百余亩在内。即持函告心白，入城商一亭，先与孔部长言之，得有善意，再定办法。

覆魏梅荪书。接来信后同一亭商办情形告之。

沈骏声昨、今两日来，均未晤。

覆朱瑞祥书。收到《甲子生梦余词》并邮费一元八角七分，已收往来册。

**十八日(10月28日)** 沈骏声来谭，拟商程霖生附大东书局新股。

魏梅荪来书，寄呈实业部折一扣。四时，至仁济堂拟交王一亭，未至，归来作书送之。

任心白来谭，拟廿一日同真达师至苏，同印老商慈幼院事。

潘叔玑来谭。

**十九日(10月29日)** 先母秦太夫人三十周忌，在太平寺讽经。

各省水灾临时书画急振会征求书画、古玩，捐送《玉台新咏》十部，棉连纸印。收件人李秋君，君掣收据。

**二十日(10月30日)** 昨大生二厂三时开会事会，洽议要事，未往，致书请吴寄尘代表。

覆费范九书。题于小岩先生遗象。小岩为香谷先生弟，伯周之父。

朱环春荣恩，砚涛六子。为子永贻娶妇尹氏，前往证婚，并送花篮。

许俊人在一品香为子娶妇，往贺，送礼券十元。

余咏南以安徽振务来沪，伤足，寓一品香，往谭，并晤张和声。

章初白赠咸鸭、鱼松。

覆魏梅荪书。寄来实业部呈折已送一亭转寄孔部长，一亭拟二十五日去宁。

覆叶柏皋书。翰怡赠《金忠节公语录》二十册，已函谢。新宅觅得威凤里，迁居拟下月望前后，届时再奉告。

**二十一日(10月31日)** 武小平约午刻功德林素餐，商晋泰公司修堤垫款及善后事宜，并交十九年总结帐单、二十年一月一日起，七月卅一日止。总结帐单，七月二十一日起，至二十七日止。抢险用费清帐。

至康寿曼家，观宋梵夹本藏经。俗称平江路沙碛本，半页六行，行十七字。

至《安徽丛书》编印处，赴处务编审会议。

付戴春记装订《积学斋》《鄦斋丛书》工料四十五元五角。

赠恽季申《圣学宗传》二部。

覆吴舜臣书。铜陵仁丰圩族人请求补助，至多送一百元，不能在南陵振款一千元及代募一百七十五元内扣除。催收租稻。催售租稻。寄赠《阐义》。

覆刘达章书。寄撰其尊人清故诰赠中宪大夫首生南陵刘先生及夫人太和贲氏墓碑。又赠《阐义》。

**二十二日(11月1日)** 访恽季申谭，瑾叔先付房租，并商付开门费卅元。恽申赠：《明清巍科姓氏录》二卷，张惟骧辑，庚午刻本。《历代帝王疑年录》一卷。张惟骧编，丙寅刻本。

前日，曹梅舫同年由苏回，交来汪甘卿同年代请汪鼎丞、吴瞿庵题《小檀栾室勘词图》卷。今往访之，询悉甘卿目疾未愈。

张和声、苏少青锡爵，太平。来，并附余咏南名片。未遇，留存安徽省振务会救济皖省水灾计画书。附急振、工振、农振表。

**二十三日(11月2日)** 昨鲍扶九来谭,交柳翼谋赠新编《江苏书院志》《社会志》。

覆徐炎东书。寄钞成《灵璧河渠原委》三卷《河防录》一卷,先后寄来钞资三十元,除付钞费二十四元,存六元,由邮寄还。另寄炎东、彤侯、季野《阐义》各一部。

覆陈淮生书。谢陈几士赠《澄秋馆印谱》及肉松、香片茶。覆赠彝器拓本五十四种。

致黄蔼农书。赠彝器拓本十六种,请题魏季苞通关道题名。

致任心白书。赠《论佛骨表纠谬》十册、《瘦松集》一部。

致李拔可书。请题《礼塔图》卷,并请陈石遗题。赠拔可《圣学宗传》《阐义》,赠石遗《科举三录》《四灵诗》。

致黄宾虹书。送代钞《灵璧河渠原委》《河防录》钞资廿四元。

傅沅叔寄《藏园六十自述》并诗屏,寄寿诗祝之。

拜余咏南谭。答拜苏少青、张和声,未晤。

贺林洞省寿。

致张敬礼书。贺退老八十晋一寿。

致余阶升书。请十月初三日证婚。

**二十四日(11月3日)** 赠余咏南、苏少青、张和声各书。《文昌帝君觉世文图说》(六开本)、《阐义》、《历史感应通纪》(大本)、《流贼张献忠陷广州记》、翁书《金刚经》、《虞铎笔记》《正信录》《寅畏室笔录》。

致恽季申书。威凤里念三念五合七号三宅自阳历十一月一日起,付十一月份房租二百二十五两、开门费三十元,送请转交。

至济生会,晤李寿山,商程雄甫劝募旧棉被一百条运芜湖义振协会,寿山当告庶务何君代运。

访丁子盈谈。

**二十五日(11月4日)** 函济生会,将程雄甫募旧棉被一百条转请运芜。

**二十六日(11月5日)** 访恽季申谭,赠《太史公疑年考》一卷。张惟骧述,戊辰刻本。

覆程雄甫书。告旧棉被一百条交济生会运芜。常州旧棉衣六七百件，朱子桥尚未有覆信。

覆翟展成书。程雄甫募旧棉被一百条交济生会运芜，又在常州募旧棉衣六七百件，现商朱子桥运芜。《阐义》一百部当面交。

**二十七日(11月6日)** 至丹弟处谭。

四时，至安徽振会余咏南派张和声代表出席。

**二十八日(11月7日)** 晨，至华商水泥公司。

答拜武小平，谭湾址晋泰公司借款。

访刘晦之谭，邹景叔来函，意请约其在浙江中国实业银行办文牍，晦之云已定有人，当稍缓设法加派。又鲍扶九事因现腾房屋未定，故迟约到馆。

至影印宋板藏经会，议定怡大纸号连史六万刀、计四千件。新丰仁加乾、建兴仁加乾、怡生和加乾价值，交货一年至二年交齐。坐有宋蕴朴君，为南洋蕴兴贸易公司陈嘉庚公司华北代理。

朱子桥将军已派国府救济水灾委员会员交来财部在常州棉振衣大小七百件运沪免税护照，当访程雄甫，未晤，俟晤时交之。

覆任心白书。送赠涵芬楼黄蔼农《瘦松集》共二部。

覆邹景叔书。谢赠周粲叔眉寿钟、周大梁十九年鼎全形拓本。浙江中国实业银行文牍晦之允设法稍缓加请。

致鲍扶九书。告刘晦之因腾挪办事室致缓期奉请。

致范古农书。告潘叔玑、康寿曼、康道凝住址。

**二十九日(11月8日)** 至怡大纸号。

至同文书局，购付洋一元七角。《蜕学翁遗集》。太仓徐元润，光绪戊戌孙男敦穆重刻本。

至中国书店，赠我新印钟褎《兹崖考古录》五册，并还借旧藏原刻本。

访程雄甫，未晤。旋来谭，交振衣免税护照。

**三十日(11月9日)** 访刘翰怡、郭辅庭，未晤。

访叶柏皋谭，交郭辅庭赠我新刻《感应篇集传》四册。

## 十月

**朔日(11月10日)** 程雄甫来告，振衣常州车站未接铁道部饬，不为运沪。

曹怡大纸号盛君来，商定印宋藏经连史纸。

朱犀园来辞，移居苏州乐桥头张果老巷安顺里，旋往送行谭。

王一亭来书，前实业部规画工厂地址将法云寺慈幼院余地列入，昨商孔部长取销。当作函告任心白。

昨真达师函告，法云大殿李柏农居士选定十五日子时为动工吉期，王幼农属为通知。

昨刘烈卿来，谭在莫干山请仙人，蒙奖许过当，并告尚有后福，当力行善事，以仰副仙人垂爱之至意。

访叶遐庵、郭辅庭，不遇。

访余咏南、张和声谭。

赴安徽振会，议米禁案。

晚，余咏南约振会许俊人、徐静仁、关芸农、李次山、王惕斋、王葆斋、齐俊卿、俞朗溪、王□□及余在聚丰园酒叙，张和声代表。

**初二日(11月11日)** 三时，威凤里新宅开门。

午刻贞元会，恽季申、程十发、周梦坡、萧厔泉、刘烈卿、李凤池、刘十枝、恽瑾叔、朱□□到会，俞寿丞、王叔用、姚虞琴、刘锡之未至。

**初三日(11月12日)** 余阶升为了君伟授室，请余证婚。

覆刘公鲁书。题聚卿、京卿象赞。寄还行述、寿序、传奇序目、《贵池丛书》序目。

访恽季申，谭新宅德中公司同慎泰营造厂纠葛。

**初四日(11月13日)** 至曹怡大号，访盛觐唐，庆棠，休宁。商印宋版藏经用连史纸，约午后同访狄平子，未遇。

至中国书店，取十二月廿一日付讫。《骆丞集注》四卷，宛上颜文选补注，明刻本，前有乙卯夏汤宾尹序，六元。《增注千姓连珠》四卷，皖桐潘纫佩撰，介山杨宗楷增注，道光七年刻本，四元。《琅五藏珍》四卷，南通州孙翔选，乾隆五十九年刻本，四元六角。《扬州画苑录》四卷，仪征汪鋆，光绪九年刻本，五元。《合意编》五卷，宝应朱泽沄著，道光元年刻本，一元。《国学用书类述》，支伟成，丙寅印本，分类无卷数，二元五角。《明清史料》，一期至六期，每期一元，六元二角。《安阳发掘报告》，一期至三期，每期一元五角，四元五角。《徐侍郎集》。唐徐安贞，二卷，旧钞本，绛云楼印，又燕园考藏、伯生诸藏印，三元。

覆吴舜臣书。辛未年已收租三千六百余石，未收约一百石。售稻八百石，每石三元九角。汇来价三千元，上月廿七日收。芜湖义振协会放振员钱、吕、陶三君查灾后，商由翟展成支配三等（二、三、四元），计放三千八百余票，统放九千七百余元。存款再放冬振，定四日在千佛庵、七日在许村埠散放振款。南陵振会存三万余元，前议决购稻四千石，近买定二千石之谱，价三元八角。铜陵族人又来乞振，闻大祠堂每户二石（不足四十石）。筑路捐一成，仍照收，另加军警费七分。前收附加三分，不退还。省令免南陵灾田六万九千亩。芜湖商会请开米禁，附加振捐。

**初五日（11 月 14 日）** 程雄甫来，未晤。

潘叔玑来，未晤。

赴影印宋版藏经会，约怡大号盛觐唐至会，商订连史四千件，定期一年半，交清随时付价，至多每件不逾十六两五钱。

至《安徽丛书》编纂处，人数不足，未开会而散。

**初六日（11 月 15 日）** 程雄甫来谭，交振衣提单护照。

赴安徽振会，议实行米禁，取销前次议案。

赴徽宁振会，议现收振款有一万二千余元，拨五千元振宣城，三千元振南陵，又以二千元拨安徽振会，余二千余元留振歙县、休宁、绩溪，外药水万瓶，又油五百瓶，分送宣城三千瓶、南陵二千瓶，余悉送安徽振会。

**初七日（11 月 16 日）** 至国府水灾救济会，交振衣提单护照，当取回临时收据。

访任心白谭，交赠《圣学宗传》并赠涵芬楼，共二部。又商影印宋藏经设法分销。

访顾鼎梅谭，交代购各志洋九元二角：晋袁安志，篆书，永元四年□[①]月癸丑薨，闰月庚午葬，洋五元。魏王祯志，正书，延昌三年四月己卯朔十日戊子卒，来岁三月甲辰朔廿九日壬申，洋八角。魏元湛志，正书，建义元年岁次实沈月在夷则，丙辰朔十八日癸酉，洋一元。魏元公妻萨夫人慧命讳。志，正书，武泰元年岁次戊申二月己丑朔篆盖，十七日乙巳，洋一元。魏元偃志，正书，太和廿二年，洋八角。隋宫人朱氏墓志铭，正书，大业二年仲夏十九日，洋三角。隋后宫人五品司仗冯氏墓志铭。正书，大业六年九月廿六日，洋三角。

覆杨铁夫书。托购《庄子翼》，告以蟫隐庐有书，请其自购，并还来洋八元。

**初八日(11月17日)** 曹梅舫同年来谭，交还前假《长春道教源流》，又交诚化普善堂募捐寒衣、冬米册。

雨山老和尚来谭。

昨，李耆卿来谭。

访范古农，未遇。

访真达师谭。

访郭辅庭谭，辅庭又赠我新刻《太上感应篇集传》二部。

访余咏南、张和声，谭久，留晚饭。和声告我詹知事拘留俞廷凯兄弟，诬其通匪陷城，并附加每亩一角余，已向其兄转电制止、昭雪。又云振款。

张和声来，辞回安庆，未遇。并持余咏南名片来辞行。

覆吴舜臣书。徽宁振会分振宣城五千元、南陵三千元，国府水灾救济会拨美麦粉安徽十万包，南陵一千五百包。告俞廷凯弟兄为县拘留，并附加税，已由和声函告其兄，覆函令詹知事制止、昭雪。

---

① 原文如此。

**初九日(11月18日)** 恽眉卿女于归胡氏，送缎幛。

致程雄甫书。告振衣提单、护照已交国府水灾救济会，当收临时收据，俟提到再换正式收据。翟展成十一日到沪。

致曹梅舫书。捐诚化普善堂寒衣冬米洋三十元，并附还捐册一本。

致刘晦之书。送文澜阁补钞《金石经眼录》一册、紫沙大盆并架。

送余咏南金肘一只、鸡松、猪松二罐、麦麸二罐、吕宋烟二匣。

送张和声厦门柚四只、苏州糖果四罐、宁波鱼干四只、辣酱油二瓶。

至中国书店，晤金颂清谭，取：十二月廿一日付价讫。《金刚经》，天目中峰禅师解，一元。《铁篴词》，胡薇元，光绪辛丑刻，四角。《韬略元机百局棋谱》八卷。止渊堂刻本，一元六角。

国光书局送印《卫生集》二百册，付洋十九元一角。

陈莘夫、潘叔玑先后来，未遇。

**初十日(11月19日)** 送余咏南、张和声行，已先登舟。

晚，刘晦之约酒叙，观《汉娄寿碑》。

致邹景叔书。谢赠陶镜范、建元画象砖两拓本，覆赠梁天监镜、汉双鱼盘、唐虎邱塔铃铜版三拓本。寄来钟、梁、砖三拓本转赠柯燕舲，今寄还，请径寄燕舲。

覆李从龙书。谢赠皇太后御笔“福寿”字二方。

覆李拔可书。来信认代东方图书馆请影印《宋藏》一部。

覆任心白书。托销影印《宋藏》。

**十一日(11月20日)** 贺恽氏嫁女。

贺刘晦之为子订婚丁氏之喜。

赠恽季申新印《卫生集》二十册。

任心白来谭。

**十二日(11月21日)** 翟展成同汪世兄标阁子。由芜湖来谭振务，旋答访。同至觉林晚餐，并赠《卫生集》《太上感应图说》。

程演生由北京回，来谭。

覆陈柱尊书。两次来书并赠自著四种。九月十四日又同冯振心来,未晤。寄交通大学。

**十三日(11 月 22 日)** 翟展成来谭,同至国府水灾救济会,访朱子桥。又同吊张贤清之母太夫人。

一时,觉园开影印宋板藏经会,议定经成后售价七百五十元,认定先垫款者六折,预约一次缴款者七五折,分期缴款者八折。

六时,李凤池招饮于一枝香,陪王西神。

**十四日(11 月 23 日)** 怡大纸号盛觐唐来,商影印《宋藏》先付定银。

致安徽省立图书馆陈东原书。寄赠书四百廿三种,交江顺轮带安庆,附钞目。

覆葛志亮书。拟请代钞书,每千字五角。

取蟫隐庐书三种:十二月廿八日付讫,九扣。《鉴古斋汪氏近圣墨薮》,歙汪惟高辑,始乾隆,迄嘉庆,十六元。《墨表四纂》,万寿祺辑,嘉庆甲戌戴光曾刻,七元。《瑟谱》六卷。元熊朋来,《粤雅堂丛书》本,一元。

**十五日(11 月 24 日)** 翟展成来谭。

午后,同展成至徽宁振会、安徽振会,并访曹志功,未值。

晚,同展成至觉林便饭,展成明日行。

**十六日(11 月 25 日)** 午刻,聚丰园贞元会,周梦坡值会。

**十七日(11 月 26 日)** 前接李拔可公函,为林畏庐遗族募集教育费,助洋四十元。

覆任心白书。托交助林畏庐遗族洋四十元。

致曹梅舫书。赠东寅同年《瑟谱》一册。

致潘兰史书。谢赠《粤东三家词钞》,并辞净土兰若钟集之约。

致高吹万书。赠旧书夹板一百付。来函告近得汪灼《毛诗周韵诵法》。

致陈乃乾书。送南洋中学图书馆《文海》一篓。托销影印宋板藏经价目。

寄夏剑丞《闺秀词钞补遗》二册。

寄吴舜臣历本。庚申年。

定君今晨先进威凤里新宅,余同往。

午后,大生纱厂开三厂董监联席会议。

程雄甫锡祥,休宁。母方太夫人八十寿征诗,并送寿联。

汪蟾清讣至,送幛烛。费叔迁为世兄伯英娶妇,送幛。

**十八日(11月27日)** 马兰生由扬州来谭。

慕邢侄将南陵城塘湖田三百五十余亩售与朱如山,每亩五十余元,契纸写二十元。送来契纸盖章。

**十九日(11月28日)** 影印宋板藏经会开会,未赴会。

《安徽丛书》编印会,请程演生代表。

大生一厂股东会。

七时,约陈哲庵、陈镜清、马兰生一枝香西餐。

至中国书店,取:十二月廿一日付价讫。《柯庭余习》十二卷,汪文柏,康熙乙酉刻本,洋廿四元。《选学斋书画寓目笔记》三卷,崇彝,辛酉刻本,洋五元。《觶斋书画录》一卷,范阳郭葆昌,丙寅刻本,洋二元。《劫火纪焚》一卷。高昌寒食生何镛,光绪乙酉刻本。

至子丹弟、慕邢侄处,同丹弟谭。

午刻,至牯岭路崇法寺,题汪蟾清神主,余阶升、吴树人左右襄题。

安徽省赈务会公函,聘为顾问。

**二十日(11月29日)** 大生二厂股东会。

朱企晖延炳,耀东兄。来,未晤,留傅字、董美人元公姬氏、刀遵等拓本。

**二十一日(11月30日)** 大生三厂开会,未往。

梁绶珊约程柏堂酒叙,辞。

曹志功来,未遇。

朱企晖来,崇儿晤谭,交还昨留各件。

**二十二日(12月1日)** 曹志功来谭,汇交徽宁振会拨助宣城、南陵振款八千元,由翟展成特别散放。

鸿宝斋送迁居贺分洋八元。徐寅生送洋二元。

安徽通志馆邓翰丞汇来洋五百元。

余咏南返皖后来函,坚辞省振会委员。

朱良丞四十生日,送寿礼,收帐款、桃、面。

覆邓翰丞志华。书。汇来通志馆修金五百元。

**二十三日(12月2日)** 访汪茂生谭。

覆刘公鲁书。前寄聚卿象赞属书,未将纸寄来,催其即寄。又请寄先外舅中丞公国史馆传。

覆任心白书。告法云兴建盛况、慈院添筑宿舍。钞陈石遗题《礼塔图》诗。黄蔼农赠白衣大士象新石本。催黄蔼农题潘宗伯造桥题字。影印《宋藏》实价四百五十元。

余榖民之尊人艇生暨妣胡太夫人告定,送丝葛幛。

**二十四日(12月3日)** 缪子受由北平来谭。

汪启我挈其弟三公子镜石世兄赞镠,会计师。来谭,并赠板鸭两对。

李次岩讣至,送丝葛幛,交张兆淮带芜湖。

南京经古舍张熙园函告,新出土有梁易路志,在萧宏阙旁。又南唐戴君夫人卢氏志,又元至正八年正月题名碑并额,额上左右麟凤画象。陈至德地券,明班的达公塔铭,日本人书。并赠易路志、戴夫人卢氏志两拓本,惜剥蚀过甚,其文不能卒读也。

**二十五日(12月4日)** 至吴寄尘处,商认印《宋藏》。同寄尘函告该会,将南通图书馆、东方图书馆、南京法云寺、刘晦之、丁子盈认印五部报之。

闻张退庵亲家暨敬礼婿七女附长春丸轮来沪,挈崇、永至黄浦码头迎之。旋返寓,再挈、崇儿往视退庵,略谭,辞归。

**二十六日(12月5日)** 敬礼婿同七女挈廉武外孙来谭。

覆吴舜臣书。翟展成十二日到沪,因济生会只放宣城冬振,不放南陵,遂同往国府水灾救济会,访朱子桥,请求办南陵冬振、工振,大致可望振款麦粉各半，须俟展老回芜同南陵绅士商定后再与国府水灾救济会接洽。展老十六日返芜。前云家中人及戚人零星凑集二百八十元，亦同展老说过，附放南陵冬振。又展老七月在沪商借二百元，今亦应允，请函展老如何划付。来函云前代南陵募一百七十五元，又认捐募一千元（前捐一百元在内），于振会开会时交出，即请转致，查放冬振。售稻七百石（每四元），又淑畹二百石，汇来三千元，内淑畹七百元。世珍被押，筑路基金前加百分之十，现二期又加百分之十。筑路公债南陵派八千元，我处摊一百数十元。余咏南坚辞安徽省振会委员。

致翟展成书。展成借二百元，又各家人零星捐款二百八十元，已请吴舜臣转交。《阐义》一百部，计卅六元（零）三角六分五厘。

**二十七日（12 月 6 日）**　访恽季申谭，交威凤里新宅十二月房租二百十两，余十五两再行结算。

二时，许俊人约一品香，作书以感冒辞之。

程十发个人书画著述展览会，赴会，定七十二、三号画石立幅，洋四十四元。

至富晋书社，索吴氏《测海楼书目》，并购《今县释名》六卷。文登吕式斌，付洋一元。

访答汪启我、汪镜石、乔梓谭。昨约晋隆西餐，误记今晚，未往，缪子受亦至，启我作主人，今仍约晚六时西餐。

至中国书店，晤颂清、扶九谭。

汪茂生国祥。送礼券四十元、席券十二元、雪茄一匣、金腿一肘、皮蛋一包、酒二元零，答谢题主礼也。

**二十八日（12 月 7 日）**　答拜郭涵斋同年，不遇。

覆郭涵斋书。来函询垫款认印加入让渡，又拟附印皮纸四部。覆以皮纸不能上名。询何时开印，覆以现定连史纸，《宋藏》由西安运沪，可省摄影费，预定二年成书。垫款认印实价四百五十元，阳历十二月底截止。

覆顾鼎梅书。代购拓本，计洋十五元二角，附还：晋辟雍碑并阴，洛阳；晋详光碑，云南；魏穆彦志，洛阳；魏封昕志，洛阳；魏元洛神志，洛阳；魏元顺志，洛阳；魏尔朱袭志并盖，洛阳；魏谢岳志并盖，洛阳；魏刘多志并盖，洛阳；魏高虬志，洛阳；唐赵郡李夫人志并盖，洛阳；唐戴令言志并盖，洛阳。

怡大纸号盛觐唐来，谭印《宋藏》用纸并纸样及价目。祥兴加魁一百九十件、亿中加魁三十件、源源合加魁二十六件，以上每件十六两五钱；祥和加乾九十三件、源源合盖加一百件、荣茂昌加乾廿壹件、公泰隆加乾十件、亿中加乾廿八件、亿生加乾三十件，以上每件十六两二钱；祥福盖加五十三件、源源合加乾十五件，以上每件十五两五钱；怡生加乾廿三件、怡盛加乾十三件，以上各件十六两。

覆恽瑾叔书。收来二百十两房票　纸，又管门杂项等费十五两收条。交来钥匙，第一宅缺一匙，第二宅缺七匙。巡捕捐前租之宅，工部局索十七元零，房客未允，现德中公司商改每宅十三元零。

覆金松岑书。松岑已成通志列传八十篇，又拟为程鸿诏、汤球作传，属访事实。现向乡人访求，一有所得即寄。前欣夫传述搜集刘葱石参议事状，为之作传，今钞得行状一篇，寄请采择。

覆徐炎东书。炎东前返合肥，近甫回省。余忠宣《庐州城隍庙记》，金石志应据拓本入录。《虢季子盘》敝处有旧拓铭文可考，拟不再请施墨至戏鸿堂，可不编入金石志也。

崇儿病痔，向谭以礼就诊，后又延林洞省诊。

**二十九日(12月8日)**　晨，延林洞省为崇儿诊痔疾。午后，又延鲍承良诊。

至工部局捐务处写字间，接洽房捐票、图南里。房票威凤里。扣抵巡捕捐。

敬礼婿来。

昨，吴蝶卿访余于新宅。

覆蒯若木书。谢赠唐《阿弥陁经》铜磬拓本。

覆张熙园书。谢赠易路志、戴夫人卢氏志，索陈至德地券。

## 十一月

**朔日(12月9日)**　潘叔玑来谭。吴蝶卿来，未晤。

致汪甘卿书。告移居威凤里。

覆任心白书。来函告东方图书馆认印《宋藏》一部四百五十元已送交吴寄尘，由寄尘转致收据。王一亭函送梅荪，函告法云道场南京电灯厂在慈院围墙内竖立高大铁柱，除致建设委员会函交总务处长秦君慧伽转饬另择相当地点，又请一亭速函建设委员会张静江、曾养甫两委员长取消前议。一亭已函张静江矣。

**初二日(12月10日)** 午刻，聚丰园贞元会，萧厔泉值会。

至富晋书社，取《鹤舫诗词》二卷。绩溪石芝眉士撰，道光庚子刻本，洋一元。

金篯孙新刻其兄香严先生蓉镜。《彪湖遗老续集》四卷，诗三卷、词一卷。连正集四卷印本相赠。

**初三日(12月11日)** 荣廷之子传声新华。来，未见，给川资七元。传声曾在南陵任第一区区公所助理员。

覆王一亭书。一亭以南京电灯厂在慈幼院竖立高大铁柱，梅老来函请函张静江取销前议，一老已去函阻止，并交梅老原函来阅。附缴梅老函。

致魏梅荪书。告一老来函电灯厂在慈院竖立铁柱，已函张静江阻止。告为法云寺奉请影印《宋藏》全部，两年书成，垫款认印十部以上者特价四百五十元，余同真师捐洋各一百元，未知南京各居士能将未足之二百五十元圆满此功德否？交款期在阳历十二月底止。

覆黄涵之书。托募起荐时轮金刚法会捐，并交六号捐册。

**初四日(12月12日)** 卯刻进威海卫路威凤里廿三号新宅。

一时，至大生，赴影印宋板藏经会。

三时，赴《安徽丛书》编印处常会。交来青阁书面纸六刀，定丛书装订十六本，并分本先后次序。

江彤老由安庆来，即寓程演生宅中，晤谭。

记移居亲友馈送礼物：鲍承良送，礼券十二元、烛券二元。张退庵送，红缎幛席券十六元、绣王梦楼字屏四幅、糕、馒、烛、爆、酒。程演生送，海石树一座、红烛。蒯景参送，收糕、馒。李元之送，糕、馒、烛、爆。鲍子丹送，糕、馒、烛、爆。刘夫人送，糕、馒、烛、爆。李耆卿送，糕、馒。恽季申送，糕、馒。任子木送，糕、馒。何骈熹送，糕、馒、烛、爆。朱蕊初昆仲送，金花皮丝烟、糕、馒、烛、爆。李拔可送，花篮。林洞省送，花篮。任心白送,红梅盆。余旭士送,送席券十二元、酒、糕、馒、烛、爆。高吹万送。永安公司地毯,价三十二元零。

记来宾亲贺:张退庵、张敬礼、恽季申、李元之、鲍子丹、李元之、鲍承良、林洞省、吴寄尘、李拔可、何骈憙、黄蔼农、任心白、子丹弟。

**初五日(12月13日)** 答谢李拔可、张退庵、张敬礼,未晤。答子丹弟谭。

昨,拜恽瑾叔谭。拜恽季申,未晤。

至蟫隐庐,取:十二月廿八日九扣付讫。《月旦堂仙佛奇踪》八卷,明万历刻本,洋二十元。前有袁黄仙引、冯梦桢佛引。《列仙》三卷、《长生诠》一卷、《佛祖》三卷、《无生诀》一卷,凡五十五,列仙五十四,列祖均有图象。《道光缙绅录》。大板四册,洋二十八元。

至汉文渊书店,购《铜陵江坝录》。光绪十三年,付洋二角。

记送礼:子丹弟送,礼券四元。叶弥臣送,礼券四元。净土庵送,糕、馒。电灯公司。糕、馒。

记来宾:诸贞壮、高吹万、李耆卿、汪启我、朱斗垣、朱宸卿、朱道之、张敬礼、余旭士。

**初六日(12月14日)** 拜张退庵、张敬礼、高吹万、鲍子丹、真达师谭。

拜吴寄尘、李耆卿、余旭士、吕鹿笙、刘烈卿,未晤。

吴蝶卿来,未遇。

郭道弥来,谭明晚六时大照公司董事会。

宁松泉来谭,交翟展成印《阐义》一百部价洋三十六元三角六分五厘。

**初七日(12月15日)** 恽瑾叔来谭,商押款请向姚虞琴接洽。

刘烈卿来谭。李耆卿来,未遇。程演生来,亦不遇。

日前,影印宋板藏经会议定购纸四种、共三百五十二件:源源合盖加壹百件,每十六两二钱。祥和仁加乾壹百五十一件,每十六两二钱。荣茂昌加乾二十一件,每十六两二钱。祥福盖加八十件。每十五两五钱。

佛学书局沈彬翰来函，告怡大纸号不愿减价，已嘱盛覲唐来商，并附亿中加乾样张，有六十八件。覆以似可留用，请与遐庵、平子鉴定，并约明晨十时同至怡大，磋商减价。

盛覲唐来谭，商减纸价，允每件减二钱。

拜林洞省、陈新甫、刘晦之，均不遇。

答拜郭道弥谭。

晚至一枝香，赴大照电汽公司董事会，议定西门子电机锅炉。约三十万元，分四年交价，以公债二十万为抵押品。

黄宾虹来，未晤。演生亦来，留存《通艺录》全目及购印本名单。

**初八日(12月16日)**　至怡大纸号，商减纸价，减每件二钱。

拜程演生谭，还《通艺录》全目及认印名单，并劝购怡大怡生加乾五十二件，每件十六两，已商减每件三钱。又约付来青阁，先付书面纸一百元。

至鸿宝斋，付印《镜影》价洋二百元。

答拜诸贞壮，未遇。

吴蝶卿来，又未遇。刘晦之、王富晋先后来谭。

至来青阁，告知程演生先付做书面纸二件洋一百元。

致程演生书。余所藏《通艺录》缺《濠上吟》《莲饮集》《籐笈编》《非能编》四种各一卷。

覆郭道弥书。送大照公债息票一百七十一元六角。

**初九日(12月17日)**　答谢任心白谭。

售一九关税债券。三九六折。

覆翟展成书。收到宁松泉交《阐义》价洋。徽宁振会拨振宣、南八千元，安徽银行已汇芜。冬振款上存五千二百元，加徽宁振会三千元，官振面粉一千五百袋合洋三千元，又国府棉衣二千五百套、济生会棉衣一千二百套，统由余策琴查放。另我处二百八十元(零星募款)交策琴、舜臣亲放。济生会旧棉被尚未运芜。

致吴舜臣书。告展翁函放南陵振款情形。告荣廷之子传声来沪。

致翟展成、濮秋澄书。为法云寺募请影印宋板藏经。

拜吴蝶卿谭。拜李耆卿,未遇。

缪子受来,未晤。

至来青阁,交《安徽丛书》编印处定做书画纸洋一百元收条。

至中国书店,取:《山静居遗稿》四卷,石门方薰,先世歙人,嘉庆八年刻本,洋十六元。《苔岑诗略》二十二卷。当涂朱滋年辑录,嘉庆十五年刻本,洋五元。

至安徽银行,询徽宁振会,指振宣、南两县洋八千元已于前日汇交翟展成查放冬振。

**初十日(12月18日)** 江汉珊、刘烈卿先后来谭。

致吴蝶卿书。约明日三时同往刘烈卿处。

致盛觐唐书。约明日一时到影印宋板藏经会。

**十一日(12月19日)** 赴影印宋板藏经会,议定购怡大连史七百余件。

晚,至刘烈卿便饭。

江汉珊赠《旌德县志》。

**十二日(12月20日)** 访李耆卿,不遇。晚来谭。约十六年二厂董事夫马捐江苏粥厂。法云寺请藏经耆卿捐一百元。

致黄涵之书。缴还起荐时轮金刚法会募捐册第六号一本,又劝募捐款三十三元六角。

覆余咏南书。请勿辞皖振会委员职。

拜江汉珊谭,赠《圣学宗传》《阐义》《一亭考古杂记》《正信录》。

拜叶柏皋、陈子言谭。拜宗子戴,未晤。

蒋孟萍书散出,为杨寿祺、孙仲渊所得,今往观之。取:《东坡先生诗集注》三十二卷,宋苏轼撰,王十朋纂集,明茅维芟阅明刻本,码洋一百六十元。退还。常熟钱陆灿湘灵朱笔评阅,书面题者香主人阅。湘灵先生评阅始于康熙二十九年庚午七月,毕于辛未正月二十九日,先生年八十矣。《李长吉昌谷集句解》四卷,姚佺笺本,码洋五十四元,十七日付讫。嘉庆三年陈本礼素村过录何义门评本。《渔洋山人精华录》十二卷，金荣笺注本，码洋一百二十元，十七日付价讫。黄景仁仲则过录沈归愚先生批点用朱笔，王述庵先生昶批点用墨笔，史册崖先生善长批点用绿笔。《五经文字》一卷《九经字样》一卷，康熙乙未歙项䌹刻本，码洋四十元，十七日付价讫。乾隆五十二年叶元习教过录知不足斋藏雍正四年仲平校元刻本、石本。《宾退录》十卷，宋赵与旹，旧钞本。每半叶十行，行二十字。码洋二十元，十七日付价讫。《竹斋诗集》一卷，元王冕，旧钞本，码洋六元，十七日付价讫。《砚溪先生遗稿》二卷，孙男栋编，红豆斋钞本，码洋廿四元，十七日付价讫。《窦氏联珠集》一卷，影钞宋本，码洋十六元。退还。《程氏竹谱》二卷，休宁程大宪，万历己未刻本，码洋四十元，十七日付价讫。《华严原人论》一卷，沙门宗密述，万历五年刻本，明代藩分封蒲州山阴王元峰道人俊栅校刊，码洋二元，十七日付价讫。《四书集注》九卷。嘉靖庚戌罗其贤笔峰书院刻本，码洋十六元，十七日付价讫。

鲍扶九来谭。

**十三日(12月21日)**　叶柏皋来谭。

汪孟邹来，交《安徽丛书》编印处购纸怡生加乾五十二件。及处用洋一千五百元实业银行支票，又通和银行空白支票孟邹云款已提用，仅存息洋五十余元，须结出方有准数。盖章。

孟邹交来青阁代做书面纸洋一百元，亚东图书馆支上海银行支票。当付来青阁收条。

晚，约吕鹿笙、江汉珊、吴蝶卿、刘烈卿、吕贞伯便饭并雀战。

**十四日(12月22日)**　江彤侯来谭。

拜张退庵、黄宾虹谭。

至来青阁，交孟邹送来《安徽丛书》书面纸洋一百元。

至中国书店，收回王欣夫还汪南士校《说文》、黄荛圃校《嵇中散集》过录本。

观杨寿祺、孙仲渊新得蒋孟苹书，大都天一阁故物也，皆为赵万里所定。取：《九天应元雷声普化天尊说玉枢宝经》。码洋三十元，十七日付价讫。雍正十一年癸丑孟夏宁边妙香山普贤寺刻本,前有图象十六叶。

寿祺赠彭兆荪《小谟觞馆诗集》。存前七卷,缺后八卷及卷末,又文集四卷。

覆郭道弥书。收公债息第一期一百十九元六角。

致王欣夫书。收还汪南士校《说文》、黄荛圃校《嵇中散集》过录本。

**十五日(12 月 23 日)** 访江彤侯,未晤,送菜点各二。

访程演生谭,交《通艺录》,印入《安徽丛书》二编。

访高吹万,已回张堰。

潘叔玑来谭。

**十六日(12 月 24 日)** 午刻,赴聚丰园贞元会,恽瑾叔值会。

魏怡生世兄交魏梅老汇来一百元。

鲍扶九来谭,赠王国维《金文著录表》六卷、鲍鼎《校记》一卷《补遗》二卷。

至富晋书社,晤王富晋谭,辞明晚大西洋西餐之约。

**十七日(12 月 25 日)** 杨寿祺约观蒋氏书,取:十二月五日付洋四十元讫。《惠山集》六卷,明刻本,码洋七十元。序、跋阙,不知何人所编,内卷一抄配一页、卷四钞配五叶半。《感应类编》二卷,明西蜀友山萧世延撰,嘉靖戊申刻本,码洋四元。《搜玉小集》一卷《箧中集》一卷。明刻本,码洋二十元。廿三日由来青阁退还。

又取:《读书随笔》十二卷,婺源江永,钞本,码洋一百六十元。此书即《群经补义》,当即退还。《春池文钞》十卷,桐城许鲤跃,道光丙午刻本,实洋十二元。退还。《句容金石记》十卷附录一卷。句容杨世沅辑,光绪戊申活字印本,实洋八元。

结算留存蒋氏书。十二日起,至十四日止。共码洋三百五十二元,六折,价二百十一元二角,付洋二百元,两讫。

晚,刘晦之约酒叙。

在汲古斋先后晤吴湖帆、赵万里。

**十八日(12 月 26 日)** 二时,赴《安徽丛书》编印会。

三时，赴大生纱厂一、二、三厂董监联合会。

五时，赴影印宋板藏经会。

晚，佛学书局约功德林素餐。

至来青阁，取:《江阴李氏得月楼书目摘录》《昆山徐氏传是楼宋板书目》《述古堂书目》，从古泉山馆传录士礼居藏本。李、徐二目后有荛翁跋，码洋十五元。廿三日退还。《易余集》一卷。焦循稿本，码洋三十元。退还。是集诗文已为《雕菰楼集》选刻，其未刻者当系删节，今另钞出。

**十九日(12月27日)** 孙伯渊来观书画。

郭涵斋来谭，附印《宋藏》二部。芬陀利室一部、万笋庄一部，改白沙梵舍。

徐世珍、盛自宽同子丹弟来谭，世珍为詹知事诬陷拘押，索去赃洋一千六百元，其科长、科员又分赃四百元，特来沪，拟往河南省政府科长王振宇谋事。余同丹弟加函荐之。廿四日即阳历一月一日覆，荐密县孙县长任二科或收发员。阴历十二月初，世珍来信，聘为顾问。

**二十日(12月28日)** 午刻，约盛自宽、徐世珍暨子丹弟一枝香西餐。

至太平寺，晤真达师谭，交助法云寺影印《宋藏》洋一百元。

致真达师书。附认印《宋藏》办法及价目。

覆刘晦之书。《安徽丛书》编印处拟于第二期影印《通艺录》，晦翁所缺末四种俟印时代为附印。附认印《宋藏》办法及价目。

覆魏刚长书。法云寺请《宋藏》，刚长募本明和尚、隐名氏各五十元，共一百元。告真达师去苏之宁。刚长函告，慈院基金分存江苏、大陆两银行，昨邀业勤同往两行接洽，江苏二万七千余，大陆六千余，合计三万四千左右。

**二十一日(12月29日)** 访江彤侯、程演生谭。

覆缪子彬书。昨来函，以公司通字八十一号收据一百二十五两属代设法抵押，覆代押五十元送交。

覆魏刚长书。刚长寄来法云寺心净和尚助请影印《宋藏》五十元，功德圆满。

**二十二日(12月30日)** 刘烈卿来谭。

郭涵斋同年来，崇儿接谭，交来浙江兴业银行支票九百元即期恒丰纺织新局聂潞生签印支票为〇〇二〇一三三。印《宋藏》经二部。白沙梵舍垫款一部，芬陀利室垫款一部，此当是涵斋自请。十二月十二日将金城银行收据面交。

午刻，在晋隆西餐，敬礼婿同往。餐后至兆芳摄影，毕，腹痛，匆匆回，延鲍承良诊方。

子丹弟来。

**二十三日(12月31日)** 沈淇泉营生圹送贺分四元。

致郭涵斋书。收到九百元支票，因会计常务理事去通，俟四时面交，取回收据。

致刘晦之书。缴还致商锡永书。

覆魏梅荪书。南京电灯厂建设铁塔在慈幼院内，难以改在院外，现议租地九方，厂只出月租廿元，梅老拟四十元，一老拟准月租廿元，不必太计较，属同列名函覆。

任子木德配李夫人五十寿，送红绸幛、烛、桃、面。

就余伯陶诊方。

余旭士、张敬礼来。

至来青阁、中国书店。郭石麒告我，赵万里欲购余《万历缙绅》，却之。

朱古微于廿二日丑时逝世，廿四日未时大殓。

**二十四日(1932年1月1日)** 吊朱古微侍郎。

祝任子木暨其夫人五十寿。

访狄平子谭，平子赠我新印赵孟頫书《妙法莲华经第五》卷真迹。旧藏无锡杨荫伯家，今庞莱臣以一万元得之。

覆任心白书。余峙莲作古，身后萧条，闻之心恻，商诸真师，未有办法。鄙人当尽棉薄，致送赙金。告南京电灯厂在慈幼院建设铁塔租地九方，月出租金。

覆张熙园书。来书并赠陈至德地券、梁萧憺造象、明洪武四十文、伍十文铜钞版拓本，覆赠张通妻陶志、程荣造象、僧道建造象、逢迁造象、马郭奴造象。又代其子海勤求书扇面，亦书就附寄。

覆吴舜臣书。来函展成借二百元，已由信元庄汇芜。世珍划南陵八百余元，前同盛自宽来言过，俟款交来，再付收条或写信，请拨付。圣公会收养灾童，如功归实济，请将前存亲友助振二百八十元移助，小棉衣亦函请展成转致。余策琴在程雄甫募大、小棉衣七百件，商同提用。铜陵淳丰圩族人求助，可助一百元，由我捐出，其不能用亲友二百八十元者，恐穷苦族人不得实惠，是我造孽耳。陈燮卿询洋芋头种，查明再覆。陈夺声代千佛庵询藏经四百五十元一部，系指认印十部以上、阳历年底交款，今虽逾期，如款汇来，当面朱、叶两会长。闻稻价四元六角，看涨，请再售稻。铜陵族人公函求助，不覆。

覆翟展成书。信元庄汇洋二百元已否收到。《宋藏》经汪君可募一、二部。济生会棉被、国府救济会棉衣已否运芜转运南陵。

覆李从龙书。谢赠故宫日历。

**二十五日(1月2日)** 宗子戴来，未晤。

陈淮生赠新印印度菩提皆亚城宋仁宗皇帝、皇太后遣僧怀问诣摩伽陀国，为太宗皇帝建塔碑。正书篆额，明道二年正月十九日。

致胡朴安、陈乃乾书。约午刻皇宫饭店西餐之约，以病辞。

朱子桥约午刻功德林素餐，餐罢，开影印宋版藏经会。叶誉虎辞职，公议致函挽留。范成和尚定后日去西安，商请《宋藏》运沪。

六时，鲍承良约张幹卿昆仲酒叙，邀往作陪。

**二十六日(1月3日)** 高云麓、张燕昌来谭。

陈镜清、高君宾来谭。镜清名澄，扬州盐务稽核分所会计课长。君宾名埆，吹万先生之子。

张步渠来，未晤，步渠名守铭。告大纲公司改组，袁栋材辞退。

任心白、鲍扶九来，未晤。晚，扶九又来，荐西席事。

答拜陈镜清，不遇。

刘烈卿约午刻中社西餐，王涤斋同坐。

张幹卿廿八日六十寿，送红花缎幛、烛。

杨寿祺新得《文选楼丛书》残本，有《诂经精舍文集》《恒言录》，以家中《诂经精舍文集》微损，衬订。《恒言录》竹纸印本。易之，寿祺假《无专鼎铭考》石印。

至来青阁，取：《黄山二布衣词合稿》，乾隆辛亥歙周暟刻本，洋十六元。退。《横枝词》一卷、《芳影词》二卷、《后岩箫雅》一卷、《寒山乐府》一卷续一卷，以上环山方成培仰松撰；《潇湘听雨词》五卷、《芳草词》一卷、《香草题词》一卷，以上岩溪周暟用昭撰。《怀白轩词钞》二卷，阳湖陆初望，同治丙寅刻本，洋一元。《红豆帘琴意》一卷，彤徒陈克劬，光绪丁亥方燕昭刻本。退还。《藤花馆诗》二卷《诗余》一卷，丹徒陈克常，光绪丁亥刻本，洋一元六角。《索笑词》甲乙二卷，南汇张文虎，洋五角。《红豆山房词集》一卷，番禺何振，附文一卷，洋五角。《国朝七家词选》一卷长洲孙麟趾。《国朝词续选》一卷，嘉兴张鸣珂，光绪二十四年汪县朱幼拙刻本，洋七角。《宋词选》一卷，许宝善评选，俞鳌同辑，无书名，命名《宋词选》，洋二元。《胭脂舄》二卷。宣城李文瀚填词，道光壬寅刻本，洋三元。

至中国书店，取十二月廿一日付讫。《左传释地》三卷。宝应范士龄撰(士龄，原名人炳)，道光六年刻本，洋二元。又观新收：《九华山志》六卷，青阳知县事平阳蔡立身修，前有万历余敬中序，九华山景总图一分、景图十三。半叶八行，行十九字。明万历刻本。《后湖志》十二卷。明南京户科给事中合州赵官编次，以下题名十三行，前有天启元年敕谕一道，明天启元年刻。卷一至卷三事迹，卷四至卷十事例(洪武十四年起，至嘉靖十四年止)，卷十一至卷十二文类。《天一阁书目》著录。

覆国立北平图书馆袁守和同礼。书。来函询清史馆内藏有黟县程仲威《四书改错改》、胡秉虔《河州景忠录》未刻本，《安徽丛书》编印处如拟印行，可以代钞。

**二十七日(1月4日)** 答拜高君宾，已回奉贤盐务稽核所。

**二十八日(1月5日)** 晨，就鲍承良诊方。

答拜张燕昌、高云麓、张步渠，未晤。

贺张幹卿六十寿。

至王秀仁处，取金文拓本十一种。

访张退庵谭。

**二十九日(1月6日)** 午刻，顾鼎梅、丁仲祜盈约一家春西餐。

访丁子盈谭。

余节高、余质士粟。来，未晤。

**三十日(1月7日)**　六时，张幹卿约酒叙。

致丁子盈书。寄扬州重宁寺启建华严法会道场宣言并请调查洋山芋种植时期及价值。

至中国书店，取《宝鸡县志》十六卷。邓梦琴修，乾隆乙巳年刻本，十元。退回。

## 十二月

**朔日(1月8日)**　就鲍承良诊方。

西泠印社结算辛未年寄售书销洋四十一元五角七分。五月卅一日收洋十一元一角二分，十二月卅一日收洋卅元〇四角五分。

致罗品洁书。送寄售书折。

致孙叔民书。约初三日午前接洽写《镜影》序。

致朱瑞祥书。新出书目索寄三种。

**初二日(1月9日)**　再就鲍承良诊方。

**初三日(1月10日)**　病渐愈。

约孙叔民来，以《小檀栾室镜影》序目稿倩其钞写。

陈淮生来谭。

杨云史来，未遇，留少室观雪诗卷，属请王病山题。

程演生来，亦未遇。

午刻，王惕斋约中社西餐，以病辞。

至古香斋小坐。

**初四日(1月11日)**　刘烈卿来谭。

敬礼婿来。

夏辅宜、刘玲生来谭。

致朱智仁书。退租承德里住宅。

同乡学达学母汪太恭人讣至，附徽宁会馆公分一元。

**初五日(1月12日)**　程子大、恽瑾叔先后来谭。

访答鲍扶九谭。

至来青阁,付购蒋氏书中明刻《惠山集》《感应类编》两书洋四十元。码洋共七十四元。

至富晋书社,取《故宫方志目》。二部,每部一元,故宫博物院图书馆印行。

**初六日(1月13日)**　陈子言来,未晤,留赠新印《皖雅初集》卷十九至卷二十。四册。

访吴寄尘谭,交郭涵斋定《宋藏经》二部芬陀利室、白沙梵舍各一部。洋九百元,又法云寺藏经一部洋三百五十元。外李耆卿捐一百元,由寄尘代付汇交。

大生二厂自壬戌年至丙寅年十月止,结欠董事夫马费共洋三千元,今立积记存折。捐助清江粥厂经费文由寄尘转送李耆卿收执。壬戌年全年十三个月六百五十元,癸亥年全年十二个月六百元,甲子、乙丑两年全年廿五个月一千二百五十元,丙寅年十月止十个月五百元。

大生二厂送阳历十九年十月起至二十年年底止七百五十元。初七日期。

致朱菊人书。催寄书。

致朱瑞祥书。催寄书。

访江彤侯、程演生谭。

**初七日(1月14日)**　午刻,约张退庵、丁子盈、吴寄尘、沈燕谋、刘烈卿、吴蝶卿、张敬礼酒叙。张敬安未至。

赵万里、北京大学副教授,北平图书馆编纂委员。潘博山、厚。潘景郑弼,又字盉厂,住苏州南石子街十四号。来,未晤。

曹梅舫同年来,未晤。

江彤侯来亦,未晤,留字约初九日午饭。

沈醉愚来,未晤。

**初八日(1月15日)**　至来青阁小坐。

致王一亭书。魏梅老来书,慈幼院内电灯厂建设铁塔租金照一老手批办理，附寄来书。

覆刘晦之书。答交《宋藏经》价二十年年底止，交价地点吴君寄尘或我处转送。

覆陈绳夫书。钞来旧书目。

答拜赵万里，未遇。又拜潘博山、潘景郑昆仲，已返苏州，亦未遇。

答拜曹梅舫同年谭。

至中国书店，取：十二月廿一日付讫。《圣宋皇祐新乐图记》三卷，阮逸、胡瑗奉圣旨撰，旧钞本，洋二十元。《万青阁自订文集》，赵吉士著，康熙八年刻本，无卷数，有总目，洋八元。《石鼓文定本》。无卷数，沈梧撰，光绪庚寅古华山馆校本，洋五元。刻成者：《篆文缩本》《释音今文》《辨证附校记》《章句注疏》《石鼓地名考》。待刻者：《古籀奇字辨》《诸家摹本校误》《跋尾》《备考录》。

**初九日(1月16日)**　午刻，江彤侯约酒叙。

影印宋版藏经会。

**初十日(1月17日)**　约任心白来，商慈幼院向贾汪公司捐款及丁府常年捐款。

周业勤、鲍扶九、沈醉愚先后来谭。

午刻，聚丰园贞元会，刘锡之值会。

访程演生谭，议定封姓做《安徽丛书》布套，每只一角八分。

于迟男、张敬安、张敬礼晚来，预贺余生日。

**十一日(1月18日)**　余六十四岁生辰。

恽季申、张退庵暨亲友来贺。

致朱瑞祥书。收到《济云山桃源洞天志》。寄《南陵县志》《江苏金石志》寄售。结欠书帐十二元二角。存《科举三录》《玉台新咏》。由中国实业银行汇洋十六元，内三元八角转交朱菊人。

致朱菊人书。收书二种，价三元七角一分，交朱瑞祥转交三元八角。退《闲辟录》(程曈撰)，《字字香》一卷(西湖黄松石妻梁瑛梅君集，雍正八年刻，二元)，《偲闻斋诗钞》一卷(全椒吴檠，原刻本，一元五角)。

黄宾虹侄女映芬于归，送花缎幛烛。

送江彤侯白金龙纸烟十罐、板鸭四只、肉松四罐、酒四瓶。

**十二日(1月19日)** 答谢张退庵、恽季申。

答子丹弟谭。又至慕邢侄，睡未起。

访郭涵斋谭，交白沙梵舍、芬陁利室所定《藏经》金城银行收据二纸，涵斋赠新印《生无生论亲闻记》五册。

访真达师，交募集《宋藏经》捐助法云寺金城银行收据一纸并捐款题名。真达一百元、心净五十元、本明五十元、李耆卿一百元、隐名氏五十元、徐积余一百元。

高云麓振霄。赠画梅立幅。

答拜沈醉愚。

致丁邓夫人书。昨慈院公函，丁邓夫人请继续价老年捐三百元，今丁邓夫人函覆，询明是否廿年分，抑二十一年分。随即函任心白，作书告以二十年分，书成送之。

致任心白书。请再作书覆丁邓夫人，系二十年分慈院经费。

**十三日(1月20日)** 至中国书店，托购《法宝留影》。

前见富晋书社书目有《江左诗钞》，朱心垣撰，当涂张杓题诗见朱滋年《苔岑诗略》。今查，已为汤跻跄购去。

覆张熙园书。谢赠陈至德井阑、颜鲁公放生池碑、元至正题名碑，覆赠虢叔大林钟全形拓本、高霞寓玄堂铭。

覆高云麓书。来洋六元托购宣纸，今向汪六吉购六吉料半一刀，计洋六元。答赠《宋元科举三录》《徐公文集》赛连印本。

致王一亭书。魏梅老来书，附电厂租慈院地合同稿。

覆金松岑书。询当涂夏氏官阶生卒，略考夏炘、夏炯、夏燠、夏燮四人事实覆之。

姚石子、高君定来，未遇。

**十四日(1月21日)** 高云麓赠联句，云：骑省清名重江介，伟长雅掺卓箕山。

刘晦之为子行十八。子容娶妇奚氏，送花缎幛、烛、璧。

覆吴舜臣书。助铜陵族人世连、世清等一百元，寄来收条一纸。世珍在河南有事，一时未必回。盛自宽未来，亦未交款汇南洋山芋，托丁子盈调查。展老来信，放南陵振共一万余元，与尊处来信只放七千余元情形不同，现又拨急振会新棉衣五百套、童棉衣二百套。安徽省有整理土地办法，各田照前分析单登记，佃户亦分清。汇来稻洋一千五百元祗收。

覆翟展成书。南陵冬振棉衣余策琴已查放完毕，连国府面粉作价三千元，共放一万余元，仍难普及，怨言恐不能免。熊宝圩客籍灾民捏造谣言，尤为可恨，现在急振会分拨新棉衣五百套、童棉衣二百套，已电南陵派人领运。

访真达师，交辛未年慈幼院常年捐洋二百元，当取院董会收照。

访答程子大，未遇，留赠汪六吉净皮煮锤笺卅张。

购汪六吉净皮煮锤笺一刀，付洋七元。

答访姚石子、高君定，晤君定谭。又答访陈子言，未晤。

访江彤侯、程演生，均未遇，彤侯今晚返皖。

**十五日(1月22日)** 三时，至九星戏院，观影剧。

马兰生次子宏宾由南京来，考同仁医院护士学。

覆魏刚长书。电厂租慈院合同稿王一老阅过，云即函请照订，真达师暨心白已一并转告。集资认印宋板藏经供奉法云寺，其收据及捐款题名并交真师先行保管。敝处慈院辛未年常捐二百元亦交真师收入捐册。郭辅庭处已代谢赠《感应篇集传》。

覆程云岑书。云岑在上虞得大泉五千钱，考为吴泉，属题题诗二绝。云岑名其室为大泉五千之室。

覆刘晦之书。《宋藏经》认印十部以上，每部四百五十元，附价目单。

**十六日(1月23日)** 午刻，聚丰园贞元会，李凤池值会。

二时，赴影印宋板藏经会。

三时，赴《安徽丛书》编审会。

至来青阁，取《天井寺志》六卷。前住持通新镜宗纂辑，康熙间刻本。天井山，在宁波府鄞县西南。洋二元。

**十七日(1月24日)** 孙叔民来,交钞《镜影》序目,送钞资二十元。

徐行可、鲍扶九来谭,交还行可前假黄立猷《金石书目》二册。

答拜徐行可,拜高吹万,均未晤。

访周业勤,已回南京。

至中国书店,取十二月廿一日付讫。《毓堂韵同》。泾县赵校夏宗氏辑,道光元年遵一堂刻本,洋八元。

**十八日(1月25日)** 贺刘晦之娶子妇之喜。

潘叔玑来谭。

汪鞠卣讣至,送丝葛挽幛。鞠卣之子名民视、金祓。

蒯若木寄张勋帛藏秦公敦、商父癸卣全形拓本。卣未著录。

童心安来谭。

六时,约恽季申、高吹万、徐行可、姚虞琴、鲍承良、顾鼎梅、高君定、程演生、陈乃乾、鲍扶九酒叙。

程演生留新印《安徽丛书》第一集。

**十九日(1月26日)** 姮女于十七日寅时又生一子,今往贺退老喜。

挈崇儿至卡德戏院,观《爱国男儿》影剧。

致高云麓书。谢赠联语,覆赠《玉台新咏》《怀邠杂俎》。

高云麓又赠画梅屏四幅。

致郭辅庭书。谢再赠《感应篇集传》二部,又代魏梅荪谢赠一部,附来函。

大生电汽公司汇来夫马费八十两。

千顷堂年节售书帐收洋十二元六角。

马兰生今晨来沪。

**二十日(1月27日)** 访陈乃乾谭,借阅《观世菩萨三十二感应之课》。梵夹本,半叶四行,行十三字,每课有图。万历壬辰大明中宫皇后锓梓印施百卷,刻于大乘禅寺,计板二十二块,竟请京都衍法寺,便流行天下也。按李太后累遣中使分颁藏经于诸名山修诸塔寺者，李太后神宗之□①，此中宫非是李太后。

致高吹万书。赠云南围棋黑白子二合，又旧书箱十二只、夹板廿付。

致华润泉书。交来华商上海水泥公司股票第十一册，内一〇〇四号至一〇〇七号已加盖印章，来册缴还。

至来青阁小坐。

函蟫隐庐，取：廿九日付讫。《松陵文献》十五卷，潘柽章，康熙癸酉弟耒刻本，文未成书，洋十二元。《画理斋诗稿》一卷，沈穀，道光乙巳匏庐刻本，洋一元六角。附戴小琼《华影吹笙阁遗稿》。《柿叶轩笔记》一卷，胡虔，赵氏峭帆楼刻本，洋三角。《闲斋诗集》三卷后集四卷，桐城光聪诚，同治三年刻本，洋一元八角。退。《古瀛诗选前集》一卷《今集》二卷《别集》二卷，海阳陈珏，道光补刻。海阳属广东。洋一元八角。退。《忠经》。篆书，明衡藩编集《便于搜检》四卷之一种，洋四元。退回。

**二十一日(1月28日)** 真达师函告，丁府已将慈院常年经费洋三百元送交。

致中国书店书。结算本届购书一百五十八元五角一分，除寄售书价抵洋廿九元二角，净找一百廿九元三角一分。赠宋翔凤《论语郑注》《汉甘露石渠礼议》《五经通义》《五经要义》《卦气解》《石鼓然疑》《四书释地辨证》二卷。

致程演生书。赠连史印《随庵丛书》，料半印《宋元科举三录》，附送徐行可交阅《国学丛编》中吴承仕《仪礼经注疑直辑本序录》。北平文楷斋刻书样价目：普通宋字每百字洋六元。

郭石麒属题宋椠本《致堂读史管见》残叶。每半叶十二行，行二十三字。胡氏作是书在宋绍兴二十五年，逮嘉定十一年，衡阳郡守孙氏刻于学署，即此本也。

陈子言来，未晤，子言留赠《皖雅》卷二十一、卷二十二计四册。

大生纱厂二厂沪帐房送来联合处产业组委员全年夫马费洋陆百元正。董事夫马于初五日收洋七百五十元，系十九年十月起至二十年年底止计十五个月，此只算至十二个月。

---

① 原文如此。

上海华商水泥公司全年夫马费洋二百元，阳历二十年四月一日至二十一年三月卅一日止。昨日交来。

**二十二日(1月29日)** 报载，上海日本海军陆战队向华界闸北进，自昨晚十一时后，日开始军事行动，北四川路迄江湾路一带均激战，虬江路、宝通路、大火北车站、平安市府提出抗议，并函告各国总领事。

致吴舜臣书。收到寄来各物，前冠英带烘豆等未交来。告上海战事。

覆张熙园书。谢赠卞壶墓碣拓本，覆赠后梁李茂全造石幢拓本。

林洞省来。

送蒯景参绸挽幛、烛、纸洋、纸锭。

**二十三日(1月30日)** 战事胜利。

二时，影印宋版藏经会，赴会。

访恽季申谭。

**二十四日(1月31日)** 竟日战。

访丁子盈谭，晤黄静泉。

敬礼婿来谭。

**二十五日(2月1日)** 银钱两业仍未开市，惟烟纸店尚可通行，有折扣。

至中国实业银行、恒顺公司。

商务印书馆于二十二日为日寇用炸弹焚毁，今日又为日浪人纵火，将东方图书馆毁尽。该馆藏书不下数百万册，全国各县志几于完备，诚我国文化之浩劫也。

**二十六日(2月2日)** 昨夜十一时二十分，停泊南京下关日舰突向狮子山开炮廿余响，未还击。今晨十时四十五分，日水兵约百名登陆驻大阪马头。

**二十七日(2月3日)** 访张兴之谭。

致吴舜臣书。贺年。

覆郭礼征书。收到辛未年节夫马费捌拾两。

《战事快报》载，留沪中央委员孙科、李宗仁、陈友仁、张发奎、吴铁城、孔祥熙、李文范、梁寒掺、薛笃弼、程潜、甘乃光、马超俊、方振武等昨在莫利南路孙宅会议，讨论抗日问题，议决组织临时会员会，内设常委五人，孙科任委员长，分外交、财政、军事三组，陈友仁、吴铁城外交组；孔祥熙、杜月笙财政组；李宗仁、张发奎军事组。

今午，祀先，悬影行礼。

**二十八日(2月4日)**　为先光禄冥庆，合家行礼。

汪孟邹来，交《安徽丛书》编印处支中国实业银行洋二百元票盖章。

覆罗子经书。付书帐洋五十一元，辛未年底清。

致程演生书。取回《禹贡今释》《五声反切正韵》《通鉴注商》《汉儒传经记》《新安学系录》《毛诗异义》。

刘烈卿来谭。

**二十九日(2月5日)**　辰正一刻十一分立春。

程演生来，未遇，旋往答，谭军事情形。

林洞省来，未晤。

答拜刘烈卿，访李拔可，拜王惕斋，均不遇。

访江汉珊谭。

子丹弟、守怡侄孙来辞岁。

中国近现代稀见史料丛刊【第七辑】

# 徐乃昌日记（四）

张剑 徐雁平 彭国忠 主编

徐乃昌 著

南江涛 整理

本辑执行主编 张剑

凤凰出版社

# 壬申年(1932)

## 元月

**元日(阳历二月六日,2 月 6 日)** 晨,升香,告天、祀神、礼佛,诣真容前叩贺新年。

至大生纱厂沪事务所,晤吴寄尘、包静安、李升伯诸君,并晤费范九,欣悉今晨出险。

挈永儿贺丁子盈年,未晤。又贺恽季中,未晤。

鲍扶九来贺谭。张幹卿、余节高、刘次羽来,未遇。

慕邢、冠英两侄、守怡侄孙来贺。

沪北战事顺利。

**初二日(2 月 7 日)** 访贺刘十枝、晦之,于觉园新居晤十枝谭。

访贺狄平子谭,戈公振在坐。

贺张退庵谭。

至子丹弟、慕邢侄处。

丁子盈来谭。

张敬安、敬礼昆仲来贺。

陈贵阳师、陈子康、何骈憙、李凤池、陈公亮来贺。

**初三日(2 月 8 日)** 刘烈卿、狄平子来贺。

访张菊生谭,商务印书馆为倭寇焚毁,慰之。菊生告我,百衲本《廿四史·周书》底本被毁,海内完善初印无弟二本也,馆事现拟设清理处。

访任心白于新惠中旅馆,未遇。

陈子言来，未晤，子言赠我《佑善篇诗》五言诗一章，过誉，不克当。

覆吴舜臣书。南陵灾童收养所请以前亲友助振二百八十元补助。洋芋头种不好办。童棉衣二百套，展老支配灾区，现上海办救济难民，无可劝募。来函告省政府向南陵借万元，我处应派四五百元。稻价跌至三元八九角。

覆魏晦荪书。告任心白出险，李圆净遇险。太平寺办理难民救济。

**初四日(2月9日)**　答贺刘烈卿，未遇。

吕鹿笙、夏剑丞、李拔可、任心白、杨瑞年先后来谭。

李木公、鲍子丹投刺。

昨、今昼夜战事大捷。

**初五日(2月10日)**　访叶柏皋、丁子盈谭。

访程十发谭，并谢赠诗文词全集。

访陈子言，未晤。

江汉珊、刘烈卿来，未晤。

**初六日(2月11日)**　定君四十四岁生辰，张敬礼婿、余旭士、朱二十五兄、二十六兄来贺。

任子木来谭。

程十发来，未晤。

访程演生谭。

昨、今两昼夜战事仍胜利。

**初七日(2月12日)**　刘翰怡乔梓来片，答拜贺。

叶柏皋、鲍子丹先后来谭。

覆汪启我书。答谢询上海战况。

**初八日(2月13日)**　答拜江汉珊，未晤，晤其子侄。坐中晤江味农，商印《观世音菩萨三十二感应课》，味农云有《诸葛武侯五星神课》，取归较之。其用金、木、水、火、土五钱同，而卦句及解释均异也。

至仁济堂，捐助战区难民临时救济会洋壹百元。

至普善山庄，捐助洋壹百元。

覆吴舜臣书。南陵初二日大雪，至初四日未止。各业未开市。吴紫庵之子报锦在暨南大学，函属划交洋五十元。

大雪。

战事：吴淞曹家桥自晨迄夜激战十余小时，大获全胜。

**初九日(2月14日)** 刘十枝、晦之来谭。

林翼民来谭，鲍扶九亦来谭。

覆李从龙书。来书询问平安。

访江汉珊、江味农谭。

战事胜利。

**初十日(2月15日)** 访聂云台、任子木谭。

徐行可、刘烈卿先后来谭。

濮伯欣来，未晤。

**十一日(2月16日)** 访高云麓、张燕昌谭。又访林洞省，未遇。

至济生会，交淑畹捐助救济被难妇孺洋六十元，又定君助洋二十元，绮女助洋二十元，守经孙助洋十元，沪生女孙助洋十元，淑畹又助普善山庄洋四十元。

至来青阁，晤杨寿祺取书，洋二十八元：在来往书帐结算，五月三日付讫。《陁罗尼杂集》卷第五，宋福州开元禅寺梵夹本，甲字函。每半叶六行，行十七字，中有刻工崔仁等题名。福州开元禅寺住持传法赐紫慧通大师了一谨募众缘，恭为今上皇帝祝延圣寿，文武官僚，资崇禄位，圆成雕造毗罗大藏经板一副，时绍兴戊辰闰八月日谨题。甲字函《音释陁罗尼杂集》一帙十卷(宋福州开元寺梵夹本，甲字函，卷末有“六纸尾郑受”五字)，广字函《释音高僧传》七卷一帙(同上，广字函，第八卷至第十四卷、卷末有“十尾陈太”四字)，达字函《释音续高僧传》第三帙九卷(同上，达字函，第十六卷至二十四卷、卷末有“十二止王浩刀”六字)，《宗镜录》卷第二十三(同上，富字函，卷末有“二十尾仕”四字)，《宗镜录》卷第三十五(同上，车字函，卷末有“十五纸尾□”五字)，《宗镜录》卷第五十七(同上，肥字函，卷末有“十三纸尾□□”六字)，《宗镜录》卷第五十八(同上，茂字函，卷末有“十四纸尾习”五字)，《宗镜录》卷第十八(同上，侈字函，卷末有“十九尾明”四字)。《醉翁亭集》四卷，明曾克达集刻本，前后序有缺叶，每半叶九行，行十八字。文一卷、诗三卷。梁同书题记曰："是本得之太原，乃秋帆中丞所藏本也。山舟记。"《滁州志》：曾显字克达，江西太和县人，由举人始除宁波府学训导。奏最，弘治三年迁滁州，名宦有传。《忠献韩魏王遗事》。强至编次，安阳张士隆重刊，即《安阳集》附刻，明正德本。卷末有程瑀《书忠献魏王章表后》①。

又购《词韵》二卷。王又华补切，男嗣瑠订注，附柴氏《古韵通略》，洋八角，付讫。

至中国书店小坐。

**十二日(2月17日)** 崇儿二十四岁生日。

敬礼婿来。

高云麓、张燕昌来谭，告我王聘三脱险。

覆吴舜臣书。属探听陈楚材现在何处。吴报锦未来取款。

覆陈绳夫书。函询上海情形。

覆程云岑书。来函属重书题"大泉五千之室"诗，并作小传。

访鲍子丹、鲍扶九、顾鼎梅、丁子盈，未遇。

访姚石子、高君定，回张堰，未来。晤吴东迈，知避北山西路战区，借寓其家，询悉朱沤尹侍郎灵榇厝湖州会馆，东迈请红十会字搬运大西路。再询潘兰史，知已在克明路脱险。

访陈乃乾谭，观明刻《金山卫志》，系姚石子借北大图书馆传钞。乃乾告我，北大图书馆购蒋孟蘋藏明弘治本《桐城县志》，王富晋亦购明弘治本《休宁县志》、缺卷廿一至卷廿五。明嘉靖本《广德州志》。存七卷，有残缺。询宋梵夹本《天竺寺观音签》，有图。郑振铎早经取出，幸未存北四川路横浜桥东宝兴里旧居，在战区也。询褚礼堂，告我已脱险。又云，日人宣传九军将士有赤色。

竟日无激战。

**十三日(2月18日)** 《时事新报》载，十九军蒋光鼐、蔡廷楷表

---

① 本段中"□"均原文如此。

示必尽责至最后之一呼息,保我领土主权、国体、民族精神。

一时,赴影印宋版藏经会,朱子桥、叶遐庵、李圆净亦来。会议印工每石四元,加五角,订约。

李拔可来,交还《礼塔图》卷。

鲍扶九来谭。

顾鼎梅、文舟虚、素松。吴浸阳来,未晤。

覆蒯若木书。谢赠唐铜罄拓本暨叔言题记,又张勋帛藏器二种拓本。

**十四日(2月19日)** 姚虞琴、刘烈卿来谭。

访叶遐庵、宣古愚,不遇。

致吴舜臣书。告吴报锦或不在沪。

访吕鹿笙,未遇,晤其子贞伯谭。

答拜文舟虚谭,坐中晤吴浸阳,知其善鼓琴,四川人。有雷霄琴,池中有贞观年号。疑伪制。余藏雷霄琴,后赠刘葱石,乃开元年号。舟虚赠其尊人《圹记》印本。舟虚自撰,谭泽闿书。又赠《瓦削文字谱》,皆舟虚在洛阳金村镇所得古瓦,附释文。并示我新得洛阳汉残石大兽牙六枚。石经,汤阴殷墟书契至大者、雷纹者二拓本皆兽骨,余亦藏有至大之兽骨,两面均有文字。舟虚云价值逾千。又示梁西参军陈荔造象,疑伪,并赠拓本。文曰:梁西参军陈荔作侯景乱,斩贼首,结鞍入台破贼,率家属并□□[1]诏造像十二区。正面刻人乘马并台形。

致夏辅宜书。询除夕得病,已否全愈。

覆翟展成书。来书支配南陵冬振振款、棉衣数目,附钞南陵振会函稿。上存急振存款五千一百元,新收徽宁义振会三千元,南京安徽同乡会一百元,共八千三百元,连官振共九千余元。冬振放七千〇八十四元,存振余一千二百十六元,拟拨汁浦圩五百元、强家坝二百元,修筑该圩坝堤埂之用;一都二百元、城区二百十六元,加放冬振。各省水灾急振会拨新棉衣五百套、童棉衣二百套,加放下林都一二图及三图等处极贫灾户。原存官义振新旧棉衣及国府旧衣五大

---

① 原文如此。

包(疑即程雄甫募助请国府运芜之衣),就逃在城无家可归之灾民。再余策琴报告,以林都、泰丰两圩最重,由芜湖义振协会加拨林都圩工振二千元、泰丰圩二千元,补助该两圩修筑堤埂之用。加派张振余切实查勘,至南陵自筹工振及国府所给工振美麦等项,按圩摊派,该两圩应得之款,幸勿稍有缩减。

**十五日(2月20日)** 访童心庵谭。

访夏剑丞,不遇。

吴报锦来函,托刘君取洋五十元。

致吴舜臣书。告吴报锦来函索洋,信封用义勇军。钞翟展成致南陵振会函稿。

子丹弟来,钞示达善堂坛谕。

**十六日(2月21日)** 访姚虞琴、任心白,未遇。

卓小梅、刘烈卿来谭。

吴报锦来,云家中有人来,汇款亦通,可不拨款。

致吴舜臣书。告吴报锦来,现家中已有人来,可不拨款。

连日大战胜利。

**十七日(2月22日)** 贺退老生孙弥月之喜。

访恽季申谭。访龙梓修,不晤。

竟日夜空前大捷。

**十八日(2月23日)** 访郭涵斋同年谭,近又病,未全愈,拟迟数日返长沙。

吕鹿笙、龙梓修先后来谭。

至鸿宝斋。

**十九日(2月24日)** 鲍扶九来谭。

昨,任心白函告,旧居被焚,衣物当亦尽失。今往慰,馈洋五十元,属李拔可转致。

访丁子盈,又不遇。

至来青阁,晤杨寿祺谭,观《唐宋诸贤绝妙词选》,宋淳祐间黄叔旸选,原书十卷,今存前四卷,前有顾起纶序,明刻本。每半叶十行,行二十字，黑线口，单边，中缝上记词人名，中缝下有“何鉴刻”三字，在第一卷第一叶。纲目后有牌字。万历四年七夕，龙丘舒氏伯明新雕，梁溪寓舍印行。

**二十日(2月25日)** 郭涵斋同年来谭，辞回长沙。通讯地点在长沙尚德街廿五号，其二世兄筱涵所居。

一时，赴影印宋板藏经会。

连日江湾庙行镇激战。

**二十一日(2月26日)** 阅西报，昨江湾守军为顾祝同部，八十八师。激战未利，午后六时起，由十九军六十一师增援，激战彻夜，占优势。

**二十二日(2月27日)** 吴淞庙行镇激战。

三时，赴《安徽丛书》编印会。

至来青阁小坐。

**二十三日(2月28日)** 访刘十枝、晦之，不遇。

访聂云台谭。

**二十四日(2月29日)** 访丁子盈谭。

倭寇猛攻闸北，竟日八字桥激战。

取王秀仁金文拓本，付洋十元。

**二十五日(3月1日)** 至国华银行，交南陵各界慰劳十九军暨前方各路将士爱国捐委员会洋六百九十七元。

覆方德斋书。收慰劳十九军洋六百九十七元，交国华银行转送，取收据附缴。

覆吴舜臣书。附覆方德斋讯。售稻一百石，每四元三角(抵借县政府一期粮，本年四百元)。南陵新知事李君，丹徒人，是何名。

恽瑾叔同汪辅臣为楳。来，收房租。

**二十六日(3月2日)** 访恽季申谭。

访江汉珊、叶柏皋谭。

至子丹弟处谭。

答访刘烈卿，不遇。

慕邢侄售陈塘湖田于朱如山，重缮契约，送来盖章。

至公平洋行，为绮女南洋路四十三号宅保平安险保八千两，保费十九两二钱。阳历三月二号起保。

覆徐蔚如书。答谢询沪上战事情形。

十九军因浏河为日军袭击，今晨全军退守南翔。原有阵地日军占据，到处纵火，避难人民不绝于道，吴淞孤军尚在死守。十九军领袖蒋光鼐、蔡廷楷、戴戟有发表宣言。守吴淞旅长为翁照垣。

**二十七日(3月3日)** 一时，赴影印宋板藏经会。

《晶报》载，全线退却主因，盖以王赓在虹口被捕，搜出军用地图，得悉重要驻防地点，更侦得后防空虚，日军遂以十四师团袭取浏河，故于廿五日下午四时，令全线各兵士总退却。《晶报》又载王赓轶事：赓字受卿，美国西点陆军大学毕业，初与陆小曼结婚。后陆与徐志摩姘识，又同王赓离婚。又云，某外国军事家精密统计此次作战结果，日军死伤约一万余人，十九路军约死伤八千人，八十七、八十八两师约死伤四千人，民众受飞机炮弹死伤至少六千人。又评论全线总退却主因云，一纸军用地图，断送我吴淞闸北，何异于一折献地图之剧耶？哀哉！

致恽季申书。附一月份房租二百廿五两，请转交瑾叔兄、汪辅臣。

《大美晚报》：英人胡得海累著论讪笑吾国人，今以十九军退守，又冷嘲热讽，英人骄蹇性质，习惯使然也。

鲍子丹来谭。

**二十八日(3月4日)** 访丁仲祜谭。

至中国书店、来青阁小坐。

**二十九日(3月5日)** 刘烈卿来谭。

访刘十枝谭。

至来青阁，观宋版藏经，梵夹本，半叶七行，向所未见。

**三十日(3月6日)** 张菊生、鲁道人、鲍扶九先后来谭。

至来青阁，取：五月三日付讫。《殷文存》二卷，罗振玉类次，丁巳印本,洋八元。《周遂鼎图款识》一卷,叶志诜刻本,洋二元。《泾川文载小传》一卷泾县郑相如编,同治曾孙维屏刻。附《青虹阁诗评》一卷。洋一元。

## 二月

**朔日(3 月 7 日)** 恽季申来,未晤,留德中公司函并一月房租票。

日食。同时视纬大于并经,不食不算。

访张退庵、罗子经,未遇。

访丁子盈谭。

赠李元之《阐义》。

吴舜臣廿六日来函,邮汇洋二百元,并告新任南陵知事前日已任事。李葆缄,号味三,江苏镇江人,向住泰州,十年前移居扬州罗湾。

**初二日(3 月 8 日)** 《时事新报》载,十九路军驻沪办事处主任范其务昨函各伤兵医院,现有△△组织一兵工抗日委员会,从事宣传;又战区难民救济会因近日各寄宿所发现不良份子,遂通告,新收难民,严密检查。

**初三日(3 月 9 日)** 四时,赴华商上海水泥公司董事会,刘鸿生提议国军有长期抵抗日军之讯,公司地点危险,可虑筹商保护之策,无结果而散。

覆吴舜臣书。收到邮汇二百元。函属吴报锦来取款,照付。

昨罗子经来谭,赠《阐义》,并另赠叔言。

王富晋昨来,今往新肆,略谭。

**初四日(3 月 10 日)** 刘士枝来谭,赠新著《苌楚斋书目》二十二卷、《直介堂征访书目》一卷、《曾文正公集外文》一卷、《苌楚斋四笔》十卷、《鼻烟丛刻》四种。赵之谦《勇卢闲诘》、周继煦《勇卢闲诘评语》、唐赞衮《勇卢闲诘摘录》、张义澍《士那补释》。

腹痛,就余伯陶诊方。

至中国书店,晤黄公渚谭。

**初五日(3月11日)** 张敬礼来。

腹痛,未愈。

昨,童心庵、朱道之来谭。

**初六日(3月12日)** 二时,赴影印宋版藏经会。

陈子言来谭。

**初七日(3月13日)** 大雪,三时起,八时止。

先光禄公四十八周忌日,设祭。

张敬礼来。

**初八日(3月14日)** 晨,就鲍承良诊方。

访顾鼎梅,适科学仪器馆董事会,未久候而回。

至中国书店、来青阁、古香斋、鸿宝斋小坐。

**初九日(3月15日)** 腹疾稍愈。

昨晚八时,余国联调查团主席英李顿爵士、法代表克劳代、美代表麦考益、德代表史纳、意代表麦兰思高底到沪,寓华懋饭店。

**初十日(3月16日)** 阅前出使德国公使吕镜宇《庚子海外纪事》纪庚子拳匪之乱,同德政府交涉。卷四载,巴兰德《中国会党论》有曰:曩日洪秀全之乱,有英国教士若干人暗中勾串,且英国教士亦自认不讳。九十八年中国更改新法,致生内变,亦有英国教士从中煽惑云云。此情形我中国人不之知也。

访叶柏皋,谭鲁道人、王叔僩不日去长春,罗子经已于今日先行。

访狄平子谭,叶誉虎同刘芦隐去广东,临行留函通知。

访胡朴庵谭,朴庵又病,寄尘早出险。

访俞绶丞、童心安、前四日得子。朱道之,未遇。

**十一日(3月17日)** 腹疾又发,再就鲍承良诊方。

至文舟虚处,以腹疾未愈辞午刻酒叙之约,观所藏汉石经《周易》残石。

赴影印宋版藏经会议。

张退老同敬礼婿来谭。

陈乃乾来谭，赠新辑索引式的《禁书总录》二卷，又以明正统五年十一月十一日梵夹本《藏经》二册《菩萨地持》卷一、卷二两卷相示，经凡五千余册，当系郑振铎藏本，每册约价七角，托绍介。前有御制牌子，文曰：天清地尽，阴阳和顺，七政明朗，风雨调均，百谷常丰，万类咸畅，烽警不作，礼教兴行，子孝臣忠，化醇俗厚，人皆慈善，物靡害灾，外顺内安，一统熙皞，九幽六道，普济光明，既往未来，俱登正觉。

顾鼎梅、俞绶丞先后来，未晤。

至来青阁，晤宗礼白谭，悉其尊人耿吾翁由常熟避乱来沪。

送屈文六之尊人子健先生奠敬四元。至各省水灾急赈会助振。

**十二日(3月18日)** 胡伯宣率其第七子由南京避乱来沪谭。午后答拜于平安旅馆，伯宣告我，夏辅宜同来，已由平安旅馆迁至他处。

胡朴安、童心庵、管际安、胡惠生、楼安侄来谭。

丹弟夫人生日，贺之。

**十三日(3月19日)** 夏辅宜率其第三子来谭，旧疾似已大减，久谭而回。午后四时访之，始知回寓后复病，又咯血，经吴医治稍愈。

访宗耿吾谭。

访童心庵、管际安，未遇。

就鲍承良复诊。

任心白来，退还前馈洋五十元。

致恽季申书。请转德中公司阳历二月份房租二百廿五两，十六日瑾叔文房票。

**十四日(3月20日)** 刘翰怡来谭。

访张退庵谭。

视夏辅宜疾，谭。辅宜今寄存衣箱三只。

至中国书店小坐。

杨云史来，未晤，将前存少室观雪诗卷取去。

覆吴舜臣书。来函告售稻二百石，每石四元四角。

**十五日(3月21日)** 访答杨云史谭,云史明日去北京。

至古香斋闲话。

挈永儿至精美小食。

宗耿吾来,未晤。

**十六日(3月22日)** 至司徒博镶牙。

月食。北京戌初一刻五分廿八秒。

午刻,聚丰园贞元会。

**十七日(3月23日)** 李紫东书贾来。

程云岑来谭。

六时,程子大招饮,坐有刘翰怡、汪颂年、陈子言、俞寿丞、姚虞琴、萧厔泉、刘锡之诸君。

**十八日(3月24日)** 赴影印宋板藏经会第廿二次常务理事会。

**十九日(3月25日)** 至恽季申处谭,季申代请为曹止庵题主。

**二十日(3月26日)** 国联调查团去宁。

至司徒博处镶牙。

南陵汇来稻款。

赴《安徽丛书》编印会。

访丁子盈谭。

**二十一日(3月27日)** 鲍子丹来,请李元之为其子孙授读。

鲍扶九来谭。

视夏辅宜疾,赠真化州橘红二片。

**二十二日(3月28日)** 姚石子、高君定由张堰来谭。石子还严九能批《鲒埼亭集外编》二册,尚存四册未还。

夏辅宜之世兄来,又寄存衣箱三只。先后六只。

访萧厔泉、褚礼堂谭。

答访程云岑,未晤。

至来青阁、中国书店小坐。

慰徐蔚如书。其元配王夫人讣至,寄丝葛幛(廿四日寄出)。

覆吴舜臣书。收二月十四日来讯并汇来稻洋。告南陵县前已借正副税。

**二十三日(3月29日)** 至司徒博配牙。

六时,赴姚石子、高君定大雅楼之约。

至博古斋,取:四月廿九日付洋二十元零七角。郑叔问题苏州元妙观三清殿前石阑画象、郑叔问集金石拓本四册。九十九片。

**二十四日(3月30日)** 李希白来谭。

至大生,晤寄尘谭。

晚,鲍扶九来谭,以容庚撰集《秦汉金文录》秦一卷、汉七卷。八卷假阅,每卷前有器目,卷末有释文。并附《汉金未收器目》一百七十四器,“国立中央研究院”出版。每部五册,实售国币十二元。

至司徒博配牙成。上下共二十一齿,价二百十元。

致陈乃乾书。送还《正统释藏》二册。

**二十五日(3月31日)** 赵叔孺、吕宋廷来谭。

腹痛肚泻,就鲍承良诊方。

覆翟展成书。展成寄来致徽宁同乡会讯并宣城五千元、南陵三千元振款即收,当即转致,并取回收条付寄。

**二十六日(4月1日)** 至来青阁,观宋梵夹本《四分律删补随机羯磨疏济缘记》四下一册。存释安居篇、释自恣篇、释分衣篇、释六聚篇、释离法篇,每半叶七行,行二十二字。《大藏经》有《四分律删补随机羯磨》,为唐道宣集。后阅《法宝留影》,又不类疑高丽刻本,狄平子以十元得之。

陈乃乾来,未晤,留存宋椠本《天竺灵签》,存第十五签起,九十二签讫,十五签起,十二签讫,又九十一、九十二签均有残损,其中补版如七十五至七十六签,疑宋补版一叶(天竺下有观音二字)。八十五、八十六、八十七、八十八签疑元明补版二叶。大黑口双边,版心分二层,上层画图,下层签诗。半页九行,行九字。及解阑上有标解,每行二字,宋补版标解刻在签诗及解曰后,补板半页十行,行十三字。左右阑外间有病向某某保,补板在阑内。每半叶九行,行九字,盖麻沙坊本也。字体系元椠,非宋刻,补页为(七十五、七十六)签一页。六月朔日还。

约王秀仁来拓件。

至司徒博处，修理新牙。

**二十七日（4月2日）** 王秀仁来拓金涂塔。

访恽季申谭，辞四月不题曹神主。

访夏辅宜谭。

答拜姚石子、高君定，石子回张堰，君定外出，未晤。

**二十八日（4月3日）** 王秀仁又来拓金涂塔。

访吕宋廷、刘烈卿，不遇。

昨程演生来，未晤，今往访之，始悉明日去皖，就安徽大学之聘。适陈友琴来函请绍介，遂以履历交之。演生告我彤侯来沪，拟即移居演生处养疴。演生属代校印《通艺录》，已属同茂印局蔡君来接洽。

至富晋书社，借《通艺录》全书廿三册。缺首册。又至中国书店，借残本《通艺录》二十册。姚石子寄售。

张和声江电南陵灾重，此间会同翟展老分电朱子桥将军、何绍南专员追列农振，请就近要，请照准，以惠梓桑。芜湖振务专员办公处。

**二十九日（4月4日）** 约同茂印局蔡君理《通艺录》，将不能影印之叶改换王富晋、姚石子两本。

至国府水灾救济会，晤朱子桥、张佩严、查勉仲、何绍南，钞和声江电，请将南陵追列农振。绍南云，日前视察安徽灾区，曾同和声、展成、策琴一度审查南陵、繁昌灾况，而繁昌实重于南陵，返沪后将繁昌加入农振，而华洋会张元善因其计画已定，不愿更改，后经子桥争执，始允。现拟再加南陵，华洋会断难遵行。

范成师由西安来，今日开十四次常务理事会。范成以在西安影印宋椠藏经四种、佛象四种经末有宋嘉熙淳祐题记，又至元题记一册，皆南宋平江路城东。碛沙本也。

访江彤侯于新惠中旅社，谭。

访程演生谭，演生今晚附江安轮行。

王秀仁来拓金涂塔。

**三十日(4月5日)** 至司徒学之牙博士处,付配牙洋二百十元。

李元之移居新宅。

理《通艺录》。

覆吴舜臣书。圣公会办灾童留养所,已将前家中及戚友捐洋二百八十元内付二百元,余八十元仍望照付,如再展期三月,不敷之款我处尚可募二三百元,候示即定。南陵请农振,昨张和声电来,已同朱子老商恳,难以加入,将情形告之,并抄来电覆信。农振如能加入,可得三万七千元。

覆陈友琴书。

覆张和声书。

## 三月

**朔(4月6日)** 至鸿宝斋,交《镜影》序目八叶,改印镜影四叶。

访吴东迈谭,请题《镜影》书衣。

访赵叔孺谭。

江彤侯来,未晤。

汪启我来,亦未晤。

至司徒学之牙医修牙。

蒋正廷侄婿来谭。

校《通艺录》印样十四批。内修改。

午刻,鲍子丹约酒叙。

**初二日(4月7日)** 午刻,聚丰园贞元会,恽季申值会。

访答汪启我,未遇,赠《圣学宗传》《阐义》各二部。又书字幅。

游邑庙市场。

交恽瑾叔阳历三月份房租二百廿五两。十九日季申将房票交来。

**初三日(4月8日)** 汪启我同其次子来谭。本会计师,现又领律师证。

古香斋顾君同瑞典国某君来,观古玉。

至来青阁,晤杨寿祺谭,取:五月三日付价讫。《新刻趋避检》三卷,明钱唐胡泰文亨甫选辑，孙文焕重修，明刻本，选择书，洋三元。《箫台公余词》。宋钱塘姚述尧，卷末有虞山张海鹏校刊图书记木记。总题传望楼金帚编，洋一元。

至中国书店，晤金颂清谭。

至子丹弟谭，晤蒋正廷，并视七侄女疾。

**初四日(4月9日)** 张仲照来谭。

二时，赴《安徽丛书》编印会。

访瞿良士、宗子戴谭。

**初五日(4月10日)** 访顾鼎梅谭。

刘澄如初六日为子旭沧纳妇，送红绸喜幛、喜烛。

至古香斋、来青阁小坐。

金子才来谭，赠《周甲诗记》，金保权。《睫闇诗钞续集》。裴景福。

**初六日(4月11日)** 报载，朔日武昌、汉口、九江、芜湖、南京皆地震。又载赣榆县属前晚天降黑雪，历二分钟止，雪粒大如豆，色如炭，落地即融。

邹景叔十三日长女于归，邮寄贺分四元。

贺刘澄如娶子妇之喜。

三时，赴旅沪安徽水灾赈济会廿四次常务会议。

至富晋书社，假程瑶田《莲饮集》《濠上吟》稿六叶，影印《安徽丛书》。

至中国书店、来青阁小坐。

**初七日(4月12日)** 刘晦之来谭。郭辅廷又赠《格言联璧》二册。

毕秋帆尚书拟以唐陆德明《经典释文》、唐释元应《一切经音义》、释书。唐史崇《一切经音义》道书，二书不逊于陆氏。合而刻之，未果。详《关中金石记》"唐郙罗延经幢跋"。

送曹智涵暨其长孙曹伯镛各绸挽幛、烛。

钱大昭著有《金石后录》，见王昶《金石粹编》所引碑跋，记此待访。

《苍润轩碑跋》有云，李邕书碑刻字亦出公手，凡言黄鹤仙、伏灵芝、元省已者，皆托名也。

答访金子才、汪启我谭。

访答张仲照，不遇。

影印宋版藏经会沈彬翰函送怡大纸号元兴加乾、荣昌本庄各二十件纸样，扯每件十六两三钱五分，覆以样纸与前购尚相仿，价亦相宜，可以定购，俟开会再报告通过可也。

**初八日(4月13日)** 未刻，为曹智涵题神主，恽季申、潘季儒襄题。

访潘季儒于惠中旅馆，谭。

《唐郑遇夫人博陵崔氏合祔墓志铭》又一志作郑恒，恒缺末笔。今在濬县，顾亭林《金石文字记》曰，此即今世所传崔莺莺者也，年七十六，有子六人，与郑合葬。此铭得之魏县土中，足辨《会真记》之诬，而志墓之功于是为不细矣。

覆南陵赈务分会李味三县长代电书。南陵农振碍难加入。

视夏辅宜疾，谭。

至汉文渊、中国书店、来青阁，晤陈乃乾。

余藏吴越钱忠懿王金涂铜舍利塔，保字号。疑为海宁陈默斋骑尉广宁旧藏，阮元有跋，广宁自亦作跋，见王述庵侍郎昶《金石粹编》。侍郎云，陈氏以塔遗安徽巡抚朱石君，阮跋同。朱又进诸内府，恐传闻之误也。阅梁芷林章钜《退庵题跋》，是此塔先藏常熟屈氏，后归长乐梁氏，再归归安吴氏。

**初九日(4月14日)** 曹智涵出丧，吊之。

午刻，陈乃乾约陪赵万里西餐，万里新得刘基《写情集》四卷，词集。疑明洪武刻本，诚罕见之秘笈也。陈子准稽瑞楼藏书，有印，蝴蝶装。

恽季申、潘季儒来，未晤。

晚，冯光久来谭，光久老矣，境亦艰困。辽隐老人为谋姚港事，拟今晚回通。

赴影印宋版藏经会。

吴寄尘托售《碑传集补》，自留一部，分送中国书店、来青阁寄售各一部。

覆魏梅荪书。寄新定慈幼院规约，院长刘君。一老拨慈院千元，全交心师与院长作工振之用。汉西门至三汊河修筑堤工（工长一千余丈，顶宽二丈，高以上年水志为标准）。渡江造桥，以后交通可期便利，两项经费须万元以上。两厂任之。

**初十日（4月15日）**　访吴寄尘谭，赠《善书四种》各十册，并付《碑传集补》价洋十八元，寄尘先后赠我《正学启蒙三字颂注阳复斋诗偈集合编》十册。

访费范九谭，赠《善书四种》，坐中晤瞿镜人。竟成、现拟聘请为儿女教师。范成师。

访刘实之谭。

**十一日（4月16日）**　游邑庙市场。

访江彤侯谭，彤侯不日返皖。

覆孙虞臣文卿。书。属题《山居读书图》四绝，赠七言联。藏印卅纸，赠石家侍儿印。又何雪渔为马月娇刻"听鹂深处"石章。

**十二日（4月17日）**　吴东迈来谭。

鲍扶九来谭，留午饭，还前假定远《方氏吉金彝器款识》。

冒鹤亭暨德配黄夫人十五日六十双寿征诗，应之，送绸幛，壁，仅收款、字。

郭辅廷赠新刻《王圣经》五册。

**十三日（4月18日）**　梅撷云之九女于归刘氏，送丝葛幛。

黄涵之为子鼎勋号仲殷续娶，送丝葛幛贺之。

江彤侯回皖，送白金龙烟、十听。花旗橘、一打。麦粉、二听。肉松。四罐。

致吴舜臣书。南陵东北乡全体灾民来函，前推举代表王迪成、俞廷凯等赴城向各殷实富商移借稻种及民食若干，虽未蒙即允，亦未遭固拒，忽闻有吴舜臣以十六年各灾区借稻未清还为词，联合各富户极力反对，请致书吴君，勿再咎既往，藉端阻挠，俾不致铤而走险云云。将原函寄舜臣酌夺，或退处于从众地位，并钞前同南陵振务分会请求农振快邮代电函稿。南陵稻未出口暨各处捐款计四万数千元，只买稻二千二百五十石（每三元八角，原议购四千石，留今春作种籽），该稻年底支配各灾图，由图董等领去（现存约四五千元），闻有多数灾民不能得惠。近半月间，灾民代表计五六十人求借稻种未成，改聚数千灾民，到城区出筷子会，县长向王迪成声明，要其负责，现暂停止城内人民恐慌。售稻三百石，每四元四角五分。

赠汪启我白金龙烟十听、葡萄酒二瓶。

致李伯行书。为刘公鲁请将西堂子胡同住宅押至伯行处契发还，附寄公鲁讯及杨琪山致丁晓岚讯，又北京地方法院传票，又公鲁致余讯。

黄公渚以临石田画幅见赠。

**十四日(4月19日)** 汪启我同子慰苍名赞霖。来谭。

刘十枝来谭。

陈子言来谭，以明万历间庐江卢侍御谦。据信州府学《五经图》编成十二卷雍正四年曾孙云英重增辑。见示，拟商印《安徽丛书》。六安王皜有《六经图定本》，以宋杨甲所撰为主，用石本辅其未备，乾隆五年杨廷樽刻本，与卢本有异同。

刘晦之十六日为子子文授室，送幛、烛，收款、字。

约王秀仁拓器竟日，秀仁赠我所拓南皮张修府藏器拓片。

曹智涵之子岳祐昭。送礼券、筵票。

**十五日(4月20日)** 至同兴楼，祝冒鹤亭六十双寿。子景玮、景瑜、景璠、景瑄、景琦。

王秀仁来拓金石。

致华润泉书。送还第十一册股票簿，其一〇〇八号、一〇〇九号、一〇一〇号共三号已盖章。

覆缪子受书。大生一、二、三厂有通告，一厂增加股额，填换股票，改发航业股款存单,零股填股票;二、三两厂填换股票。请钞盱眙第一山题刻卅八段。

至中国书店,将去年所购书装订成取回:已付价。《学统》五十六卷,孝昌熊赐履编,康熙廿四年刻本,洋十六元。《补五代史艺文志》一卷。江宁顾櫰三纂,原刻本。

致金松岑书。属访程鸿诏、汤球两先生事略,今得朱师辙黟三先生传,钞寄。

**十六日(4 月 21 日)** 午刻,聚丰园贞元会,周梦坡值会。

贺刘晦之、梅撷云喜。

四时,上海华商水泥公司五十五次董事会。

报载,安徽大学新校长程演生于今日前往接收京沪各大学皖籍教授及职员,如丁嗣贤、李景泌、吴浴文、曹自谦、孔德、李昌熙、施伯璋、洪芰舲、王子吉等临时请假来皖相助接收。

覆冯光九书。退老致书,鲍星斋、宗渭川荐姚港步局,属加函托渭川。

致宗渭川书。为冯光九托位置姚港步局。

**十七日(4 月 22 日)** 张敬礼来。

梅撷云来答谢。梅为江西高等法院院长。

书联,赠汪慰苍。

赠夏辅宜花旗橘。

袁伯夔母唐太夫人讣至,四月十七日领帖,送丝葛幛、烛。

访罗子经谭,取《三游盘山记》。傅增湘,洋三角二分。

至来青阁,晤王叔僻谭。

覆刘翰怡书。假《平津馆金石萃编》。

**十八日(4 月 23 日)** 黄宾虹来谭。

约黄王秀仁拓碑。

二时,《安徽丛书》编印会。

李伟侯之侄女家琼与顾庆璜结婚,送花篮。

**十九日(4 月 24 日)** 鲍扶九来谭。

王秀仁来拓件。

午刻，陈子言约会宾楼酒叙。

**二十日(4月25日)** 至中国书店，晤金颂清、陈淮生谭，取《汉石经碑图》。蒲圻张国淦编，张前著有《历代石经考》，洋八元，十二月付讫。

访辽隐老人谭。

访夏辅宜谭。

访太平寺真达师谭。

**二十一日(4月26日)** 顾立斋来。诸贞壮逝世。

王秀仁来拓师比。

陈子言来，未晤，留赠《皖雅》卷廿五、廿六共两卷。

**二十二日(4月27日)** 前日朱犀园来，未晤。今往访答，谭。

刘公鲁夫妇由苏来，适李伯行覆书亦至，并寄来北京西堂子胡同红白房契共十一纸，遂商公鲁致书伯老，将此押款一万五千两，移入下关地基押款，并归理结，并另书收契、收据一纸。

覆盛彝斋书。来书云，新任李味三县长请其同俞廷楷至芜，恳翟展成商请中国济生会借洋三万元办振，展成应允，并电南陵，有云非得俞峻韵、张和声及余三人同意不可。

王秀仁来拓师比。

**二十三日(4月28日)** 至古香斋。

昨，杨寿祺来交来《安徽丛书》书函纸四刀，即送会。

王秀仁来拓师比。

覆李伯行书。寄刘公鲁覆讯并收条。

覆吴舜臣书。南陵李味三县长请盛彝斋、俞廷凯至芜，求翟展成函济生会借三万元，彝斋来函请我竭力援助。展老前助泰丰圩二千元，王迪成一人领去九百元，下林都圩在振会领一千元，开支三百余元。东北乡全体灾民来信，大约朱宪章、王迪成、杨芷青所为借款事。城区除杨芷青主持此议，余人皆知城区米五万八千余石、稻七万石本城尚属不敷耳。本年钱漕一期前日已完现，又借二期附税地方财政不了。四姑太太三月十二日寅时去世，海汇已有信来，拟送绸挽幛，并代祭筵经忏洋二十元，交冠英侄带南转交海汇。

挈小儿、女游兆丰花园。

覆慰陈海汇书。送绸幛、筵忏代洋二十元，书交舜臣转，礼交冠英侄转。

**二十四日(4月29日)**　丁篑生来谭，辞晚间酒叙之约。

李拔可来告，诸贞壮今日葬万国公墓，商请恽季申致赙，旋往季申接洽，允赙二百元。

六时，约程十发、萧厔泉、张仲照、赵叔孺、褚礼堂、朱犀园、汪启我、汪慰苍、刘公鲁酒叙，吴东迈回浙，丁篑生有他约，未至。

王秀仁来拓师比。

虹口公园日本侨民暨海陆军人举行日皇诞辰阅兵典礼，其白川义则司令、重光葵公使、村井仓松领事、野村吉三郎舰队长、植田谦吉师团长、河端居留民会长于十一时半为韩人投掷炸弹受重伤，当场捕获韩人尹奉吉。

《申报》发刊，明日六十年。

**二十五日(4月30日)**　访李拔可，未遇，晤任心白，告恽季申赙诸贞壮二百元。

王秀仁拓师比。

顾立斋来，交阅商觯，器较他觯尺寸过半，底花纹亦奇。

敬礼婿来，将瞿竟成先生聘书请其转交，月送束脩三十元。书明为小儿、女课读，兼办笔墨事件。

**二十六日(5月1日)**　罗子经来谭。

任心白来谭。

至古香斋，还商父辛觯、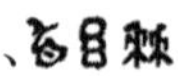钩、道州何氏藏。玉璜、刻双鸳。唐镶银镜。

至富晋书社，取《仪礼石经校勘记》，文选楼本。询其价值，云不受值。随至来青阁，晤谢光甫，即以赠之。

至蟫隐庐。

旧藏明宣德福坚所书各经，前有佛象，首为普门品，残前半叶及象，今倩兴化人李玉亭为画象成，赠洋二元。

**二十七日(5月2日)**　影印宋版藏经会。

覆吴舜臣书。十七年借稻价均在三元，还洋作二元二角，计借七千余石，尚有一千余未还。十九年春办平粜，尚欠各户六千数百元。廿四日汇来稻款。陈楚材来信，求再荐程演生，或转荐叶教育厅长，请婉谢之。

**二十八日(5月3日)** 游邑庙市场。

刘翰怡以所藏《平津馆金石萃编》借阅，严铁桥跋已刻入《漫稿》中，其所编唐李遇书《陁罗尼咒》并《大悲咒》幢，为咸通六年八月十五日建，六面刻，在河南许州。严谓唐刻《陁罗尼》幢皆佛陁波利译，而不空译者仅见此幢，其译《大悲咒》亦仅见此幢，余所收唐刻此幢外，尚有湖州天宁寺大中二年幢与咸宁县卧龙寺咸通十二年碑及牛头寺乾符六年碑，其《大悲咒》惟天宁幢、卧龙碑为伽梵达摩译，与今释藏所载同，余皆绝异。今录不空译本，而以三碑注其下，云余藏各经幢仅得大中二年施安等造六种真言幢，八面刻，曹巨川正书，为归安天宁寺藏石也。

真达和尚赠新印《西方公据》四十四部。

十一时，徽宁会馆欢宴戴孝悃司令、戟。程弢甫建设厅长、振钧。金上海土地局长，里仁。余未往。

**二十九日(5月4日)** 校《唐施昭墓志》以《平津馆金石萃编》稿本，严可均编。用《泾县志》《古志石华》校之：不徇利禄，《泾县志》《古志石华》均作微禄。乃贯居泾州，《泾县志》作乃贯居泾川；《古志石华》作乃贸迁泾川。而仪范特□，《泾县志》《古志石华》特□均作特殊。詯此□□，《泾县志》作□□以清；《古志石华》作讽□以和。清□肃慎，《泾县志》作和□肃慎；《古志石华》作清虚肃慎。□□同□，《泾县》作兰桂同□；《古志石华》作兰桂同心。亲□之年，《泾县志》作□□之年；《古志石华》作温清之年。□□之痛，《泾县志》《古志石华》均作昊天之痛。方术□□，《泾县志》《古志石华》均作方术不□。□于骨髓，《泾县志》《古志石华》均作沈于骨髓。皇天不枯，《泾县志》作昊天不佑；《古志石华》作皇天不祐。洫血无诉，《泾县志》《古志石华》洫均此泣。备载夫人，《泾县志》《古志石华》备均作已。虽非□□，《泾县志》《古志石华》均作虽非合葬。有君同穴，《泾县志》《古志石华》君均作若。

以铭其墓也。《泾县志》《古志石华》铭均作昭①。

妙珑师由大通来谭。

鲍扶九来谭。

张退老同敬礼婿来谭。

覆恽季申书。季申赙诸贞壮二百元，属转交李拔可。

**三十日(5月5日)** 二时，赴影印宋版藏经会，取整理《宋藏》目录。

至商务书馆清理处，访李拔可，未晤，晤任心白谭，交恽季申赙诸贞壮洋二百元。

至中国书店，同金颂清闲话。

## 四月

**朔日(5月6日)** 请瞿镜人竟成。先生到馆开学。

午刻，约瞿镜人、鲍扶九、宣古愚、费范九、罗子经、周云青、张敬安、张敬礼酒叙。

访刘翰怡，不晤，留书，缴还《平津馆金石萃编》，廿卷，有缺卷，内《汉朱龟碑》《唐施昭墓志》误字另加签记。并赠九华山新茶一大箱。

访叶柏皋谭，询及功德林地主某拟购《宋藏》罗子经云宋版明印两部，可配全一部。捐送南京某寺，可成和尚知之。售主索价八千元，曾与狄平子言之，疑即蒋氏密韵楼藏本也，当再查考。

访刘晦之，谭鲍扶九去就郑炎佐馆事。

**初二日(5月7日)** 小极，就鲍承良诊方。

瞿良士、李拔可、任心白先后来，因病未晤。

《安徽丛书》编印处开会，未赴会。

**初三日(5月8日)** 午刻，赴李拔可、沈昆三酒叙之约。

陈子言来，未晤。

---

① 本段中所有“□”均原文如此。

子丹弟闻余昨小极，今来视。

顾景仁来，商印珂罗版印件。

赙诸贞壮一百元交李拔可转。

戴春记借洋二十元。

**初四日(5月9日)** 刘烈卿来谭。

汪孟邹来谭，以《安徽丛书》编印处付中国实业银行四百元支票属为盖章。

萧厔泉初十日为次子宏援完姻，送红丝葛喜幛。付阳历四月份房租。

至来青阁，取：实洋三元六角，五月三日付讫。《长历选吉备览》。即董银峰秘传走马历日，一名《长历钩元》，一名《绨裘宝书》。道光十四年问梅居士刻本，有棱伽山民朱笔跋，又有顾曾寿白文方印。

至中国书店，晤陈乃乾、鲍扶九谭。

覆宣古愚书。《镜影》序仍依原稿影印。

致恽季申书。附诸贞壮家谢帖。

**初五日(5月10日)** 访褚礼堂，已返存厚里旧居。

购翼化堂书籍。

致鲍扶九书。赠父辛觯拓本，请题兽骨文字。

**初六日(5月11日)** 李征甫同彭纡青魁士，吴县人，湘鄂赣区统税局会计主任。来，请题主，辞不见。

昨，朱宸卿自南昌回，来谭，赠夏布、磁器等物。

**初七日(5月12日)** 陈新甫来谭，刘公鲁已将北京西堂子胡同住宅售于杨琪山，找价洋五百元，陈律师签字，答拜，未遇。

冯光九来谭，谋任港事，属向吴寄尘言之。随往访，适光九亦在座，为其发言。后同光九回盂渊旋馆，略谭。

访褚礼堂谭，请题象赞，印入《镜影》中，赠《江苏金石志》。

**初八日(5月13日)** 午刻，至觉林，公饯安徽水灾会出纳股祝丽生。

祝允明《野记》云：姚广孝始见文皇上，问能卜乎？曰：会观音课。曰：用课钱乎？曰：有即开襟。有太平钱五文，解奉于上。上视，既姚以一文钱掷之，徐复一掷，掷讫，语上曰：殿下要作皇帝乎？按万历壬辰，王后印施《观世音菩萨三十二灵感之课》，亦用五钱占法，钱分金、木、水、火、土，当即姚广孝所传之本也。诸葛武侯金钱课亦分金、木、水、火、土，占法同而课句异。

至丹弟处谭。

**初九日(5月14日)** 守经孙周晬。

刘季秩之侄女公子出室，送红绸喜幛、烛，收喜幛。

挈小儿、女至黄金戏院，观影剧。

**初十日(5月15日)** 贺刘季秩、萧厔泉喜。

至中国书店、来青阁、二酉堂。

致刘公鲁书。李伯初八日覆函已来，共欠本利银逾十万元，以下关地基理结，今抄来往三次函稿，请迅结束，并请寄《贵池金石志》稿。

**十一日(5月16日)** 冯光九来谭。

访刘十枝谭。

访鲍扶九，不遇。

覆秦曼青书。函赠《华山碑续考》四卷，来借《清爱堂款识》，请古愚转致。六月中旬古愚交还。

致宣古愚书。覆秦曼青讯，并《清爱堂款识》请转交。

**十二日(5月17日)** 至协济号。

至受古书店，取：二十一日付讫。《瑶琨谱》二卷。姜绍书，议价十二元，附《瑶琨二笔》一卷。

**十三日(5月18日)** 郭辅庭赠新刻《天乐鸣空集》三卷，明鲍宗肇述，藕益大师序。作书谢之。

濮秋丞同年来谭。

**十四日(5月19日)** 观《旧时京华》影剧。

刘聘卿来，未晤。

**十五日(5月20日)** 萧厔泉、萧宏援乔梓来谢。

答拜濮秋丞谭，并观其儿女舞剑。

至来青阁取书，价洋二元五角：五月三日付讫。《曹州牡丹谱》，怀宁余鹏年，乾隆原刻本，一卷。《老学后盦自订词二集》，何兆瀛，光绪丁亥刻本，二卷。《璞斋集捶琴词》，诸可宝，自刻本，一卷。《青溪词钞》，上元蒋师辙，辛酉刻本，一卷。《双柏词》。秀水金鸿佺，宣统元年印本，一卷。

**十六日(5月21日)** 鲍扶九来谭，辞往大连，并交题甲骨文字拓本，后往送之。文为祭告之文。

答拜刘烈卿、刘聘卿，均不晤。

冯光九属书"坦斋"横幅及小册楹联。

午刻，贞元会，姚虞琴值会。

赴《安徽丛书》编印会，晤陈漱石君，守实，武进。代理会务。

至来青阁，取：五月三日付讫。《康熙字典》，同文书局石印，洋六元。《诗韵合璧》。石印，洋七角。

刘晦之来，未晤，旋答拜谭。租屋事。

夏端伯、永桢。丁少荃汉宇。来，晤，旋答拜晤谭，丁为繁昌圩请求朱子桥振济美麦。

**十七日(5月22日)** 游邑庙市场。

至古香斋。

全沪邮务职工提议巩固邮基方案，大罢工。

《大晚报》载意、法、日三国的法西斯蒂运动。法西斯蒂党的灵魂为墨索里尼。

**十八日(5月23日)** 吕鹿笙来谭。

宗子戴、刘晦之先后来，未晤。晚，刘晦之又来谭。

访刘烈卿谭。

访赵叔孺，未遇。

覆吴舜臣书。上年筑路券一百五十六元，又淑记廿六元，请将该券寄来。寄来上年帐簿、租簿，均照收。售稻三百石，每四元四角五分。

**十九日(5月24日)** 刘晦之来。

**二十日(5月25日)** 潘叔玑来谭。

江汉珊来谭,赠以连史印本《永嘉四灵诗》。

郭道弥来,未晤。

至太平寺,晤真达和尚。

观《银星幸运》影剧。

至来青阁,取:五月三日付讫。《王惕夫评金石三例》。光绪三年冯焌光刻本,洋一元八角。

**二十一日(5月26日)** 答拜郭道弥谭。

刘十枝来谭。

刘烈卿来,未晤。

二时,赴影印宋板藏经会。

四时,赴水泥公司五十六次董事会。

孙叔民补写《普门品》成。

致书褚礼堂,催题象赞。

**二十二日(5月27日)** 郭礼征、郭道弥、杨荫庭来。

费范九来谭,赠其尊人鉴清先生赞、章炳麟撰。《嘉言集》。

**二十三日(5月28日)** 敬礼婿来谭。

费范九来,持狄平子函,商加印《金刚经》《阿弥陀经》《法华经》《楞严经》。

叶柏皋来谭,为郭辅庭假《阐义》原本,假之。

答拜郭礼征,未遇。

访夏辅宜谭。郭礼征意欲以其女妻夏第四子,不同意。

华商水泥公司送来股票更名七张,签字。

褚礼堂来,未晤,留题象赞。

**二十四日(5月29日)** 叶柏皋来,为郭辅庭商让《阐义》一书,婉言却之。

二时,华商上海水泥公司股东会,有人提议董事减为七人、监察减为二人，投票假议决改选监察，留杨奎侯、沈叔逵二人，夏剑丞落选，选徐新六。

四时，至大生董监联席会，赡养诸贞壮遗孤由一厂助，每年六百元，以五年为度。

七时，大照电气公司在一枝香董监会，议六月七日阳历七月十日。开股东会。

**二十五日(5月30日)** 刘子康来，商为周紫珊请陈贵阳师题主。

送徽宁思恭堂长生愿洋二十元。

送上海孤儿院捐洋十元。

致郭礼征书。托取公司公债还本票息票。

**二十六日(5月31日)** 宣愚公来，未晤。慕邢侄来。

访答褚礼堂，商酌所题象赞，更易数句。

至大生，将三厂旧股票更换新票，当即取回收据。

高云麓以书画、扇叶相惠，今往答谢，并赠琴鱼两瓶，云麓约张燕昌共谭。

覆缪子受书。盱眙山题名已托北大图书馆代钞。寄来航业收据四纸共九百七十七两已交纱厂，新收据定阳历八月卅号取。缪耕云堂二千两一厂股份(五六八至六〇七号)股票遗失，今查明二十年七月金城银行代人补给息折，大约股票必在此人手中，但并未过户更名。又石记一厂一百两二股，尚未有人来。

大生厂潘华峰友尧，休宁。请介绍萧厔泉为学画弟子。

**二十七日(6月1日)** 吴寄尘来，辞寿屏公分，六月二十日六十寿，纱厂董监公送。并告永儿婚期择九月十日或十二日，请转致丁府。

宣愚公来谭，留午饭。

高云麓、张燕昌来谭。

**二十八日(6月2日)** 扬州重宁寺雨山和尚来谭。

吊曹智涵于平江公所。

顾立斋以宋梵夹本《三宝感通录》三册、《中阿含经》十册半叶六行，行十七字。送阅，当亦碛沙本也。

王秀仁拓各金石，酬洋三十元。秀仁赠夨尊全形拓本，并张修甫藏器九件拓本。

赴影印宋板藏经会廿九次常务理事会。

至来青阁，取：五月三日付讫。《阅微草堂笔记》廿四卷，观奕道人撰，嘉庆五年刊本，北平盛氏藏板，洋九元。《汉口丛谈》六卷，乌程范锴，道光壬午刻本，洋五元。《聊斋志异》十六卷。淄川蒲松龄著，新城王士正评，青柯亭雕本，洋四元。

至中国书店，观新收《二十四孝诗》，每叶四人，上有四图。郭石麒、杨寿祺目为宋椠，细案最古亦不过元椠也，尚阙一叶。

至大生，晤寄尘、作三谭，缪耕云堂大生一厂二千两股票金城银行换新股票已阻止。作三钞金城来讯。

**二十九日(6月3日)** 为周紫珊题象赞。

同敬礼夫妇至同兴楼小食。

付博古斋书价二十元零七角。

致缪子受书。缪耕云堂股票遗失，宜在北平径与交涉理结，附抄北平金城银行致大生信。又开碑目十种，并请北大代抄。

## 五月

**朔日(6月4日)** 夏辅宜来谭。

刘晦之来，商付租三十五号新宅小租半月洋五十元，又开门费十元。

汪孟邹来，以《安徽丛书》编印处支票洋三百元盖章。

范成师同费范九来，商借康氏藏《宋藏经》补缺卷。

狄平子拟送酬资。

赴《安徽丛书》处务编审会。

至慕邢侄处闲话。

重宁寺雨山老和尚来，捐助华严法会洋五十二元。连淑畹、定君、绮女各助十二元，又大儿妇暨孙儿、女各六，元共一百元。

刘烈卿来，未晤。

答拜宣愚公，不遇，留赠原刻本《两浙金石志》。

**初二日(6月5日)** 午刻，都益处贞元会，萧厔泉值会。

华商上海水泥公司送来二十年度董事报酬。一四〇六六六。

**初三日(6月6日)** 送朱古微丝葛挽幛及素烛。

送周紫珊丝葛挽幛及素烛。

覆吴舜臣书。四月十四日讯，省政府前发行金库券五十万元，南陵派九千元，我处摊一百七十四元，又淑记廿八元，该券可纳二期粮。售稻一百石，又淑记一百石。二十六日讯，售稻二百石，缴价期未言定。南陵灾区现得一万八千元之补助。汇来稻款今日收到。二十八日讯，南陵县长李味三(葆缄)荐舜臣代理南陵财政局长，寄来省财厅令及县令，并李县长函，商辞退代办。覆讯及辞职呈文惟无印章，仍寄南陵，由舜臣盖章后照送。

恽季申之如夫人五十寿，送礼六色，收桃、面，祝之。

子丹弟来谭。

付鸿宝斋印《镜影》石价，找洋六十四元，一百十石，每石二元四角，共二百六十四元，上年十二月十六日付二百元。印夹贡三百部、玉版五部、印料半一百部、考贝四部。共四百〇九部。

付来青阁书价五十七元一角。

付富晋书社书价二元七角。

覆郭礼征书。收到公司债票本息实业支票。

覆李圆净书。前属访《峨嵋山志》，今告富晋书社有，云为陈子准、瞿子雍藏书，书凡十八卷，减价至廿八元。又告明万历《九华山志》去冬北大图书馆赵万里向中国书店购去，近又见陈蔚《九华纪胜》，索价六元(旧藏《峨眉山志》只有前八卷，亦无序目)。

千顷堂交来寄售书价二十元。

**初四日(6月7日)** 张敬礼来。

覆李从龙书。从龙新由苏财厅舒石父委任江都营业税局。

覆大照电气公司书。收中国实业银行汇来午节夫马捌拾两。

收西泠印社午节寄售书洋十元零五角。

赴影印宋板藏经会三十次常务理事会。

赴上海水泥公司五十七次董事会。

覆褚礼堂书。谢撰象赞并易首句。

送还《周云青文集目录》一册。《四部书录》之一,《安徽通志·艺文志》可采。辛未六月送来。

**初五日(6月8日)** 亲友来贺端阳节。

挈小儿、女游兆丰花园。

**初六日(6月9日)** 晨访狄平子,同范成师、费范九至康宅,商借《宋藏经》,补印陕《宋藏》缺卷,六十余卷。潘叔玑外出,见康女公子,道来意。

覆刘公鲁书。公鲁前函伯行,收到北平房屋契纸,请将此押款,并入下关地产抵销。伯行已允,当钞来函寄苏,得(四月十六日)复,转请起草契据,由其照缮,附启有大生溥益纱厂股票三万元,请伯行付还。其启中措词于事实不符,未便照转。又二十八日来函,将地图交何亚农代售,请其径函伯行。

**初七日(6月10日)** 访范成师谭。

潘叔玑来,谭《藏经》或在沪或在粤,游移其辞。赠其尊人诗词集二册。

李圆净来谭,定购《峨眉山志》《九华山纪胜》。

**初八日(6月11日)** 至大生事务所,为缪子受换三厂股票五百两,当取收据。

至中国书店,结算寄售书,折售洋四十二元,收入壬戌年取书帐内,再行扣还。

至来青阁,托购《法宝留影》。

晤包静庵,交孙谨丞借旧钞《皇祐新乐图记》,六月三日还。孙有[illegible]白盘,亦借来拓墨。

商吴寄尘,缪耕云堂一厂大生新股四十股,五百六十八号至六百〇七号。股票有函正式致大生沪事务所挂失,于壬戌年八月初十日在功德林面交，续于十二月初将缪子受寄来北京祥顺益银号证明书送阅，云有碍难允，俟明年设法。寄尘已承认，请其缪与金城双方议妥后再换新股票，随即钞大生致沪金城行函稿。

在大生晤范成师，知潘叔玑已同狄楚青接洽，允将康府《宋藏经》六十余卷借印。

郭石麒赠《九华志》，知青阳事江陵苏万民修，邑人太学生孙檖辑。明万历二年己卯刻本，半叶十行，行廿二字。志凡六卷，今存四卷。缺卷五、卷六文翰二卷。前有图十九，凡四十叶。赵万里上年十一月收中国书店《九华山志》六卷，半叶八行，行十九字，为万历知青阳县事平阳蔡立身修，山景总图一分，景图十三。

高吹万来谭。

申刻，刘晦之约酒叙。

**初九日(6月12日)** 吊诸贞壮。

致缪子受书。缪耕云堂一厂挂失情形办理手续九条(存稿)，收到股票息折。三厂股五百两送厂，今寄收条。眙盱石刻钞稿收到。寄纱厂通告股东名单。钞银号证明书。又钞大生致金城银行函。

至受古书店，取《读史识存》十卷。六安王浔，道光乙未刻本，洋十一元，初十日付十元讫。

至狄平子处，候范成，同往康家借印《宋藏》。

刘烈卿来谭，不日去莫干山避暑。

**初十日(6月13日)** 高君定同陆云伯翔在，震旦大学教员，陆廉夫之子。君来谭，君定赠其母张孺人《哀挽录》，云伯赠其尊人廉夫先生临王石谷山水册、临恽南田山水册、临董思翁山水册，又赠自著《五胡二十国史表》。分纪年表、世系表、舆地表。

访张退庵谭。

访夏辅宜谭。

答访高吹万谭。

晚，赴恽季申、汪撷荀酒叙之约。

**十一日(6月14日)** 范成师、费范九来，告检查康氏《宋藏》，借印二百零九卷，以借印收条送来签字盖章。

潘叔玑来告，俟借印收据收到即交藏经，请速印并付酬金。

朱斗垣四十双寿，送幛、烛、桃、面，璧幛。

**十二日(6月15日)** 访刘烈卿，知昨去莫干山。

答拜高君定谭。

覆李伯行书。前来函允刘公鲁以下关地产作抵已转致，今来函致谢，请示契约如何写法，交稿誊缮。又公鲁之太夫人求将大生、溥益两纱厂股票三万两赐还。

覆高云麓书。以《题梅诗百咏两编》征题，答以题就呈教，先将题梅诗奉缴。托购六吉料半，六元一刀。

覆盛觐唐书。太平寺和尚印《金刚》买纸，已先购得承让文盛本庄连史六件，请另售他人，每件廿三元。

覆吴舜臣书。王渠清之子庭梅属函荐安大程校长，覆以不日到沪，必为竭力说合。庭梅为叶教厅所荐。南陵连日北门河下发生抢米风潮。

覆刘公鲁书。来函径覆，伯行允以下关地作抵，请抄稿誊写契。聚卿夫人讯请伯行发还大生、溥益两厂股票三万两。警告速收回下关地图。

至大生，晤寄尘、燕谋诸君，催登缪子受纱厂石记股票挂失报。申、新、民三报，十四日新闻。

**十三日(6月16日)** 徐晓霞来谭。

赴影印宋板藏经会。

至大生，晤包静庵，交还周虢白盘并孙谨丞属书条、孙蔚滨书册，赠潘、《萧厔泉山水》第一集。

**十四日(6月17日)** 刘翰怡昨以奏稿寄阅，今作书还之。随即往访，未晤。复拜黄公渚，亦不遇。

覆沈彬翰书。以明刻《九华志》四卷一册借钞。

访陈叔通谭。访宗子戴，不晤。

答拜徐晓霞谭。

**十五日(6月18日)** 华商水泥公司送来新股票盖章。

覆缪子受书。大生股票挂失通知书于壬戌年八月初十日面交吴寄尘证明,并寄《新闻报》挂失吴复观通知书。寄回银号证明书。

赴《安徽丛书》编印会。

至来青阁,收连史书面纸十四刀,随送《安徽丛书》编印会,先后送去四十刀。又收料半书面纸三刀自留。

**十六日(6月19日)** 晚,赴程子大贞元会。

吴寄尘来告,永儿婚期单已送丁府。

敬礼婿来。

为刘公鲁题宋石香炉幢题记:“此宋水渌菩萨三娘子庙石香炉幢题记,壬申五月公鲁兄以拓本属题,盖其先德藏石也,旧在元氏县西吴村龙王庙,沈西雍《常山贞石志》著录。以校拓本题记,悉同,惟云记刻座上高一尺,四面刻,每面广三寸五分,十四行,行字不等。今所异者六面刻,三面广三寸五分,三面广一寸八分,殆沈氏误记耳。记中薩作蓬,爐作炉。”

**十七日(6月20日)** 五时,影印宋板藏经会在功德林公饯赴陕诸君,甫小食,即患腹痛,未终席,遂归。

**十八日(6月21日)** 就鲍承良诊方。

潘叔玑来,因病未晤。

**十九日(6月22日)** 至大生,同吴复观商缪子受股票挂失,纱厂可据十九年十二月十日北平金城银行来函,云倘有纠葛,敝行当负完全责任云云,藉此推翻于事务所亦无关系。复观云由缪来函照转,当钞前函。

潘叔玑来函,催付印《藏经》酬资五百元,即交费范九,请径送康府。

覆潘叔玑书。康府印经酬资已告费范九即送。

覆缪子受书。来函股票挂失事已请陆达权律师办。覆以径函大生,昔年挂失,今发生纠葛,不能承认,请大生向金城完全负责者解决,云现金城可不理会，免受损失。告石记股票登新、民二报（阳历六月十七日起，共三天）。抄十九年十二月十日北平金城银行致大生函。

**二十日（6月23日）**　刘十枝来谭，赠新印所著《苌楚斋五笔》。

吕鹿笙来谭。

李从龙由扬州来谭，赠宫内蕊茶有黄签。二瓶，随约至中社西餐。从龙自太夫人下世，遂持长斋。

来青阁代向日本文求堂购廿一日付价讫。《法宝留影》。日金九圆，邮费二十八钱，合洋十三元四角七分。

邹云峰装潢燉煌石室写经二卷，付工价四元。

**二十一日（6月24日）**　访答李从龙于一品香，已于今晨返扬。

刘晦之来谭。

至来青阁、中国书店小坐。

吴寄尘六月六十寿，送屏分二十元。

致缪子受书。请邓文如钞安徽各碑。邓名之诚，原系北大教员，现在燕大。

吕美荪寄来《寒碧山庄花烛词》。住青岛鱼山路新三号。

**二十二日（6月25日）**　张敬礼来，辞往南通。

黄公渚、孝纾。潘叔玑其璇。先后来，未晤。

上海水泥公司临时股东会，议决董、监人数，董事定为七人，监察定为二人。

至大生吴寄尘电厂，今由镇江回沪，尚未至其六十生辰，赠以大悲观世音象、王文治书《准提咒》。燉煌石室唐人写《大般若经》卷，一卷全，计营造尺一丈六尺五寸。交其侄复观收。

挈崇儿至卡尔登照相馆摄影。

购汪六吉号本生夹贡玉版笺一百张，付洋七元五角。

为勤园净业社书联，赵云韶所属也。录王定安集《金刚经》联语，句云：诸法皆是佛法，无来故名如来。

炳宗族祖属为其戚刘家荫书联。

**二十三日(6月26日)** 吴寄尘来谭,退回昨赠大士象及燉煌石室唐人写经卷,并给仆人洋一元,随即往敦裕里,又送交世兄代收。

缪子受纱厂股票事,请寄尘商吴蕴斋调解。

永儿喜期,寄尘已商丁子盈,儿媳及刘府均以为可,惟子盈尚须返镇后再定。

至邹云峰处,交经卷四卷改装三卷。及《阿弥陁经》铜磬拓本重装。七月十七日付裱工价三元。

至来青阁,结算《安徽丛书》代办连史古四十刀,每四元一角,共洋一百六十四元,除付一百一百元,净找六十四元。又自裱料半古三刀,计洋二十九元。付讫。

致缪子受书。股票事现请吴寄尘向上海金城总行调解,如为数不多,由我处代付.

**二十四日(6月27日)** 廉武外孙生日。

**二十五日(6月28日)** 昨汪孟邹来,未晤,留《安徽丛书》编印会支票三百元,今盖章送交亚东图书馆,并留来青阁代办连史古帐单。

至来青阁,付代办料半书面古三刀洋三十元。

至鸿宝斋,商印《观世音菩萨三十二灵感课》。

至大东书局,访沈骏声,不晤,晤郭君,代王君九催印《叶鞠常日记》,见去年已排样一卷。郭云去秋罢工,后有战事,现赶印本局教科书,阳历七月即办。

取来青阁《洛阳龙门志》一卷。毕节路朝霖,光绪丁亥万县刻本,洋二元,十二月结付。

至中国书店,取:《茶花谱》一卷,康熙己亥朴静子撰,刻本,洋六元,十二月结付。《大慧普觉禅师宋宁国僧宗杲。年谱》一卷。宋参学比丘祖咏编,明万历径山化城寺刻,洋二元,十二月结付。

张啬翁八十冥寿,在玉佛寺讽经,前往行礼,送筵券洋十元。

**二十六日(6月29日)** 陈子言来谭,赠我新印《皖雅》四册,卷卅七卷、卅八两卷。余亦赠其《蒯氏家集》。

至先施、永安两公司。

致章叔淳书。通候。

覆王君九书。《叶日记》大东准下月接续排印。

覆吴舜臣书。十八日来函李县长已准辞财政局职。附覆炳宗族长讯并代刘家荫书联。

覆炳宗族长书。附为刘家荫书联。

致翟展成书。宣城新出唐某参军墓志，当涂亦出古砖、古碑，请代索拓本。

**二十七日(6月30日)** 陆达权来，谭缪子受大生股票事，答拜，未遇。

赠吴寄尘之世兄《宋元科举三录》、连史印。郭刻《格言联璧》。

汪孟邹来，付来青阁代办连史古一百六十四元，除付一百元，净找六十四元，随即交来青阁，取收条。

赴影印宋版藏经会。

**二十八日(7月1日)** 《时事新报》载，中国营造学社新发现千年前木建物，为辽建蓟县独乐寺之观音阁，又宝坻广济寺之三大士殿。前东西建筑考古学者发现最古者，为山西大同之下华严寺、上华严寺及应县之佛宫寺木塔，皆辽重熙、清宁间物，此外嵩山少林寺之初祖庵。

余节高来谭。陈友琴来谭。

访夏辅宜，适吕鹿笙在座，久谭。

昨姮女来，辞往南通。

**二十九日(7月2日)** 至蟫隐庐、来青阁小坐。

刘晦之来谭。荐王添禄修旧书。

**三十日(7月3日)** 宗子戴来谭，赠以旧拓摄山题名廿余段。

陈乃乾、周越然来谭，越然拟就程演生安大英文教员聘也。孔肖云绍介。

至中国书店、汉文渊、受古书店，在中国书店先后晤程云岑、夏虎臣、谢光甫。

覆刘晦之书。索《镜影》，未装成，先将小样六册送阅。

## 六月

**朔日(7月4日)** 程演生由皖回，来谭。

费范九来谭，以《法宝留影》及《永丰乡人杂著》一册内《宋元释藏刊本考》。借其钞阅。

访陈乃乾谭，还宋椠本《天竺灵签》一册。

同陈乃乾访周越然谭，观其藏书，闸北战事损失者大半，所存者尚有精本及《永乐大典》二册。

李砺玙初六日六十寿，送红丝葛幛。

送夏辅宜点心、香蕉。

**初二日(7月5日)** 答拜程演生谭，交王渠清之子王庭梅名单。日本东京法政大学法学部政治经济科毕业，庚款官费生。

午刻，聚丰园贞元会，到者恽季申、周梦坡、萧厔泉、宗子戴、姚虞琴、恽瑾叔、刘锡之、李凤池，未到者程子大、俞绥丞。

约叶弥丞来，告周越然拟约往安大教员，弥丞云现组织函授学校，未必能往。

**初三日(7月6日)** 为哈少甫、费范九书扇。

高云麓以自书画梅诗属题，为题四绝。

覆周越然书。答询程演生住址。

**初四日(7月7日)** 至藏经会，晤费范九谭。

赴《安徽丛书》编审会。

至邹云峰处，取砚铭、古泉等拓本七册，议价三十元。汉画象、石六舟砚皆伪，初八日付洋三十元，退汉画象。

**初五日(7月8日)** 拜许俊人，未遇。

午刻，约陆达权、程演生、周越然、孔肖云、陈乃乾、陈友琴一枝香西餐。

**初六日(7月9日)** 郭礼征、郭肖霆、郭道弥来谭。

贺李砺玙六十寿。

答拜郭礼征、郭肖霆，未遇，晤道弥谭，刘聚卿大照股分六千元民十四年。抵押金城银行，今银行函大照更名付息，大照因余有信，抵押何处请通知刘夫人接洽，故未允之。

拜江彤侯谭。

陈乃乾来，未晤，留言，周越然辞安大教授。

印《安徽通志》稿格纸一千张，洋八元，刻板四元。

晚六时，赴陈子言功德林素餐之约。

周越然借原本《通艺录》二十四册。还。

程演生示我周越然讯，辞教授情形，属余转达。

长春王君九来书，云钧轴设施平平，人遂有出山泉之慨，并属催印缘老日记。

覆李从龙书。来书言谢，并犒仆从四元，答以暂存。

**初七日(7月10日)** 二时，大照电气公司股东会，修正公司章程草案。议决原股本七十万元，添招保息股三十万，电价原有每度二角四分，今减为二角，决请恢复原价。二十年度发息五厘。二厘现金，三厘存单。改选监察，李希白、吴星垣。次多数丁明三、陈宝谟。

致刘公鲁书。告大照股份六千元民十四年押金城银行，现该行函大照更名过户付息，大照因前我处有信知照，如抵押人向大照过户付息等情，请先向刘夫人接洽，据郭道弥云，如不清理，未免便宜金城。李伯老尚未覆信来，告《贵池金石记》错误改正不少，请寄九江男子浩宗买地券拓本。

致吴舜臣书。告王渠清之世兄王庭梅已切恳程演生设法位置，据云现有旧人已多，新荐者又陆续而来，而经费又支绌，俟将来有可位置之处，亦当借重云云。

覆翟展成书。宣城唐志已托凤迪明访拓。辅宜明日回苏。展成得黄疸疾，王仲奇治斯疾应乎而愈。

张仲照来，询杨广源印书事，并告其世兄七月同陈弢老之女公子结婚。

**初八日(7月11日)** 大生二厂送来廿一年一月至六月半年董事夫马费三百元。

晨访周越然，未晤，晤周予同。午后四时，又往访之，告演生诚恳聘请，越然以母老不能远离，坚辞不就。遂往演生处告之。

至中国书店，取《汉魏六朝一百三家集题词》。明张溥，陈受笙汇集，道光丁亥张青选刻本，洋四元，十二月结付。

至邹云峰处，收回装潢唐人写经卷三卷，内《金刚经》配成全卷。付价六元，又付砚铭等拓本七册价洋三十元。六舟砚在内，退回汉画象。

访黄宾虹谭，请题《镜影》首篆书小象，宾虹赠我篆联二副。集金文。

午刻，周紫珊成主，请贵阳师题，余与沈韫石襄题，周府送礼券一百元、席券十六元、茶、腿、酒、果四色。

至顾景仁处，商印珂罗版小象。

**初九日(7月12日)** 至协济号。

至邹云峰处，交唐人写经残叶及宋版《通志》、宋版《宝箧印经》裱册页四页。留样张一页。

至来青阁，取：十二月结付。《武夷洞天志略》不分卷，徐表然纂辑，明刻本，洋六元。《蝶阶外史》四卷续编二卷，不著人名，咸丰庚申重刻，同治甲子樊彬跋，洋四元。十一日退。《琴苑》二卷，明夏树芳，崇祯刻本，洋七元。十一日退。《梦玉词》一卷，陈裴之，道光刻本，洋　元。《五经图》。明卢谦，光绪同文书局石印，洋一元。

汪孟邹送来安徽丛书会支实业银行三百元支票盖章。

挈儿女游法国公园。

**初十日(7月13日)** 八女馥二十生辰。

致郭道弥书。询刘公鲁大照股票老股若干、新股若干、历年股息若干、摊派公债存单若干，开单并请代售股票价值若干。

覆刘公鲁书。来函已寄郭道弥,查明股票、股息等并售股票。黄武地券有字可疑者,寄释文请校原砖。陈乃乾地址,乃乾拟代售叶鞠裳藏碑。孙伯恒处换拓本,请径自接洽。

覆张庆萱书。庆萱为徐磊生荐至程暖甫建设厅长,派在公路局车务处文书,属函谢磊生,并谢程暖甫。今致谢磊生,并托程演生便向暖甫进言。寄来小照。

致徐磊生书。代张庆萱致谢。

费范九来告,叶遐庵来沪。

**十一日(7月14日)** 敬礼夫妇由南通来寓。

三时,影印宋版藏经会卅三次常务理事会,叶遐庵赴会。

**十二日(7月15日)** 至中国书店小坐。

致刘公鲁书。寄题其尊人聚卿象赞及题宋水渌三娘子庙香炉幢记。索宋魏玠志拓本。

覆孙虞臣书。题《山居读书》第二图卷首并再书题诗。谢赠明孙遇《怀仁集》新印活字本。退还王信卿撰《两汉存石目稿》一册。

致缪子受书。告上月十九日、廿三日两函所商办法均不适用。陆达权来谭,云俞欠过于股款非在北平金城行不能解决。钞大生致正式函沪金城行,又钞平金城行覆沪行。前寄平大生三厂五百两收条,请寄来换新股票。又股东名鉴单,请寄来交厂备案。石记一百两股票挂失,已登阳历六月十七、十八、十九三天新、民二报,报纸暂存,请正式致函大生备案。大生代登新、民两报报费九元八角已代付。航业收条九百七十七两已换新收条,候示即寄。代付报费九元八角,请先拨还第一次,抄第一山题名抄费四元,余存备以后钞费。俞慎修住哈同路民厚里(号数不明)恪士子。

至来青,取《一瓢斋诗话》。河津薛雪,原刻本,不分卷,洋十元,十二月结付。

至二酉书店,取:十三日付洋十六元。《指月录》三十二卷,明瞿汝稷集。《王维集》一卷。江东孙仲逸野臣校,明刻本。

**十三日(7月16日)** 至商务书馆清理处,晤任心白谭。

至大生,晤沈燕谋,托张文栋、颂轩子。纪谷登二生考南通医科大学，请其转托瞿立衡校长，并托张文潜君，大生一厂纺科科长。惟云应考资格必须高中毕业文凭，且考期急迫，亦须如期应考。当开张、纪二生名条，交燕谋转致。

覆吴舜臣书。告为张、纪二生考南通医大情形，并托沈燕谋转瞿校长，请覆陈夺声、张颂轩。

至二酉书店，取：付洋四十六元。《灵芬馆全集》，郭麐，洋四十元。较家藏本多《续集诗》九卷、《爨余集诗词》一卷，缺《金石刻补》二卷、《江行日记》一卷、《国志蒙拾》二卷、《诗话》十二卷、《爨余丛话》四卷。《梁溪书画征》一卷《书画续录》一卷，嵇承咸，嘉庆癸酉刻本，洋三元。《双花阁词钞》一卷，丹徒钱之鼎，嘉庆丙子刻本，洋八角。《竹帘词》一卷，高邮王树藩，宣统元年朱氏刻本，洋四角。《虹桥秋禊图》一卷。仪征朱铭等，光绪三年刻本，洋八角。

**十四日(7月17日)** 访丁莞生谭。

至来青阁、二酉书店。

致缪子受书。催邓文如钞北大图书馆各碑。

致孙伯恒书。催取第三次集拓汉魏石经编目。预告赠《小檀栾室影》。

覆徐蔚如书。来书不以朱子桥印宋本藏为然，今告影印并请广事宣传，此宋沙碛本藏经为中土有一无二之善本。

至邹云峰处，取：七月十七日付洋二元。王子琼造铜钟铭，贞观七年，有刘子重(铨福题)。济木萨残碑，济木萨为唐之金华府。唐处士张君铭盖，咸丰甲寅石出长武韩鈖藏。唐王大贞及妻高造象，圣历二年九月廿日，在直隶磁州鼓山。汉王濬墓铭。分书，未著录，疑伪作。十六日退还。永平四年岁在辛酉十月五日。有画象，并题“先生乘马时”五字。

**十五日(7月18日)** 至大生，晤沈燕谋，请为致书瞿立衡校长，为张文栋、纪谷登绍介。

覆杨芷青书。纪生谷登考南通医校，已请沈燕谋致书瞿校长录取，并云余请托。

致吴舜臣书。同上，并钞沈致瞿函稿。纪生为皖省师范毕业。

致李拔可书。金松岑来信，附送诸贞壮赙分五元，属转交。又近诗一纸。

钞来信稿。

二女云仙四十阴寿，在太平寺讽经，往视之。

晤明道师谭，请印老法师作《观世音菩萨三十二感应之课跋》。

翟晏如持展成函绍介来谭，晏如之子翟楚媳曹美恩由美国留学毕业回国，现张和声荐至安大，属向程演生提及。晏如来为其女公子与胡朴安世兄订婚。

陈淮生来书，转孙伯恒赠造象全形七种：北魏铝耳文暴皂石像武泰元年三月卅日。北魏戌主白利升寿妻梁□造像，永熙三年十月。隋僧璨塔砖造象，开皇十二年七月，阳文。唐李芳造像，永隆四年五月三日。唐解知悌造像，大周证圣元年三月廿三日。唐开元造像，开元年。隋□□世造像。开皇十年岁次庚戌□月己未朔八日丙寅[①]。

致杨寿祺书。请访配《灵芬馆全集》内《爨余丛话》、正续《诗话》,《别下斋丛书·汉魏六朝墓铭纂例》,《文选楼丛书》内《孝经义疏补》。催订《阅藏知津》。

**十六日(7月19日)**　答拜翟晏如，未遇。

致印光法师书。为淑畹请序《观世音菩萨三十二感应之课》。

覆金松岑书。寄来新诗，并赙诸贞壮洋五元，交李拔可收，有谢帖。询彤老住址，告之。

晚，赴聚丰园贞元会，恽瑾叔值会。

**十七日(7月20日)**　李拔可来谭。

报载安庆电，皖民厅筹设嘉山县，县治拟设张公岭。又载，日军向义县集中，进攻热河朝阳县。

金祖润润，无锡。送来《通艺录》原本、样本。

**十八日(7月21日)**　竟日整理原刻《通艺录》及新印本。

同敬礼游兆丰花园。

**十九日(7月22日)**　祝吴寄尘六十寿。

访赵悔庵谭。

---

① 本段中“□”均原文如此。

致孙伯恒书。谢赠造象拓本六种,并谢李拔可传语致念。

覆陈淮生书。收到交来孙伯恒赠新得造象六种全形拓本。

覆翟展成书。展翁午节后突病黄疸。翟晏如先生来谭,其子翟楚媳曹美恩已为张和声介绍安大,属向程演生一言。

覆缪子受书。寄来三厂换新股五百两收条,又股东名单三张,请再将一厂、二厂填新票格式单寄来。二厂新票为缪石渠股东,名单为子受,两不相符,俟商该厂能否代改缪子受。航业收条无人过问,将来可望有归还之日。去冬为子彬代押现,卖不出。

至中国书店,查《通艺录》内《仪礼丧服足征记》第一百四十九、五十。叶亦缺。家藏本、李元之藏本、姚石子、周越然均缺。

**二十日(7月23日)** 张和声由安庆来沪,送水礼四色,收。

致刘公鲁书。郭道弥来信,大照股票可售五折,惟本届息未提,想是在售价五折内,函劝公鲁照售至本届,息五厘不在卖价之内。另开抵欠预算单约存一千两。

张和声来谭,南陵民国元年、二年、十六年匪乱情形。一、二年枪毙匪首三人,十六年枪毙一百四十余人,和声在省,参预其事。又云,詹知事正月去任后,三月回桐城途中向天自云,三日后投案,到家三日即死,其在南陵作恶过分也。

**二十一日(7月24日)** 为杨寿祺之两小世兄绍德、泉德书扇。

答拜张和声,未遇。

午刻,赴张和声功德林之约。

赠张和声饼干一箱、果子露二瓶。

**二十二日(7月25日)** 三时,赴影印宋版藏经卅四次常务理事会。

覆吴舜臣书。收来稻款。属书剑白、谷士两联付邮寄上。

覆张熙园书。谢赠汉画象砖二种、明洪武十年砖、宋乾道三年砖、颍井兰亭、黄庭残石、北魏王怀庆墓记、金田裕墓志、梁天监萧□[1]造象。

至来青阁，取《茅山志》十四卷。笪蟾光审编，康熙八年刻本，洋十元，十二日结付八元。

**二十三日(7月26日)** 至商务印书馆寄售处，晤罗品洁谭，收回烬余书，并结书价，售洋二十八元零。损失约洋三百六十余元书籍。

致周越然书。还《通艺录》廿四册。

**二十四日(7月27日)** 洪泽丞来谭，交来吴检斋承仕。辑录程易田先生《仪礼经注疑直》五卷，并示检斋来函。程氏此稿决非定本，故有一事而前后异义者，有杂引他家说而不加论断者，有檃括此稿中之说而录入《通艺录》中者，如《丧服》中各条，皆采入《足征记》。可知此为未成之书，不过长编草创，以为将来料简删定之资而已。后来曾否写定，今不可知，据《通艺目录》有之，然不知究有定本否。假定完具，亦不宜刻印行世，况此稿残阙，十仅得五六，应否布之世间，诚可研讨者也。陈援庵云以昔人创造之迹为之流通，无异发人隐私，此言虽属过当，鄙意良工不示人以璞，此诚良工之璞，似以不示人为宜。至于是稿始末，有缘起一篇，载入《国学丛编》中。按《通艺录》明云，未成书。

覆郭道弥书。傅淑记股款、股息等帐略已寄刘公鲁函，径函商办一切。本公司保息股缘上年大水灾后经济困难，今秋九月又为次儿完婚，在在需款，难以分拨承认。

晤李紫东，购其新设书肆书，付洋十三元：《江上云林阁书目》四卷，望江倪模，道光癸卯次孙人仕校刻本。《名家诗选》四卷，天都吴蔼选定，原刻本。《坦庵词典》六种，邗上徐又陵编，原刻本：《瓮吟》四卷、《添香集》三卷、《买花钱》一卷、《大转轮》一卷、《拈花笑》一卷、《浮西施》一卷。《题襟集》。黄彝凯等，光绪戊戌刻本。

至中国书店、富晋书社小坐。

晚，同敬礼、崇儿、姮女至国泰大戏园，观行侦探剧。

---

① 原文如此。

覆印光法师书。印老以《观音课》假托唐三藏取经为嫌,覆以将首一叶删去,惟书已印成,不及改,印活字本。

同敬礼往视新租法界淞云小筑。

**二十五日(7月28日)** 至商务印书馆清理处,晤任心白谭,以商务印书馆结存售书洋廿八元四角,另加二元,捐助南京佛教慈幼院内慈悲医室。存折报遗失。

心白函告梅老有讯,法云历次所购地契四至界址,去冬黄月翁偕贝寿泉绘图专家。及贝之二友实地测量,初次未竟厥事,今春又由贝邀三友赓续往测,始制成精确蓝图一面,将地契、捐照共八张呈县政府立案。地图两份,一存县备案,一请其盖印发还,因此时三汊河地面尚属县有,故手续较易耳。呈稿附上印师全份,请存报国寺;真师全份,请存太平寺。印、真两师、王一老各寄图、契全份,并恳一老转积老一阅。有此根据,以后尺土寸壤庶不至被人侵占,而茫无稽考。慈悲医室卞筱卿捐基本金五千元,存大同,周息一分,每年收入即以之作饭食、灯油、茶水等项之用,院方无力,不再担任经费。

答拜洪泽丞谭,读其《乙丑后未刻词稿》。

**二十六日(7月29日)** 吴寄尘来,未晤。

三时,赴安徽丛书会,议决吴检斋辑录程易田《仪礼经注疑直》稿请黄宾虹觅胥人照钞一分。第一期丛书登报出售,每部十六元,代售坊肆八折计算,特价对于代售处以阳历八月底截止。

**二十七日(7月30日)** 访顾鼎梅,不遇。

至来青阁,取:《大统历注》,文选楼传钞天一阁本,六十元。退。是书不著撰人名氏,疑采一年间历本而作。《九华诗集》一卷。宋青阳陈岩,传钞本,附释希坦诗,六元。退。是书李振唐刻入宋人集中。

至富晋书社,取《敦煌劫余录》。陈垣编,实洋四元。

**二十八日(7月31日)** 晨,曹梅舫来谭,请函商汪甘卿,为其世兄早定婚期。薄暮,答拜谭。

覆张熙园书。寄来于右任藏汉石经《易经》拓本二纸一分,定价十五元,照购，款交中国实业银行汇。南京城内左所巷地藏庵内有元管道昇画观音大士像，刻石如未破损，请精拓数张供奉。覆函已查明，不知所在。

覆王欣夫书。借惠氏《研溪半农文集》，覆以缪君子受借去未还。又借《读书证疑》。

覆刘翰怡书。代王君九询催大东印《缘督日记》。

覆吴舜臣书。收来稻款。上年亲友助振二百八十元，除拨灾童收养二百元，尚存八十元，有无善举可拨。又售稻二百石，每石四元四角，先付稻，后收款。

**二十九日(8月1日)**　崇儿在复旦大学会计系毕业，今日廿一年八月一日。接到该校证明书。

至兆芳撮影。

至商务印书馆，参观恢复营业，晤李拔可、高梦旦、王云五。

至大生沪事务所，交缪子受一、二两厂填票格式单并印鉴单，连同股票、息折换新股票。一厂新票阳历九月三十日取，二厂只二十两，当给收据。又交子受致一厂挂失信并《新闻报》《民报》各三天，取有回条。三厂股东名单与填票格式单不同，已商代为改缪子受。

覆缪子受书。一厂二百两老股票并息折已送厂换新股票，二厂二十两连同股票息折及填票格式单、股东名单更换新票。挂失信一厂一百两送厂，有收条寄上存查，俟九、十月间南来设法补领。届时股票、航业存单先后可收齐，一并面交。

## 七月

**朔日(8月2日)**　敬礼约至南京戏院，观《午夜巴黎》剧。

至兆芳。

**初二日(8月3日)**　冯光九之女公子冯志芹上月廿八日来，今晚回通。

覆印老法师书。谢题《观世音菩萨三十二感应课序》，唐三藏一段印老未定去取。

致汪甘卿书。为曹东寅同年询结婚吉期。汪世兄号清源。

覆翟展成书。寄宣城新出土墓志并梁巘、袁昶二种拓本,覆谢。

送王叔用之子妇奠分四元。

送汪茂生生子贺分四元。

**初三日(8月4日)** 访吴寄尘谭,丁子盈亲家允九月十日二儿婚期,商衣服、首饰、聘金。

吴复观来,告丁府允九月十日婚期。

晚十时,敬礼夫妇回南通。

李伯老大连覆书来,允公鲁以下关地产抵还债务,至该地产过户更名手续,今昔章程不同,如何办理请先查明,并代为主持一切,所有押件当然全行缴还。

费范九来,告范成师函述摄影工人与其辞职龃龉,并以顾景仁亦接其管理人,函云范师与工人不睦情形,恐难结局。

**初四日(8月5日)** 贵阳师重游泮宫,赋诗志庆,和诗四章,制屏贺之。

前接印老法师作《观世音菩萨三十二感应课序》,答书谢之。惟师以原序有唐三藏取经一段为假托,遂商师删去,而覆书又以不得其用法为嫌,未定去留。今师再作一跋,说其来历方法。

访拔可谭,请为崇儿转商刘鸿生在公司中练习,后告我鸿生须示以履历。

四时,华商水泥公司五十八次董事会。

覆朱润生书。兼祧室韩恭人下世,送丝葛幛,作书慰之。

任心白之子妇丧,送太平寺经忏券。计洋十三元八角。

报载,谛闲法师初二日未时圆寂于宁波观宗讲寺。

**初五日(8月6日)** 覆刘公鲁书。李伯老公馆来人要地图,查明无误再行商办。押件将来似可商量,请即将地图寄来。大照息金并新股票照章应付金城,不能付尊处,现不早清理,后悔无及,鄙人筋力衰颓,不能效力,委托刘翰怡、刘声木、陈乃乾、沈淇泉、孙伯恒、徐行可、来青阁各事,请直接商办。请寄还《石林》一册。尊释浩宗买地券文字甚确,分书亦佳。焦里堂记雷霄琴。

覆李伯行书。刘公鲁下关地产成契，请函托刘晦之代为查明地亩，及新式契纸及新契旧契如何呈验。致函公鲁索地图。请伯老寄旧契押件借据，请晦兄先行代为保管，并请杨翰西作中证。

覆张熙园书。观音象遍访不得。汇洋十五元已收。寄来碑目大都河南出土，早已收得，碑目附缴。

**初六日(8月7日)**　贺恽季申七十六岁生辰。收桃、面。

陈子言来谭，赠新印《皖雅》卷卅九、卷四十计四册。

张仲照为子子美授室，送丝葛幛。陈弢庵之女公子。

叶遐庵之女公子与汪一彪君十一日三时结婚，四时茶会，送丝葛幛、喜筵，收款、字。

至李紫东书店，购《砚林诗集》二卷。丁敬，乾隆魏承宪原刻本，洋二元，当付讫。

至兆芳，取新摄影片，送顾景仁制玻璃版。

**初七日(8月8日)**　薄暮，游法国公园。

**初八日(8月9日)**　访李拔可谭，赠伊墨卿书光孝寺虞仲翔碑、汪容甫墓碑两拓本，取商务印书馆百衲本《廿四史》预约券两期书：第一期，《前汉书》三十二册。第二期。《后汉书》四十册、《三国志》二十册、《五代史》十四册、《辽史》十六册、《金史》三十二册。

至中国书店、富晋书社，还前假《通艺录》各一部，晤金颂清谭。

至来青阁，观新收《杨龙友集》，寿祺云尚未购成，议定归余，此雪岑廉访故物也，有莫偲翁、莫楚生题字。取：《娄水琴人集》十集，太仓徐元润，道光庚寅刻本，洋十二元，十二月付结。分甲、乙、丙、丁、戊、己、庚、辛、壬、癸十集，继《娄东诗派》而作。《梁溪诗钞》五十八卷。无锡顾光旭，嘉庆丙辰刻本。庚午年三月初七日曾购中国书店一部，初九日退回。

覆姚石子书。收回严九能批《鲒埼亭集》四册(先后收全)。石子赠新印钱竹汀汪、孟慈两先生行述五册。

**初九日(8月10日)**　靖儿七岁生辰。

晨七时，附沪宁车至镇江，车中晤丁八先生。三时抵镇，随往大照电汽公司，晤郭礼征、郭道弥诸君，苏州电灯公司，丁君南州亦在坐。

留晚膳素筵,并参观新机,即宿于公司。晤江苏吕鹏抟,赠所译《新世纪家庭教育》《励志集》二书。

**初十日(8月11日)** 晨九时,至南门车站,公司赠肴、醋各四件,又送头等、三等车票,价十元。道弥送候登车而别。五时一刻抵沪,遂回寓。

晚九时,大雷雨,约历一时许。

**十一日(8月12日)** 报载,芜湖昨日下午四时得雨三寸。

吴寄尘来谭,商永儿姻事。

贺叶遐庵之女公子与汪一彪君汪子健之子。都城饭店结婚。

访李拔可,交崇儿楷书英文。

沈醉愚来,未晤。

夜有雨。

**十二日(8月13日)** 曹梅舫同年来谭,明日回苏。

覆印光法师书。为《观音感应灵课》删去前序一页,另撰发明《菩萨助善不助恶法言》一篇。

致魏梅荪书。请题《观音感应灵课》封面。

致杭州经训堂朱菊人书。寄来新出书目,拟购五种开单。又函续寄二种。

覆吴舜臣书。上海自初八日即雨,现日日有雨,今日大雨。报载芜湖电,初八日四时皖南得雨三寸,南陵当亦有雨也。今年圩乡丰收,稻价未必能涨,请相机出售,因九月喜事应用。济生会有药一万包,送皖南交翟展老散放,可函展老分送南陵,或函和声代取。令我处向仁济堂回到仁济丹洋八元由邮寄,望检收。

覆聂云台书。拟覆印《图书集成》医学部一类,属商同志垫款,婉言谢之。

**十三日(8月14日)** 忽患痔疾,就鲍承良诊方。

陈子言来谭。

中元祀先。

**十四日(8月15日)** 至福州路美术图书馆,纪松浦刻牙印。

为瞿镜人并振缨书扇。

致孙叔民书。请书《观音灵课》题字二段，赠洋五元。

至来青阁，取：皆王提法藏书。《山水移集》四卷附录一卷，夜郎杨文骢龙友著，洋六十元，商让洋五十元，十二月结付。集以诗百三十九首为一卷，《赤城山赋》并张玙赋序为一卷，《介岩日记》及《江行十二重记》为一卷，《腐侯传》为一卷，附录诸社长送游赠言一卷，明崇祯间刻本。旧为贵州张苍霖藏书，经莫子偲批注，有书后一篇，后归王雪澄提法。是集为三十后所作，崇祯末又刻《洵美堂集》。《王凤洲行状》，孤子王世骐泣血谨述，通家子王衡填讳，府君讳世贞，洋二十元。十七日退。附神道碑铭，王锡爵撰，凌云翼篆额，张辅之书丹。《大司寇王公传》。东海友人屠隆纬真甫撰。

南京佛教慈幼院院董会快函通告，刘辑之院长病故。魏梅荪院董卧病数月，不克过问院内经费，支绌积久，米、油帐款三千余元，如何应付，请酌核示遵。

杨铁夫寄新著《寐窗词选笺释》。

**十五日(8月16日)**　赠瞿镜人、戴谷荪名谷孙，休宁沙健庵门人。《玉台新咏》、连史纸印。《永嘉四灵诗》，赛连纸印。谷荪兄以山水画扇相赠，并诗钞。

李拔可函告，刘鸿生约崇儿在开滦马头经理处办事，月薪八十元，属往见鸿生。

**十六日(8月17日)**　晨，送崇儿往见鸿生，旋派开滦公司马头经理处办事。

往谢李拔可谭。

晤任心白，谭慈幼院刘院长去世，拟另请乔君接办油、米经费，王一亭已认移借清还，今同明道师往商一亭议定。

访刘晦之，谭前函李伯老请其清理刘公鲁地基押款。

章益来谭，交其尊人仲如谢赠《玉台新咏》书。

李元之来谭。

覆佛教慈幼院院董会书。刘辑之院长病故，其继任院长酌拟有人，日内任心白至宁,与院董会商议,定积欠油、米经费三千余元王一老设法先行筹垫。

**十七日(8月18日)** 姮女今晨由通来沪。

费范九来谭,交《辩利院志》《狼山访碑图》卷、附藏碑目。宣城新出唐萧君墓志。附释文。

三时,赴影印宋碛砂板藏经会卅五次常务理事会,商预约事。

同叶遐庵往麦特赫司脱路新佛学书局分店,观新成影印《藏经》箱橱,购:《谛闲法师讲录》第一集。《普贤行愿品辑要疏》《圆觉经讲义》《观经疏钞演义》《金刚经新疏》《观音普门品讲义》《楞严经序指味疏》《始终心要解略钞》《省庵劝发菩提心文讲义》《念佛三昧宝王论义疏》《水忏申义疏》。

李经纬以劝募印送《谛闲法师讲录》为纪念缘起,属署名《讲录》,较已印者尚增五种。每部定有印价,《教观纲宗讲义》《圆觉经亲闻记》《八识规矩颂讲义》《大乘上观述记》《白忏随闻录》。

丁仲祜赠《说文解字诂林补遗序目》《青年之摄生》。

杭州经训堂朱菊人寄来书:书价四十七元五角,又邮费四角六分,共四十七元九角六分。《默庵遗稿》八卷,冯舒,世豸堂原刻本,诗,洋十六元。《两般秋雨庵诗选》,梁绍壬,道光庚子汪适孙刻本,分集不分卷,洋四元五角。《姜石帚集》,嘉善吴淳还编订,武唐俞兰校刻,洋五元。《白石诗钞》,吴淳还编订,陈大经参详,俞兰校阅。《白石词钞》,吴淳还编订,陈大经参详,俞兰校阅。《云归草》一卷《愓盦草》一卷,秀水计楠,原刻本,洋二元。《别下斋丛书》。零种十二种,洋二十元:《拜经楼藏书题跋记》五卷,吴寿旸;《汉魏六朝墓铭纂例》四卷,李富孙;《宝晋英光集》八卷补遗一卷,宋米芾;《琼花集》五卷,明曹璇;《文泉子》六集,唐刘蜕;《石约尔雅》二卷,唐梅彪集;《初月楼古文绪论》一卷,吕璜;《初月楼论书随笔》一卷,吴德旋;《七颂堂词绎》一卷,刘体仁;《金粟词话》,彭孙遹,一卷;《山静居诗话》一卷,方薰;《得全居士词》一卷,赵鼎;《澹庵长短句》一卷,胡铨;《峡石山水志》一卷,蒋宏任。

至邹云峰处,付裱工洋七元。又交武梁祠画象重裱。

**十八日(8月19日)** 吴寄尘、赵悔庵来,谭次儿姻事。

致经训堂书店朱菊人书。寄来书收到,书价、邮费共四十七元九角六分,今由中国实业银行汇洋四十八元,望检收销帐。

致姚石子书。告来青阁有明万历本《王凤洲行状》。

至来青阁,取《西京职官印录》二卷。吴郡徐坚集,乾隆甲戌刻本,洋廿七元,十二月结付。

程演生来,未晤。

郭道弥来谭。

任心白函告,王一老云慈院请下筱卿主持,院费支绌一老自捐一百元,另拨一千元应急,余续拨。又告魏梅老十八日寅时西归。

**十九日(8月20日)** 答拜郭道弥谭。

访任心白谭,心白准下午至苏,再之宁,约月杪回。慈院经费余亦认助一百元。

覆佛教慈幼院书。八月廿二号开院董紧急会,未克莅会,请任心白代表。

致任心白书。请代表慈院院董会,告郭子彬六月廿八日西游。

送郭辅庭之尊人子彬先生素绸挽幛、烛。古历八月廿五日领帖,卒年七十六岁。

送夏辅宜之弟妇单夫人丝葛幛。交来青阁寄苏。

答拜程演生谭,交程易畴《莲饮集》《濠上吟》。

六时,赴一枝香大照电气公司董事会。

**二十日(8月21日)** 午刻,程演生招饮于功德林,坐有张树侯、之屏,寿州人,光绪举人,辛亥前在东三省。陈淮生、六安人。李少川、洪泽丞、陈子言、黄宾虹、张燕昌。

覆张敬礼书。谢送淑畹寿礼。

至兆芳,付放大照片及附印小片二张。价洋十二元八角。

答拜章友三,益。未遇。访周越然,亦未晤。

**二十一日(8月22日)** 工部局来,收秋季总捐洋一百廿二元八角三分。

傅植夫来,商写《安徽丛书》。

送郭道弥茶叶二瓶、金腿一支。

**二十二日(8月23日)** 淑畹六十有九生辰。

恽季申、丁子盈、吴寄尘、鲍承良、李木公、林洞省、李元之、余节高、朱幹承、朱斗垣、朱宸卿、朱道之、张幹青、鲍子丹、江丙丞、李骏生、张趾庭名麟祥。亲贺,瞿镜人、张淮生、恽源差贺。子丹弟同日生日,亦来贺。

南陵汇来稻款。

**二十三日(8月24日)** 《安徽丛书》编印处新事务员江镜如明正。来谭。

周越然来谭。

至李紫东处,取:八月十四日付价三元六角。《道德经》二卷《阴符经》一卷,吴江徐大椿注,乾隆廿五年刻本,洋二元。《瓶水斋论诗绝句》。大兴舒位,钞本,洋二元。

至中国书店小坐,晤宗子戴、费梓怡谭。

**二十四日(8月25日)** 报载,故宫博物院保管委员鉴于日本在北平之活动,已筑一水火不侵之特别仓库存放古物,日来职员从事装箱,甚为忙碌。或传当局已在交民巷租定房屋,俾于紧急时存放某种贵重物品。又载,易培基前拍卖丝茶、药品、皮毛等物,总计卖出六十万元,存农工银行,备修理故宫一切建筑经费。

覆吴舜臣书。收到汇来稻款。陈稻设法售出。新稻未能看价。催陈敏勋、陈敏扬租稻。

覆缪子受书。前寄大生一厂挂失信及报纸等已得大生收条,现覆函收到。托售大生股票。

**二十五日(8月26日)** 答谢丁子盈谭。

致胡伯宣书。谢送绸寿幛。

致明道师书。代大女请《普门品》一百册、《阿弥陀经白话解》五十册,寄经值、邮费三十元,廿六日交实业汇。

答谢吴寄尘、朱氏昆仲、江丙丞、李木公乔梓、恽季申、鲍子丹、李元之、余节高。

**二十六日(8月27日)**　访王一亭谭，请题《观音灵课》书衣，一亭赠蒋介石贤母教子图、戴季陶孝园写经并画南屏祖师降谕图二幅。

答谢鲍承良、张午岑、张趾庭。

**二十七日(8月28日)**　访吴寄尘谭。

**二十八日(8月29日)**　答谢林洞省。

拜大宾吴寄尘谭，交八月四日请帖。又拜赵悔庵，未遇，留请帖。赠寄尘《天乐鸣空集》。

拜吕鹿笙，亦未遇，留请帖。

访沈燕谋、蒋an堂谭，交请帖，又杨瑞生、柳梓庭请帖，托燕谋转交。

访费范九谭，请其挽留瞿镜人，并交请帖。

购茂和皇冠牌雪茄烟十箱、廿一元。纸烟一打。三元。

昨，陈贵阳师为重游泮水之日，晚七时约一枝香西餐，延客四十二人，复赋诗叠韵四章，宴毕撮影。

姮女今晚返通。

俞琢吾同年暨德配万夫人六十双寿，送屏分四元。

覆张庆萱书。函属请江彤侯转省主席，现彤老养疴谢客，俟晤时再为进言。

**二十九日(8月30日)**　为瞿镜人题《瞿园图》。

致魏敬生书。敬生为梅荪之子，致书唁之。

致夏育琛书。夏辅宜于廿三日作古，作书唁之。前存衣箱六只，子六人，育琛、育万、育元、培仁、秉仁、述仁。

覆徐咏绯书。题其祖芙双先生《分绿轩诗集》。

覆大照电气公司书。寄上年董事花红。

**三十日(8月31日)**　费范九来谭，交还宣城新出唐志并释文。

费梓怡赠其尊人屺怀先生《归牧集》。

捐助佛教慈幼院特别经费一百元，并以家人上年助振南陵水灾振余八十元亦移捐慈幼院。

购商务印书馆一百二十回的《水浒》,施耐庵著。价洋五元四角。

贺徐炎东书。炎东新任宣城首席县长,作书贺之。附钞已见、待访宣城金石目。寄赠《宁国府志》。

覆陈东原书。历次寄来安徽图书馆《学风》及中文书目均按期收到,请补第一年第四期一册。寄赠《普陀洛迦新志》。

覆吴舜臣书。南陵西乡有灾,虎疫盛行,前存观音救急丹二百数十瓶,救人甚多。今向李季皋、任子木要来一百瓶,交邮寄去,并附雷示散廿瓶,惟邮寄迟延,可请陈燮卿代做半料,价由我处付还。

覆聂云台书。郭涵斋请《宋藏》,照垫款交四百五十元。附摄、印近闻。

致郭涵斋书。请《藏经》,请速定议部数,附样张新、旧二纸。又以摄、印近闻。

## 八月

**朔日(9月1日)** 贺陈叔通之子选善、林洞省之次女德音结婚。

赴叶遐庵、沈昆三晚餐之约。

**初二日(9月2日)** 至恒顺信托公司,晤陈桂堂。浙江上虞人。

午刻,聚丰园贞元会,刘锡之值会。

沈醉愚来谭。

昨,瞿镜人函辞西席。

**初三日(9月3日)** 访顾鼎梅,不遇。

访狄平子谭。

二时,赴《安徽丛书》编印会。

六时,赴冒鹤亭晚餐之约。

吴寄尘来,未遇。江镜如来,明正。亦未遇。

**初四日(9月4日)** 柬请大冰吴寄尘、赵悔庵,并送丁府代办首饰金,约吕鹿笙、柳梓庭、沈燕谋、费范九、蒋嘏堂作陪晚酒叙。杨瑞生、鲍子丹未到。

**初五日(9月5日)** 江镜如同毛订作人来，订《通艺录》交样书，分订廿四册。用附嵌叶连史足数四十五刀，书面纸廿刀。

叶柏皋来谭，交还郭辅庭前假《阐义》一书，并赠厦门金同隆茶叶二瓶。

洪泽丞来谭，交程易畴《果赢转语记》、长沙陈慎登、朝爵。寿州方景略勇。两先生校语已另编校记，并为程演生作跋语。

访江彤侯，不遇，见其女公子，留赠饼干、肉松、纸烟、花旗橘。

江彤侯亦来，未遇。

答拜沈醉愚谭，留刺，候刘翰怡、黄公渚。

南通孙谨丞寄赠新印《念萱堂题咏集》。

沈慈护赠新刻其尊人乙庵先生《蒙古源流笺证》八卷。

六时，同李拔可公宴，冒鹤亭、叶遐庵、林子有、吴董卿、夏剑丞、梁众异、沈昆三、黄公渚、叶蒲孙至，陈彦通未至。

公宴远，遂觉不适，拔可以汽车送余与众异先至里门下车而归。即腹痛、肚泻，急先后延中医鲍承良、西医林洞省诊治。

**初六日(9月6日)** 病稍愈，仍延鲍承良诊方。

**初七日(9月7日)** 病较昨渐愈，再延鲍承良诊方。

致书拔可，交公宴份资，覆书收洋十五元。

**初八日(9月8日)** 拔可过门，以刺问疾。

致夏剑丞、林子有书。辞初九日公宴。

致费范九书。以病请其代表藏经会。

致洪泽丞书。交《果赢转语记》并《方言笺疏》《小学汇函》。

林洞省来视疾，谭。

丹弟闻余病，来视。

江镜如来以会中需用信笺、信纸、邮票，致书汪孟邹，属余签字盖章。

李振亚、维强。牧文农耕斋。来，辞以病未见，各留榅帖请书。

范九以瞿镜人辞馆，荐王捷三、邵苇一两君。

**初九日(9月9日)** 张孝若寄《庐山杂诗》。

**初十日(9月10日)** 任心白来视疾。

张仲照来,未晤。

致梁众异、林子有书。辞十二日午刻酒叙之约。

**十一日(9月11日)** 送汪鲁门之夫人杨氏丝葛幛。

致刘公鲁书。催寄下关地图。催还《石林》。钞焦里堂《忆书》卷六记唐雷霄琴一则。

覆缪子受书。钞安徽碑已访询陈援厂,准予代钞,现邓文如已著手钞有半月,不日可以竣事。

覆姚石子书。《王凤洲行状》已购得,前已阅过,不再奉借。

送俞琢吾暨万夫人六十双寿诗。

寄刘幼云同年丝葛挽幛。青岛湖南路廿五号。

**十二日(9月12日)** 林贻书来,未晤。

李拔可来谭。

刘鸿生同姚锡舟约龚仙舟、荣宗敬、刘晦之、萨桐荪、李拔可、吴董卿酒叙,邀往作陪。

**十三日(9月13日)** 访龚仙舟谭。

至中国书店,取十二月十五日结付价讫。《雅趣藏书》。吴门钱书西山手著,康熙癸未刻本,绣像西厢时艺,洋十二元。

购郭寿臣古钩二枚,洋廿五元:郭石麒经售,十四日付价讫。[illegible]钩、千金钩。

覆章中如书。谢赠《清代考试制度》。请访拓琅琊山宋元明题名碑碣。覆赠赛连印本《宋元科举三录》。寺僧为达修上人。

付鸿宝斋印《观音灵课》洋淑畹款卅六元,又付顾景仁印象赞洋十五元。

**十四日(9月14日)** 答拜林诒书、张仲照,均未遇。

龚仙舟来,未晤。

访席少卿、程秉泉谭,各赠料半印本《小檀栾室镜影》一部。

致李木公书。赠夹宣纸印《镜景》。

致刘晦之书。赠夹宣纸印《镜景》。

曹许君闳惟容。赠其尊人许石荪夔。《石篴诗钞》。

刘晦之赠《屭氏编钟图释》。

**十五日(9月15日)** 陈庸庵尚书师赠《芹香雅集图》。

访宣愚公,不遇,留赠夹宣纸印《镜景》。

黄宾虹有四川之行,往送之,并代付钞《仪礼经注疑直》,计二万字,合大洋十元。又催过旭初,将未完者速钞或收回。

访陈乃乾因病,未晤,还前假《观世音菩萨感应灵课》明万历刻本,并赠新印本十卷。

赠王一亭新印《观音灵课》二十卷。

赠恽季申、李木公、李赵恩淑、丁子盈《观音灵课》各二卷。

贺丁子盈、吕鹿笙、赵悔庵、吴寄尘暨丹弟秋禧。

覆李伯行书。初八日接初一日来讯,并契纸四纸、官纸一纸及地图,属为同公鲁清理此事。覆以碍难,由律师办理较易解决。

覆李从龙书。覆贺秋禧。寄赠《观音灵课》二卷。

致印光法师书。先寄《观音灵课》二册,另寄四百册,请交弘化社,分赠净业学人。

覆吴舜臣书。稻价迟至九月间如涨到三元外,请酌夺出售。佃户求让,请查勘情形办理。附寄《观音灵课》四卷。时事混沌,内乱可虑。前筑路券,觅便寄来。上半年金库券先说完二期粮,今分五期,按末尾先一二,推五个月清楚。

致徐蔚如书。寄《观音灵课》十卷,内分二卷代送陈西甫、一甫昆仲并致念。

覆郭道弥书。收到董会秋节夫马一百二十元。覆贺节喜。

李木公、丁子盈、任心白、朱道之来贺,未晤。

江镜如来谭,访过旭初,允明日交还《仪礼经注疑直》未钞之稿。

致郭涵斋书。寄《观音灵课》二卷。

致翟展成书。寄《观音灵课》二卷,内一卷分送凤迪明。

**十六日(9月16日)** 午刻,聚丰园贞元会,李凤池值会。

赠郭辅庭《观音灵课》十卷,辅庭亦赠我《太上感应篇集传》四卷,惠栋笺,俞樾缵义,姚学塽注。《天乐鸣空集》三卷。鲍宗肇述,沙门智旭定。

江镜如来告,《仪礼经注疑直》稿已向过旭初收回。

**十七日(9月17日)** 林子有同年来,未晤。

二时,《安徽丛书》编印会以《果赢转语记》《仪礼经注疑直》请洪泽丞编校。

至受古书店,取:议定价洋十一元,十九日付讫。《钟鼎字源》五卷,汪立名,康熙五十五年一隅草堂刻本。《四书古人纪年》四卷。六安徐杏林承宴编,嘉庆十年刻本。

至来青阁小坐。

**十八日(9月18日)** 黄公渚、叶蒲荪来谭。

致刘翰怡书。赠料半印《镜景》。

致黄公渚书。赠汪六吉三层玉版笺五十幅。

覆吴舜臣书。报告收稻一千八百余石,稻价二元一角。覆以十六日《时事新报》载,广东水灾,各属秋收无望,安暹洋米价格突涨,将来广东至芜办米,价必增高。

致王欣夫书。金松岑六十生日,门弟子醵刻《天放楼文言诗集续编》为寿,附份洋二十元,当面交。松老寿期何日请示。读书证疑检得,亦函交。

寄聂云台《观音灵课》二卷。

遂吴寄尘《观音灵课》十卷。

覆翟展成书。《安徽丛书》特价十元截止,现售十六元八折,外邮费。影印《宋藏》附寄样张、价目各一纸,最低价四百五十元,须设法向垫款认印者有缺额抵补,能于月内定议,否则预约券出,难以通融。

三时,大生一、二、三厂董监联合会。

江镜如来,交钞《仪礼经注疑直》洋十三元签字,交还前垫款十元。

**十九日(9 月 19 日)** 答拜林子有、叶浦荪,均未遇,留赠《观音灵课》各一卷。

访叶柏皋谭,留赠《观音灵课》四卷。

答访洪泽丞,不遇,留赠《观音灵课》一卷,并借书十种,备校程易畴《果赢转语记》。

程演生由中国银行汇来《安徽丛书》五十五部特价洋五百五十元。

安徽通志馆邓翰丞奉彤侯馆长属,汇款备应用,由中国银行汇洋五百元。

陈友琴来谭。

付邹云峰装潢武梁祠画象立幅、江费题字价洋五元。

《观音灵课》广东《诹吉通书》有《观音金钱卦》五言诗,大同小异,无《西江月》解词。

**二十日(9 月 20 日)** 淑畹生日,今日在太平寺念佛七日。

陈君任、祖壬。袁伯夔来谭。

寄李季皋、黄涵之、濮秋澄各《观音灵课》二卷。

送龙梓修《观音灵课》一卷。

再送郭辅庭《观音灵课》十卷。

**二十一日(9 月 21 日)** 傅植夫来。

覆程演生书。汇来皖中代售《安徽丛书》五十五部特价五百五十元,已交汪孟邹送中国实业银行。

覆邓翰丞书。彤老属汇来洋五百元祇收,先后共汇来二千五百元。

覆刘公鲁书。下关地图已寄大连,并为作诚恳之请求。

购袁回回袁翰仙之子。拓本四种,洋二元:付讫,又《曹全碑》,末年号一行。唐合州庆林观钟铭,长安四年十月二日,正书阴文,在四川阆中。吴大安寺铁香炉款识,太和五年七月十五日,正书阳文,在江西南昌本寺。周三年十月造□□[1]款识,贾彦琮等,正书阳文,重三百五十斤,待考。朱拓吴道子画观音象。无年月,有官印,在云南。

至中国书店,观新收松江唐氏名模,字梧生。书,取:十二月结付讫。《绝妙近词》六卷,孙麟趾,咸丰五年刻本,洋四元。《远春词》二卷,张兴镛,乾隆刻本,洋六角。《东山寓声乐府》二卷。宋贺铸,朱和羲校录,道光戊申刻本,洋六角。

**二十二日(9月22日)** 答拜袁伯夔,未晤。

答拜陈君任谭,赠《玉台新咏》、连史印本。《永嘉四灵诗》。毛太印本。

访费范九,未晤。

贵阳师赠《鸣原四集》。辛未年诗。

**二十三日(9月23日)** 洪明度讣至,送丝葛幛。

至新新屋顶花园,观昙花。宣传为琼花,实愚人也。花形如芍药,草本。

**二十四日(9月24日)** 郭辅庭赠《感应篇集传》二部,索取《观音灵课》二十卷。

吊洪明度。

吕宋廷讣至,送丝葛幛。

至中国书店,晤宗子戴。

购博雅斋袁回回各碑:二十五日付洋八元。宋太平兴国禅院钟识,冯景修撰,正书阳文,庆元五年,四川达县。《宋大观圣作碑》,大观元年,山东临朐。《东魏源磨耶墓志》,正书,武定八年,端氏藏石。唐雷大岑造象记,正书,龙朔元年,陕西长安。唐转运敖仓粟郭威等题名,正书,未著录,贞观八年,旧拓二纸。宋冯公济远庙牒,正书,崇宁三年,四川渠县。梁惠光和尚舍利铭记,正书,未著录,乾化五年十月八日。唐开成井阑题字,正书,开成四年,京师外城报国寺。《宋安福桥记》,正书,有残缺。退回。天历

---

① 原文如此。

二年，太仓，重分。《元刘光瑛施福地马迹山禹帝庙香炉记》，正书，未著录，至正二年。《唐桂州善兴寺舍利塔记》，正书，显庆四年，陕西临潼出土，后藏临桂李氏，今佚。重分。宋海门县礼女乡顾近嗣舍石柱记，正书，宝元二年，上元栖霞，重分。《唐明觉寺尼心印记》，正书，大历十三年，陕西贡院，重分。后蜀张匡翊题名，分书，广政癸亥，四川云阳，重分。虢国公杨花台铭，正书，申屠液撰，陕西咸宁，开元十二年十月八日，旧拓。凡二石，一刻序，一刻铭，《关中金石记》《平津读碑记》言之最晰。《始建县界碑》，正书。华岳庙题名，在陕西华阴。宋薛绍彭（元丰六年，正书）；蔡挺（无年月，横列二字，飞白书）；宋薛昌朝（元丰戊午，正书左行）；唐李虞仲（大和四年，正书左行）；唐于德晦（大中六年，正书左行）。徐文爵书《金刚经》塔，正书。元塔海帖木儿等重摹孔子象，正书，至正五年，广西临桂。宋米襄阳象，镇宅龟蛇图，有成都府官印。《元祐党籍碑》。宋庆元戊午九月，饶祖尧刻，俗称大党籍碑，重分。退。

**二十五日（9月25日）**　刘烈卿来谭。

任心白来谭，赠以《观音灵课》四卷。

吊郭子彬之丧。

吊吕宋廷之丧。

至博雅斋袁炳之购碑，洋六元：当付讫。汉白石神君碑并阴，光和六年，分书，直隶元氏。《宋谷兴颂》，考为天禧三年五月十一日，篆书，陕西西安府学唐庙堂碑阴。宋卧龙寺钟识，盛平六年二月二十四日，正书左行，八面，陕西咸宁。宋昭陵六骏图赞，元祐四年端午日，上记下图，陕西麟游。宋某君字似之墓表，分书，未著录，淳熙丙□[①]十二月辛巳。唐凌烟阁功臣画像并赞，上赞下像，仅王珪、魏徵二人。唐吴道子画先圣为鲁司寇时像，管道昇画观音像，上截《心经》，光绪二年善女人戴采摹刻。苏学士东坡像，东坡像，上有"舒亶谒在"四字。五仙女灵镇五炁天文，《文昌帝君阴骘文》，林则徐正书。汉石经残字，乾隆五十三年翁方纲刻于南昌县学。蜀

---

① 原文如此。

中书令贾公阙,分书,按宋乾道记云贾夜宇阙,旧拓有题记,左方向□[①]题记乾道六年,四川梓潼。唐净住寺释迦文贤劫像铭。分书,碑阴佛像。

**二十六日(9月26日)** 蒯若木来谭。

南陵旅沪同乡会昨举行执监委员改选,当选执行委员。李剑白、牧文农、李铭、吴报岳、夏藩、易克健、缪声候补执委;陈友琴、陈葆真、陈邦言监察委员;徐□、朱稼田、李振亚候补监委;吴报锦执委会。并互推李剑白、吴报岳、李铭为常务委员监委;会推徐□为常务委员,惟经常费用来函请酌予资助,并推牧文农、李剑白、吴报岳来见等情,由牧文农、吴报岳持函来,未见。

答拜李振亚、维强。牧文农,耕斋。晤牧文农谭。

至太平寺。

拜吴寄尘、赵蜀琴,面交九月二日为次子永纳采请帖。

拜吕鹿笙,请九月十日结婚证婚。

覆汪甘卿书。清源世兄姻事缓订吉期,已函曹梅舫转告。东寅病已渐痊,目疾尚可医治。

覆曹梅舫书。甘卿覆书属转达姻事缓订吉期。

**二十七日(9月27日)** 蒯若木来谭,拟为授堂婿立嗣。

答拜蒯若木,适郑叔进亦至,共同闲话。

答拜刘烈卿,未遇。

周是膺律师代表德中公司来函,催收五月至九月份房租,限五天内送交事务所,否则径向法院诉追。

**二十八日(9月28日)** 访恽季申谭,周是膺、朱振陆律师代表德中公司催欠房租,与事实不符。

访吴树人,商德中公司催欠房租与事实不符,请致函周是膺、朱振陆律师,当即起草缮发。

刘实之来闲话。

---

① 原文如此。

刘晦之来，商德中公司催欠房租事，亦拟属吴树人致函周是膺、朱振陆律师。

**二十九日(9月29日)**　报载，明戚继光墓在平湖新倍落乡紫柏庵附近，占地六七亩，石牌坊数座，则已倾跌，近为人盗掘，棺柩洞穿，异香四布。

覆南陵同乡会书。第二届改选大会举为监察委员及常务委员，以病辞。

覆徽宁会馆书。扩充医院，征募基金，举为基本队长，亦以病辞。

李维强振亚。同梅迪生来，由美留学回，名光迪。未遇。梅迪生明日又去美。

访吴树人之屏。律师谭，送洋三十元，并赠各碑。汉马姜碑、汉单于和亲方砖四种、隋张通妻陶志、汉画象、曾辛庵藏隋唐志三十种。

购来青阁《阅藏知津》四十四卷总目四卷。释智旭，支那本，洋七元，十二月结付。

至会文堂，购《现行六法全书》。洋一元。

## 九月

**初一日(9月30日)**　陈贵阳师十三日为长孙伯韶授室，送红花缎喜幛、金花、喜鞭、喜烛。

黄光益之太夫人六十寿八月廿四日。补送功德林筵券、十二元。王宝和酒券。四元。

致陈散原书。贺九月廿一日八十寿。寄玻璃版印《妙法莲华经》、连史印《宋元科举三录》。

**初二日(10月1日)**　为永儿行聘礼，冰人午刻领礼物并聘金至丁府。申刻回盘，冰人同来，晚留素餐约。吕鹿笙、柳梓庭、张作三、蒋

堂、任心白、丁筅生陪赵、吴二冰人。

覆吴舜臣书。谢送永儿礼券二十元，并送请贴全份。附寄南陵请帖。

**初三日(10月2日)**　吴树人转来周是膺律师代表德中公司坚索房租，商恽季申谭。访吴树人，因星期，未值。

陈海汇今改汇为慧。自安庆来，索许静仁致书省主席，商改径函曹纕蘅，答拜，未晤。

答拜刘十枝谭赠汉马姜碑。

覆张幼麟书。请余代设法出售皖岸盐票，或抵押，婉言辞之。

覆李伯行书。请其派沪寓帐席，会商办理刘公鲁下关地产成契手续。

送刘健之婿张藕舫泼如了。生子弥月礼。

**初四日(10月3日)** 访吴树人，未晤。

至大生，晤吴寄尘谭，寄尘即往如皋。

郭涵斋寄来洋四百五十元，为吴海若定购影印宋本《藏经》预约券，当交寄尘送金城银行，掣取收据。

陈海慧来，未遇，晚约至中社西餐，复来寓闲话。为致书曹纕蘅，托其关照，并赠海慧食物四种。

致曹纕蘅书。荐陈海慧。赠赛连印《徐公文集》、连史印《永嘉四灵诗》、《说文解字韵谱》《朱淑真诗注》。

午刻，叶遐庵、梁众异约陪吴、何肖雅、林贻书，座有夏剑丞、吴董卿、刘翰怡、李拔可、黄公渚、吕贞伯诸君，遐庵赠《桂游半月记》。

**初五日(10月4日)** 德中公司房租已由恽季申同瑾叔议妥，不来函，并经陈邻与汪辅臣商定，付与五月份租金，当即收回房票。

访吴树人，告德中公司和平暂为解决。

访赵蜀琴，请书结婚证书。

海慧今日返皖。

汪孟邹来，未晤，留《安徽丛书》编印处支实业银行支票二百元签字、盖章。

**初六日(10月5日)** 汪孟邹来，将已盖章支票交之。

至永安公司，晤冯润生谭，约许梦麟至大东旅社，视察礼堂，晤经理唐子祥谭。

**初七日(10月6日)** 章叔淳来谭。

覆郭涵斋书。为吴海若请《宋藏》汇来洋四百五十元，交金城银行，收据系三十六号(廿一,十月四日),填认印款。又开福寺(五代古刹)方丈拟请一部,亦可照认印价交款。

覆黄光益书。退回寿筵、寿酒券,并给使一元,今仍将券送之。

汪撷荀六十寿,送丝葛幛、烛。

答拜章叔淳,未晤。

至慕邢处闲话。新自北平回。

蒯若木来,未晤。

晚,请吕鹿笙、证婚人。林贻书、蒯若木、唐子祥、大东经理。冯润生、许梦麟、永安四楼经理。林翼民、吕贞伯、杨瑞年、程秉泉,初十日为子授室,送贺分十元。

吴舜臣来讯,南陵办理积谷,九月二日开会,议决每亩捐稻三斤,东二、佃一。公举陈夺声暨舜臣为一区监察员,县分七区。稻存图储积。又寄《皖江报》载南陵米市情形:一号糙米三两七钱,二号三两四五钱,内须除费四钱二至四钱不等。

**十三日(10月12日)** 陈贵阳师文孙子康世兄哲嗣伯韶授室,往贺,为陪来宾竟日。女家为杨文敬女孙朴山女。

**十四日(10月13日)** 答谢陈蔼士、石寅生、朱象甫谭。

答谢来宾。

**十五日(10月14日)** 答拜汪启我、汪镜石乔梓。

朱象甫为女青宜女士与荣广亮君订婚,宴客于银行俱乐部,往贺。

答谢来宾。

陈贵阳师柬邀喜宴。

李厚甫来,未遇。

**十六日(10月15日)** 蒯景参成主,请郑叔进沅。题,前往作陪。孙存斋、发绪。徐品仙国治。来,未晤。旋往答访,谭办振。匪灾。赴《安徽丛书》编印会。

答谢来宾。

江知源来,未遇。

**十七日(10月16日)** 吊蒯景参,并招待宾客。

访李厚甫及郑霁桥,谭刘葱石同伯老押款情形,并商接收下关地产。又谭荣棠报告一切。

安徽省政府主席吴忠信公函,劝募皖西匪灾振。午后三时,至安徽同乡会,孙存斋、徐品仙先至,许静仁主席会议,不另设振会,由会将匪灾情形报告豫皖鄂临时灾振会。会中常务关芸农、监察高一涵。

致陈海慧书。谢送喜幛。告曹缫蘅初九日快讯,允为位置。

狄楚青来谭,赠新印内府藏阿弥陁佛像、准提菩萨像各五尊,《平等阁笔记》五、六两卷。

黄公渚为画《摄山访碑图》。

**十八日(10月17日)** 费范九出南通来谭,晚答拜,亦畅谭。

答拜叶遐庵、江知源,均未遇,各赠《观音灵课》二册。

答拜狄平子谭,赠《观音灵课》四册,平子亦赠我美展特刊,坐中晤蒯若木,约六时觉林素餐。同坐有马季中、叶柏皋、狄平子。

覆江彤侯书。彤侯询采访安徽金石方法,为送金石古玩调查方法表、访拓金石古物商榷书。前人著录《安徽金石目》,再启商简易办法。附启辞不受薪,并请勿再汇寄。均留稿。

覆北平图书馆书。寄《普陁洛迦新志》《观音灵课》。

李拔可来,谭向刘鸿生代崇儿婉辞派往日晖港接洽情形。

**十九日(10月18日)** 叶遐谭同狄平子绍介印《宋藏经》同茂印局工人在西安不能遵约龃龉经过情形,并赠《遐庵汇稿》。

先母秦太夫人周忌,设祭。

费范九交还《辩利院志》。

报载,共产党托罗斯基派领袖陈独秀于十六日被捕,并捕同党十人,已解公安局。

昨,章叔淳来,未晤。

赠蒯若木《法华经》。珂罗版印本。

**二十日(10 月 19 日)** 晨至黄浦马头,送蒯若木回大连。

赠陈蔼士《玉台新咏》、连史印本。《怀郊杂俎》、毛太印本。翁书《金刚经塔》及《金刚经》、《观音灵课》《金刚经鸠异》《冥报记》。

致吴寄尘书。赠夹宣纸印《小檀栾室镜影》。又赠镇江图书馆家刻各书廿一种,各家刻印各书廿七种。又赠郭辅庭刻《感应篇集传》《三圣经诵本》。凡原函及书目均留稿。

至中国书店,取:十二月十五日结付价讫。《秦金文录》一卷《汉金文录》七卷,容庚,洋十二元。《唐六如画谱》,洋四十元,二十六日以原价让于狄平子。《听鸿楼诗稿》三卷,嘉兴吴巽女史,洋三元,附《二分明月阁词》,乾隆丙辰刻本。《迂存遗文》二卷。望江倪模,光绪戊寅秋从曾孙文蔚刻本,洋六元。

定褚民谊《欧游追忆录》预约券。洋一元。

报载,秋浦县更名至德。原名建德。

江知源来,未遇。

覆吴舜臣书。南陵办积谷,每亩捐三斤,东二、佃一,公举舜臣、夺声二人为一区监察员,县分七区,稻存图储积。谢帖已先寄尊处,同四姨太太小礼觅便寄上。刘德楷六姑爷寄来贺分十元,德楷是何号,请示知,以便复信。

致郭礼征书。谢亲来贺喜。

覆缪子受书。收到所钞各碑,陈援庵、邓文如真是莫大人情,送钞费十元,连前钞费四元,共十四元,除报费十二,尚欠四元。挂失一百两纱厂股票,属代保领。又属代售各股票,俟下月开股东会再觅受主,并先给代表讯。

**二十一日(10 月 20 日)** 为安徽同乡会鄂润之之祖母撒太夫人题象赞。年九十三岁,五世同堂。

致费范九书。次儿授室,范九赠李晴江画册及陈簠斋汉宜子孙专拓本轴,璧晴江画册。

购孔繁德秦瓦、量大小十七枚,价洋二十四元,又购各碑,洋五元六角。

敬礼夫妇今晚回南通,祝其尊人寿。

晚六时,赴龚仙舟、刘晦之之宴。

**二十二日(10月21日)** 晨九时，赴苏，寓中央饭店。

吊夏辅宜之丧，送素绸幛，并代祭筵洋十元。

访印老法师谭，送香敬一百元。

访汪甘卿谭，适又患肝疾，目亦未愈，属商曹东寅、梅舫，先挈其女公子至苏小住，藉知苏州风俗习惯，赠以蜜枣、茶叶。

访刘公鲁，见其太夫人及其夫人，告李伯老允以下关地产抵前假六万五千两，惟立契手续现由南京市政府管辖，与往日情形颇多窒碍，须约夏荣棠茂贵。来沪面商简易办法，并约杨翰西作中证，公鲁一一应允。遂留晚膳，余给公鲁子女洋十元。

**二十三日(10月22日)** 晨访王欣夫，未遇。

至来青阁，见有《语石》批本，略加翻阅，其正误处亦有见地，不知何人手笔也。

访朱犀园谭，观其新得钮匪石楷书楹帖，甚佳。留午饭，并约公鲁来。饭毕，犀园、公鲁送余回寓，再送余至东站，登车而别。五时抵沪返寓。

检家中事，略记一二：

孙存斋、徐平轩来。

郑叔进赠其尊人《独笑斋金石文考》第一集五卷、第二集八卷，共三册。

陈海慧来书，江彤侯荐委乌衣镇粮食查验分所。

上海传真社通告影印海内孤本启事。第一次出品为屠隆之《修文记》、范世彦之《磨忠记》、沈词隐之《博笑记》，售价十元，凡向本社购取，减收九折。

刘公鲁借阅《陵阳献征录》钞本一册。陆锡熊撰，陵阳为石埭县。

**二十四日(10月23日)** 访李厚甫、郑霁桥，谭赴苏接洽刘公鲁情形。郑师谷字怀若，号霁桥，江宁人，又号霁樵。

汪启我、汪慰苍来谭。

至来青阁，取《艺风堂文集》。洋二元五角，上卷外篇一卷，十二月结付讫。

申刻，同丁府会亲，到者丁子盈亲家、丁若农、名家承，子盈世兄。丁耀堂、子盈大侄。丁玉声、子盈六侄。陈雨人、子盈侄婿。丁七太太、子盈弟妇。丁少太太、子盈媳。陈三姑太太、子盈侄女。丁孙少爷，子盈长孙。在大西洋西餐。

**二十五日(10月24日)** 程演生来谭。

费范九来谭。

答拜孙莼斋、徐平轩，晤莼斋谭。

赠龚仙舟刻《玉台新咏》、棉连印本。《宋元科举三录》、连史印本。《观音灵课》、翁书《金刚经》，约大西洋西餐，辞往青岛。

二时，赴影印宋版藏经会卅七次常务理事会。

覆郭涵斋书。前寄吴海若居士认印《宋藏》收据已收到，今又寄来四行会四百五十元支票，亦交金城银行，掣取三十九号收据，特寄上，并附新旧印样二册。尊处排印《念佛警策》寄来五十册，俟收到再为分送同志。

**二十六日(10月25日)** 江知源来谭。

访狄平子，谭昨开藏经会情形，并以《唐六如画谱》示平子，为其商让，收回原价四十元。

访郑叔进谭，谢其赠书，并乞篆书《摄山访碑图》卷首，覆赠以二徐题名、钟山题名二种、来凤泉井闽题字、《宋元科举三录》、赛连印本。《玉台新咏》。连史印本。

贺许秋帆六十寿。送绸幛，退回。

覆聂云台书。代估计影印《图书集成》医部全书。

覆郭辅庭书。尊人子彬先生事略及《天乐鸣空集》已交吴寄尘先生，并请撰联。会中同人有属转求《天乐鸣空集》，拟请惠赐一二部。

覆程云岑书。《镜影》因尚有讹误，须重行修改，故未奉送。大开元钱镜及梵文小镜今不再搜集。

游邑庙市场，购古镜一枚，洋二元。

**二十七日(10月26日)** 吊陈淮生之夫人。

郑叔进来谭,交篆书《摄山访碑图》卷首。

吴蝶卿来谭。

访洪泽丞谭,交《通艺录》廿四本、《越绝书》二本、《经典释文》一本。

访张燕昌谭,赠《怀豳杂俎》、《宋元科举三录》,竹纸印。并以叠扇乞书。

赴《安徽丛书》编印会。

周业勤来,未晤。

晚,约程演生、孙莼斋、徐平轩、刘晦之、刘子树、章初白、章叔淳、汪启我、汪慰苍大西洋西餐,莼斋又约潘竞存来,竞存亦约一人。姓名忘却。

潘竞存交来翟展成讯并书。

**二十八日(10月27日)** 夏荣棠自南京来,商刘公鲁下关地产李伯行接收办法,后约至李厚甫处,再同郑霁桥讨论种种,惟缺少刘聚卿买契,夏荣棠即去苏查询。

八月八日李伯老寄来下关地契四套,升涨滩地部照地图,均交李厚甫收,并取回收条。

冯光九来谭,拟在沪鬻字。

访狄平子,谭校印《宋藏》办事室。

晚,张孝若、徐静仁、吴蝶卿、江知源、丁子盈、吴寄尘邀往便饭,公祝江知源生日,余出公份洋十元。坐有律师梅鹤章(介节),前大理院推事。

**二十九日(10月28日)** 公祝江知源生日竟日,中面、晚膳。

周业勤自南京来谭。

四时,水泥公司第五十九次董事会。

访任心白,未遇,晤李拔可谭。

至中国书店,取:《元末名家诗集》,明潘是仁辑校本,洋三十元,付装(廿二年癸酉又五月收回),十二月结付:《萨天锡诗集》八卷,萨都剌;《张外史集》六卷，张雨；《陈荔溪诗集》二卷，陈旅；《贡南湖集》七卷，贡性之；《倪云林集》四卷，倪瓒；《杨铁崖诗集》三卷，杨维桢；《傅玉楼诗集》四卷，傅若金；《柳初阳诗集》三卷，柳贯；《张蜕庵诗集》四卷，张翥；《泰顾北诗集》一卷，泰不花；《李五峰诗集》二卷，李光孝；《余竹窗诗集》二卷，余阙；《贡玩斋集》三卷，贡师泰；《成柳庄诗集》四卷，成廷珪；《陆湖峰诗集》一卷，陆景龙；《迺前冈诗集》三卷，迺贤；《松谷诗集》二卷，鹤年；《鱼轩诗集》二卷，龙从云；《春慵轩诗集》一卷，郑氏允端。《涪州石鱼题名记》一卷。海宁钱保塘，洋六角。

## 十月

**朔日（10月29日）**　王欣夫来谭，以嘉定陈诗庭所著《读书证疑》借之。

金松岑五月六十寿，赠刻书资二十元，亦交欣大。

费范九来谭。

夏荣棠由苏回沪，检查公鲁家下关地产，只有推据五纸交阅，并所绘地图。旋往晤郑霁桥，告知。

江镜如来，交安徽丛书会同人致主席吴礼卿书，送丛书第一集，书中有“朱笥河《安徽金石志》”等语拟删去，稿为洪泽丞起草，同人均签字、盖章。

答拜冯光九，未遇。

访曹梅舫同年谭，告甘卿又病情形，并述甘卿意，请梅舫挈东寅同年之女公子至苏小住，得悉苏州风俗习惯。

答拜周业勤谭。

访程演生谭。

覆周梅泉书。孟萍藏宋本《吴郡图经续记》《新定续志》两书上年已归张叔驯。

致汪甘卿书。属商曹梅舫，挈其侄女至苏，藉知苏州风俗习惯，梅老允商东寅。梅老不日去宝应，月杪返苏。

至中国书店，取《国朝画识》十七卷。南汇冯金伯辑，乾隆辛亥墨香居刻本，洋三元，十二月付讫。

**初二日(10月30日)** 夏荣棠、郑霁桥来,商补契。

午刻,赴聚丰园贞元会,萧厔泉值会。

**初三日(10月31日)** 张燕昌同史莘公原字野琴,六安人,史海屏之子。来,未晤。燕昌为余书扇。

鲍子丹来谭,属转致李元之接续明年馆事,并加束脩。

任心白来谭。

至光华戏院,观人道影剧,诚劝世之作也。

覆张庆萱书。属为同乡汪鲁侯、张赓庸书立轴楹联,今书寄上。

覆朱菊人书。为书楹联二付。

**初四日(11月1日)** 赵太夫人忌日,设祭。

狄平了來谭。

至蟫隐庐,取:预约价三元,罗子经赠。《贞松堂集古遗文补遗》三卷。罗振玉。

**初五日(11月2日)** 高云麓来,未晤,留赠朱拓自书《阿育王寺重修舍利殿碑记》。陈邦瑞撰文,左孝同篆额。

费范九来谭。

蒯授堂亡婿四十阴寿,在太平寺讽经。

子丹弟女孙二十岁,往贺。

覆刘子才德楷。侄婿书。谢送贺分洋十元,并赠书联。覆谢信,号棣荠。

覆吴舜臣书。南陵我处田向无押板,商照大家办法收取,另存稿。

报载,旅沪安徽同乡会、旅沪同学会联席会议,因设立粮食管理局征收米照捐,迁怒于江彤侯,关芸农谋财厅,王述樵谋米照捐局。有闻江炜主办皖省通志馆,数年来消耗巨款,成绩豪无,由本会函请省党政各机关澈查案。

**初六日(11月3日)** 游文庙公园,趋大成殿谒至圣先师,敬观陈列祭器,中有明正德陆年上海县儒学铜爵,棂星门内有元元贞年儒学记。

周业勤属书《痴豚金石留真》书签。

谛闲法师上古下虚，黄岩县人。讣至，以"道衍观宗"四字挽之。

水泥公司送新填股票盖章。

**初七日(11月4日)** 《新闻报》载，旅沪皖人反对米照捐，昨晚请愿代表出发。

购孔繁德碑，洋二元六角。

程演生、缪孟文通，江苏。来，未遇。往访演生，亦未遇。

访洪泽丞谭，取回前假各书。

访赵叔孺，已迁居。

至中国书店，取：十二月付讫。《史弋》二卷，南陵汪桢，康熙辛巳刻本，洋四元。付装，收回未装。《玉几山房吟》卷。陈撰，凡《绣铗集》《玉几山房吟》卷《拟古诗》三种，洋四元。退回。

**初八日(11月5日)** 缪孟文通，子受之子。来，未见。

程演生、费范九来谭。

皖人关芸农等反对彤老、演生，云伙并，泽丞云内哄。

覆聂云台书。《医部全录》拟放大四开，覆以照前估价加半倍，装订中华书局徐曜堃云每万页洋一元，即百页一分，纸约六厘余，线二厘，故商减二分。寄还《图书集成·医部全录》第廿五册。

杨瑞生之夫人凌夫人讣至，送绸幛。

陈淮生之夫人林夫人丧，送绸幛。

洪泽丞假《琴音记》。前已假《通艺录》，十六日还。

晚，徐静仁、丁子盈约陪林贻书酒叙。

**初九日(11月6日)** 赠沈昆山《黄山指南》。

郭辅庭赠李耆卿《格言联璧》，今交之。

任心白来谭。

影印宋版藏经会上午十时开三十八次常务理事会，在功德林午餐。

致刘晦之书。为任心白催魏梅荪慈幼院捐款，覆以当量力为之。假《清史》。

致任心白书。照刘晦之讯转。

**初十日(11月7日)** 访程演生谭。

晚,约丁子盈、丁若农、江知源、冯光九、吕鹿笙、吴蝶卿、费范九、徐静仁、吴寄尘酒叙,约周业勤,辞。

**十一日(11月8日)** 许静仁之尊人玉堂先生下世,送素绸幛,并以书唁之。

魏梅荪讣至,梅荪子名之蔚,号敬生。送丝葛幛并洋十元。由任心白交取,有收条,为梅老纪念堂经费。

刘晦之侧室刘子康生母王氏病故,送香楮。

至光华戏院,观《啼笑因缘》第三剧。

**十二日(11月9日)** 观受古书店新收洪幼琴同年藏书。

**十三日(11月10日)** 李元之来,告鲍子丹续订明年馆事,并加俸金。

**十四日(11月11日)** 于稚香诞生一子,题"雏凤声清"四字贺之。

常熟瞿、宗、孙三家开书画展览会,往观。

覆费范九书。函属为藏经会书联,却之,报以魏杜文雍造象、高王经二幅。

**十五日(11月12日)** 潘叔玑来谭。

赴《安徽丛书》编印会。

**十六日(11月13日)** 午刻,聚丰园贞元会,周梦坡值会。

洪泽丞来谭,交还《通艺录》《琴音记》。

江镜如来,交《丛书》布套价洋廿元签字。

贺鲍承良为子定婚。

吊杨瑞生之室人凌夫人。

取博雅斋袁炳之碑六十种,议价十六元。十八日付讫。

《碛砂藏经》雕板始于南宋理宗绍定四年,告成于元武宗至大二年，先后凡八十一年。范成师检阅全藏经题记统计。

**十七日(11月14日)**　游文庙公园、蓬莱市场、半淞园。

薛秉初之母孟太夫人讣至，送丝葛幛。

**十八日(11月15日)**　李耆卿来谭。

杨寿祺为长子绍德娶妇，送代幛、洋十元、款、字、花烛。

刘烈卿来谭。

访刘子树，未遇。

付博雅斋袁炳之碑价洋十六元。

**十九日(11月16日)**　叶遐庵、黄翊昌来，谭《藏经》事。

访刘子树，为南市中国实业银行学生马宗贵求留。

覆翟展成书。寄来《街南集》七册，《丛书》会审查，俟下期再印，因卷帙较多。《安徽丛书》第一集于九月廿八日交潘竞存带上二十部，并先由会照特价十元通过。宣城南乡杨柳铺有徐凤楼，家藏书最富，请钞皖人书目。新出唐墓志，前寄拓本字模糊，未能考释，请凤迪明寄一精拓本。《观音灵课》再寄四本。《街南文集》二十卷《续集》七卷，宣城吴肃公晴岩氏著，前有李清、王方岐、于缤三序。贞隐堂本《续集》前有潘一元引。壹是堂本《前集》目录后有吴承励跋，康熙己巳梓行，后附《读礼问》三卷，梅枝凤定，用晦居本，又《律陶》一卷，梅枝凤序。

**二十日(11月17日)**　访李厚甫谭，夏荣棠回南京后，至今无信来。

三时，大生纱厂董监联合会。

覆高云麓书。代购六吉净皮宣纸一刀，价洋六元。

**二十一日(11月18日)**　费范九来谭。

闻张退老来沪，往访叙谭。旋退老来答拜，亦谭。

敬礼婿亦来。

访恽季申谭。

作者书社经理黄步香来，未晤。

**二十二日(11月19日)**　费范九来谭。

张敬礼来。

大生一厂股东会。闻选监察人,次多数第二,监察人照留。王饶生反对,开会无效。

翟展成于十月十九日丑时作古,酉时入殓。

**二十三日(11月20日)** 先母秦太夫人冥寿。

费范九来,交阅南通金沙乡间藏经,系明刻本。有崇正间捐资人题记。

答拜刘烈卿、吴蝶卿、费范九,未遇。

大生二厂股东会。监察人照留。王饶生未到,子潜刚仍反对,无效。

武仲平十月廿一日亥时作古,廿五日子时大殓。

范成师函告,山西解州北乡距城十八里蒋家村青云寺有《宋藏经》,又河南清化镇月山寺亦有宋藏,移开封历史博物馆保存。

碛砂《藏经》全部六千三百余卷,除陕西、北平可印外,尚缺一百七十余卷。范师报告。

藏经玻璃照片第一批装八十箱,十九日在潼关运沪。

韩佑之受禄,泰县。写古宋字,前在商务书馆。

**二十四日(11月21日)** 为富晋书社代某君继尧书扇。

李耆卿来,交阅新刻《历史感应统纪》样本。

冒鹤亭同袁帅南法来,未遇,答拜鹤亭,谭。

大生三厂股东会。

**二十五日(11月22日)** 吊武仲平之丧。

午刻,赵叔雍、李拔可、沈昆三约酒叙。

叶遐庵、冒鹤亭来谭。

朱智仁为孙仲常娶妇,送红丝葛喜幛。

奚萼衔为子冠伦娶妇,送红丝葛喜幛。

**二十六日(11月23日)** 西安运来藏经玻璃照片八十箱,今日已运至同孚公司。

徽宁会馆俞养涵续娶,送红丝葛喜幛。

沈韫石为子娶妇,送红丝葛喜幛。

五时，藏经会在功德林公宴西安押运经片倓虚法师、高居士、未到。李居士。

至中国书店，取：十二月结付讫。《天延阁删后诗》十六卷《提要》作《前集》。《安徽通志》作《前集》十六卷，《四库提要》云是编分前、后二编，一集为一卷，卷各有序目。卷十六为《敬亭唱和集》《天延阁联句唱和诗》。《后集》十一卷《安徽通志》作十三卷，附《花果会唱和诗》，按《后集》系编年，起甲寅，迄丙寅。《赠言集》四卷，宣城梅清，《四库提要・瞿山诗略三十三》卷云：《天延阁前、后集》皆七十以前之作，板毁于火，故又取未刻三卷，合而编之，以成此本。洋三十元。《交泰殿宝谱》。故宫博物院印本，洋一元。

陈卓甫嫁女，送红丝葛喜幛。

**二十七日(11月24日)** 大生一、二、三厂董监联合会。

购皇冠牌雪茄十箱，洋二十一元。

至来青阁小坐。

至同文书局，购：洋十九元，当付。《列祖提纲录》四十二卷，释行悦集，康熙五年支那本。《慧超往五天竺国传笺释》。日本德岛藤田丰八撰。

检商务、中华、大东预约各书样本十种，送费范九参考。内《频伽精舍藏经》、商务《续藏》《正统道藏》，初次、二次《四部丛刊》、中华《四部备要》等。

**二十八日(11月25日)** 葛荫梧来谭。

至大东书局、新华书局，购廉价书。

真达师来，请为孙月三题主。

覆费范九书。假阅《宏明集》《广宏明集》，以所藏明万历支那本假之。即还。

以郭辅庭刻《太上感应篇集传》《天乐鸣空集》《格言联璧》《三圣经诵本》《正信录》五种共九册赠丁子盈。

**二十九日(11月26日)** 贺朱智仁、奚萼衔、杨寿祺喜。

答拜葛荫梧，未晤，留赠《宋元科举三录》、连史印。《永嘉四灵诗》。毛太纸印。

访丁笕孙,未遇。

三时,《安徽丛书》编印会。

丁子盈来谭。

费范九来,未晤,留还《宏明集》《广宏明集》,又假阅《吴都法乘牧潜集》,元释圆至撰。覆书无此藏本。

**三十日(11月27日)** 吊陈淮生之室林夫人。

叶柏皋来,未晤。

午刻,丁子盈约面叙。

致吴寄尘书。《金忠节公语录》有正书局代印,纸板尚存,现估印一千部七十八元。附叶柏皋来讯、有正书局讯。

覆缪子受书。寄来代售大生股票全权讯收到。三厂发息四厘。股票无人过问。《宋诏令》一书未知董授经如何借与刘修怡覆刻,新刻亦尚未见(翰怡近年不刻书,或授经代潘明训刻,亦不可知),且翰怡于九月又回南浔,无从商询。覆书寄大连墨缘堂书铺罗子期,转寄长春。有缪通具人,来数次,未晤,云系令郎,大约总有所求,或须借贷,如属实,是否稍为接济?请示复。

## 十一月

**朔日(11月28日)** 缪通又来,未晤。

覆徐佩琼书。函来告赤岭树木闻又有出拚情形,未答覆。寄赠《新学生字典》《分类尺牍文汇》。

致吴舜臣书。函来告我处各佃押板,民五收二百数十元,民十、民十一换佃时略加二百数十元,近年换佃,未能加收押板,现请每年租簿中于某佃名下注明,于某年收押板若干。又每年租簿请照向年所定分晰田亩,房产单分登某记,另立一簿。附告族中守本、世锟、家银等公函对于族务颇致不满,拟欲振兴公务,续修宗谱,未便答覆。又告佩琼函闻,赤岭树木又有出拚情形,亦未复。附覆佩琼函并赠《学生新字典》《分类尺牍文汇》。附赠舜臣《净土十要》《念佛警策》《正信录》。

唁翟世兄书。附挽展成素绸挽幛,代祭筵十元。

《苏州府志》:碛砂禅寺在元和县二十六都陈湖上,卢志:去县东五十里。宋乾道间建，旧为延圣院寺，有藏经坊，相传鸟雀不入坊中。宝祐间火，咸淳间复建，明永乐十五年重建，至崇祯中圮。国朝康熙初，草创数椽于旧址，今亦圮废。元僧圆至有《碛砂寺延圣院记》，明吴宽、沈周有《碛砂寺诗》。碛砂《藏经》卷后牌子有云"平江府城东碛砂一作沙。延圣院大藏经局"，一作坊。纪年有宝祐、戊午。淳祐、元年。绍定、五年。嘉熙，三年。佛像侧有元都功德主"江淮诸路释教都总统永福大师杨琏真佳"题名一行。

甪直保圣寺在元和县二十都甫里，唐大中间建，《元和县志》作梁天监二年创。宋熙宁六年僧惟吉重修，明成化二十三年重修寺之西庑，即白莲寺陆龟蒙祠在焉。国朝咸丰十年，大殿毁。亦见《苏州府志》。

**初二日(11月29日)** 贺沈韫石娶子妇、陈卓甫嫁女之喜。

午刻，都聚丰园贞元会，宗子戴值会。

至中国书店，取十二月结付讫。《听月楼遗草》二卷。休宁女史汪韫玉，乾隆刻本，洋一元。

俞峻韵来，未晤。命崇儿往见之，峻韵赠礼四色。

**初三日(11月30日)** 费范九来谭。

访俞峻韵谭，其次子俞昌时十九年春至武昌，任军政部驻鄂第十一军医院军医，于阳历十一月二日以世界语学会参加左翼文化总同盟，又以该同盟主持人黄某被捕牵涉昌时，有共产嫌疑，羁押总司令部军法处，处长仇鳌，湖南人。现判决监禁五年，来商救援办法。当同往访张贤清，适朱芑臣在坐，共同筹商，约往道德会，见叶教子李梦觉、湖南人，会员通称为李老师。罗道三，纲，黄冈人。请其向军法处援救。先上表章，叩请天坛示谕，约会员张贤清挈同俞峻韵明晚八时上表。议毕，辞出，遂邀峻韵及其外甥胡君在南陵林都圩小学堂充小学国文地理教员。在禅悦斋素餐。前有函电来。

送刘晦之侧室王夫人素绸挽幛、素烛。

郭辅庭赠《天乐鸣空集》《金刚经》各二部，并索《观音灵课》，覆赠二十册。

致冒鹤亭书。赠《天乐鸣空集》。

**初四日(12月1日)** 李拔可来谭。

访叶遐庵,告郭涵斋续定《宋藏》一二部。坐中晤刘遇生(崇杰)、任筱珊。

覆郭涵斋书。续定《宋藏》照认印价,已同会长商定允许,并告经卷缺数、玻璃照片运沪暨编订碛砂藏经历史、预约章程、经坊灵感、碛砂地点。

送《安徽丛书》编印处缘起,第一期全、特价简章于丁仲祜。

赠俞峻韵《白衣咒》《观音灵课》《西方公据》《念佛警策》《正信录》《卫生集》《佛骨表纠缪》《感应篇直讲》。

至古香斋,取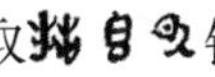钩,文写倒。道州何氏旧藏,价三十元,初八日付讫。

答拜拔可,告恽季申已接洽黄公渚售大源公司股票,现沈堃和每股收价只六十七元,加手续费一元,如愿出售,尚须转询堃和。

访恽季申,谭拔可代友售大源公司股票。

至同孚观,检查《藏经》玻璃照片。

覆高吹万书。收到《安徽丛书》第一集,并告藏有黟县朱霈(号井南)著《望岳楼经学质疑》四卷,书成于嘉庆辛酉,同治八年文公二十四世孙汝潭抄本。查此书道光通志《艺文志》著录,向未见过,请假一读。附赠《观音灵课》。

**初五日(12月2日)** 腹痛、肚泻,就鲍承良诊方。

访俞峻韵谭,送银耳、别直参段各四元,又功德林素席十元。

葛荫梧来,未晤,留赠文文山《传信录》十二卷,吴兴徐浩基编辑。

俞峻韵来,未晤,留赠小孙。洋六元、糕二条。

致俞峻韵书。再送《感应篇直讲》四册。保安司徒庙观音灵签第九十二签末句云:秀才夺得状元回。

致恽季申书。腹泻,辞明晚梁园酒叙之约。

覆恽季申书。谢赠无锡严懋功著《清代征献类编》五种,并告黄公渚大源股票愿以每股六十八元出售。

黄公渚来谭,愿以大源股票每股净得六十八元出售。

古香斋顾立斋来谭，以居节、孙枝两画幅示之，并赠夹宣印本《小檀栾室镜影》。有套。

**初六日(12 月 3 日)**　夏世兄育琛来，商取回前存衣箱。次日取回一只，仍存五只。

腹疾未愈，仍服鲍承良方。

昨晚，俞峻韵回汉口，留函告辞，由其甥胡功琛送来，并璧还功德林十元素席票及交阅道德会坛判。

**初七日(12 月 4 日)**　周实之学辉。来谭。

腹疾仍未愈，改就余伯陶诊方。

**初八日(12 月 5 日)**　答拜周实之谭，赠《玉台新咏》、棉连印。《宋元科举三录》、连史印。《观音灵课》、郭刻《金刚经》，并晤同来郑鉴泉，养源。又徐小秋，未晤。

访华润泉、李拔可谭。又晤任心白，坐中晤卞芷湘。

晚，拔可来谭，赠以《徐公文集》。棉连印。

覆叶柏皋书。吴寄尘拟印《金忠节公语录》五百部，请转有正，覆估价值。

覆朱瑞祥书。新书目内拟购书九种。

**初九日(12 月 6 日)**　翟晏如、凤迪明文祺，泾县，芜湖育婴堂长。来谭，筹商翟展成身后事。

梁众异五十生辰，赠以梁芷邻分书联。廉约御情谨严防意，和平缮性劝饬持身。小崖大兄先生雅正。芷邻梁章钜。

马兰生、马宗沅前晚来，今晨回。

答拜翟晏如、凤迪明，未遇。

晚，赴丁雨庄、其慰。刘子树、滋生。刘子余潼生。梁园酒叙之约。

至来青阁小坐，观新收合肥王谦斋尚辰。藏书，无善本，有秦刻《扬子法言》，每卷后谦斋有评记。

报载，皖省府以盱眙、定县、定字有误。滁县、来安四县交界之三界地方山岭重叠，易藏奸宄，于该地增设县治，定名嘉山县。又英山县划归鄂省管辖。

**初十日(12月7日)** 子丹弟来视余疾。

致梁众异书。辞晚间招饮。

覆吴寄尘书。寄尘同蝶卿合印《金忠节语录》五百册,叶柏皋又属有正估价,附帐单,计四十七元。

晚,约周实之、丁雨庄、刘晦之、徐少秋、郑鉴泉、周梅泉、刘子树、刘子余酒叙。

**十一日(12月8日)** 郑霁桥来谭,交阅李伯老覆书,允接受刘公鲁下关地产,并拟赴宁同夏荣棠接洽。

凤迪明、翟晏如来谭。

约费范九来,商装订《藏经》工价。戴春记亦在坐。

丁子盈来谭,为九女作媒,留晚膳。

**十二日(12月9日)** 王饶生来谭。

昨致书刘晦之,以病辞六时酒叙之约。

陈友琴来,未晤。

巳时为孙月三题主,月三江宁人,办怡和纱厂。子新冕,号劼卿,新茂洋行克赉振洋行经理。襄题一为钱君,在荣宗敬上海纱厂。陪坐有朱友仁君。纱布交易所经纪人。

覆叶柏皋书。《金忠节语录》吴寄尘印五百部,并送来洋四十七元,今附上,请向有正代印。

宁乡程子大颂万,一字十发。报载昨日上午巳时去世,今日午后申时大殓。旋经程宅司书况又韩报告。

**十三日(12月10日)** 送程子大香楮。

约费范九来谭,赠以《江苏金石志》《阅藏知津》,并以《佛学书目表》假阅。

《安徽丛书》会,因腹疾未愈不往。

凤迪明、翟晏如、濮秋丞来,谭翟展成身后筹款,公函周缉之、周实之、陈西甫、陈一甫、李伯行,并由胡朴安商朱智仁筹款、济生会张贤清筹款情形。

覆狄平子书。明日藏经会开会，平子因病请代表。询子斿残碑是否刘君碑，覆以刘君为刘梁，非子斿，系安阳四种之一，确系汉石，今佚。

来函拟于十五日吉日开印《藏经》。

郭涵斋同年来函，续购《宋藏》二部，款照认印价九百元即汇。

**十四日(12月11日)** 答访凤迪明、翟晏如谭。

任心白来谭。

以手校《法华经》校宋景定本、惠云院本、六朝石经本、宋小字梵夹本。赠费范九。

取《安徽丛书》，赠叶遐庵。

赴影印宋版藏经会卅九次常务理事会。

晚，赴李耆卿酒叙之约。

夏辅宜之世兄公函请董玉农来，取前存衣箱，五只全清。壬申二月十四日第一次寄存三只，董玉农送来。又廿四日二次寄存三只。十月三十日夏育琛取回一只，今全交清。具名者育琛(鞠农)、育万(煦千)、育元(飏繁)、育章(绥枚)。

**十五日(12月12日)** 张和声来谭。

**十六日(12月13日)** 聚丰园贞元会，周梦坡值会，未赴会。

约张贤清、凤迪明、翟晏如、胡朴安、张和声、濮秋澄、胡惠生午刻素餐，均至，朱智仁、朱静安、龙梓修辞。

程子大成服，吊之。

以致董子厚书并还吴肃公《街南文集》交凤迪明转交，又钞芜湖宣城泾县碑目访拓。又访南陵石龙庵记，宋昌永撰，在廿六七都庵山口。

致董子厚书。寄还吴肃公《街南文集》七册，十二月凤迪明来信面交。

覆吴舜臣书。告翟展成去世，凤迪明、翟晏如来筹款，我处除借款二百元不计外，再送赙金二百元。又为致函陈一甫、陈西甫、周缉之、周实之，并公启列名。安徽米捐局取销。

公函周缉之、周实之、陈一甫、陈西甫，为翟展成身后募款盖章。赙金交由我处转送济生会。

至中国书店，晤金颂清闲话。颂清拟开中国通艺馆。

晚，张贤清约功德林素餐。

**十七日(12月14日)** 昨信昌隆内协记汇来郭涵斋代法圆精舍定印《宋藏经》四百五十元，今晨往晤协记蔡季卿祖继。取到，当给收字。即交吴寄尘送金城银行。十八日吴复观送来。

代缪子受担保挂失大生一厂石记六〇八至六〇九。一百两老股凭信，当收回换股临时收据。廿二年三月卅日凭换新票。

商定大生前存三十二两收还，购张季子《九录》。托沈燕谋、蒋嘏堂，十八日吴复观送来宣纸一部，价洋二十八元。续又收江南连史一部，洋十五元。

答拜张和声，未遇。

送凤迪明、翟晏如行，亦未遇。

访狄平子谭，赠我《甪直保圣寺唐塑一览》，又《碑联集拓》几册。

访濮秋丞谭。

致黄公渚书。告恽季申来书，大源股票已议定每股六十八元。

**十八日(12月15日)** 闻西安藏经玻璃照片昨夜运到四十二箱第二批，今往视之，交至会，晤费范九谭。

再访张和声，又不遇。

晨，黄公渚覆书至，并大源股票十股股票，又黄公渚印一方。薄暮来谭。

吴复观来书，送来金城银行收法圆精舍认印《宋藏》洋四百五十元收据，又宣纸印张季子《九录》，价洋二十八元。另江南连史一部，随后送来。

张敬礼来。

致恽季申书。送大源股票，附印章。

报载南京中央社电，中俄绝交五载，十二日即夏历十一月十五日。由颜惠庆与李维诺夫在日内瓦互换文件，声明复交。

**十九日(12月16日)** 陈子言来，赠《皖雅》卷十九、二十各四册。

张振余函属为其内弟刘显沅字海峰。书条幅楹联，海峰充南陵民众教育馆馆长，书成邮寄。

吴舜臣函属为朱广记家荫之子朝辉、朝渊书联，亦由邮寄。

金颂清来谭，请书中国通艺馆横额。

答访王饶生，未晤。

至子丹弟处闲话。

费范九同徐景来谭，并示调查各册。

三时，大生二厂董监会。拟二厂移并三厂。

访张和声，不遇，留函，以赠吴舜臣银耳、别直参各二两托其转致。

覆恽季申书。来函附代黄公渚售大源股份十股洋六百八十元，又印章一方。

覆郭涵斋书。先后收到汤寿彭暨法圆精舍认印《宋藏》各一部，共洋九百元，已送金城银行，掣有收据，今特寄上。《宋藏》历史预约章程(有英文)印成即寄。预约发行期大约年内，至迟亦不过阴历正月。前理事会将来函提议预约未发行前经会员绍介认印者照收。金城收据：法圆精舍为四十号，汤寿彭为四十一号。

致吴舜臣书。属为(朱广记)朱家荫之子朝辉、朝渊书联两付，今邮寄上。又奉赠银耳、别直参段各二两，托张和声带上。

覆俞峻韵书。同翟晏如、张和声托胡朴安转求许静仁，以不到南为辞，张贤清属转告，照前议，告病就养医院。

在大生晤大有晋经理王隽卿，托其代售红田，计一百七十五亩。并付租息。戊辰三月廿八日收丙寅息，每亩四角九分八，计八十七元一角五分；丁卯息每亩五角八分七，计一百〇二元七角二分五厘，两共一百八十九元八角七分五厘。

张敬礼今日回南通。

**二十日(12月17日)** 张和声来谭。

午刻，张和声约席桐清、鑅，四川人，水灾会员。汪寿廷昭清，祁门，安徽放振员。一枝香西餐,属往作陪。

二时,上海水泥公司六十次董事会。

闻慕邢侄回沪,往谭。

致黄公渚书。恽季申代售大源股票十股,附来支票六百八十元,缴还印章一方,并来讯。

覆丁仲祜书。来讯询我处新印仪征刘氏数世著述,覆以并无此事。

萧厔泉来,未晤。

**二十一日(12 月 18 日)** 洪泽臣汝闿,歙。同汪作云德沛,歙。来,未晤。

答拜萧厔泉谭,赠《净土十要》《正信录》《观音灵课》、翁书《金刚经》《金刚经塔》。

覆顾鼎梅书。两次购碑共洋三十四元四角六分,除退还五种,共十一元三角二分,今送上洋二十三元二角,并还碑五种。

为金颂清书中国通艺馆横额,所赠笔墨、雪茄烟还之。

在中国书店取:十二月结付讫。《平望志》十八卷,翁广平纂辑,道光廿年刻本。平望为吴江、震泽两县首镇。洋六元。廿二日退回。《此本轩直寄词》二卷,金山焦袁熹,乾隆壬申刻本,洋三元。《金井志》四卷,西吴姜虬绿原辑,道光三年定远方士淦重刻。今名黄龙洞,在浙江乌程县之黄龙山。洋八角。《停云阁诗话》四卷,侯官李家瑞,咸丰乙卯刻本,洋四角。《耕烟诗钞》一卷。淮南释元立,康熙间刻本,洋二元。

余患腹痛肚泻,恽季申传示一方,服之有效,云出自苏州曹氏:炙鸡肉筋、五钱。陈佛手、二钱五分。焦谷芽、二钱五分。焦麦芽二钱五分。共研细末,每饭后约过五分钟吃一撮,或茶或开水送下。

安徽省政府主席吴忠信函聘为安徽省灾区募赈会会员。许世英委员长,王揖唐、柏文蔚副委员长,十二月八日。

今日《晶报》载冯玉祥民十七五月廿四日日记:十三年驱逐宣统时,吾令鹿钟麟问伊究是皇帝,抑是平民?是皇帝就杀,是平民就放,皇宫则归还国有。冯贼供招前言,该贼之肉其足食乎!

李元之来谭。

二十二日(12月19日) 费范九来谭。

洪泽丞同汪作云来谭,作云以其兄汪允宗《今事庐笔乘》五册、《志小录》一册稿本、钞本各一分,拟欲售稿于《安徽丛书》编印处,将稿本、钞本留阅,再商办法。作云通讯处在浙江龙游县溪口。

安徽通志馆副馆长徐炎东去任宣城首席县长,后改请胡子承先生晋按,绩溪人。接办,子承精舆地学,汪孟邹之师。

孔肖云德。来,未晤。

三时,影印宋版藏经会。

定君昨病,晨就鲍承良、林洞省诊方。晚,又约林洞省覆诊。今仍延林洞省诊治。

二十三日(12月20日) 费范九来谭。

覆孙虞臣书。题寄《王文敏诗》卷并题诗,又书签十条。

覆徐咏绯书。书题其祖芙双先生诗集并书扇。

慕邢侄来谈,昨又生孙。

七时,刘鸿生、李拔可、姚锡舟公宴启新洋灰公司理事袁君。项城第六子。

二十四日(12月21日) 姚文敷之夫人讣至,送丝葛幛。

一时,刘季秩、许秋帆约张退老酒叙,作陪。

丁仲祜函送《说文解字诂林补遗》十六册,覆书谢之。补道叙、引用书目表、前编目录、前编上叙跋、前编中、前编下、补遗之续、补遗十五篇、补遗之续、补遗后编、补遗通检。

杭州抱经堂寄来书:共十三元七角,邮费三角八分五厘。《净土资粮》三卷,莲池宏禅师校正,庄广还辑,明万历戊子刻本,洋五元四角。《龙舒增广净土文》十卷,王日休撰,明刻本,洋三元六角。《禅源诸诠集》二卷《原人论》一卷,沙门宗密述,明云栖寺刻本,洋二元七角。《文昌通纪》八卷,海宁周广业辑,乾隆戊戌刻本,洋一元八角。《咏怀堂诗补遗》。洋二角。

覆朱瑞祥书。退还《齐云山史》《金刚经解》《大易观玩录》三种,留存书五种，共十四元〇八分五厘，今由中国实业银行汇上十四元，望检收销帐。寄售书四种，连代邮共洋四十元〇七角六分五厘，是否售出，望覆。

覆柳翼谋书。函索《镜影》，覆以成书后奉呈。

答拜汪作云，已去沪。

**二十五日(12月22日)** 费范九送来同孚开印宋碛砂《藏经》样张三石。《大般若经》第一叶至十二叶。

南陵县石龙山，在县西南二十里，宋邓道光建庵，昌永有记，即石龙庵记。俗名庵山口。嘉庆县志云，碑石在二十六七都。张和声家即在其左近，可以亲往访拓。

连日定君病未愈，均延鲍承良诊方。

**二十六日(12月23日)** 黄伯雨讣至，送丝葛幛。

姚石子来谭，赠新印《云间两何君集》八册：《何翰林集》二十八卷，华亭何良俊元朗，嘉靖乙丑何氏香严精舍雕梓。《何礼部集》十卷。华亭何良傅叔皮，嘉靖癸亥刻本。

陈绳夫先后寄赠新刻：《石鼓文考证》一卷，吴广霈。《日照丁氏藏器目》一卷，丁麟年藏，陈邦福辑补。《鉴止水斋藏书目》四卷。许宗彦，《图书馆学季刊》第五卷。

购博雅斋：十二月七日付价讫。汉元氏封龙山颂，分书，延熹七年，在直隶元氏县学，洋二元。魏牧伯碑残石，十二字分书，黄初四年。郡阳康氏藏石。以下五种二元。宋大观圣作碑，徽宗御制，正书；蔡京题额，正书。唐《佛说摩利支天经》《黄帝阴符经》袁正已书，翟守素画像，乾德六年十一月十五日。元广东道宣慰使造铜漏壶铭正书，广东南海拱北楼，延祐三年十二月十六日。日月古钱，洋一元。元石鼓文音训并记。潘迪撰，正书记，分书额篆书，后至元己卯。

定君昨服鲍承良方，见效。今仍延其诊方。

**二十七日(12月24日)** 赴《安徽丛书》编审会。

徐静仁来谭。

章叔淳交卸长春交通银行回沪，来谭。

访濮秋丞，谭陈一甫覆书，其昆仲赙展成洋四十元。

为定君再延鲍承良诊方。

郑康成曰：知善深则来善物，知恶深则来恶物。

志公《大乘赞》：有心取相为实，定知见性不了。若欲作业求佛，佛是生死大兆。

大慧杲曰：天命之谓性，清净法身也。率性之谓道，圆满报身也。修道之谓教，千百亿化身也。可谓儒佛双融。

《弇州集》记方愚庵先生性不喜近名，常自诵曰：近名必至立威，立威必至害人，吾不忍为也。愚庵即方正学。

《宣公十二年传》杜预解曰：法行，则人从法；法败，则法从人。叔向曰：国将亡，必多制。以上六则录汪允宗《今事庐笔乘》。

覆陈一甫书。询晋泰公司、大有晋公司通、泰各盐垦情形，赙翟展成，同西甫共四十元。

**二十八日(12月25日)** 吊刘晦之侧室王夫人。刘子康之生母。

吊黄伯雨之丧。

访狄平子谭。

访洪泽丞，未晤。答拜姚石子，亦未晤。

访鲍子丹谭，陈倬斋拟来沪鬻画。

延鲍承良为定君诊方，定君病已渐愈。

至中国书店，晤颂清谭，坐中晤张菊生，取新出书目，取：《白香山集》，一隅草堂本新印，洋一元二角，十二月结付。《红蚕阁遗集》一卷桐城方曜，上元车持谦室。《燕归来轩吟稿》钱唐袁青，车持谦继室。诗、词各一卷。嘉庆十五年刻本，洋一元，十二月结付。《味蘗居近稿》一卷，上元女史王瑾著，车持谦弟妇。

致林洞省书。赠《白香山集》。

**二十九日(12月26日)** 次女云仙二十周忌，在太平寺讽经。

吊姚文敷之夫人于清凉寺。

刘晦之来谭。

费范九来谭。

## 十二月

**朔日(12月27日)** 李拔可、刘鸿生约午刻龙华上海水泥厂酒叙,陪启新公司袁君、协理。胡慕伊君、大冶厂汉口支店经理。汪君陈君、名汝良,号范有,一甫子。丁雨庄。上海公司。

同拔可观厦门某君所作油画于黄君所。曾任财政总长。

至大生,观张地山所藏书画。

汪作云来,未晤。

定君病已愈,须调养。

**初二日(12月28日)** 汪作云来,交还允宗《今事庐笔乘》稿本、抄本各六册。延鲍承良,为定君诊调理方。

致姚虞琴书。请画折扇,并代崇儿求画立幅。

致宗耿吾书。请题《摄山访碑图》卷,并邀陈叔通同作。

致吴寄尘书。以大有晋公司特字卅二号租单,请王隽卿戊辰、己巳、庚午、辛未四年租息,当即取回覆讯。十二日收戊辰、己巳、庚午三年租息八十四元五角二分五厘。

在大生三厂付四厘息六十四两,又代缪子受付来四厘息二十两。

至中国书店,告影印宋版藏经会议定分销预约券,并取:十二月结付讫。《商榷集》三卷,华亭高不骞,康熙己卯刻本,洋三元。《虎邱山志》十卷。太仓顾湄重修,康熙丙辰刻本,洋廿四元(十三日交装订,收回)。

程十发讣至,送代幛十元、公祭份洋二元。

报载,宝华山将设道场,请班禅念经七日,为全国祈祷和平。

**初三日(12月29日)** 昨晚,陈范有来,未晤。今晨答拜,略谭。

至有斐斋,观书画会,取:王墨林维翰,高邮。钟馗轴。洋十六元,当付讫。纸疲。

访洪泽承,未晤。

访费范九,谭康寄遥来沪乞陕振。

晤叶遐庵，知沈乙庵旧藏宋景定二年梵夹本《妙法莲华经》七卷，安吉州陆道源募刻，半页五行，行十七字。不附音释，每卷前后有毛子晋斧季藏印。遐庵以五百八十元购于陕西贾估。

闻程演生来沪，往谭，久之。

程十发领帖，贞元会同人公祭。

**初四日（12月30日）** 黄翊昌将影印《宋藏》预约券、简章等稿拟成，余与丁仲祜阅过，交还费范九。内外埠函订预约，在会者由会出函为据，似应再商。

安徽省政府补助《安徽丛书》编印处洋五千元，由曹纕蘅交中国银行汇到，当即将汇单签字，面交程演生，转汪孟邹送中国实业银行列收，并拟覆纕蘅电稿，请核发。曹纕蘅来电，兹由中国银行兑上大洋五千元，系补助《安徽丛书》编印之费，敬祈察收赐覆。弟曹经沅叩，勘印。覆曹纕蘅电：安庆曹秘书长赐鉴，勘电敬悉。承省政府补助《安徽丛书》编印处洋五千元，今日汇到交处祗收。除由处另函覆谢外，谨先电谢。徐叩，卅。

送武仲平丝葛挽幛、祭筵。十二元。

冯润生开泰。偕其夫人黄云仙昨来寓，约今晚六时酒叙，并赠雪茄烟、糖果。约二十余元。今赴宴，肴馔甚丰，闻每席三十二元，共两席。亦赠以《玉台新咏》、棉连印，有套。《永嘉四灵诗》暨铜雪茄烟合、磁盘。

**初五日（12月31日）** 高吹万来函，介绍黄山狮林僧惟清福渡，赣浔。募建狮林殿宇。黄山狮子峰清凉项狮子林住持惟清。

午刻，藏经会宴陕西康寄遥暨郭、胡、王三君于功德林素餐。

程演生来谭。

约《安徽丛书》编印处江镜如来谭，交江彤侯来书，云省政府补助洋五千元，收到后由处出收条，送省政府备案。

覆安徽通志馆文书股书。函告馆长属编第二次报告书，将前拟摹拓金石方略印成概要，分致六十县采辑员，按图索骥。此项经费，已由省政府令行六十县，在地方附加项下支拨，原定大县六百，中县五百，小县四百。本馆拟即由明年起专用之于摹拓金石、访求皖贤遗著两项。查前送商榷书第六条，桐城之浮山、当涂之采石、费池之齐山、潜山之石牛洞已雇工拓印，似可不必重费乎，续属将该四处之金石目钞寄，刊入说明栏内云云。兹分别今存目(即现有拓本)、待访目两类录目寄上，请审定。

覆大照公司书。收到上年董事花红半数，并钩销存单附寄。

**初六日(即廿二年一月一日，1933年1月1日)** 洪泽丞来，未晤。

江镜如来，交《安徽丛书》编印处收省政府补助编印费五千元收据。

至中国书店、来青阁。

至博雅斋，取：初七日付价讫。唐圭峰定慧禅师传法碑，裴休撰并正书，在陕西鄠县，大中九年十月十三日。今石已中断(在光绪中叶)。宋篆书千字文序记。陶穀撰，皇甫俨正书，额篆书，乾德五年九月二十八日。在陕西长安。

取蟫隐庐各书：廿二日付价讫。《碧城仙馆诗钞》十卷，陈文述撰，家刻本，刘泖生藏书，六元四角。《香严斋词》一卷，合肥龚鼎孳，康熙刻本，四元。《峡流词》三卷，仁和王晫，霞举堂刻本，二元。《绿阴槐夏阁词》四卷。新安朱昂，家刻本，渊雅堂、灵鹣阁藏书，五元。

张敬礼婿由南通来谭。

**初七日(1月2日)** 高吹万来谭。

覆江彤侯书。省政府补助《安徽丛书》编印费五千元，已由曹纕蘅电告，并经中国银行汇到，当即电覆。兹将《安徽丛书》编印处收据寄上，请转送省政府备案。附启桐城之浮山、贵池之齐山、当涂之采石、潜山之石牛洞四处碑目，分别今存目、待访目寄馆，惟匆促编集，惟虑不无疏漏，尚乞教正。

陈哲庵嫁女，送红缎喜幛、喜烛。

晚，赴《安徽丛书》编印处聚丰园酒叙之约。

至博雅斋，付碑价洋四元，前帐已清。

致郭礼征书。赠张季子《九录》。

**初八日(1月3日)** 胡佩如来，未晤。

费范九来谭，同往西泠印社，借元释圆至集。又在来青阁取明治本《大藏经》。

至邑庙市场，无所得。

收西泠印社年终结账，找洋廿六元九角六分。

**初九日(1月4日)**　黄山僧惟清福渡。来，未晤。

恽季申约观翁氏所藏鼻烟，汪撷荀、刘晦之在坐。

敬礼婿来，赠我雪茄、饼干。

**初十日(1月5日)**　李拔可来面约，明日来贴，为后日酒叙，为余作生日。

至生源油号，访张贤清，未遇，留陈西甫、陈一甫助翟展成洋四十元，请转送济生会。启新拨条。

中国通艺馆索书画二十件、古玩十一件陈列。

曾小鲁名学孔，四川筠连，安徽省政府秘书。来谭，此来代表安徽大学校董会传语，曹纕蘅致候。

曹梅舫来，未晤，留函，言甘卿似有龃龉。

费范九来谭。

江镜如来，未晤。

**十一日(1月6日)**　为余六十五岁生辰，亲友来贺。

陈哲庵嫁女于湖社，往贺。哲庵名祖濬。

答拜曾小鲁，未遇，留赠连史印本《宋元科举三录》《玉台新咏》。

蟫隐庐又送书来，留《清真词》二卷《补遗》一卷。郑文焯校刻本，过录郑文焯、王鹏运、朱祖谋批校，洋十二元。廿二日付价讫。

**十二日(1月7日)**　汪伯奇为子挹和结婚，送丝葛幛。

二时，赴《安徽丛书》编审会，以江氏《韵学三书》憨山绪言交胡朴安审查。

程演生假博山大师《宗教答响》。

假程演生命理初手改《癸巳类稿》。

李拔可约七时酒叙。

**十三日(1月8日)**　答拜曹梅舫谭。

答谢林洞省谭。

答谢张退庵谭。

**十四日(1月9日)**　贺汪伯奇为子挹和结婚。

答谢冯光久,未晤。

至子丹弟处谭。

访章叔淳,未遇。

华商水泥公司送来董事夫马二百元。

访任心白谭,交壬申年佛教慈幼院常年经费洋二百元。水泥公司来款。

至济生会,交赙翟展成洋二百元,安徽银行支票。并晤张贤清谭,李耆卿亦来捐洋十元。

晚,赴孔肖云美丽川酒叙之约,坐中皆《安徽丛书》编印会同人,程演生今晚回皖。

致陈一甫书。寄翟府谢帖。

**十五日(1月10日)**　章叔淳来谭。

收千顷堂书价洋十一元九角。

收中国书店书价洋三十七元七角六分。本年代售书二百廿五元五角,本年买书一百八十七元七角,内(卅元)《元末名家诗》、(廿七元)《虎邱志》两部装订,未交来。

答谢朱二十、朱二十六两兄。

访叶柏皋谭,并以元李洞《月夜过采石》诗草书就询。

访李拔可,未晤。误记。

访张仲照谭。

**十六日(1月11日)**　程霖生赠遂吾庐用墨三五石漆烟。定,当覆书谢之。

午刻,聚丰园贞元会,余值会,菜洋十四元。

中国通艺馆开幕,参观,坐中晤丁辅之、姚虞琴、叶遐庵、吴湖帆、梁众异。

答拜刘烈卿,未遇。

取来青阁:十三日结存寄售书价三十九元四角。《曹氏墨林》,无卷数,四册,歙县曹素功,康熙间刻本,码二十元。癸酉三月十日付其装订。《四库湖北先正遗书存目》四卷《札记》一卷,沔阳卢弼纂,红样本,码六元。《删库湖北先正遗书提要》四卷。沔阳卢弼刻,红样本。

覆徐兴和书。来书以良田十余亩及其夫人田十余亩又住屋并基址出售于余,婉辞拒绝,另赠洋三十元。

覆吴舜臣书。附徐兴和来书及覆书,交洋三十元。十八日联由邮寄。属书懋怀之联,书就寄上。初二日信,稻价二元二角。

覆张庆萱书。来函拟借五六十元,今寄二十元。交江镜如带交。属书之件,书成寄上。附书联三、屏一。

**十七日(1月12日)** 张敬礼来。

刘烈卿来谭。

黄蔼农题晋潘宗伯开通阁道题名册成,交任心白送来。

**十八日(1月13日)** 张仲照来谭。

江镜如来,以覆张庆萱书及借洋二十元,又书联三副、屏条一幅,请至安庆转交。

徐蔚如赠新刻《范肯堂文集》十二卷。刘子树送来,朱印本。

覆任心白书。谢黄蔼农题晋潘宗伯开通阁道题名。

致陈乃乾书。索还《蛰园丛书》,覆函云未假。

致朱菊人书。购《续选玉台新咏》四卷,新安郑玄抚,明刻本,价洋三元六角。

许静仁、柏烈武约同乡在一品香茶会议,安徽省灾区募赈办法,由各人量力捐助,劝募所得捐款,送许静仁汇送省会。前省政府主席函聘为会员,并推为上海募振队第五队主任。前胡佩如来,未晤。今晤谭,请余函致朱静安,当覆以静安来告,以工人子弟义务学校款绌,乞补助。嗣静安来,商之,允助一百元。随告佩如。

**十九日(1月14日)** 韩剑霞来。

**二十日(1月15日)** 至中华书局。

陈新甫率子陈一航来谭。一航行医。

覆凤迪明书。告济生会收到展老赙分一千五百余元。请寄宣城唐墓志,并钞近人题跋。来函《街南文集》面交董子厚。又云访拓芜、泾金石。

**二十一日(1月16日)** 安徽灾区募赈会寄来捐册五本。一一二七号至一一三一号。

致徐蔚如书。谢赠新印《范伯子文集》十二卷。范成师来书,天津李典成有普宁本《藏经》,周叔弢绍介借影。又得中央刻经处万叔豪为之编理,以补碛砂之阙。我公必与闻其间,真无量功德也。

**二十二日(1月17日)** 费范九来。

结算蟫隐庐来往书帐,找洋十五元。代售书价洋十一元八角,购书价洋廿六元七角八分。罗子经赠我《集古遗文补》(三本,价三元)。

至来青阁、中国书店。

中国通艺馆有程绵庄《易通》,有数种,共五册,王饶生寄售。为谢光甫购得。

**二十三日(1月18日)** 祀龟。

**二十四日(1月19日)** 姜毓麟来,未晤。文卿子。

至中国通艺馆,晤金颂清谭。

至蟫隐庐,购《印文辑略》二卷。岭南刘绍藜,付洋二元。

购博雅斋当付洋一元。《摩利支天经》《黄帝阴符经》,宋乾德六年,送黄翊昌。"禹""穴"二篆字。

至商务印书馆,晤李拔可、黄蔼农、任心白。

至来青阁,取:《人子须知地理心学》,乾集二卷、坎集五卷、艮集三卷、震集二卷、巽集四卷、离集四卷、坤集四卷、兑集五卷,共三十卷,明徐善继、徐善述辑著,金达厘订。书衣题军门赵爷发刊,余氏克勤斋重补证,万历十一年刻本,洋十六元。《金盖心灯》八卷。鲍廷博注,鲍锟评,嘉庆十六年刻,洋八元。癸酉正月二十日还。

至受古书店,晤翁氏父子。

恽眉卿讣至，送丝葛幛。

**二十五日(1月20日)** 送沈成鹄继室倪夫人丝葛幛。

徽宁会馆王云卿讣至，附公启。送奠份洋四元。

**二十六日(1月21日)** 访黄翊昌谭，赠《摩利支天经》《黄帝阴符经》。

同定君捐佛教居士林赞助费洋拾元，交费范九转送沈彬翰。

覆郭礼征书。收到廿一分份(年节)董事夫马费一百廿元。询前寄赠张季子《九录》是否收到。

安徽通志馆汇来洋五百元。

大生纱厂联合处送来廿一年产业组委员夫马洋六百元。

濮秋丞来，未晤。

函郭辅庭，赠《观音灵课》《摩利支天经》各二十册，索其所刻《正信录》《格言联璧》，得覆函，每种赠五册。

以安徽灾区募振会一一三一号册募朱府捐洋五十五元。

至司徒博、陈伟卿牙医处补牙。

至韩剑霞旅馆中，同购俄国雪茄一匣，十五支。洋五元。

**二十七日(1月22日)** 访濮秋丞同年，未遇。

丁子盈来，谭女媄姻事。

叶柏皋代吴寄尘印《金忠节语录》五百部送来。函赠沈燕谋赠郭辅庭所刻书六种、凡十册。《金刚经》一册、《太上感应篇集传》四册、《正信录》一册、《三圣经诵本》一册、《天乐鸣空集》二册、《格言联璧》一册。

**二十八日(1月23日)** 先光禄公百有一岁阴寿，诣真容前行礼。

致吴舜臣书。南陵稻价十六日来讯二元四角。

致吴寄尘书。送代印《金忠节语录》五百本。

致朱菊人书。购《续集玉台新咏》四卷，新安郑玄抚选(恐卷数未足)，价三元六角，又邮费一角二分，今邮汇四元。

周叔弢寄赠新印《邵阳魏先生遗集》。先生名繇，字季词，三十年前故人也。《文斤山民集》六卷,《泳经堂丛书》二卷,《复初文录》一卷,《金溪题跋》一卷,《金溪词》一卷。

姜毓麟赠我板鸭二只。

至陈伟卿处补牙。

访陈叔通谭。再访宗耿吾,不遇。

濮秋丞来,未晤。

覆任心白书。来函告慈院经费收捐助五千四百十元四角。建筑宿舍纪念堂预算六千元,收捐六千四百〇四元。

覆济生会王一亭、黄涵之、张贤清书。来催天津同乡暨濮秋丞赙展成捐款,答以天津因秦榆战事,遂尔延迟。秋丞闻另有所赠往还,亦相值。

覆谈麟祥书。夏间寄赠《修身古训》《圣师录补》,覆赠《观音灵课》一册。

覆陈绳夫书。寄来新刻《石鼓文考证》《丁氏藏器目》、新印《鉴止水斋书目》。属借《浙江砖录》,检出即寄。自著《吉金图》《藏书记》尚未成书,未克就正。附赠《观音灵课》一册。

覆张熙园书。属书册叶八幅,俟天气清和,漫涂就正,请转致舜铭世兄。

刘晦之赠其尊人《文庄公奏议》八卷、自著《善斋玺印录》十六册。交十九世兄子长送来。

郭辅庭赠新刻《净土五经》。印光法师所定:《佛说阿弥陀经》《佛说观无量寿佛经》《佛说无量寿经》《大势至菩萨念佛圆通章》《普贤菩萨行愿品》。

**二十九日(1月24日)** 吊吴蕴斋之母杨太夫人。

大生二厂送来廿一年下半年董事夫马洋三百元。购富晋书社《敦煌劫余录》,付洋四元。

覆邓翰丞书。收到安徽通志馆汇来五百元,请代陈馆长,以后勿再续寄。

致刘晦之书。谢赠《文庄公奏议》及《善斋玺印录》,其十九世兄子长送来。

洪泽丞、汝闾,歙。徐丹甫识耜,歙。来,未晤。

**三十日(1月25日)** 答拜徐丹甫,不遇。

答拜洪泽丞谭。

晚,祀神接灶,并至真容前行礼。

# 癸酉年(1933)

## 元月

**元日(阳历一月二十六日,1 月 26 日)** 晨升香,告天、祀神、礼佛,诣真容前叩贺新年。

贺亲友新年,并至丹弟处覆贺。丹弟、冠英侄、守怡侄孙来。

各亲友来贺,会张兴之、丁筦生、吴寄尘、沈燕谋、张作三、蒋蝦堂、王象五、张敬礼、叶弥诚。

**初二日(1 月 27 日)** 贺亲友新年,会张退庵、张敬安、张敬礼、张兴之、丁筦生、丁若农。

各亲友来贺,会丁子盈、李元之、章叔淳。募邢侄来。

**初三日(1 月 28 日)** 贺亲友新年,会鲍承良、张作三、沈燕谋。

各亲友来贺,会张退庵、张敬安、张敬礼、丁若农、刘覃振。

覆江镜如书。邮汇洋八元,托购《太湖县志》《铜陵县志》。

覆汪启我书。覆候。

**初四日(1 月 29 日)** 贺亲友。

各亲友来贺。慕邢侄来。

致周叔弢书。谢赠邵阳《魏季词集》,覆赠《观音灵课》。另赠周季木、周叔迦两兄。范成师函告,叔迦兄绍介天津李氏藏宋本《思溪藏经》,补影印碛砂《宋藏》缺卷,功德无量。叔迦拟加印《仁王护国经》。

碛砂《藏经》邱晞明编成正目三卷、别录三卷。

费范九返通,函告北平照相之华桂生昨来沪办料,当约同孚三面接洽,将一切照法详与研究决定,华即北返。

**初五日(1月30日)** 至北京大戏院,同定君观《自由之花》影剧。

各亲友来贺。

**初六日(1月31日)** 定君四十五岁生辰。

丁子盈、张敬礼、朱道之来贺。

任子木来贺,会宗耿吾来贺,并题交《摄山访碑图》卷。晚六时,张孝若约至大生事务所酒叙,讨论二厂改造计划。

**初七日(2月1日)** 午刻,聚丰园贞元会。

贺亲友。

亲友来贺。

王涤斋源瀚。来,未晤,留函,同乡公宴云静老属征同意。段芝泉。当答拜,并拜许静仁,均未遇,亦留字,涤斋应允。

程演生来,未晤,旋答访谭。

至中国通艺馆,取十二日付洋廿四元,次日退二元四角。《华岳全集》十三卷。张维新辑,汤斌重订,万历丙申刻本,洋廿四元。

朱犀园来,未晤。

**初八日(2月2日)** 答拜朱犀园,未晤,留赠吴越金涂铜舍利塔拓本。旋犀园来,亦未遇。又赠北魏程荣造象。

答谢丁子盈,未遇。

访吴寄尘,未晤,留存宋荔裳琬。《安雅堂全集》,晤燕谋谭。寄尘来书,彼所藏未刊稿缺第一、第三共两卷,我处缺《入蜀集》上、下二卷,《祭皋陶》一卷。

游邑庙市场。

狄平子来谭。

**初九日(2月3日)** 答拜张孝若、狄平子,未晤。

访王涤斋,未遇。答潘叔玑,亦未遇。

操文革新,怀宁人,上海法政大学政治系毕业。来,未晤。两江师范生有操持,最速成科,光绪三十年进堂,三十一年毕业。住安庆近圣街,号畹轩,后官广西知县。

访程演生，未遇。

至影印宋版藏经会。

覆余节高书。节高寄诗并演说。

**初十日(2月4日)**　访刘烈卿谭。

访徐静仁，匆匆一谭，赠蓝印《正信录》一册。

午刻，同乡公宴段祺瑞于世界学院。附请吴光新、段宏纲、运凯。

在三星舞台观《彭公案》剧。

中国通艺馆宴客春华楼，往谢之。

鲍承良约七时酒叙。

**十一日(2月5日)**　胡筱石光炜。《金石蕃锦集》有梁中大通二年佛龛题字，云在摄山，其龛绝高，椎拓极难：中大通二年，□[①]八月廿三日作；以上龛左。凌长挟。胡光炜曰："挟"或释作"扶"，疑是"族"字。以上龛右。

假得谢光甫新购霍邱王饶生藏程绵庄廷祚。《易通》一书：前有李绂序、晏斯盛序(附札)、方苞札代序，侄孙廷镛序、乾隆庚申自序，道宁堂本。四月廿九日交来青阁还。《易通总目》，序目十四叶。《易学要论》二卷，九十七叶。《周易正解》十卷，三百十九叶。《易学精义》一卷，五十三叶。《占法订误》一卷。附，二十四叶。

至受古书店，取翁阆仙赠，不受价。《广英堂遗稿》一卷。泾包慎言，同治己巳刻本。

陈友琴来，未晤，留赠《学术演讲第一集》二册。

汪孟邹来，交《安徽丛书》编印会支中国实业银行票盖章。

**十二日(2月6日)**　崇儿廿五岁生日。

李定侯来，未晤。

访李拔可谭，以新钞《瓶水斋论诗绝句》赠之，或转送《青鹤》杂志

---

① 原文如此。

社,并晤任心白、黄蔼农。

江镜如已在安庆大兴书局同安岭二十号。购得《太湖县志》《铜陵县志》寄来,当作书覆之,并附访购各志目:又寄还邮票五角四分。《太湖县志》四十六卷,同治任申知县符兆鹏修,洋五元。《铜陵县志》十四卷。乾隆丁丑知县李青岩修,民国十九年邑人章尚兰重印本,洋二元。

十四日(2月8日) 翟晏如来,未晤,旋答拜谭。

访洪泽丞谭。昨校《仪礼经注疑直》成。

至来青阁,晤杨寿祺谭,购书,洋十一元:当付讫。《历朝名将类编》八卷,青溪朱堪辑,康熙十三年刻本。三月十日交其装订,五月收回。《姓氏谱纂》七卷,一名《百家新笺》,嘉禾李日华辑。此当是坊贾改名。据黄九烟(周星)序为其所编,有合肥王尚辰题字。《夏小正集说》四卷,黟程鸿诏,同治四年刻本。《栖云山馆词存》一卷,甘泉黄锡禧撰,吴让之书,同治丁卯刻本。《两淮戡乱记》一卷,霍邱张瑞墀,光绪十三年刻本。《蔗余偶笔》一卷,定远方士淦,同治壬申刻本。附刻《梁闻山先生评书帖》、梁巘。《鲍觉生先生未刻诗》。

十五日(2月9日) 王欣夫来谭。

金松岑来书,赠新印《天放楼诗续集》十册。内属转赠李拔可、陈子言、夏剑丞各一册。

至来青阁,同杨寿祺闲话。王欣夫亦来。

十六日(2月10日) 午刻,聚丰园贞元会,恽季申值会。

金篯孙兆蕃。赠新刻自著《安乐乡人诗》四卷《药梦词》二卷。

宁波观宗寺寄赠《弘法社刊》第二十期。

十七日(2月11日) 丁子盈来谭。

赴影印宋版藏经会四十一次常务理事会。

十八日(2月12日) 刘季秩之侄孔怀结婚,送红花缎幛,收,余璧。

丁子盈约三星舞台观《彭公案》、十七本。《新斗牛宫》剧。

曹梅舫来谭。

以《仪礼经注疑直》写样交傅直夫。

**十九日(2月13日)** 答拜曹梅舫谭。

陈器之来谭。

覆吴舜臣书。旧腊廿六日新正十三日来书,报告稻价二元四角上下。询时事,告英法外交已倾向中国促成大战争。

致石寅生、吕荫南书。辞谢一品香西餐之约。

覆金松岑书。谢赠新印《天放楼诗词续集》,并分赠陈子言、夏剑丞、李拔可、宗子戴、恽季申。

致陈子言书。代赠《天放楼续集》。

致夏剑丞书。代赠《天放楼续集》。

致宗子戴书。代赠《天放楼续集》。

致李拔可书。代赠《大放楼续集》。

赠任心白《犀园画集》。

致郭涵斋书。寄经像样张并中国佛教会劝请影印宋碛砂《藏经》启。

覆刘公鲁书。下关地事夏茂桂同李府接洽,至今两方未有信来,大照同金城亦未有消息。徐行可去正别后,一年未通音讯。陈乃乾多病谢客。《观音课》原本牌子空白,并无题记。汉洗拓本当再拓奉。《陵阳献征录》原书未敢寄志馆,虑收回不易,只可抄一分寄之。《钩录》正在编订中。尊公《贵池金石志》去冬已校订竣事,并将后得各石亦另补编,因妥便未寄。

校刘葱石《贵池金石记》毕,题跋于卷末,并作补编。

**二十日(2月14日)** 至中国书店,晤金颂清谭,先后晤宗礼白、谢光甫。

至来青阁,还金盖心灯,取:廿三日还。《楮记室》十五卷,平田野老纂集,孙潘蔓刻本。嘉靖壬戌秋八月淮阴潘埙自序,分天部、地部、人部、鸟兽类、草木类、夷狄类。《邓尉圣恩寺志》十八卷。吴江周永年编辑,嘉鱼熊开元裁定,重印明崇祯十七年娄江王焕如订本。

六时,至大中华,赴刘季秩喜宴。

**二十一日(2月15日)** 费范九由南通回,来谭,先后赠《南通名家墨宝》,汤文峰先生(钧书)《圣教序》四十帧,孙墨原先生(芳画)人物十二帧。

又赠元禅定寺钟款。至正二十五年乙巳十月,在松江城内。

午刻,陈子言约菜根香蔬酌,坐有王一亭、李云书、夏剑丞、张燕昌、刘锡之。

三时,至大中华,贺刘季秩之侄结婚。

**二十二日(2月16日)** 郭辅庭又赠《净土五经》二册,又赠吴寄尘、费范九各一册,作书谢之。

**二十三日(2月17日)** 汪作云来谭。

徐磊生传友。为子叔明娶妇,邮寄红丝葛喜幛。

陈伯尧陈心铭之尊人。暨刘夫人六十寿,送红丝葛寿幛。交大生转南通。

致费范九书。谢赠元至正钟款,并转郭辅庭赠《净土五经》。

致任心白书。赠《净土五经》。

华商上海水泥公司四时半六十一次董事会,签订公司借四明银行四十万移转企业,银行以公司全部机件、厂屋基地作抵,董事长李拔可、总经理刘鸿生签字。

至来青阁,取:付讫。《宣德鼎彝谱》八卷,丁卯陶氏据四库文津阁本印。二月二日还。《宣德彝器图谱》二十卷,戊辰陶氏据旧钞本校印。二月二日还。《贼情汇纂》十二卷。甘泉张德坚总纂,国学图书馆印,洋三元。

**二十四日(2月18日)** 至古香斋,取:议价四十元,廿五日付讫。秦镜,铭文十四字,寿州出土,黑漆古,破损,修补完好。唐镜。五月五日四字,水银浸。

二时,《安徽丛书》编印处开处务编审会,张燕昌、陈子言、洪泽丞、胡朴安、孔肖云列席。朴安已审定《江氏韵学三书》憨山绪言,为可印。

**二十五日(2月19日)** 顾立斋来谭,付古镜价洋四十元。

洪泽丞来,未晤。

至中国书店,同金颂清闲话。

顾立斋告我,文舟虚、白坚甫两家所藏汉石经均售于李季皋,文售一万三千,白售五千。

**二十六日(2 月 20 日)** 刘烈卿来谭，约观张济洪书籍。午后往观，并晤济洪。名绍烈，合肥人。

**二十七日(2 月 21 日)** 访胡朴安谭，交《通艺录》样书及洪泽丞新编《通艺录目》、吴承仕《仪礼经注疑直》辑本序录，又程廷祚《易通》。

至济生会，交周实之赙翟展成洋一百元。

至来青阁，晤陈乃乾、谢光甫谭，取付讫。《文选》六十卷。长洲叶树藩参订，何义门评点，双桂堂重刻乾隆三十七年海录轩刻本，洋五元。

孔肖云来，未晤。

**二十八日(2 月 22 日)** 洪泽丞来谭，交阅吴承仕覆书改正《仪礼经注疑直》误字四条。

《安徽丛书》编印会江菊延来谭。菊延无锡人。

刘烈卿同张济洪来，未晤。

至影印宋版藏经会，晤费范九谭。

子丹弟来谭。

题丁若农藏《董香光尺牍》卷。

**二十九日(2 月 23 日)** 访刘十枝谭。

覆吴舜臣书。陈夔卿为孙还愿，拟助慈幼院三五百元。稻价仍在二元四角上下。

覆陈一甫书。收到周实之赙翟展成洋一百元，即交济生会，取回谢帖，寄一甫转交。

致周季木书。索居巢刘君墓石及石羊释文。

## 二月

**朔日(2 月 24 日)** 潘叔玑来，未晤。

张贤清来，未遇，留函，商翟展成赙款，拟凑两千元存福源庄，订期五年，常年九厘半息，属代保管。

访王叔用，未晤。

访吕鹿笙谭，以《狼山访碑图》乞题，坐中晤赵悔庵，以《摄山访碑图》卷乞题，并以二徐题名拓本赠之。

六时，林洞省招饮。

**初二日(2月25日)** 延曹融甫为八女诊方。未收诊金。

贞元会，周梦坡值会，未往。

访濮秋丞谭，张贤清商保管展成赙款，加入秋丞，应允担任。

送吴蕴斋之母杨太夫人绸挽幛、素烛。

李元之前函送其先德耳山先生画《山水记》二卷一册，元之所编录。又撰唐萧府君墓志释文，并赠菌油二瓶。今来谭，鲍子丹家已开馆，面交束脩，口称为二月份，意不送正月也。当往询之。

**初三日(2月26日)** 陈淮生来谭。

影印宋版藏经会开四十二次常务理事会，请费范九代表。

范成师函藏经会，北平有工日休《正讹要归》，元刻本。道衍即姚广孝。《道余录》，明刻本。皆净土宗，现拟印行。又范熙任有支那藏经及续藏、再续藏，共九千余卷，范师拟募资捐助如皋西方寺。范前为议员，索价四千元。

阅《汪穰卿笔记》八卷毕，其卷七"雅言录"尚可取，亦有传闻失实者。

三时，赴大生一厂第二次股东会。

昨，刘公鲁来谭，交还校正其尊人撰《贵池金石记》稿本二册，又代编《补遗》一册。又还《陵阳献征录》抄本一册。

**初四日(2月27日)** 刘二太太五十寿，送幛、礼六色，收款、字、糕、茶。

至济生会。再延曹融甫为八女诊方。

**初五日(2月28日)** 贺刘二太太五十寿。

至来青阁，取：付讫。《李长吉昌谷集句解定本》四卷，姚佺笺阅，码洋四元五角。有蒿庐跋并批校，旧藏一本，为陈素村先生批校。《昌谷集》四卷，明会稽曾益释本，码洋二元五角。《堪舆经》二卷，萧克撰，钟之模订，明万历叁拾玖年刻本，码洋二元。初八日还。《古文渊鉴》六十四卷，徐乾学等奉旨编注，康熙二十四年殿本，桃花纸次印，实洋三十元。三月三日交其装订，四月收回。《吕祖汇集》三十四卷，道光庚戌刻本，实洋八元。初八日还。《新订增篆康熙字典》。鸿宝书局石印本，实洋二元。

三延曹融甫为八女诊方。

**初六日(3月1日)** 四延曹融甫为八女诊方。

至中国通艺馆，同金颂清闲话。

寄南通徐修五宣武。之室陈夫人挽轴。

**初七日(3月2日)** 先光禄公忌日，设祭。

雨山老和尚来，拟初十日赴宁波育王舍利供会，交会费十二元。

致郭道弥书。寄大照公司债票，请丁子盈转寄。

五延曹融甫为八女诊方。

**初八日(3月3日)** 六延曹融甫为八女诊方。

观北京大戏院《春风杨柳》影剧。

至高易，为绮女交南洋路地租挂号费。

至公平，为绮女交南洋路房产保险费。

访刘晦之谭。

访张贤清，不遇。

覆朱菊人书。寄书杭州玉皇山联。

**初九日(3月4日)** 汪叔潜建刚，歙县。来，未晤。

武筱平来，请十四日为其尊人仲平先生题主。

三时，赴《安徽丛书》编印会，到者仅余与陈子言、孔肖云三人，未议案而散。七延曹融甫诊八女方。

**初十日(3月5日)** 范成师函告，天津李典成《藏经》查系明正统本，有一部半，大失所望。邱晞明编《碛砂藏目录》成，计六卷。

八延曹融甫为八女诊方。

顾鼎梅约午刻全家福西餐，坐有关百益、号伯益，河南博物馆馆长，河南通志馆纂修。田玉芝夫妇、均开封人。潘兰史、商笙伯、丁仲祜、陈淮生、高蚊隐、祁民,泰县。方介堪、岩,永嘉。虞和钦。宁波。

访刘晦之,未遇。

访胡朴庵,亦未遇。

至中国书店,取廉价书:五月朔日结付讫。《琅嬛仙馆诗略》八卷,扬州阮元,洋三元。《晚村先生八家古文精选》,康熙甲申刻本,洋四元。《史记菁华录》六卷。光绪壬辰焕文书局石印,洋六角。

**十一日(3月6日)** 访刘晦之谭,关伯益拟观屬钟。

访顾鼎梅谭,晦之允接待伯益。

访胡朴安谭,又交《毛诗补礼》《识学编》《柿叶轩笔记》《中庸补注》《曹州牡丹谱》五种审定,收回洪泽丞新编《通艺录目》,朴安以所藏董桂新著述稿五种相示。

访刘公鲁,未遇。

访汪孟邹于亚东图书馆,未晤,购宋人话本八种三册。

**十二日(3月7日)** 九延曹融甫为八女诊方。

**十三日(3月8日)** 俞寿丞来,未晤。

吊武仲平之丧。

访张贤清,未遇。

至大生,为程锡恩去腊十六日所换程兆记航业股份临时收据遗失,商请查明补给。当查得系大生一厂收据,为六三九号,临时收据存根注明徐积余交来。原收据为一三三号,计元二百五十两,随即出具报失保信,取到正式存单,八月底面交程锡恩二九八号,廿一年一月一日)。

午刻,约关伯益、田玉芝夫妇、潘兰史、顾鼎梅、陈淮生、刘晦之、刘公鲁大西洋西餐。

**十四日(3月9日)** 十延曹融甫为八女诊方。

午刻,为武仲平题主。

**十五日(3月10日)** 刘烈卿来谭,以《狼山访碑图》卷乞题。

刘晦之约关伯益、田玉芝夫妇、顾鼎梅七时酒叙,观所藏屬钟十二器,邀余作陪,余亦请其以新得寿州出土周错金戈二器相示。散后，伯益、玉芝、鼎梅同来余处小坐，遂以车送之归。

**十六日（3月11日）**　访张贤清，未遇。

访任心白，谭魏小溪报告慈幼院院生情形。

答拜刘烈卿谭。

覆周叔弢书。寄《观音灵课》五册（未抽首叶）。来书属访名人批校各书。

覆陈一甫书。《摩利支天经》现商务印书馆未能承印，百衲本《廿四史》继续，出版期尚未定。

十一次延曹融甫为八女诊方。

**十七日（3月12日）**　康更生之女公子同环与何汉在大东酒楼四时结婚，送花篮。

刘古鲁来谭。

同淑畹至东南大戏院，观《狂流》影剧。

**十八日（3月13日）**　十二次延曹融甫为八女诊方。

高云麓来谭。

陈楚材来谭。

王欣夫来谭，金松岑过沪，约晚七时陶乐春酒叙。

葛荫梧来谭，以所藏善本书目相示，拟编藏书记。

刘十枝来谭，赠《御批通鉴辑览五季纪事本末》二十一卷。

约陈器之来，拓寿州出土古镜。假自古香斋三镜，已购三镜，又师比二枚。

至古香斋，还前假三镜，今又假二镜。三月三日还。

至中国通艺馆、来青阁小坐。

访金松岑谭。

七时，赴王欣夫陶乐春之约，坐有金松岑、宗耿吾。

**十九日（3月14日）**　访程演生谭，交还俞理初自校正《癸巳类稿》五册。余亦过录全部，《癸巳类稿》为黟县胡敬庵（元吉）藏本。

刘烈卿来谭，交还《狼山访碑图》、题诗，告明日去莫干山。旋答送，未晤。

访丁子盈、费范九,未遇。

覆汪筱岩书。函来其尊人诗稿已校缮成册,俟带南交启我,选若干首送编《安徽诗征》。寄《摩利支天经》二册。

致刘晦之书。索寿州出土错金戈、戟、印子金三种拓本并释文、跋语。

**二十日(3月15日)** 葛荫梧来谭。

至中国书店,取五月朔日结付讫。《道咸以来梨园系年小录》。秋浦周明泰,活字本,洋一元。

至来青阁,取《五万卷阁书目记》四卷。李嘉绩,光绪三十年刻本,洋二元。

藏经会送阅预约样本签名。

致曹缫蘅书。为李维强进言。

覆李维强书。附曹缫蘅讯。

覆牧文农书。已为李维强致书缫蘅。

**二十一日(3月16日)** 十三次请曹融甫昨日诊方。

程演生来谭。

宗耿吾来谭,约明日观瞿良士藏书及碑帖。

至光华戏院,观《龙虎斗》影剧。

曹梅舫来,未晤。

覆郭道弥书。收到债券本息。

覆曹志功书。吕篙渔之母孙太夫人八十寿诗并寿联,已寄杭州。

至藏经会,晤费范九谭。

**二十二日(3月17日)** 访丁仲祜谭,仲祜赠《民众新医学丛书》一册。

黄峙青讣至,送丝葛幛。

汪禹丞之弟夫人讣至,送丝葛幛。

覆徐炎东书。炎东卸九区宣城县首席县长,回省在公安处任秘书,寄来宣州金石十五种,内明钟铭二种各重二份,仍寄还。覆赠《圣学宗传》《阐义》《金忠节语录》《正信录》四种十四册。

**二十三日(3 月 18 日)** 白山夫人坚。来，未晤。

二时，《安徽丛书》编印处开处务编审会。

吴舜臣代陈夔卿汇来捐助佛教慈幼院五百元，用张葆华名。

**二十四日(3 月 19 日)** 吴寄尘约午刻酒叙，坐中有宋城之、鲍、林诒书、胡笔江、丁子盈。

过居葆华古玩店，购寿州出土秦镜，洋八元。铭文十四字，与正月廿四日购古香斋秦镜同未破损。

购梦月斋金大定钱镜，洋六元。

购邑庙市场明景泰七年神机铳匙，洋三元。

**二十五日(3 月 20 日)** 答拜曹梅舫，已先去宝应。

访顾鼎梅谭，辞中国艺术考古学会发起人。

拜张退老谭，是日为敬礼生辰。

访任心白谭，交陈夔卿捐助佛教慈幼院洋五百元。

访费范九，取回丁仲祜还《梁溪词选》。

至富晋书社，取五月四日付讫。《丛书子目索引》。金步瀛，浙江省立图书馆印本，洋一元三角。

郑霁桥、夏荣棠来，告刘葱石下关地已向各方接洽，用十七年八月契，在县补税契分五纸，刘夫人及公鲁已签字，另有保证书，均属余在中人、见证人名下盖章。税契约费三千元，杂费约千余元。

晚，刘公鲁约会宾楼便酌。夏、郑在坐。

**二十七日(3 月 22 日)** 丁子盈亲家生日，往贺。

瞿凤起熙邦，良士子。来，约观书及碑帖。

致李伯行书。告南京下关地基成立新契五纸、保证书一纸，刘夫人、刘公鲁均签名盖章，余亦盖章。

**二十八日(3 月 23 日)** 覆吴舜臣书。收到陈夔卿捐助佛教慈幼院五百元。老农看历本俗例：三白平头，越卖越恐；二白平中，越卖越松；三白平底，越卖越起。今年正月平头，四月平底，复请看四月情形出售。

覆杨晋卿书。杨为佛教慈幼院院长，告张葆华捐助慈幼院五百元。

**二十九日(3月24日)** 吊黄涵之之太夫人。

六时,赴关伯益、田玉芝古益轩酒叙之约。

**三十日(3月25日)** 至中国银行信托部,交安徽省灾区募赈会捐款二百元。

游邑庙市场。杨芷晴介绍一日人,辞以他往,未晤。

## 三月

**朔日(3月26日)** 程演生、孔肖云来,商《安徽丛书》编印处公祝陈子言七十寿地点并邀陪宾。

观瞿良士古书、古碑。有凤台千佛寺残碑、府判厅石刻,又当涂脱靴、返棹二图木损本,为顾千里旧藏。

**初二日(3月27日)** 文公达作古,送香楮。

午刻,聚丰园贞元会,宗子戴值会。

访关伯益谭,赠《玉台新咏》、棉连印本。《宋元科举三录》,连史印本。又三代彝器拓本二十种,师奎父鼎、剢鼎、剌鼎、叔旁父鼎、丁亥残鼎、虢叔钟、禄康钟、师遽敦、史颂敦、师酉敦盖、敌敦、散伯敦、庚姬彝、静卣、爰壶、戏伯鬲、伯矩尊、叔男父匜、父辛爵、父戊爵。并以唐薛仁贵造象借印,宋开宝《宝箧印陁罗尼经》请题,后借其所编《伊阙石刻著录表》二册,校家藏三十年前拓本,增多今存若干种。

叔淳、敬礼同来谭。

**初三日(3月28日)** 购汪六吉本生夹宣一百张,洋五元五角。

吕篙渔之母孙太夫人廿七日八十寿,寄寿诗、寿联。

覆陈乃乾书。新得戴重《河村集》、戴本孝《余生集》,询《余生集》目剜改有无缺卷,覆以《余生集》上有《前生集》。

王欣夫来,商向傅沅叔钞黄荛圃藏书跋语。

李骏僧昆仲来,询公祝陈子言七十生日情形。

丁子盈亲家来,商刘府订婚择期四月六日。

《安徽丛书》编印会江君来,交阅《仪礼经注疑直》写样改定本,随即交还，随以《字诂义府合按》四册交其送程演生审定。

瞿凤起来，未晤，交售书单一纸，赠：《疫痧草辨论章》二卷，虞山陈耕道，新活字本。《谢楼诗草》四卷，常熟翁春孙，新活字本。《陈司业诗集》四卷，海虞陈祖范，新活字本。《济世养生集》。武林毛世洪辑，钱唐江瑜增订，常熟瞿氏刻本。

访陈乃乾，未遇。

至北京大戏院，观《都会的早晨》影剧。

《宋藏经》陕西卧龙寺为碛砂本，北平松坡图书馆为思溪本，南海康氏为普宁本。

阅徐景耆前在西安所钞《宋藏》前序后刻经题记二册。

**初四日(3月29日)** 在南京饭店公祝陈子言七十寿。孙名以衡，字虞仲。日期四月廿八日。安徽丛书会名义。

访江彤侯谭。

访关伯益，未晤，留赠《宝箧印陁罗尼经》覆本卷。

王启我同子赞霖来，不晤，赠我南京盐水鸭二只、小肚一包。

王涤斋源瀚，贵池。来，未晤。

郑师许赠《图书评论》，第一卷第七期，世界书局出板。中批评《镜影》一书，此君向不认识。

**初五日(3月30日)** 汪孟邹同胡鉴初来谭，孟邹回皖约一月，《安徽丛书》编印会事务邀胡鉴初代表，并交中国实业银行四百元支票盖章。

徐丹斧来，未晤。

送江彤侯饼干二合、白金龙烟十合、小肚八只、金腿四肘。

梁众异初八日侄女星若于归，送丝葛幛。

覆安徽省灾区募赈会书。募捐洋二百元，缴还捐册五本。

**初六日(3月31日)** 徐丹斧来，未晤，留存陈子言寿份十元。

至大生，代缪子受交换三厂九十两新股票，约期一月掉，当收四厘息三两六钱，又收回上年一厂挂失一百两票面、新票一百五十两票折全套。

覆缪子受书。一厂挂失股票已担保换新票折，三厂九十两代换新股票，三厂两次息共廿三两六钱，今邮汇卅七元。附抄来往帐单，收两次代付钞安徽各碑文费洋十四元。收大生三厂息(二七)元廿三两六钱(七一五)，合洋卅叁元〇四分。代付大生一厂一百两股票挂失报费十元，除付，净存卅七元〇四分。

汪启我乔梓来谭。

访关伯益，已于昨日回开封。

覆徽宁旅沪同乡会书。属函商吴主席回旌德，保安队叛变，请派李振亚回乡办理灾区善后，绥辑地方人民，覆函谢之。

延鲍承良为定君诊方。

致周叔弢书。寄瞿良士售书单。

覆陈 甫书。《摩利支天经》现照来函三四十元为度，仿商务印本印一千册，另由他印局承印。

致吴舜臣书。寄陈夔卿捐助佛教慈幼院伍百元收据。

**初七日(4月1日)** 次儿妇生日，丁子盈亲家暨丁若农来。

答拜汪启我谭。

至藏经会，晤费范九谭。

赴《安徽丛书》编印会，议决影印三期书:《江氏韵学三书》《郑本大学中庸说》《中庸补注》《字诂义府合按》《诗经广诂》。

李云生文瀚。藏小盂鼎，上年徐炎东为宣城首席县长，曾函请其采访，今闻程演生言，合肥丁洽明随炎东为科员，得其拓本，云器不存。

陈子言来谢寿。

赠陈子言刻诗集资洋叁拾元。

**初八日(4月2日)** 瞿凤起来谭。

贺梁众异之侄女于归之喜。

吊黄峙青之丧，同乡私谥孝达，属签名。

金颂清由济南回，购来书籍、书画中有阮梅叔亨《珠湖渔隐图册》，题者阮元、伊秉绶、朱为弼、陈鸿寿等，极佳。

覆恽季申书。谢赠董元恺《苍梧词》四卷、《历代讳字谱》（张惟骧）二卷，覆赠《一行居集》《天放楼诗续集》。

**初九日（4月3日）** 敬礼婿辞回南通，于稚香同来。

退老亲家回通扫墓，今晚行，往送之。

徐丹甫来谭，旋答拜，亦晤，赠以《历史感应通纪》《感应篇直讲》《袁了凡四训》《圣哲嘉言录》《欧美之光》。

访狄平子谭，赠我加批《阅微草堂笔记》《南京市美术展览书画册》、佛象三种。四色版印。

**初十日（4月4日）** 贺朱斗垣四十生日。

访陈子言谭。

**十一日（4月5日）** 至大陆商场。

徐景耆、黄镜湖自西安运回《宋藏经》玻璃片一百九十箱抵沪。

**十二日（4月6日）** 赠瞿凤起《玉台新咏》。棉连印本。

致周梦坡书。题董小宛画册。

昨，张兴之来谭，赠我雪茄烟两匣。

覆孙虞臣书。寄八言寿联、《宋元科举三录》赛连印本，祝其六十寿。

访程演生谭，交书二种审查。《一木堂诗词集》二册，歙黄生；《画溪逸语》二册，桐城吴询。十八日还。

访李拔可，未晤，晤任心白，略谭。

过蟫隐庐，晤罗子经闲话。

购艺苑真赏社碑联，付洋四元：《汉校官碑联集拓》，码洋二元。《汉曹全碑联集拓》，码洋二元。《汉开母庙石阙铭集拓》。码洋二元。

过来青阁，晤杨寿祺，选书四种，议价四元八角：付讫。《四库全书书目表》四卷，李滋然。《万卷楼书目》，莲池书院藏书，光绪八年刻本。《吴郡金石目》，程祖庆，滂喜斋刻本。《顾亭林词会祭题名第一卷子》。光绪己亥重装印本。

**十三日（4月7日）** 访程演生，同往怡大纸号，商换扦伤连史纸十二件，允换六件。借去《通艺录》一本、《琴音记》二本。

戴春记来人，重装《镜影》。

俞寿田来谭。

同淑畹、定君至永安公墓。

**十四日(4月8日)** 程演生约往，商《琴音记》原本与《通艺录》《乐律小记》中《琴音记》有微异。

恽季申之母太夫人百岁冥庆，至清凉寺行礼，并送忏资洋十元。

大生纱厂董事会并产业组会。

赠丁子盈《积学斋》《鄦斋》两丛书、《永嘉四灵诗》、均连史纸印本。《玉台新咏》。棉连印本。

**十五日(4月9日)** 《时事新报》载，有铁郎即去年十月廿六日运第一次藏经玻璃片来沪之高居士。撰《碛砂版藏经源流考》。

瞿凤起来，赠玻璃版印宋刻《洪氏集验方》。

章初白来谭。

陈子言来，未晤，留赠《皖雅》卷卅三、卷卅四。四册。

阅渤海高松三承勋。《松筠阁钞异》十二卷毕，是书分人异、事异、术异、鬼异、妖异、物异六类，道光戊子刻本。

**十六日(4月10日)** 先岳母马氏谢太夫人二十周忌，在太平寺讽经，前往行礼。

午刻，聚丰园贞元会，姚虞琴值会。

四时，华商上海水泥公司六十二次董事会。

六时，程演生约美丽川饭庄餐叙，坐中皆安徽丛书会同人，演生商《琴音记》原本多字三百余条，作校记。

至中国书店，取：五月朔日结付讫。《国朝山右诗存》廿四卷附卷八卷《补遗》一卷，泽州李锡麟辑，嘉庆辛酉刻本，洋八元。《中国明器》，郑德坤、沈维钧合著，洋一元。《秋江集》。黄任，乾隆刻本，洋一元。十七日退。

至中国通艺馆，取四月廿九日结付讫。《海州直隶州志》三十二卷。唐仲冕修，嘉庆十三年刻本，洋十元(送李拔可，退还)。

至来青阁，取《云台新志》十八卷。海州许乔林，道光十七年刻本，洋七元(送李拔可，退还)。

**十七日(4月11日)** 至来青阁，还前假阅《松筠阁钞异》八册。

江彤侯来，谭通志情形，以新编金石志稿示之。彤侯拟回皖，后答拜，因午睡，未晤。

叶柏皋来谭。

恽瑾叔来谭。沈砚传办航空奖券，觅皖人保证，婉言却之。

费范九来谭。

访李拔可谭，赠以《海州志》《云台新志》、枕江堂新编《玉琴斋词》四种。闰五月初六日还《海州志》《云台新志》。

访顾鼎梅谭。

张兴之生母六十寿，送绣百花献寿红缎小幅。

拔可以《福建艺文志、金石志、儒林传、文苑传》假阅。四月十六日还，共廿七册。

游邑届市场。

**十八日(4月12日)** 报载，山东滕县发现周鼎二、盘、罍、壶、匜各一，敦、鬲各四，并有陶片、鱼兽骨，又于安上村东十里曹王墓发现汉石室画象。

演生明日返皖，今往晤谭。

汪叔潜前来，未遇，今答访，叔潜以汪鞠卣家藏明九行本《孟子》出观。

答章初白谭，坐中晤大纲公司经理张驭侯，名贵昌，淮安人。驭侯去年寄赠公司概况一览表，又公司垦地草滩地质值价产量一览表，今又交阅公司二十年、二十一年帐略，又十八年至二十一年帐略，二十年八月至二十一年十二月收支表、债务提案、改善股东已分田亩变租为息提案。

鲍扶九来，未遇。

张燕昌来谭，借《明史列传》一册。

**十九日(4月13日)** 至明星戏院,观《张织云失恋》剧。

致张驭侯书。赠书楹帖。

杨吉孚自青岛来谭。

晚,丁若农来谭。

**二十日(4月14日)** 致任心白书。附真达师交来湖南矿泥二种化验。

龚怀希来谭,赠余新印《定山堂诗集》四十三卷《词》四卷、《浦口汤泉小志》一册。

**二十一日(4月15日)** 胡朴庵来谭,交《果赢转语记》提要及《通艺录》新印样本,并云今日安徽丛书会未能赴会。

鲍扶九来谭。

三时,赴《安徽丛书》编印会。

孔肖云赠《当涂出土晋代遗物考》。怀宁徐中舒著,中央研究院印本。

访鲍子丹,谭陈倬斋近况。

答访鲍扶九,未晤。

覆费范九书。谢赠新著《壬申吟稿》。

覆吴舜臣书。稻价二元四角之谱,无受主,请于四月间设法售去大宗。陈友琴今又催赵叔雍,云随后留意。

覆陈乃乾书。高君刻《河村集》已托程演生觅借。潘季野即前年托补钞《龙眠风雅》缺叶者。

致余节高书。询医目疾何人。

**二十二日(4月16日)** 丁了盈亲家之尊人九十冥寿,送忏筵洋二十元,在太平寺行礼。

旌德王授西度,前山东宁阳县长。持汪寿丞彭年。函,拟向徽宁会馆借款七八千元,办理兵灾善后,已由戴孝悃司令、戟。杨啸天处长虎。函会馆云云,未晤。旋访寿丞,适王授西亦来,得悉昨会馆已派卫授经等同寿丞商减三千元,今授西又向朱智仁请同馆董商增至五千元,智仁应允。

**二十三日(4 月 17 日)**　王授西来谭,智仁昨至徽宁会馆相商,忽推翻前议,智仁拟邀余列名公函会馆开会决议,遂同授西往智仁处,商定公同智仁、授经、寿丞及余四人函请会馆,迅速开会。

答访王授西谭,公函已送会馆。

答拜叶柏皋谭,柏皋赠我《鸳鸯七志斋藏石目录》,目为于右任撰,于乃柏皋门人也。

答访龚怀希谭,覆赠《玉台新咏》,棉连纸印。《宋元科举三录》,连史印。《永嘉四灵诗》,连史印。中州金石目录,赛连印。《至圣林庙碑目》,赛连印。《古玉图录》。连史印。

阚霍初铎。交汪翊堂寄赠书:皆营造学社印本。《工段营造录》一卷附录一卷,仪征李斗。《一家言中之居室器玩》,湖上李渔。《女红传征略》,紫江朱启钤辑,合肥阚铎校。《丝绣笔记》二卷,同上。《元大都宫苑图考》,阚铎。《园冶》三卷,松陵计成,涉园陶氏依崇祯本重印。《园冶识语》。阚铎。

怀希以隋开皇僧璨《皖公山塔记》,砖见《匋斋藏石记》卷十五。明红格钞本《三国志》,疑由宋本传钞,恒字缺末笔。宋本《程史》出观。

**二十四日(4 月 18 日)**　陈一甫同丁雨庄来谭,旋答拜,未晤。

同张敬礼婿观兰心戏院《罗宫春色》。

**二十五日(4 月 19 日)**　访陈一甫,已知晨八时游杭州、绍兴。

访丁雨庄谭,坐中晤余明德、刘子文。

访李拔可谭,并晤任心白。

张一志、张兴之生母六十寿,往贺。

至中国通艺馆,晤金颂清、鲍扶九谭,后丁辅之来。

致瞿凤起书。附周叔弢论瞿氏藏书目外之书黄、顾校本不少。

朱十七兄斗垣之子冠时才隆。结婚,送绸幛、烛。

**二十六日(4 月 20 日)**　至影印宋版藏经会。

送黄涵之母朱太夫人丝葛幛。

送丁辅之娶子妇丝葛喜幛。

送吴幼潜、吴振平嫁妹丝葛喜幛。

至中国书店,晤金颂清谭,坐中遇罗子经、谢光甫。

访刘晦之谭,观其新得宋本《列子》《二百家名贤文粹》,并商留鲍扶九编书。

**二十七日(4月21日)** 购汪六吉玉版笺一百五十张,价洋十元五角。

访叶柏皋谭,赠新购玉版笺一百张,并顾鼎梅印《汉石经表叙》。

访刘晦之,未遇,留赠宋版《圣宋名贤五百家播芳大全文粹》二卷。附瞿氏出售书目。

贺丁辅之、吴幼潜、朱斗垣。

旌德王授西来告,徽宁会馆允借二千元,明日回。

阅金陵吴翔风鸣冈辑《稗史续编》“稗史”二字,疑后板至坊肆,为估人妄改,非原刻书名,即吴翔风名亦改。四卷,前有自序,卷分言史、人史、事史、物史四目,所载明末国朝康熙时事,文笔雅驯。卷四记画水,有吾邑盛泽云云。是书不仅妄人更易书名,即撰人亦改刻也。越日查考,为钮琇《觚剩》改名。

覆任心白书。来书为菊生借《太仓稊米集》,覆无此书,南京图书馆有旧钞影宋本。送拔可《海州志》《云台山志》,不可发还。托李拔可代购《福建金石志》卅卷(三元),《艺文志》七十六卷(四元),又附录四卷(二毛),《高僧传神仙传》八卷(一元),《儒林传》五卷(四毛),《文苑传》九卷(一元六毛),《板本志》八卷(二毛),共十元〇四毛,送去洋十二元,余作邮费。心白覆书,将洋十二元退回。

**二十八日(4月22日)** 至九星戏院,观《风流骑侠》影剧、黑猫歌舞团双草裙舞。

**二十九日(4月23日)** 李元之来谭。

陈镜清来谭。

刘晦之来,谢赠宋版《圣宋五百家播芳大全文粹》二卷,并交还瞿氏书目。

叶柏皋来谭，赠我所书屏四幅、分书、行书联二副。

午刻，李拔可约酒叙，坐有许际唐、林诒书、叶遐庵、梁众异、冒鹤亭、夏剑丞、刘成禺，后至者陈子言、黄公渚。散后，同拔可、剑丞、子言、公渚、成禺游兆丰花园。

**三十日(4月24日)** 汪启我来谭。

洪泽丞来谭，交新编附录单行本《琴音记》，下篇原纪琴音之数，并还修改新编《通艺录目》。洪后跋云，原目阙第十二一种，当是读书小记(依原目次序在第十二)，拟再商泽丞改订。

范成师昨晚到沪，今同费范九来谭。

朱象甫之女公子青宜女士四月九日与荣君在一品香结婚，送丝葛喜幛。

答拜陈镜清，未遇。

至中国通艺馆，晤王度公、鲍扶九。

至来青阁，杨寿祺交谢光甫代徐沧一属书楹联。

至中国书店，取五月朔日结价讫。日本东京大连图书馆。所见《中国小说书目提要》，沧县孙楷第，国立北平图书馆发行，洋八角。《中国通俗小说书目》。同上，洋一元五角。

## 四月

**朔日(4月25日)** 访洪泽丞谭，赠以《闺秀词》全帙。毛太纸印本。

五时，影印宋版藏经会四三次在功德林常务理事会。

**初二日(4月26日)** 永儿十九岁生日。

丁子盈、丁若农乔梓来。

午刻，聚丰园贞元会，为余值会，到恽季申、周梦坡、姚虞琴、恽瑾叔、吴董卿、刘锡之、李凤池。

**初三日(4月27日)** 赠梁众异《阐义》《一亭考古杂记》。

致安徽省灾区募赈会书画展览会书。来函托销书画券二十张，每张五元，券资振济皖西六安、霍邱、霍山、英山等县匪灾。今承销十张(托销六张，自留四张)，交五十元，附还未销券十张。

丁箢生母卢太夫人初七日七十寿，送丝葛寿幛、礼券十元。

**初四日(4月28日)** 俞寿田来谭，赠以《宋元科举三录》、赛连印。《永嘉四灵诗》，毛太印。约六时功德林素餐，云即回苏，辞我。

昨，顾鼎梅来谭，交题《雷峰塔经》卷。

娱女订婚刘氏，拜冰人吴寄尘、丁子盈。

拜赵蜀琴谭，请陪冰人，并请篆书"保身长生大吉利钩之室"横额。

六时，约范成师、鲍扶九、汪启我、金颂清、汪慰荅、费范九、任心白功德林素餐，约而未至者王欣、陈镜清、罗子经、余寿田。

代丁若农购《说文补遗》，原售实价廿七元，商诸丁仲祜，让价照预约洋十六元，付讫。

观浙江大戏院，里昂、巴黎穆亚、大明星。大彼得狗明星。合演神秘巨片《十三点钟》影剧，又裸体艳舞一、叠人二、魔术表演三。

洪泽丞来，未晤，交修改《通艺录》新目。

**初五日(4月29日)** 至中国通艺馆，收回殷虚甲骨、伯矩尊、鬲三件。

至影印宋版藏经会，以翁书《金刚经塔》、《金刚经》、《观音灵课》《佛骨表纠谬》各二十分交范成师，赠西安居士僧众。

赴《安徽丛书》处务编审会。

祝丁箢生母卢太夫人。

六时，赴梁众异酒叙之约。

马叔平衡，北大教授。同顾鼎梅来，未晤。

**初六日(4月30日)** 祝丁太夫人七十寿。

为九女娱许字刘覃椿。号寿彭，行四，大行六。胞兄覃源行二，覃振行三，大行四。主婚胞叔天爵。子覃蓉行一，大行三，出嗣大房；覃麟行二，大行五。

**初七日(5 月 1 日)**　范成师同费范九来,未晤。

陈一甫游杭州、绍兴天目回,来谭,留午饭,旋刘十枝、刘晦之来,共饭。

答谢冰人吴寄尘、丁子盈暨赵悔庵、蒋嘏堂、丁若农、丁耀堂、子盈胞侄。陈雨人。子盈侄婿,怡丰庄经理。

答拜马叔平,未遇。运故宫博物馆古物来沪。

答拜顾鼎梅谭,鼎梅赠新印汉石经。文、于二家藏《周易》。

至来青阁,晤谢光甫,交属书楹帖。

费叔迁之室周氏送讣至,送丝葛挽幛。

挈崇儿往拜陈一甫谭。

**初八日(5 月 2 日)**　送一甫游雁荡之行。

约王秀仁拓殷虚文字。

致顾鼎梅书。退回山东济南金石保存所画象五十种。

鲍扶九来谭。

购中华局书《新游记汇刊》,三元。《续编》。二元。

马叔平、顾鼎梅来,未遇。

释迦文佛圣诞,持斋。

**初九日(5 月 3 日)**　贺朱象甫之女青宜与荣广亮结婚。

覆尹润生书。润生新刻元尹廷高《玉井樵唱》,属为作序。

覆李虓宸书。寄分书横幅。

致张庆萱书。寄分书格言立幅。

覆张厚甫书。来函为父母立碑造屋,需洋五百余元,商借二百元,今婉言谢之,并赠洋三十元。

覆吴舜臣书。三月十九日来信,云谷堂等售稻二元五角,函请于四月中先售若干。附寄张厚甫信。

至中国通艺馆,取:十六日付洋卅七元讫。张燕昌飞白书立轴,洋三十元。文曰:窗前蚤月当琴榻,座上新泉泛酒杯。丁未五月五日书于天一阁。张燕昌飞白。蔡女萝画绣球栀子扇叶。水绘园女史蔡含画于雉皋,有渔洋门下弟子朱文长方印、蔡含之印白文、一字女萝朱文二方印，又圣秋过目朱文长方印，盖徐衡也。洋八元。

**初十日(5月4日)** 访江知源谭。

访许际唐谭，赠《玉台新咏》、棉连印。《宋元科举三录》，赛连印。并以《礼塔图》乞题。

致任心白书。十二日慈幼院院董会开执监联席会议，请代表。

**十一日(5月5日)** 陈友琴来，未晤。

至中国通艺馆、来青阁。

以兽骨文字拓本交鸿宝斋石印。

陈子言廿八日七十寿，送寿联、寿烛。

汪笃甫讣至，送丝葛幛。

姚文敷继室王夫人讣至，送丝葛幛。

**十二日(5月6日)** 许际唐承尧。来谭，并为题《礼塔图》卷。

至来青阁闲话。

**十三日(5月7日)** 晨附车至苏州，车中遇夏剑丞、冯振心、振，教员，广西北流人。万懋之。十二时抵苏，寓中央饭店。访曹梅舫于乌鹊桥五申弄，知其新移居饮马桥咸菜巷，再访之，始悉已去宝应。吊汪甘卿，甘卿于初六戌时作古，初八未刻大殓。晤邓刚仲，谈及其族人争继情形，近已涉讼，其如夫人暨子清源汝河。往商诉讼办法，明日开庭。刚仲即回宁供职，交部送华丝葛幛并代祭筵十元。访陈石遗谭，剑丞、振心在座。

访宗子戴，未遇。旋子戴来寓，亦未晤。

访朱犀园谭，同访张仲照，在沪未归，由张君导观住宅花园。

同朱犀园访朱云青谭，云青留晚饭。

**十四日(5月8日)** 晨游观前街、护龙街。

访邓孝先，谭甘卿家事，赠以《玉台新咏》，昔年已送过，忘之。钟山题名三种、二徐题名，并索篆联，并“保身长生大吉利钩之室”横额，孝先亦赠我新著《群碧楼诗钞》四卷。遇朱云青于途，云青正拟访我，却之。

访宗子戴，已出访，我于旅舍未遇。

午刻，应朱犀园午餐之约，客尚未至，同访朱志澄，观其新构园宅，堆置山石尚佳，费至四万。畅谭。旋子戴、孝先来，又至子戴新居小坐，即至犀园家午餐，坐中子戴、孝先、云青、志澄、孔陟岵、宪高，吴县，云青亲家。朱博渊。散后，同观花市。每年四月十二日至十四日止，三日。游朱如山新宅，洋楼草地，悉照海式；朱晋侯新宅，房屋新，旧式陈列，亦精致。就旧宅修造，增洋式楼。朱博渊新宅较如山、晋侯尤富丽，费至六万，如山、晋侯亦各费四万。眷属悉居其中。游毕日暮，返寓。

八时，附特别车返沪，车中遇张兴之谭，夜十二时抵沪寓。

检家中琐事，略记。

费叔迁之夫人领帖，崇儿往吊。

朱智仁、李达乎、卫授经、汪彭年宴客于大东旅社，辞之。

江知源赠徽茶二瓶、徽墨黄山松烟。八定。

郭礼征、郭道弥来。

王欣夫来。

葛荫梧来，赠我《槜李丛书》第一集四种八册、《哀生阁初稿》四卷《续稿》三卷六册，王大经撰，光绪十一年刻本。索我《玉台新咏》《读史记十表》，拟借《黄皆令集》。嘉兴人。

**十五日（5月9日）** 答拜郭礼征、郭道弥，未遇。

覆曹梅舫书。函询甘卿故后情形，据邓刚仲言覆之。

至中国通艺馆、鸿宝斋、来青阁，晤刘晦之、谢光甫。

七时，刘鸿生、姚锡舟约龚仙舟酒叙，坐中有荣宗敬、丁雨庄、李拔可、华润泉，邀余作陪，讨论联合营业大致就绪。

**十六日（5月10日）** 午刻，聚丰园贞元会，恽瑾叔值会。

至中国通艺馆，取：四月廿九日结价讫。《祖陵图说》，潘季驯，万历十九年，拓本廿二石，洋二元。《释迦如来成道记》。董其昌行书，天启四年，拓本十二石,洋一元。

汪聿丞骏孙。来,未晤。

晚,赴李拔可酒叙之约,坐有陈石遗、许、疑庵。龚怀希、梁众异、林贻书、吴董卿、夏剑丞、高梦旦、黄公渚、刘诸君。

**十七日(5月11日)** 访龚仙舟谭。

至宁波同乡会,观三余斋书画展览会。

致李拔可书。赠郑叔问所藏石芝,叔问有石芝、西堪之额。

覆凤迪明书。前寄宣城先贤祠碑记,展成入祀敬亭山先贤祠。上海赙分二千元,来信拟典一房屋,不动基金。泾县、芜湖金石及友人有安徽金石拓本,请商借。请精拓唐萧府君志铭并盖。寄来宣城日报伴公撰唐萧府君墓志。

赠葛荫梧《玉台新咏》。料半纸印。

柳芝庭之室潘夫人讣至,送丝葛幛。

**十八日(5月12日)** 郭礼征、郭肖庭来谭,旋答拜,未遇。

午刻,赴夏剑丞、黄公渚酒叙之约,坐有陈石遗、林贻书、李拔可、吴董卿、许疑庵、龙榆生、冯振心、陈柱尊、梁众异。

以汪六吉玉版笺二卷每卷卅一纸。分赠剑丞、公渚。

访顾鼎梅,未遇。

访周梅泉谭,适郭道弥在坐,以明日大照电气公司董事会提案交阅。

访林诒书,未遇。

**十九日(5月13日)** 送刘晦之、鲍扶九、郑师鄦《殷商兽骨文字》各一分。

龚仙舟来,未晤。鲍扶九来,亦未晤。

覆关伯益书。寄赠河南博物馆石刻全份及新出崔氏墓志,未敢拜赐。旧藏龙门造象,虽未将尊编表目校毕,然已有溢出数种。

送周梅泉影印元种善堂本《说文解字篆韵谱》《玉台新咏》《殷虚兽骨文字》印本,并以《摄山访碑图》卷请题。

二时,赴华商上海水泥公司六十三次董事会。秘书奚安斋、营业谢培德、厂主任吴清泰。

三时,赴《安徽丛书》编印处编审会。

六时,大照电气公司在一枝香董事会。

十二时,张凤、陈柱、龙沐勋、冯振、陈钟凡、曾克耑约酒叙,往来入席。

晚,同梁众异、吴董卿公宴陈石遗、林诒书、高梦旦、夏剑丞、李拔可、袁伯夔、袁帅南、黄公渚、陈灨一,均至,许疑庵因病未至。

**二十日(5月14日)** 闻陈一甫来,访之,不遇。旋一甫来寓,未晤,留赠《东瓯雁荡名胜便览》《雁荡山图》。

吊柳芝庭之夫人潘夫人。

吊姚文敷继室夫人。

访顾鼎梅,未遇。

午刻,刘鸿生、姚锡舟约大陆商场梵王渡俱乐部午餐,陪陈一甫商三公司联合营业。

三时,赴中国考古会假亚尔培路五三三号明复图书馆开成立大会,先期筹备处来函,请列名发起提倡。

四时,赴中国学会,晤胡朴安、丁仲祜、陈乃乾、陶在东。镛。

前为陈一甫印《摩利支天》《陁罗尼经》一千卷,今印成送交,一甫即还洋四十元。

一甫之世兄达有名汝辔,在徐家汇交通大学读书。住南宿舍卅三号。

福州鼓山涌泉有元版藏经,前藏经会函询是否及每半页几行几字,今寺僧虚云覆书会中,所缺《大般若经》《大宝积经》可补,《大涅槃经》卷次不同。附释明一号观本,岭南中山人。

**二十一日(5月15日)** 午刻,赴张孝若、吴寄尘功德林之约。

刘晦之为子子长娶妇,送红花缎幛。

丁少兰嫁女,送丝葛喜幛。

访关伯益谭,交戊戌年收龙门造象千种全份,实数九百六十七纸,又《著录表》未载四种，内曹伯集已载误收，又赵文欢在石窟寺误收。并还《龙门石刻著录表》，伯益赠我新出土汉石经《乐经》二残石拓本，顾鼎梅亦在坐。

鲍扶九来谭。

同陈一甫至忠厚书庄、来青阁、中国通艺馆，又同访李拔可及任心白谭。

覆吴舜臣书。初六日售稻七百石，每石二元五角五分，汇一千五百元。十七日售稻一千二百石，每石二元六角五分。寄来安徽建筑公路债票一百八十二元，照章阳历十月起，照原中签次序分八个月兑现。又上年省政府发行金库券一百七十四元，又淑记廿八元，原定上年可完，是否收支册已还七十五元，二期粮今如何交代。又每亩完(一、二)期粮应收若干，并附加税各种名目每种若干，请详示。壬申报册，收佃户押板二百七十元。佃户押板，查开总数。儿单田房收支另开。每亩五角二分八厘〇一毛，自民五起，至民廿一止，共收九百九十七元。

**二十二日(5月16日)** 贺刘晦之娶子妇丁少兰嫁女之喜。

费范九来谭。

汪启我来谭，交鲍紫来《端虚室诗稿》。

陈一甫同丁雨庄来谭，约往同游觉园、徐园，过雨庄家茶点。

晚，送一甫行，赠茶叶、胡桃、糖、花旗橘、花旗平果。

**二十三日(5月17日)** 朱企晖为子菊隐娶妇，来请证婚。

丁少兰率其第二子来谭。

致吕贞伯书。谢题《摄山访碑图》，赠以《鄦斋丛书》。

覆山西公立图书馆书。谢赠牛明允(诚修)著《定襄金石考》，覆赠书八种交换:《宋元科举三录》《永嘉四灵诗》《吕氏乡约》《经考》《至圣林庙碑目》《管子义证》《阳春白雪》《圣学宗传》。

覆许从叔书。寄来鲍紫来《端虚室诗稿》二册，又索钞《端虚笔记》，覆赠《观音灵课》《摩利支天经》《正信录》《三字颂诗偈集》。

关伯益来谭，赠以《殷虚兽骨文字》印本。考贝、连史各一纸。

大通大士阁和尚妙珑来谭，明日回山。大九华头天门普济寺。

覆尹润生书。寄尹润生刻尹廷高《玉井樵唱》序。

至双凤园，沐浴。

**二十四日(5月18日)** 送朱企晖喜幛，收款、字。

胡鉴初来谭，交安徽丛书会三百元支票签字、盖章。

致关伯益书。送河南博物馆藏石全份拓本，预约价洋六十元，伯益退回。

访丁少兰谭。

夜读鲍紫来《端虚室剩稿》。

**二十五日(5月19日)** 华商上海水泥公司六十四次董事会。

五时，朱企晖为子菊隐结婚，请往证婚。

覆况又韩书。题光绪丙申六月辛卯同梁文忠、况夔笙、刘葱石、郑苏堪游定林题名影本，赠以陆务观题名、叔渔等题名、赵希坚等题名三种。

**二十六日(5月20日)** 至商务印书馆，晤李拔可、任心白谭。

至中国书店、中国通艺馆、来青阁。

至影印宋版藏经会，同费范九谭。

致王仲琦书。寄尘来函，属介绍李升伯之夫人就医。

周业勤来，未晤。

昨，送曹融甫为八女诊金洋壹百元，又连史印《随庵丛书》正续编、棉连印《徐公文集》二书，均有木箧。

**二十七日(5月21日)** 送冯润生《积学斋丛书》《鄦斋丛书》，均连史印本，有木箧。

访狄平子，因病未晤，留赠三层玉版笺五十条，并请画《随盦读碑图》及书小楹帖。

拜许毅庵，未晤。丁子盈亲家来谭。

游邑庙市场，购王佶仙人竟，旧藏周原镜花纹同。洋四元。

二时，赴华商水泥公司十二届股东常会。

**二十八日(5月22日)** 华商水泥公司董事会秘书处奚安斋通知，股东会选举为董事。

张仲照来谭。

王欣夫来谭，交还上年借程诗庭《读书证疑》，又借俞理初自校补《癸巳类稿》过录本。

明道师来，商影印《宋藏经》减价。

朱曜东来谭，旋答拜，未晤。

送徽宁会馆南陵县长生愿洋二十元。

贺陈子言七十寿。

晚，鲍扶九来，谭东北情形。

**二十九日(5月23日)** 柯沧遗讣至，柯在大生帐房任事。并附张孝若、吴寄尘等请致赙启，送奠分八元。

张敬礼婿约陪曲春亭，景新，金县人，大连源昌号。坐有陈陶遗，在寄尘家午餐，并观无锡华氏捐助慈善画卷册。

覆李拔可书。昨送来《福建金石》等志八种，今复书缴洋十二元。拔可仍退回。

覆任心白书。请转致拔可收代购志书价。

华商水泥公司送来廿一年度董事报酬洋九百三十元。

昨，李拔可送来《福建通志》零种廿八册：共十元〇四毛，送十二元，未收。《金石志》三十卷，三元。《艺文志》七十六卷，四元。《艺文志附录》四卷，二毛。《版本志》八卷，二毛。《文苑传》九卷，一元六毛。《儒林传》五卷，四毛。《高僧传神仙传》八卷。一元。

中国通艺馆函告，代售王二癡山水轴洋五十元，除取书、帖二十一元六角，照码九折。送来二十八元四角：嘉庆《海州志》，十元。《明释迦如来成道记》，二元，董其昌行书。《明祖陵图说》，二元。唐北岳恒山安天王铭，二元，并碑阴、碑侧。唐修北岳庙碑，二元，并碑阴、侧。唐北岳神庙碑，二元，并碑阴、碑侧。唐龙角山庆唐观纪圣铭，一元，无碑阴。后周大岯山寺准敕不停废记，一元。宋龙兴寺大悲阁记，一元。唐吴道子画观音像。一元。

答拜明道师，谭《宋藏经》由佛学书局认印未足十部中分认。

访真达师，未遇，以大女上印老法师函并洋十元请明师转致真师，呈印老开示。

至影印宋版藏经会。

致吴舜臣书。告昨日收到稻款。

覆尹润生书。覆《烟画东堂小品》是缪艺风所刻，近板亦虫蛀。

覆许从叔书。收到《端虚笔记》二册。

## 五月

**朔日(5 月 24 日)**　至西海，观《追求》影剧。

结算中国书店来往帐略，代售书价三十五元八角五分，购书洋二十四元三角，两抵净收十一元五角五分。

**初二日(5 月 25 日)**　午刻，聚丰园贞元会，吴董卿值会。

丁雨庄来谭。刘子树亦来，即行。

覆狄平子书。谢书联三付，覆告《随庵读碑图》画法。

致刘晦之书。许际唐来函，三子家桢在北平中国实业银行，因时局剧变，求调沪行。覆书与沪、平两行经理商洽，再闻。

覆陈友琴书。函催《申报》馆事，婉言覆之。

覆许际唐书。际老第三子家桢求调沪行，已商晦翁得覆，当与沪、平两行经理商洽再闻。际唐近号疑庵。

覆大照公司书。汇来午节董事夫马一百廿元。

**初三日(5 月 26 日)**　贺陈贵阳师寿，送花篮、洋点二盆。

四时，赴华商水泥公司六十五次董事会，总经理报告四月份营业情形，推举李拔可董事长，刘鸿生辞董事，以次多数谢仲笙递补。

购汪六吉净皮三层玉版笺六元。整张廿五张，送狄平子。

访龚怀希谭，赠金涂塔拓本。

答拜丁雨庄谭。交水泥公司十期结算报告。

江知源、吴寄尘来谭。

收千顷堂午节书款洋十元。

**初四日(5 月 27 日)**　沈醉愚来谭。

赴《安徽丛书》编审会。

访狄平子书。谢赠书联二付。又赠汪六吉净皮三层玉版笺廿五张一卷。

访汪启我谭。

送王秀仁拓件工洋四元。又以仙人镜、虎邱塔铃交拓。

结算鸿宝斋印《甲骨文字》并补印《镜影》共二石,付洋四元八角。收西泠印社午节售书十九元支票。

付富晋书社洋一元三角。《丛书子目索引》。

报载,安徽省政府改组,行政院议决任命刘镇华为委员兼主席,委员胡汝麟兼秘书长,委员马陵甫怀宁人。兼民政厅长,毛龙章兼财政厅长,刘贻燕兼建设厅长,杨廉兼教育厅长,委员叶元龙、李应生、范滋泽。

**端午日(5月28日)** 贺亲友节。

至来青阁,付洋叁拾元,书帐未结算,取《峨眉山图说》二卷。光绪十四年善化黄锡焘序刻,洋十元。十三日退还。

**初六日(5月29日)** 访关伯益,未遇。

访胡朴庵谭,赠《殷虚兽骨文字》印本十纸。

覆日内瓦中国国际图书馆驻沪办事处书。送《随庵丛书》正续编、《徐公文集》二种,均赛连纸印本。

吴梅荪庠,原名清庠。为芾青同年钟绂,丹徒。胞侄。

**初七日(5月30日)** 鲍扶九来谭。

李拔可五十八岁生辰,往贺,未晤,留赠康熙青泉窑暗花荷花大盘。

至影印宋版藏经会。至蟫隐庐,晤罗子经谭。

访丁子盈谭,约同至新光戏院,观《春水情波》影剧。散后,邀回余家晚膳。

**初八日(5月31日)** 李拔可来谢寿。生日为闰五月七日。

丁雨庄昨来,未晤。今又来,还水泥公司报告。

**初九日(6月1日)** 访任心白,未遇,邀李拔可谭,交陈一甫询慈幼院募捐情形函，请转心白代拟覆函稿。

访孔肖云，未晤，留赠《玉台新咏》、棉连印，有套。《宋元科举三录》、赛连印。《兽骨文字》印本。四张。

视慕邢侄疾，未晤，询之，已渐愈。

至二酉书店，取：议定十八元，初十日付讫。《扶荔堂诗集选》十二卷，仁和丁澎，文芸馆刻本，扶荔堂有文集，码十元。《质园诗集》三十二卷，会稽商盘，原刻本，码十元。《雄雉斋选集》诗六卷。江都顾图河，康熙刻本，码五元。

覆印老法师书。谢为大女开示，并属愚夫妇念佛，求生西方。寄《峨眉山图志》。十二日寄还。

晚，鲍扶九来谭，留饭。

**初十日(6月2日)** 王叔用于昨日卯时作古，十一日午时大殓。

访吴董卿，谭朱似椿钰。家世。

访刘翰怡，已返南浔。访沈醉愚、黄公渚，未遇。

访叶柏皋谭，章一山函告，孙惠甫被拘禁。

报载，刘镇华于初八日就安徽省主席职。

**十一日(6月3日)** 晚，赴袁伯夔、袁帅初荣法。酒叙之约。

至九星，观影剧。

**十二日(6月4日)** 中国国际图书馆福开森路三九三号。五时茶会，未赴。

午刻，赴陈子言菜根香素餐之约。

至来青阁、中国通艺馆小坐。

赠姚石子《一亭考古杂记》。

印老法师寄还《峨眉山图说》，并赠《净土生无生论讲义》二卷，季新益述。又《心经》，《新疏》季新益述；《白话浅说》季新益演说。《务本丛谭》郭介梅编辑。各二部。

覆仇述庵埰。书。索郑叔问校《清真集》刻本，覆以书为夏剑丞刻赠刘翰怡，上年黄公渚集资借印数十部，分书后尚存少数，寄售于蟫隐庐。今取得全帙,附拙刻《玉台新咏》奉赠。

**十三日(6月5日)** 访关伯益,未遇。

覆陈一甫书。为南京佛教慈幼院募捐。

郑师鄦来书,赠《近三十年来中国治文字学者的派别及其方法》。前赠《图书评论》第一卷第七期内有《小檀栾室镜景》评。

罗子经来,未晤。

至二酉书店,取付洋一元。《韵麋词》前后二集。《半园外集》,道光丙戌刻本,余有贵蓉舫(正辰)手注稿本。

**十四日(6月6日)** 访关伯益谭,赠以所刻各书七种,报伯益前赠开封博物馆藏石全分拓本,酬以预约价六十元,亦不受也。《徐公文集》(棉连印)、《随庵丛书》正续编(连史印)、《闺秀词》(连史印)、《四灵诗》(连史印)、《积学斋丛书》(连史印)、《鄦斋丛书》(连史印)、《怀豳杂俎》(赛连印)。三月二日已赠《玉台新咏》《宋元科举三录》二种。

伯益云,登封少林寺洪宝铭、董洪达造象近毁于火。

曹梅舫同年之世兄简九典成。来谭。

覆狄平子书。询《随庵读碑图》是否直幅,抑横幅。

**十五日(6月7日)** 鲍扶九来谭。

访夏剑丞谭,以周稚圭山水册十二叶。请题,剑丞亦属题《吷盦填词图》卷。

龙榆生赠新印:《梦窗词集》,彊村老人四校定本。《彊村集外词》,朱孝臧。《曼陀罗寱词》,沈曾植。《香草亭词》,裴维安,韵珊。《郢云词》,李岳瑞,孟符。《遁盦乐府》,张尔田。《观堂长短句》,王国维。《海绡词》,陈洵述叔。《回风堂词》,冯幵,君木。《旧月簃词》,陈曾寿仁先。《凌波词》。曹元忠君直。

刘士枚赠新著《再续补汇刻书目》十六卷二册。

陈达有来,未晤。

致丁仲祜书。谢仲祜捐助佛教慈幼院儒家书、医家书数十种。

**十六日(6月8日)** 李拔可来谭。

送徐景耆喜尧。之室人丁守贞女士奠份洋四元。

鲍承良开成德堂药肆,送绸幛、烛。

午刻,赴聚丰园贞元会,俞寿丞值会。

答拜曹简九谭。

**十七日(6月9日)** 鲍承良新开成德堂国药号,送红花缎幛、烛。

胡鉴初来,交安徽丛书会支用中国实业银行叁百元支票盖章。

**十八日(6月10日)** 徽宁会馆通知公祭绩溪董事路文彬君,派份洋二元并附来讣启,当送二元。

孔肖云德。来。

赴《安徽丛书》编审会。

访洪泽丞谭。

七时,赴黄公渚、陈灨一酒叙之约,晤陈彦通,告我蔡孑民拟购刘晦之所藏厵氏钟十二器。

**十九日(6月11日)** 赴李拔可午刻酒叙之约。

安徽通志馆副馆长余幼泉炳成,颍上。来,未遇。彤侯有函来。旋答拜,亦不遇。交来金石拓本廿二种,《大事记》二卷(洪泽丞撰),《艺文考·集部》二册(潘季野通志馆二次报告书)。

访洪泽丞、张燕昌谭。

陈友琴来谭,假去陈石遗《近人诗钞》。

朱犀园来谭。任心白亦来谭。

**二十日(6月12日)** 余幼泉副馆长来,谭通志馆编纂进行情形,午后答拜谭。

答拜朱犀园,未遇。

晚,约余幼泉、朱犀园、陈子言、洪泽丞、张燕昌、胡朴安、孔肖云、胡鉴初、江菊延酒叙。

**二十一日(6月13日)** 路文彬在鸿运楼领帖,吊之,适徽宁会馆公祭,遂主祭。

覆吴舜臣书。四月廿九日来函完粮，近年每亩正附税共五角二分八厘一毛。又收各佃押板，自民五起，至民廿一止，共收九百九十七元。金库券双字末尾便换新票，六月还现，现又奉省令展期六个月。筑路券未知能否照章应付。现稻价难以看涨，请设法出售。近来雨水甚多，恐成水灾，无法募振，旧友凋零已尽，我南陵只俞峻韵一人尚可同张贤清能接洽。

陈绳夫赠橘子一篓、牛肉两罐。

**二十二日(6月14日)** 闻曹纕蘅来沪，访谭，并为《安徽丛书》编审会公宴于美丽川菜馆。

访程龄孙，未晤。

访胡朴庵、洪泽丞谭。

晚，赴林子有、刘道铿酒叙之约。

**二十三日(6月15日)** 访陈绳夫谭，绳夫即回温州，送食物四色，不及饯行。安徽丛书会晚宴曹纕蘅。

致余幼泉书。述编金石志之困难。抄送自藏安徽金石目，寄赠《宋元科举三录》《玉台新咏》。前交金石拓本廿二种，除留存六种待编外，昨又由馆寄来金石拓本及古物共二十三种。盱眙石刻有现成拓本出售，价廉，请即寄。

覆江彤侯书。幼泉来沪，商列传事。属代钞艺文集部序跋，覆以当尽力介绍访借，惟选择钞校请另约一人主持，盖以年来多病，速求金石志早日成书，难以兼任也。

**二十四日(6月16日)** 鲍承良开成德堂国药，请宴。

**二十五日(6月17日)** 贺成德堂药号开幕。

陈石遗同李拔可来谭。

陈石遗明日返闽，往送，未晤，留赠莱阳梨、樱桃、酱菜、陈皮梅各四件。

访李拔可，未晤，交郑子尹篆联、陈瀚一借。郑太夷诗幅。黄公渚借。

曹纕蘅来，未晤。

曹簃九来交其尊人梅舫同年书，云于二十日抵苏，汪家务未解决。当告以余拟后日至苏，请于家书中先言之。

周梦坡同郑健庵道乾，扶云之孙。来谭，健庵辑杭郡人词，梦坡亦拟续编《两浙词人传略》，借书。

答拜郑健庵，未晤。

覆程云岑书。《镜影》尚未整理校改，一俟成书，即先呈教。

**二十六日（6月18日）**　叶遐庵来谭。

汪易三星根，怀宁。同婿李东阁天麟，鹤征之孙。来谭。

刘弢甫来，询订婚礼节。弢甫为烈卿之子。

答拜周梦坡谭，以《众香词》六册、《四明近体乐府》二册借之。

购二酉书店：议定价洋五元，廿七日付。《水南先生遗集》六卷，程嗣立，清江汪敬嘉庆丙子刻本。《盘西纪游集》一卷。钱塘汪沆，乾隆八年刻本。

至中国书店，晤金颂清谭，取：八月八日付价讫。《皇清百名家诗选》，福清魏宪辑选，洋六十元。闰五月五日转让李拔可，径自购买。《演禽斗数三世相书》，日本珂罗版影宋刻本，洋九元。《峨眉山图志》，光绪十四年黄锡焘刻本，洋五元。《中兴馆阁书目辑考》五卷附《续目》一卷，贵阳赵士炜辑，北平图书馆中华图书馆协会印本，洋三元。《黄山草》一卷《黔中杂记》一卷。黟阳黄元治，康熙刻本，洋二元。闰五月二日还。

**二十七日（6月19日）**　贵阳尚书师重赋鹿鸣征诗，献诗二律奉贺。

邱绍周来谭。

访汪易三谭。

**二十八日（6月20日）**　晨附车至苏，车中晤李季皋、李定侯、任子木，午刻抵埠，寓中央饭店。

午后，访曹梅舫谭，甘卿家事已向苏绅接洽，意主先解决讼事，后处理家务，重分财产。余亦赞成，遂同往甘卿家见其如夫人暨大女公子、二女公子。如夫人与其子女已有意见，遂约其子清源至梅舫家谈话。余同梅舫先行，移时清源来，梅舫剀切劝导，应允和平将讼事调解。前有张一鹏二千元及甘卿之弟拟给田四十亩之议。后将甘卿分析遗嘱有不公允之处再为修改,以免争端。梅舫留晚膳。

至刘公鲁处,适至朱犀园家,未晤,晤其太夫人,告我李伯老已将下关基地接收,还其前押大生、溥益两厂三万元股票,遂告清结。余给其子女十元、仆人二元。

访朱犀园谭,并晤公鲁,稍坐,因雨即返寓。公鲁亦来谭。

**二十九日(6月21日)** 访邓孝先谭。

访朱云卿谭,赠以《随庵丛书》、连史印本,有木箱。《玉台新咏》,棉连印本,有布套。盖补祝上年七十寿也。

过护龙街集宝斋小坐,观古镜、汉二。古砖、赫连。《刘铁云集》金文拓本八册,又唐道家符咒墓石一方,适朱犀园来,共话,遂同至寓所,留饭。

一时赴车站,二时附车回沪,五时抵家。

丁子盈来谭,留晚饭。

**三十日(6月22日)** 李允卿乃斌,鹤征子。来,未晤。

华商水泥公司送来股票盖章。浙江兴业银行户,一十万元,一十五万元,共廿五万元。

访答叶遐庵,未晤,留文公达为余六女茗茗题《画蝶图册》诗。

任心白来书,赠余《西天目祖山志》八卷。丙寅永嘉黄群重印嘉庆广宾纂辑本。

观戴君在西安所得《音注全文春秋括例始末左传句读直解》七十卷。宋讳恒字有缺有不缺。前有四凶图、十二国战围图。杜尧叟注,半叶十二行(三卷后十三行或十四行),行廿二字,小字双行廿四字。张金吾、瞿镛、莫友芝、陆心源皆以为元本,细案序后、目后均有割补痕迹,因疑此二处当有牌子,为后人割补,且疑为明成化间覆刻元本(成化本行款同而字迹较元本稍细),然视崇祯王道焜等、杜林合注本,无论为元为明,均善本也。宋本卷后有绍兴等字一行。

夏剑丞来谭。

刘弢甫来谭。

关伯益来书，今日回开封，交还龙门造象旧拓本千种。

顾鼎梅来书，附送代购六朝志洛阳出土三十七种，又造象一种，山西大同出土。价洋二十七元九角。

## 闰五月

**朔日(6月23日)** 至黄金大戏院，观《图中秘密》影剧。

**初二日(6月24日)** 聚丰园贞元会，刘锡之值会。

答拜李允卿谭。

任心白来谭，赠魏梅老刻《戒淫保寿录》二部，余亦赠以郭辅庭刻《正信录》。

李拔可还郑巢经篆联。

三时，赴《安徽丛书》编审会。

七时，赴大照电气公司董事会在一枝香聚餐。

**初三日(6月25日)** 三时，大照公司股东会改选董监，余连任董事。

李伯行之夫人丧报，送香楮，命崇儿行礼。

陈正有丧报至，送香楮，命崇儿行礼。

覆顾鼎梅书。付代购六朝墓志造象三十八种价洋二十七元九角。又催购许光誉汉石经书。

覆中华文物馆书。赠甲骨印本二纸。

覆郑师许书。赠《三十年来中国治文字学者的派别及其方法》，约来相见。

至中国书店，同颂清谭，取：八月八日付价讫。《学古发凡》八卷，日本东京高田忠周编述，己巳刻本。退还。洋二十五元。分字原、文字变易、文法、书法、经、史、礼乐、植物八类，另子目。《金文丛考》，郭沫若撰述，洋八元。无卷数，分十一类。又《金文余释之余》，洋二元五角。《卜辞通纂考释》。郭沫若撰述，洋十二元。无卷数，分八类。又《别录》二卷。

**初四日(6月26日)** 中华文物馆许小仙受培，常州人。来观兽骨文字，约明日摄影，赠《出版文物》第一期一册。

拜郭礼征昆仲，未晤，晤郭道弥谭。

观大光明戏院《天长地久》影剧。

**初五日(6月27日)**　访李拔可，谭赠郑子尹篆书联，并以《魏宪清百家诗选》转让，径向中国书店议价。

至来青阁，取《元秘书志》十一卷。仓圣明智大学印本。

至博古斋，取徐昭法先生藏砚。铭曰：下岩星殒，彤霞烂然，呵嘘余润，灵液神泉。昭法。刻在左侧。张叔未跋曰：此上沙涧上明孝廉徐先生旧物也，今为御儿溪蔡夔石所得，余虽未见其质，而观其字迹之高逸，知其百车渠不与易也。嘉兴张廷济书。刻在右侧。砚池刻鱼游水中，砚背刻"鱼龙变化，予奇之砚"八字分书。砚池中石质紫色，上有一白线。砚背题"紫袍金带"四字篆书。砚篋刻"石公试笔图"五字分书，题"松石道人作"五字行书并图。

许小仙来，以兽骨、□①侯句、兵戮服鸾刀、汉永元钩、乾隆题《四库全书》诗墨付其摄影。

昨郑师许来，未晤。同徐中舒来。

七时，大照公司在一枝香成立董事会。

**初六日(6月28日)**　安徽通志馆第四次寄来芜湖各碑。

李拔可还《海州志》《云台新志》。

狄平子为画《随庵读碑图》。

还受古书店书二种：为通志馆钞序目。《梧生诗钞》十卷《文钞》十卷，泗州傅桐。《环石斋诗集》八卷。泾赵知希。

江知源子妇齐讣至，送丝葛挽幛。

郑师许来谭。

约丁子盈、张敬礼至会宾楼小食。

**初七日(6月29日)**　贺李拔可生日。

费范九由通来谭。

---

① 原文如此。

鲍扶九来谭,留午饭。

访叶遐庵谭。

访狄平子谭,谢画《读碑图》。

访陈乃乾,谭傅沅叔售书王寿山事,并观日本《文求堂书目》。目前珂罗版印宋元书影。

姚虞琴同吴君子馨名其昌,浙江海宁人,国立武汉大学教授。来,未晤。

**初八日(6月30日)** 黄公渚来,述翰怡意,为汪甘卿请谥。王叔用已由王聘三公请予谥。

访李拔可谭。

六时,约朱子桥、叶遐庵、黄翊昌、丁仲祜、吴寄尘、费范九、沈彬翰功德林素餐,狄平子、蒋竹庄、李圆净、李经纬未至。

覆林子有书。谢赠鱼松,覆赠九华山茶。

覆刘晦之书。索臣父癸盉拓本二种,又新得卣拓本。前赠鬣氏钟拓本,拟易新拓全形。

**初九日(7月1日)** 丁子盈来谭。

访刘鸿生、李拔可谭。

**初十日(7月2日)** 致夏剑丞书。题《吷盦填词图》卷送还。

覆陈友琴书。题清绝诗签。

至博古斋,购:共议定洋三十元,十三日付讫。苦瓜题虫天砚,砚背"虫天"二字篆书。苦瓜题曰:天风吹绽黄金粟,斯石似之。草书。砚侧题"西堂老子著书砚"七字,分书。苦瓜即石涛和尚,疑伪。徐昭法藏砚,有铭,详初五日记。《陶渊明集》十卷,宋刻元修本,宋讳有缺有不缺,卷次及昭明太子序(与世所行翻宋刻)与汲古阁毛氏校宋本同,余与世所行翻宋刻巾箱本同,详《铁琴铜剑楼书目》。《伏庐藏印》十二卷。商务印书馆印本。

至中国书店,取回装订《大佛顶首楞严经合论》十卷,宋正受厘论入经并删补,洋五元四角,午节前付讫。又取:八月八日付价讫。《殷周青铜器铭文研究》,郭沫若著,二册,大东书局印本,大洋七元。《福氏所藏甲骨文字》。商承祚编,金陵大学《中国文化研究所丛刊》甲种本,洋二元。

**十一日(7月3日)** 昨陈一甫来书,同周实之各捐助佛教慈幼院洋四百元,附来上海启新公司拨条,访任心白交之。

晚,赴刘翰怡酒叙之约,坐有袁守和、同礼。蒋蔚堂。海宁人,北大毕业,留业德国,回现办中央图书馆,来沪商同商务印书馆选印《四库全书》。

访姚虞琴谭。

**十二日(7月4日)** 徐丹甫来谭。

至通商银行,晤谢光甫谭。

观南京大戏院影剧。

刘晦之赠羼氏钟全形拓本、十二幅。臣辰卣、器盖。臣辰盉另一盉未送,器鋬全。拓本,其十九世兄子长送来,崇儿接收。

顾鼎梅来书,附来隋唐墓志二百四十种,隋只一种。定价二十六元。

永儿夫妇昨往镇江归宁。

佛学书局送来附印寿春本《金刚经》一百册,付工价二十五元。

**十三日(7月5日)** 游邑庙市场,无所得。

为费范九书屏一幅,并赠东魏程荣造象。

购粹宝斋杨君元书,洋一元六角:《叶忠节公遗稿》十二卷。叶映榴撰,男芳辑录,同治五年六世孙为璋印本。

大生二厂送来廿二年一月至六月董事夫马费三百元。

**十四日(7月6日)** 访程炳泉,未遇。

访席少卿于康脑脱路新居,谭。

致刘晦之书。谢赠羼钟拓本全形一分,又臣辰父、癸盉卣拓本,还前赠羼钟铭文拓本。

再致刘晦之书。覆书将羼钟铭文拓本送还,谢之。

费范九来谭。

昨慕邢侄来,未见,云江幹廷请贵阳师为其尊人题主,请余襄题。今往询慕邢,亦未见。

覆夏剑丞书。剑丞为余画《随盦校碑图》，并题《周稚圭山水画册》诗。

**十五日(7月7日)** 邓翰丞书来，汇通志馆洋壹千元。并存恒顺。

报载，罗叔言任监察院长。

游兆丰花园。

覆郭道弥书。大照优先股认交五百元，代蒯和记认二百元。

报载，寿州发现汉古墓。

**十六日(7月8日)** 午刻，聚丰园贞元会，李凤池值会。

三时，赴《安徽丛书》编审会。

**十七日(7月9日)** 王叔用讣至，送丝葛幛、烛。

济生会函告，昨接凤迪明函，翟展成家属已典育婴堂房屋，其赙分二千元，函会兑拨，连同息洋五十六元半。今由交行汇拨清款，存折涂销，并属凤君转致翟府，速备函，领送会存案，除通知张君贤清外。

大照电气公司函知，二十二年二十七届股东会改选董监，附股东会决议录。余以四千七百权当选董事。董事五人；周美权、袁伯夔、徐、郭肖霆、陆小波。候补二人：李希白、周实之。监察二人。吴星垣、徐冕南；候补一人：刘澄如。

覆陈一甫、周实之书。谢捐助慈幼院八百元。

覆慈幼院董会书。致苏民生卞筱卿、袁伯庸，为王翰洲捐助慈幼田亩留纪念。

覆任心白书。拟来两稿，已照缮发。

**十八日(7月10日)** 赵万里来谭。一反对教部景印《四库全书》(非罕传本)拟目，一影印墓志，借印《常丑奴志》。

覆邓翰丞书。收到通志馆汇洋一千元。

覆江彤侯书。访求乡先哲遗集，钞存序目，虽未负全责，但零星旧本见于坊肆及旧家者，随时借钞，将及一月，钞成三十二种计一百三十二叶，另附总目先呈，续有所得，再行邮寄。

覆余幼泉书。宋和州登科题名碑下截题名未拓，请补拓。宋沈公墓志请拓一精本,并出土地点、收藏家注明。寿县新发现古墓,所出金石甚多,有无拓本,请留意。墓砖往往不为人所取,请设法保存搜集拓本。

**十九日(7月11日)** 观湖社陈列古今书画。御题唐六如山水、张文鱼飞帛书画。

观大光明戏院《白姊妹》影剧。

画古器物毕,酬洋二十元。知源、寄尘、子盈来,未晤。

**二十日(7月12日)** 王越千君庆谔,枣强人。持柯燕舲绍介书。属绍介褚理堂。来谭,旋答拜,未遇。

访周美权,因病未晤。昨来函云,大照开会前攻讦郭氏函件甚多,内部似不可不加整顿。《摄山访碑图》已题成七言长古一首,两年来第一次为此经营惨淡之工作也。

答拜江知源、吴寄尘,晤子盈、孝若。

昨永儿由镇江回,应市政府覆考。

报载,合肥逍遥津掘获汉代古物:镜、剑、砖、陶器。

**二十一日(7月13日)** 谒贵阳宫保师,并晤子康兄。

访叶柏皋谭,询甘卿请恤事。

覆曹梅舫书。来书云汪府讼事可望解决。询甘卿请恤事。

昨赠吴湖帆唐天宝九载陈元珍妻裴九娘造阿弥陁像碑浏金。拓本,今湖帆赠余宋高宗玉押拓本𡇼并题字。

访陈乃乾谭。

**二十二日(7月14日)** 至大光明,观《再度春风》影剧。

永儿应考市政府覆试。

覆曹梅舫书。来函属致书邓刚仲,转汪清源婚期择吉,附致刚仲函。

覆邓刚仲书。汪府讼事可望解决,婚事宜速择吉。

致褚礼堂书。介绍王越千,往见。

致王越千书。已向礼堂绍介,请往见。

**二十三日(7月15日)** 永儿再应市政府覆试。

游法国公园。

**二十四日(7月16日)** 王越千来，辞回北平，未晤。

王叔用今日领帖，同贞元会诸人公祭。

晚，赴李拔可酒叙之约。

**二十五日(7月17日)** 答王越千谭。

吊文公达之丧，送丝葛挽幛。

李仲絜讣至，寄丝葛幛芜湖。

李伯行继配张夫人讣至，送丝葛幛、烛。

访谢光甫，匆匆一谭，补还程廷祚《易通》序目十四叶。全书早已交还。

赠王越千《宋元科举三录》《兽骨文字》，另赠柯燕舲《兽骨文字》。

鲍子丹赠平湖瓜六枚。

费范九赠南通马铃瓜四枚。

永儿今晚附轮船往镇江。

致郭道弥书。寄大照息折并蒯和记息折存单，债票由永儿面交。

**二十六日(7月18日)** 程演生来谈。

付年万富裱书画洋十元。

至南京大戏院，观影剧。

周美权来，未晤。

送江知源蜜梨、金腿。

至中国书店，取八月八日付价讫。《殷契卜辞》。东筦容庚、吴县瞿润缗同释，商承祚、唐兰、董作宾同校，洋十元。

**二十七日(7月19日)** 蒋竹庄来，未晤。

致吴舜臣书。请售稻，并询何觉然其人。

致大华书店书。寄书目。

答拜程演生谭。

答拜周美权谭，美权拟派大照查帐员。

泉州佛经流通处周伯道函沈彬翰云，开元寺有宋元本《藏经》，每半叶六行，行十七字，年号有政和、绍兴、宣和、建中、靖国、元丰、大德、至大。

范成师函云，洪洞县东门内千佛寺有北宋本《藏经》二十一卷，每连二十三行，行十四字，装订法系卷轴式。住持了空已送范师。其洪洞县西治洪汾寺有唐代壁画《宋藏经》。

**二十八日(7月20日)** 同程演生、孔肖云、梅观大光明影剧。

**二十九日(7月21日)** 赵寿人来谭。

覆顾鼎梅书。闰五月十二日收来各志二分，计一分一百八十九种，洋二十元，全留；又一分五十一种，留十五分询价目，并退还各志卅六种、志目二分。

至中国书店，取：八月八日付。《甲骨文字研究》二册，郭沫若撰，洋五元。《两周金文辞大系》，郭沫若撰，洋三元五角。《蔗塘未定稿》二册，宛平查为仁，康熙乾隆刻本，洋八元。当付装订，收回。《花影庵集》《无题诗》《是梦集》《抱瓮集》《竹村花坞集》《山游集》《押帘词》。《南堂诗钞》一卷，桐城方贞观，乾隆刻本，洋一元。《黄山游草》一卷，黟汪腾鲲，洋一元。《黄山历途纪略》一卷，黟胡文铨，道光间刻本，洋一元。《江山风月谱》一卷《有声画》一卷。海昌许光治，别下斋刻本，洋二元。

晚，赴菜根香陈子言之约。

## 六月

**朔日(7月23日)** 高君定赠松江西瓜八枚。

赴《安徽丛书》编审会。

至来青阁，晤寿祺，取：付价讫。《京师图书馆善本简明书目》，馆长夏曾佑。《增订殷虚书契考释》。罗振玉，丁卯东方学会印本。

南陵何觉然东北抗日救国军第九路安徽决死团团附。来，未晤。前有函来通知。

**初二日(7月24日)** 胡鉴初来，送来安徽丛书会付中国实业支票五百元盖章。

覆顾鼎梅书。来函询前寄各志已否收到，并告辞科学仪器馆事，不日来沪。

致曹梅舫书。邓刚仲来信，一时未克回苏，已函汪棣卿就近主持会商接洽，来信附寄。

六时，赴陈柱尊、郑师鄦都益处酒叙之约，稍坐即行，应恽季申聚丰园贞元会。

至蟫隐庐，取十二月廿五日付讫。《辽居乙稿》。罗振玉，辛未印本，二元。

**初三日(7月25日)** 吊李伯行继室张夫人。

陈乃乾约七时一枝香西餐，未赴席。

晚，约程演生、赵寿人、胡朴安、洪泽丞、陈子言、张燕昌、徐丹甫、刘锡之、孔肖云、胡鉴初菜根香素餐。

**初四日(7月26日)** 安徽丛书会送来第二期全书。

送江幹廷之尊人福海先生华丝葛幛、素烛。

致洪泽丞书。以《礼塔图》卷请题。

永儿高等中学毕业会考，昨上海市教育局公告，科目完全及格，准予毕业。

江幹庭于十一日午刻为其尊人福海先生成主，请余襄题，亲自登门行礼。

**初五日(7月27日)** 访罗子经谭，赠《小檀栾室镜影》，夹宣印本，有套。又《殷虚兽骨文字》。又赠罗叔言先生《镜影》夹宣印本，有套。及《兽骨文字》。

**初六日(7月28日)** 永儿夫妇子时由镇江回寓。

昨，李拔可来，未遇，崇儿接见。崇儿外调，各部长不欲更动。

赠叶遐庵《小檀栾室镜影》。夹宣，有套并题字。

赠李季皋《小檀栾室镜影》。夹宣印本，有套。另致李定侯书，请转呈。

访狄平谭，赠《小檀栾室镜影》。夹宣印本，有套。

访程云岑，未晤，留赠《小檀栾室镜影》。料半印本，有套并题字。

致王富晋书。寄夹宣《镜影》二部，有套，代售。

致朱瑞祥书。寄夹宣《镜影》一部，有套，代售。

致柳翼谋书。赠《镜影》料半印本,有套。

张和声来谭。

**初七日(7月29日)** 答拜张和声,未晤。

张幼麟初六日丑时作古,今日巳时入殓,送香楮。

访李拔可谭,赠《镜影》。夹宣印本,有套并题字。

访任心白谭,赠《镜影》。废片夹宣印本,有套并题字。

赠刘十枝《镜影》。废片夹宣印本,有套并题字。

赠褚礼堂《镜影》。夹宣印本,有套并题字。

赠吴东迈《镜影》。料半印本,有套并题字。

赠秦曼青《镜影》。料半印本,有套并题字。附函送之。

购商务印书馆洋二十一元六角,函任心白转交。《昭德先生郡斋读书志》。影宋袁州本,料半纸印,八册。价三十元,特价二十四元,依同人例九折。

致狄平子书。赠瞿木夫《古玉图录》。

秦曼青来书,谢赠《镜影》,覆赠我《三唐人集》。缪刻《后三唐人集》,今板归曼青,封面仍题缪艺风校刻,书用佳纸精印。

游法公园。

**初八日(7月30日)** 访程演生谭。昨演生送来江彤侯讯,属询抄通志艺文集部序跋抄资。

约张和声谭,同游法公园,至觉林晚餐。散后,复往振华旅馆送其回寓。

**初九日(7月31日)** 罗子经来谭,陈淮生于前日晨殁于长春,身后萧条,上有老母,下有五男三女。

致郭道弥书。收到永儿带回息折等,寄上届三厘存单。

鲍扶九来谭。

**初十日(8月1日)** 馥女生日。

覆顾鼎梅书。前后留洛阳各志二百〇四种,计二十二元,今送科馆收帐。来函云,就河洛修金石志特约。

五时，观大光明戏院《明月香衾》影剧。

**十一日(8月2日)** 南陵何觉然又来，未晤。

午刻，江福海成主，请贵阳师题，余与张燕昌襄题，姚文甫、唐少侯作陪。红卍字会江逸仙(姓氏译音)引赞。

购大华书店唐君书，洋四元：十九日付讫。《虑得集》四卷附录二卷，明华悰韡撰，明万历四十二年八世孙继梓重刻。贞固先生生于元至正辛巳七月九日，殁于明洪武丁丑九月十六日，此为家训，贻谋之良后嗣克昌宜也。《新安乡约》残本。明刻本，存六叶。

至来青阁，取索价洋五十元，退还禁书。《梅花草堂集》十四卷。明吴郡张大复著，凡笔谈九百二十三则。

**十二日(8月3日)** 吊江福海于清凉寺。

访华润泉谭。

赠华润泉《镜影》。料半印本，有套。

赠刘鸿生《镜影》。料半印本，有套。

赠刘吉生《镜影》。料半印本，有套。

赠李元之《镜影》。夹宣印本，有套。

昨，柳翼谋来书，谢赠《镜影》，覆赠省立图书馆新印《三朝辽事实录》十七卷，明王在晋编。《嘉靖东南平倭通录》。明徐学聚辑，《国朝典汇》中之日本一篇。

访叶遐庵，未晤，留柳翼谋为江苏省立图书馆购《宋藏经》商减价函。

**十三日(8月4日)** 洪泽丞来谭，交题《礼塔图》卷。

费范九来，商江苏省立国学图书馆拟购宋版《藏经》，照代售九五折缴价，并以《礼塔图》卷乞题。

覆柳翼谋书。谢赠《辽事实录》《平倭通录》。宋版藏经照代售例九五折缴价。

致郭道弥书。询初九日寄上届三厘存单。

致徐行可书。赠夹宣印本有套《小檀栾室镜影》。

**十四日(8月5日)** 游文庙公园。

覆郭道弥书。寄来三厘存单本息及廿一年度董事花红三百八十二元二角,又优先股五百元、蒯利记二百元收据。

江幹廷登门叩谢,送二十元燕席票,随答拜,拟辞谢,而幹廷送意甚坚,遂受之。

赠费范九《镜影》料半印本,有套、题字。并书两箑。

致吴舜臣书。来书售稻九百石,每石二元三角八分。

**十五日(8月6日)** 访杨瑞生,谭威凤里房产四行储畜会并未购押。恽季申告我为贾颂平所购,正价十四万六千两,佣金八千两。

致吴舜臣书。收到安徽银行交来稻款上来往折。

覆中华图书馆协会书。新历八月廿八日至卅一日在北平清华大学开第二次年会,不能出席,勿庸填发减价乘车证明书。

三时,赴《安徽丛书》编审会。以《江慎修年谱》《方孝标集》交演生。

方德斋来,未晤。

安徽通志馆第六次寄来各碑,附太平采访员王祖襄、陈祖荫采访概要及表格,甚详。

叶遐庵赠所书叠扇。

安徽同乡会送二十年一月起,至廿二年六月底止。收支总报告书。

冯润生赠口磨、蜜枣,佳品也,受之。

**十六日(8月7日)** 访程演生谭。

访周梦坡谭,以《词观》《东皋草堂词》二种借之,已还。并赠《小檀栾室镜影》。料半印本,有套。

答拜方德斋谭,约至一枝香午餐。餐罢,同往南京戏院,观《母性之光》影剧。

安徽丛书会张隐庵逸,怀宁。来,未晤。

鲍扶九来谭。

六时,聚丰园贞元会,萧厔泉值会。

**十七日(8月8日)** 至中国书店,观刘晦之藏钟鼎彝器款识拓本。

致安庆大兴书局书。访购县志。

致吴舜臣书。告报载皖十八年筑路债券限本年新历八月三十日前兑现。

**十八日(8月9日)** 访周云青谭。

致江彤侯书。二次寄抄安徽先哲遗集序跋廿六种,计一百十六叶,钞费请勿介意。请寄艺文志集部、二次报告书数部,分送丁仲祜、刘翰怡诸藏书家,又拟稿未印者百余种,请钞示书目。寄来金石拓本,先后共六次。

游法公园。

云南鸡足山胜峰寺有宋碛砂本《藏经》,今藏省立昆华图书馆。

释尊应世今年为二千五百五十七年。

前葛荫梧以藏书目相示,记其三种:《诚斋牡丹百咏》一卷《梅花百咏》一卷《玉堂春百咏》一卷,明周宪王、朱有燉撰,嘉庆己巳黄丕烈有跋。《春雨楼集》十四卷,女史沈彩,陆梅谷(煊)侧室,乾隆庚子手写精刻本。《铿尔词》二卷。女史彭贞隐,陆梅谷室,沈彩手写本,附沈彩《虹屏近稿》一卷。

**十九日(8月10日)** 再至中国书店,观刘晦之藏金文集册毕,凡装三十六册,约四千余种。伪者有数十种。徐同柏、徐传经、吴愙斋(篆书)、张开福、江标(篆书)、张廷济(李嘉福作伪者多)诸人跋、释文。

五时,游上海市立动物园。

**二十日(8月11日)** 范成师函告,山西赵城县广胜寺宋版《藏经》数目,现存五千七十二卷,以经橱千字文编号计之,约有七千三百余卷,惜已散失二千余卷,内多隋唐大古德撰述,为自来佛学家所未见者竟有数百余卷,亦有日本《续藏》只有上卷而缺下卷此藏有之,多至若干种,并为日本所无者。一琬公大师自隋大业四年刻石经,先后五百余年成数千卷;二为燉煌石室唐人写经一万余卷。此晋南蒲州宋刻《藏经》之可宝也。

至南京戏院,观影剧。

**二十一日(8月12日)** 送庞莱臣京卿寿幛,收款、字。

旧藏隋柱国德阳公碑,正书,额篆书,纪年已泐,在陕西醴泉昭陵墓田之内，而非陪葬者，各家金石书未著录，今检当湖孙三锡《昭陵碑考》附录及之：昭陵碑旧拓只有上截，此碑文甚漫漶，且亦上截，幸篆额完善，以校昭陵碑考，彼尚有下截文也，当再检书考之。

至影印宋版藏经会，晤费范九谭，赠吴越金涂铜舍利塔、唐天宝镜二拓本。

**二十二日(8月13日)** 贺庞莱臣七十寿。

至大生帐房，晤吴芳生、蒋暇堂、吴复观。

安徽同乡会徽宁同乡会六时公宴戴孝悃司令戟于大西洋欧菜社，托辞未往。

至古香斋，取道光窑小磁五彩寿星。

范成师函告，广胜寺《宋藏》内发现各种孤本数百卷，略开名单：《瑜伽师论记》四十八卷，唐道伦撰。《瑜伽论略纂》十六卷，窥基撰。《瑜伽师论义演》四十卷，唐澄净述，日《续藏》无。《法苑义林》十四卷，窥基述。《成唯识论掌中枢要》二卷，窥基述，日藏只有上卷。《弥陀通赞疏》，窥基撰。《成唯识论疏》十八卷，窥基述，日藏缺卷九(十三)、十五(十七)卷。《法华玄赞》，窥基撰。《唯识述记》二十卷又《科文》二卷，窥基述。《般若心经幽赞》，窥基述。《劝勤善莎上生兜率天经疏》，窥基述。《因明论理门十四过类疏》，窥基述，日藏无。《因明入正理论疏》三卷。窥基述，日藏缺中、下二卷，可补。

其他如隋智者、唐湛然、南岳大师等著述甚多，暂不述之。

**二十三日(8月14日)** 鲍扶九来谭。

丁了盈来谭，约同往大光明戏院，观《民族英雄》影剧，留晚饭。

**二十四日(8月15日)** 至汪六吉，购本生夹贡七刀、计一百七十五张。六吉棉连一刀，九十四张。共洋十元四角。

全中国书店，晤金颂清，又晤张修甫，嗣徐晓霞之子亦来闲话。方壶、二器，寿县出土，文百余字，后见拓本，只四十字。熹平小镜，熹平元年，湖南出土。刘晦之新得。壶价三千元，镜价一千四百元。方尊、木刀象形，陕西出土。师奎父罍、陕西出土。戈、错金，寿县出土，极佳。镜，黄武元年四月五日，极佳。皆张修甫藏。又一剑极佳，清江出土。修甫云，寿县新出一大鼎，器、盖各七字，疑秦器。凿文在器口边，重约六十斤，估客正在沪求售。

二十五日(8月16日) 游邑庙市场，过乐古斋，无所得。

陈友琴来，选《千首绝句》，拟增闺秀，以蔡殿齐《百家闺秀诗钞》借之。

覆费范九书。谢题《礼塔图》，赠唐天宝裴九娘造像碑拓本。

报载，教部聘请编订《四库全书未刊珍本目录》委员会委员。陈垣(援庵)、傅增湘(沅叔)、李盛铎(木斋)、袁同礼(守和)、徐鸿宾(森玉)、赵万里(斐云)、张允亮、张元济(菊生)、董康(绶经)、刘承幹(翰怡)、傅斯年(孟真)、顾颉刚、柳贻徵(翼谋)、张宗祥(阆声)、叶恭绰、马衡(叔平)及余共十七人，教部聘书名单无张允亮、叶恭绰二人。

二十六日(8月17日) 访张菊生，谭影印《四库全书》情形。

今日，教育部聘书寄来，文曰：敬启者，本部为编订《四库全书未刊珍本目录》起见，特延揽专家，组织委员会，从事审查。兹敦聘先生为编订《四库全书未刊珍本目录》委员会委员，敬希查照俯允，发抒伟见，共策进行，无任企祷。谨致徐先生。部长王世杰。附名单一纸、章程暨草目。

大女今晨由合肥到沪。

二十七日(8月18日) 永儿不适，延鲍承良诊方。

至来青阁，晤杨寿祺谭，取《宝鸭斋题跋》三卷。长沙徐树钧，庚戌十月辑印本。

二十八日(8月19日) 永儿病渐愈，就鲍承良诊方。

同淑畹、定君、大女、八女观新光戏院影剧，并至菜根香素食。

覆吴舜臣书。来三函，报成旱荒。售淑记稻四百石。李味三县长调省，改委晏成。

覆江彤侯书。收到凤阳、颍上各碑七种(此为第七次)，又《艺文志》集部稿二部、第二次报告书六本。寄赠郑叔问校《清真词》(夏剑丞刻，今归刘翰怡)，又《梦窗四稿》(《四明丛书》本)。寄叶向高《重修龙兴寺碑》补缺字(二百字)，又访拓凤阳碑十种。

致张菊生书。钞汪允宗《今事庐笔乘》记薛居正《五代书》五条。允宗藏本为金南京路转运司刻,一百五十卷。

**二十九日(8月20日)** 午后三时,赴《安徽丛书》编审会。

访丁仲祜,不遇。

访周云青谭,交《皖雅》及《安徽通志·艺文志》集部稿。

覆任心白书。为江宁陈彦清题象赞。

三十日送张幼麟素绸挽幛并赙分四十元。

约鲍扶九,审定所藏师比及名称,并出观古勾兵、明万历缙绅。同至中国书店,取:付价讫。《百衲编》一卷,汉碑集联。《运甓编》一卷。集砖塔铭,嘉兴吴受福,洋一元。

至来青阁,晤寿祺,交代购洋十二元,七月二日付讫。《吴县志》八十卷。曹允源等纂,孔昭晋序,民国廿二年印,宣统三年长洲、元和、吴县三县,今改吴县。

任心白来谭。

周梦坡来书,赠梦坡藏《砚编》三卷拓本,有伪者,顾二娘砚全伪。并为画扇,又还前假《词观》《东皋草堂词》。

阅刘澄如京卿锦藻。《皇朝续文献通考》卷二百四十七。《经籍考》,有《国朝诗华初集》十卷《二集》十四卷,为潘瑛高、岑陈塾编,向未之见,记此待访。

宣城吴肃公《明语林》十四卷,方柳桥功惠,巴陵人。刻入《碧琳琅丛书》,未见。

## 七月

**朔日(8月21日)** 报载徐家汇天文台消息,本日午刻,空前日蚀,太阳全面为月体掩蔽,全球世界晦暗。及至午后二时圆蚀,仅见缺角,仍是偏蚀,不似天文台报告之惊异,且时间亦未准确也。

晚九时,鲍扶九来谭,交阅刘晦之新得寿州出土曾姬壶铭文四十字合文一字。两壶购价三千元，席少卿绍介。佳王廿又六年，圣趞之夫人曾姬无恤，望安兹漾陲蒿间之无匹马，用作宗彝尊壶，后嗣用之，职在王室。

**初二日(8月22日)** 国立北平图书馆编纂委员会来函，征求选印《四库全书》论文，共同商讨发刊影印《四库全书》专号。在《北平图书馆馆刊》七卷五号，附专号草目。

李锦书。益华，江西浮梁。来，持袁守介绍名片，询影印《四库全书》意见，未晤。

答拜曹梅舫同年谭。

访周梦坡谭。谢赠《梦坡室藏砚》拓本三卷并画扇，又以《瑶华集》《西陵词选》二书假之。

至中国书店，取八月八日付讫。《无锡县立图书馆善本书目》。秦毓钧，民国十八年印本，附碑目，洋一元。

鲍扶九来，未晤，留《曾姬无恤壶铭考释稿》。

答拜李锦书，谭影印《四库全书》余无意见发表，赠以《玉台新咏》。棉连印本，有套。

访陈乃乾谭，晤郭石麒，交还古玉剑饰。

七时，赴聚丰园贞元会，周梦坡值会，姚虞琴代表。

**初三日(8月23日)** 送安徽同乡会书记李宇载奠份四元。王竹如、鄂润之代收。

李木公之夫人三周忌，送功德林十元席票并烛票。

鲍扶九来谭，交还曾姬壶拓本并《考释稿》。

至影印宋板藏经会，晤费范九谭。

覆李拔可书。谢赠新印珂罗版伊墨卿《默庵集锦》二册。

致程演生书。徐行可赠演生《梦窗四稿》，付邮寄上，并告会中议赠行可之二期丛书一部及《仪礼经疑直》十部，亦由会寄鄂。

**初四日(8月24日)** 陈楚材来，还《闺阁诗钞》，又借《闺秀正始集》《碧城仙馆诗钞》。

至大光明戏院，观《动物院惨案》影剧。

至中国书店，取：八月八日付讫。《北固山志》十二卷，象山释了璞辑，道光十六年刻，洋六元。《兰言述略》四卷，吴门袁世俊，光绪二十三年重刻本，记兰花，洋三元。《经鉏堂金石小笺》二卷。昆山叶奕苞，中国书店活字本，洋三角。

**初五日(8月25日)** 萧厔泉来谭，赠新印《画稿》第二集。四册计六十幅，售洋八元。

覆安庆大兴书局江少卿书。有乾隆三十三年修《望江县志》八册(原书八卷)，索价七十元，今还价五十元。

覆徐行可书。赠《镜影》，来书言谢，亦赠我吴宽仲《簳珠仙馆诗》、张咏霓刻《梦窗四稿》，又汉吴郡张元功二镜及吴郡周禄镜、钱警石遗砚墨本。赠演生《梦窗四稿》已寄安庆。《仪礼经注疑直》已印成，前由会连同二期丛书寄上十部。钱警石先生《两汉书》校本为丁君妄加窜改，难以一时整理完善。

晚，赴陈子言会宾楼餐叙之约。

**初六日(8月26日)** 答拜蒋竹庄谭。

袁守和昨来航空信，征求意见。访张菊生谭，菊生意不合。

**初七日(8月27日)** 李元之来谭，留午饭。

**初八日(8月28日)** 题《殷虚兽骨文字》印本，赠费范九。

冯光九讣告，七月四日亥时去世，六日午刻大殓。

袁守和寄赠《北平图书馆书目》三册。首册未成。

约费范九，商答覆袁守和与教部争执事，范九意主不覆，似未当。

致张菊生书。借《豫章丛书》目，旋覆，俟检出送来。

覆狄平子书。赠新印《平等阁藏晋唐法帖》四种谢之。借商务印梁任公《淳化阁帖》三册，覆以未购。

费范九赠新印《澹远楼图册》。第一册二分，初十日还一分。

晚，鲍扶九来谭。

胡圣余讣至，送丝葛素幛。

**初九日(8月29日)** 靖儿生辰。

答拜萧厔泉谭，并赠《镜影》。料半，有套。

至中国书店，观刘晦之善斋十录之《礼录》八册、凡鼎、彝、敦、簠、甗、匜、簋、尊、卣、盘、觯、觚、盉、角、爵等之属。《乐录》一册钟、鑃之属。稿本。

挈家人同游半淞园。

**初十日(8月30日)** 鲍扶九来谭。

覆张菊生书。还《豫章丛书》预约目，赠《镜影》(料半印，有套)。

致陈绳夫书。赠《镜影》，夹宣印，有套。

覆王富晋书。寄《镜影》六部，夹宣，有套，并寄前寄二部新改片二份。

任心白来，述魏梅老侄怡生意，请十八日为陈彦清题主。子春浓。

至藏经会，晤费范九谭，范九赠新印老友《沙健庵诗文集》。诗有为余题《狼山访碑图》、唐闸赠诗，题跋有题《撷芳集》。

晚，赴汪撷荀酒叙之约。

**十一日(8月31日)** 子时月蚀。

陈授庵名垣。签注、中央图书馆编《景印四库全书未刊本草目》由北平图书馆寄来。

张菊生来谭，钞余检出《四库书》已刻目，在陈援庵目外而去。《玉台新咏考异》《素问入式运气奥论附黄帝素门遗篇》《朱氏读书法》《小辨斋偶存》《秘殿珠林》。

五时，至功德林，赴景印宋版藏经会四十五次常务理事会。

六时，张燕昌约同兴楼酒叙。

朱子桥赠金刚法会古洗里衮·却多尔吉校印本。《金光明经梦见忏悔品》《圣救度佛母二十一种礼忏赞经》《出有坏母圣智慧到彼岸心经》《大白伞盖总持达喇尼经》《大乘圣智慧到彼岸能断金刚经》《圣无量寿智心总持经》《圣六门达喇呢经》《圣妙吉祥真实名经》《千眼千臂观世音菩萨(达哈)喇呢神咒经全咒》《圣贤行愿王品》，以上统名《日诵要道十经》，一函。

**十二日(9月1日)** 叶弥成来。

李锦书来，未晤。

报载，初六日含山县被匪陷，初八日退出。

刘香亭嫁女,送丝葛喜幛。

胡鉴初来,询《仪礼丧服足征记》是否缺二叶,覆以据《皇清经解》校过,不缺。

至来青阁,取付价讫。《璧合珠联集》十卷。光绪二十一年翰议斋校刻本,汇刻各家集联,洋二元。

至汉文渊、博古斋、有正书局,在汉文渊晤高吹万,略谭。

**十三日(9月2日)** 腹泻,延余伯陶诊方。

李锦书又来。

张幼麟领帖,命永儿吊之。

中元,祀先,率领家人行礼。

赠鲍扶九《镜影》。夹宣印本,有套并题字。

**十四日(9月3日)** 沈醉愚来。

顾亭林《日知录》所载:自古有亡国,无亡天下。国亡,卿大夫之责也;天下亡,则与有责焉。集中所载,天生豪杰必有所任,拯斯人于涂炭,为万世开太平,此吾辈之任也。又曰:引古筹今,亦吾儒经世之用。然今日之事,兴一利便添一害。然欲行沁水之转般,则河南必扰。开胶莱之运道,则山东必乱。又曰:目击时趋,方知治乱之关,必在人心风俗,而所以转移人心整饬风俗,则教化纲纪为不可阙矣。百年毕世养之而不足,一朝一夕败之而有余。至哉,言乎!可以俟诸百世而不惑矣。

程演生来书,丛书会办事人改派杨百研君。今张隐庵前办事人。同杨百研来,因病未见。

**十五日(9月4日)** 杨百研、张隐庵来谭。

覆安徽大兴书局江少卿书。购《望江县志》,寄洋五十元。廿一日寄来《望江县志》,中有缺页。

吴东迈来谭。

周美权来谭,交题《摄山访碑图》卷。

丁子盈来谭。

通志馆寄来《大事记》稿二卷、二册。《舆地考·山脉》、二册。《舆地考·水系》、一册。《列传稿》六卷。六册。

**十六日(9月5日)**　贞元会，以疾未全愈，谢之。

任心白来，未晤，交陈仁莲、杰、丙、忠、江、根。等请为其尊人彦清君题主全帖。

约金颂清来，请其代售曼生壶二件、窓斋壶一件助振。

致褚礼堂书。以夏映庵画《随盦校碑图》卷乞篆卷首，约期月杪走取。

周扶九百岁冥诞八月初三日。送红花缎幛。

**十七日(9月6日)**　姮女自南通来沪。

鲍扶九来谭，假《汉建安弩机考》。

任心白来谭。

覆陈友琴书。中山文化教育馆叶遐庵为筹备会副委员长，属为绍介。覆以并不主持其事，碍难推荐。

唁冯志芹书。送冯光九代幛筵二十元。

前周美权告我，建德今更名至德。县东南七里有迎春洞，一名藏春洞，深广如屋，旁有两石穴，可秉烛以入。宋政和中，主簿左誉有记。今检宣统新志，云旧志注见艺文，今佚。府志称左誉记文剥落不全，摘其略曰：岩洞之形，仰者如釜，覆者如盖。垂而欲坠者如钟，乳突而旁立者如石笋，夭矫而下者若游龙，滴水落落如喷珠，千怪万状，真奇观也云云。美权并告现已访得此记，仍在迎春洞，并未佚耳。

**十八日(9月7日)**　张敬礼同于稚香来谭。

申刻，为陈彦清君题主。

**十九日(9月8日)**　为张隐庵书屏并赠联。

致沈燕谋书。赠《小檀栾室镜影》，夹宣印本，有套。

访张退庵亲家谭。

四时，赴华商上海水泥公司六十六次董事会。

丁子盈亲家送寿筵，预祝。

**二十日(9月9日)**　吊陈彦清。

刘崇儒之母杨太孺人讣至，寄丝葛幛。

韩滋源林蔚。来，未晤。

张退庵亲家来谭。

赠佛学图书馆书十四种。《随庵丛书》正续编(赛连)、《宋元科举三录》(赛连)、《积学斋丛书》(毛太)、《鄦斋丛书》(毛太)、《怀豳杂俎》(毛太)、《永嘉四灵诗》(毛太)、《随盦所著书》(连史)、《至圣林庙碑目》(赛连)、《癖好堂收藏金石目》、《曾文正撰书李文敏志铭》、《文昌帝君觉世鸿文图说》《阐义》、翁方纲书《金刚经》、《圣学宗传》。

赠丁若农《小檀栾室镜影》。夹宣纸印，有套。

致高君定书。谢前惠园瓜，今邮赠《仪礼经注疑直》《果赢转语记》各三部，分赠吹万、石子、君定各一部。

宣古愚来谭。以《镜影》序一叶，卷三第卅九叶、四十叶，卷六廿七叶掉，补。

覆杨铁夫书。谢赠改正本《梦窗词选笺释》，覆赠《云仙散录》《阳春白雪》。

**二十一日(9月10日)** 张敬礼设筵，为余夫妇庆祝。

答拜韩滋源，未晤。

鲍扶九来谭，赠余大小忽雷拓本。

预祝子丹弟生日。

**二十二日(9月11日)** 淑畹七十生辰，亲友来贺。

**二十三日(9月12日)** 《晶报》载，白克路有宗教哲学研究社，近日求诊者增至八百余号，治病灵异。

南陵汇来稻款。

**二十四日(9月13日)** 吴舜臣丈由南陵来沪。

五时，约舜臣、兰生往新光大戏院，观张慧冲新魔术。

报载，陕西大同云岗石佛寺为魏正光年始建，历百余年完成，石佛万余尊，大者每尊四十余丈，近为赵司令承绶军队毁损。上海中华考古会电阎锡山，保护复旧。

**二十五日(9月14日)** 答谢亲友,晤张退庵谭。

同舜臣、兰生游文庙公园、动物园、蓬莱市场。

晚,同舜臣、兰生往三星舞台,观二十本《彭公案》剧。

影印安徽丛书会杨百研来,未晤。

**二十六日(9月15日)** 上海水泥公司四时六十七次董事会,二十年九月十日由公司向日本小野田水泥公司派技师北村喜太郎及幼理原田、满松土谷利助到公司视察,后因抗日会质问,于十月七日由公司命其离厂。上次股东会议取消前约,并减给二十一年酬劳金,六十六次董事会议交王焕功律师住南市唐家弄五号。考虑。经王律师审查,势难毁约,以李哲士所拟办法似可采用,王亦出席,经会议决酬劳金照付,约四万元。请哲士往日商契约缓行,俟继续订约,修改减酬劳金。

**二十七日(9月16日)** 同舜老理南陵田、房契。

三时,至新光戏院,观《满江红》剧。

昨,傅沅叔来讯,拟复教育部函稿,征同意,商费,范九。主不覆。教育部、傅沅叔、袁守和三方前拟两次覆稿。

李拔可来谭。

访张菊生,未晤。

**二十八日(9月17日)** 同舜老理南陵田、房契。

六时,同舜老游福州路,顺道至中国书店,晤金颂清,略谭,后约舜老中社西餐。

**二十九日(9月18日)** 张镜湖娶子妇,送红花缎幛、烛。

高吹万为其太夫人九旬冥寿在玉佛寺礼忏,送份洋四元,并往行礼。

送林甲东之尊人林兰生之子。奠分十元。

访李拔可,并晤张菊生谭,将影印《四库全书》袁守和、赵斐云列名情形及教部聘函不再答复、袁守和来讯、商覆教部拟法、傅沅叔拟稿征同意、亦不覆,告拔可、菊生,并告沅叔拟改《四库》末刊本为孤本,命名未当,因七阁书尚存有四阁书,不得谓之孤本。又《四库全书》写本无考证,而武英殿聚珍本有《四库全书考证》,计一百卷,可附印。殿本经史每卷后皆有考证,《四库全书》未刊,故考证另印行。似可不另作校勘记。盖校勘记之名,始于阮文达在南昌刻《十三经注疏》,阮自刻校勘记别行。其已有刻本敝。处查出在陈援庵外者有五种,菊生已钞出,请转致蒋君。

送吴舜老红花缎幛,祝敬一百元,预祝六十生辰。又送金钗四枝、洋二十三元零。《镜影》一部、夹宣有套。旗妹牌雪茄、百枝一箱。银耳、西洋参、高丽参。

**三十日(9月19日)** 送李三太太五十寿绸幛、烛、桃、面。

吴树人之祖母杨太夫人八十晋九,母王太夫人六十诞辰,送丝绸幛、花烛。

昨,同舜老至大光明戏院,观《凤求凰》影剧。

同舜老游徐园。

送王君玉一飞之侄,张亲家太太之姨侄。结婚红花缎幛、花烛。

晚九时,舜老附沪宁夜车回南陵。

袁守和同礼。来,未晤,留赠:八月朔来,误记。《天禄琳琅四库荟要排架图》,故宫博物院图书馆印影,一册,洋一元。《故宫殿本书库现存目》三卷,陶湘,故宫博物院图书馆印,三册,洋二元五角。《故宫所藏殿板书目》,故宫博物院图书馆印,一册,洋五角。《摛藻堂四库全书荟要目录》。故宫博物院图书馆印,一册,洋三角五分。

## 八月

**朔日(9月20日)** 范成师自山西洪洞寄赠:各碑未著录。后周晋州慈云寺长讲维摩经僧普静舍身记,人德藏荎撰,沙门云霭行书,在山西平阳府洪洞县,显德二年岁次乙卯九月丙寅朔二十八日癸巳建立。宋重标唐郭子仪奏奉敕赐大历广胜寺额牒正书,治平元年十一月二十九日。金重刻张商英霍山诗,行书,大定己酉岁重九日僧渔仲等立石。元霍山广胜寺

�溪长老寿塔铭妙理撰，惟湛正书，至元九年岁次壬申孟夏十有五日。明僧达连塔记草书，嘉靖十一年十月十一日。佛顶尊胜陁罗尼真言。无年月，正书。

覆江少卿书。收到《望江县志》，内有缺页十页，请在图书馆影抄。又新《潜山县志》缺金石一叶，请代抄。

约任心白来谭。

**初二日(9月21日)**　午刻，聚丰园贞元会，到者恽季申、萧厔泉、姚虞琴、吴董卿、刘锡之、朱企晖，共菜洋十四元五角。

陈淮生讣至，送丝葛幛。

程砚秋寄赠《赴欧考察戏曲音乐报告书》。

报载，古历七月二十八日，定远县被匪攻陷，全城洗劫，三十日始退走。

**初三日(9月22日)**　贺吴树人之祖母杨太夫人、母王太夫人寿。

李拔可来，谭同蒋君晤谭情形。菊生亦转致我处不答覆教部聘书。

覆任心白书。告菊生晤袁守和情形。赠印老法师撰《建法云寺碑》。

覆谢尹润生书。谢寄寿幛。赠《小檀栾室镜影》，夹宣印本，有套并题字。

赠陈乃乾《小檀栾室镜影》。夹宣，有套并题字。

晚，袁守和又来，仍不见。

**初四日(9月23日)**　费范九来谭。

鲍扶九来谭。

江彤侯来书，寄来《艺文志》经、史、子、集提要目录各五份，每份四册。和州碑三种，潜山碑三种，太平碑四种。

高吹万来，谢赠新印乾隆修《金山县志》。

**初五日(9月24日)**　吊陈淮生之丧。

视吴寄尘疾，坐中晤张咏霓。

任心白来，赠《历代尊孔记孔教外论合刻》三部。

覆高吹万书。吹万以苏州名贤画象百幅来询是否出于改玉壶手笔,覆以非是。

杨百研来,未晤。

赠顾鼎梅《小檀栾室镜影》。料半印本,有套并题字。

二时,大生纱厂董监联合会。

晤孝若,商冯志芹事,孝若云纱厂不易接续,当于慈善管理处位置,月送薪资三十元。后敬礼来,亦如其言,并又托李升伯设法。

李元之来谭,交鲍紫来《端虚室剩稿》,已校毕。

**初六日(9月25日)** 汪筱岩讣至,邮寄丝葛挽幛。筱岩同治丙寅年八月十一日子时生,癸酉年七月十七日戌时卒,年六十八岁。

至中国书店,观刘晦之编《善斋权量录、兵器录》。

午刻,赴高吹万明湖春酒叙之约,坐有黄宾虹,新自四川回沪。

三时,至中央戏院,观《猺山艳史》影剧。

在中国书店取初七日退还。《六书准》。无卷数,华亭冯鼎调雪鸥父述,男昶世东临氏敬校,书分象形(假借、转注寓内)、指事(假借、转注寓内)、会意(假借、转注寓内)、谐声四类,每类分平、上、去、入四声。前有顺治庚子七月晦日自序,又男昶世跋。

**初七日(9月26日)** 至来青阁小坐。

至忠厚书庄,晤李紫东谭,取:初八日付价讫。《黄山志》二卷,平定张佩芳,乾隆庚寅刻本。此删节旧志而成。洋七元,八折。《钟祥金石考》八卷。邑人李权,癸酉仲夏活字本。钟祥在湖北。洋三元,八折。

晚,鲍扶九来谭,赠刘晦之藏符牌拓本. 汉欧公虎符,左右全。三城护军虎符,左,当是十六国之赵。三城护军虎符,左。敕字破贼骑兵牌,字鎏金,当是宋。大清丙辰年皇极殿千叟宴重十两银牌。一面文曰"太上皇帝御赐养老"八字,鎏金,丙辰考为嘉庆元年。

取中国书店初八日付价讫。《安阳发掘报告》第四期一册。洋一元五角。

以旧钞陈寿祺校《舆地碑记目》请扶九覆校《安徽金石略》。

**初八日(9月27日)** 结算中国书店来往帐，找洋廿四元六角七分。购书洋八十九元〇七分，代售书洋六十四元四角。

购同文书局付洋四元二角。《紫柏老人集》廿九卷。明憨山大师德清阅，光绪戊寅许灵虚重刻，依原目应有卷三十。师讳真可，字达观，晚号紫柏，门人称尊者。其先句曲人。

访黄宾虹，寻其新居不得。

访顾鼎梅谭，鼎梅赠我新印二碑。北齐造石耷门记、北魏栖贤寺造象。

访高吹万，已返松江。

答拜袁守和谭，覆教部函已代签名。

访张菊生谭。

收中国通艺馆秋节售书洋十元〇捌角。

顾鼎梅告我，汉西岳华山庙碑现复出土，闻之马叔平，叔平闻之于右任云。

**初九日(9月28日)** 黄宾虹来，未晤。

四时，至西海戏院，观《恋爱与骨肉》影剧。

教育部王世杰函请十月九日阴历八月二十日。出席开会，讨论景印《四库全书》未刊珍本选订目录。九月廿七日来函。

**初十日(9月29日)** 费范九来谭。

袁守和来谭，以“四库善本丛刊”拟目相示。

程云岑来，未晤。

至来青阁，杨寿祺赠我新印宣纸夏燮校《汉书八表》八卷。板为杨寿祺所购。

金松岑赠《天放楼续文言》白、竹。纸各五册，当以白纸一册赠谢光甫。十二日又以《天放楼诗续》白纸一册再赠光甫。

六时，约袁守和、顾鼎梅、黄宾虹、李锦书、褚礼堂、罗子经、胡朴安、费范九、陈乃乾会宾楼酒叙。宣古愚未至。

范成师由山西太原南海子佛教会来函，闻晋城县太行山清凉寺住持隆兴大师谓该寺中有手卷式《藏经》四橱，又古拓本《藏经》六橱，又贝叶经数札，明善女人刺绣《法华经》一部，并云此寺为梁宝志公开山建筑。范师函又云，晋祠北方约六里许风洞内隋刻《华严经》碑石一百二十六块，又赴天龙山圣寿寺瞻礼北齐时石刻诸佛菩萨像，碑碣载为高欢避暑之地，近年为人盗卖外国。又介休县城内古玩铺于数年前以五百元由古庙中购藏经版数万片、壁画数百片。

云南省立昆华图书馆藏鸡足山《藏经》有宋碛砂延圣院本九十八种。

**十一日(9月30日)** 三时，赴《安徽丛书》编印会。

叶遐庵约午刻便饭，赠新印《蒋观云遗诗》。

陈乃乾约七时一枝香西餐。

**十二日(10月1日)** 午刻，约张退庵、吕鹿笙、刘季秩、丁子盈、张敬礼面叙。

昨鲍扶九来，未晤，留校《安徽金石略》，并还《舆地碑纪目》。

赠袁守和《镜影》。夹宣印本，有套。

赠黄宾虹《镜影》。夹宣印本，有套。

赠恽季申《镜影》。夹宣印本，有套。

同丁子盈至新光大戏院，观《残春》影剧。

昨程云岑来，未晤。罗子经来谭。

**十三日(10月2日)** 鲍扶九来谭。

覆江彤侯书。收到《大事记》《舆地》山脉、水系考、《列传稿》《艺文志》经、史、子、集提要目录、和县、潜山太平碑十种。寄还太平、颍上两县金石表(附说明书)各一册。寄抄第三次集部各集序跋总目二十二种共一百〇二页，中已为现目所有者约三四种抄成在先，故未抽出。索建德迎春洞宋政和左誉题记拓本。催拓徽属各县金石。

**十四日(10月3日)** 赵太夫人九十冥寿，在太平寺讽经，丁、朱、张三家来行礼。

**十五日(10月4日)** 朱斗垣、慕邢侄、杨瑞年甥来贺节。

覆江少卿书。来信有新《英山县志》，索洋二十元，还十四元，并告《望江》《潜山》两志缺页已补钞。

鲍扶九来谭，并贺秋节，赠刘晦之藏器拓本：颖妃册函钥匙牙牌，皇考贵妃宝函钥匙牙牌，斋戒黄杨木牌，二种。周勺。二种，可疑。

前在叶遐庵处观辽懿德皇后哀册拓本，正文辽文，盖同，凡四石，新为汤玉麟将墓发掘，今移至奉天。懿德皇后为耶律乙辛在《奸臣传》。《奏私伶官疏》见《焚椒录》。陷害，语甚猥亵。按《本纪》，懿德小字观音，工诗，善谈论。自制歌词，善琵琶。观其《谏猎疏》《君臣同志华夷同风应制》《伏虎林应制》《回心院》十首、《怀古》一首、《绝命词》一首，俱见《焚椒录》。而被诬之《十香词》十首，《焚椒录》列诸耶律乙辛所撰，其权奸陷害，殆无疑义也。闻新出辽碑九种，除辽文二种，孟莼孙森有考证。懿德疏、诗，耶律乙辛疏、词俱见缪艺风所辑《辽文存》。

丁子盈亲家来，留晚膳。

**十六日(10月5日)** 访张菊生谭。

访叶遐庵，未晤，留缪艺风《辽文存》、王捍郑《辽文萃》假阅。

午刻，聚丰园贞元会，恽瑾叔值会。

至来青阁，晤杨寿祺，取十二月廿四日付讫。《当涂县志》三十三卷。乾隆庚午知县张海修，万橚徐文靖编纂，洋六十元。

覆吴舜臣书。售稻二百石，完一二期粮。寄张咏唐得六花镜拓样。

六时，赴庞莱臣素餐之约，观两室张列古画，一室倪云林，一室董文敏，皆十幅，同坐有叶遐庵、关䌹之、卢涧泉、徐冠南、吴湖帆、黄稼寿、蒋榖孙。

**十七日(10月6日)** 郑霁樵。来谭，夏荣棠嫌李伯行所给中资甚微。李以契面书价为根据，夏以时值为计算。

**十八日(10月7日)** 访费范九，商答覆教育部书。

致恽季申书，为其婿杨止敬书扇，并赠季申《镜影》。料半印本，有套。

访叶柏皋谭，补祝七十寿，赠珂罗版印宋本《法华经》、五老图墨。

**十九日(10月8日)** 萧伯凯讣至,廿二日领帖,送丝葛幛。

覆陈柱尊书。属书立幅。赠程易畴《仪礼经注疑直》《果赢转语记》,又赠郑师鄦一分,请转致。

寄乡谥恭靖冯光九先生挽诗。昨晚七时付邮。

覆教育部王雪艇部长书。新历十月九日即阴历二十日因由杭回沪感冒,未克赴四库珍本编订书目委员会。昨晚八时缮发。

覆李从龙书。为前江苏财厅舒石父(厚德)书字册一叶。

刘晦之来谭,赠吴让之书大寿字立幅,补祝淑畹七十生日。

三时,观新光戏院《春蚕》影剧。

毗舍浮佛,此言自在觉,其传法偈曰:假借四大以为身,心本无生因境有。前境若无心亦无,罪福如幻起亦灭。紫柏大师大师云:包括大藏,透彻禅源。常以此偈示人持诵,并云吾精持二十余年,已熟句半,若熟两句,吾于死生无虑矣。经龛当绘八部神真形,藉其威神,以御不祥。八部,如阿修罗,此言非天;迦楼罗,此言金翅鸟;紧那罗,此言疑人;摩睺罗伽,此言大蟒;夜叉,此言苦活;毗楼博叉,此言种种色庄严眼根;鸠槃茶,此言魇魅鬼;乾达婆,此言寻香。各有其王,统无量眷属。敬受佛敕,随处护法,本有常光,生佛不二,随缘熏炙,现相不同,故众生一念起处,各有所因。如阿修罗,多瞋谄诈;迦楼罗,吞噉资生;紧那罗,奏乐得食;摩睺罗伽,守护伽蓝;夜叉,恼他活己;毗楼博叉,主领龙众;鸠槃茶,食噉精气,魇魅众生,乾达婆,寻香奏乐,如是种种,感报不同,亦顾其初心何如耳。详紫柏大师《经龛画八部神记》。

**二十日(10月9日)** 刘子树来,询眼科西医。

鲍扶九来,校毕《宝刻丛编》《宝刻类编》,留午饭。

至西泠印社,取洋五元四角,年节付讫。《安徽金石略》。

致吴舜臣书。《时事新报》载,洋米进口税财部已决定最高率百分之二·五〇,并将内地粮食各税停收。又报载,内、财、实三部会订清理荒田办法。又皖省府有改组之讯。

**二十一日(10月10日)**　游邑庙市场。

以欧阳修《集古录》、赵明诚《金石录》送鲍扶九校。

**二十二日(10月11日)**　重宁寺雨山师来谭。

贺刘府喜。季秩之侄静庵行聘礼。

程演生、张和声来，未晤。

前济生会来函，以鲁、苏、皖等省水匪各灾，联合各善团合办振济，刊印癸酉水灾急振十善团劝善记，送振字一百六十七号捐册，共捐募四百三十元，今送会并退还捐册，晤王莲友谭，莲友赠其《诗文丛稿》。宝经堂、大工山人、善男子、善女人各捐一百元，蒯绮记、徐守经，蒯二十元、守经十元。

过来青阁，观杨寿祺新收《诗话总龟》前集二十卷《后集》二十卷《续集》二十卷，为宋益都褚斗南仁杰纂集，各家书目未著录，即《宋史·艺文志》亦未载，仅《图书集成·经籍典》、四百九十三。王圻《续文献通考》载：《诗话总龟》二十卷，卷数缺四十卷。青州褚仁杰集，与益都异。有别也。是书世行为宋阮阅撰，嘉靖甲辰月窗道人刻本，前集四十八卷、后集五十卷，前有李易、张嘉秀，后有程珖跋。孙心如云：阮氏元书名《百家诗话总龟》前、后集各五十卷，共一百，有五门，月窗道人得钞帙，命程珖校刻，卷帙、分类多与元本不同，故标“增修”二字。今寿祺新收者褚仁杰本，不仅卷数歧异，即撰人亦题为阮阅也，则褚本真海内之秘笈矣。匆匆无月窗本可校，记其卷数及子目：

《诗话总龟前集》二十卷：益都褚斗南仁杰纂集。

卷一；圣制门，凡二十条；赓歌门，凡五条；御宴门，凡五条；荣遇门，凡三条；知遇门，凡二条；忠义门上，凡八条。

卷二；忠义门下，凡十条；友义门上，凡十九条；友义门下，凡四条；宗族门，凡三条。

卷三；仁爱门，凡八条；称赏，凡三十二条。

卷四；志气门，凡十八条；述志门，凡八条；求意门，凡五条；幼敏门上，凡十三条。

卷五;幼敏门下,凡十条;讽谕门上,凡三条。

卷六;讽谕门下,凡九条;诗进门,凡五条;投献门,凡十六条;自荐门,凡十条;称荐门,凡二十二条。

卷七;达理门,凡三十二条;博识门上,凡六条。

卷八;博识门下,凡十四条;豪放门,凡十八条;恬退门,凡五条。

卷九;留题门上,凡四十九条。

卷十;留题门下,凡二十二条;苦吟门,凡十五条。

卷十一;警句门上,凡四十七条。

卷十二;警句门中,凡六十五条。

卷十三;警句门下,凡三十条;句法门,凡二十条;琢句门,凡十五条;用家门,凡十二条。

卷十四;押韵门,凡五条;用事条门,凡二十五条。

卷十五;书事门,凡三十七条;感事门上,凡十五条。

卷十六;感事门中,凡四十三条。

卷十七;感事门下,凡二十条;故事门,凡三十条。

卷十八;评论门上,凡四十条。

卷十九;评论门中,凡四十五条。

卷二十。评论门下,凡四十二条。

《诗话总龟后集》二十卷:

卷一;神仙门上,凡三十一条。

卷二;神仙门中,凡二十五条。

卷三;神仙门下,凡十八条;隐逸门上,凡十条。

卷四;隐逸门下,凡二十三条;释氏门上,凡十六条。

卷五;释氏门中,凡三十五条。

卷六;释氏门下,凡十三条;道士门,凡三条;艺术门,凡五条;丽人门上,凡三十条。

卷七;丽人门下,凡三十三条;佞婿门,凡三条;排优门,凡六条。

卷八;鬼神门上,凡二十五条。

卷九;鬼神门下,凡十五条;灵异门上,凡十五条。

卷十;灵异门下,凡十三条;纪梦门上,凡十五条。

卷十一;纪梦门下,凡十五条;寓情门上,凡二十二条。

卷十二;寓情门下,凡十二条;宴游门,凡二十二条。

卷十三;歌咏门,凡十一条;唱和门,凡十五条。

卷十四;诙谐门上,凡三十七条。

卷十五;诙谐门下,凡三十七条;箴规门,凡五条。

卷十六;讥诮门上,凡四十六条。

卷十七;讥诮门中,凡三十八条。

卷十八;讥诮门下,凡二十二条;怨嗟门上,凡十八条。

卷十九;怨嗟门下,凡三十条;诗谶门上,凡六条。

卷二十。诗谶门下,凡五十条。

《诗话总龟总续集》二十卷:

卷一;雅什门上,凡四十一条。

卷二;雅什门下,凡十六条;辨疑门,凡十一条;正讹门上,凡三十三条。

卷三;正讹门下,凡二十五条;诗病门,凡十六条;诗累门凡十四条。

卷四;效法门,凡二十五条;体格门,凡十五条。

卷五;评史门上,凡三十一条。

卷六;评史门下,凡三十五条。

卷七;品藻门上,凡三十条。

卷八;品藻门下,凡三十条。

卷九;寄赠门上,凡四十条。

卷十;寄赠门中,凡四十四条。

卷十一;寄赠门下,凡五条;送别门,凡三十二条;伤悼门上,凡六条。

卷十二;伤悼门下,凡三十三条;乐府门,凡十条。

卷十三;纪实门上,凡四十五条。

卷十四;纪实门中,凡四十二条。

卷十五;纪实门下,凡十八条;咏物门一,凡十七条。

卷十六;咏物门二,凡四十五条。

卷十七;咏物门三,凡三十八条。

卷十八;咏物门四,凡十六条;咏茶门上,凡十五条。

卷十九;咏茶门下,凡十五条;饮食门,凡十七条;器用门,凡十条。

卷二十。节候门,凡七条;技艺门,凡十条;拾遗门,凡二十条。

以上明白棉纸黑格抄本,每半叶九行,行二十二字,白口,单鱼尾,前无序后无跋,每集前皆有引用书目。

张和声交董子厚赠新印《读书论世》十六卷。宣城吴肃公撰。街南先生有《阐义》一书,昔年余为集资印行。

**二十三日(10月12日)** 答拜程演生,未晤。演生送安庆食物四色。

访黄宾虹谭,并商选所藏印录入《安徽金石志》,又以狄平子画《随庵读碑图》卷请篆首。

答拜张和声谭。

送刘府喜礼。苏绣和合喜、洋酒四瓶(口利沙、白兰地)各二、烛(二斤)、腿(二只)。

**二十四日(10月13日)** 至藏经会,晤费范九。

访程演生谭。

陈子言来谭,赠《皖雅》初集卷卅一、二。共四册。《皖雅》全。

陈莘夫作古,送香楮。

兴和族祖于八月十七日室寅时逝世,族人兴焘、家庆、家祚、世珍、世琨、守本公函报告。

子丹弟来谭。

取中国书店:十二月廿一日付价讫。《玺苑》二卷,甲子武昌田有章(焕)鉴雅斋印本,洋十二元。得周銮诒所辑海内藏古玺者十 家,如陈簠斋、潘郑盦、吴平斋、张孝达、刘伯源、吴仲饴、吴愙斋、孙模山、王廉生、王念庭、周謍斋(即周銮诒)等,约六十方。又田有章自藏六十纽,附于后。《御注孝经》一卷,顺治丙申刻本,附雍正五年《孝经集注》一卷,洋三元。《约园词稿》十三卷，武进赵起，咸丰丙辰刻本，缺卷十一、卷十二，洋四元。退回。《水西间馆诗》二十卷，天长程虞卿，嘉庆庚辰刻本，洋二元。《梦窗四稿》四卷《补遗》一卷《新词稿》一卷《校勘记》一卷朱孝臧。《小笺》一卷朱孝臧。《校议》二卷。郑文焯，《四明丛书》本，洋三元六角。

取蟫隐庐书店《清真集》二卷。郑文焯校，此集夏剑丞刻，今板赠刘翰怡。

刘公鲁来谭，补送淑畹生日礼券廿四元。

晚，腹疾发，公鲁在坐，遂辞去。

**二十五日(10月14日)** 腹疾未愈。

午刻，赴吴湖帆、蒋穀孙一枝香之约，略坐谭，未入席而回。

三时，赴《安徽丛书》编印会。

至有正书局，取:《西清续鉴》乙编二十卷，武英殿内宝蕴楼藏，北平古物陈列所印行，洋二十四元，八折。《全椒积玉桥残字》。有正印本，码洋四角。

至蟫隐庐，观新出书目底稿，晤罗子经谭。

叶柏皋来谭，补送淑畹生日巴缎《金刚经》，郭刻蓝印本。受之，覆赠汪六吉夹贡玉版笺四十张。

**二十六日(10月15日)** 访丁仲祜谭，赠《皖雅》卅一、二。卷一册，又安徽通志馆《艺文志》书目四册。

杨瑞年甥订婚镇海周氏，贺之。今日三十生日。

鲍扶九来，校《集古录》《金石录》毕。

覆郭涵斋书。来函商《宋藏》装木箱运长沙，答以商请经会考量邮局能否运往，请汇六部经，邮费一百二十元。告印经情形，准阴历九月出书。来询山西赵城广胜寺宋经，范成访得，现拟影印，附抄经目。

覆大照公司书。收秋节夫马一百二十元。

**二十七日(10月16日)** 报载，寿县朱家集地名李三孤堆。掘出古物，售出五十一件，内铜鼎十六只、玉牛八只、铜爵五只，尚存七百八十七件，内古鼎二十余只及剑、戈、玉爵、玉砖诸大件。现省府饬县运省。

覆吴舜臣书。兴和去世,拟送奠分二十元。附关于米市新闻二则。曹家《吴县志》《金山志》乾隆刻本,恽君可出二十元。

覆江少卿书。收到民国九年徐锦修《英山县志》十四卷,邮汇书价十四元。

李元之来商,属询鲍子丹家明年馆事。

朱犀园来谭。

丁若农来谭。

报载,内政部以各省庙产由各地方组织委员会,办理公益慈善事业。

至来青阁小坐。

范成师来函,广胜寺经典刊刻时期起于五代,成于南宋,印刷于元,世祖时颁赐该寺,确有根据。又云,袁守和带沪经典,与前寄经目校,收缺少二百四十五卷。查前开经目,凡碛砂本未有者,悉皆列入,自徐森玉抵赵城讨论后,若明藏中有者不取,专选海内孤本影印流通。请按徐森玉所带经单收数为标准,该寺现存经五千七十二卷,已钞有经目。

**二十八日(10月17日)** 腹疾未全愈,就鲍承良诊方。

访鲍子丹谭。

刘翰怡之侧室徐淑人讣至,送素绸幛、祭筵十元席票。

访程演生谭,送《小檀栾室镜影》。料半印本,有套。

刘季秩柬请申刻喜宴。

**二十九日(10月18日)** 至南京戏院,观《金刚》影剧。

## 九月

**朔日(10月19日)** 到大中华大旅社贺刘府喜。

刘府坤宅为吴孝侯,耕莘。三年前曾于西餐席上见之。董授经、陈乃乾、王富晋所约庚午四月十四日。送贺份四元。

**初二日(10月20日)** 徐贯恂来谭,赠《澹庐楹语》《澹庐藏佛》

新著及钞录近诗，并以所著《镜谱》稿商定名称，余亦赠以《小檀栾室镜影》。夹宣印本，有套。

午刻，赴聚丰园贞元会，刘锡之值会。

答拜徐贯恂谭。

至中国书店，取：十二月廿一日付价讫。《燉煌掇琐》，凡三辑，仅有上辑，文件一百零四种。刘复辑，中央研究院历史语言研究所印，洋三元五角。退回。《辽代金石录》四卷《辽年表》一卷《补辽史艺文志》一卷《辽代文学考》二卷《辽文补录》一卷。南海黄任恒，活字本，洋一元六角。

爱俪园赠《哈同先生荣哀录》十二册。

访张和声，未遇。

**初三日(10 月 21 日)** 刘十枝来，未晤。缪孟文通，子受子。来，亦未晤。

访费范九，以《画史汇传》借之。

访程演生谭。

**初四日(10 月 22 日)** 濮伯炘一乘。来谭。

朱犀园同徐君来，询刘公鲁住址，拟商设法收回前失书画。

许静仁、徐静仁、李少川、关芸农、常藩侯、吕荫南柬约六时一品香餐叙，以赴苏辞。初六日报载，同乡筹备第五届征求会员大会。

**初五日(10 月 23 日)** 昨，刘晦之派王介人来，询印《善斋十录》各种纸样。王在虹口中实支行副经理，丹徒人。

致李伯行书。商夏荣棠多索中资，附夏讯。

访鲍子丹谭，李元之允明年仍旧馆于其家。

访费范九谭。

周梅泉于初九日嫁女，送丝葛幛。

**初六日(10 月 24 日)** 吊刘翰怡之侧室徐淑人。

覆江彤侯电彤老以余去皖商志稿，来电止余成行。来电云：徐积老尊鉴，手示敬悉，道途劳苦，不敢枉驾，已属余幼泉先生即日来沪，面聆教益。承赐周、吴词，感谢。炜叩。覆电云：安庆通志馆江馆长尊鉴，正拟启行，适奉电示，辱承幼老枉驾,益增愧悚,谨遵命候教。乃昌叩敬。

覆国学会书。李根源、章炳麟、张一麐、唐文治、金天翮、王謇公函,索《随庵丛书》正续编、《积学斋丛书》《鄦斋丛书》《江苏金石志》。除《江苏金石志》,覆以向年集资影印分得之书,早已转赠同好,改赠《宋元科举三录》。函寄国学会李印泉。

覆宝静法师书。募《弘法社刊》基金,助洋十元,邮寄宁波观宗寺。

至汪六吉纸号,购净皮四尺煮锤笺九十四张,洋七元;又四尺夹贡煮锤笺二十五,张洋三元。

覆朱瑞祥书:寄来书三种,连邮费共九元二角五分四厘,已收往来册。《大乘起信论纂注》二卷,马鸣菩萨造,真谛三藏译,明檇李沙门真界纂注,万历己亥支那本,五元四角。《直心直说》一卷,明万历丙午支那本,二元七角。《宋国史艺文志辑本》二卷。贵阳赵士炜辑,北平图书馆印,一元。

**初七日(10月25日)** 至藏经会,同费范九谭。

鲍扶九来谭。校《集古录目》《水经注》毕。

王介人来谭。以宣纸、连史纸样来商酌。

**初八日(10月26日)** 曹梅舫来,谭汪甘卿家事。

访程演生,未晤,阍人云去杭州。

覆吴舜臣书。来函云,荣廷之媳、辉廷之子要来沪,催收新租。售陈稻。陈夺声托买《目莲救母劝善记》,当留意,惟旧书一时不能相遇。我处前有明本,于八月节同他书售去,如重印,可以商借,然印书三百部须五百元(印二百部须四百元),夺声能募捐三四百元,我处再向他处凑集,或夺声有抄本校对错字,亦可商借,惟须将抄本寄申。属书对联七付,已付邮寄,上款王兆瀛、查雨亭、谷鸣、达二、曾钦珊、张思敬、朱朝宗七人。

**初九日(10月27日)** 高望之十三日为子君实结婚,送丝葛喜幛。

周美权嫁女于一品香,贺之。

阅蒋叔起超伯,江都人。《南漘楛语》八卷,录七则:

金粟笺有最长印至五十八字者,其印称许咸熙妻陈五娘等舍藏经纸七千幅云云,是物近日已不可得,况澄心堂所制纸乎?

苻秦时，于敦煌城南四十里凿山为佛，多至数千龛。宋元以还，圮者数百，沙壅而失者数百，梯坏不可登者又数百，其现存者，尚不可以数计。苻秦沙门乐僔建元二年所立碑，乾隆中土人尚见之，后为沙压无由复得，仅存周李君重修莫高窟佛龛碑，其纪年用武氏。又睡佛洞外有开元时李府君功德碑，又如来窟颠有“大宋乾德八年归义军节度使西平王曹元忠建摩崖”大字，乾德只五载而云八年者，岂其时道途偶阻，朝命有未通欤？

古人于远祖多称高祖，《左氏》郯子曰：我高祖少皞氏也。远孙多称曾孙，蒯聩曰：曾孙蒯聩，敢昭告皇祖文王是也。《孟子》朱注：公刘，后稷之曾孙也。亦此例。

白文公曰：以正义度无边，以圆教垂无穷，莫尊于《妙法莲花经》，凡六万九千五百言。证无生忍，造不二法门，住不可思议解脱，莫极于《维摩诘经》，凡二万七千九百二言。摄四生九类，入无余涅槃，实无得度者，莫先于《金刚般若波罗蜜经》，凡五千二百八十七言。坏罪集福，净一切恶者，莫急于《佛顶尊胜陀罗尼经》，凡三千二十言。应会顺愿，生极乐土，莫疾于《阿弥陀经》，凡一千八百言。用正见，观真相，莫出于《观音普贤菩萨行法经》，凡六千九百九十言。诠自性本觉，莫便于《实相法密经》，凡三千一百五十言。空法尘，依佛智，莫过于《般若波罗密多心经》，凡二百五十八言。是八种经共十二部，合十一万六千八百五十七言，三乘之要指，万佛之秘藏，尽矣。

《观音咒》云：天罗神，地罗神，人离难，难离身，一切灾殃化为尘。宋时多传诵者，见王氏《闻见近录》。

五祖演云：福不可享尽，势不可使尽。宋参政王伯大以其意广大，作《四留铭》云：留有余不尽之巧，以还造化留有余不尽之福，以遗子孙。

藏佛有铜、泥二种，铜者穷年累月，始竟其功，中有蝇头细字佛经，非重价不能获。其红泥范像，俗言屑佛骨和硃砂以为之，番人珍若拱璧，并西藏亦不可多得。李心衡《金川琐记》。坎扒注者，藏中贝多叶也，洪稚存有《坎扒洼歌》。

广州九曜石有宋张釜等题字，釜与沈继祖、胡紘、余嘉、京镗、何澹同时，力诋朱子者，其字可削也。邢凯《坦斋通编》盛誉京镗，其人可知矣。

**初十日(10月28日)** 三时，赴《安徽丛书》编印会。以《随盦读碑图》卷请程演生题，黄宾虹已篆首。

至藏经会，观范成师自山西晋城寄来宋大观印《中论》末叶、共三十余卷。普宁本《藏经》末叶，元印。共四千余卷。

六时，李从龙来谭，赠我藏香一束、杏仁、蜜枣。

晚，赴张镜湖酒叙之约。

**十一日(10月29日)** 朱亲家太太六十七岁生辰，贺之。

丁雨庄来谭，答拜，亦晤谭。

鲍扶九来谭，交所校各书，留午饭，以所撰《安徽通志·金石古物考》例言商之。

至蟫隐庐，取：十二月廿五日付价讫。《诗薮内篇》六卷《外篇》四卷《杂篇》六卷，明胡应麟著，江湛然辑，赵凤城校，少石山房本，洋十六元。《韵法直图》一卷宣城梅膺祚刻，不著撰人名氏。《横图》一卷，上元李世泽撰，宣城梅膺祚刻，二元。《遗砚楼小集》一卷朱绶撰。《绣篋小集》一卷，元和女史高篃，嘉庆丁丑刻本。《兰福堂诗集》一卷，成都胡延，光绪二十七年刻本。《经中经》又《经征义》三卷，张师诚辑，徐槐廷征义，光绪二十五年刻本，三角。《净土警语》一卷菩萨苾刍，行策截流。《起一心精进念佛七期规式》一卷，虞山普仁院净业比丘行策定，光绪六年常熟刻经处刻本，三角。《新刊千金风水杀法妙诀》一卷，传钞明弘治辛酉文峰堂刻本，有牌子，二元。《缮折款式》，抄本。退回。《六十年甲子应验歌》。抄本，题袁天罡、李淳风著，一元二角。

取西泠印社十二月十七日付价讫。《有不为斋随笔》十卷。桐城光聪谐，一元二角七分。

至来青阁，取十二月廿四付讫。《古碑重抚伪刻考》四卷。平江余寿湘，壬申秋印本，码洋五元。

至中国书店，取十二月廿一日付价讫。《瘗鹤铭考》一卷。长沙陈鹏年，康熙五十二年刻本，洋四元八角。

**十二日(10月30日)** 答拜曹梅舫同年，已回苏州。

李厚甫来，未晤，旋答拜，谭夏荣棠函索中资。回寓后，得伯老覆讯，除寄与寄樵中资八百元外，再给酬劳一千二百元。当持来函又商厚甫，由厚甫径函寄樵，转商夏荣棠。

覆李伯行书。来函已商厚甫函寄樵，所加一千二百元酬劳，应为郑、夏所得，当可易于解决，照夏函第三办法二千二百余元，所差无多。

致吴舜臣书。徐佩琼、徐世珍来函，属为盛自宽题厚德堂扁并跋，扁纸未寄，故不能书，近编省志，亦无暇答复，请代致候。

至蟫隐庐，取：《梅湖诗钞》一卷怀宁汪之顺。《枳六斋诗钞》一卷，怀宁余鹏年，此《皖江三家诗钞》本，缺江季持一家。次日退还。《兰苕馆诗钞》十一卷。桐城许奉恩，光绪十一年刻。次日退还。

高吹万函赠《干巷志》六卷。里人朱栋撰，嘉庆辛酉刻本。干巷前隶娄县，今属金山县。

**十三日(10月31日)** 贺高望之煌。子君实结婚于中华学艺社。

姚石子言，莫云卿墓道在中华学艺社法界爱麦虞限路。东边。

鲍扶九来谭。交借阅大小忽雷图。

范成函云，晋城县太行山青莲寺，观各碑碣，知建自北齐昙始大德，开法于隋慧远大师，寺有元普宁藏四千余卷，明永乐全藏，其最宝贵为宋太祖开宝元年奉敕雕造藏经于显圣寺圣寿禅院，疑北宋时此寺地址在都城中。徽宗大观二年赐印，分卷装轴，现存三十七卷，卷末有跋可证。又有隋唐各大德所写经典，已成卷者三十五卷，未成卷者一百八十七纸。寺中各唐宋碑约有十余通。

汪启淑有《退庵印类》十卷，中国书店得其残本，存卷四名刻类、卷五冻石类二卷。

购古香斋顾立斋唐志石、古砖，付洋五十元：唐范阳卢氏室女墓铭,乡贡进士崔褧纂,正书,咸通癸未二月廿七日。四端十二肖生形,洛阳出土,价洋四十元。肖生砖。三方,砖端疑兽形,两平面均双凤形,价洋十元。又议定购角字刃器,阳文。已损,刃断两截。色绿如漆,洋廿元。正面有脊,背面则凹似竹之半片,一端有刃,一端平如截,角字在脊。与罗叔言所藏《古器物图说》(《辽居杂著》乙编)中有古金二条,云一面有脊,他面则平,有同字,与此异,叔言疑为古质剂之剂。

李元之来谭,病已愈。

**十四日(11月1日)** 顾立斋同毛君志切鄞县人。来,观所藏以古玉五、山西太原府榆次县出土。沙器二、曼生壶。书画六。梅花道人山水轴、居节山水轴、御题孙枝山水轴、方士庶湖庄春晓图轴、萧灵曦云鹤出山图、张二水行书轴。

游文庙公园、动物园。

安徽同乡会订四时开会,讨论第五届会员征求大会筹备事宜。

**十五日(11月2日)** 至大光明戏院,观《三宝垅》影剧。

至古香斋,借寿州出土二镜。

**十六日(11月3日)** 至藏经会,同费范九闲话。

午刻,聚丰园贞元会,吴董卿值会。

四时,赴上海水泥公司六十八次董事会。

至古香斋,取十月二十日付价洋二十元讫。角字铜器。角字刃,鲍扶九云刺兵。

陈友琴来,未晤。

闻恽季申谭,妇人患气痛病,用蛇拙管,藤类纳,不易得,旧料有制手镯者,或可觅到。括其屑少许,和鸦片烧成,吸之痛立止,较用枷楠屑更有效也。

恽季申赠青豆、烧饼。

覆余阶叔书。函告江伯奇西门老宅出租。

**十七日(11月4日)** 李拔可来谭。

沈彬翰属题《世界佛教居士林建立记》卷,为书《金刚经》语"皆得成就无量无边功德”十字题之。又燉煌唐人写《妙法莲花经从地涌出品》一卷，以校宋本，涌作踊；于大众中起句，起下有立字；佛说是时句，是下脱时字；得无疲倦，倦作惓；恭敬尊重，恭敬作供养；及护持是经，是作此；其数过于是，于是作是于；四万及三万，四万作四方；称扬何佛法，扬作杨；亦时释迦牟尼，尼下有佛字；被精进铠，被作披；常行头陀事，常作当；植诸善根，植作殖；生育我等，育作肓；住于神通力作住神通智力，皆误也。为题观款。

致李伯行书。厚甫来函，并附郑寄樵函，夏荣棠已就范，将两函寄阅。

高吹万约七时觉林素餐，坐有俞寿田、程百家、湆。胡朴安、黄宾虹、程云岑。

闻松江韩氏藏书归于爱俪园，售价十八万元。

**十八日(11月5日)**　赵仲双坤。持王雷夏介绍书来谋事，晤谭。答拜，亦略谭，费范九在坐，仲双为恩楚芗次子，与范九有交谊，住藏经会。

访褚礼堂谭，借阅寿县新出土鼎、甗二器拓本。

至蟫隐庐，晤鲍扶九，略谭。

至中国书店，晤金颂清，新自山东、北平回，携来各书，取其：十二月廿一日付价讫。《越绝书》十五卷，汉袁康撰，明嘉靖三十三年张佳胤校刻本，洋三十五元。十九日退还。《会稽三赋》一卷，宋王十朋撰，道光乙未山阴杜春生刻本，洋五元。《词镜》。无卷数，西泠赖损庵著，查随庵辑，古闽林栖梧绣梓，乾隆癸卯刻本，洋三元。

刘晦之来谭。

覆恽季申书。影印《宋藏》已向会商，照预约价五百廿五元九折缴款。

**十九日(11月6日)**　先妣秦太夫人三十二年周忌，设祭，持斋。

报载，滕县安上村曹王墓发掘龟甲，又汉画象，有分“老子也老子车孔子也孔子车”十二字，详晨报《鲁南考古记》。

报载，前天空奇光、陨星化石一事，发现陨石大如盘，小如拳，状若焦煤，间有硫磺气，落于当涂石臼湖滨沙埂陶村。

江知源赠大连家园所种植林檎。

四时,大生二厂开董事会。

**二十日(11月7日)** 陈子言来,未晤。

访恽季申谭。请影印宋版《藏经》预约券。

访江知源谭,寄尘在坐。

视子丹弟疾。

至来青阁,取:十二月廿四日付价讫。《和林金石录》一卷,读史阁主人,校钞本,二元八角。《半螺龛诗存前编》一卷《后编》一卷《半螺龛杂志》一卷,仪征吴文锡撰,咸丰元年刻本,二元四角。《北海渔唱》一卷。高邮王寅,光绪己丑刻本,一元。

费范九送来藏经会所得宋元刻经九种,合成影本六册。

程演生来谭,交题《随盦读碑图》卷。

黄翊昌来谭,请十一月十六日即阳历一月一日。为其公子证婚。

至藏经会,晤费范九,交恽季申预约《藏经》价四百七十二元五角,又书套二十元。

答访刘十枝谭。

小日报载,宋子文生辰为甲午乙亥庚辰己卯。

**二十一日(11月8日)** 江知源、吴寄尘来,未晤。

藏经会送来预约凭单,即函送恽季申。

以旧藏宋绍兴二年湖州圆觉寺《大般若波罗蜜多经》卷第一百三十二、经文并题名四十叶,只半叶。绍兴戊辰福州开元寺《陁罗尼杂集》卷第五经文并题名二十三叶。函送藏经会费范九影印。

贵阳师重宴鹿鸣,送红花缎幛、款字:宾典重光。礼券。一品香洋二十元。

朱智仁二十二日八十寿辰,送丝葛幛。

朱静安二十二日为子丹初授室,丝葛喜幛。

至来青阁,取:《裘杼楼诗稿》六卷,休阳汪森,三元六角。以下十二月廿四日付价讫。《松陵绝妙词选》四卷勒山周铭编集,康熙十一年刻本,洋二十元。按纲目为六卷，其卷五注明嗣刻，卷六注明嗣刻（旁注方外、补遗），又云附刻《华胥词》别有目次。附《华胥语业》，甲集，吴江周铭勒山填。《祠山志》十卷，光绪十年广德同善堂重修，楚客朱立襄重校。祠山在安徽广德州，记张真君。三元二角。《番禺金石志》四卷，汪兆镛分纂，《番禺县续志》本，一元六角。《学耨堂诗余》二卷。鹤潭王崇炳，鹤潭当是浙兰溪。退还。

王崇炳词注云：今名坊，唐时名阙。

五时，至新光大戏院，观《兽国奇观》影剧。

**二十二日（11月9日）**　贺朱静安娶子妇之喜。

张菊生嫁女，送红绸喜幛。

南陵县官产垦荒督催委员周应云，字海龙，一以字行，湘阴人。前粤军左翼总指挥部秘书长，川军独立第一旅上校参谋长，署理顺昌宁化等县知县，安徽省政府咨议。与县歧府勾结，不分荒熟，任意扰害，百端需索，业户农民，群起恐慌。

余幼泉炳成，颍上。自安庆来，商通志《金石古物考》编辑事，旋答拜，未遇。交印样六纸。

**二十三日（11月10日）**　贺朱智仁八十寿。

至丹弟处，贺冠英侄四十生日。

贺林洞省生辰。

答拜余幼泉谭，坐中晤程演生、汪仲明，名启疆，歙人。旋约往聚丰园午饭，演生作主人。

赠余幼泉连史印正续《随盦丛书》、棉连印《徐公文集》。均有木篋，前赠棉连印《玉台新咏》、连史印《宋元科举三录》。

晚，约余幼泉、汪仲明、陈子言、黄宾虹、洪泽丞、张燕昌、胡朴安、程演生、赵仲双、杨百研酒叙。

**二十四日（11月11日）**　送余幼泉行，未遇，闻幼泉今日往苏，再之镇江，回安庆。

汪仲明约午刻聚丰园午饭，坐有程演生、光明甫。

赴《安徽丛书》编印处六十一次编审会。

贺张菊生嫁女寿州孙氏。

贺庸庵宫保师重宴鹿鸣之喜,四时再赴苹宴。

观红豆主人侗将军,号厚斋。演弹词剧,真伤心人,别有怀抱也。

明道师奉印老法师谕,赠新印《历史感应统纪》、版藏佛教慈幼院。《净土圣贤录》《林文忠公手书经典》。

印老法师命国光书局送来新印《净土圣贤录》十二部。

洪泽丞赠新印其弟悌丞汝怡。《寄簃诗存》四卷。

陈子言新得《昭代诗针》一书,向未之见,记之:《昭代诗针》十六卷。须江(即无为)吴元桂秋齐辑选,练浦(即无为)吴书元袖池校订,前有叶一栋序、吴元桂自序、吴书元自序,乾隆己巳(十三年)春雨楼刻本。

**二十五日(11月12日)** 光明甫昇,桐城。来谭,午后答拜,未遇。

朱夏淑人讣至,送绸挽幛、挽对、楮烛。淑人为崇儿之五舅嫂。

陈莘夫讣至,送丝葛幛。

午刻,程演生约聚丰园酒叙。

章叔淳来谭,知其兄初白于十九日下世。

挈崇儿赴庸庵宫保师宴集,观红豆主人《失街亭》《空城计》剧。张啸林赠联云:旧日笙簧殷甲子,耆年著作鲁春秋。

六时,赴赵叔雍酒叙之约,先晤其尊人竹君先生,谭佛学。后坐客叶遐庵、陶兰泉相继至,叔雍赠《毗陵画征录》二卷,为武进李宝凯编辑。

周美权介绍北平文录堂琉璃厂东首路南。王君晋卿、文进。古珍斋琉璃厂。祖君芝田带来书籍、书画,属为转介赏鉴家,文录堂并拟收买大批善本,又持朱曜东介绍名片。

**二十六日(11月13日)** 至老惠中旅馆,晤王晋卿、祖芝田,交介绍刘晦之、姚虞琴两函。虞琴旋亦来,又介绍李定侯,函约明日午后二时前往彼寓,将各件送看。观宋版《史记》《考工记》、残《咸淳临安志》等。

取祖芝田处王澍篆书如南山之寿立幅，蓝地纸金书，索价六十元。

前兴和族祖八月十七日作古，赙洋十四元，今其子家骝、家骐、家骅来函，领谢。

李厚甫约观其尊人伯老家书，滩地中用八百元，酬劳一千二百元。已寄沪，商邀郑、夏二人来沪领取。

鲍扶九来，未晤，留字，[illegible]释作用，见宗周钟及番君鬲。

[illegible]释作亡，见亡未盉。

郭辅庭赠新刻《佛说阿弥陀经要解》四册，藕益大师解。又赠吴寄尘、费范九各一册，属转致。

两至老惠中旅馆，王、祖两君均未晤，留李定侯覆讯，约明日先来一谭。

至忠厚书庄，晤李子东闲话。

闻瞿良士藏书抵押于王寿山，七万余元。

晚，赴黄宾虹梁园酒叙之约。

安徽弟二区行政督察专员王葆斋铸人。函寄芜湖公园募捐册一二六号一册、收据一二六号一册。

**二十七日(11月14日)** 王晋卿、祖芝田来。

鲍扶九来谭，以其岳母庄太夫人七十寿辰征诗，附其子赵柏成征文启。

以郑樵《通志·金石略》、《续通志·金石略》交扶九，校补赵绍祖《安徽金石略》。

鲍子丹同陆裕沅汉疏之子。来，以古玉相示。

曹缵蘅集同人治茗清凉山扫叶楼，作重九会，折柬相邀，并以龚半千《半亩园诗分韵得空字》属赋，今寄七律一章。请柬具名者邵元冲、陈其采、曾仲鸣、冒广生、黄濬、曹经沅。

徐新六赠其尊人仲可先生《康居笔记汇函》新印本二册。

**二十八日(11月15日)** 午刻，为朱夏夫人题主。

李范之大防。同程演生来谭。范老由安庆来。

答拜李范之，未遇。

**二十九日(11月16日)** 绮女四十生日。

访李厚甫，交阅夏荣棠不愿来沪领取中资讯，未遇。旋厚甫来亦，未晤，再往晤之，商将款寄宁，由郑寄樵支配。

午刻，约李范之功德林餐叙，邀蒋竹庄、赵叔雍、姚虞琴、丁仲祜、洪泽丞、陈子言同席，约而辞谢者恽季申、叶遐庵。

六时，胡朴安约功德林餐叙。

**三十日(11月17日)** 访程演生，未调，留借《黄氏日钞》，并以《随盦读碑图》请演生转请李范之、姚叔节、潘季野、张和声同题。

贺张退老寿。

午刻，在吴寄尘家公祝退老寿，中面、晚饭。

至来青阁，观新收《十竹斋笺谱初集》四册，向所未见未闻，价二百元。《芥子园画谱二集·梅兰竹菊》四册，乾隆刻本，价八十元。以电话绍介狄平子。

至老惠中旅馆，晤王晋卿，知李季皋、刘晦之皆未购其宋版书籍。

## 十月

**朔日(11月18日)** 陈子言来谭，又赠《皖雅》一部并套。

程演生来谭，告《黄氏日钞》其所藏明刻本残缺之字，与余藏乾隆本同，余多前序。

吊陈新甫丁艰家。

童心安来，未晤。

赠丁子盈亲家郭刻《阿弥陀经要解》。

致赵叔雍书。附借《憩园词话》稿本六册。

访李拔可，谭商水泥公司致小野田函稿，签名同意。晤任心白，谢赠林文忠写经、曾孙璧宇部长印。《养真集》，瞿良士之世兄印赠。拔可告心白之婶母病危，请假三日，回绍兴。

至大光明戏院，观蜡像陈列所之秘密。

**初二日(11月19日)**　午刻，聚丰园贞元会，李凤池值会。

张燕昌约李范之聚丰园午餐，邀往作陪。坐中晤张君绪光骏，平江人。

至中国书店，取：十二月廿一日付价讫。《妙莲花室诗余》一卷，津门王增年，一名《七十二沽棹歌》，洋六角。《铸铁词》一卷，阳湖董受祺，光绪己亥刻本，洋五角。《海风箫词》一卷，吴郡顾复初，同治乙丑刻本，洋五角。《董公选日书》上卷。光绪乙酉刻本，缺下卷，洋六角。

闻中国书店新收姚仲虞配中。《一经庐丛书》，售于北平宝铭堂书店李叔谦，洋五十二元。书目：《周易姚氏学》《周易通论月令》《琴学》《文钞》。

赵仲双来，未晤。

访狄平子谭，平子拟购来青阁《十竹斋笺谱》，嫌索价二百元过昂，属为公断价值。

狄平子赠《阅微草堂笔记》《佛教五种笔记》、影宋本《寒山子诗集》。

闻刘烈卿由莫干山回，往访之，未遇，询其病，未全愈也。

六时，赴鲍承良庄佑伦酒叙之约，坐中晤杨敦甫，上海银行。始知其为金陵人也。

**初三日(11月20日)**　答访童心庵，未遇。

访李范之谭，即送其回安庆。范之住其戚胡懋昭家，胡四川开县人。

过来青阁，代狄平子商定《十竹斋笺谱》崇祯甲申刻本。价，洋一百六十元，装订价在内。随以电话告之。嗣平子函送支票来，即将支票附函答覆，请径交该店伙友。

顾鼎梅约午刻致美斋饭叙，有欧阳棠丞，泰和人，著有《集古求真》。关伯益同坐，鼎梅代购志铭二种，付洋二元：魏元恭墓志，正书，太昌元年十一月十九日己酉。魏元瞻墓志铭。正书，建义元年七月六日。

过汉文渊书店，取：实洋八十元，初五日退还。后介绍狄平子购。《唐诗画谱》，三册。《草本花诗谱》，一册。《唐六如画谱》，一册。《张白云选名公扇谱》。一册。

张菊生来，未晤。

赠程演生葡萄酒四瓶、酱鸭二只，送行，未遇。

李耆卿自如皋来谭，赠沙健庵《志颐堂集》。

鲍扶九来，未晤，留校宋郑樵《金石略》《钦定续通志·金石略》及赵绍祖《金石略》。

覆经训堂朱菊人书。寄来《烟霞万古楼文集》退回，留存《樗园消夏录》，价洋二元，随信汇杭。请寄毕刻《尔雅翼》。托访《别下斋》《灵芬馆》零种。

致李拔可书。冯君树德来传尊命，属访《云窗丛刊》，我处无是，是"云窗"疑"雪堂"之误。

陈正有讣至，送丝葛幛。交裕中银园申庄办事处转。

赠安徽大学图书馆：《随庵丛书》正续编、《小檀栾室汇刻闺秀词附词钞》《积学斋丛书》《鄦斋丛书》《徐公文集》《宋元科举三录》《玉台新咏》《怀邠杂俎》《永嘉四灵诗》《阐义》《圣学宗传》《卫生集》。

**初四日(11月21日)** 李拔可同其弟来谭，询《云窗丛刻》。

《晶报》载《李自成墓碑记》云：明亡始于张、李，而李自成之死，尤人人殊。《明史》载其死于通城九宫山之村民，《稗史》则谓死于罗公山。然据朱翊清《埋忧集》考之《澧州志》云：李实窜澧，自清化驿走牯牛坝，乘骑独至石门之夹山为僧，寺傍尚存石塔碑，书奉天玉和尚，盖李僭号奉天，复自称新顺王，故加点名玉也。又据寺之老僧言，顺治初一人来，声似陕人，卒于康熙甲寅岁二月，年七十余。又有遗像，则高颧深頞、鸱目蝎鼻，与史载李貌同。是死于村民者非李也。

报载：昨晨闽省宣布成立人民政府，决定李济琛为政府主席，陈铭枢为人民军总司令兼行政委员会主席，蔡廷锴为军事委员会主席，陈友仁为外交委员会主席，许锡清许为陈铭枢之甥。为财政委员会主席，章伯钧为教育委员会主席。又载福州电：今日召开全国人民临时代表大会，由农工商学军政合组无党字，并发人民权利宣言书，主废不平条约，先实现关税自主，人民有集会、出版、罢工、信仰绝对自由、肉体与精神劳动享平等，保护分口授田、林矿归国。又云混合第三党与社民党，成立生产党。

至来青阁，观新收《青楼韵语》四卷，武林环应居士朱元亮辑注并校证，六观居士张梦征汇选并摹像，明万历乙卯刻本。前有在杭子序、丙辰年。玄度子序、乙卯年。花裀上人题词、莆阳郑应台画品、六观居士跋。搜集古名妓诗、词、曲，晋一人、南齐一人、梁一人、隋四人、唐二十四人、宋二十五人、元十人、明百十四人。有凡例、目录，诗、词、曲依类分列并句读。卷一图三幅，十三叶，黄端甫刻。卷二图三幅，卷三图三幅，卷四图三幅，三叶，黄一彬刻。图极工致，刻极纤细，印刷最初之本，生平所见所藏明本图画群籍，皆不及也。

丁景昌亲家暨配殷夫人五十寿，送幛、款，并代幛十元。

王杨夫人张亲母之姊。下世，送丝葛幛。

过王晋卿、祖芝田寓，闲话并观各书。

答访李耆卿，适张孝若、吴寄尘先至谈话，未见。

**初五日(11 月 22 日)**　童心庵来谭。

访鲍子丹谭，坐中晤许六鹤丞。

至新光大戏院，观歌场艳韵本事。

至来青阁，取十二月廿四日付价讫。《求当集》十二卷。江都张镠，嘉庆乙亥刻本，洋二元。

**初六日(11 月 23 日)**　二时，大生一、二、三厂董监联席会。

程玉霜砚秋。同袁帅南来，未晤。

杨百研来，未晤。

至鲍承良家就诊。

至藏经会，交郭涵斋认印《宋藏》六部单并长沙住址，五部，又吴海若一部，自行函沪领取，汇来洋一百元交会，当送来金城银行收据五纸。

**初七日(11 月 24 日)**　访恽季申谈。

覆安徽通志馆余幼泉书。收到寄来桐城浮山碑十三张、祁门一张。覆寄史部、集部序目廿二种共九十五张。

覆郭涵斋书。汇来认印《宋藏》五部邮费一百元,今寄收据五纸。赠宋秀州惠云寺《法华经》一部,又《法宝留影》一本附经目。询《法华经》在某期出,告即第一期第一百卅册凤字号。来函拟印大本《法华经》,故函复有集印宋梵夹景定本之议。

江松如振华,歙县人,上海徽宁学校。来谭,募建黄山居士林,属作发起人签名。

关百益来,未晤。

答拜程玉霜,未遇。

答拜袁帅南谭。

赵太夫人忌日,设祭。

**初八日(11月25日)** 刘烈卿来谭。

鲍扶九来,未晤,留罗雪堂来书,并赠《辽居杂著乙编》,又刘晦之印所藏寿州出土两戈金错文影片。

二时,赴大生一厂股东会。

夜,以法梧门钞本《玉井樵唱》校尹润生新刻法本,错误之字极多,然亦有数字佳处。

昨,荣廷之媳暨辉廷之媳持传授辉廷之子。信来,在沪为佣,并同潘姓夫妇来,婉言辞之,除付船费,另给洋二十元。

**初九日(11月26日)** 曹融甫五十生日,送礼券十元贺之。

杨白钘来。送丛书套价二十元,签付。

二时,赴大生二厂股东会。

访恽季申谭。

答访关百益,未遇。

**初十日(11月27日)** 晨,往司徒学之博。牙医处补牙。

覆宋慈裒书。为其所著《续史通》题签,并为其兄书联,又书"竹林斋"三字横额(瑞安裱庄)寄之。

覆姚次阮。昌咸书。为书寿字二幅、字册一叶，寄杭州浙江孔教会。

李伯行赠原版《李文忠公全集》。

就余伯陶诊方。

华商水泥公司送来上海银行三千元更名股票三纸，签名盖章。

至中国书店，取：十二月廿一日付价讫。《全上古三代秦汉三国六朝文作者均编》五卷，江都闵孙奭，十四年刻本，洋二元。《三虞堂书画目》，完颜景贤撰，太平苏宗仁编次，附《碑帖目·论书画诗》，廿二年印本，洋二元。《故宫已佚书画目录》三种。洋三角。

方德斋来谭。

大生一厂新选董监名次：初八日选。董事：张孝若、吴寄尘、李耆卿、高和甫、赵叔雍、沈燕谋、程柏堂、官。洪兰友、官。徐赓起；监察：陈光甫、官。恽季申、方巨川。

大生二厂新选董监名次：初九日选。董事：吴保丰、官。李云良、官。王丹揆、徐静仁、周美权、徐积余、张孝若；监察：李拔可、沈昆三。

大生三厂新选董监名次：初十日选。董事：吴诚、官。周渭滨、张孝若、吴廷范、吴寄尘、杨敦甫、沈燕谋；监察：李芸侯、张敬礼。

**十一日(11月28日)** 费范九来谭，赠南通云片糕四盒。

覆吴舜臣书。告荣廷辉、廷之两媳同其戚人潘姓夫妇来沪，谋为佣妇，无法，送川资零用等费，共洋约四十元。出售租稻。

况又声嫁妹，送红丝葛喜幛。

章初白讣至，送丝葛素幛。

敬礼婿约大光明戏院，观《金刚歌女》剧。

**十二日(11月29日)** 《小日报》载，皖省产米冠于国内，每年产额据正确调查有四千二百七十三万八千三百八十六石，每年输出额平均约在五六千万之巨。即以芜湖一口而论，历年输出者为三四千万元，而皖省米市总汇芜湖，自清代同治迄今，已具数十年之历史。其运销地域以粤、闽两省为最巨，泰半都食皖米，三十多万之皖民生计，亦都依米为活也。近年因洋米倾销，皖米销场已一蹶不振。即以近四五年而论,民十八、九年之米价为每石九两几钱银子,合洋十四五元,近时米价为每石四两一二钱,合洋六元余,粮价惨落之巨,于此可见。故农村经济已陷绝境,因农民售米所得,每石除工本外,所获极微。近自时局变动以来,粤、闽两帮停止办货,而烟、宁两帮亦均观望。芜米市向以广、潮、烟、宁四大帮为重心,故米市更一落千丈,莫可挽救,刻下跌风,与日俱进,后去恐五元一石之米,亦将无人问津矣。

吉珍斋祖君芝田来谭,购其王良常澍。篆书金字"如南山之寿"立幅,付价洋三十元,并以方洵远《湖庄春晓图》、萧灵曦《云鹤出山图》交其代售。

至双凤园沐浴。覆汪作云书。大生二厂停工半载,难以推荐。

六时,同王晋卿、祖芝田、杜子彬一枝香西餐。

**十三日(11月30日)** 报载,闽派兵六团窥浙。

二时,观德国海京伯马戏。

申刻,赴张退老酒叙之约。

**十四日(12月1日)** 鲍扶九来谭。

为鲍扶九之岳母赵庄太夫人七十寿诗。

狄平子来谭,赠旧宣纸、古镜,留宣纸,告汉文渊有《唐六如画谱》,实价八十元。

百拥楼书仓主人邹百耐介绍参观松江韩氏读有用书斋藏书,遇张芹伯、蒋穀孙、王欣夫,所见书亦有目所未载者,芹伯、穀孙均购有数种,价亦甚昂。

至来青阁,取:十二月廿四日付价讫。《古佛画谱》二卷,黄泽,中华书局印本,二元。《汉书艺文志注解》,上海姚明辉,四角。《北平学术机关指南》,大兴李文裿,北平图书馆协会编,六角。《全国图书馆调查表》。中华图书馆协会印行,一角。

鲍承良为子绍虞结婚,送红缎喜幛、老九章二十元礼券、烛、爆券、四色。

庄惠伯名佑仁。侄女成季名佑伦。女继美女士于归鲍氏，送毛葛喜幛、喜烛。

约陈器之来，拓铜镜、二。师比、二。塔铃、铜版、唐范阳卢氏室女志各二纸，龙勺有佛象。一纸。

**十五日(12 月 2 日)** 吊童心安之兄旭沧先生于净土庵。

费范九属书南通平潮市九华山重修宋隆兴古刹，新建藏经楼五楹，下为念佛堂扁额。

**十六日(12 月 3 日)** 午刻，聚丰园贞元会，朱企晖值会。

吴缶庐逝世七周，同人假觉园为追荐会。

**十七日(12 月 4 日)** 至中国书店、汉文渊、受古书店小坐。

过老惠中旅馆，观王晋卿新收松江韩氏书二种，价九百元。

覆孙虞臣书。谢赠古砖三函，福山古城出土李阳冰篆书《缙云县城隍庙碑》暂存，有便寄还。题王汉辅致孙虞臣书札。覆赠《观音灵课》、翁书《金刚经》。

覆余幼泉书。寄来当涂出土汉洗、晋砖拓本，又丁洽明石印潘氏藏盂、鼎，当即寄还。函请补拓来安县元加封孔子诏下截职官衔名及立碑年月，又来安县科目题名记下截科目题名，又查寄石埭县明普化寺钟款。

大生纱厂刘檠门甲第，镇江人。之母吴太夫人讣至，送奠份四元。

张午岑娶孙妇，送花缎幛，收款字。

**十八日(12 月 5 日)** 二时，至大光明戏院，观《豹姑娘》影剧。

《大晚报》载：闽方已移调大军，向建瓯、建阳推进，战事将在该地爆发。

借刘晦之家拓器人拓四日，赠洋五元。

**十九日(12 月 6 日)** 两肋痛，就余伯陶诊方。

至来青阁小坐。

**二十日(12 月 7 日)** 顾立斋来谭，付还前购角字刺兵价洋二十元，晚同林君来观书画、碑帖。

覆余幼泉书。收到亳县碑五种。更正前函请补拓明来安县科目题名记,误书元碑。

祖芝田来,还方洵远《湖庄春晓图》轴。

七时,赴鲍承良家喜归。

**二十一日(12月8日)** 顾立斋来谭。

覆杨晋侯宝忠书。赠佛经、善书六册及自书对联。

贺鲍承良喜、庄成季喜。

贺张午岑喜。

周梦坡于二十日酉时作古,二十一日申时小殓,二十三日申时大殓。

**二十二日(12月9日)** 顾立斋来谭。

二时,赴《安徽丛书》编印处六十三次编审会。

参观中国通艺馆书画展览会。

至藏经会,访费范九谭。

贺胡伯宣七十寿书。附寄花缎寿幛。

观海昌俞漱园超。《见闻近录》四卷,大旨证明因果,以警世人,其敬信大士、得蒙慈护若干条另录之,备附印《白衣咒》《灵感录》中。又录《见闻近录》及海昌俞少轩原名承德,改名凤翰。《高辛砚斋杂著》所记神方,亦汇录之,备传济世。其海昌俞霞轩兴瑞。为少轩之父,著有《翏莫子杂识》,所作日记不录。三书皆咸丰丙辰平江三德堂刻本。假自中国书店,廿四日还。

蒋竹庄维乔。赠新印无锡黄元炳字星若。易学二书:《易学探原经传解》三卷,《易学探原卦气集解》一卷。

**二十三日(12月10日)** 先母秦太夫人九旬冥寿,在太平寺讽经,亲友来行礼。

周梦坡大殓,命崇儿吊之。

大生纱厂董监联席会议,举张孝若董事长,二厂常务董事举徐静仁、周美权。

**二十四日(12月11日)** 方德斋来谭。

顾立斋同林君来，覆观书画、碑帖。

陈贵阳师送重赋鹿鸣雅集图摄影。

丁雨庄来，未晤。

鲍扶九来，未晤。

晚六时，赴藏经会，各会员已散。

四时，赴上海水泥公司六十九次董事会。

大女蕊珠晚十二时附江顺轮回肥。

**二十五日(12月12日)** 至藏经会。

答访方德斋谭，以明万历本《目连救母劝善记》三卷示之，坐中晤刘烈卿。

鲍扶九来谭。

陈一航来谭，请书“孝弟忠信礼义廉耻，学庸论孟书易春秋”联。

覆蒋竹庄书。谢赠黄星若(元炳，无锡人)著《易学探原经传解》三卷、《卦气集解》一卷，凡五册。

覆郭涵斋书。拟附印宋景定本《法华经》一百部。

访关伯益，未遇。

顾立斋来，赠林君《镜影》，夹宣印，有套。假《梦园书画录》。

至富晋书社，取：《颂斋吉金图录》一卷，容庚，癸酉七月印本，洋十元。廿九日退还。《国立北平图书馆方志目录》四册。嘉兴谭其骧，癸酉印本，洋二元五角。

关伯益来谭，赠《小檀栾室镜影》、料半印本，有套并题。唐范阳卢氏室女墓铭拓本。咸通癸未岁二月廿七日。

**二十六日(12月13日)** 至中国通艺馆，观明万历皇帝丙辰年捐资命工印施《观音灵课》一百二十卷，与前印万历中宫印本文同，惟后跋及行字异耳。

守怡侄孙来，言慕邢侄亏累债款十八万，商救急方法，闻之骇异。

覆吴舜臣书。寄今日报，载财部定廿九日(即阳历十二月十六日)加征洋米、麦进口税。

**二十七日(12月14日)** 顾立斋来谭。

宗子戴讣至，送丝绸幛。生于同治四年十二月初四日未时，殁于癸酉年七月十四日未时。

袁荣法之姊仲龙女。结婚十月廿九日。送丝葛喜幛。

王晋卿来，辞回北平，赠余福山王氏刻《方言》二册、朱幼平印宋蔡忠惠公自书诗真迹。

**二十八日(12月15日)** 覆吴舜臣书。售稻请做主，看情形出售。现稻价每石二元。王专员募芜湖公团捐，上海已有信来并捐册。租收三千二百八十余石，尾欠难收。方德斋借阅《劝善记》。

访王晋卿，赠《怀豳杂俎》《随盦所著书》，晋卿购我《江苏金石志》二部，作价十八元，即托其在北平购吉林参。

至来青阁，取《春秋经左氏传句解》卷六十九、卷七十两卷。半页十行，行廿二字，小黑口。各家未著录，杨寿祺云宋版，然敬字不缺笔，字体不方正，殆元明刻也。有果亲王宝白文方印。十一月五日还。

至二酉书店，购《兰闺宝录》六卷。恽珍辑，道光辛卯刻本，洋三元付讫。

取汪树人十一月二日付洋三元，送陈夺声。《目连救母劝善记》三卷。金陵书坊富春堂本，改名《新刊出相音注劝善目连救母行孝戏文》。

**二十九日(12月16日)** 访费范九，谭叶遐庵印宋景定本《法华经》，坐中晤李审言之第五子，商印其尊人遗集。

取蟫隐庐《采芍词》。方朔为刘姬娉卿作，道光戊申刻本。

取中国书店洋四十六元，十一月二日还。十一日又取来议定，与旧藏本同，卅六元送方德斋，十二月廿一日付价讫。《新编目连救母劝善戏文》。新安郑之珍编，叶宗泰校，明万历壬午刻本，三卷。

游邑庙市场。

## 十一月

**朔日(12月17日)** 鲍扶九来谭。

方德斋来谭。

丁子盈来谭。

王涤斋来谭，为五河谭君超云属题叔液鼎盖。

报载，皖省整理土地工作。

**初二日（12 月 18 日）**　午刻，聚丰园贞元会，恽季申值会。

闻近年购求古书者孙叔仁、浙江。汪翊唐、安徽。周越然、郑振铎、词曲图画。林焕庭，广东，故。今有陈正仲江苏，中央银行。新购松江韩氏藏宋大字本《荀子》二十卷，洋九千六百元。元大德乙巳古迂陈氏刻本《梦溪笔谈》二十六卷，洋二千四百元。约略记之。

安徽大学会计组金祖润由中国银行汇来安徽教育经费管理处代售《安徽丛书》洋壹千元。

致吴舜臣书。汤村继中公支下裔孙传宝、传道、传声，妻王氏代传来、传薪等来函，云身计困难，愿以祖遗田产或典或杜，否则拟将赤岭头公山荫木拚伐一股云云。抄函，请其联合族中有关系者设法阻止无已，请略为资助。

**初三日（12 月 19 日）**　费范九来，商购怡大连史纸。

昨，郭涵斋来讯，绍介醴陵佛教居士林请《宋藏经》一部，价九折，加套廿元。将原讯交范九接洽。

昨，金祖润汇《安徽丛书》价一千元，今交胡鉴初收取，有覆信，嗣鉴初来重收定，即寄安庆金祖润。

刘一山之夫人张太夫人讣至，送丝葛幛。子光谦、光泰。

覆余幼泉书。接三次来信并黟县、至德、石埭、庐江金石廿二种。来函谦称敬辞。刘雪亚主席镇华前到通志馆，与商影印《金石考》，颇承赞助，并允特拨专款以作印资，则纸墨宜从精美，部数亦须增多，方足副其盛意。此幼泉来书原文，在十二月十一日书中。寄钞《艺文志》序目集部十种。黟县胡敬庵先生拓送，至德戴芸孙县长拓送，石埭苏纬之采访员拓送，庐江徐膏溥先生拓送。

**初四日（12 月 20 日）**　答谢李木公。

吊缪夏太夫人。子受、子彬之母。

至古香斋，还画五件并售价四千五百元，取伪刻，十日还之。印钩。

夏育琛同谭超云驩,五河。来。

祖芝田来,交画幅、画册、画卷八件。前取萧晨画,退回。

至子丹弟处,商公函石笙侄,阻止继中公支下传宝等拟将赤岭头公山荫木拚伐一股。

陈子言来谭,属题《凤台山馆诗钞》子言诗集名。书签。

叶遐庵赠沈恩孚印《沈氏群峰集》。附《韩诗考》。

**初五日(12月21日)** 访方德斋,告《目莲救母劝善记》中国书店有周越然藏明万历原刻本。

至影印宋板藏经会,交阅郭涵斋来函存会,范九为我拟稿答覆。

至中国书店、来青阁小坐,观杨寿祺新收常熟张氏书。有黄荛圃校明蓝格钞《孙子十家注》。

**初六日(12月22日)** 王揖唐来,未晤。

至蓬莱市场传经堂,购朱瑞轩书,洋二十元:初七日交中国书店转送。《休宁名族志》,家存一部缺四卷,可配。存卷一、卷二、卷四,前后亦有缺叶。《新安名族志》,家存一部,缺总目、序、凡例,可配。存总目、序、凡例。《经史序目》二卷。天都吴承渐纂辑。

覆郭涵斋书。醴陵居士林定经一部,请定经延期及分期交款。

覆王欣夫书。来青阁有黄荛圃校《孙子十家注》。

捐南京佛教慈幼院癸酉年经费洋二百元。

**初七日(12月23日)** 访叶遐庵,未遇。

访答王揖唐,亦未遇,留赠连史印《宋元科举三录》《永嘉四灵诗》。

李拔可、陈子言、刘十枝先后来谭。

陶兰泉来谭。

约李元之来谭。

**初八日(12月24日)** 吴蝶卿来谭,购《安徽丛书》。初九日送书价廿七元。

费范九来谭,拟约赵仲双临时校对藏经。

丁雨庄来谭。

缪子受到沪，往谭售大生纱厂股票价值。

至卡尔登戏院，观影剧。

晚杨云史来谭，请为瑞年甥证婚。

**初九日(12月25日)** 访黄翊昌谭，告是日为杨瑞年证婚，请其证婚时间提前，并赠《镜影》。料半印本，有套。

子丹弟来，商慕邢事。

为陈子言题《凤台仙馆诗钞》书签。

覆郑师许书。赠《小檀栾室镜影》，料半印本，有套。

答访吴蝶卿谭。

答访杨云史谭。

答访陶兰泉，未遇。

**初十日(12月26日)** 王德邻来，未遇。

潘叔玑来，未晤。

访陈子言谭，请题《随盦校碑图》卷。

送吴蝶卿红花缎喜幛。为侄智海十三日结婚。

送黄翊昌丝葛喜幛、酒券，收幛。为子之铭十六日结婚。

送李维强代幛洋十元、款字。为子李铭十八日结婚。

**十一日(12月27日)** 答拜王德邻，谭慕邢事。

杜子彬来，购《江苏金石记》、每九元，五部。《经考》，每八角，十部。收洋五十元。让价三元，另赠《四灵诗》。

覆余幼泉书。收到盱眙石刻四种、宣城金石五种及姚文明采访员说明书、庐江佛象照片（唐尉迟敬德造）。前寄庐江敬一亭《宋儒范氏心箴》，疑下截缺拓。

祖芝田来，交代售书画洋一百三十五元。中央银行李君购。陈南楼花鸟、钱陈群字合幅、唐耀卿摹潘莲巢、临陈白阳牡丹轴、奚铁生画龙泓涧图卷。

**十二日(12月28日)** 访刘烈卿，谭萧老师主上海宗教哲学研究社，有引言简章。所著有《人生观》《人生指南》。三马路云南路口幸福书店代印，每百本四元二角。

访方德斋，未遇，留赠《目莲救母劝善记》明万历刻本。

赵仲双来告，在藏经会任临时校对员。

吴东迈来，未晤。

刘锡之约午刻聚丰园酒叙。

覆陈乃乾书。谢赠文求堂珂罗板印《静嘉堂宋本书影》(原定价十元)，又乃乾自著《室名索引》二部。以家刻《随庵丛书》正续编(十四元)、《积学斋丛书》(六元)、《鄦斋丛书》(六元)、《闺秀词》(十元)、《怀豳杂俎》(四元)、《宋元科举三录》(四元)、《徐公文集》(六元)，均竹纸印本，易影印宋本《白氏六帖》，作价五十元。请绍介文求堂代销《镜影》。

晤夏剑丞，交章曼仙华。同年《倚山阁诗》二卷《淡月平芳馆词》一卷。

黄翊昌来谭，约往喜宴。

**十三日(12月29日)** 贺吴蝶卿娶侄妇之喜。

访李拔可谭，谢昨函告切托鸿生为崇儿事，并晤任心白。

覆文禄堂王搢青书。收到代向北京恒参店购吉林清水移山参十八元，计参八两七钱。《道藏》无此书。影印《宋藏经》可代售预约券，照八扣。沈钦韩校明成化本《宋史》实售洋六百元，先寄二本交祖芝田带上，一本序目、一本列传，卷一至卷七、序目朱笔校十一签，列传朱笔校五十八签。先寄藏书记。十四将《宋史》二册面交祖芝田转交。

覆郭涵斋书。刘腴深居士代浏阳居士林请《宋藏》，约明春交款，自应遵示一切，请查照。初六日覆函办理。

方德斋来谭，告《劝善记》价已记我处帐，不必计较。

杨瑞年甥十六日结婚，送红花缎喜幛、礼券二十元。

**十四日(12月30日)** 至中国通艺馆，观黄伯雨鲜庐书画碑帖并目录一册。

访祖芝田，交明本《宋史》二册转致王搢青。

陶兰泉赠影刻明洪武本《书史会要》九卷《补遗》一卷。南村处士陶宗仪九成著。

访陶兰泉，未遇，留赠《说文篆韵谱》《朱淑真诗集注》，影印元刻本。

访潘叔玑谭，并告康氏铜器现时难觅买主。

答拜王惕斋，未遇，留谭超云属题周叔液鼎盖，超云自题拓本照片亦附还。并赠《玉台新咏》。

访陈乃乾谭，谢赠《静嘉堂宋本书影》，并观新收刘宽夫一家书画、扇叶册、郑子尹《芙蓉山图》卷。

幸福书店赠《人生指南》。

李元之来谭。

**十五日(12月31日)** 鲍扶九来谭，告现为刘晦之约在中国实业银行揔管理处文书股主任，月薪一百二十元。

黄翊昌约六时喜宴。

**十六日(即阳历一月一日，1934年1月1日)** 至影印宋版藏经会，晤费范九谭。

至聚丰园，辞萧厔泉之约，适其两世兄来，云昨晚失足伤牙，留洋二十元作菜资，遂请刘锡之代收，交恽季申暂存。

贺黄翊昌为子之铭娶妇之喜，并证婚。坤宅吴县方氏。

贺杨云史妹婿为瑞年甥结婚，并同夏午诒寿田。证婚。

陈乃乾约六时一枝香西餐，谢之。

**十七日(1月2日)** 曹梅舫同年来，谭汪清源姻事。

至古香斋，取风花雪月古压胜钱，索洋二元。

至中国书店，取十二月廿一日付价讫。《金石例补》二卷《江行日记》一卷。郭麟，二元。

**十八日(1月3日)** 贺李维强之子李铭结婚。

答拜曹梅舫同年谭，坐中晤金醒亚，即辛未年五月廿八日同齐俊卿来请为哈同议丧礼之人也。

至中国书店，赠以别下斋本《琼花集》《读书随笔》二种，以配其丛书完全。

李允卿乃斌。来谭，汪易三亲家李鹤征之子。请代招银行股分。

旅沪追悼童茂倩，议定私谥，送“望重乡邦”四字轴。四明村廿三号郭剑平代收。

**十九日(1月4日)** 慕邢侄妇四十生日。

陈范有同丁雨庄来，未晤。

大生二厂董事会，停机四月余，中国银行决不继续订约接办，议无结果。

至中国书店，取：十二月廿一日付价讫。《白沙风雅》八卷，鸠江张达辑，乾隆丙辰刻本，洋五元。白沙为江苏仪征县。《呻吟语》四卷。吕坤，陈宏谋评，光绪乙卯顾景濂刻本。

取中国通艺馆洋五元，十二月廿四日付讫。《憨山老人梦游集》五十五卷。侍者福善口录，门人通炯编辑，光绪五年江北刻经处刻本。

在大生为缪子受换取二厂石记股票息折全份一股，四〇五二一，五十两。又存单〇三六九。四十两。

陈子言来，未晤，留题《随盦校碑图》卷。

覆陈子言书，以题孔肖云《申江送别图》卷请其转致，并谢为余题《校碑图》。

**二十日(1月5日)** 答拜陈范有，未遇。

答拜李允卿，亦未遇。

访萧厔泉，视其伤跌已愈十之八九，坐中晤曹梅舫。

缪夫人讣书至，送丝绸幛，并代筵洋十元。

程君硕士经，宁乡人，疑程子大之子。来，未晤。

取商务印书馆《廿四史》预约券第三期出板书。《宋书》卅六册、《南齐书》十四册、《梁书》十四册、《陈书》八册，以上均宋蜀大字本。

**二十一日(1月6日)** 同恽季申商购缪子受大生一厂股票四百五十两、三厂股票五百九十两，共一千〇四十两；又一厂航业股款存单九百七十五两、二厂航业股款存单二十二两，共九百九十七两，统共二千〇三十七两，议以二折买进，合银四百〇七两四钱，每两，十四。合洋共五百七十元〇三角六分，随告缪子受，应允照让。

三时，《安徽丛书》编印处开六十五次编审会，赴会，晤陈子言、黄宾虹、洪泽丞、胡朴安、胡鉴初。

访陈乃乾谭，赠残本《休宁名族志》原本卷一、卷二两册，钞本卷四一册，借乃乾守山阁本《内经素问》二册，补钞家藏本缺叶。

闻陶兰泉藏明本各书售诸张咏霓、张芹伯，得价八万元。

**二十二日(1月7日)** 代缪子受推让大生纱厂股票、航业存单，推据请其签字盖章，余为保证人，亦签字盖章。手续完备，随交恽季申，当即签履盦大陆支票五百七十元三角六分，命崇儿送子受照收，并取回子受收字送季申。

张镜湖廿五日七十寿，送红花缎寿幛、功德林十元席票，全璧。

周梦坡作古，送丝绸挽幛、烛。

至来青阁，晤杨寿祺，由苏州回沪托带绣幡已交来，并还垫付洋廿九元，取：十二月廿四日付价讫。《古代铭刻汇考》四种各一卷，郭沫若撰述，洋六元：《殷栔余论》《金文续考》《石鼓文研究》《汉代刻石二种》。《人谱类记》。刘宗周著，山阴傅超、傅彩同辑，道光甲辰金山徐大钧重刻本，洋一元。

晚六时许，彤云四布，雪花纷飞，依阴历癸酉年计算，为入冬初见之瑞雪。

**二十三日(1月8日)** 五时，至新光戏院，观《盐潮》影剧。

致吴舜臣书。钞寄族人聘是、家祚等函，为王于冲传保等求救济，石声侄、守本侄孙亦列名。又聘是族叔来函，是否一事。聘叔读书寒苦，酌送度岁之资，照上年数目。芜湖公园是否已在南陵代捐，请速覆。方德斋托访《劝善记》，已向周越然让得，价四十六元，已送德斋。十六日寄内子函已悉，抄来公呈六区王区长稿亦阅悉。

张一山晚来沪，即回肥。

**二十四日(1月9日)** 黄翊昌来谢，并赠郭刻《金刚经》《地藏经净土五经》《阿弥陀经要解》《天乐鸣空集》《正信录》《格言联璧》七种。

吊缪夏太夫人。

至蟫隐庐,取:十二月廿五日付讫。《缘督庐日记抄》十六卷,长洲叶昌炽著,王季烈辑,癸酉蟫隐庐印,预约七元二角。《三代秦汉金文箸录表》八卷。王国维著,罗福颐校补,《补遗》一卷,癸酉墨缘堂印,七元。

至中国书店,取:十二月廿一日付价讫。《宋元以来俗字谱》,刘复共李家瑞编,中央研究院印本,一元二角。《清宫史略》,金梁,一元二角。《光宣小记》,金梁,八角。《昭代诗存》。锦川席居中允叔父选,侄珽瓒、男瑋仝较,存卷六至卷十四。退还。

至来青阁,付订书人吴镜波。工价二十天洋二十元,川资苏州来回洋四元,统交杨寿祺转致。又前订书人二日亦送二元,由寿祺交。

闻王聘三先生于昨日子时作古,今日申时殓,不及往候,老成凋谢,为之潸然。

购《文章正宗》正续读本十册,洋四元。

《量江记传奇》为池阳九峰楼编,明万历戊申孟春铜鹊山人题序,有"建云"二字印。一真山人书。有"大来"二字印。余见于来青阁,录其序言,记凡二卷。池阳九峰楼,不知何许人,当再考之。

杭州灵隐寺知客僧朗悟究心金石之学。

**二十五日(1月10日)** 贺张镜湖七十生辰。

昨晚戌时,得一孙,崇儿所出,命名守义。

覆朱实之书。谢赠书画各物,馈洋六元。

**二十六日(1月11日)** 杨云史来谭。

费范九来告,昨晚八时许,佛学书局制本所为世界实业社失慎沿及,将第一批出板宋碛砂本《藏经》五百部悉遭火劫。

访洪泽丞,谭昨晚受惊。

至影印宋版藏经会,范九未回,晤沈彬翰。

徐冠南之室许夫人讣至,送绸幛。

姚石子之室王夫人讣至,送绸幛。

贞元会同人二时公祭周梦坡于晨风庐。

上海华商水泥公司送来夫马费。

**二十七日(1月12日)** 洪泽丞来谭。

李稚甫承祐，审言子。来，未晤。

致曹东寅书。为汪清源婚事。

访曹梅舫谭，交《人谱类记》。梅舫拟重印是书，并以致东寅同年书请其转致，亦梅舫意也。

致陈乃乾书。还前借守山阁本《内经》二册。

至影印宋版藏经会，晤范九谭，坐中晤李稚甫。

姜毓麟来，未晤，毓麟号瑞书，文卿之子。留王伯沆字，托补印《闺秀词》。连史纸。

至忠厚书庄，借十二月二十日向李紫东取来首册二卷，廿八日还。《国朝诗品》。天长陈以刚烛门、陈以枞季思、陈以明厚村同选，首二卷未见，见卷三至卷二十一，又方外二卷、闺门二卷。

覆潘叔玑书。借洋二百元，婉言谢之，赠朱竹垞临《争坐位》卷。

**二十八日(1月13日)** 吊徐冠南之夫人。

访高君定谭，交题其尊人望之先生。属题《潜庐守墓图》卷。

访李拔可，未晤，晤任心白谭，心白于月前接收常熟之莲花龛，拟明年专修净业也。

李拔可来，借莫氏著书，即交之。《贞定先生遗集》《郘亭遗文》《郘亭诗钞》《中庸集解》《轮舆私笺》《宋元旧本书经眼录》《唐说文木部笺异》，共七册。

覆余幼泉书。收到唐达奚公墓志、宋佘竹溪墓碑、苏文忠月夜听琴诗拓本三种。赠商务印本《于湖居士集》。

覆金松岑书。松岑为皖志撰明太祖传，索抄皇陵碑，寄之。松岑寄《皖志列传选存》八部，属转送泽丞、剑丞各一部。

覆陈一甫书。代购《安徽丛书》两期，照特价九扣，连邮共二十七元九角二分，收条附寄。会寄全书。

潘叔玑来，未晤，还昨赠朱竹垞临《争坐位》卷。

**二十九日(1月14日)** 子丹弟来谭。

鲍扶九来谭。

顾鼎梅来谭，赠以影印宋元本《藏经》样本一册。

影印宋版藏经会开第四七次理事会，讨论第一批出版《藏经》遭邻火之劫，拟改鸿宝斋印，并商保险索赔办法。

## 十二月

**朔日(1月15日)**　同孚蔡君来谭，佛学制本社下姓不妥，约范九来告之。

丁仲祜来谭，赠新著《说钥文》一册，约范九同往鸿宝斋，补印《宋藏经》三千二百余石，议定每石二元四角，期以四月。

胡鉴初回绩溪，同陈啸青君绩溪人。来，谭接管安徽丛书会收支款目。

**初二日(1月16日)**　答拜顾鼎梅谭，坐中晤关伯益。

午刻，贞元会，姚虞琴值会，新加会员黄公渚、程听彝。

至来青阁，取回装订正续《文章正宗》十八册，为康熙乙亥吴郡李翰熙刻本。

大生一、二、三厂董监联合会，议二厂开机，尚无结果。

七时，李拔可、刘鸿生约酒叙，报告水泥公司成迹。

覆吴舜臣书。售稻五百石，每石二元一角，并汇稻款。族人聘是诸公函请救济王干冲贫苦族家，来函云只救济继中公支下尚在可能，否则不易函覆，请商办。又聘是单名函，或于年底酌送其一人度岁之资。王专员募捐，即照来函，南陵捐一二十元，上海覆王专员信，再捐四十元。

**初三日(1月17日)**　访黄公渚谭，请题《摄山访碑图》卷。

同孚蔡氏昆弟争印补印第一批《藏经》，婉言开导而去。

至怡大汪六吉纸号。

费范九同李君南通平湖镇人，中央大学法政。来谭，并交遐庵函，以平子重印首批《藏经》有玻璃片，比用覆印较善为辞来商。嗣同孚顾君来，亦云有玻璃片，范九初询玻璃不完，故拟以样本覆印。实则平子为同孚所愚，为争印张本也。

**初四日(1月18日)** 阅《昭代诗存》，席居中撰，存六卷之十四卷。选《安徽诗征》，得歙县黄果字佛眉。《客寺喜晤刘沅水小集话别》诗句，云："十载不消亡国泪，一时相见再生身。吞声切忌谈忠孝，入世全宜守贱贫。"为之感叹。

致李拔可书。代恽季申交商务书馆洋六百三十九元，购《四部丛刊》续编、《四库珍本》预约券，七百十元、九折。

致陈一甫书。寄商务两预约样本，现联合同人定五十部，九折。

致孙伯恒书。寄赠《镜影》夹宣印本，有套，请代售，照定价洋二十元八折。

丁仲祜同年来谭，以新收古镜相示，并谭同孚拟欲印第一批《藏经》。

致丁仲祜书。赠《镜影》夹宣印本，有套并题字。

赵叔雍来书，赠《彊村遗书》。《云谣集杂曲子》《词莂》《梦窗词集》四校定本、《沧海遗音集》《彊村语业》《彊村弃稿》《彊村词剩》《彊村集外词》《彊村校词图题咏》。

前为陈彦清先生题主，今其世兄仁丙、炳麒，江宁。仁忠春农。来谢，并持任心白函，附送永安公司礼券壹百元。随约心白面商，或收或谢，收则变现移助南京慈幼院，因彦清先生亦为慈院董也。具名为陈仁丙、陈仁忠、陈仁杰、陈仁江、陈仁莲、陈仁根六人，初七日将礼券交任心白助慈幼院。

**初五日(1月19日)** 闻杨吉孚甥在普安轮遇险回沪，往视之，未遇。

陈一航来，未晤，留字，属为其兄禹成名方济，国立中央大学农学院农业化学系教授兼教务主任。续娶代万叔钧。作冰人。

访任心白谭，商移助陈府所送礼券于慈幼院。

费范九来，持遐庵书来。

江汉珊为子世照完姻，寄北平红绸幛。

程云岑之女玉荷于归崇明王氏，送红绸喜幛。

**初六日(1月20日)** 陈、许许松如，女家。结婚，送花篮。

三时，代万叔豪为陈、许两家作冰人。

高君定来谭，其尊人望之先生赠我食物四色。

张敬礼婿毕业于复旦大学。

**初七日(1月21日)** 姚竹轩寿慈。为梦坡编《续两浙词人小传》交还前假《瑶华集》《西陵词选》两书。

王晓籁绍介黄之振编辑《文字精华》六册，付洋六元。

任心白来谭，即将陈府所送永安公司一百元礼券交心白，移助南京佛教慈幼院。

五时，挈崇儿至新光戏院，观《展览会》影剧。

为南京下关许石泉题象赞。

**初八日(1月22日)** 答拜高君定，并拜姚石子谭。

答访姚竹轩谭，以明卓人月等选《草堂诗余》假之。此选即《词统诗余广选》改名。

余忠义光发，鄞县，鸿宝斋。来。

覆王葆斋书。葆斋现任安徽第二区行政督察专员，函属芜湖公园募捐，今寄捐洋四十元，并还一二六号捐册收据。

**初九日(1月23日)** 齐俊卿来谭。

郑振铎来谭，拟商让狄平子所购《十竹斋花笺谱》。

昨四时，影印宋版藏经会开四八次常务理事会，议各案，惟覆印第一批经狄平子力争用玻璃片上石，未知种种困难，又推翻前议，不用鸿宝承印，嗣在会，商非亲往解释不能明了，化除成见。后李经纬、沈彬翰、费范九同往晤平子，将经过情形及用玻璃片与印本两种上石手续并询是否交同孚承印，平子亦不持前议，照会议决用样本付鸿宝承印，期以四月成书。遂回会报告定案。

至来青阁，晤杨寿祺谭。

至中国书店，取：《水香村墅诗》十二卷，歙汪堂，乾隆乙酉刻本，洋四元。十五日还。《易义别观》三卷，宣城梅馥，乾隆六年刻，洋四元。即还。

《奁泐续补》三卷。三水人范端昂，雍正壬子刻本，洋一元六角。端昂著《奁泐诗》，已有正续，此再补之。即还。

覆赵叔雍书。谢赠《彊村遗书》，今覆赠影印守山阁本《素问灵枢》十二册。

**初十日(1月24日)** 曹梅舫同年暨德配黄夫人十五日七十双寿，并为其孙树坚盛森。十六日结婚，送红绸寿幛。

**十一日(1月25日)** 为余六十六岁生辰。

李拔可、丁子盈暨子丹弟、冠英侄、敬礼婿等来贺。

拔可送官燕、花旗橘、文旦、肉松，璧回燕、橘，拔可坚持不允，只得受之。

费范九来，交阅鸿宝斋承印《藏经》合同、韦寿记承领装订合同两稿，又怡大纸样。商范九，送仲祜、平子两公定议。沈彬翰来，言保险费须九折，残损经纸须会收回，庶易解决赔款。

昨，吴舜臣汇来稻款。

**十二日(1月26日)** 郭道弥来，谭大照营业情形，上年盈余约十三万。交年季夫马费并赠《廿一年、廿二年电业联合会年刊》《七届年会纪事》各一册，又赠镇江肴醋。答拜，未遇。

致童心庵书。赠《小檀栾室镜影》，料半纸印，有套。钞寄陈文述、郭麟咏汉赵昭仪金缸诗词。

覆丁仲祜书。谢赠《说文诂林》，覆赠古镜十枚：汉长宜子孙镜、汉明光镜、汉日光镜、汉八乳镜、唐雀绕花枝镜、唐双鸾衔绶镜、唐卍字镜、唐秦王镜、唐海兽葡萄镜、唐宝相花镜。

贺程云岑嫁女。

答拜郑振铎，未遇，晤其岳高梦旦谭。

答谢丁子盈、林洞省、朱务本、朱宸卿、朱道之。

至古香斋，晤顾立斋，以前年寄售磁花盆作价四只共一百四十元，易古物三事：周觚，有铭，口损。唐鎏金炉，有至德元年款识，文曰“至德元年正月朔日造东宫金炉”。唐鎏金鹦鹉。十五日退还，拟作价八十元换他物。又取:胡开文墨。二枚,洋五元。文曰:人磨墨,墨磨人。

许松如赠新印其尊人狷叟先生《介盦骈体文剩编》并松如自撰《观昆剧保存社诸君子演剧记》。

**十三日(1月27日)** 姚石子之室人王夫人灵輀回松,吊之。

访高君定谭,绍介李拔可购《四库全书珍本》二部、《四部丛刊续编》二部,以绍介函予之,并赠其尊人望之先生食物四种。

答访齐俊卿谭,留午饭。

答谢李拔可、余旭士昆仲,均未遇。

费范九来,以三泰纸号宁波路湖南路口。何兴华乾记连史纸样索价每件二十二元,去六角。较怡大号索价二十三元去五角。相差一元一角,计二百件,可购重印《藏经》第一批之用。

张仲照旧宅出租,挈家人往视之,似可迁居,同至丁筦生处晤商,请向仲照询其价值。

覆吴舜臣书。售稻四百石,又淑记一百石,每石二元一角五分。初十日,大达公已将稻款汇来。传道等求助款,请其酌量助之。西南乡灾区求振,已回绝。金库券又展期三月。筑路券前售三四折,近三立堂继范堂售五折,云谷堂有一千余元未售出也。王专员信已覆,附捐公园洋四十元。

覆秉彝侄孙书。回青岛船中遇风。

**十四日(1月28日)** 丁筦生来谭,仲照旧宅租价每月二百八十元,自来水自备。婉言谢之。

鲍扶九来谭,并校补碑文。

刘晦之赠新印《善斋吉金录》。料半纸印本。

王搢青自北平来,交还沈文起校《宋史》二册。

**十五日(1月29日)** 敬礼来,云宗渭川去世,南通慈善事业昨晚张孝若、吴寄尘会商,拟约费范九回通接办。

致刘晦之书。谢赠《善斋吉金录》。

至古香斋,退还鎏金鹦鹉。

至中国书店,晤金颂清谭。

闻王富晋来沪，往谭。

往晤王撍青，未遇。

至博古斋，观新出书目，无所得。

至忠厚书庄，晤李紫东，索《国朝诗品》首册。

往访郭道弥，谭丁若农荐钟某二人。

陈禹成、方济。陈一航方泽。约六时大雅楼酒叙。

马兰生函告，月初阳历。奉令赴京市等五处详查存仓盐斤，昨忽奉总所调充芜湖秤放局局长，并寄来寿份四元。

**十六日(1月30日)** 先外舅马光禄公九十冥寿，在太平寺讽经，前往行礼。

至古香斋，晤顾立斋谭。

访席少卿谭，借阅三元鼎，文仿寿州出土鼎文，殆伪作也。

午刻，聚丰园贞元会，为余值会，到者恽季申、程听彝、萧厔泉、姚虞琴、恽瑾叔、吴董卿、刘锡之、夏剑丞、李凤池、朱企晖、黄公渚，未到者俞寿臣。

姚虞琴云，王聘三蒙赐谥文肃，并给丧费六百元。

**十七日(1月31日)** 西泠印社送来售书洋四元二角九分。

姚竹轩来，还前假《草堂诗余》。

费范九来谭，商装订韦寿记保险。

范九以南京新出土清凉广惠禅寺元童石岩等题名至正八年正月初八日。相示。

覆王欣夫书。所著《荛圃藏书题识续录》刻成，属题书签。

覆余幼泉书。阳历一月十五日、十九日、廿七日三次来书，附寄各碑。其十五日、十九日两次所寄均照收，惟廿七日所寄二包，于廿九日只收到一包，请查示。《唐氏三先生集》彤老拟送《丛书》编辑处。

**十八日(2月1日)** 同费范九访刘晦之，商永宁保险。

覆郭涵斋书。第一批《藏经》接续重印附报告。《法华经》拟明春集资影印，款现不必寄。

致余幼泉书。午后邮局已送到太平宿县各碑二包,依表目检收无误。

访狄平子谭,赠珍珠萝卜、香菜。

赠费范九风鱼。

至中国书店,取:二十一日付价讫。《琴东野屋集》十二卷,昭文蒋宝龄,咸丰壬子刻本,洋十二元。廿六日付装,收回。《啸村近体诗选》三卷,怀宁李葂,乾隆丙子刻本,洋一元。廿六日付装,收回。《忆山堂诗录》八卷,长洲宋翔凤,嘉庆二十三年刻本,在刻《洞萧楼诗纪》前,洋十六元。《皖游便览》一卷,江宁周葆元,道光丁未刻本,洋一元六角。《洞箫楼诗纪》十三卷,宋翔凤,道光十年刻本,洋十六元。家藏有廿四卷,此本未足,当退还。《雷峰塔传奇》四卷。岫云词逸改本,海棠巢客点校,乾隆辛卯新安方成培撰,洋十元。退还。

至惠中旅馆,晤王播青谭,播青有传钞本程晋芳《毛郑异同考》十二卷,索价一百元。

**十九日(2月2日)** 俞寿田来,未晤。

**二十日(2月3日)** 俞寿田来谭,留午饭。

费范九来,谭永宁保险公司每千保费二元六角。

访李拔可谭,以陈一甫覆函云《四部丛刊》续编、《四库全书珍本》天津分馆亦九折,且无邮费。遇张菊生谭,赠《盘洲文集》八十卷,洪适。影宋本;《平斋文集》三十二卷,洪咨夔。影宋钞本。

结算中国书店,取书,九折,码七十五元四角,入洋五十元〇五角。合实洋一百十八元三角六分,除收代售书价八十五元二角,《镜景》三、《宣城右集》、《闺秀词》一、《说文篆均谱》二、《断肠集注》二、《说文谐声》二。该洋三十三元一角六分。廿一日付卅三元讫。

至双凤园,沐浴。

还古香斋寿州出土秦镜一枚。

报载,日学者在热河省承德发现古版《大藏经》,即运回日本,据称此版大藏经因日本原有一部,于大正十二年烧失,现时在世界仅剩两部,今日本已占其一部。

**二十一日(2月4日)** 至中国书店,付书账三十三元,清讫。

至蟫隐庐,取:十二月廿五日付讫。《铁云藏龟拾遗》一卷,丹徒叶玉森,一元五角。《急就篇校正》一卷,海宁王国维,广仓学窘印本,六角。《秦游日录》一卷《登太华记》一卷,藏园居士傅增湘,癸酉五月刻本。《藏园群书题记二集》,傅增湘,大公报印本,四角八分。《聊斋志异拾遗》一卷,淄川蒲松龄,影印《得月簃丛书》本,三角。《随园琐记》二卷,钱塘袁祖志,光绪五年葛元煦刻本,五角。《中州冢墓遗文》一卷,罗振玉,刻本,二元。《东都冢墓遗文》一卷。罗振玉,刻本,二元。

程演生辞安徽大学校长回沪,继任为河南傅桐。赠咸鸭、咸鱼各四只。

鲍扶九来。

李维强来,未晤,留南陵旅省同乡会为西南乡旱灾乞振书。

约杨百研来,告陈一甫代友购《安徽丛书》。

国立中央图书馆筹备处主任蒋复璁来函,征求新旧图书。

安徽通志馆余幼泉寄来地藏王菩萨金印,文曰"地藏化成金印"六字,印背九龙盘空,镌有"唐至德二年"五字,印在芜湖县北广济寺内地藏殿,为吴松亭采访员所送。

**二十二日(2月5日)** 访丁仲祜同年,赠栖霞山南唐二徐题名拓本,又以蒋和《象形字谱》借之,又以《摄山访碑图》卷请题。仲祜续赠《说文诂林补遗全书》。

覆大生董会书。送来廿二年份大生联合办事处委员夫马六百元。

覆陈一甫书。收到《安徽丛书》价二十八元,今又代友购一部,亦照前例,书由会径寄。商务两大预约,津馆可免邮费,已告拔可,彼云即在津馆订购,不过彼赔贴运费。先德百龄纪念征文,拔可已催过,并同丁雨庄请吴董卿作诗,木公、美权诸君俟晤时再为催促。

答拜李维强,谭南陵振务上海不易进行,请向省方设法,或邀张和声相助。

**二十三日(2月6日)** 丁子盈亲家来谭。

访张退庵亲家谭。

至丹弟处谭。

杨百研来，谭演生辞安徽大学校长，回沪感冒，今尚未愈。订廿六日安徽编印处开六十七次编审会。

毛公鼎历藏陈簠斋、端匋斋，今归叶遐庵，近属王秀仁拓百分。秀仁存有拓本，让其一分并全形，作价二十五元，另赠《小檀栾室镜影》。夹宣印本，有套。今约秀仁来，将价付之。

昨李拔可，未晤。随答访之，谭张菊生拟假印《梁永阳昭王萧敷墓志铭》，仅见于王厚之《复斋碑录》、丁奕正《天下金石志》，《永阳敬太妃墓志铭》，仅见于陶南村《古刻丛钞》。均徐勉撰文，旧为潘文勤藏，初为刘青园藏翦裱本，有方履篯跋。文勤以赐其女，海内孤本也。

覆余幼泉书。收到地藏菩萨金印朱印本。庐江贞武观贞武像片襟后有“唐尉迟敬德监造”七字，请补拓。地藏金印其印纽有“唐至德二年”五字，请补拓。又闻金印在九华山化成寺，咸丰兵燹，为芜湖广济寺僧。今采访吴松亭说明书于仅详于化成寺颁印事实，而于金印归诸广济寺略而不言，请补记原委。续钞艺文志集部序目十种附寄。

**二十四日(2月7日)** 丹弟来，甚不满意鲍子丹，遂同往，询对于面粉公司股东办法。

杨百研来谭，程演生感冒未愈，往视之，商请鲍承良诊方。诊毕，送承良回。

至来青阁，结算来往书帐，净存十元〇七角。

购来青阁：二书已付价讫，今装订成交来。《江氏韵书》三种，咸丰辛亥陆建瀛木犀香馆刻本，洋十元。《槜李谱》一卷。嘉兴王逢辰，咸丰丁巳刻本，洋一元二角。

至同文书局，购《文心雕龙》十卷。梁刘勰撰，明杨慎批点，长洲张松孙辑注，同治戊辰重刻乾隆本，有批点，付价三元。

至中国通艺馆，付《憨山大师梦游录》书价洋四元，又《一亭杂记》作价五角。

**二十五日(2月8日)** 丁仲祜同年之女公子兰芬女士于甲戌年正月初七日于归,送花缎喜幛。

覆吴寄尘书。收到大有晋息单,并辛未、壬申年息九十六元六角。

致罗子经书。付癸酉年节书价卅七元三角二分。

覆杨吉孚甥书。航海遇盗,化险为夷,可贺。

覆张菊生书。《云仙散录》刻在《稽古堂日钞》中,稽古为明秀水高承埏堂名。《唐僧弘秀集》今无此书。

刘烈卿来谭。

弘化社赠印老法师新修《清凉山志》八卷。

昨,律师陈群代表徐世翔请求分析文选公所持有光禄公所手置之财产函。

子丹弟来,谭慕邢事。

**二十六日(2月9日)** 《安徽丛书》编印处开六十七次编审会。

丹弟自王德邻处来谭。

陈子言谭,初七日往奠王聘三先生,既归,夜梦聘老,见示七绝一首,醒后仅记后二句云:"不管霓裳奏天上,六时常在白云中。"

至来青阁、中国书店。

送李元之节敬三十元。

济生会来函,转凤迪明寄来宣城南楼崇祀。廿二年癸酉四月凤文祺撰书。

南屏佛祖碑记、大善士泾川翟展成先生纪念表茅育仁撰,伍达周书,廿一年十月。拓本询能否附《安徽通志·金石录》中。

**二十七日(2月10日)** 子丹弟同王德邻来,谭慕邢事。

杨百研来告,演生病未愈,另延怀宁陆医。

**二十八日(2月11日)** 鲍扶九来谭,送年敬五十元,并赠《朱淑真诗注》。

访宾虹谭,赠澄泥砚、十锦书卷墨,祝其七十寿。

送李元之年敬三十元。

同子丹弟答拜王德邻，商慕邢事。晚，丹弟来书，慕邢太无理。

丁子盈来谭。

**二十九日(2 月 12 日)** 谢光甫属为徐沧一书扇。

大生二厂送来二十二年七月至十二月董事夫马三百元。

至中国书店，托郭石麒代估余幼泉拟购书价。

覆余幼泉书。寄来寿县碑四种，苏君方竹溪碑说明书，寿县工松斋先生楚王鼎释文。托估旧书两单价值，由中国书店郭君代估，照进货之价批明，原单若售，价可加至三成；如其中诸书须另觅他主，该店亦可照批价接受。楚王鼎：（王松斋释作“资”，疑“肯”字）；楚王鼎盖：（王松斋云未识，此是“室”字）。

郭涵斋寄赠《世界迦音》吕碧城。二十九册。

袁伯夔赠《沤社词选》暨其太夫人志铭。

黄公渚来，未晤。

**三十日(2 月 13 日)** 慕邢命次子来，约定君前往谈判，稍释误会，减至万元。

# 甲戌年(1934)

## 一月

**元日(2月14日)**　黎明,焚香,祝天、祀神、礼佛,至影堂叩贺新禧。

丹弟来贺。亲友来贺。

**初二日(2月15日)**　丁子盈亲家来贺。亲友来贺。

**初三日(2月16日)**　张退庵亲家来贺。吴寄尘暨亲友来贺。

贺叶遐庵、李拔可、任子木、李季皋、狄平子、刘晦之、恽季申、陈子言、汪撷荀。

**初四日(2月17日)**　答贺张、丁两亲家。贺丹弟。亲友来贺。

访程演生谭,交陈一甫还《安徽丛书》价二十八元。

至大生,晤蒋暇堂。答贺亲友。

张仲照来,未晤,答拜,亦未遇。

途遇李拔可谭,梁仲异购《安徽丛书》,商特价再九扣,允之。

致郭道弥书。荐汪作云。

覆汪作云书。附致道弥讯。

**初五日(2月18日)**　大生董监联席会议。

叶遐庵赠《彊村遗书》。

狄平子赠新刻精印《芥子园画谱三集》。稷字号,售价三十二元。

鲍扶九来谭。

访洪泽丞谭。答贺亲友。

**初六日(2月19日)**　定君生辰。丁子盈来贺。

丹弟约定君至慕邢处，交洋五千元。

赵叔雍赠新印《众香词》。

商务印书馆赠新印《挥麈录》二部。

答贺马伯良。张仲照来谭，假阅《叶鞠常日记》。

报载，安徽银行宣告清理。

**初七日(2月20日)** 丹弟来，挈永儿往见王德邻。

五时，至金城戏院，观《归来》影剧。阮玲玉主演。

**初八日(2月21日)** 午刻，贞元会，至聚丰园交宴资二元，未入席。晤叶柏皋，略谭。

午刻，赴马柏良杏花楼酒叙之约。

恽季申赠新印《众香词》。

晚十时，吴舜老自南陵来谭。

**初九日(2月22日)** 刘十枝来谭。

顾鼎梅、任心白先后来，未晤。

访狄平子谭，谢赠《芥子园画谱三集》

**初十日(2月23日)** 答拜顾鼎梅，未遇，旋鼎梅来谭。

答许鹤丞，未晤。

答萧厔泉，适外出，入室小坐。

酉时，永儿妇诞生一女，电丁若农报喜。

南陵全县田共四十五万九千余亩。

**十一日(2月24日)** 八时，舜老附车回南陵。

访桯演生谭。

覆恽季申书。季申商务印书馆股票所存印鉴遗失，另用灵谖朱文方印，恽灵萱具名，属为保证签字。

覆蒯若木书。《蜀石经》健之故后书存无多，向年归居地小，难堆书籍，托友认销少数，余悉售诸坊肆，近恐无存。

覆陈一甫书。收到《安徽丛书》价二十八元，已交会。

李元之先生六十寿，送绸幛并祝敬十元。

**十二日(2月25日)**　崇儿生日。

访陈子言谭。

覆郭涵斋书。收到醴陵佛教居士分林请影印《宋藏经》预约凭单，已转交陈盛芳居士。寄赠《世界迦音》卅册。催印宋景定本《法华经》。

覆济生会书。商《南屏佛祖碑记》及《翟公纪念碑》载入《安徽通志·金石门》，覆以《金石古物考》断自明代，难以编入，惟《宗教考》一门、《舆地考》中古迹一门、《民政考》中振荒一门可由主编者审查门类、编入考中，当函商迪明办理，进行手续。

覆王莲友书。俞寿田购《安徽丛书》，附介绍讯，照特价九扣。

覆李拔可书。借陈序宾先生百龄纪念征文启。梁众异购《安徽丛书》，附绍介讯，照特价九扣。

**十三日(2月26日)**　宗渭川讣至，送绸幛。

林放庵旧字颐书。来谭。

致凤迪明书。商《南屏佛祖碑记》《翟展公纪念碑》《金石考》难以编入，惟振荒、古迹、宗教三门可入，展公可入《人物志》，鄙意更进一言，若列入振荒，分载古迹，即他日总纂成书，或不致为未知经过情形者将《佛祖碑记》笔削耳。

范肯堂之夫人姚倚云所著《蕴素轩诗集》十一卷《词》一卷新印成，寄赠一册。

至北京戏院，观《似水流年》影剧，胡珊主演。可警世人有子不肖者。

**十四日(2月27日)**　贺李元之六十寿，元之避寿于刘次羽家。

访张燕昌、胡朴安谭。

访席少卿谭，拟将其女订婚张受之之子，询其家世。少卿赠我曾姬、无恤两壶拓本，借观寿州铜鼎。

**十五日(2月28日)**　丁子盈、张燕昌、俞寿田、陈啸青、康寿曼来，均未晤。

昨，陈乃乾未晤，晚间又来谭。

南陵县工峰徐氏族务保管委员会家祚、家骝、世清、世昌、守本、石声公函，请函托县长，即予批准，并附委员会细则，请县备案禀稿。县长晏成骥，字志千，湖北人，上年十二月廿七日，吴舜臣曾抄到续请备案，并给示保护禀。具名者徐石声、徐家祚、徐世昌、徐家鋆、徐家骝、徐世清、徐世焜、徐守本、徐世珍、徐冠群。

覆汪启我书。来函告李从龙为人播弄，移住法院，大约日内商会代为缴款了事。来函上年十二月廿六日。

**十六日(3月1日)** 答访丁子盈谭。

**十七日(3月2日)** 丹弟来，谭石声公函所请，彼与慕邢均不赞成。

王文肃讣至，送绸挽幛并代筵洋十元。

丁子盈来谭，留晚膳。

**十八日(3月3日)** 访答陈乃乾，未晤。

送王文肃之丧。

约陈器之，拓席少卿家寿州新出楚鼎十六份。

覆张庆萱书。寄赠《积学斋丛书》《徐公文集》。

任心白于上年十一月在常熟接收莲花盦。

顾鼎梅寄赠《循园金石文字跋尾》二卷，范鼎卿同年著。并自著《袁州石刻记》。

**十九日(3月4日)** 至大华医院，视蒋氏七侄女。

鲍扶九来谭，赠新印楚王鼎拓本。

至中国书店，还金寿孙祖同，颂清子。楚王鼎拓本，并赠新印本五纸，又赠借席少卿楚鼎拓本。

陈啸青君来谭，交安徽丛书会支票三百元盖章。

余寿田来，未晤。濮伯欣来，亦未晤。

五时，至新光大戏院，观《姊妹花》影剧。胡蝶主演。

**二十日(3月5日)** 六时，赴朱孙芬酒叙之约。

致江彤侯书。赠《彊村遗书》竹纸印本。重印完白山人分书《孝经》，属为估值。

覆余幼泉书。收寿县出土鼎镬拓本五种，大鼎最为可宝，惟拓不明晰，大镬字文三字几不可见，请寄精拓本。前寄楚王二鼎释文甚佩，熊资鼎前在沪出售，金君祖同亲见此鼎，多一鼎盖，盖内外均有文字，疑两器而合并也。金君曾手拓其文，今为借印，附赠五纸。熊忓鼎闻售诸天津某氏，胡小石有释文，未见。近见友人收藏一鼎，亦疑两器合并，并贻拓本。彤老拟印完白山人书《孝经》，分估原样、缩小两种，请转呈酌定。

**二十一日(3月6日)** 访孔肖云谭，临行与暨南图书馆长窦君遇。窦四川人。

答拜俞寿田，未晤，留赠《裘杼楼诗稿》六卷。休阳汪森撰，程世英序，原刻本。

刘烈卿来，未晤。

洪泽丞来，未晤，赠我新印《沤社词钞》。

五时，至北京戏院，观《一个女明星故事》影剧。胡珊主演。

**二十二日(3月7日)** 访任心白谭，请影印《宋藏经》可照预约价九折，并晤李拔可谭。

程演生同杨百研来谭。

费范九由南通回，来谭。

俞寿田来谭。

李次山时蕊，英山。之尊人崧山先生讣至，送绸挽幛。

覆潘之驹书。建侯之子来函，拟在沪售家藏书画。覆以俟上海商业复兴，再为函约。

**二十三日(3月8日)** 《晶报》载“逢甲必战之日本”：《新闻报》主笔李浩然谓，一八七四甲戌年日本侵略琉球，一八八四甲申年日军鼓动朝鲜乱事，一八九四甲午年中日开战，一九〇四甲辰年日俄开战，一九一四甲寅年欧洲大战、日攻青岛、对德宣战，一九二四甲子年日本对外无战事，盖先一年一九二三年日本大地震，元气未复耳。

至邑庙。

**二十四日(3月9日)** 丁子盈亲家来。

至中国书店，晤郭石麒、金寿孙。

四时，赴水泥公司七十次董事会。定四月廿八日即甲戌三月十五日股东会。

覆南陵工峰徐氏族务保管委员书。来函云禀请备案，并请出示保护未奉县批，属余致函晏县长。覆以素不相识，碍难私函，请托致干未便，好在已具禀在先，似应静候批示，较为得当。

覆吴舜臣书。附寄前函，请转致。又王干冲族人请接济，商办法。田稻请出售。

胡朴安来谭。

**二十五日(3月10日)** 郭石麒来，观余幼泉寄来各书，不愿留存。《欧阳居士集》缺第卅七卷一卷。

范成师同范九来谭，范成昨自山西回沪，赠徐森玉新印赵城县广胜寺宋本《因明论理门十四过类疏》一卷。大慈恩寺沙门窥基撰。范师云，广胜寺藏经为吴越钱宏俶助资，刻始于开宝，成于辽代。

答范师谭。

二时，赴《安徽丛书》编审会，议三期书，照前定《癸巳类稿》、俞理初先生手改定本。《江氏韵学三书》《字诂义府》《尔雅古义》四种，或加《药地炮庄》。又议二月二日在功德林公祝黄宾虹七十寿。

**二十六日(3月11日)** 李崧生领帖，命崇儿吊之。

午刻，挈崇儿赴李拔可之约，并赠拔可乾隆霁红美人肩式花瓶。

**二十七日(3月12日)** 《学风》第四卷第一期安徽文化消息载，芜湖出土铁路埂出世庵附近。明代铜佛十余尊，陈列图书馆中。有嘉靖癸巳高逵造文殊菩萨像。

覆王揩青书。寄还歙程晋芳《毛郑异同考》首、尾二册传钞本，原书十卷。

覆余幼泉书。收到甲、乙书单并书十二包，甲单书郭君不欲留，估楚王鼎价值；乙单书代估价值。

丁子盈来谭。

**二十八日(3月13日)** 至雪窦寺，吊王文肃公。

访刘烈卿、陈乃乾，未晤。

杨百研来，以印《安徽丛书》纸样二种一种廿三元零、一种十九元零。商定。

约郭石麒来观书。

访范成师谭，范师赠开封唐大佛铜像、大明铁塔摄影，又赠陕西省立图书馆北周佛弟子夏侯□陁造像四面像，正书，天和四年六月十五日。东魏邑子茹□王等造像，正书，无年月。东魏道民富平县王宣□造像。正书，无年月①。

贺朱宸卿之夫人三十寿。

至中华书局，购《一九三六年世界危机》，小岛精一撰，周天放、汪向宸译。洋五角。又见新出《板龟甲文字概论》，泰兴陈晋撰，洋一元。未购。

费范九赠南通麻油四合。

**二十九日(3月14日)**　访刘烈卿，又未遇。

四时，影印宋板藏经会就功德林开四九次理事会。

范成法师自上年四月去山西，访得赵城县广胜寺宋经卷，范师云蒲州刻本，因卷后有助资人为蒲州人。及往介休县，访得普宁藏经。今回沪，报告经过情形，晚聚餐。遐庵以憨山大师书卷属题。

俞寿田来，未晤。

## 二月

**朔(3月15日)**　俞寿田、刘烈卿、赵仲双先后来谭。

**初二日(3月16日)**　安徽丛书会为黄宾虹七十生日同人在功德林公祝，萨龙意大利人，近译为查隆。画像。黄宾虹、陈子言、王涤斋、洪泽丞、张燕昌、许静仁、孔肖云、李少川、叶誉虎、鲍扶九、王济远、鄢可疆、杨百研、陈演生、潘兰史、李木公。狄平子、宣古愚未至。

---

① 本段中“□”均原文如此。

潘兰史赠《沤社词钞》《玉溪碎锦集》、梦坡。《西昆贯玉稿》嵩堃。合刻。

**初三日(3月17日)**　于伯周讣至，送绸挽幛。

大生二厂开董事会，为解散职工事。

至中国书店，借《后村杂记》三卷，歙王文治著，文集，康熙戊子刻本。为通志馆钞序目，坐中晤程演生。

至来青阁，取：《墨林今话》十八卷《续编》一卷，蒋宝龄，王雪澄批本，码洋八元。《甘薯录》一卷。陆耀，乾隆丙申刻本，码洋二元五角。

访费范九谭。

刘晦之来，商印书画及所藏金文。

致李拔可书。为俞寿田购《四部丛刊》续编，减价九折。

致俞寿田书。附致拔可讯。

致赵叔雍书。钞赠孙清瑞《词径》。

**初四日(3月18日)**　金寿孙来谭。

郭石麒来，去取余幼泉寄来书。

任心白来谭。

覆余幼泉书。甲单书六种，留三种，计一百廿元。乙单书十六种，留十三种。寄还邮票四元，原来甲、乙书单。收到地藏金印钤本(唐至德二年)、吴松亭《考记》。

**初五日(3月19日)**　敬礼家正月七日夜被窃，今查获衣服。

雨山老和尚由扬州来谭。

在佛学书局请寿春本《金刚经》一百卷，付洋二十五元。

**初六日(3月20日)**　章叔淳来谭。

访黄公渚谭，晤叶蒲孙，以朱和羲辑《贺方回词》、夏朧禅编《贺方回年谱》云未见。见《词学季刊》一卷二号七八叶。朧禅名承焘，永宁人。吴昌绶辑《词目》、《宋金元词集见存卷目》，鸿文书局代印本。见《词学季刊》创刊号一一二叶。宋翔凤《论词绝句》二十首见《洞箫楼诗纪》。见《洞箫楼诗纪》卷三五叶，又《论诗绝句》三十四首，在(卷四)十一叶。交公渚转致龙榆生。

《弘法社刊》二十四期。念佛止观：梦东说。当念佛时，不可有别想，无有别想即是止。当念佛时，须了了分明，能了了分明即是观。一念中止观具足，非别有止观，止即定因，定即止果，观即慧因，慧即观果。一念不生了了分明，即寂而照也；了了分明一念不生，即照而寂也，能如是者，净业必无不成，如此成者，皆是上品。一人乃至百千万亿人，如是修，皆如是成就。念佛者可不慎乎。

赐永儿《经史序录》《汉魏百三名家集题辞》两书。

丁子盈来谭。

**初七日(3月21日)**　先光禄公忌日，设祭。

致陈一甫书。寄费范九为其尊人序宾先生百龄纪念诗。

**初八日(3月22日)**　访任心白谭，交作者书社寄售书折，约实洋一百元零。捐助东方图书馆。

至古香斋，同顾立斋闲谭古玉。晚来取玉样五种：圭一、璋二、牙璋二。

覆国立中央图书馆筹备处蒋主任书。蒋名复璁，字慰堂，浙江海宁人。来函征求图书，捐助刻书六种，皆竹纸印本，附抄书目：《随盦丛书》《随盦丛书续编》《宋元科举三录》《徐公文集》《积学斋丛书》《鄦斋丛书》。

致王丹墀、王葆斋书。接其母何太夫人讣告，葆斋已回芜湖行政第二区督察专员任，不开吊受礼。寄寿春本《金刚经》四十卷。

**初九日(3月23日)**　访程演生谭，交拟印《安徽丛书》三编书二种。《江氏韵学三书》六册，计二百九十三叶；《字诂义府合按》四册，计三百十四叶。

至金城戏院，观《兽王历险记》影剧。

至中国书店，交余幼泉寄来售书十三种。计一百十六元五角。

至来青阁，观收桃花纸《西清古鉴》，蛀损，缺《钱录》下册。连装订索价二百五十元。

古香斋顾立斋来，未晤。

覆邓刚仲书。清源属抄发讣名单。

覆余幼泉书。寄来书十三种即交中国书店书，价一百十六元五角，已属其径汇。《张南轩集》书无钞配破损，该店可照估价一百元接受。

**初十日(3月24日)** 永儿生女弥月，亲友来贺。

赠吴寄尘寿春本《金刚经》十册，又赠江知源二册。

昨赠东方图书馆二十三种，今接复兴委员会来书致谢。委员王云五(常务)、张元济(主席)、盖乐、李荣、张雪楼、欧特曼、胡适、陈光甫、蔡元培(常务)、书记潘光迥。书目：《随盦丛书》正编、《随盦丛书》续编、《积学斋丛书》《鄦斋丛书》、《小檀栾室百家闺秀词》附《闺秀词钞》、《阳春白雪》《怀豳杂俎》《至圣林庙碑目》《说文假借义证》，以上竹纸印；《徐公文集》《小檀栾室镜影》(夹宣)、《玉台新咏》，以上宣纸；《宋元科举三录》《永嘉四灵诗》《江苏金石志》《读史记十表》《阐义》《一亭考古杂记》《圣学宗传》《说文篆韵谱》《朱淑真断肠集注》，以上连史；《忘忧清乐集》(宣纸)。

二时，《安徽丛书》编印处开六十九次编审会。

**十一日(3月25日)** 王荫嘉、王欣夫之母吴太夫人讣至，送素绸幛，交来青阁转寄苏州花桥巷。

访范成师、费范九谭。

**十二日(3月26日)** 贺子丹弟妇生辰。

答谢丁子盈、丁若农乔梓，未遇，留赠《金刚经》四册。

答谢吴寄尘，亦未遇，留书，赠《水月斋指月录》三十二卷，那罗延窟学人《瞿汝稷槃谈集》旧刻本二十册。

答谢蒋暇堂。

游邑庙市场，晤明道师，略谭。

游文庙公园。

捐助徽宁会馆甲戌年长生愿十元，又儿女、孙女单十一元，送婺邑司总詹大有成记收。

俞养函十七日续娶，送贺份四元。

**十三日(3月27日)** 任子木同李府订婚，来请作冰人。

陈子言来谭。

为费范九书件。

覆刘翰怡书。来书荐扬州刻字周星五(周楚江之子)为周缉之刻书。

张登义上海市公用局四科。来,代表李藻馨其父在法领事为翻译,年已七十余岁。同任府订婚,请作冰人。子铭忠,马湘伯荐于蔡孑民,在南京天文台,名片题中央研究院天文研究所研究员。

**十四日(3月28日)**　東勖俨为子昌年在新亚酒楼结婚,往贺,送绸幛。

陈啸青来,为安徽丛书会支票洋三百元盖章。

致郭辅庭书。赠《镜影》夹宣印本,有套。

郭辅庭赠新刻《观世音菩萨经咒集刊》四册。其母氏郑喜明刻。

**十五日(3月29日)**　至张府,同朱志尧马相伯之甥。为任子木之二女公子与李铭忠君订婚。铭忠,广东新会人,年三十八岁,在南京天文台办事,其弟铭慈同德医院现行医。

覆王富晋书。来函索寄《镜影》二部,今照寄。

**十六日(3月30日)**　聚丰园贞元会,恽瑾叔值会。

**十七日(3月31日)**　大生二厂董事会。子丹弟来谭。

**十八日(4月1日)**　鲍扶九来谭,赠新著《默厂金石三书》:《窓斋集古录校勘记》《抱残守缺斋藏器目》《汉马姜墓刻石考释》。

李元之、曹梅舫来谭,留午饭。

访范成师、费范九谭,各赠其刘葱石藏经幢十种拓本。

访罗子经,谭长春近产松花江鲟鳇、长一丈二尺。飞龙,形似雌雉。皆多年未见者,其瑞应有某县麦秀双歧,县长周昌祚、田主杨永清。灵芝、二十八斤。神鸦。

王君九赠叶鞠常《缘督庐日记》。

至汉文渊书店,取:《云栖法汇》,缺辑古十六种。退回。《迦陵先生填词图》。四元。

李铭忠同弟李铭慈来谢,并持马相伯良。名片相候。

陈一航来,未晤。

启建时轮金刚法会送来法字五十三号募捐册。捐募四十二元,缴还。

致余幼泉书。催中国书店汇乙单书价一百十六元五角。

**十九日(4月2日)**　同程演生至泰生永，看连史纸，备印《安徽丛书》。

陈涤尘祖荫，太平县人，安徽省通志馆采访员。来，未晤。涤尘访太平、黄山金石，表载綦详，其调查录亦甚致力也。

**二十日(4月3日)**　答拜陈涤尘，未遇，旋涤尘来，谭此来在苏印《太平县志》，记五年前陈少舟介绍相见，商修县志，今已成书矣。留午饭，赠连史印本《宋元科举三录》《永嘉四灵诗》。涤尘曾任铜陵、阜阳、涡阳县知事。

涤尘钞送明知太平县马维铭《游黄山天都峰歌》，备采入《通志·金石志》。

答拜曹梅舫谭。

至古香斋。

任子木来谭。

退老晚返南通，往送其行。

**二十一日(4月4日)**　昨陈啸青来，未晤。今杨百研来告泰生永连史纸购定，每件十九元四角。送中国实业银行六百元支票盖章。

至时轮金刚法会，晤葛筠孙、任幹卿，索荐延办法并志愿书。

访范成师、费范九谭。

访恽季申谭。

访曹梅舫谭，赠书。寿春本《金刚经》四册、《佛骨表纠缪》四册、《止信录》四册、《观音灵课》四册、《人身关切要书》四册、《世界迦音》四册、《历代尊孔记孔教外论合编》一册。

郭寿臣为次子锡麟授室，送礼券四元。

鲍扶九来谭。

**二十二日(4月5日)**　至时轮金刚法会。

朱崇煦、朱崇溥为其尊人晓南先生八旬冥庆，送绸幛。

安徽通志馆汇来洋五百元。

**二十三日(4月6日)** 游蓬莱市场。

江彤老来沪谭,留午饭,答拜,未晤。

至藏经会,晤范成师。

覆曹梅舫书。汪启运先生校寿春本《金刚经》,梅老题封面并签条。送来荐延单并三元。

**二十四日(4月7日)** 至时轮金刚法会,交超荐延生等洋一百三十元,内自荐三代专位及捐助各十元。

覆邓翰丞书。收到汇来洋五百元,留为印志之用。

二时,赴《安徽丛书》编印处七十次编审会。

七时,赴程演生陶乐春酒叙之约。

束劭直、束勖严来,未晤。

**二十五日(4月8日)** 朱晓南八旬冥诞,至玉佛寺行礼。

贺郭寿臣娶子妇之喜。

覆张敬礼书。敬礼返通后来书,不日有东台之行。

晚,赴曹梅舫悦宾楼酒叙之约。

覆储南强书。寄新摹刻汉刘夫人碑,索赠前赠路氏石林。询宜兴善卷、庚桑两洞题名拓本。

**二十六日(4月9日)** 至藏经会,请范九改《金刚经》旁注误字。

次儿、次媳二十岁,赐燉煌唐人徐孝德书十八罗汉《六字真言》《长寿经》卷、绿松石分书"颛顼之裔嬴姓伯益之后封于徐子孙因氏"印章、磁蝙蝠、海棠。

覆王富晋书。寄《镜影》三部。

**二十七日(4月10日)** 潘兰史先生于二十六日丑时作古。

**二十八日(4月11日)** 赠刘宝生《忘忧清乐集》二部。

送经募时轮金刚法会荐延资三十一元。

安徽省刘主席交通志馆汇来一千元,精印《金石古物考》,当存中国银行,即告彤老,并商如何精印。彤老意印连史五百部,加印宣纸一百部，并告彤老以后不必再汇，俟款不敷，再请拨补。

杨邦杰侄孙婿、纶，金匮。金祖润润，无锡。先后来，均未晤。

**二十九日(4月12日)** 送经募金刚法会求延生洋十四元。

赠江彤老《江苏金石志》。

至中国实业银行，查核安徽丛书会存款数目。存五千三百五十七元七角五分。

覆余幼泉书。汇来印志费一千元，即存中国银行备用。彤老拟精印宣纸一百部送刘主席，连史五百部分送各机关。印装各费随时索取单据，印成后寄馆专案呈报官府。《艺文志》附《皖人所刻丛书目》，容检各书钞寄。寄钞成集部序跋十八种。缴还陈祖荫君《太平、黄山金石表》，《金石调查录》各一册。

**三十日(4月13日)** 午刻，约江彤侯、陈子言、黄宾虹、洪泽丞、张燕昌、程演生酒叙，宾虹赠新著《蜀游杂咏》。

至藏经会，晤范成师、费范九。

## 三月

**朔日(4月14日)** 朱象甫来，未晤。

叶伯皋来谭。

午刻，赴陈子言会宾楼酒叙之约。

**初二日(4月15日)** 午刻，聚丰园贞元会，吴董卿值会。

陈西甫来谭，答拜，未遇。

致陈君任、李木公、袁伯夔书。辞初四日酒叙之约。

覆吴寄尘书。赠吴笠老女公子画菊四幅，为淑畹寿。为朱澄老侄妇史缦云女士订润列名，并赠篆联，送洋十元。璧回。

**初三日(4月16日)** 朱象甫来谭，拟商绍介中国书店售书。

吴寄尘来，退还送史缦云女士润资。

访陈西甫谭。

**初四日(4月17日)** 晨访陈西甫。

午刻，赴刘晦之、刘子树麦瑞糖果公司西餐之约。

六时，陈西甫同张密庵来谭，随赴功德林应密庵约也。

**初五日(4月18日)** 答拜朱象甫谭。

至藏经会，访费范九谭，托转致叶遐庵，先将属题憨山大师《示寒灰奇小师法语》卷还之，稍迟再题原卷，亦交范九。范九来字误作高忠宪卷。

午刻，约陈西甫、朱忆劬、吴寄尘、陈卓甫、刘十枝、刘晦之、张密庵、刘子树功德林素餐。

四时，大生二厂董事会。遣散工人。

六时，吴寄尘约陪陈一甫晚饭。

途经受古书店，观书，有甘泉罗茗香士琳。《观我生室剩稿》诗文。刻本，索价十六元。

**初六日(4月19日)** 午刻，赴陈卓甫印度加厘饭店西餐之约。

覆吴舜臣书。收南陵稻款。稚丹又藉赤岭树索款，彼意拟秘密送其百元上下。

**初七日(4月20日)** 次媳丁氏二十生日，子盈来。

覆余幼泉书。商印《金石古物考》事最要，来函存查，覆函备检。寄抄南陵徐氏、贵池刘氏所刊丛书子目，并明清以来皖人所刊丛书总目。赠自刊各书全分。收到寄来蒙城碑四种。

覆徽宁同乡会。为施药及遣散同乡回籍筹募基金开园游会，认购赞助券二张十元，又捐四十元(内淑记十元)。

购萧厔泉《文道希先生遗诗》。

费范九、范成师约功德林六时素餐，谢之。

**初八日(4月21日)** 大生开董监二厂紧急临时会，议遣散职工费筹措尚无着落，请张镕西清理，开股东会。

《安徽丛书》编印处开七十一次编审会，未赴会。

**初九日(4月22日)** 李征甫、家献。李鲁瞻国澄。来，请证婚，未晤。

顾立斋、周冠九来。

**初十日(4月23日)** 访程演生,遇江彤侯在坐,谭。

至大生,赠徐静仁《黄山指南》,赠吴寄尘沈思齐书《阿弥陁经要解》。

**十一日(4月24日)** 送冯润生暨黄夫人五十寿诗、《吕晚村批点八家古文》,收;刻丝屏、康熙龙盘,璧。

至古香斋。

至受古书店,取:十八日还。《梦陔堂文集》十卷,江都黄承吉,道光癸卯刻本,此集罕见。《观我生室剩稿》二卷,甘泉罗士琳,道光己酉刻,此集罕见,码洋十六元。《伊蒿室文集》六卷《诗》二卷《诗余》一卷。盱眙王效成,咸丰乙卯刻,码洋八元。

徐琛字献之,王承可王铁。之甥,王本观复子。与秦会之为中表,而师川徐俯。之族弟,后为贰卿。王明清仲言,汝阴人。《挥麈后录》卷十一记之甚详,往岁刻《徐公文集》徐琛刻于四明。所未知也。

**十二日(4月25日)** 至蟫隐庐,晤罗子经、宣愚公谭,取:《内府藏器著录表》二卷附录一卷,罗福颐,癸酉墨缘堂印。《新集古文四声韵》五卷。宋夏竦,罗振玉乙丑影印汪氏一隅草堂刻本。廿九日退。家有原刻,故退还。

子经赠我《贞松堂集古遗文续编》三卷。罗振玉,甲戌蟫隐庐印本。

华商水泥公司七十一次董事会。

访江彤侯谭,同往聚丰园,践其酒叙之约,共坐者程龄孙、叶元龙、张燕昌、黄宾虹、洪泽丞、胡朴安、吴镜天、陈子言、程演生,商请朴安接管安徽从书会收款支票簿。

**十三日(4月26日)** 访黄宾虹谭,赠新拓大宾之□[①]盏拓本,又盟客拓片。新印楚王熊资鼎及𩰫䤼鼎盖拓本。宾虹又借通志馆寄来五种拓本,赠寿州新出玉印、铜印三种钤本,余亦借其报纸载楚王酓肯铜鼎拓本、钩橅。

---

① 原文如此。

王富晋来谭。

六时，陈子言、黄宾虹约梁园酒叙，晤宾虹，还其报纸载楚王酓肯鼎拓本，宾虹亦还我通志馆五种拓本，又借我白居所藏所赠宾虹者彼住蚌埠国庆街五二号。寿县朱家集出土盘盏拓本五种内二种器在席少卿处，今晨赠以精拓本。及砖文拓本，内晋咸宁四年台氏砖凡二种，余藏砖有之，云为凤台顾家桥出土。寿县报恩寺塔顶石匣佛象。阴文画佛。白居姓宫，名恒易。

**十四日(4月27日)**　张和声来书，自安庆随侍回南陵南乡、鹅岭、仪湖，演生上年所交《读碑图》卷已题诗，并代征题，由邮寄来。卷中除宾虹篆首，演生、和声题诗，又得六家：姚仲实、永楧。杨大鈊、字锖松。潘田、字季野。李大防、字范之。陈朝爵、字慎登。徐曦。字炎东。

访王富晋谭。又访李紫东，坐中晤王搢青。

**十五日(4月28日)**　华商水泥公司二时开第十三届股东会。

**十六日(4月29日)**　约鲍扶九，观楚公子永剑。文曰“□①公子永之用”六字，嵌绿松石。

**十七日(4月30日)**　送江彤侯白金龙牌纸烟十罐、上等肉松四罐。

游兆丰花园。朱锡榜等生妣江淑人六旬冥寿，送素筵、烛。

顾立斋来，商刘晦翁欲观楚公子永剑。

程演生送阅俞理初先生手批蔡沈《书经集传》六卷，为康熙癸丑仲秋日文公十七世孙朱锡旂敬镌，中缝篆“崇道堂镌”四字。黟县王叔平立中。藏本。

**十八日(5月1日)**　访程演生谭，还俞理初批《书经》蔡沈集传。

顾立斋绍介卡尔璧瑞典国人，铁路、水路工程师。观古物，以楚公子永剑、片云戚为佳。卡让片云戚，作价一百元。

**十九日(5月2日)**　李笛楼逢庚。来，未晤。

---

①　原文如此。

三时,大生一、二、三厂董监联席会。

**二十日(5月3日)** 访黄公渚谭,坐中晤汤定之。

至来青阁,取:《指月录》三十二卷,瞿汝稷集,有毛怀、刘彦冲、顾曾寿印,明崇祯庚午重刻本,棱枷山民题,十五元。《曝书亭著书砚题辞》,方维祺编,咸丰元年刻,一元。《宋锦赙题》。第一集一百五十联,顾印愚,六角。

至富晋书社,取:《武英殿彝器图录》,东莞容庚编,码洋廿二元,入十七元六角。《支那古器图考》,原田淑人、驹井和爱同辑,东方文化学院东京研究所刊。廿七日退。《安阳县志》二十八卷贵泰,嘉庆修,附《金石录》十二卷。续十八卷,王幼侨,附《续金石录·甲骨文》,二十二年修本,洋十元。廿七日退。《尊古斋古钵集林》六卷,黄百川,洋五元。廿四日退还。《古月轩瓷考》。大邑杨啸谷,癸酉十二月印本,洋三元。

覆吴舜臣书。售稻五百石,每二元四角,汇来稻款。拟再售二百石完粮。稚丹事尚未说定。石笙往芜,向王翠民县长谋收发未成,回南陵。四姨太太至南陵,方德斋亦在南陵。送四姨太太六十生日四十元,复信收十元,邮还三十元。

郭石麒让购松子壳雕钟鼎砖瓦文,为张叔未刀笔,价洋五元。廿二日付洋五元。

**二十一日(5月4日)** 访陈乃乾,谭售书事。

访黄宾虹谭,请题《璇玑图》并毛公鼎拓本篆首,赠彝器拓本一册、旧藏器十之八九,约六十一种。石印《殷虚骨文》、寿州玉铜钵印钤本、摹蔡公子永剑文,还前假寿州盘盏、砖文,报恩寺塔顶石匣佛象拓本。

赠卡尔璧《小檀栾室镜影》,夹宣印,有套。卡尔璧亦赠我《瑞典博物馆金石古物考》。第四期,前年出版。

致吴舜臣书。今汤村徐家声五十二人公函请接济,与上年公函人名不同,钞函商办法。

叶伯皋来,未晤,留函,托买《安徽丛书》,因其婿吕斗南,商让特价九折也。

**二十二日(5月5日)** 答拜叶柏皋谭,交介绍安徽丛书会杨百研书,照特价九折。

五时,《安徽丛书》处开七十二次编审会,以凌次仲《校礼堂全集》并《笛律匡谬》《元遗山年谱》共十八册交会。

任心白来,未晤。

覆余幼泉书。刘孟瞻等编《南北史注稿》不存,仅汪梅村《补南北史表》刻成。

**二十三日(5月6日)** 至陈伟卿家治牙。

约鲍扶九来,商定寿州出土铜鼎钚印文字。

游邑庙市场。

覆李骏孙书。辞李鲁瞻为长子家载于四月十三日与杨宅结昏请作证昏人。

报载,廿二日晚,南昌满天红光,全城皆赤,经数分钟始散。

**二十四日(5月7日)** 午后,同胡朴庵至中国实业银行,查明安徽丛书会来往帐目,我至本日约存七千三百余元。并至永宁公司保险。杨百研亦往。又找付迟十天期。泰生永纸号五百六十余元支票盖章。

至陈伟卿家治牙。

大生二厂召集临时股东会来稿,签名。

**二十五日(5月8日)** 送翁阆仙之子启智授室贺分二元。

至陈伟卿家治牙。

观金城戏院《暴雨梨花》影剧。

**二十六日(5月9日)** 至来青阁,取:《容斋千首诗》。合肥李天馥,康熙丁丑刻本,王尚辰点读、有跋,洋二元四角。又补前托前取:《长历选吉备览》,道光甲午潘氏刻本,沈韵锵校顾氏抄本,码洋十二元。《宅谱迩言》二卷。青江子纂订,卷数不足,码洋十三元。廿七日退。

至陈伟卿家治牙。

江松如振华。来,未晤。致吴舜臣书。钞族人公函两件。

**二十七日(5月10日)** 江松如请廿九日四时同真达具名。太平寺茶点。

钱叔铮为子厚之授室,送红毛葛喜幛。

丁子盈亲家来谭,留晚饭。

**二十八日(5月11日)** 游半淞园。

覆吴舜臣书。四姨太太六十生日,前函送寿分四十元,今托代子丹弟送十元。来信财政厅办南陵升科,他县无。

通志馆寄蒙城县元明碑二种。

**二十九日(5月12日)** 至陈伟卿家,治牙成。

至太平寺,晤真达师谈,藉赴江松如振华。黄山居士林茶会,逾时,江未至。

陈一甫来,未晤,答访,遇诸途,同至永安公司。后又来寓,略谭。

敬礼婿由南通来。俞寿田来。

## 四月

**朔日(5月13日)** 大丰公司开会,请敬礼代表。

至影印宋版藏经会,同费范九闲话。

至中国书店,取五月三日付三角六分。《径中径又径》四卷。张师程,道光五年刻本,洋四角。

六时,赴李鲁瞻国澄。明湖春酒叙之约。

**初二日(5月14日)** 永儿二十生日。

午刻,聚丰园贞元会,李凤池值会。

有正书局顾景仁嫁女梅君,送贺分四元。

阅黄左田先生《泛桨录》二卷毕。是录记乾隆五十二年正月先生就朱石君视学两浙学幕,至次年十二月止。

阅萧昌明先生始。《人生指南》毕。书中大旨集合儒、释、道、耶、回五教精蕴,括以二十字曰:“忠恕廉明德,正义信忍公。博孝仁慈觉,节俭真礼和。”阐发靡遗。

**初三日(5月15日)** 至卡尔登观剧。

**初四日(5月16日)** 小病，就余伯陶诊方。

**初五日(5月17日)** 陈一甫来，留午饭，明日回津。

覆余幼泉书。寄来蒙城碑二种。缴还寿县王松斋楚王鼎释文。

覆蒋竹庄书。来书为友人以燉煌经卷易影印宋碛砂本《藏经》，覆以前认印者已于辛未年劝募逾额。

覆张和声书。谢题《读碑图》卷并代征诸耆宿题诗。

延鲍承良为靖儿诊方，余亦附诊。

叶宗祺号仁山，南陵人，安徽省政府建设厅视察兼路政股主任。来，未晤。

**初六日(5月18日)** 九华山妙珑方丈来谭。

**初七日(5月19日)** 答拜叶仁山，今晨行，疑往黄山。

访答俞寿田谭。

约鲍承良为靖儿诊方。

三时，《安徽丛书》编印处开七十三次编审会。

李鲁瞻为子公弼授室，送花缎喜幛。

付陈伟卿补牙洋一百十五元。

**初八日(5月20日)** 黄伯度之母唐太夫人二十二日在佛教净业社领帖，送丝葛挽幛。

约鲍扶九来，整理《安徽金石古物考》。

至富晋书社，取《中国金石学》。陆和九编，洋二元。

至来青阁，取《国立北平图书馆馆刊》。第七号、第五号，纪《四库全书》。

至中国书店，取：五月三日付讫，又邮一元一角五分。《莫愁湖风雅集》三卷，释恒峰辑，嘉庆二十年刻本，洋三元，九折二元七角。《支那古器图考》，原田淑人、驹井和爱同辑，附《兵器篇》，洋七元五角，八折六元。《周汉遗宝》，大岛义修，帝室博物馆印，洋十五元，八折十二元。《宋本书影》，日本书志学会编，洋六元，八折四元八角。《图书寮汉籍善本书目》。宫内省图书寮，洋六元，八折四元八角。

覆吴舜臣书。徐稚丹议定借洋一百元,已付八十元。四姨太太六十生日,送四十元,已退还三十元,请补送。请售稻、售田。

**初九日(5月21日)** 李拔可来谭。

游兆丰花园。

周实之来谭。

**初十日(5月22日)** 答拜周实之,已行。

妙珑师辞回大通。

至来青阁,取《阎罗断案》二卷。彭绍升重订,道光甲申刻本,洋二元四角。

致鲍扶九书。问疾,并赠永安镜、大[illegible]鼎、盟客鼎三拓本。

北平吉珍斋祖芝田来,未晤。

**十一日(5月23日)** 华商水泥公司七十二次董事会。

**十二日(5月24日)** 大生二厂董事会,讨论临时股东会提案及报告书。

李耆卿赠宣纸印本《历史感应统纪》。

访答祖芝田,观书画,有黄小松画《云阳山访碑图册》。碑为郑文公下碑。

陈立炎来,未晤,留观《周秦汉魏六朝隋唐金石记》,原名《锲镂录》。为歙县潘应椿先生遗著。先生字退夫,一字松心居士,又字菱渠老农,又水香主人、水香居士。每篇跋题乾隆甲辰、乾隆五十一年、乾隆戊申、乾隆癸丑、乾隆甲寅、嘉庆元年、嘉庆丁巳。其金文拓本大都方成培仰松。所赠,散氏盘为傅溪徐厚庵藏器。交游中有方矩、晞原。程瑶田,易畴。程又为其从母兄也。是记稿本。

访江知源谭。

**十三日(5月25日)** 陈立炎来,拟属介绍刘晦之购书,旋答访,以介绍书交之。

三时,至湖社,为李鲁瞻之子公弼证婚。

至泰生永纸号,选连史纸样。

吴蝶卿来，未晤，留仇十洲画山水大立幅。

**十四日(5月26日)** 吴蝶卿来，谭仇画，赝本，还之。

二时，上海水泥公司临时股东会。

访曹梅舫，正拟登车返苏，追往车站送之，略谭。在车站适永儿夫妇挈孙女往镇江见子盈亲家，定君及八女亦往送之。

吴镜天来，未晤。

七时，张孝若、李云良、吴寄尘约一枝香。

梁众异、李拔可约七时酒叙。

**十五日(5月27日)** 大生二厂三时开临时股东会。

吴树人嫁妹，送花篮。

至太平寺，访真达师谭。

**十七日(5月29日)** 访答吴镜天谭。

访范成师谭，范师赠《刻藏缘起》。

答拜吴蝶卿。访李耆卿，不遇。

**十八日(5月30日)** 刘十枝来谭。

李耆卿来，谭影印《闺范》。十九日真达师送来原本。印老法师批注用其改本(即后印四开本)。

覆余幼泉书。收宿、泗两县拓本十三种。

四时，大生二厂董事会。

访冒鹤亭谭，赠其影元本《朱淑真诗注》，请题《摄山访碑图》，鹤亭赠其子妇贺颐家山水画册。坐中晤汤定之、黄公渚、卢冀野。名前，南京人，暨南大学教授，工曲。冀野告我，南陵有陈生璞珊，在暨南研究曲学。

**十九日(5月31日)** 金篯孙来谭。

刘烈卿来，未晤。

访江汉珊谭。

答拜金篯孙谭，赠赛连印《宋元科举三录》《永嘉四灵诗》。

答拜刘烈卿，未遇。访黄公渚，亦未遇。

答拜刘十枝谭。

顾鼎梅来谭。

致黄公渚书。抄送《子平要诀》《道藏备要》。赠卢冀野《怀邠杂俎》。

沈醉愚母钮太夫人之丧，邮寄丝葛挽幛。

**二十日(6月1日)** 晨，附八时特别快车往南京，三时抵交通旅馆。四时，游贡院东街、状元境，遇雨即回。途中晤潘蔚人，士杰。匆匆寒暄而别。

**二十一日(6月2日)** 晨，游后湖、五洲公园，访汪彝伯秉忠。谭，彝伯有别业在园中。

过交通银行，访尹润生谭。

午后，游孝陵、灵谷寺、古物保存所，四时返寓。

尹润生、张祝秋、萧子文先后来谭，润生备面点。

六时，润生、祝秋、子文约聚楼晚膳。

**二十二日(6月3日)** 晨八时，游汤山，山有温泉。

答张祝秋谭。萧子文未遇。旋润生、祝秋、子文来寓纵谭，即约同往贡院东街万全楼晚餐。

潘蔚人来，未遇。

**二十三日(6月4日)** 晨，附八时快车回沪，三时抵寓。

**二十四日(6月5日)** 就余伯陶诊方。

致王搢青书。寄来新书目，购书二种。

覆叶遐庵书。梅耦长集向未之见，其目见于《江南通志》者，为《梅听山诗钞》《漫与集》二种，《安徽通志》仍之。

**二十五日(6月6日)** 杨百研来，交《安徽丛书》编印处支同茂二百元、〇〇七八四九号。支处用九十四元〇〇七八五〇号。中国实业银行支票。

**二十六日(6月7日)** 陈子言、俞寿田来，未晤。

刘烈卿来谭。

五时，观金城戏院《铁鸟》影剧。

**二十七日(6月8日)** 濮伯欣来谭。

就余伯陶诊方。

至陈伟卿牙医,修理新牙。

游兆丰公园。

覆陈进宜书。收《汉晋木简考略》《楚辞拾遗》各六册,寄书价六元。又赠殷契、楚王鼎印本。

黄公渚来,未晤。

**二十八日(6月9日)** 答访黄公渚,不遇。

访刘烈卿、陈子言谭。

**二十九日(6月10日)** 约鲍扶九来,商订师比次序。

至中国书店。

至来青阁,晤陈乃乾谭,取:《倦舫碑目》六卷、《兰雪轩书画目录》四卷、《倦舫法帖目录》一卷、钱币拓本十四册、《小停云山馆金石目录》、《家藏金石彝器》五册附《古玩器皿》,临海洪瞻墉容甫家藏,钞本,洋六元。《古代铭刻汇考续编》。郭沫若,日金三元五十钱。

就余伯陶诊方。

**三十日(6月11日)** 徽宁会馆为故董余邦朝、国华,黟。程德成、谨轩,歙。胡瑛执卿,婺源。公呈市政府褒扬,又医院呈请注册,送盖章。

覆大照电气公司书。收到夫马费。

覆吴舜臣书。收到稻款并癸酉年租簿、收支簿。

覆濮伯炘书。送还校《汉书》四十册。《前汉书》为新阳潘道根过录沈钦韩批本,道根有《晚香书札》二卷,新阳赵氏刻之。

昨服余伯陶方,痰中有血,遂不再服。

## 五月

**朔(6月12日)** 北平文禄堂书店寄来书二种,并邮费计五十元二角:《灵芬馆全集》,仍缺《续集诗》九卷《杂著三编》八卷。洋六十元,八折。《毛公鼎文正注》,吴宝炜著。洋一元六角。八折。

**初二日(6月13日)** 就曹融甫诊方。

覆文禄堂王搢青书。交中国实业银行汇洋五十元书价。

取蟫隐庐:《颐和园词》一卷,王国维撰,罗贞松行书石印本,洋一元二角。《房山游记》一卷,傅增湘等,《艺林月刊》本,洋三角二分。《劳山游记》一卷,傅增湘等,《艺林月刊》本,洋三角二分。《韩氏读有用斋书目》一卷。陈准印本,洋一元五角。

收千顷堂午节售书洋十元。

**初三日(6月14日)** 结算中国书店往来帐,收回四十七元五角九分。代售书洋七十九元四角,付书洋三十一元八角一分,冲存上数。

**初四日(6月15日)** 就曹融甫诊方。

至金城戏院,观《渔光曲》影剧。

**初五日(6月16日)** 端阳节。昨送李拔可杜鹃花四盆,今拔可闻余小极,特来视。

子丹弟、丁子盈亲家来贺。

**初六日(6月17日)** 三就曹融甫诊方。

丁仲祜创立虹桥疗养院,今开幕,送绸幛。

访李耆卿,不遇。

访范成师谭。

任心白来谭。

约鲍扶九来谭。

耆卿赠郭辅庭宣纸印《历史感应通纪》,属为转文。

郑海藏七五自寿诗云:"骨肉凋零换劫灰,兴亡万古只余哀。仰天独忆儿时事,满眼波涛更不回。"

**初七日(6月18日)** 贺李拔可寿。

访黄公渚谭,赠《随庵丛书》正续编、连史纸印。《徐公文集》。棉连纸印。

游蓬莱市场,购洋二元付讫。《素书》。汉黄石公传,宋张商英注,明黄昌期阅，黄昌龄校，明万历乙卯刻本。

印老法师赠新印《憨山大师年谱》福善记录，福征述疏。十六册，此谱较《梦游集》中自序《年谱》多福征述疏也。

**初八日(6月19日)**　至新光戏院，观《三姊妹》影剧。

四就曹融甫诊方。

**初九日(6月20日)**　夏剑丞六十寿，送吴瑶圃麟。南山松竹轴、曹文恪秀先。联。

游兆丰花园。

**初十日(6月21日)**　贺夏剑丞六十寿。

华商上海水泥公司七十三次董事会，讨论浙江兴业银行借款草约。

**十一日(6月22日)**　李耆卿来，商印《闺范》三开本五百部，耆卿印三百五十部，史量才五十部，姚石子一百部。底本用印老法师新印本，放大同原书，约合每部二元零。旋答拜，未遇，留赠《憨山大师年谱疏》《世界迦音》。

访范成师谭，以日本《宫内省图书寮书目》借其参考。目有宋福州东禅寺刊本六千二百余卷藏经。

赠范成范九《憨山大师年谱疏》《世界迦音》。

覆余幼泉书。汇来印书费五百元，又凤阳碑五种。彤老昨已回省。王松斋先生名荣懋，寿县人，前释楚王熊资鼎文，今合肥朱君于各器亦有释文。幼老于古物精美可传者虢盘谦卦爻辞选制铜板若干，以存其真，并将寿县运省古物拓全，甚善。告以近两月来病体日见衰颓，亟期于最短时间将《金石古物考》呈请鉴定。

**十二日(6月23日)**　丁子盈约立道饭店午刻西餐。

陈涤尘祖荫，太平。来谭，赠黄山茶二瓶，即去黄山应徐磊生之约。

蒋嘏堂五十寿，送桃、面、烛、筵，全壁。

文禄堂王搢青寄来影印朱文钧藏宋小字本《韩文公集》四十卷

《外集》十二卷宣纸墨印、蓝印各一部,每部定价三十二元,七折合二十二元四角,函商代销或交换书籍。

《安徽丛书》编印处开七十五次编审会,陈子言、黄宾虹、胡朴安、程演生、吴镜天均赴会。

赠陈子言、黄宾虹、胡朴安、程演生、吴镜天、孔肖云《憨山大师年谱疏》。

**十三日(6月24日)** 丁子盈来。

鲍扶九来。

致蒯若木书。贺同温智度女士于廿三年(甲戌)六月八日(四月廿七日)在北平补行结婚仪式。

**十四日(6月25日)** 华商水泥公司七十四次董事会,议决浙江兴业银行借款草约,由董事长李拔可、总经理刘鸿生签订。又议决公推徐新六组织增产设计委员会。借款由二百五十万至三百万。五月分盈余二万九千九百六十四元五角六分,前四个月共盈余十一万九千七百三十四元二角九分,两共盈余十四万九千六百九十八元八角五分。

七时,赴夏剑丞酒叙之约。

天气酷热,华氏表最高达一百零二度。

**十五日(6月26日)** 至大东书局,预约价二十一元,外九五折,付十九元九角五分。《殷虚书契前编集释》。叶玉森。

至开明书店,预约洋三元五角。《十三经索引》。叶绍钧。

至中国书店,取:八月十一日付讫。《武林理安寺志》八卷,杭世骏,乾隆二十五年刻本,洋十元。《书契渊源》第一帙。日本中岛竦,二册,洋五元。六月五日还。

王欣夫大隆。赠新著《荛圃藏书题识续录》四卷。蓝印宣纸本,附《杂著》一卷。

七时,李拔可招饮于小有天。

**十六日(6月27日)** 午刻,聚丰园贞元会,公祝夏剑丞六十寿。

潘兰史二十日开追悼会,送奠分二十元。

至西泠印社，取：《殷虚文字存真》，第一集考释，河南博物馆印，洋五元。《梡鞠录》四卷。西泠印社本，洋八角。

覆王揩青书。寄新印《韩文公集》二部托销，只得留存交换书籍。来书作价四十四元八角，今以《小檀栾室镜影》（十六元）、《宋元科举三录》（十元）、《徐公文集》（十二元）、《玉台新咏》（八元）共四十六元冲帐。

致王富晋书。请寄《宝蕴楼彝器图录》《殷契佚存》。

敬礼由南通来沪。刘子树来，商公送李伯行寿屏。

狄平子嫁女，送红花缎喜幛。

**十七日（6 月 28 日）**　退还中国书店书三种。《双剑誃吉金图录》《殷契佚存》《殷契卜辞》。

覆吴舜臣书。收到稻款。又鹅岭宋昌永《石龙庵记》，万子康君拓送，请书对联二副，一星煌款，一子康款。南陵亢旱不雨。南陵工山徐氏族务保管委员会家庆、家骝、家鋆、家祚、国连、世珍、世昌、世麟等公函请求救济，抄稿请其转致石笙侄等，力薄难以济众，请原谅，恕不答复。

**十八日（6 月 29 日）**　访陈卓甫，交拟开李伯行友好同乡单，余亦公具知单出名，并附福字分洋四元。

五时，至大光明戏院，观《催眠术》影剧。

费范九来，未晤。

**十九日（6 月 30 日）**　费范九来谭。

五时，贺狄平子第七女润君与黄君廷英结婚于慕道堂礼，单邀一品香西餐。

**二十日（7 月 1 日）**　郭道弥同郭肖霆来谭。

四时，大生二厂董事会。

族人家庆等公函请求救济。

致吴舜臣书。抄族人公函，商办法。

潘兰史先生追悼会。

朱蕊初讣至，送绸幛、联、香楮。

子丹弟来，商请林洞省为弟妇诊疾。

蒋正廷夫妇来谭,正廷由宁波调南京关务。

郭辅庭赠刻经三种,并为陈蒙盦运彰。请书扇叶。《金刚经》四册、《天乐鸣空集》一部、《阿弥陀经要解》。

**二十一日(7月2日)** 杨百研来,以安徽丛书会付泰生永纸价一百五十五元中国实业银行七二五〇一号支票送来盖章。

四时,影印宋版藏经会五十次常务理事会。

七时,郭道弥志成。约新亚大酒店开大照公司董事会。

**二十二日(7月3日)** 冠英侄来。章叔淳来。

覆郭辅庭书。谢赠刻经,为陈蒙盦书扇。

致朱菊人书。收到经训堂十期书目,拟购汲古阁刻《明僧弘秀集》八卷,价二十四元。

**二十三日(7月4日)** 视丹弟夫人疾,并代借洋。

吊朱蕊初。

**二十四日(7月5日)** 至通商银行,访谢光甫谭。

王富晋寄来:除退《故宫善本书影》一部并代邮,计实洋四十九元二角九分。《宝蕴楼彝器图录》,东莞容庚,十八年二月出板,定价十六元,外邮。《殷契佚存》,番禺商承祚,廿二年金陵大学文化研究所丛刊本,附考释。《双剑誃吉金图录》二卷,海城于省吾,廿三年五月印本,附考释,价二十元实十八元,外邮。《国立北平图书馆刊·西夏文专号》,第四卷第三号(十九、廿一)年出板,洋二元。《故宫善本书影初编》。洋五元。退还。

**二十五日(7月6日)** 十女娴在中西第二小学校西爱威斯路六五号。毕业高等小学。

覆王富晋书。寄书五种,留四种,退一种,计洋四十九元二角九分。来函属寄《镜影》五部,连邮费共实洋八十一元三角八分。

舜臣来书,南陵于四月八日得人雨一次,后二十日有雨不足一寸,至今不仅无雨,即露水亦无,求雨无效,人心恐慌。

答拜章叔纯,未晤。

访鲍子丹,未晤,晤李元之谭。

至藏经会，晤范成师、范九兄谭。

**二十六日(7月7日)**　游外滩公园。

覆江彤侯书。收到安徽图书馆藏寿县朱家集出土楚器拓片廿二份、照片廿八张，遵即编入《金石考》中，此器确为晚周遗物，惟文字诡异，不易考释。

致李元之书。以新编《通志·金石古物考》摩崖类四册并总目一册请其校勘。另赠《挥麈录》六册。

致鲍扶九书。约明日来观寿县出土古器拓片、照片。

**二十七日(7月8日)**　汪作云来，未晤。

鲍扶九来，观寿县古器拓片、照片。

鲍子丹来，未晤。

丹弟来谭。

王富晋约七时致美楼酒叙。

至忠厚书庄，取《国朝诗品》二十一卷《方外》二卷《闺秀》二卷。天长陈以刚、陈以枞、陈以明仝选，雍正甲寅刻本，洋四十元。

至中国书店、来青阁小坐。

**二十八日(7月9日)**　至大华医院，视丹弟夫人疾。

安徽图书馆约唐立厂君兰。编审寿县出土古器，唐君为北大教授，寓北平外交部街甲二号。

徽宁旅沪同乡会夏令施诊函送施诊券一册。一二四一至一二六〇号，计二十号。

郭礼征、郭肖庭来告，道弥回镇即病，明日股东会不克到会，并商改选监察人：朱庭荪、周美权荐。关景尧；镇江道生庄经理。候补监察人：徐冕南。袁伯夔戚，本上年选监察人。此次开会，公司办事人来者郭咏青、道弥八弟。陶柳门、文牍兼机要，凤阳人，陶伯冶之子。杨荫庭、会计员，歙县人，汪允中之甥。邓鼎臣、副会计员，亳县人。韩致明。书记，丹徒人。

访鲍子丹谭。

贵阳师赠新印《鸣原六集》。癸酉年诗。

**二十九日(7月10日)** 二时，大照公司二十八届股东会，改选监察，选朱庭孙、关景尧。

苏州弘化社寄第四届出纳报告清册廿二年一月廿六日至廿三年二月十三日。又《因果轮回实录》三十六册。

至朱菊人书。询二十二日函属寄《明僧弘秀集》何无覆讯。

覆吴舜臣书。询十七日寄书是否收到，南陵近日已否得雨。来信报天旱不雨，恐成旱灾。

大照新选监察人朱庭孙恩培，浙江杭县人，皖岸盐公堂主任。来谭。

**三十日(7月11日)** 七时，大照公司董事会。

华氏表热度最高达一百〇二度四。

## 六月

**初一日(7月12日)** 丹弟夫人于未时去世。

杨百研来，交安徽丛书会会用九十元中国实业银行支票盖章。

华氏表热度最高达一百〇四度四。

覆吴舜臣书。来函云族人拟派代表四人来沪，已劝告中止。大公堂卖期稻六十石，出票人家祈、世珍、石笙等，表面舜老作承包中，实则我处出款，每石一元七角(现无买主)，计洋一百十四元。现拟接济极苦十余家，其余只得个人另行设法(如一家五元，必需三四百元)。昨伊等回去，如何支配，尚不知也。禾苗枯槁，佃户已借去二百元。售稻一百石，共二百九十元。五月廿七日午后暴雨，约七八分。鹅岭又出有小宋碑。告子丹弟大太太于今日未时去世，明日未时大殓。

**初二日(7月13日)** 约徐景耆来，交《金刚经旁解》新印样本，并改中华书局旧本，转送佛学书局，并赠范成、范九、景耆《因果轮回实录》三册。

未时，子丹弟夫人大殓，吊之，送奠敬二百元。

李拔可来，未晤，留题《礼塔图》卷。

任心白来书，赠侯官林亮奇景行。《寒碧轩诗》一册，亮奇与拔可中表，诗为拔可新印。

经训堂朱菊人寄来《明僧弘秀集》八卷。虞山毛晋编，前、后无序跋，末有缺叶，洋二十元。初十日中实汇杭州。按荥阳悔道人辑、常熟顾湘参校《汲古阁校刻书目补遗》后有《明四秀集》，曰国秀，曰弘秀，曰隐秀，曰闺秀，云汲古主人自著未刻，邑中好事者闻有藏，本因附著之。

至忠厚书庄，取《庐江县志》十六卷。光绪十一年知县钱鑅修，宣纸印本，洋二十元，八折。七月二日付讫。

**初三日(7月14日)** 至中国书店，取八月十一日付讫。《内阁大库书档旧目》。二十二年中央研究院印本，洋一元。

至来青阁，晤梁众异谭。

丁缦云来，未晤。

**初四日(7月15日)** 至丹弟处，商讣告稿。

薄暮，至文庙路蓬莱市场。

萧厔泉来，晤谭。

杨百研来，交中国实业银行支票七二五〇三。号、同茂印费三百元七二五〇四。号房租五个月二百八十元盖章。

**初五日(7月16日)** 丹弟来谭。

过中国通艺馆，取潘兰史藏书：共一元八角。《虞山兴福寺志》四卷，程嘉燧辑，己未活字本。《款红楼词》一卷，梁鼎芬，廿一年叶恭绰刻本。《朱丝词》二卷，陈衍。《饮琼浆馆词》一卷，潘飞声，宣统元年活字本。《守白词》一卷。番禺许之衡，己巳六月印本。

过袁家碑帖店，取：初八日付洋三元讫。曶鼎，覆本，初八日退。四元。虢季子盘，覆本，初八日退，三元。东魏高湛墓志铭，二元二角。唐姜行本纪功碑，正书，额侧均正书，碑侧往往不拓。贞观十四年，在新疆哈密，一元。宋重刊孔子庙碑。唐韩愈撰，陈孔硕篆书，嘉定十七年，在浙江丽水。家藏已有。五角。

至中国书店、富晋书社、来青阁。

**初六日(7月17日)** 访李拔可谭，题《礼塔图》卷，赠泾县石井茶二瓶。又晤任心白，赠佛经、善书二种。

访张燕昌、胡朴安谭，各赠黄山茶一瓶，并代丹弟请题俞夫人像赞。

致吴舜臣书。寄书子康、星煌、世俊三楹联，并催鹅岭小宋碑速拓。

李拔可赠《闽侯县志》百〇六卷。陈衍，癸酉夏书成，衍年七十八。闽侯历来无县志。

北平富晋书社寄来：书价四十元〇五角，加邮费六角一分五厘，共四十一元一角一分五厘。《新郑出土古器图志》初编、续编、附编各一册，靳云鹏，十二年印本，实洋十元。《颂斋吉金图录》，容庚，廿三年七月印本，凡三十九器，实洋八元。《河南石器时代之着色陶器》，瑞典阿尔纳著，《古生物志》丁种第一号第二册，十四年一月农商部地质调查所印行，洋装一册。十八年富晋书社书目价洋六元，今开价九元。《石雅》上编、中编、下编、附录，吴兴章鸿钊著，《地质专报》乙种第二号，十六年十二月中央地质调查所印行，洋装一册，再版十二卷，实洋八元。《甘肃考古记》，安特生著，乐森玥译，《地质专报》甲种第五号，洋装一册。附《甘肃史前人种说略》，步达生著，李济译，十四年六月农商部地质调查所印行，实洋四元。《洛氏中国伊兰卷金石译证》。吴兴章鸿钊著，《地质专报》乙种第三号，十四年六月农商部地质调查所印行，洋装一册，实洋一元五角。

**初七日(7月18日)** 晨为丹弟夫人题主，九时，灵榇寄停扬州公所，往送之。

张燕昌、胡朴安先后来，交题丹弟夫人像赞。

覆北平富晋书社书。来信前寄《镜影》五部已送到。退还《故宫书影》，来信未提，请销帐。寄来《颂斋吉金图录》等书六种，连邮费共四十一元一角一分五厘，已收台册。

覆朱菊人书。属书对联二付，昨书就，已邮寄。寄来《明僧弘秀集》卷数不足，又每卷有缺叶，来书未言价目，如价不昂，尚可勉留。

覆王播青书。前寄各书交换《韩文公集》，覆函照办。

**初八日(7月19日)** 至丹弟处，交张燕昌、胡朴庵所题丹弟夫人像赞。

访程演生、陈子言谭，请题丹弟夫人像赞。

访狄平子，因病未晤。

答拜萧厔泉谭。

任心白来书，附交李拔可题丹弟夫人像赞。

**初九日(7月20日)**　访刘晦之谭。

贺罗子经六十寿，赠董文敏书《金刚经》塔拓本轴、玻璃版印宋本《法华经》。

访叶柏皋，未晤，留《八旗文经作者姓氏考》。

至藏经会，晤范成、范九。

覆朱菊人书。来信《明僧弘秀集》减价二十元，自当照留，今由中国实业银行汇洋二十元。

**初十日(7月21日)**　八女馥生辰。

丁子盈亲家来，留晚饭。

叶柏皋来谭，赠所集《秦琅琊台颂》联。

至中国书店，交题谢光甫藏宋刻本《方舆胜览》书簏。

至藏经会，晤范九，防上海风潮，注意印订作。

吴寄尘来书，并附李耆卿书，送印《闺范》洋一百元，连上次古历六月三日。送来五百元，共六百元。外刘季秩认印一百元(十二日收)，姚石子认印一百部(七月廿八日收二百廿元)，史量才认印。

**十一日(7月22日)**　陈演生来，未晤。

鲍扶九来。

游邑庙市场。

**十二日(7月23日)**　访李拔可谭。

答访程演生谭。

至子丹弟处，交李拔可、陈子言、程演生为丹弟夫人所题像赞。

刘季秩送来认印《闺范》洋一百元。

**十三日(7月24日)**　至大生，访吴寄尘，未晤，留覆耆卿书。并交《蟫隐书目》三册。

覆李耆卿书。收到寄尘先后交来七百元，印《闺范》。

至商务书馆，晤任心白谭，交李拔可寄售《闽侯县志》两部，分存中国书店、富晋书社代售，收条。

题曹士彬、曹志功母杨太夫人《绣余诗草》李元之代撰，崇儿代售。

**十四日(7月25日)** 送李拔可南通蟠桃。

访李元之谭，以《安徽通志·金石古物考·碑志》八册请其校勘，前已请校摩崖四册。并晤鲍子丹。

报载，皖北增设临泉县，以阜阳幅员辽阔，在西境增设县治于沈邱集。又载，徽属婺源县划入江西省管辖。

李郁哉文枢，长沙。来，未晤。

**十五日(7月26日)** 杨百研来，中国实业银行支票支《丛书》二集书面纸洋五十元，盖章。

拜陈灨一，甘簃。未晤，留存题《青鹤》书。

赠扬州心忠上人六十寿轴。

章叔纯来谭。

访李拔可谭。

购怡大纸号新丰仁加魁连史廿八件，每件廿二元，共六百十六元。印《闺范》。

以家存日新盖加连史二件付鸿宝斋，印《金刚经》塔。

**十六日(7月27日)** 怡大纸号盛觐唐来，收纸价及送力洋六百十七元一角二分，如数付之。

覆曹梅舫书。函告汪清源七月朔在宝应就婚，冰人职务就近请人代摄，约清源廿六日同行。送曹东寅、汪清源贺分，每分十元，请梅舫转送，面交梅老孙世兄。

覆邓刚仲书。来函告七月朔在宝应结婚，覆以梅老亦有函来，托梅老转送清源贺分十元。

至中国书店，取八月十一日付讫。《金石屑》四卷。嘉兴鲍昌熙摹，光绪三年刻宣纸印本，洋十六元。

晚，赴聚丰园贞元会，萧厔泉值会。

**十七日(7月28日)**　五时，至黄金大戏院，观《夜光珠》影剧。

李拔可来书，赠福建荔枝百颗。

访罗子经，谭吴寄尘来书述镇江图书馆情形。

杨百研来。

**十九日(7月30日)**　游半淞园。

罗子经书来，谢寿并交王君九赠新著《螾庐未定稿》三卷。

**二十日(7月31日)**　至藏经会。

覆吴舜臣书。半月来各处均已有雨，南陵如何。宋碑发现在廿六、七都山口，徐距鹅岭数里，现又发现一小碑，在山坡草内。长沙李星煌君住鹅岭，现充二高教员，于端阳日访得是碑。日前有长沙人李文枢号郁斋来拜，未见，未知是李星煌君否。前接春谷旅外大学、中学同学协进会公函，接管春谷公所。今又寄来公推董事会董事聘函，惟公所现在何处，所办何事，反对何人，鄙意拟以衰年多病辞之。因恐置之不复，该会认为默许，用鄙人名义反对，生出枝节，即请酌夺示复，以便遵办。

**二十一日(8月1日)**　顾鼎梅赠书：《古志汇目》六卷，甲戌印本。《古志新目初编》四卷，甲戌印本。《汉刘熊碑考》一卷。甲戌再版本。

杨百研来，交中国实业银行七〇五六号二百元支票盖章。同茂蔡姓售连史六十件，每件十九元零，定洋。

挈小儿女辈游兆丰花园。

**二十二日(8月2日)**　昨命永儿至镇江大照公司，今晨回。

狄平子赠新印《中国名画集》第三十九集、《六朝文絜》。

访顾鼎梅，已去西安一月，晤吴修龛谭，观关百益新印《河南金石图》，钞其集目录、其凡例简要者：

正编第一集：甲金，新郑古器之一部。乙石；墓志、塔铭。

正编第二集：甲金，新郑古器之一部。乙石；碑记，神道阙附。

正编第三集：甲金，新郑古器之一部。乙石；造像，一雕饰，一镌文。

正编第四集：甲金，新郑以外各地所出古器。乙石；刻经，一儒经，二佛经，三道经。

附编第一集:甲陶器,玉石等器物附。乙砖瓦文;

附编第二集:甲角骨、牙蚌各种器物,乙龟甲兽骨文字。

凡例:

一,本图在《河南金石志》中择其形制优美而有关文化艺术者精印,与志相辅而行;

一,本图循金石之例,以金石为主,列为正编;而砖瓦、甲骨与金石相类之物,亦并载之,列为附编;

一,尺度用南北通用之营造尺,重量用汴省十六两市秤,容量用汴省市用二十斤斗,即每二十斤为一斗,每二斤为一升,每三两二钱为一合,每三钱二分为一勺;

一,钵印、货币零星小品,志中既未著录,兹并从略;

一,图定制中国净皮夹贡宣纸,定购西洋上等油墨,现代最精美之印刷,采古代最雅典之订装,监制成书。

询之吴修龠,每集以百页为度,第一集印成三百册,约费七千余元,百益在沪半年旅费、来往川资未计。

藏经会费范九有公函致常务各理事云,会中江显之、邵芸阁二君辞职后,应办各事即由同人分任,其定薪水八十元,除津贴同茂吕君十二元,共余六十八元。拟自阳历八月分起,就徐景耆君十二人匀数增加,比较原额仍有减无溢。叶理事长函云,同人劳苦,自宜增薪酬之,须分征同人同意,以免开会稽延,或开会取决,均无不可:

| | | |
|---|---|---|
| 徐景耆 | 原三十元 | 加八元 |
| 胡叔明 | 原三十元 | 加八元 |
| 戴羲民 | 原廿四元 | 加八元 |
| 王捷三 | 原三十元 | 加六元 |
| 许天生 | 原三十元 | 加六元 |
| 赵仲双 | 原二十元 | 加六元 |
| 黄镜湖 | 原二十元 | 加六元 |
| 黄竟成 | 原十二元 | 加四元 |

| | | |
|---|---|---|
| 陈祝三 | 原十元 | 加四元 |
| 刘德裕 | 原十元 | 加四元 |
| 李兴斋 | 原十元 | 加四元 |
| 张阿三 | 原十元 | 加二元 |

每月共用六十六元。

至商务印书馆，购半价书二元一角五分：《中国土地制度》，陈登元。《中国史部目录学》，郑鹤声。《满蒙古迹考》，乌居龙藏著，陈念本译。佳。《中国西部考古记》，色伽兰著，冯承钧译。佳。《中国长城沿革考》，王国良，陋。小楷《心经》十四种。

**二十三日(8月3日)** 四时，华商水泥公司七十五次董事会，上半年盈余二十二万六千九百七十七元九角九分。

覆狄平子书。谢赠《名画》卅九集。

覆曹梅舫书。送代印赛连纸《金刚经旁解》一百本。

**二十四日(8月4日)** 子丹弟来，为慕邢索款。

**二十五日(8月5日)** 李从龙来，谭去年被赵财厅冤抑情形，此来拟售书画。薄暮答拜，从龙出观，皆非佳品。

三时，大生开一、二、三厂董监联席会。

**二十六日(8月6日)** 贺朱务仁四十双寿。

午刻，约李从龙、顾立斋一枝香西餐。

**二十七日(8月7日)** 罗子经来答谢。

钱竹汀跋《元焚毁诸路伪道藏经碑》至元廿二年五月。有云：魏太武信寇谦之而焚佛经，元世祖崇帝师而焚道藏。事载释祥迈《至元辨伪录》。

昨，敬礼请观大上海戏院观女人影剧。

访任心白，商李从龙售血书《华严经》。

访李从龙，未遇。返寓，从龙已来，告约定心白七时至从龙寓晤叙。

覆吴舜臣书。收来稻款。抄戴寿等七人公函，为春谷公所征求意见。

**二十八日(8月8日)** 李从龙来谭。昨已晤心白。

访李拔可谭。

子丹弟来，商题像人次序。

**二十九日(8月9日)** 陈友琴谭，赠我茶叶二瓶。

至蓬莱市场传经堂书店，购：议价十七元，七月二日托郭石麒转交。《兰嵎朱宗伯汇选当代名公鸿笔百寿类函》八卷，春谷许以忠参阅，定远徐榛、新都吴明郊、绣谷王世茂释注，金陵王凤翔校梓，明万历丙辰刻本，前有浙姚朱锦文序。许以忠字君信，为吾邑人。前有百福百寿图字，洋六元。《黟县志》十六卷嘉庆壬申知县吴甸华修，分纂有附监生俞正燮。《续志》附，道光乙酉知县吕子珏、詹锡龄同修。《三志》十六卷，同治七年己巳知县谢永泰修，纂修有程鸿诏、汤球等，共洋十元。《四养斋诗稿》三卷，黟俞正燮，咸丰二年刻本，洋三角。《孙渊如先生年谱》二卷，同里张绍南撰，洋六角。《紫微年数星盘便览图》，钱唐王啸庐撰，有严曾铨跋，钞本，洋五角。《四库全书答问》。任松如，上海启智书局印本，洋三角。

李拔可赠：《碧栖诗词》，长乐王允皙。《寒碧诗》。侯官林景行。

## 七月

**朔日(8月10日)** 李拔可来谭，以新印长乐王又点允皙。《碧栖诗词》、侯官林亮奇景行。《寒碧诗》属转高吹万、金松岑、费范九。

丁子盈来谭，以《金刚经旁解》一百部送藏经会费范九，分赠善男子善女人。代定君。

**初二日(8月11日)** 访李从龙谭。

六时，聚丰园贞元会，程听彝值会。

至来青阁，取《白香词谱》一卷、《晚翠轩词韵》一卷。舒梦兰，嘉庆戊午怡亲王讷斋刻本，洋一元。

**初三日(8月12日)** 鲍扶九来谭。

**初四日(8月13日)** 访范成师谭。范九昨晚返通。

**初五日(8月14日)** 子丹弟为弟夫人玉佛寺讽经，前往行礼。

至古香斋，晤顾立斋谭。

访李从龙谭，范成师、顾立斋代售经卷尚无头绪。

吴舜臣六月廿五日、七月二日两次来书报告。春谷公所系本地人私产，闻计田七百上下，房屋有八九所，及前书院等之业。城乡举董事十人，经理后由杨芷青一人经管，用项不明。前四五年，由各乡教育人接办，仍不如杨（款改津贴旅外学生无着），上年由旅外学生接收。此系过去大略情形，今推举董事无甚关系。三次旅省同乡会来函，具名者戴寿，号浚洲，前在余咏南处，现在财政厅科员。叶宗祺号仁山，北大学生，现在建设厅。天气炎热，至今无雨，禾苗干枯，即有雨亦无救，不仅山乡旱荒，即圩乡高田亦失收。南陵山圩田计四十六万亩，现报灾之田共有四十万亩。县长上月廿七日到西南勘灾，昨已回，云数十里稻田无青叶。我处存稻，除各佃陆续借食外，所存无多。地方开会，留存各佃来报，均云籽粒无收，大约即有亦微末。拟明日亲往察勘。各灾区组旱灾会，公推张和声、孙伯辰，先报灾，后乞振。

**初六日(8月15日)** 贺恽季申生辰。

拜张退老谭。

沈醉愚来，未晤。

**初七日(8月16日)** 腹泻，就余伯陶诊方。

徽宁会馆补送医院图样二帧，呈请上海市卫生局李局长注册给照，送来盖章。

鸿宝斋赠《东山谈苑》八卷，余怀手稿。《云起轩词》一卷。文道希师手稿。

**初八日(8月17日)** 程演生来，未晤。

腹疾未愈，改就林洞省诊方，并针治。

覆狄平子书。谢赠名画集。属校补所著名人年谱，已将钞胥误字一律改正。又校原稿名人有卒年无生年者，补录一目。又代拟补名人一单。

刘聘卿之生母李太夫人讣至，送丝葛幛。邮寄。

江汉珊为子士许授室，送丝葛喜幛。邮寄。

覆狄平子书。谢赠六十年厦门铁观音陈茶。

致明道师书。送弘化社《金刚经旁解》四百部。

**初九日(8月18日)** 靖儿九龄生日。

致高吹万书。为李拔可赠《寒碧诗》《碧栖诗词》。

致金松岑书。同上。

致妙珑师书。寄《金刚经旁解》十册。

覆徐咏绯书。《青鹤》封面上月已书交赣一。

覆陈墨移书。端忠敏藏将渠、伯庸两钵，当年未得，赠本其质，不知是铜是玉。

《安徽丛书》会，因病未克赴会，约百研来商丛书次序。《字诂义府合按》先后均有碍难，请告演生，与同会诸公解决。又订作误订书叶，属转订作改装。

痢疾略愈，仍就林洞省针治。

**初十日(8月19日)** 以《实用佛学辞典》《药师经旁解》寄大女。

覆顾鼎梅书。谢赠《古志汇目》六卷、《古志新目》四卷、《汉刘熊碑考》一卷。

致吴舜臣书。上年存稻，除各佃借食外，留存若干，勘灾田如何情形，请函告。约计将来有无收入。

致吴寄尘书。大生二厂明日董会，因病未能列席，请代表与议。

致郭涵斋书。寄《金刚经旁解》五十册。

**十一日(8月20日)** 杨邦杰来谭。

鲍承良之夫人二十年忌日，送功德林十元筵票，又烛票，前往行礼。

病较前二日减，再就林洞省针治，并服药水、药饼。

**十二日(8月21日)** 痢止，服林洞省药水、药饼。

阅焦里堂《忆书》，红豆极难种，种十余年乃花，又三年乃实。花白色，心中一丝如缕，赤色。结角，角内实正红色，如扁豆子大。或以药中赤小豆为红豆，盖未见此也。新安方氏家园产此，或讹为娑罗树，其实为红豆也。方雨村名如川。以豆见遗，因说其状。宗子戴、曹靖陶先后赠我各一粒，宗为常熟产，曹盖歙家祠产也。

**十三日(8月22日)** 中元,祀先。

阅六舟僧《宝素室金石书画编年录》。

得唐大中五年铜磬拓本,分二段:第一心经,第二佛顶尊胜经咒。磬口八分书皇唐大中五年九月九日造,向藏天台国清寺,乾隆初,桐乡金云庄比部以良田三十亩,舍国清常住易之。今不知归谁氏。

郭即山家治土,掘得一石,内有题名者三人,曰:唐梁武南陵县尹梁耀赓、州刺史梁朴、翰林承旨郭石斋。协寅。云此宅乃唐时儒林坊梁氏宗祠,其为祠记之残石亦未可知。

覆大照公司书。收到花红。

鸿宝斋昨日已送《闺范》样十批,开始影印。

**十四日(8月23日)** 至鸿宝斋,付印《金刚经》洋五十一元六角。

安徽省灾区筹赈会寄来第三二号捐册。

覆叶柏皋书。《安徽丛书》三期装订未成,约一月后成书,定有价目,再致介绍减价信。

覆朱瑞祥书。《恒山志》退还。

至中国书店取八月十一日付讫。《历代兵书目录》六卷。训练总监部军学编译处编辑,陆达节编,洋一元。

高吹万覆书,赠唐文治《诗经大义》八卷,并另赠李拔可。

**十五日(8月24日)** 子丹弟来,未晤。

致李拔可书。吹万赠《诗经大义》。

致任心白书。赠《金刚经旁解》五册。

**十六日(8月25日)** 刘十枝来谭。

访曹融甫谭。

杨百研来,交中实支票盖章。洋五十余,杨百研等薪资。

还江氏《韵学三书》。

三时,为王子固、汪珠玉夫妇证婚。一品香结婚,送花篮。

久旱酷热,华氏表达一百零四度。

**十七日(8月26日)** 鲍扶九来谭,赠《金刚经旁解》二册。

晨至古香斋。

覆高吹万书。谢赠《诗经大义》。寄还朱井南《经学质疑》,未寄。附赠《金刚经旁解》二册。

覆朱瑞祥书。寄还孙冯翼《四库全书辑永乐大典书目》、《江浙江先生行状》,并还两次邮费二角六分。

**十八日(8月27日)** 至邑庙市场,购盆景玩物。

致陈一甫书。寄《金刚经旁解》十册,内分周实之、陈西甫、徐蔚如各二册。询是否附印《闺范》。寄南陵报灾代电,并转实之、西甫。

致李拔可书。附金松岑覆讯。

致恽季申书。询是否附印《闺范》。

杨百研来,未晤。留存中国仿古印书局字样。

黄凤江,名元吉,为马湘兰制铜熏炉最佳。炉藏刘葱石处,后失去,仿制不及也。

**十九日(8月28日)** 至藏经会,以鲍紫来《端虚室剩稿》交戴羲民代钞。

覆余幼泉书。收到宿县蒙城碑三种。告《金石古物考》大致就绪,现正整理编目,准于下月成书,当专人将全稿送馆鉴定,请转致彤老。如各县有金石续送到馆,仍请随时赐寄。今岁亢旱不雨,吾皖灾区甚广,而南陵山田三十余万亩禾苗悉行枯萎,为百年来所未有,即敝处之田禾亦同归于尽,以后生计不可言矣。

覆吴舜臣书。报告勘灾。省委柯君十五日和声陪同勘灾。附覆张和声、孙伯辰书。

覆张和声、孙伯辰书。旱灾区请愿代表乞振,受灾田三十余万亩。

杨百研来。

**二十日(8月29日)** 杨百研来,交中实二百六十三元九角支票盖章。《程瑶田诗集》原稿一百十元,印《俞正燮年谱》一百五十三元九角。

二十四日陆维镛文钊。为子成芳授室,送喜绸幛。张贤清淦杨。为子益仁二十四日授室,送喜缎幛。

致张祝秋书。请题《南陵先哲遗书》书衣五页。又赠《金刚经旁解》二册，另赠尹润生、萧子文二册。

覆恽季申书。前述耆卿意，商询附印《闺范》。今覆书来，认印五十部，已将来函转寄耆卿。

致李耆卿书。连史纸恰大号每件二十二元。印局七月初开工，约八月节前印成，即付装订。史量才、姚石子认印之款未来，不得不向他处征求。恽季申认印五十部，附来函。又函天津陈一甫，尚未得复。（是否做夹板?）。

覆朱菊人书。程演生不修旧书，未能约令侄来沪。

挈小儿女至邑庙市场。

**二十一日(8月30日)** 《新闻报》登载张和声等乞赈代电。

王一亭为孙承夫叔贤子。廿四日授室，送丝葛喜幛。

报载郑苏堪命造:庚申、庚辰、丙午、戊戌。

**二十二日(8月31日)** 淑畹七十一岁生辰。

贺子丹弟六十六岁生日。

**二十三日(9月1日)** 二时，安徽丛书会开七十七次编审会，到者黄宾虹、陈子言、胡朴安、吴镜天、程演生，余亦列席。

**二十四日(9月2日)** 娴女生日。

陈涤尘来谭，祖荫，太平。赠元郑玉题名记、至正十七年春二月辛未。明汪鋐等题名，嘉靖丙申五月朔即冯世雍题名。因前拓不全，今将崖下沙石剔出重拓之。覆赠食物二种。饼干一罐、肉松二罐。旋答拜，略谭。并晤陈少峰，名一烈，太平财政委员、委员长兼本路公路临时办事处主任。曾撰《黄山指南》者。

贺王一亭、陆维镛、张贤清。

束德全良，南陵人。累来，未晤。今来函，约来晤，云与丹云相交莫逆。

张登义来，上海市公用局第四科。代李鹏章次儿铭忠八月一日未时结婚下冰人请帖。

答谢张退庵谭。

影印宋版藏经会六时宴请陕西绥靖主任杨虎城主任于功德林，方外有弘伞师、杭州西湖蒙城人。印衡师、南通法轮寺住持，姜堰岱岳寺退院，字振宗，一字起南，东台县人。范成师。

鲍扶九来，未晤。

**二十五日(9月3日)** 以《观音灵课》《金刚经旁解》各四十卷交印衡师，分送善男信女。

至太平寺，晤真达师。

程演生午刻饯洪泽丞于陶乐春，约余与黄宾虹、陈子言、胡朴安暨吴镜天昆仲作陪。送泽丞去闽，并赠饼干等食物四种。

四女兰仙二十七日生，年四十，今日在太平寺讽经。

**二十六日(9月4日)** 定君病渐愈。

致陈涤尘书。索明圆通庵记并阴，今检送之。

访李元之谭。

访姚石子、高君定，未遇。

任子木来，下冰人请帖。

**二十七日(9月5日)** 访姚石子谭，认印《闺范》一百部。

致李耆卿书。告姚石子认印《闺范》一百部。

**二十八日(9月6日)** 同淑畹、定君游丽娃栗妲村，八女、十女侍。

姚石子、高君定来谭。石子交附印《闺范》一百部洋二百二十元。又赠唐沈直轸《缪目》作沈厚辕，《吴目》无人名。造陁罗尼经幢。八面刻，徐行□[①]正书，在江苏华亭，大中十二年八月廿四日。

吴报锦来，上海市保安处秘书。并持其尊人吴紫庵庆璠，泾县。名刺同来，未晤。

至中国书店取：八月十一日付价讫。《京畿冢墓遗文》三卷，罗振玉，连史纸印二册，三元。《山右冢墓遗文》二卷，罗振玉，连史纸印一册，二元。

---

① 原文如此。

《广陵冢墓遗文》一卷，罗振玉，连史纸印一册，九角。《吴中冢墓遗文》一卷，罗振玉，连史纸印一册，六角。《中州冢墓遗文补遗》一卷，罗振玉，连史纸印一册，八角。《中州冢墓遗文》家中已有。《山左冢墓遗文》一卷罗振玉，宣纸印本，家藏。家中已有，退还，八月一日。《西陲石刻录》一卷，罗振玉，连史印本，家中已有，退还，八月一日。罗氏所著家中已有者录目备查：《邺下冢墓遗文》二卷《二编》一卷，宣纸印本，共二册；《芒洛冢墓遗文》三卷《续编》三卷《补遗》一卷《续补》一卷《三编》一卷《四编》六卷《补遗》一卷，宣纸印本，共十册；《山左冢墓遗文》一卷，宣纸印本，一册；《石屋洞造象题名》一卷，宣纸印本，一册；《龙泓洞造象题名》一卷，宣纸印本，一册；《昭陵碑录》三卷，宣纸印本，二册；《东都冢墓遗文》一卷，连史纸印，一册；《中州冢墓遗文》一卷，连史纸印，一册；《西陲石刻录》一卷，连史纸印，一册。《灵芬馆印存》二卷，昌羊室主集拓，有边款，皆郭麟印，附郭凤、郭桐印，光绪甲午印本，洋三元。《天一阁藏书考》。陈登原，金陵大学中国文化研究所印行，洋七角。

弘化社寄赠《新编八德须知》十四册。湖州蔡振绅编。

金寿孙世兄借我新拓郭寿臣所得寿县出土玉印：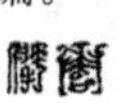，寿孙释作“周擘”。

**二十九日(9月7日)**　周梅泉送阅镇江党部同大照交涉公文致董会，梅泉拟置之不复，阅毕送还梅泉。

致鲍扶九书。请约画图李先生八月二日四时来。

覆恽季申书。贞元会八月二日午刻归余值会。

四时，华商水泥公司七十六次董事会报告七月分盈余六万九千二百十七元二角六分。

李元之来谭。

杨邦杰来谭。

刘十枝在中国书店购得桐城李宗传《寄远堂集》，此集不易见。

送任子木红花缎喜幛、喜烛。

送李耆卿六十寿屏、分洋十元。

**三十日(9月8日)**　丹弟夫人在玉佛寺领帖。

## 八月

**朔(9月9日)** 李鹏章为子铭忠授室,送红花缎喜幛、花烛。

未时,为李、任两家作冰人。

李铭忠送一品香喜筵票洋十六元。

**初二日(9月10日)** 答拜吴紫庵谭。

午刻,聚丰园贞元会,姚虞琴值会。

萧厔泉初十日七十寿,贞元会公送筵幛,派分洋二元。厔泉以屏纸征诗。

**初三日(9月11日)** 李铭忠送谢礼,收酒六瓶、金肘一支并喜果。

送吴紫庵食物四种,收波罗四罐、月饼二合、酱鸭一支。

覆吴舜臣书。族人王十冲传道,放赤岭树求情,来函请免究。又族人国玉来信,亦代求情。来未见,回复到苏州,给国玉川资三元。抄函寄阅。今年大旱,不能救济,心本不安,只得宽其既往,倘再发生此事,我亦无法阻止,只可由保管会处置。姨老太太于七月廿四日去世,请酌代送奠分,现年八十九岁。

**初四日(9月12日)** 费范九来谭,赠徐昂盖修《文谭》四卷。

至鸿宝斋,印小盂鼎样。

至藏经会,交范九洋六元,送戴羲民代钞鲍紫来《端虚室诗稿》计二万九千余字。钞费,并请范九觅友代校,又交《端虚室杂记》,仍属戴羲民代钞。

访鲍子丹、李元之谭。

致李拔可书。送罗汉松、黄杨盆景,又花旗橘、金山平果。

**初五日(9月13日)** 杨邦杰来,告往浏河养疴。

至中国书店,晤谢光甫、王欣夫、金颂清。

金寿孙前假玉印拓本,今交郭石麒还之。

过中国通艺馆,观陈列书画。

至来青阁,取次日还。《霍山县志》八卷。嘉庆二十一年知县潘际云修。

**初六日(9月14日)** 游兆丰公园。

**初七日(9月15日)** 朱云卿来谭,商前议苏州旧宅让租,约以二星期答复,云卿近已购新宅也。

安徽丛书会开七十八次编审会,到黄宾虹、胡朴庵、陈子言、程演生。

**初八日(9月16日)** 答拜朱云卿谭,并晤万懋之。

拜朱敬安谭。

午刻,约朱云卿、朱敬安、万懋之大西洋西餐。

四时,同淑畹、定君挈八、九两女、三儿至福禄寿。

**初九日(9月17日)** 杨百研来,交丛书会支付同茂印书及做书套洋一百十五元中实支票盖章。同杨百研至中国仿古印书局参观,晤经理姚竹天。

覆程演生书。抄《梦陔堂文集》《文说》《诗集》卷数。

视子丹弟疾。

至新光戏院,观《路柳墙花》影剧。

**初十日(9月18日)** 贺萧屋泉七十寿。

访费范九谭,谢校《端虚室剩稿》。

访李元之谭,再请覆校《端虚室剩稿》,并晤鲍子丹。

以《金刚经塔》一百卷交藏经会分赠信士。

报载,国联益行欧化,中国未能重得行政院理事席。

**十一日(9月19日)** 收中国书店寄售书价四十四元二角,除扣除购该店三十六元七角,净收七元五角。

覆郭涵斋书。寄赠《金刚经塔》五十分。

覆郑师鄦书。答复金石学会,现无友人介绍。

覆王富晋书。来信商寄售《镜影》十八部,减价十二元,每部连邮费在内,结付现款,未允。

覆吴舜臣书。来信只收租稻二百石。晏县长请张和声起稿致我处。张和声、孙伯辰日内到沪、到省,求振借款。阁族兴焘诸公来函,云王干冲族人商恳赤岭荫树归城份诸人,彼等告以城份同旱,碍难从事,暂待来岁年熟,悉听积二先生等如何妥办。覆南陵救旱委员会函请转交。

覆南陵救旱委员会书。盛彝斋会长,张和声、陈夺声副会长。

**十二日(9月20日)** 游文庙路公园。

覆广东新会城仁寿路景唐图书馆书。赠书八种,目列后:《欧美之光》《正信录》《因果轮回实录》《世界迦音》《卫生集》《圣哲嘉言汇录》《八德须知》《净土圣贤录》。

**十三日(9月21日)** 送鲍扶九雪茄烟二匣、丽华公司,每五十支。茶二瓶。梅片。

访万茂之,未晤。

**十四日(9月22日)** 再访万茂之谭。

致书费范九,借阅《庐山志》《雁荡山一览》。蒋叔南撰,凡游雁荡者,有介绍必导游书,成于癸酉十月,今春已作古矣。

阅《佛学》半月刊八十七期四卷十八号:日本京都东福寺有宋版佛经;龙灿覆李光炯书,论反闻功夫。灿为印老法师弟子。

杨百研来,交丛书会支票二纸盖章。两月会费二百元、电灯装费八十元。

**十五日(9月23日)** 亲友来贺中秋节。

刘烈卿来谭,赠新印自著《栖碧山人吟稿》三卷,旋答拜,未晤。

访程演生谭,以新编《金石古物考稿》十八册请演生覆阅。

丁子盘来谭。

**十六日(9月24日)** 至子丹弟处谭。

访刘烈卿,谭大房南京地产卖主登报契失遗失,实则廿年前契卖大房二千元,只付八百元。大房又押于刘烈卿,押记不清,数目大约一二百元。今卖主已售他人六千元矣。

访程演生,不遇。

访费范九谭。

至上海富晋书社，取次日还。《安阳县志》。

午刻，聚丰园贞元会，为余值会，到者恽季申、姚虞琴、吴董卿、恽瑾叔、李凤池、夏剑丞、朱企晖。

覆大照电气公司书。收到秋季董事夫马费。

**十七日（9月25日）** 程演生来谭，还《金石古物考稿》，又取例目阅。

**十八日（9月26日）** 雨山老和尚来谭。

沈醉愚来谭。

访程演生谭，收回《金石古物考》例目，赠演生盂鼎石印本。

访丁子盈谭，以代索刘烈卿《栖碧山人吟稿》三卷赠之。

章一山来沪，寓古拔路四十一号洋房唐宅。

安徽丛书会赠丛书第三集。

**十九日（9月27日）** 丁若农来谭。

致通志馆江彤侯馆长书。送《金石古物考》十八册、例目一册、拟影存真目。来函云稿成就近付印，不必寄皖，以省周折。覆以未经勘订，不能成为定本，故仍专呈，印费在两千元之谱。覆以历次汇来之款，拟印五百部，当有盈无绌。来函又云，早日印成，阳历年前结束。铜板一层，需费较多，为时恐缓，请即作罢。

致余幼泉书。商印《金石古物考稿》，赠盂鼎印本二纸。

覆邓翰丞书。收到汇来洋五百元，留作印书之用，以后请勿再寄。信十四日到，洋十七日收。

晚，派林福附江华船送《金石古物考稿》去安徽通志馆。

**二十日（9月28日）** 至商务印书馆，晤李拔可、任心白，商为丁若农购《万有文库》第一集，原价六百元，十月一日起特价四百五十元。又第二集预约三百六十元。九折。

购半价书：洋一元九角。《中国文字之原始及其构造》第一编第二编，蒋善国著，民国廿二年五月印行，半价一元。《元朝怯薛及斡耳朵考》，日本箭内互撰，陈捷、陈清泉译，半价二角。《元代蒙汉色目待遇考》，撰译人同上,半价一角五分。《兀良哈及鞑靼考》,撰译人同上,半价一角二分。《韩柳文研究法》,林纾著,半价二角。《安徽省》,胡去非、严新农著,半价一角五分。《赵文敏书急就篇》。附释文,半价八分。

至中国书店,取:十二月底付价讫。《梁氏饮冰室藏书目录》,目分四部及丛书,附录补遗、书名索引,北平图书馆印,二元。《清史稿光宣列传》四十一卷。金梁,甲戌印本,四元。

至富晋书社,取《北陵志略》一卷。苗文华编,洋一元。

至大东书局,访沈骏声谭,骏声赠《大东书局之过去状况与今后计画》。

游邑庙市场,为永儿购:洋一元。《四书合讲》,明治五年乐善堂铜版印本。《历代史论》。光绪戊戌沪江寄庐印本。

陈器之来谭。

**二十一日(9 月 29 日)** 周业勤来谭,以折扇属书,赠以盂鼎印本。

安徽丛书会开七十九次编审会。

闻安徽通志馆奉南昌行营蒋令撤消。

程演生以张树侯在大九华山陵阳精舍九华禅寺募化,属作发起人。

视张敬礼疾。

覆叶遐庵书。来函赠萍乡师《云起轩词稿》,索《安徽丛书》第三期书,由会送交。

覆陈一甫书。收到捐助南陵振款一千元,并出代收据盖章。

**二十二日(9 月 30 日)** 晨,同定君率八女至苏州,寓中央饭店。

诣印老法师谭,赠香资百元。

送弘化社《金刚经塔》四百卷。

访朱云青谭,观其住宅。通关坊。

同定君游留园、虎邱,过戒幢寺礼佛、西园观鱼。游狮子林,因日暮,谢绝游客。

晚，至观前街市场。

**二十三日(10月1日)**　晨，至观前市场。午刻，附车返沪。

检查家中各事，杂记于后：

江彤侯、余幼泉昨电告，林福专送通志稿并函已收。文曰：钧函、《金石考》俱奉悉，余函详。炜炳叩卅。

任心白来。今来函十月四日(即甲戌八月廿六日)在莲花庵规画放生池，七日(即八月廿九日)至苏诣印师请示，当晚赴宁，八日佛教慈幼院开会。

俞寿田来。

李伯行于二十日辰时卒于大连。李漱兰堂帐房报告。

刘声木来书，请附印《安徽丛书》第四期《校礼堂文集》三十六卷《诗集》十四卷。

**二十四日(10月2日)**　至怡大纸号，看定新丰仁加魁四十二件、亿中加魁、纸样同新丰仁加魁。张裕和加魁二十六件，纸色稍次。共七十八件，每件二十壹元八角。

杨百研来，送安徽丛书会支中国实业银行支票二纸盖章。会用二百元，杨百研等月薪四十八元。

访任心白谭，南京佛教慈幼院董会，请心白代表。

访李拔可，谭为丁若农商购《万有文库》一、二两集优待办法，并购为八百十元，一集特价四百五十元、二集预约三百六十元。今再减去一折，共洋七百二十九元。

访刘晦之谭，并晤刘子树、陈卓甫，得悉周缉之娶孙妇在九月，七十寿在冬月。

覆刘十枝书。属附印《校礼堂文集》《诗集》已转告安徽丛书会附印，并商程演生母庸付价。

致叶柏皋书。为吕君介绍购《安徽丛书》第三期优待九折，付价九元。

致杨百研书。同上。

**二十五日(10月3日)**　至藏经会，晤戴羲民，交代钞《端虚室随笔》钞费八元，并请范九校误。

至鸿宝斋、中国书店、来青阁。

俞朗溪讣至,送丝葛幛。

至金城大戏院,观《香雪海》影剧。

**二十六日(10月4日)** 访鲍扶九谭。

至大生,访吴寄尘,未遇,晤蒋嘏堂,属其转致寄尘,向大生为南陵募振款,谭论有愤激之语。

至南京戏院,观《泰山情侣》影剧。

至鸿宝斋。

二十八日奚萼衔为了咏南授室,送红丝葛幛。

**二十七日(10月5日)** 林福自安庆回,得江彤侯、余幼泉覆书,云《金石古物考》已与省当局暨同人等商定,即恳分卷付印,早日观成,纸用连史,部数五百,惟拟另提百部,或用宣纸,或衬纸装钉,稍求美观。附送《张南轩集》明宏治本白棉纸印,十四册。又宣城枣两合、酱菜四种、黄山丞相源茶一匣,又给林仆二十元。

访程演生,以彤侯讯示之。取《安徽丛书》二期、三期,送高吹万、姚石子。

访李元之,取回《端虚室诗稿》。

访蒉延芳,谭租寿萱里住屋减租。后约黄小松相之,云非吉宅。

致姚石子书。为安徽丛书会借《校礼堂全书》。

**二十八日(10月6日)** 吴寄尘来谭,询募振情形。晚,亲赠《桂之华轩遗集》九卷《补遗》一卷。泰兴朱铭盘,甲戌印本。

贺奚萼衔纳子妇之喜。

**二十九日(10月7日)** 至蓬莱市场,购朱瑞轩九月二日,托郭石麒交价五元。《秣陵春传奇》二卷。灌园主人编次,洋四元八角。许承尧藏书,签题未知著者何人,盖吴梅村作也。家有《临春阁》《通天台》,得此,梅村传奇三种备矣。

访陈子言谭。志馆前函子言云,志馆动摇,催其将稿于九月(阳历)内送馆。

覆江彤侯、余幼泉书。来书已与省当局暨同人商定，将《金石古物考》分卷付印，早日观成，覆以至速亦须半载成书。闻演生云，志馆已奉蒋令撤消，在此结束，短期内难以办到，请示覆，当照函商办法。谢赠明宏治本《张南轩全集》（正月估值一百元，白皮纸印，又食物，又谢给去仆二十元）。

致周缉之书。募南陵振款。

致陈一甫书。请转周缉之书。

## 九月

**朔日（10月8日）** 访蒉延芳，辞租寿萱里宅。

至大东书局。

至中国通艺馆，取书五种，皆老友兰史故物也：《陔南池馆遗集》二卷，上海乔重禧，咸丰元年刻本，有潘老兰题，洋一元。《竹邻遗稿》文一卷词一卷，歙金式玉，张琦序，嘉庆十二年刻本，洋八角。《悔庵词》一卷，江阴夏孙桐，五角。《花雨楼词草》一卷，东莞刘翰棻，庚午刻本，五角。《华严色相录》一卷。歙殿春生，三角。

杨百研来，以《礼经释例》印本模糊，难以覆印，商另觅初印本。

**初二日（10月9日）** 午刻，聚丰园贞元会，刘锡之值会。

翟晏如来，未晤。

晚七时，赴刘晦之酒叙之约。

至鸿宝斋。

至中国书店，交郭石麒五元，转送朱瑞轩，并以《秣陵春》交其修补。

致王搢青书。寄来影宋《郑注周礼》二部换书，照来单配《南陵县志》《鄦斋丛书》《一亭杂记》《读史记十表》《说文篆韵谱》《朱淑贞诗注》《鱼元机集》《阳春白雪》《至圣林庙碑目》。《周礼》每部预约十八元，共三十六元。

前林颐书来，未晤，今答拜谭。

**初三日（10月10日）** 翟晏如来，谭振务，答拜，未晤。

朱象甫来谭。

李元之来谭。

至来青阁,借《礼经释例》两部,取《车制图解》一册。

至中国书店。

覆姚石子书。请寄《校礼堂全集》。初九日寄来。

**初四日(10月11日)** 访翟晏如、胡朴安,未遇。

午刻,翟晏如来谭振务,留饭。

午后,张和声、孙伯辰名奎。由南陵赴省后至沪,来谭振务,并持救旱委员会推举驻沪总代表公函及县长宴成骥函,请筹振贷。张、孙两君赠茶叶、蜜枣。商先筹募各堂万元,余认募二千元为倡。访程演生谭,坐中晤陕西王君。

**初五日(10月12日)** 答拜张和声、孙伯辰谭,坐中晤翟晏如、朱侠骨。泾县人,培风中学校长。

访刘晦之,未值,晤刘子树谭,商南陵中实押借耕牛事。

郭石麒来,告扶九电话中国书店,晦之印书不愿鸿宝承印,由元昌接办。

覆陈一甫书。属购《安徽丛书》,已代购三期,由该会径寄。

至袁估碑帖店,购洋一元。《南唐李公舍义井阑题记》,保大三载岁在乙巳□[1]月十有五日在江宁石头城后清凉寺。王澍篆书《千字文》。

**初六日(10月13日)** 张和声、孙伯辰、翟晏如、朱侠骨来谭,随同往济生会,约张贤清商乞振事。适徐乾麟亦在会,晤谭,后同和声、晏如访程演生,久谭。晚饭,饭罢回寓,已十时矣。是日安徽丛书会,到者余与黄宾虹。

**初七日(10月14日)** 杨百研来,交会用一百二十八元中国实业银行支票盖章。

曹以孚母吴太夫人六十寿,送寿联。

江知源赠大连平果,其孙治南片送。

---

① 原文如此。

鲍扶九来，代刘晦之钞寿州出土各器名称。

任心白来，谭慈幼院开会，院务为江宁人把持。经费在基本五万元开支，闻之甚为气愤。心白又持印老函，属转托汪撷荀向孙家募莲花庵捐款，尤为愤激，措辞失当，事后思之，颇自悔也。

访汪撷荀谭，为心白请向孙家募款，撷荀应允。

**初八日（10月15日）** 访刘晦之，谭南陵耕牛贷款，允致函南陵实业银行办事处商办。

访任心白，谭同撷荀接洽情形，并谢昨日失言之过。

访张和声、孙伯辰，未遇，闻在美丽川菜馆午餐，即往访之。张子猷、翟晏如在座，告同刘晦之接洽南陵耕牛贷款情形，请向南陵实业银行办事处筹商。

郭辅庭赠新刻《大方广如来不思议境界》等三经四部，并索《观音灵课》四本，遂检出送之。

**初九日（10月16日）** 朱祝崖、庆源，八房。朱赐璠庆辉，九房。来，谭南陵振务捐款。

卢羲侣之夫人张氏讣至，寄丝葛素幛。子号蓉圃。

任心白来。访周孝怀谭。

访程演生，已往安庆。

访张和声、孙伯辰，未遇。后和声、伯辰来，亦未遇。

晚，赴张退老酒叙之约。

**初十日（10月17日）** 和声、伯辰、晏如来谭，赠以《黄山纪胜》各十部，又赠朱侠骨十部。

昨，姚石子寄来凌次仲《校礼堂全集》十四册，今同杨百研点交同茂蔡君摄影。

四行准备库经租人朱君来，商减租事。

付鸿宝斋印《闺范》工价四百四十六元四角。

付曹怡大纸号印《金石古物考》连史纸建兴仁加魁八十三件、亿中加魁九六数九件，每件二一八角。九十二扛，共二千〇〇九元二角八分。先付二千元。

刘烈卿十四日六十寿，送红花缎幛、寿联。

李拔可来谭。

**十一日(10月18日)**　贺李耆卿六十寿，赠《金刚经塔》一百卷、《药师经旁解》十卷。

贺朱亲家夫人寿。

答拜朱祝崖、朱赐璠，并晤朱保之，应征，五房。谭南陵振务，张和声、孙伯辰在坐。

丹弟夫人百日，在净凉寺讽经。

和声、伯辰来谭，留晚饭。

**十二日(10月19日)**　和声、伯辰、晏如先后来，辞以疾，未晤。

谢光甫为了授室，送丝葛喜幛。

**十三日(10月20日)**　和声、伯辰、晏如先后来视疾。

李耆卿来谢寿，未晤，留印《闺范》洋一百元。

曹梅舫来，未晤，留印《金刚经旁解》十五元。

北平文禄堂王搢卿来，未晤。

子丹弟来答谢。

致吴舜臣书。告张和声、孙伯辰初四日到沪接洽振务情形。

安徽同乡会许静仁、关芸农、李次山、程霖生、汪禹丞等柬约四时一品香开紧急联席会，讨论会务重要问题。

报载，皖省政府刘镇华主席昨日到沪，偕建设厅刘贻燕来访财长孔祥熙，并携皖省收支预算册，商皖财政事。据另一方面消息，谓皖省现拟发行公债一千万。

昨，周孝怀来，未晤。

**十四日(10月21日)**　和声、伯辰、晏如先后来，未晤。

朱赐璠、朱祝崖来，均未晤。

刘烈卿六十生日，命崇儿代贺。

朱赐璠、朱祝崖来书，认捐南陵灾振一千四百石租稻。云谷堂和记户拨。

**十五日（10 月 22 日）** 谢朱赐璠、朱祝崖捐南陵灾振稻一千四百石，晤祝崖谭，并赠赐璠、祝崖、保之五房。《文昌帝君觉世鸿文图说》《历史感应统纪》各一部。

至中国实业银行，询芜行长，并未来沪。芜行为刘子树胞弟。

游兆丰花园。

致吴舜臣书。告云谷堂和记捐稻一千四百石助南陵赈，并告中实芜行长未来沪。

致姚石子书。收寄来《校礼堂全集》十四册，已交安徽丛书会，俟影印毕即行缴还。催题《闺范》跋语。前交印费二百二十元，尚有盈余，俟印订毕工，连同新书并缴。

**十六日（10 月 23 日）** 午刻，聚丰园贞元会，吴董卿值会。

访张和声、孙伯辰、翟晏如，未遇，旋来谭。

贺谢光甫娶子妇之喜。

贺周越然为子娶妇，送花篮。

答拜周业勤，交书折扇。业勤购《黄山纪胜》二部，付洋四元。

赠林贻书、恽季申、夏剑丞、吴董卿、冒鹤亭、黄公渚、刘锡之《黄山纪胜》各一部。

答访王摺卿，未遇，晤祖君芝田，观朱幼平静春堂元人墨迹卷、明人墨迹卷，《穰梨馆》著录。黄道周《孝经》册，《石渠宝笈三编》。俞紫芝《千字文》册，董其昌书《释迦如来成道记》册，《秘殿珠林》。明成化御笔羊轴，山水。乾隆御笔岁朝图轴。御题。

张和声、孙伯辰交南陵救旱委员会九十二号捐册一本、九十二号收据一本。五四六一号起，至五五二〇号止。

**十七日（10 月 24 日）** 访张和声、孙伯辰，未晤。

答拜曹梅舫，已回苏州。

至中国书店。

朱保之来谭，赠：《校正六祖大师法宝坛经》，朱海璠、海沪刻。《真斋诗存》二卷，朱彝鄂生撰，保之尊人，禹田封翁长子。《荡澜簃词钞》一卷，朱应征保之，即《哀逝集》。《闲与轩遗稿》一卷。女史张锦丽芬撰，文达公百熙女，朱保之室。

**十八日(10 月 25 日)** 四时，华商上海水泥公司七十七次董事会。

六时，约张和声、孙伯辰、翟晏如、刘子树、朱尊一、鲍扶九、费范九酒叙，未至者朱保之、朱赐璠、朱祝崖、胡朴安。

**十九日(10 月 26 日)** 先母秦太夫人忌日，设祭。

刘烈卿来，赠《黄山纪胜》。冒鹤亭来，赠《阳春白雪》。

林洞省廿三日六十寿，送缎幛礼券十元。

**二十日(10 月 27 日)** 张和声、孙伯辰来谭。

夏剑丞来谭，交陈蒙庵购《黄山纪胜》洋二元，助徽宁灾振。蒙庵住霞飞路仁和里二号。蒙庵名运彰。

至中国实业银行，汇振款至南陵四千元。廿七日来函收到。

致吴舜臣书。告汇洋四千元，南陵灾振三千元，徐氏族人一千元。廿七日来书，廿六日收到。

**二十一日(10 月 28 日)** 访鲍扶九，未遇。

拜吴寄尘，留赠《黄山纪胜》二部。

覆李耆卿书。题字《闺范》夹板已交木匠。赠《黄山纪胜》。

覆江彤侯书。函述历次寄修数目，此次寄印费五百元，连前共二千元，请以后勿寄。赠《黄山纪胜》二部。

覆余幼泉书。收到印费五百元，请转致彤老，勿再续寄。赠《黄山纪胜》二部。

赠贵阳师《黄山纪胜》二部。

覆王欣夫书。钞欧阳玄《普明禅庵记》、黄丕烈《杨子法言》跋。

致狄平子书。赠《黄山纪胜》。

**二十二日(10 月 29 日)** 张和声、孙伯辰、翟晏如来谭，明日至苏州。

覆吴舜臣书。告上海实业风潮渐次平息。

至鲍子丹处,未遇,晤李元之。

覆王富晋书。来往清单结存寄售书籍三种,计洋一百二十五元六角二分。

**二十三日(10月30日)** 访费范九谭,赠《黄山纪胜》。

访武筱平,已先移家湾沚。

贺林洞省六十寿。

访答冒鹤亭,未晤。

费范九同奚度青来谭,奚侗,当涂人,寓江宁。现修《当涂县志》。

杨百研来,交代陈一甫、《安徽丛书》二部,连邮共十八元九角二分。恽季申一部、特价,九折、九元。购《安徽从书》三集洋二十七元九角二分。

**二十四日(10月31日)** 答拜奚度青谭。

覆印老法师书。香敬移修灵岩大殿。心白住常熟莲花庵,并发愿放生,已转致汪撷荀,允即属其戚人孙氏为之筹画矣。

覆姚次阮书。为书楹联二付,并其弟画册题字。答询恽季申、庄得之住址。

致曹梅舫书。往还未值。《金刚经》印价十五元只收。

**二十五日(11月1日)** 至太平银行,交募徽宁灾振十二元。

拜李耆卿,未晤。

四行储蓄会地产处朱君来,议定房租,订期半年,减收半月租金,自阳历十一月起,每月收房租三百零六元。

**二十六日(11月2日)** 李耆卿来,结印《闺范》四百部尾价三十四元。又给仆人五元。姚石子一百部由自行结算。

和声、伯辰来谭,由苏州回。拟后日返南陵。

章中如来,赠滁县各碑。

**二十七日(11月3日)** 至传经堂书店,交朱瑞轩乞书联额。

致陈一甫书。收周缉之捐南陵振二百元。寄先后振款一千二百元收据十一纸(临时收据请寄还)。赠《黄山纪胜》四部,内二部赠周缉之、周实之。晋泰公司彼昆仲股份居半数,征求同意加入,一致进行,公推其五弟实甫兄代。

**二十八日(11月4日)** 鲍扶九丁、子盈来谭。

程演生由安庆回,来谭明日往屯溪游黄山,应刘镇华之约。赠《黄山纪胜》二部。

张和声、孙百辰来,适余先往送行,在寓晤谭。赠书联、食物、饼干二大罐、沙丁鱼八罐。各种书。《圣学宗传》《阐义》《历史感应统纪》《文昌帝君觉世文图说》《正信录》《卫生集》《因果轮回实录》《阴骘果报图注》《欧美之光》《八德须知》初、二集,《摩利支天经》一百卷,《南陵先哲遗书》全部(内《读史记十表》《阐义》二种和声已先送,今无)。

又交:覆南陵县长晏志千成骥。书;告同张、孙二公劝募振款尚属顺利,经过情形由张、孙详陈慈座。致吴舜臣书;前由中国实业银行汇上劝募南陵旱灾赈洋三千元,今和声、伯辰回陵,请接洽交款后,领取南陵县救旱委员会总收据,以备查核。赠盛彝斋、陈夺声、杨芷青三君书各二种。《南陵先哲遗书》(无《读史记十表》)、《圣学宗传》。

和声、伯辰面交:借领徽宁会馆振款一千六百六十元六角六分周息一分,来年冬月由代表等负责归还。此款系杨啸天向徽宁会馆借二万元,徽、宁各半,宁属六县分摊。借领字一纸;留函云朱继范、江三立各堂留存捐册,未处多收据。俟振款认定,送来收转。附抄致朱斗文函稿。

致吴舜臣书。告和声、伯辰到陵接洽,交付振洋三千元,领取总收据。附致覆救旱委员会函。邮寄。

覆南陵县救旱委员会书。来函属向中国实业银行借洋十万元,购谷与和声、伯辰计议。前议耕牛贷款正在谈判之中,该行忽起挤兑风潮,遂至无形停顿。今又借款购谷,认为今非其时,俟他日得有机缘,再为设法。

**二十九日(11月5日)** 绮女生日。

**三十日(11月6日)** 贺退庵亲家生日。

答拜章中如谭,赠《黄山纪胜》。

至藏经会。

## 十月

**朔日(11月7日)** 茗仙女二十周忌,在太平寺讽经。

媄女生日。

覆余幼泉书。拟访钞《诗广诂》暨亳州薛蕙所著《考功集》外《五经杂录》《大宁斋日录约言》《老子集解》《庄子注》。泗州《灵瑞塔碑》已收到。近章中如以《琅邪山碑》全分借阅，现正从事过录，并入《金石古物考》中。演生游黄山。

至商务印书馆，晤李拔可、任心白。

**初二日（11月8日）** 午刻，聚丰园贞元会，夏剑丞值会。

至藏经会，晤费范九、范成和尚。

安徽丛书会付同茂印书费，支中国实业银行二百元七二五一六。支票，送来盖章。

**初三日（11月9日）** 狄平子送西藏种犬二头。

付汪六吉号本生料半五件每件卅六刀，每刀。洋五百元尚存四十元未付，十二月廿八日付讫。

李耆卿赠《闺范》十部。有夹版。

**初四日（11月10日）** 为八女馥订婚翁氏，婿名继埙，字少清。拜王子固、丁笕生冰人，并送请帖。

拜胡朴庵，请作《南陵先哲遗书》序，赠《南陵先哲遗书》《黄山纪胜》《闺范》。

游暨南大学。王子固来，未晤。

**初五日（11月11日）** 大生一、二、三厂董监联席会。

朱曜东领帖，送绸幛。

覆费范九书。钞撰《宋藏遗珍》缘起稿，缘起附余名。

**初六日（11月12日）** 访李元之谭。

**初七日（11月13日）** 赵叔雍来，未晤。童心庵来谭。

朱良丞行十五。嫁女，送幛、烛，收款、字。

至大东书局，交《端虚室剩稿》排印。

丁笕生来谭。

安徽省政府刘镇华函聘为安徽民食调节委员会监察委员。秘字第〇〇〇五二号。

上海筹募各省旱灾义振会来函，公推为监事。

南陵县政府宴成骥志千。函聘为南陵县救旱委员会名誉委员。

致高吹万书。安徽丛书会赠第二期、第三期丛书，共四函。

致姚石子书。安徽丛书会赠第二期、第三期丛书。催《闺范》序。

覆陈友琴书。赠《南陵先哲遗书》六册。

**初八日(11月14日)** 游邑庙市场。祖芝田来谭。

覆李拔可书。谢赠厦柚。张菊生借《茗斋百花诗》。

覆郭辅庭书。谢赠新刻《月上女经》十册、《不思议》等三经合刊五册。覆赠《金刚经塔》二十分。

覆王播青书。寄售连史印正续《随庵丛书》两部。

**初九日(11月15日)** 贺朱良丞嫁女之喜。

答拜童心安，未晤。

方懋之来谭。

至金成戏院，观《海底探险》影剧。

**初十日(11月16日)** 八女馥文定盐官翁氏，王子固、丁筦生为作冰人，朱宸卿、丁若农、张敬礼作陪。

丁子盈、朱犀园来贺。

**十一日(11月17日)** 答谢王子固。

游蓬莱市场。

**十二日(11月18日)** 任心白将往常熟住持莲花庵，创立放生池，赋诗赋之。

挽周梦坡诗。

**十三日(11月19日)** 答谢丁筦生。

访姚虞琴，未晤，留挽周梦坡书诗，赠《黄山纪胜》。

至二酉书店，购付洋二元。《金刚经集注》四卷。明成祖集，道光樊师仲重刻。

至来青阁，取：《瑞芍轩诗钞》四卷附词一卷，许乃谷，同治七年刻本。《幽求室字原》一卷。慈溪胡吉宣。

安徽通志馆寄来胡志澄先生《艺文志·经部稿》十四卷。

南京经古舍张熙园寄来赵孟頫绘《观世音菩萨像》石本。延祐四年六月廿七日吴兴赵孟頫写，在南京门东蟒蛇仓左近。索价一元。

**十四日(11 月 20 日)**　答谢丁子盈谭。

至来青阁，交《校礼堂全集》两部重装。

**十五日(11 月 21 日)**　胡伯宣七十寿，送红花缎幛。

杨云史妹婿六十寿，送红花缎幛。

覆吴舜臣书。请向救旱会领取振洋三千元收据。商接济族人一千元支配办法。

**十六日(11 月 22 日)**　午刻，聚丰园贞元会，恽瑾叔值会。

拜朱静安，未晤。

答万懋之，询李伯老题主为贵阳师，襄题为沈淇泉、龚怀希。

至来青阁，取：《咏怀堂丙子诗》二卷，阮大铖著。马士英丁丑序、自序(乙亥)。丁丑为崇祯十年。议定价洋卅二元。《庄子集解》八卷，长沙王先谦，宣统己酉刻本。《庄子集释》十卷。湘阴郭庆藩，光绪二十年刻本。

至大东书局，取预约《殷虚书契前编集释》八卷。镇江叶玉森。

中国书店郭石麒赠我《爨余丛话》四卷。郭麟，家藏《灵芬馆全集》可配全。

刘锡之募庐江振捐洋五元。

南陵县春谷公所整理会函聘余为本会董事会名誉董事长。

**十七日(11 月 23 日)**　拜朱静安、赵叔雍，均未晤。

安徽通志馆寄来潜山县石牛洞虎头岩摩崖石刻三十通、《艺文志·经部、史部、子部提要稿》各五部，属转赠沪上各藏书家，以为将来补钞序跋之预备。印刷事近日如何。

覆许静仁书。捐助安徽同乡会三十元。送《黄山纪胜》四部。

**十八日(11 月 24 日)**　丁子盈来谭。

**十九日(11 月 25 日)**　鲍扶九来。赠《黄山纪胜》，并赠宣古愚、秦曼青、刘子树各一部。

李元之、刘次羽来，商印《刘恭甫先生遗集》。

杨百研来，送安徽丛书会支票三纸，一纸五百元，付同茂纸价；一会用一百元；一百研薪水。盖。

任心白来谭，赠以《六祖坛经》。

访程演生谭。

覆王播青书。收退还正续《随庵》一部。又代买清水移山吉林参五两计十元，又《尔雅翼》八元，冲抵白纸正《随庵丛书》一部十五元、《随庵所著书》五部三元，两讫。

覆陈一甫书。晋泰公司公推实甫五哥代表向武筱平兄接洽，承示毋须另函，即以再启为凭，亦无不可，将来实哥接洽公司如何情形，能否照付新旧租息，敬祈详示。前寄南陵捐款临时收据，不得日后检出为废纸。

覆张熙园书。访得赵文敏画观音大士像石刻在南京门东蟒蛇仓附近，寄来拓本一纸，索价一元。熙园开设经古舍，在南京道署街八十五号。

**二十日(11月26日)** 赵叔雍来谭，借钞《钟山献》四卷，即交之。

**二十一日(11月27日)** 腹泻三日，今往林洞省诊之。

卓小梅去世，送香楮。

访张退老谭。

**二十二日(11月28日)** 陈子言来，未晤，留赠新印文公达《天倪室遗集》四册。

覆陈涤尘祖荫。书。退还《圆通庵碑记》，赠以《黄山纪胜》。

覆余幼泉书。收到潜山王访陆君手拓山谷寺石牛洞虎头岩磨崖各碑三十种，《金石古物考》现已付印，尚可编入稿中。又收寄来《艺文考·经、史、子》三部提要五分，遵即分送沪上各藏书家，为将来补钞序跋之预备。三家诗说著作为《玉函辑佚》《续经解》所未采者，其书未见。彤老感冒已愈，甚以为慰，敬祈代为致念。

**二十三日(11月29日)** 奚度青侗。同费范九来谭。

胡仆安来谭，为题《南陵先哲遗书》序。

访李元之，请题《南陵先哲遗书》序，并晤鲍子丹。

答访费范九谭。

**二十四日(11月30日)** 四时,华商上海水泥公司七十八次董事会,李拔可董事长因病未至,公推徐新六主席。十月分盈余七万三千六百七十六元三角,连前九个月盈余,共五十一万五千八百六十七元七角六分。水泥厂联合会改组为中华水泥工业联合会,组织以代表会议公推董事徐新六暨经副理,董事内有徐静安(任律师)。

**二十五日(12月1日)** 拜奚度青,已返当涂。

拜高君定,未晤,留赠《黄山纪胜》。

张燕昌来谭,以屏纸二幅属书。

**二十六日(12月2日)** 周美权七女稚芙于归唐氏,在百乐门结婚,赠花篮,崇儿往贺。

致印老法师书。还明刻《闺范》、印老新印《闺范》、李耆卿新印《闺范》各四册。

黄宾虹先生来,未晤,留赠画吾南陵风景十三帧,雅意可感。题曰:曩年游迹所经,写为小册,即呈随盦先生博笑。甲戌十一月,黄宾虹。

**二十七日(12月3日)** 李伯行讣至,送绸挽幛。十一月十一日成主,请襄赞。

刘澄如讣至,送绸幛、挽联。十一月二日成主,请陪题主官。

在来青阁晤谢光甫,赠《黄山纪胜》,并赠杨寿祺。

在中国书店晤余伯陶。

曹宝成忠记号曹华堂锦章,住紫来街懿德里七号楼上。出售行料半,尺寸同连史纸。每刀约二元六角。

至鸿宝斋,商印《金石古物考》。

**二十八日(12月4日)** 江知源来,未晤。

答拜黄宾虹谭,谢画南陵风景十三帧,赠以康熙三十四年赵吉士纂修《徽州府志》十八卷酬其雅爱,并赠新印《黄山纪胜》。

访高君定谭,以姚石子借印《校礼堂全集》,请其过张堰转致。

至中国通艺馆,取二元。唐恒州刺史萧诚为九忌日造玉石象座题字。四面刻,正书"开元十六年",后有"贞元十一年三月廿八日移此"题记。在直隶正定花塔寺。

至袁估,取嘉庆御制墨、胡开文朱墨各四定。四元,付讫。

至鸿宝斋,交安徽碑摄影。

至大东书局,催印《端虚室诗稿》。

答拜江知源谭,晤吴寄尘、沈燕谋、周美权。

**二十九日(12月5日)** 刘夫人忌日,设祭。

李耆卿来谭,拟捐助南陵灾振洋二百元。

葛荫梧来谭,观《咏怀堂集》暨新收《咏怀堂丙子诗》。丙子为崇祯九年。

至富晋书社,取:《湘筠馆诗》二卷词二卷,仁和县云凤,嘉庆甲戌刻本,寿松堂藏书。洋六元。《水南先生遗集》六卷,安东程嗣立(嗣立原籍安徽),嘉庆丙子刻本,洋二元。《庐山古迹诗选》十卷,建昌徐鹤龄、吴敬之选订,彭渚吴泰来编辑,前有《舆地纪》二卷,乾隆三十五年刻本,洋六元。《日本访书志补》一卷,杨守敬撰,王重民辑,民国十九年《中华图书馆协会丛书》本,洋三角。《官书局书目汇编》一册。朱士嘉编,民国二十二年九月印本,洋五角。

江苏省立国学图书馆赠第七年刊。内有金蘅意同年(鉽)《江苏艺文志稿》,续第六年刊。

**三十日(12月6日)** 访刘晦之,商南陵耕牛贷款二十万。

访江汉珊,询募南陵捐款。

访朱静安,谭徽宁会馆借款,董会议决南陵归余承领,须另书担保负责,一年偿还。月息一分,借款一万,宁属六县分派。

覆南陵救旱委员会书。耕牛贷款事。

覆吴舜臣书。附南陵救旱会来书并覆书,请转交。记同刘晦之谈话。兴和公之夫人押田,请代告近况,不能押田产。赡族款请筹画办法。寄来募款三千元收据。朱幹丞捐五百元。稻价约四元一二角。正阳关出省米抽收,南陵可得五六百石,以后未知如何。米价大涨,系泾县掮运,无法阻止。

杨百研来，交安徽丛书会印第四期丛书，付连史纸价五百元七二五二〇。中国实业银行支票盖章。

高吹万来书，谢赠二、三期《安徽丛书》，并云有程鱼门先生《毛郑异同考》稿本，可借会传印。又赠歙县项黻《黄山纪游》二册。项黻，道光间人。

高君定来，未晤。

佛学书局赠《观世音普门品旁解》十册。何子培撰《旁解》。

## 十一月

**朔日(12月7日)** 访程演生，未晤，留交《毛郑异同考》稿，又吹万来书及《黄山纪游》。

高吹万来谭，交《毛郑异同考》稿。程晋芳撰。

访高君定，未遇，留赠《安徽通志·艺文志稿》经、史、子三部。

李拔可赠其尊人《双辛夷楼书画册》。庚申年曾以《双辛夷楼词》见赠。拔可之尊人名宗祎，字次玉，善画兰。

致余幼泉书。请寄谦卦爻辞皇陵碑拓本两种，编入《金石古物考》后存真，并云各县有碑续送到馆，仍请寄下，当另为补遗。

致李拔可书。谢赠《双辛夷楼书画册》，敬与庚申年所惠词集什袭珍之。

**初二日(12月8日)** 刘澄如成主，约往陪宾。

午刻，聚丰园贞元会，李凤池值会。

二时，大生纱厂三厂董监联席会。

六时，赴高君定梅园酒家酒叙之约。

**初三日(12月9日)** 刘澄如领帖，吊之。

至大东书局，为姚石子印《闺范》跋。

高吹万介绍吴荫棠名祖培，浙湖璿琏人，寓上海西方方浜桥寿祥里五弄一号。售笔，购洋六元：临池比较，北狼毫书屏，洋二元二角。宿净纯羊毫书联，洋二元。纯颖鼠须，洋一元六角。加料兰亭散卓。净纯宿羊毫，洋七角。

李元之来谭。

鲍扶九来谭,留晚膳。

**初四日(12月10日)** 答访高吹万谭,还前假阅黟县朱霈《望岳楼经学质疑》十卷钞本,并赠安徽通志馆新编《艺文志·经、史、子》三部稿,又新印《黄山纪胜》。

安徽第二区行政督察专员王铸人函聘余为皖南图书馆管理委员会委员。廿三年十二月七日。

**初五日(12月11日)** 访高君定,已回张堰,留赠其尊人望之先生黄山茶,并赠陆廉夫之世兄《宋元科举二录》《永嘉四灵诗》,均赛连纸印本。

李耆卿来谭,捐助南陵旱灾二百元。旋答拜,未遇,留存旱灾会收据。

覆张和声、孙伯辰书。来告朱继范堂捐洋五百元。询江汉珊捐册,覆以尚未募有捐款。又询徽宁会馆借款,覆以询诸朱静安,据云款由董事代领,由代表具个人偿还证书致董事,再由董事具完全负责证书,送会馆代领借款。泾县代表翟晏如、朱侠骨代领董事为朱静安、卫授经,尚未有信来领。

致吴舜臣书。请代交覆和声、伯辰书。请转询到期偿还能否负完全责任,将来还款请其向张、孙催取,并向各方接洽。告李耆卿捐南陵振洋二百元。

至来青阁,晤杨寿祺,谭朱企晖售书事,与企晖所言不符。坐中晤丁仲祜,苏店有《元城语录》,以配家藏《小万卷楼丛书》所缺,寿祺不索值。

两至鸿宝斋,送《金石古物考存真》资料摄影。

姚虞琴之冢媳沈尧坤讣至,送净土庵礼券,同恽季申公份,共洋十元。

杨百研来,交安徽丛书会会用洋二百元中国实业银行支票盖章。

**初六日(12月12日)** 游邑庙市场。

致大东书局徐志仁书。校姚石子《闺范》跋样。

**初七日(12月13日)** 吊姚虞琴之冢媳于净土庵。

华商水泥公司四时七十九次董事会。议浙江兴业银行条件借款。

至汉文渊书肆，取：付价讫。《海昌金石志》四卷，邑人朱宝瑨辑，民国十年印本，洋二元八角。《金石书画丛刻》。洋一元。

吴舜臣函告，旌德县于十月三十日午后十一月朔酉刻得信。为匪失陷。初二日探闻匪有二三千人退向徽属。初三日午后避难人至南陵，云匪又回窜，泾县恐慌。初四日午后又闻匪为十七军击退。又云救旱会除出口振米抽收南陵分得五百石外，收得振款不足万元，灾民甚众，难以支配。近西北与上东上北乡又发生争执，耕牛借款不成，难以维持。又云杨家山光禄公茔地伐树事未了，将来海三公必有问题。

扬州堡城田契托丁子盈寄镇江，交刘沂生带扬送验。廿八日收回。

**初八日（12 月 14 日）**　捐助佛学书局《金刚经塔》一百套，并致函沈彬翰，谢赠《普门品旁解》十册。

助九华山幽冥钟洋十元，交佛学书局劝募处经收。

**初九日（12 月 15 日）**　大生一厂股东会。

至大东书局，晤徐志仁，交印《闺范》跋工价二元四角。又商改《端虚室诗稿》半叶十一行，行二十一字，价每版约一元。纸、版、印工在内。

**初十日（12 月 16 日）**　约鲍扶九来，商寿州器刘慧之藏本与郭沫若所著不同，刘多“集脰”二字。

**十一日（12 月 17 日）**　大生二厂股东会，余旭士昆仲提议案交法院清理，议决股东推举五人检查帐目，官股任君、王度公、赵叔雍、李耆卿、梁绶珊。谋复活。约期三月或六月。

二时，李伯行暨原配刘夫人成主，请陈贵阳师题，沈淇泉、龚怀西襄题，余与许君赞襄。

**十二日（12 月 18 日）**　王竹斋廷璋，叔用四弟。来，未晤。

覆余幼泉书。收到寄来谦卦爻辞、皇陵碑摄影。彤老病尚未健复。

覆高君定书。初五日奉访，始悉先返珂乡，留呈尊公黄山茶，并赠陆云伯书二种。

覆国立中央图书馆筹备处蒋慰堂复璁。书。来书商借钞补顾亭林《肇域志》稿，覆以前因时艰，困于经济，旧藏善本早已属诸他人，《肇域志》稿亦在其列。往年柳翼谋先生曾来商借，业详复，因思荛圃、金吾所藏，晚藏均及身而散，已开先例，鄙人可无庸讳言，然宿桑之感，亦何能自已也。

**十三日(12月19日)** 王竹斋来谭。

徐汇生之夫人江氏讣至，邮寄素绸幛。

大东书局送来《端虚室诗稿》小样，初校一过，再请李元之覆校。

**十四日(12月20日)** 李伯行在平江公所领帖，吊之。

致陈实甫书。代表至晋泰公司不得要领，回芜分函湾沚。上海催筱平商定办法，并召集股东会。

致吴舜臣书。方德斋八侄女于归，请代送贺分。李耆卿捐南陵振二百元，商请代划。耕牛借贷芜湖中国实业银行函属县政府派负责人赴芜签约，县长不日由湖北至芜，振会公推和声、孙达同往。出口抽收振米派南陵四百石。杨家山发生伐树事，先为族人家玉、家宝所为(往年余出二百元)，后有厚福堂佃户陶姓，继有毗连之杨姓(云系自界之内)，现石声与海三公支下共拚光禄公、海三公坟山荫木，约洋千元，事已成熟，并未通知。旌德于十月三十日失陷，十一月二日闻匪二三千人又向徽属退去，三日闻匪又窜回。六日来信，闻匪向太平县并泾县之南乡而退(前日在东乡)。南陵救旱会所募洋稻分配各灾区单：第二区及上东乡计十六图，振洋九百八十七元、稻三百廿九石卅斤；第四区及南乡计十四图，振洋一千〇五元、稻三百六十石；第五区及西乡计十五图，振洋一千一百元、稻三百六十石；第六区及上北乡计九图(工山坊、汤村等)，振洋八百五十元、稻三百石；第三区及下东乡(卅三都、二图)，计一图，振洋五十元、稻廿四石七十斤。以上共洋四千元、稻一千四百石，西南与上东、上北发生争执。

致周缉之书。贺本月廿六日七十双寿。附谢捐南陵振二百元。赠《金刚经塔》一百分、《药师经》二十卷。

致陈一甫书。告其五弟实甫来函，彼至晋泰公司，因武筱平兄去沪，向公司中同人接洽不得要领回芜，现发函湾址。上海催筱平至芜商定公司办法，并定期召集股东会，议决一切当复以手续正当、无不同意也。缉老七十双寿，致书奉祝，附谢南陵捐款并赠《金刚经塔》一百分、《药师经旁解》二十卷，请转致。

**十五日(12月21日)**　刘鸿生、李拔可约七时酒叙，陪日本技师二人，又某行日人。

**十六日(12月22日)**　答拜王竹斋谭。

二时，安徽丛书会八十五次编审会，到胡朴安、陈子言。

郭辅庭赠《月上女经》二十册，覆赠《金刚经塔》廿帧。

张敬礼来。

《金石古物考稿》今晚整理脱稿。

**十七日(12月23日)**　郭辅庭又赠《大方广如来不思议境界》等三经八册。

午刻，聚丰园贞元会，朱企晖值会。

鲍扶九来。

以《大方广如来不思议境》等三经、《月上女经》《阿弥陁经集解》《净土五经》《观世音菩萨经咒集刊》寄大女讽诵。

林鹤寿为长子孟奋勤。与夏璐懿女士二十二日在慕尔堂举行婚礼，送红花缎喜幛。

**十八日(12月24日)**　《端虚室剩稿》二次校样毕，送百宋铸字印刷局改正。

答拜张燕昌谭。

答拜胡朴安，未遇。

贺朱亲家嫁十五女之喜。

曹梅舫同年来，未晤。

致赵叔雍书。送洋十六元，定《词话丛编》预约券。

四时，华商水泥公司七十九次董事会。议借款合同条件。

《小日报》载中国外债小统计：中国所借外债总额计四千八百九十万零五千一百七十三磅、五千零五十五万七千一百美金、四千五百四十七万八千四百日元、一万万法郎，以关税担保者四种，以盐税担保者五种，以杂项税收担保者五种。

**十九日(12月25日)** 柳翼谋来谭，赠新著《里乘》卷一。

午刻，李拔可约梁园酒叙。

**二十日(12月26日)** 吊周梦坡之丧。

午刻，约柳翼谋、王度公、王耄生、李拔可、梁众异、方雪江、李子瑾、程演生、鲍扶九小有天酒叙。任心白、黄蔼农、费范九未至。

吴寄尘来，未晤，留赠鼻烟暨《安雅堂未刻稿》卷八，刻本。又《入蜀集》二卷。钞本。

徐贯恂赠新印《澹庐藏镜》二卷。

答访吴寄尘，未晤。

王耄生家椝，一字懋生。来，未遇。

高吹万赠糟蛋、酥糖。

校《端虚室剩稿》卷上序二页、诗十页。毕，无误，送还大东，先做纸板。又校十一页至二十页。初校毕，送还改误。

杨瑞年来。

至永宁保险公司，晤副经理罗季吕，经理郭君后至。商保印《安徽金石古物考》。二十一日。

至大生，晤张敬礼婿，请代表通遂。二十一日。

**二十一日(12月27日)** 访柳翼谋，未晤。

午刻，赴程演生小有天之约，未入坐先散，晤蔡孑民、柳翼谋、陈子言、李拔可，他客尚未至也。

赴吴寄尘午饭之约，陪章一山、徐贯恂、叶子布。

四时，赴华商水泥公司八十一次董事会。

**二十二日(12月28日)** 答拜曹梅舫同年谭。

至汉文渊书肆，购书洋六元：付价六元。《海昌金石志》四卷，朱宝瑨，辛酉印本，洋三元。《练兵实纪》九卷《杂集》六卷，明戚继光撰，许乃钊校刊本，洋二元。《金石书画丛刻》。易大厂审定，黄宾虹编辑，洋一元。

至大东书局，交《端虚室剩稿》序二页、诗十页。制纸型。

至中国书店，取十二月底付讫。《敏果斋七种》。洋七元，道光二十九年许乃钊刻本:《乡守辑要》《城守辑要》《荒政辑要》《安澜纪要》《回澜纪要》《批点纪效新书》《批点练兵实纪》。

李厚甫国焘。送谢礼,请襄赞。收雪茄烟两箧、每五十支,四等税。老半斋席票。十四元。

贺林鹤寿为子孟奋结婚,六时在慕尔堂观礼,七时在大东晚餐。

四时,大生二厂董事会。

**二十三日(12月29日)** 张镜湖七十寿,送红花缎幛、洋烟二色,收款、字。

杨寿祺母谢太孺人讣至,送代幛洋十元、代筵十元,又款、字。

致吴报岳、李剑白、李铭书。以病辞二十七日致美斋楼六时餐叙。

永宁保险公司保鸿宝斋险六千元、戴春记四千元,付保费洋四十五元四角七分。

覆张菊生书。谢赠《彭茗斋全集》。属书《鸳湖修禊图》卷首。覆赠《黄山纪胜》。

至新光大戏院,观《再生花》影剧。《姊妹花》续集,胡蝶宣、景琳、郑小秋合演。

**二十四日(12月30日)** 至藏经会,晤范九、范成谭,范成赠西魏邑子廿七人造定光佛像记。(大统十年),甲子六月八日在陕西咸宁,《攈古录目》。

致姚石子书。《闺范》印成,并余款送沪寓。

**二十五日(12月31日)** 贺张锦湖七十寿。

覆吴舜臣书。耕牛借贷中国实业银行暂定五万元。和声往宣城,催凤迪明还济生会借款。李耆卿捐二百元,舜臣在南陵可付,即请送救旱委员会。舜臣商拨一百元放城区冬振,未可行,请商救旱会通过。寄来调查族人受灾表册,四十九户、大小丁口二百十三人,内小丁口七十余人,均系极贫,内只有国发一人次贫,即照丁口计算,大丁口每人三元,小丁口每人二元,约六百余元。此外炳宗、佩琼、家祚(晋宗子)、兴和公胡氏太太、世珍、世丰、荣廷、辉廷家(弟兄为一处,不足请酌加)七处,均旧交,每处送十元,共七十元,不在表册之列,石笙一百元(如难解决,或酌加),均要收字。存百余元,留备后有族人、亲友告苦之用。

**二十六日(阳历一月一日,1935年1月1日)** 李子瑾瑜,温州乐清人。来谭,二十日午刻曾约在小有天酒叙。赠自著《文录》二卷,并录示《咏怀》五十韵。

至来青阁,取:即付永儿。《九通通》,刘可毅编,洋七元。《经策通纂》。洋八元。

大纲公司十一次股东常会,以三百六十一权推余为董事。

**二十七日(1月2日)** 李元之来谭。

同定君、八、九两女至卡尔登,观《纫珠》影剧。

**二十八日(1月3日)** 吊杨寿祺母谢太夫人。

访李拔可谭,赠翁文恭师画双银杏轴。题曰:双忠祠在福山塘,祠外二银杏,数百年物也,每过必揖,今乃图之。癸卯四月望,松禅老人(下钤朱文"龢"字方印)。

拔可赠我商务书馆出版书:共码洋二元四角五分。《缁林尺牍》,武林比丘道古编集,三角五分。《朱氏说文通训定声序注》,朱文蔚,三角。《历法通志》,昆山朱文鑫,一元一角。《通志总序笺》,淮阴张须,二角五分。《易林分类集联》。徐珂辑,四角五分。

答拜李子瑾谭。交还《咏怀诗》五十韵。

丁子盈来谭。

曹梅舫同年来谭,索《圣学宗传》五部。

**二十九日(1月4日)** 鸿宝斋赠《焦山书藏目》四册。

致姚石子书。送《闺范》一百部总帐单、大东书局帐单,又洋九元二角。一百部共价二百十元〇八角〇四厘。

覆余幼泉书。收到嘉山县金石拓本十六种概要二页,采访员汪雨相君。彤老病渐已复元。覆询嘉山新设在于何时,划分地址属于何县。

## 十二月

**朔日(1月5日)** 三时,安徽丛书会在新雅酒楼开八十六次编审会。

再校《端虚室剩稿》改样。

**初二日(1月6日)** 访武筱平,未晤。午后再访,谭晋泰公司事。

致高吹万书。缴还程鱼门《毛郑异同考》稿四册。

访高君定,未晤,留致吹万书并《毛郑异同考》。

午刻,聚丰园贞元会,黄公渚值会。

赠黄公渚汪六吉三层玉版笺五十幅。

**初三日(1月7日)** 武筱平来,谭晋泰公司事,允明正开股东会。公司欠伊约五千元,欠陈邕如、陈少舟约三千元。公司丁漕,今年已完契纸。余节高、武筱平处均有解决,韩少贞已议定六百元。又云陈正有欠伊六千元。又云,陈邕如夫人曾派芜湖茶栈唐君调查公司情形。

**初四日(1月8日)** 安徽丛书会金君送来中国实业银行支票二纸,计一千三百八十元、内同茂一千三百八十元,戴春记六十元。一百元会用。盖章。

陈绳夫之夫人鲍孺人讣至,邮寄素绸幛。

徐贯恂之母陆太夫讣至,送素绸幛。交大生。

覆陈实甫书。告同武筱平问答情形。

**初五日(1月9日)** 同家人至鲜味斋午餐。

**初六日(1月10日)** 淑畹约在东兴楼午餐。

华商水泥公司送董事夫马费二百元。廿三年四月一日至廿四年三月卅一日止。

至蟫隐庐,取年节付洋十元〇六角。《咏怀堂新编十错认春灯谜记》二卷。百子山樵撰,明本,洋十二元。前后有缺叶。

至中国书店,取:年节付讫。《襄阳冢墓遗文》一卷,罗振玉,八分。《辽居杂箸丙编》。罗振玉,二元七角:《汉石经残字集录又续编》《唐折冲府考补拾遗》《古器物识小录》《车尘稿》。

昨,鸿宝斋赠《焦山书藏书目》四册。

**初七日(1月11日)**　姚石子来谭，赠《闺范》新印本一部，余亦赠新印《黄山纪胜》。

高君定来谭，赠我酱鸭两只、查糕一匣。

覆吴舜臣书。上北乡官塘冲徐国海、国宾、世禄、世行、世昌等来信，为海二公裔孙，计廿六门，共一百余人求救济旱灾。又官塘冲徐国良来信，求荐事，请转致四姨太太婉言劝告彼等，并抄来信寄阅。杨家山树及海三公树均出拚，共九百余元，送稚丹、石笙六十元，海三公三十元，该山与彼无份，现已与杨姓结讼。南陵县建筑雕堡委员会于阳历一月四日县知事晏成骥召集开会。李耆卿捐二百元已送旱灾委员会，寄来收条。方三为害地方。南陵耕牛贷款合同已由中实办事处寄总管理处。弘伞法师南陵旱灾会去电请求。△△现在黄山等处。

**初八日(1月12日)**　释迦如来佛诞，持斋。

答拜姚石子、高君定，未晤，留赠黄山茶各一瓶，并交致程演生书，绍介君定购《安徽丛书》一集至三集。

访黄宾虹谭，为童心安代请画扇。

视吴寄尘疾，未晤。

访吕鹿笙谭。

姚虞琴来，未晤，留徐行可书，以建安廿四年镜微破。易余周仲吴胡阳里镜。

**初九日(1月13日)**　瞿凤起来谭。

李拔可赠春梅二盆、福橘二箱、银耳、闽茶，晚六时招饮，王逸塘在坐。

**初十日(1月14日)**　校《端虚室剩槁》，廿一页起至四十页。送大东书局改正。

任心白赠花树盆景四色。

昨，武筱平来书，通知明正开晋泰公司股东会。

覆陈一甫书。照抄覆陈实甫书及武筱平来书。

覆郭道弥书。在镇购物今已带来，承询，感谢。

**十一日(1月15日)**　六十七岁生辰，亲友来贺。

**十二日(1月16日)**　答谢丁子盈谭。

答谢林洞省,未遇。恽季申未晤。

答访姚虞琴谭,以汉周仲吴胡阳里镜乞其转致福厂寄徐行可。

至来青阁,取《吴淞风雅》四卷。宝山蒋一元、许炳同辑,乾隆三十五年刻本,洋四元。

至曹怡大纸号,退回亿中加魁连史八件。

至古香斋、中国通艺馆。至鸿宝斋。

至太平银行,晤万懋之,收回《黄山纪胜》五部。

覆徐行可书。收到汉建安廿一年镜,拟易余藏周仲镜,今交姚虞琴转王福厂寄。

覆顾鼎梅书。鼎梅旅秦八月,今返杭,拟岁杪来沪。

**十三日(1月17日)**　答谢张退庵、任心白谭,并答访方雪江谭。

访程演生谭。

答谢李元之、鲍子丹。

至中国通艺馆。

**十四日(1月18日)**　刘夫人七十冥寿乙亥年正月五日。先于今日在太平寺讽经追荐。捐助各省旱灾会洋一百元。并交还三〇六号捐册。

鲍子丹之尊人百岁冥寿,前往行礼。

**十五日(1月19日)**　安徽丛书会三时在新雅二楼开八十七次编审会。

至中国实业银行,晤刘慧之、陈卓甫,商南陵耕牛贷款,并交阅救旱委员会来书,具名者范络珊、吴舜臣、杨芷青、丁炳阳、朱瓒臣、张维藩(代)、孙奎、俞廷凯、朱扫尘、张和声。卓甫意甚善。

至大东书局,交《端虚室诗稿》校样。

胡朴安来,交取中国实业支票簿盖章。

永儿今日卯时晨六时三刻。生子,命名守仁。

**十六日(1月20日)**　答谢子丹弟、丁子盈、刘覃振。

午刻，聚丰园贞元会，恽季申值会。

答谢李拔可谭。

张锦湖仁奎约六时酒叙。

**十七日(1月21日)** 丁子盈亲家来贺。

章中如来谭。

刘慧之赠《善斋吉金录》。料半纸印本，第三函、第四函十五册：钛印三卷、泉录六卷、镜录四卷、梵象录一卷、任器录一卷。

在古香斋取淮渎汉柏笔筒，有沈凡民铭，索价洋十六元。沈凡民名凤，乙亥正月十一日，付洋十元。文曰"淮渎汉柏"，斫汉柏居毛君脱颖，出蛟龙，惊淮水，安澜毛君勒铭。凡民作。

覆南陵救旱会新组织耕牛会书。来书云耕牛贷款经晏县长、王专员及芜湖中国实业银行议定，协约现由芜湖转京行，再转总管理处，属商刘惠之，速行批准。当即切恳据云，议约尚未寄到，俟到时，当为从速查核。

**十八日(1月22日)** 昨吴报锦来，未晤。今往答，晤谭，彼意刘镇华军队不剿匪，拟集合旅沪乡人电蒋总司令，婉言谢之。

致吴舜臣书。告十五日生孙，为次儿所出。告同刘惠之接洽耕牛贷款协约情形，并承陈卓甫赞助善意。附寄覆救旱会书。

河南博物馆长关伯益来谭，赠《河南金石图志》。三时，大纲公司董事会。

**十九日(1月23日)** 至中国实业，晤刘慧之，催询南陵耕牛贷款协约，据云已覆芜湖分行，允借二万元。后将关伯益赠其《河南金石志》图文交之，并商借印河南各碑明拓本。

答访关伯益谭。

致吴舜臣书。告南陵耕牛贷款刘慧之已覆芜行，允借二万元。

白山夫约午刻在非园为东坡八百九十九度生日，设坡公象，荐以清酒、庶羞，推甘翰臣老人为祭酒，以疾辞。山夫名坚，寓德邻公寓四五〇号。

覆朱实之书。馈洋六元。

**二十日(1月24日)** 拜张仲昭、瞿凤起,均未晤。

至中国书店,晤容颂斋、庚。郑师鄦谭。

致徽宁同乡会救旱委员会书。还振字六号捐册,捐洋三十元,由太平银行代收。

晨卯时生孙,崇儿出。

冠英侄来,未晤,云闻杨家山拚树,稚丹、石笙暨丹云之妻每人分得一百三十元。

**二十一日(1月25日)** 瞿凤起来谭,赠《镜影》夹宣印本。一函,又借其《安徽通志·艺文志经、史、子》三部稿二十册。

萨龙同程演生来谭。

**二十二日(1月26日)** 李元之来谭。

至金城戏院,观新华歌剧。

**二十三日(1月27日)** 施韵轩培厚。持成翊青静生。名刺来,商南京慈幼院事,未晤。

施韵轩住仁济堂。

**二十四日(1月28日)** 施韵轩又来,商慈幼院改进事项,征求同意,仍未晤。

丁子盈来谭。

**二十五日(1月29日)** 访任心白谭,请会施韵轩,接洽慈幼院改进情形。

访罗子经谭,赠我《集殷虚文字楹帖汇编》。东方学会印本,章钰、高德馨、王季烈、罗振玉四家。子经得震泽王砚农之佐。辑柳如是《蘼芜集》,颇欲为之传刻,但题咏多柳作,少计《湖上草》一卷、《我闻室剩稿》一卷、《尺牍》一卷,拟增益之。余告以三十年前瞿良士有印本,或张南诚、曾孟朴。旧辑《闺秀词》有二首《词综》《玉台画史》。近印《众香词》,或有所得也。姚石子在《松风余韵》中录诗数首。

致吴舜臣书。告本月二十日生孙,崇儿所出。抄石声来函求助,前已预备借彼一百元,即请转致,我处亦不答复。

**二十六日(1月30日)** 游邑庙市场,购春梅、木桃盆景。

再致吴舜臣书。来函接济汤村照前商略有变动,因海三公将山拚去荫木,每人只派二三元,王干冲稍增。再粉店、六亩田、深村、荻港等处计六七十人,炳宗守本,要求舜老意每人约一元,现已发五百元之谱,均有收据。此次国玉、世海等无理取闹。三都官塘冲徐国海等来信求振,函商办法。十一月廿七日,先有徐国良求谋事,疑即此人主动。

赠鲍扶九年敬洋五十元。

**二十七日(1月31日)** 祀先,供奉先容,率子孙行礼。

安徽通志馆汇来印志费洋五百元。

安徽丛书会送来中国实业银行支票二纸计三百元一纸,会用;又一百卌二元一纸,订书等用一纸。盖章,并送第四期《安徽丛书》。

南陵三都徐世藻来函,为三都求振,世藻为尊王之子。与昨日徐国海等来函同意。

**二十八日(2月1日)** 先光禄阴寿,至影堂行礼。

送李元之年敬二十元。

中国书店年账,售书洋一百三十四元六角,购书洋十六元三角二分,书箱十只洋二十元,净收九十八元二角七分。

**二十九日(2月2日)** 游邑庙市场。

覆邓翰丞书。收通志馆汇来印《金石古物考》印费洋五百元,连前汇共二千五百元。

**三十日(2月3日)** 至大东书局,晤徐志仁谭。

杨翰西为子沛侯授室,送红花缎喜幛。

大生沪事务所函送联合办事处洋六百元,当往事务所,晤蒋椵堂,告以非联合办事处人,上年推定李云良、吴保丰二君,今将来函并洋六百元交椵堂,转还账房收存,另在送信簿,并由椵堂批明退回。

晚,焚香,祝天、酬神、礼佛,并叩先容,辞年。

# 乙亥年(1935)

## 一月

**元日(2月4日)**　清晨焚香，祝天、祀神、礼佛，诣先容前叩贺新禧。

午时出行，贺贵阳师。

亲友来贺。

至大光明戏院，观《月媚花娇》影剧。

**初二日(2月5日)**　贺亲友新年。晤张退老谭。

亲友来贺，晤丁箢生、丁子盈。

**初三日(2月6日)**　亲友来贺。贺亲友。

至巴黎戏院，观《新婚的前夜》影剧。

大雨雪。

**初四日(2月7日)**　贺亲友，晤章中如、章友三、乔梓谭。

亲友来贺，晤刘季秩。

覆罗子经书。来书假阅《众香词》，柳如是词以《众香词》书集一册，假之。

**初五日(2月8日)**　贺亲友新年，晤丁子盈、余节高。

亲友来贺。

**初六日(2月9日)**　定君四十七岁生辰，亲友来贺。

叶柏皋同年来谭，于右任新得《大观帖》《皇象书急就篇》，属余审定。《大观阁帖》详翁覃溪手校《石刻铺叙》，《急就篇》详王静庵校正。

鲍扶九偕唐立厂兰，浙嘉兴人，国立(北京、清华)大学讲师，故宫博物院专门委员。来谭。

张菊生来，未晤，属书《鸳湖修禊图》卷首。

**初七日(2月10日)** 晨，访于右任谭，柏皋后至，同观曹植黄初五年书文十四篇，其《节游赋》"临漳泾之清渠"，宋大字本《曹子建文集》"泾"作"淦"，明刻本"泾"作"滏"，丁晏《曹集诠评》引各本无一作"泾"。"泾"义为长。《急就篇》为《太和馆帖》本。《太清楼帖》：初，徽宗建中靖国间刻《续阁帖》。大观中，又摹拓刻石于太清楼，字行稍高，而以《建中靖国续阁帖》十卷易去岁月、名衔，以为《太清楼后帖》。又刻《孙过庭书谱》及《贞观十七帖》，总为二十二卷，谓之《大观太清楼帖》。见霍邑陈曰霁菱溪纂《珊网一隅》卷三。右任云较松江石刻本善，以前影印松江本一册相赠。《太清楼帖》见嘉善程文荣撰《南村帖考》。文荣字兰川，官江宁北捕通判，咸丰三年殉粤匪难。

访程演生谭，交还所编《安徽丛书》第四期书提要稿。

至百宋铸字印刷公司，晤徐志道君，交《端虚室遗稿》卷一校样。

午刻，聚丰园贞元会。

鲍扶九来，谭上年日本所出《支那古铜器精华》，连镜共七册，日金一百二十元。甚佳。

宣愚公、罗雪堂均六月七十寿。

叶遐庵赠黄晦闻节，顺德人。《蒹葭楼诗》。

范成师赠蒋唯心《金藏雕印始末考》。

**初八日(2月11日)** 午刻，马伯良约杏花楼酒叙。

报载，新定中央为国家银行，中国为汇兑银行，交通为实业银行。

昨瞿凤起来，未晤，交还《安徽通志》艺文经、史、子三部提要稿，凤起并签校若干条。

访关伯益谭。

覆顾鼎梅书。鼎梅拟编诗集，属将前题《狼山访碑图》诗抄寄。附告《安徽金石古物考稿》二月内印成呈教。

许际唐、黄宾虹、方雪江来，未晤。

**初九日(2月12日)** 访关伯益谭，同往中国实业银行，晤刘晦之、鲍扶九，商借印旧拓河南各碑。

答拜陈子言。

答访张燕昌谭，燕昌昨已迁慈惠南里新居。

六时，范成师约至藏经会，陪徐森玉、张君山西赵城人。素餐。

**初十日(2月13日)**　二孙女周晬，丁子盈亲家来。

答拜许际唐谭，赠以《黄山纪胜》《阐义》。

李拔可来谭。

至巴黎戏院，观《马戏班花絮录本事》影剧。

覆郭涵斋书。来书询《宋藏遗珍》有无发起人特别优待，覆以会商九折优待，能售十部，特别八折。

覆余节高书。来单询亲友住址，照单注明。

**十一日(2月14日)**　王君九之母谢太夫人讣至，送素绸幛。寓苏十全街一四四号。

至古香斋，给淮渎汉柏笔筒价洋十元。

**十二日(2月15日)**　崇儿生日。

为杨邦杰书联。

至卡尔登戏院，观《红羊豪杰传》影剧，演员不佳，有肇乱影响。

覆姚石子书。谢玉岑君属书楹帖，书成邮寄。附重华书库征访集部书单，当为留意，惟宋于庭《朴学斋文录》拙藏有《浮溪精舍丛书》本，三卷共六十九叶，尊处如须抄存，或代钞，或寄上，候示遵行。

**十三日(2月16日)**　至百宋铸字印刷公司，晤徐志道，交《端虚室剩稿》卷下校样。

刘太亲母顾太夫人十九日九旬慈寿，送红花缎寿幛、寿联、烛、爆。

潘复初为子乐之授室，送红花缎喜幛、喜烛。喜期二月十日。

至来青阁，购付洋一元。《东洋钱货年表》。大阪虎仙楼发行，大正七年。

至中国书店，取《近世人物志》。金息侯梁撰，甲戌冬至撰集，洋一元。

杨铁夫赠自著《抱香室词》。

《安徽丛书》编印处三时在南京路新雅酒楼二楼开八十八次编审会,与会者余同程演生、陈子言、黄宾虹、胡朴安。

章一山、高云麓来谭。瞿凤起来,未晤。

晚,顾立斋来谭。

赠于右任家刻书二种:《徐公文集》、宣纸印本。《宋元科举三录》。宣纸印本。

**十四日(2月17日)** 答访章一山谭。

朱犀园来,约为其侄女作冰人。

至金城戏院,观《新女性》影剧。联华公司出品,佳。

任心白来谭。

于右任来,未晤,留赠《太和馆法帖》本吴《皇象书急就篇》珂罗版影印本。原签题宋内府本。

**十五日(2月18日)** 第三孙守仁弥月,丁子盈、刘季秩来贺。

答拜朱犀园,未晤,留赠《小檀栾室镜影》。夹宣印本,有套。

至中国书店,晤金颂清谭。

覆国立中山大学邹海滨鲁。书。来函索家刻书,寄赠《积学斋丛书》《郋斋丛书》《徐公文集》《宋元科举三录》《永嘉四灵诗》《玉台新咏》六种。

购内山书店:折合国币五十二元三角六分,当付讫。《牧羊城》,在南满洲老铁山麓,汉及汉以前遗迹,日金廿二元,加邮费一成。《东方考古学丛刊》第二册,昭和六年,原田淑人作。牧羊城址在山东福山县附近故城。《南山里》,南满洲老铁山麓之汉代砖墓。日金十七元,加邮费一成。《东方考古学丛刊》第三册,昭和八年,滨田耕作、岛田贞彦。《支那古镜》,梅原末治著,东京刀江书院刻。日金八元五十钱,加邮费一成。昭和六年。《长安史迹之研究》。足利喜六著(财团法人),东洋文库刊行。《东洋文库论丛》第廿之一二,日金十二元,加邮费一成。

**十六日(2月19日)** 贺李元之迁居。

午刻,丁子盈、蒋椴堂柬约酒叙,坐有张退老、江知源。散后,又约往月光戏院,观飞燕歌舞团剧,团员裸体,观之令人欲呕。

**十七日(2月20日)** 至中国书店，取给永儿。《论语话解》十卷。闽县陈濬心泉述，光绪五年刻本。

访关伯益，未晤，留存有正书局印《汉刘熊碑》。

访金祖同，交阅李木公《含德堂彝器目》。

赵叔雍来，未晤，留字，假阅《钟山献》。

**十八日(2月21日)** 叶伯皋来谭，赠艺苑真赏社印《殷虚文字集联》《隋龙藏寺碑联集》拓二种，余覆赠以《徐公文集》。宣纸印本。

访叶蒲孙、潘叔玑谭，蒲孙赠其灵《觃轩文钞》。

答访高云麓谭。

李三太太李太夫人讣至，送绸幛、素烛。

汪茂生嫁女，送红绸喜幛、喜烛。

致郭道弥书。寄大照债票。

晚，顾立斋来。

**十九日(2月22日)** 永儿去苏，祝刘太夫人寿。

华商水泥公司四时开八十二次董事会。

至古香斋，同顾立斋闲话。费范九来谭。

**二十日(2月23日)** 弟四孙弥月，崇儿出。

赠叶柏皋《宋元科举三录》《永嘉四灵诗》。连史印本。

李元之来谭。

**二十一日(2月24日)** 约陈器之来，拓徐行可建安镜四纸，赠以《小檀栾室镜影》。夹宣印本。

朱犀园来，为其侣松十六兄之子一安在芜湖中国实业银行支行，新调沪行函发行部办事，请转商刘晦之他调苏、宁。

王君九季烈。来，未晤。

瞿凤起来，亦未晤，留存《安徽通志》艺文稿并校记。

访关伯益谭。

游邑庙市场。

**二十二日(2月25日)** 访刘晦之，知往北平。晤陈卓甫谭，得朱一安调沪原因。

昨,姚虞琴函告,徐行可去岁函商,以□安廿一年镜易余汉周仲镜有悔意,今将□安二十一年镜交虞琴转还[①]。

答王君九,寻住址不得,至蟫隐庐询之。

至中国书店,晤金颂清谭。

敬礼由南京回沪,来。

**二十三日(2月26日)** 瑞典学者来观书画。购罗雨峰墨竹一幅,洋一百元。

答访王君九,未晤。

答访瞿凤起,未晤,留赠《通志艺文稿》二十册。经、史、子三部。

**二十四日(2月27日)** 敬礼来。

午刻,李拔可约一枝香西餐,坐有徐森玉、张菊生、高梦旦、郑振铎、费范九。

子丹弟来。

覆曹梅舫书。慰东寅同年之丧。子号俶甫。

**二十五日(2月28日)** 访王君九,昨返大连。

访刘晦之,为朱侣松之子一安求改调他行。

致吴舜臣书。舜老病,今已愈。廿日三都份徐国海等函公请接济,廿一日世珍等来函,代为请求,抄函请其酌办,并将致函交彼等一阅,如碍难拒却,或酌给种籽之费,以一百元为度。

覆朱侣松书。一安兄事卓甫允为设法,晦之允为他调。

张密庵锡棣,大纲公司。来,谭盐阜专员某向年留美毕业,臧君。在奉天商务印书馆,商请李拔可介绍。

至金城戏院,观《王先生秘密》剧。

顾立斋来。

**二十六日(3月1日)** 吊沈韫石之丧。

---

① 本句中"□"均原文如此。

章叔淳同敬礼来谭。

致朱侣松书。告今晨晤晦之、卓甫，得悉一安已调南京城北办事处副主任。

姚虞琴赠海宁查慎行《敬业堂文集》二卷。中华书局仿宋活字本。

至国际大饭店，答拜章叔淳，未遇。

罗子经交来徐行可书，附还汉周仲镜。

**二十七日(3月2日)**　访李拔可，谭张密庵请函盐阜专员臧君哲轩。介绍，拔可应允，并属菊生转致王云五加函。臧专员为王云五门人。

答访张密庵，告李拔可允函臧专员介绍，并请王云五加函。章叔淳与臧亦相识，允可致函。拔可属开一节略，照缮。

购商务印书馆：《缀遗斋彝器考释》三十卷，定远方濬益编录，特价二十四元，九折、二十一元六角。《古籀汇编》十四卷。徐文镜编，价五元五角，六折、三元三角。

致任心白书。交《缀遗斋彝器考释》价二十一元六角。

三时，至新雅酒楼，赴八十九次编审会，议印《黄山志定本》《黄山志续集》。《定本》七卷，计七百五十八页；《续集》四百十七页，内图四十四页。

覆徐行可书。收到周仲镜。建安镜已于二十二日函交姚虞琴转还。

覆罗子经书。附致徐行可书。

**二十八日(3月3日)**　安徽丛书会胡启明送中实支票计一百六十元。盖章。

李拔可、鲍扶九来谭。

溥西园、程演生来，未晤。

至蟫隐庐、来青阁小坐。

至中国书店，取《古籀文汇编》。云间马德璋辑。

致刘十枝书。赠《校礼堂诗文集》。

覆恽瑾叔书。来书鬻文，属为介绍友人，托售宋本书籍十余种，又《艺文类聚》亦为留意。

致吴舜臣书。来书病,系春温。请其不宜多进饮食及荤菜,调养服,自可日渐痊愈。

覆顾鼎梅书。汉刘熊碑敝处系有正石印本,已送关伯益,并同访刘晦之,借其旧拓各碑,亦允。

**二十九日(3月4日)** 费范九来谭,赠其尊人《费鉴清墓表》、陈衍撰。《墓志铭》、林纾撰。《家传》严复撰。墨迹,张经、钱恕山水印本。

游蓬莱市场。

朱侣松来谭,并谢为其一安调办南京城北办事处副主任。

## 二月

**朔日(3月5日)** 访张密庵,去常熟,未晤。

访李拔可,谭昨干岫庐云五,为张密庵函致臧哲轩,因事实情形不符,须俟密庵自常熟回,草拟节略,再送请云五改缮。

至大光戏明戏院,观《蓬岛春光》影剧。

至古香斋。报载,陈弢庵追赠太师,予谥文忠。于晨六时逝世,享年八十八。

访关伯益,未晤。

致王富晋书。托购《欧美储藏支那古铜器精华》(日本梅原末治著)、《续殷文存》(北平王铁庵著)、《攟古录金文类目》(商承祚著)。

**初二日(3月6日)** 访张菊生,谭大纲公司情形,并交书《鸳湖修禊图》卷首。葛词蔚属书。

访关伯益谭。

午刻,小有天贞元会,姚虞琴值会。

至宝善街中公顺里王恒昌永记号绸庄,购加重球文重锦一匹,约一丈八九尺。洋三十元。

黄公渚来,谭皇上三旬万寿进贡、祝嘏、赐宴情形。

**初三日(3月7日)** 雨山老和尚赴育王会,捐会资十元。

刘十枝来谭。

访关伯益谭，约往一枝香西餐。

沈慈护为侄寿乾结婚，送江绸喜幛。

**初四日(3月8日)** 张仲照来谭。

刘季秩初八日为子授室，送缎幛、花烛。

李斐君之室赵夫人讣至，送绸幛、烛、箔等。

瞿凤起来，未晤。

张密庵来谭。

至金城戏院，观《蛇蝎美人》影剧。联华公司出品，甚佳。

**初五日(3月9日)** 联华公司影星阮玲玉自杀。

游兆丰公园。

**初六日(3月10日)** 阅霍邱裴伯谦景福。《壮陶阁帖》，记其总目。元集六册，魏晋唐三朝墨迹；亨集八册，五代南北宋墨迹；利集十册，元人墨迹；贞集十册，明以后人墨迹。《续帖》十二册：元集第一册有《大般若波罗密多经》卷第四百九十一，有题字三行：大魏书佛经一卷，藏大秦寺西经阁，咸通十年善教住持识。每行十七字，字体同燉煌石室本。裴伯谦题北魏经生书。

瞿凤起来谭，赠庞子方大堃，钟璐父，鸿书祖。《古音辑略》二卷《古音备考》一卷。

游邑庙市场。

致恽季申书。还《壮陶阁帖》四十八册、《帖目》一册。十六日贞元会应由敝处值会，请照菜价二十元点菜，酌加鱼翅。

**初七日(3月11日)** 先光禄公五十周忌，在太平寺讽经。

李拔可来书，盐阜专员臧哲轩到沪，据云盲肠甫愈，匪区繁剧，实非所堪，大纲事已托其转告后任格外注意，渠大约不日交替也。

瞿凤起赠影刻宋写本《杨太后宫词》，由任心白函转。

**初八日(3月12日)** 李伟侯之弟妇李夫人领帖，吊之。

仁济堂开会，将北仁济里道契向永亨银行抵借六万三千七百元归还协济号一案送来议事录二册，察阅补签名字，随即签还。

刘李秩为子三时授室，往贺。

顾立斋来。

**初九日(3月13日)** 答谢丁、朱两姻亲,晤子盈亲家,坐中晤武筱平谭,在朱府晤侣松、犀园谭。

至内山书店,购:国币五元四角五分。《世界古代文化史》,日本文学博士西村真次著,合本普及版,昭和八年,定价日金六元特价四元八角,合国币三元九角五分。《中国年鉴》。民国二十四年,上海日报社编纂,国币一元五角。

至开明书店,购:计洋二元五角三分。《亚洲腹地旅行记》,斯文赫定著,李述礼译,一元五角半价。《南极探险记》,胡仲特译,六角半价。《甲骨文字与殷商制度》,周传儒著,末附《甲骨文书目》,四角半价。《内外蒙古考察日记》,马鹤天著,《新亚细亚学会边疆丛书》之三,民廿一年,一元八折。《东北考察记》。马鹤天著,六角,八折,民廿三年。

至百宋铸字局,交《安徽金石古物存真目》排样,晤徐志道谭。

刘大太太魏夫人六十寿,送缎幛、烛,收款、字。

周湘云之弟纯卿嫁女,送绸幛。

**初十日(3月14日)** 贺周湘云喜。

贺刘魏夫人寿。

翟晏如来,赠常熟红米、徽茶,谭振灾、匪灾事。答拜,亦晤。

程演生约六时东兴楼便酌。肴有黄河鲤,坐有程小苏。

访张燕昌,未晤。晚晤叙,书联赠之,覆请题《安徽金石古物考》书衣。

**十一日(3月15日)** 访关伯益谭,借阅青铜器说明书。十六日,送还。

至永宁保险公司,前保戴春记天通庵路宝通路口宝华里四十三号,后加入十三号,今将保单送请以十三号改加四十六号。十二日永宁将保单送来。

函鸿宝斋,付戴春记印成《安徽通志稿》料半纸壹百零八部、连史纸二百四十四部装订。

覆吴舜臣书。三都族人救济已说二十三户，给洋七十元。到沪之人探询兴和之子耀鸿及其母，此二人去腊已给其母子每人十元。世昌、世藻、国梁在石笙处。各佃借款、借稻，省各家情形再定。石笙、稚丹、海三公拚树，在赤岭先拚凤形，开价五千元，现减至三千元，或二千四百元。虎形因王老太太郭姓坟。

访李拔可，交张密庵来信并大纲公司节略。又晤任心白，略谭慈幼院事。叶蒲孙来谭。

五时，至新光戏院，观《空谷兰影》剧。明星公司出品，胡蝶演。

**十二日(3月16日)**　金祖润来，交安徽丛书会支中国实业银行B〇一四七七八。支一百〇七元、B〇一四七八〇。二百元两票盖章。

至世界书局，购：《世界文化史》，日本西村真次著，金溟若译，半价，七角五分。《实用珠算》。骆师曾编，半价一角二分。

覆余阶升书。函属为同族余文彬继室吴太宜人于二十日在清凉寺题主，覆书应允。

江幹廷之室陈淑人讣至，送绸幛、清凉寺经忏券。洋二十元。

三时，《安徽丛书》编印处开九十次编审会，在新雅酒楼，到程演生、黄宾虹、陈子言。

覆余节高书。大诗拜读，拜服。

赠翟晏如白兰地酒二瓶、笋二篓。

余阶升来谭。

**十三日(3月17日)**　三时，至新光戏院，观《蔷薇之歌》影剧。梅花影业公司出品，不佳。

**十四日(3月18日)**　访黄宾虹谭，赠《南陵先哲遗书》《黄山纪胜》。

张燕昌来，未晤，留题《安徽通志·金石古物考稿》《金石古物存真》书衣。

访张燕昌谭。

**十五日(3月19日)**　午刻，陈子言约功德林素餐。

致程演生书。演生属抄《说郛》中《建康宫殿记》，今抄寄。

致张祝秋书。请题《端虚室剩稿》书衣,赠新印《南陵先哲遗书》《黄山纪胜》。

**十六日(3月20日)** 报载,洛阳发现《魏咸信碑》,拟运置白马寺。

程演生来,未晤。旋答访,演生告我,上海市政府吴铁城约明日三月二十一日。上午十一时半在府讨论本市图书馆、博物馆筹备事宜,另有蔡孑民、叶誉虎、程演生、张菊生、王云五、黄宾虹、杜定盦、马宗荣、杨沧白(庶堪)。另柬约便餐,演生并云洪芰舲市府秘书兼二科科长。曾先商之。芰舲原名逵,字季麟,怀宁洪朗斋思亮之五子。第八子玉林在许静仁振会,第九子惠九在浙江省政府秘书。

午刻,贞元会,约章一山入席,会员到者恽季申、萧厔泉、吴董卿、夏剑丞、刘锡之、李凤池、朱佘晖,未到者姚虞琴、恽瑾叔、黄公渚三人。共用廿四元。

市政府吴铁城约讨论本市图书馆、博物馆筹备事宜函并约便餐柬先后送来。由洪科长转。

陈卓甫之太夫人八十寿夏历三月三日。公送寿屏,附福份洋十元。份洋送大陆银行上海储蓄信托部庶务处。

吊江幹廷之室陈淑人于清凉寺。

**十七日(3月21日)** 至黄宾虹处候程演生,同往市政府,晤洪芰舲,导往会客室,蔡孑民、叶誉虎、王云五先后至。吴铁城出见,略谭,遂聚餐。餐毕,会议图书馆、博物馆事,定名为临时董事会,蔡孑民图书馆董事长,王云五副之,秘书洪逵;叶誉虎博物馆董事长,程演生副之,秘书李大超。余与宾虹为博物馆临时董事,誉虎请加蔡孑民、马叔平。议于二十八日即阳历四月一日。开成立会。各股加推董事,于下星期前开单送会。临时董事吴铁城、马宗荣、杜定友、潘公展、沈怡、俞鸿钧、椉增基、董大酉、洪逵、伍连德、李大超、马衡、蔡元培。

视吴寄尘疾,未见。

晚,刘烈卿来谭,拟往莫干山。

昨，丁子盈来谭。

余母吴太夫人讣至，送绸挽幛，柬请二十日上午十时题主。子名成伟，字卓人，在邓禄普橡皮公司。

接李从龙之子家骍骅。函，告其父于正月十五日阳历二月十八日。殁于北平广惠寺，丧居东台县茶城巷口本宅。从龙人极纯正，重道义，奉佛至虔，前年冬忽遭冤抑，去夏来沪出售古物，竟未如愿，今以此受诬致死，可哀也。

**十八日(3月22日)** 访叶柏皋谭，交于右任印《急就篇》，并以《珊网一隅》四卷借右任。

南陵县耕牛总会范络珊、杨芷青、张和声来函，云中国实业银行耕牛贷款二万元供不给求，请商刘惠之、陈卓甫增加，当即往商卓甫、子树，云二万元外，只能酌加。

覆南陵耕牛总会书。晤刘、陈二君，耕牛贷款只可于二万元为标准酌加，将来可请王葆斋分别致函芜行及沪总管处，得以多加。

致吴舜臣书。覆耕牛会书请阅后即送。

华商水泥公司四时八十三次董事会二十三年度营业盈余六十九万九千七百八十元二角九分，股息周年八厘二万股分派十六万元，董监报酬二万九千元，法定公积七万元，职员花红八万七千元，酬恤二万九千元，特别花红二万元。

**十九日(3月23日)** 观世音菩萨圣诞，持斋。

龙华寺礼佛。

答拜刘烈卿谭。

江汉珊来谭，交南陵救旱委员会九二号捐册，捐募洋五百元，由南陵江三立堂送会。

**二十日(3月24日)** 十时，至清凉寺，为余母吴太夫人题主。

访刘晦之谭，为蒯若木询让赵松雪画《双松平远图》卷。

访丁子盈谭。

至金城戏院，观《逃亡》影剧。艺华公司出品，袁美云主演，佳。

吴报岳、康济民、李剑白来，未晤。为南陵春谷公所改归县教育局管理案。覆函寄西门全国海员党部李剑白转。

李子瑾瑜。来，未晤。

**二十一日(3月25日)** 沈醖石讣至，送丝葛幛。

覆蒯若木书。刘晦之为友人欲购《双松平远图》，彼意不愿远来，已函覆徐君雪石，鄙意中国实业银行不日在北平开股东会，可就近邀其纵观宝藏，真接谈判。或彼碍于情面，即由徐君互相传达，是否请临时酌之。

访李元之，为陈乃乾代开明书店商让汪梅村士铎。《南北史补志稿》十三卷，元之索价每卷三十元。

顾鼎梅来，未晤。

至影印宋版藏经会，为郭涵斋向范成师商定《宋藏遗珍》，认销十部，赠书一部。照预约，每部六十元，八折。

至中国书店，取：《两周金文辞大系图录》，郭沫若纂集，凡五册，价洋十八元。《江苏省立国学图书馆图书总目》，价十七元六角，子部、丛书未印成，经部八卷四册(一至八)、史部十卷五册(九至十八)、集部十一卷五册(卅一至四十一)、子部、丛书。《玉照集》二卷，铜陵胡承祝，乾隆壬戌刻本，共四种，洋三元。《山塘杂诗》一卷，青浦王昶。《杉亭词》三卷，全椒吴烺，乾隆刻本。《五声反切正韵》一卷，全椒吴烺，乾隆刻本。《鸿雪轩纪艳》四种。(同治十一年)，艺兰生撰，申报馆聚珍本：《评花新谱》《宣南杂俎》《凤城品花记》《侧帽余谭》。

**二十二日(3月26日)** 访关伯益，坐中晤鼎梅谭。

同关伯益至博雅斋，购：洋七元，三月三日付讫。《唐圭峰定慧禅师传法碑》，裴休撰书。西魏车枕洛造四面佛象，大统元年，陕西出土后藏诸城刘氏，今佚。东魏比丘洪宝造铭，天平二年，缺碑阴碑侧，河南登封少林寺，今毁于火。宋太平兴国禅院钟款，庆元五年正月。米芾像，铁梅溪缩临汉碑。

访陈乃乾，谭接洽李元之情形。

**二十三日(3月27日)** 陈子言来谭，留书，请商叶遐庵购古玉事。

王越千庆谔，枣强。同柯莼卿昌济，燕舲弟，胶县。来谭，越千赠汉画像，山东出土。索书扇并题《赵声伯书九僧诗》。

答访顾鼎梅谭，同访关伯益，邀往大西洋西餐。

为王越千书扇，并题《赵声伯书九僧诗》。

**二十四日(3月28日)** 昨，郭涵斋汇来洋壹百七十四元，定《宋藏遗珍》三部，照价九折，预约每六十元。如销十部，照八折，至邮费四元四角实收，欠每部四角。今交范成师，取预约券。

订户名单：九折收洋五十四元，邮费四元欠四角。朱长松，住址湖南长沙朝阳巷长记堆栈，预约沪字三九号；陈盛芳，住址长沙理问街十九号，预约沪字三八号；郭涵斋，住址长沙高升巷十五号，预约沪字四十号。

统算每部六十元，九折。九部共四百八十六元，八折。拾部共四百八十元，邮费每部实收四元四角。

访叶遐庵，未遇，旋来答访，亦未遇。

访程演生，谭河南、陕西博物馆情形。

至蓬莱市场传经堂，取残本《休宁县志》。康熙修八卷本，家藏残本系二十四卷本。

覆郭涵斋书。寄来定《宋藏遗珍》三部洋一百七十四元，送会取到预约寄上，并商定认十部八折。

叶柏皋来，未晤。

**二十五日(3月29日)** 连日腹泻，就鲍承良诊方。

**二十六日(3月30日)** 关伯益来谭。

曹梅舫同年来谭。

安徽丛书会三时开九十一次编审会，交程演生：《黄山志定本》七卷，又来青阁白纸一部(缺卷七)、竹纸一部(缺一卷)。《黄山志续集》八卷，又黄宾虹一部。《金陵古今图考》。明刻本。

至来青阁，取《国立北平图书馆馆刊》。第七卷第六号，四角五分。

中有《巴黎图书馆敦煌写本书目》(伯希和编，陆翔译)，新书绍介中有青松君《小檀栾室镜影》。

答拜柯莼卿、王越千谈，交为越千书扇暨题《赵声伯书九僧诗》，莼卿交其兄燕舲书。

陈乃乾来，谭汪梅村《南北史补志稿》十三卷价，听便。

晤陈子言，交还古玉，赠洋二十元。

至百宋铸字印刷公司，晤徐志道、韩佑之，交印《端虚室剩稿》排印费洋捌拾元。每叶排印并做纸版。

余卓人送大纶礼券二十元、雪茄亨白一匣廿五支。

**二十七日(3月31日)**　吊沈韫石之丧。

访李元之，谭陈乃乾已向王君同开明商定购汪梅村《南北史补志》未刻本十三卷。

三时，观萨龙画，并以《海内奇观》借阅，坐中程演生、溥西园、侗。黄宾虹。

晚，黄宾虹约溥西园、程演生与余陶乐春便酌。

**二十八日(4月1日)**　午刻，至黄宾虹处，待程演生来，同往上海市政府，出席市图书馆、博物馆临时董事会举行成立会议。至两馆性质，规定图书馆注重国际关系图书，博物馆以历史艺术为主。

访陈乃乾谭，交汪梅村《南北史补志》未刻稿十三卷。

晚，赴朱忆萱酒叙之约。

程演生今晚回皖。

**二十九日(4月2日)**　答访曹梅舫谭。

午刻，赴刘十枝来喜德国饭店西餐之约。

申刻，为卓小梅夫妇题主。

覆郭涵斋书。来书续定《宋藏遗珍》七部预约，并由上海银行汇来三百四十六元。今因前寄预约为九折，若照八折，难以合数，特变通办法，统为九折九部，另赠一部，以合八折之数，惟邮费不足耳。今寄上预约七部券五份(内赠券一份)，请检收示复。

至西泠印社，取：四元六角四分。《董美人墓志》，西泠印社印，四角九分。《吴让之篆书唐诗》，西泠印社印，三角五分。《吴窓斋篆书陶公庙碑》，苏州振新书社发行，五角七分。《吴窓斋篆书李公庙碑》，同上，五角七分。《吴窓斋篆书白鹤泉铭》，同上，三角五分。《唐人书法华信解品》，杨守敬印，五角四分。《唐诗三百首注疏》，建德章燮，一元〇八分。《唐诗三百首集联》。丁辅之集，七角二分。

## 三月

**朔日(4月3日)** 上海市政府市长吴铁城送来上海市博物馆临时董事会董事聘书。

至陈乃乾处，赠以《读史记十表》，乃乾交开明书局购李元之藏汪梅村《南北史补志》未刻稿十三卷价洋三百五十元，又赠《二十五史》预约券、《二十五史补编》预约券。合洋六十四元。当即送交李元之，并取致乃乾谢柬，再送乃乾，以结束此事。乃乾以取崇儿所编《南北史艺文志》三卷稿，亦赠《二十五史》预约券及《补编》预约券。

**初二日(4月4日)** 顾立斋来，将前存书画一律收回。

祀先。

中国书店赠我别下斋零本，可配旧藏之缺：《小蓬海遗诗》一卷、《屑屑集》一卷。

昨定君病，夜延林洞省针治。今午後，又针治，病渐痊。

**初三日(4月5日)** 至博雅斋，付碑价洋七元，又取碑十六种。

游邑庙市场。

至商务印书馆，访李拔可，昨去南京。晤任心白谭。

至中国书店，取：《北平图书馆馆刊》。第八卷第一号、第二号各一册，每期四角五分。

顾伯华、绍兴。叶蒲孙玉麟。先后来，未晤。

吊李斐君夫人。

**初四日(4月6日)** 卓府送雪茄烟四合。

李元之来谭。

林翼民来谭。叶蒲孙来,未晤。

**初五日(4月7日)** 顾伯华来谭,请题陆文烈公乔梓遗墨卷。

陈一甫同其六世兄由津来谭,拟初八日游英国。

江彤老自皖来沪就医,留午饭,以新印《金石古物考》样本出示。附印皖词,商办法。薄暮,答拜久谭。

**初六日(4月8日)** 晨至华懋饭店,答拜陈一甫、乔梓,其大世兄在启新洋灰公司,亦来沪。晤谭,并晤夏君,赠以西式修容等器一箧。

午刻,一甫来,大、六两世兄侍,留共午饭。

至鸿宝斋,赠其同人新半斋十元席票、酒二罈,收酒,退席票。并先付印费洋五百元。

邮寄陈弢庵太傅追赠太师,予谥文忠。绸挽幛。

唁李家驿、李家骅书。李从龙于去年秋间回北平,寓广惠寺,朝夕唪经。二月十七日晚犹与寺僧谈禅,入夜就寝,忽于次日(即旧历正月十五日)晨无疾而终。家驿就学在外,家骅随母居东台茶城巷口本宅。今寄奠份二十元、绸幛一幅。

**初七日(4月9日)** 高望之同高君定来谭。

覆安徽省灾区筹赈会书。缴还卅二号捐册一本,捐洋壹百元,由中国实业银行汇安庆旧市政府二楼。

致南陵救旱委员会。寄还该会九十二号收据并捐册。函。

致吴舜臣书。二月廿五日覆书云,覆耕牛会函已送交。耀鸿同伊母欲到沪卖田或押款,经其劝告,昨日伊母又来,借十元了事。晏县长前因要升科等与各堂不能融洽,与舜老尤甚。近来尚无意见,前月先嘱二科长视疾,后又亲同一、二科长来谈甚久云云。致救旱会书并收据、捐册请转交,收取回条。

覆余幼泉书。收印费五百元,连同上年共汇三千元。询印费,覆以约在四千元内。全书共印宣纸一百部、连史五百部,均已印成,约一星期内先将样书寄上。寄来嘉山金石不及补入全书,当另编稿。其历次所寄各金石,现正整理,另造清册奉缴。

访陈乃乾谭,以《补汉兵志》、李南涧、高欣木校刻本。《补汉兵志正讹》王元启撰。借开明书局，印入《二十五史补编》。

观乃乾藏书：《女范》□卷，有图，黄□□[①]编，明刻本。《河村文集》四卷，戴重。《余生诗集》四卷。戴本孝。

观新光戏院《漫游兽国记》。福斯公司出品。

**初八日(4月10日)**　答拜高望之、潜庐。乔梓，赠皖茶、蜜枣。

以《安徽丛书》编印会赠高吹万、姚石子第四期丛书请高君定转交。

捐徽宁会馆乙亥年长生愿洋二十一元。司总余源茂号收。

覆高吹万书。安徽丛书会赠第四期丛书交君定转呈，现拟印《黄山志定本》并《续集》，请借尊藏一校。

覆姚石子书。来书新得马庶少游之《怀亭琐记》钞本，询有无刻本。借宋于庭《朴学斋文录》。安徽丛书会赠第四期丛书交高君定转致。

致高君定书。代购《安徽丛书》四集特价六十元，九扣五十四元。

**初九日(4月11日)**　观伦敦中国艺术国际展览会出品。

**初十日(4月12日)**　顾伯华建。属题陆文烈公、讳钟琦，字申甫，萧山人，寄籍宛平。己丑翰林，山西巡抚。陆文节公讳光熙，字亮臣。甲辰翰林，游学东瀛，归授侍讲。乔梓遗墨卷，为题观款。

答拜顾伯华，未晤。高君定来，未晤。留存《安徽丛书》价五十四元。

至鸿宝斋，结算纸帐。

至藏经会，晤费范九，赠会印金藏《楞严经》卷子本十卷。约每部洋四元，计印四百部。

至佛学书局：价一元零五分。《西湖寺院题韵沿革考》，山阳姚悔盦编。《西藏佛教略史》，临川李翊灼。《印度佛教史》，《武昌佛学院丛书》，境野黄洋原著，慧圆居士编译。《西藏佛教略记》，释恒演述。《金藏雕印始末考》。

童心安来，未晤。

---

① 此处“□□”为原文如此。

**十一日(4月13日)** 濮秋丞来,未晤。顾伯华来,亦未晤。

访黄宾虹、李元之谭。

至新雅,晤陈陶遗、汤定之、陈子言、吴董卿、夏剑丞、黄公渚、陈灨一谭。

观意大利画家萨龙君个人画展。在华龙路十一号中法友谊会。

覆陈绳夫书:谢赠书三种。续弦,送贺分四十元。《字鉴》五卷,元李文仲撰,瑞安方成珪校。《古今字诂疏证》一卷,日照许瀚。《宋韩蕲王碑释文》二卷。顾沅。

至来青阁,取:《东皋诗存》四十八卷《诗余》四卷,如皋汪之珩征辑,乾隆丙戌刻本,码洋二十元。《柴窑考证》一卷,程村居士,宣统三年刻本,洋一元。《南村帖考》。抄本,实洋八元。

怡大纸号送来建兴仁加乾连史十件。每件十八元,当付力六角。

**十二日(4月14日)** 王君九来谭,约同往来喜德国饭店午餐。

鲍扶九来谭。

江易园乔梓同江知源来谭,邀往影印宋板藏经会参观,适费范九去江宁。

高吹万来书,送来《黄山志定本》七册、《黄山志续集》六册。

**十三日(4月15日)** 昨晚,姬觉弥约往高潜之寓中酒叙。

高望之、高吹万来谭。

访叶柏皋谭。

答访王君九谭,坐中晤濮伯欣。

午刻,赴丁于盈酒叙之约。

致叶柏皋书。送阅程兰川(文荣)《南村帖考》二册,抄本。

郑静涛来,未晤。前赠《观音灵课》《金刚经塔》。

答拜童心安,未晤。

访胡朴安谭。

**十四日(4月16日)** 顾伯华来谭,交还陆忠烈乔梓遗墨卷。

答拜江易园谭,赠我《安徽佛门龙象传》二卷,安徽通志馆印。并示募集佛光社基金及组织佛化模范商店书。

至百宋铸字印刷公司，交《端虚室剩稿》跋、书衣付印。

访关伯益谭，坐中晤北平美术专科学校校长王悦之。

午刻，赴高望之煌。一枝香西餐之约。

上海市二时博物馆在福开森路三九五号开临时董事会第一次会议。

**十五日(4月17日)** 程演生来谭。

张燕昌来谭，赠书扇。

访关伯益，未遇。

访江彤侯，亦未遇，留《金石古物考》宣纸、连史纸各一部，《安徽十一家词》宣纸一部。

瞿凤起来，未晤，留字，告其尊人良耜先生今晚来沪。

午刻，赴陈陶怡功德林之约。

汤定之赠《汤贞愍公年谱》，为陈韬编本。

**十六日(4月18日)** 访瞿良士谭，以藏古镜属为评值，余赠以新印《南陵先哲遗书》，又以《默庵遗稿》冯舒，世易堂原刻本。借其补钞阙叶。

访姚虞琴谭，交徐行可赠建安镜，请其寄还。

午刻，聚丰园贞元会，吴董卿值会，到，未入席即赴刘厚生素餐之约，坐有江易园、陈陶遗、朱子桥、汤定之、徐静仁、黄任之诸君，以《黄山纪胜》十部赠座上客。

访关伯益谭，赠连史印本《安徽通志·金石古物考》。伯益明日返开封。所著《伊阙石刻图表》，出售定价五十元，样本、序目实洋一元。

访江彤老谭，商定附印《安徽十一家词》，送《安徽丛书》编印会。又谭拟约王揖唐，请拨安徽铁路股款向龚仙舟交涉。赠《南陵先哲遗书》。

江彤侯、程演生来，未晤。

高裕瑞、寿征。李乃斌允卿。来，请证婚。

朱犀园锡■①。来为其兄侣松锡柏。之女从文订婚，李氏请执柯。

江易园赠《阳复斋诗偈续集》。明日返杭。

吴舜臣寄来南陵救旱委员会收到前寄经募九十二号捐册及收据联单二本、函一件收条。

**十七日(4月19日)** 程演生来，未晤，留函，明日六时从书会同人公宴王揖唐于东兴楼。

朱犀园来，未晤。

覆郭涵斋书。收到补送《宋藏遗珍》十部邮费十元，来信送会备查。

至中国书店，取：《东湖丛记》六卷，海昌蒋光煦，咸丰六年别下斋校刻本，洋五元。《楚器图释》一卷，永嘉刘节，甲戌十二月印本，洋三元。《金石著录名家考略》一卷续一卷再续一卷拾遗一卷，田士懿，二十四年二月刻本，洋三元。《古文声系》二卷，潢川孙海波，廿四年一月北平来薰阁影印，六元。《清代闺阁诗人征略》十卷补遗一卷，崇明施淑仪女士，庚申印本，一元四角。《金陵大学图书馆丛书子目备检》。青阳曹祖彬，廿四年一月出板，一元。

以新印《安徽通志·金石古物考》样本三部、宣纸一部、衬订宣纸一部、连史一部，均有套。又《安徽十一家词》宣纸印本。送江彤侯。

午刻，高寿征、李允卿约大西洋西餐。

**十八日(4月20日)** 访程演生，谭四年来编《安徽通志·金石古物考稿》情形并稿费、印费收受缘因。

贺陈新铭嫁妹沙氏。沙还(俶周)侄、允祚(延甫)为健庵老友之子孙，送花篮。

四时，为高朋、李仲昭在中社证婚，送花篮。

五时，为朱昌年临川人。之子颖如朱锡柏侣松。之三女从文在致美楼新式订婚作介绍人。

六时，安徽丛书会公宴王逸塘、许静仁，逸塘未至。

---

① 原文如此。

杭县姚竟夫兆。来，未晤。

购袁估碑：袁宏烈，号炳之，江宁人。《唐圭峰禅师碑》，裴休撰并书，陕西鄠县，大中九年十月十三日，旧拓未断本。西魏车枕洛造四面佛象，四面刻，正书，有象，大统元年。陕西，后归诸城刘氏，今佚。东魏比邱洪宝造象，天平二年，河南登封少林寺，今毁于火。米芾象，钱梅溪居士缩临汉碑，宋太平兴国禅院钟款。马景修撰，正书、阳文，庆元五年，在四川达县。

又以《小檀栾室镜影》易袁估各碑：《汉武都太守耿勋表》，分书，额分书，熹平三年四月廿日壬戌，在甘肃成县。《汉领校巴郡太守樊敏碑》，石工刘盛息懆分书，额篆书，建安十年三月上旬，在四川芦山。《唐姜行本纪功碑》，正书，额正书，贞观十四年，在新疆哈密。《唐美原神泉诗序》，韦元旦撰，尹元凯篆书，额篆书，垂拱四年四月，在陕西富平美原镇。碑阴《美泉神泉诗》，徐彦伯等撰，尹元凯篆书，额篆书，垂拱四年龙集戊子四月戊□。《蜀中书令贾公阙》，分书，在四川梓潼。案，宋乾道题记云“贾夜宇阙”。左方向□题记，正书，乾道六年，旧拓本，今记已泐。《隋苏孝慈墓志铭》，正书，仁寿三年三月。此石出土拓本无跋，后有跋，最后将跋磨去，此为出土最初拓本。《汉嵩岳太室石阙铭》，分书，篆额阳文，后有题名，元初五年四月吕常造，在河南登封嵩山。《汉嵩岳少室神道阙铭》，篆书，额篆书，前有残字十一行，后为题名，三月三日。按，王良常《竹云题跋》考为延光二年，在嵩山。《汉开母庙神道阙铭》，篆书，铭词二十五行，延光二年，在嵩山。第二石篆书，前为题名十一行。《五官中郎将鹭陵堂溪典请雨嵩高庙铭》，分书，熹平□年。汉少室东阙江孟李阳等题名。分书，五行，无年月。二十二日将《镜影》取回，改为现款，作价二十元。四月七日付讫①。

**十九日(4月21日)** 午刻，张燕昌、陈子言约会宾楼便酌。

致余幼泉书。寄《金石古物考》样本衬订宣纸、宣纸、连史纸各一部，《安徽十一家词》样本宣纸一部，另装同样全份，就近送请彤老赐教。月内成书宣纸一百部(内衬订卅部)，连史二百部，余三百部暨《金石古物存真》四十部阴历五

① 本段中“□”均原文如此。

月节可成。

**二十日(4月22日)** 瞿良士、启甲。瞿旭初耀邦。乔梓来谭。

至怡大,同盛觐唐商定退回连史纸二十二件,找洋四百七十九元六角。应扣上欠九元二角八分,净找四百七十元三角二分。

陈墨移之夫人讣至,寄丝葛挽幛。

**二十一日(4月23日)** 刘季秩夫人顾夫人明日五十寿,送幛、烛、桃、面,收款、字。

覆曹纕蘅书。上巳乌龙潭禊集,以《李太白春日陪杨江宁宴北湖作》纕蘅代拈竽字,寄诗一律。

覆徐行可书。行可又由姚虞琴寄来建安镜,仍谢之,交虞老转还。寄赠《南陵先哲遗书》。

覆曹梅舫书。苏宅承向李子扉探询房主优待情形,甚感,鄙人能于月内来苏看屋固善,否则俟老同年自宝应回苏后接洽,或访子扉先生一谈,藉观该屋也。

怡大纸号收回建兴仁加魁二十一件、加乾十一件。内有新送来加乾十件,余均上年所买,净退回二十二件。付力一元小洋四角。

**二十二日(4月24日)** 贺刘季秩夫人五十寿。

访程演生谭,同访瞿良士、瞿旭初乔梓途遇齐俊卿,约往来喜饭店午餐。

至来青阁,晤杨寿祺,谭新购慈溪冯氏书为县政府扣留。

**二十三日(4月25日)** 安徽丛书会金祖润来交B〇一四八一。五百元支票盖章。

李耆卿来谭。

覆龙榆生书。借周仪暐《味隽斋词》、周济《存审轩词》、王士祯《阮亭诗余》钞本三种,校《汇刻清代三十名家词》。赠新印《安徽十一家词》。

敬礼婿来谭,晚间去南通。

四时,华商水泥公司八十四次董事会。

覆南陵县长晏志千县长书。属向上海银行先容进行借款,覆以中国实业银行刘晦之已于月初因病就医北平协和医院,返沪之期现尚未定,该行又无他人能行接洽，此事一时无从进行。

覆盛彝斋、杨芷青、方德斋、陈夺声、陈海汇书。属向中国实业银行商借二万元，以本年附税担保归还，并由银行派员监收，附钞借款办法。覆函同上。

覆吴舜臣书。寄来晏县长暨盛彝斋诸公函，覆函同上。又函告去腊廿六日县政府开紧急会议，欠饷四月，闻有兵变之说，必须借七千元结果借廿四年一期四千五百元，又碉堡捐借一千元，我处派二百七十五元，碉堡捐八十元，年终卖稻八十石，价四元二角，了清捐款。日前又向城区各业户借二期三千元，虽然如此，终难维持此四个月也（如沪借款不成，必用强硬手段），地方附税确有十万余元，收支符合。又覆寄来南陵救旱委员会收缴捐册、收据条。

**二十四日（4月26日）**　胡朴安来谭，因事不克，游虞山，遂电告演生转申王涤斋，演生来告知朴安来谭，适高吹万寄到《黄山志》三十二册，遂交演生。

致瞿良士电。文曰：朴安因事改期游虞涤斋，演生遂不成行，请转致毅夫先生。毅夫名桓，翟晏如之子，现任常熟县。

访江彤侯谭，演生来，邀同往小有天晚餐。

答拜李耆卿，未遇。

至来青阁，商安徽丛书会拟购残本《黄山志定本》。

**二十五日（4月27日）**　夏剑丞为第五女承玟于归杭县吴氏，在新亚酒楼结婚，送花篮，往贺。

二时，上海华商水泥公司开股东会，改选董事、监察人。

晤刘鸿生，见其二子，新自欧美留学毕业回沪。一在美国，一在英国。

蓬莱市场朱瑞轩开设传经堂书店。新自徽州来申，约往观书，取：计洋十二元，三十日托郭石麒转交。康熙修《休宁县志》八卷，破碎有缺叶，洋七元。《吴楚诗钞》十八卷，真州李少元辑，乾隆乙酉刻本，洋二元。《再增摭古遗文》二卷，李登，万历甲子刻本，洋二元。《船山诗草选》六卷，遂宁张问陶著，石韫玉录，嘉庆丁丑黄丕烈刻本，洋一元。《卫生集》二卷。古吴华梧栖纂辑，乾隆戊辰刻本。见有《黄山志略》一书，索价十六元，未购。

覆高吹万书。寄来黄山旧志三十二册,已由邮局先后交到,当即送《安徽丛书》编审会一佚,审定再行奉闻。

**二十六日(4月28日)** 观新光戏院《落花时节》影剧。徐来主演。

至来青阁,取:《新编目连救母劝善戏文》三卷,郑之珍编,万历壬午刻本,洋十元。《汉诗统笺》二卷,《汉乐府三歌笺注》《急就探奇》,嘉庆刻本,江都陈本礼、男逢衡校读,洋五元。《丛书目录拾遗》十二卷,孙殿起录,廿三年刻本,洋三元。继沈乾一、刘十枝、杜月笙三目而作。《王氏兰谱》一卷。宋龙江王贵学著,抄本,汲古阁有刻本,再考。

至古香斋,取:蓝田叔瑛。八百有龄画幅,骆佩香女史绮兰。花卉轴,马江香女史荃。花卉轴,金冬心人物画轴。廿八日退回。

**二十七日(4月29日)** 访江彤侯谭,程演生、程小苏亦在坐,遂约德国来喜饭店晚餐。

吴舜臣函告县政府,请陈海汇来沪商借款。

安徽省灾区筹赈会收到经募捐款一百元,缴还捐册一本,来函并收条。

武子芸鼎熹。来,未晤。

**二十八日(4月30日)** 武子芸又来两次,仍未晤。

姬佛陀四十八岁生辰,送花篮贺之。

陈海汇由南陵来,交晏县长讯,请向中国实业银行借款。

江彤侯、程演生、程小苏、王叔平来,未晤。叔平名立中,黟县人,有《命理初年谱》。

六时,程演生约陶乐春晚餐。

**二十九日(5月1日)** 晨访答陈海汇谭,同往中国实业银行总管理处,访刘晦之、陈卓甫,均在南京。后同访程小苏谭。

王欣夫来谭。

姚石子来谭,借阅桐城马少游庶。《怀亭琐记》四卷,并为其戚石子之妹婿周迪前属书联幅。迪前喜藏书,扁其堂曰"小书种堂"。

晏武章来谭。晏志千县长之侄肄业暨南大学,今年毕业。

武子芸来谭。

永儿午后往镇江。

致吴寄尘书。询疾，赠《南陵先哲遗书》。

赠丁若农《南陵先哲遗书》。

王逸塘揖唐。同李木公乔梓来谭。

**三十日(5月2日)** 至中国书店，托郭石麒交朱瑞轩书价十二元。

访江彤侯谭，坐中晤洪芰舲，晚约彤侯、演生在聚丰园便餐。约王叔平、陈海汇，未至。

## 四月[①]

**朔日(5月3日)** 访江彤侯谭。访王叔平，未遇。

答访姚石子谭，未遇，留宋翔凤《朴学斋文录》三卷借之。

陈海汇来谭，留午饭，赠《南陵先哲遗书》。往访，未遇。

四时，华商水泥公司八十五次董事会，新董监成立会。新选刘鸿生、华润泉董事，徐致一监察(次多数谢培德)。旧董谢仲笙、张效良，旧监察沈叔逵落选(次多数沈叔逵)。

赠李拔可《黄山纪胜》二部。

水泥公司送二十三年度董事报酬。

覆陈绳甫书，收到前送贺分四十元来函言谢，告售书除《说文》均隶外批价六折。赠我《渤海图志长编》二十卷。辽阳金毓黻撰，甲戌活字本。

**初二日(5月4日)** 陈夺声之子在暨南大学。来，未晤。名保真，号璞珊。

午刻，聚丰园贞元会，刘锡之值会。

三时，《安徽丛书》编印处在新雅酒楼开九十三次编审会。

---

① 自乙亥年四月起，稿本多潦草难辨，且有虫蛀损坏，多有缺漏，因此“□”出现频繁。

访陈海汇，未遇。

江彤侯来，未晤，明晨往浙养疴之江大学钟钟山家。

至来青阁，取:《南村帖考》四卷，嘉善程文荣撰，刘世珩刻本，洋三元。《韵麋词》一卷《后词》一卷。洋八角。

杨寿祺赠我新印棉连《簠斋吉金录》。

七时，赴陈乃乾觉林素餐之约。

**初三日(5月5日)** 至怡大纸号，收回纸价四百七十元三角二分。建兴仁加魁廿二扛。

至蓬莱市场。

覆李子扉书。约观苏寓，一时未克来苏，约旬日后视梅老疾并领教，既先有他人看定，亦可接洽。

覆柳翼谋书。谢赠张文贞公手书诗稿、吴江张慰祖《榖梁大义述补阙》、第七期馆刊，属向演生索《安徽丛书》第四期，已转致，演生不日去宁面呈。覆赠《南陵先哲遗书》(有《读史记十表》)、《阐义》。

覆龙榆生书。考《味隽斋词》误题周仪玮，借毛大可《毛翰林词》(附《拟连厢词》)原刻本一册。

陈海汇来谭。

延余伯陶为定君诊方。

**初四日(5月6日)** 九华山妙珑师来。

范成师来，以《藏经汇目义门》万历间支那本。相示。

晚，范师约妙师餐叙，属往作陪。

姚石子属为其妹婿迪前君书联及立幅书成，交之。

为陈海汇书联、扇，并为晏志千、南陵县长，湖北人。万经远、一科长，湖北人。曹培之、二科长，湖北人。郭恒箴司法，潜山人。书联。

海汇又为杨筠青求为其父庸盦君书联。

**初五日(5月7日)** 晨访海汇，同至中国实业银行，刘晦之、陈卓甫尚未返沪，晤刘子树，告以南陵借款情形。

午刻，约陈海汇、姚石子在来喜德国饭店西餐。

四时，同海汇至金城大戏院，观《国风本事》影剧。

**初六日(5月8日)** 怡大纸号盛觐唐来。

致郭涵斋书，介绍影印赵城金藏《楞严经》。

覆费范九书。收到《楞严经》十卷，已致函郭涵斋介绍。

妙珑师来。

汉文渊书目有沈虹屏女史彩，平湖人，陆煊副室。手书《春雨楼书画目》一卷，亟往购之，已先为平湖某君购去。

游邑庙市场。

安徽通志馆寄来通志稿印本：《舆地考水系稿》，江系水上编三卷、浙系水中编一卷、淮系水下编四卷，灌云武同举撰。《教育考稿》八卷，《交通考稿》一卷。

**初七日(5月9日)** 至来青阁，取：《平定粤匪纪略》十八卷《附记》四卷，官文序，同治四年。《平浙纪略》十六卷，杨昌濬序，同治十三年。《吴梅村先生年谱》四卷，顾师轼编，道光廿四年刻本。《三国时代薄葬考》一卷。莱阳于世琦，民国二十年。

午刻，程听彝、俞寿丞约聚丰园酒叙。

约陈海汇至暨南大学，答访晏武章、陈朴珊。

敬礼由南通来。

付袁炳之碑价洋二十元。其子小之有收条。

**初八日(5月10日)** 晨，约陈海汇至中国实业银行，会刘晦之，商南陵附加税借款，允致函芜行。

张和声来，未晤，留赠茶叶、蜜枣。同刘蕴斋(琳，南陵)来。

海汇来，请代拟覆晏志千县长函稿。

赠晏志千县长、万经远、一科长。曹培之、二科长。郭恒箴司法。《宋元科举三录》《徐公文集》、放大赛连印本。《南陵先哲遗书》、无《读史记十表》。《阐义》各一部，又赠海汇一分。

**初九日(5月11日)** 答拜张和声、刘蕴斋谈，和声力商代取徽宁会馆借款一千六百六十余元，坚决拒之，程小苏在座调解。

郭文卿、郭鸿诒为侄女缦云与周君涤烦结婚,寄红花缎喜幛。

吊于稚香母之丧,送花圈。

覆晏志千县长书。告同刘晦之接洽附加税借款情形。

海汇来辞行,明晨回南陵,以覆晏县长书请其转交。

覆陈乃乾书。开明缺书四种无藏本,有蔡云《续人表考校补》、王元启《汉书律历志正讹》,可借钞。

覆吴舜臣书。告附加税借款情形。送县长诸人书籍、对联。

**初十日(5月12日)** 前日,延西医黄雯为定君诊疾,今请其覆诊。

致刘晦之书。送宣纸衬订本《安徽通志·金石古物考稿》。

李拔可来谭。

致李木公书。送宣纸衬订本《安徽通志·金石古物考稿》。木公去北平。

访程演生谭,以江彤侯赠《金石古物考》宣纸衬订本。交之。

**十一日(5月13日)** 鲍子丹同陈倬斋来,未晤,倬斋留陈厚甫书卷。

范成师来,出示元至元二十八年惠月禅师书《华严经》一卷,共十五卷,梵夹本。每卷有图像,书法工整,以金银间之,遇如来佛、菩萨、法、天等字用金笔,经文银笔。后有惠月禅师题记。梵夹本,磁青纸,半叶六行,行十八字。

**十二日(5月14日)** 刘孝恂来,告其叔晦之将无锡支行副理停职。

张和声来谭,拟即日往游西湖。

鲍子丹又同陈倬斋来谭,并以近画山水相示,商订笔润。答拜,未遇。

访答范成师谭,取元惠月禅师题《华严经》二卷,第七十九卷、第八十卷两卷。又观碛沙藏本《普门品经》一卷、《仁王护国经》二卷。后有跋。

赵叔雍来书,还前借杨宛叔宛,秦淮名妓,茅元仪室。《钟山献》四卷，附商以番佛百尊易得之，又赠其嫂吕景蕙《仞佩轩诗词草》新印本。

**十三日(5月15日)** 访张仲照，未晤。

覆陈进宜书。寄来《列国币考》《殷契剩义》十五册托销，今邮寄书价五元。

覆陈乃乾书。借王元启《汉书律历志正讹》，交开明印《二十五史补编》。

访狄平子谭。

**十四日(5月16日)** 游胶州路公园。

**十五日(5月17日)** 约黄雯为定君诊方。

**十六日(5月18日)** 《安徽丛书》编审会九十四次在新雅三时开会。

午刻，聚丰园贞元会，夏剑丞值会。剑丞赠《夏吷庵画集》，林贻书自北平来，交杨芷姓赠瑞洵《犬羊集》。

至古香斋，购泉范一刀平五百一范，五铢五范，均陶质。六方。议价二十四元。

为陈倬斋请萧厔泉、黄宾虹、夏剑丞、姚虞琴、黄公渚介绍题名。

宗礼白来谭，送其尊人子戴先生墓志铭，又赠其自撰《癖泉书室所藏泉币书目》。

**十七日(5月19日)** 徐汇生、传友。张和声来谭，汇生往黄百度处，留和声午饭。任心白来谭。

访黄宾虹谭，请题矢彝、矢尊拓本，赠以《金石古物考稿》。连史印本，有套。

答拜徐汇生，未晤，留赠《南陵先哲遗书》《黄山纪胜》。

访江知源，未晤，留赠宣城蜜枣、九华山茶。

访张和声谭，约往德国来喜饭店晚餐。和声致书孙伯辰，不满意不在徽宁会馆代领借款，并牵涉耕牛借款事近诬。退还上年向徽宁会馆借约，和声当书收字。

**十八日(5月20日)** 晨八时，附车至苏州，视曹梅舫疾，渐愈可喜,留午饭。访李子扉,未遇,六时返寓。

送张和声洋酒四瓶、蛋卷四罐。

**十九日(5月21日)** 林贻书来,未晤。

江一平律师代表徐世翔来函。

访吴树人谭,请代拟稿函复江一平律师。

**二十日(5月22日)** 访江紫尘谭。

覆江一平律师书。

答访林贻书、宗礼白,均未遇。

访赵叔雍,未晤,留赠《南陵先哲遗书》。

吴蝶卿来,未晤。答拜,亦未遇。

**廿二日(5月24日)** 晨十时,仲昭来约至汪子健处,永儿同往。谭签定委任代表书,交抄。厚孝分产,无庸他人干预。事又□□。亲笔两函,以公产请抵押 本。另世翔、世麟分产各信等件二本。皆亲笔,家中未□稿。又附抄家族□。略注事由。又陈群来信。又江一平信。又覆江一平信四纸。又子丹弟来信一纸。付公费,收条请筦生交淑畹。付张车□二元。汪令暂避其锋。同至仲昭处,约筦生同午饭。先令永儿回家,告知情形。旋永儿来,同乘四时车行。八女来送,亦略告之。车行时,在昆山晤吴树人,询情形,告以暂避,免遭暗算。九时三刻抵镇。

丁若农、谢彝伯来迎,送至大华旅馆。十一时,丁、谢先行,永儿谈至十二时,至若农家,二时回沪。

**廿三日(5月25日)** 晨丁、谢约往面馆早餐。谢做主人。买雪茄三四角,手杖一元,零物四角,共。丁、谢来,共午饭。

午后,访谢彝伯谭,旋回寓。晚,丁、谢来,共晚饭,谭至夜十时散。

**廿四日(5月26日)** 晨购零物,伞九角,信纸、信封三角。访丁若农谭,留午饭。永儿奉告阴廿二、三日上海情形。信存若农本人处。

午刻，移寓若农家，栈房账若农代付。谢、季世兄先后来，谈至十时散。季住绍宗图书馆读书。

**廿五日(5月27日)** 晨购鞋帽三元。接永儿奉告廿三、四日上海情形。

致崇儿、永儿信，详告运志书至安庆办法，并致馆长函稿等。送筱帅寿礼，李拔可寿礼。《端虚室诗稿》八十元，信有错误，因已付讫，有发票收讫。夹在历年印书账簿中。鸿宝斋保险六千元向永宁移转，现存志书地点、张、丁地址及电话号数。各董会开会，大照请美权，水泥请鸿生，然大照可不必。

**廿六日(5月28日)** 永儿来信。

覆永儿信。

**廿七日(5月29日)** 淑畹来信。永儿来□。八女来□。

覆八女、永儿信。晨，万花楼面点。若农付价。

**廿八日(5月30日)** 覆崇儿、八女、永儿信。晚十时，永儿由沪来，夜二时回沪。带来衣服、鼻烟壶等，又洋一百元。又淑畹、崇儿、八女信。

**廿九日(5月31日)** 晨，万花楼茶点。游中泠泉，品茶。新园林茶点。谢彝伯请。

## 五月

**十六日(6月16日)** 晨新园林茶点。

若农到沪，后电话来，云午后四时附车回，心疑曼丽已殇。

**十七日(6月17日)** 午刻，谢彝伯告我，昨晚十时若农同琴南子妇已挈仁孙来，未先告我，恐我受惊恐。随来见，心中凄然。五时，若农全同琴南新园林，晚同琴南谈家事。

**十八日(6月18日)** 永儿信来，作书覆之，主张仍服胡少堂先生药。寄来通志各帐单。致崇儿书。闻淑畹失眠，代劝放怀。代拟复陈西甫、曹梅舫信。闻崇儿□胃病。

致八女书,主服胡药。□预算印志书帐。

陈西甫信,晋泰公司事。

曹梅舫信,苏州新宅事。

买古巴雪茄三合,洋十元。大马路裕昌广货店。又买玫瑰妹烟一合,四元。

给林福洋伞,洋一元。

**十九日(6月19日)** 永儿书来,告往见汪律师谈话情形。寄来第二次运志帐单,并家存志书单。

**廿日(6月20日)** 郭礼征、郭肖庭来,未晤,若农接见。郭道弥派人持片来约午饭,辞以养病。

致定君函。致崇儿函。致八女函。覆永儿函。晚电话询定君疾,覆云好。

**廿一日(6月21日)** 午前,闻昨郭礼征至余处,后又访余公园山上,车翻受伤,至医院。午后,嘱若农去看,未见。

致崇儿函,收到寄来上次寄通志馆函稿及第二批寄书帐单稿,均收到。

致永儿函,告郭礼征昨日车翻受伤在医院情形。

覆八女函,淑畹要觅三楼三底房子,先行进去住住。覆以丁筦生家左近或威海街朱亲家太太左近有吉利之宅,请黄小松一看。

**廿二日(6月22日)** 晨六时,永儿来。

**廿三日(6月23日)** 吴寄老来函,约明午在绍宗图书馆午饭,范成在坐,覆书允之。

致八女函。收到预算通志帐单三纸、通志馆历年寄来碑目一本。雪茄烟四合、鸡蛋挞一罐。永宁公司保险帐单前永儿已带来,望勿再找。晚,丁若农大华晚餐。

**廿四日(6月24日)** 辞吴寄尘午饭。若农辞。永儿告我须移居,询实在情形,始实告。

三时,附大华船来通,夜四时抵岸,并先电话致礼。

退老命敬安、小铸来接。退老贤梁孟起迎并备点。

**廿五日(6月25日)** 给丁仆廿元,又加给五元。又牛奶、日报十元。买船票九元,上船车力一元。永儿晚十一时去通,大裕轮。给川资十元、茶房三元,以上在镇。

**廿六日(6月26日)** 覆崇儿信。寄志书函稿之本。又送从堂令书九部,致演生稿。

致八女信。

**廿七日(6月27日)** 复淑畹信,来函告慕邢事。陈妈说。

复八女信,看定张家花园荣福里三楼三底一宅。小松看过,大利。复函,即定先辞退廿三、廿五号两宅,又告之另找小洋房。

大儿来函已阅过,匆匆不复。

**廿八日(6月28日)** 晨阅《申报月刊》,创刊一周年纪念,第二卷第七号。民国廿二年七月十五日,中国现代化问题号内《印度丛谈》,谭云山撰,云本文各节自成段落,不妨分阅,第一至二十节已在本刊第二卷二号起陆续发表,本期节目如下:(21) 佛之名号行述,(22) 印度佛教今昔,(23) 释迦牟尼故乡,(24) 六大佛教圣地。此月刊回沪后须买全留阅。

八女来信,静安别三楼三底三层楼一宅,月租二百五十元,电话告不租。

**廿九日(6月29日)** 复定君函,来函竟租小洋房养疴。午刻到,廿八日晨发。当电话,静安别墅有二楼二底洋房照租,□月百元。

覆八女函,同前,意较详。

**卅日(6月30日)** 崇儿九时到南通。复淑畹信。覆八女。

## 六月

**朔日(7月1日)** 午后,至有斐馆沐浴,崇儿侍。游北公园。

阅《平浙纪略》十三,同治元年冬,左文襄通檄已复各属曰,浙江频年遭贼扰乱,几无完土,兵燹之后,疾疫流行,哀我残黎,何以堪此用。条列十二事,府县其各设一局,名曰同善,择廉□绅士董之并耽,其分属乡村应办事宜四条。

**二日(7月2日)** 晨游南通博物馆,给车力一元。崇儿今晚回沪,给川资十元。

致淑畹、定君信。致八女信。覆永儿信。永儿在镇来书云,初一日同琴南返沪,侍娘疾,并告寄志书信崇儿交来阅过,寄书勿受潮。买商务书五种,码洋七元四角,在尔母处取。

**三日(7月3日)** 晨,同退老观春城。

**四日(7月4日)** 晨敬礼来通。永儿带来买商务书并各书目。

晚十二时,同于稚兵去沪。

致八女、崇儿、永儿函。催定君迁居新宅。永儿带来商务书敬礼交到。

寄还胡先生廿四日诊方,交八女收。查黑花小鼻烟壶。

催寄通志馆书箱九只。

二媳既未返沪,自应从缓,盖因新居未必宽大,人众聚在一处,养病亦不相宜。

**五日(7月5日)** 阅《中国秘密社会史》毕,是史为日本平山周著,译订者商务印书馆,民国元年五月出板。史中目次:第一章白莲会,第二章天地会,第三章□三合会,第四章哥老会,第五章兴中会及同盟会,兴中会及同盟会纪孙逸仙,事甚详。第六章光复公会。光复会纪黄泽霖罪状。虽事实未尽确凿,然亦可知其大略矣,俟到沪时,再访求此史传本。

**六日(7月6日)** 阅《越南亡国史》毕,后附《越南小志》。是史为越南亡命客巢南子述,《小志》为饮冰著。饮冰为梁任公也。光绪卅四年广智书局出板。史记越南亡人之言,志记越南兴亡陈迹。定价二角五分。

覆八女、崇儿、永儿函。定君允迁居新宅。志书已寄安庆。催李元之校嘉山金□。命八女来通。

**七日(7月7日)**　淑畹来信，云永儿在家胡闹。威凤里订合同，半年。阴历十月止。

**八日(7月8日)**　八女来，晚即回沪，给洋十四元。致崇、永两儿函。寄致通志馆报销函稿，又单据十七张。

带来《端虚室诗稿》四本。

**九日(7月9日)**　永儿来函，告奉娘命移至新宅。

**十日(7月10日)**　同敬安游南公园，品茗观荷。

**十一日(7月11日)**　致八女、崇、永儿函。

**十三日(7月13日)**　游南公园，即千龄观。观荷。晚附大达公司大裕轮回沪。七女同行。

**十四日(7月14日)**　晨抵沪。至淞云别墅，晚回寓。

丁箎生来谭，赠箎生丁香花五盆、果园桃二篓。

**十六日(7月16日)**　敬礼同姮女返通。致谢退老书，赠《推背图》两本。一东洋印本，一上海印本。

**十八日(7月18日)**　晚，延蔡先生诊方。

**十九日(7月19日)**　赠叶遐庵《金石古物考》、有套。《端虚室诗稿》一本。赠费范九，又，又二本。

赠范成师《金石古物存真》一本、《端虚室诗稿》一本。

购范成师元僧惠月写《华严经》卷七十九、八十。二册，四十元，至元二十八年四月八日写。

**二十日(7月20日)**　赠李拔可《金石古物考》、有套。《端虚室诗稿》一本。

致许从叔书，寄《端虚诗》一本。

致章中如书，还去年借滁县金石拓本卅六种，赠《金石古物考》(有套)、《端虚室诗》一本。代收章友三益。名片。

**廿一日(7月21日)**　晚，延蔡先生诊方。

丁箎生来谭。

**廿二日(7月22日)**　致袁守和书，寄僧《金石古物考》。有套。

致蒯若木书,又《端虚室诗》。

晨,定君受永儿激刺又病。

大照来董事夫马七百十二元六角。实业。通志馆中央。汇来印志书五百卅六元,先后三千五百卅六元。

**廿六日(7月26日)** 致汪启我书。致尹润生书。致张祝秋书。各赠鲍诗四册。致萧子文书,赠二册。

**廿八日(7月28日)** 送宣古愚连史《金石古物考稿》、有套。鲍诗一本。

送李元之连史《金石古物考稿》一部、鲍诗二本。

又□□□□书,谢赠《晋石厂丛书》等,覆赠通志艺文集部二册,又鲍诗一册。

**廿九日(7月29日)** 致束劭直书,寄佛学书十二种。

覆富□书社书,收到甲骨文编□□□。

赠鲍子丹鲍诗一册。

华商水泥公司八十六次董会,请李拔可代表。

又来函请查照五月四日第四七九五号公函交股票存公司,今覆函,送七一一号、七一二号计四十股当收到,保存股票收据第七号填七月廿七日。收据,负责人监察徐静安、徐致一,总经理华润泉。

## 七月

**二日(7月31日)** 覆许从叔书,赠鲍诗五十册,又《圣学宗传》《阐义》。

覆鲍景山书,赠鲍诗二百五十册,又纸版全副、翁书《金刚经》二册。

为蒯若木抄礼公《咏古》四律。

致丁若农书,送竹林寺佛经。又为定君赠《金经旁解》二百册。

致郭礼征书。收董花红七百十二元,送息折。

**五日(8月3日)** 子丹弟来,交淑畹、定君阅江一平致其书,即抄稿证明代表交付历年孳息万元，并总声称稍暇即与结算。又云阁下为本案重要人证，务请代表，事实据实函示云云。真是荒谬造谣。丁筦生来。

**六日(8月4日)**　覆蒯若木书，并白纸正《随庵丛书》。

覆郭礼征书，收到各件。

淑畹昨至筦生处谭，归来即觉不适。今延曹融甫诊方。

**七日(8月5日)**　再覆蒯若木书，告礼公《扬州咏古》四律鲍景山来函，遍寻不得。

覆光铁夫名大牛。书，光拟编《安徽闺阁诗人小史》及其遗著，属抄张淑方、曜方、淑仪三女史诗词。今抄寄。

覆王搢青书，购文禄堂《峨眉山志》《清史艺文志》，十元〇四角，今邮。汇十元，又邮票四角。

覆章一山书，代张文伯之纲。索散伯敦拓本，覆以藏器早已属诸他人，今将家存拓本而文字较多者奉贻十种，并附器目。

**八日(8月6日)**　傍晚，八女至子丹处，探询如何答复江一平，云尚未答复，劝加为一万。晚冠英来，告即加亦难了其父之意。今在扬子饭店请张、杜，后筦生来谭。十一时，余附车来苏，张兆云、小袁随行，夜一时抵站，二时抵惠中寓。三时，令小袁回沪，给川二元。

**九日(8月7日)**　靖儿十岁生日。交蒯大照息。车中夜膳，士洋七角，茶资、搬力、马车约一元四角。还大女二六数存款，交淑畹。

晨九时，至报国寺，见印老法印师，留我住其寺中，或住灵岩寺，余允住寺中。十时，午饭。二时，观寺中客舍，游留园。道人王姓。至来青阁，存洋□□□□□。

车资约一元，留园茶资、点心大洋五角。

五时返寓，发家书。淑畹附定君讯。

**十日(8月8日)**　晨至卫生粥店。

至报国寺，谒印老法师。十一时在寺午饭，后观《峨眉山志》。五时晚饭，后回寓。九时食粥，睡。

**十一日(8月9日)** 晨至卫生粥店，购热水瓶三元八角，又卫生香并香盘四角。阴雨，□寓午饭。

午后天霁，至来青阁晤杨寿祺。又晤汪源泰，询朱云青新居，在富郎中巷。

至报国寺，谒印老法师。五时，饭罢返寓。来回车八角。晚食粥、沐浴十角。

在报国寺会灵岩山灵岩寺当家师妙真，湖北人。又晤灵岩寺下院了道、崇明人。达全。宜兴人。又晤德森法师。在报国寺为印老法师校《峨眉山志》，现遥领赣州寿星寺住持，江西人，前两年相识。又晤报国寺库房师恒智。合肥人。

又香灯寺道坚、江西。普明。江西，德森师同乡。又明道、当家师之弟子。性寂。奉天□民县人，前大学毕业(上年受天童戒)。又性静。常州戚墅堰人，今年普陀山受戒。

**十二日(8月10日)** 晨结算惠中旅馆房、饭等帐，六元四角，马桶二角，茶房二元，共八元六角。

至报国寺，车洋八角。罗竹布窗帘、衣钩等八角。

妙真师赠灵岩山笃修净土道场启建大殿记，印老法师撰，曹崧乔书。又《灵岩简便录》，慧雨居士编。

午刻，曹崧乔捐助灵岩寺下院，妙真师同了道师、达全师接收，了道、达全住院，先在报国寺设面供众。晤袁君孝谷。丹徒人，父号莘谷。孝谷前任警察厅，同张仲昭有年谊。

午后，明道师回寺。寓寺中。旌德人汪孝慈去南京，晚辞行。

谒印老法师。

**十三日(8月11日)** 晨谒印老法师。妙真师今日回灵岩寺。

记弘化社三居士：陈曙亭、仇德恒、朱清泰，均南通人。

买床棚，二元二角。又砚台、黑墨、茶壶、烟合，共二元。

淑畹来信，子丹十一日报告情形。崇儿来信，附际西甫报告晋泰公司事。

覆淑畹书。覆崇儿书。覆八女书。

**十四日(8月12日)** 请佛经,一元五角。请香。二角。

为徐海秋澄。题其高祖郢长先生《扈从纪恩诗》卷,署观款。又为藏宋拓南城本《麻姑山仙坛记》册题签。

**十五日(8月13日)** 移居当家师房。

访仲昭,未回。

淑畹来信,报告情形。

**十六日(8月14日)** 访曹梅舫同年谈,病已愈,未能行走。

访张仲昭谈,坐中又晤袁孝谷,谈讼事,请同丁箎生接洽。

覆淑畹信,告仲昭接洽情形,留稿。覆大、二儿、八女信,移居苏宅事。

**十七日(8月15日)** 三时沐浴,过朱犀园家访谈,稍坐,引看住宅两处。一憩桥巷,一富郎中巷。

五时,送余回寺,适崇儿来,略坐即去。□时,崇儿至犀园家住。

崇儿带来洋五十元,又花旗福十二枚。挈崇儿谒印老法师。

沐浴约九角,车洋约六角。

**十八日(8月16日)** 致淑畹、定君函。崇儿午后来,旋附四时车回沪。

**十九日(8月17日)** 午前十一时,八女同永儿来,并约黄小松来看住宅。先至憩桥巷十号住宅,云可用。又至观前街承德里看住宅,不合用。余与儿女议定,会往租。陶燮卿当涂人。言定年租八百元,房捐在内,小租一成半,一百廿元,押租五百元,约廿五日先交租三月二百元,并小租一百廿元押租,俟阳历九月半起租付。

淑畹、定君来信,要余回沪。匆匆命儿女辈转禀,余不愿回沪。淑畹廿二日生日,亦不回,儿女辈于八时附三四等车返沪。

晚,妙真师赠我《灵岩记略内编》上下二卷。南岳弘储述意,门人雪庵殊致辑,费范九助资印。

**二十日(8月18日)** 妙真师为德森师饯行,设面食供众,午后回寺。

陶燮卿来谈，留饭。后同至憩桥巷，途遇朱犀园，亦同往。散后，至犀园家小坐。

三时，杨寿祺来谈，云此宅不利，当即调查属实，旋即退租，并至犀园家，用长途电话通知家中。明道师回寺。

**廿一日(8月19日)** 德森师今晨去杭州、上海。

看幽兰巷大门十六号，边门十五号。朱姓宅，犀园派人领看，租价六十元。

看侍其巷十八号宅，黄蔚萱领看，租价八十元。

看三茅观巷廿七号宅，沈惺叔分租，经租人告明道师，约租七八十元。

六时，刘沂生来。在营业税局。局长郭肖六之子，李拔可妹婿。

**廿二日(8月20日)** 明道师去沪。

致淑畹、定君书，告看住宅三处，并转大儿大丰执照不在家，请敬礼担承。又崇明厂开会，均速向蒋椵堂接洽。二时，发快讯。

**七月廿三日(8月21日)** 晨，看陆稼生住宅，分租不合。

至朱犀园家，借长途电话，至家得覆，八女、永儿一时来苏。候至五时来寺，始知下车后先约魏君□人、张君看养育巷汪子鉴之子汪肖彭住宅分租。略谈，即同往中由吉巷陆太夫人处谈，并晤汪书屏。散后，八女至承德堂朱亲家太太家宿，余挈永儿回寺。

**廿四日(8月22日)** 晨同永儿至八女处，书屏云肖彭为其堂弟，陆太夫人、肖彭宅可住。先看陆稼生宅，后往汪肖彭家看宅。永儿后邀张君来，余看可住，即请张君约相宅星命家来看，云吉利。肖彭出见，议月租七十元，押租七百元，小租八十四元，十二个月，先付一成半。房租一百四十元，共九百廿四元。留食早点、中饭，西瓜、果□。给其仆人五元，又付定洋五元，八女付。时已午后一时。散后，同至犀园家，适上海定君电话来，云母气甚恶，当由八女上禀其母亲，娘亲从我以前主张情形，告之四时永儿回沪。陆太夫人约余晚饭，六时会同八女往商，请其先垫房金，并代缮租约做中。稼生约八女看剧，余回等，已八时，夜眠不适。

**廿五日(8月23日)** 晨四□□，八时至朱家见亲家太太，即同八女至长春巷晤张君并魏君，草拟租约。稍后又□陆家，晤陆夫人及书屏，□帐房杨君来陪，旋即约见，一切由其代办。后书屏来，余不适，辞归。五时，书屏、稼生来，交阅租约、租折，余签押，陆借一千元，以九百十九元，扣付定洋五元。余补足五元，余款八女留用，□□即去。

**廿六日(8月24日)** 晨八女来，约朱犀园荐装电灯公司，杨君看装电灯，每盏二元，有□□□□□落，每五角。又装电话，亦杨君经手，实付洋四十元。十二时五十分，八女附□门□通客车回沪。二时卅分到上海北站。二时，至犀园家闲话，知上海有长途电话来，询八女归期。

**廿七日(8月25日)** 敬礼来函，二厂开会，纠纷难免。退老、梁孟到沪已旬日。敬礼到行任职。

崇儿来禀，吴寄尘于七月廿四日去世。敬礼信云，廿四日酉时。武小平侄孟达报告湾址事。

致淑畹、定君书，运书画箱等事。雇船请护照。二厂开会。又云在沪开股东会，却无定期。

陆太太送素菜两碗，给仆人一元。

**廿八日(8月26日)** 至朱犀园家，略谈，请画门幅。兴群沐浴，洋十角。至新宅。至来青阁。至贞和电气。

至交通书局，买地图。王欣夫来，未晤。

**廿九日(8月27日)** 朱犀园来，画成窗幅二纸，并赠石井茶一方瓶。

午后二时，敬礼婿来谈，陪看新宅，购悦采□□□□□米粉糕，六角，酱鸭二只，二元四角，赠之并送至车站。四时廿五分，开车而别，车洋约洋廿角。

大生二厂会议清算。汪书屏来，未晤。德森师今晨由沪杭回。

**三十日(8月28日)** 晨谒印老法师，陈明明晨皈依。

至陆太太处谈，汪书屏亦陪坐。

答拜王欣夫，未晤。至朱犀园处，亦未遇。车力共十四角。

## 八月

**朔日(8月29日)** 晨拈香皈依印光老法师，送依敬一百元。午设面供众，印老命名智导。曹世兄来。

午后，崇、永两儿来。八女亦来。刘婿来运书箱各件，余闻之，即往新宅。

晚，崇儿即回沪。

**二日(8月30日)** 晨至新宅，观运送书籍。午回寺饭，接筦生来信。

八女交阅舜老七月廿五日来书，说年成扯九成上下，八月初五日开秤。

七时，回寺晚膳，永儿亦来共饭。九时，八女同永儿回沪，留洋二千元，上海银行折。八女支一百元，开销车力用费，支二百元积用。捐赣州寿□寺洋四十元，德森师即付收□。

送德森师□敬四元，送香灯师、道坚、普明各二元。

**三日(8月31日)** 晨至上海银行，付一千元，即送还陆太太，略谈回寺。闻八女来，即至新宅稍候。八女来，知大媳因小孙有病，今日不来苏。在新宅同八女共饭。

四时，八女回沪，交丁筦生来信，覆以余病，未能答覆。

**四日(9月1日)** 晨谒印师谈，因昨晚师命性寂将依敬一百元捐助隐贸会，捐芜水急振，交来皈证。

汪清源来，未晤。

晚请印师题《礼塔图》卷。

**五日(9月2日)** 晨印□□，题《礼塔图》成，面授□□□。至新宅，午回寺，饭毕，又至新宅。

夏育琛来，未晤。

八女三时由上海来，即住新宅。晚同饭，八时回沪。

汪清源来，未晤。

**六日(9月3日)** 卯时至新宅。向印师、明道师告□。

送□□□□□敬四十元，□敬十元，恒智□四元，□□□□□□□师各二元。又□大二元，打杂一元。

明道师、恒智师各送糕馒。

汪瞻华送贺分四元并贺。

朱云青送糕馒、烛、炮并贺。

朱犀园送糕馒二元，又烛、炮并贺。

江□□送糕馒、烛、炮并贺。

大儿、大媳挈孙儿、孙女来。

**七日(9月4日)**

**八日(9月5日)** 定君晚电话来告，强贼已由江一平律师起草，交汪子健律师。

**初九日(9月6日)** 八女午刻回沪。

致淑畹书，告江稿必须手续弄清，以免后患，转令永儿运物件。绮女住房已备，望先运物件。

**十日(9月7日)** 午后四时，车返沪。

**十一日(9月8日)** 晨约丁笎孙来谈，询和解合同事。笎孙即至仲照处，电话同汪子健商定，照江一平来稿，约明晨立和解合同。

**十二日(9月9日)** 崇儿八时自苏到沪，带洋票七千元，同笎生交子健，遂至事务所随其帮办至江一平事务所，将款交付，候世翔到签字盖章，并携回，余亦签字盖章，送交汪子健。

**十四日(9月11日)** 访程演生谈，将丛书会支款印章函送暂为保管，又交通志馆附印安徽人词十一家宣纸九十七部、连史五百部，后缺二部，归余□□。

夜病延林洞省诊方。

**十五日(9月12日)** 病稍愈。演生送雪茄烟。

**十六日(9月13日)** 午刻,赴《安徽丛书》编印会同人陶乐春之约。

拜谢江紫宸,并约其酒叙。

拜陈蔼士,为崇儿谋事。

**十九日(9月16日)** 午刻,约江紫宸酒叙,姚虞琴、陈子言、张燕昌、黄宾虹、刘烈卿作陪,程听彝、程演生、胡朴安未至。

六时,约李拔可、丁子盈、林洞省、刘季秩、张敬礼、鲍子丹小有天酒叙,汪子健、张仲照、丁筦生、蒋椵堂、刘寿彭。

**二十日(9月17日)** 拜叶扶霄谈,请绍介大陆苏行叶松麟往来。

鲍扶九来谈。刘悔之赠新印金文拓本,亲往蟫隐庐取之,并交叔言来书,附赠《辽海吟》。晤罗子经,匆匆一谈。回函。

晚至新雅,赴李拔可之约,坐有□翼□□君□□。

**廿一日(9月18日)** □□□来谭,后即返□。

**廿四日(9月21日)** 午刻十二时,至镇江公园绍宗图书馆,吊吴寄尘,送奠分一百元,代幛十元,并款字。

至大照公司,访郭礼征谈,留晚膳,郭肖霆、郭道弥同坐。回寓。

**廿五日(9月22日)** 晨至公园,赴追悼吴寄尘先生大会,十时散。

拜丁子盈、柳冀谋。

**廿七日(9月24日)** 午后四时,回沪接眷。

**廿九日(9月26日)** 晨九时,全眷附车进新宅。

## 九月

**十一日(10月8日)** 崇儿伤足,延伤科谢剑新治之。住苏州城内乌鹊桥弄卅二号,电话一三三〇号。

**十九日(10月16日)** 先母秦太夫人忌日,设祭。午后四时去沪,敬礼、永儿、绮女等在车站相迎,寓绮女处。晚饭后,同永儿、八女至丁筦生处,商取和解合同,筦生即同访顾君商妥,由余出具收条,筦生代写。余签字,随即将合同取回。送筦生酱鸭、糖果、鞋面、瓜子。

**二十日(10月17日)** 晨同八女至各行,后访李拔可谈,并晤任心白。送李酱鸭一支,送心白糖果四瓶。送退老酱鸭二支、糖果四瓶。送丁子盈酱鸭一支、糖果二瓶。

至丁亲家广和号午饭,闻张孝若于清晨为旧仆吴义高伤害。饭后,同丁亲家视张亲家疾,未晤。

**廿一日(10月18日)** 访丁仲祜谈,送书。访狄平子谈,送新印书、帖。晚,赴李拔可、沈昆山之约,晤林贻书。

**廿二日(10月19日)** 吊张孝若,送花篮。

吊陈子康之夫人姚夫人,送功德林席票十元、绸幛一轴。

访叶柏皋、鲍子丹、费范九、沈燕谋、蒋畹堂、李耆卿,未晤。

同八女附特别快车回苏。

**廿三日(10月20日)** 送胡伯宣娶子妇红缎喜幛。送朱幼鸿副室五十寿幛。

晨访鲍扶九谈,程演生谭。

午后五时,赴《安徽丛书》编印会新雅之约,交《杉亭词》三卷付印。史会散,同人往兆芳摄影。

送周梅泉、徐静仁宣纸印《忘忧清乐集》各一部。在西泠印社取回。

至中国书店,取书:《海外吉金图录》三册,卅元,三册,容庚;《古石刻零拾》,四元,一册,又;《韫华阁集古录跋尾》甲编至癸编四册,柯昌济,字纯卿。各四册;《石门题咏录》四卷,刘曜东,一册,一元五角;《独笑斋金石文考》,郑业敬,《生春红室金石述记》,林万里,容庚印,一册。

送瞿世兄《闺秀词》。

**廿六日(10月23日)** 致江彤侯书,赠汲古阁本《六十家词》、糖果十瓶。

致余幼泉书,赠《诗广诂》、糖十瓶。覆光铁夫书,允为《安徽闺秀词征》序。

函通志,交还历年寄来金石拓本并编《金石古物考续补遗》稿。又交安徽丛书会收到附印安徽人词白纸五百部、宣纸九十七部条,均由张兆云送通志馆。汪瞻华为祖父母做冥寿,送礼券六元,行礼。

**廿八日(10 月 25 日)** 定君牙痛,晨八时去沪就医。拜金松岑、曹梅舫、李子扉、赵梅元、王君九。

## 十月

**四日(10 月 30 日)** 拜陈涤尘于宣州会馆,并晤王纯甫。名绍基,泾县人。答拜夏育琛、朱云青。

赵梅元名鼎桢。来谈。

**初五日(10 月 31 日)** 午刻,附特别车往沪。

**初六日(11 月 1 日)** 晨,定君在朱府取回古物皮箱,整理带苏。

同定君将古玉存中孚。

至华商水泥公司,晤华润泉,将股票盖章,闻汪精卫被刺。

访李元之,未晤,晚元之来谈。

□礼来谭。

**初七日(11 月 2 日)** 晨九时,同定君挈八女回苏。

午刻,张仲照来谈,送顾礼券十元,请其收存。

陈一甫来书,赠《欧美漫游纪略》。

**初八日(11 月 3 日)** 午刻,答拜仲照,坐中晤邓孝先,沈律师拟明日往沪。

未七先生为其父母做冥寿,送幛、烛,行礼。

张兆云由安庆回,取到覆书并金石拓本清册存查。彤侯赠闵刻《南华经》、礼五色。

余幼泉送《环中堂诗集》六卷附录一卷,方孔照著,传钞本;又茶叶四瓶。

晚，送仲照礼四色：银鱼干二包、豆酱四罐、豆腐乳四包、蜜枣二包。

致李元之书。十女。

**初九日(11月4日)** 财政部布告，三行钞票定为法币。夜，永儿来沪。

**初十日(11月5日)** 永儿午刻回沪。定君挈八女、十女于午后四时亦去沪。

陈涤尘同王戢武祖襄，太平。来谭。

南陵耕牛会公函，谢实业贷款五万元。

涤尘来谈，赠《金石古物考》两函。

覆姚石子书，□还宋翔凤《朴学斋文录》。九月廿七日复。

覆高吹万书，谢寄巾籍本《孝经》四卷，又。

**十一日(11月6日)** 访张仲清谈，今年六十一岁，其子在国货银行。谈上年素食，今受印师戒。又访潘季儒谈，导观花圃，长子在东吴大学讲师，次子同济大学毕业，在上海市政府，长孙在协和医院，均官费出洋留学。三子在学校，其住宅十五年买自汪氏，八千元。

答拜王戢武、陈涤尘、王纯甫，均未晤。

吴舜臣由中国银行汇来三千元。

晚，定君七时抵寓。

**十二日(11月7日)** 金松岑来谈。

真达师送杭茶、杭菊。德森师送糖果二色，来谈。

致吴舜臣书。收汇款三千元。售稻九百石，每三元四角，十□□初□售。十月初九日又售三百石。约再汇一千元。

昨耕牛会函谢向中实货款五万元。今收救旱会经募捐款廿六分奖证。

舜臣收到绸颂词并扁，文曰“胞与为怀”四字。

覆江彤侯书，谢送明板《南华经》、食物五种。

覆余幼泉书，谢送《方环中堂集》、茶叶四瓶。代陈涤尘索《金石古物考》。

永儿午后三时来苏。

**十三日(11月8日)** 永儿夫妇晨八时去镇。

潘季孺来谭，赠潘榕皋《佛香酬唱初、二集》，潘遵祁钞《须静斋云烟过眼录》。

**十四日(11月9日)** 晨谒印老法师。答访真达师。德□□□□□净居□。

视明道师疾。

访陈涤尘、祖荫，太平。王纯甫、绍基，泾。王戢武祖襄，太平。谈。

普陀山下院送子观音堂住持普禅师来。上海昌平路安平里五号。

**十五日(11月10日)** 午后，游公园，观金鱼、菊花会，晤张贤清、王叔僲、唐翼之。

覆王叔平书。叔平名立中，住黟县城南王氏家塾。赠竹纸《宋元科举三录》《阐义》。

覆陈一甫书。海外归来，赠《欧美漫游纪略》。寄赠《安徽通志·金石古物考》十八册二函。又寄上年一甫捐募南陵振款一千二百元、旱灾会县知事、县党部送奖证书十一分。

覆张熙园书。为其子舜铭编《金陵金石图志》题书衣篆款二纸。寄来砖瓦，丹阳砖考为晋以后物，福兴寺瓦考为唐。

**十六日(11月11日)** 拜张云搏一鹏。同年。又拜张仲仁一麐。同年。民国曾官教育总长。

晨，瞿良士同其世兄季沧兄来谈，交李拔可、任心白书并《枕雷图》卷，属交公鲁。

**十八日(11月13日)** 致永儿书。来禀，知学有进步，能于读书养性，余心甚慰，并望慎言语慎交游。告周亮工历史。

致刘公鲁书。送《枕雷图》卷，有覆函。

覆瞿凤起书。《闺秀词》，庞君买。

覆李拔可书。刘公鲁收《枕雷图》覆信，寄《亚洲学术杂志》。

晚，姮女自沪电话来，日因水兵暗杀，谣言可畏。

**十九日(11月14日)**　访郭敬丞谈。至集宝斋。

**二十日(11月15日)**　绮女来，午刻回。永儿来。

**廿一日(11月16日)**　晨，永儿回沪。

覆顾鼎梅书，来书约冬季来苏，寓东采莲巷其侄登爵家。

致邹适庐书，月初至沪，来访未遇。

致朱瑞祥书，拟购《柳絮集》。

致杭州拜经楼朱立行书，拟购周广业《乾隆广德州志》五十卷，卅二本，四十八元。

**廿二日(11月17日)**　访潘季孺谈，赠《宋元科举三录》《永嘉四灵诗》，均连史印本。

郭莐□来，未晤。

□仲仁□麟。来谭。

徐行可来谭。

覆子丹弟书。来书云□□□□，坚约至沪。又云日本要求条件经上海领团，商二星期答复。覆以报载沪上谣言渐平。

李拔可函告，日来北平独立之谣甚炽，沪市人心愈觉动摇，奈何！

**廿三日(11月18日)**　访陈石遗，未晤，留赠《南陵先哲遗书》。

昨晚徐行可来谈，今往答拜，取其抄读《四库提要类目》。

覆张庆萱书。汇洋二十元。来函抄来考试国文两篇，拟借八十元。廿五日邮局退回原信，并云庆萱已行。

先母秦太夫人冥寿，设祭。

**廿四日(11月19日)**　张仲清来谭。

**廿五日(11月20日)**　陈石遗来谈。

**廿六日(11月21日)**　翟晏如同赵梅元鼎桢。来谭，留午饭。

南陵吴舜臣托张君或其女。之戚送来救旱会。

阅《时事新报》，昨载明道师于十九日圆寂。

答拜汪易三谈。

**廿七日(11 月 22 日)**　为费范九书其尊人费鉴清先生小传。

永儿来。午后四时。

覆陈一甫书。前寄《金石古物考》并南陵旱灾会证书已收到。覆赠石埭旧志。

**廿八日(11 月 23 日)**　覆张敬礼书。敬礼已销假，到行办事。大生股东会、董事会均开过，徐静仁董事长，大局稳定。孝若下月安葬，敬礼下月初回通料理。

覆朱立行书。《广德州志》敝处可收，未知何日订成及廉价是否四十元，候示后即行汇款。

覆费范九书，书其尊人鉴清先生小传寄还，留稿。交永儿转。

覆罗贞松书，谢赠《辽海诗》，覆赠仿金印卷子本《楞严经》十卷一篋，祝其六月七十寿。留稿。交永儿转。

致罗子经书，覆贞松书并经卷请其转寄。

午后，永儿往沪。

**廿九日(11 月 24 日)**　刘夫人忌日，设祭。

**三十日(11 月 25 日)**　致刘实之书，介绍顾鼎梅。

覆顾鼎梅书，附刘实之函。

覆王叔平立中。书，赠《徐公文集》，竹纸初印。又翁书《金刚经》、《观音灵课》。

覆子丹弟书，谢送鱼翅、冬笋。

拜袁孝谷谈。孝谷名李梅，丹徒人。

## 十一月

**朔日(11 月 26 日)**　报载，□□□□□□□员殷汝□□□□□□防共自治委员会殷为会长。宣布独立，截留税款，散发荒谬宣言。

**二日(11 月 27 日)**　访朱云青谭。

拜吴县知事吴企云，未晤。

**三日(11月28日)** 吴企云来答拜。

**四日(11月29日)** 朱云青来，未晤。袁孝谷亦来。

晨八时，附车至沪，绮女在站候车到，同乘汽车行。余先访张仲照，未晤，即至绮女处午饭。仲照来谈，商为其尊人印日记事，商定同至鸿宝斋，晤帐席徐君、印书余君，略估价及用纸数，并切托加意工作。仲照约定请顾君接洽，遨散。余即坐阿福包车至古香斋，会顾立斋，未晤。又至商务书馆，会李拔可谈，拔可赠新印杨芷晴《圣遗先生诗》《双辛夷楼词》，又以《圣遗先生诗》四册托转赠邓孝先、陈石遗、潘季儒、刘公鲁四人。会任心白，托购商务出板书二元〇。

四时，赴上海华商水泥公司董事会。

至蟫隐庐，访罗子经，未遇。查悉，致叔言书并《楞严经》永儿已送到，取《辽文拾遗》。洋一元五角，登帐，罗福颐撰。又托刘君向艺苑真赏社购碑、联等，约九元〇。

过鸿宝斋，取通志馆续印《金石古物考》十七《续补遗》样本。

返绮女家晚膳，崇儿夫妇已由苏来。永儿来。林翼民、许梦麟来。

送丹弟野鸡、野鸭各一只，糖果四合，丹弟覆送我酱鸡、排骨。

送张孝若绸挽幛，孙隘庵丝布挽幛，章中如之夫人丝葛挽幛。

**五日(11月30日)** 丹弟之姨太太来。晨九时，访藏经会，范成师谈，范师赠新印明刻《释氏源流》下卷二册。

乘汽车访叶遐庵、程演生、张敬礼、鲍扶九、丁筦孙，均未晤。访丹弟，略谈。

午刻，大雨，回家午饭。七女挈廉武外孙来，十女亦自中西女塾假归，均共午饭。

二时，先送七女回。至古香斋，访顾立斋谈，店中书画古玩皆无佳品。三时，至新雅，赴安徽丛书会，晤程演生谈，交上次□沪会中同人留别摄影片，演生并示代彤侯作《黄山图经》序，代许静仁作《安徽丛书》印第五期《黄山志》序，余又出郑沄《玉句草堂词》、江藩《扁舟载酒词》二种加印，入安徽人词。会员汪孟邹、陈子言先后至，黄宾虹、胡朴安、张燕昌未至。散后，余附演生车返家。永儿来，共晚饭。丹弟送橘柚并饼干。

购佛学书局书一元八角。送鲍扶九雪茄二合、茶二瓶。

晚，鲍扶九来谈，崇儿已介绍见吴梅荪。敬礼来，即晚去通，商为崇儿谋中央。

**六日(12月1日)** 晨，七女率廉孙来。永儿来，十一时汽车同至丁子盈亲家广和午饭。十二时二刻，乘汽车□车站，附一时〇十分车回苏，绮女、大媳、七女、十女在车候开行，二时抵苏。此行共约用洋六十元。

**七日(12月2日)** 午后，访陈石遗，未晤，石遗每二礼拜一至无锡，留拔可赠《圣遗先生诗》，余亦赠《端虚室剩稿》，并留《辽痕》《辽文拾遗》。访□孝先，未遇，留《圣遗诗》。访潘季儒，□□□□榕皋孙西甫先生名遵祁。季子谈，坐中晤翁某。

**九日(12月4日)** 大儿□由沪回。

覆朱□□书。收到黄秩模《柳絮集》十六册，连邮十五元，由邮汇，并汇朱立行《广德州志》四十元。

覆抱经堂朱立行书。属将《广德州志》寄来，价四十元由朱瑞祥转交。

覆来青阁书，收艺苑真赏社各碑九种，连邮六元九角五分，记帐。

覆中国书店，收到《辽文续拾》，洋一元五角，记帐。

致俞寿田书。寿田七十三岁重游泮水，征诗贺之。

**十一日(12月6日)** 永儿今日由沪回苏。

致任心白书，谢寄《东方杂志》一册。

致李拔可书，《圣遗诗》已分送。

覆来青阁书，开明新印《两罍轩彝器图释》，不收。

访张仲清谭，赠《闺秀词钞》十册、《宋元科举三录》四册、《四灵诗》二册、翁方纲书《金刚经》一册，以《礼塔图》请题。

江振华六十寿，送寿分四元。

**十二日(12月7日)**　阅李拔可新刻杨芷姓《圣遗诗·挽日本内藤湖南》诗末云：宝许名庵同宝华，老怀几度感巢鴽。注云：《说文木部》曩见于陶斋所，湖南得之，东游时属为题记。按莫子偲所藏唐写本《说文木部》后归石埭徐子静观察士恺观自得斋，光绪三十一年由刘逊甫介绍于余，以二千元得之，为陶斋久假未归，今始知已为内藤湖南所得也。

同定君游观前街公园。二儿妇自镇江回苏。

**十三日(12月8日)**　汪清源、汝河。邓刚仲毅。来谭，住宅已售叶遐庵，价三万三千元。

**十四日(12月9日)**　致丁筦荪书。赠《徐公文集》(有盒)、《玉台新咏》(有套)，均棉连纸印本。

永儿回沪。

杭州拜经堂朱立行《广德州志》五十卷寄来。乾隆五十七年知州胡文铨修，海宁周广业纂。

昨抱经堂来书，其书价四十元已交立行。

**十五日(12月10日)**　上海市博物馆函告，明日四时开临时董事会第三次会议。覆以前以移居苏州，今患感冒，未克至沪出席，已请叶遐庵代表与议一切。

致叶遐庵书，请代表上海市博物馆第三次董事会。

昨午后，见雪，今霁。

**十六日(12月11日)**　覆吴舜臣书。售田，受主要西南乡官塘冲、峨岭等处之田，不要淑记东乡田。覆以先售淑记之田，次及自置之田，若先君所置者，现尚不忍说到耳。来函告积记收稻三千二百八十余石，可收尾，欠约卅石之谱，借出之稻三百七十石，只收到二百二十余石，两共约三千五百石。淑记租稻收五百卅余石，借出二百廿石，尚有卅余石必须来年。

另函：一，潘胜友、黄昆山田契中有□地在张家冲，佃户吴□廷屋基周少白先生看过，极佳；一，湾村先茔修□□宝塔，查明茔地□北有无大水冲坏；一，陈敏勋已故，□□佃田是否收回；一，新改□□物价澎涨，田价望高，南陵是否有此情形；一，遗产税要实行，□交大、二、三各房田房租簿,从今年起分别登记,照淑记□□,免随后纠葛;一,度量衡新制南陵已否遵行,收租售稻是何情形;一,建仓积谷办法大局定后,请随时赐示。

又函,商峨岭乾、元、亨、利、贞花名五户应改名称。以上留稿。

申刻,吴舜老自芜湖电话,淑记田无人承受,商西南乡田能否出售,覆以现在碍难出售□因张家冲有吉地。

**十七日(12月12日)** 吴树人之祖□领帖,送洋十元。

顾鼎梅来谭,旋答拜,鼎□约二十二□□来□。舜老自芜湖来。

南陵县晏县长作古,改任邦接事。任河南人。

**十八日(12月13日)** 吴舜臣留住一日,商售田事。晚永儿自上海回。

**十九日(12月14日)** 九时,吴舜老回南陵。面交廿年筑路券一百五十六元,又淑记廿六元,共一百八十二元。

**二十日(12月15日)** 绮女午后四时到苏。

**廿一日(12月16日)** 同永儿理家藏各碑。

**廿二日(12月17日)** 崇儿回苏,永儿去沪。

顾鼎梅来谈,交《伊阙石刻图录》,原价五十元,减收卅六元。

**廿三日(12月18日)** 八女午刻去沪。

答访顾鼎梅谈,交《伊阙石刻图录》价洋卅六元。

覆费范九书,谢赠《佛教源流》、云南会盟石城碑。

覆邹适庐书,适庐拟售所藏古玉、古砖、古瓦。

覆朱瑞祥书,收到《中国明器》一册,价一元,邮在外,请其记帐。

晚汪易三来谈,留饭。

**廿四日(12月19日)** 十二时五十分,绮女回沪。

送吴企云《徐公文集》、竹纸。《四灵诗》、白纸。《南陵先哲遗书》、白纸。白《读史记十表》、《宋元科举三录》。白纸。次日来函答谢,文亦雅驯。

**廿五日(12月20日)** 永儿午刻回苏。

费范九由沪来，弘化社陈曙亭来。赠桂圆、蜜橘，余亦赠糖果、瓜子各四瓶，又《澹远楼存笺甲集》，如皋汪氏《文园、绿净园图咏》二分，每一本。影印元译《净除业障供养忏悔文》梵夹本一册。

赵梅元来谭，并以近作相示。

**廿六日(12月21日)** 沐浴。安徽通志馆寄新印《金石古物考稿》十七《续补遗》五部。

顾鼎梅来谈，留午饭，约汪霄鹏陪。十女自沪回苏。袁栋材前日来，今回沪之湘。

**廿七日(12月22日)** 致南陵县救旱委员会书，谢赠"胞与为怀"扁额，又颂词横额。

致张和声书，寄《安徽通志·金石古物考》二函。

**廿八日(12月23日)** 覆吴舜臣书，售田、售稻请随时酌办、随时赐示。永儿去沪。

朱云卿来谈，宁郡总董辞职，请朱静安接任，静安已允。

中国书店寄来《两周金文辞大系考释》、七五角。《十三种注疏影谱》，六元。照码九折，又邮费二角五分，共实洋十二元三角八分。

覆中国书店书，收到前书二种，并请寄黄百川《衡斋金石识小录》、十二元。《衡斋藏目古玉图》。十二元。

**廿九日(12月24日)** 昨上海复旦大学学生四百余人车站赴京请愿，致京沪上行车至今日未能开出。昨永儿□□亦到沪未与。八女已购车票返苏，亦退票。

舜老来讯，廿六日发。云淑记田可售与吴企云。

覆瞿凤起书，谢赠庞六堃《等韵辑略》三卷。

覆任心白书，汇洋八元，托代购新书。

## 十二月

**初一日(12月26日)** 十女午刻返沪。

**初二日(12月27日)** 覆子丹弟书。托买俞公碑。

覆余幼泉书。收到赠陈涤尘《金石古物考稿》，又收到新印《金石古物考续补遗》五册，请补寄六册。新印本《续补遗》目卷首与考卷首装订错误，请查明改装。附赠《南陵先哲遗书》《阐义》共十册。

再约经绶章诊方。住山塘新民桥，电话一三一九号。

六时，吴舜老自南陵同杨敬初来苏，淑畹田已售成，在苏兑价。

**初三日(12月28日)** 晨，定君挈九女至沪取老契。

**初四日(12月29日)** 午后三时，定君挈八女、九女、永儿回苏。

同舜老理契成约，杨敬初来交契，敬初亦交田价。

张和声之太夫人唐氏。

**初五日(12月30日)** 九时，舜老回南陵，送《金石古物考》两函。

送方德斋《徐公文集》《宋元科举三录》、均竹纸。《南陵先哲遗书》《阐义》四种。

覆李佩秋书，谢赠其尊人诗集名家诗小传，覆赠《黄山纪胜》《阐义》。

覆费范九书。影印宋板藏经会新得吴江周永年所撰《吴都法乘》三十卷抄本，询是否明人曾否见诸著录。覆以见《四库附存目录》，云《吴都法乘》十二卷，明周永年撰，光绪《吴江县续志》引之，其为明人无疑，此书卷帙较存目多十八卷，尤可宝也。

**初六日(12月31日)** 午刻，吴树人来谭，即回沪。

致费范九书，考周永年事实，据《虎邱山志》《松陵诗征前编》《吴县志》。

**初七日(1月1日)** 国历元旦。永儿去沪。

**初八日(1月2日)** 如来佛圣诞。至报国寺谒印老法师。拜张仲清谈，已将《礼塔图》卷题就，面交并赠自著《艮庐词》《艮庐词续集附外集自述诗》二册，又《镇安晏海澄先生年谱》四册。永儿回沪。

**九日(1月3日)** 送陈灨一之朱夫人素绸幛，邮寄。

覆丹弟书。至观前街买姚先生书虞恭公碑，二元，邮寄。

安徽通志馆补寄《金石古物考》十七，补寄六册，又《民政考巡警禁烟》一册。

《安徽丛书》编印处寄来第五期《安徽丛书》两函。

**十日(1月4日)**　绮女、十女来苏。

**十一日(1月5日)**　余今日六十八岁生辰。

丁子盈、刘季秩、刘覃振、夏育琛、朱犀园、刘公鲁、汪瞻华、汪企明俊逵。来贺寿。

十女回沪。汪企明俊逵。夫妇来贺。

**十二日(1月6日)**　□□□□刻回沪。李拔可赠板鸭□支、肉松二瓶。

致程演生书，收到《安徽丛书》五期□□□□□种二函。□函代陈一甫照特价九折买二部。附寄《安吴词》，抄本。备印入安徽人词。

致陈一甫书，告已函安徽丛书会，径寄五期书二部。

**十四日(1月8日)**　送邓孝先之夫人赵夫人丝葛挽幛、素烛。

今日月蚀，初亏在下午十一时十六分，食既明日上午一时五十七分，食甚上午二时，生光上午二时二十一分，复圆上午五时零一分。

拜曹叔彦三先生谈，赠《宋元科举三录》、竹纸。《阐义》。又拜崧乔世兄，为题写经跋，赠《金刚经塔》、翁书《金刚经》《观音灵课》《冥报录》《金刚经鸠异》。

**十五日(1月9日)**　覆李拔可书，□□□□□。

覆任心白书，收到代购各书□□，二元六角六分□□□□□□□□。今寄洋三十元，请代立户名立折，该折即存尊交，随后再领取。另书目一纸，请在折内付书。又他店书目一纸，祈代购，其书价、邮费即请在上次存余二元六角六分内付出。

覆余幼泉书，收到《金石古物考补遗》六册，告陈涤尘《金石古物考》□已面交。

覆费范九书，谢赠狼山广教寺假王培孙藏明万历本《狼五山志》影印本。

吴树人之祖母安葬,在西园设奠,崇儿行礼,送洋十元。

**十六日(1月10日)** 拜赵梅元,未晤,留赠《南陵先哲遗书》《阐义》两种。

□曹梅舫、朱志澄谈。

拜李伯齐、朱犀园,不遇。又答拜江清源,亦不遇。

至交通书局,购《首都志》二册,洋五元。

**十七日(1月11日)** 朱志澄、李伯齐先后来谈。

**十八日(1月12日)** 覆鲍子丹书,覆贺生辰。马兰生内弟五十阴寿,五女卅忌日,在静心庵讽经,庵当家师慧月□□上下□□。

**十九日(1月13日)** 绮女、永儿先后去沪。

沈醉愚来谈,另赠诗。刘翰怡以名刺致候。

致费范九书,告周永年撰有《圣恩寺志》,钱牧斋撰志铭象赞备详事实。

**二十日(1月14日)** 守信孙周晬。永儿晚回。

**廿一日(1月15日)** 八女去沪。

覆朱实之书,送洋六元。

覆大纲公司书,廿三日董监会请庄得老代表。

覆华商上海水泥公司书,收到廿四年四月一日至廿五年三月三十一日止。董事夫马费二百元,浙江兴业汇来。

邮寄南通唐闸大生里束补经堂劭直先生挽幛。

任心白函告,费范九在灵岩山为张孝若做佛七,影印宋版藏经旧历年底竣事,后到商务。

**廿二日(1月16日)** 覆《青鹤杂志》书,寄照片。

覆大照公司书。收冬季夫马一百廿元,中实八八二号支票。

覆任心白书。收到代购各书,前存二元六角六分当已无存,寄去三十元定预约凭折已代保存。赠编辑《缁林警策》一册。拔老书来,有倦勤之意,请婉致暂留,并加意珍摄也。范九来苏,初无此闻,后公相告,即行访问,已返沪上矣。

覆顾立斋书，有友拟购旧藏五铢钱范，该范现存沪上，寄赠拓本，出售须二百元。

□□和尚来见，云普陀山□寺□上□院观音堂，高资港人。

**廿三日(1月17日)**　祀灶。□□□。

**廿四日(1月18日)**　十女在沪学校放寒假，午后返苏。

**廿五日(1月19日)**　送水仙花□□于印师，前已送欢喜团、安徽豆酱、扬州臭腐乳。

**廿六日(1月20日)**　沐浴。

**廿七日(1月21日)**　李子扉来谈。子扉名庸，字无庸，湘阴人。

至来青阁，买邓尉《圣恩寺志》十八卷，明周永年，己巳重印明崇祯本。李根源《雪生年录》三卷《景邃堂题跋》三卷，共四元二角，又送订工一元。

还沪来青阁买艺苑真赏社各碑九种连邮共七元。

买文怡书局《甲骨学商史编》，一元五角。

午刻，悬挂先影，设祭。

**廿八日(1月22日)**　致张和声书，送联、幛并分十元。

# 丙子年(1936)

## 一月

**元日(1月24日)** 清晨,焚香祝天、祀神、礼佛,诣先容前叩贺新禧。辰时出行,迎喜神。

**初二日(1月25日)** 朱云青、朱犀园来贺谈。

叶遐庵来谈,去腊已迁居东美巷,汪甘卿同年故居。并商余以旧藏古物分赠上海市博物馆,应之。及告藏经会□□情形,赠其曾祖父《斜月杏花屋诗钞》四卷,□□字□□。《番禺叶氏遐庵藏器八种》,容庚编,□二家藏器本。《赵松雪书胆巴碑真迹》。遐庵藏本,有正书局珂版影印。

答拜朱云青、叶遐庵谭。

**初三日(1月26日)** 王欣夫来谭。

拜张仲清、王荫嘉、汪企明俊达。谭。答拜王欣夫,未晤。又拜刘翰怡、严俊叔,亦未晤。

**初四日(1月27日)** 张海平来谭。仲清之世兄,在国货银行。刘公鲁来,未晤。

午刻,朱云青招饮。

拜刘葱石之夫人、陆稼生之太夫人、汪易三兄谭。

**初五日(1月28日)** 刘翰怡为曹叔彦七十寿置酒祝之,约往作陪,坐有邓孝先、金松岑、王欣夫。

李拔可来,未晤,电约五时在陈石遗处晤叙。石遗约陪拔可晚膳,却之先归。拜金松岑,未遇。

**初六日(1月29日)** 定君生辰，张敬礼婿同七女由沪来祝，六时即返沪。赠李拔可鸡、鸭、糖果。

**初七日(1月30日)** 汪企明生日，约往沙利文午刻西餐，坐中晤姚凤生师之孙姚废民。名清和，在同仁和绸缎局。

送曹叔彦红花缎寿幛、寿烛、桃、面。

**初八日(1月31日)** 贺曹叔彦七十寿，坐中晤郭于野、冒基，侯官。汪紫澜、号星源，桐乡人。柏年号青在。乔梓、周兹明。述祖，武进。

拜朱犀园、朱稚臣谭。

汪易三来谭。

**初九日(2月1日)** 汪清源来，朱稚臣若水，泾。亦来，均未晤。

访来青阁杨寿祺谭。

覆陈乃乾书。为题新著《别号索引》书衣。

**初十日(2月2日)** 永儿去沪。

郭于野曾基，侯官。来，未晤。

访李伯齐、赵梅元，不遇。

访曹梅舫暨其世兄凤九、盛明谭。

**十一日(2月3日)** 晨至报国寺，谒印师。

同定君、绮女、馥女游狮子林。

六时五十分，定君挈馥女往沪。

覆中国书店书。索正续《随庵丛书》，即邮寄赛连印本，价照前，不加邮费。

朱幹承、朱犀园约六时酒叙，辞之，崇儿往。

**十二日(2月4日)** 崇儿生日。

绮女十二时四十二分回沪。

狄平子十四日为女绮君与过永昭君行结婚礼，送绸幛。

定君挈馥女、永儿由沪回。

刘覃椿门婿来。

刘翰怡同子世炽、欣禹来谭。

王君九季烈来谭。

赵梅元鼎桢。来,未晤。

**十三日(2月5日)** 辰初三刻四分,立春。

瞿凤起来谭。

**十四日(2月6日)** 答拜王君九谭。郭于野未晤。贺汪霄鹏寿。十二时四十二分,附车至沪,二时十五分抵北站,适刘覃椿门婿同车,绮女、姮女来迎,即至绮女家中。

访程演生谈,交陆钟辉《放鸭亭诗词集》,商印入《安徽词汇》,又以刻印书十二种并函送上海市图书馆,请转洪芰舲代致。

访叶遐庵谭,交致上海市博物馆函并送古物十六品单。

访李拔可、李哲士、张敬礼,未遇。

晚,敬礼来谭。

**十五日(2月7日)** 晨九时,叶遐庵来,将古物十六品取去。

十时,往子丹弟处谭,送酱鸭、糖果。

至商务印书馆,访李拔可、王云五、黄蔼农、任心白谭,赠拔可黄慎七言草书楹帖,赠蔼农《小檀栾室镜影》,夹宣印本,有套。托心白代购商务、中华各书洋三元八角,蔼农亦赠余新印《青山农书画集》。

访林洞省谭,赠以黄慎绘拐仙象,告以手足今年发麻,宜食海藻丝。王君九亦告余服日本药,名海贵来,即海带精。丁若农又告余服国药海藻片。

访丁子盈谭,气病未愈。

一时,赴李拔可一枝香西餐之约,坐有蔼农、心白、洞省,谭宴甚欢。

至来青阁,告《安徽丛书》编印会上年所取《黄山志》正续集残本作价一百元,已同程演生议定,以《安徽丛书》售价抵销。见新收《陶斋古玉图》及《陶斋藏瓦》残稿,取归假阅。

至蟫隐庐,访罗子经,未遇,晤刘君,略谭。

至古香斋,晤顾立斋谭。

三时半，至华商水泥公司董事会，晤鸿生谭。华润泉缺席。议决浙江兴业银行借款取销合同。散后，拔可邀同车至余处，下车稍坐，即去。

拜恽季申谭，季申受激刺，病未能兴。

晚，绮、姮二女请至德国来喜饭店西餐。餐毕，冒雪回。

**十六日(2月8日)** 晨至藏经会，晤范九、范成师谭。

昨，安徽丛书会程演生来，未晤，交还前代假高吹万《黄山志》及余《黄山志》正续集，并赠高吹万、姚石子丛书弟五期各一部，今送交吴忆初医师代收转致，取有回条。覆吴铁城书。辞酒叙之约，邮寄市政府。

昨拜曹融甫，未晤。今来谭。

一时二十分，附闸京特通车回苏，三时抵寓。

汪霄鹏夫妇来谢寿，赠以中华书局印杨濠叟篆书《诗经》、赵扐叔篆书《汉铙歌》、吴清卿摹彝器款识、莫友芝篆书三种。

**十七日(2月9日)** 送刘太亲母顾太夫人九十寿礼。寿幛(花缎)、寿桃、寿糕、寿爆，另次媳送寿鞋、寿茶、寿筵(十元)、寿面、寿烛、寿酒(二元)，全收，代茶四元。

午刻，赴朱稚臣酒叙之约。

五时，赴邓孝先、金松岑、屈伯刚、曦。王欣夫酒叙之约，刘翰怡、陈石遗、王君九同坐。

**十八日(2月10日)** 丁若农来。

**十九日(2月11日)** 瞿晏如、凤迪明来，谭救济泾县匪灾。赵梅元来，述吴企云约其午饭，并邀余同往，谢之。

贺刘太夫人九十寿。

访潘季孺谭。

访朱智仁谭。

访屈伯刚，未晤。

韩剑霞来。

昨，馥女送娴女赴沪留学。今日回苏，带回影印宋版《藏经》，并扬州堡城契纸。

邹百耐赠新印《思适斋集外书跋》。

**二十日(2月12日)** 刘季秩来谢寿，略谭。

韩剑霞同潘君峰名，名潘国屏，乐安人，曾任团长。来。

王君九来，未晤。

**二十一日(2月13日)** 答拜王君九，拜苏州同仁和绸缎局姚废民，名清和，吴县人。均未晤。

灵岩山寺监院释妙真经西，占随。来，未晤。

马宏宾昨来，今午行。在吕四场稽核所，兰生次子。兰生长子宏谟，三子宏章，五子宏昌，七子宏猷。

晨，永儿去沪留学。

**二十二日(2月14日)** 普禅和尚来。

**二十三日(2月15日)** 送顾鼎梅之嫂吴太淑人素绸挽幛。子顾培懋。

**二十六日(2月18日)** 王君九来，未晤，留治血压病方并药饼空盒。

君九属为孙玉良君书联。玉良，金州人，汉军。

汪瞻华属书小屏，书之，另赠八言联并朱拓汉洗屏。

覆姚次阮书。属为林秉三书联、懿文斋书榜，书成寄之。

致高吹万书。寄还前代《安徽丛书》编印处借《黄山志》三十二册，并告丛书会赠五期书。

**二十七日(2月19日)** 潘季孺来，未晤。

覆大纲公司董事会。明日午后三时董监会议，因事未克与会，敬请庄得之代表。

**二十八日(2月20日)** 顾鼎梅来，未晤，留赠新印《非儒非侠斋诗文集》三册。

**二十九日(2月21日)** 晨十时，附车至沪，午后一时抵站。三时，张敬礼来，同至大生，签分大丰、益丰区田七百亩。蒋椴堂查前年收租花息簿，每亩合一元六角零，六时散。

访丁子盈亲家，略谭，即往威凤里寓晚膳。九时，同绮女至敬礼、姮女家闲话。永儿返苏。

以大有晋红田息单请蒋椴堂代向公司收甲戌年租息。

**三十日(2月22日)** 至敬礼家午饭。

购商务、中华半价书，约洋四元，朵云轩楹联，四元，姚凤生师习字帖，约一元。

访李拔可谭，并晤任心白，赠拔可暨沈昆山宣纸印本《忘忧清乐集》各一部。

访丁箎生谭，前已辞退招商局理事会秘书。

至古香斋，晤顾立斋，以乾隆御窑花盆座请其代为修补。晚，绮女请观大舞台六本《西游记》剧。

## 二月

**朔日(2月23日)** 访陈蔼士，未遇。访李元之谭。

李拔可来谭。丁箎生、丁若农来，未晤。

午刻，赴大纲股东会。

**初二日(2月24日)** 晨访林洞省谭，并将佛慈药厂制海藻晶药及王君九开治血压方同洞省商酌，能否照服，洞省许可。适翼民北来，亦在坐，略询北平情形。

访鲍扶九谭，扶九新由储蓄部仍调任庶务。

至大东书局，晤沈骏声、徐志道谭，以《阿弥陀经塔》请李玉亭画塔图，并属玉亭转致孙叔明书《阿弥陀经》。

至中国书店，晤郭石麒谭，索金祖同、陈志良《奄城金山访古记》。有叶恭绰、卫聚贤序。

午刻，同敬礼夫妇共饭。

二时，赴大纲公司董会。散会后，赴余节高同兴楼酒叙之约。

同余节高、陈子俊切商湾沚晋泰公司须与陈西甫、一甫代表洪君一致进行,子俊帐席董日森,名学夏。镇海人。在德和洋行。

永儿、馥女先后由苏来。

**初三日(2月25日)** 晨同馥女至中学,取大丰股票全份息折、分田证部照、大生航业收条、大照短期债票。

晚,严君约观十本济公活佛。

**初四日(2月26日)** 十一时,同绮女、馥女至上海银行信托部,交大丰公司股折、息折、分田证部照,由主任游百川给收据二纸。访庄得之谭。访李芸侯,未晤。

至古香斋,顾立斋未晤。薄暮来,略谭,交玉图样。

拜许静仁、日本大使。姚石子、鲍子丹,未遇。遇黄伯度于许宅。

拜张仲照谈,子侍。知其在江宁患病有两月之久,近甫返沪。拜刘惠之谈,适丁少兰在坐。

访陈镜清夫妇谭。

访程演生,谭明午安徽丛书会同人公宴许静仁大使,演生赠新印天启《黄山大狱记》。

鲍扶九来谭。

**初五日(2月27日)** 视恽季申疾,未晤。

午刻,至功德林公宴许静老,请王一亭作陪,并约黄伯度。本会同人到者黄宾虹、王涤斋、胡朴安、陈子言、程演生、汪孟邹,余因附晚车回苏,未及终席先散。崇儿来,略告同敬礼接洽情形,留龙门造象,赠任心白。

陈镜清、刘惠之先后来,均晤谭。

赠费范九《武梁祠画象》。

附四时五十分特快车,馥女侍,车中晤邓孝先、朱稚臣,七时抵苏站。

**初六日(2月28日)** 永儿来苏。

**初七日(2月29日)** 先光禄公忌日,设祭。

**初八日(3月1日)** 汪棣卿郁年。率侄清源汝河。约今午狮子林酒叙,辞以在沪未归。

赵梅元来,未晤。

崇儿在沪电话来。

**初九日(3月2日)** 翟晏如、凤迪明、赵梅元来,未晤。

送刘季秩寿幛、寿联、桃、面,收寿联、幛、款。

送汪易三寿联。永儿去沪。

**初十日(3月3日)** 访朱智仁,留午饭,晤翟晏如、凤迪明、吴企云、朱云青、朱稚臣。

朱斗文为长子依仁续娶,寄丝葛喜幛。

丁若农来。

致郭礼征书。寄公债票,交丁若农转送。

覆刘翰怡书。告王叔儛住址。

**十一日(3月4日)** 贺刘季秩天爵。四十寿。

至来青阁。

吊张仲清之丧。

**十二日(3月5日)** 李瑞九十七日四十寿,送红花缎寿幛、寿筵十二元票。

朱犀园来,请三月朔日在沪作冰人。

吴舜老函告,去腊廿二日族人家祚、世珍送扁"大泽长流"四字。又告闻宣城湾沚、西河、芜湖均住重兵,南陵亦须住一师,为卫立煌部。朱云谷堂月底、月初售出租谷八千余石。

**十三日(3月6日)** 访王君九谭,知前亦患血压,交属书楹帖。

至来青阁小坐,晤黄慰萱、金石山房。唐耕余、大华书店。江静澜、文学山房。孙伯渊、集宝斋。汪安之。

**十四日(3月7日)** 至来青阁,晤寿祺,交洋一百六十元转绮女。内还在沪汽车费三十四元,崇儿沪用十元。

至汪安之处,付购物洋三十元。乾隆御窑珊瑚红描金团凤小方盆一对，宣德铜盘一只，张鸣岐熏炉二只，裕泰兴制熏炉一只。

汪书屏易三之大夫人九十冥寿，在狮林寺讽经，送分洋二元，行礼。

致子丹弟书。告守仪侄孙女三月一日在南京与潘叔平行结婚礼，已属舜臣致送贺分二十元。

覆任心白书。前送龙门造象千种，今来函未受。心白新编《救荒辑要》，认附印洋十元。

**十五日(3月8日)** 吴企云卸吴县事，往晤谭。

拜朱犀园、朱梦琴、赵晦元、邹百耐、汪清源，未晤。

至集宝斋小坐，晤孙伯渊昆仲谈。

致孙叔明、李玉亭书。请李画塔图，孙书《阿弥陀经》。

**十六日(3月9日)** 谒印老法师，并晤德森师、灵岩寺监院妙真师、恒智师、性宛师、性静师、陈曙亭、朱清泰两君。为灵岩寺书满菩提愿(文曰：《华严经·普贤行愿品》云：愿我临欲命终时至一切众生界)，又为朱清泰书"一心念佛"四字。

程健尚全，南陵南乡人。来，未晤。

永儿自沪回。

**十七日(3月10日)** 汪易三来谭。曹叔彦元弼。来，未晤。

**十八日(3月11日)** 喻莘臣作古二月八日。子绪鉾、绪鸿哀报，寄丝葛挽幛。

朱象甫之副室董夫人仲芬，子运继。讣至，寄丝葛挽幛。有挽诗六绝，附讣中。

**十九日(3月12日)** 观世音菩萨圣诞。

阅汪憬吾孝廉兆镛，汪精卫之兄(兆铭)。序镇洋沈兰征节士《隐怡山房小咏》云：吾粤宋清献公与之所谓以学说杀天下后世者，与宋处士刘皋言士大夫以嗜欲杀身，以财利杀子孙，以政事杀人，以学术杀天下后世同一至理名言。

覆子丹弟书。谢向鲍承良索疏筋活血药水。代送四姨太太孙女守怡贺分二十元，或礼物。

致吴舜臣书。赠竹纸《徐公文集》，陈夺声索。询程尚全（健）历史。询送张和声老太太礼收到否。湾村先茔风水请地师详看，又鹅岭张家冲有吉地，亦覆看。大太太房子□□，租簿须分别登记。

致北平邃雅斋书店书。寄邮票五分，索□廉价书目。

永儿夫妇今日去沪。

**二十日（3月13日）** 朱犀园来，请作冰人。

**二十一日（3月14日）** 郭礼征汇来公债款。廿三日复之。

致丁子盈书。贺寿，送袍褂料，廿七日生日。

致张敬礼书。敬礼廿五日生日，送《九宫大成南北词宫谱》，代筵二十元。

**二十二日（3月15日）** 游癸西艺植社花园。在平江路朱长巷中，花匠何开基。

**二十三日（3月16日）** 访朱云青，未晤。

致萧子文书。为女翰芳结婚，送奁敬四元。

致刘翰怡书。询吴丕绩何号。

赵梅元来谭。

陈绳夫寄赠《雪泥屋遗书目录》牟廷相撰，男房编次。三部。

**二十四日（3月17日）** 敬礼生日。

访李伯齐，未晤。朱云青来，未晤。

至集宝斋，晤王佩诤謇。谭。

覆任心白书。收到代购书四种，并馆赠出版周刊。

**二十六日（3月19日）** 李伯齐来谭。

覆吴舜臣书。湾村先茔已请阮、王两地师看过，甚好。文峰塔已择二月十四日修理。鹅岭地俟天晴请地师覆看。南陵人灾、牛灾甚重。

至集宝斋，购：共洋十五元。商父乙觯，疑伪品。费字印章。屺怀故物，吴昌刻仿，元押上有君直款。

**二十七日（3月20日）** 至交通书局，定《西北揽胜》。付预□洋二元五角。正中书局阳历四月□□出版。

**二十八日(3月21日)** 刘沂生来，云扬州堡城田今年完粮，田多十余亩，以戴氏卖契及上年□□登记单付之，向县交涉。

姚凤生师之孙废民清和。来谭。

## 七月

**朔日(8月17日)** 永儿□□□□□□余□□。

**初二日(8月18日)** □五女四十冥寿，在静心庵讽经。

**初三日(8月19日)** 覆大照书，傅淑记压金城银行股票事。

**初四日(8月20日)** 公鲁大人来。覆刘沂生书，扬州售田事。秋租失收。

绮女晨到苏。五时，至大光明，观《新婚大血案》电影。

至李元之书，请代作诗，又代作沈翁大人寿诗。

**初六日(8月22日)** 朱云老来，已送宗绩臣铭监。三百元。

**初七日(8月23日)** 约马君看承德里宅，廿一号吉。

午刻，绮女回沪。

答谢云老。

孙家骅嘱其兄来，持信，意在索代□□，送洋十元。

**初八日(8月24日)** 孙家骅婺源人。来，未晤。九女同十女争闹。

**初九日(8月25日)** 靖儿生日。至来青阁，请为新宅作保。

请熊君请熊作中。同至新宅帐房，订合同，付七百十三元九角。晤许二君，其东人即叶暇甫之世兄。

**十二日(8月28日)** 进新宅修灶。

**十四日(8月30日)** 挈靖儿至昌善局，为定君化《受生经》。净土庵。明教寺送经。

**十八日(9月3日)** 酉刻，迁居观前街承德里廿一号新宅，崇儿亦移居同里廿八号。永儿、九女仍住养育巷。

**廿一日(9月6日)** 同淑畹挈儿女等国货商场屋顶西餐。

**廿二日(9月7日)**　同淑畹至陆夫人祝寿,送份四元。

答谢朱犀园、朱稚臣谈,朱斡承未晤。

敬礼之五弟来,晚至广州食品公司。

**廿三日(9月8日)**　答谢朱云青、汪霄鹏、汪俊达,并视永儿、七女。

翁婿来,晚至广州食品公司。

谒印老法师,送肥桃四枚,又《阿弥陀经》塔八百分。

晤沙真师。

陈□□与女阿宝至沪。

**廿四日(9月9日)**　翁婿回沪。

**廿五日(9月10日)**　晨,娴女往沪就学。

陆仲英十周忌日,往行礼,送分四元。

致费范九书,寄《阿弥陀经》塔一百分。

覆任心白书,收《振灾辑要》□册,余送辛未救济会成翊青及图书馆。寄《阿弥陀经》卅分。

寄七女《阿弥陀经》塔五十份,静心庵廿分。

寄郭涵斋书,《阿弥陀经》塔□十分。

寄吴舜老□,《阿弥陀经》塔廿分。

**廿六日(9月11日)**　晨访契老谈,赠麦片四合、厦门茶一箱、铁观音八瓶。

访李伯齐谈。

访朱犀园谈,以吴三桥画张道陵象借之。

**廿八日(9月13日)**　永儿去沪,来告。租定灵慧寺内山门口内平房一间堆书板,每月三元,从国历九月十三日起租。

朱云老来谈。

朱孟琴来请书扇。

**廿九日(9月14日)**　访朱稚臣,未晤。

访李子扉,不遇,留赠竹纸《宋元科举三录》《四灵诗》《圣学宗传》

《南陵先哲遗书》《阐义》《黄山纪胜》。

答拜朱孟琴谈。

朱实之重游泮水，函复，送贺洋二元。

沈籁清之母翁太夫人沈冕士之室。八月六日七十寿，送丝葛幛，并书诗。

喻志韶太史八十寿，送丝葛幛，八月一日寿期。

征求刻《澹宁斋诗钞》之资。

昨，覆子丹弟书，为定君加入法华大会，捐洋十元。

**三十日(9月15日)** 地藏王菩萨圣诞，持斋。

闻永儿昨自沪归苏。

覆光铁夫书，寄铁夫《安徽名媛诗征》序言，后改“诗征”为“风雅集”。又抄淑畹诗、定君诗备选择。

致余幼泉书。寄赠沈清瑞《沈氏群峰集》，附《阿弥陀经》塔十卷，分赠幼泉、彤侯。

昨，覆李元之书，收到代拟诗并沈太夫人寿诗。

## 八月

**朔日(9月16日)** 同淑畹挈崇儿夫妇子阊门外□□□戏□□□□□上□□□□□□□□□□□训练处，□珍奇灵犬，能识字、唱歌、听曲，乘除算术。

**初二日(9月17日)** 李伯齐来谈。

**初三日(9月18日)** 答拜李伯齐，未晤，赠书十六种。

**初四日(9月19日)** 翁婿来，晚即回。五时，大光明观水上乐府。

娴女回苏。

**初五日(9月20日)** 娴女午刻去沪。

四时，谒印老法师，并晤德森师。

以妙真师属书《大般涅槃经》藏文经典木匣题字并《阿弥陀经》塔二百卷，请陈慧昶居士转致，另赠慧昶《洛阳伽蓝记》、郑著《古物辨伪》。

昨汇洋十元,贺蒋嘏堂娶子妇之喜。

永儿来函,索洋,语言悖逆。

**初六日(9月21日)** 陈辅卿进宧、墨移之父。八月廿五日七十寿,寄镇江绸幛。舜老为永儿售稻二百石,每三元,汇六百元。

覆陈进宧书。托销《蓁庐金石经眼录》十六本,洋八元,寄之。

覆陈绳夫书。男次来函寄书,寄赠书四种、经塔二种。

致安徽图书馆书,寄赠书六种、经塔二种。

覆陈子俊书。湾沚晋春公司事,附抄武孟达来函。

覆吴舜老书。赠与备案声请书,盖章寄还。鹅岭桥捐。看山。售田。

**初七日(9月22日)** 永儿去沪。

覆曹梅舫书。

覆高吹万书,谢赠书,覆赠《阿弥陀经》塔。

致李元之书,请撰大照三十年纪念颂。

**初八日(9月23日)** 汪俊逵之夫人生日,送分四元。

**初九日(9月24日)** 晨,附车至沪,绮女来接。十时到。

十一时蒯□□□来谈,□□□□□以私亲却。□时,□姮□。五时□。

五时,访陈子俊谈。

**初十日(9月25日)** 晨,同绮女访吴树人□。

鲍子丹□□□□□□□□□顾立斋来亦未晤

午□,蒯□□□□□□□□□十三元□□□。□□□□幛。

晚,丹弟及夫人及子妇来,共饭。

闻永儿今日回苏。

**十一日(9月26日)** 闻永儿今日返沪。

丹弟、若木、敬礼先后来谭。顾君来。若木又谈家事。以王玄、陆治两画轴赠敬礼。

七女赠百合、花旗橘、莱阳梨、鸡旦卷,余先送麻糕、二合。瓜子四罐。等四色,四□画具。

三时,至吴旭丹西医,交诊方。旭丹苏州人,住史家巷。

送鲍子丹酱瓜、轻松糖各二。

送鲍承良轻松糖二、瓜子四、酱瓜四、百合一包。

晚,苏电话来报平安。

**十二日(9月27日)** 晨答访丹弟谈。

至兆芳照相□,八寸四元,六寸二元一角,当付二元。

至中国书店,晤唐、郭石麒谈。结存六十元〇二角三,未收。廿四年年底止。

三时,顾立斋来谈。五时,鲍子丹来谈,并同某君看画。未成。

七时,蒯若木来谈,家事颇紧逼,送橘子、丹饼。

**十三日(9月28日)** 晨九时,同□女出游,十时回。顾立斋同吴叔彝其伦。律师看画,未成。

晨三时,睡醒不寐。

午后一时,同绮女访江一平谈。

五时,访鲍承良,未遇。旋至七女处,久谈。候敬礼回,略谈,即归,因承良答拜,久候也。承良为余诊方。承良回,即送,酱腿、洋梨、皮蛋、月饼。情意甚厚。

**十四日(9月29日)** 晨□时,由沪回苏。

严俊叔之夫人讣至,送丝葛幛。

覆光铁夫书,收到《安徽名媛诗词征略》,为改正序言,寄之。

**十五日(9月30日)** 中秋,永儿卯时生女,晨六时一刻。命名长生。

朱云青、朱止澄、朱犀园等来贺,晤谈。

答贺朱云青谭。朱止澄、朱犀园又贺。朱博渊、朱幹承未晤。

永儿四时由沪回来,未晤。晚,信来,送残肴。

**十六日(10月1日)** 谒印老法师,并晤德森师。

答贺朱止澄谭。

晚，朱犀园、朱良丞约广州食品公司宴集，为其母请和宾也。

晨七时，永儿去沪。

**十七日(10月2日)** 陈昫来谈。翁婿二十生辰，送席洋廿元、洋酒二瓶、靠垫二付、海梅桌盒一对。

访汪瞻华、邓孝先、夏鞠农谈。

永儿生女，给二媳坐蓐费一百元，又给长生孙女四元。

请朱书《金刚经》二册、往生金箔二小合，送潘季孺之世兄潘志潜。号渊若。

**十八日(10月3日)** 至佛学书局，请经二元一角，至农行取回契纸。

至报国寺，晤妙真师，谈延生佛七事。妙真命书灵岩山寺大殿联，文为印老法师撰。座中晤同乡赵居士，曾任某军参谋。今午后四时，了然师、江西人。德森师同参陪游灵岩寺。弘化社汤竹庵君，明□人。陈曙亭昫。云，汤继仇德恒后，为聂云台介绍了师在报国寺。放生池为灵岩下院，住院为达全师。湖北人。

娴女午后三时自沪归。朱象甫来，未遇。

**十九日(10月4日)** 淑畹为余在灵岩寺做延生佛，普济师为僧值，吉林人。晨七时，挈崇、靖两儿去行礼。十一时午饭后，同往绣谷公墓视察，晤蒋仲川，询悉蒋季和同年之子曾为南昌行营参议，绣谷为蒋百年、蒋仲川、陈涓隐等创办人。

在灵岩寺重晤颍上赵居士、孑僧、了然师，又晤管复初，邵洪。知为追庆其父母，做佛七，送分洋二元并行礼。

赵学南、屈百刚来，未遇。娴女午刻回沪。

潘志潜今日讽经，严俊叔夫人亦领帖，命崇儿去行礼。

**二十日(10月5日)** 夏鞠农来谈。

**二十一日(10月6日)** 复大照公司书。收六月至九月夫马费。

**二十二日(10月7日)** 复陈墨移书。为书寿字小立幅。

覆郭道弥书，阳历十月廿八日，大照补行三十周年纪念发行，特为题“充实光辉”四字并绸幛。

灵岩山寺殿联书成，送弘化社转交妙真师，另送妙真师联。

送陈曙亭石涛画册、二。董香光山水、南通孙君画册、有正集联七册。

谒印老法师谈，送线香四合、速香二合。

**廿三日(10月8日)** 午刻，闻朱亲母十时去沪，即坚属淑畹挈靖儿往沪，未带女仆，令林福、小袁送。先电话绮女，至上海北站接。因车到苏迟，至午后四时始到，林、袁两仆即附四时联运车返苏。七时到。是日，发沪电话三次。马寿眉来。

**廿四日(10月9日)** 俞寿田来谈，同答拜赵学南、屈伯刚谈。

闻周缉之晚号止庵。其四子志厚、陈一甫来苏，住阊门外大东饭店，三时往访，晤谈，赠《戒杀书五种》《印光法师嘉言录》《历史感应统纪》《阿弥陀经》塔十分、《普门品图证》，又赠陈一甫《戒杀书五种》《阿弥陀经》塔二分。缉之、一甫同来余家，陪游元妙观公园。缉之先回寓，留一甫晚膳。永儿来，交子盈书，通知刘府于国历十一月四日即古历九月廿一日。在上海市政府集团结婚，先责备余不应令靖儿去沪，措辞不逊。一甫劝余保重容忍。嗣九女来，亦预备同余负气，并挈小高来。一甫邀余往游国货商场避之，并以彼家、周家均出有不肖子孙，万勿生气，堕其恶计，友朋爱我，情意极厚，至可感也。

送印老法师觉林素点，烧卖、包子各三十只。娴女晚回苏。

**廿五日(10月10日)** 佛七圆满。晨挈馥女、娴女往灵岩山寺行礼，五时回城。韩剑伯父于同□朝栋之世兄来谈，留晚膳。

**廿六日(10月11日)** 瑛女来，询吉期，说余不问。余云并无此说，商其至沪住处。彼云借丁家，余云我处送租金，又云嫁资仍照前议四千元，馥女、娴女均在场，无辞而去。稍迟又来，云不敷用，交来永儿开一糊涂帐，用去二千〇四十八元，并云请律师同余交涉。伦常乖舛，至矣极矣！永儿来信索款，要答复。管复初来谢寿，昨在灵岩寺彼此各送寿敬四元。

娴女一时去沪。崇儿六时亦去沪。复淑畹书。

**廿七日(10月12日)** 永儿去沪。

**廿八日(10月13日)** 十二时半,附车至沪。三时抵绮女家,知程演生有电话至苏,馥女有长途电话来告。约晤。休息一时,即访演生谈,告拟印五期丛书用戴东原著述,借余刻《经考》、传抄《中庸补注》,后往敬礼夫妇处,留晚饭,八时回。

**廿九日(10月14日)** 十时,□兆□金城送瑛女订婚帖。访李拔可、任心白谈。拜丁子盈,始知廿四至镇江。拜蒋瑕堂,未遇。询永儿,蒋仆告知晨出,至午后四时未□。

拜刘二亲家太太,询结婚事,均一一如命,给其仆人二元。程演生来谈。蒯若木来,未遇。

晚,挈靖儿访鲍子丹闲话。敬礼来谈。

## 九月

**初一日(10月15日)** 午刻,拜丁子盈谈,商询结婚情形,给其仆人四元。李拔可来谈。视敬礼夫妇谈。

**初二日(10月16日)** 晨访子丹弟谈。午后,至大生,晤蒋碬堂,谈大丰田由大生代管,大有晋公司为陈葆初董事长,故迟至近日始能寄苏,坐中晤李耆卿。

拜刘二亲家太太,未遇,其二子妇出见,吉以已见大冰子盈,一一如尊府命。

晚,至鲍子丹谈。闻永儿今日回苏。子丹弟来,未晤。

**初三日(10月17日)** 晨十时,回苏。娴女午后亦回苏,在沪见过淑畹。

**初七日(10月21日)** 晨十时,附车至沪,十二时半抵站。

访程演生,□戴东原《中庸补注》。

访胡朴安,未遇。朴安先来。视姮女,晚晤敬礼。

**初八日(10月22日)** 至中孚。后同淑畹至太平寺,为马老太太做九十冥寿，送分廿元，又《金刚经》十卷。

淑畹报库，亦送廿元。

朴庵又来，未遇。再答访，晤谈，情意甚厚。

答访陈子言谈。

**初九日(10月23日)** 真达师送礼四色，给代茶一元。

拜龚仙舟、陈卓甫谈。

午至燕宾楼小酌，散后，游大新公司。

**初十日(10月24日)** 晨十时回苏，十二时抵家。

**十一日(10月25日)** 午后，谒印老法师，送平果、一合。麦麸、一。酥糖、二。藕粉。一。又送德森师藕粉、一。麦麸。一。又送陈慧昶居士吴昌硕画册。又送汤竹庵诸人《观音经》。以《最乐编》正续集、《孝弟图说》借真达师，请印师转寄。

为淑畹送朱亲家太太寿筵十元票、平果一合。

**十二日(10月26日)** 祝朱亲家太太七十寿。

刘老太太十八日领帖，送缎幛、祭筵十二元、奠敬十二元、忏仪十二元、往生金箔四合、素烛二斤。

齐树平念衡，青岛市博物馆筹备委员会主任干事。来，适在沪，未遇。

**十三日(10月27日)** 送汪汝河嫁妹奁分十元。

**十四日(10月28日)** 谒印老法师，以《净土津梁》乾隆乙巳衍法寺比丘了慰辑刻本赠之，又《远色编》三卷，乾隆癸巳彭启丰刻本。又《经律异相因果录》二卷。释玉峰古昆，光绪杭州玛瑙经房。又以《鉴行集》二十五卷、桐城唐大培山泉氏编辑刻本，又亲笔圈点批校。《人子宜知》、秀水朱棪，咸丰八年刻。《阐义》《文昌帝君觉世鸿文图说》借真达师，交鲍锡甾编《最乐编》。

**十五日(10月29日)** 朱瓒臣、锡圭。张芷如来谈。蒋椴堂来，未晤。张恨愚、陶寄瑛女奁资六元。

至苏州大戏院，观五十年后之新世界。

覆大女书。告近日病较前渐愈。

**十六日(10月30日)** 访马寿楣谈。

五时,子□□。

**十七日(10月31日)** 舜臣来书,云为永儿又卖稻二百石,每石三元五角。前卖二百石,每石三元。

覆舜老书。查分析田单,我田单□少写一百余亩,今查明开单寄之。

拜丁子盈,商佐成何湘谷、刘淦成,未遇。

束勖严来,未晤。

王欣夫来谈,以《砚溪先生遗稿》二卷孙男栋编,红豆斋藏书。抄本一册假之。

至苏州大戏院,观旧金山影剧。

**十八日(11月1日)** 吊刘太亲母顾太夫人。

答拜束勖俨,未遇。

报载,十七日菩提学会佛教净业社启事,发起护国息灾法会,启建大悲道场七日,永日念佛回向。印光老法师闭关修定,特发悲心莅沪,每日登座开示法要,期各修持□,由圆瑛法师领众熏修,由廿五年十一月廿二日至廿八日止即丙子年十月初九日至十五日。圆满。

**十九日(11月2日)** 至昌善局,定君殡宫焚化,上年净土庵水陆道场牒文,并送刘太夫人殡,行礼。

先母秦太夫人忌日,设祭。

谒印老法师,以阎罗断案呈阅,询悉十月六日出关,应菩提学会、佛教净业社之请,至沪大悲道场,登座开示,十五日圆满后回苏。

**二十日(11月3日)** 午后一时,约杨寿祺来观书,售十一种,共二百二十元:《知不足斋丛书》廿四集四十五元,《玉函山房丛书》十四元,《郝氏遗书》廿七元,《适园丛书》五十元,《名臣奏议》六元,《李文忠公全集》十八元,《武林丛故丛编》二十元,《十朝圣训》十四元,《皇朝续文献通考》十五元,《刑案汇览续编》五元,《两淮盐法志》五元。又赠《安徽通志·金石古物考》。足本。

**二十一日(11月4日)** 写朱孟琴、朱隐渔两扇,适孟琴来,以两扇来交之。

致刘沂生书,询扬州售田事。

致真达师书。寄《阿弥陀经》塔一百分,送三圣庵、太平寺。

**二十二日(11月5日)** 至护龙街古玩店,购星月菩提子二串,洋五元。途中遇马眉寿、朱隐渔。

**二十三日(11月6日)** 朱孟琴之帐席李禹川名夔,黟县人。来谈,询其朱府所购漆店吴永春号材板店祥发号价值情形。

**二十四日(11月7日)** 瑛女、丁琴南来。

孙伯渊来,未晤,留赠观音像二种三张,在西安,皆康熙刻石。

午后,访王欣夫谈。购星月菩提二串,洋四元。

**二十五日(11月8日)** 沪电话来,瑛女昨至沪,向姮女处取去嫁资一千元。先后三千〇四十八元,又云姮女产生一女。

**二十六日(11月9日)** 晨,吴蝶卿来谈,即回沪,及答拜,已行。

丁媳电话来告,八女云去沪教老太太点交汪家房屋,当去汪家接洽,云押租扣去两月一百四十元,余款送交陆太太归还。

售杨寿祺书取去,当收价二百二十二元。崇儿函告,《适园丛书》缺《文馆词林》十三卷。

午后一时二刻,附车至沪,四时半到。

晚,同淑畹挈绮女至中社西餐。

**二十七日(11月10日)** 姮女生日,三朝往视之。至中金。

**二十八日(11月11日)** 访丹弟谈。至蟫隐、古香、来青阁。访陈子俊,未晤。

至兆芳、中华两照相馆。午,至大新公司西餐部。

李元之、丹弟来,未晤。丁子盈电话来,要结婚印章,请其重刻。

**二十九日(11月12日)** 绮女生日。敬礼婿来谈。陈子俊来,谈晋泰公司事。

午后,访丁子盈,已由广和至润安里,旋即往访谈,尚未同刘二太太接洽。永儿克归出见,将新刻印章已钤于申请书中,并晤,蒋椵堂亦在坐。后在刘二太太家候男。

**三十日(11月13日)** 退翁生辰,往祝。敬礼自中央银行回,晤谈。

丁子盈来,姻事不过大礼,亦不过嫁妆。告期前一夕,女家备两席,男家备数席。宴客正日,在市政府结婚后先至女家回门,再至男家,略备糖果。

丁筦生两次来谈,后答拜,亦晤谈。张仲照十一月一日六十生辰,交来征诗立幅两轴,请李拔可暨余作诗。

访张仲照谈,出示新印其尊公日记稿,尚佳。明日至南京,病后精神未复。

苏寓电话,今、明两日演习航空。

今日,大纲董监会,请庄得老代表。

## 十月

**朔日(11月14日)** 至西泠印社,结上年至今年秋节止售书帐,收洋十五元,呈去上年取货款约十三元〇。付洋四元,买二元。印泥二两。

答拜李元之,未遇,留张仲照五十寿序,请撰六十寿诗。

张仲照来谈。恽季申先生未时大殓,送香楮。

午后二时半,至金城戏院,观《黄浦江边》影剧。

**初二日(11月15日)** 十时,同淑畹回苏。

**初三日(11月16日)** 陆府派帐席交还汪府押租五百廿五元。已扣房租两个半月一百七十五元。

**初四日(11月17日)** 三老太太三十周忌,在静心庵日经、夜焰口。

至报国寺,谒印老法师。送性□星月菩提珠。

**初五日(11月18日)** 寄陈邕如丈人、吴舜老、刘沂生信。

至报国寺,晤陈曙亭、汤竹庵、朱清泰、妙真师,得悉明晨老法师至沪大悲道场，初九日登座开示，十五日圆满，十七日回苏，即至灵岩山寺。

**初六日(11月19日)** 访李禹川谈，同往养育巷吴正泰漆号，购退光生漆一斤，计洋二元八角八分。又请其约漆工今日来谈。

访马眉寿谈。访朱云青，未遇。晚，李禹川同唐漆工来。

**初七日(11月20日)** 晨，朱让轩枏。来谈。

午后，挈崇儿至昌善局，监视唐漆工漆定君灵榇，给漆工一元，又给局夫一元。

**初八日(11月21日)** 访朱紫澄谈。娴女由沪回。

**初九日(11月22日)** 午刻，娴女去沪。午，上海媖女电话来。

**初十日(11月23日)** 苏州晚六时廿五分总测验新运工作，七时廿五分始毕。

**十一日(11月24日)** 晨、午两次测验新运工作。

**十二日(11月25日)** 访马眉寿、朱让轩、李禹川谈，并约明晨至灵岩，遇雨改期。访李伯琦，未晤。

覆吴舜臣书。

**十三日(11月26日)** 晨，挈崇儿同马眉寿、李禹川雇马车至灵岩公墓并灵岩山西山看地。一时，至二六饭店午餐。后至木渎，附小轮回苏，由胥门登岸，乘黄包车归。葛荫梧来，未遇。

**十四日(11月27日)** 访葛荫梧谈，坐中晤王佩诤。

叶遐庵来，旋答访，均未遇。

李伯琦十八日五十生辰，送祝敬十元捐助安徽公学，又送花缎幛、寿烛。

**十五日(11月28日)** 晨十时，同淑畹挈馥女附车至沪，为媖女遣嫁。

娴女来。叶弥诚来。

送丁箢生小花树四盆。

**十六日(11月29日)** 拜刘季秩、丁子盈，谈瑛女喜事，并晤杨瑞生。

访太平寺真达师，未遇。

午刻，至大新公司，同淑畹挈绮、馥二女西餐。

同淑畹挈绮、馥二女至姮女处谈。

瑛女同娴女来，交嫁资五百元，又金镯二两重，珠花二百六十五粒，银花瓶一对，宝花缸一对，还过礼银茶叶瓶一对。又交李、蒯两姑太太大ㄋ即贺分各十元。汪瞻华送靠垫一对。张老太即送银鼎，值洋八十元。

晚，同淑畹至润安里看妆。

江知源送分六元。商祝莱送分六元。蒋德纯送分十元。丁耀堂送分四元。

胡伯宣送丝葛幛。陈镜清弟兄送丝葛幛。

**十七日(11月30日)** 至大生，拜江知源，未晤，晤蒋椵堂、沈燕谋、吴芳生。

访李拔可谈，璧还喜幛，坐中晤梁众异、任心白。

十七日晚，拜大冰吴在明，葆天。送洋十元，避还。

拜商佐臣、赵蜀琴。请李玉亭画塔图，孙叔明写金经。

晚，约大冰丁子盈、江知源、蒋椵堂、张敬礼、商世兄、丁世兄酒叙。

蒯三太太送六元。吴蝶卿送四元。王太太送分六元。璧。丁筦生送十元。璧。

鲍子丹、李元之送幛、烛，收。翁兆霆送幛、纸烟合。璧，收金、字。

**十八日(12月1日)** 晨至姮女处。晤吴蝶卿，未遇。

杨瑞生送幛，收。严寿春送幛，收。

丁筦生来谈。

于递男、张敬默送大赛银盾。

付九女洋二百元。

晚七时，为九女设席。

晤丁子盈谈。

**十九日(12月2日)** 瑛女吉期，晨至润安里招待来宾。坐中晤时君。午后二时，至市政府主婚。晚，瑛女夫妇回门。

**二十日(12月3日)** 午后，接瑛女夫妇回门。

**廿一日(12月4日)** 午刻，至刘府看亲，付九女洋一百元。先后共付三千八百元。

三时，为恽季申题主。送江知源七十寿十元。托丁子盈交。

晚鲍子丹来，谈绮女盐票事，云合同各执一纸。记得是我处缺一纸。

七时，新利查西餐馆会亲。敬礼来送行。

**廿二日(12月5日)** 十时，同淑畹回苏，十二时抵寓。八女留沪。

**廿三日(12月6日)** 先母冥寿，设祭。舜老邮汇五百元，廿四日收到。

**廿四日(12月7日)** 二时半，至青年会，同淑畹观《风月海盗》影剧。

昨，朱象甫来谈，旋答拜，亦晤谈。

在沪翁亲家送寿礼、寿筵二十元、无量寿佛。绣屏。

**廿五日(12月8日)** 舜老又邮汇五百元。

芜湖万和祥由中国银行汇来一千元，扣去汇费洋一元。托大陆银行代收。此款系舜老托南陵永丰米厂内王达三代汇。先后共收二千元，来信云售稻七百石，每石三元六角五分，汇二千五百元，除收到二千元，尚欠五百元。廿七日，邮局汇来五百元。

**廿六日(12月9日)** 崇儿今日晨十时迁居本里六号。

**廿七日(12月10日)** 晚，汪书屏来谈。

**廿八日(12月11日)** 午后三时，至报国寺，谒老法师，送香敬一百元，师坚辞，力请受之作功德，并送速香二合。坐中晤曹崧乔、德森师。

舜老来书，又汇洋五百元。

又致书崇儿，已代售稻二百石，每石三元七角，不日汇七百元。

**廿九日(12月12日)** 刘夫人忌日。三时，娴女来苏。四时，崇儿去沪。

**三十日(12月13日)** 娴女去沪。

覆吴舜老书。书来售稻七百石，每石三元六角五分，汇来二千五百元(先后共三千五百元)。田价看好，八女田可售五千元左右。峨岭张家冲地请地师看过数次，均云是吉地，又经孙伯辰、刘映庚、常碧如、张子猷等同往该处去看，云好。舜老因该地预用之穴，右侧早年葬过(据地师云无碍)，浩意必须慎重，再请人去看绘图。鹅岭桥工我处捐一千二百元(外陈夔卿夫人托保华二百元)：徐乃昌四百元，吴宗远二百元(捐遗资)，徐智导二百元，马淑畹二百元，马契圆二百元。陈敏扬、陈敏勋今年欠租二十儿石，商办法。范络珊作古，请送挽幛或奠分。

覆顾立斋书，告十一月三日到沪，初四日看货。

覆李玉亭书。写《金刚经塔》，要润笔洋二十元〇，经文五千字，每千字要五元。

## 十一月

**初一日(12月14日)** 覆李拔可书。滕若渠(固)询毛生甫校《元史》藏弆经过，覆书，留稿。

**初二日(12月15日)** 晨访邓孝先谈，询苏州图书馆蒋馆长名镜寰。开吴中文献展览会开会情形，因请余为本会鉴审委员。初七日十时，谈话午餐。

午后一时半，附车至沪，四时三刻抵站，绮女往迎。

**初三日(12月16日)** 晨至中孚。午后三时，至七女处。五时，子湖社贺陈哲庵嫁次女公子之喜。晤陈蔼士。

**初四日(12月17日)** 晨访李拔可，未遇，晤任心白、费范九，略谈。

午后，李拔可来谈。三时，顾立斋同张七来看古玉。

三时半,至九女处。晚,覃椿婿来谈。陈哲庵来答拜。

**初五日(12 月 18 日)** 晨访丁箎生谈。

午后,顾立斋来,约人看古物、古画。子丹弟来,带元王蒙画山水立幅,亦交顾立斋看,估值千余元。

晚,至陈镜清夫妇处谈,并晤其二兄谈,为崇儿商谋事。

**初六日(12 月 19 日)** 送张仲照六十寿礼四色。寿幛、无量寿佛屏、寿联、寿筵十六元。

送丁箎生、张鸣岐小熏炉、明景泰篮□□壶。

晨九时五十分,附车回苏。午后抵苏,下车感冒。

约朱犀园来谈。

**初七日(12 月 20 日)** 十时,因感冒未能至苏州图书馆,致馆长蒋吟秋书,并云征品另函送上。七时,崇儿由沪回苏。

覆周梅泉书。来书以大照新机负债,拟新机营业独立计画书。又致道弥公函,签名寄复。

**初八日(12 月 21 日)** 昨延曹鸣皋诊方,渐愈。今再延复诊。

覆余幼泉书,谢送《凤台县志》,并介绍苏、沪来青阁代售。

致杨寿祺书,介绍余幼泉代售《凤台志》。

致吴仲贤书,为崇儿事。

致萧子文书,为崇儿事。

八女今于午后三时回苏。

**初九日(12 月 22 日)** 晨,崇儿往南京。

**初十日(12 月 23 日)** 晨十时半,附车至沪,十二时半抵站,绮女来接。

三时,至敬礼夫妇处谈。五时,至丹弟处谈。晚,敬礼夫妇挈廉武外孙来谈。大雪。

送刘覃椿夫妇糖果二色四并、瓜子四并、野鸡一对。

**十一日(12 月 24 日)** 晨九时,贺张仲照六十寿,留午面,坐中晤庄得之、谢仲笙、高云麓、高潜子、金子才、丁箎生。

四时，华商水泥公司董事会，晤李拔可、刘鸿生、华润泉、徐致、徐静安、律师监察人。潘序伦，会计师。议决历年积存准备金提五十万元，改作股本，每老股四股得新股一股，共公司资本增改二百五十万。又酌拟廿五年收入约卅二万元盈余，发给股息廿二万。一分一厘，董监花红二万元，各职员八万元。共十万。

**十二日(12月25日)** 张仲照来答谢，谈。子丹弟来谈，送蜜橘、咸蛋、火腿、煨黄芽菜。

蒋总司令午三时脱险，由陕飞洛。李元之晚来谈，留饭。

午，发快信谕崇儿。晚，同绮女至陈镜清夫妇处谈。

访王子固，未遇，询其太夫人病，甚危。□翁亲家太太谈。

咋，送李元之《春城送别图》。李梅生□，□□生绘。

**十四日(12月27日)** 至新新公司、先施公司。

闻丁篑生于丁丑年二月初四日五十寿。叶二姑太太说。

午，二侄女同冠英侄妇来，谈侄孙女姻事，同饭。

下午，叶二姑太太来谈，晚同饭，九时散。

**十五日(12月28日)** 晨，发快谕崇儿。

午后一时，李拔可来谈，邀同车赴华商水泥公司临时股东会。散后，同至商务印书馆，购玩物，□车送余回。

敬礼夫妇挈廉孙来送余行，送□橘、熏鱼。

叶二姑太太来谈，同晚饭。弥诚亦来，先行。

**十六日(12月29日)** 晨十时，附车返苏，绮女同行。

**十七日(12月30日)** 小陈妈滋事，遣去。崇儿自南京回。

答拜朱云青谈，谢赠野鸭四只，覆赠故宫日历、商务玩物。

黄公渚之尊人石孙先生讣至，寄青岛丝葛幛。

夏育万、夏育琛、夏育元之弟育章喜期，送红绸幛。

**十九日(1937年1月1日)** 朱云青来谈。是日阳历一月一日。廿六年。

**廿一日(1月3日)** 绮女、娴女均去沪。龚韵生来谈。

**廿二日(1月4日)** 六时,约俞寿田、朱云青、朱稚臣、王之康、朱让轩、汪书屏、江易三、陆稼生酒叙,约而未至者徐首明、朱孟琴、李禹川、马眉寿。

**廿三日(1月5日)** 送寿田行,已先行。访邓孝先谈。

**廿四日(1月6日)** 请曹鸣皋诊方。马小龙内侄来,晚七时回。

金颂清午刻来谈。

**廿五日(1月7日)** 林福廿三日请假去沪,今日回。

**廿六日(1月8日)** 感冒未愈,改请经先生诊方。

覆吴舜臣书,鹅岭桥捐一千元,赐福桥捐二百元。

覆张和声书,鹅岭桥捐一千元,另张保华二百元。

方地山讣至,寄绸幛天津。

**廿七日(1月9日)** 五时,至青年会,观闺怨影剧。表情极佳。

覆大纲公司董事会书,一月十日(即廿八日)。董监会因病不克位会,请庄得之先生代表。

**廿八日(1月10日)** 王君九、赵学南来谈。

**廿九日(1月11日)** 谒印老法师谈。

## 十二月

**初一日(1月13日)** 谢神。翁亲家来电贺寿,覆电谢之。

**初三日(1月15日)** 王君九之太夫人神主入祠,又值祥□之期,往祝送分二元。

崇儿去南京。夏育琛来,未晤。

覆陈蔼士书。

覆吴仲言书。

覆曹梅舫书。

致郭礼征书。

午刻,约陈石遗、邓孝先、金松岑、赵学南、王佩诤、李伯琦、朱犀园酒叙,潘季孺、王君九、李无庸、屈伯刚未到。

**初四日(1月16日)**　张仲照来谈,答拜,未遇。

拜袁孝谷,亦未遇。

**初五日(1月17日)**　至青年会,观《贤妇良医》影剧。

永儿书来寄《复旦大学文摘》一卷一期,特约编辑,附名。并告上月杪长生女孙殇。

**初六日(1月18日)**　袁孝谷来谈,赠《笠山诗钞》四卷,乙亥九月裔孙袁长春、先春、季梅重印本,丹徒袁乾,玉符。袁母张夫人家,传、训。张母袁夫人墓志铭。

贺邓孝先寿。

答夏育琛谈。

至来青阁,取《光福志》二册,码洋二元。

致李拔可书。溥心畬索诗,汇刻《灵光集》,钞十余首交李拔可寄之,并助刻资四十元。

**初七日(1月19日)**　李拔可来谈。答拜,未晤,留赠酱鸡、酱鸭各一只,洋二元七角。糖果四并。洋一元六角。

覆李玉亭书,邮汇洋三十元,写经二十元、画塔十元。

梦定君。

**初八日(1月20日)**　覆郭礼征书。梅舫□□□应兄荐至大照已□□拟其□□□□□□月新六十元。

致曹梅舫书,附覆郭函,并抄来函告知。

**初九日(1月21日)**　崇儿由南京回苏。绮女自沪来。

**初十日(1月22日)**　昨晚,南陵汤村徐家祚、号明德,敬宗子。徐世珍、号朝璋,以字行。三都徐承业、名世昌,徐达三子,曾在石声处。徐鸿文、名世藻,徐尊三子,廿三年旱灾来函反对舜老。徐觉悟、名世茂,长斋念佛,在四老姨太太处。徐□先六人来苏,住□□饭店。今午同来,送合族匾额,初二日在南陵祠堂已上扁,今系软扁,约用百元。并汤村人送丝葛寿幛等,三都徐四人送缎幛等。先往□□拜之,派张兆云请其看影戏。晚,邀至广州食品公司酒叙。

**十一日(1月23日)**　余六十有九生辰。亲族来贺,午餐□面,晚餐素筵。

冠英侄、永儿自沪来,酉刻即去。电贺鲍子丹寿。

**十二日(1月24日)**　族人来饭,约明德、朝璋,询二十三年五月同石声、守本借稻六十石事,系永丰坊借,约期八月归还,吴舜老中人。今舜老已还永丰坊,给二百元了结。彼云系代寒族所借,并非彼□自借,亦非祠□公借,只得将借据交其收回,同舜老商办,余亦不索还也。绮女午刻返沪。

送家祚、世珍川资四十元,送世昌、世藻、世茂、守先川资六十元。

**十三日(1月25日)**　族人晨十时□陵,命崇儿送之。

致李元之书,谢□寿联并洋四元。

致尹润生、张祝秋、萧子文书。谢送寿筵十二元。

致吴舜臣书。告汤村、三都族人来沪情形。

致蒯若木书。十七日六十生日,寄铁机花缎幛。

**十四日(1月26日)**　金孝达之尊人文江先生讣至,寄丝葛素幛。

崇儿午刻去沪,晚十时回。

覆吴舜臣书,灵山寺和尚募缘,拟捐四五十元,请酌送。石板塘等处八小姐之田须设法出售,喜期□□三月。欠租请区署代追,甚感。凤鸡等照单收到。

十四日,朱稚臣来谈,赠《庐山花径留题》第一集一册,花径为白傅看桃花古迹。又代俞弇山同年镇。赠自著《娉花媚竹馆宋词集联》八卷二册。

**十五日(1月27日)**　崇儿午刻又去沪。娴女六时在中西女塾寒假回苏。

阅宋王日休《龙舒净土文》十卷、明庄广还《净土资粮》三卷、康熙沙门弘赞《六道集》五卷。

**十六日(1月28日)**　延经绶章为淑畹与余诊方。

**十七日(1月29日)** 晨至中国。

**十八日(1月30日)** 晨九时，附车至沪，绮女、姮女、崇儿至站接，下车不适。

三时，至华商水泥公司，晤秘书，于加股议案公文盖积余章，认加股五十元签字，交夫马费收条。

拜李拔可谈，并晤任心白。

**十九日(1月31日)** 一时，至平江公所，为蒯亲母题主。

至敬礼夫妇家谈。后至丹弟处，略谈。视鲍子丹疾，未晤。

李拔可来谈，赠福建肉松四罐、年糕一合。

刘子树来，未愈。

**二十日(2月1日)** 蒯世兄来谢孝。送李元之年节二十元。

三时，姮女来送。至大生，晤蒋椵堂、吴芳生、沈燕谋、徐静仁、陈葆初，请椵堂查大丰租息，今年收成甚歉，只一百八十余元，公司扣去三年代管费，每亩三角。管田租张彝清，未晤。

四时，附车回苏。

**廿一日(2月2日)** 至中国，为善记事。

致李实之书。赠洋四元。

致大女书。同淑畹送二百元，因女为余立长生牌。

覆郭礼征书。曹梅舫之孙另就他事，辞谢。收到本年年节夫马一百二十元。

覆陈一甫书。张建新为崇儿介绍，谢之。

**廿二日(2月3日)** 朱云青来谈。

**廿三日(2月4日)** 李子扉来谈。

祀灶。

**廿四日(2月5日)** 晨，答拜朱云青，送赛有天肉松两合、果盘一合。

午后，答访朱稚臣谈。

过来青阁，还书帐四元九角，晤王佩诤，略谈。

**廿五日(2月6日)** 午刻,赴王君九酒叙之约,坐中有彭子嘉、赵学南、王佩诤、汪棣卿、吴瞿庵、屈伯刚诸人。

访朱让轩谈,适孟琴自沪回,未晤。

访俞弇山同年镇,浙江人。谈,赠《玉台新咏》、料半纸。《宋元科举三录》。赛连。

访张仲照谈。

**廿六日(2月7日)** 朱云青来谈,赠金肘、年糕。

张仲照来谈,云今晚返沪,明正人日后来。

薄暮,至来青阁,晤杨寿祺谈,云明日回沪。

**廿七日(2月8日)** 挈靖儿至青年会,观影剧。午刻,悬挂先影,设祭。

**廿八日(2月9日)** 张仲仁七十寿,送礼,收款、字,往贺,仲仁先期去沪。

午后,率儿女至昌善局。

昨,致书苏州图书馆长蒋吟秋,以吴中文献会征求出品,送银龙简拓本册、徐俟斋砚、王惕夫、曹墨琴夫妇书《前、后赤壁赋》卷、毛叔美、顾畹芳夫妇《红豆书楼》卷、董申林女史《眉寿期颐》卷、周菽《天官书注》,共六种,命崇儿交之,吟秋出收据。先光禄公寿辰。

**廿九日(2月10日)** 除夕。

送朱稚臣《安徽金石古物存真》《玉台新咏》。

# 丁丑年(1937)

## 一月

**元日(2月11日)** 清晨焚香,祀天、祀神、祀佛,谒先容前,叩贺新喜。子时出行,迎喜神。

贺朱云青、邓孝先、李伯琦、夏、朱犀园,未晤,晤朱博渊谈。

朱云青、朱稚臣、朱犀园来,未晤。

**初二日(2月12日)** 午后,至苏州戏院,观《压岁钱》影剧。

朱博渊、夏育琛、李伯琦、夏则先、李禹川、朱幹臣、朱让轩、朱孟琴来,未晤。

**初三日(2月13日)** 同淑畹至报国寺,谒印老法师。俞弇山来,未晤。

午刻,至朱稚臣家酒叙,朱为其六女订婚顾氏。

**初四日(2月14日)** 午刻,至沧浪亭图书馆吴中文献展览会鉴审会,晤潘博渊馆长、蒋吟秋昆弟、孙伯渊、叶遐庵、彭、□□□、王佩诤、陈子清。至刘府,拜刘五太太。陆稼孙来谈。

**初五日(2月15日)** 拜朱智仁谈。又拜朱云青,适去沪。刘公鲁来谈。

**初六日(2月16日)** 定君忌辰,在静心庵讽经。丁子盈同永儿夫妇来,无理取闹。

张仲仁、成翊青来。三时,绮女、敬礼夫妇来,廉孙亦来。

**初七日(2月17日)** 五时,敬礼去宁。六时,赴幹承、犀园酒叙之约。送汪俊逵寿礼,璧。

**初八日(2 月 18 日)** 午刻,赴朱智仁酒叙之约。一时,绮女、姮女、廉孙回沪。汪肖彭夫妇□。

**初九日(2 月 19 日)** 贺汪肖彭夫妇。贺陆□太太、陆稼生。致函舜臣卖田。

**初十日(2 月 20 日)** 致函舜臣,抄汪富有田契。答拜张仲仁谈。观吴中文献展览会。

报载,三中全会决议,十一月十二日召开国民大会。

**十一日(2 月 21 日)** 答拜俞弁三同年谈,赠《圣学宗传》《阐义》,请题《随庵读碑图》卷。

答拜成翊青,未晤。致舜臣书,寄抄汪富有田契稿。

**十二日(2 月 22 日)** 崇儿生日。至苏州戏院,观《孪生兄弟》影剧。

**十三日(2 月 23 日)** 校《金刚经塔》。葛荫梧来谈。叶遐庵赠《历代藏经考略》。

**十四日(2 月 24 日)** 答拜葛荫梧谈。贺汪霄鹏生日,未晤,寿礼未收。

致舜老讯,附覆族叔徐明德家祚。函并对联五付。

商务印书馆寄赠《张菊生先生七十生日纪念论文集》一册。值洋六元。

**十五日(2 月 25 日)** 姚石子同于钻坚来谈,观吴中文献展览会,即去,余亦挈崇儿至会参观,适李拔可、梁众异、沈昆三亦至会,陈子清、潘博山约晚膳,应之。李、梁、沈先行,全与石子、钻坚、荫梧□□。晤葛荫梧谈。邓、李先同晚饭,后散归。

丁丑正月十五日,答访石子、钻坚,未晤。至吴苑茶社访之,晤谈。再至寓所,同赴潘博山、景郑昆仲、彭恭甫、陈子清酒叙之约,拔可、众异、昆三入席后,匆匆即返沪。

**十六日(2 月 26 日)** 午刻,约姚石子、葛荫梧、于钻坚、金松岑、潘博山、彭恭甫、潘景郑、赵学南、王欣夫酒叙。欣夫赠《劳氏碎金》,

为吴印臣辑，王欣夫、瞿凤起补辑。瞿良士赠新刻蓝印三世先德墨庄、梦香、子雍三先生诗词集。

晚，至青年会，先后赴金松岑、赵学南、王欣夫中餐，汪霄鹏西餐之约。

**十七日(2月27日)** 张仲照来谈。俞𢇲山同年来谈，为题《随庵读碑图》卷。崇儿去沪。

娴女来苏。至青年会，观《风雨无边》影剧。

**十八日(2月28日)** 朱斗文来谈。柳翼谋来谈。朱斗文来谈，答拜，均未晤。

拜叶遐庵、俞琢吾谈。娴女去沪。

**十九日(3月1日)**

**二十日(3月2日)** 九时〇八分，附车至沪，十一时半抵站，崇儿、绮女来迎。三时，至商务，晤李拔可、任心白、费范九谈。同拔可至水泥公司董事会，晤华润泉、刘鸿生、刘吉生、吴董卿、徐致一。俞琢吾来，未遇。

**丁丑正月廿一日(3月3日)** 至中孚，加租一年。午后，至王老太太，谈□□。

又至丹弟处谈。又至张亲家太太处谈。晚，七女来谈。

吕鹿笙之夫人罗夫人二月九日领帖，送幛、烛。

**廿二日(3月4日)** 晨十时，挈绮女回苏。十二时半，赴张仲照酒叙之约。

**廿三日(3月5日)** 崇儿在文献展览会取出品六件。至曹黻侯、陈鲁珍视□。

**廿四日(3月6日)** 二时，同家人至真光戏院，观《中国旅行团》《雷雨》剧。王君九来，未遇。

**廿五日(3月7日)** 万经庵来，未晤。至集成药房，就方嘉谟诊。

**廿六日(3月8日)** 覆吴舜老书。寄馥女售田新契，附老契四纸。双挂号。

覆陈子言书,谢同演生、燕昌、锡之作寿诗。子言约二月下旬返芦江。

覆任心白书,收代购书。

游张园,观梅。至集成药房,就陈鲁珍诊。

**廿七日(3月9日)** 覆周止庵书,拟于春分二月初九日。后来苏游览天平、光福诸名胜,托代觅住址,覆以灵岩为宜,赠《灵岩山志》《苏州指南》《吴门新竹枝》。

**廿八日(3月10日)** 十二时,绮女回沪。至集成药房,就张卜熊诊。

午后,访俞琢吾同年谈,近日患皮肤病,辞明晚酒叙之约。

**廿九日(3月11日)** 朱让轩来谈,请书件。孙伯渊来谈,为教育部二次全国美术展览会筹备委员会征求出品。

致敬礼婿书。寄大有晋红田息单,取丙子租息,又大丰丙子租息,无单据。

覆水泥公司书。寄申股通知书,并缴洋五十元。

**三十日(3月12日)** 崇儿午刻去沪。理《钩影》毕。

## 二月

**初一日(3月13日)** 校《金刚经塔》毕,寄鸿宝斋修改。娴女回苏。

查户口单人来,写付之。

淑畹覆王太太书,云翁府函送亲事。晚,赴朱斗文酒叙之约,坐中谒贵阳师,并晤傅沅叔、刘惠之。

**初二日(3月14日)** 夜病,不能寐。娴女去沪。写联。

**初三日(3月15日)** 至张卜熊医院覆诊。崇儿午后由沪回。极头痛,不能寐,服安眠。

**初四日(3月16日)** 刘惠之、姚虞琴先后来谈。延张卜熊覆诊，约明晨十时至医院。

又延曹鸣皋诊方。韩剑霞同罗君副师长。来谈，就俞博学画辰州等。

绮女午来电话，询癣疾。晚来电话，询蒯和记大照股本，又讼事三月廿七日判决，其遗产十三万绮无分，五万绮有一分。

**初五日(3月17日)** 晨九时三刻，同淑畹附车至沪，抵站，绮女来接，遂坐车至林洞省家诊治，给油一并。到绮女家，姮女来候，约鲍承良来诊。

**初六日(3月18日)** 林洞省来诊。又延王以敬来诊。永儿来，睡熟未见。姮女、瑛女来，送西洋参。

**初七日(3月19日)** 光禄公忌日，苏寓设祭。丁莞生来，同至谭以礼交诊方。

姮女荐牛惠霖来诊。瑛女来，未见。晚，又来见。

**初八日(3月20日)** 晨，姮女来。午，永儿来。午后，崇儿由苏来，六时回。

丁莞生、鲍子丹来。子丹弟来，送洋点、暹橘。叶二姑太太来，叶弥成亦来。

前送莞生五十寿礼，只收寿字，今将绸幛、寿面并寿筵券十元覆行送去。

**初九日(3月21日)** 淑畹至保安司徒庙，拈香求签，大吉。又至鲍承良、鲍子丹处谈。又至林洞省家，未晤。约子丹来，买铃羊粉八分。瑛女来见。

敬礼夫妇来视疾，赠铃羊角一支。林洞省来，主用雷定，不能决。

**初十日(3月22日)** 今日，余头部甚痛。午前，八女至苏州来。午后，偕淑畹、丁莞荪、林冀民、朱蕙英小姐女等至上海疗养院美纳医师诊，诊云，系丹毒，非开刀住院。回绮女处，请刘惠霖、鲍承良、王以敬诊。王医师云，可不开刀，照X光，可好。约明早到同仁医院。

**十一日(3月23日)** 午前，到同仁医院，丁果医师照X光，王以敬医师诊。午后,由绮女家搬入中西疗养院□住。晚,王医师来诊。

**十二日(3月24日)** 李拔老、敬婿来。九时,到同仁医院,电疗两次。午后四时,回疗养院。林东省来。晚,崇儿回苏。

**十三日(3月25日)** 丁莞荪、鲍子丹来。九小姐来,送白木耳一盒。敬婿夫妇来,送花式盆。费范九来电话,问余病。今日在同仁医院电疗两次。

**十四日(3月26日)** 丁、王两医师来诊。今日在中西疗养院电疗一次。丁莞荪、陈心铭夫人、陆先生、七小姐来。

**十五日(3月27日)** 丁、王两医师来诊。今日电疗两次。从十二日起,每日王医师为清血针一针。叶弥臣来。费孝生电话来。

**十六日(3月28日)** 丁、王两医师来诊。张老太太、敬婿来。今日电疗两次。

**十七日(3月29日)** 丁、王两医师来诊。从今日起,电疗一次。葛昌楣、叶弥臣、崇儿、永儿、九小姐来。今日为补血针。明开胃药水。敬婿夫妇来。

**十八日(3月30日)** 丁、王两医师各来一次。陈乃乾、丁莞孙、刘慧之、鲍子丹来。吴舜臣由陵来沪。崇儿今日回苏。

**十九日(3月31日)** 丁、王两医师来诊。李拔老、王子固、叶弥臣、媖女夫妇来。

**二十日(4月1日)** 丁、王两医师来诊。敬婿信来,附大有晋租息来,内云,李云良来信,嘱崇儿就职杭州财厅一等科员,月薪一百廿元,未去,函去。淑畹、吴舜老、鲍子丹看慈惠里十号房屋,后请黄小松看,云甚吉,择定本月廿八日进见。

**廿一日(4月2日)** 丁、王两医师来诊。敬婿来。

**廿二日(4月3日)** 丁、王两医师来诊。靖儿由苏来。娴女今日放假回苏。

**廿三日(4月4日)** 丁医师来诊。任心白来。王医师未来,因往常州。送夏剑丞老太太幛、烛。

**廿四日(4月5日)** 丁、王两医师来诊。

**廿五日(4月6日)** 王医师来诊。丁医师从今日起,X光不照了。敬婿生日。

**廿六日(4月7日)** 王医师来诊。陈子言、七小姐来。

**廿七日(4月8日)** 王医师来诊。十一时,姮女汽车送出院,住绮女家。子丹弟来。永儿来,送洋五百元,暂存。

**廿八日(4月9日)** 未时,进新宅。来贺者鲍子丹、李元之、朱农卿、丁莞荪、金祖润、蒯少、九小姐、弥臣、叶二姑太太。张老太太、敬婿、七女来,晤。永儿来云,丁子老妾禁止吃烟,捉入公安局,现已放出,进戒烟局,请吴舜臣京江□乞。

**廿九日(4月10日)** 王医师来诊。午后,吴舜老、朱小姐请乡观程剧《奇双会》。晚,七女、廉孙来。

## 三月

**初一日(4月11日)** 王医师来诊。丁莞荪来。靖儿今日回苏。娴女至苏来。陈演生送第六期丛书。瞿凤起来。

**初二日(4月12日)** 王医师来诊。敬婿来。

**初三日(4月13日)** 王医师来诊。冠英侄来。马宗元来。

**初四日(4月14日)** 王医师来诊。丁莞荪、张燕昌、叶弥臣夫人来。今日电话已装好,号码37779,同七小姐、崇儿通电话。

**初五日(4月15日)** 今日定君周忌,在苏州静心庵做佛事,姮女、媖女送佛事一堂太平寺。午后,余头部忽流血甚多,王医师诊,血即止。永儿来。工了囿来。

**初六日(4月16日)** 王医师来诊。林东省来。夜十一时半,头部又流血,请王医师诊。苏州电话来,永儿昨晚至苏州。

**初七日(4月17日)** 王医师来。汪俊逵来。鲍子丹来。

**初八日(4月18日)** 王医师来诊。崇儿夫妇由苏来。朱亦亲母五十寿,送幛、寿筵、烛、炮。任心白来。

**初九日(4月19日)** 王医师来诊两次。崇儿今日回苏。与任心白先生通电话。张幹青来。

**初十日(4月20日)** 王医师来诊。明日大照公司开会,请周梅泉先生代表。原信。

**十一日(4月21日)** 王医师来□诊。郭肖霆由镇江来。朱亲母来。

**十二日(4月22日)** 王医师来诊。送姬觉弥寿联,五十寿。外寿诗一轴。崇儿南京吴仲言来信,崇儿已委主计处科员,崇儿以余病辞去。敬婿来。

**十三日(4月23日)** 王医生来诊。鲍子丹电话来。张仲照、丁莞荪、敬婿来。

**十四日(4月24日)** 王医师来诊。崇儿回苏。永儿来。任心白来信,李拔老托送余《林□国诗集》。娴女来。

**十五日(4月25日)** 王医师来诊。李拔老、罗子经来。绮女今日至南京。

**十六日(4月26日)** 王医师来诊。吴舜老晨八时附车回南陵。鲍子丹来谈。任心白来。

**十七日(4月27日)** 王医师来诊。朱小姐、鲍扶九、任心白来。

**十八日(4月28日)** 王医来。心白来。

**十九日(4月29日)** 午后六时,王医来诊。林洞省来,留晚膳,谈。

崇儿来信,十五日至南京,十七回苏,寄水泥公司董事连任函。

致李拔可函,请代表水泥公司董事会。

致任心白函,莲池庵启建佛七法会,余与淑畹各送会资十元,又放生会二十元,又交苏灵岩下院放生会十元。

姮女来。

**二十日(4月30日)** 舜老来信,十七晚七时抵南陵,云公路每亩派洋二角,土地局已成立,手续甚繁。午后四时半,至王医师处诊,照太阳灯、紫光电。瞿凤起来，抄书，退还三元，未遇。

**廿一日(5月1日)** 刘次羽来。午后四时，至王医师处诊。

**廿二日(5月2日)** 王医师来诊。费范九、范成师来，送《南山宗统》，借福州刻本《藏经》。叶弥臣、了月师来。绮女昨晚回沪。

**廿三日(5月3日)** 四时，至王医师处诊。

**廿四日(5月4日)** 四时，至王医师诊，未针。

瞿凤起七时来谈。

**廿五日(5月5日)** 四时半，至王医师诊，用针。了凡师辞行返宁。崇儿寄来宋绍兴福州本《陁罗尼杂集》二册。

**廿六日(5月6日)** 崇儿寄来《金刚经塔》《阿弥陁经塔》二种共一千分，又《金刚经旁解》一百九十五部。

午后，崇儿至苏来。至王医生诊，未针。

**廿七日(5月7日)** 四时半，至王医师诊，未针。

**廿八日(5月8日)** 晨八时，崇儿回苏。午后二时，靖儿自苏来，面色黄瘦。晨十时半，至王以敬医师诊，并针。

张仲照来，适至王医师，未晤。姬佛陀五十寿，以名片贺之。

季仲轩送鲥鱼两尾。娴女回家。

送李拔可鲥鱼一尾、九华山茶两瓶。

**廿九日(5月9日)** 十一时，王医生来。张仲照又来视疾，情意甚挚，晤谈，云不日至宁，新由苏回。二时，永儿来。三时，靖儿附车回苏。四时，娴女返中西女塾。六时，姮女来。

约费范九来谈，赠九华山茶一瓶，托转借交范成师宋福州开元寺绍兴戊辰刻本《陁罗尼杂集》卷第五，共卅二叶半计一册；又新印马契圆《金刚经塔》、徐智导《阿弥陁经塔》各十份。

## 四月

**初一日(5月10日)** 晨游静安寺路。午后四时半，至王以敬医师诊，未针。

**初二日(5月11日)** 送任心白九华山茶,又《金刚经塔》《阿弥陁经塔》各五十分。

四时半,至王医师诊。晚,任心白来谈。两肋痛,至曹融甫诊。

**初三日(5月12日)** 晨,游静安寺路。苏州家中带来佛经书箱六只。

敬礼夫妇来。四时半,就王医师诊并针。

**初四日(5月13日)** 四时半,就王医师诊。

**初五日(5月14日)** 四时半,就王医师诊,并验小便。

晨,游静安寺路。上海文献展览会函称,五月十日即四月一日。筹备大会推举为理事。函由费范九转,会在上海市博物馆。

**初六日(5月15日)** 晨十时半,至王医师诊并针,并来帐单,三月十二日起,至四月六日止。共四百〇五元。

**初八日(5月17日)** 晨,同淑畹诣静安寺拈香。

**初十日(5月19日)** 晨,游静安寺路,买花。

**十一日(5月20日)** 晨,游法公园。四时,至王医师覆诊,付二次帐洋四百〇五元。

姬佛陀约七时晚膳,作函谢之。

**十二日(5月21日)** 崇儿自苏来。永儿来。刘吉生嫁女,送绸幛、烛。

**十三日(5月22日)** 命崇儿贺刘吉生喜。娴女来家。

**十四日(5月23日)** 娴女回中西女塾。敬礼来谈。

**十五日(5月24日)** 章中如闻余疾,来视,谈。

四时,至王以敬博士覆诊,云病痊,未用紫光灯,用针。

**十六日(5月25日)** 晨八时,崇儿回苏。九时,淑畹挈八女亦返苏,绮女、姮女来送。

**十七日(5月26日)** 李拔可送肉松两罐、竹扇两柄。请佛经,三元一角七分。

**十八日(5月27日)** 姮女来。

**十九日(5月28日)** 差片贺鲍子丹次子订婚。

覆舜老书,寄还新田契一纸并老契二纸。致崇儿书。丹弟来。永儿来。

**二十日(5月29日)** 淑畹挈馥女、靖儿回。靖儿在苏退学,取转学书。晚,任心白来谈。

**廿一日(5月30日)** 晨,挈靖儿出游。午后,同馥女、靖儿、廉孙游法国公园。请佛经,洋五元。

**廿二日(5月31日)** 丹弟来。敬礼夫妇来。四时,就王以敬诊,用针。

**廿三日(6月1日)**

**廿四日(6月2日)** 崇儿来。

**廿五日(6月3日)** 苏州书籍家具运到。观《金城潇湘夜雨》剧。

**廿六日(6月4日)** 苏州书籍家具运至新宅。徐子洁同蒯世兄略谈。

**廿七日(6月5日)** 洪兰友之尊人讣至,寄蓝缎幛。崇儿回苏。永儿来。

**廿八日(6月6日)** 大照董事会,大照股东会。郭礼征、郭咏青、名世缨。郭道弥来谈,并送□醋。

**廿九日(6月7日)** 大照董事会。崇儿请佛菩萨来沪供养,定君神主亦请来。媄女来。大照汇董事夫马一百廿元。

**三十日(6月8日)** 朱府十二小姐出阁。崇儿回苏。

## 五月

**初一日(6月9日)** 晨,至绮女嫁。李耆卿来谈,即回如皋。

**初二日(6月10日)** 游法公园。

**初三日(6月11日)** 媄女来。

**初四日(6月12日)** 李拔可来谈。姮女来,永儿亦来。

娴女自学校回家。致周梅泉书,赠料半纸印《镜影》。捐放生□法基金□□十元。

阅《西藏佛教略记》,释恒演述,重净业,不主密宗。

**初五日(6月13日)** 端阳日。姮女、媖女、永儿先后来。

**初六日(6月14日)** 姮女来晚膳。晨,娴女回校。

**初七日(6月15日)** 吴舜臣由安徽地方银行汇上海农工银行分行八女田价壹千元,当将正副收条交八女自行取款。大媳挈孙儿、孙女来沪,闻苏寓物件悉数上船,今日四时开行。晚,大儿来。

**初八日(6月16日)** 章中如来谈。

**初九日(6月17日)** 刘子树来谈。陈一甫世兄为崇儿荐洛阳建设委员会,婉言辞之。陈世兄明晨到沪。

**初十日(6月18日)** 昨晚,苏州运来书籍家具,今卸载。

**十一日(6月19日)**

**十二日(6月20日)** 任心白来谈。

**十三日(6月21日)** 闻庄得之疾已半载,扶霄说。

赵春木讣至,寄寿人湖南绸幛。

覆上海文献展览会叶遐庵会长书,送王昶行书立幅、钱坫藏汉长生甄砚拓本轴、继幼云拓题陈列。

**十四日(6月22日)** 晨,晤孙德谦之子啸亭名怀瑛。谈。

**十五日(6月23日)** 至中孚,查石塘田老契,不得。

**十六日(6月24日)** 覆舜老讯,为石塘老契、编还库券、土地呈报各事。

**十七日(6月25日)** 午后,剪发。挈儿女辈偕淑畹至新光,观斩经□□剧。

**十八日(6月26日)** 观崇儿看定新宅。

**十九日(6月27日)** 张仲照、陈范有、刘子树先后来谈。叶弥诚来,遣散张兆云。

**二十日(6月28日)** 拜丁篑生谈。拜张仲照,未遇。

**廿一日(6月29日)**　访子丹弟谈。

**廿二日(6月30日)**　覆朱实之函,寄洋四元。

**廿三日(7月1日)**　至林洞省、鲍承良处道谢。永儿来。寄舜老书。

**廿四日(7月2日)**　金幼泉讣至,寄缎幛绸、挽对。

沈醉堂为次子结婚,送丝葛缎幛。

陈海慧六月三日六十寿,送红花缎幛、描金八言寿对,寄吴舜老转交,另送洋十元。

为刘良甫题《传雅堂文集》四卷《诗集》一卷书衣,寄次羽。

昨,至古香斋,晤顾立斋,取兽面古玉、人面古玉,索价三十元。

外孙廉武生日,贺之。

拜王以敬,送银牌并对联。

**廿五日(7月3日)**　至商务,访任心白、费范九谈。至宝隆医院,视李拔可疾,坐中晤龙榆生。

拜张燕昌、郑叔进、刘锡之、高君定、陈镜清之夫人谈。

拜鲍子丹,未晤。张敬礼来谈。

送丁果银牌。

**廿六日(7月4日)**　拜陈蔼士、章中如,未遇。拜丁果、刘子树谈。

拜王以敬,未晤。龙榆生来,未晤。恩楚芗子来谈。

范九交来范成还宋福州本藏经一册。覆大照书。

至光华,观《社会之花》影剧。

**廿七日(7月5日)**　答谢刘晦之谈。答谢罗子经,未遇。

拜叶遐庵,亦未遇。至安徽丛书会,为高、姚索六集书。

刘锡之来谈。

**廿八日(7月6日)**　朱稚臣为三子完姻,寄纱喜幛。

**廿九日(7月7日)**　张燕昌来谈。

覆舜老书,寄预约券并库券廿元二纸。

翁府致王子固书，翁府不来接亲，亦不做衣服、不过礼。翁婿致八女信，约六月廿五日新人赴津，要七女伴送。

□陈心铭联对。敬礼婿联。买商务堂十元、中华三角六分。

## 六月

**初一日(7月8日)** 李拔可同昌鹤亭来谈。

**初二日(7月9日)** 游法国公园。答谢张幹卿。丹弟丈人三周忌年，行礼，送洋六元。

**初三日(7月10日)** 答访冒鹤亭谈，以《随庵读碑图》卷请题。

**初四日(7月11日)** 至棋盘街购物。

昨，舜老汇稻款 千五百元，内有崇儿五百元。

访答陈乃乾，未遇。刘次羽来谈。

永儿来书，报告往芜至南陵，仅至湾村祭祖，未至鳌官屋赤岭宗祠。

晚，冠英侄来。

**初五日(7月12日)** 覆吴舜老书，收到稻洋一千元，又崇儿五百元，共卖稻八百石，每石四元一角。附寄覆徐家祚信。

覆徐家祚信，二月收到廿三年旱灾代族人付给借稻六十石，寄来领谢收据卅张。今来函送大工山云雾野茶，领谢。又闺阁祠兴工，修理灵山寺佛像、绘画，请向舜老接洽。

刘鸿生初八日为长子念仁结婚，送上花缎幛、银碗。

**初六日(7月13日)** 答谢陈子言，未遇。拜姚虞琴、丁仲祜谈。姚石子来谈。

**初七日(7月14日)** 陈子言来谈。刘鸿生为子念仁结婚，差片贺之。

**初八日(7月15日)** 答拜龙榆生谈。拜夏剑丞、余节高，未晤。访张菊生谈。崇儿迁新居于巨籁达路大兴里。

冒疚斋书来，为题《随庵读碑图》，答书谢之。

午后六时，崇儿病，往视之。五时，挈靖儿至法公园。

**初九日(7月16日)**　张菊生来谈。南陵汇款，八女去取。

**初十日(7月17日)**　八女生日。

**十一日(7月18日)**　刘晦之来谈。至新光，观《女财神》影剧。

**十二日(7月19日)**　覆吴舜老书，收稻洋一千元，并上年收稻、售稻表。

**十三日(7月20日)**　姚虞琴来谈。

**十四日(7月21日)**　覆刘沂生书，扬州田租请他找要人代办。

访罗子经谈。访梁众异谈。高君定来谈。

**十六日(7月23日)**　访谢葛荫梧谈。舜老由地方银行汇一千元。

**十七日(7月24日)**　访瞿凤起，未晤。访李荫轩，未晤。访刘实之谈。

七时，姚虞琴约觉林，电话谢之。同时，冯润生约大东酒楼，命崇儿往。李荫轩来谈。

**十八日(7月25日)**　永儿昨来沪，今晨来见。刘十枝来谈。

复吴舜老书，收到田价五百元、稻洋五百元。

瞿凤起来谈。

**十九日(7月26日)**　葛荫梧来谈。

**二十日(7月27日)**　梁众异来谈。

**廿一日(7月28日)**　至万国公墓，崇儿、绮、馥两女同行。

**廿二日(7月29日)**　晨，至万国公墓，约黄小松看定M151至162计十二穴，又为绮女看定M157至262共六穴，领看人李通海。

鲍子丹来谈。

**廿三日(7月30日)**　至中实、大陆、浙江取款，在浙江晤李拔可谈。

同崇儿、绮女、馥女至市政府卫生局，交万国公墓交价十二穴共一千九百二十元，又为绮女交价六穴九百六十元，均取收据。后至公墓,看李通海在图中以朱笔记之。

永儿来。刘季秩送馥女喜事洋四十元。

**廿四日(7月31日)** 覆舜老书,十六日来书并田价尾款五百元,又稻洋五百元,均收到。

**廿五日(8月1日)** 崇儿取回水泥公司新股票,又取回展览会物品。

**廿六日(8月2日)** 永儿来。拜刘季秩、胡朴安、程演生谈。午后,刘季秩来谈。

江俊逵来,顾辑人同来。

**廿七日(8月3日)** 七小姐、九小姐、永儿来,商运定君灵柩至沪。

**廿八日(8月4日)** 晨,议定永儿、馥女至苏,给永儿用费二百元、馥女四十元。挈绮女、娴女至万国公墓。陆姨太太来。汪俊逵来。

**廿九日(8月5日)** 胡朴安、龙榆生先后来谈。

丹弟来谈,时事险恶。汪俊逵来谈。

赠孙啸亭《古籀汇编》。至林洞省视疾。

昨午后四时,馥女去苏,夜十二时,又回沪。因失通行证,今晨同永儿附八时车回苏。

## 七月

**初一日(8月6日)** 晚七时,永儿同馥女自苏回沪。

汪瞻华夫妇今日由苏附汽车来沪。

**初二日(8月7日)** 敬礼来谈。拜汪霄鹏、汪俊达谈。

**初三日(8月8日)** 拜李凤池谈。永儿来。朱十二姑太太夫妇来。

**初四日(8月9日)** 拜陈贵阳师,未见。

**初五日(8月10日)** 馥女、永儿晨去苏接定君灵柩,晚七时到沪，存万国公墓。余于午后挈儿女辈先至公墓。

七、九两女夫妇、绮女均至，丹弟亦来。

午，郭礼征来谈。

**初六日(8月11日)**　答拜郭礼征谈。访鲍子丹谈。至大新公司，买物十元。汪俊逵来，未晤。

**初七日(8月12日)**　贺张亲家太太生日。派崇儿至万国公墓，询季君寄柩收条，云向无此。

**初八日(8月13日)**　至太平寺，蒯婿忌日，讽经并振孤。

答拜朱犀园谈。敬礼夫妇来谢。

晨至墓，季君电话来告，寄柩向来无收条。

中日战端□开。

**初九日(8月14日)**　靖儿生日。中日陆、空军大战。

**初十日(8月15日)**　中日陆、空军战。

**十一日(8月16日)**　中空、陆军大胜。

**十二日(8月17日)**　中日空、陆军剧战，中大胜。

**十三日(8月18日)**　中日剧战，中空、陆大胜。刘锡之来谈。

中央发行救国公债五万万。今银钱业一律复市，财部安定金融规定七项办法。浦东激战，我军大胜。

**十四日(8月19日)**　外部通知各国使馆，各国舰轮须十二小时内远离日舰□海里，否则我国攻击日舰之时，□受任何损害，概不负责。敌以美舰为掩护，殊可耻。华军占领汇山码头，敌军全线被我切断。

**十五日(8月20日)**　阅丁传靖《宋人轶事汇编》毕。

**十六日(8月21日)**　阅诒徵《宋之外交》。

**十七日(8月22日)**　任心白来谈。阅稽翥青《中日历代战史》。

**十八日(8月23日)**　林洞省来，留午饭。

覆吴舜老书。汇淑畹一百元、崇儿四百元。崇、永两儿稻洋尚未收到。廿二日收到。

下午一时〇五分,先施公司中弹发生爆炸惨剧,被炸中心适在东亚酒楼,该弹重量约有二百磅。又下午十二时半,四川路、五马路、四马路中间亦中一弹,美国海军栈房。

浙江今晨血战日机一百〇五架。

外商银行突发钞票,财部禁止通用。

**十九日(8月24日)** 日军主将第三舰队司令长谷川今更易松井□□,增援兵三师团。

**二十日(8月25日)** 《时事报》:沪战发生后,商界订立贸易合同四万七千万元已完全取销。

又载,南京路炸弹惨案后现重要证据,弹颈上安。字证明敌军所掷炮,台湾日军联队长击毙。

报载,日军在张华浜、蕴草浜、炮台□□、狮子林、石洞口、浏河各处登陆,均遭我军歼□。又□□偷渡日军□被击溃。□□□,我军以重炮猛轰吴□之日舰,两舰中弹,一击沉,一受重伤。永儿、媖女来。

拜梁众异、鲍子丹谈。覆舜老书。来书请余返陵。

报载,美总统决定对华方针,维持门户间放政策,令团务副卿韦尔士赴欧洲通告各关系国政府。赫尔吁请中日停战,美总统表同情,国务院正研究保护在沪美侨办法。

南京警备部枪决汉奸黄濬等十八名。□岳父子。

**廿一日(8月26日)** 罗店败退。英大使许阁森乘汽车循公路来沪,二时半行至距沪一百五十里时,被日机投掷炸弹并开机枪扫射,身受重伤。

**廿二日(8月27日)** 淑畹生日。

至圣先师诞辰。海关、邮局、银钱业休假。

**廿三日(8月28日)** 战局重心外扩,虹口、杨树浦并连日尢战事。日军登陆一吴淞缊藻浜、张华浜一带,一浏河、罗店一带,两处约五六千人。日援军第五、第九、第十二等三师团战事猛烈。大队日机飞南市,开始惨烈轰炸,南车站死伤七百人。昨、今永儿来,意欲售田。

任心白来谈，赠《历代名人家书》。

**廿四日(8月29日)**　娴女生日。永儿来。张华浜、蕴藻浜血战。

罗店双方对峙中。

**廿五日(8月30日)**　南京、莫斯科昨同时公布中苏签订不侵犯条约，声明斥责以战争为解决国际纠纷，条约内容简单，旨在维持世界和平。

**廿六日(8月31日)**　昨，国府命令征集国民兵兵役适龄之男子，有应征入营义务。

我国对日本事向国联提出照会，又同时将照会达美国。

**廿七日(9月1日)**　昨、今数度反攻，吴淞镇附近双方血战。

救国公债今日开始发行。

**廿八日(9月2日)**　靖儿今日至民智小学校上学。

**廿九日(9月3日)**　覆吴舜臣书，答土地陈报事请其代表。

**三十日(9月4日)**　张密庵来谈，答拜，未晤。战事今、昨我方占优势。

## 八月

**初一日(9月5日)**　永儿来告，今赴镇江，拟□安徽大学。

**初二日(9月6日)**　覆刘沂生书，堡城田事。宝山昨沦陷。□ □□□。

今日最高热度九十九度九。

**初三日(9月7日)**　国府命令军委会设置军法执行总监。李元之来谈。冠英侄来。

**初四日(9月8日)**　子丹弟来谈。

**初五日(9月9日)**　覆永儿书，附寄《历代名人家书》。邮局退，未寄。改廿二日寄。

**初六日(9月10日)** 徐蔚如先生阳历八月十五日阴历七月十日。午刻殁于津寓。

**初七日(9月11日)** 闻贵阳师至九龙避乱。

**初八日(9月12日)** 朱象甫、瞿凤起来谈。任心白来,未晤,留字代范成师索《闺范》,当即送净业社,又附送《金刚经塔》《阿弥陀经塔》各廿份。

**初九日(9月13日)** 致任心白书,以《四灵诗》赠李拔可,并以致陈石遗挽幛请拔可转寄福州,又众异处《读碑图》请拔可代取。

请黄小松看公墓,送酬资十元。

**初十日(9月14日)** 昨翁府来电云,喜期迫,车未通,请改坐英国船大餐间,盼电复船名,亲到船接,少带行李云云。

覆电云,馥曼已定于十九日乘盛京轮。

**十一日(9月15日)** 姚虞琴来谈。答拜朱象甫,未遇。

姮女来商馥女姻事,并买船票,由馥女覆电阳九、阴八。月十九、十五。日行。

**十二日(9月16日)** 林洞省、李拔可来谈。

**十三日(9月17日)** 敬礼夫妇来,约馥女午饭。《读碑图》送来。

**十四日(9月18日)** 王子固来谈。叶弥臣来。晚闻盛京轮十九日十时行。

**十五日(9月19日)** 中秋。汪肖彭夫妇来。敬礼夫妇来。冠英侄来。我空军截击,大激战。

**十六日(9月20日)** 晨八时,馥女去津,盛京轮十时开。

**十七日(9月21日)** 晨,李婿合肥来。

**十八日(9月22日)** 李婿云,弘伞法师宿县人,俗姓陈,名支仙,居合肥,民二次革命在芜湖龚振鹏部,□名陈小□子。

**十九日(9月23日)** 丹弟来谈。

**二十日(9月24日)** 午后,李婿回合肥。十女病,就林洞省诊。

**二十一日(9月25日)**　约鲍承良为十女诊病。金祖润来晤，将从书会图章仍归余掌管，辞之。访张燕昌谈。冠英侄来。

**二十二日(9月26日)**　午后，得□□□□平安抵津。□□、姮女送敬礼行，□□□。

任心白来谈。□□张和声书，寄□□□南陵重建鹅岭□□□。

**二十三日(9月27日)**　延承良来为娴女诊疾。张燕昌来谈。冠英侄、姮女来。

**二十四日(9月28日)**　再延承良为娴女诊方。昨电覆舜老，今覆书并契□纸，由崇儿面交。崇儿午后四时同冠英侄去南陵，林福送至镇江。廿六□□。致刘沂生讯，将堡城田契等交由林福送扬州转致沂生。廿七日回沪。

**二十五日(9月29日)**　丹弟来谈。顾立斋来，□同士楼陈君，为炳泉之子。至金城，访吴蕴□。

任心白赠《历代名人家书》二册、《缁林警策》《高僧山居诗》。娴女病渐愈。

**二十六日(9月30日)**　娴女疾渐愈，再延承良诊方。至盐业，访萧衡藻，未晤。林福□。

**二十七日(10月1日)**　崇儿芜湖来电云抵芜，告丹叔。为唐海珊书扇。

苏大使前乘机取道新疆返国，廿八日可抵莫斯科。

晤彭君谈，彭安徽人，向居扬州，在上海交通银行。致顾立斋书，送《摩利支天经》。

覆任心白书，以《翰海》借其编《历代名人家书》。

朱犀园二十九日四十生辰，送花树二盆，又糕、桃、烛、面四色。

**二十八日(10月2日)**　延承良为娴女覆诊。永儿九月三十日来讯即八月廿六日。□在镇成家，往大照接洽装电灯事，晤道弥，将秋节车马费交其带沪，盖伪称由沪来镇料理新宅。昨夜，福照路九六四四号被五盗闯劫现洋饰物，值四千余元。

**二十九日(10月3日)** 访李元之谈。贺朱犀园五十寿。到丹弟处,告冠英侄已于廿七日由芜至南陵,适丹弟陡患头晕,与余十年前所患较轻。

午刻,同淑畹挈靖儿至霞飞路中俄菜馆午餐。任心白来谈,还《翰海》一书。

刘晦之来谈。夏剑丞来,未晤。崇儿芜湖来电,告廿七日同冠英至□。□□,至丹弟处,告□丹弟忽患头晕。

## 九月

**初一日(10月4日)** 刘沂生售田未成,来函报告。覆函,寄去年粮串二纸□□。

沈慈护嫁女,送丝葛幛。永儿来讯,寄来大照原信,夫马二百元为其□。

**初二日(10月5日)** 李拔可来谈,约重九日三时在家园雅集。朱犀园来谢寿□。

**初三日(10月6日)** 舜老来函,云崇儿于上月廿七日晨抵南陵,约三五日回沪。

《时事新报》载,苏联大使鲍格莫洛夫今晨可望抵莫斯科。中央社五日路透□。

答拜夏剑丞、刘晦之谈。访丁莞生谈。

**初四日(10月7日)** 王郑夫人昨未时逝世,今午后三时在上海殡仪馆大殓,送花篮,前往行礼。

**初五日(10月8日)** 捐助慈善团体联合会、中国红十字会、中国红卍字会上同仁辅元分堂各洋五十元。

**初六日(10月9日)** 崇儿由南陵回沪。舜老来书,崇儿带南各契纸照单点。

□儿□□未□□函镇江去催,□□□□□尚未送到。

□□□□□来函□,万国公墓自□□□日沪战爆发以来,虽

□□□，敌机无日不至公墓上空盘旋侦察，日前并投弹数枚，即落墓□，墓□免于难，日来侦察更形加厉。照此，寄存之灵柩如不早日落葬，将来之被炸危险本处概不负责。相应函达，即希查收为荷云云。接函□□，绮女、崇儿、娴女至黄小松处起课，拟暂厝公墓内，再行择吉安葬。

**初七日(10月10日)**　视姮女疾。

**初八日(10月11日)**　晨挈崇儿、娴女先至黄小松处，约往万国公墓。行至英界，□□派司为英兵所阻而回。午后，查有法国派司汽车至徐家汇，始得通行无阻。经黄小松看过，定于初十日午未时暂厝，另在新购之地西首，议定□宫建筑费七十元。南陵知事刘仰山，河南人，常部。

**初九日(10月12日)**　馥女来函，云八月十九晚八时抵津。

请李元之题《随庵校碑图》卷。顾立斋父子来。

**初十日(10月13日)**　崇儿、娴女晨十时至万国公墓，于午时□定君灵輀暂厝于前购墓地西首。访郭礼征谈，并晤其侄谈华北情形。郭世兄在北大办学务。

**十一日(10月14日)**　林洞省来谈。顾立斋同李君来。致八女函。

**十二日(10月15日)**　访张退老、霄鹏谈。

**十四日(10月17日)**　李元之来谈。小袁由天津回。

**十五日(10月18日)**　覆吴舜老书，收到汇款一千元。

**十六日(10月19日)**　至林洞省处，略谈即行。拔可、心白来函，属题傅沅叔《西涯校书图》卷。

**十七日(10月20日)**　鲍子丹、子丹弟先后来谈。

**十八日(10月21日)**　余节高来谈。至林牙医家。致馥女书，并覆其尊翁书。

**十九日(10月22日)**　先母春太夫人忌日。访宣古愚谈，不见二年矣。

**二十日(10月23日)** 再至林牙医家镶牙。至商务,晤李拔可、任心白谈,心白钞示拔可□。拔可送来《晚翠轩遗墨》卷属题。晚翠为林暾谷京卿轩名。

**廿一日(10月24日)** 续至林牙医镶牙成,付工洋五元。章中如来,未晤。

任心白来谈,取回沅叔致拔可书,又夏剑丞致张菊生书。

**廿二日(10月25日)** 沐浴。浴春池。至来青阁,杨寿祺赠新印宋余氏刻《礼记》全套。

**廿三日(10月26日)** 贺林洞省生日。敌军突破南大公路,我军由大场庙行南移。

**廿四日(10月27日)** 覆郭道弥书。留稿。江湾、闸北我军亦撤退至第二防线。

**廿五日(10月28日)** 张氏外孙女周晬,往贺退老。

**廿七日(10月30日)** 访章中如,未遇。访宣愚公谈,赠《未来世界》。访吕惠□□。

**廿八日(10月31日)** 覆舜老书。罗子经来□。为朱凤林书联。□□三时,□□□□。

**廿九日(11月1日)** 敬礼夫妇先后来。绮女生日。访高君定谈。姚石子□□□续娶陆氏,住中社。

**三十日(11月2日)** 退老八十七生辰,往贺,适午后大雨。

## 十月

**朔日(11月3日)** 媖女生日,昨送礼。

**初二日(11月4日)** 章中如、李元之先后来谈。

**初三日(11月5日)** 宣古愚来谈。

**初四日(11月6日)** 访姚石子,未遇,留赠《安徽丛书》□□期。又访李拔可,遇□□,约同车至华业大厦,汪子健、夏剑丞、朱象甫先后亦来。

访庄得之，病尚未愈，不晤。

**初五日（11 月 7 日）** 蒯授堂婿生忌，至太平寺，并晤真达师谈。

**初六日（11 月 8 日）** 访潘季儒谈。丁箎生率其次子宪祜来谈。交通大学理学□，美国密西根大学化工硕士。

**初七日（11 月 9 日）** 阅报，知沪西兵退，日兵进至枫林桥。

**初八日（11 月 10 日）** 访姚石子、高君定，询高吹避地踪迹。

**初九日（11 月 11 日）** 浦东兵退。

**初十日（11 月 12 日）** 南市兵退。

**十一日（11 月 13 日）** 丁箎生来谈，答拜，未晤。又拜瞿凤起，亦未晤。覆少卿书。

**十二日（11 月 14 日）** 瞿凤起、旭初昆仲来谈。汪霄鹏来谈。访黄小松谈，赠“妙合乾坤”四字横扁，又圣教序等，黄抄示坛谕。

**十三日（11 月 15 日）** 丁箎生来，同访张仲照谈。晨闻昆山失守。

访姚石子、高君定、陈镜清、鲍子丹谈。致舜老书，邮虑阻止。

**十四日（11 月 16 日）** 刘锡之来谈。

**十五日（11 月 17 日）** 至济生会，晤冯仰山、朱启成、李寿山谈。至普善山庄，晤陶君佩办事员。谈，经理陈或程。君未晤。至中国书店，晤郭石麒谈，知杨寿祺祖母已去世。年九十二。访吴树人，已迁居。又致舜老书，售稻接济。

**十六日（11 月 18 日）** 潘季儒、曹鸣皋来谈。

**十八日（11 月 20 日）** 访章中如、丁箎生谈。

**十九日（11 月 21 日）** 阅报，知嘉兴、常熟、苏州先后沦陷。

**廿三日（11 月 25 日）** 先母秦太夫人冥寿，设祭。陈镜清来谈。

**廿四日（11 月 26 日）**

**廿五日（11 月 27 日）** 靖儿病，延林洞省诊。余因感冒，亦附诊。

**廿六日（11 月 28 日）** 再延洞省为靖儿覆诊。馥女来函，属姮、娴两女□□□。

**廿七日(11月29日)** 丁箎生来谈。刘健之夫人来。传无锡、□兴相继□□。

**廿八日(11月30日)** 昨子高致舜老书。昨陈子言、陈乃乾先后来。

晨,同淑畹挈靖儿至鲍承良家诊方。覆馥女书。

**廿九日(12月1日)** 刘夫人忌日,设祭。子丹弟来谈。

约林洞省为靖儿覆诊。

## 十一月

**朔日(12月3日)** 访潘季孺谈。

**初二日(12月4日)** 贞元会,夏剑丞值会,到萧厔泉、姚虞琴、王啸侯、刘锡之、李凤池、刘镜清、陈子康,另约丁佩瑜及剑丞之弟夏筱珊。传广德失。

**初三日(12月5日)** 任心白来谈。程演生亦来谈。淑畹往晤翁夫人。

**初五日(12月7日)** 访吴柏生、汪霄鹏谈。访陈卓甫、沈籁清,未晤。子丹弟来。

**初六日(12月8日)** 晨,吴伯生来谈。午后,鲍子丹亦来谈。致舜老书。夜不成寐。

**初七日(12月9日)** 翁亲家太太来。子丹弟来。

**初八日(12月10日)** 陈卓甫来,未晤。沐浴。

**初九日(12月11日)** 访汪茂生,未晤,晤其五弟润生,云去冬其母下世,弟兄分析,茂生另居。

**初十日(12月12日)** 敬礼同姮女来谈,敬礼前日由香港回,赠我饼干、麦麸各二合,皆上等物也。沈籁清来谈。

**十一日(12月13日)** 贺张仲照六十一寿,送桃四罐、伊府面二篓,坐中晤□君,□□□之弟。

丁丑十一月十一日，访聂云台谈，聂云高丽白参，约二三元一两。于失眠症相宜。

访答程演生，纵谈。又访丁筦生谈。访袁伯夔，未晤。贺张仲照寿。

送翁亲家太太礼六色，又致八女书，并带八女物六件，又洋廿四元。

**十二日（12月14日）**　袁伯夔来，未晤。

**十三日（12月15日）**

**十四日（12月16日）**　访子丹弟谈。后访潘季儒谈，坐中晤曹氏父子。

**十五日（12月17日）**　陈子康来谈。

**十六日（12月18日）**　贞元会同人公祝余七十寿。余阶升、汪茂生来谈。

**十七日（12月19日）**　章中如来谈。

**十八日（12月20日）**　龙榆生来，未晤。翁亲家太太辞行，淑畹当即送行。

**十九日（12月21日）**　姮女、媖女来。馥女寄来毛袜两双。

**二十日（12月22日）**　访汪茂生谈。又访杨寿祺谈。汪霄鹏来，告苏州情形。

**二十二日（12月24日）**　访吕鹿笙、余阶平，均晤谈。永儿至牯岭牛津路一二一号寄书□。

**二十三日（12月25日）**　访洪芰舲、周梅泉、龙榆生谈。访章中如、吴树人，未晤。

吕鹿生来，未晤。

**二十四日（12月26日）**　访朱静安谈。赴汪茂生午刻素餐之约，章中如、吕鹿笙、□□□。

**二十五日（12月27日）**　洪芰舲、吴树人先后来谈。林子有约往晚餐，同坐有叶蒲孙、谭瓶斋、梁众异、朱象甫、袁伯夔、李拔可昆仲、夏剑丞、沈昆山之兄某等十二人。顺道访沈昆山,已去北平,未遇。

**二十六日(12月28日)**　闻费范九来沪。

**二十七日(12月29日)**　晨觉项间不适,同淑畹就鲍承良、林洞省诊方。

高吹万在张堰脱险,来谈,寓其第三子君湘宅中。

**二十八日(12月30日)**　访高吹万谈,并晤其子君湘。访答陈子言谈。

访刘翰怡,未晤,晤其帐席赵君谈。昨华商水泥公司送股票簿来盖章,即送还,由□□吴□洲收。

**二十九日(12月31日)**　午后,至林洞省处覆诊。访李拔可,未遇,晤任心白、费范九谈。

**三十日**　即民国廿七年一月一日。

## 十二月

**初一日(1月2日)**　清晨,谢神。邹景叔、童心庵、任心白先后来谈。

**初二日(1月3日)**　午刻,聚丰园贞元会,甫入席,座近电炉,热不可耐,遂辞而归。

刘声木晦之以红花缎幛、烛、酒、爆为寿,收金、字,余璧谢。

**初三日(1月4日)**　童心安来谈,以集汉石门颂寿联相赠。

朱犀园绘齐眉图并花四盆为余寿。

送鲍承良七十寿红花缎幛寿丝、寿筵廿元、寿酒。

丁丑十二月初三日,送鲍子丹七十寿红缎幛、联、寿筵、廿元。寿酒,仅收金、字、款。

**初四日(1月5日)**　李元之送寿幛、寿联,收寿联、款、字。

鲍子丹送寿幛、寿联、寿烛、寿酒,收寿联、款、字。

朱府送寿幛礼券廿元桃面烛爆收金字桃面烛爆。

送高吹万《安徽丛书》第六期。送林子有《闺秀词》《安徽十一家词》。

**初五日(1月6日)** 贺鲍承良七十寿。

**初六日(1月7日)** 拜谭瓶斋、邹景叔、冒鹤亭,未遇。拜童心安谈。

**初七日(1月8日)** 刘翰怡、谭瓶斋先后来谈。六时,李拔可约往酒叙,主人李拔可、李释一昆仲、梁众异、袁伯夔、谭瓶斋、朱象甫,坐客周美权、冒疚斋、瞿风起昆仲。

**初八日(1月9日)** 费范九赠吴汉槎山水,极佳,谢之。任心白来谈。

**初九日(1月10日)**

**初十日(1月11日)** 敬礼、覃椿两夫妇备筵,为余祝寿。祀先。

**十一日(1月12日)** 是日为余七十生辰,亲友来贺。备素面,不受礼。

**十二日(1月13日)** 友人中未知余生日来补贺,命崇儿谢客。王啸缑来谈。

**十三日(1月14日)** 崇儿谢客。

**十四日(1月15日)** 崇儿谢客,余亦谢客。□□□□覆大女书。覆八女书。

**十五日(1月16日)** 午前,谢客。午后,访谢程演生、李拔可谈。高吹万来,未晤。

**十六日(1月17日)** 赴贞元会午餐,陈子康值会。晚,赴冒鹤亭、李拔可酒叙。

**十七日(1月18日)** 昨夜不寐,今朱犀园大西洋西餐之约余与淑畹,谢之。

昨午后,至林牙医处拔牙。

午后,至林元麟牙医处镶牙。

**二十日(1月21日)** 致李拔可书,为题林暾谷《晚翠轩遗墨》

卷，又为傅藏园题《西涯校书图》卷。赠拔可宋黑磁大碗、明宣德煨磁透油印泥盒。

**二十一日(1月22日)** 拔可来，未遇。访冒鹤亭谈，赠蔡女萝画扇，蔡名含，冒辟彊姬人。钤印有白文蔡含、朱文一字女萝两方印，又有渔洋门下弟子朱文长方印。

**二十二日(1月23日)** 李拔可来谈。约高望之、高吹万、姚石子、程演生、陈子言、汪孟邹午饭，均入席，章中如、洪芰舲、高君定、程霖生、胡朴安、金祖润未至。

**二十三日(1月24日)** 晚，祀灶。沐浴。

**二十四日(1月25日)** 午后二时，华商水泥公司九十七次董事会。

十二月廿四日，高吹万二十八日六十双寿，夫人顾氏。送联、烛，收联。君湘三世兄收为冒鹤亭题《写经图》弟六卷签。赠费范九李晴江方膺。画牡丹轴。

**廿五日(1月26日)** 午宴贞元会诸君十一人，夏剑丞为余画《学佛图》卷，并贻宋椠本藏经二种共一册，陈子康赠《鸣原集》九卷、《涧美堂集》。

八女汇洋十六元，交十女，为其生母明正六日五十冥寿荐斋。

陈子言寿高吹万六十诗轴，属余转交。

**廿七日(1月28日)** 以料半纸印《小檀栾室镜影》赠孙啸亭。祀先，至影堂行礼。

**廿八日(1月29日)** 李拔可借《四印斋所刻词》。任心白函告，印老法师由苏乘人力车至灵岩寺，逾时穿心街即被炸，报国寺虽安全，但不免稍损，由此益见佛力不可思议。以夏映庵绘《随庵校碑图》卷请刘锡之题。冠英侄自芜湖回电，告永儿在汉口情形。

**廿九日(1月30日)** 敬礼夫妇来辞岁。沐浴。

# 戊寅年(1938)

## 一月

**元日(1月31日)**　清晨,焚香祝天、祀神、礼佛,诣先容前叩贺新禧。

亲友来贺。李拔可来贺谈。敬礼夫妇来,并挈外孙男、女来贺。

**初二日(2月1日)**　亲友来贺。丁子盈、子丹弟亦来。绮女来。林洞省来诊。

**初三日(2月2日)**　亲友来。冠英侄亦来。林洞省来诊二次。

**初四日(2月3日)**　庄得之明日七十岁,送幛、烛,收款、字。淑畹病状佳。林洞省来诊二次。姮女来。

**初五日(2月4日)**　定君明日五十冥寿,今晚在太平放焰口。林洞省来诊二次。

**初六日(2月5日)**　定君冥寿,太平寺讽经,余往行礼。晚,放三大师焰口,晤真达师谈。

淑畹病状较重,林洞省来诊二次,又举杜君合诊。余焦急。晚,催崇、永两儿在太平寺回。整夜不寐。夜三时,稍平,备全堂香烛,谢神、谢佛、谢祖先。

**初七日(2月6日)**　贞元会,未往,送会费二元。姚虞琴来,未晤,崇儿告以淑畹病状。约余阶升、朱舜樵两君,又约鲍子丹、冠英侄、绮女、崇儿至胡裕昌看寿器,□冲喜器为婺源沙枋,价八百元,七折。丹弟来。丁箢生来谈。延胡少堂、鲍承良来诊。林洞省晨、晚来诊。一针。姮女、敬礼来。

**初八日(2月7日)**　延鲍承良诊方。林洞省来二次。一针。刘二亲家今六十冥寿，送筵十元、烛一对。鲍子丹、冠英侄、子丹弟、刘健之夫人同林太太、朱亦亲家太太来。

姮女来。李师母来。高吹万来谢寿，并赠手杖。刘锡之题《随庵校碑》卷。

**初九日(2月8日)**　鲍承良来。林洞省两次来。一针。

**初十日(2月9日)**　鲍承良来两次。林洞省来两次。李拔可、任心白来。媖女来。

丹弟、冠英侄来。致永儿两电。永儿覆电，询淑畹病状，覆之。

鲍子丹来。午后，到子丹处。敬礼夫妇来。朱舜樵来。李师母来。

淑畹捐慈善团体联合救火会、世界红卍字会各二百元。

**十一日(2月10日)**　鲍子丹来。丹弟来。冠英侄来。敬礼夫妇来。

承良、洞省来诊二次。淑畹病似稍愈，神亦清。

**十二日(2月11日)**　崇儿三十生辰。敬礼兄弟、丹弟、冠侄、鲍子丹来。

承良来诊一次。洞省二次。一针。淑畹病稍平，神亦清。

**十三日(2月12日)**　鲍承良一次，林洞省二次一针。来诊。鲍子丹夫妇来。

**十四日(2月13日)**　鲍承良一次，林洞省三次一针。来诊。鲍子丹夫妇来。晚又来。

丹弟同冠英侄来。敬礼夫妇来。送潘复初礼，收喜幛。

晚，淑畹病较重。任心白来。

**十五日(2月14日)**　鲍承良一次，林洞省二次一针。来诊。又延曹医□诊。鲍子丹来。冠英侄来。姮女来。淑畹病略平。覆吴舜臣书。朱小姐来。

**十六日(2月15日)**　延承良、洞省一针。普通来诊各一次。丹弟来。鲍子丹、李元之两夫人来。淑畹病转佳。

**十七日(2月16日)** 延承良、洞省一针。普通□诊各一次。祀先,撤影。淑畹病较昨更佳。付□□□七十元。

**十八日(2月17日)** 延承良、洞省一针。普通来诊各一次。

**十九日(2月18日)** 林洞省普通诊一次。一针。晚,淑畹痰厥,夜平复。林洞省又来一次。一针。七小姐来。

各报载南陵、繁昌被日机轰炸百余枚,伤百余人,毁屋数十幢。丹弟、鲍子丹来。

**二十日(2月19日)** 九小姐来。永儿十三日汉口来讯,今日到。瞿良士来谈。敬礼来。姮女来。约承良普通诊方。延曹鸣皋诊方。服之。林洞省来。来诊,未针。淑畹日夜病状转佳。

**廿一日(2月20日)** 林洞省午前来,未针,换药布。萧厔泉、范成师先后来谈。丹弟来。恽府送回天再造丸十合。

**廿二日(2月21日)** 晨访潘季儒谈,并邀曹鸣皋来为淑畹诊方。聂云台送回天再造丸四合。李师母来。延鲍承良诊方。又林洞省来。未针。服再造丸。

**廿三日(2月22日)** 林洞省来,未针,用开世露。汪霄鹏来谈。又服再造丸。淑畹病佳。

**廿四日(2月23日)** 覆永儿电。有信来。延林洞省普通诊,一针。服承良旧方药。又服再造丸。淑畹病佳。

**廿五日(2月24日)** 林洞省普通诊一针,又为余一针。子丹弟来。陆姨太由苏来。淑畹病状佳,食鸭汤。夜,淑畹手足酸痛,服再造丸。

**廿六日(2月25日)** 送丁莞生府幛、烛,又代祭筵经忏洋廿元。代茶三元。延承良普通诊方。林洞省晚来视疾。

约鲍子丹来谈,代请钱君为淑畹推拿。钱君名志坚,号铁民,扬州人。服再造丸。

函聂云台,索回天再造丸,又送六丸。接舜老正月初九日来书。

淑畹病状大佳。

**廿七日(2月26日)** 林洞省来普通诊一针,又为余一针。淑畹病较昨更佳。钱铁民约一时来推拿。

**廿八日(2月27日)** 淑畹牙战,商承良,廿五日诊方加竹茹一钱。吊丁太夫人。淑病较佳。

任心白来,询淑畹疾,并告德森师廿二日由苏来沪,住太平寺,编《九华山志》。

淑畹午后四时用开世露。五时,钱铁民来推拿约一时半。服再造丸,加承良开方。

**廿九日(2月28日)** 朱亲母来送食物。张亲母来,送烟橙。林洞省来普通诊一针,余亦一针。

淑畹病状佳。六时,钱铁民推拿。约一时刻。服再造丸,加承良开方。

**三十日(3月1日)** 淑畹病状佳,惟饮食不香。五时半,钱铁民推拿至六时三刻。服再造丸半粒,进鸭汤。丹弟来。

## 二月

**初一日(3月2日)** 顾鼎梅来谈。李□母来,询淑畹疾。李元之在门外略谈。服鸭汤。

覆聂云台书,代购回生丹廿粒,洋十元。林洞省来普通诊一针,又余一针。钱君来推拿。

**初二日(3月3日)** 三时,林洞省来,为淑畹臀部上施手术。服再造丸。淑畹病状同前□。

《大美晚报》载,南京出现之新政府。初三日《文汇》同。

**初三日(3月4日)** 四时,林洞省来,为淑畹臀部上施手术。服再造丸。淑畹病状同昨。洞省为淑畹一针,余亦一针。

**初四日(3月5日)** 延鲍承良普通诊方。林洞省午后来施手术。服再造丸。冠英侄来。

李师母来。送刘二亲家太太生日伊府面二合、花旗橘一打、三元四角。平果一打、二元五角。肉松一合，值三元零。收面、橘，余璧。

**初五日(3月6日)**　林洞省午后来，为淑畹施手术，为余一针。服再造丸。

**初六日(3月7日)**　《大美晨报》载有华中新政府名单。林洞省午后来，为淑畹施手术。服再造丸。淑畹病状较昨佳，夜间不安。

**初七日(3月8日)**　先荣禄公忌日，设祭。林洞省午后四时来，为淑畹施手术，又一针。余亦一针。

李拔可来，询淑畹疾，病状较昨同。曹鸣皋函谢，赠约值十余元雪茄、金山平果、肉松、糖果。

**初八日(3月9日)**　林洞省午后四时来，为淑畹施手术。昨、今皆服再造丸。淑畹病状佳。

**初九日(3月10日)**　林洞省午后三时来，为淑畹施手术，一针。余亦一针。服再造丸。淑畹病状佳。

**初十日(3月11日)**　林洞省午后五时来，为淑畹施手术。服再造丸。淑畹病况同昨，用开士露。

覆大小姐正月十五日合肥临河集来书。

**十一日(3月12日)**　延鲍承良普通诊方。林洞省午后三时来，为淑畹施手术，又一针。

绮女、姮女晨来，为陈妈解纠纷。丹弟亦来。淑畹服再造丸。崇儿回家。

**十二日(3月13日)**　延鲍承良为陈妈诊方。普通。晨，林洞省为淑畹施手术，又为余一针。

敬礼夫妇挈外孙男、女来。崇儿晨来，即回家。任心白来谈。

**十三日(3月14日)**　《大美晚报·晨刊》载中国统制外汇，各报亦载。

《文汇报》载烽火中之皖南(三)，又载南京组织即将出现。朱犀园来。

午后三时,林洞省为淑畹施手术。冠英夫妇来。淑畹左手、足痛极,不能寐。

**十四日(3月15日)** 晨,延林洞省来,用止痛一针。午后三时又来,为淑畹施手术。服再造丸。

鲍子丹来谈。淑畹用开士露,不畅。淑畹左手、足痛极,不能寐。

**十五日(3月16日)** 午后,林洞省来,为施手术,又一针。用开士露,仍未畅。汪霄鹏夫人、俊逵夫人同来。朱犀园来谈。冠英来。送黄小松看命,单二元送《支天经》十卷,有复信。服再造丸半粒。李师母来。叶弥诚来。函聂云台,购再造丸四十粒,廿一元。

**十六日(3月17日)** 丹弟来谈。午后三时,为淑畹施手术,又止痛一针。又为余一针。用开士路。

**十七日(3月18日)** 延鲍承良普通诊方。午后三时,林洞省来施手术,用开士路。覆八小姐信。

**十八日(3月19日)** 程听彝来,未晤,并初二日约赴贞元会。新亚酒楼上午十二时。视绮女疾。

接舜老二月十五号书。林洞省五时来,为淑畹施手术。覆汪启我书。

**十九日(3月20日)** 观世音菩萨圣诞,持斋。约牙医,为淑畹修牙。陈散原追悼会,送花缎幛。

林洞省四时来,为淑畹施手术,又一针。洞省告我,绮女病须入医院。

**二十日(3月21日)** 昨夜,淑畹手、足痛不能寐,今延刁信德诊方。诊金□元。又延鲍承良普通诊方。李元之夫妇来谈,以其《此著不忘履斋杂著》四卷相示乞序。又拟私塾招生广告,请列名。林洞省五时来,为淑畹施手术。绮女病渐愈。

**二十一日(3月22日)** 林洞省四时为淑畹施手术,代刁信德开方一针。安脑。绮女病渐愈。

淑畹病状手足痛未愈,昨、今服鲍承良药。

**二十二日(3月23日)**　覆吴舜老书。淑畹昨夜手足痛较轻,能寐。淑畹服刁医二格药水、补剂。药饼一枚。

四时,林洞省来为淑畹施手术,又代刁信德一针。安碘。任心白来谈。

**二十三日(3月24日)**　约丹弟来,商陈妈去就事。四时,林洞省为淑畹施手术,服刁药水一次。

刘三先生述之两次来谈。约姮女来。淑畹用开士露,大畅。

**二十四日(3月25日)**　延承良普通诊方。林洞省五时来施手术,又代刁信德开方一针。安脑。

夏育琛世兄来谈。老陈妈昨晨出,廿五日晚回。高云麓来,未晤,留赠《梅花诗》新印本二册。

**二十五日(3月26日)**　林洞省四时来施手术,又林自二针。碘,左手。李拔可来谈。

**二十六日(3月27日)**　林洞省三时为淑畹施手术。淑畹用开士路,大便不畅。服刁药水二次,又服鲍方。

**二十七日(3月28日)**　淑畹手足痒痛,昨日极不能寐。鲍承良普通诊方。林洞省未来施手术,用止痛一针,服刁药水、药饼,用开士路,大便畅。洞省言语稍有冲突,彼负责任。

丹弟来,调解老陈妈至彼处,付正、二月工八元,又节赏四元,小鸦头工廿元,上存八元,又节赏二元,共四十二元。

**廿八日(3月29日)**　淑畹手、足痒痛,昨日、夜仍不能寐。三时,老陈妈挈小丫头回去。

林洞省来,四时来施手术,代刁信德安脑一针。夜服鲍药,昼服刁药水一次、药饼一枚。

郑太夷于廿六日逝世,年七十九,见廿八日《新闻报》。南京成立新组织。同上。

刘锡之来谈。夜十一时,服林安眠药饼。淑畹昨七时至今晨三时半,痛稍止。

**廿九日(3月30日)** 延陆文钊西医为淑畹诊方,从林洞省之嘱也。洞省四时来施手术。今晨手、足痛未愈。洞省有倦意,书一病情,未取阅,当还之。

淑畹夜较安,痛不甚。

**三十日(3月31日)** 《新闻报》载日机炸合肥,日机五架于廿八日上午十时飞合肥,投弹五六十枚,毁民房二百余间。同日《大美晚报》云,居民伤亡极众。林洞省四时为淑畹施手,用开士路。陈镜清夫人来。淑畹夜较安,略睡二小时,服承良药,加食牛乳、毛燕汤。

## 三月

**初一日(4月1日)** 林洞省四时为淑畹施手术,服活络丹半粒、牛乳。

覆大女书。覆吴舜老书。至黄小松处,闻万国公墓平安。覆翁婿八女书。

**初二日(4月2日)** 张孝若子融武明日结婚,送红缎幛。姮女来,送花旗橘。

林洞省四时来,为淑畹施手术,服活络丹半粒、牛乳。

**初三日(4月3日)** 淑畹手、足痛,夜不能寐。晨,先后服陆止痛药、林安眠药,未见效。延鲍承良普通诊方。林洞省四时来施手术。祀先,在清明前二日也。

**初四日(4月4日)** 淑畹昨晚服凡拉蒙一粒,睡较佳。今午后四时,林洞省来施手术。午前服刁药水,午后服再造丸一粒。陶氏兄妹由通避乱来沪,送吕宋烟、四元。暹罗橘。叶弥诚来。

**初五日(4月5日)** 清明节,定君二周年忌日,命儿辈除服,在太平寺讽经一日,余往行礼,敬礼夫妇亦往。淑畹病状较前佳,亦能眠,醒后手、足略痛,大便自通亦畅,服再造丸一粒、刁药水。四时,林洞省来施手术。服鲍药。晨,余亦服再造丸一粒。淑畹竟夕不寐,夜服凡拉蒙,晨服林安眠饼。

**初六日(4月6日)**　余阶升来谈，请为叶君证婚，却之。十一日。林洞省四时来施手术。延王仲奇诊方。诊金廿八元。晚服仲奇药，服刁药水。

**初七日(4月7日)**　林洞省四时来施手术。服王仲奇药，服刁药水。夜大便自通，病状平。敬礼夫妇来。顾立斋父子先后来。龙梓修、濮秋澄两同年来谈。

**初八日(4月8日)**　林洞省四时施手术。午，大便自通，病状平。服王仲奇药。淑畹极能安眠。

**初九日(4月9日)**　章中如来谈。杨寿祺来，告苏孝子庙所存书板完全平安。

林洞省三时来施手术。服王仲奇药，淑畹病状平。

**初十日(4月10日)**　朱亲母来，闻朱府得南陵讯，稻价每石洋八角。淑畹大便通，加开士路一枚。

林洞省四时来施术，又代刁安脑针。

**十一日(4月11日)**　延王仲奇为淑畹诊方。林洞省四时来施手术。大便自通，服王前方。

**十二日(4月12日)**　林洞省四时来施手术。服王仲奇十一日方。丁笎生来谢孝，谈。

朱十五锡相印六。云，吴舜老正月廿日挈眷避居南陵西乡裘冲曹家，距南陵约七十里，尚未返城。

**十三日(4月13日)**　林洞省四时为淑畹施手术，病状较平，眠亦安。服王仲奇药。去虎骨。

张退老十六日为文孙缵武结婚，送缎幛、花烛。大女由合肥来信。又舜老信。

**十四日(4月14日)**　林洞省四时来施手术，病状佳，眠亦安。服王仲奇药，去虎骨。服刁药水，大便通畅。加开士路。朱小姐闹皮气，怫然而去，次日送工资两月一百元，由绮女转交。

**十五日(4月15日)**　林洞省四时来施手术，荐陆小姐为看护，月费七十元、车资十元。陆上海人。淑畹病状佳,眠亦安。服王仲奇药,大便自通不畅。

**十六日(4月16日)** 林洞省二时来施手术。服王仲奇药。贞元会,王孝缑值会,辞未往。任心白来谈。

**十七日(4月17日)** 林洞省四时来施手术,大便通畅,服刁药水,服王仲奇药。洞省云施手术无期,偏重不治,又云用古方针灸,全非以前所云,声色俱厉,真小人矣。忍痛受之,大便自通。

**十八日(4月18日)** 赵学南、王欣夫来谈。高吹万、高望之、姚石子约晋隆午刻西餐,作书谢之。

十八日,林洞省三时来施手术,其夫人送橙子两打、肉松□听、火腿一方。又洞省代刁一针,左手。服王仲奇药,服刁药水。

答拜赵学南、赠经塔、佛经。丁箎孙、章中如谈。拜瞿良士,未晤,留赠经塔、佛经。

**十九日(4月19日)** 二时,林洞省来施手术,服王仲奇药,服刁药水,大便自通。晨出行。

**二十日(4月20日)** 五时,林洞省来施手术,服王仲奇药,服刁药水,大便自通。

晨,至菜场。薄暮,游静安寺路。送濮秋丞经塔、经书。复李元之书作序。

**二十一日(4月21日)** 王君九来谈。五时,林洞省来施手术,大便通,服刁药水。

**二十二日(4月22日)** 答拜王君儿,未晤。濮秋丞谈。鲍子丹谈,并交钱君按摩六次洋二十元。约谭以礼诊方。诊金十元,药金九元〇。

**二十三日(4月23日)** 崇儿全来青阁,交苏州孝子庙存书板五个月租金十五元。有杨寿祺回信。四时,林洞省来施手术。拜谭以礼,未晤。淑畹大便通畅。告洞省,昨延谭以礼并示诊方,彼推让可服。晚,同崇儿访谭以礼,未晤。

**二十四日(4月24日)**　再延谭以礼诊方，施手术一针，服药水、药丸。林洞省来，询情形，告亲来并示诊方。

**二十五日(4月25日)**　又延谭以礼十一时来诊，施手术，服药水、药饼。晚六时，大便通。

接舜老十二日来书。在陵十五交邮，受检查，信内涂改。

**二十六日(4月26日)**　延谭以礼十一时来诊方，照服，药水不受。

**二十七日(4月27日)**　延谭以礼十一时来诊，商定药水暂不服，施手术一针。

**二十八日(4月28日)**　午后，延鲍承良诊方。子丹弟来谈。绮女来，谭药水、药丸未服，服刁药水。

**二十九日(4月29日)**　延谭以礼来，十一时施手术一针，药水未服。陆小姐荐其姊来代看护，陆鸣玉同行医院医科预科毕业。谭药水、药丸均未服，服刁药水。

## 四月

**朔日(4月30日)**　谭药水、药丸均未服，服刁药水。陆鸣玉接看护。

**初二日(5月1日)**　延谭以礼施手术一针。谭药水、药丸未服，服刁药水，大便畅。

姮女明日生辰，送洋二十元，又补送敬礼民生辰洋二十元，又给姮女肉松四瓶。

**初三日(5月2日)**　张仲照来谈，送其尊人日记，丁筦生同来。敬礼、姮女生日来。服刁药水，服鲍药。

**初四日(5月3日)**　延谭以礼施手术一针。晨，淑畹精神较佳，约余闲谈，余宽慰之，心亦不怿，促余行。谭施手术后，同其话言，似心较宽耳。服鲍药，服刁药水。

**初五日(5月4日)**　赠萧厔泉回天再造丸二十粒。丹弟借《未来世界》。

答拜张仲照、丁筦生谈。答顾鼎梅,寻其住址不得。服鲍药,服刁药水。

《华美晚报》载日本同盟社上海消息,日机炸芜湖南方之南陵、阜宁、西河镇各地,华军集团部队与以大打击,各地均起火灾,曾在阜宁见火药库爆发燃烧。

**初六日(5月5日)** 延谭以礼诊方一针,施手术。昨夜,淑畹大便通畅。服鲍药,服刁药水。淑畹病状佳。

**初七日(5月6日)** 立夏日,淑畹病状佳。

**初八日(5月7日)** 淑畹左足略痛,服刁药水。

覆舜老书。覆大小姐书。覆萧子文书。

**初九日(5月8日)** 午后,罗子经来谈。服刁药水二次,午后六时,淑畹大便畅,并用开士路。

新闻阳历九日报载,日机七日即阴历初八日。三架轰炸南陵县,投弹廿余枚,城隍庙、福音堂一带民死卅人,伤廿人,房屋毁十余栋。

**初十日(5月9日)** 淑畹午前、午后大便二次,通畅。绮女来。

**十一日(5月10日)** 延谭以礼施手术一针,淑畹病状佳。

**十二日(5月11日)** 萧厔泉来谈,送其未来世界。高吹万同黄伯惠来谈,吹万赠新印《孝经》十册。伯惠为时报馆主人,为余拍一小影。

送刘府催生礼洋四十元。淑畹创口日渐愈。

**十三日(5月12日)** 绮女来。淑畹病状佳,创口日渐愈。

**十四日(5月13日)** 延谭以礼来,施手术一针。淑畹经针后,右手、足甚痛。

**十五日(5月14日)** 王佩诤、王欣夫、王巨川来谈。淑畹大便。

**十六日(5月15日)** 江知源来谈。赵竹君追悼会,送绸幛,文曰证无生忍。命崇儿行礼。

夏剑丞值贞元会,命崇儿辞谢。又命崇儿答拜王佩铮。淑畹昨夜、今日病状安好，服鲍方。

**十七日(5月16日)** 答拜高吹万、高望之谈。拜高云麓，其世兄出见，黄伯惠、王巨川、冒鹤亭、李厚甫不值。淑畹病状同昨，服鲍药。

**十八日(5月17日)** 周湘云来谈。昨夜、今日夜天阴雨，淑畹手、足痛。覆八姑即小姐信。

**十九日(5月18日)** 淑畹大便通。拜李耆卿、费范九，未晤。服鲍药。

**廿日(5月19日)** 鲍扶九来谈，答拜，未晤。答拜周湘云谈，观新建新宅，甚佳。

答拜龙梓修同年谈。绮女、姮女来。服鲍药。舜老初二日来信，云接到余二月廿二书，又各契，均保存。又云，四姨太太有信来，至今未收到。

**二十一日(5月20日)** 李厚甫来谈。答拜王佩诤谈。访龙榆生、狄平子，均未晤。

延鲍承良为十女医风疹，并为淑畹诊方，服之。

访丁少兰，谈病愈情形。叶澄衷后人用针治，扬州左卫街魏君中药。于二月十二日脱朱家角险，全眷抵沪。

**二十二日(5月21日)** 挈靖儿沐浴。拜丁幼兰谈。答拜刘锡之，未晤。拜鲍子丹谈。至绮女新居。答拜罗子经谈。费范九、任心白同来谈。叶二姑太太同绮女来。

**二十三日(5月22日)** 昨刘健翁夫人来视淑畹。刘二小姐适林随来。刘锡之来谈。德森法师来，商定九华山图。薄暮散步，途遇王骏生，略谈。

**二十四日(5月23日)** 刘晦之来谈。绮女来，商定林洞省诊金，送七百元。帐开一千二百三十五元六角。淑畹今日病状良好。

**二十五日(5月24日)** 延谭以礼来诊，为淑畹施手术。此为第十二次诊。绮女、姮女来，以林洞省诊金七百元交绮女转致。淑畹午后至夜手、足痛。姮女送水果、蛋糕。

**二十六日(5月25日)** 晨,用谭以礼药水两种,治疮口。一治皮肤平,一治收口。淑畹夜手、足痛,延鲍承良诊方,今较好。叶二姑太太、绮女来。姮女送一元菜。

**二十七日(5月26日)** 淑畹手、足痛,昨晚右乳上忽见发生有瘤活动,今延鲍承医治,贴膏药并诊方。覆吴舜老书,云南陵有飞机投弹,东北街被炸,余市房震坏,未大损。致四老姨太太书,云舜老信来,云有信致余,至今未收到。覆大女书,询印老法师近况,告以安居灵岩山,德森师在沪修《九华山志》。答拜萧厔泉、刘慧之谈。绮女来,以林洞省来信仍索二百五十余元。搭凉棚。服鲍药。前方。

**二十八日(5月27日)** 淑畹病状极佳,手、足略痛。午后,精神亦好,饮食大进。服鲍药。昨诊方。

**二十九日(5月28日)** 淑畹病状平。林洞省送永儿节礼,代饭三元,水果二合、约三元,给代茶一元。

## 五月

**朔日(5月29日)** 送陈贵阳师八十二岁生日礼约十元,未收,付力六角。

李拔可初七日生日,送先施花旗橘一打,三元四角;金山平果一打,二元八角;伊府面二合,一元九角;奉化桃四罐,二元四角,共十元〇五角。收代茶二元,全收。

淑畹病况平,惟眠后醒时手、足仍痛。

**初二日(5月30日)** 李拔可来谈,送时鱼、铁观音茶,付代茶二元。函辞水泥董事会。

九小姐来告,丁子盈病。永儿由汉乘机到港,送余西洋参,给汽车夫一元。

送刘府时鱼、麦夫,彼给仆人一元。叶二姑太太同绮女来。

淑畹足痛,延鲍承良诊方。用开士路二只,淑畹大便通。辞朱忆萱贞元会之约,亲往,未晤。

**初三日(5月31日)** 陈贵阳师八十二岁生辰,往祝。朱忆萱来答拜谈。

**初四日(6月1日)** 永儿在香港函告,于上月廿六抵港。

**初五日(6月2日)** 敬礼夫妇挈外孙男、女来贺节。绮女来。冠英侄来。

杨寿祺送白沙枇杷两篓,给力四角。

**初六日(6月3日)** 延鲍承良为淑畹普通诊方,有痱子。服之。

**初七日(6月4日)** 贺李拔可寿。鲍扶九来谈。丁家瑶夫人吊奠,差片送分十元。

**初八日(6月5日)** 覆馥女书。

**初九日(6月6日)** 鲍扶九来谈,交《钩影》稿六十八叶,内有□□并钩目,附考。又陈墨移稿请其校正。

**初十日(6月7日)** 延谭以礼为淑畹施手术,昨、今叶二姑太太、绮女来。

任心白寄来《六十自讼记》,始知今岁已六十寿,自记其事也。

**十一日(6月8日)** 晨课经毕,访真达、德森两师谈,真师拟编印《孝经白话解说》,补八反歌。回寓检《感应篇直讲》送去,并以《金刚经塔》淑畹印《阿弥陁经塔》智导印(此为郑重底本,向未之见)各五十分请分赠善信,又赠以明本《观音灵课》一册。此课家存仅有百册。刘十枝来谈,询淑畹疾。

**十二日(6月9日)** 绮、姮两女来。拟以佛经为心白六十寿。

**十三日(6月10日)** 访任心白,未晤,留赠明天启四年杭州昭庆寺刻《楞严经》十卷、明刻《销释金刚经仪》一卷有天启三年题记为寿。晤李拔可、费范九谈。至古香斋。

**十四日(6月11日)** 寄郑太夷挽幛。谥襄勤。任心白来谈。昨,子丹弟来谈。马宗元由南京绕道扬州、皖北、河南、汉口、四川、云南、广西、广东、香港,来沪谈。

**十五日(6月12日)** 永儿由香港来见。

**十六日(6月13日)** 上印老法师书。函件由真达师转呈,并取真达、德森两师收条。

**十七日(6月14日)** 永儿昨晚九时来,今晨去视孙守仁病,临行给其一百元。马宗元来谈。

**十八日(6月15日)** 永儿昨晚十一时来,今晨十时见淑畹,后至广和,余未及晤面。马宗元来谈。

谢剑新来视淑畹疾,并略施按摩。绮女来。致八女书。寄六月十日生日廿元。

**十九日(6月16日)** 永儿昨夜十一时来家,今上午十时去。延谭以礼施手术。顾立斋来。

罗子经退还寄售各书,照单收到。谢剑新处,崇儿已往接洽。姮女来。

**二十日(6月17日)** 永儿昨晚十时回家,今晨再提议二媳亦回,余婉劝之,意颇不能。

九女今晨四时生一女,午后派林福、张妈贺喜。绮女、姮女来。薄暮,十女倦卧。

谢剑新今为淑畹推拿。立斋来谈。

# 《中国近现代稀见史料丛刊》已出书目

**第一辑**

莫友芝日记
汪荣宝日记
翁曾翰日记
邓华熙日记
贺葆真日记
徐兆玮杂著七种
白雨斋诗话
俞樾函札辑证
清民两代金石书画史
扶桑十旬记(外三种)

**第二辑**

翁斌孙日记
张佩纶日记
吴兔床日记
赵元成日记(外一种)
1934—1935中缅边界调查日记
十八国游历日记
潘德舆家书与日记(外四种)
翁同爵家书系年考
张祥河奏折
爱日精庐文稿
沈信卿先生文集
联语粹编
近代珍稀集句诗文集

**第三辑**

孟宪彝日记
潘道根日记
蟫庐日记(外五种)
王癸避难日志　辛卯年日记
嘉业堂藏书日记抄
吴大澂书信四种
赵尊岳集
贺培新集
珠泉草庐师友录　珠泉草庐文录
校辑民权素诗话廿一种

**第四辑**

江瀚日记
英韶日记两种
胡嗣瑗日记
王振声日记
黄秉义日记
粟奉之日记
王承传日记
唐烜日记
王锺霖日记(外一种)
翁同龢家书诠释
甲午日本汉诗选录
达亭老人遗稿

**第五辑**

袁昶日记
吉城日记
有泰日记
额勒和布日记
孟心史日记·吴慈培日记
孙毓汶日记信稿奏折(外一种)
高等考试锁闱日录
东游考察学校记
翁同书手札系年考
辜鸿铭信札辑证
郭则沄自订年谱
庚子事变史料四种(外一种)
《申报》所见晚清书院课题课案汇录
近现代"忆语"汇编

**第六辑**

江标日记
高心夔日记
何宗逊日记
黄尊三日记
周腾虎日记
沈锡庆日记
潘钟瑞日记
吴云函札辑释
新见近现代名贤尺牍五种
稀见淮安史料四种
杨懋建集
叶恭绰全集
孙凤云集
贺又新张度诗文集
王东培笔记二种